国学经典文库

图文珍藏版

文化博大精深　元曲精妙绝伦

元曲鉴赏

马　博◎主编

线装书局

图书在版编目（CIP）数据

元曲鉴赏 / 马博主编 . -- 北京 ：线装书局，
2014.1
ISBN 978-7-5120-1104-5

Ⅰ．①元… Ⅱ．①马… Ⅲ．①元曲－鉴赏 Ⅳ．
① I207.24

中国版本图书馆 CIP 数据核字 (2013) 第 245273 号

元曲鉴赏

主　　编：马　博
责任编辑：高晓彬
封面设计：博雅圣轩藏书馆　Boyashengxuan Cangshuguan
出版发行：线装书局
地　　址：北京市西城区鼓楼西大街 41 号 （100009）
　　　　　电话：010-64045283
　　　　　网址：www.xzhbc.com
印　　刷：北京彩虹伟业印刷有限公司
字　　数：1360 千字
开　　本：710×1040 毫米　1/16
印　　张：112
彩　　插：8
版　　次：2014 年 1 月第 1 版第 1 次印刷
印　　数：1-3000 套

定　　价：598.00 元 （全四册）

曲家圣人——关汉卿

《窦娥冤》剧照

《牡丹亭》剧照

东方戏圣——汤显祖

杂剧之冠——王实甫

《西厢记》剧照

《桃花扇》剧照

戏曲名家——孔尚任

杂剧名家——纪君祥

《赵氏孤儿》剧照

《汉宫秋》剧照

散曲大家——马致远

元曲大家——郑光祖

《倩女离魂》剧照

《梧桐雨》剧照

文学大家——白朴

剧作名家——洪昇

《长生殿》剧照

《琵琶记》剧照

南戏鼻祖——高则诚

散曲名家——乔吉

《两世姻缘》版画

《三国演义》剧照

章回小说鼻祖——罗贯中

前　言

　　元曲是盛行于元代的戏曲艺术，是中华民族灿烂文化宝库中的一朵奇葩，它在思想内容和艺术成就上都体现了独有的特色，和唐诗、宋词以及明清小说鼎足并举，成为我国文学史上一座重要的里程碑。元代是元曲的鼎盛时期，一般来说，元杂剧和散曲合称为元曲，两者都采用北曲为演唱形式，散曲是元代文学主体，不过，元杂剧的成就和影响远远超过散曲，因此也有人以"元曲"单指杂剧，元曲也即"元代戏曲"。

　　元曲的组成，包括两类文体：一是包括小令、带过曲和套数的散曲；二是由套数组成的曲文，间杂以宾白和科范，专为舞台上演出的杂剧。"散曲"是和"剧曲"相对存在的，剧曲是用于表演的剧本，写各种角色的唱词、道白、动作等；散曲则只是用作清唱的歌词。从形式上看，散曲和词很相近，不过在语言上，词要典雅含蓄，而散曲要通俗活泼；在格律上，词要求得严格，而散曲就更自由些。散曲从体式分两类："小令"和"散套"。小令又叫叶儿，体制短小，通常只是一支独立的曲子（少数包含两三支曲子）；散套则由多支曲子组成，而且要求始终用一个韵。散曲的曲牌也有各式各样的名称，如《叨叨令》《刮地风》《喜春来》《山坡羊》《红绣鞋》之类，这些名称多很俚俗，这也说明散曲比词更接近民歌。

　　元曲的发展，可以分为三个时期。初期：元朝立国到灭南宋。这一时期元曲刚从民间的通俗俚语进入诗坛，有鲜明的通俗化口语化的特点和犷放爽朗、质朴自然的情致，作者多为北方人，其中关汉卿、马致远、王实甫、白朴等人的成就最高，比如关汉卿的杂剧写态摹世，曲尽其妙，风格多变，小令活泼深切，晶莹婉丽，套数豪辣灏烂，痛快淋漓；马致远创作题材宽广，意境高远，形象鲜明，语言优美，音韵和谐，被誉为元散曲中的第一大家"曲状元"和"秋思之祖"。中期：从元世祖至元年间到元顺帝后至元年间。这一时期的元曲创作开始向文化人、专业化全面过渡，散曲成为诗坛的主要体裁，重要作家有郑光祖、睢景臣、乔吉、张可久等。末期：元成宗至正年间到元末。此时的散曲作家以弄曲为专业，他们讲究格律辞藻，艺术上刻意求工，崇尚婉约细腻、典雅秀丽，代表作家有张养浩、徐再思等。

　　总之，元曲的兴起对于我国民族诗歌的发展、文化的繁荣有着深远的影响和卓越的贡献,元曲以其独特的审美特征而独秀文坛,以其不同于唐诗宋词的美学风采而成为中国文学宝库中别具一格的体裁,它淋漓酣畅、泼辣直白、诙谐风趣、热烈尖锐、富于动感、以俗破雅、以俗成趣,语言自由活泼,充满活力,描绘和书写的对象不限美丑雅俗,表现力丰富宽广。元曲一出现就同其他艺术之花一样,立即显示出旺盛的生命力,它不仅是文人咏志抒怀得心应手的工具,而且为反映元代社会生活提供了人民群众喜闻乐见的崭新的艺术形式,成为元代文学成绩最高的体裁之一。

我们根据思想性与艺术性相结合的原则,编撰了这套《元曲鉴赏》,书中所选元曲多为各风格流派的名家名作,版式新颖别致,注释精当简明,赏析文辞优美,配图惟妙惟肖,全书基本涵盖了元曲的全貌,雅俗共赏,使读者可在最大程度上获得视觉的愉悦和精神的升华。

目 录

国学经典文库

元曲鉴赏

·目录·

图文珍藏版

1

国学经典文库

元曲鉴赏

·目录·

图文珍藏版

3

国学经典文库

元曲鉴赏

·目录·

图文珍藏版

国学经典文库

元曲鉴赏

·目录·

图文珍藏版

7

国学经典文库

元曲鉴赏

·目录·

图文珍藏版

10

国学经典文库

元曲鉴赏

·目录·

图文珍藏版

国学经典文库

元曲鉴赏

·目录·

图文珍藏版

国学经典文库

元曲鉴赏

·目录·

图文珍藏版

17

白朴

杨显之

马致远

王实甫

李好古

石君宝

纪君祥

康进之

尚仲贤

郑光祖

国学经典文库

元曲鉴赏

·目录·

图文珍藏版

19

元好问 （1190~1257）金文学家。字裕之，号遗山，秀容（今山西忻县）人。祖系出自北魏拓跋氏。幼而能诗，曾游太行山，渡黄河，诗名震京师。金宣宗兴定五年（1221）进士。曾任尚书省左司员外郎等职。金亡不仕，隐居乡间20余年，筑野史亭，记录金代君臣言行，凡百余万言，元修《金史》，多所参稽。为文质朴沉郁，尤工诗文，金元之际颇有声望，有"元才子"之称。著有《遗山集》。编有《中州集》《壬辰杂编》等。散曲作品仅存小令九首。

人 月 圆 卜居外家东园

元好问

重冈已隔红尘①，村落更年丰。移居要就，窗中远岫，舍后长松②。十年种木，一年种谷③，都付儿童。老夫惟有，醒来明月，醉后清风④。

【注释】

①红尘：指烦扰的人世间。

②"移居"三句：暗用陶渊明《归去来兮辞》："云无心以出岫，鸟倦飞而知还。景翳翳以将入，抚孤松而盘桓。"

③"十年"两句：语出《管子·权修》："一年之计，莫如树谷；十年之计，莫如树木。"

④"老夫"三句：化用苏轼《赤壁赋》："惟江上之清风与山间之明月，……取之无尽，用之不竭。"

【鉴赏】

金天兴二年（1233）正月，汴京守将崔立投降，元好问随被俘官吏北渡黄河，滞留聊城（今属山东）。元太宗十一年（1239），元好问携家回到故乡忻州秀容（今山西忻州），开始过上了遗民生活。

回到故乡，首先面临着择居问题。元好问考虑再三，选定外婆家东园作为住所。

这是一个理想的地方。四周崇山峻岭，已隔断闹市的飞尘；是年风调雨顺，更碰上丰收年景。其住房环境清幽，窗中含着远山，房后排列长松。谢朓《郡内高斋闲望答吕法曹诗》云："窗中列远岫，庭际俯乔林。"这两句曲词虽是从谢朓的诗句化出，但平添了一种情趣：山水诗人向往的幽居佳境原来就在这里啊！

移居这里将干什么呢？人总要吃饭，而要吃饭就得务农，植树、种谷之事必不可少。此时元好问已年过五旬，身体渐衰，因而一切农活皆交给儿孙们去干。而他自己呢，每天只与美女做伴。醒来仰首观赏明月，醉后一任清风吹拂。这种生活看似闲适，但他满腔愁绪正从这"醉、醒、醉"的字眼里隐隐传出。

元好问饮酒已达到诗意般的境界。在古代，醉即饮酒适量、神志清醒之谓。《醉仙图记》云："凡醉有所宜：醉花宜昼，袭其光也；醉雪宜夜，消其洁也；醉楼宜暑，资其清也；醉水宜秋，泛其爽也。"如此之醉，对于身心有益无害。然而，古今有些嗜酒者，由于饮酒过量，神志不清，结果或误事，或闹事，或败事，这就不可取了。奉劝当今的一些酒君子，应记取古人的一条遗训："酒犹水也，可以济舟，可以覆舟。"

中吕·喜春来 春宴（四首）

元好问

一

春盘①宜剪三生菜，春燕②斜簪七宝钗。春风春酝③透人怀。春宴排，齐唱喜春来。

二

梅残玉靥香犹在，柳破金梢眼未开。东风和气满楼台。桃杏拆④，宜唱喜春来。

三

梅擎残雪芳心奈，柳倚东风望眼开。温柔樽俎小楼台。红袖绕，低唱喜春来。

四

携将玉友寻花寨，看褪梅妆等杏腮。休随刘阮到天台。仙洞窄，且唱喜春来。

【注释】

①春盘：俗于立春取生菜，果品等置盘中为食，表示迎新。

②春燕：迎春时妇女所戴的燕形首饰。

③春酕：春酒。

④桃杏拆：桃花和杏花刚刚绽蕾欲放。

【鉴赏】

　　这四首小令，写春天到来时，作者喜悦的心情，从曲的内容看，当是在金亡作者退隐故乡之后所写。曲文充满春天的生机和欢乐的气氛，调子舒畅而和谐，在欢乐中透露出作者的政治抱负。

　　第一首，用春天应时的春盘、醉人的春风、春酒，突出了节令的特点，并且句句有一个"春"字，用春盘、春燕、春风、春酕四种春天的景物，紧紧扣住了春宴的主题，渲染和营造了浓烈的早春气氛。春盘，我国古代习俗，于立春这一天，将生菜、水果、春饼等装在盘内，馈送亲友，称春盘。皇帝亦于立春前一日，以春盘并美酒赐近臣。苏轼《浣溪沙》词："雪沫乳花浮午盏，蓼茸蒿笋试春盘。"春燕，指少女头上戴的应时头饰。据《荆楚岁时记》载，古俗女子于"立春日，悉剪彩为燕以戴之，帖宜春之字"。簪、钗，皆为妇女头戴的饰物。春酕，春酒。

　　第二首，写楼台欢宴所见的春景：残梅散香，柳梢泛金，东风和煦，桃杏竞放，一派早春风光。"梅残玉靥香犹在"，洁白的梅花谢了，幽香还留在梅枝上。靥，人脸颊上的酒窝。玉靥，指梅花好像玉色的面颊。"柳破金梢眼未开"，柳枝已经泛出金黄色，尚未抽出叶子，"眼未开"，早春时节，柳条初生的叶子好像人睡眼初张，称为"柳眼"。"桃杏拆"，桃、杏花开放。拆，裂开。元好问一生热爱春天，在春天的花卉中又最喜爱杏花。在他的笔下，杏花呈现出各种美妙的情态：有如憨痴、天真的杏蕾，有似春情思动、羞面迷人的闺阁少女的半开而未怒放的杏花，有争奇斗妍、烂漫绚丽的杏花……而这里，却用一个"拆"字把杏花写活了，给人以动的感觉，把春天也写活了！

第三首，写春宴的情景。小楼台在玉梅、白雪的映照下，在柳枝的围护下，盛酒和盛肉的樽俎，摆满了宴席，主人与宾朋一面欢宴，一面观看歌舞，好不热闹！红袖，指宴会中的歌女。

第四首写春宴过后，携扶友人步出楼台观花，看过褪妆的红梅，又观刚刚开放的杏花，面对此情此景，诗人诗情满怀，联系自己的身世，发出了感慨："休随刘阮到天台。仙洞窄"！刘，指西晋诗人刘琨，字越石；阮，指诗人阮籍。这两位都是与元好问际遇相同，又颇受元好问崇敬的前辈诗人。他曾作诗品评过他们："可惜并州刘越石，不教横槊建安中。""老阮不狂谁会得？出门一笑大江横！"这里元好问表示，要与他们一样，不与元朝统治者合作，但又要高出他们一筹，决不隐逸避世，而是要担当起编撰金史的历史重任！这一句点题，说明了全曲的主旨。元好问自金亡后，一直不仕，在故乡构筑野史亭，专心致志，纂修金史，修成《壬辰杂编》（已佚）、《中州集》，保存了金代的作品和史料。诗人在饮宴赏春时，仍念念不忘自己的责任，实在难能可贵！

通观这四首曲作，清新婉约，丽而不绮，纤而不佻，别具风致！

骤雨打新荷

元好问

绿叶阴浓，遍池亭水阁，偏趁①凉多。海榴②初绽③，朵朵蹙④红罗。乳燕雏莺弄语，有高柳鸣蝉相和。骤雨过，琼珠⑤乱撒，打遍新荷。人生百年有几，念良辰美景，休放虚过。穷通⑥前定，何用苦张罗？命友邀宾玩赏，对芳樽浅酌低歌。且酩酊⑦，任他两轮日月，来往如梭。

【注释】

①趁：追随。

②海榴：石榴，夏开红花。

③绽：开。

④蹙：堆聚。

⑤琼珠：玉珠。琼，美玉。

⑥穷通：困厄与发达。

⑦酩酊：酒醉状。

【鉴赏】

　　这首曲是元好问自度曲，是当时著名的流行歌曲，受到了廉希宪、卢挚、赵孟𫖯等名士的推崇。这支曲，即景生情。上半写盛夏水边美景，绿树红榴，燕啭蝉鸣，骤雨忽来，琼珠飞溅，令人陶醉。下半由此引出人生如梦，短暂飘忽，不如及时行乐，醉酒当歌。这一主题，正迎合了元初士大夫与广大市民的口味，此曲又经名伶解语花演唱，尽管是宫中雅调，却一时无胫而走，风行天下，长时间广为流传。

仙吕·后庭花破子 （二首）

元好问

一

玉树后庭前，瑶华妆镜边。去年花不老，今年月又圆。
莫教偏，和花和月，大家长少年。

二

夜夜璧月圆，朝朝琼树新。贵人三阁上，罗衣拂绣茵。
后庭人，和花和月，共分今夜春。

【鉴赏】

　　这两支曲，以花好月圆比喻幸福美满的生活，抒写自己向往的情怀。作者看到"花不老"，"月又圆"，"琼树新"，热切地期望人间好景常在，希望自己和亲人"共分今夜春"，都能伴随着好花、圆月、琼树，永不衰老，永葆青春。在金末元初那个动乱时期，作者这种美好的愿望，反映了人民希望过安定生活的思想感情。

　　前一首，写在种植玉树的后堂前，在珍贵的梳妆镜旁边，去年的花和月，今年依旧那样好、那样圆。玉树，本是传说中的一种仙树，这里指优良树种。后庭，即后宫、后堂，这里指家眷居住的地方。瑶华，本是传说中的一种仙花，这里用以比喻珍贵的妆镜上镶雕的花卉。偏，斜，这里指月缺。作者写道，不要让月缺花残了，愿我们都像花和月一样，永远美好，永远年轻。

　　第二首，通过描写南朝陈后主与众嫔妃在"三阁"上玩花赏月的情景，表达了作者富贵荣华似过眼烟云的感伤。"三阁"，典出宋人周敦颐《六朝事迹·楼台门第四》：“陈后主至德二年，于光昭殿前起‘临春’、‘结绮’、‘望仙’三阁，高数十丈，并数十间。其窗牖、户壁、栏槛之类皆以沉檀为之，又饰以玉金，间以珠翠；外施朱帘，内设宝帐。其服玩之属瑰丽皆近古未有。每微风至，香闻数里；朝日初照，光映后庭。其下积石为山，引水为池，植以奇树，杂以花药。后主自居‘临春阁’，张丽华居‘结绮阁’，龚、孔二贵妃居‘望仙阁’，并复道交相往来。”后人用“三阁”写亡国之君穷奢极欲的生活。

在这花好月圆之夜，作者想到陈后主与众嫔妃在“三阁”上玩花赏月的情形。后庭人，即自己的眷属，与好花、圆月一起，共度这美好的春夜。隐喻着这美好的春夜，如同亡国之君那穷奢极欲的生活一样，还能维持多久啊！从而流露出作者心中的隐忧：金朝统治者只知寻欢作乐，而不知理政支援前方打仗，致使国破家亡，人民和平团圆的日子又遭到破坏的危险。

孙梁 字吟笙，号苦匏，吴县（今江苏苏州）人。嗜金石学，间作小印，有汉人遗意。

仙吕·后庭花破子

孙 梁

柳叶黛眉愁，菱花妆镜羞。夜夜长门月，天寒独上楼。
水东流。新诗谁寄，相思红叶秋。

【鉴赏】

长门，原是汉武帝时陈皇后废黜后居住的地方，后来泛指失宠后妃的居处，也用来比喻思妇怨女的住所。因小令中有“夜夜长门月”句，可知抒情主人公的身份为宫女，故这是一首关于思妇怨望的小令。

首句“柳叶黛眉愁”，以简练的笔调勾勒出一位心绪不宁、愁眉不展的深宫女子形象。作者突出写女子之眉，以外在眉毛写出内在之愁。这位愁情满怀的女子对镜而视，不禁羞云顿起。女儿情、娇媚态，读者尽收眼底。然而，这般充满女儿乐的女子为何而愁的问题，不禁涌向读者心头。先写愁态，再写羞态，却是作者匠心所在。单纯的悲、单纯的喜，给读者的美学体验虽然强烈，但不免单调。悲喜交加，不再是单纯的悲或单纯的喜，也不是悲和喜的简单之和，它有着独特美学特质。孙梁把握住了这个审美奥妙，先写愁态，再写羞态，乃至以下抒发怨愁的几行，给人惊喜交加的情感振荡。"夜夜长门月，天寒独上楼"，点明了思妇怨望的主题，回应了首句。寒天中的"月"有如孤身的深宫女子，寂寞、清凛。只能与月为伴，度过一个又一个可怕夜晚的女子，她多么不幸，她的愁情恰似潺潺不断的东流水。作者在此表达了对宫女的深深同情。

无聊寂寞的她为遣情怀，提笔赋诗。可是一吐衷曲的爱情诗篇寄给谁？旧绪未遣，新愁又添。愁复愁，恰似一江春水向东流。作者用"红叶题诗"典故，写出了这位宫女的苦闷。这一典故大体上是说唐代一宫女在红叶上题诗，经御沟流出官禁。为一仕子所得。后来宫中遣放宫人，题诗的宫女得嫁此仕人。

小令围绕"愁"字展开，开宗明义，推出愁眉紧锁的宫女形象。作者所写的既不是少妇的思夫之愁，也不是情窦初开的少女的朦胧情思，而是春情久发，无处寄托的深宫宫女的怨愁。全篇写怨，却不着一"怨"字，而以愁写怨，愁中见怨，含蓄自然。且"愁"的抒发并不笼统，由"闲愁"到"思愁"到"怨愁"，步步紧逼，层层深入，可谓一波三折。具体说，对镜而视，登楼远眺，是写无聊的闲愁，而在闲愁的描写中，却也隐隐抒发了思愁，读完全篇后，不可抑止的怨恨久久萦绕在读者心头。希望——绝望——怨恨，写出了深宫女子的复杂心态，令人同情。

杨果 （1195～1269）字正卿，号西庵，祁州蒲阴（今河北安国）人。金正大元年（1224）进士，为偃师令，以廉干称，入元后，官至参知政事。至元六年（1269）出为怀孟路总管。以老致仕。善作乐府，有《西庵集》问世。贯云石《阳春白雪序》称其曲"平熟"。文辞华丽，手法含蓄细腻，风格典雅。现存小令十一首，套数五套。

小 桃 红 采莲女

杨 果

采莲湖上采莲娇，新月①凌波②小。记得相逢对花酌。那妖娆③，殢④人一笑千金少。羞花闭月，沉鱼落雁⑤，不恁⑥也魂消。

【注释】

　　①新月：此喻女子的脚。

②凌波：形容步履轻盈。语出曹植《洛神赋》："凌波微步，罗袜生尘。"

③妖娆：娇艳妩媚。

④猻：引逗，纠缠。

⑤羞花两句：形容女子美丽。元时常用俗语。

⑥恁：如此，这般。

【鉴赏】

　　杨果曾与一位采莲女有过一段浪漫的交往，所以，在这支曲中他把对她的喜爱与赞赏，通过这支小曲，热烈地表达出来。因为是回忆，此曲打破了时空的界限，忽而直述，忽而追思，忽而从正面铺叙，忽而直加褒奖，直而不露，隐而不晦，读来令人倍感亲切。末三句是加一倍写法，化俗为奇。"羞花闭月，沉鱼落雁"是称赞女子美貌的惯用语，但加上"不恁也魂消"一句，注入自己的感情，效果便增强了许多。

越调·小桃红

杨　果

　　碧湖湖上柳阴阴，人影澄波浸。常记年时对花饮。到如今，西风吹断回文锦①。羡他一对，鸳鸯飞去，残梦蓼②花深。

【注释】

　　①回文锦：东晋前秦才女苏蕙被丈夫窦滔遗弃，织锦为"璇玑图"寄滔，锦上织入八百余字，回旋诵读，可成诗数千首。窦滔感动，终于和好如初。后人因以"回文锦"代指思妇寄给远方夫君的述情之物。

　　②蓼：植物名，多生于水边，入秋开淡红或白色小花。

【鉴赏】

　　这首小令从写景领起，写湖水清碧，岸柳阴阴，是典型的江南水乡风光。

"碧湖"与"湖上"是两个词组,作者有意重用一个"湖"字,而不说"碧湖岸上",与其后"阴阴"的叠词同集一句,便形成了一种婉转低回的情味。"人影澄波浸"是表现湖水的清纯,回应"碧湖",但更主要的是从湖景带出"人影",由写景向写人过渡。"人影"至少能给读者提供另外两种意象:一是指曲中主人公本人,"柳阴阴"衬托出其人的孤独,而碧湖澄波的宁静气氛则反现出下文心情的不平静;二是指湖中的采莲女,因为这首《小桃红》是从江南采莲的意境生发的。若取此解释,那么主人公所忆的"对花饮"的对象,也是一名采莲女子。而"语译"释"人影"为游人之影,则是与下句"常记"相承,所谓触景生情。

设想柳荫下游人笑语欢饮,且男女相杂,于是激起了主人公"年时对花饮"的回忆。"对花饮"通常意义就是对花饮酒,但"花"在诗歌中又有借喻女子的习常用法。这才会使我们意识到曲中主人公为一名男子。这是作者有意安排的效果,这里不妨看他的另一首《小桃红》:"采莲湖上棹船回,风约湘裙翠。一曲琵琶数行泪。望人归,芙蓉开尽无消息。晚凉多少,红鸳白鹭,何处不双飞。"立意乃至布局都与本篇惊人地相似,而主人公的女性身份则同是一目了然的。中国的词曲作家都善于用简略的暗示来节省介绍人物的笔墨。

回忆只有短短的一句,迅即接上了"到如今",显示了现实的无情。"如今"与"年时"形成了强烈的对比。"回文锦"表达了主人公与"年时对花饮"的对方的恋爱相思关系,而三字本身已寓离散之意,何况"西风吹断",两人的音书联系也中断了。作者不直说情人远去,恩爱断绝,而以"西风吹断回文锦"为暗喻,是艺术语言的需要,也表现出一种讳言伤痛的惆怅情味。于是,由触景生情,又进一步引出了末三句的见景生感。

"羡他一对,鸳鸯飞去,残梦蓼花深",这"残梦蓼花深"又非一种断言可以括尽。我们取"残梦"为鸳鸯之梦,似较得诗人之旨。这三句全述"鸳鸯",以一个"羡"字统领,一方面说明了主人公渴望爱情幸福的强烈,连鸳鸯的"残梦"也在被羡之列;另一方面也显示了主人公对命运现实的绝望。一对鸳鸯飞入蓼花深处并头酣眠,是连贯的一意,作品分作三句,虽是服从曲律句式的需要,但也表现出主人公在克制伤痛、倾诉愿望时的一种挣扎感。

这首小令由景及人,又由人及景,借湖上的美景作为人物悲剧命运和悲剧心理的强烈反衬,可谓"以乐景写哀,一倍增其哀乐"(清王夫之《诗律》)。曲中处处表现着对悲哀的克制，含痛于心，同时也因此表现出一种悱恻低回的风调。这种风调及其表现的手法都近于婉约词，而"到如今""美他一对，鸳鸯飞去"等使用的又是曲的平直语言。以曲为载体，以词为笔法，这正是词曲嬗变时期的常见现象。

越调·小桃红

杨 果

玉箫声断凤凰楼①，憔悴人别后。留得啼痕满罗袖。去来休②，楼前风景浑③依旧。当初只恨，无情烟柳，不解系行舟。

【注释】

①凤凰楼：对女子居楼的美称。

②休：语末助词，无义。

③浑：全然。

【鉴赏】

古人喜欢化用典故，而且化得泯然无痕最好。"玉箫声断凤凰楼"就是如此。《列仙传》载春秋时萧史善吹箫，秦穆公的女儿弄玉爱上了他，俩人结为夫妇。秦穆公就盖了小楼让女儿住下，名为凤凰楼。夫妇俩整日在楼上吹箫唱和，终于有一天双双骑上凤凰仙去。凤凰楼日后成了闺楼的美称。断了箫声，便如同西班牙小姐窗台下断了小夜曲那般，具有情场悲剧的特定意义。化用典故，使这句兼有赋（实写）、比（比喻）、兴（领起下文）的种种意味，这正是作者所追求的效果。

从次句起出现了"凤凰楼"的主角。她憔悴、愁苦，泪痕满袖，在楼上不安地走来走去。作者交代得很清楚，这一切都是因为离别的缘故。作品于"别后"两字下紧接上"留得"，结果留下的只是伤心的眼泪，这就使我们理解了她在楼间"去来"，正是在企盼心上人重新到来。她望到了什么呢？——是"楼前风景浑依旧"。"浑依旧"，语言虽轻描淡写，内容却十分残酷。一切依旧，全无不同，但朝夕同处的心上人已远去了，生活的内容已经发生了根本的变化；而"依旧"的表象还会不断地提醒女主人公去追忆往事，重现那分手时的痛苦一幕。果然，"楼前风景"勾起了她的别恨："当初只恨，无情烟柳，不解系行舟。"不怨自己留不下行人，却恨烟柳系不住行舟。这在古代诗歌作品中屡见不鲜。"留人不住，醉解兰舟去"（晏幾道《清平乐·杨柳》）、"垂杨只解惹春风，何曾系得行人住"（晏殊《踏莎行》）、"西城杨柳寻春柔，动离忧，泪难收，犹记多情曾为系归舟"（秦观《江城子》）、"垂柳不萦裙带住，漫长是、系行舟"（吴文英《唐多令》）……难怪女主人公要埋怨"无情烟柳"了。"当初只恨"是"只恨当初"的倒装，隐示了女子对昔日别离一幕的怀想。全曲的中心内容不过是"人别后"三字，全通过人物的形貌、行止、感想，以及景物的衬托、寄寓，将离情别恨写得那样缠绵悱恻。《太和正音谱》评杨果之词"如花柳芳妍"，可以说他的作品确实开了散曲婉转派的先河。

越调·小桃红　采莲女

杨　果

一

采莲人和采莲歌，柳外兰舟①过，不管鸳鸯梦惊破。夜如何②，有人独上江楼卧。伤心莫唱，南朝旧曲③，司马泪痕多④。

【注释】

①兰舟：指小船。

②夜如何：用《诗·庭燎》："夜如何其？夜未央。"

③南朝旧曲：化用杜牧《泊秦淮》诗意。

④ "司马"句：用白居易《琵琶行》诗意。

【鉴赏】

这首小令主要是抒发亡国之恨，分两部分。

第一部分主要是对水乡风情的描写：暮色中，采莲的姑娘们唱着采莲歌回家，"和"字见出欢快、热闹的气氛。"柳外兰舟过"，以"外"字传达层次感，以"过"字表现运动感，给了读者一种身临其境的感觉。同时，"外"字也不仅仅是表现物理空间，而且也很好地将作者的情感空间从水乡的欢悦氛围中隔离出来，因而他才怨道："不管鸳鸯梦惊破"，仅仅是怨惊破了鸳鸯的美梦吗？只怕也惊破了作者美好的回忆吧！于是，哀愁自然而然地降临了。

第二部分则重在抒情。"夜如何？有人独上江楼卧"，颇有"无言独上西楼"的韵味，一种孤独、凄冷的感觉通过人物的行动渗透到读者心中。"伤心莫唱，南朝旧曲"，看似对自己的劝慰，实则突出了痛苦的难以遏抑。"南朝旧曲"指南朝陈后主所做的《玉树后庭花》，因为陈后主耽于声色，终致亡国，此曲便有"亡国之音"之称，杜牧的《泊秦淮》中有"商女不知亡国恨，隔江犹唱《后庭花》"的句子。杨果是金朝进士，在元朝时显达，但作为汉人，在异族统治下苟且偷生，亡国哀思尤显深重，因而最末一句，杨果以白居易《琵琶行》中"座中泣下谁最多？江州司马青衫湿"自喻，表达内心痛苦。然而，白居易尚能寻得一位"同是天涯沦落人"的知音，杨果却只能独卧江楼，任痛苦在内心煎熬，真是"有恨无人省"呀！

杨果有八首 [越调]《小桃红》，大都表现儿女情长，写得温柔缠绵，唯此曲写亡国之恨，痛彻肺腑，甚是感人。

二

芙花菱叶满秋塘，水调谁家唱？帘卷南楼日初上。采秋香，画船稳去无风浪。为郎偏爱，莲花颜色，留作镜中妆。

【鉴赏】

这首小令，写采莲女的生活和爱情，描写她的天真活泼和对爱情的一往情深，格调清新可喜。

秋天的早晨，太阳初升，池塘里一片荇花菱叶，传来了水调歌谣。是谁这么早就唱起了水调歌谣？闻声寻源，原来在湖畔的南楼，一位采莲女正迎着初升的朝日，一边卷起竹帘，一边信口歌唱。头三句写湖上与湖岸风光，有声有画，旖旎清爽。接下去，写采莲女离家下湖在，"采秋香，画船稳去无风浪。"湖面上风平浪静，彩船平稳地驰去，采莲女在采充满秋香的莲子。在湖上，一面是成熟清香的莲子，一面还有清丽的秋荷开花。采莲女想到她心爱的情人偏爱荷花的颜色，不忍乱折，"为郎偏爱，莲花颜色，留作镜中妆。"她要把荷花留着，对镜化妆，迎郎归来时再用。这首小令，使我们看到了自由活泼、矫健秀丽的采莲女的形象，而且体验到了她那多情细腻的心理活动。

三

> 锦城何处是西湖？杨柳楼前路。一曲莲歌碧云暮。可
> 怜渠，画船不载离愁去。几番曾过，鸳鸯汀下，笑煞
> 月儿孤。

【鉴赏】

这一首写采莲女孤单寂寞的离愁。

起首两句交代采莲女家住西湖岸上、杨柳丛中的小楼上，却用设问句引出："锦城何处是西湖？杨柳楼前路。"在采莲女所住的楼前，杨柳成荫，有路直通西湖。接下来写采莲女，但不正面写人，而是未见其人，先闻其歌，"一曲莲歌碧云暮"。这位采莲女唱一曲采莲歌，直上青云，会使阳光黯然失色。她下了楼，唱着歌，乘船去采莲。但是，这样一位美丽的少女，却陷入了离别相思的痛苦。"可怜渠，画船不载离愁去。几番曾过，鸳鸯汀下，笑煞月儿孤。"画船载着她响彻碧空的莲歌驰向湖中，却不能载去她的离愁。她曾一次又一次经过鸳鸯桥下，仿佛觉得鸳鸯在讥笑天上的月儿孤单，又仿佛觉得连高悬天空的孤月也在讥笑自

己的孤单。

仙吕·赏花时

杨　果

花点苍苔绣不匀，驾唤垂杨语未真，帘幕紫纷纷。
日长人困，风暖兽烟喷。

[么] 一自檀郎共锦衾，再不曾暗掷金钱卜远人。
香脸笑生春。旧时衣裉，宽放出二三分。

[赚煞尾] 调养就旧精神，妆点出娇风韵，将息划
损苔墙玉笋。拂掉了香冷妆奁宝鉴尘，舒开系东风
两叶眉颦。晓妆新，高绾起乌云，再不管暖日朱帘
鹊噪频。从今听鸦鸣不嗔，灯花谁信？一任教子规
声啼破海棠魂。

【鉴赏】

　　这套曲表现一位妇女在丈夫远道归来、过着美好家庭生活时的欢快情绪。

　　套曲开始，以那妇女眼中的春景为描写视角，形象地刻画了那位妇女思夫望归、心绪不宁、烦躁不安的无聊心理。在那妇女眼中，春意盎然的自然与她的内心世界竟格格不入。鲜花点缀大地却像没有绣匀；莺歌垂杨，竟若隐若现断断续续听不真切；帘外柳絮纷飞、漂泊没着落。在这样的心境支配下，女主人公度日如年，困倦无聊。"日长人困，风暖兽烟喷"，形象地写出了主人公的闲愁。"兽烟"，兽形的香炉烧出的烟。

　　拨开乌云见太阳，丈夫远远道归来，那妇人情绪又怎样？"香脸笑生春"。她再也用不着偷偷掷钱占卜丈夫的归期了。过去"为伊消得人憔悴"，而今"旧时衣裉（kèn，上衣腋下的接缝部分），宽放出二三分"。寥寥数语，写出了妇人春意盎然的心理。

作者没有到此为止，继续表现那妇人的欢快情绪。她再也不会萎靡不振，调养好精神，精心打扮，召唤回女儿的娇风韵，不再用手指在苔墙上划痕、记下丈夫离去的日子了。妆奁、铜镜再也不遭冷落，紧皱的眉头舒畅自然。高高盘绕起长发。装扮一新，再不管它喜鹊频繁的噪叫（因为古人迷信以鹊噪为喜兆，鸦鸣为不吉之兆）。从今以后，再也不怕乌鸦鸣叫，再也不信灯花（古人以灯草结花为预示远人归来）。任凭它子怎样啼叫，再也不会惊醒我的梦了。（苏轼咏海棠诗有"只恐夜深花睡去"的句子，后人往往以"海棠春睡"形容女子的睡态。子规啼声似"不如归去"，前人借以表现离愁。）作者花了将近一半篇幅，反复表现那妇人的欢快情绪，可谓淋漓尽致，令人兴奋不已。

这套曲摆脱了词的影响，比较外露，一吐为快的散曲特征十分明显，而且用韵紧密，节奏明快。衬字的使用，口语化的语言，使曲子俚而不俗，做到了雅俗共赏。

赏 花 时 ［套数］

杨 果

秋水粼粼①古岸苍，萧索疏篱偎②短冈。山色日微茫，黄花③绽也，妆点马蹄香。

［胜葫芦］见一簇人家入屏帐④，竹篱折补苔墙。破

设设⑤柴门上张着破网。几间茅屋，一竿风旆⑥，摇曳挂长江。

[赚尾] 晚风林，萧萧响，一弄儿⑦凄凉旅况。见壁指⑧一似桑榆侵着道旁，草桥崩柱摧梁。唱道⑨向，红蓼⑩滩头，见个黑足吕⑪的渔翁鬓似霜。靠着那驼腰拗桩⑫，瘿累⑬垂脖项，一钩香饵钩斜阳。

【注释】

①潾潾：水清澈貌。

②偎：靠近。

③黄花：菊花。

④屏帐：此指画屏。谓人家如在画中。

⑤破设设：残破的样子。

⑥风旆：指在风中飘扬的酒旗。

⑦一弄儿：全部，全都是。

⑧壁指：指墙壁。

⑨唱道：此曲固定嵌字。

⑩红蓼：红色蓼花。蓼是生在浅水的一种草。

⑪黑足吕：乌黑。足吕是助词，无义。

⑫驼腰拗桩：指弯曲的老树桩。

⑬瘿累：肿起的瘤块。

【鉴赏】

萧瑟的秋景：潾潾秋水，疏篱短冈，微茫山色；萧瑟的村庄：竹篱苔墙，茅屋柴门，酒旗摇曳；萧瑟的心情：风送悲思，旅况凄凉，忧愁不断。然而在这一派萧瑟中，却见到一个老翁在斜阳中垂钓，是那么自在悠闲自得。在萧飒冷凄中发掘出生活的情趣，通过反差比照来打动人，运用了反衬的手法，便是这首套曲最成功之处。

刘秉忠 （1216～1274）字仲晦，初名侃，少时为僧，名子聪。拜官后更名秉忠，自号藏春散人。原籍瑞州（州治今江西高安），曾祖时移居邢州（州治今河北邢台）。蒙古王朝灭金后，曾任邢台节度府令史。后受知于元世祖忽必烈，元初时官至太保，参领中书省事。后主持设计大都城，又建议以大元为国号。为元朝开国名臣。秉忠自幼好学，至老不衰。斋居蔬食，终日澹然，以吟咏自适。后死于上都。著有《藏春散人集》。《全元散曲》录存其小令十二首，写景抒情，风格健朗。

双调·蟾宫曲 （四首）

刘秉忠

一

盼和风春雨如膏。花发南枝，北岸冰销。夭桃似火，杨柳如烟，穰穰桑条；初出谷黄莺弄巧，乍衔泥燕子寻巢。宴赏东郊，杜甫游春，散诞逍遥。

【鉴赏】

这是一组组曲，《乐府群珠》题作"四时游赏联珠四曲"，《雍熙乐府》题作"四季"，曲旨是很明显的。

第一支曲咏春。"盼和风春雨如膏"，起首先从对春天的急切期待下笔。一个"盼"字，把作者对春天的顾望之意和盘托出。全曲直接表情的只有这一个

"盼"字，着此一字，就为全曲定下了感情的基调，规范了读者感情的流向，可谓一字领起全篇。因此，这个"盼"字乃一曲之"眼"。接下七句则是作者满怀喜悦地绘出的一幅"早春图"。值得注意的是，这幅"早春图"，绘制得极为精心，极有讲究：从空间来说，"花发南枝，北岸冰销"，是以一山一水构成画面气势阔大的远景。"夭桃似火，杨柳如烟，穰穰桑条"，是以三种植物构成画面色彩斑驳的中景。"夭桃"，茂盛而艳丽的桃花。"穰穰（ráng）"，兴盛貌。"初出谷黄莺弄巧，乍衔泥燕子寻巢"，是以两种动物构成画面生动活泼的近景——由远而近，由大而小，空间结构很有条理。

最后三句推出这幅早春图的欣赏主体："宴赏东郊，杜甫游春，散诞逍遥。"杜甫写过一首描述春游的《乐游园歌》，因以自喻。但杜甫写《乐游园歌》，正当十年长安困顿之时，寄身无所，进退失据，《乐游园歌》悲己不幸，语多感慨，与刘秉忠此曲的"散诞逍遥"殊无相同之处，所以，这里拈来杜甫，只在关合"春游"，更深的联系恐怕是谈不上的，似不能也不必看作用典。下二曲分别拈来王羲之、陶渊明、孟浩然，是同一机杼。

二

炎天地热如烧。散发披襟，纨扇轻摇。积雪敲冰，沉李浮瓜，不用百尺楼高；避暑凉亭静扫，树荫稠绿波池沼。流水溪头，右军观鹅，散诞逍遥。

【鉴赏】

　　第二支曲咏夏。全曲可分三层。第一句为第一层。极写"炎天"之酷热难当，为下面描述人的自我调整张本。"炎天地热如烧"，读法上二下四，"地热如烧"把"炎天"的热度热状形容得无以复加，不需再费笔墨。接下七句为第二层，写避暑，"散发披襟，纨扇轻摇"，先逗出避暑之形态。只此八字，一个雍容潇洒、风雅脱俗的知识分子形象就跃然纸上，"积雪敲冰，沉李浮瓜"是其避暑之饮食。"积雪敲冰"，《乐府群珠》作"敲冰浸酒"。《诗经·豳风·七月》："二之日凿冰冲冲，三之日纳于凌阴。"可知早在上古时代，我国人民就已懂得储冰备暑了。"沉李浮瓜"，即吃李吃瓜，因李重瓜轻，水洗时李沉瓜浮，故言。瓜、李是我国古代知识分子夏日所喜爱的果品。"凉亭静扫，树荫稠绿波池沼"是其避暑之场所。这里，树木掩映着凉亭，凉亭紧傍着池水，拒毒日于林梢，消酷暑于池畔，我们好像看到"散发披襟，纨扇轻摇"的作者坐在"静扫"过的"凉亭"之中，正在津津有味地品尝着石桌上"浮沉"过的瓜李和"冰浸"过的美酒，一副怡然自得的神态，暑热于之何有哉！

　　最后三句为第三层，写炎夏之乐。"右军"指晋朝大书法家王羲之，《晋书·王羲之传》载："（羲之）性爱鹅。山阴有一道士养好鹅，羲之往观焉。意甚悦，固求市之。道士云：'为写《道德经》，当举群鹅相赠耳。'羲之欣然，写毕，笼鹅而归。"韩愈《石灯歌》有"羲之俗书趁姿媚，数纸尚可博白鹅"之句，这里以王羲之自喻，并不是要托王羲之的爱好移之于己，而是借此表明自己人是雅人，物是雅物，地是雅地，趣也是雅趣而已。

三

　　梧桐一叶初凋。菊绽东篱，佳节登高。金风飒飒，寒雁呀呀，促织叨叨；满目黄花衰草，一川红叶飘飘。秋景萧萧，赏菊陶潜，散诞逍遥。

【鉴赏】

　　第三支曲咏秋。"梧桐一叶初凋"，取"一叶知秋"之意，点明秋至。"菊绽东篱"，从陶渊明诗句"采菊东篱下，悠然见南山"（《饮酒》）化出。陶渊明爱菊，故于东篱之下栽种菊花，而作者所居的"东篱"之下也有菊花绽开，那么作者对菊花的感情不问可知。见"梧桐一叶初凋"，就立即发现"东篱"之菊开，作者对菊花的关心之殷、观察之勤、盼望之切，流露无遗。"佳节登高"承"菊绽东篱"而来。"佳节"，指九月九日重阳节，根据传统习俗，这一日要外出登高，插茱萸，饮菊花酒，吃重阳糕。"佳节登高"是全曲的骨干句，如果给这支咏秋曲加一个标题的话，那就是"重九登高"。下面五句即写登高后的所闻所见。"金风飒飒，寒雁呀呀，促织叨叨"是所闻。萧瑟的秋风给人以悲凉之感；南飞的大雁，给人以失落之感；絮絮叨叨似在商量迁居的蟋蟀，给人以凄惶之感。

这支咏秋曲，在艺术上有一个显著的特点，就是使用了代字：以"金风"代秋风，以"寒雁"代秋雁，以"黄花"代菊花，以"红叶"代枫叶。代字手法的运用，不仅避免了文字的重复，使语言显得丰富多彩，而且显示了形象的色感与触感，更加容易引起读者的想象和联想。

四

朔风瑞雪飘飘。暖阁红炉，酒泛羊羔。如飞柳絮，似
舞胡蝶，乱剪鹅毛；银砌就楼台殿阁，粉妆成野外荒
郊。冬景寂寥，浩然踏雪，散诞逍遥。

【鉴赏】

第四支曲咏冬。"朔风瑞雪飘飘"，点出一个"雪"字。"暖阁红炉，酒泛羊羔"，似写御寒，实为赏雪，是一篇立意所在。这两句化用白居易《问刘十九》诗："绿蚁新醅酒，红泥小火炉，晚来天欲雪，能饮一杯无？"接下五句就是坐在"暖阁"之内、"红炉"之旁，面对美酒、佳肴的作者眼中所见之雪景。"如飞柳絮，似舞胡蝶，乱剪鹅毛"，三句三个比喻，三个角度，把雪花飞飘的状况描摹得神韵丰满，历历如见。"银砌就楼台殿阁，粉妆成野外荒郊"二句从大处落笔，写下雪时间之长，覆盖地域之广，最后完成了"冬景寂寥图"的绘制。"浩然踏雪"即踏雪寻梅。在茫茫雪海中，一枝枝红梅怒放，眼目为之一亮，全曲一路写

雪，终了方点出梅花。

这四支曲，表现的是典型的封建上层知识分子的生活情景与情趣。

南吕·干荷叶 （二首）

刘秉忠

一

干荷叶①，色苍苍，老柄风摇荡，减了清香，越添黄。都因昨夜一场霜，寂寞在秋江上。

二

南高峰，北高峰②，惨淡③烟霞洞。宋高宗，一场空。吴山④依旧酒旗风，两度江南梦。

【注释】

①干荷叶：即咏鳏夫愁苦的。

②南高峰，北高峰：杭州西湖边上遥遥相对的两座山峰。

③惨淡：景色暗淡。

④吴山：俗名城隍山，又名胥山。

【鉴赏】

刘秉忠所作《干荷叶》小令共有八首，也有的版本题作《即名漫兴》。各首之间，有的内容略有关联，但多数独立成篇。这里选析的两首，互相在内容上就没有什么联系。

第一首，完全用白描手法，描写了秋江上的干荷叶形象。它"色苍苍"，一片深青色，牢牢连在"老柄"上，任凭江上秋风的摇荡。在摇荡之中，它原有的清香一天天减少，叶子的深青色一天天转为苍黄，媚人的嫩色、扑鼻的清香褪去了，但却愈来愈苍劲老硬，当初是"出淤泥而不染"，今天成为"抗风霜而不倒"了。"都因昨夜一场霜，寂寞在秋江上。"一场风霜过后，秋荷凋零了，嫩叶衰萎了，只留了干荷叶，确实有寂寞之感，但依然迎风傲霜，挺立在秋江上，摇荡在秋风中。这样一个形象，它的象征意义是什么呢？作者显达的经历中，很难推断出这首小令有什么自喻的痕迹。因此，这首小令似乎也可以看作一首朦胧诗。

第二首的含义则非常明确，概括四个字，就是"杭州怀古"。曲中所涉及的地名，都在杭州。南高峰在杭州烟霞岭西北，北高峰在灵隐寺后，二峰互相对峙，登临眺望，钱塘江萦回若带，西子湖波光如鉴，周围群山屏列，杭州风景，尽收眼底。烟霞洞在南高峰下的烟霞岭，洞深20多米，有石刻十八罗汉，洞口分列造于宋初的半圆雕观音。吴山在西湖东南面，山体伸入市区，山势起伏，绵亘数里，春秋时为吴国故界，故名吴山。这首小令，写杭州景物、市容，南北高峰、吴山、烟霞洞依旧是那么美，市井的酒楼饭店依旧是那么繁华，但却蒙上了一层暗淡的色彩。一个"依旧"，透露了山水依旧、人事全非的改朝换代的消息；再加一个"惨淡"（阴云暗天光），表达了作者心灵上为南宁灭亡所蒙上的阴影。"宋高宗，一场空"，说的是他的"江南梦"。宋高宗在金国攻势之下，渡江而南，迁都临安（杭州），先是任用岳飞等抗击金兵，继而又听信主和派秦桧，杀害岳飞，割弃秦岭淮河以北大片土地，向金称臣纳贡，目的都是为了偏安江南，但到头来只不过是一场梦。"两度江南梦"，宋高宗算"一度"；高宗传位于孝宗后，孝宗先是任用张浚抗金，继而又在隆兴元年（1163）与金重订和约，重走高宗的老路，这可以说是又一度"江南梦"。但"两度江南梦"，落得"一场空"，南宋的投降主义、偏安思想终于断送了宋室江山。这首小令把写景和怀古结合起来，在怀古中，侧重批判了宋高宗的"江南梦"，明白决断地用"一场空"三字为偏安江南的决策作了结论，供后人借鉴，有较为深刻的思想意义。

杜仁杰（约1201~1283后）字仲梁，号止轩，长清（今属山东）人。原名之元，字善夫。金末隐居，与友人以诗篇唱和。入元后，屡征不起。颇受元好问赏识。有《善夫先生集》。所作散曲今存小令一首，套数四套。所作套数〔般涉调·耍孩儿]《庄家不识勾栏》非常著名，是后人研究元代杂剧表演情况的宝贵资料。

般涉调·耍孩儿

杜仁杰

庄家不识构阑

风调雨顺民安乐，都不似俺庄家快活。桑蚕五谷十分收①，官司无甚差科。当村许下还心愿，来到城中买些纸火。正打街头过，见吊个花碌碌纸榜，不似那答儿闹穰穰人多。

[六煞] 见一个人手撑着椽做的门，高声的叫"请请"，道"迟来的满了无处停坐"。说道"前截儿院本《调风月》，背后幺末敷演《刘耍和》"。高声叫"赶散易得，难得的妆哈"。

[五煞] 要了二百钱放过咱，入得门上个木坡。见层层叠叠团圞坐。抬头觑是个钟楼模样，往下觑却是人旋窝。见几个妇女向台儿上坐。又不是迎神赛社，不住的擂鼓筛锣。

[四煞] 一个女孩儿转了几遭，不多时引出一伙。中间里一个央人货。裹着枚皂头巾顶上插一管笔，满脸石灰更着些黑道儿抹。知他待是②如何过？浑身上下，则穿领花布直裰。

[三煞] 念了会诗共词，说了会③赋与歌。无差错。唇天口地无高下，巧语花言记许多。临绝末，道了低头撮脚，爨罢将幺拨。

[二煞] 一个妆做张太公，他改做小二哥。行行行说向城中过。见个年少的妇女向帘儿下立，那老子用意铺谋④待取⑤做老婆。教小二哥相说合⑥，但要的豆谷米麦，问甚布绢纱罗。

[一煞] 教太公往前挪不敢往后挪，抬左脚不敢抬右脚。翻来覆去由他一个。太公心下实焦躁⑦，把一个皮棒槌则一下打做两半个。我则道脑袋天灵破，则道兴词告状，划地大笑呵呵。

[尾] 则被一泡尿，爆的我没奈何，刚捱刚忍更待看些儿个，枉⑧被这驴颓⑨笑杀我。

【注释】

①十分收：即丰收。十分，充足圆满的意思。

②待是：将要，打算。

③会：一会儿。

④铺谋：设计，谋划。

⑤取：同"娶"。

⑥说合：说媒。

⑦焦躁：着急烦躁。

⑧枉：白白地，徒然。

⑨驴颓：雄驴的生殖器。这是骂人的话。

【鉴赏】

这支《庄家不识构阑》套曲，是元散曲中少有的一篇别开生面、风格独特的曲子。全曲共包括八支曲子，作者以高度口语化的代言叙述方式，描写了一个庄稼人在城里的剧场看戏的经过。其中 [六煞] 写庄稼人进城还愿偶然看到剧场前的热闹情形。从全曲故事发展的顺序看，它是一个楔子，因为只有"风调雨顺民安乐""桑蚕五谷十分收"，庄稼人才要"还心愿"，从而就要"来到城中买些纸火"，也才得有机会进剧场看戏。[五煞] 写剧场把门人招揽看客的情景。把门

人高声招呼看客，预告上演剧目，显然极有诱惑性，把个进城买纸火还愿的庄稼

人都打动了。[四煞] 写庄稼人进剧场时的所见所闻，[三煞] 写戏台上的演出以及剧中人物的穿着扮相，[二煞] 写上演剧目的角色分配和剧情，[一煞] 写剧情的进一步发展和结局，[尾] 写庄稼人因内急而中途退场。整个故事情节的发展是按时间顺序来进行的，作者紧紧抓住"不识"二字，因其是庄稼人，所以不识，而因其不识，所以才滑稽有趣。事物的本来样子经庄稼人的眼都变了形，城里人不以为怪的场景他却觉得不可理解：一份演戏的海报，他说是个花花绿绿榜纸；看戏的看台，他说是个木坡；演戏的戏台，他说是个钟楼；明明是演戏时不可少的伴奏班子，他却纳闷"又不是迎神赛社"，怎么"不住的擂鼓筛锣"；杂剧演员一般有四五个人，他们的出场是有一定程序的，而庄稼人的描述却是这样："一个女孩儿转了几遭，不多时引出一伙"；杂剧演员的头饰，古称籫笔，长五寸，是古代行礼时用的冠饰，庄稼人不认识，竟以为人家"顶门上插一管笔"；杂剧演员的脸谱化妆，在庄稼人看来是"满脸石灰更着些黑道儿抹"，这样的怪样子，又穿着花衣裳，庄稼人心实，还担心这人怎么过日子，其实内行一看就知道这是个丑角；演戏时用的道具"磕瓜"，供副末演员扑击副净演员以调笑逗乐时用，形状像皮棒槌，但里面包了棉布，打起人来是不痛的，庄稼人不懂，心想打下去肯定要"脑袋天灵破"。这样一个庄稼人，真像初进大观园的刘姥姥，又像上城的陈焕生，作者以其声口述事，拟其心理观物，从庄稼人特有的生活体验、艺术趣味和欣赏水平出发，把庄稼人初次看戏时无不感到新奇、惊异，少见多怪而又很愉快的心理、神态以及他对剧情的独特理解和评议活灵活现的表现了

出来。作者在这支套曲里大量的使用了当时的口语、俚语，极符合庄稼人的身份，明白晓畅，生动活泼，显得本色当行。作者杜仁杰，人说他性善谑，由这篇作品真可见文如其人，他笔下的庄稼人，憨厚爽直，甚是可爱，不懂便是不懂，而作者对其也只是谑而不虐，并无轻视、鄙薄的意思。

总之，这支套曲在生动的叙事中夹以惟妙惟肖的心理刻画，故事完整，人物丰满，文笔幽默，情趣盎然，充满了轻快、滑稽的气氛，现在读来还极有意思，放下书来，一个只知道看热闹的外行庄稼人的形象便会如在眼前。

王和卿 （1242～1320）原名鼎，字和卿。宦海沉浮多年，未做过高官。大约与关汉卿同时，先关而卒。《辍耕录》谓其"与关汉卿友，常以讥谑加之"。大名（今属河北）人。钟嗣成《录鬼簿》列其于前辈名公，但各本称呼不同，天一阁本称"王和卿学士"，孟称舜本称"散人"。散曲风格滑稽佻达。《全元散曲》录其小令二十一首，套数二套。其散曲创作多表现出玩世不恭的作风。语言活泼，想象大胆。但讽刺有时不择对象，不免堕于恶趣。

仙吕·醉中天 咏大蝴蝶

王和卿

弹①破庄周梦，两翅驾东风。三百座名园、一采一个空。谁道风流种，唬杀寻芳的蜜蜂。轻轻飞动，把卖花人搧②过桥东。

【注释】

①弹：指两翅扇动。

②搧：这里意同"吹"。

【鉴赏】

这是元代散曲家王和卿的一首特别著名的小令。

　　这首《咏大蝴蝶》，按一般的写法，可能要说蝴蝶的形体是如何如何之大、颜色是如何如何之美，极尽渲染之能事，这样即使刻画得毫发逼真，终是形似，缺少神韵。而作者却一反常规，充分发挥形象思维，以"弹破庄周梦，两翅架东风"开端，如神来之笔，遗貌取神，说明大蝴蝶是突破庄周梦境，飞到现实中来的。庄周曾经梦见自己变为一只"栩栩然"活生生的蝴蝶，一觉醒来，并不见蝴蝶，还是自己。他很奇怪，分不清究竟是蝴蝶变成了自己，还是自己变成了蝴蝶，作者借用这个以奇幻著称的故事，说这只大蝴蝶是挣破了古代庄子的美梦才飞到现实世界来的。蝴蝶既然来历不凡，紧接一句，写它像庄子《逍遥游》一文所描写的大鹏一样，"其翼若垂天之云"的蝴蝶，撒开双翅，架着浩荡的乐曲，从天而降。这开端的两句，不言蝴蝶而蝴蝶自见，不言其大而其大自见。然而作者并不停止于写蝴蝶奇特的来历和硕大无比的体型，而是写它来到人间的惊人表现，突出它采集花蜜的本领与速度。"三百座名园，一采一个空"，其神态之飘逸，气魄之不凡，这究竟是什么样的蝴蝶呀！笔锋一转，一句反问："难道风流种？"然后拈出他物作为反衬，形成两种对立的艺术形象，更耐人寻思：花园中寻芳的蜜蜂，被从梦中飞出的蝴蝶把三百座名园的花蜜一采一个空的行为吓得魂飞魄散，不仅如此，就连卖花的人也被大蝴蝶轻轻地一扇，扇过桥东去了，你看蝴蝶大也不大？作者的这一笔，真是妙笔生花，不仅把大蝴蝶写活了，而且表明大蝴蝶绝非一般采蜜的蜂和卖花的人之类的"风流种"所可同日而语、相提并论的，因而，这首咏物的小令，不能认为仅仅是作者凭主观的想象，以滑稽、诙谐取悦读者，而是披着幽默的外衣，对当时的社会现象进行辛辣的讽刺。元代从首都大都到地方官府，多是贪污腐化无恶不作，从京城到地方官吏无不贪赃枉法，还有许多抢劫掠夺妇女的"花花太岁""浪子丧门"，不仅掠夺妇女、霸占人妻，还为所欲为，如蜜蜂采蜜，搜刮人民，以供养自己与上官的口腹之欲，又如卖花人，采花卖花，满足自己和上官的声色之乐，真是"一丛深色花，十户中人赋！"面对如此不公平的世道，作者就发挥浪漫主义的幻想，希望出现一只荡垢去污的大蝴蝶，飞到现实世界中来，打破现实社会的不合理秩序，把元朝统治阶级赖以为欢纵欲的"三百座名园"连花带蜜，一扫而空。蝴蝶实际上是作者理想人物的象征。作者反问，这只蝴蝶"难道风流种？"就是说它并非下流的"风流种"，而是别有寄托。

这首小令，构思奇幻，意境清新。在艺术手法上，主要采取"以虚带实"的手法。王骥德《曲律》卷三《论咏物第二十六》曰："咏物勿得骂题，却要开口便见得是何物……令人仿佛如灯镜传影，了然目中，却又捉摸不得，方是妙手。元人王和卿《咏大蝴蝶》云云，只起一句，便知是大蝴蝶，下文势如破竹，却无一句不是俊语。"王骥德这一评语极有见地，所谓"灯镜传影"，即如严羽所说："空中之音，相中之色，水中之月，镜中之像"，似实而虚，似真而幻，历历如在目前，但又可望而不可即。如"挣破庄周梦"一语，可以想象，但不可捉摸。在言论不自由的元代，这种以虚带实、滑稽诙谐，也是继承了东方朔等人的传统的。

其次，这首小令用夸张手法，写蝴蝶之大，梦境既不能容纳，又束缚不住，所以加以挣破，而它的飞舞既不是"款款地"，又不是"栩栩然"，而是"两翅架东风"，非常准确地夸张理想人物的来无影、去无踪。与此同时，也非常幽默地夸张采蜜之蜂和卖花之人的狼狈情形。这种夸张手法创造了两种既对立又统一的艺术形象，寄托了作者的美学理想。

总之，这首小令风格别致，手法灵活，时而虚写，时而实写，时而惊呼，时而反衬，婉转多姿，给人以活泼跳荡的连动美。

双调·拨不断 大鱼

王和卿

胜神鳌①，夯②风涛，脊梁上轻负着蓬莱岛。万里夕阳锦背③高，翻身犹恨东洋小。太公④怎钓？

【注释】

①神鳌：传说中的海上大鳌。

②夯：扛。

③锦背：色彩鲜艳美丽的鱼背。

④太公：即姜太公吕尚。

【鉴赏】

这首《大鱼》，完全出自作者浪漫主义的奇特想象，其寓意十分深远。

这是一条怎样的大鱼呢？"胜神鳌，卷风涛，脊梁上轻负着蓬莱岛。"蓬莱岛是古代传说中的五座仙山之一，它在大海中漂浮。天帝为了固定它的位置，派遣15只巨大的神龟（神鳌）用头顶着这五座山（见《列子·汤问》）。而这条大鱼显然比15只神鳌的力量大，它"轻负着蓬莱岛"，并不感到沉重，而且还能卷起风涛，甚至还要让脊背高高地浮在水面，"万里夕阳锦背高"这一特写镜头，十分壮美。一望无边的大海在夕阳中恢复了规律性的平静，而西下的夕阳就像一只远程探照灯似的照着那条大鱼的脊背，银光闪闪，像一段锦也似的雪白，多么耀眼，多么引人

注目。仅仅从这脊背就能判断，这条鱼之长，不"知其几千里也"，它要翻个身，只怕"翻身犹恨东洋小"呢！这样的大鱼，那渭水把钓的姜太公钓得动吗？

作者极力夸颂的这条大鱼指的是什么呢？我认为正是作者自己、作者的朋友关汉卿等空有抱负、但生不逢时的元代知识分子的象征。论据有三：其一，这条大鱼和《庄子·逍遥游》的那条大鱼何其相似："北冥有鱼，其名为鲲。鲲之大，不知其几千里也。"所不同的是，北冥之鲲"化而为鸟，其名为鹏"。大鹏展翅，扶摇直上九万里，而这条大鱼呢？不仅不能奋飞，而且背负神山，东洋水浅，翻身尚不得自由呢？这和"九儒十丐"的元代知识分子的命运多么相似！证据之二，作者劈首一句"胜神鳌"，耐人寻味。神鳌不仅是神龟，"独占鳌头"指的是中状元。元初知识分子功名无望，但他们并不认为自己没本事，他们认为自己是有理想有抱负有学问的，胜过那些状元郎。只是时运不佳，生不逢时而已！论据之三："太公怎钓"也发人深思，大家都知道，姜太公热衷功名，年过八十尚在渭水垂钓，等待时机。所谓"太公把钓，愿者上钩"，是说太公钓鱼是假，钓君王是真！元代的散曲作家不屑于功名，因而对"太公把钓"之类的事也

是加以嘲笑的。试看：在"翻身犹恨东洋小"的大鱼面前，姜太公是何等的渺小啊！作者的褒贬和扬抑是十分明确的。

读完这支曲子，一般的读者只是欣赏作者丰富的想象和语意的诙谐幽默，引人发笑，我觉得作者写到尾句，确实也在笑，但那是苦笑，苦笑的背后，隐藏着元代知识分子共有的壮志难酬的悲痛。因而，将这支曲子看作元代知识分子的自画像，是一点也不过分的。

商调·百字知秋令

王和卿

绛蜡残半明不灭寒灰看时看节落，沉烟烬细里末里微分间即里渐里消。碧纱窗外风弄雨昔留昔零打芭蕉，恼碎芳心近砌下啾啾唧唧寒蛩闹。惊回幽梦丁丁当当檐间铁马敲，半倚单枕乞留乞良捱彻今宵。只被这一弄儿凄凉，断送的愁人登时间病了。

【鉴赏】

这首曲写闺中少妇于秋宵怀念丈夫的怨情，曲中写景衬情，以景明情，尤以叠词运用熨帖自然，颇具特色。

曲的上半截写睡前的相思之苦。首先写室内情况，蜡烛已烧得将尽，其光"半明不灭"，烛芯上的灰节节爆落，这就暗示了时间已很久，同时其半明不灭的光亮，也衬托了妇女黯淡的心情。炉中燃的香已将尽，袅袅上浮的烟已很微弱。这奄奄一息的香烟，犹如妇人渺渺的情思，虽已微弱但仍绵绵不断。思妇点烛焚香，是思念亲人不能入睡，也是在默祷着亲人在外平安，早日回家。其次写室外情况，窗外风吹雨打芭蕉，犹如敲打在她的心扉上，也似她泪滴不止。靠近的阶砌下蟋蟀啾啾唧唧鸣叫不已，雨声、虫声，杂乱中又带有凄怨，构成一片凄凉的气氛，更使思妇心绪不宁。曲的上半截一从形方面着笔，一从声方面落墨，其形，光亮暗淡，烟丝微弱；其声，寒意逼人，声响低沉，正是秋风秋雨，秋声秋色，秋意浓重，撩人愁思。曲的下半截写梦醒后的苦况。檐间铁马使思妇梦中惊醒，她怎么也不得再行入眠，半倚单枕，静听铁马丁当，思念丈夫回还，通宵不寐。最后总煞：这凄凉景象使"愁人登时间病了"。

这首小令巧用叠词，使语言节奏和人物情绪密合无间。写人感知外物，"看时看节落"，"细里末里"消，写出了看着蜡将灭、香将尽时的心理感受。摹声的，如"昔留昔零""啾啾唧唧""丁丁当当"；写状态，"乞留乞良"，都曲尽其致。使人不仅直觉其语言的节奏美，而且情绪随之起伏跌宕，受到感染。

仙吕·一半儿　题情（四首）

王和卿

鸦翎般水鬓似刀裁，小颗颗芙蓉花额儿窄。待不梳妆怕娘左猜，不免插金钗。一半儿髻松一半儿歪。

书来和泪怕开缄，又不归来空再三。这样病儿谁惯耽？越恁瘦岩岩。一半儿增添一半儿减。

将来书信手拈着，灯下姿姿观觑了。两三行字真带草。提起来越心焦，一半儿丝搏一半儿烧。

别来宽褪缕金衣，粉悴烟憔减玉肌。泪点儿只除衫袖知。盼佳期，一半儿才干一半儿湿。

【鉴赏】

这四支曲子应当连读，因为这是写一位少女从早到晚思念情人的全过程，虽然是四个片段，但又是一个完整的整体，是肢解不得的。

第一支曲子写少女早晨梳妆的情形。"鸦翎般水鬓似刀裁，小颗颗芙蓉花额儿窄。"这是少女梳妆之后对镜自照的印象。鬓发是乌黑而整齐的，显得像乌鸦的羽毛，齐得像刀子剪过似的，刘海儿上面还插上一朵小小的木芙蓉花，这一来额头似乎是窄了一点。姑娘的心里又满意又不满意。为何梳得不大好呢？原来她的心上人不在身边，她牵肠挂肚，哪来的精神去打扮呢？可是，不梳洗也不行，一个姑娘家蓬头垢面，茶饭无心，细心的母亲就会猜疑追问，发现破绽了。"待不梳妆怕娘左猜，不免插金钗。"只好勉强地梳理了一下。侧着身子再一照呢？发现自己的头发"一半儿髽松一半儿歪"。因此，这支曲子是写情郎去后懒梳妆，若不梳妆又怕娘的矛盾心理，这一心理充分反映在她那似梳未梳、亦好亦坏的装扮上，深刻表现了封建礼教约束下的少女爱情不能自主的痛苦心情。作者的表现手法是通过外貌描写来揭示少女的内心世界，心细如丝，体会入微。

第二支曲子是写白天少女接到情人书信时的心情。信是来了，可是接信泪双流，不敢拆开看，为什么？"又不归来空再三。"已经来过好几封信了，但都说是不能回来，一次又一次的期待化为泡影。从期望到失望已经反复多次了，所以接信"怕开缄"，"这样病儿谁惯耽？越恁瘦岩岩。""这样病"是什么病？当然是相思病，但又不全是。相思只是想念，而这位少女还有担心和失望，这就更为难熬了。"谁惯耽？"谁能长久地忍受？她相信，她是世界上最痛苦的人。"越恁瘦岩岩"，越是这样熬下去就会越瘦。岩岩，是形容瘦的样子。"一半儿增添一半儿减"，增添了什么？增添的是愁苦。减去的是什么？减去的是体重。作者故意不说破，但这是可想而知的。

第三支曲是写少女晚上悄悄看情书的情形。上曲写到"书来和泪怕开缄"，但她还是要看的。只是白天人多眼杂不敢看，"将来书信手拈着"，她紧紧地捏在手里，等到晚上，才"灯下姿姿观觑了"。观觑，就是偷偷地看。姿姿，这里是仔仔细细的意思。是不是信很长呢？失望得很，"两三行字真带草"，就三两行字，还写得不大认真，说是正楷，又带点草书的味道。真是多情女对薄情郎呵！为何不多写几句？既然不能回来，思念之情总该有吧？为何不写上呢？是不是变了心？哎！"提起来越心焦"！显然，这位少女由期望而失望，由失望转而焦虑了。"一半儿丝捑一半儿烧。"这封信还不能久看，得赶紧烧掉，一边烧一边在思寻（丝捑）。她想不通的是：为什么久不归？为什么就那么三两句话？一个封建社会里的少女，她的爱情不仅受到封建礼教的束缚，同时也受到多妻多妾的夫权婚姻制度的摧残，她的担心是不无道理的。

第四支曲子，是写少女深夜更衣睡觉时的心情。脱衣上床的时候，这个少女感觉到衣服很松宽，为什么？"粉悴烟憔减玉肌"，原来不是衣肥，是自己瘦了。"粉悴烟憔"就是面容憔悴的意思。烟，应作胭，胭脂水粉无所谓憔悴，这里是说，原先白里透红的面容憔悴了。如此痛苦，如此消瘦，谁知道？在外的心上人不知道，身边的母亲又不能让她知道。"泪点儿只除衫袖知"，只有擦泪的衫袖是自己的知己，这是何等的孤独和苦闷啊！"盼佳期"，佳期何在？"一半儿才干一半儿湿"，衫袖上的泪痕干一块湿一块，旧泪痕上又添新泪痕。

越调·小桃红　　胖妓

王和卿

夜深交颈效鸳鸯，锦被翻红浪。雨歇云收那情况，难当，一翻翻在人身上。偌①长偌大，偌粗偌胖，压扁沈东阳②。

【注释】

①偌：如此。

②沈东阳：南朝齐梁间诗人沈约，曾官东阳太守，人称沈东阳。沈约有《与徐勉书》："百日数旬，革带常应移孔。"谓因多病而腰围瘦损。这里即以"沈东阳"借称瘦腰男子。

【鉴赏】

这首小令的题材和趣味登不上大雅之堂，但它袒示了早期散曲的"俚曲"的胎记，其所表现出的风趣活泼，也是一目了然的。作者于煞有介事的交代背景后，安排了床上翻身、"压扁沈东阳"的可笑情节，可谓出奇制胜。"交颈效鸳鸯""锦被翻红浪""雨歇云收"等都是说唱文学中用得滥熟的文字，所谓"强作斯文语"，我们只要举一则明人模仿元人语言风格所做的《小桃红·西厢百咏》为例，就不难体会到这一点："高烧银烛照红妆，低簇芙蓉帐。倒凤颠鸾那狂荡，喜洋洋，春生翠被翻红浪。"（《雨云欢会》）而"偌长偌大，偌粗偌胖"，那就更是百分之百的通俗口语。这一切诚如徐渭在《南词叙录》中所说，"常言俗语，扭作曲子，点铁成金，信是妙手"。喜剧情节和俚语俗言，可说是元代谐谑性散曲的两大要素。

中国戏剧源于俳优表演，因而带上特有的笑乐性。到了元代的杂剧，仍保留着净、丑的角色，插科打诨也成为元杂剧风味的一个必不可少的组成部分。这种欣赏习惯，对元散曲应当说有直接的影响，致使谑乐也成为散曲的一项审美内容。散曲与杂剧互相间的交通、影响，注意的人不多，却是客观存在的。

大石调·蓦山溪 （套数）

王和卿

冬天易晚，又早黄昏后。修竹小阑干，空倚遍寒生翠袖。萧萧[1]宝马，何处狂游？

[幺] 人已静，夜将阑[2]，不信今宵又。大抵为人图甚么，彼此青春年幼。似恁的[3]厮禁持，兀的不[4]白了人头。

[女冠子] 过一宵，胜九秋[5]。且将针线，把一扇鞋儿绣。蓦听得马嘶人语，甫能[6]来到，却又早十分殢酒[7]。

[好观音] 枉了教人深闺里候，疏狂性奄然[8]依旧。不成器乔公事[9]做的泄漏，衣纽不曾扣。待伊酒醒明白究。

[雁过南楼煞] 问着时只办着[10]摆手，骂着时悄不开口。放伊不过耳朵儿扭。你道不曾共外人欢偶，把你爱惜前程[11]遥指定梅梢月儿咒。

【注释】

①萧萧：马嘶鸣声。

②阑：深。

③恁的：这样的。厮：相。禁持：约束，拘束。

④兀的不：怎么不。

⑤九秋：九年。

⑥甫能：方才。

⑦殢酒：病酒。

⑧奄然：安然。

⑨乔公事：混账事。乔，假。

⑩只办着：一味地。

⑪前程：将来。

【鉴赏】

这首套曲以写景开始，既交代了女主人公冬夜等候丈夫回家的背景，又借杜甫"天寒翠袖薄，日暮倚修竹"（《佳人》）的意境暗示了她的"佳人"形象。接着让她吐出幽怨和心声，便使读者对她在下文又恨又爱的表现有了充分的理解。

［幺］篇中"不信今宵又"语淡意深。一个"又"字回应首曲"又早黄昏后"的"又"，显示出男子的"狂游"晚归已是屡见不鲜。但女子的态度依然是"不信"，这就见出了她的一往情深。"不信"并非不承认现实，而是因为女子有着执着的理念："大抵为人图甚么，彼此青春年幼。"女子对丈夫别无所图，唯一希冀的就是永远拥有着青春的美好理想。唐玄宗李隆基《好时光》："莫倚倾国貌，嫁娶个有情郎。彼此当年少，莫负好时光。"代表了古人对少年夫妻及时行乐的祝福和理解。曲中女子也是抱着这样的信念，于是她才会一边等待，又一边怨恨。这种自白只有在曲中才能毫不费力地直诉无余，在诗词等韵体中是不易达到此等效果的。

以下的情节曲折多致而富于生活真实。在经过度日如年的等待之后，丈夫终于回到了家，却露出了"乔公事"的蛛丝马迹。妻子追问，忍不住从嗔骂到动手扭住耳朵，然而最后要求丈夫的仅只是把"爱惜前程"的月下盟誓再复述一遍。她不愿让自己相信丈夫在外惹草拈花的事实，心中还忘不了当初"指定梅梢月儿咒"的恋情，这就再度显示出她的善良和痴情。全篇以女子的口吻娓娓诉出，融写景、叙事、诉情于一体，注重情节的戏剧性，无疑同接受民间说唱文学的影响有关。而散曲套数在逼肖声气、描摹心情、表现生活内容等等方面，确实于韵体中占有特别的优势。

盍志学 官学士，见《录鬼簿》。存世小令一首。

双调·蟾宫曲

盍志学

陶渊明自不合时，采菊东篱，为赋新诗。独对南山，泛秋香有酒盈卮。一个小颗颗彭泽县儿，五斗米懒折腰肢。乐以琴诗，畅会寻思，万古流传，赋归去来辞。

【鉴赏】

[蟾宫曲]，又名[折桂令]、[天香引]。盍志学[双调·蟾宫曲]，《乐府群珠》题作《咏渊明》，是颂扬晋朝大诗人陶潜事迹的一只令曲。曲词不分遍（段），但全曲的布局却甚为严密：前半描述陶渊明清高孤傲的品格，后半揭示产生这种品格的社会根源及意义，前后构成一个统一的艺术整体。

"陶渊明自不合时，采菊东篱，为赋新诗。"三句为总叙，谓陶渊明不愿与世俗社会同流合污，为了诗书事业，宁愿辞官，过着采菊赋诗的生活。"独对南山，泛秋香有酒盈卮。"二句写饮酒，与上三句所写采菊赋诗，体现了陶渊明归隐生活的全部内容。这是从陶渊明《饮酒》诗"采菊东篱下，悠然见南山"化出的。"自"与"独"二字，突出了渊明的清高孤傲品格。

"一个小颗颗彭泽县儿，五斗米懒折腰肢。"二句揭示辞官原因。《宋书·陶渊明传》载："为彭泽令，郡遣督邮至，县吏白，应束带见之，潜叹曰：'我不能为五斗米折腰向乡里小人。'即日解印绶去职，赋《归去来》。"作者将史传材料融入曲中，"小颗颗"状鼓泽县儿，并以一"懒"字说不愿为五斗米折腰，可谓传神之笔，不仅使陶渊明清高孤傲品格进一步具体化，而且也表现了作者的立场与态度，带有浓厚的主观色彩。"乐以琴诗，畅会寻思，万古流传，赋《归去来辞》。"这是对陶渊明辞官归去行动的热情赞扬。"乐以琴诗"，即《归去来辞》中"乐琴书以消忧"之意，四字点明了陶渊明高洁的生活情趣。陶渊明为彭泽县令，在官八十余日，"公由之利"，虽"足以为酒"，但他"性质自然"，不愿矫情做违心之事，所以才有罢官之举。在《归园田居》诗中，曾明确地道出这种情绪，曰："少无适俗韵，性本爱丘山"。这是陶渊明的真禀性，也是辞官归隐的根本原因。因此，免职之后，飞出"樊笼"，寻思畅会，写下了《归去来辞》这篇流传万古的诗章。歌曲以此作结，使得陶渊明的形象更加闪耀光彩。

此曲篇幅短窄，用之塑造人物形象，难度较大。但作者大量掉书袋，既融会贯通为我所用，又无堆垛痕迹，却有效地增大了曲的容量。而且，作者还善于运用点睛之笔，将史传中有关材料片段串在一起，并在关键部位安排若干带有主观色彩的字眼，加以传神，使人物内心世界呈现得更为丰富多彩。因此，所塑造的人物形象是站立得起的。

仙吕·赏花时

盍志学

香径泥融燕语喧，彩槛风微蝶影翩，飞絮擘香绵。娇莺时啭，惊起绿窗眠。

[煞尾] 惜花愁，伤春怨，萦系杀多情少年。何处狂游袅玉鞭，谩教人暗卜金钱。空写遍翠涛笺，鱼雁难传。似这般白日黄昏怎过遣，青鸾信远，紫箫声转，画楼中闲杀月明天。

【鉴赏】

这一套数，有本题作《春怨》，抒写恋情，与"清新绵邈"之仙吕宫，情调正相宜。

第一曲［赏花时］，开篇一个并列对句，"香径泥融燕语喧，彩槛风微蝶影翩"。格式甚工整。从布景方面看，二句所写层次有所不同。"香径泥融"，指远处景象，"彩槛风微"为近处景象。远处的花间小径，泥土为春雨浸湿，传来了衔泥燕子一阵阵喧闹声；近处的彩槛，百花盛开，蝴蝶在微风中上下翻飞。槛（鉴），窗户下或长廊旁的栏杆。"彩槛"，指着有颜色的栏杆。二句所写眼前景象，静中有动，充满一派生机。然而，杨柳絮四处飞舞，却同时表明：美好的春天正伴随着落花飞絮匆匆归去。擘，剖，即分开。白居易《秦妇吟》有句："果擘洞庭桔，脍切天池鳞。""飞絮擘香绵"，谓杨柳絮与各种花香（香绵）沾惹在一起，到处飘落。这一个五字句说春归去，上面一组对句说春天里的热闹景象，两相对照，其中暗含"伤""怨"之意。

最后两句，由黄莺叫声带出这一个套数所要描写的人物。这是一位女主人公，此时正在绿窗下睡觉。作者吩咐黄莺，莫要把她惊起。这里，莺之上着一"娇"字，既表现黄莺歌声之婉转动听，又暗示多愁女子之弱不禁风。这时候，这位女主人公虽未出场，但其内心世界究竟如何，却已由此透露出几分消息来。

以上这支小曲，言犹未尽，接着［煞尾］将女主人公的心绪和盘托出。

"惜花愁，伤春怨，萦系杀多情少年。"三句直接说出"愁"与"怨"的内容及产生"愁"与"怨"的原因。就外部景象描写看，是落花飞絮触动愁思，产生怜惜、伤感情绪，但这仅是表面现象，为什么"愁"，为什么"怨"，根源乃在：思念着多情少年。"萦系杀"，亟写其牵肠挂肚的相思情状。由于过分相思，因此伤春、怨春，因此害怕给黄莺叫醒。这一个［煞尾］与上一只小曲内在联系甚为严紧。

"何处狂游袅玉鞭，谩教人暗卜金钱。"二句说暗自计算归期，具体表现相思情绪。上一句写多情少年一方，谓其到处浪游，带着责怪之意；下一句写绿窗下女子一方，谓其暗卜金钱，颇动怜惜之心。"袅玉鞭"与"卜金钱"，分写双方情事，而用"狂"与"暗"加以修饰，形成鲜明对照，进一步显示女方的相思之苦。"袅"（鸟），摇曳貌。袅玉鞭，谓其不停息地策马摇鞭，不停息地游玩。卜，占卜。卜金钱，谓其以金钱作占卜之具，计算着归期。这其间，"谩教人"三字颇带怨恨情绪。

"空写遍翠涛笺，鱼雁难传。"二句集中写女方，谓其接连写了许多信，用以诉说相思情绪，但因为多情少年没有固定的地址，这些书信无法传递，即使写遍了翠涛笺，也是空费心机。翠涛笺，即薛涛笺。唐代女诗人薛涛（？～约834），长安（今属陕西）人。幼时随父入蜀。后为乐妓。能诗，时称女校书。曾居浣花溪，创制深红小笺写诗，人称"薛涛笺"。鱼雁，指书信。

"似这般白日黄昏怎过遣，青鸾信远，紫箫声转，画楼中闲杀月明天。"是[煞尾]的结束语，谓这样的日子难以打发。"似这般"，指的就是上文所说种种相思情状。因为相思太苦，无法排解，白日黄昏难以打发。这是平日里相思所造成的结果。而每逢月明之夜，独自相思，则更加难堪。青鸾，即青鸟，乃西王母传信使者，此用作传递信息的一般使者。一方面是"鱼雁难传"，情书寄不出去，另一方面是"青鸾信远"，无法获知多情少年的消息。紫箫，或称紫云箫，萨都剌诗有句"天晚不闻青玉佩，月明偷弄紫云箫"。月明之夜弄此，当另有一番情绪。歌曲将"青鸾"与"紫箫"并举，谓此时得不到恋人信息，只闻紫箫之声。最后一句用一"闲"字，突出画楼中女主人的寂寞空虚情绪，说明这个夜晚比起白日黄昏更加难熬。

[煞尾]至此，倾诉心曲已甚完全彻底。这一部分与前头令曲[仙吕·赏花时]，两相对照，可见作用颇为不同。前头令曲侧重外景描写，"愁""怨"之意寓其中，[煞尾]则直说，无有顾藉、无有保留地显示其内心奥秘。但两个部分所写，中心点在"惊起绿窗眠"一句。作者并通过绿窗下女子之所感，所思所愁、所怨，将外部物景与内部心境融为一个艺术整体。因此，整个套数所创造的意境是十分和谐的。

盍西村　盱眙（今属江苏）人。生平事迹不详。钟嗣成《录鬼簿》"前辈名公乐章传于世者"列"盍士常学士"，或即此人。今存散曲小令十七首，套数一套。或写景，或抒怀，或描写离情别绪，曲文流畅自然，风格清新健朗。《太和正音谱》评其曲："如清风爽籁。"

越调·小桃红 临川八景（选五）

盍西村

江岸水灯

万家灯火闹春桥，十里光相照，舞凤翔鸾势绝妙。可怜①宵，波间②涌出蓬莱岛。香烟乱飘，笙歌喧闹，飞上玉楼腰。

【注释】

①可怜：可爱。

②波间：意为水上涌现的灯船，就像蓬莱仙岛一样美丽。

【鉴赏】

盍西村以《临川八景》为题写了八首描绘临川风景的小令。临川，县名，在江西省东北部。这八景分别是：东城春早、西园秋暮、江岸水灯、金堤风柳、客船晚烟、戍楼残霞、市桥月色、莲塘雨声。

这首《江岸水灯》写正月十五元宵佳节作者在江岸观看花灯的情景。江岸上充满了欢腾的人群和各式各样的花灯，十里岸堤到处灯光闪耀。再看江中，灯火通明的彩船好似蓬莱仙岛。岸上、江中彩灯互相映照，花灯的辉焰与笙歌笑语飘向空中，缭绕玉楼，江岸节日的热闹气氛达到了高潮。

戍楼残霞

戍楼残照断霞红，只有青山送，梨叶新来带霜重。望归鸿，归鸿也被西风弄。闲愁万种，旧游云梦，回首月明中。

【鉴赏】

游客思归是这首小令的主题。戍楼，指边防地区的瞭望楼台。鸿，大雁。弄，玩弄。此处引申为耽误。旧游，指往日行踪或旧日交游。云梦，古泽薮名，一般泛指春秋战国时楚王的游猎区，此处指楚地。

首三句写景，落日染红了天边的晚霞，日将西沉，即与青山告别，景象颇为壮观。"梨叶新来带霜重"，点明已是深秋时节。"望归鸿"二句则指出作者登戍楼的目的不是为了观赏落日，而是为了寻找归鸿。秋色已深，北去的鸿雁该回来了，可是鸿雁与思归的作者一样，都被某种原因耽搁未归。望不到归鸿，更勾起作者万种闲愁，而这愁情别绪又无法排解，不知不觉中已红日西沉、明月当空了。最后三句集中体现思归情绪。这首小令以外部景物烘托人物内心世界，情景交融，曲词明丽流畅，情味隽永。

市桥月色

玉龙高卧一天秋，宝镜青光透，星斗阑干雨晴后。绿悠悠，软风吹动玻璃皱。烟波初流，乾坤如昼，半夜有行舟。

【鉴赏】

首三句写空中景象。玉龙，星名，东方苍龙七宿的统称。高卧，谓其高高挂在天上。宝镜，指明月。这是雨晴后的夜晚，秋高气爽，星斗璀璨，月光如洗。"一天秋"，极写当时夜空宽阔开朗。

"绿悠悠，软风吹动玻璃皱。"二句由空中转向江面，写市桥下的波光水影，在月光照耀下，江面一片碧绿，而晚风吹动，却在江面泛起一层层玻璃般透明的皱纹。"绿"照应"青光"（月光），"软"与"悠悠"也合拍，措辞甚是恰到好处。于是，江面与夜空相映照，上下通明。

"烟波初流，乾坤如昼，半夜有行舟。"三句写行舟。经过一番渲染，眼前的天地（乾坤）如同白昼一般。这是夜半时刻，万籁沉寂，只有烟波追逐着流水，无声流逝。最后，作者在画面上平添一叶扁舟，以为全曲结尾，留下了无穷韵味。

这首歌曲描绘月光下的临川风景，立足点在市桥，天空、江面均从这里铺展开来，所呈现的景象通明透亮、富有生机。读之令人神往。

莲塘雨声

忽闻疏雨打新荷，有梦都惊破。头上闲云片时过，泛晴波，兰舟饱载风流货。诸般小可，齐声高和，唱彻采莲歌。

【鉴赏】

作者只把莲塘雨声做一个引子来写。"忽闻疏雨打新荷，有梦都惊破。"不是一般的雨声，也不是一般的莲塘雨声（诸如残荷秋雨之类），而是疏雨新荷，疏雨一般雨点较大，时间较短，新荷浓绿柔动，疏雨打新荷，声音清亮，把沉睡酣梦的人都惊醒了。"忽闻"是醒来之后才忽然听到，"惊破"是梦中被雨惊醒，互相配合，把梦中乍醒的神态刻画得十分传神，也把荷塘雨声写得活灵活现。但梦中觉来，很快就雨过天晴。眺望长空，"头上闲云片时过"；再看塘中，"泛晴波"，微波映出晴空，清新明丽。正巧有只兰舟飘来，"兰舟饱载风流货"，舟上满载着风流人物——是一船采莲女，还是一船歌伎？由她们的歌喉，引出了一片歌声："诸般小可，齐声高和，唱彻采莲歌。"岸上塘中，各色平民百姓，齐声和唱，采莲歌响彻了水面长空。"小可"是民间口语，犹言"小民"。看来，莲塘的歌声比雨声要更加动人，更加洪亮，更加优美！这"齐声高和"的场景，反映了江南水乡人民的乐观爽朗的性格和当地流行的风俗。

客船晚烟

绿云冉冉锁清湾，香彻东西岸，官课今年九分办。厮追攀，渡头买得新鱼雁。杯盘不干，欢欣无限，忘了大家难。

【鉴赏】

"绿云冉冉锁清湾，香彻东西岸，官课今年九分办"。三句说于公务闲暇出游。大约是在岁末，一年公务（官课）基本完了，即已办得九分，因此有空出游。这里，集中描绘客船所停泊的港湾。"绿云冉冉"，谓此港湾乃在烟雾笼罩当中，而此烟雾正是江面冉冉升起的绿云。着一"锁"字，说明此烟雾之既浓且重。香彻两岸，此"香"乃两岸花草之香及渡头人烟之香，着一"彻"字，突出其浓烈程度。客船就是在这样的环境中夜泊的。

"厮追攀，渡头买得新鱼雁。"谓其登上渡头，经过一番追寻，觅得了"新鱼雁"。鱼雁，指栖息于江渚之鱼与雁，正是绝好的下酒料。谓客船泊岸后，就在渡头买下鲜生鱼及新来的雁。"厮"，互相。"厮追攀"，谓上岸后，游客争先恐后的情状。二句道出了当时的兴奋心情。

"杯盘不干，欢欣无限，忘了大家难。"三句说夜泊时酒宴之无比丰盛及游客之无限欢欣。酒宴上，杯盘交错，尽情尽兴，使这个夜晚成为大家所难以忘却的夜晚。

这首令曲所写物事甚为简单，只是说了却公务事，偷空行乐，但经过一番渲染，却创造出一种欢乐的气氛，真切可感。

越调·小桃红　杂咏

盍西村

杏花开候不曾晴，败尽游人兴。红雪飞来满芳径。
问春莺，春莺无语风方定。小蛮①有情，夜凉人静，
唱彻醉翁②亭。

【注释】

①小蛮：歌女。

②醉翁：本欧阳修自号，这里指作者自己。

【鉴赏】

宋代无名氏写有一首《采桑子》。其词曰："年年才到花时候，风雨成旬。不肯开晴，误却寻花陌上人。今朝报道天晴也，花已成尘。寄语花神，何似当初莫做春。"词意是说，每年百花盛开之时，天公就刮风下雨，经旬不息。人们因在家中，延误了赏花的良辰。是日天虽放晴，但残花遍地已成泥，一片狼藉不忍看。于是人们质问天公："你既让风雨经旬，又何必送来春天？"一种惜春之情跃然纸上。

此曲的意境与这首《采桑子》大体相同。杏花开放，一片火红，煞是好看。然而天公不作美，每到此时，风雨交加，老是不肯放晴。鲜红的杏花在风雨中像雪片纷纷坠落，布满小径。这对游春赏花的人们来说真是大煞风景。面对此景，诗人不免产生惋惜流连之情。他不由自主地探问黄鹂：春光为何逝去得如此之快？黄鹂也无可奈何，只能是无语相对。此时风儿虽定，但落红早已满径，春光再也无法留住。

风雨无情，黄鹂无情，然而歌女有情。这位多情的歌女，在夜深人静之时，唱起了美妙动人的歌曲，这歌声响彻了醉翁亭。这歌，是惜春之歌，也是珍惜青春之歌。唯有这歌声才给诗人以莫大的安慰。

越调·小桃红　杂咏

盍西村

淡烟微雨锁横塘①，且看无风浪。一叶轻舟任飘荡，
芰②荷香，渔歌虽美休高唱。些儿③晚凉，金沙滩上，
多有睡鸳鸯。

【注释】

①横塘：江苏苏州西南地名，又南京秦淮河堤南也称横塘。诗词中常取作江南水乡旖旎的典型。

②芰：菱。

③些儿：少许。

【鉴赏】

古代诗文中的某些地名，如"横塘""南浦""西园"之类，不必强行坐定其实处，已自有其特定的意境与风味。提起"横塘"，人们就会想到江南的水乡，波明水净，绿柳红荷，莲舟轻荡，少男少女们互唱着风情万种的吴歌……作者借此地名，不排除利用人们的联想，但他又限定了特别的氛围，即"淡烟微雨"。一个"锁"字，将横塘置于濛濛细雨的笼罩之中，同时也排除了"热闹"的加入，使水面成了作者的个人世界。

"且看"二字用语平常，却颇可玩味，可以说，它与杜甫"且看欲尽花经眼"的"且看"有异曲同工之妙。"且看"就是那么随随便便、漫不经意地一看，显示出一种平常心。天空固然雨意不绝，湖面却也水波不兴。诗人用"且看"而不用"且喜"，正因为他荡舟的行意已决，"无风浪"，不过是适遇其便而已。顺理成章，就有了下句的"一叶轻舟任飘荡"。在闲适自在中，诗人一步步地揭示了横塘的美。先是"芰荷香"，荷花固不必说，提起芰香，我们就会想起《红楼梦》中香菱论菱香的那一段妙论："若静日静夜或清早半夜细领略了去，

那一股清香比是花都好闻呢。"再是远远传来的一两声渔歌，渐近黄昏送来的轻微的晚凉，在暮色中闪闪发亮的沙滩，还有在滩头并头酣眠的鸳鸯……"渔歌虽美休高唱"是承上启下之笔，它上承"芰荷香"，为烟雨迷茫、清香散溢的恬和水域增加出一种生活的"美"，又通过"休高唱"的折笔，引出了在沙滩晚凉中享受着自然天趣的对对鸳鸯。"多有睡鸳鸯"五字，进一步渲染了横塘美景的安恬，也表现出诗人觅求与珍护生活美的一片深情。

这首小令可以说每一句都是一幅优美的画面，尤其是在"一叶轻舟任飘荡"之后，更是笔致细腻，调动了嗅觉、听觉、感觉、视觉的一切感受，真当得上是"美不胜收"。在景象的历历铺叙中，利用"渔歌虽美休高唱"的曲折，别开一番生面，增加了文意的起伏变化。全曲确如平和的天籁，但这并不意味着不存在作者隐微的寄托。诗人的隐意就表现在起首两句中。前面说过，诗人将"横塘"置于烟笼雨罩的特定环境下，是为了创造出"一叶轻舟任飘荡"的自在空间的需要。但细细深想下去，之所以水面上只剩下"一叶轻舟"，则正是因为作者具有不同尘俗的审美心理与生活方式。所以"淡烟微雨锁横塘，且看无风浪"两句，同唐人《渔歌子》"青箬笠，绿蓑衣，斜风细雨不须归"的句意一样，表现了一种超尘脱俗、不以物累的隐者的孤高。这是作者的深意所在，我们不该忽略。

张弘范

（1238～1280）字仲畴，易州定兴（今属河北）人。中统初，授行军总管，从征李璮。世祖至元元年（1264），为顺天路管民总管。次年，移守大名。至元十一年，元军大举攻宋，为前锋，以功改亳州万户，赐名拔都。后为蒙古汉军都元帅，进军闽广，俘文天祥于海丰五坡岭。在压山大败宋军，灭宋。不久，病卒。《全元散曲》录存其小令三首。著有《淮阳集》。

中吕·喜春来

张弘范

金妆宝剑藏龙口，玉带红绒挂虎头。旌旗影里骤骅骝。
得志秋，喧满凤凰楼。

【鉴赏】

  张弘范曾任行军总管、行军万户等职。元兵渡江南侵，弘范为前锋，直至建康（今南京市）。后为蒙古汉军都元帅，屡破宋兵，并以亡宋。弘范善马槊，颇能为歌诗。这首令曲即展现得胜归来的场面，声势浩大，情思激昂，《乐府群珠》题作《赞武功》，内容及情调与［中吕］声情正相谐和。

  "金妆宝剑藏龙口，玉带红绒挂虎头。"二句为并列对句，写装束，塑造一位威武的将军形象。前一句写宝剑，金妆，或作金装，谓以黄金为宝剑的装饰，而剑鞘又以龙为装饰，所以有"龙口"；后一句写玉带，谓其上以红色绒线悬挂着装饰品——虎头。玉带，乃唐、宋时代官员所用的玉饰的腰带，用以分别官阶之高低。将军所服当属

此。宝剑及玉带均为人物身份的标志，其上再以龙、虎为装饰，就显得更加威风凛凛。

  "旌旗影里骤骅骝"，这是一个波澜壮阔的场面。骅骝，周穆王八骏之一，此谓骏马。杜甫《奉简高三十五使君》诗云："骅骝开道路，鹰隼出风尘。"旌旗，

旗帜的通称，此谓战旗。杜甫《北征》诗云："回首凤翔县，旌旗晚明火。"歌曲描绘骏马，将其置于旌旗影里，并着一"骤"字，极写其声势。这一个"骤"字，一说骏马众多，二说其迅速奔驰，颇见其无坚不可摧、无敌不可破的英雄气概。

"得志秋，喧满凤凰楼。"二句描写凯旋归来满城喧闹的欢跃情景。"得志秋"，即得志之秋，说明是打了胜仗的时候。"凤凰楼"，指宫内的楼阁。鲍照《代陈思王京洛篇》有句："凤楼十二重，四户八绮窗。"歌曲所说，则指整个都城。

这首令曲篇幅甚短窄，仅五句二十九个字，但所展现的场面却无比宽阔，而且还塑造了人物形象，体现了人物情绪，显得有声有色，无比壮观，读之令人奋起。在众多元曲作品中，这首令曲堪称绝构。

越调·天净沙 梅梢月（二首）

张弘范

黄昏低映梅枝，照人两处相思，那的是愁肠断时。弯弯何似，浑如宫样眉儿。

西风落叶长安，夕阳老雁关山，今古别离最难。故人何处，玉箫明月空闲。

【鉴赏】

此〔天净沙〕二首，均抒写离别相思情绪。

第一首令曲正面描写梅梢月并由此梅梢月诉说相思。

开头三句说：黄昏时刻，月上梅梢，月光下梅枝掩映，疏影横斜。我在此地面对梅枝月影，触动相思情绪，他在远方，想必也正在相思之中，而梅梢头上的明月，同时照见分居两地的离人。前两句是具体描绘，第三句直说：这正是愁肠欲断的时刻。

开头三句触景生情，即见月生愁，后二句专门写月，将注意力转移到外部景物上。谓：此刻明月，悬挂梅梢，"弯弯何似，浑如宫样眉儿。"用问答形式写月。宫样，指宫妆。二句意思是：此刻之梅梢月，其弯弯的样式，犹如宫人的画眉。这是对于梅梢月外部形状的描述，以宫样眉儿作比，如联系上文"照人两处相思"句，似乎可领悟其所隐含着的愁思。

歌曲写月，由月写到梅枝下横斜疏影，并由此处之影，联想到彼处之影，点出相思之意，最后又回到月上面，使无情之眉月充满不尽之情思。这首歌曲虽平白易懂，却耐人寻思，其所造意境，深婉而不浅直。

前一首令曲说相思，南女方设想，第二首令曲说别离，由男方设想，角度不同，内容及情调也不一样。

开头三句写远游人的相思情绪。"西风落叶长安"与"夕阳老雁关山"二句对仗，每句均由三组名词堆砌而成，当中不用任何关联语。上一句由贾岛《忆江上吴处士》诗句"秋风吹渭水，落叶下长安"化出，点明时令及处所；下一句写眼前所见景象，包括夕阳、老雁、关山。二句意为：在西风落叶的长安道上，我一个人在外旅行，夕阳下，大雁正飞过山川关隘。二句所写侧重客观物景，但在外物上多所修饰语，使所构成的景象染上了主观色彩。因此，无论是"西风落叶"或者是"夕阳老雁"，处处牵触情思。经此二句具体描述，第三句说"今古别离最难"，也就有了着落。这就是说，开头二句客观景象描述，正为第三句直抒情怀铺垫。三句表明：长安道上的远游人，正在思念着恋人。

后二句："故人何处，玉箫明月空闲。"一问一答，由我方设想对方，进而突出我方相思情景。正在长安道上伤离别的远游人设想，此时此刻，她独守空房，当又是何种情景呢？毫无疑问，当她听到远近的玉箫之声，触动离愁，必定是独自闲杀月明天。然而，这一设想，正反衬远游人相思得无法开解的情景。这也是所谓"今古别离最难"的具体说明。

从谋篇布局上看，这首歌曲说别离，既写我方，又设想对方，以对方反衬我方，所创造的意境颇有"照花前后镜，花面交相映"之妙趣。

两首歌曲相比较，因为抒写角度不同，所创造出的画境（词境），一为明月疏影深闺相思图，一为西风落叶日暮关山行吟图，二者所体现的情绪各异其趣。但是，两首歌曲在艺术表现方法上，仍有其相同之处，即：二者都善于以外在物景体现内心情绪。这正是令曲创作获得成功的主要原因之一。

商挺　（1209~1288）字孟卿，一作梦卿，晚年自号左山老人。曹州济阴（今山东菏泽）人。元初时，任行台幕官，官至枢密副使。善隶书，工山水墨竹。所著诗、曲甚丰，但流传下来的不多。《全元散曲》录存其小令十九首，均描写闺情，手笔细腻，富有民间俗曲风味。

双调·潘妃曲

商　挺

带月披星担惊怕，久立纱窗下。等候他。蓦①听得
门外地皮儿踏②，则道是冤家③，原来风动荼蘼④架。

【注释】

①蓦：忽然。

②地皮儿踏：指脚步声。

③冤家：对所爱人的昵称。

④荼蘼：花名，一名木香，春末开白花、红色小花。

【鉴赏】

在古典诗词中有不少描写男女幽会的作品。这些作品，或含蓄，或直露，风格各异。《诗经·陈风·东门之杨》就是其中的一首佳作。《诗》曰：

> 东门之杨，其叶牂牂。
>
> 昏以为期，明星煌煌。
>
> 东门之杨，其叶肺肺。
>
> 昏以为期，明星晢晢。

此诗意象朦胧，语言含蓄，言简而意丰。每章首二句点明幽会之地。东门之外，白杨成排，树叶苍郁茂盛，环境异常幽静。在这个地方谈情说爱，该多有诗情画意。每章第三句点明幽会之时。时至黄昏，夜幕已经降临，一层层黑纱笼罩着

"东门"。在这个时辰幽会蜜语，更是别有一番滋味。每章末句暗示一方负约不至。一方守信按时来到幽会之地，可另一方却迟迟未来。他（她）等啊等啊，心中万分焦灼。但又不忍遽然离去，于是从黄昏一直等到夜深人静，"明星煌煌"，爱情之执着于此可见。

此曲的意境和《东门之杨》非常相似，曲中也描写了一位少女期待情人前来幽会的情景。在一个月朗星明、寂静无人的夜晚，这位少女担惊受怕，精神上承受着极大的负担。她惊怕什么呢？想必是怕情人负约不至吧。因而她怀着惴惴不安的心情，在纱窗之下久久地站立，等候情人的到来。正当她殷殷期待之时，突然听到从门外传来了一阵声响，她的心禁不住一阵狂跳，惊喜之情达于极致。她以为这声响就是脚步声，更认定是"冤家"赴约而来。然而，她朝窗外定睛一看，却不见人影，刚才听到的声响原来是轻风吹动荼蘼架所发出的声响。此时，她由喜出望外一下子跌入无比失望的深渊。如此强烈的反差，令人爱怜。

此曲堪称一首佳作。明沈仕《榴花泣》云："偶闻人语隔窗纱，不觉猛地浑身乍。却原来是架上鹦哥不是他。"其意趣与此曲颇为相似，受此曲的影响极为明显。

双调·潘妃曲

商 挺

闷酒将来刚刚咽，欲饮先浇奠①。频祝愿，普天下心厮爱②早团圆。谢神天，教俺也频频的勤相见。

【注释】

　　①浇奠：在祭奠祖宗或祈求神灵时，把酒浇在地上，以表示心意虔诚。

　　②厮爱：相爱。

【鉴赏】

　　一位姑娘深深地爱上了一个小伙子。由于在爱情上碰到难以逾越的障碍，因而她内心十分苦恼。

　　如此处境，如此心绪，她唯有借酒排遣，从醉中求得解脱。她举起酒杯，正欲一饮而尽，但这闷酒却又难以下咽。就在这一瞬间，她的意念突然发生了逆转。她洒酒于地，虔诚祭奠，以祈求神灵佑助。由举杯自饮变为洒酒祭神，包含着一个激烈的思想过程：她意识到饮酒岂能浇愁，尽有祈求神灵佑助方能获得美好的爱情。

　　因此，浇奠之后，她开始频频祝愿。这祝愿是理想的燃烧，是对命运的抗争。这姑娘胸襟开阔，推己及人，首先祝愿普天下相爱的人能早日团圆。在封建社会里，男女大防，压抑人性。青年男女自由恋爱被视为大逆不道。他们只能把爱禁锢在心里，化为默默的相思。因而"愿天下有情人都成眷属"便成了青年男女的共同心声。接着她希望神灵多恩典恩典，让自己也能和意中人频频相见。频相见是爱的萌芽，早团圆才是爱的归属。这姑娘正处在初恋阶段，离成婚尚有很大差距。可眼下连"勤相见"也不可得，那"早团圆"就更属渺茫。这姑娘为何不能与意中人"勤相见"呢？她的严厉的父母，或许就是爱情道路上的最大障碍。在一片娓娓祝愿声中，透露出一股不平之气和反抗情绪。

这姑娘既已洒酒祭神，频频祝愿，果真能实现勤相见、早团圆的愿望吗？这就留给读者自己去想象吧。

双调·潘妃曲

商 挺

一点青灯人千里。锦字凭谁寄？雁来稀。花落东君[1]也憔悴。投至[2]望君回。滴尽多少关山泪。

【注释】

①东君：春神。

②投至：等到。

【鉴赏】

这是一首描写离情闺怨的曲词。夫妻二人相隔千里之遥，天各一方，无由团聚。妻子在家独对青灯，孤寂难耐；丈夫在外形单影只，愁绪满怀。这正是"一种相思，两处闲愁"（李清照《一剪梅》）。

由于思念殷切，妻子想给丈夫写封书信以诉衷肠，但是无法投递，因而深感苦恼。这跟宋晏殊《蝶恋花》"欲寄彩笺兼尺素，山长水阔知何处"的意思正同。句中的"锦字"典出《晋书·列女传·窦滔妻苏氏》："窦滔妻苏氏，始平人也，名蕙，字若兰，善属文。滔，符坚时为秦州刺史，被徙流沙，苏氏思之，织锦回文旋图诗以赠滔。婉转循环以读之，词甚凄婉，凡八百四十一字。""锦字"后泛指妻子写给丈夫的书信。在古代，雁是传递书信的使者。据《汉书·苏武传》记载，苏武出使匈奴而被拘留多年，其属吏常惠曾教汉使向匈奴诡言昭帝在上林苑射得北来之雁，雁足系有帛书，因知苏武等尚在。"雁来稀"一句喻指丈夫很少写信回家。这对夫妻音信阻隔，两情难通，真乃苦不堪言。

丈夫不仅离远，而且离家也久。妻子年复一年地盼望丈夫归来，但总是落空。眼下百花凋落，春天又即将归去。面对此景，她慨叹年华虚掷，青春空负，大有美人迟暮之感。她设想等到丈夫归来，还要挨过一段漫长的岁月，还要落下无数相思泪。

在现代社会中，由于工作需要，夫妻两地分居也是常有之事。不过如今通讯畅通，夫妻之间即使相隔万里，也犹近在咫尺。双方只要打一个电话便可互通情愫。生活在现代的人们较之古人则幸福得多。

双调·潘妃曲

商 挺

断肠关山①传情字，无限伤春事，因为憔悴死。只怕傍②人问着时，口儿里强推辞，怎瞒得唐裙裎③。

【注释】

①关山：泛指关隘山川。这里指恋人远游处所。

②傍：通"旁"，指旁观者。

③唐裙裎：指唐式衣裳。这里指相思憔悴程度已达到极点。

【鉴赏】

这首曲词写得很有情趣。一位少女明明思念情人，但她却忸怩作态，矢口否认，这反映出初恋少女那种害羞的心态。

少女的情人出门在外，远隔千里关山，而且久久未归。这对一个正处热恋中的少女来说，其相思之苦可想而知。更为痛苦的是，她心中无限伤心之事还无法向他倾诉。因为成天想他念他，令人愁肠欲断，憔悴要死。

大凡相思之人，其身体是会日渐消瘦的。《古诗十九首》曰："相去日以远，衣带日以缓。"柳永《蝶恋花》云："衣带渐宽终不悔，为伊消得人憔悴。"这"衣带日缓""衣带渐宽"正是相思所致。这位少女也是由于过度相思，致使身体憔悴、衣带渐宽。她最担心别人问及此事。每当别人问及此事，她总是面带羞色，嘴里用别的话儿极力推辞。但是，如此分辩又有何用。别的事情还可以瞒着，而身上穿的唐裙裎又怎能瞒得过去呢？明眼人一看就知道，这艳丽华贵的唐裙裎，是情人所赠的财礼信物，原来很合身，因身体消瘦，现在显得宽大起来，这不是相思所致又是什么呢？她想到这些，觉得很难为情。自己的心上人不在眼前，他人还故意问我，真让人害羞。

此曲语言平淡，情趣横生，符合散曲明朗爽快的本色。

胡祗遹　（1227～1293）字绍开，一作绍闻，号紫山。磁州武安（今属河北）人。曾任应奉翰林文字兼太常博士。忤权贵，出为太原路治中，提举铁冶。后历任河东山西道提刑按察副使、荆湖北道宣慰副使、江南浙西道提刑按察使等职。与当时艺人如朱帘秀等有交往，并互赠散曲小令。有《紫山先生大全集》。《全元散曲》录存其小令十一首，风格典雅秀丽，并有类似于词的篇什，艺术质量较高。

双调·沉醉东风

胡祗遹

月底花间酒壶，水边林下茅庐。避虎狼，盟鸥鹭，是个识字的樵夫。蓑笠纶竿钓古今，一任他斜风细雨。

【鉴赏】

曲中的主人公曾在宦海中沉浮过多年，后来他看破红尘，决定急流勇退，归隐林泉，潇洒自娱，乐在其中。

　　他在泉边林下构建了一座茅庐，住房虽然简陋，但环境异常清幽。每至夜晚，他在花间月下，自酌自饮，其乐无穷。李白诗云："花间一壶酒，独酌无相亲。举杯邀明月，对影成三人"（《月下独酌四首》）。"月底花间酒壶"一句正是从李白此诗化出。

　　他很有学问，满腹经纶，但到头来却做了一个渔夫。这究竟是为了什么呢？原来他是为了躲避"虎狼"。显然，这"虎狼"是指那些大奸大恶的高官。元代社会，官场黑暗，虎狼当道。他深感与这些恶人为伍，如履薄冰，如临深渊，如稍有不慎，就有可能招来杀身之祸。难怪他要躲避虎狼，愿与鸥鹭为伴。因为鸥鹭没有心机，所以与之相处互不猜忌，心情格外舒畅。黄庚说："不羡鱼虾利，惟寻鸥鹭盟"（《渔隐》）。辛弃疾说："富贵非吾事，归与白鸥盟"（《水调歌头·壬子三山被召》）。这些都是对官场仕途的厌倦和牢骚之语。

　　他归隐泉林，以垂钓为乐。末二句显然是融合张志和《渔歌子》词意："青箬笠，绿蓑衣，斜风细雨不须归。"他头戴一顶大斗笠，身穿一件绿蓑衣，在斜风细雨之中，尽情垂钓，乐而不疲。他完全陶醉在大自然的怀抱，因而不避风雨，流连忘返，享受这隐居的乐趣。

中吕·阳春曲 春景

胡祗遹

几枝红雪墙头杏，数点青山屋上屏。一春能得几晴明？三月景，宜醉不宜醒。

残花酝酿蜂儿蜜，细雨调和燕子泥。绿窗春睡觉来①迟。谁唤起？窗外晓莺啼。

一帘红雨②桃花谢，十里清阴柳影斜。洛阳花酒一时别③。春去也，闲煞旧蜂蝶。

【注释】

①觉来：醒来。

②红雨：飘落的桃花。

③洛阳句：用陈尧佐诗："洛阳花酒一时来"句。

【鉴赏】

这三首曲词描写的是暮春景色。随着时序的推移，景色的变换，主人公的心绪也随之而变化。

首先写春晴。这几天和风习习，丽日当空。近处，墙头上几枝杏花正在怒放，团团簇簇，异常繁盛，犹如堆堆红雪；远处，数座青山点缀在蓝天之下，苍翠恬静，历历在目，好似屋上树起的一架屏风。面对盎然的春意，主人公不觉心旷神怡。与此同时，他又感叹一春之中晴好天气没有几天，实在难得。因而要抓紧时光，尽情赏春。春酒令人醉，春景更醉人。这样的天气，适宜喝得酩酊大醉，在醉眼蒙眬中，这景色将会更加美丽。

接着写春睡。时过几日，天气骤变，由晴转雨。由于阴雨绵绵，树上的花儿开始坠落，地上的泥土已经湿润。雨中的春景也别有韵味。那蜜蜂还在花丛中飞来飞去，从残蕊中采蜜；那燕子也在雨中往来穿梭，衔泥筑巢。这残花、细雨，也不失为春的另一种旖旎，但毕竟比春的极佳景象差了一等。面对此景，主人公则心灰意懒，似乎已厌倦不堪。他无心观赏这种景象，夜躺床上酣然入睡。要不是窗外"晓莺"的啼鸣，其懒睡也不知要"迟"到何时才醒。

最后写春归。经过几番风雨，春天就要归去了。帘外桃花纷纷凋谢，飘落如雨；十里垂柳枝叶浓密，清阴一片。这是一种残春景象。为此，主人公内心充满空寂，感到蜂蝶无花可采，清闲得很，完全没了乐趣。他只好在百无聊赖中，满怀惋惜，与"洛阳花酒一时别"了。

读罢此曲，能给人一种有益的启示。"风雨送春归"，这是客观规律。春天是美好的，但总要归去；青春是美好的，但总要消逝。因而要百倍珍惜自己的青春，切莫让年华空度，青春虚掷，否则便后悔莫及。

仙吕·一半儿

胡祗遹

败荷减翠菊添黄，梨叶翻红梧叶苍。绣被不禁昨夜凉。
酿秋光，一半儿西风一半儿霜。

【鉴赏】

起首二句，以荷、菊、梨、梧的物象，交构成一幅五色斑斓而又颇显苍凉的秋景图。在铺排这些色彩时，作者不是平直地叙述某物是如何如何，而是更细腻地强调某物变成为如何如何，并进行了精心的搭配。我们看"败荷"与菊花，一个是"减"，一个是"添"，字面相映，而萧飒的秋意则是一致的。还有梨叶与梧叶，在昔时同为一片区别不大的绿色，而如今一者翻红，一者变苍，可谓泾渭分明。这样的写法，不仅避免了在铺陈中的平板、单调，而且表现出了秋气渐深而给人带来的感觉与印象。果然，第三句就更明白地现出了人物的主体。从"绣被"的提示来看，这是一名闺中女子。"不禁昨夜凉"，说明她昨夜没有睡好。夜不成寐，是纯为气候原因也好，还是别有缘故（元散曲最善于利用这一点，在女子的孤眠处境上大做文章），总之是增补了节令的悲愁感。南唐后主李煜《浪淘沙》："帘外雨潺潺，春事将阑。罗衾不耐五更寒。"在度景入情的手法上，两者是颇为相似的。

第四句的"酿"字极为精警。它将"秋光"的形成再度延展为渐积的过程，使下句所指出的两个"一半儿"的"西风"与"霜"，在"酿"的动态下弥漫开来，占满到秋光的整个画面。败荷黄菊，红梨苍梧，无不直接受到两者的影响，那"绣被"的不禁凉，就更不用说了。小令的末两句，暗示了闺中女子感受秋愁已非一日的事实，"酿秋光"还隐约可见她度日如年的愁苦心情。

这是作者［一半儿］四时小令中的一首。其表现夏令的一首写道："纱厨睡足酒微醒，玉骨冰肌凉自生。骤雨滴残才住声。闪出些月儿明，一半儿阴阴一半儿晴。"都是在短小的篇幅中，融情入景，怨而不露。这种婉约多致、崇尚神韵的写作风格，体现了散曲清丽派的典型特色。

不忽木　（1254~1300）一作不忽卜、不忽麻，又作博果密。名时用，字用臣，世为康里部人。忽必烈侍从燕真之子，受学于王恂、许衡。历任提刑按察、参议中书、吏工刑部尚书等职。在朝为人刚直。桑哥得势被免官。至元二十七年（1290）拜翰林学士承旨知制诰，兼修国史。及桑哥被诛，擢中书平章政事。成宗即位，为昭文馆大学士，加平章军国事。《全元散曲》录存其套数一套。

仙吕·点绛唇　辞朝

不忽木

宁可身卧糟丘，赛强如命悬君手。寻几个知心友，
乐以忘忧，愿作林泉叟。

[混江龙] 布袍宽袖，乐然何处谒王侯。但樽中有

酒，身外无愁。数着残棋江月晓，一声长啸海门秋。山间深住，林下隐居，清泉濯足。强如闲事萦心，淡生涯一味谁参透。草衣木食，胜如肥马轻裘。

[油葫芦] 虽住在洗耳溪边不饮牛，贫自守。乐闲身翻作抱官囚，布袍宽褪拿云手，玉箫占断谈天口。吹箫仿伍员，弃瓢学许由。野云不断深山岫，谁肯官路里半途休。

[天下乐] 明放着伏事君王不到头，休休，难措手。游鱼儿见食不见钩，都只为半纸功名一笔勾，急回头两鬓秋。

[那吒令] 谁待似落花般莺朋燕友，谁待似转灯般龙争虎斗。你看这迅指间鸟飞兔走，假若名利成，至如田园就，都是些去马来牛。

[鹊踏枝] 臣则待醉江楼，卧山丘。一任教谈笑虚名，小子封侯。臣向这仕路上为官倦首，枉尘埋了锦带吴钩。

[寄生草] 但得黄鸡嫩，白酒熟，一任教疏篱墙缺茅庵漏。则要窗明炕暖蒲团厚，问甚身寒腹饱麻衣旧。饮仙家水酒两三瓯，强如看翰林风月三千首。

[村里迓鼓] 臣离了九重宫阙，来到这八方宇宙。寻几个诗朋酒友，向尘世外消磨白昼。臣则待领着紫猿，携白鹿，跨苍虬。观着山色，听着水声，饮着玉瓯，倒大来省气力如诚惶顿首。

[元和令] 臣向山林得自由，比朝市内不生受。玉堂金马间琼楼，控珠帘十二钩。臣向草庵门外见瀛洲，看白云天尽头。

[上马娇] 但得个月满舟，酒满瓯，则待雄饮醉时

休。紫箫吹断三更后，畅好是休，孤鹤唳一声秋。

[游四门] 世间闲事挂心头，唯酒可忘忧。非是微臣常恋酒，叹古今荣辱，看兴亡成败，则待一醉解千愁。

[后庭花] 拣溪山好处游，向仙家酒旋笤。会三岛十洲客，强如宴公卿万户侯。不索你问缘由，把玄关泄漏。这箫声世间无，天上有，非微臣说强口。酒葫芦挂树头，打鱼船缆渡口。

[柳叶儿] 则待看山明水秀，不恋您市曹中物穰人稠。想高官重职难消受，学耕耨，种田畴，倒大来无虑无忧。

[赚尾] 既把世情疏，感谢君恩厚，臣怕饮的是黄封御酒。竹杖芒鞋任意留，拣溪山好处追游。就着这晓云收，冷落了深秋，饮遍金山月满舟。那其间潮来的正悠，船开在当溜，卧吹箫管到扬州。

【鉴赏】

　　这篇作品开宗明义地讲明了自己的志愿是身卧糟丘，作林泉叟，同知心友，乐以忘忧。作为一个朝廷重臣，为何要毅然决然地辞别朝廷而归隐山间林下呢？这并非怀才不遇，而是向往林泉叟那种充满高雅情趣的生活。对于归隐生活，作者进行了丰富的想象：布袍宽袖，黄鸡白酒，清风晓月，一局棋罢，或对江天而长啸，或临清泉而濯足。为了突出归隐生活超凡绝俗这一点，作者对林泉丘壑、自然风光不厌其烦，娓娓道来，对伍员、许由等安贫自守、散淡逍遥之类的古人倾慕称道不已，特别是将在朝为官与退隐林泉做了鲜明的对比映照。在朝为官，处庙堂之高，锦衣玉食，肥马轻裘，表面上极尽富贵荣华，但伴君如伴虎，日日朝朝命悬君王手，不知何时何事疏忽触怒了龙颜，那就轻则发配蛮荒野僻之地，重则身首异处，累及满门。更不用说仕途艰险官场可畏，所谓"明枪易躲，暗箭难防"，整日里周旋于落花般莺朋燕友，转灯般龙争虎斗之中，显耀时门庭若市，败落时树倒众人推。唉，作者不禁感叹，世人都是见食不见钩的游鱼儿，半纸功名便被收买，其实功名利禄不过是些去马来牛而已。相比之下，归隐田园，安度渔樵，畅游山水，陶醉酒醴是何等快活闲适、安然惬意的事啊！"臣向山林得自由"，这是作者的真情表白，他还进一步描绘了辞朝后的漫游生活：学耕耰，种田畴，草庵门外见瀛洲，天尽头看白云悠，每日只听箫声鹤鸣，会三岛十洲客，挂着酒葫芦，打鱼船缆渡口。清词雅句，勾勒出如此桃源世界神仙生活，直让

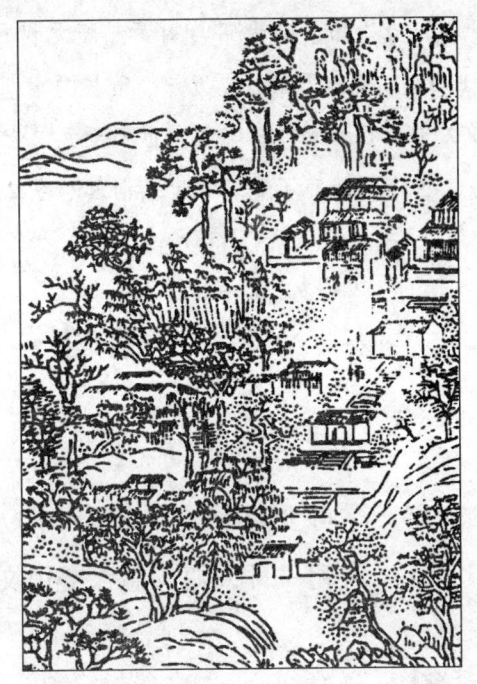

人觉得如置身其中，说不出的疏脱潇洒。作者一再用"强如""胜如""比"等字眼强调归隐的好，所以他向皇帝表示"仕路上为官倦首"，愿从此脱离仕宦生活，"醉江楼，卧山丘"就显得很自然了。

作者为官多年，性格刚直，在权力海洋里几经沉浮，堪称过来人，所以他对仕途艰险有切身感受，不似一般进身无门之人故作超脱之叹，"淡生涯一味谁参透"，这句话是很意味深长的。再者作者身历台省，所以曲词口气颇大，出语不凡，显出他的身份和胸襟："一任教谈笑虚名，小子封侯"，"饮仙家水酒两三瓯，强如看翰林风月三千首"。

作者决心辞朝，以此曲明志，无异于一篇词采华美、措辞恳切的"陈情表"。他对归隐这一主题反复吟咏，"嘈嘈切切错杂弹"却始终集于一个音调上。情思如潮涌，或想象或实写或旷达或隐忧，将对辞朝生活的向往之情抒写得淋漓尽致。尤其是尾篇，潇洒飘逸，如闲云出岫，表达了对功名富贵弃之如屣的决心，读后有余音绕梁之妙，绵绵不绝于耳。

严忠济　（？～1293）名忠翰，字紫芝，泰安长清（今山东）人。严实第二

子。仪表雄伟，善于骑马射箭。随元世祖与宋作战，时常得胜。元太宗十二年（1240），袭东平路行军万户、管民总管。宪宗九年（1259），从忽必烈攻宋。中统二年，召还京师，罢职。世祖至元二十三年，特授资德大夫中书左丞行浙江省事，因年老辞而不就。存世散曲其小令二首，为愤世嫉俗之作，风格豪放。

越调·天净沙

严忠济

宁可少活十年，休得一日无权。大丈夫时乖命蹇①。
有朝一日天随人愿，赛田文②养客三千。

【注释】

①时乖命蹇：时运不顺，命运不佳。
②田文：号孟尝君。战国时齐国的贵族。

【鉴赏】

这首小令，写出了作者对"权"的看法和保权的设想。

首二句突出了一个"权"字。"权"者，"官"也。元朝为异族统治，推行中央集权制度。对无权者——平民百姓，横征暴敛、百般压榨。据《元史》载，严忠济官至东平路行军万户，政绩显著。元世祖攻打南宋时，命其为帅，战功卓越，朝中大臣向皇帝进谏，说他威权太盛，因而被免官。严忠济在任职东平路时，曾向一些有钱人借贷，为他的部下臣民缴纳官税。到他免官后，债主纷纷前来讨还债务。这件事使作者感触颇深，他从自己当官掌权到免官失权，前后两种社会地位的巨大变化中，深感无权之苦，世态炎凉皆以"权"为准绳，遂发出了"宁可少活十年，休得一日无权"的感叹。

"大丈夫时乖命蹇"，大丈夫指作者，时乖命蹇指仕途受阻。

末二句说出了作者的抱负。田文，战国时齐国贵族，人称孟尝君，门下食客甚众。他们为孟尝君出谋划策，排忧解难。作者在失宠之后，也希望有朝一日东山再起。

小令以作者从为官到免官的经历中，深深领会到权的重要，提出了保权的设想，是一种失意官吏的情绪反映。但从侧面，可以想象到广大人民在异族统治下的悲惨生活。

这首小令从写作方法看，语言通俗易懂，近于口语，易于传唱，尤其是衬字的运用使语言更为自然流畅，也更富于表现力。

刘　因　　(1249~1293) 字梦吉，号静修，保定容城（今属河北）人。元世祖至元十九年（1282）征召入朝，授承德郎、右赞善大夫。不久，以母疾辞官还家。二十八年再以集贤学士召，固辞不就，后以传授弟子、从事著作为业。工诗词，多伤时感事之作。《全元散曲》录存其小令二首。著有《静修集》三十卷。

黄钟·人月圆

刘　因

茫茫大块洪炉里，何物不寒灰。古今多少，荒烟废垒，老树遗台。

太行如砺，黄河如带，等是尘埃。不须更叹，花开花落，春去春来。

【鉴赏】

刘因生于金亡后不久元蒙统治下的保定容城（今河北容城县）。幼习训诂章句之学，后以精研宋元理学著称，与河内许衡被誉为北方两大儒。元蒙政权建立后，一度出仕为承德郎、右赞善大夫，但不久即以母病辞归。后来朝廷虽一再征召他为集贤学士，他固辞不就，以致元世祖不无感慨地说："古有所谓不召之臣，其斯人之徒欤？"他是元代前期较著名的诗人，常有为而发，揭露了元蒙的残暴和人民的疾苦生活。但这首小令，却一反他诗文那种遒劲峭拔、浑灏流转的风格，表现出人世无常、四大皆空的消极避世思想。

"茫茫大块洪炉里"，大块，谓地也。《庄子·齐物论》："夫大块噫气，其名为风。"成玄英疏："大块者，造物之名，亦自然之称也。"后泛指天地宇宙。李白《春夜宴从弟桃花园序》："况阳春召我以烟景，大块假我以文章。"洪炉，大炉子。通常用来比喻锻炼人的场所或环境。黄潜《试院》诗："至公留藻鉴，成物待洪炉。"在这里须与下旬合读："大块"，本够大了，用"茫茫"来形容之，则更见其大。如此世界上无与伦比的"大块"，放进时间的"洪炉"里，没有一事一物最终不归于死灰沉灭。"寒灰"，死灰。《三国志·魏志·刘廙传》："起烟于寒灰之上，生华于已枯之木。"杜甫《喜达行在所》三首其一："眼穿当落日，心死著寒灰。"这首曲破题即表现出人生如梦、转眼成空的消极厌世思想。先作一总的概括，从极大处落墨，接着再把这番意思从容不迫地一一道出。

"古来多少，荒烟废垒，老树遗台。"正是"百岁光阴如梦蝶"，人生短促，转眼间，一切都成了历史的陈迹。这层意思，在马致远的《秋思》里表达得更淋漓尽致："想秦宫汉阙，都做了荒草牛羊野"，"纵荒坟，横断碑，不辨龙蛇"（指碑上的字迹）；"投至狐踪兔穴，多少豪杰"。"古来多少"，是说从古至今不知有多少。言外之意是，何止垒、树、台，世间的一切，都会破败无用，以致化为乌有的。

"太行如砺，黄河如带，等是尘埃。"太行山南起今山西、河南两省边界，向东北绵延于山西、河北两省之间，何其巍峨！何其陡峭！黄河由西而东，横贯十数省，在大地上如一条绵延无尽的长带，却不过如同尘土一样微不足道！本来前两句气象峥嵘，一派壮观，接以"等是尘埃"，则如从云霄坠落平川，给人以世事茫茫，一切尽皆无用之感。不是吗？对"花开花落，春去春来"那些更平凡、更自然的事情，似乎也无需去叹息了吧。"不须更叹"，不是说不用叹，而是叹也无用，意蕴更深一层。

这首小令由首至尾表现消极厌世的情怀，思想上无足取，艺术上却自有特色。全篇径直抒情，先从大处落笔，首二句笼盖全篇。接以具体事物，荒烟废垒，老树遗台来做说明。时移事异，岁月无情，风侵雨蚀，一切都成为陈迹！太行黄河，庞然大物，令人惊异，令人羡慕，而作者却偏说"等是尘埃"。这是不符合事实的。因为太行永在，黄河长流，千百年来何曾有什么变化！但虽无理却有情，愈见出作者的寂寥情怀。最后以花的开落，春的去来，再做渲染，似乎连

"叹"都是多余的了。

　　刘熙载称："文之三要：主意要纯一而贯摄，格局要整齐而变化，字句要刻画而自然"（《艺概》）。这首小令由始至终叹岁月无常，感慨凄怆；在行文上既整齐又多变化，先以"何物不寒灰"冠全篇，然后层层展开，一层紧似一层，直至逼出"不须更叹"的极度悲怀，刻画真实，语言自然，无一字雕琢，从平易的叙写中，揭示出人内心深处的隐痛。这样的作品，代表着处在元蒙黑暗政治高压下，一部分仕路茫茫、无所适从的知识分子的心声。全篇句句抒情，坦露直白，看得出作者是"情动于衷，而发于言"的。

伯颜　（1235～1294）姓八邻氏，蒙古八邻部人。元世祖至元元年（1264），得忽必烈赏识，留为侍臣。至元十一年（1247）任中书左丞相，领兵伐宋。二十六年，为知和林枢密院事。长年抗御海都等叛王。世祖死，拥皇孙铁木耳（成宗）即位。存世散曲有小令一首。

中吕·喜春来

伯　颜

金鱼玉带罗襕扣，皂盖朱幡列五侯。
山河判断在俺笑尖头。得意秋，分破帝王忧。

【鉴赏】

　　这首小令文字虽极简短，但口气却相当恢宏。

　　开首两句，作者就以高贵的服饰和丰华的仪仗，道出自家官位的显赫。"罗襕"，是一种罗制的官服，高级官员穿紫色罗襕；"玉带"，腰中所缠的金玉装饰的衣带；"金鱼"，是指佩饰金鱼符。"玉带罗襕扣"，是为了押韵而采用的倒装句，本当为"玉带扣罗襕"。"皂盖朱幡"，是指黑色的罗盖（盖，形似大伞，用以表示威仪之尊）和红色的旗帜，这是高级官员方可有的仪仗。"五侯"，原指公、侯、伯、子、男五等诸侯，这里是泛指位同五侯的高官。这两句是说：身着罗制官服，腰扣镶金嵌玉的衣带，带上悬挂着表示官级的佩饰金鱼符；黑色罗盖、红色旗帜，仪仗赫赫，位与五侯同列。

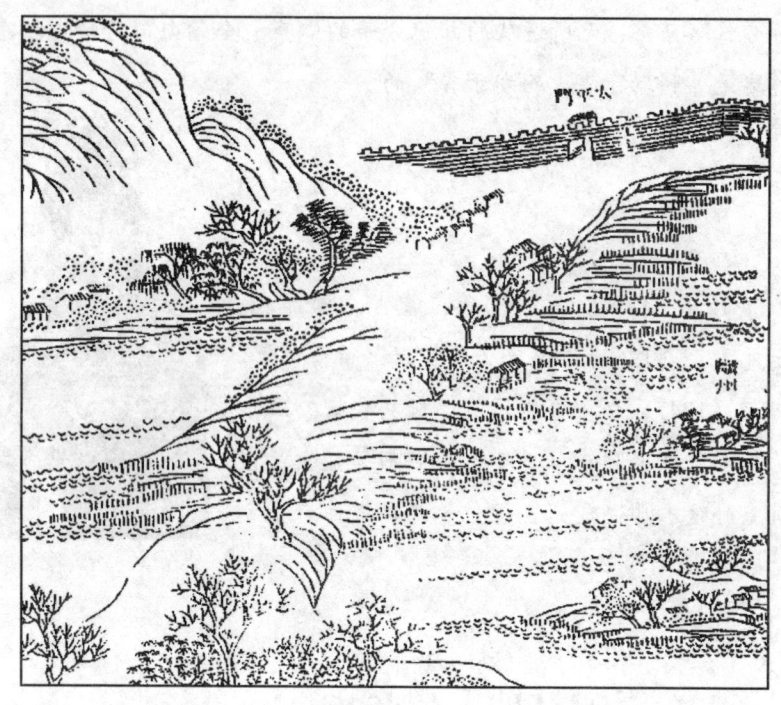

"山河判断在俺笔尖头"，是用举重若轻之语，道出自己执掌权柄之大，及指点江山的豪情。这里"判断"二字尤须注意，在古典诗词中多为"吟咏欣赏"之义。全句的意思便是：天下的山河美景任俺欣赏评点；天下的山河，由俺的笔尖掌管。

末二句，是表示自己效忠王室的决心。在这得意的秋天啊，我定将一展宏图，为主上分忧解愁。

这首小令，写得简洁明快而气吞山河。它抒发了作者身为高官，"判断山河""分破帝王忧"的豪情壮志。从中我们不难看出一个风云人物神采飞扬的神态和雄襟万里的抱负。

从全曲的文字和口气看来，此曲无疑是出自一位官位显赫的大臣。最明显的是那句"山河判断在俺笔尖头"，口气专断而不容置疑。符合这个元朝大军事家的身份。

徐琰 （约1220~1301年），字子方（一作子芳），号容斋，一号养斋，又自号汶叟，东平（今属山东省）人。

双调·沉醉东风

徐　琰

御食饱清茶漱口，锦衣穿翠袖梳头。有几个省部交，朝廷友，樽席上玉盏金瓯。封却公男伯子侯，也强如不识字烟波钓叟。

【鉴赏】

这支曲子，勾画了一个饱食终日，无所用心的官僚的丑恶形象。

御，旧时对帝王所作所为及所用物的指称。如御用、御食、御驾等。这里"御食"指皇帝排列的筵席，或指所食为美味佳肴。"锦衣"，华美彩色的服装，旧指贵显者之服装。《诗·秦风·终南》："锦衣狐裘""翠袖"，美女。辛弃疾《水龙吟·登建康赏心亭》："唤红巾翠袖，揾英雄泪。"首二句写吃穿的华贵，但"御食饱"之后，继以"清茶漱口"，"锦衣穿"之后，继以"翠袖梳头"，活画出官僚的气派。词虽简约，用意深厚，较晏殊的"一曲新词酒一杯"，寇准的"一曲清歌一束绫"，庸浅鄙俗多了。由此可以看出这位官僚的情趣来。

衣食享用之外，他交游的都是些什么人呢？"有几个省部交，朝廷友。"中国封建社会历代官制多有不同。元世祖忽必烈建国后，采纳刘秉忠、许衡等意见，"考求前代之典"，"酌古今之宜，定内外之官"，实行中央集权制，"其总政务者曰中书省"，下设吏、户、礼左三部，和兵、刑、工右三部。后虽略有变异，但只是职司分工稍有不同。这里是说其所结交者，都是朝廷上高官显宦。这些人玉盏金瓯，觥筹交错，整日里过的是醇酒妇人生活。盏，浅而小的杯子。瓯，"小盆也"（见《急就篇》颜师古注）。《宋史·邵雍传》："脯肘酌酒三四瓯。"这里"玉盏金瓯"连用，有樽席上纵酒狂饮的意思。

"封却公男伯子侯"，一语破的，道出这班官僚们的生平抱负。《礼记·王制》："王者之制禄爵，公、侯、伯、子、男，凡五等。"这种自古以来的五等爵位名称，直至清代仍沿用。这是以此表示这些人的愿望不只是封官赐爵，而在他们看来，"也强如不识字烟波钓叟"。《新唐书·张志和传》："以亲既丧，不复仕，居江湖，自称烟波钓徒。"后人用作隐居为渔人的代称。

元蒙入主中原后，把各族人民分为贵贱四等：蒙古人、色目人、汉人（包括契丹人、女真人、高丽人）和南人（南中国的汉人），施行民族高压歧视政策。另外，知识分子沦为社会底层，仅在八倡之下，十丐之上，称为"九儒"，冲决历代王朝"学而优则仕"的道路。徐琰对官场生活如此痛快淋漓的揭露，或许正隐含着他自己的思绪，但也应该说封建社会的官僚们，有谁不是锦衣玉带，玉盏金瓯，宴饮游乐呢？只不过有人不忘怀世事，"得意秋，分破帝王忧"（伯颜[喜春来]），还做些富国利民的事情吧。总之，无论从哪方面说，这首小令都具有一定社会意义。淡淡写来，虽不剑拔弩张，但讽情贬义却是纯正深刻的。

双调·蟾宫曲 晓起

徐 琰

恨无端报晓何忙。唤却金乌①，飞上扶桑②。正好欢娱，不防分散，渐觉凄凉。好良宵添数刻争甚短长？喜时节闰③一更差甚阴阳？惊却鸳鸯，拆散鸾凰。犹恋香衾，懒下牙床④。

【注释】

①金乌：太阳。旧传日中有三足乌，故以"金乌"代日。

②扶桑：神树名。《山海经》说它高三百里，植于咸池之中，树上可居十个太阳。

③闰：在正常的时间中再增加出时间。阴阳：大道，此指道理。

④牙床：象牙床。

【鉴赏】

　　这首曲中的"晓起"，意味着男女情侣的"惊却"与"拆散"。起首一句点出"晓"字，就表现出强烈的感情和心绪。晨鸡报晓，本不值得大惊小怪，作者在前著一"无端"，在后怨一"何忙"。前者说明了"欢娱"的投入，后者则预示了"分散"的逼近。"唤却金乌，飞上扶桑"是对旭日东升的艺术性说法，也有讳言早晨来临的意味。这是作者《青楼十咏》中的一首，因为是露水夫妻，所以晓起有如此难堪。但全曲无浮浪轻薄之意，感情可谓深挚。元散曲在社会上的传播，青楼歌咏也颇起了一番作用。因此作者选上这样的题目，郑重其事地进行创造，是不该非议或奇怪的。

　　作者将"晓起"的"起"字仅在最后两句完成，在此前铺垫了良宵苦短、分别在即的背景，屡述了这一特定场景下惆怅惊惋、难分难舍的细腻心情，构思颇为新颖。尤其是"好良宵""喜时节"两句对仗，更是表现出有情人之间依依不舍的至文妙语。以后贯云石有《红绣鞋·欢情》："挨着靠着云窗同坐，偎着抱着月枕双歌，听着数着愁着怕着早四更过。四更过情未足，情未足夜如梭。天哪更闰一更儿妨什么！"末句颇为人称道，殊不知实是本曲开了先河。

鲜于枢　（1256～1301）字伯机，大都（今北京）人。世祖至元间，为浙东宣慰司经历，改浙江行省都事，官至太常典簿。晚年谢客幽居，筑困学斋，号困学山民。工书法，与赵孟𫖯齐名。以草书最为知名。作画亦秀韵，能诗文。散曲作品仅存套数一套。

仙吕·八声甘州

鲜于枢

江天暮雪，最可爱、青帘摇曳长杠。生涯闲散，占断水国渔邦。烟浮草屋梅近砌，水绕柴扉山对窗。时复竹篱旁，吠犬汪汪。

[幺] 向满目夕阳影里，见远浦归舟，帆力风降。山城欲闭，时听戍鼓锵锵。群鸦噪晚千万点，寒雁书空三四行。画向小屏间，夜夜停釭。

[大安乐] 从人笑我愚和憨。潇湘影里且妆呆，不谈刘项与孙庞。近小窗，谁羡碧油幢？

[元和令] 粳米炊长腰，鳊鱼煮缩项，闷携村酒饮空缸。是非一任讲。恣情拍手棹渔歌，高低不论腔。

[尾] 浪滂滂，水茫茫，小舟斜缆坏桥桩。纶竿蓑笠，落梅风里钓寒江。

【鉴赏】

作者是元代与赵孟𫖯齐名的书法家。曾官至太常典簿，因"与其廷长争是非，一语不合，辄飘飘然欲置章绶去。渔猎小泽间，而后为快。"这首仅存的套曲，表现了他闲散舒适的渔家生活。

首曲描写渔村的冬景。"江天""暮雪""草屋""柴扉""山村""竹篱"，一派恬静的"水国渔邦"，一声犬吠，给幽静渔乡增添了生机。[么] 进一步描写渔村的黄昏景致；[元和令] 深入描写渔家生活情状，"长腰粳" 米饭，鳊鱼为肴，加上自酿的美酒，何其潇洒！[尾] 曲则描写渔翁垂钓情形，是作者的形象写照。套曲的中心，则是 [大安乐] 曲，抒写渔民的思想动态。不怕人笑 "愚和憨"，不谈项羽与刘邦、孙膑和庞涓的你争我斗，不羡慕 "碧油幢"（一种皇室贵戚所用的青绿色油幕，荣华富贵的象征。），反映出诗人安贫乐闲的思想情操，道出了本套曲的题旨。

魏初 （1232~1292）字大初，一作太初，弘州顺圣（今河北阳原东）人。金末名士魏璠从孙。中统元年（1260），为中书省掾，兼掌书记。不久，以祖母老辞归，隐居授徒。后起为国史院编修，拜监察御史。疏陈时政，多被采纳。历官至侍御史、江南行御史台中丞。《全元散曲》存其小令一首。著有《青崖集》。

黄钟·人月圆　　为细君寿

魏　初

冻云冷雨褒斜路，泥滑似登天。年来又
到，吴头楚尾，风雨江船。
但教康健，心头过得，莫论无钱。从今只望，儿婚女
嫁，鸡犬山田。

【鉴赏】

这是作者献给夫人的祝寿词。开头四句，抒写奔波在外的艰辛感受。寒云密布、冷雨扑人的褒斜古道，泥滑难行"似登天"的感慨，令人想起唐代李白的名句："蜀道之难，难于上青天"；"年来又到，吴头楚尾，风雨江船。"年来，是近来的意思。吴头楚尾，指江西北部一带，春秋时为吴、楚两国接界之地，因称。家中夫人过生日，自己呢，一帆风雨下江南，羁旅在外，风凄雨冷，更添作者的思念之情。为后六句抒写人生理想作铺垫。

"但教康健，心头过得，莫论无钱。"既是为夫人祝寿，自然离不了祝愿。祝愿她健康长寿，心情愉悦；只要心头痛快，按照自己的意愿去生活，不要管有没有钱的问题。看来作者对短暂的人生也有接近于东坡式的领悟："但愿人长久"！这愿望，是对宇宙无限而人生短暂多艰充满睿智的领悟。接着，作者自然地联系起子女的命运："从今只望，儿婚女嫁，鸡犬山田。"在作者看来，夫人健康长寿，儿女平安成长，在田园鸡犬的生活中享受天伦之乐，这就是自己对理想生活的追求。

初读这首祝词，给人的印象是作者的人生态度有些消极，"心头过得，莫论无钱"，有点及时行乐的味道；作者的生活理想也有些平庸，似乎他对政治不感兴趣。如果联系元代社会的政治现实，参照其他散曲作家的作品加以思索，或可窥见作者内心的隐衷。元代中国，各族人民都生活在苦难之中。在封建专制统治下，文武百官，荣名难永葆，生死难预卜，即使是享有高官厚禄的重臣，生命也没有保障。这种不安全感长期压抑心头，自然会转化为对政治的淡漠和厌倦，所以不少作者便高喊"不事王侯"，力求避开政治斗争的危险漩涡。"跳出狼虎丛中，不入麒麟画里"（周文质［斗鹌鹑］套），出路在哪里？他们或追求饮酒享乐，或高卧山林，或弄舟江湖，友鱼虾、钓明月，各人的追求不同。追慕陶潜，在田园鸡犬的日常生活中淡化功名欲念，在儿女婚嫁、儿孙不离膝前的天伦之乐中抚慰疲困的心灵，作者的这种生活理想，同样反映出当时知识分子普遍存在的对政治厌倦的心理，曲折地表达出对现实的不满情绪。从这个意义上来看，这首以质朴的语言直抒心灵隐衷的祝寿词，它仍然微卷着时代政治的风云，透露出突破苦闷的心声。因此，它不是简单意义上的消极、平庸之作。

王恽 （1227～1304）元文学家。字仲谋，别号秋涧，卫州汲县（今属河南）人。元好问弟子。官至翰林学士、知制诰。善文章，亦能诗词。有《秋涧先生大全集》一百卷，其中《秋涧乐府》四卷，专收其词曲作品，存世散曲有小令四十一首，题材较广，描写真切，风格或典丽雅重或豪迈爽朗。

正宫·双鸳鸯 柳圈辞（六首）

王 恽

暖烟飘，绿杨桥，旋结柔圈折细条。都把发春闲懊恼，
碧波深处一时抛。

野溪边，丽人天，金缕歌声碧玉圈。解袯不祥随水去，
尽回春色到樽前。

问春工，二分空，流水桃花扬晓风。欲送春愁何处去，
一环清影到湘东。

步春溪，喜追陪，相与临流酹一杯。说似碧茵罗袜客，
远将愁去莫徘徊。

秉兰芳，俯银塘，迎致新祥袯旧殃。不似汉皋空解佩，
归时襟袖有余香。

醉留连，赏春妍，一曲清歌酒十千。说与琵琶红袖客，
好将新事曲中传。

【鉴赏】

这是一组采用同一曲调、连续歌咏同一内容的重头小令。它歌咏的是有关"柳圈"的事，更确切地说，它描绘的是一次春禊活动。

春禊，是古代相传已久的习俗。原本是为除灾祛邪、消除不祥而举行的一种仪式，后来便形成了一个节日活动。春禊的时间、地点、方式各有不同，而尤以

阴历三月上旬巳日在水边修禊最为流行，故又名为"上巳节"。关于上巳节或曰春禊的诗文，古已有之，但像王恽这样以六支曲子来完整地描写这一活动的还不多见。

第一首曲，是写：在这暖风吹拂、轻烟袅袅的春晨，人群拥到这绿树成荫的河桥边。迅速地折下柔软的枝条，编织成柳圈。人们把春日易生的闲愁、懊恼全交给它，把它抛到水里边。

第二首曲，是写：在这野外河边，风和日丽，歌声四起，到处是碧绿如玉的柳圈。为了解灾祛邪、消除不祥，让它随水去吧；让那即将逝去的春色，回到我们的酒席宴前。

第三首曲，写的是：在这暮春三月之时，桃花被晓风吹落，随水漂流。落红与柳圈相伴，它们将把那春愁带往何处呢？那一环柳圈的倩影，大概要一直漂到湘东去了吧。这里的"湘东"并非实指湘东地区，而是代指那作为"百川之神"的湘灵。亦即湘夫人。相传这女神是虞舜二妃投湘江所化，她本是郁愁百结的，故此处说，让柳圈带着春愁归向她身边。

第四首曲，是写：人们沿河追随漂浮的柳圈，像是要陪送他一程，并且洒洒而祭，祝愿说，请你像那绿色的洛水女神，快把愁恼带走吧，不必迟疑徘徊。这里的"罗袜客"，是将柳圈比作曹植《洛神赋》中那个"凌波微步，罗袜生尘"的洛水女神。"酹"，本是洒酒于地表示祭奠或立誓，这里是洒酒于江，表示祈祷。

第五首曲，是写：手持芬芳的花束，俯首那银色的水面，迎来新的一年的吉祥，祓除那旧日的秽气。不像那郑交甫汉皋台下得佩一般空欢喜，归来时我们衣襟上还沾留着花草的香气。这里借用了郑交甫汉皋台下遇二女的典故。《韩诗外传》曰："郑交甫遵彼汉皋台下，遇二女。与言曰：'愿请子之佩。'二女与交甫，交甫受而怀之，超然而去，十步，循探之，即亡矣。回顾，二女亦即亡矣。"这个郑交甫可谓一无所获，空欢喜一场。故而，作者说，我们不像他那样，我们起码还真实地带回那原野上花草的芬芳。

第六首曲，写作者携众同僚与民同乐，在清歌、美酒的赏春宴会上，写成此曲，并且将它交付给那美丽的歌女，让她把这歌咏新事的曲子传唱。

六首曲，层次清晰，内容连贯，共同构成了一幅表现民风民俗的连环画。它生动地再现出暮春三月上巳节，官民共至水滨进行春禊活动的情景。对我们了解古代风俗，可谓是一份不可多得的参考资料。加之，曲调本身很符合民歌节奏，文字也大都通俗流畅，是很值得一读的一组小令。

正宫·黑漆弩　游金山寺并序

王　恽

邻曲子严伯昌，尝以《黑漆弩》侑酒。省郎仲先谓予曰："词虽佳，曲名似未雅。若就以'江南烟雨'目之，何如？"予曰："昔东坡作'念奴娇'，后人爱之，易名曰：'酹江月'，其谁曰不然？仲先因请予效鼙，遂赋《金山寺》一阕，倚其声而歌之。昔汉儒家蓄声妓，唐人例有音学。而今之乐府，用力多而难为工；纵使有成，未免笔墨劝淫为狭耳。渠辈年少气锐，渊源正学，不致费日力于此也。"其词曰：

苍波万顷孤岑矗，是一片水面上天竺。金鳌头满咽三杯，吸尽江山浓绿。蛟龙虑恐下燃犀，风起浪翻如屋。任夕阳归棹纵横，待偿我平生不足。

【鉴赏】

这首题咏金山寺的小令，可能是作者于至元二十六年（1289）出任福建按察使时，途经金山寺而写的。

这首小令着重描绘金山寺的自然景色，也抒发了作者游赏山川名胜的快乐心情和荡舟江海任纵横的豪放心境。金山寺，在今江苏镇江西北金山上。金山，本在长江之中，后因山下泥沙淤积，渐与南岸相连，每逢浪起，势欲飞动，故又称为浮玉山。金山巍然耸立在万顷碧波之中，因此说"苍波万顷孤岑矗"。孤岑，孤兀突起的小山，代指金山。天竺，山名。浙江杭州有上、中、下三天竺。上天竺在北高峰下，有上天竺寺，建筑壮丽。金鳌头，指金鳌峰，在金山最高处。蛟龙虑恐下燃犀，蛟龙担心有燃犀的人入水，照出它们的原形。燃犀，点燃犀牛角。《晋书·温峤传》记载：晋人温峤过牛渚矶时，曾点燃犀角照出水怪的原形。棹，船桨，代指船。全曲从大处落笔，由水及山及寺，再到江中惊涛拍岸的壮景，一气呵成。作者并没有局限于实写其景，而是融以新奇的比喻、合理的夸张和富有神话色彩的典故，渲染出一种神奇瑰丽、雄浑壮阔的意境。最后以游兴未尽作结。全曲造景奇崛，笔力遒劲。

越调·平湖乐　尧庙秋社

王　恽

社坛烟淡散林鸦，把酒观多稼。霹雳弦声斗高下，笑喧哗。壤歌亭外山如画。朝来致有，西山爽气，不羡日夕佳。

【鉴赏】

　　这首小令，描写了秋社日人们怀着丰收的喜悦，在尧庙祭神的热闹情景，记录了古晋人民的淳朴习俗，也表现了作者安于穷乡僻壤，与人民群众同乐的自适心情。

　　尧庙，在平阳（今山西临汾市）城南十里。尧、舜、禹，同为我国古代传说中的贤明帝王。每逢丰收，淳朴的农民，都认为是尧、舜、禹的功德。在尧都平阳，历代文人、学者拜谒尧庙的诗词不少。小令写的也是欢庆丰收、祭祀尧帝的情形，但曲辞十分俚俗，这样的韵文作品，也只有在元曲中才找得到。

　　开头两句是曲的总括，意思是说，秋社这一天，祭祀土神的香烟淡淡飘荡，林中的乌鸦已经散去；作者举酒畅饮，看到丰收的庄稼已经登场，心中自然欢悦无比。秋社，立秋后的五个戊日，是古代祭祀土神、庆祝丰收的节日。

　　接下来，分三个层次，层层深入地描绘秋社日的欢闹场面与农村的丰收景象。"霹雳"二句写祭祀仪式之后，人们举行射箭比赛。第二层，"壤歌亭外山如画"，写秋社活动的历史背景。相传唐尧时，有老人击壤而歌，曰："吾日出而作，日入而息。凿井而饮，耕田而食。帝力何有于我哉？"平阳城北三里有击壤处，传说为老人击壤而歌的地方，古时筑有击壤亭。击壤亭外，山上山下，一派丰收景象，这就为人们的把酒、斗弦等狂欢活动，提供了背景画面。第三层，"朝来致有，西山爽气，不羡日夕佳。"前两句话，出自《世说新语·简傲》。王子猷作桓冲的参军时，桓冲对他说：你在我家很久了，应当协助料理些事情。开始，王子猷举头仰视，不作回答，继而，用笏板抵着脸颊说："西山朝来，致有爽气",表现了王子猷矜持高傲的性格。作者在这里用来形容秋社的早晨,清爽宜人;也表现了他高雅的兴致。末句化用陶渊明《饮酒》诗"山气日久佳"句,突现作者对平阳秋社的醉迷。

这样,由描写庙内到描写庙外,由祭祀场面到自然景色,一层深入一层地表达了作者深入下层社会、与民同欢乐的思想感情。是元散曲中别具一格的佳作。

仙吕·后庭花 晚眺临武堂

王恽

绿树连远洲,青山压树头。落日高城望,烟霏翠满楼。
木兰舟,彼汾一曲,春风佳可游。

【鉴赏】

这首小令,当为王恽出任平阳路总管时所作。写出了作者傍晚立于高城之上,远眺临武堂所见的景象,抒发了赞叹之情。

前四句写的是放眼远望和注目凝视。一个"连"字,写出了"绿树"之茂密,田野之开阔;一个"压"字,并没有压迫紧缩之感,而是移远山至近处,正符合"晚眺"时的情景,因为傍晚时看远山就好像移近一般。落日下的临武堂云烟迷蒙,掩映在一片翠色之中。"翠满楼"三字仿佛把翠绿色充满楼中,显得很有生气,大有"春色满园关不住"(叶绍翁《游园不值》)的味道。"落日"和"烟霏"正点出题目上的"晚"字。

"木兰舟,彼汾一曲,春风佳可游。"这末三句,赞叹汾河湾春景的美好。"木兰舟",原指木兰做的船,这里泛指装饰

精美的船。"佳"，美好。这三句的意思是：真想乘着那精美的船只去游玩啊，那远处的汾河湾春色实在太美了，很值得一游。结尾这三句似是突然冒出，其实并不，这正与开头那句"绿树连远洲"暗合。远处的小洲突入河心。作者站在城楼远望，周围的景色是那么美好，怎能不由衷地赞美这汾河两岸的景色，怎能不产生乘舟一游的雅兴呢？这个结尾，恰到好处地表达出作者观景之后的兴奋和赞叹的心境。

小令的语言，出语洒落，浑然省净，读来流畅自然。由它的选词造句以及所创造的意境来看，与其说它是一首曲，倒不如说它更近于诗，特别是开首四句，简直就是一首五言绝句。这大概是早期文人散曲的特点吧。

越调·平湖乐

王 恽

平湖云锦碧莲秋，香浥兰舟透，一曲菱歌满樽酒。
暂消忧，人生安得长如旧。醉时记得，花枝仍好，
却羞上老人头。
鉴湖秋水碧于蓝，心赏随年淡，柳外兰舟莫空揽。
典春衫，觯船一棹汾西岸。人间万事，暂时放下，
一笑付醺酣。
平阳好处是汾西，水秀山挼翠。谁道微官淡无味？
锦障泥，路人争笑山翁醉。西山残照，关卿何事？
险忙杀暮鸦啼。
采菱人语隔秋烟，波静如横练。入手风光莫流转，
共留连，画船一笑春风面。江山信美，终非吾土，
问何日是归年？
秋风湖上水增波，水底云阴过。憔悴湘累莫轻和。
且高歌，凌波幽梦谁惊破！佳人望断，碧云暮合，

道别后意如何。

【鉴赏】

这是王恽在平阳路总管任上写的小令。原作共十首，这里选其中的五首。十首［平湖乐］，都是描写作者宴游平湖所见的景色、抒发心中之感怀的。其中有对平湖山水的赞美，有对年华流逝的慨叹，有对故人家乡的怀念，有对朝廷将他放任此处做"微官"的隐隐不满，也有且在此地山川美景中饮酒高歌的陶醉，还有对此地淳朴百姓的留恋。

第一首抒发作者对时事的慨叹。元代是落后文化统治着先进文化，又逐渐被先进文化所同化的特殊时代。知识分子所感受到的内心压抑，显得比以往的任何时代都更沉重而深广，这也就是为什么元散曲中忧生叹世、伤老嗟卑之类作品特别多的一个原因。王恽的这首散曲，抒写的也正是这种弥漫在整个元代社会氛围中的慨叹和惆怅。虽然篇幅短小，却写景如画，句式跌宕，浓缩精练，一曲三折，把作者暮年时的复杂心绪极富感染力地传达了出来。

第二首抒发了作者对汾西、平湖的新鲜感和爱恋，也隐隐地透露出对朝廷将他放任此处的不满，以及他得醉且醉，一笑置之的豁达心态。元代平阳路，治所在今山西临汾市，辖境相当于今山西省临汾、洪洞、浮山、霍县、汾西、安泽等市县地。王恽被派任此路总管，本当欢喜雀跃的，为何在曲中还流露出微微的不满呢？原来他在京师时任国史编修和监察御史，现在外放做地方官员，是一种贬谪。曲写赏景，却不着意于绘景，而是直叙诗人情感，出语不凡，流畅自然。

第三首小令抒发作者对大自然的热爱之情。平阳因在平水（今汾河）之阳故名。治所在今山西省临汾市。由于金元战乱时期这里较早地为蒙古军占领，安定得早，生产较早地得到恢复和发展；加之城市手工业、工商业的发展，平阳地区文化发达，文人荟萃，便成为元曲的发祥地之一，被誉为"戏曲摇篮"。本曲描绘了平阳地区的风光，结尾："西山残照，关卿何事？险忙杀暮鸦啼。"写人与鸦的对话，更是妙趣横生，很好地衬托了作者的悠闲自适的心情。卿，你，指下句的暮鸦。关卿何事，即与你有何相干呢？险些把你忙死。

其五描写作者因故羁留他乡，目睹他乡的如画风景时，思念故乡而作。全曲可分为两部分，前一部分是他乡的美丽风光，属于写景；后一部分抒思归之情，是写情。写景轻盈洒脱，抒情委婉真挚，情景交融，意趣横生。

　　总之，这是一组优美的散曲小令，写景与抒情结合，浑然天成，不愧为元曲本色派中的佳作。

卢挚　（约 1243～1315 后）元文学家。字处道，一字莘老，号疏斋，涿州（州治今河北涿州市）人。至元进士，官至翰林学士承旨。诗文与刘因、姚燧齐名，世称"刘卢""姚卢"。与白朴、马致远、朱帘秀等均有交往。散曲作品今仅存小令，多写闲情。贯云石《阳春白雪序》称其曲"媚妩，如仙女寻春，自然笑傲"。有《疏斋集》《疏斋后集》，皆佚。今人有《卢疏斋集辑存》。《全元散曲》录存其小令一百二十首。

双调·沉醉东风 秋景

卢　挚

　　挂绝壁松枝倒倚，落霞与孤鹜齐飞。四围不尽山，一望无穷水。散西风满天秋意，夜静云帆月影低，载我在潇湘画里。

【鉴赏】

　　这首小令写黄昏至静夜行舟时看到的潇湘景色。开头两句化用李白《蜀道难》"枯松倒挂倚绝壁"句与王勃《滕王阁序》"落霞与孤鹜齐飞，秋水共长天一色"之句而成，曲子巧妙地把这两段名句组合起来，使秋景更加奇绝明爽。三四句写四周有数不尽的山、一望无际的水。这二句是对前两句所写景物的概括，也是在意象上的扩大与补充。"散西风满天秋意"，把读者引入比静穆、明爽的表面景象更深一层的境界。这境界既有物境，还有心境。"夜静"二句又展示出新

的画面：静静的夜晚，一只船云帆高挂，悠悠前行，作者好像随着船驶入了画景之中。"潇湘画里"，宋代名画家宋迪曾画过八幅潇湘山水图，世称潇湘八景。最后一句画龙点睛地概括出了潇湘风光的美丽，活现了作者的陶醉忘情之态。

双调·沉醉东风 闲居（三首）

卢　挚

一

雨过分畦种瓜，旱时引水浇麻。共几个田舍翁，说几句庄家话。瓦盆边浊酒生涯，醉里乾坤大，任他高柳清风睡煞。

　　表面上看来，"雨过分畦种瓜，旱时引水浇麻"，写了普通农民的日常生活，用语平淡自然。但是，细看"共几个田舍翁，说几句庄家话"一句，我们才恍然大悟：原来，"分畦种瓜""引水浇麻"并不是一般农民作为，而是身为名公大臣的作者在纷乱的官场应酬之余追求的另一种精神享受——即在日常的农事中平静自己的心情，解脱人生的烦恼。这里，作者虽然"共"的是"田舍翁"，"说"的是"庄家话"，关心的是"种瓜""浇麻"，但言在此而意在彼，用朴实无华的语言写出了自己向往大自然、守分随时、淡然忘世的心情。

　　接下来，作者又拈出"酒"字来做文章。这酒，既不是玉酿佳品，也不是皇上御赐，而是盛在瓦盆中的"浊酒"，是普通农夫"种瓜""浇麻"之后用来解渴消乏的酒。而作者却似乎认为，只有这种酒，才能彻底地浇灭人生的烦恼、官场的喧嚣，才能真正让人钻进"醉里乾坤"中去，去体会忘世的恬静心情——仅此还不够，醉倒在高柳下、清风中，那才是更妙的享受呢！这是因为，"高柳""清风"不仅是大自然的赐予，使人更加心旷神怡；同时，它更体现了一种清高孤傲的精神，古来的高人贤者，不正是在"高柳""清风"中去寻找寄托、求觅知音的吗？

二

　　恰离了绿水青山那答，早来到竹篱茅舍人家。野花路畔开，村酒槽头榨。直吃的欠欠答答，醉了山童不劝咱，白发上黄花乱插。

【鉴赏】

　　这是一首用口语写成的颇具特色的小令。

　　起首两句，"恰离了绿水青山那答，早来到竹篱茅舍人家"，明白如话，丝毫没有雕琢之痕。然而，"恰离了"对"早来到"；"绿水青山"对"竹篱茅舍"，似乎信手拈来，而对仗又何其工整！其中"那答""人家"，纯从口语中来，而韵押得又何其自然。我们再来从形象、简洁的角度来看这两句："恰离了""早来到"——从山水之处来到有"人家"之处，中间有多少可写的东西；而作者却只用"恰离了""早来到"六字来概括，不但强调了动感，写出了抒情主人公的勃勃兴致，而且文笔简洁，省去了多少笔墨！而"绿水青山"环绕着"茅篱竹舍"，仅此八字，既写出了作者高雅的情怀，又是一幅多么富于色彩感的图画！

紧接着，作者又写"竹篱茅舍人家"周围的景致。"野花路畔开，村酒槽头榨"，这两句几乎就像从路边拣来的一样，带着野花、村酒的芳香就被作者写进了小令。且不论这两句对仗如何工整，单是它的形象性和富于概括力的特点就够使我们赞赏不已了。读着它，我们仿佛走进了作者的心田，是那样纯洁明净，春意盎然。难怪作者此刻能把小令的后三句一气呵成了："直吃的欠欠答答，醉了山童不劝咱，白发上黄花乱插。"——这三句，几乎全用口语写来，既不对仗，也不修饰，活画出一个"嵩翁"（作者的号）的形象；大自然的宁静优美打动了他的心，他几乎也想化为大自然的一部分：尽情地喝酒，尽情地嬉耍，在他这"白发上黄花乱插"的醉态后面，不是还能很清楚地看到作者对生活的理解与追求吗？

三

> 学邵平坡前种瓜，学渊明篱下栽花。旋凿开菡萏池，
> 高竖起荼蘼架。闷来时石鼎烹茶，无是无非快活煞，
> 锁住了心猿意马。

【鉴赏】

这首散曲所表现的是元散曲文学精神的基调：避世思想。

曲的开始二句，用了两个典故。学邵平坡前种瓜：《史记》卷五十三《萧相国世家》："上已闻淮阴侯诛，使使拜丞相何为相国。……诸君皆贺，邵平独吊。邵平者，故秦东陵侯。秦破，为布衣，贫，种瓜于长安城东，瓜美，故世俗谓之'东陵瓜'，从邵平以为名也。"后人以"邵平种瓜"比喻隐士高蹈远引的生活道

路。学渊明篱下栽花：陶潜《饮酒》诗："采菊东篱下，悠然见南山。"此处喻指隐士高尚娴雅的隐居生活。作者向往在平凡的日子里，像邵平那样在山坡前种几株瓜秧，像陶渊明那样在篱笆下栽几棵菊花。一会儿去挖开一片池塘让荷花在其中生根，一会儿又去高高地搭起架子让荼蘼花在上面攀援。无所事之后就坐下来用石鼎煮水，泡一壶茶细细地品尝。这样远离风波、宁静无忧的生活真是快活啊！它令人忘却了俗世的种种企盼和妄想。曲子以一种平淡而真切的语气，道出了作者对宁静无为生活的真诚渴盼，表达了作者对入仕生活紧张、疲倦、忧虑、烦恼的厌弃。但这种"乐隐"的闲居生活，对卢挚来说，不过是"了却公家事"后的一种暂时享受。

双调·蟾宫曲

卢　挚

沙三伴哥来嗏，两腿青泥，只为捞虾。太公庄上，杨柳阴中，磕破西瓜。小二哥昔涎刺塔，碌轴上渰着个琵琶。看荞麦开花，绿豆生芽，无是无非，快活煞庄家。

【鉴赏】

　　这首小令用白描手法描绘出农村质朴的生活。沙三伴哥，沙三、伴哥是元杂剧中常用以称呼农民的。嗏，语尾助。磕（kē）破，碰破，击破。昔涎刺塔，形容垂涎的样子。刺塔，肮脏。碌轴，即碌碡（liù zhóu），一种滚碾用的农具。渰：放。琵琶，疑是一种农具，如谷耙之类。

　　小令开头六句写沙三、伴哥捞虾归来，带着满腿青泥在柳荫下吃西瓜的情形，传神地刻画出两个农村少年活泼顽皮、大大咧咧的形象。接着又将着眼点落在了在场院里睡觉的小二哥身上。只见他口角流涎，蜷曲着身子躺在碾子上，憨态可掬。最后作者以"看荞麦开花，绿豆生芽"这些农村常见事物作结，发出由衷的感叹："快活煞庄家。"元散曲中描写村居隐逸生活的作品并不少见，但像这首小令，将农村少年作为主要形象加以描绘、讴歌的却屈指可数。整首曲子写得生动真爽，活泼风趣。

双调·折桂令 寒食新野道中

卢 挚

柳濛烟梨雪参差。犬吠柴荆，燕语茅茨老瓦盆边。田家翁媪，鬓发如丝。桑柘外秋千女儿，髻双鸦斜插花枝。转眄移时，应叹行人，叹行人，马上哦诗。

【鉴赏】

寒食，清明节前一天，为我国古代传统节日。新野，今河南省新野县。老瓦盆，典出自杜甫诗《少年行》："莫笑田老瓦盆，自从盛酒长儿孙"。此处用杜甫诗意，指民间粗陋酒器。髻双鸦，即双丫髻，指古代小姑娘头上梳成树丫状的发髻。转眄（miǎn），转动着眼珠斜视看人。

从题目上看，这首曲子可能是诗人于赴任河南路总管的路上，就途中所见即兴而作的。曲子清丽自然，别有一番风味。

请看：刚刚发芽的柳树远远看去如一层轻薄的绿色烟雾，其中还参差不齐地夹杂着如雪般洁白的梨花。路边的小狗在院门旁吠叫着，轻灵的燕子在茅草屋檐下呢喃絮语。一对农家的老夫老妻正围着粗陋的酒具对饮，他们的鬓发飘拂着像银丝一样。不远处的桑林外有一群小姑娘在荡秋千，她们梳着双髻的头上斜斜地插着招展的花枝。她们转动着眼珠调皮地斜视了我一会儿，大约是对我在马上摇头晃脑地吟诗感到不解吧。曲子于清新之中透露着雅丽，通过对一系列平凡事物的着意刻画，用平白的语言创造了一个充满诗情画意的氛围，并且非常自然地融入了诗人自己的情绪。确实不失为一篇佳作。

双调·寿阳曲 别珠帘秀

卢　挚

　　才欢悦，早间别，痛煞煞好难割舍。画船儿载将春
去也，空留下半江明月。

【鉴赏】

　　这是一首送别之作，是赠给当时著名杂剧女演员珠帘秀的。一开始作者即直
接抒发送别时的切身感受。"才""早"二字突出了欢聚的短暂及离别的突然。
接着作者不直写送别，而是说"画船儿载将春去也"，画船带走了女友，甚至连
春天也一齐载走了。这形象贴切的比喻令人叫绝，也使人联想到作者在女友离去

时心情该有多么晦暗。末句"空留下半江明月",进一步渲染了冷清凄凉的气氛，衬托出作者怅然若失的孤寂心境，融情入景，韵味无穷。

黄钟·节节高 题洞庭鹿角庙壁

卢 挚

雨晴云散，满江明月。风微浪息，扁舟一叶。半夜心，三生梦，万里别。闷倚篷窗睡些。

【鉴赏】

这首小令，据题目看，是题在鹿角庙墙壁上的。岳阳县南50里，洞庭湖畔有一鹿角镇，鹿角庙当在此镇附近。

全曲开头四句："雨晴云散，满江明月。风微浪息，扁舟一叶。"是写骤雨初歇、风平浪静的明月之夜，一叶扁舟航行在滔滔的长江上。作者从北方到湖南，长江是必经之水路，从长江到湖南路治所所在地潭州（长沙），岳阳、鹿角又是必经之地。诗人行迹匆匆，夜半雨霁，仍在航行，这又不是悠然闲适地游行，更像赶路。

接着作者笔锋一转，"半夜心，三生梦，万里别"，一连用了三个三字句加快节奏，一句比一句更急促，更有力。作者是涿郡人，"出持宪湖南"之前做京官，远赴湖南按捺不住的乡情使他难以入眠。因此，对着雨后融融的月色，听着汨汨的江涛，不由得思绪纷繁。三生，本为佛教语，即过去、未来、现在三世转生，白居易曾写"世说三世如不谬，共疑巢许是前生"（《赠张处士山人》）。作者这里由思念亲人想到处于官场、身不由己的远行，进而想到轮回果报的佛语，发出人生如梦的感慨。从思想的顺序看，"三生梦"应在"万里别"之后，同为"半夜心"的具体内容，这里是由于用韵而调整了两句次序。这三个三字句与前四句在动静、色调、节奏、情绪上形成了鲜明的对比，用急管繁弦，奏出了作者此时汹涌澎湃的心声，达到了感情的高潮。而最后，却用"闷倚篷窗睡些"的动作收结全曲。一个"闷"，一个"睡"，恰到好处地烘托出作者虽思绪万千，却无可奈何的境况，余味无穷。

中吕·普天乐 湘阳道中

卢 挚

岳阳来，湘阳路，望炊烟田舍，掩映沟渠。山远近，云来去。溪上招提烟中树，看时见三两樵渔，凭谁画出。行人得句，不用前驱。

【鉴赏】

　　从第一句"岳阳来，湘阳路"看，当作于〔黄钟·节节高〕《题洞庭鹿角庙壁》之后。作者由北向南，告别了岳阳、鹿角来到湘水东面，继续往湖南路治潭州（长沙）进发。下面一连用六句，从视野的角度分两个层次描写沿途所见田园山野的风光：远远望去，只见高高低低的山坳沟渠，被冉冉的炊烟、一座座农舍茅屋所遮掩。这里化用了陶渊明"暧暧远人村，依依墟里烟"的意境。远远近近，青翠叠嶂的山峰，云雾缭绕，富于变化。"山远近"之"远近"，将沿途所见之山峦，"云来去"之"来去"，又将环绕在山腰、山顶，飘浮在天边的云朵的变化动态都十分贴切地描摹出来。然后，视线收回，往近看，清澈见底

的溪边，是鳞次栉比、掩映在浓密茂盛树丛中的寺院。"招提"从梵语"拓斗提

奢"而来，本义指四方，后省作"拓提"，误为"招提"。僧侣所住称招提僧房，故招提为寺院的别称。从北魏大造伽蓝以后，寺院建筑就成为城乡风景的一部分。以招提入诗者很多。这里写招提，并不只是写眼前风景，也反映了当时当地的民情风俗。在这样如画的环境中，偶尔见到两三位樵夫、渔父，他们在其中显得何等逍遥自在，此景此情，又有谁能画得出来呢？最后，"行人得句，不用前驱"，作者直接表露出自己的心绪。不须寻找更加令人振奋的情景，也不用搜肠刮肚去寻找佳句，眼前的一切都提供了足够的创作素材和创作灵感。

全曲记行，层次分明，先写时空，再写景色，最后发出感慨。纯用白描手法，仅用疏疏几笔，就将山野、村庄、寺院、樵渔一一收入，创造了一幅优美动人的田野风光图。

双调·蟾宫曲

卢 挚

想人生七十犹稀，百岁光阴，先过了三十。七十年间，十岁顽童，十岁尪羸。五十岁除分昼黑，刚分得一半儿白日。风雨相催，兔走鸟飞。仔细沉吟，都不如快活了便宜。

【鉴赏】

这首曲子抒写的是人生短暂的感叹，别出心裁。他抓住"人生七十古来稀"这句话作层层剖析。特别是以70为基数，以事实为单位，加加减减，作"科学"计算，答出所剩无几的余数，论证人生短暂的观点。接着又运用连喻，论证及时行乐的合理与合情。抽象的人生哲学得到具体形象的阐释，加上明白如话的口语，表现了元曲本色。由于作者当时仕途还比较顺利，因此情调并不悲凉。

双调·殿前欢

卢　挚

酒杯浓，一葫芦春色醉山翁，一葫芦酒压花梢重。
随我奚童，葫芦干、兴不穷。谁人共？一带青山送。
乘风列子，列子乘风。

【鉴赏】

　　这首散曲借描写饮酒游春的豪兴，抒发了作者厌弃俗世骚扰，欲超然世外的思想感情，读来畅爽放脱，颇有意趣。

　　山翁，即山简。据《晋书·山简传》载，山简因见天下大乱，为优游卒岁，不理军事，唯酒是耽。后来历代诗人写饮酒题材的作品时，常喜用山简的典故形容醉态。酒杯中酒意浓，酒葫芦中的春色使我沉醉得一如山简，醉意朦胧中将酒葫芦挂在花枝上，只见花梢被压得低垂下来。在书童的陪伴下，喝尽了葫芦中的酒仍然兴致不减。和谁一起醉然离世？只有一带青山伴送我飘然云外，像那能够御风而行的列子一般。卢挚的曲多呈清丽妩媚的风格，而这首曲却体现豪放率真的意蕴，显示出元曲特有的情采，是一首别具一格的佳作。

双调·蟾宫曲　萧娥

卢　挚

晋王宫深锁娇娥，一曲离筵，百二山河。炀帝荒淫，
乐陶陶凤舞鸾歌。琼花绽春生画舸，锦帆飞兵动干戈。
社稷消磨，汴水东流，千丈洪波。

【鉴赏】

卢挚曾写八首蟾宫曲（即折桂令），分别吟咏历史传说中的八个美女。这首通过描写萧娥的遭遇，叙述隋炀帝的荒淫误国，并就此抒发国家兴亡的感慨。

萧娥，本为梁明帝的女儿，杨广为晋王时选作妃予，杨广即位称炀帝，立为皇后。隋亡后，萧娥辗转迁徙于乱军之中，后流落突厥，前后十三年。唐贞观四年（630），才迎归京师。本曲通过萧娥的遭际经过，描述隋炀帝的荒淫亡国，作为后来王朝的借鉴。

开始三句写隋炀帝在晋王宫深锁着美人，恃着山河的巩固，一味享乐。虽有以二敌百的坚固山河，炀帝最终还是亡国了；萧后也流离塞外，只能以悲笳寄托故国之思。百二，以二敌百。典出《史记·高祖本纪》，形容战国时秦国形势的险要，二万兵力可换抵得诸侯兵力一百万。

接着，一连四句具体揭露隋炀帝的荒淫亡国。他整日在后宫与萧娥歌舞玩乐，不理朝政。为了观看扬州的琼花开放，竟乘着用锦绣作帆、装饰华丽的大龙舟，携萧娥沿运河南下，去扬州游春。他的荒淫奢侈，终于导致了隋朝的灭亡。兵动干戈，指隋末农民大起义。

最后三句发出了与苏轼"大江东去，浪淘尽千古风流人物"的同一感慨。社稷，本是土地神（社）与谷神（稷）的合称。古代君王都祭祀社稷，后来即用作国家的代称。

整首曲作，用白描手法，语言平淡朴实。正如前人所品评的："自然笑傲"

"天然丽语"，从内容到语言，都表现了初期元散曲作家的艺术风格，显示了本色派的特征。

双调·蟾宫曲 长沙怀古

卢 挚

朝瀛洲暮舣湖滨，向衡麓寻诗，湘水寻春。泽国纫兰，汀洲搴若，谁与招魂？空目断苍梧暮云，黯黄陵宝瑟凝尘。世态纷纷，千古长沙，几度词臣？

【鉴赏】

这是一首怀古名篇。作者于元成宗大德初年授集贤学士大中大夫，为时不久，却被贬去湖南任职。眼前的岳麓山、湘江水，使他缅怀前贤，思念起因政治失意投江自尽的屈原，于是写下了这首小令，借怀古抒发自己的失意之情。

开头三句，写创作此曲的缘由。瀛洲，神话传说中的海上仙岛。据《旧唐书·褚亮传》载，唐太宗李世民为天策上将军时，为了招贤纳士，设文学馆，选18人为学士，轮流当值。入选者，当时人称作"登瀛洲"，比喻得宠如登仙境。舣，靠船。湖滨，洞庭湖之滨。衡麓，指岳麓山，因该山为南岳衡山的北麓。意思是说，早晨刚进入集贤院，被授集贤学士大中大夫之职，晚上就又乘船来到湖南当一名小小的地方官，自己才有了这个向岳麓山觅诗、向湘江寻春的机会。

下面一连五句，写作者面对苍苍的岳麓山、洋洋的湘江水所产生的怀古之情。泽国，即水乡，指湖南；纫，编织；汀洲，水中的小陆地；搴，拔取，采摘；若，即杜若，香草名。屈原《离骚》有："纫秋兰以为佩"的句子，用以表现自己品行的高洁。他的《九歌·湘夫人》诗中，有"搴汀洲兮杜若，将以遗兮远者"的句子，描写湘君对湘夫人的眷念之情。这里用"泽国纫兰，汀洲搴若"，指孤高绝俗的屈原。苍梧，山名，在今湖南宁远县，又名九嶷山，相传舜帝死于此山，《史记》："舜崩于苍梧。"黄陵，山名，在今湖南湘阴县北，洞庭湖之滨，又名湘山。相传舜帝的两位妃子墓在此山上，旧有黄陵庙。宝瑟，《楚辞·远游篇》，有"使湘灵鼓瑟兮"的句子；湘灵，即湘水之神——湘妃之灵。这五句曲词的意思是说，孤高绝俗的屈原，曾为招楚怀王之魂，而写下了诗篇《招魂》，而我今天作曲，是为谁招魂呢？流露出对异族即元人最高统治者的不满情绪。想到这里，目光被暮云遮断，看不到那郁郁葱葱的苍梧山，只见那黄陵庙里，湘妃的宝瑟上积满了灰尘，怎不令人心灰意冷、黯然伤神呢？

继而，作者心潮起伏难平，他在想些什么呢？他想到一位位南谪的前辈文人的命运：柳宗元卒于柳州的寓所，王禹偁死于黄州齐安……进而，他想到自己的命运，于是，从心底深处发出了感叹："世态纷纷，千古长沙，几度词臣？"千百年来，有多少以文字侍奉朝廷的臣僚，被流放到长沙这偏远地域！

整个曲文，清丽精工，亦雅亦俗，写得沉郁、悲凉，深挚感人。发怀古之、幽思，抒现实之情怀。是一篇精美隽永的怀古曲作。

双调·寿阳曲 夜忆（四首）

卢挚

窗间月，檐外铁，这凄凉对谁分说。剔银灯欲将心事写，长吁气把灯吹灭。

灯将残，人睡也，空留得半窗明月。孤眠心硬熬浑似铁，这凄凉怎捱今夜？

灯将灭，人睡些，照离愁半窗残月。多情直恁的心似铁，辜负了好天良夜。

灯下词，寄与伊，都道是二人心事，是必你来会一遭儿，抵多少梦中景致。

【鉴赏】

《夜忆》四首，连续描写一位女子对爱人的思念之情，抒发了她的相思之苦。第一首写女人孤眠独宿，思念远方的丈夫，本来"剔银灯欲将心事写"，岂料"长吁气把灯吹灭"，表明其幽怨之深。第二首继续写女子孤苦难熬的苦况，"这

凄凉怎捱今夜"一句,写出了她刻骨铭心的幽怨。第三首,"灯将灭""半窗残月",天将明了,女子怨而成恨,恨丈夫的"心似铁",辜负了大好时光。第四首则写女子按捺不住心中的怨气,于是灯下写信要求爱人"来会一遭儿"。即使相会一次,也胜过梦中的无数次缠绵。

四首小令,环环相扣,一层深入一层,将一位女子的相思之情写得悱恻而动人,语言明白如话,堪称元曲本色派的一组佳作。

双调·蟾宫曲　邺下怀古①

卢　挚

笑征西②伏枥悲吟。才鼎足③功成,铜爵④春深。《敕勒歌》⑤残,无愁⑥梦断,明月⑦西沉。算只有韩家昼锦⑧,对家山辉映来今。乔木空林,几度西风,感慨登临。

【注释】

①邺下:指元代的彰德路,今河南安阳与河北临漳一带。邺,古地名,三国曹魏在此置都,与长安、洛阳、谯、许昌合称五都;后改名临漳,为五胡十六国

时期后赵、前燕、东魏及北朝北齐政权的都城。今属河北省

②征西：指曹操。曹操在世时否认有篡汉的野心，他在《述志令》中自称只期望封侯作征西将军，以后在墓上题"汉故征西将军曹侯之墓"，就心满意足了。伏枥悲吟：指曹操五十岁时所做的乐府诗《龟虽寿》，中有"老骥伏枥，志在千里，烈士暮年，壮心不已"的句子。伏枥，马匹卧息在马棚里。

③鼎足：指魏、吴、蜀汉三国三分天下的局面。

④铜爵：即铜雀，台名，建安十五年（210）曹操建于邺城。台高十丈，四周有一百多间殿屋，台上楼顶铸铜雀展翅欲飞，故名铜雀台，是曹操晚年同姬妾们享乐之地。爵，古通"雀"。

⑤《敕勒歌》：北齐敕勒族人的民歌，以首句"敕勒川，阴山下"得名。北齐高祖高欢在对西魏作战时病重，为了安抚军心，命部将斛律金唱《敕勒歌》，自己勉强坐起应和。然而数月后终因不治身亡。敕勒，北方少数民族部落名，鲜卑的一支。

⑥无愁：北齐末代国君齐幼主荒淫昏庸，自称"无愁天子"。结果只坐了两个月的江山即被北周军队俘虏害死。

⑦明月：北齐丞相斛律光，字明月，为北周人所嫉恨。他们制造"百斗飞上天，明月照长安"的谣言传人邺城，意谓斛律光将谋篡帝位。斛律光因此被齐后主杀害。

⑧韩家昼锦：北宋名相韩琦曾任相州判官，百姓爱戴如父母。韩琦是本地人，任职期间在相州城内建昼锦堂，取白日衣锦还乡之意。宋代的相州，所统辖范围正是邺下地区。

【鉴赏】

邺下最知名的古迹是邺城西部的铜雀台。唐杜牧《赤壁》有句写道："东风不与周郎便，铜雀春深锁二乔。"是说周瑜如若未在赤壁大战中取胜的话，曹操就会掳走大乔、小乔这两名东吴美女，在春深时分将她们锁藏在铜雀台中取乐。这虽然不曾成为事实，但曹操的姬妾们却确实住在台中，侍奉着他度过晚年。曹操在临终时的《遗令》中，还交代死后让她们分香卖履维持生计，以定期在台上歌舞来祭祀自己，这一点尤其为后世文人所讥诮。作者在这支小令中截录了杜牧

的诗句，并别出心裁地点出曹操自述暮年壮志的"悲吟"，嘲笑他的言行不一。用一"笑"字领写曹操晚年耽于享乐、实无大志，以及用"征西"来指代这位篡夺汉室政权的奸雄，都带有强烈的讽刺意味。

邺下一度是北齐政权的都城，这个小朝廷前后换了七个皇帝（不包括追谥的齐高祖高欢），却统共只有二十八年的寿命。从"敕勒歌"到"无愁梦"，正是对这段昙花一现历史的精炼概括。国中唯一有才干的贤臣斛律光，却遭谗被杀，作品带上一笔，补明北齐统治者腐朽昏乱灭亡的原因。用上"残""断""沉"的衰败字面，而不见具体的故迹遗址，暗喻北齐在历史上的过眼繁华已无迹可寻。"明月西沉"，是巧妙的双关语，凭着它同眼前荒凉的实景发生着感觉上的联系。

由斛律光的典故，诗人联想到历史上另一位贤相，即北宋的韩琦，他的故居昼锦堂是邺下的一处名胜。这位集文业与武功于一身的名臣，给自己在家乡的宅所取上这样的名称，字面上看是对"富贵不还故乡如衣锦夜行"的古语的反用，实际上更含有不负家乡父老期望、悚惕自励的意味，欧阳修在《相州昼锦堂记》中就特地详说了这点。"辉映来今"四字，表现出作者对韩琦的尊敬和怀念。昏君不足道，唯有贤臣为河山增色，这正是"邺下怀古"的用意。然而，西风乔木，昼锦堂园林中的景物也已非畴昔。结尾的三句，寄托了作者对人事变迁的深沉感慨。

怀古作品是对历史风云的检阅，而有时会遇到历史事件多端、历史遗迹非一的情形。像本篇这样，剪裁有序，选取典型，突出重点，在扬抑褒贬中求取新意，可说是一系列成功的经验。

双调·蟾宫曲 商女①

卢 挚

水笼烟明月笼沙②，淅沥秋风，哽咽鸣笳③。闷倚篷窗，动江天两岸芦花。飞鹜鸟青山落霞④，宿鸳鸯锦浪淘沙。一曲琵琶，泪湿青衫⑤，恨满天涯。

【注释】

①商女：歌女。

②"水笼"句：唐杜牧《泊秦淮》："烟笼寒月水笼沙。"

③箛：一种吹管乐器，其声凄厉。

④"飞鹜"句：唐王勃《滕王阁赋》："落霞与孤鹜齐飞。"鹜，野鸭。

⑤"泪湿"句：唐白居易《琵琶行》："座中泣下谁最多，江州司马青衫湿。"青衫，唐代官员品级最低之服色，后多作为卑官服色的代表。

【鉴赏】

在历代咏写商女的诗歌作品中，五代孙光宪的《竹枝》无疑会给人留下深刻的印象："门前春水白苹花，岸上无人小艇斜。商女经过江欲暮，散抛残食饲神鸦。"它仅仅通过景物的衬写与人物活动的小小细节，便将商女的终年漂泊与内心孤寂传神地表现出来。本篇是以"商女"为题的，在容量上更多了铺陈。但它同孙光宪的《竹枝》一样。在白描中表现了被咏写人物的风神与内心。

全曲对商女的正面描述，只有"闷倚篷窗"与"一曲琵琶"两句，而以大量笔墨游走其左右，这也就是金圣叹所命名的"借叶衬花法"。作品的"借叶"手段主要体现在两个方面。一是借助景色的烘衬，其中又有正衬与反衬之分。烟水寒月，秋风鸣箛，江天芦花，映合商女凄凉的处境与心境，是正衬；落霞飞鹜，鸳鸯眠沙，则从秋景恬美的一面反形出女子的漂泊孤寂。二是借助前人成句的意象，如首句用杜牧《泊秦淮》"烟笼寒月水笼沙"的名句而略作变化，便立即使人联想起那"隔江犹唱后庭花"的秦淮商女；但曲中的女子既非处在灯红酒绿的秦淮闹境，又全然不存在秦淮商女的那种茫昧无知，秋风的"淅沥"、鸣箛的"哽咽"恰恰代表了她的悲伤的内心，这就使读者禁不住刮目相看，产生了对她的关注和同情。又如结尾三句化用白居易《琵琶行》的诗意，让人又联想起白诗中那浔阳空船、沦落天涯的琵琶女子。在"动江天两岸芦花"萧瑟的水面上，女子一曲琵琶，且有"泪湿青衫"的动人效果，无疑她是在寄声琵琶，"似诉平生不得志""说尽心中无限事"。这一人物活动的细节固然不及《竹枝》中抛饲神鸦来得细腻、深刻，却同样能反映出商女的"恨满天涯"。烘染景色，化用故实，不仅凸现出"商女"本身的形象，也代表了作者的感想与同情。作者点出

"泪湿青衫"四字，显而易见，是将女子视作"同是天涯沦落人，相逢何必曾相识"的陌路同怀的。

双调·蟾宫曲 武昌怀古

卢 挚

问黄鹤①惊动白鸥：甚②鹦鹉能言，埋恨芳洲③？岁晚江空，云飞风起，兴满清秋。有越女吴姬楚酒，莫虚负老子南楼④。身世虚舟⑤，千载悠悠，一笑休休⑥。

【注释】

①黄鹤：武昌临江之黄鹄矶上有黄鹤楼，相传因仙人王子安乘黄鹤过此而得名。

②甚：怎么。鹦鹉能言：《礼记》："鹦鹉能言，不离飞鸟。"

③芳洲：指武昌的鹦鹉洲。语本崔颢《黄鹤楼》："芳草萋萋鹦鹉洲。"

④老子南楼：东晋六州都督庾亮镇武昌时，部属殷浩等乘秋夜共登南楼，庾亮忽至，众人敬欲避让。庾亮徐曰："诸君少住，老子于此处兴复不浅。"坐在胡床上同殷浩等率意交谈，见《晋书·庾亮传》。南楼，一名玩月楼，为武昌郡内的名胜。

⑤虚舟：空船。

⑥休休：安闲旷达的样子。

【鉴赏】

小令的起首三句中，并现了"黄鹤""白鸥""鹦鹉"三种飞鸟，这是作者故意追求的一种技巧性的韵味。三者有实有虚，除白鸥为江上实景外，其余二者都带有典故的含意，用以点出武昌的名胜，所谓"本地风光"。"黄鹤一去不复返，白云千载空悠悠"，即是唐诗人崔颢在其名作《黄鹤楼》中的联想。"问"有询问意，也有寻索意，这里的"问黄鹤"，便呈露了作者"怀古"的意兴。白鸥飞动，与诗人的意兴本无关系，作品却将两者并于一句中，又用上了一个"惊"字，既传神地写出了江上鸥鸟穿梭疾飞的意态，又表现出诗人心潮的激荡。作者在这里，是运用了词体的勾连笔法。

"问黄鹤"本以黄鹤楼为主体，二、三两句却顺势转出一问，牵出了武昌的又一名胜——鹦鹉洲。鹦鹉洲的得名，相传是汉末江夏太守黄祖在此设宴，席上有人上献鹦鹉，名士祢衡即席作《鹦鹉赋》的缘故。祢衡才高，却因桀骜不羁而不遇于时，最后还遭到了杀身之祸，是后代文人叹惋同情的对象，也就是曲中的"埋恨"。作者故意在鹦鹉洲的洲名上做文章，目的就在于旁敲侧击地引出这一"恨"字。黄鹤楼使他怆念悠悠千古，鹦鹉洲使他悲慨文人失意，这三句的情调是低沉的。

四、五、六三句写景。深秋的江景固然脱不了苍凉，然而大江浩瀚，云飞风起，雄阔的气象却使诗人襟怀为之一爽。文人对于愁恨的解脱，最为便捷可行的就是放旷，也就是曲中所说的"兴满清秋"。以下两句便是这种"兴"的豪放表露。"楚酒"是本地所产，而"越女吴姬"看似与"武昌"无关，其实是暗用了李白诗作的故实。李白在《书怀赠江夏韦太守良宰》中歌赞韦太守在任所的生活，有"吴娃与越艳，窈窕夸铅红，呼来上云梯，含笑出帘栊"句，而江夏正是武昌的古称。至于"老子南楼"的典故，则注释中已有说明。作者时在湖南宪使赴任途中，这两句都符合他的身份与心境。作品的文气也随之高扬。

最后三句，是"怀古"后的感想总结。"虚舟"本是《庄子·山木》中一则出名的比喻："方舟而济于河，有虚船来触舟，虽有偏心之人不怒。"《淮南子》引用此语，"虚船"作"虚舟"。《庄子》的本意是"虚者无己"，所以不会引起同现实的矛盾。这里的"身世虚舟"，则有无根无蒂、任其自然之意。既然自己都不能也不想把握自身的命运，对于如同"白云千载空悠悠"的人世变迁，就不妨展眉一笑，旷然处之了。

这首小令用典、感怀，均用了虚实两兼的手法，出入古今，气概沉雄。它在形式上是曲，精神上却是词，故蕴蓄高华，耐人涵泳。但它又取豪放词派的一路，这在散曲"以词笔为曲"的大量作品中是不多见的。

双调·水仙子 西湖

卢 挚

湖山佳处那些儿[1]，恰到轻寒微雨时。东风懒倦催春事。嗔垂杨袅绿丝，海棠花偷抹胭脂。任吴岫[2]眉尖恨，厌钱塘江上词[3]。是个妒色的西施。

【注释】

①佳处那些儿：即"那些儿佳处"。

②吴岫：指吴山，在西湖东南。岫，峰峦。

③钱塘江上词：《春渚纪闻》《夷坚志》等宋人笔记载，进士司马槱曾梦遇一美人献唱《蝶恋花》，上片为："妾本钱塘江上住，花落花开，不管流年度。燕子衔将春色去，纱窗一阵黄昏雨。"司马槱任职杭州后，美人梦中必来，方知她是南齐名妓苏小小的鬼魂。钱塘江，浙江在钱塘（今浙江杭州）区段的别称。

【鉴赏】

据刘时中《水仙操序》，元初民间即有《水仙子》西湖四时词，"恨其不能佳"。于是卢挚特地重做四首，并订立了例规，"其约首句韵以'儿'字。'时'字为之次，'西施'二字为句绝。然后一洗而空之"。以后马致远、刘时中、张可久等曲家都做了响应。

这里选的是咏春天西湖的一首。它的妙味，在于从苏东坡"欲把西湖比西子"的诗意生发，而赋予西施以个性，由此来表现出西湖在特定季节中的特色。本篇即从"妒色"的前提发挥。因为西施（其实是西湖）妒忌浓艳的美色，于是东风懒慢，杨柳摇曳枝条受到指责，海棠花也只敢"偷抹胭脂"。吴山凝愁献恨，钱塘江上则减却了歌女的风流。这一切，其实恰恰表现了"轻寒微雨"时的"湖山佳处"。换言之，因为微雨送寒的影响，东风不再闹热地催开百花。杨柳在迷蒙的雨中绿条袅袅，引人注目，就有大逆不道的卖弄意味；而海棠花虽然脂红犹存，却也只能含蓄地开放，不敢过于呈露妖娆。云锁吴山，远峰隐没在淡淡烟雨中，犹如美人颦眉；钱塘江上水雾茫茫，自然也就不再有歌女啭动珠喉。但是，微雨清寒下的西湖湖山，清而不凄，素而益雅，正属于东坡“淡妆浓抹总相宜”中的“淡妆”，西子妒色，恰恰呈现了自身的雅洁清美。小令这种拟人化兼拟情化的手法，沟通了西子美与西湖美的内在联系，旖旎而又婉约，确有令人目迷心醉的非凡的艺术魅力。

赵岩 宋丞相赵葵后裔。字鲁瞻，长沙（今属湖南）人，居溧阳（今属江苏）。曾在大长公主宫中应旨，后退居江南。终生潦倒。好饮酒，传说醉后可顷刻赋诗百篇。因不得志，醉病而卒。《全元散曲》录存其小令一首，写景咏物，构思新颖，笔调活泼。

中吕·喜春来过普天乐

赵 岩

琉璃殿暖香浮细，翡翠帘深卷燕迟，夕阳芳草小亭西。间纳履，见十二个粉蝶儿飞。一个恋花心，一个搀春意。一个翩翻粉翅，一个乱点罗衣。一个掠草飞，一个穿帘戏。一个赶过杨花西园里睡，一个与游人步步相随。一个拍散晚烟，一个贪欢嫩蕊，那一个与祝英台梦里为期。

【鉴赏】

这首曲由［喜春来］和［普天乐］两支曲子组成，表现的是深闺少女赏蝶之余的寂寞幽怨之情。

［喜春来］开头“琉璃殿暖香浮细，翡翠帘深卷燕迟”以环境描写烘托出一

位慵懒悠闲的富家小姐。金碧辉煌的琉璃殿，晶莹翠绿的翡翠帘，足以显示出富贵之气；一个"暖"字、一个"深"字更添闺房的温馨、清幽，再以香浮细表现女主人公的闲情雅致，以卷帘太迟误燕儿早出表现女主人公的慵懒散漫。无一字写人而人物形象活灵活现。

"夕阳芳草小亭西"表明已是日薄西山，女主人公也移步户外，来到花园之中。这是典型的闺房小姐的生活。古代由于礼教束缚，年轻女子出嫁之前不得见陌生人，因此白居易的《长恨歌》中才有"养在深闺人未识"的句子。为了让小姐有散心游玩之处，富贵之家一般修有后花园，筑以亭台楼阁，植以树木花卉，这便是深闺小姐珍贵的自由天地。"间纳履"字面意思看似偶然低身蹬鞋，但这显然不合富家小姐的身份，因此在这里，"间"通"闲"，"纳履"引申为步行，意即随意游走。下一句按曲谱应为五个字，作者因采用口语而增字。口语化是元曲的特色之一，能产生生动活泼、亲切自然的艺术效果。满园春色无限好，为什么女主人公对蝶情有独钟？答案便隐藏在下文中。

[普天乐]以赋的铺叙手法，逐一对蝶儿进行描绘。"恋花心"的情深，"揽春意"的娇艳（揽为掺杂之意）；"翩翩粉翅"的活泼，"乱点罗衣"的欢快；"掠草飞"的矫健，"穿帘戏"的灵活；"赶过杨花西园里睡"的慵懒，"与游人步步相随"的可爱；"拍散晚烟"的行色匆匆，"贪欢嫩蕊"的温柔缠绵。这是一幅多姿多彩的群蝶闹春图，正是蝶儿的自由、快活、热闹引起了孤寂的女主人公的注意，反衬之下，让人觉出一种恨不能化身为蝶的情感，而这情感在最后一句得到升华："那一个与祝英台梦里为期"。梁祝殉情化蝶的民间传说家喻户晓，作者以祝英台代指蝶，完成了对十二只蝶儿的描绘。更重要的是，化蝶双飞的传说将女主人公对美好爱情的期盼之情自然而然地牵引出来，更添深闺寂寞的痛

苦。

　　赵岩的作品虽只留下这一支带过曲，但二曲衔接自然，浑然一体，既有七言律句的典雅精工，又有通俗口语的自然活泼，实为精品。

关汉卿　号已斋叟。大都（今北京市）人，一说燕人（《析津志》），或解州（今山西解县）人（《元史类编》卷三十六）。约生于金末，卒于元成宗大德年间。《录鬼簿》曾任太医院尹。"金遗民，入元不仕"（邾经《青楼集》序）。他"生而倜傥。博学能文，滑稽多智，蕴藉风流，为一时之冠"（《析津志》）。一生主要在大都从事戏曲创作，晚年到过杭州。亦熟谙戏曲表演艺术。与杨显之、王和卿、朱帘秀等人交往甚密。与郑光祖、白朴、马致远并称"元曲四大家"。所做杂剧今知有六十余种。现存《窦娥冤》《救风尘》《拜月亭》《调风月》《望江亭》《单刀会》《蝴蝶梦》《玉镜台》《金线池》《谢天香》《绯衣梦》《西蜀梦》《哭存孝》十三种；《哭香囊》《春衫记》《孟良盗骨》三种仅存残曲。另《鲁斋郎》《陈母教子》《五侯宴》《裴度还带》《单鞭夺槊》《西厢记（第五本）》六种，是否为他所作，尚无定论。所作散曲现存套数十余套，小令五十余首。他的戏曲作品大多暴露封建统治的黑暗，表现人民的苦难和反抗精神。人物性格鲜明，曲词本色而精炼。对元杂剧繁荣发展影响很大。

仙吕·一半儿　题情

关汉卿

云鬟雾鬓胜堆鸦，浅露金莲簌绛纱，不比等闲墙外花。骂你个俏冤家，一半儿难当一半儿耍。

碧纱窗外静无人，跪在床前忙要亲。骂了个负心回转身。虽是我话儿嗔，一半儿推辞一半儿肯。

银台灯灭篆烟残，独入罗帏淹泪眼，乍孤眠好教人情兴懒。薄设设被儿单，一半儿温和一半儿寒。

多情多绪小冤家，迤逗得人来憔悴煞，说来的话先瞒过咱。怎知他，一半儿真实一半儿假。

【鉴赏】

这首组曲描绘了一对青年男女一见钟情、别后相思的爱情发展变化的过程，拆之可独立为四，合之则融而为一。

第一支曲子是从"男子"的角度写"俏冤家"的仪态。你看她浓密、松散、乌黑的头发松松挽就，未经精心修饰，却自有一种天然的韵味，轻挪莲步，纱裙儿发出"簌簌"的声响。从静态到动态，都是那么千娇百媚，怎能不叫人一见倾心呢？可是这个"俏冤家"不比寻常路柳墙花，可以随便任人攀折，于是，他只能在希望与失望、激情与懊恼中骂了一声"俏冤家"。忽又意识到俏冤家是爱极的反语，是恋人们的爱称，他又有什么资格去渎犯别人呢？只好自我解嘲地说：这只不过是一半儿情不自禁一半儿玩笑而已。几句话，把一个多情多绪的少年瞬间的心理活动逼真地表现了出来，真正是此中有人，呼之欲出。

第二支曲子从少女的角度写少年的鲁莽行为。但鲁莽中有深情，痴呆中有慧根，令人既爱不可，又恨不忍，只好在半推半就中"遂了少年心，称了于飞愿"。曲子开头设置了一个极其幽静的环境：碧纱笼着窗棂，四周静悄悄没个人影，这就给少年求爱寻欢营造了理想的氛围。少年怀着"负心"的内疚，装着一副可怜样，要与她亲热。一个"跪"字何等传神，将少年的痴情爱意、内疚忏悔都一一表现出来。而少女的"骂"、少女的"转身"、少女的"嗔"都是装出来的，是少女特有的娇嗔，接受他的"亲"承受他的"爱"才是真真实实的。"一半儿推辞一半儿肯"把一个少女又矜持又大胆、半嗔半羞、半推半就的心理活动过程，活灵活现地刻画了出来。纵有千般误会，万般猜忌，到此都焕然冰释和好如初了。

然而，月有阴晴圆缺，人有悲欢离合，此事古难全。第三、四支曲子写的便是别后相思。夜深了，人去了，女主人公怀着"才欢悦，早别离"的孤寂与无奈，重又陷入痛苦的相思之中。灯灭银台，烟散宝鼎，往事一幕幕清晰地在心头闪过。没奈何只有留着两行清泪走向清冷的罗帏，想起那多情多绪的小冤家，半真半假的私房话，怎能不让人魂牵梦萦衣带渐宽呢？唉，这一切烦烦恼恼、哀哀怨怨又怎一个"情"字了得。

这组曲子，以"情"字贯穿始终，无论是相悦的恋情，还是相思的苦情都写得真挚热烈、大胆泼辣、无遮无掩、雅俗共赏。尤其是前二支曲子，更是难得的佳作。

南吕·四块玉 闲适

关汉卿

适意行，安心坐。渴时饮饥时餐醉时歌，困来时就
向莎茵①卧。日月长，天地阔，闲快活。

【注释】

①莎（suō）茵：指草坪。

【鉴赏】

关汉卿的《四块玉·闲适》是一组小令，共四首，这是第一首。概括写出闲适生活的情景。

你看，作者是多么悠闲：想走就轻轻松松地走走，想坐就安安静静地坐坐，无拘无束，无牵无挂。口渴了就去喝点清泉，肚子饿了就去吃点山果，酒兴浓时还唱几曲山歌，困倦了就在嫩绿的草地上躺一躺。日月漫长，天地宽广，诗人的心境比天地更空旷，他似乎什么思绪都没有，进入了一种顺其自然的境界，正如《庄子·逍遥游》所言："若夫乘天地之正，而御六气之辩，以游无穷者，彼且恶乎待哉？"意思是顺应着万物的本性，跟随着自然界的变化，生活在无始无终、

无边无际的虚无缥缈之中，对什么也不依靠，这就是道家所说的无为逍遥的境界。作者的闲适，正是向往着这种境界，"闲快活"是进入这一境界的心情。

真的就如此闲适，快活得似神仙吗？恐怕也未必。如果我们深入了解作者当时的社会环境，也许可以看到快活的背后积淀着无穷的辛酸和苦闷了。在我国长期的封建社会里，文人们最甜的梦是"学而优则仕"，朝为田舍郎，暮登天子堂，一旦雁塔题名，龙门跳进，便可大展才华，或为国家效劳，或为私利奔波，就都有了权力的保障，实现理想也方便多了。可惜元代这条路是那么坎坷而狭窄，荆棘丛生，陷阱遍布，一不小心跌倒下去，就会遭到灭顶之灾。蒙元统治者实行民族压迫政策，汉人属于三、四等人，处于下层；而知识分子，则为下层之下，所谓"七匠八娼九儒十丐"，可见，在"只识弯弓射大雕"的权贵们面前，儒生们显得何等可怜，其斯文早就扫地以尽了。

由高雅之士降而为受欺之民，前程一片渺茫，所以总会伴随着强烈的失落感。当时的剧作家多有此感。石君宝在《秋胡戏妻》中哀叹道："儒人颠倒不如人！"马致远在《金字经》里也曾发牢骚说："困煞中原一布衣……恨无上天梯。"关汉卿实际上也同他们一样，对黑暗的异族统治怀着强烈的仇恨，对被压迫被损害的下层人民寄予深切的同情，这样一位满腔忠愤、为人热忱、关心世态、勤奋著述的"梨园领袖"和"杂剧班头"，是决不会超然物外，闲得无所事事的。大丈夫生在世上，理应建功立业，有所作为；即使走不通仕途，也有别的途径可走，关汉卿不就是用自己丰富的杂剧为国家、为民族建了大功、立了大业吗？他的作品，受到了我国人民和世界人民的重视和热爱，一九五八年，他作为世界文化名人而载入了人类文明的史册。试想：这样的伟大作家能"闲快活"

国学经典文库

元曲鉴赏

·元曲·

图文珍藏版

南吕·四块玉 闲适

关汉卿

旧酒投①，新醅泼②，老瓦盆边笑呵呵。共山僧野叟
闲吟和。他出一对鸡，我出一个鹅，闲快活。

【注释】

①投：本作"酘"（dòu），指再酿之酒。

②醅（pēi）泼：醅指未滤过的酒；泼即"酦"（pō），指酿酒，新醅泼是说新酒也酿出来了。

【鉴赏】

此为关汉卿《四块玉·闲适》的第二首。描写诗人与朋友诗酒欢宴的惬意场面。

在一个晴朗的日子里，作者村居的房舍里充溢着闲适和舒畅的气氛。旧酒已被重酿过一遍，新酒也已经酿熟了，满屋都散发着香喷喷的酒味。主人呼朋引伴，在自家简陋的方桌上摆上了几个旧瓦盆，里面盛满了菜肴。酒菜虽不是山珍海味，但也还鲜美可口，荤素兼有，颇为丰富。客人们围坐在一起，自由自在，不分彼此，一边品嚼着酒菜，一边吟诗唱和；管你是山僧还是野叟，是读书人还是农夫，都是老朋友，无贵无贱，无上无下，你一杯，我一盏，你一言，我一语，你一唱，我一和，玩个随心所欲，乐个开怀如仙。

有趣的是这次宾主宴会，不是主人礼仪性地宴请客人，而纯属一种友人们"打平伙"式的聚餐，这在特别讲究礼仪的府第和官场，是难以见到的。你出一对鸡，我出一只鹅，他带几样自种的蔬菜，大家动手，既做主人，又做客人，这种老友平等而真诚的相聚，比起一人掏腰包来招待众人倒是公平合理得多，快活

有趣得多，还确实有点返璞归真的情味。据说现代生活发达地区的青年人，往往也打起平伙来，餐馆里一坐，你出一点，我出一点，凑合起来美餐一顿，谁也不占谁的便宜，大家高高兴兴相聚，快快乐乐分开，没有客套，没有虚伪，只有真诚，只有情义，这岂不是很值得品味的事么！

关汉卿用朴质的文笔，描写了乡间生活的这一场景，表现了他追求着一种高雅的情趣。在这里，人们和睦友好，真诚相待，不拘泥于烦琐的礼节，率性而行；邻里之间情同手足，世俗的恩恩怨怨，官场的尔虞我诈，在这里已无影无踪了。杜甫《客至》中写道："盘飧市远无兼味，樽酒家贫只旧醅。肯与邻翁相对饮，隔篱呼取尽馀杯。"也是对这种情景的称道。当人们对喧嚣纷争的尘世厌倦了的时候，多么向往一种自由轻松的生活啊！

双调·沉醉东风

关汉卿

咫尺①的天南地北，霎时间②月缺花飞。手执着饯行杯，眼阁着别离泪。刚道得声"保重将息③"痛煞教人舍不得。"好去者望前程万里！"

【注释】

①咫尺：比喻相距很近。

②霎时间：一会儿。

③将息：休息，调养。

【鉴赏】

对于以抒情为主的韵文诗体而言，人类怅惘凄凉的离情别绪是它表现的一个重要方面。江淹《别赋》开篇即言："黯然销魂者，唯别而已矣！"特别是道别饯行之际的两情依依，分手瞬间的骤然紧张，更令人黯然失意。就在这样的刹那间，不知是似灌了铅一样的沉重，还是如无根的浮萍一样轻飘。欲紧紧抓住，却又不知何去何从。说不清道不明此时此刻想要说些什么，更不知想要抓住什么。唯有空落落的心、迷迷茫茫的眼怅然随他远行。

"多情自古伤离别"，此情此景，再好的风景也是愁风四起。心理上的时空概念已完全取代了自然时空。此时尚是咫尺，转眼之间却又秋水远隔。在情人的眼中，片刻别离也会似经历了千万年的沧海桑田。曾经拥有过的春光明媚，尽可人意，在即将离别时层层叠叠地涌上心头，更使伤心的人儿不忍分离。

"此时无声胜有声。"虽是饯饮，但此时却毫无宴酣之乐。你看那女子，怀着沉重的心情，俄延半晌，微微颤抖的纤手，举着酒杯，慢慢向情人送去。酒光流溢，映亮了双眼里晶莹的泪花。她定定地望着情人，一句话也说不出来，千情万绪涌上心头却剪不断，理还乱。如此的动作，如此的表情，隐含着多少内心的痴语：斯人将去，路远天长，他在外面将会遇到什么样的艰辛？此去经年，何时才能相见？天有不测风云，更谁知此别之后能否重逢？欲言无语，欲哭无泪，难道不比伏案凭栏，失声痛哭，更让人深觉其中的一往情深？

如果说柳永《雨霖铃》中"执手相看泪眼，竟无语凝噎"，是一种无声之别，那么，此曲中的有声之别读来更是别有一番滋味上心头。"搁泪眼望搁泪眼，断肠人送断肠人"，断断续续的话语之间，"痛煞煞"又"舍不得"的是送者还是行者？透过晶莹的泪膜凝望着恋人的泪眼，凝望中提高嗓音强加勉励：好好去吧，愿君前程万里。这个故事就这样戛然而止。然而与众多别离不同的是，这位痴情女子没有一味地陷于离愁别恨中不能自拔，更没有嗔怨情人不顾念以前的良辰美景独自远行，而是强忍心头的惆怅。挥手道别情人："好去者望前程万里！"她不强求什么，既然爱人要远去，就让他好好地去吧，有什么痛苦宁可自己独自承担也不能给他"加压"，比较其他的痴男旷女，曲中女子更显高拔。

离别的愁绪一直氤氲缠绵在漂泊的游子、望归的思妇身旁。这种情愫，长久以来也一直在困扰着又激励着人们。在我眼里，它也许就是一朵悄然生长于人们心中的落寞之花吧！

双调·沉醉东风

关汉卿

忧则忧鸾孤凤单，愁则愁月缺花残。为则为俏冤家，
害则害谁曾惯？瘦则瘦不似今番，恨则恨孤帏绣衾寒，
怕则怕黄昏到晚。

【鉴赏】

　　相思苦，苦相思。相思就是不经意时从情人心中最温柔的部分里丝丝缕缕，
悄悄钻将出来又难以抑制的酸楚；就是独自伫立在风中时突然随风飘来又似是依
稀穿越时空隧道回响在耳旁的笑语声声；就是漫漫长夜任光明一点一滴从孤单的
身影旁煎熬过去时深深的叹息。相思之情就这样长久地煎熬着世间情人孤寂的心
灵。这首曲子模拟闺中女子的心情和口吻，把她在送别情人之后凄凉孤寂的心
情，以及思情离恨抒写得淋漓尽致。实为一首深情脉脉的相思之作。

　　鸾与凤都是传说中的飞鸟，人们常以其比喻夫妻和谐恩爱。花好月圆是美满
幸福的象征，人们也常以其比拟美好的爱情，然而这一切美好均已成了尘封的往
事。从前情爱甚笃，鸾凤和鸣，今日却劳燕东西，鸾孤凤单；曾经的花好月圆，
良辰美景，却落得个月缺花残，四壁萧然。抚今追昔，相思情起，怎不令人断
肠？

　　“冤家”本是对其心爱情人的昵称，然而正是这位令她一往情深的冤家离去，
才使她如此忧伤和哀婉，竟恹恹地害起了相思病。心中相思苦才使得身体也消瘦
得不大如前了，正所谓“为伊消得人憔悴”。不知这是春还是秋？但总是庭院深
深，隔绝了她的视野，却隔不住她思念的心绪。“恨则恨孤帏绣衾寒，怕则怕黄
昏到晚。”这就更流露出她的寂寞情怀。我们可以想象：闺房里冷冷清清，孤零
零一人四顾茫茫，无所事事。居人愁卧，恍然有所失，正是极端空虚的时候，愁
煞人的黄昏又无情地笼盖四野。为了与目前凄凉的时间对峙，也许只有回忆才能
稍微安慰，然而转念想到眼下又是天各一方，一种难以名状的恨油然而生。恨什

么呢？是孤寂的帐幔、冰冷的绣衾，还是远别的情人？她又由恨及怕，怕阴冷的黄昏，怕之后无尽的漫漫长夜，怕夜阑人静时的空空荡荡，怕无时无刻不充溢着的孤独。随着曲中如泣如诉的叙说，一个痴情罔爱、茕独凄惶的思妇，便栩栩如生立在我们眼前。她的忧、愁、怨、恨、怕，她的无尽思忆，她执着、缠绵的相思之情以及贯穿其中刻骨的爱的情愫，无不令人沉醉又感动。

"天涯地角有穷时，只有相思无穷处"，"天不老，情难绝，心似双丝网，中有千千结"。爱情总是如此令人心动，似一张无形的网，收来了天下无数多情的人儿，又似一曲细细微微自远方传来的乐声，它不就在轻轻地拨动着你我的心弦吗？

双调·碧玉箫

关汉卿

秋景堪题，红叶满山溪；松径偏宜，黄菊绕东篱。
正清樽斟泼醅①，有白衣②劝酒杯。官品极，到底成
何济！归，学取他渊明醉。

【注释】

①泼醅：通"酦醅"，一种重酿和未过滤的乡间家常酒。
②白衣：犹言布衣，指平民。

【鉴赏】

这是一首写秋景的小令，也是作者对自己清闲生活由衷的赞美。

秋总让人有说不尽的感慨，在我国文学传统中，"秋"是一个极富美感的意象，多半偏于清柔、伤感的情怀。它总是牵动着诗人的敏感心绪，总有着抒发不尽的绵绵情意。有秋的惆怅，"夕阳依旧垒，寒磬满空林"；有秋的气象，"红叶晚萧萧，长亭酒一瓢"；有秋的淡泊，"帝乡明日到，犹自梦渔樵"；有秋的萧瑟，"淮南一叶下，自觉洞庭波"；有秋的思念，"空山松子落，幽人应未眠"；

有秋的离愁，"月落乌啼霜满天，江枫渔火对愁眠"；有秋的哀怨，"天阶夜色凉如水，卧看牵牛织女星"。

此曲感叹"秋景堪题"，又是怎样的秋景呢？

请看，千山万壑到处是一片片殷红的颜色，经霜的红叶胜似二月的春花。这是"万山红遍，层林尽染""霜叶红于二月花"的金秋季节。远处，满山枫叶萧萧作响，心中不禁添了无限寥廓；近处，一条弯曲小径，青松掩映，盘桓而上，苍劲的青松，在草木摇落中愈显挺拔苍翠，令人想起陶潜的赞美："凌霜殄异类，卓然见高枝"。再看大地，金灿灿的菊花正迎霜盛开，宛若团团锦绣，盘绕菊园。难怪五柳先生再三赞美："秋菊有佳色，裛露掇其英""采菊东篱下，悠然见南山"。火红的枫叶，金黄的菊花，色彩鲜艳明丽；清浅的山溪，幽邃的松径，氛围清新秀美。秋景如画，自然逸兴遄飞。如此好景好心情，何不开怀畅饮呢？值此绚丽宜人的秋景，正该清樽斟满，痛饮一番。难得布衣相交，正可取觞相劝。此时此刻，仕途的险恶，世态的炎凉，人生的虚幻，全都随兴而忘怀。"归，学取他渊明醉"，既是安贫乐道，何不浮云富贵，笑傲王侯！

秋，在许多人眼里，是草木摇落，红衰翠减，肃杀凄凉的悲秋情调。而在作

双调·大德歌 春

关汉卿

子规①啼，不如归，道是春归人未归。几日添憔悴，虚飘飘柳絮飞。一春鱼雁②无消息，则见③双燕斗衔泥。

【注释】

①子规：即杜鹃鸟。

②鱼雁：书信的合称。

③则见：只见。

【鉴赏】

关汉卿用［双调］《大德歌》的曲调，写了一组四首小令。本首以"春"为题，是其中第一首。

此曲在声声回荡的子规啼鸣声中开始。子规即杜鹃鸟，其叫声好像在说"不如归去"。晁补之《满江红·寄内》云："归去来，莫教子规啼，芳菲歇。"世人听到杜鹃啼声，总易引起阵阵思乡怀人之情。这声声的子规啼鸣是回响在谁的耳畔呢？是闺中的思妇，还是远方的游子？

从情景上看，这啼声是响在那寂寞的少妇耳畔，它深深地触动了她思念远人的情怀。想起心上人走的时候，曾说过春天就回来，而今已是春暖花开的时候，南归的燕子也已成双成对地出入衔泥，为建立自己的家庭而欢快地忙碌着。但是，他的踪影却至今未见。睹物思人，更衬出了少妇的愁苦与憔悴。远人哪里知道，她在家里为他瘦呢？

渐变枯槁的身躯，愈显脆弱的心灵，忽上忽下的心绪，就像那柳絮一样，在春风中回旋飘荡，无所适从。柳絮杨花，不觉已是暮春景象，一个漫长的春天在空虚的等待之中飘然逝去，而人却未归，又杳无音信。耳边燕子筑巢的欢叫声声入耳，更鲜明地衬托出她的孤寂与痛苦。此情此景，她的心中是爱还是恨，已是很难分清了。

"鱼雁"是"鱼书""雁足"的合称。古乐府《饮马长城窟行》："客从远方来，遗我双鲤鱼。呼儿烹鲤鱼，中有尺素书。上言加餐食，下言长相忆。"后人由此称书信为"鱼书"。又《汉书·苏武传》中载有苏武在匈奴被羁留多年，托雁足系帛书以捎信的故事。从此，"鸿雁"或"雁足"亦代指书信。

此曲即是一个因"雁杳鱼沉"而思远怀人的故事。看窗外春燕争泥，比翼双飞，与闺中思妇孤居独处、郁郁寡欢形成鲜明对照，怎不使人平添几分苦涩呢？子规啼鸣，柳絮飘飞，曲中尽是如此春景描绘，未曾着一字言明相思，然而何字又不为相思而作呢？如此默默相思，真可谓是"此时无声胜有声"了。

双调·大德歌　夏

关汉卿

俏冤家，在天涯，偏那里绿杨堪系马！困坐南窗下，

数对清风想念他。蛾眉淡了教谁画？瘦岩岩羞带石榴
花。

【鉴赏】

这首曲子以"夏"为题，是关汉卿所写《大德歌》组曲第二首。

第一首《大德歌·春》主要抒发了闺中少妇对远方情人刻骨的思念之情。然
而，随着光阴流逝，少妇不禁对远方的他由思及疑，平添了几分猜忌和抱怨。

他在她心中是个可亲可爱的"俏冤家"，但如今他却远在天涯，一去不归，
怎不叫人怀疑？是那里的"绿杨"系住了你的马，还是那儿的新欢拴住了你的
心？有诗云"但见新人笑，哪闻旧人哭"。他是否真的在外另觅新欢、乐不思蜀
呢？该怨那系马的绿杨还是负心的他？如今纵她是容颜绝代的佳人也只能哀怨地
独居幽深空寂的深深庭院中，困乏地坐守南窗下，对着和美的清风怀念心上人。

"蛾眉淡了教谁画"，《汉书·张敞传》："又为妇画眉，长安中传张京兆眉
妩。"这里借用汉代张敞为妻画眉的故事，表现了少妇对往日夫妻生活的回味与
渴望。然而好梦难圆，她如今已是"羞带石榴花"了。早已憔悴不堪"瘦岩
岩"，戴花已与体貌不相称，徒添自嘲罢了；而最难耐的是妆饰一新而无人欣赏
的寂寞与失落。

古人云："女为悦己者容。"然而谁知他却是个负心郎，美如天仙的容貌也只
能空对寂寥的满院花花草草，任凭岁月长河无情地把它带走。回首历史的风尘，
再睹喧嚣繁华的现世，人世间的女子依然为着自己的容颜而成日费尽心思，但是
她们已是抹去了长久以来哀怨凄婉的神情，漾起了自信的微笑。现代社会给她们
增添了自信心和自立气概。

双调·大德歌 秋

关汉卿

风飘飘，雨潇潇，便做陈抟睡不着。懊恼伤怀抱，扑
簌簌泪点抛。秋蝉儿噪罢寒蛩①儿叫，淅零零细雨打芭

蕉。

【注释】

①蛩：蟋蟀。

【鉴赏】

这是关汉卿《大德歌》组曲中的第三首。这是一首描写秋夜之思的幽幽怨怨的爱情小令。女主人公的无限伤怀和不尽愁思，在这样一个风雨飘摇之夜淋漓尽致地表现出来了。

"秋风秋雨愁煞人。"曲一开始便是蕴含了无穷无尽愁思的凄风惨雨扑面而来。秋夜本来就寂寞万分，更遑论突然而至的风雨交加。"飘飘"形容风的回旋不息，"潇潇"模拟淅淅沥沥的秋雨声。四个叠字，即已在心中奏响了一首凄苦的乐曲。雨声、风声咄咄逼人的声势，黑影幢幢的深深庭院中沉闷的气氛，寂静香闺中冷冷清清的孤零身影，这一切怎不叫人"懊恼伤怀抱"呢。别说是这么一个娇柔的少妇，便是那业已得道而嗜睡的陈抟遇上此情景，也会为之而洒一抔伤心泪。

此处引用了"陈抟高卧"的典故。陈抟是五代末宋初的著名道士，号希夷先生。传说他在华山修道，素来清心寡欲，常常一睡百日不起，后人又以比喻隐士避世。

在这样一个风雨凄迷的秋雨之夜，她心绪不宁，夜难成寐。终于，日渐憔悴的她心中忧思如潮水汹涌，冲决了情感的堤坝，伤心的泪水"扑簌簌"地滚滚而下。她为什么而伤心落泪呢？或许是因为痴情着急"人未归"；或许是因为他久未通信而倍加猜疑；或许是害怕天有不测风云而为奔波在外的他万般忧虑呢？所有这些都有可能。其实对于读者而言，这并不重要。请读者用心地感受这么一幅场景：窗内枕冷衾寒，形影孤单；窗外秋蝉寒蛩鸣噪，更是冷清；她泪如泉涌，痛哭流涕；天亦为之落泪，细雨滴打着芭蕉，连绵不断，所有这一切都溶化在一起，你能不为之深深打动吗？

双调·大德歌　冬

关汉卿

雪纷纷，掩重门，不由人不断魂①！瘦损江梅韵，
那里是清江江上村！香闺里冷落谁瞅问？好一个憔
悴的凭阑②人！

【注释】

①断魂：同"销魂"，形容人极度悲伤。

②凭阑："阑"同"栏"。意为倚着楼栏翘望。

【鉴赏】

　　这是关汉卿《大德歌》组曲的第四首。随着时光的逝去，那思妇的离愁别恨
也越酿越浓，终于进入了寒冷的冬天。

　　乍一初始，便是寒冬落雪时，纷纷扬扬的雪花冷冷地飘荡，这是多么冰冷的
天地。无情的冰雪更冷了思妇的心。

　　此时，她本是万分的寂寞，又添了许多冷清。也许，对于厮守的情人们而
言，洁白的雪花无疑象征着爱情的纯洁。但思妇的心里却没有这么多的浪漫遐
想。目前，最现实的焦虑就是这场突至的大雪把丈夫远远地阻隔在天涯。这如何
不令她"断魂"！

　　然而，她心中却并未完全断绝希望，她没有"闭重门"，而是轻轻地掩着，
或许远方的丈夫会冒雪归来，不闭的门就会迎入那"风雪夜归人"。

　　她的相思恰如"寂寞开无主"的寒梅。花开久了，也就会败落。漫天风雪已
瘦损了梅的风韵，她不也像梅花般憔悴吗？他当初只说是到清江一带远游，而
今，他会在哪个村落避雪呢？痴痴地自问中蕴含了难以言尽的怨恨、思念和怅
然。

　　香闺里已是如此的冷落不堪，可谁会来瞅一瞅，问一问呢？然而，尽管风狂

雪骤，身躯消瘦，她仍勉力支撑着凭阑远望，似是要望断天涯路。"好一个憔悴的凭阑人！"的确，她虽憔悴，对爱情的执着却丝毫未减，令人不由想起陆游的咏叹："零落成泥碾作尘，只有香如故"（《卜算子·咏梅》）。曲中的她，不就是那坚定高洁的寒梅吗？

双调·碧玉箫

关汉卿

笑语喧哗，墙内甚人家？度柳穿花[①]，院后那娇娃。媚孜孜整绛纱，颤巍巍插翠花[②]。可喜煞，巧笔难描画。他，困倚在秋千架。

【注释】

①度柳穿花：在花柳间穿行玩耍。

②翠花：翠玉镶的花。

【鉴赏】

细读这首小令，读者即可欣赏到一幅由传神妙笔描绘的天真烂漫的少女游园图。

"笑语喧哗，墙内甚人家？"听见墙内传来银铃般爽朗开心的欢笑声，驻足细听的诗人（游人）自然会好奇地问：这是谁家的花园呢？禁不住抬头张望一眼，只见几位美丽的少女在花丛柳间追逐玩耍，有一位穿深红色衣裙的少女跑累了，便停下来整理一番稍微零散的衣裙，簪稳嵌着翡翠的头饰。园内花开朵朵相映红，少女们因奔跑而变得红扑扑的脸颊不也正是一朵朵盛开着的鲜花吗？她们娇嫩艳丽的风姿，叫人怎不赞叹这大好春光？

少女们的游园生活无疑是幅美妙无比的画面，而这小令就是给读者悄悄地显露了她们游玩场面中精妙的一角。她们春天般的气息，如同莺啼燕鸣的笑语声声，步履轻盈地穿行于花丛中的倩影，娇娇媚媚地整衣簪花的神情以及偎靠在秋千架上小憩时娇柔无限的倦态，这一切都历历在目，给人留下难忘的印象。假使我们将视野稍稍放下一些，在墙头平添一位探头探脑、似是流连忘返的诗人，不是更加的妙趣横生吗？

欣赏着这首传神的小令，读者自然会想起苏轼的《蝶恋花》，词曰："墙里秋千墙外道，墙外行人墙里佳人笑。"苏轼只闻其声，未见其人，未免有些惆怅。相较而言，关汉卿则幸运得多，他先闻其声，后又亲眼看见她们动人的风姿。这也是一件乐事吧！

黄钟·侍香金童

关汉卿

春闺院宇，柳絮飘香雪。帘幕轻寒雨乍歇，东风落花迷粉蝶。芍药初开，海棠才谢。

[幺] 柔肠脉脉，新愁千万迭。偶记年前人乍别，秦台玉箫声断绝。雁底关河，马头明月。

[降黄龙衮] 鳞鸿无个，锦笺慵写。腕松金，肌削玉，罗衣宽彻。泪痕淹破，胭脂双颊。宝鉴愁临，翠钿羞贴。

[幺] 等闲辜负，好天良夜。玉炉中，银台上，香消烛灭。凤帏冷落，鸳衾虚设。玉笋频搓，绣鞋重

撷。

[出队子] 听子规啼血，又西楼角韵咽。半帘花影
自横斜，画檐间丁当风弄铁，纱窗外琅玕敲瘦节。

[幺] 铜壶玉漏催凄切，正更阑人静也。金闺潇洒
转伤嗟。莲步轻移呼侍妾，把香桌儿安排打快些！

[神仗儿煞] 深沉院舍，蟾光皎洁。整顿了霓裳，
把名香谨爇。伽伽拜罢，频频祷祝：不求富贵豪奢，
只愿得夫妻每早早圆备者！

【鉴赏】

　　正是犹带春寒的季节，春雨乍歇，院落里一派春时景象。柳絮儿开始飘散，在空中犹如带着清香的雪花。芍药刚刚开放，急性的海棠却已凋谢了。或许，花虽有意长留人间，东风却无情地将之吹落，而它还引来了贪恋的粉蝶儿。此时正是春愁最易生发的季节。春雨中，花开花谢的风景虽是优美迷离，但在她孤寂的心里却情不自禁地惹起了"千万迭"的新愁旧怨。愁的是百花刚开而又凋零，这正像才尝到家庭生活的美满幸福却又劳燕分飞；怨的是子规声声啼鸣"不如归去"，春已归来人却未归。

　　"秦台玉箫声断绝"，借用了"弄玉萧史"的典故。相传萧史乃秦穆公时人，极善吹箫，据说其箫声能引孔雀、白鹤在庭中飞舞。穆公有女名弄玉，为萧史之妻。他每日教弄玉吹箫似凤鸣，数年后恰如凤声，招引凤凰前来。穆公遂为建凤台。他二人常居其上，甚为和美幸福，后来驾凤凰飞去。曲中这位备受相思之苦的少妇突然间想起了年前他已千里关河，鞍马征途，风餐露宿，披星戴月，从此远离了她。回想从前那段幸福的日子，不就像萧史弄玉一样吗？可如今那千年传响象征着美满婚姻的箫声却已飘远。

　　丈夫离别之后一直杳无音讯。这使孤居家中的她思念万分，整日以泪洗面，弄残了双颊上的胭脂。如此形容消瘦，怎敢面对那面菱花宝镜呢？即使勉强对镜梳妆，又哪有当日夫君陪伴身旁时"对镜贴花黄"的好心情呢？就这么日复一日的寂寞守候，辜负了多少"好天良夜"。春光正是无限好，此时本该在那清逸的凤台上，夫妻二人伴着袅袅云烟弄箫引凤，本该闲适地漫步于花前月下，喃喃低

子规啼声咽咽如血，西楼又传号角声声幽怨。月光花影重重叠叠、掩映横斜，画檐间铜铃在风中乍然而响，窗外瘦竹也随风节节有声。她不正是那被寂寞春风吹瘦的清竹吗？

铜壶滴漏，已是夜深人静，可她却依然辗转反侧。万般无奈中她只有祷告苍天。"莲步轻移呼侍妾，把香桌儿安排打快些！"道出了她心中的急迫。庭院深深，月华如练，令人相思。她深深拜倒，祷告不求富贵只求夫妻早日团圆。这句句祷词中蕴含的是多么深切的思念啊。

中吕·普天乐 虚意谢诚

关汉卿

东阁①玳筵开，不强如②西厢和月等。红娘来请："万福③先生。""请"字儿未出声，"去"字儿连忙应。下功夫将额颅④十分挣，酸溜溜螫⑤得牙疼。茶饭未成，陈仓老米⑥，满瓮蔓菁⑦。

【注释】

①东阁：汉武帝时丞相公孙弘延揽贤士、招待宾客的地方，这里代指请客的场所。玳筵：华贵的筵席。

②不强如：即"强如"，胜过。和月等：在月光下长时间等待。

③万福：旧时女子向人一边屈身行礼，一边要口称"万福"，是祝颂对方多福的意思。

④额颅：头颅，脸面。挣：元人方言，漂亮。

⑤螫：这里是涩牙的意思。

⑥陈仓老米：粮仓中放了多时的陈米。

⑦蔓菁：萝卜。

【鉴赏】

《西厢记》第二本第二折中，安排了"虚意谢诚"的情节。在此前的故事内容是：崔相国夫人偕女儿莺莺寓居普救寺，遭贼人围困，指名索抢莺莺。崔夫人发下誓愿，有能退敌的，愿把女儿许嫁给他为妻。热恋着莺莺的张生挺身而出，写信给友人让他领兵前来解了围。崔夫人却蓄意赖婚，假意设宴招请张生，实际上要让张生和莺莺以兄妹相称。关汉卿这支小令概括了剧中第二折整折的内容，却并不是剧情的简单重复，而是让它添上了谐谑的喜剧色彩。

小令采用了欲擒故纵的手法，以大半篇幅叙写"谢诚"的召请。起首"东阁玳筵开"与"西厢和月等"是一组对仗，十字便交代了故事的背景。前句在张生看来并不只是一顿普通的谢宴，而是意味着崔夫人的首肯与婚姻关系的确认，这与自己在西厢月下的单相思自然不可同日而语，他的快心遂意可想而知。"东阁玳筵"这种对谢宴规格超标准的赞语，便见出了他的乐观估计与欢悦心情。作品接下去继续引而不发，从容地安排了一段婢女红娘受命邀席的情节。"请字儿未出声，去字儿连忙应"是生动的夸张，妙在红娘确实还未来得及说出"请"字，正在行礼之时张生已是极口应承，把心底里长期藏着的"去"的愿望挂在嘴上了。这一时间错位的笔墨，更活现了张生自以为十拿九稳的乐观心情。上门女婿少不了精心打扮，张生更是不苟，"下功夫""十分"都表现出他的特别道地，而"额颅""挣"连用元人的俗语，却隐示出他的表演不乏拙劣可笑的成分。这种油头粉面而又酸气十足的模样，叫红娘看了也觉得牙齿颇为难受。不过尽管作者尽兴调侃，张生的志诚与多情还是活脱脱地表现了出来，他对莺莺的倾心敬爱也确实令人感动。

末三句是赴宴的实况，妙在作者并不让宴会的主人抛头露面，仅只是介绍席上的食品，而用如此篇幅垫衬而出的席面，竟光是陈米饭和青萝卜！这一段笔墨将崔夫人的"谢诚"和盘托出，"赖婚"的结局就明明白白地写在桌布上了。"东阁玳筵"同"陈仓老米、满瓮蔓菁"首尾呼应，相映成趣，令人哑然失笑。全曲前八句是张生的"诚"，后三句是崔夫人的"虚意"，由张生的迫不及待、郑重其事，转出宴会的如同儿戏，就有波澜横生之妙。关汉卿是用谐笔来重现《西厢》故事，崔夫人"虚意"而终究未能得逞，志诚的张生也终于有情人成了眷属，这都是世人所熟知的后话，所以不妨在过程中做一些善意的调笑，让张生这个形象更风趣些，也更丰满些。何况本篇中并不乏对张生的同情：他出尽洋相的可笑，却又是他的可爱之处。

这首小令是关汉卿《崔张十六事》重头小令的第六首。《崔张十六事》的语言，不少即得自《西厢记》的曲文，但既经过辑录剪裁，在散曲中就有了独立的含意和新颖的效果。不过无论是代言体的戏曲还是叙述体的散曲，都崇尚语言的活泼诙谐。"风趣"确实是元曲作品成功的一大要素。

双调·大德歌　冬

关汉卿

雪粉华①，舞梨花，再不见烟村四五家。密洒堪图画，看疏林噪晚鸦。黄芦掩映清江下，斜缆著钓鱼艖②。

【注释】

①雪粉华：[大德歌] 首句平仄格律为"仄平平"，"雪粉华"当为"雪纷华"之误。关汉卿另有一首《大德歌·冬》，首句为"雪纷纷"，可证。

②艖：底小头尖的小船。

【鉴赏】

这是关汉卿《大德歌》四时小令中的一首，描绘江村冬雪的小景。自从山水诗兴起以来，这一类冬景的咏作屡见不鲜，但本篇设象如绘，错落有致，仍使人有历历在目、别开生面之感。

唐诗人岑参在《白雪歌送武判官归京》中，有"忽如一夜春风来，千树万树梨花开"的名句。问世以后，人们常把白雪比作梨花。曲中的"梨花"纷纷扬扬，满天飞舞，占据了画面的主体，成为"冬"的最典型的特征。"烟村四五家"，烟村本来就有遥远和朦胧的意味，四五家本身又稀稀落落，在大块而又稠密的飞雪之中，自然从视野中抹去。但由于诗人点出了"再不见"三字，使人在印象中隐隐约约地意识到它们的存在，似有若无，十分耐人寻味。

另一位唐诗人郑谷，写过一首《咏雪》诗："乱飘僧舍茶烟湿，密洒歌楼酒力微。江上晚来堪画处，渔翁披得一蓑归。"这首诗曾被当时人绘成图画，在民间流传很广，元散曲经常将其中的句子当作现成语使用。本篇第四句"密洒堪图画"，就是原诗中间两句词语的提炼和综合。这一句承上启下，从"密洒"的意义上总结"雪粉（纷）华"，从"堪图画"的意义上转出雪景中的一处疏朗的场景。这是一片不大的林子，枝梢枯疏，上面一群乌鸦扑打着翅膀，在不安地飞来飞去。"噪"字说明了它们的躁动和惊惶。大雪纷飞，乌鸦回不了窝巢，这在生活中是常见的景象。"看疏林"看得了"噪"的听觉效果，而我们仍觉得合情合理，其原因就在这里。

最后两句转入江畔。雪花飘入水中就消失不见，江身在积雪的原野中格外分明，所以"清江"的清字用得极为确切。清江同岸边的黄芦对比，自然有"掩映"之感，在飞雪弥漫之中另辟出一段开阔的画面来。但诗人意犹未尽，又在水面上添出了一只钓鱼的小船。"野渡无人舟自横"，这只小船也处于"斜缆"的自然状态。幽静旷远的江景，同满天飞雪的动态互相映衬，令人遐想不已。

本曲的写景手法是白描与铺陈，但不使人觉得重沓，这是因为作者巧妙地运用了对映法。如上所述，前三句写大雪飞舞，烟村迷茫，就有一种"显"与"隐"的对照。中二句"密洒"与"疏林"，又有疏密的对映。末二句的江景，则除了黄芦与清江在色彩上的对比外，还存在着清江与鱼艓在巨细上的区别。从全篇整体来看，前半与后半又是动静相生。这种对应的写法，增加了全曲的层次感与富于变化的新鲜感。

诗、词、曲皆有写景之作。诗语宜庄宜雅，要求用最精简的词汇包含最大的信息量，绘景也往往着重于整体的气象与风神，我们不妨将它比作大块的水墨画。词在语言上相对平易些，但却讲究绮丽的丰韵，修辞上仍不免用雅，或可比作设色的水粉画。而曲则纯用大白话，写法上也宜直宜露宜透，更像是线条清晰的白描画。散曲作家且喜将与主题相关的形形色色的景物倾集在同一画面上，以求得感官上的充实与满足。阅读这首小令，我们自能体会到这种尺幅千里、兴象百端的"白描画"的风味与特色。

商调·梧叶儿 别情

关汉卿

别离易，相见难，何处锁雕鞍①？春将去，人未还。这其间②，殃及杀③愁眉泪眼。

【注释】

①锁雕鞍：锁住雕有花饰的马鞍，意谓力阻征人远行。

②这其间：这时候。其，借作"期"。

③殃及杀：连累到了极点。杀，同"煞"，得很、之至。

【鉴赏】

元代曲家周德清在《中原音韵·作词十法》中评这首小令："如此方是乐府，音如破竹，语尽意尽，冠绝诸词。"小令获得好评自在意中，而说它"冠绝诸词"，则不免使今时的读者起疑。其实，周德清的论断，正代表了古人对散曲"曲味"的一种审美追求。

"曲味"主要是通过曲文的语言来体现的。对于散曲的语言，古人一是要求明爽，二是要求新巧。前者提倡常语、熟语，达意、自然即可，属于"本色"的概念；后者则是耐人寻味和咀嚼的巧思，属于"当行"的范畴。以本曲的语言论，前三句符合第一类要求，都是上口的习语。"别易会难"几近于成语，而"别时容易见时难"（李煜《浪淘沙》）的句子更是腾传众口，深入人心。"锁雕鞍"也是俗曲中表示留住情人的常见用法，如柳永《定风波》："早知恁么，悔当初不把雕鞍锁。"刘燕哥《太常引》："故人别我出阳关，无计锁雕鞍。"关汉卿将这三句信手拈出，娓娓叙来，使人一望而知是"曲子语"。后四句则符合第二类要求。其间"春将去，人未还"本身并无什么新意，但它们限制了"这其间"的特定条件，引出了末句的"殃及杀愁眉泪眼"的俊语。用周德清的原评说，"妙在'这其间，三字承上接下，了无瑕疵。'殃及杀'三字，俊哉语也！"

（《作词十法》）诗歌中也有"眉叶愁不展""泪眼不曾晴"之类的句子，但将愁眉泪眼作为无辜的蒙害者、代人受过的牺牲品，所谓"殃及杀"云云，则是关汉卿的独创。"殃及杀"说明了眉、眼堆愁流泪的受苦程度，也使人激增了对"愁眉泪眼"的同情。此处不直言女子如何愁闷、痛哭伤心，却用"殃及杀"的变角度方式婉曲地表现出这般意境，就显得俊丽新巧。所以明人王世贞在《艺苑卮言》中，将这后四句引为"情中俏语"的例证。全曲自然圆润，又不乏几分柔婉，本色、当行两兼，难怪说"如此方是乐府"了。

　　再从立意上看，起首三句是"别离"的既成事实，用熟语叙出，反映了女子在某种意义上的思想准备和心理适应，只是一种无可奈何的忧愁。到了"春将去，人未还"，则已有足够的警醒，渐露出忍无可忍的哀怨。及至"这其间，殃及杀愁眉泪眼"，则因愁锁眉、以泪洗面，相思、怨恨禁抑不住，复以婉语表现，那就真是"伤心人别有怀抱"了。小令层层推展出女子心底的感情之流，因而颇使人同情难忘。

南吕·一枝花 赠朱帘秀

关汉卿

轻裁虾万须，巧织珠千串。金钩光错落，绣带舞蹁跹。似雾非烟，妆点就深闺院，不许那等闲人取次展。摇四壁翡翠浓阴，射万瓦琉璃色浅。

[梁州] 富贵似侯家紫帐，风流如谢府红莲，锁春愁不放双飞燕。绮窗相近，翠户相连，雕栊相映，绣幕相牵。拂苔痕满砌榆钱，惹杨花飞点如绵。愁的是抹回廊暮雨萧萧，恨的是筛曲槛西风剪剪，爱的是透长门夜月娟娟。凌波殿前，碧玲珑掩映湘妃面，没福怎能够见。十里扬州风物妍，出落着神仙。

[尾] 恰便似一池秋水通宵展，一片朝云尽日悬。你个守户的先生肯相恋，煞是可怜，则要你手掌里奇擎着耐心儿卷。

【鉴赏】

朱帘秀是元代名伶，其杂剧表演独步一时。她与当时著名的戏曲家卢挚、冯子振等多有交往，并有唱和之作。卢挚曾作过一首真挚动人的《寿阳曲·别朱帘秀》："才欢悦，早间别，痛煞煞好难割舍。画船儿载将春去也，空留下半江明月。"断肠人也怜断肠人。珠帘秀亦作一首《寿阳曲·答卢疏斋》（卢挚号疏斋）："山无数，烟万缕，憔悴煞玉堂人物。倚篷窗一身儿活受苦，恨不得随大江东去！"

关汉卿这首套数赠咏的也是这位多才多艺、风姿秀美又极富深情的名伶。表面上看，曲中无一句说人，似乎句句咏珠帘，实际上无处不是写珠帘秀其人。这个构思奇巧、寓意双关又叙述得优美动人的曲子里还蕴含着两个美丽的传说故

事。

凌波殿即凌波宫，唐代宫室名。《杨太真外传》记云：唐玄宗在宫中昼寝，梦见一女子，其容貌特别艳丽，梳着交心髻，着大袖宽衣，拜于床前。唐玄宗问其为何人，她答道是陛下凌波池中龙女，因卫宫护驾确有功劳，今知陛下洞晓天上音乐，恳请赐一曲以光大其族类。玄宗于梦中为其鼓胡琴，拾新旧之曲为《凌波曲》，龙女拜谢而去。玄宗醒后，犹记梦中乐曲。乃召集文武官僚，会集宫中乐队，皇帝自弹琵琶，在凌波宫临池而奏《凌波曲》，池中波涛涌起，有一神女出自池中，即是玄宗梦中所见。后人即以凌波梦喻指梦遇仙人，又暗指美好的恋情。

湘妃指传说中的娥皇、女英，她们都是舜的妃子，在湘水岸边三十余里曾建有相思宫、望帝台。舜帝南巡，中途死去葬在苍梧山，二女追之不及，相与恸哭，她们伤心的泪水滴洒在竹上斑斑点点，后人称之为斑竹，作为相思深情的象征物。

传说中美艳绝伦却又带着几分凄美风韵的神女湘妃，大概就是作者心中珠帘秀的侧影吧。曲中"金钩光错落，绣带舞蹁跹"，"似雾非烟"，这袅袅娜娜的仙姿，其实就是咏珠帘秀缥纱轻摇的舞姿。

"锁春愁不放双飞燕。绮窗相近，翠户相连，雕栊相映，绣幕相牵"。隐隐喻指朱帘秀与一男子两情欢悦，似双飞燕般浓情蜜意。他是谁？或许是作者本人，或许另有其人，曲中并未道明。然而含蓄的语中却流露出了作者对她真切的倾慕之情，以及一种难以言明的复杂心绪。

朱帘秀虽是优伶身份，却也好恶分明而又有所寄托。她"愁的是抹回廊暮雨萧萧，恨的是筛曲槛西风剪剪，爱的是透长门夜月娟娟"。帘外风雨变幻，帘内孤独寂寥。她的苦闷、凄凉以及月华般高洁的品格，在风尘中能为几人真正明了？

朱帘秀后来在杭州嫁给了一个道士，元代称道士为先生，曲中"守户先生"当指其夫。这桩婚姻实际上是很不幸的，也许是迫于某种无奈的现实吧。朱帘秀人才出众，才色俱佳。她就像那一池清明寂净的秋水，又像那一片高洁的悠悠白云，她的心志、寄托，那位"守户先生"能明晓吗？又会耐心地好好怜爱吗？

此曲为作者赠别朱帘秀所作，诀别之时他心中款款情深却又难以言明，只好眼睁睁地看着她越走越远，凝视着她的背影，在心中默念祷祝。此曲句句凝结真情与苦痛，读来不禁令人鼻酸。

南吕·一枝花 不伏老

关汉卿

攀出墙朵朵花，折临路枝枝柳。花攀红蕊嫩，柳折翠条柔。浪子风流。凭着我折柳攀花手，直煞得花残柳败休。半生来折柳攀花，一世里眠花卧柳。

[梁州] 我是个普天下郎君①领袖，盖世界浪子班头。愿朱颜不改常依旧。花中消遣，酒内忘忧。分茶，攧竹②；打马，藏阄③。通五音六律④滑熟，甚闲愁到我

心头。伴的是银筝女银台前理银筝笑倚银屏，伴的是玉天仙携玉手并玉肩同登玉楼。伴的是金钗客歌金缕⑤捧金樽满泛金瓯。你道我老也，暂休。占排场风月功名首，更玲珑又剔透。我是个锦阵花营都帅头？曾玩府游州。

[隔尾] 子弟每是个茅草冈、沙土窝初生的兔羔儿乍向围场上走；我是个经笼罩、受索网、苍翎毛老野鸡踏踏的阵马儿熟。经了些窝弓冷箭蜡枪头，不曾落人后。恰不道"人到中年万事休"，我怎肯虚度了春秋。

[尾] 我是个蒸不烂、煮不熟、捶不匾、炒不爆、响珰珰一粒铜豌豆，恁子弟每谁教你钻入他锄不断、斫不下、解不开、顿不脱、慢腾腾千层锦套头？我玩的是梁园⑥月，饮的是东京酒；赏的是洛阳花⑦，攀的是章台⑧柳。我也会围棋、会蹴踘、会打围、会插科、会歌舞、会吹弹、会咽作、会吟诗、会双陆。你便是落了我牙、歪了我嘴、瘸了我腿、折了我手，天赐与我这几般儿歹症候。尚兀自不肯休。则除是阎王亲自唤，神鬼自来勾。三魂归地府，七魄丧冥幽。天哪，那其间才不向烟花路儿上走。

【注释】

①郎君：本称贵族子弟，元曲中常指浮浪子弟、嫖客。

②分茶，攧竹：均为当时妓院中技艺。分茶，把茶均匀地分注在小茶杯里待客；攧竹即画竹。

③打马，藏阄：古代的两种博戏。打马，略似弹棋，用铜、象牙等为钱样，共 54 枚，上刻良马名，以骰子掷打决胜负；藏阄，古代的猜拳，在酒席上，握松子等小物件，猜所藏多少的游戏。

④五音六律：指音乐。宫、商、角、徵、羽为五音，黄钟、太簇、姑洗、蕤

宾、夷则、无射为十二律中阳声之六律。

⑤金缕：古调《金缕衣》"劝君莫惜金缕衣，劝君惜取少年时。"此处指唱曲。

⑥梁园：汉梁孝王经营的兔园，此处指汴京。

⑦洛阳花：指牡丹。

⑧章台：汉长安街名。

【鉴赏】

这首套数是关汉卿散曲的代表作。

从内容上而言，可说它是一个浪子、奇才的自我介绍、自我调侃和自我宣言。全曲通俗诙谐，独具个性，酣畅淋漓若大江奔流。

第一曲总括了"我"半世的风流浪子生涯，却只有颠来倒去反复叙说的"攀花""折柳"四字，还有随风飘逝的青楼风流名。但他却宣称还要"一世里眠花卧柳"，这是对浪荡生活的一片痴情，还是"不伏老"的性格使然？

下文又是纵情地自夸自赞："我是个锦阵花营都帅头"，虽青春不再却风采依旧，因为"我是个普天下郎君领袖，盖世界浪子班头"，"占排场风月功名首"。浪子风流，本不值得一提，不必要也不便如此夸赞，而作者何以这样极度夸张、极端赞美呢？这是因为其中隐藏着难以排遣的烦恼，以及追求自由、永远"不伏老"的豪情壮志，这才是它的精髓。

在元代，知识分子是被列为仅高于乞丐的第九等贱民。在这样的黑暗社会里，正直的知识分子是没有出路的。其中以作者为代表的一部分人，被称为"书会才人"，他们多出入于勾栏行院，与杂剧创作和表演相结合，从而渐渐地市民化了。其思想作风已与正统儒家相悖而驰。作者在曲中罗列的许多"歹症候"，包括了"插科""歌舞""吹弹""吟诗"等，这些都与戏剧有密切关系，其实并不"歹"，却也被统治者所排挤。作者仍坚持此道，永不伏老，这既可见出作者的愤激之情，也表现了他甘受巨大社会压力的铮铮硬骨。

所以，就不难知道作者为何不愿做伪君子，而要干脆做"真小人"了。他抛掉儒生一本正经的外衣，到市民中去，到风月场中去，到最贴近老百姓的地方去大力施展自己的才华。虽然难免经了些"窝弓冷箭蜡枪头"，虽然已是人到中年，却也"不曾落人后"，不肯"虚度了春秋"，否则，怎见出"不伏老"？

尾章在全曲中最为精彩。"我是个蒸不烂、煮不熟、捶不匾、炒不爆、响珰珰一粒铜豌豆"一句作为点睛之笔而成为绝世名句，"铜豌豆"是元妓院中对老狎客的切口，但加上那许多修饰语后，进一步见出这个浪子对其生涯坚毅不屈的"不伏老"态度。

曲末，是他不朽的誓言："落了我牙、歪了我嘴、瘸了我腿、折了我手"，"尚兀自不肯休"。至此，一个玩世不恭又极其倔强的我，一个满腹才华、至情至性的我。一个永"不伏老"的"我"得到了完美的凸现。

温太真玉镜台 第二折

关汉卿

[牧羊关] 纵然道肌如雪，腕似冰，虽是一段玉，却是几样磨成：指头是三节儿琼瑶，指甲似十颗水晶。稳坐的有那稳坐堪人敬，但举动有那举动可人憎。他兀自未揎起金衫袖，我又早先听的玉钏鸣。

【鉴赏】

这出戏出自《世说新语·诡谲》"温峤娶妇"的故事。温峤是晋朝骠骑大将军，中年丧偶。他喜欢表妹姿慧，遂假借为其择婿之名，骗娶为妻。幸而这位表妹十分知趣，欣然从之。于洞房花烛之夜，"以手披纱扇，抚掌大笑，曰：'我固疑是老奴，果如所卜。'"

然而，本剧虽源于此却经过重大调整。在戏中温峤是翰林院中一位老学士，他虽仕途得意，却老来丧偶，十分孤独寂寞。当是时，温峤将寡居的姑母接来京城居住，随行的还有天姿国色的小表妹刘倩英。刚一见面，她"消人魂魄，绰人眼光"的风姿已令温老学士大为心动。姑母请他教年方十八的表妹弹琴写字，对温峤而言，这自是一份美差。慨然应允之余，他甚至还说："便误了翰林编修有甚忙？"后来，姑母因为倩英未曾许聘，就拜托温峤若在翰林院中见"有一般学士"，则"保一门亲事"。于是，温峤就明修栈道，暗度陈仓，行骗娶之实，终于演出了一场青春女拒嫁老学士的闹剧。

《牧羊关》一曲淋漓尽致地描绘出温峤眼中的小表妹的美貌风韵，也刻画出了他为之神魂颠倒的情状。曲中刻意描绘倩英的"指头是三节儿琼瑶，指甲似十颗水晶"，从中也可想见这位头发花白的老学士对倩英的神迷心醉。

对美貌女子的一往情深并没有错，如宝玉之倾慕黛玉，实为情动于衷。但它却发生在两鬓苍苍的老学士身上，变成了一出闹剧。试想，一个天真无邪的妙龄女郎如何能理解一个满口没牙的老头对自己的一片痴情呢？

感天动地窦娥冤　第三折

关汉卿

[滚绣球] 有日月朝暮悬，有鬼神掌著生死权。天地也只合把清浊分辨，可怎生糊突了盗跖颜渊。为善的受贫穷更命短，造恶的享富贵又寿延。天地也做得个怕硬欺软，却元来也这般顺水推船。地也，你不分好歹何为地？天也，你错勘贤愚枉做天！哎，只落得两泪涟涟。

【鉴赏】

《窦娥冤》是关汉卿杂剧的代表作，它确实具有一种震撼人心的悲剧力量。王国维曾评价说，将它列于世界伟大的悲剧作品中亦毫不逊色。比较起世界上其他著名的大悲剧家的作品而言，古希腊"悲剧之父"埃斯库罗斯的悲剧是命运悲剧，主要展现了人与冥冥中无法抗拒的命运的冲突。莎士比亚的悲剧是性格悲剧，它深刻地揭示了因人自身的性格弱点所引起的悲剧性冲突。而关汉卿的《窦娥冤》则可以说是社会悲剧，它真实地再现了一个善良弱小的普通女子与强大的社会黑暗势力之间巨大的冲突。这是一个善良人的悲剧，也是社会、时代的悲剧。

秀才窦天章，为抵债和筹得进京应试的路费，忍痛将七岁女儿端云卖给蔡婆做童养媳，蔡婆给端云改名窦娥。十年后窦娥成了婚，可没过两年丈夫就病死了。地痞张驴儿父子企图霸占婆媳俩，窦娥坚决抗拒。张驴儿向赛卢医要了毒药，欲图害死蔡婆，逼窦娥成亲，不料反害死了自己的父亲，张驴儿就诬说窦娥药死"公公"，逼其就范。窦娥不肯随顺，于是张驴儿将她婆媳二人告到官府。县官桃杌滥施淫威，对窦娥多次用刑，又要拷打蔡婆，窦娥怕婆婆年高受不起刑，只得屈招，被判死刑斩决。事隔十六年后，窦天章任两淮提刑肃政廉访使，

来到楚州，重新审清了案子，才使窦娥的冤屈得以昭雪。

本折戏正是全剧的高潮。在前二折中，窦娥已是历经坎坷。她本是个幼年丧母的孤女，被卖后成了个孤苦伶仃的童养媳，婚后不久又丧夫守寡，最后被人陷害沦为死囚。她原是个善良、毫无过失的弱女子，可无情的命运却一次又一次给予她沉重的打击。在被张驴儿逼婚时，她才开始反抗，打击接踵而来，终于在刑场上，在她生命的最后一刻，她的反抗爆发出来了。

窦娥年纪轻轻就守了寡，还是尽心尽力地侍候婆婆；在公堂上，因为不忍见到婆婆遭拷打而承担了杀人的罪名；临赴刑场时，还怕婆婆见到了伤心而特意请刽子手绕道而行。所有这些都说明了她的善良、孝顺。然而，"为善的受贫穷更命短，造恶的享富贵又寿延"。各种各样的社会因素，造成了她一重又一重的不幸。不管是胁迫、诬害她的地痞恶棍张驴儿父子，还是高坐衙门里、昏聩愚蠢、视人命如草芥的县官桃杌，甚至剧中出现的每一位人物包括她的父亲和婆婆，都或多或少，间接或直接地给她带来了无穷的不幸，直至走向断头台。

善良的人们总是相信"善有善报，恶有恶报"，然而，经历过这一切的窦娥，已看透了曾经抱有幻想的"王法""刑宪""皇天后土"。终于，她发出了愤怒的

呼喊："地也，你不分好歹何为地？天也，你错勘贤愚枉做天！"这是她整个生命对于天地间所有污浊的控诉。

最后，窦娥说出了她的三个誓愿：血不溅地，飞上丈二白练；六月飞雪，以"免着我尸骸现"；楚州大旱三年。终于，浮云为其阴，悲风也为她旋。随着这出著名戏剧数百年来不断地上演与传唱，如白雪般高洁的窦娥也一直活在人们的心中。

钱大尹智宠谢天香 第四折

关汉卿

[石榴花] 我则道坐着的是那个俊儒流，我这里猛窥视、细凝眸，原来是三年不肯往杭州；闪的我落后，有国难投。莫不是把咱故意相迤逗，特故的把他来惭羞。你觑那衣服每各自施忠厚，百般里省不的甚缘由。

[斗鹌鹑] 并无那私事公仇，到与俺张筵置酒。我则是佯不相瞅，怎敢、怎敢道问候。我这里施罢礼、官人行紧低首。谁敢道是离了左右，我则索侍立傍边，我则索趋前褪后。

[上小楼] 更做道题个话头，你可便心休僝僽。你觑那首领面前，一左一右，不离前后。你若带酒，是必休将咱迤逗。这里可便不比我那上厅祗候。

[幺] 他那里则是举手，我这里忍着泪眸。不敢道是厮问厮当，厮来厮去，厮捆厮揪；我如今在这里不自由！你觑我皮里抽肉；你休问我可怎生骨岩岩脸儿黄瘦。

【鉴赏】

这是一出不同于一般郎才女貌、恩恩爱爱的爱情婚姻剧，读来别有一番情趣。

钱塘书生柳永，游学开封府，与名妓谢天香相恋。他要上京应举，约定一俟中举即回来迎娶。恰逢柳永故友钱可新任府尹。柳永前去拜访，托其照看天香，如此嘱托反复再三，惹得钱大尹十分恼火。钱可责备柳永重色轻友。柳永遂含忿远行，行前作了一首《定风波》，其中有"春来惨绿愁红，芳心事事可可"一句，借以讥讽钱可。钱见词后，以"可"字犯其名讳，欲传谢天香至府中演唱，以便因其犯讳而加以责打，使之成为"典刑过罪人"，而断绝与柳永的交往。天香唱至"芳心事事"时发觉触讳，当即把"可可"改成"已已"，并依韵修改全词演唱。钱十分赞赏其才华，故除其乐籍，收入府中，声称要让她当个"小夫人"。天香入钱府三载，钱遇之甚厚，却从不与其亲近。后柳永状元及第，知钱所为，十分不快。钱可约柳永至家中赴宴，席间让天香侍酒，见其二人真情不渝。遂言明自己所为，是为改变天香官妓身份，以便柳永娶之为妻。至此，柳、谢二人始知钱大尹的"智宠"真意，乃双双拜谢。

此曲正是处于钱大尹未说明真相，命天香在饮筵中出来把盏敬酒时的那种尴尬场面。三年前应举的柳永拜托钱可照看恋人天香，可如今天香却以钱可小夫人的身份出来为新科状元柳永敬酒，于是场面上充斥着紧张的情感冲撞。天香应召出来，猛一看却是旧情人柳永的身影，往日的春光旖旎犹然在目，未料重逢却是如此尴尬，她该如何应付？钱大尹又是怎样的心思呢？是要"把咱故意相迤逗"，让她出丑还是乘机把柳永"来惭羞"？为难之际，天香只好来个"佯不相瞅，怎敢、怎敢道问候"。钱可似是有意捉弄，叫天香与柳永施礼，又叫她为其把盏敬酒，一个又一个难题摆在天香面前，眼前是三年不见却旧情依然的心上人，无奈的是自己已为他人之妾，况且钱大尹又在身旁，叫她从何说起，又如何启齿？

此刻，本是风流才子的柳永也是心中难受，尴尬至极。明明心中情话千万句，可怎生开口，思量再三，终于问了一句："你怎生清减（清瘦）了？"回想三年来的辛酸，她无言以对，只好说："你休问我可怎生骨岩岩脸儿黄瘦"短短两句问答，绵绵情意，种种积怨尽在其中。两人心中虽有万般情意，也只能默默地含泪凝视。目睹这一番情境，有谁能不为这对虽处咫尺却似有千里之遥的情人而捧一掬同情之泪呢？

在心灵受到情感猛烈的冲击、反复经受煎熬之后，剧情发生了戏剧性的转变，钱可说出了真相，最后，有情人终成了眷属。

中吕·普天乐 酬和情诗

关汉卿

宝宇净无尘，宝月圆如镜。风生翠袖，花落闲庭。
五言诗句语清，两下里为媒证。遇着风流知音性，
惺惺的偏惜惺惺。若得来心肝儿敬重，眼皮儿上供
养，手掌儿里高擎。

【鉴赏】

张生与崔莺莺的爱情故事，自唐元稹传奇小说《莺莺传》以来，一直为历代文人所传诵。其中最有名者即王实甫《西厢记》。关汉卿《崔张十六事》就是以16首［普天乐］曲牌来叙说这个动人的故事。

故事开篇说道：张生赴京赶考，路过蒲州，至普救寺游览。在佛殿中张生与崔莺莺一见钟情。在红娘催促下，莺莺匆匆离去，回到西厢院中，空留下张生不胜惋惜。张生便以"温习经史"为名，向普救寺长老租借僧舍寄读，以求能与莺莺再度相会。

于是，便开始了本曲所叙说的情节。

张生寄住在普救寺，与莺莺住处只有一墙之隔，这就为他们日后的幽会创造了条件。得知崔莺莺每晚必到花园内烧香祷告后，张生便预先来到太湖石畔的墙角处，寻机相会。这晚月朗风清，在夜风轻拂、花香轻飘中，莺莺在红娘陪同下悄然来到花园。她在月下焚香三炷，祷告上苍：一愿先父亡灵早升天国，二愿年迈母亲平安无事。当她举香三祝时却默然不语，似有无限的繁杂心绪。红娘深知她的心事，便说道："愿俺姐姐早寻一个姐夫！"此话一出，本已伤感与惆怅的莺

莺更是长叹一声。

此时此刻，又见此情此景，张生不由得高吟五言诗一首："月色溶溶夜，花阴寂寂春；为何临皓魄，不见月中人。"月白风清中，对春夜好景的感叹里夹杂了几分惆怅，几分探寻，心中的"月中人"在哪里？聪敏的莺莺果然是他的红颜知己，遂依韵和诗一首："兰闺久寂寞，无事度芳春；料得行吟者，应怜长叹人。"二人月下联吟，相互"酬和情诗"，并因此心心相印，爱恋更甚。

人生得一红颜知己，岂非至乐之事？在文人心中，"红袖添香夜读书"已成为一个千年流传的梦。这就难怪张生此时会说出"心肝儿敬重，眼皮儿上供养，手掌儿里高擎"这样的痴话了。

中吕·普天乐 花惜风情

关汉卿

小娘子说因由，老夫人索穷究。我只道神针法灸，却原来燕侣莺俦。红娘先自行，小姐权落后。我在这窗儿外几曾敢咳嗽，这殷勤着甚来由！夫人你得休便休，也不索出乖弄丑，自古来女大难留。

【鉴赏】

此曲说的是在张生与莺莺私自结合后，终于被老夫人发觉。于是，她便找红娘来拷问，两人之间展开了一场冲突。这便是戏剧《西厢记》中著名的《拷红》一折。

在隔墙抚琴后，张生因倍加思念莺莺而致病，莺莺知悉后派红娘去探视。张生托红娘送去一首诗："相思恨转添，谩把瑶琴弄。乐事又逢春，芳心尔亦动。此情不可违，芳誉何须奉？莫负月华明，且怜花影重。"莺莺阅后，回送一首："待月西厢下，迎风户半开。扶墙花影动，疑是玉人来。"几经挫折后，张生与莺莺对封建礼教禁锢的保守家庭做出了最大胆的叛逆，他俩私自结合了。

老夫人发现后，伶牙俐齿的红娘与谨守礼教的老夫人之间便有了一场很有意思的冲突。在老夫人的追问下，红娘说了一番绵里藏针的话。首先说明他俩的结合是因去探视张生病情而引起的，言外之意是点明老夫人最初的食言。其次，她毫不隐讳地承认了他俩结合的事实。"红娘先自行，小姐权落后"，不仅说明这本为他俩相投所致，从而洗清了自己的责任，又以模拟张生口气的这两句话说明主要是张生主动，并非莺莺之过。然而，这毕竟已成事实，"夫人你得休便休，也不索出乖弄丑"，更使老夫人因顾及相国门第的名誉而十分尴尬。最后。老夫人无奈地说道："这小贱人也道的是。我不合养了这个不肖之女。待经官啊，玷辱家门。罢，罢！俺家无犯法之男，再婚之女。与了这厮罢。"

正是在前前后后的出谋划策，热情撮合，以及与老夫人较量过程中，聪明伶俐、热情善良的红娘得到了广大读者的喜爱。以至于今天那些热心为有情人撮合而成眷属的人总被称为"红娘"。

曲末"自古来女大难留"通俗地说明了追求爱情、婚姻幸福是人们不可压抑的本性。然而，封建礼教曾棒打了多少对鸳鸯，张生与莺莺大胆的叛逆在礼教统治的社会中可谓罕见。也正因如此，他们的故事才得到人们的热情讴歌，流传至今。试问，今天是否还存在着形形色色的"老夫人"呢？

陈草庵　（1245~?）名英，字彦卿，号草庵。析津（今北京城西南）人。《录鬼簿》称他为中丞，列于前辈名公之中。卒时已年近八十。《全元散曲》存其小令26首，多为愤世嫉俗之作。

中吕·山坡羊 叹世

陈草庵

其　一

伏①低伏弱，装呆装落②。是非犹自来着莫③。任从他，待如何？天公尚有妨农过④，蚕怕雨寒苗怕火。

阴，也是错；晴，也是错。

国学经典文库

元曲鉴赏

·元曲·

图文珍藏版

145

【注释】

①伏：通"服"，屈服。

②落：衰朽。

③着莫：撩惹，沾惹。

④妨农过：妨碍农时的罪过。

【鉴赏】

陈草庵的散曲作品，只存小令 [山坡羊] 26首，《乐府群珠》《雍熙乐府》

等书皆题作《叹世》。可见，这26首曲词，是以"叹世"命意的曲组，有着共

同的主题，应当作为一个有机的整体来进行分析研究。这里选的是其中的八首。

第一首的主旨，是奉劝人要伏低伏弱，装呆装死，不要争强好胜，出人头地。第二句中"装落"，犹言装死，落为殂落、死亡之意。第三句中"着莫"，即折磨。全篇的意思是说，你已经伏低伏弱、装呆装死了，是非还是要来折磨你，怎么办？那就任从他折磨，然后"待如何"，看他还要怎么样？何况"天公尚有妨农过"，老天爷尚还有妨害农事的过错呢！难道不是吗？养蚕怕雨怕寒，禾苗又怕干旱。反正老天爷"阴，也是错；晴，也是错"呀！其言外之意是，天老爷尚且被人埋怨，那"伏低伏弱"，逆来顺受，就更是我们平民百姓的本分了。

其　二

青霄有路，黄金无数。劝君万事从宽恕。富之余，贵也余，望将后代儿孙护。富贵不依公道取，儿，也受苦；孙，也受苦！

【鉴赏】

第二首的主旨，是奉劝富贵者要为儿孙着想，做事要讲恕道，行善积德，宽厚待人。第一句"青霄有路"，是指青云直上者。"青霄有路终须到"，是宋元时期的成语，指取得科举功名，飞黄腾达。第二句"黄金无数"，是指大富者。"劝君万事从宽恕"，是奉劝富贵者要宽恕待人，且莫刻薄作恶。"富之余，贵也余，望将后代儿孙护"，就是劝人富贵之余，要为保护儿孙着想。此后数句是从反面提出告诫，意谓如果"富贵不依公道取"，那就将会"儿，也受苦，孙，也受苦"。看来作者很懂"儿孙连心"的道理，因而利用世人莫不疼爱儿孙的心理，来进行说教。

马彦良　名天骥，磁州（今河北磁县）人。世祖中统元年（1260），与王恽、胡祗遹等应中书省召，至燕京（今北京）。世祖至元年间，为御史台都事。存世散曲有套数一套。

南吕·一枝花 春雨

马彦良

润夭桃灼灼红，洗芳草茸茸翠。蝶愁扇香粉翅，莺怕展缕金衣。堪恨堪宜，耽搁酿蜂儿蜜，喜调和燕子泥。游春客怎把芳寻，斗巧女难将翠拾。

[梁州] 看一阵阵锁层峦行云岭北，一片片泛桃花流水桥西。我醉来时怎卧莎茵地，难登紫陌，怎着罗衣？乾坤惨淡，园苑岑寂。每日家阴雨霏霏，几曾见丽日迟迟！辛苦杀老树头憎妇鸣鸠，凄凉也古墓上催春子规，阑散了绿阴中巧舌黄鹂。酒杯，食罍，可怜不见春明媚。正合着襄阳小儿辈，笑杀山翁醉似泥。四野云迷。

[尾] 叮咛这雨声莫打梨花坠，风力休吹柳絮飞。留待晴明好天气，穿一领布衣，着一对草履，访柳寻春万事喜。

【鉴赏】

　　这是一组咏春雨的套曲。

　　古代诗歌中，不乏咏春雨的佳章。诗如唐杜甫的《春夜喜雨》，词如南宋史达祖的《绮罗香·咏春雨》，都是脍炙人口的篇什。而马彦良的这首套曲，既不同于杜诗的典重精妙，又不同于史词的清俊婉约，他只是按照散曲"放开眼取材"，"撒开手下笔"（见任中敏《散曲概论·作法》）的原则，一气铺写春雨中的所见、所闻、所想。

　　始曲即放眼将春天的花草虫鸟一网打尽，摄入春雨之中，写它们的变化、活动甚至心态。在春雨润泽下，夭桃红似火，芳草翠欲滴；但是春雨又沾湿了舞蝶的金粉翅，歌莺的缕金衣：春雨真是又堪恨又堪宜啊！它虽然耽搁了蜂儿酿蜜，但"芹泥雨润"，正是燕子筑巢的好时机。最后由物及人，用"怎把""难将"，写出了游春客、斗巧女被春雨所阻，不能寻芳拾翠的焦急心情。作者把这种情绪赋予了物，于是蝶有愁，莺亦怕，蜂忧、燕喜，直写得大自然色彩斑斓，感情充沛。正是春雨洗发了万物的勃郁生机，在这桃红草碧的芳菲世界里，莺要飞，蝶要舞，蜂儿要酿蜜，燕子要筑巢，少年男女也勃发了追求美好、幸福生活的春情春兴，这种迫切的愿望更在中曲里一泻无余。

中曲极尽句式长短变化之能事，大量使用衬字，短则仅两字一句，长则十三字一句。如首句以衬字"看了些"领起一对十字句，"一阵阵""一片片"也是衬字，"阵""片"叠用，极写春云浓密、桃花水涨的景象。一"锁"一"泛"，又暗示了作者被春雨阻遏而更加强烈的寻芳拾翠的心愿。于是向造化提出了一连串的质问，句式由九字到四字，越来越短，而词情却越来越紧迫。情感发展的高潮中，用"园苑岑寂"一顿，承上启下，以"每日家阴雨霏霏，几曾见丽日迟迟"从正、反两方面着题。这两句实际上是一个意思，用"每日家""几曾见"分开说，口气逼真，其怨恨焦灼之情如见。作者意犹未尽，再撒开手由人而写到物，上承"园苑"，用各种禽鸟的啼声来反衬"岑寂"。"鸠"，鸣禽，古代有"鸠声唤雨"的说法，如元好问诗"布谷催耕鸠唤雨"。鸠声不断，雨亦不断，故用"辛苦杀"来形容。"子规"，鸣禽，又名杜鹃，啼声哀苦。人们又常常把它和春雨相联系，如翁卷诗："子规声里雨如烟。"杨万里诗："疏雨子规声。"在绵绵春雨中听杜鹃，倍觉哀愁，所以用"凄凉也"来刻画。黄鹂，也是一种鸣禽，古代诗歌中常常把它的鸣啭和晴空丽日相联系。如李白诗："春阳如昨日，碧树语黄鹂。"杜甫诗："两个黄鹂鸣翠柳，一行白鹭上青天。"春阴不开，黄鹂也叫得没劲儿，所以用"阑散"来描写它。"辛苦杀""凄凉也""阑散了"这一连串衬字不仅使句式有摇曳生动之趣，而且使客观事物的描写有强烈的主观感情色彩，回应"堪恨堪宜"，提挈、点醒作者在春雨缠绵中凄凉、阑散的心情。百无聊赖，只好以酒浇愁，末句用李白《襄阳歌》"襄阳小儿齐拍手，拦街争唱《白铜鞮》。傍人借问笑何事，笑杀山翁醉似泥"句，描写自己狂放恣肆的醉态。

尾曲见意。切切叮咛风雨，莫使梨花落尽，柳絮纷飞。留待晴和之日，再去访柳寻春，这就是他的心愿。在元人钟嗣成所撰的《录鬼簿》中，马彦良是列于

"有乐章传于世"的"前辈公卿大夫居要路者"一类里的。他身为御史台都事，却醉心于布衣、草履，放情山水花柳的生活，可见轻视富贵功名，向往自然，是当时士人的普遍倾向。

这组散套放眼取材，撒手下笔，以赋的手法，本色当行的语言，穷形尽相地铺陈春雨中万物的形态，熙熙攘攘，无限生机；更淋漓尽致地抒发了春雨中人物的心情，或借物写心，或直接与造化对语，质问、埋怨、祈求，认真率直，而作者惜春时、爱生活的亢爽、热烈的个性无须咀嚼寻绎，已自从字里行间洋溢而出。正如近人任中敏所说："曲以说得急切、透辟，极情尽致为尚，不但不宽弛，不含蓄，而且多冲口而出，若不能待者，用意则全然暴露于词面……此其态度为迫切、为坦率，可谓恰与诗余相反也"（《词曲概论》）。

要做到"急切透辟""极情尽致"，常常需要借助对偶、排比的修辞手法。如这支散套的始曲中，除"堪恨堪宜"四字外，其余八句都两两相对，说花、说草，说恨、说宜，说愁、说喜。由于感情贯注，不但无堆垛、板滞的毛病，反而具有驰骋奔放之姿。中曲不仅多对句，而且排、偶相间。以对句写景，以排句抒情。"怎卧莎茵地？难登紫陌，怎着罗衣？"一气排比，抒写人物寻春的焦灼之情。还有三句相对的，如"辛苦杀"三句，叫"鼎足对"，俗称为"三枪"，这种对法常常给人以气势充沛，抱之无尽的感觉。

奥敦周卿 籍贯不详。世祖至元六年（1269），为怀孟路总管府判官。白朴有词与之唱和。后历官侍御史、河北河南道提刑按察司佥事。存世散曲有小令二首，套数三套。

双调·蟾宫曲 咏西湖（二首）

奥敦周卿

西山雨退云收。缥缈楼台，隐隐汀洲。湖水湖烟，画船款棹，妙舞轻讴。野猿搦丹青画手，沙鸥看皓齿明眸。阆苑神州，谢安曾游。更比东山，倒大风流。

西湖烟水茫茫。百顷风潭，十里荷香。宜雨宜晴，宜西施淡抹浓妆。尾尾相衔画舫，尽欢声无日不笙簧。春暖花香，岁稔时康。真乃上有天堂，下有苏杭。

【鉴赏】

[蟾宫曲] 又名 [折桂令]，有十一句和十二句两种格式，其中四字句占了四分之三，形式整丽，所以常用来铺写山水风物。

奥敦的《咏西湖》两首都是十二句。

第一曲由西山雨霁着笔。"西山"，此指杭州西面的山。一场雨过，密云初收。山坡上，逐渐呈现出缥缈的参差楼台；湖面上，依约显露出一带汀洲。"缥缈""隐隐"，都是表示适度模糊的词，它形象地表现了楼台、沙渚掩映于尚未收尽的云烟水气中的神韵，给人以虚幻的、似有若无的感觉，使审美主体和对象之间形成一定的审美距离，因而更能活跃人的想象力，启人遐思。在这朦胧、空灵、令人作画外之想的背景下，又引入缓缓行驶的画舫。船上，歌儿舞姬，正在轻歌曼舞，她们的活动，使湖山增添了声色之美。这一连串五个四字句，恰如徐徐展开一幅淡淡着墨的水墨画：由远景及近景，由大景及小景，由大笔勾勒而工笔描绘。最后出现的歌舞画舫又由静景而及动景，直把杭州这水秀山奇之地，歌舞风流之乡渲染得出神入化。然后忽然着一野猿、一沙鸥，猿在山，鸥在湖，既切湖山，又增野趣。《列子·黄帝》有海翁忘机，鸥与之为友的说法，晋宋时人孔稚圭在《北山移文》中有"山人去兮晓猿惊"的句子。猿、鸥历来被看作是隐士逸人的忘机之友。唐人黄滔诗："屋带松萝僻，日唯猿鸟亲。"猿、鸥的形象常常引起人们对自由、狂放的隐逸生涯的联想。但元人所向往的隐逸，又绝不是到深山老林去过苦行僧式的清淡日子，却是去追求留连诗酒，歌舞湖山的生活。而具有湖山之秀，歌舞之胜的杭州西湖，正是他们心目中的"阆苑神州"、地上天堂；东晋人谢安携妓优游湖山的生活，则正是他们理想的生活模式。"阆苑"，传说中神仙居住的地方。宋末汪元量诗："昨梦吴山阆苑开，风吹仙乐下谣台。"回顾曲的前半段所铺写的那虚幻缥缈、优美飘逸的境界，实是有意无意地紧紧扣住心目中的仙境下笔，所以水到渠成地用"阆苑神州"来直接指代西湖，并以"谢安曾游"来强化这个结论。"东山"，在浙江上虞市西南，这里秀峰拱抱，烟海渺然，无异仙乡。谢安出仕前曾经隐居此地，优游山林六、七年。结末将谢安曾游的西湖和谢安曾经居住过的东山相比较，用斩截的口语"倒大风流"进一步突出了西湖无与伦比之美。"倒大"，是"绝顶"的意思。这里用一俗语，尖新豪辣，生动地传达了作者对西湖无限赞美之情。

第二曲首句上承"雨退云收""湖水湖烟"，正写湖面一片苍茫的烟水。它是一个给人无限感慨的空间。画面从无限缩小到特定的"百顷风潭"，这是外西湖水最深的地方。苏轼任杭州太守时曾在此立了三座石塔作为标志。"潭"前加一个"风"字，含义极丰富。它使静景有了动态，令人想象到微风吹拂、静水生澜，波光潋滟的景象。它还勾连着下句，"荷香带风远"（晋宋人吴均诗），正是风摇动着湖边浅水处的荷花，使清香远播。"十里"是泛指。柳永《望海潮》有"三秋桂子，十里荷花"之句。"风"还暗示着风吹云散，雨过天晴。苏轼《六月二十七日望湖楼醉书》："卷地风来忽吹散，望湖楼下水如天。"不管是楼台明灭、湖水苍茫的云雨初收时，还是澄潭漾碧、清香十里的雨霁天晴后，西湖都是美妙无双的。作者就借苏轼的名诗《饮湖上初晴后雨》"水光潋滟晴方好，山色空濛雨亦奇。若把西湖比西子，淡妆浓抹总相宜"来赞颂西湖"宜雨宜晴，宜淡抹浓妆"的美的姿质。被它的山水之美所吸引，湖上笙歌聒耳，游船如织。自唐宋以来，描写西湖的诗，浩如烟海，这些诗常常提到歌舞画舫。白居易《西湖留别》："红藕花中泊妓船。"苏轼《瑞鹧鸪》："城头落日尚啼乌，朱舰红船早满湖。"王安石《杭州呈胜之》："彩舫笙歌吹落日。"可见湖上从早到晚的盛况。南宋建都于此，这里更成了锦绣风流之乡，到元朝，已是最有名的游乐胜地。"尾尾相衔"，从空间极写画舫的络绎不断，"无日不笙簧"，从时间极写声歌的不绝于耳。"春暖"两句，是歌功颂德的套话。末两句总赞西湖，"上有天堂，下有苏杭"呼应前曲"阆苑神州"，完题。

　　这两支小令从不同气候条件——晴、雨，不同视点——湖、山，不同季节——春暖花开、夏荷飘香，写西湖风景区。它以自然的真实为基础，又无不着眼于自己主观的审美理想和情感愿望，正是元代名公而兼逸士的性格、心境的写照。

高文秀　元戏曲作家。东平（今属山东）人。府学生员，早卒。所做杂剧今知有三十二种，数量上仅次于关汉卿，时人称为"小汉卿"。剧作以写梁山英雄黑旋风李逵的"水浒戏"为多。现存《双献功》《襄阳会》《遇上皇》《谇范叔》四种，《周瑜谒鲁肃》仅存曲词一折。现存杂剧《渑池会》，一说也是他所作。亦有散曲传世。曲文朴素自然，雄浑爽朗。

南吕·一枝花　咏惜花春起早

高文秀

花间杜宇啼，柳外黄莺啭。银河清耿耿，玉露滴涓涓。潜入花园，露湿残妆面，风吹云髻偏。画阁内绣幕犹垂，锦堂上朱帘未卷。

[**梁州**] 恰行过开烂熳梨花树底，早来到喷清香芍药栏边。海棠颜色堪人羡，桃红喷火，柳绿拖烟。蜂飞飐飐，蝶舞翩翩。惊起些宿平沙对对红鸳，出新巢燕子喧喧。怕的是罩花丛玉露濛濛，愁的是透

罗衣轻风剪剪，盼的是照纱窗红日淹淹。近前，怕远，蹴金莲懒把香尘践，忒坚心，忒心恋，休辜负美景良辰三月天，堪赏堪怜。

[尾声] 则为这惜花懒入秋千院，因早起空闲鸳枕眠，废寝忘餐把花恋。将花枝笑捻，斜插在鬓，手执着菱花镜儿显。

【鉴赏】

　　这是散曲中的套数，由三部分组成，通过描写一位美丽可爱的少女对春花的热爱，表达了作者对青春、对美的礼赞。

　　第一曲开头四句点明一个"早"字。"花间杜宇啼，柳外黄莺啭"，从听觉方面，以鸟声清脆动听写早晨的清新幽静。"银河清耿耿，玉露滴涓涓"，从视觉方面，以银河淡淡未隐、白露盈盈未逝写早晨的清爽怡人。在这样的背景下，女主人公出场了："潜入花园，露湿残妆面，风吹云鬓偏"。这是一个带着叛逆礼教的性格、带着浑身青春朝气的少女，"潜"字说明她行动轻快，顾不得露水沾湿残妆，顾不得和风吹歪发髻，抛却了闺阁女子应有的端庄娴雅，这更突出了她赏花的急切心情。而此时，丫鬟们还未醒来，故而"画阁内绣幕犹垂，锦堂上朱帘未卷"，既是言早，也表明赏花女子想要拥有一片自己的天地的心情。

　　第二曲是女主人公在自己的天地里自由徜徉。"恰行过开烂熳梨花树底，早来到喷清香芍药栏边"，她行动很快，刚流连于梨花的灿烂，又被芍药的清香吸引，少女的欢快可以想见。此时园内的动人春色很好地配合了她的心境：海棠红艳艳，惹人喜爱；"桃红喷火，柳绿拖烟"，不仅是绘色，而且是绘形，"喷"字显出花的繁盛，"拖"字显出柳的婀娜；加之蜂蝶飞舞、惊飞的红鸳、喧闹的燕子，春日生趣尽现眼前。而赏花的人儿心情有了细微的变化："怕的是罩花丛玉露濛濛，愁的是透罗衣轻风剪剪，盼的是照纱窗红日淹淹"，毕竟是娇柔体弱的闺阁女子，怕花丛中的露水湿了衣裳，担心受到轻风中寒气的侵袭，于是盼着旭日早升，带来些暖意。"近前，怕远"，想近前看花又怕路程远了过于劳累，可她终不肯放弃这难得的机会，只有懒懒的迈动莲足，走进芬芳怡人的花丛。这一段将女主人公的情绪变化刻画得细致、微妙。"忒坚心，忒心恋"，越是走进春色

·元曲·
图文珍藏版

中，少女越是觉得陶醉，故而感慨：太执着，太迷恋了呀！她不由得想劝谏世人，不要辜负春日的美好，要懂得欣赏，懂得珍惜！这也是以春代指青春，表达了作者珍惜青春之意。

尾声头三句是对少女爱花惜春的再次强调，也是与题目相照应。为了惜花早早起来，秋千也不玩了，甚至达到"废寝忘餐"的地步。为何会有这样深的迷恋？且看："将花枝笑捻，斜插鬓边，手执着菱花镜儿显"，少女与花的情感联系至此才点明，原来是"人面桃花相映红"，两者的息息相关，全在一个"美"字。少女的形象最后成为美的化身，表现了作者对美的歌颂。

整段曲子围绕"咏惜花春起早"的主题，结构紧凑；行文中有不少对仗的句子，读之朗朗上口；作者的表达似隐似显，给人含蓄蕴藉、回味无穷之感。

郑廷玉 彰德（今河南安阳）人。生平事迹不详。所做杂剧今知有二十二种。现存《看钱奴》《后庭花》《楚昭公》《忍字记》《金凤钗》五种。一说《崔府君断冤家债主》也是他所作。其作品大都揭露封建社会的黑暗，但带有万事前定的迷信思想。

看钱奴买冤家债主 第二折

郑廷玉

[正宫·端正好] 赤紧的路难通，俺可也家何在，休道是乾坤老山也头白，似这等冻云万里无边届，肯分的俺三口儿离乡外。

[滚绣球] 是谁人碾琼瑶往下筛，是谁人剪冰花迷眼界，恰便似玉琢成六街三陌，恰便似粉妆就殿阁楼台。（带云）似这雪啊。（唱）便有那韩退之蓝关前冷怎当，便有那孟浩然驴背上也跌下来。（带云）似

这雪啊。（唱）便有那剡溪中禁回他子猷访戴，则俺这三口儿兀的不冻倒尘埃。（做寒战科带云）勿勿勿。（唱）眼见的一家受尽千般苦，可甚么十谒朱门九不开，委实难捱。

[倘秀才] 饿的我肚里饥失魂丧魄，冻的我身上冷无颜落色，这雪啊偏向俺穷汉身边乱洒来。（带云）大嫂。（唱）你看雪深埋脚面，风紧透人怀，我忙将这孩儿的手揣。

【鉴赏】

　　秀才周荣祖携妻带子上京应举，然而名落孙山，故欲转回家中仍依祖产度日，谁知祖产被他人盗去，无奈全家人只得去洛阳投亲，却不料又是不遇而返。此曲正是写周荣祖一家三口在风雪中饥寒交迫地流落于异乡途中的情景。周荣祖饱读诗书赴京应考却未得功名，自是懊丧不已，又因丰厚祖产为人盗去，弄得衣食艰难，已是焦急万分，而此时寻亲不遇，走投无路，更是凄凉悲惨。此情此景，真是可叹堪怜。现在又落入漫天大雪之中，这岂不是雪上加霜？为了渲染这大雪纷飞的氛围，作者还不惜笔墨，用了大量唱词来进一步加深其浓重感，极言雪大天寒。"便有那韩退之蓝关前冷怎当，便有那孟浩然驴背上也跌下来"，"便有那剡溪中禁回他子猷访戴"，作者连用三个典故：雪拥蓝关、灞桥驴背、子猷访戴以增加其描写寒天冻地的力度，如此更是逼迫得主人公走投无路，更显得这一家人苦楚可怜。这样的大雪天，受尽千般苦的一家人，饿得失魂丧魄，冻得无颜落色，委实难捱，所以后来周氏夫妇不得不将亲生骨肉卖与他人，也好寻条活路。

　　总的来说，作者在这几支曲子里极力描绘了漫天风雪，由此特地衬托出落难之人的凄惨悲凉，"这雪啊偏向俺穷汉身边乱洒来"，是何等心酸无奈啊！另外，作者在创作的时候也注意到了人物语言与人物身份的相适应，从"是谁人碾琼瑶往下筛，是谁人剪冰花迷眼界，恰便似玉琢成三街六陌，恰便似粉妆就殿阁楼台"这样略带书卷气的句子，以及几个典故的合理运用，就知道说此话者一定不是白丁。"你看雪深埋脚面，风紧透人怀，我忙将这孩儿的手揣。"雪深风紧，一家人在雪地里艰难跋涉，做父母的还记挂着保护好孩子，这样的亲情这样的善良，让人更加觉得老天不公，这相依为命的一家人真不该受这样的折磨。不仅读者，连作者实际上也是满带同情的。

白朴　（1226～1306 后）字仁甫、太素，号兰谷先生。陕州（今山西河曲）人。后居真定（今河北正定）。父白华为金枢密院判官。金亡时尚年幼，因其母为蒙古军所掠，遂得元好问救助，幸免于难。入元后，不仕。曾居金陵（今江苏南京），晚年仍归北方。杂剧、散曲作品以绮丽婉约见长。与关汉卿、马致远、郑光祖并称"元曲四大家"。所做杂剧今知有十六种。现存《墙头马上》《梧桐雨》《东墙记》三种，皆描写爱情。《流红叶》《箭射双雕》二种，各存曲词一折。另有词集《天籁集》。清初杨友敬掇拾白氏散曲附于集后，名《摭遗》，有小令三十七首，套数四套。

仙吕·寄生草 _饮

白　朴

长醉后方①何碍，不醒时有甚思。糟腌两个功名字，醅②渰千古兴亡事，曲埋万丈虹霓志。不达时皆笑屈原非，但知音尽说陶潜是。

【注释】

①方：已。

②醅（pēi）：没有过滤的酒。渰：通"淹"。淹没。

【鉴赏】

白朴生于金末，自幼饱经丧乱。入元之后，他悲愤满腔，发誓终身不仕。他因思念故国，成天忧郁寡欢，只好放浪形骸，纵情饮酒。

他强为旷达，决意忘记世间的一切。人醒时千愁百虑，人醉时万事皆空。因而长久沉醉有什么妨碍，永远不醒有什么挂念，这正是"但愿长醉不复醒"（李白《将进酒》）。他深知，在那样一个政治环境中，自己不可能获取什么功名，也无资格关心千古兴亡，更不可能实现凌云壮志。因此，他要用酒糟腌渍功名二字，要用浊酒淹没千古兴亡，要用酒曲埋葬凌云壮志。然而，饮酒又岂能长醉不醒。殊知作者又何尝忘却功名，又何尝漠视国家兴亡，又何尝忘怀凌云壮志。他如此表白，只不过是壮志难酬时的激愤之词罢了。

作者既然主张长醉不醒，就必然会贬抑屈原而褒扬陶潜。屈原是一位伟大的爱国诗人。屈原曾说："举世皆浊我独清，众人皆醉我独醒"（《渔父》）。屈原以国家兴亡为己任，伤时忧国，不肯退隐，到头来终被放逐，行吟泽畔，投江而死。人们在不达之时，都笑屈原不识时务。作者果真以是为非吗？不是的。这里"皆笑屈原非"，只不过是极其沉痛的反语而已。陶潜是东晋的一位著名诗人。他因不"为斗米折腰"，去官归隐，躬耕自养，"偶有名酒无夕不饮"（《饮酒诗序》），并写有大量饮酒之诗。只要是知心朋友，都赞美陶潜心胸旷达。作者深知，陶潜饮酒，其意不在酒，而是为了寄托自己壮志难酬的愁怀。

白朴劝饮，其意也不在酒，而是借题发挥，以抒写他的身世之恨、家国之痛，以表达他对现实的极端不满。

双调·庆东原

白　朴

暖日宜乘轿，春风堪信马①。恰寒食②有二百处秋千架。对人娇杏花，扑人飞柳花，迎人笑桃花。来往画船边，招飐③青旗挂。

【注释】

①信马：骑马任其驰骋。

②寒食：在清明节前一或二日。是日有禁止生火，食冷食的习俗。

③招飐：招展，飘动。青旗：旧时酒店前悬挂以招客的幌子。

【鉴赏】

这支曲子，写的是清明时节郊野赏春的热闹情形。

日暖风和，是春季晴日的基本特征。所以起首的两句，是互文见义，意谓在暖日春风之中乘轿信马都十分适宜。一句分作两句表达，是为了细细品示春天的好处，也带有轿儿马儿陆续登程，络绎不绝的意味。

由"宜""堪"的无往不适，带出了下文的游赏。作者首先印象至深的，是"恰寒食有二百处秋千架"。为什么要强调这许多秋千架呢？原来这与唐代传沿下的风俗有关。据王仁裕《开元天宝遗事》记载："天宝宫中，至寒食节，竞竖秋千，令宫嫔辈嬉笑以为宴乐。"可见秋千林立，是寒食节特有的景观。寒食节在旧历冬节后一百零五日，与清明的节气毗连，正是百花齐放的大好时光。接下三句，就用排比的句式，拈写了其中的代表——杏花、柳花与桃花。杏花妍丽雅洁，如玉容呈露，是"对人娇"；柳花飘舞轻飏，如依依随身，是"扑人飞"；桃花艳美夺目，如佳人多情，是"迎人笑"。这三句不仅刻画了春花各自的妍态，并且将原本无情的花木拟人化，从而显示了游人悦目赏心、全身心陶醉于大自然美景的情态。

　　结末又用一组对仗，添出了"画船"与"青旗"的新景。前者不仅补充了"轿""马"之外的又一游览工具，而且隐示了郊野之中水流的存在。后者则以青旗招展表现酒店的诱惑，有花有酒，这春日的游赏就更尽兴了。全曲纯用白描，却因典型景物的选置与生动形象的表述，使读者如同身临其境，深切感受到了春日郊野勃勃生机与游人的畅乐心情。此曲又见于马致远《新水令·题西湖》套数中的第二支曲子，其全套衍出十二支曲子，由此可见这首作品的艺术感染力量。

越调·天净沙 秋

白 朴

　　孤村落日残霞，轻烟老树寒鸦。一点飞鸿影下。青山绿水，白草红叶黄花。

【鉴赏】

这支小令寥寥数笔，勾足了清秋日落时分的乡野景色。

起首两句两字一组，铺排了六组静景，各具鲜明的内容形象，而无不饱含秋意。六组之间不设任何动词，造成了静态的效果；又不安排任何虚字，却使人因此集中注意力，去逐一细味各组静景的内涵。这六组静景又按句分为两大组合，景与景相互叠交或映衬，相得益彰。在我们面前出现了形象鲜明的画面：日头平西，落霞满天，小村披拂着斜晖；炊烟轻缓几如凝止，老树槎桠不动纹丝，乌鸦数羽辍立枝头。诗人的妙笔，不啻为绘画大师的静物写生。

在这大片的静止秋景中，突然掠来一只大雁，飞下地面。这一动态的骤然出现，打破了静景的观照，使人心神为之一振。作为"飞鸿"，又是"一点"，又是"影下"，说明远而且疾。在留神于捕捉这一影像时，对于视野中的秋，又有了新的发现。远处的是山和水，最具有特征的印象是它们的色彩——青与绿，居近的是秋天的植物：草，叶，花，印象深刻难忘的还是它们的色彩——白、红、黄。又是五种静景的铺排，却因为飞鸿动景的中介而不呆板；又是两字一组的结构，却因为第三句句型的变化而不单调。前两句的秋景还不免有几分清寂、清冷，到了四、五两句，就变成了清疏、清和，对于"秋"本身给人带来的某种惆怅感，至此就被明朗的美悦所替代了。

本篇与马致远的名作《天净沙·秋思》（见后选）都运用了排比景物来汇总印象的手法，可谓异曲同工。不同的是本篇纯为写景，而马致远的《秋思》则于写景之外，更有抒情的用意。我们不妨取之对读，自能心领神会。

中吕·喜春来 题情

白 朴

笑将红袖遮银烛，不放才郎夜看书。相偎相抱取欢娱。
止不过赶应举①，不及第待何如！

【注释】

①应举：参加科举考试。

【鉴赏】

"才郎"为了赶考，少不得萤窗灯火，埋头下死功夫；不料银烛却被相好的姑娘故意遮住了，要同他拥抱谈情，累得这位书呆子也禁不住心猿意马。姑娘的逻辑也十分简单：赶考又怎么样？大不了考不上。如此美好的年华、时光，辜负了可值不得！——小令寥寥五句，将青年男女调笑传情的一幕表现得栩栩如生，更在读者面前展现出一名娇憨、顽皮，而又黠慧、多情的少女形象。末二句可以说照应在前的每一句，却依然出人意表；它既含"强词夺理"的风趣，又是在情在理的妙语；既肖女孩家的声口，又可隐见她的"那一位"的态度。含意隽永，不愧是神来之笔。

这首小令还有它的姊妹篇，也可说是珠联璧合的孪生体的另一半，取以对读有相得益彰之妙："百忙里铰甚鞋儿样？寂寞罗帏冷篆香。向前搂定可憎娘。止不过赶嫁妆，便误了又何妨！"妙结的手法与前篇相同，可以说是男方"以子之道，治子之身"的报复。——"嫁妆"若是为他所赶，还不妨说是郎君猴急；如果"可憎（可爱之意）娘"百忙是另有所属，那么曲中的"题情"就更开放得可以了。

之所以要将这两首《题情》放在一起考察，还有个特别的缘故。原来元曲虽是市民文学，俚词俗曲还是要受到社会道德传统意识的制约，有一定的"度"，文人更不敢公开制作"淫曲"。所以在故意闯入男女烈火干柴的禁区之后，必得以一尖新奇巧的艺术构思让人首肯，作为转圜。这样做来，既有大胆语言的骇俗，又有妙思别致的出新，可谓一举两得。这两篇的"相偎相抱取欢愉""向前搂定可憎娘"，以及前选关汉卿《一半儿》的"跪在床前忙要亲"，点到之后便续以妙语奇思，都是这种一放一缩、见好就收的例子。

仙吕·醉中天 佳人脸上黑痣

白 朴

疑是杨妃在，怎脱马嵬灾？曾与明皇捧砚来。美脸风流杀。叵奈挥毫李白，觑着娇态，洒松烟点破桃腮。

【鉴赏】

此曲描写的是一位绝代佳人。她的脸上长有一颗黑痣，在白皙面庞的映衬下，显得格外娇美动人。

世上哪有这样的美女，莫不是杨贵妃还活在人间。这佳人疑是杨贵妃，其貌之美也就可以想见了。杨贵妃是古代四大美女之一。唐明皇晚年昏庸，不理朝政，沉溺女色，重用奸臣李林甫和杨国忠，结果导致安禄山叛变。天宝十五年（756）六月，叛军攻陷潼关，长安危在旦夕，唐明皇带着杨贵妃仓皇出逃。当行至马嵬驿（今陕西兴平市）时，护送的军队不肯前进，强烈要求杀死杨贵妃。唐明皇万般无奈，只得令高力士拉走杨贵妃，勒死在佛堂。可是杨贵妃依然活在人间，她是怎样逃脱马嵬驿的灾难呢？这真令人百思不得其解。

这佳人的脸上有颗黑痣，而杨贵妃的脸上也有颗黑痣，两人一模一样，实难分辨。天宝初年，李白应召来到长安。唐明皇命李白在沉香亭畔即兴填写《清平调》。此时，杨贵妃代替唐明皇捧砚侍候，供李白挥毫。李白无意中斜眼一看，不禁暗自赞叹：贵妃的美脸好看极了，真乃貌若天仙！李白不觉看出了神，便饱蘸浓墨，将笔头一歪，向贵妃的脸上挥洒，顿时她的脸上出现了一颗黑痣，与一张粉面相互映衬，益增娇态。

须得指出的是，曲中李白挥毫点痣的情节纯属虚构。李白尽管放荡不羁，但也绝不敢用笔向贵妃脸上挥洒。然而唯有作如此想象与夸张，这佳人的墨痣才更富诗意，才更具魅力。

仙吕·点绛唇

白　朴

[**点绛唇**] 金凤钗分，玉京人去，秋潇洒。晚来闲暇，针线收拾罢。

[**幺**] 独倚危楼，十二珠帘挂。风萧飒，雨晴云乍[①]，极目山如画。

[**混江龙**] 断人肠处，天边残照水边霞。枯荷宿鹭，远树栖鸦。败叶纷纷拥砌石，修竹珊珊扫窗纱。黄昏近，愁生砧杵，怨人琵琶。

[**穿窗月**] 忆疏狂[②]阻隔天涯，怎知人埋怨他？吟鞭醉袅[③]青骢马。莫吃秦楼酒，谢家茶，不思量执手临岐话。

[**寄生草**] 凭阑久，归绣帏，下危楼强把金莲撒。深沉院宇朱扉亚[④]，立苍苔冷透凌波袜。数归期空画短琼

簪，揾啼痕频湿香罗帕⑤。

[元和令] 一从绝雁书，几度占龟卦。翠眉长是锁离愁，玉容憔悴煞。自元宵等待过重阳，甚犹然不到家。

[上马娇煞] 欢会少，烦恼多，心绪乱如麻。偶然行至东篱下，自嗟自呀，冷清清和月对黄花。

【注释】

①云乍：云初散。

②疏狂：疏放狂荡，这里指所怀念的人。

③袅：弯曲下垂。

④朱扉亚：红色门关着。

⑤揾：揩拭。

【鉴赏】

这是描写少妇思念丈夫的套曲，曲中以凄清之景衬托凄清之情，情景交融，是一首典型的清丽之作。

少妇的丈夫离开京都（今北京）已有多时。临别时，少妇将金凤钗折成两半，一半留给自己，一半送给丈夫。时值深秋，万木凋零，一派萧条景象。晚上空闲之时，少妇收拾罢针线，一股思夫之情又油然而生。

她独倚危楼，拉开珠帘，只见秋风飒飒，雨停云散，群山如黛，犹如一幅清丽的图画。眼前凄清之景令她无限伤心。落日的余晖洒满江面，池塘的枯荷宿着白鹭，成排的树上栖着乌鸦。残败的黄叶纷纷坠落，铺满石阶；修长的竹子随风摇曳，敲打窗纱。临近黄昏，砧声阵阵，使人发愁；琵琶声声，令人生怨。她埋怨丈夫浪迹天涯，久久不归；她责怪丈夫骑马游荡，成天狂饮，烂醉如泥；她叮嘱丈夫莫宿娼妓家，莫忘拉着手临别时的知心话。

随后，她从楼上又来到庭院。庭院的红色大门早已关闭。她时而徘徊，时而伫立。苍苔上冰冷的露水沾湿了她的鞋袜。她用琼簪在树上刻上记号，用以计算丈夫的归程。谁知归期已到而人未回。她伤心落泪，揩拭眼泪的香罗手帕打湿过数次。自丈夫离家外出，音讯全无。她几次用龟甲占卜归期，每次都不灵验。她愁眉紧锁，玉容憔悴。她从正月十五一直等到九月初九，丈夫为何还不回家？

她欢乐聚会的时日少，烦恼伤心的日子多。她偶然走到东篱之下，自嗟自怨，冷清清伴着明月对着黄花。只可惜丈夫不在身边，怎不令她愁肠百结，泪洒菊花。

中吕·阳春曲　知几①

白　朴

知荣知辱牢缄口，谁是谁非暗点头。诗书丛里且淹留。闲袖手，贫煞也风流。

【注释】

①知几：知变之几微。

【鉴赏】

白朴的父亲白华原在金朝做官，后来投靠宋朝，继而投靠元朝，真可谓臣节丧尽，不齿于士林。父亲先荣后辱的历史，对白朴刺激太大了。为此，他看破荣辱，超越于荣辱之外。他知道什么是"荣"，也知道什么是"辱"，但他却守口如瓶，缄默不语，不愿道破。

元代社会政治黑暗，知识分子处境危殆，真可谓"似箭穿着雁口，没个人敢咳嗽"。这种社会现实，逼使他不得不逃离是非。他知道什么是"是"，也知道什么是"非"，但他只是暗中点头，不愿公开表态，以免遭杀身之祸。

白朴不计荣辱，不管是非，只好在诗书丛中去讨生活。他曾说："对诗书满架，子孙可教"（《沁园春》）、"不因酒困因诗困，常被吟魂恼断魂"（［中吕］《阳春曲·知几》）。这充分表明他想在诗书丛中去寻找无穷的乐趣。

白朴宁可过贫困的日子，也不愿步先父的后尘。他的信条是：空闲之时还是袖手为好，对于世事可不必过问；只要安贫乐道，即使贫极也风流。

白朴的这种人生态度和处世哲学，在今天看来不免消极，但在元代社会里，

中吕·阳春曲 题情

白 朴

从来好事天生俭①，自古瓜儿苦后甜。奶娘催逼紧拘钳，甚是严，越间阻越情忺②。

【注释】

①俭：少。

②忺：高兴，适意。

【鉴赏】

这是一首爱情的赞歌，它赞美了一位少女对爱情热烈而执着的追求。

在封建社会里，青年男女的爱情生活很不自由，往往会遭到各方面的阻挠，甚至还会造成爱情的悲剧。此曲中的少女爱上了一个小伙子，两人经常约会，互诉衷肠，并私订终身。不料此事被少女的母亲发觉，从中百般阻挠，使她的爱情蒙上了一层阴影。

俗话说："好事多磨。"这少女也深知此理。她懂得，好事天生难逢，男女情爱也莫不如此。就像瓜儿一样，

都是先苦而后甜。从爱情的结局来看，虽有不少是悲剧，但也有一些是喜剧。只要相爱者双方能起而抗争，就有可能争取到一个圆满的结局。如富家的女儿卓文君，不顾父亲卓王孙的反对，毅然冲破门第观念，与家徒四壁的才子司马相如喜

结良缘。她想起这一典型事例，更增强了争取幸福爱情的勇气，决心要让盛开的爱情之花结出甜蜜的爱情之果。

眼下，她的爱情虽面临着严峻的考验，但她有勇气冲破封建礼教的樊篱，去争取一个好的结局。她的母亲可以说是一位封建礼教的维护者。这位母亲对女儿的管制简直达到了严酷的程度。她"催逼"女儿快与情人断绝来往，一刀两断；她"拘钳"女儿恪守"父母之命，媒妁之言"，另选高门。总之，她不许女儿自由恋爱，一切得由家长包办。

面对如此巨大的压力，这少女毫不动摇，决不妥协。她从内心深处发出"阻力越大，思情愈烈"的呼声。可以预料，这位大胆、热烈、敢于蔑视封建礼教的少女，终究能像卓文君一样，获得属于自己的幸福爱情。

双调·驻马听 吹

白 朴

裂石穿云，玉管宜横清更洁。霜天沙漠，鹧鸪风里欲偏斜。凤凰台上暮云遮，梅花惊作黄昏雪。人静也，一声吹落江楼月。

【鉴赏】

此曲是写优美动听的笛声。音乐是空中之音，既看不见，也摸不着。但通过以声喻声、以形喻声、以典喻声等艺术手法，使笛声形象逼真，可触可感，听之令人陶醉。

开初，笛声高亢嘹亮，犹如巨石崩裂，直穿云霄，格调清洁，听后令人勾起雅正的情思。接着，笛声由高亢嘹亮变为悠扬婉转。听这种笛声，眼前会呈现出两幅画面：一幅是天地辽阔，宁静幽远；一幅是鹧鸪在空中舒缓地飞翔，一阵风过而随之偏斜。这种境界，令人胸襟开阔，心情悠闲。继而笛声由悠扬婉转变为凝重深沉。这里暗化前人"凤凰"和"梅花"两个典故。凤凰台故址在今南京市西南，传说六朝宋时，凤凰来集，于是人们依山筑台，故称"凤凰台"。古笛曲中有一首《梅花引》，后经人改编，又为琴曲，这就是著名的《梅花三弄》。因此，后世文人描写笛声，常以凤凰、梅花为典。听这种笛声，眼前会呈现出两种景象：一种是在淡淡的夜幕中，一群凤凰正在翩翩地起舞，欢快地歌唱；一种是在傍晚时分，梅花纷纷坠落，飘飘扬扬，有如雪花飘洒。这种境界，令人如痴如醉，飘飘欲仙。

夜深人静之时，唯有演奏者和聆听者仍陶醉在动人的笛声之中。诗人举目眺望，只见玉笛一声吹落了江楼上的明月。在这宁静的夜晚，这清丽的笛声传得更加遥远。

双调·沉醉东风 渔夫

白 朴

黄芦岸白蘋渡口，绿杨堤红蓼滩头。虽无刎颈交，
却有忘机友。点秋江白鹭沙鸥。傲杀人间万户侯，
不识字烟波钓叟。

【鉴赏】

这是描写渔夫生活的小令，寥寥几笔便将渔夫的生活环境、生活情趣及高尚品性勾勒了出来。

首先写渔夫的生活环境。黄色的芦苇长满岸边，白色的蘋草飘浮渡口，绿色的杨树排列堤上，红色的水蓼密布滩头。这黄、白、绿、红四色辉映，构成一幅清丽的秋江画图。渔夫生活在这优雅的环境里，该是多么惬意。

其次写渔夫的生活情趣。这位渔夫饱经沧桑，深知世情。他以打鱼为生，自食其力，与人无争，逍遥自在。过这种生活固然不错，但如果只是一个人独来独往，又未免过于寂寞，还得有几位知心朋友相伴才有乐趣。他虽无同生共死的至交，但却有忘去心机的朋友。这"忘机友"是谁？就是那点秋江的白鹭与沙鸥。渔夫以鸥鹭为友，彼此和睦相处，无有猜忌，心情舒畅，其乐无穷。

最后写渔夫的高尚品性。这位渔夫虽不识字，但他品性高洁，很有骨气，敢

于傲视达官贵人。他这种淡泊宁静、蔑视功名的精神实在难能可贵。

很显然，这是一位理想化了的"渔夫"。白朴赞美渔夫，羡慕渔夫，这正反映他寄情山水、不愿出仕的情怀。

大石调·青杏子 咏雪

白 朴

空外六花翻，被大风洒落千山。穷冬节物偏宜晚。冻凝沼沚，寒侵帐幕，冷湿阑干。

[归塞北] 貂裘客，嘉庆卷帘看。好景画图收不尽，好题诗句咏尤难。疑在玉壶间。

[好观音] 富贵人家应须惯，红炉暖不畏初寒。开宴邀宾列翠鬟，拼酡颜，畅饮休辞惮。

[幺] 劝酒佳人擎金盏，当歌者款撒香檀。歌罢喧喧笑语繁，夜将阑，画烛银光灿。

[结音] 似觉筵间香风散，香风散非麝非兰；醉眼朦腾问小蛮，多管是南轩蜡梅绽。

【鉴赏】

这首套曲以五分之一的篇幅描写雪景，其余的篇幅则是写雪夜中人们题咏、绘画、饮酒、欢歌、笑语、探梅等活动。虽是大雪纷飞的寒冬，但室内却显得温馨而欢欣。

隆冬的夜晚，天空洁白的雪花正在翻飞，被狂风猛吹，纷纷扬扬，洒满大地，千山万壑一片银装素裹。冬天将近的时节，气候寒冷至极，池水冻结成冰，寒气侵袭帐幕，冷水沾湿栏杆。自然界的万物尚未复苏，在大雪覆盖之下正在孕育萌动。

俗话说：瑞雪兆丰年。在一幢房屋内，主客们身着貂裘，拉开帘幕，观赏雪景，庆贺象征吉祥的瑞雪将带来丰收年景。大雪飘飘洒洒，整个宇宙犹如一个玲珑剔透的玻璃世界。这壮丽的雪景实难描画与题咏，人们仿佛置身于玉壶之中，大有飘然欲仙之感。

住在大宅深院的富贵人家则又是一番景象：在这寒冬之夜，他们惯于寻欢作乐。红炉烧得很旺，室内温暖如春。宴会伊始，宾客们相互嘘寒问暖。宴会上童仆林立，有的呈上丰盛的佳肴，有的端上烫好的绿酒，有的高擎金色的酒杯。宾客们开怀畅饮，猜拳行令，热闹非凡。尽管众人已喝得面红耳热，但劝酒佳人依然在喊："休要推辞""一醉方休"。宴会上还有歌舞助兴。佳人们有的敲打檀板，有的引吭高歌，有的翩翩起舞，给宴会平添了无穷的乐趣。歌舞之后又是阵阵喧笑，串串妙语。夜虽已深，但这儿依然是灯红酒绿，真是别有一番天地在玉壶。

正当人们沉醉在欢乐之中，敏感的诗人却嗅到了一缕幽香，袅袅地在席间浸染四散。这一缕幽香，既不是麝香，也不是兰香。诗人为之心动，睁开朦胧的醉眼，询问身边的歌女：快去看一看，是不是南窗的蜡梅开了。一语未了，全场肃然。人们都在向往着踏雪访梅的乐事尽快到来。

姚燧 （1238~1313）元文学家。字端甫，号牧庵。河南（今河南洛阳）人。原籍营州柳城（今辽宁朝阳）。少孤，为伯父姚枢所抚养。大德五年（1301），出为江东廉访使。后历官翰林学士承旨、集贤大学士等职。能文，与虞集并称。散曲婉丽，语言浅白流畅。与卢挚并称"姚卢"。原有集，已散佚，清人辑有《牧庵集》。

正宫·黑漆弩 吴子寿席上赋

姚 燧

丁亥[①]中秋遐观堂对月，客有歌《黑漆

弩》②者。余嫌其与月不相涉，故改赋，

呈雪崖使君③。

青冥④风露乘鸾女，似怪我白发如许。问姮娥⑤不

嫁空留，好在朱颜千古。

[么] 笑停云老子⑥人豪，过信少陵诗语⑦。更何

消斫桂婆娑，早已有吴刚挥斧⑧。

【注释】

①丁亥：指元世祖至元二十四年（一二八七）。

②《黑漆弩》：曲牌名，由同名词牌入正宫乐调而成，又名《鹦鹉曲》。

③使君：对州县长官的尊称。

④青冥：天空。乘鸾女：月宫的仙女。《异闻录》载唐玄宗与申天师游月中，

见素衣仙娥十余人，"乘白鸾，笑舞于广庭大桂树下"。

⑤姮娥：即嫦娥。

⑥停云老子：南宋大词人辛弃疾于铅山居所筑停云堂，自称"停云老"。停

云之名，用陶渊明《停云诗》意。

⑦"过信"句：辛弃疾有《太常引》词咏月，末云："斫去桂婆娑，人道是

清光更多。"语本杜甫《一百五日夜对月》："斫却月中桂，清光应更多。"所以

说他"过信少陵诗语"。少陵，杜甫自号"少陵野老"。

⑧吴刚挥斧：《酉阳杂俎》载汉西河人吴刚学仙犯过，遭罚砍斫月中桂树，

树随斫随和。

【鉴赏】

"青冥风露乘鸾女"的相关辞意已在注④中提及，而这整句则脱化于王安石

的《题画扇》："玉斧修成宝月团，月中仍有女乘鸾。青冥风露非人世，嫠乱钗

斜特地寒。"也许正因乘鸾女"嫠乱钗斜"的启示，曲作者才会立即联想到自己

的白发。他对月中女仙不再作更多的渲染，直接将她们视作自己一见如故的朋

友，表现出了神游月间的豪兴。女仙们奇怪着来客如何"白发如许"，而作者反

客为主，询问嫦娥抱独身主义的生活，这是一转；作者的问讯中有为嫦娥惋惜担

忧的意味，而乘鸾女不以为然，报以"好在朱颜千古"，这又是一转。这两层转折之间都省略了连接词，造成了突兀奇崛的效果；当然更重要的是借此表现出了月亮的两大特征，即美丽与永恒。

么篇把辛弃疾同杜甫这两位大文豪拈了出来，因为他们都爱月、赞月，并在咏月的作品中有过渊源关系。杜甫在诗中写过"斫去月中桂，清光应更多"，辛弃疾移入词中，所谓"斫去桂婆娑，人道是清光更多"。辛弃疾以豪放词人著称，作者故意说他因为太豪放了，所以轻信了老杜的话，这一笔是故作波澜，同时也省略了——引用两人原句的麻烦。辛弃疾沿用杜诗意，而曲作者偏偏来个翻案，说是何必要两人操心建议，吴刚不是早就在从事斫桂的工作吗？这一段曲曲折折，旨意却是明明白白的，即是在赞美夜月的皎洁明亮。全曲通过有关月亮的种种传说、典故与诗词作品，设想自己遨游其间，句句未见"月"字，却句句表现出对月亮的热爱和赞美，令人拍案叫绝。

中吕·满庭芳

姚燧

天风海涛，昔人曾此，酒圣诗豪。我到此闲登眺，日远天高。山接水茫茫渺渺，水连天隐隐迢迢。供吟啸，功名事了，不待老僧招。

【鉴赏】

元成宗大德五年（1301），年逾花甲的姚燧出任江东廉访使，在江南各地为官达七年之久，因而对江南风物人情非常熟悉。于是他将所见所感倾注于笔端，写成这首风格遒劲的《满庭芳》。

这首曲疑是在镇江金山寺登眺之作。诗人站立楼头，纵目远眺，只见境界开阔，气象豪迈。那天空，狂风呼啸；这海面，波涛汹涌。好一处壮丽的旅游胜地！

古往今来，有多少文人雅士、骚人墨客，曾在此地饮酒赋诗，抒发豪情。而

今天自己也能来到这里，悠闲地登上楼头，饱览这壮丽的风光，可谓不虚此行。

诗人高兴之余，心头泛起淡淡的哀怨与牢骚。他出任外官，确有难言的苦衷。他慨叹：日头远而苍天高。这"日远""天高"皆别有深意。据《晋书·明帝纪》载：晋明帝少时聪慧，一日坐在元帝膝前，恰有人从长安来，因而问明帝道："你说日头与长安哪个远？"明帝答道："长安近，没听说人从日边来。"第二天宴饮群臣，元帝又问同一问题，明帝却答道："日头近。"元帝惊奇问道："回答为何如此不同？"明帝答道："抬头只见日头，不见长安。"唐杜甫诗云："天意高难问，人情老易悲"（《暮春江陵送马大卿公恩命追赴阙下》）。由此看来，这"日远天高"既是诗人眼前所见之景，也是诗人发出的向往朝廷而愿望难以实现的喟叹。眼前唯见山水相接茫茫渺渺，水天相连隐隐迢迢，山高路远，阔大无边，欲回朝廷又谈何容易。难怪他心头会涌出一丝惆怅。

是年，姚燧已逾六旬，加上仕途坎坷，他决意归隐。面对佳山好水，只供吟啸赋诗，一切功名利禄全然抛开，不待老僧召唤，自己也要走归隐之路。诗人果真在七十三岁时"告归"，遁隐山林而寿终。

中吕·满庭芳

姚燧

帆收钓浦，烟笼浅沙，水满平湖。晚来尽聚滩头，
笑语相呼。鱼有剩和烟旋煮，酒无多带月须沽。盘
中物，山肴野蔌，且尽葫芦。

【鉴赏】

这是一幅江南渔家乐的风俗画。这里的渔民质朴而豪爽。他们日出下湖捕
鱼，日落收网回家，过着一种自食其力的恬静生活。

傍晚时分，落日的余晖洒满湖面，渔船已落下篷帆，满载着鲜鱼向岸边驶
来。淡淡的烟雾笼罩着浅浅的沙滩，平满的湖水泛起粼粼的碧波。湖水、渔船、
沙滩交相辉映，构成一幅壮丽的渔乡画图。

渔民上岸之后，相聚滩头，共庆丰收。欢歌笑语，沸沸扬扬，道出了渔民劳
作后的喜悦。

夜幕降临，月儿升起。各家各户都在忙做晚餐。渔民的生活很苦寒。如果鱼
有剩才能和烟煮一碗鱼汤。但酒是少不了的，如果家中酒不多，就踏着月光到酒
店去买。餐桌上除一碗鱼汤外，盘中盛的都是山菌和野菜。虽说没有好菜下酒，
但仍要将葫芦里的酒喝个精光。这一切又表现出了渔民乐观而豪爽的性格。

此曲画面质朴，风格素淡，色彩鲜明，活画出了江南渔民的生活情景。

中吕·普天乐 别友

姚燧

浙江秋，吴山夜。愁随潮去，恨与山叠。塞雁来，
芙蓉谢。冷雨青灯读书舍，怕离别又早离别。今宵

醉也，明朝去也，宁奈些些。

【鉴赏】

俗话说："上有天堂，下有苏杭。"杭州确是一处旅游胜地。这里有一条浙江，每到秋天，江潮汹涌，十分壮观；这里有一座吴山，它左靠浙江，右临西湖，是观看江潮的好地方。

1311年，姚燧与弟子刘致同来杭州。师生情深意笃，亲密无间，白天一同游览名胜，晚上一起切磋学问，生活得非常愉快。可是在一个秋夜，姚燧坐在书斋，快然不乐。他的愁如同浙江江潮汹涌澎湃，无有终期；他的恨好似吴山峰峦重重叠叠，无比沉重。他见北雁南飞，荷花凋谢，深感物候变化，韶光消逝，一种凄怆哀怨之情油然而生。

是时，书斋一片沉寂。斋外下着冷雨，斋内点着青灯。这冷感、冷色更增添秋夜书斋的凄凉。他为何而愁为何而恨？原来刘致就要离他而去。他与刘致交情甚好，故"怕离别"；他与刘致相聚太短，故慨叹："又早离别"。

当夜，姚燧摆了一桌酒菜，特意为刘致送行。他为了安慰刘致，也为了宽解自己，故意以旷语作结：既然明朝就要离去，还是珍惜今宵相与一醉吧；纵然离别是痛苦的，还是忍耐一些吧。这温存的话语亲切而得体，正显出曲之放逸本色。

中吕·醉高歌 感怀

姚　燧

十年燕月歌声，几点吴霜鬓影。西风吹起鲈鱼兴，
已在桑榆暮景。

【鉴赏】

姚燧写此曲时已年近古稀。他一生浮沉宦海，游戏人间，饱尝了政治风波的滋味。因而产生了厌世之情，归隐之思。

姚燧早年在燕地（今北京）为官达十年之久，过了一段惬意的浪漫生活。在此期间，夜夜笙歌宴舞，不乏寻欢作乐。那"烛影摇红，翠袖殷勤捧金钟"（《双调·蟾宫曲》）的欢笑仍在耳畔回响，那"襄王梦，神女情"（《双调·寿阳曲》）的艳事仍在眼前浮现。可是好景不长。后来他调离京都，出任外官，在吴地过了七年的游宦生活。上任时他已年逾花甲，经过几年吴地风霜的熏染，又添了许多白发，已成了"酒席上疏了欢笑，风流近来都忘了"（《双调·寿阳曲》）的龙钟老翁了。

昔日的"歌声"已化为过眼的烟云，今日的"鬓影"已成为暮年的喟叹。晋人张翰思家的故事勾起了他的归隐之思。张翰是吴郡人，曾到洛阳做官。一天他见秋风乍起，忽思家乡的莼菜、鲈鱼味道鲜美，便说："人生贵得适志，何能羁宦数千里，以要名爵乎？"于是他"命驾而归"（《晋书·张翰传》）。姚燧是洛阳人，现正在吴地做官，曲中借这个典故来抒发自己厌官思归的情怀甚为贴切。"桑榆暮景"典出《后汉书·冯异传》："失之东隅，收之桑榆。"东隅，指日出处；桑榆，指日落处。因而"桑榆"常用以喻人的晚景。姚燧再也不想在宦海中浮沉，宁愿去过那种悠闲适志的渔樵生活。然而，等到他醒悟过来之时，他已经老了。眼下已是日落西山，还能过上几年舒心日子呢？

图文珍藏版

越调·凭阑人

姚燧

马上墙头瞥见他，眼角眉尖拖逗咱。论文章他爱咱，
睹妖娆咱爱他。

【鉴赏】

在封建社会里，少女被锁深闺，足难出户，充其量也只能在庭院内游赏。男女恋爱很不自由，故而常出现墙头马上邂逅相遇、一见钟情的动人情景。

唐白居易《井底引银瓶》云："妾弄青梅凭短墙，君骑白马傍垂杨。墙头马上遥相顾，一见知君即断肠。"此诗对后世影响很大，白朴所做杂剧《墙头马上》即根源于此。

此曲中的少女倚在墙头，向院外张望。一位少男骑着马儿，从院外经过。无意之中，那少男向少女瞥了一眼，心头便顿生爱慕之情。少男看得分明，那少女也在斜视自己，一双明亮的眼睛，含情脉脉，暗送秋波。就这样两人一见钟情，

少女爱少男的才华。那少男才华出众，满腹经纶，无论诗文，还是曲词，都写得极好。在封建社会里，科举考试以辞科取士，如果诗文、词曲写得好便可金榜题名，当上大官。因而才子便成了佳人理想的对象。难怪那少男自信地说"论文章他爱咱"。而那少男则爱少女貌美。那少女容貌娇美，举止娴雅，温柔多情。难怪那少男得意地说"睹妖娆咱爱他"。

显然，这是写才子佳人爱情的小令。其特点有二：一是郎才女貌，一是自由恋爱。元代的科举制度虽一度被废除，但传统文化的根基仍未动摇，故才子佳人的爱情继续深入人心。此曲正是：郎才女貌配成双，天生一对好鸳鸯。

越调·凭阑人 寄征衣

姚燧

欲寄君衣君不还，不寄君衣君又寒。寄与不寄间，妾身千万难。

【鉴赏】

在古代，"征衣"有两个概念：一是指戍卒之衣，如唐朝许浑《塞下曲》云："朝来有乡信，犹自寄征衣。"二是指游子之衣，如元好问《药山道中》云："西风砧杵日相催。著破征衣整未回。"此曲的"征衣"当指后者。

少妇的丈夫滞留他乡，久久未归。时至深秋，少妇欲给丈夫寄件冬衣，这本是极为平常的事情，然而此曲却写得一波三折，将少妇的矛盾心理刻画得惟妙惟肖，活灵活现。

少妇为寄冬衣，正想反想，左想右想，一颗心简直给操碎了。她欲寄冬衣，体现了对丈夫的关怀与体贴。但就在欲寄的一瞬间，她翻起了感情的波涛。心想如果寄去冬衣，丈夫穿在身上暖烘烘的就不会回来。为此她又十分忧虑。既然"寄君衣"的结果是"君不还"，那么"不寄君衣"的结果当然是君必还了。于是她又打算不寄冬衣，这表明她渴望丈夫能早日回家的急切心情。但这种念头刚一冒出，她又涌起了另一种感情的波涛。心想如果不寄去冬衣，丈夫衣裳单薄，岂不要冻坏身子。这是她更为忧虑的。

此曲末两句把少妇的内心矛盾推到了高峰。"寄"与"不寄"在她的内心交织着，碰撞着。她时而"欲寄"，时而"不寄"；时而担心"君不还"，时而忧虑"君又寒"。究竟是"寄"，还是"不寄"，这真叫她备受煎熬，难以抉择。

这少妇心灵纯洁：爱丈夫，爱得真切；想丈夫，想得发痴；疼丈夫，疼得入微。前人评论此曲"熨帖温存，缠绵尽致"（卢前《论曲绝句》）是十分恰当的。

双调·寿阳曲 咏李白

姚 燧

贵妃亲擎砚，力士与脱靴，御调羹就飧不谢。醉模糊吓蛮书便写，写着甚杨柳岸晓风残月。

【鉴赏】

天宝元年（742），李白由友人吴筠、贺知章等人推荐，受到唐玄宗的赏识，召入长安，任供奉翰林之职。在此期间，唐玄宗度曲，命他填制新词。后因醉侮宦官高力士，得罪贵妃杨玉环，被赐金还山，离开长安，漫游江湖。

此曲描述的是李白在供奉翰林期间的一桩轶闻趣事。曲词写得饶有趣味，可供读者品赏。

前三句表现李白蔑视权贵、傲岸不羁的性格。李白在宫中作书，周围侍候的人非同一般，其中有贵妃，有宦官，还有皇上，真可谓荣耀无比。请看，杨贵妃为他捧着砚盘，高力士给他脱下皮靴，唐玄宗替他调制羹汤。面对如此殊遇，若是一般文人，定会感激涕零。然而李白却不同凡俗，他竟连宠妃、贵臣，乃至皇上也不放在眼里。他以为此种殊遇，理所当然，受之无愧，因而并不称谢，其性格是何等放荡不羁。

后二句赞颂李白非凡的气质和才华。李白受玄宗之命，挥毫作书，理应清醒头脑，精心撰写。但他却喝得酩酊大醉，双眼朦胧。他写回答南蛮的书信，正经内容只字未提，竟然写上"杨柳岸晓风残月"六个大字，真令人啼笑皆非。这一情节纯属虚构。"杨柳岸晓风残月"本是宋代柳永《雨霖铃》中的词句，李白当然不可能引用。但作者通过艺术想象，有意杜撰这一情节，从而使李白的气质跃然纸上，使李白的才气咄咄逼人。

此曲构思巧妙，形象逼真，令人读后赏心悦目，回肠荡气。

刘敏中 （1243～1318）字端甫，济南章丘（今属山东）人。至元以后，历任监察御史、陕西行台治书侍御史、集贤学士、河南行省参知政事、淮西肃政廉访使、山东宣慰使、翰林学士承旨等职。后因病还归乡里。能诗、词、文，著有《中庵集》。《全元散曲》录存其小令二首。

正宫·黑漆弩　村居遣兴（二首）

刘敏中

其 一

长巾阔领深村住，不识我唤作伧父。掩白纱翠竹柴门，听彻秋来夜雨。
闲将得失思量，往事水流东去。便宜教画却凌烟，甚是功名了处？

【鉴赏】

"村居遣兴"（二首）作于作者辞职还乡之后，描写作者在"村居"中的生活和思想情绪，反映了诗人对现实的不满。

　　本曲前四句写村居生活。首二句说，作者着长巾、穿高领衣服住在村里，人们不认识他，都以为他是粗野的人。"长巾阔领"是形容作者自己的衣着打扮。"伧父"，鄙夫。"掩白纱翠竹柴门，听彻秋来夜雨"，说自己掩门不出，秋来听潇潇夜雨。这两句虽是记事，但也反映了寂寞孤独的情绪。后面四句写他的村居感受。由"听彻秋来夜雨"引出往事的感慨。"闲将得失思量，往事水流东去"，闲来思量一生的得失成败，往事就像东流之水一样过去。"便宜教画却凌烟，甚是功名了处"，这两句更进一层，作者认为，即便是功成名就，把自己的图形画在凌烟阁上，也是空的，追求功名，哪有完，哪有了啊！"凌烟"，指凌烟阁，是帝王图画功臣、表彰他们功绩的地方。全曲歌颂村居生活，写闲适的心情，但反映了诗人对功名的蔑视，对现实的不满。

其　二

　　吾庐却近江鸥住，更几个好事农父。对青山枕上诗成，
一阵沙头风雨。

　　酒旗只隔横塘，自过小桥沽去。尽疏狂不怕人嫌，是
我生平喜处。

【鉴赏】

　　本曲抒写的是归隐后恬淡的生活和闲适的情怀。作者是在仕途跋涉病归乡里之后隐退的，因此纯乎是对大自然中宁静生活的赞叹，不见失意的叹息和自我慰藉。于是江鸥、农父是新的友邻，开门见山枕上有诗，横塘小桥是有野趣，过桥沽酒不为浇愁。虽也有风雨，那带来的是山野的清新。但从"尽疏狂"中也不无对现实的警戒和厌弃。不过毕竟与众不同，结句一个"喜"字，抒尽了"兴"味，须细加体味。

　　庾天锡　字吉甫，大都（今北京）人。年辈长于钟嗣成。曾官中书省掾、员外郎、中山府判等。著有杂剧《骂上元》《琵琶怨》等15种，均失传。现存小令7首，套数3套。

双调·雁儿落过得胜令　失题

庾天锡

　　名缰厮缠挽，利锁相牵绊。孤舟乱石湍，羸马连云栈。
　　宰相五更寒，将军夜渡关。创业非容易，升平守分难。长安，那个是周公旦？狼山，风流访谢安。

【鉴赏】

　　本篇上阕写名利场中的艰难险恶。作者将名誉为缰，利喻为锁，概及人生两大欲念，譬精喻巧。绳绳缠挽，则人如马受其羁縻，锁环紧扣，则人似犬受其拘束。人为名缰利锁所缚，则心不自由，身不自主。接着又以生动比喻，说受名利羁绊的苦况危境，犹如孤舟航行在乱石湍中，羸马行进在连云栈上。"孤舟"，已见无依无傍，"湍"为急流，且在"乱石"丛中，则随时有触礁之险，倾覆之

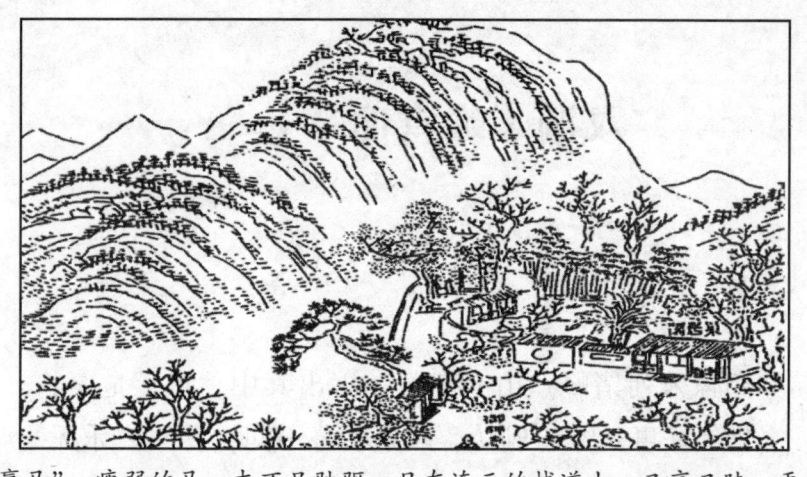

虞。"羸马"，瘦弱的马，本不足驰驱，且在连云的栈道上，又高又陡，更是随时有失足之危、堕岩之灾。作者把名利场中的风险写足，意在叫人挣脱名缰利锁，跳出坑人的火坑。下阕前四句写为官的艰难困苦。做文官，"宰相五更寒"，宰相起五更上朝，要受寒挨冷。做武将，"将军夜渡关"，将军夜晚攻关，渡河涉水。创业不容易，守业也艰难。总之，不管是做文官还是武将，是开国时还是守成时，都是不容易的。人为什么又那么津津于为官为将呢？其实，还不都是为追名逐利吗？因而总煞时，提起一笔，说"长安，那个是周公旦？"都城里那班为官作宦的，哪个是周公旦那样全心全意为了辅佐周武王的呢，还不都是为了个人的升官发财！这从谢安身上可以得到启发，谢安为东晋时政治家，曾与侄儿谢玄拒前秦军取得淝水之战的胜利，可是会稽王司马道子执政，排挤谢氏，谢安被派去出镇广陵，不久病死。谢安曾立下大功，声名显赫，而结局又是如何呢？写周公旦，从无人像他方面说；写谢安，从人人像他方面说，合意为没有多少人不是为了名利的，即使一时得名获利，也是不得长久的。下阕以历史人物的具体遭遇，印证了上阕关于名缰利锁的危害。

双调·蟾宫曲 （二首）

庾天锡

一

环滁秀列诸峰。山有名泉，泻出其中。泉上危亭，僧仙好事，缔构成功。四景朝暮不同，宴酣之乐无穷，酒饮千钟。能醉能文，太守欧翁。

【鉴赏】

　　这首散曲，是概括欧阳修《醉翁亭记》全文的语意写成的。《醉翁亭记》表现出当时士大夫怡情山水、悠然自适的情调，骈散兼行，音调和谐，一连用了21个"也"字，是一篇很有特色的文章。庾天锡把它压缩成为一支小令，而又能保持精粹，不失原意。"环滁"句概括了《醉翁亭记》的"环滁皆山也，其西南诸峰，林壑尤美，望之蔚然而深秀者，琅琊也"五句的内容。滁，今安徽省滁县。"山有"二句则是"山行六七里渐闻水声潺潺，而泻出于两峰之间者，酿泉也"四句的概括。"泉上"三句，是"峰回路转，有亭翼然临于泉上者，醉翁亭也。作亭者谁？山之僧曰智仙也。名之者谁？太守自谓也"七句的压缩。"四景"三句，是"若夫日出而林霏开，云归而岩穴暝，晦明变化者，山间之朝暮也。野芳发而幽香，佳木秀而繁阴，风霜高洁，水落而石出者，山间之四时也。朝而往，暮而归，四时之景不同，而乐亦无穷也"一段的浓缩。"能醉"二句，是据"醉能同其乐，醒能述以文者，太守也。太守谓谁？庐陵欧阳修也"五句的语意写作而成的。这样的二度创作，充分显示出作者高度的艺术概括力。

二

滕王高阁江干。佩玉鸣鸾，歌舞珊珊。画栋朱帘，朝云暮雨，南浦西山。物换星移几番？阁中帝子应笑，独倚危栏。槛外长江，东注无还。

【鉴赏】

　　这第二首散曲是概括王勃《滕王阁》诗的语意写成的。滕王阁，故址在今江西省南昌市，下临赣江。唐高祖之子滕王元婴为洪州（今江西南昌）都督时所建。后来阎伯屿任洪州牧，九月九日在阁上举行宴会，王勃与会，作了《滕王阁序》和《滕王阁》诗。王勃这首诗，是一篇著名的抚今追昔的吊古之作，抒发了作者年华易逝、好景不长的感慨，而又气势雄放、格调高昂，没有丝毫纤巧淫靡的气息。庾天锡把它搬到这支曲子里，完全是一种艺术的再创造。"滕王"句是在"滕王高阁临江渚"的原句上，略加删易而成的。"佩玉"二句是"鸾玉鸣鸾罢歌舞"一语的改写。佩玉鸣鸾，都是歌妓衣物上的装饰品。鸾，响铃。瓓珊，形容衣裙上玉饰的颜色和声音。"画栋"三句，是"画栋朝飞南浦云，朱帘暮卷西山雨"的概括。画栋，涂有彩画的梁栋。西山，在豫章县（今南昌）42里的地方。此写滕王去后高阁的冷落情况。"物换"句，是"物换星移几度秋"的改写。物换，言景物在变化；星移，言星辰在运行。"阁中"二句，是"阁中帝子今何在"句的点窜。帝子，指滕王。危栏，高高的栏杆。"槛外"二句，是"槛外长江空自流"一句的改写。槛，栏杆。长江，这里指赣江。东注，向东奔流。

马致远　（约 1250～1321 至 1324 间）号东篱，一说字千里，大都（今北京）人。曾任江浙行省务官（一作江浙省务提举）。晚年隐退。所做杂剧今知有十五种，现存《汉宫秋》《荐福碑》《岳阳楼》《任风子》《陈抟高卧》《青衫泪》及与艺人李时中、花李郎、红字李二合写的《黄粱梦》七种。《汉宫秋》较著名。《误入桃源》仅存一曲。一说南戏《牧羊记》也是他所作。作品多写神仙道化，有"马神仙"之称。曲词豪放洒脱。

与关汉卿、郑光祖、白朴并称"元曲四大家"。其散曲成就尤为世所称，有辑本《东篱乐府》，存小令百余首，套数二十三套。其中散套〔夜行船〕《秋思》被誉为"万中无一"（周德清《中原音韵》）；〔天净沙〕《秋思》有"秋思之祖"之称。

金 字 经 樵隐

马致远

担挑山头月，斧磨石上苔。且做樵夫隐去来①。柴！
买臣②安在哉？空岩外，老了栋梁材③。

【注释】

①来：语助词。

②买臣：朱买臣曾以担柴为生，后考取进士，做过太守等官。

③栋梁材：能担负重任的人才。

【鉴赏】

这首曲子虽然题为"樵隐"，却抒发了作者郁积胸中的怀才不遇之感。"担挑山头月，斧磨石上苔"，消磨掉多少宝贵的时光。这里用朱买臣故事，表现了作者的羡慕向往之意。虽为栋梁之材，却不被朝廷赏识，不能充分施展自己的才华，可这"且做樵夫隐去来"一句中蕴涵了多少叹息多少不甘。

金 字 经

马致远

夜来西风里，九天①雕鹗②飞。困煞中原一布衣③。
悲，故人知未知？登楼意，恨无上天梯。

【注释】

①九天：指天空高远，古人认为天有九重。

②雕鹗：猛禽，均属鹰类。

③布衣：平民，这里是作者自称。

【鉴赏】

东汉末年，"建安七子"之一的王粲曾依附荆州刘表，但最终还是没能被重用。于是王粲登湖北当阳城楼作《登楼赋》，抒发自己怀才不遇、眷恋故乡的心情。在这支曲子的作者马致远以王粲自比，言志抒怀，表现出渴望展翅高飞，却无人荐拔的悲愤焦灼之情。西风、雕鹗构成激越扬厉的氛围，"困煞"点明了自身窘况，辛酸而悲愤。"悲"字更显得触目惊心。作者将王粲引为知己同道，大有"同是天涯沦落人"之感。全曲给人以沉重的压抑痛楚之感。

四 块 玉 马嵬坡①

马致远

睡海棠②，春将晚，恨不得明皇③掌中看。《霓裳》④便是中原患。不因这玉环，引起那禄山⑤，怎知蜀道难？

【注释】

①马嵬坡：地名，又名马嵬驿。今陕西省兴平市西部。唐朝时由于安禄山叛乱，兵破潼关，逼近长安，唐玄宗李隆基带着杨贵妃出逃京师，行至马嵬驿时，三军不发。为平息兵谏，李隆基赐杨贵妃白绫自缢于此。

②睡海棠：形容美人娇艳妩媚。这里指贵妃杨玉环。

③明皇：唐玄宗李隆基。由于他在位期间创造出大唐盛世的"开元之治"，所以又称"明皇"。也说唐明皇。

④《霓裳》：《霓裳羽衣曲、舞》。相传此曲、此舞是由杨贵妃所创，由她主演，在当时是宫中盛演不衰的一个节目。

⑤禄山：安禄山，胡人，原为渔阳节度使。天宝末年同史思明发动叛乱，史称"安史之乱"。

【鉴赏】

在元代，许多剧作家们都曾把李隆基与杨玉环的爱情写成杂剧剧本。散曲作家们，也在一些怀古、咏史的诗词曲中，描写这一题材。显然，他们都有一种"历史的艺术反思"的味道。马致远所写的这支小令，虽为咏史，实则惊世。在此曲中作者将导致安史之乱的直接原因归罪于杨玉环，当然有一些不对之处，但这也是由于历史的局限性；但此曲中所述的李、杨穷奢极欲，一味追求享受，却是不无道理的，也不无警惊作用。

四 块 玉 洞庭湖①

马致远

画不成②，西施女，他本倾城③却倾吴。高哉④范蠡乘舟去，哪里是泛舟五湖？若纶竿⑤不钓鱼，便索⑥他学楚大夫。

【注释】

①洞庭湖：即太湖，今江苏省苏州、无锡一带。又名五湖。此洞庭湖并非湖南的洞庭湖。

②画不成：描绘不出来。

③倾城：使整个城都倾倒了，这里是指西施的美貌。倾吴：指西施被越国献给吴王夫差，从而导致吴国的灭亡。

④高哉：真是高明呀。范蠡：春秋时越国的大夫。越亡于吴后，被吴拘为人质两年。后又返回越国，帮助越王勾践"卧薪尝胆"，志图恢复越国。最后国富民强，灭吴复国。后来他感到勾践为人"不可同处安"，遂"乘舟泛海以外，终不返。"在古代多以范蠡的行动当做功成后身退的典范。

⑤纶竿：钓竿。以纶为竿上钓绳。

⑥便索：就得。楚大夫：楚国大夫。这里是指与范蠡同时的文种。他与范蠡一同帮助越王勾践灭吴复国。吴复国后被勾践赐剑自刎。

【鉴赏】

从洞庭湖引发出越国的三个著名人物：西施、范蠡、文种。但是作者在对他们的品评中，明显持以不同的态度，其中心思想是称赞范蠡的急流勇退，哀叹文种的悲剧下场。由于两种不同的人生态度，导致两种命运，鲜明的对比，思想深邃。

四块玉 天台路①

马致远

采药童，乘鸾②客。怨感③刘郎下天台。春风再到人何在？桃花又不见开。命薄的穷秀才，谁教你回去来④？

【注释】

①马致远的［南吕·四块玉］共有十首，都是以地名为标题。均为怀古散

曲。其标题分别为：天台路、紫芝路、浔阳江、马嵬坡、凤凰坡、蓝桥驿、洞庭湖、临筇市、巫山庙和海神庙。这里只选了其中的四首。天台路指的是去往天台山的路。相传，晋代时期的阮肇、刘晨二人为采药来到深山之中，存一名为天台山的地方，偶遇两位仙女，后来常受她们相邀。后来二人与仙女结为夫妻，一起过着幸福的生活。但是时间一长，二人就特别思念故乡，盼望有一天能够回到家乡，最后终于如愿回到故乡时，一切却已人事全非，"乡邑寒落，已十世矣！"。于是二人只好重上天台山，但昔日的一切都已消失了。

　②鸾：传说中一种类似凤凰的仙鸟。

　③怨感：悲伤的感到。刘郎：刘晨。

　④回去来：偏义词，是指回去的意思。

【鉴赏】

　　马致远曾经写过几本有关神仙道化剧，大多都是凡人入道而成仙的故事。而这支曲子却把仙境和人间做了一个艺术性的比较，并借以抒发自己的感情。在这支曲子中可以看到作者对现实生活的厌恶和对仙境的一种向往。其中"谁教你回去来？"反诘有力，更真实地反映了作者的思想。

四 块 玉　紫芝路

马致远

　　雁北飞，人北望，抛闪煞明妃①也汉君王。小单于②把
盏呀剌剌③唱。青草畔有收酪④牛，黑河⑤边有扇尾羊。
他只是思故乡。

【注释】

　　①明妃：即王昭君，汉元帝时王昭君被选入后宫，但数年都不曾见到皇帝的面，后来自请嫁于匈奴。

　　②小单于：指匈奴呼韩邪单于。

　　③呀剌剌：象声词。

　　④酪：一种乳制品，这里泛指牛乳。

　　⑤黑河：在今呼和浩特市南郊，王昭君墓在其河畔。

【鉴赏】

　　紫芝路指王昭君出塞时经过的路。王昭君远嫁匈奴的故事，自汉朝以来，都被认为是一件具有民族屈辱的憾事，马致远也曾为此写过著名的《汉宫秋》杂剧。而这支曲子就是《汉宫秋》主题的一个凝练。曲中用对比的手法描绘了汉君王与小单于所处的不同境况和心情：一个翘首北望，不见昭君，非常沮丧；一个则是面对昭君，举杯畅饮，得意忘形。一个是同情，一个是憎恶，这支曲子将作

四块玉 临邛市①

马致远

美貌娘②，名家子③，自驾着个私奔车儿。汉相如④便做文章士，爱他那一操⑤儿琴，共他那两句儿诗。也有改嫁时。

【注释】

①临邛市：地名。今四川省邛崃市。汉朝时卓文君的故乡。

②美貌娘：这里是指卓文君。

③名家子：卓文君原为临邛世袭大户、豪富卓王孙的女儿。

④相如：汉代著名辞赋家司马相如。司马相如早年由于家境贫困，不受重用。后来写了《子虚赋》呈汉武帝。汉武帝十分赏识；再后来，又写了《上林赋》而被汉武帝重用。

⑤一操：一曲。司马相如善于琴术。相传他遇卓文君就弹了一曲《凤求凰》来表达自己的心意。最终打动卓文君，后来卓文君又爱慕司马相如的才华及其琴艺，与其相爱。由于其父卓王孙的反对，二人才私奔，开了一家酒店，当垆卖酒为生。

【鉴赏】

卓文君和司马相如私奔的故事，现已家喻户晓。但是在古代，她也成了具有叛逆思想的女性典型。马致远写用这支小令，主要是为了歌颂她与司马相如的爱情和敢于反对传统思想的性格。文中又特别赞扬司马相如的才华，表现了作者对有才华的"文章士"的由衷敬佩；同时也是对宋元理学中"一女不嫁二男"的说法做出了抨击和批判。

南吕·四块玉 凤凰坡

马致远

百尺台，堆黄壤。弄玉吹箫送萧郎，送萧郎共上青
霄上。到如今国已亡，想当初事可伤，再几时有凤
凰？

【鉴赏】

　　《凤凰坡》是怀古之作，作者以弄玉、萧史一去不返的故事，抒发了沧桑之
感叹。一说，此曲以弄玉、萧史的故事做比喻，写越娘和杨舜俞的恋爱。后越娘

升天，眼望下界的杨舜俞，寄托了故国之思，反映越娘对国家沦亡的悲痛，故小
令中有"到如今国已亡"的句子。因为这句话与弄玉、萧史的故事没有关系，而
与《凤凰坡越娘背灯》（赵景深《元人杂剧辑逸》）中越娘说"妾乃后唐少主时
人也"有关（见卢润祥《元人小令选》，赵景深序）。"百尺台，堆黄壤。"这两
句是描写凤凰坡的，凤凰坡很高，用黄土堆筑而成。

"弄玉吹箫送萧郎，送萧郎共上青霄上。"这两句直写萧史、弄玉故事。汉代刘向《列仙传》说："萧史者，秦穆公时人也。善吹箫，能致孔雀、白鹤于庭。穆公有女字弄玉好之，公遂以女妻焉。日教弄玉作凤鸣。居数年，吹似凤声，凤凰来止其屋，公为作凤台，夫妇居其上不下，数年，一旦皆随凤凰飞去。"这个故事，描写了这对夫妇美好的爱情生活，他们情投意合，形影不离，最后"共上青霄"去了。

"到如今国已亡，想当初事可伤，再几时有凤凰？"这三句流露了沧桑之感。现在国家已经灭亡了，回想当初的情景，实在令人伤心，什么时候再有凤凰来听优美欢乐的箫声呢？"国已亡"可解作美好的岁月已经逝去。这里所表现的故国之思，与李煜《虞美人·春花秋月何时了》中的悲痛情绪一致，应是曲作者感叹宋亡之寄托。

这首散曲结构上可分两部分。前四句写凤凰坡和弄玉、萧史的爱情，文字简洁、朴素，着墨不多，然而形象鲜明，充满着神话的浪漫色彩。一个"送"字，一个"共上"，充分体现出弄玉与萧史之间深沉的爱。后三句是抒情，今昔对比，天上人间，颇有"流水落花春去也"的无穷愁绪。句尾用了反问句，更加突出了好景难再、惆怅之情难寄的悲痛心情，这就使这首散曲有了较强的现实意义。

南吕·四块玉　浔阳江

马致远

送客时，秋江冷。商女琵琶断肠声，可知道司马和
愁听？月又明，酒又醒，客乍醒。

【鉴赏】

这首散曲取材于白居易的《琵琶行》，题为《浔阳江》，借写白居易在浔阳江头送客时遇到琵琶女的故事，抒发作者自己的"天涯沦落"之感。

"送客时，秋江冷。"点明事由和人物的感受。主人去送友人，看到浩渺的江水，在深秋的季节里，显得很寒冷。柳永《雨霖铃》："多情自古伤离别，更那

堪冷落清秋节。"一个"秋"字，再加一个"冷"字，烘托出人物的心情。白居易《琵琶行》中有"绕船月明江水寒"句，也有烘托的作用。

"商女琵琶断肠声，可知道司马和愁听？"商人妇所弹的琵琶，音调凄凉，闻之令人断肠，江州司马白居易也是混合着自己的忧愁来听的。《琵琶行》在描写了琵琶女演奏的琵琶和其身世的叙述之后，说："我闻琵琶已叹息，又闻此语重唧唧。同是天涯沦落人，相逢何必曾相识。"能使人"和愁听"，是极言琵琶声调之悲和它的艺术感染力。

"月又明，酒又醒，客乍醒。"说当时月色很好，"东舟西舫悄无言，唯见江心秋月白"，诗人酒已醒了，但却感到十分疲倦无力，客人才刚刚睡醒。"月又明"是写景，对后面两句起烘托作用，烘托出"抽刀断水水更流，举杯消愁愁更愁"的情怀。"醒"，酒醒后所感觉困惫如病的状态。

马致远写《浔阳江》，表现了对商女遭遇的无限同情。商女琵琶的断肠声，正是对黑暗社会的控诉，"司马和愁听"，正是诗人对她的同情。他借酒浇愁，但醒后更愁了。因此，这首曲通过送客时所见、所闻、所感的描写，控诉了那个冷酷无情的社会，表现了诗人对被侮辱被损害的下层人民命运的关怀，具有一定的现实意义。全曲主题鲜明，风格朴实。内容上，可称深得白居易《琵琶行》意旨。

天 净 沙 秋思

马致远

枯藤老树昏鸦①，小桥流水人家，古道②西风瘦马。
夕阳西下，断肠人在天涯。

【注释】

①昏鸦：黄昏归巢的乌鸦。

②古道：指古老的驿道。

【鉴赏】

这首小令手法高妙，意境深远，感情真切，素有"秋思之祖"的美誉。它的篇幅虽短，但将游子的愁思抒写无遗。王国维《人间词话》评曰："寥寥数语，深得唐人绝句妙境。"

此曲描绘了一幅绝妙的秋思图。时至深秋，一位游子还在天涯漂泊。他骑着一匹瘦马，冒着萧瑟的秋风，正在蜿蜒曲折的古道上缓慢地行进着。沿途悲凉的秋意向他眼前扑来：那枯黄藤蔓缠绕在老树之上，那数点昏鸦已落在树上栖息。面对此景，他不禁黯然神伤。他边走边想，昏鸦还有栖息之所，而自己的家又在何方？他想到这里，不知不觉来到一处僻静的地方。这儿有潺潺的溪水，溪上有一座小桥，溪畔还有一户人家。他本想去敲门借宿一夜，但又怕人家不许，就只好作罢。这时，太阳已经落山，夜幕即将来临，他为了赶路，不得不继续在天涯漂泊、漂泊……

这"断肠人"是谁呢？或许是作者所看到的某人，或许就是作者自己。若是指前者，则更有画意；若是指后者，则更富诗情。对此，可不必深究。

夜 行 船 秋思 [套数]

马致远

百岁光阴一梦蝶①，重回首往事堪嗟。今日春来，明朝花谢，急罚盏②夜阑③灯灭。

[乔木查] 想秦宫汉阙，都做了衰草牛羊野。不恁么④渔樵没话说。纵荒坟横断碑，不辨龙蛇⑤。

[庆宣和] 投至狐踪与兔穴，多少豪杰。鼎足⑥虽坚半腰里折，魏耶？晋耶？

[落梅风] 天教你富，莫太奢，没多时好天良夜。富家儿更做道你心似铁，争辜负了锦堂风月⑦。

[风入松] 眼前红日又西斜，疾似下坡车。不争镜里添白雪，上床与鞋履相别。休笑巢鸠计拙⑧，葫芦提⑨一向装呆。

[拨不断] 利名竭，是非绝。红尘不向门前惹，绿树偏宜屋角遮，青山正补墙头缺：更那堪竹篱茅舍。

[离亭宴煞] 蛩⑩吟罢一觉才宁贴⑪，鸡鸣时万事无休歇。何年是彻？看密匝匝蚁排兵，乱纷纷蜂酿蜜，急攘攘蝇争血。裴公⑫绿野堂，陶令白莲社⑬。爱秋来时那些：和露摘黄花，带霜分紫蟹，煮酒烧红叶。想人生有限杯，浑几个重阳节？嘱咐你个顽童记者⑭：便北海⑮探吾来，道东篱醉了也！

【注释】

①梦蝶：传说庄子做梦变成蝴蝶，醒来后疑惑："不知周之梦为蝴蝶与，蝴蝶之梦为周与？"

②罚盏：指罚酒。

③夜阑：夜深的时候。

④不恁么：不这样。

⑤龙蛇：指墓碑上所写的字迹。

⑥鼎足：指三国时代，魏、蜀、吴鼎足三分天下。

⑦锦堂风月：指富贵家庭的繁华生活。

⑧巢鸠计拙：相传斑鸠生性笨拙，不会筑巢，于是借喜鹊巢产卵。故有"鸠占鹊巢"的成语。

⑨葫芦提：这里就是指糊涂的意思。

⑩蛩：蟋蟀。

⑪宁贴：舒服，惬意。

⑫裴公：唐时的裴度，他曾在洛阳筑"绿野草堂"。

⑬白莲社：一个组织，慧远发起，曾邀陶渊明参加。

⑭记者：记着。者，语助词。

⑮北海：东汉末的北海太守孔融，生性好客，此处表明作者谢客之意。

【鉴赏】

在这套散曲中，作者并没有嘲弄王侯将相功名富贵，但却痛骂讥讽"富家儿"守财奴，厌恶和谴责了当时的名利场内的无耻争夺；人生苦短，盛衰无常，在这里作者赞美并向往的是一种悠游自在、自得其乐、无拘无束的隐士生活。这套散曲中，作者有一种超俗的精神境界。豪迈奔放，明朗流畅，三组鼎足对铺排生动，对偶博喻，一气呵成。

寿　阳　曲

马致远

云笼月，风弄铁①，两般儿助人凄切。剔银灯欲将心事写，长吁气一声吹灭。

【注释】

①铁：指悬挂在屋檐下的铁马。

【鉴赏】

此曲的妙处是结尾，历来都被人们称赞，尤其一个"欲"字，将主人公的欲吹不忍、不吹难耐的矛盾心态刻画得十分生动。长叹声、吹灯声、铁马声，再加上凄迷的月色、瞳瞳的人影，寥寥的几句话语，勾勒出一幅凄凉的画面。在这支曲子里，作者没有明确表明主人公的身份；也没有具体点明此时他（她）是怀着怎样的心态，为何欲言又止？但是主人公爱恨交织的复杂心态却表露得淋漓尽致，寓意独特，可谓言约意丰。

寿 阳 曲 远浦帆归

马致远

夕阳下，酒旆①闲，两三航②未曾着岸。落花水香茅舍晚，断桥头卖鱼人散。

【注释】

①酒旆：酒店用来做标记的幌子。
②航：指航船。

【鉴赏】

此曲字句较短，但意境深远，色调明朗，如同一幅构图新颖、亲切自然的水墨画。以"夕阳"为底色，用"闲"字点出了江边渔村的宁静祥和，"未曾着岸"隐含着"帆归"之意，幽静秀美的村庄衬托出渔人生活的悠然，"卖鱼人散"将曾有过的杂沓归于暮色之中，以动衬静。远浦、酒旗、归帆、断桥、茅舍，好一幅江村归舟图，诗中有画，画中有情，有宋元时期山水画独到之处。

寿 阳 曲

马致远

人初静，月正明，纱窗外玉梅^①斜映。梅花笑人休
弄影，月沉时一般孤零^②。

【注释】

①玉梅：洁白如玉的梅花。

②孤零：孤单、冷清。

【鉴赏】

这支小曲中所描述的闺情饶有情韵。作者以拟人手法，用梅花弄影来反衬少女的相思情怀。少女独处闺中见梅花有影相伴，借此来嘲弄自己的孤单，触景生情，移情于物。"梅花啊！你千万不要取笑我孑然无伴，如果明月西沉，你的影子就会消失，我们不都是一样的孤单吗？"表现出一种相思中少女的微妙心态，形象生动，细致入微。曲中的少女与梅花，动静结合，交织相映，别出心裁。

双调·寿阳曲 潇湘夜雨

马致远

渔灯暗，客梦回，一声声滴人心碎。孤舟五更家万里，是离人几行情泪。

【鉴赏】

《潇湘夜雨》是"潇湘八景"之一。据宋沈括《梦溪笔谈》记载，"潇湘八景"原是宋代宋迪创作的八幅山水画的题目，即《平沙落雁》《远浦帆归》《山市晴岚》《江天暮雪》《洞庭秋月》《潇湘秋雨》《烟寺晚钟》《渔村夕照》。马致远所描写八景的名称与之完全相同，而且描写的也是潇湘八景。

马致远的这八首小令，如八幅充满诗情画意的山水画。它从不同的角度描写了湖南洞庭湖一带的旖旎风光。但它并非单纯写景，而是借写景来抒发作者对尘世的不满与对山林的向往。

《潇湘夜雨》描写的是离家万里、漂泊潇湘的愁怀。开头两句写在水上过夜的情景：飘泼的大雨，使得浩渺的江面笼罩在一片雨雾之中，远处打鱼船上的灯光显得幽暗朦胧。骤雨将船上"梦里不知身是客"（李煜《浪淘沙》）的游子从梦中唤醒。梦醒之后，游子又因雨声而触动了绵绵的离愁。由于心烦意乱，那一滴滴的雨声，将他的心都滴碎了。"一声声滴人心碎"虽是由"梧桐树，三更雨，不道离情正苦。一叶叶，一声声，空阶滴到明"（温庭筠《更漏子》）和"梧桐更兼细雨，到黄昏点点滴滴，这次第，怎一个愁字了得"（李清照《声声慢》）等句化出，但愁苦更甚。游子为何会有"滴人心碎"的痛感呢？这是因为"孤舟五更家万里"之故。更深夜雨，游子在离家万里的孤舟之上，这怎不勾起他的万斛愁绪呢？当"枕上十年事，江南二老忧，都到心头"（徐再思《水仙子》）时，他又怎不产生"一声声滴人心碎"的苦痛呢？正因如此，所以在游子看来，这哪里是雨啊，分明是离人的几行悲愁的眼泪！

双调·寿阳曲

马致远

因他害，染病疾，相识每劝咱是好意。相识若知咱
就里，和相识也一般憔悴。

【鉴赏】

　　"多情自古伤离别"。别时六神无主，别后度日如年，备受煎熬。因此，才有
了"杨柳岸，晓风残月"的凄恻，才有了"才下眉头，却上心头"的无奈。这
"剪不断，理还乱"的，便是离愁。本曲即借一位妻子真切的内心独白，抒写了
这种难以言传的别后相思。

　　读这首曲，容不得你情感上有所酝酿，劈头便有一股浓重的忧愁袭来："因
他害，染病疾"这两句突发的啸叹，使得主人公内心的隐秘在万缕愁绪的包裹下
和盘托出。原来她身染沉疴是源于对情人的相思。然而，由于"相思不可寄，直
在寸心中"（何逊《夜梦故人》），久而久之，便相思成疾了。有道是"三十三
天觑了，离恨天最高；四百四病害了，相思病怎熬"（郑光祖《倩女离魂》），
就在主人公"长相思，摧心肝"时，朋友来劝她保重身体。她也知道"相识每
劝咱是好意"，可是朋友的劝告，毕竟不能像她那样身同己受。所以劝归劝，她

依然有"不见别离人，独有相思泣"的痛苦。因此，她最后说："相识若知咱就里，和相识也一般憔悴。"朋友如果知道我的内情，了解我那刻骨铭心的相思，也会同我一样憔悴得"人比黄花瘦"了。这就进一步说明了"因他害，染病疾"之深、之重。更见得此情的厚重而深沉，至此一个羸弱多情的少妇形象便跃然纸上。

此曲之妙，在于它给我们提供了一个黯然销魂的思妇形象，读之使人悲感无端，悚然动容。

双调·湘妃怨 和卢疏斋西湖

马致远

采莲湖上画船儿，垂钓滩头白鹭鸶。雨中楼阁烟中寺，笑王维作画师。蓬莱倒影参差。熏风来至，荷香净时。清洁煞避暑的西施。

【鉴赏】

卢疏斋即卢挚，曾作曲四首咏叹西湖四季秀丽的景色，马致远分别作曲奉和。这是《和卢疏斋西湖》四首中的第二首曲子，描写西湖夏天的醉人景致，流露出作者对大自然的向往与热爱。

曲的开头三句就给我们展现出一个色彩明媚、气味芬芳、令人心醉的美丽境界：西湖上，一些构造讲究、雕饰精美的画舫在莲花丛中来往穿梭；西湖边，几只细脚伶仃的白鹭在滩头浅水中捕食鱼虾，它们显得是那么悠闲自得；这时天上正飘着细雨，一片蒙蒙，而岸上的楼阁和寺院在烟笼雨罩之中是那样的迷离神奇。这是一幅多么迷人的自然风光！这风光是"看了这壁，觑了那壁，纵有丹青，下不得笔"（关汉卿《一枝花·杭州景》），所以接下来作者要"笑王维作画师"。试想连王维这样的丹青妙手都难画出这奇色秀景，即使画出，人们还要讥笑他多此一举。可见这天然神韵确是人工难以描摹的。"蓬莱倒影参差"，是极写西湖岸边山势秀美，倒映湖中，宛若仙境。当作者正在欣赏西湖的奇山秀水之

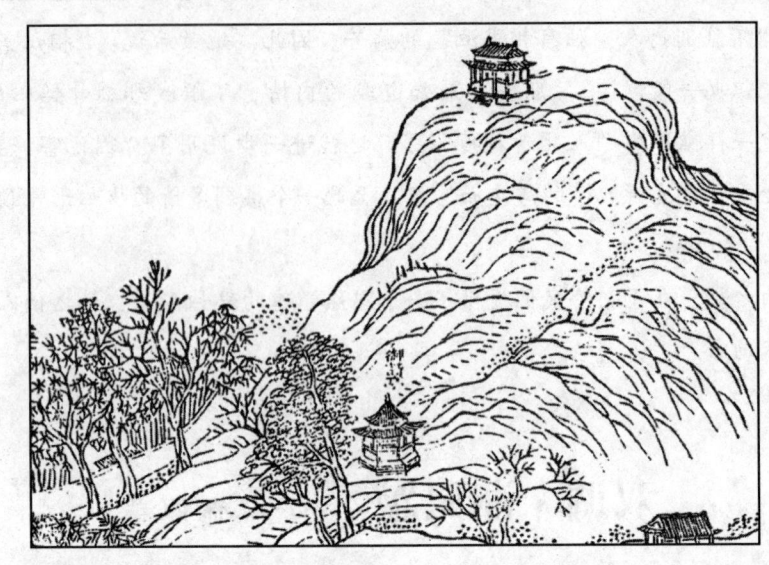

时，一阵微风吹来，湖中的荷花清香远播，沁人心脾。虽是盛夏，也觉凉爽。此时的西湖不正像清洁而美丽的西施吗？

此曲写得清旷幽美、情致高雅，把西湖盛夏清幽之景和盘托出，读着它确有一种人间天上的感觉。

双调·拨不断

马致远

菊花开，正归来。伴虎溪僧鹤林友龙山客，似杜工部陶渊明李太白，有洞庭柑东阳酒西湖蟹。哎！楚三闾休怪。

【鉴赏】

这是作者晚年隐居田园，过着"酒中仙、尘外客、林间友"生活时的作品。它美化了隐逸生活，嘲笑了屈原积极入世的精神。貌似喜隐，实则包含了对黑暗现实的控诉。

"菊花开，正归来"，曲子一开头点明了时令，说自己是在秋日菊花开放时归隐林泉的。接下去三句"伴虎溪僧鹤林友龙山客，似杜工部陶渊明李太白，有洞庭柑东阳酒西湖蟹"，是写隐居生活的闲适自在：与他同游的都是一些不向权贵低头、且喜以诗酒自娱的不拘俗礼、旷达不羁的高士逸人。他们吃的喝的都是一些甘美的名产。"虎溪僧"，指晋代高僧慧远。虎溪在江西庐山下东林寺前，慧远居东林寺，送客例不过溪，否则虎会吼叫。一次，他和陶潜、陆静修共话，不觉过溪，虎叫方知，三人大笑而别。"鹤林友"，指传说中的神仙殷天祥。他是鹤林寺的僧人，该寺在江苏镇江黄鹤山下，杜鹃花本是在春末开放，他曾使杜鹃在重九开。"龙山客"，指陶潜外祖孟嘉。晋桓温与孟嘉等于九月九日游龙山，宴席间，风吹落孟嘉帽，他泰然自若，不以为然。杜甫、陶潜、李白三位都是不愿折腰事权贵的大诗人，且具有"肯与邻翁相对饮，隔篱呼取尽馀杯"（杜甫《客至》）的豪兴。"洞庭柑"，江苏太湖洞庭山的柑，很有名。"东阳酒"，元代杭州所造的一种著名官酒。"西湖蟹"，杭州西湖产的蟹。隐居生活是这样的无忧无虑，怡然自得，而尘世生活又是那样的令人战战兢兢，朝不保夕。所以作者最后以嘲弄的口吻说："哎！楚三闾休怪。"战国时楚国三闾大夫爱国诗人屈原，忠君爱国却久不见用，最后自沉汨罗江而死。作者之所以采取与屈原完全不同的处世方式，是因为他觉得元代这个黑暗王朝是不值得为它效忠的。

"有功者诛，有才者罪"是元朝的社会现实，知识分子在遍地陷阱、满目荆棘中求生，于是弃官归隐自然成为他们的归宿，而诗酒自娱又在一定程度上能给他们以精神上的暂时解脱。

般涉调·耍孩儿 借马

马致远

近来时买得匹蒲梢①骑，气命儿般看承爱惜。逐宵上草料数十番，喂饲得膘息胖肥。但有些秽污却早忙刷洗，微有些辛勤便下骑。有那等无知辈，出言要借，对面难推。

[七煞] 懒设设牵下槽，意迟迟背后随，气忿忿懒把

图文珍藏版

鞍来鞴。我沉吟了半晌语不语，不晓事颇人知不知？他又不是不精细，道不得"他人弓莫挽，他人马休骑"。

[六煞] 不骑呵西棚下凉处拴，骑时节拣地皮平处骑。将青青嫩草频频的喂。歇时节肚带松松放，怕坐的困尻包儿款款移。勤觑着鞍和辔，牢踏着宝镫，前口儿休提。

[五煞] 饥时节喂些草，渴时节饮些水。着皮肤休使粗毡屈，三山骨②休使鞭来打，砖瓦上休教稳着蹄。有口话你明明的记：饱时休走，饮了休驰。

[四煞] 抛粪时教乾处抛，尿绰时教净处尿。拴时节拣个牢固桩橛上系。路途上休要踏砖块，过水处不教践起泥。这马知人义，似云长赤兔，如益德乌骓。

[三煞] 有汗时休去檐下拴，渲③时休教侵着颏。软煮料草铡底细。上坡时款把身来耸，下坡时休教走得疾。休道人忒寒碎④。休教鞭彫着马眼，休教鞭擦损毛衣。

[二煞] 不借时恶了弟兄，不借时反了面皮。马儿行嘱咐叮咛记：鞍心马户将伊打，刷子去刀莫作疑⑤。则叹的一声长吁气，哀哀怨怨，切切悲悲。

[一煞] 早晨间借与他，日平西盼望你，倚门专等来家内。柔肠寸寸因他断，侧耳频频听你嘶。道一声"好去"，早两泪双垂。

[尾] 没道理没道理，忒下的忒下的⑥。恰才说来的话君专记，一口气不违借与了你。

【注释】

　　①蒲梢：原是骏马的名称。这里作者因爱马而夸马，把一匹贱价买来的瘦马称为"蒲梢"。

②三山骨：肋骨，一说指马的后脑骨。

③渲：用水洗刷。颏：指雄马的生殖器。

④忒：太，过分。寒碎：琐碎，反复唠叨之意。

⑤"鞍心马"二句：这两句是当时勾栏里的行话，叫作折白道字。"马""户"相合是"驴"字，"刷"字去"刀"是"吊"字，"驴吊"是骂人的粗话。

⑥忒下的：太忍心，太狠心。

【鉴赏】

　　这个套曲写一位马主人爱马如命，欲借不忍，不借不能的矛盾心情，刻画细致入微，活灵活现。

　　第一支曲子通过马主人的自述，写出他对马的深厚感情，为下文不愿借马提供了有力的心理依据。"近来时"三字，说明他早想买马，直到最近才如愿以偿。"蒲梢"本是汉武帝征大宛时获得的千里马，因马尾似蒲梢草而得名。马主人把自己贱价买来的瘦马称为骏马，这是因爱马而自夸。在马主人的精心照料下，瘦马日渐"膘息胖肥"，马主人自然倍加爱惜。"微有些辛勤便下马"。偏有那"无知辈"，"出言要借"，这便激起他的内心矛盾和情感波涛，从而引出下文。

　　[七煞] 前三句通过"懒设设""意迟迟""气忿忿"解马、牵马、鞴马的动作表情，生动地表现了马主人欲借不忍的内心活动。"不晓事"以下几句，是马主人的心里话，他在心里怪借马人连"他人弓莫挽，他人马休骑"的成语都不懂。

　　[六煞] 至 [三煞] 这四支曲子写马主人对借马者的仔细叮嘱。从拴马、骑马到喂马、溜马等各个细节，不厌其烦讲了二十多条注意事项。末了，仍不放心，又郑重叮咛："休教鞭颩着马眼，休教鞭擦损毛衣。"两个"休教"强调他对马的爱惜之情。

　　[二煞] 写马主人向马做解释，安慰马也安慰自己。"恶了弟兄""反了面皮"是表白他不得已借马的苦衷。对借马人会不会打他的马，他是既相信又怀疑。于是，又是诅咒打他的马的人是"驴吊"，又是长吁短叹，"哀哀悲悲"为马担心。

　　[一煞] 前五句是预想之词，预想马被牵走以后自己将如何焦急，如何盼望。

国学经典文库

元曲鉴赏

·元曲·

图文珍藏版

末两句，实写与马惜别，"两泪双垂"。

最后一支曲子，写马主人心里还在骂借马人"没道理"，太狠心，口上一直要求借马人务必恪守信用，"专记"刚才说的话。

这首套曲是马致远散曲中又一种类型的作品，表现了作者丰富多彩的生活经验和多方面的创作才能。全篇用生动活泼的口语，绘声绘色地描写马主人借马时左右为难、无可奈何、伤心痛惜以至怨恨诅咒的复杂心理，从而把马主人爱马如命的性格特点表现得淋漓尽致，入木三分。这个"借马人"形象，实际上展示了人类的一种普遍心理，即对来之不易之物的格外喜爱和特别珍惜。具有其独特的典型意义。作品中语言夸张而又诙谐有趣，颇具幽默感和喜剧性，"这是马致远真正的崇高的成就"。

江州司马青衫泪 第二折

马致远

[叨叨令] 我这两日上西楼盼望三十遍，空存得故人书，不见离人面。听的行雁来也我立尽吹箫院，闻得声马嘶也目断垂杨线。相公呵，你元来①死了也么哥，你元来死了也么哥。从今后越思量越想的冤魂儿现。

【注释】

①元来："元"同"原"，原来。也么哥：有音无义，[叨叨令] 常用衬字。

【鉴赏】

《青衫泪》是根据白居易《琵琶行》敷衍而成。白居易与长安艺妓裴兴奴相爱，被贬江州之后，江西商人刘一郎伪造书信，诈称白居易已死，强娶兴奴而去。后白居易江州送同僚兼诗友元稹，舟中巧遇裴兴奴，与其乘船逃走。元稹奏明皇上，于是恢复白居易官职，并命白、裴重圆。此曲是该剧的第二折。

[叨叨令] 写裴兴奴得知白居易"病死"消息之后的悲痛心情。自白居易被贬江州之后，裴兴奴日夜思念。她又是登楼眺望，又是"立尽吹箫院"，"目断垂杨线"，希望能看到心上人骑马归来的身影，或托人捎来的平安信。"三十遍"极言盼望之热切焦急；一个"空"字又表现她的失望和痛苦。结果，等来的只是白居易的绝命书。噩耗传来，兴奴痛不欲生，发出了撕裂心肺的惨叫："你元来死了也么哥，你元来死了也么哥。"虚词衬字的应用，自然贴切，不仅女主人公的声形毕肖，而且性格亦跃然纸上。声音之惨烈，感情之真挚，天地为之动容。"可怜无定河边骨，犹是春闺梦中人"（陈陶《陇西行》）。从此，苦命人只能与"冤魂儿"梦中相会，此情此景着实可怜可叹！此曲不用比兴，直说明言，但富有情致，表现了曲的直白质朴之美。

破幽梦孤雁汉宫秋　第一折

马致远

[醉中天] 将两叶赛宫样眉儿画，把一个宜梳裹脸儿搽，额角香钿贴翠花，一笑有倾城价。若是越勾

践姑苏台上见他，那西施半筹也不纳，更敢早十年败国亡家。

【鉴赏】

自汉以降，以王昭君故事为题材的文学作品，代不乏出。但是由于时代的不同，作家思想倾向的各异，人们对这一历史事件的理解和处理也就迥然有别。《破幽梦孤雁汉宫秋》讲述的是这样一个故事：汉元帝听从中大夫毛延寿的劝诱，着毛延寿为选择使，遍行天下，刷选美女。王昭君是所选中的第一百名，生得光彩照人，十分艳丽。只因不肯向毛延寿行贿，致使毛延寿点破其美人图，于是被送入冷宫。后汉元帝亲幸，巧遇王昭君。毛延寿畏罪叛逃，将美人图献与番王呼韩邪单于，单于按图索要。汉满廷文武贪生怕死，无奈，王昭君被迫出塞和亲。行至番汉交界处，昭君不肯入番，投界河黑龙江而死。呼韩邪为能继续与汉修好，将毛延寿解送汉朝治罪，汉元帝将毛延寿斩首，祭献王昭君。

此《醉中天》曲是通过汉元帝的眼睛，来写一代佳人王昭君的艳美容颜。

开头四句，用潇洒的写意笔法来展现一代佳人的风韵和神采：两道蛾眉经过精心描画，更加摄人心魄，这绝非一般宫女的画眉所能相比；脸上施了一些胭脂香粉，"淡妆浓抹总相宜"，打扮得恰如其分；额角用金片做成的花朵形的装饰品上贴着翠绿花儿，显得光彩夺人；而她的笑靥更是那么迷人，她只要对守城士卒嫣然一笑，便可令士卒弃械，墙垣失守。她美得如此惊世骇俗，如果要她对驾临天下的人君那么宛然一笑，结果会是怎样呢？下几句做出了回答："若是越勾践姑苏台上见他，那西施半筹也不纳，更敢早十年败国亡家。"如果是越王勾践（实际上应该是吴王夫差，这是对昏聩荒淫的汉元帝的一种意味深长的讽刺）在姑苏台上见到了王昭君，那么西施是一筹莫展，再也难讨吴王欢心了，而沉湎声色、荒淫佚乐的吴王夫差如果迷恋的是王昭君的话，那恐怕吴国要早十年亡国他也在所不惜了。

本曲如此来盛赞王昭君的美貌，真是匪夷所思，但如果不是这样夸张，又何以显出这位佳人惊世骇俗的娇姿？但自古"红颜薄命"，王昭君也难逃这种宿命。

仙吕·赏花时 掬水月在手

马致远

古镜当天秋正磨，玉露瀼瀼寒渐多。星斗灿银河。泉澄潦尽，仙桂①影婆娑。

[幺] 不觉楼头二鼓过，慢撒金莲鸣玉珂。离香阁近花科，丫鬟唤我，渴睡也去来啊。

[赚煞] 紧相催，闲笃磨。快道与茶茶②嬷嬷，宝鉴妆奁准备着，就这月华明乘兴梳裹。喜无那③，非是咱风魔。伸玉指盆池内蘸绿波，刚绰起半撮，小梅香也歇和④，分明掌上见嫦娥。

【注释】

①仙桂：指月亮。传说月亮中有桂树，高五百丈。

②茶茶：金元时对少女的美称，这里指年轻女佣。

③无那：无可奈何。

④歇和：凑在一起。

【鉴赏】

从《诗经·陈风·月出》发轫，月夜怀人之作就代不乏出，不胜枚举。这首《掬水月在手》套数，写一位身居闺中的小姐，在皓月当空的秋夜思念"各在天一隅"的情人。表现了她寂寞凄凉、黯然神伤的心境。

开头一曲写景。秋月皎洁，像一面磨得锃亮的铜镜，把清光洒满了人间。露水已经很重，天气逐渐寒冷起来。天上星汉灿烂，地上泉清路净，月亮映照在泛着涟漪的清泉中，仿佛正在婆娑起舞。

[幺] 曲写闺阁少女月夜独步。已经是二更时分，在这静谧的深夜，有一位无眠的少女，慢慢移动着"三寸金莲"向花园中走去，她在花丛中徘徊踯躅，身

上的玉佩发出清脆的撞击声，引得丫鬟出来招呼她回房去休息。

　　[赚煞] 紧接上曲，写无眠少女月下梳妆。丫鬟不停地催她回房休息，但是她仍在踽踽独步，没有回去的意思。粗心的丫鬟，哪里知道小姐是"忧愁不能寐，揽衣起徘徊"啊。倘若不是胸中有着缠绕不去的忧愁，搅得人心神不宁，谁还会在这寒气袭人的深夜久久不眠？为了打发这难挨寂寥的漫漫长夜，她吩咐丫鬟去叫女佣准备好镜子和梳妆品，她要趁月色梳妆打扮一番。她那样做也是无奈之举，并非什么痴狂，而是要借此排遣胸中的郁闷。梳妆打扮后，她用双手捧起泉水，照见了自己嫦娥般美丽的脸庞，也仿佛照出了与嫦娥一般凄清的心境。"嫦娥"，神话中后羿之妻，月中仙女。李商隐《嫦娥》诗有云："嫦娥应悔偷灵药，碧海青天夜夜心"，写出了面对碧海似的青天的嫦娥，心里是十分孤寂的。这里借天仙的孤独凄凉之感写自己相思的绵绵无尽及内心的寂寞冷清。

　　此曲写得含蓄深沉，曲中少女的忧思作者往往欲语又止，使读者于言外得之。即使此曲毫无寄托，作为一首描写良辰美景的套数，仍有其醉人之处。

双调·清江引 野兴

马致远

一

绿蓑衣紫罗袍谁是主？两件儿都无济。便作钓鱼人，
也在风波里，则不如寻个稳便处闲坐地。

【鉴赏】

马致远的"野兴"小令都是写隐居山林的乐趣的，是诗人抒情感怀之作，从侧面反映了仕途的危险、现实的黑暗，倒不如做一个隐士安宁保险，无杀身之祸。"野兴"意为山野逸兴。这些曲是诗人晚年隐居生活和思想的真实写照，这时诗人对功名利禄已看透了。这组曲，内容紧密联系，主题非常集中。

这第一首曲子写现实的凶险，不论做农民、做官吏或做钓鱼人，都"无济"，都有"风波"，只有做隐士，与世隔绝，才能平安无事，寿终正寝。第一、二两句"绿蓑衣紫罗袍谁是主？两件儿都无济"，说明不管是穿绿色蓑衣或穿紫罗袍，这两件对自己都无补益，意思说做农民也好，做官吏也好，都无济于事。透露出无所适从的苦闷，反映了现实的黑暗。"蓑衣"是古代的雨衣，以代农民。"紫罗袍"是古代官吏常穿的公服，代官吏。"无济"，无补益，成语有无济于事。后三句"便作钓鱼人，也在风波里，则不如寻个稳便处闲坐地"，说明做钓翁也有风险，最好的办法是去做隐士，与世隔绝，没有任何危险。"便……也……"两句，充分说明元朝统治者对人民的残酷统治，连做与世无争的"钓鱼人"，也会处于"风波"之中，那专制统治的残暴也就可想而知了。"风波里"，谓在患难的处境中。最后"则不如寻个稳便处闲坐地"，就是说去做隐士，安全稳定。这首曲是通过比较，作者才做出了抉择，说明隐退是上策，从而突出了主题，揭露了现实的黑暗。结构上层层进逼，环环相扣。

　　山禽晓来窗外啼，唤起山翁睡。恰道不如归，又叫行
不得，则不如寻个稳便处闲坐地。

【鉴赏】

　　这首曲子的主题与第一首相同，第一、二两句"山禽晓来窗外啼，唤起山翁睡"，说早晨窗外山鸟的叫声，把"山翁"从睡梦中唤醒了。这两句写得淳朴自然，犹如一幅山林春晓图。宁静的山野之中，几间茅舍，晨露未退，红日刚出，在枝头上停着一群山鸟，叽叽喳喳，在唱着动听的歌，把酣睡的诗人唤醒了。后三句"恰道不如归，又叫行不得，则不如寻个稳便处闲坐地"，说在鸟语中，似乎在劝诗人回家去，又在说走不得，不要回去，还是在山野中生活好。鸟儿哪会说话？诗人用了拟人手法，移情于物，是作者把自己的思想情绪移之于山禽，所以使山禽"恰道不如归，又叫行不得"了。在那残酷的专制统治下，人民无所措手足，"人为刀俎，我为鱼肉"，任人宰割。这几句不正是说明了这样一个道理吗？所以逃到山林，在王法不到之处隐居起来，实在是苟全性命于乱世的最好办法了。这首曲的主题也是鲜明的。

　　天之美禄谁不喜？偏则说刘伶醉，毕卓缚瓮边，李白
沉江底，则不如寻个稳便处闲坐地。

【鉴赏】

　　这首曲子用了历史上刘伶、毕卓、李白等人的典故，说明这些高世之才嗜酒，放浪于形骸之外，不问世事，但还不如隐居起来好。开头一句"天之美禄谁不喜"是一个反问句，说出了人心一般所向往的情况，丰厚的俸禄，世上没有一

个人不喜爱的，作者似乎也是喜欢能得到它。可是后面的四句却不是顺着第一句发展，而是说明"美禄"之不足取："偏则说刘伶醉，毕卓缚瓮边，李白沉江底，则不如寻个稳便处闲坐地。"偏偏只说刘伶，而不说"美禄"，因贪图"美禄"潜伏着危险，因此刘伶常求一醉，以免灾祸。《晋书·刘伶传》说，刘伶"常乘鹿车，携一壶酒，使人荷锸而随之，谓曰：'死便埋我。'其遗形骸如此"。晋朝毕卓盗饮邻酒，以酒废职。《晋书·毕卓传》说，毕卓新蔡铜阳人，字茂世。太兴末为吏部郎，常饮酒废职。邻宅酿熟，卓至其瓮间盗饮，为掌酒者所缚，明晨视之，乃毕吏部，即解缚。因与主人共饮瓮侧，醉后始去。唐朝诗人李白蔑视权贵，纵情诗酒，被逐出翰林后，依族人当涂令李阳冰，死于当涂，初葬于当涂（今安徽省当涂县）采石，即牛渚山北部，突出江中，白居易作《李白墓》诗，有"采石江边李白坟"句。作者所以用了刘、毕、李三个人的典故，主要是为了突出饮酒求醉、不问世事，还不能避免灾祸，而只有远离社会，在山野独处，才能免于杀身之祸的主题。由此也可见现实之黑暗和作者思想之苦闷了。

四

楚霸王火烧了秦宫室，盖世英雄气。阴陵迷路时，船

渡乌江际，则不如寻个稳便处闲坐地。

【鉴赏】

这首曲子用了楚霸王项羽的故事，说项羽起兵抗秦，八年之中，"身七十余战，所当者破，所击者服，未尝败北"，进了咸阳，火烧了秦宫室，打垮了秦的统治，英雄气概，盖世无双。开头两句"楚霸王火烧了秦宫室，盖世英雄气"，就说项羽击破咸阳，入函谷关火烧阿房宫，有万夫不当之勇。接着三句"阴陵迷路时，船渡乌江际，则不如寻个稳便处闲坐地"，与前两句既有联结，说明项羽后来的军事情况，又是以"盖世英雄气"急转直下，说明他穷途末路，兵败自尽。"项王至阴陵，迷失道，问一田父，田父绐曰：'左。'左，乃陷大泽中。"《史记·项羽本纪》中这一段记载，是对"阴陵迷路时"的最好注释。项羽是由

于被田父欺骗而迷路，陷入大泽中的。"阴陵"，今安徽定远县西北。项羽欲渡乌江，乌江亭长劝他急渡，但项羽不愿渡，对亭长说："天之亡我，我何渡为！且籍与江东子弟八千人渡江而西，今无一人还，纵江东父兄怜而王我，我何面目见之！纵彼不言，籍独不惭于心乎！"说完他把自己的马赠给亭长，又与汉骑持短兵接战，最后"乃自刎而死"。这是"船渡乌江际"的具体说明。这两句说明，项羽这样一位英雄人物，到头来，自为诗曰："力拔山兮气盖世，时不利兮骓不逝。骓不逝兮可奈何！虞兮虞兮奈若何！"悲歌慷慨，以失败告终。因此，最好的办法是与世无争，"不如寻个稳便处闲坐地"隐居起来为好。作者引用项羽的典故，就是为了突出这一主题。

五

林泉隐居谁到此？有客清风至。会作山中相，不管人间事，争什么半张名利纸。

【鉴赏】

这首小令美化了作者的隐居生活，曲中把名利视为半张不值一钱的破纸，对当时红尘中争名夺利的人来说，是一服清凉剂。

首二句写乡居的闲适生活。起句发问，次句作答。林泉，指山林泉石胜景，隐居之所。作者隐居深山，有谁来做客呢？当然没有。但出乎读者意料之外，答云有客来至，意调为之一扬；接着作者又解释说，这客不是别人，而是山间的清风，实际上是没客，意调又是一抑。这一答句，跌宕有致，颇有兴味。

在描写隐居清闲生活之后，转写作者隐居情怀："会作山中相，不管人间事。"会，应当的意思。山中相，用南朝齐梁时陶弘景典故。据《南史》卷76载，陶弘景仕齐拜左卫殿中将军，入梁，隐居句曲山，武帝礼聘不出，但朝廷大事辄就咨询，时人称之为"山中宰相"。这里作者用以自比，是说要做陶弘景式归隐田园的人，不管人间俗事。

最后一句"争什么半张名利纸"，总结全曲，点出题旨。作者说，世间的名利富贵，不过是半张破纸而已，有什么好争的呢？作者对尘世富贵场中的争名夺利予以鄙视和否定，表现了他对现实政治的反感和不愿与之同流合污的高尚品格。

六

东篱本是风月主，晚节园林趣。一枕葫芦架，几行垂杨树，是搭儿快活闲住处。

【鉴赏】

本令曲描写作者隐居田园的兴会与情致，语言本色流畅，风格清新俊逸，很能代表马致远"恬退"题材散曲的特点。

首二句即点明题意。东篱，马致远的别号，此语出自陶潜的《饮酒》诗："采菊东篱下，悠然见南山"，后人常以喻隐逸生活。马致远晚年仿效陶氏，归隐田园，遂以东篱为号。风月，清风明月，泛指美好的景物。这两句是说，诗人一向爱好山林景色，本来就是风月的主人，晚年归隐，更增加了对田园生活的意趣。从句意说，二句所写程度有递进，首句先肯定诗人爱好自然的天性，次句又进一步强调，这就充分表现了作者对乡居生活的向往。"一枕葫芦架，几行垂杨树，是搭儿快活闲住处。"具体描写诗人的园林之趣。葫芦架和垂杨树，都是乡间农家之物，它们与上句"园林趣"的描写相呼应。"一枕葫芦架"，是说诗人在葫芦架下休憩，悠闲之状如见；而"几行垂杨树"，则为乡间之景，更显雅逸之情。这两句用对仗的方式，概括了乡居的清闲生活。"是搭儿快活闲住处"，对这种生活予以总结，展示了作者的内心感受：这个地方可是愉快的娴静之所呀！"闲"字点出乡居的特点；"快活"则是诗人心境的显露。"是搭儿"，一搭、一处之意，作者运用此语，使全曲更加口语化，富有生活情趣。这首小令写隐居生活，初看平平，构思、语言也一般，结尾却别开生面，使全篇增添了诗意，值得仔细玩味。

七

西村日长人事少，一个新蝉噪。恰待葵花开，又早蜂
儿闹。高枕上梦随蝶去了。

【鉴赏】

　　这首小曲描写夏日山村恬静的闲逸生活。诗人用"日长""人事少"（农夫
们都下地劳动去了）、"葵花开"了，营造出一派寂静的氛围。而在静幽之中作
者却以闹衬静，描写出"一个新蝉噪""又早蜂儿闹"。这一"噪"、一"闹"，
更加烘托出山村野堡娴静的逸趣。末句"高枕上梦随蝶去了"，是小曲的点题之
句，作者用《庄子》梦蝶的典故，写自己在蝉噪、蜂闹之中进入了梦乡，将他的
隐居生活描写得别开生面，把自己安然自得、与世无争的意趣，抒发得淋漓尽
致。全曲语淡情深，豁达通脱，风格爽俊，耐人寻味。

双调·拨不断

马致远

布衣①中，问英雄，王图霸业成何用？禾黍高低六代
宫，楸梧远近千官塚②。一场恶梦。

【注释】

　　①布衣：平民百姓，未得功名的人。

　　②"禾黍"二句：本唐许浑《金陵怀古》诗："楸梧远近千官塚，禾黍高低
六代宫。"六代，即六朝，指三国吴、东晋，南朝宋、齐、梁、陈，均在今南京
建都。楸梧，两种树木名，常植于墓地。

【鉴赏】

马致远曾做了十五首［拨不断］的无题小令，明代《雍熙乐府》多加上了"叹世"的标题。不能过分责怪明人自作主张，因为曲中叹世的主旨是太明显了。

这首小令起首两句有点令人费解，"布衣中，问英雄"，到底问的是"布衣"还是"英雄"？但是我们通过第三句，便能明白作者所谓"英雄"的含意，即是实现了"王图霸业"的一批幸运儿。那么起首两句就至少显示了两个方面的历史事实：一是历史上"王图霸业"的缔造者，尽管都被戴上了"天命所归""真龙天子"的桂冠（这情形就同他们失败了就被换上"贼""寇"的帽子一样），但实际上多来自"布衣"；二是布衣们视这些幸运儿为"英雄"，并以此视为终生奋斗的最高目标。这后一方面看来尤使作者不满，故要向"英雄"们"问"上一问。

第三句初看也有点似问非问。"成何用"本身便有不成用的意味。不过作者在这里实有问意，因为随后他便自问自答，并通过揭晓的答案来阐明了全曲的主旨。

"禾黍高低六代宫，楸梧远近千官塚"是工整而精警的对仗。"彼黍离离，彼稷之苗。行迈靡靡，中心摇摇。"（《诗经·黍离》）远在西周就产生过对于废宫禾黍的嗟叹。而楸（梓树的一种）、梧既是制棺的用材，又是墓地常植的树木。"高低"既切"禾黍"又切"宫"，"远近"既切"楸梧"又切"塚"，足见造语的警策。这两句的荣誉属于晚唐诗人许浑，因为马致远不过是全联取来颠倒了一下使用。然而，它们用在诗中和曲中，韵味和效果不尽相同。我们不妨读一读许浑的原诗："玉树歌残王气终，景阳兵合戍楼空。楸梧远近千官塚，禾黍高低六代宫。石燕拂云晴亦雨，江豚吹浪夜还风。英雄一去豪华尽，惟有青山似洛中。"（《金陵怀古》）显而易见，许诗的"楸梧"一联是针对"金陵"一地而描绘的专景，借此写景含蓄地表现"英雄一去豪华尽"的主题。而马曲借用则情急语迫，用以展示对古今历史中一切"英雄""王图霸业"的否定。下句紧接的"一场恶梦"，更是势如破竹地为这一否定再添一个惊叹号。"六代宫""千官塚"，无不闪现着"王图霸业"的影子。所以虽是借用成句，却直有"语若己出"的绝妙效果。

元人在"叹世"之时火气颇大，这自然与社会情状的特别黑暗有关。散曲为他们提供了吐发牢愁的宣泄口。崇尚蕴藉圆浑的诗词，一旦经过散曲的"回锅"，便带上淋漓快捷的牢骚语味，这是并不奇怪的。

双调·拔不断

马致远

叹寒儒，谩①读书。读书须索题桥柱②；题柱虽乘驷马车③，乘车谁买《长门赋》④？且看了长安回去。

【注释】

①谩：徒然。

②题桥柱：西汉司马相如初赴长安，经过成都城北的升仙桥，在桥柱上题道："不乘高车驷马，不过汝下也。"见《华阳国志》。

③驷马车：四匹马共驾一辕所拉的车，为古代贵官所乘坐。

④《长门赋》：汉武帝皇后陈阿娇失宠幽居长门宫，奉黄金百斤，请司马相如为作《长门赋》。相传武帝读后受到感动，恢复了对陈皇后的宠幸。

【鉴赏】

这首小令有个特点，即用了"顶针续麻"的手法，也就是将前句的结尾，用作后句的开头。马致远是这种巧体的始作俑者，所以在形式上还不十分完整，到了后起的散曲，如无名氏《小桃红》："断肠人寄断肠词，词写心间事。事到头来不由自，自寻思……""顶针"的表现就更为严谨了。

这首曲虽未点出汉文学家司马相如的名字，其实却是以他的遭际生发，来"叹寒儒，谩读书"的。司马相如是元散曲中凭借真才实学而得青云直上的典型。作品将他题桥柱、乘驷马车、作《长门赋》的发达经历分为三句，一一作为"寒儒"的比照；后者终究有所不及，只得"且看了长安回去"。言下之意，于今即使有司马相如一样的高才，最终也得不到应有的赏识。作者欲擒故纵，一步

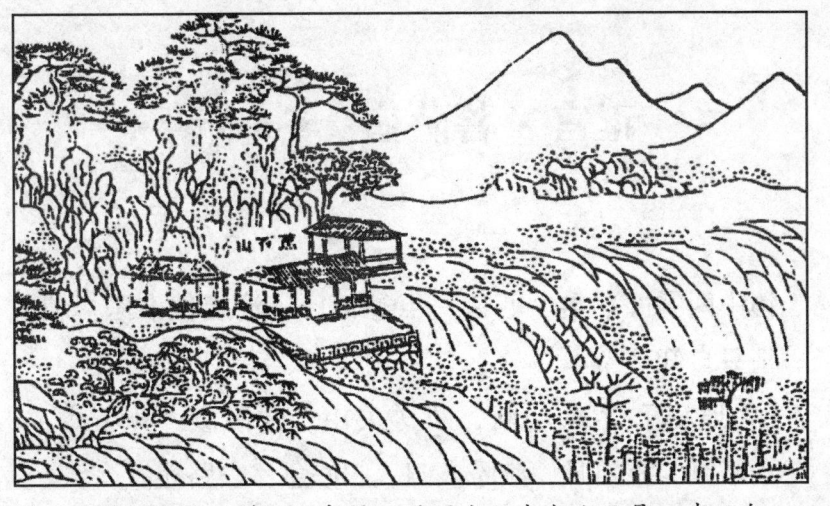

步假设退让，最后还是回到了"寒儒"的原点。末句亦无异一声叹息，以叹始，以叹终，感情色彩是十分鲜明的。

严格地说，本曲在逻辑上是不很周密的，比如"读书须索题桥柱"就不是"谩读书"的必要条件，乘了驷马车，碰不上"谁买《长门赋》"，与"看了长安回去"的结局也成不了因果联系。但我们前面说过，本曲在形式上具有"顶针续麻"的特点。这一特点造成了邻句之间的紧密接续，从全篇来看，则产生了句意的抑扬进退。文势起伏，本身吸引了读者的注意力，在论点的支持上未能十分缜密，也就不很重要了。

"且看了长安回去"，似乎也有典故的含义。桓谭《新论》："人闻长安乐，出门西向而笑。"唐代孟郊中了进士，得意非凡，作诗云："春风得意马蹄疾，一日看遍长安花。"曾被人讥为外城士子眼孔小的话柄。"寒儒"们还没有孟郊中进士的那份幸运，"看了长安"后不得不灰溜溜打道"回去"，"长安乐"对他们来说真成了一面画饼。这种形似寻常而实则冷峭的语句，是散曲作家最为擅长的。

侯克中 生卒年不详，字正卿，号艮斋，真定（今河北正定）人。幼失明。曾与曲家徐琰、胡祗遹、白朴等交游，年九十余而卒。散曲作品有套数两套。著有杂剧《春风燕子楼》，今不传。有《艮斋诗集》十四卷行世。

正宫·菩萨蛮 客中寄情

侯克中

镜中两鬓皤然矣，心头一点愁而已。清瘦仗谁医？羁情只自知。

[月照庭] 半纸功名，断送关山。云渺渺，草萋萋；小楼风，重门月，应盼人归。归心急，去路迷。

[喜春来] 家书端可驱邪祟，乡梦真堪疗客饥。眼前百事与心违，不投机，除赖酒支持。

[高过金盏儿] 举金杯，倒金杯，金杯未倒心先醉。酒醒时候更凄凄。情似织，招揽下相思无尽期。告他谁？

[牡丹春] 忽听楼头更漏催，别凤又孤栖。暂朦胧枕上重欢会。梦惊回，又是一别离。

[醉高歌] 客窗夜永岑寂，有多少孤眠况味。欲修锦字凭谁寄？报与些凄凉事实。

[尾] 披衣强拈纸与笔，奈心绪烦多书万一。欲向芳卿行诉些憔悴，笔尖头陶写哀情，纸面上敷陈怨气。待写个平安字样，都是俺虚脾拍塞，一封愁信息。向银台畔读不去也伤悲。蜡炬行明知人情意，也垂下数行红泪。

【鉴赏】

侯克中的这首散套主要抒写客居思乡的哀愁。

[菩萨蛮] 是全套的第一段，也是一篇主旨之所在。第一、第二句开门见山，振起全篇，"镜中两鬓皤然矣，心中一点愁而已。"长年客居在外，奔波劳顿，一

日照镜，忽然发现自己已经两鬓染霜了。"皤"，素白颜色。头白非是别的原因，"心中一点愁"直截了当地道出了原因。因愁而白了头，也因愁而日渐消瘦。"清瘦仗谁医？"一句以后诘句出之，说明心病之难医。"羁情只自知"，点出愁之由来，这日夜萦绕于心的愁情乃是客居在外引起的，而这羁旅之愁也只有自己知晓。以下六段围绕着一个"愁"字，分别从几个方面来刻画描写。

第二段〔月照庭〕一曲，从旅人和他的妻子两方面落墨。"半纸功名，断送关山。"说明旅人不得不奔波于关隘山川之间是为了追求纸上的功名。主人公羁縻他乡，那么，妻子在家是怎样的情景呢。"云渺渺，草萋萋；小楼风，重门月，应盼人归。"这几句是主人公为对方设想之词。他想，自己在外饱尝离别之苦，妻子也一定思念我，盼我回还吧。"云渺渺，草萋萋"两句是想象妻子眼中所见之景。妻子怀着对丈夫的思念之情，独倚小楼远望，但是云烟渺茫，芳草连天。缥缈的浮云仿佛丈夫漂泊不定的行踪，自己的离愁别恨有如芳草伸展到天边那样，无穷无尽。两句分别从词中而来。王诜《蝶恋花》云："独上高楼云渺渺"；秦观《八六子》云："恨如芳草，萋萋刬尽还生。"这两句是妻子从小楼上望出去的远景，是景语，更是情语。接下去的"小楼风，重门月"则将镜头拉回到妻子所在之地——小楼。"小楼风"包含着几层意思。其一为"小楼昨夜又东风"（李煜《虞美人》）的意思，去年的春风又一次吹进小楼，却仍不见丈夫回归的踪影，说明夫妇俩离别的时间太久长了。如果与前面的"草萋萋"连在一起，又是一层意思，可以解释为象征着离恨的芳草是由于吹遍小楼的春风而生的，正如白居易诗云："野火烧不尽，春风吹又生。"所以这"小楼风"既是岁月如梭，时光虚度的明证，又是离愁别恨无穷已的起因。"小楼风"与"重门月"放在一起看。又是一层意思，可以用冯延巳的《鹊踏枝》词来说明，其中有"独立小楼风满袖，平林新月人归后"。主人公揣想妻子一定是伫立小楼良久，忘却了时间的流逝，甚至风满小楼，月上中天都浑然不觉，可见她盼望他归来的心情该有多么急切。"应盼人归"总结了前面四句。这四句景中有情，情中有景，虽是主人公揣想妻子思念自己的情景，但反过来也更衬托出他对妻子的深厚感情。所以，最后两句又归结到征人身上，"归心急"与"应盼人归"遥相呼应，一边是盼丈夫归来，望穿秋水；一边是归心似箭，心急如焚。然而，现实是残酷的，"去路迷"一句明白地揭示出征人欲归不能的悲苦。北宋无名氏《菩萨蛮》词云："何处是归程？长亭连短亭。"征人面对茫茫大地，不由得哀叹归程遥遥，心中惆怅不已。

欲归不得，游子只能继续过客居的生活，于是他自我安慰道："家书端可驱邪祟，乡梦真堪疗客饥。"杜甫的《春望》诗中有："家书抵万金。"珍贵的家书也能医治思乡病呀，要是做梦梦见了家乡也可以排解客居的忧烦。"端可"意为真可以，与"真堪"是同样的意思。然而，家书没有收到，乡梦无法做成，"眼前百事与心违，不投机"，现实与愿望截然相反，一切事情皆不能如愿，征人的情绪消沉到了极点，除了到酒杯中寻求解脱外，别无他法了。因此他说："除赖酒支持。"

下面一段就写游子借酒浇愁的情景。他原以为酒是最好的解脱之物，殊不料"金杯未倒心先醉"。这一句有出其不意之妙，从李白的诗句"举杯销愁愁更愁"中化用出来，而又能自出机杼，别具新意。"酒醒时候更凄凄"一句，写酒力之无能，醉酒前的一层愁恨非但不能消除，反而于旧愁之外再添一层新恨。类似的意思在前人的作品中屡见不鲜。例如李璟《应天长》："昨夜更阑酒醒，春愁过却病。"张先《天仙子》："午醉醒来愁未醒。"柳永《卜算子慢》："新愁旧恨相继。"这里极写酒力的有限和短暂，从而衬托出思乡之情的强烈和久长。"情似织，招揽下相思无尽期。"是征人进一步诉说对妻子的深情。一般说来，这一段到这儿就可以结束了，可是，作者偏偏又加上一句："告他谁？"这个问句一下子把征人客居孤苦的状况突现了出来，既收束了上面几段，又为下篇的展开做好了铺垫。

第五支曲子［牡丹春］便具体地描写征人孤寂的景象。"忽听楼头更漏催，别凤又孤栖。"离别了妻子，备尝独居煎熬的游子，于夜深人静之时，忽听得楼头打更声声声传来。"暂朦胧枕上重欢会。梦惊回，又是一别离。"游子于枕上朦胧间，梦见与妻子重相见，又一次重温夫妻恩爱的快乐。不幸的是，梦是如此短促，梦醒之后，依然是孤身独眠，刚才的欢会成了此刻加倍痛苦的根源。因为，人生"相见时难别亦难"（李商隐《无题》），经历过一次别离，已不堪其苦，而今竟然"又是一别离"，一个"又"字，把他痛苦得无以复加的心情表现了出来。"重欢会"与"又是一别离"，对照十分强烈，更突出悲凉的气氛。

［醉高歌］一曲，开头两句抒写永夜难眠的滋味。接下去一句"欲修锦字凭

谁寄?""锦字"用的是窦滔、苏蕙夫妻的故事。据《晋书·窦滔妻苏氏传》载，窦滔任前秦符坚的秦州刺史时，被流放到流沙。苏氏想念丈夫，就织锦成回文璇玑图诗，托人送给窦滔。这个典故常见于诗词之中。这里也是说，自己写了家书靠谁来寄呢?"报与些凄凉事实"一句看似平淡，实则含义颇深，反映了他的心理活动：写了家书，不要说没有鸿雁传书，即使有人带信，又怎么样呢? 还不是满纸辛酸语，告诉些客居的凄凉吗!

[尾] 一曲承上而来，尽管只能"报与些凄凉事实"，无奈满腹的愁怀，只有向自己的妻子倾吐，所以他"披衣强拈纸与笔，奈心绪烦多书万一。""欲向芳卿行诉些憔悴"，"芳卿"指自己的爱妻，"行"是那边的意思；"笔尖头陶写哀情，纸面上敷陈怨气"，"陶写"意为排除忧闷，这两句意思相同，都是说想借笔墨排遣忧愁。可是，又怕妻子为自己担心，故他想只写一封平安家书，"待写个平安字样"。这一段到这儿是一层转折，想诉愁情而欲说还休。"都是俺虚脾拍塞，一封愁信息。"两句又是一层转折，写成的家书并无"平安字样"，反而仍是满纸烦忧苦闷的消息，原因是抱病写成的。"虚脾"即脾虚，这种久病虚弱而引起的病"非干病酒，不是悲秋"（李清照《凤凰台上忆吹箫》），而是忧愁忧思导致的疾病，"虚脾拍塞"就是脾胃虚弱的病理现象严重。这层转折既出乎意料之外，又在情理之中，十分真切地展现出征人复杂的内心世界。末三句则是他想象妻子读这封"愁信息"时的情景。"向银台畔读不去也伤悲。蜡炬行明知人情意，也垂下数行红泪。""红泪"是从《拾遗记》中的一则故事引申出来的。相传魏文帝曹丕所爱的美人名叫薛灵芸，当她告别父母的时候，泪下沾衣。等到上路出发后，她"以玉唾壶承泪，壶则红色。…及至京师，壶中泪凝如血。"后人在诗词中常常运用这则典故，如温庭筠《更漏子》云："玉炉香，红蜡泪，偏照画堂秋思。"这里的"蜡炬行"两句也采取了拟人化的手法，将蜡炬比做朋友，显然是借用杜牧的《赠别》诗句："蜡炬有心还惜别，替人垂泪到天明。"征人的妻子在灯下展读家书，越读越伤悲，蜡炬仿佛深知她的痛苦，也不禁陪着她落下了眼泪。

这首散曲连套抒发了离愁别恨、游子思亲之情，笔墨颇为深挚。所用的词语虽然都是在诗词中习见的，但往往能别具一番新意，诸如"金杯未倒心先醉"，"梦惊回，又是一别离"等等。表现手法也很细腻，叙述愁情愁态，不厌其详。

照镜，登楼，喝酒，做梦，听更，写信，读信，一层一层道来，体现了元曲"于熟中出新，于常中见巧"的特色。

套曲一般是由两支以上同一宫调的不同曲牌相连而成。不过，有些宫调不同的曲牌，如果笛色相同，也可以互相借用入套，这就是所谓的"借宫"。侯克中这首散套中的曲牌，[喜春来] 属于 [中吕]，[高过金盏儿] 属 [仙吕]，[牡丹春] 属 [双调]，[醉高歌] 属 [中吕]。所以，这套散套是借用属于其他宫调的曲牌入套的，即是 [正宫] 借用了 [中吕宫]、[仙吕宫]、[双调] 等宫调的曲子四支入套。

赵孟頫　（1254～1322）元书画家。字子昂，号松雪道人，水精宫道人，湖州（今浙江吴兴）人。宋宗室。宋末时，为真州司户参军。入元后，经程钜夫推荐，官刑部主事，后累官至翰林学士承旨，封魏国公，谥文敏。工书法篆刻，亦擅画，通晓音律。其中尤以书画名天下。能诗文，风格和婉。有《松雪斋文集》。《全元散曲》录存其小令二首。

仙吕·后庭花

赵孟頫

清溪一叶舟，芙蓉两岸秋。采菱谁家女，歌声起暮鸥。乱云愁，满头风雨，戴荷叶归去休。

【鉴赏】

这首小令以简洁的笔触，描绘秋天景象，写采菱女的生活，十分动人。曲子前二句写景：一叶扁舟荡漾在清澈的溪水上，两岸秋色正浓，满池荷花沐浴在金风之中。作者以画家手眼作曲，一开始即勾勒出一幅优美的秋荷图。第三四句写采菱女边采菱边唱歌，惊起了暮色中已经栖息的鸥鸟。"乱云愁"三句，写天气骤变，风雨袭来，采菱女慌忙地以荷叶遮雨，调转船头归家。这首小令曲辞清新明快，形象生动鲜明，给人以超凡脱俗的美感。

黄钟·人月圆

赵孟𫖯

一枝仙桂香生玉，消得唤卿卿。缓歌金缕，轻敲象
板，倾国倾城。　　几时不见，红裙翠袖，多少闲
情。想应如旧，春山澹澹，秋水盈盈。

【鉴赏】

　　这首令曲表达了对一个才艺卓绝的歌女的爱慕和思念之情。开头两句是说见
到"香生玉"的"一枝仙桂"，配得呼唤卿卿来相会。实际是以"仙桂"喻"卿
卿"天生丽质，风姿绰约，令人怜爱。

　　"缓歌金缕，轻敲象板，倾国倾城。"回忆与"卿卿"相会时其轻歌曼舞的
情景。"金缕"即金缕曲，是歌女习唱之曲；"象板"即象牙板，象牙制的拍板，
歌唱时用以配合节拍。歌唱伴以牙板的节拍，是当时的习俗。"倾国倾城"形容

女子容貌的绝世之美，这里似还含有对这位歌女超乎寻常的歌唱水平的高度赞赏。这三句先分后总地刻画歌女的才艺，前两句一写"歌"，一写"敲"。从不同角度写出了一位纤丽妖媚、含情脉脉的女子形象，最后以"倾国倾城"作结，给读者以无尽的遐想余地。

"几时不见，红裙翠袖，多少闲情。"以下转入对歌女的思念。分手日久，但她的容貌风度，却仍历历如在目前。"想应如旧"一句，寄托了作者的希望，希望岁月的流逝不要改变自己记忆中的美好形象。

最后两句，一是以"春山澹澹，秋水盈盈"的秀美来形容歌女超群绝伦的才貌，使对歌女的颂扬进入一个更高的境界，二是以"春山""秋水"的历久不衰的生命力强调上句"想应如旧"，表达了作者良好的祝愿。

阿里耀卿 回回人。生平事迹不详。《全元散曲》录存其小令一首。

正宫·醉太平

阿里耀卿

寒生玉壶，香烬金炉，晚来庭院景消疏。闲愁万缕。胡蝶归梦迷溪路，子规叫月啼芳树。玉人垂泪滴珍珠，似梨花暮雨。

【鉴赏】

这是一篇闺怨相思之作。

"寒生玉壶"，"玉壶"即宫漏，是计时之器；"香烬金炉"化用了李清照《醉花阴》中的词句："薄雾浓云愁永昼，瑞脑销金兽。"这两句是说，随着时间的推移，寒气渐浓，金炉里的香也已燃尽。这个起头写得十分含蓄，没有直接写时间，而是通过写感觉"寒生"与视觉"香烬"，让读者体会到时间的流逝，从中说明主人公枯坐已久。两句对偶，用词注重色彩的搭配。"玉壶"与"金炉"相对，说明物件的主人是一位安享富贵的女子。然而，富贵的生活掩盖不住内心的空虚寂寞，作者有意用鲜明的暖色调，以及富丽的闺房陈设，来反衬女子孤寂的情怀，使两者之间形成不谐调，为下篇表现女子内心的冲突张本。

第三句"晚来庭院景消疏"交代时间，点出了"寒生玉壶"的原因，其时应是秋末的夜晚，所以花木寥落，寒气袭人。第三句和第四句的意境与欧阳修"庭院深深深几许"（《蝶恋花》）的意境相似。万物萧疏，寒风阵阵，面对凄清的庭院，锁在重门深院中的女子怎么能不触景伤情，愁绪万端呢？

那么，她愁的究竟是什么？"胡蝶归梦迷溪路"一句道出隐衷。《庄子·齐物论》中说了一则庄周梦蝶的故事："昔者庄周梦为胡蝶，栩栩然胡蝶也。…俄然觉，则蘧蘧然周也。不知周之梦为胡蝶与，胡蝶之梦为周与？"原来女子在思念着远方的丈夫，她设想丈夫在梦中化为胡蝶，要飞回来与她相见，可是却迷失在曲曲折折的山林溪水之间了。这是借写丈夫的归梦难成，来诉说她与丈夫的离别之苦与相见之难。山长水阔，丈夫归梦不成，而她更是通宵难寐，耳畔唯闻"子规叫月啼芳树"。李白《蜀道难》曰："但闻悲鸟号古木，雄飞从雌绕林间。又闻子规啼夜月，愁空山。"子规即杜鹃鸟。子规在花木之上，对着惨白的月亮，一声声啼叫，"听杜宇声声，劝人不如归去"（柳永《安公子》），听着杜鹃鸟唤着行人"不如归去"，而行人却欲归不能，这情景何等凄凉！这两句又颇似从诗人崔涂《春夕旅怀》中汲取意象："胡蝶梦中家万里，杜鹃枝上月三更。"不过，意思稍有不同。诗里的归梦已成，这里的归梦却没有做成，景物也显得更为凄清。这是从女子的角度出发，为丈夫对面设想之词，明写其夫，实指女子对丈夫的相思之情。这两句也如开头的一、二句那样，平仄虽不讲究，但从词性和意象的组合来看，对偶还是比较工整的。

最后两句归结到女主人公身上，直接写她的愁苦状。"玉人垂泪滴珍珠，似梨花暮雨。""玉人"即美女，比喻其貌美如玉。元稹《莺莺传》："待月西厢下，迎风户半开，拂墙花影动，疑是玉人来。""玉人"原指张生，此则喻女子。她想念丈夫之情不能已，更悲伤于不能与他相见于梦中，不禁潸然泪下。"滴珍珠"比喻玉人的眼泪像珍珠那样晶莹。"似梨花暮雨"比喻女子流泪犹如一枝暮色朦胧中带着雨珠的梨花。白居易《长恨歌》描写杨贵妃落泪的形象是："玉容寂寞泪栏干，梨花一枝春带雨。"这里则写成为"梨花暮雨"，切合曲中人物具体的情景，灵活地化用了前人的诗句。

这首小令写得婉约而优雅，比喻贴切清新。句句押韵，先平后仄，愈转愈深，越发写出女子内心的凄苦。通篇从女子的感觉、视觉、听觉来状物抒情，而又不落痕迹，读来有余味不尽之感。

吴昌龄 西京（今山西省大同市）人，生卒年不详。

正宫·端正好 美妓

吴昌龄

墨点柳眉新，酒晕桃腮嫩。破春娇半颗朱唇，海棠颜色红霞韵。宫额芙蓉印。

[滚绣球] 藕丝裳翡翠裙，芭蕉扇竹叶榻。衬缃裙玉钩三寸，露春葱十指如银。秋波两点真，春山八字分。颤巍巍雾鬓云鬟，胭脂颈玉软香温。轻拈翠靥花生晕，斜插犀梳月破云。误落风尘。

[倘秀才] 莫不是丽春园苏卿的后身，多应是西厢下

莺莺的影神。便是丹青画不真。妆梳诸样巧，笑语暗
生春。他有那千般儿可人。

[脱布衫] 常记的五言诗暗寄回文，千金夜占断青春。
厮陪奉娇香腻粉，喜相逢柳营花阵。

[醉太平] 这些时春寒绣裀，月暗重门，梨花暮雨近
黄昏。把香衾自温，金杯不洗心头闷。青鸾不寄云边
信，玉容不见意中人。空教人害损。

[随煞] 想当日一宵欢会成秦晋，翻做了千里关山劳
梦魂。漏永更长烛影昏，柳暗花遮曙色分。酒酽花浓
锦帐新，倚玉偎红翠被温。有一日重会菱花镜里人，
将我这受过凄凉正了本。

【鉴赏】

这是一首怀念所爱妓女的散曲连套。

全套分两层，第一、二、三段为上篇，铺写妓女之美；第四、五、六段为下
篇，转入正题，写离别之苦，思念之情。

曲首一段写女子脸部化妆之美。"墨点柳眉新"是说她新描好的眉毛很美，
黑黑的，形如柳叶，白居易《长恨歌》中有："芙蓉如面柳如眉。""酒晕桃腮
嫩"，她的腮如醉酒后现出红晕，美如桃花。类似的形容早在《诗经》中就有：
"桃之夭夭，灼灼其华"（《桃夭》）。唐崔护也在《题都城南庄》中云："去年
今日此门中，人面桃花相映红。""破春娇半颗朱唇"，形容美女涂了口红的嘴唇
鲜红欲滴，犹如春天里一颗熟透了的樱桃。"半颗"是说她娇滴滴地微启朱唇，
李煜《一斛珠》："晓妆初过，沉檀轻注些儿个，向人微露丁香颗。一曲清歌，
暂引樱桃破。""海棠颜色红霞韵"，形容她的面颊像一朵海棠花那样鲜艳，宛如
一片红霞。"宫额芙蓉印"形容额饰之美。"宫额"是六朝时宫中流行的一种额
饰，将黄色涂饰于额，以后民间妇女起而仿效，相沿至唐，亦称"额黄"。这一
段写她的柳眉、桃腮、朱唇、红颊和宫额，画出了一个浓妆的美貌女子。

[滚绣球] 主要从她的衣饰打扮和外形方面来描写。"藕丝裳翡翠裙"，"藕
丝"，彩色名，李贺《天上谣》："粉霞红绶藕丝裙。"古代称上衣为"衣"，下衣

为"裳","裳"即裙。"翡翠裙"就是装缀翡翠的裙子。这一句描写其裙子的华贵。"芭蕉扇竹叶涠",意思是说,美人手擎竹枝做柄的芭蕉扇。涠,同梙,即枝,这里指竹枝。"衬缃裙玉钩三寸","缃",浅黄色,浅黄色的裙子衬着三寸金莲。"玉钩"原指弯月,李贺《七夕》诗:"天上分金镜,人间望玉钩。"这里则形容美人的一双小脚美如一钩弯月。"露春葱十指如银","春葱"比喻女子纤细的手指,素手纤纤光泽如银。"秋波两点真,春山八字分"两句,写她的眉目之传情,眼睛明澈如秋波,八字形的眉毛如春山。"春山"指眉毛;"八字",古代妇女将眉毛画成八字形,以为美容。"颤巍巍雾鬟云髻","雾鬟云髻"即指女子的鬟发和环形发髻蓬松如云,所以显得"颤巍巍"的。"胭脂颈玉软香温",美人的脖颈呈胭脂般的红色,又像玉那样光滑柔软,暖香四溢。作者在这里用了通感的手法,把视觉形象转化成了触觉和嗅觉,使人仿佛感触到了美人温暖柔滑的肌肤似的,非常富于质感。"轻拈翠靥花生晕","靥"原指酒窝,此谓女子面部的饰物。"翠靥"是指绿色的饰物。女子轻轻地拈着绿色的饰物贴在面部,红扑扑的面颊映衬着翠绿的饰物,益发显得神采奕奕。"花生晕",仿佛鲜花开放似的红晕。"斜插犀梳月破云","犀梳",犀牛角做的梳子,这女子头上斜插着的一把犀梳,宛如新月从云层中探出脸来,这个比喻活现出女子发式之活泼。这两句对偶工整。最后一句"误落风尘",不仅点出了女子的身份,而且包含了作者对她的无限同情和惋惜。

第一、二段不遗余力,层层铺写女子的浓妆、体态、服饰,从头到脚,从发式到裙子,从脸部到手、颈,极尽形容描摹之能事,把一位美貌艳丽的女子刻画得栩栩如生。最后笔锋陡然一转,"误落风尘"一句,指责命运对这位美女太不公道,明白地表示出作者爱憎分明的感情,以区别于一般的酒筵赠妓之作。

如果说前两段是不厌其详的工笔细描,那么,第三段〔倘秀才〕则是潇洒的写意笔法,力图展现女子的风韵和神采。"莫不是丽春园苏卿的后身,多应是西厢下莺莺的影神。"这里连用了两位文学作品中的美女作比。苏卿,即苏小卿,见于南宋罗烨《醉翁谈录》。她本是知县的女儿,与县吏双渐相爱,后小卿父母双亡,双渐又正在外苦读求功名,小卿因而流落扬州为娼。作者写苏小卿,颇有深意,其遭遇大约与此曲中的女子暗合,由良家女子而"误落风尘",所以作者说她是"苏卿的后身",即指她的美貌与苏卿相似,也暗指她的身世与苏卿关合。

"莺莺"是王实甫《西厢记》中的女主人公，作者说曲中的女子是"莺莺的影神"，这是用莺莺的美貌来旁衬妓女之美。这两句用"莫不是""多应是"这种非此即彼的句式，以起到强化语气的作用。这样一位小卿、莺莺式的美人，其美连笔墨都无法形容，所以作者说"便有丹青画不真"。"丹青"，泛指绘画用的颜色，后指绘画艺术。面对美人的丰采，作者不由得慨叹笔力之不达。"妆梳诸样巧，笑语暗生春"两句，写她的聪明和活泼之态，她的梳妆打扮无不合宜，可见她心灵手巧，并且总是笑语盈盈，顾盼神飞，充满了青春的活力。"他有那千般儿可人"，"可人"，原指使人满意的人，这里指美人优美温柔，令人怜爱。这一句总结全段，表现了作者对她赞叹不尽的喜悦心情。

接下去的三段是套数的下篇，转入正题。

[脱布衫]一曲回忆当时两人相好的经过。"常记得五言诗暗寄回文"，"回文"，指窦滔妻苏氏织锦为《回文璇玑图》诗以赠其夫的事，这里指美妓暗地里寄诗给作者，以表示倾慕之意。"千金夜占断青春"乃是苏轼"春宵一刻值千金"中"春宵"的化用。这一句交代两人由倾慕而欢会的情况。"厮陪奉娇香腻粉"，"厮"意为相，"娇香腻粉"指女子散发着芳香的柔嫩的肌肤。作者得到这位如花似玉的美妓相陪伴，欣喜万分，庆幸自己在烟花巷里遇到了知己。"喜相逢柳营花阵"，古代狎妓为眠花宿柳，妓院聚集地为柳巷花街，故以"柳营花阵"喻指妓院。

追叙完欢会之情景，作者的笔锋一转，叙别后的凄凉。[醉太平]一段，首先从女方着笔，写她的相思。"这些时春寒绣裀，月暗重门"，"裀"是夹衣，这两句化用了周邦彦《夜飞鹊》词意："斜月远堕余辉，铜盘烛泪已流尽，霏霏凉露沾衣。"春寒侵袭着女子身上的绣花夹衣，重门深院中的月光暗淡了下去，这说明女子整夜未眠，直至曙色微露。"梨花暮雨近黄昏"，宋·李重元《忆王孙·春词》云："欲黄昏，雨打梨花深闭门。"这三句写景中抒情，景色之凄清暗淡，反映出女子孤独落寞的忧伤情怀。"把香衾自温，金杯不洗心头闷"，这两句直接叙述女子孤寂苦闷的状况。景也消疏，人也烦闷，那么，这究竟是为什么？最后三句道出原因，"青鸾"，即青鸟，代指使者。也许是行人离得过于遥远，连青鸟都拒绝替行人传递消息。"玉容"意为美好的容貌，即美人，美人既得不到心上人的来信，又无法再见到他，怎能不焦虑伤心？"空教人损害"，她白白地日渐憔悴了。

最后一段［随煞］抒发作者的今昔之慨。"想当日一宵欢会成秦晋"，"秦晋"，春秋时，秦晋两国世代为婚，后来就称两姓联姻为"结秦晋之好"，这里则指作者与妓女两相爱慕，两情相好。这是回忆当初，不曾想现在却是"翻做了千里关山劳梦魂"，昔时的欢会，竟变成了今日的关山阻隔，远隔千里，空使梦魂缠绕，相思不已。"漏永更长烛影昏，柳暗花遮曙色分"，这两句与前一段"月暗重门"等句的含意相同，美人在重门深院中思念心上人彻夜不眠，作者在千里之外，也同样想念美人，独守烛火，忍受漫漫长夜的煎熬，直到曙色渐晓。"酒醲"两句仍复回忆往昔情景。"醲"原为浓汁，这里指浓酒，曹唐《小游仙诗》："酒醲春浓琼草齐。""倚玉偎红"，"玉"和"红"皆指美妓，当初有美妓相伴，共度良宵，说不尽的快乐，今非昔比，能不令人心酸感叹！最后两句表达了作者的心愿，"有一日重会菱花镜里人"两句，"菱花镜"，古铜镜中，六角形的或镜背刻有菱花的叫作菱花镜。"菱花镜里人"与"受过凄凉"皆指美妓。"本"，指本来的面目。"正了本"，即还她本来的面目，也就是从良。作者不仅期待着有一天能重新与她相会，而且还希望能替她赎身，这表明作者对她的感情极为真挚，以至愿意付诸行动，使她从良。这最末一句把整篇散套的境界提高了一步，使之与一般的酒筵赠妓之作或怀妓之作区别了开来。

这首散套采用了赋的手法，竭力铺陈描写，细腻地刻画了女子的外貌，诗人与女子相爱与离别的情景，由浅而深，层层深入，使人如闻如见。同时还善用点睛之笔，往往于段末或篇末异峰突起，如"误落风尘"，"将我这受过凄凉正了本"等等，一句便起到了揭示主旨，提高作品境界的作用。此外，词语的富赡，比喻的大量运用也是作品的重要特色。如形容红色有"桃""朱""海棠""红霞""芙蓉""胭脂"等，形容绿色有"柳""翠"等。又如，比喻女子的小脚如"玉钩"，比喻其手指如"春葱"，如"银"；比喻她的美貌如"苏卿"，如"莺莺"等等。富丽的词语与众多的比喻，给作品点染上一层绚烂的色彩，烘托出美妓的鲜明形象，给人以深刻的印象。

王实甫 一说名德信，大都（今北京）人。主要创作活动约在元成宗元贞、大德年间。所做杂剧今知有十四种，现存《西厢记》《破窑记》（一说关汉卿作）、《丽春堂》三种；《芙蓉亭》《贩茶船》各存一折曲词。散曲作品今仅存小令一首，套数

三套（其中有一残套）。剧作大都以青年女性反抗封建礼教为题材，塑造了崔莺莺、红娘、刘月娥等不同典型的妇女形象。曲词优美，《西厢记》尤为出色，被誉为"天下夺魁"之作，在我国戏曲发展史及文学史上影响很大。朱权评王实甫之作如"花间美人"，"铺叙委婉，深得骚人之趣"，"极有佳句"（《太和正音谱》）。

中吕·十二月过尧民歌 别情

王实甫

自别后遥山隐隐，更那堪远水粼粼。见杨柳飞绵①滚滚，对桃花醉脸醺醺。透内阁香风阵阵，掩重门暮雨纷纷。怕黄昏忽地又黄昏，不销魂怎地不销魂？新啼痕压旧啼痕，断肠人忆断肠人！今春，香肌瘦几分，搂带②宽三寸。

【注释】

①飞绵：即柳絮。

②搂带：缕带，即衣带。

【鉴赏】

以《西厢记》彪炳文学史的王实甫，散曲创作也极负盛名。《别情》是王实甫仅存的一首小令，是元散曲中少见的佳作。曲子写的是一位女子思念远离的情人，深锁闺阁重门，却难以掩饰内心的愁闷。面对杨柳、桃花、暮雨、黄昏，无时不在触景生情，不知不觉人都消瘦了……

男女别情，在历代的诗词歌赋中，可谓是俯拾皆是。王实甫是怎样将传统的题材写出情趣呢？"自别后遥山隐隐，更那堪远水粼粼"开曲点题，将"别情"的主旨和盘托出。主人公面对"遥山"，遥山层峦叠嶂遮望眼；面对"远水"，远水波光粼粼动离情。这两句不仅点明所思之人相距之遥，更渲染出了一种气氛，烘托出女主人面对遥山、远水的一种怅然若失的孤寂情绪，似乎连山水都染上了深深的离情别绪。主人公处处触景生情，杨柳堆烟，飞絮漫天，恰似在她心头滚滚飘飞；桃花盛开，一片殷红又像是醉酒佳人的娇态。这一切无不使她感到青春正好，却匆匆流逝，红颜不可长驻，因此，从内心流露出缕缕愁绪。正是暮雨纷纷之时，她困守在闺阁重门之中，发出一声又一声无可奈何的叹息。

"怕黄昏"道出苦苦相思远非一日，每到黄昏暮色就更加伤怀，"不销魂"只能是自欺欺人。日夜流泪，新啼痕盖住旧啼痕，思念的人早已柔肠寸断，想那千山万水之外的心上人不也是一样苦苦相思的断肠人吗？

此曲最突出的艺术特点是善于描摹景物，酝酿气氛，用以衬托人物的内心活动。前半部分反复运用叠字，极大增强了女主人公伤情感怀的气氛和悱恻幽怨的情怀；后半部分用反复和排比，直接深入到女子的内心世界——具体刻画黄昏时节女主人公的怅惘心境。前、后两部分浑然一体，含意深幽，颇有《西厢记》的风格，足见作者词曲功力之深。

商调·集贤宾 退隐

王实甫

拈苍髯笑擎冬夜酒，人事远老怀幽。志难酬知机的王粲，梦无凭见景的庄周。免饥寒桑麻愿足，毕婚嫁儿女心休。百年期六分甘到手，数支干周遍又从头。笑频因酒醉，烛换为诗留。

[逍遥乐] 江梅并瘦，槛竹同清，岩松共久。身外何求？笑时人鹤背扬州！明月清风老致优，对绿水青山依旧：曲肱北牖，舒啸东皋，放眼西楼。

[金菊香] 想着那红尘黄阁昔年羞，到如今白发青衫此地游。乐桑榆酬诗共酒，酒侣诗俦，诗潦倒酒风流。

[醋葫芦] 到春来日迟迟兰蕙芳，暖溶溶桃杏稠。闹春光莺燕语啾啾，自焚香下帘清坐久。闲把那丝桐一奏，涤尘襟消尽了古今愁。

[幺篇] 到夏来锁松阴竹坞亭，载荷香柳岸舟。有鲜鱼鲜藕客堪留，放白鹤远邀云外叟。展楸枰消磨长昼，较亏成一笑两奁收。

[幺篇] 到秋来醉丹霞树饱霜，绽金钱菊弄秋。半山残照挂城头，老菱香蟹肥堪佐酒。正值着登高时候，染霜毫乘醉赋归休。

[幺篇] 到冬来搅清酣鸡语繁，漾茅檐日影稠。压梅

梢晴雪带花留，倚蒲团唤童重荡酒。看万里冰绡染就，有王维妙手总难酬。

[梧叶儿] 退一步乾坤大，饶一着万虑休。怕狼虎恶图谋。遇事休开口，逢人只点头。见香饵莫吞钩，高抄起经纶大手。

[后庭花] 住一间蔽风霜茅草丘，穿一领卧苔莎粗布裘。捏几首写怀抱歪诗句，吃几杯放心胸村醪酒。这潇洒傲王侯，且喜的身登身登中寿。有微资堪赡赒，有亭园堪纵游。保天和自养修，放形骸任自由。把尘缘一笔勾，再休题名利友。

[青哥儿] 呀！闲处叹蜂喧蜂喧蚁斗，静中笑蝶讪蝶讪莺羞。你便有快马，难熬我这钝炕头。见如今蔬果初熟，浊酒笿①，豆粥②香浮。大叫高讴，睁着眼张着口尽胡诌，这快活谁能够！

[尾声] 醉时节盘陀石上眠，饱时节婆娑松下走，困时节布衲里睡齁齁。偶乘闲细将玄奥剖，把至理一星星参透，却原来括乾坤物我总浮沤。

【注释】

①笿：以篾编成的漉酒器。此处用作动词，漉酒。

②豆粥：煮着瓜豆等类的粥。

【鉴赏】

王实甫留下的散曲不多，《集贤宾·退隐》是一篇较重要的套数。这篇套数包括11支曲子，是一支直抒胸臆的独白式抒情诗。读罢，一个原本抱负不凡，豪情万丈，但却仕途受挫，晚年归隐，诗酒相悦，笑傲王侯的书生形象便活现在面前。这就是作者自己。

第一支曲子是整首独白式抒情诗的"诗序"。一位年过半百的老人一手拄着白白的长髯，一手举着酒，笑眯眯地站在读者面前。他为什么如此惬意呢？原来他已经远离了人事纷争的官场。年轻时，他也有过高远的理想、冲天的抱负，如今都化作庄周的蝴蝶梦，既然不能兼济天下，只好独善其身，学王粲远远地避开。布衣粗食，免于饥寒，待儿女男婚女嫁，成家立业，那就了了心愿。他自己呢？甲子满周后。又重头数起，况且有诗酒相伴，还有什么理由不开怀、不满足呢？第一支曲子写得闲适、欢愉，最后归结到通篇反复吟咏的诗与酒。

[逍遥乐] 抒写了老人高洁的情怀。松、竹、梅，一向为人们称为岁寒三友，老人与江梅并瘦，与槛竹同清，与岩松共久，笑傲"时人"不识时务，不但要腰缠万贯，还要骑鹤下扬州。这些人哪里能领略绿水青山间的明月清风，哪里知道老人或高卧北窗，清风入怀，或倚西楼而远眺的乐趣啊！

[醋葫芦] 连同三支 [幺篇] 按春、夏、秋、冬的顺序进一步详细抒写了老人一年四季无拘无束、自由适意的隐逸生活。春天里，兰蕙齐芳，桃杏争艳，燕语莺歌，老人清坐家中，闲来无事，面对大好春光，放下门帘，焚一炷幽香，奏一曲丝桐，心中的所有烦恼与愁闷都随之消散；夏天里，或高卧竹坞亭，听松涛阵阵，或撑舟杨柳岸，看荷花朵朵，有新捕的鲜鱼，新采的嫩藕，放白鹤远邀云外的老朋友，一起来享受这美好的湖光山色。酒罢饭后，两人挑灯弈棋，抚掌大笑；秋天里，枫树如丹，似贵妃醉酒；菊花似金，在秋光中展姿弄色。菱飘香，蟹正肥，重阳时节，携一壶老酒，登高吟哦，挥毫作赋，不醉不归；冬日里，鸡鸣埘中，日照檐头，披衣起床，推户一看：原来是晴雪压梅梢，于是，倚坐在蒲团上，呼小儿再烫一壶酒，望远处万里冰绡，一片银色，如此冰雕玉砌的美景，即使是王维在世，也妙手难绘呀！

[梧叶儿] [后庭花] [青哥儿] 三支曲子从批判现实社会，嘲弄蜂喧蚁斗的惨淡人生的角度进一步描写了茅屋、布裳、吟诗、饮酒的隐逸生活。

[尾声] 是整首套曲的一个总结，概括了老人隐逸生活的全部：喝醉了，随便找块平整的大石头倒头便睡；吃饱了，到枝叶扶疏的松树下散步；困怠了，就穿着布衲袄和衣入梦。闲来无事也研究一下深奥的人生大道理，想一想，参一参，如醍醐灌顶，大彻大悟，却原来宇宙间一切事物和自我，都不过是大海中的浮沤而已。

元曲中，写隐居生活的不少，就内容来说王实甫的这篇套数并没有什么特别之处，但由11支曲子组成，反复歌咏，一气呵成，比单篇"小令"更有力度，也更真切，更富有感染力。

崔莺莺待月西厢记　第一本第一折

王实甫

[后庭花] 若不是衬残红，芳径软，怎显得步香尘底样儿浅。且休题眼角儿留情处，则这脚踪儿将心事传。慢俄延，投至到枨门儿前面，刚那了一步远。刚刚的打个照面，风魔了张解元。似神仙归洞天，空余下杨柳烟，只闻得鸟雀喧。

【鉴赏】

《西厢记》全名《崔莺莺待月西厢记》。写书生张生在蒲东普救寺遇相国之女崔莺莺，两人一见钟情，通过侍女红娘的帮助，终于冲破封建礼教约束而结合的故事。全剧共五本，第一本是《张君瑞闹道场》；第二本是《崔莺莺夜听琴》；第三本是《张君瑞害相思》；第四本是《草桥店梦莺莺》；第五本是《张君瑞庆团圆》。

《西厢记》第一本第一折，有的明刊本另有标目，曰《佛殿奇逢》，清刊本标《惊艳》的也不少。说奇说惊，正好用两种不同的神态来说明当时的气氛，并突出了莺莺的形态之美。张生、莺莺在佛殿上相遇，彼此都毫无思想准备，完全出乎意料之外，所以，对双方来说，都是一场奇遇。而莺莺的绝世姿容，又使得张生更多一层惊奇之感而倍加倾倒。

开始的五支曲子主要写张生的家世生平以及黄河蒲津渡口一带的山川景色，普救寺的建筑格局。是人物介绍和故事的背景，包括时间、空间在内的介绍。从[元和令] 开始，直至第一折结束，都是站在张生的角度，从不同的层面描绘莺莺的容貌之美、体态之美、风度之美。偶尔也有自然景色的渲染，但都是为了衬托莺莺，为了创造欢愉的气氛。

　　[后庭花] 是第一本第一折中十分重要的一支曲子，描写了张生与莺莺猛一照面时，瞬间的内心活动，十分生动传神，突出了"惊艳"二字。

　　芳草青青，残红斜照，莺莺轻挪芳步缓缓而来，柔软的腰肢，娇媚的神态，似风中的杨柳，千般袅娜，万般旖旎。慢行处，来到了梳门前，猛然间与张生打了个照面，且看她眉眼藏着深情，脚踪传着心事，"若不是她对我张生怀有好感，怎么会眼角留情，脚步移动得如此缓慢呢？"这样想着，张生简直疯魔起来，他兴奋、激动、心旌飘荡。可惜好景不长，只一瞬间，莺莺就进门去了，好似神仙进了洞天，虽只一门之隔，却如地府天堂遥不可及，一瞬间，却恍如隔世，空留下一个着了魔法的张生面对着依依杨柳、啾啾雀鸣惆怅万端。一扇门，一堵墙将张生与莺莺隔绝开来，从此，张生"透骨髓相思病染"。由此可见，[后庭花] 是张生与莺莺爱情故事的一个开端。如果说 [元和令] [上马娇] [胜葫芦] [幺篇] 都是从张生眼里看莺莺，而莺莺并无察觉的话，那么，[后庭花] 则写了四目相对、两心相碰时莺莺的看似平常却有情、张生的近乎疯魔的情景，为张生与莺莺的爱情发展做了极好的铺垫，是不可缺少、举足轻重的一支曲子。

国学经典文库

元曲鉴赏

·元曲·

图文珍藏版

崔莺莺待月西厢记　第四本第三折

王实甫

[正宫·端正好] 碧云天，黄花地，西风紧，北雁南飞。晓来谁染霜林醉？总是离人泪。

【鉴赏】

《西厢记》第四本第三折，一般称作"长亭送别"。写张生在老夫人的逼迫下，即将离别莺莺进京赶考。这是《西厢记》中最为脍炙人口的精彩片段之一。这折戏由莺莺主唱，抒发了莺莺和张生别离时的痛苦心情和怨恨情绪，是塑造莺莺形象的重场戏之一。作者将这折戏安排在一个凄凉的暮秋时节，特定的环境气氛特别能勾起离人的愁绪。[正宫·端正好] 用细腻传神的笔触将这个特定的环境生动地描绘出来了。

蓝天上漂泊的白云，小径中零落的黄花，南飞的大雁，如丹的枫林……这一切在凄紧的西风中融为一体，构成了一幅寥廓萧瑟、凄凉清冷的图画，这气氛、这境界正好衬托出莺莺无法排遣的离愁别绪。

"晓来谁染霜林醉？总是离人泪。"这两句是莺莺的自问自答：是谁在一夜之间将这大片大片的树林都染红了呢？原来总是离别之人的伤心泪水啊！秋天经霜以后，有些树木的叶子例如枫树，渐渐变红，这本来是大自然的客观现象，与人的主观感情毫无关系。当然，眼泪也不可能将树叶染红，然而，文学的魅力就在于能够借景抒情，使客观景色都融进主观的色彩。在此，"染""醉"二字极有分量。前者不仅将外在的自然变化转化成离人的心理感受，而且令离人的涟涟泪水，宛然如见；后者既写出了霜林的色彩，又赋予了离人不堪离愁重压的、难以自持的情态。

这段曲词语言典雅华丽，含蓄委婉，有极强的画面感，是历代传诵的佳曲。

阿里西瑛 回族人。为阿里耀卿学士之子。寓苏州，有居号懒云窝。曾作〔殿前欢〕小令以自述。与贯云石、乔吉、卫立中、吴西逸皆有和曲。《全元散曲》录存其小令四首。

商调·凉亭乐 叹世

阿里西瑛

金乌玉兔走如梭，看看的老了人啊。有那等不识事
的痴呆待怎么？急回头迟了些儿个。你试看凌烟阁
上，功名不在我。则不如对酒当歌，对酒当歌且快
活，无忧愁，安乐窝。

【鉴赏】

怎样对待人生，这真是一个大问题。人生在世，总有欲望需要满足。人之常情，岂不欲求取富贵荣华。孔子便说："富贵如可求，虽执鞭之士，吾亦为之。"此语虽是有为而发，但不也正反映了求取富贵是人们一种普遍的心理。由于人们具有这种愿望，以往统治者就以科举来诱使读书人"十年窗下无人问，一举成名天下知"。然而，在元代即使你乘轻云而直上了，也不过是钻入名缰利锁的蜗角中，以心为形役，不得自由。诗人鄙夷的恐怕还不是这低层次的人生追求。

那么求"功名"何如。做出一番事业来，辅明主南征北战，一统天下，制礼作乐，国阜民康，图像于凌烟阁上，以此而封妻荫子。但是"你试看凌烟阁上，功名不在我"。这强求得来吗？在元代的那种格局下，没有一展身手的舞台，然而却"有那等不识事的痴呆待怎么"，日复一日，"金乌玉兔走如梭"，当知此路不通时，"老了人啊"。

阿里西瑛住在吴城（今江苏苏州）东北隅，自题其居为"懒云窝"。云漂泊东西、随风舒卷，无心以出岫，无所用心，可见其懒到何种程度。既不求取富贵，也不妄想功名，无忧可遣，有酒自乐。那么可散愁、可助兴的瑶琴都无须弹奏，书更有何用，"则不如对酒当歌，对酒当歌且快活"。商调，唱起来凄怆怨慕，这一首《叹世》实际是诗人在元代那种政治环境下，对有用之身而无所作为的一种控诉。

李文蔚 真定（今河北正定）人。曾任江州路瑞昌县尹。与白朴友善。所做杂剧今知有十二种。现存《燕青博鱼》《圯桥进履》《蒋神灵应》三种。

同乐院燕青博鱼 第一折

李文蔚

[大石调·六国朝] 我揣巴些残汤剩水，打叠起浪酒闲茶。我着些气呵暖我这冻拳头，再着些唾揩光我这冷鼻凹。瘦的来我这身子儿没个麻稭大，兀的不消磨了我刺绣的青黛和这硃砂。眼见得穷活路，觅不出衣和饭，怕不道酷寒亭把我来冻饿杀。全不见那昏惨惨云遮了银汉，则听的淅零零雪糁琼沙，我我我，待踏着个鞋底儿去拣那浅中行，先绰的这棒头来向深处插。

[喜秋风] 我与你便吖吖叫，我与你便磨磨擦。我
为甚将这脚尖儿细细踏。我怕只怕这路儿有些步步
滑，将那前街后巷我便如盘卦。刚才个渐渐里呵的
我这手温和，可又早切切里冻的我这脚麻辣。

[归塞北] 天那，您不肯道是相赉发，专与俺这穷
汉做冤家。这雪呵他如柳絮不添我身上絮，似梨花
却变做了眼前花。则我这拄杖冻难拿。

[雁过南楼] 我是一个混海龙摧鳞去甲，我是一只
爬山虎也啰奈削爪敲牙。往常时我习武艺学兵法，
到如今半筹也不纳，则我这拿云手怕不待寻觅那等
瞎生涯。我能舞剑偏不能疙蹭蹭敲象板，会轮枪偏
不会支楞楞拨琵琶，着甚度年华。

【鉴赏】

我们熟知的浪子燕青，可以说是一个英武潇洒、身手敏捷的梁山好汉，而杂
剧作家却给我们描绘了另一种形象的燕青。在这里，燕青因误了重阳节假限被宋
江责罚，气极攻心瞎了双眼，梁山兄弟怜恤他凑钱与其下山医眼，然而银两用
尽，短少食宿钱又被人大雪天赶出客店，于是昔日满身武艺、年轻有为的英雄好
汉，竟因双目失明而沦落到走投无路、沿街叫化的境地。

作者用十分同情的笔调描绘了燕青的窘迫："揣巴些残汤剩水，打叠起浪酒
闲茶"，又描绘了他在风雪严寒中的穷愁情态和行状："着些气呵暖我这冻拳头，
再着些唾揩光我这冷鼻凹。"唉，真是英雄途穷，虎落平阳。想那燕青得意时，
也是那梁山上排得上号的，都认得是那蓼儿洼里的狠那吒，如今落得这般光景，
"瘦的来我这身子儿没个麻稭大"，着实可怜，好不"凄凄惨惨戚戚"。作者特别
地让人物置身于大雪天里。燕青身无分文，流落街头，腹中无食，身上无衣。原
来那拿枪弄棒的长处对如今的瞎眼讨生活又一点都帮不上忙，他既不会敲象板，
又不会拨琵琶，到哪里去寻活路，觅衣食呢？这等潦倒又要遭受天寒地冻之苦，
"刚才个渐渐里呵的我这手温和，可又早切切里冻的我这脚麻辣"，更加显出主人

公的悲惨凄凉。另外，作者对生活细节敏锐的观察和体会从曲子中是可以见出的。燕青眼盲，所以作者不像别人那样纵笔书写浩荡白乾坤、苍茫雪世界之类的，而是多从触觉、听觉上去描写阴云风雪，如"全不见那昏惨惨云遮了银汉，则听的淅零零雪糁琼沙"，而且作者用"糁"即碎米来形容细小坚硬的雪粒子，十分贴切，在通俗中现出文采。还有"这雪啊他如柳絮不添我身上絮，似梨花却变做了眼前花"一句，作者巧妙地否定了欣赏雪景之人的旁观态度，向我们展示了团团雪花在一个又饿又冷的瞎眼穷汉

那里是怎样的感受。结果是既不风雅又不壮丽，雪如柳絮却不添身上温暖，雪似梨花却化作那眼前金花，全不是看起来那样美妙的。对于燕青眼盲行路的情状，作者也进行了逼真的描写："我我我，待跪着个鞋底儿去拣那浅中行，先绰的这棒头来向深处插"，"我为甚将这脚尖儿细细踏。我怕只怕这路儿有些步步滑"，这样的描写，缺乏生活体验的人是写不出的。总之，身处穷愁之境的燕青，又遭遇上作者"安排"下的这场大雪，就是一个摧鳞去甲的混海龙，削爪敲牙的爬山虎，全没了威风叱咤，是十分凄楚悲凉的。读者这样感觉，作者也正是要达到这样的效果，以利于下面情节的展开。

李直夫 本姓蒲察，世称"蒲察李五"。女真族人，寄居德兴（今河北涿鹿）。至元、延祐间人。生平事迹不详，一说曾任湖南肃政廉访使。所做杂剧今知有十二种。现存《虎头牌》一种，描写女真族故事，很有特色。另《伯道弃子》现仅存第二折曲词两段。

便宜行事虎头牌 第三折

李直夫

[雁儿落] 你畅好是腕头有气力，我身上无些意。可不道厨中有热人，我共他心下无仇气。

[得胜令] 打的来一棍子一刀锥，一下起一层皮。他去那血泊里难禁忍，则着俺校椅上怎坐实。他失误了军期，难道他没罪谁担罪。（云）打了多少也？（经历云）打了三十也。（正末唱）才打到三十？赤瓦不剌海，你也武官不威牙爪威。

[鸳鸯煞] 你则合眠霜卧雪驱兵队，披星带月排戈戟。你也曾对咱盟咒再不贪杯，唱道索记前言，休贻后悔。谁着你旦暮朝夕，尝吃的来醺醺醉，到今日待怨他谁。这都是你那恋酒迷歌上落得的。（众随下）

【鉴赏】

　　《虎头牌》这部杂剧写的是女真族兵马大元帅山寿马执法严明，不徇私情，对贪酒误事的叔叔银住马给以严厉责罚的故事。这里所选的几支曲子，反映了山寿马理智与感情之间的矛盾。叔叔一家，对山寿马恩深似海，正如他自己说过："我自小里没了双亲，忒孤贫，谢叔叔婶子把我来似亲儿般训"，所谓虽不曾十月怀胎，也曾三月哺乳，也曾煨干就湿，咽苦吐甘，着实是花了很多心血的。但是正是这个叔叔给山寿马出了个难题，他偏偏为老不尊，违背诺言，吃酒贪杯，闯下祸事，于是深厚的私情与严厉的军法同时摆在了山寿马面前要他做出抉择。这时候的山寿马，表现出一种超凡的理智清醒的元戎气度。虽然山寿马在叔叔面前是晚辈，但他同时也是一名三军主帅，所以对叔叔的过失，于情尚可免，军法却

难容。山寿马的态度是依法办事，决不以私废公，就像当初银住马的哥哥告诫他的："则俺那山寿马侄儿是软善，犯着的休想他便肯见怜，假若是罪当刑死而无怨，赤紧的元帅令更狠似帝王宣。"虽然这样，作者也并没有为突出山寿马的严持军法而把他写成冷酷无情的概念化的人物，而是用一种生动细致的笔法把这位严谨而一丝不苟的统帅心理描摹得活灵活现。叔叔亲恩难忘，而且"我共他心下无仇气"，所以见叔叔受罚山寿马怎么会"身上无些意"呢？军棍一下一下地打下去，银住马"血泊里难禁忍"，其实山寿马在椅上也坐得不踏实。虽然是打在叔叔身上，却痛在侄儿心头。山寿马不住地询问打了多少下，更加体现他对叔叔的关心，害怕把老人打坏了。一种爱恨交加的情感不停地撞击着山寿马的心灵，他内心的天平总是在埋怨和担心之间摇摆。山寿马知道叔叔该挨打，因为"他失误了军期"，但是念其年事已高，又被打得"一下起一层皮"，山寿马也有些于心难忍了，这一点从他怨恨行刑人太狠更可见得真切。因为爱惜叔叔，所以山寿马才更加痛恨埋怨叔叔贪杯恋酒的过错，一再数落："难道他没罪谁担罪"，"谁着你旦暮朝夕尝吃的来醺醺醉，到今日待怨他谁，这都是你那恋酒迷歌上落得的"，连用几个"谁"，是一种责问的口气，有一种恨铁不成钢的味道，认为叔叔是自作自受，咎由自取。作者妙就妙在使人物常处于情与理的矛盾冲突中，以此突出人物沉着冷静和法不徇私的品格。

武汉臣

济南（今属山东）人。所做杂剧今知有十种。现存《老生儿》一种，写刘禹（一作刘从善）因施舍家财而暮年得子的因果报应故事。《三战吕布》仅存残曲。

包待制智赚生金阁 第二折

武汉臣

[鬼三台] 听的他言分朗，谎的我魂飘荡。姐姐也，你怎生则撞入天罗地网，俺那厮驴狗儿一片家狠心肠，着谁人好来阻当。（旦儿云）嬷嬷，我今日不曾看见丈夫，多敢杀坏了，兀的不痛杀我也。（正旦唱）你道他昨来个那埚儿里杀坏了范杞梁，今日个这埚儿里没乱杀你女孟姜。（旦儿云）嬷嬷，我待要寻一个大大的衙门，告他去哩。（正旦唱）你待要叫屈声冤，姐姐也，谁敢便收词接状。

[寨儿令] 我见他痛感伤，泪汪汪。（旦儿云）当初只为我生的风流，长的可喜，将我男儿陷害了性命，挝了我这面皮罢。（正旦云）哎哟，可惜了也。（唱）水晶般指甲儿挝破面上。（衙内同随从做听科）（正旦唱）俺那厮少不的落马身脏，不久沦亡。他可便遭贼盗，值重丧。

[幺篇] 多不到半月时光，餐刀刃亲赴云阳，高杆首吊脊梁，木驴上碎分张，浑身的害么娘碗大血疔

疮。

【鉴赏】

　　从《生金阁》杂剧中选取的这几支曲子，刻画的人物是一个嬷嬷，她是"看生见长"这个庞衙内的。庞衙内拘禁郭成后，因李幼奴对他执意不从，故使嬷嬷前去劝化。嬷嬷在庞衙内面前夸下海口，"凭着我甜话儿厮搪，更将些美情儿相向，哥哥也，你稳情取金殿锁鸳鸯"，但听李幼奴诉说实情后，她的态度改变了。从这几支曲子里可以看到嬷嬷态度一步步转变。嬷嬷满怀信心而来，其实是受了蒙蔽，初听事情原委，她惊恐不已，"听的他言分朗，谎的我魂飘荡"，继而又顿生怜悯同情之心。因为她在庞府多年，从年轻时做到年老，她知道庞府的内幕，更知道庞衙内的为人，那是个臭名昭著、无恶不作的花花太岁，"俺那厮驴狗儿一片家狠心肠"。面对单纯孤苦的李幼奴，她不禁感叹："姐姐也，你怎生则撞入天罗地网"，听李幼奴仍不觉自己身处险境，要找个大大的衙门告状，她一针见血地指出："你待要叫屈声冤，姐姐也，谁敢便收词接状。"嬷嬷的好心肠由此可见，她虽在庞府，却能出淤泥而不染，并不助纣为虐，其善良本性可说是不曾泯灭的。李幼奴听说庞衙内的势力和勾当后，明白事态的严重性，十分担心丈夫，故而感伤流泪，并且抓破面容。嬷嬷见好端端一个良家妇女被逼得走投无路的样子，不由得心生怒火，对于庞衙内这样的权豪势要，她太了解了，他们杀人如捏死一只苍蝇，如揭屋檐上一片瓦。他们嫌官小不做，嫌马瘦不骑，每日里引着花腿闲汉，飞鹰走犬，街市横行，以至强抢财物，渔色猎艳，无恶不作。所以她捺不住地咒骂道："俺那厮少不的落马身赃，不久沦亡。他可便遭贼盗，值重丧"，"多不到半月时光，餐刀刃亲赴云阳，高杆首吊脊梁，木驴上碎分张，浑身的害么娘碗大血疔疮"。作者通过嬷嬷之口诅咒庞衙内，也是诅咒其他如庞衙内一样的人，而以嬷嬷之口说出，因她熟悉内情的缘故，所以揭露起来更加彻底，更有说服力，也更显得庞衙内狠毒凶恶。对庞的怒骂，其实寄托了人们渴望正义得到伸张的心愿，但现实往往是残酷的，庞衙内偷听了嬷嬷的谈话后让人将其投入井中弄死了。

　　曲子中作者正面描写的是嬷嬷这个人物，她淳朴善良，具有劳苦人民的本性，作者同时也通过这一正面人物反衬出庞衙内的心狠手辣。语言本色自然是这几支曲子的特色，值得一提的是［幺篇］，读来通俗易懂，痛快淋漓。

王仲文　大都（今北京）人。曾住金华（今属浙江）。所做杂剧今知有十种。现存《不认尸》一种；《五丈原》《张良辞朝》两剧仅存残曲。

救孝子贤母不认尸　第三折

王仲文

［满庭芳］似这等含冤负屈，拼着个割舍了三文钱的泼命，更和这半百岁的微躯。你要我数说您大小诸官府，一划的木笏司糊突，并无聪明正直的心腹。尽都是那绷扒吊拷的招伏，把囚人百般拴住，打的来登时命卒。哎哟！这便是您做下的个死工夫。

【鉴赏】

　　在欣赏这支曲子之前，先简单介绍一下作者和剧情。王仲文是生活在金元间的作家，当时政治黑暗，官吏昏庸，冤假错案屡屡发生，《救孝子》就是反映这种残酷现实的作品。该剧的故事梗概大致如下：李氏有二子兴祖、谢祖，恰逢招兵，李氏力争让亲生子兴祖从军，让妾生子谢祖读书，以免遭刀兵之险。兴祖去后，其岳母来接女儿王春香回娘家，李氏命谢祖送嫂。至半路，叔嫂分手。赛卢医拐去春香，并将春香衣服穿在被杀害的梅香尸身上。王婆寻女儿不见，疑被谢祖害死，因而告官。官府因尸身腐烂，即据尸身衣服认定王婆所告是实。李氏深知谢祖不会做出此事，坚决不认此尸即儿媳春香，要求验尸，此案遂不得了结。春香被拐后，任凭赛卢医使尽手段，坚贞不从。赛卢医逼她做苦工，打水浇畦，恰遇兴祖立功归家探母，夫妻相见，说明经过。兴祖拿住赛卢医，同去开封府。冤情大白，官府缉办凶手，表彰李氏一家。

　　第三折写李氏直面官府的官员，控诉他们办案滥用酷刑，随意定罪，草菅人命。［满庭芳］是其中一支曲子，开头三句："似这等含冤负屈，拼着个割舍了三文钱的泼命，更和这半百岁的微躯"，写李氏不满官府胡乱判案，义愤填膺，并坚决地要讨回清白。为了弄清这含冤负屈的错案，她宁愿不要自己的生命。在这里，"泼命"意即微贱的生命。接下来的三句通过李氏之口，道出了当时社会的大小官员们心术不正，耳目不明，对案情糊里糊涂。"一划的木笏司糊突"概括了官府"一般黑"的本质。"一划的"，指的是一般的。"划"，平也，指分不出高低。"木笏司"指的是做官的，古代有品级的官员执笏。再下面三句具体描写官员们断案时，运用各种酷刑逼供，犯人负屈含冤被迫招供，有的甚至屈死杖下。"绷""扒""吊""拷"几个字连用，将官府逼供的手段呈现在读者面前，让人觉得衙门官府无异于阎王殿。最后两句运用口语，控诉和讽刺官府的种种罪行。本该为民办事的官府，却是这样的残酷迫害人民，做下数不清的坏事。

这支曲子，作者借村妇之口，直抒胸臆，揭露官府的腐败和黑暗。曲中语言明白如话，通俗易懂，又富有音乐性，是一篇思想性和艺术性俱佳的作品。

滕宾　一作滕斌，字玉霄，黄冈（今属湖北）人。与卢挚等人有来往。至大年间任翰林学士，出为江西儒学提举。后弃家入天台山为道士。著有《玉霄集》。《全元散曲》录存其小令十五首。

中吕·普天乐

滕　宾

柳丝柔，莎茵细。数枝红杏，闹出墙围。院宇深，秋千系。好雨初晴东郊媚。看儿孙月下扶犁。黄尘意外，青山眼里，归去来兮。

【鉴赏】

此曲是写隐逸之乐。作者厌恶官场，倾慕田园，并设想归隐之后的生活乐趣。

首先写明丽的阳春景色。柳丝如线，随风摇曳；细莎成茵，丛丛茸茸。数枝红杏出墙来，好像在为烂漫的春天争奇斗妍。其中“数枝”二句是化用“红杏枝头春意闹”（宋祁《玉楼春》）和“一枝红杏出墙来”（叶绍翁《游园不值》）等句而成。将“一枝”改为“数枝”，气氛显得更为热烈。这里既写出了明媚的春光，同时也暗示出作者会心清赏的闲情和快意。接着写理想的居住环境。庭院幽深，秋千高悬，环境静谧而安逸，生活在这里真是别有情趣。最后写归隐田园的志趣。作者设想，在归隐之后，正逢好雨初晴，东郊春光明媚，此时此刻，闲看儿孙在月下扶犁春耕，真是其乐无穷。这一切，无不撩起浩然归志。“黄尘”借指官场。作者厌弃官场，毫不留恋，故曰“意外”。“青山”喻指归隐。作者向往归隐，钟情山林，故曰“在眼”。因而他默诵着陶渊明的《归去来分辞》，决定走归隐之路。据说，后来他果然弃官入天台山作了道士。

邓玉宾　生平事迹不详。《录鬼簿》将其列入“前辈已死名公有乐府行于世者”，并称其为“邓玉宾同知”。《全元散曲》录存其小令四首，套数四套。

正宫·叨叨令 道情

邓玉宾

一个空皮囊包裹着千重气，一个干骷髅顶戴着十分罪。为儿女使尽些拖刀计，为家私费尽些担山力。您省的也么哥？您省的也么哥？这一个长生道理何人会？

【鉴赏】

这是一首劝世人要摒弃贪欲、恬静淡泊的小令。

人生充满苦难。每一个人都有一副空躯壳，里面只包裹着一重又一重的元气。人要保持元气并非易事。如果不摒弃贪欲，那么种种耗气就会乘虚而入。对人的身心极为不利。人死之后就会变成一个干骷髅。这干骷髅曾顶戴无数苦难，正是"没半点皮和肉，有一担苦和愁"（黄公望《仙吕·醉中天》）。"干骷髅"化用《庄子·至乐》的典故：庄子看见路旁有

一个空骷髅，便问它是因为贪人生之欲而失去正常规律而死，还是因亡国之事、斧钺之诛而死？是因为做了坏事怕给父母妻子丢脸而死，还是死于冻馁之患、寿数已终？当夜，骷髅托梦给庄子，说庄子所列诸条，皆是"生人之累"，只有一死才能解脱苦难。这种生不如死的看法虽不免消极，但也是对元代黑暗社会的一种曲折的抗议。

既然人生以恬静淡泊为贵，那些贪欲之人就显得十分可笑。有些父母为了儿女的利益，绞尽脑汁，使尽心机，这是根本不值得的。俗话说："儿孙自有儿孙福，莫为儿孙做马牛。"但真正看穿的又有几人？还有一些人占有欲极强，为了积累家私，蝇营狗苟，不惜费尽担山之力。他们明知这样做是很危险的，但还是不到黄河不死心。

世人都想长生不老，但只有保持元气，清除耗气，摒弃贪欲，才是真正的长生之道。然而这一道理又有谁能够知晓？结尾连用"你知道吗"两个反问句，既是对贪欲之人的当头棒喝，同时也抒发了作者的愤世嫉俗之情。

正宫·叨叨令　道情①

邓玉宾

想这堆金积玉平生害，男婚女嫁风流债。鬓边霜头上雪是阎王怪，求功名贪富贵今何在。您省②的也么哥？您省的也么哥？寻个主人翁早把茅庵盖。

【注释】

①道情：道家勘破世态、清静无为的情味。

②省：明白。也么哥：语尾助词，无义，是［叨叨令］曲牌五、六句的定格。

【鉴赏】

这首小令针对世人追逐富贵功名、为家业子女操心而不惜蹉跎年华的行径进行告诫，不啻为声声棒喝。为达到警醒的目的，作品接连铺排了四句断语，罗列的是人生常见的现象，得出的结论却往往出人意表。这些断语省略了中间的条件与过程，本身需人深省，而作者以"想这"两字领起，便成了顺理成章、天经地义之事。元曲的衬字，真有点铁成金之妙。

得出的总结论是出世修道，"寻个主人翁早把茅庵盖"。这里的茅庵即是道家修习静业的道庵，"主人翁"可指为居停的贤主人，但更有得道先师的意味在内。这一句是"道情"的典型表现。从说教的内容与指示的出路来看，作品固然未脱老生常谈，却因断言的灏烂老辣，使人仍有震烁耳目之感。尤其是前四句虽分列四种现象，却暗寓了迷溺尘俗者自壮及老、终至"今何在"的人生全程，使末句便带上了及早回头的紧迫意味。五、六两句的重复虽是［叨叨令］曲牌的定格，在本曲中却恰起了强调和警醒的作用，这也是颇饶兴味的。

正宫·叨叨令 道情

邓玉宾

白云深处青山下，茅庵草舍无冬夏。闲来几句渔樵话，困来一枕葫芦架。您省的也么哥？您省的也么哥？煞强如①风波千丈担惊怕。

【注释】

①煞强如：全然胜过。

【鉴赏】

这首《道情》，是前一曲的续篇。前篇呼吁"寻个主人翁早把茅庵盖"，这一首便是叙说茅庵里隐居乐道的生活了。

南朝隐士陶弘景，在回答齐高帝"山中何所有"的提问时，赋诗道："山中何所有？岭上多白雪。只可自怡悦，不堪持赠君。"唐贾岛《寻隐者不遇》："只在此山中，云深不知处。"白云、青山，是隐居修道的典型环境，何况是"深处"，更见遗世独立的风韵。白云、青山虽是最习常的用语，在本曲的首句中对举映照，"白""青"的色彩便十分醒目，足以显示出景色的宜人。至于茅庵草舍固然简陋，却有"无冬夏"的好处。这三字既可解释为四季如春，又有安居其中不知岁时变换的意味。这两句叙述环境，已见出了作者安适的心态。

第三、四两句用对仗，写怡然自得的生活，"闲""困"都是懒散无为的标志，"几句"应闲，"一枕"应困，淡泊之至，也自在之至。渔樵是不用说了，从来是隐士的同道；那"葫芦架"下一片清荫，正好高卧。元人有"葫芦提"的俗语，意谓糊涂，那么"一枕葫芦架"也就隐含了"难得糊涂"的况味。马致远《清江引·野兴》："一枕葫芦架，几行垂杨树，是搭儿快活闲住处。"贯石屏《村里迓鼓·隐逸》："无事掩荆笆，醉时节卧在葫芦架。"均同此意。这两句具有代表性和概括性，同前面的白云茅舍互相映合，洋溢着一派悠闲恬适的情调。

然而最后三句却突然转出了山外的世界——那功名场中的"风波千丈"，大有谈虎色变的情味。"风波千丈"对应曲中的首二句，"担惊怕"对应三四句，各形成强烈的对比。作者用心有余悸的比较来显示山中茅庵生活的可贵，是成功的反衬。而前半的描写则有力地支持了作者"煞强如"的结论，令人心悦诚服，从而起到了"道情"警悟浊世的作用。

南吕·一枝花 （套数）

邓玉宾

连云栈①上马去了衔，乱石滩里舟绝了缆。取骊龙②颏下珠，饮鸩鸟③酒中酣。阔论高谈，是一个无斤两的风月担④，蜾蠃⑤虫般舍命的贪。此事都谙，从今日为头罢参⑥。

[梁州第七] 俺只待学圣人问礼于老聃⑦，遇钟离⑧度脱淮南，就虚无养个真恬淡。一任教春花秋月，暮四朝三，蜂衙蚁阵⑨，虎窟龙潭⑩。阄纷纷⑪的尽入包涵，只是这个舞东风的宽袖蓝衫。两轮日月是俺这长明朗不灭的灯龛，万里山川是俺这无尽藏长生药篮，一合乾坤是俺这养全真的无漏仙庵⑫。可堪，这些儿钝憨，比英雄回首心无憾。没是⑬待雷破柱落奸胆，不如将万古烟霞付一簪⑭，俯仰无惭。

[随煞] 七颠八倒人谁敢，把这坎位离宫对勘的嵓⑮。火候抽添有时暂⑯，修行的好味甘。更把这谈玄口缄，什么细雨斜风哨⑰得着俺！

【注释】

①连云栈：古栈道名，在陕西褒城与凤县之间，为历史上川陕之间的交通要道，依崖壁凿成，极其险峻。

②骊龙：传说中的黑龙。据《庄子·列御寇》载，骊龙生活于九重之渊，颏下有珠，必须等它睡着时才能探取，否则就会遭到生命危险。

③鸩鸟：一种有剧毒的鸟。以鸩羽浸酒，饮者会立刻死亡。

④风月担：元曲中通常代指烟花生涯，这里指不正经、不务正业。

⑤蝜蝂虫：据唐柳宗元《蝜蝂传》述，蝜蝂是一种性贪而拙的小甲虫，遇物则取之负于背上，虽困剧犹不止。

⑥罢参：不去谒见，也即不理睬。

⑦"俺只待"句：孔子曾前往周国，问礼于老子，见《史记·孔子世家》。圣人，指孔子。老聃，即老子，春秋战国间大哲学家，为后世的道教尊为祖师。

⑧钟离：钟离权，道教传说中的"八仙"之一。淮南：西汉淮南王刘安，因谋反罪入狱自杀，《神仙传》等则传说他得道升天成仙。但钟离权实为唐人；据《神仙传》载，度化刘安的是汉代的八公。

⑨蜂衙蚁阵：蜂房中群蜂簇拥蜂王如上衙参拜，称蜂衙；蚂蚁群聚如列战阵，称蚁阵。喻世俗的扰杂。

⑩虎窟龙潭：喻境地的危险。

⑪阗纷纷：乱纷纷。

⑫全真：保全先天的本性。无漏：无孔隙，修行者则常指无烦恼欲望的杂念。

⑬没是：与其。

⑭簪：指道簪，道家束发所用。

⑮坎位离宫：坎离的位置。在道家外丹术中，坎为铅为水、离为汞为火；内丹术中坎为肾为气，离为心为神。嵩：严实。

⑯火候：道家借指修行时精、气、神在体内运行中意念的操纵程度。抽添：减少或增加。时暂：长久或暂时。

⑰哨：同"潲"，斜飘。

【鉴赏】

元散曲中有一专门的品种，称为"道情"，也就是道家的歌唱。元燕南芝庵（很可能就是元代的大儒燕公楠）《唱论》中，将它作为"古有两家之唱"之一家，说是："道家所唱者，飞驭天表，游览太虚，俯视八纮，志在冲漠之上，寄傲宇宙之间，慨古感今，有乐道徜徉之情，故曰'道情'。"《太和正音谱》的作者、明初宁献王朱权，则为它起了个"黄冠体"的名目，黄冠是道士的别称。元代道情散曲的作者未必都是道士，内容也并非全然为赤裸裸的宣教布道，但这种

"黄冠体"无疑是大量避世乐隐题材作品的滥觞。这首［一枝花］套可说是道情散曲的一则典型。

全套三支曲子，［一枝花］从仕途的艰危、陋恶入手，看破红尘，述作者皈依道家的动机。［梁州第七］则"志在冲漠之上，寄傲宇宙之间"，结合"蜂衙蚁阵、虎窟龙潭"的尘俗现实大奏清静无为的鼓吹。［随煞］更是投入于道家的养真修炼，俨然为"黄冠"的口吻。尽管全作散发着浓重的宗教情味，但"乐道"为伤时的产物，避世为叹世的补充，这一事实也在曲中充分地显露了出来。隐居归田、全身远害，是元散曲的热门题材，虽然其中大多数未如此篇这样饱现道家教理，但其间愤世嫉俗的精神实质是一脉相通的。

本篇在说道抒情之中，运用了大量形象的比喻，如连云栈马、乱石滩舟、骊龙珠、鸩鸟酒、风月担、蝤蛴虫等，造成了蕴藉奇警的效果。尤其是"两轮日月"等三句鼎足对，以日月、山川、乾坤的庞然大物与灯龛、药篮、仙庵的道家器具喻连在一起，手法十分高超。全曲用"监咸"的合口韵，这是曲中的险韵，通常只用于描写冬景、风月场题材的散曲中，有峭严的意味。作者在险韵中信步游行，也可见出其不凡的才力。

本曲侈谈"坎位离宫"，"火候抽添"，固然有玄深、陈腐之嫌，但这却是金元全真教大兴的背景下，文坛上出现的特有景观。金元诗、词中，都有连篇累牍讲演道教教义的作品，散曲中也有论道谈玄的《自然集》流传于世。相比之下，还是曲体的可读性更强一些，所以更为道家所相中，作为散布影响的重要载体。故选辑这一首作品入集，也有全面了解元散曲社会功能的一层用意。

正宫·叨叨令　道情

邓玉宾

天堂地狱由人造，古人不肯分明道。到头来善恶终须报，只争个早到和迟到。您省的也么哥？您省的也么哥？休向轮回路上随他闹。

【鉴赏】

这是一首劝人弃恶从善的小令。"天堂"是善人灵魂享受永福的处所，而"地狱"则是恶人灵魂遭受永苦的所在。因此上"天堂"、下"地狱"，都是由人自己行为造成的结果。如果生前行善，死后便可登上"天堂"；如果生前行恶，死后便要跌入"地狱"。然而可惜的是古人不肯把这一点说破。

作者悟到了这一点，并将其说破。他劝世人不要存侥幸心理，要知道，行善之人到头来终有善报，行恶之人到头来终有恶报，只是时间早晚罢了。这正是"善有善报，恶有恶报。不是不报，时间未到"之意。对这一道理，世人少有知晓。于是曲中反复诘问："你知道吗？你知道吗？"言下之意是要世人不要求助于冥冥中的神鬼，而要修炼自己的品行。

作者进而指出，要从"轮回"的观念中摆脱出来，好好做人。"轮回"又称"六道轮回"。一切有生命的东西，如不寻求解脱，就永远在六道（天、人、阿修罗、地狱、饿鬼、畜生）中生死相续，无有止息，犹如车轮转动不止。故而作者劝世人"休向轮回路上随他闹"。由此不难看出，作者的人生取向，自然就是超尘出世，洁身善行。

李寿卿　太原（今属山西）人。世祖至元二十六年（1289）为总管，三十一年在江浙，官提举。曾与侯克中游。善画。《录鬼簿》载其曾任将仕郎、县丞。所做杂剧有十种，今仅存《伍员吹箫》《度柳翠》二种。存世散典有小令一首。

双调·寿阳曲　切鲙

李寿卿

金刀利，锦鲤肥，更那堪玉葱纤细！添得醋来风韵美，试尝道甚生滋味。

【鉴赏】

这首小令,《中原音韵》题作《切鲙》。"鲙",切得很细的鱼肉。《录鬼簿续编》"兰楚芳"条谓此曲系兰楚芳与名姬刘婆惜两人唱合而成,但今人隋树森认为兰楚芳时代较晚,《续编》所说未可信。以全曲看,字面上是写"切鲙",但实际上是两人对话,写男女之间的爱慕之情。

开头三句,"金刀利,锦鲤肥,更那堪玉葱纤细",说刀子十分锋利,鲤鱼很肥,宰好后烹调,加上纤细的葱,其味就鲜美无比了。"金刀",名贵之刀。"锦鲤"指一种色彩很华美的鲤鱼。"玉葱",白嫩的葱,也常比喻女子的手。这三句,是作者随口所歌,既写"切鲙"又含对切鲙女子的调笑,语带双关。

后面两句,"添得醋来风韵美,试尝道甚生滋味",是女子随口应和的,说在烹调鲤鱼时,再加上一些香醋,那味道就更佳,请您试着尝尝,那是什么样的滋味!句中有"风韵"又有"生",其所指意义就绝非仅指鲤鱼的美味,而另含深意了。"风韵",指风度,韵致,"生",指未成熟未经锻炼。此处指这样美的鲤鱼以前从未尝过,但又指两人初见,不熟悉。作者在宴席上第一次见到这位美丽的女子,被女子的美貌所吸引,即兴口唱"更那堪玉葱纤细",表示了爱慕之情;而那位美貌的女子,也报以友善的态度,说尽管是初见,有陌生之感,就让我们尝试着成为朋友吧!

这首曲子,采用双关的修辞手法,如"玉葱纤细"既指葱,又指人;"风韵美",既指鱼味,又形容女子;"甚生滋味"既指鱼味,又指二人关系。这种双关手法,含蓄,耐人寻味。同时,使全曲风格显得蕴藉委婉,情浓而不浮浅。

姚守中 洛阳(今属河南)人,姚燧之侄。曾为平江路吏。著有杂剧《立中宗》《逢萌挂冠》《汉太守郝廉留钱》,今不传。散曲仅存套数〔中吕·粉蝶儿〕《牛诉冤》,该套通过描写耕牛的悲惨命运,申诉了农民受剥削掠夺的冤苦,曲文浅近质朴。

中吕·粉蝶儿 牛诉冤

姚守中

性鲁心愚，住烟村饱谙农务，丑则丑堪画堪图。杏花村，桃林野，春风几度。疏林外红日西晡，载吹笛牧童归去。

[醉春风] 绿野喜春耕，一犁江上雨，力田扶耙受驱驰。因为主甘分受苦，苦，苦，经了些横雨斜风，酷寒盛暑，暮烟晓雾。

[红绣鞋] 牧放在芳草岸白蘋古渡，嬉游于绿杨堤红蓼平湖，画工描我在远山图。助田单英勇阵，驾老子蒿山居，古今人吟未足。

[石榴花] 朝耕暮垦费工夫，辛苦为谁乎？一朝染患倒在官衢，见一个宰辅，借问农夫，气喘因何故。听说罢感叹长吁，那官人劝课还朝去，题着咱名字奏鸾舆。

[斗鹌鹑] 他道我润国于民，受千辛万苦。每日向堰口拖船，渡头拽车。一勇性天生胆气粗，从来不怕虎。为伍的是伴哥王留，受用的是村歌社鼓。

[上小楼] 感谢中书部，符行移诸处，所在官司，禁治严明，遍下乡都。里正行，社长行，叮咛省谕。宰耕牛的捕获申路。

[么] 食我者肌肤未肥，卖我者家私不富。若是老病残疾，卒中身亡，不堪耕锄，告本官，送本都，从公发付。闪得我丑尸不着坟墓。

[满庭芳] 衔冤负屈，春工办足，却待闲居，圈门前见两个人来觑，多应是将我窥图。一个曾受戒南庄上的忻都，一个是累经断北疃王屠。好教我心惊惧，若是将咱卖与，一命在须臾。

[十二月] 心中畏惧，意下踌躇，莫不待将我衅钟，不忍其觳觫。那思想耕牛为主，他则是嗜利而图，被这厮添钱买我离桑枢，不睹是牵咱过前途。一声频叹气长吁，两眼恓惶泪如珠。凶徒，凶徒。贪财性狠毒，绑我在将军柱。

[耍孩儿] 只见他手持刀器将咱觑，唬得我战扑速魂归地府，登时间满地血模糊，碎分张骨肉皮肤。尖刀儿割下薄刀儿切，官秤称来私秤上估，应捕人在旁边觑，张弹压先抬了膊项，李弓兵强要了胸脯。

[二] 却不道闻其声不忍食其肉，划地加料物宽锅中烂煮。煮得美甘甘香喷喷软如酥，把从前的主顾招呼。他则道三分为本十分利，那里问一失人身万劫无。有一等贪餔啜的乔人物，就本店随机儿索唤，买归家取意儿庖厨。

[三] 或是包馒头待上宾，或是裹馄饨请伴侣。向磁罐中软火儿葱椒煨，胜如黄犬能医冷，赛过胡羊善补虚，添几盏椒花露。你装的肚皮饱旺，我的性命何辜。

[四] 我本是时苗留下犊，田单用过牸。勤耕苦战功无补。他比那图财害命情尤重，我比那展草垂缰义有余。我是一个直钱底物。有我时田园开辟，无我时仓廪空虚。

[五] 泥牛能报春，石牛能致雨，耕牛运土遭诛戮。从今后草坡边野鹿无朋友，麦垄上山羊失了伴侣。那

的是我伤情处。再不见柳梢残月，再不见古木昏乌。

[六] 筋儿铺了弓，皮儿鞔做鼓，骨头儿卖与钗环铺，黑角儿做就乌犀带，花蹄儿开成玳瑁梳，无一件抛残物，好材儿卖与了靴匠，碎皮儿回与田夫。

[尾] 我元阳寿未终，死得真个屈苦。告你个阎罗王正直无私曲，诉不尽平生受过苦。

【鉴赏】

这是一套滑稽诙谐的曲子，是游戏文章，但又从中透露了作者的愤懑之情，对世态人情的冷漠和淡薄有一定的揭露。

全套散曲共有十六支曲子，全都用了质朴无华的语言，叙述这个终年操劳的牛的一生。作者以模拟牛的口吻自叙开始，前三支曲子先从牛的性格、住所和熟谙农活的特点说起。正因为牛这种可爱的性格、对人类生活的巨大作用，它虽然模样不怎么漂亮，但却能得天独厚地被画入画中。在这种自夸中，显示了牛的自豪感。又用了田园山水诗般的语言，描绘了自己美好的生活：在杏花村头，在桃林野地，它已送走了好些回春风，度过了好些个年头。当疏林之外的夕阳红彤彤西照时，它便背载横吹短笛的牧童悠然而返。这，应该说是牛描述的一幅美丽的田园图画，但也可以说是它向往的最理想的生活。农忙时，田野里郁郁葱葱碧绿一片，它就喜滋滋地去下田春耕，一边在犁地，一边在感受蒙蒙的细雨。它这样努力工作，受人驱赶，只是为了报效主人，自己情愿吃这种苦。就这样，在风风雨雨中，无论酷暑还是严寒，它都披星戴月，早出晚归。而当农闲时，它有时被放牧在芳草岸边，在白蘋丛生的古渡口，有时它在绿杨低垂的河堤、在平浅的湖中自由自在地嬉戏。在这种极端快乐的时光，牛不由得又想起画家们把它画入怡人的山水图中，想起自己光荣的历史：曾帮助战国时齐国大将田单排下火牛阵，大破燕军，尽收齐国失地；又曾驮着春秋时的哲人老子越过青山去隐居；古往今来又有多少诗人吟咏赞叹"牛"呢！

但历史已成过去，短暂的欢悦也很快逝去，牛的真实生活又是另一番样子了。第四支曲子 [石榴花] 说：它朝耕暮垦，费尽心血，辛苦万分，为的是什么呢？又有谁来体恤它呢？它从安于现状到开始愤愤不平了。终于有一天，它病倒了。这里，作者用了一个寓言，说一位宰相下来劝农，见这病牛倒在大路上，便问边上的农夫怎么回事，听了农夫介绍了牛辛苦操劳的功绩后，宰相便仰天长叹，深受感动。返回京城后，宰相把这头牛的事奏给皇帝听。

接下来的三支曲子 [斗鹌鹑]、[上小楼] 和 [么] 写道：由于宰相说这头牛为国为民，千辛万苦，每天不是在拦河堰头去拖船，便是在渡口拉车，而且胆气粗豪，性情英勇，甚至连虎都不怕，与它为伴的是可爱的牧童伴哥、王留，而当节日社火欢庆之时，它又能为人们的狂欢而效力。于是，政务中枢机关中书省秉承皇帝旨意，下了一道命令到全国各地，指示所有的官府都要颁布严厉禁令，并传达到所有城乡，里正、社长也要反复叮咛督促，凡是宰杀耕牛的人一律逮捕押送"路"一级的官府衙门（相当于现在的专区）。无论是吃牛的人还是卖牛的人都将予以严厉处罚。倘若牛确实老弱病残无法再耕田了，那就必须禀告本地长官，将牛送往官府所在的城镇，公平发卖。这一则寓言很有意思，作者善于叙述故事的才能一望而知，没有插叙、倒叙，但却很有理致，讲来娓娓动听。当然，这是件好事，但牛的余愤未平，认为这样就使它死无葬身之地了。这也说明了它不愿处于这种听人摆布的牲畜的地位。

接着的 [满庭芳]、[十二月] 和 [耍孩儿] 又平铺直叙继续前面的话头。这牛负屈含冤拖着病身，好容易忙完了春耕，刚要安定下来舒服点儿，只见牛栏门前有两个人来窥视它，打它的主意。一个是曾被南庄上人戒备提防的盗贼，一

图文珍藏版

个是屡次被流放往北疆的屠户。一见是这两个坏蛋，牛顿时吓得心惊肉跳，怕卖给他们，自己就一命呜呼了。想到自己被他们杀了的样子，牛再也忍不住了，斥责这些人哪里想到它耕牛是会为主人卖命的，而只是一味地贪图钱财。如果说先前牛的愤愤不平是抗议农夫不体恤它，把它当作一部机器，那么，此时它进了一步，把矛头指向这伙杀人的刽子手了。其中一个家伙多添了几吊钱就把它强买去了，昧心负义地拉它离开了牛栏，牵了回去。牛不由得一声声哀叹不已，泪如雨下。作者将这时的牛比喻为背井离乡被人买去为奴之人，这已是很可悲了。而更甚的是，买牛的歹徒竟为了贪财图利，施展其凶狠毒辣的手段，把牛死死地绑在柱子上，手提宰牛刀恶狠狠地对牛刺来。一霎时牛血肉模糊，皮骨分离。那家伙又用尖刀割下肉，又用薄刀切碎，然后拿官秤、私秤反反复复称来称去。在这种地方，用了生动的形象、细致的描绘来突出这屠户的卑劣。应该说宰杀耕牛是犯王法的，但奇怪的是，那些捕手却在屠户的边上兴致勃勃地观看，专镇压不法之徒的张弹压先拿走了牛蹄髈、头颈，专官捕盗的李弓兵也强要走了牛胸脯。原来，他们与那杀牛的家伙是一丘之貉，一是杀牛，一是吃牛，王法竟也是一纸空文，这揭露是多么深刻！这屠户全无半点恻隐之心，反而加上大量作料，把牛放在大锅子里烂煮，煮得香美异常，酥软可口，于是他就把老主顾们叫来买牛肉吃。他自以为是花三分本钱赚十分利润，哪里还管他在杀生害命，戕贼生灵呢？

又进一层，[二]、[三] 两支曲子从对屠户的揭露转向鞭挞那些买牛肉的顾客：他们是些贪吃馋嘴的伪君子，他们来到这家肉铺里，候准了机会叫掌柜的挑拣，买了称心的牛肉，回家后得意扬扬地烹饪。或是将牛肉做成包子款待上宾，或是剁成馅子做馄饨，请同伙来品尝。又放在砂锅里放上葱姜花椒，用缓缓的小火焖熟，治着凉比黄狗肉还好，补虚比胡羊肉更佳。在这番不厌其烦地详细描述之后，牛责问道："你吃得满腹油水，可我有什么罪孽而丢了性命？"笔调异常辛辣尖锐，锋芒直指那些干损人利己坏事的同谋者、参与者和分享者。

在愤怒中，牛再一次提起自己往昔的丰功伟绩。这也就是 [四] 所写的：它是三国时清官时苗爱护留存下来的牛犊，是田单破敌的得力助手。勤于耕作，勇于战斗，不辞劳苦，功业无双。那屠户杀了它就比仅仅图财害命的罪恶还要大。而牛比主人酷爱的马更讲情义。退一步说，即使从小利上看，牛也是值钱的，因为有它时就能开荒辟野耕田垦地，而失去了它就无法耕作没有收成，仓库会是一片空虚。

但是，这次提起历史，牛已不再是自豪，而是悲愤了。它悲愤于时人不识真宝，悲愤于举世没有伯乐，而到处只是贪利嗜欲之徒。因此，人们居然相信一去不返的泥牛能报春，秦李冰的石牛能招雨，而对踏踏实实翻土种地的耕牛，却加以杀戮，这怎能不让人悲伤呢？作者让这种悲伤的情愫扩展开去，夸张地写道：从今以后，草坡边的野鹿失去了牛这唯一的朋友，麦垄上的山羊不见了牛这唯一的伴侣，这才是最让人伤心的。又从人最深切的对世界依恋的心理着手，说牛从此以后再也见不到柳梢残月的美景，再也见不到古木昏鸦的幽境。——这也就是〔五〕这支曲子的内容。

按理可以到此结束了，但作者奇奇怪怪的笔锋又一转，又引起了新的一层。他在〔六〕中写道：牛不仅仅是肉给人吃了，而且，牛筋可以装到弓上去射箭，牛皮可以蒙作鼓，骨头可以卖给钗环首饰铺加工出售，黑牛角可以做成饰有仿黑犀角的贵重腰带，花牛蹄也可以当作玳瑁梳。好皮子卖给了鞋匠，碎皮子也还给了农夫家用。总之，牛身上没有一件不是宝。而这一切，全都被人所占有了。于是，在〔尾〕中牛大声疾呼：自己寿命未尽，死得真是冤屈，要求主管地狱的阎罗王听它诉说平生的苦难。

还套散曲的最大特点在于运用了拟人化的手法，把牛写成具有人一样的感觉，具有人一样的思维及其有人一样的语言，因此，它所述的苦难就不仅仅限于一头牛，而具有了人世间的普遍性，揭露了世态的冷漠淡薄和人心的残忍卑劣。另外，此曲用了直率质朴的语言，平铺直叙的叙事法，一方面符合牛这特定的性格，另一方面也便于不加隐饰地斥责所要抨击的对象，直接抒发愤懑的感情。结构上注意到使故事逐层展开、加深，开始是牛对理想生活的讴歌，接下来指责农夫不体恤牛的劳累，再揭露了宰杀耕牛的屠户的残忍，最后鞭挞了买肉吃的主顾的伪虚卑劣。联系到刘时中有〔新水令〕《代马诉冤》，曾瑞有〔哨遍〕《羊诉冤》，可见这套散曲也有游戏性质，但曲中深刻的寓意还是极富现实意义的。

冯子振 （1257～1314）元散曲家。字海粟，号怪怪道人，又号瀛州客，攸州（今湖南攸县）人。曾任承事郎、集贤待制。所作散曲多写个人闲适生活。能文，并善行草书。《全元散曲》录存其小令四十四首。

鹦 鹉 洲 山亭逸兴①

冯子振

嵯峨②峰顶移家住，是个不唧溜③樵父。烂柯④时树老无花，叶叶枝枝风雨。［幺］故人曾唤我归来，却道不如休去。指门前万叠云山，是不费青蚨⑤买处。

【注释】

①逸兴：超逸洒脱的兴致。

②嵯峨：山势高险的样子。

③唧溜：口语，迅速的意思。引申为伶俐、聪明。

④烂柯：腐烂了的斧子。据晋代任昉的《述异记》载：晋时王质到信安郡石室山去伐木、砍柴，见两个年轻人一边下棋，一边唱歌，吸引得王质放下斧子听他们唱歌，看他们下棋。年轻人送给他一枚枣核状的东西，让他含在口里。他含着那东西，竟不知饥饿。过了一会儿，年轻人又问他："怎么还不走？"他起身，一看斧子，斧子的柄已全朽烂。王质后来回到家中，人们说他已去了百年。柯，斧柄。

⑤青蚨：一种水虫名。《淮南子》有"青蚨还钱"的传说。后以青蚨代指

钱。

【鉴赏】

冯子振有［鹦鹉曲］四十二首，曲前序写道："白无咎有［鹦鹉曲］云：'侬家鹦鹉洲边住，是个不识字渔父。浪花中一叶扁舟，睡煞江南烟雨。觉来时满眼青山，抖擞绿蓑归去。算从前错怨天公，甚也有安排我处。'余壬寅岁留上京，有北京伶妇御园秀之属，相从风雪中，恨此曲无续之音。且谓前后多亲炙士大夫，拘于韵度，如第一个'父'字，便难下语，又'甚也有安排我处'，'甚'字必须去声字，'我'字必须上声字，音律始谐。不然不可歌。此一节又难下语。诸公举酒，索余和之，以汴、吴、上都、天京风物试续之。"这首《山亭逸兴》是第一支，借樵父

的口自述其胸次，气势豪迈，出语爽快，亦见性格。从序也可以知道这组曲写于大德六年（1302）的京城大都（今北京市）。

正宫·鹦鹉曲　夷门怀古①

冯子振

人生只合梁园②住，快活煞几个白头父。指他家五辈风流，睡足胭脂坡③雨。

　　[幺] 说宣和④锦片繁华，辇路⑤看元宵去。马行街直

转州桥⑥，相国寺⑦灯楼几处。

【注释】

①夷门：战国魏都大梁（今河南开封）的东城门，后遂成为开封城的别称。

②梁园：西汉梁孝王刘武所建的园囿，位于今开封市东南。

③胭脂坡：唐代长安地名。

④宣和：宋徽宗年号（1119～1125）。

⑤辇路：天子车驾常经之路。此指汴京御街。

⑥马行街：宋代汴京（今河南开封）地名。孟元老《东京梦华录》："土市北去，乃马行街也，人烟浩闹。"州桥：又名汴桥、天汉桥，在汴京御街南，正对皇宫。

⑦相国寺：本北齐建国寺，宋太宗朝重建，为汴京著名建筑，其中庭两庑可容万人。《东京梦华录》载其元宵灯市情形："竞陈灯烛，光彩争华，直至达旦。"

【鉴赏】

　　起句"人生只合梁园住"，是模仿唐人张祜的"人生只合扬州死"（《纵游淮南》）的故作奇语。接着，以"几个白头父"的闲谈和回忆，来支持这一结论。这其实就同唐诗的"白头宫女在，闲坐说玄宗"一样，表面上是抚今追昔，实质上却充满了年光飞逝的沧桑之感。

　　上片出现了"胭脂坡"的地名，这原是唐代长安城中的一处所在。作者移入"夷门"，正是为了影射出此地在北宋时期作为全国都城的事实。同样，"君子之泽，五世而斩"，而曲中强调"他家五辈风流"，这"风流"无疑是属于宋代汴京的全盛时期。换句话说："白头父"们是在演说和追念前朝，他们虽不是遗民，但父祖辈对于故国的爱国情感却一代代传了下来。这在元代是忌讳的，所以曲中的"快活煞"三字，只是作者使用的障眼法。

　　白头父谈话的主题是"说宣和"，而且着眼于其时的"锦片繁华"。作为具有典型性的例证表现，是正月十五元宵节的观灯。北宋汴京的元宵灯市，是天下

闻名的，其时张灯结彩，火树银花，金吾不禁，连大内前的御街，也任由百姓和行人来往观赏。"辇路""马行街""州桥""相国寺"……"白头父"们如数家珍，表现出强烈的缅怀和神往。"宣和"是"靖康"前的年号，也就是宋徽宗在禅位作太上皇前的最后几年，下距北宋的灭亡已近在咫尺。老父们对他荒政失国的过失未予责备，却津津乐道他在元宵灯节的与民同乐，并以此作为"人生只合梁园住"的一则论据，可从一个侧面反映出元代汉族百姓的民族情绪。"锦片繁华"在作者的时代已成为历史陈迹，诗人"夷门怀古"的用意与心情，可以想见。

正宫·鹦鹉曲 渔父

冯子振

水鸥滩鹭灉依①住，镇日坐钓叟纶父②。趁斜阳晒网收竿，又是南风催雨。

[幺] 绿杨堤忘系孤桩，白浪打将船去。想明朝月落潮平，在掩映芦花浅处。

【注释】

①灉依：当作"灉襟"，羽毛团合的样子。唐皮日休《白鸥》"雪羽灉襟半惹泯"可证。

②纶父：钓鱼人。纶，钓鱼的丝绳。

【鉴赏】

《列子》上有个"海上人"与鸥鸟的故事：他把鸥鸟当作朋友，每天便有成百的海鸟亲近他，而当他一旦存有捕捉的机心，鸥鸟们便会远远地离去。后人将这段故事总结为"鸥鹭忘机"的成语。本篇起首两句将沙鸥滩鹭的"灉依（襟）住"与渔父垂钓的"镇日坐"安排在一起，便是暗用这一典故，说明渔父除了操持生计外，毫无机巧铺谋之心，以至鸥鹭与之安然相处。三、四句将渔父的晒网收竿贯串于"斜阳""催雨"之中，又隐示出他在人生风雨中的安之若素。这四句从渔父自食其力的日常生活入手，赞美的则是他离尘出俗的精神境界。

[幺篇] 描绘了一段富有诗情画意的场景：忘系缆绳的小船被白浪漂失，但到次日清晨月落潮平，又会在芦花掩映的浅滩找见。这一段虽不见人物的踪影，却是曲中的渔父顺适风波、随遇而安的映照。唐司空曙《江村即事》："钓罢归来不系船，江村月落正堪眠。纵然一夜风吹去，只在芦花浅水边。"欧阳修亦有《渔家傲》词述渔人生活，下片云："花气酒香清厮酿，花腮酒面红相向。醉倚绿阴眠一饷，惊起望，船头阁在沙滩上。"本篇的结尾或受它们启发。全曲以富于喻示性的景象巧作布置，既形象鲜明，又耐人遐想。

正宫·鹦鹉曲 都门感旧①

冯子振

都门花月蹉跎住，恰做了白发伧父②。酒微醒曲榭回廊，忘却天街酥雨③。

[幺] 晓钟残红被留温，又逐马蹄声去。恨无题亭影楼心，画不就愁城惨处。

【注释】

①都门：京城，此指大都（今北京市）。

②伧父：贱俗的平民。南北朝时，南方人以之作为对北方人的鄙称。《晋书·周玘传》："吴人谓中州人曰伧。"

③天街酥雨：唐韩愈《早春呈水部张十八员外》："天街小雨润如酥。"天街，京城的街道。

【鉴赏】

作者曾官承仕郎、集贤阁待制，也是当时的名士。从世祖到成宗朝，在京城大都生活了不下二十余年。这首散曲，就是他对京城生涯的回首。

　　"都门花月蹉跎住，恰做了白发伧父。"起首的这两句，定下了全曲的基调。京城是繁华风流的象征，"都门花月"，无疑在作者生活中留下了不可磨灭的印记。然而，曲中却以"蹉跎"二字作为"花月"的同位语，蹉跎造就了作者的"白发"，使他这个南方人"恰做了"北方的老蛮子。作者有意突出了"白发伧父"与"都门花月"的不调和，是自嘲，更是一种深深的自责。

　　三、四两句，是"都门感旧"的掠影之一。这里的"曲榭回廊"同"天街"绝缘，可见是"狭斜"即青楼内的建筑。"酒微醒"而"忘却"，说明沉湎之深。借用韩愈诗句入曲，既以"天街"照应"都门"，又隐现了"天街酥雨"所当的早春时令。在青楼中醉酒度日，既忘却了身处的空间，又忘却了时光的流逝，这就为"花月蹉跎"作了形象的注脚。

　　［幺篇］的前两句，是"感旧"的掠影之二。从"红被"这种香艳的表述来看，这一切仍发生在妓院之内。夜宿平康，红被留温，却被晨钟唤起，不得不急匆匆上马入朝承应公事：这颇使人想起李商隐《无题》诗中"嗟余听鼓应官去，走马兰台类转蓬"的句子。放不下利禄功名，遂不能充分享受"花月"之温馨；但在功名事业上又不能深惬己愿，平步青云，不过是"又逐马蹄声去"：这种矛盾的处境，成了"花月蹉跎"诠释的又一补充。

末尾两句，才真正属于"感旧"的感想。作者悔恨自己没有在京城题下很多诗歌，因而未能将自己的愁情充分表达出来。这其实是说自己在"花月蹉跎"的生活中，一直没有机会为内心的思想感情定位。"亭影""楼心"的飘忆与"愁城惨处"的断评，表现着一种既留恋又追悔的复杂心情。

生活中常有这种情景：明明是诚意的忏悔，但在忏悔的内容中又不自禁地流露着"剪不断，理还乱"的美慕。本曲中多为闪现的意象，自嘲自责而又陶然于前尘旧影之中，也属于这样的表现吧。

鹦　鹉　曲　感事①

冯子振

江湖难比山林住，种果父胜刺船②父。看春花又看秋花，不管颠风狂雨。［幺］尽人间白浪滔天，我自醉歌眠去。到中流手脚忙时，则靠着柴扉③深处。

【注释】

①感事：这是全曲的第二十九首。

②刺船：划船，撑船。

③柴扉：用树条编织的门。

【鉴赏】

作者是在歌颂农夫的生活，又通过对比的手法，将农夫同船父相比较，从这两种生活中，肯定了自己"尽人间白浪滔天，我自醉歌眠去"的生活情趣，此曲清丽自然，引人入胜。

鹦 鹉 曲 野客①

冯子振

春归不恋风尖②住，向老拙问讯槎父③。叹匡山④李
白漂零，寂寞长安花雨。[幺]指沧溟铁网珊瑚⑤。
袖卷钓竿西去⑥。锦袍⑦空醉墨淋漓，是万古声名响
外。

【注释】

①野客：这是全曲的第十三首。

②风尖：又作风光。

③槎父：驾竹筏的人。

④匡山：地名。今河南省睢县或扶沟附近。李白曾漂泊于此。

⑤沧溟：大海。铁网珊瑚：用铁网搜求奇珍、异宝。珊瑚，海中的一种腔肠

动物，骨质坚硬，色泽鲜艳，可以做精美的装饰品。

⑥袖卷：唐定保《摭言》与辛文房《唐才子传》载李白曾捉月而沉江。西去：死了。

⑦锦袍：丝织袍衣。

【鉴赏】

这是一支描写唐代著名诗人李白的散曲，前半阕以"春归"作起，主要说人们的青春年华和生命，都容易逝去，后半阕又通过李白"捉月沉江"的故事，进一步陈述了只有脱去官袍，醉墨淋漓，或是隐居山中，才能真正的万古留名。

鹦鹉曲 农夫渴雨

冯子振

年年牛背扶犁住①，近日最懊恼杀农夫。稻苗肥恰待抽花，渴②煞青天雷雨。[么] 恨残霞不近人情，截断玉虹南去。望人间三尺甘霖，看一片闲云③起处。

【注释】

①扶犁住：扶着犁耙干活谋生。指干农活为生。

②渴：盼望。

③闲云：不能成雨而任意飘荡的云。

【鉴赏】

这首曲子真切的表现了农夫们在大旱之时渴望老天降雨的急迫心情。农夫们一年四季辛勤的劳动，眼看着稻苗肥壮，扬花吐穗，丰收在望，却遇久旱不下雨，每天都盼望着有及时雨的降临，只是这些不能成雨的残霞闲云在空中飘浮，怎么能不令人心急如焚呢？作者设身处地为农夫们着想，字字都似出自农夫之口，朴实真切。

鹦 鹉 曲　赤壁怀古

冯子振

茅庐诸葛亲曾住，早赚①出抱膝梁父②。笑谈间汉鼎③三分，不记得南阳④耕雨。［么］叹西风卷尽豪华，往事大江东去。彻⑤如今话说渔樵，算也是英雄了处。

【注释】

①赚：诳骗。

②梁父：指《梁父吟》，乐府楚调曲名。今所传古辞相传为诸葛亮所作，表现清高厌世的隐士情怀。

③汉鼎：喻汉朝天下。

④南阳：诸葛亮曾隐居于南阳郡的隆中。

⑤彻：直至。

【鉴赏】

　　汉时刘备三顾茅庐请出诸葛亮匡扶汉室，这是一段君臣遇合的故事，一直为世人所称颂，然而在冯子振笔下却用了一个"赚"字，多少有些诓骗的意味，作者尽管对诸葛亮能够"笑谈间汉鼎三分"的才智韬略依旧表示赞叹，但是却惋惜他放弃"南阳耕雨"的隐士生涯。在作者的眼中，兴亡成败英雄豪举，永远敌不过"往事大江东去"，如今这些故事也只是成为渔樵们谈论的一个话题而已。再在看来这说法似乎有些虚无，但由于作者所处的时代异常的黑暗，文人仕途失意，虚无遁世意识浓烈相联系，其中的缘由也就不难说明了。

鹦 鹉 曲 野流新晴

冯子振

孤村三两人家住，终日对野叟田父。说今朝绿水平桥，昨日溪南新雨。[么] 碧天边云归岩穴①，白鹭一行飞去。便芒鞋②竹杖行春③，问底是④青帘⑤舞处。

【注释】

①岩穴：山洞。

②芒鞋：指草鞋。

③行春：在春天里行走，春游。

④底是：哪里是。

⑤青帘：指酒旗。

【鉴赏】

曲中所描述的野渡孤村雨后初晴的自然风光与主人公闲适淡泊的生活方式相映成趣。"说今朝绿水平桥，昨日溪南新雨"既点出乡村邻里交谈的主要话题，又有野渡新晴的美妙景象。而"碧天边云归岩穴，白鹭一行飞去"，则使人想到陶渊明的名句："云无心以出岫，鸟倦飞而知还"的意境。所绘作品色彩明丽，举目望去，只见碧天、彩云、白鹭、绿水、青帘，再点缀孤村、人家、平桥、小溪、山岩……。

鹦鹉曲 忆西湖

冯子振

吴侬生长西湖住，舣①画舫听棹歌父。苏堤②万柳春残，曲院风荷③番雨。［么］草萋萋一道腰裙④，软绿断桥斜去。判兴亡说向林逋⑤，醉梅屋梅梢偃处。

【注释】

①舣：船系岸。

②苏堤：曲院。

③风荷：均为西湖名胜景观。

④"草萋萋"句：从白居易《杭州春望》"草绿裙腰一道斜"化出。

⑤林逋：宋钱塘人，字君复。隐居于西湖孤山。以种梅养鹤自娱，有"梅妻鹤子"之称。

【鉴赏】

　　杭州西湖有着美不胜收的湖光山色，元代的散曲家们也经常流连忘返的于此。这是一首追忆西湖美景的作品，作者将西湖中的苏堤春晓、曲院风荷、断桥残柳，一一收入笔端，还有画舫、棹歌……然而对作者来说，最仰慕向往的还是隐居孤山、植梅养鹤的林逋。

尚仲贤　真定（今河北正定）人。曾任江浙行省官吏。所做杂剧今知有十一种。现存《柳毅传书》《三夺槊》《气英布》三种；《王魁负桂英》仅存曲词一折；《归去来兮》《越娘背灯》仅存残曲。一说《单鞭夺槊》也为他所作。

洞庭湖柳毅传书　第一折

尚仲贤

[混江龙] 往常时凌波相助，则我这翠鬟高插水晶梳。到如今衣衫褴褛，容貌焦枯。不学他萧史台边乘风客，却做了武陵溪畔牧羊奴。思往日忆当初，成缱绻，效欢娱。他鹰指爪，蟒身躯，忒躁暴，太粗疏，但言语，便喧呼，这琴瑟，怎和睦。（带云）俺那龙啊。（唱）可曾有半点儿雨云期，敢只是一划的雷霆怒。则我也不恋您荣华富贵，情愿受鳏寡孤独。（云）想着我在洞庭湖里，怎生受用快活。如今折得这般，兀的不愁煞人也。

[油葫芦] 则我这头上风沙脸上土，洗面皮惟泪雨，鬓蓬松除是冷风梳。他不去那巫山庙里寻神女，可教我在泾河岸上学苏武。这些时坐又不安，行又不

舒，猛回头凝望着家何处，只落的一度一嗟吁。

【鉴赏】

《柳毅传书》是根据唐传奇《柳毅传》改编而成的杂剧，讲的是洞庭湖龙女三娘嫁与泾河小龙，婚后夫妻不和，泾河小龙更移情别恋，无事生非，甚至诬陷龙女三娘性子乖劣，泾河老龙以有失妇道为名罚三娘往泾河岸边牧羊。三娘托柳毅传书洞庭，诉其苦处，其叔父钱塘火龙闻讯，率水卒杀败泾河小龙，救回三娘。三娘与柳毅彼此倾心，几经周折，结为夫妻。此处所选的便是龙女三娘在泾河岸边牧羊时的唱词，这两支曲子有哀怨、有申诉、有嗟叹，将人物心理活动刻画得活灵活现。

[混江龙]以三组对比，将龙女的不幸遭遇娓娓道出。先是今昔对比。忆往日，何等雍容华贵，逍遥自在，行有凌波相伴，饰有水晶发梳；到如今，"衣衫褴褛，容貌焦枯"，反差极为强烈。再是人我对比。同为公主，秦穆公之女弄玉嫁与萧史，夫妇恩爱，并在凤台迎来凤凰，双双跨凤乘鸾而去；自己呢，嫁与泾河小龙，得不到温情，反而成了"武陵溪畔牧羊奴"。接着还有理想与现实的对比。原想着夫妻和睦，尽享欢愉，"缱绻"是形容感情很好；没料到泾河小龙"鹰指爪，蟒身躯，忒躁暴，太粗疏，但言语，便喧呼"，这六个节奏急促的三字短句，构成排比句式，以控诉的语调将泾河小龙的粗暴、鲁莽、凶悍完全揭露出来。紧接着，又趁热打铁，痛斥泾河小龙不但没有顾念夫妻情分，而且一味地以暴怒相待。夫妻缘分已尽，故而三娘唱道："则我也不恋您荣华富贵，情愿受鳏寡孤独。"又是一组对比，表明三娘对婚姻的彻底失望以及要与泾河小龙恩断情绝的决心，这为传书作了恰当的铺垫。

[油葫芦]则细致具体地描述了三娘在泾河边的艰难处境，表现了她内心的凄苦。"头上风沙脸上土，洗面皮惟泪雨，鬓蓬松除是冷风梳"，一位龙宫公主沦落到奴仆的境地，着实令人惋惜，惹人同情。苏武牧羊的典故将龙女的情绪牵引到对故土的思念，思乡的急切使她"坐又不安，行又不舒"，然而"猛回头凝视着家何处"，将龙女三娘茫然无助活脱脱地表现出来，最后"只落得一度一嗟吁"，焦急、不安、无助转为无奈的嗟叹，很好地传达了三娘内心难以排遣的忧伤痛苦，产生凄婉动人的艺术效果。

两支曲子形成一种由哀伤到怨诉到悲叹的情绪流动，龙女的心伤痛苦层层加深，颇具艺术感染力。对比的运用对于增强艺术表现力也起了很重要的作用。这便是这段唱词能打动读者的原因。

朱帘秀 杂剧女演员。艺名"珠帘秀"。元代后辈艺人以"朱娘娘"称之。《青楼集》称其"杂剧为当今独步；驾头、花旦、软末泥等，悉造其妙"。亦能为散曲，与王恽、胡祇遹、冯子振、关汉卿、卢挚等均有唱和之作。《全元散曲》录存其小令一首，套数一套。

双调·寿阳曲　答卢疏斋①

朱帘秀

山无数，烟万缕，憔悴煞玉堂②人物。倚篷窗一身儿活受苦，恨不得随大江东去。

【注释】

①卢疏斋：卢挚号疏斋，详见本书《作者小传》。

②玉堂：翰林院的别称。

【鉴赏】

这首小令的作者朱帘秀，是一位既有文采又色艺双全的杂剧女艺人。著名的元曲作家关汉卿便有套曲《一枝花·赠朱帘秀》，真是写得情文并茂，而且通篇一语双关，字面上咏珠帘，其实处处紧扣着朱帘秀这个人物。歌咏其美貌，则比之以湘妃；插述其舞姿，则拟以织珠千串、金钩错落。使人对她的形象留下了美好的印记。

可是作为一个入了乐籍的艺人，平日里要应召去赴官员宴会，娱宾劝酒，歌舞弹奏，不可怠慢，还得曲意奉承，呈欢献笑，否则便可能遭到责罚。另一位与朱帘秀同等身份的真氏，便唱过"对人前乔做作娇模样，背地里泪千行"这样的伤心曲。在婚姻上，元代律令规定，她们只能"乐人内匹配"，这更使她们的命运雪上加霜。任你聪慧过人、风姿绰约、艺坛独步，只要你的可意郎君，不是艺苑中人，其姻缘就只能如俗话所说：有缘无分了。

由于她名擅梨园，当然会引起人们的仰慕和眷恋，卢疏斋便与她过从甚密。疏斋名挚，是元朝一位著名人物，才华横溢，诗文与姚燧齐名，官至为皇帝起草诏书的翰林学士承旨的地位。可以想见，卢疏斋曾替处境卑微、随时可受人欺凌的朱帘秀，应付过几许尴尬的局面，排解过多少恼人的纠纷。那么朱帘秀感激、寄情、托身于他，则是情理中的必然。卢挚对这样一位可怜、可爱的人儿注以深情，当也是不言而喻的。可是他们不能终成眷属，却是朱帘秀命运所注定了的事。她后来嫁给了一个道士，在上引关汉卿《赠朱帘秀》中曾祝愿她能使"守户先生手掌里奇擎着耐心而卷"，爱护珍重她。当时称道士为先生，这里同样以帘喻人。一朵娇艳而且是历经了风风雨雨的鲜花，须得人悉心地浇灌，朱帘秀恐怕没有这个福分。

这首小令是朱帘秀即将与卢分别时，答他《别朱帘秀》而作。卢疏斋写道："才欢悦，早间别，痛煞煞好难割舍。画船儿载将春去也，空留下半江明月。"词意显然，分离时难舍难分，心情凄凉。而朱帘秀的心情却复杂得多，此一别，山重水复，恐再无相见之期，能无恨？能无怨？眼见"憔悴煞玉堂人物"（宋代以后翰林院往往称为玉堂，因以玉堂人物指卢挚）她是在为他设想，仔细思量，对方终不能与自己长相守，也有他不得已处，又怎么能有过分的念头呢？怨又怨谁？恨又恨谁呢？终有千万般折磨痛苦，也一身兜揽下来去活受苦吧。想到今后心灵中难于煎熬的日子，真"恨不得随大江东去"，读至此，怎能不令人洒下一掬同情之泪。

贯云石　元文学家。(1286~1324) 号
酸斋。维吾尔族。阿里海涯之孙。出身
显贵。初时曾袭父职，任两淮万户达鲁
花赤，后让爵于弟。仁宗朝，拜翰林侍
读学士，中奉大夫，知制诰同修国史。
不久弃官，隐于杭州一带，又号芦花道
人。曾从姚燧学。善书法，能诗文，尤
以散曲知名。所作散曲，风格比较豪放，
多写逸乐生活和儿女风情。曾为《阳春
白雪》《小山乐府》作序，在当时很有影
响。今人任讷将其散曲与徐再思（号甜
斋）作品合辑为《酸甜乐府》，得其小令八十六首，套数九套。

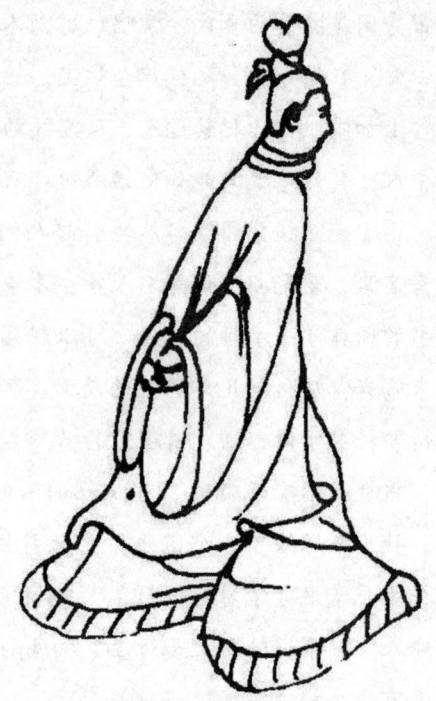

正宫·塞鸿秋　代人作

贯云石

起初儿相见十分忺，心肝儿般敬重将他占，数年间
来往何曾厌。这些时陡恁的恩情俭，推道是板障柳
青严，统镘姨夫欠。只被这俏苏卿抛闪煞穷双渐。

【鉴赏】

　　这首小令抒发了作者对一位女子的相思之情，表现了因与这位女子之间出现
感情波折而引起的一种内心的痛苦与忧愁。

　　开头两句写诗人初见到这个妓女就很喜欢她，并和她建立了长久的关系。
"忺"表示高兴、适意。"占"就是占有，这里表示和她长期相好。"心肝儿般"
是一种非常亲昵的比喻。"数年间来往何曾厌"，几年来二人感情交往都是甜甜蜜

蜜、卿卿我我，这更进一步表现了他们之间的感情是一种真情。但是，"这些时陡恁的恩情俭"，"陡"是顿时、突然的意思，"恁的"就是"那样的"，"俭"是俭薄、不丰裕，这里指两人间感情不如从前，变得冷了。一句是全首小令的关键，是诗人感情的触发点。诗人痛苦、烦恼都是从"她"的感情的这种变化引起的，正因为有了这种感情变化，才有了这首小令。"推道是板障柳青严，统镘姨夫欠。""柳青"是元代一句歇后语，因为有一支曲牌叫"柳青娘"，故用"柳青"代"娘"，这里可能指那妓女的母亲，但也很可能是指鸨母；"统镘"是富有钱财的意思，"姨夫"是两男共狎一妓之称；"统镘姨夫"在这里指主人公之外占有那妓女的另一有钱嫖客；"欠"是躬身、欠身的意思，在这里表示恭敬、殷勤。在最后，倾其郁闷，发出一句牢骚话："只被这俏苏卿抛闪煞穷双渐。""抛闪"就是抛弃的意思。诗人在这里使用了借代的手法，引用"苏卿与双渐"的故事来比喻自己当时的痛苦处境，同时隐含着盼"她"回来与"我"重新和好的愿望。苏卿与双渐的故事大致是这样的：庐州妓女苏卿与书生双渐交欢，感情很好，后双渐出外，苏卿在家等待。但苏母私下里将她卖给了一个茶商，苏卿非常哀怨。船过金山寺时，苏卿在墙壁上题了一首诗。双渐考取进士后，见到了金山寺墙上的诗，经官府断判，将苏卿归还他重新做了夫妻。表现了诗人自己与思念的女子重新和好团圆的感情和愿望。

全首小令虽然都是怨言，却没有一点儿对那女子的恨。

正宫·小梁州 失题

贯云石

巴到黄昏祷告天，焚起香烟。自从他去泪涟涟，关
山远，抛闪的奴家孤枕独眠。告青天早早重相见，
知他是甚日何年。则愿的天可怜，天与人行方便。
普天下团圆，带累的俺也团圆。

【鉴赏】

　　该篇特点是以俚词口语入曲，明白流畅，通俗如话。从结构上看，除前两句
"巴到黄昏祷告天，焚起香烟"是作客观叙述，交代出一个女子好不容易眼巴巴
地盼到黄昏人静，开始焚香膜拜向上苍祷告之外，自第三句"自从他去泪涟涟"
直到结尾，全是发自女子内心的祈祷之词，共有九句，一环扣一环按层次展开：
先诉说丈夫离去，关山路远，自己形只影单终日以泪洗面；接着说离人归期难
卜，祈求上天做主，让夫妻早相见，因为天最慈悲、最愿为人行方便；最后两句
把祷词高度提炼，只剩下"团圆"二字，再次祈求上天。这段祷词一气呵成，怨
别、怀念、期待盼归的心情婉转缠绵。此外，尾句"普天下团圆，带累的俺也团
圆"颇有些余味，起点化、加深人物性格的作用，使曲中女主人公的形象变得丰
满，更显得纯洁、善良而多情。曲中"巴到""抛闪""奴家""甚日""则愿
的""带累的"等词都是不登大雅之堂的市井俚语，均被自如地用来表达要说的
内容，十分准确、贴切。这说明作者贯云石驾驭民间语言的功力是深厚的。

正宫·小梁州

贯云石

秋

芙蓉映水菊花黄，满目秋光。枯荷叶底鹭鸶藏。金风荡，飘动桂枝香。

[么] 雷峰塔畔登高望，见钱塘一派长江。湖水清，江潮漾。天边斜月，新雁两三行。

冬

彤云密布锁高峰，凛冽寒风。银河片片洒长空。梅梢冻，雪压路难通。

[么] 六桥顷刻如银洞，粉妆成九里寒松。酒满斟，笙歌送。玉船银棹，人在水晶宫。

【鉴赏】

《小梁州》原有四首，分别描写杭州西湖四时风光，皆诗中有画。这是其中的秋、冬二首。

《秋》，先写湖畔听见的秋景，芙蓉、金菊、枯荷、丹桂，全是西湖尤物。再变换角度写登高所见的秋景，江、湖、波、潮，西湖的秋美在雄壮。最后仰望，写西湖静空的秋意浩荡。俯仰西湖，色彩明丽，不见一丝萧瑟凄凉，给人的感觉却是无限的清凉、旷远、昂扬、爽朗，真是尺幅天地包罗万象。表现了诗人开朗的性格和高洁的情趣。

《冬》，写雪压冰封中的西湖。曲中那寒风、冰雪，不仅无一丝寒意，反成了洁美的使者。峰、松、桥、堤玉琢粉妆，连船、桨也玉洁银亮。美在洁白纯净。六桥，指苏堤上的映波、镇澜、望山、压堤、东浦、跨江六座拱桥，是西湖胜景之一。九里松，在灵隐寺外路旁，唐刺史袁仁敬植，两旁各三行。寒凝大地的景象从欢畅轻快的笔端流出，冰冻雪压的凝重中却有笙歌、短棹的悠闲舒畅。把雪中西湖神化为"水晶宫"，让人尽享其乐，可说前无古人。

双调·落梅风　失题

贯云石

鱼吹浪，雁落沙。倚吴山翠屏高挂。看江潮鼓声千万家。卷珠帘玉人如画。

新诗句，浊酒壶。野人闲不知春去。家童柳边闲钓鱼。趁残红满江鸥鹭。

【鉴赏】

　　这两支曲子，前者以绘物写景为主，后者以叙事抒情取胜，不论绘景或抒情，都不做精雕细刻，仅以粗线条勾勒速写，点到即止，留给人以丰富的想象余地。

　　前一支曲子起始两句"鱼吹浪，雁落沙"不同凡响，气势宏大，几乎把辽阔江面上的景物尽收眼底：近处水波下游鱼成贯、戏水喋呷翻动浪花，像吹动着江水在徐徐地流动；远处沙洲片片，栖息着眠沙卧草的、倦飞的大雁。这一动一静，字字对仗，和谐而优美。接三句，像一块三棱镜，每一面都映出一幅生动的图画，江背后的吴山像一扇巨大的翠绿色的屏风，摩天高悬；面前的江浪拍岸排空、响声如雷，又似千家万户用重槌把大鼓敲起，身边的女子站在高高卷起的珠帘下，楚楚动人，像画中人一样美丽。

　　全篇五句，句句如画，绚烂多彩，声色兼备。

　　后一支曲子重在叙事，情寓其中。"新诗句，浊酒壶"两句，下笔十分自然，写出了诗与酒原是一对密不可分的恋人；新的诗句的构思，往往伴随着一杯杯的

图文珍藏版

浊酒。诗人一边饮酒一边诵诗，怡然自得。接三句，分别叙说不同的景事：山野村民酌酒相邀，悠闲自得；水鸥、白鹭嬉戏水面，追逐着飘洒满江的落花残瓣。"趁"字在此做"追逐"解。

该曲叙事之中有抒情，情景交融，勾画出了暮春独有的风光。生机勃发、不带丝毫忧伤。显示出与众不同的风格。

双调·殿前欢　失题

贯云石

楚怀王，忠臣跳入汨罗江。《离骚》读罢空惆怅，
日月同光。伤心来笑一场，笑你个三闾强，为甚不
身心放？沧浪污你，你污沧浪。

【鉴赏】

这支 [殿前欢] 是以屈原故事入曲的寄情述志之作，悼念中带有浓重的愤世嫉俗的味道，显示了作者狂放不羁的性格。全篇流利，明白如话。

起始两句引入典故，直截了当地指斥楚怀王不辨贤愚、刚愎昏庸，竟活活地把对他满怀忠贞的屈原逼得壮志难酬，跳入了汨罗江。短短两句，包含了作者极大的义愤。接下来是抒发怀吊之情：读过那遗世名著、与日月同光的《离骚》之后，受到深深感染，满腹忧伤，但也只是无济于事的空自惆怅。总上四句，就内容而论，可以说尚未脱出前人凭吊文字的格调，未见独特之处。然而，下面几句却大见作者迥异于前人的思想风格。"伤心来笑一场，笑你个三闾强，为甚不身心放？"这三句，与其说是悼吊屈原，毋宁说是作者的自画像，大意是说：一阵伤心之后忍不住又大笑一场，笑你屈原为什么那样想不开，你已经被疏远流放、贬降成三闾大夫，做什么还争胜好强？为什么不舍得抛掉胸中无人理解的壮志，放纵自己的身心尽情地欢乐舒畅，就像我一样?！说这几句是作者的自画像，就是因为它不仅把一个又伤心又狂笑的、不拘礼法的狂士形象推到读者面前，而且居然剖露心迹地对他所崇拜的人物进行针砭、表示出自己的不以为然，这真是与

·元曲·

图文珍藏版

众不同的凭吊！要真正了解其中真味，还应该推敲一下曲中的"笑"，这是一种人到极伤心处、激于自拔、寻求解脱的笑，是蔑视强梁凶顽同情忠良的笑，是胸无点尘、无所羁绊的笑。而且这种笑是作者贯云石所特有的，正符合其特定性格，丝毫不损其对屈原的崇敬之情。全曲的高潮在结尾"沧浪污你，你污沧浪"二句，"沧浪"，在此泛指江水；作者以自己特有的宽阔胸怀向伟大的诗人发出深情的凭吊：你跃入江中，滔滔的江水把你吞没；到底是江水玷污了你的伟大身躯呢？还是你的性格弱点污染了伟大的江河？

《太和正音谱》评贯云石的曲"如天马脱羁"，诚哉！斯言。

双调·清江引　（三首）

贯云石

一

弃微名去来心快哉，一笑白云外。知音三五人，痛饮何妨碍。醉袍袖舞嫌天地窄。

二

竞功名有如车下坡，惊险谁参破？昨日玉堂臣，今日遭残祸。争如我避风波走在安乐窝。

三

避风波走入安乐窝，就里乾坤大。醒了醉还醒，卧了重还卧。似这般得清闲的谁似我？

【鉴赏】

　　[清江引] 三首，都是以厌弃功名、向往安乐窝生活为主题的小令。作者世

袭显贵，虽无仕途风波，却深知官场内幕，因而产生这种消极的思想也是必然的。第一首写抛却功名后的"快哉"：一快于白云似的悠闲，二快于有知音同醉，三快于醉后的无羁无缚。透过三"快"，便可感知作者在官场的三"不快"了。第二首承补上曲，是对为何厌弃功名的说明。先用一句"车下坡"的形象而贴切

的比喻论说追逐功名的危险，覆灭的结局是无法逃避的，似近于公理。虽然如此，但人们总不能参破，因此无不是"昨日玉堂臣，今日遭残祸"的结果。与第一曲恰成正反说明。第三首正面直写抛弃功名的自在。首句顶真上曲末句，下启"安乐"主旨。乐在何处？一乐在窝里乾坤，二乐在醒醉自由、卧起自在。但在作者为"这般得清闲"而自鸣得意声中，也应听出他心有余悸的隐隐叹息。

双调·清江引 咏梅

贯云石

南枝夜来先破蕊，泄漏春消息。偏宜雪月交，不惹蜂蝶戏。有时节暗香来梦里。

【鉴赏】

《咏梅》歌颂了梅花的高尚品格：梅花绽开，报告了春天到来的消息。它傲

立于寒冬，与白雪、明月相伴，而不是天暖、雨后才开放，以招蜂若蝶。"暗香"用宋代林逋《山园小梅》中"暗香浮动月黄昏"句意，指梅花。贯云石厌恶世俗的蝇营狗苟、尔虞我诈，所以他笔下的梅花具有不招惹蜂蝶、孤高纯洁的品质。全曲蕴藉清丽，意境高远。

双调·清江引 惜别（三首）

贯云石

一

湘云楚雨归路杳，总是伤怀抱。江声搅暮涛，树影留残照。兰舟把愁都载了。

二

若还与他相见时，道个真传示：不是不修书，不是无才思，绕清江买不得天样纸。

三

玉人泣别声渐杳，无语伤怀抱。寂寞武陵源，细雨连
芳草，却被它带将春去了。

【鉴赏】

这三首小令，风格各异，写别情都有点睛之笔和独特的技巧。

第一首妙在末句，是李清照《武陵春》词中名句"只恐以溪舴艋舟，载不
动许多愁"的脱化。"把愁都载了"，不仅是游子，而且还有思妇，载得更为沉
重。作者还把这只归舟系在特定的环境中：云雨的迷茫，暮涛的孤寂，残照的怅
惘，有烘云托月的效果。

第二首构思非常独特的小令。作者没有正面叙述对友人（情人）的思念之
情，而是说自己找遍了清江也买不到像天一样大的纸，没办法抒写自己的相思之
情。可见这种情感是多么深挚、强烈。"真传示"，真实情况的传达。"修书"，
写信。这首小令运用夸张手法表现友人（情人）之间的离愁别情，想象奇妙，出
人意料。

第三首作者写对方，即美丽的玉人，她"泣别""无语"，此时是无声胜有
声，一切"伤"心之事尽在不言中。双方想到了武陵源，但是"细雨""芳草"，
"带将春去了"。用语极妙。武陵源，即桃花源，在今湖南省桃源县。陶潜写有
《桃花源记》："武陵人，捕鱼为业。"王维《桃源行》："居人共住武陵源，还从
物外起田园。"向往归隐田园的生活。

三首小曲，看似俗而却不失其雅，确实是不可多得的曲作。

中吕·红绣鞋

贯云石

挨着靠着云窗同坐，看着笑着月枕双歌。听着数着

愁着怕着早四更过。四更过情未足，情未足夜如梭。天哪！更闰一更儿妨甚么。

【鉴赏】

　　这首曲写一对恩爱夫妻缠绵缱绻的一夜，真挚的情爱表现得热烈而真切。两口子先并肩闲聊，再在枕上同哼情歌，甜甜蜜蜜欢度良宵。进而侧面烘托，双双恨时光不作美。怕时间飞逝，数更点漏倍加珍惜，怎知时间反过得快。两人缱绻到四更，犹觉不够，还怨老天为什么不多添一更。心理刻画十分逼真。中间三句顶真，挚爱之情步步见深。全曲用俚言俗语，有民歌的风味。

仙吕·点绛唇　闺愁

贯云石

花落黄昏，暮云将尽，专盼青鸾信。宝兽香焚，又到愁时分。

[混江龙] 相思慰闷，绣屏斜倚正销魂。带围宽尽，消减精神。翠被任薰终不暖，玉杯慵举几番温。鸾钗半軃惬蝉鬓，长吁短叹，频揾啼痕。

[寄生草] 琼簪折，宝鉴分，今春又惹前春恨。泪珠儿滴尽愁难尽，瘦庞儿不似当时俊。思量几度甚时休，相思满腹何年尽？

[金盏儿] 风逼透绣罗衾，风刮散楚台云；檐间铁马风韵，风摇闲阶翠竹不堪闻。风筛帘影动，风传漏声频。风薰花气爽，风弄月华昏。

[后庭花] 兽炉中香倦焚，银台上灯渐昏；罗帏里和衣睡，纱窗外曙色分。想情人，起来时分，踩金莲搓玉笋。

[赚煞] 捱的到天明，却有谁瞅问？昨夜和衣睡把罗裙皱损，一面残妆空泪痕。日高也深院无人，掩重门，烦恼向谁论，独对菱花整乱云。恰待向瘦庞儿上傅粉，欲梳妆却心困，气长吁呵的镜儿昏。

【鉴赏】

这套曲像是一组变奏曲，每一段（即每一支曲子）都在主旋律基础上变奏出不同的感情细节，但反复咏叹的都是一个离愁别恨。

开头五句是一支序曲，在这序曲当中，就开始表现出女主人公忧愁哀伤的情绪，作者用"专盼青鸾信"一句，点出主人公的忧愁哀伤是因为丈夫的远去，她在漫长的时间里，只有等待丈夫的来信。作者把主人公放在"花落黄昏，暮云将尽"的环境里，表现主人公的哀愁。一个"又"字，表现出主人公周期性的感情变化，增加了感情的深度，同时也表明，今天的哀愁时分又到来了。

第二支曲子，就开始咏叹这已经到来的哀愁了。此时时间已由黄昏延伸到晚上。主人公"相思慰闷"，以相思之情宽慰烦闷，结果只能使自己更加哀伤。她倦怠懒散，斜倚屏风，黯然神伤，所谓"绣屏斜倚正销魂"，"销魂"是指为情所感，苦魂魄离散。"带围宽尽，消减精神"，由柳永"衣带渐宽终不悔，为伊消得人憔悴"的境界化来，表明思念亲人使身体消瘦、精神亦消减，变得无精打采。以下几句也都是表现主人公这种无精打采、非常倦怠的精神面貌。"翠被任薰终不暖，玉杯慵举几番温"，香炉薰不暖衾被，懒洋洋地举起酒杯，又有几多温意？"鸾钗半軃憶蝉鬓，长吁短叹，频揾啼痕。"鸾钗半垂在草率梳成的蝉状鬓发上，正是一副懒散伤神的样子，长吁短叹表现了内心的痛苦，手不停地擦去泪痕，必是女主人公泪流不断。

第三支曲，作者用折簪、裂镜来表现主人公孤寂、相思及由此产生的烦躁，"今春又惹前春恨"比第一支曲中"又到愁时分"更进一步。第一支曲不过是对前一天而言，而这里"今春"对的是"前春"，离愁更浓更厚，怎能不让人心生烦躁。"泪珠儿滴尽愁难尽，瘦庞儿不似当时俊"，在第二曲中还是"频揾啼痕"，而这里已是"泪珠儿滴尽"，但虽滴尽却"愁难尽"，离人未归当然愁也难尽，可见愁之长、痛苦之深。主人公在镜前望着自己的面容，消瘦并且不如亲人在的时候俊俏了。这里也是从另一个角度写出女主人公在丈夫走后的感情变化。整天在凄苦之中，人自然会消瘦下去，凄楚不堪、没有笑颜也会使面庞变丑。正是在这种情绪下，主人公也就不能不发烦躁的牢骚了："思量几度甚时休，相思满腹何年尽？""甚时休"与"何年尽"表现的正是无尽无休，所以主人公处在一种无望之中，这就是她烦躁的原因。

在第四支曲中，主人公的愁苦仍在加深，感情变得急促。在此支曲的八句当中，每句都有一个"风"字，除第三句外，"风"字又都在句首，而且这八句都是动景描写，风均为施动者，这在语气上构成了一种紧张的气氛，正好表现了女主人公感情的急促，此外，这八句描写的动景都是极易引发人伤心情怀的，所以又把女主人公的愁苦加深。"楚台"一典出自宋玉《高唐赋》，"楚台云"指男女欢会之梦。第三、四句，写的都是寂静中的声响。"铁马"，也叫风铃，是挂在窗檐上的一种响器，相传隋炀后因思竹鸣不能入睡，炀帝为她做薄玉龙悬于檐外，风吹响与竹声无异，民间效仿则以竹马代玉龙，后变为铁马。铁马的来历使人想起炀帝对帝后的柔情，而且听到风吹铁马和翠竹的声响，主人公会回忆起亲人在时共听其声的欢乐场景，也就愈加哀伤，所以诗人说是"不堪闻"。下边几句把女主人公所处的环境氛围生动地表现出来。"风筛帘影动，风传漏声频，风薰花气爽，风弄月华昏"。深夜，灯光下一位女子寂寞独处，风吹动的帘影，风传来的滴漏声，提示着夜的寂静，使人感到时间的难熬和夜的漫长。带着花香的清爽空气和黄昏的月光，也烘托了主人公的哀伤。

第五支曲子写翌日黎明时分的情形。"兽炉中香倦焚，银台上灯渐昏。"香燃倦了，实际上是表现人困倦了（因为熬了一夜没睡），因为天色渐亮，所以灯光渐昏。"罗帏里和衣睡，纱窗外曙色分。想情人，起来时分，踩金莲搓玉笋。"在窗外逐渐明晰时，熬了一夜的女主人公和衣睡去，这表明她是在哀愁中不知不觉睡去的。但内心的思念又让她睡不安稳，梦中仍是想着亲人，醒来时怅惘失神，顿着金莲小脚，搓着玉笋般的手指，一种难言的隐痛跃然纸上。

最后一支曲 [赚煞] 是结尾的曲子，在这支曲中表现了女主人公最深程度的孤独和哀愁，这里是主人公所有痛苦感情的最后倾吐。"捱的到天明，却有谁瞅问？"苦熬一夜是为了思念亲人，亲人若知道定会加倍怜爱她，但此时亲人却仍无音讯，这种思念之苦仍无人看一眼问一声，所以心里充满了委屈。"昨夜和衣睡把罗裙皱损，一面残妆空泪痕。"如果亲人在身边甜甜蜜蜜高高兴兴，她一定打扮得漂漂亮亮，但如今和衣而睡把贵重的罗裙压得尽是皱纹，经过了一宿脸上的残妆留下一道道的泪痕。"日高也深院无人，掩重门，烦恼向谁论，独对菱花整乱云。"太阳升高了，人们开始了活动，但深宅大院内仍紧关重门，除她外无一人，她那一肚子的烦愁向谁诉说呢？无可奈何，孤寂之中只好拿过镜子和自己的影子做伴吧。望着镜中自己那凌乱的头发和瘦弱的面庞，梳妆了又给谁看呢？"欲梳妆却心困"，不是"身困"而是"心困"，那么，这种困倦就来得更深。要问她内心的痛苦有多深，"气长吁呵的镜儿昏"，你看这菱花镜都被主人公的长吁短叹呵得昏气朦胧了。最后一句，妙在抓住了从镜面的哈气表现主人公痛苦的内心世界的新颖角度。

这套曲通对女主人公离愁别恨的反复咏叹，逐渐把主人公的感情铺陈开来，表现得淋漓尽致。

双调·水仙子 田家

贯云石

绿阴茅屋两三间，院后溪流门外山，山桃野杏开无限。
怕春光虚过眼，得浮生半日清闲。邀邻翁为伴，使家
僮过盏，直吃的老瓦盆干。
满林红叶乱翩翩，醉尽秋霜锦树残，苍苔静拂题诗看。
酒微温石鼎寒，瓦杯深洗尽愁烦，衣宽解，事不关，
直吃的老瓦盆干。

【鉴赏】

这两支曲题为《田家》，实际并非写一般农家的生活，而是写作者归隐田园的乐趣。

前一曲写春日作者在乡间与邻翁共饮的生活情趣。两三间茅屋绿树掩映，屋后有潺潺的溪水流过，门外有连绵起伏的青山，山上开满了红艳艳的桃花和雪白

的杏花。怕美好的春光虚掷，从虚浮不定的生活中得到半日闲暇，邀请邻家的老翁与我为伴，让家僮斟酒，而对美景开怀畅饮。

第二曲写田园美景和自己的乐趣。满林树叶经秋霜摧打，尽染红色，像喝醉了酒一般。秋风吹拂，红叶纷纷飘落。轻轻拂去石上的苍苔，面对这秋日的美景，一边题诗一边观赏。酒微温石炉还未热，斟满瓦杯尽情畅饮，洗尽烦愁。解衣宽带，把世间的事抛在脑后。

这两支写作者隐逸的闲情、乡间生活的乐趣的小曲，是作者隐逸生活的记录。

在艺术上，小曲一气呵成，读来颇觉畅快。在对环境的描写方面，前支曲作者用简练的笔触勾勒了一幅淡淡的水墨画，意境开阔、疏淡；后支曲作者抓住红叶的颜色，用了"红""醉""锦"几个字，把红叶纷纷飘落的情态刻画得非常逼真。如果说前支曲子描摹景物是轻墨淡彩的话，后支曲则是浓墨重彩，显示了作者描绘景物的功力。这两支曲像田园诗，感染力很强。

正宫·塞鸿秋 代人作

贯云石

战西风几点宾鸿①至，感起我南朝千古伤心事②。展花笺欲写几句知心事，空教我停霜毫③半晌无才思。往常得兴时，一扫无瑕疵。今日个病恹恹④刚写下两个相思字。

【注释】

①宾鸿：大雁。因《礼记·月令》有"鸿雁来宾"语，故谓宾鸿。

②"感起"句：金吴激有《人月圆》词云："南朝千古伤心事，还唱后庭花。"颇著于世。故此处仅取歇后语意，"南朝千古伤心事"即伤心事。

③霜毫：白毛笔。

④病恹恹：病得萎靡不振、有气无力的样子。

诗文中的"代作",往往是应主人或友人之命而效劳;散曲不同,多为文人代女子捉刀,因为旧时的女子识字不多。本篇就是使用女子的口吻,描绘她展开花笺写信的一段情节,不过由于作者故弄文心,使得曲中的主人公,更像是一位女才子了。

"战西风"中的战字,既可解为寒战、抖索,也可解为挣扎、抗争。首句八字,便形象地勾画出一幅深秋雁空图,足以激起人们各种各样的悲秋心绪。曲中的"我"感起伤心事,自能得到读者的充分理解。但作品却故意不直说"伤心事"的具体内涵,而采用了欲擒故纵、跌宕起伏的表达方式。先是"展花笺欲写几句知心事",打算向知心的人儿写信,这就使人想到女主人公之所以见雁伤心,必定与雁能传书的因素有关,她的"伤心事"也必然包含在"知心事"中。既然"欲写",信纸也已经铺好了,又只准备写"几句",那就快写吧,偏偏女子来了个"停霜毫",一字都没写出来。这是第一层波折。女子自言"半晌无才思",看来此时写信是心有余而力不足,偏偏作品又补出了"往常得兴时",可是灵感充沛,下笔如扫,挑不出一点毛病的。今昔的这种反差,形成了第二层波折。末句又从"往常"返回到"今日",花笺上终于没有曳白,然而"病恹恹"与"得兴时","两个相思字"与"一扫无瑕疵"的鲜明对照,又构成了第三层波折。"今日个病恹恹刚写下两个相思字",说明前时的"伤心",正是深深的离恨与苦苦的相思。全曲的这种处处曲笔、一波三折,显示了女主人公感情的深婉;大量运用的衬字,则应合了她"病恹恹"的相思绵情。

高则诚《金索挂梧桐·咏别》:"再休惹'朱雀桥边野草花'。"《西厢记·二煞》:"你却休'金榜无名誓不归'。"都是取习见成句的后三字为歇后语的例子。今人多不察此,直将本曲"南朝千古伤心事"视为实指,以为贯云石在抒兴亡之感、故国之思,就未免牛头不对马嘴了。

中吕·红绣鞋 痛饮

贯云石

东村醉西村依旧，今日醉来日扶头①。直吃得海枯石烂
恁时②休。将屠龙③剑，钓鳌④钩，遇知音都去当酒。

【注释】

①扶头：醉酒的样子。

②恁时：这时节。

③屠龙：《庄子》说有个叫朱泙漫的，学习了三年，学得了宰龙的技术。后
人常以此喻高超的本领。

④钓鳌：《列子》载渤海东有大鳌撑负着神山，结果被龙伯国的巨人一气钓
走了六只。后因以钓鳌喻远大的抱负或雄豪的举止。

【鉴赏】

"东村""西村"是无处不醉，"今日""来日"是无时不醉。"海枯石烂恁
时休"加重了这种豪兴与决心，同时也说明自己的买醉实同酒外的世界有关：这
世界不到"海枯石烂"的地步，只要存在一天，狂饮就一天不停止。这就大有
"时日曷丧？予与汝偕亡"的愤疾意味。这三句已将"痛饮"的题面和盘托出，
且揭出了痛饮背后隐藏着的强烈悲愤。

接下的三句，将这层悲愤的含义表达得更为清楚。"屠龙剑""钓鳌钩"，在
生活中是不存在的，它们所代表的是一种用世的象征。建功的抱负、立业的本
领，统统可以不要，统统用来换酒，等于说酒乡与酒外的功名世界两不相容。而
"屠龙剑"与"钓鳌钩"只能派上换酒的用场，这也就说明了诗人的怀才不遇及
社会的贤愚不分。作品末句"遇知音都去当酒"，与首句对读的话，可知作者的
"知音"都在村中，这就见出了诗人鄙视官场、痛饮逃世的生活态度。他写过一
首《清江引》："弃微名去来心快哉，一笑白云外。知音三五人，痛饮何妨碍！

醉袍袖舞嫌天地窄。"证实了诗人沉湎酒乡、不事功名的疏狂与反抗。

本曲通篇均为夸诞的豪语，既表现了"痛饮"的狂态，也倾泻了愤世嫉俗的感慨。较之诗歌中的醉酒名句如"比日寻常醉，经年独未醒"（王绩《春园兴后》）、"应呼钓诗钩，亦号扫愁帚"（苏轼《洞庭春色》），更觉澜翻悲壮。

南吕·金字经

贯云石

泪溅描金①袖，不知心为谁。芳草萋萋人未归。期，一春鱼雁②稀。人憔悴，愁堆八字眉③。

【注释】

①描金：以他色勾托金色的装饰手法。

②鱼雁：古人谓鱼、雁俱能传书，故以鱼雁代指书信。

③八字眉：又称鸳鸯眉，一种源于唐代宫中女子的眉式。韦应物《送宫人入道》："宝镜休匀八字眉。"

【鉴赏】

起首两句，纯用白描，已呈现了一名贵家女子含颦带泣的剪影。这两句是从李白的《怨情》所化出："美人卷珠帘，深坐颦蛾眉。但见泪痕湿，不知心恨谁？"今人金性尧《唐诗三百首新注》："末句'不知心恨谁'，虽未明说，但实际已对读者作了暗示。"太白诗的"暗示"，是由"卷珠帘""深坐"的等候所先行提供线索的，而本曲的女子，则一空依傍，"不知心为谁"就纯粹成了悬念。这样的开头，颇能抓住读者的注意力。

"芳草"以下三句随即揭示了答案。"芳草萋萋人未归"，源于《楚辞·招隐士》："王孙游兮不归，春草生兮萋萋。"本曲女子所盼等的"王孙"，不仅"人未归"，而且"一春鱼雁稀"，大有一去不返的嫌疑，情形更为不堪。夹在中间的一字句"期"，概括了女子自打离别之后的朝思暮想，却也给读者一种淹没在无情现实中的绝望的感觉。

末二句加写，再度展现了楚楚动人而又茕茕孑立的闺阁佳人形象。这一结尾与起首遥遥相应，但前面的"泪溅描金袖"是片时的特写，而此刻的"人憔悴"则是持久的现状，也就是积无数次"泪溅"的伤悲后形成的结果。全曲寥寥数笔，便勾勒出一名年轻思妇的小像，更于无字之处，显示了她对远出不归的心上人的脉脉深情。

双调·寿阳曲

贯云石

新秋至，人乍①别，顺长江水流残月。悠悠画船东去也，这思量起头儿一夜。

【注释】

①乍：猝然。

【鉴赏】

这是送走行人后的怀想。秋气清疏，易生悲凉，偏偏赶上在这时候送行，行人和送行人的惆怅是可想而知的。宋代柳永有句道："多情自古伤离别，更那堪冷落清秋节。"（《雨霖铃》）吴文英有句道："何处合成愁？离人心上秋。"（《唐多令》）都写到了秋令对离人的影响，何况这场分离来临得那么突然！一个"乍"字，给人留下了惊心的感觉。

离人远去，送行人还留在江岸边不忍走开，凝视着前方出神。"顺长江"一句是景语，又是情语，意味深长。顺流东下的江水与行舟是同一方向，说明送行人一直在眺望那船影消失的远方；水流残月，一派凄清，那月亮也"残"而不能团圆，恰可作为这番别离的象征；江水不停东流，残月却驻留原处，这又衬示出去者远去、留者伫立的离情别意。更主要的是，水、月都曾是送别现场的证见，正是这长江水载走了行舟，而让残破的月影替代了它的位置。触景生情，送行人眼前自然而然地浮现出当时"悠悠画船东去也"的一幕。将分手情形置于回想中补叙出现，是绝妙的构思，它再度回应了"人乍别"的不堪正视。点明"画船"，上船的当是名女子。按元曲的表现习惯，这场"乍别"发生于男女之间。则"悠悠"二字，又影示了相思的缠绵情味。

岸边的"他"同船上的"她"无疑都在相互思念。可这离愁别恨，才只是刚开了个头啊！作品不具体描述此时思念的况味，只用"起头儿一夜"五字，既回应了"人乍别""水流残月"，又包含着对往后日子的联想，刻骨相思的滋味，不言自明。《董西厢》卷六〔蛮牌儿〕："不恨咱夫妻今日别，动是经年，少是半载，恰第一夜！"《西厢记·草桥店梦莺莺》第四折〔新水令〕："离恨重叠，破题儿第一夜。"刘燕哥《太常引·饯齐参议回山东》："明月小楼间，第一夜相思泪弹。"都与本篇一样，以"第一夜"来推想和概括今后无数个日日夜夜的离情别绪。元曲善以巧笔呈柔婉的思致，于此可见一斑。

双调·清江引 咏梅

贯云石

芳心对人娇欲说，不忍轻轻折。溪桥淡淡烟，茅舍澄澄月。包藏几多春意也。

【鉴赏】

王国维在《人间词话》中说："有我之境，以我观物，故物皆着我之色彩。"这首小令正是物我交融的产物。

小令写的是郊外黄昏的野梅。一上来，诗人便把梅花当成美人佳丽，视作知心挚友，写她的娇柔可爱，含情脉脉，依依向人而又欲说还休。诗人的"不忍轻轻折"，既显示了他怜香惜玉的一往情深，也是慑服于梅花惊人的娇艳。接着三句，则进一步由野梅外在的幽姿，一直深入到它们内含的风韵。"淡淡烟""澄澄月"，自然不妨按字面解为环境的陪衬，烟笼月罩，愈显娇美；但从作者陶然醉心于观照的痴迷来看，"淡淡烟""澄澄月"也可说是野梅本身芳姿的写照，正因其意态朦胧，素淡而明艳，故与烟月浑不可分辨。作者点出"溪桥""茅舍"的典型环境，恰恰印证了这种视觉的变相效果。暮色中的溪水清澄，桥影黝黑，丛生于桥边的野梅着花满枝，色彩处于溪、桥的中间层次，远望一片，是"淡淡烟"；茅舍向月但不能反光，却因周遭开放着白色的梅花，崇光泛彩，铺泻出一派银辉，皎洁清莹，是"澄澄月"。"溪桥""茅舍"，又是郊野的风光，梅花在这里生长开放，则又暗见其远离尘俗，安于淡泊，孤芳幽独、清逸高洁的品性。它们虽托身于野外，寂寞于寒冬，却潜藏着生命意义上的至高至美。诗人别具青眼，有会于此，用"包藏几多春意也"结束了全篇。这是一种赞美，也是一种期望。以之与首句"芳心对人娇欲说"对读，不难得知"芳心"所欲吐诉的，正是它"包藏"着的"几多春意"。

双调·清江引

贯云石

狂风一春十占九，摇撼花枝瘦。沙摧杏脸愁，土蚀桃腮皱。阑珊了一株金线柳①。

【注释】

　①阑珊：空残稀疏的样子。金线柳：柳的美称。

【鉴赏】

　　唐代郑还古《博异志》记崔玄微春夜遇一群女子共饮，席上有位"封家十八姨"，众女子唯恭唯谨，都不敢得罪她。原来众女子皆为花仙，而封姨则是风神。在古人心目中，春天的狂风是摇落众芳的罪魁祸首。

　　小令的起句即推出"狂风"，极言它肆虐逞威的频繁与长久。"一春十占九"，虽不无夸张，却使人感到触目惊心。一句内间隔用上三个数字，在诗歌作品中颇为少见，很容易给人留下深刻的印象。狂风统领春天，造成了"花枝瘦"的灾难后果，"花枝瘦"前加上"摇撼"二字，使人顿想起"众芳摇落"的习语。果然，三、四两句，则以杏、桃的蒙难作了形象的说明。"沙摧""土蚀"，说明昔日的娇桃秾杏已经萎落尘沙，"摧""愁""蚀""皱"用字精当，颇见情形的不堪。而末句更是异军突起，让"金线柳"占据了画面的主体。柳摇金线，虽不至于吹折，却因群芳零落的缘故，孤单单显得"阑珊"。小令寥寥三十字，情景如绘，"杏脸""桃腮""金线柳"的美好原质与"愁""皱""阑珊"景象间的着意比照，令人难忘；尤其是"金线柳"的劫后幸余，更使人推存及亡，因而黯然神伤。较之于"一片花飞减却春，风飘万点正愁人"（杜甫《曲江》）的直叙，更为表现出了深邃的怜春之情与伤春之感。

无独有偶，作者还有一首《清江引》："宿雕梁一双巢燕慵，翠柳莺眠重。蜂闲报晓衙，蝶倦游春梦。小园中几般都恨风。"表现了同一主题。一者从植物着笔，直接写杏、桃、柳等受害者；一者则从动物入手，借助燕、莺、蜂、蝶"几般儿"，构思俱极巧妙。"小园中几般都恨风"的结句同"阑珊了一株金线柳"一样，形似写尽而实耐遐想。散曲小令的结尾，常常是一曲精彩凝聚之处。

仙吕·村里迓鼓 隐逸

贯云石

我向这水边林下，盖一座竹篱茅舍。闲时节观山玩水，闷来和渔樵闲话。我将这绿柳栽，黄菊种，山林如画。闷来时看翠山，观绿水，指落花。呀！锁住我这心猿意马。

[元和令] 将柴门掩落霞，明月向杖头挂。我则见青山影里钓鱼槎，慢腾腾间潇洒。闷来独自对天涯，荡村醪饮兴加。

[上马娇] 鱼旋拿，柴旋打。无事掩荆笆，醉时节卧在葫芦架。咱，睡起时节旋去烹茶。

[游四门] 药炉经卷作生涯，学种邵平瓜。渊明赏菊

在东篱下，终日饮流霞。咱，向炉内炼丹砂。

[胜葫芦] 我则待散诞逍遥闲笑耍，左右种桑麻，闲看园林噪晚鸦。心无牵挂，蹇驴闲跨，游玩野人家。

[后庭花] 我将这嫩蔓菁带叶煎，细芋糕油内炸。白酒磁杯咽，野花头上插。兴来时笑呵呵。村醪饮罢，绕柴扉水一洼，近山村看落花，是蓬莱天地家。

[青哥儿] 呀！看一带云山云山如画，端的是景物景物堪夸。剩水残山向那答。心无牵挂，树林之下，椰瓢高挂。冷清清无是无非诵《南华》，就里乾坤大。

[鉴赏]

《隐逸》套数，各散曲集均有收录，但都无题，亦不著撰人，只有原刊本、徽藩本《词林摘艳》题作《隐逸》，注贯石屏作，但贯石屏一名，不见于其他著作中；而《词林摘艳》中也只是两处，另一处是 [中吕·粉蝶儿] 套数，下亦注为贯石屏所作，可此套数在《北宫词纪》和《词林白雪》中皆注为贯酸斋（云石）所作，并见于《酸斋乐府》。因此许多研究者认为贯石屏就是贯云石。在无确切的证据之前，我们仍从贯石屏的说法。

这是一组描写归隐之乐的曲子，全套反复歌咏傲啸山林、侣鱼虾而友麋鹿的自得其乐，刻画了一个热衷功名利禄之人在遭受打击后回归自然、看破红尘的心路历程，极力表现一种与世无争的思想。

第一个曲子是全套的总序曲，具有纲颈性的作用，正如《红楼梦》第五回贾宝玉神游太虚境在全书中的作用一样。只有体会到这一曲的内涵，才能领略到全套的真谛。曲子一开始，作者就为自己选择了一个优美的环境，依山傍水、林木繁茂，在此盖上竹篱茅舍，再种上陶渊明的绿柳、黄菊，无异于人间仙境。对于一个天性崇尚自然，爱好观赏的人来说，置身其中，与自然融为一体，自会忘记一切，"乐不思蜀"的。可是我们的主人公却不是这样，他不时还有烦闷和无聊，还有难以把持的"心猿意马"。正是这"锁住我这心猿意马"的感叹，为我们理解此曲提供了一把钥匙。"心猿意马"在此处指的是对"尘世生活"的留恋，是对仕途的向往和怀念。一个隐居的人，却留恋官场的生活，使我们知道这种隐居实在不是出于他的天性，而是身不由己，不得不到自然之中求得解脱。也许是仕途的失败使他丧失了信念，也许是人生的挫折使他改变了信心，是命运促使他来到这里"看翠山、观绿水、指落花"。因此表面的欢快之中掩藏了内心的悲哀，他是强作欢颜、压制自己对仕途的向往来到此隐居的。此时他刚刚来到隐居之地，实实在在是身在林野，心存魏阙，否则也就无所谓锁住心猿意马了。说到这里，也许有的人要问，那他为什么还要隐居呢？这岂不是自讨苦吃吗！这得从两方面来谈。

首先，在中国古代读书人的头脑中，儒、道两家是以互补的形式相互依存在他们的思想深处的。从某种意义上讲，孔子的入世思想和老庄的出世哲学并行不悖，都深深地影响着古代的"儒生"以及"士人"，所以当他们一旦见爱于君王、得意之时，便能充分发挥自己的才能，施行自己的纲领，有一种匡济天下的雄心和行为；但一旦失意，又往往尊崇老庄，转向自然，采取消极的人生态度，所谓"达则兼济天下，穷则独善其身"，正是这种思想的最好写照。真正像伟大的屈原那样无论穷达都上下苦苦求索，一心为国为君的人，是很难见到的；即使像许由那样真心隐居、甘于淡泊，与世无求的人同样微乎其微。"隐居"似乎是失意后唯一的补充方式，甚至在特定时期竟是求得高官的一种手段，一条终南捷径，无怪乎什么人都在丢官后来隐居了。

第二，我们应注意到元朝紧张、尖锐、复杂的阶级矛盾和民族矛盾深深伤害了读书人，他们不但属于四等民族中最低的两种，而且社会地位也最低，"八娼九儒十丐！"他们仅仅高于乞丐而已，他们不甘心，可在铁蹄之下又无力反抗，只能采用消极避世的方法，因此元代颓废文艺思潮的产生是有深刻的社会根源的。是残酷的现实迫使无数才人志士，沉郁下僚，放浪纵逸，极不情愿、又无可奈何地唱着隐逸之歌。认识到这一点，我们就能理解这个套数之中作者为什么反复强调归隐的乐趣，为什么那样困难地达到"无是无非""心无牵挂"的地步。

序曲之后，便是具体描写他的隐居生活，虽然每支曲子都在写隐居之乐，但主人公的心境则是渐渐向前发展，最后和自然融为一体的。[元和令]一曲足写生活刚刚开始，作者还没有深入其中，还只处在观望别人的状态，看别人垂钓，美慕别人潇洒；自己则常常独对天涯，以酒浇愁。显然他还没有适应这里的生活，还没有进入形象和角色。

[上马娇] 一曲起，诗人行为发生了变化，首先他开始了最简单的日常生活，开始为自己生计奔波，他打柴、捉鱼，酒后醒来还得自己去烹茶。如果说他决定隐居是向自然迈出了第一步，那么此时他已迈出了可喜的第二步，他的思想深处已经把自己看作一个隐居者了。

[游四门] 曲，用了邵平、陶渊明两个典故。邵平，也叫召平，秦时广陵人，曾被封为东陵侯，秦亡后他一贫如洗，在长安城东种瓜，瓜甜美，被称为东陵瓜。萧何被拜为相国时，邵平曾劝他不要接受。陶渊明，东晋大文学家，因不愿为五斗米折腰而隐居，诗中有"采菊东篱下，悠然见南山"之句，被人们盛传。此处作者以古代贤哲自况，写自己以读经、炼丹消遣。

[胜葫芦] 一曲，语气转为明快，主人公已尝到了乐趣，开始用一种艺术的眼光去对待事物，无论是种桑麻，还是看晚鸦，都觉得其乐无穷；也和野人家打成一片了，骑着破驴，到处游玩。这和曲子开头比，已经判若两人，是生活改变了他。

到 [后庭花] 曲，主人公已完全融入自然的乐趣之中，他已不仅仅是在享受隐居的快乐，而且是在创造更多的乐趣，他的一切活动都具有了艺术的色彩，他完全陶醉在这种生活之中，把它看成是自己的蓬莱仙境。

最后一曲，是带有总结性的。那答又作那塌，那坬儿，是那里的意思。椰瓢是说用椰子壳做的瓢。《南华》是指庄子的《南华经》。这里和第一支曲子相对比，此时主人公的心境已是"无是无非"，再也不会"心猿意马"了，他真正清醒地认识到人生的乐趣不仅仅在于仕途上的苦苦追求，隐居之中同样有无限的世界，偌大的乾坤。至此，他已完全完成了心灵"回归自然"的历程，用自己的经历宣扬了傲啸山林其乐无穷的思想。

从艺术上看，此曲也有独特之处。整个套数用第一人称，显得自然、亲切，无论直抒胸臆，还是刻画行动，都达到了真实、感人的效果。由于此曲是由数个小曲组成，而且每个小曲都围绕诗人内心活动的历程和形之于外表的行动，表现隐居的乐趣，故采用了回环反复，层层递进的手法，创造出一种明快的意境。语气上则熔雅、俗为一炉，生动活泼，象最后一曲中"云山""景物"重叠的用法一下就把主人公那种兴奋、快乐的情绪表现出来了，而且读起来也音节响亮、朗朗上口。

鲜于必仁　生卒年不详。字去矜，号苦斋，渔阳（今北京市密云区）人。元初诗人、书法家鲜于枢之子。诗书"奇态横生"，与海盐杨梓交谊甚厚。擅长乐府，《太和正音谱》评其曲"如奎璧腾辉"。散曲现存小令二十九首。

寨 儿 令①

鲜于必仁

汉子陵，晋渊明，二人到今香汗青②。钓叟谁称，
农父谁名，去就一般轻。五柳庄③月朗风清，七里
滩浪稳潮平。折腰时心已愧，伸腰处梦先惊④。听，
千万古圣贤评。

【注释】

　①寨儿令：越调常用曲牌。又名柳营曲。定格句式是三三七、四四五、六六、五五五，共十一句十韵。

　②汗青：史册。古代是在竹简上记事，书写前，必须先将竹简烧烤出水分才容易书写。

　③五柳庄：陶渊明《五柳先生传》称：家门前有柳树五株，自号五柳先生。居处称五柳庄。后借此代指隐居之地。

　④伸脚处梦先惊：东汉严光在富春山隐居时，汉光武帝刘秀曾将召回。与严光同睡一床。严光夜里竟将脚伸放在刘秀的肚子上。曲中引用此典是说伴君而眠，心惊肉跳。

【鉴赏】

　这也是吊古的散曲。作者借史册、"千万古圣贤"的评说，表达了对严光、陶渊明的赞颂。思想倾向也一目了然。吴梅称其曲"尤妙"（《顾曲尘谈》）。

折桂令^① 诸葛武侯^②

鲜于必仁

草庐当日楼桑^③，任虎战中原^④，龙卧南阳^⑤；八阵
图^⑥成，三分国峙^⑦，万古鹰扬^⑧。《出师表》^⑨谋谟
庙堂，《梁甫吟》^⑩感叹岩廊，成败难量，五丈^⑪秋
风，落日苍茫。

【注释】

①折桂令：双调常用曲牌。又名蟾宫曲。定格句式一般是六四四、四四四、
七七、四四四，共十一句七韵。句子也可增减，特别是最后可减少或增，加四字
一句。同词明显不同。

②诸葛武侯：即诸葛亮。蜀汉兴元元年（223）封武乡侯，简称武侯。

③楼桑：刘备的故乡，今河北省涿州市。

④中原：泛指黄河中下游地区。汉末，刘备、关羽、张飞曾一度在中原地带
寻求发展。

⑤龙卧南阳：即南阳卧龙。诸葛亮曾躬耕于此。徐庶在向刘备推荐诸葛亮时
称他为"卧龙"。南阳，即今河南省南阳市。在西南处有一卧龙岗，相传为诸葛

亮隐居的地方。

⑥八阵图：诸葛亮创制的一种用兵阵法，聚石布城，城内练兵。

⑦三分国峙：三国鼎立。峙，对峙。

⑧鹰扬：大展雄威。

⑨《出师表》：诸葛亮准备北伐中原时写给蜀后主刘禅的表文。表中提出刘禅应"亲贤臣，远小人"，赏罚分明，虚心纳谏；还表现出自己要"鞠躬尽瘁，死而后已"的精神。谋谟：谋划献策。

⑩梁甫吟：又名"梁父吟"。本为乐府《楚调曲》。诸葛亮在曲中自比管仲、乐毅。岩廊：朝廷的意思。

⑪五丈：即五丈原。诸葛亮六出祁山时的驻军之地。因积劳成疾，于建兴十二年（234）秋天在此病卒。故址在今陕西省岐山县以西。

【鉴赏】

这首曲历数了三国时诸葛亮的历史功绩，对他文韬与智谋的称颂，称其是万古雄才，颂他辅佐蜀汉的功劳与业绩，也记他悲剧的一生。此曲风格沉稳，情感真挚。将无限的钦佩之情表现在字里行间，在最后三句，尽管有"落日苍茫"的慨叹，但却丝毫没有打破无限敬仰的情怀。几处对仗工整贴切，措句平朴，字字见情。

普 天 乐 潇湘夜雨

鲜于必仁

白苹洲，黄芦岸。密云堆冷，乱雨飞寒。渔人罢钓归，客子推篷看。浊浪排空①孤灯灿，想鼋②鼍③出没其间。魂消闷颜，愁舒倦眼，何处家山？

【注释】

①浊浪排空：语出自范仲淹《岳阳楼记》。

②鼋：大鳖。

③鼍：扬子鳄。

【鉴赏】

　　本曲潇以湘夜雨为题，属咏画之作。作者首先描绘出画面上显而易见的景

色：白苹、黄芦、密云、乱雨、罢钓急归的渔人、推篷细看的游子、浊浪排空的
江面和独明的客船。这一切，层次分明，静中含动，作者抓住比较典型景物来渲
染寒冷气氛，切合"潇湘夜雨"的题旨，再用强烈的对比手法来震撼人心。由
此，又描写了由读画而产生的感受：既有"鼋鼍出没其间"的想象，又含"何
处家山"的游子思归之情。这是画面上无法直接表现的，却是由画面的景物所产
生，这便是诗画相通之妙，同时也说明了诗的想象优于画的直观。

折 桂 令 卢沟晓月

鲜于必仁

　　出都门鞭影摇红①。山色空濛②，林景③玲珑④。桥
俯危波，车通远塞⑤，栏倚长空。起宿霭⑥千寻⑦卧
龙，掣流云万丈垂虹。路杳疏钟，似蚁行人，如步
蟾宫⑧。

【注释】

①鞭影摇红：鞭上系结的红缨挥动时划出道道红影。

②空濛：雨雾迷蒙的样子。

③景：通"影"。

④玲珑：明亮通透。

⑤远塞：远方的关塞。

⑥宿霭：隔夜的云雾。

⑦千寻：形容极长。古以八尺为一寻。

⑧蟾宫：月宫。

【鉴赏】

卢沟晓月，为"燕山八景"之一。卢沟，指卢沟桥，在北京西南永定河上，当时卢沟桥是出入都城的重要通道。此曲以全景的描绘手法，来写卢沟桥一带的景色，把下笔的重点落在了桥上。前三句写"晓月"，既描绘出卢沟桥由青山密林所环抱的景色，又为以下对桥的具体描绘做了铺垫。接着又围绕桥来做文章，作者用"俯危波""通远塞""倚长空"等语句，境界开阔，更显示了卢沟桥的雄伟、壮观，而"千寻卧龙""万丈垂虹"两语，给人以气势不凡的感受。在末尾的三句中又从桥转到早行，"如步蟾宫"一句，比喻桥美如月宫仙境一般，又切合晓月的胜景，使全篇的韵意高升，有神完气足之旨，使人产生无限向往之意，堪称点睛之笔。

折 桂 令 玉泉垂虹

鲜于必仁

跨寒流低吸长川。截断生绢，界破苍烟。巽①壁琼珠②，悬空素练③，泻月金笺。惊翠嶂分开玉田④，似银河飞下瑶天。振鹭腾猿，来往游人，气宇凌仙。

【注释】

①巽：喷。

②琼珠：玉珠。

③素练：洁白的绢。

④玉田：喻指玉象经流处，石骨尽见，色白如玉。

【鉴赏】

玉泉垂虹，为"燕山八景"之一。玉泉：山名，在北京西山风景区，山上有清泉溪流蜿蜒逶迤，景色如虹，因而得名玉泉。这首曲子围绕着主题宗旨，展开详细的描绘。作者写出了玉泉从空中飞流而下、气势恢宏、不可阻挡的非凡之势，同时也描绘了玉泉奔泻于山谷之间如琼珠喷壁、如素练悬空、如金笺泻月一般的生动景象。而这一切，都是由准确而生动的动态描写和精彩传神的比喻表现出来的。更值得称赞的是，作者以振鹭腾猿、游人凌仙的笔法来烘托玉泉的不俗气势，给人身临其境感受。

折桂令 苏学士

鲜于必仁

叹坡仙①奎宿②煌煌。俊赏苏杭，谈笑琼黄③。月冷乌台④，风清赤壁⑤，荣辱俱忘。侍玉皇金莲夜光⑥，醉朝云⑦翠袖春香。半世疏狂，一笔龙蛇⑧，千古文章。

【注释】

①坡仙：对北宋文学家苏轼的尊称。苏轼号东坡居士。

②奎宿：俗称"文曲星"。

③琼黄：琼州（今海南琼山）和黄州（今湖北黄冈）。

④乌台：御史台。苏轼曾因"乌台诗案"被押御史台狱中。

⑤赤壁：指黄州赤鼻矶。苏轼曾游此，作《赤壁赋》。

⑥侍玉皇句：指宋哲宗召苏轼后，撤御前金莲烛送归事。

⑦朝云：王朝云，苏轼侍妾，伴苏轼二十一年后卒于惠州。

⑧龙蛇：比喻书法笔势的灵妙。

【鉴赏】

苏学士，指北宋苏轼，字东坡，曾任端明殿学士。是我国古代百科全书式的文化巨人，其文学成就和人生境界都达到了常人难以企及的程度。本曲也表达了作者对苏轼的赞美。在此曲中作者把苏轼比为作天上的文曲星下凡，并列举其一生的业绩：从出任湖州、杭州知州的潇洒风流，到被贬黄州、海南时的处变不惊；从在朝为官时的蒙皇帝恩遇，到居家时的爱妾相伴。荣辱得失俱忘，留下千古文章。人生能达到这种境界，还有何求！全篇字里行间都表现了作者对苏轼的仰慕之情，句末又概括了他的一生，字字千钧，极尽褒扬。

普 天 乐 平沙落雁

鲜于必仁

稻粱收，菰蒲秀①。山光凝暮，江影涵秋。潮平远水宽，天阔孤帆瘦。雁阵惊寒埋云岫②，下长空飞满沧洲③。西风渡头，斜阳岸口，不尽诗愁。

【注释】

①菰：多年生草本植物，开淡紫红色小花，生长在浅水里。嫩茎经黑穗病菌寄生后膨大，叫茭白，果实叫菰米，皆可吃。蒲：多年生草本植物，生于浅水或池沼中。秀：植物吐穗开花。

②雁阵惊寒埋云岫：化用王勃《滕王阁序》"雁阵惊寒，声断衡阳之浦"句。岫，山洞、山峰，在此指云涛似山峰。

③沧洲：水边、江岸。

【鉴赏】

这首小令是作者《潇湘八景》组曲中的一首。作者均以白描的手法描绘出别具风格的秋江暮景，勾画出一幅层次清晰的秋江落雁图。逐渐将整个画面依次展开：近景是稻粱菰蒲，中景是山光水影，远处则是天际孤帆。在这里作者选取了秋天特有的景物来指出所描绘的时节，用"凝""涵"形象地展示出暮秋时的湖光山色和此季特有的山水神韵，又以孤帆的"瘦"衬托出江水的"宽"，对比鲜明，结构严谨，令人叫绝。最后紧扣主题"平沙落雁"，生动地刻画雁阵，"雁阵惊寒埋云岫"二句，也为画面增添了动感和生机，可称为画龙点睛之笔。最后即景抒情，表露出羁旅行役的落寞情怀。

张国宾

一作张国宝。艺名喜时营，一作喜时丰。大都（今北京）人。元钟嗣成《录鬼簿》说他曾任"教坊勾管"（据《元史·百官志》，教坊司所属有"管勾"官，则"勾管"或误）。所做杂剧今知有四种。现存《公孙汗衫记》（一作《合汗衫》）、《七里滩》（一说官天挺作）、《薛仁贵》三种。一说《罗李郎》也是他所作。

薛仁贵荣归故里　第三折

张国宾

[上小楼] 蓦听的人言马嘶，威风也那猛势。諕的我战战兢兢、慌慌张张，只待要哭哭啼啼。这一壁、那一壁，怎生逃避？好着我磕扑的在马前跪膝。

【鉴赏】

张国宾，艺名叫张酷贫，大都人，元代前期杂剧作家。所做杂剧四种，一说五种，现存《薛仁贵荣归故里》《相国寺公孙合汗衫》《罗李郎大闹相国寺》三种。他的杂剧富有生活气息、词曲本色。

《薛仁贵》共一楔四折，写的是出身农家的薛仁贵，武艺高强，投军效力。在残酷的战斗中，他立下54件大功，还三箭定天山。但总管张士贵冒领功劳，引起了争执，军师徐茂公令二人辕门比箭，薛仁贵因功分封兵马大元帅。薛仁贵得了高官后，梦见家中父母极端贫困，遂奉旨衣锦还乡和分别十年的亲人团圆。

第三折着重写薛仁贵入村遇见总角之交的挚友伴哥，趾高气扬，轻慢故交的事。作者通过伴哥的视角和口吻，从侧面进行描写，勾勒出薛仁贵发迹后的矛盾性格。[上小楼]是其中一支曲子，写薛仁贵和伴哥正面相遇，伴哥躲避不及，窘态毕露。

曲的头两句"蓦听的人言马嘶，威风也那猛势"写得颇有气势。一方面表现了薛仁贵省亲队伍的庞大威风，另一方面表现了村里人伴哥突然遇到这种阵势的恐惧心理。"蓦"字用得准确传神，很值得体味。伴哥突然听到人声嘈杂，群马嘶鸣，眼看着一大簇人马朝他直扑过来，因而吓得他"战战兢兢""慌慌张张""只待要哭哭啼啼"。"战战兢兢""慌慌张张""哭哭啼啼"三个重叠词连用，通俗流畅，委婉动听，富有山野农庄的生活气息，形象地表现出伴哥的窘态。由于伴哥心里很害怕很慌张，他想逃而避之，然而，"这一壁、那一壁，怎生逃避?"这三句都是家常口语，作者运用得极为自然。意思是说：这一边，那一边都有薛仁贵的人马，前前后后被围得水泄不通，又怎么能逃得出去呢？现在，薛仁贵骑着高头大马，凭高傲视，而伴哥则"好着我磕扑的在马前跪膝"。伴哥不得不跪扑在昔日心心相印的伙伴的马前，小心翼翼，口称"小人"。从这种情景中，我们可以看出尊卑不等在两人之间筑起一堵又高又厚的墙，他们虽然重新相逢，但友谊已荡然无存。这令人想起鲁迅《故乡》中闰土与儿时伙伴"我"相遇时，闰土叫"我"老爷的情景。这支曲子虽然很短，但蕴含着深刻的社会内容：一个土生土长的农民做了大官后，就不再是纯朴的农民了，与庄稼伙伴之间筑起了一道高墙，在中国文学史上，这样的作品很多，如睢景臣的《般涉调·高祖回乡》，无名氏的戏剧《衣锦还乡》等。

李好古 保定（今属河北）人。一说东平（今属山东）人，又一说西平（今属河南）人。生平事迹不详。所做杂剧今知有《劈华岳》《镇凶宅》《张生煮海》三种。现仅存《张生煮海》（一说尚仲贤作）一种。

沙门岛张生煮海 第一折

李好古

［那吒令］听疏剌剌晚风，风声落万松；明朗朗月容，容光照半空；响潺潺水冲，冲流绝涧中。又不是采莲女拨棹声，又不是捕鱼叟鸣榔①动，惊的那夜眠人睡眼朦胧。

［鹊踏枝］又不是拖环珮，韵玎玲②，又不是战铁马③，响铮钹；又不是佛院僧房，击磬敲钟。一声声谑的我心中怕恐，原来是斯琅琅④，谁抚丝桐。

【注释】

①鸣榔：敲打横木使鱼惊动。榔，船后横木。

②玎玲：即叮咚，象声词，形容清脆的音响。

③铁马：挂在宫殿庙宇檐下的金属片，风一吹撞击有声。

④斯琅琅：形容弹琴的声音。

【鉴赏】

《张生煮海》是一出神话剧。这一折是说青年书生张羽，游学海滨，寄居石佛寺，夜间抚琴，被闲游海上的龙女琼莲听到，引起她的爱慕。琼莲和张羽一见钟情，私订终身。琼莲送给张羽鲛绡手帕作信物，约定八月十五在海边相会。本文所选［那吒令］［鹊踏枝］二支曲子是正旦扮龙女所唱，写的是琼莲出游，忽闻琴声时的情景和感受。

作者从写景入手，首先用清风、明月、山松、涧流等，为琼莲听琴创造了一个诗情画意的环境：这是一个静谧的夜晚，晚风轻拂，月华泻地，涧水潺潺，松涛阵阵。琼莲此时此刻听到张羽那优雅的琴声，仿佛进入了唐代诗人王维的《山居秋暝》中的意境：此情、此景、此声，不正如王维诗所写"明月松间照，清泉石上流。竹喧归浣女，莲动下渔舟"吗？作者接着写琼莲此时的感受。她惊喜，此景此情多么令人陶醉！她猜疑，静谧的夜晚，偏僻的海滨，谁会弹出如此动人的琴声呢？她仔细揣摩这琴声，用一连串的"又不是"进行设想。作者此时转而用以声喻声的手法，写琼莲对张羽琴声的想象：这琴声就像江南采莲女的划桨声，像渔夫清

脆的敲击横木声，像风吹动檐下铁马的铮铮声，像贵妇姗姗行走时叮当作响的环珮相撞声，像寺庙里悠扬的钟磬声。从这琴声中，琼莲可以想象出弹琴之人定是位风流儒雅之士。未见其人，先闻其声，已为其才华所吸引，这为他们一见钟情埋下了爱情的种子。

这两支曲子清丽雅致，词句婉转细腻，充满了诗情画意。由于借助了生活中常见的动作、形象来比喻琴声，又使句子通俗晓畅。加上排句、顶针手法的运用，使得语言流转如珠，给人以美的享受。

沙门岛张生煮海 　第三折

李好古

[正宫·端正好] 一地里受煎熬，满海内空劳攘[1]，兀的不慌杀了海上龙王。我则见水晶宫血气从空撞，

闻不得鼻口内干烟炝②。

[滚绣球] 那秀才谁承望，急煎煎做这场。不知他挟着的甚般伎俩，只待要卖弄杀手段高强。莫不是放火光，逼太阳，烧的来焰腾腾滚波翻浪。纵有那雷和雨，也救不得惊惶。则见锦鳞鱼活泼刺③波心跳，银脚蟹乱扒沙④在岸上藏。但着一点儿，就是一个燎浆⑤。

【注释】

①劳攘：嘈杂纷乱，犹如说"闹闹攘攘"。

②炝（qiàng）：同"呛"。

③活泼刺：鱼跳的形象和声音。

④扒沙：或作"扒叉"，即乱爬。

⑤燎浆：被水烫或火烧后皮肤上起的水泡。

【鉴赏】

张羽和龙女琼莲相约于八月十五（中秋节）相会。琼莲走后，张羽思念殷切，不等约会期到，便径自到海边寻觅琼莲，但不见琼莲踪迹。正在他迷惘徘徊时，遇到漫游的仙姑毛女，这时张羽才省悟，原来那龙氏三娘琼莲是龙宫之女，她父亲东海龙王十分凶狠。但他深深爱恋琼莲，感到与琼莲约会和婚事落空了，不胜忧伤。仙姑同情张羽，赠给他三件法宝：一只银锅、一文金钱、一把铁勺，教他到海边，用铁勺把海水舀进银锅里，再放上金钱，架火煎煮。锅内水少一分，海水就少十丈；锅里水干，大海见底，到时龙王自然热不住，就会招张羽为婿。张羽照仙姑吩咐，在东海之滨沙门岛上架起锅，舀海水煮起来，果然把海水煮得滚沸，弄得虾兵蟹将焦头烂额，龙王忍受不住，只好央求石佛寺长老劝说张羽熄火，并答应把琼莲嫁给他。张羽在长老带领下来到龙宫，和琼莲结为夫妇。

[正宫·端正好] 和 [滚绣球] 这两支曲子，是石佛寺长老去劝化张羽时唱的。作者在这里描绘了一场人神较量，并通过石佛寺长老的所见所感对此进行了评论。从曲词中表现出张羽煮海的场面真是惊心动魄：大海里火光冲天，热浪翻

滚，鱼跳蟹爬，血腥扑鼻，连龙王都焦头烂额了，不得不向张羽求饶。在这场人神较量中，是凡夫俗子的张羽战胜了至高无上的东海龙王。在石佛寺长老眼里，张羽仅是一个文弱书生，他不明白张羽为什么这么不顾一切，胆大包天地与龙王较量。而这正是作者的高明之处。

本剧中的张羽，不像元代爱情作品中其他男主人公，是性格软弱的"银样蜡枪头"似的角色。他是个铮铮硬汉，既忠诚老实、纯真热情，又胆大包天、敢作敢为，是作者心目中爱情和理想力量的化身。在封建社会里，龙是皇帝的标志和象征。可是在《煮海》中，龙王居然受到民间凡人张羽的威逼；龙王所居住的大海，在一只银锅里被煮沸、煎干。作者用极端夸张的手法，表达了以张羽为代表的青年男女追求爱情自由的决心，体现了人民的斗争意志。本剧因此具有积极的思想意义和艺术感染力，得以与《柳毅传书》并称为元代神话剧中的双璧。

王伯成　涿州（州治今河北涿州市）人。与马致远为"忘年交"，与张仁卿交往甚密。所做杂剧今知有三种，现仅存《贬夜郎》一种。写诗人李白因得罪杨贵妃被贬出京，漫游江湖，醉后到水中捞月而死的故事。散曲现存套数三套，小令二首。另作有《天宝遗事》诸宫调，现仅存残曲。

李太白贬夜郎　第一折

王伯成

[六幺序] 何时静，尽日狂，但行处酒债寻常。粜尽黄粱，典尽衣裳，知他在谁家里也琴剑书箱！这酒似长江后浪催前浪，洒歌楼醉墨琳琅。笔尖儿鼓角声悲壮，驱雷霆号令，焕星斗文章。

【鉴赏】

李白被召入宫，醉写吓蛮书，唐明皇为他亲调醒酒汤。嗣后，李白奉命赋词，由杨贵妃捧砚，高力士脱靴。李白文思敏捷，他不假思索，三首新词一挥而就。唐玄宗赞赏之余，问他几时才不吃酒，这段曲词就是李白对唐明皇的回答。

　　此曲有三层意思：首先写李白喜欢吃酒的性格。李白何时静下来不吃酒，那可没有这一天。他是每天都在狂饮，因而欠下酒债是寻常之事。其次写李白偿付酒债的办法。欠下店主的酒债总得要还，手中没有现钱怎么办？李白只好出卖粮食和衣裳，典当古琴和宝剑。最后写李白吃酒后的神奇功用。李白吃酒之后，文思汹涌，醉墨琳琅，犹如长江之水，一浪高过一浪，汹涌澎湃，滔滔不绝。因而，他写出的文章如同悲壮的号角，好似迅猛的雷霆，犹如璀璨的星斗，具有一种阳刚之气和刚健之风。这首曲词不仅写出李白嗜酒的个性，而且还写出了他在皇帝面前傲岸不羁的性格。

　　后来李白两次被召入宫。一次李白大醉，冒犯了杨贵妃，唐明皇不悦。另一次李白发觉杨贵妃与安禄山关系暧昧，并给予讥刺。二人怕事情败露，就向李白行贿，结果遭到拒绝。杨贵妃为了拔去眼中钉，便向唐明皇进谗。唐明皇信其言，将李白贬出皇宫流放夜郎。李白在被贬途中，泛舟赏月，后入江捞月而来到水府，受到龙王的盛情款待。

赵明道　大都（今北京）人。元贞时人。著有杂剧《牡丹亭》《范蠡归湖》、《韩退之雪拥蓝关记》三种。《范蠡归湖》今仅存第四折，余二种皆佚。《全元散

越调·斗鹌鹑 题情

赵明道

燕燕莺莺，花花草草。穰穰劳劳，多多少少。媚媚娇娇，亭亭袅袅。鸾凤交，没下梢，空耽了些是是非非，受了些烦烦恼恼。

[紫花儿] 困腾腾头昏脑闷，急煎煎意穰心劳。虚飘飘魄散魂消。他风风韵韵，艳艳夭夭。日日朝朝，雨雨云云渐缥渺，那堪暮秋天道？似这般爽气清高，那堪夜雨萧萧？

[秃厮儿] 闷厌厌愁心怎熬，昏沉沉梦断魂劳。秋声和辘轳砧韵敲，渐零零细雨洒芭蕉，初凋。

[小桃红] 枕寒衾冷夜迢迢，旖旎人儿俏。往往难成梦惊觉，好心焦。悲悲切切雁儿呀呀的叫。透户牖金风淅淅，滴更长铜壶点点，更那堪蛩韵絮叨叨？

[天净沙] 厌厌鬼病难消，凄凄心瘁难揉。渐渐神魂散却，好教人没颠没倒。意迟迟业眼难交。

[尾] 想当日焰腾腾烈火烧袄庙，翻滚滚洪波浸画桥。明滉滉火烧此时休，白茫茫水漳杀未成就的夫妻每到是了。

【鉴赏】

　　这首套数是写情人分别后的离怀别苦。作者以一个女子的口吻，描写了春秋景物引起的情思和离怨。

　　首调 [斗鹌鹑] 运用了十六组叠字，自从宋代著名女词人李清照在《声声慢》中首创叠字起句以后，效仿者甚多。但是要做到既用叠字，又无斧凿痕迹，却不是容易的事情。这里"燕燕莺莺，花花草草，穰穰劳劳，多多少少"是说那女子面对春天百鸟齐鸣、万紫千红的芳霏景象，生发出无限的烦愁与焦灼之情。因为这种热烈的情境，她不禁回忆起当年与心上人在一起的情景："媚媚娇娇，亭亭袅袅"。

这是一幅多么美好的图画啊！女主人公为爱情而激动，显得体态轻盈，表情娇媚。然而，这样幸福的生活竟很快失去了："鸾凤交，没下梢。"鸾凤在此比喻相爱着的恋人，用战国时候萧史以吹箫赢得秦穆公女儿弄玉爱情，结为夫妇，乘凤凰飞去的典故。"没下梢"，没结果，意谓他们的爱情遭到了湮没的结局。作者没有明确说明其不幸的原因，但我们从"空耽了些是是非非，受了些烦烦恼恼"的愤懑中，似乎能够发现一线消息：或许是由于男女主人公的相爱出自对自由的追求，违背了主宰婚姻大事者的意志，才惹出这样的是非纠纷？或许是由于他们不得不屈服家庭压力、社会道德，才生出许多烦恼悲伤？无论如何，作者在寥寥数语中已经把这一爱情悲剧的轮廓勾勒出来。

[紫花儿序] 以下诸调开始重点铺叙主人公的情绪。"困腾腾头昏脑闷，急煎煎意穰心劳，虚飘飘魄收魂消"三句，是她自叹与情人别离后身心所受的煎熬以及魂魄再次飞向心中恋人。"他风风韵韵，艳艳天天，日日朝朝"，具体着力描写她心中珍藏的记忆。情人对她来说如同光华照人的初阳，有着十分美好的形象。但是，记忆中美好的东西滞留是多么短暂，她更多地为分别的悲恸所萦绕："雨雨云云渐缥渺"，相爱的时刻不可挽回地远去了，而且是在暮秋时节，心中的凄凉与季节的萧瑟形成共景，映衬出爱情的悲剧气氛。下两句再次以"萧萧夜雨"同心上恋人"爽气清高"的形象做对比。进一步写出意穰心劳情怀的原因。

[秃厮儿] 以白描手法熔情景于一炉。女主人公在雨洒芭蕉的秋季，心绪低落，昏昏沉沉，她为充满心境的愁闷所搅，"秋声和辘轳砧韵敲"是说汲水时转轴的悠长声调与农妇捣衣击砧的节拍伴着秋风秋雨瑟瑟之声远远传来。这是以动

写静，反而显得更加孤独寂寞。当她于百无聊赖中偶尔向窗外一瞥时，发现"淅零零细雨洒芭蕉，初调"。这进一步显示出她的心境：当她以"闷厌厌秋心怎熬，昏沉沉梦断魂劳"的心情去看外物时，自然是把它蒙上凄黯的情调。

继 [秃厮儿] 描写主人公于白昼的心情后，[小桃红] 再写漫长秋夜中女主人公独处闺房，不能成寐的状况。她忍受着长夜中的孤独，强自入眠，这时，梦中又现出心上人的美好形象。可是"往往难成梦惊觉"，愁怀萦心，常常使她从梦中惊醒，情人的形象又消失了。这里蕴含两层意思：一是说这女子即使在梦中欲与情人一见也竟不可能，可想其忧愤到何程度；二是说虚幻的梦境反而给她带来更大的焦虑，作者在枕衾的寒冷，秋夜的漫长这些灰暗色调中，陡然插入"旖旎"两字，既于不和谐中见出主人公心境的复杂与细致，又以这种瞬间明丽的幻觉反衬其绝望，笔势颇具顿挫。"好心焦，悲悲切切雁儿呀呀的叫"一句也是传神处。南宋词人张炎《解连环·孤雁》词云："想伴侣，犹宿芦花，也曾念春前，去程应转。"以自身设想对方栖止，再想到对方心情，情深而曲折，正显出雁儿之孤悲。此处于心焦时闻得雁儿悲悲切切地鸣叫，也是为了写与情人分离的女子的心情与思念。"透户牖金风淅淅，滴更长铜壶点点，更那堪蛩韵絮叨叨"三句，是写女子梦惊醒后难再入寐，她感受到寒凉秋风穿过窗户，滴漏计时的点点水声使时间过得分明而显得迟缓，况且透进闺室的蟋蟀低语仿佛吟唱着生命的最后韵律。

[天净沙] 是情语。"厌厌鬼病难消，凄凄心痒难揉"两句，写主人公感到自己难以摆脱思念带来的病态，极度的伤心又岂是医药能够治疗的呢！心境的骚乱与痛苦时时能体会到，又无法捉摸，找不到平息抚慰的方法。"渐渐神魂散却，好教人没颠没倒，意迟迟业眼难交"更加明白地写出女子伤心的程度：不仅仅是身体不适，连支持着她的精神支柱也逐渐散却，使她神情恍惚，"没颠没倒"了！那么，怎能安心入眠呢？业眼是孽眼的意思，满怀的怨愤竟致她发出了自詈之辞。

从 [紫花儿序] 至此数调，已经把女主人公痛苦、哀怨的情绪表达于情境交融的曲辞之中，而 [尾] 则以激烈的语调发出呼喊，似是对失去爱情的追忆，更是对压迫他们追求爱情的抗议。"想当日焰腾腾烈火烧袄庙"中，"袄庙"指拜火教在古代中国的庙宇，其教以火为善与光明的代表，此处借用烈火之焰喻情人之间情感的炽热。"翻滚滚洪波浸画桥"中"画桥"非典故，但民间有战国时一对青年男女殉情于洪水浸没的桥下的传说，两者很近似，作者以此比喻情人间情感的深厚。至今，爱情的火焰已被扑灭，如同他们爱一样深厚的洪水竟淹没了俩人美好的向往，这是多么沉痛的惨剧！作者赋予滔滔洪水两重意义，造成强烈的艺术对比效果。

[越调·斗鹌鹑]《题情》以描写一对恋人分别后女子愁怀情思为线索，表达了追求自由爱情的强烈愿望，字里行间透露出对于压迫、拆散爱情的家庭、社会势力的不满。这首套数在艺术表现手法上也有明显的特色。它既保留了宋词委婉细腻的风致，情境宛然真切，又运用比较通俗明晰的语言，尤其是 [尾] 中的强烈呼声，继承了古代民间诗歌奔放、直率的风格，我们可以看见汉乐府"上邪！我欲与君相知，长命无绝衰"的影子。这两者能完美地结合在同一套数中，十分不容易。另外，大量叠字的运用形成了音调上的舒缓节奏，与缠绵悱恻的哀怨和谐；各曲调间既有并列、反复，又有递进、发展，构成如同音乐复调般的内在结构。眼前情境与对往昔回忆、梦境的交叉，也加深了全曲一唱三叹的哀婉情绪。

邓玉宾子　生平不详。

双调·雁儿落过得胜令　闲适（三首之二）

邓玉宾子

乾坤一转丸，日月双飞箭。浮生梦一场，世事云千变。
万里玉门关，七里钓鱼滩。晓日长安近，秋风蜀道难。
休干，误杀英雄汉。看看，星星两鬓斑！

【鉴赏】

　　此曲作者为邓玉宾子，原作三首，这里选的是第二首。这首带过曲由 [雁儿落] 和 [得胜令] 两支组成。

[雁儿落] 曲开篇，作者用四句话简练地阐明对人生的看法。首二句采用形象的比喻，说明宇宙天地的瞬息之变和日月时光的飞速流逝，从空间、时间上给人以紧迫感。接着引出"浮生梦一场，世事云千变"的议论。"浮生"即人生，最早见于《庄子·刻意》："其生若浮，其死若休"。作者显然赞同庄子这种消极的人生态度，认为人生在世如春梦一场，世事变化是不可捉摸的。

[得胜令] 一曲，作者用历史上的四个典故，进一步阐明对仕途生活的失望、厌恶和对闲隐生活的向往，美慕，抒发了叹世衰己的思想情绪。

"万里玉门关"句，用的是班超弃官求归的故事。《后汉书·班超传》记载，班超在西域三十一年，官至西域都护，封定远侯。后来他年老思归，求人代为上疏，曰："臣不敢望到酒泉郡，但愿生入玉门关。"玉门关，在今甘肃省敦煌市西北，是通西域的古道。这里用班超的故事，表现了作者功成身退，功名意懒的思想。"七里钓鱼滩"，是写东汉严子陵弃官归隐，渔钓于富春江的故事。七里滩，又名七里泷、富春渚，在今浙江桐庐县严陵山西，传说有严子陵钓鱼台的遗址。"晓日长安近"，典出于《晋书·明帝纪》："明皇帝……幼而聪哲，为元帝所宠异。年数岁，尝坐置膝前，属长安使来，因问帝曰：'汝谓日与长安孰远？'对曰：'长安近。不闻人从日边来，居然可知也。'元帝异之。明日，宴群僚，又问之，对曰：'日近。'元帝失色，曰：'何乃异间者之言乎？'对曰：'举目则见日，不见长安。'由是益奇之。"后人多用此典比喻仕途失意。如李白《登金陵凤凰台》诗句："总为浮云能蔽日，长安不见使人愁。""秋风蜀道难"，则用唐代大诗人李白之事。李白在长安时，因屡逢踬碍，备受蹭蹬之苦，对李唐王朝大失所望，作《蜀道难》一诗，借蜀道之艰险，状仕途之坎坷，抒胸中之愤懑。这里是作者借李白诗意，抒写文人学士怀才不遇的悲愤。

小令后四句，直接流露出作者对黑暗现实的不满和自己心灰意懒、郁闷哀愁的心绪。在元代，汉族文人学士在朝廷做官，终日战战兢兢，如履薄冰；而进行散曲创作，惨遭文字之祸，家破人亡者也大有人在。据《元史·刑法志》载，有"诸妄撰词曲，诬人以犯上恶言者处死"之条。在政治黑暗的社会中，大多数散曲作家产生了愤世嫉俗的反抗心理，所采取的消极遁世，挂冠归隐的处世态度，也是反抗斗争的一种方式。具体到这首小令的作者，当他清楚地认识到现实社会

328

的黑暗，居官的危险，名利的虚幻，福祸的无常，以及生命的有限，"看看，星星两鬓斑"，最后选择了求仙学道的隐逸生活。这里，我们可以看出作者写《闲适》之曲旨。

在艺术上，这首小令也有独特之处。一是连用四组对句，对仗工整，韵律和谐。二是借古喻今，用典自如。尤其在情感方面，深沉而不乏激昂，压抑而又见昂直，可与"骚情愤慨"之作相比并。

岳伯川 济南（今属山东）人，一说镇江（今属江苏）人。所做杂剧今知有两种：《铁拐李岳》现存，《杨贵妃》仅存曲词残篇。

吕洞宾度铁拐李岳 第一折

岳伯川

[混江龙] 想前日解来强盗，都只为昧心钱买转了这管紫霜毫，减一笔教当刑的责断，添一笔教为从的该敲。这一管扭曲作直取状笔，更狠似图财致命杀人刀。出来的都关来节去，私多公少。可曾有一件儿合天道！他每都指山卖磨，将百姓画地为牢。

【鉴赏】

郑州孔目岳寿，一向把持衙门，执法不公，为非作歹。中年县发生了一桩抢劫案，那官吏"受了钱物，将那为从的写做为首的，为首的改做为从的，来到咱这衙门中"。面对这桩错案，岳寿只是抒发了一番感慨：前日解送来的强盗，由于官吏们受了贿赂，手中的紫色兔毛笔便歪曲事实，颠倒是非。他们把主犯的罪行减去一笔，使其免受处罚；把从犯的罪行添上一笔，使其遭受严刑拷打。这支笔真比杀人刀还要厉害。真正的凶犯可以用钱打通关节而被释放，无辜的百姓无钱无势而被任意处决。金钱使官吏们昧着良心，徇私舞弊，哪里还有什么天理和

王法。他们弄虚作假，歪曲真相，将无辜的百姓投入牢狱，推向痛苦的深渊。正如岳寿所说："俺这为吏的，若不贪赃能有几人也呵！"不用说，岳寿本人也是一个贪官。

仙人吕洞宾化为道士，来到衙门劝岳寿弃恶从善，度其弃家修道。岳寿大怒，将吕洞宾吊在门首。适逢韩魏公巡察至此，放了吕洞宾，也被吊在大梁上。后发现韩魏公为朝廷命官，岳寿惊吓成病，不久死去。吕洞宾到地府去请阎王放他回到阳世，但岳寿的尸体已被焚化，便借刚死不久的小李屠之尸还魂，其身形瘸跛丑陋。一日岳寿回家，妻子不敢相认；小李屠之父也来寻子，两家相持不下，一同告到韩魏公处，这时吕洞宾前来说明因果，度脱其出家而去。

康进之 一说姓陈。棣州（今山东惠民）人。生平事迹不详。所做杂剧今知有两种。现存《李逵负荆》一种，堪称元代水浒戏的代表作。《全元散曲》录存其套数一套。

梁山泊李逵负荆 第一折

康进之

[混江龙] 可正是清明时候，却言"风雨替花愁"。

和风渐起，暮雨初收。俺则见杨柳半藏沽酒市，桃花深映钓鱼舟。更和这碧粼粼春水波纹绉，有往来社燕，远近沙鸥。（云）人道我梁山泊无有景致，俺打那厮的嘴！

【鉴赏】

清明时节，梁山泊放假三天，让众兄弟下山，上坟祭扫，踏青玩赏。李逵则下得山来，去杏花庄王林酒店饮酒。

李逵一边行走，一边观赏沿途秀美的景致。李逵是一位鲁莽英雄，故没有"风雨替花愁"的感叹。是日，天气晴和，景致尤佳。只见那绿杨丛中藏酒店，桃花深处映渔舟。春水碧绿似玻璃，泛起微波清悠悠。社燕飞来又飞去，沙鸥聚宿河滩头。多美的大好春光！李逵为此而感到自豪。"人道我梁山泊无有景致，俺打那厮的嘴"这句插白，正表达了李逵对梁山泊无比热爱。

不一会，李逵就来到了王林酒店。他要了一些酒菜独自酌饮起来。他见王林闷闷不乐，便上前询问："何故不快？"王林向他哭诉，说宋江和鲁智深抢走了他的女儿满堂娇，并拿出二人留下的红裹肚作证。李逵听罢，信以为真，十分恼怒。李逵顾不得饮酒，冲出酒店，回山去找宋江和鲁智深问罪。

李逵回到山上，不问青红皂白，大闹聚义堂，拔斧欲砍杏黄旗，并要杀死宋江和鲁智深。宋江料定此事必是坏人冒名所为，为了弄清真相，便与李逵立下"赌头"军令状，同去王林酒店对质，弄个水落石出。

李逵与宋江、鲁智深一同来到王林酒店。经王林仔细辨认，证实女儿是被两个冒充宋江、鲁智深的强盗抢走，洗刷了宋江和鲁智深的名声。

李逵为自己的鲁莽行为感到羞愧，想投崖自杀，一死了事。但他最后决定向宋江负荆请罪，并请求戴罪立功，而宋江欲按军令状行事。这时王林赶来，说抢走女儿的两个强盗来到店中已被他灌醉，宋江派李逵和鲁智深即刻下山，捉拿两个强盗。李逵和鲁智深将两个强盗押赴山寨，枭首剖肝。宋江设宴为李逵、鲁智深庆功。

张养浩 （1270～1329）字希孟，号云庄，济南（今属山东）人。武宗朝，入拜监察御史，因批评时政被免职。后复官至礼部尚书，参议中书省事。辞官归隐，屡召不赴。天历二年（1329），关中大旱，出任陕西行台中丞，办理赈灾。到官四月，劳瘁去世。其散曲多写归隐生活，流露出对官场的不满，怀古和写景之作也各具特色。有散曲集《云庄休居自适小乐府》，以及《归田类稿》《云庄集》。亦能诗。《全元散曲》录存其小令一百六十一首，套数二套。

中吕·朱履曲

张养浩

一

那的是为官荣贵，只不过多吃些筵席，更不呵安插些旧相知，家庭中添些盖作①，囊箧攒些东西。交好人每②看做甚的？

【注释】

①盖作：指房屋之类的产业。

②每：同"们"。

【鉴赏】

　　[朱履曲] 原共十首，写官场的黑暗、仕途的险恶、归隐的逍遥，格调旷达爽朗。这里选其中三首。

　　第一首写官吏的腐败，作者给予痛快淋漓的揭露与批判。先开门见山鄙夷官吏们的荣贵，继而具体揭露其种种劣迹，最后指出他们人格低下，在人们心目中不值一文。作者辞官原本是因憎恶官场的腐败，因此概括非常典型，抨击十分有力。

二

　　萧墙外拥来抢去，筵席似如无。奏事处连忙的退了身躯，付能都堂中妆样子。却早怯烈司里画招伏，知他那驼儿是荣贵处。

【鉴赏】

　　第二首揭露官场腐败的内幕，以及可悲的下场。为官的终日里争权夺利，四处联络，可一有事时便躲得远远的。他们在公堂里也只会装腔作势吓唬百姓。这些人到头来都难免吃苦头，更无一点荣贵可言。又是一声为官者戒的警钟。

三

　　才上马齐声儿喝道，只这的便是送了人的根苗，直引到深坑里恰心焦①。祸来也何处躲，天怒也怎生饶？把旧来时威风不见了。

【注释】

①恰：才真正。

【鉴赏】

这支曲子是从一个侧面写显赫一时的官场人物的结果。整首曲子写得显豁而富有情趣，读来给人一种诙谐幽默之感。

开首两句，直截了当，说明断送了人的缘由，就是"齐声儿喝道"；而且是在"才上马"的时候，就"齐声儿喝道"。这"齐声儿喝道"，是当时官僚们显现其尊严、其气派、其架势的表示；也是"才上马"的官僚们，在呼前喝后声中，志得意满的心理状态的生动形象的描述。

山 坡 羊 潼关怀古

张养浩

峰峦①如聚，波涛如怒，山河表里②潼关路。望西都③，意踌躇④。伤心秦汉经行处，宫阙万间都做了土。兴，百姓苦！亡，百姓苦！

【注释】

①峦：小而尖的山。也泛指小山。

②山河表里：语出《左传·僖公二十八年》：潼关外有黄河，内有华山形势非常险要。

③西都：指长安（今西安）。

④踌躇：此指思潮起伏。

【鉴赏】

这首《潼关怀古》，是张养浩的代表作，也是元代散曲中不可多得的佳作之一，具有相当的历史意义。

此曲大约也是作者于元文宗天历二年（1329）去陕西救灾时所写。潼关，旧址在今陕西省潼关县东南，地居陕西、河南、山西三省交界处，南有太华，北有太行，黄河从二山之间的峡谷地带滚滚流过，潼关在黄河南岸之山腰上，依山临水，形势险要，是关中的东部屏障，为历代兵家必争之地。

此曲首三句，写潼关形势之险要。"峰峦如聚"，言山势之突兀攒立；"波涛如怒"，言河水之汹涌澎湃。上句写山，下句写水，一"聚"、一"怒"，形象地写出了山河的雄壮气势。"山河表里潼关路"，紧承前二句而来，"表里"，即内外，言撞关外临黄河，内依华山，形势极为险要。前两句是分别形容，后一句是总括叙述，描写生动，气势宏大。

中间四句是怀古。"西都"即西京，指长安；东汉建都洛阳，称为东都，遂以长安为西都。"踌躇"，是犹豫徘徊、止足不前的样子。作者路过潼关，西望长安，心里犹豫不定，足下徘徊不前，显得意绪不宁。原因何在呢？下面两句即做出了回答："伤心秦汉经行处，宫阙万间都做了土。"——秦始皇想传"子孙万世"之帝业，但很快就被刘邦、项羽推翻了，汉王朝统治时期虽长，最后也在农民起义声中灭亡了。作者的愤懑凄怆之情，充溢在字里行间，极为沉郁。

最后八个字："兴，百姓苦；亡，百姓苦。"是作者从前边描写抒怀之中得出的结论。一个王朝建立了，老百姓要受苦；一个王朝败亡了，老百姓仍然受苦。兴也罢，亡也罢，广大老百姓受苦受难的命运依然如故，不能改变！这是极其深刻的纵览历史的结论，也是这支曲子的点题之笔。八字中，"百姓苦"三字重复出现，占了六字，这样一再强调，正是作者为了突现此曲的命意所在，着意用笔。结尾写得尖锐、有力、斩截、明快。

最高歌兼喜春来

张养浩

诗磨的剔透玲珑，酒灌的痴呆懵懂①。高车大纛②成何用，一部笙歌断送。金波③潋滟④浮银瓮，翠袖殷勤捧玉钟⑤。对一缕绿杨烟，看一弯梨花月，卧一枕海棠风。似这般闲受用⑥，再谁想丞相府帝王宫？

【注释】

①懵懂：糊涂。

②大纛：大旗。

③金波：指美酒。

④潋滟：水满满的样子。

⑤"翠袖"句：语出晏几道《鹧鸪天》词。玉钟，精美的酒盅。

⑥闲受用：随意的享受。

【鉴赏】

在此曲中可以看出作者历经过许多宦海风波，对当时官场的黑暗与丑恶深恶痛绝，真心向往一种隐逸闲适的田园生活，感到做官是永远比不上山间隐逸的。即使坐高车张大旗，封侯拜将也毫无意义；最后，也不过是一曲笙歌送入坟墓。怎么比得上闲居的生活：绿杨烟、梨花月、海棠风等自然美景；再加上美酒香醇，佳人殷勤，享受着这人间的暖意，此生之愿足矣！闲时还能以诗酒自遣，诗也可以做得到"剔透玲珑"的绝妙境界，酒喝到"痴呆懵懂"的忘情程度。如此美满生活足以使人陶醉其中，心里自然就不会想到"这般清闲受用"的"丞相府帝王宫"了。

雁儿落兼得胜令　退隐

张养浩

云来山更佳，云去山如画。山因云晦①明，云共山高下。倚仗立云沙，回首见山家②。野鹿眠山草，山猿戏野花。云霞，我爱山无价。看时行踏③，云山也爱咱。

【注释】

①晦：昏暗。
②山家：住在山里的人家。
③行踏：走动，来往。

【鉴赏】

这是一首描写隐居生活的带过曲。作者纯以白描的手法，描绘出云山如诗如画的景致，抒发了一种隐遁山林，放情山水的乐趣。

"云来""云去"两句，描绘高山之中云雾变幻之美。"山因""云共"两句，则进一步描述云、山间的相互关系。山色因云彩变化而变化，云来则晦，云去则明；它们互为依存，互相映衬，共同组织成一幅高低隐显、变化多端的画面。句句不离"云""山"，回环往复，构思极为精巧。"倚杖""回首"两句，描绘作者临山而望，久久观赏。"云沙"，《抱朴子·仙药》："云母有五种……有青黄二色者名云沙。"因此也借作云母之别称。古人以为云母为云之根，故此处所谓"倚杖立云沙"犹如说扶杖站立在吞云吐雾的山石之上。"山家"，山居的人家。这里所谓"回首见山家",正是回头看自己的隐居之所。一个"立"字、一个"看"字,把作者久久伫立于云海山巅,深情地注视山间居所的神情,描绘如画。"野鹿""山猿"两句,更写出这深山之中生动、活泼、自然、恬适的环境。放眼望去,野鹿在绿草丛中鸣叫,山猿在野花丛里戏耍。"云霞"两句,则直抒作者对云山美景的无比热爱。望着这深山中飘来荡去的云霞、晦明开合的高山,欢鸣嬉戏的野鹿山猿,遍野的绿草鲜花,诗人的心醉了。他禁不住发出大声地赞叹,"我爱山无价。""看时"两句,写物我相融,人爱山、山也爱人的生动情景。"看时行踏",是说诗人观赏云山,慢慢行走,飘飘然,陶陶然,乐不思归。"云山也爱咱",是赋物以情,以拟人化的手法,写云山也深情地爱着自己。

　　全曲无异于一幅描绘云山佳景、歌咏山野生活的图画。曲中多次出现"云""山"字样,再加上"野鹿""山猿""山草""野花",便构成一幅美丽的山野图画。在这清新悠远的意境中又闪现着作者的身影,倾注着作者的深情,因而读来倍觉亲切感人。

水仙子　咏江南

张养浩

　　一江烟水照晴岚①。两岸人家接画檐。芰荷②丛一段秋光淡,看沙鸥舞再三。卷香风十里珠帘。画船儿天边至,酒旗儿风外飐③,爱杀江南!

【注释】

①岚:山林中的雾气。

②芰荷:出水的荷。

③飐:被风吹得颤动。

【鉴赏】

　　小令开头二句,总体描绘江南水乡的风貌:江水雾气迷蒙,水天相连,岸上是鳞次栉比的精美建筑。"芰荷丛一段秋光淡"是细节刻画，点出了江南水乡暮秋时节芰荷繁茂的景象。"看沙鸥舞再三"以下四句，既绘制出江南特有的景观，又表现出作者忘情于山水的闲适心情。最后，面对江南如诗如画的美景，作者不禁发出了"爱杀江南"的感叹。

全曲一句描写一种景物，有动有静，有远有近，将江南秋景刻画得清丽俊逸，宛如六幅优美的水乡秋景画卷。

折 桂 令 中秋

张养浩

一轮飞镜①谁磨？照彻乾坤，印透山河。玉露泠泠②，
洗秋空银汉③无波。比常夜清光更多④，尽无碍桂影⑤
婆娑。老子高歌，为问嫦娥⑥。良夜恹恹⑦，不醉如

何?

【注释】

①飞镜：挂在空中的镜子，比喻月亮。

②泠泠：清凉的样子。

③银汉：指银河。

④比常夜句：化用杜甫《一百五日夜对月》"斫却月中桂，清光应更多"句意。

⑤桂影：传说月中有桂花树。

⑥嫦娥：月宫中的仙女。

⑦恢恢：安静的样子。

【鉴赏】

在中秋之夜，明亮的月光把群山河川都照个通透。此曲由衷地赞美了造物主的神奇力量，尤其是"彻""透"二字，更明月所照的万物之美表现得无以复加，字字配画，句句有力。中秋月夜，皓月当空，晴空似洗，银河无际，可以看见月中的桂树随风舞动的优美身影。由桂影的清晰，反衬出了月光的澄澈。较之前人觐也桂影婆娑，遮住了清光，曲中对月光的赞美更为纯粹，寓意更深。如此美景，如此秋夜，怎能不令作者融情于景。

沉醉东风

张养浩

班定远①飘零玉关②，楚灵均③憔悴江干④。李斯⑤有黄犬悲，陆机⑥有华亭叹，张柬之⑦老来遭难。把个苏子瞻⑧长流了四五番。因此上功名意懒。

国学经典文库

元曲鉴赏

·元曲·

图文珍藏版

【注释】

①班定远：即班超，东汉大将，封定远侯。

②玉关：玉门关。

③楚灵均：即屈原，字灵均。

④江干：江岸。

⑤李斯：秦始皇时的丞相，遭谗言被秦二世所杀。死前有欲牵黄犬逐狡兔而不得之叹。

⑥陆机：西晋文学家，遭谗言被杀。死前有"华亭鹤唳"之叹。

⑦张柬之：唐宰相。遭受谗言被贬后愤疾而死。

⑧苏子瞻：即苏轼，北宋文学家，因受党争牵连，多次遭到贬谪、流放。

【鉴赏】

由此曲可以看出作者是真心不愿做官了。这不仅由于他对当时的社会现实的认识，而且还借鉴了历史的教训。此曲语若贯珠，一气呵成地历数了六位著名的历史人物在仕途上的悲剧，其中只有班超由于远戍西域、老而归京以外，其他如屈原投江，李斯、陆机被杀，张柬之、苏轼遭贬，都是由于官场的黑暗而成为封建王朝的牺牲品，令人惋惜。而包括班超在内的这些人物的所受的遭遇更是令人可叹可悲。作者列举这一连串史实，正是为了明确地阐明尾句的结论：不要追逐功名，一心想要做官。全曲以古论今，论据充分，"飘零""憔悴"等动词的运用，使全曲摆脱了说教意味，显得更加生动形象，具说服力。

殿 前 欢 登会波楼①

张养浩

四围山，会波楼上倚阑干，大明湖②铺翠描金间。华
鹊③中间，爱江心六月寒。荷花绽，十里香风散。被沙
头啼鸟，唤醒这梦里微官。

【注释】

①会波楼：据《济南府志》记载："大明湖北注会波桥。"会波桥在北门内，
会波楼当在其附近。

②大明湖：在山东济南北部，湖水清澈，环湖有许多名胜古迹。

③华鹊：指在大明湖附近的华不注山与鹊山。

【鉴赏】

"会波楼"是大明湖的胜景之一。作者登上会波楼，凭栏远眺，将大明湖畔
的美景尽收眼底。用"四围山"交代了大明湖两岸的景色，以"铺翠描金"刻
画出在日光照耀下波光荡漾的大明湖的迷人风光，用"十里香风散"描绘荷花所
飘散出的醉人馨香，下笔致细腻入微，对仗工整，句句都充满了诗情画意。"爱
江心六月寒"既是对此时大明湖凉爽怡人的气候的写实，同时也表达出一种闲适
惬意的心境。最后两句描写了作者陶醉其中的情态，烘托出大明湖的美丽动人，
同时也流露出了对官场的厌倦。

喜 春 来 探春

张养浩

梅花已有飘零意，杨柳将垂袅娜^①枝，杏桃仿佛露胭脂^②。残照底^③，青出的草芽齐。

【注释】

①袅娜：柔美的样子。

②胭脂：妇女化妆用的红色颜料。这里指红色。

③残照底：夕阳映照下。

【鉴赏】

这首小令选取"梅花""杨柳""杏桃"等最有代表性的早春胜景，再用

"已有""将""仿佛"等加以描绘，同时也将冬去春来时的自然景色写得十分生动、形象逼真。尤其后两句，描写刚刚长出的草芽夕阳的映照下才看出淡淡的青绿色，刻画得细致入微，颇有新意。从全曲的总体上来看，语言简明、精练、清新、动人、明丽、婉约，流露作者对春天的热爱之情。

一 枝 花 咏喜雨

张养浩

用尽我为民为国心，祈下些值玉值金雨。数年空盼望，一旦遂沾濡①。唤省②焦枯，喜万象春如故，恨流民尚在途。留不住都弃业抛家，当不的③也离乡背土。〔梁州〕恨不得把野草翻腾做菽粟④，澄⑤河沙都变化做金珠，直使千门万户家豪富，我也不枉了受天禄⑥。眼觑着灾伤教我没是处⑦，只落的雪⑧满头颅。〔尾声〕青天多谢相扶助，赤子⑨从今罢叹吁。只愿的三日霖霪⑩不停住。便下当街上似五湖⑪都渰⑫了九衢⑬，犹自洗不尽从前受过的苦。

【注释】

①沾濡：沾湿。

②省：同"醒"。

③当不的：免不了。

④菽粟：大豆和小米。

⑤澄：洗净。

⑥天禄：天子之禄，指朝廷的俸禄。

⑦没是处：没办法。

⑧雪：指白发。

国学经典文库

元曲鉴赏

·元曲·

图文珍藏版

⑨赤子：老百姓。

⑩霖霪：连绵不绝的雨。

⑪五湖：即太湖。

⑫湷：通"淹"。

⑬九衢：八方可通的大路。

【鉴赏】

这组套曲也写于陕西行台赈灾期间。全曲由三支小令组成。[一枝花] 写数年不雨、禾苗枯焦的灾情和人民弃业抛家的不幸，表现了作者关心民疾的炽热心肠。[梁州] 承上而来，面对千里赤地、遍地饿殍，作者急切希望拯民于水深火热之中。"恨不的"是希望的殷切，"直使"更见其强烈。可现实是一筹莫展，无可奈何，原因尽在不言之中。寥寥几笔，一位爱民如子、雪满头颅的父母官自画像跃然纸上，令人钦敬。[尾声] 写对苍天的感谢，但为什么还要祈求三天甘霖？心愿一转，文笔旁逸，"洗不尽"是委婉的抨击和控诉，愠而不怒，含蓄与率直并行不悖。

这组套曲与 [双调·得胜令]、[中吕·喜春来] 是同类题材、同一主题，都表现了作者爱民、忧民、拯民的崇高精神，在元曲中也不多见。

普天乐 大明湖泛舟①

张养浩

画船开，红尘外，人从天上，载得春来。烟水闲，乾坤②大；四面云山无遮碍，影摇动城郭楼台。杯斟的金波滟滟③，诗吟的青霄惨惨，人惊的白鸟喈喈④。

【注释】

①大明湖：在今山东济南西北，为游览胜地。

②乾坤：天地、宇宙。

③滟滟：水光波动。

④喈喈：鸟鸣声。

【鉴赏】

　　作者所描写的大明湖烟波浩渺、碧水晴空、云山无碍、倒影绰约、如诗如画，真好像是远离了红尘的仙境一般。在此处泛舟者也仿若从天而降，为大明湖

带来了无限的春光。小令的开头八句刻画大明湖如诗似画的美丽景色，抒发了作者迷恋于如此胜境的独特感受。后三句用夸张的艺术手法描绘出作者与友人在舟中把酒吟诗的飘逸洒脱。这首小令语言明丽，风格豪放，颇具浪漫色彩。

中吕·朱履曲

张养浩

鹦鹉杯①从来有味，凤凰池再也休题②。荣与辱展转不相离。挂冠归山也喜③，抬手舞月相随。却原来好光景都在这里。

【注释】

①鹦鹉杯：鹦鹉螺（一种海螺）壳制成的酒杯。李白《襄阳歌》："鸬鹚杓，

鹦鹉杯，百年三万六千日，一日须倾三百杯。"此用其意。

②凤凰池：中书省的别称。《通典·职官》："魏晋以来，中书监令掌赞诏命，记会时事，典作之书。以其地在枢近，多承宠任，是以人固其位，谓之凤凰池焉。"题：通"提"，提起。

③挂冠：东汉逢萌在长安，因不满时政，解冠挂于东都门而归。后因以"挂冠"作为弃官的代称。

【鉴赏】

起笔以"鹦鹉杯"与"凤凰池"两种借代相峙而出，分别代表了放旷诗酒与热衷名利的不同人生态度。前者"从来有味"，后者"再也休题"，作者的观点十分明朗。第三句"荣与辱展转不相离"，富于哲理，正是作者决定取舍的理论依据。这一句虽以"荣"与"辱"相提并论，其实是以"荣"为主语，揭示出荣华难恃、乐极悲生的生活常理。因此，全句在曲中便起了承上启下的中枢作用。

"挂冠归"上应"凤凰池"，正是基于荣尽辱来的危险而果决采取的明智举动。"抬手舞"上应"鹦鹉杯"，正是任酒放情、散诞逍遥的形象表现。值得注意的是，作者巧妙地将"山""月"拉来作了陪主之宾。挂冠归隐，青山迎人，似与归客一同分享着欣喜；而"抬手舞月相随"，则不由使人联想起李白《月下独酌》的"我歌月徘徊，我舞影零乱"的多情境界。将自身的感情赋予周围无生命的事物，使这两句关于归隐生活"好光景"的叙写。更显得亲切有味。

如果说以上弃官乐隐的内容，在元散曲中已屡见不鲜，那么末句则是别具一格的神来之笔。作者对"鹦鹉杯""凤凰池"的优劣久已判然于心，于结尾都仍表现出顿悟式的欣喜，便强调了"好光景"只在山林不在官场的事实。一个"都"字，代表了作者的无穷感慨，也体现了他的豪放得意之情。这一句看似平实，却耐人咀嚼，其作用几无他句可代。散曲的曲味，往往就表现在这种画龙点睛的平常语上。

国学经典文库

元曲鉴赏

·元曲·

图文珍藏版

中吕·朱履曲

张养浩

弄世界①机关识破，叩天门意气消磨。人潦倒青山漫②嵯峨。前面有千古远，后头有万年多。量半炊③时成得什么？

【注释】

①弄世界：周旋人生，在社会上施展心计。

②漫：徒然，此处有"莫要"之意。

③半炊时：饭熟的一半工夫，形容时间极短。

【鉴赏】

"弄世界"用今时的习语来说，就是闯世界，在社会中立定。一个"弄"字，含有操纵对方，玩弄于股掌之上的意味，当然要煞费心机，绞尽脑汁。但是，要周旋应付人生，立于不败之地，也不是那么容易。可不是，"机关识破"，人家阻挠了你的企图，一切所做的努力也就白费了。从曲文的下句来看，作者对于所来到的这个"世界"的要求，不过是取得些许功名，干出一番事业。诗人将自己的这种愿望和努力用上"弄""机关"的贬性词语，是一种自嘲和激愤，同时也表现了在一个钩心斗角、明争暗斗的社会里，仕途所充满的险恶艰难。"叩天门"本来是踌躇满志，结果却是"意气消磨"，立身扬名所遭受的挫折可想而知。前一句是反说，这一句是正说，领出了下句中的"人潦倒"。起首的这一联冷峭而悲凉，佗傺失意之情，溢于言表。

第三句加重了这种自叹的意味。这一句将人事的"潦倒"与青山的"嵯峨"绾联在一起，看似无理，却以这种兴象的"无理"显示了感情的强烈，以至不自禁地移情于无情之物。辛弃疾《贺新郎》"我见青山多妩媚，料青山见我亦如是"，就运用了这种移情手法。在本曲中，青山嵯峨难以攀登，令潦倒人联想起仕途的高不可攀，一个"漫"字，透现出强烈的无奈与悲哀。

结尾三句中，"半炊时"暗用了唐人沈既济的《枕中记》故事：书生卢生在邯郸客店中一枕入梦，历尽富贵荣华，等到醒来，发现店主人炊煮的黄粱还未烧熟。半炊时极言人生的短暂，同"千古远""万年多"形成强烈的对比，给人以难以磨灭的印象。这三句若独立抽出，可视为睿智者的旷达；但安排在本曲中，同"弄世界""叩天门"的起笔对读，则明显是一种激愤与绝望了。

前面选了作者三首《朱履曲》，连同本篇在一起，都属于愤世嫉俗的内容。四首的风格不尽一致，但共同之处是感情强烈，述意直露，语言冷峭。这一切在本篇中表现得十分突出。元代叹世刺时题材的散曲，在语意露、透的同时，往往形淡实深，多有耐人咀嚼的余味；凡是达到这样的效果，都被视作是"当行"的表现之一。张养浩的这四首《朱履曲》，有助于读者体味这一点。

双调·折桂令

张养浩

功名百尺竿头①，自古及今，有几个干休②：一个悬首城门③；一个和衣东市④；一个抱恨湘流⑤。一个十大功亲戚不留⑥；一个万言策贬窜忠州⑦。一个无罪监收，一个自抹咽喉。仔细寻思，都不如一叶扁舟。

【注释】

①百尺竿头：喻已到极点。

②干休：白白地结束。

③悬首城门：指春秋时的伍子胥。他曾辅佐吴国打败楚、越二国，后受谗言而被吴王夫差迫令自杀。死前他痛心地要求把自己的头颅悬挂在京城东门之上，以亲睹日后越军入侵的惨象。

④和衣东市：指西汉的晁错。他在景帝时官御史大夫，上书请削诸侯封地以维护中央集权，后诸侯胁持景帝将他处死，"衣朝衣斩于东市"。东市，汉代长安

的杀人刑场。

⑤抱恨湘流：指战国时代楚国的屈原。他曾任左徒、三闾大夫，力主抗秦，因于怀王、顷襄王时两度遭到放逐。屈原苦于无力挽回楚国衰亡的命运，愤然投入湘水自杀。

⑥ "一个"句：指汉代开国功臣韩信，助汉高祖刘邦平定天下，却终为刘邦、吕后设计谋害，诛夷三族。十大功，韩信平生曾伐魏、徇赵、胁燕、定齐、破楚将龙且、围项羽于垓下，功高盖世，故后人有"韩信十大功劳"之说。

⑦ "一个"句：指唐代的陆贽。他在德宗时任中书侍郎同门下平章事，上奏议数十篇，指陈时病，因而遭谗贬为忠州别驾。忠州，今四川忠县。

【鉴赏】

元散曲在叹世、警世题材的作品中，常常并排举出一系列的古人古事充作论据，让它们共同来说明作者对于现实的感受。张养浩就是用此法，如他的《沉醉东风》："班定远飘零玉关，楚灵均憔悴江干。李斯有黄犬悲，陆机有华亭叹。张柬之老来遭难。把个苏子瞻长流了四五番。因此上功名意懒。"本篇的咏叹手法与之相同，也是铺排一连串的史实作因，而于曲末自然地引出结论之果。不同的是它仅作"一个""一个"的排比，主角尚须读者去对号入座。《红楼梦》中"薛小妹新编怀古诗"，诗并不怎么样，但因内隐谜语，众人皆说"这自然新巧"，可见悬念也有加强文趣的作用。

当然作者无意打哑谜。在"功名百尺竿头""有几个干休"的前提下，作者援引史例，往往抓住了其最具典型性的表征，且因这些例子在元代多为妇孺皆知，所以并不难找到事主。从曲中所涉及的古人来看，伍子胥悬首城门，晁错和衣东市，屈原抱恨投江，韩信功高受诛，都是元散曲中常用的典故。陆贽的一例虽较冷僻，但"万言策"与"十大功"的对偶却颇为醒目。作者隐去人物的名姓，也起到了化熟为生的作用。本篇中诗人提供了大部分足资索隐的提示，但也有像"一个无罪监收""一个自抹咽喉"这样无法确示的例子，恰恰说明同类情形在历史上不胜摅举的事实。这七处"一个"形成了排比，在文气上形成了井然有序、侃侃而谈的效果。

"一叶扁舟"既是实写，也可以说是用典，用的是春秋范蠡辅助勾践兴越，功成身退，扁舟遨游五湖的故事（世间传说他"一舸载西施"，《史记》则载他去越入齐，后经商致富）。曲中接连出现的七处"一个"，与末尾扁舟的"一叶"，不仅在数字上相映成趣，而且在逻辑上水到渠成，无懈可击。

白贲 字无咎。钱塘（今浙江省杭州）人。祖籍太原文水。诗人白珽之子。至治年间，曾任温州路平阳州教授，后为文林郎南安路总管府经历。能做散曲。亦善画。散曲小令［鹦鹉曲］传诵很广，和作者甚多。

正宫·鹦鹉曲 渔父

白 贲

侬家鹦鹉洲边住①，是个不识字渔父。浪花中一叶扁舟，睡煞江南烟雨。［幺］觉来时满眼青山，抖擞绿蓑归去。算从前错怨天公，甚②也有安排我处。

【注释】

①侬家：我家。侬，吴地方言。鹦鹉洲：武汉附近长江中一沙洲。这里泛指渔父的住处。

②甚："真"的意思，这里可解为"不料""原来"等意思。

【鉴赏】

这首小令描写了渔翁自得其乐的生活。首句是渔翁自述：我家住在鹦鹉洲边。这里化用唐人崔颢《黄鹤楼》诗句"晴川历历汉阳树，芳草萋萋鹦鹉洲"，既是泛指渔翁的住处，又令人联想到一个放浪江湖、以渔樵为生的隐士的生活环境。渔翁不识字本不稀奇，似可不说，但作者偏要明白地说自己"是个不识字渔父"，便是有其深层寓意。白贲是诗人白珽的儿子，幼承家学，多才艺，善绘画，尤爱写散曲，曾任知州、教授，但和当时许多知识分子一样，并未得到统治者重

用。因此这句应是激愤之言。接着叙写渔翁的闲适生活。烟雨迷茫的江面上，一叶扁舟随波漂荡，舟上渔翁盖着绿草编成的蓑衣，忘情地酣睡着。虽惊险却悠闲，似迷茫却舒适，渔翁的生活与自然多么谐调融洽！他一觉醒来，神清气爽，两岸的山峦更加青翠可爱；他抖一抖蓑衣上的水珠，驾起小舟，哼着渔歌归去。曲中的渔父，是一个潜藏并焕发了生命力的隐士。作者极写渔父生活的悠闲自在、江上景色的优美恬静，旨在反衬社会的黑暗，寄托对自由生活的向往。这一主旨，在结尾两句中表达得更为集中："从前埋怨老天爷，算是错了，没想到还真有安排我的地方呢！"与其说是自嘲，毋宁说是讥刺；与其说是自慰，不如说是诅咒。这讥刺、这诅咒，无疑是指向"不读书有权，不识字有钱"（无名氏《朝天子·志感》）和"这壁拦住贤路，那壁又挡住仕途"（马致远《荐福碑》第一折）的元代黑暗社会的，使得此曲中的渔父成为超出历代渔父形象、富有时代特征和个性的艺术形象。

此曲景色与人物相映相衬，景情融和，恰切地表达出当时知识分子的共同心声，所以四处传诵，唱和者众，以致此曲牌原名［黑漆弩］的曲调，也因白贲曲中有"鹦鹉洲"三字，从而获得了［鹦鹉曲］的新名称。

双调·百字折桂令

白 贲

弊裘尘土压征鞍，鞭倦袅芦花①。弓剑萧萧②，一竟③入烟霞。动羁怀④西风禾黍，秋水兼葭⑤。千点万点，老树寒鸦。三行两行，写高寒呀呀雁落平沙⑥。曲岸西边近水涡⑦，鱼网纶竿钓艖。断桥东下傍溪沙，疏篱茅舍人家。见满山满谷，红叶黄花。正是凄凉时候，离人又在天涯。

【注释】

①鞭倦袅芦花：马鞭懒得像芦花那般摇动。

②萧萧：冷落貌。

③一竟：一直。

④羁怀：久客他乡的情怀。

⑤兼葭：芦苇。

⑥写高寒：在天空中排列成字。呀呀：雁叫声。

⑦水涡：水流旋转处。

【鉴赏】

衣装破败，弓剑萧然，带着一身的尘土，骑着困惫不堪的瘦马，任它踽踽前行，一直走向天边的云霞……作品一开头，就勾勒出一幅倦客行旅图。"弊""倦""萧萧"等字眼，显示了征人长途跋涉的经历。而"一竟入烟霞"，则含有漫无目的、不知所之的迷茫意味。这样的起笔，自然引起了读者对征人的关注。

"烟霞"除解释烟云外，还有"野景"的释义，所以"一竟入烟霞"也是为下文集中写景所做的过渡。从第五句起，作者的笔就跟上了游子，从他的眼里来看待面前的野景。时节正是清秋，西风掠动着田野上的庄稼和水面旁的芦苇。

"彼黍离离，彼稷之苗。行迈靡靡，中心摇摇。"（《诗经·黍离》）"兼葭苍苍，白露为霜。"（《诗经·兼葭》）西风里的禾黍使人感到衰凉，秋水边的兼葭使人感到寒凛，对征人来说，这一切就是"动羁怀"，这三字决定了他审视秋景的黯淡心理。向前方看是几株老树，停栖着数不清的缩头垂翅、无精打采的乌鸦。仰望天空，是几阵南归的大雁，呀呀地啼叫着投向沙岸暂息。"千点万点"与"三行两行"在视觉上形成了密与疏的对比，但触发的愁意却没有数量上的差别。这样的秋景连读者也感到凄凉，征人惹动客愁，不堪忍受，是情理之中的事。

接着出现了水村山郭。水流南折，产生了漩涡，渔夫设网张竿，等着鱼儿上钩。写出渔具钓船而不见主人，当是时辰已暮，各自归家造饭。再远一些，小桥尽头的溪岸边，竹篱茅舍，隐约可见几户人家。溪沙上不见浣洗的人影，看来也是同样的缘故。极目遥望溪后的山谷，血红的丹枫，金黄的野花，尽扑眼帘。色彩如此明丽，可知是留住了夕阳的影子。这一段秋景若让我们欣赏，应当承认说疏朗清丽，大可留连。但对于浪迹天涯，无家可归的征人来说，除了凄凉断肠，还能有什么感想！末两句点明题旨的感慨，可以说是征人迸发着血泪的呐喊。这同马致远的名作《天净沙·秋思》一样，都是在写景之末点明"人在天涯"，用景色来衬现旅愁。但由于两者篇幅不同，便自有铺陈与含蓄的区别。

金代董解元《西厢记诸宫调》有一首［赏花时］："落日平林噪晚鸦，风袖翩翩吹瘦马。一径入天涯。荒凉古岸，衰草带霜滑。瞥见个孤林端入画，篱落萧疏带浅沙。一个老大伯捕鱼虾，横桥流水，茅舍映荻花。"本曲与之有相近之处。可见元散曲选取典型景物的写法，是继承了民歌与民间说唱文学的传统。

赵雍 字仲穆，湖州（今属浙江）人，赵孟頫之子。以父阴守昌国、海宁二州，历迁至集贤待制、同知湖州路总管府事。擅绘画，工书法。传世作品有《松溪钓艇图卷》《挟弹游骑图轴》等。有《赵待制遗稿》。《全元散曲》录存其小令二首。

黄钟·人月圆（二首）

赵 雍

人生能几浑如梦，梦里奈愁何。别时犹记，眸盈秋水，
泪湿春罗。

绿杨台榭，梨花院宇，重想经过。水遥山远，鱼沉雁
渺，分外情多。

相思何日重相见？山远水偏长。凤弦虽断，鸾胶难接，
愁满离肠。

最伤情处，鲛绡遗恨，翠屟留香。故人何在？浓阴深
院，斜月幽窗。

【鉴赏】

  赵雍是元代著名书法家赵孟𫖯的仲子，历官翰林院待制，《元诗选》说他"凤慧，有父风"。他的散曲传世仅有此二首小令，同用［人月圆］曲牌，押韵虽异，句法全同，内容也同咏一男子对一女子的相思情怀，属于小令中的"重头"体式。元人燕南芝所著《唱论》对元曲所常用的十七宫调的调性各有描述。认为黄钟宫易于表现"富贵缠绵"的情调。北曲［人月圆］属黄钟宫，正是缱绻缠绵，一往情深构成了这两首小令的基调。

  前一首小令开头"人生能几浑如梦"二句，是曲中男子于百无聊赖之中发出的长叹。梦是古人常喜吟咏的事物，现实中难以实现的愿望，借助于色彩斑斓、瑰丽绚烂的幻梦却往往能得到暂时的满足。然而梦也并不都是美妙的，"梦为远别啼难唤"（李商隐《无题》）就是一场愁苦离别的噩梦。这首小令的作者把人生的短暂比作梦境的易逝，而在这飘忽的梦境中又何况萦绕着千种相思、万般愁绪！真是"欲说还休"，无可奈何。接下三句点破"愁"之所从来。作者把记忆中难以忘怀的一幕用"眸盈秋水，泪湿春罗"八个字勾画出，倍觉伤神。"秋

水"常用来形容女子的眼波，白居易《筝》诗有"双眸剪秋水"之句，即是。这里的"秋水"既是那位多情女子流转清莹的眼波，又暗含有伤别的泪水夺眶欲出之意，着一"盈"字，把所钟情女子温柔美丽、不忍情人离去的楚楚动人之态，淋漓尽致地刻画了出来。"春罗"是一种丝织品，这里借代女子的衣衫。泪水如断线珍珠淌下，竟顾不上擦拭，以致弄湿了衣衫，突出了"多情自古伤离别"（柳永《雨霖铃》）的主旨。

下半阕首二句将作者记忆中最美好的景物抽象概括地写出，流露出无限憧憬之情。梨花是白色的，与"绿杨"构成淡雅的色调，这一色调正是那位朝思暮想的女子性格气质的抽象体现，不写人而写景，更加深了"人"的美好。唐代张泌《寄人》诗有"别梦依依到谢家，小廊回合曲栏斜"之句，也是以景代人，在安谧甜美的环境中最易于显示其中居住者的可爱，格外有意境。此外，梨花与院宇构成的偏正词组在古人笔下又有其特定的含义，晏殊《寓意》诗"梨花院落溶溶月"就是指心目中女子的居处。"玉容寂寞泪阑干，梨花一枝春带雨"（白居易《长恨歌》），梨花又常形容女子白皙的面容。记得梨花就忘不了意中的女子，这与"记得绿罗裙，处处怜芳草"（牛希济《生查子》）用意相同。作者"重想经过"这日夜思念的地方又谈何容易！"鱼雁"是书信的代称，由于距离的遥远，连一封传情的书信都不能寄赠，然而这反而更使两人"分外情多"，空间的阻隔可以将恋人分离，又怎能扯断那藕断丝连的怀念呢？

第二首小令作为对前首感情的补充，直写相思的苦痛。"相思何日重相见"是作者自问，"山远水偏长"是对现实否定的回答。接下作者抒发了"愁满离肠"的叹息：天各一方的恋人欲重温旧好何其艰难！据东方朔《海内十洲记》载，鸾胶是传说中的一种粘合力极强的胶，出产于西海中央的凤麟洲，"此胶能续弓弩已断之弦"，因而在古人诗词中，鸾胶常常比喻男女之间感情的绸缪。"凤弦虽断，鸾胶难接"八字把难以相见的苦痛逐渐推向高潮，最令人痛心疾首的还是睹物思人的悲伤。鲛绡是一种质地轻薄的优质丝织品，据任昉《述异记》载，它是由像鱼一样居住水中的鲛人流泪成珠织成的。此后，鲛绡就与泪水结成了不解之缘，如陆游《钗头凤》"泪痕红浥鲛绡透"之吟咏，就是对离情别绪的一种渲染。小令中，鲛绡作为那位女子的赠物，曾洒上二人分别的泪水，因而遗恨重重。加之它又曾染上那女子面上的香气，现在目睹手边这块沾有情人芳泽的旧物，如何不倍感伤情呢！

末三句是作者在想象中驰骋情怀，并与前首"绿杨"二句呼应。想象中在"斜月幽窗"下伫立的女子，是作者有意将自己的相思移情于对方又反射回自己的意念，起到了感情的交流作用。

元散曲中写男女别情多以直抒胸臆、大胆泼辣为特征，如关汉卿［双调·沉醉东风］、珠帘秀［双调·寿阳曲］等。这组重头小令以深沉婉转的笔法抒发心中的复杂情感，可以说是用填词法写曲，反映了由词到曲的过渡痕迹，也说明作者生活与民间较为隔膜的事实。

李子中　大都（今北京）人。年辈长于钟嗣成。曾为知事、县尹。著有杂剧《崔子弑齐君》《韩寿偷香》，今不传。存世散曲有小令一首，描写闺中女子的离愁别恨，风格泼辣，具民间风味。

仙吕·赏花时

李子中

情泪流香淡脸桃，高髻松云髯凤翘，鸳被冷鲛绡。收拾烦恼，准备下捱今宵。

［煞尾］篆烟消，银釭照，和个瘦影儿无言对着。一自阳台云路杳，玉簪折难觅鸾胶。最难熬，更漏迢迢。线帖儿翻腾耳谩搔，愁的是断肠人病倒。盼煞那负心贼不到，将封寄来书乘恨一时烧！

【鉴赏】

李子中作品，仅存此［赏花时］套数。朱权《太和正音谱》评其词"如清庙朱瑟"，可能就其原有杂剧而言。从此套数看，全曲以一女子口吻抒写离愁别恨，感情曲折细腻，却泼辣朴野，饶有民间风味。

[赏花时] 曲首三句是从客观角度记述闺中女子愁绪万般、以泪洗面、衣衫不整、无所事事的情态，先造成一种"物是人非事事休"（李清照《武陵春》）的境界，是全曲感情发展的基础。用桃花比喻女子的容颜，《诗经·桃夭》已见其端。曲中"脸桃"之语也是将人面比作桃花，但由于她整日情泪满面，将脂粉淌下，故而像雨后桃花的淡雅，间接写出了女子的美丽。由于心上人不在身边，以致往常梳得高高的发髻已如乱云蓬松，往常高挑的凤翘也斜垂发下，相思的苦痛使她顾不上重整颜容了。凤翘是旧时女子插在头上的饰物，肖凤之形，故名。軃即下垂貌。鸳被即鸳鸯被，在元曲中常表示男女定情之物。如杂剧《玉清庵错送鸳鸯被》即以此

为线索，演出了一本好事终成的爱情故事。鲛绡相传为海中鲛人之泪织出，本曲似指枕套一类的丝织品，如杨果套数 [仙吕·赏花时] 有"搭伏定鲛绡枕头儿盹"之句。用一"冷"字将女子心灰意懒的情由点出：恋人远去，孤枕独眠，怎不使人情伤！这种心理状态与李清照《凤凰台上忆吹箫》中"香冷金猊，被翻红浪，起来慵自梳头"毫无二致。

接下"收拾"二句写那女子强打精神，欲将烦恼抛诸脑后，形单影只强度岁月的心理。李清照《声声慢》"守着窗儿，独自怎生得黑"，是正写黄昏之际的愁绪；"准备下捱今宵"则反写夜幕降下后的相思，"捱"字有自我强迫又无济于事的烦恼之意。

[煞尾] 首三句紧承上一支曲，铺写独守空帏的寂寞：香炉飘忽的如篆烟雾已断，点明时间早过夜分。银釭即银灯，只有它投射出的憔悴身影与难眠的女子默默相对，突出了形影相吊的凄楚。不写相思者的人瘦，而写其影瘦，是从女子眼中观物，犹如对镜一般，为下面"愁的是断肠人病倒"一句作为铺垫。精神的

空虚与心情的纷繁交织在一起，绘就了一幅"夜伴孤灯"图。

接下"一自"二句转写女子的心理活动。"阳台"是传说中的地方，见宋玉《高唐赋》，是男女欢会处的代称，"阳台云路香"就是说明相会遥遥无期。"玉簪"见白居易诗《井底引银瓶》："石上磨玉簪，玉簪欲成中央折。"后人遂用"簪折"喻离异或分别。"鸾胶"是传说中一种粘合力极强的胶。"玉簪折难觅鸾胶"是对相会绝望的心理。"最难熬，更漏迢迢"与关汉卿［双调·沉醉东风］中"恨则恨孤帷绣衾寒，怕则怕黄昏到晚"的表白同样直率。

线帖儿是妇女置放缝绣用品的纸夹，唐·孟郊《古意》"启帖理针线"即谓此，"谩"通"漫"，是随意、任由之意。这两句是说心中愁结难解，抓耳挠腮，想以拈针走线排遣转移愁思也是枉然。长此以往又怕自己——即断肠人病倒，顾影自怜的悲伤又牵动了女子多愁善感的神经，内心多种矛盾的交织终于演成强烈的举动："盼煞那负心贼不到，将封寄来书乘恨一时烧！"

"负心贼"是情人爱之弥深时的反语。把心目中的恋人称作"狂童"，在《诗经·褰裳》中已见，元曲中类似的戏谑称谓更是不胜枚举，如"俏冤家""可憎才"等，是口语入曲的体现。情人的书信为双方所珍惜，这位女子却要将"寄来书"烧掉，表现了炽热的爱达到极点时反而出现的心理变态，其实其相思之情丝毫也不会随着烧信火焰的消失而减却半分。

这一套数写女子的情态、心理逼真，结句尤得曲中三昧。全曲以时间为暗线，从愁写起，进而写忧、写怨，直至写"恨"，层层剥笋，步步深入，在遣词的雅俗共用上体现了作者独特的艺术风格。

石子章　(1190 以后－1257 以后) 名建中，字子璋，大都（今北京）人，一说郑州（今属河南）人。五代后晋石氏后人。元好问有诗相赠。所做杂剧今知有丽种，现仅存《竹坞听琴》一种。存世散曲有套数一套。

仙吕·八声甘州

石子章

天涯羁旅，记断肠南陌，回首西楼。许多时节，冷落了酒令诗筹。腰围似沈不耐春，鬓发如潘那更秋。无语细沉吟，心绪悠悠。

[混江龙] 十年往事，也曾一梦到扬州。黄金买笑，红锦缠头，跨凤吹箫三岛客，抱琴携剑五陵游，风流。罗帏画烛，彩扇银钩。

[六么遍] 为他迤逗，咱搊就，更两情厮爱，同病相忧。前时唧嗻，今番抹飚，急料子心肠天生透。追求，没诚实谁道不自由！

[元和令] 外头花木瓜，里面铁豌豆。横琴弹彻凤凰声，两厌难上手。当初说尽海山盟，一星星不应口。

[赚尾] 洛阳花，宜城酒，那说与狂朋怪友？水远山长憔悴也，满青衫两泪交流。唱道事到如今，收了孛篮罢了斗，那些儿自羞？二年三岁，不承望空溜溜了会眼儿休。

【鉴赏】

这一套数是写一天涯浪迹的男子回首往事，百感交集，流露出对某负心女子的伤怀与谴责。明人张栩所辑《彩笔情辞》题此套为"客怀"，从第一支 [八声甘州] 曲首句"天涯羁旅"四字不难悟出。寄居做客的旅人于形单影只之际，最易伤春悲秋，官场的沉浮、身世的飘零、人事的变迁，朝代的更替都会"没兴一齐来"，交织于文人的笔下。此套数是以男女的离异作为旅人的愁思的。"南陌"喻男主人公离去的路途，"西楼"指其所恋者的居所。"回首"二字揭示了男子在决绝时刻难以忘情的心理。"离恨恰如春草，更行更远还生"（李煜《清平乐》），女子虽无情，男子却痴心，随着行踪的远去，愈加追怀此事，直至常时节心灰意懒、百无聊赖。"腰围似沈"用梁朝沈约的故事，后人常以"沈腰"比喻身体瘦损。"鬓发如潘"典出晋潘岳《秋兴赋》，诗文中常用"潘鬓"喻未老先衰。男主人公之所以落到如此地步，正是对那位女子的痴情与恨所造成的，"心绪悠悠"的思念把他的回忆又推向更远的时刻。

〔混江龙〕一曲是回忆昔时风流欢会的场景。首二句化用杜牧《遣怀》"十年一觉扬州梦，赢得青楼薄倖名"的名句，暗示出所恋女子的身份是风尘中人。"跨凤吹箫"用《列仙传》中所记春秋时萧史与秦穆公女弄玉吹箫引凤成仙的故事，"五陵"比喻豪门贵族的聚居地。整支曲概括了昔日风月场中二人的豪华生活。

〔六幺遍〕曲从"两情厮爱"写到了女子的变心。"迤逗"，是勾引、惹引之意，这里用来形容女子。"搊就"是迁就、温存之意，以第一人称写男主人公的反应，"唧嘟"是伶俐、精细之意，暗指女子嘴甜心巧。"抹颩"原意是装扮，这里引申为女子的装模作样。二句写出了女子前后不一的态度。"急料子"是变幻莫测之意，是从男主人公口中责备那女子天生就的水性杨花性格的语言。末句也是从男子口中道出女子变心是她不老实的性格铸就的，绝不是某种客观原因的限制。

〔元和令〕曲接写男子的责备口吻。"花木瓜"比喻中看不中吃，暗示那女子外表与内心不统一。"铁豌豆"在元曲中一般作"铜豌豆"，喻风月场中的老手，多指嫖客，这里用来喻那女子的老练油滑。男子虽然弹遍《凤求凰》的琴曲，终不能使她回心转意，当初的海誓山盟被她轻易地抛弃了。这是该曲后半段的意旨。"凤凰声"暗用司马相如与卓文君的故事。

　　[赚尾] 曲是男主人公的内心独白。前半段是说：我和她往日的旖旎风光，还怎与风月场中的众友述说？如今单相思的苦恼折磨得我这般憔悴，泪流满面。"满青衫"用白居易《琵琶行》"江州司马青衫湿"句意，形容泪水之多。后半段是男主人公无可奈何中发出的长叹：真是的，事已至此，一切都了账吧，这说不上是自家的羞愧。二三年的交好，料不到落得个白瞪眼，干着急！

　　这组套曲的内容无非是写嫖客床头金尽或妓女别有所欢而双方由交好变成路人的事实，这在封建社会的妓院中是有普遍性的，无足深论。但曲中把男子的痴情与恨的矛盾心理刻画得淋漓尽致，反映了较为复杂的情感，仍有一定的鉴赏价值。刘熙载《艺概·词曲概》说："未有曲时，词即是曲；既有曲时，曲可悟词。"此套前两支曲是以词法写曲，含蓄典雅；后三支曲多用当时口语，体现了散曲的本色，直率俚俗。在语言的两种风格中描绘主人公的矛盾心理符合内容的需要，同时也透露出词曲演变的一些痕迹。

孟汉卿　　亳州（今安徽亳县）人。生平事迹不详。所做杂剧今知有《魔合罗》一种，现存。

张孔目智勘魔合罗① 第一折

孟汉卿

　　[混江龙] 连阴不住，荒郊一望水模糊。我则见雨迷了山岫，云锁了青虚。云气深如倒悬着东大海，雨势大似翻合了洞庭湖，好教我满眼儿没处寻归路。黑暗暗云迷四野，白茫茫水淹长途。

【注释】

　　①魔合罗：《东京梦华录》《武林旧事》记载，魔合罗又名"摩喝乐"，是宋元时期流行于民间的土木雕观音。七月七日夕，妇女小孩多用来"乞巧"。剧中

的魔合罗是一种玩偶。一般用土、木或玉石雕塑而成。

【鉴赏】

《张孔目智勘魔合罗》是孟汉卿流传下来的唯一作品，也是一出优秀的公案剧。剧作写小商人李德昌，因算卦者说他命中有难，遂外出经商躲灾，归家途中病倒在古庙里，托卖魔合罗的小贩高山给其妻刘玉娘送信。李德昌的堂弟李文道闻知后，到庙中毒死哥哥，企图谋占堂嫂刘玉娘，玉娘不从，李文道反诬玉娘与奸夫杀死亲夫，后经孔目张鼎仔细研究案情，终于从玩偶魔合罗得到线索，查出了真凶，为玉娘平反昭雪。

李德昌是一个被命运牵着鼻子走的悲剧人物。他一出场就被算卦者"有一百日灾难"的谶语所左右。为逃避命中的灾难，他不辞辛劳，抛家别子，到千里之外的异乡去做买卖。然而，人算终不抵"天算"，他最终没有逃脱悲剧的命运。

这支〔混江龙〕描写的是荒郊野外的初秋雨景，是景语，更是心语、情语。它恰到好处地反映了悲剧人物李德昌的自觉时乖命蹇的复杂心理，渲染了他"没处寻归路"的凄苦迷惘之情。

浊雾迷蒙，阴风怒号，黑云掩涌，一片昏惨惨的气氛，这是从总体上交代悲剧的场景，形象地勾画出凶案发生前阴森可怕的自然环境。接着由面到点，呈现在读者面前的是悲剧人物眼中的具体景物：荒凉萧瑟的郊野，大雨滂沱，云重天低，整个世界犹如混沌初开，归家的路已经模糊一片，放眼望，只见山色天光已被雨罩云锁，雨势巨猛好似八百里洞庭水从天上倾泻而下，云气厚重，犹如深不可测的东海倒悬在空中。雨的冲击，云的重压，对于寻常人已不是好兆头，更何况命中注定有难的李德昌呢？难怪他要发出"好教我满眼儿没处寻归路"的悲叹了。此处没处寻"归路"既指他迷失了归家的路，又预示他生命之路已经到了尽头，命归黄泉已是必然结果。

此曲写景，由面到点，再由点到面，通篇只见有景，不见有情，却又丝丝入扣，处处含情。另外，此曲在推动整个剧情的发展方面也有着不可忽视的作用。假如李德昌不是碰上连阴雨，衣单载重，汗中雨浇，就不会发病庙中，也不会有高山捎书，李文道行凶，刘玉娘蒙冤等一系列事件，当然，更不会有张鼎智勘魔合罗为玉娘洗冤这一中心情节。由此可见，这支〔混江龙〕虽短窄，却是整部戏

张孔目智勘魔合罗 第四折

孟汉卿

[叫声] 你曾把愚痴的小孩提教诲，教诲的心聪慧，若把这冤屈事，说与勘官知；

[醉春风] 不强似你教幼女演裁缝，劝佳人学绣刺。要分别那不明白的重刑名，魔合罗，全在你，你。若出脱了这妇衔冤，我教人将你享祭，煞强如小儿博戏。

[滚绣球] 我与你曲湾湾画翠眉，宽绰绰穿绛衣，明晃晃凤冠霞帔，妆严的你这样何为？你若是到七月七，那其间乞巧的，将你做一家儿燕喜；你可便显神通，百事依随。比及你露十指玉笋穿针线，你怎不启一点朱唇说是非，教万代人知。

[倘秀才] 枉塑你似观音像仪，怎无那半点儿慈悲面皮？空着我盘问你，你将我不应对，我彻上下，细观窥，到底。

[蛮姑儿] 我则道在那壁，原来在这里。谁想这底座儿下包藏着杀人贼。呼左右，上阶基，谁把高山认的？

[道和] 方知端的，知端的，虚事不能实。忒跷蹊，教俺教俺难根缉，教俺教俺耽干系，使心机，啜赚出是和非。难支吾，难支对，难分说，难分细。那些那些咱欢喜，咱伶俐，一行人个个服情罪。若非

若非有天理，这当堂假限刚三日，可不的势剑倒是
咱先吃！

【鉴赏】

第四折，写张鼎破案的经过。张鼎接这宗案卷，府尹只给他三天严限。破不了案，张鼎就要替刘玉娘偿命。张鼎所承受的沉重压力可想而知。所以，张鼎废寝忘食，用尽心机，三推六问刘玉娘，终于使她想起是卖魔合罗的小贩寄信来，其人留下的一个魔合罗仍在家中这一重要线索。

魔合罗虽是一尊玩偶，不会说话，却是破案的关键线索。张鼎抓住魔合罗仔细观察，终于在底座下发现塑魔合罗的人名叫高山。于是，顺藤摸瓜，审问高山，知道了李文道，又用计套出李文道父子的口供，查出了真凶，为刘玉娘平了反、申了冤。

魔合罗是平反刘玉娘冤案唯一的物证和寻找寄信人的重要线索。面对它，张鼎焚香祷告，乞求许愿，责怪嘲讽，装神弄鬼，做张做智，开始了对它看似严肃的"审问"。[叫声]追忆了魔合罗昔日教诲孩童、启迪孩童心智的功德，盼望它此刻也能显圣显灵，说透刘玉娘案件的真相。字里行间看似乎平心静气，像两个知心朋友在面对面谈心，其实，隐藏张鼎焦急的心情。[醉春风]曲中，张鼎再也不能保持平心静气的心境了。"要分别那不明白的重刑名，魔合罗，全在你，你。"声调短促，铿锵有力，淋漓尽致地表现了张鼎焦急的心情。然而，一尊"土木形骸"的玩偶如何能开口说话呢？因此，[滚绣球]曲词里，张鼎对魔合罗怨气冲天。先说三国时李信纯养的黑龙驹能救李信纯的命，前秦苻坚骑的马能救苻坚，你为什么不通灵显圣，可怜这负屈衔冤的鬼，指出图财害命的人。再唱道：我替你魔合罗画眉、穿衣、戴帽、妆严，就是要你到七月七日乞巧时，做一家儿欢喜，你可以显神通。为什么你不启朱唇、说是非，教万代人知？这真是把魔合罗当活人审问，张鼎此时的心情已是急如火焚。然而，魔合罗依然是魔合罗，它无法改变它的没心肝的无动于衷。张鼎于是一改虔诚的乞求、许愿，对魔合罗进行了辛辣的讽刺："枉塑你似观音像仪，怎无那半点儿慈悲面皮？"昔日显神通灵的观音，在这人命关天的危急关头，露出了它中看不中用的本质。担着极大风险的张鼎理所当然要对它"彻上下，细观窥，到底"。以便找到勘案的线索。

终于，于山穷水尽之处，忽遇柳暗花明，竟不料在座儿底下发现了魔合罗制者的姓名，于是，心花怒放，终于打开了冤案侦破的关键。

以上五段唱词，逼真地描绘了张鼎曲折复杂的心理活动。表面看是审问魔合罗，事显荒唐，实际上却表现了张鼎的智慧与才干。因此，他能够在心情焦虑烦躁的情况下，始终保持冷静思考、细致察看的头脑，才能绝处逢生，侦破冤案。另外，作者紧紧围绕着魔合罗来塑造人物形象，打开案情缺口，使这部戏摆脱了一般公案剧的窠臼，产生了引人入胜的戏剧效果。

[道和] 一曲，表现了张鼎大功告成后既得意又感慨万千的微妙心理。回想办案的前前后后，他仍然心有余悸："若非有天理，这当堂假限刚三日，可不的势剑倒是咱先吃！"一个正直的封建官吏，在解民于倒悬时却要冒着风险，这不能不是对当时社会的绝妙讽刺。"难支吾，难支对，难分说，难分细"这一组重复词语的联璧对句，活脱脱披露了张鼎当时酸甜苦辣麻五味俱全、一言难尽的内心世界。

李行道 一作李行甫，名潜夫，绛州（今山西新绛）人。所做杂剧今知有《灰阑记》一种，现存。

包待制智赚灰阑记 第一折

李行道

[混江龙] 毕罢了浅斟低唱，撇下了数行莺燕占排场。不是我攀高接贵，由他每说短论长。再不去卖笑追欢风月馆，再不去迎新送旧翠红乡。我可也再不怕官司勾唤，再不要门户承当，再不放宾朋出入，再不见邻里推抢，再不愁家私营运，再不管世事商量。每日价喜孜孜一双情意两相投，直睡到暖溶溶

三竿日影在纱窗上。伴着个有疼热的夫主，更送着

个会板障的亲娘。

【鉴赏】

《灰阑记》，讲述妓女张海棠从良后的不幸遭遇和包拯为她申冤的故事。

张海棠的祖辈七代都是科第之家，轮到母亲张刘氏时，家业凋零，生活很困难。这时海棠还小，生得十分漂亮，琴棋书画都会。为了养活母亲，从小就被迫入青楼为娼。

海棠的哥哥张林，对妹妹不但不同情，还把妹妹看作是辱门败户的小贱人，一气之下，去汴京寻找舅舅谋生。早就有弃娼从良念头的张海棠趁哥哥出走之际，向母亲明确提出想从良的打算。随后就嫁给了马员外做小妾，摆脱了卖俏的生涯。

[混江龙] 这一折就唱出了海棠从良后的喜悦之情和满足感。不用再陪客人浅斟低唱了，也可撇下风月场上的排场。我嫁给马员外，不是攀龙附凤，别人想怎么议论就随他去好了。再不用在青楼上强颜欢笑，再不去接待新旧客人，也不用担心官人的传唤，也不用为如何养家糊口而发愁，也不用怕别人的非议了。我终于找到了一个知冷知热、为母养老送终的好丈夫。

这一折把海棠的婚后生活写得无比舒畅和幸福，是一曲神采飞扬的欢歌。

包待制智赚灰阑记 第四折

李行道

[**挂玉钩**] 则这个有疼热亲娘怎下得，（带云）爷爷，你试觑波！（唱）孩儿也这臂膊似麻稭细。他是个无情分尧婆管甚的！你可怎生来参不透其中意！他使着侥幸心，咱受着腌臜气。不争俺两硬相夺，使孩儿损骨伤肌。

【鉴赏】

张海棠从良之后，虽然找到了一位爱她的好丈夫，但她的地位只是一个小妾，在她替马员外生一子后，不幸就接踵而至。

马妻因嫉恨海棠，便伙同奸夫赵令史害死马员外，并把已下毒药的汤让海棠端给马员外，诬陷海棠下毒。马员外死后，马妻为了进一步独占家产，欲夺海棠的儿子。于是便有了包拯设下灰阑记为海棠申冤的动人故事。

马妻为了夺取海棠的儿子寿郎，收买了剃胎头的张大嫂和接生婆，贿赂了一些街坊邻居。还让奸夫赵令史打点衙门，使张海棠落下了强夺人子的冤枉官司。

在解往开封府定罪的途中，海棠遇见了现已是开封府王衙都首领的哥哥张林。兄妹二人在误解化开之后，张林决心替妹申冤。

包青天包拯在听取了海棠的诉说之后，决心设灰阑记为之申冤。

这则 [挂玉钩] 就是包拯见海棠在灰阑前不肯用力拉孩子而责问海棠为何手软时海棠的一段唱词。孩子是十月怀胎，经过三年哺乳的，只要你是知冷知热的亲娘，怎会忍心用力拉那麻稭一般的手臂呢？只有那非亲生养育的人才会狠心用力。你居然这点道理都不明白。她凭着侥幸的心理拼命夺孩子，不管孩子的死活，却让我这亲生娘满肚子的委屈，如果为了证实我自己的无辜，拼命硬争的话，就会让我的孩子损骨伤肌。

张海棠的这段表白，无疑是一位母亲在向我们述说着母护子的拳拳深情。这一段唱词在今天看来，依旧会激起那些儿女们对母亲的敬爱，会让人联想起母鸡护小鸡的温馨的场景。这无疑是一曲唱彻天宇的母爱之歌。

狄君厚　平阳（今山西临汾）人。生平事迹不详。所做杂剧今知有《介子推》一种，现存。《全元散曲》录存其套数一套。

晋文公火烧介子推　第四折

狄君厚

[越调·斗鹌鹑] 焰腾腾火起红霞，黑洞洞烟飞墨云，闹垓垓火块纵横，急穰穰烟煤乱滚。悄蹙蹙火巷外潜藏，古爽爽烟峡内侧隐。我子见烦烦的烟气熏，纷纷的火焰喷，急煎煎地火燎心焦，密匝匝烟屯合峪门。

【鉴赏】

《晋文公火烧介子推》是写春秋晋国忠臣介子推的故事。

晋献公时，宠信骊姬，贬斥太子申生。晋献公为骊姬的儿子修筑楼台，劳民伤财。大臣介子推就给献公讲述商纣王失国的故事，想劝说献公，但终无效。介子推于是辞官回了老家。之后，骊姬便逼死太子申生。

骊姬害死太子申生后，又伙同国舅加害公子重耳。重耳便逃到介子推家里。国舅穷追不舍也追到介子推家，威逼介子推务必交出公子重耳。然而介子推决心替重耳死，在告别老母妻儿之后，正要寻剑自刎时，介子推的儿子介休先替父母自刎而死。介子推便带着重耳出逃，在风雪的深山老林中，没有粮食，介子推见重耳饥饿难当，便割下大腿上的肉给重耳吃，却谎称是山野中的野肉。这时，正遇到楚国人来迎接重耳，在重耳随楚国人走后，介子推又回到家中敬养老母亲。

重耳回国后继位，号称文公。封赏了各位有功之臣，独独忘记了介子推。介子推得知重耳做了晋文公，漏封自己时，便作了一篇《龙蛇歌》悬在晋国的宫门上，背起老母亲隐藏到崇山峻岭之中。

晋文公见诗后，请介子推出山，但他执意不肯。晋文公为逼介子推下山，就派人大火烧山。介子推也不躲避，抱着黄芦树烧死。晋文公最终也无奈，只得为介子推设祭后归去。

这则［越调·斗鹌鹑］便是描写当时晋文公大火烧山逼介子推出山的情景，它以樵夫之口，从旁观者的角度描述了火烧介子推的悲惨场景，指出国君重贤臣的实质。纵使介子推有亲子替死、割股侍主的义举，仍然免不了被晋文公遗忘，甚至遭受焚身之祸。

从介子推葬身火海中，也可让后人清清楚楚地感受介子推淡泊功名利禄的风范。这也许是后人从中可以借鉴之处。

孔文卿 平阳（今山西临汾）人。生平事迹不详。所做杂剧今知有《东窗事犯》一种，现存。《全元散曲》录存套数一套。

地藏王证东窗事犯 第一折

孔文卿

［混江龙］想挟人捉将，相持厮杀数千场；则落得披枷带锁，枉了俺展土开疆。信着个挟天子令诸侯

紫绶臣，待损俺守边塞破敌军铁衣郎！俺与你扫除妖气，洗荡妖氛，不能够名标簿上。划地屈问厅前，想儿曹歹谋帝王前，不由英雄泪滴枷梢上。想着俺掌帅府将军一令，到不出的坐都堂约法三章！

【鉴赏】

孔文卿是元代著名的作家，以《地藏王证东窗事犯》传世。

《东窗事犯》讲述的是北宋名将岳飞被奸相秦桧陷害至死，死后冤魂托梦，地藏王惩处奸臣的故事。相传，秦桧谋杀岳飞，曾事先与人在东窗下密谋过，故而称这次谋杀案为"东窗事犯"。

岳飞是宋代名将，以"精忠报国"闻名于世，是天下忠臣良将的代表，得到当时人们的一致尊崇和敬仰。

岳飞率军在朱仙镇与金国四太子作战，立下复夺东京的军令状，只等皇帝下圣旨。一天高宗连下十二道金字牌，催岳飞回朝，岳飞回到京师后，见不到皇帝的面，却被秦桧带到大理寺问罪，岳飞这时才明白皇帝听信奸臣的谗言，被奸臣谋害于狱中。

第一折曲词〔混江龙〕就把岳飞死前的怨愤、不满、疾恶如仇和赤胆忠心，表现得淋漓尽致。这是岳飞受冤时的内心独白：想通过挟持人质来擒住将领，与敌人多次厮杀于战场，却落得个披枷带锁下地狱的下场。君王相信那爱进谗言的奸臣，害我战死沙场的铁衣郎。我誓死救国，铲除妖魔且得不到奖赏，反被陷害。扪心自问，不料却在皇帝面前遭暗算，含冤的泪水浸湿了枷锁。

一代英豪含冤而死，唤起后人不尽的思考。痛定思痛，将引起人们长久的共鸣。

宫天挺 字大用，大名开州（今河南濮阳）人。曾任钓台书院山长。后遭权势中伤，虽获辨明，终不见用。卒于常州。他与钟嗣成之父相交甚密，钟嗣成幼时常得晤其面。所做杂剧今知有六种。现存《范张鸡黍》《七里滩》二种。

死生交范张鸡黍 第一折

宫天挺

[幺篇] 这一伙魔军，又无甚功勋，却着他画戟朱门，列鼎重裀，赤金白银，翠袖红裙，花酒盈樽，羊马成群。有一日天打算衣绝禄尽，下场头少不的吊脊抽筋。小子白身，乐道安贫，觑此辈何足云云。满胸襟拍塞怀孤愤，将云间太华平吞！想为人怎敢言而无信？枉了咱顶天立地，束发冠巾。

【鉴赏】

本曲选自杂剧《死生交范张鸡黍》第一折。《死生交范张鸡黍》取材于《后汉书·独行传》，一方面是歌颂范式与张劭间生死不渝的友情，一方面则是揭露元代官场的腐败。

本曲为第一折的末篇。本曲之前，作者借范式之口，痛斥当时科举、选举的弊端，揭露官场的贤愚不分：科举被翰林院的那伙"钱上紧"的"老子母"把持，选官之途又都被权贵们"把的水泄不通"，纵使才如司马相如、贾谊，学如董仲舒、公孙弘，若无钱无势，也"难求进""无公论"，也撞不开那"虎牢关"，也打不破那"长蛇阵"，相反，那些官宦子弟，凭着他们有钱有势，即使"奶腥未落""胎发尚存""智无四两"，也照样"当朝贵""居要津"。真可谓锋芒毕露，淋漓酣畅。

本曲承上而来，首先揭露那些"无甚功勋"的"魔军"，身居要职，享尽荣华富贵，并诅咒他们，预示他们终究不会有好下场。接下来，作者笔锋一转，直抒自身怀抱：虽"小子白身"，却鄙视那些无能之辈，"乐道安贫"，言而有信，以不枉"顶天立地"的血肉之躯，以及"束发冠巾"的儒士身份。

这给我们一个很好的启示：社会上总存在不平，"不平则鸣"，需要我们去抗争，另一方面，我们切不可忘了自身的立身行事，忘了自身的人格修养。如果我们只是对社会生活中的不平徒表愤慨，一味地发牢骚，一味地不满，而忘却自身的修养，自身的奋斗，那是很危险的，那将失去人生的方向，错乱人生的坐标，而陷入人生的某种怪圈不可自拔。自我，是人生任何时候都不可迷糊的，不可忘却的。

郑光祖

字德辉，平阳襄陵（今山西临汾附近）人。曾任杭州路吏。卒于杭州，葬于西湖灵芝寺。当时他"名香天下，声振闺阁"，艺人们都称他为"郑老先生"（《录鬼簿》）。与关汉卿、马致远、白朴并称"元曲四大家"。所做杂剧今知有十八种：现存《倩女离魂》《㑇梅香》《王粲登楼》《周公摄政》《三战吕布》五种。《月夜闻筝》仅存曲词残篇。一说《老君堂》《伊尹耕莘》《智勇定齐》三种亦为他所作。《全元散曲》录存其小令六首、套数两套。

双调·蟾宫曲 梦中作

郑光祖

半窗幽梦微茫。歌罢钱塘[①]，赋罢高唐[②]。风入罗帏，爽入疏棂[③]，月照纱窗。缥缈见梨花淡妆，依稀闻兰麝余香。唤起思量，待④不思量，怎不思量。

国学经典文库

元曲鉴赏

·元曲·

图文珍藏版

374

【注释】

①歌罢钱塘：宋洪迈《夷坚志》记载，进士司马槱曾梦遇一美人，向他献唱了一支《蝶恋花》，起首两句是："妾本钱塘江上住。花落花开，不管流年度。"司马槱任职杭州后，美人每晚梦中必来。后来人们才知道她是南齐名妓苏小小的鬼魂。

②赋罢高唐：战国时宋玉有《高唐赋》，写楚襄王梦游高唐，与巫山神女欢会。高唐，楚国台观名，在云梦泽中。

③疏棂：疏朗的窗格。

④待：打算。

【鉴赏】

梦本身就有惝恍迷离的意味，何况是"幽梦"；"幽梦"下著"微茫"二字不算，前方还以"半窗"作为限制。这一先声夺人的起笔，绘出了朦胧、俳恻的氛围。两处"罢"字，见出梦影残存，言下有无限惆怅。使用钱塘歌、高唐赋两个典故，并不表示梦境中出现的女子是妓女或仙鬼，仅说明男女双方情意绸缪，而这种欢会除了梦中以外，生活中几乎不存在机会。诗人故示朦胧，是为了留护这种只有两心才知的秘密细加品温，却也显出不能实实在在地占有的隐痛。

前文是似梦非梦，半醒不醒。"风入"的三句，渡入觉醒，迎接诗人的是现实世界的一片凄清。"罗帏""疏棂""纱窗"，同风、爽、月这些清晰切近的感觉印象搭配在一起，是对"幽梦"的反衬，含有诗人独处独宿的孤单情味。再入梦已不可能，他却执着地追寻着前尘旧影。缥缈的幻觉中得以如愿，不仅如见其人，而且如闻其声。"梨花淡妆""兰麝余香"，补出了"半窗幽梦"的内容，见出幽梦的可恋，也见出诗人的多情。有色有香，却"缥缈""依稀"，这种幻觉正反映了梦境在心灵上留下的强烈刺激。当然，妆而淡，香而余，似实似虚，若有若无，这本身就说明了醒后的追忆与梦境的感受已存在着偏差，不用说梦境与生活的实情更是相去甚远。作者虽是不露声色的平静叙出，字外却存着无限的怅惘与伤心。

末尾三句，"唤起思量"不言而喻。"待不思量"是由于思量太苦，也是诗人故作铁石心肠。因为"怎不思量"，爱情的力量岂能抗拒！三处"思量"，经历了一个"有一无一有"的曲折，通过这欲罢不能的一笔，更见出了诗人的一往情深与愁绵恨长。

这支散曲题目为"梦中作"，当然不能说没有这种可能。不过从全篇内容来看，当是出梦后回忆时所作。看来这并非作者留梦心切，神智惝恍，产生了错觉；而正是所谓"直道相思了无益"（李商隐《无题》），才故意给它披一件"梦"的外衣。诗人以婉丽的笔墨，借幽梦写情愫，欲处处掩抑心灵的伤口；但天下的至情、深愁，人同此心、心同此感的。清人乐钧有首《浪淘沙》，其下阕不约而同，恰恰可以作为本曲的缩影，故抄录于下：

"昨夜枕空床，雾阁吹香。梦儿一半是钗光。如此相逢如此别，怎不思量！"

双调·驻马听近　秋闺

郑光祖

败叶将残，雨霁风高摧木杪。江乡潇洒，数株衰柳罩平桥。露寒波冷翠荷凋，雾浓霜重丹枫老。暮云收，晴虹散，落霞飘。

[幺] 雨过池塘肥水面，云归岩谷瘦山腰。横空几行塞鸿高，茂林干点昏鸦噪。日衔山，船舣岸，鸟寻巢。

[驻马听] 闷入孤帏，静掩重门情似烧。文窗寂静，画屏冷落暗魂消。倦闻近砌竹相敲，忍听邻院砧声捣。景无聊，闲阶落叶从风扫。

[幺] 玉漏迟迟，银汉澄澄凉月高。金炉烟烬，锦衾宽剩越难熬。强捱夜永把灯挑，欲求欢梦和衣倒。眼才交，恼人促织叨叨闹。

[尾] 一点来不够身躯小，响喉咙针眼里应难到。煎聒的离人，斗来合噪，草虫之中无你般薄劣把人焦！急睡着，急惊觉，紧截定阳台路儿叫。

【鉴赏】

郑光祖是元曲四大家"关、白、郑、马"之一，他的散曲作品中套数今仅存一首，即这首《秋闺》。从命名上一看便知，这是一闺词或者说是情词。

既然是"秋闺"，作者开篇呈现给读者的景象便是他大笔勾勒的一片"雨霁风高"的萧瑟秋景。作者连续使用败叶、衰柳、寒露、冷波、凋荷、浓雾、重霜、老枫这些意象，使人有极尽衰煞之感，而后又用"暮云收，晴虹散，落霞飘"三个整齐对仗的三字句点出此时正当黄昏时候。如此季节如此时候，作者对于氛围的描写可谓用尽心思。

接下来的幺篇是作者对秋景的再度渲染，目的在于进一步强化读者脑海中秋日黄昏的印象，为下面的抒写做好铺垫。

在进行大环境的摹写之后，作者将读者的视线引入到宅院之中，开始关注人物。"闷入孤帏，静掩重门情似烧"一句奠定了全曲的感情基调，是全曲中唯一一处很明白地表露出主人公为情所困的愁闷闺怨的地方。作者用了"孤""寂静""冷落""无聊""闲"等形容词，并且采用动静对比的手法，烘托出主人公内心的孤寂、寥落。一边是"闷入孤帏""静掩重门""文窗寂静""画屏冷落"，一边是"竹相敲""砧声捣"，静中更显得敲声、捣声大而不堪忍受。

黄昏过后更是难挨长夜，伊人独处，只觉得时间是如此的漫长，消磨得凉月高，炉烟尽了，却越发显得锦衾宽剩，无限惆怅凄凉。这时主人公只好让灯整夜长明，自己和衣倒在床上，希望能在梦中与思念的人欢会。然而可恼的是那闹叨叨的促织，它们不早不晚，偏偏在情人们四目相对、眼波交流的关键时候打断了这梦里的佳期，岂不是大大的扫兴。

尾篇的风格与前几支曲子的风格不大相同，写得比较谐俗而非雅致，刻画的是主人公对"肇事"的促织的埋怨。那促织个头不大，声音却不小，硬生生扰断了离人的幽会，无怪乎主人公要骂一句"草虫之中无你般薄劣把人焦"。从另一方面来说，这样的描绘又使得一个幽怨的闺中女子的懊恼之情态可掬了，从中可

国学经典文库

元曲鉴赏

·元曲·

图文珍藏版

以见到作者的体察入微。

郑光祖的曲子较注重辞藻，从这套曲子可见一斑。他很注意词句的对仗以及字词的锤炼，其用心处颇多。不过这套曲子总的来说并没能脱俗，也是闺怨一类的作品，倒是尾篇显得生动可喜，人物形象仿佛跃然纸上。

醉思乡王粲登楼　第三折

郑光祖

[红绣鞋] 泪眼盼秋水长天远际，归心似落霞孤鹜齐飞；则我这襄阳倦客苦思归。我这里凭阑望，母亲那里倚门悲，争奈我身贫归未得。

【鉴赏】

《王粲登楼》是郑光祖的力作之一，剧演建安七子之一王粲身逢乱世，辞母游学，心高气盛。他的岳父东汉丞相蔡邕为了"涵养他那锐气"，故意冷落他，甚至在筵席上羞辱他。后经学士曹植举荐，王粲投靠刘表，却不为刘表所用。一日，流落荆州的王粲应友人许达的邀请到溪山风月楼游赏。他登楼远望，怀念家乡，辞家数载，壮志未展，遂感叹而赋诗。正当王粲悲伤至极欲自杀时，朝中来使宣他回长安。王粲回京，得悉万言策系曹植献于皇帝，才得以任兵马大元帅，因而对曹植感激不尽。曹植说明这一切都是蔡邕暗助，王粲方拜谢岳父，合家团圆。

该剧第三折一共有中吕宫十三支曲子，构成连贯的整体，系作者精心创造而成。近代日本学者青木正儿在《元人杂剧概说》中认为此剧"第三折登楼一段，确为元曲中的杰作"。明人何良俊在《曲论》中说："至于《王粲登楼》第三折，摹写羁怀壮志，语多慷慨，而气亦爽烈。"这里所选的 [红绣鞋] 是该折一支独具特色的曲子，不仅抒发了王粲的思乡之情，而且揭示了他思乡难归的原因。

"泪眼盼秋水长天远际，归心似落霞孤鹜齐飞"两句系从唐王勃《滕王阁序》"落霞与孤鹜齐飞，秋水共长天一色"脱化而来，却不露痕迹。意思是说：

我张开泪眼，看着秋水茫茫，长天无际，回家的心情就像天际飘动的落霞和半空中盘旋的孤鹜一样上下飞翔。较之王勃单纯地摹写秋景，作者的化用颇具匠心，这让人联想起李煜《虞美人》中的"问君能有几多愁？恰似一江春水向东流"和贺铸《青玉案》中的"试问闲愁都几许？一川烟草、满城风絮，梅子黄时雨"。"泪眼"二字统领全曲，使该曲自始至终流贯着一种忧郁感伤的情愫，由于前两句表达了王粲思念母亲的痛苦与归心似箭的心情，所以就有了下一句"我这襄阳倦客苦思归"。王粲曾羁留襄阳多年，怀才不遇，穷困潦倒。

此刻，他登楼远望、满眼萧索，无限伤感，"襄阳倦客"的自称脱口而出。"倦""苦"两字准确地刻画出王粲此时的心态。接下来的两句"我这里凭阑望，母亲那里倚门悲"更是神来之笔，描绘出母子两人相思苦、苦相思的情景：游子"我"站在高高的楼台上，面对母亲的方向，凭栏远望，泪水禁不住地簌簌直流。母亲倚着老家的大门，望着南来北往的行人，盼望游子早点归来。前一句是实写，后一句是作者的想象，属虚写，一实一虚，尺幅万里，表现出作者高超的艺术技巧。既然王粲如此强烈地思念母亲，他为什么不归家省亲呢？作者在这里把王粲思亲的悲痛心情推到了高潮，突然笔锋一转，交代出这位襄阳倦客无法归家的原因，是"争奈我身贫归未得"。结句戛然而止，很有力量，从一个侧面反映出在当时那个社会里，像王粲这样一类知识分子普遍的遭遇：怀才不遇，羁留异乡，囊空如洗，思家归未得。因此，该曲不仅仅是表达一般游子的羁旅之怀，而是从游子思归出发，揭示了封建时代堵塞才路与怀才不遇的社会矛盾。

在艺术手法上，本曲想象新奇，感情真实，特别是作者化用前人诗句，令人拍案叫绝。

国学经典文库

元曲鉴赏

·元曲·

图文珍藏版

迷青琐倩女离魂 第二折

郑光祖

[越调·斗鹌鹑] 人去阳台，云归楚峡。不争他江渚停舟，几时得门庭过马？悄悄冥冥，潇潇洒洒。我这里踏岸沙，步月华；我觑这万水千山，都只在一时半霎。

【鉴赏】

郑光祖，字德辉，平阳（今山西临汾）人。他是元代后期的杂剧作家，与前期的关汉卿、马致远、白朴并称为元曲四大家。所做杂剧18种，现存剧作8种，以《倩女离魂》《王粲登楼》和《㑇梅香》为著名。特别是《倩女离魂》，与关汉卿的《拜月亭》、王实甫的《西厢记》、白朴的《墙头马上》被并称为元曲四大爱情剧。

《倩女离魂》取材于唐代陈玄祐的传奇《离魂记》。故事情节大致如下：张倩女与王文举指腹为婚，王文举成人后，到张府探望岳母，倩女心为之动，情为之牵。但张母嫌文举家道中落，没有功名，不肯招赘，逼文举进京赶考。文举走后，倩女怅然若失，感伤而病，灵魂离体而去，直追到恋人身边。文举担心"奔则为妾"，"有玷风化"，不敢收留，后来感于她的情真意笃，于是二人一起上京。最后，王文举中了进士，与倩女灵魂衣锦还乡，灵魂与本人合为一体。

该剧第二折写倩女灵魂出窍追逐文举到江边，以江上凄清的夜色，衬托她担

忧受怕的心情。[越调·斗鹌鹑]是其中一支名曲，历来为人称道。"人去阳台，云归楚峡"两句比喻一对相爱之人的痛苦分离。阳台，本是传说中楚怀王在高唐和巫山神女欢会之处；楚峡，即巫峡。在这里，作者借用典故表现倩女内心的悲戚：王郎已经远离这昔日欢乐之地，自己无可奈何地呆在这里，形只影单，郁郁寡欢。"不争他江渚停舟，几时得门庭过马？"写的是倩女的想象。此刻，王郎也许正在江边停舟待发，什么时候他才能衣锦荣归，车骑过门呢？柳永在《雨霖铃》中写道："今宵酒醒何处？杨柳岸、晓风残月。"细品味，二者有异曲同工之妙。该曲开头四句，点出了倩女精神郁结之所在。由于母亲的"间阻"，她和王郎劳燕分飞，各奔西东。王郎寻求仕途经济去了，她非常担心情人得官后变心，因为在当时那个社会，富贵移妻是十分普遍的现象。这样，倩女就处在左右两难的境地：王郎不中举，母亲不同意完婚；王郎中举，有抛妻另娶的可能。为了摆脱目前的煎熬，为了追求幸福的爱情，倩女相思成疾，以至灵魂出窍，背着母亲去追赶心中的情人。接下来作者连用两个重叠句式"悄悄冥冥，潇潇洒洒"，从魂的特征入手，把倩女脱离了沉重的躯壳之后在冥冥夜晚中飘逸轻扬，而又心惊胆怯的感受准确传神地刻画出来。"我这里踏岸沙，步月华"两句交代了魂追的具体环境：一轮皎洁的秋月斜挂半空，照着江边软绵绵的岸沙。"踏""步"两字进一步描写出倩女之魂的动作轻捷，行为飘忽。最后两句"我觑这万水千山，都只在一时半霎"表现出她追赶情人、急于想和情人倾诉衷情的心理，从中透露出她大胆的、冲破一切藩篱的爱。"一时半霎"便越过"万水千山"符合魂的特征。

这支曲子前半部分写倩女的情思，后半部分写倩女魂追，二者巧妙地贯通，内在地统一，具有很高的艺术性。明人朱权在《太和正音谱》中说郑光祖的曲词"出语不凡，若咳唾落乎九天，临风而生珠玉"。观此小曲，所言非虚。

金仁杰　(？～1329) 字志甫，杭州（今属浙江）人。曾做过经管钱谷的小官吏，去世前一年授建康崇宁务官。与钟嗣成友善。所做杂剧今知有七种。现存《追韩信》《东窗事犯》二种。一说现存本《东窗事犯》为孔文卿所作。

萧何月下追韩信 第二折

金仁杰

[双调·新水令] 恨天涯流落客孤寒，叹英雄半世虚幻。坐下马空踏遍山水雄，背上剑枉射得斗牛寒！恨塞于天地之间。云遮断玉砌雕栏，按不住浩然气透霄汉！

[驻马听] 回首青山，拍拍离愁满战鞍；举头新雁，呀呀哀怨伴天寒。止望学龙投大海驾天关，划地似军骑羸马连云栈。且相逢，觑英雄如匹似闲，堪恨无端四海苍生眼！

[沉醉东风] 干功名千难万难，求身仕两次三番。前番离了楚国，今次又别炎汉，不觉的皓首苍颜。就月朗回头把剑看，忽然伤感默上心来，百忙里揾不干我英雄泪眼！

【鉴赏】

　　金仁杰《追韩信》是元代后期颇具代表性的杂剧作品，一直受到读者喜爱。它讲的是韩信乞食、求仕、拜将立功的故事。韩信出身微贱，曾乞食于漂母，受胯下之辱而不改大志，坚毅的性格促成他后来的登台拜将，兴汉灭楚，终成一代豪杰。

　　英雄也曾沉沦于下僚。本曲正是他在宏图难展的境况下愤然离去时所唱，是一首英雄落拓的慷慨悲凉之歌。

　　韩信初投项羽不得重用，转投刘邦亦复如此，虽经滕公、萧何再三举荐，也只做个治粟都尉的小职。有千里之志终不获骋，英雄又怎甘长居下僚？此时，他心绪繁杂，有悲凉的感叹，在天涯沦落的孤寒境地中难免会有些颓废，以至于对

图文珍藏版

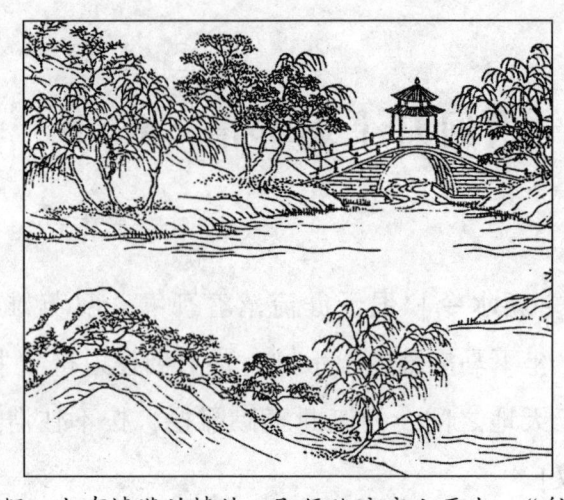

半世生涯产生怀疑。也有愤懑的情绪，即便踏遍穷山恶水，"射得斗牛寒"又有何用？此时，他恨怨充溢于心。然而，即便如此落魄，他仍"按不住浩然气透霄汉"！

满怀不平气举目回首，青山多离愁，新雁也哀怨伴天寒。待得他日相逢时，"觑英雄如匹似闲。"英雄本当率千军万马征战四方，如何能"如匹似闲"，以至于成了一个闲人？

回首往昔，"干功名千难万难，求身仕两次三番。前番离了楚国，今次又别炎汉。"这是说韩信在项羽、刘邦处受冷落的遭遇。光阴已抛掷许多，至今仍大计难施，壮志难酬。纵是英雄，也不禁"忽然伤感默上心来"。"英雄有泪不轻弹，只是未到伤心时。"此时，看英雄热泪迸发，叹人生际遇苍凉，真个好生悲壮！

范康 字子安，杭州（今属浙江）人。因王伯成写有《李太白贬夜郎》杂剧，遂写杂剧《杜子美游曲江》以比高下，惜不传。所做杂剧今知有两种，现仅存《竹叶舟》一种。亦作散曲。《全元散曲》录存小令四首，套数一套。

陈季卿悟道竹叶舟 第三折

范 康

[三煞] 趁着这响咿哑数声柔橹前溪口，早看见明
滴溜几点鱼灯古渡头。则见秋江雪浪拍天浮，更月
黑云愁。疏刺刺风狂雨骤，这天气甚时候。白茫茫
银涛不断流，那里也骑鹤扬州。

【鉴赏】

　　陈季卿来京应举，屡试不中，流落京都多年。一日，他游览终南山青龙寺，
遇到仙人吕洞宾。吕洞宾劝他出家，他再三拒绝。吕洞宾拣了一片竹叶贴在墙

上，顿时变成了一只小船，并说可以载他回家。他开始不信，接着便恍惚睡去。
他在梦中乘船回家，终与家人团聚。谈话中仍孜孜于功名，遂与家人告别，又乘
船上京赴考。

　　船还是原来的那只船，船夫还是原来的那位船夫。小船出得溪口，顺江而
下，只听橹声咿哑，只见古渡头渔火点点。那船夫轻摇船橹，好不悠闲。突然，

刮起了大风，江涛汹涌，白浪滔天。天空乌云密布，四周一片漆黑。此时，风狂雨骤，小船在惊涛骇浪中不停地颠簸，险象环生。陈季卿惊恐万状，不知如何是好。即使在这险恶的环境中，他仍然不忘功名。但如此狂风巨浪相阻隔，想求取功名怕只是妄想了。又一巨浪打来，小船一下子被掀翻，陈季卿落于水中，惊吓而醒，原来竟是一场恶梦。

梦醒之后，陈季卿终于醒悟过来，这是仙人有意点化自己。他急忙去追寻吕洞宾，恳求吕洞宾度化成仙。吕洞宾答应了他的请求，领他去见另外七仙，并带他去赶王母娘娘的蟠桃宴会。

仙吕·寄生草 酒

范 康

常醉后方何碍？不醉时有甚思！糟腌两个功名字，醅澄①千古兴亡事，曲埋万丈虹蜺志②。不达时③皆笑屈原非，但知音尽说陶潜是④。

【注释】

①醅（pēi）：未滤过的酒。澄：同"淹"。

②曲（qū）：酿酒用的酒母。虹蜺志：高贯长虹的远大志向。蜺，通"霓"。

③不达时：不识时务，或不通事理。

④"但知音"句：晋陶潜（陶渊明）性喜酒，酒人引为知音。

【鉴赏】

长醉不妨于人生，不醉反而无所适从；功名事业、历史兴亡，以及个人的雄心壮志，统统为酒所掩埋销蚀；屈原不甘众醉而独醒，被招致非议；人人以陶渊明的喜酒作为榜样和同道。全篇无一句不扣合"酒"的主题，也无一句不以反语出之，从而表现出愤世嫉俗的强烈心情。

这首小令中间的三句鼎足对，素来为人所称道。它以酒的三种附属物——

糟、醅、曲配搭酒外的人事，句句形似无理，而细细体味，却又觉寓意无穷。试想"功名"两字真被"糟腌"了，那就只剩下酒气冲天，这不正说明功名本身味同嚼蜡、淡然乏味吗？同样，"千古兴亡事"淹没在酒醅中，浑浑噩噩，也预示出历史的盛衰荣枯，本身就是一本糊涂账，不值得去分辨个明白。而虹霓般的冲天志向，在古人来说即是所谓"治国平天下"，如今为曲所埋，可见"虹蜺志"的内容本身也无异于腐渣。"功名字""兴亡事""虹鲵志"与糟、醅、曲等价，这是从字面上的一层理解。而从"常醉后方何碍，不醉时有甚思"的醉酒意义来看，"糟腌""醅淹""曲埋"又都是主动行为，也就是在醉乡中可以淡忘、蔑视和放弃一切追求的意思。这三句鼎足对含义相似，却横说竖说而无重复之嫌。这种在工整的对仗中逞示老辣尖峭的语言功力，是元散曲的一种习尚，也就是所谓"当行"的表现之一。清李调元赞誉本曲"命意造词，俱臻绝顶"，正是从这一意义上说的。

仙吕·寄生草 色

范 康

花尚有重开日，人决无再少年。恰情欢春昼红妆面，
正情浓夏日双飞燕，早情疏秋暮合欢扇。武陵溪[1]引入
鬼门关，楚阳台驾到森罗殿[2]。

【注释】

①武陵溪：陶渊明《桃花源记》述武陵人捕鱼为业，缘溪行，终于进入桃花源。诗文中因以"武陵溪"喻真善美的理想境地，元曲中更作为男女情乡的代指。

②楚阳台：宋玉《高唐赋》记楚襄王与巫山神女欢会，神女自言"朝朝暮暮，阳台之下"。后因以"楚阳台"指称男女合欢之所。森罗殿：传说中阎王的居殿。

【鉴赏】

范康作《寄生草》四首，分别以酒、色、财、气命名，这是第二首。与前一首咏酒而百般首肯的写法不同，本篇咏色是以劝诫为主旨的。小令从"花有重开日，人无再少年"的俗谚人手，写出了贪色溺情的无谓及对人生的戕害，以种种借喻为棒喝，近于得道之言。

本篇与前首一样，全曲皆由对仗构成，其中亦以中间三句鼎足对为一篇之警策。这三句中都有个"情"字，却通过三组画面显示了它不同的发展阶段。"春昼红妆面"语句香艳，美人靓妆，又与春天的风情配合，令人想起蜀王衍的"柳眉桃脸不胜春"、温庭筠的"照花前后镜，花面交相映"等意境，以其诱惑力表现出炽情的煽起。"双飞燕"本身形影不离，"夏日"更有热烈的意味，"夏日双飞燕"用以比喻男女艳情的如胶似漆。"秋暮合欢扇"则用汉班婕妤《怨歌行》的掌故："裁为合欢扇，团团似明月。……常恐秋节至，凉风夺炎热，弃捐箧笥中，恩情中道绝。"利用春、夏、秋的时令特征及有关物象，合成"情欢""情浓"直至"情疏"的完整过程，这种构思是颇为巧妙的。

作者将情视为溺色迷陷的表现，故结尾的两句，不仅指出"情"之不足恃，而且有"色"能戕人的意味在内。这两句是由"武陵溪""鬼门关""楚阳台""森罗殿"等一系列暗喻构成的，在句内自成对比，颇为新警。元曲好说教，而多以奇思、警语出之，这就避免了乏味和空泛的弊病。

曾瑞　（？～1330前）字瑞卿，号褐夫，大兴（今属北京）人。因喜江浙人才风物而移居杭州。善绘画，能做隐语小曲。所做杂剧今知有《才子佳人误元宵》（或以为《留鞋记》即此剧）一种，现存。原有散曲集《诗酒余音》，今已佚。现存散曲小令九十余首，套数十七套。

图文珍藏版

正宫·醉太平

曾 瑞

相邀士夫①，笑引奚奴②。涌金门③外过西湖，写新诗吊古。苏堤④堤上寻芳树，断桥⑤桥畔沽醽醁，孤山山下醉林逋⑥。洒梨花暮雨。

【注释】

①士夫：自金元以来为一般男子通称，并不专指士大夫。

②奚奴：本指女奴，自宋以来的男女仆役通称。

③涌金门：旧名丰豫门，为杭州西城门。

④苏堤：即苏公堤。《武林旧事》："苏公堤，元祐中东坡守杭日所筑。"

⑤断桥：《武林旧事》："断桥，又名段家桥，万柳如云，望如裙带。"

⑥林逋：北宋隐士，钱塘人。

【鉴赏】

自古以来，人们都说江南好。而游历江南，杭州自然是首选之地。苏轼曾云："杭州之有西湖，如人之有眉目。"西湖正如人之眉目般精致美丽。唐代以来，西湖便成为人们的游赏胜地，至南宋而臻于极盛。曾瑞本是北人（大兴人，今属北京），自号褐夫。《录鬼簿》说他因美慕江浙风物和人才，由北来南，并言其"神采卓异，衣冠整肃，优游于市井，洒然如神仙中人"。他慕名远来并在此活得恬淡潇洒，想来也与西湖之上空濛烟雨的熏陶有关吧。这首小令正是抒写他如闲云野鹤般的情致与雅兴。

由曲中可知，于二月春分时节游湖的诗人对于红船高楼的热闹气氛并无兴趣，而是偏好于怀古慕旧的丝丝幽情，这是清高诗人常有的闲情逸致。曾瑞欲在"孤山山下醉林逋"，当是因为自己"志不屈物"而不免与林逋有身世共鸣之感。虽有万般的感慨，但恰逢此时良辰美景，岂不是忘忧的最好去处！游玩了许久，终于抵暮而归，此时正是"洒梨花暮雨"。读者自可想象此时情景是何等迷人。二月时分，梨花欲开，湖上细雨霏微，堤上绿柳含烟，四周山色空蒙，于迷蒙沉醉之际想起苏轼的名句："欲把西湖比西子"。其实，雨中湖光山色的朦胧之美，又岂是肉身凡胎的西施所能相比！

岁月无痕，光华人生。人们在西湖旁游赏逸乐的兴致始终未减，达官贵人，名流仕女，或沉湎于急管繁弦、兰舟画舫的声乐之娱，或神迷于依依绿柳、馥馥红荷的湖山之秀。文人雅士却为那清风明月、钟鸣猿啼、雨笠烟蓑而流连忘返。岁月磨洗了人间无数风尘，而西湖却似一个卓尔不群、冰清玉洁的仙子，伫立在缥缈的云烟之中，任人品赏。

南吕·四块玉 述怀

曾 瑞

衣紫袍①，居黄阁②，九鼎沉如许由瓢③。调羹④无味教人笑。弃了官，辞了朝，归去好。

【注释】

①紫袍：古代四五品以上官员的袍服。

②黄阁：宰相厅署。古代丞相、三公官署厅门饰涂黄色，故称。

③九鼎：喻国家重器。历史上最早由大禹铸九鼎，作为国家政权的象征。许由瓢：许由为上古高士，尧让以天下而不受。他隐居箕山时，家产只有一只水瓢，挂在树上，风吹瓢鸣，许由嫌声烦就将瓢弃之水中。

④调羹：《尚书》载商王武丁命傅说为相，说："若作和羹，尔惟盐梅"。意谓如调味做羹那样治理国家。后因以"调羹"喻宰相行职。

【鉴赏】

"紫袍""黄阁"，均是贵官的借代语。利用"紫""黄"颜色门作成对仗，也是古代文人习用的手法。而三、四两句则呈现出尖新的特色。"九鼎"极为贵重，却以不值钱的"瓢"作为比喻，且是"许由瓢"，本身更属于委弃之物。从许由弃瓢的典故引出了"沉"，而九鼎沉则意味着朝纲不振，曲曲折折，用以说明治国者的不负责任，真是冷峻至极的一笔。第四句的含意与之接近，却偏重于宰相无能的角度。"调羹"在古时是喻指宰相行职的专用语，作者却故意取用其生活中烹饪的字面意味，接以"无味"二字，引出"教人笑"的嘲骂。这首小令阐述的是"归去好"的结论，在论据上用了极端的例证，即从位至三公的高贵人物加以否定，更不用说一般小官了。而作者却是连小官也未做过的，竟题为"述怀"，就更不难想见他写作此曲时自嘲自解与愤世嫉俗的心情。诗人同题另有一首："雪满簪，霜垂颔，老拙随缘苦无贪。狂图多被风波淊。享大财，得重衔，休笑俺。""述怀"的意味就显豁得多。正因为本曲跳过了作者本人的经历，白眼向人，嘲骂的感情就更易投入。全曲语言冷辣，口舌节省，恰恰体现出元散曲短篇小令犀利精光的特征。

南吕·骂玉郎过感皇恩采茶歌 闺中闻杜鹃

曾 瑞

无情杜宇①闲淘气。头直②上耳根底，声声聒得人心碎。你怎知，我就里③，愁无际？　帘幕低垂，重门深闭。曲阑边，雕檐外，画楼西。把春酲④唤起，将晓梦惊回。无明夜⑤，闲聒噪，厮禁持⑥。　我几曾离，这绣罗帏，没来由劝我道"不如归"。狂客江南正着迷，这声儿好去对俺那人啼。

【注释】

①杜宇：杜鹃鸟。其鸣声如"不如归去"。

②头直：头顶。

③就里：内里，指心中。

④春酲（chén）：春天里醉酒的状态。酲，病酒。

⑤无明夜：无日无夜。

⑥厮：相。禁持：纠缠。

【鉴赏】

这支带过曲，以闺中女子自诉心声的形式，淋漓尽致地表现了思妇的情怨。全曲分三段：自起首至"愁无际"为〔骂玉郎〕，写现时的"闻杜鹃"；"帘幕低垂"至"厮禁持"为〔感皇恩〕，忆前时的闻鹃情形，补明了题目的"闺中";"我几曾离"至结尾为 [采茶歌],则是"闺中闻杜鹃"的反应和感想。

第一段一上来就把杜鹃鸟推上了被告地位,对它进行了娇憨的嗔斥。"闲淘气""头直""就里""聒"等连用口语,描摹女子口吻表达极度不满的感情可谓惟妙惟肖,率直天真而又多愁善感。杜鹃鸟因其啼声像说"不如归去",一向容易引起异乡羁客游子的伤感,何以也开罪了这位闺中女子?作品先不明说,让读者带着悬念去听下回分解。

第二段十句,为女子对往日杜鹃"聒噪"情形的回顾与数落。这回真相大白,原来鹃声对她的环境与生活干扰极大。一是空间的无孔不入,突破"帘幕""重门"的限制,"曲阑边,雕檐外,画楼西",侵入了"闺中"的整个范围;二是时间上不分昼夜,"厮禁持",纠缠无已;三是不识时务,"把春醒唤起,将晓梦惊回",害得女子不得安宁,连做个好梦也做不全。这一段不仅照应了首段的"头直上耳根底,声声聒得人心碎",坐实了杜鹃鸟的"闲淘气",更巧妙的是借着数落而介绍了女子寂寞闺居的日常生活。我们因而了解了她居住在条件优裕的大户深院内,终日不出闺外,至多在曲阑画楼间徙倚散心,而这当然是"愁无际"情形下的消遣之举。其春醒"唤起",见病酒之深困;晓梦"惊回",知梦境之可恋。而女子对鹃声"无明夜"的啼叫规律耿耿于怀,那么她本人的忧心忡忡、彻夜不眠,也就是显而易见的了。

全曲至此,还是不曾涉及鹃声同"聒得人心碎"之间的联系。直至第三段,才揭出了女子怨艾的原因,果然与杜鹃"不如归"的啼叫内容有关。鸟儿不看对象,固然好"没来由";妙在女子并不停留在对它盲目啼叫的恼恨上,而是进一步要求它去寻着自己在外不归的夫君,"这声儿好去对俺那人啼!"于丝丝入扣的铺叙后,着此新警别致的一笔,将女子又恨又嗔、既悱恻而又炽烈的内心情感,表现得入木三分。这一结尾合于情理而又出人意料,将前时女子对杜鹃的责备顿时转为对薄幸夫婿的怨望,令人憬然大悟、怅然动容,故素来为人称道。明李开先《词谑》,就将它作为"急并响亮,含有余不尽之意"的范例。元晚期曲家朱庭玉,在其《祆神急·闺思》套数的末曲 [后庭花煞] 中写道:"愁人倦听,杜鹃声更哀。不去向他根底,偏来近奴空侧,诉离怀。把似唤将春去,争如撺顿取那人来?"《录鬼簿》曾载"市井儿童诵瑞卿(曾瑞字瑞卿)",或许他也受了曾瑞此作的影响。又《乐府群珠》载元无名氏《上小楼·杜鹃》："堪恨无情杜宇，你怎么伤人情绪？啼的花残，叫的愁来，唤将春去。索甚不把离人叮咛嘱咐？我也道在天涯不如归去。"题旨同结尾的表现构思，都与本篇相近。两作的先后难以判断，只能说是燕瘦环肥，各臻其妙。

借怨责禽鸟而述女子情思，自不从本作始。南朝梁《读曲歌》："打杀长鸣鸡，弹去乌臼鸟。但愿连冥不复曙，一年都一晓。"唐金昌绪《闺怨》："打起黄莺儿，莫教枝上啼。啼时惊妾梦，不得到辽西。"这首曲或许受到过它们的启发。但它无论在谴责杜鹃或是在自诉心声上，都更加细腻曲折，造成了摇曳悱恻的风致。从中也可见出诗与曲在表现风格上的不同。

中吕·喜春来 阅世

曾 瑞

佳章软语①醒时和，白雪阳春②醉后歌，簪花饮酒且婆娑③。开闷锁，闲看恶风波。

【注释】

①佳章软语：指吟诗唱和。

②白雪、阳春：均为古楚地名曲，此处指歌唱。

③簪花：古时佳节男女宴饮时男女通习。婆娑：指舞蹈。

【鉴赏】

不论是吟诗唱和，还是任情高歌，抑或是簪花饮酒又婆娑，都可见出自得其乐的逍遥之意和超凡脱俗的高洁神韵，真令人无比美慕。然而，仔细读来，便又见出几分无奈的苦衷。世人皆是先饮后醉复又醒，然而曲中却是先言醒复言醉又言饮。作者的独异处即是方醒又醉，即醉再饮。醉了，醒了，复又沉沉醉去。似是在学李白"但愿长醉不愿醒"，然而又少了太白"天生我才必有用，千金散尽还复来"的洒脱。昔日阮籍好饮，是因"魏晋之际，天下多故，名士少有全者"，由此而"不与世事，遂酣饮为常"。隋末唐初王绩也叹道："眼看人尽醉，何忍独为醒。"他们或为避祸，或因愤世而好酒，然而醉翁之意皆不在酒。

那么醉翁之意是什么呢？"开闷锁，闲看恶风波。"仕途险恶，其阅世之法只能是"闲看"社会。社会如此的沉闷，曾瑞的方法即是抽身其外，以酒为友，消尽烦恼。

元代一直奉行民族压迫政策，汉人尤其是文人由此险恶重重。但另一方面也在一定程度上摆脱了传统规范的束缚。鉴于此，文人们的生活方式与态度也多有不同。有轻闲舒适的隐居田园的生活，如张养浩在罢官之后所描绘的："柳堤、竹溪，日影筛金翠。杖藜徐步近钓矶，看鸥鹭闲游戏。""对着这般景致，坐的，便无酒也令人醉。"有仍对自己的理想与喜好执着追求的，如宣称"我是个普天下郎君领袖，盖世界浪子班头"的关汉卿，就狂傲倔强地表示："你便是落了我牙、歪了我嘴、瘸了我腿、折了我手，天赐与我这几般儿歹症候。尚兀自不肯休。"也有的是洒脱不羁隐逸江湖的落拓才子，乔吉在一首自述的小令中说道："不占龙头选，不入名贤传。时时酒圣，处处诗禅。烟霞状元，江湖醉仙。笑谈便是编修院。留连，批风抹月四十年。"然而更多的是过着世俗化的、纵恣嬉乐于市井之间的生活，读王和卿的名作《醉中天·咏大蝴蝶》："弹破庄周梦，两翅驾东风。三百座名园、一采一个空。"文人狂放的个性已展露无遗。

上述各种生活方式以及曾瑞的"长醉不复醒"和"闲看恶风波"，虽然或逍遥或任放诙谐，但他们都掩饰不住对自由生活的热爱与追求，而自由与宽容，也正是如今我们所讲的休闲生活的本质所在。

施惠 字君美，杭州（今属浙江）人。与钟嗣成等友善。曾与范居中、黄天泽、沈拱合作杂剧《鹔鹴裘》，已佚。明何良俊《四友斋丛说》、王世贞《艺苑卮言》、清初张大复《寒山堂曲谱》均认为南戏《拜月亭》为施惠所作。另据经增补的传抄本《传奇汇考标目》，尚有杂剧《芙蓉城》《周小郎月夜戏小乔》二种，今均不存。散曲仅存套数一套。

南吕·一枝花 咏剑

施 惠

离匣牛斗寒，到手风云助。插腰奸胆破，出袖鬼神伏。正直规模，香檀把虎口双吞玉，沙鱼鞘龙鳞密砌珠。挂三尺壁上飞泉，响半夜床头骤雨。

[梁州] 金错落盘花扣挂，碧玲珑镂玉妆束，美名儿今古人争慕。弹鱼空馆，断蟒长途；逢贤把赠，遇寇即除。比莫邪端的全殊，纵干将未必能如。曾遭遇净朝谏烈士朱云，能回避叹苍穹雄夫项羽，怕追陪报私仇侠客专诸。价孤，世无。数十年是俺家藏物，吓人魂，射人目。相伴着万卷图书酒一壶，遍历江湖。

[尾声] 笑提常向尊前舞，醉解多从醒后赎，则为俺未遂封侯把它久担误。有一日修文用武，驱蛮静虏，好与清时定边土。

【鉴赏】

剑，向来是英雄侠士不离身之物，用来防身自卫，或用以建功立业。英雄得剑则如虎添翼，剑遇英雄则如鱼得水，二者密不可分。施惠的《咏剑》套曲，以剑咏怀，托物见志，是一篇不错的咏物之作。

作者先从剑写起。起首四句，"离匣牛斗寒，到手风云助。插腰奸胆破，出袖鬼神伏"，尤为传神。寥寥数语，便勾画出一支出鞘宝剑，寒光闪闪，呼呼生风，那气势，人间天上，不仅可使奸佞胆破魂飞，又可使鬼神伏首顺眉。接着，作者又描绘了宝剑的华美精致：檀香木做的把，鲨鱼皮做的鞘，镶着宝石，嵌着珍珠，放光芒如飞泉四射，鸣响起如骤雨来袭。"金错落盘花扣挂，碧玲珑镂玉

妆束"，如此美剑，怎不使人争慕称美，心生爱意呢？然而宝剑之宝贵无比，并不仅仅在于它精美的外观，更在于它超群不凡的作用，所以作者又运用了许多贴切的典故和史事，使宝剑的作用更加突出，使读者的印象更加鲜明深刻。作者笔下的剑，是冯谖用来倚柱弹歌的那把剑；是刘邦用来削木斩蛇的那把剑；是季札用来赠给贤人徐君的那把剑。作者笔下的剑，是烈士朱云请杀张禹的那把剑；是雄夫项羽乌江自刎的那把剑；是侠客专诸行刺王僚的那把剑。它锋利无比，纵莫邪干将也都不如。剑气凛人，剑光炫目，这样的宝剑，真是"世无""价孤"。"数十年是俺家藏物"，作者至此笔锋一转，从剑的描写转到宝剑的主人身上。他是个书酒为伴、仗剑遍历江湖的失意英雄。建功无门，封侯未遂，于是宝剑啊宝剑，只落得樽前伴舞，店里押赎，岂不悲哉！宝剑悲，主人尤悲。宝剑无用武之地，主人亦无用武之地，这里，主人未遇与宝剑未遇融为一体，抒发了才士不遇的强烈慨叹。不过，曲尾"有一日修文用武，驱蛮静虏，好与清时定边土"一句，似乎又满怀希望，渴望持剑报国，实现"驱蛮静虎"之壮志，读来令人振奋不已。

总的来看，这首曲子，大半篇幅都放在对宝剑的赞美歌颂上，层层铺叙，从剑的神韵气势到剑的外形装饰再到剑的作用功劳，由此及彼，卒章显志，最后归结到剑的主人身上，实际上寄托了作者自己的理想：我便是宝剑一支，可惜无人能识，我是多么愿意报效国家，为国出力啊！作者特别运用了很多排比和对偶句，语如贯珠，气势如虹，使得全篇曲子慷慨豪放，声势夺人，与文意很相符合。

孛罗御史 蒙古人。《全元散曲》作者小传疑为《新元史·拖雷传》中之孛罗。现存散曲套数一套。

南吕·一枝花 辞官

孛罗御史

[隔尾] 诵诗书稚子无闲暇，奉甘旨萱堂到白发。伴辘轳村翁说一会挺膊子话。闲时节笑咱，醉时节睡咱。今日里无是无非快活煞。

【鉴赏】

　　孛罗御史的 [南吕]《一枝花·辞官》是一篇套数，由五支曲子组成，这里选的是最后一支。

　　孛罗御使，蒙古人，是御史台的官员，负责监察百官。后因深感官场的险恶而辞官。这篇套数作于作者辞官归隐之后，集中抒写对官场的厌恶和辞官归隐的乐趣。

　　在作者眼里，官场如"闹穰穰蚁阵蜂衙"，尽是"燕雀聒耳""豺狼当道"，所以他决心辞官归隐。当他回到故乡，不仅享受到乡村"四时景物清佳"，并且深受乡村父老的热情欢迎。

　　[隔尾] 抒写的则是作者在家中所享受到的天伦之乐：教育子女，侍奉老母，以及和村民在一起，无拘无束的快活生活。

　　我们绝无劝大家效法作者归隐之意，但作者笔下的归隐生活，无疑是极为愉悦的。且不论在那个特定的时代，归隐田园的复杂社会原因及其对抗现实意义，即使在现代社会里，由于工作、生活的快节奏，以及工作、事业诸方面的沉重压力，许多人都觉得很累，向往归隐的也许大有人在。这是丝毫不奇怪的。

但是，不论什么时代，也不论什么形式的"隐"，对于生活来说，都是一种逃避，在现代社会尤其不可取。

在现代社会里，每个人都扮演着一定的社会角色，履行着一定社会角色的职责和义务，并且受着一定社会角色的种种规范和制约。成功扮演一定的社会角色本身就很难、很累，如果他的社会角色意识太浓太强，连在家里也是同一副面孔，同一样的行为方式，那就不仅会觉得很累，而且会觉得十分单调乏味。因而需要身心的全面调节。如果是这样，当你离开工作岗位回到家里的时候，来到亲朋至交中的时候，你不妨效法作者归隐后的行为方式，转换一下角色，"隐退"一下社会角色意识，少一些严肃，少一些规范，少一些刻板，少一些拘束，多放松一些情绪，多放纵一些情怀，那么，你一定会慢慢快活起来的。

仙吕·赏花时北　潇湘八景

沈　和

休说功名，皆是浪语。得失荣枯总是虚，便做道三公位待何如。如今得时务，尽荆棘是迷途。便是握雾拿云志已疏，咏月嘲风心愿足。我则待离尘世访江湖，寻几个知音伴侣，我则待林泉下共樵夫。

[排歌南] 远害全身，清风万古，堪羡范蠡归湖。不求玉带挂金鱼，甘分向烟波做钓徒。绝尘世，远世俗，扁舟独驾水云居。嗟尘世，人斗取，蜗名蝇利待何如。

[那吒令北] 弃朝中俸禄，避风波仕途。身边引着小仆，玩云山景物。杖头挑酒壶，访烟霞伴侣。近着红蓼滩，靠着白蘋渡。潜身向草舍，得这茅庐。

[排歌南] 我则将这小舟撑，兰棹举，蓑笠为活计。一任他紫朝服，我不愿画堂居。往来交游，逍遥散诞，几年无事傍江湖。旋筹新酒钓鲜鱼，终日酶酶乐有余。

杯中浅，瓶内无，邻家有酒也宜沽。吟魂醉，饮兴足，
满身花影倩人扶。

[鹊踏枝北] 见芳草映萍芜，听松风响寒芦。我则见
落照渔村，水接天隅。见一簇帆归远浦，他每都是些
不识字的慵懒渔夫。

[桂枝香南] 扁舟湾住在垂杨深处，瓯瓯似鼻息如雷，
睡足了江南烟雨。听山寺晚钟，声声凄楚。西沉玉兔
梦回初，本待要扶头去，清闲倒大福。

[寄生草北] 春景看山色晴岚翠，夏天听潇湘夜雨疏；
九秋玩洞庭明月生南浦，见平沙落雁迷芳渚；三冬赏
江天暮雪飘飞絮，一任教乱纷纷柳絮舞空中，争如俺
侬家鹦鹉洲边住。

[乐安神南] 闲来思虑，自从那日赋归欤，山河日月
几盈虚，风光渐觉催寒暑。欲求生富贵，须下死工夫，
且常教两眉舒。

[六么序北] 园塘外三丘地，篷窗下几卷书，他每傲
人间驷马高车。每日家相伴陶朱，吊问三间，我将这
《离骚》和这《楚辞》，来便收续。觉来时满眼青山
暮，抖擞着绿蓑归去。看花开花落流年度，一任教春
风桃李，更和这暮景桑榆。

[尾声南] 悟乾坤清幽趣。但将无事老村夫，写入在
潇湘八景图。

【鉴赏】

　　这首套数的题目为《潇湘八景》，其实并非纯写景色，而是借写潇湘八景来
抒发作者对元朝的恐怖统治不满的情绪。此曲真正的题目，应为"远害全身"。

　　这首散套，在曲律上用了南北宫曲子合套，一曲北宫，一曲南宫，间隔演
唱，很有规则，在一部《全元散曲》中，用这种手法写的散套，仅此一首。小传

中说沈和"天性风流，兼明音律，相传以南北调合腔自和甫始，如《潇湘八景》《欢喜冤家》等曲，极为工巧。"今读此曲，此言不谬。

首曲［赏花时］，阐明自己对人生与事业的观点，说明了自己的打算，为这首套数定下了基调——避世归隐。作者认为谈论功名的都是些胡言乱语，什么获得与失去，成功与失败，兴旺与没落都是虚空的，就是做到了位列三公（三公，周代为太师、太傅、太保，西汉为大司徒、大司马、大司空，这种官阶，相当于现代的总理。后世以三公泛指高官），又将怎么样呢？如今的世道啊，充满了险恶，到处是迷途。"如今得时务，尽荆棘是迷途"，此两句为全篇的支柱，一切议论、描写，都是从这两句发生开展的。

在这充满阻力和危险的时代里，作者想干出一番大事业（握雾拿云）的凌云壮志淡薄了，甚至消失了。最大的愿望就是作作诗、写写曲。他打算离开这个可怕的现实社会，到江湖山林中去寻几个志同道合的朋友，他想找一个林泉下的樵夫为友，也就是说他打算到山中隐居起来。

［排歌］写作者觉得在这充满危险的时代环境中，只有远远地躲开危险，保全自己才是最为明智的。他认为千古以来最清高的最值得钦佩羡慕的就是战国时的范蠡。范蠡不贪恋高官（玉带挂金鱼，用韩愈"玉带悬金鱼"现成诗句，金鱼，金鱼符，或绣有金鱼图案的佩袋，以示职位之高）。与尘世决裂，独自驾一条小船，隐居于水乡深处，当一个渔翁。作者原来想"共樵夫"，现在又美慕"做钓徒"。不论是樵是渔，其性质是相同的——隐居，其目的是相同的——远害全身。作者由范蠡的"归湖"，对比当时社会上人们的争权夺利，互相倾轧，从而发出了深沉的慨叹，他觉得争那些蜗牛触角上的功名，苍蝇头上的利禄又将济什么事呢？"蜗名蝇利"，苏轼《满庭芳》"蜗角虚名，蝇头微利，算来著甚乾忙。"形容名微利薄。

［那吒令］写作者"远害全身"的具体行动。他抛弃了朝廷里的官职，躲避开官场中的风波。带了一个小僮儿，出去游山玩景。带着酒去寻访隐居的朋友。在靠近白蘋渡的红蓼滩上筑间茅庐，藏身在那里，过着隐姓埋名的生活。

［排歌］以下至［寄生草］共四曲，作者从几个方面写藏身于渔村的闲散无忧，自得其乐的生活情趣。

［排歌］写作者撑着小船划着桨，靠打鱼来维持生活。随他们去当高官好了，

我就不愿住那彩画的殿堂。自由自在地和朋友交往，悠然自得，舒散自在地在江湖上度过了好几年，也没有碰上半件麻烦事。生活是那么安定，那么愉快。喝着刚滤出来的新酒，吃着刚钓起来的鲜鱼，整天醉醺醺的实在快活。酒喝干了不妨到邻居去买。人也喝得醉意朦胧，吟不成诗，每到酒兴满足，已是月上东山，醉倒在地上，请人家扶回去。"几年无事"说明"远害"办法有成效。"旋筹新酒"以下几句，刻画了一个醉汉的形象，那种醉意醉态；不是借酒以浇愁，也是借酒以忘忧。"满身花影倩人扶"，一是说明已从白天喝到黄昏，二是暗示主人公已烂醉如泥，倒在地上了。因为如果醉了仍能站立得住，就不会"满身花影"，只有醉倒在花树旁边，月光投照下的花影才会洒满全身，才会用得着"倩人扶"，而"扶"实则已是"抬"了。"蓑笠"，本为渔人的装束，柳宗元《江雪》："孤舟蓑笠翁，独钓寒江雪。"此三句也有这种意境，但此"蓑笠"已借代作捕鱼工作。"紫朝服"，封建时代紫色与朱红色都是达官贵人衣服的专用颜色。唐代制度，官五品以上衣服用朱色与紫色，六七品用绿色。《神童诗》"满朝朱紫贵"，紫朝服，即做大官。"画堂"，原指汉代宫中彩绘的殿堂。《三辅黄图》："未央宫有画堂、甲观，非常室。"此处借指宫室官邸。筹（chōu），滤酒。

[鹊踏枝] 写渔村景色。开始触及所谓"潇湘八景"，此曲写到两景：渔村夕照、远浦帆归。作者在这夕阳西下的渔村头闲望，见岸边的青草与水中的浮萍相映衬，山上的松风也在芦苇荡中回荡。在远处地平线上，水与天交接处，有一片船帆在归航。在风景如画的境界里，主人公是一些无拘无束没有文化的渔民。"慵懒"，不能作"懒洋洋"或"懒惰"解释；应为是闲散、不受拘管之意。所以作者对他们不是轻蔑，是表达美慕之情。

[桂枝香] 曲是"一簇帆归远浦"的延续。小渔船停泊在垂杨深处，驾船人倒头便睡，打呼噜好比打雷声，表示没有思想负担，睡得甜香。"睡足了江南烟雨"，此句有王禹偁《点绛唇》"雨恨云愁，江南依旧称佳丽，水村渔市，一缕孤烟细。"的用意。主人公在睡足而醒来的时候，江南水村，笼罩在烟雨蒙蒙之中，带来了一缕轻愁，所以听到山中寺院内传出的黄昏钟声，感到每一声都含着凄凉与伤感。在月亮西沉，黎明梦断的辰光，本想要起身来干一些什么的，觉得还是省心一点吧，只有清闲才是最大的福分。"睡足了"以下是作者对功名仕途留恋的回光返照。他在江南烟雨，山寺钟声带来的伤感之中，思想斗争了一夜，

早上就打算"扶头去"，去干什么呢？是想寻找放弃了的蜗名蝇利，也许他想到了自己的归隐目的是"远害全身"，一切功名利禄都不是福气，只有清闲倒是最大的享受。他的思想稳定下来了。此曲中写到一景：烟寺晚钟。

［寄生草］是"清闲倒大福"的注释。作者把"潇湘八景"中之五景：山市晴岚、潇湘夜雨、洞庭秋月、平沙落雁、江天暮雪分作四时景色描写。春天观看丽日下青翠的峰峦，夏天听潇湘夜间的急雨，秋天欣赏洞庭湖的明月，从南浦舟舟升起。在皎洁的月光下，大雁纷纷飞落在平展的沙滩上，隐没在水草丛中。寒冬腊月欣赏寥廓江天上的飞雪，让它像乱纷纷的柳絮一般飞舞空中。有四季美景可以享受不尽，那些"画堂居"，怎么能比得上我家在鹦鹉洲边居住。"俺侬"，此两字都为"我"字意思，叠用或为强调"我"，或为元代口语中有叠用的习惯，在现代赣方言口语中，仍有第一人称作"我侬"。以上三曲中所写的"潇湘八景"，并未刻意描绘具体的美景，仅仅借八景的名称作一般性的记述而已。

［乐安神］写作者的检讨。他自从归隐以后，经过较长时间的思索，得出了"欲求生富贵，须下死功夫"的结论。这两句不能简单地看作要想获得富贵，必须下苦功去拼搏。应该说：一个人活在世界上要想追求理想中的富贵，就得冒险，豁出生命去干。但作者想到现实社会"尽荆棘是迷途"，万一搭上了命仍然求不到富贵，岂非得不偿失，而且全部毁灭，所以他选择的是"且常教两眉舒"，不必为了富贵而去操心忧虑，还是无忧无虑，心情舒畅的好。"两眉舒"，人在心胸开阔，没有私心杂念时，眉头就会舒展。这里表示放弃对富贵的追求。

［六么序］写作者彻底抛弃了追求富贵的思想以后是怎样消磨岁月的。在园塘外面有三丘土地可以耕种，小船篷窗下有几册书可以阅读，才瞧不起社会上那批乘着豪华车子的显贵呢。"驷马高车"是显贵的待遇。《汉书·于定国传》："始定国父于公，其闾门坏，父老方共治之。于公谓曰：'少高大闾门，令容驷马高盖车'。"

除了种田读书以外，每天学陶朱公那样泛舟游湖，又经常去凭吊三间大夫，吸收学习《离骚》和《楚辞》的风格精神，续写几支曲以寄托自己满腔的幽愤。陶朱，即战国时的范蠡，他帮助越王勾践灭掉吴国，成立霸业以后，觉得勾践其人只可共患难，不可共安乐。就离开勾践，传说他泛舟五湖，至齐国经商致富，自号陶朱公。这句"相伴陶朱"，按文意作者不可能学习范蠡去经商，只能是撑着小舟游湖。三闾，即屈原，他曾当过楚怀王的三闾大夫，后以忧国而投汨罗江自杀。《离骚》是屈原因谗被疏而作，以寄忧愁幽思。《楚辞》为汉刘向所编辑，收集屈原、宋玉、景差及汉代贾谊、刘安、东方朔等人的文章，合为一册，《离骚》亦收在《楚辞》中，作者把它单独提出来，表明对屈原的风范特别景仰。"觉来时"以下五句抒发作者的光阴易逝，人生易老的感慨。"觉来时满眼青山暮，抖擞着绿蓑归去"。这两句可以是实写，即在湖中亦渔亦游兴尽的时候，太阳已从青山那边下沉了，拍拂一下身上的蓑衣归去。也可以是寄托，即当他在人生的迷途上觉悟过来的时候，大好青春已经消逝了，把剩余的时光，交付给水乡渔村。这么理解，正文的感慨就不是孤立的了。他看到花开花落，光阴像流水一般逝去，是风华正茂的青春也好，是暮景桑榆的老年也好，花朵从开到落，人从小到老，都是遵循同样的规律随着"流年度"而作必然的变化发展的。"暮景桑榆"，古人以为太阳下山在桑榆之间，《后汉书·冯异传》："可谓失之东隅，收之桑榆。"引申为晚暮。景，太阳。

[尾声] 为此篇的结束语。作者领略到了世上清闲、静谧的真正乐趣，精神境界开阔了，他要像无所事事的老村夫，把自己融入美丽如画的潇湘八景之中。也就是说，作者从此以后要全身心地回归大自然，躲开那残酷、恐怖的元朝统治下的黑暗现实。

鲍天佑 字吉甫，杭州（今属浙江）人。一生不得志，官止昆山州吏。与钟嗣成友善，曾一起讨论杂剧作法。所做杂剧今知有八种，其中《史鱼尸谏卫灵公》曾传入宫廷。现仅《王妙妙死哭秦少游》《史鱼尸谏卫灵公》二种存有残曲。

王妙妙死哭秦少游

鲍天佑

[沉醉东风] 你虚飘飘拔着短筹，冷清清算在雷州。

感承你实丕丕厮爱怜，乐陶陶常相守，谁承望苦恹
恹拆散鸾俦。眼睁睁一日无常万事休，则落的痛杀
杀浇茶奠酒。

【鉴赏】

　　鲍天佑的《王妙妙死哭秦少游》一剧仅存残曲二套，［沉醉东风］为残曲中
的一支。全剧的详细内容已难尽知，大致是说：北宋著名词人秦观（字少游）遭
受贬谪路过长沙，遇妓女王妙妙。此前，王与秦素不相识，但一直倾慕秦的才
学，曾广为搜集、抄录秦所作乐府词，珍之藏之，习之歌之。秦闻如此，便对她
说：你只是喜欢他的词，如果你得见他的容貌，恐怕就不一定会喜欢其人了。妙
妙长叹作答：如果得遇秦学士，作他的婢妾也死而无恨。秦乃自通姓名，并赠之
以新词。相聚数日，秦南行，因贬谪又不能携妓同往，临别，妓立誓待秦北归。
此后，妓独与老母相守，并闭门谢客。一日昼寝梦少游来别，大惊，以为凶兆，
急遣仆前往探视，秦果死于归途中。妓奔丧数百里，在途中迎到秦的棺枢，绕棺
三周，痛哭而卒。［沉醉东风］一曲，即王妙妙闻说秦观死于归途雷州后所唱。

　　故事的真实性不得而知，读者也不必深作考究。关键还在理解故事中王妙妙
这一妓女形象的意义。

　　有人认为，王妙妙作为一个妓女，以身许秦后，秦观去世竟能践约赴死，
"虽处贱而节义若此"，是"贞节"的典型。有的把她归为"情爱"一类，以身
许秦是爱秦之才，以身殉秦是殉秦之情，是"情至"的典型。"情爱""情至"

的评价，似乎更切合剧中王妙妙的形象。

人们常说，"痴心女子负心汉"。《诗经·卫风·氓》中就咏叹过："士之耽兮，犹可说也。女之耽兮，不可说也。"是说男子沉迷于爱情之中犹可摆脱，女子一旦陷入爱情之中就不可自拔。所谓"痴""不可说"，实际上就是指"情至"。

封建社会的男女婚恋暂不去管它。在现代社会里，道德依然是维系婚姻家庭的一种力量，但比较起来，"情爱"似乎更为重要。现代婚姻家庭，还是多一些"情爱"为好，这样说，并不是鼓励人们去殉什么情，也不是只要求女子"情至"，男子也应做"痴情"之人，而不应"二三其德"才是公平合理的。

睢景臣 一作睢舜臣，字景贤，扬州（今属江苏）人。大德七年（1303）自扬州至杭州，与钟嗣成结识，所做杂剧今知有《千里投人》《牡丹记》《屈原投江》三种，皆不存。《全元散曲》录存其套数三套，其中以〔般涉调·哨遍〕《高祖还乡》较著名。

般涉调·哨遍 高祖还乡

睢景臣

社长排门告示：但有的差使无推故。这差使不寻俗。一壁厢纳草也根，一边又要差夫，索应付。又言是车驾，都说是銮舆，今日还乡故。王乡老执定瓦台盘，赵忙郎抱着酒葫芦。新刷来的头巾，恰糨来的绸衫，畅好是妆幺大户。

〔耍孩儿〕瞎王留引定伙乔男女，胡踢蹬吹笛擂鼓。见一彪人马到庄门。匹头里几面旗舒：一面旗白胡阑套住个迎霜兔；一面旗红曲连打着个毕月乌；一面旗鸡学舞；一面旗狗生双翅；一面旗蛇缠葫芦。

[五煞] 红漆了叉，银铮了斧。甜瓜苦瓜黄金镀。明晃晃马鞍枪尖上挑，白雪雪鹅毛扇上铺。这几个乔人物，拿着些不曾见的器仗，穿着些大作怪衣服。

[四煞] 辕条上都是马，套顶上不见驴。黄罗伞柄天生曲。车前八个天曹判，车后若干递送夫。更几个多娇女，一般穿着，一样妆梳。

[三煞] 那大汉下的车，众人施礼教。那大汉觑得人如无物。众乡老展脚舒腰拜，那大汉挪身着手扶。猛可里抬头觑，觑多时认得，险气破我胸脯。

[二煞] 你须身姓刘，你妻须姓吕。把你两家儿根脚从头数。你本身做亭长，耽几盏酒。你丈人教村学，读几卷书。曾在俺庄东住，也曾与我喂牛切草，拽坝扶锄。

[一煞] 春采了桑，冬借了俺粟，零支了米麦无重数。换田契强称了麻三秤，还酒债偷量了豆几斛。有甚胡突处？明标着册历，现放着文书。

[尾] 少我的钱，差发内旋拨还；欠我的粟，税粮中私准除。只道刘三，谁肯把你揪捽住？白甚么改了姓、更了名，唤做汉高祖？

【鉴赏】

睢景臣的 [般涉调]《哨遍·高祖还乡》，取材于《史记·高祖本纪》，写的是汉高祖刘邦衣锦还乡的故事。

据钟嗣成《录鬼簿》记载，元代曲作家白朴、张国宾都曾以高祖还乡为题材创作过杂剧，与睢景臣同时代的扬州许多作家也曾创作过《高祖还乡》套数，可惜都没有流传下来。不过，据钟氏评判，与睢景臣的这篇套数相比，"诸公者皆出其下"。

本曲中的刘邦只是一个艺术典型。作品假托一村民之口，以一个全新的角度，来述说刘邦还乡这一故事。前几支曲，极力铺张刘邦还乡时的排场；后几支曲历数刘邦的家世，以及未发迹前的种种恶劣行径，纯然一副流氓无赖的面孔：由此构成辛辣的嘲讽。

作品本身所体现出的蔑视皇权的艺术胆识，是极为可贵的，给人的启示和回味，也极为深长。

鲁迅先生曾经说过，"一阔脸就变，无聊便读书"，后一句显然是愤激之辞，前一句倒是一语道破世上许多人的通病。本曲中作为艺术典型的刘邦；正好应了"一阔脸就变"这句话。

以古论今，以艺术论现实，刘邦式的人物实在是太多了。不要说大阔大变之人，即令是发了点财，掌了点权，当了点官，许多都会转眼不认人，说话的口气变了，走路的模样变了，甚至不知道自己原来姓什么，小人得志，尤其如此。

你阔你的，你变你的，老百姓可不吃这一套。连发迹当上皇帝老儿的刘邦，一个村民都敢指着鼻子骂他，闹得不好，发发狠气，还敢把他拉下马来，遑论其他。这也是不争的事实，实在可为"一阔脸就变"者戒！

周文质 （？～1334）字仲彬，建德（今属浙江）人，后居杭州。与钟嗣成相交二十余年。中年去世。善绘画，谐音律。所做杂剧今知有四种。现仅《苏武还乡》（或称《苏武还朝》）存有残曲。散曲存有小令四十三首，套数五套，多男女相思之作。

正宫·叨叨令 自叹

周文质

筑墙的曾入高宗梦，钓鱼的也应飞熊梦；受贫的是个凄凉梦，做官的是个荣华梦。笑煞人也末哥，笑煞人也末哥，梦中又说人间梦。

去年今日题诗处，佳人才子相逢处。世间多少伤心处，人面不知归何处。望不见也末哥，望不见也末哥，绿窗空对花深处。

【鉴赏】

这两段曲词，题为"自叹"，一是从自己的人生遭际中瞰破世情，慨叹人世间太多的欲望追求，最突出的是荣华富贵，都不过是一场梦；二叹人世间唯一不能割舍和忘却的只有爱情，而自己恰好在爱情上遭遇不幸。二者各有偏重，而又相互关联。

前一段曲词是说，筑墙的、钓鱼的这些低贱者，都梦想像传说之遇殷商、吕尚之遇文王一样当上大官；各种不同的人，都做着不同的梦。然而都好比梦中说梦，可笑可叹。

后一段曲词则借用唐代崔护"去年今日此门中，人面桃花相映红。人面不知何处去，桃花依旧笑春风"的典故，写自己爱情的不幸，以及自己对爱情的真挚情感。

也许作者是对的。在人的所有欲念中，对荣华富贵的追求等，都是功利的、物质的，应当鄙视；只有对爱情的追求才是纯洁的、精神的，因而最可宝贵，最可珍视。也许作者又错了。一心追求荣华富贵固然不对，但人们希望改变自己处境的要求，并不过分。爱情固然可贵，但它毕竟不是人生的唯一。

人生在世，必得有所追求，有所建树，只是不能单靠做梦，单靠空想，必须凭借不懈的努力和追求；爱情不是人生的唯一，没有爱情是人生的一大缺憾，但只有爱情却是远远不够的。读者诸君，你认为如何？

越调·寨儿令

周文质

挑短檠，倚云屏，伤心伴人清瘦影。薄酒初醒，好梦难成，斜月为谁明。闷恹恹听彻残更，意迟迟盼杀多情。西风穿户冷，檐马隔帘鸣。叮，疑是珮环声。

【鉴赏】

作者有［寨儿令］十首，都是写男女相思，此为其中之一，表现一位男子对恋人刻骨铭心的思念。

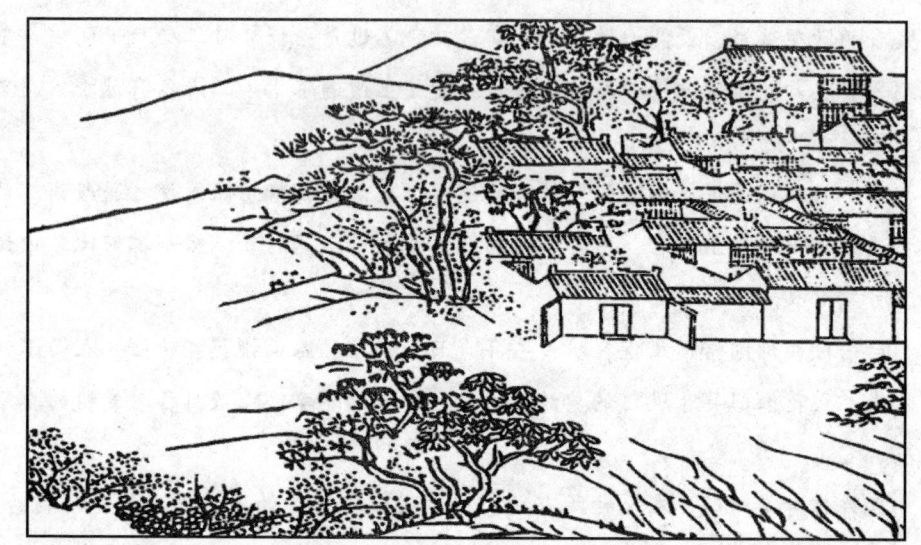

秋夜，男子为驱遣相思而饮酒难眠，于是挑亮灯光，倚靠屏风，低头看看自己清瘦的身影，又抬头望望西斜的凉月……作品以男子眼之所见，耳之所闻，心之所想，组成一幅动人的秋夜相思图。尤其是在结尾处，抓住感官上的错觉，即把西风吹动檐马的鸣响，错误地当成心上人的珮环声，将人物入痴入迷的相思情态，表现得极为细腻生动。

人们常用"痴迷"来形容相思的情态。因相思之深而入痴入迷，因痴迷而产生某种感官上的错觉，是一种极为普遍的心理现象。历来的文学作品也多有表现，如西晋傅玄的《杂诗》："雷隐隐，感妾心；倾耳听，非车音"；唐李益的《竹窗闻风寄苗发司空曙》："开门复动竹，疑是故人来"；元曲中也有："蓦听得门外地皮儿踏，则道是冤家，原来风动荼蘼架"（商挺［双调］《潘妃曲》）等。读者不妨以此来领悟本曲的妙处，如果什么时候你自身有了这种情感体验，不知你会生发出何种感慨。

正宫·叨叨令 自叹

周文质

去年今日题诗处，佳人才子相逢处。世间多少伤心处，
人面不知归何处。望不见也末哥，望不见也末哥，绿
窗空对花深处。

【鉴赏】

  本篇的"自叹"与前篇不同。是感叹一段伤心的罗曼史。全曲的措辞和格调，很容易使人想起唐代崔护的《题都城南庄》："去年今日此门中，人面桃花相映红。人面不知何处去，桃花依旧笑春风。"崔护的吟作，相传是他在清明日独游城南，见一村居花木丛萃，而寂若无人。他口渴敲门求饮，有女子持杯水满足了他的愿望，而且脉脉含情送至门外。但等到崔护来年清明再游旧地，庄门已紧闭无人，只得怏怏地题诗而回。曲作者的故事未必与之全同，但也无疑是一场男女间的邂逅相逢。"佳人才子"，两情暗通，诗人还当场为她留下了诗作，这种爱情在封建礼教森严的社会中当然是不会开花结果的。一年以后重游的扑空，不仅增重了相思的寂寞，还添加了一重岁月流逝的惆怅。这首曲将这种种感受表现得极为真切。

  起首两句，从回忆写起。时间是"去年今日"，地点即在作者此番作曲自叹的处所。这处所是去年的"题诗处"，也是邂逅佳人的"相逢处"，相逢后即题诗相赠，可见两人一见倾心，且已互表了相慕之意。点明"去年今日"，见出诗人的念念不忘，同时也是通过崔护"去年今日此门中"成句的影响力，来隐表出这一回忆令人伤情的悲剧性。强调"佳人才子"，则是因为非佳人则不足以伤情，而非才子则不深于伤情。事物越是美好，其毁灭也就越是撼动人心。两美相逢而不能天从人愿，这样的结局就倍加残酷。这两句虽是平平叙出，却已使读者预见了下文的阴云。

  "世间多少伤心处"，点出了"伤心"的字面。这一句是从回忆向现实的过

渡，它宕开至"世间"，却实将前文的"题诗处""相逢处"置于"伤心处"的中心地位。果然，下句揭出了"伤心"的缘由——"人面不知归何处"。这句几乎就是崔护《题都城南庄》诗句的迻用，不同的是这一个"归"字。若从"归家"的意义上说，则相逢的"佳人"也非居住此地，要再找到她就比崔护的那位南庄女子更为困难。而"归"字对于古代女子来说，还有"出嫁"的一义。诗人本意若出于此，那就名花有主，更使人有"从此萧郎是路人"之叹了。

五六两句重复，是［叨叨令］格律的要求。在这首曲中，恰恰起到了一往情深与热肠百结的示现作用，这是单用一句"望不见也末哥"所无法实现的。末句是"望"的目标，也是"题诗处""相逢处"的具体所在。"绿窗"在古代诗文中多指闺阁的窗户，"花深处"则点现出春节，并使人联想起崔护诗中的"桃花依旧笑春风"。这一句妙就妙在以丽景写深愁，戛然结止，而使人惆怅不已。明沈义父所谓"含有余不尽之意，以景结情最好"（《乐府指迷》），就是指这样的情形。

本篇与前篇一样，也是使用同一字作韵脚的"独木桥体"。本曲同用的是一"处"字，它恰代表了作者的感情空间，显示了作者的留连的寻觅。可以看出，尽管两作的内容不同，这种韵脚上的叠同都产生了一种回肠荡气的韵味，更加见出"自叹"的回环不已。

正宫·叨叨令　悲秋

周文质

叮叮当当铁马儿乞留玎琅闹①，啾啾唧唧促织儿依柔依然叫。滴滴点点细雨儿淅零淅留哨②，潇潇洒洒梧叶儿失流疏刺落③。睡不着也末哥，睡不着也末哥，孤孤另另单枕上迷彪模登靠④。

【注释】

①铁马儿：檐下悬挂的铁瓦或铃铛，风起则叮当作声。乞留玎琅：与下文的

"依柔依然""淅零淅留""失流疏刺"，都是状声词。

②哨：通"潲"，雨水斜飘。

③潇潇洒洒：冷冷清清。

④迷彪（diū）模登：迷迷朦朦。

【鉴赏】

读这首曲子，我们不妨同另一首关汉卿的《大德歌·秋》做一比较："风飘飘，雨潇潇，便做陈抟也睡不着。懊恼伤怀抱，扑簌簌泪点抛。秋蝉儿噪罢寒蛩儿叫，淅零零细雨打芭蕉。"两作在借助摹写秋声而表现"睡不着"的凄凉愁情上，构思有相近之处。关汉卿所作属早期散曲，崇尚率情自然，固然也不失为佳作，但从构筑氛围、表现缠绵悱恻情致的方面来说，显然本曲更为动人。

本曲的"悲秋"主要通过渲染一系列秋声来表现。前两句先写铁马与促织（蟋蟀）的发声。这两句有一特点，即每句都用上了两组象声词。但同是象声词，却有纯象声与兼意象声的区别。如第一句中的"叮叮当当"，是铁马一般情形下发出的响声，可谓天下皆然，属纯象声；而"乞留玎琅"则是其在响动频繁时的听觉效果，兼有急切密乱、摇响不住的意味。同样，"啾啾唧唧"为促织鸣声的基本特征，而"依柔依然"则是兼意象声词，带有细嫩宛转、如诉如泣的感情色彩。前者所谓"夜雨闻铃肠断声"（白居易《长恨歌》），后者所谓"哀音似诉"（姜夔《齐天乐·蟋蟀》），使人自然而然地将它们的"闹"与"叫"同愁情联系起来。

三四句写细雨与落叶的声响。这两句句式与前相同，但各句只包含一组象声词，另一组叠词为带有感觉性质的修饰语。前两句句中的动词"闹""叫"本身带有声音的效果，而这两句的"哨""落"则仅表示动态，其间的声音要靠感觉去捕捉。这是因为"细雨""梧叶"作声较为细微的缘故。从用词上的这些细部，也可见出作者下笔的不苟。

铁马声、促织声、细雨声、梧叶声声声入耳，这些秋声的混响自然造就了"睡不着"的结果。前四句的状声表现得如此细腻，正说明了不眠人在警醒中的愁肠。然而最妙的是末句。"睡不着"而仍然"迷彪模登靠"，强行使自己抵御秋声、忘却悲秋，而又迷惘无奈、心力交瘁的情景如在目前。这一句利用与前相

国学经典文库

元曲鉴赏

·元曲·

图文珍藏版

411

同的句式，乘机点出了"孤孤另另"、枕单衾只的处境，于悲秋之外，又添现了孤眠相思的愁味。

运用叠词组成的四字词组象声状物，尤其是使用带有口语性质的四字象声词，是本曲在形式上的显著特色。前举的关汉卿《大德歌》曲例中，也有三字组成的象声词，从而增添了生动的情味，可知这是元散曲的常用手法。但本曲的使用更为整饬，也更为形象。听觉感受起到了表现视觉形象的作用，这正是元散曲运用象声手段的特殊效果。

双调·折桂令 过多景楼①

周文质

滔滔春水东流。天阔云闲，树渺禽幽。山远横眉，波平消雪，月缺沉钩。桃蕊红妆渡口，梨花白点江头。何处离愁？人别层楼，我宿孤舟。

【注释】

①多景楼：在镇江的北固山下，俯临长江。

【鉴赏】

这支小令，实是一支述别之作。作品先以八句之多的主要篇幅，多层次、全方位地描写了登临多景楼时的所见。多景楼下临长江，"春水"自然是视界中主要的画面。长江"东流"的态势引起远眺，见天、云、树、禽；而"阔""闲""渺""幽"的形容简练而贴切，写出了放目极眺的混茫感受。以下三句鼎足对，顺次写远山、平波、新月。句式均用倒装，不仅强调了目接的主体，且使"远""平""缺"的形容词带上了动态的意味。三句的描写均极细腻，以"横眉"喻远山的形状、容色，以"消雪"状水面的平静、澄明，以"沉钩"指江月的外观、位置，无不生动如绘。由山而水，是视界的由远及近；由波而月，则还显示了时间的推移。以下"渡口"与"江头"又成一组对仗，则以桃蕊之红、梨花之白的色彩妆点。这众多的写景，暗映了题中"多景楼"的楼名。

末尾三句是遽来之笔，也实是全曲的主旨所在。"何处离愁"故作一问，引出了以下的离别感受。原来多景楼是作者与友人的话别之处，层楼一别，自后作者即将继续登上孤舟，乘夜出航。这一结尾，不仅点出了题面"过多景楼""过"的含义，而且回照出前时写景的内在用意。作者登楼四眺，时而茫茫远观，时而细细近察，无不是惜别留连的表现。特点"渡口""江头"，更是因为抹不走"离愁"的阴影。单纯的景语铺排再多，也只是物象的堆砌；而有此数句离别感情的注入，全篇就顿时变活了。

赵禹圭 生平事迹不详。

双调·折桂令 过金山寺

赵禹圭

长江浩浩西来，水面云山，山上楼台。山水相连，楼台相对，天与安排。诗句成风烟动色，酒杯倾天地忘怀。醉眼睁开，遥望蓬莱。一半儿云遮，一半儿烟霾。

【鉴赏】

金山，在今江苏镇江西北，本在长江中，清末以来，因江沙淤积，已与南岸相连，为江南胜景之一。山上多有寺塔建筑，其中尤金山寺最为壮观。

题作"过金山寺"，表明作者是乘船经过金山，而非登临金山寺。

因为是乘船经过，只能是眺望，所以作者从大处着笔，整体着墨。中间写面对"天与安排"之景，豪兴大发，饮酒哦诗。妙处还在后几句：作者酣饮之时，睁开朦胧的双眼眺望金山，只见金山已若隐若现，一半儿似乎被云雾笼罩，一半儿似乎又被云烟覆盖，仿佛虚无缥缈的海上蓬莱仙山。这样就给整个画面涂染上一层朦胧的色彩，表现出一种特殊的诱惑力。

朦胧的确是一种特殊的美。金山寺的朦胧是通过作者的蒙眬醉眼来表现的。有人用"模糊数学"来解读朦胧之为美，说得未免玄乎。其实，在日常生活中，在艺术创造与艺术欣赏里，朦胧之为美早已成为另一种美的原则。譬如画家们就说，画山而没有云雾缠绕，不足以表现山之神韵；人们看花，有的偏爱雾里看花；人们观月，有人偏爱水中望月。一首歌开头唱道，"雾里看花，水中望月"，本来挺好的，不知道后来为什么要"睁开慧眼，把这世界看得清清楚楚、明明白白"，果真让你把这世界看得清清楚楚、明明白白，你不会觉得失望，觉得单调乏味吗？

乔吉（？~1345）一作乔吉甫。字梦符，号笙鹤翁、惺惺道人，太原（今属山西）人。后居杭州（今属浙江）。散曲风格清丽，内容则多消极颓废。明清人多以他同张可久并称为元散曲两大家。论及乐府作法，曾提出"凤头、猪肚、豹尾"六字，对戏曲理论和创作都有一定的影响。散曲集有《惺惺道人乐府》《文湖州集词》《乔梦符小令》三种，近人任讷辑为《梦符散曲》。所做杂剧今知有十一种。现存《两世姻缘》《金钱记》《扬州梦》三种。

水仙子 赋李仁仲懒慢斋①

乔吉

闹排场经过乐回闲②，勤政堂辞别撒会懒③。急喉咙倒唤学些慢。掇梯儿休上竿④，梦魂中识破邯郸。昨日强如今日，这番险似那番，君不见鸟倦知还？

【注释】

①李仁仲：乔吉的相识朋友。其他不详。懒慢斋：李仁仲的斋名。
②闹排场：演戏。

③勤政堂：古代州府县任职办事的处所。

④掇梯儿上竿：元代俗语，是说端着梯子让你爬，待爬上去端梯人却离开了。意思是受他人怂恿而上当受骗。

【鉴赏】

在我们的生活中确实有许多相反相成的事，这支小令通过朋友斋号题赋就将这一点表现出来。名为"勤政"转身却为"懒"，"急喉咙"却又"学些慢"，就像演戏一样，有"闲"排场必然会"乐回闲"，出现"冷排场"。事俗理深，语重心长。"鸟倦归还"却是破题之作，韵意深远。

中吕·满庭芳　渔父词

乔　吉

沙堤缆船，樵夫问讯，溪友留连。笑谈便是编修院①，谁贵谁贤？不应举江湖状元，不思凡蓑笠神仙。鱼成串，垂杨岸边，还却酒家钱。

【注释】

①编修院：翰林院。翰林院职任之一为编修国史。

【鉴赏】

西方文学的牧歌，在内容表现和风格韵味上都别具一格；中国散曲中的渔歌、渔父词，也具有这种自成一家的特点。其表现方法通常是借自然景物来反映渔人的生活场景与思想感情，带有一种理想主义的美学色彩。乔吉写有二十首《满庭芳·渔父词》，其中写渔家风景的名句如"钓晚霞寒波濯锦，看秋潮夜海熔金""入万顷玻璃世界，望三山翡翠楼台""初更罢，波明浅沙，明月浸芦花""风初定，丝纶慢整，牵动一潭星"等等，可谓美不胜收。本篇是其中的一首，写法却比较特殊，全篇除了"沙堤缆船""垂杨岸边"两句写景外，其余绝大多篇幅都是直接述写渔父的生活、感情，以旷放的风神取胜。

　　全曲写的是渔父"缆船"上岸的情景。上岸后他受到了朋友们的欢迎，这些友人不是"樵夫"就是"溪友"，都是不求闻达的平头百姓。但他们却对古今人物随意评论，人间的"谁贵谁贤"，根本不屑放在眼里。"笑谈便是编修院"，既见出渔樵闲话的自由自在，更显示出一种蔑视官场的疏狂傲岸。诗人用两句精辟的概括来赞美渔父："不应举江湖状元，不思凡蓑笠神仙"。"不应举"是对功名的不合作，"不思凡"是对尘俗的无兴趣。江湖、蓑笠，切合渔父的身份，不是状元神仙，胜似状元神仙。这两句确实可作元代渔父词中一切主角的定评。结尾又通过渔父用打得的鲜鱼偿还酒钱的一笔，进一步表现了他的闲适与豪放。全曲自然流畅，于清丽中还增显了几分豪辣的气息。

　　乔吉有《绿么遍·自述》："不占龙头选，不入名贤传。时时酒圣，处处诗禅。烟霞状元，江湖醉仙。笑谈便是编修院。留连，批风抹月四十年。"又有《折桂令·自述》，中也有"不应举江湖状元，不思凡风月神仙"之语。以之比照，可知本曲中的"渔父"，实是作者借以自况。这是不奇怪的，渔父词本非渔人生活的真正写实，而是理想化、文人化的产物。元散曲作家意欲逃避现实，憧憬闲适自由，吐抒抑塞的情志，渔父的一叶扁舟便是最好的寄托之所。这正是散曲中渔父词能自成一格、风靡曲坛的原因。

国学经典文库 图文珍藏版

元曲鉴赏

马 博◎主编

线装书局

水 仙 子 展转秋思京门赋①

乔 吉

琐窗②风雨古今情，梦绕云山③十二层，香锁烛暗人初定。酒醒时愁未醒，三般儿挨④不到天明。巉地罗帏静⑤，森地⑥鸳被冷，忽地心疼。

【注释】

①展转：即辗转。过来过去的意思。京门：京师城门。这里指大都的城门。

②琐窗：雕凿有连锁图案的窗子。俗名格子窗。

③云山：高耸入云的山峰。

④三般儿：具体指下文所说的罗帏静、鸳被冷和心疼。挨：等。

⑤巉地：即划地。平白无故的。

⑥森地：阴森寒冷。

【鉴赏】

　　常居在外的游子，每到深秋天凉时，都会产生无限的思乡之情；正是古往今来在外的游子的共同心理。这首思归的小令，写得缠绵悱恻，萦魂绕心。尤其是"三般儿""罗帏静""鸳被冷""忽地心疼"，更是令人肝肠寸断，难以平静。将思归的心理刻画得细致入微。此曲写于"京门"，可见这繁华异常的京师，并没有消除作者的思乡之情。而对于作者内心的不平，也不言自明。

水 仙 子 嘲少年

乔 吉

　　纸糊锹轻吉列①枉折尖，肉膘胶干支刺②有甚粘，醋葫芦嘴古邦③佯装欠。接梢儿④虽是诌，抱牛腰⑤只怕伤廉。性儿神羊也似善，口儿蜜钵也似甜，火块儿也似情展销忺⑥。

【注释】

　　①轻吉列：轻飘飘的。

　　②干支刺：干、脆。

　　③古邦：鼓起。

　　④梢儿：钱。

　　⑤抱牛腰：捞大钱，攫取大量物资。

　　⑥忺（xiān）：高兴，欲望。

【鉴赏】

　　在元代时期，一批有权势的富家的子弟，到处横行霸道，为非作歹，无恶不作；表面像人，其实竟是一些魔鬼勾当。这支散曲就是对这批横行乡里的恶少进行嘲讽。作品前譬后喻，从各方面都为他们画了一幅肖像，将其丑恶嘴脸恰当地摆在了众人面前，他们就像纸糊的铁锹，中看不中用；像肥肉一样的胶，无法粘连；也像"口儿蜜钵"一样，嘴甜心黑；得小利殷勤谄媚。刻画得入木三分，原形毕露。满篇都用俚语方言，也为此曲增添了神色。

水仙子 为友人作

乔吉

搅柔肠离恨病相廉，重聚首佳期卦怎占？豫章城开了座相思店①。闷勾肆儿②逐日添，愁行货顿塌在眉尖③。税钱比茶船上欠④，斤两去等秤上掂⑤，吃紧的历册般拘钤⑥。

【注释】

①豫章城：宋元时地名，今江西省南昌市。宋元戏曲小说有《双渐苏卿》，主要写庐江妓女苏小卿与书生双渐相爱，后来小卿被茶商冯魁以茶引三千买去。双渐赴京赶考回来时，在金山寺见到了小卿的题诗，所以追至豫章城。再后，双渐任临川令，方得与苏小卿团聚。曲借此来描写情人间相思的深重。

②勾肆：勾栏瓦肆的简称。是宋元以来随着城市经济的繁荣，在城市里形成的一种专供市民游乐的场所。也兼有市场作用。这里既有各种文艺的演出，也有各种物品的买卖及歌楼舞榭。

③行货：某一类货物。顿塌：囤积堆聚起来。眉尖：眼前。

④税钱比：追征的应按时交纳的税钱。欠：想念。

⑤等秤：称极小物品的秤，俗称戥子。为称药材、金银、珠宝的两、钱、分、厘。

⑥吃紧的：宋元俗语。紧要的，实在的。有时写作"赤紧的"。历册：账簿。拘钤：又写作"拘钳"。管制、约束的意思。

【鉴赏】

这是由宋元俗语和商场行话写的小令，语言精炼、简洁、妙趣横生、诙谐幽默。形象鲜明生动的描写了当时人们的生活，风格独特，清新活泼。表现出一种浓烈的生活情趣。将元曲的艺术特色和当时的时代特色融为一体。

水仙子 嘲楚仪[①]

乔吉

顺毛儿扑撒[②]翠鸾雏，暖水儿温存比目鱼，碎砖儿垒就阳[③]台路。望朝云思暮雨，楚巫娥[④]偷取些工夫。殢酒[⑤]人归未，停歌月上初，今夜何如？

【注释】

①楚仪：元代后期歌女。姓李，维扬人。相貌楚楚动人。乔吉有七曲题赠她。分别是《小桃红·楚仪来因戏赠之》《小桃红·别仪》《折桂令·贾侯席上赠李楚仪》《折桂令·会州判文从周自维扬来道楚仪李氏意》《水仙子·席上赠李楚仪歌以酒送维扬贾侯》《水仙子·楚仪赠香囊赋以报之》。

②扑撒：抚摩。

③阳台：男女合欢之处所。见宋玉《高唐赋序》。

④巫娥：巫山神女。

⑤殢酒：沉溺于酒。

【鉴赏】

从这曲调侃的小令中，看到乔吉对歌女的生活、思想十分熟悉，也与她们有着较深的相处，对于她们的心理及其思想也深有体会。

水 仙 子 乐清萧台①

乔 吉

枕苍龙云卧品清箫②，跨白鹿春酣醉碧桃，唤青猿夜拆烧丹灶③。二千年琼树老，飞来海上仙鹤。纱巾岸天风细，玉笙吹山月高，谁识王乔④？

【注释】

①乐清：浙江省东南沿海的一个县。临近瓯江口。

②苍龙：指苍劲曲折的松柏。品：吹。

③丹灶：炼丹炉。

④王乔：仙人。好吹笙作凤凰鸣，控鹤以冲天。

【鉴赏】

这首小令，不妨看作是作者自号笙鹤翁、又号惺惺道人的注释，从中不难看出他慕仙美道的情怀。只见他隐逸于云间山巅，枕苍松翠柏而卧，吹笙箫而自得其乐。春暖花开时节，沉醉于碧桃花下，夜深人静之时，流连于崇山峻岭之间，好一副逍遥自在、怡然自得的神情。读到这里，很容易让人联想起以好吹笙、控

鹤云游而闻名的仙人王子乔。但作者毕竟是人间凡胎，"跨白鹿"也只为欣赏人世间的良辰美景，"唤青猿"并不为炼丹修道以求长生，而是醉心于清静自适，

于高山流云间怡悦性情。所以在接下来的诗句中，诗人言道："二千年琼树老，飞来海上仙鹤。"如果不能尽享良辰美景，纵然长生不老又有何意义呢？况且玉树琼枝历二千年也会枯干老去，何如骑仙鹤遨游人间呢？诗人迎风而立，浮想联翩。玉笙在手直吹得月上山尖，无限的情怀、所有的心事随着悠悠笙鸣，回响于高山丛林之中，夜已阑珊，谁能听得懂其中的含义呢？曲子最终以"谁识王乔"的设问煞尾。

"谁识王乔"，谁就能解开作者为何自号笙鹤翁、又号惺惺道人之谜，识与不识，只能有待于亲爱的读者在曲中自己去寻找答案了。

折 桂 令 赠罗真真①

乔 吉

罗浮梦②里真仙，双锁螺鬟，九晕③珠钿。晴柳纤柔，春葱细腻，秋藕匀圆④。酒盏儿里央及出些腼腆⑤，画帧⑥儿上唤下来的婵娟。试问尊前，月落参横⑦，今夕何年？

【注释】

①罗真真：元代后期歌妓。

②罗浮梦：隋代赵师雄在罗浮遇白衣女子饮酒，酒醒睡于白梅树下。见《寻梅》注。

③晕：日月的外层光环。

④这三句分别赋腰、手指、胳膊。即腰如晴时之柳枝；指如削葱根；胳膊如藕节。

⑤酒盏儿：脸上的笑窝。又叫酒窝。腼腆：害羞而脸发红。央及：连带出。

⑥画帧：画卷。

⑦参横：参星横挂天上。参为二十八宿之一，早晨天亮时升起。

【鉴赏】

　　此曲主要是为一个女歌妓进行描写，运用千般比喻，万种描摹，从头到身，从肩到臂，从腰到脚，一一写实，件件欲仙。描写得生动形象，细致入微。元人所写的散曲中也有许多此类题材。

折 桂 令 七夕赠歌者二首①

乔 吉

　　崔徽②休写丹青，雨弱云娇，水秀山明。箸点③歌唇，葱枝纤手，好个卿卿。水洒不着春妆④整整，风吹的倒玉立亭亭⑤，浅醉微醒，谁伴云屏？今夜新凉，卧看双星⑥。黄四娘沽酒当垆⑦，一片青旗⑧，一曲骊珠⑨。滴露和云，添花补柳，梳洗工夫。无半点闲愁去处⑩，问三生醉梦何如？笑倩谁扶⑪，又被青纤，搅住吟须。

【注释】

　　①七夕：农历的七月初七晚上。相传：这晚被王母娘娘用金钗所划天河相隔一年的牛郎织女夫妻会在鹊桥上相会。此时城乡妇女欢歌庆贺，并向仙女乞巧。所以又叫"乞巧节"。此曲题又作《苕溪七夕饭食赠崔徽卿李总管索赋》。可知此曲作于苕溪，今浙江吴兴县。

　　②崔徽：宋代歌妓。曾请画家为己画像赠心上人。

　　③箸点：痣。

　　④春妆：盛妆。

　　⑤玉立亭亭：即亭亭玉立。

　　⑥双星：牛郎织女星。

　　⑦当垆：卖酒。

⑧青旗：酒店的望子（招牌），即酒店门口高处插的酒旗。

⑨骊珠：从骊龙颔下采摘的珍珠。言其珍贵之极。此处比喻歌者声音婉转动听之极。

⑩去处：地方。

⑪倩：请。

【鉴赏】

这两首赠歌者的散曲，前一首主要描写歌者的体态，后一首则主要描述歌者的心态。多方渲染。"卧看双星"，"搅住吟须"，都是作者的传神之笔。

折 桂 令

雨窗寄刘梦鸾赴宴以侑尊云①

乔 吉

妒韶华风雨潇潇，管月犯南箕②，水漏天瓢。湿金缕莺裳，红膏燕嘴，黄粉蜂腰。梨花梦龙绡③泪今春瘦了，海棠魂羯鼓④声昨夜惊着。极目江皋⑤，锦涩行云，香暗归潮。

【注释】

①刘梦鸾：元代后期杭州歌妓。侑尊：伴酒。

②月犯南箕：月亮遇到箕星。箕星，二十八宿中主风的星辰。月亮一遇到它，天就会起风。

③龙绡：即绞绡。

④羯鼓：魏晋南北朝时由西域传入中原的一种打击乐器，唐代开元、天宝年间最盛。形如漆桶，下用小牙床支承，击时用两杖，又名两杖鼓。相传唐玄宗李隆基最善此鼓。一次仲春二月，连雨数日，天刚放晴，玄宗击羯鼓而叶吐花发。

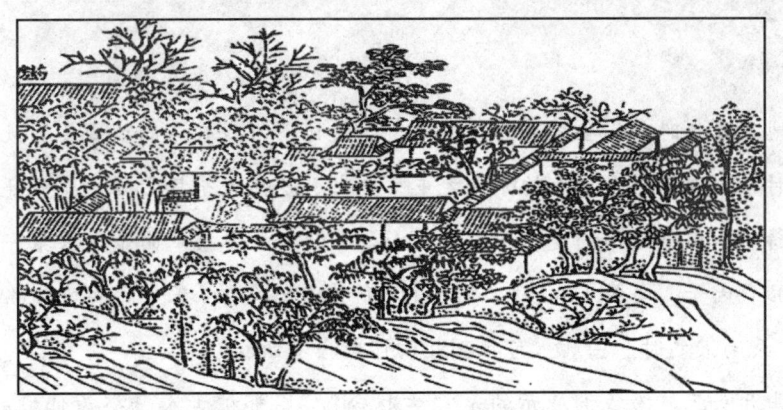

⑤江皋：江岸、江边。

【鉴赏】

　　曲写雨中情人侑酒不期，所以非常扫兴。历述急风骤雨的"妒韶华"，"月犯南箕"。表现作者的怜香惜玉之情；同时也体现作者与刘梦鸾之间的深厚感情。此曲语言流畅，对仗工整，情感激扬。

折 桂 令 丙子游越怀古①

乔 吉

逢莱老树苍云，禾黍高低，狐兔纷纭。半折残碑，
空馀故址，总是黄尘。东晋亡也再难寻个右军②，
西施去也绝不见甚佳人。海气长昏，啼鴂③声干，
天地无春。

【注释】

①丙子：元至元二年（1336）。这年正是元攻占临安六十年。曲作于这年。

②右军：东晋书法家王羲之，曾官至右军将军。

③鴂（jué）：杜鹃鸟。

【鉴赏】

越地在春秋时曾发生著名的吴越之争，流传下勾践破吴的故事。因此，越地怀古便时常出现在众多诗人的咏叹之中。乔吉游越怀古是抒亡国之感慨还是发思古之幽情呢？值得细察的是，乔吉存世小令200余首，而本曲是乔吉唯一明确标年的作品。丙子，当指1336年。前推60年（1276年），正是元兵攻破临安（今杭州），灭南宋之时。由此，可推测此曲怀古当有所指。

本曲开头三句给我们展示的是"古越今貌"：那被古人赞誉为仙境的越地，如今，只见枯枝老树，天暗云低。参差稀落的禾黍之中，野狐惊兔出没其间。"禾黍高低"使我们不禁联想起《诗经·黍离》篇描写的西周之后堂皇宫室为遍地禾黍所取代的苍凉景象。古之人间仙境，今之荒郊旷野，历史之更迭，朝代之兴衰正如过眼烟云。

那记载先人业绩的石碑，如今也只是断块残石掩埋于黄尘之中，空余故址，引人猜想。东晋王羲之，潇洒一世，名噪一时，才气超人，书法盖世，如今灰飞烟灭再也难寻；春秋美女西施，绝代佳人，倾国倾城，迷倒夫差，亡了吴国，到底云消雾散，绝无留痕。才子佳人虽可一逞其才，但相对于历史，相对于人生而言，全部的真谛、全部的价值究竟何在呢？"空余"二字而已。所"余"不过半块残碑、一段佳话，其"空"却是全部的含义。境空、人空、事空，千古盛衰，一时霸业，短暂风流，都化为空无。

沉湎在怀古的悲怆之中，眼前的一切都黯然失色：海雾漫漫，阴气沉沉，鸹鸣阵阵，其声哑哑，春风不至，花柳不发，茫茫天地绝无生机。全曲所营造的苍凉境界把古往今来的一切都引向一个"空"字，引向毫无希望的未来，仿佛一支悲凉的挽歌，牵引人们去聆听历史的足音。

本曲以描景开篇又以描景作结，情寓于景理蕴于景，跌宕起伏又一脉贯穿。意境成而情理生，凄凉之景、空寂之理、悲怆之情，留给人们对历史、对人生深刻的思考，从中也折射出作者作为那一特定历史时代的文人被时代所抛弃而又回天无力的悲剧身影。

清 江 引　笑靥儿

乔 吉

凤酥不将腮斗儿匀①，巧倩②含娇俊。红携玉有痕，
暖嵌花生晕。旋窝儿粉香都是春。

【注释】

　　①腮斗：腮帮子，脸蛋。凤：凤仙花。又名指甲花。

　　②巧倩：美丽。

【鉴赏】

　　乔吉的许多散曲都采用赋体，这首也不例外。此曲中作者所写女人脸蛋上的
笑靥儿，而是一种对笑靥本身精心描画，细腻生动，勾魂摄魄。有如李渔《闲情偶
寄》所说戏曲的收煞："即勾魂、摄魄之具"，"全在此出撒娇，作临去秋波那一转
也。"

朝 天 子①　小娃琵琶②

乔 吉

暖烘，醉客，逼匝③的芳心动。雏莺声在小帘拢④，唤
醒花前梦。指甲纤柔，眉儿轻纵，和相思曲未终。玉
葱，翠峰，娇怯琵琶重。

【注释】

　　①朝天子：中吕宫曲牌。又名朝天曲、谒金门。也可入正宫、双调。定格句式

是二二五、七五、四四五、二二五,共十句十韵。

②琵琶:弹弦乐器。魏晋时从西域传入我国。宋金元时期与秦筝共同成为民间演唱艺术和戏曲艺术的重要伴奏乐器,也是青楼、歌馆、勾栏瓦肆中最常见的乐器。

③逼匝:紧紧围逼在一个狭小的地方。

④帘拢:窗子上挂的竹帘。

【鉴赏】

在元代,沿街以卖唱为生的艺人几乎随处可见。非人的社会地位和悲惨可怜的生活环境,曾得到众多"沉为下僚"的知识分子的同情与怜悯。这首小令,就是其中的"小女琵琶"真实写照。"娇怯琵琶重"的结语,极富韵致。

卖花声① 悟世

乔 吉

肝肠百炼炉间铁,富贵三更枕上蝶。功名两字酒中蛇②。尖风薄雪,残杯冷炙,掩清灯竹篱茅舍。

【注释】

①卖花声:双调常用曲牌。又可入中吕宫。定格句式是七七七、四四七,共六句五韵。

②酒中蛇:即"杯弓蛇影"的意思。

【鉴赏】

这是一支冷峻、孤峭的曲子,和多数元人所写散曲一样,主要是为了揭露当时的世态炎凉,黑暗污浊,更体现了现实的残酷,所有的希望随之破灭。但它并没有劝人归隐田园,去过那种清闲自在的隐居生活。也可能是"天下名山僧占多",所以这位"惺惺道人"只能归居于"市",回到这只有残羹剩饭、淡酒冷菜的茅舍之中,继续面对着"清灯"。穷困潦倒的乔吉,在此曲中的确悟出了许多人世间的大道理,再加上对自身经历的渲染,为这支曲子注入了感人的艺术魅力。

山坡羊 冬日写怀

乔 吉

朝三暮四,昨非今是,痴儿不解荣枯事①。攒家私,宠花枝。黄金壮起荒淫志,千百锭买张招状纸②。身,已到此;心,犹未死。

    冬寒前后,雪晴时候,谁人相伴梅花瘦?钓鳌③舟,缆汀洲④。绿蓑不耐风霜透,投至有鱼来上钩。风,吹破头;霜,皴⑤破手。

【注释】

①痴儿:傻子、呆子。荣枯事:指沉浮盛衰转换的道理。

②招状纸:犯人供认罪状的文书。扬州刺史

③鳌:大鱼。

④缆:拴。汀洲:江河中的小块陆地。

⑤皴:皮肤受冻后裂开。

【鉴赏】

    这两首"冬日写怀"的曲子,各具情调,各有特色。前者是一幅荒淫无耻、贪婪成性的"痴儿"画像;后者则是甘冒冬日的严寒,与梅花相伴,江边钓鱼的渔翁图。先讽,后赞;前者主要是面对社会现实所表现出的消极心态,后者则着眼于理想。在曲子的字里行间能够看出

· 元曲 ·

图文珍藏版

其中的分量。曲中作者的胸怀城府，也溢于纸上。写出了"惺惺道人"的冬日情怀。

山 坡 羊 寄兴

乔 吉

鹏抟九万①，腰缠十万，扬州鹤背骑来惯。事间关②，
景阑珊③，黄金不富英雄汉。一片世情天地间。白，
也是眼；青，也是眼④。

【注释】

①鹏：大鹏鸟。抟：展翅抟击天空飞翔。《庄子·逍遥游》："鹏之徙于南冥也，水击三千里，搏扶摇而上者九万里。"前三句似引唐人小说《商芸小说》所记三人相聚所言之志。一说"愿为扬州刺史"；一说"愿多资财"；一说"愿骑鹤上升"。另一人则把他们三人所说化为一句"腰缠万贯，骑鹤上扬州。"

②间关：险阻。

③阑珊：残破。

④青白眼：青眼，眼睛正视，表示对人的喜爱或尊重；白眼，眼睛向上或向两旁看，现出白眼睛仁，表现对人的憎恶或轻视。晋代阮籍能为青白眼。

【鉴赏】

早年杜甫在《佳人》一诗中曾有"世情恶衰歇，万事随转烛"之说。对世情做出了最好的描述。在元代，阶级矛盾与民族矛盾日趋尖锐的情况下，一些知识分子"沉屈下僚"，对当时世态炎凉，感受最为深刻。这支曲子主要对这种世情的描述，有其历史性和社会性。

小 桃 红 <small>绍兴于侯索赋①</small>

乔 吉

昼长无事簿书②闲,未午衙先散。一郡居民二十万。报平安,秋粮夏税咄嗟③儿办。执花纹象简,凭琴堂书案,日日看青山。

【注释】

①绍兴:元代郡名,今浙江省绍兴市。于侯:可能是当时绍兴太守。

②簿书:公务文书。

③咄嗟:叱咄。此处作一呼一喏一间,即一霎间、顷刻。

【鉴赏】

作者是一个不愿为官的文人,却因当官的"索赋",写下称道官员的散曲,而语言又那么的清闲,真叫人百思不解。特别是元末的多事之秋,就是"道人"也会有难言之隐! 但此曲写得自然清新,其中也有民歌的特点。

小 桃 红 <small>春闺怨</small>

乔 吉

玉楼风迁①杏花衫,娇怯春寒赚。酒病十朝九朝嵌②。瘦岩岩,愁浓难补眉儿淡。香消翠减,雨昏烟暗,芳草遍江南。

【注释】

①迁(wǔ):风吹动。

②嵌：深陷。

【鉴赏】

　　此曲主要写的是春闺怨，由人到景，又由景到人。春意越浓其愁怨也就越浓，以至于"瘦岩岩""酒病十朝九朝嵌"。谁知借酒消愁愁更愁，用酒解忧却怨上心头。游遍江南芳草，却把春怨推向无法解脱的境地。细致深沉，寓意深远。

小 桃 红 晓妆①

乔 吉

　　绀②云分翠拢香丝，玉线界③宫鸦翅。露冷蔷薇晓初试。淡匀脂，金篦腻点兰烟纸。含娇意思，媠人④须是：亲手画眉儿。

【注释】

①晓妆:早晨梳妆打扮。

②绀:深青色。

③玉线界:头上分发后显出的一条白线界限。

④殢人:纠缠的人。

【鉴赏】

赋女子晓妆,精心细致,从中也透露出她的心思,描写生动,笔法高明,饶有情趣。

小 桃 红 　赠朱阿娇①

乔 吉

郁金香②染海棠丝,云腻宫鸦翅③,翠匾眉儿画心字,喜孜孜④。司空⑤休作寻常事。樽前但得,身边服侍,谁敢想那些儿。

【注释】

①朱阿娇:元后期的女艺人。

②郁金香:多年生草本花,百合科。花有紫、红、白、黄等,鲜艳异常,香气芬芳。可作香料。

③宫鸦翅:一种如鸦羽毛样的发式。

④孜孜:喜悦极了。

⑤司空:即"司空见惯"的略词。中唐时,刘禹锡被罢官后在京任主客郎中,李绅司空因慕其材,曾邀至家中厚待。

【鉴赏】

　　此曲的主题是:歌女每天都会精心的梳妆打扮,但这也是因人而异。在当时的封建社会中,一些人为了生活,不得不出此下策;甚至以此来博得主人的喜爱。但是在当时卖艺不卖身者有之,卖艺又卖身者亦有之。此曲似已猜透这些女子的心思,有极其细微的语言描写,劝她们"樽前但得身边服侍,谁敢想那些儿",也就是卖艺不卖身之意。

清江引 即景

乔 吉

　　垂杨翠丝千万缕,惹住闲情绪。和①泪送春归,倩②水
将愁去。是溪边落红③昨夜雨。

【注释】

　　①和:带。

　　②倩:请,托负。

　　③落红:落花。

【鉴赏】

　　这是一首暮春写景之作。从开头的二句不难看出,作者运用比拟的手法来描绘这千丝万缕的垂杨,由此撩惹起自己的愁绪。"和泪送春归,倩水将愁去"二句,对仗精炼工整,凄婉新颖,作者将自己无限的惜春伤感之情表现得淋漓尽致。结尾以昨夜的雨水淋落了许多花瓣,溪边落红片片,进一步点明了独特的暮春景象。此曲也化用了南宋词人张炎的"临断岸新绿生时,是落红带愁流处"句意,写得情调缠绵,风格婉丽。

水仙子 吴江垂虹桥①

乔 吉

飞来千丈玉蜈蚣②,横驾三天白蟛蛛③,凿开万窍黄云洞④。看星低落镜中,月华⑤明秋影玲珑。赑屃金环重⑥,狻猊石柱⑦雄,铁锁囚龙⑧。

【注释】

①垂虹桥:在江苏吴江境内,此桥共有七十二洞,宋庆历八年(1048)建,原名利往桥。桥上有垂虹亭。

②蜈蚣:节肢动物,由许多环节构成,每节有脚一对。

③三天:天空。蟛蛛:虹。

④黄云洞:形容江水如祥云出桥洞。黄云,即祥云。

⑤月华:月光。

⑥赑(bì)屃(xì)：古代传说中的一种鳌，形似大龟，能负重。屃金环重，指垂虹桥的屃形桥墩支撑着一个个像金环一样的桥洞。

⑦狻猊石柱：雕有狮子形的石栏杆。狻猊，狮子。

⑧铁锁囚龙：指垂虹桥像铁链一样，锁住了吴淞江。

【鉴赏】

这首小令以三个对偶句来描绘垂虹桥的全景，以其独特的想象力，恰当的比喻，妙笔生花，从整体上赞颂了垂虹桥的雄伟气势与不凡的造型。用"飞来""横驾""凿开"的动来描写静态的桥，其创造颇具情调。"看星低落镜中"二句，是写作者站在桥上俯视着桥下的流波水影，将江中流水刻画得美丽动人。接着，作者又将桥下石座、桥上石栏一一做了细致的描写，充满感情色彩。最后用"铁锁囚龙"四字概括出垂虹桥横跨吴淞江的壮美与不凡。

殿 前 欢 登江山第一楼①

乔 吉

拍阑干，雾花吹鬓海风寒，浩歌②惊得浮云散。细数青山，指蓬莱③一望间。纱巾岸④，鹤背骑来惯⑤。举头长啸，直上天坛⑥。

【注释】

①江山第一楼：今山东省蓬莱市城北丹崖山上的蓬莱阁，自宋代以来这里都是道家圣地，素有"人间仙境"之称。

②浩歌：高亢而激昂的歌声。

③蓬莱：即蓬莱山，今山东省胶东半岛北部渤海湾。相传这里是古代神仙的居处，是三神山之一。

④纱巾：古代男子束发用的头巾。岸：高峻。

⑤鹤背骑来惯：传说中神仙常骑鹤往来，形容如仙人一样超逸。

⑥天坛：天宫。

【鉴赏】

登高开阔人的胸襟，望远陶冶人的性情。如果说王之涣的"欲穷千里目，更上一层楼"的哲理使人慑服，杜甫的"会当凌绝顶，一览众山小"的气势给人鼓舞，那么，乔吉的这首小令登名楼而望仙境，更凭借时空中辽远空旷的意蕴而给人俊爽飘逸、不同凡响的美感享受。

"拍阑干"突兀开篇，省却点题。作者登上楼顶，凭栏远眺，海风挟着雾气迎面扑来，吹得鬓发纷扬。多少尘虑俗念一扫而空，化作一声长啸，冲口而出，直上九天，惊得浮云四下飘散。再凝神细看，座座青山历历可数，蓬莱仙岛尽现眼前，令人无限向往。寥寥数语，便将一个凭栏远眺、独立寒风、一览众山、浩歌震天的登楼人形象生动鲜明地展现在读者面前，使读者随之惊喜、随之酣畅、随之遨游于名山胜景之间。登楼之所见所感，不仅震撼着读者，也震撼着诗人自己，只见他按捺不住内心的激动，把头巾一推，神采飞扬，已顾不得风度礼节，只欲骑鹤仙去，融入那蓬莱胜迹。恍然中，诗人仿佛真的已经骑上了鹤背，鹤鸣悠悠直飞云天。在这种心旷神怡、宠辱皆忘的境界之中，一个傲视功名、潇洒飘逸的"烟霞状元"的形象已呼之欲出。

古代"登楼"之作颇多，虽然登楼而"把酒临风，其喜洋洋者矣"的不乏其人，但是，去国怀乡、有志难酬的慷慨悲凉之思却是"登楼"作品的主调。这种把"阑干拍遍，无人会登临意"（辛弃疾《水龙吟·登建康赏心亭》）是古代失意文人的普遍心态。但在古代，除了元朝，历代文人都可以在现实中找到希望，找到机会，所以，他们都尽情地在"登楼"作品中一诉其悲，而其中包含的实际上是他们对现实炽热的眷恋。元代是文人绝望的时代，他们的"悲"中包含着对现实的冷漠，他们只有在"天坛"中去寻找人生的慰藉。本曲所表现出来的与前代"登楼"之作截然不同的意趣，正是这一总格调的典型体现。它是沉醉后的超脱，是迷恋后的归隐，是悲伤后的仙逝，深沉而不悲切，慷慨而不苍凉。

惜 芳 春 秋望

乔 吉

千山落叶岩岩①瘦,百尺②危阑③寸寸愁。有人独倚晚
妆楼。楼外柳,眉叶④不禁秋。

【注释】

①岩岩:清瘦之貌。

②百尺:形容极言其高。

③危阑:高耸的栏杆。

④眉叶:喻指古代女子眉。

【鉴赏】

已入深秋,作者登高楼倚栏远望。千山落叶,万丈石岩,层层岩端棱角消瘦,怎
能不使人肝肠寸断?绵绵的情思油然而生。再看楼外杨柳垂下的细弯叶片,宛若
倚楼人的愁眉。那"不禁秋"的既是一种盛极而衰的自然景物,又表现出一位流年
叹逝的女子无比哀愁之情,两种情景相交相融,与此时的感情相互应合,眼中的愁
云自然是无法排释的。

满 庭 芳 渔父词

乔 吉

江声撼枕,一川残月,满目遥岑①。白云流水无人禁,
胜似山林。钓晚霞寒波濯锦②,看秋潮夜海熔金③。
村醪④窨⑤,何人共饮,鸥鹭⑥是知心。

【注释】

①遥岑:远处的高山。岑,小而尖的山。

②濯锦:洗濯锦缎,在这里主要形容映射出霞光的水。

③熔金:日落入海,就像金被水熔化了一样。

④村醪:村酒。

⑤窨:窨藏。此指陈年付佳酿。

⑥鸥鹭:暗用《列子·黄帝》鸥鹭忘机典。

【鉴赏】

卧枕于小舟之中,能听见的只有满江的潮声,看一川晚山月色,一种悠闲之情涌上心头,一份淡雅情趣,似白云流水一般轻松自在,投入青山绿水之中感受能够让隐居山林的人自叹不及。再加上晚霞濯锦,落日熔金之绚丽风光,对着这些陈年佳酿在舟中独饮,与其结伴的是鸥鹭的疏旷,又让人陶醉其中。此曲主要用优美的自然景色来衬托作者的闲适舒畅之情,就像一首悠扬动听的渔歌,一幅清新自然的山水画,仅唱出了热爱自然和生活的美好心声,也画出了平静淡雅、与世无争的心态,为此曲增添了理想主义色彩。

山坡羊 冬日写怀

乔 吉

离家一月,闲居客舍,孟尝君①不费黄齑②社③。世情别,故交绝。床头金尽④谁行借,今日又逢冬至⑤节。酒,何处赊⑥?梅,何处折?

【注释】

①孟尝君:战国时期齐国的公子,以好客著称。

②黄齑:切成细丝的咸菜。

③社:集聚,这里指供养食客之意。

④金尽:指所有的钱都用完了。

⑤冬至:二十四节气之一,在农历十一月中,民间所称的冬至日。

⑥赊:欠,是先借后还的意思。

【鉴赏】

这是一篇描写客游生活的实录,此曲写出了一种生活拮据、孤苦无依的感受。在离开家乡一个月的生活中,由于世态人情的淡薄而陷入了穷困无依的窘境。床头的钱已经用完了,也没人愿意借贷,此时又恰巧到了冬至节,因而又开始忧愁地感叹:酒无处去赊、梅无处去折,作者此时的穷迫窘困,可想而知。但文中可贵的是作者在如此穷困绝望中,却还因冬至节的到来而不忘赊酒折梅的情致,令人敬佩,可赞可叹的是作者不为生活中的困境所屈的傲骨精神。

山坡羊 自警

乔 吉

清风闲坐,白云高卧,面皮不受时人唾①。乐陀陀②,
笑呵呵,看别人搭套项③推沉磨。盖下一枚安乐窝④。
东,也在我;西,也在我。

【注释】

①唾:吐口水,这里有鄙弃之意。

②陀陀:犹陶陶,指快乐自得。2

③套项:牲口头颈上所套的轭木。

④安乐窝:宋人邵雍宅名,这里指自己的小天地。

【鉴赏】

坐风卧云中,东西任我去,乐趣常在,笑口常开。在这里作者所要抒发的,是一种悠闲豁达、遇事不惊的人生态度。而下面所写的内容与此形成了强烈的对比,"别人搭套项推沉磨",语言通俗易懂,比喻形象生动,描绘出世人为追求名利自套枷锁、不堪重负的狼狈可悲之相。而"盖下一枚安乐窝"与"面皮不受时人唾",又有一种"躲进小楼成一统"的风格,此曲中所表现出的是一种"自警"却不入流俗独特风格。

水 仙 子 重观瀑布

乔 吉

天机①织罢月梭②闲,石壁高垂雪练③寒。冰丝④带雨悬霄汉。几千年晒未干,露华⑤凉人怯衣单。似白虹饮涧⑥,玉龙下山,晴雪飞滩。

【注释】

①天机:指天上的织布机。

②月梭:用月亮作为织布机的梭。

③雪练:洁白无瑕的熟绢。

④冰丝:传说中有一奇女子能把雨丝缫线作成布。

⑤露华:露珠。

⑥白虹饮涧:古时传说世传虹能入溪涧饮水。

【鉴赏】

"天机织罢月梭闲""石壁高垂雪练寒。"此曲作者以奇幻的自然景色常给人以丰富的想象,又用巧妙的比喻把它生动而具体地表现出来,将民间的神话传说刻画得入木三分。而对于高山流瀑,唐代诗人李白以"疑是银河落九天"来描写瀑布飞落时的壮观,将其神与形生动地表现出来,在此曲中作者则把瀑布视为是织女从天庭垂下的雪练,尽管经千年晾晒,却仍然凉气袭人。最后用"似"字形象的比喻,更贴切地描绘出瀑布在远观中特有的神韵,奇特的想象破空而出,将飞流而下的水写得有声、有色、有情、有景。

水 仙 子 怨风情

乔 吉

眼中花怎得接连枝①?眉上锁②新教配钥匙。描笔儿③勾销了伤春事。闷葫芦铰断线儿④,锦鸳鸯⑤别对⑤了个雄雌。野蜂儿难寻觅,蝎虎儿⑦干害⑧死,蚕蛹儿毕罢⑨了相思⑩。

【注释】

①连枝:这里是连理枝的意思。

②眉上锁:愁眉紧锁。

③描笔儿:指闺房中女子用来描眉的笔,许多女子也多用它书或写文字。

④闷葫芦句:音讯全无。

⑤锦鸳鸯:绣着戏水鸳鸯的锦被。

⑥别对:有别有新欢之意。

⑦蝎虎儿:壁虎。

⑧害:生病。

⑨毕罢:停止、完毕、抛却之意。

⑩思:谐音"丝"。

【鉴赏】

此曲是主要描写一种特有的相思之情,以博喻见长——八句中连用了八个比喻句,字字透露出一个女子"怨风情"的心理:她得知自己与情郎结合已没有希望,不由得眉头紧索,怨上心头;想提笔给情人写一封信,却苦于音讯全无,后来经人打听,方知他已另有新欢,因此不能再去寻找,而自己白受了相思的煎熬,最后终于决心不再去想他。此曲构思巧妙,新颖,别出心裁,其中还有民歌中的言此意彼,又包含了元散曲的风流调笑,化陈出新,别有韵味。

水 仙 子　游越福王府

乔 吉

笙歌梦断蒺藜①沙,罗绮香余野菜花,乱云老树夕阳下。燕休寻王谢家②,恨兴亡怒煞些鸣蛙③。铺锦池④埋荒甃,流杯亭⑤堆破瓦,何处也繁华!

【注释】

①蒺藜:生长在沙地上的蔓生植物。

②燕休寻句:用唐刘禹锡《乌衣巷》诗意,王、谢均指豪门。

③怒煞些鸣蛙:用越王见怒蛙以为有气作为典故。

④铺锦池:唐德宗曾在池底铺上一层锦,这里用此来借喻。

⑤流杯亭:武则天别宫亭名。

【鉴赏】

此曲中所描写的是作者在游福王府时所产生的感想,福王府在绍兴山阴,南宋福王赵与芮的府第。作者重游时,见到的却是一片荒凉景象。所以作者以强烈的对比来描述王朝衰败的景象,用残壁断柱来描写其悲凉、萧条、败落不言而喻;接着又以燕飞、蛙鸣来展开对一些历史事件的丰富联想,最后将一系列的景物相互叠加累积之后,由"何处也繁华"一句,来阐述此时的心情,卒章见志,感慨颇深。作品立意苍凉悲愤、风格独特、节奏清晰,传唱不衰。

水 仙 子 寻梅

乔 吉

冬前冬后几村庄,溪北溪南两屦①霜,树头树底孤山上②。冷风来何处香?忽相逢缟袂③绡裳④。酒醒寒惊梦⑤,笛凄春断肠⑥。淡月昏黄⑦。

【注释】

①屦:用麻或葛制成的鞋子。

②此句化用唐王建的"树头树底觅残红"一句。

③缟袂:白绢衣袖。

④绡裳:用薄纱制作的绸衣。这里指仙女的服饰。

⑤酒醒句:引用隋人赵师雄醉醒梅树下之典故。

⑥笛凄句:引用李白的"江城五月落梅花"一句之意。

⑦此句化用林逋写梅名句。

【鉴赏】

　　此曲仿佛一篇游记,作者前往孤山寻梅,这是历来许多文人墨客的雅事。而当作者寻遍了溪流南北时,最后却在孤山的树头吹来的冷风中,嗅到了缕缕的梅香,而且惊喜地见到了一位身着素缟、洁白如玉的花仙身影。这时他仿佛成了隋朝的赵师雄,素衣女子偶遇共饮于梅香清幽之中,醒后却是独立梅树下,只听见凄凄惋惋的笛声随风飘过,此时正是淡月昏黄之时,此情此景颇有些凄美悲凉之意。此曲意境幽美,虽然写的是寻梅,但对梅花却没有太多的笔墨,从整体看来却是情韵紧凑,别具风格。

水 仙 子 咏雪

乔 吉

　　冷无香柳絮①扑将来,冻成片梨花②拂不开。大灰泥③漫了三千界④。银棱⑤了东大海。探梅的心噤⑥难捱。面瓮儿里袁安⑦舍,盐堆⑧儿里党尉⑨宅,粉缸儿⑩里舞榭歌台。

【注释】

　　①柳絮:这里借晋谢道蕴咏雪的"未若柳絮因风起"之意。

　　②梨花:借用唐代岑参的"千树万树梨花开"之意。

　　③灰泥:石灰膏。

　　④三千界:用佛教语,有整个世界之意。

　　⑤棱:嵌镶。

　　⑥心噤:心里打颤。

　　⑦袁安:东汉名士。在别人都出外求食时,他却自卧家中。

　　⑧盐堆:喻积雪。

⑨党尉:宋太尉党进,常在雪天饮酒。

⑩粉缸儿:指脂粉盒。

【鉴赏】

乔吉这首小令,利用元代散曲可以加"衬字"的特点,大笔渲染,描画大雪飞扬、铺天盖地的景象,尽情抒发了咏雪探梅、自诩高洁的情怀。

作者一落笔,就用两个精工的对偶句形成合璧对,极力夸张地写出纷纷扬扬、密密麻麻的下雪奇观,想象瑰丽,境界迷蒙。紧跟着又追补两句:"大灰泥漫了三千界,银棱了东大海。""三千界",乃佛家语"三千大千世界"的略称,这里泛指宇宙。"棱"(léng),当时俗语,相当于"打",这里有"镀"的意思。如果说"柳絮""梨花"是借前人名句以唤起读者的想象,那么,用灰泥("大"亦是衬字)漫空来描写雪下得急、下得大,则恐怕是作者独出心裁的创造了;何况他还要加上一句"银棱了东大海"!就在这极力描绘、气势磅礴的背景下,作者用"探梅的心喋难挨"一笔煞住,真有如将奔泻的瀑布一下兜拢似的力重千钧。

紧承咏雪写景、赞梅抒情之后,作者更大笔淋漓地渲染出一个大雪覆盖的琉璃世界,进一步寄寓其激浊扬清的情怀。他说:贫寒读书人的房舍给雪盖住了,像藏在面瓮里一样;富贵官宦家的宅院给雪盖住了,像藏在盐罐里一样;供历代王公贵族歌舞享乐的楼台殿阁,像藏在粉缸里一样。"袁安舍",是贫寒读书人的茅屋。袁安,原为东汉贫士,一天洛阳大雪,人多出外乞食,他却僵卧不起,洛阳令巡行到他家门口,除雪入户,问他为何不出,他说:"大雪人皆饿,不宜干人。"令以为贤。"党尉宅",指富贵人家的宅院。"党尉"谓北宋时太尉党进,遇到下雪天,他就在"销金帐下,浅斟低唱,饮羊羔美酒"(《辟寒》)。同为大雪覆盖的袁安舍和党尉宅,前者安贫乐道,死不求人,后者花天酒地,安享富贵,对比是如此强烈,褒贬正暗喻其中。至于那王公贵族的"舞榭歌台",也不过是过眼云烟。作者层层深入地抒发了对高洁贫士的同情和敬慕、对庸俗豪贵的反感和鄙视、对古往今来一切得志一时者的轻蔑和否定,含蓄而又深切地表达了咏雪赞梅、自诩高洁的主旨。

折 桂 令 自叙

乔 吉

斗牛①边缆住仙槎②。酒瓮诗瓢③,小隐烟霞④。厌行李程途,虚花世态,潦草生涯。酒肠渴柳阴中拣云头⑤剖瓜,诗句香梅梢上扫雪片烹茶。万事从他,虽是无田,胜似无家。

【注释】

①斗牛:星座名。

②仙槎:这里是传说,相传古人曾乘筏直上银河。

③诗瓢:唐代诗人唐球曾将写完的诗稿放于瓢中。

④烟霞:美丽的山水风光。

⑤云头:这里指云的留影。

【鉴赏】

此曲主旨是:作者在海上和天河间行走,将木筏系在斗牛星边,一位捧着酒瓮将诗词放入瓢中的隐士,把世间看成了仙境。你觉得他看透了整个世界,看透了人生世态,于是在醉酒时就在柳荫下寻片空地,剖个甜瓜,如果诗兴偶起,就将梅树上的雪轻扫而下来煎茶,在此曲中作者认为世间的万事都有一定的自然规律,没有田地者也胜过没有家,没有花也胜过没有枝。作者在此展示的是一种潇洒自在、无拘无束的隐士生活。

折 桂 令 寄远

乔 吉

怎生来宽掩①了裙儿？为玉削肌肤，香褪腰肢。饭不沾匙，睡如翻饼，气若游丝②。得受用遮莫③害④死，果实诚有甚推辞。干⑤闹了多时。本是结发⑥的欢娱，倒做了彻骨儿相思。

【注释】

①宽掩：宽松。

②游丝：在空中飘荡的昆虫所吐的细丝。

③遮莫：宁可。

④害：生病。

⑤干：白白。

⑥结发：指成婚。古时成婚之日，有男左女右共髻束发的礼俗。

【鉴赏】

此曲主要描绘的是一幅相思图，表达了一种无怨无悔的痴恋之情。语言通俗易懂，生动活泼，尤其以"饭不沾匙，睡如翻饼，气若游丝"描述得更为贴切，形容在热恋中人寝食难安、神情恍惚的情形，十分形象、生动，同时也将人物的各种心理刻画得入木三分。后一句"得受用"，又大胆地表露了一种至死不渝、海枯石烂的爱情观。最末两句点出了此篇的主旨，这是一场没有结果的相思，将动人的爱情故事又化作悲苦无望的恋曲，更加感人肺腑。

折 桂 令 荆溪即事

乔 吉

问荆溪①溪上人家:为甚人家,不种梅花? 老树支门,
荒蒲绕岸,苦竹②圈笆③。庙不灵狐狸漾瓦④,官无事
乌鼠当衙⑤。白水黄沙,倚遍阑干,数尽啼鸦。

【注释】

①荆溪:河水名,今江苏宜兴县南。

②苦竹:一种细节矮小的竹子。

③笆:篱笆。

④漾瓦:杂乱的瓦片。

⑤衙:衙门,官署

【鉴赏】

这首小令是作者有感于荆溪所见之事物而作,故云"荆溪即事"。"荆溪",溪
名,在江苏省宜兴县南,流入太湖。全曲用语质朴通俗,不仅写出荆溪一带的荒凉
苦寒,而且还直接讽刺了地方吏治的黑暗腐朽,这在元人散曲中颇为少见。

作者从杭州西湖来游宜兴荆溪,发现盛植于西湖孤山的梅花到此统统不见了,
这就使他不禁脱口而问:"问荆溪溪上人家:为甚人家,不种梅花?"这三句语言明白
如话,其中两个"溪"字紧接,非但不嫌重复,反倒突出了题目中强调的描写对象;两
个"人家"相承,更是作者的有意安排,它们不仅是"即事"的触发点,而且是下文讽
刺吏治黑暗的落脚点;至于说到"为甚不种梅花"的发问,也不只是表现作者酷爱梅
花的高洁情操,更在于借此反衬出溪上人家的贫困,从而引起下文。

"老树"三句是紧承惊奇发问而来的一幅荆溪寒村图。既然不种梅花,那么见
到的是些什么呢? 只见枯老的树木支撑着屋门,荒凉的菖蒲围绕着溪岸,寒苦的竹

子圈成了篱笆。这三句极力渲染出荆溪两岸的荒寒和溪上人家的贫困。"老""荒""苦"三个形容词，极衰败苦寒之至；"支""绕""圈"三个动词，亦将穷困荒凉刻画得无以复加。

"庙不灵狐狸漾瓦，官无事乌鼠当衙。"作者运用类比的手法，极其尖锐地点明：正像庙神的不灵验，使得狐狸摔瓦胡来一样；长官的不问事，才导致吏役当权作恶。这就是溪上人受如此穷困的答案。"漾瓦"，摔瓦；"当衙"，主持衙政。"狐狸""乌鼠"，均喻凭借当政者之势力行奸为祸的坏东西。地方政治的腐败就是溪上人家如此穷困的直接原因。

结尾句，描写作者"倚遍阑干"之所见所闻，"白水黄沙""数尽啼鸦"暗暗与"乌鼠"照应，把作者萧瑟悲凉的感受和对吏治黑暗的幽愤全部寄寓其中，成为余味悠长的结笔。

折 桂 令 客窗清明

乔 吉

风风雨雨梨花,窄索①帘栊②,巧小窗纱。甚③情绪灯前,客怀枕畔,心事天涯。三千丈④清愁鬓发,五十年春梦繁华。蓦⑤见人家,杨柳分烟⑥,扶上檐牙⑦。

【注释】

①窄索:紧窄。

②帘栊:带帘的窗户。

③甚:正。

④三千丈:引用诗人李白的《秋浦歌》中:"白发三千丈,缘愁似个长"诗意。

⑤蓦:突然。

⑥分烟:指清明日民间相互以新火互赠乡邻。

⑦檐牙:檐角向上翘的部位。

【鉴赏】

此曲所写的是早春时节,梨花在风雨中争相开放,以清明而点出帘拢的客窗,别有一番巧妙之处。但是帘窗内的人却是"心事天涯",与前句写风雨梨花交相映衬,接着又以"窗",以"窄"、以"小"表现作者的情感;以明灯前、枕畔,虚出天涯;将后面"三千丈"对应得工整严谨,用了夸张的手法表现了有"每逢佳节倍思亲"的心态,最后又以身世沧桑来感染气氛;入窗外偶见"人家"的"分烟",更反衬出在外客居的孤独无依,把异乡人的心理描写得真切自然。

折桂令 风雨登虎丘

乔 吉

半天风雨如秋,怪石於菟①,老树钩娄②。苔绣禅阶,尘粘诗壁,云湿经楼。琴调冷声闲虎丘③,剑光寒影动龙湫④。醉眼悠悠,千古恩仇。浪卷胥魂⑤,山锁吴愁⑥。

【注释】

①於菟:虎的另一种说法。

②钩娄:枝干屈曲。

③"琴调"句:虎丘寺塔基本是晋司徒王珣的琴台。

④"剑光"句:传说秦始皇掘吴王殉葬宝剑,有龙跃出成池。

⑤胥魂:传说伍子胥死后,其魂化为涛神。

⑥吴愁:吴被越所灭。

【鉴赏】

虎丘在苏州(春秋时吴国都城)西北约五公里处,丘上泉石幽胜,藤蔓披拂,尤其埋葬吴王阖闾的剑池一带,更是峭壁如削,气势雄奇。这首小令便是作者逸兴大发,于风雨中登临这一古代名胜寄托感慨的记游小作。

起句揭题,总写登临时的节令气象特征。一个"秋"字,为全篇涂上了清冷的色调。以下分层铺写山上景致。山石状如蹲虎(楚语称虎"於菟"),树干弯曲交错,着眼于描绘山中自然景观之"奇"。"苔绣禅阶"三句为"鼎足对",有力地渲染了寺庙的荒凉冷寂。接着一个对偶句承上启下,非常精彩。内容上它关合前文,进一步写虎丘的寂与奇,时间上它沟通着今与古,从对现实的描写引入对古代的遐想。上句"琴调冷声闲虎丘",写寂静中偶然传来音调清冷的琴声,更觉虎丘娴静。据传阖闾爱剑,死后曾用"专诸""鱼肠"等三千名剑陪葬于剑池底下的墓室中。"剑光寒

"影动龙湫"，写风吹雨打池水荡漾，仿佛是那古剑在闪烁寒光。古代传说的运用，大大加强了虎丘风光的神奇。这是从视觉上以虚写实。"冷声""寒影"，照应着首句的"秋"字。

最末一节四句，抒发对古史的幽思。伍子胥为报父仇去楚入吴，竭忠尽智，屡建大功，但因直谏触犯吴王，自刎后尸体都被扔到江中，相传成为涛神，人民立祠永为纪念。而吴王夫差不可一世，曾图霸中原，岂料遭到越王勾践复仇，身死国灭。"浪卷胥魂，山锁吴愁"二句，通过赞扬伍子胥英魂不死长存天地之间，和讥刺刚愎自用的吴王到头来成为山中一挂一漏杯黄土只有哀愁。肯定了千古是非终由历史做出公正裁决。"卷"字充满活力，"锁"字表示拘囚，鲜明体现出作者的爱憎褒贬。"浪"因风雨而生，"山"即虎丘，仍暗应着标题。

全篇遣词造句凝练典雅，结尾寓情于景，意境幽深，反映了后期散曲趋向典雅工丽的特色。

折 桂 令

乔 吉

隔楼所见，对望终日。其媪若厌者，遂下帘以蔽之。

织湘江①一片波纹，窣②下闲愁，隔断诗魂。非雾非烟，影娥池③上，香梦无痕。拍画栏纤舒玉笋④，启纱窗推晒罗裙。饱看娇春⑤，倩⑥得南薰⑦，卷起梨云⑧。

【注释】

①织湘江：是一种由湘竹编织而成的帘子。

②窣：垂落。

③影娥池：汉武帝在长安台榭下作一池沼，宫娥在此泛舟戏弄。

④玉笋：喻指女子的手。

⑤娇春：取江淹《别赋》"罗与绮兮娇上春"意，这里指美女。

⑥倩：请。

⑦南薰：夏日南风。

⑧梨云：喻湘帘。

【鉴赏】

　　此曲主要描写的是一个女子推窗晒罗裙的情景，从题中也可以体会到，作者抓住了人物的心理，进行细致的描写，从中我们还是可以比较清楚地看出作者见到的和难忘的，是一位令人动心的美人。小令首先写出湘帘垂映中所见的倩影，隐约可见，若有若无，非雾非烟，又若天上的仙子，而对于作者来说这既像仙池中映现的娥影，又像一场无痕的香梦。而在作者醉入其中时，隔楼上的小窗被轻轻地推开，一位女子伸出纤细而白嫩的双手，细心地晾晒着罗裙。在我们领会此种感情之后，"其媪若厌者，遂下帘以蔽之"，又怎能不使人"对望终日"？会有卷起湘帘，再次"饱看娇春"的痴想。此曲将一个生活剪影，表现得生动形象，动静结合，入木三分。

天　净　沙　即事

乔　吉

莺莺燕燕春春，花花柳柳真真①，事事风风韵韵。娇娇嫩嫩，停停当当②人人。

【注释】

①真真:分明、真切。

②停停当当:这里意思是女子梳洗打扮整齐。

【鉴赏】

这组曲共四首,这是其中的第四首,写的是别后重逢。

开始两句用叠字渲染出一幅莺歌燕舞、花繁柳盛的阳春图景。"真真"是画中美女的名字,典出《太平广记·画工》:唐代进士赵颜得到一幅美女图。那位画工告诉他,画上佳人叫"真真",如果日夜呼其名,百日就会应声而出。赵颜照其言呼之,果然百日真真下画,与之结合。所以"真真"在这里一语双关,既云此情此景并非虚幻,又写花团柳簇中,画中人似"真真"一般美丽。接下来,"事事风风韵韵"写重逢后,共话往事的感受。原来那些点点滴滴的日常琐事,现在想来都别有风韵,显示了两情之"真"、之"深"。末二句"娇娇嫩嫩,停停当当人人",写的是情郎再度欣赏美人后的欢悦心情。"人人"犹"人儿",是亲昵的情语。"停停当当"犹"恰恰好好",意似宋玉所言:"增之一分则太长,减之一分则太短。著粉则太白,施朱则太赤"。所以最后两句,好像再次证明,这确是梦中可意之人,从而烘托出别后重逢欣喜若狂又恍然如梦的特殊心情。

凭 阑 人 金陵道中

乔 吉

瘦马驮诗①天一涯,倦鸟呼愁村数家。扑头飞柳花,
与人添鬓华②。

【注释】

①瘦马驮诗:引用唐代诗人李贺骑驴背囊集句成诗典。

②鬓华:指两鬓花白。

【鉴赏】

　　这首小令通过写景抒发情怀,在开头便以动衬静。以"瘦马驮诗天一涯"一句引领全篇,其中一个"瘦"字点明了作者此时的心情,下一句"倦鸟呼愁村数家"是写物,其中一个"倦"表现出物的真实情感。由人到物,由近到远,又由远到近,其实物也和人一样有倦意和愁感;第三句"扑头飞柳花"是物,末句"与人添鬓华"是人,由物到人,由柳花联想到鬓发,作者也已青春迟暮,添了几多白发。题目所示"金陵道中",就表现出作者的倦态与愁意,这里又与这六朝古都的沧桑产生了关联,超出了一般的羁旅客况之作了。

苏彦文　　生平事迹不详。据李祁《送苏彦文归金华序》说他是"金华人"。作品现仅存[越调·斗鹌鹑]《冬景》这一套数。

越调·斗鹌鹑　冬景

苏彦文

　　地冷天寒,阴风乱刮;岁久冬深,严霜遍撒;夜永更长,寒浸卧榻。梦不成,愁转加。杳杳冥冥,潇潇洒洒。

　　[**紫花儿序**]早是我衣服破碎,铺盖单薄,冻的我手脚酸麻。冷弯做一块,听鼓打三挝。天哪,几时捱的鸡儿叫更儿尽点儿煞。晓钟打罢,巴到天明,划地波查。

　　[**秃厮儿**]这天晴不得一时半霎,寒凛冽走石飞沙。阴云黯淡闭日华,布四野,满长空、天涯。

　　[**圣药王**]脚又滑,手又麻,乱纷纷瑞雪舞梨花。情绪

杂,囊箧乏。若老天全不可怜咱,冻钦钦怎行踏?

[紫花儿序]这雪袁安难卧,蒙正回窑,买臣还家,退之不爱,浩然休夸,真佳。江上渔翁罢了钓槎,便休题晚来堪画。休强呵映雪读书,且免了这扫雪烹茶。

[尾声]最怕的是檐前头倒把冰锥挂,喜端午愁逢腊八。巧手匠雪狮儿一千般成,我盼的是泥牛儿四九里打。

【鉴赏】

苏彦文只留下这一套曲,生平不得而知,作品中的抒情主体是否就是作者自己,很难断定。但这并不影响我们对作品的理解和领悟。

这套曲题为"冬景",集中抒写的则是穷苦人冬天生活的万般艰难困苦。

在最冷的日子:"岁久冬深",在最冷的时刻:"夜永更长",他没有御寒之物,只有破碎的衣服,单薄的铺盖,直冻得手脚酸麻,卷曲一团,不得不数更点、挨鸡叫、盼晓钟,巴望天明。"天哪,几时挨的鸡儿叫更儿尽点儿煞",绝望的呼号催人泪下。

寒夜难挨,挨到白天又如何呢?依然是"寒凛冽走石飞沙",依然是"阴云黯淡闭日华",依然是"乱纷纷瑞雪舞花",囊空如洗,连出门谋生活也不能。这才真叫饥寒交迫。

不同处境的人对冬雪的感受截然不一样。那些富贵之家,无虑饥寒之人,可以去踏雪寻梅,可以去独钓寒江,可以去扫雪烹茶,以为风雅。可是,如在风雪夜到佛寺赶斋被逐回窑洞的宋代吕蒙正,风雪中砍柴卖柴谋生的汉代朱买臣,还有左迁潮州至蓝关遇雪的唐代韩愈,这些困厄之士显然是不爱的。作品中的抒情主体饱受风寒之苦,厌恨风雪,所以对以赏雪为风雅事极为反感,喝止他们"休夸""休题""且免了"。

生活中的感受就是如此。这真是饱汉不知饿汉饥,骑马不知步行人。那些整日出入舞馆歌楼、食府饭店的人们,当他们倚红偎翠、酒足饭饱、一掷千金的当儿,是否会有人想到在中国大地上依然存在的连食盐也买不起的贫民,连几元钱的学费也交不上的孩子。现代人有权享受现代生活,只要有这个条件,只要花的是自己兜里的钱,谁也无权干涉。但是,救助贫困是整个社会的责任,其中也包括你、我和他。

刘时中 号逋斋,古洪(今江西南昌)人。生平事迹不详。钟嗣成《录鬼簿》称其为"刘时中待制",列入"方今名公"。或以为即刘致(?~1335至1338间),字时中,号逋斋,曾任翰林待制,唯其为石州宁乡(今山西中阳)人,时代亦稍早。

仙吕·醉中天

刘时中

花木相思树,禽鸟折枝①图。水底双双比目鱼,岸上鸳鸯户。一步步金厢②翠铺。世间好处,休没寻思,典卖了西湖③。

【注释】

①折枝:国画花卉画法的一种,指弃根干而单绘上部的花叶,形同折枝,故名。

②厢:通"镶"。

③"典卖"句:原句下有自注:"宋谚有'典卖西湖'之语:台谏谓之'卖了西湖',既卖则不可复;省院谓之'典了西湖',典犹可赎也。无官守言责,则无往不可,此古人所以轻视轩冕者欤?"

【鉴赏】

杭州西湖的旖旎风光,给文人骚客们带来了无穷无尽的灵感和情思。歌咏西湖的散曲作品,也如同湖山美景那样争奇斗妍,各具风致。这首[醉中天],是其中不落常套的一首。

起首四句,剪裁出四幅不同的画面。第一句,远眺。相思树即连理树,本指异根而同枝相通；西湖岸上花卉林木互相依偎簇拥，交柯接叶，远远望去便会产生连理的感觉。第二句，近观。"折枝"是花卉画中突出局部主体，而稍取旁景衬托的剪裁性的特写，作者为各色禽鸟所吸引，伫神凝望，连同近旁枝叶的背景，不正是一幅幅绝好的折枝图吗！第三句，湖中。"双双比目鱼"，当然不是《尔雅》所说的那种唯生一目、"不比不行"的鳒鲽，不过是因为游鱼成群，围围洋洋，所以看上去都好像是结伴成对的了。何况观鱼最容易引起像庄子濠上产生的那种物我一体、移情游鳞的感受，而西湖的澄澈明丽，亦自在句意之中。第四句，岸上。曲中用"鸳鸯户"三字，造语新警。它既形容出湖岸鳞次栉

比的人家，又会使人联想起门户内男欢女悦、熙熙陶陶的情景。这四句固是状写西湖花木之繁、鱼鸟之众、人烟之稠，然而由于用上"相思""比目""鸳鸯"等字样，便平添了热烈、欢乐和美好的气氛。四幅画面交叠在一起，本身还是静态的，而下承"一步步金厢翠铺"一句，就化静为动了。"金厢"即以金镶嵌，有富贵气象，而"翠铺"又不无清秀的色彩。这一切，自然而然引出了"世间好处"的考语，用今时的话语来说，这正是"人间天堂"的意思。

铺叙自此，用笔已满，作者突然一折，接上了一句"典卖西湖"的冷隽语，还特地附上了小注。细细思味，令人叫绝。我们从注③所引的原注来看，台、谏分掌弹劾和规谏，所谓有"言责"；省、院制法令、行政务，所谓有"官守"；均属于"轩冕"一流。典也好，卖也好，平民百姓不会沾染，"轻视轩冕"是理所当然的。这句话从原注理解，便是说：西湖风光如此美好，可不要糊里糊涂，去争当什么台谏省院的高官啊！当了官便不自由，不能流连山水，"无往不可"。这是避名利、乐山水的一层意思。

另一方面,作者引用的是"宋谚",宋社已屋,对宋而言,最终结果不啻是"典卖了西湖"。"休没寻思"这一句,也多少隐含着对前朝误国君臣的嘲弄,隐含着一点兴亡盛衰之感。双关之意,是颇为巧妙的。

南吕·四块玉

刘时中

官况甜,公途险。虎豹重关整威严,仇多恩少皆堪叹。
业贯①盈,横祸满,无处闪②。

【注释】

①业贯:作恶累累。

②闪:躲避。

【鉴赏】

元散曲作者感时伤世,常常会不约而同地慨叹宦海的险恶,反映出当时的一种文人心理与社会现象。一方面是用世与热衷功名的传统习尚;另一方面,吏治的衰败,官场的倾轧,又不禁使身历其境者谈虎色变,余悸在心。仕途即畏途,功名如鸡肋,散屦官宦的过来人固然不屑一顾,即便是恋栈的个中人亦不无怨望。于是,或以愤激词一吐抑塞,或作豁达语暂掩辛酸,成了流行的风尚;而借助不忌直露的散曲体式,显然比用崇尚敦厚含蓄的诗词要来得直接便利。这类散曲创作意图大半是属于自我解嘲,当然也不乏自责或自警之意。因此,它们在语言上往往不事雕琢而犀利精警,风格上更接近于谚谣。此首小令正是这样的作品。

起首"官况甜,公途险"两句,互文见义,而"甜""险"二字的对峙,醒人眼目,含义也很深远。"甜"代表了功名利禄的诱惑力,但这仅是表面的现象,实质上则是处处荆棘丛生。而受"甜"字陷溺,执迷不悟,则前景可畏。因此"甜""险"不仅是表里关系,也存在着因果关系,且从"甜"到"险",也可以说是官场中大部分人的必由之途吧！接下两句，便对这一意思作了生发。"虎豹重关"，语出自《楚辞·招魂》："虎豹九关，啄害下人些。"本意指天门重重设守，森严难进，凡人人则遭害。这里借来比喻官府，生动确切。"整威严"，作威作福之状可以想见。不过，"重关"的主人日子并不好过。"仇多恩少皆堪叹"，这里既有与被统治者之间不可调和的矛盾，也有与上司同僚之间的恩恩怨怨。作者至此并不继续说明为官者虎尾春冰的狼狈处境，而是以犀利的语言直接地揭露其结局，也即是曲末的三句。一个"盈"字，一个"满"字，使人感到作孽如此之多，报应如此之速；而"无处闪"的结尾与"官况甜"的起笔两相对应，成了绝好的讽刺。从作者冷峻的笔调中，不难体会出他愤世嫉俗的心情。

这首小令从《阳春白雪》定为刘时中的作品。《乐府群珠》所辑者，"皆堪叹"作"人皆厌"，"横祸满"作"横祸添"，全曲题为《酷吏》，署曾瑞作。这样，"仇多恩少人皆厌"，就成为对酷吏政声的描述了。不过，对酷吏来说，恐怕不存在"公途险"的疑虑，治下也未必谈得上"恩"。这首小令，好就好在写出了官宦日常的典型：一方面擅作威福，一方面色厉内荏；一方面汲汲奔逐利禄，一方面惶惶不可终日。业贯满盈，身无可遁：实为普告天下百官，而非仅止为酷吏说法。

正宫·端正好 上高监司①（套数，节选）

刘时中

众生灵，遭磨障②，正值着时岁饥荒。谢恩光③拯济皆无恙，编做本词儿唱。

[滚绣球] 去年时正插秧，天反常，那里取若时雨④降？旱魃⑤生四野灾伤。谷不登⑥，麦不长，因此万民失望。一日日物价高涨。十分料钞加三倒⑦，一斗粗粮折四量⑧，煞是⑨凄凉。

[倘秀才] 殷实户欺心不良，停塌户瞒天不当⑩。吞象心

肠歹伎俩。谷中添秕⑪屑，米内插粗糠，怎指望他儿孙久长！

[滚绣球]甑生尘⑫老弱饥，米如珠少壮⑬荒。有金银那里每⑭典当？尽枵腹⑮高卧斜阳。剥榆树餐，挑野菜尝：吃黄不老⑯胜如熊掌，蕨根粉以代糇粮⑰。鹅肠⑱苦菜连根煮，获笋芦莴带叶哇⑲。则留下杞柳株樟⑳。

[倘秀才]或是捶麻柘稠调豆浆㉑，或是煮麦麸稀和细糠，他每早合掌擎拳谢上苍。一个个黄如经纸㉒，一个个瘦似豺狼，填街卧巷。

[滚绣球]偷宰了些阔角牛㉓，盗斫了些大叶桑。遭时疫无棺活葬㉔，贱卖了些家业田庄。嫡亲儿共女，等闲参与商㉕，痛分离是何情况！乳哺儿没人要撇入长江。那里取厨中剩饭杯中酒？看了些河里孩儿岸上娘。不由我不哽咽悲伤。

……

[货郎]见饿莩成行街上㉖，乞丐拦门斗抢。便财主每也怀金鹄立待其亡㉗。感谢这监司主张，似汲黯开仓㉘。披星戴月热中肠㉙，济与桑亲临发放㉚。见孤孀疾病无皈向㉛，差医煮粥分厢巷㉜，更把赃输钱分例米多般儿区处的最优长㉝，众饥民共仰，似枯木逢春，萌芽再长。

……

【注释】

①高监司：名不详，有高奎、高纳麟、高昉等说，迄无定论。监司，元代对提刑按察使(掌管巡察地方刑狱兼吏政，后改名肃政廉访使)的别称。

②磨障：磨难。

③恩光：恩德的庇耀。

④若时雨：及时雨。

⑤旱魃(bá)：传说中造成旱灾的怪物。

⑥登：成熟而可收割。

⑦"十分"句：意谓十分料钞要加三成，才能调换新钞。料钞，元初的一种以丝料为作价标准的纸币。历朝不断发行新纸币流通市面，规定以旧币兑换。倒，调换。

⑧折四量：折蚀四成计算，也即一斗粗粮缴租只作六升看待。

⑨煞是：实在是。

⑩停塌户：囤积粮食、奇货以居的不法商户。不当：不应当。

⑪秕：瘪谷。

⑫甑(zèng)生尘：喻断炊已久。甑，饭锅。

⑬少壮：青年人。

⑭那里每：哪里，"每"字助词无义。下文的"他每""财主每"，则作他们、财主们解。

⑮枵(xiāo)腹：空着肚子。

⑯黄不老：一种野菜名，疑即黄精(救荒草)。

⑰蕨：山中生长的一种草本植物，嫩苗可食，根茎多含淀粉。糇粮：干粮。

⑱鹅肠：一名雁肠子，一种野菜。

⑲荻笋芦荬：指芦苇茎秆及抽芯的部分。味：应作"咶"，大口咽下。

⑳杞柳：水边灌木，枝条柔韧可编物。株樟：樟树。

㉑捶麻柘：捶打麻秆、柘枝以取汁液。柘，树名，叶可饲蚕。

㉒经纸：抄、印佛经的黄纸。

㉓阔角牛：水牛。元代禁止宰杀耕牛。

㉔时疫：流行的传染病。活葬：指新葬。

㉕等闲：轻易地。参与商：二星名。参处西方，商处东方，出没两不相见，喻分离不能会面。

㉖饿莩(piǎo)：饿死的人。

㉗怀金鹄立待其亡：身上揣着金钱，却因买不到粮食而眼巴巴地盼望着，只能

坐以待毙。鹄立,伸长脖子盼望。

㉘汲黯:汉代官员,武帝时奉命巡视河内(今河南省黄河以北一带),见当地人民发生饥荒,就毅然擅自打开官仓赈济灾民。

㉙中肠:内心。

㉚济:免费发放。粜:按平价卖出谷物。

㉛孤媚:孤儿寡妇。皈向:归宿、依靠。

㉜厢巷:地区和里巷。

㉝赃输钱:因犯罪而向官府缴纳的罚款。分例米:按规定定量提供的粮食。区处:处理。

【鉴赏】

刘时中的《端正好·上高监司》共有两套,前套十五支曲,后套更长达三十四支,为现存元散曲中体制最为宏大的长套。两套曲都正面反映元代时事政治,拓展了散曲的表现题材,提供了丰富而形象的社会生活画面,故有"曲中新乐府"之称。这里节选的是前套的七支曲(第一至第六,以及第十曲),表现江西饥荒后民不聊生的社会情状。

序曲[端正好]提纲挈领,透露出全套写作的两项主要内容:一是众生灵的"时岁饥荒",二是高监司的"拯济""恩光"。作为献谀的作品,第二项内容自不可免(原套共用五支曲子,本书选入了[货郎]一支),但作者却足足以十支曲子的篇幅着力表现前一项(此处选录前六支),这就说明他真正的意图是在于反映民生的疾苦。

在次曲[滚绣球]中,作者回顾了大饥荒的形成过程。"去年"而强调"正插秧",一来表明灾荒历时的久长,二来点出它正值青黄不接的节候。旱生四野,颗粒无收,这是"天反常"的直接后果,令人心悸。但更"反常"的是社会上出现的趁火打劫的情状:物价腾涌,钱钞贬值,赋税暗增。作者以"十""三""一""四"这些简单的数字,反映出触目惊心的经济盘剥。接着的[倘秀才]曲中,揭露富户、奸商囤积居奇,还丧心病狂地在谷米中弄虚作假,牟取暴利。"吞象心肠歹伎俩",用来对付"煞是凄凉"的百姓,必然是雪上加霜。作者对这批人的为富不仁痛加斥挞,而对社会危机的责任者——朝廷官府噤口不谈,自有难言之隐。但在这两支曲中,却也已清楚地说明百姓此回的遭殃,实是"三分天灾,七分人祸"的结果。

以下的三支曲子,沉痛地表现了灾民水深火热的苦难。首先是饥饿的煎熬。"甑生尘""米如珠"是总括的描写,作者随即列举了饥民觅食代用的种种野菜、树皮、草根的名目予以证实。或是"连根煮",或是"带叶哐",总之可以入口的都用来果腹。倘若能吃上麻柘豆浆、麦麸米糠,灾民们更是谢天谢地。到头来是"黄如经纸""瘦似豺狼",奄奄一息,偃卧在长街之上、斜阳之中,这情景历历如在目前。其次是意外的灾变。一些饥民铤而走险,违犯官家的禁令宰牛斫桑,这种求生的举动不言而喻会受到官府的严厉惩罚;有些百姓染上了传染病,活着无钱治疗,死了都得不到及时埋葬,而家中仅有的一点田产,却因这些变故消耗一空。第三是骨肉的惨别。卖儿卖女,亲人拆散,甚至养不起又卖不去的婴儿只能抛入长江。"看了些河里孩儿岸上娘",是一幅何等悲惨的画面!作者以"哽咽悲伤",激起了读者强烈的共鸣。

[货郎]一曲,在饥民濒于绝境之际,写出高监司开仓赈灾的德政。他夜以继日,亲临现场,怜孤恤贫,处分有方。老百姓遇上这样一位果决能干、古道热肠的清官,可谓"枯木逢春",而读者到此也有柳暗花明之感。应该说,对这位有德于百姓的高监司,"编做本词儿唱"是不过分的,所以作者的献谀并不使人有谀官的反感。

无论从这里的节选,还是从整套原曲来看,作者都是真情实感,缘事而发,有意识地运用散曲形式来反映国计民生的社会重大问题,利用套数在容量和结构上的优势,做到叙事细腻,层次分明,稳步推进;语言上既朴实平易,又有别于一般散曲的俗滑,显得庄重、沉郁:这些都是本篇在艺术上的独到之处。

南吕·四块玉

刘时中

看野花,携村酒,烦恼如何到心头。红缨白马难消受。
二顷田,两只牛,饱时候。

【鉴赏】

　　如果《录鬼簿》中提到的那个"方今名公""翰林待制"就是这里的刘时中，那么这首曲多半就不是他的生活实录。

　　古人谈归隐，正如薛昂夫所说"尽道便休官，林下何曾见，至今寂寞彭泽县"（《寒鸿秋》），都来附庸风雅谈时髦话题，但山林隐士中有几个是他们？虽然元代弃官归隐的文人比前朝多，但在诗曲中唱归隐的人却远比以实际行动去践行隐居的人多。说归说，做归做，真正要弃官无功还要隐居无名，这在受几千年儒家入世思想熏陶的中国封建文人又谈何容易。但在诗文中过把瘾，畅想一下归隐的境界以获取想象中的自足，或以示自己对功名的鄙弃和对官场的厌倦则好办得多。

　　且看刘时中是怎么"办"的：种着二顷田，养着两头牛，或许还有"一犁两耙"（汤式［越调］《天净沙·闲居杂兴》），过一种村夫野叟的"自耕自种生涯"（同上）。这种刀耕火种的生活现在看来虽嫌落后了点，但按当时的消费水平对付一家人的衣食饱暖不也足够了吗？农耕过后，携一壶农家酿制的村酒（可是正宗的土特产），到村头野花丛中，"专拣梅花多处提壶"（杨朝英《水仙子》），再来体验一下"花中忘忧，酒内消遣"的放浪情味。一醉忘百忧，消百愁，还有什么可想？想从前的官场富贵吗？那同时也有险恶的争斗与污泥浊浪，比起眼下的贫贱生活，虽有显耀光彩的一面，但它的负面却让咱善良人消受不起。看来这隐居生活并非真的完全没有烦恼，只是个中人善于排遣罢了。

南吕·四块玉

刘时中

　　佐国心，拿云手，命里无时莫强求。随缘得过休生受。
几叶绵，几匹绸，饱时候。

【鉴赏】

　　这是自勉述志兼劝世之词。

跟一般归隐之作有所不同的是,它没有一味地"劝世人莫做官",而是较客观冷静地对待这个问题。

这里,没有一般鄙弃功名利禄的清高之词,而是直言自己有入世济民、辅佐皇帝的雄心大志,也不乏"拿云"的手(即治理国家的本领),自然,也不拒绝在利天下的前提下博取个人的功名前程。这种见解实在是难得。按西方某种理论的说法,这种自我实现的需要乃是人类的最高需要,知识分子没有这种需要才不正常。但功名之路也并非一条阳光坦途,所以如果求之不得,也不必"生受"(难过)。为什么?作者宽解自己也是安慰世人:实在求之不得,那也只是你的八字中没有这样的运道。老话已经说了,命中有时终须有,命里无时莫强求,强求也求不来,还不如退一步海阔天高,有几床棉絮,几匹绸缎,过一种不愁饱暖的平静生活不也挺好吗?如果你实在要去勉为其难或整日愁眉不展,那便连这最基本的需求都难以保住。

当然,刘时中把不去强求的理由归之于命,这不科学,但他对待挫折的态度倒有可取之处。在挫折面前要调整好自己的心态,而不要一味怨愤或去硬拼,这在现实生活中还是适用的。

中吕·朝天子 邸万户席上

刘时中

柳营,月明,听传过将军令。高楼鼓角戒严更,卧护得边声静。横槊①吟情,投壶歌兴,有前人旧典型。战争,惯经,草木也知名姓。

《虎韬》②,《豹韬》,一览胸中了。时时拂拭旧弓刀,却恨封侯早。夜月铙歌,春风牙纛③,看团花锦战袍。鬓毛,木雕,谁便道冯唐老?

【注释】

①横槊(shuò):横执着长矛。

②《虎韬》：六韬之一。这里泛指兵书。其余为《豹韬》《犬韬》《文韬》《武韬》《龙韬》，相传为姜太公所作。

③纛(dào)：古时军队里的大旗。

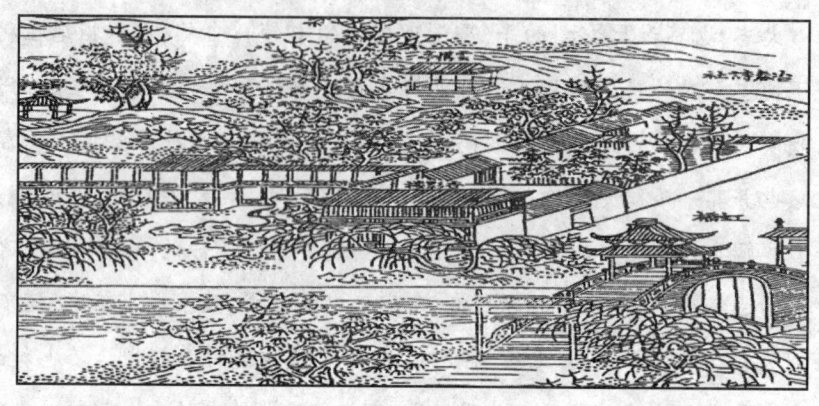

【鉴赏】

邱万户，作为当朝的三品军官，作者在他的席上为宾，作曲酬赠，自要说点中听得体的话。

首先彰其武功。细柳营本是汉将周亚夫的军营。周治军严明，有一次汉文帝大驾光临都因无军令而被挡在外面，以至文帝连连感叹："真将军矣!"把邱万户的军营比做细柳营，是说将军治军有方，巧妙。而写将军带病护卫，使得边境平安无事，又可见将军忠于职守，劳苦功高，这肯定是将军所看重的。

其次颂其文才。把他和历史上同类能文的武人相提并论。说他像曹操那样有"横槊赋诗"（苏轼《前赤壁赋》）的敏捷文才，又有像岳飞那样"雅歌投壶，恂恂然如书生"（《宋史·岳飞传》）的儒雅风度，然后点明他的威望和唐朝张万福一样"草木也知姓名"。据说唐德宗召见张万福任命他为濠州刺史时曾说过这样的话："朕以为江淮草木亦知卿威名"（《唐书·张万福传》）。用张万福比将军也不算吹捧。

最后点出人物精神，刻画人物内心。像将军这样文武双全饱读兵书的将才怎能闲置？而将军恰恰又处于另一种"怀才不遇"的境地。心系疆场盼望去冲锋陷阵把敌杀，可是无奈他已封侯再立功又该封什么呢？就一般人来说，已封为万户侯，这也该满足了，可将军偏不能静心享受，还在常常擦拭以前用过的弓刀，在春风中怅惘地看牙旗战袍。作者深知将军心思，所以最后用了一个冯唐易老的典故来激励将军。西汉冯唐是个敢于直言上谏的好官,汉文帝时任车骑都尉,汉景帝时被罢免,等到武帝即位再起用他时,他已年过九十了。"冯唐易老"便常用来表示功名蹉跎的意思。这个典故不管怎么用都使人想到一个老字。想到壮志未酬人先衰,作者用它既是宽慰将军:您已是少年得志,谁说冯唐易老?更是激励将军:要立功还须趁早,因为冯唐易老啊!将军是聪明人,自可意会。得到这样的评价和激励之辞,将军也该一夜不眠了。

这样的酬赠之作是否也可为世间"歌德派"借鉴一二?

中吕·山坡羊 燕城述怀

刘时中

云山有意,轩裳无计,被西风吹断功名泪。去来兮,便休提。青山尽解招人醉,得失到头皆物理。得,他命里;失,咱命里。

【鉴赏】

河北易县东南的古燕城遗址,是燕昭王筑黄金台招贤的地方。燕昭王为振兴国力听从谋士的建议,以非常诚恳谦虚的态度和优厚的物质待遇广招天下的贤能之士,使四方各国的能人纷纷投身到燕国的各项建设中,燕国迅速强大起来,终于报了齐国的破国杀父之仇。这么一段历史留下的这么一个遗迹便常使后人感慨不已。尤其是后世怀才不遇的文人,到了这里,顾影自怜,便往往要禁不住一抒胸中的郁结。

初看起来这好像是写作者独立西风望云山而产生思索与感慨的情景,实际上这里的云山、轩裳和西风都赋予了特定的感情色彩,具有实指和象征的双重含意。张养浩有"云霞,我爱山无价,看时行踏,云山也爱咱"(《归隐》),云山,归隐的好去处,与烦嚣相对的宁静世界。朱熹"始怀经济策,复愧轩裳姿",轩裳,既是大夫的官服,又是功名的代称。开首两句便表现了一种复杂的困惑:隔断红尘的云山"也爱咱",有归隐的向往;但高官厚禄的轩裳也就不定,是功名无计的烦恼。"侧身西望"得到的不仅是"长咨嗟"(李白),而是被西风吹落了的冰凉的功名泪。选择是痛苦的。但内心隐与仕的斗争终于有了分晓。决定了,"青山召唤胡不归"?便休提,不必再多说了,该像陶渊明那样"归去来"。

既然决心已下,此去的得与失也就无须多计较。这世上的得失自有它的常理,违拗不得,强求不得。那些在燕昭王手下得以施展抱负和才学的贤士,他们得,那是因为他们幸运地生在那个重视人才的时代,而咱们这些读书人失去用武之地,这也只能怪我们生不逢时,说到底都是命啊。早出生几百年也不至于像现在这样困窘不得志……

作者游招贤台,想象着古代士人的好运,再对比元代汉族士人的窘境,不由一番失意一番感慨甚至愤慨。因为失意所以想到归隐,而一旦归隐又患得患失,最后环顾现实觉出路全无才下定决心,想通了,得失全不由人,而是命定。所以这首曲实际上抒发了元代汉族知识分子在元朝统治下不能掌握自己命运的悲哀。

中吕·山坡羊 西湖醉歌次郭振卿韵

刘时中

朝朝琼树,家家朱户,骄嘶过沽酒楼前路。贵何如?
贱何如?六桥都是经行处,花落水流深院宇。闲,天
定许;忙,人自取。

【鉴赏】

透过一个醉客的眼看西湖的繁华。

因为醉,所以醉眼看繁华便将一切贵贱高低看得灰飞烟灭。

乍看这西湖,可真够得上繁华富贵的级别了,日日玉树琼花,家家朱门大户。更有六桥(即映波、锁澜、望山、压堤、东浦和跨虹)周围那些有头有脸有门有面的人家,处于这有山有水的风光绝胜之地,无疑是值得炫耀和令人叹美的。可这个醉

客,也许是因为醉了,所以这些深宅大院的富贵人家在他看来不过是"流水落花春去也",没啥好骄傲和矜夸的。处在我们现在的时间点上,我们真要佩服这醉客的好眼力,如今的六桥又哪里寻得着那些大户人家的踪影呢?所以这醉客也许是有道理的:不论贵也好贱也罢,大家都是这世间的匆匆过客,六桥都是来往经过的地方。只不过他们经行的时候是为富贵为名利而奔走,经行得疾经行得忙,因而并不自在;醉客纵马骄嘶经行的时候,却是几分悠闲几分自得伴随几分忘怀得失的酒气,那忙人的忙和这闲人的闲怎么可以相比呢?

这醉客在清醒的时候肯定读过类似《太平广记》之类的书。这类书常讲这样一个故事:说是有个读书人梦见一个仙人,仙人知道凡人没什么本事因而对无所不能的仙人总会要求一点什么,于是他问这读书人想要点什么。读书人说:我什么都不要,只求得到闲暇。这个要求似乎太少了,可大仙却为难了,说:别的都好办,唯有这闲暇却是天下最难得的呀!不知后来那聪明的读书人如愿以偿没有,这个故事却给这西湖醉客作了富贵的忙不如贫贱的闲的证据。闲非等闲之物,是天赐的,是人想都想不来的,醉汉不求闻达而放浪江湖,他得到了;而忙呢,则是世上本无事庸人自扰之,是人自寻来的。想想也真的,那功名富贵,你不去朝思暮想不去奔走于权势之门不去和别人蜗角相争,难道它会来打你的头哇?一旦上了功名路便要像陀螺一样身不由己地转,岂非"人自取"?这闲,实则是不戚戚于贫贱的隐士独得的乐趣。

其实不独古人,对我们这群忙于追赶时代列车或忙于推动历史前进的现代人来说,闲仍然是天赐般难得的奢侈。

双调·折桂令　送王叔能赴湘南廉使

刘时中

正黄尘赤日长途,便雷奋天池,教雨随车。把世外炎氛,人间热恼,一洗无余。展洙泗千年画图,纳潇湘一道冰壶。报政何如?风动三湘,霜满重湖。

【鉴赏】

作者送别，不巧没碰上可折柳系离情的好天气，却赶上一场雷鸣电闪的阵雨，这看来没啥诗意，而且简直有些扫兴。但在博学多才的作者那里，眼前景，眼前人，心中的情思和胸中的学识，正好合奏出一首令人耳目一新的送别曲。

雷阵雨泼吗？正好。有道是"潜龙须待一声雷"（杜牧），这雷声大作雨雾迷茫不正是神龙奋起的良机？庄子《逍遥游》里的大鹏奋起而往天池不就是这样云遮雨罩雷鸣海啸的天气吗？言下之意，王君此去湘南赴任也正好比神龙奋起天池即将大展宏图。如果仅止于此，那送别之意就太浅了，当官的不能仅图个人发达，更须尽职分安苍生济天下。所以这场雨对于送别者还另有一番深意。《孟子》有云："君子之所以教者五：有如时雨之化者。"化什么呢？化人心化风俗，即"美教化，移风俗"（《诗序》）。王君此去就任的是湘南提刑肃政廉访使一职，这种职务专掌纠察，即搞廉政建设。搞这种工作需要的正是这种疾风骤雨扫荡一切污浊的力量。而这场赶来为王君送行的雨，不也正预示着王君此去湘南所施行的教化之雨吗？这教化之雨在王君上车伊始而随"车"带到湖南，将那名利场上的炎氛热恼统统洗净，使潇湘之地的风俗人伦也变得更加清明。这是对朋友的抬举，更是热切的期望。这种热望在"展洙泗"二句中表达得更形象。洙泗二水因流经孔子讲学传道的山东曲阜而被看作是教化礼仪之邦，用这个典故是希望王君把孔子倡导的教化事业继续发扬光大；冰壶，比喻为官清正，把潇湘纳入冰壶，是期望王君在湘南形成清正廉洁的好风气。这厉行廉政之后的结果又当怎样？作者想象王君推行的风教就像春风吹遍湖南（三湘，泛指湖南），而湖南官民的人伦操守也将面貌一新。

双调·清江引

刘时中

春光荏苒如梦蝶，春去繁华歇。风雨两无情，庭院三更夜，明日落红多去也。

【鉴赏】

春天好不容易从漫长的寒冬脱胎而来,枯黄了一冬的草地开始泛绿,光秃秃的树枝也开始抽芽,风也渐渐"吹面不寒"了。花是怎么一点点开的,草是怎么一点点绿的,人们并不关心。突然有一天无意中瞥见窗外的繁花萎落一地,印象了一冬的枯树却已绿荫如盖,这时就会产生这样的感觉——春光荏苒如梦蝶。

作者的惆怅是循着怎样的路径产生的呢?他漫步在三更夜的庭院,耳中灌满无情摧折繁花的风声雨声,聆听着春天离去的脚步,推想着次日落花满地的情景,惆怅之情油然而生:不久前还繁花似锦,怎么眨眼间便百花凋零呢?进而迷惘:难道说先前的百花盛开是一场梦?还是说眼前繁花骤落的凄凉景况是在梦境中?作者感觉自己陷入了庄周的怪圈。庄周梦见自己化为蝴蝶,醒来后又怀疑自己是蝴蝶所化,自己走坐行止都是蝴蝶在梦中。既然自己不过是一只蝴蝶,那么这人生又算什么呢?整个一场蝴蝶梦罢了。所以庄周梦蝶便常被人用来比喻人生的虚幻。这里用来感叹春光的流逝。

风雨本无情,但这风雨似乎又有情,它用自己的无情衬出作者的情深。一个痛不欲生的人对着春景只会发出"春花秋月何时了"的悲号,只有热爱生命欲有所作为的人才会为时光的飞逝、岁月的蹉跎而惋惜。

其实这也只是古代文人的多情而已。不知是我们现代人的感情已变得粗疏浅

473

淡，还是因为古人细腻的笔触巳将春花秋月在人类心中的印记描摹殆尽。就这首曲所写的情景来说，它充其量不过是我们一刹那的恍惚和闪念，那惆怅的情绪、凄凉的感怀，往往在还未成型的瞬间，便被如潮的俗务或混沌的杂念占据，这时候，除了投身生活，还能做什么？

双调·殿前欢

刘时中

醉颜酡，太翁庄上走如梭。门前几个官人坐，有虎皮驮驮。呼王留唤伴哥，无一个，空叫得喉咙破。人踏了瓜果，马践了田禾。

【鉴赏】

当初蒙古人入主中原，汉人作为亡国奴是备受歧视压迫和盘剥的。史书已白纸黑字地记载着，蒙古官员对汉人可极尽打骂之能事，而汉人"不得还报"。像这首曲中所写背着"虎皮驮驮"的元朝官吏下乡骚扰掠夺百姓的事简直司空见惯。按元代社会不成文的法律，元官吏在法定赋税之外还可任意勒索百姓财物。这样一来，汉人在正常的赋税之外还得承受额外的搜刮和敲剥。百姓对正常的赋税不敢违抗，但对额外负担却采取软对抗的办法。

一群喝得醉醺醺的蒙古人来到太翁庄上，他们大呼小叫，穿梭似的在村里横冲直撞。几个官人坐在太翁门前，脚下放着蒙古人喜欢背的虎皮袋子。这些袋子里装满了掠夺来的财物。在这个庄上，他们想照例搜刮一番，于是催命般大声吆喝："王留！""伴哥！"（泛指农民的名字）可是任他们喊破嗓子，百姓们就是不出来。大概百姓对这种官吏下乡早有领教，所以早就闻风而躲了。胥吏们口干舌燥喊不出人，于是恼羞成怒，一干人马开到地里，将农民的瓜果田禾践踏一空，扬长而去，给百姓留下深重的灾难。

国学经典文库

元曲鉴赏

·元曲·

图文珍藏版

双调·雁儿落过得胜令 送别

刘时中

和风闹燕莺,丽日明桃杏。长江一线平,暮雨千山静。
载酒送君行,折柳系离情。梦里思梁苑,花时别渭城。
长亭,咫尺人孤另;愁听,阳关第四声。

【鉴赏】

　　这是一首送别曲。

　　这次送别,天气晴朗,风和日丽,正好载酒相送,折柳相赠,送出一分好心情。

　　和暖的春风中莺燕喧闹,亮丽的阳光下桃杏明艳。远处长江平缓地流淌,暮雨后的群山一派寂静。景致倒不差。可在这良辰美景却要上演灞桥折柳、长亭送别,这就令人伤感了。

　　送别的是什么人?从梁苑典故得知,作者将送走的是跟他志同道合、常和诗唱酬的文友。梁苑本是汉梁孝王修筑的园林,园内聚集着一班著名文士。作者站在现在的角度想象着别后对文友的思念。而咸阳渭城本是古时长安人送别的地方,在此用来泛指分别之处,说将来会想起今天别离的情形。不说别时难舍,却说别后难忘,足见两人情深意笃。

　　送走了朋友,看着一片狼藉的残杯剩酒,又难免心生惆怅;刚才还热热闹闹的一桌,现在却只剩孤零零的一身,人去景空,那《阳关三叠》听到第四遍,离愁别绪便也达到顶点,以至不忍再听下去了。

刘　致　生卒年不详,字时中,号逋斋,石州宁乡(今山西离石)人。曾因父任广州怀集令,流寓长沙。成宗大德二年(1298),翰林学士姚燧荐为湖南宪府吏。历任永州新判、河南行省掾、翰林待制、浙江行省都事等职。所作散曲现存小令六十余首,多写景、叹世之作,作风清新明丽。也有描绘官吏横行、嘲讽富贵子弟,反映社会黑暗的曲作,风格清朗豪放。但作品中也流露着消极避世的思想。

中吕·朝天子 邸万户席上（二首之一）

刘 致

柳营,月明,听传过将军令。高楼鼓角戒严更,卧护得边声静。横槊吟情,投壶歌兴,有前人旧典型。战争,惯经,草木也知名姓。

【鉴赏】

"邸万户"是谁?是邸泽之子邸元谦(字明谷)。邸泽随从蒙古大军元帅阿术,在平宋战争中立下了战功,被封为蒙古汉军万户,于元世祖至元二十八年(1291)移镇杭州。卒,其子元谦袭万户之职。邸泽曾于至元十七年(1280)以后,担任湖南郴州路总管府达鲁花赤,当时,刘致之父刘彦文曾在其手下担任"录事"之职,所以,刘致与邸元谦之间乃"世交"之谊。大德八年(1304),邸元谦曾请刘致奉书姚燧,请为其父邸泽撰写墓志铭文。元武宗至大四年(1311),刘致陪随姚燧抵赴杭州,在邸元谦为他们举行的宴会上,刘致写下了两首令曲。

这两首小令虽然是在饮宴酬酢时所写,其内容却是描写军营、军人生活。元人散曲多以吟风弄月和叹世归隐为主要内容,这两支令曲以军旅生活入曲,这在元曲中可以说真是凤毛麟角。它对元代的军营、军人生活作了状物传神的描写,在题材和风格上都给人耳目一新之感。这里先介绍第一支曲。

第一支曲是写作者在邸万户所戍守的杭州城外军营中夜宴时所见的情景。"柳营"即"细柳营",是军营的别称。汉代周亚夫驻军于细柳,纪律森严,汉文帝前往劳军,被拦阻于军营门外,经通报,始获准入内,受到汉文帝的称赞。姚燧在《颍州万户邸公神道碑》文中说:邸元谦戍守杭州,"虽居平时,营栅部署,器械军马,凛如在敌",可见邸万户治军严整,大有周亚夫之遗风。因此,作者才将其军营比拟为"柳营"。作者在此月明之夜赴挚友之宴,只见主人发出夜深戒严的命令,营中的戍

国学经典文库

元曲鉴赏

·元曲·

图文珍藏版

楼立刻传出禁夜的更鼓,喧哗的人声顿时肃静下来。短短的几句话,就把主人那种令行禁止、治军有方的气度和所率部伍肃整森严的情景,非常简洁生动地描写了出来。

写到这里,作者的笔锋一转,由军营外部环境转入对宴会场面的描写。"横槊吟情",投壶歌兴,有前人旧典型。"槊"是指长矛。苏轼在《前赤壁赋》中,写曹操"破荆州、下江陵,顺流而东","酾酒临江,横槊赋诗",此句写邸万户在席间赋诗吟句,抒发豪情。"投壶歌兴","投壶"乃是古代宴会时的一种娱乐,设一壶,以矢投之,以投入多少论定胜负。寻常以负者罚酒或罚歌,以助雅兴。据《后汉书·祭遵传》载,祭遵"取士皆用儒术,对酒设乐、以雅歌投壶。"此句写主人与客人在席间投壶对饮,放旷高歌的逸兴。"有前人旧典型"之典,则出于《诗经·大雅·荡》:"虽无老成人,尚有典型。"据姚燧写的《颍州万户邸公神道碑》记载,邸元谦虽然是一介武夫,却"好学而文",有"佳公子"之美称。在这里,作者没有对邸万户进行正面的、直接的描写,而是连用几个含意深刻的典故,对主人公进行了非常巧妙的比喻衬托,写出邸万户既有周亚夫那样的治军威严,又有曹孟德那样的高才远志,又有祭遵那样的儒雅风流,毕具前人典型之美。这几个典故连引得如此贴切、生动、自然,一方面可以看出作者知识之丰富渊博,一方面又可看出作者构思之精巧细致。"战争,惯经,草木也知名姓。"写邸万户既文武齐备、深怀韬略,又有丰富的战争经验。"草木也知名姓"句,暗引了黄庭坚《送范德孺知庆州》诗中"乃翁知国如知兵,塞垣草木识威名"之典,对邸万户所享有的威名进行了巧妙的夸张,使这一支令曲的结尾,显得生动含蓄,深沉有力。

这一支曲,是一幅有背景、有人物,有动、有静,有声、有色的军营夜宴全景图画。

中吕·朝天子 邸万户席上(二首之二)

刘 致

虎韬,豹韬,一览胸中了。时时拂拭旧弓刀,却恨封侯早。夜月铙歌，春风牙纛，看团花锦战袍。鬓毛，木雕，谁便道冯唐老。

【鉴赏】

与第一支曲不同，这支小令是一幅对邸万户的人物肖像特写。一般的人物画像，只能表现和描绘人物的外貌和仪表，而刘致的这首小令，却对邸万户的学识、志趣以及壮心不衰的精神风貌，作了非常逼真生动的传真写照。

令曲起句，即对邸万户所具备的深厚军事学识修养进行了描绘："虎韬，豹韬，一览胸中了。""虎韬"和"豹韬"是古代兵书《六韬》中的两种，这里泛指古代兵书。邸万户对古代兵书一览无余、了然于心，可见其胸中谋略之深。句中"览"字，运用极为巧妙传神，一字遣用得当，使得整个句子乃至整首小令变得活脱起来。古代诗词有"诗眼"之论，以同样眼光观之，此字可视为"曲眼"。接着，作者以"时时拂拭旧弓刀"句，写邸万户对旧日驰骋战场、叱咤风云岁月的留恋、怀念；以"却恨封侯早"句，写邸万户在当日征战中用力无多，却已功劳显赫，博得"封侯"的赏赐，含蓄地写出他并不恃功自满，尚待大展宏图的抱负。句中"拂拭""恨"等，都是极生动妥帖的传神之词。几个动词的连用，把邸万户的内心活动、精神世界，极其深刻的揭示描写出来。"夜月铙歌，春风牙纛，看团花锦战袍。""铙"是一种古乐器，"铙歌"即短箫铙歌，是古代军乐的名称。"汉乐府"中有"铙歌鼓吹曲"，即此。《古今注》说它是"黄帝使岐伯所作也，所以建武扬盛德，风劝战士也。""春风牙纛"是写军中主帅所用的大旗，在春风吹拂下飒飒飘扬。末句"鬓毛，木雕，谁便道冯唐老。""木雕"应为"未雕"。"雕"指凋零衰敝。冯唐为汉代安陵人，至头发花白时才得见用，当时匈奴犯境，文帝召见他谈论国事，颇得赏识，任为车骑都尉。景帝时，免。武帝时求贤良，有人荐之，时已九十多岁，未再录用。这几句说：在澄明月光照耀下，军乐阵阵，战旗猎猎，邸万户身着团花锦战袍，显示出一派英武雄健的风貌，他的鬓毛还没有凋零衰敝，当年驰骋战场的雄风犹在，谁说他已经像冯唐那样衰老无用了呢？这首小令，对邸万户进行了特写式的肖像描写。由于遣词造句的生动传神，把邸万户的精神风貌、心理活动非常逼真准确地揭示了出来，是一幅非常成功、非常难得的人物画。它与前首小令的全景式画面相比，二者各臻其妙，相得益彰。

这两首令曲,都在短短的篇幅中不显痕迹地运用了大量典故,引用得非常贴切、生动,大大加深了作品的丰富含义。这不仅得助于作者丰富的学识修养,而且更是基于作者对挚友邸万户的深切了解和认识,这才使他对邸万户的赞颂、赏识能够深深潜藏于令曲的描写、刻画之中。由于这两首令曲所写的人物和生活都是与军事有关,所以在语言情调和色彩气氛上,都显示出一种苍劲豪迈、粗犷激昂的特色,堪与唐诗中的边塞诗相媲美。因此,它们是元散曲中极为罕见的具备"边塞派"风格的令曲。

中吕·山坡羊 侍牧庵先生西湖夜饮

刘 致

微风不定,幽香成径,红云十里波千顷。绮罗馨,管弦清,兰舟直入空明镜。碧天夜凉秋月冷。天,湖外影;湖,天上景。

【鉴赏】

元武宗至大四年(1311),七十四岁的姚燧(牧庵)"为中子圻娶焦氏妇",于闰七月间来到杭州。身为姚牧庵先生高足弟子的刘致,也追随陪侍一同抵达。他们在这里一直逗留到秋十月间姚燧"买舟西归"武昌为止。就在此行中,刘致写下了这首描写西湖秋夜景色的令曲。

姚燧在三十八岁即任秦王府文学,后又历任谏议大夫、提刑按察副使、翰林直学士、江西行省参知政事、太子宾客、太子少傅等职。他不仅官高位尊,而且是元代散文名家。《元史》称赞他的文章"宏肆该洽,豪而不宕,刚而不厉,舂容盛大,有西汉风。宋末弊习,为之一变。"所以,他被人们尊为元代文坛领袖。大德二年(1298),年近四十岁的刘致在长沙受到姚燧的"激赏",被他收为弟子,刘致这才结束了自己半生流落不遇的生涯。此后相当长一段时间,刘致一直追随陪侍在姚燧身边。从这首令曲的题目,我们即可看出刘致对自己恩师姚燧的敬意之深。

令曲伊始，作者即对西湖夜饮的环境和景色作了非常凝练、概括的生动描写："微风不定，幽香成径，红云十里波千顷。"湖面上吹拂着一阵阵令人舒心惬意的习习凉风，丹桂的清香从远处飘送而来，顺风流泻，铺引出一条幽远的小径。十里湖面中盛开的荷花好似一片朝霞，千顷湖面上闪烁着粼粼的波光，这样的时光和景色是多么迷人啊！作者仅用短短的三句十五个字，就在我们面前展现出一个色彩明媚、气味芬芳、令人陶醉的美丽境界，使我们不能不为作者高超的表现功力击节赞叹！在刘致之前、之后，也有不少文人在诗、词中对西湖的秋景进行过描述，但像刘致这首令曲这样语言凝练生动、画面色彩鲜明的作品，却极为罕见。

前三句写了黄昏之际所见的湖山景色，紧接着，作者又写姚牧庵先生一行人湖上饮宴的情景："绮罗馨，管弦清，一兰舟直入空明镜。""绮罗"即细绫，是一种高贵华美的丝织品的总称。"兰舟"即构造讲究、雕饰精细的画舫。据梁代任昉《述异记》记载："木兰川在浔阳江中，多木兰树……七里洲中，有鲁班刻木兰为舟，舟至今在洲中。诗家用木兰舟出于此。"这三句，写陪同夜饮的歌伎们穿着华贵艳美的衣妆，散发出清新淡远的香气，她们手中弹拨的管弦乐器传出悠扬清越的旋律。在这种令人神驰心醉的境界中，他们乘坐的画舫兰舟向着空明如镜的湖中驶去。句中"兰舟""空明镜"的遣词，意境非常优美、贴切，非常成功地铸造出一个充满诗情画意的境界。

末了三句，写了作者西湖夜饮的感受："碧天夜凉秋月冷。天，湖外影；湖，天上景。"由于作者一行沉醉在令人陶醉的仙境之中，在不知不觉之间，已经夜深人静。一叶荡漾着弦乐笙歌的画舫轻舟，飘游在碧天冷月之间。在明月照耀下，澄碧明净的蓝天，好似一泓湖水；闪烁着点点灯火的湖水，又好似繁星点缀的蓝天。二者交相辉映，使人分辨不出那里是人间天上，那里是天上人间。寥寥数笔，就把享有"上有天堂，下有苏杭"盛誉的西湖秋夜的美丽景色，非常淋漓尽致地描写发挥了出来。

刘致是生活在元代中期的一位重要散曲作家。他既写过风格粗疏豪迈的作品，如《邸万户席上》；也写过风格细腻、雅丽的作品，如本首小令。从这些作品我们可以看出刘致散曲创作风格的多样性和丰富性。同时，他的散曲创作，也是元代散曲创作风格由前期的粗疏豪放向后期的典雅明丽转变过程的缩影。

双调·殿前欢 道情

刘 致

醉颜酡,水边林下且婆娑,醉时拍手随腔和。一曲狂歌,除渔樵那两个,无灾祸。此一着谁参破。南柯梦绕,梦绕南柯。

【鉴赏】

这是一首《道情》曲。《道情》是鼓词的一种,本是道士所唱曲,内容或为超脱凡尘,或为警戒顽俗,后来演化为民间说唱形式之一。刘致在这首令曲中,以"道情"的形式描写了浪迹隐居的生活情趣。元顺帝至元元年(1335)前后,担任浙江行省都事之职的刘致,因年高辍职,开始了辞官浪迹的生涯,日与方外大老玄览王真人(眉寿)以及"名公之归林弗仕者"湖南帅于公有卿、道州守徐公叔清、上海县主簿吴君福孙等,"徜徉山湖间,不复以仕禄为意,足迹不涉达官贵族之门"。这首令曲,就是刘致在这一时期所写的作品之一。

作品开始,就在读者面前展现出一幅辞官浪迹老人放浪形骸、醉舞狂歌的图画:"醉颜酡,水边林下且婆娑",这些饱经宦途艰险和人生辛酸的隐士们,整日间在湖山之间徜徉悠游,以诗酒为乐、消磨时光。"醉颜酡",就是醉酒以后颜面发红的样子,句中隐引了晋代刘伶醉酒的典故:刘伶是"竹林七贤"之一。他"常乘鹿车,携一壶酒,使人荷锸而随之,谓曰:'死便埋我。'"(引自《晋史·刘伶传》)由于元代社会黑暗,所以元人散曲中常有人引用刘伶只求一醉、不问世事的典故。如曾瑞[正宫·端正好]《自序》中,就有"学刘伶般醉里酡"之句。"水边林下"指罢官退隐之所。"婆娑"指舞姿,此处乃是指消醉之后的手舞足蹈之态。在前面这两句描写了隐士们放浪形骸的醉态之后,作者紧接着抒写了他们从当时黑暗政界解脱出来以后的深切感受体会:"醉时拍手随腔和:除渔樵那两个无灾祸?"元代的官场充满风涛险恶,所以这些过来人对此有着深刻的感受和体会。但作者对此并不直接、正面地写出,而是用"除渔樵那两个无灾祸"这样的反问句提出,并且在下面又连问了一句"此一着谁参破?"这就更加强了语言的气势和力量,并且更强调了作者对此的感受之深。最后,作者又以"南柯梦绕,梦绕南柯。"的反复句作为全曲的结束。此句借用唐传奇《枕中记》中淳于棼梦中成为大槐安国驸马,享尽富贵荣华,醒来蚁迹尚存,方知前之经历为南柯梦境的典故,写出历史上一切兴废盛衰都像南柯梦境一样虚无缥缈的感慨。这两句反复连唱,既强化了感叹的力度,又显示出语言的回环之美。从这些富于变化的表现手法,我们可以看出作者的语言表现功力之纯熟、深厚。

阿鲁威 字叔重,号东泉,人或以"鲁东泉"称之。蒙古人。至治、泰定年间曾做过南剑太守和经筵官。《全元散曲》录存其小令十九首。

双调·蟾宫曲

阿鲁威

问人间谁是英雄?有酾酒临江,横槊曹公①。紫盖黄旗②,多应借得,赤壁东风③。更惊起南阳卧龙④,便成名八阵图中⑤。鼎足三分,一分西蜀,一分江东。

【注释】

①"有酾(sī)酒"二句:苏轼《前赤壁赋》写曹操:"酾酒临江,横槊赋诗,固一世之雄也。"酾酒,斟酒。槊,长矛。

②紫盖黄旗:两种象征王者的云气。三国魏黄初四年(223),东吴使者陈化来到洛阳,魏文帝曹丕要他说说魏吴对峙的结果,陈化回答:"紫盖、黄旗,运在东南。"此即指东吴定国。

③"多应"二句:建安十三年(208)冬,东吴周瑜于赤壁(今湖北蒲圻西北)大破

曹军,遇上了曹操向江南的推进。赤壁大战使用了火攻,故后人小说有"借东风"的渲染。

④南阳卧龙:诸葛亮汉末隐居南阳隆中(今湖北襄阳西),自比管仲乐毅,人称卧龙先生。

⑤"便成名"句:杜甫《八阵图》:"功盖三分国,名成八阵图。"八阵图,聚石为天、地、风、云、龙、虎、鸟、蛇八阵,用于军事,传为诸葛亮所布作。《三国志·诸葛亮传》:"推演兵法,作八阵图。"

【鉴赏】

　　大概是受到曹操"煮酒论英雄"的启发,元人常喜对历史上的千古英雄人物作一番指点评论。"问人间谁是英雄?"作品起笔劈头一问,大有俯仰今昔,睥睨千古之气概。以问句领首,往往能吸引读者的注意,并为全文的铺开拓出地步。

　　作者首肯的"英雄人物"有三名:曹操、孙权、诸葛亮。

　　对曹操的概括是"有酾酒"二句,如注释中所言是借用苏东坡的成说,连"曹公"也是赋中所用的称呼。应当说,东坡对曹操"固一世之雄也"的评语在当时是十分大胆的,其实其中正包含着折服于历史时空的文人心态。曹操作为"奸雄""独夫"已成定评,但对于东坡这样的文人来说,一个人能在天地间独立俯仰,且能创造或影响一段历史,就在空间和时间上取得了"雄"的资格。这同今日的"自我实现"颇为相似。显而易见,曲作者持取的也是这种观念。然而也恰因如此,这一笔已为全曲带上了雄豪的气氛。

　　再看孙权。作者用"紫盖黄旗"作为代指,这就颇像英文里出现"His Majesty"那样,表现出一种尊崇的意味。但孙权毕竟未在三国中称霸,其子孙终究有"金陵王气黯然收"的一天,所以作者对他有所保留。"多应借得,赤壁东风",还算是颂扬了他在赤壁之战的胜利,只是在"多应"二字中说他赢得比较侥幸。杜牧《赤壁》诗:"东风不与周郎便。铜雀春深锁二乔。"将二乔的保全归功于赤壁东风的帮助,曲作者无疑就是受了杜诗的影响。

　　三位"英雄"中曹操、孙权都是君主,诸葛亮是唯一的例外。但从"更惊起"的更字上我们可以发现,诗人是将他作为三雄之最来讴歌的。南阳卧龙端的身手不凡,在群雄争鼎的纷乱局面中"惊起",且一惊起"便成名八阵图中"。这一句源于杜甫《八阵图》"功盖三分国,名成八阵图"的诗联,指代的正是"功盖三分国"的内容,故诗人于末三句即补明了"鼎足三分"的既成事实。一个"更"字,一个"便"字,将诸葛亮的应时而出、一鸣惊人,以及他"运筹帷幄之中,决胜千里之外"的雍容豪迈、游刃有余,都形象地表现了出来。古代作文有所谓"尊题"之法,即以两个或两个以上的人物事迹同时表现,而于结论上有所抑扬。本曲虽未明指,却在事实上实现了尊题的效果。全作气势雄豪,开阔如意,尤以颂尊诸葛亮为天下布衣草泽之士扬眉吐气。这就如同司马迁在《史记》中将项羽、陈胜与历代帝王并肩一样,体现了作者在历史观上的胆识。

双调·蟾宫曲

阿鲁威

理征衣鞍马匆匆。又在关山,鹧鸪声中。三叠《阳关》①,一杯鲁酒②,逆旅新丰③。看五陵无树起风④,笑长安却误英雄。云树濛濛。春水东流,有似愁浓。

【注释】

①三叠《阳关》:唐王维《送元二使安西》,有"劝君更尽一杯酒,西出阳关无故人"的名句。全诗四句,后人反复叠唱用作送别曲,称《阳关三叠》。

②鲁酒:春秋时鲁国所酿酒,味薄。

③逆旅新丰:唐代名臣马周未做官时客游长安,住在新丰旅舍中,受尽店主人白眼。逆旅,旅舍。新丰,在今陕西临潼区东。

④"看五陵"句:语本杜牧《登乐游原》:"看取汉家何事业?五陵无树起秋风。"五陵,西汉高祖长陵、惠帝安陵、景帝阳陵、武帝茂陵、昭帝平陵,均在长安一带。

【鉴赏】

小令起首三句,突兀而起,如天风奄至,海雨逼人。诗人将远行出发前整理征衣鞍马的准备工作，以"匆匆"二字一笔带过，表现出一种萍踪无定、惯历风霜的沉郁悲壮。次句的"又"字是句眼，自伤、自叹、自嘲、自解，俱在这一字中。鹧鸪的啼声如"行不得也哥哥"，从来是旅愁的象征，"又在关山，鹧鸪声中"，说明诗人领略跋涉关山的旅愁已非初次，但他毕竟又再度鞍马倥偬，这就使读者体会到一种身不由己的悲哀。这三句虽仅出示了简略的动作和形象，但人物的感情世界，却在字面以外无言地显现出来了。

"三叠"等三句，应"理征衣"，应"匆匆"，应"又在关山"，片时又已写尽自关山道途到抵达目的地长安的全程。三叠《阳关》是离愁别绪的寄托，作者匆匆启行，无人送别，这支送行名曲只能自己唱向自己；鲁酒是味薄的水酒，所谓"鲁酒无忘忧之用"（庾信《哀江南赋序》），但诗人只能祈借它御愁；"逆旅新丰"运用马周客乡受辱的典故，更有落魄风尘、怀才不遇的感慨。这三句，益将此番出行的孤寂辛酸揭到了明处。

诗人试图以强作旷达来维持内心的平衡。七八二句，前句是对历史的睥睨，后句是对时世的牢骚。"五陵无树起风"，化用了杜牧《登乐游原》"看取汉家何事业？五陵无树起秋风"的诗句。"树"是表示墓主地位和后人纪念的标志，"五陵无树"，正是汉家事业不名一文的同义语。古人多喜以对帝王陵墓的观照来代表对历史的评价，如许浑"一种青山秋草里，行人唯看汉文陵"、杜牧"欲把一麾江海去，乐游原上望昭陵"等皆是。作者在此也是目空今古。不过"笑长安却误英雄"，也多少含有自嘲的意味在内。于是，他强抑着的悲愁辛酸，终于在结末三句借景流出。但犹如海水中析出盐粒已不觉有突出的咸味，"愁浓"点出竟是多余的了。

全曲纵横捭阖，悲壮苍凉，激越铿锵，大似词笔。可惜结穴笔力较弱，这恐怕就由于作者是作曲而非作词的缘故吧。

双调·蟾宫曲 怀友

阿鲁威

动高吟楚客秋风，故国山河，水落江空。断送离愁，江

南烟雨,杳杳孤鸿。依旧向邯郸道中,问居胥今有谁

封? 何日论文,渭北春天,日暮江东。

【鉴赏】

这首小令当是阿鲁威赴南剑(今福建南平)任太守时在旅途中所作。由于资料缺乏,虽不知道所怀的友人是谁,但从曲中所写的内容来看,想必也是一位失意的文人。

这是一个令人感伤的秋季。诗人告别了故乡,缓缓南行,萧瑟的秋风扑面而来,他不由得吟起了宋玉《九辩》中那动人心魄的语句:"悲哉! 秋之为气也!"叹老悲秋、去乡离家的感情顿时充溢着诗人的心灵。秋天是一个凋零、肃杀的季节,多愁善感的迁客骚人怎能做到"不以物喜,不以己悲"呢? 离故乡越远,相思之情就愈浓。此时的故乡定是水落江空,孤寂空旷。而此时江南之秋,烟雨蒙蒙,一只失群的大雁在空中时隐时现。形单影只,孤苦伶仃的大雁触动了诗人的愁思,诗人多么想呆在故乡和亲戚朋友一起过着平静的生活啊!

故乡既然如此难以割舍,诗人为何还要离开故乡? 原来是为名缰利锁所拘,身不由己。诗人在这里化用了两个典故。"邯郸道"出自唐沈既济《枕中记》:卢生在邯郸客店中昼寝入梦,历尽富贵荣华。梦醒时,主人炊黄粱尚未熟。后以"邯郸道"喻追求功名富贵的道路。"问居胥"化用《史记·霍去病传》中的故事。居胥,即狼居胥,一名狼山,在今内蒙古自治区西北部。元狩四年,汉伐匈奴,卫青、霍去病率十万铁骑,将匈奴驱逐于瀚海之北,"封狼居胥山"而还。用这一典故说明自己追求功名利禄并非本意,希望能像卫青、霍去病那样建功立业。可惜生不逢时,自己的理想、抱负无法实现。

由此诗人又想到在故乡和自己一样报国无门的友人。这里诗人化用杜甫《春日忆李白》中的诗句"渭北春天树,江东日暮云。何时一樽酒,重与细论文。"杜甫曾在咸阳住过,咸阳在渭水的北面。江东,李白所在,指今江苏南部和浙江北部。与杜诗不同的是,阿鲁威是身处江南,而他的友人地处江北。

这首曲子于友人的怀念之中,寄寓着对现实深深的绝望之情。这是时代所造成的、永远也抹不平的心灵的伤痕。

王元鼎 阿鲁威同时代人。与杨显之交往,敬为师叔。曾任翰林学士。散曲现存小令七首,套数二套。

正宫·醉太平 寒食

王元鼎

声声啼乳鸦,生叫破韶华。夜深微雨润堤沙,香风万家。画楼洗净鸳鸯瓦,彩绳半湿秋千架。觉来红日上窗纱,听街头卖杏花。

【鉴赏】

王元鼎,生平不详。约为至治、天历年间人,曾任翰林学士。现存小令七首,套数二首。或写景状物,或描写闺情,风格明丽委婉。

寒食是我国古代传统节日之一。古人说:"冬至百六日为清明。"一般说来,寒食在清明的前一二天。此时正是季春时节,风和日暖,莺歌燕舞,正是游春好时节。寒食和清明日子相近,寒食中的活动往往持续到清明,二者之间就没有严格的区分,往往清明寒食并称了。禁火寒食,上坟扫墓,折柳插门,踏青游春,荡秋千,放风筝等习俗一并流传下来,使寒食清明不仅仅是一个农事的节令,而且成了一个富于诗意的节日。

王元鼎写过一组《寒食》小令,共四首,这是其中之二。他以细腻的彩笔描绘了生机盎然的春光,表达了对春天的无限喜悦之情。

春天是美丽的,春天是充满生机、充满希望的,让我们一起领略一下春的气息、春的旋律。

春天的早晨,小鸦在枝头叽叽喳喳地啼叫,欢快的鸟鸣迎来了黎明,唤醒了春光,也唤醒了沉浸在甜美梦乡中的主人公,仿佛也宣告了春天行将离逝而去的消息。被唤醒的人儿展开了想象的翅膀,细心地捕捉着春天的信息。夜深人静时,微雨无声无息地飘落下来,浸润了堤坝上的泥沙,留下一片泥土的芳香。它滤去了空气中的尘埃,将淡淡的香气送往万户千家。图画装饰的楼台上,成双成对的鸳鸯瓦被洗得干干净净,悬吊秋千的彩绳,也在雨后显出了艳丽的光彩。如此节日,如此习俗,如此春光,怎不令人为之陶醉,或许那乳鸦也是惊讶于春雨之后的变化,才声声啼破韶华。春梦方醒的主人公见红日已爬上窗纱,隐约听着街头人叫卖杏花。街头人叫卖杏花正暗示出"红杏枝头春意闹"的一片繁盛春景。

这首小令在很多地方化用了古诗,如孟浩然《春晓》、杜甫《春夜喜雨》、陆游《临安春雨初霁》等名诗里的句子。整首小令写得清丽典雅,很有词的韵味。

虞集(1272~1348)字伯生,号道园,人称邵庵先生。祖籍仁寿(今属四川),生于崇仁(令属江西)。大德初到大都(今北京),任国子助教。后历任翰林待诏、翰林直学士兼国子祭酒。文宗时官至任奎章阁侍书学士,与赵世炎等修《经世大典》。为当时诗文大家,与揭傒斯等齐名。著有《道园学古录》。散曲作品不多,现仅存小令一首。

双调·折桂令 席上偶谈蜀汉事因赋短柱体

虞 集

鸾舆三顾茅庐,汉祚难扶,日暮桑榆。深度南泸,长驱西蜀,力拒东吴。美乎周瑜妙术,悲夫关羽云殂。天数盈虚,造物乘除。问汝何如,早赋归欤。

【鉴赏】

"短柱体"是词曲中"巧体"的一种(见明代王骥德《曲律》),一句两韵或三韵,用韵过密,极难写作。

这首《折桂令》是作者在"席上"所赋,元末陶宗仪曾记载虞集作此曲的逸事。虞集一次在童童学士家宴集时,有歌儿顺时秀唱一支《折桂令》:"博山铜细裛香风……"一句两韵(如:铜、风)名为"短柱"。虞集爱它新奇,就以席上偶尔谈及蜀汉史迹为主题,即席赋成这支"短柱体"曲子。(见《南村辍耕录》卷四《广寒秋》)

这是一首怀古之作。写魏、蜀、吴三国之争,风云变幻,人事变迁,事业成败,转眼成空。只能增加后人的无限感叹。

刘备鸾舆三顾茅庐,孔明出山辅佐兴业,汉权已一蹶不振,汉室如日薄西山,诸葛孔明、五月深渡南泸。美妙啊,周郎成功战术;悲叹啊,关羽败走麦城!兵家抗战,豪杰争雄,然而"青山依旧在,几度夕阳红"。

盈虚在"天数",乘除于"造物",宇宙间,万物的盈虚、消长,人世间百业的得失、成败,都赖天数所定,造物所致,谁都难以逃脱这个命运,与其拼搏,浮沉于世,还不如赶早勘破尘俗,如陶渊明一样,赋一首《归去来兮辞》,归隐于山林。

本曲表现了作者的一种历史观,即认为兴亡皆由天数决定,非人谋所能左右的。这种对历史,对人生的认识与评价都带有某种悲剧意识,忽视了人的作用。常言道:"事在人为",谋事在人,成事亦在人。

李洞　字溉之,滕州(今山东藤县)人。得姚燧赏识荐于朝,授翰林国史院编修官。后历任翰林待制、翰林直学士、奎章阁承制学士。参与编修《经世大典》,书成,告病归,卒年五十九。亦善书法。散曲作品现仅存套数一套。

双调·夜行船　送友归吴

李　洞

驿路西风冷绣鞍,离情秋色相关。鸿雁啼寒,枫林染泪,揎断旅情无限。

[风入松]丈夫双泪不轻弹,都付酒杯间。苏台景物

非虚诞,年前倚棹曾看。野水鸥边萧寺,乱云马首吴山。

[新水令]君行那与利名干?纵疏狂柳羁花绊。何曾畏,道途难?往日今番,江海上浪游惯。

[乔牌儿]剑横腰秋水寒,袍夺目晓霞灿。虹霓胆气冲霄汉,笑谈间人见罕。

[离亭宴煞]束装预喜苍头办,分襟无奈骊驹趱。容易去何时重返?见月客窗思,问程村店宿,阻雨山家饭。传情字莫违,买醉金宜散。千古事毋劳吊挽。阖闾墓野花埋,馆娃宫淡烟晚。

【鉴赏】

深秋时季,西风骤起,鸿雁啼鸣,枫叶殷红。在这萧瑟的秋天,诗人送朋友到驿站路边,引起别情无限。

常言道"丈夫有泪不轻弹",让我们莫再悲伤,还是开怀畅饮吧。去吧,朋友,苏州的景物名不虚传,去年我曾乘舟细观,成群的鸥鹭漫游在湖畔,美丽的佛寺,耸立于山间,吴山的云气,飘荡在马头,回去吧,那是一个多么美丽的地方。

朋友此行与争名夺利毫不相干,放纵自由地潇洒在花柳丛间,忆往日,看今番,浪游江海,早已习惯,还怕什么道途艰难。

朋友的风采,非同一般:长剑横腰间,秋水相映寒,红袍夺目艳,晓霞相映灿。那虹霓般的胆气,直冲云霄;那轻松的谈笑,世人罕见。

哦,行装已经整理好,朋友就要分手了,我们一同怨恨,怨恨远行骊驹跑得太快;我们一同感慨,感慨"别时容易见时难"。去吧,朋友。月夜途中,客店独宿,你一定思念万千;错过驿站,询问归程,你就在村店投宿;风雨所阻,饥渴难忍,你就在山家就餐。

我还叮嘱你三件事:一是书信常来往,以慰悬望;二是得乐且乐,勿为物累;三是不要吊古伤今,枉费心思。你看那虎丘山上的阖闾墓被野草残花埋;你看那灵岩山上的馆娃宫已是人烟稀散。你还有什么留念和不安,回去吧,高高兴兴地回去,摆脱一切私心杂念。

张 雨 (1277~1350)字伯雨、天雨,号贞居子,钱塘(今浙江杭州)人。二十多岁时,出家为道士。曾居于茅山,往来于华阳云石间,自称"句曲外史"。张雨与虞集、赵孟頫等相友善,擅诗词,工书画,能散曲。所作散曲仅存小令四首,风格清逸。著有《茅山志》《句曲外史集》《元品录》等。

中吕·喜春来 泰定三年丙寅除夜玉山舟中赋①

张 雨

江梅的的②依茅舍,石濑③溅溅漱玉沙。瓦瓯篷底④送年华。问暮鸦,何处阿戎家⑤?

【注释】

①泰定三年:公元1326年。玉山:今江西玉山县。

②的(zhuó)的:亮闪闪。

③石濑:岩石上的激流。溅溅:水花溅射的样子。

④瓦瓯篷底:语本唐杜荀鹤《溪兴》:"瓦瓯篷底独斟时。"瓦瓯,陶制的酒盆。篷,船篷。

⑤阿戎家:杜甫《杜位宅守岁》诗:"守岁阿戎家。"阿戎,堂兄弟的别称。

【鉴赏】

小令以起首的两句对仗,渲染了客舟停泊中所见的景色。两句的意境很优美,可惜却是客乡的风景。羁旅作品中写景通常有两种:一种是带着主观的感情色彩,直接表现景物的愁苦;一种是纯客观地进行描述,以之作为旅愁的铺垫。本曲属于后一种，且使这种铺垫形成了"反衬"的作用。

　　果然，第三句就点出了"除夜""舟中"的题面。"瓦瓯篷底"，是"篷底瓦瓯"的倒装。伴一只异乡的小船，借酒浇愁，则前写优美的野景，恰恰成为漂泊无着、有家难归的客愁的触媒。"送年华"的结论值此除夕之夜生出，便如同唐诗中的"一年将尽夜，万里未归人"（戴叔伦《除夜宿石头驿》句）一样，使常语顿时变作了警语。"送"字显示了漂泊日久，又说明了时光飞逝，包含着一种苍凉深沉而又无可奈何的感慨。

　　杜甫《杜位宅守岁》诗有"守岁阿戎家……列炬散林鸦"的句子。守岁是除夕的民间风俗，通常是和家人同聚，从除夕夜守坐到元旦早晨。杜诗是写他参加堂兄弟杜位家的守岁，人多热闹，点起的火把将树上的乌鸦都惊散了。本篇末两句从杜诗中化出，以"阿戎家"来代指自己家中亲人的除夕守岁。"暮鸦"关合"林鸦"，又是本地风光，它的出现为前文所描写的客中风景，添补出一丝哀怨。客中所见的暮鸦安栖窝巢，无惊散之虞，向它探问，更见出诗人有家归不得的凄凉，从而将"除夜"的乡愁表现得淋漓尽致。作者点化前人成句（包括第三句用杜荀鹤诗）如此纯熟无痕，真令人击节不已。

萨都剌　（1272～1345?）字天锡，号直斋，先世为西域回回族（答失蛮氏），随蒙古军东来。因祖父留镇云中、代州，遂居雁门（今山西代县），为雁门人。泰定四年（1327）进士。为京口录事司达鲁花赤三年。历任南台掾、燕南宪司照磨、闽海宪司知事、燕南宪司经历等职。晚年寓居武林，纵游山水以终。擅长诗词，名冠当时。诗诸体具备，尤以写自然景物见长，风格多样。所作散曲，今存套数一套。著有《雁门集》《西湖十景词》等。

南吕·一枝花 妓女蹴踘①（套数）

萨都剌

红香脸衬霞②，玉润钗横燕。月弯眉敛翠，云嚲鬓堆蝉。绝色婵娟。毕罢③了歌舞花前宴，习学成齐云天下圆④。受用尽绿窗⑤前饭饱茶余，拣择下粉墙内花阴日转。

[梁州]素罗衫垂彩袖低笼玉笋⑥，锦鞠袜⑦衬乌靴款蹴金莲。占官场立站下人争羡⑧。似月殿里飞来的素女⑨，甚天风吹落的神仙。拂花露榴裙茌苒，滚香尘绣带蹁跹。打着对合扇拐⑩全不斜偏，踢着对鸳鸯扣⑪且是轻便。对泛处使穿臁抹膝的揎搭⑫，搅俊处使拂袖沾衣的撇演⑬，妆翘处使回身出鬓的披肩⑭。猛然，笑喘，红尘两袖纤腰倦，越丰韵越娇软。罗帕香匀粉汗妍，拂落花钿。

[尾声]若道是成就了洞房中惜玉怜香愿，媒合了翠馆内清风皓月筵，六片儿香皮⑮做姻眷。荼蘼架边，蔷薇洞前，管教你到底团圆⑯不离了半步儿远。

【注释】

①蹴踘(cù jū)：古代的踢球游戏，有对抗性与表演性二种。这里属后者，以踢球的动作技巧为追求目标。

②脸衬霞："霞脸衬"的倒装。以下"钗横燕""眉敛翠""鬓堆蝉"俱同。

③毕罢：结束，抛下。

④齐云：宋代蹴踘组织"球社"名，后以之代称球社。天下圆：技高天下的球技。圆，蹴踘用球的别称。

⑤绿窗：闺阁的窗户。

⑥玉笋：女子纤手的美称。

⑦锦勒(yào)袜：长筒锦袜。勒，靴筒。金莲：女子的纤足。

⑧占：取得某一领域的名声。官场：三人蹴鞠的表演场地。站：球网。在表演性质的蹴鞠中，则指场地的中央(单人表演)或指定站位(多人表演)。

⑨素女：指月中仙女，参见姚燧《黑漆弩·吴子寿席上赋》注④。

⑩合扇拐：《蹴鞠图谱》："合扇拐：论从右过，侧脚先使左拐，后用右拐出寻论。"论，古代的一种气球。

⑪鸳鸯扣：《蹴鞠谱》作鸳鸯拐，即双脚同时触球而完成"拐"的动作。

⑫对泛：传球。臁(lián)：小腿侧部。捽搭：停球而不落地。

⑬揪(ruǎn)俊、撇演：义均不详，当亦蹴鞠术语。

⑭妆翘：一足立地，俯身后一足后踢。披肩，疑即"背肩"，以背部或肩部顶球。

⑮六片儿香皮：指球。蹴鞠用球为六片或八片熟牛皮缝制而成，如唐归仁绍《答日休皮字诗》："八片尖裁浪作球。"(八片，一本作"六片")

⑯到底团圆：蹴鞠有"团圆到底"的术语，指完成一组动作而不让球中途落地。

【鉴赏】

蹴鞠在古代是一种风流运动技艺，也为宋元时青楼女子所习学。关汉卿在套数《斗鹌鹑·女校尉》《斗鹌鹑·蹴踘》中，就赞美过两名女子"蹴踘场中，鸣珂巷里，南北驰名，寰中可意"的球技。其中出类拔萃者无异于今时的明星，难怪作者要情不自禁全力歌颂了。

[一枝花]曲是女主人公的登场亮相。作者用四句花团锦簇的语言，着力描写了她的外貌，塑造了一名"绝色婵娟"的美丽形象。这女子置歌舞饮宴、迎来送往的风月生涯于不顾，一心追求"齐云天下圆"，并取得了成功。"毕罢了""习学成"的一弃一取，显示了她的志向情趣及投身于蹴鞠活动的执着，自非寻常妓女可比。先之以美貌，继之以丽质，这就使读者对作者的推荐产生了认同与好感。在此情势下，利用饭饱茶余的闲暇安排好场地表演，就显得更加和谐、美好了。

[梁州]曲是全套的中心，具体描摹了"妓女蹴鞠"表演的细节。全曲仍是围绕

着两个重心开展,一是她外貌的出众,二是她球技的娴熟。这支曲中运用了大量蹴鞠术语,其意义在今人虽多已陌生,但却从这些眼花缭乱的蹴鞠动作中,仍使读者不难体会到她技艺的全面和精湛。表演从"合扇拐"开始,至"妆翘披肩"结束,印证了前曲"习学成齐云天下圆";而作者仍不忘表现她的佳人本色,又以传神的笔墨描绘了她表演完成后的慵态,所谓"越丰韵越娇软"。一张一弛,大开大阖,令人对这位蹴鞠女子留下了深刻而细腻的印象。

末曲是对女子蹴鞠的总结性的赞美,而赞美的方式别具一格,是直接向她表示了爱慕和结合的愿望。"六片儿香皮做姻眷","到底团圆不离了半步儿远",都结合着"蹴鞠"的影响,这就使表白的愿望合情合理,而毫无轻薄浮浪之意。"惜玉怜香愿"来源于女子的表演,这就进一步添足了"妓女蹴鞠"的美妙情味。香艳而不浮靡,这对于以"妓女"为主角的风情作品来说,是难能可贵的。

本曲是萨都剌传世的唯一散曲。萨都剌以"最长于情,流丽清婉"(《四库总目提要》语)称雄于元代文苑,其长篇歌行尤有"文心绣腑,秾丽华绮"之评。这首套数,缛句丽辞,正是其歌行笔法在散曲中的运用。文人以其所长施于制曲,是元代曲坛风格纷呈、百花齐放的一大原因。

邓学可 名熙,庐陵(今江西吉安)人。与张雨友善。《全元散曲》录存其套数一套。

正官·端正好 乐道

邓学可

撇罢了是和非,拂掉了争和斗,把心猿意马牢收。舞西
风两叶宽袍袖,看日月搬昏昼。

[滚绣球]千家饭足可周,百结衣不害羞。问甚么破设

设歇着皮肉,傲人间伯子公侯。闲遥遥唱些道情,醉醺醺打个稽首,抄化些剩汤残酒,咱这愚鼓筒子便是行头。今朝有酒今朝醉,明日无钱明日求,散诞无忧。

[倘秀才]积书与子孙未必尽收,积金与子孙未必尽守。我劝你莫与儿孙作马牛,恰云生山势巧,早霜降水痕收,怎熬他乌飞兔走。

[滚绣球]恰见元宵灯挑在手,又早清明至门插柳。正修禊传觞流曲,不觉击鼍鼓竞渡龙舟。恰才七月七,又早是九月九,咱能够几番价欢喜厮守,都在烦恼中过了春秋。你子见纷纷世事随缘过,都不顾急急光阴似水流,白了人头。

[倘秀才]有一等造园苑磨砖砌甃,盖亭馆雕梁画斗,费尽工夫得成就,今日是张家地,明日是李家楼,大刚来只是翻手合手。

[滚绣球]划荆棘凿做沼池,去蓬蒿广栽榆柳,四时间如开锦绣,主人公能得几遍价来往追游。亭台即渐摧,花木取次休,荆棘又还依旧,使行人嗟叹源流。往常间奇葩异卉千般秀,今日个野草闲花满地愁,叶落归秋。

[呆古朵]休言尧舜和桀纣,都不如郝孙谭马丘刘,他每是文中子门徒,亢仓子志友。休说为吏道的张平叔,做烟月的刘行首,若不是阐全真的王祖师,拿不着打轮的马半州。

[太平年]汉钟离原是个帅首,蓝采和本是个俳优,悬壶翁本不曾去沽油,铁拐李险烧了尸首。贺兰仙引定曹国舅,韩湘子会造逡巡酒,吕洞宾三醉岳阳楼,度了数千年的绿柳。

[随煞]休言功行何时就,谁道玄门不可投,人我场中枉驰骤,苦海波中早回首,说甚么四大神游,三岛十洲,这神仙隐迹埋名,敢只在目前走。

【鉴赏】

这是一组比较集中地宣扬虚无主义思想的套曲。在元曲中这类作品甚多,我们选析此曲,是因为它具有较大的代表性;对以逃避现实为最大特征的元代多数知识分子来说,它所反映的思想也具有一定程度的典型意义。

知识分子一般都是孱弱的,在元代残暴的高压政策的统治下,大多数知识分子的不满和愤恨尤甚,但其反抗的声音却相反地极其微弱(除了像关汉卿那样顽强的"铜豌豆")这一方面是因为他们畏慑于血与火的暴力,生怕招致杀身之祸;另一方面是老庄退让哲学和当时在北方占有重要地位的道教思想对他们思想的销蚀,使他们安于以虚无主义的歌吟宣泄其不满和愤恨,从而自我安慰地维系自身的心理平衡。

这支套曲总共由九支宫调相近的曲子组成,总的主旨是劝人安贫乐道,皈依空门。第一支曲在内容上具有涵盖全曲的总摄性:撇开是非,抛却争斗,把"心猿意马"的非分之想一概牢牢收起而静度时日。从语言艺术而言,"舞西风两叶宽袍袖,看日月搬昏昼"两句颇具特色,它把作为人生象征的两只"宽袍袖"独特地比作两片树叶,任其在时代的西风中飘舞摇曳,这既把那个时代的肃杀之气作了形象的概括,也把诗人自身的凋零命运做了具体写照,而日月"搬昏昼"中的这个"搬"也用得十分独特新颖,白昼与黄昏的交替盖由日月搬运所致,这在其他描写时间岁月更替的作品中是极为罕见的。

第二支曲[滚绣球]的主旨是对清贫生活的肯定,诗人认为讨"千家饭",穿"百结衣"的窘况并无什么可羞之处,裸露着皮肉的褴褛,亦可笑傲"伯子公侯"。这当然是因为诗人自信清贫者的人格和灵魂比那班锦衣玉食的富贵者们高尚、干净。"闲遥遥唱些道情,醉醺醺打个稽首"等语是一种落拓不羁的象征,诗人从这种放逸的生活中感到了"散诞无忧"的慰藉,其中包含着对人生某种豁达的认识。

第三支曲[倘秀才]乃是看破红尘的表述,这里我们看到了曹雪芹《红楼梦》好了歌的渊源。"积书""积金"与子孙后代，而其未必能够"尽收""尽守"似乎比"好了歌"中所慨叹的要具体切实得多。"恰云生山势巧，早霜降水痕收，怎熬他乌飞兔走"写得甚为含蓄而颇具哲理：山势之巧盖因云生缭绕所致，那不过是一种虚幻之景而已，待到"霜降水痕收"（原为苏轼词句）即云消雾散之际，乌飞兔走之时，"山势之巧"也便归于子虚乌有了。这毋宁是在表达一种深刻的哲理意蕴：人们的理想期望不过是一片云雾而已，当其缭绕之时，被笼罩的对象美妙无比，及至云消雾散，水落石出，才显露出其本来面目。诗句本身是寄托着作者一种虚无主义思想的，但透过其虚无云雾似乎也可窥见其合理的辩证的内核。

第四支曲[滚绣球]表现光阴荏苒，人生无常的瞬间意识："恰见元宵灯，又见清明柳""恰才七月七，又早是九月九"，诗人以一年中几个节日的匆促更替，形象地写出如白驹过隙的光阴飞逝，确实令人生发岁月催人老的惊悸和感喟。"修禊"指阴历三月三日人们到水边嬉游，以消除不祥。王羲之《兰亭集序》云："暮春之初，会于会稽山阴之兰亭，修禊事也。""传觞流曲"则指人们在河边嬉游时传杯饮酒之风俗。"击鼍鼓竞渡龙舟"，系指阴历五月五日端午节击鼓竞渡龙舟的活动。"咱能够几番价欢喜厮守"二句是诗人对生活中"不如意事常八九，随人意事无二三"的由衷的感叹，多少人都是在烦恼中度过了春秋，一代一代人都被岁月霜花染白了头，世事纷纷只能随缘而过，谁顾得上沉吟光阴似水奔流。诗人以极其质朴的语言写出了人生永恒的悲剧，当然也写出了那个时代的悲剧。

第五、六两曲铺写富贵荣华的倏忽短暂。画栋雕梁，锦池绣沼，不是迅疾易主，便是顷刻荒芜。这里我们又不禁联想到曹雪芹的《红楼梦》十二支曲，庶几也可找到其思想艺术的渊源。其中第六支曲写得特别细腻，从划荆凿池，去蓬栽柳；到四时锦绣，来往追游，直到亭台渐摧，荆棘依旧，简洁而又极有象征性地写出了人世沧桑、富贵荣枯的转化过程，特别是"往常间奇葩异卉千般秀，今日个野草闲花满地愁"二句更道尽人世盈亏圆缺互相转化的恒定哲理，开了"世间没有一个不散的筵席"的警世名言的先河。

第七、八、九三支曲是全曲主旨的落脚点，亦是其思想指向的归宿，诗人认为只有皈依空门、为仙为道方是解脱尘世烦恼的唯一出路。"休言尧舜和桀纣""休说为吏道的张平叔"，都是对儒家思想的否定；对汉钟离等八仙的歌吟都是对道家思想的赞美。末尾直接点出"谁道玄门不可投","神仙隐迹埋名,敢只在目前走",便是告诉人们神仙并非可望而不可即,他们或者就在你们眼前行走。这当然是一种渺茫的幻想的寄托,虚幻的空无的自我安慰。

薛昂夫 名超吾,回鹘(今新疆)人。汉姓马,亦称马昂夫,字九皋。初为江西行中书省令史。后入京,由秘书监郎官累官金典瑞院事、太平路总管。元统间为衢州路总管。晚年隐退,居杭县皋亭山一带。擅篆书,有诗名,与虞集、萨都剌相唱和。工散曲,现存小令六十五首,套数三套。多描写优游山川美景,诗酒遣兴的士大夫生活,抒发怀才不遇的感慨。意境开阔,风格豪迈。二十首咏史之作,借古喻今,反映了作者的政治见解和人生观。

正宫·塞鸿秋

薛昂夫

功名万里忙如燕,斯文一脉微如线,光阴寸隙流如电,风霜两鬓白如练。尽道便休官,林下何曾见?至今寂寞彭泽县。

【鉴赏】

薛昂夫作[塞鸿秋]共三首,皆怀古曲,此为第一首,无题,其他二首皆有题。从内容上看,这首小令发表了对自古官场重功名、轻斯文的感慨。

前四句,从正面描写为官者追求功名,如燕子逐食营巢,忙碌不堪;而对一脉相承的斯文却视若微线,看得很轻。光阴易逝,人生短暂,多少人为了功名白了两鬓!后三句从反面说明重斯文、轻功名者古来实在太少,"尽道便休官"以下两句,化用灵彻《东林寺酬韦丹刺史》诗句:"相逢尽道休官好,林下何曾见一人?"点明此意。结句推出东晋彭泽县令陶渊明辞官归隐寂寞东篱的史实予以证实。同代作家赵孟

颙推崇昂夫之曲"激越慷慨,流丽闲婉",本曲就是如此。开头四句,运用对仗排比的句式,富有气势;连用四个比喻,对照描写,形象生动,揭示官场的本质,流丽闲婉。后三句,巧用前人词句,推出典型人例,耐人寻思,隽永无比。

中吕·朝天曲

薛昂夫

丙吉,宰执,燮理阴阳气。有司不问尔相推,人命关天地。牛喘非时,何须留意?原来养得肥。早知,好吃,杀了供堂食。

【鉴赏】

薛昂夫[中吕·朝天曲]共二十二首,属咏史小令,多数是咏叹历史人物的。这是其中之第八首,讽刺汉宣帝丞相丙吉不问民苦问牛喘的腐败行为的。

《汉书·丙吉传》记载:丙吉一次外出,路见有人打群架,死伤者横道。他置若罔闻,不加过问。掾史感到奇怪,问丞相为何不过问此事。丙吉回答说:"老百姓殴斗杀伤,自有长安令、京兆尹去处理,宰相不亲小事,所以我不该问。"丙吉继续向前走,遇人赶牛,牛喘气吐舌。丙吉派骑吏问道:"牛走了几里了?"掾史感到丙吉处事不当。丙吉说道:"春天天气不热,牛却喘气,恐怕是中了暑。宰相的职责是调和阴阳气,所以就关心这件事。"掾史乃服,认为丙吉知大体。这就是人们常说的"丙吉问牛"的典故。

此曲就是根据上述事实所写的。

开头三句,讽刺丙吉所谓"燮理(调和)阴阳气"。接着五句,抨击丙吉不管人命关天的大事,不顾百姓的死活,却去过问那牛喘非时的小事,真是本末倒置。正如林昌彝《亭槛词》所讽刺的:"创伤父老江头喘,官不问民但问牛。"为什么丙吉要过问牛喘呢?原来是因为牛养得肥。末尾三句,揭露丙吉为何关心牛肥呢?是因为他已知牛肉好吃,可以供他美餐一顿。"早知",已知。"堂食",宰相在政事堂供食,叫堂食。

关于丙吉问牛之典的寓意,历来人们有各种不同的认识。《汉书》所写的掾史赞扬丙吉"知大体",但一般人们认为丙吉是不抓大事抓小事,是贬义。相反,也有人认为丙吉是关心民生疾苦的,是褒义。薛昂夫此曲与众不同,立意新颖,他对丙吉问牛的动机做出独特的解释。思想深刻。他抨击了身为宰相的丙吉不顾百姓的死活,却一心考虑个人吃喝享乐。曲词幽默滑稽,在笑声中予以辛辣的讽刺。一首小令,犹如刺向丙吉丑恶灵魂的投枪。

中吕·朝天曲

薛昂夫

董卓,巨饕,为恶天须报。一脐然出万民膏,谁把逃亡照?谋位藏金,贪心无道,谁知没下梢。好教,火烧,难买棺材料。

【鉴赏】

据范晔《后汉书·董卓列传》记载:"董卓,东汉临洮人。灵帝死,他带兵进京诛宦官,后又杀少帝与何太后,立献帝,进位为相国。他性格残暴,经常残杀大臣和百姓。袁绍等起兵反对他,而他挟献帝迁都长安,自为太师,筑郿坞,收敛了无数的金银珠宝,囤积了够用三十年的谷粮,并有篡位自立之意。后来,司徒王允用吕布杀死了他,把尸体扔到街上示众。时天气始热,卓尸肥大,油脂流于遍地。晚上,守尸官吏在他的肚脐中点灯,光明达曙,燃烧了好几天。后来袁绍部下又焚其尸,将骨灰扬弃于路。老百姓听说董卓被杀,歌舞于道。长安中士女卖其珠玉衣装,买酒肉相庆者,填街塞巷。董卓死后,从坞中发现藏金二三万斤,银八九万斤,锦绮绩縠纨素奇玩,积如丘山。"

此曲就是根据上述史实所写的。

开头三句,写董卓是一个贪官巨奸,作恶多端,不得好报。下面两句,写董卓榨取民脂民膏,把自己养得肥大无比,死后在肚脐上点灯,夜晚照亮了流离失所、四处逃亡的百姓。这里,用夸张的语言,对比的手法,揭露了董卓的罪行。接着三句,进一步揭露董卓谋位无道,贪心藏金,绝没有好下场。最后三句,咒骂董卓死后,被火焚烧,连棺材料也不好买了。

此曲充分发挥了散曲快语直言的特点,连珠炮似的尽情笑骂,诸如"巨饕""为恶天须报""贪心无道""没下梢""难买棺材料"等等,抒发了作者对董卓的痛恨之情,实际也是对一切贪财、残暴的权臣的严厉谴责。

中吕·朝天曲

薛昂夫

则天,改元,雌鸟长朝殿。昌宗出入二十年,怀义阴功
健。四海淫风,满朝窑变,《关雎》无此篇。弄权,妒贤,
却听梁公劝。

【鉴赏】

此曲揭露了武则天的荒淫无道,同时也称赞她近贤纳谏。

武则天,名武曌,唐高宗皇后。高宗死后,于公元684年临朝称制,改元"文明"
为"光宅"。于公元690年篡夺帝位,称圣神皇帝,改国号为周,改元"载初"为"天
授"。武后于705年卒,先后专权二十余年。

本曲头三句,就是写这样的历史事实的。这里不尊皇后为凤,却称雌鸟,肆意
辱骂,实乃大胆。"昌宗出入二十年",说武后专权二十年,荒淫无度,昌宗出入宫
中,就是重要的标志。据《旧唐书·列传二十八》记载:公元697年,太平公主荐张
易之之弟张昌宗入侍禁中。易之、昌宗兄弟"皆傅粉施朱,衣锦绣服,俱承辟阳之
宠。"公元705年,崔玄暐等起羽林兵诛易之、昌宗于迎仙院。昌宗作为武后的内侍
宠臣,出入宫中达八九年,成为武后二十年荒淫生活中的重要角色。"怀义阴功
健",怀义,指薛怀义。据《旧唐书·列传一百三十三》记载:"薛怀义,本姓冯,名小
宝,伟形神,有膂力,得幸于千金公主侍儿。公主荐之入见则天,因得恩遇。则天欲
隐其迹,立为太平公主薛绍之季父,改姓薛,名怀义。又令为道士,人呼薛师,出入
禁中。怀义出入乘厩马,中官侍从,诸武朝贵,匍匐礼谒。则天私宠怀义,怀义效力
于则天。"他伪造大云经,吹嘘则天是弥勒所生,令天下大修经殿,诵其经。大修明
堂,高三百尺,凡役数万人,则天拜为左威大将军,封梁国公。"阴功",即"阴德",
指帝王后宫之事。怀义一为武后私宠,出入禁中;二主后宫大事,更得武后信赖,所
以讲"阴功健"。"四海淫风,满朝窑变,关雎无此篇。"这三句承上两句而来,揭露

了武后淫乱所带来的影响。上梁不正下梁歪，武后所为，致使举国上下，淫风四起，满朝文武，腐化变质。"窑变"，原指窑中坯体涂上油浆，烧成之后，遂变成灿烂夺目的釉面。这里用以比喻文武百官，都学着张氏兄弟和薛怀义等人，生活腐化，穿戴打扮，个个都一变为五彩缤纷的釉面小丑，金玉其外，败絮其中。所以，武则天的这种德行，在《关雎》篇中是找不到的。《诗序》讲："关雎，后妃之德也。"朱熹云："周之文王，生有圣德，又得圣女姒氏以为之配，宫中之人，于其始至，见其有幽娴贞静之德，故作是诗。"武后淫乱，岂有《关雎》篇中所指之"幽闲贞静"之德。以上是对武则天淫乱生活的无情揭露和唾骂。最后三句，在揭露之余，对武后听信梁公的进谏，却委婉地表示惊赞。梁公，指武则天的大臣狄仁杰。狄仁杰死后，追封为梁国公，故人称梁公。武后弄权、妒贤，唯听仁杰疏谏，放权、举贤。据《旧唐书·列传三十九》记载：武后大造佛像，用工数百万，令天下僧尼每日人出一钱。仁杰疏谏，则天乃罢其役。李楷固作乱，有司判之死罪。仁杰见其骁勇，劝武后恕其死，委以专征。则天从之。后李果然征契丹有功，被武后封为大将军。仁杰荐其长子为官，武后赞曰："祁奚内举，果得其人。"

总之，全曲抓住了武则天一生的特点——生活上淫乱；政治上弄权，同时又能放权举贤。对此加以评说，是非曲直，实事求是；快人快语，毫无顾忌。

中吕·山坡羊　咏金叹世

薛昂夫

销金锅在，涌金门外，馉金船少欠西湖债。列金钗，捧金台，黄金难买青春再。范蠡也曾金铸来；金，安在哉？人，安在哉？

【鉴赏】

这首曲《乐府群玉》题作《咏金叹世》，其他钞本皆失题。全曲咏叹世人拜金的可怜。

头三句，咏叹金之被销、欠债。首句就字面讲亦可。言金贵，却被锅所销，金销而销金锅犹在。另亦指销金锅似的西湖犹在，而金却被销了。宋周密《武林旧事》讲西湖"日糜金钱，靡有纪极，故杭州谚有'销金锅儿'之号"。西湖宝俶山天然阁上有苏吴杜庠诗句：西湖"分明似镜凭谁铸，多少黄金向此销"，与销金锅同意。第二句"涌金门"，指杭州西城的一个城门，旧名丰豫门，又称小金门。宋赵彦卫《云麓漫钞》讲此处为古金牛出现之所，故名。涌金门外即西湖，杭州小曲云："涌金门外划船儿"。故址在今儿童公园处。"戗"，通"枪"，在器物上填嵌金银饰物。"戗金船"，指填嵌着赤金图案的花船。二三句讲，涌金门外的西子湖上，戗金船虽贵，但它负债累累，成年累月为还债而辛苦行驶。四五六句，写戗金船上的女游客头插金钗，手捧金台，富贵无比。但是，黄金可以买得富贵，却买不到青春年华的再现。最后三句，范蠡，春秋越国的大夫，辅佐越王勾践刻苦图强，卒灭吴国。后看出勾践为人只能共患难，不能共安乐，因去越人陶，经商十九年，治产三致千金。范蠡生为致富，三致千金；死为金铸，以求流芳百世。可是，范蠡本人连同他的金财，于今荡然无存，多么可悲。

此曲除结尾三句，句句含一"金"字，反复咏叹，突出金之贵；列举诸金，说明拜金者之广；又以金和锅，金船和西湖，金器和青春对比，咏叹世人拜金之可怜。

中吕·山坡羊

薛昂夫

大江东去，长安西去，为功名走遍天涯路。厌舟车，喜琴书，早星星鬓影瓜田暮，心待足时名便足。高，高处苦；低，低处苦。

【鉴赏】

这首曲《乐府群珠》题作《述怀》，其他本皆失题。全曲指出无论于什么事业，自有其苦与乐，人们应以自足为好。

首三句，说沿着长江东下，向着长安西去，东走西奔，走遍天涯海角，为了当官求功名。真是"功名万里忙如燕"。接着四句，说讨厌当官羁旅之苦，喜欢隐退弹琴读书，可鬓发皆白，从事耕种，苦乐皆有。"早"，已经。"星星鬓影"，言鬓发花白。"瓜田暮"，《史记·萧相国世家》写秦东陵侯邵平，在秦亡之后，隐居长安城东门种瓜，瓜美味甜，时人称之"东陵瓜"。本曲用此典，言年迈人隐居耕种，自有苦乐。所以，只要自己心里满足，干什么就喜欢什么；反之，心里不满足，干什么就不喜欢什么。

末尾这四句，分成两组，采用对比的方法，突出事物的两个方面，高有高的苦，低有低的苦。既呼应前文，做官有做官的苦，为民有为民的苦，又发人深思，耐人寻味，举一反三，触类旁通。

中吕·山坡羊 西湖杂咏（七首之六）

薛昂夫

筱 步

携壶堪醉，拖筇堪醉，何须画舫笙歌沸。绕苏堤，旋寻题，西施已领诗人意，回首有情风万里。湖，如镜里；山，如画里。

【鉴赏】

这首曲总题为《西湖杂咏》，小题，《太平乐府》"筱"字模糊；《乐府群珠》于此字空格。陈乃乾《元人小令集》补为"散"。《全元散曲》补为"筱"。

薛昂夫《西湖杂咏》共七首，与［双调·殿前欢］六首皆描绘了西湖四季风光，称赏西湖美好景物，成为他散曲的重要组成部分，形成其一大特色。

《筱步》，描绘了西湖的壮丽景色，表现了作者恬淡而豪放的情怀。

头三句，写作者独自提着酒壶，拖着筇竹做的拐杖，漫步于西子湖畔，别具一番

风味。连用二个"堪醉",言其独领西湖风骚,表现出恬淡的性格爱好。补一笔"何须画舫笙歌沸",更显示他与常人不同,不喜那豪华舒适的热闹环境。《太和正音谱》讲"马昂夫之词如秋兰独茂"(薛昂夫,回鹘人,汉姓马,故亦称马昂夫),以此来形容此曲中作者的个性,也是再恰当不过的了。接着四句,写诗人来到苏堤之上,准备寻题作诗,美丽的西湖已领略了诗人的意思,"回首有情风万里",为诗人备下了好题材。西施本来是春秋时越国的美女,苏轼有诗"欲把西湖比西子,淡妆浓抹总相宜",所以又可用西施称代西湖。作者这里把西湖拟人化,西湖与作者的感情融为一体了。用苏轼《八声甘州·寄参寥子》诗句"有情风万里卷潮来",写西湖长风万里,烟波浩渺,一片深情。末尾四句,连用两个比喻,极为概括地描绘了西湖风光特色,并与开头相呼应。

　　此曲写景,意境阔大,气象豪迈,表现了作者提壶拖筇恬淡的性格中又具有豪放的特点。

中吕·朝天曲

薛昂夫

沛公①,《大风》②,也得文章用③。却教猛士叹良弓,多
了游云梦④。驾驭英雄,能擒能纵⑤,无人出彀中⑥。后
宫,外宗⑦,险把炎刘并⑧。

【注释】

①沛公:刘邦于沛县(今属江苏)起兵抗秦,被众人立为沛公。

②《大风》:刘邦登基后于汉十二年(前195)还过沛县故乡,召故人父老置酒相
会,自作《大风歌》。

③“也得”句:儒士陆贾常在刘邦前称说《诗》《书》,刘邦骂他说:自己从马上得
天下,要诗书何用。陆贾答道:“居马上得之,宁可以马上治之乎?”

④“却教”二句:汉六年(前201),有人密告楚王韩信谋反。刘邦以游云梦为
名,会诸侯于陈,乘机逮捕了韩信。韩信叹道:“‘狡兔死,走狗烹,高鸟尽,良弓藏;
敌国破,谋臣亡。’天下已定,我固当烹。”

⑤能擒能纵:韩信曾言刘邦仅能带兵十万,而自己多多益善。刘邦笑曰:“多多
益善,何为为我禽(擒)。”韩信曰:“陛下不能将兵而善将将,此信之所以为陛下禽
也。”

⑥彀(gòu)中:箭所能射及的有效范围,后转指牢笼或圈套之中。

⑦“后宫”二句:后宫指刘邦的夫人吕后,外宗指吕后的侄子吕产、吕禄等人。
刘邦死后,吕后专权,吕产、吕禄皆入宫用事,朝中号令皆出于吕氏。

⑧炎刘:古人有“五德终始说”,以金、木、水、火、土之间的互生互克解释历朝兴
亡。刘邦自谓以火德建汉朝,故称炎刘。并:吞并。

【鉴赏】

汉高祖刘邦衣锦还乡,志得意满,酒酣击筑,唱出了“大风起兮云飞扬,威加海

内兮归故乡,安得猛士兮守四方"的《大风歌》,颇能得后世正统文人的赞誉。如明朝的王世贞,在《艺苑卮言》中就称扬道:"《大风》三言,气笼宇宙,张千古帝王赤帜。"但本曲作者却从"沛公,《大风》"着手,层层抨击,揭露了刘邦刚愎自用、虚伪残忮的本质。

"沛公,《大风》"四字本身就含有《春秋》笔法。刘邦从亭长起家,公元前209年自立为沛公,三年后受项羽封为汉王,又过了四年即皇帝位。如果仅凭"沛公"的身份,是没有资格吟唱出《大风歌》的,可见他的"威加海内",是一步步在政治斗争中发迹的结果。作者在点出《大风》后随即接上了"也得文章用",是针对歌中"威加海内""安得猛士",等语的黩武逞力倾向而发出的。刘邦在争江山的过程中"也得文章用",得天下后却但思"猛士"而不思谋士,这本身也显示了他的忘恩寡义。这是第一层抨击。第二层是直接就"安得猛士兮守四方"的歌词进行讽刺,以刘邦杀戮韩信作为例子,"飞鸟尽,良弓藏,狡兔死,走狗烹","猛士"在开国后一一遭到翦除,又思之何为!第三层抨击则是谴责刘邦杀戮功臣手法的卑劣,不是堂堂正正宣布罪行、明正典刑,而是大耍阴谋诡计,用"游云梦"之类的骗局进行突然袭击。"多了游云梦",既嘲弄了刘邦的煞费心机,也是对他"安得猛士"的虚伪表白做了一针见血的揭露。

以下三句欲抑故扬,先故意渲染刘邦权术手腕的高明,"无人出彀中",似乎天下尽入股掌,帝业固若金汤。却不意末三句笔锋一转,拈出吕后及吕氏家族祸起萧墙的历史事实,以"险把炎刘并"五字结束了全篇。这是对刘邦"驾驭英雄"的狡诈忮刻手段的鞭挞,更是对他在《大风歌》中"威加海内""守四方"趾高气扬的嘲讽。全曲借《大风歌》为靶子,揭露、谴责刘邦言行不一,这种手法在后代的文学作品中也常采用。如清代黄任的《彭城道中》即云:"天子依然归故乡,《大风》歌罢转苍凉。当时何不怜功狗,留取韩彭守四方?"与本曲可谓异曲同工。

双调·庆东原 西皋亭适兴①

薛昂夫

兴为催租败②,欢因送酒来③。酒酣时诗兴依然在。黄花又开,朱颜未衰,正好忘怀。管甚有监州,不可无螃蟹④。

【注释】

①西皋亭:皋亭山在浙江杭县东北,作者即居于西麓。

②"兴为"句:北宋诗人潘大临曾思得一佳句:"满城风雨近重阳。"忽催租人至,因而败兴不能卒篇。

③送酒:陶渊明曾于重阳节日无酒,出宅边菊丛中坐久,值江州刺史王弘差白衣人送酒至,即欣然就酌。

④"管甚"二句:宋代各州置通判,称为监州,每与知州争权。杭州人钱昆原任少卿,喜食蟹,在补官外郡时表示:"但得有螃蟹无通判处足矣。"事见欧阳修《归田录》。

【鉴赏】

起首二句,将古代两则著名典故巧妙地做成了对仗。这两则典故都是发生在重阳时分,可见"西皋亭适兴",正是属于重九节登高的举动。两句中前一句是衬,作者时任衢州路总管,未必生活中真有如潘大临那样"催租人至"的扫兴遭遇,这里的"兴为催租败",只不过是对俗务中其他不如意事的借称。"适兴"而先言兴"败",目的是突出"欢因送酒来",即刻画出作者好酒酣酒的狂态。第三句就晰示了这一点。尽管不如意事如催租般拂人情兴,但只要有酒大醉,借助其神奇的功力,结果"诗兴依然在"。这一起笔,便将诗人桀骜放旷的豪情和盘托出。作者的酒兴、诗兴,都是摒除人世干扰,"忘怀"的结果。忘怀的根据,作品中展示了两点,一是"黄花又开",二是"朱颜未衰"。前者代表了"西皋亭适兴"的佳令和美景,后者则是诗人壮志未消,意欲有所作为的内心世界的发露。小令至此,"适兴"的题目已经缴足,妙在结尾又添上了两句奇纵的豪语。这是欧阳修《归田录》所载宋人钱昆的一则典故,颇为疏狂放逸的文人所称道,如苏轼就有"欲向君王乞符竹,但忧无蟹有监州"的诗句。作者将钱昆有螃蟹、无监州的条件略作改动,"管甚有监州",说明就是有监州在旁也没有什么了不得,显示了蔑视官场桎梏的气概。而"螃蟹"也是重阳节令之物,马致远《夜行船·秋思》套数中"带霜分紫蟹,煮酒烧红叶,想人生有限杯,浑几个重阳节"就是一证。《世说新语》载东晋的狂士毕卓,曾有"右手持酒杯,左手持蟹螯,拍浮酒船中,便足了一生矣"的豪言。本曲中的"不可无螃蟹",正是"欢因送酒来"的重申和补充。末尾的这两句,同毕卓的豪言快语在精神气质上是毫无二致的。全做活用典故,一气呵成,其横放豪纵,深得散曲曲体的意理。

双调·庆东原 韩信

薛昂夫

已挂了齐王印,不撑开范蠡船。子房公身退何曾缠,不思保全,不防未然,划地据位专权。岂不闻自古太平时,不许将军见。

【鉴赏】

这首曲是咏叹汉大将军韩信的悲剧命运的。

班固《汉书·韩信传》载:韩信,淮阴人,少家贫,后被丞相萧何推荐,刘邦拜为大将军,为汉王开国之功臣。韩信伐齐,大败二十万援齐的楚军。灭齐,虏齐王。韩信请自立为假齐王,汉王不悦,骂曰:"吾困于此,旦暮望若来佐我,乃欲自立为王!"张良进谏曰:"不如因立善遇之,使自为守,不然,变生。"汉王允诺。此后,汉王"畏恶其能",终于在吕后的策划下,杀了韩信。本曲就是根据上述历史事实所写的。

开头两句,写韩信功成之后,自立为王,执掌了齐王印;不像范蠡那样,在功成名垂之后,乘一叶扁舟,隐退江湖。中间四句,写韩信不学张良。张良在功成之后,不接受刘邦的万户侯之封,而追随仙人赤松子出游。韩信不考虑保全自己,不防患于未然,无端地据王位专权一方。"划地",即"划的",副词,意为无端地,怎的。最后两句,慨叹韩信犯了历史性的大错误:怎么没有听说过,自古以来,在得天下之后,皇帝是见不得开国功臣的。

这首曲开头两句,运用对仗句,开门见山、形象生动地描写了韩信居功自傲的性格特点,在赞叹中含有讽刺。末尾两句,总结历史教训,富有哲理性,感情沉重,寓意深刻。

双调·殿前欢 夏

薛昂夫

柳扶疏,玻璃万顷浸冰壶,流莺声里笙歌度。士女相呼,有丹青画不如,迷归路,又撑入荷深处。知他是西湖恋我,我恋西湖。

【鉴赏】

此曲是描写夏季游西湖的情景的。第一句写柳。"扶疏"形容柳枝茂盛,在微风中轻轻飘荡。第二句写水。"玻璃",也作玻黎、玻瓈,天然水晶石一类,不是今天的玻璃。"冰壶",盛冰的玉壶,比喻水之洁清。这句是把西湖水比做万顷玻璃,比做玉壶之冰,晶莹可爱。第三句写莺声和歌声。以上三句,描绘了西湖之夏的秀丽景色。接着四句,写游人。士女相呼唤,美丽得胜过丹青图画。归船迷路,误入荷花深处。这四句突出游人之乐。以上七句,呼声、鸟声、歌声相谐和;水面荷花、岸边柳相映衬;玻璃万顷与迷归路相照应;情和景相融合,共同构成了一幅西湖夏游图。加上误入荷花深处,出现了一个误入桃源的美好境界。所以,最后结句,用回文顶针的句式,突出一个恋字,表现出作者对西湖的深切爱慕之情。

双调·殿前欢　冬（二首之二）

薛昂夫

浪淘淘,看渔翁举网趁春潮,林间又见樵夫闹。伐木声高,比功名客更劳,虽然道,他终是心中乐。知他是渔樵笑我,我笑渔樵。

【鉴赏】

此曲是咏赞渔樵生活的。头三句写西湖水面阔大,波浪滔滔,在冬去春来的时候,渔翁趁潮捕捞,樵夫伐木声高。一个"趁",一个"闹",反映渔樵生活的紧张和辛劳。接着四句,承上文而来,把渔樵与为官做对比,指出渔樵更辛劳。尽管如此,渔樵百姓内心里仍充满欢乐,反映他们自食其力、怡然自得的情怀。末尾两句,总结全文,并深化下去,写出官民之间的对立关系:官笑民下贱、粗鄙;民笑官,不劳而获,内心肮脏。

薛昂夫曾做过江西行中书省令史,典瑞院签院,三衢路达鲁花赤(蒙古语,意为首长官)。身为封建官僚,游览西湖时,在流连湖光山色的同时,能把生活的视线投诸于渔樵生活,且对劳动人民有如此的理解,乃至同情和羡慕,揭示了官民之间的对立关系,实在是难能可贵的。

全曲运用白描手法,描写了渔樵生活场面;运用朴素的语言,率直议论,真挚抒情,都显示出特色。

双调·楚天遥过清江引

薛昂夫

花开人正欢,花落春如醉。春醉有醒时,人老欢难会。

一江春水流,万点杨花坠。谁道是杨花,点点离人泪。

回首有情风万里,渺渺天无际。愁共海潮来,潮去愁难

退。更那堪晚来风又急!

【鉴赏】

　　这首带过曲作者化用了苏轼两首词的词意,[楚天遥]化用《水龙吟·次韵章质夫杨花词》;[清江引]化用《八声甘州·寄参寥子》。整首曲子虽然抒发离愁别恨之情,但又流露了青春易逝,人生易老的伤感。

　　"花开人正欢,花落春如醉。春醉有醒时,人老欢难会。"这四句既写大自然的春景,又寓人生的哲理。人们对于美好与幸福(花开)总是欢欣鼓舞的,而对于衰颓与没落(花落)总是感到惆怅、迷惘。"花落春如醉",用的是移情手法,把人的感觉转移到比较抽象的"春"上,"春如醉"亦即"人如醉"。一个人饮酒过度,就要酒精中毒,失去意志上的自我控制,这就是醉,那么人的醉,就意味着饮酒已到此为止了。春天是以花为标志的。所谓"春花秋月"。花开,表示春的繁盛兴旺,而花落意味着春的衰退消逝,春也到此为止。此句就是说:花儿谢了,春天也结束了。但是,作者立刻荡开一笔,给春一个延续,"春醉有醒时",花儿落了会再开,春天去了会再来,然而却并未给作者带来心灵上的生机,"人老欢难会"。大自然可以周而复始,

循环不息，而作为一个独体的人呢，却受到生理上的限制，衰老了，青壮年时的幸福和得意，一去不复返了。这开首四句，就为全曲定下伤感的基调，四句之中，"有醒时"关照"花开"，"人老"呼应"花落"，层次分明，错落有致。

"一江春水流"，是截取李煜词《虞美人》"恰似一江春水向东流"之句，但其着重处却在上句"问君能有几多愁"。此时此刻，主人公的情绪是愁思滔滔如春水，那是什么样的愁思呢？原来是离愁，暮春的点点杨花，都成了离人的点点眼泪。"万点杨花坠"下三句，是化用了苏轼词"似花还似非花，也无人惜从教坠"，"细看来，不是杨花，点点是离人泪"的句意。这样，把[楚天遥]连贯起来解释：在花开的时候，主人公与情人(或友人)正陶醉于幸福之中，可是在花落的时候，却别离了，花落春去，还有花开春来的时日，而人老了，青春的消逝却永远也不会回复。春天、青春、幸福的消逝，使主人公的悲愁像春水一样滔滔不绝。

[清江引]基本上化用了"有情风万里卷潮来，无情送潮归"的句意，但在意境上有所开拓。"回首有情风万里，渺渺天无际。"主人公把情人(或友人)送走后，还恋恋不舍，把他的"情"托付给风，寄向远方。"渺渺天无际"，比李白的"唯见长江天际流"更为遥远，因为长江流还有一个尽头，而这里却是"天无际"，已没有尽头了。

"愁共海潮来，潮去愁难退"，这里的潮，并不是由"有情风"从万里卷来的，因为这海潮带了愁来，这愁是离人之愁，是主人公的，也是对方的。把愁带来以后，海潮退了，愁却没有和海潮一起退去。苏轼的"潮"是受"风"支配，风有情时，把海潮从万里之遥卷来，潮退时风却变得无情了，送也不送。这里的海潮，有情时带了愁来，却无情地把愁留下，悄悄地溜走了。海潮留下了离愁，却又碰上"晚来风又急"的恶劣天气，怎么能使主人公受得了呢？"更那堪晚来风又急"，用李清照《声声慢》"怎敌他晚来风急"的现成句子，作者用在这里，除了表露主人公此时此刻的内心沸腾和伤感以外，还暗示读者，前一曲是写春天，这一曲已是秋季了。李清照的词是写秋季，"晚来风急"也正是秋风才如此。

此曲通篇在"愁"字上下功夫，所以无苏轼的旷达，而伤感则有余。

双调·楚天遥过清江引（二首）

薛昂夫

屈指数春来，弹指惊春去。蛛丝网落花，也要留春住。
几日喜春晴，几夜愁春雨。六曲小山屏，题满伤春句。
春若有情应解语，问着无凭据。江东日暮云，渭北春天
树，不知那答儿是春住处？
有意送春归，无计留春住。明年又着来，何似休归去。
桃花也解愁，点点飘红玉。目断楚天遥，不见春归路。
春若有情春更苦，暗里韶光度。夕阳山外山，春水渡傍
渡，不知那答儿是春住处？

【鉴赏】

这两首带过曲应为一组，同一主题，都是抒发惜春、伤春的感情，同一来源。都
是相承黄庭坚《清平乐》的，黄词如下：

春归何处，寂寞无行路。若有人知春去处，唤取归来同住。

春无踪迹谁知？除非问取黄鹂。百啭无人能解，因风飞过蔷薇。

继承不是因袭，作者在此曲中有不少创新和发展。

"屈指数春来，弹指惊春去"，扳着手指计算春天来到的日子，而春天的归去却
只有弹一弹手指的辰光。说明春天到的慢而去得快。

"蛛丝网落花，也要留春住"，一个无知的虫豸蜘蛛，尚且要把春光留住而用蛛
丝网住落花，那么，作为一个有理智有情感的人更应该要把大好春光挽留住了。这
两句的设想是比较新颖的。以蜘蛛留春，暗示春色之美好，反衬出人们更留恋春
光。

"几日喜春晴，几夜愁春雨"，在春季，晴天风和日丽，人们可以到郊外踏青，尽
情领略大好春光，所以碰上晴天就高兴。而春雨绵绵，特别是春夜之雨，往往给人

们增添忧伤的情绪，"三分春色二分愁，更一分风雨"就是这个道理，同时，遇到下雨天，只能闷困在屋里，辜负了无边春色，主人公当然要一见春雨就愁上加愁了。这两句遣词精到，以"日"配"晴"；以"夜"配"雨"，分工明确，当然，春季不可能白天不下雨，晚上没有晴天的，但白天的晴，能沐浴和煦的阳光，比夜晴自然更令人欢喜了，所以只有这样配搭，才能突出主人公对春到的欢迎，对春归的忧伤感情。

"六曲小山屏，题满伤春句"，在屏风上面写满了伤春的诗句，这种伤春，是伤春雨之埋没春光，是伤春去之匆匆，也是伤人生的青春易逝，这么多的忧伤，莫怪小屏风上要题满了。

"春若有情应解语，问着无凭据"，前一句是套用李贺"天若有情天亦老"之句，"解语"是承前"伤春句"而来的，主人公写了那么多的伤春诗句，如果春姑娘有情的话，应该是理解这些诗句的含意的。"问着无凭据"是"怨春不语，算只有殷勤，画檐蛛网，今日惹飞絮"，不！是"怨春不语，春归如过翼，一去无迹"。正是"一去无迹"，所以说"江东日暮云，渭北春天树"，"不知那答儿是春住处？"江东的晚霞，渭北的烟树，不知哪里是春的住处。春已消逝了。"春天树"之"春"，和"春住处"之"春"是两个含意，一实一虚。

第二首"有意送春归，无计留春住"，这两句应该是倒装，因为没有办法把春留住，所以只好无可奈何地装作有情去送春，其"有意"乃是虚情假意，"送春归"是迫不得已。主人公不是说："明年又着来，何似休归去"吗？明年还是要来的，不如现在不要回去，省些事儿。但是主观愿望挽回不了客观现实，春终于归去了。

"桃花也解愁，点点飘红玉"，春去了，连桃花也懂得忧伤，他那红玉般的花瓣，不是纷纷地飘落吗？那么人呢？其忧伤的程度更应超过桃花。这两句和前一首的"蛛丝网落花，也要留春住"有异曲同工之妙，而且"飘红玉"与"网落花"遥相呼应。

"目断楚天遥，不见春归路"，对着辽阔南天，一直望到地平线，也没有发现春姑娘归去的道路，那么春是如何归去的呢？"春若有情春更苦，暗里韶光度"，原来她是"暗里韶光度"，是偷偷地走了。看来春也不愿离开人间，被逼得非归去不可时，只能悄悄地走，春如有情，当然会感到更加痛苦。春到了哪儿去呢？是山那边，是水那边？不知她究竟住在哪一边！

正官·端正好 闺怨

薛昂夫

小庭幽,重门静,东风软膏雨初晴。猛听的卖花声过天街应,惊谢芙蓉兴。

[么篇]残红妆点青苔径,又一番春色飘零。游丝心绪柳花情,还似郎无定。

[倘秀才]南浦道送春行,多应是抛弃了欢娱,奔逐利名。千古恨短长亭,欲留恋难能。四眸相顾两心同,信佳人薄命。

[滚绣球]琤琤的掂折玉簪,扑咚的井坠银瓶,分开鸾镜。生来几曾理会害甚么相思病,怎捱这从此后冷清清的光景。别酒慵斟,离歌倦听。俺车儿去也,他上马登程。向晚归来愁闷增,闪的人来孤另。

[三错煞]金杯空冷落了樽前兴,锦瑟闲生疏了月下声。欲寄音书,空织回文锦字成。奈远水遥山隔万层,鱼雁也难凭。

[二错煞]料忧愁一日加了十等,想茶饭三停里减了二停。白日犹闲,怕到黄昏睡卧不宁。则我这泪点儿安排下半枯井,也滴不到天明。

[煞尾]团团黄篆焚金鼎,夜夜浓薰暖翠屏。偏今宵是怎生,乍别离不惯经。睡不安卧不宁,分外春寒被儿冷。

【鉴赏】

这是一首套曲,抒写了佳人送别情郎时的离愁别恨。

第一、二支曲,写送别之日晨起后的愁怨。首曲[端正好],描写庭院幽静,东风吹拂,雨过天晴,卖花人的叫卖声,忽然惊破了一对情人的梦境。[幺篇]写醒来后,见残红点点,径苔青青,游丝荡漾,春色飘零。情郎今天就要远离了,他犹如那游丝,飘忽不定;好比那柳花,好景不长。这两支为第一层,重在写景,运用侧面描写的手法,以景抒情,情景交融。第一支写小庭、重门、东风、膏雨、初晴,描绘出一幅美好的图景,以烘托并蒂芙蓉甜蜜的梦境。第二支写残红、青苔、游丝、柳花,描绘成一幅飘零的春色图景,以象征离人的愁闷。两支曲,两种景,两种气氛,表现从并蒂的梦境到分离的现实的突变。

第三、四支曲为第二层,写南浦道送别。[倘秀才]写南浦道送别情郎,长亭更短亭,千古遗恨。是蝇头微利、蜗角虚名,拆散了这对情人,真是佳人多薄命。[滚绣球]写情人的分手。头三句,用形象生动的比喻描绘了分手时的心情。按曲谱要求,头两句应为三三句式,现每句加了带象声词的四个衬字,加重描写。"琤玎的"即"琤玎珰",象声词,形容玉跌下的声音。"掂",跌落。这句说,玉簪落地,折成几段,比喻美好的爱情,顿时被拆散。"扑咚的",象声词,形容汲水桶掉入井里的声音。"银瓶",汲水器。这句说,情人分离,心扑通一跳,就像银瓶掉入井中。"分开鸾镜",比喻情人分离,如饰有鸾鸟的镜子被打破了。接着男女离去,抒发了离愁别恨。

第五、六、七支曲为第三层,写送别佳人后夜晚的愁闷。[三错煞]、[二错煞]写对别后凄苦生活的想象。从此,情人不能共桌畅饮,夫妻不能月下鼓瑟。思念情郎,想寄书信,可万水千山,鱼雁难传。茶饭减,忧愁增,每晚即使准备下泪珠儿半井,也不够滴到天明。[煞尾]最后一支,写现实夜晚的孤零。今宵睡不安,卧不宁,分外春寒被儿冷。第三层,曲子运用直接抒情的手法,描写佳人的心理活动,有今昔的对比,有未来的想象,思绪万千,愁苦异常。妙在运用夸张的修辞手法,比如"料忧愁一日加了十等,想茶饭三停里减了二停"。"则我这泪点安排下半枯井,也滴不到天明"。形象生动,增加了抒情效果。

吴弘道 字仁卿(一说名仁卿,字弘道),号克斋。蒲阴(今河北安国)人。官江西省检校掾史。所做杂剧今知有《楚大夫屈原投江》等五种,不存。曾著《金缕新声》《曲海丛珠》,今不传。《全元散曲》录存其小令三十四首,套数四套。

双调·拨不断 闲乐

吴弘道

暮云遮,雁行斜,渔人独钓寒江雪。万木天寒冻欲折,
一枝冷艳开清绝。竹篱茅舍。

【鉴赏】

读这首曲词,自然会想起唐代柳宗元的《江雪》一诗。诗曰:"千山鸟飞绝,万径人踪灭。孤舟蓑笠翁,独钓寒江雪"。此诗用客观事物的描写来反映一个孤高绝俗的境界,象征作者的卓尔不群、孤傲不屈的品格。

此曲则描写了一种"清绝"的境界,从而表达了作者的"闲"中之"乐"。

暮云遮住了天空,大雁斜掠而过,大雪仍在纷飞,而渔人还在独自垂钓。天寒地冻,树枝仿佛要被冻折,然而,一枝梅花却傍着竹篱茅舍,开得那么清绝。

吴曲与柳诗相比,别有会心。吴曲所写之景正是严寒时节的闲观之景,所表之情正是"竹篱茅舍"中人之情。柳诗纯粹从对客观世界的描绘中来暗示自己的孤高,带有禅学家"一片空灵"的意味,而吴弘道似乎不是柳宗元那样——一种内热外冷,胸中愤愤不平而借禅学以消遣时光的人物。他既没有遭受贬谪,也不追求功名,只需寻找闲中的乐趣。

古代诗人爱咏梅花。有的咏梅花的风姿,有的颂梅花的神韵。"梅"以其迎寒早开,被诗人看作是坚忍不拔的人格的象征。从南朝诗人鲍照的《梅花落》起,梅的这种人格象征意义便一再受到诗人的歌咏。吴曲中的一枝梅,有利构造了"清绝"之境。

南吕·金字经

吴弘道

今人不饮酒,古人安在哉! 有酒无花眼倦开。鼓吹台①,
玉人扶下阶。何妨碍,青春不再来②。

【注释】

①鼓吹台:奏乐的歌台。

②"青春"句:语本唐人林宽《少年行》:"白日莫闲过,青春不再来。"

【鉴赏】

"今人不饮酒"是假设句"古人安在哉"应当是这种条件下所导致产生的后果。如今这两句置在一起,在因果性上似乎互不相及。但这里就用得上《红楼梦》中香菱姑娘的感想:"诗的好处……有似乎无理的,想去竟是有理有情的。""古人安在哉"是不言而喻的事实,固然与"今人"饮不饮酒毫无相干,但今人谁也逃不脱"作古"的结局,早晚要加入"古人安在"的队伍之中,那么饮酒不饮酒,也即行乐不行乐,就大不一样了。"今人"在"饮酒"之时,联想起人生的迅疾、"古人"的"安在",从而激增买醉的信念与豪情,进而以之作为感慨冲口而出,这就不光是"有理有情",且使人觉得淋漓痛快、有声有色了。小令以此两句凭空挈入,确定了全曲放旷的基调。

"饮酒"的目的既然是为了对得起今生,自然要求尽善尽美。"花"就是臻于完美的一项必要条件。李商隐《春日寄怀》:"纵使有花兼有月,可堪无酒又无人。"宋陈尧佐《答张顺之》:"有花无酒头慵举,有酒无花眼倦开。"都说明了这条真理。作者迳用陈诗原句入曲,又加上了新的补充,即"鼓吹"与"玉人"。这正是良辰美景赏心乐事"四美并"的意思。不过,诗人并非全然兴高采烈、纵情狂欢。"何妨碍,青春不再来"是颇带豪情的壮语,却也有自我辩护的意味。从"妨碍"的疑虑与"青

春不再来"的实际威胁来看,诗人的心头仍是笼罩着忧虑的阴云的。

　　综上所述,可知这首小令写的是及时行乐的主题,而潜藏着借酒消愁、故作放达的台词。当然,作者全力以赴的是表现前者,而且在写作手法上十分成功。全曲将行乐的内容逐层展开,而又富于变化。我们看他先是理直气壮地呼酒,既而又顺理成章地带出赏花。至于歌舞及美人,则用酒醉扶归的景象侧面托出。这样一来,在展示种种行乐助兴的客观条件的同时,也巧妙地交代了从饮酒到酣醉的全过程。"何妨碍"等二句表明了作者乃有意为之,又符合醉人的声口,过渡衔接泯然无痕。作品以豪语一起一结,再加上中间走笔挥洒的无矫自如,显示出作者疏狂狂放的鲜明个性;而在豪言快语下掩藏的悲愁愤疾,也就更使读者掩卷深思。

赵善庆　一作赵孟庆。字文贤(一作文宝),饶州乐平(今属江西)人。《录鬼簿》说他"善卜术,任阴阳学正"。所做杂剧今知有《教女兵》《七德舞》《满庭芳》等八种,均不存。散曲存小令二十九首,多写景之作。

中吕·普天乐 秋江忆别

赵善庆

晚天长,秋水苍。山腰落日,雁背斜阳。璧月词①,朱唇唱。犹记当年兰舟上,洒西风泪湿罗裳。钗分凤凰,杯斚鹦鹉②,人拆鸳鸯。

【注释】

①璧月词:艳歌。南朝陈后主曾为张贵妃、孔贵嫔作歌,有"璧月夜夜满,琼树朝朝新"之句。

②鹦鹉:指用鹦鹉螺(一种海螺)螺壳制作的酒杯。

【鉴赏】

元人散曲写景,常使人想起自描山水的版画。古人的这种线画不外两种风格,一种是大肆铺排,罗列群物,以"象"争雄;一种是用笔寥寥,明洁洗练,以"神"取胜。本篇的写景显然属于后者。首四句两两对仗,仅点列天、水、山、日诸物,却将秋江黄昏的风神鲜明地呈示在读者面前。尤其是"山腰落日,雁背斜阳"对于晚日的加写,情景如绘,大有"烟中列岫青无数,雁背夕阳红欲暮"(周邦彦《玉楼春》)的韵味。江天寥廓,落日衔山,为人物开展思想活动,预设了富于抒情性的外部环境。

"璧月词,朱唇唱",是由"秋江"向"忆别"的过渡。这里既添出了江上的佳人,她唱的又是有关男女之情的艳歌,自然激起了作者对分别的女友的怀念和忆想。"犹记当年兰舟上,洒西风泪湿罗裳"就是首先跃上脑海、磨灭不去的镜头。这两句虽是昔日实情的记录,却同时也是在巧妙地化用李清照《一剪梅》的名句:"红藕香残玉簟秋,轻解罗裳,独上兰舟。"同样是在萧飒的秋天分手"独上兰舟",而曲中的女友却抑制不住感情而"泪湿罗裳",哀怨的情状就更为感人。作者随即用了一组鼎足对细绘了分别的情形:"钗分凤凰,杯斚鹦鹉,人拆鸳鸯。"俩人先是将凤钗一分为二各执一半为纪念，又斟满螺杯互相饯行话别，最后是无奈地接受了恩爱情侣天各一方的冷酷现实。"凤凰""鹦鹉""鸳鸯"俱是鸟名，在曲中却各自被赋予不同的含义，这是元散曲在对仗中常用的修辞手法。语词锻炼而不露形迹，相反，通过这些华美错综的辞采，更使人感受到作者怅惘的失落感。可以说，"秋江忆别"的伤意，不在于"泪湿罗裳"的直叙，而恰恰是从结尾的这种空灵骚雅中体现出来。

中吕·普天乐 江头秋行

赵善庆

稻粱肥，蒹葭秀。黄添篱落，绿淡汀洲。木叶空，山容瘦。沙鸟翻风知潮候，望烟江万顷沉秋。半竿落日，一声过雁，几处危楼。

【鉴赏】

赵善庆，生卒年不详，只知他是元代饶州乐平(今江西乐平市)人。其地傍乐安江，南临怀玉山，东接鄱阳湖，也是江南好地方。因为他善于卜筮，曾任阴阳学正的地方小官，以教授阴阳为业。著有杂剧八种，可惜都失传了，今存小令29首，多写田野风光、闲适情趣，也吊古伤今，叹人生无常。

这首小令，描三秋景色，情绪有抑有扬。秋天正是收获季节，稻粱已黄，果腹有望；芦苇正茂，收割了也好织席编帘，且可充烧柴。柴、米是七件大事的头两件，看来都有着落，不愁度日。但是远山林木，开始摇落，"秋风起兮白云飞，草木黄落兮雁南归"。春去秋来，毕竟物换斗转，岁月流逝，人生几何，不免又有几分淡淡的愁绪。

这样一种欣喜与闲愁夹杂在一起的心情，诗人并没有把它直白地点明，但是我们却可以从作品中体味得到。这说明作者写作手法的高超。

中吕·山坡羊 燕子

赵善庆

来时春社，去时秋社，年年来去搬寒热。语喃喃，忙劫劫，春风堂上寻王谢。巷陌乌衣夕照斜。兴，多见些；亡，都尽说。

【鉴赏】

诗人春日闲坐草堂，只见一年一度新来的紫燕飞进飞出，啄泥衔草，你鸣我应，补旧巢，孵幼雏，忙乎不已。时而东张西望，似乎觉得飞错了地方，怎么不见王、谢家人，而是些平头百姓。诗人寄兴，真有点不通常理。唐刘禹锡《乌衣巷》云："旧时王谢堂前燕，飞入寻常百姓家。"不管是王、谢之堂已为寻常百姓所居，还是王、谢之堂已成废墟，燕子只能到百姓家中去做巢，刘禹锡当时写来已是扑朔迷离，更何况元代离王、谢显赫之时，已历千载，这时的燕子岂能寻找王、谢？而诗人却硬说这燕子就是千年以前的那燕子，看惯了人间兴、亡。但读者决不会认为诗人荒唐，因为这拟人化了的燕子，只具象征意义。我们读了这首小令，只会受到咏叹兴亡无常的这种情绪的感染，而不会去追问它是否合乎常理。

双调·折桂令 西湖

赵善庆

问六桥何处堪夸？十里晴湖，二月韶华。浓淡峰峦，高低杨柳，远近桃花。临水临山寺塔，半村半郭人家。杯泛流霞，板撒红牙。紫陌游人，画舫娇娃。

【鉴赏】

西湖中明代以前苏堤上有映波、锁澜、望山、压堤、东浦、跨虹等六桥,为宋苏东坡主持所建,六桥烟柳为西湖中胜景之一。而所谓"红牙",是指唱曲时以调节节拍而用的拍板,一般以红檀木制成,因此名红牙。《吹剑续录》载:"东坡在玉堂日,有幕士善歌,因问:'我词比柳耆卿何如?'对曰:'柳郎中词只好十七八女孩儿按执红牙拍,歌杨柳岸晓风残月;学士词须关西大汉执铁绰板,唱大江东去。'"其中红牙拍就是这"红牙"。

写西湖的作品历来多有,这首小令则是一幅写生画。将西湖中及其四周山峦、寺塔、杨柳、桃花、画舫、游人、村落、人家,一一展现眼前。而且色彩亮丽,有红有绿、有浓有淡,这画面当然也包括坐在一旁、悠闲地欣赏这阳春二月、明媚风光的诗人,从而透露出诗人那种闲云野鹤似的心境和静眼旁观的人生态度。

双调·落梅风　江楼晚眺

赵善庆

枫枯叶,柳瘦丝,夕阳闲画阑十二。望晴空莹然如片纸,一行雁一行愁字。

【鉴赏】

长空中雁飞成字,在诗词中已常有表现,如吴融《新雁》"一字横来背晚晖"、苏轼《虚飘飘》"雁字一行书绛霄"、张炎《解连环·孤雁》"写不成书,只寄得相思一点"等等,但多是一笔带过。本曲将天空与雁行分开来铺写,秋雁的"一行愁字"就分外醒目;而这一切又是在枫枯柳瘦、夕阳空阑的铺垫下托出,悲秋伤寂之意也就格外惊心。前三句静止,映合"江楼",后两句活动,紧扣"晚眺":在章法上也颇为井然有序。作者写枫、柳、夕阳、画阑都不甚动声色,"晴空莹然"甚而有情怀释然之意,却在末句推点出"一行雁一行愁字"。产生抑扬变化的效果不算,登楼晚眺的思

乡之意，也在字面以外显示出来了。

　　稍后的散曲作家吴西逸，也有一首"落梅风"："萦心事，惹恨词，更那堪动人秋思。画楼边几声新雁儿，不传书摆成个愁字。"末两句也颇为奇警。但雁行列队飞行，排成的不是"一"字就是"人"字，摆不成"愁"的复杂字样来；而"愁"字若做定语解释，则"一行雁一行愁字"要比"不传书摆成个愁字"更说得通。所以吴作极可能是受了本曲的影响；至少在读吴作之前，先应当读读这一篇。

双调·水仙子 渡瓜洲①

赵善庆

渚莲花脱锦衣收，风蓼②青雕红穗秋，堤柳绿减长条瘦。
系行人来去愁，别离情今古悠悠。南徐③城下，西津渡④

图文珍藏版

口,北固⑤山头。

【注释】

①瓜洲:在江苏邗江区南之运河入长江处,与镇江隔岸相对,为著名的古渡口。

②蓼(liǎo):植物名,生水边,开鞭穗状小花。

③南徐:今江苏镇江市丹徒区。

④西津渡:一名金陵渡,在镇江城西蒜山下的长江边。

⑤北固:山名,在镇江市内长江岸上,为著名的古要塞与名胜地。

【鉴赏】

长江素称天堑,横渡绝无今日交通之便捷。所以古人渡江之时,无不心潮澎湃,产生各种各样不可名状的愁情。作者此时是从北岸的瓜洲渡往对岸,自然也不例外。

不过,本篇同同类作品渡江伊始即心绪联翩的通常作法不同,它选择表现的区段是"近岸"与"上岸"的部分。起首三句鼎足对,分写了洲渚、江滩、堤岸,虽也是由远及近,却已是渡行的结束,且所着笔描绘的,是举目所见的由植物所呈现的萧瑟秋景。这就使本曲有别于以表现大江江面为主的渡江之作,不以雄奇险豪为的,而更多了一种冷落衰凉的旅愁情味。

"堤柳绿减长条瘦",是"渚莲""风蓼"萧索风景的延伸,也是此时距诗人最近的感受对象。作者遂以此为过渡,生发出离情别意的感慨。"今古悠悠"是从时间着笔,而继后的三处镇江地名则从空间入手,两相综合,便将别离之恨从秋景的细部拓展弥漫开来,有一种触目皆愁、挥之不去的意味。行程已经结束,而"别离情"却紧萦心头,这就写出了"渡瓜洲"的心绪。可见起首三句的景语,虽然局面不大,却有赋中见兴的效果。赵善庆所作散曲多为写景小令,而其笔下景语多近寒瘦,有孟郊、贾岛的风格。这在元散曲中虽不多见,却也别具一种特色。

越调·寨儿令 泊潭州①

赵善庆

忆旧游,叹迟留,情似汉江②不断头。暮霭西收,楚水东流,烟草替人愁。鹭分沙接岸沧洲③,鱼惊饵晒网轻舟。风闲沽酒旆,月淡挂帘钩。秋,尽在雁边楼。

【注释】

①潭州:今湖南长沙市。

②汉江:汉长与长江。

③沧洲:水中的小块陆地。

【鉴赏】

"忆旧游,叹迟留"一忆一叹,写出了客愁的内容,这正是这首《泊潭州》的中心思想。作者掩饰不住这种客愁的浓重,以"汉江"作比,指出它"不断头"。但"汉江"尚能浩浩荡荡,一泻无余,而诗人却不能快吐郁塞,这是因为旧游不再、迟留无已的严酷现实所决定的。这种欲言又止、无语怆神的风调,增重了曲中含蕴的愁苦,也加强了作品的艺术感染力。

"烟草替人愁",是脱胎于黄庭坚的"我自只如常日醉,满川风月替人愁"(《夜发分宁寄杜涧叟》)。但黄诗中未见人有愁意,"满川风月"也带不上几多愁容。曲中则不然,"暮霭西收,楚水东流","烟草"便更增添了苍茫悲凉的情味。且烟草本身就茫茫无际,以之作为代愁的载体,正说明了诗人愁绪的纷繁。

"鹭分沙"两句为潭州的江景,暗映题中的"泊"字。与岸相接的大片沙洲上,布满鹭鸟,从"分沙"两字来看,鹭鸟均已憩息,各据一方地面;渔舟晒网,可知也停止了一天的劳作,垂下香饵钓鱼,不过是业余再添点副业收入而已。这两句看似平静的闲笔,实是以外界的各得顺适来反衬客舟的飘零与寂寞。

耐不住客况的凄凉,诗人离舟登岸,径直上了酒楼。"风闲"是对"沽酒旆"而言,但也暗示了酒楼的冷落。"月淡挂帘钩",又说明他在楼中独坐了许久。借酒消愁,是否如愿以偿,末两句从侧面做了回答。"秋,尽在雁边楼",是叙景,是感受,甚而可说是从心底道出的一声呐喊。"一雁度南楼"(赵嘏《寒塘》),"何处高楼雁一声"(晏殊《采桑子》),"雁边楼"从来就容易惹起文人的愁思;而大雁又有传书的功能,所谓"云中谁寄锦书来?雁字回时,月满西楼"。此时雁字飞过潭州,却不会给诗人带来乡中的只言片字,徒然引起了他无限的家园之念。这种种愁绪,便汇作曲中的一个"秋"字,"尽在雁边楼",则愁意在此处达到高潮。作者在另一首《庆东原·泊罗阳驿》中,有"秋心凤阙,秋愁雁堞,秋梦蝴蝶。十载故乡心,一夜邮亭月"之句,可见他"万里悲秋长作客"的处境和"秋愁",在本曲又一次得到淋漓的表现。

全曲以写景为主,尤其善于表现一种孤凄落寞的氛围。作者处处在抵御和掩抑客愁,他笔下的景物却不时显示出感情的真面。

商调·梧叶儿 隐居

赵善庆

绝荣辱,无是非,忘世亦忘机。藏鸳渚,浮雁溪,钓鱼矶,稳当似麒麟画里。

【鉴赏】

历来有不少隐者,善于卜筮,如汉代司马季主,就是其中著名人物。诗人善于卜,大概也是这一类的隐士罢。

《史记·日者列传》载,当宋忠和贾谊认为司马季主操卜筮之业,是"居卑行污"的时候,他当即进行了驳斥,其大意说:今所谓贤者、贵者,其所作所为,令人羞惭。他们相互勾结,谋求私利,歪曲法令,侵夺百姓,犯法害民。表明自己不想要这种高贵,不能去同流合污,"骐骥不能与罢驴为驷,而凤凰不与燕雀为群,而贤者亦不与不肖者同列。故君子处卑隐以避众,自匿以避伦"(所谓"伦",指上下尊卑的伦理)说明了彼此是非的不同。更何况元代政治秩序紊乱,当时便有人指出"衙门纷杂,事不归一,十羊九牧,莫之适从,""遂至于强凌弱、众暴寡、贵抑贱,无法之弊,莫此为甚"。就是在人们习以为常的"是非"之中,尚无是非可言。诗人看透了这一切,因此"无是非,忘世亦忘机"弃绝人世而与鸳、雁为侣,干干净净,清清白白,无疑是最恰当的选择了。

汉宣帝时,将功臣霍光等十一人的像图画于麒麟阁上,但是他们的宠辱决定于他人,何如稳坐于钓矶之上,把命运掌握在自己的手中呢?

国学经典文库

元曲鉴赏

·元曲·

图文珍藏版

马谦斋 生平事迹不详。其[柳营曲]《太平即事》自谓:"辞却公衙,别了京华,甘分老农家。"或曾任官,终归隐。现存小令十七首。

双调·沉醉东风 自悟

马谦斋

瓷瓯内潋滟莫掩①,瓦盆中渐浅重添。线鸡②肥,新篘③酽,不须典琴留剑。二顷桑麻足养廉,归去来长安路险。

取富贵青蝇竞血,进功名白蚁争穴。虎狼丛甚日休?

是非海何日彻？人我场慢争优劣。免使旁人做话说，

咫尺韶华去也。

国学经典文库

元曲鉴赏

·元曲·

图文珍藏版

532

【注释】

①瓷瓯：酒杯。潋滟：形容酒光流溢。

②线鸡：阉鸡。

③新筅：新酿的酒。筅为漉酒的器具。

【鉴赏】

从"自悟"的题名及两首曲子的内容便知它是作者对官场往昔种种经历的反思，对今日田园融融乐趣的赞叹。它从正反两个方面酣畅淋漓地表现了作者"觉今是而昨非"时的顿悟情怀。

酒香菜美，又是取自家中，无须"典琴留剑"。倘有客人至时，因为"二顷桑麻足养廉"，自然可以"瓷瓯内潋滟莫掩，瓦盆中渐浅重添"，彼此喝个痛快。倘嫌寂寞，还可似杜甫所言，"肯与邻翁相对饮，隔篱呼取尽余杯"。如此一番，好不痛快！看着这样一幅于乡间田舍中两三好友共聚言欢，随意闲谈千古事的场景，读者自会想起孟浩然的"绿树村边合，青山郭外斜。开轩面场圃，把酒话桑麻"，也不禁会想起关汉卿乐陶陶的叙说："旧酒投，新醅泼，老瓦盆边笑呵呵。共山僧野叟闲吟和"。所有这些，无不散发出一股浓郁的乡土气息和欢快闲适的人生情致。

然而，曲尾作者似是无意却仍是有心地叹道："归去来长安路险。""长安路"指仕途之路。仕途的艰辛，宦海的是非丑恶让他终于产生了归去的念头。如今已是终日闲适，但回忆往昔，仍不免感慨万千，由此便有了第二首曲子。

前首曲子是对今日田园生活美好的颂歌，后者则着力于鞭挞官场的丑态。

曲中将谋取富贵比作"青蝇竞血"，进功名喻为"白蚁争穴"，讽刺得一针见血，也可见出作者于觉悟后已不再对官场名利有所留恋，官场在他的眼中只不过是尔虞我诈、无日能休的"虎狼丛""是非海"。与此相似，马致远也不无厌恶地写道："看密匝匝蚁排兵，乱纷纷蜂酿蜜，急攘攘蝇争血。""鸡鸣时万事无休歇，何年是彻？"正是抱着这样的质问，他们才决意洁身自好，归隐田园，宦海沉浮到头来不过

任渔樵随意评说罢了。正所谓"千古是非心，一夕渔樵话"。咫尺韶华，想人生有限，于是他们的注意力转向了更亲切自然的另一面，"爱秋来时哪些？和露摘黄花，带霜分紫蟹，煮酒烧红叶。"

终于，马谦斋还是回到了田园。田园派师祖陶渊明也曾叹道："田园将芜矣，胡不归！"他们心目中的田园，也许是这般的意象："暧暧远人村，依依墟里烟。狗吠深巷中，鸡鸣桑树颠。"多么的静穆平和而又悠邈虚淡！这也许只是他们的理想情致吧。但对于生活在熙熙攘攘竞争激烈的现世的人们而言，难道不也可以效仿前人，在平淡心境中觅得一方悠悠的田园吗？

双调·水仙子 咏竹

马谦斋

贞姿不受雪霜侵，直节亭亭易见心，渭川风雨清吟枕，
花开时有凤寻，文湖州是个知音。春日临风醉，秋宵
对月吟，舞闲阶碎影筛金。

【鉴赏】

大凡诗人咏物，多寄寓着自己的喜好与情感。此曲咏竹，宛如一个饱含激情的画家，画出了他眼中的亭亭修竹。

竹为岁寒三友(松、梅、竹)之一，多以坚贞见称。作者赞叹的不是其颜色鲜明，而是着意于苍翠竹色的永不改变。竹最可贵之处在于"不受雪霜侵"，"直节亭亭易见心"。这包含了竹的两个最主要的特性：正直与虚心。有联云："未出土时便有节，及凌云处尚虚心。"

竹自身既有如此气节，与其关联的环境与人物自也不会低俗。"渭川"即渭水。渭水流域汉唐时盛产竹子。《汉书·货殖传》载："齐鲁千亩桑，渭川千亩竹。""清吟"喻指风雨中竹林摇曳声。传说凤凰喜欢竹子。"文湖州"即文同，于北宋神宗元丰年间守湖州，善画竹，故此称为竹的知音。由于竹之正直坚贞，因而为众多文

人雅士所钟爱。他们和竹一样追求正直高拔的品格。

竹不仅因正直而为人爱，每当春日临风摇曳或秋夜月影疏横时，它轻柔的舞姿也姣美异常。身临其境，叫人怎不由衷赞赏？

竹就这样在一代代文人清静的心中翠绿依旧，似乎二者已经融为一体了。它的美既是竹贞姿直节的自然美，又是爱竹人坚贞不变、正直爽朗的人格美。

越调·柳营曲 叹世

马谦斋

手自搓，剑频磨，古来丈夫天下多。青镜摩挲，白首蹉跎，失志困衡窝①。有声名谁识廉颇②，广才学不用萧何③。忙忙的逃海滨，急急的隐山阿④。今日个，平地起风波。

【注释】

①衡窝：简陋的栖身之所。衡，衡门，即横木为门。

②廉颇：战国时赵国名将，有破齐却秦之功。老来居魏国，赵王本欲起用，终因信谗言而不召。

③萧何：汉朝开国名臣，在知人、度势、保障兵饷、制定律法方面均有建树。刘邦天下既定、论功以萧何为第一。

④山阿：山曲隅处。

【鉴赏】

摩拳擦掌，跃跃欲试，磨砺青锋，志在一逞，曲文的起首两句，塑造了诗人早年壮志满怀、意气风发的昂扬形象。再加上"古来丈夫天下多"，自许男儿、不甘人后的气概更是呼之欲出。然而紧接着的三句现实情状，却是一落千丈，"勋业频看镜"，"白发千茎雪"，这两句杜诗恰可作为此情此景的传神写照。这种大起大落，便带出了全曲的怨意；而前时的"古来丈夫天下多"，也就为将一己的哀伤扩展到"叹世"的主题做了铺垫。

七八两句，慨叹入仕的艰难，为"失志困衡窝"的起由作了注脚。廉颇是七国争雄时代赵国的名将，《史记》载他"伐齐，大破之，取晋阳，拜为上卿，以勇力闻于诸侯"。晚年获罪奔魏，时赵王数困于秦兵，想重新起召，廉颇也壮心不已，在赵王使者前"一饭斗米、肉十斤，被甲上马，以示尚可用"。却不料因使者"一饭三遗矢"的谗言，终遭摒弃。萧何则以广有才学者称于史，为汉朝开国第一功臣。"有声名谁识廉颇，广才学不用萧何"，这正是贤愚不分、英雄失路的不合理情状的典型概括。历史上有过廉颇蹉跎的故事，而萧何亦曾一度下狱，作者的这一笔，便将元代埋没和摧残英才的现实揭示了出来。

作品并未停留在怀才不遇的感慨上，又进一步触及了元代仕途的险恶，"廉颇""萧何"们"白首蹉跎"不算，还要逃海滨、隐山阿，而且是"忙忙"兼"急急"，逃隐唯恐不及。为什么呢？原来是"今日个，平地起风波"，灾祸大难随时都会临头。这就暴露出官场倾轧、伴君如伴虎等等的政治黑暗。这三句从入仕的艰难直接跳入入仕的危机，在某种意义上说是作者的自嘲自解，但更多的是表现了进退失路的绝望。这样，作品的"叹世"的内涵就更为深刻，成为元代汉族知识分子找不到政治出路的共同悲慨。

作品夹叙夹议，大开大阖，愤懑之情跃然纸上。"不平则鸣"，较之诗词的体裁，散曲中的牢骚之鸣更为直率、淋漓，这是尤合元代文人胃口的。

秦简夫 大都(今北京)人。生平事迹不详,仅知先在大都有文名,后移居杭州。所做杂剧今知有五种。现存《东堂老》《赵礼让肥》《剪发待宾》三种,大多描写忠孝节义,风格淳朴自然。

宜秋山赵礼让肥 第三折

秦简夫

[凭阑人]由你将我身躯七事子开,由你将我心肝一件件摘。我道来,我道来,除死呵,无大灾。

【鉴赏】

西汉末年,天下饥荒。赵礼一家逃难到宜秋山下,赵孝赵礼弟兄讨饭养母,生活十分困难。有一天,赵礼上山挖野菜被虎头寨主马武捉住,将要被剐了吃掉,他向马武恳求回家与母亲告别后回山寨受死,马武应允了。他回家与母亲诀别,即返山寨。其兄赵孝得知此事,与母亲赶上山来,这时马武正要杀食赵礼,其兄赵孝说弟弟瘦弱,愿以身替,代弟而死,赵母也愿代二子而死,三人都说自己"肥",争求受死,从而请免其他二人。骨肉之情,感动了马武,他不仅没有杀赵氏兄弟,反而赠以粮米衣物。后来,东汉中兴,马武因辅佐汉光武登基有功,为兵马大元帅,并向光武帝推荐赵氏兄弟,赵家三人赴朝一家受封荣耀。

赵礼上山就死时,向马武说道:由你把我的身躯卸成七块,由你把我的心肝一件一件摘下来。我说来就来了,除了一死,也没什么大灾难。赵礼之所以能视死如归,是一个"信"字支撑着他。"孝悌"是贯串全剧始终的主旋律,伴随这一旋律的则是母慈、兄友的和声,全剧是一曲伦理道德的交响乐,显示出道德信念的力量。

陆登善 字仲良。祖籍扬州,随父定居杭州。《录鬼簿》说他"能词,能讴。有乐府,隐语"。与钟嗣成相友善,曾协助钟撰《录鬼簿》。所做杂剧今知有两种,现存《勘头巾》一种。散曲存套数一套。

河南府张鼎勘头巾 第二折

陆登善

[梁州第七] 我从来甘剥剥与民无私,谁敢道另巍巍节外生枝。我向吓魂台把文案偷窥视。见一人高声叫屈,我这里低首寻思,多应被拷打无地,全没那半点儿心慈!想危亡顷刻参差,端的是垂命悬丝。正厅上坐着个侜懒懒问事官人,阶直下排两行恶哏哏行刑汉子,书案边立着个响珰珰责状曹司。为什事咬牙切齿,谑的犯罪人面色如金纸。见相公判个"斩"字,慌向前来取台旨,便待要血泊内横尸。

【鉴赏】

　　贫民王小二乞讨于富户刘员外,发生争执,一时愤恨说要杀刘员外,刘妻逼他立下文书,保证刘员外百日平安。刘妻指使与其私通的道士王知观害死刘员外,嫁祸于王小二。赵令史受贿后将王小二屈打成招,胡言乱语,王知观窃听到王小二供词后,偷偷将头巾、银环压在刘家井边石板下。官差取回后,王小二判罪当斩,施刑前,孔目张鼎听到王小二喊冤,便向府尹请求重勘此案,并以头巾、银环无土迹之痕,明此案有诈,府尹限张鼎三日内破案。张鼎设计诈刘妻说出真情。于是奸夫淫妇被判处决,王小二昭雪获释,张鼎加封为县令。

孔目张鼎,史有其人,被誉为元代的包公。正如他所唱道:具有"与民无私"的胸怀,毫无"节外生枝"的行为,满怀仁义,一身正气。封建的法庭,在他的眼里只能是"吓魂台",受审的百姓常常是"高声叫屈",其原因"多应被拷打无地",其结果是无辜小民"危亡顷刻""垂命悬丝"。那些官人们,在他的眼里,问事官人只是威严刚愎,行刑汉子只是凶狠恶毒,责状书吏只是口气横蛮,这样的官人和法庭,只会吓得小民"面色如金纸",只会让小民"咬牙切齿",只会使小民"血泊内横尸"。

作为正直无私的孔目张鼎,自然会请求此案重审。他身上寄托着百姓的愿望和要求,故而元杂剧中多次描写了清官张鼎,除《河南府张鼎勘头巾》外,还有《张孔目智勘魔合罗》《张孔目风雨还牢末》。同时还有一些散曲也唱到张鼎。如"休说为吏道的张平叔","赛张鼎千般智星"等。可见,张鼎在元代是家喻户晓、万口称颂的著名人物。

南吕·一枝花

陆登善

悔　悟

春风柳吐金,夏日荷铺锦,秋蟾辉碧汉,冬雪老遥岑。四季光阴,终日寻芳饮,奇花选拣簪。曾共知音,受用了些云屏月枕。

[梁州]也曾腿厮压齐声儿和曲,头厮顶难字儿闲吟。番思年少如春梦。传书寄简,剪发拈沉,盟山誓海,解珮移簪。也曾待佳期到夜半更深,度良宵翠被鸳衾。如今腆着脸百事儿妆憨,低着头凡事儿撒吞,睁着眼所事推

病。聪明,待怎,蓝桥一任洪波浸,但饱暖且则恁。始觉
从前枉用心,再不追寻。

[尾]眼花卧柳性全禁,惜玉怜香心再不侵。假若普救
寺丽春园待则甚?自今!自今!把这俏倬家风脱与您。

【鉴赏】

这是一部套数,题目是《悔悟》,写的内容就是对往日"眠花卧柳""惜玉怜香"
的荒唐生活的悔悟。随着城市经济的发展,加之元代统治者的残暴,一些潦倒青
年,失意文人趋向消极,买醉访妓,纵情声色,生活放荡,这些内容在元曲中多有反
映。本曲描写对这种浪费光阴的酒色之徒的生活的觉醒,表示"自今"以后"再不
追寻",要摆脱这种风气,内容较积极,有可取之处。

这部套数的内容大致可分为二部分,以"如今"二字为界,前一部分写昔日的荒
唐,后一部分写今日的悔悟。

第一支曲写昔日的荒唐。开头四句写一年四季的美景:春风吹拂着刚吐金黄
色芽儿的柳枝,夏日照着铺满荷叶的如锦似的水面,秋月辉映着天河,冬雪堆满着
远山的高峰。"柳吐金"写出春天柳芽的色彩和鲜嫩。"荷铺锦"写出夏日照耀下
的水面的美丽,如有文采的丝织品,鲜丽柔和。"蟾"即蟾蜍,相传月中有蟾蜍,故借
蟾为月;"碧汉"即天河,银河。"老",此处是描绘积雪,久不融化故用"老"来形容。
开头四句抓住四季景色的特点,以此来写悔悟者往日留意追寻的就是这些景色。
所以接着说:四季的光阴,每日都在寻花饮酒,与女人在一起作乐。"芳",花。"奇
花选拣簪"是选拣奇花簪。簪是妇女头上戴的。下一句就写对女人怎样地深引为
知音,受用了些天堂上的欢爱。"曾",犹言"怎"。"共",极也,深也。

第二支曲接着第一支曲,继续写昔日的荒唐行为,后半支曲从"如今"开始写今
日的醒悟。曲开头用一"也"字承前支曲的内容:也怎样地腿儿相压着齐声儿唱和
曲子,头相顶着闲吟难字儿。"厮",相也。这二句是上曲的"云屏月枕"的荒唐生
活的具体描绘。所以下面接一句:"番(再,回)思年少如春梦。"接着写:传寄书信,
赠送信物,发誓言,表情谊。"书""简",都是指书信。"剪发",剪下头发送人表示
私情。"拈沉",杜甫《秋日夔府咏怀》有"烹鲤问沉绵"。"沉"即"沉绵",从鱼肚里

拈出传情的绵书。相传古代把信写在绵上塞在鱼肚里来传递情意。"解珮移簪"，解下随身佩带的饰物送给情人。"移簪"一作"遗簪"，赠送发簪，也是表示情意。"传书寄简"以下四句，组成排比，是第一支曲的"曾共知音"的具体展开，一相遇就难解难分，指天画地，私情相赠。曲子再用"也"字继续展开这种私情的荒唐：也怎样地打算在半夜三更里等待美好约期的到来，共睡在华美的被窝里欢度良宵。曲子用"如今"（一作"俺如今"）突然领起第二部分的内容：如今是觍着脸百事儿妆憨，低着头凡事儿假妆痴呆，睁着眼件件事儿推病。"撒吞"与"妆憨"同义，即假妆痴呆。"所事"，即事事，件件，每一件事儿。诗人用三句当时的口语组成排比（鼎足对），描绘出如今做人处事的态度模样。并自我评论说：聪明，还打算什么呢？并发狠说：听凭大水的波浪淹没了仙女，只要吃饱穿暖还要做什么呢！决心可谓大矣。"蓝桥"，在陕西蓝田县蓝溪上，相传此地有仙人窟，据《太平广记》卷五十记载：唐代裴航在此遇仙女云英。"则甚"，是做什么。"始觉从前枉用心，再不追寻"，是本曲的结语，"觉今是昨非"，决心改变行为，点明曲题"悔悟"的题意，并为[尾]曲作过渡。

[尾]曲写的是悔悟的誓言：再也不进妓院，再也不近妓女。"眠花卧柳"指进妓院的生活；"惜玉怜香"指恋妓女。用一个对偶句来表示决绝的态度。为了加强这种肯定有力的语气，坚定不移的态度，接着用一句反诘句：这般哪管普救寺丽春园还打算做什么？"假"同"价"，这般，那般。"若"即怎，那。"假若"一作"便就是"，"即使是"，也可通。"普救寺"，《西厢记》崔莺莺与张生生情成婚的地方。崔莺莺是多情的绝代佳人，这里借指美丽的妓女。最后轻松诙谐地说：从今后，从今后把这种怜香惜玉的家风脱给了您。"俏俫"，本是形容女人容貌体态美丽可爱的样子，这里指喜爱美女的意思。

这部曲在内容上是一个对比构成的。昔日行为放浪，纵情女色，乘着美好时节，一心寻花饮酒，沉溺于妓院，如今是装聋作哑，再也不与妓女往来，再不过荒唐的生活。由于今昔生活都写得较具体、生动，特别是"如今"以下三句，写出了"悔"后的形象，所以对比鲜明，结尾的誓言也显得有力、可信，这部曲的倾向也就较积极可取。

这部曲较多地使用排比对偶句，并富有变化。如第一曲开头写春夏秋冬四景，

是一个排比,其中春与夏,秋与冬又组成两个工整的对偶。再如第一支曲与第二支
曲的前半部分是写往日的放浪生活的,用"曾","也曾","也曾"的反复词构成一个
大排比,使得结构层次清楚,但在这个大排比中,句式各不相同,灵活自如,而无呆
滞之感。再如第三支曲的开头二句,是个同义对偶句,但它加强了语气,有很好的
表达效果。当然这部曲中排比对偶运用得最好的是第二支曲子的句子,既工整又
自然,既有内容又语词接近口语,因而使人感到新鲜。

这部曲的语言较近口语,但无粗俗之感,
讲究工整典雅,但无晦涩之词,做到雅俗共
赏。可见作者在提炼和运用语言上是很有功
力的。

张可久　(约1270~1348后)字小山(一
作名伯远,字可久,号小山),庆元路(路治今
浙江宁波)人。以路吏转首领官,又为桐庐典
史,仕途上不得志。曾漫游江南,晚年居杭
州。专力写散曲,现存作品有小令八百五十
五首,套数九套,为元人中最多者。其作多描
绘自然风光,描写颓废生活,也有不少写闺情
及应酬之作。风格典雅清丽。与乔吉并称为元散曲两大家。有《小山乐府》。

水　仙　子　次韵

张可久

蝇头老子五千言①,鹤背扬州十万钱②,白云两袖吟魂
健③。赋庄生《秋水篇》④,布袍宽风月无边。名不上
琼林殿⑤,梦不到金谷园⑥,海上神仙。

【注释】

①蝇头：小字。老子所说的五千言：即《老子》，亦称《道德经》，计五千言，这是道家的主要经典著作。

②鹤背扬州十万钱：想中的好事，不但能够享尽富贵还能成仙。

③白云两袖：除了天上的白云，一无所有，也有清官之意。吟魂健：诗兴浓。

④《秋水篇》：《庄子》中的一篇，认为大小、是非、贵贱、有无的判断都是相对的。

⑤琼林殿：琼林苑，宋代乾德二年所建，皇帝赐宴新科进士的场所。

⑥金谷园：为晋代豪贵石崇所建，在洛阳西北金谷涧，是当时王公贵族竞相悠游之处，这里作为富贵的象征。

【鉴赏】

曲牌[水仙子]下标题《次韵》，表明这首小令是依别人同调的韵脚而写的，实际上这是作者心情抑郁、讽世寄兴之作。

这是一支黑暗世纪封建文人发自内心苦闷的狂想曲。他以自我排遣和放逸调侃的语气，对无所作为的社会现实曲折地表现出个人消极反抗的情绪。

头三句首先提出三种值得向往的理想：或者像老子写五千蝇头小字的《道德经》一样去著书立说；或者如古小说所说"腰缠十万贯，骑鹤上扬州"那样交上福禄寿（发财、做官、成仙）三者齐备的超凡好运；或者学那位华阳隐士（陶弘景）高蹈出尘吟写山中白云的健美诗篇。如果这些全办不到，那又何妨"赋庄生《秋水篇》，布袍宽风月无边。"向庄子《秋水篇》取经，学习书中那只为了保命宁愿"曳尾涂中"（泥里）的泥龟，且自作个著宽袍布衣的平民百姓，苟活在浊世底层，拿不用钱买的清风明月供取用不尽的玩赏，你说这多痛快惬意！那么，"名不上琼林殿，梦不到金谷园"，又何必去金榜题名参加琼林喜宴，去梦想畅游石崇家繁华富丽的金谷名园，这一切，哪比得上我现在摆脱了名缰利锁，自由自在，无挂无碍，嗨嗨！这才真算得个逍遥世外的海上神仙。

水 仙 子 山斋小集①

张可久

玉笙吹老碧桃花，石鼎②烹来紫笋芽，山斋看了黄筌③画。荼蘼④香满把，自然不尚奢华。醉李白名千载，富陶朱⑤能几家，贫不了诗酒生涯。

【注释】

①小集：小宴。

②鼎：一种用于煎烹器皿。

③黄筌(约903~965)：五代后蜀的著名画家，从师多家，最后自成一派，擅长花鸟、精人物、山水、墨竹。

④荼蘼：花名，本作"酴醿"，又称"佛见笑"。初夏开花，呈白色。苏轼《酴醿花菩萨泉》诗有句云："酴醿不争春，寂寞开最晚。"

⑤陶朱：陶朱公，即春秋越国大夫范蠡，相传他辅佐越王勾践灭吴以后，功成身退，泛舟于五湖，改经商，成为大富。

【鉴赏】

作者以玉笙、桃花、石鼎、山斋、笋芽、荼蘼描绘了一幅山间闲居的画面，表现出一种自然、闲适的山野情趣。桃花微放，紫笋抽芽，清新活泼，细腻生动。在最后作者又以李白、陶朱公作比，表现了一种向往淡泊、无意富贵、悠然自得的思想。

折 桂 令 次酸斋韵①

张可久

倚栏杆不尽兴亡。数九点齐州②,八景湘江③。吊古④词香,招仙笛响,引兴杯长。远树烟云渺茫,空山雪月苍凉。白鹤双双,剑客昂昂,锦语琅琅。

【注释】

①酸斋:贯云石的号。

②九点齐州:语出李贺诗"遥望齐州九点烟,一泓海水杯中泻"。写的是梦中升上天空,俯瞰大地。齐州,指中国,古时中国分为九州,故有"齐州九点"之说。

③八景湘江:即湘江八景。

④吊古:凭吊往古事迹。

【鉴赏】

作者在雪夜的月光下登高倚栏远眺,看着万里山河,著名的湘江八景,凭吊往古之事,真是感慨万千,作者豪情满怀,兼济天下之志益胜。此曲中,作者将自己此时的心情表现得淋漓尽致,融情于景,结构紧凑,气势豪放。

折 桂 令 九日

张可久

对青山强整乌纱①。归雁横秋,倦客思家。翠袖②殷勤,金杯错落,玉手③琵琶。人老去西风白发,蝶愁来明日黄花。回首天涯,一抹斜阳,数点寒鸦。

【注释】

①强整乌纱:借"龙山落帽"的典故,此处作者反其意而用之。龙山落帽:相传晋代孟嘉重阳之会时,由于风大,吹落了他的官帽,他不顾他人的嘲笑,应答自若的风流雅事。在这里是说面对青山引发了作者的归思之情,但却又去不了,只好勉为其难。

②翠袖:歌女舞妓的衣服。

③玉手:元代杭州的琵琶伎。

【鉴赏】

在这里主要抒发一种佳节思亲、倦客思归之情。开头情调凄婉、感怀、伤心、无奈;但在中间插入了三个排比句,以"翠袖殷勤"来展开一幅聚宴的欢乐的画面,以歌舞、玉人、美酒来对比前面的"对青山强整乌纱",其比对鲜明,感喟遥深;结尾以"一抹斜阳,数点寒鸦"紧扣主题,前后对照,语境幽深,意味长远,为作者晚年心境的真实写照。

满 庭 芳① 客中九日②

张可久

乾坤俯仰③,贤愚醉醒,今古兴亡。剑花寒④,夜坐归心壮⑤,又是他乡。九日明朝酒香,一年好景橙黄。龙山上,西风树响,吹老鬓毛霜。

【注释】

①满庭芳:中吕宫曲牌。又可入仙吕宫,又名满庭霜。定格句式是四四七、七四、七七(有时作六六)、三四五,共十句十韵。

②客中:寄寓他乡之中。

③乾坤:天地。俯仰:瞬息。

④剑花:蜡烛余烬所结成剑的形状。寒:蜡焰不旺,烛光暗淡。古人以蜡芯火旺为吉兆。

⑤壮:强烈、浓厚。

【鉴赏】

可谓"每逢佳节倍思亲",此曲作者由于客居他乡,此时又恰逢重阳,思乡之情可想而知,夜里望着点点的烛光,更是归乡心切。此曲所用的笔调深沉,情感真切,情景交融,同时也流露出一种不得志的悲凉之情。

普 天 乐 秋怀

张可久

为谁忙,莫非命。西风驿马①,落月书灯。青天蜀道难,红叶吴江冷②。两字功名频看镜,不饶人白发星星。钓鱼子陵,思莼季鹰③,笑我飘零。

【注释】

①驿马:忙碌于驿站之间的马匹。

②"红叶吴江冷"一句:这里化用唐代崔信明诗句中的"枫落吴江冷"(《新唐书·崔信明传》),形容寂寥凄凉境况。

③思莼季鹰:西晋张翰,字季鹰,"因见秋风起,乃思吴中菰菜、莼羹、鲈鱼脍,曰,'人生贵得适志,何能羁宦数千里以要名爵乎!'遂命驾而归。"(《晋书·张翰传》)后因以"思莼""思鲈""莼羹鲈脍",喻指归隐或思乡。

【鉴赏】

此曲开头用驿马、落月、书灯来描述忙碌无闲的一生,结尾却是悲秋叹老"笑我飘零"。此曲中作者一面心中美慕那种超越宦海的归隐生活，一面却到处漂泊，对仕途仍抱有幻想，将这种矛盾心理表现得细致入微、有血有肉，同时又流露出进退两难、无所适从的彷徨情绪。

寨 儿 令 次韵

张可久

你见么，我愁他，青门几年不种瓜①。世味嚼蜡，尘事抟沙②，聚散树头鸦③。自休官清煞陶家，为调羹④俗了梅花。饮一杯金谷酒⑤，分七碗玉川茶⑥。嗏⑦，不强如坐三日县官衙。

【注释】

①青门种瓜：汉代长安城东门因门色青称青门。召平在此种瓜。

②抟沙：捏聚散沙。

③聚散树头鸦：是西汉翟公的故事。他任廷尉时，宾客盈门；罢官后，客如鸦散，门可罗雀；复职后，昔日之客又欲登门，翟公于是便在门上写了几句话："一死一生，乃知交情；一贫一富，乃知交志；一贵一贱，交情乃见。"

④调羹：喻指宰相之职。此是指人一做官之后就会失去梅花般的品格，成为俗

人。

　　⑤金谷酒：石崇常在所建的金谷园内宴请宾客，饮酒作诗。

　　⑥玉川茶：唐代卢仝，自号玉川子。其《走笔谢孟谏议寄新茶》诗，有句云："一碗喉吻润，两碗破孤闷，……六碗通神灵，七碗……唯觉两腋习习清风生。蓬莱山在何处？玉川子，乘此清风欲归去。"

　　⑦喋：元曲中常用词。有惊诧之意。

【鉴赏】

　　此曲连篇引用典故，内容丰富。前部分以"召平种瓜"和"聚散树头鸦"两个历史典故，引出了对"世味嚼蜡，尘事抟沙"的感慨，写出了世态炎凉，人情冷暖。后部分又通过对陶渊明、梅花、金谷酒、玉川茶一些人和事的描写，表达了作者想要挣脱功名羁绊，对消闲自在生活的一种向往。此曲虽然是引用典故来说明自己的态度和观点，但其中也将自己的经历含于其中，一种悲凉、无奈的心情可想而知。

殿前欢 次酸斋的二首

张可久

　　钓鱼台，十年不上野鸥①猜。白云来往青山在，对酒开怀。欠伊周②济世才，犯刘阮③贪杯戒，还李杜吟诗债。酸斋笑我，我笑酸斋。唤归来，西湖山上野猿哀。二十年多少风流怪，花落花开。望云霄拜将台④。袖星斗⑤安邦策，破烟月迷魂寨。酸斋笑我，我笑酸斋。

【注释】

　　①鸥：水鸟。与鹤同为高洁的象征。

　　②伊周：即伊尹、周公，是古代的名臣。

　　③刘阮：刘伶、阮籍。晋代"竹林七贤"中人，以嗜酒著名。

④云霄拜将台：取东汉显宗时二十八个中兴名将图像绘画于云台事。

⑤袖星斗：袖藏满天繁星。

【鉴赏】

此曲是由作者和贯云石（酸斋）[殿前欢]"畅幽哉"一首而作。作者和贯云石均欲同盟白鸥，来往于青山白云之间，能相视而笑，对酒畅饮，莫逆于心。恰当地运用中间的鼎足对和结尾的连环句，表达了一种高尚情操和生活情趣，写法的独到之处更是别出心裁，增添了全曲在艺术上独特魅力，曲境幽深，同时也表现出一种清闲自在的归隐生活的向往，以"酸斋笑我，我笑酸斋。"来结尾，结构紧凑，气势豪放。

殿 前 欢 离思

张可久

月笼沙①，十年心事付琵琶。相思懒看帏屏画，人在天涯。春残豆蔻花②，情寄鸳鸯帕，香冷荼蘼架。旧游台榭，晓梦窗纱。

【注释】

①月笼沙：月光笼罩在沙滩上。借用杜牧《夜泊秦淮》中"烟笼寒水月笼沙，夜泊秦淮近酒家"之义。

②豆蔻花：一种在夏初开花的草本植物。杜牧《赠别》诗："娉娉袅袅十三余，豆蔻梢头二月初。"后谓十三、四岁的少女为"豆蔻年华"。后来也以豆蔻花来比喻未嫁的少女。

【鉴赏】

此曲描写了一种相思之苦，离愁之恨。将自己复杂的心情用琵琶的曲调表现出来，一句"情寄鸳鸯帕"将少女的相思之情表现得淋漓尽致，声情并茂，情景交融。

此曲用词简洁朴实,情感真切。含蓄地表现出痴情女子的相思之情,兼有深深的惆怅,急切企盼,难眠的相思。却在思而不得见之中流露出一种悲凉的味道。

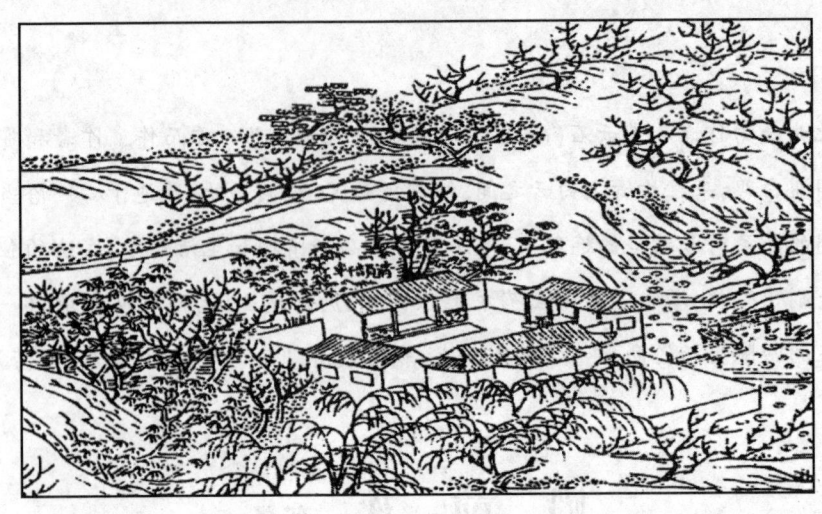

殿 前 欢 客中

张可久

望长安,前程渺渺鬓斑斑。南来北往随征雁,行路艰难。青泥小剑关^①,红叶溢^②江岸,白草连云栈^③。功名半纸,风雪千山。

【注释】

①青泥:指青泥岭,又名泥功山。今甘肃徽县南、陕西略阳县西北,古为甘、陕入蜀要道。悬崖万丈,多雨,道路泥泞。杜甫有诗云"朝行青泥上,暮在青泥中"(《泥功山》),即指此山。剑关:今四川剑阁东北的剑门关,地势险要,四周多峭壁,去蜀必经之地。

②溢:充溢、涌漫。

③白草:生长在我国西北部的一种草。为白色。唐代诗人岑参有"北风吹沙卷白草""北风卷地白草折"等诗句。这里取其苦寒之意。云栈:极高而险峻的栈道。

【鉴赏】

此曲主要描述了一种为仕途奔波的艰难、无奈和心酸之情。遥望长安,明知"前途渺渺",却不得不在这"风雪千山"之间随着雁群"南来北往",在曲中作者以"青泥岭""剑关""云栈"等自然景观的奇、险来比喻宦海奔波的困难与无奈,于是长叹"行路艰难",此曲融情于景,以景喻人,将作者的心态表现得生动细腻。与[普天乐·秋怀]中的"青天蜀道难"一样,描述了一种为仕途奔波的艰辛,同时也倾诉了"沉郁下僚"的元代士子们人生境遇是何等的尴尬和困顿。在悲伤中也有一种自嘲的意味。

清 江 引 春思

张可久

黄莺乱啼门外柳,雨细清明后①。能消几日春②,又是
相思瘦。梨花小窗人病酒③。

【注释】

①雨细清明后:化用杜牧的《清明》一诗:"清明时节雨纷纷,路上行人欲断魂"句意。

②能消几日春:化用辛弃疾的[摸鱼儿]中的一句"更能消几番风雨,春又匆匆归去"浓缩点染而来。

③病酒:嗜酒如病,酒瘾。

【鉴赏】

此曲既是伤春又是伤情,同时交织着许多复杂的思想感情,开头用黄莺、垂柳来描写当时的季节,后又巧引唐诗宋词妙句,更进一步阐明作者的主题思想,曲短却情深,句句都有含言外之意,体现了张可久寓诗词入散曲,和此曲独特的创作特

征。

清江引 春晓

张可久

平安信来刚半纸,几对鸳鸯字①。花开望远行,玉减伤春事。东风草堂②飞燕子。

【注释】

①几对:回答的都是。鸳鸯字:祝福的文字。《诗·小雅·鸳鸯》有"君子万年,福禄宜之""宜其遐福"诸如此类的话。在这里是祝福之义。

②草堂:旧时的文人称自己的住所为"草堂"。

【鉴赏】

全曲主要是表达一种恼伤春、怨别离之情,凄凄切切,幽怨伤怀,感情委婉、细腻、真实、生动、清丽。开头二句,由信引起下文,"几对鸳鸯字"虽是祝福之语,却愁上添怨,表达出一种相思的苦闷和被冷落的哀怨;第四、五句直写分离的苦痛;触景伤情,孤单无助。虽然笔墨极俭,却情味深远。

小桃红 寄鉴湖诸友①

张可久

一城秋雨豆花凉,闲倚平山望。不似年时②鉴湖上,锦云香,采莲人语荷花荡。西风雁行,清溪渔唱,吹恨入沧浪③。

【注释】

①鉴湖：又称镜湖、长湖、庆湖，今浙江绍兴市西南。旧时曾作绍兴的别称。

②年时：去年。

③沧浪：青绿色。

【鉴赏】

此为寄友之曲，在回忆昔日与诸友欢聚的盛况寄托对友人的怀念同时又流露出作者对浪迹他乡的厌倦、向往隐逸林泉的情怀。闲时独自远望，引起作者对昔日的回忆。作者以清丽、蕴蓄、超逸的语言特点，给人以美的享受，表达出友情的纯真。

朝 天 子　山中杂书

张可久

醉余，草书，李愿盘谷序①。青山一片范宽②图，怪我来何暮。鹤骨清癯③,蜗壳蓬庐④,得安闲心自足蹇驴⑤,酒壶,风雪梅花路。

【注释】

①李愿盘谷序:韩愈作《送李愿归盘谷序》,赞美盘谷"泉甘而土肥""采于山,美可茹;钓于水,鲜于食"。是"隐者盘旋"的好处所。

②范宽:字中立,陕西人。北宋画家。精于山水画,描绘的形象逼真。观其画,有一种"身在范宽图画"的享受。

③清癯:消瘦。

④蓬庐:客舍。

⑤蹇驴:跛驴或劣马。相传唐代孟浩然、贾岛、李贺等诗人都有策蹇驴、踏风雪、寻诗材的故事。

【鉴赏】

此曲点明了一种回归大自然的清新、超脱、安然自乐和纵情于山水之间的闲适心境,这也是作者归隐田园直接、具体的表现,最后以蹇驴引出历史上的许多名人隐士,更进一步说明作者的归隐之心。

朝 天 子① 湖上

张可久

樱杯②,玉醅③,梦冷芦花被。风清月白总相宜,乐在其中矣! 寿过颜回④,饱似伯夷⑤,闲如越范蠡。问谁,是非,且向西湖醉。

【注释】

①朝天子:中吕宫曲牌。又名[谒金门]、[朝天曲]。定格句式是二二五、七

五、四四五、二二五,共十一句十一韵。

②瘿杯:楠树根制成的酒杯子。

③玉醑:美酒。

④颜回(前521~前490):字子渊。孔子的弟子。安贫乐道,被尊为"复圣",三十一岁逝去。

⑤伯夷:商末孤竹君之子。武王灭商后,与弟叔齐逃到首阳山,不食周粟,采集野菜为生。

【鉴赏】

此曲以自我调侃的口吻,表达了野逸简朴的隐居生活独有的乐趣,可以不问尘事,悠然自在,不问是非的人生旨趣。又通过对颜回、伯夷、范蠡三个历史人物的不同命运的描写,反衬出作者不以物质、钱财为念,只向往闲适的隐居生活。

落 梅 风 春晓①

张可久

东风景,西子湖。湿冥冥柳烟花雾。黄莺乱啼胡蝶舞。几秋千打将春去。

【注释】

①春晓:一作"春晚"。

【鉴赏】

此曲中作者主要以景入题,春满西湖,美如西子,柳烟花雾,在点点露珠中更显生动,莺啼蝶舞,生机盎然,秋千荡漾,万种风情,将一幅西湖的晚春景色表现得淋漓尽致,意味无穷,纵观全篇,是惜春归还是叹春残,是伤春暮还是怨春消,由东风好景到"几秋千打将春去",引起读者的思考?而这也是此曲的妙处所在,将春与景相合,物与情相依,融情于景,描写的生动富有情趣。

朝 天 子 闺情

张可久

与谁,画眉①,猜破风流谜。铜驼巷②里玉骢嘶。夜半
归来醉,小意收拾,怪胆③禁持,不识羞谁似你。自知
理亏,灯下和衣睡。

【注释】

①画眉:借用汉代京兆尹张敞为其妻描眉典故。此处以闺中少妇口吻讥讽她
的丈夫与别的女子相爱调情。

②铜驼巷:汉代洛阳的一条街巷,是五陵少年子弟经常游玩的地方。

③怪胆:乘意悖情。禁持:摆布。

【鉴赏】

此曲像是喜剧小品,不但风趣传神,读起来也会令人哑然失笑。曲中的女主人

公的娇嗔、狡黠、敏感、多疑,丈夫则装模作样,前硬后软,神态描写得十分形象,呼之欲出。作者他们之间爱情生活的"风流谜"写得更加细腻、曲折,如嗔如喜,如怨如诉,活泼生动,勾画出一幅生活剪影,令人咀嚼不尽,意味深远。

红 绣 鞋 春日湖上

张可久

绿树当门酒肆,红妆映水鬟儿①,眼底殷勤座间诗。尘埃三五字。杨柳万千丝,记年时曾到此。

【注释】

①鬟儿:环形发髻。

【鉴赏】

此曲作者用绿树、红妆将春的生机盎然表现出来,在湖上春游,却是睹物生情,勾起了对昔日美好的回忆。那熟悉的小酒店,那对自己眉目传情梳着环形发髻的红衣女子,字字是真情,句句含伤怀。看着昔日题写的诗句,无不流露出对岁月流逝的无限感叹。此曲表现得清秀婉约,用语恰到好处,耐人寻味。

红 绣 鞋 湖上

张可久

无是无非心事,不寒不暖花时,妆点西湖似西施。控青丝玉面马,歌《金缕》粉团儿①,信人生行乐耳!

【注释】

①金缕:曲牌名,又名"金缕衣""金缕曲",亦名"贺新郎"。五代前蜀韦縠所编

的唐诗集《才调集》佚名的《杂词》诗："劝君莫惜金缕衣,劝君须惜少年时"歌《金缕》,在这里有及时行乐之意。粉团儿:花名,在夏初时开的花,雌雄花蕊丛集成球状。元张昱《闲居春尽》诗:"几日春残不在家,阶前开遍粉团花。"曲中含有惜春,行乐的意思。

【鉴赏】

作者春游西湖,面对着西施般美丽的湖光山色,同时也忘却了世间烦恼与心里的悲伤之事,纵情于山水之间,此曲主要倡导人生应当及时行乐。简洁明了地将自己的思想心态表现出来,直抒胸臆,情景交融。

沉醉东风 秋夜旅思

张可久

二十五点秋更鼓声①,千三百里水馆邮程②。青山去路长,红树西风冷。百年人半纸虚名。得似璩源阁③上僧,午睡足梅窗日影。

【注释】

①二十五点秋更鼓声:扣曲题"秋夜"。古时夜间以"更"计时,每夜共有五更。二十五点,五个夜晚。又,旧时以"更"作为航程的计算单位,"每更约水程六十里。"

②水馆:船上房舍。邮:本指传递文件书信的驿站,转义为传递信件。

③璩源阁:未详。阁,寺观中供奉神像的地方。

【鉴赏】

此曲渲染了一种悲凉的气氛,在萧瑟的秋风中,独乘孤舟前行,只有更鼓相伴,更显出一种寂寞凄冷的氛围,此时更觉得为"虚名"奔波的无奈,顿生"公人"不如

僧人的想法。流露出作者对官场厌倦，不愿再疲惫和奔波。

天 净 沙 鲁卿庵中①

张可久

青苔古木萧萧，苍云秋水迢迢，红叶山斋小小。有谁曾到？探梅人过溪桥。

【注释】

①鲁卿：作者隐居山林的友人。庵：草舍，或书斋。

【鉴赏】

这首清丽、自然的小令，开首二句将读者带入渺无人迹的深幽境地：青苔依旧，古木犹存，迢迢秋水，映衬着蓝天白云。"红叶"句巧妙转折，将全曲引入画境，为后面点题之笔做了铺垫。"有谁曾到？"以探问句，引人注意，突出"探梅人"形象。读到这里，人们不禁要问：秋高气爽，何来梅花开放？稍一琢磨：探梅人此行，为探访

图文珍藏版

如梅之高洁隐士——鲁卿,间接在夸赞鲁卿的品质。寥寥数语,意境高远,清丽可人。确系"曲家高手"的杰作。

庆 东 原 次马致远先辈韵①

张可久

诗情放,剑气豪,英雄不把穷通②较。江中斩蛟,云间射雕,席上挥毫。他得志笑闲人③,他失脚④闲人笑。

【注释】

①曲题《全元散曲》作《次马致远先辈韵九篇》,此曲为第五篇。先辈:已故的前辈。

②穷通:际遇的困厄与显达。

③闲人:宋代灌圃耐得翁《都城纪胜》解释"闲人"曰:"本食客也。"即所谓的帮闲食客。

④失脚:走错路。

【鉴赏】

第一曲写英雄不计穷通的豁达。英雄应该豪放,豪情在诗,豪气在剑。达时斩将夺旗,帷幄运筹;穷时斩蛟射雕,席上挥毫。失意而不失志,潦倒仍然英豪。写得很有气魄,确实不同凡响。

第二曲写辞官归隐的高洁情趣和闲适生活。由于看破红尘,因而散屣功名。对功名不开眼,对权贵不折腰,连朝廷的征召都不屑一顾,孤傲清高得难以形容。他的志趣不在官场、不在时俗,而在灞陵,在山皋。对世俗、人生看得透彻,绝得干脆,很是超脱。

迎仙客① 括山道中②

张可久

云冉冉③,草纤纤,谁家隐居山半崦④。水烟寒,溪路险。半幅青帘⑤,五里桃花店。

国学经典文库

元曲鉴赏

·元曲·

图文珍藏版

【注释】

①迎仙客:中吕宫曲牌。又可入正宫。定格句式是三三七、三三、四五,共七句六韵。

②括山:括苍山,位于浙江省东南部。

③冉冉:柔软下垂的样子。

④崦:隐蔽、偏僻的地方。

⑤青帘:酒帘。古时酒店挂的幌子。

【鉴赏】

这是一支咏山乡的小令。以高处云的飘动和纤纤的细草为全篇增添了生动活泼的情调,作者选像细致、考究,文字典雅、清秀,短短几句就勾勒出一幅浓淡相宜、意境幽雅的青山绿水图,描写了山间的桃源佳境。恬静淡远,意寓深长。

凭栏人 暮春即事

张可久

小玉栏杆月半揢①,嫩绿池塘春几家。鸟啼芳树丫,燕衔黄柳花。

【注释】

①半掐:指甲所掐的一半,半圆形。

【鉴赏】

作者用简练的语言描写了大自然的幽静和谐的美。将春的无穷韵味表现得入木三分,生机盎然,运用四句两对,律严工整,语言清丽,意义深远。

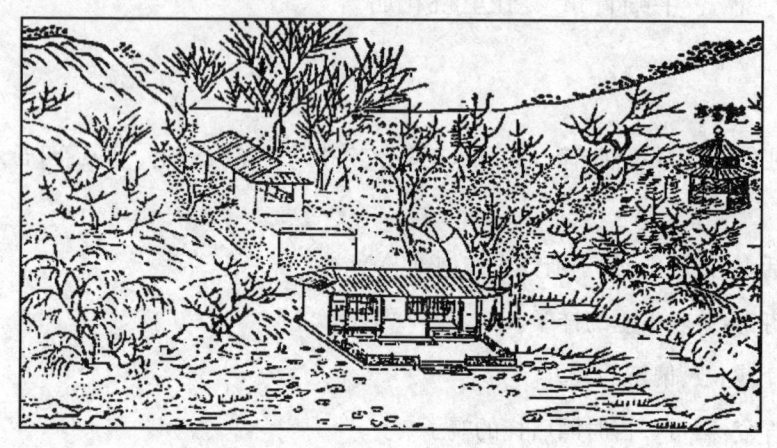

一　半　儿　秋日宫词①

张可久

花边娇月静妆楼,叶底沧波冷翠沟,池上好风闲御舟。

可怜秋,一半儿芙蓉一半儿柳。

【注释】

①宫词:主要描写宫廷生活的诗词。

【鉴赏】

此曲作者用妆楼静、翠沟冷、御舟闲、荷花枯、柳叶败共同构成了一幅凄美的山水画,将一派残秋景象表现得惟妙惟肖。作者以晚秋的景色来喻长居深宫的宫女,以景写人,以景述情,情景交融,入木三分。

梧叶儿① 感旧

张可久

肘后黄金印②,樽前白玉卮③,跃马少年时。巧手穿杨④叶,新声付柳枝,信笔和梅诗。谁换却何郎⑤鬓丝?

【注释】

①梧叶儿:商调常用曲牌。又名碧梧叶、知秋令。定格句式是:三三五、三三、三七,共七句五韵。

②肘后黄金印:官位显赫的意思。此典故出自《晋书·周鲂传》:"今年杀诸赋奴,取金印如斗大系肘。"因此又称"斗大黄金印。"

③卮:古代的一种大的盛酒容器,容量四升。

④穿杨:百步穿杨之意,能够在百步以外用箭射穿某一片树叶。形容射箭技术的高超。

⑤何郎:即何逊(? ~约518),南朝梁人,著名诗人,其诗以写景与炼字见长。

【鉴赏】

此曲以作者回忆少年时非凡才华引出下文,既有跃马飞身、百步穿杨的高超武艺,又有"信笔和梅诗"文采,人生的辉煌尽在其中,而末句却有慨叹感伤之意。以何逊的两鬓如霜将此曲转为叹老伤怀的意境。全曲着墨不多却情调浓烈。曲中二、五、六句,对仗工整。

小 梁 州① 失题②

张可久

篷窗风急雨丝丝,笑捻吟髭③。淮阳④西望路何之?
鳞鸿至,把酒问篙师。[么]迎头便说兵戈事。风流
再莫追思:塌了酒楼,焚了茶肆;柳营花市⑤,更呼甚
燕子莺儿⑥!

【注释】

①小梁州:正宫调曲牌。又名小凉州。两片,定格句式是上片七四、七三四;下
片七六、三三四五,共十一句九韵。

②失题:"失题""无题"都指是不便言明之意,故隐其题。

③髭:短胡须。

④淮阳:今河南省东部。

⑤柳营花市:指青楼妓院。

⑥燕子莺儿:指妓女或艺妓的名字。

【鉴赏】

此曲以风急细雨阐明环境特点,望着窗外的丝丝细雨,捻须轻笑之时,平静的
生活却被战争打破。在这里作者虽然能够谈笑着面对这世间的变化,同时也流露
出对繁华易逝、人生易老的感叹,人生就像战争一样多变与残酷,昔日的一切也会
随着物去人非而改变。

金字经 感兴

张可久

野唱敲牛角^①，大功悬虎头^②，一剑能成万户侯。愁，黄沙白骷髅。成名后，五湖寻钓舟。

【注释】

①野唱敲牛角：出自《琴操》之典故，相传在春秋时，宁戚喂牛时，敲打着牛角悲伤地唱歌。齐桓公听到以后，就立即召见他，并提拔他担任相国。

②虎头：刻有虎头的金牌。古时皇帝授予大臣金牌以方便行事，这里比喻大权在握。

【鉴赏】

曲中引用典故来进一步明确主题，大丈夫就应该以"大功悬虎头"，用自己的真本领来报效国家求取功名，同时又极力推崇功成身退"放舟五湖"的思想。但是作者并不屑与"野唱敲牛角"者为伍，更不愿看见"黄沙白骷髅"。此曲同时表现出两种心态，两种为人方式，可见此时作者所表现的极为繁杂的心理状态和矛盾的人生追求。

金字经 乐闲

张可久

百年浑似醉，满怀都是春，高卧东山^①一片云。嗔^②，是非拂面尘。消磨尽，古今无限人。

【注释】

①高卧东山:东晋孝武帝时的宰相谢安入朝前曾隐居于会稽。后来就以"高卧东山"来比喻隐居或隐士的事。

②嗔:恼怒,怪怨。

【鉴赏】

这里主要写元代的知识分子"沉郁下潦",在现实生活中他们看不到希望,也无法实现自己的理想和人生价值。满怀着豪情壮志报效国家,却苦于报国无门,深感在现实生活中并无是非可言,又何必卷入"是非"的漩涡中去呢?消磨了一生的时光,最后却留下无限的哀愁,在这里作者提倡的却是逃避是非求得安闲。但这却饱含着太多的无奈与痛苦,隐藏着许多人一生的遗憾和悲凉。

塞 鸿 秋 春情

张可久

疏星淡月秋千院,愁云恨雨芙蓉面。伤情燕足留红线①,恼人鸾影闲团扇②。兽炉③沉水烟翠沼残花片。一行写入相思传。

【注释】

①燕足留红线:语出《丽情集·燕女坟》的典故:宋代末年,姚玉京嫁后夫亡,玉京守志一直奉养着公婆。常有双燕筑巢樑,一日,其中一只被鸷鸟抓去,而另一只则孤飞悲鸣,至秋飞落于玉京的臂上,与之告别。于是玉京用线系其足下,对它说"新春一定要来给我做伴。"次年,孤燕果然飞来。从此以后秋去春来六、七年的时间,孤燕都会准时飞回来。后来玉京病逝,次年,孤燕又回来,落于玉京的坟头,最

后死去。后人就以"燕足红线"比喻来形容失偶的悲伤。这里作者借用此典故来形容夫妻离别后的孤单和寂寞。

②团扇：引用《团扇歌》典故，也称《团扇郎》。《古今乐录》释此歌缘起，晋时中书令王珉喜爱白团扇，并与其嫂的婢女有情。后来其嫂便痛打婢女，由是婢女唱到"白团扇，辛苦五流连，是郎眼所见"。此曲取其孤寂时以团扇为伴，但团扇亦被阻隔，愁上又添苦之意。

③兽炉：兽形的香炉。

【鉴赏】

　　此曲中作者首先由景而入,用淡淡的星光,愁云冷雨,渲然气氛,将孤单和寂寞之情表现得形象生动,作者借用典故创造性地将诗词的声律、辞藻、句法摄入散曲,为曲增添了诗词的意境和韵味,以意境取胜,融情于景,曲调婉转、细腻、清丽、脱俗。风格独特,最后以"一行写入相思传"紧扣主题,将无穷的思念之情表现得淋漓尽致。

庆 宣 和^①　毛氏池亭

张可久

　　云影天光乍有无,老树扶疏^②。万柄高荷小西湖。听雨,听雨。

【注释】

　　①庆宣和:双调曲牌。定格句式是七四、七二二,共五句五韵。
　　②扶疏:树木枝叶繁茂披撒。

【鉴赏】

　　这是一幅写意风景画,其中云光略影、小荷初露、雨中西湖描绘得生机盎然,清新活泼。流云疾速,变幻无穷,浮光掠影,忽明忽暗,摇曳生姿,同时也对雨之将至埋下了伏笔。树木枝繁叶茂,郁郁葱葱;碧池万顷,荷叶轻浮,美似西湖却胜似西湖。曲末作者巧妙地运用了曲牌中常用的二字重叠,像是在倾诉,又仿佛在心中窃喜,令人产生无限的遐想。

黄钟·人月圆 中秋书事

张可久

西风吹得闲云去,飞出烂银盘①。桐阴淡淡,荷香冉冉,
桂影团团。
鸿都人远②,霓裳露冷③,鹤羽天宽④。文生何处,琼台夜
永,谁驾青鸾⑤?

【注释】

①烂银盘:喻明月。卢仝《月蚀》:"烂银盘从海底出。"烂银,灿灿发亮的银。

②"鸿都"句:暗用白居易《长恨歌》"临邛道士鸿都客,能以精诚致魂魄"典。鸿都,洛阳宫门名,汉灵帝曾在此延招术士。

③"霓裳"句:《逸史》载术士罗公远曾于中秋之夕带领唐玄宗游月宫。见数百名仙女穿着宽大的衣裙在宫前舞蹈,玄宗默记舞曲,依谱而成《霓裳羽衣曲》。霓裳,轻薄的舞衣。

④"鹤羽"句:苏轼《后赤壁赋》述十五夜泛舟赤壁,夜半有孤鹤横江东来,在苏轼梦中化作一羽衣蹁跹的道士,此处暗用这一境界,鹤羽,指鹤。

⑤"文生"三句:唐太和年间书生文箫家贫,中秋节遇仙女吴彩鸾而结为夫妇,以彩鸾抄写《唐韵》卖钱度日,后二人同归仙班升天而去,见《历世真仙体道通鉴》。琼台,即瑶台,仙人居住之所。青鸾,青色凤鸟,相传为仙人的坐具。

【鉴赏】

明月是中秋的象征,这支小令在描写中秋的月亮时,可说是刻意经营。你看他先从西风写起,让它在高空清道。一旦吹去"闲云",玉宇一清,顿时皓月亮相。这很使我们想起苏东坡的《阳关曲》:"暮云收尽溢清寒,银汉无声转玉盘。"但本曲的"飞出",比"溢"然后"转"要更显飞动,"烂银盘"在亮度色彩上也更加引人注目。

一"去"一"出",令人精神为之一振。写作手法有叫作"烘云托月"的,是以背景衬现主景;本篇实亦用这样的手法,只是作为背景的闲云被西风扫去了而已。

有了烂银盘似的明月飞出,世界就改变了模样。三、四、五句用一组鼎足对,以桐、荷、桂为代表来反映月色辉映下的不同效果。这里主要是表现光波的色泽,但又交织着"阴""影"的形象与冉冉的淡香,令人如置身于中秋的夜景之中。"淡淡""冉冉""团团"这些叠词的运用,更使人感受到月夜的那种朦胧、安谧的氛围。

下片运用了一系列的典故。先看"鸿都"三句。"鸿""霓"(通"晓蜺")、"鹤"同属动物门,对仗本身工巧,妙在这三句似景似事,似真似幻,俱有凌虚欲仙的韵味,映合了中秋天空夐广澄澈而又发人遐思的气象。这三句从高处着笔,当是诗人举头望月的感受和联想。而末尾三句,则借文箫中秋游赏的典故来反映下界赏月的熙熙攘攘。"文生何处",并非诗人真在寻人,而是借此询问文箫遇仙的艳历如今何在的意思。可见此时周围玩赏的游人不少,而诗人则实以文生自况,希望能在这良辰美景中遇上一位吴彩鸾一般的知音美人。然而,"瑶台夜永,谁驾青鸾",憧憬之中的下凡仙子毕竟未能出现。这一结尾隐隐表现出自己在长夜之中孑然一身的寂寞与惆怅,代表了诗人"中秋书事"的深层感受。全曲上半写景,动静皆备,高下两兼,下半"鸿都""霓裳""鹤羽""文生"四典,无不映切中秋,浑然天成。前人赞誉张可久"笔落龙蛇走,才展风云秀"(大食唯寅《奉寄小山前辈》),洵非虚言。

正宫·塞鸿秋 道情①

张可久

雪毛马响狻猊粘②,神光龙吼昆吾剑③。冰坚夜半逾天堑④,月寒晓起离村店。一身行路难,两鬓秋霜染。老来莫起功名念。

【注释】

①道情:道家看破红尘的情味。

②狻猊靷(suān ní zhàn):饰绘着狮子(狻猊)图案的马鞍。

③昆吾剑:产于昆吾的宝剑,能切玉如泥。昆吾,《山海经》中神山名。

④天堑:难以逾越的天然坑沟,多指大江大河。

【鉴赏】

　　"雪毛""神光"两句第一组对仗,鳌咈鲸吞,奇峭劲拔,如中唐韩愈、李贺笔。"冰坚""月寒"的第二组对句,虽亦不失劲瘦,气格已不如前,从风格印象上说,似晚唐马戴、姚合笔。到"一身""两鬓"的第三组对仗,就完全成了宋人笔了。起笔的先声夺人,闪动着诗人年轻时气锐情豪、欲求作为的影子。是对"功名念"的富于形象性的诠释;而随后笔势笔力的渐缓渐弱,则映合了历经风霜劳苦磨折后壮志销蚀、心力灰颓的实况。小令虽是集中述写"老来"行路的一段感受,却在文气上给读者带来了字面以外的思索和体味。

　　"老来莫起功名念",语淡而慨深。如果没有这一句的总结,那么上文只不过见出了作者一时一地的经历,且缺乏行为的目的及其所蕴含的悲剧感。而曲末添上了这七字,在读者的眼前,顿时浮现出白发苍苍的诗人,为了追求功名,跋涉关山,眠风宿雨,在冰天雪地之中依然策马蹒蹒前行的景象。"老来"二字,透露出作者年光蹉跎,一事无成的际遇,则"狻猊靷""昆吾剑"之类,便更添出了当年书剑裹马,碌碌奔竞功名事业的破灭感与失落感。这一结点出了"道情"的题旨。通常的"道情"作品,多为清静无欲的说教;本篇却以富于形象感与典型性的切身经历来逼出结论,确实是不落窠臼。

卖花声 怀古

张可久

　　美人自刎乌江岸①,战火曾烧赤壁山②,将军空老玉门关③。伤心秦汉,生民涂炭④,读书人一声长叹!

【注释】

①"美人"句:当年的楚汉之争,项羽兵败乌江,垓下被围,此时士兵的粮食已尽,四面楚歌,项羽夜饮帐中,对美人虞姬慷慨悲歌。相传虞姬在项羽歌毕之时,曾和诗以表情意,唱罢便自刎。于是项羽连夜突围,至乌江(今安徽和县东北),自觉无颜见江东父老,自刎于乌江岸。

②"战火"句:指汉末曹操与孙权、刘备在赤壁(今湖北境内)交战,周瑜用火攻之策大败曹军的故事。

③"将军空老"句:据《史记·大宛传》载,汉武帝太初元年,汉军攻大宛,不得胜,于是请求罢兵。汉武帝大怒,于是派人遮断玉门关,并下令,"军有敢

入者辄斩之"。使将士们白白送死或困死在玉门关外。

④生民:老百姓。涂炭:泥沼和炭火,比喻困境和苦难。

【鉴赏】

起首三句,运用鼎足对,列举了历史上三项著名的古人古事:一项是项羽爱妾虞姬在项羽失败后自刎,一项是曹操在赤壁之战中被周瑜等打得大败,一项是班超安定西域后在玉门关外生活了31年。这三句,一写楚汉之争的关键结局,一写三国鼎立的关键战役,一写平定西域的多年战争。其人都是显赫一时之人物;其事都是彪炳史册的大事。由此而引起下文。

"伤心秦汉",是对上面排比的三项古人古事的总结性的慨叹,因为它们都是在秦汉时代发生的战争。作者为什么要"伤心"呢? 接着点明是"生民涂炭",这才是他伤心之所至。借以抒发对元统治者凭借武力夺取政权之后残酷统治人民的无比

激愤。元统治者对于汉人及其知识分子尤其严厉地进行奴役和镇压，这才是"读书人一声长叹"的实际内容。作者借古喻今，意在言外，十分含蓄地表达了对元统治者的愤恨和对被压迫人民的同情。这就使这首小令成为《小山乐府》中熠熠闪光的佳作。

汉 东 山① 述感

张可久

红妆间翠娥，罗绮列笙歌，重重金玉多。受用也末哥②！二鬼无常③上门呵，怎地躲？索共他，见阎罗。

【注释】

　①汉东山：正宫调曲牌。又名撼动山，定格句式是五五五、二、七三三二，共八句八韵。

　②也末哥：也作"也么哥"，表语气的衬字词组，常用于某些定格句式中。

　③二鬼无常：即黑、白二无常，民间迷信中人死之后勾摄生魂的使者。

【鉴赏】

　此曲以红妆、罗绮、笙歌和金玉多来描述那些富豪显贵的人，他们尽管生活奢侈，美姬成群，乐班纵横，金玉如山，到头来又能怎么样呢？仍逃不过黑、白二无常的追索，最终只得"见阎罗"！这里也表达了作者的鄙视与不满。

人 月 圆 雪中游虎丘①

张可久

梅花浑似真真面②，留我倚阑干。雪晴天气，松腰玉

瘦,泉眼冰寒。兴亡遗恨,一丘黄土③,千古青山。老
僧同醉,残碑休打④,宝剑羞看。

【注释】

①虎丘:山名,在今江苏苏州西北郊。相传春秋时吴王阖闾死后葬于此处,葬
后三日,有一虎踞于山上,故得名虎丘。

②浑似:全似,真的很像。真真面:指美女的容貌。据《太平广记·画工》载:唐
朝进士赵颜曾看到过一幅美女图,很是喜爱。画工说这是一张神画,画中美女的名
字叫真真,如果昼夜呼唤她的名字一百天,她就会应声出来。赵颜于是照着画工的
话去做,美人果然从画中走了下来。

③一丘黄土:意为当年吴王阖闾显赫一时,到头来只是虎丘山上的一抔黄土而
已。

④残碑休打:不必拓出残碑上的文字。打碑,即拓碑。

【鉴赏】

这是作者雪中游苏州虎丘的写景抒怀之作。开头五句先描写雪后天晴时虎丘
的迷人景色。"真真",指美女的容貌,见于《太平广记·画工》所载一张神画上的
美女,名字叫真真。接着,从眼前的景物联想到了埋葬在这里的吴王阖闾,抒发吴
越的兴亡遗恨。最后由怀古而伤今,作者不愿再想这些英雄往事,要与"老僧同
醉",也不必拓出残碑上的文字,更不必去看虎丘剑池的宝剑,表露出抑郁感伤而又
无可奈何的情状。运笔委婉曲折,凄楚动人。

红 绣 鞋 天台瀑布寺①

张可久

绝顶峰攒雪剑②,悬崖水挂冰帘③。倚树哀猿④弄云
尖。血华啼杜宇⑤,阴洞吼飞廉⑥。比人心山未险!

【注释】

①天台:山名,在浙江天台县北。相传有汉时有刘晨、阮肇入天台山采药遇仙的故事。

②"绝顶"句:堆积着白雪的群峰险峻峭拔的山顶,就仿佛密集的利剑。攒:聚集。雪剑:山色洁白,山势峻拔似剑。

③"悬崖"句:悬崖上的瀑布向下垂挂着而冰凝成为一个帘子。

④哀猿:猿猴鸣叫声音凄怨哀切,故称哀猿。这里就指猿猴。弄:游戏,玩耍。

⑤血华啼杜宇:写杜鹃鸣声凄厉,像啼出了血来一样。

⑥飞廉:传说中的风神。

【鉴赏】

这首小令用笔刚健瘦硬,在极力描写山势高险的同时,连类取譬,针砭世情,是作者独具一格、很有思想深度的杰作之一。

全曲分两层。前五句是第一层,从独立浙江天台山瀑布寺的角度,运用极力夸张的手法,着意渲染天台山的高险阴冷,从而为第二层作了强烈的铺垫。

作者先从山峰下笔,刻画最高山头的山峰犹如聚集着一排排闪耀雪光的宝剑。"绝顶",最高的山头;"攒",聚。天台山的绝顶山峰林立,故用"攒"字形容;山峰是那样尖削凌厉,直刺云天,故用"剑"字刻画;山峰由于高寒而铺着积雪,寒光闪闪,故又用"雪"字来描写剑峰。

首句是从登临瀑布寺绝顶的角度落墨,次句是从由瀑布寺俯视崖水即瀑布:瀑布沿悬崖而泻,直上直下,故谓之"挂";瀑布是那样贴崖铺开,中有空隙,故用"帘"字刻画;瀑布由于高寒而凝结成冰,寒光闪闪,故又用"冰"字加以形容。这两句对偶精严,形象逼人。

在极力描写天台山本身的高险阴冷之后,再从山间之物象是那样地使人惊心动魄,做进一层的渲染。这三句,一句写猿之哀鸣,一句写鸟之啼血,一句写风之出洞,极高险阴冷之致,造成一种望之心惊,听之胆寒的凄厉境界。其中后两句,更用刚健瘦硬之笔,拗偬倒置之句,神话人名之典,构成精严工整之对仗,将天台山之惨厉阴森、可畏可怖写得个淋漓尽致。

　　曲意至此,本已终结。但是作者出人意外地另开新境,笔锋陡转,用尽全力地写出了"比人心,山未险"的惊人结句。就全曲看来,这是第二层意思。比起第一层极力描写天台山的高险阴冷景象来,这一层才真正显示出作者创作的意旨。原来前面所写的天台山景象,全部着上了作者主观感情的色彩。之所以把天台山描写得如此高险阴冷,只在于给这个画龙点睛的结句进行强烈有力的反衬。从而使全曲思想境界超出于一般写景小曲之上,成为作者作品中格调别致、颇有深度的一篇杰作。

普 天 乐 西湖即事

张可久

　　蕊珠宫①,蓬莱②洞。青松影里,红蕖香中。千机云锦重,一片银河冻③。缥缈佳人双飞凤④,紫箫寒月满长空⑤。阑干晚风,菱歌上下,渔火西东。

【注释】

　　①蕊珠宫:道教传说中的仙宫。

　　②蓬莱:传说中的海上三个神岛之一。

　　③千机云锦重,一片银河冻:彩霞映在湖面上,仿佛是织女织成的千重云锦映在了冻住了的银河之上。

　　④缥缈佳人双飞凤:指在虚无缥缈之中,翩翩起舞的美女好像是一双双的飞凤。缥缈:隐隐约约的样子。

　　⑤紫箫寒月满长空:在晴朗的长空寒月之下,传来紫箫的声音。

【鉴赏】

　　此曲中作者运用比喻和夸张的艺术手法,描绘出一幅西湖黄昏、月夜的迷人景色,以"蕊珠宫""蓬莱洞"引出主题,将现实中的景物与传说中的仙境相互融合,更为西湖的秀美增添了一种瑰丽神秘色彩。全曲语言雅丽,想象极为丰富,意境优美,最后以江水的渔火贴近主题,为这幅美景图又增添了几分幽静与神奇。

人 月 圆 客垂虹

张可久

三高祠①下天如镜,山色浸空濛。莼羹张翰,渔舟范蠡,茶灶龟蒙②。故人何在? 前程那里? 心事谁同? 黄花庭院③,青灯夜雨,白发秋风。

【注释】

①三高祠:在今江苏苏州,为祀范蠡、张翰、陆龟蒙而建的祠庙。

②莼羹张翰,渔舟范蠡,茶灶龟蒙:指张翰思归故乡、范蠡泛舟于五湖、陆龟蒙陶居品茶典。

③黄花庭院:满是黄色菊花的院子。

【鉴赏】

这首小令所运用的句法很讲究,起篇两句较散,其余为工整的对仗,而连续三组的"鼎足对"。工稳而不雷同,意境浑然,全篇紧扣主题,以当地的名胜"三高祠",分引出三个典故,可见作者在缅怀前贤的过程中,以古人喻己,表达了作者的思乡情怀和对当时黑暗社会的厌恶,再以对"故人""前程""心事"的三个疑问,反映出一种凄惶的心态;最后用三景来衬托作者的心情,满院的菊花,夜雨中独灯的微弱光亮,满心的惆怅白了青丝,细腻地描写了自己客况中的凄凉情景。

国学经典文库

元曲鉴赏

·元曲·

图文珍藏版

塞鸿秋 湖上即事

张可久

断桥①流水西林②渡,暗香疏影③梅花路。蹇驴④破帽
登山去,夕阳古寺题诗处。树头啼翠禽,水面飞白鹭。
伤心和靖⑤先生墓。

【注释】

①断桥:杭州西湖十景之一

②西林:西泠,在孤山下。

③暗香疏影:语出自宋林逋《山园小梅》。

④蹇驴:跛足的毛驴或劣马。相传唐代孟浩然、贾岛、李贺等诗人都有策蹇驴、
踏风雪、寻诗材的故事。

⑤和靖:即林逋。

【鉴赏】

　　此曲的开头就以景抒情,通过对断桥、流水、梅花路等乡间景物的描述,表明了
作者仰慕隐居于孤山之麓的北宋诗人林逋,以及对他终身不仕、以梅为妻、鹤为子

的高尚情操给予颂扬,此曲通过对林逋墓的所见所闻所感。"断桥流水""暗香疏影"点明湖上景色;以"寒驴破帽""夕阳古寺"来表达自己的心境;结尾以一句"伤心和靖先生墓"来点明主旨,看似对林逋的怀才不遇,坎坷一生的无限同情,其实是对自己的远大抱负无法实现哀伤与不平,也是对当时社会的控诉,既有一种对古人的感怀,又是对自己处境的无奈,此曲借景抒情,情景交融,将一种落没者的无限哀愁之情刻画得细腻生动。

汉 东 山

张可久

霓裳①舞月娥,野鹿②起干戈③。百年长恨歌④,闹了也末哥。万马千军早屯合。走不脱,那一堝⑤,马嵬坡⑥。

【注释】

①霓裳:即《霓裳羽衣曲》。

②野鹿:这里代指安禄山。

③干戈:"戈"是古代的兵器,这里代指战争。

④长恨歌:白居易以唐明皇与杨贵妃之间的事为题材所创作的叙事诗。

⑤一堝:同"一块""一团"。

⑥马嵬坡:地名,今陕西兴平市以西。唐朝时安禄山叛乱,逼近长安,唐玄宗李隆基带着杨贵妃出逃京师,行至马嵬驿时,三军不发。为平息兵谏,李隆基赐杨贵妃白绫自缢于此。

【鉴赏】

　　这是一首咏史小令,主要写唐明皇李隆基专宠杨贵妃,以致招雁"安史之乱"。

全曲开头便以"霓裳舞月娥"一句写出了宫中歌舞作乐的荒淫场面,为下文做了铺垫。接下来便用"起干戈"引出"安史之乱",将战争与荒淫巧妙地联系起来,"霓裳""干戈""长恨歌""万马千军""马嵬坡"像电影闪回镜头一般地在曲中依次叠现,作者也是借此来隐喻当时的统治者,沉迷与歌舞、美妾就会断送了江山,失了百姓,也就无力于统治天下了,在此曲的最后马嵬坡杨贵妃自缢来结束全曲,此曲古今相接,情景相融,发人深省。

醉 太 平 ^{叹世}

张可久

人皆嫌命窘^①,谁不见钱亲? 水晶环^②入面糊盆^③,才沾粘便滚。文章糊了盛钱囤^④,门庭改做迷魂阵^⑤,清廉贬入睡馄饨^⑥。葫芦提^⑦倒稳。

【注释】

①命窘:命运窘迫。

②水晶环:这里比喻精明高洁者。

③面糊盆:这里比喻污浊的社会现实。

④盛钱囤:这里比喻盛装金银财物的库房。

⑤迷魂阵:迷惑人的圈套和骗局。

⑥睡馄饨:指昏聩者。

⑦葫芦提:指稀里糊涂的人。

【鉴赏】

此曲以俗语的语言将当时的社会现状描写得惟妙惟肖,栩栩如生,是小山乐府中的别调。以尖辛泼辣的语言,描述了元代社会以金钱来混淆是非以及腐败的官场。人都觉得自己的命运窘迫,但是金钱可以改变一切,作者以一个"嫌"字与一个

"亲"字,对照鲜明,揭示出一些贪鄙之辈见钱眼开,追名逐利的心态和神情。接着又以巧妙的比喻,用"水晶环"与"面糊盆",来表现一种对见利忘义、为富不仁者的嘲讽怒骂,用大手笔加以挞伐。结尾以"葫芦提倒稳"表现作者无比的愤恨与无奈,如此是非不分的世道,还不如醉酒糊涂,反倒安稳些,作者好像感悟到了一些生活"真理",却将希望毁灭。此曲字字见泪,句句伤情,表现出极度的悲伤之情。

一半儿 落花

张可久

酒边红树碎珊瑚,楼下名姬坠绿珠①,枝上翠阴啼鹧鸪②。谩嗟吁③,一半儿因风一半儿雨。

【注释】

①绿珠:晋石崇的歌妓,为石崇坠楼而亡。

②鹧鸪:鸟名,其鸣声如唤"行不得也,哥哥"。

③嗟吁:叹息。

【鉴赏】

此曲前部分用三句鼎足对,借用暗用典故。以树上的花谢欲落下引出主题,以"碎"来描写鲜花凋零随风而逝的景象;花瓣飞落自枝上坠下,又以"绿珠"之典表达出作者的惜花心情;第三句写树上的红花都落尽了,树枝上只留下一片葱翠的绿荫,用另一番景象消抹了落花时的悲哀。一句"谩嗟吁"表现出作者惜花怜花却又对落花的无可奈何,颇有"无可奈何花落去"之情,最后只好把花落春去的责任归咎于风和雨,风雨都逃不过责任。

落梅风 春情

张可久

秋千院,拜扫天①,柳荫中躲莺藏燕。掩霜纨②递将诗半篇,怕帘外卖花人见。

【注释】

①拜扫天:清明节扫墓的那天。

②霜纨:白色的丝绸手绢。

【鉴赏】

此曲以清明时节、秋千院落、柳荫深处来烘托气氛,以一对年轻的恋人躲莺藏燕、绣帕传诗的场景,将全曲表现得生动活泼,清新自然,情景相融,展示了一幅古代爱情生活的风俗画。小令中对这对年轻情人并未做出正面细致的描述,而是从闺阁传情诗,怕卖花人见等语言侧面衬托,可以看见"诗半篇"是仓促中的残稿,脉脉之情难诉,或者故意制造悬念,全曲仅用了二十八字,却将古代社会民间青年男女的相会、传诗、羞怯、慌张刻画得淋漓尽致,惟妙惟肖,波澜叠起,传情入微。

太常引 姑苏台赏雪

张可久

断塘流水洗凝脂①,早起索吟诗。何处觅西施②?垂杨柳萧萧鬓丝。银匙藻井,粉香梅圃,万瓦玉参差。一曲乐天③词,富贵似吴王④在时。

【注释】

①凝脂:凝固的油脂,这里指雪的光洁。

②西施:春秋时越国美女。越国兵败,于是越王献美女西施于吴王,最后导致吴国的灭亡。

③乐天:唐代诗人白居易的号。

④吴王:此指春秋时吴王夫差。

【鉴赏】

此曲以"断塘流水"写起,接着引出美女西施的故事,在春秋时期越国兵败,于是以"美人计"将美女西施献于吴王。吴王为筑姑苏台,用了五年的时间,劳民伤财,后来吴国被越国所灭,姑苏台从此也就倾颓了,也成为后人凭吊叹以兴亡的地方。此曲中,作者在一个大雪天来到姑苏台,看见一片颓败的景象被皑皑的白雪所覆盖,又似如银镶玉砌一般,仿佛又恢复了吴王在时的那种富贵与繁华。但是,到哪里去找西施呢?看着垂杨柳枝上挂满了雪花,如果西施仍在人世,她一定像这挂满雪花的柳枝一样鬓丝斑白。作者展开丰富的联想,将眼前雪景与昔日繁华结合在一起,而对于姑苏台颓败却有以古喻今之意。此曲有较强的艺术感染力,描写得细腻,融情于景,表达了作者感慨叹息之情。

卖 花 声 客况

张可久

登楼北望思王粲,高卧东山忆谢安,闷来长铗为谁

弹①?当年射虎②,将军何在?冷凄凄霸陵③古岸。

【注释】

①以上三句分用王粲登当阳城楼作赋、谢安隐居并东山再起、冯谖弹剑求食之

典。

②"当年"句：引用汉代飞将军李广误射草中巨石之典。

③霸陵：汉文帝陵，在今陕西西安市长安区东。

【鉴赏】

全曲句句用典，以典论今，以典抒情。对仗工整，调理清晰，其中还有显义与隐义的对比，登高楼自比王粲，又渴望像谢安一样隐居，而字里行间却始终显露出作者的远大理想，一心报国的志向。第三句则以冯谖自况，同时强化了怀才不遇的感叹。最后以西汉将军李广受辱于霸陵亭尉的典故，嗟叹出求取功名的无谓，就算是功成名就又能怎么样呢？到头来也会费尽心机，此曲作者借古人来激励自己，同时又表现出一种无奈与叹息，产生了羁旅他乡的愁怀，而远走他乡又是为了追求功名，表现出矛盾的心理和怀疑乃至否定态度。

满庭芳 春晚

张可久

知音到此，舞雩①点②也，修禊③羲之④。海棠春已无多事，雨洗胭脂。谁感慨兰亭⑤故纸？自沉吟桃扇⑥新词。急管催银字⑦，哀弦⑧玉指，忙过赏花时。

【注释】

①舞雩：古时在求雨过程中以舞来娱神。

②点：用《论语》载曾点述志语。

③修禊：用水洗以除不祥。

④羲之：王羲之，古代著名的书法家。

⑤兰亭：指王羲之手书的《兰亭集序》，是书法的精品。

⑥桃扇：歌舞时所用的扇子。

⑦银字：笛管上用银作记，以标明音调。

⑧哀弦：弦乐所奏出的悲哀曲调。

【鉴赏】

　　古人认为：良辰、美景、赏心、乐事这四者难以凑在一起，所以称其为"四难"。这首小令写的是三月三日上巳佳节时的一次修褉盛会，知音到此相聚，时至初春，春雨轻洗着盛开的海棠花，此谓"良辰美景"；同时又能与知音切磋书艺，交流词作，再加上"急管催银字"的乐声伴奏，此谓"赏心乐事"；字字都显露出一种喜悦之情，最后却以"哀弦玉指，忙过赏花时。"生动地刻画了此时的心理，此曲多次运用对仗的手法，匠心独具，将"点也"与"羲之"，"兰亭"与"桃扇"对得工丽精致，构思巧妙，风格独特。

金 字 经 胡琴

张可久

　　雨漱窗前竹，涧流冰上泉。一线①清风动二弦②。联，小山秋水篇。昭君怨③，塞云黄暮天。

国学经典文库

元曲鉴赏

·元曲·

图文珍藏版

585

【注释】

①一线:胡琴的弓。

②二弦:大小两弦。

③昭君怨:古代琴曲名。

【鉴赏】

全曲以琴声衬托主题,以恰当形象的比喻引起共鸣,使读者如见其人如闻其声。按照曲谱,《金字经》的第四句为一字句。此曲中的"联"字就起到承上启下,贯穿全篇的作用,意蕴丰富。承上指胡琴二弦上的乐声,启下则指琴弹奏的内容,将"小山秋水篇"与"昭君怨"自然巧妙地结合起来。开头以景述情,窗前竹叶上的细雨、山涧叮咚的清泉,都像音乐一样给人以轻快明朗的感觉。结尾两句作者以跨越时空的手法,把读者的思绪从现代拉到远古,从轻风细雨的关内驰骋到策马扬鞭的塞外,这既可以说是琴声的感染力,也可以说是此曲感染力,这也要归功于一个"联"字,它灵活多用又多义,使全文产生双关又多关的内涵,从多方面表现出琴声的丰富与曲调的婉转。

拨 不 断 会稽道中

张可久

墓田鸦,故宫①花。愁烟恨水丹青画,峻宇雕墙宰相家,夕阳芳草渔樵话。百年之下。

【注释】

①故宫:这里指古越国和南宋宫殿。

【鉴赏】

此曲作者途经会稽,由南宋陵墓上的栖乌以及"故宫"上的野花和满目"愁烟恨水",引发了对古时兴亡的感叹。三、四、五三句组成的"鼎足对",在时间上有很大的跨度,昔日"宰相家"的"峻宇雕墙"已被芳草所取代,此曲中含有说不尽的盛衰沧桑,道不完的哀愁心酸,而今,过去的繁华都成了夕阳西下时渔人和樵夫的话题。最后作者以"百年之下"紧扣主题,百年之后此时的景、事、人又同样成为人们闲时的话题,此曲作者以古思今,又以今来设想未来,独出心裁,有景有情,其中也含有对社会的不满,对统治者的哀怨。

水 仙 子 归兴

张可久

淡文章不到紫薇郎①,小根脚②难登白玉堂③,远功名却怕黄茅瘴④。老来也思故乡,想途中梦感魂伤⑤。云莽莽冯公岭⑥,浪淘淘扬子江⑦,水远山长。

【注释】

①紫薇郎:唐代中书郎的名称,这里泛指朝廷重要官职。

②根脚:元代称"家世"为根脚。

③白玉堂:白玉做的厅堂,这里指翰林院。

④瘴:瘴气,指南方山林中蒸郁的潮气。

⑤梦感魂伤:指思乡之情。

⑥冯公岭:在今杭州灵隐寺以西,又称石人岭。

⑦扬子江:长江下游古称扬子江。

【鉴赏】

此曲主要写为官羁旅他乡,后来随着年岁的增大,思乡之情也更加强烈,因水远山长的阻隔,也无法圆归乡之梦,只能以每日的乡思来寄托自己的"归兴"。这种矛盾心理,在古人中也是很常见的,同时也是作者内心思想的真实流露。此曲的前半部述说了功名的失意,后半部则以归思茫茫来衬托一种功成名就之后的哀愁,作者以自嘲的方式将功名难遂与思乡难归的心情曲折而辛辣地表达出来,处处显露出伤心的隐痛。全曲用工整的对仗,一连串的借喻,极有特色,如"冯公岭"对"扬子江",以"公"对"子"巧用转化;用扬子江的水来寄托自己的思乡情怀。

凭阑人 江夜

张可久

江水澄澄江月明,江上何人搯^①玉筝?隔江和泪^②听,
满江长叹声。

【注释】

①搯:弹奏的意思。

②和泪:含着泪水。

【鉴赏】

此曲开始以景入题,清清的江水映着明月的倒影,幽静的江面上只有江波水

影,却传来阵阵的筝音,由月夜江上听筝而触发了作者的愁绪。作者以江月、江水和水面上的筝乐,构成了一幅凄美的月夜映清湖画面,其意境幽邃,清冷宁静。作者没有从正面直接写乐声和奏乐人,而是从侧面通过隔江人之耳描写音乐,独出心裁,令人神往,作者运用空灵蕴藉的笔法,颇有唐人绝句神韵。全曲中还巧妙地运用了"嵌字体",每一句均嵌入了一个"江"字,四句中五个江字,将月夜中的江景刻画得入木三分,有意有情,运用巧妙,自然流露,使人浑然不觉。

秦 楼 月

张可久

寻芳屦①,出门便是西湖路。西湖路,傍花行到,旧题诗处。瑞芝峰②下杨梅坞③,看松未了催归去。催归去,吴山④云暗,又商量雨⑤。

【注释】

①寻芳屦:指出游赏花时所穿的鞋。

②瑞芝峰:山峰名,在今杭州南山风篁岭、狮子峰间。

③杨梅坞:近瑞芝峰,以宋时金妪所栽杨梅得名。

④吴山:在杭州西湖的东南方。

⑤商量雨:语出南宋姜夔《点绛唇》"商略黄昏雨"词句。

【鉴赏】

此曲可以说是作者春日游西湖的一篇游记,寻到出游时所用的鞋子,便踏步游西湖,以"西湖路""瑞芝峰""杨梅坞""吴山"四个景点的变化,来描写西湖之景,在读者看来如同电影镜头一样,既形象鲜明,又简洁明快,片刻之间便将西湖胜景描绘得如诗如画,意境清新。全曲以平实流畅的文字,生动活泼的笔调使读者如同随着作者"寻芳屦"的行踪,共同欣赏西湖的一亭一台,一山一水,一草一木,从"西湖路"到"旧题诗处",经"杨梅坞"看"松催归",轻松自然,妙趣横生。最后又登上"吴山"与作者一同"商量雨"。

一 枝 花 湖上晚归[套数]

张可久

长天落彩霞,远水涵①秋镜②。花如人面红,山似佛头青③。生色围屏④,翠冷松云径,嫣然眉黛横。但携将旖旎浓香⑤,何必赋横斜瘦影⑥。[梁州]挽玉手流连锦英⑦,据胡床⑧指点银瓶⑨。素娥⑩不嫁伤孤零。想当年小小⑪,问何处卿卿⑫?东坡⑬才调,西子⑭娉婷⑮,总相宜⑯千古留名。吾二人此地私行。六一泉⑰亭上诗成,三五夜⑱花前月明,十四弦⑲指下风生。可憎⑳,有情,捧红牙㉑合和伊州令㉒。万籁㉓寂,四山静。幽咽㉔泉流水下声,鹤怨猿惊。[尾]岩阿㉕禅窟㉖鸣金磬㉗,波底龙宫漾水精㉘。夜气清,酒力醒;宝篆㉙销,玉漏㉚鸣。笑归来仿佛二更㉛,煞强似㉜踏雪寻梅灞桥㉝冷。

【注释】

①涵:包含着。

②秋镜:秋水如明镜。

③佛头青:指山色苍翠。

④围屏:如画屏一般围绕在四周的湖光山色。

⑤旖旎浓香:浓妆艳抹、装饰华贵的美人。

⑥横斜瘦影:这里指梅花。

国学经典文库

元曲鉴赏

·元曲·

图文珍藏版

⑦锦英:这里是花丛之意。

⑧胡床:一种用具。

⑨银瓶:银制盛酒器。

⑩素娥:指嫦娥。

⑪小小:即苏小小,钱塘名妓。

⑫卿卿:男女间亲昵称呼。

⑬东坡:指北宋苏轼,字东坡,曾任端明殿学士。是我国古代百科全书式的文化巨人,其文学成就和人生境界都达到了常人难以企及的程度。

⑭西子:西施,春秋时越国美女,越王勾践把她送给吴王夫差,以完成复国大计。

⑮娉婷:姿态优美,亭亭玉立。

⑯总相宜:借用苏轼"欲把西湖比西子,淡妆浓抹总相宜"诗之意。

⑰六一泉:北宋欧阳修号六一居士,用他的号命名的泉。

⑱三五夜:指农历十五月圆之夜。

⑲十四弦:古代的一种管弦乐器。

⑳可憎:爱极之称。

㉑红牙:古时打拍所用的牙板。

㉒伊州令:乐曲名。

㉓万籁:一切声音。

㉔幽咽:形容非常微弱的、若有若无的声音。

㉕岩阿:幽曲的山崖。

㉖禅窟:专供奉佛像的寺窟。

㉗金磬:在寺内敲击乐器。

㉘水精:即水晶。

㉙宝篆:篆字形的熏香。

㉚玉漏:古代计时器滴漏的美称。

㉛二更:晚九时至十一时。

㉜煞强似:远胜过。

㉝灞桥:桥名,在今陕西长安以东。

【鉴赏】

　　这套曲写作者携美姬畅游西湖的情形。[一枝花]曲运用丰富的比拟和想象,勾勒西湖傍晚美景,创造出恬静雅丽的境界。[梁州]曲描写游赏行乐的过程,作者将叙事、抒情、写景巧妙结合,充满了诗情画意。[尾]曲刻画西湖夜景,抒发了作者惬意自得的心情。

　　在这套曲中,作者融合诗词做法,并大量熔铸前人名句,字句流畅,对仗工整,音调和谐,显示出相当的艺术功力,代表了张可久散曲清丽雅正的风格特色,被明代李开先誉为"千古绝唱"(见《词谑》)。

沈禧　字廷锡,吴兴(今属浙江)人。有《竹窗词》。存世散曲有套数八套。

南吕·一枝花　咏雪景

沈　禧

　　千山鸟罢飞,四野云同暝。九天敷上瑞,万国贺升平。积素堆琼,幻出冰壶镜,妆成白玉京。那时节拥蓝关马足难行,临蔡地兵威越整。

[梁州] 这其间江头有客寻归艇,我这里醉里题诗漫送程。你看他沂澄江下不减王猷兴,冲开鹭序,荡散鸥盟,梨花乱撒,柳絮飘零。那时节酒停斝听唱阳春。人将别重歌古郢。想当初钓鱼人击冻敲冰,骑驴客冲寒忍冷,牧羊徒守节持旌。美名,擅称,辉光照耀终难泯。他每志坚贞秉忠正,一片丹衷贯日星。流播芳馨。

[**余音**]香缣貌得三冬景,彩笔吟成万古情。临行持此
为相赠,则愿你艺超薛谭,才压秦青,那时节声价超迁迈
夷等。

【鉴赏】

　　沈禧这篇套曲,题为《咏雪景》,实际却是赠别之作。它描绘了雪中送客的情景,以及作者对将别之客的劝勉和希望。

　　这篇套曲,由三支曲子组成。

　　[一枝花]曲描绘了雪景之壮观。雪好大:顿时间"千山鸟飞绝,万径人踪灭"(柳宗元《江雪》),阴云四起,天色变暗。上天降下了祥瑞,整个大地一片洁白,像堆积起白绢美玉一般,幻化出一个冰玉壶般的明镜,简直把人间打扮成了天宫。("白玉京",典出《魏书·释老志》,即道家所说的天宫。)面对着这漫天的大雪,作者不禁想到了韩愈遇到的两场大雪:"拥蓝关马足难行,临蔡地兵威越整"。这里借用了两个典故:韩愈因力谏宪宗"迎佛骨入大内",被贬潮州刺史时,途中曾写下"雪拥蓝关马不前"的名句(《左迁蓝关示侄孙湘》)。前此,韩愈曾以行军司马的身份,随宰相裴度取得平淮大捷,唐将李愬雪夜攻下蔡州,是平淮大捷的关键一役。这韩愈被雪阻蓝关和目睹李愬雪夜攻下蔡州,都可算是关于大雪的有名典故,这里借来,意在形容眼前的漫天大雪,说它就像这两个典故中的风雪一般,太大了。这[一枝花]全曲,极尽铺叙夸张之能事,为我们描绘出一幅漫天大雪图。冰天雪地,大雪纷扬——这便是送客的特定环境。

　　[梁州]曲中,作者描绘的是送客的情况,以及他的联想。作者先实写送别:就在这大雪纷飞的时候,那客人在江头急匆匆寻找归舟;我却在颠三倒四的醉态中题写诗句,胡乱为他送行。你看他,将要突风冒雪顺澄江而下,那兴致比之王子猷毫不逊色,他将冲散那江边的鸥、鹭,在漫天飞舞的雪花中,踏上归程。饯行的饮宴中,曾停杯听他唱《阳春》;临别之时,又听他唱这"郢曲"。"漫送程"的"漫",解作"胡乱"。"诉澄江下"的"诉"是"溯"的异体,顺也。"诉澄江下",就是顺澄江而下。"王猷兴"即王子猷的兴致。典出《世说新语·任诞》:"王子猷居山阴,夜大雪,眠觉,开室命酌酒,四望皎然,因起彷徨,咏左思《招隐》诗。忽忆戴安道,时戴在

剡，即便夜乘小船就之。经宿方至，造门不前而返。人问其故，王曰：'吾本乘兴而行，兴尽而返，何必见戴？'这里借用这个典故，是说自己送的客人，定要突风冒雪而去，就像那王子猷雪夜访友一般，是"乘兴而行，兴尽而返"，兴之所至，才不管什么风雪呢。"古郢"，即郢曲；"阳春"是郢曲中的一种，都是代指优美的乐曲。典出宋玉《对楚王问》："客有歌于郢中者，其始曰《下里》《巴人》，国中属而和者数千人。其为《阳阿》《薤露》，国中属而和者数百人。其为《阳春》《白雪》，国中属而和者不过数十人。引商刻羽，杂以流徵，国中属而和者不过数人而已。是其曲弥高，其和弥寡。"以后人们常以"古郢""郢曲"、《阳春》《白雪》代指优美的乐曲。

接下来，作者一转而写他此时的联想。面对冰天雪地，大雪纷飞的环境，他不禁想到一些与冰雪寒冷有关的历史人物："钓鱼人""骑驴客""牧羊徒"。"钓鱼人击冻敲冰"，典出柳宗元《江雪》："独钓寒江雪"，写隐士雪中生涯。此典元曲中常用。"牧羊徒守节持旄"，指苏武。苏武于汉武帝时持旄节奉使入匈奴被扣留，又令其至北海牧羊，匈奴曾千方百计威胁诱降，他坚持十九年而不屈，事见《汉书·李广苏建列传》。至于"骑驴客冲寒忍冷"，是指孟浩然骑驴于灞桥风雪中，冻吟诗踏雪寻梅的事情，载《诗本事》。对"骑驴客""牧羊人"，作者叹道：他们（即"他每"）确实是坚贞、忠正的代表，他们的一片丹心可照日月，可以流芳千古。作者要写这些人，是要以上述人物为榜样，与客人共勉。

[余音]是写作者以这支套曲相赠，希望对方加倍努力，超越前人。我在香缣（一种细绢）上绘出这三冬的景致，用彩笔写出这歌咏千古名人的深情。分别时把它赠给你，但愿你的才艺超过薛谭、秦青，那时候你的声名大可超过前人。"香缣""彩笔"两句，就是指写下这支套曲，并非真的还有画。"薛谭"，古之歌者。"秦青"，古之善讴歌者。《列子·汤问》："薛谭学讴于秦青，未穷青之技，自谓尽之，遂辞归。秦青弗止，饯于郊衢，抚节悲歌，声振林木，响遏行云。薛谭有乃谢求反（返），终身不敢言归。"作者以此二者作比，是告诉对方艺无止境，希望他加倍努力。"超迁迈夷等"，是说大步超越前面所说的人等。从这支曲子的内容推测，作者送别的客人，显然是个年轻人，也可能是作者的忘年交。

这支题为《咏雪景》的套曲，能溶进劝勉后进之旨，从内容和思想意义上讲，堪称可取。其表现手法，能用大笔渲染的手法，把那大雪纷飞的银妆世界，描绘得形态毕现,淋漓尽致,给人以身临其境之感。真可谓是"香缣貌得三冬景",这也是很难得的了。

任昱 字则明,四明(今浙江宁波)人。与张可久、曹明善为同时人。少时喜狎游,作有不少散曲作品,在歌妓间传唱。晚年锐志读书,尤工于七言诗。现存小令五十九首,套数一套。

中吕·上小楼 隐居

任 昱

荆棘①满途,蓬莱②闲住。诸葛茅庐③,陶令松菊④,张翰⑤莼鲈。不顺俗,不妄图,清高风度。任年年落花飞絮。

【注释】

①荆棘:原泛指丛生多棘的灌木,在此比喻仕途险恶。

②蓬莱:原指传说中的海上仙山,在此比喻自己隐居的地方。

③诸葛茅庐:诸葛亮年轻时,隐居南阳,住在茅屋里亲自耕种。

④陶令:陶渊明曾当过83天的彭泽县令,他在弃官归隐时,曾写过一篇《归去来辞》,其中有"三径就荒,松菊犹存"之句。

⑤张翰:晋代吴人张翰,在洛阳做官,一日见秋风起,想起了故乡的莼菜鲈鱼,遂弃官回故乡隐居。

【鉴赏】

本曲是一篇赞颂归隐生活的小令。全曲自然流畅,虽用典但不艰涩。

词曲开篇便道出了作者对现实、人生的不满和对隐居生活的神往。在人生的旅途上,尤其是在仕途之中荆棘丛生,遍地陷阱,稍不留意就会大祸临头,小则罢官,大则杀头;而隐居的生活却是无比的安全宁静,逍遥自在。两者相比,更加显示出尔虞我诈、纷争不已的现实社会的黑暗和丑恶,更加显示出隐居山林的田园生活的安闲自适。在此,作者采用对比的手法,明确写出了自己的爱憎。

诸葛亮、陶渊明、张翰三位历史人物隐居的事迹是妇孺皆知的,作者借三位历史名人作比,形象、具体地说出了隐居的日常生活状况:住的是茅庐,吃的是家乡的土产,日常与松菊为伍。作者

的隐居生活不仅学习古人的安贫乐道,更可贵的是对"高尚品格"的效仿与追求。"不顾俗,不安图,清高风度"直抒作者情怀,表现了他不随波逐流、不争名夺利、永葆清雅高洁的风度。

作者何以要效仿诸葛亮等三位历史名人而隐居山林呢?"任年年落花飞絮"含意颇深,其中可以窥见作者归隐的心迹。作者所处的时代是元朝中后期,朝廷政治黑暗,吏治腐败,阶级压迫与民族压迫极为残酷,知识分子受尽屈辱,壮志难酬,想有所作为而难以有所作为,不能兼济天下,只好独善其身。因此,管他花开花落,任他春去春来,自己总是过着淡泊恬静的隐居生活,永远与世无争,这句话看似平淡,其实满含辛酸,充满抑郁不平。

中吕·普天乐 花园改道院

任　昱

锦江滨,红尘外。王孙去后[1],仙子归来。寒梅不改香,舞榭今何在。富贵浮云流光快,得清闲便是蓬莱[2]。门迎野客,茶香石鼎,鹤守茅斋。

【注释】

①"王孙"句:语本淮南小山《招隐赋》:"王孙去兮不归,春草生兮萋萋。"王孙,公子。

②蓬莱:传说中的海上仙境。

【鉴赏】

这首小令咏歌的是"道院"的现状,却巧妙地不时暗点出昔日"花园"的故事。前六句三组对仗,作者有意识地将"花园"的暗示安排在各个出句之中:"锦江滨"的"锦"字,令人联想起"花团锦簇"的成语。"王孙去后","王孙"在诗文中每与"芳草"相联系,如杜甫《客居》:"短畦带碧草,怅望思王孙。"白居易《赋得古原草送别》:"又送王孙去,萋萋满别情。"出处便是注①所说的淮南小山句;而春草萋萋,则是花园的典型景象。"寒梅不改香",更是直点出花园的旧物。另一方面,又以"红尘外""仙子归来""舞榭今何在"这些关于"道院"性状的显豁描写与之对比,形成了"花园—道院""花园—道院"……的频繁交替,从而点出了题目中的那个"改"字,也印证了"富贵浮云流光快"的结论。末尾三句的鼎足对,正面详绘了"道院"的景象。这里迎来的是山人修士之类的"野客",替代了王孙公子;石鼎煮茗,茶香阵阵,盖过了院中的梅香;白鹤把守着道士修行的茅庵,素淡枯寂,与"锦江"的"红尘"也是极大的反差。这一切都是道院的"得清闲"处,但每一处仍隐隐表现出与昔日花园的对照与改变。花团锦簇的热闹地,改做了闲云野鹤的清静场,作者的今昔之感是不言而喻的。但盛衰荣枯的现实规律如此严酷,难怪诗人要把道院当作"蓬莱"了。全曲善于抓住典型事物,进行不露声色的对比;无论是曲中描写的景象还是抒发的感受,都令人掩卷怃然。

双调·清江引 钱塘怀古[①]

任 昱

吴山越山山下水,总是凄凉意。江流今古愁,山雨兴亡泪。沙鸥笑人闲未得。

【注释】

①钱塘:此指钱塘江,为浙江下游临钱塘县(今浙江杭州)的区段。

【鉴赏】

古人习以钱塘江北岸山称吴山,南岸山称越山,这是因为钱塘江曾为春秋时吴、越两国国界的缘故。元曲家汪元亨即有"怕青山两岸分吴越"(《醉太平·警世》)语。此曲起首即以吴山越山对举,点出"山下水"即钱塘江的咏写对象,而著一"总是凄凉意"的断语。一个"总"字,将"吴""越""山""水"尽行包括,且含有不分时间、无一例外的意味,已为题面的"怀古"蓄势。不直言"钱塘江水"而以"吴山越山山下水"的回互句式出之,也见出了钱塘江夹岸青山、山水萦回的态势。三、四句以工整的对仗,分别从水、山的两个角度写足"凄凉意"。江为动景,亘古长流,故着重从时间表现,所谓"今古愁"。山为静物,也是历史忠实、可靠的见证,故着重从性质表述,所谓"兴亡泪"。以"雨"字作动词,不仅使凝练的对句增添了新警的韵味,还表明了"泪"的众多,也即是兴亡的纷纭。作者不详述怀古的内容,而全以沉郁浑融的感想代表,显示了在钱塘江浩淼山水中的苍茫心绪。

大处着笔,大言炎炎,一般都较难收束,本篇的结尾却有举重若轻之妙。"沙鸥"是钱塘江上的本地风光,又是闲逸自得和不存心机的象征。"沙鸥笑人闲未得"，"闲"字可同"今古""兴亡"对读，说明尽管历史活动不过是"凄凉意"的重复，但人们还是机心不泯、执迷不悟，大至江山社稷，小至功名利禄，争攘不已；又可与"今古愁""兴亡泪"对勘，表现出作者对自己怀古伤昔举动的自嘲。此外，从意象上说，"沙鸥笑人"，也正是江面凄凉景象的一种示现。作者对人世的百感交集，终究集聚到这一句上，自然就语重心长，足耐寻味了。

双调·清江引 积雨

任 昱

春来那曾晴半日，人散芳菲地。苔生翡翠衣，花滴胭脂泪。偏嫌锦鸠①枝上啼。

【注释】

①锦鸠：一名鹁鸪。因其在将雨时鸣声特急，故古人有鸠鸣呼雨的说法。

【鉴赏】

不看题目，光读前两句，我们就知道天公不作美了多时。由于开春以来一直积雨不停，那青草芊绵、百花盛开的郊野已无人前去游赏，这情形就像本书前选盍西村《小桃红·杂咏》所说的那样："杏花开候不曾晴，败尽游人兴。"作者开宗明义便来一句"春来那曾晴半日"，显示出压抑不住的怨意，怨的自然是耽误了人们在"芳菲地"的春游。

然而作者情有不甘，还是冒着积雨来到了户外。以下三句记录了雨景中的所见。淫雨造成了苔藓的疯长，作者将苔衣的绿色跟翡翠联想在一起；花朵上布满了雨水，不断向下滴落，胭脂色的花瓣使晶莹的水珠望上去仿佛红色的泪点一般。作者尽量将这一切往美处着想，但枝上的鸠啼还是惹起了他"偏嫌"的情感。原来古人有"鸠报雨，鹊报晴"的说法。陆佃《埤雅》："鹁鸠灰色，无绣项，阴则屏逐其匹，晴则呼之。语曰'天将雨，鸠逐妇'者是也。"说雄鸠对妻子天雨变心、天晴回意，自然是古人的附会,事实上是鸠鸟在下雨前啼声特别急促响亮,所以才招致了"呼雨"的误解。不管怎么说,作者听到鸠啼,想到"积雨"还会没完没了,心情当然轻松不起来。

这支小令句句扣着芳春时节的积雨来述写,但它有个特点,就是运用了不少美丽的词语,如"芳菲地""翡翠衣""胭脂泪""锦鸠"等。这反映了他寻求美感的渴望,多少带有一种"苦中求乐"的意味。不过,我们仍不难从字里行间读见他的惆怅,尤其以绮语表达,就更使人感到这种惆怅的悱恻。

吴镇　(1280~1354)引,字仲圭,号梅花道人,尝自署梅道人。汉族,浙江嘉兴魏塘人。工词翰,草书学辩光,山水师巨然,墨竹宗文同。善于用墨,淋漓雄厚,为元人之冠。兼工墨花,亦能写真。另有清朝历史人物吴镇。

南吕·金字经　梅边

吴　镇

雪冷松边路,月寒湖上村。缥缈梨花入梦云。巡,小檐芳树春。江梅信,翠禽啼向人。

【鉴赏】

这是一幅画,乍然一看使人眼花缭乱,细细寻味,便看到那一缕梅魂了。

作者吴镇是元代中后期人。工词翰,善画山水竹石,每题诗其上,世人称为三绝。性高介,隐居不仕,因爱梅花,自号梅花道人。因而他的作品往往带有画家的特点,带有隐士的气息。

"雪冷松边路,月寒湖上村。"白雪皑皑,覆盖着松边的道路,带给大地一片寒冷;洁白的月光,仿佛透露着一种寒意,笼罩着湖上的村庄。松、路、湖、村,这一切都透露着乡野气息;仅仅两句,作者便勾勒出一幅乡野雪景图。通观全篇,便能体会到，作者在为我们展现梅花的生活环境——那冰天雪地的乡野之间。正是在这里，才更能显示出梅花的凌然和高洁。这也正是隐居不仕的、生性高介的作者所生活、所喜爱的环境。其实中国的许多文人往往都把梅花置于这样的背景之中。晏几道《蝶恋花》云："千叶早梅夸百媚，笑面临寒。"王安石《梅花》诗云："墙角数枝梅，凌寒独自开。"周密《法曲献仙音》(吊雪香亭梅)云："松雪飘寒，岭云吹冻，红破数椒春浅。"上述几例便是如此。

"缥缈梨花入梦云"，这里有点费解，其实还是在写雪，我们再指实一点，不妨说是写树上的雪。缥缈、梦、云等字眼明确地给我们一种朦胧感。缥缈自不必说；梦是虚幻的，似有似无的；云也是飘浮的，变幻不定的，令人捉摸不住的。我们再来看"梨花"，是实？皆，还是指别的？古代文人早有以梨花喻雪之习。唐著名诗人岑参《白雪歌送武判官归京》诗云："忽如一夜春风来，千树万树梨花开"便是大家熟悉的千古咏雪名句。此句出后，随着日月的推移，梨花也便多了一个比喻意项——雪。纵贯全篇，在特定的语言环境中，我们说这里的"梨花"也是指雪。这第三句是从另一个角度写雪景：雪压枝头，如梨花怒放，如楚云飘浮，一片缥缈，一片朦胧。

在冰天雪地白皑皑的世界里，作者巡游着，找寻着，突然间耳目一新，小檐之下有芳树预报着春天。这里有着"一枝红杏出墙来"（宋叶绍翁《游园不值》）的艺术效果。这芳树便是梅树，小小芳树掀翻了整个场面，傲雪凌霜便是梅的性格。

"江梅信，翠禽啼向人。"江梅报告着春天的信息，碧色的鸟儿向着人啼叫。这一切都是那么富有春意。小令的后半部分与前半部分形成鲜明的对照。前面是洁白的色调，这里是"江梅""翠禽"；前面是寂静的，这里是报信、啼叫。这里尾句一出，整个画面便生机盎然，勃勃而有生气了。让人看了，真像从乡村小酒馆走出来，醉眼蒙眬地看到了那雪中有红梅、翠禽，那情绪、那气氛是村野的。这画面是自然的、朴实的，也是泼辣而有生机的。

黄公望 (1269~约1354)字子久,号
大痴,又号一峰,常熟(今属江苏)人。至
元中曾为廉访司和察院书吏,因事牵连
入狱,出狱后往来于杭州、松江之间。信
奉全真道,交往多为达官贵人。通音律,
能诗词、散曲,尤工绘画,元末四大画家
之一。代表作有《富春山居图》等。著有
《写山水诀》,是我国古代画论中的重要作品。存世散曲仅小令一首。

仙吕·醉中天

黄公望

李嵩《髑髅纨扇》

没半点皮和肉,有一担苦和愁。傀儡儿还将丝线抽。弄
一个小样子把冤家逗。识破个羞那不羞?呆兀自五里
已单堠。

【鉴赏】

　　这支曲子是为题咏李嵩的画幅——《髑髅纨扇图》而作的。纨扇,是仕女所持
的器物,所谓簪花纨扇,何其温馨乃尔。可如今却把这吓煞人的死人骸骨画在这精
致玩意儿上面,真可谓一反常态。何以如此呢?这要从李嵩所处的时代来加以考
察。李嵩是南宋末年的名画家,官画院待诏。这时的民族危机日趋严重,蒙古的铁

骑步步紧逼。然而君暗臣诒的南宋小朝廷却苟且偷安，不自振作。作为一个有爱国之心和艺术追求的画家，他不甘心做一个粉饰升平的宫廷画匠，他要用手中的画笔表达自己对时代的思考。这幅画在团扇上的骷髅，就是服膺于这一艺术构思的。他通过这个凶残的髑髅，表达了对醉生梦死的官场生活的针砭。他以艺术家所特有的方式批判了这个可诅咒的时代。

　　现在，这件具有深刻警世意味的艺术珍品，摆到了黄公望的面前。作为一个优秀的画家和诗人，他能从中获得什么样的启示，引发出哪些联想呢？黄公望不愧为艺林高手，他不仅敏锐地捕捉住画家的艺术构思，把这无声骸骨所包蕴和象征的巨大悲痛，深刻而生动地揭示出来，而且还将这个主题加以拓展、深化，使之达到震撼人心的悲剧性高度。这幅纨扇的图画，由于黄公望的题咏，而更加熠熠生辉，相得益彰了。

　　下面，让我们来欣赏一下曲文吧。开头两句是一副工整活泼的流水对。"没半点皮和肉"这句紧扣题面，点出了"髑髅"之意，将一种皮肉脱尽、白骨槎枒的阴森惨象和盘托出。接着用"有一担苦和愁"绾结，更是翻空出奇之笔。无知的残骸被复活了，赋予它以感情和生命。没有半点血肉的白骨，竟然装载了偌多人间愁苦。无和有，反和正，在这里构成了强烈的对比反差。这种艺术手法越发加强了触目惊心的艺术效果。"傀儡儿还将丝线抽"一句，则将亡灵的痛苦，做了进一步的发掘。"傀儡儿"，指耍木偶的提线艺人。他们并不理会这具髑髅玩偶心灵之痛苦，还——注意这个副词的感情分量——一味地耍弄着它，就像在流血的伤口上撒盐一样，毫不留情。"弄一个小样子把冤家逗"，则是进一步补足上意。怎样耍弄呢？做出一种惹人怜惜的乖巧模样，这就是曲中所说的"小样子"，如果它是出自无邪的赤子，那是儿童的天真；如果它出自豆蔻年华的少女，那是女郎的妩媚。这自然是令人开心的。可现在却教这饮恨屈死的冤魂，强颜欢笑扮演起逗人耍笑的角色，这不等于

603

是以泥犁地狱强作欢场吗？怎不令人深为怅悒呢？更有甚者，这可怜的髑髅所被迫取悦的对象——"冤家"，不是别人，正是其未亡的寡妻。"冤家"，在民间的俗白中，常用作夫妇的对称。这里即指其家中的妻室。她哪里知道眼前的这具髑髅傀儡，就是她春闺梦里日常思念的亲人呵？作者这样处理大大地加强了悲剧气氛，真是化工之妙笔。"识破个羞那不羞？"，是进一步的心理剖析。倘若被她认出来，那岂不羞死人了。对于这个可怜的亡灵来说，此时此刻所关心的并不是个人的痛苦，而是一种生怕辱没了对方的自惭和羞报之情。自己已经是沉沦到万劫难复的苦海里去了，可是却还那样体贴微地惦念着别人。这是一种很高尚的情操。狰狞可怖的骷髅，一经彩笔的点染，便转化成为具有悲壮美的形象，实现了质的飞跃，一个人物的性格就这样被勾画得栩栩如生了。这是何等的艺术魄力和表现技巧。

如果说前面五句是围绕性格刻画而组成的一个单元，那么，最后一句则是叫破主题的点睛之笔。是全篇中的另一个相对独立的部分。"呆兀自五里已单堠"，"单堠"，即斥堠之一和，指敌人的侦探。"兀自"为元曲习惯用语，与"却是"意近。这句话的意思是说，当这群浑浑噩噩的生灵还在醉生梦死的寻欢作乐之时，敌人的铁骑已经逼近城郊了。它同杜牧的"门外韩擒虎，楼头张丽华"（《台城曲》）旨趣相似。意在批判统治集团的腐败和荒淫。然而由于他以曲家的笔墨行之，便显得格外诙诡奇谲，耸动心目。

黄公望工诗善画，名重一代。曲则不多作，传世的仅此一首。却写得极有风致，用笔旋折，无句不转，俏辣幽奇，各极其胜。虽孤篇横绝，亦堪称大家。

最后，关于本篇的曲牌[醉中天]，细按曲谱，颇不相合。自来[醉中天]一体，无六句者，疑是[醉扶归]之讹。顺为拈出，以俟通识。

徐再思 字德可，号甜斋，嘉兴（今属浙江）人。与张可久、贯云石为同时代人。作品多写悠闲生活与闺情春思。风格清丽，注重技巧。今人任讷将其散曲与贯云石（号酸斋）作品合辑为《酸甜乐府》，得

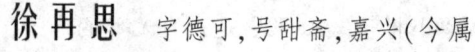

双调·水仙子

徐再思

惠山泉①

自天飞下九龙涎，走地流为一股泉，带风吹作千寻②练。
问山僧不记年，任松梢鹤避青烟。湿云亭③上，涵碧洞
前，自采茶煎。

【注释】

①惠山泉：又称惠泉，在江苏无锡市内惠山的白石坞下，水味醇美，被誉为"天
下第二泉"。

②千寻：形容极长。古以八尺为一寻。

③湿云亭：及下句的"涵碧洞"，都是惠泉旁的风景点。

【鉴赏】

小令起首三句的鼎足对，是散曲写景的俊句，分读合读皆有可观。分开来读，
它绘现了惠山泉不同区段的各种形态：数道涓涓细流，如龙涎飞吐；一股汩汩清泉，
在地面蜿蜒游行；一条悬立的水帘，临风溅洒着珠沫……奇丽多姿，栩栩如生。合
起来看，它又构成了惠山泉的完整流程。惠山的主体名叫九龙峰，唐代陆羽《惠山
寺记》曾介绍过山峰的得名："山有九陇，若龙之偃卧然。"苏东坡《惠山谒钱道人》
诗，也有"石路萦回九龙脊"的句子。这里是说惠山泉从高高的九龙峰顶汇注而下，
到平处流为一股，在泉口垂悬淌下，像一匹长长的随风摇动的白绢。这就交代了泉
水的来龙去脉。这三句的飞动飘逸、干净利落，恰恰与惠山泉的态势互相照应。

当初唐人祖咏写《终南望余雪》的应制诗，得了四句好语："终南阴岭秀，积雪

浮云端,林表明霁色,城中增暮寒。"诗句是绝妙好辞,可惜太完美了,害得祖咏"意尽",规定的十二句应制诗只做了这四句缴卷。从本曲的这前三句看,也是形神俱已圆足,不能不使人有"意尽"的同感,担心诗人这首《水仙子》不能完篇。妙在从第四句开始,作者完全抛下了"惠山泉"的本体,转身去写惠山寺中的僧人。宋人引唐诗,有"山僧不解数甲子"之句。本篇中的山僧"不记年",则自有其执着的原因,那就是耽于煎茶,"任松梢鹤避青烟"。这一句话用了前人的多种成句:唐姚合《终南山》有"白鹤坐松梢"语,北宋魏野《书友人屋壁》则有"洗砚鱼吞墨,烹茶鹤避烟"之句,黄庭坚《阮郎归·茶词》也说"烹时鹤避烟",可见惠山的鹤是为了躲避煎茶的青烟才坐上松梢的。而山僧置若罔闻,从附近的湿云亭、涵碧洞采得野茶,照煎不误。我们知道,煎茶是同水分不开的,惠山寺僧煎茶的用水,正是惠山泉。惠泉水质自古著名,"茶神"陆羽品定为天下第二。由此可知,"问山僧"以下的五句虽宕开一步,却并未偏离主题,实是对惠山泉可爱之处的补充。前面引过的东坡《惠山谒钱道人》诗,有"独携天上小团月,来试人间第二泉"的名句。本篇中"自采茶煎"的"自"字,同苏诗"独携"的"独"字一样,都表现出对品味惠泉的执着与醉心,洋溢着一种陶然忘机、自得其乐的情兴。作者添写了山僧的这层清趣,便补出了惠山泉内在的粹美。写景之作离不开外部的刻画,但若能进一步表现出内在的美质或美感,就更使人印象难忘。

双调·蟾宫曲

徐再思

送沙宰①

宦游人过钱塘②,江水汤汤③,山色苍苍。马首西风,鸡声残月,雁影斜阳。男子志周流四方,循吏心恪守三章④。岐麦林桑⑤,渡虎驱蝗⑥。人颂《甘棠》⑦,春满琴堂⑧。

【注释】

①沙宰:姓沙的州县长官,名不详。

②钱塘:今浙江杭州。在钱塘辖境内的浙江江段称钱塘江。

③汤汤:浩浩荡荡。

④三章:法律。从刘邦人关"约法三章"的成语衍出。

⑤岐麦:汉代张堪为渔阳太守,百姓丰收,作歌谣曰:"桑无附枝,麦穗两歧。张君为政,乐不可支。"岐,同"歧"。林桑:南朝梁时沈瑀为建德令,教百姓每人种十五株桑树,人咸欢悦,顷之成林。

⑥渡虎:东汉宋均任九江太守时,郡多虎患。宋均斥奸进忠,除削赋税,群虎相与东游渡江。驱蝗:东汉卓茂任密县令,爱民如子,值天下大蝗,河南二十余县皆被害,独不入密县界。又东汉的鲁恭、宋均,皆有类似的作为,后人遂以"驱蝗"喻县令的德政。

⑦《甘棠》:《诗经》篇名。相传因召伯循行南方,曾在甘棠树下休息,百姓感思其德而作。

⑧琴堂:春秋时宓子贱任单父邑,常日弹琴,身不下堂而地方大治。后遂以琴堂指称县官的办公之处。

【鉴赏】

　　沙宰上任,途经杭州,诗人以此曲赠送留念。与赠别作品的常法不同,作者并不直叙两人的友情及依恋惜别的心意,而是以设身处地的代言来表现这一切。"江水汤汤,山色苍苍",当是脱化于范仲淹《严先生祠堂记》的"云山苍苍,江水汤汤",原是对富春江景色特征的概括,钱塘江为富春江的下游,自可逸用,这里着重喻示前程的辽远,也表现了沙宰苍凉的心绪。而"马首"等三句鼎足对,则将沙宰"宦游"与赴任的风尘鞅掌,写得淋漓尽致。"马首西风",语本钱起《送张少府》:"蓬惊马首风。"在曲中是借以点出秋天的节令。"鸡声残月",得自温庭筠《商山早行》"鸡声茅店月"的名句,这里用来代表"晓行"。而"雁影斜阳",不消说是隐示黄昏时的寻求投宿了。周邦彦《玉楼春》:"雁背斜阳红欲暮。"可见这句也是有出处的。这三句将沙宰的日夜跋涉写得如此细腻真切,形同身受,体现了两人声气的相通。

　　旅情别味不免过于萧飒,作品于此笔锋一转,以鼓励语为壮行色。"男子志""循吏心",表示出对沙宰此番出任心意的更深层次的理解。最后四句,以州县官"循吏"的善政与美誉作结,表达了对友人的期望和信心。全曲对仗工整,用典贴切,夹叙夹议,措辞得体,作者在散曲领域驱遣自如的工力,于此可见一斑。

双调·蟾宫曲

徐再思

赠名妓玉莲

　　荆山[①]一片玲珑。分付冯夷[②],捧出波中。白羽香寒,琼衣露重,粉面冰融。知造化私加密宠,为风流洗尽娇红。月对芙蓉,人在帘栊。太华[③]朝云,太液[④]秋风。

【注释】

①荆山:在湖北南漳县西,以产玉著称,名闻天下的"和氏璧"即产于此。

②冯夷:水神。

③太华:即五岳之一的华山,在陕西华阴市南。华山以山顶池生千叶莲花得名,又峰顶若莲形,称"玉井莲"。

④太液:皇家官苑内的池沼。《开元天宝遗事》:"明皇秋八月,太液池有千叶白莲数枝盛开。"白居易《长恨歌》:"太液芙蓉未央柳。"芙蓉即荷花,亦属莲。

【鉴赏】

玉莲姓张,是至正间的江南名妓。夏庭芝《青楼集》张玉莲条:"丝竹咸精,蒲博尽解。笑谈亹亹,文雅彬彬。南北令词即席成赋,审音知律时无比焉。往来其门率多贵公子。积家丰厚,喜延款士夫,复挥金如土无少靳借。"秀出风尘,看来作者的这首赠曲不会是对牛弹琴。

这支小令同前选胡祗通《沉醉东风·赠妓朱帘秀》的写法一样,也是在受赠对象的芳名上做文章。首句切"玉"字,"荆山""玲珑"都是玉的名称,"玲珑"还有表现美玉形象的意味。二、三句拈出"冯夷""波中",为"玉"过渡到"莲"做准备,以下就几乎句句述莲了。"白羽"化用了杜诗,杜甫在《赠巴上人》中有"江莲摇白羽"的句子。白羽、琼衣、粉面,无一不是白莲花花姿的生动比喻,在诗人心目中,"玉莲"的基本特征就应当是洁白吧。"洗尽娇红""月对芙蓉",将"玉莲"之白发挥得淋漓尽致。末两句则直接扣合"玉莲"或"白莲",足见作者的巧思。

然而,作品并非单纯地卖弄游戏技巧,而是尽力以玉莲花的粹美来比喻人物,表达了对张玉莲清雅脱俗、出淤泥而不染的品质的赞美。如"为风流洗尽娇红""月对芙蓉,人在帘栊",就明显地含有张玉莲身处青楼而守身自好的寓意。又如"太华朝云","太液秋风",在影射人名的同时,借助仙家和皇家景物的意象,映示了玉莲的清逸和优雅。全曲造语婉丽,对仗工整,怜香惜玉之情溢于言表。故吴梅《顾曲麈谈》评此曲"正镂心刻骨之作,直开玉茗(汤显祖)、粲花(吴炳)一派矣",给予了极高的评价。

中吕·普天乐 吴江八景（选二）

徐再思

西山夕照

晚云收，夕阳挂。一川枫叶，两岸芦花。鸥鹭栖，牛羊下。万顷波光天图画，水晶宫冷浸红霞。凝烟暮景，转晖老树，背影昏鸦。

【鉴赏】

《吴江八景》是徐再思的写景名作，共八首，这里选其二首。

这曲《西山夕照》开头两句扣题"夕照"，统领全篇。接着具体描绘西山的自然景色。"一川枫叶"二句是总写，是后二句"鸥鹭""牛羊"活动的背景。"鸥鹭栖"二句是特写，鸥鹭在芦花中飞栖，牛羊从枫林中走来，画面动静相宜，充满了生机。之后作者工笔刻画夕照中的烟波云水，"万顷波光天图画"是实写，"水晶宫冷浸红霞"则是作者面对金碧交辉的浩渺水波生发的奇想。这二句遣词凝练，构思高妙。最后，作者落笔于夕阳落山之际特有的景物变化：烟雾凝重，夜幕即将拉开，夕阳的余晖在老树间移动，飞动的乌鸦驮负着淡淡的日影。

这支小曲犹如一幅"西山夕照"的优美图画，令人遐想，引人入胜。

垂虹夜月

玉华寒，冰壶冻。云间玉兔，水面苍龙。酒一樽，琴三弄，唤起凌波仙人梦。倚栏干，满面天风，楼台远近，乾坤表里，江汉西东。

【鉴赏】

　　江苏吴江市东有垂虹桥,共有72个桥洞,桥上有垂虹亭。"垂虹夜月",是吴江八景之一。这首小令写秋夜在垂虹桥上游乐时的感受,抒写了文人超然物外的雅兴和情怀。

　　开头写景用了两组对句。第一组对句"玉华寒,冰壶冻"是写月色的。"玉华"即玉之精华,晴朗的夜空里,悬着一轮圆月,像一块给人以寒意的玉璧。"冰壶"也是形容月亮的皎洁的。冰壶常用以喻月,因为明月在上,它的清光弥漫于全景,所以写垂虹夜月,先写明月是比较得体的。第二组对句"云间玉兔,水面苍龙",月、桥合璧,构成"垂虹夜月"的完整景色。"玉兔"借代月,与"苍龙"借代桥,构成极为工巧的对仗。

　　以上述境界为背景,"酒一樽"三句展开了人的宴赏活动。月光如水的世界,饮着醇酒,弹起瑶琴,更觉得超然出尘,似乎会有仙女从中凌波而出。此用唐明皇凌波池畔遇龙女的典故,写出了人飘然欲仙的精神感受。

如果说曲的前半首使人在审美感受上觉得过于空灵纤柔的话,"倚栏干"以下则天风突起,注入沉郁浩渺之气,使全曲在气格上得到调整。在这样的月夜里,凭栏仰面,觉得有天风扑来,一下子把人的思维引向无际的自然界和感觉之外的茫茫宇宙,眼前高高低低的楼台建筑,映着清冷的月华,显出剪纸似的轮廓,人的精神世界也和这个琉璃世界中的天地江河融为一体而物我相忘了。

双调·水仙子 夜雨

徐再思

一声梧叶一声秋,一点芭蕉一点愁,三更归梦三更后。
落灯花棋未收,叹新丰孤馆人留。枕上十年事,江南
二老忧,都到心头。

【鉴赏】

这首小令描写雨夜时的羁旅愁怀。开头三句鼎足对,工巧贴切,渲染出深秋雨夜凄凉的气氛,形象地烘托出旅人"归梦"难成、夜不能寐的情状。"落灯花"二句,进一步表现久居他乡旅人的悲苦境遇和失意情怀。"新丰孤馆",借唐代马周事,表明自己羁旅在外不得志。《新唐书·马周传》载:马周末得志时,住在临潼县东的新丰旅舍,受到店主人的冷落。最后思亲忆旧、百感交集,写得细腻感人。

南吕·阅金经 春

徐再思

紫燕寻旧垒,翠鸳栖暖沙,一处处绿杨堪系马。他,问
前村沽酒家。秋千下,粉墙边红杏花。

【鉴赏】

　　小令一开头即用"紫燕""翠鸯""绿杨"点出春色，渲染出一片欢乐祥和的气氛。"堪系马"句则透露出踏青赏春人之多。接着作者选取了两个颇有特色的画面：一个是郊野的游客询问酒家的位置，一个是粉墙边的少女正荡着秋千。"粉墙边红杏花"一句写得非常巧妙，既点出了春天最有代表性的景物红杏花，又使人联想到秋千下那像红杏花一样美丽的少女。全曲色彩鲜艳，语言工巧清丽，一片春意，欢情跃然纸上。

黄钟·人月圆 甘露怀古

徐再思

江皋楼观前朝寺，秋色入秦淮。败垣芳草，空廊落叶，深砌苍苔。

远人南去，夕阳西下，江水东来。木兰花在，山僧试问，知为谁开？

【鉴赏】

　　这首怀古的小令从写景入手。前两句就是一幅开阔平远的图画，而且由于时间的渗入，就形成一种富于历史感的四度空间：在京口江岸边的北固山上有一丛宏阔幽雅的古建筑，坐落在秋色凄迷的背景上，这片秋色一直铺展到远处的秦淮河。这丛古建筑就是相传建于三国孙吴甘露年间的甘露寺。从甘露寺，不由使人想到孙吴兴亡的历史。这两句，是一种大笔的染写。

　　接下来三句就把镜头摇向寺内，对甘露寺的具体环境进行近距离展示。如果说随着历史的变迁，甘露寺已不免破败的话，则秋日衰飒的物候更增强了寺中的荒凉感。荒草掩着颓败的垣墙，黄叶落满空寂的走廊，深曲的台阶上生了厚厚的苍苔。对荒凉景象的铺叙，已把怀古伤今之情表露得十分充分了。

下半首,在以上的画面上出现了人的活动,通过人景合写,进一步加深怀古伤今的命意。这种人景合写,恰与前面的写景形成对应的结构关系。"远人"三句既是在前文"江皋"二句开阔而有层深感的境界里添上了人物,同时也进一步加强了这一境界的厚度。"远人南去",愈行愈远,使人感到无限惆怅;"夕阳西下",使甘露寺所在的江南的凄迷秋色带上了残阳的光感,更具有感伤的情调;"江水东来",不但增强了这幅大画面的动感。同时也暗示着逝者如斯,时光在流转,人世沧桑,令人浩叹。"木兰"指秋季开花的草本的木兰,在秋季荒寂的甘露寺,木兰花开了,一片生机,花开依旧而花开无主,故花愈绚烂,人愈伤感。山僧以此发问,更使人不可为怀。

双调·人月圆 兰亭

徐再思

茂林修竹风流地,重到古山阴。壮怀感慨,醉眸俯仰,
世事浮沉。　　惠风归燕,团沙宿鹭,芳树幽禽。山
山水水,诗诗酒酒,古古今今!

【鉴赏】

　　东晋永和九年(353)三月三日,王羲之同孙绰、谢安等41人在会稽山阴(今绍兴)的兰亭洗濯被禊,饮宴作诗,羲之为此事作《兰亭集序》,这是一次流传千载的

风流盛事。在《兰亭集序》中，王羲之因"仰观宇宙之大，俯察品类之盛"，思考了人的生死问题。人的寿命无论长短，都有尽时，想到此不免苍凉感叹。这首《人月圆·兰亭》乃是游山阴兰亭时，就王羲之《兰亭集序》的题旨发挥而成。曲中抒写了作者面对自然山水的历史陈迹，对世情多变的无限感慨。

开篇先拈来《兰亭集序》作为话头，序云："此地有崇山峻岭，茂林修竹，又有清湍激流，映带左右。"正是在这个雄俊幽雅的环境中，东晋名士们曾聚首修禊。地风流，人风流，事风流，作者现在到了这个"风流地"，在欣赏自然美的精神愉悦中，不能不与东晋名士们神交神游，也自然地与他们的志趣襟怀相共鸣，醉眼俯仰宇宙群形和世事浮沉，不由不感慨系之。

下半首的前三句纯为写景。这三句分别单看都写得不错，尤其"芳树幽禽"一句，意境幽深，也与作者怀古的情思相应合，但三句句式相同，且均为景中写鸟，不免有重复堆垛之感。曲的最后三句全用叠字，倒是颇为别致。徐甜斋这里的 12 个叠字节奏舒缓，情致宏放，带着无尽的沉思和嗟叹：面对兰亭胜地，缅怀往古人物，俯仰宇宙万物，反思历史变化，咀嚼人生况味，真是一言难尽！

双调·凭栏人 江行

徐再思

鸥鹭江皋千万湾，鸡犬人家三四间。逆流滩上滩，乱云山外山。

【鉴赏】

这是一首描写江南自然景物的小令。作者从乘舟沿江上航的角度，摄取了几个富有水乡风味的镜头，构成了一幅风格清丽、意境淡远的山水长卷。

第一句先写曲折航行之所见，只用几个名词就点染出江流弯曲、江岸后移、水鸟翔集的动人景象。"鸥鹭"，代表各式各样的小鸟；它们沿江可见，足显其多。"千万"，并非实指，只是夸张之辞，不过水湾之多、舟行之远已暗含其中。

　　第二句紧承首句的寥廓背景,勾勒出一个江行所见的特定场景:鸡鸣狗吠之中,见到江岸有三四家农民茅舍。这句与首句对偶精工,同样没有动词,只用几个名词就点染出一幅常见的江天之下横着几间农舍的典型画面。首句纯写自然景色,次句则写淳古民风。前者从大处着笔,画面不断变化;后者从小处取景,有如特写镜头。二者大小相衬,动静交映,已将江行所见的漫长全景和特定场景作了点面结合、形象生动的描写。

　　第三句再进层写出小舟继续前行之所见。"逆流",补明上面所见之景色之所以那么历历在目,如观画图,只在于舟为流阻,缓缓向前。"滩上滩",是说冲过一个险滩,上面又来一个险滩;其水流之湍急,航行之艰险,冲过一个险滩的兴奋,又遇一个险滩的紧张,全都包含其中。全句仍然没有动词,只用几个名词就点染出滩险水急、险滩不断、小舟破浪前进的传神画面。

　　最后一句紧承上句的惊险景象,由江中之滩写到江畔之山。乱腾腾的烟云,上下翻腾,烟笼雾锁,故谓之"乱"。"山外山",是说舟过一座高山,前面又出现一座高山;其烟云之缭绕,重峦叠嶂之连绵不断,舟过一山之豁然开朗,迎面又来一山之壁立千仞,全部意在言外。全句还是没有动词,只用几个名词就点染出水荡烟雾、山吐乱云、山山相接、山外有山的奇妙景象。其中一个"外"字,则将近山扑面而来、远山高耸云霄、山色浓淡不一、山势深邃逶迤的情况写绝,真有"一山放出一山拦"之概。全曲至此,戛然而止,至于继续航行之所见,作者眺望之情,全部留给读者去想象。这真可谓是言有尽而意无穷的精彩结笔!

双调·殿前欢 观音山眠松

徐再思

老苍龙,避乖高卧此山中。岁寒心不肯为梁栋,翠蜿
蜒俯仰相从。秦皇旧日封,靖节何年种?丁固当时
梦。半溪明月,一枕清风。

【鉴赏】

　　观音山在南京观音门外。"眠松"形容倒卧的老松树。这首咏物小令,通过松
树的形象以赞颂隐逸高洁的志向,表现作者退隐避世的思想。

　　开头先赋予老松以独特的形象,用"老苍龙"作比,既写出松树的虬蟠苍劲,又
表现出它内在的生命力,给人以神奇超俗之感。"避乖高卧"一句叙写了松树的形
态、处所,巧妙自然地把全篇的题旨引向对隐士的礼赞。

　　三四句仍然不脱离松树本身的形象特质,双关地抒写隐逸不仕者的人生哲学。
"岁寒心不肯为梁栋"化用《论语》中"岁寒然后知松柏之后凋也",写松树的耐得孤
寂寒冷,严冬不凋,也是讴歌隐士视高官厚禄如敝屣的高尚节操。"翠蜿蜒俯仰相
从",大约以松树枝干屈曲逶迤,寓写隐士人生观中与世俯仰、和光同尘的一面。

　　"秦皇"三句用了三个有关松树的典故,即:秦始皇在泰山松下避雨,封之为五
大夫;陶渊明《归去来辞》中有"三径就荒,松菊犹存"的话;三国的吴人丁固梦松生
腹上,圆梦者解"松"为"十八公",后果官至大司徒。这三句当是作者对自己曾经
有过违背退隐避世之旨的反省和否定,说自己虽然也曾被封,或做过青云而上的
梦,但那都是"旧日"和"当时"之事了。

　　曲的最后两句以写景之笔,通过描写山中风景即眠松生活的清幽环境,创造出
一种高雅的意境。

双调·折桂令 姑苏台

徐再思

荒台谁唤姑苏？兵渡西兴，祸起东吴。切齿仇冤，捧心钓饵，尝胆权谋。三千尺侵云粪土，十万家泣血膏腴。日月居诸，台殿丘墟。何似灵岩，山色如初？

【鉴赏】

　　这是一首怀古之作。作者用问句开头，点出姑苏台，将笔触自然落在了春秋时吴越战争的历史阶段。"兵渡西兴"以下五句，用简洁的语言概括出吴王夫差伐越，越王勾践卧薪尝胆、矢志灭吴的史实。"西兴"，在今浙江萧山区西北，夫差伐越时由此渡江。"捧心"，指美女西施，她患有心痛病，常手捂胸口，显得尤其可爱，她被勾践作为诱饵献给夫差，使夫差陷入了美人计的圈套。接着，作者从史事生发议论："三千尺侵云粪土，十万家泣血膏腴。"吴王搜刮万民膏脂筑成的姑苏台以及台上的宫殿馆阁，顷刻间化为了粪土！最后以大自然的永恒反衬人事兴衰的无常，以反问句作结，进一步抒发了凭吊古迹的感慨。

　　这首小令借古讽今，揭示出建立在民众"泣血膏腴"之上的统治阶级的享乐难以长久的事实，对民众的疾苦深表同情，是徐再思咏史作品中的上乘之作。

黄钟·红锦袍 （四首选一）

徐再思

那老子陷身在虎狼穴，将夫差仇恨雪。进西施计谋拙。若不早去些，乌喙意儿别。驾着一叶扁舟，披着一蓑烟雨，望他五湖中归去也。

【鉴赏】

[红锦袍]共四首,都是怀古劝隐的。所选本曲写范蠡功成隐退,避了杀身之祸。先三句概述他的功绩之大。中间二句写他功成的后患。末三句写他隐退的明智。

那老子即指古代越国的大夫范蠡。虎狼穴,比喻危险的境地,他是作为越国的人质留在吴国的。这句是说,越王勾践采用计然的计策,在范蠡的辅佐下,转弱为强,终于打败吴王夫差,报了仇。乌喙,亦作鸟喙,指越王勾践。这句出自《史记·越王勾践世家》:"范蠡遂去,自齐遗大夫种书曰:'越王为人长颈鸟喙,可与共患难,不可与共乐,子何不去?'"些,语气助词。五湖,古代把太湖(或包括太湖附近的四个小湖)称五湖。

最后一句语气轻快,作者暗自为之高兴,意在告诫在位的权臣,要认清自己伴虎睡的危险,客观上揭露封建君王残忍狠毒的本性,有一定的现实意义。

双调·沉醉东风　春情

徐再思

一自多才间阔,几时盼得成合? 今日个猛见他,门前过。待唤着怕人瞧科。我这里高唱当时《水调歌》,要识得声音是我。

【鉴赏】

这首小令写一位女子突然见到久别的情郎从门前经过,想呼唤他又怕别人看见,于是她唱起了当时流行的《水调歌》让情郎从歌声中知道她在这里。多才,对情人的称呼;间阔,久别;瞧科,瞧见。全曲用白描的手法、轻快的笔调、活泼的语言,把少女微妙的心理、机敏的行为刻画得细腻生动,饶有情趣。

双调·清江引 相思

徐再思

相思有如少债的,每日相催逼。常挑着一担愁,准不了三分利,这本钱见他时才算得。

【鉴赏】

这是一首别具一格地写相思之苦的曲作。

在诗词曲作品中,以物比喻相思的很多。有以清风做比喻的,"清风明月苦相思,荡子从戎几十载余"(王维《伊州歌》);有以红豆比喻相思的,"红豆生南国,春来发几枝。愿君多采撷,此物最相思"(王维《相思》);有的以明月比喻相思,"相思如明月,可望不可攀。"有的则以春色比喻相思,"惟有相思似春色,江南江北送君归"(王维《送沈子归江东》)。也有的以江水比喻相思,"忆君心似西江水,日夜东流无歇时。""肥水东流无尽期,当初不合种相思"(姜夔《鹧鸪天·元夕有新梦》)。元曲作家中,还有以天、病比喻相思的"三十三天觑了,离恨天最高;四百四病害了,相思病怎熬"(郑光祖《倩女离魂》)。如徐再思这样,以"债"比喻相思的,也有一些。如关汉卿[双调·普天乐]《秋怀》："会真诗,相思债。"而这首曲以债喻情,却更加贴切。正如任讷在《曲谐》中所说:"以放债喻相思,亦元人沿用之意。特以此词为著耳。"

这首曲子本身,明白如话,全用口语,浅显、直陈,用的是诡喻,新奇、怪异、动人,撷取的入喻事物——"债",又是下层人民所感受真切,十分熟悉的。而且作者把相思当作活生生的东西,"有如少债的",又是"每日相催逼",又是"挑着一担愁",又是"准不了三分利","这本钱"只有"见他时才算得"。果然是新奇动人,不一般,不平庸,有生气!

双调·蟾宫曲 春情

徐再思

平生不会相思,才会相思,便害相思。身似浮云,心如飞絮,气若游丝。空一缕余香在此,盼千金游子何之?症候来时,正是何时?灯半昏时,月半明时。

【鉴赏】

这是一首写相思的曲苑佳作,将相思的情态写得生动逼真。

散曲、杂剧中都有所谓"独木桥体",即在整首曲作中只用同一个字做韵脚。本篇头尾几句用的就是这种格式。可称为"半独木桥体"。重韵重字,在诗词创作中本为大忌,散曲却不拘泥于这一点。本曲由于首尾连环叠韵,格调累累如贯珠,从而使相思的情态得到了充分的展示。

开头,三句叠韵:"平生不会相思,才会相思,便害相思。"写相思之深、之切;下面三句,写相思的情态:"身似浮云,心如飞絮,气若游丝。"从身、心、气三方面,写相思之深、相思之苦。身"浮"似云,坐立不安;心"飞"如絮,神不守舍;气"游"若丝,惴惴不安。只剩下定情之物——"一缕余香",盼望着千金之躯(喻出身高贵)的游子归来,可他现在到了哪儿呢?这些相思的情态,表现在什么时候呢?下面,又是用一组叠韵，回答了这一问题："症候来时，正是何时？灯半昏时，月半明时。"笔调轻快，细腻逼真，淋漓尽致，贴切自然。是一首众口传诵的作品。

作诗有诗眼，曲也有曲眼。这首曲的曲眼在第三句，即"害相思"，点出曲的主旨，以下便着意描绘之。"身似"三句，写相思时的身、心、气的状态，连用三句博喻形容其相思病重，缥缈不着实，好似随时要断气一般。"空一缕余香"两句说明相思之故，是游子不归，佳人独守，是赋而比也。"症候"四句，写出相思的环境，渲染出一种昏昏惨惨的气氛，是作者呕心沥血、刻镂肺腑之词。

总之，这支曲子疏朗俊逸，一气如话，而又沉挚深刻。就风格而言，它是本色的，即明白显露，清空一气，决不如词之含蓄婉转，读者必须反复寻味，才能理解其意思与佳处。在读此曲时，要抓住它的"眼"，即"便害相思"一句，这样，全曲便一以贯之了。

中吕·阳春曲　闺怨

徐再思

妾身悔作商人妇，妾命当逢偹夫。别时只说到东吴，

三载余，却得广州书。

【鉴赏】

这支曲子，以一个商人妇的口吻，明白如话地诉说了对丈夫毫无情义的幽怨。感情真切，语言明白如话，风格清新秀丽。

曲中的"妾"，是古时妇女的自称；"薄偹夫"，薄情寡义的丈夫，即负心郎；东吴，泛指江南地区；广州，指今广东、广西一带。意思是说，我后悔不该当了商人妇，偏又命运不好，逢上了负心郎，临走时，说是到东吴去。三年过后，却从广州寄来了信。言外之意是，埋怨丈夫负心无义，欺骗了她。

唐代的刘采春，有一首《罗唝曲》诗："那年离别日，只道住桐庐。桐庐人不见，今得广州书。"徐再思的这首《闺怨》曲，即由此诗化出，但比刘诗更为明白、真率。

在手法上,学习俗谣俚曲,擅长白描手法,风格清丽秀雅。与《罗唝曲》相比,则更具艺术特色。

中吕·朝天子 西湖

徐再思

里湖,外湖,无处是春无处。真山真水真画图,一片玲珑玉。宜酒宜诗,宜晴宜雨。销金锅、锦绣窟。老苏,老逋,杨柳堤梅花墓。

【鉴赏】

这首描摹西湖春色的[朝天子],风格秀雅清新,俊逸清奇,是作者散曲中的上乘篇作。

首二句总览西湖,写春色满眼的优美景色。西湖以苏堤为界,分为里湖、外湖。苏堤长2.8公里,南起南屏山,北接岳庙,堤西为里湖,堤东为外湖。第二句连用两个"无"字,说明西湖处处皆春。三、四两句进一步总览全景:西湖一处一景,景景相连,如穿珠串玉。"宜晴宜雨",化用苏轼《饮湖上初晴后雨》中"水光潋滟晴方好,山色空蒙雨亦奇"诗意,意思是说,无论晴天还是雨色,西湖之景皆美。"销金锅",喻西湖是个挥金如土、视钱如沙的胜地。据宋四水潜夫辑《武林旧事》卷三"西湖游幸"记载:"西湖景,朝昏晴雨皆宜,杭人亦无时不游,而春游特盛焉。……日糜金钱,靡有纪极,故杭谚有'销金锅儿'之号"。"锦绣窟",喻西湖如衣锦披绣的窟穴。这两句话用形象的比喻,说明西湖物华天宝,人烟辏集,贵人富豪,花天酒地,挥金如土。

最后两句援引苏轼、林逋的故事入曲。老苏,指苏东坡,他曾两度出任杭州知州,北宋元祐年间他第二次知杭州任上,曾主持疏浚西湖,灌溉良田,又利用葑泥筑堤,即"苏堤",因堤上杨柳成荫,又名"杨柳堤"。老逋,指宋代处士林逋,他终生不娶,与梅花、仙鹤为伴,人称"梅妻鹤子",卒谥"和靖先生"。曲中的"梅花墓",又称和靖墓。这里化用苏、林典故,不仅以二人的高洁节操增添了西湖的秀雅,而且以苏轼主持修造的苏堤和林逋隐居的孤山作为西湖两个有代表性的景观,收束全文。

钱霖 字子云,松江(今属上海)人。后弃俗为道士,更名抱素,号素庵。晚年居嘉兴,自号泰窝道人。作有词集《渔樵谱》、曲集《醉边余兴》,皆佚。现存小令四首,套数一套。

双调·清江引

钱 霖

梦回昼长帘半卷,门掩荼蘼①院。蛛丝挂柳棉,燕嘴粘花片,啼莺一声春去远。

【注释】

①荼蘼:蔷薇科植物,初夏开花,花单生,白色。又作"酴醾"。

【鉴赏】

钱霖,字子云,松江人。即上海市松江区人。天历、至顺年间(1328～1332)弃俗为黄冠(即道士),更名抱素,号素庵。此曲应该是他弃俗为道期间的作品。

此曲抓住"梦回"后刹那间的见闻和感受,为我们描绘出一幅山中幽居,初夏花鸟、人物的风俗画,透露出烟霞隐士闭门幽居、弃绝尘事、无意争春的情怀和惜春的心情,风格十分淡雅。

"梦回昼长帘半卷",作者开篇即从"梦回"落笔,接下来全是"梦回"之后的瞬间所见、所闻、所感。"昼长"是梦回之后的所感。大白天闭门酣睡,一觉醒来,尚嫌"昼长",这种生活已隐隐透露出烟霞逸客那种悠闲自在、无忧无虑的生活方式。主人公在睡眼迷蒙中,看到荆帘半卷,柴门半掩,荼蘼院中群芳已谢,只有屋檐下殷勤的蛛网，挂出几片柳絮，在风中摇曳，它似乎善解人意，正竭尽全力为主人挽留住最后一丝春意；落红遍地，乳燕低飞，它们正忙着用小嘴衔起那粘泥带尘的花片，去梁上垒筑香巢。忽然，一声悦耳的莺鸣，惊搅了凝神静观的主人公，他终于恍然省悟：啊，可爱的春光到底已经是远远归去了啊！黄庭坚《清平乐》："春无踪迹谁知，除非问取黄鹂"，正是黄莺的啼声惊破了主人公的酣梦，又是黄莺的鸣啭告知了春去的消息。古诗有"山僧不解数甲子，一叶落知天下秋"，这里也一样，主人公不计春秋时序，全凭柳棉、燕嘴、莺鸣向他提醒，而主人公的无限爱春、惜春之情，也从中隐隐透出。

此曲通篇写景，然而却内涵丰厚，言简意远。读者从"梦回"后的所见、所闻、所感，不仅能看出作者悠闲自在的生活方式、惜春爱春的逸士情怀，更能看出作者无意争春的生活态度和心志高洁的个性品格。作者将自己幽居的柴院取名为荼蘼院，想必院中正绽放着素雅洁白的荼蘼花。苏轼有《酴醾花菩萨水》诗："酴醾不争春，寂寞开最晚。"在此，作者单举院中的荼蘼，不仅仅是与"昼长"的夏季时令相呼应，更重要的是借荼蘼寄托他不屑与群芳争奇斗妍、取宠媚众的高洁个性。

般涉调·哨遍

钱 霖

试把贤愚穷究，看钱奴自古呼铜臭。徇己苦贪求，待不教泉货①周流。忍包羞，油铛插手，血海舒拳，肯落他人后？晓夜寻思机彀，缘情钩距②，巧取旁搜。蝇头场上苦驱驰，马足尘中厮追逐，积攒下无厌就。舍死忘生，出乖弄丑。

[耍孩儿]安贫知足神明佑，好聚敛多招悔尤。王戎遗下旧牙筹③，夜连明计算无休。不思日月搬乌兔，只与儿孙作马牛。添消瘦，不调裀鼎④，恣逞戈矛。

[十煞]渐消磨双脸春，已雕飕两鬓秋。终朝不乐眉

长皱,恨不得柜头钱五分息招人借,架上袄⑤一周年不放赎。狠毒性如狼狗,把平人骨肉,做自己膏油。

[九煞]有心待拜五侯,教人唤甚半州。忍饥寒攒得家私厚。待垒做钱山儿倩军上喝号提铃守,怕化做钱龙儿请法官行罡布气⑥留。半炊儿八遍把牙关叩,只愿得无支有管,少出多收。

[八煞]亏心事尽意为,不义财尽力掊,那里问亲兄弟姊妹亲姑舅。只待要春风金谷骄王恺⑦,一任教夜雨新丰困马周⑧。无亲旧,只知敬明眸皓齿,不想共肥马轻裘。

[七煞]资生利转多,贪婪意不休,为锱铢⑨舍命寻争斗。田连阡陌心犹窄,架插诗书眼不瞅。也学采东篱菊,子是个装呵元亮,豹子浮丘⑩。

[六煞]恨不得扬子江变做酒,枣穰金⑪积到斗。为几文垫⑫背钱受了些旁人咒,一斗粟与亲眷分了颜面,二斤麻把相知结下寇仇。真纰缪,一味的骄而且吝,甚的是乐以忘忧。

[五煞]这财曾燃了董卓脐,曾枭了元载头,聚而不散遭殃咎。怕不是堆金积玉连城富,眨眼早野草闲花满地愁。干生受,生财有道,受用无由。

[四煞]有一日大小运并在命官,死囚限缠在卯酉,甚的散得疾子为你聚来得骤。恰待调和新曲歌金帐,逼临得红粉佳人坠玉楼⑬。难收救,一壁厢投河奔井,一壁厢烂额焦头。

[三煞]窗隔每都飐飐的飞,椅桌每都出出的走,金银钱米都消为尘垢。山魈木客相呼唤,寡宿孤辰厮趁

逐。喧白昼，花月妖将家人狐媚，虚耗鬼把仓库潜偷。

[二煞]恼天公降下灾，犯官刑系在囚。他用钱时难参透，待买他上木驴钉子轻轻钉，吊脊筋钩儿浅浅钩。使杀难宽宥，魂飞荡荡，魄散悠悠。

[尾]出落他平生聚敛的情，都写做临刑犯罪由。将他死骨头告示向通衢里甃⑭，任他日炙风吹慢慢朽。

【注释】

①泉货：货币。泉，同"钱"。

②钩距：钩取到手。

③王戎：晋人，性悭吝。"每自执牙筹，昼夜计算，恒若不足。"（《晋书·王戎传》）牙筹：牙制的算筹。

④裯：夹衣。鼎：古代三足饮具。裯鼎，泛指衣食。

⑤袑：字典无此字，疑作"袷"，泛指衣物。

⑥钱龙：元人常称钱神为钱龙，它飞到哪家，哪家就富。行罡布气：这里指请法师施法术。

⑦金谷骄王恺：晋石崇有金谷园，尝与王恺斗富。王恺尝把一枝罕见的二尺多高的珊瑚树给石崇看，石崇随手把它打碎，然后叫家人拿来一批三尺多高枝条绝俗的珊瑚，使王恺觉得惭愧。

⑧马周：唐人，不得意时，曾于一天夜里，在新丰客店里独酌消愁。

⑨锱铢：古代微小计量单位，六铢为一锱，四锱为一两。这里指斤斤计较。

⑩豹子：豹子花斑好看，借为虚有其表。浮丘：古代传说中的神仙浮丘伯。

⑪枣穰金：即枣瓤，黄色：枣穰金即指黄金。

⑫垫：原作"赙"，校改。

⑬据谱，"佳人"上当缺两字，兹拟补"红粉"二字。

⑭甃(zhòu)：用砖头砌井、池，这里借为堆放意。

【鉴赏】

元末明初陶宗仪《南村辍耕录》中记载："某人以善经纪，积赀以巨万计，而既鄙且吝,不欲书其姓名。其尊行钱素庵者抱素,逸士也,多游名公卿间,善诗曲,有集行于世。某尝以富贵骄之,故作今乐府一阕以讥警焉。"可见,钱霖的这首《哨遍》是有原型的。

套曲从剖析看钱奴的"贪婪"本性入手,运用散曲特有的直接描述的手法,形象地把看钱奴的"贪""狠""毒""吝"等特点一一展现在读者面前。从第一支曲子至[六煞]着力刻画看钱奴为了"钱",可以"油锅插手","血海舒拳";为了"钱",不惜"蝇头场上苦驱驰","马足尘中厮追逐"的贪得无厌的本性。这种大写意的手法,俯瞰式地笼罩全篇。接着,作者从各个不同的侧面入手,如剥春笋般地层层剥开看钱奴的卑鄙和恶毒。他"恨不得柜头钱五分息招人借,架上一周年不放赎。狠毒性如狼狗,把平人骨肉,做自己膏油",只要能赚钱,哪怕你家破人亡;只要能赚钱,曲意奉承"拜五侯",目的是赚取田地房产,"教人唤甚半州";只要能赚钱,"亏心事尽意为,不义财尽力掊,那里问亲兄弟姊妹亲姑舅"。瞧,看钱奴满世间惟有钱,满脑子只有财,无亲无义,无朋无友。他不读诗书,不懂仁义,不顾伦理,不讲道德。曲中以"几文钱""一斗粟""二斤麻"这些细小钱物来做铺垫。惟因其细小,才能显出其巨大,正所谓"细微处见精神",我们从中感到了作者文句中不凡的表现力。

[五煞]至[尾],作者在着意揭露看钱奴种种劣行、狠毒心肠之后,对看钱奴口诛笔伐,进行声讨。其中[五煞][四煞]从历史的角度揭示看钱奴贪婪的必然下场。汉之董卓、晋之石崇、唐之元载,那个不是"死囚限缠在卯酉","难收救",[三煞][二煞][尾]着重说靠奸诈、靠剥削、靠掠夺来的钱财,带来的只是灾难与噩运。如果说算计别人,刻薄自己,损害的只是看钱奴的躯体的话,那么,不义之财聚集的后果则是祸害看钱奴的心灵与性命。怨气、冤气、晦气、煞气招来的是魑魅魍魉,终日骚扰无安宁之日,有朝一日,"天公降下灾"纵是有钱也免不了下大狱、受酷刑。什么钱、什么财都失去了神通,其结果只能"魂飞荡荡,魄散悠悠",枭首示众,风吹日炙。在此,作者劝世人以看钱奴为戒,莫蹈覆辙。

这首套曲对看钱奴讥之、讽之、刺之、警之,字里行间虽透出一些刻薄,但我们可以从曲中所揭示的有钱阶层"为富不仁"的丑恶行径中认识到剥削阶级的阶级本性和封建社会的时代特征。

顾德润 字君泽(一作均泽),道号九山(一作九仙),松江(今属上海)人。曾任杭州路吏。曾自刊《九山乐府》《诗隐》二集售于市肆。现存小令八首,套数二套。

越调·黄蔷薇带庆元贞

顾德润

御水流红叶

步秋香径晚,怨翠阁衾寒。笑把霜枫叶拣,写罢衷情兴懒。几年月冷倚阑干,半生花落盼天颜,九重云锁隔巫山。休看! 作等闲,好去到人间。

【鉴赏】

这是一支题为"御水流红叶"的带过曲。题中隐含了"红叶题诗"的典故。唐宋人笔记中多记载了这一故事。唐张实《流红记》记载说:唐僖宗时,有儒生于祐偶然见到御沟中流出一片红叶,取而视之,有诗题于其上:"流水何太急,深宫尽日闲。殷勤谢红叶,好去到人间。"他终日吟咏,数月未眠,饮食俱废,后写成二句"曾闻叶

上题红怨,叶上题诗寄阿谁?"也题于红叶上置御沟中。适宫中遣出宫女觅配,经人从中撮合,结成夫妻,后知其人即原题诗红叶之韩氏。故事或系传说,或属虚构,但反映了封建时代宫女长期被禁锢在深宫的苦闷,渴望回到人间,获得自由,因而有一定积极意义。但就这支曲子而言。诗人并非写爱情故事。而是化用此典,写一个文人科场失意的"衷情"。

像一组电影镜头,诗人在曲中为我们摄下了这样的生活画面:深秋之夜,天寒被冷,心情哀怨,不能成眠的文人独自在花园的曲径上徘徊;几乎是无意间,他拣起地上的枫叶,随手把玩,忽有所悟,于是就题诗叶上,倾诉胸中淤积的苦衷;当苦衷写罢,心境已趋平静,对科举功名也心灰意冷了,此时闪现在主人公脑海中的是几年来科场失意的悲哀,盼望君王龙颜开恩,可惜青春已过,科场落魄,仕途渺茫,龙颜始终未开,科场功名永远是可望而不可即。多年的热情已经耗尽,半生的希望付诸东流,迫使他不能不对功名富贵心灰意冷,不得不采取"等闲"处之的态度。"官场""仕途""仙境"在诗人眼中都成了虚无的存在,那么他的归宿在哪里? 随俗人间,浪迹江湖,这或许是多年来仕途无门,难展大济苍生之志的诗人得以解脱的途径,因为只有这样,才能够清心适意、自在逍遥。

诗人在曲中表达的人生体验或许是那些失意之人所共有的吧!

南吕·骂玉郎过感皇恩采茶歌

顾德润

夏　日

衔泥燕子穿帘幕,早池塘贴新荷,庭槐堤柳鸣蝉和,扇影罗,巾岸葛,花盈座。

暑气无多,雨声初过,倚东床,开北牖,梦南柯。灯前恣舞,醉后狂歌,书慵注,琴倦抚,剑羞磨。　挂青蓑,钓沧波,世尘不到小行窝,笑拥青娥娇无那,年来放我且婆姿。

【鉴赏】

顾德润曾任杭州路吏,后迁平江(今江苏苏州市)首领官。怀才不遇,卑官终身,不畏强权,敢于坚持正义。《太和正音谱》称其曲作为"雪中乔木",列入上品。

本篇主旨是抒写夏日的景致和主人公的放纵闲散,表达对现实不满的怨愤心情。是带过曲,由三个曲牌组成。

[骂玉郎]又名[瑶华令]。前三句写首夏风光。燕子衔泥,表明时节,通过燕子穿飞,把室内外连起来,穿过帘幕,飞过荷塘,贴着新长出来的荷叶荷花飞去。景物由近及远。第三句远近景物一起描写。庭院中的槐树和池塘边的柳枝上,蝉声鼓噪。一派槐柳成荫、燕子双飞、鸣蝉喧闹的活跃的首夏景象,展现在读者面前。环境在写景中带出,作为下面主人公出场的背景。

"扇影"三句,写人物活动,通过道具,体现人物。扇影罗,表明人多,罗,即罗列。巾岸葛,头巾是葛布做的,岸,本指把头巾推起露出前额,这里指头巾。花盈座,花,指代歌妓舞女。九个字,勾勒出头戴葛巾的男主人公在扇影罗列中,面对满座歌妓舞女,消磨这清和首夏的景况。

以上六句为全曲第一部分,环境、景物、人物已全面铺开,却含蓄有度。

中间部分,刻画主人公消闲纵乐场面。[感皇恩]曲牌与词牌[感皇恩]不同,由两组四、四、三、三、三共十句组成,是全篇腰腹。"暑气"二句写天气变化,雨后清新,不太炎热。"倚东床"三句为鼎足对。牖,窗户。东床、北牖、南柯原先均各有所指,东床可指代女婿,用王羲之典故;北牖,即北扉,唐以来学士院之代称;南柯,代称梦境,用李公佐《南柯记》中淳于棼梦到槐安国故事。然在本曲中,除以"南柯"代梦外,其余均只取字面含义,巧妙地运用方位词展现了人物活动,并使对仗更工整。"灯前""醉后"两句合璧对把主人公兴致申足。最后又用三个短句排比,从反面补充其心灰意懒的消闲生活。这部分语句短促,全用排比对仗,文笔纵横尽变,正反相成,把夏日消闲放任的生活场景描写得比较充分。

后一部分由[采茶歌]完成,进一步铺陈仕途失意后的纵情安乐,以对抗官场世俗的险恶,消除烦恼。"挂青蓑,钓沧波"刻画渔翁形象,表隐居江湖的自由行迹。世尘,即世俗;小行窝,远离官场之所居;"笑拥青蛾"句,即与歌儿舞女厮混,表面放荡失检,实际是有意对抗官场世俗,发泄失意后的愤懑。婆娑即盘旋,停留意。宋玉《神女赋》"既婀娜于幽静兮,又婆娑乎人间。""年来放我且婆娑",可以看出此曲当作于被迁谪之后。表面狂歌醉舞,垂钓披蓑,实际上饱含感伤怨愤之情。

全曲,由写首夏清和景致入笔,抒写闲散行乐、浪迹江湖的生活场景,中间虽稍涉颓唐,但作为对抗仕途坎坷的行为,全篇是有积极意义的。

三个不同曲谱,始则含蓄有度,中间纵横尽变,终又优游不竭,既层次分明,又互相连贯,诚"累累乎端若贯珠",又符合乔吉关于"凤头、猪肚、豹尾"之说。声律和谐,平仄、排对十分考究,感叹伤悲之[南吕]宫调选择得当,艺术上应属上品。

南吕·骂玉郎过感皇恩采茶歌

顾德润

述怀(二首之一)

蛛丝满甑尘生釜,浩然气尚吞吴。并州每恨无亲故。三匝乌,千里驹,中原鹿。　　走遍长途,反下乔木,若立朝班,乘骢马,驾高车。常怀卞玉,敢引辛裾。羞归去,休进取,任揶揄。暗投珠,叹无鱼。十年窗下万言书。欲赋生来惊人语,必须苦下死工夫。

【鉴赏】

这是一首带过曲,由三个曲牌组成。表达作者怀才不遇,壮志不酬的内心苦闷和不畏强权、坚持正义与理想的斗争精神。

开头部分，[骂玉郎]六句六韵。首二句言处境艰难困厄，但心中仍充满浩然之气。甑，木质蒸笼，釜、锅。都是烹饪用的器具，却长满了蛛丝，积满尘埃，可见主人公已经很久不用这些炊具，穷得揭不开锅了，极言其艰难困厄，第二句一转折，言自己的浩然之气非常之盛。浩然气，即正气。《孟子·公孙丑》："吾善养浩然之气。"文天祥《正气歌》："天地有正气，杂然赋流形；下则为河岳，上则为日星；于人曰浩然，沛乎塞苍冥。"指一种为正义而斗争的精神气魄。吞，吞并；吴，三国孙权所建之东吴。吞吴，刘备、曹操等均想吞并孙吴，战胜敌手，统一中国，气概极盛。杜甫《八阵图》怀念诸葛亮云："功盖三分国，名成八阵图。江流石不转，遗恨失吞吴。"这里用吞吴来比喻自己气概之盛，有坚持正义的进取精神。

第三句"并州每恨无亲故"，并州，本九州之一，指河北保定及山西太原一带。这里有双重含义：一指晋大将军刘琨，字越石，愍帝时，曾都督并、冀、幽三州诸军事，晋室南渡后，转任侍中太尉，长期坚守并州。刘琨常枕戈待旦，有志恢复中原。作者对他敬慕。二指元都所在，当时的大都，今北京市，原属并州。这里表示被元统治者排斥而卑官终身，壮志不酬的愤恨。道出了广大正直士人对元朝黑暗统治的不满。并州无亲故是作者无所归依的原因。此句翻腾转折，有承上启下作用。

"三匝乌"三句，形象展现自己的追求、抱负和理想。三匝乌，曹操《短歌行》："月明星稀，乌鹊南飞。绕树三匝，何枝可依？"用乌鹊绕树而飞，寻找做巢的枝干，比喻士人寻求归依的情状，正符合作者处境。千里驹，良马，用以形容英俊有为的少年，曲中比喻自己的抱负才干。中原鹿，即中原逐鹿。《史记·淮阴侯传》："蒯通对曰：秦失其鹿，天下共逐之，于是高材疾足者先得焉。"魏征《述怀诗》："中原初逐鹿，投笔事戎轩。"曲中用以表达干一番事业的理想，正是"浩然气尚吞吴"的具体表现。这三句，巧妙地用乌、驹、鹿三个动物名称，加上适当的数量、方位词，组成精巧工整的鼎足对，典故连用，一写处境，一言才干，一表抱负理想，对自己的胸怀作了形象生动的概括，表达"述怀"题旨，十分精彩。

中间部分，[感皇恩]十句，对题旨进一步作纵深表达。"走遍长途，反下乔木"言自己四处奔波，走过了艰苦征途，结果事与愿违，身处卑位。乔木，高大的树木，《诗·伐木》："出自幽谷，迁于乔木。"后借喻地位高升，如祝贺搬迁言"乔迁之喜"，曲中寓意与此相反,下乔木,当指被谪平江。"若立朝班"三句,用汉朝桓典的故事。朝班,朝官排列位次,立朝班,即朝官按所排列位次上朝,立于庭。杜甫《秋兴之五》:"一卧苍江惊岁晚,几回青琐点朝班。"骢马,青白色马,桓典为御史,常乘骢马入朝,对宦官秉权无所畏避。这里言自己虽身处卑官,但本着桓典立朝班那种精神,高车骢马,无所畏避。

"常怀"二句,用卞和以及辛毗典。卞玉,即卞和玉,良玉;卞和,春秋楚人,相传他发现一块玉璞,先后献给楚厉王、武王,都被认为是以假玉欺君,被截去双脚。文王即位时,卞和抱璞哭于荆山之下,楚文王使人看望,剖璞加工,果得良玉,称为和氏璧,亦称卞玉。常怀卞玉,言自己有美好的品德才华。裾,衣袍。《三国志·魏志》:"文帝欲徙冀州十万户,辛毗谏,帝不答而起,毗随而引其裾。"王逢诗:"冀州十万户,谁引魏文裾。"赞美辛毗之敢于犯颜直谏,曲中用以表达自己为政治理想坚持斗争的精神。

"羞归去,休进取,任揶揄。"三句排比,承接上文,表示自己不因身为卑官而退避,以归隐为耻;也不违背自己的节操去攀缘求进;任揶揄,不顾别人的耍笑和嘲弄,走自己的路。

以上十句均为三或四言,句子短促,排对工整,语言圆熟,义正词严,纵横尽变,顿挫翻腾,对自己的遭遇、处境、抱负胸怀做了充分表达。情绪激烈,格调高昂,内容十分充实。

后部分[采茶歌]句式为,三、三、七、七、七,共五句,句句用韵。首二句慨叹自己像一颗明珠被投置于阴暗角落,埋没了才华。叹无鱼,用战国时齐孟尝君的食客冯谖典,冯谖弹铗(敲击剑把)而歌曰:"长铗归来乎!食无鱼。"曲中借以慨叹自己之不遇。

万言书,大臣给皇帝的上书。赵升《朝野类要·四》云:"万言书,上进天子之书也。""十年窗下"句,言长期埋头写作,为的是拿出有益于国计民生的言论主张,向皇帝献策。与上文"若立朝班""敢引辛裾""浩然气尚吞吴"一脉相通,前后照应。最后两句在此基础上对自己提出进一步要求:"欲赋生来惊人语,必须苦下死工夫。"暗用杜甫"语不惊人死不休"意,可见写作态度之严肃,为国立言的要求之高。

"必须苦下死工夫"的写作态度,同篇首所言之艰难困厄处境连起来看,对比鲜明。一个怀才不遇,身沉下僚,却勇于坚持自己的节操和政治理想的正直士人形象,十分饱满。

全曲九十多字,将作者的处境、生平、理想抱负、复杂的内心活动做了充分表达。委曲详尽,顿挫翻腾,层次分明而又相互联贯,语言方面骈散排对,读起来起伏跌宕,有回肠荡气之感。可视为顾氏散曲中之代表作,"雪中乔木",名不虚传。

南吕·骂玉郎过感皇恩采茶歌

顾德润

述怀(二首之二)

人生傀儡棚中过,叹乌兔似飞梭。消磨岁月新工课,尚父蓑,元亮歌,灵均些。　安乐行窝,风流花磨,闲呵诇,歪嗑牙,发乔科。山花袅娜,老子婆娑。心犹倦,时未来,志将何。　爱风魔,怕风波,识人多处是非多,适兴吟哦无不可,得磨跎处且磨跎。

【鉴赏】

这首小令属带过曲。《乐府群珠》题作"叹世"。当作于作者被迁谪之后。主旨是抒发怀才不遇,身不由己而以玩世不恭的态度排遣苦闷和愤激的心情。

开头部分用[骂玉郎]曲牌,六句四韵。开门见山,直抒胸臆,慨叹自身处境困厄,大好年华白白流逝。人生,指自己的生平,傀儡,本指木偶或木土偶像,在这里指胸无主张,俯仰随人的人。实言自己身不由己、不满现实。棚中,小屋,简陋的居处,与庙堂、华屋相对,当是被迁谪后所居。

乌兔,古代传说,日中有金乌,月中有玉兔,由日月运行之快而联想的。左太冲《吴都赋》云:"笼乌兔于日月,穷飞光之栖宿。"乌兔代表日月、时光。一个"叹"字,慨叹日月如梭,时光流逝太快。

第三句"消磨岁月新工课"承上启下。由于自己被排挤、迁谪,身不由己,欲为国事而不能,所以这样如梭飞逝的岁月并不能有所作为地度过,只能用以下新工课来消磨。"新工课"三字领以下三句:"尚父蓑,元亮歌,灵均些。"尚父蓑,钓鱼,周武王称吕尚为尚父,即姜子牙,姜子牙在遇文王前,垂钓于磻溪,等待时机。李白《行路难·其一》:"闲来垂钓碧溪上。"元亮,陶渊明,字元亮。元亮歌,像陶渊明那样,虽环堵萧然,不蔽风日,短褐穿结,箪瓢累空,晏如也,"常著文章自娱"。"灵均"句,像屈原那样写作《离骚》,行吟泽畔。些(cū),语末助词,沈括《梦溪笔谈·三》:"今夔、峡、湖、湘及南北江僚人,凡禁咒句尾皆称'些'。此乃楚人旧俗。"这里连用尚父、元亮、灵均三个古人名字,分别标出其特点,巧妙地组成鼎足对,寄寓着作者被闲置、迁谪的身世与心情。

中间部分[感皇恩]曲牌,十句,铺陈其百无聊赖的生活情状与被闲置后的怨愤心情。"安乐"二句,言其生活舒适、放荡。安乐行窝即安乐窝,宋邵雍自称其住宅为安乐窝,戴复古《访赵东野诗》:"四山便是清凉国,一室可为安乐窝。"加一个"行"字,意味着所居并不固定。风流花磨,言不拘礼法。行为放荡,在歌儿舞女中消磨日月。"闲呵诹"三句,铺陈在心绪烦乱时,找人闲扯,说瞎话,装疯卖傻,胡乱打发日子的情状。呵诹,大声喊叫;歪嗑牙,说瞎话,逗乐;乔科,戏剧假动作。"山花"二句,表现诗人在花枝招展中手舞足蹈的样子。袅娜,言枝叶柔弱细长貌,老子婆娑,用《晋书·陶侃传》中成语"未亡一年,欲逊位归国,佐吏等苦留之……将出府门,顾谓(王)愆期曰:'老子婆娑,正坐诸君辈'。"本为盘旋、停留、等待之意。曲中用以描绘其手舞足蹈,婆娑与袅娜相对并提,两句对仗。"心犹倦"三句承以上胡乱度日说明自己的心都疲倦了,可是时机并不见到来,经不起时光的流逝,经不起闲置鬼混,所以大声呼唤自己的胸怀大志将会如何,"志将何",表理想落空、壮志不酬的不可避免。表面上风流浪荡,装疯卖傻以消磨岁月,实际上内心极为忧虑,苦闷不安。"时未来"二句与篇首照应,一脉相通。

后部分用[采茶歌]曲牌,对自身遭遇作反复咏叹。"爱风魔"收束以上鬼混放荡的生活。怕风波,进一步揭示内心隐衷。识人多处是非多,就是"风波"所在。所以,要摆脱这种尘嚣,去"适兴吟哦"。"无不可"三字表明不论怎样吟哦均可,适兴就行。最后一句归结:得磨跎处且磨跎。又回到消磨岁月身上。磨,消磨,跎,过也。磨跎,打发日子,得过且过。吟哦应包括在内。

这首小令,抒发有志士人在元朝统治者以及险恶官场的排挤打击下,被迫闲置时的忧愤与佯狂,指控了朝政的黑暗。表面看来行为无检,实属沉痛悲歌。

全曲主要手法是抒情。首以咏叹开头,含蓄有度,中段句子短促,纵横尽变,情感起伏跌宕。末句继续申足心理活动,富有余音。全篇由三个曲牌组成,曲尽复杂的心理。从词意到声律,应是曲中"上品"。

中吕·醉高歌过喜春来

顾德润

宿西湖

梅花飘雪漫山,杨柳和烟放眼。画船稳系东风岸。金缕朱弦象板。青融南浦水渐散。酒醒西楼月影悭,一天星斗水云寒。名利难。诗酒债且填还。

【鉴赏】

在一个春寒料峭的日子里,面带笑屦的梅花像雪花一样漫山飘舞,轻烟笼罩着杨柳丝绦。放眼望去。一派早春景象。漫游至此的诗人这时正坐在一艘彩色画船上,船儿平稳地停泊在东风吹拂的湖边,诗人正陶醉在优美的歌声、优雅的舞姿中。这里"金缕",指曲名;"朱弦",代表奏乐;"象板",即象牙所作,按拍击节用。这一夜西湖的繁华美景同诗人的安逸与欢乐融在了一起。对于诗人来讲,这是一个多么难得的夜晚。因为极度兴奋,诗人很晚才沉沉睡去。黎明前夕,诗人从梦乡中醒来。抬头往船外望去,只见湖的南边水面,冰已在融化,再看天上,月已西沉,满天星光灿烂。蓦然间,沉醉刚醒的主人公感到水云寒冷。就这样,诗人在歌舞沉醉中度过了一夜。

这一夜,诗人"玩"得很潇洒,"玩"得很尽兴。然而最后"名利难""诗酒债且填

还"两句则透露了诗人的心声。诗人由于年轻时追逐名利而误了吟玩,今天面对良辰美景,着意观赏歌舞,饮酒吟诗,应算补偿了耽搁的欢乐生涯。诗人纵情欢乐,貌似旷达,实际上充满了仕途失意的怨恨与凄凉。

功名利禄,身外之事,活着就要活得开心、活得洒脱。为生活所累的人们,你们说是不是这样呢?

中吕·醉高歌过摊破喜春来

顾德润

旅中

长江远映青山,回首难穷望眼。扁舟来往蒹葭岸,人憔悴云林又晚。

篱边黄菊经霜暗,囊底青蚨逐日悭。破清思、晚砧鸣,断愁肠、檐马韵,惊客梦、晓钟寒。归去难。修一缄,回两字报平安。

【鉴赏】

这首小令的主旨是表现落魄士子漂泊旅途的穷愁和乡思。用带过曲,由[醉高歌]和[摊破喜春来]两个曲牌组成。

首四句用[醉高歌],四句四韵。起首描绘长江远景,水天开阔,青山倒映,无限风光。回首,当是舟中回望;难穷望眼,指望不到边际,有无限眷恋之情。第三句,扁舟一叶在江中漂泊,正是游子所在。蒹葭,芦苇。《诗·秦风》:"蒹葭苍苍,白露为霜。"是深秋景象,衬托憔悴的旅人。人,作者自指。云林又晚,交代时序,暮色苍茫,加深旅人悲感。寥寥几笔,勾勒长江旅途中秋日风光和黄昏景象。景物与人情相映衬,突现出迟暮潦倒、漂泊无依的情状,凄清苍凉的气氛笼罩篇首。

"篱边"以下,用[摊破喜春来]曲牌。进一步刻画旅途秋色、旅人穷愁,抒发沉郁的乡思。篱边黄菊被寒霜侵袭摧残,颜色变得暗淡,衬托被生活煎熬而变得憔悴的士子。青蚨,钱。谷子敬《城南柳》云:"则你那樽中无绿蚁,皆因我囊里少青蚨。"口袋里的钱越来越少,日子也更艰难,思量前景,倍觉心寒。在这种心境中投旅夜宿,又无钱买酒,其难堪情状可以想见,故这"囊底"一句已为下文蓄势。

以下六个短句均由[喜春来]"摊破"而来,两相组合,句式颠倒。"破清思,晚砧鸣。"晚风中传来捣衣声,意味天气日趋寒冷,人们日夜赶制寒衣。这就加剧了旅人的漂泊之感,它打破了旅人的思绪。"断愁肠,檐马韵。"檐间铁马,古用来驱赶鸟雀,使房屋不致被损,悬在檐间被晚风摇动,互相撞击,发出有节奏而单调的响声,使穷愁的旅人不能入睡,以至思绪翻腾,愁肠如断。正如马致远[寿阳曲]:"云笼月,风弄铁,两般儿助人凄切。"均是羁旅漂泊之人的共同感受。听着檐铁的声响,也意味着夜的加深。"惊客梦,晓钟寒",寒风送来一声声报晓的钟声,惊起刚要入梦的游子。游子就是这样度过了一个整整的不眠之夜。这六句组成一组隔句鼎足对。捣衣声、檐铁声、晓钟声,有远有近,由晚到晓,打破旅途中夜的静谧,叩击着夜不能寐的游子的心,加剧主人公心境的难堪。"归去难"三字道破作者思乡而不能归去的隐衷,逼出全篇最后两句:"修一缄,回两字报平安。""平安"二字,体现了旅人对家中人的体贴、宽慰,也表明了旅人唯有"平安"二字尚可告慰深深眷念自己的亲人。"报平安"典,见《酉阳杂俎》卷十:"童子寺有竹一窠,才长数尺,相传其寺纲每日报竹平安。"岑参《逢入京使》:"马上相逢无纸笔,凭君传语报平安",是曲之所这首小令最大特点是情景相融。长江的开阔清远至景物的凋败摧残,衬托"行行日以远"的羁旅漂泊,一步步加深游子悲慨。"篱边黄菊经霜暗"与"云林又晚"衬托为生活奔波,囊底青蚨日逐日悭的憔悴旅人。晚砧声、檐铁声、晓钟声与夜不能寐的情状相互衬托。迟暮、潦倒、漂泊无依的凄伤心境在寄物描绘中揭示得淋漓尽致。词情、声律兼胜,不愧为"雪中乔木"、曲之"上品"。

孙周卿　古邠(今陕西彬县)人。孙楷第《元曲家考略》谓其为古汴(今河南开封)人,曾流寓湖南。散曲今存有小令二十三首。

双调·蟾宫曲

孙周卿

自　乐

草团标正对山凹。山竹炊粳,山水煎茶。山芋山薯,
山葱山韭,山果山花。山溜响冰敲月牙,扫山云惊散
林鸦。山色元佳,山景堪夸,山外晴霞,山下人家。

【鉴赏】

这首小令抒写了山林隐居生活的乐趣,把山居生活写得细腻而朴素有致。整首缀入十五个"山"字,把山凹、山云、山竹、山水、山果、山花、山冰、山霞、山家、山月、山色、山景写得气氛浓郁,充满山的神韵。

苏轼在他的《前赤壁赋》中写道:"惟江上之清风,与山间之明月,耳得之而为声,目遇之而成色,取之无禁,用之不竭,是造物者之无尽藏也,而吾与子之所共适。"上苍赐给人们的东西永远是一样的,只有在这种无拘无束的环境中,人才能得到身心的解放和自由。诗人孙周卿在他的诗中就选择了这样一个宁静的所在。孙

周卿生平不详，从他现存的二十几首小令来看，他大约是仕途不得意，遂弃绝功名，在山中过着隐居生活。这或许就是历代不得意的士人所向往的生活之路吧。

诗人抛弃了喧闹、繁华的都市，在背倚青山、面对山凹的地方建起了一座圆形草屋，从此开始了他充满乐趣与生机的山林生活。诗人在这里用山竹烧火做饭，用山间清冽的泉水煎茶。除了饭菜，山间还有山芋、山薯、山葱、山韭、山果、山花，这些物品，除自己享用之外，还可以招待偶然拜访的亲友。山中极其幽静，只有泉水叮咚作响，犹如冰敲月牙一般。诗人偶尔在清扫石磴，因为云气氤氲，所以扫磴犹如扫云一般。清扫石磴的声音本来不大，但居然惊得林鸦四散飞起。这真有点类似王维《鸟鸣涧》中"月出惊山鸟，时鸣春涧中"的意境。

这里的山色的确美好，这里的景色的确值得赞美。诗人仰观山外晴霞，指点山下遥遥在望的房屋田畴，全身心沉浸在这如诗如画的大好山色里。

此曲所绘似是一个理想的乌托邦世界，不管怎么说，对于面临意志与精神危机的现代人而言，无疑可以从中受到启示。

双调·水仙子

孙周卿

舟　中

孤舟夜泊洞庭烟,灯火青荧对客船。朔风吹老梅花片,推开篷雪满天。诗豪与风雪争先。雪片与风鏖战^①,诗行和雪缴缠^②。一笑琅然^③。

【注释】

①鏖战:激战。

②缴缠:纠缠。

③琅然:指笑声朗朗的样子。

【鉴赏】

　　小令前两句交代了孤舟碇泊的背景:时间是入夜,地点是洞庭湖,遥岸青荧的灯火,衬出了客船的冷寂。"洞庭烟""灯火青荧",形象、色彩都有如绘画,足见作者驾驭语言及构筑意境的纯熟能力。孤舟无伴,船外又是昏茫茫一片,可想而知诗人只能蜷缩在船舱中,从而自然地度入"舟中"的题面。"朔风吹老梅花片"是意味深长的一笔。它补出了严冬的时令,还以其若实若虚的意象启人寻绎。在"夜泊洞庭烟"的迷茫夜色中,是不可能望见"梅花片"的,可见全句是诗人的一种主观感觉。结合题目的"舟中"二字,则可发现此处的"朔风",实是诗人在封闭的船舱中所获得的听觉印象。听觉印象而产生视觉效果,反映了朔风的劲烈。这种强烈的风声使作者生发了"吹老梅花片"的联想,于是才有"推开篷"细看究竟的相应举动,这样看来,"朔风"在这里还有陡至的意味。推篷是因为朔风的骤起,却得到了"雪满天"的全新发现,事出意外,惊喜顿生,难怪要"诗豪与风雪争先"了。这一句中的"豪"字,不只属于"诗",也是对"风雪"的形容。一来它表现了风雪的劲猛,二来也说明了湖上风雪翻飞之景象,别具一种雄豪的阳刚之美。这首小令多能从无字之处读得隐微之意,再次证明了诗人遣字构像的佳妙。

以下写风、雪与诗情搅成一片,难分难辨,活脱脱是一幅江天风雪行吟图。风雪催诗,"一笑琅然",豪情快意顿时将先前的孤寂悲冷一扫而光。全曲步步设景,层层推进,入情入理而又出新出变,是元散曲羁旅题材中一支开阔雄壮、别开生面的作品。

双调·水仙子

孙周卿

赠舞女赵杨花

霓裳一曲锦缠头,杨柳楼心半月钩。玉纤双撮泥金袖,称珍珠络臂韝。翠盘中一榻温暖。秋水双波溜,春山八字愁,殢杀温柔。

【鉴赏】

这首小令,赞美了舞女赵杨花的高超技艺和艺术魅力。

开篇展现了这样一个场面:一弯明月悬在杨柳掩映的歌舞楼台上空,月已当头照着楼心,时已至深夜,而用罗锦缠头的舞女赵杨花在霓裳羽衣曲的伴奏下,仍在尽情舞蹈。她一双纤纤玉手撮弄着炫目生辉的泥金舞袖,举起缠绕珍珠臂套的双臂,翩翩起舞。她身着翠绿衣裙,旋回舞蹈,充满了温暖与柔情。她眼波似秋水一般清澈,顾盼多情,春山一般的黛眉微皱,带恨含愁。透过字里行间,我们仿佛听到观赏者为之倾倒陶醉、脱口而出的惊呼赞叹之声。

在这首小令中,诗人着力刻画了赵杨花迷人的舞姿、惊人的美丽以及众客为之倾倒的热烈场面,而没有表现重大的社会问题,从侧面也反映出当时知识分子的无奈。

此曲虽然在思想上并无多大价值,但在艺术上还是值得称道的。首二句用交代笔法,表现舞女赵杨花纵情歌舞直至深夜,观赏者为之废寝忘食。气氛热烈,笼罩篇首,领起全篇。接着描绘其美丽装束,优美舞姿。然后进一步点画眉眼,揭示其意态神情。叙事、描写和抒情相结合,有一唱三叹的韵味。

李齐贤 (1287~1367)字仲思,号益斋、栎翁,高丽人(今朝鲜)人。年十五得高丽国子学参试第一名,不久又中进士。曾任西海道安廉使。仁宗皇庆初,随高丽忠宣王(王璋)至元大都,后又多次来中国,在中国生活了近三十年。曾参与增修《编年纲目》,修纂王昛、王璋、王焘三朝实录。元至正十一年(1351),王颛即高丽王位,李齐贤授都佥议政丞,改右政丞、门下侍中。后致仕,就其家主持修撰国史。善诗歌、散文。散文大多揭露统治阶级的罪恶,反映民众疾苦。所作乐府诗歌,风格新颖,对朝鲜诗歌文学的发展有较大影响。存世散曲有小令一首。著有《益斋乱稿》《栎翁稗说》等。

黄钟·人月圆

李齐贤

马嵬效吴彦高

五云绣岭明珠殿,飞燕倚新妆。小鞶中有,渔阳胡马,惊破霓裳。　　海棠正好,东风无赖,狼藉春光。明眸皓齿,如今何在? 空断人肠。

【鉴赏】

这是一首咏史小令,咏叹杨贵妃惨死马嵬驿的历史故事。杨玉环于天宝四载(745)被唐玄宗李隆基册封为贵妃,深得玄宗的宠爱。她的堂兄杨国忠也因而青云直上,后为右相,权倾内外。唐玄宗荒淫误国,朝政腐败。公元755年安禄山、史思明借讨伐杨国忠为名,率军发起叛乱,很快进入京都长安,唐玄宗带着杨贵妃逃往蜀地,行至马嵬驿,朝廷的军队兵变,杀死杨国忠,逼迫唐玄宗处死杨贵妃。这段历史故事,引起许多诗人墨客的感叹,以白居易的《长恨歌》最为著名。李齐贤这首小令对杨贵妃好景不长,惨死马嵬驿也颇多感慨。

曲题《马嵬效吴彦高》,马嵬即马嵬驿。"效"即仿效。吴彦高,即吴激。李齐贤曾奉使川蜀,此小令约是他路经马嵬驿而作。

"五云绣岭明珠殿,飞燕倚新妆。"杨玉环为贵妃后,和唐明皇(玄宗)在陕西临潼骊山上的华清宫里过着荒淫的生活,小令开篇就描写杨贵妃在宫廷里的这种生活形象。"五云",五色的彩云。"五云"与"岭"之间着一个"绣"字,写出了岭之高,岭之美。"明珠殿",多么富丽堂皇!"飞燕倚新妆",借用李白描绘杨贵妃的《清平调词》其二:"借问汉宫谁得似?可怜飞燕倚新妆""飞燕",即赵飞燕,汉成帝的皇后,我国古代著名美女。"倚新妆",形容美人娇懒的神情姿态。所以开篇叙述杨贵妃的得宠:在高高的骊山上,彩云迷漫的华清宫里,杨贵妃艳妆娇懒。正如李白《清平调词》其一描写的那样:"云想衣裳花想容,春风拂槛露华浓。若非群玉山头见,会向瑶台月下逢。"杨贵妃美丽得宠,过着神仙般的生活。但好景不长:"小颦",不愉快的令人皱眉的事发生了。"渔阳胡马,惊破霓裳",是化用白居易《长恨歌》的"渔阳鼙鼓动地来,惊破霓

裳羽衣曲"。描写安禄山起兵叛乱,很快惊破了唐明皇与杨贵妃的歌舞荒淫的生活,不得不"千骑万骑西南行",匆匆地逃往蜀地。其中"渔阳"即现在河北蓟州区,安禄山起兵的地方。"胡马",安禄山是少数民族人,善骑。"霓裳""羽衣",都是从西藏、甘肃等地传到内地来的乐曲,唐玄宗曾亲加改编。"海棠正好,东风无赖,狼藉春光。"是用比喻来象征杨贵妃在马嵬驿被逼惨死的情景。唐玄宗和杨贵妃逃至马嵬驿,"六军不发无奈何。宛转娥眉马前死","君王掩面救不得,回首血泪相和流"(白居易《长恨歌》),这正像三春季节一场狂暴的无赖风雨摧残了满园的春光,花飘枝残,惨不忍睹。"明眸皓齿,如今何在? 空断人肠。"这是诗人的浩叹,表现了诗人的评论,流露了诗人复杂的思想感情,既有嘲讽,又寄有惋惜之情,特别是结句"空断人肠"。"断人肠",使人痛心、难受,前面加一个副词"空",即"徒",白白地使人痛心,表意就含蓄模糊了,思想的容量增大,供人去体会作者复杂的感情态度。

　　这首小令,从内容上看,可分为两部分:前一部分是叙述杨贵妃的历史事实,后一部分是咏叹。前一部分只用三十六个字写出了杨贵妃从得宠后到惨死,写得概括简练而又十分形象,为后一部分咏叹奠定了基础,而后一部分的咏叹又是前一部分叙写的点睛之笔。两部分有机结合,前后辉映,浑然一体,富有艺术性。

　　这首小令的曲牌是"人月圆",在词牌里也有"人月圆",并且都分上下二阕,其字数、格律和韵脚都相同。也有前人把李齐贤的这首小令收入长短句(词)集子里的。这可见曲和词原是有一定的渊源关系的。有些曲调是由词调变来的。

蒲道源 (1260~1336)字得之,号顺斋,兴元(治今陕西汉中)人。初为郡学正,教授乡里三十余年。皇庆中,应召为国史院编修官,擢为国子博士,不久辞归。后又召为陕西儒学提举,不就。一生不求仕进,以闲居、吟咏为乐。存世散曲仅有小令一首。著有《闲居丛稿》。

黄钟·人月圆

蒲道源

赵君锡再得雄

君家阴德多多种,重得读书郎。掌中惊看,隆颅犀角,黛抹朱妆。

最堪欢处,灵椿未老,丹桂先芳。他年须记,于门高大,车马煌煌。

【鉴赏】

　　这个曲子的主旨是对赵君锡家又生一个男孩表示祝贺。再得雄,即又生了一个儿子。

　　首二句破题。重得,即再得。"重得读书郎"句,表明赵家已有一个读书郎了,这次所生是二儿子。封建社会里,读书、做官是男人的事,"学而优则仕",读书是做官的准备,对一般幻想其子弟走这条道路的人家来说,生个儿子就是生了一个未来的官人,是值得庆祝的,何况一连生了两个儿子呢? 所以,在祝贺"重得读书郎"时,首先恭维"君家阴德多多种"。君家即赵家,阴德而言"种",看来不合情理,实际暗含此意,种子埋在地里,别人看不见,可久而久之,它就会变化、滋生、发芽、成长。阴德也是这样,它虽不被人知,积累多了,也会滋长、变化,以至开花结果,使积阴德者获得报酬。正如姜夔词《鹧鸪天》云:"肥水东流无尽期,当初不合种相思"的种字一样,相思的种子一经播下,就会产生后果,令人魂牵梦绕,反响强烈。这个"种"字用得很好,它还对第二句之点题起了提示作用,"重得读书郎"正是"君家阴德多多种"的结果,两句互为呼应。

　　以上两句,看起来似乎俚俗,其实来头不小。《汉书·丙吉传》:"臣闻有阴德者,必飨其乐,以及子孙。"其意植根于经史之中,立意还是高的。既含蕴较深,又通俗易懂,正是"文而不文,俗而不俗",曲之本色当行语。

三、四、五句,描绘男孩面貌。"掌中惊看",一个"惊"字,引人注目,预示着孩儿面貌不同平常。隆,隆起;"隆颅犀角"言其天庭(两眉之间)开阔,地阁(额角)方圆,整个额头都是饱满的。虽不是大唐皇帝李渊那样"日角龙庭"的帝王相,而对一个初生婴儿来说,气势已很不一般了。"黛抹朱妆"言其眉目俊秀,面颊红润。这种英俊富贵的相貌,其气质在亦文亦武之间,前程不可估量,太不平凡了,寥寥几笔,既盛赞了孩子本身,又再现了恭维的人们那种惊叹不已的情状,写得生动传神。

后部分,用"最堪欢处"提起,跃进一层。灵椿,古代传说中的神树,《庄子·逍遥游》言"上古有大椿者,以八千岁为春,八千岁为秋。"可见其寿之长,后用以指代父亲。丹桂,古以比喻科举及第者,桂与贵同音,丹桂,桂(贵)中显者。宋人窦禹钧有五个儿子,相继全部登科,冯道赠诗云:"灵椿一株老,丹桂五枝芳。"曲中"灵椿"二句从此翻出。赵家比起窦家来,更有幸处,在于"灵椿未老"而"丹桂先芳",这就更加美满,更加充满希望。字里行间充满洋洋喜气,恰当地渲染出赵君锡家喜气盈庭的欢乐之氛。

最后三句,是一种祝愿,也是作者预言。他年,指孩子长大成龙之后,即作了大官的时候。"须记"二字一顿,提起下面两句。"于门高大",即门庭又高又大,于,发语词。"车马煌煌",言其驷马高车,地位显赫。

全曲从赵家过去积有阴德因而又得一个男孩写起,接着写孩儿的非凡面貌,盛赞赵家的幸运和福气,最后以展望未来,祝愿其飞黄腾达作结。层次十分清楚,首尾照应,一气贯通。一个祝贺再生贵子的生动场面和若干喜形于色的人物形象跃然纸上。鲜明地再现了当时的民俗民风。

[人月圆]这个曲牌,与同名词牌[人月圆]一样,格律全同,是引词人曲的典型。全曲没有一个衬字,语言简练,既"具事之首尾",又有生动描绘,又能从具体描述中推展开去,展开想象,做到虚实相生。两组合璧对,用在紧要处,可谓警策,骈散结合,表现力强。语言在不文不俗间,富有余味。

全曲洋溢着欢快情绪,又显得典雅纤徐,具有一种富贵缠绵的旋律。

黄钟·人月圆

宋钰 生平、里藉不祥。

宋钰

中秋小酌

红螺香滟金茎露,清兴溢璇霄。玉盘光冷,云鬟雾湿,丹阙烟销。

□□此夜,明年明月,何似今宵。西风唤我,瑶阶折桂,绮槛吹箫。

【鉴赏】

这首小令表达了中秋之夜清幽美妙的境界和对月饮酒的逸兴遐思。

首二句,从美酒入笔,点题中"小酌"。红螺,漂亮的酒盅。陆龟蒙《和醉中寄一壶并一绝》云:"酒痕衣上杂莓苔,犹忆红螺酒一杯。"陆游《对酒》诗云:"素月度银汉,红螺斟玉醪。"艳丽的红螺酒盅,溢着香味。金茎,汉武帝所建,上有金铜仙人捧承露盘。金茎露,指代美酒。"红螺香滟金茎露"比起王翰《凉州词》中的"葡萄美酒夜光杯"来,更加华丽富艳,带有仙意。促人清兴大发。清兴,清高高雅的兴致;璇霄,白玉一般的夜空。溢,充满。佳节良辰,举红螺杯,斟金茎露,对中秋月,高雅的兴致,可想而知,故云"清兴溢璇霄"。两句中把中秋之夜对月小酌的高雅兴致做了充分表达。

第三句正面写中秋之月。玉盘,比喻明月,李白诗"小时不识月,呼作白玉盘。"见月之光明、圆润、皎洁。光冷之冷字,恰当地表明了月光的特征,广寒宫的传说,"高处不胜寒"的设想,都可作"光冷"的注脚。

"云鬟雾湿",见杜诗《鄜州望月》:"香雾云鬟湿,清辉玉臂寒。"写月下之人。丹阙,应指月宫,苏词《水调歌头》:"不知天上宫阙,今夕是何年?"烟雾销释,青光更多。以上三句，从月光之冷，月下人之云鬟雾湿，回到丹阙烟销。上下往复，把天上人间联成一体，组成光辉洞彻的广阔空间，可见抒情主人视野之宽广，胸襟之开阔，心境十分舒展而明净。三个句子组成工整的鼎足对，非常警策。境界如此清幽，赏月酌酒已经进入深夜。人们沉浸在光明透彻的优美境界。

"□□此夜(前二字脱落)"以下，抒发赏月酌酒引起的感慨。从今秋此夜，想到明年明月，明年这个时节，将是何等情景，什么心情？会不会还像今天晚上这样美好？使人猛增眷恋之情，倍觉对良辰美景之无比珍爱。

正沉思处，西风吹来，主人公从沉醉中惊起，进一步顿生高飞远举、乘风归去的遐想，幻想进入月中丹阙，踏上瑶阶，攀折美好的月中之桂，倚着绮丽的门槛，吹起优雅的洞箫，极尽天上人间之美好与欢乐。

曹德　字明善。曾任衡州路吏。顺帝时曾因作[清江引]二首以诋伯颜，遭缉捕，出避吴中。数平后伯颜事败，方返大都。与薛昂夫、任昱有唱和。所作散曲华丽自然。《全元散曲》录存其小令十八首。

双调·庆东原

曹　德

江头即事

低茅舍，卖酒家，客来旋把朱帘挂。长天落霞，方池睡鸭，老树昏鸦。几句杜陵诗，一幅王维画。

【鉴赏】

曹德，字明善，曾做过衢州路吏，顺帝时曾作《清江引》二首讽刺当时的专权者伯颜。伯颜知道后大怒，命人画影图形，四处追捕他。为逃避伯颜的迫害，曹德在吴中一个僧舍中隐居数年，直到伯颜死后才又回到京都。此曲大概是他在吴中时所作。

　　"江头即事"表明作者写的是自己在江头的所见所感。作者闲步来到江头，见到些什么，又想到些什么呢？让我们还是跟随着作者的叙述一起来看吧！作者闲步街头，看到一个小酒家，这酒家规模不大，外表也不华丽，房屋很小，也很低矮。作者迈步进入，店主人看见有客来，赶紧将客迎进，又赶快将朱帘挂起。这里的"挂"字用得很巧，既传神地写出了店主人待客的殷勤，又起到了承上启下的作用。因为茅舍"低"，加上天色渐晚，所以小店内光线较暗，挂起朱帘一方面可使小店亮堂一些，另一方面也便于客人临窗观景，也就自然引出了下文的景物描写。作者一边饮酒，一边观赏窗外景色。只见远处天水相连，望不到边，天边的一片红霞正缓缓退去；较近处的岸边，寒鸦蜷伏着身子已开始打盹，不远处的老树枝头，立着归巢的乌鸦，它们中不时地有一两只"呱"的一声，从这个枝头飞向那个枝头，那叫声和身影更衬出黄昏的宁静、和美。江南的秋景是多么迷人呀！恍惚中作者仿佛走入了杜甫的诗与王维的画中了。杜甫曾流寓西川，写过许多描写乡村生活的诗篇，而王维曾隐居辋川，画过许多反映隐居生活的画，眼前的景色不正合了杜甫的诗，入了王维的画吗？曲作就此打住，但留给读者的回味却是无穷的。在这样一家普通的小店内，就能欣赏到这样的美景，可见江南秀色随处可见。而江南的秋景在作者笔下又没有一丝萧条和冷落，有的只是恬静、和美，这充分表达了作者对江南的喜爱和赞美。此外，此曲画面感很强，动态静态描写结合得很好，并准确地体现出江南秋景的特点，收到了极好的艺术效果。

双调·清江引

曹　德

　　长门①柳丝千万缕，总是伤心树。行人折嫩条，燕子衔轻絮，都不由凤城②春做主。

【注释】

　　①长门：汉长安宫名，武帝时陈皇后失宠即居此。

②凤城：京城。

【鉴赏】

　　关于这首曲的本事，陶宗仪《辍耕录》有如下的介绍："太师伯颜擅权之日，剡王彻彻都、高昌王帖木儿不花皆以无罪杀。山东宪史曹明善时在都下，作《岷江绿》二词以讽之，大书于五门之上。伯颜怒，令左右暗察得实，肖形捕之。明善出避吴中。……此曲又名《清江引》。"

　　元代有两名官居太师的伯颜。一名是辅佐元世祖灭亡南宋的开国功臣，宋人所谓"白雁来"就是使用他名字的谐音。另一名是顺帝朝炙手可热的丞相。《元史》卷一三八《伯颜传》："势焰薰灼，天下之人唯知有伯颜而已。……（顺帝至元五年）益逞凶虐，构陷郯王彻彻笃，奏赐死，帝未允，辄传旨行刑。复奏贬宣让王帖木儿不花、威顺王宽彻普化，辞色愤厉，不待旨而行。"可知曹德"讽之"的对象正是这一个伯颜。就《辍耕录》对这一段历史的记载来说，基本上符合正史，唯一出入的是帖木儿不花是"贬"而非"杀"，他一直活到朱元璋打进北京城才送了命。

　　然而，陶宗仪的阐释却有个很大的失误。曹德的二首《清江引》，不是作于伯颜构陷二王的至元五年，而是作于此前四年。换句话说，本曲所"讽之"的完全是另一回事件。元统三年（1335，亦即后至元元年）七月，伯颜以讨伐乱臣的名义，捕诛皇后答纳失里的兄弟唐其势塔剌海。皇后曾把弟弟塔剌海藏护在自己的卧室中，于是伯颜一不做二不休，又逼着她喝下了毒药，而顺帝竟然眼睁睁地无可奈何。这种以下弑上的跋扈行为，在当时是骇人听闻的。所以作者在曲中有"长门柳"的影射，而"伯颜怒"，"肖形捕之"，也完全是因为曲子涉及弑后事件的缘故。

　　我们来看这首《清江引》。"长门柳"，特意点出"长门"二字，用意已如上所述，是很显明的了。作者先简单描写了长门柳柔弱可人的情状，随即就下一断语："总是伤心树。"这突兀的转折十分警人眼目。以下便顺势解释"伤心树"的缘由，因为行人攀折，燕子侵犯，随便谁都可以欺侮；"嫩条""轻絮"，再次表现它的柔弱，毫无反抗和自卫的可能。这样就逼出了末句沉重的唱叹："都不由凤城春做主！"特表"凤城"，含意深远。全曲表面上是就柳树做文章，但经此一来，明眼人不难看出，全曲完全是就弑后事件感慨控诉：身居皇宫的皇后，受伯颜的任意凌辱和迫害，如此肆无忌惮的侵犯，竟然都由不得顺帝来"作主"！托物讽咏，意兼双关，小令不但构思巧妙,感情也是十分深沉动人的。

曹德另一首《清江引》如下:"长门柳丝千万结,风起花如雪。离别重离别,攀折复攀折。苦无多旧时枝叶也。"也是以"长门柳"起首,揭出了元顺帝帝权旁落、皇后一门屡遭诛翦的事实。这是一种极冒政治风险的揭露,看来《辍耕录》关于作者因作二曲罹祸出避的说法不虚。古代诗人多有以诗歌体式暗喻、影射时事的传统,散曲也不例外。本篇就是很好的例证。

双调·庆东原

曹 德

江头即事

闲乘兴,过小亭,没三杯着甚资谈柄?诗题小景,香销古鼎,曲换新声。标致似刘伶,受用如陶令。

【鉴赏】

"即事"就是即兴而作,带有偶吟所感之意。本曲不仅是妙手偶得,就连所"即"之"事",也有不经意而成全的情味。你看作者出游江头,是"闲乘兴",虽则兴致勃勃,起初也漫无固定的目的。"过小亭",一个"过"字,也说明不过是信步而至。妙在小亭中恰恰遇上了投缘的好友,还备着美酒,正好欢会一场,真是天赐其便。诗人并不细写与友人的会见,甚而不加寒暄,便大呼"没三杯着甚资话柄"。这一句话画出他连连呼酒的狂豪情态,而与友人的深契同心也从句外表现了出来。"资话柄"是开始闲聊欢谈,"话柄"需"资",又见出聊谈并无什么预定话题。一切都出于无心,而得之随缘,诗人的性情也因此得以自由发挥。

"着三杯"不仅资助了谈兴,还使与会者诗情大发。"诗题小景",又点出了江头景色的悦人。焚香、唱曲,是小聚的另两项节目。古人焚香助娱,常是出于品茗、弹琴、赏画之类的需要。从曲中的情形来看,操琴的可能性最大。即使不是这回事,"香销古鼎"也增添了一种清雅的氛围,并显示了时间在不知不觉间遣发的实情。"新声"是新制的歌词,"曲换新声"则是唱了一支又一支。这三句鼎足对纯用白描,有一种怡然自乐的情味。

末两句是评论,以感受代替总结。诗人也不发什么长篇大论,而是别具一格地以两位古人自况。一位是刘伶,西晋出名的饮酒狂士,历来对他的形容"放达"有之,"颓狂"有之,作者却称"标致似刘伶",这说法本身就颇为标致。这是在精神境界上的自赞。一位是晋宋间的大诗人陶渊明,他的酒名与刘伶不相上下,至多只有文雅一些的不同。"受用如陶令",是对此番"乘兴"效果的定评。这两句都从酒的方面强调,不仅回应了"着三杯",也补明了中间三句的消遣都在酒的陪伴和影响下进行。这就于渲染此行的惬意之外,更透现出勃发的豪情。在平静的铺叙中展现狂豪的英气,正是这首小令的最大特色。

我们读明人的散文小品,事情不大,情节不奇,更谈不上什么微言大义,但却是我写我心,洋溢着人生的真性情。元散曲的这类小令也是如此。作者也许只是信手命笔,写给自己看看,不过心灵既然自由敞开,精光灵气便不易泯没,原先自娱的作品,也就产生人同此心、心同此娱的社会效果了。

双调·折桂令

曹 德

江头即事

问城南春事何如?细草如烟,小雨如酥。不驾巾车①,不拖竹杖,不上篮舆②。着二日将息③蹇驴,索三杯分付奚奴④。竹里行厨⑤,花下提壶。共友联诗,临水观鱼。

【注释】

①巾车:有篷的小车。

②篮舆：竹轿。

③着：安排。将息：调养,休息。

④奚奴：奴仆。

⑤行厨：出行途中携具从事烹饪。

【鉴赏】

这又是一首自记行乐的"江头即事"。这番是有备而行,故在作品的写法与风调上与前篇不同。

起首三句,从韩愈《早春呈张水部》"天街小雨润如酥,草色遥看近却无"的诗境化出,韩愈认为这样的时节,"最是一年春好处"。起句的一问,引出了早春的美景,也显示了作者跃跃欲动的游春心情。所以从第四句起,小令就直接转入了出行踏青的正题。诗人否定了乘车、步行、坐轿的种种旅游手段,因为他中意的方式比较特别,乃是骑一头驴子,尽管它足力不怎么灵便。为此,他"着二日将息蹇驴",这同下句"索三杯分付奚奴"的对句一样,都表现了诗人的精心准备。其实,"着二日"不光是出于关心驴子的目的,更主要还在于避过"小雨如酥",这正是作品的针线细密之处。从三个"不"字的排比,到"着二日""索三杯"两句的从容准备,都显现了诗人的好整以暇,洋溢着一派适情自得的安恬气氛。

末四句用两组对仗,铺排了出游至江头的行春内容。"竹里"两句化用了杜甫的诗句:"竹里行厨洗玉盘,花边立马簇金鞍。"(《严公枉驾草堂兼携酒馔》)诗人骑的是蹇驴,谈不上"立马簇金鞍",于是便以"花下提壶"代替,一样是竹花对举,而又是本地风光。除了野餐与饮酒外,他还同友人们一起联句吟诗,坐在江头观鱼。这一切显然不是在"小雨如酥"的气候下进行,这就更显出前时"着二日"章法插入的巧妙。诗人将"即事"的主要节目——游春仅用四个短小的句子平平叙过,多少带有一种得意妄言的情味。诗人采用散曲小令的形式来即兴吟咏,整首曲文也写得平和通悦、清畅自然,这一切恐怕都同他这种自娱自足的心情有关。

失宫调·三棒鼓声频

曹 德

题渊明醉归图

先生醉也，童子扶著。有诗便写，无酒重赊，山声野调
欲唱些，俗事休说。问青天借得松间月，陪伴今夜。
长安此时春梦热，多少豪杰，明朝镜中头似雪，乌帽难
遮。星般大县儿难弃舍，晚入庐山社。比及眉未攒，
腰曾折，迟了也，去官陶靖节。

【鉴赏】

陶渊明是东晋有名的田园诗人，他不堪官场黑暗，弃官归隐的举动为后人所推崇。此曲是曹德观《渊明醉归图》后，有感于当时的现实而作的。

一棒首先从画面写起。画上展示的是陶渊明的醉态，一个童子挽扶着他。然后由画面生发开去，介绍了陶渊明其人，他以诗酒、山歌自娱，有诗就写几首，没酒就再去赊些来，乡间的山歌、小调闲来也哼几句，只是世事不问，俗事不谈。通过这些描写，那不满现状、不与世俗同流合污的隐者陶渊明的形象就出现在我们面前，从作者的描写中我们也不难看出他对陶渊明由衷的赞赏。

二棒写作者观画的联想。陶渊明邀青松为伴，又向青天借来明月，醉眠于松间月下，他是多么高洁，脱俗！而就在这个时候，京都长安城中有多少官儿们正做着飞黄腾达的美梦，他们不知道，那最终不过是一枕黄粱，而青春年华却在其间耗尽，或许官帽戴上之时，对镜一照，才发现已是白发如雪，就是头上的乌纱帽也遮不住。比起陶渊明来，哪个值，哪个又不值？这里作者又通过鲜明的对比，进一步赞颂了陶渊明的高洁，讽刺了那些得势朝官，从中人们不难得出为官哪有归隐好的结论。

三棒进一步劝说那些未得势的小官早日归隐。这里引用了陶渊明"攒眉而去"及"不为五斗米折腰"的故事。相传，曾与陶渊明有交往的慧远法师在庐山东林寺

创建了佛门白莲社(曲中的"庐山社"即指此)，与陶渊明同为"浔阳三绝"的周续之在《庐山记》中说："远师勉令陶潜入莲社，渊明攒眉而去。""攒眉去"是拒绝遁入空门之意，曲中"眉未攒"则表示已经入了空门。"不为五斗米折腰"的故事已为我们大家所熟悉，不过曲中的"腰曾折"表明腰已折。作者奉劝那些未得势的小官，不要舍不得丢下眼前的区区官职，否则，如果一生都不得志，一辈子只能做个小官，到晚年希望破灭，怀恨遁入空门，到那时，已尝尽低眉折腰、屈身事人、看人脸色的屈辱，再想归隐，未免也太晚了，倒不如趁现在还没饱受这些屈辱，赶快效法陶渊明，辞官归隐，还能留下一个"靖节"的好名声。

此曲写了三种人物的三种心态，通过对比，我们不难看出作者赞赏陶渊明、嘲讽得势者、劝人归隐的意图。此曲在语言上也很有特色，不加修辞，通俗易懂，显得十分朴实、自然。

高克礼 字敬臣，号秋泉，河间(今属河北)人。曾任庆元理官。与乔吉友善。作品工巧。《全元散曲》录存小令四首。

越调·黄蔷薇过庆元贞

高克礼

燕燕别无甚孝顺，哥哥行在意殷勤。玉纳子藤箱儿问肯，便待要锦帐罗帏就亲。吓得我惊急列蓦出卧房门，他措支剌扯住我皂腰裙，我软兀剌好话儿倒温存："一来怕夫人情性哏，二来怕误妾百年身。"

【鉴赏】

在漫长的封建社会里，由于男权思想占主导地位，许多富家子弟以财物来诱骗贫家少女的事例，比比皆是，往往落得个始乱终弃的悲剧。这首带过曲塑造了一个

图文珍藏版

机智、聪明、敢于抗争的奴婢燕燕的形象。通过燕燕的独白,反映出封建社会中被侮辱者的痛苦心情。

本曲借用了关汉卿杂剧《诈妮子调风月》中的一个片段,写婢女燕燕受夫人差遣,侍候前来探亲的一个官家子弟。官家公子见到年轻貌美的燕燕,千方百计和她纠缠,最后提出要到燕燕房间里去闲坐。燕燕拗不过他,只好带他去了。戏剧里的冲突就发生在燕燕的房间里。

处于奴婢地位的燕燕,不卑不亢,对官家公子不冷不热,时时警惕,而殷勤过分的官家公子来到燕燕房里便送玉纳子和藤箱儿两件礼品给燕燕,问燕燕是否接受他的求爱,接着就要对燕燕非礼。一种自我保护的本能使受到惊吓的燕燕大步逃出卧房门,而官家公子在惊惶中一把扯住了燕燕的衣裙。如何解脱?位处卑贱地位的小奴婢不敢大吵大闹,否则惊动夫人,落得个勾引男人的罪名,弄不好还会被驱赶出门。燕燕此时除了智斗,别无选择。她用和软的话语低声向官家公子请求,一来夫人家法极严,脾气极狠,弄出事来吃罪不起;二来婚姻是人生大事,一失足成千古恨。全曲以燕燕的自白戛然而止。燕燕的请求是否奏效,她后来的命运如何,小曲没有写明,我们就不得而知了。但燕燕的独白却让我们看到了燕燕性格中刚强的一面,她虽然是社会中的一个小人物,但她不是一个逆来顺受、忍气吞声的可怜虫,在她身上,更难能可贵的是她的机智与抗争精神。

王晔 字日华,一作日新,号南斋,杭州(今属浙江)人。与朱凯交厚。善辞章乐府。所做杂剧,今知有《卧龙冈》《双卖华》《桃花女》三种,现仅存《桃花女》一种。该剧内容荒诞,曲辞粗浅。但从中可见"阴阳八卦"的运用和许多结婚禁忌的来源,是研究民俗学的宝贵资料。存世散曲有与朱凯合写的《双渐小卿问答》及套数一套。

朱凯 字士凯。做过很多小曲,曾与王晔唱和。与钟嗣成友善。编有《升平乐府》,又类集诸家隐语,名《包罗天地》,钟嗣成为之作序。所做杂剧今知有《昊天塔》《黄鹤楼》二种。存世散曲有与王晔合写的《双渐小卿问答》。

双调·庆东原

王晔　朱凯

黄肇退状

于飞燕,并蒂莲,有心也待成姻眷。吃不过双生强嘀,当
不过冯魁斗谝,甘不过苏氏胡扇。且交割丽春园,免打
入卑田院。

【鉴赏】

这是元散曲作家王晔、朱凯合题的小令《风月所举问汝阳记》(后又名《双渐小卿问答》)十六首的首篇。

小令以"原告"黄肇撤销丽春园风月案申诉文辞为题,罗列了诉讼多方的争风特点,显露了竞争多方的实力比较,自然地回答了"退状"的缘由。它是全组小令的楔子,像音乐里的定调一样,预示了这场案件的发展进程。

"于飞燕,并蒂莲,有心也待成姻眷。"首句化用典故。"于飞"出典自《诗经·大雅·卷阿》:"凤凰于飞,翙翙其羽,亦集爰止。蔼蔼王多吉士,维君子使,媚于天子。"又沿用俗语"并蒂莲"表明拈花惹草之辈的黄肇欲与名妓苏卿结合的愿望。

"吃不过双生强嘀,当不过冯魁斗谝",这句点明黄肇在情场上有两个对手;双生(即双渐),与苏卿早有恋情,能干而有本事的强中手;冯魁,善于花言巧语引逗作乐,家有万贯的江西茶商。论"才",论"财",黄肇根本无法和他们匹敌较量。"甘不过苏氏胡扇",再加上苏卿扑朔迷离的打情骂俏,"胡扇"喻为任意乱来的手掌或手背抨击。这一切都是黄肇承受不了、抵挡不下、笼络不住的。黄肇既无金钱做靠山,又无能力做辅佐,当然只能乖乖地败退下来。这几个句子让我们听到了黄肇失意的嗟叹,看到了风月案涉及的有关各方。一个青楼女子能挑起文人、富商间的轩然大波,会酿成一场官司,这是值得深思的社会现象。

"且交割丽春园,免打入卓田院。"这里的"丽春园""卓田院"均为当时的市语。丽春园,指妓院或艺妓歌女居处;卓田院,指古代佛寺救济贫民之所,后又称乞丐聚居的地方。面临强敌的黄肇只能偃旗息鼓了,他收回了申诉的文辞。他明白,只有及早与丽春园交割("交割"为元时商业用语,指买卖双方履行交易契约、进行银货授受的行为,交割后交易即告结束。),才能免除陷入卓田院的厄运。打官司要钱,打赢官司更要大钱。行文至此,这场官司的实质已经不言而喻:它根本不是高尚的情爱之争,是最明显不过的交易,是亵渎道德的罪行。

竞争的多方只有黄肇一人"戛然而止"。另外两位竞争者呢?小令实写黄肇的"退",目的显而易见,它是为了预示以后情节的"进",为众多人物的出场活动做铺垫。在这里,"才"和"财","真情爱"和"孔方兄"的斗争帷幕还刚刚揭开窄窄的一条缝,这样的安排体现了作家欲擒故纵的构思原则。从中,我们也能款款体会到散曲作家的经营苦心。

首曲得体、精要。"吃不过双生强嗑,当不过冯魁斗诡,甘不过苏氏胡扇。"这三个结构相同、句式相似的排比句言简意赅,它在叙述情节、表现人物、反映主题诸方面都起到了很好的修辞作用。

双调·折桂令

王晔　朱凯

问苏卿

俏排场惯战曾经,自古惺惺,爱惜惺惺。燕友莺朋,花阴柳影,海誓山盟。那一个坚心志诚?那一个薄倖杂情?则问苏卿:"是爱冯魁?是爱双生?"

【鉴赏】

双渐、苏卿的爱情故事在宋元间流传甚广。它讲的是书生双渐与合肥妓女苏卿相恋,后在双渐应试求官之时,鸨母收下茶商冯魁巨金,卖掉了苏卿。苏卿随贩茶船南下,经过镇江金山寺时,乘冯魁酒醉题诗金山寺壁。双渐考取功名南归,途经金山寺,乘风赶上冯魁的贩茶船,夺回了苏卿。

王晔、朱凯合制的十六首小令《双渐小卿问答》则是以诙谐、滑稽的笔调,自问自答,艺术地记录了苏卿被卖的过程,描摹了各类人物在这起风月案中所展现的个性特征,明畅地揭示了元代不合理社会现实的一个侧面。

[双调·折桂令]《问苏卿》是尾随序曲[双调·庆东原]《黄肇退状》后的第一支小令,它摆出了心坚志诚和薄倖杂情两种截然不同的恋爱态度,并以此发问苏卿:“是爱冯魁,是爱双生?”

“俏排场惯战曾经”,一个“俏”字既描画了苏卿的容态轻盈美好,又暗示了她置身青楼的轻佻身份。排场则是指她惯战的场面。在人生的戏台上她已经是个老演员了。“自古惺惺,爱惜惺惺。”惺惺,聪慧貌。此句化用元乐府中“葫芦提怜懵懂,惺惺的惜惺惺”的成语,意谓糊涂人可怜糊涂人,聪明人爱怜聪明人。它告示苏卿:终身伴侣首先应爱怜你的才貌,尊重你的人格。

“燕友莺朋,花阴柳影,海誓山盟”,燕、莺均比喻女子,友、朋则指亲近、相好。花阴柳影是对他日姻缘成就之时美满生活的憧憬。这三句是说,到柳遮花映的美好时光再来检验这对着山、海发誓的盟约呢!爱情将像山、海那样永久不变。互为对仗的三句鼎足对如水银泻地般抒发了散曲作家的良好愿望,旨在激起被问者苏卿的感情大波。

“那一个坚心志诚?那一个薄悻杂情?”继较为含蓄蕴藉的启迪后,作者又明畅地直陈苏卿。志诚,意为用情专一。薄悻则指薄情、负心。孰去孰从?对这两个人物的抉择,可不能掉以轻心啊!这字字、句句,不尽之意,见于言外。在这里看不到三从四德的教条,也没有温柔敦厚的礼教。曲中坚持男女性爱以感情为准则,这一点在客观上鞭挞了'以妇女为玩物的封建腐朽思想。

“是爱冯魁?是爱双生?”直截了当的提问给苏聊带来了抽刀断水的纷纭思绪。曲终意不尽,两个问号也牵动着读曲人的心。“惯战曾经”的苏卿会有怎样的回答呢?悬念重重,扣人心弦。

这曲小令基本采用豪辣灏烂、直陈白描的赋的手法。语言质朴、自然,作者的贬褒感情溢于言表。曲中还融合了民间俗语和文人雅士的鼎足对："燕友莺朋,花阴柳影,海誓山盟。"它对形成与诗词格调明显不同的开朗、谐谑的散曲语言风格起了很大的作用。

双调·折桂令

王晔　朱凯

答

平生恨落风尘,虚度年华,减尽精神。月枕云窗,锦衾绣褥,柳户花门。一个将百十引江茶问肯,一个将数十联诗句求亲。心事纷纭。待嫁了茶商,怕误了诗人!

【鉴赏】

　　这曲小令是丽春园风月案的女主角苏卿对"是爱冯魁? 是爱双生?"发诘的答词。它概括了妓女被玩弄、被侮辱的社会地位,展示了妓女屈辱痛苦的真实生活,酣畅地表述了苏卿抉择时复杂纷纭的内心隐秘。

　　"恨落风尘",偏落风尘。意为娼妓或社会地位卑下者对被污辱被损害的生活的怨恨。"风尘"一词自然交接"恨"字,一语就道破了苏卿心上的愁绪。起句入情,摄人魂魄。

　　"虚度年华,减尽精神。"这是对风尘生活结局的具体披露,更是苏卿对"这人折了那人攀"遭遇的声声嗟怨。它含蓄地启示读者:苏卿绝非是自甘堕落的淫娼荡妇,该诅咒的是将她摒弃于正常社会生活之外的封建社会。

　　"月枕云窗,锦衾绣褥",则是以幽静的画面、华贵的色彩来掩饰"柳户花门"内骨子里的纷杂、丑陋。"月枕云窗"是妓女依人卖身、遭受彻夜蹂躏的氛围描写。皎洁、恬静的月夜,嫖客们在"锦衾绣褥"的裹腋下竭尽猎奇沽欲之能,而妓女呢? 强作欢颜,减尽精神。试想此时妓女的出卖肉体和奴隶出卖劳力的实质又有什么两样?

　　身陷污淖、泪湿鲛绡。面对着"百十引江茶问肯"和"数十联诗句求亲"的场景,苏卿心中激起了感情的漩涡。她希望得到真正的知己,有个满意的归宿以逃脱被玩弄、被欺辱的命运。然而,作为社会组成部分的男女性爱是受阶级利益制约的。求婚聘礼的价格是如此的天悬地殊:一边是百十引江茶的巨款;一边是分文不值的数十联诗句。悬殊激化了主人公的思想斗争,"待嫁了茶商,怕误了诗人",小令以整齐的对偶句式排出了苏卿的惆怅、矛盾:嫁给茶商吧,将是"一次永远出卖为奴隶",过一辈子变态的爱情生活;嫁给诗人吧,又恐怕挣逃不了"孔方兄"的羁绊。畸形的生活、变态的心理使她步履重重、进退维谷。这两句曲词贴切地注释了"心事纷纭"的缘由。

　　小令的结句是"怕误了诗人"。全曲以情入题,始终以被侮辱者的口吻道白,"怨"情悠悠,一以贯之。当然,这"误"字就有了深沉的感情内涵。无疑,双生在诗句中寄寓的同情和爱怜是慰藉了苏卿心灵的创伤。在"财"和"才"的天平上,百十行诗句促使苏卿把感情的砝码放到了"才"的一端,重精神依托而轻物质的富有。曲终,我们看到了苏卿灵魂中难能可贵的、闪耀着光焰的东西。

　　"平淡有思致"是这曲小令的主要特色。它体现在散曲遣词造句不做作、无雕饰和语言的清新温润。近似口语的曲词如诉如泣,真实地描摹了人物复杂的心理活动,情味醇厚、真切感人。

　　此外,散曲还自然地运用了对偶句式:"一个将百十引江茶问肯,一个将数十联诗句求亲";"待嫁了茶商,怕误了诗人!"有比较意义的句式在这里不仅使句式工整,音调和谐,而更重要的作用是触发人物矛盾斗争的引火线,展示人物内心世界的刀光剑影。"小螺丝转动了大机器"。由此可见散曲作家王晔的语言功力。

双调·殿前欢

王晔　朱凯

再问

小苏卿，言词道得不实诚。江茶诗句相兼并，那件著情？
休胡芦提二四啦。相偻倖。端的接谁红定？休教勘问，
便索招承！

【鉴赏】

在对茶商和诗人的选择中，苏小卿陷入了心事纷纭的困境。散曲作家以"再问"的急迫口气，又一次加温添热，促使苏卿的感情沸腾、升华。

"小苏卿，言词道得不实诚。"开门见山点明"再问"的缘由。苏卿暧昧晦涩的态度，含糊其词的语言，显然是不能作为"一问"的回答。

"江茶诗句相兼并，那件著情？"江茶和诗句在这里分别借代茶商冯魁和诗人双渐的聘礼，照应了《答》中的"百十引江茶"和"数十联诗句"。著，显露。兼并，并吞。散曲不以才貌钱财作标准，而以情爱为准绳，并要用多情的一方战胜薄倖的一方，这种维护女性的观点，对当时盛行的以妇女为玩物的思想无疑是一种否定。

"休胡芦提二四啦"。"胡芦提""二四"均为元时的俗语。此句意为不能糊里糊涂地恣意胡为，也不能随心所欲地放肆乱答应。

"相偻倖。端的接谁红定？"偻倖，焦躁、烦恼。端的，真的。红定，订婚时下聘的礼物。仔细探视、审察苏卿举棋不定的犹豫和烦躁神态，叫人实在无法猜测她将要收下谁的聘礼。

"休教勘问，便索招承！"能辞章乐府，又善滑稽的散曲作家不悖寻常的"诗头曲尾"的原则，在小令的尾句别开生面地来个跌宕有致的铺叙：俊俏书生，村虔茶客和痴呆黄肇同时迷恋名妓苏卿，然而又谁也不舍得割爱，于是争执不休，酿成了风

月案件。令人不可思议的是被告竟是苏卿。小令的尾句煞有介事,要苏卿"便索招承"。"索"即尽,"招承"即认罪。试想,平日里只是男人们寻花问柳的玩物苏卿,如今更是"苑圃"中束手待毙的猎物苏卿!她能认什么罪?她又有什么罪要认呢?真正重要的是顺藤摸瓜揪出把她推向黑暗深渊的"罪犯"。那"罪犯"才是要勘问查办的对象。层层推出的一连串问题高高挂起;这是一个黑白不分、是非不明的世道啊!小令作家用惟妙惟肖的神态,表现了严肃的题旨和深邃的意境,语言含蓄而风趣。见文字于天真,而意蕴又在文字境界中绰然有余。这种在不经意处的涉笔成趣的铺叙可称成功之笔。

此曲小令纯用口语,形成了语言上质朴、自然的基调。曲词浅近,然富有表现力,不失通俗文学的主要特色。

"曲贵尖新情意。"[双调·殿前欢]《再问》能用寻常的口语、俗语,将一件事写得如此不留余韵,而所体现的思想又能迥出一般,这是它难能可贵的艺术特色。

双调·殿前欢

王晔　朱凯

答

满怀冤,被冯魁掩扑了丽春园。江茶万引谁情愿?听妾明言。多情小解元,休埋怨,俺违不过亲娘面。一时间不是,误走上茶船。

【鉴赏】

字字怨,声声泪,小苏卿终因"违不过亲娘面"而"误走上茶船"。[双调·殿前欢]《答》是痛苦的呻吟,是深情的剖露。

"满怀冤",言辞凄然的"冤"字,使人怆然伤怀。它是苏卿对自己低下的社会地位和任人蹂躏的悲惨遭遇的无限感喟。"满怀"两字则展示了苏卿忍辱含冤、倍遭欺凌的深度和广度。罪恶的娼妓生活耗尽了她的韶华,水性杨花的"薄情"罪孽又蒙尘于她的灵魂。她怎能不冤?如泣如诉的"满怀冤",以倾吐真情的引力让读者如影随形,要急于明白造成苏卿内心隐痛的原因。掩抑低回、凄凉沉郁的曲调音节,又动人心弦、催人泪下。

"被冯魁掩扑了丽春园",掩扑,射覆与赌博。富翁冯魁对苏卿泄欲玩弄,等同于射覆与赌博。冯魁的窃玉偷香,是由残酷的社会现实作屏障,冯魁的挥金如土则又有其万引江茶垫根基。寥寥数语,涵盖万千。

"江茶万引谁情愿?"虚指的代词"谁"字用得妥帖、精当。尽管它并不表示疑问,但胜似疑问。在调笑勾栏的歌妓舞女中,对财、势趋之若鹜,竞相攀附的不乏其人,意欲从良"老大嫁作商人妇"的也为数不少。然而,散曲以"谁"代"我",更显出苏卿的与众不同,语气婉转而有情致。"听妾明言"则是以谦辞"妾"自称,表明苏卿低声下气的处境。感喟、呼告,字字有情。

"多情小解元,休埋怨,俺违不过亲娘面。"小解元的"小"字,可理解为苏卿对双渐的亲昵之称,也可解释成直写双渐地位之低微。赤诚至极,简直是含泪的哀求了。视财如命的"亲娘"将我卖了,而我又无法违抗她的意志,祈求你谅解我的苦衷。实呼亲娘,又极写"亲娘"名不副实、欲壑难填的本质。冷眼嘲讽的感情包孕于含蓄的词汇之中。

"一时间不是,误走上茶船。"此句中的"误"是点睛之笔。透过"误"字,我们能看到苏卿凄抑低黯的神情。"误"字在结构上又能承上启下,梳理着苏卿在风月案中复杂思绪的脉络。同时,"误"又如一根编织精巧的网绳,绾束了全曲的思想情绪,为以后苏卿"月夜贩茶船"扎下了牢靠的感情纽结。至于"一时间不是"的"不是"两字,耐人寻味。慢慢品味,能让人如含橄榄,初尚觉其苦涩,回味始觉如饴。小令淡言皆有味,浅语亦有致,其"味""致",大概也就蕴藉于此了。

"言情深曲而少文饰",是这首小令的主要特色。通篇感于哀乐,缘情而发。全曲了无捶胸顿足、呼天抢地之状的描摹,然幽咽吞声,充溢了无限伤情。

双调·水仙子

王晔　朱凯

驳

明明的退佃丽春园，暗暗的开除了双解元，惨可可说下
神仙愿，却原来都是谝！再谁听甜句儿留连？同他行
坐，和他过遭，怎做的误走上茶船？

【鉴赏】

　　这支小令简练地述说了苏卿面临的尴尬场面，以驳苏卿的二"答"为题，进一步
撩拨苏卿的矛盾心弦，旨在将艺术的触角延伸到人物的心灵深处。

　　"明明的退佃丽春园，暗暗的开除了双解元，惨可可说下神仙愿，却原来都是
谝！"第一层的四句落脚在一个"谝"字上。"退佃"和"开除"皆为元时的方言市语，
意为舍弃，摒弃和灭绝、置人死地。"谝"则指花言巧语。是谁在花言巧语？又是谁
在夸耀、在显赫？这些悬而未决的问题引人关注。"谝"字作结，而内涵让人自思。
细细想来，由于冯魁江茶万引的巨金，苏卿得以赎身从良。苏卿暂时结束了那种
"冬里卧芙蓉祸裤，夏里铺藤蕈纱幮"，而却要"推眼疾偷掩痛泪，佯呵欠带几声长
吁"的畸形生活(引句见王氏的套数[中吕·粉蝶儿]《寄情人》)。这是明摆着的事
实。然而苏卿的依身冯魁，扯断了维系苏卿、双渐爱慕心理的情丝，这却是难以述
说的暗中之事。"惨可可"是苏卿凄苦心理的逼真写照。"神仙愿"说出了苏卿愁
肠百转的原因。世上本无神仙，攀附于富人财势，幽囚如笼中金丝鸟的苏卿更不能
得到意愿中的美好生活。守着不懂今古只通商贾的茶商何来欢乐？可见，说"谝"
者乃是苏卿，实在是欲加之罪，何患无辞！

　　"再谁听甜句儿留连？"这一句是前四句的结局，是对苏卿言行的否定。对这首
《驳》的反驳又能是什么呢？平日里，苏卿说过的"甜句儿"肯定是多的，为糊口、为

取宠,违心的甜言蜜语她不得不说。然而,那是心不欢必强笑,酒不胜必强饮,身不快必强陪,喉不爽必强歌的妓女生活的需要。因为打情骂俏、调笑风生是青楼放荡生活的一个组成部分,所以,要指责苏卿的甜句儿是大可不必的。但是我们将这句曲词理解为是双渐对苏卿的责问,那是大相径庭了。双渐回想起平日和苏卿的耳鬓厮磨,苏卿的娓娓动人的"悄悄话"似乎还萦绕耳际。然而这一切,都已情随事迁化为乌有,不留恋恰恰是"剪不断、理还乱"的反语,情笃意浓。

"同他行坐,和他过遣,怎做的误走上茶船?""误走上茶船"是苏卿在[双调·殿前欢]《答》中对这段"牛马而襟裾"姻缘的注释。[双调·水仙子]《驳》还以"误走上茶船"为利矛,攻苏卿心灵的坚盾,这实在是归谬推理的高明运用。你已经嫁鸡随鸡,嫁狗随狗,心甘情愿地和冯魁在一起"过遣"(即过活),又怎么说是一念之差的误走呢?和前曲[双调·殿前欢]《答》的尾句何其相似。这不仅使前后两曲都具有结构严谨的特点而斐然成章,而且继往开来和组曲(共十六首)浑然一体。

起首的三句是用了曲的独特对仗方式——鼎足对,两两对照,多层次地表情达意,增加了曲调的内容含量。按照一般的曲调句式的规定,[双调·水仙子]的句式应为七七七,五六,三三四,八句七韵。但是通观这支小曲,正格以外,加上以虚词为主的不少衬字,如"的""了""下""却""再""儿"等等,末节句法尤为参差而不易划一。衬字和句法的灵活运用,解决了曲调和口语间的矛盾,于是,叙事抒情都不必做削足适履的迁就,这就大大增强了散曲的艺术表现力。

双调·水仙子

王晔　朱凯

招

书生俊俏却无钱,茶客村虔倒有缘。孔方兄教得俺心窝变,胡芦提过遣,如今是走上茶船。拜辞了呆黄肇,上覆那双解元,休怪俺不赴临川!

　　以题文相称，而又以警笔的"招"字为题，叩击出苏卿心理活动的火花，它衍射着金钱侵蚀、腐蚀人心灵的折光，含蓄地揭示了风月案的主宰者是金钱。

　　"书生俊俏却无钱，茶客村虔倒有缘。"工整的对偶句子，流畅地直露了争执双方的瑜瑕、得失。村虔为元时的俗语，意为土头土脑。书生得天独厚的"俊俏"貌相，和茶客的"村虔"姿态要一决雌雄，胜负似在定数之中，然而无钱和有缘(缘则指机缘)的客观因素，又使这场竞争的胜负发生了适得其反的变化。曲中用表语气的副词"却""倒"来

述说颠倒了的事实，让人能款款品味到散曲作家委婉而又风趣的情致。

　　"孔方兄教得俺心窨变，胡芦提过遣，如今是走上茶船。"古代铜钱，中为方孔，由此孔方兄就成了钱的别名。"教得"的潜台词是"照得"，铜钱眼里照人就如门缝里看人，不过前者比后者更为荒谬，愈见邪恶。于是村虔茶客替代了俊俏书生；多情志诚让位给薄倖杂情。连骗带哄的折腾，珠光宝气的闪烁；双渐离去，一年半载杳无音讯；渺茫的归期，伴随着难以打发的相思；更因为烟花女子的生存条件迫使苏卿只能糊里糊涂地过着日子，终于违心地走上茶船。"走上茶船"和前两曲的"误走上茶船"仅一字之差，然而体现了人物思想的深掘和故事情节的发展，这是对"两问一驳"的最终回答，是苏卿不得已的心灵袒露。曲词至此，结束了以直抒胸臆为特征的尽情倾诉，苏卿的屈辱身世和低下的社会地位得到又一次的艺术再现。经过利害得失的权衡和挣不脱世俗陋习的思想斗争，苏卿只能做出这样的抉择。

　　"拜辞了呆黄肇，上覆那双解元，休怪俺不赴临川！"词穷意不绝，饱尝世态炎凉的苏卿毕竟不是见钱如蝇逐血之辈，也不是忘情似水性杨花的人。她走上茶船之际，感慨万分，情绪回环往复。"拜辞"呈恭敬歉意状，"上覆"则有翻转、遮盖的意思。苏卿对憨呆的黄肇表示失礼的歉意，对心上才郎则显露出负情的内疚。然后，苏卿又以掩抑泣诉的口吻，恳求双渐的谅解：原谅我不能和你风雨同舟，浪迹天涯。

"临川"是江西东北部的一个县名,是双渐学成为官往任知县之地。短短的三句,为我们勾画了一幅欲进又止、流连返顾的离别图景。画中又隐约传出哀怨声声,哀声中又溢出深邃的柔情,它又是一曲缠绵幽咽的哀歌。诗中有画,画中有诗,给人特别深刻的印象。

"书生俊俏却无钱,茶客村虔倒有缘。"和"拜辞了呆黄肇,上覆那双解元"都是较为工整的对偶句子,前一对用相反的事物互相映衬,显示出对比的作用。不合情理的结局更能激起人们心理上的逆反情绪,起到了较为强烈的艺术效果。后一对则是用并列的事物相对述说,前后两句又有词义上的不同含义和思想情感上的细微变化,句式自然而不呆板,给人以均齐之美的艺术享受。

全曲自然地吐露了主人公的内心隐忧、凄恻动人。曲的语言真率自然,色彩清淡而意味醇厚,可作为情至于真,脱口便成隽语的一例。

双调·折桂令

王晔　朱凯

问冯魁

冯魁嗒你自寻思:这样娇姿,效了琴瑟,不用红娘,则留红定,便系红丝。量你呵有甚风流浪子?怎消得多情俊俏娇儿?供吐实词,说了缘由,辨个妍媸。

【鉴赏】

嬉笑怒骂,皆成文体。小令以插科打诨的调笑探索冯魁取胜的原因,预示"郎才女貌"的传统恋爱标准在风月案中将被金钱关系取而代之。

"冯魁喋你自寻思"单刀直入让取胜者扪心自问,似有突兀横绝之感。腰缠万贯的茶商以巨金骗得了苏卿,他自认在"贫诤辨讼,非钱不胜""令问笑谈,非钱不发"的社会里,金钱是万能的。金钱能使他无远不往,无深不至,况且现在他只是要一个小小的烟花女子。这有什么办不到的呢？然而，作者却笔锋一转，另辟蹊径地偏要冯魁以"郎才女貌"的传统观念解释他的取胜原因，这无疑是对他出了一道难题。

"这样娇姿，效了琴瑟，不用红娘，则留红定，便系红丝。"娇姿，当然是指苏卿"桃之夭夭、灼灼其华"的貌相、神韵。"效"意为模仿，进而表奏效。"琴瑟""红娘"则是恩爱夫妻和婚姻介绍人的代名词。琴瑟，两种弦乐器，合在一起则比喻夫妻。此处的"琴瑟"化用了《诗经》里"妻子好合，如鼓瑟琴"和"窈窕淑女，琴瑟友之"的诗句。"红娘"则是对王实甫《西厢记》人物的借用和点染。冯魁和苏卿的结合既无真诚的感情，又没有热心肠的红娘，只是冯魁留下聘礼，便牵成了姻缘。作者在这儿用人情人理的诘问，表现了对冯魁违反情理做法的感叹，而对冯魁神速般的奏效提出了怀疑。

冯魁所代表的那个阶级，集中了虚伪、奢侈、荒淫、吝啬和放荡等等剥削阶级的龌龊特征，作者耳濡目染，对此多有感慨。但是，他把浓墨重彩奉献给了那些失去了人生意义，既无独立人格，更谈不上幸福的妇女。同情哀怜，洋溢于字里行间。但对剥削阶级的愤慨不平，则寄寓在滑稽、调笑之中。

"量你呵有甚风流浪子？怎消得多情俊俏婹儿？"风流浪子指洒脱不羁，富有才学的人，他们博学而倜傥卓异。婹儿，妓女。只有风流才子才配得上俊俏多情的姑娘，而你冯魁呢？一个"量"字，两个表疑问的标点，表露了散曲作家对冯魁的蔑视和嘲笑：度量你无德又无才，对这段姻缘，你还得寻思。这几句，在缜密全曲结构中所体现的粘合力不可忽视。

"供吐实词，说了缘由，辨个妍媸。"要冯魁"供吐实词"乃是作者缘情而发。它和前面[双调·殿前欢]《再问》中要苏卿的"便索招承"迥然不同。前者是煞有介事的小骂大帮忙,后者则是厉声呵斥的审问,充溢着作者的愤懑之情。妍媸,美好与丑恶。在这儿,作者俨然以法官的身份要冯魁招出以钱买身,以势压人的罪恶。用含混的语调"辨个妍媸",既体现出以浑水摸鱼之虚,行清水捉蟹之实的策略,又凝聚着作者深沉浓郁的爱憎感情。

用幽默、舒缓的笔调,进行细致的思想交锋,表达明晰而透彻的意识,这是这支小令的主要特色。作者的内心情感和着事件交织诉诸笔端似水乳交融,贴切自然地化为一体了。

双调·水仙子

王晔　朱凯

答

黄金铸就劈闲刀,茶引糊成划怪锹。庐山凤髓三千号,陪酥油尽力搅,双通叔你自才学。我揣与娘通行钞,他掂了咱传世宝,看谁能够凤友鸾交!

【鉴赏】

全曲以冯魁极其夸张的自诩材料为基本内容,勾勒了一个金钱场上胜利者的骄横形象,旁敲侧击地嘲讽了金钱作为"神物"的罪恶:亵渎爱情,腐蚀道德。

"黄金铸就劈闲刀,茶引糊成划怪锹。"骄矜的口气,盛气凌人的架势跃然纸上,开卷就有一种咄咄逼人的感觉。无位而尊,无势而热,在人欲横流的社会中,谁是世界的主宰?"黄金""茶引"。"茶引"原指茶商所领的经商执照,又引为元代创制的衡名。茶商经官办的批验所验行无弊,即被放行至卖处交税行贾。闲,限制、约束;怪,埋怨、责备。有了黄金,就能无法无天,放辟邪侈;有了茶引,就能张目权势,胡作非为。在冯魁眼中,金钱是万能的神,它刺激着守财者的每一根神经。

"庐山凤髓三千号,陪酥油尽力搅。"冯魁远远不满足对所聚敛的财富的展览,他还要卖阔显富。极尽夸张之能事,他还要竞奢赛侈,显示自己竞务奢华的才能。凤髓,鸟中之王的骨中凝脂。号,宣称。三千,泛指极多。他扬言要占有世上全部最珍贵的东西,将它视作草芥,任意的践踏、踩蹦。当然,占有一个苏卿,对他来说只是碾香碎玉般的容易了。刽子手的凶残面目,暴露无遗。

作为剥削阶级的冯魁,不仅贪婪专横,而且阴险习钻,他还要在双渐受伤了的心灵上洒下一把盐:"双通叔你自才学"。在冯魁的眼中,作为穷才子的双渐,全部的财产就是一点才学。这里冯魁又以贬低才学的险恶用心,再一次提高了金钱的神权地位,展示了金钱的神奇魅力。

"我揣与娘通行钞,他掂了咱传世宝",这是冯魁贿赂鸨母,取胜风月案的自供状。精通商贾的冯魁被金钱的魅力折服得五体投地,尽管他胸无才学,但却以商人的经商实践又赋予金钱两个美称,益见其对孔方兄的深邃理解和深厚感情。揣与,硬给予。"揣与"合上一个"掂"字,绘成了一幅绝妙的速写:妓院老板把冯魁硬给的"通行钞"和"传世宝"托在手上,上下晃动着估量钱财的轻重。生动而深刻的神志勾画和探微入幽的心理描写,筑成了一种沉滞而猥琐的蝇营狗苟的生活氛围,我们约略能体会出小令的社会意义。

"看谁能够凤友鸾交?"凤、鸾均为传说中的鸟王,"鸾鸟……凤凰属也"(《广雅·释鸟》)。友,交好。交,相聚。鸾友凤交,则鸾凤和鸣,常常用来暗喻感情笃厚、夫妇关系和谐的婚姻。自认稳操胜券的冯魁得意忘形地向双渐提出了挑战,气度不可一世。至此,小令完成了对冯魁形象的最后一笔涂抹。

夸张的写法对表达冯魁的思想感情有着相得益彰的作用。违背情理的夸大,恰恰证明了金钱神权的摇摇欲坠,它不打自招地供出了冯魁的薄倖杂情。夸张辞格的讽刺功能得到了贬斥、否定邪恶的良好效果。

另外,神态的描摹细腻而逼真,惟妙惟肖。动词"铸""糊""揣""掂"的运用,传神而达意。

双调·折桂令

王晔 朱凯

问双渐

小苏卿窨变了心肠,改抹了姻缘,倒换排场。强拆鸳鸯,
轻分莺燕,失配鸾凤。实丕丕兜笼富商,虚飘飘蹬脱了
才郎。你试思量:不害相思,也受凄凉。

【鉴赏】

　　心坚志诚的双渐被苏卿离弃。作者向双渐提出了疑问,以窥视情场失利者的心灵。作者又体恤地寄语双渐:面对现实,剪断相思,解脱自我。

　　"小苏卿窨变了心肠,改抹了姻缘",到底是什么原因使苏卿自食其言,变了心肠? 苏卿是不是真的负情改变了自己的主张? 这些"谜"似乎还未真正解开。

　　"倒换排场",此处的"排扬"当作场面讲。原来苏卿与双渐喜结良缘的场面烟消云散了,代之而起的是换了新郎的另一番情景。简单的"倒"字,有以一当十的特效。作者惊叹是非颠倒、情理难容。仅仅用了四个字,作者的是非观点、爱憎意识显而易见。

　　"强拆鸳鸯,轻分莺燕,失配鸾凤。"鸳鸯是雌雄偶居的匹鸟,形影相随,相濡以沫。"莺燕"则指春天的莺燕飞鸣,泛指春天的景物,又比喻为一般女子或妓女。三个形象生动的借喻句子,天衣无缝地构成了一组层层递进的排比句式。苏卿与双渐郎才女貌、山盟海誓的爱情被破坏了。苏卿轻而易举地被婚配给了冯魁。苏卿与冯魁的结合是错误的行为。这三句曲词俚意俭,集中倾注了作者率真、疏快的无限衷情。

　　"实丕丕兜笼富商,虚飘飘蹬脱了才郎。"丕丕,加重语气。苏卿实实在在的是为了笼络、巴结富商冯魁,当然只能虚浮、轻轻地用足踢开你才郎双渐了。在这儿

字数相等、语法结构相似、意思相对、互相映衬和对照的两个句子组成了整齐对称、音节和谐的对偶。这些句子是卡住喉咙的鱼骨，它使双渐无法下咽，痛苦难忍。对偶句的内涵，大大丰富了语言的形象性，增强了艺术的感染力。

"你试思量：不害相思，也受凄凉。"情能感人，诚能动人。作者又以体恤的情绪、婉曲的语调劝慰双渐：这次情场败北，你一定会颓丧、衰微的，理解你即使暂时摆脱了相思的难熬，也还遭受着寂寞冷落的凄苦折磨。凄风苦雨的日子也不知何时才能结束！全曲至此，留下了沉郁的一笔，拂袖而去。意漫漫，情悠悠，人们期待着听到双渐发自肺腑的声音。

问的是双渐，却牵动了读者的心，奥妙就在寓真情于小令思想之中的奇构巧思。首句发问，紧扣题旨，它没有沿袭前几句的句式，而是用似是而非的猜测，含蓄地表白自己的观点。然后它又一针见血地对苏、冯的结合予以否定和严厉的斥责，给人以一吐为快的感觉。继而它又峰回路转般地来了个铺叙，欲将责任归咎于贪财薄情的苏卿，并以此为理由，劝慰双渐"快刀斩乱麻"，体恤之情溢于言表。煞尾又添上了春蚕抽丝式的结句，让人阖卷犹思，余意不绝。

双调·水仙子

王晔 朱凯

答

阳台云雨暂教晴，金斗风波且慢行。小苏卿是接了冯魁定，俏书生便嗫声，没来由闲战闲争。非干是咱薄倖，既然是他浅情，我著甚乾害心疼！

【鉴赏】

双渐取譬引类，起发己心，软弱无力的强自宽解，是他哀婉凄切心灵的自然流露。

"阳台云雨暂教晴,金斗风波且慢行。"宋玉在《高唐赋序》中讲了楚王梦见神女,神女愿荐枕席的故事,又写神女在离开时辞曰:"妾在巫山之阳,高丘之阻,旦为朝云,暮为行雨,朝朝暮暮,阳台之下。"由此出典,"阳台"喻男女合欢之地,云雨则意男女欢合之事。"金斗"是饮器。《吕氏春秋·长攻》中记述:"先具大金斗,代君至酒酣,反斗而击之。"金斗则酒斗,因为系重金所制,大作之可以杀人。风波是比喻纠纷。"开首两句,兴之托喻,引类举典,婉而成章。用物打比方,用物寄托情。显然,双渐是强按下心中的怒火,以平息丽春园风月案在自己心中引起的滚滚波澜。

还是面对现实吧!"小苏卿是接了冯魁定,俏书生便噤声,没来由闲战闲争。"既然苏卿已经接下了冯魁的"红定",我也只能缄舌闭口,还有什么理由来纷争这件事的起因呢?当然,更没有必要再来计较我在这件事中的得失了。苦涩的语言,坦然的表白,双渐的感情闸门开了又关,关了又开,益见其欲离不舍,欲言又止的矛盾心理。

人生的遇合穷通,似有一个不可逾越的定数。断肠人双渐只能以宁可人负我,不可我负人的伦理道德来安慰自己。"非干是咱薄倖,既然是他浅情,我著甚乾害心疼!"是谁薄情?是谁负义?义愤填膺的双渐陷入了对往事的追忆:本为同江县吏的自己,因与知县女苏小卿相爱,离县而至远郡,苦志读书,欲待学成为官后向苏家求婚。谁知两年后,小卿因父母双亡已流落于扬州为娼。长途跋涉,赶至扬州寻访,终得以遇见。数月后,因公事缠身,自己只能离开扬州往任临川知县,而小卿已嫁于茶商冯魁。此情此景,怎不叫人痛心扼腕?然细想下来,薄情的是她,负义的也是她,我又何必再为"多情却被无情恼"而伤心呢?合情合理的分析,问心无愧的解脱,自拔于俗氛而不嫉于俗情,双渐的形象日臻完善。

在《双渐小卿问答》的十六首小令中,将双渐有眉有眼地呈现在读者面前的也就是这一首。全曲仅半百有余的文字组成了八个句子。在这里,既无泪竭声嘶、心肠酷裂的渲染,亦无激愤满怀慷慨陈词的议论。但人有形,声有情,意贯始终,格调高雅,不落俗套。这是"情动于中而形于言"的艺术魅力所致,也是文言和方言、土语巧妙结合,亦庄亦谐、雅俗共赏的语言特色所致。

开头两句是痕迹不露而余味尽含的"用典",它表达了双渐不便明说的复杂感情。这种由一物一事引起情思的隐秘和比拟写法,用词典雅、隽秀,有着"称名也小,取类也大"(刘勰语)的作用。后六句是直接的叙述描写,它属于"敷陈其事而直言之也"的赋的写法,主观抒情,淋漓尽致,一览无余。

双调·折桂令

王晔　朱凯

问黄肇

丽春园黄肇姨夫！人道你聪明,我道你胡突。苏氏掂俫,双生搠渰,你划地妆孤。怕不你身上知心可腹,争知他根前似水如鱼？休强支吾,这样恩情,便好开除。

【鉴赏】

　　用民间闹剧特有的插科打诨的戏谑,数说黄肇在风月案中的表现和地位,再次强调苏卿和双渐爱情的根深蒂固。

　　"丽春园黄肇姨夫！""姨夫"为当时的市语,是两男共狎一妓之称,感叹号寓揶揄奚落之情。"人道你聪明,我道你胡突。"胡突,糊涂,头脑不清而不明事理。奇谲的评说,自然引出下文。"胡突"何以见得?

　　"苏氏掂俫,双生搠渰,你划地妆孤。"掂俫,与男人勾搭。搠渰,装作痴呆。划地,倒是,反而。妆孤,嫖荡,好色。作者快人快语地对三方做出恰如其分的评论,幽默而辛辣。他说:苏卿是倚门卖笑的妓女,本当眉目传神,故弄风骚。双渐是聪明绝顶的才子,早就和苏卿心有灵犀一点通了,自然装作痴呆来遮人耳目。而你,倒是个道地的嫖荡好色之徒,实属嫖客、姘夫之流。鞭辟入里的一番话说得黄肇茅塞顿开却无言以答。

　　"怕不你身上知心可腹,争知他根前似水如鱼?"继浮面的、按常情的一般推测后,作者对黄肇又开始了顺情入机的心理冲击。他要彻底打消黄肇意欲婚配苏卿的念头。他假设:如果黄肇娶上了苏卿,那也是不能称心如意、合胃口的。黄肇又怎么能知道在这以前苏卿就和双渐有鱼水之欢了。诗曰："浩浩者水,育育者鱼,未有家室而安召我居"。"似水如鱼",即指鱼水之欢,喻夫妻之相得。以和苏卿的关系来论,双渐是"根前似水如鱼",而你黄肇只是"妆孤调情"而已。你黄肇和苏卿的感情纽带是如此的短拙而且脆弱,你还是撒手作罢吧!这席话是推心置腹式的劝慰,更是斩草除根的利斧,它斩断了黄肇的一线希望。

"休强支吾,这样恩情,便好开除。"支吾,说话不老实,含混,搪塞。便好,妥善,美好。显然,黄肇还不甘心就此退出情场,他还要自作多情地进行解释,还要以鄙言俗语对苏卿进行一点小小的报复,聊以自慰。唠唠叨叨的辩白,扯东道西的陈述惹得人怒火中烧。小令作者不客气地打断了黄肇的话头,直截了当地对他说:你不要再说搪塞之词了,依你们俩的感情,最好的办法就是赶快结束关系。前面是层层深入的劝说,尾句则是铺开了黄肇的前进之路,逼着他向前走。

全曲以"问黄肇"为题,但全无疑问之意。寥寥数语,突出阐明了苏卿和双渐的爱情基础的牢固。意新语诙谐,读来别有千秋。曲中又用"争知他根前似水如鱼"的明知故问和不问自答的设问句表疑问,更显出了作者对风月案实情的了如指掌。加之"人道""我道""怕不你""争知他"两组比照鲜明的句子,更体现出小令语穷意尽、利落痛快的语言风格。

双调·水仙子

王晔　朱凯

答

风流双渐惯轮锄,澜浪苏卿能跳塔。小机关背地里商量下,把俺做皮灯笼看待咱。从来道水性难拿。从他赶过,由他演撒,终只是个路柳墙花。

【鉴赏】

　　经过"点拨"后的黄肇似乎聪明起来了,而且竟然反唇相讥开始辱骂苏卿。黄肇心理变化潜流的细浪,反映了他贪淫虚伪的思想在封建腐朽社会大波中的推衍进程。

"风流双渐惯轮铡,澜浪苏卿能跳塔。"轮铡,比喻手段高强。跳塔,跳上小土丘,喻有随机应变、转危为安之能。苏、双的爱情是以情爱为基础的,而黄肇以双渐的手段高强和苏卿的善于随机应变来解释,赤裸裸地亮出了他贼喊捉贼、玩弄女性的丑态。

"小机关背地里商量下,把俺做皮灯笼看待咱。"机关,机密而巧妙的计谋或计策。皮灯笼,喻愚笨的人。听其声如闻其人。俗而又俗的土语,蠢而又蠢的黄肇,肖声绘色,笔底生花。

"从来道水性难拿,"水性流动,杨花轻飘,这是对女子用情不专的形容。吃不到葡萄的狐狸诬蔑葡萄是酸的,得不到苏卿的黄肇诅咒妓女的放荡,真可谓异曲同工。只是后者是对人格的侮辱,更加恶劣。人的价值、尊严的沦丧,人与人之间情爱关系的解体,让我们看到了假丑恶现象掩盖下的社会面貌,也让我们看到了黄肇虚伪、愚诈的内心世界。发人深思,益人心智。

"从他趄过,由他演撒,终只是个路柳墙花。"演撒,"有"的市语。"有"通"友",意亲善,此处特指男女情爱,即爱恋的上手,有勾搭意。路柳墙花,比喻妓女。本来就只是贪图美色、泄欲猎奇的黄肇,继撒泼谩骂以后,又带上了伪饰的面具。他变得温文尔雅,似超凡入圣的仙子,听凭苏卿从我身边走开,她勾引任何人都与我无关。说到底,她只是任人攀折,随人践踏的路边杨柳、墙角野花。路柳墙花是妓女地位的生动写照,但出自流氓、嫖客之口了无哀怜之情,有的只是对妓女的睥睨和鄙夷。比照双渐在[双调·水仙子]《答》中的真情表露,我们可以清楚地看到两个不同人物的心理状态,也可以看到两个人物不同的思想境界。两个[双调·水仙子]《答》如一杆标尺,量出了两个人对苏卿的情多深,爱多厚。小令除了用对比的方法展示人物性格外,还善于抓住人物活动中最富有特征的个性化语言来表现人物的精神世界。文白相杂的语言将一个愚诈而放浪的人物形象突现在读者面前。他"胸无点墨",但却有着庸俗、猥琐、"临虚惊而失色,暂苟安而又喜",甚至是鲜廉寡耻的市俗习性。这是一个可憎、可鄙而又可悲的人物,在风月案中他扮演了一个不光彩的角色。符合身份、个性的人物语言,逼真、传神。既有分寸,又有特曲贵直言、显言。但曲中所用的赋中之比,如"惯轮铡""澜浪""跳塔""皮灯笼""路柳墙花"等带比喻意义的土语俗语,又能让我们回味无穷,可见其丰富的内涵。这也可以说是元曲表现手法上的一个特色吧!

双调·折桂令

王晔　朱凯

问苏妈妈

苏婆婆常只是熬煎,临逼得孩儿,一谜地胡扇。使会虚脾,著些甜唾,引起顽涎。用力的从教气喘,著昏的一任头旋。只为贪钱,将个婵娟,卖上茶船。

【鉴赏】

乔做亲娘的苏婆婆不分好歹、不辨贤愚卖掉了苏卿。小令以具体、形象的笔触列数了在钱堆上受用的鸨母的劣迹,揪出了风月案中兴风作浪而后又推波助澜的元凶。

"苏婆婆常只是熬煎,临逼得孩儿,一谜地胡扇。"插叙平日里苏婆婆的所作所为,说明她幽囚苏小卿不足为怪。熬煎,受磨折苦难。临逼,逼迫、胁迫。一谜,即一味、专一、一径。被苏卿称为亲娘的苏婆婆,平日对苏卿也就是折磨而已。为能在摇钱树下坐收钱财,聚敛财富,她胁迫妓女们强作笑颜地献歌献舞,以至依身卖笑。她要求妓女们一味地搔首弄姿,狎昵客人,好让那些声色犬马的淫荡之夫乖乖地掏出钱包来肥她的私囊。

为了揭示出苏婆婆丑之为丑的真实面貌,作者又对苏婆婆进行了入木三分、绘影绘神的刻画。"使会虚脾,著些甜唾,引起顽涎。"虚脾,虚情假意。顽涎,贪婪女色的馋涎,亦喻在女性中死皮赖脸。适逢其会,苏婆婆就假情假意地对嫖客加些甜言蜜语,吹嘘她手中货物——妓女的姿色、神韵。淫秽的语言引得这些好色之徒馋涎欲滴,于是就以钱助势,干出了伤风败俗的丑事。

财迷心窍的苏婆婆看了"钱",就"用力的从教气喘,著昏的一任头旋。"这两句是写她在将苏卿婚配这一具体问题上的丑恶表现。兴风作浪者是她,推波助澜者还是她,这已经是毋庸置疑、铁证如山的了。

"只为贪钱,将个婵娟,卖上茶船。"直言不讳,铜绿熏黑了苏婆婆的心。苏婆婆作为封建社会直接剥削妓女的代表,将美女佳人卖给了狗彘不如的商人——冯魁。

"只为贪钱",无须苏婆婆的招供,也不容她的强词夺理,词曲庄严地判决了苏婆婆的罪名。对反面人物渗透在形象中的批判、鞭挞态度,令人拍案称颂。

小令因受字数曲调的限制,要像小说体那样舒展情节、塑造人物、表现主题有一定的难度。但[双调·折桂令]《问苏妈妈》能较好地运用点面结合的选材原则,既罗列了苏婆婆平日的一般罪行,又将重笔大力用在苏卿的明珠投暗一例,使代表剥削阶级利益的苏婆婆的贪得无厌、虚伪、凶残,劣迹昭著。同时,苍蝇竞血、黑蚁争穴的社会面貌,趋炎附势、尔虞我诈的世俗民风也得以管中窥豹,可见一斑。

双调·水仙子

王晔 朱凯

答

有钱问甚纸糊锹?没钞由他古锭刀。是谁俊俏谁村拗,
俺老人家不性索,冯员外将响钞递着。双生咷休乾闹,
黄肇嗦且莫焦,价高的俺便成交!

【鉴赏】

丽春园美妓苏卿的从良,引起了争风吃醋一案。双渐、冯魁、黄肇等人怀着迥然各异的目的,竭力争执、各不相让。鸨母——苏婆婆便成了当然的仲裁者。

这支小令便是人贩子——苏婆婆的答词。小令活脱脱地勾勒了老虔婆贪得无厌的形象,直露了贤愚莫辨、人畜等同的社会浊流。

"有钱问甚纸糊锹?没钞由他古锭刀。"有钱、没钞是老鸨为苏卿婚配立下的标准,也是风月案的症结所在。让散发着铜臭的"钱"字赫然领先,可见作者醒目点旨的苦心。有钱人虚晃着无用的纸糊铁锹;没钞的执持着闪亮的古代名刀,对这场力量悬殊的角逐,老虔婆只是"问甚""由他",随意而轻慢。

"是谁俊俏谁村拗,俺老人家不性索。"村拗,粗野、固执;性索,管、关心。这两句则表明鸨母对"择婿"的美丑、贤愚更是不屑一顾的。因为对她来说,这只是在进行一次"活人"的拍卖,而苏卿只不过是她待价而沽的商品罢了。至于苏卿的幸福、命运,当然与她无关。那么,她关心的是什么呢?"冯员外将响钞(铜、银等硬币)递着"。可以想象:看着家有万贯的茶商,她贪婪的目光凝滞了;她迫不及待地等着这笔一手交钱、一手交货买卖的达成。

然而,圆滑的老板娘也不忘使出买卖人惯于周旋的一手:"双生咻休乾闹,黄肇喋且莫焦",对着乾闹、聒噪的双生、黄肇,她又打起了"休""莫"的哈哈。她形似安慰,实则嘲讽。她鄙视仅以"数十联诗句求亲"的穷双生;她讥笑"不明身上知心可腹"两男共狎一妓的糊涂黄肇。读着这些句子,老板娘私利、习钻的丑态劣迹跃然眼前,一览无余。

争风的闹剧该闭幕了,大拍卖也到收市的时候了。"价高的俺便成交!"操起大嗓门的苏婆婆吆喝着,爽快地结束了这场无本万利的买卖。人的价值用钱来衡量,争相抢购的竟是活生生的"俊俏㛠儿",这也足以表明妓女低下、卑贱,与畜物等价的社会地位。于是,小令揭露时事、反映民间疾苦的思想意义便清晰可见。

全曲以"有钱"开头,"成交"煞尾,杂以苏婆婆对金钱如蝇逐血般的表演,达到了结构上的"立主脑""密针线"。

元曲是在"俗谣俚曲"的基础上成长起来的,它体现了市民文学的语言特色。曲中的"铁糊锹""古锭刀""村拗""性索""响钞"等词均为俗语、方言,它们的自然运用,能较好地体现民间风格和地方色彩。让市侩味浓重的老鸨操说这些通俗而形象的语词,更是适如其人之言,达到了人物语言的个性化。

借助于人物性格化的语言,淋漓尽致地展露人物的行为、思想,率直地揭示金钱作祟在风月案中的罪孽,这种写作特色上的刻意经营,大概就是《双渐小卿问答》使"人多称赏"的缘由吧!

双调·水仙子

王晔　朱凯

议拟

双生好去觅前程,黄肇休来恋寡情。冯魁统镘刚婚聘,
老虔婆指证的明,小苏卿既已招承。风月所成文案,莺
花寨拟罪名,丽春园依例施行。

【鉴赏】

以"议拟"为题,终结了丽春园风月案来龙去脉的事实调查,切中时弊的讽刺闹剧依照丽春园的惯例,荒诞地续演。散曲再一次披露"死生无命,富贵在钱"的社会现实,表达了对"今之成人者,惟孔方而已"的道德标准的愤慨。

组曲以假想的法庭审判形式出现。一问一答,再问再答,问后又驳,与错综复杂的风月内容相得益彰,多角度多层次地展现了有关人物的精神品质。煞尾的一曲以"议拟"为题,更显示了结构上的首尾呼应,内容上的一脉相承。"议拟"是指行动之前的考虑和议论,类似公堂退庭前宣布审判结果。

"双生好去觅前程,黄肇休来恋寡情。""前程",专指婚姻。"寡情",缺乏情义。吩咐输败的双生应该重新择偶婚配,安抚愚呆的黄肇中止对寡情的留恋。首句勾摄了人物的心理状态,丝丝入扣。

"冯魁统镘刚婚聘,老虔婆指证的明,小苏卿既已招承。"统镘,筹划钱钞。刚,勉强达到某种程度。虔婆,甘言悦人的不正派老婆子,又指鸨母。这三句概括了风月案涉及的几个人物的最后结局:冯魁准备钱钞,筹办婚事,尽管这是违背情理的勉强结合。小苏卿屈于钱、势,经老虔婆的指点已经改变观点,同意嫁作商人为妇。

用上了"招承"两字,让我们有形无形地又看到了钱势咄咄逼人的恶煞之态,呼应冯魁统镘婚配的"刚"字,为读者留下了买卖婚姻的蛛丝马迹。

"风月所成文案,莺花寨拟罪名,丽春园依例施行。"风月,旧时指男女恋爱的事件。文案,公文案卷。男女恋爱之事已经能立公文、归案卷,可见风波之大。但纷争的解决无须原、被告再上公堂,莺花寨就可以拟定罪名。莺花寨,妓女集中的风月场所。在金钱支配一切的社会里,司空见惯的诉讼案件,胜负属谁,早有定论。罪犯,苏卿。罪名,娇艳无比、柔情深邈。构成犯罪的原因:无独立的生活能力,陷落风尘。莺花寨定下的规矩,丽春园当然依例施行了。从大到小,从一般到个别、由此及彼、推而广之,苏卿的罪名是无法逃脱了的。悖谬结论来自不公道的社会现实。让悖谬显丑,实质上就是对邪恶奸佞得势、道德伦理败坏的这不公道社会的慨叹。

用"笼天地于形内,挫万物于笔端"来评定一首散曲确有过分之处。但综观《题双渐小卿问答》的全部散曲,给予这样的评价倒也未尝不可。含蓄而不晦涩的主题,栩栩如生的人物形象,妙趣横生的对话形式和文而不文、俗而不俗的语言风格,从内容到形式,它都为我们提供了值得借鉴的创作经验,给我们美的艺术享受。

王仲元　杭州(今属浙江)人。与钟嗣成有交往。所做杂剧今知有《于公高门》《袁盎却座》《私下三关》三种(后一种《太和正音谱》作无名氏撰),今皆不传。《全元散曲》录存其小令二十一首,套数四套。

中吕·普天乐

王仲元

旅　况

树杈桠,藤缠挂;冲烟塞雁,接翅昏鸦;展江乡水墨图,列湖口潇湘画。过蒲穿溪沿江汉,问孤航夜泊谁家?

无聊倦客,伤心逆旅,恨满天涯。

【鉴赏】

　　由景及情,抒写羁旅情怀,这在元人小令中颇为常见。这首小令先为我们描绘出一幅风景画:树枝舒展地伸权着,藤萝柔软的茎条缠绕在树上,从树枝上吊挂下来。高空中是冲破云霭而翱翔的大雁,低空中是一个接着一个飞回的乌鸦。总观眼前水乡的景色,真像是水墨画潇湘八景图一样美丽。

　　接着诗人由景写情。旅客孤舟经过河的浦口,穿过支流,沿江到达汉港,自问今夕不知客宿谁家。浪迹天涯的旅人,精神百无聊赖,身体也疲惫不堪。伤心充塞着客舍,愁恨布满了天涯。诗人吟咏自己身处天涯漂泊之中的愁思和无限的苦闷。

　　小令写作上较为突出的特点是写景具体,寓意深刻。树木自由自在地伸展着枝丫,藤萝缠绕吊挂着,似有不尽的依依之情。冲云破雾的大雁翱翔在天空这意味着秋季已经来临。候鸟一年一度南北飞行,而人将何归?一群群乌鸦接翅归巢,它暗示着已近黄昏,而自己将投宿何处? 在对这些具体景物进行描绘之后,接着又进行总体勾勒。它呈现给人们的是一幅着意描画的水墨图。美景撩拨心情,更触动了旅人的愁思。

中吕·普天乐

王仲元

相　思

泪盈波,眉愁锁。清香减腻,病鬼愁魔。炉烟飘怨气浮,襟袖湿啼痕污。无限凄凉来着抹,瘦身躯怎生存活! 相思未脱。他愁为我,我病因他。

【鉴赏】

　　这是一首描写相思的小令。女主人公每日苦苦思念着意中人,悲愁满怀,泪珠儿不断,衣襟常湿,终于积思成疾。所幸的是对方也一样思念自己而愁闷万分。两人久久不能见面,却心心相印。

　　曲中的女子一定很有身份、很有品位,她多像李清照词里的主人翁,既"瘦",又"愁",看到任何秋景都会感叹"这次第,怎一个愁字了得?"她又多像《红楼梦》里由相思泪灌大的多愁善感的林黛玉。

　　此曲"相思"之情句句体现,脱口而出,这或许是曲本质朴的特点吧。因了这相思,这位只会相思的女子眼里充满了泪水,愁眉双锁。肌肤失去了滑润,身体也瘦了很多,简直像个病鬼愁魔了。在这种情况下,人的情绪心境自然也不好,主人翁的烦恼怨气像炉烟滚滚,一阵阵飘浮上来,日日啼哭,那泪水都湿污了衣衫。思妇整日感到有无限凄凉撩惹着自己,无法排解,病瘦的身体怎么经得住,这愁思难禁的日子怎么生活下去呢?

　　思妇的痛苦由爱而生。他因她愁情满腔,她为他疾病缠身,整日凄然泪下,减容失色。人生是空虚的,在时间流逝中尤感痛苦。往事不堪回首,正是因为空虚中我的存在。

中吕·普天乐

王仲元

春日多雪①

无一日惠风②和,常四野彤云③布。那里肯妆金点翠,只
待要迸玉筛珠。这其间湖景阴,恰便似"江天暮"④。冷
清清孤山⑤路,六桥迷雪压模糊。瞥见游春杜甫⑥,只疑
是寻梅浩然⑦,莫不是相访林逋⑧。

【注释】

①多雪:原作多雨,据曲文内容改。

②惠风:春日的和风。

③彤云:浓暗的阴云,多出现于雪前。

④"江天暮":"江天暮雪"的简称,为"潇湘八景"之一,至元人时已成为习语。

⑤孤山:及下句的"六桥",均在杭州西湖。

⑥游春杜甫:杜甫有"三月三日天气新""黄四娘家花满蹊"一类诗句,元人即附会出"杜甫游春"故事,且编为杂剧。

⑦寻梅浩然:元人间流传"孟浩然踏雪寻梅"故事,亦形诸杂剧。孟浩然,唐代诗人。

⑧相访林逋:指观赏梅花。林逋为北宋高士,隐居西湖孤山,植梅畜鹤,并以梅诗著名。

【鉴赏】

本篇的题目,《全元散曲》作"春日多雨"。查《乐府群珠》明钞本,"雨"字是清楚的,其下部则漫漶模糊了。然而试读全曲,明明白白咏的是"多雪"而非"多雨"。

首句的"惠风",是春风的别名,昔日王羲之三月上巳与群贤毕集兰亭,就说过:"是日也,天朗气清,惠风和畅。"而"彤云"可用做解释下雪前的阴云,《水浒传·林教头风雪山神庙》:"正是严冬天气,彤云密布,朔风渐起,却早纷纷扬扬卷下一天大雪来。"首句是"无一日",次句是"常四野","春日多雪"的题面展露无遗。三四两句,"妆金点翠"扣春日,"进玉筛珠"扣多雪,金、翠、玉、珠都是珠光宝气的同类,化用得十分巧妙。五句的"湖景阴"是西湖的实景,同六句的"江天暮"情形相似,大雪天云层像黑沉沉的铅条,确有"暮"的错觉。妙在"江天暮"本身还隐藏着一个歇后语"雪"字,"江天暮雪"是《潇湘八景》的一幅画名,元人无不耳熟能详。这两句不仅再度关合"多雪",而且表示出了西湖这反常的春日仍带有图画的意味,转出了以下两句实景的具体描绘。春间多雪,不仅寒意袭人,一路的积雪也使行人望而却步,造成了"孤山路"的"冷清清";而六桥依次拱起于苏堤之上,平日颇为醒目,此时却"迷"了起来,作品解释得很清楚,这正是因为"雪压模糊"的缘故。孤山、六桥,一向是赏春的好去处,曲子特意铺写这两处,又回应了题面的"春日"。小令至此犹不满足,又抓住冷清清路上的一名游人,连用了"游春杜甫""寻梅浩然""相访林逋"的三组比拟。这三者都是元人流行的传说和习语,如马致远《一枝花·春情》:"本待学煮海张生,生扭做游春杜甫。"《拨不断》:"孟襄阳,兴何狂,冻骑驴灞陵桥上,便纵有些梅花入梦香……"杨朝英《水仙子》:"雪晴天地一冰壶,竟往西湖探老逋。""探老逋"的目的也是为了乘雪赏梅。"游春杜甫"变成了"寻梅浩然",郊野踏青改作了"相访林逋","春日""多雪"的两面就都反映出来了。这种种明言及暗示的扣题手法,充分体现了元散曲文人追求新巧的习尚。

双调·江儿水

王仲元

笑靥儿

一团儿可人衡是娇①,妆点如花貌。打叠②脸上愁,出落③腮边俏。千金这窝里消费了。

国学经典文库

元曲鉴赏

·元曲·

图文珍藏版

【注释】

①可人:合人心意。衠(zhēn):总是。

②打叠:收拾。

③出落:显出。

【鉴赏】

"笑靥儿"就是脸上的酒窝。南宋胡铨流放海南岛,十年后召还,思念当地一位黎族姑娘的笑貌,有"君恩许归此一醉,傍有梨颊生微涡"的诗句。这是诗体中唯一一对酒窝的专意描写,尽管只有寥寥数言,还是受到了道学家们的激烈批评,朱熹就写诗不满地讥论道:"十年浮海一身轻,归对梨涡却有情。世上无如人欲险,几人到此误平生。"而散曲则不辞于"小题大做",不仅在题材上百无禁忌,在作法上也是郑重其事的。

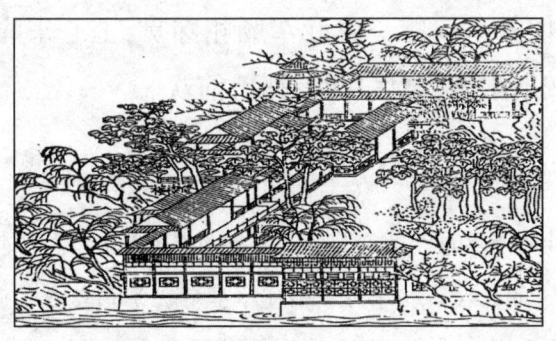

作者是将笑靥放在"如花貌"的背景中表现的。它的作用虽是"妆点",但本身也"一团儿可人",具有"衠是娇"的美感。首句的"一团儿"三字,表现出笑靥圆圆的堆聚在颊上的柔和,而在元代方言中,"团儿"又是脸蛋的俗称,美人的玉容常被称为"粉团儿",如周文质《小桃红》:"海棠过了,荼蘼开遍,都不似粉团儿。"所以"一团儿可人"又使人联想起酒窝所在"如花貌"的妙丽。"打叠""出落",都显示出笑靥所富有的"娇""俏"的特征。然而点睛之笔却是末一句。它巧妙地利用了"销金窝"及"千金买笑"的习语,在笑靥儿"窝"的外观性征上大做文章;更重要的是在全句的感慨之中,表现出一种甘为情种的迷恋和赞美,故有虚实相生之妙。

为"笑靥儿"制曲非止王仲元这一首。如乔吉咏云:"凤酥不将腮斗儿匀,巧笑含娇俊。红镌玉有痕,暖嵌华生晕。旋窝儿里粉香都是春。"(《清江引·笑靥儿》)周文质有咏:"一窝粉香堪爱惜,近眼花将坠。添他百媚生,动我千金费。春风小桃初破蕊。"(《清江引·咏笑靥儿》)徐再思写是:"东风不知何处来,吹动胭脂色。旋成一点春,添上十分态。有千金俏人儿谁共买。"(《清江引·笑靥儿》)列示在此,一是展现散曲咏物描摹入微的特点,二是反映元代散曲作家审美习尚和趣味的一个侧面。

中吕·普天乐

王仲元

离 情

远山攒,乌云乱。分钗破鉴,单枕孤鸾。芳心被闷织罗,病躯教愁羁绊。惹肚牵肠相穿贯,上心来痛似锥剜。归期限满,难凭后约,孤负前欢。

【鉴赏】

　　世界上最痛苦的事莫过于生离死别。江淹《别赋》说:"黯然销魂者,唯别而已矣!"李商隐《无题》诗也云:"相见时难别亦难!"可见别离给人们带来的痛苦之深。这首小令写了女主人公与心爱的情人离别之后那种茕独凄惶的幽恨和刻骨相思的愁绪。

　　小令开篇展现在读者面前的是一个不尚修饰,不注重包装自己的少妇。用黛描画得如远山的眉毛聚在一起,乌黑的头发也蓬松散乱着。这女子的形象似乎有点邋遢。为何会这样呢?原来女子已和情人分离,因而无心打扮。想从前,情爱甚笃,鸾凤和鸣。今日却劳燕东西,鸾孤凤单;从前是花好月圆,良辰美景,今日是月缺花残,四壁萧然。抚今追昔,能不令人销魂断肠?女子整个美好的心灵都被烦忧占满了,因思念而致病的身体也被愁闷缠绕着无法解脱。相思的幽情简直是牵肠挂肚。悲痛阵阵上心头,心痛如锥如挖似的难受。归期早过既难以指望已约定的日期相见,也辜负了前次的欢会。

中吕·普天乐

王仲元

赠美人

柳眉新,桃腮嫩。酥凝琼腻,花艳芳温。歌声消天下愁,舞袖散人间闷。举止温柔娇风韵,司空见也索销魂。兰姿蕙魄,瑶花玉蕊,误染风尘。

【鉴赏】

这首小令描写了一位美人,只可惜误落风尘之中。

这美丽的女子的确是上帝的杰作:眉毛像初生的柳叶细长清新,脸腮似新开的桃花,红嫩美丽,皮肤像酥油凝成的一样柔软,又像琼玉一样滑润。这位歌妓如同花一样鲜艳,连香气也温馨诱人。她不仅容貌俊美举止温柔,而且歌声、舞姿也令人陶醉。她婉转动人的歌声能消除天下人的忧愁,那潇洒翩翩的舞姿能驱散人间的烦闷。她举止温柔惹人爱,风度韵致娇滴滴,如此色艺双全的佳人,连见惯歌舞宴酒的李司空见了也应销魂。唐代李绅曾任司空,常出入歌舞伴酒的宴席,对歌舞司空见惯,不以为奇。此处反用其意。这位歌妓像春兰一样的身姿,像蕙草一样纯洁的心灵,如此花容月貌的女子正处在青春美好的年华,可惜误堕入烟花风尘之中。

诗人在赞美称道的同时,也流露出同情和惋惜的心情,哀叹一位美好的女子,竟沦落为卖笑的歌妓。这是时代的悲剧,也是社会的悲剧。

高安道 生平事迹不详。《全元散曲》录存其套数三套。

仙吕·赏花时

高安道

春　情

香爇龙涎宝篆残;帘卷虾须春昼闲。心事苦相关,春光
欲晚。无一字报平安。

[尾]意无聊,愁无限,花落也莺慵燕懒。两地相思会面
难。上危楼凭暖雕阑,畅心烦。盼杀人也秋水春山。几
时看宝髻鬅松云乱绾? 怕的是樽空酒阑,月斜人散。背
银灯偷把泪珠弹。

【鉴赏】

春情有双层意义,一是自然季节里的春意,二是男女之间的爱情。这首套曲两
种意义都有。作者描写在春天的大好时光里,一对互相爱慕的人天各一方,既不能
相会也没有音信往来,苦苦思念,因而春恨绵绵,愁思无限。最后感叹不知意中人
何日才来看看自己打扮的模样,不过会面后又怕分手,那就会产生无限的惆怅。

这首[仙吕·赏花时]是散曲中最简短的套数,仅以[赏花时]及[尾]两个曲子
组成为一套。[赏花时]曲牌的句式是七、七、五、四、五,共五句,这首最后一句"无
一字报平安"却是六字。六字并不影响曲调节奏,因为元曲有的还可以在句子中加
必要的衬字。

"香爇龙涎宝篆残,帘卷虾须春昼闲。""爇"是燃烧的意思。"龙涎"是一种珍
贵的香料。"宝篆"是一种盘香。宋秦观《海棠春》词有:"翠被晚寒轻,宝篆沉烟
袅"的句子。"虾须"即帘子的流须,代帘子。两句意思是,用龙涎熏制的盘香已经
快燃烧完了。外面暖风融融春日长,女主人整日愁绪万端,因而卷起帘子。面对花
红柳绿的春色,本应是赏心悦目的,她却是"心事苦相关"。为什么满腔的心事总是

跟愁苦纠缠在一起呢？因为"春光欲晚。无一字报平安。""晚"字在这里表明春天将要过去，也就是对意中人思念之日长久。"无一字报平安"，表露出一种委屈抱怨的心情。我这里久久思念着他，结果连音讯都没有一点。

[尾]进一步描述了"春情"这个中心思想。"意无聊，愁无限，花落也莺慵燕懒"三句写心情烦闷，愁绪不尽，帘内帘外欲断魂。整个人心境寂寞，神态倦闷。窗外，叶落花谢，黄莺儿困倦得无心歌唱，春燕则懒洋洋地等着新巢，这些更使人增添无限愁。这一切都是因为"两地相思会面难"。五六七句："上危楼凭暖雕阑，畅心烦。盼杀人也秋水

春山。""危楼"即高楼。"阑"是门前横格栅门。"雕阑"是对阑的美称。"畅"是真、很的意思。"秋水"本指秋日之水，这里借指眼波。"春山"意为春天明媚的山。三句是说，主人翁上高楼凭靠微暖的栅阑远望诱人的春色仍然很心烦。盼意中人早归，望眼欲穿，面对明媚宜人、春色满山的景色又多添了一缕情思。下面四句的意境转入回忆和向往。"几时看宝髻鬇松云乱绾？怕的是樽空酒阑，月斜人散。背银灯偷把泪珠弹。""宝髻"即戴着宝簪的发髻。"鬇松"是头发松乱的样子。"绾"是盘结。"云"是乌云，头发。"阑"，尽。四句的意思是，不知几时你会到来，我对着镜子把鬇松的头发梳理好？回忆往日相会是欢快的，可是最难忍受的是，到那樽空、酒尽，月斜、人散的时刻，却又常常躲在银灯背影处，偷把泪珠儿拭。

这首套曲，写作上有三点值得注意。套曲的两个曲牌在表现特色上略有不同。一曲比较含蓄，一曲比较显露。套曲的主题是春情，也就是春思和春怨。对春思情感的表达，[赏花时]写得比较婉转含蓄一些。一开头用"宝篆残"，"残"字说明时

间之长,终日抑郁无聊,香也快燃尽了。再用"春昼闲",春天日长夜短,一个"闲"字说明主人翁心绪不宁,无以寄托。用"残""闲""晚""无一字报平安"烘托、陪衬那烦闷伤感的情绪,表达得较含蓄,只有"心事苦相关"是明朗的。[尾]表达情感是显露的。用"意无聊""愁无限""相思会面难""盼杀人也"等明确地表达主人翁思慕意中人急不可耐的心情。这同第一曲含蓄的风格是有所不同的。

套数对春情的咏叹采取一波三折的手法。柔情似水盼佳期,人不归来,信也没有,这是一个波澜。莺歌燕舞、明媚春山都无法排解胸中的郁闷,总是心烦,这是又一波澜。一方面想往佳期早来,一方面又怕相见后的分离。怕在银灯背处把泪珠儿偷弹,这是第三个波澜。这样一层一层地描写,就把女主人翁的春情,波澜起伏、淋漓尽致地描绘了出来。

散曲还采用触景生情、移情于物、物我交融的写法。如"春光欲晚""花落也莺慵燕懒"。把人的强烈感情移给了动植物,使物也赋予跟人一样的情感。这种移情于物,物我交融的写法,使主题"春情"的意义又深化了一层。

大食惟寅　阿拉伯人。生平事迹不详。现存《奉寄小山先辈》小令一首。

双调·燕引雏

大食惟寅

奉寄小山先辈

气横秋,心驰八表快神游。词林谁出先生右? 独占鳌头。诗成神鬼愁,笔落龙蛇走,才展山川秀。声传南国,名播中州。

【鉴赏】

这是一首寄赠的小令。寄赠的对象是先辈小山(小山乃元代后期著名散曲家张可久的字),故文辞不同于一般小令"俗谣俚曲"的特点。其中用典颇多,不着痕迹,充分显示出典雅、庄重的风格。

这首小令从三个方面评价了张可久的艺术成就。首先歌颂张可久的才气。开头化用杜甫"老气横九州"(《送韦评事赴同谷判官》)和黄庭坚"老来忠义气横秋"(《次韵德孺五丈惠贶秋字之句》)的诗句,用"气横秋"形容张可久才气横溢天地。他才思敏捷,无处不到,真可谓"精骛八极,心游万仞"。接着用一设问句对张可久的才气作了高度评价:"词林谁出先生右? 独占鳌头。"词家中谁能超出先生之上呢? 只有先生乃是曲中状元。其次赞颂张可久作品的艺术效果。这里化用杜甫称赞李白"笔落惊风雨,诗成泣鬼神"(《寄李十二白二十韵》)的诗句,再加上"才展山川秀"五字,充分表达了作者对前辈的推崇仰慕之情。最后称誉张可久的知名度。张可久极负盛名,其名声已传遍全国。

这首寄赠小令,热情地歌颂了张可久的才华、作品和名望,表达了对前辈的崇敬仰慕之情。张可久仕途不得志,纵情诗酒,放浪山色湖光,专写散曲,尤其致力于小令。现存小令853首,套数9套,居元代散曲家之首,而且以清丽自然见长,名显一代。明代朱权《太和正音谱》谓其曲"如瑶天笙鹤之清丽",又谓"华而不艳","不吃烟火气,为不羁之才,若被太华之仙风,招蓬莱之海月。实词林之宗匠。"作者总体评价还是公允的。

亢文苑　生平事迹不详。《全元散曲》录存其套数三套。

南吕·一枝花

亢文苑

琴声动鬼神,剑气冲牛斗。西风张翰志,落日仲宣楼。潘鬓成秋,渐觉休文瘦,卧元龙百尺楼。自扶囊拄杖挑包,醉濯足新丰换酒。

[梁州]尽是些喧晓日茅檐燕雀,故意困盐车千里骓骝。英雄肯落儿曹彀?乾坤倦客,江海扁舟;床头金尽,壮志难酬。任飘零身寄南州,恨黄尘敝尽貂裘。看别人苫眼铺眉,笑自己缄舌闭口,但则索向寒窗袖手藏头。如今,更有,那屠龙计策干生受。慢劳攘慢奔走,顾我真成丧家狗,计拙如鸠?

[尾]蛟龙须待春雷吼,雕鹗腾风万里游。大丈夫峥嵘恁时候,扶汤佐周,光前耀后,直教万古清名长不朽。

【鉴赏】

这是一部咏怀套数,抒发诗人怀才不遇的感慨和志向。曲中叙写了对得志小人的不满和自己壮志难酬、浪迹江湖的失意生活,但诗人对前途没有绝望,没有过多地流露消极遁世的情绪,而仍寄希望于未来,充满信心,渴望自己能干出一番事业,匡世救时,名留青史。

开头第一套写诗人怀才不遇的苦闷,用许多历史人物来反复比拟自己这种郁闷不得志的心态。

"琴声动鬼神,剑气冲牛斗",描绘自己怀有非凡的才能和气概。琴和剑是古代士人随带的行装,此地用宝琴宝剑来比拟象征人的才华气概。斗牛即北斗星和牵牛星。《晋书·张华传》:张华发现牛斗之间常有紫气,邀雷焕一同观看。雷焕认为,这是宝剑的精气冲天所致。后来果然在地下掘得龙泉、太阿两把宝剑。

"西风张翰志,落日仲宣楼",这二句描写自己怀才不遇,因而有思乡之情。张翰,晋代吴郡吴县(今苏州)人,《晋书·张翰传》说,张翰曾在洛阳做官,看到朝廷乱象已成,因见西风起,想到家乡的菰菜(茭白)莼菜羹和鲈鱼脍,便说:"人生贵得适志,何能羁官数千里以要名爵乎?"于是弃官回乡。仲宣是王粲的字,建安时代的著名诗人,他在荆州时登阳城县城楼作著名的《登楼赋》,为历代文人传颂。《登楼赋》写诗人未得刘表重用在登楼远眺时兴起的乡关之思,乱离之感,倾吐了他怀才不遇和渴望建立功业的痛苦心情。其中云:"步栖迟以徒倚兮,白日忽其将匿。"意思是说他在楼上徘徊,不觉太阳要落山了。元文苑此地借张翰和王仲宣的事迹来表现自己的不遇处境和心态。

"潘鬓成秋"以下各句继续用历史人物潘岳、沈约、陈登、马周的遭遇来表达诗人自己的不幸遭遇和功名不成的苦闷、狂放的变态心理。潘岳,西晋诗人,年少貌美,据说他在外行走,许多妇女向他投赠水果。他在《秋兴赋序》中说:"余春秋三十有二,始见二毛。""二毛",即本曲中说的"鬓成秋",即鬓发斑白,亢文苑借此来形容自己年华已逝。休文是南朝宋代诗人沈约的字,他在《与徐勉书》中说:"百日数旬,革带常应移孔;以手握臂,率(大致)计月减半分。"本曲的"渐觉休文瘦",是形容自己因不得志而苦闷消瘦如同沈文休,描绘自己日渐苍老。元龙是陈登的字,东汉时代的才士。《三国志·陈登传》记载:许汜(刘备谋士)曾与刘备说陈元龙无礼,陈元龙自上卧于大床,使客卧于下床。刘备批评许汜徒有名士的虚名,不留心救世,只求田问舍(谋求个人的家产),言无可采,这是陈元龙所不惜的。所以刘备说:"如小人当卧百尺楼上,卧君于地,何但上下床之间耶?"亢文苑在本曲中借用此典,只是要说明自己高卧楼上,以说明自己放浪的生活。"自扶囊拄杖挑包"二句说的是唐朝马周年少时的事迹,据《古今小说》记载,马周年少不得志,从故乡来到长安新丰镇,在一家客店里吃酒,他要来五斗酒,喝了三斗多,用剩下的酒来洗脚,店里的人无不惊怪。亢文苑借此来描绘自己的行为惊世骇俗,不为时人所理解。

据以上说明,"潘鬓成秋"以下几句是说诗人怀才不遇,年华易逝,日渐苍老消瘦,生活放浪,行为乖僻,不为世俗所理解,常常受到人们的责怪,表现了诗人对岁月流逝功业未就的苦恼、孤独和难以排遣的心绪。

第二套曲写诗人对得志小人的不满和自己的失意窘态。可分为三个层次。第一层是开头三句,诗人咒骂这些得志小人都是些清早茅檐上噪叫的燕雀,他们一得志就谋害有才之士。英雄哪里肯落入这些小儿辈的圈套里去呢?"燕雀",用来比喻志短无能的小人,"千里骅骝"即千里马,与"燕雀"相对,比喻有才之士。"困盐车",因世无伯乐(古代善相马的人),千里马被迫屈居驾马去拉盐车。此处指当权者不识人才,得志小人故意叫有才之士屈居下层受苦。"儿曹"即小儿辈。"彀"(gou),本指拉满的弓,引申为圈套、牢笼。"英雄肯落儿曹彀",表明了诗人对小人设下的阴谋的明智态度,表示决不上当受骗。第二层写决不与这些小人为伍以后,浪迹江海,壮志难酬,计穷金尽的艰难生活,表现诗人的无限悲愤。"乾坤"即天地。

"倦客"即失意者。"江海扁舟",写诗人失意后放浪江海,驾着扁舟。"床头金尽,壮志难酬",写诗人的穷困和悲愤。张籍《行路难》:"君不见床头黄金尽,壮士无颜色。""任飘零",听凭飘荡,生活不定。"南州"即南方。"任飘零身寄南州",描写诗人无依无靠地漂荡到了南方。"恨黄尘敝尽貂裘",借战国苏秦的事迹来形容自己的怀才不遇的困境。苏秦曾以连横说秦王,秦王不理睬。苏秦回家的时候,"黑貂之裘敝,黄金百斤尽",即离家时带去的皮衣服也破了,钱也花光了,穷困得狼狈不堪。接着诗人用看得志小人的"苫(shān)眼铺眉"(展眼舒眉,形容小人得意的样子),与可笑自己"缄舌闭口,但则索(只得)向寒窗袖手藏头"构成对比。从这个对比中固然描绘了自己失意的窘态,有自嘲的意味,但更多的是表现了诗人的愤愤不平。第三层从"如今,更有"到本曲完,写诗人如今的态度:如今学得一身的本领白受苦,毫无用处;暂且不忙劳碌,不忙奔波,看我真的成了丧家狗,计拙如斑鸠似的无处安身吗?"屠龙计策"出自《庄子·列御寇》篇:"朱泙漫学屠龙于支离益,单(同殚,穷尽意)千金之家,三年技成,而无所用其巧。"后世因称技高而无用的为屠龙之技。"干生受",白吃苦。"计拙如鸠",相传斑鸠性拙,不会做窝,借喜鹊之窝来产卵。这一层虽状自己的穷困,但自嘲自慰,为过渡到尾声作铺垫。

最后一套曲是结尾。诗人气概豪迈,情绪高昂,正是照应开头二句,才气动鬼神,壮气冲天霄。诗人像李白那样,相信"天生我才必有用,千金散尽还复来",对前途对功业寄予希望,充满信心。"蛟龙须待春雷吼"二句,表现诗人气概雄壮,志向远大,以蛟龙和雕鹗(鸷鸟)自喻,但需要时机。一旦时机到来,就干出一番事业来,所以接着说:"大丈夫峥嵘(此指得志)恁(那)时候,扶汤(商汤,商朝的开国君主)佐周(周朝),光前耀后,直(只)教万古清名长不朽。""扶汤佐周",即辅佐国君建功立业。

这套散曲在内容上的特点是,它不像我们在元代散曲中常可看到的那样,只表现对现实和小人的不满,而在揭露抨击的同时,不过多地流露消极逃世的思想感情,而是情绪激扬地等待时机的到来,准备干出一番功业来,相信"长风破浪会有时",要"留得生前身后名"。这种比较积极的人生态度,在元代异民族的高压政策的统治下,于曲中不多见,也是可取之处。且写得笔力雄健,气宇轩昂,嘲谑自勉,颇具豪放的特色。

这套散曲在艺术上的特点是语词上的文俗兼用,正像周德清在《作词十法》中说的:"文而不文,俗而不俗。"例如本套曲中较多地采用典故,"困盐车千里骅骝""床头金尽""敝尽貂裘""屠龙计策"等都是属于"文"的"雅"语,而"丧家狗""茅檐燕雀""恁时候""缄舌闭口"等等一类都是俚语俗词。作者能文俗兼而用之,灵活自如,形成自己的风格。可见作者在提炼加工语言上是有功力的。作者也不像元曲后期某些作家那样,只用雅,不用俗,失去元曲的本色。当然本曲也有用典过多的缺点。

吕止庵 生平事迹不详。散曲作品现存小令三十余首,套数四套。

仙吕·后庭花

吕止庵

西风黄叶稀,南楼北雁飞。揾妾灯前泪,缝君身上衣。
约归期,清明相会,雁还人未归。

【鉴赏】

这是一首描写秋思的小令。任中敏先生在《散曲概论》中说:"曲以说得急切透辟极情尽致为尚","且多冲口而出,若不能侍者。"特别是小令,因为篇幅短小,字数有限,所以常常"冲口而出",一开篇就点破主题。这首小令却另辟蹊径,不是以"急切"的破题开篇,而是从写深秋景象开始。

此曲宛如两个电影镜头展现在读者眼前。首先摄下一个深秋雁归图:秋风萧瑟,黄叶飘零,北雁南飞。接着把画面切入闺中女子:一个女子在灯前一面抹着泪,一面为丈夫缝制寒衣。画外音是两人分别时信誓旦旦,约好在清明时节相会。可眼下西风渐紧,黄叶稀疏,秋雁南归,而丈夫依然没有回来,归期渺茫,怎不令人潸然泪下。

　　这首小令开篇从深秋景象写起,接着从晚秋楼外之景转写深夜女子的闺阁,最后以"人未归"点破主题,至此读这首小令时的迷雾顿时散尽。

仙吕·后庭花

吕止庵

　　西风黄叶疏,一年音信无。要见除非梦,梦回总是虚。

　　梦虽虚,犹兀自暂时节相聚。近新来和梦无。

【鉴赏】

　　这首小令是一个女子深秋的情思。

　　春去秋来,又是一个黄叶飘零的日子。倚窗而立的闺中女子,云鬓松懈,泪流满面,看着纷纷飘落的黄叶心事重重。一年来,亲人外出没有一点音讯。要见到亲人,除非是在睡梦里。这里是化用范仲淹"黯乡魂,追旅思,夜夜除非,好梦留人睡"(《苏幕遮》)的诗句。但一梦醒来终归是空无。梦虽是虚,总算还可以和亲人短暂相见。可是近来,连梦也做不成。这里是化用赵佶"怎不思量,除梦里有时曾去。无据。和梦也新来不做"(《燕山亭·北行见杏花》)的词意。为何至此?原来愁到深处,无法入眠。

这首小令写得一波三折,极尽顿挫之妙,令人回味无穷。

仙吕·后庭花

吕止庵

怀 古

功名览镜看,悲歌把剑弹。心事鱼缘木,前程羝触藩。
世途艰,艰声长叹,满天星斗寒。

【鉴赏】

这首小令虽题为"怀古",但实际上是一首抒情之作。

小令的主人翁是一位老者。在满天星光的夜晚,老者拿镜自照,朱颜已老,而功名未就,报国无门。宝剑空弹而悲歌伤怀。想到自己理想难以实现,前途又进退两难,此情此遇,令老者长叹唏嘘不已,满天的星斗都为之寒心。

曲中一连用了四个典故,使小令显得典雅而凝重。"功名览镜看"化用杜甫"勋业频看镜"(《江上》)的诗意,抒发身已衰老而功业未就的悲衰。"悲歌把剑弹",暗用冯谖弹铗的故事。冯谖客于孟尝君,没有得到应有的待遇,于是倚柱而弹其铗,歌曰:"长铗归来乎,食无鱼"(《战国策·齐策四》),用以表达仕途不得意的牢骚之感。"心事鱼缘木",出自《孟子》。《孟子·梁惠王上》:梁惠王缺乏自知之明,妄想"辟土地,朝秦楚,莅中国而抚四夷",孟子批评他说:"以若所为,求若所欲,犹缘木而求鱼也。"这里是写由于官场黑暗,济世之才无法入仕的境遇及失望。"前程羝触藩"化用《易·大壮》:"羝羊触藩,羸其角",意思是说羝羊角触在篱笆上,进退不得。这里写出了知识分子既无法实现济世救民,又无法忘却国家世事的悲衰。

于是这一切都化作一声长叹。这不仅是作者一生的悲衰,也是封建社会许多志士仁人的共同悲衰。

仙吕·后庭花

吕止庵

冷泉亭

湖山汲水重,楼台烟树中,人醉苏堤月,风传贾寺钟。
冷泉东,行人频问:飞来何处峰?

【鉴赏】

　　这是一首描写西湖风景的小令。展现在我们眼前的是山重水复的西湖,多少楼台隐现在蒙蒙烟树之中。这里的胜景充满神韵。苏堤春晓使人陶醉,贾寺的钟声让人冥想,清净的冷泉(杭州灵隐寺的冷泉)东面,更有游人频频发问:这飞来峰是从何而来?

　　这首小令,描写了西湖四大景点,即苏堤、贾寺、冷泉和飞来峰。看似漫不经心,随口吟成,但作者的心境、情绪却和盘托出,正所谓"一片自然风景就是一种心情"。作者正是用一系列的意象,表达出一种忘情山水的心境。在面对自然的一瞬间,有的只是寂静空明与悠然自得,什么忧愁烦恼,什么功名利禄,什么荣辱沉浮,全都抛到九霄云外。人生难得的正是这种忘情于自然、恬淡而闲逸的宁静心境。

仙吕·后庭花

吕止庵

失　题

碧湖环武林,仙舟出涌金。南国山河在,东风草木深。
冷泉阴,兴亡如梦,伤时折寸心。

【鉴赏】

这是一首写西湖之变,并由此写到家国兴亡、寄托感时伤怀的小令。读来让人觉得有几分悲凉之感。

小令一开头为读者展现了亮丽的色彩。青绿色的西湖环绕着武林,轻似仙舟的画船从涌金门划出。武林,山名,在浙江省杭州市西。涌金,即涌金门,在浙江省杭州西湖上。这极像两幅明快的风景画,由此可以想见昔日西湖游人如织,极为繁盛。而如今河山犹在,草木深丛,满目荒凉,这与杜甫《春望》"国破山河在,城春草木深"的意境相同。西湖的冷泉,如今也已阴冷、冰凉。西湖的变迁,让人想到更广泛、更深刻的人生话题:对兴亡未可逆料的惆怅,对现实人生的牢骚愤懑,以及元代知识分子的苦痛的失落感,尽在其中了。

此曲一气呵成,不容间隔,有如诉如泣之妙。贯穿的意脉是伤今怀古,所寄寓的情怀又不限于易代兴衰,也有对个人生命意义和功名富贵的思考探究。好的作品总是这样,它的意味是哲理的、深邃的、无穷尽的。从写法上看,精简而厚重是这支小令的突出特色。一"亮"一"暗",其意蕴沉厚而冷峻,衬托出伤时心折之痛。

仙吕·后庭花

吕止庵

怀古

孤身万里游,寸心千古愁。霜落吴江①冷,云高楚甸②秋。认归舟。风帆无数,斜阳独倚楼。

【注释】

①吴江:即吴淞江,起自太湖,东流入海。

②楚甸:楚地,多指苏、扬一带。甸,外围之地。

【鉴赏】

此曲共有八首，这是第二首。古人有"十首以上，其意即同"的说法，作者的此组重头小令接近了这个数字，却未曾出现这种"意锐才狭"的情形。总体的观照往往有助于局部的理解，所以我们不妨再录示其中的几首："芙蓉凝晓霜，木犀飘晚香。野水双鸥靓，西风一雁翔。立残阳。江山如画，倦游非故乡。"（其四）"功名揽镜看，悲歌把剑弹。心事鱼缘木，前程羝触藩。世途艰。艰声长叹，满天星斗寒。"（其六）"故园天一方，高城泪数行。芳草迷鹦鹉，晴川隔汉阳。暮山长。烟波江上，愁人几断肠。"（其八）不难看出，作者都是以凝练工整的对偶为引子，得出悲壮隽永的结语。而严格说来，各篇都算不上"怀古"，题为"感兴"似更贴切。

本篇起首的两句，句内自含对峙，"孤身"与"万里"，"寸心"与"千古"，无不显示出巨大的反差。第三句"霜落吴江冷"化用唐崔信明佚诗的名句"枫落吴江冷"，第四句"云高楚甸秋"脱胎于杜甫的"天高白帝秋"（《暮秋将归秦留别湖南幕府亲友》）。作者在这些曲句中有意识地张大身外的形势与气象，所谓"思接千载，视通万里"（《文心雕龙》语），给人以一种"心事浩茫连广宇"的苍凉之感。"认归舟"回应"孤身万里游"，并沟通了"吴江""楚甸"与曲文中未曾出现的故乡的联系；最后以"风帆无数"与"独倚楼"的对映，显示了漂泊无依、欲归不得的孤独与羁愁。联系前举的其他几首《后庭花》来看，每一首都充满着突破时空的悲剧美感。无论是本首所揭示的天地苍茫、风物萧瑟以及由此激发的乡思客愁，还是其他各首所涉及的功名无著、仕途艰辛，都可谓古今同慨。这也许就是作者以"怀古"命题的缘故吧。

仙吕·后庭花

吕止庵

风满紫貂裘，霜合白玉楼。锦帐羊羔酒^①，山阴雪夜舟^②。党家侯，一般乘兴，亏他王子猷^③。

【注释】

①"锦帐"句:北宋忠武军节度使党进性粗豪,每逢雪天,多在销金帐内低斟浅酌,饮羊羔酒。

②"山阴"句:晋王徽之居山阴(今浙江绍兴),大雪夜眠觉,忽忆戴逵,即乘夜驾船往剡溪就访。晨至戴家,以为"乘兴而来,兴尽而返",不进门原路返回了。

③亏:不及。王子猷:王徽之字子猷。

【鉴赏】

元人喜欢对古人冬令的赏雪消遣做出评判,如薛昂夫《蟾宫曲·雪》:"一个饮羊羔红炉暖阁,一个冻骑驴野店溪桥。你自评跋:那个清高?那个粗豪?"是以党进的"锦帐羊羔酒"与孟浩然的"踏雪寻梅"(元人传说如此)的不同消遣进行比较,且意谓前者粗豪而后者清高。党进的做法在今时看来也算不得怎么粗鄙,但在宋初陶谷的《清异录》中就对他有"彼粗人也"的批评,而元代文人鄙嗤他的"饮羊羔红炉暖阁",更带有一种妒富嫉贵的感情意味在内。马致远《拨不断》:"孟襄阳,兴何狂,冻骑驴灞陵桥上。便纵有些梅花入梦乡,倒不如风雪销金帐,慢慢的浅斟低唱。"表面上是翻了个案,其实是对书生困穷的解嘲式的愤激反语,骨子里的评价是一样的。

本曲也是两种雪中"乘兴"法的比较,正面主角换上了王徽之的雪夜访戴。而在结构组织上,运用了作文的"尊题"之法。所谓尊题,即在文中并举二事,而于结论或文气上行一褒一贬的扬抑。这支小令,就是以党进和王徽之冬令消遣的不同方式并举,而后揭示出所"尊"的主题。妙在七句中让"党家侯"占据了五句,且尽力铺张其富贵豪奢的情形,到头来仍然让他栽在王徽之的手下。作品的题旨,显然是赞美文士的清高脱俗,鄙薄权贵的富贵粗俗,以事述论,以小喻大。而用这种白描淡写而后一锤定音的写法,便使人觉得举重若轻,妙不可言。

孙叔顺　生平事迹不详。存世散曲有套数四套

南吕·一枝花

孙叔顺

休官

不恋蜗角名,岂问蝇头利。世情看冷暖,人面逐高低。闲是闲非,僻掉的都伶俐。百年身图画里,本待要快活逍遥,情愿待休官罢职。

[梁州]谁待想锦衣玉食?甘心守淡饭黄齑。向林泉选一答儿清幽地,闲时一曲,闷后三杯。柴门草户,茅舍疏篱。守着咱稚子山妻,伴着几个故友相识,每日价笑吟吟谈古论今,闲遥遥游山玩水,乐陶陶下象围棋。早起,晚夕,吃醉了重还醉。叹白发紧相逼,百岁光阴能有几?快活了是便宜。

[煞尾]都则是两轮日月搬兴废,一合乾坤洗是非。直宿到红日三竿偃然睡,那些儿况味谁知?一任莺啼唤不起。

【鉴赏】

　　这是一套讴歌隐居生活的散曲,它由三首曲子组成。在这里,作者用朴素自然的语言,抒发了自己对官场名利的厌恶和对人生无常的感慨,描绘了归隐生活的乐趣,表现了自己隐居山林,脱离尘俗的闲情逸致。

　　第一首曲子以"不恋蜗角名,岂问蝇头利"引出,一下子把作者的思想境界提纲挈领地带了出来,在这里,他把封建社会中历代知识分子视为生命的功名说成是蜗牛的角,视功名为极小的境地,足可见其对功名的鄙视。而"岂问蝇头利"中"岂问"，又把这种对名利的鄙薄发展到了无以复加的地步。宋·苏轼也曾有"蜗角虚名，蝇头微利"的词句(《满庭芳》)，然其鄙视名利的语意不似此处强烈。可见作者对名利是极端鄙视的。次后的"世情看冷暖，人面逐高低"二句，则是一般在官场上失势的人们遭遇到亲朋好友冷落时发出的感慨。这两句极其平常的话，既饱含着作者自身的人生体验，也把官场的险恶和世态炎凉表现得一览无余，透彻之极。作者就处于这样险恶的环境之中，因此在他认为："闲是闲非，僻掉的都伶俐。"只有避开这些与己无关的事，才是达者和智者，才是聪明人。而后面的"百年身图画里"中的百年即指人的一生，此处图画与全曲连起来看，似应指那些描绘隐居生活的画。故此句意为：人的一生应当像那些图画里一样以隐居为乐。"本待要快活逍遥，情愿待休官罢职"，正是此句引出的作者归隐的志趣。曲子至此，归隐的主题已鲜明的现出，这时我们可以看到一个超脱的隐士带着鄙视官场的讥笑从尘杂世俗中走了出来，他是显得那样地轻松，对于世俗和官场没有一丝一毫的留恋。而他那种深刻的人生体验，又带有一种劝喻的意味。他用自己的切身感受告诉人们，官场和仕途是不可眷恋的。

　　第二首曲子紧接着作者归隐的志向，描绘了一幅恬静、自然，然而又有无穷乐趣在其中的归隐图。首句"谁待想锦衣玉食？甘心守淡饭黄齑"，接上首曲子进一步表示作者隐居山林的坚定志向。谁去想那织柔铺绣的华贵衣服和精美的菜肴，我是甘心情愿守着那粗米饭和最简单的黄齑菜过日子。齑是用来调味的菜，此处用来形容菜肴的简朴和生活的清苦。后面一大段就开始叙写归隐生活的快乐，作者向着树林和泉水边选了一处清净幽雅的地方，在那里，空闲的时候唱一曲，心中闷了就喝上几杯酒。那周围多是草屋柴门，茅屋四周围着稀稀拉拉的篱笆，自有一种远朴的古风。在这里，守着自己年幼的孩子和妻子，又有几个老朋友老相识做伴，整天在一起笑吟吟地谈论古今，悠闲逍遥地游山玩水，高高兴兴地下象棋、围棋。从早上起，一直到晚上夕阳西下，吃醉后醒了又重新喝醉。作者就这样地生活在隐逸图中。这幅隐居图脱尽了尘世和官场痕迹，然却没有以往那些隐逸诗或词中那种强烈的孤独抑郁的情绪，因为在这里所描绘的隐居生活里，整个环境和气氛都是那样的充满生活气息，它们同作者那种逍遥自在、窥破人生的情趣和谐地打成一片，虽然也有清淡幽静的意味，然绝不冷傲孤僻。那种闲适的情趣，摆脱了现实政治的种种压力,自由自在,悠闲自得又舒心惬意,与官场的劳碌而又受束缚的生活形成了鲜明的对照,使人们从心底里厌恶和否定官场生活。而此首曲子的结句则突然转向作者对于人生价值的认识。"百岁光阴能有几",表现了岁月的迅疾,时不待人,而人生又复有限,两者相较更显浮生短暂。因此快活了才是便宜。

第三首曲子用"都则是两轮日月搬兴废,一合乾坤洗是非"二句领出,表明了作者对于世间的一切都看的是那样的淡薄。朝代的兴废对封建社会的士大夫来说是至关重要的,而在他看来,太阳和月亮的轮转是朝代兴废的根本原因,不足为怪。而天地合在一起就把一切是非都洗尽了。一切都不用管。红日上了三竿,还在安然地睡着。"那些儿况味谁知?"这一句设问极妙,这种滋味,整日在官场上辛苦忙碌的人确实是无法知道的。最后以"一任莺啼唤不起"结尾,更衬托出那况味的甜美来,独自沉醉酣睡,随那黄莺儿怎样使劲啼叫也唤不醒。这结尾似断又未断,可又显得那样地自然。整个散曲就在这妙不可言的意境中结束了,人们可以从中领略到极大的兴味。尤其是那些向往隐逸然尚在官场的知识分子,对此就更感亲切。那隐居的况味比起纷纷扰扰、尔虞我诈的名利场,何啻天壤云泥。置身于此,方可谓得其所哉!

这套散曲在总体上表现了作者对归隐生活的向往和沉醉,也多少带有一些消极避世的色彩。可是如果结合当时的社会背景看,就会发现其更深的旨意。元代是一个特殊社会,元朝的统治者实行民族歧视和高压政策。处于上层的蒙古族贵族昏庸而又暴虐,在他们手下的汉族官贵随时都有不测之祸。元代的汉族知识分子大都出身地主阶级,虽也有身居高位者,然精神上多受压抑,大多则屈沉下僚或一生潦倒。在这种悲惨的境遇里,他们开始信奉老庄,追求精神上的解脱,向往那种啸山林的隐居生活。以退隐来表现不与当时统治阶级合作的志向,对这些残暴的政治发出无声的抗议。而我们则从中可见中世纪野蛮统治给知识分子带来的精神创伤。

这套散曲在艺术手法的表现上也有一定的特色,无论是描写还是抒发人生感慨,都很直露,然而又是极其地自然真切,其中表现出来的那种怡然自得的乐趣,在它前代的归隐作品中恐怕是很难见到的。这首散曲中又充满生活乐趣和人间烟火的气味,这似乎更能受到一般凡夫俗子们的青睐,因为这种境界并不是高不可攀的。这就使它的影响更广更深,更具特殊的艺术魅力。

王仲诚　生平事迹不详。《全元散曲》录存其套数二套。

中吕·粉蝶儿

王仲诚

昨宴东楼,玳筵开舞裙歌袖,一团儿玉软花柔。遏行云,回飞雪。玲珑剔透,交错觥筹,捻冰丸暗藏锦绣。

[**醉春风**]娇滴滴香脸嫩如花,细松松纤腰轻似柳。有丹青巧笔写奇真,怎的朽、朽。檀口能歌,莲舌轻调,柳眉频皱。

[**迎仙客**]露玉纤,捧金瓯,云鬟巧簪金凤头。荡缃裙,掩玉钩,百倍风流。无福也难消受。

[**满庭芳**]人间罕有,沉鱼落雁,月闭花羞。蕙兰性一点灵犀透,举止温柔,成合了鸾交凤友,匹配了燕侣莺俦。轻搁就,如弹玉纤粉汗流,佯呵欠袖儿里低声儿咒,一会家把人迤逗。撇不下漾秋波一对动情眸。

【鉴赏】

　　真挚的爱情历来是文学作品中讴歌的一个重要主题。元代初年,由于长期停止科举,很多知识分子丧失了仕进之路,其中有好些人沦落风尘,整日出入妓院娼楼,与那些青楼女子为伍,为她们写清唱的曲词。而长期交往,使他们同一些妓女产生了真挚的爱情,产生了一批歌颂男女恋情的作品。这首散曲便是其中格调较高的一首。作者有真挚的感情、动人的笔触、细腻而生动的描写。

　　第一首曲子一开头就以回忆托出了一幅溢彩流光的盛宴图：东楼宴上，歌女们轻歌曼舞。那美丽的彩袖和衣裙，随着舞姿，如云霞一般在飘动。如花似玉的人儿，舞姿翩翩，在一片香雾缥缈之中，就像那一团玉又像那一朵花，又柔又软，情意浓密。句中的"玳宴"原是指以玳瑁装饰坐居的宴席，此处指盛宴。"过行云，回飞雪"二句则极力形容歌声的美妙和舞姿的优美，那清激响亮的歌声直冲云霄，那翩翩的舞姿像飞舞的雪花一样在回旋。下面的"玲珑别透，交错觥筹"二句把人们的视线拉到了宴席桌上，那细致奇巧的餐具放出了诱人的光彩，酒杯频频相举，酒酣人醉。结句"捻冰丸暗藏锦绣"似另有一层深意。"捻"是指用手指捏着，"冰丸"此处应是"冰纨"，指色素鲜洁如冰的衣衫，即美人的衣衫，同时也暗喻美人形象的纯洁。"锦绣"，比喻美好的事物，这句是写作者用手指捏着意中人的衣衫，心中暗藏着美好的愿望。由此看来，作者虽然在此曲中尽力描绘了豪华宴会的盛况和歌女们的歌声舞姿，然真正着意渲染的乃是在歌舞中的意中人，而最重要的是他向意中人表明了自己的爱慕之情。

　　第二首曲子，作者刻画了意中人姣好的容貌和身材。"娇滴滴香脸嫩如花，细松松纤腰轻似柳"二句以一个"嫩"字衬出了美人的年轻，而那纤纤细腰扭动时就轻得像柳枝在摇曳，足可见体态的优美。后二句"有丹青巧笔写奇真，怎的朽、朽"。丹青是古代作画用的颜料，有丹青和那巧笔画下这稀罕的真和美（此处指美人），那么这样美丽的容貌怎么会失去那动人的光彩呢？此处"朽"，原意为腐朽或衰老。

国学经典文库

元曲鉴赏

·元曲·

图文珍藏版

"檀口能歌,莲舌轻调,柳眉频皱"三句,写美人那粉红色的嘴能唱歌,莲花般的舌头发出那轻调,可两叶弯弯的柳眉却在频频皱着。最后一句写了女子的愁容,可是从这紧皱的双眉里,我们看到这位青楼女子似也有无限隐恨在心头。宋·欧阳修有一首描写歌妓的词,其中写歌妓"拟歌先敛,欲笑还颦,最断人肠"(《诉衷情》)。此曲中的柳眉频皱也在暗示美人沦落在风尘中的肝肠寸断的痛苦心情,反映了作者对歌妓生活的深刻了解和同情。

第三首曲子继续描写美人的动态和形态。"露玉纤,捧金瓯,云鬟巧簪金凤头"三句,写美人露出白玉般的细手指,捧着黄金做的瓯。此处的"玉纤"状美人手指。乌黑的云鬟上恰到好处地簪着金凤钗。后二句"荡绡裙,掩玉钩"是写美人的裙子像碧空中的云霞在飘荡,掩住了弯弯的月亮。接着的"百倍风流,无福也难消受"二句是说美人这种形态正是百般的风韵,没有福分的人也消受不起。言下之意也有些担忧,不知美人是否真能属意于自己。在这首曲子里,作者从多种角度来表现美人的风韵,他沉醉在幸福的热恋之中,美人身上所有的一切,在他看来都是如此的美好,她的一举一动,她的打扮都使人为之心神摇荡。而"无福也难消受"中暗含的隐隐担忧,又使这曲子带有词的含蓄。

最后一支曲子,作者写了自己与意中人相爱的情景。曲子一开始极写美人的容貌美丽,以抒发自己对她的爱慕之情。他把美人的容貌说成是"人间罕有,沉鱼落雁,月闭花羞"。在作者的眼中,她的美是任何人都无法比拟的。可称得上是美妙绝伦,举世无双。后面的"蕙兰性一点灵犀透"句,则引用了晚唐诗人李商隐《无题》中"身无彩凤双飞翼,心有灵犀一点通"的诗意,比喻美人的蕙兰般纯洁的性灵,和自己的心是相通的。"举止温柔,成合了鸾交凤友,匹配了燕侣莺俦"三句是写作者与意中人心心相印,意中人温柔和顺的举止,使他俩成了一对如鸾鸟和凤凰般难舍难分的情侣。鸾鸟是一种雌雄相守的鸟,离则不胜其哀,由此可见两人情意的深厚。他们两人如鱼得水,就像双燕和黄莺这些并栖的禽类,匹配在一起。后面的"轻搂就,如弹玉纤粉汗流"二句写两人的浓情蜜意,本就是一对情投意合的情侣,这时只轻轻地温存了一下,美人那粉汗就如弹丸一般落在白玉般的手上。这两句现出了这女子还不懂风情的怕羞心情。最后的"佯呵欠袖儿里低声儿咒,一会家把人迤逗,撇不下漾秋波一对动情眸"三句,把作者对意中人又气又痛又爱的心情写活了,从语意中显见作者对意中人这种含羞推托的行为不满,然而他又不舍得在她面前生气,生怕伤害了她。因此就假装打呵欠,举起手在袖子里低声骂,说女子一会儿把人招引,可真的要温存,她又这样,想要不再理她,可是又舍不得那一对荡漾秋波的动人心的眸子。作者在这里描写的与意中人如胶似漆般的爱情是相当动人的,尤其是那种又疼又爱的骂更给爱情别添一番情趣。

作者大胆地描写了世俗生活中的爱情,它没有以往歌颂爱情诗词中的躲躲闪闪和不舒感,表现爱情相当直露,不加任何掩饰,且多用轻浅、艳丽的语言来描写男女间的情爱,可是它仍不失为一篇佳作。作品中没有丝毫以倡优为玩物的思想,对妓女的爱情也是那样的真挚和热烈,这一切都是值得肯定的。

陈子厚 生平事迹不详。存世散曲有套数一套。

黄钟·醉花阴 （套数）

陈子厚

宝钏松金髻云𩑺①,甚试曾浓梳艳裹。宽绣带掩香罗②,鬼病厌厌③,除见他家可。

[出队子]伤心无奈,遣离人愁闷多。见银台绛蜡尽消磨,玉鼎无烟香烬火。烛灭香消怎奈何。

[幺]情郎去后添寂寞,盼佳期无始末。这一双业④眼敛秋波,两叶愁眉蹙翠蛾。泪滴胭脂添玉颗。

[尾]着我倒枕捶床怎生卧,到二三更暖不温和。连这没人情的被窝儿也奚落我。

【注释】

①𩑺(duǒ):下垂。

②掩:宽掩,松放出。香罗:指香罗带,即腰带。这一句中,"宽绣带"与"掩香罗"同义。

③厌厌:即"恹恹",有气无力的样子。

④业:恶劣。

【鉴赏】

元散曲常以描摹思妇或未婚女子独守空闺为表现题材。通常都从人物形象、人物处境、典型环境、典型动作的一方面或几方面着手,用以反映出人物的心理和感情。这首套数具有容量上的优势,自然成了这种种表现手法的集大成者。

"宝钗松金髻云鬟","宽绣带掩香罗","一双业眼敛秋波,两叶愁眉蹙翠蛾"……作品活脱脱地描摹出女子憔悴悲酸的病慵形象。她的处境是情郎远去,苦捱寂寞,而且日夜处在相思刻骨、"盼佳期无始末"的煎熬之中。绛蜡消磨,使人想起"蜡烛有心还惜别,替人垂泪到天明"(杜牧《赠别》)的诗句;玉鼎无烟,香残烬火,清冷愁惨的气氛更为强烈。这种种描写分别开来看,固然是散曲作品的常套,但综合在一起,却构成了完整而细腻的思妇生活景象。元散曲文人颇像画家,勾勒晕染,认真执着,不到自认为神完意足,是不轻易歇手的。

全套最具新意的自然是[尾]曲,这是属于人物典型活动方面的表现手法,较之南唐后主李煜"罗衾不耐五更寒"的名句,更增出了人物的动作和心理。尤其是"连这没人情的被窝儿也奚落我",将女子孤眠的清冷况味与铭骨怨艾,都借着逼真的口吻而生动地表现出来了。

真氏 建宁(今福建建瓯)人,歌妓。其父曾在北方边境做官,因官卑禄薄,不能养家,挪用公款而无力偿还,遂将真氏卖入娼门。后靠翰林学士姚燧相救,落籍从良,嫁与翰林属官王林。散曲仅存小令一首。

仙吕·解三酲

真 氏

奴本是明珠擎掌,怎生的流落平康?对人前乔做作娇模样,背地里泪千行。三春南国怜飘荡,一事东风没主张,添悲怆。那里有珍珠十斛,来赎云娘?

【鉴赏】

　　这是一首歌妓作的散曲,它是古代那些被侮辱、被损害的女性发自肺腑的心声,深切地表达了她们充满内心的痛苦和悲伤,也表现了她们对生活的希望和渴求。由于它饱含着作者亲身经历的辛酸,所以又显得情真意切,尤能打动人心。

　　这首曲子可以分成两部分,在上半部分里,作者交代了自己的身世,描写自己当妓女的辛酸生活。首二句"奴本是明珠擎掌,怎生的流落平康?"乍看起来像是对人交代身世,实际上则另有一层深沉的含义。这里面充满了她对正常家庭生活的憧憬和渴望,也充满了辛酸的回忆。《南村辍耕录》二十二卷"玉堂嫁妓"条记有真氏的身世,她说:"妾乃建宁人氏,真西山之后也,父官朔方时,禄薄不足以给,侵贷公帑无偿,遂卖入娼家,流落至此。"故在此处她说自己原来也是父母的掌上明珠,只是为了搭救父亲,才不幸流落到娼家。此处的"平康"原是指唐代长安的平康坊,是妓女所居之地,后世就泛指妓院。在她那种被侮辱和被损害的生活里,是没有爱的,因此当追忆这种被擎在手中有如对明珠的爱时,心中充满了对爱的强烈渴求。次二句"对人前乔做作娇模样,背地里泪千行",写出了妓女那可怜的卖笑生涯,别看这些青楼女子娇柔妩媚,欢歌笑语,在她们的内心深处有着多少难言的苦衷,人前强作欢笑,人后却是泪水千行。这些女子的生活是浸在泪和血中的。人前的"娇模样"与人后的"泪千行"两相对照,深刻、细腻地表达出妓女们肝肠寸断的痛苦之情。

曲子的下半部分则抒写了真氏盼望跳出火坑的强烈愿望。"三春南国怜飘荡,一事东风没主张"二句,又把妓女们的痛苦命运往更深处推去,南国的春天是美好的,可自己飘荡在这里已有三个春天,像浮萍一样无根无蒂,不知何处才是归宿,那悲惨的境遇就是春风也没有办法。写到此处,作者心头自有一种无可奈何的失落感生起,只能空"添悲怆"。"怜飘荡"和"没主张"两句极写了妓女境遇的可悲和绝望的心情。然而人们对于美好事物的追求是永远不会停止的,哪怕希望渺茫。作为妓女,她们渴望能和良家妇女一样过上真正的夫妇生活,真氏也同样对这种生活充满了憧憬与希望。最后的"那里来珍珠十斛,来赎云娘"两句,看起来似乎已对这种希望失去了信心,其实不然。这里的"珍珠十斛"引用了唐代孟棨《本事诗》中"石家金谷重新声,明珠十斛买娉婷"之意,显见真氏的内心里极盼望有人能将她搭救出去的。而自比云娘,也有很深的含义。唐·范摅《云溪友议》中有关于云娘的记载,说她"形貌瘦瘠",有诗曰:"何事最堪悲?云娘只首奇。瘦拳抛令急,长嘴出歌迟。只见肩侵鬓,惟忧骨透皮。不须当户立,头上有钟馗。"真氏把自己比作云娘,是借云娘比喻自己的憔悴,表明想跳出火坑的迫切心情。

在封建社会里,公子王孙们可以恣意地寻欢作乐,从精神和肉体上摧残和折磨女性,致使那些社会底层的妇女陷于悲惨的境地。在我国古典诗词中也不乏那些描写妓女命运的作品,可是那些词人骚客,显然也对她们寄予过同情与怜惜,但格调高、情意真的作品并不多。身临其境的真氏,以自己切身的遭遇,抒发心灵深处的真情实感,感人肺腑,动人心弦。曲词的朴实流畅,也有助于作品的成功。

李邦基 生平不详。

越调·斗鹌鹑

李邦基

寄　别

百岁光阴,寄身宇宙。半世蹉跎,忘怀诗酒。窃玉偷香,寻花问柳。放浪行,不自羞。十载江淮,胸蟠星斗。

[紫花儿]鬓丝禅榻,眉黛吟窗,扇影歌楼。献书北阙,挟策南州。迟留,社燕秋鸿几回首,壮怀感旧。妩媚精神,罗绮风流。

[调笑令]渐久,过清秋。今古盟山惜未休,琴樽相对消闲昼,尽乌丝醉围红袖。阳关一声人去后,消疏了月枕双讴。

[秃厮儿]浩浩寒波野鸥,消消夜雨兰舟,津亭送别风外柳。甚不解?系离愁,悠悠。

[圣药王]夜气收,人语幽,西楼梦断月沉钩。惜胜游,忆唱酬,追思往事到心头,肠欲断泪先流。

[尾]彩云冉冉巫山岫,还相逢邂逅绸缪。终日惜芳心,思量岁寒友。

【鉴赏】

　　这是一组寄托离愁的散曲,由六个小曲组成,其间有对往事的回忆,也有对离人的思念;有缠绵的爱情,也有令人心醉的送别。这些画面交织在一起,表现了作者无限缠绵的愁绪和也曾有过的壮烈情怀,展现了元代社会中一部分知识分子的坎坷人生与精神面貌。

曲子一开始就以"百岁光阴，寄身宇宙。半世蹉跎，忘怀诗酒。"四句抒发了对人生的感慨。人寄身在天地之间，不过就只有百年的光阴，而自己忘怀在诗酒上，已经悠悠忽忽地虚度了半生。后二句"窃玉偷香，寻花问柳"则是指在这半生里自己沉溺在烟花酒楼之中，过着青楼调笑、浅斟低唱的放荡生活。"放浪行，不自羞"是说自己当时居然一点也不以为耻。"十载江淮，胸蟠星斗"则说自己在江淮两地度过的十年里，胸中也曾盘伏着天上的星斗。此处"星斗"以喻美好的祖国山河，在此引申为报效国家的愿望。在这个开头里，作者感叹岁月的流逝，人生的短促，他用诙谐的笔调写出了自己浪迹在酒楼妓院，沉迷于诗酒声色的以往生活，其中也隐隐约约地含有一种追悔的意味。与此同时，他又认为自己也并非完全沉沦，在江淮的十年，他心中一直怀着报效国家的愿望，是极想施展自己的抱负的。

第二首曲子开头三句"鬓丝禅榻，眉黛吟窗，扇影歌楼"说的是在扇影绰绰的歌楼里，鬓发巳白的作者坐在禅榻上，听着美人在窗边歌吟。这显然是指风花雪月的生活，可是下面"献书北阙，挟策南州"两句，一下子从那种生活中走了出来，开始抒写自己的政治生涯。回忆往事，自己也曾向朝廷献安邦之策，也曾去南方施展自己的军事、政治才能。"迟留，社燕秋鸿几回首，壮怀感旧"，这时我迟迟地留在那里，就像秋天飞回南方的燕子和鸿鸟一样多次回首，那悲壮的胸怀还在为过去的旧事感慨。"妩媚精神，罗绮风流"就是说过去的精神是那样的奋发有为，过去的那种壮举至今还使人感到荣耀和不能忘怀。这首曲子在时空上跳跃很大，前半部分是描写作者在歌楼的情景，后半部分则一下子转到回忆往事上去，怀念过去，不禁壮怀激烈，这种时空上的跨越，表现了作者虽沉溺于声色，可依然没有忘怀政事的胸襟。

第三首，"渐久，过清秋"二句，表明时节已过了清秋。"今古盟山惜未休，琴樽相对消闲昼，尽乌丝醉围红袖"，可惜今古那些山盟海誓远未结束，人和古琴、酒杯相对着消磨空闲的白天，尽是那些乌黑头发的美人醉围着我。"琴樽相对消闲昼"当不是作者的真情所在，与上两首中的"胸蟠星斗""壮怀感旧"是不能合拍的。从后面的"阳关一声人去后，消疏了月枕双讴"两句看，也可知作者的襟怀尚在建功立业，为国效劳上面。王维有"劝君更尽一杯酒，西出阳关无故人"的诗句，此处用"阳关一声"顿令人心震荡，提示了作者从此要远征了。而人去后，那在月下睡着，双双对对歌唱的生活也就自然消逝远去了。

第四首曲子紧接上曲,描写了一片别离的景色,一种难解的离愁。"浩浩寒波野鸥,消消夜雨兰舟,津亭送别风外柳",写浩渺的寒水上面飞着几只野水鸭,潇潇的夜雨中飘着一叶兰舟,一片苍茫悲凉的景色,连同渡口送别的亭子和那在风中摇曳的柳树,构成了一种凄凉的气氛,现出了别离人的伤感。这里的寒波、夜雨、兰舟、津亭构成了一幅具有季节、时间、地点特征的色彩鲜明的图画。充满黯淡凄凉色彩的景物,反映了作者情感的悲伤,更衬托出作者此时此刻那种凄清的心境。"甚不解?系离愁,悠悠"几句,作者在这里设了一个问,问那愁肠为什么解不开?回答是,因为系着离愁别绪,而那离愁悠悠流长,不知何年何月才能了。在这首曲子里,作者着意刻画出一种悲凉的气氛,使人触目凄凉,把离愁别绪表现得十分感人。

第五首[圣药王]继续写愁思。"夜气收,人语幽",形容夜的寂静,夜静,故人语声显得分外清幽。"西楼梦断月沉钩"句是说在西楼睡着的离人,梦突然断了,此时月亮已沉下去了,只剩下弯弯的玉钩,人们睡意正浓,可是离人却再也无法入睡,他"惜胜游,忆唱酬,追思往事到心头,肠欲断泪先流"。追忆往事,那些欢宴上的歌诗唱酬,那种尽情遨游在山水之中的欢乐,如今再也不能复返,只留下对这些美好回忆的哀伤,叫人的心怎能不碎,肠怎能不断。南朝江淹在《别赋》中写道:"黯然消魂者,惟别而已矣。"此曲写离人之思,从梦断写起,把离人的别绪离愁,写得淋漓尽致。

最后一曲,"彩云冉冉巫山岫,还相逢邂逅绸缪"两句写得美极了,彩云冉冉围绕着巫山的峰峦,她还再想与昔日的情人不期而会情意缠绵呢。这里的彩云是指巫山神女,此处以巫山神女事隐指离人的思念。结句"终日惜芳心,思量岁寒友"写出了别离在外的人整天在想念自己心爱的女子,为她的孤独感到哀伤,也思量那些在困境中的朋友。此曲以巫山彩云写别离之人的缠绵情思,看似极美,而愁苦在这美中则显得更悲更惨,不由令人黯然神伤。而"终日"二字则托出了离人受煎熬的痛苦。

此曲寄托别思,不同一般,写离愁别绪,苍茫悲凉,梗概多咽,脱去了以往离愁之作中的脂粉气。其间又能怆怀国事,抒写个人的襟怀,寄意深沉。在同时代的寄别作品中不失为一首佳作。

景元启　生平事迹不详。所作散曲今存小令十五首，套数一套。

双调·殿前欢

景元启

梅花

月如牙，早庭前疏影印窗纱。逃禅老笔应难画，别样清佳。据胡床再看咱，山妻骂："为甚情牵挂？"大都来梅花是我，我是梅花。

【鉴赏】

　　梅花以耐严寒、傲霜雪的品性，赢得了古往今来许多文人雅士的喜爱。吟咏梅花，以寄托自己高洁的志趣和情怀，成了许多文人墨客命笔的主题，梅花也因此成为不染红尘、绝世独俏的精神象征。这首小令既是作为物性的梅花来写的，也是作为一种理想的精神来写的。

　　小令开头描绘出一个朦胧而又空灵的世界：这是月初的一个清晨，一弯月牙儿斜映着庭院中梅树的枝叶，向窗纱上投下稀疏的影子。多么恬静、淡雅的景色！当梅花沐浴着澄澈月光的时候，它那冷香幽韵、超尘绝俗的风神高格才能获得臻于极致的体现，从而更容易唤起人们的审美情趣；也许，只有将晶莹如玉、品格高洁的梅花，置于月色溶溶、清旷静谧的境界之中，才能达到最大程度的和谐。而此时，逃避世俗、归隐山中的老画家，难舍如此迷人佳境，靠着"胡床"（即交椅）尽情欣赏梅影。他想从纱窗上描下梅影，却无从下笔，难以成画。这情形惹起妻子的嗔骂，以为他在牵挂窗外的什么人。而沉醉在审美境界中的老画家，已成了梅的化身，他已达到了物我两忘、物我浑一的境界，就像庄周梦蝶，不知是庄周化蝶呢？还是蝶化庄周？他给妻子的回答出人意料："大概梅花是我，我就是梅花吧！"

　　本来极有可能要爆发的一场夫妻大战，就在画家答非所问中得到了化解，读来让人忍俊不禁。

这首小令通过写梅，突出了人物孤傲不群的性格。小令语言晓畅直白，写得颇富生活情趣，戏谑诙谐，而又高洁无邪，充分体现了散曲的特点。

双调·得胜令

景元启

一见话相投，半醉捧金瓯。眼角传心事，眉尖锁旧愁。绸缪，暗约些儿后。羞羞，羞得来不待羞。

【鉴赏】

这首小令描写一个痴情少女与自己的恋人难舍难分的神态和深情，表现了少女对爱情的大胆追求。

这首小令构思别致，只选择了一对情侣相见的片段氛围和瞬间感受，就以点带面地概括出当时妇女普遍存在的离愁别恨和不幸命运。这富于包孕性的片刻，如一个镜头，一幅画面，使人从中联想到画外的前因后果，从而窥一斑而见全豹。在结构上则以"相会"为中心，向前后铺陈拓展。

天赐良机，一对情侣相见。少女一见到自己的心上人就话儿相投，心儿相通。她手中捧着盛酒的金瓯，已喝得半醉了。在半醉半醒之际，两人倾诉着不尽的相思。毕竟良宵苦短,以前的相思、愁苦又浮现在眼前。元朝时期,虽说北方少数民族的生活风气对中原地区有所影响,使男女间的交往较为自由,但阻碍在男女之间的那道封建礼教的墙垣一时很难拆除。欢爱中的女子不能不考虑这些。温情过后,敢于追求爱情的少女背着父母邀约心上人再会。这位具有叛逆精神,敢于向封建礼教大胆挑战的女子,当然也有时代的局限,因此,少女在大胆行为之后,还不免有些后怕。小令最后也以少女羞呀羞,羞得不能再羞的神情而结束。

这首小令塑造了一个既大胆、但又腼腆,既勇敢、但又不是毫无顾忌地丰满的少女形象。

元人小令歌咏艳情、欢爱,不同于词的蕴藉、婉转,而是以沉着痛快、大胆泼辣见长。奋挥爽利之笔,抒发炽热之情,这首小令也是如此。

中吕·上小楼

景元启

客　情

欲黄昏梅梢月明,动离愁酒阑人静。则被他檐铁声寒,翠被难温,致令得倦客伤情。听山城,又起更,角声幽韵。想他绣帏中和我一般孤另。

【鉴赏】

小令的开篇描绘了这样一幅画:天色将晚,月儿已升,挂在梅树枝头,照亮了大地。面对此景,客居他乡的游子心中泛起了层层愁绪,为了排遣忧愁,只有饮酒,喝完了酒,夜已深,人已静。游子似乎应在醉意中忘却自己的忧愁和烦恼。但屋檐上的风铃声惊扰着游子,让游子倍感凄凉。饰以翠羽的被子难以温暖游子那瑟瑟发抖的心,游子思念着故乡的亲人,久久不能入睡,疲惫不堪,愁情满怀。山城中一次又一次响起的更声,那深沉而有节奏的胡角声,都令人悲伤,使人胆战心惊。此时此刻,游子想到妻子正独守在锦绣的帏帐中,她也和自己一样过着孤单的生活。

吕济民 生平不详。

双调·蟾宫曲

吕济民

楚云

寄襄王雁字安排,出岫无心,蔽月多才。目极潇湘,家迷
秦岭,梦到天台。浮碧汉阴晴体态,逐西风聚散情怀,卷
又还开,去又还来。雨罢巫山,飞下阳台。

【鉴赏】

　　本小令标题一作《赠楚云》。“楚云”是当时一个妓女的名字,本曲是作者为楚
云而写的。在曲中,作者赞美天上的“云”,显然是为了称誉人间的“楚云”。全曲
再现了“云”的种种形态,几乎无一句不写“云”,但是,却无一句着一“云”字,而是
堆垛了一个个有关“云”的典故。

　　全曲首句提及“襄王”,结句则有“巫山”和“阳台”。这三词皆出自宋玉的《高
唐赋·序》,据载:“昔者先王尝游高唐,怠而昼寝,梦见一妇人曰:‘妾巫山之女也,
为高唐之客,闻君游高唐,愿荐枕席。’王因幸之。去而辞曰:‘妾在巫山之阳,高丘
之阻,旦为朝云,暮为行雨,朝朝暮暮阳台之下。’旦暮视之如言,故为立庙,号曰‘朝
云’。”从这一美丽的神话中,我们可以知道,楚襄王是和宋玉一起游云梦之台而望
见高唐之观上的“云”气的,而“巫山”和“阳台”,都是神女出没之处。于是,后世文
人狎客,常以“襄王”自喻。本句是说:楚云请鸿雁捎信给“襄王”,希望他前去约
会,表现了“楚云”对爱情的大胆追求。

第二句出处陶潜《归去来兮辞》中"云无心以出岫",谓楚云这一要求如云气出于山穴一般地自然,并无其他意图,表现了"楚云"白璧无瑕的纯洁心灵。

第三句出自曹植《洛神赋》中"仿佛今若轻云之蔽月"。故本句的"蔽月"就是指代"楚云",是说楚云多才又多艺,表现了楚云的内在美质。上述三句,总起来,是从"楚云"的思想和才能方面去表现她的性格。她有强烈的追求和内在的美质,因此也是人们所向慕的。这为全曲的第一层。第四句至第六句为第二层,写作者对"楚云"的无限爱慕之情。

第四句化自范仲淹的《岳阳楼记》中"南极潇湘",因潇水湘水汇合处在湖南,属历史上的楚地,亦即"楚云"的故乡。本句是说放眼遥望,"楚云"在水一方,可望而不可即。

第五句则化自韩愈《左迁至蓝关示侄孙湘》中的一句:"云横秦岭家何在?"既扣住"云"字,又紧连前句。其中"秦岭"是古人南北方的分界线。故本句意为:"楚云"消失在秦岭的那一边,又如何望得见呢?心中无限惆怅。

第六句出自《幽明录》中的一个故事,后汉永平中阮肇、刘晨二人共至天台山采药,因迷路而遇见二个仙女。后世便以天台喻为邂逅绝代佳丽的代称。此句意为:却在梦中遇见了仙女——楚云,真是喜从天降。这句表现了渴望与"楚云"相会的情怀,与前两句形成了感情上的起伏、变化。

第七句谓楚云与作者在高楼相会,喜怒哀乐感情变化,楚云体态也各不相同,她在天空飘浮,忽阴忽晴,但她却总是美丽、迷人的。

第八句中"西风"出自古诗"西风送离人",即谓有相聚亦有离散,有离散也会有相聚,·在不同情况下,两人的情怀也是有变易的。

第九、十两句,则写"楚云"开合舒卷之状,暗示她与作者分别时依依难舍的情状。

最后两句写两人相爱之情深,如前文所述,借用《高唐赋》中神女的话,以神女喻楚云,表现了楚云希望和"襄王"旦暮相随的意愿。

这首曲子借"楚云"以写男女的欢合,全曲对"楚云"的形象加以细腻的描写,但含意晦涩,格调不高。然而,表现手法别具一格,用比喻写人,喻体和本体合而为一,而在用词方面别树一帜,全借典故来描写、抒情,而且用得贴切传神,这可以说是本曲最大的艺术特色。

查德卿　生平事迹不详。约生活于仁宗朝(1311～1320)前后。《全元散曲》录存其小令二十二首。

仙吕·寄生草

查德卿

间　别

姻缘薄剪做鞋样,比翼鸟搏了翅翰。火烧残连理枝成炭,针签瞎比目鱼儿眼,手揉碎并头莲花瓣。掷金钗擿断凤凰头,绕池塘捽碎鸳鸯弹。

【鉴赏】

闺中的那位少女,是怎么啦,把她平常所珍爱的那些凡是能表现两情欢洽、形影不离、恩爱缱绻、卿卿我我的物事,一一捣碎残毁,而且是专对那要害部位下手。比翼鸟么,就折了你的翅膀;比目鱼么,就刺瞎你的眼睛;并头莲就扯下你的花瓣;连理枝就烧成灰烬,还要殃及池鱼,围着塘子寻那鸳鸯蛋个个砸烂,让这孽种不留子遗。清陈作霖《养和轩随笔》说:"鸡鸭卵谓之弹,取其如弹丸也。"故知"鸳鸯弹"即"鸳鸯蛋"。小儿女往往有心中不顺而迁怒于物的表现,如:施肩吾《望夫词》云:"自家夫婿无消息,却恨桥头卖卜人。"如不知其原委,则对她们的迁怒于物的表现,着实令人颇费猜详。总之,到底是她的那一位因故暂不能来,还是久去不归;是与她拌了嘴,还是移情别恋,我们一概不得而知。只知道她怨得深、恨得切、忿不平、气难消。诗人在这里活脱脱地把她那一副铁了心肠要烧断一切的架势描画了出来。

仙吕·一半儿

查德卿

春 愁

厌听野鹊语雕檐,怕见杨花扑绣帘。拈起绣针还倒拈,两眉尖,一半儿微舒一半儿敛。

【鉴赏】

读了这首小令,不得不惊讶诗人表现手法的高超。"杨花扑绣帘",点明了季节是春天。"拈起绣针",暗示出主人公是一位女子。而"拈起绣针还倒拈",则充分地传达出了女主人公没情没绪、心不在焉的形态。"两眉尖,一半儿微舒一半儿敛",表明虽有愁,但还有期待,期待心中之愁能化为春意融融。对雕檐下叽叽喳喳的鹊鸣她感到厌烦,而怕见扑帘的杨花,则更是对春愁形象的心理刻画。俗话说:"喜鹊叫,贵客到。"真是这样吗?敦煌曲子词中有一首《鹊踏枝》说:"叵耐灵鹊多谩语,送喜何曾有凭据。"原来灵鹊报喜是靠不住的。这位女主人公的窗前也曾有过喜鹊鸣叫,但是心中的"贵客"却并未因其鸣叫而到来。眼下灵鹊又在叫了,到底这次灵不灵呢?希望其灵又担心其不灵,心中七上八下,倒不如不听其鸣叫为好。因而她觉得听野鹊鸣叫实在厌烦。

"撩乱春愁如柳絮"(南唐·冯延巳《鹊踏枝》),柳絮就是杨花,那白色的绒毛,随风而舞,撩拨得本已乱糟糟的心绪跟着那飞舞的柳絮忽上忽下、忽左忽右,更加烦躁不安,又怎不叫人怕去看啊!通过诗人这种形象的描述,使少女那颗萌动的春心生动而真切地呈现在了我们的眼前。

·元曲·

图文珍藏版

越调·柳营曲

查德卿

江 上

烟艇闲,雨蓑干,渔翁醉醒江上晚。啼鸟关关,流水潺潺,乐似富春山。数声柔橹江湾,一钩香饵波寒。回头观兔魄,失意放渔竿。看,流下蓼花滩。

【鉴赏】

人们把元曲与唐诗、宋词相提并论,它们确实各有千秋,元曲是元代文学的突出成就。究竟"元曲之佳处何在"? 王国维在《宋元戏曲史》中曰:"自然而已矣。古今之大文学,无不以自然胜,而莫著于元曲。"这是因为元曲的作者"非有藏之名山传之其人之意也。彼以意兴之所至为之,以自娱娱人"。这首小令就具有这一特色。

所谓自然,首先是指作品中毫无矫饰,也无雕凿,把事物的本身,就这样随口道出,明白如话。再者是诗人生活的本身便没有什么可掩饰的,展示出来的是诗人的本色。持一支钓竿,携一壶村酒,驾一叶扁舟,钓几条鱼儿。酒酣意浓,哼一支小曲,抒一抒情怀。兴之所至,不觉流连风光。要知目下风光便是好风光,不美什么富春江。也无牵挂,不计得失,赏月忘形,任舟随波而去,反正也不过是飘入芦花荡中,全不碍事。活画出诗人"一片冰心在玉壶"的情态。

仙吕·一半儿

查德卿

春 醉

海棠红晕润初妍,杨柳纤腰舞自偏。笑倚玉奴①娇欲眠。
粉郎②前,一半儿支吾一半儿软。

【注释】

①玉奴:唐汝阳王李琎小字玉奴,风流俊美。此处即以"玉奴"代指美男子,也就是下句的"粉郎"。

②粉郎:美男子。从何郎(晋何晏)"面若傅粉"典故衍出。

【鉴赏】

作者有《拟美人八咏》,对美人在生活中的各种情态细作晕染,这是其中的一首。古代诗歌有"香奁体",国画有仕女画,连十来岁的贾宝玉行酒令也要连连用"女儿"作题目,可见古人这一类香艳的描摹,主要还是出于追求美感的考虑。

曲中的"海棠红晕""杨柳纤腰",从春天的景物入手,照应题面的"春"字,但它们比兴的意味是极为明显的。从比的一面说,"海棠红晕",即指美人脸上的红潮,"杨柳纤腰"当然也就是美人的细腰,"润初妍""舞自偏",活脱脱是曲中女子醉态的写照。从兴的一面说,海棠春醉,杨柳临风,都有在芳春的背景中不能自持的神味,由此而引出了女子在情郎面前恃醉纵情的下文。

"笑倚"句的意蕴十分丰富。这七字中,涉及女子动作或表情的就有"笑""倚"

"娇""眠"四个字，颇富形象性。"笑倚玉奴"的大胆举动，"娇欲眠"的娇慵情态，将"春醉"的题目酣满托出。"娇欲眠"而"笑倚玉奴"，既有醉不自禁、酒后见真情的合理性，又有女子亲近情郎、有意缱绻的蛛丝马迹。这样一来，"海棠红晕"就是羞情的显露，"杨柳纤腰"就是挑逗的表示，而女子的"春醉"，也就是"酒不醉人人自醉"、形醉实醒了。无论是哪一种意义的"醉"，女子在情郎面前"一半儿支吾一半儿软"，半推半就，她既娇羞又多情的形象便得到了十足的体现。[一半儿]曲的精彩往往落实在最后一句，本曲也不例外。它使酒力意义上的"醉"转化为感情意义上的"醉"，就连题目中的"春"字，也由春天之春进步为"有女怀春"的风情之春了。

不妨再摘录《拟美人八咏》中的两首："琐窗人静日初曛，宝鼎香消火尚温。斜倚绣床深闭门。眼昏昏，一半儿微开一半儿盹"（《春困》）"自将杨柳品题人，笑捻花枝比较春。输与海棠三四分。再偷匀，一半儿胭脂一半儿粉。"（《春妆》）可以见出作者的尽力揣摩与求新。诚如吴梅《顾曲麈谈》所论，"词之佳妙若此，亦足见元人于此道之用力至深也"。

仙吕·寄生草

查德卿

感　叹

姜太公贱卖了皤溪岸①，韩元帅命博得拜将坛②。羡傅说守定岩前版③，叹灵辄吃了桑间饭④，劝豫让吐出喉中炭⑤。如今凌烟阁⑥一层一个鬼门关，长安道一步一个连云栈⑦。

【注释】

①"姜太公"句：姜太公吕尚在磻溪以垂钓为业。八十岁时方遇见周文王，尊为

尚父,扶周灭商。磻溪,在今陕西宝鸡境内,渭水支流。

②"韩元帅"句:汉高祖刘邦曾筑坛斋戒,拜韩信为大将。韩信为兴汉功臣,日后却被刘邦纵容吕后杀害。

③"羡傅说"句:傅说在任殷高宗国相前,在傅岩当奴隶,从事泥木建筑劳役。版,聚土以夯实的筑墙器具。

④"叹灵辄"句:灵辄为晋国翳桑地方的贫民,赵盾见他饥饿,给予饭食。后灵辄任晋灵公甲士,在灵公欲暗害赵盾时,倒戈相救,然后自己逃走不知所终。

⑤"劝豫让"句:豫让为春秋末晋国智伯的门客。智伯为赵襄子灭后,豫让毁形变容,吞炭成为哑子,设法为主人报仇。后谋刺赵襄子不遂,被执而自杀。

⑥凌烟阁:天子为表彰功臣而建造的高阁,绘画功臣图像于其间。

⑦连云栈:古代由陕入川的栈道名,多凿建于山崖半壁间,极为险峭。

【鉴赏】

　　元人在散曲中叹世警世,常用这种列举史事的方式。这样做不仅收论据凿凿、以古证今之效,文气上也有语若贯珠、一泻直下之妙。本篇用了五则历史人物的典故,五句中作者又以饱含感情色彩的精炼语言,表示了自己"感叹"的导向。

　　起首两句对仗,是就姜太公吕尚与韩元帅韩信的行止做出评断。对于吕尚离开磻溪岸入朝任相,作者用了"贱卖了"三字,是说他放弃渔钓隐居生活太不值得。设想作者若仅用"卖了"二字,也已表现出对他入仕的鄙夷不屑,更何况"贱卖"!诗人故意不提吕尚辅佐文王定国安邦的历史功绩,又故意以偏激的用语与世人对吕尚穷极终通际遇的艳美唱反调,愤世嫉俗之意溢于言表。同样,对于韩信登坛拜将的隆遇,作品用了"命博得"三字,一针见血地指出了在功业爵禄之后隐伏的危机。一文一武,抹倒了古今的风云人物,也是对利禄仕进热衷者的当头棒喝。

　　三、四、五三句的鼎足对,言及的历史主角为傅说、灵辄、豫让三人。第一句出乎意外地用了个"羡"字,但细看羡的内容,是"傅说守定岩前版"。傅说若果真守定岩前版的话,只不过是个卑贱的奴隶,而事实上他根本没有"守定",出去作了殷高宗的大臣,可见这一句纯粹是反话、是嘲讽。第二句如实地用上一"叹",而所叹的是灵辄"吃了桑间饭",作者认为这样一来,他就只能以听命于人、舍己报主作为饭钱了。第三句对豫让则用了"劝","劝豫让吐出喉中炭",作者对豫让用性命报

·元曲·

图文珍藏版

知遇之恩，视作多此一举的愚蠢行为。这三句鼎足对中傅说的一例，同吕尚、韩信并无二致，其余两人则非名利场中人，却是受制于人、为统治者效命的人物。作者将他们并排拉在一起，并非是有意选取历史和社会上具有代表意义的不同典型，不过是借此发泄对整个封建秩序及现存观念的否定和蔑视而已。这就使作品带上了一种嬉笑怒骂、驰骋随意的剽劲色彩。

叹世作品列具史实的常法，是在结尾点出总结的结论。而本曲又别具一格，弃置上举的五名历史人物不顾，转而对"如今"做出了愤怒的感叹。"凌烟阁一层一个鬼门关，长安道一步一个连云栈"是峻拔的警语。它将不同性质的地名醒目地组织在各句之间，让读者去憬然悟味其间的联系，从而形象地表现元代仕进道路艰难险恶的黑暗现状。这是对热衷功名利禄的另一种形式的批判和否定，从而与上文的历史感叹互相照应。贯串在作品中的感情的愤激，嘲骂的辛辣，意绪的突兀以及批判精神的尖锐，造就了作品豪辣灏烂、排奡奇倔的风格特色。

双调·蟾宫曲

查德卿

层楼有感

倚西风百尺层楼，一道秦淮①，九点齐州②。塞雁南来，夕阳西下，江水东流。愁极处消除是酒，酒醒时依旧多愁。山岳糟丘③，湖海杯瓯。醉了方休，醒后从头。

【注释】

①秦淮：水名，自句容、溧水流经金陵，入长江。

②九点齐州：九州，指天下全境。李贺《梦天》："遥望齐州九点烟。"齐州，神州。

③糟丘：酒糟堆积成山。

【鉴赏】

"登高必赋",据说这是孔夫子的训诲(见《韩诗外传》),而古代文人登高所赋出的,十有八九是愁怀。这是因为俯视苍茫,直接将"我"与"物"对立观照的缘故。所以登高的作品,必自目接的外物入手,本曲也不例外。起句在言明登高处所、点出时令之后,即用两组对仗共五句的篇幅写景。"一道秦淮"是近景,可见"层楼"地处今南京市内。"九点齐州"是远景,也是虚景,它源自李贺《梦天》的名句"遥望齐州九点烟",是说从天上望下,中国的九州大地犹如九点细小的烟尘,这显然是古代任何"层楼"建筑所无法获现的视像。曲中这种夸侈的描写,已表现出诗人茫远的心绪。"塞雁"三句鼎足对,分别以"南来""西下""东流"显示诗人登高四望的情态,而这三句景语,又蕴含着时间流逝的意象。景物在空间、时间意蕴上的比照,便令作者触景兴感,也就是下文的"愁"。小令将五个景句写得如此浩茫、苍凉,使得这种愁情倍增浓重,达到了"愁极"的地步。

"愁极处消除是酒",故作一折,反衬出"酒醒时依旧多愁"的触目惊心。这种写法,同李白"抽刀断水水更流,举杯销愁愁更愁"的名句一样,回环反复,使人过目难忘。但尽管如此,作者依然一杯一杯,"醉了方休,醒后从头",不断重复着"愁——酒—愁—酒……"的流程,这就显示了他登楼愁绪的深重,也表现了他对现实人生的抗争。"山岳糟丘,湖海杯瓯"是一举两得的奇语,它既以外物形象在空间大小上的对比变换回应了"百尺层楼"的高迥,又以夸诞豪放的造诣渲染了纵酒表象下的"愁极"实质。全曲前半写"层楼"登眺,后半写"有感",章法井然,而状景高旷,抒慨激励,体现了散曲豪放一派的风格特色。

武林隐 姓名及生平事迹不详。《全元散曲》录存其小令一首。

双调·蟾宫曲

武林隐

昭 君

天风瑞雪剪玉蕊冰花。驾单车明妃无情无绪，气结愁云，泪湿腮霞。只见十程五程，峻岭嵯峨，停骖一顾，断人肠际碧离天漠漠寒沙。只见三对两对搠旌旗古道西风瘦马，千点万点噪疏林老树昏鸦。哀哀怨怨，一曲琵琶。没撩没乱离愁悲悲切切，恨满天涯。

【鉴赏】

　　这是一支咏昭君出塞的曲子，以双调的音响表示出一股呜咽激扬的气势。开篇第一句就下笔不凡："天风瑞雪"写北国的风大雪急，"玉蕊冰花"是风雪中的晶莹世界；一个"剪"字，就以拟人化的手法点出了这些美丽的、触目皆是的"玉蕊冰花"，是由天风瑞雪精心剪裁雕琢而成的；"瑞"是吉祥之意，它给全句带来欢快气氛；蕊和花都是美的象征，这就极其自然地带起下文，把一个绝色的玉人明妃——昭君，衬托了出来。"驾单车明妃无情无绪，气结愁云，泪湿腮霞"，昭君一出场就使气氛陡变，笼罩着一层层浓重的哀怨。"单车"，本指单独一辆车，在这里意在强调她的孤单无依；面对蔚为奇观纷纷瑞雪，她没有半点情趣，思故土的哀愁凝结不散，就像那满天阴云，悲远嫁的泪水沾湿了她艳如朝霞的面颊。"单车"也好，"愁云"也好，象首句的"瑞雪"一样各自为烘托其不同的意境服务。"只见十程五程，峻岭嵯峨，停骖一顾，断人肠际碧离天漠漠寒沙"，这几句是对昭君出塞的景观描写："十"和"五"是一个虚写数字，"十程五程"相当于千里之遥，是以一当十的表现手法；山高岭险，乡里日远，停下车马回眸看时，背后留下的只是碧空下一片寂寞无声的黄沙，怎不叫人悲伤肠断，意冷心寒。"只见三对两对搠旌旗古道西风瘦马，千点万点噪疏林老树昏鸦"，这段曲句套用了马致远的小令[天净沙]中名句"枯藤老树昏鸦""古道西风瘦马"，在文字上又加增补与铺陈："三对两对搠旌旗"中的"三""两"，在这里是言其少，作为奉汉皇之命嫁到塞外作妃子的昭君，应当有较大的排场，然而这仪仗不管多么隆重，一旦撒落在漫长的沙漠古道上，也都会显得稀稀落落、三三两两；西风萧瑟，天寒地冻，连日跋涉，连坐马也一天瘦似一天，马尚如此，人何能禁？"千点万点"是形容远处的乌鸦，和前文中的"十程五程""三对两对"的字句形成了遥遥的对仗；古人多以鹊鸣写喜，以鸦噪写悲，作者运用了夸张手法，进一步写出了昭君的大悲，天色已晚，正是乌鸦归巢的时分，远处那数不清的乌鸦

"哑哑"的叫着，象千万个黑点密密麻麻飘入稀疏的枯树林里，这就使四周景色更加萧瑟，与主人公的悲凄心理融为一体。"哀哀怨怨，一曲琵琶。没撩没乱离愁悲悲切切，恨满天涯"，眼前的凄凉，更加重了心中的愁苦，满腹哀怨又向何人诉说，只能借助于手中的琵琶；"没撩没乱"是当时的口语，形容心烦意乱、恍惚迷离到了极点，随着北行愈走愈远，别井离乡之苦就像决堤的河水从琵琶悲曲中倾泻出来，回绕在天涯沙海。

　　此曲作者以昭君出塞为题材，大笔绘景、细腻抒情，景因情变，情借景生，处处交融；又以圆熟的对仗、叠字等艺术手法，以亦俗亦文的语言，使一个尽人皆知的题材老调又翻出了新曲，读来琅琅上口，给人以美的感受。不过，应该指出的一点是，作者对昭君远嫁到塞外的悲伤情景的渲染，带着浓厚的历史烙印与主观评价。从正确的民族观出发，从民族团结关系史来说，汉代昭君和唐代文成公主一样，都是

有重大贡献的历史人物。如果是今人写这类题材，就绝不会再是"哀哀怨怨""悲悲切切"的意境了，当然，这与时代不同，今昔迥异有关，就这篇散曲来说，原是无可非议的。

朱庭玉

一作朱廷玉。生平事迹不详。《全元散曲》录存其小令四首，套数二十二套。

越调·天净沙

朱庭玉

秋

庭前落尽梧桐，水边开彻芙蓉。解与诗人意同，辞柯霜叶，飞来就我题红。

【鉴赏】

造物者赐予四季各自不同的特点，常让人寄予无尽的遐思。这首小令是四首分别吟咏春、夏、秋、冬的曲子中的第三首。

前两句为我们描绘了一幅秋天的画卷：秋风乍起，庭前的梧桐树飘下纷纷扬扬的落叶，水边的荷花也已凋残。看着这幅肃杀的秋景图，不禁会想起白居易《长恨歌》里的诗句："春风桃李花开日，秋雨梧桐叶落时。"荷花的残瓣、飘零的梧桐叶可让些俗人感伤，但在诗人的眼中，荷花、梧桐叶被赋予了人的灵性。红叶离开树茎，飞到诗人身边，请他题诗，是暗写红叶题诗之典。唐僖宗时，宫女韩彩屏题诗于红叶流出御沟，为于祐得到，就题诗在叶上流入宫内，僖宗得知，乃赐两人为夫妇。《云溪友议》卷十也说：唐宣宗时，卢渥应举，于御沟得一红叶，上有诗："水流何太急，深宫竟日闲。殷勤谢红叶，好去到人间。"

不管基于哪一种说法，此处用典意在说明花解人语，红叶仿佛知道诗人的心事，真可谓物我两相知。

这首小令写得十分空灵飘洒，意趣无穷。

赵显宏 号学村。生平事迹不详。《全元散曲》录存其小令二十一首，套数二套。

中吕·满庭芳

赵显宏

牧

闲中放牛，天连野草，水接平芜。终朝饱玩江山秀，乐以忘忧。青箬笠西风渡口，绿蓑衣暮雨沧州。黄昏后，长笛在手，吹破楚天秋。

【鉴赏】

读这首小令似乎在欣赏三幅层次分明、浓墨重彩的水墨画。

其一，恬适的放牧图。绿油油的草地在远处和天相连，碧绿的湖水和广袤的草地相接，一群牛儿正兴致盎然地吃着绿草，一个乐以忘忧的放牛人，正尽情饱览江山秀丽的景色。

其二，在西风吹拂的渡口，在暮雨笼罩中的沧州，一个身着绿蓑衣的身影。

其三，黄昏时分，放牧人一支长笛在手，悠扬的笛声久久回荡在暮色苍茫中。

欣赏着这三幅画，我们不禁为农村美丽的风景所吸引，更为作者那乐以忘忧、陶然自乐的情绪所感染。凡有此生活经历的人，怎能忘怀其中的乐趣。此曲并非夫子自道，而是一幅恬静的归隐画图。那种充分享受自然美景的欢乐，那种无拘无束的身心自由状态，本是久耽官场的人所向往的，更何况宦途险恶的元代呢。

李德载 生平事迹不详。散曲存世有小令十首。均是夸奖茶的香味的。

中吕·阳春曲

李德载

赠茶肆(十首之一)

茶烟一缕轻轻飏,搅动兰膏四座香,烹煎妙手赛维扬。
非是谎,下马试来尝。

【鉴赏】

古人称市集贸易之处为"肆","茶肆",就是茶馆。这组曲子共有十支,均用同一曲调谱写而成,在《赠茶肆》的总题目下,每支曲子都以盛赞好茶为内容,且带有明显的招徕顾客的味道。很有可能作者是一位嗜茶如命的茶客,所以他发自内心地为茶写下了一支支赞歌,送给了他常常出入叨扰的茶馆主人。我们仅选录其中第一、第二、第十支曲子以飨读者。

第一支曲子旨在夸赞茶的味道及制作功夫。"茶烟一缕轻轻飏,搅动兰膏四座香"两句,只用了十四个字就为我们描绘了这样生动的情景:把开水泻入杯中,杯里的茶叶被水柱搅动得上下翻飞,水色也随着变得像兰花膏汁一样绿中透着黄,茶面上蒸气袅袅地散开,夹着诱人的股股清香。在作者的笔下,茶烟在飘,茶叶在动;茶的味道芳香,茶的色泽鲜明。人们不禁要问:这样好的茶是谁制作的呢?"烹煎妙手赛维扬"之句就做了回答:这个茶馆里自有可以与名扬四海的江苏扬州师傅媲美的烹茶能手!写至此,赞美的任务已经完成。下面"非是谎,下马试来尝"似乎纯属叫卖吆喝之语,但是仔细捉摸,却也是换了个角度重复已经说过的内容,加强其可以信赖的程度;因为"非是谎"之句,是就它前面的三句而说的,意思是说前面对茶的叙述评价绝不是过誉之词、夸口骗人的,不信的话,不妨下马进肆来品尝品尝。

这支曲子语言通俗,风格明快,似乎是信口道来,毫不费解,却能收自然天成之效。

中吕·阳春曲

李德载

赠茶肆(十首之二)

黄金碾畔香尘细,碧玉瓯中白雪飞,扫醒破闷和脾胃。
风韵美,唤醒睡希夷。

【鉴赏】

　　"碾",指碾子,这里指制作茶叶时的工具,可以用它把茶叶轧平轧细;"瓯",即瓯子,是专门盛茶或酒的器皿。开始两句是一组合璧对,"黄金碾"对着"碧玉瓯","香尘细"对着"白雪飞",后者虽不十分精工,却也出乎自然。"黄金""碧玉"主要强调该茶肆制茶精细、茶器考究,当然也起到了借辞藻以夸饰的作用。"香尘细",指清香扑鼻的茶叶被轧得纤细如尘,"白雪飞",指沏茶时随着蒸腾的水汽在瓯中涌起白雪般的茶潮,白雪与碧玉掩映生辉,令人不饮就觉陶醉。"扫醒破闷和脾胃"之句,转向介绍茶的功能:扫醒,指茶可以消困倦,提精神;破闷,指茶可解除烦恼,打破孤寂;和脾胃,指茶可以助消化、健脾胃。作者只用一句话就对茶的功能和实用价值做了高度概括,意在为茶肆主人吸引、招呼来更多的饮客。尾句"风韵美,唤醒睡希夷。"是作者从自己的审美观出发,对茶提出来的超俗的评价:茶的风韵美,只有嗜茶如命、爱茶如友的人才会发现,它是凌驾于茶的色、状、香、味之上的一种心理感觉,是属于更高层次的精神享受。古人称听之不闻为希,视之不见为夷,"希夷"连起来是形容一种虚寂微妙的境界;柳宗元《愚溪诗序》中有"超鸿蒙,混希夷,寂寥而莫我知"的句子。"唤醒睡希夷"与上句相连,意思是说:茶的翩翩风韵,可以把你从空虚静寂、昏昏然欲睡中唤起,催你振作,给你勇气。

这支曲子风格洒脱,语言流利,令人读后顿生雅趣。与第一支曲不同的是,主旨在强调茶的客观功能与价值。

中吕·阳春曲

李德载

赠茶肆(十首之十)

金芽嫩采枝头露,雪乳香浮塞上酥,我家奇品世间无。
君听取,声价彻皇都。

【鉴赏】

首句"金芽嫩采枝头露"生动而形象地写出了采茶时的情景:破晓时分,晨曦方降,和着晶莹的露珠从枝头摘下金黄色的茶叶嫩芽。这里显示出来的景美、物也美,需知茶叶是以和露采下的嫩尖为最名贵的。"雪乳香浮塞上酥"是形容烹茶时茶面上堆起的泡沫,像晶莹洁白的雪乳,香味浮动诱人馋涎,又像塞外牧民制作的酪酥(即奶酪,以牛乳做成)。这句话运用精当的比喻,唤起联想,以调动人强烈的品茶欲望。"我家奇品世间无"句中的"我",是指这个"茶肆",如此珍贵的名茶世上也只有我一家,分明意在吸引茶客们快来喝茶。"君听取,声价彻皇都"是对前句的补充,意思是说,你如能听取我的邀请,踏进茶肆尝一尝这稀世珍品的茶,便知道它响彻京都的盛名不掺半点儿虚假。

这支曲子和前两支曲一样,都是在首句与次句间形成合璧对仗,"金芽"对"雪乳","嫩采"对"香浮","枝头露"对着"塞上酥";语言通俗生动,注意色彩的运用。只是在内容上与前两首稍有不同,侧重描述该茶的稀有名贵以及诱人的味道。

孙季昌 生平事迹不详。存世散曲有套数三套。

正宫·端正好

孙季昌

集杂剧名咏情

鸳鸯被半床闲,胡蝶梦孤帏静。常则是哭香囊两泪盈盈,若是这姻缘簿上合该定,有一日双驾车把香肩并。

[**滚绣球**]常记的曲江池丽日晴,正对着春风细柳营。初相逢在丽春园遣兴,便和他谒浆的崔护留情。曾和他在万花堂讲志诚,锦香亭设誓盟,谁承望下场头半星儿不应。央及杀调风月燕燕莺莺,则被这西厢待月张君瑞,送了这花月东墙董秀英。盼杀君卿。

[**倘秀才**]玩江楼山围着画屏,见一只采莲舟斜弯在蓼汀。待和他竹叶传情诉咱闷萦,并头莲分做两下,鸳鸯会不完成。知他是怎生。

[滚绣球]付能的潇湘夜雨晴,早闪出乌林皓月明。正孤雁汉宫秋静,知他是甚情怀月夜闻筝。那时节理残妆对玉镜台,推烧香到拜月亭,则被这俫梅香紧将咱随定,不能够写相思红叶题情。指望似多情双渐怜苏小,到做了薄倖王魁负桂英。撇得我冷冷清清。

[倘秀才]金凤钗斜簪在鬓影,抱妆盒寒侵倦整。想踏雪寻梅路怎行,弄黄昏梅梢月,香正满酷寒亭。伤情对景。

[叨叨令]当日被破连环说嗻赚得再成交颈,谁承望错立身的子弟无音信。闪得我似离魂倩女相思病,将一个魔合罗脸儿消磨尽。径不着也么哥,如今这谎郎君一个个传槽病。

[脱布衫]我便似蓝桥驿实志真诚,他便似竹林寺有影无形,受寂寞似越娘背灯,恨别离如乐昌分镜。

[小梁州]他便似柳毅传书住洞庭,千里独行,吹箫伴侣冷清清。我待学孟姜女般真诚性,我则怕啼哭倒了长城。

[么]京娘怨杀成孤另,怨你个画眉的张敞杂情,揣着窃玉心,偷香性。我则学举案齐眉,贤孝牌上立个清名。

[尾]金钗剪烛人初静,彩扇题诗句未成。后庭花歌残玉树声,琵琶怨凄凉不忍听。比题桥的相如忒寡情,戏妻秋胡不老成。想则想关山远路程,恨则恨衣锦还乡不见影。则不如一纸刘公书谨缄定,寄与你个三负心的敲才自思省。

【鉴赏】

这篇散套题名为《集杂剧名咏情》,顾名思义,可知作者是以集元杂剧的剧名于篇中的方式抒发情感的。既要集中抒情,又要有意地句句嵌入杂剧的剧名,这就使它独具特色,不同一般。全篇共十支曲子,差不多每句都有一个杂剧剧名游离其间,大多与所在段的内容结合得天衣无缝,有的虽稍有斧凿之痕,但也无伤大雅。由此可见作者的博学、机警和笔底工力。

第一支曲子的内容,描绘闺怨情景:深闺夜半,女主人孤孤单单,绣着鸳鸯的被子有半边无人用,连梦中也觉这帏帐冷清。常常是面对着定情的信物香囊儿泪光莹莹,假如是姻缘簿上早已注定,总有一天会双双驾着马车再不分离。全段五句,每句均有一杂剧名嵌入,除《鸳鸯被》作者的名氏已失传外,其他《胡蝶梦》《哭香囊》《姻缘簿》《双驾车》四出杂剧,全出自元杂剧大家关汉卿的手笔。这些剧名不仅与内容完全契合,而且还能兼顾形式之美,如"鸳鸯被"与"胡蝶梦"构成十分工巧的对仗,这显示了一种不因剧名入曲而害义的高超技艺。

第二支曲子是忆往日聚会时的欢乐、述今朝分离后的冷清。大意说:记得常在春日和煦的曲江畔散步,面对着春风习习中的万缕柳丝。丽春园里初次相会,就像讨水喝的崔护一样,留给少女以生死不渝的爱情。从此后和他在万花堂定情,在锦香亭设盟。谁知道结果却一点儿也不灵,再见不到他的踪影。竟殃及那调情求爱的燕燕、莺莺,反被这待月西厢的轻狂才子张君瑞,断送了花月东墙下董秀英那一片痴情。这真让人想煞。这段忆旧充满了柔情蜜意,活脱脱地把一个被相思所苦的女子形象画了出来。在全段十一句中,共嵌镶进九出杂剧的名字,这就是:石君宝的《曲江池》、王廷秀的《细柳营》、高文秀的《丽春园》、白朴的《崔护谒浆》、关汉卿的《万花堂》、王仲文的《锦香亭》、关汉卿的《诈妮子调风月》、王实甫的《西厢记》和白朴的《董秀英花月东墙记》等,除《细柳营》外,其他全是以男女爱情为主题的。崔护、张君瑞、燕燕、董秀英等,全是随着剧名出现的杂剧中男女主角,女的是曲中女主人公的自喻,男的则用来代指她思恋的对象。理解曲子的内容时,并不一定要关联杂剧的剧情,如张君瑞是《西厢记》中的男主角,他执着地爱着已故崔相国的女儿崔莺莺,几经曲折终成眷属,这里显然不是强调他对爱情的坚贞,而是突出他轻狂与软弱的特点。理解这篇散套的内容时,要注意到这点,就不会太拘泥于某出杂剧的剧情了。"谁承望下场头半星儿不应"中"下场头"作结果讲。

第三支曲子写欲寄书问讯传情,又摸不准他是否改变了初衷。大意说:玩江楼象围在群山中的一幅画屏,登楼远眺见一只采莲的船斜弯在蓼草丛生的水边,本打算竹叶写书与他传情递意,又考虑并头莲已拆散,像过去一样的亲密聚会也一去不返,谁知他的心和我是不是一般。该段嵌入的杂剧名字明显的有戴善甫的《玩江楼》、郑光祖的《采莲舟》和高文秀的《并头莲》。"待和他竹叶传情诉咱闷萦"句子中,如果有杂剧名的话,可能是范康的《竹叶舟》或李文蔚的《鱼雁传情》;"鸳鸯会不完成"一句如果有杂剧名的话,也许是白朴的《鸳鸯简墙头马上》,这出杂剧是写裴尚书之子裴少俊与深闺少女李千金的爱情故事,"鸳鸯简"是他们之间相约会面的密信,这个意思正集中在句子中的"鸳鸯会"上。

第四支曲子写静夜里思念薄倖的心上人。大意说:方才的一场潇潇秋雨已过,百鸟争鸣的树林外早闪出一轮明月。孤雁一声划破了夜空的寂静,不知他怀着什么心情在深夜谛听古筝。想那时我面对玉镜台梳理着残妆,借口要焚香许愿来到了拜月亭;竟被这固执的丫头把我紧紧跟定,不能够尽情书写相思的离情。实指望我能像那个被多情的双渐始终爱怜的苏小卿,谁料到反做了被薄倖王魁辜负抛弃了的痴情的敫桂英。甩得我冷冷清清。句中依次出现的杂剧名有:杨显之的《潇湘夜雨》、马致远的《汉宫秋》、郑光祖的《夜闻筝》、关汉卿的《玉镜台》与《拜月亭》、郑光祖的《㑇梅香》、白朴的《流红叶》、王晔与朱凯合写的《双渐小卿问答》,以及尚仲贤的《海王庙王魁负桂英》等九出。

第五支曲子写孤寂与斩不断的柔情。大意:把金凤钗斜插在鬓边,抱着梳妆盒寒倦交加;想踏雪寻梅重寻旧好,但不知路怎么走法?黄昏时分梅树梢头月弄影,把幽香洒满了酷寒亭。真使人对景伤情。这五句话里进入了四个剧名,它们是:郑廷玉的《金凤钗》、无名氏杂剧《抱妆盒》、马致远的《踏雪寻梅》以及杨显之的《酷寒亭》。这段曲意十分含蓄,"踏雪寻梅"之说,暗示与意中人再相聚寻旧好;"路怎行",则是说不知如何才能联系上,又不知对方态度怎样?

综上所述,我们发现第二、第三、第四、第五支曲子的末句"盼杀君卿""知他是怎生""撇得我冷冷清清""伤情对景"有着共同的特点,那就是均无杂剧剧名掺入其中,文句口语化、直接抒发相思离情,而且多少带有点画外音的味道。

第六支曲子又是对往事的回顾,充满着悔和恨。大意说:当日被花言巧语骗得和他有了夫妻情分,谁想到这官宦家子弟却一去再没个音信,抛下我失魂落魄相思病深，把原来这张俏俊丰腴的脸庞都消瘦尽。真盼着那些扯谎骗人的冤家现在个个都遭瘟。这段文字多用当时方言口语，如"啜赚"是哄骗的意思；"成交颈"，据说鸳鸯雌雄相恋情深，昼则同戏水面，夜则交颈而眠，故以"成交颈"喻夫妻之情；"魔合罗"，是宋元人称呼七夕时供的小泥人，有着一副俊俏、姣好、逗人怜爱的面庞；"径不着也么哥"是衬垫句，起一组语气词的作用，没什么具体含意；"传槽病"，本指马的传染病，这里将人比畜是诅咒人的话。该段共六句，除了衬垫句外，其他五句都有一个杂剧剧名，它们是：郑光祖的《破连环》、李直夫的《错立身》、赵公辅的《倩女离魂》、张鼎的《魔合罗》以及李直夫的《谎郎君败坏尽风光好》。

第七支曲子极短小，共有四句，全是用比喻句诉说自己一往情深，充满着哀怨与自怜。大意是说：我像坚守信约于蓝桥、大水淹来也不走避以命殉情的尾生；而他却像《竹林寺》中的男主角只给人一种思念不见踪影；我受尽寂寞像凤凰坡上的鬼魂越娘一样，终日背灯而坐；怨恨别离，就像乐昌公主时时泪对与丈夫离散时各持一边的破开的宝镜。这段只有四句，每句都有一杂剧名，即李直夫的《尾生期女淹蓝桥》、无名氏的《竹林寺》、尚仲贤的《凤凰坡越娘背灯》以及沈和的《乐昌分镜》等。其中的《竹林寺》杂剧今佚其书，疑为元代杂剧作者据《大唐西域记·摩揭陀国迦兰陀竹园》的故事演绎而成，说的是迦兰陀修行成佛的内容，所以曲中说"他便似竹林寺有影无形"。

第八支曲子写相隔千里，两地清冷，欲见不能。大意是：他像为牧羊龙女传送家书的柳毅独行千里去洞庭，又像善吹箫的萧史离别了爱妻弄玉好冷清；我有心学那情真志诚的孟姜女不辞万里去寻他，又害怕离情太悲太恸把巍巍长城再哭塌。这段出现的杂剧剧名是：尚仲贤的《洞庭湖柳毅传书》、郑廷玉的《吹箫女悔教凤凰儿》与《孟姜女万里送寒衣》。

第九支曲子恨自己痴心、怨男子薄倖移了性情。大意是：我像被赵匡胤千里相送的赵京娘一样，空怀眷恋之心一生孤单衔怨至死无处诉；怨你这个张敞一样多情的人，竟然忘掉了往日恩爱，移了情性另把新欢求。我只能学那贤孟光对梁鸿举案齐眉把夫敬，博得在那浸透辛酸血泪的贤孝牌上留下个美名。这里六句话出现了五个杂剧剧目，即：彭伯成的《夜月京娘怨》、高文秀的《张敞画眉》、李子中的《韩寿偷香》、无名氏的《举案齐眉》与《贤孝牌》。

最末一支曲子的内容,又回到篇首那个环境中去了,曲中主人无法排遣她的彻夜相思,只好写书以寄恨。大意是:用金钗剪落灯花,四周正寂静;提起笔在彩扇上写诗,意乱心烦诗句难成。一曲《后庭花》歌罢,只听风吹树叶簌簌动;呜呜咽咽的琵琶哀怨声令人惨不忍听。多才的司马相如到后来竟然想抛掉知音人卓文君,未免太薄情少义;当了大官的秋胡在回家路上有意调戏自己多年不见的妻子,却是大大的不老实。想的是千里阻隔路程太远不得相见,恨的是衣锦还乡后却还是见不到你;思来想去倒不如把满腹情意、一腔哀怨写在纸上牢牢封定,寄给你这个该打的负义冤家自己去细细思量。这结尾一段共有十句,象首段与第七段一样,句句都有一个杂剧名,这就是:赵天锡的《金钗剪烛》、无名氏的《彩扇题诗》、郑德辉的《玉树后庭花》、庚天锡的《琵琶怨》、关汉卿的《升仙桥相如题柱》、石君宝的《秋胡戏妻》、武汉臣的《关山怨》、张国宾的《薛仁贵衣锦还乡》、贾仲明的《刘建中梦出手字记》、关汉卿的《风月状元三负心》。

纵观全篇十段七十句中,共镶进了五十九出杂剧剧名。那些空白句子,或是只起衬垫作用,如第六段中的"径不着也么哥";或是起画外音作用的段尾句,如第二、三、四、五段中的"盼杀君卿""知他是怎生"等;再不然就是原本是半句话,为了服从曲调格式才独立成句的,如第八段的"千里独行",本依附于它前面的句子"他便似柳毅传书住洞庭",又如"我则怕啼哭倒了长城"也是由前句"我待学孟姜女般真诚性"派生出来的。由此看来,该散套句句都包含了一个杂剧句,又起到"咏情"的作用,在这一点上突出显示了它令人叹为观止的特异技巧。

仙吕·点绛唇

孙季昌

集赤壁赋

万里长江,半空烟浪,惊涛响,东去茫茫,远水天一样。

[混江龙]壬戌秋七月既望,泛舟属客乐何方?过黄泥

之坂,游赤壁之傍。银汉无声秋气爽,水波不动晚风凉。诵明月之句,歌窈窕之章。少焉间月出东山上,紫微贯斗,白露横江。

[油葫芦]四顾山光接水光,天一方,山川相缪郁苍苍。浪淘尽风流千古人凋丧,天连接崔嵬,一带山雄壮。西望见夏口,东望见武昌,我则见沿江杀气三千丈,此非是曹孟德困周郎?

[天下乐]隐隐云间见汉阳,荆襄,几战场?下江陵顺流金鼓响。旌旗一片遮,舳舻千里长,则落的渔樵每做话讲。

[那吒令]见横槊赋诗是皇家栋梁,见临江酾酒是将军虎狼,见修文偃武是朝廷纪纲,如今安在哉?做一世英雄将,空留下水国鱼邦。

[鹊踏枝]我则见水茫茫,树苍苍,大火西流,乌鹊南翔。浩浩乎不知所往,飘飘乎似觉飞扬。

[寄生草]渺苍海之一粟,哀吾生之几场。举匏樽痛饮偏惆怅,挟飞仙羽化偏舒畅。诉流光长叹偏悒怏,当年不为小乔羞,只今惟有长江浪。

[尾声]谩把洞箫吹,再把词章唱。苏子正襟坐掀髯鼓掌,洗盏重新更举觞。眼纵横醉倚篷窗,怕疏狂错乱了宫商。肴核盘空夜未央,酒入在醉乡。枕藉乎舟上,不觉的朗然红日出东方。

【鉴赏】

　　《赤壁赋》(后称《前赤壁赋》)是一代文豪苏轼的著名文赋,它着力描述秋夜赤壁之美与游客的逸兴,并通过对自然物明月、江水变与不变的论证,表达了作者旷达、超脱的生活态度。语言清新俊逸,名句荟萃,脍炙人口。自有宋以来,凡读东坡公此篇传神笔墨,未有不拍案叫绝者。曲作家孙季昌以移花接木的手法把东坡公的文赋变成散套,既保留了原作的精华而文字更加口语化,又特别注意了形式对仗与押韵。如能配以管弦,便可传唱舌端,使它从文人的书案走向更为广阔的肆、坊民间。

全篇连首带尾共有八支曲子。第一支曲子写长江的巍巍气势:万里,言其长;半空里烟雾和着滔天白浪,发出雷鸣般的轰响,是言其声威之壮;江水东去,森森茫茫,远处天水相连,融成一片,言其辽阔无边。短短几句,写出了长江的万千气象。这段是引子,起引出后文的作用。

第二支曲子写东坡公与客人泛身出游的时间、地点、景物、情趣:壬戌年(宋神宗元丰五年)秋天,七月十六日的晚上,驾着船劝客饮,欢游到何方?行驶过黄泥坂下赤壁旁。天上银河寂寂、秋高气爽,晚风清凉慢慢吹来、水波不扬。吟咏《诗经·陈风》里《月出》篇中"窈窕"那一章,一会儿,月亮就从东山上冉冉升起,只见夜空中紫微星座遮蔽了斗星,星空下白茫茫的雾气笼罩着整个长江。

第三支曲子的内容是,对眼前之美景,抒怀古之幽情:放眼四望,到处是水色山光,我系念的人在遥远的天的那一方,山川缭绕郁郁苍苍。奔流不息的长江巨浪淘洗尽了千载英雄豪杰;与青天相衔的高山,永远是那么巍峨雄壮。向西望是夏口,向东望是武昌。我竟然看见沿着这带江面杀气腾空三千丈,难道这不是曹孟德被困于周郎?曹孟德即三国魏主曹操;周郎即周瑜,吴主孙权手下大将,是当时吴蜀联军大战曹操于赤壁的主帅,因年轻故人称周郎。这里应该指出的是,三国时吴蜀主帅周瑜与魏主曹操鏖兵的赤壁,是在今湖北蒲圻县西北长江南岸;而苏轼被贬黄州(今湖北黄冈市)后泛身游乐之处是黄冈赤壁。并非一个地方,但因此处也有吴、魏交战的传说,故东坡公权且以当年著名的赤壁战场目之。后人又因东坡公的不朽名赋,称此处赤壁为"文赤壁"云。

第四、第五支曲子都是怀古,深深嗟叹一代英雄曹孟德当年盖世功勋与豪气,到现在俱成了已往。第四段内容是:放眼望白云生处的汉阳、荆襄,在历史上曾充当过多少次战场?想当初建安十三年,曹孟德率领大军南下大破荆州,逐江顺流金鼓齐鸣地直抵江陵的时候,旌旗遮天蔽日,战船衔接千里,刘备震恐,孙权惊心,那个气派是何等的不可一世!然而,到今天全化为历史陈迹,变成渔民樵夫们闲话的一段往事。这里"则落的渔樵每做话讲"的"每"字,在此作表人称多数的"们"用。

第五段内容写:看他曹孟德当年在战船上横端着长矛朗诵诗篇,俨然是汉王室的栋梁;看他手执美酒奠酒长江,分明是汉皇帝的臂膀;看他修明文教停息武备,确实是治理朝廷的良相。到如今,他又在何方? 做了一世英雄豪杰,则只留下这浩浩的蓄水之国、鱼聚之乡。这两段夹叙夹议、叙中有议,各在段尾一句寄托着东坡公的深深感慨。

第六支曲子在写景中抒情寄意,写得飘连超脱:江水茫茫,绿树苍苍,天上心宿星座(即大火星)慢慢向西移,已是黄昏时刻,归巢的乌鹊结队向南飞去。一任小舟在碧波上自由飘荡,多么轻逸啊,似乎正凌驾轻风腾空飞翔。字里行间充溢着强烈的感染力量。

第七支曲子集中抒发感慨:人生天地间像大海中的一颗谷粒样渺小,可叹我们短暂的生命岁月才有几多? 举起斟满美酒的酒杯痛饮,偏偏更增惆怅,偕同仙子飞升变化登上仙境、该多么自在舒畅? 船桨儿拍打着江水,迎着流动的波光逆流而上,长叹息空自扰心情快快。想周郎当年在赤壁把曹操苦战,好容易免脱了美丽的小乔被掳掠带来的羞惭。到如今日月迢递、物是人已非,只留下那滔滔滚滚奔流不息的长江水。这里有景有情,借怀古排遣出的是东坡公政治失意后的精神上的抑郁和苦闷,然而仍不失其豪壮。段中"当年不为小乔羞"之句,显然是从杜牧《赤壁》诗的"东风不与周郎便,铜雀春深锁二乔"句子点化而成的。二乔,指大、小乔姐妹俩,东吴美女,分别嫁给了吴主孙策与周瑜;杜牧诗中感叹:如果不是东风给了周瑜方便吹着大火烧了曹孟德的战船的话,很可能东吴大败,连二乔也会被曹操掳掠,锁进他宴乐之地铜雀台上了。本曲作者借杜牧的诗意写出"当年不为小乔羞"之句,用意只在点出赤壁之战是以周郎获胜作结束的。

第八支曲子是全篇结尾,集中写舟游之乐:洞箫无腔吹,辞章信口唱,苏子整衣、端坐、捻须,又鼓掌而笑。洗盏又举杯,目光流转,醉倚船窗,唯恐狂放不羁错乱了声调乐章。茶肴果品已经吃光,只剩下空空盘子夜还长。苏子与客醉醺醺地纵横相枕靠着睡在船上,不知不觉灿烂的朝阳已经升起在东方。这段文字妙在活泼流畅,一切发乎自然,毫无矫揉造作之痕。

该曲题名《集赤壁赋》,旨在集中苏东坡《赤壁赋》中文句于全篇,仅以第二段为例,即可见其一斑:段中首句"壬戌秋七月既望",很明显就是苏子赋中开篇"壬戌之秋,七月既望"二句,不过该篇合作一句讲;"诵明月之句,歌窈窕之章"就是只改动了一个字照用了苏子的"诵明月之涛,歌窈窕之章";"少焉间月出东山上,紫微贯斗,白露横江"是对苏子赋里"少焉,月出于东山之上,徘徊于斗牛之间,白露横江,水光接天"句子的稍加变换;而"水波不动晚风凉"则是由苏公名句"清风徐来,水波不兴"脱胎而成的。其他几句也大都可以从《赤壁赋》中照见它们的影子。足见此篇确不虚有"集赤壁赋"之名。以下各段亦复如此,读者不妨自己对照欣赏。

此外,我们注意到苏子的原作是篇优美的文赋,并不追求人为的逐句押韵,一韵到底。而一经孙季昌之手改为散曲,则通篇押江阳韵,一韵到底。以首段引子为例:"万里长江,半空烟浪,惊涛响,东去茫茫,远水天一样"中"江""浪""响""茫""样"皆属"江阳"韵,这段是句句押韵。其他各段也多根据各自的曲牌特色相押,以"江阳"韵通贯全篇,自是符合了散曲的最大特点。

作者将苏子著名文赋改写成这篇散套,既未画虎类犬、伤其高雅,又平添了供人高歌引吭的佐料于其上,就这个角度讲,真可谓锦上添花,非有鬼斧神工之技者,谁敢为此。

秦竹村 生平事迹不详。存世散曲有套数一套。

双调·行香子

秦竹村

知　足

壮岁乡间,养志闲居,二十年窗下工夫。高探月窟,平步云衢。一张琴,三尺剑,五车书。

[庆宣和]引个奚童跨蹇驴,竟至皇都,只道功名掌中

物。笑取，笑取。

[锦上花] 高引茅庐，无人枉顾，不遇知音，难求荐举。慷慨悲歌，空敲唾壶。落魄无成，新丰逆旅。

[么] 古今千百年，际会几人遇。试把前贤，从头细数：应聘文王，渭滨渔夫；梦感高宗，商岩版筑。

[清江引] 蹭蹬几年无用处，枉被儒冠误。改业簿书丛，倒得官人做。元龙近来豪气无。

[碧玉箫] 今我何如。对镜嗟吁，岁月催促，霜染半头颅，老矣夫，终焉计尚疏，南山敝庐，收拾园圃，安排隐居，效靖节先生归去。

[鸳鸯歇指煞] 前程只有前程路，儿孙自有儿孙福，没来由谩苦。千丈剑门关，一线连云栈，万里凌霄渡，争一阶官职高，攒几贯家私富，手搭在心头窨附：二顷负郭田，对山三架屋，绕院千竿竹，充饥煮蕨薇，遇冷添细絮，便是我生平所欲。世事尽无休，人生要知足。

【鉴赏】

这篇散套由七支曲子组成，主旨落在篇尾两句"世事尽无休，人生要知足"上。

第一支曲子是篇首，展现了曲中主人公在未出茅庐前，满怀壮志渴望一展宏图的精神面貌。大意说：直到进入壮年，还在家乡闲居，终日做伴的只有琴、剑、书；经过了二十年寒窗苦读，修养了满怀经邦济世的豪气，要平步青云、月宫折桂，没有什么问题。古人以三十岁为壮年；"五车书"借言书之多，喻文人之博学；"月窟"指月亮里，"云衢"指云路；作者以"探月窟""步云衢"代指进入仕途、当上大官。这使文句变得生动而高雅，不仅把曲中人的形象勾画出来，还能使人感到一种悠闲、自信而轻松的风度。

第二支曲子写赴试途中的情景：骑着一头驽钝的驴子，带着一个小童，不慌不忙来到了京城，只说是功名富贵原是掌中之物，谈笑中就可以把它轻易拿到手。全段写得悠游自如,十分轻松,充满得意之情;但是,"只道"一词却悄悄插入,起着转折作用,为下段情况的突起变化做了准备,不免夹进一丝暗淡色彩。

第三支曲子明写失意,暗写落榜,"高引茅庐"四句,是说落榜的原因:长年高卧林下茅屋,从来也没有人屈驾光顾,没有人了解自己,难以遇到举贤荐能的人。"慷慨悲歌"四句,则写尽落榜之后的悲愤失意与无可奈何之态:悲歌可以当哭,愤慨已极,只有诉之悲歌,空自敲击痰盂为节奏;带着一副落魄没有成就的样子,困居在旅店里。"空敲唾壶"是引用东晋名臣王敦的故事,典出晋裴启《语林》:王大将军(敦)每酒后,辄咏魏武帝《乐府歌》"老骥伏枥,志在千里;烈士暮年,壮心不已",以铁如意击唾壶为节,壶尽缺。"新丰",县名,故地在今陕西临潼区东北,以产美酒著称。"新丰逆旅",在此泛指一般客店。

第四支曲子将考试落第,归之于人生的际遇。段意说:千百年来,才有几个人碰到好运气呢?把历史上的贤人细数数,也不过就是常说的本是渭水边的钓叟、被周文王聘迎为大臣、后辅佐武王伐纣、终建周代基业的姜太公(吕尚),还有原在傅岩这个地方为人筑墙、被殷高宗武丁梦中赏识、请到朝中为相的传说而已,这样的人生际遇,在历史上真是寥寥无几。作者在这里发出了世无伯乐,生不逢时的慨叹!

第五支曲子写壮志消磨,为了生计只好改儒从吏。大意是说:困顿失意地又过了几年,又经了几次科举,仍然不能如意;看起来全是被这项可恶的儒冠耽误。抛了儒业干脆去熟悉官署文书,当上了衙门小吏,反倒有个官儿做。古人重儒轻吏,以为戴冠的文人只能走科举仕途,做别的事就是玷辱斯文,而仕途难登,其他的技能也未学成,所以有"误身"之说,如杜甫《奉赠韦左丞文二十二韵》中有"纨绔不饿死,儒冠多误身"之句。段尾"元龙近来豪气无"是借用典以自嘲的句子,《三国志·魏书·陈登传》记载:陈登,字元龙,志向高迈,有威名。国中名士许汜去看他,元龙十分傲慢,自己高卧在大床上,让许汜屈睡下床。汜尝谓人曰:"陈元龙湖海之士,豪气不除。"作者引用此典意在嘲笑自己志向之不能实现,只能屈为小吏,埋头文牍,犹如陈元龙昔日豪气今日全无了。

第六支曲子自叹年老,应效法陶潜远离官场,归耕田园。隐隐透露出对府衙奉迎生活的厌倦。"今我何如"六句,是写日月快得惊人,对着镜子一看,感叹头发已经一半花白。人已经老了，但还没考虑好到哪里去打发这晚年的生活。"南山敞庐"四句，是说准备远离官府，回到南山茅屋里去，收拾果园菜圃，效法陶潜过清静的隐居生活。"靖节先生"是晋代大诗人陶潜，字渊明，"靖节"是他死后的私谥。陶潜少怀济世之志，曾任江州祭酒、建威参军、彭泽县令等职，既因不能施展自己的抱负，又厌倦官场逢迎，不愿随俗浮沉，终于在四十一岁那年弃官归隐，过着躬耕田陇的隐居生活，见他的《归去来辞》。

最后一支曲子是点题之处，紧扣题目《知足》，抒发自己对人生追求的见解。"前程只有前程路"三句，是说未来自有未来的发展道路，儿孙们也自有儿孙自己的福分，没有必要为这些不可预料的东西白白担心受苦。"千丈剑门关"三句，列举了自然界里最险要的几个去处：千丈高的剑门山上的雄关，只露出一线天的古连云栈道，波涛万顷远接云霄的茫茫渡口。以比喻人的一生很像是在这难关、栈道、大海上穿行，说不定在什么地方无法逾越，就要送掉生命。"争一阶官职高？攒几贯家私富？"是两个反问句，意思是：在仕途上是不是再争上一级官职地位就更高了？在钱财享受上是不是再攒上几贯就变得更富了？古人以一千钱为一"贯"。反问句的特点一般是不需要回答，本身就包含着答案，但是，作者似乎意仍未足，"手搭在心头窨附"以下六句，便是他对这两句反问句的回答：只要有二顷靠近城郭的田地，有三间对山而建的茅屋，再绕着院子种上千竿翠竹，肚子饿了煮蕨菜薇菜充饥，身上冷了衣服里再加些丝絮，能过着不寒不饥的日子，就是我平生的欲望和追求。结尾句"世事尽无休，人生要知足"是说，尽管世间万事万物无止无休，但人的一生只要知足就能常乐忘忧。

该曲貌似旷达，如孤云野鹤；实则芒角暗伏，森然有疾世之想。叙议有序，层次分明。曲语多发乎自然，出口成句，有雅俗共赏之功效。

吴西逸 生平事迹不详。《全元散曲》录存其小令四十七首。

越调·天净沙

吴西逸

闲 题

长江万里归帆,西风几度阳关,依旧红尘满眼。夕阳新雁,此情时拍阑干。

【鉴赏】

　　吴西逸《天净沙·闲题》共四首,本篇是其中第一首。作者通过夕阳西下时的江关景色的描写,抒发了自己的离情别绪。

　　作者首先从万里长江之中的归帆写起,万里长江流经地域极广,万里之遥的人们可沿江返回自己的家园。见眼前,滔滔长江之上,远方的客船正徐徐开来,又有无数游子将与亲朋团圆,这让作者又想起了万里之外的友人。他此时还在遥远的他乡。多少年过去了,他仍浪迹天涯,没有归期。这曲中的"阳关"未必就是实指,只是取了唐王维《送元二使安西》"劝君更尽一杯酒,西出阳关无故人"的诗意,表现友人漂泊的遥远与孤独。人在孤独时容易想家,容易思

念故乡的亲朋,容易起怀乡之心,然而几度西风,友人仍在远方漂泊,现在又是西风阵阵,为何还不见他归来?想必是依旧不能看破"红尘",不能超脱人世间的一切,

还得为追逐世俗的功名而流浪,为自己的生计衣食而奔波!"依旧红尘满眼"一句,含蓄深刻,意味深长。读到这里,我们不仅看到了那位游子(当然也是作者的友人)的那份无奈与痛苦,同时也体会到作者那复杂的感情,这其中有对友人的埋怨,更有对造成游子不归的现实的不满。作者希望友人归来,他继续立在江头,眼望长江尽头,盼着友人的归帆。然而他没有等来友人的归帆,却见太阳缓缓西沉,天边夕阳如血,瑟瑟秋风送来阵阵寒意,作者不免更加怅然,更加悲戚。这时一群大雁从空中飞来,风儿送来了它们阵阵的悲鸣,西风、残阳、新雁,这更让作者愁苦万分、万般愁绪涌上心头,却又无法排遣,只有手拍阑干,以此发泄自己的心头之恨,以此来表达自己心头那复杂的心绪。全曲以此动作结束,曲虽尽而意无穷。

此曲十分含蓄、凝练,情感也十分真挚,全曲情景交融,文字典雅,集中体现了作者清雅秀丽的风格。

双调·寿阳曲

吴西逸

四　时

萦心事,惹恨词,更那堪动人秋思。画楼边几声新雁儿,不传书摆成个"愁"字。

【鉴赏】

吴西逸的《寿阳曲》共四首,分别写春、夏、秋、冬四个季节。这是其中的第三首,写秋景。作者通过对秋景的描述,抒发了秋天给闺妇带来的离愁别绪。

曲作开头,出现在我们面前的是一位满腹心事的女子,这心事萦绕在心头,挥不去,也赶不走,这是什么心事?作者在这里没有交代,但从下文埋怨雁不传书这点我们可知,这"心事"就是指的相思,下文的"恨"当然也是指离恨了。这相思之苦原指望作几句词能够排遣,却不知这样做反倒更引起了心头的离恨。望窗边,又是黄叶遍地,一片萧瑟,女子更是愁上加愁,无法忍受。宋·柳永《雨霖铃》中曾叹:

"多情自古伤离别,更那堪冷落清秋节!"现在,这女子也有相同的感受:本来相思已很苦,离愁已很折磨人,更何况又面对着能引人愁思的凄凉秋景,这让人怎么受得了!而恰在此时,只见画楼边飞来几只新雁,雁儿在空中缓缓飞过,发出声声哀鸣,又翩翩飞走,这更加重了女子的愁思。都说雁能传书,当看见雁儿在她的画楼边盘旋时,女子满以为能得到心上人的一点消息,可哪知它们并未带来只言片语,雁儿们不传书倒也罢了,偏偏又摆出个"愁"字来增人烦恼,这下,她更是陷入愁思无法自拔了。

此曲写闺妇离愁,先从闺妇萦绕心头的心事写起,再写这心事、这愁怨如何步步加重,通过填词、秋景及归雁层层铺叙,渲染离情,但又并不过于直白,最后一句很有新意,女子不说自己愁,偏说大雁摆成个"愁"字,我们知道,大雁是摆不出"愁"字的,这"愁"字只不过是女子心中愁的折射罢了。作者由内及外,由人及景,层层渲染,很好地表达了闺妇的离愁。

双调·清江引

吴西逸

秋居

白雁乱飞秋似雪,清露生凉夜。扫却石边云,醉踏松根月。星斗满天人睡也。

【鉴赏】

白雁是深秋的象征。宋彭乘《墨客挥犀》:"北方有白雁,似雁而小,色白,秋深到来。白雁至则霜降,河北人谓之霜信。"入夜了如何会"白雁乱飞",曲作者没有讲,但同下半句的"秋似雪"必有关系。这里说"似雪",是因为秋天满布着白霜;张继《枫桥夜泊》:"月落乌啼霜满天",足见白雁也会同乌鸦那样受到"霜满天"的惊扰。次句续写凉夜露水增重的秋景,依然是清凄的笔调,视点却从天空转移到地面。这样就为人物的出现腾出了环境。

作者的出场是飘然而至的。"扫却石边云",有点风风火火。古人以为云出石中,故以"云根"作为山石的别名,这里无疑是指夜间岩壁旁近的雾气。作者袍角"扫却"了它们,那就几乎是擦着山石而疾行,也不怕擦碰跌绊,这其间已经透出了作者的酒意。下句"醉踏松根月",则明明白白承认了自己的醉态。"松根月"是指地面靠近松树树根的月光,明月透过松树的荫盖,落到地上已是斑斑驳驳,作者专寻这样的"月"来"踏",这就显出了他脚步的趔趄。这样的大醉急行,是很难坚持到底的。果然,他仰面朝天躺倒在地,起初还能瞥望"星斗满天",随后便将外部世界什么也不放在心上,酣然高眠,"人睡也"。

短短五句,将人物的旷放超豪,表现得入木三分。五句中分插了"雪""露""云""月""星"五个关于天象的名词,或实指,或虚影,颇见巧妙。五句中无不在层层状写露天的夜景,却以人物我行我素的行动超脱待之,显示了冲旷的高怀。以起首的"白雁乱飞"与结尾的"人睡也"作一对照,更能见出这一点。

值得一提的是,作品以"秋居"为题目,而写的是醉后的露宿,这就明显带有"以天地为屋宇,万物于我何与哉"的旷达意味,由此亦可见到作者以此为豪,以此为快的情趣。

越调·天净沙

吴西逸

闲　题

江亭远树残霞,淡烟芳草平沙。绿柳阴中系马。夕阳西下,水村山郭人家。

【鉴赏】

此曲共四首,前三首为:"长江万里归帆,西风几度阳关。依旧红尘满眼。夕阳新雁,此情时拍栏杆。""楚云飞满长空,湘江不断流东。何事离多恨冗?夕阳低送,小楼数点残鸿。""数声短笛沧州,半江远水孤舟。愁更浓如病酒。夕阳时候,断肠人倚西楼。"四首皆含"夕阳"二字,而互无密切的联系,可见作者的"闲题",是类似于画家就某一灵感作随意素描式的试笔。以"夕阳"为背景,便决定了作品意境的苍凉基调。

这首小令写的是夏末秋初的江乡风景。前两句是静景的铺陈,由最远处的江亭、远树、残霞,到中景的淡烟、芳草、平沙,于开阔的意象中融入了苍茫的情思。这种排比景物、组合层次来汇总印象的手法,在马致远《天净沙·秋思》及白朴《天净沙·秋》中已有先例,作者无疑是受到他们的影响。但第二句就迅速将镜头拉近,出现了具有人物身影与动态的特写,句法也发生了变化。这就自然而然使这一句成为全曲的中心,引人瞩目和深味。

"绿柳阴中系马",并无进一步的交代,作者甚至不提示系马者的身份。但因前两句充溢着旷远,清寂和苍凉的气氛,其惯性便决定了思维的导向。可知此处的"系马"绝不是一种轻快、得意的举动,其行为者也必然别有隐衷。这就使读者可以意识到那是一位行客游子,风尘鞅掌;柳阴系马,为的是得到暂时的歇息,或者是一种无奈的寻觅。由情景交融而至以景导情,这正是作品妙味的表现。

末两句又返回绘景。"夕阳"的加入增添了画面的苍凉,"水村山郭人家"则证实了第三句中主角身份的推论。而这样一来,游子的漂泊与人家的安居又形成了意质上的对比。"绿柳阴中系马"本身也成为大块空间中的一景,而客愁旅恨,则在水村山郭、夕阳人家的静景中的弥散开来。情景又一回交融,此时的悲凉足以撼动人心,"闲题"的妙味,也就更觉咀嚼无穷了。

唐毅夫 生平事迹不详。《全元散曲》录存其小令一首,套数一套。

双调·殿前欢

唐毅夫

大都西山

冷云间,夕阳楼外数峰闲。等闲不许俗人看,雨鬓烟鬟。倚西风十二阑,休长叹,不多时暮霭风吹散。西山看我,我看西山。

【鉴赏】

此曲表面是描写雨后大都(今北京)西山景色,实际上是借景抒情,抒发作者对人生的感叹。

离开了喧嚣的闹市,没有了琐事的纠缠,没有了世俗小人的骚扰,不再为生活所累,主人公来到了一个静谧的所在。在徐徐西风中倚着栏杆,远眺雨后的西山。这里没有任何受人侵扰的痕迹,这里仿佛就是世外桃源。在这里,人的灵魂可以得到净化;在这里,人的精神可以得到升华。这是上苍的恩赐,也是心灵最终的归宿。

这雨后的西山着实让人痴迷。灰暗阴沉的天空透出阵阵寒意,在团团冷云笼罩的西天上,突然出现奇观:楼外的夕阳破云而出,照耀着几座西山峰顶,使之显得格外娴雅挺秀。这轻风细雨后的西山峰峦,像初浴后的仙女的头饰,"雨鬟烟鬓"可鉴,这姣好动人的秀态,竟不允许凡夫俗子随意赏鉴!不过,不要叹息,不要失望,苍天会保佑你的,你看,过不了多久,冷云晚雾都将被风吹散;那时节,西山美女娉娜多姿的身影将会清晰地呈现出来。待到烟云消尽时,西山就能看到对她一往情深的观赏者,正在如醉如痴地凝视着她。

这雨后西山景致的变化,冰释了主人公心中的忧郁。在天边彩虹出现的一刹那,他心中的希望之火也重新点燃,他不再叹息彷徨,不再长吁短叹,实现希望的信念在心底愈来愈坚定,就像眼前那座烟霭散后愈来愈清晰的风姿楚楚的西山。

朋友,当你失意的时候,何不去寻觅你理想中的西山呢?

李伯瑜 生平事迹不详。散曲作品今存小令一首。

越调·小桃红

李伯瑜

磕　瓜

木胎毡衬要柔和,用最软的皮儿裹。手内无他煞难过。得来呵,普天下好净也应难躲。兀的般砌末,守着个粉脸儿色末,诨广笑声多。

【鉴赏】

有人说这是一篇戏剧道具的广告词。有道理。

那么,磕瓜又是什么东西呢?

我们看早期对口相声时,经常会见到穿长袍马褂的一方手拿一把小折扇,动辄叭一声合上然后猝不及防地敲在对方的脑袋或肩背上，敲得对方狼狈闪躲，躲之不及便结结实实挨一家伙，逗得台下观众哄堂大笑。那个折扇的前身，据说就是这里的磕瓜。这磕瓜是宋金杂剧院在表演时常用的道具，功能便与早期相声的折扇、现在相声的巴掌差不多，主要用来逗笑、制造噱头的。

有人推测这里的作者李伯瑜就是一个制造这种磕瓜的能手，而这首曲便是他的"卖瓜"之辞。

首先这瓜货真。木质的胎是用柔和的毡作里衬，外层还裹上了最软的皮子。懂行的人都知道，如果毡衬不软，外层的皮不柔，而是梆梆硬的，那磕打在逗哏者的脑袋上可就够那演员受得了。所以这样宣传自己产品的质地很有必要。

其次这瓜"价"实。这"瓜"是戏剧舞台上不可缺少的道具，用捧哏演员的话说是"手内无他煞难过"。捧哏的副末有了它，便好"对付"逗哏的副净。当逗哏者正儿八经、津津有味地信口开河、胡说八道时，捧哏者瞅住时机便冷不丁喝住他，抖出包袱，掀起高潮，制造强烈的戏剧效果。在这里，卖瓜者吹他

的瓜让天下最机敏的副净都难躲，虽有夸张之嫌，但也没离谱。别看这小玩艺不起眼，它的功用可不小。涂脂抹粉的副末拿着它插科打诨，做滑稽动作，在台上丑态

百出,台下的观众就会笑声连连、掌声不断,你的剧坊生意自然也就红火。

李爱山　生平事迹不详。《全元散曲》录存其小令四首,套数一套。

双调·寿阳曲

李爱山

怀　古

项羽争雄霸,刘邦起战伐。白夺四百年汉朝天下。世
衰也汉家属了晋家,则落的渔樵人一场闲话。

【鉴赏】

　　读这首小令,我们似乎在听一位超然物外的先哲,向我们讲述人世的沧桑与兴
衰,人生的价值与归宿。小令也反映出作者对人生的思索与深沉感慨。

　　透过字里行间,我们似乎窥见了遥远的古战场:烽火硝烟,城墙坍塌,车陷马
伤,哀声遍野。秦朝覆灭之后,楚汉战争风云骤起,盖世英雄项羽与一代枭雄刘邦
争夺天下,结果刘邦战胜项羽,成为声名赫赫的汉朝开国君主,开创了统治天下四
百年之久的汉朝基业。汉室衰微,天下三分,统一于晋。几多兴亡,几多忧伤,尽在
历史的变更之中。

　　英雄豪气的项羽,最后也只能与心爱的虞姬凄惨相别,以自刎乌江悲壮地结束
一生。虽然有李清照歌颂项羽的诗流传后世:"生当作人杰,死亦为鬼雄,至今思项
羽,不肯过江东。"项羽豪气虽在,也已成为冥府的英灵。显赫一时的刘邦,虽然在
历史的画卷中涂上了绚丽的一笔,如今又在哪里呢?人事的沧桑,世事的更替,兴
荣衰败,一切都成为过去,不复存在,到头来只不过是渔夫樵子的一则有趣的闲话
而已。

双调·寿阳曲

李爱山

厌 纷

离京邑,出凤城。山林中隐名埋姓。乱纷纷世事不欲
听,倒大来耳根清净。

【鉴赏】

这首小令写主人翁因厌于纷乱的世局而隐居。

读这首小令,似乎在听一首语浅意露的民歌。在歌声中,我们似乎看到一位风
度翩翩的学者,离开京都皇城,带着小侍童隐居在一个山清水秀的处所。葱茂的树
木,盛开的野花,清流的小溪,欢啼的鸟鸣,淡淡的炊烟,无不构成一幅恬适、静寂的
山水画卷。

山中的景色是迷人的,但比较而言,京邑、凤城里的生活条件要好得多。主人
翁为何要离开京城呢?结尾二句道出了主人翁隐居的苦衷。原来"乱纷纷世事",
只好隐居山林,眼不看,耳不听,倒也落得个清静自在。这代表了当时元朝异族统
治下文人的一种普遍心态。

程景初 生平事迹不详。散曲作品今存小令一首,套数一套。

正宫·醉太平

程景初

恨绵绵深宫怨女,情默默梦断羊车,冷清清长门寂寞

长青芜。日迟迟春风院宇,泪漫漫介破琅玕玉①。闷淹淹散心出户闲凝伫,昏惨惨晚烟妆点雪模糊,淅零零洒梨花暮雨。

【注释】

①介破:隔开。琅玕玉:指竹。

【鉴赏】

此曲写宫女孤寂沉闷的生活。

为满足皇帝荒淫生活需要而存在的宫女,表面看来是进了富贵温柔之乡,实际上那"经年不见君王面"或"略识君王鬓便斑"的孤寂生涯,却无端空耗了许多红颜女子的美妙年华,宫女终其一生多是不幸的。因此,关于宫女的传说故事,与本曲有关的就有不少。

羊车的传说:好色的晋武帝司马炎在后宫养了许多宫女,每次临幸竟不知选哪一个好。于是有人献策,让武帝坐在羊车上,羊停在哪个宫女门前,那一夜幸运之星便降临到那一处。这使宫女们"情默默梦断羊车",纷纷将羊喜欢吃的竹叶插在自己门前,以争取这难得的机会。

"长门"典故:长门是汉武帝的陈皇后失宠幽居的地方。说到长门,炀帝时因多年不得幸而自杀的侯夫人还有遗诗提到它:"长门七八载,无复见君王。……色美反成弃,命薄何可量……此方无翼羽,何计出高墙。"这是囚禁美人、扼杀青春、制造人间悲剧的地方。已册封的夫人都如此,一般宫女就更不堪。

从清晨的梦断羊车到日迟迟时起床,她们因触景生情而伤心落泪,因沉闷无聊而出门无目的地闲逛,或呆立着凝望远方,怀着沉沉的心思或空洞渺茫的希望,直到黄昏,暮霭沉沉如下雪天一样黯淡模糊,她们的心也黯然不堪,淅零零的不知是泪还是细雨,落在黄昏也落在寂寞宫女的脸上心上。白居易写杨贵妃的哭貌是"梨花一枝春带雨"(《长恨歌》),这宫女的"梨花雨"我们实在不忍心看了。而实际上这里很可能是"雨打梨花深闭门"。一天结束了,第二天还要周而复始。这里展现的是宫女的一天,其实又何尝不是一生。年轻时这样白天黑夜地耗着,等人老珠黄便"白头宫女在,静坐说玄宗",一生就这样打发了。

沙正卿　生平不详。有人认为即沙可学。沙可学,永嘉(今属浙江)人。至正中进士,为行省掾。存世散曲有套数二套。

越调·斗鹌鹑

沙正卿

闺　情

挑绣也无心,茶饭不应口。付能打撤起伤春,谁承望睚不过暮秋。暗想情怀,心儿里自羞。两件儿,出尽丑:脸淡似残花,腰纤如细柳。

[紫花儿]愁的是针拈着玉笋。怕的是灯点上银钰。恨的是帘控着金钩。赤紧的爷娘又不解,语话也难投。休休。快及煞眉儿八字愁,靠谁成就。凤只鸾孤,几时能够、燕侣莺俦。

[么]想杀我也枕头儿上恩爱。盼杀我也怀抱儿里多情。害杀我也被窝儿里风流。浑身上四肢沉困,迅指间一命淹留。休休。方信道相思是歹证候,害的来不明不久。是做的沾粘,到如今泼水难收。

[尾]实丕丕罪犯先招受,直到折倒了宠儿罢收。若不成就美满好姻缘,则索学文君驾车走。

【鉴赏】

　　套数[越调·斗鹌鹑],题作《闺情》,它以代言体写一个少女怀念她私下结识的情人。她春心荡漾不能自持，既无法向父母启齿，又苦于没人做成这桩姻缘。最后出于无奈，索性想和她的情人双双私奔。这套曲子写得十分泼辣，说明青年男女的性爱是封建礼法束缚不住的；束缚的结果只能引起更进一步的抗争。

首段[越调·斗鹌鹑]，写了这个怀春的少女茶饭不思，无心挑绣，从春到秋一心想着她私下里结识的情人。表面上故作静淑，心里却想着男女的私情，自己也觉害羞。因此脸儿消瘦了，腰肢减损了，这两件事是瞒不过人的。"两件儿，出尽丑。"说明她在人前心怀鬼胎，一刻儿也得不到安宁。此曲中有些俗语需做些解说："付能"，又作"甫能"，意指方才，如《拜月亭》三[倘秀才]："我付能把这残春捱彻。"句意与此相仿。"打撤"，又作"打叠"，意即料理也。苏轼《与潘彦明书》云："雪堂如要偃息，且与打撤相伴。"则"打撤"似唐宋以来民间口语也。

中段[紫花儿]、[么]两支曲子通过少女的内心独白，刻画因相思而生的种种无聊情绪与对异性的渴求。女儿家的日常活计是女红针黹。不做，会被人猜嫌；做，却又做不下去。"愁的是针拈着玉笋"，就把这种情态描绘得惟妙惟肖。针线虽然拈在白嫩的手指上，却停着不动；又怕被人发现，只好勉强去缝。天天在这样环境中讨生活焉得不愁？"怕的是灯点着银釭。恨的是帘控着金钩。"她更怕夜晚点上孤灯，独守深闺时的恓惶心情。昼间悬帘远眺，却又不见情人的踪迹，只能徒增憾恨。这三句是用排比句法来集中描写人物的心理活动，但更能表现出作者娴熟技巧的，是句子的倒装。如"针拈着玉笋""灯点着银钉""帘控着金钩"，都是把宾语提到主语的前面，突出宾语在句中的地位。这样处理的目的就是要使特定环境中的主体人物隐蔽起来，仿佛此时此地只有物而没有人，由此而产生一种空荡寂寞的感觉。尽管少女是这般的满怀心事，但"赤紧的爷娘又不解，语话也难投"。（"赤紧"，宋元口语，在这句里当作"无奈"解。《合汗衫》三折："偏我不是金狮子张员外？……赤紧的咱手里无钱那！"后一句是"无奈咱手里无钱"的意思。）无奈爹娘不理会女儿的心事，要说明又难以开口，处在无可奈何的境地。"快及煞眉儿八字愁，靠谁成就。"除了愁眉深锁，实在一筹莫展。（"快及煞"亦作狭及、央及。带累之意。刘时中散套［新水令］《代马诉冤》："再不敢鞭骏骑向街头闹起，则索扭蛮腰将足下赊及。"）以下［么］曲写少女思春，把性意识写得如此泼辣大胆，却不使人感到猥亵轻薄，这主要是因为作者在这里不是下流地诲淫，而是把正常的人性昭示于众，借以证明青年男女正常的性爱应当得到满足。如王实甫《西厢记》也同样写过莺莺的性意识。鉴赏元曲中的这类片段，应当正确把握住作品的主题思想，只要以坦诚严肃的态度来对待，那么未尝不可以达到文学鉴赏的高尚目的。

最后的［尾］声，先是埋怨情人招惹："实丕丕罪犯先招受，直到折倒了宠儿罢收。"意思是说：实实在在是那"冤家"先来招惹，不把我折腾到死去活来他是不肯罢手的。（"实丕丕"即实实在在的意思。《破窑记》一折："实丕丕家私财物广，虚飘飘罗锦千箱。守着才郎。""罪犯"是女子对爱极之人的骂称。"宠儿"，指俊俏的女子。）但接下来语气却一转："若不成就美满好姻缘，则索学文君驾车走。"其实这少女也"实丕丕"爱着这"罪犯"，他们的爱情如果得不到承认，她就要学着卓文君夜奔司马相如的故事，驾着车偷偷私奔了。把他们的爱情写得何等的深厚。

宋词中写男女私情的作品十居七八，但风格却不像元曲这么粗犷豪放。这类词曲虽然各尽妍态，但论描写人情世态而能形容毕肖，还要属元曲（包括元散曲）。沙正卿这套［越调·斗鹌鹑］的格调虽然不高，但毕竟写出了市井里巷中骏儿痴女的心理情态。不造作，不矫饰，却能当得起一个"真"字。沿着寻"真"这个线索去鉴赏元代散曲，便可以十得八九。但水之冷暖惟饮后知之，所以阅读与涵咏对鉴赏

吕天用 生平不详。存世散曲有套数二套。

南吕·一枝花

吕天用

秋　蝶

数声孤雁哀,几点昏鸦噪。桂花随雨落,梧叶带霜凋。园苑萧条。零落了芙蓉萼,见一个玉蝴蝶体态娇。描不成雅淡风流,画不就轻盈瘦小。

[梁州]难趁逐莺期月夜,怎追随燕约花朝。栖香觅意谁知道,春光错过,媚景轻抛。虚辜艳杏,忍负夭桃。梦魂杳不在花梢,精神懒岂解争高。喜孜孜翠袖兜笼,娇滴滴玉纤捻搭,笑吟吟罗扇招摇。替他,窨约:秋深何处生芳草,残菊边且胡闹。不似姚黄魏紫好,忍负良宵。

[隔尾]金风不念香须少,玉露那怜粉翅娇。风露催残冷来到,艳阳时过了,暮秋天怎熬。将一捻儿香肌断送了。

【鉴赏】

　　这篇套数,窦彦斌《词林白雪》选人咏物类。咏物之作托物虽小,但寄慨往往很深。元散曲中的咏物之作,多取身边切近之事,咏怀抒情,讥刺现实,鞭挞强暴,同情孤弱,优秀这作是很多的。套数《秋蝶》中写的这只濒临末路的小生命,她那悲惨的遭遇令人怜悯。尽管人们同情她，但秋风寒露却不相饶，"不念香须少"，"那怜粉翅娇"，眼望着"一捻儿香肌断送了"，最后终于在肃秋的威逼之下断送了性命，对此，作者寄以极大的同情与悲悯。那么这只可怜的"玉蝴蝶"究竟象征着什么呢？

首段[南吕·一枝花]，通过"数声孤雁哀，几点昏鸦噪"，写出秋日黄昏时刻的一片悲凉景象。这时在雨打桂零霜催梧落的萧条小园里，飞来一只娇小可爱的玉蝴蝶，她在已经凋落的芙蓉间孤独地徘徊。曲中赞美道："描不成雅淡风流，画不就轻盈瘦小。"不难看出，这只美丽的玉蝴蝶，象征的是一位体态娇美的风流少女，但她的处境却十分地不妙。

中段[梁州]是借这玉蝴蝶的遭遇来写这少女的不幸身世。"难趁逐莺期月夜，怎追随燕约花期。栖香觅意谁知道，春光错过，媚景轻抛。虚辜艳杏，忍负天桃。"从"莺期""燕约"这两个词语的语义来看，都具有男女情爱的意蕴暗示。应法孙《霓裳中序第一》："思前事，莺期燕约，寂寞向谁说。"句中的"莺期燕约"就是指青年男女之间情意缠绵的幽会。现在这月夜花朝、柔情蜜意的期会已经成为过去，少女当时沉浸在"栖香觅意"的恋人怀抱中，觉得自己终身有托，得到了衷心爱慕的意中人的爱情，这一生必定是幸福的。她这一片芳心深深地藏在无人能知的心灵深处。可是负心的情郎一去无消息，使"春光错过，媚景轻抛。虚辜艳杏，忍负天桃。"豆蔻年华似水流，良辰美景奈何天。就这样日复一日，年复一年，魂梦萦回，精神慵懒，花前月下倍增惆怅。"喜孜孜翠袖兜笼，娇滴滴玉纤捻搭，笑吟吟罗扇招摇。"从辞面上看，这几句写的是有个同情爱怜这只玉蝴蝶的姑娘，想用她的翠袖来笼罩，用她那"捻搭"（宋元时代的俗语，纤美之意）的玉指来轻护，笑吟吟地用她手中的罗扇来招引。但是如能透过辞面来欣赏，这几句写的是一个心地善良的女伴对这位少女的同情与爱抚。所以接着便写出："替他，窨约：秋深何处生芳草，残菊边且胡闹。不似姚黄魏紫好，忍负良宵。"以上写的是这个好心肠的女伴，替少女设身处地地筹划安身之计，并多方劝说慰藉，解除少女的痛苦。"窨约"，宋元时代的俗语，是思量、忖度的意思（《董西厢》卷六："相国夫人自窨约。"意即相国夫人自思量）。"胡闹"也与今不同，这里不是贬义，而是宽慰对方不要对事太认真，姑且得过且过。大致的意思是：眼前已经是深秋季节，怎能盼望还能生出春草？不如在残菊边过一日是一日。虽说这残菊不如"姚黄""魏紫"（名贵的牡丹品种）那美丽名贵的牡丹花，但趁着良宵美景尚可快活几日，事已如此，愁又何用？自寻烦恼，未免痴情！

结末[隔尾]是写来自冷酷现实的诽谤与流言，它就像秋风寒露危及这只可怜的玉蝶一样，这群狠心的人不念这孤弱女子已经身遇不幸，反而恶言交加，造谣中伤，无所不用其极。眼看着这位孤苦伶仃的弱女，因为承受不了这一连串的沉重摧残而一命奄留。可是"金风不念香须少，玉露那怜粉翅娇。"步步紧逼，死在眼前。这里以蝶喻备受欺凌的少女，以秋风寒露喻周围险恶凶狠的人们。"风露催残冷来到，艳阳时过了，暮秋天怎熬。将一捻儿香肌断送了。"字字血泪，不忍卒读。这不幸的少女，就像这只在深秋里终于逃脱不了死亡威胁的玉蝶一样，她将玉殒香消，怀着遗恨过早地离开这令人寒栗的人间。

元散曲中的套数虽然不能与气魄恢宏的元杂剧相比，但仍然具有戏剧文学展现人生，鞭挞丑恶，讴歌正义的作用。散曲套数是戏剧与诗歌的结合，既有诗歌的情韵，又有戏剧的真实。这篇《秋蝶》套数将秋蝶的遭遇写得哀哀动人，扣人心弦，除非抒情不能如此感人。譬如对环境的描写："桂花随雨落，梧叶带霜凋。"虽只两句便写出一派肃杀。"见一个玉蝴蝶体态娇"以下三句，又与这肃杀景象构成强烈的对比，预示着这只玉蝶的命运必将是悲惨的。待中段写到玉蝶错过春光，厄运接踵而来的时候，出现了一位心地善良的少女，这又有很大的戏剧性。她同情玉蝶的不幸遭遇，想用她的翠袖、玉手、罗扇来轻护这可怜的生命；进而又替玉蝶百般设想，无非是想让她在离开人间之前多得些生命的欢乐。但这一切都是无用济于事的，因为秋蝶毕竟无力抵抗秋风寒露的淫威。她太弱小了，太单薄了，与秋风寒露相比不成对手，最后必定是玉殒香消，断送这"一捻儿香肌"。从头至尾抒情与叙事都是同步进行的，从而充分发挥了抒情与叙事相结合的散曲套数特有的艺术表现力，这是其他任何文体都无法取代的，当然这里不包括杂剧与传奇。

吕天用除作套数[南吕·一枝花]《秋蝶》外，还有一首题作《白莲》的咏物之作。这两篇作品虽然同是咏物，但采用的技巧却恰成对照。《秋蝶》一篇是以蝶拟人，《白莲》一篇是以人拟莲，如能比较阅读是饶有兴趣的。

王氏 大都(今北京)歌妓。存世散曲有套数一套。

中吕·粉蝶儿

王 氏

寄情人

江景萧疏,那堪楚天秋暮。战西风柳败荷枯。立夕阳,空凝伫,江乡古渡。水接天隅,眼弥漫晚山烟树。

[醉春风]寂莫日偏长,别离人最苦。把一封正家书改做诈休书。冯魁不睹是将我来娶,娶。知他是身跳龙门,首登虎榜,想这故人何处?

[红绣鞋]往常时冬里卧芙蓉裀褥,夏里铺藤蕈纱幪。但出门换套儿好衣服。不应冯魁茶员外,茶员外钞姨夫。我则想俏双生为伴侣。

[迎仙客]见一座古寺宇,盖造得非常俗。见一个僧人念经掐着数珠。待道是小阇梨,却原来是老院主。俺是个檀越门徒,问长老何方去?

[石榴花]看了那可人江景壁间图,妆点费工夫。比及江天暮雪见寒儒,盼平沙趁宿,落雁无书。空随得远浦帆归去。渔村落照船归住,烟寺晚钟夕阳暮,洞庭秋月照人孤。

[斗鹌鹑]愁多似山市晴岚,泣多似潇湘夜雨。少一个心上才郎,多一个脚头丈夫。每天价茶不茶饭不饭百无是处,教我那里告诉?最高的离恨天堂,最低的相思地

狱!

[普天乐]腹中愁,诗中句。问甚么失题落韵,跨骞骑驴。想着那得意时,着情处,笔尖题到伤心处,不由人短叹长吁。嘱付你僧人记取,苏卿休与,知他双渐何如。

[上小楼]怕不待开些肺腑,都向诗中分付。我这里行想行思,行写行读,雨泪如珠。都是些道不出,写不出,忧愁思虑。了不罢声啼哭。

[么]他争知我嫁人,我知他应过举。翻做了鱼沉雁杳,瓶坠簪折,信断音疏。咽只地半载余,一字无,双郎何处?我则索随他泛茶船去。

[十二月]无福效同俦并侣,有分受枕剩衾余。想起来相思最苦,空教人好梦全无。擗飞了清歌妙舞,受了些寂寞消疏。

[尧民歌]闪得人凤凰台上月儿孤,趁帆风势下东吴。我这里安桅举棹泛江湖,倒不如沉醉罗帏倩人扶。踌躇,踌躇。无边雁儿遥,枉把佳期误。

[耍孩儿]这厮不通今古通商贾,是贩卖俺愁人的客旅。守着这厮愁闷怎消除,真乃是牛马而襟裾。斗筲之器成何用?粪土之墙不可圬。想俺爱钱娘乔为做,不分些好弱,不辨贤愚。

[三煞]娘呵你好下得好下得,忒狠毒忒狠毒。全没些子母情肠肚!则好教三千场失火遭天震,一万处疔疮生背疽。怎不教我心中怒!你在钱堆受用,撇我在水面上遭徒。

[二]我上船时如上木驴,下舱时如下地府,靠桅杆似靠着将军柱。一个随风倒柁船牢狱,趁浪逐波乘槛车。伴

着这魁人物，便似冤魂般相缠，日影般相逐。

[一]他正是冯魁酒正浓，苏卿愁起初。下船来行到无人处。我比娥皇女哭舜添斑竹，比曹娥女泣江少一套孝服。则怕他睢破俺情绪，推眼疾偷掩痛泪，佯呵欠带几声长吁。

[尾]比我这泪珠儿何日干？愁眉甚日舒？将普天下烦恼收拾聚，也似不得苏卿半日苦。

【鉴赏】

王氏是大都的一名歌妓。这曲[粉蝶儿]《寄情人》套数，是她存世的唯一作品。全曲饱蘸着满腔血泪，倾吐了曲作者强烈的相思之情，控诉了在那个吃人的社会里一位弱女子的悲惨遭遇。

这首套曲从内容上大致可分为两个部分四段。第一部分，由开头至[尧民歌]，主要写曲作者对心上人的苦苦思念；第二部分，由[耍孩儿]至结尾，痛斥了"不通今古"的"冯魁"和狠心的鸨母，哭诉了曲作者身受的苦难。

从序曲到[红绣鞋]可划为第一段。在序曲中，作者以十分简括的笔触，勾画了一幅秋江古渡晚眺图，画面上那枯荷败柳、江乡古渡、晚山烟树，无不笼罩在惆怅、凄凉的气氛之中。它不仅向读者预示了作品主人公内心埋藏着的不幸，也为全曲确定了抒情的基调。[醉春风]和[红绣鞋]两支曲子，叙述了女主人与情人离散后被骗娶的简单经过。宋元时民间曾流传着这样一个爱情故事：庐州名妓苏小卿与书生双渐相爱。因双生外出求取功名，茶商冯魁乘机强买苏氏回家。苏氏不愿，题诗金山寺壁上，恰为得官后赴豫章县令途中的双生所见，即追赶茶船，夺回小卿，后两人结为夫妇。关于本曲的作者王氏，我们只知道她是一名歌妓，其他事迹已无从详考。但从曲文所表现的内容来看，作者很可能与苏卿有着相似的遭遇，这里是借用民间故事中的有关人物和情节，向情人诉说个人的不幸。曲子中的双渐即指她所爱的人，冯魁指骗娶她的茶商，下文出现的苏卿即王氏自称。她真心地爱着心上人，然而茶商在她的情人外出应举后强迫占有了她。她倍加思念往昔的情人，渴望重新寻回意中的伴侣。

从[迎仙客]到[尧民歌]可划为第二段。这一段写得感情真挚,深刻展示了作者痛苦的内心世界。[迎仙客]一曲写女主人由江边来至古寺,交代了场景的转换,在结构上起到由叙述到抒情的过渡作用。接着,作者一连用了七支曲子,和泪倾诉了她的相思之苦,同时也流露了对"双生"的疑虑之情。她效法着当年题诗金山寺壁的苏小卿,把肺腑之言"都向诗中分付",然而,相思之苦、离别之恨,岂是言语能够道出?她渴望能泛着茶船去寻找心上的人,然而那人一去竟"信断音疏",如今既不知"双郎何处",也不知"双渐何如",这怎不叫人"忧愁思虑"?她失去了希望,陷入了苦难的深渊。

在用较大篇幅表现相思之苦后,作者又调转笔锋,在[要孩儿]和[三煞]两支曲子里,满怀愤怒向鸨母和以鸨母为代表的恶势力发出了大胆的诅咒。这两只曲可划为第三段。曲子言辞激切,带有火药味,生动体现了女主人的反抗性格,尤其[三煞]一曲,如岩浆迸射,火山爆发,从而把全曲的抒情推向高潮。

全曲的第四段,即[二]、[一]、[尾]三支曲子,是作者对自身苦难遭遇的血泪控诉。[二]、[一]两曲写得深切惨痛,声泪俱下,若无亲身经历是难有如此深刻体验的。这也是本文把此曲作为王氏自述来分析的原因之一。王氏以苏卿自比,但她的遭遇较之苏卿更苦。[尾]曲用夸张手法,极写作者愁苦之深、之重,很有力度。

这首套曲,开头叙事一段写得很简略,而在表达对情人的相思时却不惜笔墨,详略得当,这也正符合散套在叙述的基础上重抒情的特点。作者善于运用通俗的口语白话包括俚语直接抒情,使全曲呈现出质朴、真率、大胆的风格特色。同时,作者还注意用事,注意化用前人成句及运用比喻、对偶、夸张等多种修辞手段,增强曲子的艺术表现力。在[石榴花]和[斗鹌鹑]两曲里,作者又巧妙地运用了集专名的手法。马致远曾作过一组八首[双调·寿阳曲]小令,小令的题目分别为《山市晴岚》《远浦帆归》《平沙落雁》《潇湘夜雨》《烟寺晚钟》《渔村夕照》《江天暮雪》和《洞庭秋月》。王氏把这八个标题集中化用在两支曲子里,而且用得只见贴切,不见凿痕,与曲文浑然一体,这不仅说明王氏对当时曲目的谙熟,也显示了她驾驭语言的深厚功力。

赵莹 生平不详。存世散曲有小令一首。其姓名及曲作仅见何梦华藏《太平乐

正宫·塞鸿秋

赵莹

题 情

玉人不见徒劳望，相思两地音书旷。挥毫难写断肠文，枕几惟添愁旅况。只为美人情，空取时人谤，何时再得相亲傍？

【鉴赏】

赵莹的生平事迹均已不详，其作品也仅有此曲见于何梦华藏抄本《太平乐府》。曲子表达了作者在旅居他乡时对妻子的深切思念和盼望早日团聚的心情。

曲子的头一句，即借行动描写交代出作者的相思心理。"玉人"是对女性的美称，言女子肌肤润洁如玉。在古典诗词曲里，描写男女相思的作品往往很少直接说明作者与对方的关系，而只是很隐含地称对方为"人"或"玉人""佳人"等。这里的"玉人"当是指作者的妻子。作者背井离乡，漂泊在外，对爱人的深切思念促使他一次次在客舍依楼凝望。然而，天遥地远，关山阻隔，纵使望穿秋水也是徒劳。明知望不见却又偏要望，正反映出作者无法按捺的相思之情。相见既然不能，那么此时能得到对方的一点消息，对双方来说也都是莫大的欣慰了——"家书一封抵万金"啊！接着在第二句里，作者却进一步说："相思两地音书旷。"不仅"玉人不见"，而且一自离别，竟然"一春鱼雁无消息"。一个"旷"字，表达了相隔之远和相别之久这样双重意思。

"挥毫难写断肠文"一句紧承"音书旷"之义。想到与亲人音书久绝。自然该修一封家书遥致问候了。然而，今日挥毫蘸墨却又难以落笔了。"常恨言语浅，不如人意深"（刘禹锡《视刀环歌》）。一纸家书，如何能诉尽千缕柔肠，万般情爱？这一句生动体现了作者为相思所扰而痛苦不安的心理。下面的"枕几惟添愁旅况"一句,接得也很自然巧妙。客舍之中,枕几凄凉,使人愈感孤寂,愈是孤寂也就愈加思念亲人。羁旅之愁,相思之苦,交互影响,愈积愈深。这种种滋味混合在一处,实在是难于形诸笔墨的。

在"只为美人情,空取时人谤"两句里,作者轻轻转动笔锋,从另一角度诉说相思。因为相思,竟招致时人的讥谤,这不正好说明作者对妻子爱得太深厚、太强烈了吗?对人世间这种至善至美的真实感情,人们非但不予同情,反而加以冷嘲热讽,讥笑他英雄气短、儿女情长。这诚然是可悲的。但作者似乎大不以此为然。面对时人的非议,他既不辩白,也不反驳,而是就此滞住,继续表达自己的心曲:何时我才能结束这游子生涯,和妻子厮守在一处呢?对于妻子的爱,他真是无所顾忌的。虽然作者并没有表明他对"时人谤"的态度,但从结尾这句读者却可得到清楚的答案,这中间无形中省去了许多笔墨。

这首小令对爱情的表达直接、坦率、朴实无华,曲中所写都是作者的亲身经历、真实感受,无需任何夸张、藻饰。作者仅以简短的词句就能较为具体地表现出当时的心理和处境,没有一番提炼、"浓缩"的功夫是做不到的。曲子开头写今日不见,结尾念及何时重逢,自首至尾俱为离别后情形,各句之间衔接紧密,层次感很强。

邦哲 生平不详。存世散曲有小令一首。其姓名及曲作仅见何梦华藏抄本《太平乐府》。

双调·寿阳曲

邦 哲

思旧(三首)

初相见,意思浓,两下爱衾枕和同。销金帐春色溶溶,云雨,期真叠叠重重。

谁知道,天不容,两三年间抛鸾拆凤。苦多情朝思夜梦,
害相思沉沉病重。

尔在东,我在西,阳台梦隔断山溪。孤雁唳夜半月凄凄,
再相逢此生莫期。

【鉴赏】

此曲及其作者姓名均仅见于何梦华藏抄本《太平乐府》。全曲共有三段,主要
表达了作者对往昔生活的深切眷恋和被迫与情人离散后的无限苦楚。

曲子的第一段从回忆作者与心上人的初识写起。在过去的日子里,两人曾意
密情浓,欢欢爱爱,共同度过了一段美好的爱情生活。"两下爱衾枕和同"以下三
句,写得大胆坦白而又无伤大雅。对于作者来说,过去的那一段时光实在是珍贵
的、难以忘怀的。作者连用三个句子披露昔日两人之间的儿女私情,正是为了突出
表达他对旧情的留恋,同时也为下文表达别离之苦设好张本。

曲子的第二段转而写与心上人相离之痛苦。哪里曾想,好景不长,一对相爱的
男女竟被无情地拆散。这里,作者虽然没有明说离散的原因,但从"天不容"一句来
看,显系为外界力量干预所致。昔日相处得那样欢洽,一旦"抛鸾拆凤",岂能割舍
得下?从"春色溶溶"到"沉沉病重",感情由喜而悲,急转直下,大有一落千丈之
势。

曲子的最后一段进一步写作者今日之处境。"阳台梦"与"云雨"同出一典,前
后相互照应。过去的一切都只成了美好的回忆,如今失去爱侣的愁人就像在夜空
里悲鸣的一只孤雁,禁受着无边凄苦。"孤雁"一句设喻恰切,形象感极强。结尾一
句,更表达了作者的绝望之情:想你我一朝生离竟如永久的死别,今生今世再也无
缘相见了。这一段写得凄楚悲切,读罢令人为之酸鼻。

这支曲子题为《思旧》,按常理,似乎描述当日生活情形的笔墨应该多些。但
是,作者既没有写对方的音容笑貌,也不去描述生活的细节,而是只在第一段曲子
追忆旧情后,便着力用了两段曲子分别表现昔日"抛鸾拆凤"之苦和今日"相逢莫
期"之悲。这样写,看似与思旧关系不大,实则把思旧这一主题表现得更加深刻了。

作者因往昔时光的美好而思旧,又由思旧念及今日佳期难再,顿生孤雁之感;作者将这种离别相思之苦诉之愈深,愈能表明他对往昔生活相思之切,同时也就愈表明故人之可爱,旧情之难忘。从结构上看,曲子的第一段写相见之乐,正于至欢至乐处却忽然带住,第二段转写相离之悲,第三段又由离别后的"朝思夜梦"转为绝望,先昔后今,先乐后悲,起伏跌宕,层次也为分明。作者善于以描述性语句抒发感情,喜则如"春色溶溶",悲则如"夜半月凄凄",使叙述和抒情两者紧密结合,融为一体。

双调·殿前欢

李伯瞻

省悟(七首)

去来兮,黄花烂熳满东篱。田园成趣知闲贵,今是前非,失迷途尚可追。回头易,好整理闲活计。团栾灯花,稚子山妻。

去来兮,黄鸡啄黍正秋肥。寻常老瓦盆边醉,不记东西,教山童替说知。权休罪,老弟兄行都申意:"今朝溷扰,来日回席。"

去来兮,青山邀我怪来迟。从他傀儡棚中戏,举目扬眉,欠排场占几回。痴儿辈,参不透其中意。止不过张公吃酒,李老如泥。

到闲中,闲中何必问穷通。杜鹃啼破南柯梦,往事成空。对青山酒一钟,琴三弄,此乐和谁共。清风伴我,我伴清风。

驾扁舟,云帆百尺洞庭秋。黄柑万颗霜初透,绿蚁香浮,闲来饮数瓯。醉梦醒时候,月色明如昼。白蘋渡口,红蓼滩头。

好闲居,百年先过四旬余。浮生待足何时足,早赋归欤,莫遑遑盼仕途。忙回步,休直待年华暮。功名未了,了后何如?

醉醺醺,无何乡里好潜身。闲愁心上消磨尽,烂熳天真。贤愚有几人,君休问,曾亲见渔樵论。风流伯伦,憔悴灵均。

【鉴赏】

这首[双调·殿前欢]是由七首小令组合而成的,相当于词之联章(如欧阳修)《西湖念语》叠用[采桑子][咏西湖事]。这七首小令的总标题是《省悟》,所以每一首都反映了作者想弃仕途而归隐的意识。他虽然是身居高位的显宦,但其内心却十分苦闷。这主要是因为他生长在元代黑暗畸形的社会里,尽管个人的名位得到满足,但整个社会气氛却是令人窒息的。空虚的精神需要充实,恶浊的氛围需要摆脱,作为一种心理上的代偿,作者写了《省悟》这七首小令也就不足为怪了。

元散曲中写隐逸生活内容的作品数量不少,总体的倾向是颓废的。但这类作品也并非没有认识价值,它至少反映了中国历史昏暗时期一般文人对现实的态度和反应。再从欣赏方面来说,大凡古人性情所寄的作品,多有可以借鉴之处。下面就让我们来欣赏《省悟》这七首小令的文学价值吧。

这组小令的第一、二、三首都以"去来兮"发端,显然是受陶潜《归去来兮辞》的影响。陶潜这篇名作烁耀千载,对后世创作影响极大。这种影响一旦潜入人们的意识,也就和作者的思想感情水乳交融,化为一体,仿佛庄周之梦蝴蝶,不知我之为蝶抑蝶之为我。这组小令在意境、遣词方面多有效法《归去来兮辞》之处,不过这种效法却出自下意识,不能认为是抄袭陶《辞》;也就是说,由于陶潜在《归去来兮辞》中所反映的归隐的思想情感与对归隐生活的向往,深深引起了后世作者感情上的共鸣,因此在他们的笔下往往流露出与陶《辞》酷似的情趣。

小令的第一首是对田园隐居生活总体的赞美。"黄花烂熳满东篱"一句对描写田园隐居最具典型作用。因为陶潜特别爱赏菊花,不仅在《归去来兮辞》中有"三径就荒,松菊犹存"的叙述,而且在他写的著名诗篇《饮酒二十首·其五》中还写过"采菊东篱下,悠然见南山"这一流传千古的名句。东篱的菊花开得如此灿烂夺目,它仿佛是向误入尘网的人们发出召唤,呼唤他们快些归来享受这田园的闲趣。接着隐括陶《辞》"悟已往之不谏,知来者之可追。""实迷途其未远,觉今是而昨非"的句意,宣告自己将退出官场走向田园。"好整理闲活计",意思是说从此以后要好好安排一下闲适的隐居生活。结尾的"团栾灯花,稚子山妻"是与高官厚禄、却享受不到真正生活乐趣的仕宦生活的对比。作者的用意是要指出:真正的生活乐趣在于能否享受到人生的天伦之乐。一家人和乐团聚,灯前围坐,妻儿老小笑语频频,这样乐趣岂是尔虞我诈、争权夺势的宦海生涯所能享受得到的呢!

小令的第二首写田园亲友间的真挚情谊。黄鸡正肥,村酿方熟,虽是田家风味,却可开怀畅饮,全然不同于官场的应酬周旋。饮酒致醉,不辨东西,连回家的路都不记得了,还要让山童传话:"来日回席。"这些场景所渲染的真实纯朴的气氛,都是和虚伪的官场社会对照着写的,所以具有揭露和讽刺现实的作用。

小令的第三首除"青山邀我怪来迟"这句以外,都是对现实官场社会的鞭挞和批判。"青山"一句是写归来恨晚之意。接着就把官场的丑恶和盘托出,作者把现实社会中那些装腔作势的官僚,比做傀儡戏棚中举目扬眉的傀儡,被人操纵着登台表演,神气活现。可是戏演完了也就被弃置一旁,再也讲不了大排场。世上却有一班痴人参不透个中道理,不理解做官为宦总不过是一场空虚,正像酒吃在人家的肚子里,自己本未尝到酒味,却替人家烂醉如泥,实在荒唐可笑。

小令的第四、五、六、七四首,有劝世自警的意味。闲中自有闲中趣,这是热衷功名利禄的痴人所不能理解的。如第四首的"清风伴我,我伴清风。"第五首的"白蘋渡口,红蓼滩头。"都是写隐者醉心于大自然的陶然之趣,这里没有为蜗角虚名蝇头微利的争斗,可以自由消受自然界那赏心悦目的美景,可以尽情品味经霜的黄柑、新熟的美酒⋯⋯何况人生百年转瞬即逝,如不抽身回步何时了?当作者描述这种心境的时候,不难看出他心中是充满着不能自拔的矛盾的,所以才说出"百年先过四旬余,浮生待足何时足""功名未了,了后何如"这些自我反省的话语。这只能说明作者不能及早抽身引退并非甘心情愿,而是事出无奈。人生在世怎能没有是非贤愚之分？但作者却说"贤愚有几人，君休问，曾亲见渔樵论。风流伯伦，憔悴灵均。"原来是因为当时社会黑暗，颠倒是非，不分贤愚，所以这一切都是无从理论的。想一想身处晋代乱世的刘伶（伯伦），那样风流倜傥，纵酒放达，他曾乘鹿车，携一壶酒，使人荷锸相随，说："死便埋我。"还有诗人屈原（灵均），虽然洁身自好，到头来还是落得个行吟憔悴，自沉而死。古人已矣，他们纵有高尚的人格德业，也只不过做了渔父樵夫谈古论今的话柄。想到这里，人生的一切似乎都可以放弃；但事实却又不然。假如作者真的想遁世逃名，他尽可以不发这些牢骚；既然发表了自己的意见，可见仍旧是有是非贤愚的人生标准的。这首组曲表面上是消极引退，骨子里却是郁勃不平，对现实充满着反感。它曲折迂回地写出了生活在黑暗的元代的大批知识分子被压抑的苦闷心境。对元散曲中的隐逸主题，正应当作如是观，才能由表及里，看到它真正的文学价值。

李致远　至元中曾客居溧阳，与仇远相交甚密。《元曲选》收其《还牢末》杂剧一种（《太和正音谱》列为无名氏作）。散曲作品今存小令二十六首，套数四套。

中吕·朝天子

李致远

秋夜吟

梵宫、晚钟。落日蝉声送。半规凉月半帘风，骚客情尤重。何处楼台，笛声悲动？二毛斑秋夜永。楚峰、几重？遮不断相思梦。

【鉴赏】

作者夜宿佛寺。幽幽晚钟，凄凄蝉声，一弯凉月，半帘夜风，更加之近处楼台悲笛，这一切的一切，对于一个感情极为丰富、细腻、敏感的"骚客"，尤其是一个在蹉跎岁月中已头发斑白的"骚客"来说,真是情何以堪!当此之际,作者景有所触,情有所感,苦苦地作"秋夜吟",实在是可以理解的了。

曲中说,"何处楼台,笛声悲动",这就与思妇相关;又言,"楚峰、几重",暗用楚襄王与巫山神女相会之典;至于曲尾"遮不断相思梦",更点明作者秋夜吟叹的乃一段恋人阻隔的相思之情。

念乡也好,思亲也罢,都是人生中难以割舍的情感,比较起来,还是恋人间的相思来得更为沉痛。不要说天各一方,山阻水隔,哪怕是咫尺的分离,也叫人愁肠百结,不然就不会有"咫尺天涯"之叹。不要说一岁一年,哪怕是几天,甚至只一天,也叫人思绪千绕,不然也就不会有"一日三秋"之慨。这真是"剪不断,理还乱,是离愁"。

相思是一种折磨,也是一种最美好的情感,少了它,人生会显得单调乏味得多。

双调·落梅风

李致远

斜阳外,春雨足,风吹皱一池寒玉。画楼中有人情正苦,杜鹃声莫啼归去。

【鉴赏】

这首小令抒写的是离情。一对恋人相守,无任何外物惊扰,一切显得那么平静。突然,男子要离去,一下子使女子陷入深深的离愁之中。

曲中说"画楼中有人情正苦",这画楼中人指的就是那为离愁所困的女子。在曲中,女子的离情之苦更多的是通过对外在景物的感受来加以抒写的。

"风乍起,吹皱一池春水"(冯延巳《谒金门》),曲中所说的"寒玉"即指春水,正好比平静生活中突然离别所掀起的内心波澜。杜鹃,又名杜宇,其鸣若曰"不如归去"。春来杜鹃啼鸣,仿佛"催归",更加深离别的感伤与惆怅。

景物自在,本与人间的情感无涉。它之所以成为情感抒发的一种依托,一种凭

借，与情感相生相发，造成一种催化、对应、比喻、象征以及种种联想关系，很重要的
一个原因，是出于诗家特有的敏感和独特的思维方式。如果你是一位诗家或想成
为一位诗家，应该很好地体味、很好地学习诗家的这种巧心慧心。如果你无缘成为
诗家，或者根本就是诗家外之人，恕我直言，最好少一些这样的"敏感"为好。过于
"敏感"的人，一定是一个多愁的人，不快活的人。少一些"敏感"，多一些开朗和洒
脱，生活就会少一份忧愁，多一份快活。

中吕·红绣鞋

李致远

晚秋

梦断陈王罗袜^①，情伤学士琵琶^②。又见西风换年华。
数杯添泪酒，几点送秋花，行人天一涯。

【注释】

①陈王罗袜：曹植在《洛神赋》中自言相遇洛神，赋中有"凌波微步，罗袜生尘"的描写。曹植受封陈留王。

②学士琵琶：白居易有《琵琶行》长诗，述浔阳江头与长安琵琶女子的萍水相逢。白居易曾官翰林学士。

【鉴赏】

运用典故闪示意象而不加详述，从而启动读者的经验和联想，是古代文学作品常用的表意手法。本曲的起首两句就是如此。从这两则典故来看，内容都同异性之间的萍水相逢有关，这种邂逅引出了一段动情的故事，然而其悲剧性正在于情缘的昙花一现。诗人已明知"梦断"，却依然禁不住"情伤"，可见他的一往情深，这种注定无法再现的情梦，便为全曲定下了一种惆怅与失落的基调。值得一提的是，曹植的《洛神赋》记称"黄初三年，余朝京师，还济洛川"，虽未说明具体的时日，但赋中有"夜耿耿而不寐，沾繁霜而至曙"语，可知他与洛神的相遇正值秋季；而白居易《琵琶行》，则明言"枫叶荻花秋瑟瑟""唯见江心秋月白"。这两个典故都符合"晚秋"的题面，在本作中恐怕不是偶然的。这样一来，"又见西风换年华"，既是作者的真切感受，又与前述的典故照应相合，就更觉意味深长了。

在秋天的悲凉气氛中，作者又以苦酒与残花为陪衬，叙出了自己"天一涯"的漂泊现实。一场情梦本就无凭,再加上时间的暌隔("又见西风换年华")与空间的距离("行人天一涯"),就使人倍觉不堪。作品的每一句都不啻为一声叹喟,诗人将这种种内容纳于"晚秋"的题目之下,其处境与心境的悲凄,就是呼之欲出的了。

双调·折桂令

李致远

山 居

枕琴书睡足柴门,时有清风,为扫红尘。林鸟呼名,山猿逐妇,野兽窥人。唤稚子涤壶洗樽,致邻僧赊酒①论文。全我天真,休问白鱼②,且醉白云。

【注释】

①赊酒:赊酒。

②白鱼:周武王伐纣时,在黄河有白鱼跃入船舱,以为瑞兆。这里代指兴邦的国家大事。

【鉴赏】

这首小令铺叙隐居生活,其间淡泊宁静的风致,给人印象至深。"时有清风,为扫红尘",二语看似不着力,却意味深长。有这样地吐属,自可见作者超旷的襟怀。唯其襟怀气度的不凡,才会处处表现出一种"全我天真"的高士性格:诸如枕琴书、睡柴门、醉白云,以及"唤稚子涤壶洗樽,致邻僧赊酒论文"之类。

"林鸟"等三句的写景刻画入微。唐宋之问《陆浑山庄》:"山鸟自呼名。"韩偓《夏日》:"时有幽禽自唤名。""林鸟呼名",写出了山间禽鸟的悠闲自在。"山猿逐妇",《搜神记》有"玃猿""伺道行妇女有美者,辄盗取将去"的记载,古代笔记中也多有"木客"逐妇、攫妇的说法,玃猿、木客都是猿猴的同类。这里的猿没有如此可怕,"逐妇"恐怕只是一种顽皮的天性,却也表现了山居的幽僻。至于"野兽窥人",似乎更为恐怖,但古代隐士如郑隐、郭文等甚而能同老虎和平共处,无须人们担心,何况这儿的野兽只是"窥人"而已,彼此秋毫无犯。有了这三句,便是典型的"山居"而非"村居"。作者在如此幽僻的地界悠然自得,也就更增添了作品的真隐色彩。

"白鱼"在诗文中多取武王"白鱼入舟"典故的含意,代指兴国的瑞兆。但在《太平广记》中,还收录了一则《九江记》中的故事。说是江夏有个叫顾保宗的渔民,一夜梦见一名白发老翁,入门坐下就哭起来,说是天下不久就会大乱。当时是东晋隆安五年(401),距晋朝覆灭不到二十年。顾保宗向他询问了不少问题,老翁一一做了预言。第二天顾保宗到江岸瞭望,发现一条白鱼,长一百多丈,正是老翁的化身。果然不久即战乱大作,刘宋替代了东晋。本曲的"问白鱼"如果是兼用这一典故,便与元朝晚期山雨欲来的形势有所影合,那么,作者"全我天真"的动机本质,也就更为昭然了。

越调·天净沙

李致远

离 愁

敲风修竹珊珊①,润花小雨斑斑。有恨心情懒懒。一声长叹,临鸾不画眉山②。

【注释】

①修竹:长长的竹子。珊珊:珠珏互击的声音。

②鸾:鸾镜,背面铸有鸾凤图案的铜镜。眉山:女子的眉毛。

【鉴赏】

小令起首两句用工整婉丽的对仗,显示了一种小词的婉约风味。娟娟秀竹在风中摇曳撞击,如敲金戛玉,这是"声";小雨润如酥,在花朵上留下斑斑点点的水痕,这是"色"。绘声绘色,为曲中女子的出场,预设了清扬幽悱的环境与气氛。这两句婉美的景语,具有三个方面的作用。一是隐点出春天的时令,二是衬示出女子柔媚幽娴的闺媛身份。至于第三层作用,下面会讲到。

第三句在句式上同前两句相似,却不能成为工对,主要是因为"心情"为并列复词,与"修竹""小雨"的主从形式不类。无论作者是否有意如此,客观上造成了它们之间的间离效果。这一句是对前面景语的主观反应。春色如许,女子的心情却是"有恨",这就给读者留下了一定的悬念。

四五两句,将第三句的"心情"具体化和形象化了。"一声长叹",是"有恨",是"懒懒"。"临鸾不画眉山",更是"懒懒",更是"有恨"。小令到此戛然而止,不做进一步的解释说明,读者对于其中的缘故,却是非要探索个水落石出不可。

现在不妨来看看本篇"离愁"的标题。没有它的提示,我们初读之下,只是感受到曲中女子的一种无端的惆怅,似乎题定为"闺愁"也未尝不可。但仔细一想,却发现题目中这个"离"字妥切至极,全然更易不得。女子已经对着鸾镜,为什么"不画眉山"呢?原来这就是"离愁"导致的结果,她实在有太多的理由放弃梳妆。这可能是她忆起了离别的情景,心事重重,也可能是离别造成了她的憔悴,览镜时伤感红颜非昔。但更合理的解释,是良人一去不回,还为谁去画眉打扮呢!这就像《诗经·伯兮》中说的那样:"自伯之东,首如飞蓬。岂无膏沐,谁适为容!"(语译为:自从丈夫去征东,柔发如草乱蓬蓬。难道没有香膏洗?更为谁人去美容!)"临鸾"的"鸾"字本身就隐含着"鸾凤和鸣""孤鸾悲镜"的意味,触景伤情,谜底就在"离愁"的"离"上。理解了这一点,"一声长叹",就再不只是寻常闺情的闲愁幽怨了。

回过头来再重读这支小令,发现"离愁"的题旨无句不含,一开始就隐伏着了。原来风竹珊珊,自有寂寞清凄的意味;小雨润花,同时也就容易勾起青春伤逝的感想。春色纵好,其奈离人何!处于离人地位的女子,对此隐忍不发,仅是"有恨心情懒懒",这是与她矜贵身份相应的一种自持。然而鸾镜前终于按捺不住,露了形迹,正说明了"离愁"的浓重,实属无法排遣。起首两句景语实是情语,预做伏笔,这是它们所具有的第三种作用。这支[天净沙]笔致如此婉曲,意境如此蕴藉,草蛇灰线,经玩味后方得大白,确实令人拍案叫绝。它与前选吕止庵《天净沙·为董针姑作》布局构思相近,两相比较,本作似更绰具词风。

张鸣善 名择,号顽老子。原籍平阳(今山西临汾),家在湖南,流寓扬州。官淮东道宣慰司令史。至正二十六年(1366)曾为夏庭芝《青楼集》作序。《录鬼簿续编》载其有《英华集》,今佚。所做杂剧今知有《烟花鬼》《夜月瑶琴怨》《草园阁》三种,均不存。散曲作品现存小令十三首,套数二套。

中吕·普天乐

张鸣善

咏 世

洛阳花,梁园月,好花须买,皓月须赊。花倚栏干看烂熳开,月曾把酒问团圆夜。月有盈亏花有开谢,想人生最苦离别。花谢了三春近也,月缺了中秋到也,人去了何日来也?

【鉴赏】

这首小令,从字面看似是吟花弄月之作,实则是借花之开谢、月之圆缺的自然现象而抒发人生悲欢离合的感慨。

花是好花，月是好月。"洛阳花"，即洛阳牡丹花，为天下花之最美者。欧阳修《洛阳牡丹花》称洛阳牡丹花为天下第一。"梁园月"亦一下月之最美者。梁园为西汉梁孝王招募文人雅士歌咏弹唱之地，司马相如、枚乘等大辞赋家都曾被延至园中饮酒赏月。"梁园虽好，终非故乡。"正是因此，"梁园"才成为历代文人雅士所艳美之地。此处，"洛阳花""梁园月"当然是虚指，代表天地间事物之最美好者。"好花须买，皓月须赊。"如此美好的事物要知道去品味、欣赏，如此美好的时光要懂得去珍惜、流连。要在花开烂漫时倚栏看花，月儿团圆时把酒问月。这里包含着对美好生活的追求愿望及及时行乐的人生态度。

花有开谢，月有盈亏，这是万世不移的自然规律。花谢了等到三春（孟春、仲春、季春，即指春天）时会再开，月缺了等到中秋节时会再圆，然而人呢？人生最痛苦的是别离，"悲莫悲兮生别离"，"黯然销魂者唯别而已矣"，因为人一别离，不像花开有时，月圆有期，再会之日，渺不可知，或许遥遥无期，或许一别竟成永诀。

怨离伤别，自古皆然。离别固然是令人伤怀的，但从另一方面来说，离别也未尝不是一件幸事。一个人如果孤独到没有一个亲朋好友，或者纵使有亲人，也疏淡得形同路人，他从来不被人送别，也从来不给他人送行，从来不能体会到离别的滋味，他将是一个非常可怜的人。离别本身就说明了一定的情缘基础，说明了他平日与亲朋好友融洽相处的欢乐。相聚是美好的，重逢则更是令人欣喜，如果没有离别的痛苦，又怎么会有重逢的欣喜呢？

中吕·普天乐

张鸣善

遇 美

海棠娇，梨花嫩，春妆成美脸，玉捻就精神。柳眉颦翡翠弯，香脸腻胭脂晕，款步香尘双鸳印，立东风一朵巫云。奄的转身，吸的便哂，森的销魂。

【鉴赏】

对美的追求、描摹和赞美是历代文人永不消歇的意趣。这首小令描写了一位与作者邂逅相遇的美貌少女。作者与她陌路相逢，擦肩而过，没有询问，没有攀谈，不知道她的姓名，甚至可能不会有再次相遇的机缘，仅仅是一面之缘，便留下了难以磨灭的印象。且看她是如何美得让作者心荡神摇的。

先是她由远而近地迎面走过来，作者将目光注视在她脸上。乍一看，她是那样娇艳美丽，光彩照人。她像盛开的海棠花一样鲜艳夺目，又如同初绽的梨花一样柔嫩可爱，她美丽的脸庞是"春妆成"，像绚烂春色般迷人，仿佛大自然把春天里全部的美都着意妆点到她脸上来了，而她的冰肌玉骨是"玉捻就"，像是用晶莹的玉石雕刻而成。一连用四个比喻极言初见之美。

走近了细看。"柳眉颦翡翠弯"，看到的是弯弯的微颦的细眉，"柳眉"是眉毛之形，形如柳叶，纤细娇柔，自然弯曲，是典型的美女之眉。白居易《长恨歌》中写杨玉环的眉毛为"芙蓉如面柳如眉"。"颦"是眉毛之态，是眉毛微颦的模样，西施颦眉亦别具风致。"翡翠"是眉毛之色泽，漆黑的双眉在白皙的皮肤上，看起来像翡翠一样柔润而又光泽。一句话将少女眉毛之美写到极致。处近看,她的面颊像凝脂般洁白丰润,又像涂了胭脂一样白里透红。《诗经》中写美女的皮肤为"手如柔荑,肤如凝脂",白居易写杨玉环的皮肤也是"温泉水滑洗凝脂",古今对美女的认识和写法如出一辙。

擦肩而过后,作者的目光又追随着她的脚步,看到她款款轻步所扬起的纤尘,在土路上留下的淡淡的脚印,还有那高耸的发髻,在微风的吹拂下,像一块乌黑的云朵在空中飘浮。

少女渐行渐远,连她的背影也让作者看得如痴如醉。或许是作者忘我痴迷的注视引起了少女的注意,走过之后,她又出人意料地"奄的转身,吸的便咍",突然的转过身来,嗤的一声露齿微笑,正是"回眸一笑百媚生",如何不让本已忘形的作者更是"森的销魂"。

生活中处处都藏着美,只要我们怀着一颗纯洁善良而不带亵渎的心去打量周围的世界,会时时有着意外的惊喜。

中吕·普天乐

张鸣善

愁 怀

雨儿飘,风儿扬。风吹回好梦,雨滴损柔肠。风萧萧梧叶中,雨点点芭蕉上。风雨相留添悲怆,雨和风卷起凄凉。风雨儿怎当?雨风儿定当。风雨儿难当!

【鉴赏】

这首题为《愁怀》的小令通篇竟没有提一个"愁"字,从字句间我们也不能推知作者所愁究竟为何事。然而,读毕全曲,一种浓重的难以排遣的莫名愁绪却掩面而来。

从字面看,贯穿始终的是"风雨"二字。凄风苦雨没日没夜无休无歇地在窗外的空中飘扬,这是日间所见之风雨;萧瑟的秋风吹动了院中的梧桐树叶,瑟瑟作响,雨点嘀嗒嗒不停地滴打在芭蕉叶上,与风吹梧叶声相伴奏,这是夜里所听之风雨;"风雨相留添悲怆,雨和风卷起凄凉"。刮风下雨本是自然现象,但不同的人处于不同的境地会有不同的感受,此处的"悲怆""凄凉"正是作者所感之风雨。"风雨儿怎当?雨风儿定当。风雨儿难当!"则是由眼前的自然界风雨延伸到人生道路之风雨。与自然界的风雨相比,人生道路上的风风雨雨,更是阴冷凄凉,艰险难测,叫人怎生禁受(怎当)?面对畏途,作者一度振作了勇气,表示无论是怎样的风雨,都一定要敢于去承受,也一定能够承受(定当),这是对前一句的否定,是低沉中的振起。但振起之后,又转入更深的跌落。经过一番心理斗争,作者感到这变化莫测的人世风雨毕竟是难以禁受(难当)。这种恐惧和无奈是经过对人生道路的认真思索揣测并曾一度振作努力而仍自觉无法改变现实的深沉痛楚,比之第一层的困惑,有更深的愁苦和叹息。这三句回环跌宕,起落有致,表达了作者面对现实生活想超越而无法超越,想逃避又无法逃避的难堪处境。

从有关作者的有限资料及本曲字面内容,我们能更好地理解作者在此所抒发的难以名状无所确指的闲愁。作者一生仕途坎坷,多年流寓他乡,逆旅异地,又兼生活在异族的统治之下,作为一个有正义感的知识分子,自然会滋生出比一般人更多的闲愁。读此曲,我们不禁想到《红楼梦》中黛玉的"已觉秋窗愁不尽,哪堪风雨助凄凉","一年三百六十日,风霜刀剑严相逼。"这虽是封建时代一个寄人篱下的少女自悲身世的多愁善感,不能与作者忧国愁家的情怀相比,但他们对现实处境的厌倦,对前途莫测的担忧以及借风雨以寄闲愁的手法却是相通的。

正宫·脱布衫带过小梁州

张鸣善

草堂中夏日偏宜,正流金烁石天气。素馨花①一枝玉质,白莲藕双弯琼臂。　门外红尘衮衮②飞,飞不到鱼鸟清溪。绿阴高柳听黄鹂。幽栖意,料俗客凡人知?

[幺]山林本是终焉计③,用之行舍之藏兮④。悼后世追前辈。对五月五日,歌楚些吊湘累⑤。

【注释】

①素馨花:一种自西域移植我国南方的花,枝干似茉莉,夏日开白花。

②衮衮:同"滚滚"。

③终焉计:安身终老的安排。

④"用之"句:语本《论语·述而》:"子谓颜渊曰:用之则行,舍之则藏。"意谓为朝廷所用,则施展平生所习之道;不为世用,则隐居潜藏以待时机。

⑤楚些:楚辞。湘累:战国时屈原,官至左徒、三闾大夫,因悲念楚国前途而投湘水自杀,世称"湘累"。累,无罪的死者。

【鉴赏】

"草堂中夏日偏宜",话很平凡,也很实在,要不是下句补出天气的"流金烁石",读者恐怕都会忽略酷暑的存在。而在曲中,这种酷暑也确实得到了淡化,"素馨花""白莲藕"的描写,恰似冰肌玉骨的美人,令人悦目惬怀,暑氛顿消。鱼鸟清溪,绿荫高柳,宁静中传来几声黄鹂的鸣啭,这种"幽栖意",完全摒绝了燥热的感觉。由此可见,"草堂"的"夏日偏宜",既是实指它的避暑功能,又是表示其隐居生活的宜人。句句写消夏,又句句写"幽栖",这正是本曲前半的妙味所在。

从[么篇]起,转出了作者的述怀。"终焉计"是打算将这种幽栖生活保持到老,"用之行舍之藏"则是这一选择的理论根据。这本意是自作宽解,然而,它也透露出诗人未能忘情于用世。面对着不得"用之行"的严酷现实,他不像对夏热那样无动于衷。一"悼"一"追",表现了他思绪的动向。时值五月初五,他吟唱《楚辞》,纪念伟大的楚国诗人屈原,虽是应合时令的举动,却更多的是借古人酒杯,浇胸中块垒的意味。

尽管如此,诗人仍保持着平和冲静的情调。这就使全曲颇像一支得道之士从容弹奏的琴歌。散曲对文人来说往往有散虑涤烦的作用。"正流金烁石天气",这大概正是诗人尽量抑心平气的原因。

中吕·普天乐

张鸣善

嘲西席①

讲诗书,习功课。爷娘行②孝顺,兄弟行谦和。为臣要尽忠,与朋友休言过。养性终朝端然坐,免教人笑俺风魔③。先生道"学生琢磨"。学生道"先生絮聒"④。馆东⑤道"不识字由他"。

【注释】

①西席:家庭教师。

②行:行辈,一班人。

③风魔:疯癫。

④絮聒:啰苏。

⑤馆东:出钱请老师的学生家长。

【鉴赏】

这是一首嘲谑之作,嘲讽乡间教书先生的冬烘与无成。

小令题为"嘲西席",前半却按兵不动,且不厌其详地记录了西席先生的教训内容。"讲诗书,习功课",起首两句何等冠冕堂皇。但读完老夫子那一大堆说教之后,不禁哑然失笑,所"讲"所"习",实在是"卑之无甚高论"。如果说"爷娘行""兄弟行"的教诲只不过犯了老生常谈的毛病,那么"为臣要尽忠"就完全是不看对象;而要求学生端坐养性(老夫子显然把这两者当成了一回事),则更是迂腐可厌了。作者虽未正面描写人物,读者却不难想见这位西席老先生摇头晃脑、喋喋不休的形象。"养性终朝端然坐"用的是文言,"笑俺风魔"之类却是地道的口语,也使人有如闻其声的感觉。

在不动声色地实录教书先生的训诲之后,临末三句以先生、学生、馆东三方的表态,安排了别出心裁的结尾。先生是套用了《诗经·淇奥》中"有匪君子,如切如磋,如琢如磨"的习语,明明是一番空洞浅薄的说教,却要求"学生琢磨",这里除了再现半通不通掉书袋的酸味外,还充分表现出先生的自鸣得意。但学生却不买老师的账,一盆冷水兜将上来,说先生"絮聒",这个评价其实就同"老糊涂"差不了多少。馆东的说话显然是听了先生告状后的反应,"不识字由他",五字含有对儿子的溺爱,而更明显的则是对先生根本不抱希望。这句话还透露出学生至今"不识字"的事实,是对起首"讲诗书,习功课"的绝妙照应。"嘲西席"的题意,至此昭然若揭。全曲欲抑先扬,蓄足文势而后进行揶揄,造成了瓜熟蒂落、水到渠成的新奇趣味和喜剧效果。这也是谐谑性散曲作品的常用手法。

双调·水仙子

张鸣善

讥时

铺眉苦眼早三公①,裸袖揎拳享万钟②,糊言乱语成时用③。大纲来都是烘④,说英雄谁是英雄?五眼鸡岐山鸣凤⑤,两头蛇南阳卧龙⑥,三脚猫渭水飞熊⑦。

【注释】

①铺眉苫眼:扬眉展眼,这里有粗眉蠢眼之意。三公:本指太师(国君的师傅)、太傅(负责政务)、太保(负责保安),后常指太尉(主军事)、司徒(主教化、政务)、司空(负责管理官吏),均为一国军政的最高长官。

②裸袖揎拳:卷起袖子摩拳擦掌,准备打架的样子。万钟:指丰厚的俸禄。

③时用:得到社会器重和大用的人。

④大纲来:总的说来。烘:借作"哄",胡闹。

⑤五眼鸡:常作"忤眼鸡""乌眼鸡",好斗的鸡。岐山鸣凤:周文王的祖父古公亶父带领部族东迁岐山,奠定周朝基业,相传其时有凤凰鸣于岐山。岐山,古邑名,在今陕西岐山县东北。

⑥两头蛇:一蛇而两头,古代以为人见了不祥。南阳卧龙:即诸葛亮,曾隐耕于南阳(今属河南),世称卧龙。

⑦三脚猫:喻徒有其表而无实能。渭水飞熊:指吕尚(姜太公),他在渭水之滨以垂钓为生,因周文王得卜辞"非虎非罴,所获霸王之辅",将他载还宫中,尊为尚父。后人讹"非罴"为"非熊""飞熊"。

【鉴赏】

这是元散曲中一支妙语连珠的著名作品。首尾两组工整的鼎足对,尤见精彩。

起始的三句中,"铺眉"与"苫眼""裸袖"与"揎拳""胡言"与"乱语"是句中自对,互相又成为工对;"时"与"十"同音,借与三、万做数字对。"铺眉苫眼"等三组词语活画出了无赖与白痴的形象,与达官贵人的身份本身形成了绝妙的讽刺。而三句从文意上看侧重点又有所不同:第一句讽刺内阁,第二句讽刺武将,第三句讽刺高官。总而言之,"都是烘(哄)",满朝文武全是些瞎胡闹的乌龟王八蛋罢了。

末尾的鼎足对,数字对数字、地名对地名、动物门对动物门不算,妙在同句之内的鸡与凤、蛇与龙、猫与熊还都有形状相像的联系。一头是文人习用的雅语颂辞,一头却是民间口语中带着詈骂性质的语汇,凑在一起,冷峭而生动。三句也各具侧重点:第一句揭示凶横,第二句揭示狠毒,第三句揭示无能。这就让人们清楚地看出,元代社会中各种自封的或被吹捧出来的风云人物,究竟是些什么样的货色。这三句承接前文"早三公""享万钟""成时用"而写,作者矛头直指上层统治集团的高官要人,是一目了然的。两段之间,"大纲来都是烘"结上,"说英雄谁是英雄"启下。得此两句愤语绾联,"讥时"的题意便充分地显露了出来。

作者这种庄俗杂陈,嬉笑怒骂而尖峭老辣的散曲风格自成一家,被时人称作"张鸣善体"。明代曲家薛论道就有一首仿"张鸣善体"的《朝天子·不平》:"清廉的命穷,贪图的运通,方正的行不动。眼前车马闹轰轰,几曾见真梁栋。得意鸱鸮,失时鸾凤,大家挨胡厮弄。认不的蚍龙,辨不出紫红,说起来人心动。"语言虽不及本曲灏辣,却能得其神理。

杨 朝 英　号澹斋,青城(今属山东高青县)人。曾与贯云石交游。所作散曲传世者不多。编有《阳春白雪》和《太平乐府》两种散曲集,人称"杨氏二选",元人散曲多赖此二书以侍。散曲作品今存小令二十余首。

双调·水仙子

杨朝英

自　足

杏花村里旧生涯,瘦竹疏梅处士家,深耕浅种收成罢。酒新筹,鱼旋打,有鸡豚竹笋藤花。客到家常饭,僧来谷雨茶,闲时节自炼丹砂。

【鉴赏】

这首小令题为"自足",那么作者引以自足的是些什么呢?

一是酒。这是古代文人的诗文催化剂和忧愁逍遥散。"闲时诗酒醉时歌"的生活几乎无人不羡慕,诗人干脆将其理想中的居所叫作"杏花村"。杜牧有"牧童遥指杏花村"(《清明》)句,因而"杏花村里旧生涯"实际上是指作者平素的诗酒生活。

二是梅竹。封建时代自命高洁的文士大都爱梅竹。如:宋朝的林逋被称为"梅妻鹤子",苏轼"宁可食无肉,不可居无竹"就是典型的例子。梅竹的可爱大概就在于它的素与雅吧。素而脱奢华,雅而离庸俗。门前屋后的疏梅瘦竹正象征着诗人的素心雅趣。

三是经济基础和文化追求。深耕浅种,作物有成。新酿美酒,现打鲜鱼,还有鸡猪竹笋和新鲜瓜果。这诸多食品应有尽有。客人来了吃顿家常便饭,僧人来了就与他一道品茶谈禅。闲时节就自炼丹砂,去追求道家的长生境界。

作者所向往的自足的田园生活跟真正的农家生活仍隔着几道墙垣。它或许是作者生活趣味的写照,或许是乱世中知识分子理想的生活环境,或许就是隐士所向往的世外桃源。

宋方壶　名子正,华亭(今上海松江)人。约生活于元末明初。曾于华亭莺湖建房数间,四面为镂花方窗,如洞天状,名曰"方壶",因以为号。工散曲。作品今存小令十三首,套数五套。

中吕·红绣鞋

宋方壶

阅　世

短命的偏逢薄倖①,老成的偏遇真成,无情的休想遇
多情。懵懂的怜瞌睡,鹘伶②的惜惺惺,若要轻别人
还自轻。

【注释】

①短命的:民间称无德的人。薄倖:薄情的负心人。

②鹘伶:机灵、精明。

【鉴赏】

"大人"常爱给孩子们讲这样一个故事:

一个王子为救他的国王父亲,要去某神秘的山顶采灵药。路上碰到一位麻衣芒鞋的老人。这小子仗着自己是王子,把老人不当回事,便七吆八喝:"喂,老头儿,到山顶的路咋走?"老人漫应一声:"哦,那边。"于是这王子往那边去了。过了不久,又来了一小王子,也碰到这个老人。他这样问道:"老爷爷,请问……"于是老人不仅告诉了路线,还再三嘱咐碰到一只孔雀时千万别看它的眼睛,否则就会变成一块石头。这王子不仅采到灵药,还救活那已变成石头的哥哥。

这当然是用来教训孩子的,但其道理对成人同样适用。

下面让我们来为这些生活箴言做一个注脚。

短命的偏逢薄倖——《窦娥冤》里的赛卢医谋蔡婆婆的财想害她的命,偏遇上地痞张驴儿父子,落个人财两空;张驴儿想毒死蔡婆婆结果反送了他老爹性命。老成的偏遇真成——宽厚仁慈的刘备桃园三结义，为兴复汉室得到左右无敌手；在隆中养气蓄才的孔明遇到三顾茅庐的刘备，得以施展才华而名传千秋。无情的休想遇多情——陈世美抛弃糟糠之妻后又遇到了什么？是他妻子的一纸诉状；《救风尘》里的花花公子周舍骗娶宋引章后还想以同样手段骗娶赵盼儿，结果被赵盼儿设计弄得"尖担两头脱"。结论：你投别人以桃，别人就报你以李。善待别人就是善待自己。

懵懂的怜瞌睡，鹘伶的惜惺惺——昏庸的玄宗爱奸相李林甫，重用庸人杨国忠。无才的忌才，有才的爱才。武则天赏识骆宾王（还有个上官婉儿），曹操千里迎文姬。糊涂虫才会赏识瞌睡虫，机灵人才会怜惜精明人，原因很简单，人以群分，同气相求。小人当道则"直如弦，死路边"；明君理政则百鸟朝凤。若是精明人赏识糊涂虫或糊涂虫懂得怜惜机灵人，那真是"小鸡叼个饿老鹰，老鼠捉住个大狸猫"。不尊重他人，必招来他人怨诽，导致别人对自己不尊重。因而轻视别人实际上就是轻视自己，不尊重自己，本文开头的那个故事就说明了这一道理。

中吕·山坡羊

宋方壶

道 情

青山相待，白云相爱，梦不到紫罗袍共黄金带。一茅斋，野花开，管甚谁家兴废谁家败，陋巷箪瓢亦乐哉！贫，气不改；达，志不改。

【鉴赏】

宋方壶曾在上海松江的华亭莺湖建造了一套很别致的房子。房屋四面都安上镂花方窗，从窗口外望湖光山色，给人壶中别有洞天的感觉。他给它命名为"方壶"，大概这名字颇有方外仙家的味道，所以他又把它做了自己的名号。他的本名是宋子正。这里所写白云青山中的茅斋，即使不是他的"方壶"，也该融进了他在方壶中的感觉和思维。

无名氏有"青山隔断红尘路,白云满地无寻处"句(《叨叨令》),这里的青山也应是茅斋主人与乖谬世道相隔绝的屏障。不仅如此,这青山白云好像也有情似的坦诚相待眷恋相随,正是辛弃疾说的:"我见青山多妩媚,料青山见我应如是"(《贺新郎》),山无情,人有情,结果用有情的眼睛去看山时,山也有情了。远有青山白云,近有野花绕屋,在这充满山野趣味的清幽胜境,又哪里会有红尘杂念,更不说梦见什么紫罗袍黄金带。既然不会梦到紫罗袍的风光,那么也就不会去管它什么天下兴亡了,因为那"天下"也不过是少数几个人的棋盘,所谓"天下兴亡"事,说到底不过是少数几个人在争输赢而已,管它哪个成哪个败,干卿甚事?何况不论是楚家,还是汉家,最终都不过是"做了渔樵话"(无名氏[中吕]《朝天子》),给后人增加一点饭后谈资而已。与其这样空自忙,还不如像孔子的弟子颜回那样虽居陋巷而箪食瓢饮,但能乐在其中。

这位隐者品性高洁。他贫不改气,达不改志,要隐居做到"贫贱不能移,富贵不能淫",实属难能可贵。

双调·清江引

宋方壶

托　咏

剔秃圞一轮天外月,拜了低低说:是必常团圆,休着些
儿缺,愿天下有情底都似你者。

【鉴赏】

中秋拜月,是我国古代的一种民间习俗。中秋之夜,一轮圆圆的明月从天外升起,妇女们便面对圆月,虔诚地跪拜,略含羞涩地低低诉说着心中的美好愿望。《拜月亭》中的王瑞兰对父亲用暴力拆散她与蒋世隆的婚事十分不满,但又不敢反抗,只好在中秋之夜向月亮祷告:一是希望父亲改变主意,承认既定婚姻;二是愿丈夫

平安无事,二人早日团圆。冯延巴笔下的"长命女"也向月亮拜祷说:"一愿郎君千岁,二愿妾身长健,三愿如同梁上燕,岁岁长相见"(《长命女》)。这命意与此曲近似。曲中的拜月女,祝愿月亮常团圆,这虽然有些不合情理,但正是为了表达有情人常团圆的美好愿望。不仅如此,她还祝愿不让圆月有一点儿缺损,愿天下有情人都似这常圆之月。此曲的境界大大超过了《拜月亭》和《长命女》,它跳出了个人的小圈子,推己及人,"愿天下有情人都成了眷属"(《西厢记》),从而增添了博大的内涵。

双调·水仙子

宋方壶

居庸关中秋对月

一天蟾影映婆娑,万古谁将此镜磨?年年到今宵不缺些儿个。广寒宫好快活,碧天遥难问姮娥。我独对清光坐,闲将白雪歌,月儿你团圆我却如何!

【鉴赏】

中秋之夜,作者独对明月清辉而产生的遐思和孤寂情怀溢于言表。

写中秋月,辛弃疾有词曰:"一轮秋影转金波。飞镜又重磨。把酒问姮娥……斫去桂婆娑,人道是青光更多"(《太常引·建康中秋夜,为吕淑潜赋》)。宋方壶的这首曲无疑受到它的启发，但却别有一种清幽的意境。

一个孤独散步者坐在清冷的月光下，抬头望，整个天空浸在月辉中。细看月亮，它像刚刚磨过的一面大圆镜。这不由得让他遐思联翩：千万年来是谁把它磨得这么锃亮溜圆，以至年年的中秋都不曾缺一点？那传说中的广寒宫定有成群的仙女正甩着水袖翩翩起舞，那快活的倩影真让人好生羡慕。可惜仙路遥遥，没法向嫦娥打问。作者仰望月亮浑圆，想象月宫快活转而顾影自怜。看自己独对清光坐，独将阳春白雪闲唱，不由得一声责怨：月亮啊你只顾自己团圆，我孤身一人思亲念家又该怎么办？作者从松江来到居庸关，所以发出"月圆人不圆"的感慨。

中吕·红绣鞋

宋方壶

客　况

雨潇潇一帘风劲，昏惨惨半点灯明。地炉①无火拨残星。薄设设衾剩铁，孤另另②枕如冰。我却是怎支吾③今夜冷？

【注释】

①地炉：烧火取暖用的火炉。

②另另：同"零零"。

③支吾：应付。

【鉴赏】

读这首曲，很容易使人联想起唐代戴叔伦《除夜宿石头驿》："旅馆谁相问，寒灯独可亲。一年将尽夜，万里未归人。寥落悲前事，支离笑此身。愁颜与衰鬓，明日又逢春。"同是表现旅馆中的客况，戴诗点到即止，不断发掘新意境(作品中的冬夜恰是除夕,也为这种开掘提供了便利),显得含蓄深沉;而本曲所涉及的仅是戴诗前两句的意象,却细加点染,深追猛打,务求穷形极致。

小令排设出旅馆中的五件道具:帘,灯,地炉,衾,枕。帘是用来屏蔽风雨的,偏生此时风雨大作,"一帘风劲",令人想见它如风帆那般饱鼓的形状。灯是照明的,在客夜中它还有温暖人心的作用,但如今却是"昏惨惨",一副半死不活的样子。"风劲"是"一帘","灯明"却是"半点",强弱悬殊,而这一豆灯火也保不了多久。至于地炉就更惨了,"无火拨残星"。宋代吕蒙正在贫寒未达时,做过"拨尽寒炉一夜灰"的诗句,多为元杂剧曲词采用,作者在此或也受了这句诗的启示。炉中残火已经熄灭,诗人却仍在拨寻火星,这一画面实在是触目惊心。最后是"衾剩铁""枕如冰",使人想起"布衾多年冷如铁"(杜甫),"霜夜枕如冰"(方岳)等前人诗句,诗人在床上也得不到温暖,更不用说安睡了。这一幕幕景象层层加码,淋漓尽致地表现出"客况"的严冷。这种严冷既是生理上所直觉的寒意,也是心理上所感受的寒寂。

寒冷凄凉的境况汇聚到最后,就是末句撕心裂肺的一问:"我却是怎支吾今夜冷?"这一句看似显豁,其实却是全曲中最为含蓄的一句。从字面上看它是就"今夜冷"而言,但联系"客况"的题目,即可发现这是作者对于作客他乡、苦挨时日的绝望的痛吁,今夜冷尚且难以"支吾",况且还有无数个日日夜夜!游子旅程的痛苦,漂泊的疑惧,思乡怀故的情怀,都在这一句呐喊中凸现了出来。

由此可见,在表现客况旅愁上,散曲的这种直笔细陈的表现法,并不逊于以蕴藉见长的诗体,环肥燕瘦,各领风骚。气局上散曲可能显得狭小,余味上也可能有失隽永,然而却能收形象鲜明、情景交融之效。更何况像本篇使用的"雨潇潇""昏惨惨""薄设设""孤另另"这样的叠词,摇曳生姿,这种晕染的效果,是唐诗所望尘不及的。

陈德和 生平不详。工散曲,仅存小令十首。

双调·落梅风 雪中十事（之十）

陈德和

寒江钓叟

寒江暮，独钓归，玉蓑披满身祥瑞。他道纵如图画里，则不如销金帐暖烘烘地。

【鉴赏】

这是陈德和重头小令《雪中十事》中的最后一首小曲。

曲题《寒江钓叟》化用了柳宗元《江雪》的诗句，然而在情致上却迥然而异。我们先来品赏一下柳宗元的《江雪》诗：

千山鸟飞绝，万径人踪灭。

孤舟蓑笠翁，独钓寒江雪。

柳宗元的这首小诗，意境极其独特，形象也十分丰满，作者仅用了短短二十个字，极为精辟洗练地描绘了一个千山空寂、万籁俱静的典型环境，仿佛这是一个凝固的世界。诗中还塑造了飞雪飘洒的寒江上，一位头戴斗笠、身披蓑衣、端坐孤舟之上独自垂钓的老渔翁形象，仿佛他是一座冰清玉洁的雕塑。柳诗表现了一种清高孤傲，凛然不可侵犯的性格和气质，大约是柳宗元因参加王叔文的改革运动而被贬到永州以后的作品。当时，他在精神上受到了极大的刺激和压抑，便借寒江独钓的渔翁，来抒发自己政治上失意的苦闷，寄托其清高孤傲的情操。

而陈德和的这首小令，在格调上与柳宗元的《江雪》有着显然的差异。它的主题是表现渔翁寒江独钓归来后的感触，寄寓了作者的另一种情怀。

小令首句"寒江暮，独钓归，玉蓑披满身祥瑞。"这是从柳宗元《江雪》诗的最后一句"独钓寒江雪"生发出来的：寒江边，天色渐暗，夜幕即将降临；那位冒雪独钓的渔翁，收拾起渔具，离开江上的孤舟，独自走回家园。"玉蓑披满身祥瑞"是写这位

·元曲·

图文珍藏版

渔翁的装束,"玉蓑"形容渔翁垂钓一天,飘落在他蓑衣上的雪花,满满地洒了一层,使蓑衣如同用碧玉制作的一般。"祥瑞"本为吉祥符瑞之意,这里用"满身祥瑞"来形容一场应时的好雪,或许预示了吉祥如意的前景。所以"玉蓑披满身祥瑞"仍是继承运用《江雪》诗的人物形象,请看那位寒江独钓的渔翁,正走在回家的路上,他的身上飘落了满满一层晶莹的雪花。这简直是一幅不用丹彩却充满诗意的图画。以上这三句是写景,也是小令的第一层。在情调上与柳宗元的《江雪》一脉相承。

但是,在第二层,作者的笔调却陡然一转:"他道纵如图画里,则不如销金帐暖烘烘地。"这里的"他"是谁呢?是渔翁自己,还是别人?"他"说道:纵然寒江独钓别有一番乐趣,宛如身处画卷中一般神奇美丽,也不如坐在销金帐里温暖舒适,免受严寒风雪的侵袭。"销金帐"是用金饰或金线装饰的帷帐,如《古今杂剧》戴善夫《风光好》有:"你这般空歌对酒销金帐,煞强如扫雪烹茶破草堂。"古典诗词中常常用"销金帐"来指代王公贵戚的豪华富丽生活,因为能够住在销金帐里的人,自然不会是贫寒之士,当然也不会遭受寒冷冻饿之苦。那么作者为什么要做这样的对比呢?显然,他是在讽刺挖苦那些不理解"寒江钓叟"情怀的人。有些人把柳宗元的《江雪》当作一首纯写景的诗,片面强调它的诗情画意,而渔翁独自在"千山鸟飞绝,万径人踪灭"这样一个空寂冷清的环境中垂钓,他的内心世界又是什么样呢?联系到柳宗元遭贬斥,是被迫无奈的,他并不甘心于孤芳自赏,依然希望献身于社会和苍生。由《江雪》演化而来的这首小令的用意不是非常清楚了吗?

综观陈德和《雪中十事》其他各首小令,无不是呈现出这种反其道而发议论的格调。如《孙康映雪》云:"无灯蜡,雪正积,想孙康向学勤力。映清光展书读较毕,待天明困来恰睡。"孙康映雪苦读,历来被传为勤学的佳话。作者偏说他映雪夜读,而天明之后却去睡觉,这是多么荒唐可笑和愚蠢。由此可见,陈德和的这组小令,不囿于传统的说教,敢于冲破藩篱,打破束缚,甚至敢于冒天下之大不韪,反其道而行之,寓深刻的讽刺与辛辣的嘲笑于曲中,实在是不多见的。

丘士元 生平事迹不详。今存小令八首。

中吕·普天乐

丘士元

秋夜感怀

月空圆,人何在？寒蛩切切,塞雁哀哀。菊渐衰,荷残
败,叶落西风雕阑外,断人肠如此安排。秋云万里,满天
离恨,伴我愁怀。

【鉴赏】

这是一首怀念友人的小令。全曲可分为三层。

第一层"月空圆,人何在?"首先以深沉的问句开头,开门见山地点明了全曲的
主题。古人常常以"花好月圆"比喻生活的幸福、家人的团聚。如《唐宋诸贤绝妙
词选》卷七收宋代晁次膺(端礼)《行香子·别恨》词有:"莫思身外,且斗尊前,愿花
长好,人长健,月长圆。"后常以花好月圆作祝人幸福美满之词。在这深秋的夜晚,
秋高气爽,皓月当空,诗人独自漫步在花园的亭台、楼阁、池塘之间,想起去年此时
此地,与挚友相聚,饮酒赏月,赋诗弹琴的欢娱情景,心里无限惆怅。今年又是一轮
明月当空,然而作者的挚友哪里去了呢? 这样好的月色,这样美的夜晚,却不能与
友人相聚观赏,诗酒为欢,月亮呵,岂不辜负了你那皎洁圆满、妩媚多情的美容吗?
这里表现了作者对友人的深厚情意及深切思念。也许作者所怀念的友人,是受奸
臣所害,被朝廷流放,充军? 坐牢下狱,或已含恨离开了人世? 也许是一娇美的女
子,是恋人? 是娇妻? 天各一方,不能团圆? 读者可以根据自己的理解去想象,去
推测。

第二层,从"寒蛩切切"到"断人肠如此安排"。这一层通过对景物的描写,环
境气氛的渲染,抒发了作者更加深沉的哀怨,给人以悲凉之感。

"寒蛩切切",指蟋蟀悲切的叫声。蟋蟀在寒秋到来,生命即将结束的时候,叫

声该是多么的悲凉！"塞雁衰衰"，深秋季节，大雁结队从塞北向江南飞去，万里长空中不时地传来雁群哀伤的鸣叫。这两句写动物的表现，用以寄托自己的哀怨。"菊渐衰，荷残败，叶落西风雕阑外。"菊花正在凋谢，荷花也已衰败，寒冷的西风飒飒吹来，落叶纷纷，预示着严冬的到来。这里通过对秋天景物和周围环境的描写，使气氛更加悲凉凝重。"断人肠如此安排"一句，则直接抒发了作者的感伤和怨恨。在这秋气浓重，气氛悲凉的环境中，作者独自站在彩楼的雕栏内，思念友人的心情更加无法排遣，愁肠寸断，忧郁满怀，无比悲伤地埋怨老天竟做了这样的安排。这一层的大意是：在深秋的夜晚，蟋蟀急促悲切地鸣叫着，好像已忍受不了寒冷的折磨，为自己即将结束的生命而悲歌。从北国迢迢飞来的大雁结队南去，哀声阵阵，好像不愿离开故土。婀娜多姿的菊花，渐渐凋谢，池塘中那亭亭玉立的荷叶，也七零八落，衰败枯黄了。寒冷的西风飒飒吹来，树枝上的枯叶片片飘落，洒了满地，我站在雕栏画柱的楼阁上，无限的愁思涌上心头，苍天呵，你为什么偏偏做了这样的安排。叫我这愁肠欲断的人如此悲凉难耐。此刻，作者触景生情，思念友人的感情进一步升华，达到了撕心裂肝的程度，读此句，令人怆然泪下，低徊感慨，不能自抑。

接着作者仰望长天，发出了"秋云万里，满天离恨，伴我愁怀"的感叹，这是小令的第三层，亦是全曲的高潮。

前边寒蛩的叫声，塞雁的哀鸣，衰菊、败荷、落叶、西风等都不足以表达作者的别愁、离恨、哀怨，只有那万里秋云，才能表现他"扯不断，理还乱"的愁絮，"秋云万里"，表现了作者无限的愁思。"满天离恨"写出了作者离恨之深沉辽远。这里或许寄寓了作者对现实的强烈不满，是对朝廷腐败、现实黑暗的不满？还是对由于封建势力的束缚，恋爱婚姻不能自主的愤恨？这强烈的愁思，无法摆脱的苦恼，满腹的感伤萦回他的心头，令人感到无比的压抑和沉痛。这一层，感情色彩极为浓郁，作者直抒胸臆，抒发了愁火如煎的情怀。

五代著名词人李煜《虞美人》词中云："问君能有几多愁？恰似一江春水向东流。"用滔滔不绝、汹涌奔腾的江水比喻亡国的愁恨。这里作者以"秋云万里，满天离恨"表现自己的无限愁思，在艺术上有异曲同工之妙。

这首小令语言典雅，感情饱满，虽为俗曲，却不稍逊于艳词，并能熔写景抒情为一炉，寓情于景，情词并茂，收到了强烈的艺术效果。

双调·折桂令

丘士元

相　思

枉虚度岁月光阴,满腹离愁,一片忧心。斜月穿窗,寒风透户,夜永更深。空落得忘餐废寝,怎能够并枕同衾。院落沉沉,无限相思,付与瑶琴。

【鉴赏】

　　这首小令描绘了一位青年女子在孤独寂寥中无限思念情人的深切情怀。

　　首句"枉虚度岁月光阴,满腹离愁,一片忧心。"主要是写情,女主人公正当青春年华,昔日夫妻恩爱、和谐甜蜜的生活,留下了美好的回忆。如今丈夫离家外出,杳无音讯,使这位少妇感到生活乏味,无比孤寂,于是韶华流逝,光阴虚度。唯有当日离别的情景时时萦绕在她的心怀,难以排遣。"满腹离愁"道出了她对丈夫的相思之切。"一片忧心"反衬出她对丈夫的恋慕之深。"忧"何在? 丈夫离家音讯隔绝,他在外的处境如何呢? 旅途是否平安? 会不会遇到什么灾难? 什么时候才能平安地回到自己身边呢? 这一切都可能使少妇忧心忡忡。这样细微的人物心理活动的刻画,表现出作者非常细腻的观察力。

　　"斜月穿窗,寒风透户,夜永更深。"这三句是对环境气氛的描绘,使少妇的离愁忧心更加深沉凝重。一轮皓月当空,皎洁的月光透过窗户斜照进屋内,寒冷的秋风从门缝里钻出来,夜已经很深了。少妇苦苦地思念着丈夫,更加感到冷清孤独,寂寞忧伤,她躺在床上辗转反侧,久久不能入睡,觉得黑夜竟是如此漫长。这里的"斜月""寒风""夜永",无一不充满了悲凉的感情色彩,起到了烘托主人翁忧苦愁思的作用。

　　接下去"空落得忘餐废寝,怎能够并枕共衾。"这一句进一步刻画出少妇的相思之苦。少妇思念丈夫，茶不思，饭不香，饮食难以下咽，漫漫长夜通宵不眠，但丈夫音讯全无，岂不是枉费了她的一番深情吗？一个"空"字，道出了少妇无限悲切感伤的情怀。怎样才能够与丈夫同衾共枕，共度美满幸福、甜蜜和谐的夫妻生活呢？这几句进一步表现了少妇对正常夫妻生活的向往。语言虽然平常，却也一往情深。

最后三句，"院落沉沉，无限相思，付与瑶琴。"这里既有环境的描写，也有感情的刻画与寄托。"院落沉沉"写夜深人静，万籁俱寂，月光暗淡，庭院更加显得幽深冷寂，在这昏暗深沉的环境里，少妇思夫心情更加激烈，更加深挚，相思之苦更加难以排遣，于是她披衣下床，点起香烛，从墙上摘下镶有玉饰的瑶琴，手抚琴弦，弹起了相思曲，用琴声来寄托自己的情思。这三句是全曲的高潮，少妇终于为自己无限的相思找到了一种寄托，用琴声来倾诉自己的心声。读完此句，我们仿佛看到一位体态纤弱、愁云锁眉、忧心忡忡的青年少妇，端坐在瑶琴旁，一双纤纤素手轻轻地拨动着琴弦，月光透过窗户洒在她的身上。悠扬的琴声飞出窗外，在深沉的院落里，在寂静的夜空中回荡。那哀怨的琴声如泣如诉，寄寓着她无限的忧愁和对丈夫的深切思念。这琴声余音袅袅，催人泪下，达到了绝妙的艺术境界。可以想见，这是一位能歌善弹，才华横溢的青年女子。她有着纯洁、深挚的爱情，有着热烈的向往，执着的追求。

古代词曲中，描写女子相思的篇章很多。如兰楚芳的[双调·折桂令]《相思》描写了一位因相思心切而染病的女子，只是以泪痕和啼哭表达自己的哀伤，并通过"人又昏昏、天又昏昏、月又昏昏、灯又昏昏"的环境描写，给人一种悲伤绝望的感受。这首小令，同样写女子相思之苦，最后却以琴声寄托和倾诉女子的心声，表达女子的忧怀，给人以美的享受，艺术的感染。人物形象丰满，感情深沉而不凄绝，语言通俗易晓，在同类曲作中别具一格。

周德清 元音韵学家。字挺斋，高安（今属江西）人。约生于南宋末年，元顺帝初年犹在世。工乐府，善音律。他总结当时北曲创作和歌唱的规律，于泰定元年（1324）写成《中原音韵》一书，是北音韵书的创始。所作散曲今存小令三十一首，套数三套。

正宫·塞鸿秋

周德清

浔阳即景①

长江万里白如练,淮山数点青如淀;江帆几片疾如箭,
山泉千尺飞如电。晚云都变露,新月初学扇②,塞鸿
一字来如线。

【注释】

　　①浔阳:今江西九江市,长江流经此地,这一段又名浔阳江。

　　②新月初学扇:初升的新月,虽未团圆,却有欲圆之势,因团扇是圆的,故用它来
形容待圆之月。"初学扇"是用拟人的手法将新月人格化。

【鉴赏】

　　傍晚,作者登浔阳城楼,观长江两岸山水如画,不禁逸兴遄飞,发出了深情的赞
咏。曲子开头连用四个排比句,铺叙江天美景,有如贴锦、刺绣一般,生动集中地表
现了江山秀色。此刻,万里长江止息了它的惊涛骇浪,静静向东流去,在月色的映
照下,反射出银色的光泽,宛如平铺万里的一条白色绸带,远处青山数点,苍茫的夜
色将它们映衬得更加翠绿深黝。俯看长江浩瀚无边,江帆如片片苇叶轻灵如疾箭;
仰望群山巍峨高耸,瀑布如千尺银河飞落。晚霞尽收,天气变凉,飘浮的云气渐渐
凝聚成露气笼罩在江面。初升的新月,虽未团圆,却善解人意,努力使自己像团扇
一样圆润起来。一个"学"字用得摇曳生姿,极有人情味。秋露如珠,秋月如珪,作
者在徜徉水际、目送征帆的间隙,回首北顾,一行塞雁成一字形掠过烟波浩渺的江
天,它是那样高,那样远,看上去就像悬在云端的一缕细线。作者将我们的目光引
向无尽的碧天时,曲子也就戛然而止了。这种结句,不仅点明了秋季时令,使人联
想到王勃《滕王阁序》中所创造的:"落霞与孤鹜齐飞,秋水共长天一色"之雄浑苍

莽的境界,而且又为这无声的画面留下了"阵雁惊寒"的音响,令人遐想无穷。

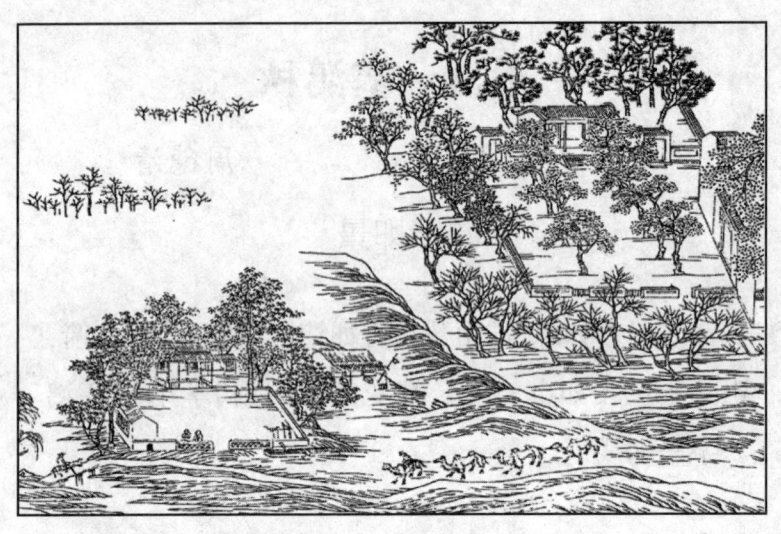

此曲七句共45个字,篇幅甚是短窄,却尺幅万里,分则一句一景,宛如七幅山水屏画,合则构成浔阳江山的立体画卷,似一部风景名胜片,其间高低远近、动静明暗、声光色态,无不咸备。

朱权曾用"玉笛横秋"四字来评价周德清的曲子风格,持论此曲,可谓毫发不爽。

正宫·塞鸿秋

周德清

浔阳即景

灞桥雪拥驴难跨①,剡溪冰冻船难驾②。秦楼美醖添高价③,陶家风味④都闲话。羊羔⑤饮兴佳,金帐歌声罢。醉魂不到蓝关⑥下。

【注释】

①"灞桥"句:唐昭宗时的宰相郑棨,有"诗思在灞桥风雪中驴背上"的名言,而

元人则附会出唐诗人孟浩然骑驴往灞桥踏雪寻梅的传说。灞桥,在长安东边的灞水上。

　　②"剡溪"句:东晋王徽之雪夜忽念友人戴逵,从山阴(今浙江绍兴)连夜乘船赶往剡溪(在浙江嵊州市南)。天明到了戴家门前又打道回府,说是"乘兴而来,兴尽而返"。剡溪,水名。

　　③秦楼:妓楼。美醽:美酒。

　　④陶家风味:宋学士陶谷,同小妾取雪水烹茶,以为雅事,后人目为"陶家风味"。

　　⑤羊羔:一种酒名。

　　⑥蓝关:又名峣关,在今陕西省蓝田县境内。唐韩愈贬谪潮州,出京经过此地,有"雪拥蓝关马不前"的诗句。

【鉴赏】

　　本篇同前首实写浔阳江景不同,表现的是冬日大雪中消遣的感受。全曲七句均取与冬雪有关的典故,巧妙地为我所用。

　　首句灞桥踏雪为的是寻胜,"驴难跨",说明外出游赏不成。次句剡溪访戴为的是会友,"船难驾",同知音相伴的愿望又落了空。三句语本唐郑谷《辇下冬暮咏怀》"雪满长安酒价高",这里借口美酒涨价,其实是无心去青楼寻欢。四句对陶家故事不以为然,本意也是不打算附庸风雅。这四句陈列了踏雪访胜、命驾会友、青楼寻醉、煮雪烹茶的四种选择,却又从主客观因素一一抹倒,其用意在故作抑笔,表明严冬适兴的不易。

　　五、六两句则透露了自己的选择安排,是"羊羔饮兴佳,金帐歌声罢"。两句表面看似实写,其实也在用典,典故同第四句的"陶家风味"有关。原来陶谷的小妾,本是太尉党进的侍姬。陶谷煮雪水煎茶,问她:"党家也识得这种风味吗?"小妾答道:"他是粗人,哪能懂得这样做! 只不过知道大雪天在销金帐里浅斟低酌,饮羊羔酒罢了。"见陶谷《清异录》。党进的贵族消遣法在元人的习见中是粗俗卑下的典型,这一点在前选吕止庵《后庭花》(风暗紫貂裘)的"讲评"中已经提到。既然如此,作者为什么还要出此下策呢? 末句就意味深长地揭示了答案。"蓝关"的出现看似突兀,却与大雪有关,是作者雪中遣兴时的自然联想。他在这里清楚地表明了自己的感受和信念:在大雪纷飞的严冬,即使不能效法名人雅士的风流行为,只要能够自由自在,遂心尽性,总比韩愈在蓝关遇雪的贬谪处境要强。值得指出的是,既是用典,则本曲中的"羊羔""金帐"便未必是实有其景,只不过用以代表作者在大雪天里饮酒歌唱、聊以自适;而"蓝关下"也并非单对韩愈的"雪拥蓝关马不前"就事论事,而是将它作为官场危险的象征。这就揭出了全曲傲岸疏狂、蔑视功名的内旨。作品抑扬起伏,转接无痕,用典有显有晦,挥洒如意,表现了老到的功力。

中吕·红绣鞋

周德清

郊行

茅店①小斜挑草稕,竹篱疏半掩柴门②。一犬汪汪吠行人。题诗桃叶渡③,问酒杏花村④。醉归来驴背稳。

【注释】

①茅店:小客店。草稕:稻草捆。宋元时乡村客店、酒店常以之缀于竿头,悬挑在门前,用作招客标志。

②柴门:树枝编就的陋门。

③桃叶渡:在南京市江宁县南一里秦淮河口,为东晋王献之迎其小妾桃叶之处。这里即指渡口。

④杏花村:杜牧《清明》:"借问酒家何处有?牧童遥指杏花村。"此代指酒店。

【鉴赏】

本曲共三首,余两首是:"穿云响一乘山簥,见风消数盏村醪。十里松声画难描。枫林霜叶舞,荞麦雪花飘。又一年秋事了。""雪意商量酒价,风光投奔诗家。准备骑驴探梅花。几声沙嘴雁,数点树头鸦。说江山憔悴煞。"三曲分别代表了春、秋、冬的郊行。想来还应当有夏季出游的一首，不知什么缘故没有留下来。

本曲起首两句是典型的郊野风光，着笔于乡原的小客店与村家，显示出一派幽朴恬和的气象。"茅店"是简陋的客店，"草稕"是招示行人可在此歇马喂料的望子。元无名氏《凭阑人》曲："簇簇攒攒围柳笆，草稕斜签门外插。五七枝桃杏花，柳阴中三四家。"康进之《李逵负荆》杂剧："曲律竿头悬草稕，绿杨影里拨琵琶。高阳公子休空过，不比寻常卖酒家。"可见这是元代乡野的特有景观。茅店但表其"小"、表其"斜挑草稕"的外观，则其冷清可知；同样，写郊外人家也只着墨于疏篱一道，柴门半掩，目的就在于表现野朴中的安谧。这一番宁静突然为"汪汪"的犬吠声打破，但吠叫的只有"一犬"，且是因为作者的来临，这只守门狗无疑是阅人未多。犬吠声非但没有破坏前时的幽恬气氛，反而更增添了乡村环境的质朴情味。作者选择这样的环境作为游乐之所，其恬淡冲和的襟怀也就不言自明了。

以下三句表现了诗人"郊行"的自得其乐。"桃叶渡""杏花村"两个地名，富于诗情画意。它们虽非前人诗文中所实指的处所，却沟通了现实与文学作品意境之间的联想。桃叶之渡，杏花之村，更可作为字面上的拆解来看待，从而点现出"郊行"的春天背景。风光旖旎，春意盎然，诗兴和酒兴又双双得到了满足。"醉归来驴背稳"可以想见诗人的怡然与傲然。

这首小令前半有意渲染郊行所至的朴野、平凡，然后才步步转出乡野本色中所包容的大自然美景，表现出诗人对田园生活质朴风味的异常热爱。正因为作品一步步走向高潮，遂使末句的"醉归来驴背稳"除了纪实的意义外，更带上了一种作者生活观的象征意味，也即是象征着诗人的脱屣富贵、甘于恬淡，诚如同时的曲家汪元亨在《沉醉东风·归田》中所说的那样："村路骑驴慢慢踏，稳便似高车驷马。"若将作者的三首《郊行》合起来看，可以发现一个共同的特点，即诗人先利用一组对仗加意出色，引领全篇，随后再用另一组对句表现出不同的季节特征，结语则都意味深长。作者写的是切身的经历感受，又自铸新语，故三曲俱能不落窠臼，具有颇为鲜明的个性色彩。

双调·沉醉东风

周德清

有所感

羊续①高高挂起,冯骥②苦苦伤悲。大海边,长江内,多

少渔矶？记得荆公③旧日题:何处无鱼羹饭④吃？

【注释】

①羊续:东汉人。汉灵帝时任庐江、南阳二郡太守,为官廉正。同僚曾送他一条鱼,他推受不了,就挂在庭前。后来人们再要送鱼,他指着悬挂未动的鱼,示意无心收受。

②冯骥:战国时齐国孟尝君的门客。因初时不受赏识,弹铗(长剑)作歌云:"长铗归去乎？食无鱼。"

③荆公:北宋王安石封荆国公,人称王荆公。

④鱼羹饭:以鱼羹做成的饭,借指江湖隐士的饭食。

【鉴赏】

本曲共有四首,除末二句语句不变外,其余三首的起首分别是:"流水桃花鳜美,秋风莼菜鲈肥。""鲲化鹏飞未必,鲤从龙去安知。""藏剑心肠利己,吞舟度量容谁。"可见诗人的"有所感",是从"鱼"上生发的。当然用意不在于谈饮食文化,其"所感"的内容还是社会的人事。

本篇起首使用羊续、冯骥两则与鱼相关的典故,"高高挂起"与"苦苦伤悲"相映成趣。两人的态度虽截然不同,但一为官吏,一为门客,都是仕途上的人物,在失去自由身这一点上又有共同之处,所以这两句都是铺垫,用来与接下的三句形成对照。在第三、四、五句中,未出现具体的人物,因为"多少渔矶",隐于江湖的渔翁人

数太多了。作者采用问句的形式,暗示"大海""长江"无处不可隐居,从而引出了末尾两句的感想。言下之意,羊续高高挂起是为官清廉,冯驩苦苦伤悲是怀才不遇,他们都比不上那些散隐各地的无名渔翁。利用"鱼"的内在联系,引出用世、出世的优劣比较,这种构思是颇为新奇的。

"荆公"即王安石。张光祖《言行龟鉴》:"介甫(王安石)在政事堂,云吃鱼羹饭。一日因事乞去,云世间何处无鱼羹饭。"但这是元人编的书,从他本人的《临川集》以及相关的宋代笔记中,找不到他"题"过这样的话。只见清人顾栋高《王荆国文公遗事》引《上蔡语录》,谓王安石"做宰相只吃鱼羹饭,得受用底不受用,缘省便去就自在"。《上蔡语录》为宋儒谢良佐的语录,同书还有王安石因荐人未遂,拂袖便辞去宰相职务的记述,可见都是出于传闻。徐再思小令《朝天子·常山江行》中,也有"得闲,且闲,何处无鱼羹饭"的曲句,看来已成为元代流传的习语,归于荆公名下,大概就同"杜甫游春""孟浩然寻梅"等一样,属于约定俗成。"鱼羹饭"在古人诗文中倒是出处颇早。五代李珣《渔歌子》:"水为乡,蓬作舍,鱼羹稻饭常餐也。"南宋戴复古《思归》:"肉糜岂胜鱼羹饭,纨绔何如犊鼻裤。"刘克庄《郑丞相生日口号》:"江湖不欠鱼羹饭,直为君恩未拂衣。"从这些例句中显而易见,"鱼羹饭"代表着"江湖"的"常餐"。推其本原,这三字实同西晋张翰那则思鲈鱼莼羹而决然辞官的著名典故(参看前选张可久《人月圆·客垂虹》注③)有关系,对于在官者来说,"何处无鱼羹饭吃",也就是随时随地都不妨急流勇退、挂冠回乡的意思。

小令语言严警,寓味深长,堪称当行。《录鬼簿续编》载时人对周德清有"天下之独步"的高度评价,想来就是对这样的作品而言。

中吕·朝天子

周德清

秋夜客怀

月光,桂香,趁着风飘荡。砧声①催动一天霜,过雁②声嘹亮。叫起离情,敲残客况③,梦家山身异乡。夜凉,枕凉,不许离人强④。

【注释】

①砧声:捣衣声。砧:捣衣石。古人于秋日捣练帛以制冬衣寄远人。

②过雁:飞过的鸿雁。《汉书·苏武传》:"天子射上林中,得雁,足有系帛书。"谓雁能送信,因指书信。

③敲残客况:砧声使游子景况更为凄凉。

④强:去声,同"犟"。

【鉴赏】

"秋夜客怀"这一主题并不新鲜,唐宋诗词中有不少这一类的吟唱。杜甫的《秋兴八首》,苏轼的《永遇乐·明月如霜》都可以说是"秋夜客怀"的名篇。但周德清用散曲小令写此旧题,体现词密曲疏的散曲特点,就别有一点新意。

桂花飘香,秋意正浓,正是"三秋桂子"时节。月光如水,清幽明亮,此时此刻,游子的思乡之情也仿佛随着桂香的飘荡飞向了远方……。夜深人静时,砧声动人心,砧声是心声,也是情声。"砧声"在历代文人骚客笔下都是和愁思连在一起的,如果再伴上朗朗的月色,就更能勾起游人们的愁绪。李白的《子夜吴歌》:"长安一片月,万户捣衣声。秋风吹不尽,总是玉关情",张若虚《春江花月夜》:"玉户帘中卷不去,捣衣砧上复还来",都是用砧声和月光来描写愁思的极好的例子。"砧声催动一天霜",作者在此用"催动"二字,尤为空灵,化无灵之砧声为有灵之物。"催动"是作者所感,而"一天霜"既是景语,也是情语,它是游子凄寒心境的真实写照。是啊!明月当空,寒霜满天,砧声随风送入耳中,此情此境,怎能不倍增游子思乡的愁苦呢?明月、寒霜、砧声,已使游子不堪,夜深人静,清亮的雁鸣又如千斤重锤敲在游子的心上。思乡情切,只能求之于梦寐,即或果然成梦,也不过是理想之寄托、希望之幻化而已,又何况"夜凉""枕凉"根本不眠无从成梦呢?所谓"梦家山"本就是不现实的想法,而"身异乡"却是难以改变的现实处境。"夜凉""枕凉"连用两个"凉"字既扣"秋夜"之主题,又集中表现了游子客居异乡极度孤独寂寞和凄苦的心境。

此曲写秋夜,摄取的对象甚多:月、桂、风、霜、雁、砧等等,但只作点染,并不铺展,虽繁多,却不拥挤杂乱,既将秋夜景象表现得充实,又显出一种疏朗的风致。写"客怀"却由景入情,情景交融,既写外界环境对游子内心感情的引发与牵制,又写游子秋夜怀乡不能自制的情感迸发,形成了凄清动人的艺术境界。

中吕·满庭芳

周德清

看岳王传

披文握武,建中兴庙宇,载青史图书。功成却被权臣妒,正落奸谋。闪杀人望旌节中原士夫,误杀人弃丘陵南渡銮舆。钱塘路,愁风怨雨,长是洒西湖。

【鉴赏】

这是一支咏史的曲子。看岳王传,即看岳飞的传记。

岳飞,南宋著名的民族英雄,出身佃农,力主抗金,屡立战功。因反对宋高宗赵构与金议和,秦桧以一天十二道金牌将其召回,并以莫须有的"谋反"罪名将其杀害。死后狱卒隗顺背出尸体偷偷埋于钱塘门外九曲丛祠处(即今杭州众安桥附近)。《宋史·岳飞传》赞扬岳飞:"好贤礼士,览经史,雅歌投壶,恂恂如书生。"

此曲开句"披文握武"突兀而起,把一个文武双全、气宇轩昂的英雄形象生动地推到了读者面前。是他,率领爱国将士,浴血奋战,屡破金兵;是他,收复了中原大片失地,使萎靡不振的南宋朝廷有了一点点复兴的气象。然而,就在他欲"驾长车踏破、贺兰山缺"的时候,卖国贼秦桧与畏敌如虎的宋高宗赵构,一日降十二道金牌,将他从抗敌前线召回,"正落奸谋"一句,揭示出岳飞被召回,完全是一个阴谋,是投降派早已设下的一个陷阱。遗民泪尽胡尘里,南望王师又一年,中原人民日夜盼望着南宋朝廷收复失地,他们望眼欲穿,泪已流尽,岳飞被害,中原父老的盼望化为泡影,而赵宋王朝丢弃祖宗陵墓偏安江南已成定局。

岳飞含冤屈死,但他的不朽功勋,是谁也抹杀不了的,人民世世代代怀念他。

你看,通往风波亭的钱塘路上,风刮得是那么凄怨,雨下得是如此哀愁,苍天为之哭泣,湖水为之动容。作者以愁风怨雨吹洒西湖作结,色调朦胧哀伤,表达了对岳飞深切的缅怀和对投降派的愤怒谴责。曲中"闪杀人""误杀人"等衬字的运用,极富感情色彩,表达了作者胸中波浪翻滚、难以抑制的悲愤,爱憎分明,充分体现了作者强烈的民族意识。

中吕·阳春曲

周德清

赠歌者韩寿香

半池暖绿鸳鸯睡,满径残红燕子飞,一林老翠杜鹃啼。
春事已,何日是归期?

【鉴赏】

此曲抒发了伤春思归之情。

池塘水满,浮萍暖绿,鸳鸯睡而不动;小径落红点点,燕子轻飞呢喃,树林丛中,杜鹃鸟声声鸣叫。开曲三句,为我们描绘了一幅春末夏初的风景画。这三句看是写景,实则景中含情,情景交融。人们常以鸳鸯、燕子比喻恩爱夫妻和情侣,像卢照邻《长安古意》:"得成比目何辞死,愿作鸳鸯不羡仙",罗邺《春闺》"愁坐兰闺日过迟,卷帘巢燕羡双飞"都是很好的例证。此曲中,作者显然是用"鸳鸯""燕子"的成双成对来反衬自己的孤单无伴。

"杜鹃"又名"思归鸟",鸣声凄厉,能动旅客归思。作者无疑是以"杜鹃"之"啼"来暗示自己思归的情怀。因此,开曲三句既是景语,也是情语。

"春事已,何日是归期?"又是一年春事了,可人在江湖,何日是归家的日子呢?在此,盼归之迫切,不能归去之苦闷都跃然纸上,全曲意旨也尽在其中。此曲题为《赠歌者韩寿香》,韩寿香的生平已无从考证,她与作者的关系也是一个谜,但曲中所表现的"君问归期未有期"的惆怅,却是明白如话的。

　　此曲写景极富层次感，由池塘到路径，由路径到树林，由近及远，从低到高，由视觉到听觉，空间不断转换，官能感觉也不断变化，其间，既有浮萍的宁静、鸳鸯的慵懒，又有花的飘落、燕的轻飞，动静相生，风格清丽秀雅，内容虽无大深意，但茶余饭后不妨一读，不也可以尽消闲之乐吗？

中吕·阳春曲

周德清

别　情

　　月儿初上鹅黄柳，燕子先归翡翠楼。梅魂休暖凤香篝①，人去后，鸳被冷堆愁。

【鉴赏】

此曲写别后闺中情思。

初春入夜,乍暖还寒,一勾素月,悬挂柳梢。此景使人不禁想起"月上柳梢头,人约黄昏后"的美丽诗句。面对鹅黄的垂柳,初升的明月,曲中的女子怎不为"人去后"有约无会而生出缱绻情思呢?

燕子冬去春来,应节而归,雄雌颉颃,飞则相随。燕子双双对对,而离人却天各一方,燕子"先归",应时应节,心上人却杳无消息。人不如燕,实在是辜负了这大好的春光。"先归"的燕儿已令人触物伤情,更哪堪,双飞的燕儿却又偏偏栖在思妇的楼头。翡翠楼内,凤香篝熏出的香烟如袅袅招魂的梅魂,牵动思妇无边的相思。梅花与飞燕一样,也是荡人心魄、触人相思之物。且不说古人怎样折梅相寄,以表缱绻情愫,也不说南朝乐府《西州曲》"忆梅下西州,折梅寄江南"的句子是如何婉转动人,单是这"梅魂"的联想就已经是凄丽风流,令人魂荡神摇。因此,作者用"休暖"二字来表现女主人公愁思难排、不愿想却又不能不想的复杂的内心世界。

楼外的月、鹅黄的柳、双飞的燕、楼中的凤香篝,袅袅如梦,如梅魂的香烟,皆是离人眼中之景,目中之物,皆触人相思,引人销魂。"人去后鸳被冷堆愁",一个"堆"字形象、生动地揭示了女主人公纷乱的情感世界。愁如麻,思如线,真正是剪不断,理还乱,才下眉头,却上心头。

中吕·阳春曲

周德清

秋 思

千山落叶岩岩瘦,百结柔肠寸寸愁。有人独倚晚妆楼,楼外柳,眉叶不禁秋。

【鉴赏】

这是一首写闺怨的小令。内容和写法都有点类似于温庭筠的《望江南》。

傍晚时分,一个满腹心事的弱女子独倚妆楼,她的眼前又是一幅怎样的景象呢?这情景与温庭筠的《望江南》:"梳洗罢,独倚望江楼"十分相似,不同的是温庭筠词中的主人公是在"梳洗罢"才登楼远眺的,她的登高有一定的目的性,心中是充满希望的,尽管游人未归,但女子却依然梳洗得干干净净、漂漂亮亮地倚楼盼望;而此曲中的女子,给人的感觉是未曾梳洗便在失魂落魄中不知不觉独自倚着妆楼直到夕阳西下。她的依楼完全是无目的性的消磨,而此刻,眼前是山寒水瘦,落木无边。古人有"一叶知秋"说法,一叶的凋零对于多愁善感的弱女子来说,已是不堪其苦,更何况千山落叶,万木萧条呢?面对大自然一切有情之生命被无情摧残,满腹心事的弱女子更是愁肠百结。"百结愁肠寸寸愁"不仅写愁的程度,而且状愁的形态,与"千山落叶岩岩瘦"相映生辉。结句"楼外柳,眉叶不禁秋"既是写景,又是自况。柳,在古代诗人笔下,常用来形容情意绵绵的美丽女子。韦庄有"依旧桃花面,频低柳叶眉",白居易有"人言柳叶似愁眉,更有愁肠似柳丝",因此,提起柳叶柳丝,人们往往会联想到长袖蛾眉、柔情不禁的美丽女子。秋景惨淡,山川寂寥,楼外之柳,自然免不了凋零枯落的命运。女子以"不禁秋"的楼外之柳自喻,字里行间,充满了某种身世之感,这无疑是女子内心愁苦的根源所在,但作者恰恰不说破,只是在结穴处用景语轻轻一点,便戛然而止,将想象的空间留给了历代读者。

中吕·红绣鞋

周德清

郊 行

穿云响一乘山笋①,见风消数盏村醪②,十里松声画难描。枫林霜叶舞,荞麦雪花飘,又一年秋事了。

【注释】

①一乘山筊:筊,大管名。《尔雅·释条》:"大管谓之筊。"一乘,四个为一乘。

②醪:本指汁滓混合的酒,即酒酿,后引为浊酒。杜甫《清明二首》诗中曰:"钟鼎山林各天性,浊醪粗饭任吾年。"

【鉴赏】

这是一首描写作者郊行所见、所闻、所感的小令。

"穿云响一乘山筊,见风消数盏村醪"开首两句,为我们描画了一位微醺的行者,在深山旷野之中,忽听山间管乐,穿云而来,山风徐徐,郊行中刚刚饮得村人的几盏薄酿,立即随风消散。放眼望,十里松林郁郁葱葱,虚耳听,松涛阵阵,令人遐思万千。环视四周,那经霜的枫叶火一样红,那荞麦的小花雪一样白,它们迎风晃动、飘舞,像大片大片红色的火海、白色的雪浪。面对这难以描画的秋色,作者怎能不发出"又一年秋事了"的感慨呢? 农民春种秋收,年复一年,自己呢? 虽无大的收获,却也在平安、闲适中又度过了一年。"又"字至关重要,它多少能透露出一点点作者面对岁月飞逝而一无成就的悲凉,能传递给我们那些不得志文人在放情山水之中也无法解脱的压抑感。

此曲写景很有特色,作者抓住秋景中那些色泽鲜艳的景物来写,写大片的松林、枫叶、荞麦花,形成墨绿、火红、雪白三种基本色调的画面,作者将这些景物都置于风的吹动之中,让松发出涛声,让枫叶舞动,让荞麦摇曳,给人一种声色俱妙的流动感,让人感到大自然的勃勃生机和生命的律动,这样的画面怎能不叫人赏心悦目、流连忘返呢? 大自然虽然不是包治百病的灵丹妙药,但它确实是许多不得志文人寻求心灵慰藉的良方。

双调·蟾宫曲

周德清

别 友

宰金头黑脚天鹅①，客有钟期②，座有韩娥③。吟既能吟，听还能听，歌也能歌。和白雪新来较可④，放行云飞去如何⑤？醉睨银河，灿灿蟾孤，点点星多。

【注释】

①金头黑脚天鹅：名菜佳肴。

②钟期：即钟子期。春秋楚国人，精于音律。俞伯牙一曲《高山流水》，钟子期听而知之，遂为知音。

③韩娥：古代一位歌唱家。《列子·汤问》记载，她去齐国，途中缺粮，就以卖唱糊口，她的歌声极美，人走后，余音绕梁，三日不绝。

④和白雪新来较可：白雪，即《阳春白雪》，泛指高雅的乐曲。

⑤放行云飞去如何：《列子·汤问》："薛谭学讴于秦青，未穷其技，自谓尽之，遂辞归。秦青弗止，饯于郊衢，抚节悲歌，声振林木，响遏行云。"

【鉴赏】

这首小令为饯别友人而作。既别友总离不开歌咏酒宴。像李白的《赠汪伦》："李白乘舟将欲行，忽闻岸上踏歌声。桃花潭水深千尺，不及汪伦送我情"，像王维的《送元二使安西》："渭城朝雨浥轻尘，客舍青青柳色新。劝君更尽一杯酒，西出阳关无故人"，这些都是"别

国学经典文库

元曲鉴赏

·元曲·

图文珍藏版

友"的名篇杰作,都设有离别歌咏酒宴,此曲也不例外。"宰金头黑脚天鹅",仅此一句就点出了宴席的丰盛,接着介绍了席间宾主皆是"钟子期""韩娥"一样的情好甚笃的知音好友。他们优雅倜傥,能吟善唱,又妙解音律。席间,他们诗、咏、歌,不辞频频唱和,各显身手,其气氛融洽欢乐。随着美妙的旋律,诗人举杯向友人微笑调侃:"老朋友,尽管您的曲子如《阳春白雪》一样高雅,但我的曲子最近可是长进不小,您的曲子能响遏行云,我且和上一曲,放行云飞去如何?"诗人幽默俏皮又自信可爱的形象忽然跃然纸上,意趣横生,同时,"放行云飞去"又巧谐送别友人之意,语意双关,不着痕迹地将文思转向抒发因友人将飘然远去而顿生的寂寞情怀。

夜已深,人已醉,宴席将尽,人将远行,诗人抬眼望天,只见淡淡银河横隔天际,清冷的孤月伴着满天星星,此景象与宴席间的欢乐热闹形成了鲜明对照,寄寓了诗人深长的别意和孤独的情怀。

双调·折桂令

周德清

倚蓬窗①无语嗟呀,七件儿②全无,做甚么人家? 柴似灵芝,油如甘露,米若丹砂。酱瓮儿才馨撒,盐瓶儿又告消乏③。茶也无多,醋也无多,七件事尚且艰难,怎生教我折柳攀花!

【注释】

①蓬窗:犹言蓬户、蓬门。谓编蓬草为门窗,形容贫寒之家。

②七件儿:七件事,指日常生活中的七种生活必需品。据宋吴自牧《梦粱录》记载:"盖人家每日不可缺者,柴、米、油、盐、酱、醋、茶。"

③消乏:消耗完了。

【鉴赏】

开门七件事:柴、米、油、盐、酱、醋、茶。这是人们日常生活必不可缺的。"七件儿全无"何以度日？"做什么人家？"问得悲切，问得激愤。闭上眼，我们仿佛看到一个穷困潦倒的读书人正倚窗无语，却一声声长吁短叹，愁肠百结，无以自解的郁邑情态。

柴米油贵的吓人，简直如灵芝、如甘露、如丹砂。作者连设三个比喻，既夸张又贴切，日常普通之物却成为最稀有、贵重之品，只有度日艰难的人才会深切体会到这种"米珠薪桂"意味着什么。酱瓮里刚刚没有了酱，盐瓶里又没有了盐，再看看茶也没有多少了，醋也只剩下那么一点点，困窘简直如迎面飞来的黄蜂，一个接着一个。"才……又"的句式，语气迫促，困窘之状显豁，而"茶也无多，醋也无多"用重复句式，加强了艰难迭现的沉重感。

"七件事尚且艰难，怎生教我折柳攀花！"元朝统治者把知识分子列为下下等人，有所谓"九儒十丐"之说，就是走上仕途的文人也往往受到统治者的歧视，他们的思想长期处于压抑状态，因此，处世态度比较消极，他们或隐遁山林；或沉湎于声色，或杯酒浇愁，放浪形骸；或乞食于人，沦为奴仆，像关汉卿以"半生来弄柳拈花，一世里眠花卧柳"为自豪。可见，折柳攀花，是元代知识分子的一种扭曲的生活，作者也不例外。但是，艰难的生活，逼得读书人连消极逃避都办不到了。"怎生"二字，将感情推至高潮，声声嗟叹，忽地哽住，其悲愤更显得郁勃而难以平息。

这首小令，不应该仅仅看作是作者的自述，而应该看作是当时整个社会景况的一种反映。据史书记载：元世祖忽必烈时，实行"中统交钞法"，以金银为钞本，后来，"历岁滋久钞法偏虚，物价腾贵，奸伪日萌，民用匮乏。"可见，此曲中反映的物价腾涨，给下层人民带来的生活窘况不完全是艺术的夸张。在元人散曲中，以这样的角度、这样切实的问题来反映社会经济之衰败、民不聊生的作品，实在是凤毛麟角，难能可贵。

小令明白如话，对"七件儿全无"进行铺排，洋洋洒洒写来，淋漓尽致。在铺排直叙中又善于不断变化，显得错落有致。结尾变悲叹为愤激，矛头直指最高统治者。

班惟志 字彦功，号恕斋。汴梁（今河南开封）人。或云松江（今上海市松江区)人。元贞间，随邓文原承徽仁裕圣皇后诏，北上写大藏经。泰定间，补浮梁州教授，除本州判官。致和间为绍兴路总管府推官。至顺三年(1332)，为秘书监典簿。顺帝至元三年(1337)，知平江路常熟州，除阶奉议大夫。至正初，为江浙儒学提举。后南归，卒于杭州。善篆书，工散曲，存世散曲有套数一套。

南吕·一枝花

班惟志

秋夜闻筝

透疏帘风摇杨柳阴，泻长空月转梧桐影。冷雕盘香销金兽火，咽铜龙漏滴玉壶冰。何处银筝，声嘹呖云霄应。逐轻风过短棂。耳才闻天上仙韶，身疑在人间胜境。

[梁州]恰便似溅石窟寒泉乱涌，集瑶台鸾凤和鸣。走金盘乱撒骊珠进，嘶风骏偃，潜沼鱼惊。天边雁落，树梢云停。早则是字样分明，更那堪音律关情。凄凉比汉昭君塞上琵琶，清韵如王子乔风前玉笙，悠扬似张君瑞月下琴声。再听，愈惊，叮咛一曲阳关令。感离愁，动别兴，万事萦怀百样增。一洗尘清。

[尾]他那里轻笼纤指冰弦应，俺这里谩写花笺锦字迎。越感起文园少年病。是谁家玉卿，只恁般可憎。唤的人一枕蝴蝶梦儿醒。

【鉴赏】

音乐是抽象的艺术。能用形象的语言把这抽象的艺术具体化，而且能唤起欣赏者的通感，引发心灵的共鸣，获得美感享受，非得有较高的艺术造诣和艺术手段则做不到。白居易的《琵琶行》对琵琶语的绘声绘色的描写,是人所熟知的了。班惟志的这首《秋夜闻筝》套曲则以另一种崭新的手法,写出秋夜谛听筝音的感觉形象,使我们继琵琶语的审美陶醉之后,又得到筝音画的审美享受。

前一支曲描画了闻筝时的环境气氛以及筝音传来时的微妙情景。第一二句突出渲染秋夜的氛围和闻筝的规定情境:风摇杨柳,绰影晃动,而此物此景乃是透过疏帘的空隙映入诗人的眼瞳;望长空,一轮明月高悬天际,梧桐树影随着月华的运转徐徐移动……此二句对仗工巧,文约意丰,语言凝练而自然,意境明朗而蕴藉,特别是“透”“摇”“泻”“转”四个动词连用,把秋风的凄清寥落与秋月的皎洁高朗尽现于纸面,渲染出窗外风清月白的特定气氛。而诗人的艺术视角是由内向外的。

诗人的艺术视角既然在室内,接下来第三四句就是描写室内情景。“金兽”乃金属傲的兽形小手炉。李清照词中有“瑞脑销金兽”之句,即此诗中“香销金兽火”的出处,古人在手炉中加添瑞脑之类的香料,使室内生香。由于手炉火灭,香味销泯,那承放手炉的雕花盘也变冷了。另外古人以铜壶滴漏计时,壶嘴滴水处饰以龙首,故曰:“铜龙”。滴水声咽而玉壶冰冷,不只表明秋气的寒重,也意味着夜已深,漏将尽,以此烘托周围环境的冷寂。

“何处银筝”一语犹峭峰劈空而起,在冷寂索寞的氛围中突然响起一声生命的乐曲。这句设问用得极好,不仅给人一股“银瓶乍破水浆进,铁骑突出刀枪鸣”(《琵琶行》)般的鲜活之气,而且把读者带入一个寥廓迷茫的境界,使人如临其境地听到了这声声银筝的嘹呖鸣奏——不知是从何处传来它那铮铮的乐音,仿佛云霄中也波动着与它应和的回声……“逐轻风过短楔”一句也写得十分传神,它把筝声随风传来的空灵境界一语道出。声音本来是无形无影的,而这寥寥六字使它具有了一种实体感,它仿佛是一片云或一群鸟翩然而来,飞到了诗人的窗前、门外……

后一支曲是对这远远传来的筝声的具体形容和描绘。诗人用四个层次完成了这个难度极大的课题。第一层用三个比喻句形容筝声的美妙:它像石窟中涌出的寒泉喷珠溅玉;它像飞集于瑶台的凤凰双喙齐鸣;它像撒落在金盘的珍珠旋转进跳。这一串比喻华美、瑰丽而贴切、新颖,诗人以自己丰富的想象唤起读者翩飞的美妙的联想,化无形为有形,变抽象为具象。第二层用四个夸张句极写筝声的迷人：它使嘶风的骏马止息了啸鸣奔腾；它把潜隐的游鱼惊出水面侧鳍倾听；它使飞翔的大雁从天边落到地面；它使飘逸游荡的云朵在树梢驻足留停……筝声的美妙使人类世界外的有生物与无生物都如此倾心钦美，作为宇宙之精华、万物之灵长的人该会何等入迷便可想而知了。这里诗人既用了拟人的修饰手法，也运用了衬托、衬比的隐喻笔法。第三层运用历史典故进一步定性地描写筝声的音律及其中所包含的丰富情感，即诗中所说的"字样分明"与"音律关情"：它凄凉如昭君出塞时弹奏的琵琶曲；它清韵如王子乔吹笙时所做的凤凰声（王子乔，神话人物，相传为周灵王太子，喜吹笙作凤凰鸣声，为浮丘公引往嵩山修炼，三十余年后在缑氏山顶上向世人挥手告别，升天而去。事见《列仙传》）；它悠扬如张君瑞在西厢月下为莺莺所弹的琴音……诗人以历史的传说或故事，即从纵向角度形容筝声的美妙，就更进一步拓宽了人们想象和联想的天地。第四层一反前三层所用的比喻、夸张、拟人等手法，纯用质朴的白描，点出这筝曲所蕴含的现实内容——"感离愁""动别兴"……这层的语言看来有直白之嫌，但像"再听，愈惊……万事萦怀百样增，一洗尘清"这样洗练的语句，单纯中蕴含着丰富的意蕴，它从曲调的变换与人们感应的联系中，托出一个审美的哲理：乐曲能勾起人们万事萦怀、百感交集的情愫，同时又能洗净尘世的芜杂而获得一种美的享受的清宁，这正是在艺术欣赏中典型心境的写照，也正是这些诗句直白而不浅露的白描的魅力。

最后的尾声给上述美妙的音乐境界更蒙上一层令人销魂荡魄的戏剧性的纱幕：诗人想象这筝曲的弹奏者一定是一位纤指轻拢冰弦的美人，于是他在花笺上笔走龙蛇，以锦书谩写心曲，指望与她邂逅相迎。筝声勾起了文园少年的相思病，他不知弹筝的是谁家闺秀，只觉得她是这般可爱可疼（"可憎"即可爱可疼也）……这就把未见其人而先生情爱的一种特殊的爱情状态微妙地表现了出来。结尾一句诗人化用了庄周梦蝶的典故，委婉地道出美人的筝声使他从人化为蝶还是蝶化为人的虚无的玄学中醒来，仍然执着于现实的人生。

贾固　字伯坚，沂州（州治今山东临沂）人。曾任扬州路总管、中书左参政等职。曾属意歌妓金莺儿，后作［醉高歌过红绣鞋］曲以寄之，遂遭弹劾而去职。《录鬼簿

中吕·醉高歌过红绣鞋

贾 固

寄金莺儿

乐心儿比目连枝,肯意儿新婚燕尔。画船开抛闪的人独自,遥望关西店儿。黄河水流不尽心事,中条山隔不断相思。当记得夜深沉、人静悄、自来时。来时节三两句话,去时节一篇诗,记在人心窝儿里直到死。

【鉴赏】

贾固,作为元代文人中的少数幸运者得以跻身上层官阶,当他和山东歌妓金莺儿两情甚笃时,他正在山东肃政廉访司任佥事。这首联曲是他调离山东到洛阳任新职以后寄给金莺儿的,真情可贵。但据说贾固也因此付出了"官的代价":遭到弹劾而罢官。不过他那可贵的情意却随着他仅存的这首小令而流传千古。

前曲[醉高歌]二人绵绵情意和别离之痛。一个"乐心儿",一个"肯意儿",是两情相悦,而非金钱保障下的互相玩弄。新婚之际,他们如胶似漆,正如那比目鱼连理枝难分难舍。可就在这情绵绵意切切的时刻,妒忌人间幸福的老妖婆出现了,别离一下子摆在眼前。画船载去了他,抛下她孤零零立在岸边,目送他的船渐渐远去。她想象着他越过关山,在阳关外的旅店投宿的孤寂情形……他呢,则觉得这离别的情思就像这黄河水滔滔不绝,那别后的相思也会越过中条山向她飘去。

后曲[红绣鞋]是对往日相会情形的追忆,写得颇有情味。当夜深人静之时,他前来相会。他来的时候只有三两句话,离去时却留下一首诗。几句什么话,一首什么诗,作者虽未明言,但"记在人心窝儿里直到死",表明这必是令她刻骨铭心的话语。

封建朝廷虽不明令禁止狎妓,但帝王官吏狎妓却仍须有所顾忌。如果宋朝皇常宋徽宗挖地道私会当时汴京名妓李师师的传说当真，那贾固如此表现也就不足为奇。元政府明文规定官吏不可娶乐人，既然贾固头戴乌纱帽，他也不好明目张胆地与金莺儿招摇过市，所以如此来去匆匆三言两语的相会，也在情理之中了。

钟嗣成 字继先，号丑斋，大梁(今河南开封)人。客居杭州。屡试不中。顺帝时编著《录鬼簿》二卷，有至顺元年(1330)自序，载元代杂剧、散曲作家小传和作品名目。所做杂剧今如有《章台柳》《钱神论》《蟠桃会》等七种，均佚。所作散曲今存小令五十九首，套数一套。

正宫·醉太平

钟嗣成

绕前街后街，进大院深宅。怕有那慈悲好善小裙钗①，请乞儿一顿饱斋②。与乞儿绣副合欢带③，与乞儿换副新铺盖，将乞儿携手上阳台④。设贫咱波奶奶！⑤

【注释】

①小裙钗：年轻的女子。

②饱斋：饱饭。斋，施舍的饮食。

③合欢带：绣有花卉图案的腰带，多为新婚时所系。

④阳台：楚襄王与巫山神女会遇之处，因代指男女的交欢之所。

⑤设贫：念贪。咱波：语尾助词，略同于"着呀"，表示希望、请求的语气。

【鉴赏】

作者拟乞儿的口吻，将乞儿遍街行乞的内容搬进曲中，出人意料。作品从容不迫地展开："前街后街""大院深宅"，利用近义词的重叠，加上"绕""进"两个动词，

概括了乞儿乞讨的频繁和乞丐生活的特点。第三句特表出"小裙钗"，而因前方用了"慈悲好善"的定语，又有"怕有那"的条件限制，所以我们对于乞儿的希冀并不感到有什么异常的惊诧，"一顿饱斋"的请求也还是在情在理。殊不料接着三句的乞讨，从"合欢带""新铺盖"到与小裙钗"携手上阳台"，就未免近于异想天开了。而作者还一本正经地酷肖乞儿声气。使用"救贫咱波奶奶"的元代乞讨语言，便令人读着忍俊不禁，以至生出了荒唐不经的感想。

然而我们若作更深的思索，便不难理解作者写作此曲的心意。

元代平民社会中，流传着郑元和、李亚仙的爱情故事。故事源于唐代白行简的《李娃传》，郑元和本是名门公子，因迷恋妓女李亚仙，被鸨母骗光了钱财，沦为乞儿。他的父亲从"门风"观念出发，竟狠心将儿子打得半死，丢弃于郊外。而当郑元和在李亚仙爱情力量的支持下，一旦科举出头任官后，他的父亲又前来趋迎求和。郑元和的大落大起，带有人生穷通无常与社会贫富对立的双重色彩，故在元代下层中，是将他作为对封建秩序与礼教的叛逆者来同情和赞美的。元散曲中就有一首代表李亚仙拟作的《殿前欢》："郑元和，郑元和打瓦罐到鸣珂。鸨儿为我做赔钱货，我为是未穷汉身上情多。可怜见他灵车前唱挽歌，打从我门前过，我也曾提破。知他是元和爱我，我爱元和。"作者在本曲中所写的乞儿，正是郑元和式的人物。

再从元代文人的地位和境况来看，不能不牢骚满腹。元代有"九儒十丐"之说，这虽是汉族文人笔记中的愤语，实际情形却也相差无几。作者在本曲的姊妹篇中写道："风流贫最好，村沙富难交。拾灰泥补砌了旧砖窑，开一个教乞儿市学。裹一顶半新不旧乌纱帽，穿一领半长不短黄麻罩，系一条半联不断皂环绦。做一个穷风月训导。"这乞儿教市学、做"风月训导"，与作者本人这样的穷文人，简直是一是二了。可见曲中的"乞儿"，实寓有作者的某种自嘲自况的意味，他的风流行乞，代表了失意文人的披发佯狂与玩世不恭的结习。以谐寓庄，以嬉笑寓怒骂，理解了这些，对全曲重墨浓彩铺绘"乞儿"就不会觉得荒诞，更不会感到恶滥了。

全曲语言铺张，口吻酷肖，前半引而不发，后半奇致频生，以极俗的内容与笔墨，产生了"匪夷所思"的尖新效果。所以单从就曲论曲的角度来看，这首小令也是曲味十足，洵称别致的。

南吕·骂玉郎过感皇恩采茶歌

钟嗣成

长江有尽思无尽，空目断楚天云。人来得纸真实信，亲手开，在意读，从头认。

织锦回文①，带草连真②。意诚实，心想念，话殷勤。佳期未准，愁黛常颦。怨青春，挨白昼，怕黄昏。

叙寒温，问缘因③，断肠人忆断肠人。锦字香黏新泪粉，彩笺红渍旧啼痕。

【注释】

①织锦回文：前秦苏蕙思念远方丈夫，织锦为回文诗图，前后左右循环可读。后多代指表达夫妻间相思的远寄文字。

②草、真：两种书法体裁。

③缘因：即"因缘"，缘分。

【鉴赏】

这首带过曲，[骂玉郎]写的是得到久盼的来鸿，[感皇恩]叙述书中的内容，[采茶歌]描写读信后的感受。"家书抵万金"，对于离乡人已足珍贵，何况这是未婚妻寄来的信。

[骂玉郎]先以"思无尽""空目断"作一跌，写"真实信"未至前的盼望和思念，这就为一旦盼想成真的喜悦和珍惜做了铺垫。这起首的两句也带出了作者离乡来到楚地长江边的事实。"真实信"三字意味深长，暗示诗人曾在梦中得到过乡书，可惜一回回都是虚幻。作者用了"亲手开""在意读""从头认"三个短句来表现自己拆读信件的激动与郑重，细腻而传神，吸引着读者去等待发现信中的内容。

[感皇恩]先介绍这封信的性质，是一对情书而非一般家信。这不仅通过"织锦回文"的典故，在元曲中，"带草连真"也是反映情书执笔者心绪激动的一种表现。如查德卿《一半儿·春情》："自调花露染霜毫，一种春心无处描，欲写写残三四遭。絮叨叨，一半儿连真一半儿草。"无名氏《一半儿·开书》："泪痕香沁污鲛绡，墨迹淋漓损兔毫。心事渺茫云路遥。念奴娇，一半儿行书一半儿草。"都是证明。作者写出了这封情书的特点："意诚实，心想念，话殷勤。"然后揭晓了书中未婚妻因一回回佳期落空而哀怨痛苦的内容。书信带来了远方的刻骨相思之情，这种思念是以"愁""怨""捱""怕"的字样表现的，又是那样的"诚实""殷勤"，我们可以想见作者转喜为悲、惆怅难平的心情。

末段[采茶歌]已是读信之后的感受，但除了"断肠人忆断肠人"一句牵连到自身外，其余仍是从对方着笔。这正是全曲的精到之处。它显示了诗人继续沉浸在读信的回味之中，以自己整个心灵去领受、去设想爱人的深情。心心相印，呼吸相连，将一方的相思、怨望写足，另一方的心灵世界同时也在笔墨之外展示出来。《西厢记》有一首[醋葫芦]写读信："我这里开时和泪开，他那里修时和泪修。多管搁着笔尖儿未写早泪先流，寄来的书泪点儿自有。我将这新痕把旧痕湮透，正是一重愁翻做两重愁。"在"一重愁翻做两重愁"上，两支曲可谓异曲同工。

正宫·醉太平

钟嗣成

风流贫最好,村沙富难交。拾灰泥补砌了旧砖窑,开
一个教乞儿市学。裹一顶半新不旧乌纱帽,穿一领半
长不短黄麻罩,系一条半联不断皂环绦,做一个穷风
月训导。

【鉴赏】

钟嗣成,字继先,号醜斋,元代戏曲家。汴梁(今河南开封)人,长期居杭州。他的名著《录鬼簿》,计两卷,记载有元一代的曲家事迹,并加以品评,是研究元曲的重要文献。所做杂剧有《章台柳》《钱神论》等七种,均失传。散曲存世者,有小令59首,套数一曲。

这首小令作者运用代言体,模仿乞儿(教书先生)的口吻,表现了乞儿的风流和才情,从一个侧面揭示了元代社会贫富悬殊的状况。开头两句:“风流贫最好,村沙富难交”,是全篇点睛之笔。作者将“风流贫”与“村沙富”对举,褒贬爱憎,判然分明。社会上的人嫌贫爱富,这个乞儿却有自己的价值判断:贫而风流值得称许,富而粗俗则惹人嫌恶,接下来的两句进一步表现出乞儿的愤世嫉俗,与众不同。众所周知,元代社会的文人学士仕进无门,无钱无势,有“九儒十丐”的说法。然而,这个乞儿却亲自动手,拾灰泥修补旧砖窑,办了一个教乞儿的学校,甘为人师。在当时,这样做不仅需要风流才气,更需要勇气和吃苦耐劳的精神。乞儿是孤独的,因而也是贫穷的。下面的三句具体描写这位教书先生的打扮:“裹一顶半新不旧乌纱帽,穿一领半长不短黄麻罩,系一条半联不断皂环绦”,连用三个排比句式,表现出这个乞儿的寒酸。然而,这寒酸中也显示出乞儿的自尊。他戴的帽子虽说“半新不旧”,却是高贵的乌纱帽;他穿的衣衫虽说“半长不短”,却是质地优良的黄麻罩;他系的衣带虽说“半联不断”,却是有身份的皂环绦。这个乞儿的装扮看起来有些不伦不

类,有些滑稽,在他的身上,高贵和低贱不和谐地融合起来,表现出作家寓庄于谐、极富幽默的才能。"半新不旧""半长不短""半联不断"是平凡的家常语,经过作者巧妙地运用,有自然天成之感。结句"做一个穷风月的训导"承上而来,自然贴切,点明乞儿的志向。这里的"穷风月"意即穷风流,"训导"指的是旧时学官名。

需要指出的是:作者笔下的"乞儿"并非是现实生活中的具体形象,其所云"风流",乃是元代任诞恣性、白眼世俗的文人特有的玩世不恭和反抗现实的方式。这支小令作者用第一人称来写,以最为人鄙视的乞儿自况,并浓墨重彩铺叙之,按照传统的文学观念视之,则不免"俗"到极点,唯其如此,它才成为中国古代文学独具特色的作品。

柴野愚 生平事迹不详。所作散曲今存小令二首。

双调·河西六娘子

柴野愚

骏马双翻碧玉蹄,青丝鞚①、黄金羁②,入秦楼将在垂杨下系。花压帽檐低,风透绣罗衣,裊吟鞭、月下归。

【注释】

①鞚:有嚼口的控马络头。

②羁:马络头。

【鉴赏】

此曲只录了两个长镜头。

镜头一:青天白日,一匹骏马双双翻动着它的前后蹄在路上急速奔驰。它越过田野,掠过村庄,到一座房子前停下。它被主人系在垂杨树下。我们似乎还可听到镜头二：月上柳梢，那人出来了。镜头随他穿过低矮的花丛，花枝拂过他的帽檐，轻风撩起他的绣罗衣，他甩一个响鞭，鞭声袅袅回荡在月下的夜空，他惬意、得意、满意，渐渐消失在夜色的苍茫中……

这是什么人？他一来一去干什么？让我们再来赏析一下。

他骑的马用的是青丝鞚、黄金羁，他去的地方是秦楼。汉乐府《陌上桑》中美女罗敷的夫君骑的就是这种马："青丝系马尾，黄金络马头"。罗敷的住处就叫秦楼："日出东南隅，照我秦氏楼"。原来这里写的是一个青年人去会见心上人的情形。它的奇和妙就在于只展现了来时匆匆去时娴雅的过程，而将真正相会相爱的场面给剪掉了，从而给读者留下一点空白，让读者自己去想象。作者越是着力刻画男主人公来时匆忙急切之势，越是特意点染男主人公去时轻缓惬意之态，读者便越能把这空白填得圆满。他来的时候纵马飞奔，可见他的心情是多么急迫；他去的时候甩着响鞭，悠然自得，可见这次幽会是多么愉快。

柴野愚的作品不多，但这种以有写无、虚实相衬的艺术手法却值得推重。

邵元长 字德善，慈谿（今属浙江）人。与钟嗣成同时，曾为钟嗣成《录鬼簿》作序。存世散曲有小令一首。

双调·湘妃曲

邵元长

赠钟继先

高山流水少人知，几拟黄金铸子期。继先贤既解其中
意，恨相逢何太迟！示佳编古怪新奇。想达士无他事，
录名公半是鬼。叹人生不死何归。

【鉴赏】

　　这首小令原出于邵元长为《录鬼簿》所做的序言。《录鬼簿》是元末钟嗣成(字继先)的著作,记录有元一代戏剧作家的生平事迹和剧作目录,并给已故的部分作家写了悼词。邵序谓,丁丑年中秋,钟嗣成向他出示新编的《录鬼簿》,所录之人皆"当今显宦名公辞章行于世者,恐后世湮没姓名,故编次成集,纪其出处才能于其前,度以音律乐章于其后,千万载之下,知其为何如人,直欲俾其为不死之鬼也"。当邵元长与钟嗣成告别时,写了这首[湘妃曲]赠给他。曲词把钟嗣成引为知己,并由他的"录鬼"引发出深沉的人生感慨。

　　开头两句用俞伯牙弹琴、钟子期能从琴音中辨识其情志所在的典故,盛赞钟嗣成是自己的知己;并以拟用黄金铸钟子期肖像的比喻,抒发知音难得、一

旦发现即要珍惜爱重的深挚感情,表现了对钟嗣成的一往情深。由于钟氏同作者心心相印,因而作者产生了与之相逢太迟的遗憾。这句相见恨晚的直接抒情,紧承在用典和比喻之后,把形象所蕴蓄的深意完全揭示出来,语言虽然平直,但却一字千钧,道出了感情的分量,活现了使作者激动不已的无限欣喜。"佳编"即《录鬼簿》;"古怪新奇"的评语说明它不同凡俗,别树一帜,是文苑的一株奇葩。字里行间洋溢着对该书独创精神的喜悦和快慰。这是崇高的评价,是稀有的赞誉,是对钟氏独具慧眼、独标一格、别开生面的学术成就给予的发自肺腑的激赏。真是人超凡,书脱俗,评价亦卓立不偶。"达士""名公"指《录鬼簿》收采的戏曲作家。前者为"显宦",即公卿大夫之类的人;后者是政治地位较低、但名声颇大的文学才人。钟氏追怀思念他们,为之作传,录其剧目于新著之中,别无其他动机,完全是因为他

们已有半数离开人世,余下的也不可能久驻人间。若不整理记载其生平材料与创作成绩,年深日久之后,自难免湮没无闻,为世人遗忘。说明了钟氏编写《录鬼簿》的原因。小令的末句是作者对钟氏此种思想行事的感叹:古往今来,无人不死,无人不步入鬼途啊!这感叹看似肤浅,讲的是尽人皆知的道理,又似乎未给人们积极的思想启迪;实际上并不如此。因为它情来有自,是就序文中钟氏"录鬼","欲俾其为不死之鬼"而发的。鬼而不死,即死而不朽之意。人既难免一死,欲不朽便只有立德、立功、立言诸途了。只有道德富、功业成,或者像"录鬼"一书所录诸公自成一家之言,才能"虽鬼而不鬼"(钟嗣成《录鬼簿·序》),成为一个有价值的人,死而无憾。这便是作者感叹的深意所在,也即是该小令的思想归趋。

这首小令在艺术上的优点有:第一,语言浅显明白,但蕴藉颇深。象"叹人生不死何归"一句,本来表达了积极有为的人生态度,只是意在言外,表述婉曲,若不深味其劝勉事功的深意,就会理解为消极悲观的人生哲学。那就完全误会了。第二,运用了上下文意交叉互见的写法,在有限的篇幅内,表达出较文字表面的意思更为丰富的思想。例如"想达士无他事,录名公半是鬼"两句,就不能拘泥在本句内索解,而应把两句话的主语"想达士"与"录名公"列在一起,当做一件事情的两个方面;同时把"无他事"与"半是鬼"两个谓语也归并一处,作为此事完整的原因。即:追怀思慕并且记录显宦名公的事迹与创作,没有别的原因,只是由于钟氏看到他们中的一半已经作古,再不记述,恐将完全湮没,永远不为人知了。这种特殊的表达方法是为适应中国古典诗歌严整的格律要求而创造的,前人称为"互文见意"。元散曲也继承了这一传统,此即一例。

周浩　与钟嗣成同时,生平不详。存世散曲有小令一首。

双调·蟾宫曲

周 浩

题《录鬼簿》

想贞元朝士无多,满目江山,日月如梭。上苑繁华,西湖富贵,总付高歌。麒麟冢衣冠坎坷,凤凰台人物蹉跎。生待如何,死待如何?纸上清名,万古难磨。

【鉴赏】

《录鬼簿》是元代钟嗣成广收博采,穷半生精力写成的一本戏曲史著作。他长期居住在杭州,既可看到各种戏班社的演出,又结识许多书会才人,著名优伶。这些人虽"门第卑微,职位不振",但"高才博艺,俱有可寻"。他怀着深沉的感慨和同情,于元至顺元年(1330)完成初稿,并于元统二年(1334)、至正五年(1345)两次进行修订。因恐"岁月廖久,湮没无闻,遂传其本末,吊以乐章"(《录鬼簿·序》)。

周浩生平不详,从这首小令看,是钟嗣成志同道合的朋友。

开篇即以慨叹和同情的口吻表示:"想贞元朝士无多,满目江山,日月如梭。"贞元,唐德宗年号(785~804),这里指前一个朝代。刘禹锡《听旧宫中乐人穆氏唱歌》:"休唱当时供奉曲,贞元朝士已无多。"此处作者径直抒怀:江山长在,而岁月如流,一去不回,一些"高才博艺"作家写下的锦心绣口、名篇佳句,如今已"无多"了!《录鬼簿》记载了元代知名戏剧家(杂剧和散曲)的生平事迹和剧作目录,包括作家一百五十二人,剧作名目四百余种。作者用慨叹、伤悼、满怀同情之笔,抒发出对他们的仰慕之情。

接三句对"高才博艺"的戏剧家、演唱家发出热烈的歌赞。上苑,即上林苑。本秦时旧苑,汉武帝增广之,为帝王游猎场所。司马相如有《上林赋》。这里指元朝京城大都。西湖代指杭州。元杂剧(包括散曲)后期的创作中心,已由北而南移向杭州。"西湖富贵",是因为"至南宋建都,则游人仕女,画舫笙歌,日费万金,盛之至矣。时人目为销金锅,相传到今"(明郎瑛《七修类稿》)。结以"总付高歌",是对有元一代杂剧、散曲作家的赞颂,说他们的作品反映了不同时期的社会现实,触及各个方面各个阶层的人民生活。

麒麟冢,指王侯贵族的坟墓。衣冠,指世族士绅,凤凰台在南京。这两句是说王侯贵族,豪家富户,身前蹉跎岁月,身后坎坷无闻。"生待如何,死待如何?"二语双关,上联杂剧散曲诸家,下挂衣冠人物。对于前者,他们"纸上留名,万古难磨",虽死而犹生;对于后者,则虽生而犹死。钟嗣成著《录鬼簿》是要"使已死之鬼,作不死不鬼,得以传远"。这首小令所表达的思想感情,充分传出了周浩所"题"之书(《录鬼簿》)的精神实质。而它构思新巧,通过对元曲作家的歌赞,对王侯贵族的蔑视,表现出作者的愤懑之情。"麒麟冢"以下数语,虽是"寻常说话,略带讪语"(何良俊《四友斋曲说》),但全篇用语,熟中出新,常中见奇,堪称是"本色"的戏剧语言。

邾经 字仲谊,号玩斋,又号观梦道士、西清居士,扬州海陵(今江苏泰州)人。至正年间乡贡进士。为平江路儒学录。明洪武初(1371)为浙江考试官。后居杭州,以吟咏自适。著有杂剧《三塔记》《玉娇春》等四种。存世散曲有小令一首。有《观梦集》《玩斋稿》,今皆不传。

双调·蟾宫曲

邾 经

题《录鬼簿》

可人千古风骚。如意珊瑚,苍水鲸鳌。纸上功名,曲中情思,话里渔樵。叹雾阁云窗梦窈,想风魂月魄谁招?

裹骊珠泪冷鲛绡，续冰弦指冻鸾胶，传芳名玉兔挥毫，谱遗音彩凤衔箫。

【鉴赏】

这首小令是为《录鬼簿》一书所做的题辞。曲词对《录鬼簿》作者钟嗣成的才学、事业、遭际以及写书的用心、书的基本内容等，都做了生动形象的介绍。

第一句盛赞钟嗣成是性行堪可、令人佩服的文学家，其文章荣名必然会流芳千古。一开篇就推出了钟氏的高大形象，令人肃然起敬。紧接着用两个比喻推崇钟氏的文学成就：其豪放风格有如石崇用铁如意击碎珊瑚玉树，其磅礴气势如同长鲸巨鳌在沧海里鼓浪喷沫。以下再用三个排比句总括介绍了钟氏的事业、情志和追求。他原想建立功业，但"屡试于有司"而"数与心违"，因"闭门养浩然之志"（《录鬼簿续编》），致力于笔耕，作"文集若干卷"，以此作为自己的"功名"。他写了许多小令和套曲，抒写自己的感情。如〔醉太平〕写一个沦为乞丐的落魄文人形象，实际上是倾吐自己的不平。〔清江引〕抒写世事茫茫，百年有限，人情翻覆，知音难得等人生感慨，誓要逃世回避，"早寻个稳便处闲坐地"。他讲论渔樵生活的闲适，希图"归耕"，度"日月闲中过"的生活。到此，钟嗣成的为人基本介绍完毕，以下就转写他著《录鬼簿》的情况了。钟氏在该书自序里说："今因暇日，缅怀古人，门第卑微，职位不振，高才博艺，自有可录，岁月弥久，湮没无闻，遂传其本末，吊以乐章。""叹雾阁"二句即写他缅怀、伤悼亡者的感情。"雾阁云窗"是云雾笼罩的亭阁和楼窗，指文人的居处。"梦窈"即人生好梦飞逝，指长离人间。他们谢世之后，魂飞风露，魄冷月华，无人凭吊，无人追怀，实在是一件非常可悲的事情。因而作者要为他们作传，记述他们的才艺和创作，以使后人"水寒乎冰，青胜于蓝"（钟序）。这便是《录鬼簿》一书的写作因由。随后，曲词又用四个排比句概括了全书的内容：第一句用裹藏骊龙之珠比喻钟氏珍爱和存录的前辈名家的作品。"泪冷鲛绡"是由"骊珠"联想出来的：据《博物志》载，鲛人住在水底，善织绡，所泣之泪即为珍珠。此因"鲛泪"与"骊珠"同为龙眼的别名，因而由骊珠想到鲛泪和鲛绡，既肯定和赞美了所录戏曲作品的不朽价值，也表达了对戏曲作家的深挚悼念。第二句用"续冰弦"（指演奏筝瑟）比钟氏光大和传扬前辈与同时戏曲作家的事业。作者由"续冰弦"

联想到续断弦,以及续断弦所用的鸾胶,便顺着这个思路层层设比,又以"指冻"比鸾胶粘着手指,形容奏乐时手不离弦,实指钟氏对前辈公卿和方今名人优秀作品的热爱和沉迷,以及他写《录鬼簿》时不忍遗漏万一的绝对认真。第三、第四句谓钟氏挥动玉兔毛所制的彩笔,记下了一个个作家的美名,并谱写了若干首[凌波曲],吊挽相知的作家。

这支曲最显著的艺术特色是形象生动鲜明。它不用浅显质直的语言直接抒情,而是借助性状特征特别惹人注目的事物创造艺术境界,塑造形象,让读者从中体察和领悟作者的感情,获得深刻的印象和优美的艺术享受。例如用"如意珊瑚""苍水鲸鳌"形容钟氏的创作风格和气势,用"裹骊珠""续冰弦"比喻著《录鬼簿》等,新颖奇特,能给人以特别新鲜的感受。并且能从"骊珠"和"续弦"再引发联想,比中作比,十分耐人寻味。

汪元亨 汪元亨(生卒不详),元代文学家。字协贞,号云林,别号临川佚老,饶州(今江西鄱阳)人。元至正间出仕浙江省掾,后迁居常熟。官至尚书。他生在元末乱世,厌世情绪极浓。所做杂剧有三种,今皆不传。《录鬼簿续篇》说他有「《归田录》一百篇行世,见重于人」。现存小令恰一百首,中题名「警世」者二十首,题作「归田」者八十首。

正官·醉太平

汪元亨

警世(二十首之二)

憎苍蝇竞血,恶黑蚁争穴。急流中勇退是豪杰,不因循苟且。叹乌衣一旦非王谢,怕青山两岸分吴越,厌红尘万丈混龙蛇。老先生去也。

汪元亨的［正宫·醉太平］《警世》共有小令二十首。这是其中的第二首,抒写厌恶竞逐权利和希求洁身自好的思想感情。

开头两句用苍蝇竞逐脓血和黑蚁争夺巢穴,比喻世人对功名利禄、权势荣耀的营求追夺,形象鲜明,感情强烈,一开篇就定了警世醒民的调子,扣上了题目。那肮脏得令人作呕的污血,本就腥臊恶臭,苍蝇却去挨挨挤挤地争吮抢咂;那幽暗逼仄、屈曲狭窄的蚁洞,本就卑陋阴湿,蚂蚁却成群结队地为之拼命撕咬,撂下万千具尸体。这显得何等贪婪、何其可悲!它不仅十分形象地揭示出官迷、财迷们的丑恶本性,也生动地表达了作者对官场上不择手段的争夺排挤,不惜性命的厮杀火拼的鄙弃与寒心。正因为作者看透了翻云覆雨的官场生活十分残酷,十分可悲,已入于大彻大悟之境,因而劝人们急流勇退,绝不该有一点点留恋,决不要再被暂时的荣耀尊崇和优裕享受所迷惑,铸成大错,贻误终身。曲词用“豪杰”一词指称那些觉醒和撒手的人,说明彻底觉悟并非易事。历史上该有多少人贪恋富贵,酿成人生悲剧呀!像范蠡那样功成身退、不受封赏,毅然遗弃荣华,漂游五湖的人实在太少、太难得了,确实堪称豪杰,值得敬慕和效法。“不因循苟且”一句,既是对当机立断、毫不顾瞻徘徊地辞官归隐者的英明决策和清怀高风的赞叹歌颂,也是对涉足官场、尚未彻底醒悟的人提出了希望:千万不可权且寄迹,去意不坚,官场如虎穴,必须迅速振拔。写到这里,作者的观点态度,小令的中心思想已经基本表述明白,以下便是申足主旨,进一步抒情了。

乌衣巷本系东晋王朝世袭贵族王、谢两家在建康的住地。当其全盛之时,居宅是何等辉赫,气势是何等旺盛!可是,曾几何时,东晋王朝一倒,两大姓也随之湮没。大厦丘墟,子弟零落,富贵不能常在,权势不能恒保。道理还不清楚吗?如果不肯退隐,结局必然可怕而悲惨。要么像伍员一样,牺牲在冤冤相报的残杀争斗之中;要么像泥蟠的苍龙,沉沦在世俗的尘埃之中,混同于蛇蝎,永远失去道德才能的光辉。小令以“老先生去也”作为结句,“去”即离去,脱离宦海,全身远祸,隐幽自保。这一句干脆利落,毫不拖沓,既表明作者同恶浊官场绝诀的坚定果决,也是对世人应取何策的明白提示。

小令在写作上的优点是:第一,化用前人诗句或典故,妥帖自然,毫无补缀的痕迹。如开首两句依马致远《秋思》套曲原文而稍做改变。马原句为"密匝匝蚁排兵,乱纷纷蜂酿蜜,闹穰穰蝇争血"。三句话的意思被简练地凝缩在两句里,意思同样醒豁。又如"青山两岸"句用吴越争霸典,而"乌衣巷"一句,显然取刘禹锡《金陵五题》诗意而更概括。刘诗原为四句:"朱雀桥边野草花,乌衣巷口夕阳斜。旧时王谢堂前燕,飞入寻常百姓家。"再如"厌红尘"一句,系据《佛印语录》之"凡圣同居,龙蛇混杂"立意的。第二,运用一连串表达厌憎伤叹感情的动词统领诗句,并配合以整齐的排比句式,一气贯注,有效地增强了抒情色彩,突出了中心思想。

双调·雁儿落过得胜令

汪元亨

归隐(二十首选二)

闲来无妄想,静里多情况。物情螳捕蝉,世态蛇吞象。
直志定行藏,屈指数兴亡。湖海襟怀阔,山林兴味长。
壶觞,夜月松花酿。轩窗,秋风桂子香。

趋炎真面惭,附势实心澹。志同车有輗,身比舟无缆。
随地结茅庵,归梦谢朝参。事业居天上,声名播斗南。
风潭,百顷青铜鉴。云岩,千寻碧玉簪。

【鉴赏】

汪元亨的《归隐》曲共有小令二十首,这里选析其中的第二和第二十首。

这两首曲写远离杀机四伏、陷阱密布,趋炎附势、浊秽无比的俗世和官场,甘愿淡泊名利,恬退自守,肆志于湖海山林的情志。风格潇洒、典雅,情味浓厚。

两支曲的前四句都写作者对世态人情的认识和态度,第五句以下转写过隐居生活的决心与乐趣,抒发厌恶俗世、追求自在闲适的思想感情。

　　"闲来"两句说,娴静下来以后,仔细思忖世上的千百种情况,不外争名夺利,翻云覆雨,使人感到寒心,因而不对尘俗世界抱任何幻想。这两句使用了互文见意的手法。"趋炎"二句也一样,谓社会十分丑恶,除非趋炎附势,不然很难立足。作者对这种情形十分反感,认为种种趋附的手段非常可耻可鄙。两支曲的第三、第四句都用比喻手法:前一首以螳螂捕蝉、黄雀在后,喻人世间的互相残杀,以小蛇竟欲吞食大象喻世人的贪得无厌。后一首则以车有輓轨喻守信不渝,以舟船脱缆、随波漂泛喻行踪不定地放旷。两首曲的后半截也一样,先用四句写归隐决心,下余部分写隐居之乐。"直志"四句说,刚直不阿的性格决定了归隐者的出处态度,他们宁愿隐居,指点前朝的兴亡,寄托傲世的感情;宁愿在湖海山林里飘荡流连。置身在宽广的湖海里,离开杀机四伏、同僚挤逼、日夜惴惴、唯恐一跌灭族的官场,确实会觉得无限舒畅。遁迹深山,出没林樾,俯仰幽壑,啸吟岩泉,又该是何等心旷神怡,令人企美!"随地"四句与此大同小异,谓辞别上朝参拜、匍匐稽首、战战兢兢的生涯,随意择一僻处,构一茅屋,在其间自由呼吸,任意偃仰,脱离红尘,过天上神仙般的日子,让不慕荣利的美名远近传扬。这样的归宿是非常可心、令人神往的,因而欲隐者即使在梦中也追寻着如此境界。随后,两首小令便都用异常形象优美的生活图景表现归隐生活的乐趣。申足主题:一旦归隐,则或在优美的月夜倾植举觞,饱饮松花美酒;或在秋风送爽,桂花飘香之时,偃仰于轩窗之下,享受悠闲自在之乐。或在碧波如镜的百顷湖面乘兴泛舟,清风款吹,惬意赏心;或在云缠雾绕、一如玉簪耸翠的千丈高山前欣赏大自然的奇秀之美,何等快意,何等洒脱!

　　两首小令在修辞上有许多共同的地方:一、运用对比方法,以世俗丑态反衬出隐居生活的优美,突出归隐的原因。二、比喻形象新奇,表现力很强。如以"蛇吞象"喻贪婪无比、欲壑难填的世态人情,以"青铜鉴"比波平如镜的湖水等,都生动逼真地表现了事物的本质和显明特点。三、曲词全用严整的对偶句,上下句或者互文见意,耐人寻味;或者彼此补充,意思完整;或者形成对比,明朗醒豁。

中吕·朝天子

汪元亨

归隐

长歌咏楚词①,细赓和杜诗,闲临写羲之②字。乱云堆里结茅茨,无意居朝市。珠履三千③,金钗十二④,朝承恩暮赐死。采商山紫芝⑤,理桐江钓丝⑥,毕罢⑦了功名事。

【注释】

①楚词:即楚辞,以屈原为代表的骚赋体文学。

②羲之:王羲之,东晋大书法家,尤擅行、草,有"书圣"之称。

③珠履三千:《史记·春申君列传》:"春申君客三千余人,其上客皆蹑珠履。"

④金钗十二:白居易因牛僧孺相府中歌舞之妓甚多,在《答思黯(牛僧孺字)》诗中有"金钗十二行"之句。

⑤商山紫芝:商山在今陕西商县。秦朝有东园公等四名商山隐士服食紫芝,须眉皓白而得长寿,汉高祖召之不出,人称"商山四皓"。

⑥桐江钓丝:东汉高士严光拒绝光武帝的礼聘,隐居于富春江畔,垂钓自得。桐江,富春江严州至桐庐区段的别称。

⑦毕罢:结束,撇下。

【鉴赏】

"达则兼济天下,穷则独善其身",这是古代知识分子在出仕与归隐间决定取舍的指导思想。元散曲以后者为题材的作品，更有一个明显的特点，即在"独善其身"时仍念念不忘对"天下"世务的悲愤与谴责，虽以归隐为题，却实以叹世命意。汪元亨先后作有二十首《朝天子·归隐》，无不带有这种表现倾向。本篇即为其中之一。

起首三句从归隐后的笔砚生活入手，显示了主人的文人本色。作者将一层意思分作三句写，而风神俱见。"楚词"为幽愤之作，寄托遥深，诗人于"歌咏"之前着一"长"字，充分显示出对楚辞的会意与投入。杜诗博大精深，高不可及，作品于"赓和"前置一"细"字，虔敬认真之情跃然纸上。羲之字非平心静气不能揣摩，"临写"前加一"闲"字，又见出了作者的心气安详。吟歌、和诗、习字，一一取法乎上，显示了归隐主人的清高脱俗。作者在《朝天子·归隐》的其他几首中，有"长歌楚些吊湘魂，谁待看匡时论""窗前流水枕边书，深参透其中趣"等语，可见作者醉心于楚辞、杜诗、羲之字，实非单纯消遣，而是饱含了愤世嫉俗的深意。

四、五两句，便转出了作者的动机。这两句直扣"归隐"，本应处于篇首，却被安排在篇中，这是为了通过"茅茨"与"朝市"的弃取，引出作者对富贵、功名的感受。他宁可"乱云堆里结茅茨"，"乱云堆"三字，极言隐居之处的远离尘嚣，显示他旷放豪纵、向往自由的襟怀，而对于"朝市"，则表白了"无意居"的明确态度。岂止是"无意"，紧接着"珠履"三句，明显地表明作者对于富贵荣华的恐惧和憎厌。"珠履三千，金钗十二"，有意渲染高官厚爵的煊赫气象。但"朝承恩暮赐死"一落千丈，令人胆悸心惊。这六字将封建社会的官场危机精辟地概括了出来，可谓一针见血。于是，"采商山紫芝，理桐江钓丝，毕罢了功名事"，便成了全身远害的唯一出路。将末尾的这三句与起首三句对读，还能见出作者怀才不遇的慨叹。诗人于强作平和中终于掩抑不住一腔激愤，反映了元人"归隐"作品写作的典型心态。

双调·沉醉东风

汪元亨

归田

居山林清幽淡雅,远城市富贵奢华。酒杯倾鲸量宽,诗卷束牛腰大。灞陵桥①探问梅花。村路骑驴慢慢踏,稳便似高车驷马②。

【注释】

①灞陵桥:即灞桥。在长安以东的灞水上。

②高车驷马:有着高高的车盖,并配备四匹马共拉的车驾,为达官贵人所专乘。

【鉴赏】

这首小令一起首就用了一组对仗,将"山林"与"城市"作鲜明对比,一"居"一"远",喜恶分明,擒住了"归田"的题目。诗人给山林生活的定性是"清幽淡雅",而对城市生涯的说明则是"富贵奢华",趋前避后,表现出蔑视富贵、淡泊名利的胸襟与决心,写出了决计归隐的思想境界。这就为下文尽兴地讴歌饮酒作诗、探梅赏景的自得生活,留出了宽广的余地。

"酒杯"二句又是一对,概括了归田后的诗酒生活。这一组对仗工整而雄豪,"鲸量宽"与"牛腰大"尤见新巧。前者出自杜甫《饮中八仙歌》:"饮如长鲸吸百川。"后者则本李白《醉后赠王历阳》"诗裁两牛腰"及宋人潘大临《赠贺方回》"诗束牛腰藏旧稿"。作者信手拈来,稍加改造,显示了高超才情和文人本色。

"灞陵桥探问梅花",是元人习用的所谓孟浩然的典故。在前选张可久《一枝花·湖上归》、周德清《塞鸿秋·浔阳即事》等篇中,都指出这是元人的一种附会。这附会并非全然无因,晚唐诗人唐彦谦曾有《忆孟浩然》诗曰:"郊外凌竞西复东,雪晴驴背兴无穷。句搜明月梨花内,趣入春风柳絮中。"苏东坡《大雪青州道上》也有"又不是襄阳孟浩然,长安道上骑驴吟雪诗"的诗句,施元之注:"世有《孟浩然连天汉水阔孤客郢城归图》,作骑驴吟咏之状。"但孟浩然的"雪晴驴背""骑驴吟雪诗",并无探梅的确切迹象,更同灞陵桥无关。倒是另一名晚唐诗人郑綮,有"诗思在灞桥风雪中驴背上"的名言。结果宋元人就将两者混淆在一起,发明出"孟浩然踏雪寻梅"的佳话,马致远还著有同名的杂剧。但不管怎么说,骑驴灞桥,踏雪寻梅,都从此成了文人高士冬令雅兴的象征,在这首曲中则成为"居山林清幽淡雅"的一则具体写照。而且,如果说"灞陵桥探问梅花"是以讹传讹的话,下一句"村路骑驴慢慢踏"却与唐彦谦的诗境恰巧暗合。作者以孟浩然自许,因为孟浩然确是"红颜弃轩冕,白首卧松云,醉月频中圣,迷花不事君"(李白《赠孟浩然》)的高士典型。

这首小令在铺叙"归田"后的生活表现中,或夸张,或快语,旷达高洁。结尾中以"村路骑驴"与"高车驷马"对举,由"慢慢踏"引出"稳便",更是巧妙地补点出脱屣富贵、避险求安的归田动机。作者的《沉醉东风·归田》也是一气作了二十首,无不是出自肺腑的真切感受,这正是作品亲切有味的成功原因。

双调·雁儿落过得胜令

汪元亨

归隐

至如富便骄,未若贫而乐。假遭秦岭行①,何似苏门啸②。　满瓮泛香醪③,欹枕听松涛。万里天涯客,一枝④云外巢。渔樵,坐上供吟笑。猿鹤,山中作故交。

【注释】

①秦岭行:唐韩愈因谏迎佛骨触怒宪宗,远贬潮州,途中作诗有"云横秦岭家何在,雪拥蓝关马不前"语。

②苏门啸:西晋高士阮籍与隐士孙楚相遇于苏门山(在今河南辉县),互相长啸逍遥。

③醪:有色的酒。

④一枝:《庄子·逍遥游》:"鹪鹩巢于深林,不过一枝。"谓生活需求之少。

【鉴赏】

前四句叙述归隐的缘由,用了两组对比。一组是"富便骄"与"贫而乐",其实也就是小人和君子的对比。《礼记》引孔子的话说:"小人贫斯约,富斯骄。"《左传·定公十三年》也有"富而不骄者鲜"的断言。骄就是骄横蔑礼,为富不仁,这是为知书达理的正直之士所不齿的。而在《论语·学而》中,孔夫子在肯定"贫而无谄"品行的同时,明确指出这样的还不够,"未若贫而乐"。小令将圣人的原话移来,说明安贫乐道是君子所为,这正是作者走上归隐之途的思想动机。另一组是"秦岭行"与"苏门啸",也就是当大官危险与做平民自在的对比。这里用了两个为人熟知的著名典故来指代两种截然不同的下场,以事实代替雄辩,乃是作者选择归隐的现实动机。两组对比都颇具说服力。

有了前四句[雁儿落]的铺垫,作者在以下[得胜令]八句中,就尽兴歌咏了隐居的快乐。一是生活条件和环境的顺适,座上美酒,门外松涛,"欹枕"二字,足见主人的闲适自在。二是在万里客居之余,有了一处安身之地,再不愁风尘漂泊,无家可归。三是隐居绝无寂寞之虞,有渔樵往来,猿鹤做伴。这三个方面如数家珍,娓娓道来,作者的"贫而乐",是可以想见的了。

这支小令通篇由一组组对仗构成,给人以整饬雅洁之感。而这些对仗在结构上各不相同,意境也无重复馆钉之处。元人的散曲,"归隐"属于热门题材。撇开那些冒充风雅的不说,其余的好些作品,是作者在失意彷徨中的自我鼓励,对隐居生活的美化描写往往有夸饰失实之处。而本篇作者的态度既严谨,抒写又充实,当属真隐。有了真,美就在其中了。

孟昉 字天伟,本西域人,或云太原(今属山西)人,居大都(今北京)。至正十二年(1352),为翰林待制,官至江南行台监察御史。存世散曲有小令十三首。

越调·天净沙

孟昉

十二月乐词(九月)

鸡鸣晓色珑璁,鸦啼金井梧桐,月坠茎寒露涌。广寒霜重,方池冷悴芙蓉。

【鉴赏】

　　孟昉,字天昉,或云太原人,寓居大都(今北京),元末散曲作家。本曲是他《十二月乐词》中描写九月景色的一首。全曲选用了深秋九月几种典型事物,寄情于景,借景抒情,表达了他对金秋将逝的叹惋和对美好事物的怜惜感情。

　　全曲表面看来是写景,但作者并没有停滞在对景物的单纯描绘上。我们可以想见一位心情沉郁的人对秋晨的观赏之情。晨鸡酣鸣,月色朦胧,作者伫立井旁,时而叹月,时而悲花。"雅啼金井梧桐"是作者沉郁心境的点睛之笔。在人们的习惯心理看来,乌鸦常常传来恶讯;深秋之时,梧桐在风霜竞逼之下渐渐枯黄、凋落,给人以酷冬将临之感。而这种不吉利的鸟又是在梧桐树上啼鸣的,更能衬出一种悲凉气氛,传达作者的悲凉心境。清冷的月光,枯悴的芙蓉,在作者的眼里,都成为一种凄凉的物象,反映出作者对金秋易逝、好景不长的感叹和怜惜。全文不着一个"人"字,也没有一句直抒胸臆,但我们依景完全可以体会到作者的思想感情。孟昉在全曲序言中指出:"第时有升降,言有雅俗,调有古今,声有清浊,原其所自,无非发人心之和。"可见作者是强调不同时节、不同事物在人心中都有不同的感应。无论哪种形式,哪种风格,都应"发人心之和",表达人的思想感情。作者正是把自己的情感寄托在曲中,"发人心之和"的。

　　元人小令字数不多,容量有限,所以要描绘一幅景,务须选择典型的物象,并且熔诸一炉,形成一个有机的整体。本曲所择景物,看似互不相关,但经作者独具匠心的运用,却俨然一体。天将发亮,东方露出了微明的晨曦。雄鸡唱鸣,报晓着黎明的到来。井边的梧桐树上,刺耳的乌鸦扑愣着翅膀,"呀呀"地叫着。一弯残月将尽,清冷暗淡的月光泻向大地。晶莹的露珠顺着草木寒冷的茎涌上。院里方池中的芙蓉被秋霜逼得发枯。作者从天写到地,从大写到小,清峻脱俗,浑然一体。

在遣词造句方面,作者也是别具心裁的。唐人李贺曾写过一首《河南府试十二月乐词》,其中描写九月时对"露"和"芙蓉"是这样运笔的,"露花飞飞风草草","竹黄池冷芙蓉死"。李贺所描绘的是一个有风的早晨,露水结成冰花,被秋风吹散,故曰"飞飞"。而孟昉所写的是一个清冷无风的早晨,故曰露"涌",一个"涌"字,道出了静中之动,使人想到露之重、之激,并使人们由露之清澄晶莹感受到秋晨的明净寒冷。李贺写芙蓉冠以"死"字,虽则明快,但失之太直。而孟昉施一"悴"字,含蓄蕴藉,耐人寻味。因为"悴"与"憔"常联用,用以形容人之瘦损的。作者在此用于芙蓉,则将它人格化了。这易使人想到昔日丰姿绰约的芙蓉仙子在严秋威逼下由荣变枯的情形。也容易引起人们对美好事物毁灭的悲剧效果。一"涌"一"悴",把寒露和芙蓉活现在读者面前,可谓奇特的手笔。

从以上的分析可以领略孟昉本曲的风格是本色自然、清峻脱俗的。他所描绘的景物季节在深秋,时间在黎明。他在第一句便点明了时间,从天色到井边梧桐,从月亮到草茎露珠,最后把视线聚集于池中芙蓉。在铺写这些景物时,作者并没有运用华丽的辞藻,无艳丽浮华之嫌,相反令人感到质朴可观,自然天成。

一分儿

姓王,大都(今北京)角妓(能歌善舞的官妓)。《青楼集》载其"歌舞绝伦,聪慧无比"。存世散曲有小令一首。

双调·沉醉东风

一分儿

红叶落火龙褪甲,青松枯怪蟒张牙。可咏题,堪描画,喜觥筹席上交杂。答剌苏频斟入礼厮麻,不醉呵休扶上马。

【鉴赏】

"一分儿"是元末京城里的一位艺妓,本姓王,艺名一分儿。其人聪慧无比,以歌舞擅长,当时,所作散曲仅存此一首。

这是一首在酒宴上即席所做的劝酒小令。夏庭芝《青楼集》记其本事说:"一日,丁指挥会才人刘士昌、程继善等于江乡园小饮,王氏佐樽,时有小姬歌菊花会南吕曲云:'红叶落火龙褪甲,青松枯怪蟒张牙。'丁曰:'此沉醉东风首句也,王氏可足成之。'王应声而成,一座叹赏。"由此可知,这首小令不仅在内容上是首劝酒歌,而且在体制上还属于联句体。一般来说,联句体要求作者才思敏捷,出口成章,诗句要达到语意连贯,音韵和谐,形象完整。由于难度较大,成功之作不多,像这样能够得到"一座叹赏"的作品就更罕见。

全曲共六句,每两句描写一层意思,分别写饮酒时的自然景物、热烈场面和饮酒者的心理状态。

"红叶落火龙褪甲,青松枯怪蟒张牙",描写饮酒时宴席周围的景物。这是一次露天酒会,时值北国深秋,金风肃杀,一片片红叶在随风飘落,就像传说中的火龙蜕下的鳞甲一样;落叶松也在霜风中变得枯黄,弯弯曲曲,奇形怪状的枝干在寒风中抖瑟,宛如一条条张牙舞爪的蟒蛇。

这两句捕捉住了景物的特征,并运用暗喻的手法,以动喻静,取比奇特,形象生动,有极强的吸引力,且色彩鲜明,将灰暗的秋天景象表现得富有生气,为下文热烈的饮酒场面酝酿出和谐的气氛。同时,通过景物描写,巧妙地点明了饮酒时的节令和场所。

"可咏题,堪描画,喜觥筹席上交杂",写热烈的酒席场面。"觥"即酒杯,"筹"是古代酒席上赌胜输时用来投壶的竹箭,"觥筹交杂"是借众多的酒具来表现饮酒者热烈的情绪。这两句的意思是:面对这美好的秋景,诗人能够吟咏出优美的诗句,画家可以描绘出绚丽的图画,更可喜的是它还能够激发起人们的酒兴,你看,有人正在举筹投壶,有人正在举杯痛饮,真是好不热闹!作者将抒情和叙事结合在一起,感情饱满,形象生动。在全曲结构上,更起着承上启下的作用:前一句承上,深化景物描写;后一句启下,引起对酒席场面的描写。"喜"字特别值得注意,打住写景,转入叙事,起承转合不留痕迹,可谓联句中的妙手偶得。

"答剌苏频斟入礼厮麻,不醉呵休扶上马"是两句劝酒令。"答剌苏"和"礼厮麻"是元代俗语,意即酒和酒杯。这里涉及元曲用韵的问题。元曲的用韵与诗词不同,要求句句用韵,一韵到底。此曲的韵脚是《中原音韵》中的"家麻"韵,韵字较少,属于窄韵一类。第五句如果直书酒和酒杯的话,就不符合用韵的要求,改用俗语中的代称,就顺利地解决了这个问题,同时还增强了宴席上的生动活泼的气氛,进一步起到侑酒助兴的作用。既惟妙惟肖地写出了酒宴上人们殷勤劝酒的情态,又细心地揣摩出了嗜酒者一醉方休的心理状态和声口,唱出了他们的心里话,因而得到了酒徒们的"一座叹赏"。

纵观这首小令,虽然极生动地描写了一次酒会的自然环境、热烈场面以及人们的心理,但充其量不过是一首劝酒令,没有多少社会意义。它的成功主要表现在艺术方面,层次分明,结构严密,先写景物,后叙人事,最后揭示出特定环境中人物的心理特征,而且比喻奇特,色彩鲜明,生动形象,加之俗语的运用,表现出浓厚的生活气息和豪放不羁的风格,在元末渐趋典雅的曲坛上,放射出一缕奇异的光彩。

刘婆惜　至正间妓女。通文墨,善歌舞。后赣州路监郡全普庵撒里纳为侧室。《青楼集》有传。存世散曲有小令一首。

双调·清江引

刘婆惜

青青子儿枝上结,引惹人攀折。其中全子仁,就里滋味别,只为你酸留意儿难弃舍。

【鉴赏】

这是一支咏物的小令。主题是通过咏梅抒发作者的恋情。体制上属于联句体,第一句的作者是全普庵撒里,后四句的作者才是刘婆惜。

全普庵撒里,字子仁,元末高昌人,曾任礼部尚书,官终赣州路达鲁花赤。他平日守官清廉,惟耽于花酒,公余与士大夫酣歌赋诗,帽上常喜簪花,否则或果或叶,亦簪一枝,所作散曲仅存"青青子儿枝上结"一句。刘婆惜,元末江右人,初为乐人李四之妻,颇通文墨,擅长表演滑稽歌舞,所作散曲仅存"引惹人攀折"等四句。

刘婆惜因联了这支曲子,而被全子仁收为侧室。《青楼集》记其本事说:"刘婆惜先与抚州常推官之子三舍者交好,苦其夫间阻,偕宵遁。事觉,决杖。刘负愧,将之广海居焉。道经赣州,谒全公,全曰:'刑余之妇,无足与也'。刘谓阍者曰:'妾欲之广海,誓不复返,久闻尚书誉,获一见而逝,死无憾也。'全哀其志而与进焉。时宾朋满座,全帽上簪青梅一枝行酒,口占[清江引]曲云:'青青子儿枝上结',令宾朋续之,众未有对者,刘敛衽进前曰:"能容妾一辞乎?'全曰:'可'。刘应声曰'青青子儿枝上结,引惹人攀折'云云。全大称赏,由是顾宠无间,纳为侧室。"玩味此曲,刘婆惜的成功,在于才思敏捷,在于构思精巧,借咏物以寄情,并能做到:咏物,形神俱似;抒情,贴切自然,因而产生了强烈的艺术感染力。

开头两句是写青梅的娇小和美好。前一句是正面描写,为全曲确定了描写对象和基调,"青青"绘其色,"子儿"状其形,迭字和语助字的运用,在字里行间流露了诗人对青梅的喜爱之情。刘婆惜所联的第二句是侧面描写,反衬青梅的美好,情和景与上一句都是相通的。

"其中全子仁,就里滋味别。"写青梅的核仁和滋味。这句的意思是说,小小的青梅里也有完整的梅核和核仁,而且味道同成熟的梅子不同。既咏物同时又语意双关。其中"全子仁"指全普庵撒里,"滋味别",是说全子仁的风度与众不同,寄托了对全的倾慕之情。

"只为你酸留意儿难弃舍。"具体写青梅的滋味。这句仍然运用了双关和寄托的写法。"你"字既指青梅,又指全子仁;"酸留意儿"既确切写出了青梅的滋味,又表现了全子仁"耽于花酒"的个性特征;"难弃舍"既写出对青梅的喜爱,更寄托了自己对全子仁的留恋,语从反面说出,俏皮而生动,诚挚而贴切。是全曲的点睛之笔。整个这一句,字字写梅,又字字写人,既是咏物,也是自寓,因而打动了全子仁。

古典诗词曲中都有大量的咏物之作,写法多种多样,最好的作品是既能曲尽事物的神态,也能把作者的思想感情表现出来,写物而不停留在物上,抒情而不粘着物上,做到物我合一,不即不离,天衣无缝。这首小令就达到了这样的境界。

国学经典文库

元曲鉴赏

·元曲·

图文珍藏版

萧德润 生平不详。

双调·夜行船

萧德润

秋怀

一夜秋声入井梧，碧纱帱枕剩珊瑚。秦凤东归，楚云西去，旧欢娱等闲辜负。

[**风入松**]翠屏灯影照人孤，花外响啼蛄。丁宁似把闲愁诉。凄凉待怎支吾。泪珠伴檐花簌簌，梦魂惊城角呜呜。

[**庆宣和**]犹忆樽前得见初，浅淡妆梳。附耳佳期在朝暮。间阻，间阻。

[**乔牌儿**]相思病、忒狠毒，风流债、久担误。波涛隔断蓝桥路，枉子把鹊声占龟卦卜。

[**甜水令**]到如今镜破青铜，钗分金凤，箫闲碧玉。无语自踟蹰。果若命分合该，于飞终效，姻缘当遇，甘心儿为你嗟吁。

[**鸳鸯煞**]锦回文织就别离谱，碧云笺写遍伤心句。旧物空存，薄情何处？畅道往事千端，柔肠九曲。软玉温香，作念着何曾住。人问我秋到也较何如？怕的是战碎芭蕉画阑雨。

【鉴赏】

这是一套描写妇女怀念远人的曲子。抒情主人公是位良家女？还是青楼歌妓？无从确知。但从篇中"果若命分合该，于飞终效，姻缘当遇"几句看，所怀显然不是丈夫。篇中有"犹忆樽前得见初"一句，是主人公追忆相识经过的话，他们始识于一次酒会，由此可以推测，主人公是位歌女。

曲子入笔擒题，从这个妇女秋夜不眠写起。但是这个意思，并没有直笔明写，而是用"一夜秋声入井梧"的隐晦笔法，旁敲侧击地暗示出来。风吹桐叶的飒飒声一夜不绝于耳，主人公终宵未眠的情景自在言外。至于她因何不眠，也是莺藏嫩柳，不可骤见。只有细细品味"碧纱幮枕剩珊瑚"一句，才可稍稍参出其中奥秘。碧纱帐中闲置着一个枕头，枕虽在，那个曾经伴她度过许多良宵的人儿却不在身边，离她远去，睹物伤怀，辗转反侧。可谓含而不露，宛转曲达。当然，到此只能说薰香微度，还没有点化明白。于是，由枕及人，写出和情人睽离的戚戚情怀。"秦凤"用《列仙传》中萧史故事，以喻远去的情人；"楚云"用宋玉《高唐赋》里巫山神女事，指代独留的自己。此东彼西，过去那些令人陶醉的乐事因此轻易抛掷了。抚今追昔，已难忘怀，更兼窗外风声，入耳不绝，凄凉感秋风，秋风助凄恻，难怪主人公彻夜不寐了。

这支曲子，由枕存写到人去，又由人去写到旧欢消逝。丝丝入扣，步步推进，点破题旨，涵盖全篇，引发出下面五种境界。

[风入松]一曲写分离后秋夜孤寂的况味。屋内，孤灯照影；屋外，蟋蟀悲鸣。冷落的秋夜，只有寒灯相伴，已足以突出人的孤零，但作者犹觉气氛渲染得不到火

·元曲·

图文珍藏版

候,进而采用联想对比的手法,反衬主人公的孤独可怜:蝼蛄此啼彼应,纵有愁情,犹可倾诉,而自己孑然独处,形影相吊,满腹凄凉,又能向谁言说!有情之人,反不如无情之物。一种失落和孤独感实在无法克制,便禁不住落泪纷纷,甚至感到"檐花簌簌"也像有感情一样,同伤心人的泪珠悲而相"伴";恰才入梦,又被城头呜呜画角惊回。蝼蛄啼而且"响",簌簌落花声亦清晰在耳,都见得夜的静寂。呜呜的城角,又给静静的秋夜增加了悲凉的气氛。通过描写环境,布设氛围,烘托出人物的痛楚心境。

到[庆宣和]一曲,又由人物的苦楚心境勾起过去甜蜜爱情生活的回忆。耿耿不忘的又特别是他们开始相爱的情景:她和他邂逅于一次酒筵歌席,当时自己并没有浓妆盛饰,只穿着素雅的服装。对于这样的细事竟记得清清楚楚,可见那次会面多么难以忘怀。然而,这样的回忆对人又是莫大的折磨,所以,并不敢再想下去,刚刚进入忆旧,立即转到伤今。"附耳佳期在朝暮"一句即是忆旧与伤今的桥梁。"附耳佳期"尚可说是忆旧,"在朝暮"已暗暗过渡到伤今,最后竟至于连连呼叫"间阻,间阻",如同说"分开了!分开了!"其思念之切,如火焚心;其忧伤之痛,如锥刺股。

"间阻"结下了相思的苦果,[乔牌儿]继写相思不相见的苦楚。"相思病,忒狠毒",这是经历了并且依然经受着相思折磨的女主人公的切身感受,但又不是平平地向未经相思折磨的人叙述个人的感受,也不是对相思病的简单评判,而是主人公抱怨与畏惧心情的表露。"狠毒"一词乍看起来甚觉粗俗,仔细推敲,却感到准确绝妙。代之以其他任何典雅的字眼,都会影响感情表达效果。下面又说,因为"蓝桥路""波涛隔断",情人不得回来。蓝桥,在陕西蓝田县东南蓝溪之上。唐裴铏的传奇《裴航》,描写书生裴航与云翘樊夫人同舟,樊夫人赠诗暗示裴航,在蓝桥会得佳偶。后来,裴航果在蓝桥遇到云英,二人结为夫妻。这里反用其事,比喻同情人阻隔两地,无法相见。无法相见又时刻期望着能够重新相见,于是经常凭借鹊声预测情人是否回来。俗言"灵鹊叫,喜事到",可是,喜鹊虽然常来送喜,终究不见喜事到来。无数次的绝望,使她对喜鹊的效应产生怀疑,不得不慨叹拿鹊声占卜也是枉然。和敦煌曲子词"叵耐灵鹊多谩语,送喜何曾有凭据"一样,把急切地望归心情细腻而又传神地表现了出来。

[甜水令]一曲刻画了一个钟情的女子形象。情人望来终不来,如今依旧天各一方,承受着痛苦的煎熬。"镜破青铜,钗分金凤,箫闲碧玉"是"青铜镜破,金凤钗分,碧玉箫闲"的倒装,因为韵脚和对仗的缘故,才做了这样的处理。"箫闲碧玉"既可解作情人去而不归,他那只碧玉箫无人品弄,这种解释承上照应了"萧史东归",接下又坐实了"旧物空存";也可理解为主人公因为情人不在而无心吹奏,碧玉箫便闲置起来,表现分离后的忧愁情怀。这样不但符合主人公的歌女身份,也能表现她失去爱情慰藉后的怅怅心情。两说中第一说更为合理,因为这样,可以使这支曲子前后更为连贯浑成。情人没有回来,主人公默默无语,独自反复思量。"果若命分合该"四句,就是思量的具体内容:如果真的命中应该和你结合,最后能够像比翼鸟并翅齐飞,婚姻如意,我甘愿长吁短叹,继续经受相思的折磨。为了爱情不惜承担最大痛苦的自我牺牲精神,一个忠于爱情的妇女形象,通过细致入微的心理描写,毕现于读者眼底了

最后一支曲[鸳鸯煞]写主人公对未来的殷忧。先写自己把离情别绪写在纸上,织进锦中。《晋书·窦滔妻苏氏传》记,前秦秦州刺史窦滔,因罪被徙流沙,苏氏思念不已,因而织锦为宛转循环都可诵读的回文,寄给窦滔。但,苏氏织成回文锦字,犹能寄给丈夫,而自己所怀之人,不知何在,纵有锦字,却寄向何处!凄凉无可诉说,鹊声又不灵验,婚姻不见着落,诗成更无寄处,真是往事千头万绪,愁肠屈曲萦绕,百结不解。"软玉温香"一般指代女性,这里反用它作情人的昵称,"作念着何曾住"一句,更写尽了无时无刻都不曾中止的思念之情。最后两句"人问我秋到也较何如? 怕的是战碎芭蕉画阑雨",是全篇的点睛之笔。先是设问:有人问我秋天到了,你的心情比过去怎么样呢? 接着宕开一笔回答:最怕的是雨打芭蕉的声音。说秋天这个惨淡季节,将使人更加不堪其苦。看似答非所问,然而却含蓄而深刻地道出主人公瞻念前途、忧伤不堪的情怀。一幅雨打芭蕉的画面里,包含着直接语言难以穷尽的意义。

全套六曲,序曲交代"秋怀"之所由生,有总领全篇的作用。[风入松]着重写秋夜幽独,愁思难释,正式进入主题。第三曲先忆旧后伤今,通过今昔苦乐对比,把主题引向深入。四、五两曲,一写相思的痛苦,一写个人的心志,塑造了一个钟情女子的形象,成为全篇高潮。尾曲先写别后情愫,继写今夕心曲,终而预写秋来的愁

苦,把过去、今夜、今秋连在一起。作为全篇的尾声,既起到收束全篇的作用,又留下袅袅余音。刘熙载《艺概》说:"曲如赋"。大赋的特点在此曲中表现得十分明显。作者正是借助了大赋多角度、多层次的铺排写法,才把思妇离怀写得如此淋漓尽致。

杨维桢 (1296~1370)字廉夫,会稽(今浙江绍兴)人。少时读书铁崖山中,因自号铁崖;因善吹铁笛,晚年自称铁笛道人;又号东维子。泰定四年(1327)进士。为天台尹,转建德路总管府推官,官至江西儒学提举。有政绩。曾预修辽、金、宋三史。元末农民起义爆发,避兵于富春山,未几,徙居钱塘(今浙江杭州)。张士诚据平江(今江苏苏州),屡遣人召之,不赴,复书张士诚,劝其降元。后徙居松门,传授弟子。明太祖召其修礼乐书志,叙例略定,即请还家。杨维桢长于行、草书,能文工诗。元末诗坛领袖,在当时文名颇高。存世散曲仅套数一套,借古讽今,笔力酣畅,风格苍劲。有《东维子文集》三十一卷,《铁崖先生古乐府》十卷,《乐府补》六卷,及《复古诗集》《丽则遗音》等。

双调·夜行船

杨维桢

吊古(节选)

霸业艰危。叹吴王端为,苎萝西子①。倾城处,妆出捧心娇媚。奢侈,玉液金茎②,宝凤雕龙,银鱼丝鲙。游戏,沉溺在翠红乡,忘却卧薪③滋味。

......

[**锦衣香**]馆娃宫④,荆榛蔽;响屧廊⑤,莓苔翳。可惜剩

国学经典文库

元曲鉴赏

·元曲·

图文珍藏版

水残山,断崖高寺,百花深处一僧归⑥。空遗旧迹,走狗斗鸡。想当年僭祭⑦,望郊台⑧凄凉云树,香水⑨鸳鸯去。酒城⑩倾坠。茫茫练渎⑪,无边秋水。

[浆水令]采莲泾⑫红芳尽死,越来溪⑬吴歌惨凄。宫中鹿走草萋萋⑭。黍离⑮故墟,过客伤悲。离宫废,谁避暑?琼姬⑯墓冷苍烟蔽。空原滴,空原滴梧桐秋雨。台城⑰上,台城上夜乌啼。

[尾声]越王百计吞吴地,归去层台高起。只今亦是鹧鸪飞处⑱。

【注释】

①苎萝西子:西施。苎萝,山名,在浙江诸暨市南,为西施出生之处。

②金茎:本为汉武帝金人承露盘的铜柱,此借指仙露般的饮料。

③卧薪:喻为图大计而甘受困苦折磨。卧薪为越王勾践事,但此前吴王夫差励志三年,终于破越而为死去的父亲阖闾报了仇,性质与此接近。

④馆娃宫:吴王夫差为西施所建的行宫,在苏州西南灵岩山上。

⑤响屧廊:吴宫中廊名,以楩、梓木铺地,穿屧行步则响。

⑥“百花”句:白居易《灵岩寺》:“馆娃宫畔千年寺,水阔云多客到稀。闻说春来更惆怅,百花深处一僧归。”

⑦僭祭:在祭祀的礼仪上超越本分。如夫差“祭用百牢”(吴本伯爵,用牢不得超过十二,天子方可百牢)即为一例。

⑧郊台:吴王祭天台,亦在灵岩山上。

⑨香水:香水溪,吴宫旁的一条小溪,西施曾于此沐浴。

⑩酒城:吴王为酿酒而筑建的一处小城。

⑪练渎:水名,在灵岩山东南。

⑫采莲泾:在江苏苏州城内。

⑬越来溪:在采连泾西南,越兵由此溪入吴故名。

⑭“宫中”句:《吴越春秋》载伍子胥曾预言“将见豖鹿游于姑胥之台,荆榛蔓于

宫阙"。

⑮黍离:《诗经》有《黍离》篇,为东周大夫"过故宗朝宫室,尽为禾黍"的有感之作。后借指亡国的残痕。

⑯琼姬:吴王夫差之女。其墓在苏州阳山。

⑰台城:禁城。王宫禁近曰台。

⑱"只今"句:语本李白《越中览古》:"越王勾践破吴归,义士还家尽锦衣。宫女如花满春殿,只今惟有鹧鸪飞。"

【鉴赏】

杨维桢《夜行船·吊古》原套共七支,此选第一、五、六、七曲,主旨是对苏州郊外吴宫遗迹的凭吊。首曲评说吴王夫差沉溺女色、奢侈淫佚的历史表现,显示了吴国衰亡的成因。[锦衣香]、[浆水令]则具体描述了馆娃宫等十余处吴国故宫的衰败情景,充满了历史盛衰的感慨。[尾声]进一步以战胜者越国的灭亡结局反衬吴国的灭亡,进入了历史悲剧的核心。

这些曲子的写作特点,一是描摹出色,写景细腻,以形象替代议论。二是感情色彩强烈,剩水残山,宫室禾黍,成功地渲染了凄凉感伤的气氛。三是语言节奏弛张变化,与所表达感情相配。四是层次分明,于空间、时间出入自如,挥洒淋漓而章法井然。正因为这些缘故,此作颇受后代文人欣赏,明戏曲家梁辰鱼还将[锦衣香]、[浆水令]两曲全文采入《浣纱记》传奇。但本曲语言雕琢过甚,有失圆融,即使在南散曲(本套用南曲曲牌)中也非当行之作。王骥德《曲律》曾指出其不足:"用韵杂出,一也;对偶不整,二也;尘语俗语生语重语迭出,三也。"颇中肯綮。文人逞才使气,使散曲向典雅化、案头化发展,明清散曲中这种倾向尤为严重。这首套数可以说是开了先河。

国学经典文库

图文珍藏版

元曲鉴赏

马 博◎主编

线装书局

王举之 约生活于元代后期。曾在杭州一带活动过，与散曲搜集、编辑者胡存善有交往。《全元散曲》录存其小令二十三首。

双调·折桂令

王举之

赠胡存善

问蛤蜊风致何如？秀出乾坤，功在诗书。云叶轻盈，灵华纤腻，人物清癯。采燕赵天然丽语，拾姚卢肘后明珠，绝妙功夫。家住西湖，名播东都。

【鉴赏】

这首曲的开头一句问得很有"风致"，但蛤蜊跟元曲有什么关系？原来这里有个典故。

《南史·王融传》说王融自视甚高，有一次他在王僧祐家做客，恰逢沈昭略也去了。三人坐定，沈便向主人打听：这小伙子是谁呀？王融听了很不高兴连我都不认识，你还认得天上的太阳不？脸有不悦之色，口中便有不平之辞。沈不理他，说：这个浅薄的家伙太自负，别管他，我们且吃蛤蜊吧。在这个故事里，蛤蜊还未与元曲挂上钩。后来钟嗣成在《录鬼簿序》中又借此发挥："若夫高尚之士，性理之学，余有得罪于圣门者。吾党且啖蛤蜊，别与知味者道"，

借蛤蜊典故来讽刺那些把散曲看作俚俗小道的人，因而"蛤蜊风致"也就被用来指代散曲风格了。

国学经典文库

元曲鉴赏

·元曲·

图文珍藏版

那么这里所赠对象胡存善的"蛤蜊风致"又如何呢？作者说他的曲既有出自天然的灵秀，又得力于诗书功底的深厚，给人的整体感觉是，像秋云一般轻盈，春花一般纤腻，和他本人一样清灵脱俗。但如果仅止这样，作为曲还不是上品。因为曲恰恰要俗。不俗不俚就成了词，成了诗，就沦为末流。在这一点上，胡存善的散曲语言可谓标准件：采用散曲兴起地燕赵的方言俚语，糅合元初散曲前辈姚燧、卢挚的文辞精华，取长补短，融会贯通，自成一格，显出兼收并蓄的一番绝妙功夫。

最后作者用洛阳（东都）纸贵的典故点明胡氏的知名度——家住在西湖一隅而名扬天下四方，虽有溢美之意，但有前面的介绍作铺垫，倒也恰如其分。

胡存善是杭州人，生平资料流传下来的很少，除《录鬼簿》称他是"士林之翘楚"外，再就是本曲对他的称颂了，不管他的散曲是否确如王举之所称赞的那样，至少像他那样的"蛤蜊风致"在元散曲创作中还是很有代表性的。典型的"蛤蜊风致"不正是采天然的群众语言，拾掇诗书中前人的"肘后明珠"，再用一番锤打锻造的绝妙功夫，加以捏合组装镶嵌而成的吗？

南吕·金字经

王举之

春日湖上

山色涂青黛，波光漾画舸。小小仙鬟金缕歌。他，宝钗轻翠娥，花阴过。暖香吹绮罗。

【鉴赏】

这是一支写景的小令。远山涂黛，波光闪烁。画舸轻荡，少女曼歌。诗中有画，画中有诗。

开头两句，写青山，写绿水，写画舸。初春，嫩草抽芽，万木萌绿。远山生机勃勃的情景，人们能够从它青黛的色彩上想象出来，山色远远望去，只是青碧一片，所以，诗人说那色彩仿佛是画家"涂"上去的；湖面上，绿水如蓝，波光粼粼。玉界琼田，一清如洗。这样美好的时光，这样美丽的景色，不能没有游人。但是，诗人偏偏没有去描写水中、岸上那许多的热闹。正如电影的特写镜头一样，诗人只抓住了湖中的"这一个"——画舸来写，着一"漾"字，轻轻点染，由湖面及游船，于是，一叶彩舟的倒影，便映现在读者的面前，给画面上增添了令人心摇神荡的一笔。画舸是一种绘有彩色图案的轻巧游船，那么，乘着这秀气小船的人是谁？这就吸引着读者要迫不及待地读完这支曲子了。

前一句写山，是远景，是从大处落笔。后一句写水，写画舸，是近景，是从小处着眼；前一句是仰观，是静态景物的描写。后一句是俯视，是动态画面的刻画。俯仰之间，远近高低，风光之美，尽收眼底，而诗人仅仅用了十个字，语言相当简练。优美的环境描写，不仅为后面人物的出场作了很精彩的铺垫，也为全曲创造出了十分和谐动人的意境。

第三句紧承上句写来，由画舸写到人，镜头越推越近，画面越来越具体。"仙鬟"，貌美；"金缕歌"，歌声甜。而于句前冠以"小小"二字，则尤其给人以亲切之感。这是一个云鬟高耸、飘飘欲仙的少女，那甜美动人的歌声，更增添了她的妩媚和可爱。唐代乐府歌曲有《金缕曲》，杜秋娘有词云："劝君莫惜金缕衣，劝君惜取少年时。有花堪折君须折，莫待花残空折枝。""金缕"二字，从字面上来看，我们固然可以把它当作形容词，则它是用来描写少女噪音的美妙动听的。但是，我们也很难说作者没有指《金缕曲》的意思。杜秋娘的《金缕曲》词脍炙人口，少女唱其词，则亦情深矣。

作为鉴赏来说，这却恰恰给读者提供了一个展开想象的机会，过分的偏执一端，都有可能使诗歌的美受到损害，从而影响到人们的欣赏效果。我们不妨说，"金缕歌"既是形容歌声的甜美动听，同时又是对歌词内容的一种交代。则少女用银铃般的歌喉，唱着那首深情的曲子，这就是对人物"神"的写照了。"仙鬟"和"金缕歌"两个方面的描写，形神兼备，一个活泼、倩美而又多情的少女形象，活灵活现地再现了出来。至于女子的雪态香肌，顾盼流眄，全曲只字未提，留于言外，读者自可根据个人的生活经验和审美趣味去联想，创造出自己心目中的最佳形象。这是不写之写，比作者全部说尽要更具艺术魅力，更耐人回味。

　　明丽的湖光山色，把少女的妩媚衬托得更加动人，女子金子般优美的歌声，也越发增添了绿水青山的情致。彩舟是轻荡的，看吧，随着歌声，船上少女的倩影也越来越清晰了。看见了她头上的钗环，以致看清她秀娟的面容了。古代女子以翠色描眉，故有"翠眉""翠娥"之称。"轻翠娥"三字，写女子的神态，十分生动。"轻"有轻淡和轻麼之意。随着画舸的接近，作者的描写也越来越细致。所以，曲中用了一个他（即她）字单独成句，特别强调、突出所描写的形象。诗人把彩笔深入到人"情"的深处，努力给人们展现隐藏在美的意境中的人物的内心世界。女子头簪宝钗，淡扫娥眉，翠黛微蹙，鹢首徐回，穿花荫，破碧水，从诗人身旁经过。问题是她为什么要唱，而且是微蹙翠娥，唱着那风情动人的金缕歌？这就把荡舟人和听歌人感情上掀起一层涟漪，巧妙地揭示了出来，曲子也就显得愈加摇曳生姿了。

　　曲子的最后，用"暖香吹绮罗"一句收结。少女的船儿从"我"的身边经过，渐渐远去了。春风之中，船头站着的人儿，一任罗衣飘动。亭亭的身姿，可以描写得出来，而含睇凝情，楚楚动人的意态，简单的语言却难以把它表达清楚。作者只用形象说话，他让读者从形象中去体会，于是，这一切便都宛然近在目前了。这是诗人的高明之处。读者可以闭目想象：玉人远去，而那吹拂过她罗衣的暖香，却袅袅沁人心脾，给人留下了多少情思？萦绕在人耳畔的迷人歌声，又给诗人留下了怎样的感想？读者若能反复涵咏，细心体会，其中悠长的韵味，自然不必我再赘言了。

中吕·红绣鞋

王举之

秋日湖上

　　红叶荒林酒兴，黄花老圃诗情。柳塘新雁两三声。湖光扶不定，山色画难成，六桥风露冷。

【鉴赏】

昔日读宋玉的《九辩》："悲哉！秋之为气也。萧琴兮草木摇落而变衰，憭栗兮若在远行。"总觉得太悲伤了些；欧阳修的《秋声赋》："盖夫秋之为状也，其色惨淡，烟霏云敛。其容清明，天高日晶。其气栗冽，砭人肌骨。其意萧条，山川寂寥。故其为声也，凄凄切切，……草拂之而色变，木遭之而叶脱。"又觉得太萧杀了点。

王举之的这首《秋日湖上》，也写秋景，但却别有情趣，另具特色。且看其首句的描写，"红叶荒林"，那实在是一处幽寂而美丽的去处。杜牧不是曾写过"停车坐爱枫林晚，霜叶红于二月花"（《山行》）的诗句吗？荒林的幽静与荒林红叶的美丽，是一个和谐的整体，但是诗人却要把它们分开来说。这就特别强调了环境的静与色彩的明丽两个方面。作者首先强调的是物色的迷人，所以他说"红叶荒林"。把词序稍做颠倒，红叶的美丽也就显得尤其突出了。如果写成"荒林红叶"，就收不到这样的效果。同样，第二句中"黄花老圃"的词序安排，也是颇费匠心的。季秋之月，菊有黄花。老圃黄花，幽香袭人，嘉遁栖隐，不能不让人想起陶渊明先生"采菊东篱下，悠然见南山"的自得情怀。作者是以一种极其闲淡的心情观物的，幽美的环境与诗人恬雅的情趣高度和谐，引起了诗人浓厚的酒兴和诗情；那陶然而醉的诗人，也成了景色中的一部分。诗情画意，跃然纸上。

第三句写柳塘，写新雁，把视野移向茫茫的湖面和寥廓的空间。水清柳绿，这是透过岸柳眺望湖面的情景，是"柳塘"二字中所蕴含的画面。秋季大雁始南飞，所以说是"新雁"。这是对空间景物的描写。像杜甫的"一行白鹭上青天"，那是诗人抬头所见。而这里，大雁的南翔，却是通过水中的倒影和那"两三声"鸣叫传达给读者的。诉诸人们感官中的，不仅仅是一幅秀美的画卷，而且还有萦绕在耳际的雁鸣。高天雁叫，空间显得如此之廓大，这就化实为虚，诗句显得格外空灵别透了。"新雁两三声"，语淡意远，动人情处不在多，古人不是有"一叶知秋"的说法吗？两三声，已足以点染这秋天的气象了。

"湖光扶不定，山色画难成"。前句紧承"柳塘"二字来写，后句与"红叶荒林"照应。湖水安静地躺在那里，秋风徐来，水波荡漾。阳光照在粼粼的湖面上，金光闪耀。诗人用"扶不定"三字，表现波光闪闪的情景，以"画难成"三字，写足自己对湖山胜境的赞美和热爱之情。结句也是写景。夕阳西下，六桥静卧于湖山交接之处，犹如飞虹，那是诗人日日往来必经之路。此刻日落露重，——"六桥风露冷"，诗人突然感到了一丝的"冷"意，意识到了秋天的到来：是他送目临风，触动了"夕阳无限好，只是近黄昏"（李商隐《乐游原》）的情绪，还是惜流光，感逝波，暗喻着某种不愿明言的心事？总之，我们从这个"冷"字中，隐隐约约地体会到了他闲逸之外的那么一点惆怅和失落之感。这很容易使人联想起宋朝诗人范成大晚年闲居石湖之上所过的隐逸生活。曲作者的生平今天已不可考。我们猜想，诗人是否也曾有过一段山林幽栖经历呢？

诗歌是语言的艺术，画是色彩的艺术。但色彩对于诗歌思想内容的表达却绝不是无关紧要的事情。红叶的热烈，黄花的清雅，绿柳的秀丽，湖光的明快，看来皆自然天成，不劳妆点，作者仿佛随口而出，信手拈来，而实际上却是经过了刻意挑选的。诗人把它们融合在一起，绘成了一幅迷人的湖山胜境图，这对作者思想感情的抒发，无疑起了十分重要的作用。刘勰曾经说过："岁有其物，物有其容；情以物迁，辞以情发。"又说："春秋代序，阴阳惨舒，物色之动，心亦摇焉"（《文心雕龙·物色》）。这首小令，写秋色而无半点萧瑟气象。诗人歌颂大自然秋天的美，与历代许多的悲秋之作迥异其趣，是一首难得的好诗。

夏庭芝 字伯和，一作百和，号雪蓑，别署雪蓑钓隐，一作雪蓑渔隐。松江（今属上海）人。夏氏为松江巨族。隐居不仕，与当时曲家及艺人都有往来。曾追忆旧游，著《青楼集》，记载一百多位艺人、曲家的事迹，为戏曲史重要资料。散曲现存小令二首。

双调·水仙子

夏庭芝

赠李奴婢

丽春园先使棘针屯，烟月牌荒将烈焰焚。实心儿辞却莺花阵。谁想香车不甚稳，柳花亭进退无门。夫人是夫人分，奴婢是奴婢身，怎做夫人！

【鉴赏】

这首《水仙子》源自一个凄婉的爱情悲剧。据夏庭芝自己编写的《青楼集》记载，曲中所写的李奴婢原是一名杂剧旦角演员。她色艺超群，且性情豪爽，特喜欢帮助别人。本来这样的人应该有好报。事实上当时一个叫杰里哥儿的官僚娶了她，把她从火坑里救了出来。可是法律规定乐人只能和乐人婚配，所以好景不长，杰里哥儿迫于法律，只

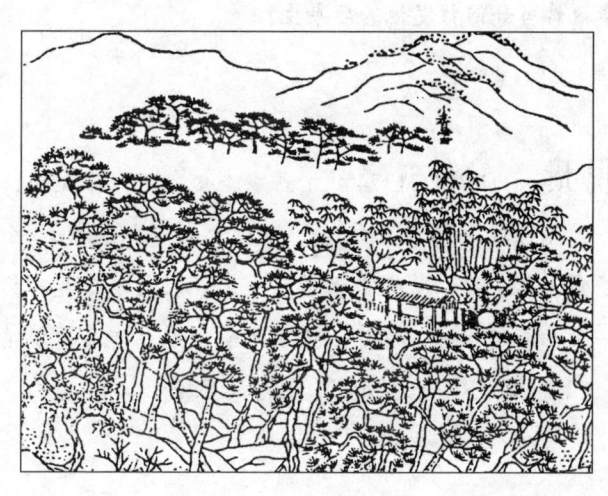

好将李奴婢给休了。李奴婢呢，只落得进退尴尬、有恨和泪吞的可怜结局。

本曲作者夏庭芝对李奴婢的遭遇深感同情和不平，故赠这首曲以表达自己的义愤。

从曲中我们知道，李奴婢当初嫁给杰里哥儿的时候心情是非常急切与坚决的，她恨不能把剧场的绕场荆藤都拿来将这丽春园（妓院）和烟月牌（妓院中用来登写妓女名字的木牌）一把火烧个精光。她是一心一意要告别烟花姐妹去过

一种全新的生活。可谁知天意弄人，仿佛是眨眼之间，好梦成幻，希望落空。就在她满怀新生的希望奔向光明前程的时候，沉重的打击迎头而来。这世道，路不平，送亲的香车颠簸不稳。一心向往的柳花巷进不去了，死心要脱离的丽春园又千万个不愿回，这是多么令人难堪而绝望的局面。替李奴婢想想她有什么错，不过是追求一份普通女子的正常生活。要说错那就错在她不该入这乐籍，错在这奴婢的名。也巧，她的名字竟然就叫奴婢，这怎不叫她相信自己是天生的奴婢命。既如此，又怎么能异想天开超越奴婢本分而去做尊贵的夫人？其实这是李奴婢也是作者的愤激之辞。

据《录鬼簿续编》介绍，夏庭芝一生"黄金买笑，风流蕴藉"，因而对勾阑瓦舍的艺人乐妓有较多了解。他的《青楼集》是我国古代第一部专门记载戏剧、曲艺演员的著作，所载青楼名妓达七十四名之多。他深知这些沦落风尘的女子从良之不易，因而对李奴婢的遭遇寄予了深深的同情，这首曲也写得感情强烈，字里行间都透着一股抗争的火药味，以至于我们都不由得替古人担忧：被休弃后的李奴婢当如何打发她的后半生？

倪瓒（1301～1374）元画家。初名珽，字元镇，号云林子、幻霞子、荆蛮民等，无锡（今属江苏）人。家豪富，不治生产，自称"懒瓒"，亦号"倪迂"。多聚古鼎名琴，藏书数千卷。元末，农民军纷起，遂疏散家财，浪迹太湖、泖湖一带，寄居村舍、佛寺。擅画水墨山水，作品意境清远萧疏。兼工书法。诗文有《清闷阁集》。《全元散曲》录存其小令十二首。

黄钟·人月圆

倪　瓒

惊回一枕当年梦，渔唱起南津。画屏云嶂，池塘春草，无限消魂。旧家应在，梧桐覆井，杨柳藏门。

闲身空老，孤篷听雨，灯火江村。

【鉴赏】

倪瓒工书画，尤长于山水小景的写意，对后世影响很大，是元末画苑四大家之一。其小令多吟咏山水，风格清丽。

本曲写当年离乱途中的所见和所感。上片写往事不堪回首之中渡口美好的景色，是一幅"渡口渔舟"的恬静画图。下片写想象中故家的萧条，抒发漂泊江湖的孤寂凄凉之情，也是虚实相间的画图。种种离乱苦况尽在景物对比之中，由梦回写景抒情，可以推知漂泊一生的"梦境"，给人不少联想。

越调·小桃红

倪　瓒

一江秋水澹寒烟，水影明如练，眼底离愁数行雁。
雪晴天，绿萍红蓼参差见。吴歌荡桨，一声哀怨，
惊起白鸥眠。

【鉴赏】

在这首小令中，作者用画家的眼光、诗人的手笔，描绘出一幅美丽和谐的秋江图。于清淡明丽的设色中，渗透着一缕幽远孤寂的愁绪，而正是这种几乎令人察觉不到的愁绪，与那带有秋天色彩的景物，融成了优美的意境。充分显示出倪瓒诗人兼画家的高超艺术造诣和构图功力。

双调·折桂令 拟张鸣善

倪 瓒

草茫茫秦汉陵阙，世代兴亡，却便似月影圆缺。山人家堆案图书，当窗松挂，满地薇蕨，侯门深何须刺谒，白云自可怡悦。到如今世事难说，天地间不见一个英雄，不见一个豪杰。

【鉴赏】

张鸣善，元曲家。作者"拟"他什么曲文？原作已不存。在这个曲子里，作者由历史的感叹，转入描写归隐山林的闲适，又进而感叹世事的纷杂迷离，人生的短暂和虚无。情调比较低沉。曲子语言活泼形象，如用月的圆缺，说明历史兴亡的必然。写隐居的闲适，用了画法技巧；写山居的宁静，用侯门相比。在抒发自己清静无为、超脱世俗的情感时，用逐层推进的方法。在表达自己虚无的人生观时，则用两句"不见"。的事实说理，读来颇觉有生气。

双调·水仙子

倪 瓒

吹箫声断更登楼，独自凭栏独自愁。斜阳绿惨红消瘦，长江日际流。百般娇千种温柔。《金缕曲》新声低按①，碧油车名园共游②，绛绡裙罗袜如钩。

【注释】

①《金缕曲》：词牌名。亦指以爱惜青春、及时行乐为表现内容的乐曲，源

自杜牧《杜秋娘》："劝君莫惜金缕衣，劝君惜取少年时。"

②碧油车：妇女所乘的一种有篷小车。

【鉴赏】

古代诗歌中，将"箫"和"楼"合列在一起，往往是在暗用萧史弄玉的典故。这是《列仙传》上的著名故事：萧史喜吹箫，惹起了秦穆公女儿弄玉的爱慕。两人结为夫妇后，箫声引来了凤凰止于屋上，人们将他俩吹箫的小楼称为"凤楼""凤凰楼"。终于有一天，夫妇俩双双骑着凤凰飞上了天空……这个故事无疑是古人爱情理想最完美的标本，所以同"箫""楼"同时沾上边的，每每含有男女风情的意味。

然而本篇却是"吹箫声断"，叫弄玉们觅不着情郎的踪迹。而曲中这位同情人分开的女子，仍然凝心地登楼凭栏，颙望相思。首句的"更"字，暗示她登楼已非初次，而次句的两个"独自"，强调了她孤独的处境。三四句以写景加以配合。又是斜阳，又是春暮，花木憔悴失色，长江寂寞空流，是何等令人伤愁的景象！"长江日际流"，也显示了女子凭栏凝望的方向。不言而喻，她的心上人正是从长江的水路上离向远方的。

"百般娇千种温柔"，是巧妙的承上启下。它既是登楼女子现时的写照，使人想见她愁极无奈而又柔情脉脉的意态；又是她凭栏思忆的发端，往日她同情郎欢乐相聚的种种表现，无不可以用这七个字来概括。作者用了一组鼎足对，具体描写了女子所追忆的昔日景象。"《金缕曲》"是以"劝君莫惜金缕衣，劝君惜取少年时"为主题的歌曲，暗示了双方正值青春年少，行乐不误芳时。"碧油车"多为贵家女子所乘，说明了他俩生活条件的华贵优裕。"绛绡裙"配上"罗袜如钩"，通过渲染女子的美丽，表出这是一对匹配美满、令人羡慕的佳偶。"金缕曲""碧油车""绛绡裙"是三组各具独立意象的名物，其首字却都是关于颜色的形容词，这是散曲文人逞才使气的习见技巧。这三句极力铺陈，同"独自凭栏独自愁"的现状形成了强烈的对照，使全曲显得哀感顽艳，缠绵悱恻。

作者另有一首《水仙子》："东风花外小红楼，南浦山横眉黛愁。春寒不管花枝瘦，无情水自流。檐间燕语娇柔。惊回幽梦，难寻旧游，落日帘钩。"同调同韵，是本篇的姊妹作。贾仲明《录鬼簿续编》倪瓒条："所作乐府有《水仙

刘庭信 原名廷玉，排行第五，人称"黑刘五"，益都（今属山东）人。工散曲。题材多为闺情、闺怨。所作散曲今存小令三十九首，套数七套。

中吕·朝天子

刘庭信

赴 约

夜深深静悄，明朗朗月高，小书院无人到。书生今夜且休睡着，有句话低低道：半扇儿窗棂，不须轻敲，我来时将花树儿摇。你可便记着，便休要忘了，影儿动咱来到。

【鉴赏】

这首小令所描写的是一对恋人约会的情景。这次约会的主动者当是女方。作者首先点明约会的时间与地点。时间是月明星稀、万籁俱寂的深夜，境界清幽，这确是情人欢会的好时光。地点是书生的小书院，这里无有闲人，的确是情人欢会的好地方。接着写约会的暗号。书生早已静候在窗前，因为女方叮嘱过："今夜且休睡着。"这时，书生的耳畔又响起了女方叮嘱的话语：你那半扇窗棂，我不敲了，我悄悄来到小书院，就轻轻摇动那花树。树影儿一动，就是我来了。你可要记牢，千万别忘了呀！

曲中没有具体描绘女主人公的外貌神情和动作，而是通过人物的语言展现其精神世界。她主动与书生约会时，"低低道"，不敲窗棂摇花树，体现了她的勇敢、细心、谨慎；反复叮嘱书生记住暗号、"休睡着"，则透射出她对爱情的执着追求；结尾的"影儿动咱来到"更充满了她按捺不住的喜悦。至此，一个热情大胆、活泼天真而又聪明、有主见的少女形象便跃然纸上。

读罢此曲，不禁令人想起《诗经·郑风·将仲子》中那个多情而又胆怯的姑娘。《诗》曰："仲可怀也，父母之言，亦可畏也。……仲可怀也，诸兄之言，亦可畏也。……仲可怀也，人之多言，亦可畏也。"这位姑娘渴望与仲子会见，无奈人言可畏，她只好把爱埋在心底。相比之下，此曲中的女主人公对爱情的追求要主动、大胆得多。刘庭信能塑造出这样大胆追求爱情的女性形象，的确难能可贵。这不仅是因为他的作品吸收了民间情歌的俚词俗语，更因为他在人民群众的生活中获得了创作的灵感。

双调·折桂令

刘庭信

忆 别

想人生最苦离别，三个字细细分开，凄凄凉凉无了无歇。别字儿半晌痴呆，离字儿一时拆散，苦字儿两下里堆叠。他那里鞍儿马儿身子儿劣怯，我这里眉儿眼儿脸脑儿乜斜。侧着头叫一声"行者"，阁着泪说一句"听者"，得官时先报期程，丢丢抹抹远远的迎接。

【鉴赏】

《忆别》是刘庭信创作的一组组曲，共12首，通过一个女子之口，唱出她与爱人离别时的痛苦心情。整个组曲以"想人生最苦离别"为题旨，每首先用这一句总领全曲，然后从不同角度分别描述。本篇是其中第二首，描述的是丈夫将远行求取功名，妻子到长亭送别的情景。

与历代抒写离情别绪的作品不同，刘庭信在这首曲子的一开头，用"想人生最苦离别"一句对离别一事发出慨叹后，没有描绘情人内心如何悲伤，而是抓住

"苦离别"三个字的形体结构大做文章。将三个字分别拆开来，逐字推究："别"字之半为"另"，其外形似"呆"；"离"字之繁体为"離"，自可分拆为二；"苦"字由"艹"与"古"上下堆叠而成。此处看似文字游戏，实则从一个特别的角度暗写离别之苦：三个字分来，就像爱人分别，孤独凄凉的情景难以诉说穷尽。"离"，就是把所爱之人一时拆散；"半晌痴呆"，正是情人离别时极度痛苦表现出来的情状；而离别之"苦"，不正在所爱双方心里"两下堆叠"着吗？这种写法，真是别出新意。

接着，诗人描述了离别时双方的神情举止和对话：他（指丈夫）没精打采地牵着马，步履踉跄，不忍离去；她（妻子）愁眉苦脸斜着眼儿，舍不得让他走。无奈分手的时刻到了，他侧着头说了句"我走了"；她噙着热泪说："你听着啊，此一去考中得官，千万要先报个回来的日期和路径，好让我梳妆打扮远远地去迎接你哟！""丢丢抹抹"是形容女子梳妆打扮、扭扭捏捏走路的样子，暗含因爱人得官而内心喜悦，掩饰不住的情状。妻子为何要丈夫得官先报期程。是怕他得了官在外耽搁，内含的意思是怕他在外拈花惹草，另寻新欢，分别时不便于明说。这句嘱咐，写出了妻子的矛盾心情：希望爱人得官，又怕他得了官遗弃她。封建社会的妇女地位低下，她们不得不依附于丈夫；即使夫妻相亲相爱，女方也常有被遗弃的危险。到那时，再"悔教夫婿觅封侯"就悔之晚矣！

读到此处，我们真正明白了开篇时作者借女主人公之口对离别之苦发出的慨叹，的确是痛切深刻的人生体验。

双调·折桂令

刘庭信

忆　别

想人生最苦离别，唱到阳关，休唱三叠。急煎煎抹泪揉眵，意迟迟揉腮揪耳，呆答孩闭口藏舌。"情儿分儿你心里记者，病儿痛儿我身上添些，家儿活儿

既是抛撇，书儿信儿是必休绝，花儿草儿打听的风
声，车儿马儿我亲自来也！”

【鉴赏】

　　本篇是《忆别》组曲中的第三首，同是写话别，但此曲女主人公形象更具有个性。

　　曲子一开头，借用唐代诗人王维《送元二使安西》的诗境画意，暗示人物出场的特定背景（长亭送别）和人物内心的痛苦。王诗是咏惜别的名篇，后人将它配乐歌唱，成为唐宋以后广为传唱的送别曲，那最为动情的尾句“西出阳关无故人”，演唱时须重复三遍，故称《阳关三叠》。作者此处说“休唱三叠”，意在强调长亭送别的哀伤情绪令人无法忍受。在浓重的惜别氛围中，作者描画了女主人公送别时的痛苦情态：瞧她，一会儿如火烧火燎，急得擦眼抹泪；一

会儿仿佛精神恍惚，抓耳挠腮，动作迟钝；一会儿变得痴呆发愣，张口结舌，不知所措。这一连串动作表情勾画逼真、传神，活现出人物内心的隐忧剧痛。封建时代的女子社会地位低下，生活天地狭窄，尤其是习惯势力和封建礼教的清规戒律严重地禁锢着她们的身心。女子对离情的感受要比男子更为复杂和深挚。

　　然而，我们的女主人公不是一个仅仅局限于温柔、缠绵和软弱的女性，从下面她对丈夫的一番叮嘱中，我们看到了她生动、饱满的个性。从曲词内容推敲，这番嘱咐是在这位女子与亲人告别时的双向的情感交流中断断续续诉说的：丈夫临走宽慰她珍重，引出她说：“我对你的情分，你心里千万要记着，你这一去，我少不了增添病痛。”丈夫听见这甜言中带有嗔怪的话，必会流露出感激之色，她便叮嘱：“你走了，家中一切活计都可以不管，但平安家信一定不能忘了写。”透露出她对丈夫的缠绵深情，也表现了她内心的焦虑与不安。丈夫离去，得中功

名回来自是好事，但如果他见了异乡花草，也可能栖迟不归，这使她极为担忧、恐惧。做丈夫的免不了要做些许诺和保证，然而仍不能让她放下心来，她终于忍不住向他提出了警告："你在外一定要守本分，不能拈花惹草，另寻新欢，假若我打听到你行为不轨的风声，我便坐上马车来找你算账。"至此，一个为了捍卫自己的爱情和权益而敢于不惜一切的女性形象，栩栩如生地出现在我们眼前。

我国古代文学史上描述类似情节的作品不可胜数，但与本曲主人公的泼辣、刚强性格相似的女性形象却很少见。此曲情节似乎从《西厢记》"长亭送别"一折中脱化而来。《西厢记》中崔莺莺叮嘱张生："我则怕你停妻再娶妻。休要一春鱼雁无消息"，"此一节君须记，若见了那异乡花草，再休似此处栖迟"，仅仅表现出缠绵、温柔和担忧，而本曲的主人公比莺莺的性格要刚强、勇敢得多。仅这首曲子末句富有个性化的语言，便使人物形象历久难忘。

双调·折桂令

刘庭信

忆　别

想人生最苦离别，恰才燕侣莺俦，早水远山叠。孤雁儿无情，喜蛛儿不准，灵鹊儿干赸①。存你的身子儿在，问甚么贫也富也。这些儿信音稀，有也无也；独言独语，不断不绝；自跌自堆，无休无歇。叫一声负德冤家，送了人当甚么豪杰！

【注释】

①灵鹊儿干赸：喜鹊空来欢唱。干赸（xué）：白来一遭。

【鉴赏】

本曲是作者《忆别》组曲之五，叙写女子与情人别后的相思。全曲大致循着追忆离别、别后相思、深情埋怨这一条线索逐层展开。

曲子开始，是对离别的追忆和议论：说到人生，最苦的是离别啊！不久前，我们还相依相偎在一起，如今却山重水远，天各一方了。山水远隔，自然引起女子的相思。她每天翘首盼望，可是情人如远去的孤雁，杳无音信。多少次蜘蛛报喜、喜鹊欢唱，爱人却没有归来，怎不令她伤悲呢？这伤悲、痛苦与日俱增，终于化作一腔埋怨喷涌而出。"存你的身子儿在"一句至结尾，作者分三层写女子的埋怨。先是埋怨爱人不理解她的感情："我只希望你身体安康，没病没灾，哪里想过你是贫还是富呀！"在这里，她推测爱人在外可能遭受贫困，不好意思写信或感到无颜回来见她，于是表明自己重感情，不是嫌贫爱富之人。接着述说她因得不到爱人音信的痛苦表现：你这一去啊，杳无音信，让我每日望眼欲穿，独个儿自言自语，自嗟自怨，没个断绝；整天呆头呆脑，没精打采，无休无歇。由此可见，女子对爱人日思夜想、牵肠挂肚的程度之深。最后，她痛苦地呼喊："我那不重情分的冤家呀，你这样将我抛在一边，不闻不问，简直要把我的性命送掉。你算得上什么英雄豪杰！"

作者将思妇深沉的爱以"怨恨"的形式表现出来，手法颇为独特，避免了千篇一律的"思念"描写，同时又符合艺术的辩证法。"爱之愈深，恨之愈切"，爱与恨是辩证的统一，这一规律至今仍作用于人们的恋爱生活中。那首港台流行歌曲中唱的"把我的爱情还给我！"可以看作本曲的注脚。

本曲在语言形式上多用对仗，"燕侣莺俦"和"水远山叠"相对，中间"孤雁儿无情"三句是鼎足对，而"独立独语，不断不绝；自跌自堆，无休无歇"是联璧对和句中对。如此众多且富于变化的对仗方式在一首小令中运用自如，读来流转回环，具有强烈的艺术效果，足见作者对散曲格律掌握的纯熟和艺术手法的高超。

双调·雁儿落过得胜令

刘庭信

懒栽潘岳花①，学种樊迟稼②。心闲梦寝安，志满忧愁大。无福享荣华，有分受贫乏。燕度春秋社，蜂喧早晚衙。茶瓜，林下渔樵话。桑麻，山中宰相③家。

【注释】

①潘岳花：晋代潘岳为河阳令，命令全县遍种桃李花，人号曰"河阳一县花"，此处指做官。

②学种樊迟稼：孔子的学生樊迟向孔子请教种庄稼的事，被孔子骂为"小人"（见《论语·子路篇》）。此处作者要"学稼"，指他志在退隐山林田园。

③山中宰相：南朝梁陶弘景隐居句曲山（即茅山，在今江苏境内），武帝礼聘不出，国有大事，辄就咨询，时称"山中宰相"。（典出《南史·陶弘景传》）原指有政治影响的隐士。后来也用来泛指弃官归田的人。

【鉴赏】

我国古代的知识分子，往往遵守着一种信条：达则兼济天下，穷则独善其身。这是受传统的"儒道互补"思想影响的结果。本曲的作者也不例外，在写下诸多表现男女风情、闺情闺怨的作品的同时，创作出了这首志在山林田园的咏怀言志之作。

本曲前四句是［雁儿落］，作者借用潘岳和樊迟两个历史人物典故，表现自己懒于官场生活、乐于山林田园的志向。他说，我懒得学潘岳做官，偏学樊迟种庄稼，意指自己志在退隐。接着道出退隐的妙处：归隐贵在"心闲"，而"心闲"则"梦寝安"；相反，"志满"则容易惹来忧愁。这是人生的哲理，也是"独善其身"者的"理论依据"。

以下是［得胜令］曲辞，具体抒写退隐之乐。作者先承前篇首两句的意思说：我没福分享受荣华富贵，但能经受退隐之后的清贫。句中暗含着讥讽之意。接着描写退隐田园山林之乐：每年看着燕子春来秋去，多么祥和、安宁；见众蜂早晚嗡嗡聚集，簇拥蜂王，如同朝拜屏卫，好不热闹。品茶、种瓜，打鱼、砍柴，采桑、织麻……这隐士的生活多么纯朴、平静，心境多么恬淡寡欲！读到这里，我们仿佛看到了陶渊明"采菊东篱下，悠然见南山"（《饮酒》）的身影。

然而，我们的曲作者毕竟不是陶渊明，他用"山中宰相家"这一结句，既概括了全曲所描述的隐居生活，同时流露出自己的理想与追求：他要像陶弘景那样，既要隐居山林田园，摆脱官场的腐臭黑暗，享受大自然的清新之气，过自由、恬淡的田园生活，又不完全忘却对于国家政事的关心。这是我国古代知识分子理想的生活道路。从现有史料中我们无法证实曲中所写是不是刘庭信的生活情况，很可能只是他的咏怀言志，表达了他的一种理想而已。

这首小令很注意语言的精炼和对仗美，用典自然。写隐居生活内容从小处着笔，通过具体而细小的景、物，展现了一幅幽静、恬淡的田园生活图景，从而表现了作者宁静、淡泊的内心世界，读来令人回味。

南吕·黄钟尾 (摘调)

刘庭信

惊回好梦添凄楚，无奈秋声忒①狠毒。风声忧，雨声怒，角声哀，鼓声助。一声听，一声数，一声愁，一声苦。投至的②风声宁，雨声住，角声绝，鼓声足；又被这一声钟撞我一口长吁，则我这泪点儿更多如窗外雨。

【注释】

①忒：太。

②投至的：等到了，及至。

【鉴赏】

本篇是［一枝花·秋景怨别］套数的尾曲，明清人笔记多将它摘出作为尾曲的模范称扬备至。如姚华《菉猗室曲话》即评道："音节激楚，文情酸辛，如此协律惬心，虽苏（武）李（陵）之作犹不能写此。安得薄曲为小道哉！"在"音节""文情"上，本篇确实是不让古人的。

本曲的中心内容是"秋声"。起首二句顺常的语序，当是"无奈秋声忒狠毒，惊回好梦添凄楚"，诗人将秋声的灾难性后果提前置出，起到了触目惊心的先声效果，通过强烈的感情，引起了读者对"忒狠毒"详情的关注。接下去作品就一一展示了"秋声"的表现，有风声、雨声、角声、鼓声，"忧""怒""哀""助"，各以一字，形象地表现出它们各自的特征。七至十句更进一层，从主人公的感受去加写秋声。同样是四个并列的三字短句，听、数、愁、苦既是与前时的风雨角鼓一一对应，又互相交织渗透，代表了种种秋声的混杂交作；字面上的"一声""一声"，也就带上了繁促纷纭的复数效果。难怪会"惊回好梦"，也难怪受害者要谴责秋声在"添凄楚"上的狠毒辣手了。

以下诗人忽作转折，写出了上述施虐的四种秋声的消歇。这里又是分用四句一一交代，且用了"宁""住""绝""足"的不同字眼，反映出众响的熄灭属于渐次发生、不在同一时间的事实，从而传达出一种苦挨苦守、度日如年的况味。"投至的"三字方才如释重负，岂料一波又起，又传来了"这一声钟"。这就意味着天色已放晓，惊回的"好梦"再也无法重温，彻夜不眠的主人公只能吁气长叹了。"撞我一声长吁"的"撞"字下字警绝。钟声的重浊与心情的沉重，都在这一"撞"字中表现出来。

元无名氏有《红绣鞋》脍炙人口："窗外雨声声不住，枕边泪点点长吁。雨声泪点急相逐。雨声儿添凄惨，泪点儿助长吁。枕边泪倒多如窗外雨。"本曲末句即借用了此曲的成句。这一句回点出主人公在"一声听，一声数，一声愁，一声苦"的漫漫长夜中已是肝肠寸断、泪下如雨，至此撞出一口长吁更是雪上加霜，故而成为全曲的总结。

铺陈秋声以言愁写恨，在古代文学作品中屡可见到，在此不妨引录一首清人查慎行的词作《台城路·秋声》："商飙瑟瑟凉生候，孤灯影摇窗户。堤柳行疏，井梧叶尽，添洒芭蕉片雨。才听又住。正淡月朦胧，微云来去。蔌蔌空廊，有人还傍绣帘语。多因枕上无寐，换二十五更，残点频误。响玉池边，穿针楼畔，一派难分竹树。零砧断杵。更空外飞来，搅成凄楚。别样关心，天涯惊倦旅。"同是悱恻生愁，词、曲在语言风调上蕴藉与直露的区别，判然可见。而本曲使用排比，以及叠用"声"字造成声声入耳的直观效果，这些表现手法则是曲体所专有的。

双调·水仙子

刘庭信

秋风飒飒撼苍梧，秋雨潇潇响翠竹，秋云黯黯迷烟树。
三般儿一样苦，苦的人魂魄全无。云结就心间愁闷，
雨少似眼中泪珠，风做了口内长吁。

【鉴赏】

这支小令前后的两组鼎足对，十分令人注目。前一组三句均以一个"秋"字领起，分别渲染了风、雨、云的萧瑟秋象，每一句中有形象，有动态，有效果，构成了生动可感的三幅画面。四、五两句，"三般儿一样苦"作一小结，"苦的人魂魄全无"推进一步，引起下文。这承上启下的过渡，不仅绾联了首尾的两组对仗，还巧妙地将外界的物象与人物的内心世界转接起来。末尾三句是对"魂魄全无"的诠释，妙在它仍以上文的"三般儿"作为暗喻对象，一一与人物的愁苦挂起钩来。秋云不是"黯黯"低压，将烟树的远景都遮迷了吗？其浓重的郁结，不过只是"心间愁闷"的象征。秋雨"潇潇"，打得竹林沙沙乱响，其点密势猛可想而知，却还"少似眼中泪珠"。至于秋风"飒飒"，撼动苍梧，迅烈而凄厉，作者则比之为"口内长吁"，一个"做"字，将长吁的不由自主形象地表现出来。这样，前时的景语顿时都化作了情语，"飒飒""潇潇""黯黯"的叠字增添了凄苦的神韵，而主人公在清秋季节的悲愁深悒，也就淋漓尽致地展现在读者面前。

郑光祖《王粲登楼》杂剧[普天乐]曲："楚天秋，山叠翠，对无穷景色，总是伤悲。好教我动旅怀难成醉，枉了也壮志如虹英雄辈，都做助江天景物凄其：气呵做了江风淅淅，愁呵做了江声沥沥，泪呵弹做了江雨霏霏。"本曲的构思或受了郑曲的影响，但它先作风、雨、云的伏笔，再作照应，针线细密；三则借喻生动贴切，使人几忘了其中的夸张成分：这一切都是本篇青出于蓝之处。尤

其是"风做了口内长吁",更是散曲的俊语。莎士比亚对"叹息是一阵风"的比喻颇为自赏,在剧作中多次运用,殊不知中国散曲作家的同类妙思,要比莎翁领先问世二百多年。

双调·水仙子

刘庭信

虾须帘[①]控紫铜钩,凤髓茶[②]闲碧玉瓯,龙涎香冷泥金兽[③]。绕雕栏倚画楼,怕春归绿惨红愁。雾濛濛丁香枝上,云淡淡桃花洞口,雨丝丝梅子墙头。

【注释】

①虾须帘:带有流苏的精美帘子。

②凤髓茶:指名贵的香茶。

③泥金兽:以金粉饰面的兽形香炉。

【鉴赏】

诗有香奁体,词有花间派,散曲也多有涉闺阁绮情者。然而能类于两者的却不多见,这是因为难以协调"味俚"(此为散曲本色)与"辞雅"(此为散曲变格)矛盾的缘故。本曲则两全其美,既有绮艳又有曲味,可作为一则典型视之。

前三句的鼎足对镂金错彩,是对贵族小姐生活情状的描写。作品列示了六种物品,无不精雕细琢,典雅华贵,字里行间流露出一派冷寂,暗示了女主人公孤独苦闷的处境。"绕雕栏倚画楼",继续铺展这种优裕环境下的清愁,"怕春归绿惨红愁",则晰示了她的内心世界。绿惨红愁是暮春景象的特征,而"惨""愁"同时又是人物的心理感受。对百花凋谢、绿叶成荫惨愁于心,且"怕春归",又充分显示了女子的多愁善感。这种多愁善感显然不在于"春归"的本身,而是借惜春叹春来隐喻人生的青春及爱情生活。这就使我们联想起贾府中的林黛玉,而曲中小姐的爱情命运似也同潇湘妃子相近。曲末的三句,含蓄地表现出这一点。

末三句又成一组鼎足对，是女子所见"绿惨红愁"的具象化，而又句句有象征意味。先看"丁香枝上"，丁香花蕾结而不绽，在诗词中多以喻情思的愁结，如五代牛峤《感恩多》："自从南浦别，愁见丁香结。"李璟《浣溪沙》："丁香空结雨中愁"。曲中以"雾濛濛"管领，就更是郁结难舒。再看"桃花洞口"，汉刘晨、阮肇有"刘阮游天台"的传说，他俩在进入仙境前，曾先有桃花屏绝。《桃花源记》中渔人问津桃源，也是"忽逢桃花林，夹岸数百步"。故元曲中常以"桃花洞口"喻情乡的入口。"云淡淡桃花洞口"，那就是可望而不可即了。至于"梅子墙头"，《诗经·召南》有《摽有梅》篇，以梅子的成熟喻求偶的迫切性，故"梅子"在文人作品中常含风情意味，如李清照《点绛唇》中少女"倚门回首，却把青梅嗅"即是。曲中谓"雨丝丝梅子墙头"，则是一派凄风苦雨的惨况，梅子落尽，也是无人摽的。这三句意象固然朦胧隐晦，却不难体会其喻义。大体说来，这位小姐的芳心郁结着难以把握的愁情，她的爱情理想可望而不可即，总之是姻事遭受了磨难阻碍，那"梅子墙头"的"雨丝丝"，简直可以作为她的泪水来看待。

这首小令在艺术上表现了高超的功力。两组鼎足对，对仗极为工整，"虾""凤""龙"，"铜""玉""金"，"雾""云""雨"，"丁香""桃花""梅子"的同门对尤令人叹服。作品不仅在绮美的辞藻上，而且在婉约朦胧的风情上都带有花间词的雅丽，而"雾濛濛""云淡淡""雨丝丝"又表现出小曲的清婉。借助丽词清句表现人物的悲苦心理与悲剧命运，更使人掩卷而怅恒不已。

双调·水仙子

刘庭信

相　思

恨重叠叠叠恨恨绵绵恨满晚妆楼，愁积聚积聚愁愁切切愁斟碧玉瓯，懒梳妆梳妆懒懒设设懒爇黄金兽[①]。泪珠弹弹珠泪泪汪汪汪汪不住流，病身躯身躯病病恹恹病在我心头。花见我我见花花应憔瘦，月对咱咱对月月更害羞。与天说说与天天也还愁。

【注释】

①懒懒设设：懒洋洋。爇：点火，加热。黄金兽：兽形的铜制香炉。

【鉴赏】

元曲中衬字的自由运用，无疑是对诗歌体式的一大革新。衬字除了完整句意的功能外，更主要的是增添了感情和风韵上的表现力。如本曲若去掉衬字，按照平仄的要求就成了以下的一首："重叠恨满晚妆楼，积聚愁斟碧玉瓯，梳妆懒爇黄金兽。泪珠不住流，病恹恹在我心头。花应瘦，月更羞，天也还愁。"与原曲比较，两者在艺术感染力上的优劣是一目了然的。

本篇的衬字在数量上超过了正字，在形式上更是运用了叠字（如"绵绵""切切"等）、联绵字（如"重叠""积聚"等）、反复（如"病身躯身躯病""与天说说与天"等）、回文（如"花见我我见花""月对咱咱对月"等）、顶真（如"重叠恨恨绵绵""积聚愁愁切切"等）多种修辞手法，从而将曲中的"恨""愁""懒""泪""病"的情态内容一一精雕细琢，将"花""月""天"等环衬的外物表现得缠绵多情。回环反复，满纸愁云，淋漓地绘现了女主人公悱恻悲凄、如泣如诉的相思情状。

南吕·一枝花

刘庭信

春日送别

丝丝杨柳风，点点梨花雨。雨随花瓣落，风趁柳条疏。春事成虚，无奈春归去。春归何太速？试问东君①：谁肯与莺花做主？

[梁州第七] 锦机摇残红扑簌，翠屏开嫩绿模糊。茸茸芳草长亭路。乱纷纷花飞园圃，冷清清春老郊墟，恨绵绵伤春感叹，泪涟涟对景踌躇，不由人不感叹嗟吁！三般儿巧笔堪图：你看那蜂与蝶趁趁逐逐，花共柳攒攒簇簇，燕和莺唤唤呼呼。鹧鸪、杜宇，替离人细把柔肠诉："行不得，归不去②。"鸟语由来岂是虚？感叹嗟吁！

[骂玉郎] 叫一声才郎身去心休去，不由我愁似铁，泪如珠。樽前无计留君住，魂飞在离恨途，身落在寂寞所，情递在相思铺③。

[感皇恩] 呀，则愁你途路崎岖，鞍马劳碌。柳啊都做了断肠枝，酒啊难道是忘忧物，人啊怎做的护身符④。早知你抛撇奴应举，我不合惯纵你读书。伤情处，我命薄，你心毒。

[采茶歌] 觑不的献勤的仆，势情的奴，声声催道误了程途。一个大厮八忙牵金勒马，一个悄声儿回转画轮车。

[尾声] 江湖中须要寻一个新船儿渡，宿卧处多将些厚褥儿铺，起时节迟些儿起，住时节早些儿住，茶饭上无人将你顾觑，睡卧处无人将你盖覆，你是必早寻一个着实店房儿宿。

【注释】

①东君：指司春之神。

②行不得，归不去：鹧鸪啼声像"行不得也哥哥"，杜鹃啼声像"不如归去"。文人常以此暗示旷别和思妇。

③相思铺：指旅途上过宿的店铺，因女子内心独白中要和亲人在客店梦中相会，故名。

④护身符：原为道士、巫师画的符、咒，迷信的人认为随身佩带，可驱鬼保命。后常用来比喻保护自己。

【鉴赏】

这套曲词写的是暮春时节，一位深闺少妇送丈夫远离家乡去赴春试的情景，精心描摹了少妇送别时的复杂心情。

前两曲［一枝花］和［梁州第七］，紧扣题中的"春日"二字，描绘了一幅形象生动的春景图：丝丝暖风，吹拂得杨柳轻飏；点点细雨，滴润得梨花落瓣；芳草路上，蜂飞蝶逐；花柳丛中，莺歌燕舞，一派柔美的暮春景色。但在少妇眼中，这美景带来的不是欢乐，而是无奈。作者用比兴的手法，描写少妇眼中的残春景象，引起的感伤：趁风的柳条，是送别的象征（古人折柳送别）；梨花带雨，则似泪痕满面的送行者；"残红扑簌""春老郊墟"，正是自然界春景将逝的写照，更是爱人远去的凄凉情景的暗示。再者，良辰美景，本应与爱人共赏，而他却匆匆离去！美景顿成虚设，景愈美则愁愈深。处处春景都似离情，就连鹧鸪、杜鹃的叫声，也像是在替离人把柔肠诉。她不由得质问春神："为什么让好时光过得这么快呀！"

不忍分别，又无计相留，少妇满怀愁怨，化作 [骂玉郎]、[感皇恩] 和 [采茶歌]，直接抒发出来。她叫爱人"身去心休去"，不要把她的相思抛在一边，时刻想着她在梦中会与他相会；她悔恨自己不该让丈夫读书应举，甚至迁怒天天催着丈夫动身的仆人，责骂他们"献勤""势情"。面对分离，她"愁似铁，泪如珠"，送别的柳枝令她断肠，饯行的苦酒难让她忘忧。她更担心的是丈夫旅途不顺利，因此，当丈夫最终不得不启程时，愁怨都化作殷切的叮嘱。[尾声]一曲写她嘱咐丈夫乘坐新船，多铺厚褥，迟起早歇，注意茶饭，当心着凉，桩桩件件，无微不至，既是贤妻，更似慈母。曲词缠绵悱恻，一往情深，把闺中少妇送别丈夫时那种爱怨交织的心情，刻画得具体入微。

作者在这篇散套中善于捕捉少妇在特定环境中复杂变化的心情，在景物描写的基础上写人、抒情，由景生情，景中有情，从而达到情景交融的艺术境界。语言运用上也颇具功力。贾仲明《录鬼簿续编》说它"语极俊丽，举世歌之"，曾在当时大为文人所赞赏。

以今人的眼光看来，这篇套曲中的女主人公似乎太缠绵、柔弱、多愁善感，不像刘庭信的一些小令中的女主人公那么泼辣、刚强，这种性格不为今天的女性所推崇。但作者所描写的人物心情，却符合艺术的规律，找得到心理学的依据，因此至今读来仍具有艺术感染力。

李邦祐 生平事迹不详。存世散曲有小令四首，均描写闺情、闺怨。

双调·转调淘金令

李邦祐

思　情（四首之一）

花衢柳陌，恨他去胡沾惹。秦楼榭馆，怪他去闲游冶。
独立在帘儿下，眼巴巴则见风透纱窗，月上葡萄架。
朝朝等待他，夜夜盼望他，盼不见如何价。

【鉴赏】

黄昏时分，一位少妇孑然立在门帘下，眼巴巴向门外张望着。她的丈夫整日价在外寻欢作乐，鸟儿归巢了，月儿浮升了，却久久不见他的踪影。寂寞、忧伤一齐袭上她的心头，有言倾诉无人，有泪落地无声。这支曲子一开头，便直陈丈夫的薄情。"花衢柳陌"，旧指妓院聚集之处。"秦楼谢馆"，泛称歌舞娱乐场所。两句唱词披露出丈夫的浪荡行径。一个"恨"字，一个"怪"字，程度不同地传达出女主人公难以抑制的怨怼之情。但是"恨"也罢，"怪"也罢，都不能淹没作为妻子的一片爱心。接下来一句着力摹写女主人公苦苦等待丈夫暮归的情景。"独"字点出了她孤独、恓惶的凄凉处境。"眼巴巴"则极言她既焦灼不安又无限酸楚的心情。痴情女子负心汉，她对丈夫如此一往情深，可丈夫却一味沉溺在嫖妓宿娼的龌龊生活中，她切切盼来的只有瑟瑟的寒风和冷冷的月亮。"风透纱窗"以动写静，使整个画面一下子活了起来，具有一种立体感。"月上葡萄架"不仅交代出时间，而且恰似电影艺术中的定格，使这一瞬间凝固不动，给人以强烈的印象。思妇的殷殷盼望至此终于破灭了，心里只留下苦涩和惆怅，于是她油然而生出一种深深的悲哀："朝朝等待他，夜夜盼望他，盼不见如何价。"价，在此做助词用，表示停顿，并加强语气。全曲如此戛然而止，把感情的波澜一下子推向高潮。寥寥数语，却唤起读者对思妇的深切同情和对负心汉的极端愤慨。

这支曲子，名为"思情"，实为"闺怨"。闺怨，旧谓少妇的哀怨之情。唐代曾出现过不少闺怨诗。据武则天《苏氏织锦回文记》载："锦字回文，盛见传写，是近代闺怨之宗旨，属文之士咸龟镜焉。"但当时这些诗歌大多并不仅仅局限于写闺怨，而多多少少包孕着作者对现实社会的认识和思考。如沈如筠的《闺怨》："雁尽书难寄，愁多梦不成。愿随孤月影，流照伏波营。"其中暗喻着对统治者频频发动战争给老百姓造成生离死别的不满。而《思情》一曲，虽然是就闺怨写闺怨的，内涵较为单一，但由于作者牢牢地把握了思妇的心理特征，把爱与恨、希望与怅惘糅合在一起，准确而生动地展现了思妇复杂的内心世界，从而也取得了较好的艺术效果。曲中的女主人公是封建社会不觉悟妇女的典型写照，她既怨恨丈夫的薄情，又不能坚决地与他分手，这一形象在封建社会具有普遍的悲剧意义。

　　全曲可分为三层，其主旨大致遵循着所思——所见——所感一条线索逐渐展开。作者不是仅凭旁观者的同情来运笔，而是站在思妇的角度上，通过人物的内心独白，着眼于对女主人公纯洁、真挚的感情描写。作者特意选取了黄昏这一具有独特审美意义的时辰，首先从披露负心汉寻欢作乐的行为入手，揭示思妇的悲凉境遇，对仗工整，用词贴切。紧接着简笔勾勒了一幅疏疏淡淡的画面，间接交代出思妇活动的时间、地点及氛围，融情入景，有声有色，笔墨精到传神。而后又含而不露，露而不浮，把思妇失望后的痛苦与无所适从表现得恰到好处。在这里作者并没有把思妇的思想状态进一步具体化，而只闪闪烁烁地道一句："盼不见如何价"，语少而意足，有无穷之味。全曲的感情发展有曲有直，表达有虚有实，语言则于精致中见通俗，平淡中见新奇，押韵也很自然，不愧为一篇优秀的曲作。

邵亨贞　字复孺，号贞溪，严陵（今浙江桐庐）人，徙居华亭（今上海市松江区）。由元入明，明洪武中，官松江府学训导。卒年九十三岁。博通经史，工书法。能散曲，存世散曲有小令三首。著有《蛾术文集》《蛾术词选》等。

越调·凭阑人

邵亨贞

题曹云西翁赠妓小画

　　谁写江南一段秋，妆点钱塘苏小楼。楼中多少愁，楚山无断头。

【鉴赏】

　　元末文人邵亨贞文辞富赡，颇有可观。这支小令曲寄［越调·凭阑人］，悲凉凄苦；文辞幽婉，内涵丰富，写出了古今青楼妓女的愁苦，表达了作者对她们的同情。

清人刘熙载的《艺概》说："曲一宫之内，无论牌名几何，其篇法不出始、中、终三停，始要含蓄有度，中要纵横尽变，终要优游不竭。"小令虽难得变化，但也以符合此法为佳。这支小令起句"谁写江南一段秋"，扣住本题"小画"二字，不仅指出画的内容是江南秋景，并且表露出作者由衷的赞叹之情：是哪位画家有这样不平凡的身手，以他的神笔画出了江南如此美丽的秋色啊！接着"妆点钱塘苏小楼"紧承首句，进一步指出此画是"曹云西翁赠妓"的，并自然地由画及人，生发开去，引入曲词的主旨。这么美的画当然是极好的装饰品，悬挂它会使房舍生色增辉，那么，它到底妆点何处呢？"钱塘苏小楼"，扣住了"赠妓"二字。这里作者十分自然地用了苏小小之典。六朝时南齐有位著名歌妓名叫苏小小，宋代也有一位著名歌妓叫苏小小，都曾家住钱塘，这里当指前者，因为六朝苏小小的影响更大些。古乐府曾有一首《苏小小歌》："我乘油壁车，郎乘青骢马。何处结同心，西陵松柏下。"唐代诗人李贺曾据此写了《苏小小墓》，刻画出婉媚多姿而又孤凄寂寞的苏小小鬼魂形象。温庭筠、张祜等人也有这一题材的诗作。话本《钱塘佳梦》和《西湖佳话》中的《西泠韵迹》，也写了苏小小的故事。这样，作者借用苏小小的典故，就婉转曲折地表现了青楼女子的悲惨命运，她们愁怨痛苦的内心世界。于是，三、四句就继此直诉衷情，"楼中多少愁，楚山无断头。"青楼之上弦歌阵阵，曼舞盈盈；卖笑之人却愁肠绵绵，怨心悠悠。此愁此怨，就像这逶迤绵延的楚山，一眼望不到头。因为江南春秋时属吴国，吴国后来被楚国所灭，江南遂为楚地，所以，作者称之为"楚山"。江南山水秀丽隽永，所谓"山清水秀""山回水转"，因此用楚山望不断来比喻青楼女子的愁怨绵绵，形象生动，意味深长，同时，这一落句又照应到题意，既写人又及画，使曲词前后浑然一体。

在古典文学中，描写妓女痛苦的诗词历来不少。南朝民歌《寻阳乐》："鸡亭故侬去，九里新侬还。送一却迎两，无有暂时闲。"道出了妓女们的屈辱辛酸的生活。敦煌曲子词《望江南》，用池边柳枝被随意攀折来比喻娼妓遭受极端蹂躏的苦况，"我是曲江临池柳，者人折去那人攀，恩爱一时间。"晏几道的《浣溪沙》："溅酒滴残歌扇字，弄花熏得舞衣香，一春弹泪说凄凉。"更是写出了舞妓内心的痛苦。邵亨贞的这支小令也再现了这一主题，它虽不像民间歌、词那样俚俗明白、直截了当，但也写出了身处最下贱的妓女们的愁苦，并表现了作者对她们的同情。所以，这支小令虽是"题曹云西翁赠妓小画"，而格调并不低下，没有无聊文人那种狎妓宿娼、流连声色的庸俗描写。语言委婉清新，用典自然切意，表情含蓄蕴藉，是一支比较有文学蕴含的小令。

梁寅 （1309～1390），字孟敬，新喻（今江西省新余市）人。明初学者。元末累举不第，后征召为集庆路（治所在今江苏南京市，当时辖境相当今南京市及江宁、句容、溧水、溧阳、高淳等县地）儒学训导，晚年结庐石门山，四方士多从学，称其为"梁五经"，著有《石门词》。《明史》有传。

黄钟·人月圆

梁　寅

春　夜

三春月胜三秋月，花下惜清阴。锦围绣阵，香生革履，
光动兰襟。
棠梨枝颤，乍惊栖鹊，夜久寒侵。明朝风雨，休孤此
夕，一刻千金。

【鉴赏】

　　梁寅是元末的一位饱学之士。他的这支《春夜》，调寄［黄钟］，"富贵缠绵"（《太和正音谱》），典雅工丽，展现出一幅月夜赏春图：静谧的夜空，如水的月光，浓密的花荫，陶醉在月阴花香中的人物……充分表现了作者恋春惜时的情怀。

　　起句"三春月胜三秋月"，直截了当地道出作者对春夜月色的赞美之情，俗

话说："月是中秋明。"人们一般都欣赏中秋的圆月，而作者却认为三春月胜过三秋月。这里的"三春"只是泛指"春天"，从下文描述的景色来看，当是仲春时节。此时，百花怒放，争相斗妍，枝繁叶茂，即使在夜幕下也花荫

浓密，以致把圆月也衬托得格外皎洁。这正是一个花好月圆的夜晚。这样，作者首句点题，为我们交代了曲辞所要描写的时令、环境。第二句"花下惜清阴"点破主题，由衷地抒写出作者对净洁纯净的明月的怜爱之情。一个"惜"字，恰到好处地写出情愫。"清阴"则又写出明月的内美和外秀。这一句既是对明月的赞颂，也是作者内心世界的披露，统领全曲。

"锦围绣阵，香生革履，光动兰襟。棠梨枝颤，乍惊栖鹊，夜久寒侵。"细腻描绘出月光下春夜的美妙景色，有物有人，有景有情，有静有动。花团锦簇的花丛在夜幕的笼罩下，虽然看不清明艳姣美的色彩，但在月色清风中却更别具情致，使得徜徉在花径月阴中的人迷恋痴醉。作者以传神的笔触描绘着这夜景人情，使此情此景栩栩如生，跃然纸上。"锦围绣阵"，是静态描写，层层叠叠的繁花似"围"作"阵"，极写花之多、花之盛。"香生革履。光动兰襟。"写出由静到微动的情景：移步在花丛中的人，在轻轻的微风中，感到花香缕缕，以至浸润到革履；如泻的月光照在浓密的花荫中，斑斑光影在散发着兰香的衣襟上跳动。"生""动"二字极准确、生动地描画出花气氤氲，沁人心脾；光影斑驳，缭人眼目的情景。接着作者由意念上的微动，写到形态上的真动。蓦地，一阵清风吹颤了棠梨枝条，骤然惊起了栖息在枝头的喜鹊，划破了万籁俱寂的夜空，惊醒了赏月醉花人，使他感到一阵轻轻地寒意，意识到已是夜深人静时了。这样，"棠梨枝颤""乍惊栖鹊"两句，调动了整个画面，使之充满生气，显得更加生动，并为自然地过渡到下文做了铺垫。"夜久寒侵。"是承上启下的过渡句，把前面描述的形象和下文要表述的认识、感受衔接起来。更深夜静，清风阵阵，虽是仲春

季节，也还有些寒意侵入。

最后，"明朝风雨，休孤此夕，一刻千金"三句，直抒胸臆，表达作者"花下惜清阴"，不愿辜负这良夜美景的心声。作者还留恋着春花明月，不愿归息，只怕"明朝风雨"，吹落这满园春色，不由发出"休孤此夕，一刻千金"的呼声。"孤"，"负"的意思。不要辜负这美好的夜晚，不要辜负这千金一刻的大好时光，这充分表现了作者爱春惜时的心怀。这里作者化用了苏轼《春夜》诗中"春宵一刻值千金，花有清香月有阴"的意境，使曲辞结尾仍然形象隽永，不因表述感受而显空洞抽象。

这是元末文人创作的一支小令，辞藻华美，韵律整齐，布局精巧，特别是"香生革履，光动兰襟"等句，对偶工整，气韵生动，写得情景相生，耐人寻味。而起句"三春月胜三秋月"和结尾"休孤此夕，一刻千金"却又比较直率、爽朗，在一定程度上保留了元散曲的固有风格。

舒頔 （1304~1377）字道原，绩豀（今安徽芜湖）人。顺帝至元间，为池阳贵池教谕，秩满调丹徒校官。至正间，转台州学正。后隐居，入明屡征不起。善隶书，能曲，存世散曲有小令二首。有《贞素斋集》《北庄遗稿》。

中吕·朝天子

舒 頔

学駚，妆痴，谁解其中意。子规叫道不如归，劝不醒当朝贵，闲是非，子心无愧，尽教他争甚底。不如他瞌睡，不如咱沉醉，都不管天和地。

【鉴赏】

元代是中国历史上封建专制统治极其严酷的时代，既有民族矛盾，又有阶级矛盾，社会现状极端黑暗，官贪吏暴，枉法不轨，人民生活在水深火热之中，读书人也处于社会的底层。因此，元代的作家大都对政治消极，对封建统治者采取不合作的态度。舒頔的这支小令正表现了这样的主题。它以嘲弄、揶揄的口吻，表述了作者不满现实，希望离开世俗是非，归隐山林的心声。

起句"学騃，妆痴，谁解其中意。"石破天惊，一语道出了社会、人情的险恶，作者处境的艰难和心中无限的辛酸。在这黑暗、污浊的现实中，做人只能装呆、学痴、故作疯傻，只能战战兢兢，时时注意掩盖自己的真实面目，否则就会大祸及身，所以，作者悲愤地喊出："谁解其中意"！与其这样违背自己的本性，扭曲地生活在尘世间、官场中，还不如归隐山林。因此，紧接着作者就说："子规叫道不如归。"子规即杜鹃鸟。相传古代蜀国国君号曰望帝，让位于凿巫山的丞相开明，然后归隐山林。时适二月，子鹃鸟鸣，蜀人怀念望帝，于是呼子规为杜鹃。作者在这里用此典表达自己希望归隐的心曲。

"劝不醒当朝贵，闲是非，子心无愧，尽教他争甚底。""闲"，这里是"防闲"的意思。《三国志·魏志·邢颙传》："颙防闲以礼，无所屈挠。"因此，前两句的意思是说：社会如此黑暗，官场如此险恶，人们本应该远离，可是，这却不能使那些当朝为官的权贵们醒悟。尽管现实生活中有的是"朝承恩，暮赐死"（见汪元亨的［朝天子］《归隐》）的事例，而他们为了功名利禄，还是不愿抽身引退，防闲是非，离开这虎窟龙潭之地。后两句"子心无愧，尽教他争甚底。"是作者回过来对自己说的：你毋需愧心，既然那些禄蠹之徒不听人劝，就让他们在名利场中争逐吧！表现了作者对高官厚禄的淡泊。

最后"不如他瞌睡，不如咱沉醉，都不管天和地。"又紧承上一层，以揶揄的口吻表示：既然如此，那就各循本性，让权贵们在富场中懵懂瞌睡；让我像喝醉了酒一般，闭眼不看这险恶的人情，大家都不管天地变化，日月运行吧。这虽是作者对现实不满的激愤之辞，但也颇有点玩世不恭，消极悲观的意味。

此曲写得通俗明白，自然真率，极为本色。元曲之佳处，"一言以蔽之，曰自然而已矣"（王国维）。可是，散曲到元代末期，作风已逐渐改变，失去了初期和中期朴实、本色的特点，趋向柔靡精巧，但这支小令却仍保持了浑朴自然的风格，这是难能可贵的。

季子安　生平事迹不详。存世散曲有套数一套。

中吕·粉蝶儿

季子安

题　情

这些时意懒心慵，闷恹恹似痴如梦。想当初倚翠偎红。我风流，他俊雅，恩深情重。他生的剔透玲珑，语融和言谈出众。

[醉春风] 他生的粉脸似秋莲，春纤如玉葱，鞋弓袜小步轻盈。能歌善咏。咏。雁柱轻移，冰弦款拨，便是那铁石人也情动。

[红绣鞋] 指望待要巫山畔乘鸾跨凤，谁承望阳台上云雨无踪。则我这口中言都当做耳边风。冷落了蜂媒蝶使，稀疏了燕侣莺朋。多应是搅闲人将话儿哄。

[剔银灯] 俏冤家风流万种。他也待学七擒七纵，把我似勤儿般推磨相调弄。我这里假妆痴件件依从，又则怕伤了和气，皱了美容。假和真你心里自懂。

[蔓菁菜] 你常好是不知轻重，动不动皱了眉峰，冰霜般面容。若是个村纣的和你两个乍相逢，他把你那半世里清名送。

[柳青娘] 这些时稀疏了诗宾和这酒朋。闷来时与谁同。一任教花红和这柳浓，有何心恋芳丛。则这诗书礼乐不待攻，端溪砚尘埋墨朦，紫霜毫干燥了尖峰。

赤紧的缺了鸾笺无了香翰，无香翰怎题红。

[道合] 离恨匆匆，离恨匆匆，天涯咫尺不相逢。觅鳞鸿，杳无踪。濛濛的雾锁桃源洞，漫漫的水淹蓝桥涌。雪浪泊涛洪，袄庙火飞红。翠琴堂听琴人闹冗，玉清庵错把鸳衾送。藕丝微银瓶重，比目鱼和冰冻。小卿倒把双郎送，莺莺远却离张珙，柳毅错把家书奉，张生煮海金钱梦。愁蹙眉峰，愁积心中，愁恨无穷。何时得玉环合，金钗辏，金钗辏对对对上青铜。

【鉴赏】

　　季子安生平不详，《全元散曲》收入他名下的仅此一个套数，但写男女之间始而"风流""俊雅"相慕悦，终而"天涯咫尺不相逢"的情与恨还是很有特点的。

　　一开始，作者从现时的精神状态写起，描画出一副"意懒心慵""似痴如梦"的病态形象。紧接着由"这些时"的现实叙写引发出"想当初"的往事回忆，并且在全篇交替出现。

　　想当初，令人留恋的是"倚翠偎红"，是"我风流，他俊雅"，是"他生的剔透玲珑""言谈出众"，因而"恩深情重"。由此可见，吸引他们的主要是异性的风流才华和优雅外貌，这是元代文人沉醉于红巾翠袖、柔歌曼舞的生活特征的写照。此为全篇序曲。

　　[醉春风] 一曲，紧接序曲的回忆，更为细致地追记情人的容貌与风流。"粉脸似秋莲，春纤如玉葱，鞋弓袜小步轻盈"，由脸面写到纤手，再写到脚步，自上而下，虽然手法并不新颖，但毕竟写出了一个粉妆玉琢的女子外形的美。及至"能歌善咏"，再及至"雁柱轻移，冰弦款拨"，人物的风采精神便渐渐托出。尤其是"轻移""款拨"二词，生动地勾画出一个轻柔徐缓地调试、拨动着古筝的歌女形象，盈盈然有一种含情带意、温雅灵秀的内在的美。由此，作者慨叹："便是那铁石人也情动。"平凡的一句，却给人这样的启示：爱情固然离不开道德情操、人品精神的高尚，但美是更能激起人们普遍爱慕的基本质素。它是自然

的，不需要道德的或精神的力量来做爱的催化剂。在美面前"铁石人也情动"，更何况血肉之躯。所以，对于元代散曲中大量出现的类似内容，应予有区别的正确认识。

而 [红绣鞋] 又回到现实境遇的叙写。前边作者还限于情的范围。到这里，因情再进而生出"指望待要巫山畔乘鸾跨凤"，就从情的范围突进到欲的界域。这种对于男女性欲要求毫不掩饰地表现，在元曲中也很多。应看到，这是当时文人生活和心理的反映，更应该认识到这是对人的自然欲望的肯定，正包含着某种积极的社会和人生的意义。当然，这并非这支曲的关键。关键在于"谁承望阳台上云雨无踪"，"冷落了蜂媒蝶使，稀疏了燕侣莺朋。"是希望的落空，是人事的变故。因而，才使得作者怅惘若失，"意懒心慵"，"似痴如梦"。对于这变故，作者一方面说是她把"我这口中言都当作耳边风"，表示出薄薄的埋怨；另一方面又推测"多应是搅闲人将话儿哄"，又是愤愤地恶嫌，情感复杂，其根源却都是对她的爱慕与思恋。

[剔银灯] 和 [蔓菁菜] 两支曲子，是全篇中最精彩的。作者又回到往昔与她相互交往情形的回忆中。当情爱受到间阻，愿望难以实现的时候，这种回忆带着甜蜜，也少不了辛酸；带着温柔，也少不了惋惜。在这里，作者念念不忘的是"俏冤家"的"风流万种"。"风流"既是指 [醉春风] 一曲中所说的"秋莲""春纤"的美貌和"能歌善咏"的才华，又是指以下她那娇黠难测的特殊性格。作者是真心实意地和她交往，可她并不曲意顺从，而是要学诸葛亮南征孟获时"七擒七纵"，时冷时热，时近时疏，像是把人当作"勤儿"——即眠花宿柳的风流浪子，朝秦暮楚的好色之徒一样周旋摆弄。作者呢？"我这里假妆痴件件依从"也很有意思。这是从她的"七擒七纵"里窥到了她的性格，不得不把精明装呆作痴，对她的一切"件件依从"。两个"恩深情重"的人却要像小孩子游戏一般做出种种"假"来，这个"假"正是一种真，一种人物性格、意态的真，也正有"风流万种"。在这样的回忆里，作者感到了一种甜蜜，一种温暖。然而，装呆作痴"件件依从"还不行，她仍常常"不知轻重"，"动不动皱了眉峰"，给一个"冰霜般面容"。回忆起这些，作者似乎来了点怨气，颇带自负地说："若是个村纣的和你两个乍相逢，他把你那半世里清名送。"这是抱怨，但更是不忍对方受到玷污的爱怜；这是赌气，但爱之切才有这样的气之急。回忆中又带着遗

憾和惋惜。

　　[柳青娘]一曲，又从往事的回忆跳回到"这些时"，进一步写眼下意懒心慵、似痴如梦的情态。由于某种原因，两人的交往"冷落""稀疏"了，作者似乎失去了巨大的精神依托，再加上常常往还的"诗宾""酒朋"也"稀疏"了，自然就对"她"更为思念，就会叹惜"闷来时与谁同"。不仅如此，往昔里赏心悦目的"花红""柳浓"，现在也无心留恋，"一任教"它自红自浓；往日视为终生功课的"诗书礼乐"，如今也成了毫无趣味的事情，"不待"去"攻"，任教尘埋端砚，笔干毫峰。与男女之情比起来，美景失色，功名无味，作者也愚忠愚诚得极为可爱。还应注意，这里是有"端溪砚"，有"紫霜毫"，而人无心思去动。后边却说："赤紧的缺了鸾笺无了香翰，无香翰怎题红。""赤紧"即实在。为什么纸与笔又缺无了呢？这并非实写，只是用虚写方法借指与"她"冷落之后，无法仿效"红叶题诗"那样一述衷情。其中深含着人事间隔、离别难逢的内心痛苦。

　　到了终曲[道合]，作者抚今追昔，直接发出"离恨匆匆，离恨匆匆，天涯咫尺不相逢"的慨叹，把全篇抒情推向高潮。接着，又把许多传奇人物、戏曲故事融入曲中。像"漾漾的雾锁桃源洞，漫漫的水淹蓝桥涌"，借刘晨、阮肇误入桃源和装航落第路经蓝桥得遇仙女的故事，写自己和她的相会无缘；再像"……小卿倒把双郎送，莺莺远却离张珙。柳毅错把家书奉，张生煮海金钱梦"等句，写自己不能像双渐与苏小卿，张羽、柳毅与龙女，张珙与莺莺等人那样有情人终成眷属。虽有典故堆砌之嫌，但终于围绕着良缘无望、佳偶难成一个中心，重重写来，正是心中忧伤的层层堆积，故而"愁蹙眉峰，愁积心中，愁恨无穷"三句，各以"愁"字起头，显出"愁"之郁积深重、块垒难消。至于最后："何时得玉环合，金钗辏，金钗辏对对对上青铜"不过是无可奈何之中一点渺茫的个人愿望，一些留恋难舍的心情的回光返照而已，徒增加"天涯咫尺不相逢"的哀伤，绝无补"巫山畔乘鸾跨凤"之"指望"耳！

高明　元代重要的戏曲作家，东海赵访称其"学博而深，才高而赡"，顾德辉称他"才长硕学，为时名流"，《琵琶记》即出自他的手笔。他一生也创作了不

国学经典文库

元曲鉴赏

·元曲·

图文珍藏版

少散曲，其中不乏优秀之作，[商调·金络索挂梧桐]《咏别》即为他的代表作之一。

商调·金络索挂梧桐

高 明

咏 别

一杯别酒阑，三唱《阳关》罢，万里云山两下相牵挂。念奴半点情与伊家，分付些儿莫记差。不如收拾闲风月，再休惹朱雀桥边野草花。无人把，萋萋芳草随君到天涯。准备着夜雨梧桐，和泪点常飘洒。

【鉴赏】

　　高明是元代重要的戏曲作家，东海赵访称其"学博而深，才高而赡"，顾德辉称他"才长硕学，为时名流"，《琵琶记》即出自他的手笔。他一生也创作了不少散曲，其中不乏优秀之作，[商调·金络索挂梧桐]《咏别》即为他的代表作之一。

　　这首小令写一个女子与情人离别时的情境。"一杯别酒阑"三句，写情人将要远行，离别在即，女主人公无以为遣，只好一边唱着《阳关三叠》的送别之词，一边以酒相祝：从此以后，天各一方，不知何日才能相会，只有在万里之遥，云海茫茫之中，相互思念，相互牵挂了。一个"阑"字，既写杯酒之将尽，又写出女子意兴，透露出内心情绪的波澜，而"断肠声里唱阳关"（李商隐《赠歌妓》），则使小令在起首就罩上了浓厚的悲凉气氛。

　　"念奴"四句，写女子的叮咛与嘱托。"念奴"，为唐天宝年间的著名歌女，此为曲中女子自谓。由此可以确定女子的身份是歌女或乐妓。"闲风月"指男女之间逢场作戏，吟风弄月之事。"朱雀桥边野草花"出自唐刘禹锡《乌衣巷》首句，而意思却完全不同了。原诗通过秦淮河上朱雀桥边杂乱生长着的野草花，衬托乌衣巷的冷落，"朱雀桥""野草花"均实指。这里的"朱雀桥"是泛指，"野草花"已经拟人化。朱雀桥所在秦淮河横贯金陵古城，沿河两岸酒家林立，乐妓充彻，用"野草花"喻风月女子，十分形象贴切。虽然女子与自己的情人是在风月场中相识，但爱之真切，一往情深，在临别之际，她仍满怀深情地叮嘱他，千万要记清楚，以后不要再踏入风月场中，也不要再和其他女子发生"风月"之事，因为，这里已经有一个人在深深地爱着"伊家"了。仔细推敲，曲中的女子真是费了一番苦心的。封建社会，妇女往往不能掌握自身的命运，特别是在爱情生活中，不知什么时候就会被男子无情地抛弃，何况一个生活在社会下层的妇女！她之所以"半点情"与"伊家"，而不是"一点情"，说明此女子在离别的伤痛中，还有理智的一面，并没有完全沉溺在缠绵的感情中，"分付些儿"话倒是至关重要的。"不知"二字是婉转之词，"再休惹"三字，则是决绝之词，透露出女子既多情又泼辣的性格特征。

最后，"无人把"两句，由离别的嘱托又转到了离情的倾诉。她一想到自己所钟爱的男子独自远游而无人陪伴，就感到无限的伤心。本来，自己应该随他一起到那遥远的地方，可毕竟不能够，看来只有无边的芳草为他做伴，为他解忧了。芳草本来迷人，然而因旅人的孤单也会变得凄清，变得萧瑟。这里，作者暗用"天涯芳草无归路"（辛弃疾《摸鱼儿》）之意。女子想象着，不知道这一别，什么时候才能见面。也许，他会因事而滞留远方；也许，他会因别去太久而不识归路，眼前看到的只是一片茫茫无垠的芳草。所以，多情女子也就"准备着夜雨梧桐，和泪点常飘洒"。"夜雨梧桐"，化用温庭筠《更漏子》词意，"梧桐树，三更雨，不道离情正苦。一叶叶，一声声，空阶滴到明。"女子早已想象到了从今别后，等待自己的将是那绵绵无尽的长夜。而每当在相思难耐的夜晚，听着那"打梧桐叶凋，一点点滴人心碎"的绵绵细雨，越发会想起远在天涯的情人，相思的泪水也会像那恼人的秋雨一样，连绵不断。人不归，泪不止。

燕南芝庵先生《唱论》在论曲之宫调时指出，凡声音各应律吕分六宫十一调，共十七宫调，宫调之不同，所抒发的思想感情也不尽相同，有的唱清新绵邈，有的唱感叹伤悲，有的唱惆怅雄壮，有的唱风流蕴藉。至于［商调］则唱"凄怆怨慕"。［金络索挂梧桐］《咏别》一曲正是抒发的这种感情。在离别之际，女子百感交集而不能禁，酸甜苦辣一齐袭上心头，倍显凄怆，有离别之怨怅，也有别后之思慕。"金络索挂梧桐"亦似有金络索在秋夜悬于梧桐树上，风吹作响，以见思妇思念游人之意。

全曲运用对仗、比喻、拟人等修辞手法，紧紧抓住一个"情"字，刻画了一个痴情女子在与情人离别之际的复杂的心理状态。且适当化用前人诗句，显得自然、贴切，不失为一首咏别之佳作。

杨舜臣
生平事迹不详。存世散曲有套数一套。

仙吕·点绛唇

杨舜臣

慢 马

四只粗蹄，一条乌尾，骤在地。搭上鞍骑，二三百棍行三四里。

[混江龙] 怎做的追风骏骥，再生不敢到潭溪？几曾见卷毛赤兔，凹面乌骓？美良涧怎敌胡敬德？虎牢关难战莽张飞！能食水草，不会奔驰。倦嘶喊，懒驼骡，曾几见西湖沽酒楼前系？怎消得绣毡蒙雨，锦帐遮泥！

[后庭花煞] 叹梁园芳草萋，怕蓝关瑞雪飞。为爱背山咏，任教杜宇啼。空吃得似水牛肥。你可甚日行千里，报主人恩，何日把缰垂？

【鉴赏】

这是一首有所寄托的咏物诗，诗人借对慢马的吟诵，表达出一种言外之意。

首章以简练的笔触，白描的手法，勾勒出慢马的总体特征："粗蹄"，"乌尾"，"鬃"（同"鬃"）长长地拖曳"在地"，仅这三个具有代表性的细节就画出慢马的形体。"搭上鞍骑"二句从动作上点出慢马行走的迟缓：打上二三百棍方能磨蹭三四里地，真可谓迟慢之极也。

第二章［混江龙］以名驹快马与之对照，慨叹其难以建功立业。"怎做的追风骏骥，再生不敢到潭溪"用的是刘备策马跃潭溪的典故，据《三国志》裴注引《九州春秋》，刘备为追兵逼至潭溪水中，溺不得出，谁料坐骑一踊三丈，遂得过，化险为夷！"赤兔"是吕布的坐骑，谚云："人中有吕布，马中有赤兔"言其为马中之俊杰。"乌骓"是项羽的战马，垓下之围项羽别虞姬时曾歌曰："力拔山兮气盖世，时不利兮骓不逝，骓不逝兮可奈何？虞兮虞兮奈若何！""骓"即指乌骓。"虎牢关难战莽张飞"指民间流传的虎牢关三英战吕布的故事，其时吕布力敌刘备、关羽、张飞三人，此句意为：如果吕布骑着这样的慢马，他怎能还战莽勇的张飞。"能食水草"以下数句仍是用白描手法刻画慢马的习性特点，它能食难奔，倦嘶懒驰，它大约只能系在西湖畔的沽酒楼前，消受那以绣毡蒙雨，以锦帐遮泥的日子。

第三章咏物的言外之意比较显豁，但仍不离开慢马的总体意象。"梁园"即"兔园"，汉代梁孝王刘武所造，也叫"梁苑"，故址在今河南商丘东。梁孝王好宾客，司马相如、枚乘等辞赋家皆曾延居园中，因而有名。杜甫《寄李十二白》诗中有"醉舞梁园夜，行歌泗水春"之句。李白《赠王判官》诗中也有"判门倒屈宋，梁园倾邹枚"之辞。"蓝关"在今陕西蓝田县，唐代著名文学家韩愈因谏宪宗迎佛骨被贬潮州，路过蓝关时写了《左迁至蓝关示侄孙湘》一诗，其中有"雪拥蓝关马不前"之句。这里"叹梁园芳草萋"四句是形容"慢马"终日无所事事，不是感叹芳草萋萋，就是忧虑瑞雪纷飞；只管听背山传来的咏唱，一任杜鹃鸟啼血悲鸣……饱食终日，空吃得水牛似的肥胖。这也挖掘出了"慢马"之所以"迟慢"的原因。最后三句是诗人对慢马的希冀，期望它能摆脱缠绕的羁绊，日行千里，纵横驰骋，以此来报答主人的恩情。

诗应当具有确定性，又应当具有不确定性，咏物诗尤当如此。所谓确定性就是要准确地表现描写对象的形象特质，写得具体切实，活灵活现；所谓不确定性就是要使读者从这准确的形象描写中（确定性中）感觉到还有另外的寓意和寄托，而这寓意和寄托为何？可以仁者见仁，智者见智，产生多种多向的联想、理解和阐释。这样的诗（兼有确定与不确定双重性的诗），才是佳作美篇。即以这首《慢马》而论，从上述的种种确定性中我们可以不确定地"猜度"作者的寄托和寓意：他也许是嘲讽那些依附权门的文人学士，他们只是供主人"沽酒楼前系"，"空吃得似水牛肥"；也许诗人是在呼唤天公重抖擞，破格降人才，他慨叹世无骏骥飞驰，只有慢马踟蹰，以致使神州如此陆沉，国运这般衰微；也许诗人是高屋建瓴地洞察出古往今来华夏儒生"慢马"的劣根性，希望所有的"慢马"立即惊醒，振作起来，成为日行千里的良骥以报效苍生社稷。总之，诗人在这确定性与不确定性中留下了十分广阔的空间，它可以使读者自由地驰骋心智，从而获得比从单纯的确定性中丰饶得多的蕴意！

刘燕歌　歌妓，能诗词。《青楼集》称："善歌舞。齐参议还山东，刘赋〔太常引〕以饯云云，至今脍炙人口。"该曲现存。

仙吕·太常引

刘燕歌

饯齐参议回山东

故人别我出阳关，无计锁雕鞍。今古别离难，兀谁
画蛾眉远山。一尊别酒，一声杜宇，寂寞又春残。
明月小楼间，第一夜相思泪弹。

【鉴赏】

古代乐妓因职业需要一般都受到歌舞弹唱的专门训练，而宋元时代的乐妓除此之外，还有不少能赋诗作曲。唐朝名妓薛涛曾为自己的诗特制一种花笺，称作薛涛笺。宋代歌妓十有八九能做词，如杭州乐妓琴操有词曰："……此去何时见

也，襟袖上空有余香。伤心处，长城望断，灯火已辉煌。"到元代，因对乐妓的品评以歌舞为重，加上落魄文人大量流落于勾阑瓦肆，乐妓们在文人堆中耳濡目染而能吟诗作曲的就更多了。如乐妓解语花曾在酒宴上即席吟诗："……手把荷花来劝酒，步随芳草去寻诗，谁知咫尺京城外，便有无穷万里思。"出口成诵且精工流畅不亚于专业诗人。以歌舞闻名的乐妓刘燕歌也是个出色的作曲能手。

　　这首为她的情人齐参议饯行的小令写得情意缠绵，凄婉动人。曲词以第二人称口气诉说，情人即将远行，小女子为他饯行，席上独自黯然伤悲。她不愿他走，想象着去锁住他的马鞍让他无法成行，但又明知这行不通。于是她感叹今古别离难。又想到这一别之后再没有人来给她画小山似的蛾眉。意思是夫妻恩爱将从此断绝。实际上这是作者对二人关系的一种隐忧。一介风尘女子能获得达官贵人齐参议（元代中书省的重要属官）的垂青已属不易，而远别后他是否还会对她一往情深就更加难说。不过那毕竟只是一种隐忧。现在，别离在即，一杯杯苦酒下肚，一声声杜鹃的催促，零落的残春景象，都令她触景生情，深感凄凉落寞，不由想到别离后的今夜，人去楼空，在那明月朗照的小楼上，自己独守空楼，又将伤心落泪。第一夜尚且如此，以后那"日日思君不见君"的时节，岂不更是"朝夕思君，泪点成斑"（元朝乐妓张玉莲句）！

　　封建时代的女子就算是糟糠之妻都有可能被男人随意休弃，更何况是青楼女子呢。事实上刘燕歌确曾有过被弃的经历，她在《有感》诗中说："忆昔欢娱不下床，盟齐山海莫相忘。那堪忽尔成抛弃，千古生憎李十郎。"不管这个抛弃她的是不是那个令她魂牵梦绕的齐参议，身为妓女的内心惨痛与忧伤是不言而喻

国学经典文库

元曲鉴赏

·元曲·

图文珍藏版

的。

汤式

字舜民，号菊庄，象山（今属浙江）人。初时补象山县吏，不得志，落魄江湖。入明，流寓北方，明成祖朱棣在燕邸时，曾为文学侍丛。所做杂剧今知有《瑞仙亭》《娇红记》二种，均不传。今存散曲集《笔花集》。《全元散曲》录存其小令一百七十首，套数六十八套，残曲一首。

中吕·醉高歌带红绣鞋

汤 式

客中题壁

落花天红雨纷纷，芳草地苍烟衮衮。杜鹃啼血清明近，单注①着离人断魂。深巷静，凄凉成阵；小楼空，寂寞为邻。吟对青灯几黄昏？无家常在客，有酒不论文——更想甚"江东日暮云"！

【注释】

①单注：即专注，专门关注的意思。

【鉴赏】

"题壁"是古人吟诗、赋词、作曲、写真的一种较为特殊的方式。题壁之作，往往是触景生情，即兴而发，心有所感，便如鲠在喉，不吐不快。于是，壁上道来，一来消胸中块垒，二来也提示于人，因为是真情实感的流露，其中多有佳作。这首《客中题壁》写羁旅离愁，便颇有特色。

清明时节，春意浓烈的良辰美景因作者的"客中"心绪，竟然变成了一片纷纭烦乱。首句"落花天红雨纷纷"描写落花并不离谱，可与下句"芳草地苍烟衮衮"相连，就显得很特别了。阳春烟雨本是大好景色，几多诗人对此都吟哦不已，可在作者眼中竟然无异于漫天尘埃翻滚，这正是离人伤怀的深切写照。在清明将近的时刻，谁知"我"心呢？只有"杜鹃"。它以悲苦的哀鸣，关注着失魂落魄的离人，在此，客中景况的凄凉，写来入木三分，作者凄凉的心境都在这落花纷纷、烟尘滚滚、杜鹃声声的描写中得到了深切的反映。接下来的"深巷静，凄凉成阵；小楼空，寂寞为邻"只是将那客居一隅的深巷小楼凄凉寂寞的情景平实道来，稍做补充，为结句的奇警做好铺垫。

古代读书人"独在异乡为异客"吟诗论文自然是排遣心中孤独寂寞的手段，可是青灯黄卷又能消磨几多难捱的时光？离愁别绪又怎能真的在诗文中得到解脱？更多的情况是由心烦意乱转为百无聊赖，尤其是"无家常在客"的天涯浪子，"有酒不论文"，当是这种心态的确切表白。杜甫在《春日忆李白》一诗的后四句说："渭北春天树，江东日暮云。何时一尊酒，重与细论文"。这是一种文人的通常心态，春日美景总让人欲与亲友共享，后人称此为"云树之思"，而把酒论文，诗人更是兴之所至，情之所趋，这是杜诗中的意境，而这首《客中题壁》完全对此做了翻案文章，身为"在客"之人，纵然有酒，只用来浇愁，不能也不愿借以论诗文，不但如此，在百无聊赖的心境下，甚至连对亲朋好友的"云树之思"也荡然无存了，所以作者最后用一句"更想甚江东日暮云"作结，客中愁思导致的情绪低落，竟至于此！这是本曲填词谱曲不避夸张的特色之一；而曲中形象新意叠现，论理出巧，不写艳阳春景，又不把酒论文落入俗套，这是本曲的另一个突出特点。

双调·庆东原

汤 式

京口夜泊

故园一千里，孤帆数日程。倚篷窗自叹漂泊命。城头鼓声，江心浪声，山顶钟声。一夜梦难成，三处愁相并。

【鉴赏】

汤式，字舜民，号菊庄，浙江象山人（一说宁波人），曾为本县县吏，后落魄江湖，流寓北方。曾为明成祖朱棣时的文学侍从，永乐年间（1403～1424）还常得到朝廷的赏赐。世传汤式性滑稽，工散曲，著有杂剧《瑞仙亭》《娇红记》，今存小令170首，套数68篇。多写闺情或借景抒怀，风格浑厚圆稳。

此曲写游子思乡，羁旅愁情。诗人远离家乡，流落到了京口（今江苏镇江），故以"故园一千里"的空间来形容其夜泊处与诗人故乡相距遥远；用"孤帆数日程"的时间来描述其羁旅生涯与家园的隔离，概括性极强，并引出了"倚篷窗自叹漂泊命"的深沉感慨，

突现出作者游子的形象。"篷窗"二字点明作者正借寓舟中，照应题目"夜泊"，"自叹"又与前"孤帆"相应，道出漂泊者的苦状：萍踪千里，浪迹天涯，难以道尽游子一生漂泊的命运；多少风雨，多少辛酸，百感交集，更兼这船舱方寸之地，黑夜沉沉之际，就更让人辗转反侧，难以成眠了。在此，作者那落拓无依、无可奈何的哀怨心情已流露无遗，然而，这人生的苦味尚无休无止，静夜里，那城头的鼓声，江心的浪声，山顶的钟声又相继传来，互为应和，像是故意与诗人作对，整整一夜，此起彼伏，声声叩击心扉！这三种声音，点明了特定的地理环境，也同样刻画了作者特定的心理反应，诗人夜泊京口，离城不远，自然能听到城头的鼓声，而鼓声敲更报时，使人易生岁月蹉跎的感慨；船泊江边，故涛声连绵，使人易生世途险恶、人生路不平的联想；京口附近多名山，山间多佛寺，故夜半钟声，时时传来，在万籁俱寂的夜里，更激起凄凉、怅然的情怀。诗人在这里以鼎足对，押同字韵，将鼓声、浪声、钟声，声声袭来，一层深似一层，一声胜过一声，将愁情渲染到极致。最后两句"一夜梦难成，三处愁相并"自然妥

帖，又在艺术技巧上将愁思浑然无迹地再度加压浓缩，"梦难成"言愁之深，"愁相并"言愁之多，诗人的愁情本来只能在梦中得到解脱，可现在三"声"相袭，一"梦"无望，其悲其哀，可想而知。

全曲寓情于景，极尽渲染，尤其是对声响的描写，形象、新颖。全曲共八句，三处用对，而三处的对仗又各有不同，更显得音节和谐，语句工整，朴于外而秀于中，流畅而凝练，艺术手法多样而纯熟。

正宫·小梁州

汤 式

九日渡江

秋风江上棹孤航，烟水茫茫。白云西去雁南翔。推篷望，清思满沧浪①。

[幺] 东篱载酒陶元亮②，等闲间过了重阳。自感伤，何情况。黄花惆怅，空作去年香。

【注释】

①沧浪：此指大块的水面。

②"东篱"句：檀道鸾《续晋阳秋》载，陶渊明好酒而苦不能常得，尝于九月九日于宅边东篱下摘菊盈把，坐于菊丛之侧，适逢江州刺史王弘命人送酒至，陶渊明欢然就酌，醉饮而归。载酒，置酒。陶元亮，陶渊明字元亮。

【鉴赏】

《小梁州·九日渡江》共二首，此是第二首，第一首为："秋风江上棹孤舟，烟水悠悠。伤心无句赋登楼。山容瘦，老树替人愁。　　　　[幺] 樽前醉把茱萸嗅，问相知几个白头。乐可酬，人非旧。黄花时候，难比旧风流。"两曲采用了诗歌的连章体，以韵脚的改变，拓出另一方写作空间。但前首为渡江之前的岸上之作，而此首更切"九日渡江"的题面，故以之入选。

前五句写"渡江"之秋景，而视角不尽相同。起首两句，作者是将自己乘坐的"孤航"也作为江景的构成部分，强调了"秋风江上""烟水茫茫"的大块背景，而点现出己身的孤独。后三句则为推篷所见，"白云西去"，是相对孤航东下的说法，白云也相留不住，衬出了游子漂泊寂寞的心态。"雁南翔"既是深秋的常景，又隐用了曹丕《燕歌行》"秋风萧瑟天气凉，草木摇落露为霜，群燕辞归雁南翔，念君客游多思肠"的存意，渲染自己羁客他乡、举目无亲的悲凉处境。前文已有"烟水茫茫"的述写，诗人对推篷所见的江面便不再多着笔墨，而以"清思满沧浪"一句，巧妙地将大江浩渺、清冷的特征与自己的满腔愁思结合起来表现，且使"沧浪"也因之带上了动态。这一段描述江景虽皆为写实性的，但因出自舟中孤客的观照，便无不带上了人物的主观感情色彩。

[幺篇] 六句则抒发羁旅思乡之情，扣"九日"的题面。前文云"清思满沧浪"，自然是心事浩茫，思绪万千。诗人从"九日"的节令，想起了东晋陶渊明东篱载酒的典故，因而禁不住以之与自己的处境相比。陶渊明把酒赏菊，也就在不知不觉间度过了重阳；而自己呢？值此佳节，还在江上的"孤航"之中，寂寞伤感，不啻度日如年。"自感伤，何情况！"不堪卒想，这是一种多么沉重的喟叹！作者满腔的惆怅，在"何情况"的断语下不一一诉出，偏偏只拣了故园的"黄花"作为载体。他想到菊花仍会像去年那样清香四溢，可是自己远离家乡，无缘观赏，这黄花不是白白地呈吐芬芳吗？"空作去年香"，也有黄花独存、而人事全非的感慨意味。这一段全作虚写，而在虚写之中，又借黄花的重开虚现自己实在的乡思，用笔极为空灵。全篇之所以借景言情、借虚衬实，是因为"自感伤，何情况"的绝望缘故。作者心情的伤悲沉痛，就都在笔墨内外反映出来了。

国学经典文库

元曲鉴赏

·元曲·

图文珍藏版

正宫·小梁州

汤 式

扬子江阻风

篷窗风急雨丝丝，闷捻吟髭。维扬①西望渺何之，无一个鳞鸿②至，把酒问篙师③。

［幺］他迎头儿便说干戈事，待风流再莫追思。塌了酒楼，焚了茶肆。柳营花市④，更说甚呼燕子唤莺儿。

【注释】

①维扬：扬州。

②鳞鸿：书信。

③篙师：船工。

④柳营花市：妓院及歌舞场所。

【鉴赏】

扬子江上阻风，客船不得开行，望目的地扬州何其辽远。作者心急如焚，没有了往常的诗兴，只得拉着船工询问扬州的近况。得到的回答大出意外，原来扬州城全非往昔的繁华风流，已化作了一场兵燹后的废墟。这种题目，诗歌大都分为"纪行"与"伤乱"作两首写，诸如"舟人夜语觉潮生""干戈已满天南东"之类，而在这首散曲中却汇集在一起表现，气局就显得扩展。在上半片"纪行"部分，诗人采用"隐题"的表现手法。起首仅说"篷窗风急雨丝丝"，未对江风做进一步渲染，更未说出"阻风"。但随之即以四句的四处迹象，来映示出客船的受阻。一是"闷捻吟髭"，拈髭觅句是百无聊赖打发时间的举动，一个"闷"字，更是连诗料、灵感都无，正说明了阻风不得前行的烦恼心情。二是西望维扬，"渺何之"，这一"渺"字代表了滞留者对目的地无法到达的全部感想，这一句还点出了"扬子江"的题面。三是"无一个鳞鸿至"，在行船中盼鳞鸿是不合情理的，从这一暗示来看，诗人阻风江上当已不止一日。四是"把酒问篙师"，船阻江中，一筹莫展，借酒消愁不算，只能姑且向船工谈天问话了。而"问篙师"，也显示了船工因阻风而得闲的实情。从这些布置中，可以看出作品针线照应的细密。

〔幺篇〕关于伤乱的内容，是通过篙师的答复表现的。但篙师有感的是当前扬州的"干戈事"，他是不会对昔日的"风流"，什么"呼燕子唤莺儿"而特生感触的，所以曲中的叙述，实际上是省略了诗人诱导性的问语。我们甚而可以想象出两人间的对话情景：先是篙师迫不及待地说上一大段扬州兵燹疮痍的话儿，作者听得毛骨悚然，忍不住插嘴："哟！扬州不是'淮左名都，竹西佳处'，自古的风流之地吗！""客官，待风流再莫追思！""那些春风十里扬州路上的酒楼呢？""塌了。""那些茶肆呢？""焚了。""哎呀呀！还有那些藏莺躲燕、红粉佳丽的柳营花市呢？""柳营花市？客官，满城都成了一堆瓦砾了，更说甚呼燕子唤莺儿！"作者将篙师的答语连缀成篇，借以概括和代表自己的今昔之感，这也是颇为别致的。

全曲上半篇以一系列的动作行为，表现出阻风途中对前程的期望，而〔幺篇〕则"迎头儿"来上一篇叙明真相的说辞；上半篇多用凝练的文言，而〔幺篇〕则是活脱脱的白话：这其间的反差，都造成了文气转折波澜的效果。"阻风"仅是一时的受挫，兵乱却使心中的期望彻底破灭，在"纪行"与"伤乱"的两个主题上，作者的重心所在，就不言而喻了。

中吕·谒金门

汤 式

长亭道中①

起初，看书，只想学干禄②。误随流水到天隅，迷却长

亭路。古灶③苍烟，荒村红树，问田文④何处居？老

夫，满腹，都是《登楼赋》⑤。

【注释】

①长亭：古代于驿道上定点设置的简易建筑，供行人休息或送别。有"十里一长亭"之说。

②学干禄：求取做官。语本《论语·为政》："子张学干禄。"

③灶：兵灶，军队屯驻做饭处。

④田文：战国时齐国靖郭君田婴的公子，因承袭爵位。以好士著称，门客多达三千人。谥孟尝君。

⑤《登楼赋》：东汉末王粲依附刘表，十余年未得重用，因登当阳城楼作此赋，抒怀才不遇之感。

【鉴赏】

李白《菩萨蛮》："何处是归程？长亭接短亭。"篇题的"长亭道"，也含有归途的意思。

人生绘画的几何图案常常是圆形。出外兜了一个圈子，又将回到原点。是踌躇满志？是一事无成？当此际便会生出冷静地反思。作者正是如此，从头回顾。"起初，看书，只想学干禄。""看书"用语很平俗，也未说明书的内容，但"学干禄"三字却随口逗用了孔老夫子的语录，可见他读的是圣贤之书、用世之书，且学有所成。然而紧接而来的一个"误"字，却触目惊心，令读者立即联想到"儒冠多误身"（杜甫《奉赠韦左丞丈》）的常语。作者所嗟叹的"误"，是"误随流水到天隅"，这固然是后悔自己随大流追逐功名，结果身不由己，被带到了远离家园的异乡，而更重要的是通过"流水"的意象，预示了自己的抱负、事业，一概付之东流的结局。作者身在"长亭道中"，却追忆前时的"迷却长亭路"，也说明他对未能早日抽身退步，抱悔已久。所以尽管他讳言"干禄"的具体遭遇，而蹉跎失意的真相，我们仍是一目了然的。

"古灶"二句，是"长亭道中"的具体所见，反映了当时战乱频仍、兵连祸结的社会现实。"灶"是军队野地屯宿造饭处的专称，苏轼《次韵穆父尚书》就

有"野宿貔貅万灶烟"的句子。灶上著一"古"字说明已遭废弃，用灶的军队又开拔到别处。但战争的疮痕是显而易见的：古灶本身固然委付与黄昏的苍烟，而附近的村庄也一片荒芜，只有枫树、乌桕之类随着秋深季节自然转红。"苍烟""红树"，一以正写，一以反衬，却无不绘现出战乱的凄凉，作者用语如此凝练，表现出他心绪的隽冷。最可玩味的是他"问田文何处居"的一问。田文即孟尝君，"战国四公子"之一，以尊贤好士著称于史。作者在"长亭道中"追怀起一千五六百年前的古人，一方面显示出他欲在乱世中施展用世抱负的初衷，另一方面也说明当世根本就不存在孟尝君这样礼贤下士的豪杰。这一问补出了作者投奔无门、不得时用的"干禄"经历，难怪他引依附刘表而沉沦下僚的王粲为同道，一肚子都是感士不遇的《登楼赋》了。从"起初，看书，只想学干禄"到"老夫，满腹，都是《登楼赋》"，这一首一尾的呼应和对照，典型地反映出元代下层知识分子失意、碰壁的命运。

这首小令现身说法，一气呵成，感情冷峻而跃动。作者满腹都是《登楼赋》，却以散曲的形式表出，可见这一体裁直抒心声的意义上确有其独特的优势。

中吕·满庭芳

汤 式

京口感怀①

残花剩柳，摧垣废屋，新冢荒丘。海门天堑还依旧②，滚滚东流。铁瓮城横刺着虎口③，金山寺高镇着鳌头④。斜阳候，吟登舵楼⑤，灯火望扬州。

【注释】

①京口：今江苏镇江。

②海门：长江自镇江以下江面顿然开阔，古人谓之"海"，而以始阔处称为

③铁瓮城：镇江的子城，始建于东吴。虎口：镇江为金陵（今江苏南京）门户，而金陵形胜，有"钟山虎踞"之说，故此处称"虎口"。

④金山寺：在镇江西北金山上，为当地名胜。鳌头：金山主峰名金鳌山，以状若金鳌头得名。

⑤舵楼：船上为掌舵、瞭望而建的船楼。

【鉴赏】

京口为金陵门户、南北要冲，也是江南的通都大邑，城市繁华，在元泰定朝萨都剌的咏作中，犹有"三月二日风日暖，千家万家桃杏开。白日少年骑马过，红雨满城扑面来"（《同曹克明清明日登北固山次韵》）的诗句。而在元末的兵燹中，却成了满目疮痍的死城。这首小令，就真实反映了元末战乱的历史现状，抒吐了作者深沉的感慨。

"残花剩柳，摧垣废屋，新冢荒丘"，三句以当句对的形式形成鼎足对，将战乱后的京口的衰败景象描写得触目惊心。从花柳到墙屋到坟丘，一层比一层凄惨，令读者联想起美好的事物在战祸中一步步走向毁灭的进程。作者以沉重的笔调代表了内心深处的哀伤。这是伤时的一重感慨。

"海门"等四句，则从京口形胜"依旧"的一面入手，以大自然的永恒反衬人世历史的盛衰无常。"海门天堑""铁瓮城"，都曾是京口地方的屏障，但"地利"的条件并不能使一方土地幸免于战争破坏之外。而"滚滚东流""金山寺高镇着鳌头"，又从来是历史的见证，也是文人兴感抒怀的胜地所在。如今城中的风景人事残的残、剩的剩、摧的摧、废的废，这一切连同"新冢荒丘"，便与"依旧"的形胜古迹形成了严冷的对照。作者以这种铺陈与对照来替代历史的沉思，这又是怀古的一重感慨。

在夕阳残照中，作者沉吟着登上船顶的舵楼，遥望扬州城的方向，这是他将要乘船离开京口的暗示。"灯火望扬州"，袭用的是北宋杨蟠《金山》"天末楼台横北固，夜深灯火见扬州"的诗句。杨蟠是从金山的峰顶远眺，极言登临之高，实际上是望不到扬州城的灯火的。而作者在舵楼上更不可能望见，偏生沿用一句宋人的诗，本身就有"感旧"的意味在内。这三句仍是本地风光，不过借用

"斜阳"和灯火渐暮氛围衬托，以及登高远望的怆然之举，来显示自己苍茫的心绪。尤其是自己即将随船离开京口驶向扬州，这一沉默无语的结尾，为全曲增添了沉郁苍凉的情味。

南吕·梁州（摘调）

汤 式

横斗柄珠星灿灿，界勾陈①银汉澄澄。恰行到梧桐金井潜身儿听。晃绿窗十分月色，隔幽花一片琴声。明出落②求鸾觅凤，暗包藏弄燕调莺。一字字冰雪之清，一句句云雨之情。卖弄他穷书生酸溜溜调美才高，迤逗③的俊女流急禳禳宵奔夜行，辱末煞老丈人羞答答户闭门扃④。那生，可称⑤，一峥嵘便到文园令⑥。富贵乃天命，长门赋黄金价不轻⑦。可知道显姓扬名。

【注释】

①勾陈：北极星。

②出落：表现出。

③迤逗：惹逗。

④辱末：即"辱没"，玷辱。扃：关闭。

⑤可称：值得称道。

⑥文园令：管理汉文帝陵墓的官吏。

⑦"长门"句：汉武帝皇后陈阿娇失宠幽居长门宫，奉黄金百斤，请司马相如为作《长门赋》，武帝读后伤心，恢复了对陈皇后的宠幸，见《文选·长门赋》序。

【鉴赏】

将前人已作有的故事加以点染生发，在古代的作文手法中有专门的术语，叫作"借树开花"法。元杂剧十有八九都是这种做法的应用。受到杂剧的影响，散曲作家也不甘寂寞，跃跃欲试。"借树开花"成功的标准，一是要淋漓发挥，曲尽其致，二是要使改造后的新作表现出所用文体的风味特色。

这首〔梁州〕属于摘调，是从《一枝花·卓文君花月瑞仙亭》套数摘出，染发的是古人所津津乐道的相如文君故事。所借之"树"，是司马迁的《史记·司马相如传》。"卓王孙有女文君，新寡好音，故相如……以琴心挑之。""及饮卓氏，弄琴，文君窃从户窥之，心悦而好之。……文君夜亡奔相如。"这些就是有关的原载文字。太史公的笔法向来谨明简洁，自然能为文人的想象留出发挥的宽敞余地。

本曲起首两句写月明星灿的夜空，是秀色可餐的丽句，真可借用曲中的另一句"一字字冰雪之清"来代作评价。"横斗柄"是子夜的标志，"珠星灿灿""银汉澄澄"，在夜色的明灿中隐现出一种万籁俱寂、唯有星月争辉的幽静意味。特表出"界勾陈"的"银汉"，还使人联想起"银汉清且浅，相去复几许？盈盈一水间，脉脉不得语"的古诗，从牛女银河的界隔而影示文君、相如的怨旷，在"赋"中兼含"兴"意。第三句让卓文君在后花园中登了场，虽则是"潜身儿"，在如此明亮的夜色中却难于逃隐。作者将文君安排在这样的背景下冒险，表现出她对美好爱情的热烈向往与大胆追求，看来不是无意的。

"晃绿窗"两句对仗又是清丽可嚼，绿窗月色，幽花琴声，以景物衬示出相如琴挑的动人，简直是"未成曲调先有情"了。以下四句便着力描绘了这"一片琴声"。"求鸾觅凤"是琴曲的内容，《西京杂记》说相如奏的曲子名《凤求凰》，所以说是"明出落"。"弄燕调莺"是琴曲的精神，"暗包藏"，说明司马相如在弹奏中寄托和表现了自己的感情与愿望。"冰雪之清""云雨之情"，既是琴声特色的描写，又是相如、文君双方心情的写照。司马迁"以琴心挑之"五字，在本篇中化作了有声有色的形象，这正是艺术加工的魔力。作者愈出愈奇，在此后的三句鼎足对中，索性将日后事态的发展提前移来，作为琴声音乐效果的评价。《史记》有"卓王孙大怒，曰：女至不材，我不忍杀，不分一钱也"的记述，曲中说成是"老丈人羞答答户闭门扃"，也是颇为风趣而传神的。

结尾的六句跳出文君听琴的故事内容，完全改为作者的评论口吻，要言不烦，老成持重，体现了散曲的"当行"风味。作者赞颂的虽是司马相如的时来运转、"显姓扬名"，但以赞词作结，本身就表达了对相如、文君全决封建礼教的风流行为的全面肯定。全曲尽兴发挥，一笔不懈；语言上既有典雅的清词丽句，又有"卖弄他穷书生酸溜溜""迤逗的俊女流急穰穰""辱末煞老丈人羞答答"等村言俗语，还有"富贵乃天命"这样的掉书袋，形成了散曲特有的"蛤蜊味"。淋漓尽致，点染生波，元曲借题发挥、"借树开花"的风韵特色，于此可得三昧。

双调·湘妃引

汤　式

京口道中

露浸浸芳杏洗朱颜，云冉冉晴峦闪翠鬟，烟蒙蒙弱柳迷青盻①。天然图画间，恼离人情绪艰难。乞留屈律②归鸿行断，必飚不答蹇驴步懒，咿呖呜喇杜宇声干③。

【注释】

①青盻：同"青眼"，欣赏的眼光。

②乞留屈律：同下两句中的"必飚不答""咿呖呜喇"，都是状动作特征的象声词。

③杜宇：杜鹃鸟，古人以为它的啼声像是诉"不如归去"。干：声音嘶哑。

【鉴赏】

起首三句鼎足对仗中，"洗""闪""迷"下字精当。不仅表现了各个局部的印象，还反映出外部环境的气候特征。这是雨后不久，露点般的水珠还留在杏花花瓣上，如沐洗初毕；太阳露现于远峰之外，螺髻般的群峦一片苍翠，在低迷的云层中熠熠映闪；但空气中仍是一派蒙蒙轻雾，以致柳丝混茫成一团团绿云。"露浸浸""云冉冉""烟蒙蒙"的叠词，增添了春雨初霁的柔和感与朦胧感。这三句极像一幅水粉画，既有和谐的色彩，又显出晕染的润泽，作者不愧为绘写"天然图画"的丹青妙手。

但是，诚如唐诗所说的那样，"愁思望春不当春"。四五两句笔势转折。点出诗人的"离人"身份，于是春景越是旖旎柔美，越是起到了"恼"人的相反效果。作者随之在画面上添加了新的内容，其中元不结合着离人在"道中"的心情："归鸿行断"，大雁逢春飞回北方，而作者仍然在他乡漂泊，只能目送着它们在长空消失；"寒驴步懒"，既表现出骑坐在驴上的诗人心灰意懒，又隐含着旅程行步维艰的象征意义。更何况"杜宇声干"，杜鹃鸟声嘶力竭地啼唤着"不如归去"，怎不使离人更加"情绪艰难"！这三句鼎足对本身已具备丰富的意境，妙在作者还给每句加上了元曲常用

的四字象声词作为修饰。三句中除"必飚不答"与驴蹄踏地的声响实合外，"乞留屈律""咿呖呜喇"的象声效果都只能意会。"乞留屈律"既非雁唳，也未必是雁群高空飞行所能传得的声响，它只能意味着寂静的骤然打破，实是作者陡然发现"归鸿"掠过天际，又倏然消失远去（"行断"，即雁行望断）时的心理感受。而杜鹃鸟啼唤声干，作者明知它啼声与"不如归去"相近，却以一"咿呖呜喇"代示，正说明了诗人的心烦意乱和不忍卒听。以象声词叙描感受、心情，这是只有散曲才能体现的效果。

对照前选的《满庭芳·京口感怀》及《庆东原·京口夜泊》，这三首同作于镇江的作品，表现手法各自不同，却都弥漫着一片哀怨的情调。前两曲写于元末的战乱时期，本曲则作于此前的和平年代，且是芳菲的春天，可见作者"伤心人别有怀抱"，羁旅乡愁多年陪伴着他。这是诗人的不幸，却是曲坛的有幸，因为这三首佳作都是不可多得的。

双调·湘妃引

汤 式

赠 别

碧茸茸芳草展青毡，白点点残梅撒玉钿，黄绀绀弱柳拖金线。雨声干风力软，去匆匆无计留连。唱《阳关》①一声声哀怨，醉歧亭②一杯杯缱绻，上河梁③一步步俄延。

【注释】

①《阳关》：唐王维《送元二使安西》，有"劝君更尽一杯酒，西出阳关无故人"句，故又名《阳关曲》，为送别曲之代表。

②醉歧亭：苏轼有《歧亭五首》叙与故人陈慥客中相逢，有"须臾我径醉""为君三日醉"等语。歧亭，在江西九江。

③上河梁：汉李陵《与苏武诗》："携手上河梁，游子暮何之？"河梁，桥梁。

【鉴赏】

"芳草展青毡""残梅撒玉钿""弱柳拖金线"，每句都先以一字概定出总体的性质，继以一个精炼的动词配搭一组比喻绘现它的细部，显得形象细腻。这三句本身已各呈青、白、黄的色彩，而诗人又分别加上了"碧茸茸""白点点""黄绀绀"的衬字，不仅不觉得重复，相反使人感到更逼真，更细切，犹如画家在水彩晕染之后，又用色笔细细缀上顿点一般。这三组叠词的加入，在本曲中还起到了渲染氛围的作用。而这种氛围则是人物情绪的外化，也就是说，它使"赠别"的景象显得更为细致、缠绵。

图文珍藏版

"雨声干风力软"也是如此。从写景的意义上说，它为初春的野郊添上了又一重风景，但在本曲中，则绝不止是单纯的景语。杜牧那首著名的《清明》："清明时节雨纷纷，路上行人欲断魂。"就有人正确地指出，"纷纷"不仅是状景，更是代表一种"心情"。这就是诗歌中的一种通感的表现法。"雨声"句也宜作如是观。雨声干不是说雨已停歇，而是雨丝稀而雨点重，"干"字有清晰、单调，甚而有干涩的意味。这就映合了离人无语凝咽、珠泪缓流的悲伤情状。"风力软"是说风柔无力，它也使人联想起惜别双方绵绵的别意与慵慵的情态。融景入情，我们确可体会到作者高超的技巧。

前面四句的节奏缠绵而舒缓，第五句的"去匆匆无计留连"就有突兀逼至的效果。这一句承上启下，它将别离的一幕顿时推上了前台。而作者也正是倾尽全力来表现这一幕的。作品使用了一组鼎足对，三句中运用了三则典故，却又完全可以理解为实景，可谓化用无痕。三句是三组镜头：先是唱《阳关》哀怨，这意味着别离的双方诉说着情愫，忆旧、述怀、嘱告、祝福，无不是哀怨的惜别情意。次是醉歧亭缱绻，这是进入了饯行，以送别酒求得暂时的醉忘，也以它来代替无尽的倾诉。最后是上河梁俄延，也即走向了分手的地点。"送君千里，终有一别"，诗人以"俄延"二字，传神地表现出双方在最后一刻的依依难舍。这三句展示了送别的完整过程，"一声声""一杯杯""一步步"的叠词与前文相应，使全曲犹如一支嫋嫋的骊歌，动人肝肠。

双调·蟾宫曲

汤 式

冷清清人在西厢，叫一声张郎，骂一声张郎。乱纷纷花落东墙，问一会红娘，絮①一会红娘。枕儿余衾儿剩，温一半绣床，闲一半绣床。月儿斜风儿细，开一扇纱窗，掩一扇纱窗。荡悠悠梦绕高唐②，萦③一寸柔肠，断一寸柔肠。

【注释】

①絮：缠着人琐琐碎碎地说话。

②高唐：战国时楚国台观名，在云梦泽中。传说楚襄王曾在此与巫山神女交合，后人遂以"高唐"喻男女欢会之所。

③萦：牵挂；

【鉴赏】

这是作者运用"借树开花法"的又一杰作，借人所熟知的《西厢记》题材进行发挥。

《西厢记》的得名，取自于《会真记》中崔莺莺的诗句："待月西厢下，迎风户半开。拂墙花影动，疑是玉人来。"本篇的起首安排崔莺莺"人在西厢"，凭这个处所就使读者产生她等待相会的联想。"叫一声张郎"表现出莺莺的思念，"骂一声张郎"则说明张生根本没在身边。这情景同第一句中的"冷清清"三字相应。寂寞独处，却情不自禁地"叫一声""骂一声"，这就见出了莺莺的痴情。东墙是崔、张的界墙。《会真记》："崔之东墙，有杏花一树，攀援可逾。既望之夕，张因梯其树而逾焉。"如今东墙杳无人影，只见杏花乱纷纷飘落一地。第四句这写景的一笔，既暗示了莺莺小姐引领盼注的方向和目标，又以"乱纷纷花落"象征了她的心绪。她禁不住召来丫鬟红娘打听动向，这是"问一会"；又怕红娘看出自己心底的秘密，不得不找出种种话题来同她闲聊敷衍，这是"絮一会"。这两句细腻地反映出这位初坠爱河的闺阁小姐的心态。看得清"花落东墙"，说明天光还亮，以上六句当是白天至黄昏之间的情形。

"问一会""絮一会"的结果，是终于打发了漫长的白日，挨到了夜晚上床的时间。作者的诗笔转入了闺房之内。绣床之上，"余""剩""温""闲"这些形容词和动词，其实都是女主人公的主观感受。尤其是"温一半""闲一半"，更是传神地写出了莺莺孤衾冷被的独眠滋味，两个"一半"暗示出她对结对成双的美满姻缘的向往。"月儿斜"说明已过了子夜时分，在这时候还能感受到"风儿细"，表明她一直未能入眠。两扇纱窗，开一扇是为了望月，月儿可以激发她对"待月西厢"美好往事的回想；掩一扇则是用来的抵御微风的干扰，所谓

"春风不相识，何事入罗帏"（李白《春思》）。一开一掩，同句中的"月""风"都互相照应，且烘染出一种冷寂凄清的气氛。这六句纯粹写景，景中却活动着人物的影子。

下半夜将近过去，女主人公才在悠悠的夜思中沉入了梦境，与心上人张生有了相见的机会。但她自己也不敢相信眼前的一切，所以连梦也做得不十分顺畅。"绕"字固然说明梦魂不离张生左右，但"荡悠悠"又有一种飘摇无定、可望而不可即或可及而不可留的意味。结果是"萦一寸柔肠，断一寸柔肠"，一边牵挂留恋，一边疑虑伤心。说明崔莺莺平时所遭受断肠的经历与失望的打击，是太多太深了。

《西厢记》中的崔莺莺是颇为矜持的大家闺秀，与本曲中的形象自然不尽相同。可知本篇实是借《西厢记》的题材与人物，来淋漓尽致地进行发挥和代拟。所以曲中的女主角，也可以视作闺中怀春女子的一类典型：她们情窦初开、感情深挚，热切地向往着幸福，可惜却更多地尝受着痛苦的煎熬，免不了在"闲一半绣床"中寸断柔肠。作品缠绵悱恻，情韵悠长，写景、言情、描摹人物形象，俱能入木三分。

从形式上看，本曲也别具特色。全作的一、二、三句与四、五、六句隔句对仗，形成"扇面对"，又与末三句成扇面对，这种首尾的遥对在散曲中称为"鸾凤和鸣对"。七、八、九句与十、十一、十二句也成扇面对，这些对仗无不工整流丽。又本篇在总体上属散曲的巧体之一——"重句体"，即重复运用相同的句式，仅在个别字词上稍做变化。这种重句的巧用以及全篇在对仗上的匠心，造成了作品回环婉转、缠绵悱恻、语俊韵圆、余味不尽的特殊效果。

双调·天香引

汤 式

西湖感旧

问西湖昔日如何？朝也笙歌，暮也笙歌。问西湖今日如何？朝也干戈，暮也干戈。昔日也二十里沽酒楼春风绮罗；今日个两三个打鱼船落日沧波。光景蹉跎，人物消磨。昔日西湖，今日南柯①。

【注释】

①南柯：唐人《南柯记》述淳于棼梦入槐安国当了南柯太守，醒后才知是槐树南枝下的蚁穴。后因以"南柯"喻梦境、梦幻。

【鉴赏】

在唐宋文人的笔下，我们可以清楚地见到杭州从一个新兴的城市，发展到繁华富丽的都会的过程。如在白居易的诗中，即有"灯火万家城四畔，星河一道水中央""烟波淡荡摇空碧，楼殿参差倚夕阳"的句子，到了北宋柳永，更在《望海潮》词中全面描写了城市的富庶："烟柳画桥，风帘翠幕，参差十万人家。""市列珠玑，户盈罗绮竞豪奢。"至于杭州西湖，则一直是墨客骚人留连讴歌的对象，直到元代，在关汉卿、卢挚、张可久等人的散曲中，仍是一片天开图画、笙歌行乐的天堂美景。

然而这一切在元末的战祸中却发生了毁灭性的变化。至正十六年（1356）张士诚从元兵统治中攻下杭州，其后又曾一度拉锯易手；至正十九年张士诚弟张士信加筑州城，在筑役与守城过程中，城中百姓死亡过半。到至正二十五年朱元璋击败张士诚时，杭州已遭受了整整十年的兵祸，满目疮痍，昔日的繁华荡然无存。小令正是在这样的背景下"感旧"的。

诗人起首即劈空一问："问西湖昔日如何？"美景不存，旧忆如梦，这一问本身即深含感喟和悲愁。随即作者又自己作答，以"朝""暮"二字代表了无数个日日夜夜。第二次自问问到"今日如何"，也是应以概括性的自答，却已显见出质的对比和变化。接着是更具体化和感性化的今昔对照：湖岸的酒楼与游人湖上的行乐都已杳不可见，湖面上只剩下孤零零的打鱼船，一片荒凉颓败的气象。最后四句吐抒感慨，唯因其沉重深刻，故同时也成了"西湖感旧"的总结。全篇问答叙议，皆自心底悲慨流出，读之如闻诗人喁喁自语，如见其"寻寻觅觅，冷冷清清，凄凄惨惨戚戚"的身影。

这首散曲在形式上尤别具一格。全曲通篇对仗，偶句之间多成强烈的对比。特别是前六句的扇面对（即多句组成的对仗），出句同对句有"问西湖如何""朝也""暮也"的重复，各片内部又有诸如"朝也笙歌，暮也笙歌""朝也干戈，暮也干戈"这种准叠句的运用，有感昔抚今、一唱三叹之妙。"昔日"二句有意添加衬字形成长句，既显示了思致的绵邈，也突出了所叙景物的印象。全篇起伏抑扬，情调沉婉，不胜今昔之感。

明散曲家金銮有《古调蟾宫·元宵》的名作："听元宵往岁喧哗，歌也千家，舞也千家。听元宵今岁嗟呀，愁也千家，怨也千家。那里有闹红尘香车宝马？只不过送黄昏古木寒鸦。诗也消乏，酒也消乏。冷落春风，憔悴梅花。"在形式上明显是接受了本曲的影响。

越调·天净沙

汤 式

闲居杂兴

近山近水人家。带烟带雨桑麻。当役当差县衙。一犁
一耙。自耕自种生涯。

据《录鬼簿续编》记载，汤式曾经担任过家乡浙江象山的县吏，"非其志也"，没有长期干下去的打算。这首散曲，就是他辞去县吏职务，回到乡村闲居所写。

这支小令五句彼此并列，可以在各句后添上句号，读成互相独立的五层。将五个短句暗中贯串的维系，是"近山近水""带烟带雨"这种叠合一字的相同句式。正是靠着句式上的刻意经营，才使本篇在布局和文意上产生出奇特的效果。

这里理解的关键是第三句的"当役当差县衙"。从古汉语的文法来说，它可以有两种解释。一种是将"县衙"作为"当役当差"的补语，意为"在县衙当役当差"；一种是将"当役当差"作为"县衙"的定语，意为"有着当役当差现象的县衙"。汤式才从为五斗米折腰的县衙生涯中解脱出来不久，不可能将承应差役作为闲居生活的讴歌内容，从全曲的六字句来看，前四字亦均为后两字的形容语，可见应取后一种的理解。它是作者在耕隐环境中的回忆或联想。换句话说，本篇的五句，实质上是不含谓语的五组短语，其间的过渡承接，依赖于五组形象之间的比较和联系。

这样，"当役当差县衙"一句可以同一、二句连看，表示闲居环境形形色色事物中的一项不谐和的存在，造成文气的跌抑，反显出山水人家、烟雨桑麻的可爱；又可以从下而同四、五句合读，表现脱离公务羁绊后耕作食力的自由自在，产生文势的高扬。前者的读法形成一重对比，有"得失寸心知"之感；后者的读法又形成一重对比，有"昨非而今是"之意。诗歌中对比是常用的手法；将对照物安插在一意顺承的句子中间，从而造成前后的两组对比，一箭双雕：则是这支小令给我们的启发。

越调·天净沙

汤 式

小 景

翠岩峣天近山椒^①，绿蒙茸雨涨溪毛^②，白叆叇^③云埋
树腰。山翁一笑，胜桃源^④堪避征徭。

【注释】

①岩峣：山高峻貌。山椒：山顶。

②蒙茸：草木茂密的样子。溪毛：溪中长出水面的水草和植物。

③叆叇：云气浓重貌。

④桃源：桃花源，传说中的理想生活世界。

【鉴赏】

　　本篇与前首寓意相同，也是写脱离官场压迫后归隐的好处。但表现主题的途
径不同。它先并立描绘了三处自然景色，即题目中的所谓"小景"，这里的
"小"，既有局部细节的本意，也含有平凡常见的意味。三处境地不同，第一句写
山顶，第二句写山脚，第三句写山腰；色彩特征不同，第一句强调翠，第二句强
调绿，第三句强调白。总起来看，这三句景语的共同特色是细腻而又言简意赅：
"天近山椒"，以山顶与天空的逼近显示了山体的高拔；"雨涨溪毛"，四字中有
雨、有溪、有溪中的水草，一个"涨"字既表现了溪水的充盈，又连带表现了山
雨的大与溪草的长；"云埋树腰"，则借半山坡上的树身为云气所笼罩的特写，显
示了山头终日白云缭绕的景观。山上栽满树木，葱葱茏茏，呈现出翠色；而溪水
中的植物叶色鲜亮，故用"绿"字形容：这一切都表现出诗人体物细察与下字不
苟。

三句山景都是纯客观的描述，未做任何评论和带有感情的导向。而四五两句转出"山翁"，顿时意兴飞动。"一笑"写出了山翁的满足自得，"胜桃源堪避征徭"更于总结之外，托出了不堪苛政避世出尘的深旨。画龙点睛，章法颇为巧妙。

曲中的三句鼎足对引人注目。"岩峣""蒙茸""礯碟"都是叠韵字，"山椒""溪毛""树腰"连用尖新的词组。可见诗人即使在小令的创作中，也是刻意经营，努力追求体现与众不同的个性特色。

南吕·一枝花

汤 式

言 志

自怜王粲①狂，莫怪陈登②傲。不弹贡禹③冠，谁赠吕虔④刀？十载青袍⑤，况值烟尘闹。事无成，人半老。黄金台将丧斯文⑥，白玉堂⑦空怀故交。

[梁州] 看鞍马上诸公衮衮⑧，听刀戈下众口嗷嗷，因此上五云迷却长安道⑨。曳裾⑩休叹，投笔⑪空焦，题桥⑫谩逞，击楫⑬徒劳。直钩儿怎钓鲸鳌？闷弓儿难射鹏雕。喜的是砚池内通流着千丈沧溟，诗卷里包藏着九重宣诏，书楼上接连着万里云霄。虽道是浅识、寡学，这几篇齐鲁论也不下于黄公略⑭。捻吟髭自含笑，矫首中天日正高，豪气飘飘。

[尾声] 闲拈斑管学张草⑮，静对黄花诵楚骚。等待新雁儿来时问个音耗，若说道董仲舒⑯入朝，公孙弘⑰见招，看平地风雷奋头角！

【注释】

①王粲：汉末著名文学家。才思敏捷，但怀才不遇，仕途坎坷，后随曹操，官至侍中。

②陈登：汉末人，孤傲，善战，曾从曹操共诛吕布。

③贡禹：西汉人，为人正直，志趣高洁，汉元帝时官至御史大夫。世传其至交王吉出仕时，贡禹弹冠（整洁其冠）相庆。

④吕虔：三国时为魏刺史，有佩刀一把，相者认为位当三公的人才可佩带，吕虔因此将此刀赠予著名孝子王祥。

⑤青袍：唐朝，八九品官穿青（黑）色服装。

⑥黄金台：相传为战国燕昭王延请天下贤士而筑之台。斯文：指礼乐制度，也指儒者文人。

⑦白玉堂：指翰林院。也喻富贵人家的宅邸。

⑧衮衮：相继不绝。

⑨五云：旧有青、白、赤、黑、黄五色之云的说法。长安道：泛指入京求官。

⑩曳裾：出自李白《行路难》之二："弹剑作歌奏苦声，曳裾王门不称情。"言碌碌奔波于王侯权贵之门的凄苦无奈。

⑪投笔：相传汉朝班超曾奋然掷笔："大丈夫当立功异域以取封侯，安能久事笔砚间乎？"后以投笔从戎来表达报国壮志。

⑫题桥：汉朝司马相如初入长安时，壮志凌云，在升仙桥柱上题字："不乘高车驷马，不过此桥。"

⑬击楫：东晋名将祖逖渡江北伐贼敌时曾中流击楫而誓："祖逖不能清中原而复济者，有如大江。"

⑭齐鲁论：《论语·雍也》云："子曰：齐一变，至于鲁；鲁一变，至于道。"意思是指，齐有太公、周公的传统，如果再加上有明君兴之，就可以由齐之霸道变为鲁之王道。黄公略：黄石公。即张良于下邳圯上所遇的老人。授张良《太公兵法》，自此，张良熟谙兵机，在辅助刘邦灭楚兴汉中屡建功勋。

⑮张草：即张旭的草书。

⑯董仲舒：西汉哲学家，提倡"罢黜百家，独尊儒术"。开儒学作为中国封建社会思想基础之先声。

⑰公孙弘：西汉经学家，与董仲舒同治《春秋公羊传》。

【鉴赏】

这篇《言志》不仅对汤式本人来说是一篇重要曲作，即使就整个元代散曲来说，也应该被视作是一篇闪烁着特殊思想光辉的佳作。

首曲先连用四个典故，凝练地标明了作者清高孤傲的性格志趣和怀才不遇的生活遭际。作者深怜王粲的狂放，也不见怪陈登的高傲。不弹冠相庆荣登仕途，自然不会有人赠送吕虔的佩刀。作者为何这么多感慨呢？这是因为十多年来沉郁下僚，位卑职微，更何况又遇上兵荒马乱，战火频仍的年代。延请贤士的黄金台上不再有那些仁人志士，编修注史的翰林院也只空有对儒者士子们的怀想。这是对蒙元末年兵连祸结、天下大乱的时代背景的交代。

[梁州] 曲的前半部，顺着这一题旨向纵深发展：一方面是"看鞍马上诸公衮衮"，权门望族相继不绝，炙手可热地跋扈于当朝；一方面是"听刀戈下众口嗷嗷"，在统治阶级的屠刀下生民涂炭，在死亡线上挣扎的痛苦呻吟与悲伤呐喊之声，不绝于耳。在这片混乱与冲突中，作者并未迷失方向，也没有丧失信心，他不像李白感叹奔波仕途的凄苦无奈，只为不能像班超那样投笔从戎而空自心焦。作者即使有司马相如过桥题柱的豪情也不能夸口，有祖逖中流击楫的壮志也是徒劳，这就好比"直钩儿怎钓鲸鳌"，"闷弓儿难射鹏雕"。在此，作者把不在少数的英雄豪杰之士，壮怀激烈、志冲霄汉却又不得舒展匡时济世之才的悲剧作了痛切的陈述。如果作者仅限于此，全曲的气氛必然沉浸在运交末世的悲哀之中，这篇作品的不同流俗和出类拔萃之处在于，它在对社会黑暗揭露之余，并不因此或意气消沉，或自怨自叹。在 [梁州] 曲的下半部，作者激情高昂、声情并茂地唱出了自己卓荦的抱负和治世雄心。作者虽身为一介书生，但所做的几篇有关齐鲁文化研究的学术论文却不下于黄石公的韬略兵法。每每抚案而起，总是昂头望见日悬中天，"豪气飘飘"。

[尾声] 中进一步说明自己虽然闲暇时提起笔来学习张旭的草书，宁静中对着菊花诵读《楚辞》《离骚》，但这一切都只为了等待"新雁儿来时问个音耗，

若说道董仲舒入朝，公孙弘见招，看平地风雷奋头角"。其志在虹霓的自尊和自信，大有威薄长空之势。

全曲诵古论今，以力匡社稷、报效邦国的浩然正气而贯之，豪迈壮烈，给人以力的鼓舞和美的享受。这在元曲中确不多见。

越调·柳营曲

汤　式

听　筝

酒乍醒，月初明，谁家小楼调玉筝？指拨①轻清，音律和平，一字字诉衷情。恰流莺花底叮咛，又孤鸿云外悲鸣。滴碎金砌雨，敲碎玉壶冰。听，尽是断肠声！

【注释】

①指拨：弹筝时套在手指上的指套。

【鉴赏】

这是一篇颇见功底的音乐审美评论。唐代白居易《琵琶行》曾绘声绘色地再现了千变万化的音乐形象，并通过这千变万化的音乐形象，展现了琵琶女起伏回荡的心声。白居易的诗用的是连绵不断的诗句，这里汤式则用特殊的散曲形式声情并茂地来展示筝曲之美，给人以亲聆其声之感。

"酒乍醒，月初明，谁家小楼调玉筝？"开头三句先点明听筝的时间，作者当时的情态：月色初明的夜晚，作者酒后微醺，忽然间就听到邻近小楼上，传来悠悠的筝声。这样一个清幽的环境，首先就为全曲提供了一个"听筝"的美好空间。一个"楼"字，字外有音，暗示弹筝者是一个妙龄女子，在这样的铺垫下，作者再展开"听筝"的感受与评论，只见她纤指轻拨，指下旋律和谐，一声声如泣如诉，一弦弦如怨如慕，在曲声中尽情倾诉衷肠。这里作者由唯耳可闻的"音律和平"联想到亲眼目睹的"指拨轻清"，将听觉和视觉相互沟通，使无形的声音变成了有形的指法动作，再进而从和谐的指法动作来表现弹筝人的特定情绪，使曲中意境，层次更为丰富，蕴含更为丰厚，可谓匠心独运。接着，作者又连用了几个准确而生动的物象来充分展示筝曲之美妙感人。"恰流莺花底叮咛"用了杜甫《绝句漫兴》中"即遣花开深造次，便教莺语太叮咛"之意，说筝声好似流啭的黄莺儿在花间穿飞而过，细语叮咛；"又孤鸿云外悲鸣"，筝声又仿佛失群的大雁在云天中翱翔，悲鸣响遏行云；"滴碎金砌雨"，筝声还如同骤雨滴落于台阶；"敲碎玉壶冰"，筝声恰如玉碎珠裂的清响。以上四个比喻变化多姿：流莺是低回浅吟的，孤鸿则是高飞悲鸣；雨滴是纷乱的，玉碎则是清和的，这变化多姿的形象极大地启发了读者的想象力，从而在他们心中引起"听筝"的共鸣，使他们能从不同的侧面、不同的角度去理解和发挥作者用语言描绘给读者的"筝曲"。最后，作者以"听，尽是断肠声"结束全曲，既承前文"诉衷情"的情尽，又与上句"敲碎玉壶冰"相照应。用"断肠"二字概括曲意，更赋予筝声以生命和情感，创造出动人的艺术境界。

此小令，以莺语、悲鸣、滴雨、敲冰等丰富而鲜明的意象传达出感人至深的筝声，堪称佳作。

杨讷 元末明初戏曲作家。蒙古族人。从姐夫姓杨。原名暹，字景贤（一作景言），号汝斋。善弹琵琶。卒于金陵。所做杂剧今知有十八种。现存《刘行首》《西游记》二种，《天台梦》和《酏江楼》（一说为戴善甫作）仅存残曲。《全元散曲》录存其小令二首，套数一套。

商调·二郎神

杨 讷

怨 别

景萧索，迤逦秋光渐老。隐隐残霞如黛扫，暮天阔烟水迢迢。数簇黄花开烂熳，败叶儿渐零零乱飘。无聊。绿依依翠柳，满目荒芜衰草。

[梧叶儿] 凄凄凉凉恹渐病，悠悠荡荡魂魄消。失溜疏刺金风送竹频摇，渐渐的黄花瘦，看看的红叶老，题起来好心焦，恨则恨离多会少。

[二郎神幺篇] 记伊家幸短，枉着人烦烦恼恼。快快归来入绣幕，想薄情镇日魂消。乍离别难弃舍，索惹的恹恹瘦却。

[金菊香] 多应他意重我情薄，既不是可怎生雁帖鱼缄音信杳。相别时话儿不甚好，恨锁眉梢。越思量越思想越添焦。

[浪来里煞] 情怀默默越焦躁，冷冷清清更漏迢，盈盈业眼不暂交。画烛荧荧，他也学人那泪珠儿般落。畅道有几个铁马儿铎，琅琅的空聒噪。响珊珊槲槲的寒砧捣。呀呀的塞雁南飞，更和着那促织儿絮叨叨更无了。

【鉴赏】

这首套数题为《怨别》，揭示出它的主题是描写离愁别恨。

描写别情，多以秋景作衬。宋玉《九辩》有："悲哉！秋之为气也！萧瑟兮草木摇落而变衰，憭傈兮若在远行"的描写；江淹《别赋》中有："黯然消魂者，唯别而已矣。……或若春苔兮始生，乍秋风兮暂起。是以行子断肠，百感凄恻"的抒发，柳永《雨霖铃》说得更痛快淋漓："多情自古伤别离，更那堪冷落清秋节。"套数的第一支曲子总写秋景，铺染了一幅肃杀的秋景图：连绵不断的秋光，青黑如黛的残霞，时已黄昏，暮霭沉沉，烟水茫茫，四野迷蒙。虽然有数簇黄花，但在败叶儿零零乱飞的环境中，只能更增孤凄、寂寞、惆怅之情。"主人公"在无聊的情境中，看依依翠柳转眼即成荒芜衰草。其实，自然界并非如此，只是主人公心境使然。李白《长门怨》中："桂殿长愁不记春"，与此同一意境。

第二支曲，由景入情，描写主人公独守空房的冷清凄凉。窗外，金风送竹频摇，渐渐的瘦了黄花，老了红叶，而郁闷不乐怎不让主人公丢魂落魄，无病自生呢？离别的煎熬使人面如黄花，心如红叶，日益消瘦衰老。

第三支曲子，点明了主人公独守空房的原因。"伊家幸短""枉着人烦烦恼恼"，一个"枉"字点明主人公明知多情是自作烦恼，却仍心怀希望，整日丢魄失魂，恹恹生病，这是多么令人可叹的命运啊！

第四支曲子，将主人公的感情推向高潮，整日魂消，恹恹瘦却，明知是被人抛弃所致，却偏要自责自悔，从自身寻找原因：是不是因为我情薄使他生怨，是不是离别时"话儿不甚好"使他恼火不然，他总会设法写信给我的，越想越恨自己，越想越心焦如焚。主人公的自责，说明她心存幻想，希望对方未负心，这样才会有再见的日子。作者用希望写痛苦，别具一格。

最后一支曲子，写主人公一夜的感受。柳永《十二时·秋夜》中有："更漏咽，滴破忧心，万感并生，都在离人愁耳。"确实，用这几句形容此时女主人公的心情，最合适不过。蜡烛本是无情之物，此时却为主人公的哀愁而落泪，计时的漏壶静夜里一滴滴、一声声敲在思妇的心坎上，"铁马儿铮"聒噪，"寒砧"梆梆，"塞雁"呀呀，"促织"絮叨叨，这些声音并非为思妇而设，但这些响在"离人愁耳"的声音，却是烦在思妇心里，引发她不尽的烦恼和哀愁。

这支套曲描写的只是思妇一整夜的思想感情，却浓缩了丰富的内容：过去的团聚——现在的离别——未来的茫然，都从中反映出来。"思妇"是典型环境中的典型人物，深刻揭示出古代妇女命运的可悲、可叹、可怜，形象如在目前，写

国学经典文库

元曲鉴赏

·元曲·

图文珍藏版

景如同亲临，我们似乎可以听到"思妇"的叹息，看到她在落泪，环境与形象浑然一体，产生了强烈的艺术感染力。

兰楚芳　西域人。曾任江西元帅。与刘庭信交好，曾在武昌以乐章唱和，时人比之唐代的元稹和白居易。《全元散曲》录存其小令九首，套数三套。

寄 生 草 闲评

兰楚芳

问甚么虚名利，管甚么闲是非。想着他击珊瑚列锦
帐石崇①势，只不如卸罗襕纳象简张良②退，学取他
枕清风铺明月陈抟睡。看了那吴山青似越山青③，
不如今朝醉了明朝醉。

【注释】

①石崇：西晋时的门阀贵族，豪华奢侈之极。一次，晋武帝的舅舅王恺把武帝赐给他高达二尺的珊瑚树，拿在他面前显耀，石崇见了立即用铁如意将珊瑚树打碎，然后从自己家里拿出五六个高达三、四尺的珊瑚树，给王恺看。又一次，王恺用紫丝布制成了一长达四十里的布障，石崇为了显示自己的富豪，竟用锦缎做成了一长达五十里的步障，压倒王恺。事分别见《世说新语》与《晋书》。

②张良：西汉初的开国重臣，后急流勇退，求仙隐居，日以赤松子为食。

③宋高士林逋有《长相思》词，说："吴山青，越山青，两岸青山相送迎。"意思是游尽名山大川，踏遍青山。吴山、越山都在浙江钱塘江上。

【鉴赏】

这首曲子表达了作者的人生态度，"闲评"人生，语言奔激，风格本色。开

头两句"问甚么虚名利，管甚么闲是非。"直赋其情；中间三句"想着他去珊瑚列锦帐石崇势，只不如卸罗襕纳象简张良退，学取他枕清风铺明月陈抟睡。"鼎足对，铺陈典故，宛如明珠走盘。一贬二扬，贬扬中表达出一种"势"不如"退"，"退"不如"睡"的人生哲学；末尾两个排句，更加渲染了曲的意旨："不如今朝醉了明朝醉。"在艺术上确有着乔梦符所说"凤头，猪肚、豹尾"的特点。

梧　叶　儿

兰楚芳

秋来到，渐渐凉，寒雁儿往南翔。梧桐树，叶又黄。
好凄凉，绣被儿空闲了半张。

【鉴赏】

这是一支民歌色彩浓郁的"闺怨曲"。前面"秋来到，渐渐凉，寒雁儿往南翔。梧桐树，叶又黄。"一连五句，通过一组秋日的意象，渲染了凄凉的气氛，寄寓了真挚的情感。后二句"好凄凉，绣被儿空闲了半张。"切入正题，"好凄凉"的叹惋，燎人心肺。语言明快自如，又不浅露。真是"言愈浅，意愈深，余味悠远"。

水　仙　子　遣怀

兰楚芳

百年三万六千场，风雨忧愁一半妨①。眼儿里觑，
心儿上想。教我鬓边丝怎地当，把流年仔细推详②。
一日一个浅斟低唱，一夜一个花烛洞房，能有得多

少时光?

国学经典文库

元曲鉴赏

·元曲·

图文珍藏版

938

【注释】

①妨：伤害，损失。

②流年：过去的年月。推详：仔细推算。

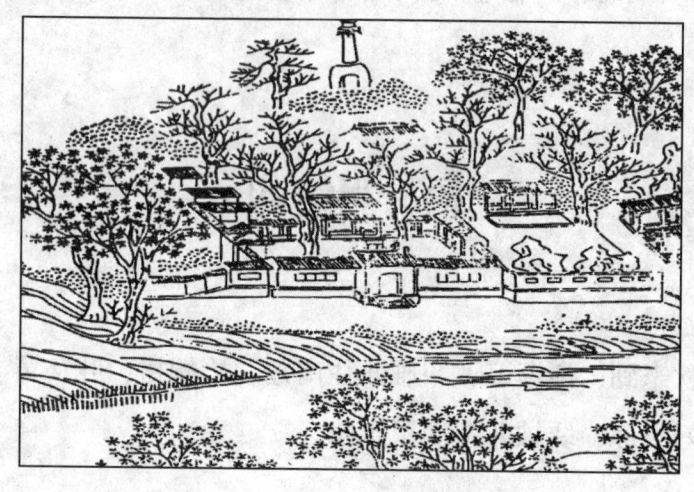

【鉴赏】

对人生价值的严肃思考，是元曲中的普遍主题之一。这支曲子是从一个侧面，表述出一种悲观绝望的思想。这就是与其终日履冰，倒不如"一日一个浅斟低唱，一夜一个花烛洞房"。这既是作者对人生的一种解脱，也是一种无可奈何的反抗。

喜 春 来 二首

兰楚芳

窄裁衫褃①安排瘦，淡扫②蛾眉准备愁，思君一度一登楼。凝望久，雁过楚天秋。　　江山不老天如醉，桃李无言春又归，"人生七十古来稀"。图甚的，尊有酒且开怀。

【注释】

①衫褃（kěn）：衣服腋下缝线的地方。

②淡扫：轻描。

【鉴赏】

两支曲子各有侧重点，第一支小令写闺怨，别出心机。"安排瘦"，"准备愁"，"一度一登楼"，多么心切，多么透骨；"凝望久"又多么专注。情切切，意绵绵，无限的愁和怨，犹如秋水长天，给人留下了多么辽阔深邃的空间。第二首悲叹人生，前喻后譬，右兴左比，自然、人世并提。"尊有酒且开怀"的无奈，全由现实所逼迫。言尽而意不尽，令人回味无穷。

叨 叨 令

兰楚芳

溪边小径舟横渡，门前流水清如玉。青山隔断红尘路，白云满地无寻处。说与你寻不得也么哥，寻不得也么哥，却原来侬家鹦鹉洲边住①。

【注释】

①侬：我。鹦鹉洲：在今湖北省蔡甸区西南的长江中。元曲中多借以做渔翁隐居的地方。

【鉴赏】

这是首小令表达了一种理想中的生活境界，蹊径独辟地描写了一个人间仙境。七句中，六句都写得扑朔迷离，给人一种浮想翩跹、安谧恬静、深远辽阔的意境。由"迷离"而迷人。最后一句"得其环中"，全现曲境，既符合曲境的酣畅淋漓，又满足了读者的审美心理，既陶冶性情，又给人以美感。

叨 叨 令

兰楚芳

黄尘万古长安路，折碑三尺邙山①墓；西风一叶乌江②渡，夕阳十里邯郸树③。老了人也么哥，老了人也么哥！英雄尽是伤心处。

【注释】

①邙山：即北邙山，在洛阳城北。汉魏以来的帝王多葬于此。

②乌江：在今安徽省和县东北苏皖交界处的乌江镇一带。楚汉相争中，项羽兵败在此拔剑自刎。

③邯郸树：《枕中记》中的大槐树。

【鉴赏】

这是一首叹世伤怀的曲子。前四句"黄尘万古长安路，折碑三尺邙山墓；西风一叶乌江渡，夕阳十里邯郸树。"连璧相对，次第分明。精心选择的四个词："长安路""邙山墓""乌江渡"和"邯郸树"，分别概括了古代四个不同的阶层和人生追求：功名、富贵、霸业、美梦。"美梦"安排在最后，可谓匠心独裁，因为它一语双关，以虚概实。"老了人也么哥，老了人也么哥！英雄尽是伤心处。"这里要做历史的审视，确有其低沉的一面，但又不全是。"英雄尽是伤心处"正补了前者之缺。低沉中有着反思。

红 绣 鞋

兰楚芳

又不是天魔鬼祟①，又不是触犯神祇②，又不曾坐筵

席伤酒共伤食。师婆③每医的鬼祟，大夫每治的沉
疾，可教我羞答答说甚的？

【注释】

①天魔鬼祟：天上降下来的妖魔鬼怪。

②神祇：天地神灵。祇，土地神。

③师婆：女巫。

【鉴赏】

正言反说是元曲的一大特色。这支曲子，六句用了三个否定句，道出了情窦
初开少女相思的微妙心态。内心独白式的艺术手法，更为曲增添了诸多迷人色
彩。语言的本色当行，口吻的喃喃毕肖，符合少女的语言特点。

寨 儿 令

兰楚芳

鸳帐里，梦初回；见狞神①几尊恶象仪：手执金锤，
鬼使跟随，打着面独脚皂纛旗②。犯由牌③写得精
细，劈先里拿下王魁④，省会了陈殿直⑤，李勉⑥那
厮也听者：奉帝敕⑦来斩你伙负心贼！

【注释】

①狞神：狰狞凶恶的神。这里指阴曹地府里的小鬼判官。

②皂纛旗：黑色大旗。

③犯由牌：宣布犯人罪状及其缘由的告示牌。

④劈先里：最先的意思。王魁：宋元戏曲人物。

⑤省会：告知、照会。陈殿直：宋元戏曲小说人物，名叔文，曾授职殿直。
授职后，因缺资无法赴任。得妓女兰英的全力资助。后又瞒着发妻同兰英结婚。

船行至中途，又将兰英推入水中，欲求另欢。兰英鬼魂痛陈叔文负心，竭力向陈索命报仇。事见宋人刘斧传奇小说《青琐高议》。

⑥李勉：宋元戏曲人物。因与他人私通而背叛妻子韩氏，为其岳父发现并严加训斥。李怀恨在心，趁机将妻子鞭打至死。

⑦帝敕：此指阴曹地府阎王的诏令。

【鉴赏】

"鸳帐里，梦初回；见狞神几尊恶象仪：手执金锤，鬼使跟随，打着面独脚皂纛旗。"

这支曲子借助梦境，表达女性对这些负心汉的最终审判，痛快淋漓，尖锐泼辣。虽然借助的是超自然的力量，但仍体现了她们共同的心愿。宋元戏曲里出现了一批谴责"富贵易妻"的婚变戏。《王魁》《陈叔文》《李勉》都是。这些戏曲的家喻户晓，也才有"痴情女子负心汉"的谣诀。

普 天 乐

兰楚芳

木犀①风，梧桐月；珠帘鹦鹉，绣枕蝴蝶。玉人娇一晌欢，碧酝酿②十分悦。断角疏钟③淮南夜，撼西风唤起离别。知他是团圆也梦也，欢娱也醉也，烦恼也醒也。

【注释】

①木犀：即桂花树，又叫月桂、九里香。

②酝酿：这里指酒。

③断角疏钟：齐整的号角稀疏的钟声。

【鉴赏】

这支曲子选取了最富秋夜特征的一组景物，"木犀风，梧桐月；珠帘鹦鹉，绣枕蝴蝶。玉人娇一晌欢，碧酝酿十分悦。"为一对玉人的片刻欢会，做了极巧妙的铺垫，并把她们的沉醉相悦点染得浓而又浓。接着用了两句催别离的描写，又使曲情直转急下，从而造成她们极强烈的情感反差和心理落差；最后三句的"六也"，又使全曲出现"一波三折"，也使玉人复杂的心理状态，从跃然笔下到力透纸背。散曲的风神品格、曲词意境，在这里也得到很好的体现。

塞 鸿 秋 春怨

兰楚芳

腕冰消松却黄金钏，粉脂残淡了芙蓉面。紫霜毫点遍端溪砚①，断肠词写在桃花扇。风轻柳絮天，月冷梨花院，恨鸳鸯不锁黄金殿。

【注释】

①紫霜毫：紫色兔毛制成的笔。端溪砚：即端砚，因产于今广东省肇庆市的端溪而得名。为名砚。

【鉴赏】

曲一开始，"腕冰消松却黄金钏，粉脂残淡了芙蓉面。紫霜毫点遍端溪砚，断肠词写在桃花扇。"就是四句连环对，接着又是"风月"对仗，精心描摹，尽情铺叙，有情有景，情景胶和。怨春怨人，春怨人怨，汇合成一"恨"字，乍爱乍怜。最后把这种"恨"集中在那交颈而栖的鸳鸯鸟身上，一语双关，情和理都表达得恰到好处。

雁儿落带过得胜令　指甲

兰楚芳

宜将斗草①寻，宜将花枝浸，宜将绣线抟②，宜把金针纫。宜操七弦琴③，宜结两同心④，宜托腮边玉，宜圈⑤鞋上金。难禁，得一掐通身沁。知音，治相思十个针。

【注释】

①斗草：竞争胜负用的草。古代有一种游戏叫斗百草，就是比赛草的性能或外观，以草作为比赛的对象。

②抟：扯，拉。

③七弦琴：即古琴。

④同心：用绵、绸带子打成的一种连环往复的结子，用作男女相爱的一种信物。

⑤圈：卷缠的意思。

【鉴赏】

这支巧体散曲的前八句，"宜将斗草寻，宜将花枝浸，宜将绣线抟，宜把金针纫。"句句镶嵌一个"宜"字，从而使曲通贯、流畅。自然对曲中所写人事倍感亲切。它通过女子指甲的描写，透露出对她的无比怜爱。"难禁，得一掐通身沁；知音，治相思十个针"两句，说明了"醉翁之意不在酒"。

沉醉东风 维扬怀古①

兰楚芳

锦帆落天涯那搭②，玉箫寒江上谁家③？空楼月惨凄，古殿风潇洒。梦儿中一度繁华，满耳边声起暮笳④，再不见看花驻马。

【注释】

①维扬：即古扬州，在今江苏省扬州市。

②"锦帆落"句：语出自晚唐诗人李商隐《隋宫》"玉玺不缘归日角，锦帆应是到天涯"。意思是说，隋炀帝游江南，如果皇权不是落李渊手中，他的锦帆游船一定会到达天的尽头。锦帆，豪华富丽的帆。此句翻化李前诗而成。

③"玉箫寒"句：语出自晚唐诗人杜牧《寄扬州韩绰判官》："二十四桥明月夜，玉人何处教吹箫。"曲中此句即翻化杜牧此诗而成。

④笳：即胡笳。我国北方民族常用的一种吹奏乐器。汉魏时常用于军乐。

【鉴赏】

这支怀古曲，通过扬州的古今对比，抒发了作者哀古叹今的情怀。典曲精心，叙述动情。元代之前，扬州作为东南商贸集散地，曾有过一度的繁华兴盛；可是后来日趋萧条。

清江引 牡丹

兰楚芳

寂寞一枝三四花，弄色书窗下。为着沉香①迷，梦见马嵬怕，且潜身住在居士家②。

【注释】

①沉香：沉香亭。唐玄宗时宫中的一个小亭，周围广植牡丹花。一次，唐玄宗同宠妃杨玉环亭前赏花，令翰林学士李白依花填词赞颂。李白随即写成《清平乐三首》，词中把杨贵妃与牡丹花融为一体，倍加赞赏，并以"春风"喻唐玄宗。所以深受帝妃赞誉。

②居士：原是入佛、道教而不出家的人。后泛指在家修行的人。

【鉴赏】

这首曲子把牡丹拟人化，描写中又融入历史故事在内，从而使牡丹赋予了人的感情和思想，"为着沉香迷，梦见马嵬怕，且潜身住在居士家。"作者的处世哲学与人生观，也自然流露出来。

清 江 引 秋花

兰楚芳

睡起不禁霜月苦，篱菊休相妒。恰与东风别，又被
西风误，教他这粉蝶儿无去处。

【鉴赏】

"恰与东风别，又被西风误，教他这粉蝶儿无去处。"秋天的花，的确多灾多
难，它要经受秋风秋雨秋霜的折磨摧残；人要是处在一个动乱不堪的时代，同样
是命运难卜，生活难保。这支曲以花拟人，也以人比花，细嚼，韵味无穷。

清 江 引

兰楚芳

春梦觉来心自惊，往事般般①应。爱煞陶渊明，笑
煞胡安定②，下梢头③大都来不见影。

【注释】

①般般：桩桩、件件。

②胡安定：晚唐诗人，名曾，字安定，邵阳（今湖南）人。有《安定集》
一卷。热衷功名，屡试不第。

③下梢头：结果，最后。

【鉴赏】

作者表达了自己选择归隐生活的来由。"春梦觉来心自惊，往事般般应。"一

场春梦醒来，作者才大彻大悟。想到了前人，"爱煞陶渊明，笑煞胡安定，下梢头大都来不见影。"最后选择了归居田园的路。

山 坡 羊

兰楚芳

驰驱何甚，乖离①忒恁，风波犹自连头浸。自沉吟，莫追寻，田文②近日多门禁。炎凉本来一寸心。亲，也在您；疏，也在您。

【注释】

①乖离：抵触。忒：过于、太。

②田文：即孟尝君。

【鉴赏】

这首小令就是作者"沉吟"后的所得。尖锐，深刻；泼辣，大胆。在元代是很有现实意义的。"任人唯亲"的社会里，饱才多识的人，尽管竭诚心力，往往仍会落得一个悲惨的下场。这种残酷的现实，迫使不少人去"沉吟"。

凭 栏 人 萤①

兰楚芳

点破苍苔墙角萤，战退西风檐外铃②。画楼秋露清，玉栏桐叶零③。

【注释】

①萤：俗名萤火虫。腹部末端有发光器，闪烁发光。夏夜飞行活动，所以又

称留萤。古代误认为它是由腐草变成的。

②战退：畏惧的意思。檐外铃：古称铁马。即屋檐上所挂的风铃。

③零：败落。

【鉴赏】

这是一支赞美萤火虫的曲子，"点破苍苔墙角萤，战退西风檐外铃。"突出了萤火虫惧秋的心态，反复渲染，多方描写，使人强烈地感受到弱小生命生存的艰难。但是，透过萤生命的苦短，不也可以领悟出强权对弱者的摧残吗？

红 衲 衣①

兰楚芳

那老子彭泽县懒上衙②，倦将文卷押③，数十日不上马。柴门掩上咱④，篱下看黄花。爱的是绿水清山，见一个白衣人⑤来报，来报五柳庄⑥幽静煞。

【注释】

　①红衲衣：又名红锦袍。黄钟宫曲牌。定格句式是六六六、五五、六六六，共八句六韵。

　②彭泽县：在江西省东北部。晋陶渊明曾在这里做过县令。上衙：到县署处理公文、案卷。

　③押：批阅公文案卷，并在上面签名。

　④咱：元曲常用词，无意思。

　⑤白衣人：指仆人。

　⑥五柳庄：陶渊明隐居的地方。陶渊明自称为五柳先生，故后人称所居处为五柳庄。

【鉴赏】

　全曲通过调动笔墨，多方面的描写并赞扬了陶渊明的归园田居生活。自然地表达了自己对田园生活的向往和追求，真切自然，妙趣横生。

贺 圣 朝①

兰楚芳

春夏间，遍郊原桃杏繁，用尽丹青②图画难。道童将驴鞴③上鞍，忍不住只恁般顽，将一个酒葫芦杨柳上拴。

【注释】

　①贺圣朝：黄钟宫曲牌。定格句式是三六七、七六六，共六句六韵。

　②丹青：绘画用的颜料，红色和青色。

③鞴：把鞍辔等套在马上。

【鉴赏】

　　这是支写景的曲子，写道童"忍不住只恁般顽"。写春色的迷人，别出心裁，春色盎然、童趣天真，语言流畅，感情真挚。生活情趣浓厚，人与大自然融为一体，给人以美的享受。

玉 交 枝①

兰楚芳

　　休争闲气，都只是南柯梦里。想功名到底成何济②？总虚脾③，几人知？百般乖不如一就痴，十分醒争似④三分醉。只这的是⑤人生落得，不受用图个甚的！

【注释】

　　①玉交枝：又名玉娇枝，南吕宫曲牌。又可入双调。定格句式是四四、七六

七、七三七，共八句八韵。

②何济：何益。

③虚脾：虚假。

④争似：怎么能超过。

⑤这的是：这是。

【鉴赏】

　　这支小令深刻反映了当时的社会现实，读起来多么像一篇曾参透人生、老于世故的人，用闲谈的口气道出的警世通言。它表述了这样一种人生态度：既然人生梦一场，功名纸半张，一切都是假；为什么不装痴卖傻，在酣醉之中逃避清醒时的苦痛？表面上的疏放旷达，内心却饱含对人生的无奈和世事不平的抨击。

殿　前　欢①

兰楚芳

　　谪仙②醉眼何曾开，春眠花市侧。伯伦③笑口寻常开，荷锸埋④。曾何碍？糟丘⑤高垒葬残骸。先生也快哉！

【注释】

　　①曲名又作〔双调·殿前喜过播海令·大喜人心〕，共三支曲子，这里只选了其中第一支曲子。

　　②谪仙：指唐代诗人李白。

　　③伯伦：即刘伶，字伯伦。

　　④荷锸埋：扛着铁锹埋。《晋书·刘伶传》：伶"尝乘鹿车，携一酒壶，使人荷锸而随之，谓曰：'死，便埋我！'"

　　⑤糟丘：酒糟堆积得像山一样。

【鉴赏】

　　这支曲子以他人自比，抒发自己旷达胸襟，"借他人酒杯浇自己的块垒"，这是中国古典文学中的一种普遍现象。"谪仙醉眼何曾开，春眠花市侧。伯伦笑口寻常开，荷锸埋。"这支曲子借李白、刘伶的笑傲人生，放浪形骸，抒发了作者的情怀，宣泄了自己不平之气。快人快语，酣畅痛快。显示出元曲的特色。

驻 马 听

兰楚芳

　　月小潮平，红蓼滩头秋水冷。天空云净，夕阳江上乱峰青。一蓑全却子陵①名，五湖救了鸱夷命②。尘劳事③不听，龙蛇一任相吞并。

【注释】

　　①子陵：东汉富春江隐士严光，字子陵。全，成全。

　　②五湖：太湖的别名。鸱夷：范蠡的别号。帮助越王勾践复国功成后泛舟五湖。

　　③尘劳事：尘俗的事情。

【鉴赏】

　　"月小潮平，红蓼滩头秋水冷。天空云净，夕阳江上乱峰青。"作者从对秋色的赞颂自然过渡到历史上的著名事件，过渡到人世间的"龙蛇一任相吞"，作品的不过问尘俗的思想倾向也就自然流露出来。

醉太平

兰楚芳

利名场事冗①，林泉下心冲②。小柴门画戟古城东，隔风波数重。华山云不到阳台梦③，磻溪水不接桃源洞④，洛阳城不到武夷峰⑤。老先生睡浓。

【注释】

①冗：过于繁复杂乱。

②冲：淡泊、冲和。

③华山云：相传南朝宋时，一士子从华山畿经过，遇到一名少女，突然产生爱慕之情，但是又苦于没机会亲近，郁郁而死。后士子的葬车过华山至少女家门口时，牛不行，车不前。少女梳妆打扮而出，唱《华山畿》歌。这个时候棺木应声而开，少女入棺，与士子合葬华山畿下。阳台梦：即高唐神女与楚王的故事。述巫山神女主动献身楚王，朝云暮雨，欢娱一时。

④磻溪：在今陕西省宝鸡县西南的渭河畔上。相传殷周时周文王曾访姜子牙于此。桃源洞：即刘晨、阮肇深山采药所见天台山神仙境界。

⑤洛阳：今河南省洛阳市。中国著名的古都之一，很多朝代在此建都。武夷峰：即武夷山。在今福建省西北部。古代为

"道阻未通，川雍未决"的荒凉地方。

【鉴赏】

　　曲巧妙地通过一组鼎足对，从正反两个方面，称颂了"林泉"生活的清静、淡泊，不追逐名利，深刻批评了"利名场事冗"。内容充实，意象丰富；而且寓理于事，寄情于人。有着极强的艺术魅力，值得反复回味。

醉 太 平

兰楚芳

　　急烹翻蒯彻①，险饿死灵辄②。今人全与古人别，渐学些个转折③。撩胡蜂赤紧冤了毒蝎④，钓鲸鳌不上叉⑤了柴鳖，打青鸾无计扑了蝴蝶。老先生手拙⑥。

【注释】

　　①蒯彻：即蒯通。

　　②灵辄：晋灵公时的人。家庭甚贫，后得赵宣子赏给他父子饭食，方得维持生计。在赵屠两家的矛盾斗争中，晋灵公曾派他去刺杀赵宣子，他感其恩不忍，倒戈解救了赵宣子。

　　③转折：回头。

　　④撩：取。赤紧：紧要。

　　⑤叉：扎。

　　⑥拙：笨、愚。

【鉴赏】

　　这是支愤世嫉俗的曲子，"急烹翻蒯彻，险饿死灵辄。今人全与古人别，渐学些个转折。"通过一系列历史故事和生活事例，巧妙地表述出贤愚不辨、古今不同的思想。现实感很强。

醉 太 平

兰楚芳

近三叉^①道北，傍独木桥西。凿开数亩养鱼池，编一遭槿篱。蜂儿值早衙^②催酿就残花蜜，莺儿啼曙光移梦绕芦花被，燕儿飞矮帘低衔入落花泥。老先生未起。

【注释】

①三叉：三条叉路。

②早衙：古代早晨的升衙理事。

【鉴赏】

"近三叉道北，傍独木桥西。凿开数亩养鱼池，编一遭槿篱。蜂儿值早衙催酿就残花蜜，莺儿啼曙光移梦绕芦花被，燕儿飞矮帘低衔入落花泥。"多么宁静清闲的村居生活，白描的艺术手法，清新的晨间生活，僻静的乡间环境，使曲子不同凡响，别具风情。三句鼎足对，新鲜活泼，衬字的运用也饶有风味。曲境也随之形成。

醉 太 平

兰楚芳

《南华经》^①看彻，东晋帖^②观绝。西凉州^③美酝一壶竭，蜡红灯照者。木棉^④雪被春初热，沉檀^⑤云母香慵热，梅花斗帐^⑥月儿斜。老先生睡也。

【注释】

①《南华经》：即《庄子》。李唐尊老子李聃是他们的祖先，唐玄宗时诏《庄子》为《南华真经》。

②东晋帖：指东晋大书法家王羲之、王献之的书帖。

③西凉州：元代的西凉州即甘肃省武威郡。此州的酒泉以酒驰名。

④木棉：木本棉花。树高数丈。

⑤沉檀：沉香和檀香。

⑥斗帐：斗状小帐篷。

【鉴赏】

"《南华经》看彻，东晋帖观绝。西凉州美酝一壶竭，蜡红灯照者。"挑灯夜读《庄子》，欣赏"二王"书帖，饮酒。这是多么自由自在的生活。它同前首的乡间清闲生活别具情趣，"木棉雪被春初热，沉檀云母香慵热，梅花斗帐月儿斜。老先生睡也。"写得也舒展轻松，超尘脱俗。

醉 太 平 春雨

兰楚芳

阻莺俦①燕侣，渍②蝶翅蜂须。东风帘幕冷珍珠，寒生院宇。琼匀滴碎瑶阶玉③，细溟濛④润透纱窗绿，湿模糊洗淡画栋朱：这的是梨花暮雨。

【注释】

①俦：伴侣，配偶。

②渍：沾。

③琼匀：原意为玉石相撞击的声音，这里借写击石的雨声。瑶阶：用玉石砌

的台阶。

④溟濛：细雨。

【鉴赏】

"阻莺俦燕侣,渍蝶翅蜂须。东风帘幕冷珍珠,寒生院宇。"写春雨,有声有色,有景有情。"细溟润透纱窗绿,"雨中景物动静结合,句句有雨,句句有情。情景交织,声色并茂。"湿模糊洗淡画栋朱：这的是梨花暮雨。"俨然一幅水墨春雨图。

醉　太　平

兰楚芳

看白云万丈,映翠竹千年。归来饱饷两三餐,晃韶光
过眼。怕行舟远使追张翰①,倦登楼烂醉思王粲,紧
关门高卧袁安②。老先生意懒。

【注释】

①张翰：西晋文学家。字季重,吴人。曾出任司马氏大司马曹掾。因感天下将大乱,见秋风起而思念故乡,遂归吴。

②袁安：东汉人。一次大雪天,雪积堆丈余,他的家门和路全部被雪封阻,他仍高卧屋中不出,人问他为什么不出去觅食,他回答说,大雪天人人皆饿,不应求助他人。后袁安卧常被当作贤德行为的典范。

【鉴赏】

"怕行舟远使追张翰,倦登楼烂醉思王粲,紧关门高卧袁安。老先生意懒。"赋"意懒",旁征博引,引史为鉴；不求归隐,也不感叹世时,只求贤德行世足矣。平和中也透露出"不平之鸣"。

寄 生 草

兰楚芳

有几句知心话,本待①要诉与他。对神前剪下青丝②
发,背爷娘暗约在湖山下。冷清清湿透凌波袜③,恰
相逢和我意儿差。不剌④,你不来时还我香罗帕。

【注释】

①本待:本应该。

②青丝:指头发。

③凌波袜:即凌罗袜。

④不剌:不,语首助词,无意义。剌,即哇。

【鉴赏】

这是一首写情的曲子。"对神前剪下青丝发,背爷娘暗约在湖山下。冷清清湿
透凌波袜,恰相逢和我意儿差。"表现出女子对爱情生活的大胆追求。在这里,没有
传统的教条,也没有羞羞答答,有的只是对爱情的执着追求。"对神前剪下青丝发,
背爷娘暗约在湖山下",表现的多么赤诚、勇敢。全曲通过一个处于热恋中的女子
的口吻写来,行动,心理活动,"不剌,你不来时还我香罗帕。"都泼辣显明,语言也本
色当行。"你不来时还我香罗帕"一句,更让人叫绝。曲折、尽意,酣畅淋漓。

游 四 门① 二首②

兰楚芳

落红满地湿胭脂,游赏正宜时。呆木料③不雇蔷薇

刺,贪折海棠枝。蚩④,抓破绣裙儿。　　海棠花下
月明时,有约暗通私⑤。不付能等得红娘至⑥,欲审旧
题诗。支⑦,关上角门儿⑧。

【注释】

①游四门:仙吕宫曲牌。定格句式是七五、七五、一五,共六句六韵。

②此曲共六首。这里选的是第三首和第四首。

③呆木料:像木头一样呆头呆脑的人,即呆子。

④蚩:象声字。这里指绣裙被刺抓破的声音,又作支。

⑤通私:私通。指男女间秘密的爱情关系,有时也指不正当的男女关系。

⑥不付能:元曲中常用词语。意思是方才,好不容易。红娘:媒人。

⑦支:象声词。此处指关门的声音。

⑧角门:偏门、旁门。

【鉴赏】

这是两首意味浓厚,而又别出心裁的情诗。第一首描写了一个姑娘在游赏大
好春色时的痴娇和沉迷。开头两句"落红满地湿胭脂,游赏正宜时。"写暮春景色,
中间两句"呆木料不雇蔷薇刺,贪折海棠枝。"写姑娘被春色所迷,以至痴呆。"贪
折"二字形象地表现出癫狂痴心。"蚩,抓破绣裙儿。"末两句进一步通过绣裙儿的
被刺破,表现出这种痴迷的深刻。尤其是"蚩"的一声,声形并现,可谓传神之笔。
第二首写一个小伙子赴约与姑娘私会的情景。"海棠花下月明时,有约暗通私。"谁
知,正当小伙子要把自我表白的情诗送给姑娘时,偏门却关上了。同样是"支"的一
声,却道出了姑娘的弃约给小伙子的沉重打击。郑振铎在《中国俗文学史》说:
"《游四门》六首,其中'落红满地'和'海棠花下'二首,是如何的美丽宛曲!"

初生月儿^①

兰楚芳

初生月儿一半弯,那一半团圆直恁^②难。雕鞍^③去后
何日还,捱更阑^④,淹泪眼,虚檐外凭损阑干。

【注释】

①初生月儿:大石调曲牌。定格句式是七七、七、三三七,共六句六韵。此曲全
用平声韵。

②恁:如此,这般。

③雕鞍:装饰精致的马鞍子。此处借鞍述马,又借马写人。是指骑马的人。

④更阑:更尽、天亮。

【鉴赏】

"初生月儿一半弯,那一半团圆直恁难。"曲子从初生月儿起兴,絮絮地诉说着
妻子急切盼望着能与外出的丈夫团聚的心情,"雕鞍去后何日还,捱更阑,淹泪眼,
虚檐外凭损阑干。"构思新颖别致,描写细腻真切,心理刻画细致。"凭损"二字,精
当准确,也使全曲生色。

四块玉 风情

兰楚芳

我事事村^①,他般般^②丑。丑则丑村则村意相投。则
为他丑心儿真,博得我村情儿厚。似这般丑眷属,村

配偶,只除天上有。

【注释】

①村:粗俗,愚笨。

②般般:件件。

【鉴赏】

　　男女相恋,所恋所慕,当为雅为美,这支曲子写得正好相反,一"丑"一"村",别具风味。全曲围绕此两字展开,不断生发,先是"意相投",再是"心儿真""情儿厚",最后竟自豪到以赛过天仙的"眷属""配偶"自喻,足见两心相倾,如胶似漆。曲辞朴实天然,特别是"村""丑"两字,最具特色,短短八句唱词,各前后五见,琅琅上口,"似这般丑眷属,村配偶,只除天上有。"折射出民间口语特有的纯韵与魅力,与那段村情丑心,相衬互补,可谓妙趣天成。

胡用和　生平不详,元末明初人。《词林摘艳》称其为天门山人。天门山,今河南、安徽、湖北等省均有,未能确指。存世散曲有套数二套。

南吕·一枝花

胡用和

隐　居

　　左右依两壁山,横竖盖三间屋。高低田五六亩,周围柳数十株。活计萧疏,偏容俺闲人物,两般儿亲自取:不用买江上风生,谁要请天边月出。

　　[梁州第七]兴到也吟诗数首,懒来时静坐观书。消闲

几个知心侣:负薪樵子,执钓渔夫。烹茶石鼎,沽酒葫芦。崎岖山几里平途,萧疏景无半点尘俗。染秋光红叶黄花,铺月色清风翠竹,起风声老树苍梧。有如,画图。闲中自有闲中趣,看乌兔自来去。百岁光阴迅指无,甲子须臾。

[尾声]矮窗低屋随缘度,土炕蒲团乐有余。散诞逍遥少荣辱。嗟吁叹吁,心足意足。伴着这松竹梅花做宾主。

【鉴赏】

隐逸思想在中国可谓源远流长。"不为有国者累"的庄子自不必说,就连积极用世的孔子也明白说道:"邦有道则显,邦无道则隐。"胡用和生活在元末明初,生逢动乱,在家乡天门山上辟出一块和静的乐土,享受悠游之乐,对他来说,倒也是适得其所了。这篇题为《隐居》的套数就是对徜徉山林、闲适自娱的隐士生活的歌咏。

曲的开头四句先点出山居环境。两组对偶句浑然天成,既表现出依傍山势结庐筑屋的质朴自然,又透露出曲家只赖天然,不重人为的审美情趣。"左右""横竖"表明依山筑室,方位不可确指。山岭走向不依人为的选择而呈现出或正南正北、或正东正西的态势,房屋亦不可能是标准的北堂或西厢。故参之以作者观照的角度,笼统地称之为左右横竖。"两壁""三间"则言屋宇的自然简朴。房子坐落在山间凹处,旁边是挂在山岭上的约莫五六亩的梯田,周围掩映着数十株柳树,环境何其幽雅静谧。作者生活在这样的环境中,又不用劳形费神,在农活稀少的时候,恰好有空闲的时间领略优美的自然景色。接下来的五句,就着重写作者的闲适情趣。苏轼《前赤壁赋》有"惟江上之清风,与山间之明月,耳得之而为声,目遇之而成色;取之不禁,用之不竭"的名句。这里,作者借用其意,写出江上清风、山间明月这些自然景致之美都可任由自己尽情享受。"两般儿亲自取;不用买江上风生,谁要请天边月出",更强调景色的非由人为,实是大自然的无尽宝藏,无私地奉献给人间。这段曲词概写隐居生活的质朴,隐含着富贵功名非我愿的意思,也透露出作者皈依自然、安贫乐道的人生态度。

[梁州第七]一段曲子则表现隐居生活的细节和描绘具体的山间景色。作者的生活唯求其自然,不肯以心为形役,只是兴到意随,懒散闲适。作为山间高士,既不用像一般农民负载着劳动的重荷,也不必操心于生活物资的匮缺。他们有着很高的文学修养,可以从咏诗读书中找到生活的乐趣。"兴到也吟诗数首,懒来时静坐观书",这就是隐士自娱的方式。为了消磨过多的闲暇时光,作者还交了几个知心朋友,他们是"负薪樵子,执钓渔夫"。读书人能与下层劳动群众成为"知心侣",这首先是由于元代特定的时代。"七匠八娼九儒十丐",文人的地位还略低于娼妓,仅高于乞丐,与樵子渔夫为友,也不会违背孔老夫子"勿友不如己者"的遗训,不会辱没自己的身份。但是,这里面还是有着个人性格的因素。孤高自傲,几乎是旧时文人的通性,刘禹锡不是以"谈笑有鸿儒,往来无白丁"相标榜吗?然而,对于作者来说,长期的山林隐居生活已消除了他与劳动者的情感隔膜,再者一个真正的隐士也应当随遇而安。他与樵子渔夫的结交,当属自然之理。"烹茶石鼎,沽酒葫芦",择取日常饮食起居的一枝一叶,以见其生活近似原始的古朴和对物质享受的极易满足。以上是这段曲子的第一个层次。

由"崎岖山几里平途,萧疏景无半点尘俗"起,即转入对自然风光的歌咏。这两句先总写景物特征。崎岖不平的山路也有一段稍为平坦的路途,山间景色疏淡,毫无世俗的繁华气息。于景物的概括介绍中,也渗透了作者以自然朴素为美的审美取向。下面三句从三个不同的侧面,表现山上不同的景致。"染秋光红叶黄花,铺月色清风翠竹,起风声老树苍梧",修辞上三句对偶,这是元曲中很有特色的"鼎足对"。它以铺陈描叙的手法,写出深秋时节,漫山的红叶黄花,组成了一个色彩斑斓的世界,景象是壮阔的。它还写出了在月色皎洁的夜晚,清风微拂,依稀可辨修竹的翠绿色彩,景象是妩媚的。它也写出了疾风与老树苍梧相叩击,发出自然音响的奏鸣,给人以苍劲有力的感受。这一切对于一个热爱人生、热爱自然的老人来说,都是富有强大的魅力的。于是,作者以"有如画图"的评语,收束景物的描写,完成了以写景为主的第二层意思。

闲散的生活,美好的自然风光必然要引出主人公内心的独特感受。"闲中自有闲中趣,看乌兔自来去",这两句看似平淡,却包含着作者的深意,其旨归所在,盖为一个"闲"字和一个"自"字。"闲"字是他生活的概括,也是他人生经验的总结。在封建社会中,文人的才智恰成为束缚自己本性的名缰利锁,这是人的本质的异化。

而自己不为统治阶级所用,无须作忙碌的追求,这是"闲中趣"之其一。不为官为宦,无案牍之劳形,无官场的扰攘乱神,这是"闲中趣"之其二。这种超脱尘俗的观念,与领略自然之美结合起来,于闲散中看乌兔的自去自来,那么乌兔依照自然本性的活动,就有了对隐士保全天性的生活的象征意义。归真返璞,无忧无虑,把自己融化在大自然中,这是"闲中趣"之其三,也是隐士生活的最大乐趣和精神支柱。在闲散自适的生活中,曲家不知老之将至,人生百年,弹指间,已过了六十花甲。"百岁光阴迅指无,甲子须史",还表明了作者写作这篇套数时的年龄,这对我们欣赏分析作品也是很有意义的。元代是中国各族人民备受苦难的历史时期之一,也是读书人备受歧视的朝代。作者长期地生活于其间,当然会感受到它政治的黑暗。但是,像作者一类的隐士也深知依靠个人的渺小力量,不可能改变强大腐朽的现实。他们以消极避世的态度对待政治,以悠闲自在的隐逸乐趣,解脱精神的痛苦蕴积。作者长期的隐居生活,使得自己在大自然怀抱里,淡化和稀释了愤世的情绪,而表现出热爱生活、热爱自然的人生态度。

[尾声]是对前面两大段的总结。它申足隐居的乐趣,表现曲家对隐居生活的感慨。"矮窗低屋随缘度,土炕蒲团乐有余",照应开首一段隐居环境的描写,并补充出房屋构造和内部陈设的简陋。从情感上看,还表现出身居陋室,但随缘安分,亦有知足常乐的心境。这里以外部环境和内心世界对比来写,显出人物不重物质享受,唯求精神自由的性格。"散诞逍遥少荣辱"则进一步表现出作者追求精神自由的人生态度。闲散放诞的生活会使人摆脱贵贱穷富等世俗的所谓荣辱的价值观念,而使精神活动臻于逍遥的境界。这些曲句都包含着深刻的哲理层面,于中可看出作者受庄周一派道家思想的影响,这便是以崇尚和皈依自然为旨趣,摆脱现实的羁绊。这样,作者在平和的人生哲理的阐发中,也流露出一丝对现实不满的情绪。另一元代曲家汪元亨曾以"朝承恩,暮赐死"概括荣辱逆转变化之迅速。朝授而夕替早在元代以前就是文人经常吟咏的题材,胡用和当然深谙其中的史实,尽管他的态度不像别人那样激烈,但他对现实和历史仍要"嗟吁叹吁"。嗟叹之后,他更感受到隐居生活使自己"心足意足"了。他愿意"伴着这松竹梅花做宾主",在同大自然的和谐相处中,长久地隐居下去。这种以人与自然物的亲和关系来表现隐居乐趣的方法,是山林高士常用的艺术手段,宋朝的林和靖不是以梅为妻、以鹤为子吗?自然的人化在反映隐逸生活的作品中,常表现出寄情山水风光和自然景物,忘却人

生忧患的意趣。

这个套数表现出的基本思想是顺其自然,但它写山林景观和人物情趣是那样的生动形象,引人遥思遐想。它的基本格调舒缓平和,虽然不见斗争的锋芒,但也无游戏人生的态度。语言本色自然,与其皈依自然的思想配合默契。写景状物抒情,彼此关联照应,并包容着深刻的人生哲理,也有较高的艺术价值。

谢应芳　字子兰,武进(今江苏常州)人。至正初,隐居白鹤溪,筑室名为龟巢,因以为号,授徒讲学。元末天下兵起,避乱吴中,吴人争延致为弟子师。入明朝,徒居芳茂山,年九十七岁卒。存世散曲有小令二首。有《毗陵续志》《龟巢集》等。

中吕·满庭芳(二首)

谢应芳

神仙有无?安居华屋,即是蓬壶,榴花也学红裙舞,燕雀喧呼。水晶盘馔供麟脯,珊瑚钩帘卷虾须。吹龙笛,击鼍鼓。年年初度,长日尽欢娱。

横山翠屏,藏龙古井,走马长汀。四时花竹多风景,胜似丹青。好儿郎天生宁馨,好时节日见升平。氛埃静,年年寿星,光照望云亭。

【鉴赏】

这两首重头小令,以欢快畅朗的笔触,描绘了一位老寿星生日庆典祝寿活动的盛况,表现他欣逢太平盛世,安度晚年的喜悦幸福感情。

前一首小令:"神仙有无?安居华屋,即是蓬壶。"开头即以一个设问句起首。先问:神仙到底有没有呢?紧接着又做了明确的回答:那安然地居住在富贵华丽房子里的老人,就是蓬莱仙境中的仙人。这里的华屋,言人富贵,居处豪华。蓬壶即蓬莱,海上仙山,传说为仙人所居住的地方。晋·王嘉《拾遗记·高辛》云:"三壶则海中三山也。一曰方壶,则方丈也;二曰蓬壶,则蓬莱也;三曰瀛壶,则瀛州也。形如壶器。"这里描述了一位年高寿永的老人,晚年生活安然幸福,心适意惬的情怀。

接下去"榴花也学红裙舞,燕雀喧呼"一句,既是环境气氛的描绘,也是老者欢娱心情的抒发。燕雀不住地鸣叫,声音是那样的欢快热闹;石榴花正在怒放,红艳艳、锦鲜鲜,微风拂来,花朵摇动,好像俏丽的美人穿着红裙翩翩起舞一般。此景此情,是多么的热烈而美好,老者宛如童心萌发,这一切都充满了生动活泼的情调。

"水晶盘馔供麟脯,珊瑚钩帘卷虾须。"则描写佳肴美食之盛,华屋装饰之富。馔,指盘子中的饭菜;麟脯,以麒麟肉制作的美肴,形容食物的精美。珊瑚钩,指以珊瑚制作成的华贵的门帘钩。"虾须",这里指帘子的流苏。唐朝陆畅《咏帘》诗云:"劳将素手卷虾须,琼室流光更缀珠。"宋代王之道《次韵元发弟秋日得余庵书事》诗云:"珠帘高卷虾须日,宝扇斜开雉尾官。"可见以"虾须"形容珠帘之华贵美丽,是古诗词中的常例。这一句的大意是:用水晶石制作的盘子,盛满了珍贵稀奇的食品,珊瑚钩装饰的珠帘,卷起了虾须般精美的流苏。

最后一句"吹龙笛,击鼍鼓,年年初度,长日尽欢娱"。进一步述写祝寿活动礼仪的盛况和欢乐。"龙笛",管首制龙头,御同心带,吹奏时其声音似水中龙鸣,因以为名。"鼍鼓",用鼍皮蒙的鼓,敲打的时候发出的声音,逢逢然的鼍鸣。初度,出生的年时,如屈原《离骚》云:"皇揽揆余初度兮,肇锡余以嘉名。"后称人的生日为初度。在庆贺老人寿辰的宴礼上,笙笛共吹,鼓乐齐奏,其热闹景况可以想见。老人的生日年年都如此,每逢这样的时刻,他整天都沉浸在愉快、欢乐的幸福之中,表现了对生活的无比热爱和极大满足。

后一首小令,描述了江山如画、儿孙幸福、天下升平的景象。

首句"横山翠屏,藏龙古井,走马长汀。""横山",谓山脉如横空出世。藏龙古井,喻天下太平,波澜不兴。成语有"古井无波"。"长汀",县名,在福建省。这里喻出门远行,平安顺利。这一句的大意是:巍峨的山脉如横空出世,山色葱翠,宛如一座碧绿的屏风。天下太平,兵戈不兴,老百姓生活安定。出门远行,道路安宁,没有匪盗之祸。这里既有对锦绣山川的赞美,也有对安定社会的歌颂。

"四时花竹多风景,胜似丹青。"谓一年四季鲜花盛开,呈奇斗艳;翠竹茂密,郁郁葱葱。这美丽多彩的自然风景,胜过了画家笔下调丹描青精心绘画的山水图卷。作者生活在山清水秀,四季如春的吴中芳茂山,对这里的山川风光给予热情的歌颂。

"好儿郎天生宁馨,好时节日见升平。"述写儿孙们可爱,他们生逢升平盛世,真是太幸福了。"宁馨",如此的意思。唐朝刘禹锡《赠日本僧智藏诗》有:"为问中华学道者,几人雄猛得宁馨。"谢应芳是由元入明的诗人,他亲身经历了元末时局动乱、改朝换代的岁月,因避地吴中。晚年他徙居芳茂山,这时明朝灭元,国家安定,他感到由衷的满意和高兴。特别是他年高寿永,活了九十七岁,且生活富余,儿孙满堂,弟子众多。因此感到心满意足,娱然自乐。

末尾一句"氛埃静,年年寿星,光照望云亭。"在这风光秀丽的地方,空气是那样的清新,环境是那样的幽静,那颗年年岁岁光辉熠熠、永不冥灭的老人星,它的光芒总是照耀着山顶的望云亭。这里的寿星,即老人星,古时常作为长寿老人的象征。《史记·封禅书》"寿星祠"《索隐》谓:"寿星,盖南极老人星也,见则天下理安,故祠之以祈福寿也。"所以"年年寿星,光照望云亭",显然是作者的祈祷祝愿之词。其实,那位庆贺生日的长寿老人正是作者自己,他期望自己更加长寿,像天上的老人星那样长久。

这两首小令,题材特殊,笔调热烈欢快,表现了年老寿高的作者的欢乐、满足、期望。这样的作品在我国古典诗、词、曲中是不多见的。

徐　畋　字仲由,元末淳安(今属浙江)人。明洪武初征秀才,至藩省辞归。撰有《杀狗记》,与《荆钗记》《白兔记》《拜月亭》,并列为元代四大著名南戏。存世散曲仅小令一首。

中吕·满庭芳

徐畋

乌纱裹头。清霜篱落,红叶林丘。渊明彭泽辞官后,不

事王侯。爱的是青山旧友,喜的是绿酒新笃。相拖逗,
金樽在手,烂醉菊花秋。

【鉴赏】

这是一首赞咏东晋著名文学家陶渊明的小令。

首句描写陶渊明的服饰,然而只是仅仅抓住了"乌纱裹头",并没有描述他全身的服饰如何。一般来说,古代人官职和社会地位的高低,首先区别在冠弁上。这里虽然只用了寥寥四个字,却描绘了一个普普通通的清贫文人的形象。他即不是身居高位、显赫于世的达官显贵,当然也不是村夫野老、平头百姓,他是一位辞官不做、生活清苦的诗人。

接下去:"清霜篱落,红叶林丘。"篱落即篱笆,如《抱朴子自叙》云:"贫无僮仆,篱落顿决,荆树丛于庭宇,蓬莠塞乎阶溜。"又如刘禹锡《龙阳县歌》诗有:"鸱鹄惊鸣绕篱落,橘柚垂芳照牖户。""清霜"指秋气清爽,寒霜初降。"红叶林丘"形容深秋季节,下了一场寒霜之后,山林中的树叶染上了一层红色。这两句描述陶渊明居处的环境:这是一处靠近山丘的院落,院子周围以竹篱围绕,一场寒霜降临之后,山丘的树木染上一层红色,景象极为幽美,空气十分清新,到处充满着浓重的秋气。这样的环境只有用在"少无适俗韵,性本爱丘山"。"采菊东篱下,悠然见南山"的陶渊明身上才是适宜的。

"渊明彭泽辞官后,不事王侯。"直接点明了赞咏的对象。陶渊明,又名陶潜,字文亮,私谥靖节,别号五柳先生,浔阳柴桑(今江西九江西南)人,晋宋时代的著名诗人,辞赋散文家。他少年时,父亲早逝,家境没落,生活很贫苦。成年后,做过州祭酒,并在后来篡夺帝位的桓玄和夺取东晋政权建立刘宋王朝的刘裕手下做过属吏、参军等小官,时间都很短。晋安帝义熙元年(405)八月,他出仕彭泽县令。传说,他到任后才八十多天,郡督邮来县视察,县吏说应该束带折腰谒见。陶渊明对这些横行霸道的贪官污吏以及官场腐败的恶习,本来早就厌恶已极,愤怒不屑地说:"我岂肯为五斗米(当时县令的月俸)向乡里小儿折腰!"于是毅然甩下乌纱官帽,弃官回柴桑家中去了。陶渊明辞官以后,亲身躬耕陇亩,过起田园生活。闲暇时饮酒赋诗以自适。他是我国文学史上第一位大量创作田园诗歌的诗人,被誉为田园诗派的创始者。他一生留下了不少优秀作品,尤其以《桃花源诗并记》最著名,是家喻户

晓、流芳千古的传世艺术精品。"不事王侯"赞扬了陶渊明性格傲岸、骨气奇高、不去阿谀迎奉达官显贵的高尚品质和思想情操,表现了他不与统治者合作的可贵精神。本来,桓玄和刘裕都是当时势力很大、炙手可热的人物。桓玄篡夺帝位,改国号为楚。后来刘裕又灭掉桓玄,夺取东晋政权,建立刘宋王朝。陶渊明都曾在他们幕府为官,却不去投靠他们,这实在是他思想性格的惊俗骇人之处,所以作者给他以热情的赞颂。

小令的后一部分,则着重描绘了陶渊明放浪山水田园,与朋友开怀畅饮的适意情态。"爱的是青山旧友;喜的是绿酒新篘。""篘",是一种用篾编成的滤酒器具,也指滤酒。如《唐诗纪事》录杜荀鹤诗云:"旧衣灰絮絮,新酒竹篘篘。"陶渊明一生酷爱饮酒是十分出名的,曾作《饮酒二十首》,亦是传世佳作。可以说他是第一位大量写作饮酒诗的作家。他在《五柳先生传》中自述云:"性嗜酒,家贫不能常得。"他的诗中有"清歌散新声,绿酒开芳颜"的句子,可见他饮酒自乐的情态。所以颜延年说他"心好异书,性乐酒德。"萧统在《陶渊明集序》中说:"有疑陶渊明之诗,篇篇有酒,吾观其意不在酒,亦寄酒为迹也。"大约在魏晋时代,由于门阀制度的黑暗,以及世族豪强的压抑,许多非世族出身的士人受歧视,感觉无出路,饮酒便成了时代病。亦有的人为了逃避当权者迫害而饮酒,如阮籍即是著名的例子。然而,陶渊明饮酒,则在一定程度上表现了他对现实社会的不满。

接下去,"相拖逗,金樽在手,烂醉菊花秋。"则具体描写了陶渊明与朋友开怀畅饮。酒酣耳热、逗趣玩乐的情态。拖逗一词,是撩拨、勾引的意思。如《元曲选》康进之《李逵负荆》有:"待不吃(酒)呵,又被这酒旗儿将我来相拖逗。"所以,这一句的大意是,他和朋友们相互劝酒,手把金樽,举杯痛饮,醉烂如泥,躺倒在盛开的菊花丛中。"菊花秋"与开头的"清霜篱落,红叶林丘"相呼应,相印证,形象地描绘了金秋季节菊花盛开的美好景象。

这首小令,对陶渊明隐居田园山林,厌弃官场生活,追求欢娱自适的思想情操,进行了热情的歌颂和赞美。在写法上通俗流畅,俗中有雅,形象生动,明白易晓,耐人寻味,是徐甜小令中的上乘佳品。

施耐庵 生卒年不详名耳,又名子安,字耐庵。江、浙一带人。相传,至顺二年(1331)举进士。后在杭州为官两年,因与当道权贵不合,弃官归苏州著书。至正十六年张士诚据吴,先征不应,后曾入幕。至正二十三年离去。明洪武初自江南北去,归兴化,定居白驹镇(今属大丰)。刘基与施耐庵友善,欲荐为官,辞而不就。卒于淮安。所著《水浒传》,塑造人物、安排情节都独具匠心。人物粗犷豪放,各具特色。是我国文学史上第一部描写农民起义的长篇小说,在我国文学史上占有重要地位。存世散曲有小令一首。

双调·新水令

施耐庵

秋江送别——赠鲁渊、刘亮

西窗一夜雨蒙蒙,把征人归心打动。五年随断梗,千里逐飘蓬。海上孤鸿,飞倦了这黄云陇。

[驻马听]落尽丹枫,莽莽长江烟水空。别情一种,江郎作赋赋难工。柳丝不为系萍踪,茶铛要煮生花梦。人懵懂,心窝醋味如潮涌。

[沉醉东风]经水驿三篙波绿,向山程一骑红尘。恨磨穿玉洗鱼,怕唱彻琼箫凤。尽抱残茗碗诗筒。你向西来我向东,好倩个青山互送。

国学经典文库

元曲鉴赏

·元曲·

图文珍藏版

971

[**折桂令**]记当年邂逅相逢,玉树蒹葭,金菊芙蓉,应也声同。花间啸月,竹里吟风。夜听经趋来鹿洞,朝学书换去鹅笼。笑煞雕龙,愧煞雕虫。要论交白石三生,要惜别碧海千重。

[**沽美酒**]到今日,短檠前,倒碧筒,长铗里,掣青锋。更如意敲残王处仲。唾壶痕,击成缝,蜡烛泪,滴来浓。

[**太平令**]便此后隔钱塘南北高峰,隔不断别意离惊。长房缩地恐无功,精卫填波何有用?你到那山穷,水穷,应翘着首儿望侬。莽关河,有月明相共。

[**离亭宴带歇拍煞**]说什么草亭南面书城拥,桂堂东角琴弦弄。收拾起剑佩相从。撩乱他落日情,撩乱他浮云意,撩乱他顺风颂。这三千芥子多做了藏愁孔。便倾尽别筵酒百壶犹嫌未痛。那堤上柳赠一枝,井边梧题一叶,酒中梨倾一瓮。低徊薜荔墙,惆怅蔷薇拢。待他鹤书传奉,把两字儿平安,抵黄金万倍重。

——耐庵施肇瑞谱于秋灯阁

【鉴赏】

  这套散曲,系由民间传抄而来,录自江苏古籍出版社出版的《曲苑》第一辑。由王季思先生主编的《元明散曲选》也选入此曲,并由王季思先生做了注释、说明。

  据抄录者赵振宜、黄俶成介绍:这套散曲是丁正华抄寄赵振宜的。丁正华 1952 年秋受苏北文联委托,与苏从麟到江苏兴化、盐城、大丰调查施耐庵的史料,在当年《文艺报》第 21 期上发表了《施耐庵生平调查报告》,公布了地方史志中和施氏族谱、耐庵墓碑上的有关史料;旋即又陪聂绀弩再次调查,发现了这套散曲。散曲是盐都区伍佑乡(靠兴化市境)周梦庄提供给丁正华的。周 1936 年 5 月在白驹镇施氏宗祠中从施逸琴先生处抄来的;施抄为何处,无考,仅称是上代传下来的。白驹镇原有施氏宗祠,奉施耐庵为始祖;距该镇九公里的施家桥庄有施耐庵墓。这两个村的施姓居民都自称是施耐庵的后裔,并存有家谱,二十几代,世系清楚。所以,这套散曲为施耐庵的作品,当是可靠的。

散曲的被赠者鲁渊,在支伟成的《吴王张士诚载记》一书中曾提到过。字道原,淳安人,元代进士。初任华亭县丞,后迁浙西副提举。张士诚起义,他曾被聘为博士。刘亮,据《泰州旧志》载,字明甫,吴郡人,亦曾仕于张士诚。施耐庵亦曾参加张士诚农民起义,所以三人之间当是战友情谊。

这首套曲,共分七个部分,由八支曲子组成。

第一支曲子[新水令],表现三人在一起征战的峥嵘岁月,健捷激袅。"征人""千里逐飘蓬","飞倦了这黄云陇"。

第二支曲子[驻马听],写别离的痛苦。面对"落尽丹枫,莽莽长江烟水空"的晚秋景色,"人懵懂,心窝醋味如潮涌"。

第三支曲子[沉醉东风],进一步写离别时的情形。"经""向""恨""怕",是离别时动作、情感的变化,最后,"你向西来我向东,好倩个青山互送。"

第四支曲子[折桂令],回忆当年战友之间的感情。"邂逅相逢,玉树兼葭,金菊芙蓉,应也声同","啸月""吟风""听经""学书","要论交白石三生,要惜别碧海千重"。

第五支曲子[沽美酒],写今日的生活与别离之痛。"短檠前,倒碧筒,长铗里,掣青锋"。要别离了,"唾壶痕,击成缝,蜡烛泪,滴来浓"。

第六支曲子[太平令],写别离后,相互之间依依思念之情。"隔钱塘南北高峰,隔不断别意离惊",嘱咐朋友,"你到那山穷,水穷,应翘着首儿望侬。莽关河,有月明相共"。

第七部分,两支曲子[离亭宴带歇拍煞],描写别离时的宴席与嘱托。"便倾尽别筵酒百壶犹嫌未痛";相互赠别,"堤上柳赠一枝,井边梧题一叶,酒中梨倾一瓮"。互相嘱咐,"鹤书传奉,把两字儿平安,抵黄金万倍重"。

整个套曲,语言通俗明白,雅俗兼备。由于施耐庵深入民间,长期生活于民众之中,了解下层人民的生活,同情和支持民间的反抗斗争,因此,他的创作风格,犹如在一片混浊空气之中吹进一股清风,具有清新、自然、深挚、质朴的本色,在风格上较元末散曲创作中所表现的与世隔绝的闲情逸致及逃避现实、及时行乐的消极思想,是一个重大的突破!

罗贯中 （约1330～约1400）元末明初小说家。名本，号湖海散人。山西太原人，一说钱塘(今浙江杭州)或庐陵(今江西吉安)人。撰有《三国志通俗演义》《隋唐志传》《残唐五代史演传》《三遂平妖传》等。所做杂剧今知有《风云会》《连环谏》《蜚虎子》三种，现仅存《风云会》一种。

宋太祖龙虎风云会

罗贯中

第三折

[正宫·端正好] 光射水晶宫,冷透鲛绡①帐,夜深沉、睡不稳龙床,离金门、私出天街上,正瑞雪空中降。

[滚绣球] 似纷纷蝶翅飞,如漫漫柳絮狂。剪冰花旋风儿飘荡,践琼瑶脚步儿匆忙。用白襕②两袖遮,将乌纱小帽③荡。猛回头把凤楼凝望,全不见碧琉璃瓦鸳鸯央。一霎儿九重宫阙如银砌,半合儿万里乾坤似玉妆,粉填满封疆。

【注释】

①鲛绡:传说为海中鲛人所织的绡,极为轻柔、细腻。曲中形容宫中锦帐。

②白襕:当时秀才穿的白衣。是一种用白细布做成上衣下裳相互连着的服装,和今日女装连衣裙相似。

③乌纱小帽:当时秀才常戴的帽子。王实甫《西厢记》中有:"乌纱小帽耀人明,白襕净、角带傲黄鞓"的句子。

【鉴赏】

《风云会》第三折有套曲16首,主要内容写赵匡胤雪夜访丞相赵普,定统一大计。历代戏剧家对《访普》的曲词都十分推崇。这里所选的两支曲子,对雪夜壮景进行了生动细腻的描述。

夜已深沉,空中瑞雪飘飘。强烈的雪光射出皇宫,丝丝寒气透进龙床锦帐。宋太祖赵匡胤心怀军国大事,转辗不眠。于是,他毅然离开金门,私出天街,去找丞相赵普商量军国大事。你看他,乌纱小帽,白襕净,好一副白衣秀士模样。放眼望去,空中雪花漫漫,狂如柳絮;地上积雪融融,厚似琼瑶。风旋冰花,雪舞蝶翅,主人公脚踏积雪,袖遮狂风,抖一抖帽上的积雪,心情格外舒畅。

纵观元人杂剧,有不少描写雪景的好片段。由于主人公的处境不同,对雪景的体验也不相同。例如:费唐臣的《苏子瞻风雪贬黄州》,剧中苏轼去黄州途中遇到大雪,他的感受是:"骚客迁、朝士贬、五云乡杳然不见。可做了雪拥蓝关马不前……哽咽难言。"心情是悲苦的。又例如:高文秀的《好酒赵元遇上皇》,剧中赵元,被人陷害,遭到杀头危险,他面对雪景的体验是:"雪遮得千树老,风剪得万枝枯","冻的我战兢兢手脚难停住"。《风云会》中的主人公是白衣秀士装扮的帝王,他眼中的雪景自然不同于苏子瞻和赵元。特别是"银砌的九重宫殿","玉妆的万里乾坤"，"粉填的莽莽封疆"。这些富丽堂皇的境界无疑都是帝王眼中的雪景，展示了主人公身为帝王所独有的广阔胸襟和气宇轩昂的鲜明个性。

笔行至此，忽然想起毛泽东的那首著名的《沁园春·雪》，其"山舞银蛇，原驰蜡象，欲与天公试比高"的胸襟与气魄又不是昔日帝王赵匡胤之流所能比拟的，难怪毛泽东要感慨："俱往矣，数风流人物，还看今朝。"

贾仲明　（1343~?）一作贾仲名，号云水散人。淄川（今山东淄博）人。后移居兰陵。明成祖朱棣在燕邸时曾为文学侍从，甚得宠爱。卒于永乐二十年（1422）以后。曾为钟嗣成《录鬼簿》补撰关汉卿等八十二人的吊词，为戏曲研究提供了宝贵资料。一说《录鬼簿续编》亦为他所作。所做杂剧今知有十六种。现存《玉梳记》《菩萨蛮》《玉壶春》《金安寿》《昇仙梦》五种。一说《裴度还带》亦是他所作。另存有散曲作品若干。

李素兰风月玉壶春

贾仲明

第一折

［六幺序］呀！猛见了心飘荡，魂灵儿飞在天，怎生来这搭儿遇着神仙？他那里眼送眉传，我这里腹热心煎，两下里都思惹情牵。他则管送春情不住相留恋，引的人意悬悬似热地蚰蜒[1]。他生的身躯袅娜真堪羡，更那堪眉弯新月，步蹙金莲！

［后庭花］感谢你个曲江池李亚仙[2]，肯顾恋这贬江州白乐天[3]。愿你个李素兰常风韵，则这个玉壶生永结缘。双通叔[4]敢开言，着你个苏卿心愿！我虽无那走

江湖大本钱,也敢陪家私住几年。

[柳叶儿]也养的恁满门宅眷,也是我出言在骏马之前。哎,你个谢天香肯把耆卿恋⑤。我借住临川县,敢买断丽春园⑥,一任着金山寺摆满了贩茶船!

【注释】

①蚰蜒:一种栖息于房屋内外阴湿处的小虫,共有足十五对,像蜈蚣。

②李亚仙:石君宝杂剧《曲江池》中的女主角,她三月三日到曲江池游春,遇郑元和,请他同席并接受了他的爱情。

③贬江州白乐天:指元杂剧《青衫泪》中,白居易贬江州遇琵琶女以结良缘的故事。

④双通叔:双渐,字通叔。与庐州妓女苏小卿相爱。因双渐求官,久而不还,鸨母将苏小卿卖给江西茶商冯魁。后双渐状元及第归,追赶苏小卿的贩茶船至金山,见其寺中的题诗,遂一夜千里赶到临安,终于夺回苏小卿,结为夫妇。

⑤谢天香肯把耆卿恋:指关汉卿杂剧《谢天香》中谢天香与柳永(字耆卿)的爱情故事。

⑥临川县、丽春园:仍指双渐与苏卿的故事。双渐曾作临川县令,苏小卿曾住丽春园。

【鉴赏】

《李素兰风月玉壶春》写扬州人李斌(别号玉壶生)与妓女李素兰的一段悲欢离合的爱情故事。共四折,一个楔子。第一折写李斌郊外闲游,结识妓女李素兰,彼此一见钟情;第二折写李斌在妓院用尽钱财,鸨母要李素兰接纳有钱人,赶走了李斌;第三折写李斌被赶出后心恋李素兰,在妓女陈玉英帮助下与李素兰相会,鸨母发现后将他们扭送官府;第四折写陶伯常为李斌进献万言策,皇帝封李斌为同知。这场官司恰好由陶伯常审理,于是,李斌和素兰如愿成婚。

这里所选的三支曲词,是第一折十二套曲中最精彩的片段。

[六幺序]开句着一"呀"字,并贯以惊叹号,表达了李斌乍睹佳丽李素兰时的激动、惊讶的主观感受。他心儿飘荡,神情恍惚,好像灵魂出窍天上飞。对方的美

977

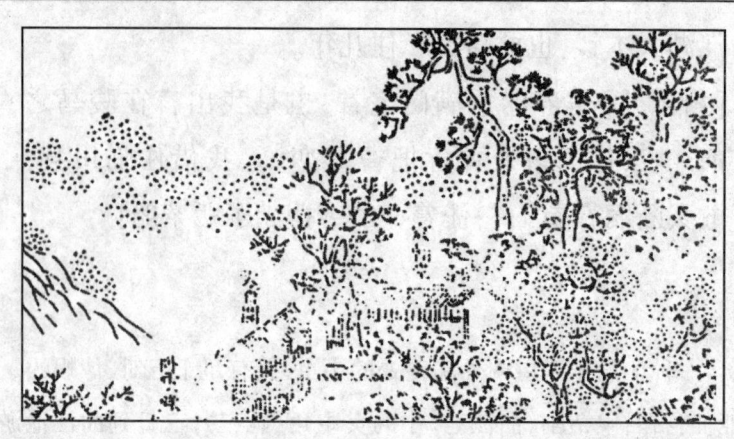

丽既真亦幻,使他疑窦顿结:"我莫不是遇到了神仙女子?"你看她身材苗条,袅娜多姿;弯眉细足,一步三摇,她那里只管眉传春情,目送秋波;哪管我这里腹热心煎,意悬悬像热地里乱爬的蚰蜒。这段曲词将李斌初见李素兰的感情体验写得曲折细致,而且,李素兰的体态、仪表、超凡的气质也由此表现无遗。此可谓一箭双雕。

[后庭花]是李素兰邀请李斌到花坞共饮时李斌所唱。这里用了李亚仙与郑元和、琵琶女与白居易、苏小卿与双通叔等广为流传的爱情典故,尽情地表达了主人公李斌对李素兰盛情邀请的感激,以及渴望与她永结同心的真诚愿望。

[柳叶儿]承上文末两句而下,用谢天香与柳永的爱情故事,表达了李斌愿花钱为李素兰脱籍,排除困难去争取爱情圆满的良好愿望。

通观这三段曲词,我们可以真切感受到李斌对李素兰的爱情是真挚、深厚的,作者将它们安排在剧作的开头,肯定两人爱情的忠贞与执着,从而,使鸨母和富商的从中作梗、肆意破坏显得格外令人痛恨。对戏剧冲突的发展、人物形象的刻画,都具有十分重要的作用。曲词中无论是运用典故,还是直叙衷肠都特别富有诗情画意。

吕洞宾桃柳升仙梦

贾仲明

第三折

[越调·斗鹌鹑北]经了些水远山遥,畅好是天宽地

狭。野店生莓,山城噪鸦。崎岖长途,奔驰瘦马。昏邓邓尘似筛,扑唐唐泥又滑。绿水堤边,青山那答。

[紫花儿序北]夕阳古道,客旅人稀,老树槎枒。一林红叶,三径黄花。看了那、高低禾黍,纷纷桑共麻。俺则为功名牵挂。今日个背井离乡,几时得任满还家?

[诉衷肠南]你道是功名牵挂,早过了夕阳下,一带云山似图画。眼巴巴几时得到京华!过山遥路远怎去?他教我心惊胆颤怕。如今容颜瘦,倒不如受辛勤还家罢!我如今力困筋乏。

【鉴赏】

　　《升仙梦》写的是南极老人长眉仙,见汴京梁园馆聚仙亭的两株桃柳有仙风道骨之气,遂派吕洞宾去引度它们。吕洞宾下凡见了翠柳、娇桃,令它们转世为人,长于富贵人家,结为夫妇。重阳节登高饮酒之时,吕洞宾设梦境,梦中丈夫受诰敕为官,夫妇赴任途中,汉钟离又在二人梦中化为强盗,劫财害命,使之警醒,遂随吕洞宾出家,最后得以成仙。

　　从思想内容上讲,《升仙记》并无出奇之处。神仙化道的题材在元杂剧中屡见不鲜。《升仙记》以其形式的革新见长,受到后人的青睐。元剧或为正末主唱的末本,或为正旦主唱的旦本,《升仙记》却是正末、正旦同唱;杂剧都唱北曲,《升仙记》却以正末唱北曲,正旦唱南曲,这些都是杂剧中首创,贾仲名的这种尝试与努力,是值得后人借鉴与赞赏的。

　　这里所选的三支曲词,是柳桃夫妇赴任途中的对唱,表达了旅途艰辛,宦思与羁情交织,有强烈的抒情性。

　　"经了些水远山遥",可见行程遥远,已非一日之劳顿。山路崎岖,视野受阻于千山万嶂,所宿处地僻草盛,人迹稀少;所行处山城噪鸦,萧瑟冷落。无论是瞻前还是顾后,都"崎岖长途";无论是以往还是明天,都将"奔驰瘦马"。风和日丽则黄尘如筛;天阴下雨,则路滑泥烂。生于富贵人家,长于温柔之乡的柳春与陶氏,哪堪这水远山遥的鞍马劳顿。不过,此行毕竟是赴任,自古功名多诱惑,因此,柳春情不自禁地又唱出了"绿水堤边，青山那答"的仕宦情声。

眼前行经古道之上，天边一抹夕阳，人迹稀少，只见路边老树枝丫歧出。时值深秋，一林红叶如火，三径黄花似金，高高低低的田野上长满了禾黍桑麻。想农夫尚能饱览黄花红叶享受收获禾黍桑麻之乐，自己却为功名所累，背井离乡。在此，羁情已经上升到与功名相抵抗的位置，不由得使人起桑梓之想，生"几时得任满还家"之感叹。

[诉衷肠]是正旦陶氏所唱，较之丈夫柳春，她所唱更为直露。丈夫正感叹为功名牵挂，转眼间，时过境迁，暮色将临，又一天旅途奔波，如今是力乏筋困，容颜消瘦，望前程仍旧是云山相接，山遥路远，眼巴巴望不到京华，真叫人心惊胆颤，还不如辛勤早回家。

人生往往富在此岸，而贵在彼岸。二美不可兼得，柳春在赴任途中，备尝艰辛，陶氏更觉畏途之惧，受不得辛苦。正进退踌躇之际，忽梦中遭盗被杀，遂幡然醒悟，知富贵之不可求，人生将不可久，转而求点化，希望长生。以上三支曲词所昭示的便是这种进不及官场，退不得还家之境。因此，在剧情的转折之中起了很大的作用。

羁旅行役一向是诗词中的重要题材。宋代诗人梅尧臣曾以温庭筠的"鸡声茅店月，人迹板桥霜"作为善表"道路辛苦，羁愁旅思"的范例。元曲中也颇多此类题材，虽然多以显豁直露区别于诗词的蕴藉含蓄，但像马致远《天净沙·秋思》之类的名篇，亦有化景为情的特点。《升仙记》中这三支曲词也是抒发羁愁旅思的，前二支曲子在遣词造句、意象的营造方面都颇见《秋思》的影响。但套曲不似小令篇幅短窄，必须将意象浓缩并置，因而，[斗鹌鹑][紫花儿序]都前后妆点，着意铺排，将羁情与宦思渲染得变化动宕，别有风致。

王子一 约生于元末，活动于明初。生平事迹不详。所做杂剧今知有四种。现仅存《误入天台》一种。亦有散曲作品若干。

刘晨阮肇误入桃源

王子一

第三折

[中吕·粉蝶儿] 兔走乌飞①,搬不尽古今兴废,急回来物换星移。成就了凤鸾交、莺燕侣,五百年夙缘仙契。不多时执手临岐,倒搅下千相思一场憔悴。

[醉春风] 则被这红灼灼洞中花,碧澄澄溪上水,赚将刘、阮入桃源,畅好是美,美。受用他一段繁华,端详了一班人物,别是个一重天地!

[迎仙客] 下坡如投地阱,蓦岭似上天梯。这的是蝴蝶梦中家万里。不甫能雨才收,没揣的风又起。似这般风雨凄凄,早难道迟日江山丽?

[红绣鞋] 见了这三五搭人家稀密,过了这百千重山路逶迤。那里也新郎归去马如飞,愁的是林深禽语碎,怕的是路远客行迟!呀,却原来鹧鸪啼烟树里。

[醉高歌] 望见那萧萧古寺投西,行过这泛泛危桥转北,早来到三家疃上熟游地,这搭儿分明记得。

[普天乐] 曾得个几星霜、多年岁,为甚么松杉作洞,花木成蹊!往时节将嫩苗跑土栽,今日呵见老树冲天立。见了这景物翻腾非前日,不由人几般儿心下猜疑:修补了颓垣败壁,整顿了明窗净几,改换了茅舍疏篱。

[石榴花] 则见这野风吹起纸钱灰,蓼蓼的挝鼓响如

雷,原来是当村父老众相知,赛牛王社日②,摆列着尊罍。到的这柴门前便唤咱儿名讳。他那里默无声弄盏传杯,一个个紧低头不睬佯妆醉。方信道人面逐高低。

[斗鹌鹑]我今日衣锦还乡,儿呵你也合开门倒屣。我这里道姓呼名,他那里嗑牙料嘴③,则道是铺啜之人来撞席④,饕餮他酒共食。似恁般妄作胡为,敢欺侮咱浮踪浪迹。

[上小楼]则见他一时半刻,使尽了千方百计。吃紧的理不服人,言不谙典,话不投机。看不的乔⑤所为、歹见识、刁天决地⑥。早难道⑦气昂昂后生可畏。

[幺篇]真乃是重色不重贤,度人不度己!使的这牛表、沙三、伴哥、王留,唱叫扬疾,走将来手便捶、脚便踢,将咱忤逆。这的是孩儿每孝当竭力。

[满庭芳]你道我面生可疑,便待要扬威耀武,也合问姓甚名谁。那些个吐虹霓三千丈英雄气,全不管长幼尊卑。你道我上天台狼餐豹食,谁想我入桃源雨约云期。休得要夸强会⑧,瞒神谎鬼。大古里⑨人善得人欺!

[十二月]叹急急年光似水,看纷纷世事如棋;回首时今来古往,伤心处物是人非。若不游嫦娥月窟,必定到王母瑶池。

[尧民歌]呀!生折散碧桃花下凤鸾栖,端的个人生最苦是别离,倒做了伯劳飞燕各东西,早难道有情何怕隔年期!伤也波悲,登高怨落晖,添几点青衫泪。

【注释】

①兔走乌飞:"兔"代指月亮;"乌"代指太阳。形容时光飞逝。

②赛社:古代一种祭祀习俗。牛王:牛神。

③嗑牙料嘴:斗口。

④撞席:闯进来吃席。

⑤乔:恶劣。

⑥刁天决地:乖张。

⑦早难道:否定语。含有说什么的意思。

⑧强会:能干。

⑨大古里:大概、总之。

【鉴赏】

《误入桃源》是王子一传世的唯一作品。剧作主要内容写天台人刘晨、阮肇有感于奸佞当道、天下大乱,隐迹山林,无意功名。一天二人入山采药,投宿于桃源洞遇两位仙女,遂留住洞中。一年后,回到故乡,见景物已与昔日不同,遇牛王赛会首刘德,却原来是刘晨的孙子,方知洞中一年,人世数代。于是,两人复入山中,经太白金星指引,与仙子相会于桃源洞。

这里所选的13支曲词,有抒情、有描景、有叙事,集中反映了刘、阮二人回家的情景。

[中吕·粉蝶儿]和[醉春风]主要抒发了刘晨对桃源洞中与仙女相亲相爱生活的留恋,歌颂了幽欢密宠的爱情生活。

日月交替,时光飞逝;物换星移,日月如梭,世间兴废叹不尽,想桃源洞中,红灼灼桃花、碧澄澄溪水,娇花照水,水映娇花,花水辉映,美不胜收。更有那五百年凤缘仙契,一朝成就。凤鸾莺燕,沐鱼水之欢,多少恩爱,尽在不言之中。常言道:欢情觉日短,转眼间,道旁相别,执手相看,泪眼迷蒙,难舍难分。似怨、似恨、似怅、似失,种种情思化为一场绵延的相思与憔悴。

[迎仙客]以下四支曲词,描摹了旅途景色。[迎仙客]写旅途气候,[红绣鞋]摹旅途景色,[醉高歌]叙近家乡,[普天乐]画家门前。几乎一句一景,像电影镜头:从路旁执手道别的依依不舍到下坡、蓦岭,披风沐雨,蝴蝶梦中家万里的归心似箭;从山路透迤、稀密人家、禽鸣啁啾的行旅凄情到过古寺、行危桥,渐行渐近,来到熟游地的近乡情怯;从松杉作洞,花木成蹊,走时嫩苗跑土栽,如今老树冲天立的疑

虑到茅舍疏篱旧貌换新颜的感慨。这一系列的画面一个接一个,交相叠印,全面立体地展示了刘、阮二人归家旅途的全过程,同时,揭示了人物内心情感的变化,情景交融,极富艺术感染力。

[石榴花]以下五曲是叙事。[石榴花][斗鹌鹑]叙述归家叫门,后辈不理睬,只管自个弄杯传盏的情景[上小楼][幺篇]叙述遭殴打;[满庭芳]辩驳和责备后辈。

刘晨归家后的种种遭遇,一系列事件、动作、变化,一场场纠葛,都通过这些曲词来表达,由当事人唱叙,增添了真实感。五支曲词,大量运用了当时的方言俗语。这些方言俗语,朴实浅显,明白如话,为当时人所熟悉,用来叙述事件,一听便懂,便于领会。

这五支曲词写归家后的争吵、纠纷,一方面表明刘晨经过这场争吵、纠纷,看破世情,决心重返桃源洞;另一方面,作者又借此刻画世态,倾吐心中的不平。所以,曲词中更多地采用两两对比的手法,他怎样,我怎样,不时插入议论和评价,突出对比的内涵。如:[石榴花]对比了"唤咱儿名讳"的亲切和"紧低头不睬"的冷漠,议论说:"方信道人面逐高低"显示了世态炎凉。

最后两曲抒发了经历种种波折后的情思。主人公感叹时光如水,物是人非;人情如纸,世事如棋。哪里是逍遥仙乡?当然是嫦娥月窟,王母瑶池。想回家的行为实在愚蠢,生生拆散了碧桃下成双成对的鸾凤。人生最苦是别离,好在有情不怕隔年期。如今归去为时未晚。

以上13支曲词,从抒情起,中有摹景、叙事,最后又归于抒情。抒情、摹景的曲词比较雅,叙事的语言比较俗,无论雅俗都各异其趣。

李伯瞻　元初功臣李恒的孙子,先世为西夏王族,泰定年间,官至翰林直学士、阶中仪大夫。现存小令七首,皆以"省悟"为题,抒发了作者厌倦仕途,逍遥于山水田园的情趣。

双调·殿前欢

李伯瞻

省 悟

去来兮,黄花烂漫满东篱。田园成趣知闲贵,今是前非,失迷途尚可追。回头易,好整理闲活计。团栾灯花,稚子山妻。

【鉴赏】

陶渊明《归去来兮辞》烁耀千载,对后世文人无论是在思想上还是创作方法上影响都极为深远。

此曲在意境和遣词方面也不自觉效仿了陶渊明的《归去来兮辞》。

"黄花烂漫满东篱"是描写田园隐居生活最典型的句子,有其特定的审美意象。因为,陶渊明酷爱菊花,他不仅在《归去来兮辞》中有"三径就荒,松菊犹存"的叙述,而且在著名的《饮酒二十首》其五中还写过"采菊东篱下,悠然见南山"这一流传千古的名句。东篱的菊花开得如此灿烂夺目,它仿佛在召唤那些误入尘网的"羁鸟""池鱼"们,呼唤他们快快归来,享受这田园的闲趣。作者出身豪门,曾居高官,他无疑是厌倦了官宦生涯,而对东篱菊花的召唤如此敏感、如此钟情。作者庆幸自己迷途不远,回头尚易。一个"失"字表达了作者误入官宦生涯的痛悔。作者向世俗宣告,从今往后将退出官场,走向田园,好好安排一下闲适的隐居生活。一家人和乐团聚,灯前围坐,妻儿老小笑语频频,这正是作者心中理想的生活,这样的生活又岂是尔虞我诈、争权夺利的宦海生涯所能比拟的呢?

双调·殿前欢

李伯瞻

省　悟

去来兮，黄鸡啄黍正秋肥。寻常老瓦盆边醉，不记东西，教山童替说知。权休罪[1]，老弟兄行都申意[2]："今朝溷扰[3]，来日回席。"

【注释】

①权休罪：姑且不要怪罪。权，姑且；暂且。

②行：用于名词或代词后表复数，相当于"们""等"。申意：表明、使明白心意。

③溷扰：打扰，叨扰。

【鉴赏】

这首小令抒写了田园亲友间真挚的情谊。黄鸡正肥，村酿方熟，寻常田家风味却胜过山珍海味。老瓦盆边，开怀畅饮，酒醇情更浓。此情此景与东坡笔下的《满庭芳》："山中友，鸡豚社酒，相劝老东坡"是何等相似。与亲友饮酒，可一醉方休，即使连归家的路都不记得了又有何妨呢？有趣的是，曲中主人公醉得不辨东西，却还念念不忘叫山童传话："今日弟兄多有叨扰，休要怪罪，来日酒醒，一定回席。"真可谓醉语成趣，醉中显真性，醉得一派天真、稚气、纯朴无邪。

此曲所描绘的田园生活场景真实纯朴，与虚伪的官场形成了鲜明的对照。因此，对黑暗的现实有揭露和讽刺作用。

双调·殿前欢

李伯瞻

省 悟

好闲居,百年先过四旬余,浮生待足何时足,早赋归
欤,莫遑遑盼仕途。忙回步,休直待年华暮。功名未
了,了后何如?

醉醺醺,无何乡里好潜身。闲愁心上消磨尽,烂熳天
真。贤愚有几人,君休问,曾亲见渔樵论。风流伯
伦[①],憔悴灵均[②]。

【注释】

①伯伦:指晋代刘伶。

②灵均:指屈原。

【鉴赏】

这两首小令表达了作者劝世自警的主旨。

"团栾灯花,稚子山妻"的生活情趣,自然是那些热衷功名利禄的痴人们所不能
理解的。人生百年,稍纵即逝,如果不抽身回步,何时是了呢?作者在描述这种心
境的时候,我们不难看出他心中充满着不能自拔的矛盾,所以才有"百年先过四旬
余,浮生待足何时足""功名未了,了后何如"这些自我反省的话语。这只能表明作
者的不能及早抽身隐退并非甘心情愿,而是事出无奈。

人生在世,岂能不分是非贤愚? 但作者却说"贤愚有几人,君休问"。究其根
源,还是因为元朝社会黑暗,颠倒是非,不分贤愚。因此,所有的一切是非贤愚都是
无从理论的。想想身处晋代乱世的刘伶是那样风流倜傥,乘鹿车,携美酒,使人荷

锸相随,纵酒放达,路死路埋;还有行吟憔悴的屈原,洁身自好,忧国忧民,最后自沉而死。古人已矣,无论是风流的刘伶,还是憔悴的屈原,他们的人格德业纵然再高尚,到头来都不过是渔夫樵父们谈古论今的话柄。想到这里,人生的一切似乎都可以放弃,但事实却又不尽然。假如作者真想遁世逃名,又何必发这些"贤愚有几人,君休问"的牢骚呢? 既然发表了自己的意见,又可见作者还是有是非贤愚的人生标准的。

这两首小令,表面看是劝世自警,消极引退,骨子里却是郁郁不平,对现实充满着反感。他曲折迂回地表达了生活在元朝黑暗社会中大批知识分子苦闷、压抑、扭曲的心境。

王爱山　生平事迹不详。字敬甫,长安(今陕西西安)人。存世散曲有小令14首。

双调·水仙子

王爱山

怨别离

凤凰台上月儿高,何处何人品玉箫。眼睁睁盼不得他来到,陈抟①也睡不着,空教人穰穰劳劳②。银台灯将灭,玉炉中香渐消。业眼③难交。

【注释】

①陈抟:北宋初年道教大师,最初修道于武当,后移居华山,常一睡百余日不起,是一位得道的睡中仙。

②穰穰劳劳:纷乱心烦。

③业眼:元朝时人口语,意思是作孽、可恨的眼。

【鉴赏】

　　此曲也写思妇情怀。虽同是写思妇盼离人归来的情与景,但与兰楚芳之[双调]《折桂令》比较,兰曲写得比较含蓄,能曲尽焦急盼望之苦之痛,且思妇的感情历程写得细腻复杂,由盼到悔到怨,富于变化。此曲中思妇的感情虽也有起有伏,但表达的方式却坦诚不讳,直抒胸臆,展现出不同的情趣。

　　首句"凤凰台上月儿高"与兰曲首句"被东风老尽天台"相同,是起兴,用景语引发下文。你看,凤凰台上的月亮高高地挂在天上,不知什么地方、什么人在吹弄着玉箫,那呜呜咽咽,如泣如诉的乐调,怎不撩起思妇的愁思呢? 眼睁睁盼不到离人归来,就是得道的睡中仙陈抟也只怕难以摆脱这揪心的盼望、等待而安然入睡吧! 长夜难寐,空教人增添多少烦乱与惆怅啊! 夜深了,银台上的灯将灭,玉炉中的香渐消,此刻正是万家酣睡之时,可恨这该死作孽的眼睛却总是合不拢。

　　"业眼难交"写得智趣俏皮,与"眼睁睁盼不得他来到"相呼应、相补充,前句怨离人,后句恨自己。全曲将思妇的"盼""怨""爱""恨"交织在一起,读起来真切感人。

双调·水仙子

王爱山

怨别离

凤凰台上月儿弯,烛灭银河锦被寒,谩伤心空把佳期盼,知他是甚日还,悔当时不锁雕鞍。我则道别离时易,谁承望相见啊难,两泪阑干。

【鉴赏】

　　《怨别离》是一组悲歌,共十首,用同一曲调谱写而成,每首的内容都是围绕着男女爱情抒发离愁别恨的悲苦,而且都选择了"夜"为特定时刻,都以女性为曲中的抒情主人公,这大概是因为夜深人静之际,正是离情最苦之时的缘故吧!而以女性为曲中的抒情主人公,则更易表现细腻缠绵的思想感情。

这组怨别离,虽然有其明显的共性,但作为各自独立的篇幅段落,它们又各有侧重,不尽相同。

此曲写思妇情怀,重点写盼、写悔、写怨。

刘向《列仙传》记载:秦穆公有女弄玉,嫁萧史,萧史善吹箫作凤鸣,凤凰来止其屋,穆公为筑凤凰台使夫妇居之。

凤凰台上,本应是凤鸣凰和,月满如张弓,此曲中描绘的景象却是残月弯弯,凰飞凤怨。

夜深了,室内的烛光已灭,窗外夜色沉沉,天上银河浩瀚,传说中的牛郎、织女隔着银河正苦苦相望。这一切怎能不使离别的人儿倍感凄凉呢?形单影只,锦被生寒,女主人公只有空伤心、空盼望。唐朝诗人王昌龄有一首著名的《闺怨》诗:"闺中少妇不曾愁,春日凝妆上翠楼,忽见陌头杨柳色,悔教夫婿觅封侯。"登楼赏景的少妇,忽因阡陌中普通的杨柳勾起她内心深处复杂的情怀,蒲柳先衰,青春易逝,而自己正当华年,丈夫却千里悬隔,"少妇"心中忽然冒出一个强烈的念头:后悔让丈夫去从军远征,寻觅那虚浮的功名,从而辜负了这大好的春光。此曲中的女主人公因难捱相思、痴盼之痛,内心的情感也经历了一个由"盼"转"悔"转"怨"的过程。"悔当时不锁雕鞍"与王昌龄《闺怨》中的"悔教夫婿觅封侯"同出一辙,表达了千古思妇幽怨的情怀。是啊!只以为别时容易,相见不难。谁料想,如今望穿河汉,相见却是如此之难。况且,这种等待与盼望是没有尽头的,天知道"他"何日才能还家。

此曲的结语:"两泪阑干",将一个伤心欲碎满面泪水的思妇形象推到了读者面前,有极强的感染力。

中吕·上小楼

王爱山

酒酣时乘兴吟,花开时对景题。剪雪裁冰,击玉敲金,

贯串珠玑。得意时,自陶写,吟哦一会,放情怀悦心
神,有何惭愧。

【鉴赏】

酒酣时乘兴吟咏,花开时对景题诗,这种心性自由无拘无束的生活,是多么令
人向往啊!

"剪雪裁冰,击玉敲金,贯串珠玑",表面看似乎是实写景或物,仔细推敲,却是
比喻文人们所吟咏的诗,意境如白雪寒冰一样幽雅、高洁;音韵如金玉之声悦耳动
听;辞藻如串串珍珠灿烂夺目。"文如其人","诗如其人",诗文既如此,写诗吟咏
的人是怎样风流人物就自不必多说。他们兴致所至,挥笔题写,自我陶醉,忘却一
切忧愁烦恼。为宣泄性情,他们可以放声高歌,纵情尽兴地享受生命的欢愉。这样
的生活又有什么惭愧可言呢? 此曲的结句问得十分突兀,想必是作者用以回答对
这种生活态度的指责和非议吧!

中吕·上小楼

王爱山

黑甜浓①坦腹眠,清凉风拂面吹,高卧藤床,铺片蒲席,枕块顽石,日三竿,睡正美蒙头衲被,起得迟怕画不着卯历。

【注释】

①黑甜浓:形容酣睡入梦。

【鉴赏】

此曲表达了作者对生活的最高理想与执着追求。

在作者看来:高卧藤床,背垫蒲席,头枕顽石,袒露着腹肚,一任清风拂面,日上三竿仍然蒙头大睡,这样任性自在的生活就是最理想、最称心如意的生活。这样的生活不顾忌人事的冷暖,不提防官场的黑暗与尔虞我诈,也不必像小官吏那样,天天要为按时签到画卯而提心吊胆,不敢尽兴酣睡到日上三竿。此曲的结句"起得迟怕画不着卯历"集中表现了作者对封建统治阶级消极反抗的思想。

中吕·上小楼

王爱山

开的眼便是山,挪动脚便是水,绿水青山,翠壁丹崖,可作屏帏。乐心神,净耳目,抽身隐逸,养平生浩然之气。

【鉴赏】

此曲抒发了作者高雅的情趣,咏颂了避世幽居之乐。

作者在开篇就为我们描述了理想的隐身环境:那里睁开眼,到处见青山,挪动脚,处处有绿水。高高的山,长长的水,像重重叠叠的屏障将作者隐身的乐土与喧嚣的尘世隔绝开来,那里听不到车马喧嚣,看不到胁肩谄笑,在那里隐居,作者心性健康、愉快,耳目清净,可以静养胸中的浩然正气。

《孟子·公孙丑上》曰:"我善养吾浩然之气。"曲中作者所要养的浩然正气到底是什么呢?我想应该是对元朝统治者的不满,对富贵、功名的鄙视,以及对放达自在、恬淡无拘生活的追求。

刘唐卿　生平不详。大原人。著有杂剧《李三娘》和《蔡顺摘椹养母》,散曲仅存小令一首。朱权《太和正音谱》将刘唐卿列入"词林英杰"150人之中。

双调·蟾宫曲

刘唐卿

博山铜①细袅香风,两行纱笼,烛影摇红。翠袖殷勤捧金钟,半露春葱。唱好是会受用文章巨公②,绮罗丛醉眼蒙眬。夜宴将终,十二帘栊,月转梧桐。

【注释】

①博山铜:又名博山炉,表面雕刻有重叠的山形装饰。《西京杂记》曾有长安巧工丁缓制作九层博山香炉的记载,可见是一种昂贵的器物。

②唱好是:元曲中习见语,又作"畅好是",是"真是""正是"的意思。文章巨公:指王约。王约博通经史,雅好文辞,故称"文章巨公"。

【鉴赏】

　　这首小令,描写了达官显贵王约府中的一次夜宴,在当时极享盛名。

　　博山炉中发出袅袅香烟,缭绕弥漫堂中,透过精致的纱笼,隐约可见两行摇曳的红烛光影,闪闪烁烁。嗅觉、视觉的融汇,为我们烘托出夜宴的奢华。

　　唐人笔记《原化记》有这样一则故事:"新罗僧相李藩曰:'判官是纱笼中人。'问其故,僧曰:'宰相姓名,冥司以纱笼护之。'"本曲中"纱笼"一词,既实指罩烛者,又有恭维主人王约以及在座的达官显贵之意,一语双关。"翠袖"二句写人,使相对静止的场景增加了流动感。宋代词人晏几道《鹧鸪天》词:"彩袖殷勤捧玉钟"。作者用"翠袖"替代"彩袖",意象更加明确、雅致,借此代指劝酒的女子。劝酒的女子半露玉指殷勤地为客人盛酒。觥筹交错,珠周翠绕,醉眼蒙眬中纵情享受这美酒佳人的旖旎风光。不知不觉,月光筛过某一帘栊,从梧桐树的这一边慢慢转到另一边,又从另一帘栊透过。夜已深沉,然而,此时也仅仅是"夜宴将终",夜宴并未完全结束。

　　全曲从夜宴的场景入手,写行酒的女子、宴饮的主人,最后转入即将散席的场景,静动相生,前后呼应。虽没有写众宾客的字句,但由于抓住了宴饮中富有特征的典型场景,喧哗、热闹、奢豪的气氛,因此,众宾客的情绪仍然可以从字里行间透露出来,作者的艳美、留恋的情怀也跃然纸上。空间、时间、人物的交错描写,给读者留下了想象的余地。

高栻　生平事迹不详,燕山(今北京)人,存世散曲有小令 1 首,套数 1 套。

双调·殿前欢

高　栻

题小山《苏堤渔唱》①

　　小奚奴,锦囊无日不西湖。才华压尽香奁句②,字字清殊。光生照殿珠③,价等连城玉④,名重《长门赋》⑤,好将如意,击碎珊瑚。

【注释】

①小山:指张可久,字小山。

②香奁句:唐代有著名诗人韩偓,《沧浪诗话》载:韩偓之诗,皆裾裙脂粉之语,有《香奁集》。

③照殿珠:《唐宝记》载唐代宝珠,大如鸡卵,置之室中,明如满月。

④连城玉:指价值连城的和氏璧。

⑤《长门赋》:司马相如的传世杰作。

【鉴赏】

小山散曲,颇负盛名,这首曲子对小山散曲虽不免有溢美之嫌,但基本上还是合乎那个时代大多数文士的看法的。

作者以多写艳情、辞藻华丽、以香艳词句出名的韩偓作比,用一"压"字,强调了小山才气远胜韩偓。接着,作者用三个排句高度赞扬了小山的《苏堤渔唱》如照殿珠一样熠熠生辉,如和氏璧一样价值连城,比司马相如的《长门赋》还要出名。这样的好曲文怎么能不使人吟后忘乎所以、击节为快呢? 这样的好曲文又是从何而得来呢? 据李商隐《李贺小传》记载:李贺"恒从小奚奴,骑距驴,背一破锦囊,遇有所得,即书投囊中。"作者在曲子开头,借用这一典故,表明了张可久的《苏堤渔唱》也是日从小厮,身背锦囊,每日踏游西湖山水,呕心沥血搜集妙句的结果。看来,古往今来,天才皆出于勤奋。

武林隐 生平事迹不详。《全元散曲》录存其小令 1 首。

双调·蟾宫曲

武林隐

昭　君

天风瑞雪剪玉蕊冰花。驾单车明妃无情无绪，气结愁云，泪湿腮霞。只见十程五程，峻岭嵯峨，停骖一顾，断人肠际碧高天漠漠寒沙。只见三对两对搠旌旗古道西风瘦马，千点万点噪疏林老树昏鸦。哀哀怨怨，一曲琵琶。没撩没乱离愁悲悲切切，恨满天涯。

【鉴赏】

《西京杂记》记载："汉元帝因后宫女子多，就叫画工画了像来，看图召见。宫人都贿赂画工，独王嫱不肯，所以她的像画得最坏，不得见元帝。后来匈奴来求亲，元帝按图像选昭君去，临行才发现她最美，悔之不及，就将毛延寿等许多画工都杀了。"昭君为画工所误，不得见元帝本已可悲，又为元帝所误，远嫁匈奴，其命运更是凄凉。因此"昭君出塞"历来就是文人们钟爱的题材。

这首[蟾宫曲]以双调的音响表现出一股呜咽激扬的气势。

多情的天风瑞雪，精心剪裁雕琢了数也数不清的玉蕊冰花，面对多情的大漠风雪，远嫁的王昭君没有半点情趣，思念故土的哀愁凝结成层层阴云，悲叹远嫁的泪水沾湿了腮边的胭脂，五里十里，山高岭险，乡里日远，停下马车回眸一看，满眼是碧空黄沙，寂静无声，怎不叫人悲伤断肠、意冷心寒。"只见三对两对搠旌旗古道西风瘦马，千点万点噪疏林老树昏鸦"这两句套用了马致远《天净沙》中的名句："枯藤老树昏鸦""古道西风瘦马"，在文字上又加以铺陈。"三""两"是言其少，"千点万点"是言其多。其实，作为奉汉室之命和亲匈奴的王昭君，出塞时是应该有较大排场的。然而，再大再隆重的仪仗，一旦撒落在漫长的沙漠古道上也都会显得稀稀落落、三三两两。西风萧瑟，天寒地冻，连日的跋涉，连坐骑都一天瘦似一天，马尚如此，人何能禁？天色已晚，正是乌鸦归巢时分，远处那数不清的乌鸦"哑哑"地叫着，像千万个黑点密密麻麻，飘入稀疏的枯树林里，古人多以鹊鸣写喜，以鸦噪写悲，千点万点的乌鸦衬托出昭君心中的大悲大戚，然而，昭君的满腹哀怨又能向何人诉说呢？只能借助于手中的琵琶，随着北行愈走愈远，离乡背井之苦如决堤之河水从琵琶悲曲中倾泻出来，萦绕在沙海天涯。杜甫《咏怀古迹》诗中有"千载琵琶作胡语，分明怨恨曲中论"的名句。其实，弹琵琶之事，本不属于昭君，是晋代以后的附会，翟灏《通俗编》记载："石崇《王明君辞序》云：'昔公主嫁乌孙，令琵琶马上作乐，以慰其道路之思，其送昭君亦必尔也。'石崇既有此言，后人遂实之昭君，误矣！"

在此，我们不必去考究昭君是否善弹琵琶，作者的用意只是借琵琶传达昭君心中的悲怨，杜甫诗也是如此。

作者大笔绘景，细腻抒情。景因情迁，情借景生，情景交融。圆熟的对仗，亦俗亦雅的语言，使一个尽人皆知的老题材翻出了新曲，读来琅琅上口，给人以美感。

卫立中　生平事迹不详。

双调·殿前欢

卫立中

碧云深，碧云深处路难寻。数椽茅屋和云赁，云在松阴。挂云和八尺琴，卧苔石将云根枕，折梅蕊把云梢沁，云心无我，云我无心。

【鉴赏】

此曲描写了作者离世索居，在碧云深处，寻找心灵归宿的惬意，为我们描绘了一幅理想的桃源圣地。

山高云深，道路崎岖难辨，尽管如此，作者进入云山，就是为云而来。作者爱无处不在、悠闲自在的云，看云去云来，忽突发奇想，愿将云与几间茅屋同租下来，终日与己相伴。"赁"字用得奇妙，新鲜又有趣。茅屋有形可租也罢，碧云岂能租？真是亦虚亦实，妙在其间。接着作者为我们展示了一幅烟霞隐士如行云野鹤一样自由自在的生活图画：挂名贵的云和八尺琴于树间，头枕云根，手把梅花，躺在长满青苔的山石上，月白风轻，云绕雾缠，梅花的清香沁透了云的根根梢梢。这是一个多么令人神往的幽美、静谧的迷人境界啊！"云心无我，云我无心"很像两句佛偈，充满禅意。颇有不知云为我，还是我为云的味道，透出了几分玄妙与生动。

全曲意在写"云"，既写出了"云"隔绝尘世、飘逸难寻的无形，又写出了它"可赁""可枕"、可被"梅沁"，甚至可与"我"相融、相悦的有形。作者笔下的云是有形体、有生命的拟人化的云，那不就是作者自己的化身吗？

双调·殿前欢

卫立中

懒云窝，懒云窝里客来多。客来时伴我闲些个，酒灶茶锅，且停杯听我歌，醒时节披衣坐，醉后也和衣卧，兴来时玉箫绿绮，问甚么天籁云和？

【鉴赏】

如果说卫立中 [双调]《殿前欢》"碧云深"，只是为我们描绘了一幅世外桃源的理想蓝图的话，那么，这一首 [双调]《殿前欢》，则为我们实写了山居之乐。

"懒云窝"应该是作者在碧云深处租赁的数间茅屋的自题调侃之词。主人公以"懒云"自况，聚而不散，凝而不动，心宁意静。虽住在碧云深处、懒云窝里，却有一群群一心向云的朋友、客人来此造访。客人来了，就煮酒烹茶，闲话逍遥。"且停杯听我歌"是懒云窝的主人唱给众宾客的祝酒歌。我们仿佛看到他举杯向众宾客畅吐心中之言：喝吧！喝吧！让我们酒醒了就披衣而坐，酒醉了就和衣而眠，兴之所至就吹起玉箫，弹起绿绮琴，可以信口无腔，可以随心无调，只是乘兴而发，兴尽即止,管它是大自然的任意音响,还是发自弦端的高曲格调呢?

　　整首曲子写"云"、写"我"、写"客",有酒、有琴、有歌,极写山居之乐、心灵之悦。无愤世嫉俗之语,却有摒弃功名富贵之意。以叙事口吻平铺直叙,字里行间弥漫着一股恬淡祥和之气,只在收尾设一反问句,恰如一粒细石落击湖面,击起一圈小小的涟漪,那波下到底深藏着什么呢?聪明的读者自然会去咀嚼。

吕侍中　生平事迹不详。《全元散曲》录存其套数 1 套。

正宫·六幺令

吕侍中

华亭江上,烟淡淡草萋萋,浮光万顷。长篙短棹一蓑衣,终日向船头稳坐,来往故人稀。纶竿收罢,轻抛香饵,个中消息有谁知?

[幺]说破真如妙理,惟恐露玄机,春夏秋冬,披星戴月守寒溪。一点残星照水,上下接光辉,素波如练,东流不住,锦鳞不遇又空回。

[尾]谩伤嗟,空劳力,欲说谁明此理?千尺丝纶直下垂,一波动万波相随。唱道难晓幽微,且恁陶陶度浮世。水寒烟冷,小鱼儿难钓,满船空载月明归。

【鉴赏】

　　华亭江上,飘浮着淡淡的水雾,两岸是萋萋芳草,月光下,碧波万顷,泛起层层银光。作者撑着长篙,划着短棹,身披蓑衣,整天独自稳坐船头,旧时的亲朋好友已经绝少来往,浮世的尔虞我诈再不去思想。这情景与柳宗元《江雪》中的"孤舟蓑笠翁,独钓寒江雪"是何等惊人的相似。也许,作者正是以柳宗元的傲骨高风为榜样吧！钓竿的起与落，丝纶的抛与收，这其中的"妙理"又有谁知晓呢？欲说还休，还是不说的好，说破恐泄露了"玄机"。春去秋来，作者披星戴月，独守在清澈的华亭江畔，拂晓时分，天边残留的几点星光映着江面，水光相接，江水如白色的绸缎，一刻不息地向东流去，作者没有钓到一条鱼儿又空船而归了。没钓到鱼儿，徒劳无功又何妨呢？其中的乐趣与奥妙只有作者自己知道，旁人又怎么知道其中的"幽微"呢？作者乐在其中，愿意这样陶然地度过浮生。

长长的钓鱼线直垂向江底，一个水波就会激起万层波澜，水波不宁，作者的思绪又何尝是宁静的呢？作者吕侍中虽然生平不详，《全元散曲》中仅录此套曲一首，但就此套曲，我们不难从句中的"妙理""玄机""幽微"等句，看出作者对元朝统治阶级欲说还休的不满。曲中最后三句为我们描绘了一幅华亭江上的美景：清晨时分，雾寒水冷，月已西斜，江面上点点粼光，一渔翁身着蓑衣立于船头，正轻举篙棹，点划水面，将船儿移向天水相接的尽头，这不正是作者恬静超脱、隐居山林、寄情江水的隐士生活的写照吗？

无名氏 生平不详。

醉太平 讥贪小利者

无名氏

夺泥①燕口,削铁针头。刮金佛面细搜求。无中觅有。鹌鹑嗉②里寻豌豆,鹭鸶腿上劈精肉,蚊子腹内刳③脂油。亏老先生下手!

【注释】

①泥:指燕子筑巢所用的泥土。

②嗉:鸟类的嗉囊,位于食管下方。

③刳:剖挖。

【鉴赏】

这首曲子的题目是《讥贪小利者》,实是讽刺剥削者的贪得无厌:其手段是无论巨细,锱铢必究;其本质是敲骨吸髓,穷凶极恶。

作者用了六个典型事例,分两层来写。

前三个事例,其搜刮对象是无生命之物:燕子飞过,要"夺"其口中之泥;针既要保留使用,又要"削"下那"多余"的铁;已经是被人"刮"过的佛面的金,还要很细心地纤尘不漏地"搜求"(连"佛"也不敬了)。这些本来已是接近于"无"的东西,也要"无"中觅"有"。"无中觅有"是对剥削者剥削手段的形象的艺术概括。

后三个事例,其搜刮对象是有生命之物:鹌鹑嗉子里还有无留下的未消化掉的豌豆,本是不可知的,可是为了"寻"豌豆不惜杀掉它;鹭鸶腿是瘦得可怜的了,可也要劈开取精肉;蚊子腹内是否有脂油很难判定,可也不怕麻烦和"失败"要剖开来看。这些本来是希望很小乃至无法索取的搜刮对象,但也不惜伤生害命弄到手。"老先生"啊,亏你能下得了手!"亏老先生下手",是对剥削者残酷罪恶的本质的形象的艺术概括。

这首曲运用高度夸张、"即小见大"的手法,活画了剥削者可憎、可鄙而又可笑的嘴脸,是元曲的名篇。燕口之"泥",针头之"铁",经人刮过的佛面之"金",鹌鹑嗉里之"豌豆",鹭鸶腿下之"精肉",蚊子腹内之"脂油",均是最小最少乃至于"无"的了;可是剥削者也绝不放过。他们贪得无厌,心狠手毒,于此可见。揭露多么深刻,讽刺多么强烈。

塞鸿秋 山行警

无名氏

东边路西边南边路,五里铺①七里铺十里铺。行一步盼②一步懒一步,霎时间天也暮日也暮云也暮。斜阳满地铺,回首生烟雾。兀的不③山无数水无数情无数。

【注释】

①铺:驿站或兵部,此为地名。

②盼:张望。

③兀的不:如何不,怎不。

【鉴赏】

　　全篇运用的"隔离反复"(即用多组仅有一字之别的词组或短句构列成句)修辞手法,造成了回肠荡气的感情波澜与层层推进的形象效果。"斜阳满地铺"有"日暮途穷"之意,"回首生烟雾"含"不堪回首"之感。旅人的乡心客愁,乃至其履声尘影,无不于字面外透出。

<h1 style="text-align:center">塞 鸿 秋 村中饮</h1>

无名氏

　　宾也醉主也醉仆也醉,唱一会舞一会笑一会。管甚么三十岁五十岁八十岁,父也跪①子也跪客也跪。无甚繁弦急管②催,吃到红轮日西坠。打的那盘也碎碟也碎碗也碎。

【注释】

　　①跪:指跪坐。
　　②繁弦急管:热闹而急促的器乐伴奏。

【鉴赏】

　　本篇"隔离反复"的表现手法与前篇相同,恰合"村中饮"的喧杂场面。这种一句间并列三组同类词组的句式,既利于铺排众多意象,又能建立意象间"同"的联系,从而将乡村聚饮不分老少、不问身份、不拘礼节、不辞沉醉的欢乐场面,表现得淋漓尽致。

一 半 儿

无名氏

南楼昨夜雁声悲①，良夜迢迢玉漏②迟。苍梧树底叶
成堆。被风吹，一半儿沾泥一半儿飞。

【注释】

①南楼句：语出唐赵嘏《寒塘》："一雁过南楼。"

②玉漏：计时的漏壶。

【鉴赏】

通篇写景，却隐现着人物的身影。愁人不寐，夜来风雨，俱从字面外表出。尤其是"一半儿沾泥一半儿飞"，是实录也是象征，象征着主人公的某种既绝望于寂落、又不甘而踊动的经历或处境。

朝 天 子 志感

无名氏

不读书有权,不识字有钱。不晓事倒有人夸荐。老天只恁①忒②心偏,贤和愚无分辨。折挫英雄,消磨良善,越聪明越运蹇③。志高如鲁连④,德过如闵骞⑤,依本分只落的人轻贱⑥。

【注释】

①恁:如此。

②忒:太。

③运蹇:命运恶劣。

④鲁连:鲁仲连,战国时齐国的有名之士。

⑤闵骞:闵子骞,孔子弟子,以有德行称于世。

⑥轻贱:看不起(自己)。

【鉴赏】

《志感》原作有二首,这是第一首。是一个失意文人的牢骚之作。

先揭露当时一反常态的怪现象:当官掌权的并不是读书人。元帝国统治集团以武力征服天下,建立了中国空前绝后的大帝国,尚武轻文,武人专政。所以,其成功虽速而失败也快。"权"与"钱"紧密相连,自然便是"不识字"的"有钱"了。不读书、不识字而掌权,自然不懂治国之理,因而善钻营的小人得宠了。这帮小人除了逢迎巴结之外,是什么也不懂的。但"不晓事倒有人夸荐",这也是必然的结果。

接着,评论这种反常的怪现象,抒发感慨。作者不敢指责朝廷、指责天子,他只能指责老天爷简直这般"忒心偏",简直是贤和愚、善与恶都分辨不清了。这样一来,当然是挫折了英雄,损害了善良。贤和愚遭遇的两极分化,其结果便自然是越聪明、越有才干的人困厄潦倒，老死牖下，与草木同朽了。不信，请看事实：有的人节操高洁像鲁仲连，有的人品德可敬超过闵子骞，可是循规蹈矩，不走歪门邪道，其结果不但不受人尊敬，反而被人轻视，看成是无出息的下贱人。鲁连，即鲁仲连，战国齐人。他游赵国时，适逢秦兵围赵。魏使新垣衍入赵，议尊秦为帝以求罢兵，鲁仲连向平原君极力谏说：如果让秦称帝，我将蹈东海而死。后秦兵解围去，平原君赠鲁千金，他笑而不纳。闵骞，即闵子骞，春秋鲁人，是孔子弟子，以有德行著名。

这首曲，直接控诉当时文人受人轻贱的不平等待遇，是对元统治者摧残文化行径的愤怒谴责。

朝 天 子 庐山

无名氏

早霞，晚霞，妆点庐山画。仙翁何处炼丹砂^①？一缕白云下。客去斋余^②，人来茶罢，叹浮生指落花。楚家，汉家，都做了渔樵话^③。

【注释】

①丹砂：道家烧炼制丹的原料。

②斋余：素食之余，这里指饭后。

③渔樵话：渔人、樵夫的闲谈。老百姓说的话。

【鉴赏】

庐山风光美如画，在早霞、晚霞的装点下，更显得绚丽多姿，美不胜收。更令人神往的是，这里还是仙翁炼丹修道的地方。这里的"仙翁"是指三国时吴国道士葛玄。《抱朴子·金丹篇》说他曾从左慈学道，受太清、九鼎、金液等丹经，于閤皂山（今江西樟树市境内）修道，故人称葛仙翁。由此可知，庐山其实并不是葛玄炼丹修道的场所。曲中写"仙翁何处炼丹砂？一缕白云下"的原意是在渲染庐山的清幽神秘。试想,远远望去,一缕白云在缓缓浮动,白云之下是什么地方呢?这正可引人遐想。原来仙翁炼丹之地,正是隐士居住之所。

这位隐士过着一种自在闲适的生活。他的居室虽然幽僻,但时有客人来访,并不感到孤独寂寞。客来以茶招待,客去余下空斋,这与陶渊明《归园田居》"虚室有余闲"的情趣正同。这表明他的隐居生活是自得其乐的,同时也流露出他任其自然的心态。

这位隐者已看破红尘,对世俗人心予以彻底否定。他觉得人生短暂有如落红遍地,又何苦去争名逐利。想当年楚家项羽、汉家刘邦为了争夺天下,相互攻杀,搞得天翻地覆,但到头来无论胜者还是负者,都已成为一抔黄土,仅仅为渔父、樵夫留下一些闲谈的话题罢了,这岂不令人叹惋!

红 绣 鞋

无名氏

一两句别人闲话,三四日不把门踏。五六日不来呵在谁家?七八遍买龟儿卦①。久已后见他么,十分的憔悴煞②。

【注释】

①买龟儿卦:出钱算卦。

②憔悴煞:憔悴到了极点。

【鉴赏】

此曲工巧妥帖,层层递进,细腻而又真切。其中"一两句"与"三四日""五六日"与"七八遍"之间因果的不平衡性,尤其耐人寻味。

全篇以一至十的数字(从"两"作二,"久"谐音借作九)顺次嵌列句中,属元曲中常用的巧体。

红 绣 鞋

无名氏

裁剪下才郎名讳①,端详了辗转伤悲。把两个字儿灯
焰上燎成灰。或擦在双鬓角,或叠作远山眉②。则要
我眼跟前常见你。

【注释】

①名讳:名字。

②远山眉:一种描眉的眉式,以淡如远山得名。

【鉴赏】

本曲写一女子钟情于心中人的相思情。作者通过独特的细节描写,揭示她纯
真的内心世界,表示她对爱情的大胆追求。她爱他几乎疯狂,但碍于世俗的压力又
无可奈何。于是做出这些幼稚的举动,表达自己最低的要求,并借此慰藉心中的忧
伤。读来真切感人,令人同情,对封建婚姻制度来说,也是一种反抗。巧妙的构思,
动人的细节,大胆的追求,都是民歌的本色。

水 仙 子

无名氏

临行愁见整行李,几日无心扫黛眉①。不如饮的奴②先
醉,他行时我不记的③,不强似④眼睁睁两下分离。但⑤
去着三年五岁,更隔着千山万水。知他甚日来的⑥?

【注释】

　　①扫黛眉:描眉。

　　②奴:旧时女子的自称。

　　③不记的:不知觉。

　　④不强似:胜过。

　　⑤但:定然。

　　⑥来的:来得,得以回来。

【鉴赏】

　　全曲以白话为主,除了"几日无心扫黛眉"外,都是活脱脱的大白话。它从女子送别情郎前的心理反应下笔,而从"不如饮的奴先醉,他行时我不记的"这种匪夷所思的对策来抵御离愁,既奇特而又真实。惜别之作只要情真意真从心底流出,越是通俗的说法越能打动人心。散曲无疑占有这方面的优势。

水 仙 子 喻纸鸢

无名氏

　　丝纶①长线寄生涯,纵放由咱手内把。纸糊披②就里没牵挂。被狂风一任刮,线断在海角天涯。收又收不下,见又不见他。知他流落在谁家?

【注释】

　　①纶:数股合成的线绳。

　　②纸糊披:用纸糊着的骨架。

【鉴赏】

　　这是一首歌咏放风筝的小令。所谓"纸鸢",就是用纸糊的风筝,其形象有鸢、蝴蝶、蜈蚣、燕子等等。

曲中写了一位放风筝的行家里手。他自我夸耀,说他的丝织长线可把风筝放至天涯。无论风筝飞得多高多远,都由自己的手心把握。他由于自信,对这只纸糊的风筝非常放心,没有什么牵挂。忽然一阵狂风吹来,刮断了丝织长线。由于风筝放得过于高远,因此收又收不下,看又看不见,最后只得发出"知他流落在谁家"的长叹。

此曲表面上是写纸鸢,而实际上是述相思。以放风筝比喻婚姻、比喻相思甚为贴切。"线"是放飞风筝的重要组成部分。线的一头系在风筝的骨架上,另一头握在放飞者的手中。俗话说:"千里姻缘一线牵。"这说明线连婚姻在,线断婚姻绝。曲中的放飞者由于掉以轻心,结果导致风筝线断,飘落他乡,令他痛悔交集,相思不已。这断线的风筝,犹如放飞者失去的情人。他原来对这门婚姻非常自信,觉得十拿九稳,毫不担心。但由于他粗心大意,没能把住爱情,因而情人突然离他而去,远走高飞,一根红线就这样断了。这岂不令他失望叹息,饱尝相思之苦。

蟾宫曲 酒

无名氏

酒能消闷海愁山。酒到心头,春满人间。这酒痛饮忘形,微饮忘忧,好饮忘餐。一个烦恼人乞惆① 如阿难②,才吃了两三杯可戏③如潘安④。止渴消烦,透节⑤通关⑥。注血和颜,解暑温寒。这酒则是汉钟离⑦的葫芦,葫芦儿里救命的灵丹!

【注释】

① 乞惆:皱紧。

② 阿难:如来弟子,其塑像多作悲苦状。

③ 可戏:漂亮的意思。

④潘安:即晋人潘仁,美男子。后代用其代指美男子。

⑤节:关节。

⑥关:经络点。

⑦汉钟离:传说中八仙之一。

【鉴赏】

　　本曲起首三句高屋建瓴,四至六句条分缕析,以下又妙用生动夸张的对比、俊如贯珠的行话、一针见血的比喻,借着咏酒赞酒,有芒有角地发泄出对社会人生种种黑暗郁塞的牢骚。

梧　叶　儿　三月

无名氏

　　春三月,花满枝,秋千惹①绿杨丝。才蹴罢,舒玉指,摸腰儿:谁拾得鲛绡帕儿②?

【注释】

　　①惹:沾碰。

　　②鲛绡帕儿:丝手帕。

【鉴赏】

　　本曲用"秋千惹绿杨丝"作为背景衬托,设计出一段少女蹴罢寻帕的情节,有意识引导读者对于才子佳人遗帕缔缘故事的联想。于此可体味散曲与诗词在"含蓄"与"铺展"上格调的不同。

梧 叶 儿 嘲谎人

无名氏

东村里鸡生凤,南庄上马变牛。六月里裹皮裘。瓦
垄①上宜栽树,阳沟②里好驾舟。瓮来大③的肉馒头。
俺家的茄子大如斗。

【注释】

①瓦垄:屋顶上的瓦行。

②阳沟:屋宅边排水的浅沟。

③瓮来大:像瓮缸那么大。

【鉴赏】

这首小令运用漫画的手法,记录了说谎人的七则谎言,没有做评论判断。这种以白描示现轻蔑、以谐谑替代怒骂的手法,为讽刺性散曲所常用。如此则说谎人胡天野地、得意忘形的情态跃然纸上,而其信口开河的拙劣表演,本身便构成一幕笑剧。

山 丹 花

无名氏

昨朝满树花正开。胡蝶来,胡蝶来。今朝花落委①苍苔。不见胡蝶来,胡蝶来。

【注释】

①委:寄身于。

【鉴赏】

此曲不做一字评论,而感慨自见;看似语意说尽,却余味袅然。

前半"胡蝶来,胡蝶来"的重复,有蝴蝶众多及翩翩起舞的意味;后半"不见胡蝶来,胡蝶来"的叠句,则有反复寻觅的效果。

小 桃 红 情

无名氏

断肠人寄断肠词,词写心间事。事到头来不由自。自寻思,思量往日真诚志①。志诚是有,有情谁似,似俺那人儿?

【注释】

①诚志:即志诚,真情实意。

【鉴赏】

这首小令是巧体的一种,称为顶真续麻体,其特点是上句之尾字与下句之第一字相同相接,读来累如贯珠,节奏感很强。此曲为抒写思妇情怀之作,然而却别出心裁,不同一般。

曲中主人公是一位思妇,一开头她就登场"自报家门",称自己为"断肠人",她之所以柔肠寸断,也是由于想她久别的情郎想得太厉害了。于是,忍不住写成了"断肠词",并决定寄予情郎,促他早归。其词的内容,是她的"心间事",然而,这首小令并未到此为止,却进一步向其心灵的深处开掘下去,把她对其情郎的柔情蜜意揭示得更深更透。

"事到头来不由自",这句写思妇对其身在远方的情郎作设身处地的体谅。她想,他之所以未如期回家,定为要事牵连,他是不由自主啊!

接着她反思:"自寻思,思量往日真诚志。"她回忆在她和他相恋爱及婚后共同生活的日子里,他对她是何等真诚老实啊!如今虽然暂时分别,他哪会贪新忘旧呢,觉得她的情郎是一位多情的种子,甚至认为是天下唯一的情种:"志诚是有,有情谁似,似俺那人儿!"读读想想吧,她那夸耀情郎的自得之容、自豪之状,不是合目可见么!

此曲写的虽然是那位思妇夸誉其情郎如何真诚多情,而从实际效果看却更表现了她自己的真诚多情,她确是深于情、痴于情的女性。这在艺术表现上,无疑是以彼显此写法的成功运用。

正宫·醉太平

无名氏

堂堂大元,奸佞当权。开河①变钞祸根源,惹红巾②万千。官法滥刑法重黎民怨,人吃人钞买钞何曾见,贼做官官做贼混愚贤。哀哉可怜。

【注释】

①开河:元顺帝至正十一年(1351),命工部尚书贾鲁征发民伕二十万开浚黄河故道,以此民怨沸腾。变钞:元至正间更定钞法,在新钞兑换的方法和过程中多生弊端,导致物价踊腾。

②红巾:至正年间以韩山童、刘福通为首的农民起义军,以红巾裹首为标志,称红巾军。

【鉴赏】

这首小令初见于陶宗仪《辍耕录》:"右《醉太平》小令一阕,不知谁所造,自京师以至江南,人人能道之。……此数语切中时病,故录之以俟采民风者焉。"可知它在当时流传至广。

　　这首曲取的是"醉太平"的曲牌，写的却是不太平的时世。起首两句："堂堂大元，奸佞专权。"就是对"大元"作开宗明义的否定。"大元"前著"堂堂"二字，讽刺、轻蔑之意十分明显，较之"堪叹大元""可笑大元"之类的直露说法，更觉愤激。

　　三、四两句，是对元末朝政的总结。元明间人叶子奇在《草木子》中曾载无名氏诗一首："丞相造假钞，舍人做强盗。贾鲁要开河，搅的天下闹。"可见"开河"与"变钞"确是当时激起朝野沸动、天怒人怨的两大成因。"开河"是因为黄河水患连年不断，威胁了京师运漕的生命线，故由丞相脱脱责成工部尚书贾鲁开浚黄河故道，引黄入海。由于征发人数众多，而贪官污吏趁机克扣盘剥，工程遂成为影响中原的扰民之举。加上治河过程中，民伕掘出石人，上有谣谚曰"石人一只眼，挑动黄河天下反"，于是白莲教首领韩山童、刘福通乘势以之为号召，发动了红巾军农民起义，最终导致了元王朝的灭亡。"变钞"则是元顺帝朝为弥补国库空虚而采取的更定钞法的措施，强行规定以不等价的兑换标准推行新钞。新钞粗滥不堪使用，结果民间反以加三四成的补折倒换旧钞，即下文所谓的"钞买钞"，钞法的实行使赤贫的老百姓更是雪上加霜。"惹红巾万千"，一个"惹"字直接揭出了官逼民反的本质，"万千"二字则以红巾军的声势来见出统治者取"祸"之危烈，感情色彩是十分强烈的。

　　"官法滥"三句是进一步的剖析和说明。元代实行民族歧视政策，刑法又极为惨刻苛细；天灾人祸，民不聊生，挣扎在饥饿的死亡线上；而官吏作奸犯科，与盗贼沆瀣一气，善恶颠倒，黑白不分，已无社会正义或公理可言。《草木子》载："元京饥穷，人相食。"《尧山堂外纪》载："至正间，上下以墨为政，风纪之司，赃污狼藉。……有轻薄子为诗嘲曰：解贼一金并一鼓，迎官两鼓一声锣。金鼓看来都一样，官人与贼不争多。"这都是当时笔记上的实录。可见曲中这三句的提炼，是既典型又全面的。末句的"哀哉可怜"四字，将上述种种骇人听闻的黑暗情状尽行摄入，痛恨、感伤、冷蔑、无奈……这是只有身丁其造的此中人才能抒发出来的。

　　这首小令直陈时事，感情如火山喷薄而出，淋漓痛捷。尤其是四、五、六三句，将七字句的定格化为三组三字语形成的长句，音韵铿锵，若吐骨鲠。元散曲中，像这样锋芒毕露、直接诅咒政治的作品不多，故此曲弥足珍贵。

正宫·塞鸿秋

无名氏

分分付付约定偷期话,冥冥悄悄款把门儿呀[①]。潜潜等等立在花荫下,战战兢兢把不住心儿怕。转过海棠轩,映着荼蘼架。果然道色胆天来大。

【注释】

①呀:借作"挜",推开。

【鉴赏】

这是一首表现"偷情"题材的小令,以女子的身份述出。虽是适应市民趣味的小曲,却不乏可圈可点之处。

[塞鸿秋]前四句的正格是七字句,首句按律当作"分付约定偷期话",这里用"分分付付",除了与以下三句的叠字保持对应外,更主要的是表现两人约定幽会时的缠绵和殷切。在当时的社会条件下,女子也明知"偷期"是一种大犯禁忌的不光彩行为,而她却在曲中直言不讳,且不辞冒险去付之实行,其缘由正在于"分分付付"所蕴含的绵绵深情。这一句简单而流自肺腑的交代,便为下文的情节开展拓出了地步。

以下三句是女子乘夜赴约的初时表现,三句中的叠词,同样起了画龙点睛的表意作用。"冥冥悄悄"是对不露形迹、不出声音,于暗中不让人发现的景象的形容,"潜潜等等"则含蹑手蹑脚、动动停停之意。这两个叠词在元曲中几成为幽会的专用语,如《西厢记》第一本第三折,就有"侧着耳朵儿听,蹑着脚步儿行,悄悄冥冥,潜潜等等"的曲词。在本曲中,它们既是对女子一系列的动作修饰,又是对环境气氛的渲染。女主人公"款把门儿呀"，呀通"挜"，可以解释为开门的动作，而"呀"也是门儿开动的声响。女子尽量小心翼翼，放慢手脚，却也免不了发出声音，这使读者也同她一样，把心提到了嗓子眼上。极度的紧张和激动，使她"潜潜等等"来到院子里时，已是瘫软无力，不得不停住休息一会，这就是"立在花荫下"；选取"花荫"，仍明显地带着怕人发觉的用意。尽管顺利脱出，女主人公还是惊魂未定，战战兢兢，"把不住心儿怕"。这就反映出她还是"破题儿第一遭"，而绝非老谙于风月的淫奔之辈。对于这位情窦初开的痴心女子，作者着力表现她的紧张与稚嫩，这就引起了读者对她冒险举动的关注与同情。

"花荫"显然不是约定的相会地点，作品继续让女子离身前往目的地。然而这以下的三句，却在意境上发生了质的变化。"转过海棠轩，映着荼蘼架"，这个"映"字看似突兀，却实有深意存在。曲中没有交代天上有否挂着月亮，可知"映"的主语不是来自外部的光芒，而是女子的本身。也就是说，在荼蘼架边，她大胆地站定了，且不避人地让自己的身影映在荼蘼花架上。末句更明显地揭出了她心理的改变："果然道色胆天来大。"这不是作者的评断，而是女子勇敢的自白。对爱情的向往和渴念，对即将实现的与情人的欢会，使她将一切胆怯和疑惧置之度外，心中的阴霾一扫而光。从"海棠轩""荼蘼架"的布景来说，此处仍是女子闺院的范围，但或许荼蘼架即是"偷期话"的预定地点，或许在此发生过她与情人演出的难忘情事，总而言之，女子的心情与表现明朗化了，她意识并坚信了自己行为的合理性与正义性。作品于不露声色的情节叙述中，晰示了女主人公的心情发展与心理变化，这正是本曲的高明之处。而作者以同情乃至赞赏的立场表现敏感的"偷情"题材，在实质上是对封建礼教禁锢予以大胆的一击，其眼光与魄力，也是值得称道的。

正宫·叨叨令

无名氏

绿杨堤畔长亭①路，一樽酒罢青山暮。马儿离了车儿去，低头哭罢抬头觑。一步步远了也么哥，一步步远了也么哥,梦回酒醒人何处。

【注释】

①长亭:驿道上定点设立的供行人休歇的亭所,古人多于此送行。

【鉴赏】

呈现在读者面前的,是一幅情景相生的长亭送别图。全曲七句,除五六两句按律重复外,可以说每一句都代表了别行的一段痛苦的历程。首句叙明了别离的地点,带出了春天的节令,句中虽无人物和动作的出现,却代表了离别双方顺着绿杨堤岸来到长亭的全程。这一带地方春色宜人,反衬出下文长亭送别的悲苦。次句则是分手前的饯筵,透现出一种默然沉重的氛围。"青山暮"三字具体交代了时间,夕阳西下,山色暮晚,增重了离别的悲怆,同时也隐示分手的最后时刻已经逼近,再无延挨的可能。第三句便是对这惨别一幕的叙写,"马儿"为男子所骑,"车儿"属女子所乘,直要待到"马儿离了"车儿方始行动。这两句使人想起《西厢记·长亭送别》中的[四边静]:"霎时间杯盘狼藉,车儿投东,马儿向西。两意徘徊,落日山横翠。"而到了第四句,则专写了送行的女主人公在车儿启动归家时的情态。她忍不住痛哭失声,"低头"既是极度痛苦的自然反应,也是因为现场还有车夫的第三者。然而她很快又强抑悲声,"抬头觑",因为马儿刚刚离去,还赶得及再多望情人珍贵的几眼。五、六句就是目送的情形。"一步步远了也么哥,一步步远了也么哥",读者也仿佛看到车儿与马儿的距离渐渐增大,而马上的行人一步步消失在暮山之中。最后是女子归家后的借酒消愁,醉后醒来,却再也无法确知心上人到了何处。用前引《西厢记》[四边静]的后半印证,则是"知他今宵宿在哪里? 有梦也难寻觅"。小令中说"梦回酒醒",说不定在她梦里曾经觅见;但这样一来,酒醒后"人何处"的一问,就更是伤心断肠了。

元散曲写离别,不曾像江淹的《别赋》那样镂词琢句,却善于运用典型的人物活动情节,抓住人们身历或常见的共同感受予以表现,故带有强烈的生活气息与真实感。这首小令纯用白描,栩栩如生,使人时时感受到曲中送行女子的心情与表情,证明了这种表现方法的成功。

仙吕·游四门

无名氏

海棠花下月明时,有约暗通私。不甫能等得红娘至①,欲审旧题诗。支,关上角门儿②。

【注释】

①不甫能:即"甫能",刚刚,恰才。红娘:《西厢记》中促成崔、张姻事的侍女。
②角门:边门。

【鉴赏】

《西厢记》第三本中,写到张生托红娘暗递诗简,得到了莺莺的回音:"待月西厢下,迎风户半开。隔墙花影动,疑是玉人来。"及至张生兴冲冲应约前往,却不料遭受莺莺沉下脸一阵抢白,差点"整备着精皮肤吃顿打"。这横生波折而又充满着生活真实气息的插曲,也许正启发了佚名的作者,写出这支谐谑性味十足的小令。

"海棠花下月明诗",有花有月,又值明媚的春宵,可谓良辰美景。"有约暗通私",幽会已有成约,"赏心乐事"也为期不远。月亮的"明"与"通私"的"暗"相映成趣,不难使读者想象出张生此际既兴奋又紧张的心情。大概约会还有一些技术性的细节未能落实,所以他眼睁睁地盼着牵线搭桥的红娘前来,而后者果然如期而至。于是张生"欲审旧题诗",想向她打听自己献给莺莺小姐的情诗得到了何等的反应。走笔至此,小令一直是顺风满帆,张生的得意到了十分,期望值也到了极点。然而,结果竟然大大出人意料,一声"支——"的门响替代了红娘的回答,"关上角门儿"就是她出场以来唯一的动作。前句的"不甫能"恰才表现出张生的热望,至此则同时显现了红娘离去的急速。曲作者所虚添出的"关上角门儿"的这一笔,无疑关上了"通私"的大门,影示了《西厢记》中张生初次幽会未谐的结局。欲擒故纵,一波三折,把男女幽会中变生不测的一幕表现得栩栩如生,对痴心妄想的男主角做出了谑而不虐的奚落和调笑。

图文珍藏版

这首小令的姊妹作亦颇为风趣："落红满地湿胭脂,游赏正宜时。呆才料不顾蔷薇刺,贪折海棠枝。支,抓破绣裙儿。""呆才料"指的是游赏中的男方,结果"支"的一声抓破的却是"绣裙儿",可见实与"蔷薇刺"无关。男主角的猴急表现当然有伤风化,却见出了民间散曲作者取材的大胆与想象力的丰富。"大胆"加上"丰富",这正是元散曲不少清新活泼小作问世的缘由。

仙吕·寄生草

无名氏

人百岁,七十稀。想着他罗裙窄地①宫腰细,花钿渍粉秋波媚,金钗敧枕乌云②坠。暮年翻忆少年游,不如今朝醉了明朝醉。

【注释】

①窄地:拂地。

②乌云:乌黑的秀发。

【鉴赏】

这是一首"暮年翻忆少年游"的作品,实质上是作者的情场忏悔。《红楼梦》中曹雪芹"风尘碌碌,一事无成,忽念及当日所有之女子","我实愧则有余,悔又无益,大无可如何之日也",颇可帮助我们体味曲作者的同样心情。

作品一开始两句就将"人生七十古来稀"的俗谚作为定理和事实冷冷道出,隐示了自己的暮年心绪。但在这样的严冷背景下,作者脑际浮现的却是一位美丽姑娘的倩影。在她纤如杨柳的蛮腰上,束着一条长长的罗裙,裙幅的下摆拖拂到地上,可以想见款移莲步时的袅娜;她额头上贴着刻花的金钿,钿片上还沾着梳妆时的香粉,秋波流眄,含情脉脉;当她躺卧在绣榻上时,金钗斜碰在枕上,一头乌云似的柔发如瀑布般垂披下来。作者用三句鼎足对。细腻而深情地描绘了美人的三幅剪影,香艳绮丽的情调同前两句的沉冷形成了巨大的反差。使读者心中产生了一种怦然震动的感觉。从散曲小令惜墨如金的章法来看，这三句不是散漫无序的随意浮想，而是代表了作者前尘旧影中三个互相联系的阶段："罗裙"句写姑娘曳裙而至，亭亭玉立，这是同作者的初逢；"花钿"句写姑娘草草完妆，媚送秋波，这时已与作者互有了情意；"金钗"句写姑娘玉体横陈，钗斜鬓乱，其同作者亲昵的程度已经不言自明。可惜这相逢一恋爱一交欢的三部曲只是一段短短的乐章，"暮年翻忆少年游"七字便揭示了一场春梦不复存在的悲剧性结局。作者抚慰心灵伤痛的唯一手段是借酒浇愁以求忘却和麻醉，"不如今朝醉了明朝醉"的愿望中充满了颓伤和无奈。然而，从"今朝""明朝"的强调中，也可见出他直到"暮年"还是未能忘情于痛苦。

这首小令的一首一尾，同元散曲"悟世"说教的作品看似无大差别，但因有了中间婉丽而动情的忆旧，就使这些老生常谈带上了个人的情味，全无迂腐空泛的感觉。情场上无论是得意还是失意，都能使诗人(散曲作家也是诗人)百感交集，在作品中注入活动的真性情：爱情对于文学的作用真是不可小视。

中吕·喜春来

无名氏

七　夕

天孙①一夜停机暇，人世千家乞巧②忙。想双星心事密话儿长。七月七，回首笑三郎③。

【注释】

①天孙：织女，传说为天帝的孙女。

②乞巧：农历七月初七晚上，妇女向月穿针的风俗。

③三郎：唐明皇李隆基的小名。白居易《长恨歌》中，有唐明皇与杨贵妃七夕密誓的描写："七月七日长生殿，夜半无人私语时。在天愿作比翼鸟，在地愿为连理枝。"

【鉴赏】

　　一月一、三月三、五月五、七月七、九月九，在中国都是节日，真是有趣的巧合。元代的民间散曲家注意到这一点，作了同曲牌的组曲分咏它们，本篇就是其中的一支。既然是分咏，就必然要突出各个令节的特色。七夕的特色主要表现在两个方面：一是牛郎织女在夜间的相会，这是家喻户晓而又令人动容的美丽传说；二是民间妇女的"乞巧"风俗，《西京杂记》："汉彩女常以七月七日穿针于开襟楼，俱以习之。"可见其来源颇为古老。除了向月穿针的"赛巧"外，还有用蜘蛛在瓜果、小盒中结网，以

及用水盆浮以松针纤草布现图形的"得巧"。熙熙乐乐，热闹非凡。可以说没有哪一个节日，能像七夕这样，与日常生活及幸福理想同时如此地贴近。

　　这支小令仅用两句对仗："天孙一夜停机暇，人世千家乞巧忙"，就酣满地兼顾了七夕的两大特色，一"暇"一"忙"，相映成趣。从"天孙一夜"与"人世千家"的悬殊比照来看，作品的重心在于后者；但人世于七夕所领受的节日情味，其源头正是天上牛郎织女相会故事的浪漫色彩。所以第三句又转回了"双星"，他们在经过一年的久别后，心事自然深密，情话自然绵长。这一句并不用直述表示，而用一个"想"字领起，"想双星"的人儿，心儿该同双星靠得多么紧啊！缅怀、遐想、赞美、怜惜、期望、美慕……全都包容在这"想"字中了。

　　于是就有了末二句的神来之笔："七月七，回首笑三郎。"这段话有两重解释。据唐人陈鸿《长恨歌传》，天宝十载七夕，杨贵妃在骊山宫"独侍"唐玄宗。"上凭肩而立，因仰天感牛女事，密相誓心，愿世世为夫妇。"这也就是白居易《长恨歌》"七月七日长生殿"一段的本事，白诗引文详见注③。按照这样的理解，"回首"就是杨贵妃的现场动作，她"回眸一笑百媚生"，向着明皇传递脉脉情意；这两句通过李、杨

二人在七夕夜的昵爱与密誓,表现了这一佳节对天下情人具有欢乐畅怀的不寻常意义。这是一重含意。然而,"他生未卜此生休",明皇同贵妃不要说"世世",在当世的夫妇也未能做到头。正是"三郎"本人,在"安史之乱"中违心地下令处死了对方。《长恨歌》记他日后还宫的情景:"西宫南内多秋草,落叶满阶红不扫。""夕殿萤飞思悄然,孤灯挑尽未成眠"。他无疑在"西宫南内"的"夕殿"中悄然地消度过七夕。从这一意义上,"回首"就是对历史的回顾,"笑"也不是昵笑、媚笑,而是嘲笑和嗤笑了。一切在七夕节享受欢乐、尊重感情、珍护理想的情男爱女,都有资格"回首笑三郎"。这是又一重含意。两重解释都能成立,它们在并列中互为补充,且将情侣在"七月七"的热烈奔放表现得栩栩如生。小令至此虽戛然而止,却仍使人回味无尽,同末句的双关是分不开的。

中吕·红绣鞋

无名氏

款款的分开罗帐,轻轻的擦下牙床①。栗子皮踏着不提防。惊得胆丧,諕得魂扬,便是震天雷不恁②响。

【注释】

①牙床:泛指精美的床。

②恁:如此。

【鉴赏】

读此曲前,不妨先读另一首无名氏的《红绣鞋》,聊作本曲背景的参考:"不甫能(恰才)寻得个题目,点银灯推看文书。被肉铁索夫人紧缠住。又使得他煎茶去,又使得他做衣服。倒熬得我先睡去。"——这是写男主人与婢女"偷情"的。

可以设想小令中的这名惹草拈花的丈夫,趁着"肉铁索夫人"熟睡之机,溜下床来,简直使出了浑身解数。又是"款款",又是"轻轻",鬼鬼祟祟的情状令人忍俊不禁。"分开罗帐","擦下牙床",如此细腻地分写,除了显示出下床过程的艰难漫长

图文珍藏版

外,还为下文"不提防"的变故预设了一种大气儿不敢透出的氛围。男主人提心吊胆,终于"擦下牙床",自以为大功告成,作者却不让他轻松得意多久,"不提防"便"踏着"了粟子皮。"粟子皮"的道具真是安排得佳妙非常,不难想象出那"啪"的一声脆响。作品却并不直接描述这一响声如何,而是从当事人的反应和感想着笔。"惊得胆丧,谎得魂扬",同义的复述强调了他的惊慌。而最妙的是"便是震天雷不恁响"的结句,既是夸张,又是实情,生动形象,将男主人"轻轻""款款"的努力顿时尽付东洋。

"偷情"的题材即使不入恶滥,至少也是不登大雅之堂。然而我们应当看到,元人之所以涉笔于此,并非是鼓吹诲淫,而是作为一种嘲弄"惧内"现象的外延。元散曲的这类作品,一方面谴责"肉铁索"式的河东狮子,另一方面也把不规矩的丈夫漫画化,写成可笑的失败者,或奚落他们的做贼心虚。所以这一类作品,往往笔致轻快,富有生活气息,体现了元人散曲俚俗风趣的特色。在《元曲三百首》中占上一二席,想来是算不上什么风流罪过的。

中吕·十二月过尧民歌

无名氏

看看的相思病成,怕见的是八扇帏屏:一扇儿双渐小卿①,一扇儿君瑞莺莺②。一扇儿越娘背灯③,一扇儿煮海张生④。　一扇儿桃源仙子遇刘晨⑤,一扇儿崔怀宝逢着薛琼琼⑥。一扇儿谢天香改嫁柳耆卿⑦,一扇儿刘盼盼昧杀八官人⑧。哎天公天公,教他对对成。偏俺合孤另⑨。

【注释】

①双渐小卿:为元代家喻户晓的爱情故事。谓北宋书生双渐与庐州妓女苏小卿相爱,鸨母设计迫使他赴汴京应试,而将小卿卖给茶商冯魁。贩茶船经镇江金山

寺时,小卿题诗于上,考取功名的双渐凭此线索赶到豫章城,夺回小卿,有情人终成眷属。最早见南宋张五牛《双渐赶苏卿诸宫调》(今佚)。

②君瑞莺莺:《西厢》故事的男女主角张珙(字君瑞)与崔莺莺。故事源于唐元稹《会真记》,金董解元有《西厢记诸宫调》,元王实甫有《西厢记》杂剧。

③越娘背灯:宋刘斧《青琐高议》别集有《越娘记》,述西洛杨舜愈夜过茅屋,见一女子背灯面壁而坐,自述为越中女子鬼魂。杨舜愈为她迁葬,后越娘显形与杨舜愈交好。元人有《凤凰坡越娘背灯》杂剧(今佚)。

④煮海张生:潮州人张羽与东海龙君女琼莲相爱,得仙人助以银锅,可令海水沸腾。张羽煮海,龙君无奈,终于答允了两人姻事。元李好古有《沙门岛张生煮海》演其事。

⑤桃源仙子遇刘晨:南朝宋刘义庆《幽明录》,载剡人刘晨、阮肇入天台山采药,遇仙女邀入家中,共同生活了半年,返乡后子孙已过七代。元王子一有《刘晨阮肇误入天台》杂剧。

⑥崔怀宝逢着薛琼琼:宋陈元靓《岁时广记》载薛琼琼为唐开元宫中筝手,于踏青时遇书生崔怀宝,两人一见钟情,后由唐明皇赐琼琼为崔妻。元代有郑光祖《崔怀宝月下闻筝》杂剧(已佚)。

⑦谢天香改嫁柳耆卿:元代民间传说,谓词人柳永(字耆卿)与妓女谢天香热恋,开封府尹钱可假意将谢天香娶作小妾,促使柳永进取功名,并在他得到状元后将谢天香归配柳永为妻。关汉卿有《钱大尹智宠谢天香》杂剧。

⑧刘盼盼昧杀八官人:宋妓女刘盼盼与衡州公子八官人相爱,终于冲破礼教禁锢,由官府判断成婚。关汉卿有《刘盼盼闹衡州》杂剧(今佚)。昧,此借作"迷"。

⑨合:该。

【鉴赏】

这首小令一一铺陈了"八扇帏屏",它们的共同之处是表现男女自由恋爱如愿以偿的故事,即所谓"对对成"。而曲中的女主人公正处于"相思病成"的境地,对这八幅屏画的态度是"怕见",其情场上的失意、"孤另",不言自明。怕见帏屏,却又不惮细细审视,逐一揭明,反映了女子对婚姻自由的向往与追求。正因如此,结尾三句的深情呼天,便产生了撼动人心的强烈效果。

八扇帏屏上的八幅人物故事,都是元代民间妇孺皆知的佳话,几乎每一则都进入过杂剧舞台,就是一个证明。作者从成百上千的同类故事中,有意选择在社会上流传最广的代表性例子,有利于减省笔墨,使读者心领神会。而恰恰因为点到即止,又激起人们一一回想思索的兴味。作品连用八处"一扇儿",而读者并无繁复单调的感觉,其原因正在于此。

南吕·骂玉郎过感皇恩采茶歌

无名氏

鏖兵①

牛羊犹恐他惊散,我子索②手不住紧遮拦。恰才见枪刀军马无边岸③。諕的我无人处走,走到浅草里听,听罢也向高阜处偷睛看。　　吸力力振动地户天关④,諕的我扑扑的胆战心寒。那枪忽地早刺中彪躯,那刀亨地掘倒战马⑤,那汉扑地抢下征鞍。俺牛羊散失,你可甚人马平安?把一座介丘县,生纽做枉死城,却翻做鬼门关⑥。

败残军受魔障⑦,德胜将马顽犇⑧。子见他歪剌剌赶过饮牛湾,荡的那卒律律红尘遮望眼,振的这滴溜溜红叶落空山。

【注释】

①鏖兵:军队激战。

②子索:只得。

③无边岸:无边无涯。

④吸力力:形容旋风的象声词。地户天关:指地的深处与天的高处。

⑤亨地:呼的一声。下句"扑地",即噗的一声。

⑥"把一座"三句：元代说唱文学习语，常作"介休县翻做鬼门关"，当是从有关唐代尉迟恭的说唱故事中衍出。介丘县，即介休市，今属山西。

⑦魔障：灾难。

⑧德胜：即"得胜"。顽犇：当作"犇顽"，马不停蹄地奔跑。犇，同"奔"。

【鉴赏】

这是一段惊心动魄的两军厮杀的观战记，倏来忽往，更显出一种速写式的精炼与激烈。入手的角度也颇为新颖，是从一名牧人在无意中的遭遇和目击来展开全篇。和平的牧野转眼间变成了血肉纷飞的战场，这就更增添了战争的残酷意味。

起笔从"牛羊"开始。牛羊感觉敏锐，觉察到情况异常，发生了骚动。牧人起初并未意识到危险，"犹恐"说明他全副心思都集中在牛羊的失常上，"子索""不住"，显示出他竭力控制牧群的手忙脚乱。"紧遮拦"的努力多少奏了效，这才发现了牲畜受惊的外界原因——"枪刀军马无边岸"。这一起笔细腻而真实，借机交代了对阵两军的突然出现与渐次逼近。由牛羊的惊散渐而写到牧人的惊走，战争的残酷气息便先已笼罩全篇。作者安排牧人由"走"到"听"，"听罢"再探出草丛爬上高阜"偷晴看"，既渲染出一种紧张的氛围，又省略了两军交战的最初接触，使牧人作壁上观，一下子就目击到了短兵相接的关键景象。

"吸力力振动地户天关"是杀声，更是一股杀气，这是从大处着笔。"那枪"等三句，则细绘了刀来枪往的三组具体镜头。"忽地""亨地""扑地"都是象声，而"忽地"兼有突然意，"亨（呼）地"兼有沉重意，"扑地"兼有扑倒意，加上"刺""掘""抢"等形象的动词，使激烈的战况显得惊心动魄。对于像牧人这样的平民百姓来说，这些血淋淋的景象是终生难忘的，因而他在惊魂未定中的现场感受，也就更易给读者留下深刻印象与认同。

最后一支[采茶歌]中，胜负已成定局，于是败军惶惶然若丧家之犬，而胜方则毫不留情地乘势追击。末三句便表现了追赶的情形。"歪剌剌"在此是象声词，而三字又有东倒西歪的本义，作者有意用上，多少含有讽刺愤蔑的微意。特意表出"饮牛湾"，以及"红尘遮望眼""红叶落空山"的景色描写，都是在同时强调战争对宁静生活的骚扰与破坏。至此我们更可理解作者安排牧人为曲中主角的用心，正是为了表现无辜百姓对战乱带来惊恐威胁的愤怒与控诉。

这支散曲绘声绘色,情景栩栩如生,令人过目难忘。语言上带有民间文学的强烈特色,如运用大量的口语、象声词,运用顶真手法,使用尖新生动的对仗等等。尤其是曲中插入的两组感受和评论:"俺牛羊散失,你可甚人马平安","把一座介丘县,生纽做枉死城,却翻做鬼门关",更是老辣当行。前者利用"牛羊散失"与"人马平安"的字面对仗,化常语为尖巧;后者则搬用说唱中的习语,恰合"鏖兵"的题面与本质。无论从题材、语言及表现手法来说,这支无名氏的作品,在元散曲中都是别具一格、令人刮目相看的。

双调·庆宣和

无名氏

花过清明也是客,客更伤怀。杜宇①声三更里破窗外:去来②,去来。

【注释】

①杜宇:杜鹃鸟,鸣声如"不如归去"。

②去来:去吧。"来"字语助无义。

【鉴赏】

"客"字入诗殿尾,多成佳句,如"万里悲秋常作客"(杜甫)、"座中醉客延醒客"(李商隐)、"梦里不知身是客"(李煜)、"春风合是人间客"(晏几道)、"唤做主人原是客""蝴蝶梦魂常是客"(陆游)等等。这是因为它揭示了人生的一种孤独悲凉的普遍感受。曲中的"花过清明也是客",正是这样的警策之句。它既点醒了一过清明后百花在枝头留不长久的事实,又是以花及人,说明在此之前,作者已久谙了客中的愁苦滋味。东风做主,春花斗妍,它们至少还没有遭受到命运的摧残;而一旦芳时过去,花儿各自飘零,对于作者来说就不仅仅是同病相怜,而是对生活的无情感到彻底绝望了。所以次句说"客更伤怀",伤己之外,更兼伤春伤时,这正是"更"字的含意所在。这两句寄托深沉,感情强烈,给人以触目惊心之感。

"伤怀"的来源还不止一端,除了目击外,尚有耳闻的一面。第三句就推出了"杜宇声",这一句中又堆砌着三层愁意,一层是杜宇,所谓"一叫一回肠一断"(李白《宣城杜鹃》),从来是客愁的象征;一层是三更,代表着孤凄无眠;一层是破窗,显示了客境的困苦。三层中以杜宇声为众愁之主。因为它听上去像是在啼唤"不如归去"。四、五两句就记录了它的鸣声"去来!去来!"这是杜宇催归,又同时是作者心中无望的呼吁。[庆宣和]末两句律为叠句,此处恰恰起了声声催促的加倍作用。作品至此戛然而止,却使人耳边仿佛还回响着"去来"的凄声。这首小令虽然篇幅短小,但由于注重练意,又融情入景,故将羁旅的客愁表现得淋漓尽致。

双调·寿阳曲

无名氏

闲花草,临路开,娇滴滴可人①怜爱。几番要移来庭院栽,恐出墙性儿不改。

【注释】

①可人:合人心意。

【鉴赏】

墙花路柳,野草闲花,这些词语的衍生义人所共知,早就盖过了字面的本意。这首小令,以"出墙性儿不改"的"闲花草"指代青楼的烟花女子,这是一望可知的。但是,我们若先撇过它比喻、影射的一层意思,读一遍也颇有趣味。花草上着一"闲"字是说明花无主,"临路开"自然人人可以摘取。它又是那样的娇柔可爱,惹起作者"移来庭院栽"的愿望是顺理成章的。然而几次三番下了决心,却始终未能移成,只为了"恐出墙性儿不改"。本来"闲花草"临路好端端开着,"性儿"改不改干卿何事。若不是花草意有所指,我们简直要嘲笑作者自作多情、庸人自扰了。

真正的曲意当然不是这回事。作者迷恋上了妓院的一名女子,弄娇做媚,令他难以割舍。好几回想赎她从良娶回家里,却终究想到了她水性杨花的致命缺陷。

小令妙在前四句尽力赞美、爱怜,到末句才突作转折,尽翻前案。这就使人想起五代前蜀王衍的《甘州曲》:"画罗裙,能结束,称腰身。柳眉桃脸不胜春,薄媚足精神。可惜许,沦落在风尘。"在短小的体制中,这种突兀的转折,往往尤具使全篇灵动隽永的效果。

双调·清江引

无名氏

咏所见

后园中姐儿十六七,见一双胡蝶戏。香肩靠粉墙,玉指弹珠泪。唤丫鬟赶开他别处飞。

【鉴赏】

后园里一双蝴蝶好端端地飞舞嬉戏,却被小姐吩咐、丫鬟予以驱逐。蝴蝶永远搞不明白什么地方得罪了小姐,而读者对个中缘故却是一目了然的。所以虽然小令只有短小的五句,仍使人感到清新有味。人们欣赏无名作者新奇大胆的构思,欣赏作品柔媚的民歌风调。

起首两句是对事件背景的交代,"姐儿十六七""一双胡蝶戏",纯用口语,质直无华,带有典型的小调风味。三、四句作小姐的特写。"香肩""玉指""粉墙""珠泪",在民歌说来已是一种雅化,然而又与文人炼字琢词的求雅不同,使用的是一些近于套语的习用书面语,类似于说唱文学中"沉鱼落雁,闭月羞花"一等的水平,故仍体现出俚曲"文而不文"的特色。末句则沟通并表出"姐儿"与"胡蝶"两者的联系。五句三层,各层次各自独立形成一幅画面,合在一起,却成了一段情节有趣、动感十足的小剧。

本篇题称"咏所见",当然生活中不至于存在神经如此脆弱的女子。但小曲确实让读者有所见,且对这位十六七岁"姐儿"在爱情婚姻上不能顺遂的遭际产生同情,这正说明了作品新巧构思的成功。又全曲五句纯用白描,不做半分解释和评论,这种意在言外的含蓄,也是令人过目难忘的。

利用"一双胡蝶"来做闺中女子怀春伤情的文章,在散曲中并非仅见。清代曲家潘曾莹有一首《清江引》:"墙角一枝花弄暝,庭院添凄迥。黄昏深闭门,红褪燕脂冷。飘来一双胡蝶影。"把一名未出场的独居女子的孤恓痛苦,表现得淋漓尽致。两相比较,也可发现民间散曲与文人散曲,在率意与刻意的祈向上的不同。

双调·水仙子

无名氏

烟笼寒水月笼沙①,江上行人陌上花。兰舟夜泊青山下,秋深也不到家,对青灯一曲琵琶。我这里弹初罢,他那里作念②煞。知他是甚日还家?

【注释】

①"烟笼"句:杜牧《泊秦淮》诗句。

②作念:纪念,想念。

【鉴赏】

本曲由写景领出叙事言情,内容是散曲常见的夫妇离别相思。全曲在"我"与"他"两者间变换闪现,真切地表现了思妇的心绪。而由于指代的不确定性,增加了曲意的内涵,使这首小令颇有玩味之处。

丈夫离家远出,留下少妇一天天引领期待。"秋深也不到家",一个语助词"也"字,坐实了思妇的叹嗟和无奈。她只得在孤灯下弹上一曲琵琶,并相信"天涯共此时",丈夫也一定在同样深深地思念着自己。——这是一种解释。这种理解,是将起首三句视作少妇对丈夫客况的悬想。此种思妇独守空闺、夜夜盼郎归的模式,在元曲中是屡见不鲜的。

然而,全曲还可以有一种更胜的解说,即以"江上行人"与思妇作为同一人。夫妇不仅离散,而且都在异乡漂泊,只是女方此时先获得了还乡的机会。这并非是无根据的附会。"陌上花"本身有一个典故:五代吴越王钱镠的妃子吴妃每年冬天回乡省亲,到开春钱镠便写信给她,信上是九个字:"陌上花开,可缓缓归矣。"民间为之制作了吴歌《陌上花》。可见这是颇切女子还家之意的。在古代诗文中,"兰舟"多为女子的坐船,而琵琶更是妇女在船中弹奏的道具。在战乱频仍的时代,夫妇举家逃难,中途失散的现象普遍存在,南戏《拜月亭》演的就是这样的题材。以行人的身份忆念行人,全曲离别相思的情味,显然更为深切动人。

无论作者的创作意图属于哪一种,本曲都不失为一首言情的佳作。全曲情景交融,意境疏朗,感情真挚,这一切都给我们留下了深刻的印象。

双调·水仙子

无名氏

爱我时长生殿①对月说山盟,爱我时华萼楼停骖缓辔行②,爱我时沉香亭③比并著名花咏。爱我时进荔枝浆解宿醒④,爱我时浴温泉走斝飞觥⑤。爱我时赏秋夜华清宴⑥,爱我时击梧桐腔⑦调成。爱我时为颜色倾城。

【注释】

①长生殿:在骊山(今陕西临潼境内)华清宫中的一所宫殿。又唐代帝、后的寝宫也称长生殿。

②华萼楼:即花萼楼,在长安兴庆宫西南,唐玄宗所建。骖:三匹马同拉的车。

③沉香亭:在兴庆宫图龙池东,亭以沉香木建成,故名。

④宿醒:隔夜的酒困。

⑤斝:三足酒杯。觥:角制的酒杯。

⑥华清:宫名,一名温泉宫,在临漳县骊山下。宫中有温泉池,名华清池。

⑦梧桐:指古琴。

这首曲中之主角"我"的身份不可动摇,非杨贵妃莫属,因为所述的种种承恩之举,都是她独享的专利。不妨摘抄宋人乐史《杨太真外传》的若干片段:"上起动必与贵妃同行。""上每年冬十月幸华清宫,常经冬还宫阙。去即与妃同辇。""妃子既生于蜀,嗜荔枝,南海荔枝胜于蜀者,故每岁驰驿以进。""上凭肩而望,因仰天感牛女事,密相誓心,愿世世为夫妇。"……诸如"浴温泉""进荔枝"、沉香亭赏花赋《清平调》、长生殿对月密誓来生.在唐人笔记如《国史补》《松窗录》《长恨歌传》等已有明晰的记载,唐诗如李白《清平调》、白居易《长恨歌》、杜牧《过华清宫》等也多有涉及。未见典籍明载的只有"华萼楼""击梧桐"两句。但华(花)萼楼为唐玄宗友爱兄弟而建,据《开元传信记》载,"上与诸王靡日不会聚"于此。而玄宗起动又是"必与贵妃同行"的,"停骖缓辔行"亦是意料中事。至于"击梧桐",《宣和画谱》所著录的画家张萱、陈闳、顾闳中都绘有《明皇击梧桐图》,张、陈二人即是开元、天宝年间的宫廷画师,可见也非无据之谈。全曲几乎集中了元人对杨贵妃得宠情状的全部知识,真可谓"三千宠爱在一身"。

一连串"爱我时"的排比令人眼花缭乱,结末来了句"爱我时为颜色倾城"。这一句粗看似乎多余,杨贵妃的"颜色倾城"是人所共知的。撇开"四大美人"之类的民间传说与"回眸一笑百媚生"之类的文学的描写不说,现存唐玄宗亲撰的《王文郁画贵妃像赞》"忆昔宫中,尔颜类玉"云云,就是当事人留下的最有力证明。但全曲至此戛然而止,就启发人们去想到这一句的反面,即一旦"颜色"不"倾城"了怎么办? 人老珠黄,色衰爱弛,这是封建宫廷受宠女子的自然命运。"爱我时"是有条件的,也是昙花一现的,这正是全句的潜台词。于是我们发现,曲中的主角是杨贵妃,但只是名义上的主角。"爱我"的"我",实际上代表了宫中以色事君的无数不幸女子。借树开花,借题生发,正是这首小令的匠意与特色。

元无名氏的另一首《水仙子》将此意表达得更清楚:"爱我时沉香亭畔击梧桐,爱我时细看华清出浴容。到如今病着床害的十分重,划地更盼羊车信不通,度春宵帐冷芙蓉。恁占着长生殿,撇我在兴庆宫。唱好是下的也玄宗!"虚构了"病杨妃"的情节。两曲异曲同工,而本篇"爱我时"的排比,以及不动声色、于结尾突出奇兵的处理,则更具散曲的"蒜酪"风味。

双调·蟾宫曲

无名氏

微 雪

朔风寒吹下银沙。蠹砌①穿帘,拂柳惊鸦。轻若鹅毛,娇如柳絮,瘦似梨花。多应是怜贫困天教少洒,止不过庆丰年众与②农家。数片琼葩,点缀槎丫③。孟浩然容易寻梅④,陶学士不够烹茶⑤。

【注释】

①蠹砌:在台阶上留下蛀痕。蠹,蛀书的白色小虫。

②众与:普遍地给予。

③槎丫:乱枝。

④"孟浩然"句:元人流传孟浩然踏雪寻梅的误说,详参汪元亨《沉醉东风·归田》讲评。

⑤"陶学士"句:北宋初翰林学士陶谷,在冬日用雪水煮茶,以为韵事,见《清异录》。

【鉴赏】

这首小令,在"微雪"的"微"字上做足了文章。

朔风吹雪,吹下的却是"银沙",这一比喻形象地表现了雪花的微细。接着两句是"银沙"飞向人间的效果。雪量稀少,盖不满台阶,只不过沾留下一点点痕迹,作者用了一个"蠹"字,意谓像蠹虫那样蛀出了一个个小洞。蠹虫又名银鱼,本身呈银白色,所以"蠹砌"的借用十分传神。帘子本身是用来遮挡雨雪的,但因雪花太细,竟然"穿帘"而入,这又是新奇的构思。至于"拂柳",则是借柳丝的柔弱来映衬雪势的无力，"惊鸦"恐怕是利用乌鸦易于躁动的天性，言下之意，其他禽鸟当不会如此敏感而受惊。以下三句运用三组比喻进一步表现"微雪"，妙在"鹅毛""柳絮""梨花"本为喻雪的常语，而曲中却替换了其固有的喻性："鹅毛"不取其片大而取其质轻。"柳絮"不取其量众而取其力弱，"梨花"不取其色白而取其身瘦。这正是元人善于出新之处。

然而，篇中最能体现散曲曲味和巧思的，还数涉及人事内容的两组对句。在"多应是""止不过"的第一组中，前句暗用了东汉袁安的典故。《汝南先贤传》载汝南大雪，洛阳令亲自巡访，到袁安门口，不见人扫雪，以为他已饿死，入门果然见袁安僵卧在家。问他为什么不出门求助，袁安答："大雪人皆饿，不宜干人。"可知大雪对古代的贫穷百姓无异于一场灾难。"怜贫困天教少洒"，入情入理，是对天公安排"微雪"的一种肯定。而后句则从"瑞雪兆丰年"的习语生发，这一场微雪如此可怜，还要"众与农家"，那就简直是老天爷在虚应故事了。这一句又充满了讽刺之意。将互相矛盾的评价巧妙地并列在一组对仗之中，这是散曲所特有的一种冷峭的表现风格。

"孟浩然""陶学士"一组对句也是如此。这是在"数片琼葩，点缀槎丫"的前提下开展的，转入了冬雪"韵雅"的内涵。元人流传"孟浩然踏雪寻梅"的传说，微雪不仅使孟浩然的出游减少了行途上的麻烦，"寻梅"也容易一目了然。可是陶学士要实现以雪水烹茶的雅举，却成了巧妇难为无米之炊。这又是将互相矛盾的两面接到了一起，而无不表现出"微雪"的影响。

元散曲擅长围绕某一事物或主题，横说竖说，穷追猛打，淋漓发挥，在穷形极致之中表现出尖新、奇峭的韵味。这首小令，便有助于我们体会散曲的这一特色。

双调·雁儿落带过得胜令

无名氏

叹光阴似水流，看日月如翻手。论颜回①岂少年，算彭祖②非长寿。恰才风雨替花愁③，今日早霜降水痕收④。

撚指冬临夏,须臾春又秋。凝眸,尧舜殷汤纣⑤。回头,
梁唐晋汉周⑥。

【注释】

①颜回:孔子弟子,以德行著称。因孔子对他有"不幸短命死矣"的哀叹,故后人将他作为享年不永的典型。其实颜回活了三十二岁。

②彭祖:上古时人。传说活到周代,享年八百岁。

③风雨替花愁:金代赵秉文《青杏儿》词首句。

④霜降水痕收:苏轼《南乡子·重九涵辉楼呈徐君猷》词语。

⑤殷汤纣:商朝的成汤与纣王,分别为立国和亡国君主。殷,商朝的别称。

⑥梁唐晋汉周:五代时期(907~960)先后更迭的五个五朝。

【鉴赏】

元散曲在感慨或说教时,往往围绕着某一个观点反复阐说,层层加码,有一种穷形极致的风味。本曲就是一个例子,全曲的主旨一目了然,是感叹人生的短暂。为此,作者动用了五组对句。

第一组对偶的用意最为显豁。"光阴似水流",同现时常说的"年光似水""岁月如流"是同一个意思,连孔老夫子也在川上曰"逝者如斯夫,不舍昼夜",可见是人同此心。而"日月如梭""日月如跳丸"之类的比喻在文章中也司空见惯,这里说"日月如翻手",不过是换一种说法。这两句应当说是平淡无奇的。

第二组对偶不像前组那么合掌,改从正反两面说,本质上还是一个意思。它的发明权是庄子,《庄子·齐物论》:"莫寿于殇子,而彭祖为夭。"抹杀颜回与彭祖在寿命上的区别,甚至像庄子那样走到极端,将殇子与彭祖在寿夭的评价上颠倒个儿,正是基于人生有限的观念。这一联是使用了人物的比喻。

第三组的两句夹用了前人的现成语。金代文学家赵秉文《青杏儿》:"风雨替花愁,风雨罢花也应休。"脍炙人口,遂成了元曲中的习句。如康进之《李逵负荆》杂剧[混江龙]:"可正是清明时候,却言风雨替花愁。"乔吉[春闺怨]小令:"帘控钩,掩上珠楼,风雨替花愁。""霜降水痕收"则是苏东坡的词句,也屡为元人所借用,如邓学可《乐道》套数[倘秀才]曲:"恰云生山势巧,早霜降水痕收,怎熬他乌飞

兔走。"这两句夹在"恰才""今日早"的口语中，造成了一种半文半白的风格。第四联"撚指""须史"云云，是这两句的概括和重申。两联一长一短，在文气上形成了舒徐和道紧的变化。

相对来说，第五组对仗较有新意。这是一组扇面对，后半部分以"尧舜殷汤周"五个并列的字词对仗"梁唐晋汉周"，这是诗词所罕见的。"凝眸""回首"，只表动作，不做评论，却因两组

五字的顺序并立，使人领悟到王朝走马灯式的变换，风流烟云似的幻灭。全曲的五组对仗，犯上下复意之忌，本身算不得有什么高明。但汇合在一起，却从人生、时序、历史的不同角度互为补充，即使是老生常谈，也因而带上了哲理和气势。淋漓尽致、堆叠渲染是元散曲的风格特征之一，且往往能收到化平腐为神奇的效果。

商调·梧叶儿

无名氏

桃腮嫩，杏脸舒，红紫间锦模糊。春将暮，风乱鼓，落红疏。谁肯与残花做主？

【鉴赏】

"杏脸桃腮"是人们对美女的形容，以花喻人，而在本曲中，"桃腮""杏脸"恰恰用来表现桃杏自身，这就沟通了美感与联想的联系，使读者从日常对美人的审美经验中去返视和品味这两种花品的娇丽。"嫩"是质地、色泽的综合印象，属静态；"舒"是绽放、呈露的充分表现，属动态。但无论是静是动，这两句都有将无生命的桃花杏瓣拟人化的意味，倍觉生动、传神。下一句中，"红紫"代表春天的百花，所谓"万紫千红总是春"（朱熹《春日》），作者将这一片百花齐放、芳菲交杂的春景比喻为彩锦，且以"模糊"二字显示出"红紫间（间杂）"的纷纭和斑斓，也是十分形象的。"桃腮""杏脸"仅是这一片"锦模糊"中的局部代表，这种有点有面的写法，便充分

展示了春天在全盛时期的芳姿。

但随即小令便出现了转折。四、五、六三句，从"春""风""落红"的三个方面显示了情况的不幸变化。这三句都是三字的短句，既映合了变化的遽然，又含有不堪多言的喟叹意味。春天将暮，挽回已无可能；"风乱鼓"，又是那样的粗暴、蛮横；而落红已"疏"，离开吹尽的地步近在咫尺，已到了岌岌可危的最后关头。因而作者禁不住发出了"谁肯与残花做主"的呐喊。将这一结尾与起首的悦赏对读，既可见诗人一往情深的慕春情结，也可见出他无可奈何的惆怅和悲哀。

借自然界的花开花落来抒发对人生好景不长的感慨，这样的作品数不胜数。但这首小令前半有意铺陈春日的芳菲，后半骤然推出美景的破灭，并在末句将惨痛的结局推向最高潮，这种急转直下的抑跌手法，以及言简意赅、语浅衷深的感情处理，仍是颇为震动人心的。

小石调·归来乐

无名氏

你看那秦代长城替别人打，汉朝陵寝被偷儿挖。魏时铜雀台①，到如今无片瓦。哈哈，名利场最兜搭②。班定远玉门关枉白了青丝发③，马新息④铜柱标抵不得明珠价。哈哈，却更有几般堪讶。

[幺]动不动说甚么玉堂金马⑤，虚费了文园⑥笔札。只恐怕渴死了汉相如⑦，空落下文君再寡⑧。哈哈，到头来都是假。总饶你事业伊周文章董贾⑨，少不得北邙⑩山下。哈哈，俺归去也呀。

【注释】

①铜雀台：汉建安十五年(210)曹操在邺城(今河北临漳)所筑，以台上铸铜雀得名。台瓦可用作砚，为后人纷纷揭取。

②兜搭：纠缠不清。

③班定远：东汉班超官至西域都护，封定远侯。他在西域守边三十一年，有"但愿生入玉门关"之语。玉门关：在今甘肃敦煌市西。

④马新息：东汉马援于建武十七年(41)任伏波将军，南征交趾，立铜柱以表功，封新息侯。他回军时载一车薏苡，却被谗言诬指为一车明珠，几于蒙冤。

⑤玉堂金马：玉堂殿、金马门，均为汉代的宫廷建筑，后因代指入朝任高官。

⑥文园：汉文学家司马相如曾任孝文园令，世称文园。

⑦渴死了汉相如：司马相如有消渴症(糖尿病)，《西京杂记》并谓他因此不愈而死。

⑧文君再寡：卓文君为蜀中富豪卓王孙女，守寡时随司马相如私奔。

⑨伊周：伊尹与周公旦。前者协助商君成汤推翻夏桀，成汤死后又先后辅佐了两朝国君；后者辅弼武王灭纣建周，以后因成王年幼，还曾一度摄理国政。董贾：董仲舒与贾谊，均为汉代的大儒。

⑩北邙：洛阳城北山名，多墓葬，后遂成为坟地的代称。

【鉴赏】

这首散曲由前篇与[幺篇]两个部分组成，而愤世之情，一以贯之。

前篇一上来就列举"秦代长城""汉朝陵寝""魏时铜雀台"三事。三者都是旷日持久，影响一代的大工程，"秦""汉""魏"互相问还存在着朝代的替递关系，却一一重蹈覆辙。"替别人打""被偷儿挖""如今无片瓦"……这一个个匪夷所思的结局，显示了封建王朝"帝业巍巍"的不足恃。作者思想却更跃进一步，说是"名利场最兜搭"，揭出了历朝统治者为个人野心和利益而纷扰天下的丑恶本质。紧接着作品举示了班超和马援两位名将报国立功而未得善终的例证，指出这种"堪讶"的不合理现象尚有多般。这一段全是对历史的回顾，口诛笔伐，为下面[幺篇]的"讽今"定下了冷峻的基调。

[幺篇]的起笔同样突兀而至，"动不动"三字，显示出作者对"玉堂金马"谎言的怨怅和鄙薄，蓄积已久。玉堂殿、金马门，本都是汉代的皇家建筑，扬雄《解嘲》云："历金门、上玉堂有日矣。"即以进入金马门、玉堂殿视作入朝任高官的象征。到元代，更成了流行的习语："玉堂金马间琼楼。"（不忽木《元和令》）"喜君家平步上

青云,不枉了玉堂金马多风韵。"(《东坡梦》杂剧)"盼杀我也玉堂金马,困杀我也陋巷箪瓢。"(《追韩信》杂剧)功名利禄成了文人士子梦寐以求的生活目标,确实是"动不动说什么玉堂金马"!然而元代读书人得文章力的机遇实在太少:科举长期中止,政治上受到歧视和不公平的待遇……作者以"文园"即司马相如自比,自视甚高,因而也激愤益深。司马相如有消渴症(糖尿病),《西京杂记》还说他死于此症,那么汉相如若生活在当代,无法顺遂的渴求便足以断送性命,卓文君只能白白地再作一回寡妇吧!辛辣嘲讽之余,作者已是欲哭无泪,无可奈何。继而他浮想联翩,恣意纵笔,连珠炮似的引出数名古人:伊尹,协助商君成汤推翻夏桀,又受成汤遗命,辅佐两朝国君;周公旦,辅弼武王灭纣建周,以后一度摄政,治理国家井井有条;董仲舒,学究天人,举贤良对策,世称通儒;贾谊,博贯古今,善著论作赋,不愧才子。然而一世之雄,而今安在!不过是"一旦百岁后,相与还北邙"(陶渊明《拟古》)而已。这一段表达了两层意思:前层言求功名之不易,后层言建功业之无益,虽也多援古例,实是针砭当世。于是,"俺归去也呀",便成为万不得已之下的唯一出路了。

这首小令表现了散曲直露不藏,因题发挥的特色,淋漓酣畅,感情十分强烈。这是元人的自度曲,多用仄韵押尾,有词调的韵味;而音节顿挫,衬托出作者愤切的心绪,不时插入的"哈哈"衬句,更显出嬉笑怒骂的风神。"不平则鸣",在这支曲子里,元代黑暗的政治情状,文人失意的社会心理,都得到了深刻的反映。

失宫调牌名·大雨

无名氏

城中黑潦①,村中黄潦,人都道天瓢翻了。出门溅我一身泥,这污秽如何可扫!　　东家壁倒,西家壁倒,窥见室家之好。问天公还有几时晴?天也道阴晴难保。

【注释】

①潦:积水。

这首小令录自《全元散曲》，实为［鹊桥仙］曲牌，南曲属［仙吕入双调］。题作"大雨"，实至名归。单从曲文的表象来看，大雨造成了地面的积水，城中尘多，一片黑水，是"黑潦"，村中土多，一片黄浆，是为"黄潦"。"天瓢翻了"，那就是瓢泼大雨，雨量之充沛、急猛、持久，都恍然在目，形象万分。积潦满途，出门人溅得一身泥浆；大水浸泡，暴雨冲刷，一家家墙倾壁倒。这一切，说明即使就事论事，作品对"大雨"的叙述描绘，也是十分传神、异常成功的。然而，显而易见，本篇是醉翁之意不在酒，作者并非在写风景诗或咏物诗。他是在影射，巧妙地运用双关和象征的手法，借"大雨"的题目发出对黑暗时世的诅咒。几乎可以说曲中的每一句都有弦外之音，"人都道天瓢翻了""这污秽如何可扫""问天公还有几时晴，天也道阴晴难保"等尤为显明。一首作品能够如此的声东击西，让读者人人都能一眼看出它的真意所在，这样的影射也算做到极致了。

这首小令据孔齐《至正直记》载，为元末江西一士人在京城所做的"二小词"之一，"咏其词旨，盖亦有深意焉、岂非三百篇之后其讽刺之遗风耶"。为了更助于理解作者的"深意"，兹将另一首《月蚀》也抄录如下："前年蚀了，去年蚀了，今年又划来了。姮娥传语这妖蟆，逞脸则管不了。锣筛破了，鼓擂破了，谢天地早是明了。若还到底不明时，黑洞洞几时是了？"筛锣擂鼓驱赶妖蟆，是旧时月食时"救月"的民俗，但在曲中，显然象征了对"黑洞洞几时是了"的反抗斗争。"三百篇"的"讽刺"，历来都公认为不失温柔敦厚，而这两首小曲犀利辛辣，洵称匕首投枪，那就不只是"遗风"，而是诗歌战斗力的一种发展与光大。

关汉卿　　关汉卿（约1220年~1300年），元代杂剧作家。是中国古代戏曲创作的代表人物。号已斋（一作一斋）、已斋叟。汉族，解州人（今山西省运城），关于他的籍贯，还有祁州（今河北省安国市）伍仁村、大都（今北京市）人，大约生于金代末年（约公元1220年前后），卒于元成宗大德初年（约公元1300年前后）。与马致远、郑光祖、白朴并称为"元曲四大家"，关汉卿位于"元曲四大家"之首。

《窦娥冤》 楔子

关汉卿

(卜儿蔡婆上,诗云)花有重开日,人无再少年;不须长富贵,安乐是神仙。老身蔡婆婆是也,楚州人氏,嫡亲三口儿家属。不幸夫主亡逝已过,只有一个孩儿,年长八岁。俺娘儿两个,过其日月。家中颇有些钱财。这里一个窦秀才,从去年问我借了二十两银子,如今本利该银四十两。我数次索取,那窦秀才只说贫难,没有还我。他有一个女儿,今年七岁,生得可喜,长得可爱,我有心看上他,与我家做个媳妇,就准了这四十两银子,岂不两得其便。他说今日好日辰,亲送女儿到我家来。老身且不索钱去,专在家中等候。这早晚窦秀才敢待来也。(冲末扮窦天章引正旦扮端云上,诗云)读尽缥缃万卷书,

可怜贫杀马相如;汉庭一日承恩召,不说当垆说子虚。小生姓窦,名天章,祖贯长安京兆人也。幼习儒业,饱有文章;怎奈时运不通,功名未遂。不幸浑家亡化已过,撇下这个女孩儿,小字端云,从三岁上亡了他母亲,如今孩儿七岁了也。小生一贫如洗,流落在这楚州居住。此间一个蔡婆婆,他家广有钱物;小生因无盘缠,曾借了他二十两银子,到今本利该对还他四十两。他数次问小生索取,教我把甚么还他?谁想蔡婆婆常常着人来说,要小生女孩儿做他儿媳妇。况如今春榜动,选场开,正待上朝取应,又苦盘缠缺少。小生出于无奈,只得将女孩儿端

云送与蔡婆婆做儿媳妇去。（做叹科。云）嗨！这个那里是做媳妇？分明是卖与他一般。就准了他那先借的四十两银子，分外但得些少东西，勾小生应举之费，便也过望了。说话之间，早来到他家门首。婆婆在家么？（卜儿上，云）秀才，请家里坐，老身等候多时也。（做相见科，窦天章云）小生今日一径的将女孩儿送来与婆婆，怎敢说做媳妇，只与婆婆早晚使用。小生目下就要上朝进取功名去，留下女孩儿在此，只望婆婆看觑则个。（卜儿云）这等，你是我亲家了。你本利少我四十两银子，兀的是借钱的文书，还了你；再送你十两银子做盘缠。亲家你休嫌轻少。（窦天章做谢科，云）多谢了婆婆。先少你许多银子，都不要我还了，今又送我盘缠，此恩异日必当重报。婆婆，女孩儿早晚呆痴，看小生薄面，看觑女孩儿咱。（卜儿云）亲家，这不消你嘱咐，令爱到我家，就做亲女儿一般看承他，你只管放心的去。（窦天章云）婆婆，端云孩儿该打呵，看小生面则骂几句；当骂呵，则处分几句。孩儿，你也不比在我跟前，我是你亲爷，将就的你；你如今在这里，早晚若顽劣呵，你只讨那打骂吃。儿咻！我也是出于无奈。（做悲科，唱）

［仙吕赏花时］我也只为无计营生四壁贫，因此上割舍得亲儿在两处分。从今日远践洛阳尘，又不知归期定准，则落的无语暗消魂。（下）

> （卜儿云）窦秀才留下他这女孩儿与我做媳妇儿，他一径上朝应举去了。（正旦做悲科，云）爹爹，你直下的撇了我孩儿去也！（卜儿云）媳妇儿，你在我家，我是亲婆，你是亲媳妇，只当自家骨肉一般。你不要啼哭，跟着老身前后执料去来。（同下）

【鉴赏】

《窦娥冤》原名《感天动地窦娥冤》，是关汉卿的代表作品，我国古典戏剧中的著名悲剧。全剧四折，开头有个《楔子》。全剧通过窦娥冤死和死后鬼魂复仇的描写,深刻地揭露和控诉了元代的社会黑暗和政治腐败,表现了被压迫人民宁死不屈的反抗精神。窦娥的一生是很不幸的,她三岁丧母。七岁时,父亲窦天章因为借了蔡婆婆二十两银子的高利贷,本利该还四十两,却因家贫,无力偿还。加之,又要上京赶考,没有路费。而高利贷者蔡婆婆,却看窦娥长得可爱,就想让窦娥给她儿子作童养媳,顶还债务。窦天章出于无奈,就把窦娥送给蔡婆婆,自己只身上朝取应,谋求功名。窦娥冤死三年之后,她的父亲窦天章终于一举及第,官拜参知政事,加两淮提刑肃政廉访使之职,到楚州来审囚刷卷,纠察官吏的善恶、政治的得失和狱刑等。窦娥的鬼魂便前来托梦诉冤,要报仇雪恨。于是,窦天章第二天升庭,要山阳县火速拘解犯人,审明冤案,为窦娥洗刷了冤枉,祭奠了亡灵。关汉卿就通过窦娥一生的悲惨遭遇,成功地塑造了一个被摧残、被迫害的妇女形象,反映了封建社会里千千万万被压迫人民强烈要求申冤报仇的愿望。

　　《窦娥冤》的《楔子》,是窦娥一生悲剧的开始,她仅七岁,就被父亲窦天章领给蔡婆婆家作童养媳,不仅偿还了四十两银子的高利贷,还得到十两银子作盘缠,只身上京赶考。这部分仅有一段曲子,是窦天章离别蔡婆婆家时唱的。全曲五句,本色自然,说明了自己出卖女儿的原因,抒发了自己离别时的悲伤心情。前两句说自己是个读书人,除了走科举这条道路外,就无计营生,这才家贫如洗,卖女还债,害得父女两分开。后三句说自己现在赴京赶考,谋取功名,不知道何日归来,所以就无语暗消魂了。词句明白如话,但却深刻地概括了窦娥悲剧的社会原因:一是经济上的贫穷,二是封建思想的毒害,三是统治阶级政治上的迫害。因为如果不是贫穷负债,又无计营生,只能走科举这条道路,窦天章就不会卖掉窦娥,窦娥也就不会冤屈而死。所以,[仙吕赏花时]虽是《楔子》中唯一的一支曲子,但却提挈了全剧,不仅使整个剧蒙上悲剧气氛,而且提出了窦娥今后的命运问题,成为贯穿全剧的中心,使人们不能不切实关注了。

《窦娥冤》 第一折

关汉卿

（净扮赛卢医上,诗云）行医有斟酌,下药依本草;

死的医不活,活的医死了。自家姓卢,人道我一手好医,都叫做赛卢医,在这山阳县南门开着生药局。在城有个蔡婆婆,我问他借了十两银子,本利该还他二十两;数次来讨这银子,我又无的还他。若不来便罢,若来呵,我自有个主意。我且在这药铺中坐下,看有甚么人来?(卜儿上,云)老身蔡婆婆。我一向搬在山阳县居住,尽也静办。自十三年前窦天章秀才留下端云孩儿与我做儿媳妇,改了他小名,唤做窦娥。自成亲之后,不上二年,不想我这孩儿害弱症死了。媳妇儿守寡,又早三个年头,服孝将除了也。我和媳妇儿说知,我往城外赛卢医家索钱去也。(做行科,云)蓦过隅头,转过屋角,早来到他家门首。赛卢医在家么?(卢医云)婆婆,家里来。(卜儿云)我这两个银子长远了,你还了我罢。(卢医云)婆婆,我家里无银子,你跟我庄上去取银子还你。(卜儿云)我跟你去。(做行科)(卢医云)来到此处,东也无人,西也无人,这里不下手,等甚么?我随身带的有绳子。兀那婆婆,谁唤你哩?(卜儿云)在那里?(做勒卜儿科。孛老同副净张驴儿冲上,赛卢医慌走下。孛老救卜儿科)(张驴儿云)爹,是个婆婆,争些勒杀了。(孛老云)兀那婆婆,你是那里人氏?姓甚名谁?因甚着这个人将你勒死?(卜儿云)老身姓蔡,在城人氏,止有个寡媳妇儿,相守过日。因为赛卢医少我二十两银子,今日与他取讨;谁想他赚我到无人去处,要勒死我,赖这银子,若不是遇着老的和哥哥呵,那得老身性命来。(张驴儿云)爹,你听的他说么?他家还有个媳妇哩。救了他性命,他少不得要谢我;不若你要这婆子,我要他媳妇儿,何等两便?你和他说去。(孛老云)兀那婆婆,你无丈夫,我无浑家,你肯与我做个老婆,意下如何?(卜儿云)是何言语!待我回家,多备些钱钞相谢。(张驴儿云)你敢是不肯,故意将钱钞哄我?赛卢医的绳子还在,我仍旧勒死了你罢。(做拿绳科)(卜儿云)哥哥,待我慢慢地寻思咱。(张驴儿云)你寻思些甚么?你随我老子,我便要你媳妇儿。(卜儿背云)我不依他,他又勒杀我。罢罢罢,你爷儿两个随我到家中去来。(同下)(正旦上,云)妾身姓窦,小字端云,祖居楚州人氏。我三岁上亡了母亲,七岁上离了父亲。俺父亲将我嫁与蔡婆婆为儿媳妇,改名窦娥。至十七岁与夫成亲;不幸丈夫亡化,可早三年光景,我今二十岁也。这南门外有个赛卢医,他少俺婆婆银子,本利该二十两,数次索取不还,今日俺婆婆亲自索取去了。窦娥也,你这命好苦也呵!(唱)

[仙吕点绛唇] 满腹闲愁,数年禁受,天知否?天若是知我情由,怕不待和天瘦。

[混江龙] 则问那黄昏白昼,两般儿忘餐废寝几时休?大都来昨宵梦里,和着这今日心头。催人泪的是锦烂熳花枝横绣闼,断人肠的是剔团圞月色挂妆楼。长则是急煎煎按不住意中焦,闷沉沉展不彻眉尖皱,越觉的情怀冗冗,心绪悠悠。

(云)似这等忧愁,不知几时是了也呵!(唱)

[油葫芦] 莫不是八字儿该载着一世忧,谁似我无尽头!须知道人心不似水长流。我从三岁母亲身亡后,到七岁与父分离久,嫁的个同住人,他可又拔着短筹;撇的俺婆妇每都把空房守,端的个有谁问,有谁瞅?

[天下乐] 莫不是前世里烧香不到头,今也波生招祸尤?劝今人早将来世修。我将这婆侍养,我将这服孝守,我言词须应口。

(云)婆婆索钱去了,怎生这早晚不见回来?

图文珍藏版

（卜儿同孛老、张驴儿上）（卜儿云）你爷儿两个且在门首，等我先进去。（张驴儿云）妳妳，你先进去，就说女婿在门首哩。（卜儿见正旦科）（正旦云）妳妳回来了，你吃饭么？（卜儿做哭科，云）孩儿也，你教我怎生说啵！（正旦唱）

[一半儿] 为甚么泪漫漫不住点儿流？莫不是为索债与人家惹争斗？我这里连忙迎接慌问候，他那里要说缘由。（卜儿云）羞人答答的，教我怎生说啵！（正旦唱）则见他一半儿徘徊一半儿丑。

（云）婆婆，你为甚么烦恼啼哭那？（卜儿云）我问赛卢医讨银子去，他赚我到无人去处，行起凶来，要勒死我。亏了一个张老并他儿子张驴儿，救得我性命。那张老就要我招他做丈夫，因这等烦恼。（正旦云）婆婆，这个怕不中么？你再寻思咱：俺家里又不是没有饭吃，没有衣穿，又不是少欠钱债，被人催逼不过；况你年纪高大，六十以外的人，怎生又招丈夫那？（卜儿云）孩儿也，你说的岂不是，但是我的性命全亏他这爷儿两个救的。我也曾说道：待我到家，多将些钱物，酬谢你救命之恩。不知他怎生知道我家里有个媳妇儿，道我婆媳妇又没老公，他爷儿两个又没老婆，正是天缘天对。若不随顺，他依旧要勒死我。那时节我就慌张了，莫说自己许了他，连你也许了他儿也，这也是出于无奈。

（正旦云）婆婆，你听我说啵。（唱）

[后庭花] 遇时辰我替你忧，拜家堂我替你愁；梳着个霜雪般白鬓髻，怎戴那销金锦盖头？怪不得女大不中留。你如今六旬左右，可不道到中年万事休！旧恩爱一笔勾，新夫妻两意投，枉把人笑破口。

（卜儿云）我的性命都是他爷儿两个救的，事到如今，也顾不得别人笑话了。

（正旦唱）

[青哥儿] 你虽然是得他、得他营救，须不是笋条、笋条年幼，划的便巧画蛾眉成配偶！想当初你夫主遗留，替你图谋，置下田畴，早晚羹粥，寒暑衣裘，满望你鳏寡孤独，无捱无靠，母子每到白头。公公也，则落得干生受！

（卜儿云）孩儿也，他如今只待过门，喜事匆匆的，教我怎生回得他去？（正旦唱）

[寄生草] 你道他匆匆喜，我替你倒细细愁：愁则愁兴阑珊，咽不下交欢酒，愁则愁眼昏腾，扭不上同心扣，愁则愁意朦胧，睡不稳芙蓉褥。你待要笙歌引至画堂前，我道这姻缘敢落在他人后。

（卜儿云）孩儿也，再不要说我了，他爷儿两个都在门首等候，事已至此，不若连你也招了女婿罢。（正旦云）婆婆，你要招你自招，我并然不要女婿。（卜儿云）那个是要女婿的？怎奈他爷儿两个自家捱过门来，教我如何是好？（张驴儿云）我们今日招过门去也。帽儿光光，今日做个新郎；袖儿窄窄，今日做个娇客。好女婿，好女婿，不枉了，不枉了。（同孛老入拜科）（正旦做不礼科，云）兀那厮，靠后！（唱）

[赚煞] 我想这妇人每休信那男儿口，婆婆也，怕没的贞心儿自守，到今日招着个村老子，领着个半死囚。（张驴儿做嘴脸科，云）你看我爷儿两个这等身段，尽也选得女婿过，你不要错过了好时辰，我和你早些儿拜堂罢。（正旦不礼科，唱）则被你坑杀人燕侣莺俦。婆婆也，你岂不知羞！俺公公撞府冲州，挣扎的铜斗儿家缘百事有。想着俺公公置就，怎忍教张驴儿情受？（张驴儿做扯正旦拜科，正旦推跌

科,唱)兀的不是俺没丈夫的妇女下场头!(下)

　　(卜儿云)你老人家不要恼躁。难道你有活命之恩,我岂不思量报你?只是我那媳妇儿气性最不好惹的,既是他不肯招你儿子,教我怎好招你老人家?我如今拣的好酒好饭养你爷儿两个在家,待我慢慢的劝化俺媳妇儿;待他有个回心转意,再作区处。(张驴儿云)这歪刺骨便是黄花女儿,刚刚扯的一把,也不消这等使性,平空的推了我一交,我肯干罢!就当面赌个誓与你:我今生今世不要他做老婆,我也不算好男子。(词云)美妇人我见过万千向外,不似这小妮子生得十分愙赖;我救了你老性命死里重生,怎割舍得不肯把肉身陪侍?(同下)

【鉴赏】

　　《窦娥冤》第一折,写窦娥的寡居生活。她七岁到蔡婆婆家作童养媳,十七岁与害弱症的丈夫结婚,不到二年丈夫就死了,守寡到了二十岁。

　　这天,蔡婆婆出去讨债,险被赛卢医勒死。张驴儿父子救了蔡婆婆,却要蔡婆婆答应婆媳两个,分别嫁他父子二人,否则又要把她勒死。蔡婆婆出于无奈,就把张驴儿父子领回家来。可是善良孝顺的窦娥,不但自己不肯答应,而且还嘲笑了蔡婆婆,致使张驴儿父子恃强霸占她婆媳的阴谋不能得逞。因此,不幸的遭遇就接踵而至,一步步地把窦娥推向了悲剧的结局。

　　这里着重分析其中的四支曲子。这是窦娥的一段唱词,抒发她矢志守节,孤苦寡居的凄凉心情。[仙吕点绛唇]一曲,窦娥说自己年轻守寡,满腹愁苦,咬牙忍受,老天爷若知道自己的痛苦,也会和自己一样哀愁消瘦。[混江龙]一曲,紧承前意,再吐心声,说自己三年守寡,白天忘餐,夜晚废寝,如此愁苦哀伤,何时到头。自己三岁丧母,七岁别父,十七岁结婚,年轻轻守寡到二十岁,其间的悲痛,夜里浮现在梦中,白天出现在心头。而特别催人泪下的,是见绣花门帘,想起早死的丈夫,看见圆月挂妆楼,想起别离的父亲。月圆人离散,长时间心急熬煎,志意焦燥,情绪苦闷,双眉紧皱,胸怀沉重,心绪悠悠,没有尽头。词美情浓,睹物思人,触景生情,很能感染观众。[油葫芦]一曲，窦娥痛定思痛，怨八字不好，命中注定一世忧愁。所以，谁也不像自己这样痛苦无尽头，人是有情之物，我的心也是肉长的，不是无情的流水，能够忍受这多的愁。母亲死了，父亲走了，嫁了个丈夫，又拔了短筹，早早亡故了，现在婆媳一样寡居，有谁问，有谁瞅！[天下乐]一曲，窦娥再怨恨自己命不好，前世烧了断头香，今世招来无穷的祸尤，所以就劝别人，也是诫自己，今世要把来世修，矢志守寡，侍奉婆婆，心口相应。关汉卿就通过这段唱词，剖析了窦娥的心理，把一个年轻寡妇的悲苦感情，表现得非常真实动人。而且运用这些揪心沥胆的词句，描写窦娥的心理活动，把一个善良温厚，贞节孝道的妇女形象，鲜明地塑造了出来。这时候的窦娥，虽然还是一个孝道的寡妇，但那倔强的反抗性格，却是从这里产生的。因为她为了保护自己的美德，就敢于反抗斗争。所以，在以后的戏中，她不但自己拒嫁，而且还嘲笑婆婆，咒骂张驴儿父子，把张驴儿也推倒在地，显示了她性格的另一方面。关汉卿这样准确地把握人物性格，给窦娥这样的思想起点，就为以后刻画人物性格的发展，留下了充分的余地，真不愧是艺术大师的手笔。

《窦娥冤》 第二折

关汉卿

(赛卢医上，诗云)小子太医出身，也不知道医死多人，何尝怕人告发，关了一日店门？在城有个蔡家婆子，刚少的他二十两花银，屡屡亲来索取，争些捻断脊筋。也是我一时智短，将他赚到荒村，撞见两个不识姓名男子，一声嚷道："浪荡乾坤，怎敢行凶撒泼，擅自勒死平民！"吓得我丢了绳索，放开脚步飞奔。虽然一夜无事，终觉失精落魂；方知人命关天关地，如何看作壁上灰尘。从今改过行业，要得灭罪修因，将以前医死的性命，一个个都与他一卷超度的经文。小子赛卢医的便是。只为要赖蔡婆婆二十两银子，赚他到荒僻去处，正待勒死他，谁想遇见两个汉子，救了他去。若是再来讨债时节,教我怎生见他?常言道得好:"三十六计,走为上计。"喜得我是孤身,又无家小连累;不若收拾了细软行李,打个包儿,悄悄地躲到别处,另做营生,岂不干净?(张驴儿上,云)自家张驴儿。可奈那窦娥百般的不肯随顺我;如今那老婆子害病,我讨服毒药,与他吃了,药死那老婆子,这小妮子好歹做我的老婆。(做行科,云)且住,城里人耳目广,口舌多,倘见我讨毒药,可不嚷出事来?我前日看见南门外有个药铺,此处冷静,正好讨药。(作行科,叫云)太医哥哥,我来讨药的。(赛卢医云)你讨甚么药?(张驴儿云)我讨服毒药。(赛卢医云)谁敢合毒药与你?这厮好大胆也!(张驴儿云)你真个不肯与我药么?(赛卢医云)我不与你,你就怎地我?(张驴儿做拖卢云)好呀,前日谋死蔡婆婆的,不是你来?你说我不认的你哩!我拖你见官去。(赛卢医做慌科,云)大哥,你放我,有药有药。(做与药科,张驴儿云)既然有了药,且饶你罢。正是:"得放手时须放手,得饶人处且饶人。"(下)(赛卢医云)可不悔气!刚刚讨药的这人,就是救那婆子的。我今日与了他这服毒药去了,以后事发,越越要连累我;趁早儿关上药铺,到涿州卖老鼠药去也。(下)

　　(卜儿上,做病伏几科)(孛老同张驴儿上,云)老汉自到蔡婆婆家来,本望做个接脚,却被他媳妇坚执不从。那婆婆一向收留俺爷儿两个在家同住,只说好事不在忙,等慢慢里劝转他媳妇;谁想那婆婆又害起病来。孩儿,你可曾算我两个的八字,红鸾天喜几时到命哩?(张驴儿云)要看什么天喜到命!只赌本事,做得去自去做。(孛老云)孩儿也,蔡婆婆害病好几日了,我与你去问病波。(做见卜儿问科,云)婆婆,你今日病体如何?(卜儿云)我身子十分不快哩。(孛老云)你可想些甚么吃?(卜儿云)我思量些羊肚儿汤吃。(孛老云)孩儿,你对窦娥说,做些羊肚儿汤与婆婆吃。(张驴儿向古门云)窦娥,婆婆想羊肚儿汤吃,快安排将来。(正旦持汤上,云)妾身窦娥是也。有俺婆婆不快,想羊肚汤吃,我亲自安排了与婆婆吃去。婆婆也,我这寡妇人家,凡事也要避些嫌疑,怎好收留那张驴儿父子两个?非亲非眷的,一家儿同住,岂不惹外人谈议?婆婆也,你莫要背地里许了他亲事,连我也累做不清不洁的。我想这妇人心好难保也呵!(唱)

[南吕一枝花]他则待一生鸳帐眠,那里肯半夜空房睡;他本是张郎妇,又做了李郎妻。有一等妇女每相随,并不说家克计,则打听些闲是非;说一会不明白打凤的机关,使了些调虚嚣捞龙的见识。

[梁州第七]这一个似卓氏般当垆涤器,这一个似孟光般举案齐眉,说的来藏头盖脚多伶俐!道着难晓,做出才知。旧恩忘却,新爱偏宜;坟头上土脉犹湿,架儿上又换新衣。那里有奔丧处哭倒长城?那里有浣纱时甘投大水?那里有上山来便化顽石?可悲,可耻!妇人家直恁的无仁义,多淫奔,少志气;亏杀前人在那里,更休说百步相随。

(云)婆婆,羊肚儿汤做成了,你吃些儿波。(张驴儿云)等我拿去。(做接尝科,云)这里面少些盐醋,你去取来。(正旦下)(张驴儿放药科)(正旦上。云)这不是盐醋?(张驴儿云)你倾下些。(正旦唱)

[隔尾]你说道少盐欠醋无滋味,加料添椒才脆美。但愿娘亲早痊济,饮羹汤一杯,胜甘露灌体,得一个身子平安倒大来喜。

(孛老云)孩儿,羊肚汤有了不曾?(张驴儿云)汤有了,你拿过去。(孛老将汤云)婆婆,你吃些汤儿。
(卜儿云)有累你。(做呕科,云)我如今打呕,不要这
汤吃了,你老人家吃罢。(孛老云)这汤特做来与你吃
的,便不要吃,也吃一口儿。(卜儿云)我不吃了,你老
人家请吃。(孛老吃科)(正旦唱)

[贺新郎]一个道你请吃,一个道婆先吃,这言语听也
难听,我可是气也不气! 想他家与咱家有甚的亲和
戚? 怎不记旧日夫妻情意,也曾有百纵千随? 婆婆
也,你莫不为黄金浮世宝,白发故人稀,因此上把旧恩
情全不比新知契? 则待要百年同墓穴,那里肯千里送
寒衣。

  (孛老五)我吃下这汤去,怎觉昏昏沉沉的起来?
(做倒料)(卜儿慌科,云)你老人家放精细着,你扎挣
  着些儿。(做哭科,云)兀的不是死了也! (正旦唱)

[斗虾蟆]空悲戚,没理会,人生死,是轮回。感着这
般病疾,值着这般时势;可是风寒暑湿,或是饥饱劳
役;各人证候自知,人命关天关地;别人怎生替得,寿
数非干今世。相守三朝五夕,说甚一家一计。又无羊
酒段匹,又无花红财礼;把手为活过日,撒手如同休
弃。不是窦娥忤逆,生怕傍人论议,不如听咱劝你,认
个自家晦气,割舍的一具棺材停置,几件布帛收拾。
出了咱家门里,送入他家坟地。这不是你那从小儿年
纪指脚的夫妻。我其实不关亲无半点恓惶泪。休得
要心如醉,意似痴,便这等嗟嗟怨怨,哭哭啼啼。

  (张驴儿云)好也啰! 你把我老子药死了,更待干
  罢! (卜儿云)孩儿,这事怎了也? (正旦云)我有什么
  药在那里,都是他要盐醋时,自家倾在汤儿里的。(唱)

[隔尾]这厮搬调咱老母收留你,自药死亲爷待要唬

吓谁？（张驴儿云）我家的老子,倒说是我做儿子的药死了,人也不信。（做叫科,云）四邻八舍听着：窦娥药杀我家老子哩。（卜儿云）罢么,你不要大惊小怪的,吓杀我也。（张驴儿云）你可怕么？（卜儿云）可知怕哩。（张驴儿云）你要饶么？（卜儿云）可知要饶哩。（张驴儿云）你教窦娥随顺了我,叫我三声的的亲亲的丈夫,我便饶了他。（卜儿云）孩儿也,你随顺了他罢。（正旦云）婆婆,你怎说这般言语！（唱）我一马难将两鞍鞴,想男儿在日,曾两年匹配,却教我改嫁别人,其实做不得。

（张驴儿云）窦娥,你药杀了俺老子,你要官休？要私休？（正旦云）怎生是官休？怎生是私休？（张驴儿云）你要官休呵,拖你到官司,把你三推六问,你这等瘦弱身子,当不过拷打,怕你不招认药死我老子的罪犯！你要私休呵,你早些与我做了老婆,倒也便宜了你。（正旦云）我又不曾药死你老子,情愿和你见官去来。（张驴儿拖正旦、卜儿下）

（净扮孤引祗候上,诗云）我做官人胜别人,告状来的要金银；若是上司当刷卷,在家推病不出门。下官楚州太守桃杌是也。今早升厅坐衙,左右,喝撺厢。（祗候幺喝科）（张驴儿拖正旦、卜儿上,云）告状告状。（祗候云）拿过来。（做跪见。孤亦跪科,云）请起。（祗候云）相公,他是告状的,怎生跪着他？（孤云）你不知道,但来告状的,就是我衣食父母。（祗候幺喝科。孤云）那个是原告？那个是被告？从实说来。（张驴儿云）小人是原告张驴儿,告这媳妇儿,唤做窦娥,合毒药下在羊肚汤儿里,药死了俺的老子。这个唤做蔡婆婆,就是俺的后母。望大人与小人做主咱。（孤云）是那一个下的毒药？（正旦云）不干小妇人事。（卜儿云）也不干老妇人事。（张驴儿云）也不干我事。（孤云）都不是，敢是我下的毒药来？（正旦云）我婆婆也不是他后母，他自姓张，我家姓蔡。我婆婆因为与赛卢医索钱，被他赚到郊外，勒死我婆婆，却得他爷儿两个救了性命。因此我婆婆收留他爷儿两个在家，养膳终身，报他的恩德。谁知他两个倒起不良之心，冒认婆婆做了接脚，要逼勒小妇人做他媳妇。小妇人原是有丈夫的，服孝未满，坚执不从。适值我婆婆患病，着小妇人安排羊肚汤儿吃。不知张驴儿那里讨得毒药在身，接过汤来，只说少些盐醋，支转小妇人，暗地倾下毒药。也是天幸，我婆婆忽然呕吐，不要汤吃，让与他老子吃，才吃的几口，便死了。与小妇人并无干涉。只望大人高抬明镜，替小妇人做主咱。（唱）

[牧羊关] 大人你明如镜，清似水，照妾身肝胆虚实。那羹本五味俱全，除了外百事不知。他推道尝滋味，吃下去便昏迷。不是妾讼庭上胡支对，大人也，却教我平白地说甚的？

（张驴儿云）大人详情：他自姓蔡，我自姓张，他婆婆不招俺父亲接脚，他养我父子两个在家做甚么？这媳妇年纪儿虽小，极是个赖骨顽皮，不怕打的。（孤云）人是贱虫，不打不招。左右，与我选大棍子打着。（祗候打正旦，三次喷水科）（正旦唱）

[骂玉郎] 这无情棍棒教我捱不的。婆婆也，须是你自做下，怨他谁？劝普天下前婚后嫁婆娘每，都看取我这般傍州例。

[感皇恩] 呀！是谁人唱叫扬疾，不由我不魄散魂飞。恰消停，才苏醒，又昏迷。捱千般打拷，万种凌逼，一杖

下，一道血，一层皮。

[采茶歌]打的我肉都飞，血淋漓，腹中冤枉有谁知！则我这小妇人毒药来从何处也？天那，怎么的覆盆不照太阳辉！

（孤云）你招也不招？（正旦云）委的不是小妇人下毒药来。（孤云）既然不是你，与我打那婆子。（正旦忙云）住住住，休打我婆婆，情愿我招了罢，是我药死公公来。（孤云）既然招了，着他画了伏状，将枷来枷上，下在死囚牢里去。到来日判个斩字，押赴市曹典刑。（卜儿哭科，云）窦娥孩儿，这都是我送了你性命，兀的不痛杀我也！（正旦唱）

[黄钟尾]我做了个衔冤负屈没头鬼，怎肯便放了你好色荒淫漏面贼！想人心不可欺，冤枉事天地知，争到头，竟到底，到如今待怎的？情愿认药杀公公，与了招罪。婆婆也，我怕把你来便打的，打的来怎的。我若是不死呵，如何救得你？（随祗候押下）

（张驴儿做叩头科，云）谢青天老爷做主！明日杀了窦娥，才与小人的老子报的冤。（卜儿哭科，云）明日市曹中杀窦娥孩儿也，兀的不痛杀我也！（孤云）张驴儿，蔡婆婆，都取保状，着随衙听候。左右，打散堂鼓，将马来，回私宅去也。（同下）

【鉴赏】

《窦娥冤》第二折是第一折情节的继续发展。赛卢医因在荒郊勒死蔡婆婆未遂，被人发现，准备逃跑。张驴儿因窦娥不愿意随顺他，就阴谋要害死蔡婆婆，逼迫窦娥做他老婆。于是，他找到赛卢医，讨了服毒药。蔡婆婆生病卧床，张驴儿父亲盼望红鸾天喜，来看望蔡婆婆，问她想吃什么？蔡婆婆说想羊肚儿汤吃，老头子就叫张驴儿对窦娥说，与蔡婆婆做碗羊肚汤。窦娥一面作汤，一面埋怨婆婆，不该收留张驴儿父子在家,更不该背地里许亲事,连累自己。汤做好后,张驴儿支使窦娥取盐醋,就暗地里下了毒药。张驴儿把汤送给他父亲,他父亲端给蔡婆婆,蔡婆婆却呕吐不想吃,就让张驴儿父亲吃了。这老子吃下汤,就昏昏沉沉死去了。张驴儿父亲死了,窦娥很是高兴,劝蔡婆婆自认晦气,舍付棺材,送入他家坟地。可是,张驴儿却说是窦娥药杀了他老子,大声呼叫四邻八舍听着。吓得蔡婆婆讨饶,张驴儿就说,要窦娥顺他,叫他三声亲亲的丈夫,他便饶了。窦娥却说一马难配两鞍,要她改嫁,其实做不得。张驴儿就威逼窦娥,要官休?要私休?私休,就是要窦娥做老婆,官休,就是拖窦娥到官府,三推六问,拷打她招认药死他老子。窦娥没有放毒药,又对封建衙门存有幻想,就坦然答应官休,情愿与张驴儿见官去。可是,楚州太守桃杌,是个贪赃枉法、昏庸腐朽的官吏,升厅问案,不听窦娥的申辩,认为人是贱虫,不打不招,就命令左右用大棍子拷打窦娥,直打得窦娥遍体鳞佰,昏死三次,但倔强的窦娥,宁死不屈,决不招认。于是桃杌就命令左右拷打蔡婆婆。孝顺的窦娥,怕婆婆吃苦,这才情愿招认,是自己药死了公公,舍命救护了蔡婆婆。窦娥就是这样被屈打成招,判了斩刑,走上了悲剧的道路。

这里着重分析窦娥到公堂上被拷打时的一段唱词,共五支曲子,表现了她对统治阶级幻想的初步破灭,逐渐认识到黑暗社会的本质,所以,她敢于反抗的性格有了很大的发展。[牧羊关]一支曲子,是窦娥刚到公堂,说明了药死张驴儿父亲,与自己并无干涉。因为她年轻幼稚,对封建衙门存有幻想,相信桃杌太守能给她主持公道。所以,前三句唱词就说大人明如镜,清似水,能够照妾身肝胆虚实,要昏官相信她的话句句都是实情,没有半点虚假。但是,桃杌受贿,放着那个下毒药的张驴儿不审问,反审窦娥,这一下,窦娥对高抬明镜的桃杌开始怀疑了,幻想太守大人能替她做主的希望落空了。所以,当她被打得昏死三次,冷水喷醒后,接连唱了[骂玉郎]、[感皇恩]、[采茶歌]三支曲子,抒发自己百思不得其解的复杂心情。[骂玉郎]这支曲子,是埋怨蔡婆婆的,自己被无情棒拷打,实在捱不的,这是你婆婆自做下,叫我怨他谁?只好现身说法,教天下前婚后嫁的妇女,都以自己为榜样,吸取有益的教训,话说得很含蓄,潜台词很多,说明了她的思想感情是非常复杂的,观众自己可以去体会。[感皇恩]这支曲子,窦娥面对衙役们虎狼般的呼喊,魂飞魄散,棍棒暂停,自己刚苏醒,又昏迷。自己平白无故地挨这千般拷打,万种凌逼,一杖下,一道血,一层皮。自己受这样的暴力非刑,不就是衙门黑暗的活见证吗?她开始觉醒,用亲身遭受的冤枉,控诉统治阶级的罪行了。[采茶歌]这支曲子,窦娥被打得肉横飞,血淋漓,一肚子冤枉竟无人知! 你明如镜,清似水的太守大人,怎不想想:我这个小妇人不出门,毒药是从那里来,怎么能药死人? 所以,窦娥不仅尤人,骂桃杌是昏官,而且进一步怨天,自己好像被罩在盆子之下,见不到一点太阳辉。真是叫天不应,呼地不灵,这堂堂的官吏,巍巍的府衙,竟是暗无天日的黑暗世界。她认识到了统治阶级的本质,抱着宁死不屈的信念,决不招认。[黄钟尾]一支曲子,是窦娥为了救护蔡婆婆,为了使年老的婆婆不受非刑拷打,她便把杀人之罪屈招在自己身上。但是,她并没有屈服,所以唱词前两句就说:我做了个衔冤负屈没头鬼,也绝不放过好色荒淫的张驴儿,凶相毕露的官吏坏蛋们。至此,她对统治阶级的幻想完全破灭了,幼稚天真的窦娥已经觉醒了。她的善良、温厚、孝道等性格特点,都表现在她这种舍己为人的精神中,所以,窦娥的形象是非常感人的,她敢于反抗的性格发展,也是非常真实可信的。

《窦娥冤》 第三折

关汉卿

(外扮监斩官上,云)下官监斩官是也。今日处决犯人,着做公的把住巷口,休放往来人闲走。(净扮公人,鼓三通、锣三下科)(刽子磨旗、提刀,押正旦带枷上)(刽子云)行动些,行动些,监斩官去法场上多时了。(正旦唱)

[正宫端正好]没来由犯王法,不提防遭刑宪,叫声屈动地惊天! 顷刻间游魂先赴森罗殿,怎不将天地也生埋怨。

[滚绣球]有日月朝暮悬,有鬼神掌着生死权。天地也只合把清浊分辨,可怎生错看了盗跖颜渊:为善的受贫穷更命短,造恶的享富贵又寿延。天地也,做得个怕硬

欺软,却原来也这般顺水推船。地也,你不分好歹何为地?天也,你错勘贤愚枉做天!哎,只落得两泪涟涟。

(刽子云)快行动些,误了时辰也。(正旦唱)

[倘秀才] 则被这枷纽的我左侧右偏,人拥的我前合后偃,我窦娥向哥哥行有句言。(刽子云)你有甚么话说?(正旦唱)前街里去心怀恨,后街里去死无冤,休推辞路远。

(刽子云)你如今到法场上面,有甚么亲眷要见的,可教他过来,见你一面也好。(正旦唱)

[叨叨令] 可怜我孤身只影无亲眷,则落得吞声忍气空嗟怨。(刽子云)难道你爷娘家也没的?(正旦云)只有个爹爹,十三年前上朝取应去了,至今杳无音信。(唱)早已是十年多不睹爹爹面。(刽子云)你适才要我往后街里去,是什么主意?(正旦唱)怕则怕前街里被我婆婆见。(刽子云)你的性命也顾不得,怕他见怎的?(正旦云)俺婆婆若见我披枷带锁赴法场餐刀去呵,(唱)枉将他气杀也么哥,枉将他气杀也么哥。告哥哥,临危好与人行方便!

(卜儿哭上科,云)天那,兀的不是我媳妇儿!

(刽子云)婆子靠后。(正旦云)既是俺婆婆来了。叫他来,待我嘱咐他几句话咱。(刽子云)那婆子,近前来,你媳妇要嘱咐你话哩(卜儿云)孩儿,痛杀我也!(正旦云)婆婆,那张驴儿把毒药放在羊肚儿汤里,实指望药死了你,要霸占我为妻。不想婆婆让与他老子吃,倒把他老子药死了。我怕连累婆婆,屈招了药死公公,今日赴法场典刑。婆婆,此后遇着冬时年节,月一十五,有𣸣不了的浆水饭,𣸣半碗儿与我吃;烧不了的纸钱,与窦娥烧一陌儿。则是看你死的孩儿面上!(唱)

[快活三] 念窦娥葫芦提当罪愆,念窦娥身首不完全,念

窦娥从前已往干家缘;婆婆也,你只看窦娥少爷无娘面。

[鲍老儿]念窦娥伏侍婆婆这几年,遇时节将碗凉浆奠;你去那受刑法尸骸上烈些纸钱,只当把你亡化的孩儿荐。(卜儿哭科,云)孩儿放心,这个老身都记得。天那,兀的不痛杀我也!(正旦唱)婆婆也,再也不要啼啼哭哭,烦烦恼恼,怨气冲天。这都是我做窦娥的没时没运,不明不暗,负屈衔冤。

(刽子做喝科,云)兀那婆子靠后,时辰到了也。(正旦跪科)(刽子开枷科)(正旦云)窦娥告监斩大人,有一事肯依窦娥,便死而无怨。(监斩官云)你有甚么事?你说。(正旦云)要一领净席,等我窦娥站立;又要丈二白练,挂在旗枪上:若是我窦娥委实冤枉,刀过处头落,一腔热血休半点儿沾在地下,都飞在白练上者。(监斩官云)这个就依你,打甚么不紧。(刽子做取席站科,又取白练挂旗上科)(正旦唱)

[耍孩儿]不是我窦娥罚下这等无头愿,委实的冤情不浅;若没些儿灵圣与世人传,也不见得湛湛青天。我不要半星热血红尘洒,都只在八尺旗枪素练悬。等他四下里皆瞧见,这就是咱苌弘化碧,望帝啼鹃。

(刽子云)你还有甚的说话,此时不对监斩大人说,几时说那?(正旦再跪科,云)大人,如今是三伏天道,若窦娥委实冤枉,身死之后,天降三尺瑞雪,遮掩了窦娥尸首。(监斩官云)这等三伏天道,你便有冲天的怨气,也召不得一片雪来,可不胡说!(正旦唱)

[二煞]你道是暑气暄,不是那下雪天;岂不闻飞霜六月因邹衍?若果有一腔怨气喷如火,定要感的六出冰花滚

似绵,免着我尸骸现;要甚么素车白马,断送出古陌荒
阡!

（正旦再跪科,云）大人,我窦娥死的委实冤
枉,从今以后,着这楚州亢旱三年!（监斩官云）打
嘴!那有这等说话!（正旦唱）

[一煞]你道是天公不可期,人心不可怜,不知皇天也肯
从人愿。做甚么三年不见甘霖降?也只为东海曾经孝
妇冤。如今轮到你山阳县。这都是官吏每无心正法,使
百姓有口难言。

（刽子做磨旗科,云）怎么这一会儿天色阴了
也?（内做风科,刽子云）好冷风也!（正旦唱）

[煞尾]浮云为我阴,悲风为我旋,三桩儿誓愿明题遍。
（做哭科,云）婆婆也,直等待雪飞六月,亢旱三年呵,
（唱）那其间才把你个屈死的冤魂这窦娥显。

（刽子做开刀,正旦倒科）（监斩官惊云）呀,真
个下雪了,有这等异事!（刽子云）我也道平日杀
人,满地都是鲜血,这个窦娥的血都飞在那丈二白
练上,并无半点落地,委实奇怪。（监斩官云）这死
罪必有冤枉。早两桩儿应验了,不知亢旱三年的
说话,准也不准?且看后来如何。左右,也不必等
待雪晴,便与我抬他尸首,还了那蔡婆婆去罢。

（众应科,抬尸下）

【鉴赏】

《窦娥冤》第三折,写窦娥被冤枉处斩。她在赴刑场的路上,先埋怨鬼神天地,
再要求刽子手不要走前街,免得蔡婆婆看见伤心,年老人是受不了悲痛折磨的。蔡
婆婆来了,她除说明冤枉事实外,没有一句埋怨的话,反而关心体贴蔡婆婆就是要
蔡婆婆今后给她荐浆烧纸,也权当是给早死的孩儿荐。临刑前,她却面对监斩官,

发下三桩誓愿：一要热血飞白练，二要六月飞雪覆尸，三要楚州大旱三年。窦娥性格的两个方面，善良与反抗，都得到了充分的表现。这里着重分析一下窦娥赴法场时唱的两支曲子。[正宫端正好]这支曲子，窦娥开口就喊冤：自己没有罪犯枉法，没提防别人的暗算却遭刑宪，叫声冤屈也会动地惊天。一会儿自己就要被处决，怎能不把天和地埋怨。这五句诗，表现了窦娥幻想的彻底破灭。因为桃杌的拷打，虽然使她认识到"衙门从古向南开，就中无个不冤哉"的黑暗现实，但是，自己被打成招后，还幻想上层统治者会复审，自己还有昭雪的机会。可是，现在自己竟被押上法场斩首，做负屈衔冤的鬼，她才觉悟到一切希望都破灭了。所以，她悲愤填膺，要把天地也埋怨一番。[滚绣球]这支曲子，就是窦娥恨极怨天的唱词。这里，她虽然还没有阶级觉悟，这是历史的局限；但是，她却认识到了贫富的悬殊，善恶的区别。在这样的思想认识支配下，她咒骂天地也是怕硬欺软，顺水推船，让作恶多端的富人，欺压善良的贫民。自己的冤枉苦难，就是这种原因造成的。所以，她咒骂天地，就是咒骂统治阶级，因为他们无心正法，才使百姓有口难言。地不分好歹，天错勘贤愚，真是枉为天地！没有神灵显圣，自己就被冤枉处死，只落得两泪涟涟。窦娥就是这样，在激烈的斗争中，幻想逐步破灭，觉悟逐步提高，这才能够喊出惊天动地的冤枉，对鬼神天地发出震撼人心的控诉。特别她临死前的三桩誓愿，虽然是不可能实现的，但作者却用浪漫主义手法都描写成了现实，要显些灵圣给世人传，使人人都知道窦娥委实冤情不浅！这就大大增加了窦娥的反抗性格，突出了她敢于斗争的满腔复仇怒火，成了千千万万受迫害妇女的典型代表。

《窦娥冤》 第四折

关汉卿

（窦天章冠带引丑张千、祗从上，诗云）独立空堂思黯然,高峰月出满林烟;非关有事人难睡,自是惊魂夜不眠。老夫窦天章是也。自离了我那端云孩儿,可早十六年光景。老夫自到京师,一举及第,官拜参知政事。只因老夫廉能清正,节操坚刚,谢圣恩可怜,加老夫两淮提刑肃政廉访使之职,随处审囚刷卷,体察滥官污吏,容老夫先斩后奏。老夫一喜一悲:喜呵,老夫身居台省,职掌刑名,势剑金牌,威权万里;悲呵,有端云孩儿,七岁上与了蔡婆婆为儿媳妇,老夫自得官之后,使人往楚州问蔡婆婆家,他邻里街坊道,自当年蔡婆婆不知搬在那里去了,至今音信皆无。老夫为端云孩儿,啼哭的眼目昏花,忧愁的须发斑白。今日来到这淮南地面,不知这楚州为何三年不雨?老夫今在这州厅安歇。张千,说与那州中大小属官,今日免参,明日早见。(张千向古门云)一应大小属官,今日免参,明日早见。(窦天章云)张千,说与那六房吏典,但有合刷照文卷,都将来,待老夫灯下看几宗波。(张千送文卷科)(窦天章云)张千,你与我掌上灯。你每都辛苦了,自去歇息罢。我唤你便来,不唤你休来。(张千点灯,同祇从下)(窦天章云)我将这文卷看几宗咱。"一起犯人窦娥,将毒药致死公公。……"我才看头一宗文卷,就与老夫同姓;这药死公公的罪名,犯在十恶不赦,俺同姓之人也有不畏法度的。这是问结了的文书,不看他罢,我将这文卷压在底下,别看一宗咱。(做打呵欠科,云)不觉的一阵昏沉上来,皆因老夫年纪高大,鞍马劳困之故。待我搭伏定书案,歇息些儿咱。(做睡科。魂旦上,唱)

[**双调新水令**]我每日哭啼啼守住望乡台,急煎煎把仇人等待,慢腾腾昏地里去,足律律旋风中来。则被这雾锁云埋,撺掇的鬼魂快。

　　(魂旦望科,云)门神户尉不放我进去。我是

廉访使窦天章女孩儿,因我屈死,父亲不知,特来托一梦与他咱。(唱)

[沉醉东风] 我是那提刑的女孩,须不比现世的妖怪,怎不容我到灯影前,却拦截在门程外?(做叫科,云)我那爷爷呵!(唱)枉自有势剑金牌,把俺这屈死三年的腐骨骸,怎脱离无边苦海?

(做入见哭科,窦天章亦哭科,云)端云孩儿,你在那里来?(魂旦虚下)(窦天章做醒科,云)好是奇怪也!老夫才合眼去,梦见端云孩儿,恰便似来我跟前一般;如今在那里?我且再看这文卷咱。(魂旦上做弄灯科)(窦天章云)奇怪。我正要看文卷,怎生这灯忽明忽灭的?张千也睡着了,我自己剔灯咱。(做剔灯,魂旦翻文卷科。窦天章云)我剔的这灯明了也,再看几宗文卷。"一起犯人窦娥,药死公公。……"(做疑怪科,云)这一宗文卷,我为头看过,压在文卷底下,怎生又在这上头?这几时问结了的,还压在底下,我别看一宗文卷波。(魂旦再弄灯科。窦天章云)怎么这灯又是半明半暗的?我再剔这灯咱。(做剔灯。魂旦再翻文卷科)(窦天章云)我剔的这灯明了,我另拿一宗文卷看咱。"一起犯人窦娥,药死公公。……"呸!好是奇怪!我才将这文书分明压在底下,刚剔了这灯,怎生又翻在面上?莫不是楚州后厅里有鬼么。便无鬼呵,这桩事必有冤枉。将这文卷再压在底下,待我另看一宗如何?(魂旦又弄灯科。窦天章云)怎生这灯又不明了?敢有鬼弄这灯?我再剔一剔去。(做剔灯科。魂旦上,做撞见科。窦天章举剑击桌科,云)呸!我说有鬼!兀那鬼魂,老夫是朝廷钦差带牌走马肃政廉访使,你向前来,一剑

挥之两段。张千，亏你也睡的着，快起来，有鬼有鬼。兀的不吓杀老夫也！（魂旦唱）

[乔牌儿] 则见他疑心儿胡乱猜，听了我这哭声儿转惊骇。哎，你个窦天章直恁的威风大，且受你孩儿窦娥这一拜。

（窦天章云）兀那鬼魂，你道窦天章是你父亲，"受你孩儿窦娥拜"，你敢错认了也？我的女儿叫做端云，七岁上与了蔡婆婆为儿媳妇。你是窦娥，名字差了，怎生是我女孩儿？（魂旦云）父亲，你将我与了蔡婆婆家，改名做窦娥了也。（窦天章云）你便是端云孩儿？我不问你别的，这药死公公是你不是？（魂旦云）是你孩儿来。（窦天章云）嗏声！你这小妮子，老夫为你啼哭的眼也花了，忧愁的头也白了，你划地犯下十恶大罪，受了典刑！我今日官居台省，职掌刑名，来此两淮审囚刷卷，体察滥官污吏；你是我亲生之女，老夫将你治不的，怎治他人？我当初将你嫁与他家呵，要你三从四德：三从者，在家从父，出嫁从夫，夫死从子；四德者，事公姑，敬夫主，和妯娌，睦街坊。今三从四德全无，划地犯了十恶大罪。我窦家三辈无犯法之男，五世无再婚之女；到今日被你辱没祖宗世德，又连累我的清名。你快与我细吐真情，不要虚言支对。若说的有半厘差错，牒发你城隍祠内，着你永世不得人身，罚在阴山永为饿鬼。（魂旦云）父亲停嗔息怒，暂罢狼虎之威，听你孩儿慢慢的说一遍咱。我三岁上亡了母亲，七岁上离了父亲，你将我送与蔡婆婆做儿媳妇。至十七岁与夫配合，才得两年，不幸儿夫亡化，和俺婆婆守寡。这山阳县南门外有个赛卢医，他少俺婆婆二十两银子。俺婆婆去取讨,被他赚到郊外,要将婆婆勒死;不想撞见张驴儿父子两个,救了俺婆婆性命。那张驴儿知道我家有个守寡的媳妇,便道:"你婆儿媳妇既无丈夫,不若招我父子两个。"俺婆婆初也不肯,那张驴儿道:"你若不肯,我依旧勒死你。""俺婆婆惧怕,不得已含糊许了。只得将他父子两个领到家中,养他过世。有张驴儿数次调戏你女孩儿,我坚执不从。那一日俺婆婆身子不快,想羊肚儿汤吃,你孩儿安排了汤。适值张驴儿父子两个问病,道:"将汤来我尝一尝。"说:"汤便好,只少些盐醋。"赚的我去取盐醋,他就暗地里下了毒药。实指望药杀俺婆婆,要强逼我成亲。"不想俺婆婆偶然发呕,不要汤吃,却让与老张吃,随即七窍流血药死了。张驴儿便道:"窦娥药死了俺老子,你要官休?要私休?"我便道:"怎生是官休?怎生是私休?"他道:"要官休,告到官司,你与俺老子偿命;若私休,你便与我做老婆。"你孩儿便道:"好马不鞴双鞍,烈女不更二夫。我至死不与你做媳妇,我情愿和你见官去。"他将你孩儿拖到官中,受尽三推六问,吊拷绷扒,便打死孩儿,也不肯认。怎当州官见你孩儿不认,便要拷打俺婆婆;我怕婆婆年老,受刑不起,只得屈认了。因此押赴法场,将我典刑。你孩儿对天发下三桩誓愿:第一桩,要丈二白练挂在旗枪上,若系冤枉,刀过头落,一腔热血休滴在地下,都飞在白练上;第二桩,现今三伏天道,下三尺瑞雪,遮掩你孩儿尸首;第三桩,着他楚州大旱三年。果然血飞上白练,六月下雪,三年不雨,都是为你孩儿来。(诗云)不告官司只告天,心中怨气口难言。防他老母遭刑宪,情愿无辞认罪

怨。三尺琼花骸骨掩，一腔鲜血练旗悬；岂独霜飞邹衍屈，今朝方表窦娥冤。（唱）

[雁儿落]你看这文卷曾道来不道来，则我这冤枉要忍耐如何耐？我不肯顺他人，倒着我赴法场；我不肯辱祖上，倒把我残生坏。

[得胜令]呀，今日个搭伏定摄魂台，一灵儿怨哀哀。父亲也，你现掌着刑名事，亲蒙圣主差。端详这文册，那厮乱纲常当合败。便万剐了乔才，还道报冤仇不畅怀。

（窦天章做泣科，云）哎！我那屈死的儿，则被你痛杀我也！我且问你：这楚州三年不雨，可真个是为你来？（魂旦云）是为你孩儿来。（窦天章云）有这等事！到来朝我与你做主。（诗云）白头亲苦痛哀哉，屈杀了你个青春女孩。只恐怕天明了，你且回去，到来日我将文卷改正明白。（魂旦暂下）（窦天章云）呀，天色明了也。张千，我昨日看几宗文卷，中间有一鬼魂来诉冤枉。我唤你好几次，你再也不应，直恁的好睡那。（张千云）我小人两个鼻子孔一夜不曾闭，并不听见女鬼诉什么冤状，也不曾听见相公呼唤。（窦天章做叱科，云）退！今早升厅坐衙，张千，喝撺厢者。（张千做幺喝科，云）在衙人马平安！抬书案！（禀云）州官见。（外扮州官入参科）（张千云）该房吏典见。（丑扮吏入参见科）（窦天章问云）你这楚州一郡，三年不雨，是为着何来？（州官云）这个是天道亢旱，楚州百姓之灾，小官等不知其罪。（窦天章做怒云）你等不知罪么！那山阳县有用毒药谋死公公犯妇窦娥，他问斩之时曾发愿道："若是果有冤枉，着你楚州三年不雨，寸草不生。"可有这件事来？（州官云)这罪是前升任桃州守问成的,现有文卷。(窦天章云)这等糊涂的官也着他升去!你是继他任的,三年之中可曾祭这冤妇么?(州官云)此犯系十恶大罪,元不曾有祠,所以不曾祭得。(窦天章云)昔日汉朝有一孝妇守寡,其姑自缢身死,其姑女告孝妇杀姑,东海太守将孝妇斩了。只为一妇含冤,致令三年不雨。后于公治狱,仿佛见孝妇抱卷哭于厅前。于公将文卷改正,亲祭孝妇之墓,天乃大雨。今日你楚州大旱,岂不正与此事相类?张千,吩咐该房签牌下山阳县。着拘张驴儿、赛卢医、蔡婆婆一起人犯,火速解审,毋得违误片刻者。(张千云)理会的。(下)(丑扮解子押张驴儿、蔡婆婆同张千上,禀云)山阳县解到审犯听点。(窦天章云)张驴儿。(张驴儿云)有。(窦天章云)蔡婆婆。(蔡婆婆云)有。(窦天章云)怎么赛卢医是紧要人犯不到?(解子云)赛卢医三年前在逃,一面着广捕批缉拿去了,待获日解审。(窦天章云)张驴儿,那蔡婆婆是你后母么?(张驴儿云)母亲好冒认的?委实是。(窦天章云)这药死你父亲的毒药,卷上不见有合药的人,是那个的毒药?(张驴儿云)是窦娥自合就的毒药。(窦天章云)这毒药必有一个卖药的医铺。想窦娥是个少年寡妇,那里讨这药来。张驴儿,敢是你合的毒药么?(张驴儿云)若是小人合的毒药,不药别人,倒药死自家老子?(窦天章云)我那屈死的儿咊,这一节是紧要公案,你不自来折辩,怎得一个明白?你如今冤魂却在那里?(魂旦上,云)张驴儿,这药不是你合的,是那个合的?(张驴儿做怕科,云)有鬼有鬼,撮盐入水,太上老君,急急如律令,敕。(魂旦云）张驴儿，你当日下毒药在羊肚儿汤里，本意药死俺婆婆，要逼勒我做浑家。不想俺婆婆不吃，让与你父亲吃，被药死了。你今日还敢赖哩！（唱）

[川拨棹]猛见了你这吃敲材，我只问你这毒药从何处来？你本意待暗里栽排，要逼勒我和谐，倒把你亲爷毒害，怎教咱替你耽罪责！

（魂旦做打张驴儿科）（张驴儿做避科，云）太上老君急急如律令，敕。大人说这毒药必有个卖毒药的医铺，若寻得这卖药的人来和小人折对，死也无词。（丑扮解子解赛卢医上，云）山阳县续解到犯人一名赛卢医。（张千喝云）当面。（窦天章云）你三年前要勒死蔡婆婆，赖他银子，这事怎么说？（赛卢医叩头科，云）小的要赖蔡婆婆银子的情是有的，当被两个汉子救了，那婆婆并不曾死。（窦天章云）这两个汉子你认的他叫做什么名姓？（赛卢医云）小的认便认得，慌忙之际可不曾问的他名姓。（窦天章云）现有一个在阶下，你去认来。（赛卢医做下认科，云）这个是蔡婆婆。（指张驴儿云）想必这毒药事发了。（上云）是这一个。容小的诉禀：当日要勒死蔡婆婆时，正遇见他爷儿两个救了那婆婆去。过得几日，他到小的铺中讨服毒药。小的是念佛吃斋人，不敢做昧心的事，说道："铺中只有官料药，并什么无毒药。"他就睁着眼道："你昨日在郊外要勒死蔡婆婆，我拖你见官去。"小的一生最怕的是见官，只得将一服毒药与了他去。小的见他生相是个恶的，一定拿这药去药死了人，久后败露，必然连累。小的一向逃在涿州地方，卖些老鼠药。刚刚是老鼠被药杀了好几个，药死人的药，其实再也不曾合。（魂旦唱）

[七弟兄] 你只为赖财，放乖，要当灾。（带云）这毒药呵，（唱）原来是你赛卢医出卖张驴儿买，没来由填做我犯由牌，到今日官去衙门在。

（窦天章云）带那蔡婆婆上来。你看你也六十外人了，家中又是有钱钞的，如何又嫁了老张，做出这等事来？（蔡婆婆云）老妇人因为他爷儿两个救了我的性命，收留他在家养膳过世；那张驴儿常说要将他老子接脚进来，老妇人并不曾许他。（窦天章云）这等说，你那媳妇就不该认做药死公公了。（魂旦云）当日问官要打俺婆婆，我怕他年老受刑不起，因此咱认做药死公公，委实是屈招个！

（唱）

[梅花酒] 你道是咱不该，这招状供写的明白。本一点孝顺的心怀，倒做了惹祸的胚胎。我只道官吏每还覆勘，怎将咱屈斩首在长街！第一要素旗枪鲜血洒，第二要三尺雪将死尸埋，第三要三年旱示天灾：咱誓愿委实大。

[收江南] 呀，这的是衙门从古向南开，就中无个不冤哉！痛杀我娇姿弱体闭泉台，早三年以外，则落的悠悠流恨似长淮。

（窦天章云）端云儿也愿，你这冤枉我已尽知，你且回去。待我将这一起人犯并原问官吏另行定罪，改日做个水陆道场超度你生天便了。（魂旦拜科，唱）

[鸳鸯煞尾] 从今后把金牌势剑从头摆，将滥官污吏都杀坏，与天子分忧，万民除害。（云）我可忘了一件，爹爹，俺婆婆年纪高大，无人侍养，你可收恤家中，替你孩儿尽养生送死之礼，我便九泉之下，可也瞑目。（窦天章云）好孝顺的儿也！

（魂旦唱）嘱咐你爹爹，收养我妳妳。可怜他无妇无儿，谁管顾年衰迈！再将那文卷舒开，（带云）爹爹也，把我窦娥名下，（唱）屈死的于伏罪名儿改（下）

（窦天章云）唤那蔡婆婆上来，你可认的我么？（蔡婆婆云）老妇人眼花了，不认的。（窦天章云）我便是窦天章。适才的鬼魂，便是我屈死的女孩儿端云。你这一行人听我下断：张驴儿毒杀亲爷，奸占寡妇，合拟凌迟，押赴市曹中钉上木驴，剐一百二十刀处死。升任州守桃杌并该房吏典，刑名违错，各杖一百，永不叙用。赛卢医不合赖钱，勒死平民；又不合修合毒药，致伤人命，发烟障地面，永远充军。蔡婆婆我家收养。窦娥罪改正明白。（词云）莫道我念亡女与他灭罪消愆，也只可怜见楚州郡大旱三年。昔于公曾表白东海孝妇，果然是感召得灵雨如泉。岂可便推诿道天灾代有，竟不想人之意感应通天。今日个将文卷重行改正，方显得王家法不使民冤。

　　题目　秉鉴持衡廉访法
　　正名　感天动地窦娥冤

【鉴赏】

　　《窦娥冤》第四折，是全剧的结尾，用浪漫主义的艺术手法，让窦娥鬼魂出场诉说冤枉，控诉官吏，把她争到头、竞到底的反抗性格，表现得更加鲜明动人。窦娥被处死后三年，她的父亲窦天章一举及第，官拜参知政事，加两淮提刑肃政廉访使，到楚州审囚刷卷。夜晚，窦天章安歇在楚州官厅，灯下看文卷，头一宗就是窦娥毒药致死公公一案。这时，窦娥的鬼魂出现，翻得文卷时上时下，灯光忽明忽暗，父女两相见，诉明了冤枉。于是，窦天章第二天升厅坐衙，拘到张驴儿、赛卢医、蔡婆婆一起人犯，审问明白，为窦娥改正了屈死的于伏罪名，答应了窦娥要求，收养蔡婆婆。处死张驴儿，充军赛卢医，结束冤案，方显的王家法不使民冤。这虽然是现实生活中不可能有的情节，却是对受迫害的人民寄予无限同情的表现。

这里我们集中分析一下窦娥的鬼魂在公堂的一段唱词,共五支曲子。[川拨棹]一支曲,是窦娥鬼魂见到张驴儿后边打边唱的。她先仇恨地骂张驴儿是吃敲材,即挨刀货,再问张驴儿毒药是从那里来?因为这是造成和解开全剧冤案的关键情节,桃杌等贪赃枉法的官吏,正是因为没弄清这一点,才错斩了窦娥,造成了冤案。所以窦娥鬼魂就指责张驴儿,阴谋安排害别人,要逼迫我嫁给你,到把你亲爷毒害,怎么反叫咱替你耽罪责![七兄弟]一支曲子,是窦娥鬼魂知道毒药是赛卢医卖给张驴儿后的唱词。她先指责赛卢医只为赖财,就想勒死蔡婆婆,应该当灾认罪。现在你又卖毒药给张驴儿,那黑暗的衙门,糊涂的官吏,没来由的填我犯由牌,桃杌虽然升任桃州守走了,但官去衙门在,应该为我窦娥昭雪冤案,处罚张驴儿、赛卢医和桃杌这些犯人。[梅花酒]这支曲子,窦娥鬼魂说明自己当初认药杀公公的原因:张驴儿父亲不是自己的公公,自己屈招为药死公公,全是怕年老的蔡婆婆吃苦受刑,这一点孝顺心怀,做了惹祸的胚胎。窦娥的这一认识,达到了她那个时代的高峰,因为屈杀窦娥,不仅是封建政权的罪恶,而且也是封建思想的毒害。所以,她才能在否定封建统治阶级的同时,也动摇了神权观念。因此,她说自己原来对高层统治者还抱有幻想,只道官吏们还要覆勘,没想到就把自己屈斩首在长街。所以,她才咒骂天地,发下三桩誓愿,要对世人显圣,说明自己的冤情委实不浅。窦娥这种死也要反抗的精神,正体现了人民敢于斗争的巨大力量,表现了关汉卿的战斗的民主主义精神。[收江南]一支曲子,窦娥进一步揭露封建政权的黑暗和不合理。所以她开口就说衙门从古向南开,就中无个不冤哉,这就是封建政权的反动本质!这样黑暗的社会,不合理的制度,怎么能不冤杀自己,使自己娇姿弱体的妇女,埋葬在坟墓里!到现在三年多了,冤枉不能昭雪,深仇大恨就像悠悠长流的淮水。窦娥的思想认识,是用生命换来的,正是封建社会里被压迫人民觉醒的表现。[鸳鸯煞尾]这支曲子,是窦娥鬼魂彻底否定了封建统治阶级后的唱词。她希望从今后把金牌势剑从头摆,将滥官污吏都杀坏。与天子分忧,为万民除害。就是说,要建立清官政治,要为民做主。这种思想虽然还很朦胧,而且还有反贪官不反皇帝的影响,但这种希望,却体现了人民的殷切希望,所以,窦娥才能成为光辉不朽的艺术典型,具有巨大的思想力量和永久的艺术魅力,直到今天还流传在戏剧舞台上。

《救风尘》 第一折

关汉卿

（冲末扮周舍上，诗云）酒肉场中三十载，花星整照二十年；一生不识柴米价，只少花钱共酒钱。自家郑州人氏，周同知的孩儿周舍是也。自小上花台做子弟。这汴梁城中，有一歌者，乃是宋引章。他一心待嫁我，我一心待娶他，争奈他妈儿不肯。我今做买卖回来，今日特到他家去，一来去望妈儿，二来就提这门亲事，多少是好。（下）

（卜儿同外旦上，云）老身汴梁人氏，自身姓李，夫主姓采，早年亡化已过。止有这个女孩儿，叫做宋引章。俺孩儿拆白道字，顶真续麻，无般不晓，无般不会。有郑州周舍，与孩儿做伴多年，一个要娶，一个要嫁，只是老身谎彻梢虚，怎么便肯？引章，那周舍亲事，不是我百般板障，只怕你久后自家受苦。（外旦云）奶奶，不妨事，我一心则待要嫁他。（卜儿云）随你，随你！（周舍上，云）自家周舍，来此正是他门首，只索进去。（做见科）（外旦云）周舍，你来了也！（周舍云）我一径的来问亲事，母亲如何？（外旦云）母亲许了亲事也。（周舍云）我见母亲去。（卜儿做见科）（周舍云）母亲，我一径的来问这亲事哩。（卜儿云）今日好日辰，我许了你，则休欺负俺孩儿。（周舍云）我并不敢欺负大姐。母亲，把你那姊妹弟兄都请下者，我便收拾来也。（卜儿云）大姐，你在家执料，我去请那一辈儿老姊妹去来。（周舍诗云）数载间费尽精神，到今朝才许成亲。（外旦云）这都是天缘注定。（卜儿云）也还有不测风云。

（同下）

（外扮安秀实上，诗云）刘蕡下第千年恨，范丹守志一生贫；料得苍天如有意，断然不负读书人。小生姓安，名秀实，洛阳人氏。自幼颇习儒业，学成满腹文章，只是一生不能忘情花酒。到此汴梁，有一歌者宋引章，和小生作伴。当初他要嫁我来，如今却嫁了周舍。他有个八拜交的姐姐，是赵盼儿，我去央他劝一劝，有何不可。赵大姐在家么？（正旦扮赵盼儿上，云）妾身赵盼儿是也。听的有人叫门，我开门看咱。（见科，云）我道是谁，原来是妹夫。你那里来？（安秀实云）我一径的来相烦你。当初姨姨引章要嫁我来，如今却要嫁周舍，我央及你劝他一劝。（正旦云）当初这亲事不许你来？如今又要嫁别人，端的姻缘事非同容易也呵！

（唱）

[仙吕点绛唇] 妓女追陪，觅钱一世。临收计，怎做的百纵千随，知重咱风流婿。

[混江龙] 我想这姻缘匹配，少一时一刻强难为。如何可意？怎的相知？怕不便脚搭着脑杓成事早，怎知他手拍着胸脯悔后迟！寻前程，觅下稍，恰便是黑海也似难寻觅。料的来人心不问，天理难欺。

[油葫芦] 姻缘簿全凭我共你？谁不待拣个称意的？他每都拣来拣去百千回。待嫁一个老实的，又怕尽世儿难成对；待嫁一个聪俊的，又怕半路里轻抛弃。遮莫向狗溺处藏，遮莫向牛屎里堆，忽地便吃了一个合扑地，那时节睁着眼怨他谁！

[天下乐] 我想这先嫁的还不曾过几日，早折的容也波仪、瘦似鬼，只教你难分说、难告诉、空泪垂！我看了些觅前程俏女娘，见了些铁心肠男子辈，便一生里孤眠，我

也直甚颓!

（云）妹夫，我可也待嫁个客人，有个比喻。

（安秀实云）喻将何比？（正旦唱）

[那吒令] 待妆个老实，学三从四德；争奈是匪妓，都三心二意。端的是那里是三梢末尾？俺虽居在柳陌中、花街内，可是那件儿便宜？

[鹊踏枝] 俺不是卖查梨，他可也逞刀锥。一个个败坏人伦，乔做胡为。（云）但来两三遭，不问那厮要钱，他便道："这弟子敲镘儿哩。"（唱）但见俺有些儿不伶俐，便说是女娘家要哄骗东西。

[寄生草] 他每有人爱为娼妓，有人爱作次妻。干家的乾落得淘闲气，买虚的看取些羊羔利，嫁人的早中了拖刀计。他正是："南头做了北头开，东行不见西行例"。

（云）妹夫，你且坐一坐，我去劝他。劝的省时，你休欢喜；劝不省时，休烦恼。（安秀实云）我不坐了，且回家去等信罢。大姐留心者。（下）（正旦做行科，见外旦云）妹子，你那里人情去？（外旦云）我不人情去，我待嫁人哩。（正旦云）我正来与你保亲。（外旦云）你保谁？（正旦云）我保安秀才。（外旦云）我嫁了安秀才呵，一对儿好打莲花落。（正旦云）你待嫁谁？（外旦云）我嫁周舍。（正旦云）你如今嫁人，莫不还早哩？（外旦云）有甚么早不早！今日也大姐，明日也大姐，出了一包儿脓。我嫁了，做一个张郎家妇，李郎家妻，立个妇名，我做鬼也风流的。（正旦唱）

[村里迓鼓] 你也合三思而行，再思可矣。你如今年纪小哩，我与你慢慢的别寻个姻配。你可便宜，只守着铜斗儿家缘家计。也是你歹姐姐把衷肠话劝妹妹，我怕你

受不过男儿气息。

（云）妹子，那做丈夫的做不的子弟，做子弟的做不的丈夫。（外旦云）你说我听咱。（正旦唱）

[元和令]做丈夫的便做不的子弟，他终不解其意。那做子弟的他影儿里会虚脾，那做丈夫的忒老实。（外旦云）那周舍穿着一架子衣服，可也堪爱嘿。（正旦唱）那厮虽穿着几件虼螂皮，人伦事晓得甚的？

（云）妹子，你为甚么就要嫁他？（外旦云）则为他知重您妹子，因此要嫁他。（正旦云）他怎么知重你？（外旦云）一年四季，夏天我好的一觉晌睡，他替你妹子打着扇；冬天替你妹子温的铺盖儿暖了，着你妹子歇息；但你妹子那里人情去，穿的那一套衣服，戴的那一付头面，替你妹子提领系、整钗镮。只为他这等知重你妹子，因此上一心要嫁他。（正旦云）你原来为这般呵。（唱）

[上马娇]我听的说就里，你原来为这的，倒引的我忍不住笑微微。你道是暑月间扇子扇着你睡，冬月间着炭火煨，烘炙着绵衣。

[游四门]吃饭处，把匙头挑了筋共皮；出门去，提领系、整衣袂，戴插头面整梳篦。衠一味是虚脾，女娘每不省越着迷。

[胜葫芦]你道这子弟情肠甜似蜜，但娶到他家里，多无半载周年相弃掷，早努牙突嘴，拳椎脚踢，打的你哭啼啼。

[幺篇]恁时节船到江心补漏迟，烦恼怨他谁？事要前思免后悔。我也劝你不得，有朝一日，准备着搭救你块望夫石。

（云）妹子，久以后你受苦呵，休来告我。（外旦云)我便有那该死的罪,我也不来央告你。(周舍上,云)小的每,把这礼物摆的好看些。(正旦云)来的敢是周舍?那厮不言语便罢,他若但言,着他吃我几嘴好的。(周舍云)那壁姨姨敢是赵盼儿么?(正旦云)然也。(周舍云)请姨姨吃些茶饭波。(正旦云)你请我?家里饿皮脸也,揭了锅儿底,窨子里秋月——不曾见这等食!(周舍云)央及姨姨,保门亲事。(正旦云)你着我保谁?(周舍云)保宋引章。(正旦云)你着我保宋引章那些儿?保他那针指油面,刺绣铺房,大裁小剪,生儿长女?(周舍云)这歪刺骨好歹嘴也。我已成了事,不索央你。(正旦云)我去罢。(做出门科)(安秀实上,云)姨姨,劝的引章如何?(正旦云)不济事了也。(安秀实云)这等呵,我上朝求官应举去罢。(正旦云)你且休去,我有用你处哩。(安秀实云)依着姨姨说,我且在客店中安下,看你怎么发付我。(下)(正旦唱)

[赚煞]这妮子是狐魅人女妖精,缠郎君天魔祟。则他那裤儿里休猜做有腿,吐下鲜红血、则当做苏木水。耳边休采那等闲食,那的是最容易、剜眼睛嫌的,则除是亲近着他便欢喜。(带云)着他疾省呵,(唱)哎,你个双郎子弟,安排下金冠霞帔。(带云)一个夫人来到手儿里了。(唱)却则为三千张茶引,嫁了冯魁。(下)

　　　(周舍云)辞了母亲,着大姐上轿,回咱郑州去来。(诗云)才出娼家门。便作良家妇。(外旦诗云)只怕吃了良家亏,还想娼家做。(同下)

【鉴赏】

　　"酒肉场中三十载,花星整照二十年;一生不识柴米价,只少花钱共酒钱",这是周舍的四句上场诗,《救风尘》这部反映元代现实生活的喜剧就由此开场。作者借反面人物"自报家门",寥寥数笔漫画式地勾勒出一个狎客淫棍的形象。周舍,作为元代官宦子弟和市井流氓的典型,浑身充溢着寄生和腐朽的气味。他依仗官居同知父亲的权势,自小就混迹在酒肉场中和烟花巷里,以吃喝嫖妓为自家生涯。他以情场老手自诩的诗句中,包含着作者的讽刺和揶揄。

随着周舍的出场,剧情便逐次展开。作者运用精练的宾白作为叙述手段,以人物的交替上下场表示场景的转换,十分紧凑地安排出整个戏剧情节的开端。在很短的时间里,各个角色逐次登台亮相,不仅表现出人物之间的关系,而且通过这些关系展示出元代社会生活的一个重要的侧面。在第一折的开头的宾自部分,我们已经窥见故事的端倪。原来,周舍施用诱骗妓女的惯技,引诱得汴梁歌妓宋引章"一心则待要嫁他"。宋引章的母亲怕女儿嫁给周舍,"久后自家受苦",但是架不住女儿的坚执固请,只得答应了这门亲事。这时,宋引章的另一相好,落第书生安秀实得知宋引章嫁了周舍,便殃及宋引章八拜之交的姐姐赵盼儿,要她劝引章回心转意,嫁给自己。简而言之,这些人物之间的纠葛,都是围绕着一个妓女从良的问题。关汉卿截取妓女生活的这一断面,既反映了元代娼妓现象普遍存在的社会现实,又通过妓女同社会的种种联系,于歌呼笑骂中,流露自己的褒贬态度。

元代广大农村破产,手工业和商业的发展带来了城市经济的畸形繁荣。为了满足统治者和富商巨贾的淫乐需要,娼妓行业空前兴旺。据《马可波罗行纪》记载,当时居住在大都城外的妓女就有两万五千人之多。这些妓女既操"皮肉生涯",又有着较高的艺术修养,如宋引章"拆白道字,顶真续麻,无般不晓,无般不会"。但是,她们的色相和技艺只能使自己沦为追欢买笑的工具。流落风尘是旧时女子的最大不幸,从良改嫁也就成了跳出火坑的唯一出路。宋引章急于从良,却失于择偶,放着一个颇习儒业、满腹文章的书生不嫁,却要嫁给一个官宦出身的市井流氓。这除了周舍的诱骗手段高明之外,同知识分子最倒霉的元代社会也大有关系。

元朝统治者按照人们的职业和身份,把人分做十个品级。所谓"七伶八娼九儒十丐",娼妓和书生都处在社会的底层,较之娼妓,书生的社会地位更要等而下之。难怪宋引章不肯"下嫁"安秀实这个"臭老九"。然而,也正是由于读书人社会地位的低下,他们与妓女有着受人压迫的共同命运,他们对妓女的悲惨遭遇富有同情心和真诚的救援愿望。同时他们同那些艺妓又有着一致的艺术爱好,这往往成为彼此亲近的媒介。像元代著名歌妓顺时秀就公开表示喜爱文士"嘲风弄月,惜玉怜香"的修养和品性。《救风尘》中的赵盼儿应允安秀实的请求,规劝宋引章,就有这些思想和情感因素的作用。

从赵盼儿歌唱的曲词中,我们可以看到她与宋引章的分歧,也可以看到两个不同性格的妓女形象。[点绛唇]一曲写道:"妓女追陪觅钱一世。临收计,怎做的百纵千随,知重咱风流婿?"责怪宋引章只知在陪客卖笑中捞取金钱,不知在结亲妓女生计时,看重可以信赖追随的安秀实。[混江龙]更写出宋引章追求豪富的庸俗思想,必然导致婚姻的不幸。"怕不便脚搭着脑勺成事早,怎知他手拍着胸脯悔后迟",预言草率从良,日后必将追悔莫及。赵盼儿尝尽了妓女生活的酸辛,她也深知妓女从良的不易。[油葫芦]等几支曲子,既是她生活经验的总结,又是她内心痛苦的表达。"他每都拣来拣去百千回,待嫁一个老实的,又怕尽世儿难成对;待嫁一个聪俊的,又怕半路里轻抛弃",从良的道路阴云密布,出嫁后更可能遭受虐待。"我想这先嫁的还不曾过几日,早折的容也波仪、瘦似鬼,只教你难分说、难告诉、空泪垂!"这不是凭空想象,而是赵盼儿"看了些觅前程的俏女娘,见了些铁心肠的男子辈"后,感受到的严酷现实。因此,她对宋引章选择的生活道路,感到不安和忧虑。她为安秀实保亲,阻止宋引章嫁给周舍,对风尘姐妹第一次伸出救援之手。

宋引章拒绝了赵盼儿的好意规劝,她怕嫁了安秀才,"一对儿好打莲花落"。妓女生活的惰性,培养出她嫌贫爱富的性格,不谙人情世态,又使她轻信周舍的虚情假意。与之形成鲜明对照的是赵盼儿虽身为妓女,却懂得自爱自尊。她凭着自己丰富的生活阅历,深知"那做子弟(指嫖客)的他影儿里会虚脾(虚情假意),那做丈夫的忒老实。"她透过周舍的华丽外衣,洞穿了其虚伪阴险的本质,"那厮虽穿着几件虼蜋皮,人伦事晓得甚的?"她预言宋引章出嫁后的命运,"你道这子弟情肠甜似蜜,但娶到他家里,多无半载周年相弃掷。早努牙突嘴,拳椎脚踢,打的你哭啼啼。"尽管赵盼儿为宋引章设身处地反复陈说利害关系,终不能打动宋引章。赵盼儿与宋引章的冲突,显示了赵盼儿老练沉稳、急人危难的性格特征,而她与周舍的第一次正面交锋,又展示出她疾恶如仇、勇敢泼辣的性格。作者为她安排的大量曲词都具有本色自然的特点。这些唱词富有生活气息而又切合人物性格,它与其他戏剧手段的综合运用,在情节的开端就表现出人物的特定性格。

赵盼儿在对周舍热嘲冷讽后,又劝安秀实不要离开汴梁。这不仅表明了她的爱憎情感,更重要的是,她按照自己对生活逻辑的理解,已经预见到官宦子弟、市井流氓绝不是风尘妓女的可靠伴侣。她相信贫弱书生与从良妓女一定会终成眷属。这种情节的伏线,使读者不必劳神费思就可预见戏剧结局。在轻松的气氛中,突出全剧的喜剧效果。

《救风尘》 第二折

关汉卿

(周舍同外旦上,云)自家周舍是也。我骑马一世,驴背上失了一脚。我为娶这妇人呵,整整磨了半截舌头,才成得事。如今着这妇人上了轿,我骑了马,离了汴京,来到郑州。让他轿子在头里走,怕那一般的舍人说:"周舍娶了宋引章。"被人笑话。则见那轿子一晃一晃的,我向前打那抬轿的小厮,道:"你这等欺我!"举起鞭子就打。问他道:"你走便走,晃怎么?"那小厮道:"不

干我事,奶奶在里边,不知做甚么?"我揭起轿帘一看,则见他精赤条条的,在里面打筋斗。来到家中,我说:"你套一床被我盖。"我到房里,只见被子倒高似床。我便叫:"那妇人在那里?"则听的被子里答应道:"周舍,我在被子里面哩。"我道:"在被子里面做甚么?"他道:

"我套绵子,把我翻在里头了"。我拿起棍来,恰待要打,他道:"周舍,打我不打紧,休打了隔壁王婆婆。"我道:"好也,把邻舍都翻在被里面!"(外旦云)我那里有这等事?(周舍云)我也说不得这许多。兀那贱人,我手里有打杀的,无有买休卖休的。且等我吃酒去回来,慢慢的打你。(下)(外旦云)不信好人言,必有恓惶事。当初赵家姐姐劝我不听,果然进的门来,打了我五十杀威棒,朝打暮骂,怕不死在他手里。我这隔壁有个王货郎,他如今去汴梁做买卖,我写一封书捎将去,着俺母亲和赵家姐姐来救我。若来迟了,我无那活的人也。天那,只被你打杀我也!(下)

(卜儿哭上,云)自家宋引章的母亲便是。有我女孩儿从嫁了周舍,昨日王货郎寄信来,上写着道:"从到他家,进门打了五十杀威棒。如今朝打暮骂,看看至死,可急急央赵家姐姐来救我。"我拿着书去与赵家姐姐说知,怎生救他去。引章孩儿,则被你痛杀我也!(下)

(正旦上,云)自家赵盼儿。我想这门衣饭,几时是了也呵!(唱)

[商调集贤宾]咱这几年来待嫁人心事有,听的道谁揭债、谁买休。他每待强巴劫深宅大院,怎知道摧折了舞榭歌楼?一个个眼张狂似漏了网的游鱼,一个个嘴卢都似跌了弹的斑鸠。御园中可不道是栽路柳,好人家怎容这等娼优。他每初时间有些实意,临老也没回头。

[逍遥乐]那一个不因循成就,那一个不顷刻前程,那一个不等闲间罢手。他每一做一个水上浮沤。和爷娘结下不厮见的冤仇,恰便似日月参辰和卯酉。正中那男儿机彀。他使那千般贞烈,万种恩情,到如今一笔都勾。

（卜儿上，云）这是他门首，我索过去。（做见科，云）大姐，烦恼杀我也！（正旦云）奶奶，你为甚么这般啼哭？（卜儿云）好教大姐知道：引章不听你劝，嫁了周舍，进门去打了五十杀威棒，如今打的看看至死，不久身亡。姐姐，怎生是好？（正旦云）呀！引章吃打了也。（唱）

[金菊香] 想当日他暗成公事，只怕不相投。我当初作念你的言词，今日都应口。则你那去时，恰便似去秋。他本是薄倖的班头，还说道有恩爱结绸缪。

[醋葫芦] 你铺排着鸳衾和凤帱，指望效天长共地久；蓦入门知滋味便合休。几番家眼睁睁打干净待离了我这手；（带云）赵盼儿，（唱）你做的个见死不救，可不羞杀这桃园中杀白马、宰乌牛？

（云）既然是这般呵，谁着你嫁他来？（卜儿云）大姐，周舍说誓来。（正旦唱）

[幺篇] 那一个不嗲可可道横死亡？那一个不实丕丕拔了短筹？则你这亚仙子母老实头。普天下爱女娘的子弟口，（带云）奶奶，不则周舍说谎也。（唱）那一个不指皇天各般说咒？恰似秋风过耳早休休！

（卜儿云）姐姐，怎生搭救引章孩儿？（正旦云）奶奶，我有两个压被的银子，咱两个拿着买休去来。（卜儿云）他说来："则有打死的，无有买休卖休的。"（正旦寻思科，做与卜耳语科，云）……则除是这般。（卜儿云）可是中也不中？（正旦云）不妨事，将书来我看。（卜递书科，正旦念云）"引章拜上姐姐并奶奶：当初不信好人之言，果有恓惶之事。进得他门，便打我五十杀威棒。如今朝打暮骂，禁持不过。你来的早，还得见我；来得迟呵，不

能勾见我面了。只此拜上。"妹子也,当初谁教你
做这事来!(唱)

[幺篇]想当初有忧呵同共忧,有愁呵一处愁。他道是
残生早晚丧荒丘,做了个游街野巷村务酒;你道是百年
之后,(云)妹子也,你不道来——"……不如嫁个张郎
妇,李郎妻,(唱)立一个妇名儿,做鬼也风流。"

(云)奶奶,那寄书的人去了不曾?(卜儿云)
还不曾去哩。(正旦云)我写一封书寄与引章去。
(做写科)(唱)

[后庭花]我将这知心书亲自修,教他把天机休泄漏。
传示与休莽戆收心的女,拜上你浑身疼的歹事头。(带
云)引章,我怎的劝你来?(唱)你好没来由,遭他毒手,无情的
棍棒抽,赤津津鲜血流,逐朝家如暴囚,怕不将性命丢!况家乡
隔郑州,有谁人相睬瞅,空这般出尽丑。

(卜儿哭科,云)我那女孩儿那里打熬得过:大姐,
你可怎生的救他一救?(正旦云)奶奶,放心。(唱)

[柳叶儿]则教你怎生消受,我索合再做个机谋。把这
云鬟蝉鬓妆梳就,(带云)还再穿上些锦绣衣服,(唱)珊瑚
钩、芙蓉扣,扭捏的身子儿别样娇柔。

[双雁儿]我着这粉脸儿搭救你女骷髅,割舍得一不做
二不休,拚了个由他咒也波咒。不是我说大口,怎出得
我这烟月手!

(卜儿云)姐姐,到那里仔细着,(哭科,云)孩
儿,则被你烦恼杀了我也!(正旦唱)

[浪里来煞]你收拾了心上忧,你展放了眉间皱,我直着
花叶不损觅归秋。那厮爱女娘的心,见的便似驴共狗,
卖弄他玲珑剔透。(云)我到那里,三言两句,肯写休书,万事
具休。若是不肯写休书,我将他揎一揎,捽一捽,搂一搂,抱一

抱,着那厮通身酥、遍体麻。将他鼻凹儿抹上一块砂糖,着那厮舔又舔不着,吃又吃不着。赚得那厮写了休书,引章将的休书来,淹的撇了。我这里出了门儿,(唱)可不是一场风月,我着那汉一时休。(下)

【鉴赏】

　　《救风尘》,是以妓女的生活和斗争为题材的优秀剧作。剧作家以不可抑制的快意和胜利的喜悦,轻松幽默地描写了赵盼儿利用风月场上的手段,从风月场上的老手——豪绅子弟周舍手里赚得了休书,把自己受害的姐妹宋引章救出火坑的故事,表现了压在社会最底层的妇女们,对欺骗、蹂躏她们的封建贵族阶级的斗争智慧;同时对于玩弄被压迫女性反而受到被压迫女性玩弄的纨绔子弟,进行了无情的嘲笑和有力的鞭挞。妓女的智慧、信心和力量,就为《救风尘》成为喜剧定下了基调。关汉卿这一成功的喜剧,同样表现了严肃而重大的社会主题——被压在社会最底层的妇女,迫切地要求解放。

　　娼妓问题,是中国封建时代的重大社会问题之一,它相当集中地反映着封建时代的社会弊病。宋元以来,问题尤其严重。撇开统治阶级的"正史"不必说,它们对这种卑下的社会生活不可能有什么真实的记载;我们仅从宋元话本、明拟话本和这一时期大量的戏曲中,就很容易看出这个问题的严重性和普遍性。陷于所谓"舞榭歌楼""柳陌花巷"的妓女们,大都是被人口贩子从流离失所、无家可归或家无生计的少女中,骗取掠夺和辗转倒卖来的,她们都有着自己的苦难经历和悲惨遭遇。金与宋的战争,元与金的战争,把人民推向灾难的深渊。话本《冯玉梅团圆》《卖油郎独占花魁》等,十分突出地反映了当时战乱所带来的严重恶果,而无依无靠的幼弱的少女们,更受到不可想象的摧残。关汉卿是在当时战乱中生活过来的人,很知道妓女的经历。他的《救风尘》完全取材于当时的现实生活,而且一反某些话本和戏曲对妓女生活的欣赏态度,用深切的同情和满腔的愤慨,真实地反映了这一重大的社会问题,表现了剧作家的深刻观察力和进步思想。

　　为了表现处于社会最底层的妇女们,对于摆脱被污辱、被蹂躏地位的强烈愿望和迫切要求,剧作家全力以赴地塑造了赵盼儿这个妓女的典型。

　　赵盼儿直爽、泼辣、机智、侠义。她这些可贵的性格特点,来源于她对自己和社会的清醒认识。她不自暴自弃，也不自惭形秽，也不认为自己生来就比别人低贱：
"俺虽居在柳陌中花街内，可是那件儿便宜？"她虽然身陷娼妓的地位，但具有美好
的灵魂和优良的品质。与她相比，那些显贵豪富子弟及道貌岸然的封建士大夫们，
却是丑恶透顶、虚伪至极的家伙："一个个败坏人伦，乔做胡为。""那厮爱女娘的
心，见的便似驴共狗，卖弄他玲珑别透。"在赵盼儿的眼前，出现过多少妓女被欺骗、
被抛弃的惨痛事件呵！"你道这子弟情肠甜似蜜，但娶到他家里，多无半载周年相
弃掷。早努牙突嘴，拳椎脚踢，打的哭啼啼。"她得出的结论是："我想这姻缘匹配，
少一时一刻强难为。"千万不可太急躁，从这个火坑又跳到另一个火坑。她要求自
己，"便是一生里孤眠"，也不草率从事，轻易嫁人。因为，她对同命运的姐妹是那样
的同情和爱护，表现得是那样的直爽和侠义。她以自己清醒的认识和丰富的阅历，
告诫宋引章："你如今年纪小哩，我与你慢慢的别寻个姻匹。"她对于周舍之流的纨
绔子弟是那样的憎恨和鄙视，表现得是那样的泼辣和机智。待到宋引章一时被惑，
不听劝告，结果到了周舍家里遭到毒打的时候，她挺身而出，见义勇为，亲自去援救
宋引章。她的计谋和行动安排得很周密，使狡猾、诡谲的风月老手周舍，没有钻到
一点空隙，没有得到一点便宜，只落得个脊杖六十，"与民一体当差"。她和宋引章
以胜利而告终。赵盼儿性格中的泼辣、机智的方面，表现得最是淋漓尽致。

　　构成这个戏的喜剧色彩的主要冲突，是以"风月"治"风月"，也就是使玩弄妓
女的坏蛋反过来受到妓女的玩弄。这不能从风情上看待赵盼儿的行动。这个冲
突，所表现的剧作家的意图是十分明确的，那就是对那些以玩弄女性为快乐的纨绔
子弟的报复与惩罚，是"以其人之道还治其人之身"。在这个思想前提下，赵盼儿的
性格表现得越泼辣，喜剧气氛越酣畅，就越是大快人心。而铺垫这个喜剧冲突的第
二折，在全剧中就显得十分重要。在第二折里，当赵盼儿决定了援救宋引章的时
候，首先想到的援救方案，是用她积攒的"两个压被银子"，"拿着买休去来"，想用
钱把宋引章赎回来。但周舍这个家伙太狠毒，做得太绝：宋引章在他手里，"则有打
死的，无有买休卖休的"。象赵盼儿这样处于无力地位的妓女，连替受苦的姐妹赎
身的路都给断绝了，再没有别的路可走，那只有用风月手段把周舍摧垮。这样做，
当然会遇到意想不到的风险，但是她救人出水火的侠义性格，使她置一切于不顾。
在她决定用自己假嫁周舍的办法，而赚取周舍给宋引章的休书的时候，充分表现了
赵盼儿的深于成算和牺牲精神。她豁出去要和豪绅子弟拼了，决定梳妆打扮，自带

陪嫁,自带酒羊,去和那个"见的便似驴共狗"的周舍周旋:"将他的鼻凹儿抹上一块砂糖,着那厮舔又舔不着,吃又吃不着。赚得那厮写了休书,引章将的休书来淹的撇了。"要完成这个援救计划,在狡猾的风月老手周舍面前,在既狠毒又豪富、有钱有势的纨绔子弟面前,就要看赵盼儿的机警和智慧了。这样,第二折就为第三折喜剧高潮的形成开辟了宽广的渠道。

赵盼儿以"风月"去救"风尘"这是没有办法的办法,是各种条件逼得她这样做的。剧情发展十分自然,从这里也表现了关汉卿在组织戏剧矛盾上的本领。

从第二折可以看出,《救风尘》的曲词是非常本色的。从表面上看好像很粗俗,其实这些曲词完全是性格化的语言,取譬设喻,都符合赵盼儿的身份。赵盼儿作为一个妓女,她的唱词不能离开她的生活。不堆砌辞藻,不卖弄才华,用生活化、个性化的口语写曲词,为表现人物性格服务,是关汉卿的优点和特色。因此,他写的曲词自然流畅,通俗易懂。贾仲明的挽辞说他"珠玑语唾自然流,金玉词源即便有",是很正确的。朱权对于关汉卿杂剧的地位是首先肯定的,这大概由于关汉卿在有元一代确有很高的声望之故,而且他的杂剧确有很强的戏剧性,所以朱权在《太和正音谱》中称关汉卿是"初为杂剧之始"。然而他对于关汉卿的曲词却没有一句赞语:"关汉卿之词,如琼筵醉客。观其词语,乃可上可下之才"。这是说,关词写得太随便,总是醉意朦胧、率直无华的。这是由于朱权文人气太重,要求典雅和文采。其实,关汉卿从口语中汲取养料,以口语写曲词,正表现了关汉卿作为戏剧家的独具眼力。一个剧本,是供舞台演出的,不是专供案头阅读的,因而剧中的曲词首先要让观众听懂,才能发挥戏剧艺术的感染力,演出效果才会强烈。但这并不是说关汉卿对于口语不加选择,不加提炼。第二折,他写有些妓女迫切希望离开火坑,找个富裕人家的情景:"一个个眼张狂似了网的游鱼,一个个嘴卢都似跌了弹的斑鸠。"写纨绔子弟说谎赌咒以骗取妓女嫁他时的丑态:"那一个不嗲可可道横死亡?那一个不实丕丕拔了短筹?"这样的词语,通俗易懂,形象生动,唱起来非常上口,没有文化的人听起来也能入耳。

《救风尘》 第三折

关汉卿

(周舍同店小二上,诗云)万事分已定,浮生空自忙;无非花共酒,恼乱我心肠。店小二,我着你开着这个客店,我那里稀罕你那房钱养家;不问官妓私科子,只等有好的来你客店里,你便来叫我。(小二云)我知道,只是你脚头乱,一时间那里寻你去?(周舍云)你来粉房里寻我。(小二云)粉房里没有呵?(周舍云)赌房里来寻。(小二云)赌房里没有呵?(周舍云)牢房里来寻。(下)(丑扮小闲挑笼上,诗云)钉靴雨伞为活计,偷寒送暖作营生;不是闲人闲不得,及至得了闲时又闲不成。自家张小闲的便是。平生做不的买卖,止是与歌者姐姐每叫些人,两头往来,传消寄信都是我。这里有个大姐赵盼儿,着我收拾两箱子衣服行李,往郑州去。都收拾停当了,请姐姐上马。(正旦上,云)小闲,我这等打扮,可冲动得那厮么?(小闲做倒科)(正旦云)你做甚么哩?(小闲云)休道冲动那厮,这一会儿连小闲也酥倒了。(正旦唱)

[正宫端正好]则为他满怀愁,心间闷,做的个进退无门。那婆娘家一涌性无思忖,我可也强打入迷魂阵。

[滚绣球]我这里微微的把气喷,输个姓因,怎不教那厮背槽抛粪!更做道普天下无他这等郎君。想着容易情,忒献勤,几番家待要不问;第一来我则是可怜见无主娘亲,第二来是我惯曾为旅偏怜客,第三来也是我自己贪杯惜醉人。到那里呵,也索费些精神。

(云)说话之间,早来到郑州地方了。小闲,接了马者。且在柳阴下歇一歇咱。(小闲云)我知道。(正旦云)小闲,咱闲口论闲话:这好人家好举止,恶人家恶家法。(小闲云)姐姐,你说我听。

(正旦唱)

[倘秀才] 县君的则是县君,妓人的则是妓人。怕不扭捏着身子蓦入他门;怎禁他使数的到支分,背地里暗忍。

[滚绣球] 那好人家将粉扑儿浅淡匀,那里像咱乾茨腊手抢着粉;好人家将那篦梳儿慢慢地铺鬓,那里像咱解了那襟胸带,下颏上勒一道深痕。好人家知个远近,觑个向顺,衙一味良人家风韵;那里像咱们,恰便似空房中锁定个猢狲:有那千般不实乔躯老,有万种虚嚣歹议论,断不了风尘。

(小闲云)这里一个客店,姐姐好住下罢。(正旦云)叫店家来。(店小二见科)(正旦云)小二哥,你打扫一间干净房儿,放下行李。你与我请将周舍来,说我在这里久等多时也。(小二云)我知道。(做行叫科,云)小哥在那里?(周舍上,云)店小二,有什么事?(小二云)店里有个好女子请你哩。(周舍云)咱和你就去来。(做见科,云)是好一个科子也。(正旦云)周舍,你来了也。(唱)

[幺篇] 俺那妹子儿有见闻,可有福分,抬举的个丈夫俊上添俊,年纪儿恰正青春。(周舍云)我那里曾见你来?我在客火里,你弹着一架筝,我不与了你个褐色紬段儿?(正旦云)小的,你可见来?(小闲云)不曾见他有甚么褐色细段儿。(周舍云)哦,早起杭州客火散了,赶到陕西客火里吃酒。我不与了大姐一分饭来?(正旦云)小的每,你可见来?(小闲云)我不曾见。(正旦唱)你则是忒现新,忒忘昏,更做道你眼钝。那

唱词话的有两句留文："咱也曾武陵溪畔曾相识,今日佯推不认人。"我为你断梦劳魂。

（周舍云）我想起来了,你敢是赵盼儿么?（正旦云）然也。（周舍云）你是赵盼儿,好,好！当初破亲也是你来。小二,关了店门,则打这小闲。（小闲云）你休要打我。俺姐姐将着锦绣衣服,一房一卧来嫁你,你倒打我?（正旦云）周舍,你坐下,你听我说。你在南京时,人说你周舍名字,说得我耳满鼻满的,则是不曾见你。后得见你呵,害得我不茶不饭,只是思想着你。听的你娶了宋引章,教我如何不恼?周舍,我待嫁你,你却着我保亲！（唱）

[倘秀才]我当初倚大呵妆僵主婚,怎知我嫉妒呵特故里破亲?你这厮外相儿通疏就里村！你今日结婚姻,咱就肯罢论。

（云）我好意将着车辆鞍马棺房来寻你,你划地将我打骂?小闲,拦回车儿,咱家去来。（周舍云）早知姐姐来嫁我,我怎肯打舅舅?（正旦云）你真个不知道?你既不知,你休出店门,只守着我坐下。（周舍云）休说一两日,就是一两年,您儿也坐的将去。（外旦上,云）周舍两三日不家去,我寻到这店门首,我试看咱。原来是赵盼儿和周舍坐哩。兀那老弟子不识羞,直赶到这里来。周舍,你再不要来家,等你来时,我拿一把刀子,你拿一把刀子,和你一递一刀子戳哩。（下）（周舍取棍科,云）我和你抢生吃哩！不是奶奶在这里,我打杀你。（正旦唱）

[脱布衫]我更是的不待饶人,我为甚不敢明闻;肋底下

插柴自忍,怎见你便打他一顿?

[小梁州]可不道一夜夫妻百夜恩,你可便息怒停嗔。你村时节背地里使些村,对着我合思忖:那一个双同叔打杀俏红裙?

[幺篇]则见他恶眼眼摸按着无情棍,便有火性的不似你个郎君。(云)你拿着偌粗的棍棒,倘或打杀他呵,可怎了?(周舍云)丈夫打杀老婆,不该偿命。(正旦云)这等说,谁敢嫁你?(背唱)我假意儿瞒,虚科儿喷,着这厮有家难奔。妹子也,你试看咱风月救风尘。

(云)周舍,你好道儿。你这里坐着,点的你媳妇来骂我这一场。小闲,拦回车儿,咱回去来。(周舍云)好奶奶,请坐。我不知道他来;我若知道他来,我就该死。(正旦云)你真个不曾使他来?这妮子不贤惠,打一棒快毬子。你舍的宋引章,我一发嫁你。(周舍云)我到家里就休了他。(背云)且慢着,那个妇人是我平日间打怕的,若与了一纸休书,那妇人就一道烟去了。这婆娘他若是不嫁我呵,可不弄的尖担两头脱?休的造次,把这婆娘摇撼的实着。(向旦云)奶奶,你孩儿肚肠是驴马的见识。我今家去把媳妇休了呵,奶奶,你把肉吊窗儿放下来,可不嫁我,做的个尖担两头脱。奶奶,你说下个誓着。(正旦云)周舍,你真个要我赌咒?你若休了媳妇,我不嫁你呵,我着堂子里马踏杀,灯草打折臁儿骨。你逼的我赌这般重咒哩!(周舍云)小二,将酒来。(正旦云)休买酒,我车儿上有十瓶酒哩。(周舍云)还要买羊。(正旦云)休买羊,我车上有个熟羊哩。(周舍云)好、好、好,待我买红去。(正旦云)休买红,我箱子里有一对大

红罗。周舍,你争甚么那? 你的便是我的。我的

就是你的。(唱)

[二煞]则这紧的到头终是紧,亲的原来只是亲。凭着我花朵儿身躯,笋条儿年纪,为这锦片儿前程,倒赔了几锭儿花银。拼着个十米九糠,问甚么两妇三妻! 受了些万苦千辛,我着人头上气忍,不枉了一世做郎君。

[黄钟尾]你穷杀呵甘心守分捱贫困,你富呵休笑我饱暖生淫惹议论。您心中觑个意顺,但休了你这眼下人,不要你钱财使半文,早是我走将来自上门。家业家私待你六亲,肥马轻裘待你一身,倒贴了奁房和你为眷姻。

(云)我若还嫁了你,我不比那宋引章,针指油面、刺绣铺房、大裁小剪,都不晓得一些儿的。(唱)我将你写了的休书正了本。

(同下)

【鉴赏】

宋引章嫁给周舍后,随周舍离开汴梁到了郑州。她的悲惨遭遇被赵盼儿不幸而言中,只得托人捎信,央求赵盼儿搭救自己。本折紧承上述情节,写赵盼儿对周舍施用卖笑调情的风月手段,凭借勇敢和智慧战胜强大的对手,是全剧的重场戏。

赵盼儿以倒贴妆奁和花枝招展的姿色为诱饵,引诱周舍上钩,可谓以其人之道还治其人之身。这种诱骗不仅具有正义的性质,也是赵盼儿唯一能够采取的手段。一个没有权势的妓女只能把自己的色相和智慧,作为制服对手的武器。然而,周舍毕竟是风月场中的老手,虚伪狡猾、残忍毒辣也是他性格的基本特征。要同他进行面对面的斗争,必须有一股不顾个人安危的勇气。[端正好]、[滚绣球]等曲子着重表现赵盼儿舍己救人的勇敢精神。她为了解救宋引章,"强打入迷魂阵"。其动机不是为了个人私利,而是"第一来我则是可怜见无主娘亲,第二来是我惯曾为旅偏怜客,第三来也是我自己贪杯惜醉人"。对宋引章母亲的同情,为落第书生安秀实着想,解救与自己同为风尘沦落人的宋引章,这些是她采取行动的全部目的。这些唱词无疑是树立起了一个出身卑贱而情操高尚的女性形象。

当赵盼儿与周舍刚刚见面时，就借夸赞宋引章"俺那妹子儿有见闻，可有福分，抬举的个丈夫俊上添俊，年纪儿恰正青春。"这段唱词可见赵盼儿的巧用心机，它一则给周舍大灌其迷魂汤，二则表明赵盼儿并不知宋引章近况，巧妙地掩盖了此行的真实目的。唱词末尾的最后一句"我为你断梦劳魂"，以虚情假意挑逗周舍和入彀，而这正是周舍的惯技。唱词中间夹入周舍的道白，他猜测在别的嫖妓场合与赵盼儿似曾相识，又表现出周舍色迷心窍的神态。仔细推详，这段唱词中，风趣的调侃与巧妙的讥刺结合在一起，自有一种无穷的喜剧意趣。

当周舍如梦初醒地认出眼前这个俊俏的妓女正是破亲的赵盼儿时，立即露出狰狞的面目，喝令店小二段打为赵盼儿挑箱笼的小闲。这时赵盼儿按照预先设计的谋略，编造出一篇谎言。她说："你在南京时，人说你周舍名字，说的我耳满鼻满的，则是不曾见你。后得见你呵，害的我不茶不饭，只是想着你。听的你娶了宋引章，教我如何不恼？周舍，我待嫁你，你却着我保亲！"以嫉妒为破亲的缘由，以攻为守挫败了周舍第一次的进击。这里，赵盼儿自己扯谎，反诬过于周舍。非大智大勇是想不出这般妙计的。其后，周舍面对赵盼儿表现出温顺的姿态，已经成为美色的俘虏。而赵盼儿通过第一个回合的胜利，已经取得了斗争的主动权。

也正由于预先计划的周密，赵盼儿与宋引章已经互通信息，以赵盼儿为主力的斗争，得到宋引章的配合。正当周舍表示愿在客店陪赵盼儿坐一两年时，宋引章寻到客店门首，大骂周舍，并表示要与周舍一递一刀子地拼命。这里激化周宋矛盾，是为骗取日后周舍的一纸休书铺平道路。赵盼儿的一段背唱，已透露出这场斗争的目的，"我假意儿瞒，虚科儿喷，着这厮有家难奔。妹子也，你试看咱风月救风尘"。为了实现这个目的，赵盼儿继续运用"虚""瞒"的手段，让周舍休掉赵盼儿，解除这罪恶的婚约。宋引章闹店引起了一场风波，利用这场风波的余绪，赵盼儿又向周舍主动出击了。

她先故意怨恨周舍点着媳妇骂她一场，要小闲拦回车儿，回归汴京。她深知周舍喜新厌旧的本性，不会放她离去的。果然周舍赌咒发誓，说他不知宋引章会来。然后她调唆周舍休弃宋引章，说道："你舍得宋引章，我一发嫁你"。这是整个计划的中心环节，它基于将欲取之，必先予之的一种设想。也正是在休宋娶赵，孰先孰后的问题上，周舍表现出狡猾奸诈的习性。他想道："那个妇人是我平日间打怕的，若与了一纸休书，那妇人就一道烟去了。这婆娘她若是不嫁我呵，可不弄得尖担两头脱?"他要把赵盼儿"摇撼的实着",要赵盼儿"说下个誓着"。作者不是把周舍这个人物给予简单化的处理,而是写出了他性格的复杂性。他尽管愚蠢可笑,却不肯轻易上当受骗。周舍的不好对付,更显出赵盼儿的棋高一筹。赵盼儿发下了"我不嫁你呵,我着堂子里马踏杀,灯草打折臁儿骨"的"重咒"。周舍急于成亲,赵盼儿就拿出了预先准备好的酒羊红礼,这些说明赵盼儿早就准备好了以快刀斩乱麻的方式,不惜牺牲自己的色相,换取风尘姐妹的自由和幸福。在这段对白的末尾,赵盼儿还对周舍说:"你的便是我的,我的就是你的。"这种故套近乎的语言,说得越亲切,便越能引出观众会心的欢笑。

这折戏是以赵盼儿的两段唱词结尾的,其中有这样几句:"您心中觑个意顺,但休了你这眼下人,不要钱财使半文,早是我走将来自上门。家业家私待你六亲,肥马轻裘待你一身,倒贴了奁房和你为眷姻"。表面上温柔体贴,处处为周舍着想,实际上是以财富诱骗周舍,使他产生赵盼儿一心待嫁他的错觉,目的仍然在于"我将你写了的休书正了本",以虚假的许愿换得休书,那真是够本的生意了。

作为剧情发展的一个自然段落,本折着重表现了妓女反抗权势的一场特殊形式的斗争。赵盼儿不是靠抢白怒骂占据上风,而是靠瞒哄诱骗制伏对手。她的宾白和唱词妙趣横生、引人发笑,充分显示了她的勇敢机敏。而周舍之所以上当受骗,不仅在于他的贪婪和愚蠢,而且在于他长期行骗的生活养成的自作聪明的习性。尽管他奸似鬼,却受到了骗技更高的妓女的愚弄。人们在嬉笑之余,向着更深的层次思索,获得了对封建社会本质的认识。这正是作者的本义和高明之处。

《救风尘》 第四折

关汉卿

(外旦上,云)这些时周舍敢待来也。(周舍上,见科)
(外旦云)周舍,你要吃甚么茶饭?(周舍做怒科,云)
好也,将纸笔来,写与你一纸休书,你快走。(外旦接休书不走科,云)我有甚么不是,你休了我?(周舍云)你还在这里?你快走!(外旦云)你真个休了我?你当初要我时怎么样说来？你这负心汉，害天灾的！你要去，我偏不去。（周舍推出门科）（外旦云）我出的这门来。周舍，你好痴也！赵盼儿姐姐，你好强也！我将着这休书，直至店中寻姐姐去来。（下）（周舍云）这贱人去了，我到店中娶那妇人去。（做到店科，叫云）店小二，恰才来的那妇人在那里？（小二云）他刚出门，他也上马去了。（周舍云）倒着他道儿了。将马来，我赶将他去。（小二云）马揣驹了。（周舍云）鞍骡子。（小二云）骡子漏蹄。（周舍云）这等，我步行赶将他去。（小二云）我也赶他去。（同下）

（旦同外旦上）（外旦云）若不是姐姐，我怎能够出的这门也！（正旦云）走，走，走！（唱）

[双调新水令] 笑吟吟案板似写着休书，则俺这脱空的故人何处？卖弄他能爱女、有权术，怎禁那得胜葫芦说到有九千句。

（云）引章，你将那休书来与我看咱。（外旦付休书）（正旦换科，云）引章，你再要嫁人时，全凭这一张纸是个照证，你收好者！（外旦接科）（周舍赶上，喝云）贱人，那里去？宋引章，你是我的老婆，如何逃走？（外旦云）周舍，你与了我休书，赶出我来了。（周舍云）休书上手模印五个指头，那里四个指头的是休书？（外旦展看，周夺咬碎科）（外旦云）姐姐，周舍咬碎我的休书也。（旦上救科）（周舍云）你也是我的老婆。（正旦云）我怎么是你的老婆？（周舍云）你吃了我的酒来。（正旦云）我车上有十瓶好酒，怎么是你的？（周舍云）你可受我的羊来。（正旦云）我自有一只熟羊，怎么是你的？（周舍云）你受我的红定来。（正旦云）我自有大红罗，怎么是你的？（唱）

[**乔牌儿**]酒和羊,车上物;大红罗,自将去。你一心淫滥无是处,要将人白赖取。

(周舍云)你曾说过誓嫁我来。(正旦唱)

[**庆东原**]俺须是卖空虚,凭着那说来的言咒誓为活路。(带云)怕你不信呵。(唱)遍花街请到娼家女,那一个不对着明香宝烛,那一个不指着皇天后土,那一个不赌着鬼戮神诛?若信这咒盟言,早死的绝门户。

(云)引章妹子,你跟将他去。(外旦怕科,云)姐姐,跟了他去就是死。(正旦唱)

[**落梅风**]则为你无思虑、忒模糊,(周舍云)休书已毁了,你不跟我去待怎么?(外旦怕科)(正旦云)妹子,休慌莫怕!咬碎的是假休书。(唱)我特故抄与你个休书题目,我跟前现放着这亲模。(周舍夺科)(正旦唱)便有九头牛也拽不出去。

(周扯二旦科,云)明有王法,我和你告官去来。(同下)(外扮孤引张千上,诗云)声名德化九重闻,良夜家家不闭门;雨后有人耕绿野,月明无犬吠花村。小官郑州守李公弼是也。今日升起早衙,断理些公事。张千,喝撺箱。(张千云)理会的。(周舍同二旦、卜儿上)(周叫云)冤屈也!(孤云)告甚么事?(周舍云)大人可怜见,混赖我媳妇。(孤云)谁混赖你的媳妇?(周舍云)是赵盼儿设计混赖我媳妇宋引章。(孤云)那妇人怎么说?(正旦云)宋引章是有丈夫的,被周舍强占为妻,昨日又与了休书,怎么是小妇人混赖他的?(唱)

[**雁儿落**]这厮心狠毒,这厮家豪富,衡一味虚肚肠,不踏着实途路。

[**得胜令**]宋引章有亲夫,他强占作家属。淫乱心情歹,

凶顽胆气粗。无徒！到处里胡为做。现放着休书,望恩官明鉴取。

> （安秀实上,云）适才赵盼儿使人来说:"宋引章已有休书了,你快告官去,便好娶他。"这里是衙门首,不免高叫道:冤屈也！（孤云）衙门外谁闹？拿过来！（张千拿入科,云）告人当面。（孤云）你告谁来？（安秀实云）我安秀实,聘下宋引章,被郑州周舍强夺为妻,乞大人做主咱。（孤云）谁是保亲？（安秀实云）是赵盼儿。（孤云）赵盼儿,你说宋引章原有丈夫,是谁？（正旦云）正是这安秀才。
>
> （唱）

[沽美酒] 他幼年间便习儒,腹隐着九经书;他是俺共里同村一处居,接受了钗环财物,明是个良人妇。

> （孤云）赵盼儿,我问你,这保亲的委是你么？
>
> （正旦云）是小妇人。（唱）

[太平令] 现放着保亲的堪为凭据,怎当他抢亲的百计亏图？那里是明媒正娶,公然的伤风败俗！今日个诉与太府做主,可怜见断他夫妻完聚。

> （孤云）周舍,那宋引章明明有丈夫的,你怎生还赖是你的妻子？若不看你父亲面上,送你有司问罪。您一行人听我下断:周舍杖六十,与民一体当差;宋引章仍归安秀才为妻;赵盼儿等宁家住坐。（词云）只为老虔婆受贿贪钱,赵盼儿细说根源,呆周舍不安本业,安秀才夫妇团圆。（众叩谢科）（正旦唱）

[收尾] 对恩官一一说缘故,分剖开贪夫怨女;面糊盆再休说死生交,风月所重谐燕莺侣。

　　题目　安秀才花柳成花烛

正名　赵盼儿风月救风尘

【鉴赏】

　　本折的情节可剖析为前后两个部分。前半部分的内容,主要是以周舍的"毁书"、赵盼儿的"背誓",表现奸诈与机警、邪恶和正义的正面较量,把喜剧冲突推向高潮。后半部分可用"见官"概括,由于清官明断,宋引章与安秀实"夫妻完聚",拖出一条光明的尾巴。

　　承接上折,周舍自以为已经把赵盼儿"摇撼的实着"了,于是回家给宋引章写了休书。这里前后情节的自然过渡,体现了生活本身的逻辑发展,也完全符合人物的特定性格。周舍写休书时的"做怒科",活画出一个歹毒而又愚蠢的无赖形象。他已掉进圈套,仍然要滥施淫威,这种利令智昏、作茧自缚的行为,是荒唐可笑的。周舍的行为受其贪婪好色的欲望支配,但是以其所为求其所欲,犹缘木而求鱼。目的丑恶和目的追求手段的荒唐,构成了周舍的自我否定,具有浓郁的讽刺意味。而宋引章"接休书不走科",又反衬出周舍的愚蠢,两个形成鲜明对照的人物动作,无疑会活跃舞台气氛。宋引章还对周舍发出"我有甚么不是,你休了我?""你这负心汉,害天灾的,你要去,我偏不去!"之类的责问。表面上看,宋引章的目的和行为是矛盾的,但这种行为奇妙之处,正是要以表面现象蒙骗周舍,以坚其休妻之志,达到以假乱真的效果。当然,这种假戏真做的斗争艺术,完全出于赵盼儿的精心设计,是她救风尘整个部署的一个环节。因此,当周舍把宋引章推出门后,宋引章说道:"周舍,你好痴也。赵盼儿姐姐,你好强也!"以"痴"评周舍,以"强"赞赵盼儿,正是对直接对垒的两个人物形象性格特征的概括。

　　周舍发现着了赵盼儿的道儿,赶上了逃离虎口的宋引章和赵盼儿。他又施展欺骗的手段,从宋引章手中夺取休书并把它咬碎,还要把宋引章重新置于他的侵凌和欺压之下。这个小人得意之极,竟然对赵盼儿说:"你也是我的老婆"。他先以赵盼儿接受了自己的酒羊红定相讹诈,但赵盼儿以酒羊红定都是自己所带,化解了他的招数。他又以赵盼儿曾说过誓要嫁他相威胁,赵盼儿则干脆和盘托出自己的谋略,击退了他的威吓。这里,有一曲[庆东原]的唱词:

　　俺须是卖空虚,凭着那说亲的言咒誓为活路。(带云)怕你不信呵,(唱)遍花街请到娼家女,那一个不对着明香宝烛? 那一个不指着皇天后土? 那一个不赌着鬼戳神诛？若信这咒盟言，早死的绝门户！

"卖空虚"是救助落难姐妹的唯一手段，妓女只能以虚假的咒誓求得活路。这些不仅是给宋引章留下的一线生机，而且是遍花街的娼家女儿的生活缩影。这段唱词的深刻意义，在于它既讽刺了周舍的浅薄无知，他根本不可能理解妓女内心的痛苦，而且在于它以貌似俏皮的语言，道出了妓女为生活所迫，不得不以虚假的情感迎合那些追求色欲的嫖客这一可悲的现实。这段唱词于幽默中含有哀怨，含有讽刺，是对生活的含笑的批评。妓女生活是苦悲的，也充斥着虚伪和欺骗，赵盼儿直率地承认这些，并毫不掩饰地挑明，可厌而鄙陋的盟誓是妓女赖以生存和自救的手段。观众在听到这些唱词时会发出带泪的笑，在笑声中同情妓女的不幸，赞佩赵盼儿的机警。

周舍明知自己不是赵盼儿的对手，于是又把魔爪伸向宋引章，以撕毁休书为由，强迫宋引章跟他回去。殊不知，工于心计的赵盼儿已将休书调包，咬碎的是假休书，"我特故抄与你个休书题目"。这时，周舍要向赵盼儿夺休书，赵盼儿唱道："便有九头牛也拽不出去！"先以智胜，后继之以勇，在喜剧性冲突的高潮，充分展示了赵盼儿大智大勇的个性。"毁书""背誓"这段情节，三个人物同时登台表演，在相互对比映衬中，显示人物不同的性格特征，使其更加鲜明生动。周舍的奸猾凶狠，宋引章的怯弱轻信，赵盼儿的机智勇敢，交织在一起，相得益彰，而其中心却始终不离赵盼儿。赵盼儿营救风尘的计谋也就在这尖锐的戏剧冲突中，一一补叙出来。周舍这段风月场中的经历，也以行骗开始，以被骗告终。但是，凶顽成性的周舍又不肯吃这个哑巴亏，他幻想着官场对自己的庇护，于是要同赵宋二人告官去，这就引出了情节最后的结局。

清官断案，令生旦当场团圆，这种结局的格套，向来为人诟病。但是，我们认为这种安排固然有时代和作者思想的局限，却又包含着作者良好的愿望，也反映了观众惩恶扬善的心理需要，不能一概加以否定。何况，在《救风尘》这部戏中，它还关系到安秀实、宋引章这条线索，也是整个剧情的有机构成部分。

在赵盼儿与周舍当堂辩驳的同时，依照赵盼儿的吩咐，安秀实到衙门喊冤，告周舍强夺自己早已聘下的宋引章为妻。赵盼儿便顺势以保亲的身份加以证实。"现放着保亲的堪为凭据，怎当他抢亲的百计亏图？哪里是明媒正娶，公然的伤风败俗！今日个诉与太府做主，可怜见断他夫妻完聚"。这段唱词有理有据，但又不尽符合事实,含有对官府的欺骗,但这种欺骗基于正义的合理的要求,可以用"君子欺之以方"的古论评之。也唯其与实际的矛盾,才显出喜剧的趣味。郑州太守李公弼依据赵盼儿等人的供词,下了如下决断:"周舍杖六十,与民一体当差;宋引章仍归安秀才为妻;赵盼儿等宁家住坐。"恶棍受到惩治,贫弱书生与风尘妓女各得其所,这是赵盼儿斗争的胜利结果。至此,弱小的正义的力量战胜了强大的邪恶的势力,这种结局超越于当时社会人们的一般设想和预料,在矛盾冲突中,肯定了赵盼儿风月救风尘的行为,完成了作品歌颂性的喜剧主题。从结构上看,每个人的命运都有了清楚的交代,使故事情节有首有尾,前后连贯。观众自可带着情感的愉悦和心理的满足,从剧场离去。

《单刀会》 第四折

关汉卿

(鲁肃上,云)欢来不似今朝,喜来那逢今日。小官鲁子敬是也。我使黄文持书去请关公,欣喜许今日赴会,荆襄地合归还俺江东。英雄甲士已暗藏壁衣之后,令人江上相候,见船到便来报我知道。

(正末关公引周仓上,云)周仓,将到那里也?(周云)来到大江中流也。(正末云)看了这大江,是一派好水也呵!(唱)

[双调新水令]大江东去浪千叠,引着这数十人驾着这小舟一叶。又不比九重龙凤阙,可正是千丈虎狼穴。大丈夫心别,我觑这单刀会似赛村社。

(云)好一派江景也呵!(唱)

[驻马听]水涌山叠,年少周郎何处也?不觉的灰飞烟灭,可怜黄盖转伤嗟。破曹的樯橹一时绝,鏖兵的江水犹然热,好教我情惨切!(云)这也不是江水,(唱)二十年流

国学经典文库 元曲鉴赏 ·元曲· 图文珍藏版 1099

不尽的英雄血!

（云）却早来到也，报复去。（卒报科）（做相见科）
（鲁云）江下小会，酒非洞里之长春，乐乃尘中之菲艺，猥劳君侯屈高就下，降尊临卑，实乃鲁肃之万幸也！（正末云）量某有何德能，着大夫置酒张筵，既请必至。（鲁云）黄文，将酒来。二公子满饮一杯。（正末云）大夫饮此杯。（把盏科）（正末云）想古今咱这人过日月好疾也呵！（鲁云）过日月是好疾也。光阴似骏马加鞭，浮世似落花流水。（正末唱）

[胡十八]想古今立勋业，那里也舜五人、汉三杰？两朝相隔数年别，不付能见者，却又早老也。开怀的饮数杯，（云）将酒来。（唱）尽心儿待醉一夜。

（把盏科）（正末云）你知道："以德报德，以直报怨"么？（鲁云）既然将军言"以德报德，以直报怨"，借物不还者谓之怨。想君侯文武全材，通练兵书，习《春秋》《左传》，济拔颠危，匡扶社稷，可不谓之仁乎？待玄德如骨肉，觑曹操若仇雠，可不谓之义乎？辞曹归汉，弃印封金，可不谓之礼乎？坐服于禁，水淹七军，可不谓之智乎？且将军仁义礼智俱足，惜乎止少个信字，欠缺未完。再若得全个信字，无出君侯之右也。（正末云）我怎生失信（鲁云）非将军失信，皆因令兄玄德公失信。（正末云）我哥哥怎生失信来？（鲁云）想昔日玄德公败于当阳之上，身无所归，因鲁肃之故，屯军三江夏口。鲁肃又与孔明同见我主公，即日兴师拜将，破曹兵于赤壁之间。江东所费巨万，又折了首将黄盖。因将军贤昆玉无尺寸地，暂借荆州以为养军之资；数年不还。今日鲁肃低情曲意，暂取荆州，以为救民之急；待仓廪丰盈，然后再献与将军掌领。鲁肃不敢自专,君侯台鉴不错。(正末云)你请我吃筵席来那,是索荆州来?(鲁云)没,没,没,我则这般道。孙、刘结亲,以为唇齿,两国正好和谐。(正末唱)

[庆东原]你把我真心儿待,将筵宴设,你这般攀今揽古,分甚枝叶?我根前使不着你"之乎者也"、"诗云子曰",早该豁口截舌!有意说孙刘,你休目下翻成吴越!

(鲁云)将军原来傲物轻信!(正末云)我怎么傲物轻信?(鲁云)当日孔明亲言:破曹之后,荆州即还江东。鲁肃亲为担保。不思旧日之恩,今日恩变为仇,犹自说"以德报德,以直报怨"。圣人道:"信近于义,言可复也"。去食去兵,不可失信。"大车无輗,小车无軏,其何以行之哉?"今将军全无仁义之心,枉作英雄之辈。荆州久借不还,却不道"人无信不立!"(正末云)鲁子敬,你听的这剑戛么?(鲁云)剑戛怎么?(正末云)我这剑戛,头一遭诛了文丑,第二遭斩了蔡阳,鲁肃呵,莫不第三遭到你也?(鲁云)没,没,我则这般道来。(正末云)这荆州是谁的?(鲁云)这荆州是俺的。(正末云)你不知,听我说。(唱)

[沉醉东风]想着俺汉高皇图王霸业,汉光武秉正除邪,汉献帝将董卓诛,汉皇叔把温侯灭,俺哥哥合情受汉家基业。则你这东吴国的孙权,和俺刘家却是甚枝叶?请你个不克己先生自说!

(鲁云)那里甚么响?(正末云)这剑戛二次也。(鲁云)却怎么说?(正末云)这剑按天地之灵,金火之精,阴阳之气,日月之形;藏之则鬼神遁迹,出之则魑魅潜踪;喜则恋鞘沉沉而不动,怒则跃匣铮铮而有声。今朝席上，倘有争锋，恐君不信，拔剑施呈。吾当摄剑，鲁肃休惊。这剑果有神威不可当，庙堂之器岂寻常；今朝索取荆州事，一剑先交鲁肃亡。（唱）

[雁儿落] 则为你三寸不烂舌，恼犯我三尺无情铁。这剑饥餐上将头，渴饮仇人血。

[得胜令] 则是条龙向鞘中蛰，唬得人向坐间呆，今日故友每才相见，休着俺弟兄每相间别。鲁子敬听者，你心内休乔怯，畅好是随邪，吾当酒醉也。

（鲁云）宫动乐。（藏官上，云）天有五星，地攒五岳，人有五德，乐按五音。五星者：金、木、水、火、土。五岳者：常、恒、泰、华、嵩。五德者：温、良、恭、俭、让。五音者：宫、商、角、徵、羽。（甲士拥上科）（鲁云）埋伏了者。（正末击案，怒云）有埋伏也无埋伏？（鲁云）并无埋伏。（正末云）若有埋伏，一剑挥之两段！（做击案科）（鲁云）你击碎菱花。（正末云）我特来破镜！（唱）

[搅筝琶] 却怎生闹炒炒军兵列，休把我当拦者！（云）当着我的，呵呵！（唱）我着他剑下身亡，目前流血。便有那张仪口、蒯通舌，休那里躲闪藏遮。好生的送我到船上者，我和你慢慢的相别。

（鲁云）你去了倒是一场伶俐。（黄文云）将军，有埋伏哩。（鲁云）迟了我的也。（关平领众将上，云）请父亲上船，孩儿每来迎接哩。（正末云）鲁肃，休惜殿后。（唱）

[离亭宴带歇指煞] 我则见紫袍银带公人列，晚天凉风冷芦花谢，我心中喜悦。昏惨惨晚霞收，冷飕飕江风起，急飐飐帆招惹。承管待、承管待，多承谢、多承谢。唤梢

公慢者,缆解开岸边龙,船分开波中浪,棹搅碎江心月。
正欢娱有甚进退,且谈笑不分明夜。说与你两件事先生
记者:百忙里趁不了老兄心,急切里倒不了俺汉家节。

　　题目　孙仲谋独占江东地　　请乔公言定三条计
　　正名　鲁子敬设宴索荆州　　关大王独赴单刀会

【鉴赏】

　　宋代瓦舍的说书中,"讲史"一类就占有重要地位。至元代,杂剧中以历史事件为题材的作品,逐渐多起来。但由于时代和社会的原因,这类历史剧常是借他人之酒杯,浇我胸中之块垒,与历史事件历史人物每有出入。关汉卿的《单刀会》(原名《关大王独赴单刀会》)源于《三国志》,故事情节人物性格都有不少变化。

　　全剧共四折,写鲁肃(子敬)为索取荆州引起和关羽的冲突,是在蜀汉和东吴之间政治和军事矛盾的背景上展开的。贯穿全剧的中心人物是单刀赴会的关羽。但在第一、二折里他并未出场。在那两折中,先是通过东吴耆宿乔国老的话说明"这荆州断然不可取",因为关羽"他诛文丑呈粗躁,刺颜良显英豪。他去那百万军中,他去那首级轻枭"。"他上阵处赤力力三绺美髯飘,雄赳赳一丈虎躯摇,恰便似六丁神簇捧定一个活神道。那敌军若是见了,唬的他七魄散、五魂消"。像乔玄这样德高望重、饱经世乱的人,一而再、再而三地赞誉关羽的英勇智谋,大长了关羽的威风。接着通过"水鉴先生"司马徽的口,把关羽更讲得神乎其神。他预算如果鲁肃计索荆州,到头来必定"枉送了你那八十一座军州"。第三折关羽开始上场,通过对其子关平等的一番话(这折旧称《训子》),充分表现出"我是三国英雄汉云长,端的是豪气有三千丈"睥睨一切的气概。总之,前三折用烘云托月的渲染手法,成功地塑造出关羽这一个有胆有识、雄姿勃发、对蜀汉事业忠心耿耿的光辉形象。前三折的反复铺垫,烘托渲染,已把不仅志勇过人,而且文韬武略、成竹在胸的关羽置于读者的面前,至第四折进入"单刀赴会"的主题,则完全从正面来描述了。

　　[双调新水令]一曲,堪称"笔机飞舞,墨势淋漓"(李渔《闲情偶记》)。"大江东去浪千叠",何等气魄!大江滚滚,日夜奔流,巨浪腾涌,层层叠叠。江如此大,浪如此猛,而关羽所带的是"数十人",驾的是"小舟一叶"!两相映衬、对比,则人的胆气豪情,尽寓其中,而从字面看只是叙事写景。如果说这两句是暗喻,下两句便

·元曲·

图文珍藏版

是明比了。九重，指天，古指帝王所居之处。"九重龙凤阙"，言殿之高，这是用以比照下句"可正是千丈虎狼穴"。鲁肃具束礼请"那里有凤凰杯持琼花酿"，但关羽十分清楚：并"不是待客筵席，则是个杀人，杀人的战场"（见第三折）。"大丈夫心别"，已是豪情满怀，把"单刀会"看作不过是农村社日的迎神赛会，则更表现出其"别"（与众不同）了！

[驻马听]一曲，前用宋、明人词意，虽也叹长江之流逝，但缅怀往昔峥嵘岁月，壮怀豪情，洋溢纸面。"破曹的樯橹一时绝，鏖兵的江水犹然热。"一个"热"字，当日舳舻千里，旌旗蔽空，万箭齐发，曹兵破灭的景象，宛然犹在眼前！热血奔涌，百感交集，不禁仰天长啸："二十年流不尽的英雄血"。一语概括尽创业的艰辛，守成的不易，又是多么感慨万千！公元208年，刘琮（刘表之子）败阵，曹操一举攻下荆州。正想由此顺流而下，进取江东，但赤壁（湖北嘉鱼）一役，曹兵被当时屯军荆州北境的刘备与孙权的联军打败，从此造成鼎足三分的形势。关羽的感叹不同于学士文人，他是三国鼎立局面的亲历者、战斗者和建设者。如今周瑜、黄盖这样的战将都不在了，江山依旧，事业未成，联系起上折他对"高祖登基，传到如今，国步艰难，一至于此"的感叹。此刻关羽的追昔念往，于"伤嗟"和"惨切"之余，填满他胸膛的是守疆卫土，拱护蜀汉山河。这正是他甘愿"八万丈虎狼穴"的心情和力量。

本来正面冲突迫在眉睫，一般写法是"山雨欲来风满楼"。但这里既没有"狂风卷浪"，也没有"势欲滔天"（张镃语），而是欲急先缓，用两支曲子写景抒情，使"景以情妍"，"情以景幽"，巧妙地将叙事融会其间，使景、情、事达到和谐完美的统一，从而成功地描绘出关羽藐视强敌，临阵安之若素的豪迈气概。通过对历史的沉思与再建奇勋的斗志联系起来，未做正面交锋，已使历史上那个刚愎自用的关羽退居幕后，可以预期他的"折冲樽俎之间，决胜千里之外"了。

一方面是鲁肃"自有妙策神机""荆州不可不取"（见第一折），决心很大；一方面是关羽抱定了"大丈夫敢勇当先，一人拼命，万夫难当"（见第三折），誓死不归还荆州。于是展开了一场剑拔弩张的激烈斗争。既是"置酒张筵"，开头不免说两句日月如梭，光阴似骏马，功业彪炳的舜之五贤臣，汉之三杰，都已作古了的闲话。接着鲁肃先来一套外交辞令，将"文武全才"的关羽大大称赞一番，可是话头一转说："将军仁义礼智俱足，惜乎止少个信字，欠缺未完。若再得全个信字，无出君侯之右也"。信者，诚实、不欺。鲁肃说"若再得个"，可见目前未"得"（做到），守信乃圣人之言，事关乎立身做人之根本，关羽怎能不急问："我怎生失信?"鲁肃忙说："非将军失信，皆因令兄玄德公失信。"接着"低情曲意"，提出"暂取荆州，以为救民之急"，一个"暂"字别饶意蕴；"救民之急"，理由何岂冠冕！尽管鲁肃奸狡，但立被关羽识破："你请我吃筵席来那，是索荆州来?"一面嘲讽对方"之乎者也""诗云子曰"的虚伪巧辩；一面警告他不要使孙、刘"唇齿"的联盟关系，"番成吴越"，变成敌国！鲁肃自然不愿善罢甘休，再摆出"傲物轻信""人无信不立"那一套话来。至此，关羽理直气壮，义正辞严，予以驳斥："想着俺汉高皇图王霸业，汉光武秉正除邪，汉献帝将董卓诛，汉皇叔把温侯灭。俺哥哥合情受汉家基业"。"汉家基业"只有"俺哥哥合情受"，怎容旁人觊觎？这条理由，从封建正统观念说，它压倒仁义礼智信所有说教，是至高无上的原则。大义凛然，正气磅礴，直逼得"三寸不烂之舌"的鲁肃，再无话说。"以礼索取"的第一计显然破灭了。

文的不成，只好动武：或"不放关公回还"；再就是"伏兵尽举，擒住关公，囚于江下"（见第一折）。这里作者的艺术手法很值得称道：他不经直写鲁肃的按计而行，不写"待客筵席"刹那间成为"杀人的战场"，而是反客为主，身陷重围安危难保的，似乎不是"单刀赴会"的关羽，而是"内藏甲士"外有重兵的鲁肃了！这时关羽可借助的，是自己的随身宝剑。他三次借剑显示出神威来。当鲁肃还迂腐地大谈其"人无信不立"的时候，关羽忽发出宝剑有声的奇言："你听的这剑夏么"（剑夏，剑响）？并让他来听一听："我这剑夏，头一遭诛了文丑，第二遭斩了蔡阳，鲁肃呵，莫不第三遭到你也"。鲁肃吓得连声道："没，没，我则这般道来"（即我不过这么说说),第二次关羽先将自己的剑夸赞一番:"这剑按天地之灵,金火之精,阴阳之气,日月之形;……"等等;再直言不讳:"这剑果有神威不可当,庙堂之器岂寻常;今朝索取荆州事,一剑先交鲁肃亡"。鲁肃虽被吓得"是条龙向鞘中蛰,唬得人向坐间呆"。可是他借命令"臧官动乐"的掩护下,大发了一通五星、五岳等的议论后,图穷匕见:"甲士拥上科"。这时出现一节妙文:"(鲁云)埋伏了者。(正末击案,怒云)有埋伏也无埋伏?(鲁云)并无埋伏。(正末云)若有埋伏,一剑挥之两段!(做击案科)"。甲士既拥上,不得不承认有埋伏,但当关羽一击案,一怒,一问,又赶忙否认"并无埋伏",颠三倒四,语无伦次,充分表现了即将失败又不甘心,强作挣扎而又心惊胆战的尴尬狼狈相。"若有埋伏,一剑挥之两段",斩钉截铁,铮铮有声!再一击案,鲁肃惊悸万状:"你击碎菱花"?关羽的回答一丝也不含糊:"我特来破镜"!"镜"与"子敬"的"敬"同音,语带双关。这样,鲁肃一筹莫展被震慑住了。

最后,关羽嘲弄他"便有那张仪口,蒯通舌"(战国时的说客、谋士),却不得施其技,于是命令鲁肃"好生的送我到船上者,我和你慢慢的相别"。可怜的鲁肃只能说一句"你去了倒是一场伶俐"(干净利落)。就这样,一个"圆睁开丹凤眼,轻舒出捉将手;他将那卧蚕眉紧皱,五云山烈火难收"高奏凯歌的英雄形象栩栩如生地展现出来了!

登上归舟,关羽注目望去:以鲁肃为首的东吴的文臣武将罗列江边,虽个个"紫袍银带",但却是灰心丧气,强打精神。[离庭筵]一曲先叙事,次写景,景中含情;而第三句直抒胸臆。用晚风生凉,花淡紫而白的芦花,映衬关羽此时欢畅自得的心情,恰到好处。

尾声气氛转入肃穆萧瑟:昏惨惨的天空,血红的晚霞已经消逝,冷飕飕的江风吹起来了,急飑飑的帆顺水急流而下。作者连用"昏惨惨""冷飕飕""急飑飑"三个迭词造成天昏、风急、浪涌、水涨的气势,烘托英雄乘船而去,颇有声威,而且使人有身临其境之感。"说景即是说情,非借物遣怀,即将人喻物。有全篇不露秋毫情意,而实句句是情,字字关情者"(李渔《窥词管见》)。这里写景正是"字字关情"的,它表现出壮毅刚健的情怀。庄而后谐,亦庄亦谐,会使作品意趣盎然:"承管待、承管待,多承谢、多承谢"是向鲁肃的致谢话,但各用叠句,且四句一意,这对"竹篮打水一场空"的鲁肃,是多么有力的嘲讽!用笔波澜动荡,谐趣中寓有庄严与雄放。接着笔意再一转,"缆解开"三句,鼎足而对,气势雄浑,诗情画意,跃然纸上,壮美与优美达到了和谐的统一。最后再表现关羽"欢娱""谈笑"的心情,而"百忙里趁不了老兄心,意切里倒不了俺汉家节",既再次嘲弄了鲁肃的失策,更表现出关羽忠君报国自豪英勇的凛然情怀。全折气势充沛,激情如潮,劲健雄浑之气,力透纸背。

关汉卿的历史剧《单刀会》(包括《西蜀梦》《哭存孝》等),并不单是以戏剧的形式再现历史,而是有所为而写,是"古为今用"。因此,一方面他改变了不少历史内容,如对集智勇谋于一身的关羽,对耍弄阴谋终至完全处于被动的鲁肃,都与此前的《三国志》、后来成书的《三国演义》大相径庭。另一方面,字里行间显露出作者正统的汉族立场,如"俺哥哥合情受汉家基业。则你这东吴国的孙权,和俺刘家却是甚枝叶?"显然是指当时的元蒙贵族的统治,在表现历史生活历史人物时,跳动着时代的脉搏。

《望江亭》 第三折

关汉卿

(衙内领张千、李稍上。衙内云)小官杨衙内是也。颇奈白士中无理,量你到的那里!岂不知我要取谭记儿为妾,他就公然背了我,娶了谭记儿为妻,同临任所,此恨非浅!如今我亲身到潭州,标取白士中首级。你道别的人为甚么我不带他来?这一个是张千,这一个是李稍:这两个小的,聪明乖觉,都是我心腹之人,因此上则带的这两个人来。(张千去衙内鬓边做拿科)(衙内云)嗯!你做什么?(张千云)相公鬓边一个虱子。(衙内云)这厮倒也说的是,我在这船只上个月期程,也不曾梳篦的头。我的儿好乖!(李稍去衙内鬓上做拿科)(衙内云)李稍,你也怎的?(李稍云)相公鬓上一个狗鳖。(衙内云)你看这厮!(亲随、李稍同去衙内鬓上做拿科)(衙内云)弟子孩儿,直恁的般多!(李稍云)亲随,今日是八月十五日中秋节令,我每安排些酒

果,与大人玩月,可不好?(张千云)你说的是。(张千
同李稍做见科,云)大人,今日是八月十五日中秋节令,
对着如此月色,孩儿每与大人把一杯酒赏月,何如?
(衙内做怒科,云)退!这个弟子孩儿,说什么话!我要
来干公事,怎么教我吃酒?(张千云)大人,您孩儿每并
无歹意,是孝顺的心肠。大人不用,孩儿每一点不敢
吃。(衙内云)亲随,你若吃酒呢?(张千云)我若吃一
点酒呵,吃血。(衙内云)正是,休要吃酒。李稍,你若
吃酒呢?(李稍云)我若吃酒,害疔疮。(衙内云)既是
您两个不吃酒,也罢,也罢,我则饮三杯,安排酒果过
来。(张千云)李稍,抬果桌过来。(李稍做抬果桌科,
云)果桌在此,我执壶,你递酒。(张千云)我儿,酾满
着。(做递酒科,云)大人满饮一杯。(衙内做接酒科)
(张千倒退自饮科)(衙内云)亲随,你怎么自吃了?
(张千云)大人,这个是摄毒的盏儿。这酒不是家里带
来的酒,是买的酒,大人吃下去,若有好歹,药杀了大
人,我可怎么了?(衙内云)说的是,你是我心腹人。
(李稍做递酒科,云)你要吃酒,弄这等嘴儿;待我送酒,
大人满饮一杯。(衙内接科)(李稍自饮科)(衙内云)

你也怎的？（李稍云）大人，他吃的，我也吃的。（衙内云）你看这厮！我且慢慢的吃几杯。亲随，与我把别的民船都赶开者！（正旦拿鱼上，云）这里也无人。妾身白士中的夫人谭记儿是也。妆扮做个卖鱼的，见杨衙内去。好鱼也！这鱼在那江边游戏，趁浪寻食，却被我驾一孤舟，撒开网去，打出三尺锦鳞，还活活泼泼的乱跳，好鲜鱼也！（唱）

[越调斗鹌鹑] 则这今晚开筵，正是中秋令节，只合低唱浅斟，莫待他花残月缺。见了的珍奇，不消的咱说，则这鱼鳞甲鲜滋味别；这鱼不宜那水煮油煎，则是那薄批细切。

（云）我这一来，非容易也呵！（唱）

[紫花儿序] 俺则待稍关打节，怕有那惯施舍的经商不请言赊。则俺这篮中鱼尾，又不比案上罗列；活计全别，俺则是一撒网，一蓑衣，一箬笠。先图些打捏，只问那肯买的哥哥照顾俺也些些。

（云）我揽住这船，上的岸来。（做见李稍，云）哥哥，万福！（李稍云）这个姐姐，我有些面善。（正旦云）你道我是谁？（李稍云）姐姐，你敢是张二嫂么？（正旦云）我便是张二嫂。你怎么不认的我了？你是谁？（李稍云）则我便是李阿鳖。（正旦云）你是李阿鳖？（正旦做打科，云）儿子，这些时吃得好了，我想你来。（李稍云）二嫂，你见我亲么！（正旦云）儿子，我见你，可不知亲哩。你如今过去，和相公说一声，着我过去切鲙，得些钱钞，养活我来也好。（李稍云）我知道了。亲随，你来。（张千云）弟子孩儿，唤我做什么！（李稍云）有我个张二嫂，要与大人切鲙。（张千云）甚么张二嫂？

（正旦见张千科，云）媳妇孝顺的心肠，将着一尾金色鲤鱼特来献新，望与相公说一声咱。（张千云）也得，也得，我与你说去。得的钱钞，与我些买酒吃。你随着我来。（做见衙内科，云）大人，有个张二嫂，要与大人切鲙。（衙内云）甚么张二嫂？（正旦见科，云）相公，万福！衙内做意科，云）一个好妇人也！小娘子，你来做甚么？（正旦云）媳妇孝顺的心肠，将着这尾金色鲤鱼，一径的来献新。可将砧板、刀子来，我切鲙哩。（衙内云）难的小娘子如此般用意，怎敢着小娘子切鲙，俗了手！李稍，拿了去，与我姜辣煎爨了来！（李稍云）大人，不要他切就村了。（衙内云）多谢小娘子来意！抬过果桌来，我和小娘子饮三杯。将酒来，小娘子满饮一杯。（张千做吃酒科）（衙内云）你怎的？（张千云）你请他，他又请你，你又不吃，他又不吃，可不这杯酒冷了？不如等亲随乘热吃了，倒也干净。（衙内云）唗！靠后！将酒来！小娘子满饮此杯。（正旦云）相公请！（张千云）你吃便吃，不吃我又来也。（正旦做跪衙内科）（衙内扯正旦科，云）小娘子请起！我受了你的礼，就做不得夫妻了。（正旦云）媳妇来到这里，便受了礼，也做得夫妻。（张千同李稍拍桌科，云）妙，妙，妙！（衙内云）小娘子请坐。（正旦云）相公，你此一来何往？（衙内云）小官有公差事。（李稍云）二嫂，专为要杀白士中来。（衙内云）唗！你说什么？（正旦云）相公，若拿了白士中呵，也除了潭州一害。只是这州里怎么不见差人来迎接相公？（衙内云）小娘子，你却不知，我恐怕人知道，走了消息，故此不要他们迎接。（正旦唱）

[金蕉叶]相公，你若是报一声着人远接，怕不的船儿上有五十座笙歌摆设。你为公事来到这些，不知你怎生做兀的关节？

（衙内云）小娘子，早是你来的早，若来的迟呵，小官歇息了也（正旦唱）

[调笑令]若是贱妾晚来些，相公船儿上黑鹘鹘的熟睡歇；则你那金牌势剑身傍列，见官人远离一射，索用甚从人拦当者，俺只待拖狗皮的拷断他腰截。

（衙内云）李稍，我央及你，你替我做个落花媒人。你和张二嫂说，大夫人不许他，许他做第二个夫人，包髻、团衫、绣手巾，都是他受用的。（李稍云）相公放心，都在我身上。（做见正旦科，云）二嫂，你有福也！相公说来，大夫人不许你，许你做第二个夫人，包髻、团衫、袖腿绷……（正旦云）敢是绣手巾？（李稍云）正是绣手巾。（正旦云）我不信，等我自问相公去。（正旦见衙内科，云）相公，恰才李稍说的那话，可真个是相公说来？（衙内云）是小官说来。（正旦云）量媳妇有何才能，着相公如此般错爱也。（衙内云）多谢、多谢！小娘子就靠着小官坐一坐，可也无伤。（正旦云）妾身不敢。（唱）

[鬼三台]不是我夸贞烈，世不曾和个人儿热。我丑则丑，刁决古撇，不由我见官人便心邪，我也立不的志节。官人，你救黎民，为人须为彻；拿滥官，杀人须见血。我呵，只为你这眼去眉来，（正旦与衙内做意儿科，唱）使不着我那冰清玉洁。

（衙内做喜科，云）勿、勿、勿！（张千与李稍做喜科，云）勿、勿、勿！（衙内云）你两个怎的？（李稍云）

大家耍一耍。（正旦唱）

[圣药王]珠冠儿怎戴者,霞帔儿怎挂者,这三檐伞怎向顶门遮？唤侍妾簇捧者,我从来打鱼船上扭的那身子儿别,替你稳坐七香车。

（衙内云）小娘子,我出一对与你对：罗袖半翻鹦鹉盏。（正旦云）妾对：玉纤重整凤凰衾。（衙内拍桌科,云）妙、妙、妙！小娘子,你莫非识字么？（正旦云）妾身略识些撇竖点划。（衙内云）小娘子既然识字,小官再出一对：鸡头个个难舒颈。（正旦云）妾对：龙眼团团不转睛。（张千同李稍拍桌科,云）妙、妙、妙！（正旦云）妾身难的遇着相公,乞赐珠玉。（衙内云）哦！你要我赠你什么词赋？有、有、有！李稍,将纸笔砚墨来。（李稍做拿砚末科,云）相公,纸墨笔砚在此。（衙内云）我写就了也,词寄《西江月》。（正旦云）相公,表白一遍咱。（衙内做念科,云）夜月一天秋露,冷风万里江湖。好花须有美人扶,情意不堪会处。仙子初离月浦,嫦娥忽下云衢。小词仓卒对君书,付与你个知心人物。（正旦云）高才,高才！我也回奉相公一首,词寄《夜行船》,（衙内云）小娘子,你表白一遍咱。（正旦做念科,云）花底双双莺燕语,也胜他凤只鸾孤。一霎恩情,片时云雨,关连着宿缘前注。天保今生为眷属,但则愿似水如鱼。冷落江湖,团圆人月,相连着夜行船去。（衙内云）妙、妙、妙！你的更胜似我的。小娘子,俺和你慢慢的再饮几杯。（正旦云）敢问相公,因甚么要杀白士中？（衙内云）小娘子,你休问他。（李稍云）张二嫂,俺相公有势剑在这里！（衙内云）休与他看。（正旦云）这个是势剑？衙内见爱媳妇,借与我拿去治三日鱼

好那?(衙内云)便借与你。(张千云)还有金牌
哩!(正旦云)这个是金牌?衙内见爱我,与我打
戒指儿吧。再有什么?(李稍云)这个是文书。
(正旦云)这个便是买卖的合同?(正旦做袖文书
科,云)相公再饮一杯。(衙内云)酒勾了也。小娘
子休唱前篇,则唱幺篇。(做醉科)(正旦云)冷落
江湖,团圆人月,相随着夜行船去。(亲随同李稍做
睡科)(正旦云)这厮都睡着了也。(唱)

[秃厮儿]那厮也忒懵懂,玉山低趄,着鬼祟醉眼乜斜,
我将这金牌虎符都袖褪者。唤相公,早醒些,快迭!

[络丝娘]我且回身将杨衙内深深的拜谢,您娘向急飐
飐船儿上去也,到家对儿夫尽分说那一番周折。

(带云)惭愧,惭愧!(唱)

[收尾]从今不受人磨灭,稳情取好夫妻百年喜悦。俺
这里,美孜孜在芙蓉帐笑春风;只他那,冷清清杨柳岸伴
残月。(下)。

(衙内云)张二嫂,张二嫂,那里去了?(做失惊
科,云)李稍,张二嫂怎么去了?看我的势剑金牌,可在
那里?(张千云)就不见了金牌,还有势剑共文书哩!

(李稍云)连势剑文书都被他拿去了!(衙内云)似此
怎了也?(李稍唱)

[马鞍儿]想着想着跌脚儿叫。(张千唱)想着想着我难
熬。(衙内唱)酪子里愁肠酪子里焦。(众合唱)又不敢着
傍人知道;则把他这好香烧、好香烧,咒的他热肉儿跳!

(衙内云)这厮每扮戏那!(众同下)

【鉴赏】

《望江亭》(原名《望江亭中秋切鲙》),是一出写得很出色的喜剧。内容是:权

1113

豪势要杨衙内想霸占年轻貌美的寡妇谭记儿,听说谭嫁给了地方官白士中,便奏请皇上查办白士中,白闻讯惊惶无计,谭却胸有成竹,决定对策。中秋节晚上,杨衙内乘船到洞庭湖,谭扮作渔妇上船献鱼,卖弄风情,灌醉杨衙内,骗取了势剑金牌;第二天杨前来捕人,却找不到文书,只找到他和谭记儿调笑时胡诌的小词,终于在公堂上当众出丑,最后被治以"夺人妻妾"之罪。这里选第三折。喜剧气氛特别浓烈。

第三折开场,第一个细节是,张千、李稍争相在杨衙内髻上捉虱子、捉跳蚤。这样的细节本身就是十分可笑的。第二个细节是,为了暗中去杀白士中而怕误事,严禁饮酒的杨衙内和立誓不吃酒的张千、李稍,旧习难耐,话刚落地就寻找借口,抢着喝起酒来。这两个细节,仅仅通过他们三人的看来似乎极为平常的语言、动作、声调口气,就异常鲜明地勾画出这些鸡鸣狗盗之徒的无耻嘴脸,揭露了他们卑劣下流的丑恶灵魂。他们一开始的丑态表演,就使讽刺喜剧的气氛烘染开来。

但是,杨衙内是个"花花太岁为第一,浪子丧门世无对"的权豪势官,而且带着皇帝亲自授予的最高权力的标志——势剑金牌,到此来夺取潭州的州官白士中的脑袋的。这样,在他的玩笑之中处处充满着杀机。他的行动很诡秘,只带亲随,不造声势,暗自乘船,泊于江岸;他把周围的民船赶开,命从人拦住外人的潜入,暗设关节,严加防范。而且他是个显贵加流氓,是什么坏事也干得出,什么手段也使得出来的。从哪一方面说,都是不好对付的家伙。因此,他们的丑态表演所烘染出来的讽刺喜剧气氛,反而反衬了剧情的紧张状态。在这种情势之下,人们就会替年轻貌美的谭记儿捏一把汗,时刻关心着她的命运,看她用什么办法来对付杨衙内这个倚权势、贪酒色的滥官员。谭记儿在这一折里还没有出场,戏剧矛盾之弦,就为之一张。

作为"杂剧班头"的关汉卿,他在选用细节、道具和为剧情发展铺垫等方面,确实很高明。在"敌强我弱"的情势之下,他让谭记儿这个年轻夫人化装为渔妇,驾轻舟,提鱼篮,披蓑戴笠,从容而来。单凭这一点,即已先声夺人,为表现谭记儿的聪明、勇敢和沉着的性格,做了精彩的铺垫,为她以后周旋于杨衙内之前拓出用武之地。谭记儿将错就错(亲随李稍误认谭记儿为张二嫂),抓住对手的弱点,先把从人、亲随哄住,再以献新切鲙为名,接近了她的生死对头杨衙内。接着,她使出了江湖手段,主动献殷勤,弄风骚,去勾摄眼前这个对她本来就不怀好心的酒色之徒的神魂。至此,戏剧矛盾之弦,又为之大张。

剧情步步深入，层峦叠起。谭记儿大展风情，以"色情"对对儿，用"淫词"酬和，乘机助酒，搞得杨衙内神魂颠倒，忘乎所以，使他对眼前这个小娘子，成欢不得，欲罢不能。然而，杨衙内凭着他的权势和本性，就像豺狼面对鸡兔一样，是很容易把谭记儿猎取到手的。因此，戏剧冲突达到高潮，矛盾之弦，越绷越紧。

　　自然，这些紧张的情节，是在观众的笑声中演进的。随着矛盾进入高潮，笑声就会由紧张变为轻松。谭记儿施展这些江湖手段的目的已经达到：皇帝的势剑，她拿到手里，要去"治三日鱼"；皇帝的金牌，她也弄到手里，要去"打戒指儿"，皇帝发的文书，她也袖进袖里，说成"买卖的合同"。这些，不仅是对杨衙内的嘲笑，而且也是对皇帝的讽刺。这一折戏的冲突基本上解决，喜剧气氛也达到了顶点。当杨衙内和他的随从们酒醒的时候，谭记儿却飘然而逝。这位权豪势要兼花花太岁，却落得个"酪子里愁肠酪子里焦"，有苦说不出。这是剧作家对倚权势、贪酒色的滥官员的报复，也是人民对他们的报复。

　　在第三折的戏剧矛盾发展中，有两点需要说明的，其一是，杨衙内的行动为什么怕人知道？其二是，谭记儿为什么要采取江湖风情手段？因为：杨衙内是诬告，怕被人揭穿，此其一；谭记儿不用江湖风情手段，就不能使杨衙内及其随从喝得酩酊大醉，也就不能把势剑、金牌、文书赚到手，此其二。从这里不难看出，关汉卿在展开他的戏剧情节的时候，并没有把这些意图直接指点出来，而是水到渠成，行之所当行，止其所当止。

　　《望江亭》第三折，在喜剧创作上很有特点：

　　第一，寓紧张于轻松之中——内紧外松，使轻松和紧张互为表里，互为反衬，这就大大增强了《望江亭》的戏剧性，收到了良好的戏剧效果。

　　第二，诗的意境十分深远，内蕴丰富而深刻，构思巧妙而新颖。剧本为舞台场景和人物表演，提供了广阔的天地。

　　第三，打破了早期杂剧的编剧体制。本来杂剧的一般要求，在一本杂剧中一定由一个主角唱到底，而这一折的末尾，三个很次要的人物都唱了，并在一支曲子里有分唱，还有合唱。由此也可显见关汉卿的创造性，也可窥见元杂剧旧有体制将被打破的趋向。

　　从《望江亭》第三折的分析中可以看出，关汉卿在元代杂剧作家之林，确是写"戏"的高手。元代钟嗣成在《录鬼簿》中，把关汉卿放在"有传奇传于世者"的第一位,是很有眼光的,这一方面表现了钟嗣成本人的身世、经历、思想和他作为一个杂剧作家的创作倾向及其对戏剧艺术的鉴赏力,同时反映了关汉卿在元代剧坛的崇高声誉。元代周德清在《中原音韵自序》中崇称"关、郑、白、马",也把关汉卿置于首位。然而到了明代中后期,有些作者对此提出异议,对于把关汉卿放在元剧作家之首,以为不妥。王骥德在所著《曲律·杂论》中说:"世称曲手,必曰关、郑、白、马,顾不及王,要非定论。"当时对于关汉卿、王实甫、马致远三人谁占首位的问题,有过争论,非难关汉卿的人,大都重视词采华美或神韵高远,而不大重视戏剧性和演出的广泛性。剧作家都重视戏剧语言,但一般来说,元人与明人不同。周德清的观点很有代表性,他认为关汉卿等"韵共守自然之音,字能通天下之语,字畅语俊,韵促音调"。关汉卿在戏剧结构和戏剧语言等方面卓有成就,最可贵的是他把高超的艺术技巧和表现重大的题材及深刻的思想,相当完美地统一起来。这从《望江亭》的艺术生命力就可以说明。

从全剧来看,《望江亭》的题材是比较重大的,它涉及统治阶级的中、上层:学士夫人、州官、衙内和皇帝。从表面看来,构成《望江亭》的主要矛盾,似乎只是为了一个年轻寡妇谭记儿,而且又是在统治阶级内部展开的,不值得称道。然而透过这种矛盾冲突,我们可以清楚地看到,剧作家所揭示的政治主题和表现的现实意义,是非常深广的。谭记儿原是学士的夫人,后来又成为州官的夫人,她的社会地位和政治地位显然属于统治阶级的中下层,但她在杨衙内眼里,却被视如鸡兔,要把她霸占为妾,是何等容易!白士中是个正直的州官,新任为理,但在杨衙内手里,要取其首级,也很便当。那么,杨衙内对于普通人民的残害也就可想而知了。杨衙内颠倒黑白、捏造罪名,诬告和陷害一个州官,那位皇帝老爷不但不察不问,还当即批准去杀白士中,并亲赐势剑、金牌、文书,对杨衙内是那样的恩宠和信任,那统治集团的黑暗与腐败,就是不言而喻的了。这些方面,都是《望江亭》的深刻性之所在。

《望江亭》虽然具有强烈的喜剧色彩,写得也很轻松,但是它表现了鲜明的政治性和战斗性。这主要表现在反权豪的斗争上。像杨衙内这样的艺术典型,概括着当时丰富的社会政治内容。自唐末五代以来"衙内"之流作为封建时代的必然产儿,越来越飞扬跋扈,甚嚣尘上。在五代,藩镇是统兵的节度使,权势之大,炙手可热,完全是霸占一方的土皇帝。藩镇的亲兵卫队,设有"衙内都指挥",衙内都虞候等职大都由藩镇自己的子弟来充任。"衙内"之称,由是而来。到了宋代,旧称相袭,并把所有高官尤其是上层军事权臣的儿子都称为"衙内"。"衙内"范围的扩大,说明官僚子弟横行不法的普遍性,也说明官僚阶层所享特权的严重性。这些"衙内"少爷,不论是任职的还是不任职的,都是靠老子的财富和权势养起来的不学无术的政治流氓。他们有恃无恐,欺压百姓,夺人妻女,横行霸道,胡作非为。他们不仅视人民如草芥,而且还骑在正直清廉的下级官吏的头上。《水浒传》中的高衙内就是这一类的东西。他的养父,那位宋代的最高军事官员高太尉老爷,竟然帮助儿子行抢作奸,陷害林冲于死地,竟动用政治手段。关汉卿生在南宋灭亡之前,活动于金、元交替之区。这是个动荡的时代。虽然宋王朝早已南渡,金、元统治北方,但是"衙内"之流却依旧滋生着孑遗,它的气焰更为嚣张,更增添了流氓性和残酷性。《望江亭》直接描写了谭记儿同杨衙内的斗争,正是反映了宋元以来官僚系统尤其是上层统治集团的黑暗与腐朽,表现了人民强烈的憎恨与愤怒,同时也表现了剧作家的勇气。中国几千年的封建统治,封建主义思想根深蒂固,"衙内"之流总是不大容易绝种,这就使得《望江亭》的现实意义总是不能泯灭。

最妙的是,关汉卿对这种严重的斗争,采用了讽刺喜剧的形式精彩地表现出来,对于杨衙内的斗争竟取得了胜利。他所创造的谭记儿和杨衙内这两个人物,作为独具丰采的艺术典型,至今还屹立于我国的戏剧舞台上。关汉卿在构成喜剧冲突、创造喜剧气氛等方面,都有独到之处,对后代的讽刺喜剧创作也有深远的影响。这些方面都是值得学习的。

《鲁斋郎》 第二折

关汉卿

(鲁斋郎引张龙上,诗云)着意栽花花不发,等闲插柳柳成荫。谁识张珪坟院里,倒有风流可喜活观音。小官鲁斋郎,因赏玩春景,到于郊野外张珪坟前,看见树上歇着个黄莺儿,我拽满弹弓,谁想落下弹子来,打着张珪家小的,将我千般毁骂,我要杀坏了他,不想他倒有个好媳妇。我着他今日不犯,明日送来。我一夜不曾睡着,他若来迟了,就把他全家尽行杀坏。张龙,门首觑者,若来时,报复我知道。(正末同贴旦上,云)大嫂,疾行动些!(贴旦云)才五更天气,你敢风魔九伯,引的我那里去?(正末云)东庄里姑娘家有喜庆勾当,用着这个时辰,我和你行动些。大嫂,你先行。(贴旦先行科)(正末云)张珪怎了也?鲁斋郎大人的言语:"张珪,明日将你浑家,五更你便送到我府中来。"我不送去,我也是个死;我待送去,两个孩儿久后寻他母亲,我也是个死。怎生是好也呵!(唱)

[南吕一枝花] 全失了人伦天地心,倚仗着恶党凶徒势,活支刺娘儿双拆散,生各札夫妇两分离。从来有日月交蚀,几曾见夫主婚、妻招婿?今日个妻嫁人,夫做媒,自取些夭房,断送陪随,那里也羊酒、花红、段匹?

[梁州第七] 他凭着恶哏哏威风纠纠,全不怕碧澄澄天网恢恢。一夜间摸不着陈抟睡。不分喜怒,不辨高低,弄的我身亡家破,财散人离。对浑家又不敢说是谈非,行行里只泪眼愁眉。你、你、你,做了个别霸王自刎虞姬;我、我、我,做了个进西施归湖范蠡;来、来、来,浑一似嫁单于出塞明妃。正青春似水,娇儿幼女成家计,无忧虑,少萦系,平地起风波二千尺,一家儿瓦解星飞。

　　(贴旦云)俺走了这一会,如今姑娘家在那里?

　　(正末云)则那里便是。(贴旦云)这个院宅便是?

　　他做甚么生意;有这等大院宅?(正末唱)

[牧羊关] 怕不晓日楼台静,春风帘幕低,没福的怎生消得。这厮强赖人钱财,莽夺人妻室,高筑座营和寨。斜搠面杏黄旗,梁山泊贼相似,与蓼儿洼争甚的!

　　(云)大嫂,你靠后。(正末见张龙科,云)大哥,报复一声,张珪在于门首。(张龙云)你这厮才来,你该死也!你则在这里,我报复去。(鲁斋郎云)兀那厮做甚么?(张龙云)张珪两口儿在于门首。(鲁斋郎云)张龙,我不换衣服罢,着他过来见。(末、旦叩见科)(鲁斋郎云)张珪,怎这早晚才来?(正末云)投到安伏下两个小的,收拾了家私,四更出门,急急走来,早五更过了也。(鲁斋郎云)这等也罢。你着那浑家近前来我看。(做看科,云)好女人也,比夜来增十分颜色。生受你。将酒来吃三杯。(正末唱)

[四块玉]将一杯醇糯酒十分的吃。(贴旦云)张孔目少吃,则怕你醉了。(正末唱)更怕我酒后疏狂失了便宜。扭回身刚咽的口长吁气,我乞求得醉似泥,唤不归。(贴旦云)孔目,你怎么要吃的这等醉?(正末云)大嫂,你那里知道!(唱)我则图别离时,不记得。

(贴旦云)孔目,你这般烦恼,可是为何?(正末云)大嫂,实不相瞒:如今大人要你做夫人,我特特送将你来。(贴旦云)孔目,这是甚么说话!(正末云)这也由不的我,事已至此,只得随顺他便了。(唱)

[骂玉郎]也不知你甚些儿看的能当意,要你做夫人,不许我过今日,因此上急忙忙送你到他家内。(贴旦云)孔目,你这般下的也?(正末唱)这都是我缘分薄,恩爱尽,受这等死临逼。

(贴旦云)你在这郑州做个六案都孔目,谁人不让你一分?那厮甚么官职,你这等怕他,连老婆也保不得?你何不拣个大衙门告他去?(正末云)你轻说些。倘或被他听见,不断送了我也?(唱)

[感皇恩]他、他、他,嫌官小不为,嫌马瘦不骑;动不动挑人眼,剔人骨,剥人皮。(云)他便要我张珪的头,不怕我

不就送去与他;如今只要你做个夫人,也还算是好的。(唱)他少甚么温香软玉、舞女歌姬。虽然道我灾星现,也是他的花星照,你的福星催。

　　(贴旦云)孔目,不争我到这里来了,抛下家中一双儿女,着谁人照管他?兀的不痛杀我也!(正末唱)

[采茶歌]撇下了亲夫主不须提,单是这小业种好孤凄,从今后谁照觑他饥时饭、冷时衣?虽然个留得亲爷没了母,只落的一番思想一番悲。

　　(正末同旦掩泣科)(鲁斋郎云)则管里说甚么,着他到后堂中换衣服去。(贴旦云)孔目,则被你痛杀我也!(正末云)苦痛杀我也,浑家!(鲁斋郎云)张珪,你敢有些烦恼,心中舍不的么?(正末云)张珪不敢烦恼,则是家中有一双儿女,无人看管。(鲁斋郎云)你早不说!你家中有两个小的,无人照管。——张龙,将那李四的浑家梳妆打扮的赏与张珪便了。(张龙云)理会的。(鲁斋郎云)张珪,你两个小的无人照管,我有一个妹子,叫做娇娥,与你看觑两个小的。你与了我你的浑家,我也舍的个妹子酬答你。你醉了骂他,便是骂我一般;你醉了打他,便是打我一般。我交付与你,我自后堂去也(下)(正末云)这事可怎了也?罢,罢,罢!(唱)

[黄钟尾]夺了我旧妻儿,却与个新佳配,我正是弃了甜桃绕山寻醋梨,知他是甚亲戚。教喝下庭阶,转过照壁,出的宅门,扭回身体,遥望着后堂内,养家的人,贤惠的妻!非今生,是宿世,我则索寡宿孤眠过年岁,几时能勾再得相逢,则除是南柯梦儿里!(下)

《鲁斋郎》全称为《包待制智斩鲁斋郎》是关汉卿的代表作之一。全剧共四折，其主要情节是："花花太岁"鲁斋郎先霸占了李银匠之妻，李到郑州告状，病倒在大街之上，适逢六案都孔目张珪救回家中，服药痊愈，拜张珪夫妇为姐夫、姐姐。未几，鲁斋郎又在清明节上坟之际遇到张珪夫妇，因张妻美貌，鲁斋郎又顿生淫念，逼张送妻与他，并把玩腻了的银匠之妻赐张为妻。张将银匠之妻领回家中，恰巧银匠又至，张为成全他们便让其破镜重圆，并索性将家产儿女留与他俩，自己出家去了。十五年后包待制包拯智斩鲁斋郎，张的一双儿女也被包拯抚养成人，包劝张还俗重振家业，张已心如死灰，甘愿永留空门。

《鲁斋郎》属元杂剧中的公案剧，它极其大胆地揭露了元代社会的黑暗和腐败：统治阶级可以任意作威作福，他们无法无天，随心所欲，为了满足兽性的发泄不择手段，不顾廉耻，简直与禽兽无异。象鲁斋郎这类"嫌官小不做，嫌马瘦不骑"无恶不作的权豪恶霸，在元代现实生活中是非常之多的，这个形象的出现具有十分重要的典型意义，鲁斋郎的所作所为简直可以说是元代统治阶级的一个罪恶的缩影！

《鲁斋郎》假借宋代为背景，写的却是当时骑在人民头上的蒙古、色目统治者。鲁斋郎可以任意抢夺人家的妻子而不受任何制裁；反之，李银匠和张珪的妻子被眼睁睁抢走，却一个唬得哑口无言，一个只好出家做道士。这种现象只有元代才会出现，其他任何朝代都不像这样明目张胆，肆无忌惮。作者之所以假托宋代为背景，把这个阿合马般的花花太岁取名为"鲁斋郎"（斋郎乃宋代官名，品级很低，职务是伺候皇帝祭祀诸事，有太庙斋郎、郊社斋郎等名），不过是一种机智的策略。根据剧情，鲁斋郎应该是一个职位相当高的官，读者和观众都可以心照不宣地理解作者的良苦用心和这种巧妙的斗争手段。另外作者假手幻想中的清官"包拯"出来为民除害（包拯亦为宋代人），虽然不是现实的、彻底的解决问题，却也看出他分别是非，主张正义，这是站在人民立场上的爱憎的流露，是符合人民愿望的。特别是鲁斋郎已被处刑之后，张珪仍然要做道士、不肯回家的那种"惊弓之鸟"的精神状态，反映出封建社会人吃人的制度，决不会因为某一具体事件暂时解决，或某一罪魁的服法被斩而停止进行。作者把他的出世思想写得那么轻飘，恰是指出他对现实生活的心情沉重，这都是艺术手腕高明的表现。

《鲁斋郎》第二折乃全剧中最为精彩的一节,它集中地表现了被剥夺、被侮辱、被损害者张珪与自己的妻子虽为生离实为死别时的悲痛欲绝的情怀,就在这血泪斑斑的一字一句、一唱三叹中控诉了封建统治者伤天害理、灭绝人性的罪恶。作者首先展现主人公内心哑巴吃黄连般的苦楚:他忍着刀割般的痛苦送妻给鲁斋郎,却又不敢对她说破,只佯称"东庄姑娘家有喜庆勾当。"这时作者运用了一般旁白:"张珪怎了也?鲁斋郎大人的言语……我不送去,我也是个死;我待送去两个孩儿,久后寻他母亲,我也是个死。怎生是好也呵。"这便把人物内心油煎般的矛盾披露于外,而这种难言的痛楚他还得对即将与他生分的妻子隐瞒掩饰,"对浑家又不敢说是谈非,行行里只泪眼愁眉",这真是有苦难言啊!

张珪,诚然是个弱者,他在鲁斋郎的威势面前确实显得非常怯懦。他唯鲁之命是从,不敢有丝毫的反抗,面对夺妻之深仇却隐忍着捶胸的大恨,他行动上的驯服、顺从与内心的反叛、愤恨形成极大的反差,这正是当时在蒙古贵族残暴统治下汉族下层官吏和普通百姓敢怒而不敢言的心态与行为互相矛盾悖逆的典型表现。暴力使被凌辱者变为奴隶,而奴隶不同于奴才的本质区别在于前者有内心的反抗的呐喊。张珪就是这样的奴隶,他对欺侮剥夺他的仇人在心底进行着刻骨的诅咒:"全失了人伦天地心,倚仗着恶党凶徒势,活支剌娘儿双拆散,生各札夫妇两分离",他的悲愤绝不仅仅是来自鲁斋郎这个恶汉,而是射向这帮"恶党凶徒",而"活支剌""生各札"这样咬牙切齿地形容词语更以撕肝裂肺的情感控诉了这帮吃人生番的残忍凶暴。"夫主婚,妻招婿""妻嫁人,夫做媒",古往今来,人世间谁见过这样荒唐乖舛事,而竟然发生在光天化日之下的元大都,这该是一个怎样非人的世界!"他凭着"恶哏哏威风纠纠,全不怕碧澄澄天网恢恢"这是一句含义甚深的反语,包含着十分辛辣的讽刺。天网恢恢,疏而不漏。然而"威风纠纠""恶狠狠"的这班恶党凶徒竟对它全然不怕,这不仅揭露了任意横行的统治阶级无法无天,同时暴露了这个社会对这些特权者根本无法可究,或者说对他们就从来没有法律的限制,而是任其为所欲为。

关汉卿对人物内心痛苦的描写是十分深刻的,他多层次多侧面地展现了张珪彼时彼地的心理状态:他企图借酒麻醉自己流血的心,但又怕"酒后疏狂失了便宜";然而他又"乞求得醉似泥,唤不归","图别离时不记得"。在情境的逼迫下他不得不对妻子说明事情的真相后,他怕妻过于悲痛,又不得不用"这都是我缘分薄、恩爱尽"对她进行宽慰。并以"动不动挑人眼,剔人骨,剥人皮"的鲁斋郎"他便要我张珪的头,不怕我不就送去与他,如今只要你做个夫人,也还算是好的"一番话将她开导,也用以自宽自解。然而这实在是一种无可奈何的呻吟,他立刻又想到"单是这小业种好孤凄,从今后谁照觑他饥时饭,冷时衣? 虽然留得亲爷没了母,只落得一番思想一番悲。"最后当鲁斋郎把李银匠之妻赏赐与他时,他内心更加纷乱,"夺了我旧妻儿,却与个新佳配,我正是弃了甜桃绕山寻醋梨。"他下了庭阶,转过照壁,出了宅门,扭回身体。遥望着后堂内,心中不住地呼唤:"养家的人,贤惠的妻,非今生,是宿世,几时能勾再得相逢,则除是南柯梦儿里。"天才剧作家关汉卿把他笔下主人翁悲恸、复杂、难言的内心世界刻画得如此细腻、丰富、而富有层次,真不愧大家手笔,也正因为如此,他的人物穿过数百年风雨,直到今天还栩栩如生地活在人们心里,而也正是因为这活生生的典型形象的塑造,方使这一名剧具有巨大的思想力量和社会价值,完成了对封建统治阶级的鞭挞和对黑暗社会的控诉。

白朴　(1226~?)原名恒,字仁甫,后改名朴,字太素,号兰谷。汉族,祖籍隩州(今山西河曲附近),后徙居真定(今河北正定县),晚岁寓居金陵(今南京市),终身未仕。他是元代著名的文学家、杂剧家,元曲四大家之一。

《梧桐雨》 第二折

白　朴

(安禄山引众将上,云)某安禄山是也。自到渔阳,操练蕃汉人马,精兵见有四十万,战将千员。如今明皇年已昏眊,杨国忠李林甫播弄朝政;我今只以讨贼为名,起兵到长安,抢了贵妃,夺了唐朝天下,才是我平生愿足。左右,军马齐备了么?(众将云)都齐备了。(安禄山云)着军政司先发檄一道,说某奉密旨讨杨国忠等。随后令史思明领兵三万,先取潼关,直抵京师,成大事如反掌耳。(众将云)得令。(安禄山云)今日天晚,明日起兵。(诗云)统精兵直指潼关,料唐家无计遮拦;单要抢贵妃一个,非专为锦绣江山。(同下)(正末引高力士,郑观音抱琵琶,宁王吹笛,花奴打羯鼓,黄幡绰执板,捧旦上)(正末云)今日新秋天气,寡人朝回无事,妃子学得霓裳羽衣舞,同往御园中沉香亭下,闲耍一番。早来到也。你看这秋来风物,好是动人也呵。

(唱)

[中吕粉蝶儿]天淡云闲,列长空数行征雁。御园中夏景初残,柳添黄,荷减翠,秋莲脱瓣。坐近幽阑,喷清香玉簪花绽。

（带云）早到御园中也。虽是小宴,倒也整齐。

（唱）

[叫声]共妃子喜开颜,等闲等闲,御园冲列肴馔;酒注嫩鹅黄,茶点鹧鸪斑。

[醉春风]酒光泛紫金钟,茶香浮碧玉盏。沉香亭畔晚凉多,把一搭儿亲自拣、拣。粉黛浓妆,管弦齐列,绮罗相间。

（外扮使臣上,诗云）长安回望绣成堆,山顶千门次第开。一骑红尘妃子笑,无人知是荔枝来。小官四川道差来使臣,因贵妃娘娘好啖鲜荔枝,遵奉诏旨,特来进鲜。早到朝门外了。宫官,通报一声,说四川使臣来进荔枝。（做报科）（正末云）引他进来。（使臣见驾科,云）四川道使臣进贡荔枝。（正末看科,云）妃子,你好食此果,朕特令他及时进来。（旦云）是好荔枝也。（正末唱）

[迎仙客]香喷喷味正甘,娇滴滴色初绽;只疑是九重天滴来人世间。取时难,得后悭;可惜不近长安,因此上教驿使

把红尘践。

（旦云）这荔枝颜色娇嫩，端的司爱也。（正末唱）

[红绣鞋] 不则向金盘中好看，便宜将玉手擎餐；端的个绛纱笼罩水晶寒。为甚教寡人醒醉眼，妃子晕娇颜，物稀也人见罕。

（高力士云）陛下，酒进三爵，请娘娘登盘演一回霓裳之舞。（正末云）依卿奏者。（正旦做舞）

（众乐撺掇科）（正末唱）

[快活三] 嘱咐你仙音院莫怠慢，道与你教坊司要迭办，把个太真妃扶在翠盘间，快结束，宜妆扮。

[鲍老儿] 双撮得泥金衫袖挽，把月殿里霓裳按。郑观音琵琶准备弹，早搭上鲛绡襻；贤王玉笛，花奴羯鼓，韵美声繁；宁王锦瑟，梅妃玉箫，嘹亮循环。

[古鲍老] 屹刺刺撒开紫檀，黄幡绰向前手拈板。低低的叫声玉环，太真妃笑时花近眼。红牙箸趁五音击着梧桐案，嫩枝柯犹未干，更带着瑶琴音泛。卿呵，你则索出几点琼珠汗。

（旦舞科）（正末唱）

[红芍药] 羯鼓声繁，罗袜弓弯；玉佩丁东响珊珊，即渐里舞弹云鬟。施呈你蜂腰细，燕体翻，作两袖香风拂散。（带云）卿倦也，饮一杯酒者。（唱）寡人亲捧杯玉露甘寒，你可也莫得留残，拚着个醉醺醺直吃到夜静更阑。

（旦饮酒科）（净扮李林甫上，云）小官李林甫是也，见为左丞相之职。今早飞报将来，说安禄山反叛，军马浩大，不敢抵敌，只得见驾。（做见驾科）（正末云）丞相有何事这等慌促？（李林甫云）边关飞报，安禄山造反，大势军马杀将来了。陛

下,承平日久,人不知兵,怎生是好？（正末云）你
慌做甚么？（唱）

[剔银灯] 只不过奏说边庭上造反，也合看空便，觑迟疾
紧慢；等不的俺筵上笙歌散，可不气丕丕冒突天颜？那
些个齐管仲郑子产，敢待做假忠孝龙逄比干？

　　（李林甫云）陛下，如今贼兵已破渣关，哥舒翰
　　失守逃回，目下就到长安了。京城空虚，决不能
　　守，怎生是好？（正末唱）

[蔓菁菜] 险些儿慌杀你个周公旦。（李林甫云）陛下，只因
女宠盛，谗夫昌，惹起这刀兵来了。（正末唱）你道我因歌舞
坏江山，你常好是占奸，早难道羽扇纶巾笑谈间，破强虏
三十万。

　　（云）既贼兵压境，你众官计议，选将统兵，出
　　征便了。（李林甫云）如今京营兵不满万，将官衰
　　老，如哥舒翰名将尚且支持不住，那一个是去得
　　的？（正末唱）

[满庭芳] 你文武两班，空列些乌靴象简，金紫罗襕。内
中没个英雄汉，扫荡尘寰。惯纵的个无徒禄山，没揣的
撞过潼关，先败了哥舒翰。疑怪昨宵向晚，不见烽火报
平安。

　　（云）卿等有何计策，可退贼兵？（李林甫云）
　　安禄山部下蕃汉兵马四十余万，皆是以一当百，怎
　　与他拒敌？莫若陛下幸蜀，以避其锋，待天下兵
　　至，再作计较。（正末云）依卿所奏。便传旨，收拾
　　六宫嫔御，诸王百官，明日早起，幸蜀去来。（旦作
　　悲科，云）妾身怎生是好也！（正末唱）

[普天乐] 恨无穷，愁无限，争奈仓卒之际，避不得蓦岭
登山。銮驾迁，成都盼，更那堪泸水西飞雁，一声声送上

雕鞍。伤心故园,西风渭水,落日长安。

（旦云）陛下怎受的途路之苦？（正末云）寡人

也没奈何哩！（唱）

[啄木儿尾]端详了你上马娇,怎支吾蜀道难！替你愁

那嵯峨峻岭连云栈;自来驱驰可惯,几程儿捱得过剑门

关？（同下）

【鉴赏】

　　白朴《梧桐雨》(原名《唐明皇秋夜梧桐雨》)是根据白居易《长恨歌》、陈鸿《长恨歌传》以及有关唐玄宗李隆基和杨玉环(贵妃)的故事写成的。戏共四折。前有"楔子",交代在幽州节度使张守珪帐下任捉生讨击史的安禄山因战败解往京师问罪,不想因祸得福,被杨贵妃认为义子,又封为渔阳节度使。第一折写七夕果瓜之会,李、杨海誓山盟"愿世世姻缘注定"。第二折写安禄山兵起,"渔阳鼙鼓动地来",惊破唐玄宗的沉歌醉舞、寻欢作乐。第三折写西行途中,马嵬兵变,杨妃被缢死。第四折写玄宗重返长安后,对杨妃的无限思念,而于"窗儿外梧桐上雨潇潇"的深沉悲悼气氛中结束。

　　白朴的作品(散曲、杂剧),清丽高雅,与词相近。本折开篇述安禄山起兵渔阳"奉密旨讨杨国忠等"。《旧唐书》称"矫称奉恩命以兵讨逆贼杨国忠",可见"奉密旨"只不过是个幌子。至于说"单要抢贵妃一个,非专为锦绣江山",也无史可据。后来鲁迅曾经指斥某些人关于"杨妃乱唐"的说法(见《且介亭杂文·阿金》)。"关于杨妃,禄山之乱以后的文人就都撒着大谎,玄宗逍遥事外,倒说是许多坏事情都由她"(《花边文学·女人未必多说谎》)。在这个问题上,白朴应包括在"以后的文人"之内的。

　　本折以优美的文词先写金秋降临大地:"天淡云闲,列长空数行征雁。"而御园中的景色更为清幽动人:本来碧绿的杨柳刚染上嫩黄;青翠的荷叶,刚失去一些颜色;盛开的艳红荷花,刚脱下一两个花瓣。这一切都呈现出溽暑已过,正是金风送爽的一年最美好的时光。此刻,坐近幽阑,只见玉簪花的蓓蕾刚刚裂开,一阵清香扑鼻。[中吕粉蝶儿]一曲描尽"夏景初残"的清幽景色,但这是为了衬托唐明皇与杨贵妃的歌舞宴乐的:

·元曲·

图文珍藏版

"共妃子喜开颜,等闲等闲,御园中列有馔:酒注嫩鹅黄,茶点鹧鸪斑。"张谓《湖上对酒行》:"眼前一尊又长满,心中万事如等闲。"这里"等闲"二字复用,更表示出"喜开颜"的心情。盘中是珍馐美馔,酒色如鹅雏的羽毛般的淡黄色。鹧鸪斑,指沏茶后碗面呈现之斑点。秦观《满庭芳》"香泉溅乳,金缕鹧鸪斑。"这时碗中冲满香茶。接下来的"酒光泛紫金钟,茶香浮碧玉盏"。再渲染酒美茶香。沉香亭上晚风凉。"粉黛浓妆","绮罗相间",艳丽的妃嫔宫娥,各选好了自己应坐应站的位子(一搭儿,一块儿,指方位)。管弦乐器也摆列齐去了。[叫声]、

[醉春风]两支曲子,表现出"虽是小宴,倒也整齐",笔墨清淡,却描出一种皇家特有的气派。

正当李隆基杨玉环饮美酒听艳曲时,"遵奉诏旨"远从四川进贡鲜荔枝的使臣到了。这引起李、杨的极大兴趣。说荔枝味甜用一"正"字,是既不甜得腻口,也不是只有浅浅甜味,而是"恰到好处",未食却又先闻到它"香喷喷"!荔枝之色如花蕾初开,刚刚露出一点嫩红,显得娇滴滴的。"只疑是九重天谪来人世间",所以"取得难,得后悭"(吝啬)。再以"不近长安"驿使奔波来加重"取得难",因此也就更"得后悭"。它不只放在盘子中好看,擎在手里宜餐;这红如绛纱,亮如水晶的鲜荔枝,而且使得李隆基"醒醉眼",杨玉环"晕娇颜",因为它"物稀也人见罕"。[迎仙客]、[红绣鞋]两支曲子,把荔枝的香、味、色和它的珍贵难得,描摹尽致,细腻贴切;笔墨浓郁,无一虚字;写出了统治者奢侈无度和他们这种醉生梦死的生活。

[快活三]以下四支曲子写杨贵妃作霓裳羽衣舞和诸般乐器合奏的欢乐情景。"仙音院""教访司"均是音乐机关。前者设立于元代中统元年,后改称玉宸院;后者则唐代已有了。在风流天子唐玄宗一片"莫怠慢""要迭办"(办理、准备)呼叫声中,太真妃"整顿衣裳重结束(重新穿戴起来),一身飞上翠盘中"了。这时但只见

伴奏者挽起泥金双袖,奏起了霓裳羽衣曲。称"月殿里"。喻音乐动人,有"此曲只应天上有"意。相传唐开元中西凉节度使杨敬述献《婆罗门曲》,后经唐玄宗润色并制成歌词,定名"霓裳羽衣曲"。以善弹琵琶著称的郑观音也做好了准备,早搭上了丝质的衣带。绡,生丝;鲛绡,传说中鲛人织的丝。襻,衣带。善吹玉笛的贤王(即宁王),善击花鼓的花奴(汝阳王的乐工),"韵美声繁";而寿王弹的锦瑟,梅妃的玉笛,也"嘹亮循环"。一支[鲍老儿]着重写出乐声的繁音急节,"大珠小珠落玉盘"的优美动人。

接着[古鲍老]写紫檀板屹刺刺碰击的声音,红牙箸趁着五音击着琴弦。妙在这檀板琴声中,唐玄宗"低低的叫声玉环,太真妃笑时花近眼","卿呵,你则索出几点琼珠汗"。一个被歌舞欢乐醇酒美色弄得神魂颠倒,昏聩荒唐的大唐天子形象,传神地出现在眼前了。

[红芍药]一曲集中写杨妃的舞姿百态。在高亢急促的羯鼓乐中,她"罗袜弓弯,玉佩丁东响珊珊"。一句写舞起后的动作,一句写腰间玉佩叮咚作响。舞姿翩跹,盘旋跌宕。因此,"即渐里"(逐渐慢慢地)去鬟斜垂,越现出她那"蜂腰细,燕体翻"的婀娜窈窕的丰姿。两袖轻飘,香风四溢。最后,唐玄宗亲捧玉露,又现出一番殷勤。"挤着个醉醺醺直吃到夜静更阑。"这种无日无夜地花天酒地的生活,一如《长恨歌》中所写的:"缓歌漫舞凝丝竹,尽日君王看不足"。

以上四支曲子写尽歌舞欢乐。《霓裳羽衣曲》其舞乐和服饰,都用以描绘虚无缥缈的仙境和仙女形象。但这里更突出了众乐繁声,杨妃舞态,玄宗沉迷声色,写来都曲尽其妙。后来洪昇《长生殿》在此基础上敷衍成《舞盘》一出,写得更形象生动,淋漓尽致。

下面,风云突变,丞相李林甫慌急跑来,飞报"安禄山造反,大势军马杀将来了!"可是这位沉湎声色的皇帝爷,却心不在焉:"你慌做甚么?"怪他来得不是时候,"等不的俺筵上笙歌散,可不气丕丕冒突天颜?"待李林甫报"贼兵已破潼关","京城空虚,决不能守"时,他还以周朝的宰辅周武公弟弟姬旦来嘲弄这位当朝丞相;而听到李林甫急不择言地说出"只因女宠盛,谗夫昌,惹起这刀兵来了"时,这个昏庸的皇帝还在梦中,一面骂人真个("常好")是奸佞,一面又侈谈什么像诸葛亮在亦壁鏖战中那样,可以从容不迫地克敌制胜!

[满庭芳]这支曲子是在李林甫说"如今京营兵不满万,将官衰老,如哥舒翰名

将尚且支持不住,那一个是去得的"后唱出的。"马靴象简",称在朝为官者。象简,象笏。"罗襕",古代官员穿的公服。襕,古代一种上下衣相连的服装。这里玄宗对朝臣大加谴责:"内中没个英雄汉,扫荡尘寰。"从作者的政治思想身世经历看,不排除这是借古喻今。白朴的父亲白华,仕金为枢密院判官,他幼年随父在金朝都城南京(今河南开封市)任职。金亡,虽被右丞相史天泽推荐为官,坚辞不就。明·孙大雅《天籁集序》中说:"先生少有志天下,已而事乃大谬。顾其先为金世臣,既不欲高蹈远引以抗其节,又不欲使爵禄以污其身。于是屈己降世,玩世滑稽。"此曲反映出他的故国之思,与他在《石州慢》词中的"少陵野老,杖藜潜江头,几回饮恨吞声哭,岁暮意何如"的故宫离黍之悲是一致的。

在万般无奈的情况下,唐玄宗只好"收拾六宫嫔御,诸王百官",连同他的贵妃,"千乘万骑西南行"逃往四川了。

"恨无穷,愁无限",充分表现出这个在位四十余年,初时虽尚有些作为,后来沉溺声色昏聩无能皇帝的此刻心情。可惜他的恨和愁毫无自悔之意,只是担心"避不得蓦岭登山"。"蜀道难,难于上青天",这越岭登山事儿,是再也"避不得"的。"銮驾迁,成都盼",写为了保住性命,他所乘的车子("銮驾")刚一离开"九重城阙烟尘生"的长安,便切盼早点赶到成都。[普天乐]这支曲子抒情气氛很浓,它借源出陕西蓝田,流经长安县境的沪水,和雁阵惊寒,声声长鸣,以及西风萧瑟,渭水微波,落日余晖依旧照在长安城头等种种景色,渲染出玄宗的"伤心故园"。这感情是真实的。

王国维说:"'西风吹渭水,落叶满长安',美成以之入词,白仁甫以之入曲,此借古人之境界为我之境界者也。然非自有境界,古人亦不为我用"(《人间词话》)。这里白朴的"銮驾迁……落日长安","古人之境界"与此刻玄宗所处之境界,不仅完全惬恰,而景中含情的成分更沉重,从而也更显出今日之凄苦了。

最后,活脱脱再现出这位"风流皇帝"的面目。国土沦丧,京城失守,人民涂炭,他无半点儿内疚。他担心的是娇姿艳容的杨贵妃抵挡("支吾")不了蜀道上的奔波:巍峨的群山,高入云天的栈道,自来不惯驱驰的她,要走多么远的路才能挨到临近成都的剑门关呢? 在本剧第四折玄宗端详画工画的杨妃"真容"时有句:"画不出沉香亭畔回鸾舞,花萼楼前上马娇,一段儿娇娆。"可知"上马娇"是一个细节镜头,来概括出人的美态。

纵观本折,剧作虽在一定程度上揭露了唐玄宗的昏庸,欢歌醉舞的宴乐,但更表现出他对杨玉环的恩爱——它集中而深刻,达到高度悲剧境界,尤在《梧桐雨》第四折。这显然受白居易《长恨歌》的影响。但在白朴流传下来的三个完整杂剧中,《梧桐雨》最具有代表性,因为不管你对帝王与妃子的爱情持什么态度,就剧论剧,不能不认可在这方面所表现出的感人的艺术魅力;或者说这是很有人情味的一个剧。

《墙头马上》 第三折

白 朴

(裴尚书上,云)自从少俊去洛阳买花栽子回来,今经七年。老夫常是公差,多在外,少在里。且喜少俊颇有大志,每日只在后花园中看书,直等功名成就,方才取妻。今日是清明节令,老夫待亲自上坟去,奈畏风寒,教夫人和少俊替祭祖去咱。(下)(裴舍引院公上,云)自离洛阳,同小姐到长安七年也。得了一双儿女。小厮儿叫做端端,女儿唤做重阳;端端六岁,重阳四岁,只在后花园中隐藏,不曾参见父母。皆是院公伏侍,宅下人共知道。今日清明节令,父亲畏风寒,我与母亲郊外坟茔中祭奠去。院公在意照顾,怕老相公撞见。(院公云)哥哥,一岁使长百岁奴。这宅中谁敢提起个李字。若有一些差失,如同那赵盾便有灾难,老汉就是灵辄扶轮;王伯当与李密叠尸。为人须为彻。休道老相公不来,便来呵,老汉凭四方口,调三寸舌,也说将回去。我这是蒯文通李左车。哥哥,你放心,倚着我呵,万丈水不教泄漏了一点儿。(裴舍云)若无疏失,回家多多赏你。(下)(正旦引端端重阳上,云)自从跟了舍人来此呵,早又七年光景,得了一双儿女。过日月好疾也呵!

[**双调新水令**]数年一枕梦庄蝶，过了些不明白好天良夜。想父母关山途路远，鱼雁信音绝。为甚感叹咨嗟，甚日得离书舍？

[**驻马听**]凭男子豪杰，平步上万里龙庭双凤阙；妻儿真烈，舍该得五花官诰七香车。也强如带满头花，向午门左右把状元接。也强如挂拖地红，两头来往交媒谢。今日个改换别，成就了一天锦绣佳风月。

（云）我掩上这门，看有甚人来此。（院公持扫帚上，云）哥哥祭奠去了，嫂嫂跟前回复去咱。（见科，云）嫂嫂，舍人祭奠去了。院公特地说与嫂嫂得知。（正旦云）院公可要在意者，则怕老相公撞将来。（院公云）老汉有句话敢说么。今日清明节，有甚节令酒果，把些与老汉吃饱了，只在门首坐着，看有甚的人来。（旦与酒肉吃科，院公云）夜来两个小使长把墙头上花都折坏了，今日休教出来，只教书房中耍，则怕老相公撞见。（正旦唱）

[**乔牌儿**]当拦的便去拦，我把你个院公谢。想昨日被棘针都把衣袂扯，将孩儿指尖儿都挝破也。

（端端云）妳妳，我接爹爹去来。（正旦云）还未来哩！（唱）

[**幺篇**]便将毬棒儿撇，不把胆瓶藉。你哥哥，这其间未是他来时节，怎抵死的要去接？

（院公云）我门口去吃了一瓶酒，一分节食，觉一阵昏沉。倚着湖山睡些儿咱！（端端打科）（院公云）唬杀人也小爷爷！你要到房里耍去。（又睡科，重阳打科）（院公云）小奶奶，女孩家这般劣！（又睡科，二人齐打介）（院公云）我告你去也，快书房里去！（裴尚书引张千上，云）夫人共少俊祭奠去了，老夫心中闷倦，后花园内走一遭去，看孩儿做下的功课咱。（见院公云）这老子睡着了。（做打科，院公做醒，着扫帚打科，云）打你娘。那小厮……（做见慌科，尚书云）这两个小的是谁家？（端端云）是裴家。（尚书云）是那个裴家？（重阳云）是裴尚书家。（院公云）谁道不是裴尚书家花园。小弟子还不去？（重阳云）告我爹爹妳妳说去。（院公云）你两个采了花木，还道告你爹爹妳妳去？跳起你公公来也，打你娘！（两人走科，院公云）你两个不投前面走，便往后头去？（二人见旦科，云）我两人接爹爹去，见一老爹，问是谁家的。（正旦云）孩儿也，我教你休出去，兀的怎了！（尚书做意科，云）这两个小的不是寻常之家。这老子其中有诈，我且到堂上看来。（正旦唱）

[豆叶儿]接不着你哥哥，正撞见你爷爷。魄散魂消，肠慌腹热，手脚獐狂去不迭。相公把拄杖掂详，院公把扫帚支吾，孩儿把衣袂掀者。

（尚书云）咱房里去来。（到书房。正旦掩门科）（尚书云）更有谁家个妇人？（院公云）这妇人折了俺花，在这房内藏来。（正旦唱）

[挂玉钩]小业种把拢门掩上些，道不的跳天撅地十分劣。被老相公亲向园中撞见者，唬的我死临侵地难分说。（尚书云）拿的芙蓉亭上来。（正旦唱）氤氲的脸上羞，扑扑的心头怯；喘似雷轰，烈似风车。

（院公云）这妇人折了两朵儿花，怕相公见，躲在这里。合当饶过教家去。（正旦云）相公可怜见，妾身是少俊的妻室。（尚书云）谁是媒人，下了多少钱财? 谁主婚来? (旦做低头科)(尚书云)这两个小的是谁家? (院公云)相公不合烦恼合欢喜。这的是不曾使一分财礼,得这等花枝般媳妇儿,一双好儿女。合做一个大筵席,老汉买羊去,大嫂请回书房里去者。(尚书怒科,云)这妇人决是娼优酒肆之家! (正旦云)妾是官宦人家,不是下贱之人。(尚书云)嗏声! 妇人家共人淫奔,私情来往,这罪过逢赦不赦。送与官司问去,打下你下半截来。(正旦唱)

[沽美酒]本是好人家女艳冶,便待要兴词讼,发文牒,送到官司遭痛决。人心非铁,逢赦不该赦?

[太平令]随汉走怎说三贞九烈,勘奸情八棒十挟。谁识他歌台舞榭,甚的是茶房酒舍。相公便把贱妾、栲折、下截,并不是风尘烟月。

（尚书云）则打这老汉,他知情。(张千云)这个老子,从来会勾大引小。(院公云)相公,七年前舍人哥哥买花栽子时,都是这厮搬大引小,着舍人刁将来的。(张千云)老子攀下我来也。(尚书云)是了,敢这厮也知情? (正旦唱)

[川拨棹]赛灵辄,蒯文通,李左车;都不似季布喉舌,王伯当尸叠。更做道向人处无过背说,是和非须辩别。

（尚书云）唤的夫人和少俊来者。(夫人裴舍上,见科)(尚书云)你与孩儿通同作弊,乱我家法。(夫人云)老相公,我可怎生知道? (尚书云)这的是你后园中七年做下功课。我送到官司,依律施行者。(裴舍云)少俊是卿相之子,怎好为一妇人,受官司凌辱，情愿写与休书便了。告父亲宽恕。

（正旦唱）

[七弟兄] 是那些、劣懒、痛伤嗟，也时乖运蹇遭磨灭，冰清玉洁肯随邪。怎生的拆开我连理同心结！

（尚书云）我便似八烈周公，俺夫人似三移孟母。都因为你个淫妇，枉坏了我少俊前程，辱没了我裴家上祖。兀那妇人你听者！你既为官宦人家，如何与人私奔。昔日无盐采桑于村野，齐王车过见了，欲纳为后。同车。而无盐曰：不可，禀知父母，方可成婚；不见父母，即是私奔。呸！你比无盐败坏风俗。做的个男游九郡，女嫁三夫。（正旦云）我则是裴少俊一个。（尚书怒云）可不道女慕贞洁，男效才良；聘则为妻，奔则为妾。你还不归家去！（正旦云）这姻缘也是天赐的。（尚书云）夫人，将你头上玉簪来。你若天赐的姻缘，问天买卦，将玉簪向石上磨做了针儿一般细。不折了，便是天赐姻缘；若折了，便归家去也。（正旦唱）

[梅花酒] 他毒肠狠切，丈夫又软揣些些，相公又恶噷噷乖劣，夫人又叫丫丫似蝎蜇。你不去望夫石上变化身，筑坟台上立个碑碣。待教我慢懒懒，愁万缕，闷千叠；心似醉，意如呆；眼似瞎，手如瘸；轻拈掇，慢拿捻。

[收江南] 呀！珰珰当掂做了两三截。有鸾胶难续玉簪折，则他这夫妻儿女两离别。总是我业彻，也强如参辰日月不交接。

（尚书云）可知道玉簪折了也，你还不肯归家去？再取一个银壶瓶来，将着游丝儿系住，到金井内汲水。不断了，便是夫妻；瓶坠簪折，便归家去。（正旦云）可怎了也。（唱）。

[雁儿落]似陷人坑千丈穴,胜滚浪千堆雪。恰才石头上损玉簪,又教我水底捞明月。

[得胜令]冰弦断,便情绝;银瓶坠,永离别。把几口儿分两处。(尚书云)随你再嫁别人去。(正旦唱)谁更待双轮碾四辙。恋酒色淫邪,那犯七出的应拼舍;享富贵豪奢,这守三从的谁似妾。

(尚书云)既然簪折瓶坠,是天着你夫妻分离。着这贼丑生与你一纸休书,便着你归家去。少俊,你只今日便与我收拾琴剑书箱,上朝求官应举去。将这一儿一女收留在我家。张千,便与我赶离了门者!(下)(裴舍与旦休书科)(正旦云)少俊!端端!重阳!则被你痛杀我也!(唱)

[沉醉东风]梦惊破情缘万结,路迢遥烟水千叠。常言道有亲娘有后爷,无亲娘无疼热。他要送我到官司,逞尽豪杰。多谢你把一双幼女痴儿好觑者,我待信拖拖去也。

(云)端端、重阳儿也!你晓事些儿个,我也不能够见你了也!(唱)

[甜水令]端端共重阳,他须是你裴家枝叶。孩儿也!啼哭的似痴呆,这须是我子母情肠厮牵厮惹,兀的不痛杀人也。

[折桂令]果然道人生最苦是离别。方信道花发风筛,月满云遮。谁更敢倒凤颠鸾,撩蜂剔蝎,打草惊蛇。坏了咱墙头上传情简帖,拆开咱柳阴中莺燕蜂蝶。儿也咨嗟,女又拦截。既瓶坠簪折,咱义断恩绝。

(张千云)娘子,你去了罢!老相公便着我回话哩。(正旦云)少俊,你也须送我归家去来。(唱)

[鸳鸯煞]休把似残花败柳冤仇结，我与你生男长女填还彻。指望生则同衾，死则共穴。唱道题柱胸襟，当垆的志节。也是前世前缘，今生今业。少俊呵，与你干驾了会香车，把这个没气性的文君送了也！（下）

（裴舍云）父亲，你好下的也。一时间将俺夫妻子父分离，怎生是好？张千，与我收拾琴剑书箱，我就上朝取应去。一面瞒着父亲，悄悄送小姐回到家中，料也不妨。（诗云）正是石上磨玉簪，欲成中央折；井底引银瓶，欲上丝绳绝。两者可奈何，似我今朝别；果若有天缘，终当做瓜葛。（下）

【鉴赏】

《墙头马上》（原名《裴少俊墙头马上》）系元曲四大家之一——白朴的代表作。全剧共分四折。第一折写裴尚书的儿子裴少俊与李总管的女儿李千金"墙头马上"相遇，一见钟情；第二折写少俊与千金在李家后花园中约会，被嬷嬷发现后，千金随少俊私逃；第三折写李、裴二人在裴家后花园中共度七载光阴，生下一男一女。七年后，裴尚书发现千金，怒斥她为下流娼妓，并赶她出门；第四折写裴少俊及第得官，求千金重返裴家，裴尚书亦来相劝，千金将尚书奚落一番，与少俊重归于好。全剧贯穿着一种自由意识与封建门第意识的矛盾。在第三折，这个矛盾发展到了高潮。在矛盾冲突中，剧中人物的性格特征得到了充分的展示。无论思想内容，还是艺术成就，本折都闪耀着诱人的光芒。

在第三折中，作者让李千金站出来与裴尚书进行正面交锋。当裴尚书发现李千金行踪可疑，极力追问她的身份时，院公用尽心计进行回护，而李千金却索性亮明自己的身份："妾身是少俊的妻室"。裴尚书满以为颇有大志的儿子，每日只在后花园中看书，直等功成名就，方才娶妻，没料一个自天而降的儿媳妇如此现实地站在自己的对面，他不禁勃然大怒，"谁是媒人？下了多少钱财？谁主婚来？"一套封建婚俗的现成词句从他口中不假思索地道出。发现千金低头不语，裴尚书更加愤怒，斥责李千金决是倡优酒肆之家。千金奋力分辩，但尚书不问青红皂白："送与官司问去，打下你下半截来！"此时，作为权势人物的裴尚书蛮横的性格已初露端倪。

恰好此时少俊回来，少俊的出现对李千金无疑是个安慰，观众也千目贯注，希望他能站在千金一边，没想在严父威逼下，裴少俊答应休弃千金。共度七年日月的丈夫，如今不顾恩爱情义，要休掉自己的妻子，这对身处逆境的李千金来说是多么沉重的打击啊！千金也明白这都是那狠毒的尚书造成的。她悲痛欲绝，[七弟兄]一段唱词，表现了她对命运的无可奈何，抒发了她对尚书的痛恨情感。少俊在这关键时刻的软弱表现，也是旧时书生软弱性格的典型再现。裴尚书把自己装扮成"八烈周分"，把夫人粉饰成"三移孟母"，侮蔑千金为"淫妇"，说她坏了少俊前程，辱没了裴家上祖。当他咄咄逼人地说千金"败坏风俗，做的个男游九郡，女嫁三夫"时，千金义正辞严地说："我则是裴少俊一个！"表现了她与下流娼妓之间的区别，反映了她对纯洁爱情的忠诚专一。道貌岸然的尚书怒不可遏，满口伦理道德，"你还不归家去！"强赶千金出门。李千金临危不惧："这姻缘也是天赐的！"在此我们可以想见，一个柔弱女子被逼到何种地步！她周围没有一丝希望，在万般无奈的情境下，把希望寄托在天身上，为自己的婚姻作护。但这也难不倒老奸巨猾的裴尚书，他要夫人拿玉簪来，要千金向石上磨做了针儿一般细，若不折，便承认是天赐姻缘，若折了便是淫奔，便赶千金回去。真是费尽心机，像这种情况，岂有不折之理！紧接着千金唱了[梅花酒]、[收江南]两段。在舞台上，千金是边唱边做的。她愁肠寸断，轻掇慢捻，为了与少俊的爱情，她不得不上了尚书的圈套。"琤玎当掂做了两三截"，一根玉簪断了，李千金慨叹自己的婚姻"总是我业彻，也强如参辰日月不交接。"觉得自己恶缘已尽，将要永远与少俊分离。狠毒的尚书又设一计，让千金用游丝儿系着银瓶从井里汲水，以此来彻底毁灭千金天赐良缘的想法。这纯粹是将千金与少俊的姻缘往绝路上逼。连使两计，瓶坠簪折，李千金走投无路，只得痛别少俊与两个孩子，返回娘家。剧情发展到此，裴尚书专断、蛮横、咄咄逼人的性格已发展到极致。李千金对封建势力的大胆反抗，对爱情的专一、执着追求的性格也得到最充分的表现。

　　《墙头马上》是以唐代为历史背景的。唐代的门阀制度相当严重。统治阶级以及名门望族都把结婚作为一种政治行为来看待，丝毫不马虎，以此来巩固自己的政治地位。青年男女没有选择自己爱情婚姻的自由。许多适龄青年不能及时婚娶。裴尚书对自己儿子的婚事早有安排。这在第一折中通过李总管已做交代。他原就打算让少俊娶千金的。只是由于李总管宦路相左，裴少俊尚未功成名就没有结合而已。在第三折中，作者有意安排裴尚书没有认出李千金来，于是才发生了以上的冲突。正是因此，才显出作者的匠心安排，否则，这场矛盾冲突将不会发生，这折戏，甚至全剧都没有意义了。少俊和千金也不知道自己的家长已为自己定了终身，并且就是自己彼此倾心的人，所以才使冲突可能发生。由此更可见出，封建家长对儿女婚姻的专断到了无以复加的地步。子女对自己的婚事根本没有发言权。在第三折中，由于作者的巧妙安排，才使青年男女的要求婚姻自由的思想得以充分展示，才使封建门第观念的狠毒无情暴露无遗。这场冲突是进步意识与落后意识的拼搏，最后以落后意识暂时压倒进步意识而告终，结局是悲剧性的。

作者在集中笔墨塑造主要人物的同时，并未忽视次要人物。尤其是院公形象的塑造，通过本折开头的几笔，一个活生生的院公便树立起来。院公在剧中是个滑稽而有趣的人物。他有点夸夸其谈，大意疏忽，但也很机智，并很讲究恩义。这通过他的语言和行动都可显示出来。当少俊准备到郊外祭奠前，告诉院公在意照顾千金和两个孩子，他似胸有成竹地答复了一通："哥哥，你放心，倚着我呵，万丈水不叫泄漏了一点。"当千金向他叮咛要在意后，他也似谨慎地嘱咐千金别让两个孩子出来，则怕老相公撞见。可是他又吃了一瓶酒，一分节食，倚着湖山睡了。这样便给裴尚书进后花园留了一个有利的时机，太大意了！当尚书发现院公在睡大觉，打了他一下时，他误以为是两个孩子和他逗着玩，便顺口骂道："打你娘，那小厮！"无意中戏弄了堂堂尚书。当他从朦胧中清醒，突然看见所骂的正是裴尚书时，神情立刻慌张了。尚书问这两个孩子是谁家的，天真幼稚的孩子主动答道是裴家的，院公马上意识到大事不好，保守七年的秘密将要泄露，他机智地打叉："谁道不是裴尚书家花园"，接连又企图用打叉来蒙混过关，可愈是含糊，愈引起尚书的怀疑，直至尚书随两个孩子追到书房发现千金，院公还极力回护，可都没有成功。后来尚书迁怒于他，要打他，张千又趁机为主子帮腔，落井下石。院公又恰到好处地揭露了张千，从而免了一顿毒打。剧情发展到此，院公再没出现，但也就是在这大的矛盾还未达到高潮之前，院公的形象便活现在舞台上了。

情节合乎逻辑，弛张结合，也是本折的一个特点。全折的情节演进是单线进行的，始终围绕着千金和尚书间的矛盾。如何让这两位互相对立的人物相遇。是需要缜密安排的。本折一开始，是清明时节，少俊和母亲到郊外坟茔去祭奠。通过少俊交代了时间已过七年，以及七年后的今天他与千金的现状。祭奠前叮咛院公，院

国学经典文库

元曲鉴赏

· 元曲 ·

图文珍藏版

1139

公与千金谈两个孩子的玩耍,两个不懂大人之事的孩子为接爹爹而出现,尚书到后花园内检查儿子的功课,在院公大意睡觉时尚书发现两个可疑的孩子,紧随孩子在书房中发现千金,这一个个步骤都是合乎逻辑,也合乎生活情理的。尚书与千金的相遇,是有前边这些情节做准备的。在全折的情节所造成的舞台气氛是一张一弛的。一开始气氛较轻松,在尚书发现端端和重阳时,便转入紧张。张千和院公互相指责又使剧情转入轻松。而当尚书正式与千金交锋时又转入紧张。到瓶坠簪折一节,矛盾达到高峰。当千金与少俊以及两个孩子相别时,舞台上又出现了较轻松的抒情气氛。这样张与弛、冲突与抒情的有机结合,既利于舞台演出,又利于观众欣赏。

总之,人物形象的生活,性格的鲜明,情节安排的合理是本折的突出特点。但本折也有它不成功的地方,例如院公答复少俊的一段话,便文气十足,有些不合乎院公这个下层人的身份。千金唱词用典太多,不近通俗。

杨显之　杨显之,元代戏曲作家。大都(今北京)人,生卒生不详,约与关汉卿同时,与关汉卿为莫逆之交,常在一起讨论、推敲作品。杨善于对别人的作品提出中肯的意见,因被誉为"杨补丁"。在元初杂剧作家中,他年辈较长,有威望。散曲作家王元鼎尊他为师叔,他与艺人们来往也较密切,著名演员顺时秀称他为伯父。

《潇湘夜雨》　第二折

杨显之

(净扮试官领张千上,诗云)皆言桃李属春官,偏我门墙另一般;何必文章出人上,单要金银满秤盘。小官姓赵名钱。有一班好事的就与我起个表德,唤做孙李。今年轮着我家掌管主司考卷,我清耿耿不受民钱,干剥剥只要生钞。目下有一举子,姓崔名通字甸士,撞过卷子,拟他第一,只是我还未曾复试。左右,与我唤将崔秀才来者。(崔甸士上云)小生崔通,撺过卷子。今场贡主呼唤,须索走一遭去。(张千报科,云)报大人得知,崔秀才到了也。(试官云)着他过来。(张千云)着过去。(做见科)(崔甸士云)大人呼唤小生,不知为何?(试官云)你虽然撺过卷子,未曾复试你。你识字么?(崔甸士云)我做秀才,怎么不识字?大人,那个鱼儿不会识水?(试官云)那个秀才祭丁处不会抢馒头吃?我如今写个字你识。东头下笔西头落,是个甚么字?(崔甸士云)是个一字。(试官云)好!不枉了中头名状元,识这等难字。我再问你,会联诗么?(崔甸士云)联得。(试官云)"河里一只船,岸上八个拽……"你联将来。(崔甸士云)"若还断了弹,八个都吃跌。"(试官云)好,好!待我再试一首:"一个大青碗,盛的饭又满……"(崔甸士云)"相公吃一顿,清晨饱到晚。"(试官云)好秀才!好秀才!看了他这等文章,还做我的师父哩。张千,你问这秀才有婚无婚?(张千云)相公问你,有婚无婚?(崔甸士云)有婚是怎生?无婚是怎生?(张千云)相公,他问有婚是怎生?无婚是怎生?(试官云)若有婚,着他秦川做知县去;若无婚,我家中有一十八岁小姐与他为妻。(张千云)敢是一十八岁?(试官云)是一十八岁。(张千云)秀才,俺相公说,你若有婚,着你秦川做知县去;若无婚,有一小姐招你为婿。(崔甸士云)住者,待我寻思波。(背云)我伯父家那个女子,又不是亲养的,知他那里讨来的?我要他做甚么!能可瞒昧神祇,不可坐失机会。(回云)小生实未娶妻。(试官云)既然无妻,我招你做女婿。张千,着梅香在那灶窝里拖出小姐来。(张千云)理会的。(搽旦上,诗云)今朝喜鹊噪,定是姻缘到;随他走个乞儿来,我也只是呵呵笑。妾身是今场贡官的女孩儿。父亲呼唤,须索见去。(做见科,云)父亲,唤你孩儿为着何事?(试官云)唤你来别无他事,我与你招一个女婿。(搽旦云)招了几个?(试官云)只招了一个。你看一看,好女婿么?(崔甸士云)好媳妇。(试官云)好丈人么?(崔甸士云)好丈人。(试官觑张千科,云)好丈母么?(张千云)不敢。(试官云)崔甸士,我今日除你秦川县令,和我女儿一同赴任去。我有一个小曲儿唤做"醉太平",我唱来与你送行者。(唱)

[醉太平]只为你人材是整齐,将经史温习,联诗猜字尽都知,因此上将女孩儿配你。这幞头呵除下来与你戴只,(做除幞头科)这罗襕呵脱下来与你穿只。(做脱罗襕科)弄的来身儿上精赤条条的,(云)张千,跟着我来。(唱)我去那堂子里把个澡洗。(下)

　　(崔甸士云)小姐,我与你则今日收拾了行程,便索赴任走一遭去。(诗云)拜辞他桃李门墙,趱行程水远山长。(搽旦诗云)不须办幞头袍笏,便好去吆喝撺箱。(同下)(正旦上云)妾身翠鸾的便是。自从崔老的认我做义女儿,他有个侄儿是崔甸士,就将我与他侄儿为妻,他侄儿上朝取应去了,可早三年光景,说他得了秦川县令,他也不来取我。如今奉崔老的言语,着我收拾盘缠,直至秦川寻崔甸士走一遭去。他也少不的要看侄儿,就随后来看我。(叹科)嗨,我想这秀才们好是负心也呵!(唱)

[南吕一枝花]不甫能蟾宫折桂枝,金阙蒙宣赐。则道是洞房花烛夜,金榜可兀的挂名时。我为你撇吊了家私,远远的寻途次,恨不能五六里安个堠子,我看了些洒红尘秋雨的这丝丝,更和我透罗衣金风瑟瑟。

[梁州]我则见舞旋旋飘空的这败叶,恰便似红溜溜血

染胭脂,冷飕飕西风了却黄花事。看了些林梢掩映,山势参差;走的我口干舌苦,眼晕头疵。我可也把不住抹泪揉眵,行不上软弱腰肢。我我我,款款的兜定这鞋儿,是是是,慢慢的按下这笠儿,呀呀呀,我可便轻轻的拽起这裙儿。我想起亏心的那厮,你为官消不得人伏侍,你忙杀呵写不得那半张纸?我也须有个日头儿见你时,好着我仔细寻思。

　　(云)可早来到秦川县了也。我问人咱。(做向古门问科,云)敢问哥哥,那里是崔甸士的私宅?(内云)则前面那个八字墙门便是。(正旦云)哥哥,我寄着这包袱儿在这里,我认了亲眷呵,便来取也。(内云)放在这里不妨事,你自去。(正旦云)门上有人么?你报复去,道有夫人在于门首。(祗从云)兀那娘子,你敢差走了。俺相公自有夫人哩。(正旦公)你道什么?(祗从云)俺相公自有夫人哩。(正旦唱)

[牧羊关]兀的是闲言语,甚意思,他怎肯道节外生枝?我和他离别了三年,我怎肯半星儿失志?我则道他不肯弃糟糠妇,他原来别寻了个女娇姿。只待要打灭了这穷妻子,呀呀呀!你畅好是负心的崔甸士!

　　(云)哥哥,你只与我通报一声。(祗从报科,云)告的相公知道,门首有夫人道了也。(搽旦云)兀那厮,你说什么哩?(祗从云)有相公的夫人在于门首。(搽旦云)他是夫人,我是使女?(崔甸士云)这厮敢听左了。夫人,你休出去,只在这里伺候,待我看他去来。(正旦做见认科,云)崔甸士,你好负心也!怎生你得了官,不着人来取我?(搽旦云)好也罗!你道你无媳妇,可怎生又有这一个来?我则骂你精驴禽兽,兀的不气煞我也!(做呕气科)(崔甸士云)夫人息怒。这个是我家买到的奴婢,为他偷了我家的银壶台盏,他走了,我一向寻他不着。他今日自来投到,岂不是飞蛾扑火,自讨死吃的!左右,拿将下去,洗剥了与我打着者。(祗从做拿,旦不伏科)(正旦唱)

[隔尾]我则待妇随夫唱和你调琴瑟,谁知你再娶停婚先有个泼贱儿。(搽旦怒云)你这天杀的,他倒骂我哩。(崔甸士云)左右,还不扯下去打呀?(正旦唱)倒将我横拖竖拽离阶址,(带云)崔甸士!(唱)你须记的,那时亲设下誓词。(崔甸士云)胡说!我有什么誓词?(正旦唱)你说道不亏心、不亏心把天地来指。

(崔甸士云)左右,你道他真个是夫人那?不与我拿翻,不与我洗剥,不与我着实打,你须看我老爷的手段,着你一个个充军!(连做拍案、祗从拿倒打科)(正旦唱)

[哭皇天]则我这脊梁上如刀刺,打得来青间紫;飕飕的雨点下,烘烘的疼半时。怎当他无情、无情的棍子,打得来连皮彻骨,夹脑通心,肉飞筋断,血溅魂消,直着我一疼来、一痛来一个死。我只问你个亏心甸士,怎揣与我这无名的罪儿?

(崔甸士云)你要乞个罪名么?这个有。左右,将他脸上刺着"逃奴"二字,解往沙门岛去者。

(祗从云)理会的。(正旦唱)

[乌夜啼]你这短命贼怎将我来胡雕刺,迭配去别处官司?世不曾见这等跷蹊事。哭的我气噎声丝,诉不出一肚嗟咨,想天公难道不悲慈?只愿得你嫡亲伯父登时至,两下里质对个如何是,看你那能牙利齿,说我甚过犯公私。

（崔甸士云）左右，便差个能行快走的解子，将这逃奴解到沙门岛，一路上则要死的，不要活的。便与我解将去。（正旦云）崔甸士，你好狠也！（唱）

[黄钟煞]休休休，劝君莫把机谋使，现现现，东岳新添一个速报司。你你你，负心人，信有之；咱咱咱，薄命妾，自不是。快快快，就今日，逐离此；行行行，可怜见，只独自；细细细，心儿里，暗忖思；苦苦苦，业身躯，怎动止；管管管，少不的在路上停尸。（做悲科，唱）哎哟，天那！但不知那塌儿里把我来磨勒死。（同解子下）。

（搽旦云）相公，莫非是你的前妻，敢不中么？不如留他在家，做个使用丫头，也省的人谈论。（崔甸士云）夫人，不要多心，我那里有前妻来？（搽旦云）他适才说，等你嫡亲伯父来，要和你面对，这怎么说？（崔甸士云）是我有个亲伯父，叫做崔文远。这原是我伯父家丫头，卖与我的。你看他模样倒也看的过，只是手脚不好，要做贼。我前日到处寻不着他，今日自来寻我，怎么饶的他过。如今这一去，遇秋天阴雨，棒疮发呵，他也无那活的人也。咱和你后堂中饮酒去来。（诗云）幸今朝捉住逃奴，迭配去必死中途。（搽旦诗云）他若果然是前时妻小，倒不如你也去一搭里当夫。（同下）

【鉴赏】

《潇湘夜雨》（原名《临江驿潇湘秋夜雨》），写张天觉同女儿翠鸾乘船去江州，路上遇风翻船，翠鸾被渔夫崔文远救起，嫁与崔文远之侄崔通为妻，崔通中举做官后，娶试官女为妻，翠鸾寻至，崔通加以诬陷，把她发配远方，这时张天觉已升任廉访使，在赴任途中与翠鸾相遇，翠鸾得到解救。但最后以同崔通重归于好结束。这里选第二折赏析。

嫌贫爱富，父母干涉子女的婚事；贪图富贵，丈夫停妻再娶；喜新厌旧，负心毁约等等,在封建社会里,都是普遍的社会问题。《潇湘夜雨》得以流传下来,就是因为它反映了这种社会问题。

伯父是个打鱼的,侄儿虽是个秀才,肯定家中也相当穷困。崔甸士应考之前,看到崔文远的义女翠鸾,惊叹她是"一个好女子也",满口答应即成婚配,并指天地以为誓:"小生若负了你呵,天不盖,地不载,日月不照临。"但礼部试官录取他为头名状元,叫他到秦川做知县,并招他做女婿的时候,他就把以前的誓言全部丢了。当翠鸾找上门去,他不但不认,反而把翠鸾当作偷了他家东西的奴婢,洗剥拷打,并给她脸上刺上"逃奴"二字,发配沙门岛,让押解人把她折磨死。——杨显之刻画了一个内心肮脏、行为卑劣、庸俗而又狠毒的知识阶层的负心汉的性格。

路上翻船,父女失散,死活不知;婚后三年"寡居",后被丈夫遗弃,并被丈夫打成死犯,流放海岛,受尽了拷打和折磨。——杨显之描写了一个遭遇不幸、命运悲惨、有一定反抗精神的妇女形象。

正是通过这两个人物的矛盾冲突,《潇湘夜雨》反映了封建时代相当重要的社会问题:经济的、政治的因素如何支配着婚姻和家庭,支配着社会。

第二折里还以简洁的笔墨,刻画了两个讽刺喜剧人物:主试官赵钱及其女儿。尤其是主试官赵钱,他不学无术,以"钱"取士,被刻画得细致入微,入木三分。剧作家对科举考试作了深刻揭露和无情鞭挞,绝不是为了增强喜剧效果而单纯增加的"插科打诨"。剧作家选取典型的细节,几笔勾画出了主试官的昏庸、鄙俗的嘴脸。这个讽刺喜剧人物,剧本中所描写的他的动作、语言、神态,完全是舞台化的,简直就是演出时的录音和录像。这个人物经过剧作家高度的艺术夸张,但他是典型化的,因而是真实的。他和女儿所有的动作、语言等细节,十分强烈地烘托了一心上爬的势利小人崔甸士。

崔甸士的丑恶灵魂、卑劣行径、狠毒手段,在第二折里表现得淋漓尽致。

主试官问他有婚无婚，无婚，就为小姐招他做女婿。这时最能考验一个人的灵魂。剧作家这样刻画他的心理活动："（崔甸士云）住者，待我寻思波。（背云）我伯父家那个女子，又不是亲养的，知他那里讨来的？我要他做甚么？能可瞒昧神祇，不可坐失机会。（回云）小生实未娶妻。"翠鸾找到门来，崔甸士不认，倒也罢了，然而他却对前妻使用了一系列卑鄙而狠毒的手段，加诬，加罪，加害。剧作家在崔甸士当场对待试官女儿和翠鸾不同态度的强烈对比中，揭露出崔甸士的灵魂："（崔甸士云）夫人息怒。这个是我家买到的奴婢，为他偷了我家银壶台盏，他走了，我一向寻他不着。他今日自来投到，岂不是飞蛾扑火，自讨死吃的？"对一个赔礼道歉，唯恐她恼怒，唯恐得罪了提拔他的那个礼部的试官；对一个横加诬害，唯恐她缠住不放，唯恐她影响了他的官位和今后的飞黄腾达。两种言词，两副嘴脸，一个丑恶的灵魂、庸俗低下的内心世界。当崔甸士把翠鸾刺字迭配之后，剧作家又添了一笔：试官女儿看出了翠鸾确是崔甸士的前妻，觉得崔甸士的处理也太过分，不如留翠鸾在家做丫头使用。而崔甸士毫无回心转意，一口咬定并无前妻，并拉着试官女儿往后堂吃酒去。这一笔，加得非常之好，使崔甸士的卑劣和狠毒的性格更加深刻化，他连争夫人地位的试官女儿都不如，他怕一个穷苦少妇辱没了他这个知县老爷的门楣和地位。多么可鄙而且可恶的家伙！这个人物写得越是深刻、透彻、淋漓尽致，越是从反面衬出了翠鸾的不幸和凄凉。

　　翠鸾失掉了父亲，无家可归，命运就够不幸的了，谁知还遭到丈夫的遗弃；遗弃之后，还遭到丈夫的诬害、拷打和发配。她的不幸是值得人们同情的。翠鸾在丈夫加给的一系列打击之下，她没有逆来顺受，而是表现出一定的反抗精神。第一她骂崔甸士负心；第二她揭发了崔甸士以前说的誓词；第三她控诉崔甸士加罪无名；第四她要待崔甸士的亲伯父来时对质；第五当被立即押解时，她说崔甸士必然得到恶报。对一个无依无靠的年轻妇女来说，这样的反抗也就够了。因为这个戏，主要是通过翠鸾的不幸遭遇，反映封建时代妇女的悲惨命运。

　　第二折里，[南吕一枝花]、[梁州]二首曲词，在描写一个身遭不幸的妇女在寻夫路上的劳顿凄凉的情景方面，是很成功的。丈夫走后三年不通消息，传说丈夫做了官也不来接妻子，这不能不使一个妻子对丈夫产生怀疑。翠鸾的这种凄凉心情，就和路上的丝丝秋雨、瑟瑟秋风，交织在一片迷迷茫茫的网里。红叶飘零，黄花凋谢，都因为遭到秋雨西风。这样的景色，简直就是翠鸾命运的最形象的写照。这些地方，是写得很出色的。这两首曲词，还描写了翠鸾赶路的神态和急切的心情，以及对负心丈夫的怨恨，也都很动人。

《潇湘夜雨》这个戏是以风雨贯穿始终的，可以说这是此剧最鲜明的特色。凄风苦雨，不仅被用来衬托翠鸾的悲惨命运，而且还被用来推动情节的发展。后者如第四折里解子押着翠鸾，寄住临泽驿一节最为明显。

这个戏最明显的缺点是，结尾处翠鸾把崔甸士的负心完全转移到试官女儿身上，加以最大的憎恨，而对崔甸士却未给以必要的惩罚。不过这一点，在封建时代是不能过分追究的。因为那时的妇女要"从一而终"，不能改嫁，所以就不能对崔甸士处以什么刑罚。

马致远 汉族，河北省东光县马祠堂村人，东光县志和东光马氏族谱都有记载。马致远以字"千里"，晚年号"东篱"，以示效陶渊明之志。他的年辈晚于关汉卿、白朴等人，生年当在至元（始于1264）之前，卒年当在至治改元到泰定元年（1321~1324）之间，与关汉卿、郑光祖、白朴并称"元曲四大家"，是我国元代时著名大戏剧家、散曲家。

《汉宫秋》 楔子

马致远

（冲末扮番王引部落上，诗云）毡帐秋风迷宿草，穹庐夜月听悲笳。控弦百万为君长，款塞称藩属汉家。某乃呼韩耶单于是也。若论俺家世：久居朔漠，独霸北方。以射猎为生，攻伐为事。文王曾避俺东徙，魏绛曾怕俺讲和。獯鬻俨狁，逐代易名；单于可汗，随时称号。当秦汉交兵之时，中原有事；俺国强盛，有控弦甲士百万。俺祖公公冒顿单手，围汉高帝于白登七日。用娄敬之谋，两国讲和，以公主嫁俺国中。至惠帝、吕后以来，每代必循故事,以宗女归俺番家。宣帝之世,我众兄弟争立不定,国势稍弱。今众部落立我为呼韩耶单于,实是汉朝外甥。我有甲士十万,南移近塞,称藩汉室。昨曾遣使进贡,欲请公主,未知汉帝肯寻盟约否?今日天高气爽,众头目每向沙堤射猎一番,多少是好。正是:番家无产业,弓矢是生涯。(下)(净扮毛延寿上,诗云)为人雕心雁爪,做事欺大压小;全凭谄佞奸贪,一生受用不了。某非别人,毛延寿的便是。见在汉朝驾下,为中大夫之职,因我百般巧诈,一味谄谀,哄的皇帝老头儿十分欢喜,言听计从。朝里朝外,那一个不敬我,那一个不怕我。我又学的一个法儿,只是教皇帝少见儒臣,多昵女色,我这宠幸,才得牢固。道犹未了,圣驾早上。(正末扮汉元帝引内官宫女上,诗云)嗣传十叶继炎刘,独掌乾坤四百州。边塞久盟和议策,从今高枕已无忧。某,汉元帝是也。俺祖高皇帝,奋布衣,起丰沛,灭秦屠项,挣下这等基业,传到朕躬,已是十代。自朕嗣位以来,四海晏然,八方宁静。非朕躬有德,皆赖众文武扶持,自先帝晏驾之后,宫女尽放出宫去了。今后宫寂寞,如何是好?(毛延寿云)陛下,田舍翁多收十斛麦,尚欲易妇;况陛下贵为天子,富有四海,合无遣官遍行天下,选择室女,不分王侯宰相军民人家,但要十五以上,二十以下者,容貌端正,尽选将来,以充后官,有何不可?(驾云)卿说的是,就加卿为选择使,赍领诏书一通,遍行天下刷选,将选中者各图形一轴送来,朕按图临幸,待卿成功回时,别有区处。(唱)

[仙吕赏花时]四海平安绝士马,五谷丰登没战伐,寡人待刷室女选宫娃。你避不的驱驰困乏,看那一个合属俺帝王家。(下)

【鉴赏】

"楔子"是《汉宫秋》的开场戏。剧中的三个重要人物：番王呼韩耶单于、毛延寿和汉元帝，都在这出短短的序幕戏中出场亮相。由于元杂剧有"旦本"和"末本"戏之分，所以，剧中除汉元帝一人兼有宾白和唱词外，番王和毛延寿都是只有宾白而没有唱词。元杂剧的语言，讲究"因人施辞，切合声口"。《汉宫秋》也使用了符合人物身份、性格的个性化色彩强烈的语言。番王的四句上场诗："毡帐秋风迷宿草，穹庐夜月听悲笳。控弦百万为君长，款塞称藩属汉家。"对这位匈奴单于所生活的穹庐荒漠的风光进行了绚染式的描绘，也对本来无产无业、弓矢生涯、"款塞称藩属汉家"的北方匈奴日益强大、"控弦百万"，对中原汉家王朝形成日益严重的威胁，作了不言而喻的暗示。这种把人物置于色彩浓重的背景之下进行描绘的手法，给观众和读者留下的印象，分外鲜明深刻。

而对毛延寿的上场，作者则运用了具有漫画色彩的个性化语言。他一上场、即表白自己"为人雕心雁爪，做事欺大压小，全凭诌谀奸贪，一生受用不了。"由于他极善巧诈诌谀，善于讨取"皇帝老头儿"的喜悦和欢心，所以官运亨通，平步青云，竟能高踞于"中大夫"之职。毛延寿这些袒露灵魂的独白，对于帮助人们认识那些古往今来以诌谀奉迎取幸者的鬼蜮伎俩，认识封建统治政治的黑暗和腐朽，极具深刻的意义。

作为全剧主人公的汉元帝一上场，就在出场诗和独白中表现了他安于尊荣、追求淫佚的腐朽思想。他由于"四海平安绝士马、五谷丰登没战伐"，"四海晏然，八方宁静"，不能安于"后宫寂寞"，佞臣毛延寿才能投其所好，以奸邀宠，提出大选美女宫娃的奸计。也正是由于此，才直接导致了后来昭君出塞、国家受辱的悲剧。

俗话说："言为心声"。通过短短的一幕开场"楔子"，剧中几个重要人物的音容笑貌、灵魂世界，已经栩栩如生地展示在我们面前。

《汉宫秋》 第一折

马致远

（毛延寿上，诗云）大块黄金任意挝，血海王条全不怕；生前只要有钱财，死后那管人唾骂。某，毛延寿，领着大汉皇帝圣旨，遍行天下，刷选室女，已选勾九十九名；各家尽肯馈送，所得金银，却也不少。昨日来到成都秭归县，选得一人，乃是王长者之女，名唤王嫱，字昭君。生得光彩射人，十分艳丽，真乃天下绝色。争奈他本是庄农人家，无大钱财。我问他要百两黄金，选为第一。他一则说家道贫穷，二则倚着他容貌出众，全然不肯。我本待退了他，（做忖科，云）不要，倒好了他。眉头一纵，计上心来。只把美人图点上些破绽，到京师必定发入冷宫，教他受苦一世。正是：恨小非君子，无毒不丈夫。（下）（正旦扮王嫱引二宫女上，诗云）一日承宣入上阳，十年来得见君王；良宵寂寂谁来伴，惟有琵琶引光长。妾身王嫱，小字昭君，成都秭归人也。父亲王长者，平生务农为业。母亲生妾时，梦月光入怀，复坠于地，后来生下妾身。年长一十八岁，蒙恩选充后宫。不想使臣毛延寿，问妾身索要金银，不曾与他，将妾影图点破，不曾得见君王，现今退居永巷。妾身在家颇通丝竹，弹得几曲琵琶。当此夜深孤闷之时，我试理一曲消遣咱。（做弹科）（驾引内官提灯上，云）某汉元帝，自从刷选室女入宫，多有不曾宠幸，煞是怨望咱。今日万机稍暇，不免巡宫走一遭，看那个有缘的，得遇朕躬

也呵。(唱)

[仙吕点绛唇]车辗残花，玉人月下吹箫罢。未遇宫娃，是几度添白发。

[混江龙]料必他珠帘不挂，望昭阳一步一天涯。疑了些无风竹影，恨了些有月窗纱。他每见弦管声中巡玉辇，恰便似斗牛星畔盼浮槎。(旦做弹科)(驾云)是那里弹的琵琶响？(内官云)是。(正末唱)是谁人偷弹一曲，写出嗟呀？(内官云)快报去接驾。(驾云)不要。(唱)莫便要忙传圣旨，报与他家。我则怕乍蒙恩把不定心儿怕，惊起宫槐宿鸟，庭树栖鸦。

(云)小黄门，你看是那一宫的宫女弹琵琶，传旨去教他来接驾，不要惊唬着他。(内官报科，云)兀那弹琵琶的，是那位娘娘？圣驾到来，急忙迎接者！(旦趋接科)(驾唱)

[油葫芦]恕无罪，吾当亲问咱。这里属那位下？休怪我不曾来往乍行踏。我特来填还你这泪揾湿鲛绡帕，温和你露冷透凌波袜。天生下这艳姿，合是我宠幸他。今宵画烛银台下，剥地管喜信爆灯花。

(云)小黄门，你看那纱笼内烛光越亮了，你与我挑起来看咱。(唱)

[天下乐]和他也弄着精神射绛纱，卿家，你觑咱，则他那瘦岩岩影儿可喜杀。(旦云)妾身早知陛下驾临，只合远接；接驾不早，妾该万死。(驾唱)迎头儿称妾身，满口儿呼陛下，必不是寻常百姓家。

(云)看了他容貌端正，是好女子也呵！(唱)

[醉中天]将两叶赛宫样眉儿画，把一个宜梳裹脸儿搽，

额角香钿贴翠花,一笑有倾城价。若是越勾践姑苏台上见他,那西施半筹也不纳,更敢早十年败国亡家。

（云）你这等模样出众,谁家女子?（旦云）妾姓王,名嫱,字昭君,成都秭归县人。父亲王长者,祖父以来,务农为业。闾阎百姓,不知帝王家礼度。（驾唱）

[金盏儿] 我看你眉扫黛,鬓堆鸦,腰弄柳,脸舒霞,那昭阳到处难安插,谁问你一犁两坝做生涯。也是你君恩留枕簟,天教雨露润桑麻。既不沙,俺江山千万里,直寻到茅舍两三家。

（云）看卿这等体态,如何不得近幸?（旦云）当初选时,使臣毛延寿索要金银,妾家贫寒无凑,故将妾眼下点成破绽,因此发入冷宫。（驾云）小黄门,你取那影图来看。（黄门取图看科）（驾唱）

[醉扶归] 我则问那待诏别无话,却怎么这颜色不加搽?点得这一寸秋波玉有瑕。端的是卿眇目,他双瞎?便宣的八百姻娇比并他,也未必强如俺娘娘带破赚丹青画。

（云）小黄门,传旨说与金吾卫,便拿毛延寿斩首报来。（旦云）陛下,妾父母在成都,见隶民籍,望陛下恩典宽免,量与些恩荣咱。（驾云）这个煞容易。（唱）

[金盏儿] 你便晨挑菜,夜看瓜,春种谷,夏浇麻,情取棘针门粉壁上除了差法。你向正阳门改嫁的倒荣华。俺官职颇高如村社长,这宅院刚大似县官衙。谢天地可怜穷女婿,再谁敢欺负俺丈人家!

（云）近前来听寡人旨,封你做明妃者。（旦云）量妾身怎生消受的陛下的恩宠!（做谢恩科）（驾唱）

[赚煞]且尽此宵情,休问明朝话。(旦云)陛下明朝早早驾临,妾这里假驾。(驾唱)到明日,多管是醉卧在昭阳御榻。(旦云)妾身贱微,虽蒙恩宠,怎敢望与陛下同榻?(驾唱)休烦恼,吾当且是耍斗,卿来便当真假。恰才家辇路儿熟滑,怎下的真个长门再不踏?明夜里西宫阁下,你是必悄声儿接驾;我则怕六宫人攀例拨琵琶。(下)

(旦云)驾回了也,左右且掩上宫门,我睡些去。

(下)

【鉴赏】

《汉宫秋》第一折,正式展开了王昭君受到汉元帝宠遇的剧情。作者借汉元帝之口,以[仙吕点绛唇]和[混江龙]两支曲子,描写了宫女们孤独寂寞的后宫生活。"车辗残花,玉人月下吹箫罢。"写汉元帝在暮春之夜,乘坐着玉辇,碾轧着落英缤纷的残花,来到后宫门外。只听得后宫的宫娥吹箫,刚吹完一支低沉幽怨的曲子。"吹箫"二字,引用了"弄玉吹箫"之典,暗喻着那些寂寞宫娥们对爱情和婚姻的希冀和渴望。但是,这暮春的良宵却只能等闲虚度,引起这些宫女们的无限伤怀,使她们在孤独幽怨中凭添"几度白发"!接着,作者又在[混江龙]曲子的前半部分,进一步描写了宫女们期望宠幸的复杂心理。古代皇帝拥有"三宫、六院、七十二妃",号称"后宫佳丽三千人",这些不幸的女子,无一不是期望沐浴到君王的恩泽雨露,移居到宠妃居住的"昭阳殿"中。但冷峻的现实却是"三千宠爱在一身",绝大多数人只能过着"一朝承宣入上阳,十年未得见君王"的生活,处于"望昭阳一步一天涯"的境地,在后宫的孤独寂寞虚度和埋葬自己的青春和生命。"疑了些无风竹影,恨了些有月窗纱",是写寂寞的宫女们看到窗外月光下竹影摇曳,怀疑是帝王驾临,感到一阵惊喜;当看清那不过是风吹疏竹,月影晃动,使怨恨起映照在窗纱上的月光。在古代诗词中,以月光拟写心境者比比皆是:离别时感叹月圆,惆怅时怨恨月明。这两句曲辞把月光拟写为宫女们怨恨的对象,寓情入景,情景交融,把宫女们的春愁幽恨拟写得十分贴切生动。接着,作者又以"他每见弦管声中巡玉辇,恰便是斗牛星畔盼浮槎"句,直写出宫女们怀有出现"浮槎",把"牛郎"渡送到她们身边的幻想,更是遥遥无期,难以实现。"是谁人偷弹一曲"以下,又写汉元帝昕到琵琶声中传来的幽怨之声，使他顿生恻隐之心，这才引出使王昭君得到一个宠幸的机缘。"我则怕乍蒙恩，把不定心儿怕，惊起宫槐宿鸟，庭树栖鸦"，更把汉元帝这个风流天子、误国君王的一片怜香惜玉之心表现得惟妙惟肖、淋漓尽致。

[醉中天]、[金盏儿]、[醉扶归]几支曲子，则是通过汉元帝的眼睛，写出一代佳人王昭君的艳美容颜。你看，站在汉元帝面前的这位女子"眉扫黛，鬓堆鸦，腰弄柳，脸舒霞"，"额角香钿贴翠花"，"一笑有倾城价"，甚至西施与之相比也不在话下："若是越勾践姑苏台上见她，那西施丰韵也不纳，更敢早十年败国亡家"。"便宜得八百姻娇比并他，也未必强如俺娘娘带破赚丹青画"。这里，有细致入微的生动描绘，有不显得过分的比喻和夸张，作者用工笔画般的写意和烟云雾罩的绰染手法，把王昭君的美丽容貌、美丽身段、美丽风姿刻画展现在人们面前，为后面进一步揭示这位美丽女性的更为生动感人的爱国感情气质，做了很好的铺垫。

在这一折戏里，汉元帝与王昭君都是沉浸在喜悦和幸福之中、在[金盏儿]曲中，汉元帝用风趣诙谐的语言，把自己那种按捺不住的洋洋得意的情绪表现出来，使这一折戏充满着欢畅明快的气氛。作者这种做法，显然是为了和第四折的悲愁低沉气氛形成一种鲜明的对照：汉元帝得到王昭君时越是欢乐幸福，欣喜不禁，他失去王昭君时就越是悲伤痛苦、愁闷难堪！这种以大喜衬托大悲的技巧，也就是人们常说的那种"先扬后抑""欲擒故纵"的大家手法！

《汉宫秋》 第二折

马致远

[番王引部落上，云]某呼韩单于，昨遣使臣款汉，请嫁公主与俺；汉皇帝以公主尚幼为辞，我心中好不自在。想汉家宫中，无边宫女，就与俺一个，打甚不紧？直将使臣赶回。我欲待起兵南侵，又恐怕失了数年和好。且看事势如何，别做道理。（毛延寿上，云）某毛延寿，只因刷选宫女，索要金银，将王昭君美人图点破，送入冷宫。不想皇帝亲幸，

问出端的，要将我加刑。我得空逃走了，无处投奔。左右是左右，将着这一轴美人图，献与单于王，着他按图索要，不怕汉朝不与他。走了数日，来到这里，远远的望见人马浩大，敢是穹庐也。（做问科，云）头目，你启报单于王知道，说汉朝大臣来投见哩。（卒报科）（番王云）着他过来。（见科，云）你是甚么人？（毛延寿云）某是汉朝中大夫毛延寿。有我汉朝西宫阁下美人王昭君，生得绝色。前者大王遣使求公主时，那昭君情愿请行；汉主舍不的，不肯放来。某再三苦谏，说："岂可重女色，失两国之好？"汉主倒要杀我。某因此带了这美人图献与大王。可遣使按图索要，必然得了也。这就是图样。（进上看科）（番王云）世间哪有如此女人！若得他做阏氏，我愿足矣。如今就差一番官，率领部从，写书与汉天子，求索王昭君，与俺和亲。若不肯与，不日南侵，江山难保。就一壁厢引控甲士，随地打猎，延入塞内，侦候动静，多少是好。（下）（旦引宫女上，云）妾身王嫱，自前日蒙恩临幸，不觉又旬月。主上昵爱过甚，久不设朝。闻的今日升殿去了，我且向妆台边梳妆一会，收拾齐整，只怕驾来好伏侍。（做对镜科）（驾上，云）自从西宫阁下，得见了王昭君，使朕如痴似醉，久不临朝。今日方才升殿，等不的散了，只索再到西宫看一看去。（唱）

[南吕一枝花]四时雨露匀，万里江山秀。忠臣皆有用，高枕已无忧。守着那皓齿星眸，争忍的虚白昼。近新来染得些症候，一半儿为国忧民，一半儿愁花病酒。

[梁州第七]我虽是见宰相，似文王施礼；一头地离明妃，早宋玉悲秋。怎禁他带天香着莫定龙衣袖！他诸余

可爱,所事儿相投;消磨人幽闷,陪伴我闲游;偏宜向犁
花月底登楼,芙蓉烛下藏阉。体态是二十年挑剔就的温
柔,姻缘是五百载该拨下的配偶,脸儿有一千般说不尽
的风流。寡人乞求,他左右,他比那落伽山观自在无杨
柳,见一面得长寿。情系人心早晚休,则除是雨歇云收。

(做望见科,云)且不要惊着他,待朕悄地看

咱。(唱)

[隔尾]恁的般长门前抱怨的宫娥旧,怎知我西宫下偏
心儿梦境熟。爱他晚妆罢,描不成,画不就,尚对菱花自
羞。(做到旦背后看科)(唱)我来到这妆台背后,元来广寒
殿嫦娥,在这月明里有。

(旦做见接驾科)(外扮尚书,丑扮常侍上,诗
云)调和鼎鼐理阴阳,秉轴持钧政事堂;只会中书
陪伴食,何曾一日为君王。某尚书令五鹿充宗是
也。这个是内常侍石显。今日朝罢,有番国遣使
来索王嫱和番,不免奏驾。来到西宫阁下,只索进
去。(做见科,云)奏的我主得知:如今北番呼韩单
于差一使臣前来,说毛延寿将美人图献与他,索要
昭君娘娘和番,以息刀兵;不然,他大势南侵,江山
不可保矣。(驾云)我养军千日,用军一时。空有
满朝文武,那一个与我退的番兵!都是些畏刀避
箭的,恁不去出力,怎生教娘娘和番?(唱)

[牧羊关]兴废从来有,干戈不肯休。可不食君禄,命悬
君口。太平时、卖你宰相功劳;有事处、把俺佳人递流。
你们干请了皇家俸,着甚的分破帝王忧?那壁厢锁树的
怕弯着手,这壁厢攀栏的怕擵破了头。

(尚书云)他外国说陛下宠昵王嫱,朝纲尽废,
坏了国家。若不与他,兴兵吊伐。臣想纣王只为

宠妲己,国破身亡,是其鉴也。(驾唱)

[贺新郎]俺又不曾彻青霄高盖起摘星楼;不说他伊尹扶汤,则说那武王伐纣。有一朝身到黄泉后,若和他留侯留侯厮遘,你可也羞那不羞？您卧重裀,食列鼎,乘肥马,衣轻裘。您须见舞春风嫩柳宫腰瘦,怎下的教他环珮影摇青冢月,琵琶声断黑江秋!

　　(尚书云)陛下,咱这里兵甲不利,又无猛将与
　　他相持,倘或疏失,如之奈何？望陛下割恩与他,
　　以救一国生灵之命。(驾唱)

[斗虾蟆]当日个谁展英雄手,能枭项羽头,把江山属俺炎刘？——全亏韩元帅九里山前战斗,十大功劳成就。恁也丹墀里头,枉被金章紫绶;恁也朱门里头,都宠着歌衫舞袖。恐怕边关透漏,殃及家人奔骤。似箭穿着雁口,没个人敢咳嗽。吾当僝僽,他也、他也红妆年幼,无人搭救。昭君共你每有甚么杀父母冤仇？休、休,少不的满朝中都做了毛延寿！我呵,空掌着文武三千队,中原四百州;只待要割鸿沟。陡恁的千军易得,一将难求!

　　(常侍云)见今番使朝外等宣。(驾云)罢罢
　　罢！教番使临朝来。(番使入见科,云)呼韩耶单
　　于差臣南来奏大汉皇帝:北国与南朝自来结亲和
　　好;曾两次差人求公主不与。今有毛延寿,将一美
　　人图,献与俺单于。特差臣来,单索昭君为阏氏,以
　　息两国刀兵。陛下若不从,俺有百万雄兵,刻日南
　　侵,以决胜负,伏望圣鉴不错。(驾云)且教使臣馆
　　驿中安歇去。(番使下)(驾云)您众文武商量,有
　　策献来,可退番兵,免教昭君和番。大抵是欺娘娘
　　软善,若当时吕后在日,一言之出,谁敢违拗！若
　　如此,久已后也不用文武,只凭佳人平定天下便

了！（唱）

[哭皇天]你有甚事急忙奏，俺无那鼎镬边滚热油。我道您文臣安社稷，武将定戈矛。您只会文武班头，山呼万岁，舞蹈扬尘，道那声诚惶顿首。如今阳关路上，昭君出塞；当日未央宫里，女主垂旒。文武每，我不信你敢差排吕太后。枉以后，龙争虎斗，都是俺鸾交凤友。

（旦云）妾既蒙陛下厚恩，当效一死，以报陛下。妾情愿和番，得息刀兵，亦可留名青史。但妾与陛下闹房之情，怎生抛舍也！（驾云）我可知舍不的卿哩！

（尚书云）陛下割恩断爱，以社稷为念，早早发送娘娘去罢。（驾唱）

[乌夜啼]今日嫁单于，宰相休生受。早则俺汉明妃有国难投。它那里黄云不出青山岫。投至两处凝眸，盼得一雁横秋。单注着寡人今岁揽闲愁。王嫱这运添憔瘦，翠羽冠，香罗绶，都做了锦蒙头暖帽，珠络缝貂裘。

（云）卿等今日先送明妃到驿中，交付番使，待明日朕亲出灞陵桥，送饯一杯去。（尚书云）只怕使不的，惹外夷耻笑。（驾云）卿等所言，我都依着。我的意思，如何不依？好歹去送一送，我一会家只恨毛延寿那厮！（唱）

[三煞]我则恨那忘恩咬主贼禽兽，怎生不画在凌烟阁上头？紫台行都是俺手里的众公侯，有那桩儿不共卿谋，那件儿不依卿奏？争忍教第一夜梦迤逗，从今后不见长安望北斗，生扭做织女牵牛！

（尚书云）不是臣等强逼娘娘和番，奈番使定名索取；况自古以来，多有因女色败国者。（驾唱）

[二煞]虽然似昭君般成败都皆有，谁似这做天子的官

差不自由！情知他怎收那朦满的紫骅骝。往常时翠轿香兜，兀自倦朱帘揭绣，上下处要成就。谁承望月自空明水自流，恨思悠悠。

（旦云）妾身这一去，虽为国家大计，争奈舍不的陛下！（驾唱）

[黄钟尾] 怕娘娘觉饥时吃一块淡淡盐烧肉，害渴时喝一杓儿酪和粥。我索折一枝断肠柳，饯一杯送路酒。眼见得赶程途，趁宿头；痛伤心，重回首，则怕他望不见凤阁龙楼，今夜且则向灞陵桥畔宿。（下）

【鉴赏】

《汉宫秋》第二折，写毛延寿在奸谋败露后，叛投匈奴，并把"美人图"献给番王。于是，呼韩耶单于以武力相威胁，要汉朝交出王昭君"和亲"。在外邦的胁迫面前，汉朝的文武大臣五鹿充宗、石显等一个个龟头缩脑，畏力避箭，无人敢出头退敌。汉元帝迫于无奈，只好屈辱地割恩断爱，把王昭君交付番邦。

据史籍记载，历史上的汉元帝并没有宠幸过王昭君。他在位时期，汉朝还比较强盛，而北方的匈奴则已经衰落。当时，昭君和亲乃是出于巩固汉朝与匈奴的友好关系，而不是受到匈奴的胁迫。但在《汉宫秋》中，作者为了影射蒙元灭宋的现实政治，抒写自己的亡国之叹，于是，"借他人之酒杯，浇自己胸中块垒"，把汉、番关系做了对立的处理安排。

这出戏一开始，作者就对汉元帝沉湎酒色、荒淫误国、重用奸邪、朝政腐败的行径，作了含蓄而深刻的描写和谴责。作者借王昭君之口说："妾身王嫱，自前日蒙恩临幸，不觉又旬月，主上昵爱过甚，久不设朝。"汉元帝也自述道："自从西宫阁下,得见了王昭君,使朕如痴如醉,久不临朝。"并且自诩"四时雨露匀,万里江山秀,忠臣皆有用,高枕已无忧。"真是一副沉湎酒色的风流太平天子形象。但是,一传来匈奴索要王昭君和亲的消息,他所宠信的那些"忠臣",也就马上显露出了"庸臣"的本来面目。尚书令五鹿充宗和内常侍石显等文武大臣,不但不敢挺身而出,率兵拒敌,为国尽职,反而借番邦之口,攻讦汉元帝"宠昵王嫱,朝纲尽废,坏了国家",撺掇汉元帝以昭君奉献番邦,"以救一国生灵"。在[牧羊关]、[贺新郎]、[斗虾蟆]、[哭皇天]几支曲中,作者借汉元帝之口,对这帮尸位素餐的昏庸奸佞之臣,进行了无情的鞭挞和痛斥。他们"卧重裀,食列鼎,乘肥马,衣轻裘","恁也丹墀里头,枉被金章紫绶,恁也朱门里头,都宠着歌衫舞袖",但这些本应承担起"安社稷、定戈矛"重任的文臣武将,却"只会文武班头,山呼万岁,舞蹈扬尘,道那声诚惶顿首",在番邦的威胁面前,一个个"似箭穿着雁口,没个人敢咳嗽"!这些生动形象的描写,把这些平时鱼肉人民、骄横恣肆、作威作福,到国难当头时却贪生怕死、胆小如鼠的封建官僚的丑恶嘴脸暴露无遗。

面对这些"太平时,卖你宰相功劳,有事处,把俺佳人递流","干请了皇家俸",不能"分破帝王忧"的酒囊饭袋,汉元帝只能发出"我呵,空掌着文武三千队,中原四百州;只待要割鸿沟。陡恁的千军易得,一将难求"的浩叹!人们看到这里、不禁会问:是谁重用了这班尸位素餐昏庸臣?是谁宠幸了卖国求荣毛延寿?这难道不是由于汉元帝自己昏聩荒淫眼无珠,宠用奸佞自作自受吗?

艺术的真实源于生活的真实。剧中所写的汉、番关系,虽然不符合公元前一世纪的历史情况,却与作者所经所见的软弱无能的南宋小朝廷与强兵压境的蒙元王朝之间的关系,有极大的相似之处。作者在剧中通过汉元帝之口,重点地对他手下的庸臣、佞臣进行了谴责和暴露,对汉元帝的批判相对地显得委婉、曲折,但二者所具的思想力量却同样强烈、同样深刻。

《汉宫秋》 第三折

马致远

(番使拥旦上,奏胡乐科,旦云)妾身王昭君,自从选人宫中,被毛延寿将美人图点破,送入冷宫;甫能得蒙恩幸,又被他献与番王形象。今拥兵来索,待不去,又怕江山有失;没奈何将妾身出塞和番。这一去,胡地风霜,怎生消受也! 自古道:"红颜胜人多薄命,莫怨春风当自嗟。"(驾引文武内官上,云)今日灞桥饯送明妃,却早来到也。(唱)

[双调新水令]锦貂裘生改尽汉宫妆,我则索看昭君画图模样。旧恩金勒短,新恨玉鞭长。本是对金殿鸳鸯,分飞翼,怎承望!

(云)您文武百官计议,怎生退了番兵,免明妃和番者。(唱)

[驻马听]宰相每商量,大国使还朝多赐赏。早是俺夫妻恓惶快,小家儿出外也摇装。尚兀自渭城衰柳助凄凉,共那灞桥流水添惆怅。偏您不断肠,想娘娘那一天愁都撮在琵琶上。

(做下马科)(与旦打悲科)(驾云)左右慢慢唱者,我与明妃饯一杯酒。(唱)

[步步娇]您将那一曲阳关休轻放,俺咫尺如天样,慢慢的捧玉觞。朕本意待尊前捱些时光,且休问劣了官商,您则与我半句儿俄延着唱。

(番使云)请娘娘早行,天色晚了也。(驾唱)

[落梅风]可怜俺别离重,你好是归去的忙。寡人心先到他李陵台上,回头儿却才魂梦里想,便休题贵人多忘。

(旦云)妾这一去,再何时得见陛下?把我汉家衣服都留下者。(诗云)正是:今日汉宫人,明朝胡地妾;忍着主衣裳,为人作春色!(留衣服科)(驾唱)

[殿前欢]则甚么留下舞衣裳,被西风吹散旧时香。我委实怕官车再过青苔巷,猛到椒房,那一会想菱花镜里

妆,风流相,兜的又横心上。看今日昭君出塞,几时似苏武还乡?

(番使云)请娘娘行罢,臣等来多时了也。(驾云)罢罢罢! 明妃,你这一去,休怨朕躬也。(做别科,驾云)我那里是大汉皇帝! (唱)

[雁儿落]我做了别虞姬楚霸王,全不见守玉关征西将。那里取保亲的李左车,送女客的萧丞相?

(尚书云)陛下不必挂念。(驾唱)

[得胜令]他去也不沙架海紫金梁,枉养着那边庭上铁衣郎。您也要左右人扶持,俺可甚糟糠妻下堂! 您但提起刀枪,却早小鹿儿心头撞。今日央及煞娘娘,怎做的男儿当自强!

(尚书云)陛下,咱回朝去罢。(驾唱)

[川拨棹]怕不待放丝缰,咱可甚鞭敲金镫响。你管燮理阴阳,掌握朝纲,治国安邦,展土开疆;假若俺高皇,差你个梅香,背井离乡,卧雪眠霜,若是他不恋恁春风画堂,我便官封你一字王。

(尚书云)陛下,不必苦死留他,着他去了罢。(驾唱)

[七弟兄]说甚么大王、不当、恋王嫱,兀良,怎禁他临去也回头望。那堪这散风雪旌节影悠扬,动关山鼓角声悲壮。

[梅花酒]呀! 俺向着这迥野悲凉。草已添黄,兔早迎霜。犬褪得毛苍,人搦起缨枪,马负着行装,车运着候粮,打猎起围场。他、他、他,伤心辞汉主;我、我、我,携手上河梁。他部从入穷荒,我銮舆返咸阳。返咸阳,过宫墙;过宫墙,绕回廊;绕回廊,近椒房;近椒

房,月昏黄;月昏黄,夜生凉;夜生凉,泣寒蛩;泣寒蛩,绿纱窗;绿纱窗,不思量!

[收江南]呀!不思量,除是铁心肠;铁心肠也愁泪滴千行。美人图今夜挂昭阳,我那里供养,便是我高烧银烛照红妆。

(尚书云)陛下,回銮罢,娘娘去远了也。(驾唱)

[鸳鸯煞]我只索大臣行说一个推辞谎,又则怕笔尖儿那火编修讲。不见他花朵儿精神,怎趁那草地里风光?唱道伫立多时,徘徊半响,猛听的塞雁南翔,呀呀的声嘹亮,却原来满目牛羊,是兀那载离恨的毡车半坡里响。(下)

(番王引部落拥昭君上,云)今日汉朝不弃旧盟,将王昭君与俺番家和亲。我将昭君封为宁胡阏氏,坐我正宫。两国息兵,多少是好。众将士,传下号令,大众起行,望北而去。(做行科)(旦问云)这里甚地面了?(番使云)这是黑龙江,番汉交界去处。南边属汉家,北边属我番国。(旦云)大王,借一杯酒,望南浇奠,辞了汉家,长行去罢。(做奠酒科,云)汉朝皇帝,妾身今生已矣,尚待来生也。(做跳江科)(番王惊救不及,叹科,云)嗨!可惜,可惜!昭君不肯入番,投江而死。罢罢罢!就葬在此江边,号为青冢者。我想来,人也死了,枉与汉朝结下这般仇隙,都是毛延寿那厮搬弄出来的。把都儿,将毛延寿拿下,解送汉朝处治,我依旧与汉朝结和,永为甥舅,却不是好?(诗云)则为他丹青画误了昭君,背汉主暗地私奔;将美人图又来哄我,要索取出塞和亲。岂知道投江而死,空落的一见消魂。似这等奸邪逆贼,留着他终是祸根;不如送

他去汉朝哈喇，依还的甥舅礼，两国长存。（下）

【鉴赏】

这一折戏，写汉元帝到灞桥为王昭君饯行。他虽然愁肠百结，与昭君难分难舍，但昭君终于还是落入番邦之手。汉元帝从欢乐的顶峰一步步地坠入痛苦的深渊。

虽然王昭君已经在上一折戏中被交送到番使驿中，但这折戏伊始，汉元帝在灞桥饯别之际，仍然要"文武百官计议，怎生退了番兵，免明妃和番"。在给明妃饯酒送行时，又故意叫左右将《阳关曲》"与我半句儿俄延着唱"，"慢慢的捧玉觞"，以便"尊前捱些时光"。非常细腻地表现出汉元帝对王昭君的爱恋和依依惜别的心情。但事情毕竟已经不可挽回。昭君一句"妾这一去，再何时得见陛下。把我汉家衣服都留下者。"一方面表现了昭君不愿以汉人衣冠服侍胡人的民族意识，一方面又激起汉元帝对昔日恩爱时光的回顾恋念。更使这位屈辱地以爱妃和亲的无能皇帝产生了无限的幽怨之情。在

[雁儿落]、[得胜令]、[川拨棹]几支曲中，汉元帝感慨自己做了"别虞姬的楚霸王"，对昔日扶助汉室的贤相能臣表现出无限怀念之情，更对眼下这帮"但提起刀枪，却早小鹿儿心头撞"以及"管燮理阴阳，掌握朝纲，治国安邦，展土开疆"之责，实则尸位素餐的文武大臣们，表示了无限的失望怨怒之声，非常贴切、生动地传达表现了此时人物的心境。

在送别王昭君回来的路上，汉元帝更一步步陷入深刻的凄凉痛苦之中。[梅花酒]、[收江南]几支曲，把汉元帝的这种心情作了传神的写照。给人以一唱三叹、回肠荡气之感。它以简短急促的旋律、重叠交错的文辞，刻画了汉元帝恋念昭君，精神恍惚，悲凉凄楚的心境。从"散风雪旌节影悠扬，动关山鼓角声悲壮"开始，一句一转，越转越深，以急促的音节和旋律，把读者带到了"草已添黄，兔早迎霜"的回

野悲凉境界。这一片深邃苍凉的深秋景象，本来是昔日"打猎起围场"的时节，但今天孤独的汉元帝却在这个萧索荒凉的舞台上同自己的爱妃诀别，眼看着昭君一步步地向着大漠深处走去，消失在遥远的天际，汉元帝的心情是多么痛苦、凄凉啊！在这里，作者用了四个五言句，描绘了汉元帝的无限伤怀心情，三个"他"字和三个"我"字在这里迭用，把汉元帝泣不成声的哽咽感伤情绪绘声绘色地描写了出来。以下"返咸阳，过宫墙……绿纱窗，不思量"等句，运用了"顶针续麻"的修辞手法，后一个分句重复前一个分句，头尾衔接，层层递进，给人以回肠荡气之感。接着，以[收江南]曲，转到对王昭君的怀念："不思量，除非是铁心肠，铁心肠也愁泪滴千行"，用反衬夸张的手法，把汉元帝肝肠寸断的痛苦心情发挥描写得淋漓尽致。

《汉宫秋》 第四折

马致远

（驾引内官上，云）自家汉元帝，自从明妃和番，寡人一百日不曾设朝。今当此夜景萧索，好生烦恼。

且将这美人图挂起，少解闷怀也呵。（唱）

[**中吕粉蝶儿**]宝殿凉生，夜迢迢六宫人静。对银台一点寒灯，枕席间，临寝处，越显的吾身薄倖。万里龙廷，知他宿谁家一灵真性。

（云）小黄门，你看炉香尽了，再添上些香。

（唱）

[**醉春风**]烧尽御炉香，再添黄串饼。想娘娘似竹林寺，不见半分形；则留下这个影。影。未死之时，在生之日，我可也一般恭敬。

（云）一时困倦，我且睡些儿。（唱）

[**叫声**]高唐梦，苦难成。那里也爱卿、爱卿，却怎生无些灵圣？偏不许楚襄王枕上雨云情。

（做睡科）（旦上，云）妾身王嫱，和番到北地，私自逃回。兀的不是我主人！陛下，妾身来了也。

（番兵上，云）恰才我打了个盹，王昭君就偷走回去了。我急急赶来，进的汉宫，兀的不是昭君！（做拿旦下）（驾醒科，云）恰才见明妃回来，这些儿如何就不见了。（唱）

[剔银灯]恰才这搭儿单于王使命，呼唤俺那昭君名姓；偏寡人唤娘娘不肯灯前应，却原来是画上的丹青。猛听得仙音院，凤管鸣，便奏着箫韶九成。

[蔓青菜]白日里无承应，教寡人不曾一觉到天明，做的个团圆梦境。（雁叫科，唱）却原来雁叫长门两三声，怎知道更有个人孤另！

（雁叫科）（唱）

[白鹤子]多管是春秋高，筋力短；莫不是食水少，骨毛轻？待去后，愁江南网罗宽；待向前，怕塞北雕弓硬。

[幺篇]伤感似替昭君思汉主，哀怨似作薤露哭田横，凄怆似和半夜楚歌声，悲切似唱三叠阳关令。

（雁叫科）（云）则被那泼毛团叫的凄楚人也。

（唱）

[上小楼]早是我神思不宁，又添个冤家缠定。他叫得慢一会儿，紧一声儿，和尽寒更。不争你打盘旋，这搭里同声相应，可不差讹了四时节令？

[幺篇]你却待寻子卿、觅李陵。对着银台，叫醒咱家，对影生情。则俺那远乡的汉明妃，虽然薄命，不见你个泼毛团，也耳根清净。

（雁叫科）（云）这雁儿呵。（唱）

[满庭芳]又不是心中爱听，大古似林风瑟瑟，岩溜泠泠。我只见山长水远天如镜，又生怕误了你途程。见被

你冷落了潇湘暮景,更打动我边塞离情。还说甚雁过留声,那堪更瑶阶夜永,嫌杀月儿明!

　　　　(黄门云)陛下省烦恼,龙体为重。(驾云)不由我不烦恼也。(唱)

[十二月]休道是咱家动情,你宰相每也生憎。不比那雕梁燕语,不比那锦树莺鸣。汉昭君离乡背井,知他在何处愁听?

　　　　(雁叫科)(唱)

[尧民歌]呀呀的飞过蓼花汀,孤雁儿不离了凤凰城。画檐间铁马响丁丁,宝殿中御榻冷清清,寒也波更,萧萧落叶声,烛暗长门静。

[随煞]一声儿绕汉宫,一声儿寄渭城,暗添人白发成衰病,直恁的吾当可也劝不省。

　　　　(尚书上云)今日早朝散后,有番国差使命绑送毛延寿来,说因毛延寿叛国败盟,致此祸衅。今昭君已死。情愿两国讲和。伏候圣旨。(驾云)既如此,便将毛延寿斩首,祭献明妃。着光禄寺大摆筵席,犒赏来使回去。(诗云)叶落深宫雁叫时,梦回孤枕夜相思;虽然青冢人何在,还为蛾眉斩画师。

　　题名　　沉黑江明妃青冢恨
　　正名　　破幽梦孤雁汉宫秋

【鉴赏】
　　第四折是整个《汉宫秋》悲剧故事的高潮。这场戏一开始,就写汉元帝独居汉宫,夜深人静,面对着冷衾孤灯,涌起了对昭君的无限思念之情。在恍惚入梦之际,忽见昭君飘忽而至。他正为这意外的幽会惊喜,希望做一个"团圆梦境",但忽被天上嘎嘎的雁声所惊醒,美梦顿时化为泡影。他夙夜难眠,以孤雁为伴,倾吐了自己极度忧郁苦闷的心情。汉元帝心中的感伤情绪,终于象郁积的火山一样,一下子喷涌爆发了出来。

作者在戏中以"孤雁"为关目,有很深的含意。在古人心中,鸿雁是仁义之禽。这种禽鸟深笃于情,"空中遥见死雁,尽有哀鸣之意";"一失雌雄,死而不配。"

剧中以孤雁之哀鸣惊醒汉元帝之梦,饱含隐喻之意。[蔓青菜]曲中唱道:"却原来雁叫长门三两声,怎知道更有个人孤另",正道破此中机关。当初汉元帝宠遇王嫱,正是在此地后宫,现在宫苑依旧,但已物是人非,当初陪伴汉元帝观度良宵的爱妃已经渺无影

踪。汉元帝不正像那失偶的孤雁吗? 所以,他一听到空中大雁的哀鸣,心中顿时产生同病相怜之感。作者把汉元帝思念昭君安排在这样一个典型环境之中,以凄凉的孤雁哀鸣与死寂气氛相衬托,动感和静感对比强烈,收到了出色的艺术效果。

接着,在[白鹤子]到[随煞]等七、八支曲中,作者以雁声为发端,抒写了汉元帝的满腹幽怨、缠绵之情。在汉元帝心中,这只盘旋不走、徘徊哀鸣的孤雁简直是昭君的化身,但一转念,又知道明明不是。汉元帝被这个"叫得慢一会儿,紧一声儿"的"冤家缠定",扰的他"对影生情""神思不宁",因此汉元帝不禁怒骂这只引起他无限幽思的孤雁:"不见你个泼毛团,也耳根清净"。在[满庭芳]、[十二月]两支曲中,表现了汉元帝对这只孤雁的矛盾心情:既嫌它聒噪麻烦,又不忍叫它离去,因为它毕竟给汉元帝寂寥的心情带来了一丝安慰,为他与昭君之间搭起了一座幽思恋念的桥梁。在这种强烈的哀怨声中,一个"暗添人白发成衰病"的多情而无能的古代帝王形象,活生生地站在了人们面前。

马致远是元曲四大家中以文采出色而驰名的作家。《汉宫秋》的曲辞不仅文思卓秀,文采熠熠,而且能把感情和景物的描写融为一体,因景生情,以情化景,使观众随着剧中人的演唱而如入幻境,得到令人陶醉的艺术享受。所以,《汉宫秋》不愧为中国古代戏剧作品中的杰作。

王实甫 名德信,大都(今北京市)人。著有杂剧十四种,现存《西厢记》《丽春堂》《破窑记》三种。《破窑记》写刘月娥和吕蒙正悲欢离合的故事,有人怀疑不是王实甫的手笔。另有《贩茶船》《芙蓉亭》二种,各传有曲文一折。

《西厢记》 第一本第三折

王实甫

和 诗

(正旦上云)老夫人着红娘问长老去了,这小贱人不来我行回话。(红上云)回夫人话了,去回小姐话去。(旦云)使你问长老:几时做好事?(红云)恰回夫人话也,正待回姐姐话:二月十五日,请夫人、姐姐拈香。(红笑云)姐姐,你不知,我对你说一件好笑的勾当。咱前日寺里见的那秀才,今日也在方丈里。他先出门儿外等着红娘,深深唱个喏道:"小生姓张,名珙,字君瑞,本贯西洛人也,年二十三岁,正月十七日子时建生,并不曾娶妻。"姐姐,却是谁问他来?他又问:"那壁小娘子莫非莺莺小姐的侍妾乎?小姐常出来么?"被红娘抢白了一顿呵回来了。姐姐,我不知他想甚么哩,世上有这等傻角!(旦笑云)红娘,休对夫人说。天色晚也,安排香案,咱花园内烧香去来。(下)(末上云)搬至寺中,正近西厢居址。我问和尚每来,小姐每夜花园内烧香。这个花园,和俺寺中合着。比及小姐出来,我先在太湖石畔墙角儿边等待,饱看一会。两廊僧众都睡着了。夜深人静,月朗风清,是

好天气也呵！正是"闲寻方丈高僧语，闷对西厢皓
月吟。"（唱）

[越调斗鹌鹑] 玉宇无尘，银河泻影；月色横空，花荫满
庭；罗袂生寒，芳心自警。侧着耳朵儿听，蹑着脚步儿
行：悄悄冥冥，潜潜等等。

[紫花儿序] 等待那齐齐整整，袅袅婷婷，姐姐莺莺。一
更之后，万籁无声，直至莺庭。若是回廊下没揣的见俺
可憎，将他来紧紧的搂定；则问你那会少离多，有影无
形。

（旦引红娘上云）开了角门儿，将香桌出来者。

（末唱）

[金蕉叶] 猛听得角门儿呀的一声，风过处花香细生。
蹑着脚尖儿仔细定睛，比我那初见时庞儿越整。

（旦云）红娘，移香桌儿近太湖石畔放者！（末
做看科云）料想春娇厌拘束，等闲飞出广寒宫。看
他容分一捻，体露半襟，搴香袖以无言，垂罗裙而
不语。似湘陵妃子，斜倚舜庙朱扉；如玉殿嫦娥，
微现蟾宫素影。是好女子也呵！（唱）

[调笑令] 我这里甫能、见娉婷，比着那月殿嫦娥也不恁
般撑。遮遮掩掩穿芳径，料应来小脚儿难行。可喜娘的
脸儿百媚生，兀的不引了人魂灵！

（旦云）取香来！（末云）听小姐祝告甚么？
（旦云）此一炷香，愿化去先人，早生天界！此一炷
香，愿堂中老母，身安无事！此一炷
香……（做不
语科）（红云）姐姐不祝这一炷香，我替姐姐祝告；
愿俺姐姐早寻一个姐夫，拖带红娘咱！（旦再拜
云）心中无限伤心事，尽在深深两拜中。（长吁科）
（末云）小姐倚栏长叹，似有动情之意。（唱）

[小桃红]夜深香霭散空庭,帘幕东风静。拜罢也斜将曲栏凭,长吁了两三声。剔团圞明月如悬镜。又不是轻云薄雾,都则是香烟人气,两般儿氤氲得不分明。

> 我虽不及司马相如,我则看小姐颇有文君之意。我且高吟一绝,看他则甚:"月色溶溶夜,花阴寂寂春;如何临皓魄,不见月中人?"(旦云)有人墙角吟诗。(红云)这声音,便是那二十三岁不曾娶妻的那傻角。(旦云)好清新之诗,我依韵做一首。(红云)你两个是好做一首。(旦念诗云)"兰闺久寂寞,无事度芳春;料得行吟者,应怜长叹人。"(末云)好应酬得快也呵!(唱)

[秃厮儿]早是那脸儿上扑堆着可憎,那堪那心儿里埋没着聪明。他把那新诗和得忒应声,一字字,诉衷情,堪听。

[圣药王]那语句清,音律轻,小名儿不枉了唤做莺莺。他若是共小生,厮觑定,隔墙儿酬和到天明。方信道"惺惺的自古惜惺惺"。

> 我撞出去,看他说甚么。

[麻郎儿]我拽起罗衫欲行,(旦做见科)他陪着笑脸儿相迎。不做美的红娘忒浅情,便做道谨依来命,……

> (红云)姐姐,有人!咱家去来,怕夫人嗔着。

> (莺回顾下)(末唱)

[幺篇]我忽听,一声、猛惊。元来是扑剌剌宿鸟飞腾,颤巍巍花梢弄影,乱纷纷落红满径。

> 小姐,你去了呵,那里发付小生!

[络丝娘]空撇下碧澄澄苍苔露冷,明皎皎花筛月影。白日凄凉枉耽病,今夜把相思再整。

[东原乐]帘垂下,户已扃,却才个悄悄相问,他那里低

低应。月朗风清恰二更，厮侯幸：他无缘，小生薄命。

[绵搭絮] 恰寻归路，伫立空庭，竹梢风摆，斗柄云横。呀！今夜凄凉有四星，他不瞅人待怎生！虽然是眼角儿传情，咱两个口不言心自省。

今夜甚睡到得我眼里呵！

[拙鲁速] 对着盏碧荧荧短檠灯，倚着扇冷清清旧帏屏。灯儿又不明，梦儿又不成；窗儿外淅零零的风儿透疏棂，忒楞楞的纸条儿鸣；枕头儿上孤另，被窝里寂静。你便是铁石人，铁石人也动情。

[幺篇] 怨不能，恨不成，坐不安，睡不宁。有一日柳遮花映，雾帐云屏，夜阑人静，恁时节风流嘉庆，锦片也似前程，美满恩情，咱两个画堂春自生。

[尾] 一天好事从今定，一首诗分明照证；再不向青琐闼梦儿中寻，则去那碧桃花树儿下等。（下）

【鉴赏】

《西厢记》全名《崔莺莺待月西厢记》。写书生张珙在蒲东普救寺遇相国之女崔莺莺，两人一见钟情，通过侍女红娘的帮助，终于冲破封建礼教约束而结合的故事。全剧共五本，第一本是《张君瑞闹道场》；第二本是《崔莺莺夜听琴》；第三本是《张君瑞害相思》；第四本是《草桥店梦莺莺》；第五本是《张君瑞庆团圆》。这里选了第一本第三折——和诗赏析。

这一折，张生唱的曲词，堪称是一篇优美的披之管弦的叙事诗。

[斗鹌鹑] 开始写月夜的良辰美景，接着写张生在花荫里悄悄地去看莺莺前的行动、神态、心情，表现他追求莺莺的迫切和热烈的爱情。译文如下：

明净的天空没有一点灰尘，天河的星光如泻如倾；月亮的光辉照遍晴空，花儿的阴影铺满园庭；穿着罗衣有些寒意，芬芳甜蜜的爱情又怕落空。侧着耳朵听呵，蹑着脚步儿行；悄悄地，不要出声，暗暗地，只怕露出身影；躲躲藏藏，走走停停。

[紫花儿序] 描写张生在花荫里等待莺莺时的想象，想象见到莺莺时的情景。

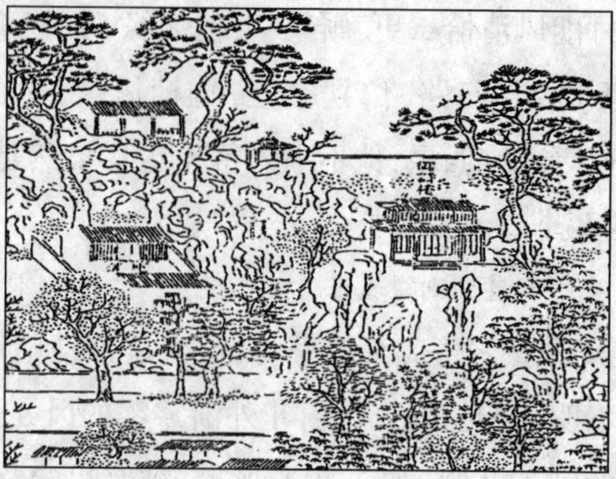

译文如下：

但等那穿得齐齐整整、姿态轻盈俏丽的莺莺。入夜之后，万籁无声，直到园中。要是在环绕的走廊下意外地碰见俺那可爱的人儿，将她紧紧地拥抱；只问你为什么会面少、分离多，形影不定。

[金蕉叶]描写在一片寂静中，张生听到、看到莺莺进园来了。笔触十分传神。译文如下：

猛听得园门儿呀的一声，风吹过，莺莺的衣香油然而生。踮起脚尖儿定睛细看，莺莺的面庞比我初见时还要美丽庄重。

[调笑令]从张生的眼里写莺莺的美丽，更激起张生对莺莺的爱慕。译文如下：

我这里好容易见到漂亮的莺莺，嫦娥也没有像她这样出群超众。忽隐忽现地穿过花香的小径，大概是小脚儿难行。可爱的人儿多么妩媚，简直要引去人的魂灵！

[小桃红]从张生的眼里，写莺莺在拜月祷告之后，流露出幽居深闺的哀怨之情，寂寞之态。译文如下：

夜已深，烧香的烟霭散布在空空的园庭，帘幕低垂，没有风，悄然无声。拜了月呀，就斜倚在曲折的栏杆上，长叹了两三声。多么圆的明月呵，好像悬挂在天上的明镜。围绕在莺莺身旁的又不是轻云薄雾，都只是烧香的烟、人呼的气，香烟人气缭绕弥漫得看不分明。

[秃厮儿]从张生的耳朵里听得莺莺和诗的声音，描写莺莺的智慧聪明。译文如下：

她那脸上已经洋溢着叫人可爱的风韵，哪受得了她心里还蕴藏着如此的聪明！

她那新诗应和得多么快呀,一字字,诉衷情,真叫人爱听!

[圣药王]继上曲:

她那诗句多清新,音律多轻匀,她的小名真还白白唤作莺莺她若是和我一起,互相对视着,隔着墙儿和诗到天明,那可信了一句俗话:"惺惺自古惜惺惺。"

[麻郎儿]莺莺的和诗,实际上已答应了张生对她的爱情追求,因此,张生原来的"芳心自警"就被爱情的火焰烧尽。他按捺不住,就从隐蔽的地方走出来,大胆地和莺莺会面。不料被红娘冲散了。译文如下:

我拽起罗衫前行,她赔着笑脸相迎。不能成人之美的红娘太无情义,即便是说声:"谨依来命……"依着莺莺和我会面又有什么不行?

[幺篇]描写莺莺被红娘催走的时候,响动惊醒了宿鸟,宿鸟的飞腾撩起了花枝,花枝的颤动震落了花朵。这飞鸟之声,又使张生猛然一惊。这支曲子仅用四句话,写出了鸟飞、影动、花落、人惊的丰满而工细的画面,由此及彼,极有层次,静中有动,绘形绘声,显示了作家的高度技巧和把握生活的能力。译文如下:

我忽听到一声,使我猛吃一惊:原来是栖息的鸟儿扑啦啦地飞腾,撩得花梢儿颤巍巍地摆弄花影,震得花朵儿乱纷纷地落满了小径。

[络丝娘]继上曲,写动后之静及张生的失望。译文如下:

空留下苍苔上碧澄澄的露水清冷,明月照射的白花花的斑驳花影。我白天凄凉呵白为爱情而生病,今夜呵只好重理我的相思之情。

[东原乐]继续写张生在莺莺走后失魂落魄的样子,进一步刻画他的怅惘之情,表现他的爱情之真、之切。译文如下:

帘幕垂下,门已关紧,可是刚才我曾以诗相问,她还以诗相应。此刻月明风清恰是二更,彼此都为分开而苦恼:她没有缘分,我的命运也不行。

[绵搭絮]写张生站到深夜,才不得不回到自己的住处。译文如下:

刚要寻路回去,又伫立在空空的园庭,看竹梢被风摆动,北斗星的斗柄遮在云层。哎呀! 今夜又是孤寂凄凉到十分,她不理人怎么办才成? 虽然说都是眼里传情,口里没言声,心里却相通。

[拙鲁速]描写张生回到住室后孤单凄凉的情景。译文如下:

对着盏绿荧荧的短架灯,倚着扇冷清清的旧屏风。灯儿又不明,梦儿又不成;窗外的风,渐孤零零地透进稀疏的窗棂,特愣愣地吹得窗纸儿鸣;枕头上孤孤零零,被子里空空洞洞。你就是个铁石人,也会动了感情。

[幺篇]写张生在坐卧不宁的怅惘之中,想象得到莺莺的爱情并成婚之后的美满生活。译文如下:

怨也不能,恨也不成,坐卧不安宁。但等有朝一日,是柳遮花映的良辰美景,我们在雾似的纱帐、云似的围屏之中,到夜阑人静,发出誓盟:我们的爱情像海和山那样永恒,那时候呵,真称得上文采风流、美好节庆,如花似锦的婚姻,幸福的爱情,咱两个洞房里温存,惬意得如置熏熏春风。

[尾]写张生做出留下来、不去应考的决定。译文如下:

美好的爱情从今定,莺莺的一首和诗就是证明;再不向京城应考求功名,梦里寻莺莺,我只去那碧桃花树下面,和莺莺欢会、定情。

《西厢记》 第二本第四折

王实甫

听 琴

(末上云)红娘之言,深有意趣。天色晚也,月儿,你早些出来么!(焚香了)呀,却早发擂也;呀,却早撞钟也。(做理琴科)琴呵,小生与足下湖海相随数年,今夜这一场大功,]都在你这神品:金徽、玉轸蛇腹、断纹、峄阳、焦尾、冰弦之上。天哪!却怎生借得一阵顺风,将小生这琴声吹入俺那小姐玉琢成、粉捏就、知音的耳朵里去者!(旦引红上,红云)小姐,烧香去来。好明月也呵!(旦云)事已无成,烧香何济!月儿,你团圆呵,咱却怎生?
(唱)

[越调斗鹌鹑]云敛晴空,冰轮乍涌;风扫残红,香阶乱

拥;离恨千端,闲愁万种。夫人那,"靡不有初,鲜克有终。"他做了个影儿里的情郎,我做了个画儿里的爱宠。

[紫花儿序]则落得心儿里念想,口儿里闲题,则索向梦儿里相逢。他娘昨日个大开东阁,我则道怎生般炮凤烹龙,朦胧!可教我"翠袖殷勤捧玉钟",却不道"主人情重"。则为那兄妹排连。因此上鱼水难同。

(红云)姐姐,你看月阑,明日敢有风也?(旦云)风月天边有,人间好事无。(唱)

[小桃红]人间看波!玉容深销绣帏中,怕有人搬弄。想嫦娥西没东生有谁共?怨天宫,裴航不作游仙梦。这云似我罗帏数重,只恐怕嫦娥心动,因此上围住广寒宫。

(红做咳嗽科)(末云)来了。(做理琴科)(旦云)这甚么响?(红发科)(旦唱)

[天净沙]莫不是步摇得宝髻玲珑?莫不是裙拖得环佩叮咚?莫不是铁马儿檐前骤风?莫不是金钩双控,吉丁当敲响帘栊?

[调笑令]莫不是梵王宫,夜撞钟?莫不是疏竹潇潇曲槛中?莫不是牙尺剪刀声相送?莫不是漏声长滴响壶铜潜身再听在墙角东,原来是近西厢理结丝桐。

[秃厮儿]其声壮,似铁骑刀枪冗冗;其声幽,似落花流水溶溶;其声高,似风清月朗鹤唳空;其声低,似听儿女语,小窗中,喁喁。

[圣药王]他那里思不穷,我这里意已通,娇鸾雏凤失雌雄;他曲未终,我意转浓,争奈伯劳飞燕各西东:尽在不言中。

我近书窗听咱。(红云)姐姐,你这里听,我瞧夫人一会便来。(末云)窗外有人,已定是小姐,我将弦改过,弹一曲,就歌一篇,名曰"凤求凰"。昔日司马相如得此曲成事,我虽不及相如,愿小姐有文君之意。(歌曰)"有美人兮,见之不忘;一日不见兮,思之如狂。凤飞翻翻兮,四海求凰;无奈佳人兮,不在东墙。张弦代语兮,欲诉衷肠,何时见许兮,慰我彷徨。愿言配德兮,携手相将,不得于飞兮,使我沦亡。"(旦云)是弹得好也呵!其词哀,其意切,凄凄然如鹤唳天;故使妾闻之,不觉泪下。

(唱)

[麻郎儿] 这的是令他人耳聪,诉自己情衷。知音者芳心自懂,感怀者断肠悲痛。

[幺篇] 这一篇与本宫、始终、不同。又不是清夜闻钟,又不是黄鹤醉翁,又不是泣麟悲凤。

[络丝娘] 一字字更长漏永,一声声衣宽带松。别恨离愁,变做一弄。张生呵,越叫人知重。

(末云)夫人且做忘恩,小姐你也说谎也呵!

(旦云)你差怨了我。(唱)

[东原乐] 这的是俺娘的机变,非干是妾身脱空;若由得我呵,乞求得效鸾凤。俺娘无夜无明并女工,我若得些儿闲空,张生呵,怎教你无人处把妾身作诵。

[绵搭絮] 疏帘风细,幽室灯清,都则是一层儿红纸,几棂儿疏棂,兀的不是隔着云山几万重!怎得个人来信息通?便做道十二巫峰,他也曾赋高唐来梦中。

(红云)夫人寻小姐哩,咱家去来。(旦唱)

[拙鲁速] 则见他走将来气冲冲,怎不叫人恨匆匆,唬得人来怕恐。早是不曾转动,女孩儿家直恁响喉咙!紧摩弄;索将他拦纵,则恐怕夫人行把我来厮葬送。

(红云)姐姐,只管听琴怎么,张生着我对姐姐

说,他回去也。(旦云)好姐姐呵,是必再着住一程

儿!(红云)再说甚么?(旦云)你去呵。

[尾]则说道夫人时下有人唧哝,好共歹不着你落空。

不问俺口不应的狠毒娘,怎肯着别离了志诚种?(并下)

[络丝娘煞尾]不争惹恨牵情斗引,少不得废寝忘餐病

症。

  题目 张君瑞破贼计 莽和尚生杀心

  正名 小红娘昼请客 崔莺莺夜听琴

【鉴赏】

 [斗鹌鹑]:云收了,天晴了,圆圆的月亮忽然涌现;风扫落花,在充满香气的台阶旁,拥挤成团;分离的怨恨,无聊的苦闷,多得万万千千。自古道:"无不是只有善始,很少能有善终。"到如今,他做了我个影儿里的情郎,我成了他个画儿里的爱人。

 [紫花儿序]:只落得心儿里想念,口儿里闲题,只需向梦儿里相逢。俺娘昨日个大开客厅,我以为她怎样地大摆筵席,没想到,糊里糊涂地变成了只招待张生。她只叫我殷勤献酒,却不说她待客的情义重不重。只因为她叫我和张生兄妹相称,因此使我们鱼水般和谐的爱侣婚姻难成。

 [小桃红]:看人间,美丽如玉的女儿被深锁在绣房中,只怕有人来挑逗,引起爱情。想那月宫的美人嫦娥,东升西落有谁陪同?怨天公,竟使裴航、云英那样的一对情人,也不能成婚。天上的云呵,好比是我深闺里的罗帐一层层,只怕嫦娥生爱

以上三首曲词,是写莺莺对不守信义、赖掉婚事的老夫人的埋怨,表现了青年女子对封建礼教和封建道德压制、摧残纯真爱情的不满。第三首描写莺莺的爱情苦闷,尤其深切感人。作家以天上比人间,又以人间比天上;以嫦娥比莺莺,又以莺莺比嫦娥;以云彩比罗帐,以月宫比深闺,以天公比老夫人,等等,设喻巧妙,自然天成,极尽哀婉之致,表现了深刻的思想内容。

[天净沙]:莫不是脚步儿,摇得发髻上的珠宝铃铃有声? 莫不是长裙儿,拖得佩戴的玉器叮叮咚咚? 莫不是悬挂的铁马儿,在檐前乘风驰骋? 莫不是挂帘的金钩相碰,吉里叮当敲响帘儿和窗棂?

[调笑令]:莫不是佛寺里,夜里敲钟? 莫不是风雨穿过曲栏里的竹丛,沙沙有声? 莫不是象牙装饰的尺子、剪刀,一声接一声? 莫不是计时的铜壶滴水之声? 我躲在墙角东再听一听,啊,原来靠近西厢房的那边有人把琴弦拨动。

[秃厮儿]:那琴声雄壮呵,好象身披铁甲的骑兵,刀枪相碰;那琴声清幽呵,好象流水漂着落花,从从容容;那琴声高扬呵,好象仙鹤在风清月明的夜空,翘首长鸣;那琴声低微呵,好象少年男女窃窃地说着情话儿,亲昵地隐在小窗之中。

以上三首曲词,是写莺莺听琴。描写琴声,全用比喻,一气呵成,有如珠洒玉盘,动不可收。这里用的比喻,大都是以声比声,但是声中有景,声中有情,每一句比喻都是一幅生动的画面,包含着一种优美的意境。这本来是中国古典诗、词、曲在描写乐声的传统手法,但是王实甫结合自己所创造的人物性格及其心理状态,他所描绘的琴声,特别明快、清新,别有一番风韵之美。

[圣药王]:他那里的情思无尽无穷,我这里的情意早已沟通,都是因为青年男女失恋之情;他的乐曲还没弹完,我的恋情越来越浓,怎奈那伯劳鸟、飞燕儿各奔西东;这么强烈的恋情呵,尽在不言之中相通。

[麻郎儿]:这真是叫别人听来耳明,他是在诉说自己爱情的真诚。知音的人哪,我的甜美的心里早已听懂;满怀心事的人哪,你为了爱情而极度悲痛。

[幺篇]:这后一篇和前一曲在音调上可不相同。它不是[清夜闻钟]、[黄鹤醉翁]、[泣麟悲凤]这些古琴曲名。

[络丝娘]:这歌词,一字字表达了为恋情而感到长夜难明;这琴声,一声声诉说了为相思而消瘦,衣服肥大腰带松。离别的恨呵离别的愁,全凝结在一首歌曲中。

张生呵，越发叫人看重。

以上四首曲词，是写莺莺听琴之后的感受，更加深了她对张生的爱情。

[东原乐]：这实在是俺娘的心计巧变，推托、失信的事和我无关；要是由得我自己呵，巴不得和你成亲眷。俺娘无明无夜地摧我做针线，我要是得些空闲，张生呵，怎叫你在这无人的地方把我思念？

[绵搭絮]：稀疏的竹帘风丝细细，幽暗的空内灯光冷清，只是一层窗纸，几根窗棂，简直就像隔着高山几万层！怎么能得个人来把信息通？即便是远隔巫山十二峰，他也早就如宋玉那样的高唐作赋，我也会像神女那样和他欢乐与共。

以上两首曲词，是写莺莺在听到张生误解之后，暗地表白自己对张生的真挚爱情。她看张生的屋内冷清寂寞，恨不得找个人来从中联系，和张生幸福地约会。

[拙鲁速]：只见红娘走来气冲冲，怎不叫我又急又恨，吓得我多么惶恐。幸亏我不曾转动，这个女孩儿家竟这么响喉咙！作弄得这么凶；我须把她阻拦，只怕是老夫人把我们都断送。

[尾]：只说道老夫人那里有人帮着说情，好歹反正不叫你落空。不问问俺那口是心非的狠毒娘，怎么肯叫我离开你这爱情专一的情种？

以上两首曲词，是写莺莺对于红娘突然到来的惊恐，是怕她的大嗓门儿惊动了老夫人。当她听红娘来报，说张生要回去的时候，一下子慌了，立即叫红娘去挽留张生。这些地方，都深入细致地表现了莺莺的热恋深情，以及她对压制这种爱恋的老夫人的怨恨。[拙鲁速]一首，描写红娘莽撞到来的神态，描写莺莺突然吃惊的惶恐神态，都十分传神。笔墨之简练，犹如高明的速写画家几笔勾勒的舞姿。

《西厢记》　第四本第二折

王实甫

拷　红

（夫人引俫上云）这几日窃见莺莺语言恍惚，神思加倍,腰肢体态,比向日不同,莫不做下来了么?
(俫云)前日晚夕,奶奶睡了,我见姐姐和红娘烧
香,半晌不回来,我家去睡了。(夫人云)这桩事都
在红娘身上,唤红娘来!(俫唤红娘科)(红云)哥
哥唤我怎么?(俫云)奶奶知道你和姐姐去花园里
去,如今要打你哩。(红云)呀!小姐,你带累我
也!小哥哥你先去,我便来也。(红唤旦科)(红
云)姐姐,事发了也,老夫人唤我哩,却怎了?(旦
云)好姐姐,遮盖咱!(红云)娘呀,你做的隐秀者,
我道你做下来也。(旦念)月圆便有阴云蔽,花发
须教急雨催。(红唱)

[越调斗鹌鹑]则着你夜去明来,倒有个天长地久,不争
你握雨携云,常使我提心在口。则合带月披星,谁着你
停眠整宿?老夫人心数多,情性侷;使不着我巧语花言,
将没做有。

[紫花儿序]老夫人猜那穷酸做了新婿,小姐做了娇
妻,这小贱人做了牵头。俺小姐这些时春山低翠,秋
水凝眸。别样的都休,试把你裙带儿拴,纽门儿扣,比
着你旧时肥瘦,出落得精神,别样的风流。

(旦云)红娘,你到那里小心回话者!(红云)
我到夫人处,必问:"这小贱人!"

[金蕉叶]我着你但去处行监坐守,谁着你迤逗的胡行
乱走?若问着此一节呵如何诉休?你便索与他个知情
的犯由。

姐姐,你受责理当,我图甚么来?(唱)

[调笑令]你绣帏里效绸缪,倒凤颠鸾百事有。我在窗
儿外几曾轻咳嗽,立苍苔将绣鞋儿冰透。今日个嫩皮肤
倒将粗棍抽,姐姐呵,俺这通殷勤的着甚来由?

（红云）姐姐在这里等着，我过去。说过呵，休欢喜；说不过，休烦恼。（红见夫人科）（夫人云）小贱人，为甚么不跪下？你知罪么？（红跪云）红娘不知罪。（夫人云）你故自口强哩。若实说呵，饶你；若不实说呵，我直打死你这个贱人！谁着你和小姐花园里去来？（红云）不曾去，谁见来？（夫人云）欢郎见你去来，尚故自推哩。（打科）（红云）夫人休闪了手，且息怒停嗔，听红娘说。（唱）

[鬼三台] 夜坐时停了针绣，共姐姐闲穷究，说张生哥哥病久，咱两个背着夫人，向书房问候。（夫人云）问候呵，他说甚么？（红云）他说来，道"老夫人事已休，将恩变为仇，着小生半途喜变做忧。"他道："红娘你且先行，教小姐权时落后。"

（夫人云）他是个女孩儿家，着他落后怎么？

（红唱）

[秃厮儿] 我则道种针法灸，谁承望燕侣莺俦。他两个经今月余则是一处宿，何须一一问缘由？

[圣药王] 他每不识忧，不识愁，一双心意两相投。夫人得好休，便好休，这其间何必苦追求？常言道："女大不中留"。

（夫人云）这端事都是你个贱人！（红云）非是张生、小姐、红娘之罪，乃夫人之过也。（夫人云）这贱人倒指下我来，怎么是我之过？（红云）信者，人之根本，"人而无信，不知其可也。大车无輗，小车无軏，其何以行之哉？"当日军围普救，夫人所许退军者，以女妻之。张生非慕小姐颜色，岂肯区区建退军之策？兵退身安，夫人悔却前言，岂得不为失信乎？既然不肯成其事，只合酬之以金帛，令张生舍此而去。却不当留请张生于书院,使怨女旷夫,各相早晚窥视,所以夫人有此一端。目下老夫人若不息其事,一来辱没相国家谱,二来张生日后名重天下,施恩于人,忍令反受其辱哉?使至官司,夫人亦得治家不严之罪。官司若推其详,亦知老夫人背义而忘恩,岂得为贤哉?红娘不敢自专,乞望夫人台鉴:莫若恕其小过,成就大事,掩之以去其污,岂不为长便乎?(唱)

[麻郎儿]秀才是文章魁首,姐姐是仕女班头;一个通彻三教九流,一个晓尽描鸾刺绣。

[幺篇]世有、便休、罢手,大恩人怎做敌头?起白马将军故友,斩飞虎叛贼草寇。

[络丝娘]不争和张解元参辰卯酉,便是与崔相国出乖弄丑。到底干连着自己骨肉,夫人索穷究。

(夫人云)这小贱人也道得是。我不合养了这个不肖之女。待经官呵,玷辱家门。罢罢!俺家无犯法之男,再婚之女,与了这厮罢。红娘,唤那贱人来!(红见旦云)且喜姐姐,那棍子则是滴溜溜在我身上,吃我直说过了。我也怕不得许多。夫人如今唤你来,待成合亲事。(旦云)羞人答答的,怎么见夫人?(红云)娘根前有甚么羞?(唱)

[小桃红]当日个月明才上柳梢头,却早人约黄昏后。羞得我脑背后将牙儿衬着衫儿袖。猛凝眸,看时节则见鞋底尖儿瘦。一个恣情的不休,一个哑声儿厮耨。呸!那其间可怎生不害半星儿羞?

(旦见夫人科)(夫人云)莺莺,我怎生抬举你来?今日做这等的勾当!则是我的孽障,待怨谁的是!我待经官来,辱没了你父亲,这等事不是俺相国人家的勾当。罢罢罢！谁似俺养女的不长进！红娘，书房里唤将那禽兽来！（红唤末科）（末云）小娘子，唤小生做甚么？（红云）你的事发了也，如今夫人唤你采，将小姐配与你哩。小姐先招了也，你过去。（末云）小生惶恐，如何见老夫人？当初谁在老夫人行说来？（红云）休佯小心，过去便了。（唱）

[小桃红]既然泄漏怎干休？是我相投首。俺家里陪酒陪茶倒撧就。你休愁，何须约定通媒媾？我弃了部署不收，你原来"苗而不秀"。呸！你是个银样镴枪头。

（末见夫人科）（夫人云）好秀才呵，岂不闻"非先王之德行不敢行"。我待送你去官司里去来，恐辱没了俺家谱。我如今将莺莺与你为妻，则是俺三辈儿不招白衣女婿，你明日便上朝取应去。我与你养着媳妇，得官呵，来见我；驳落呵，休来见我。（红云）张生早则喜也。（唱）

[东原乐]相思事，一笔勾，早则展放从前眉儿皱，美爱幽欢恰动头。既能够，张生，你觑兀的般可喜娘庞儿也要人消受。

（夫人云）明日收拾行装，安排果酒，请长老一同送张生到十里长亭去。（旦念）寄语西河堤畔柳，安排青眼送行人。（同夫人下）（红唱）

[收尾]来时节画堂箫鼓鸣春昼，列着一对儿鸾交凤友。那期间才受你说媒红，方吃你谢亲酒。（并下）

【鉴赏】

　　红娘的影子早在西汉司马相如和卓文君的故事里就已出现，她是卓文君的侍婢，是为卓文君私通司马相如穿针引线的。到中唐元稹的《莺莺传》才出现她的名字,但记载很简略。到元代王实甫的《西厢记》才综合宋、金以来民间说唱和演出崔张故事的成就,把她塑造成活灵活现的舞台人物形象。

红娘在《西厢记》里起的作用,一是在崔莺莺和张生之间传书寄简,帮助这两个有情人的自愿结合;二是挺身而出,回击老夫人和郑恒对崔张美满婚姻的破坏。前者从《赖婚》到《佳期》共七场戏;后者集中表现在《拷红》《争婚》两场戏。《拷红》一场写得尤其成功。

《拷红》这场戏分三大段演进。第一大段演崔张私自结合被老夫人识破,要找红娘来拷问时,红娘、莺莺之间那一段对白和曲子充分表现了莺莺、红娘对事件的不同态度:一个要遮盖,一个要直说。同时表现他们不同的性格特征:一个是快人快口,一个是顾虑重重。这就以鲜明的人物形象,步步引人入胜。

下面一段[金蕉叶]以红娘估计老夫人怎样拷问,自己怎样回答,为后面她对老夫人的大段辩白作引子。在演出时,红娘还模仿老夫人的嘴脸和声口,引起观众的哄堂大笑,收到很好的舞台效果。

[调笑令]一曲及下面的白文,把红娘在这场斗争前的思想准备表现得很充分。值得注意的是,红娘唱的这支曲子,写莺莺、红娘在同一事件中两种截然不同的处境很深刻,反映了封建社会带有普遍意义的主奴关系。正像俗话说的:"老和尚偷馒头,小和尚打屁股。"红娘实际成了莺莺的替罪羊。这真是带泪的喜剧。第二大段写红娘跟老夫人的正面冲突。红娘采取的是摆事实、说道理,先让一步、后发制人的策略。在老夫人气势汹汹,大兴问罪之师时,她以认罪的口气唱了下面这支曲子:"夜坐时停了针绣,共姐姐闲穷究,说张生哥哥病久。咱两个背着夫人,向书房问候。"老夫人信以为真,追问她张生当时说些什么?红娘接下唱:"他说来,道'老

夫人事已休,将恩变为仇,着小生半途喜变做忧。'他道:'红娘你且先行,教小姐权时落后。'"红娘模仿张生的声口,指责老夫人恩将仇报,这是他对老人摆的第一个事实。

从这个事实看,莺张的私自会合,都由老夫人赖婚引起,跟红娘无关。老夫人跟着又问"她(指莺莺)是个女孩儿家,着她落后怎么!"红娘又做了如下的回答:"我则道神针法灸,谁承望燕侣莺俦? 他两个经今月余则是一处宿,何须一一问缘由。他每不识忧,不识愁,一双心意两相投。夫人得好休,便好休,这其间何必苦追求? 常言道,'女大不中留。'"红娘的意思是说,我陪小姐去看张生的病,是想叫他针灸服药,想不到他们私自成亲已一个多月。这是摆的第二个事实。根据这个事实,莺张的结合,出于双方自愿,即"一双心意两相投",不是由于红娘的拉拢。

以上三支曲子写红娘巧妙地把老夫人责问她的话头一步步引到莺莺、张生方面来,摆脱了自己的被动处境,又进一步奚落了老夫人。莺莺张生私自结合已一个多月,她还被蒙在鼓里,使这个一向自以为治家严谨、大权在握的人物,反而处于十分尴尬的境地,斗争形势就向有利于红娘的方向转化。红娘先让一步,后发制人,语调痛快淋漓,又带三分幽默,是《西厢记》中写得十分精彩的片段。当然,红娘是不会把自己怎样替莺莺张生传书送简也摆出来的,否则就太愚蠢了。

上面是摆事实,再看红娘是怎样跟老夫人说道理的:夫人白:"这端事都是你个贱人。"红白:"非是张生、小姐、红娘之罪,乃夫人之过也。"

夫人白:"这贱人到指下我来,怎么是我之过?"这时,红娘历数事实,重叙张生退孙飞虎、老夫人应允婚事等往事,一面指出夫人的失信失策,一面又向她指明利害,尤其是指出事情张扬之后将败坏相国家谱,击中她的要害,使她不得不认输。有人认为红娘的这段唱白太文了,未免和她的身份不合。但宋元时大家闺秀大都有伴读丫鬟,从这方面看,还是可以理解的。

后面大段曲白是高潮过后的两个余波:先是老夫人叫红娘去叫莺莺来,准备把她许配张生,莺莺羞愧得抬不起头来,说"羞人答答的怎么见母亲",红娘嘲笑她"娘根前有什么羞",催她去见夫人。后来老夫人叫红娘去叫张生来,张生也说"小生惶恐,如何去见老夫人",红娘嘲笑他是"银样镴枪头"。通过红娘对莺张的善意嘲弄,引起观众会心的微笑,也把红娘的舞台形象树立得更高。把一个婢女的形象塑造得如此光辉,不仅是此前文学史中所未见,也为《董解元西厢记》所不及。在莺莺见到老夫人时,老夫人唉声叹气地说:"莺莺,我怎生抬举你来,今日做这等的勾当,只是我的孽障!……罢罢罢!谁似俺养女的不长进!红娘,书房里唤那禽兽来!"老夫人一面骂女儿,一面怨自己,一面骂张生禽兽,一面还得把女儿嫁给他,充分表现老夫人的矛盾心理,声口毕肖,是高度的现实主义描绘。

最后,以红娘的高唱凯歌结束:"来时节画堂箫鼓鸣春昼,列着一对儿鸾交凤友,那其间才受你说媒红,方吃你谢亲酒。"直贯《西厢记》全本的最后大团圆,也说明关汉卿续第五本之说的不可信。而老夫人叫张生第二天就去上朝应考,"得官呵,来见我;驳落呵,休来见我",跟开头红娘说的"说过呵,休欢喜;说不过,休烦恼",遥遥相应。看来虽是余波,却关联着全场、全局。

喜剧以卑贱者的胜利,赢得观众的喜爱;同时以高贵者的失败,博得观众的笑声。《拷红》正是这样的喜剧典型。从上面三大段的剧情看,红娘的胜利概括了:一、事先做了充分的思想准备,表现她的深沉、老练;二、后发制人,攻其要害,表现她的机智、勇敢;三、笑得最后,笑得最美,表现她的胜利信心和乐观态度。

这样的戏曲场子,千百年来,历演不衰,是由于它的艺术魅力征服了观众,特别是下层的人民大众。到了今天,它在元代演出的舞台形象,虽已难以想象,依然可以作为古典文学里一个精彩片段来欣赏。

《西厢记》 第四本第三折

王实甫

长亭送别

(夫人长老上,云)今日送张生赴京,就十里长亭,安排下筵席。我和长老先行,不见张生小姐来到。

(旦末红同上)(旦云)今日送张生上朝取应。早是离人伤感,况值那暮秋天气,好烦恼人也呵!悲欢聚散一杯酒,南北东西万里程。(唱)

[**正宫端正好**] 碧云天，黄花地，西风紧，北雁南飞。晓来谁染霜林醉？总是离人泪。

[**滚绣球**] 恨相见得迟，怨归去得疾。柳丝长玉骢难系，恨不得情疏林挂住斜晖。马儿迍迍的行，车儿快快的随。却告了相思回避，破题儿又早别离。听得道一声"去也"，松了金钏；遥望见十里长亭，减了玉肌。此恨谁知！

（红云）姐姐今日怎么不打扮？（旦云）你那知我的心里呵！（唱）

[**叨叨令**] 见安排着车儿、马儿，不由人熬熬煎煎的气。有甚么心情将花儿、靥儿，打扮的娇娇滴滴的媚。准备着被儿、枕儿，则索昏昏沉沉的睡。从今后衫儿、袖儿，都揾做重重叠叠的泪。兀的不闷杀人也么哥，兀的不闷杀人也么哥！久已后书儿、信儿，索与我恓恓惶惶的寄。

（做到了科，见夫人了）（夫人云）张生和长老坐，小姐这壁坐，红娘将酒来。张生，你向前来，是自家亲眷，不要回避。俺今日将莺莺与你，到京师休辱末了俺孩儿，挣揣一个状元回来者。（末云）小生托夫人余荫，凭着胸中之才，视得官如搭芥耳。（洁云）夫人主张不差，张生不是落后的人。（把酒了，坐）（旦长吁科）（唱）

[**脱布衫**] 下西风黄叶纷飞，染寒烟衰草萋迷。酒席上斜签着坐的，蹙愁眉死临侵地。

[**小梁州**] 我见他阁泪汪汪不敢垂，恐怕人知。猛然见了把头低，长吁气，推整素罗衣。

[**幺篇**] 虽然久后成佳配，奈时间怎不悲啼。意似痴，心如醉，昨宵今日，清减了小腰围。

（夫人云）小姐把盏者！（红递酒了,旦把盏长吁科,云）请吃酒！（唱）

[上小楼]合欢未已,离愁相继。想着俺前暮私情,昨夜成亲,今日别离。我谂知这几日相思滋味,却原来此别离情更增十倍。

[幺篇]年少呵轻远别,情薄呵易弃掷。全不想腿儿相压,脸儿相偎,手儿相携。你与俺崔相国做女婿,妻荣夫贵,但得个并头莲,煞强如状元及第。

（红云）姐姐不曾吃早饭,饮一口儿汤水。（旦云）红娘。什么汤水咽得下！（唱）

[满庭芳]供食太急,须臾对面,顷刻别离。若不是酒席间子母每当回避,有心待与他举案齐眉。虽然是厮守得一时半刻,也合着俺夫妻每共桌而食。眼底空留意,寻思起就里,险化做望夫石。

（夫人云）红娘把盏者！（红把酒科）（旦唱）

[快活三]将来的酒共食,尝着似土和泥;假若便是土和泥,也有些土气息,泥滋味。

[朝天子]暖溶溶玉醅,白泠泠似水,多半是相思泪。眼面前茶饭怕不待要吃,恨塞满愁肠胃。"蜗角虚名,蝇头微利",拆鸳鸯在两下里。一个这壁,一个那壁,一递一声长吁气。

（夫人云）辆起车儿,俺先回去,小姐随后和红娘来。（下）（末辞洁科）（洁云）此一行别无话说,贫僧准备买登科录看,做亲的茶饭少不得贫僧的。先生在意,鞍马上保重者！"从今经忏无心礼,专听春雷第一声。"（下）（旦唱）

[四边静]霎时间杯盘狼藉,车儿投东,马儿向西。两意徘徊,落日山横翠。知他今宵宿在那里？有梦也难寻

觅。

（旦云）张生，此一行得官不得官，疾早便回来。（末云）小生这一去，白夺一个状元。正是："青霄有路终须到，金榜无名誓不归。"（旦云）君行别无所赠，口占一绝，为君送行："弃掷今何道，当时且自亲。还将旧来意，怜取眼前人。"（末云）小姐之意差矣，张珙更敢怜谁？谨赓一绝，以剖寸心："人生长远别，孰与最关亲？不遇知音者，谁怜长叹人？"（旦唱）

[耍孩儿] 淋漓襟袖啼红泪，比司马青衫更湿。伯劳东去燕西飞，未登程先问归期。虽然眼底人千里，且尽樽前酒一杯。未饮心先醉，眼中流血，心内成灰。

[五煞] 到京师服水土，趁程途节饮食，顺时自保揣身体。荒村雨露宜眠早，野店风霜要起迟！鞍马秋风里，最难调护，最要扶持。

[四煞] 这忧愁诉与谁？相思只自知，老天不管人憔悴。泪添九曲黄河溢，恨压三峰华岳低。到晚来闷把西楼倚，见了些夕阳古道，衰柳长堤。

[三煞] 笑吟吟一处来，哭啼啼独自归。归家若到罗帏里，昨宵个绣衾香暖留春住，今夜个翠被生寒有梦知。留恋你应无计，见据鞍上马，阁不住泪眼愁眉。

（末云）有甚么言语嘱付小生咱？（旦唱）

[二煞] 你休忧"文齐福不齐"，我则怕你"停妻再娶妻"。你休要"一春鱼雁无消息"！我这里青鸾有信频须寄，你却休"金榜无名誓不归"。此一节君须记：若见了那异乡花草，再休似此处栖迟。

（末云）再谁似小姐？小生又生此念。小姐放心，小生就此拜辞。（旦唱）

[**一煞**]青山隔送行,疏林不作美,淡烟暮霭相遮蔽。夕阳古道无人语,禾黍秋风听马嘶。我为甚至懒上车儿内,来时甚急,去后何迟?

(红云)夫人去好一会,姐姐,咱家去! (旦唱)

[**收尾**]四围山色中,一鞭残照里。遍人间烦恼填胸臆,量这些大小车儿如何载得起?

(旦红下)(末云)仆童赶早行一程儿,早寻个宿处。泪随流水急,愁逐野云飞。(下)

【鉴赏】

　　《西厢记》的第四本第三折,一般称作"长亭送别",是写张生在老夫人的逼迫下,即将离别莺莺进京赶考;莺莺、红娘、老夫人等在十里长亭为张生饯行送别。这一折戏情节比较简单,主要是写莺莺和张生的离别之情。按照元人杂剧的体制,一折戏里只能有一个角色演唱,其他角色只能道白。"长亭送别"是由莺莺主唱。这折戏基本上是通过莺莺所唱的曲词,来刻画莺莺和张生别离时的痛苦心情和怨恨情绪。

　　作者把这折戏安排在一个凄凉的暮秋天气里,这一特定环境的气氛很能勾起愁人的离情别绪。莺莺刚上场唱的第一支曲子[正宫端正好]就把这个特定环境生动地描绘出来了。曲词是这样的:

　　碧云天,黄花地,西风紧,北雁南飞。晓来谁染霜林醉?总是离人泪。

　　"碧云天,黄花地,西风紧,北雁南飞"四句,每一句描写秋天的一个景物:蔚蓝的高空飘荡着几朵白云;地上到处是零落的黄花;萧瑟的秋风阵阵吹过;避寒的北方大雁向南飞去。这些具有深秋时节特征的景物所造成的气氛,正好衬托出莺莺为离愁别恨所烦恼的痛苦压抑的心情。接下来,"晓来谁染霜林醉? 总是离人泪"两句,是莺莺的反问和自答:是什么在一夜之间把这一片树林染红了呢? 都是离别之人的伤心泪水! 秋天的树叶变红,这本来是大自然的客观现象,与人的主观感情毫无关系,眼泪也不能把树叶染红,但是在为离别的痛苦而流了一夜眼泪的莺莺心目中,这一片树林似乎也为她的离情感动得完全变成血红颜色了。这一段曲词,借景抒情,情景交融,具有浓郁的诗情画意。

这段曲词的语言典雅华丽,含蓄委婉,有丰富的想象力。"碧云天,黄花地",来自宋代范仲淹[苏幕遮]词开头的两句,原词是"碧云天,黄叶地",王实甫把"黄叶"改成了"黄花"。"黄叶"改成"黄花"既与后面"晓来谁染霜林醉"所写的红叶不重复,不矛盾;而且满地的黄花,配上满树的红叶,更能表现出秋色的凄凉。"晓来谁染霜林醉"这种反问语气的运用,使得大自然的景色,带上了离人的主观色彩。一个动词"染"字,把这种主观色彩刻画得更加形象,更加突出。

在[正宫端正好]这支曲子的后面,紧接着是一支名为[滚绣球]的曲子:这段曲词,是莺莺在赴长亭的路上唱的,主要以途中的景物为线索来抒情写意,从不同的侧面展示主人公复杂的内心世界。

"柳丝长玉骢难系,恨不得倩疏林挂住斜晖","玉骢"是指张生骑的青白色的马;"倩",是请的意思;"斜晖",指斜照的阳光。莺莺看到长长的柳丝就想到它系不住张生骑的马儿;看到疏朗的树林就想请它们挂住流逝的阳光,让时间走得慢一点。"马儿迍迍的行,车儿快快的随","迍迍"就是慢慢的意思。张生骑马在前,莺莺坐车在后,莺莺要马儿慢慢地走,车儿快快地跟上,好让自己同张生更靠近些,也能有更多一点的时间呆在一起。"却告了相思回避,破题儿又早别离",这两句是说"刚逃过了情人之间的相思之苦,才开始在一起又要很快地分离。"听得一道声去也松了金钏,遥望见十里长亭减了玉肌。此恨谁知?""金钏"就是戴在手腕上的金镯子;"长亭"是古代设立在大道旁边为送别饯行而用的亭子,古语有"十里一长亭,五里一短亭"的说法,所以叫"十里长亭"。这三句是说,莺莺刚听见一声张生要走,手腕上带的金镯子就松下来了;远远看见送别的十里长亭,人马上就瘦下来了。这种离愁别恨有谁能知道啊? 这里作者运用了高度夸张的表现手法,来形容当时莺莺和张生缠绵欲绝的离别之情。

这段曲词和前面那段[端正好]相比,在情景的铺设上是不大相同的。[端正好]主要是采用因景生情的手法,以凄凉的暮秋景象来引出莺莺的离愁别恨。[滚绣球]这段曲词,比较多地采用了由情及景的手法,柳丝系马儿、疏林挂斜晖、马慢走车快行、松金钏减玉肌等等所有这些描写,无不都是由莺莺对张生的依恋惜别之情引发出来的。

对莺莺内心活动的刻画,不是依仗苍白空泛的言辞,而是借助鲜明生动的形象。作者把天地景物乃至车马首饰统统拿来,赋予丰富的联想和夸张,作为表情达意的手段。这就使得抽象的人物感情表现得十分具体事实,细腻动人。

以上介绍的[端正好]和[滚绣球]两支曲子,都是莺莺的内心独自。接下去,作者通过红娘之口,问莺莺今天为什么不梳妆打扮,莺莺唱了一支名为[叨叨令]的曲子来回答她。这个时候,张生也在场。这段曲词是这样的:

见安排着车儿马儿,不由人熬熬煎煎的气;有什么心情花儿靥(夜)儿,打扮的娇娇滴滴的媚;准备着被儿枕儿,则索昏昏沉沉地睡;从今后衫儿袖儿,都揾做重重叠叠的泪。兀的不闷杀人也么哥?兀的不闷杀人也么哥?久已后书儿信儿,索与我恓恓惶惶的寄。

这一段曲词,运用了一连串的排比句,其中“靥儿”,指女子在脸上搽胭脂抹粉;“则索”,只能的意思;“揾”,揩拭的意思。这段曲词,先是说莺莺看见送行的车马,心中非常难过、闷气;进而又说无心梳妆打扮,从今后只能用昏睡和哭泣来熬度时光。紧接着,是无可奈何的悲叹:“兀的不闷杀人也么哥?兀的不闷杀人也么哥?”“兀的不”,就是怎么不的意思;“也么哥”是曲词中的衬字,没有实在的含义。这两句叠句是说:怎么不烦闷死人啊?怎么不烦闷死人啊?然而烦闷和悲叹也无法挽回她和张生的离别,所以最后只好叮嘱张生:“久已后书儿信儿,索与我恓恓惶惶的寄。”这里的“索”,是必须、应该的意思;“恓恓惶惶”,匆忙、赶紧的意思。这两句是嘱咐张生分别后赶紧寄书信回来。

这段曲词是莺莺在自己丈夫和最知心的丫鬟红娘面前尽情倾诉离别的痛苦心情,因此在描写上与前面[端正好]和[滚绣球]委婉含蓄的内心独白不一样,整段曲词无遮无拦,直抒胸臆,用的都是一些普通的口语,如车儿马儿、花儿靥儿、被儿枕儿、衫儿袖儿、熬熬煎煎、昏昏沉沉。作者把这些日常的口语巧妙地组合起来,用一连串的排比、重叠,造成音节和声韵的回环流转,产生"一唱三叹"的艺术效果。

当莺莺、张生、红娘与老夫人会见后,送别的酒宴开始了。当着严厉无情的老夫人,莺莺不能尽情表露自己的感情,她只能感叹、悲伤。酒宴完毕以后,老夫人先走了。这个时候,莺莺和张生能谈谈知心话了。这里,安排了一支名叫[耍孩儿]的曲子,曲词是这样的:

淋漓襟袖啼红泪,比司马青衫更湿。伯劳东去燕西飞,未登程先问归期。虽然眼底人千里,且尽樽前酒一杯。未饮心先醉,眼中流血,心内成灰。

这段曲词的开头,作者借用典故来极力渲染莺莺内心的悲戚。"淋漓襟袖啼红泪,比司马青衫更湿","红泪",古代传说,曾经有一个少女被选入皇宫,在同她的父母分别时,哭得很伤心,用玉壶接下她的眼泪,玉壶都染成红色的了。后来指女子非常悲伤时流的眼泪叫"红泪"。"比司马青衫更湿",是融化了唐代诗人白居易的长诗《琵琶行》中最后两句:"座中泣下谁最多?江州司马青衫湿。""江州司马"是白居易当时担任的官名,指的是白居易。这两句是说,莺莺为离别之苦而流的眼泪湿透了衣衫,比当年白居易听琵琶女弹奏时流的眼泪还要多。接下来作者又以比喻的手法进一步抒写莺莺的心绪:"伯劳东去燕西飞,未登程先问归期"。"伯劳"是一种鸟,这两句是说,伯劳和燕子就要一个飞东一个飞西了,还没有起飞分开就问今后相会的日子。经过这些铺张描写,人物的感情已成奔腾之势向高潮发展。这时候,作者却避过潮头,另敷新笔:"虽然眼底人千里,且尽樽前酒一杯。"纵然马上就要相别千里,姑且在聚合时再饮一杯送行酒吧。这是由极度悲哀转向无可奈何时的一句宽慰话。这一笔,虽在意想这外,却在情理之中。它使得整段曲词错落有致,人物的内心活动也显得波澜起伏。经过这样的跌宕回旋,作者才放纵笔墨把人物的感情推向高潮:"未饮心先醉,眼中流血,心内成灰。""未饮心先醉"。是宋代词人柳永[诉衷情近]词中的一句,原文是"未饮先如醉"。王实甫把它改成"未饮心先醉",语意就更加沉重。这三句是说,哪里还要饮什么送行酒啊,还没饮酒,心早已如痴如醉了!眼泪流尽继之以血,这颗心早已被折磨得像死灰一样了。这同上面"虽然眼底人千里,且尽樽前酒一杯"相对照,是感情上的一个突变,由一刹那间的宽慰,转到痛不欲生的悲哀。实际上,前两句是后三句的映衬和对比,可以说这是一种欲放先收、欲高先低的手法。

尽管莺莺和张生难舍难分,张生还是上马走了。这时候莺莺流连徘徊,极目远

送,思绪万端,不忍回去。作者在这里为莺莺安排了一支名为[一煞]的曲子,曲词是这样的:

　　青山隔送行,疏林不做美,淡烟暮霭相遮蔽。夕阳古道无人语,禾黍秋风听马嘶。我为甚么懒上车儿内,来时甚急,去后何迟?

　　这段曲词有景有情,景为情设,情由景生,浑然一体。这里的青山疏林,淡烟暮霭,夕阳古道,禾黍秋风,构成了一幅黄昏时候秋天郊外的画面。"暮霭"就是黄昏时候天空中的烟雾;"禾黍",在这里泛指长在地里的庄稼。这幅画与前面[端正好]中蓝天白云,黄花满地,秋风阵阵,大雁南飞的秋天早晨的象象相比,又是一种不同的情调。然而这两种不同的秋色,都能引起愁人的离情别绪。青山疏林和淡烟暮霭都是莺莺眼里的景物,可以说这些景物是为情而设的,却又是随手拾来,自然贴切,没有一点牵强、雕琢的痕迹。"夕阳古道无人语,禾黍秋风听马嘶",表面看来,这是对当时景象的客观描写,实则紧扣莺莺此时此地的心理活动。"无人语"有两层意思:一是指在寂寞的夕阳古道上听不到一点人说话的声音;二是莺莺感叹张生离去,俗语无人。夕阳古道,本来就够冷落凄凉的了,偏偏在这个时刻,从秋风中传来马叫的声音,它打破了夕阳古道上的寂静,也撕裂了莺莺本来就破碎的心。因这个马鸣之处,正是莺莺的丈夫张生所在之地!听到马叫声而看不到骑马的丈夫,这心情就不难想象了。"无人语""听马嘶",是运用"无声"和"有声"两相映照的手法,这更能烘托当时环境的凄凉和莺莺痛不欲生的悲哀。

　　《西厢记》"长亭送别"一折以优美精湛的语言,十分精心地刻画了莺莺和张生离别的心情,是我国古典戏曲中的杰作,有很高的艺术价值,今天读来仍然饶有意味,余香满口。

李好古　元代戏曲作家。保定(今属河北)人,一说东平(今属山东)人,又一说西平(今属河南)人。生卒年及生平事迹无考,《录鬼簿》列为"前辈已死名公才人"。著有杂剧三种,都是神仙故事,今仅存《沙门岛张生煮海》一种,《赵太祖镇凶宅》及《巨灵神劈华岳》都已亡佚。

《张生煮海》 第三折

李好古

（行者上，云）小僧乃石佛寺行者。前日有一秀才，在我这房头借住，因夜间弹琴，被一个精怪迷惑将去了。那家童连忙赶去寻他，俺师父葫芦提也着我去寻。林深山险，那里寻他去？不想撞见一个大虫，张牙舞爪来咬我，小僧连忙将一块鹅卵石头打将去，不知怎般手正，直一下打入他喉咙里去了，我见那大虫楞楞挣挣倒了。小僧一气走到二百里，拾了一个性命，直走到这里。那里着迷一命休，小僧却是没来由。不如寻秀才一处同迷死，也落的牡丹花下鬼风流。（下）（张生引家童上，诗云）前生结下好姻缘，觅得鸾胶续断弦。法宝煎熬铛滚沸，争知火里好栽莲。小生张伯腾，早到海岸也。家童，将火镰火石引起火来，用三角石头把锅儿放上。（做放锅科，云）你可将这杓儿舀那海水起来。（做取水科，云）锅里水满了也。再放这枚金钱在内，用火烧着，只要火气十分旺相，一时间将此水煎滚起来。（家童云）这等，你不早说，那小娘子跟随的丫头送我一把蒲扇，不曾拿的来，把什么扇火？（做衣袖扇火科，云）且喜锅儿里水滚了也。（张生云）水滚了，待我试看海水动静。（做看科，惊云）怪哉！果然海水翻腾沸滚，真有神应也！（家童云）怎么这里水滚，那海水也滚起来？难道这锅儿是应着海的？（长老慌上，云）老僧石佛寺长老是也。正在禅床打坐，则见东海龙王，遣人来说道：有一秀才，不知他将甚般物件，煮的海水滚沸。急得那龙王没处逃躲，央我老僧去劝化他早早去了火罢。原来这秀才不是别人，就是前日借俺寺里读书的潮州张生。想我石佛寺贴近东海，现今龙宫有难，岂可不救？只得亲到沙门岛上，劝化秀才，走一遭去也呵！（唱）

[正宫端正好]一地里受煎熬，满海内空劳攘，兀的不慌杀了海上龙王。我则见水晶宫血气从空撞，闻不得鼻口内干烟焰。

[滚绣球]那秀才谁承望，急煎煎做这场，不知他挟着的甚般伎俩，只待要卖弄杀手段高强。莫不是放火光，逼太阳，烧的来焰腾腾滚波翻浪。纵有那雷和雨，也救不得惊惶。则见锦鳞鱼活泼刺波心跳，银脚蟹乱扒沙在岸上藏。但着一点儿，就是一个燎浆。

（做到科，云）来到此间，正是沙门岛海岸了。兀那秀才，你在此煮些甚么哩？（张生云）我煮海也。（正末云）你煮他那海做甚么？（张生云）老师父不知，小生前夜在于寺中操琴，有一女子前来窃听，他说是龙氏三娘，小字琼莲，亲许我中秋会约。不见他来，因此在这里煮海，定要煎他出来。

（正末唱）

[倘秀才]这秀才不能勾花烛洞房，（带云）好也罗！（唱）却生扭做香水混堂，大海将来升斗量。秀才家能软款，会安详，怎做这般热忽喇的勾当？

（张生云）老师父你不要管我，你且到别处化缘去。（正末唱）

[滚绣球]俺也不是化道粮，也不是要供养，我则是特来相访。（张生云）我是个穷秀才，相访我有甚么化与你。（正末

唱)俺本是出家人，便乞化何妨。(张生云)若得见那小娘子，肯招我做女婿，便有布施。(正末唱)则为那窈窕娘，不招你个俊俏郎，弄出这一番祸从天降。你穷则穷，道与他门户辉光。你那里得熬煎铅汞山头火？你那里觅医治相思海上方？此物非常。

(张生云)老师父，我老实对你说，若那夜女子不出来呵，我则管煮哩。(正末云)秀才，你听者：东海龙神着老僧来做媒，招你为东床娇客，你意下如何？(张生云)老师父你不要耍我，这海中一望是白茫茫的水，小生是个凡人，怎生去得？(家童云)相公，这个不妨事，你只跟着长老去，若是他不淹死，难道独独淹死了你？(正末唱)

[脱布衫]俺实不不要问行藏，你慢腾腾好去商量，将这水指一指翻为土壤，分一分步行坦荡。

[小梁州]直着你如履平原草径荒。(张生云)到那海底去，莫不昏暗么？(正末唱)却正是日出扶桑。(张生云)小生终是个凡人，怎敢就到海中去？(正末唱)虽然大海号东洋，休谦让。(带云)去来波！(唱)他则待招选你做东床。

(张生云)小生曾闻这仙境有弱水三千丈，可怎生去的？(正末唱)

[幺篇]便休提弥漫弱水三千丈，端的是锦模糊水国鱼邦。(张生做望科，云)我看这海有偌般宽阔，无边无岸，想是连着天的，好怕人也！(正末唱)你道是白茫茫如天样，越显得他宽洪海量。我劝你早准备帽儿光。

(张生云)既如此，待我收起法宝，则要老师父作成我这桩亲事。(家童云)那小姐身边有一个侍女，须配与我，不然，我依旧烧起火来。(正末唱)

[笑和尚]去去去，向兰阁，到画堂。俺俺俺，这言语，无

虚诳。(张生云)是真个么？(正末唱)你你你,终有个酸寒相。他他他,女艳妆。早早早,得成双。来来来,似鸳鸯并宿在销金帐。

(张生云)这等,我就随着老师父去。则要得早早人月团圆,休孤旧约也。(正末唱)

[尾声]则为你佳人才子多情况,唬得他椿室萱堂着意忙。你貌又轩昂才又良,他玉有温柔花有香;意相投,姻缘可配当;心厮爱,夫妻谁比方。似他这百媚韦娘,共你个风流张敞。(带云)去来波!(唱)须将俺撮合山的媒人重重赏。(同张生下)

(家童云)你看我家东人,兴匆匆的跟着长老人海去了,留我独自一个在这海岸上,看守什么法宝。若是他当真做了新郎,料必要满了月方才出来。我看那小行者尽也有些风韵,老和尚又不在;不如我收拾了这几件东西,一径回到寺里,寻那小行者打闹闹去也。(下)

【鉴赏】

　　李好古的《张生煮海》和尚仲贤的《柳毅传书》,都是描写龙女和人相爱的故事,可以称得上元代神话剧中的双璧。《张生煮海》也是流传至今的名剧,不论搬上舞台还是剧本本身,都为历来的观众和读者所欢迎。究其原因,其一是故事的奇丽与优美,其二是爱情的热烈与执着。这里选的第三折——煮海,就突出地表现了这些特点。

　　张生得到毛女仙姑送的三件法宝——一只银锅、一枚金钱和一把铁杓,追到海岸,舀了海水煮起来,果然整个大海也随着锅里水的沸滚而沸滚起来。这样的事情,确是非常奇特的。石佛寺长老做媒,为引张生入龙宫和龙女琼莲成婚,他用手指一指海水,就会使海水分出坦荡的大道来。这事也异常奇丽。这样的剧情虽然奇异,但并不觉得它诡谲、险怪、恐怖,而是显得很优美,其原因就在于剧作家要表

现爱情的热烈与执着。张生是一个志诚老实的青年书生,当龙女听琴时主动和他约会后,他就一见钟情,急不可待地追到海岸,寻找龙女的踪迹。在得到法宝后,就决心把她煎出来。石佛寺长老劝化他,让他停止煮海,他便说:"老师父,老实对你说,若那夜女子不出来呵,我则管煮哩!"当长老说,东海龙神托他做媒,招张生为婿的时候,张生认为是长老"耍"他,不可能进得海中。张生对爱情追求的热烈和执着,主要表现在,当他省悟了听琴的龙氏三娘琼莲原来是个龙女,她的父亲东海龙王又十分凶恶之后,他仍不负约,仍然努力追求她。这正是《张生煮海》表现出来的积极意义。另一方面,由于爱情的热烈与执着,张生敢于向压制龙女自由求爱的统治者东海龙王挑战。由于这样积极的思想意义,这个戏就具有了较强的生命力。

就戏剧结构而论,《张生煮海》不如《柳毅传书》那样紧凑,在戏剧冲突上,也不如《柳毅传书》那样大起大落,而显得比较松散和平淡。这主要由于此剧没有错综复杂的人物关系和矛盾而造成的。它的线索和情节比较单纯。但剧情发展的层次还是清楚的,第一折为第二折留下了悬念。第二折为第三折留下了悬念,第三折为第四折留下了悬念。戏剧冲突虽然不激烈,但是剧情还能步步引人入胜。它犹如一篇优美的散文,在平淡中见精神。这样的戏,在舞台上演出是很吃功夫的。

煮海这折戏,还带有喜剧色彩。这个志诚老实的张生已经变得痴情,他和长老的那些对白就可看出来。长老劝他,他说:"老师父你不要管我,你且到别处化缘去。"长老告诉他,是特地来访。张生说:"若得见那小娘子,肯招我做女婿,便有布施。"这些地方,都很俏皮和幽默,让观众或读者忍俊不禁。还有张生的家童,他的科白也增添了喜剧气氛。

就张羽和琼莲的爱情的热烈和执着而论,要比《柳毅传书》中龙女三娘对柳毅的报恩和柳毅开始拒绝龙王的求婚等思想、行为更单纯,更真挚,更少封建道德观念。但是,《张生煮海》的作者却把张羽和琼莲的单纯、真挚的爱情,说成是金童玉女在瑶池会上"思凡"时的"宿债"。这种思想表现在戏剧结构上就是,第一折一开头就让称为东华仙的人物出场,准备去"点化"人间的张生和海里的龙女,使他们"还归正道",第四折戏的末尾又使东华仙出现在龙宫里,把刚刚成婚的张生和龙女带归瑶池,"共证前因"。这样一来,张羽煮海的美丽神话剧,就被涂上了"神仙道化"的色彩,因而不能不减弱了它的积极意义。在这一点上,它又比不上《柳毅传书》。

石君宝　元代戏曲作家。平阳(今山西临汾)人。生卒年不详。以写家庭、爱情剧见长。著有杂剧十种,现仅存三种:《鲁大夫秋胡戏妻》《李亚仙花酒曲江池》《诸宫调风月紫云亭》,另七种皆佚。今人孙楷第《元曲家考略》考出石君宝为女真族。名德玉,字君宝,元世祖至元十三年(1276)去世,享年85岁。

纪君祥　元代杂剧作家。一作纪天祥。生卒年不详。大都(今北京)人,与李寿卿、郑廷玉同时。作有杂剧六种,现存《赵氏孤儿》一种及《陈文图悟道松阴梦》残曲。

《秋胡戏妻》 第二折

石君宝

(净扮李大户上,诗云:)段段田苗接远村,太公庄上弄猢狲。农家只得锄刨力,凉酸酒儿喝一盆。自家李大户的便是。家中有钱财,有粮食,有田土,有金银,有宝钞,则少一个标标致致的老婆。

单是这件，好生没兴。我在这本村里做着个大户，四村上下人家，都是少欠我钱钞粮食的，倒被他笑我空有钱，无个好媳妇，怎么吃的他过？我这村里有一个老的，唤做罗大户，他原是个财主有钱来，如今他穷了，问我借了些粮食，至今不曾还我。他有一个女儿，唤做梅英，尽生的十分好，嫁与秋胡为妻。如今秋胡当军去了，十年不回来。我如今叫将那罗大户来，则说秋胡死了，把他女儿与我做

媳妇；那旧时少我四十石粮食，我也饶了他，还再与他些财礼钱；那老子是个穷汉，必然肯许。我早间着人唤他去了，这早晚敢待来也。（罗上，诗云）人道财主叫，便是福星照；我也做过财主来，如何今日听人叫。老汉罗大户的便是。自从秋胡当军去了，可早十年光景也。老汉少李大户四十石粮食，不曾还他；今日李大户唤我，毕竟是这桩事要紧。且去看他有甚说话？无人在此，我自过去。（见科，云）大户唤老汉有甚么事？（李云）兀那老

的，我唤将你来，有桩事和你说。你的那女婿秋胡当军去，吃豆腐泻死了。（罗云）谁这般说来？（李云）我听的人说。（罗云）呀！似这般怎了也！（李云）老的，你休烦恼。我问你，你这女婿死了，如今你那女儿年纪幼小，他怎么守的那寡？你把你那女儿改嫁了我吧。（罗云）大户，你说的是何言语？（李云）你若不肯，你少我四十石粮食，我官府中告下来，我就追杀你！你若把女儿与了我呵，我的四十石粮食，都也饶了，我再下些花红羊酒财礼钱。你意下如何？（罗云）大户，容咱慢慢的商议。我便肯了，则怕俺妈妈不肯。（李云）这容易，你如今先将花红财礼去，则要你两个做个计较，等他接了红定，我便牵羊担酒，随后来也。（罗云）我知道。大户，你慢慢的来，我将这红定先去也。（做出门科，云）我肯了，我妈妈有甚么不肯；我如今就将红定先交与亲家母去来。（下）（李云）那老子许了我也，愁他女儿不改嫁与我！如今将着羊酒表里，取梅英去。待他到我家中，扢搭帮放番他，就做营生，何等有趣！正是：洞房花烛夜，金榜挂擂槌。（下）（卜儿上，云）老身刘氏，乃是秋胡的母亲。自从孩儿当军去了，可早十年光景，音信皆无。多亏了我那媳妇儿与人家缝联补绽，洗衣刮裳，养蚕择茧，养活着老身。我这几日身子不快，怎么连不连的眼跳，不知有甚事来？且只静坐，听他便了。（罗上，云）老汉罗大户。如今到这鲁家庄上，若见了那亲家母时，我自有个主意也。不要人报复，我自过去。（见科，云）亲家母，你这几时好么？（卜儿云）亲家请坐，今日甚风吹的到此？（罗云）亲家母，我为令郎久不回家，我一径的来望你，与你散闷。这里有酒,我递三杯。(卜儿云)多谢亲家!我那里吃的这酒。(罗递酒三杯科,云)亲家母吃了酒也。还有这一块儿红绢,与我女儿做件衣服儿。(卜儿云)亲家,这般定害你。等秋胡来家呵,着他拜谢亲家的厚意也。(接红科,罗做捆手笑云)了,了,了!(卜儿云)亲家,甚么了了了?(罗云)亲家,这酒和红都不是我的,都是本村李大户的。恰才这三钟酒,是肯酒;这块红,是红定。秋胡已死了也,如今李大户要娶梅英,他自家牵羊担酒来也。我先回去。(诗云)这是李家大户使机谋,谁着你可将他聘礼收,不如早把梅英来改嫁,免的经官告府出场羞。(下)(卜儿云)这老子好无礼也!他走的去了,你着我见媳妇儿呵,我怎么开言!媳妇儿那里?(正旦上,云)妾身梅英是也。自从秋胡去了,不觉十年光景;我与人家担好水换恶水,养活着俺妳妳。这几日我妳妳身子有些不快,我恰才在蚕房中来,我可看妳妳去咱。秋胡也,知你几时还家也呵!(唱)

[正官端正好] 想着俺只一夜短恩情,空叹了千万声长吁气,枉教人道村里夫妻。撇下个寿高娘,又被着疾病缠身体,他每日家则是卧枕着床睡。

　　(云)有人道:"梅英也,请一个太医看治你那妳妳。"你可怕不说的是也。(唱)

[滚绣球] 怕不待要请太医看脉息,着甚么做药钱调治?赤紧的当村里都是些打当的牙槌。我这几日告天地:愿他的子母每早些儿欢会。常言道,媳妇是壁上泥皮。则愿的白头娘,早晚迟疾可;(带云)天呵!(唱)则俺那青春子,何年可便甚日回?信断音稀。

（见卜儿科，云）妳妳，吃些粥儿波。（卜儿云）媳妇儿，可则一件，虽然秋胡不在家，你是个年小的女娘家，你可梳一梳头，等那货郎儿过来，你买些胭脂粉搭搭脸，你也打扮打扮；似这般蓬头垢面，着人家笑你也。（正旦唱）

[呆骨朵]妳妳道，你妇人家穿一套儿新衣袂，我可也直恁般不识一个好弱也那高低。（带云）秋胡呵！（唱）他去了那五载十年，阻隔着那千山万水。早则俺那婆娘家无依倚，更合着这子母每无笆壁。（卜儿云）媳妇儿，你只待敦葫芦摔马杓哩。（正旦唱）媳妇儿怎敢是敦葫芦摔马杓。（云）妳妳道，等货郎儿过来，买些胭脂粉搭搭。我梅英道，秋胡去了十年，穿的无，吃的无。（唱）妳妳也，谁有那闲钱来补笊篱！

（李大户同罗、搽旦领鼓乐上，李云）我如今娶媳妇儿去来！洞房花烛夜；金榜挂擂槌。（正旦云）妳妳门首吹打响，敢是赛牛王社的？待你媳妇看一看咱。（卜儿云）媳妇儿，你看去波。（正旦做出门见科，云）我道是谁，原来是爹爹和妈妈。你那里去来？（罗云）与你招女婿来。（正旦云）爹爹，与谁招女婿？（罗云）与你招女婿。（正旦云）是甚么言语，与我招女婿！（唱）

[倘秀才]你将着羊酒呵，领着一伙鼓笛。我今日有丈夫呵，你怎么又招与我个女婿？更则道你庄家每葫芦提没见识。（罗云）孩儿，秋胡死了也。如今李大户要娶你哩。（正旦唱）我既为了张郎妇，又着我做李郎妻，那里取这般道理！

（搽旦云）孩儿也，可不道顺父母言呼为大孝。你嫁了他也罢。（正旦唱）

[滚绣球] 我如今嫁的鸡,一处飞,也是你爷娘家匹配,贫和富是您孩儿裙带头衣食。从早起,到晚夕,上下唇并不曾粘着水米,甚的是足食丰衣? 则我那脊梁上寒噤,是捱过这三冬冷;肚皮里凄凉,是我旧忍过的饥。休想道半点儿差迟。

　　　　(罗云) 你休只管闹,你家婆婆接了红定也。

　　　　(正旦云) 有这笔事? 我问俺妳妳去。(见卜儿科,云) 妳妳,想秋胡去了十年光景,我与人家担好水换恶水,养活着妳妳。你怎么把梅英又嫁与别人? 要我这性命做什么? 我不如寻个死去罢! (卜儿云) 媳妇儿,这也不干我事,是你父亲强揣与我红定,是他卖了你也。(卜儿做哭科。正旦唱)

[脱布衫] 他那里哭哭啼啼,我这里切切悲悲。(做出门科,唱) 爹爹也,全不怕九故十亲笑耻。(罗云) 我待和你婆婆平分财礼钱哩。(正旦唱) 则待要停分了两下的财礼。

　　　　(罗云) 孩儿也,你嫁了他,等我也落得他些酒肉吃。(正旦唱)

[醉太平] 爹爹也,大古里不曾吃那些酒食。(搽旦云) 孩儿,俺也要做个筵席哩。(正旦唱) 妳妳也,只恁般好做那筵席。(李云) 小娘子不要多言,你看我这个模样,可也不丑。(做嘴脸,被正旦打科,唱) 把这厮劈头劈脸泼拳捶,向前来,我可便挝挠了你这面皮。(带云) 这等清平世界,浪荡乾坤,(唱) 你怎敢把良人家妇女公调戏! (做见卜儿科,唱) 哎呀! 这是明明的欺负俺高堂老母无存济。(罗云) 嚷这许多做甚么? 你这生忿忤逆的小贱人! (正旦唱) 倒骂我做生忿忤逆,在爷娘面上不依随。爹爹也,你可便只恁般下的?

　　　　(李云) 兀那小娘子,你休闹,我也不辱没着你。岂不闻鸾凰只许鸾凰配,鸳鸯只许鸳鸯对。

（正旦唱）

[叨叨令]你道是鸾凰则许鸾凰配，鸳鸯则许鸳鸯对，庄家做尽庄家势。（鼓乐响，正旦做怒科，云）你等还不去呵，（唱）留着你那村里鼓儿则向村里擂。（李云）小娘子，你靠前来，似我这般有铜钱的，村里再没两个。（正旦唱）其实我便觑不上也波哥，其实我便觑不上也波哥。我道你有铜钱，则不如抱着铜钱睡！

（罗云）兀那小贱人，比及你受穷，不如嫁了李大户，也得个好日子。（正旦唱）

[煞尾]爹爹也，怎使这洞房花烛拖刀计？（李云）我这模样，可也不丑。（正旦唱）我则骂你闹市云阳吃剑贼，牛表牛筋是你亲戚，大户乡头是你相识。哎！不晓事庄家甚官位？这时分俺男儿在那里：他或是皂盖雕轮绣幕围，玉辔金鞍骏马骑，两行公人排列齐，水罐银盆摆的直，斗来大黄金肘后随，箭来大元戎帅字旗；回想他亲娘今年七十岁，早来到土长根生旧乡地，恁时节母子夫妻得完备，我说你个驴马村夫为仇气，那一个日头儿知他是近的谁，狼虎般公人每拿下伊。（带云）他道：谁迤逗俺浑家来？谁欺俺母亲来？（做推李倒科，唱）我可也不道轻轻的便素放了你。（同卜儿下）

（李云）甚么意思，娶也不曾娶的，我倒吃他抢白了这一场，又吃这一跌，我更待干罢！（诗云）只为洞房花烛惹心焦，险被金榜擂槌打断腰。（罗、搽旦诗云）这也是你李家大户无缘法，非关是我女儿忒煞会妆么。（同下）

【鉴赏】

《秋胡戏妻》是古代民间传说，最早见于汉代刘向《列女传》，言鲁国秋胡新婚五日而宦于陈,五年方归。路遇一美妇采桑,悦而戏之,为妇所拒。归家复见,始知采桑妇即其妻。妇污其行,自投于河而死。汉以后,据此题材改编的各种体裁作品均有成功者。

元杂剧《秋胡戏妻》是借用民间传说题材,结合元代社会现实而再创造的一部优秀作品。剧情梗概是:鲁国秋胡与罗大户之女梅英新婚三日,就被抓去当兵,夫妻依依惜别(第一折离别)。秋胡一去十年杳无音讯。梅英在家辛勤劳动,奉养婆婆。财主李大户以逼债手段,要罗大户把女儿改嫁给他,罗贪图财礼而应允,并诳骗梅英的婆婆接了定礼后,就与李领着人来迎娶,梅英宁死不从,大闹一场,指斥父母。痛骂李大户,把他推倒在地,脱身而去(第二折拒婚)。秋胡因立功,加官中大夫,请假还家探亲。路过桑园,正遇梅英采桑,夫妻已不相识,秋胡竟无耻地上前调戏,梅英机智勇敢地摆脱了他的纠缠将他痛骂一场(第三折戏妻)。秋胡到家问过母亲,才知采桑女子就是自己妻子。梅英归来见调戏自己的那男人就是秋胡,十分气愤和伤心,当即一再追问他调戏人家妇女的丑行,秋胡死不认账,梅英坚决要和他离婚。此时李大户和梅英父母又带人上门来抢亲。李大户被秋胡拿住送官府治罪,梅英父母无脸相见而借故溜走。婆婆见梅英不认丈夫,急得要寻死,梅英无奈,才与秋胡相认了(第四折团圆)。

全剧通过梅英与李大户、罗大户、秋胡等人的矛盾冲突,热情赞美了下层劳动妇女的美好品格和勇于反抗的斗争精神,辛辣讽刺了统治阶级的无耻行径和丑恶灵魂,有力地揭露了当时社会的黑暗现象。

本剧既合于生活真实,又富于艺术趣味,喜剧冲突尖锐,情节发展自然,生活气息浓厚,环境描写和心理刻画自然真切,语言本色精练,曲词明丽流畅。

全剧最突出的成就还是成功地塑造了罗梅英这一人物形象。她勤劳、善良、忠贞、孝顺,而又坚韧、倔强、泼辣、勇敢,贫贱不能移、富贵不能淫、威武不能屈的高尚的品格和美好的灵魂光彩照人。罗梅英是元杂剧中不多见到的农村劳动妇女形象,堪称性格鲜明生动而真实丰满的典型。

第二折写梅英坚决拒绝李大户罗大户的逼婚,勇敢地和他们斗争的经过,表现了她忠于爱情、坚持操守的品格和勇于反抗的斗争精神。

本折可分为三场来看。第一场演李大户罗大户合谋,企图逼迫梅英改嫁。依财仗势的李大户以逼债手段,要罗把女儿嫁给他。他先是造谣,继而威胁,最后利诱,为达到无耻目的而用尽手段。破落财主罗大户面对李的威胁利诱,为了花红、羊酒、财礼钱,当场便答应了,随后便跑到鲁家,诓骗鲁母喝肯酒、接红定。两上净扮的反面角色,一个好色而强娶有夫之妇,一个贪财而出卖已嫁之女,充分暴露了地主阶级的丑恶。

第二场通过梅英独自伤叹,婆媳对话家常,揭示梅英内心的苦闷。漫长十年中,她辛勤劳动,奉养婆婆,连一点脂粉也无心无钱去买。对家庭的贫困、生活的艰苦,她并不抱怨,但她仍有满怀的忧愁苦闷:一是婆婆年老多病,无钱医治,二是秋胡去无音讯,自己空闺独守,枉称夫妻。梅英只能祷告天地盼婆婆早日病愈,母子、夫妻团圆。她肩负着生活的重担,做出了无私奉献和巨大牺牲,表现出勤劳、忠贞、孝顺的可贵品质。

第三场拒婚是本折主要篇幅,写梅英与李大户罗大户的激烈冲突,集中表现了梅英忠于爱情,坚持操守的品格和不甘受传统礼教束缚,勇于反抗恶势力欺凌压迫的斗争精神。

在斗争中梅英立场坚定,态度鲜明,义正辞严,有理有力。她严肃地指责父亲"葫芦提没见识!""我既为了张郎妇,又着我做李郎妻,那里取这般道理!"母亲要求她"顺父母言",她答道:"我如今嫁的鸡,一处飞,也是你爷娘家匹配!"顶得父母无言可对。梅英话中看似含有"嫁鸡随鸡、从一而终"的观念,但在这场斗争的特定环境中,它是作为拒绝改嫁的理由,保护自己的盾牌,对抗孝道的武器出现的,因此表现的是忠于爱情,坚持操守的品格,而不是宣畅封建贞节等为妇之道,否则就无法解释第四折中她坚决要和丈夫离婚的行动了。

为了捍卫自己的爱情的尊严,她完全不受三从四德等传统道德的束缚。听说婆婆接了红定,她当面责备婆婆没有情义,表示宁死不从。父母骂她"生忿忤逆,在爷娘面上不依随",她讽刺贪羊酒财礼的父母"大古里不曾吃那些酒食"指斥他们"全不怕九故十亲笑耻"!

梅英贫贱不能移。尽管"从早起到晚夕,上下唇并不曾沾着水米","那脊梁上寒噤,是捱过三冬冷,肚皮里凄凉,是我旧忍过的饥",为了爱情和尊严,她心甘情愿忍受饥寒交迫的生活和繁重艰苦的劳动而毫不动摇。梅英富贵不能淫。罗大户劝她改嫁以免受穷,李大户自夸家中有钱村里无双时,她不屑一顾,坚定回答:"其实我便觑不上","我道你有铜钱,则不如抱着铜钱睡!"梅英威武不能屈。面对父母的责骂和李大户的纠缠,孤身一人的梅英敢骂敢打、敢反抗、敢斗争。"我则骂你个闹市云阳吃剑贼!""把这厮劈头劈脸泼拳捶,向前来,我可便挺搋了你这面皮!"并把李大户推倒,让他"又吃这一跌"!

[煞尾]一曲很富于趣味,构思显然受到汉乐府《陌上桑》的启示。曲文中先是夸夫,想象丈夫的显赫权势和威仪,继而吓敌,预言丈夫还乡,惩办恶棍。人物写得扬眉吐气,信心十足,兴致勃勃。与其说这里使的"空城计"表现了人物"巧设疑兵"的斗争智慧,不如说抒发了她对光明和胜利前景满怀乐观主义的信念,这也是她勇于面对重重艰难困苦而不悲观动摇的思想支柱。从全剧结构上,它还和后来秋胡衣锦还乡、惩办李大户的情节前呼后应,起了预示作用。

本折是作者全新的创造。此前的秋胡故事中,均无本折逼婚和第四折抢亲的情节。作者石君宝删去了《秋胡变文》中秋胡胜山拜师苦读,魏国觅官立功的情节,创作了本折。这一修改别具匠心,富有深意。一、丰富了梅英的形象,更充分表现了人物的品质;二、丰富了作品的社会内容与现实意义;三、为第三折梅英与秋胡的斗争做了很好铺垫;第四、它使梅英在贫困艰苦中忠于爱情、坚持操守与秋胡在富贵安乐中蜕化堕落形成鲜明对比,艺术效果强烈,并给人以深刻的思想启示。

本折戏中李大户与罗大户之间,梅英与父母之间,梅英与婆婆之间,先后都发生了不同性质、不同程度的冲突,各种矛盾冲突互相交错、转移、生发,大大增强了故事的戏剧性。

这一折戏中,其他人物性格也相当鲜明,并对主角起到很好的对比映衬作用。特别是李大户倚财仗势、横行无忌、庸俗下流、厚颜无耻的嘴脸,罗大户见利忘义、泯灭天良、为虎作伥、绝情绝义的行径,都刻画得入木三分,很有代表性。

本折结构平实而严谨,人物语言也做到了个性鲜明。如梅英曲白理直气壮、正气凛然、直爽泼辣。李大户、罗大户二人出言同为鄙俚庸俗,但前者更显厚颜无耻,后者多表贪吝无情,区别仍很明显。剧中曲白本色质朴,典故极少,俗语很多,富于生活气息和趣味。如"媳妇是壁上泥皮","敦葫芦摔马杓","谁有那闲钱补笊篱","嫁的鸡一处飞","不如抱着铜钱睡"等等,生动形象,通俗幽默,有的流传至今,足以说明其生命力之长久和作者对大众语言之熟悉。

《秋胡戏妻》 第三折

石君宝

(秋胡冠带上,云)小官秋胡是也。自当军去,见了元帅,道我通文达武,甚是见喜,在他麾下,累立奇功,官加中大夫之职。小官诉说,离家十年,有老母在堂,久缺侍养,乞赐给假还家。谢得鲁昭公可怜,赐小官黄金一饼,以充膳母之资。如今衣锦荣归,见母亲走一遭去。(诗云)想当日哭啼啼远去从军,今日个笑吟吟荣转家门。捧着这赤资资黄金奉母,安慰了我那娇滴滴年少夫人。(下)(卜儿上,云)老身秋胡的母亲。自从孩儿去了,音信皆无。前日又吃我亲家气了一场,多亏我媳妇儿有那贞烈的心,不肯嫁人。若是他肯了呵,老身可着

谁人侍养?媳妇儿今日早桑园里采桑去了。想他这等勤劳,也则为我老人家来。只愿的我死后,依旧做他媳妇,也似这般侍乔他,方才报的他也。天

气困人,我且去歇息咱。(下)(正旦提桑篮上,云)
采桑去波。(唱)

[中吕粉蝶儿]自从我嫁的秋胡,入门来不成一个活路。莫不我五行中合见这鳏寡孤独?受饥寒揎冻馁,又被我爹娘家欺负。早则是生计萧疏,更值着没收成,歉年时序。

[醉春风]俺只见野树一天云,错认做江村三月雨。也不知是谁人激恼那天公,着俺庄家每受的来苦,苦。说甚么万种恩情,刚只是一宵缱绻,早分开了百年夫妇。

(云)可来到桑园里也。(唱)

[普天乐]放下我这采桑篮,我拣着这鲜桑树。只见那浓阴冉冉,翠锦哎模糊。冲开他这叶底烟,荡散了些梢头露。(做采桑科,唱)我本是摘茧缫丝庄家妇,倒做了个拈花弄柳的人物。我只怕淹的蚕饥,那里管采的叶败,攀的枝枯。

(云)我这一会儿热了也,脱下我这衣服来,我试晾一晾咱。(做晒衣服科)(秋胡换便衣上,云)小官秋胡,来到这里,离着我家不远,我更改了这衣服,兀的不是我家桑园!这桑树都长成了也。我近前去,这桑园门怎么开着?我试看咱。(做见正旦科,云)一个好女人也!背身儿立着,不见他那面皮,则见他那后影儿,白的是那脖颈,黑的是那头发。可怎生得他回头,我看他一看,可也好那,哦!待我着四句诗嘲拨他,他必然回头也。(做吟科,诗云)二八谁家女,提篮去采桑。罗衣挂枝上,风动满园香。可怎么不听的?待我再吟。(又吟科)(正旦回身取衣服做见,云)我在这里采桑,他是何人,却走到园子里面来,着我穿衣服不

迭。(秋胡做揖科,云)小娘子,支揖。(正旦惊还礼科,唱)

[满庭芳]我慌还一个庄家万福。(秋胡云)不敢!小娘子。(正旦唱)他不是闲游的浪子,多敢是一个取应的名儒。我见他便躬着身,插着手,陪言语。你既读那孔圣之书,(秋胡云)小娘子,有凉浆儿,觅些与小生吃波。(正旦唱)我是个采桑养蚕妇女,休猜做锄田送饭村姑。(秋胡云)这里也无人,小娘子,你近前来,我与你做个女婿,怕做甚么?(正旦怒科,唱)他酪子里丢抹娘一句,怎人模人样,做出这等不君子,待何如?

(秋胡云)小娘子,左右这里无人,我央及你咱。力田不如见少年,采桑不如嫁贵郎。你随顺了我罢。(正旦云)这厮好无礼也!(唱)

[上小楼]你待要谐比翼,你也曾听杜宇,他那里口口声声,撺掇先生不如归去!(秋胡云)你须是养蚕的女人,怎么比那杜宇?(正旦唱)你道是不比俺那养蚕处,好将伊留住,则俺那蚕老了,到那里怎生发付?

(秋胡背云)不动一动手也不中。(做扯正旦科,云)小娘子,你随顺了我罢。(正旦做推科,云)靠后!(唱)

[十二月]兀的是谁家一个匹夫?畅好是胆大心粗!眼脑儿涎涎邓邓,手脚儿扯扯也那摔摔。(秋胡云)你飞也飞不出这桑园门去。(正旦唱)是他便拦住我还家去路,我则索大叫波高呼。

(做叫科,云)沙三,王留,伴哥儿,都来也波!

(秋胡云)小娘子休要叫!(正旦唱)

[尧民歌]桑园里只待强逼做欢娱,唬的我手儿脚儿滴羞蹀躞战笃速。他便相偎相抱扯衣服,一来一往当拦

住。当也波初,则道是峨冠士大夫,原来是个不晓事的乔男女。

　　(秋胡背云)且慢者,这女子不肯,怎生是了?我随身有一饼黄金,是鲁君赐与我侍养老母的,母亲可也不知。常言道:财动人心。我把这一饼黄金与了这女子,他好歹随顺了我。(做取砌末,见正旦科,云)兀那小娘子,你肯随顺了我,我与你这一饼黄金。(正旦背云)这弟子孩儿无礼也!他如今将出一饼黄金来,我则除是恁般。兀那厮,你早说有黄金不的?你过这壁儿来,我过那壁儿看人去。(秋胡云)他肯了也。你看人去。(正旦做出门科,云)兀那禽兽,你听者!可不道男子见其金易其过,女子见其金不敢坏其志。那禽兽见人不肯,将出黄会来,你道黄金这般好用的!(唱)

[耍孩儿]可不道书中有女颜如玉。(秋胡云)呀!倒吃了他一个酱瓜儿。(正旦唱)你将着金要买人苫云媾雨。却不道黄金散尽为收书。哎!你个富家郎,惯使珍珠,倚仗着囊中有钞多声势,岂不闻财上分明大丈夫?不由咱生嗔怒,我骂你个沐猴冠冕,牛马襟裾!

　　(秋胡云)小娘子,你不肯,我跟你家里去,成就这门亲事,可不好也?(正旦唱)

[二煞]俺那牛屋里,怎成得美眷姻,鸦窠里怎生着鸾凤雏,蚕茧纸难写姻缘簿,短桑科长不出连枝树,沤麻坑养不活比目鱼,辘轴上也打不出那连环玉。似你这伤风败俗,怕不的地灭天诛。

　　(秋胡云)小娘子休这等说,你若还不肯阿,我如今一不做二不休,拼的打死你也。(正旦云)你要打谁?(秋胡云)我打你。(正旦唱)

【三煞】你瞅我一瞅，黰了你那额颅；扯我一扯，削
了你那手足；你汤我一汤，拷了你那腰截骨；掐我
一掐，我着你三千里外该流递；搂我一搂，我着你
十字阶头便上木驴。哎！吃万剐的遭刑律！我又
不曾掘了你家坟墓，我又不曾杀了你家眷属。

（秋胡云）这婆娘好无礼也！你不肯便罢了，怎么
这般骂我？（正旦提桑篮科，唱）

[尾煞]这厮睁着眼，觑我骂那死尸；腆着脸，看我咒他
上祖。谁着你桑园里，戏弄人家良人妇！便跳出你那七
代先灵，也做不的主。（下）

（秋胡云）我吃他骂了这一顿，我将着这饼黄金，回
家侍养老母去也。（诗云）一见了美貌娉婷，不由的我
便动情。用言语将他调戏，倒被他骂我七代先灵。

（下）

【鉴赏】

《秋胡戏妻》的第三折是全剧的核心情节，通过秋胡戏妻、梅英骂夫的冲突，赞
美了梅英忠于爱情、坚持操守的品质，敢于反抗的斗争精神和勇敢机智、刚强泼辣
的性格，有力鞭挞和讽刺了秋胡愚滥荒唐的行径和伪善丑恶的灵魂。

戏妻的情节是有生活基础的。其一，古时男女授受不亲，二人婚前不相识，新
婚三日即匆匆远征，一别十年之久，情感纵深也印象渐浅，归来时在桑园偶然相遇，
秋胡衣锦荣归，衣着面目全非，梅英长年劳作，不施脂粉，蓬头垢面，与新婚时也应
迥然有别。互不相识，就完全可能。其二，秋胡虽出身贫寒，但一旦发迹变泰，就成
了统治阶级一员，多年在官场熏染腐蚀下，蜕化变质，干出欺压人民、调戏妇女的
事，在当时社会中也不奇怪。因此，本折戏妻情节不但富于艺术趣味、戏剧性很强，
而且在反映封建社会、揭示现实黑暗方面，有深刻的批判意义。

本折又分为四场来看。第一场，写秋胡自叙立功得官，请假还家探望母亲、妻
子。其中特别言明：鲁昭公"赐小官黄金一饼，以充膳母之资"。下文又再三提到。
目的是强调秋胡后来以此金为诱饵去渔色猎艳，是忠孝两忘辜恩负德的行为，突出

了其伪君子的面目。

第二场，写鲁母称赞梅英贞烈、孝顺和勤劳，甚至说："只愿得我死后，依旧做他媳妇，也似这般侍养他，方才报的他也。"感念之情，发自肺腑，溢于言表。高明《琵琶记》第二十二出写蔡公病重时也曾对赵五娘说："三年谢得你相奉事，只恨我当初，将你相耽误。我欲报你的深恩，待来生我做你的媳妇。"言语相同，都感人至深。这里除了通过鲁母之口赞美梅英的美德之外，还表现出十年来，婆媳同甘共苦，相依为命，感情深厚非同一般。从而为第四折矛盾的解决做了准备——孝敬的梅英看在婆婆面上，才让步认了秋胡。另外，鲁母还说，梅英"有那贞烈的心，不肯嫁人"。贞烈的梅英，对父母主张的改嫁，尚且以死坚拒，更何况陌路之人的无礼调戏！秋胡遭痛骂不但是咎由自取，而且是势在必行的了。

第三场写梅英采桑。首先，[粉蝶儿]和[解春风]二曲，倾诉了梅英生活中遭遇的重重艰难困苦：过门三日，便夫妻离别，十年孤独，形同守寡；家庭生计萧条，饥寒交迫；又被爷娘欺负逼令改嫁；还遇上久旱不雨，歉收年景。这些一齐沉重地压在梅英这个农家女子头上，年复一年，不知尽期，她怎能不叹息命运不好，怎能不对天呼唤：苦！苦！

二曲一方面反映了抓兵、逼婚、饥荒等天灾人祸给人民造成深重苦难的社会现实，一方面表现了梅英内心的痛苦忧伤。一个普通的农家妇女，处在那样的时代和社会，遭遇那么多的艰难困苦，只有乐观与斗争，没有痛苦和忧伤，是不可想象的，不真实的。梅英悲苦的唱词，使人物显得有血有肉，性格更为真实丰满。

[普天乐]一曲以优美的抒情笔调，描绘了梅英在桑园劳动的情景：园中树荫浓密连绵，桑叶如同翠绿的锦缎。叶底晨露未散，梢头朝露未晞，梅英已日出而作，提篮入园。她只怕蚕饥不敢耽搁，冲开烟霭，荡散露珠，手脚麻利地攀枝采叶，一会儿便忙得汗湿衣衫，她便脱下外衣晾在树上。

精练的语言，优美的形象，俨然一幅罗敷采桑图。浓厚的生活气息，浓郁的诗情画意，字里行间流溢着作者对劳动环境和劳动妇女的赞美。

然而，这美好的一切，转瞬就遭到了蜕化堕落的秋胡的破坏，搅乱和侮辱，他怎能不引起人们的憎恶。而这也正是作者绘此美景的预期目的。

第四场，戏妻骂夫，以鲜明的爱憎塑造了两个鲜明对立的形象。

秋胡的伪善面目和丑恶灵魂受到深刻揭露、有力鞭挞和辛辣嘲讽。道貌岸然的秋胡见到"一个好（美）女人"，便盯住动了邪念，为达到无耻目的，他做了淋漓尽致的表演。一、费尽心机、不择手段：吟诗"嘲拨"，借故搭讪，言语调戏，黄金利诱；二、动手拉扯阻拦，甚至以打死相威胁；三、恬不知耻，毫无愧悔：屡遭斥骂，充耳不闻；死皮涎脸，纠缠不放，赖着"我跟你家去"；最后被指着祖宗骂得狗血喷头时，虽感扫兴，却并不愧悔，更不知自责反省。说明其已完全丧失了是非美丑荣辱观念。由此可见，戏妻虽属一场"误会"，但又有其必然性。

作为秋胡的对立面，梅英的品质和性格又一次得到生动刻画。开始她看对方似"一个取应的名儒，"便以礼相待。不料竟是一"人模人样"的伪君子，她便与之进行了针锋相对的斗争。对言语调戏，梅英则正色斥责其无礼，示令其"不如归去"（滚开）；对放肆地拉扯阻拦，梅英则勇敢地推拒，大叫高呼，使其有所顾忌，无机可乘；对黄金利诱，梅英则果断地将计就计，机智地脱身出园。之后，便反守为攻，愤怒痛斥对方是"沐猴冠冕，牛马襟裾"。"衣冠禽兽"的评语，一语中的，入骨三分。对打死的威胁，梅英则报以[三煞]、[尾煞]二曲给予严厉的警告和愤怒地诅咒，凛然的正气，大无畏的豪情，如火山喷发、劈头盖脸，令无耻的秋胡也颇感意外，心虚三分，不敢妄为，只好说："你不肯便罢了，怎么这般骂我？"与第二折[煞尾]的夸夫相比，本折[三煞]、[尾煞]的骂夫更加痛快淋漓，更充分表现了人物的斗争反抗精神和大胆泼辣性格。

应顺便指出，本折中梅英毕竟还只是把秋胡当作一个陌路相逢的坏蛋来对待的。到第四折，她知道了这个坏蛋原来就是自己十年来思念的丈夫时，她气愤之外又加伤心，便坚决揭露其丑行，要和他离婚，表现出她那不受夫权压迫和"贞死"观念的束缚，自尊自重自强自立的人格，人物性格又显现出新的光彩。虽然梅英最后和秋胡相认，但一则是婆婆以死相劝，善良的梅英怎能无动于衷？二则秋胡惩办了来抢亲的李大户，可算将功折罪。因此，妥协团圆的结局还是可以理解和接受的。而且比起《列女传》《西京杂记》中秋胡之妻投水而死的悲剧结局来，杂剧中的梅英通过斗争，维护了自己的尊严，教训了愚滥荒唐的丈夫之后，全家团圆，人物的封建贞洁观念要少得多，而坚强性格和反抗斗争精神大大增强了。

本折情节既有浓厚喜剧色彩，又有深刻社会批判意义。对照的写法，不仅把两个人物的品格刻画得格外生动鲜明，而且给人以深刻思想启示：梅英在饥寒交迫艰难困苦中，磨炼得更加坚贞刚毅，而秋胡在高官厚禄、养尊处优中蜕化堕落这一生活经验至今仍有一定的现实教育意义。

本折各场结构严谨、细密、前后映带呼应，互相补充印证，使得情节发展十分自然，人物性格显得更为丰满。语言保持着本色朴素、通俗流畅的特色，平实之中时见俊语。[十二月]、[尧民歌]将梅英的心理写得如见如闻。[要孩儿]、[三煞]口吻逼真，愤怒憎恶之情刻画生动。曲白中梅英对秋胡的称谓，随冲突的进展而不断变化，"一个取应的名儒"，"谁家一个匹夫"，"不晓事乔男女"，"这弟子孩儿"，"兀那禽兽"，"你个沐猴冠冕，牛马襟裾"，"那死尸"等等，词汇丰富，用语准确，感情色彩鲜明，生动表现出梅英的憎恶之情和泼辣性格，也看出作者掌握和运用语言的熟练程度的功力。

《秋胡戏妻》在细节上有疏漏之处，最突出的一个就在本折。秋胡既已认得是自家桑园，面对在里面采桑的少妇，却丝毫也没联想到可能是自己妻子，不管三七二十一便上前调戏。这一细节处理不当，削弱了故事的真实性。后世的改编本，改为胡猜到是自己的妻子，为考验其是否忠贞，才故意调戏，梅英回家后揭发了此事，婆婆用拐杖打秋胡，让他下跪向妻子赔礼道歉。这样剧情较合理，真实可信，增强了喜剧效果。秋胡由品质败坏改为做法荒唐，为后来夫妻和好消除了难以消除的感情隔阂。然而，有一利也有一弊。二人的矛盾冲突也由此变成了纯粹人为的误会性的喜剧冲突，原通过秋胡堕落揭示官场污浊和统治阶级丑恶灵魂的思想倾向也大大削弱甚至消失殆尽了，作品的社会批判意义变浅变轻了。这恐怕又是改编者始料不及的。

《曲江池》 第二折

石君宝

（郑府尹上，云）老夫郑公弼。自从遣我元和孩儿上朝取应，不觉又是两年光景。功名成否，自有个大数，这也不望他了。只是一去许久，怎么书信也不捎一封儿来，使老夫好生牵挂。正是虽无干尺线，两地系人心。（张千上云）可早来到也。老爷，张千叩头。（郑府尹云）我正在此想念。张千，我元和孩儿好么？（张千云）好教老爷得知。大相公来到京师，不曾进取功名。共一个行首李亚仙做伴，使的钱钞一些没了，被老鸨赶将出来，与人家送殡唱挽歌，十分狼狈。连小的也没处讨饭吃。一径的来报知老爷，可支些俸钱，去取了大相公回来。（郑府尹做怒科，云）嗨，谁想元和孩儿在都下没了钱，与人家送殡唱挽歌。兀的不辱没杀老夫也！张千，将马来，老夫亲自到那里看那厮去。

（下）（正旦引梅香上，云）想这虔婆，好是不中，见元和无了钱物，就赶将出去。我想的有人家虔婆利害，也不似俺娘这般忒狠毒也呵。（唱）

[南吕一枝花]俺娘眼上带一对乖，心内隐着十分狠，脸上生那歹斗毛，手内有那握刀纹。狠的来世上绝伦，下死手，无分寸。眼又尖，手又紧。他拳起处又早着昏，那郎君呵不带伤必然内损。

[梁州第七]俺娘呵，则是个吃人脑的风流太岁，剥人皮的娘子丧门。油头粉面敲人棍，笑里刀剐皮割肉，绵里针剔髓挑筋。娘使尽虚心冷气，女着些带耍连真，总饶你便通天彻地的郎君，也不够三朝五日遭瘟。则俺那爱钱娘扮出个凶神，卖笑女伴了些死人，有情郎便是那冤魂。俺娘钱亲钞紧，女心里憎恶娘亲近，娘爱的女不顺。娘爱的郎君个个村，女爱的却无银。

（卜儿上，云）自从我将郑元和捻了出去，我这女儿为他呵，在家茶不茶，饭不饭，又不肯觅钱。如今郑元和无了钱，与人家送殡唱挽歌讨饭吃。今日有一家出殡，料得他必然在那里唱歌。我如今叫女儿出来，在看街楼上看出殡去。他若是见

了元和这等穷身泼命,俺那女儿也死心塌地与我
觅钱。孩儿那里?(正旦见科)(卜儿云)孩儿,我
和你到看街楼上散闷去。今日有个大人家出殡,
摆设明器,好生齐整。我和你看一看波。(正旦
云)我本懒的去,争奈我这虔婆絮聒杀人,无计奈
何,须索跟他走一遭。好波,我跟奶奶去看看。
(做走科)(末净唱挽歌上)(唱)

[商调尚京马]也则俺一时间错被鬼昏迷,是赡表子平
生落得的。那有见识的哥哥每知了就里,似这等切切悲
悲,从今后有金银,多攒下些买粮食。

　　　　(正旦云)这虔婆则道我见元和穷身泼命,必
然不睬他。他不说呵便罢,他若说呵,着他吃我几
嘴好的。(卜儿云)孩儿,你看那无钱的子弟,在那
里迎丧送殡哩。(正旦唱)

[隔尾]你道是无钱的子弟那里迎丧殡,(云)你兀自戏说
哩,(唱)这须是你爱钱的虔婆送了人。(卜儿云)这亡化
的,不知是婆娘是汉子。(正旦唱)那亡化的婆娘不须你问。
(卜儿云)不知他偌大年纪了。(正旦唱)多管是未及到五旬。
(卜儿云)为甚的无个亲眷那?(正旦唱)你道为甚的无个六
亲。(卜儿云)不知害甚么病死了那。(正旦唱)想则为那苦
尅瞒心钞儿上紧。

　　　　(卜儿云)兀的不就是那郑元和?是谁家死了
人,要郑元和在那里啼哭?(正旦唱)

[牧羊关]常言道街死巷不乐。(卜儿云)你只看他穿着那
一套衣服。(正旦唱)可显他身贫志不贫。(卜儿云)他紧靠
定那棺函儿哩。(正旦云)谁不道他是郑府尹的孩儿。(唱)他
正是倚官挟势的郎君。(卜儿云)他与人摇铃儿哩。(正旦
唱)他摇铃子当世当权。(卜儿云)他与人家唱挽歌儿哩。

(正旦唱)唱挽歌也是他一遭一运。(卜儿云)他举着影神楼儿哩。(正旦唱)他面前称大汉,只待背后立高门。送殡呵须是件做风流种,唱挽呵也则歌吟诗赋人。(虚下)

(郑府尹引张千上,云)张千,那厮在那里?(张千云)则这杏花园里便是。(做见净科)(郑府尹云)兀那厮甚么人?(张千云)则这个便是帮着相公使钱的赵年筋。(郑府尹云)张千,与我打这厮去。(做见末科)(郑府尹云)张千,打这小畜生。(张千云)他是大相公,小的则是个泥鞋窄袜的公人,怎么敢打?(郑府尹做怒科,云)你不敢打,取板子过来,待我自家打。(做打科,云)辱子!(张千云)休说褥子,破席头也没一块。(做打死科)(郑府尹云)元和!(张千做摸鼻子科,云)哎呀!死了,死了,怎么元和?(郑府尹云)张千,我既打死这辱子,你将他尸骸丢在千人坑里。我先回去也。(诗云)本为求名遣入都,岂知做出恁卑污。这等辱门败户羞人甚,倒也不若无儿一世孤。(下)(净上,报科,云)李家姨姨,郑老相公在杏花园打死郑舍了也。(旦慌去看科,云)呀,元和!你真个打死了那。(唱)

[骂玉郎]打的你浑身鲜血糊涂尽。我这里观了容貌,他那里减了精神。就是这车辙里雨水天生近,用手去满满的掬,口儿中款款噙,面皮上轻轻噀。

[感皇恩]你死的来不着家坟,撇的我那里终身。(做叫科,云)元和,请起波,请起波。(唱)谁着你恋莺花,轻性命,丧风尘。(末做醒科,云)哎呀!醒便醒了,怎么捱的这等疼那。(正旦唱)他道是元和醒也,这的便子弟还魂。(正末做惊复倒科)(正旦云)元和,是我在此。(正末做起科,云)姐

姐,你不怕旁人耻笑,妈儿嗔怒,俺家爷爷怪恨那。(正旦唱)我也怎怕的旁人笑,劣母嗔,你爹恨。

[采茶歌]我怕你死在逡巡,抛在荆榛,又则怕旁人夺了你个俊郎君。(末云)你妈儿利害哩。(正旦云)俺娘便利害呵,(唱)我也则是一度愁来一度忍。(末云)俺家爹爹打的我苦也。(正旦唱)你爹打你呵,谁教你唱一年春尽一年春。

　　(卜儿上,云)要我直赶到这里,你这贱人还不快家去,快家去!(正旦云)俺娘拄着这条瘦亭亭拄杖,也不是条拄杖那。(唱)

[黄钟煞]则是个闷番子弟粗桑棍。(云)系着这条舞旋旋的裙儿,也不是裙儿。(唱)则是个缠杀郎君湿布裙。接郎君分外勤,赶郎君何太狠。常言道娘慈悲,女孝顺;你不仁,我生忿。到家里决撒喷。你看我寻个自尽,觅个自刎,官司知,决然问。问一番,拷一顿。官人行,怎亲近。令史每,无投奔。我着你哭啼啼带着锁,披着枷,怎时分。(云)走到衙门前,古堆邦坐的。有人问,妈妈你为甚么来,送了这孤寒的老身。妈妈道,这都是那生忿的小贱人送了我也。(唱)我直着你梦撒了撩丁,倒折了本。(卜儿拖正旦下)。

　　(末云)那虔婆好狠也,李亚仙好忍也,我郑元和好苦也。适才亚仙在此,尽有顾盼小生之意。争奈被他虔婆逼勒去了。单留小生一个,又是打伤的人,那里讨碗饭吃。(叹科,诗云)可堪老鸨太无恩,撇下孤贫半死身。仔细思量无活计,不如仍还去唱一年春尽一年春。

　　(下)

【鉴赏】

石君宝的《曲江池》(原名《李亚仙花酒曲江池》)写府尹郑公弼之子郑元和上

京赴考，在曲江池遇见妓女李亚仙，二人一见倾心，遂寄住李家。两年后钱财用尽，被鸨母赶出，与人送殡唱挽歌谋生。其父闻此事即赶往京城，打郑元和至死。亚仙找到元和，又被鸨母逼走。后经过争斗，李亚仙才倾所有赎身，与元和另住，助其读书。元和中第，夫妻及全家终于团圆。

李亚仙不负郑元和的故事，流传甚广。唐代诗人白居易和元稹在长安新昌里，听艺人说唱这个故事，六个小时还没说完，可见其内容异常丰富。后来白行简将它写成《李娃传》。石君宝改编的《曲江池》，删去了某些情节，使剧本的思想性、艺术性均有很大提高。

这出戏写得很集中。作者把郑元和在妓馆的两年生活，用虚写简略带过，而通过郑元和"与人送殡唱挽歌"这件事，描写各方面的反应，展开尖锐的戏剧冲突，从而热情歌颂了李亚仙善良美好的内心世界，也揭露了郑父的虚伪凶残，鸨母的势力狠毒，暴露了封建社会的种种黑暗现象。

第二折一开始是郑府尹上场。他听张千说："大相公来到京师，不曾进取功名。共一个行首李亚仙做伴，使的钱钞一些没了，被老鸨赶将出来，与人家送殡唱挽歌，十分狼狈"，顿时怒火中烧，感到"辱没杀老夫"，立即要张千拉马来，要亲自到京城去看。及到京城见了郑元和，便让张千打，张千不敢也不愿打，他说："你不敢打，敢板子过来，待我自家打"。竟然毫无怜悯之心，将自己的独生儿子活活打死，尸骸丢在千人坑里，扬长而去。郑公弼是唐代有名的荣阳望族，他把儿子当作光宗耀祖的本钱。郑元和流落街头，他视为奇耻大辱。"本为求名遣入都，岂知做出恁卑污。这等辱门败户羞人甚，倒也不若无儿一世孤。"四句下场诗，道出这个封建卫道士的全部思想，揭示了他凶狠残暴的阶级本质。

这折戏重在写李亚仙和鸨母。鸨母把郑元和当作嫖客中的"雏儿"，在榨干他的钱财后就一脚踢出门外，使他沦为乞丐。李亚仙是当时的贱民，受尽凌辱和压迫。郑元和的天真、厚道，赢得了李亚仙的爱情。鸨母越不让她爱郑元和，她对郑元和的感情就越强烈。郑元和被鸨母逐出妓馆，李亚仙骂她娘"忒狠毒"，"是个吃人脑的风流太岁，剥人皮的娘子丧门"，"见元和无了钱物，就赶将出去"。从鸨母口里得知：自从元和被逐，亚仙"茶不茶，饭不饭"，不肯再接客觅钱。鸨母在郑元和给人唱挽歌之时，借口与亚仙上街散闷，想让她看看郑元和的"穷身泼命，"便不再爱他。没想到结果适得其反。街上鸨母与李亚仙的对话充分表现了各自思想。鸨母说:你看那些无钱的子弟,在那里迎丧送殡哩。李亚仙对:是爱财的虔婆害了人。鸨母问:死者是婆娘,还是汉子?多大年纪?为什么而死?李亚仙影射鸨母,说是婆娘,不到五十岁,使人昧心钱太多而死。鸨母说:郑元和也在那里啼哭。李亚仙答:街道上死了人谁都悲伤。鸨母说:他衣衫破烂。李亚仙答:身贫志不贫。鸨母说郑元和紧靠着棺材,摇着铃铛,举着迎神楼儿。李亚仙说他正是依官挟势、当世当权的郎君,是面前称大汉、背后立高门的歌吟诗赋人。这里,作者称颂李亚仙,贬斥鸨母,态度十分鲜明。

李亚仙听说郑元和在杏花园被父亲打死,马上赶往那里哭得死去活来。郑元和苏醒后,问她怎不怕旁人耻笑、妈妈恼怒、爹爹怪恨?李亚仙回答说:我只怕你死去抛尸荒郊,只怕你被人夺了去。当鸨母赶到逼她离开时,她为了维护自己的爱情幸福,和自己的母亲展开了斗争。她说:"常言说娘慈悲,女孝顺;你不仁,我生愤。"她表示和母亲没个完,不达目的便"寻个自尽,觅个自刎",叫鸨母人财两空,还要披枷带锁吃官司。在作者笔下,封建家长对子女的统治改变为对等关系,坚强的反抗精神,使李亚仙的形象更加完美高大。

短短一折戏,几个主要人物全被刻画得栩栩如生,说明作者熟悉底层人民生活,同情人民疾苦,且有高超的艺术表现能力。

纪君祥 元代杂剧作家。一作纪天祥。生卒年不详。大都(今北京)人,与李寿卿、郑廷玉同时。作有杂剧6种,现存《赵氏孤儿》一种及《陈文图悟道松阴梦》残曲。

《赵氏孤儿》 楔子

纪君祥

(净扮屠岸贾领卒子上,诗云)人无害虎心,虎有伤人意;当时不尽情,过后空淘气。某乃晋国大将屠岸贾是也。俺主灵公在位,文武千员,其信任的只有一文一武：文者是赵盾，武者即某矣。俺二人文武不和，常有伤害赵盾之心，争奈不能入手。那赵盾儿子唤作赵朔，现为灵公驸马。某也曾遣一勇士鉏麑，仗着短刀越墙而过，要刺杀赵盾，谁想鉏麑触树而死。那赵盾为劝农出到郊外，见一饿夫在桑树下垂死，将酒饭赐他饱餐了一顿，其人不辞而去。后来西戎国进贡一犬，呼曰神獒，灵公赐予某家。自从得了那个神獒，便有了害赵盾之计，将神獒锁在净房中，三五日不与饮食，于后花园中扎下一个草人，紫袍玉带，象简乌靴，与赵盾一般打扮；草人腹中悬一副羊心肺，某牵出神獒来，将赵盾紫袍剖开，着神獒饱餐一顿，依旧锁入净房中。又饿了三五日，复行牵出那神獒，扑着便咬，剖开紫袍，将羊心肺又饱餐一顿。如此试验百日，度其可用。某因入见灵公，只说今时不忠不孝之人，甚有欺君之意。灵公一闻其言，不胜大恼，便向某索问其人。某言西戎国进来的神獒，性最灵异，他便认的。灵公大喜，说当初尧舜之时，有獬豸能触邪人，谁想我晋国有些神獒，今在何处？某牵上那神獒去。其时赵盾紫袍玉带，正立在灵公坐榻之边。神獒见了，扑着他便咬。灵公言：屠岸贾你放了神獒，兀的不是谗臣也！某放了神獒，赶着赵盾绕殿而走。争奈傍边恼了一人，乃是殿前太尉提弥明，一瓜槌打倒神獒：一手揪住胸勺皮，一手扳住下嗑子，只一劈将那神獒分为两半。赵盾出的殿门，便寻他原乘的驷马车。某已使人将驷马摘了二马，双轮去了一轮。上的车来，不能前去。旁边转过一个壮士，一臂扶轮，一手策马，逢山开路，救出赵盾去了。你道其人是谁？就是那桑树下饿夫灵辄。某在灵公跟前说过,将赵盾三百口满门良贱,诛尽杀绝。只有赵朔与公主在府中,为他是个驸马,不好擅杀。某想剪草除根,萌芽不发,乃诈传灵公的命,差一使臣将着三般朝典,是弓弦、药酒、短刀,着赵朔服那一般朝典身亡。某已分付他疾去早来,回我的话。(诗云)三百家属已灭门,只有赵朔一亲人;不论那般朝典死,便教剪草尽除根。(下)(冲末扮赵朔,同旦公主上)(赵朔云)小官赵朔,官拜都尉之职。谁想屠岸贾与我父文武不和,搬弄灵公,将俺三百口满门良贱,诛尽杀绝了也。公主,你听我遗言,你如今腹怀有孕,若是你添个女儿,更无话说;若是个小厮儿呵,我就腹中与他个小名,唤作赵氏孤儿。待他长立成人,与俺父母雪冤报仇也。(旦儿哭科,云)兀的不痛杀我也!(外扮使命,领从人上,云)小官奉主公的命,将三般朝典是弓弦、药酒、短刀,赐予驸马赵朔,随他服那一般朝典,取速而亡,然后将公主囚禁府中。小官不敢久停久住,即刻传命走一遭去。可来到他府门首也。(见科,云)赵朔跪者,听主公的命。为你一家不忠不孝。欺公坏法,将您满门良贱,尽行诛戮,尚有余辜。姑念赵朔有一脉之亲,不忍加诛,特赐三般朝典,随意取一而死。其公主囚禁在府,断绝亲疏,不许往来。兀那赵朔,圣命不可违慢,你早早自尽者!

(赵朔云)公主,似此可怎了也!(唱)

[仙吕赏花时]枉了我报主的忠良一旦休,只他那蠹国的奸臣权在手;他平白地使机谋,将俺云阳市斩首,兀的是出气力的下场头。

(旦儿云)天那,可怜害的俺一家死无葬身之

地也！（赵朔唱）

[幺篇]落不的身埋在故丘。（云）公主，我嘱咐你的说话，你牢记者！（旦儿云）妾身知道了也！（赵朔唱）分付了腮边两泪流，俺一句一回愁；待孩儿他年长后，着与俺这三百口，可兀的报冤仇。（死科，下）

（旦儿云）驸马！则被你痛杀我也！（下）（使命云）赵朔用短刀身亡了也。公主已囚在府中，小官须回主公的话去来。（诗云）西戎当日进神獒，赵家百口命难逃；可怜公主犹囚禁，赵朔能无决短刀！（下）

【鉴赏】

纪君祥的《赵氏孤儿》（全名：《赵氏孤儿大报仇》，一作《冤报冤赵氏孤儿》）写春秋时晋国权臣屠岸贾残杀贤臣赵盾全家，并搜捕孤儿赵武（剧中化名"程勃"）；跟赵家友善的民间医士程婴和正直老臣公孙杵臼，共谋救出孤儿，由程婴抚养成人，报了冤仇。这部大悲剧不仅在中国影响深远，至今还活跃于舞台；而且在十八世纪就被译为几种外文，风行于欧洲。是最早被介绍到外国的久享盛誉的古典名剧。

屠岸贾上场，主动叙说他谋害赵盾全家的经过，既有声有色地暴露了自己心狠手辣、穷凶极恶的本性，又背面敷粉地反衬出赵盾忠贞仁德、受人爱戴的风姿，并相因相谐地再现了国君晋灵公昏聩残忍、为虎作伥的劣迹，从而暗示了全剧矛盾冲突的历史意蕴和本质特征。

接着，剧作家因势顺转，巧展情节：

在杀害了赵盾"满门""三百口"老幼之后，只为"剪草除根"，屠岸贾又派使臣去胁迫赵盾之子、现为驸马的赵朔自杀。赵朔临死前恳切叮嘱妻子："公主，……你如今腹怀有孕"，"若是个小厮儿"就"唤做赵氏孤儿。待他长立成人，与俺父母雪冤报仇也！"寥寥数语，揭开新机：既然屠岸贾大权在握又滥施淫威，连深居宫府的国戚驸马都能迫害致死，那么，这个即将出世的赵氏孤儿，其命运又将如何呢？这样，不仅由"赵氏孤儿"来点示、呼应着题目，预示、埋伏着戏剧的未来冲突，而且，在观众心中激起强烈悬念，导致戏剧矛盾的必然铺展。

赵朔临终前唱道:[仙吕赏花时]枉了我报主的忠良一旦休,只他那蠹国的奸臣权在手。他平白地使机谋,将俺云阳市斩首。兀的是出气力的下场头!

曲词以激越、凄戚的语言,深沉、急剧的旋律,通过一"我"一"他"的强烈比照。不仅挈领了全剧的基本矛盾,昭示了邪恶对正义的荼毒,为后面所描述的尖锐冲突作了简明有力的铺垫;而且,这喷溢着血与火的哭诉,于怨愤中蕴涵着坚贞勇毅的气概,显得悲而不怯,怨而不哀,为全剧渲染了既悲且壮的浓烈色彩。在屠岸贾这奸臣头上,冠以"蠹国"二字,一语中的地揭示了他掌权行奸的本质和要害。正因他蓄意祸国殃民,激起正义力量的与之拼搏,才使这场"灭赵"与"斗屠"的矛盾冲突,熔铸了进步的社会内涵,而不仅是高官贵族间邀宠夺势的庸俗之争,也并非局限于个人得失的私恩狭怨,从而使全剧提高了审美价值。

结尾时,剧本着意写那个奉命前去迫害赵朔的使臣,在他短短的四句下场诗中,特别强调"可怜公主犹囚禁","可怜"一词,沉重温厚,凄楚悲悯,一语泄天机地表露了他执刑后对公主——其实是对赵氏全家的真挚同情,他这种违心"遵命"的逆反心态,不仅使剧情冲突进一步笼罩着悲切愠怒的气氛,而且,也是形象地提示观众思辨正与邪、美与丑的一个闪光点。可见纪君祥"立主脑""密针线"、惨淡经营的艺术匠心。阿·托尔斯泰在《论戏剧创作》中精辟指出:剧中人物语言,要"让每一个字都像利箭一样,一直射到观众的心坎上。"这里的语言正十分精警隽永,启人深思,耐心寻味。

《赵氏孤儿》 第一折

纪君祥

(屠岸贾上,云)某屠岸贾,只为公主怕他添了个小厮儿,久以后成人长大,他不是我的仇人?我已将公主囚在府中,这些时该分娩了。怎么差去的人去了许久,还不见来回报?(卒子上,报科,云)报的元帅得知:公主囚在府中,添了个小厮儿,唤做赵氏孤儿哩。(屠岸贾云)是真个唤做赵氏孤儿?

等一月满足，杀这小厮也不为迟。令人传我的号令去，着下将军韩厥，把住府门，不搜进去的；只搜出来的。若有盗出赵氏孤儿者，全家处斩，九族不留。一壁与我张挂榜文，遍告诸将，休得违误，自取其罪。(词云)不争晋公主怀孕在身，产孤儿是我仇人；待满月钢刀铡死，才称我削草除根。(下)

(旦儿抱徕儿上，诗云)天下人烦恼，都在我心头；犹如秋夜雨，一点一声愁。妾身晋室公主，被奸臣屠岸贾将俺赵家满门良贱，诛尽杀绝。今日所生一子，记的驸马临亡之时，曾有遗言：若是添个小厮儿，唤做赵氏孤儿，待他久后成人长大，与父母雪冤报仇。天那！怎能够将这孩儿送出的这府门去，可也好也？我想起来，目下再无亲人，只有俺家门下程婴，在家属上无他的名字，我如今只等程婴来时，我自有个主意。(外扮程婴，背药箱上，云)自家程婴是也，原是个草泽医人，向在驸马府门下，蒙他十分优待，与常人不同。可奈屠岸贾贼臣将赵家满门良贱，诛尽杀绝，幸得家属上无有我的名字。如今公主囚在府中，是我每日传茶送饭。那公主眼下虽然生的一个小厮，取名赵氏孤儿；等他长立成人，与父母报仇雪冤；只怕出不得屠贼之手，也是枉然。闻得公主呼唤，想是产后要什么汤药，须索走一遭去。可早来到府门首也。不必报复，径自过去。(程婴见科，云)公主呼唤程婴，有何事？(旦儿云)俺赵家一门，好死的苦楚也！程婴，唤你来别无甚事，我如今添了个孩儿，他父临亡之时，取下他一个小名，唤做赵氏孤儿。程婴，你一向在俺赵家门下走动，也不曾亏看承你，你怎生将这个孩儿掩藏出去？久后成人长大，与他赵氏报仇。（程婴云）公主，你还不知道，屠岸贾贼臣闻知你产下赵氏孤儿，四城门张挂榜文，但有掩藏孤儿的，全家处斩，九族不留。我怎么掩藏的他出去？（旦儿云）程婴！（诗云）可不道遇急思亲戚，临危托故人；你若是救出亲生子，便是俺赵家留得这条根。（做跪科，云）程婴，你则可怜见俺赵家三百口，都在这孩儿身上哩！（程婴云）公主请起，假若是我掩藏出小舍人去，屠岸贾得知，问你要赵氏孤儿，你说道：我与了程婴也。俺一家儿便死了也罢，这小舍人休想是活的。（旦儿云）罢！罢！罢！程婴，我教你去的放心。（诗云）程婴心下且休慌，听吾说罢泪千行；他父亲身在刀头死，（做拿裙带缢死科，云）罢！罢！罢！为母的也相随一命亡。（下）（程婴云）谁想公主自缢死了也。我不敢久停久住，打开这药箱，将小舍人放在里面，再将些生药遮住身子。天也！可怜见赵家三百余口，诛尽杀绝，只有一点点孩儿。我如今救的他出去，你便有福，我便成功；若是搜将出来呵，你便身亡，俺一家儿都也性命不保。（诗云）程婴心下自裁划，赵家门户实堪哀；只要你出的九重帅府连环寨，便是脱却天罗地网灾。（下）（正末扮韩厥，领卒子上，云）某下将军韩厥是也。佐于屠岸贾麾下，着某把守公主的府门。可是为何，只因公主生下一子，唤做赵氏孤儿，恐怕有人递盗将去，着某在府门上，搜出来时，将他全家处斩，九族不留。小校，将公主府门把的严整者。嗨！屠岸贾，都似你这般损坏忠良，几时是了也呵！（唱）

[仙吕点绛唇]列国纷纷，莫强于晋。才安稳，怎有这屠岸贾贼臣？他则把忠孝的公卿损。

[混江龙] 不甫能风调雨顺太平年,宠用着这般人。忠孝的在市曹中斩首,奸佞的在帅府内安身。现如今全作威来全作福,还说甚半由君也半由臣。他他他,把爪和牙布满在朝门,但违拗的早一个个诛夷尽。多咱是人间恶煞,可什么阃外将军!

(云)我想屠岸贾与赵盾两家儿结下这等深仇,几时可解也!(唱)

[油葫芦] 他待要剪草防芽绝祸根,使着俺把府门。俺也是于家为国旧对臣。那一个藏孤儿的便不合将他隐,这一个杀孤儿的你可也心何忍。(带云)屠岸贾,你好狠也。(唱)有一日怒了上苍,恼了下民,怎不怕沸腾腾万口争谈论,天也显着个青脸儿不饶人。

[天下乐] 却不道远在儿孙近在身,哎,你个贼也波臣,和赵盾,岂可二十载同僚没些儿义分。便兴心使歹心,指贤人作歹人。他两个细评论,还是那个狠。

(云)令人,门首觑者,看有甚么人出府门来,报复某家知道。(卒子云)理会的。(程婴做慌走上,云)我抱着这药箱,里面有赵氏孤儿。天也可怜,喜的韩厥将军把住府门,他须是我老相公抬举来的。若是撞的出去,我与小舍人性命都得活也。(做出门科)(正末云)小校,拿回那抱药箱儿的人来。你是甚么人?(程婴云)我是个草泽医人,姓程,是程婴。(正末云)你在那里去来?(程婴云)我在公主府内煎汤下药来。(正末云)你下甚么药?(程婴云)下了个益母汤。(正末云)你这箱儿里面甚么物件?(程婴云)都是生药。(正末云)是甚么生药?(程婴云)都是桔梗、甘草、薄荷。(正末云)可有甚么夹带?(程婴云)并无夹带。(正末云)这等你去。(程婴做走,正末叫科,云)程婴回来,这箱儿里面是甚么物件?(程婴云)都是生药。(正末云)可有什么夹带?(程婴云)并无夹带。(正末云)你去!程婴做走,正末叫科,云)程婴回来。你这其中必有暗昧。我着你去呵,似弩箭离弦;叫你回来呵,便似毡上拖毛。程婴,你则道我不认的你哩!(唱)

[河西后庭花]你本是赵盾家堂上宾,我须是屠岸贾门下人。你便藏着那未满月麒麟种,(带云)程婴你见么?(唱)怎出的这不通风虎豹屯。我不是下将军,也不将你来盘问。(云)程婴,我想你多曾受赵家恩来!(程婴云)是。知恩报恩,何必要说。(正末唱)你道是既知恩合报恩,只怕你要脱身难脱身。前和后把住门,地和天那处奔?若拿回审个真,将孤儿往报闻,生不能,死有准。

(云)小校靠后,唤您便来;不唤您休来。(卒子云)理会的。(正末做揭箱子见科,云)程婴,你道是桔梗、甘草、薄荷,我可搜出人参来也!(程婴做慌,跪伏科)(正末唱)

[金盏儿]见孤儿额颅上汗津津,口角头乳食喷,骨碌碌睁一双小眼儿将咱认,悄促促箱儿里似把声吞,紧绑绑难展足,窄狭狭怎翻身。他正是成人不自在,自在不成人。

(程婴词云)告大人停嗔息怒,听小人从头分诉:想赵盾晋室贤臣,屠岸贾心生嫉妒。遣神獒扑害忠良,出朝门脱身逃去;驾单轮灵辄报恩,入深山不知何处。奈灵公听信谗言,任屠贼横行独步;赐驸马伏剑身亡,灭九族都无活路。将公主囚禁冷宫,那里讨亲人照顾。遵遗嘱唤做孤儿,子共母不能完聚;才分娩一命归阴,着程婴将他掩护。久以后长立成人,与赵家看守坟墓。肯分的遇着将军,满望你拔刀相助;若再剪除了这点萌芽,可不断送他灭门绝户?(正末云)程婴,我若把这孤儿献将出去,可不是一身富贵?但我韩厥是一个顶天立地的男儿,怎肯做这般勾当!(唱)

[醉中天]我若是献出去图荣进,却不道利自己损别人。可怜他三百口亲丁尽不存,着谁来雪这终天恨?(带云)那屠岸贾若见这孤儿呵,(唱)怕不就连皮带筋,捻成齑粉。我可也没来由立这样没眼的功勋。

(云)程婴,你抱的这孤儿出去。若屠岸贾问呵,我自与你回话。(程婴云)索谢了将军。(做抱箱儿走出,又回,跪科)(正末云)程婴,我说放你去,难道要你?可快出去!(程婴云)索谢了将军。(做走,又回,跪科)(正末云)程婴,你怎生又回来?(唱)

[金盏儿]敢猜着我调假不为真,那知道蕙叹惜芝焚;去不去我几回家将伊尽,可怎生到门前兜的又回身?(带云)程婴,(唱)你既没包身胆,谁着你强做保孤人?可不道忠臣不怕死,怕死不忠臣。

(程婴云)将军,我若出的这府门去,你报与屠岸贾知道,别差将军赶来拿住我程婴,这个孤儿万无活理。罢!罢!罢!将军,你拿将程婴去,请功受赏;我与赵氏孤儿,情愿一处身亡便了!(正末云)程婴,你好去的不放心也!(唱)

[醉扶归]你为赵氏存遗胤,我于屠贼有何亲?却待要乔做人情遣众军,打一个回风阵。你又忠我可也又信,你若肯舍残生,我也愿把这头来刎。

[青歌儿]端的是一言一言难尽。(带云)程婴,(唱)你也忒眼内眼内无珍。将孤儿好去深山深处隐,那其间教训成人,演武修文;重掌三军,拿住贼臣;碎首分身,报答亡魂,也不负了我和你硬踩着是非门,担危困。

(云)程婴,你去的放心者。(唱)

[赚煞尾]能可在我身儿上讨明白,怎肯向贼子行捱推问!猛拚着撞阶基图个自尽,便留不得香名万古闻,也好伴鉏麑共做忠魂。你你你要殷勤,照觑晨昏,他须是赵氏门中一命根。直等待他年长进,才说与从前话本,是必教报仇人,休忘了我这大恩人。(自刎下)

(程婴云)呀!韩将军自刎了也!则怕军校得知,报与屠岸贾知道,怎生是好?我抱着孤儿须索逃命去来。(诗云)韩将军果是忠良,为孤儿自刎身亡;我如今放心前去,太平庄再做商量。(下)

【鉴赏】

屠岸贾得知晋公主产下小儿,立即派将军韩厥"把住府门",决心要斩杀赵氏遗孤;同时,晋公主正为孤儿的生命前途在宫中悲愁不已。从此,纪君祥把"屠"与"赵"的矛盾,不露凿痕地"聚焦"到"搜孤"与"救孤"的冲突线上来,使剧情趋向集中、明朗,并日渐尖锐、突出。同时,搜孤的韩厥与救孤的程婴,也就应运而生地走上了戏剧前台。

搜孤一事,《史记》曾有记载:屠岸贾亲到宫府追索孤儿,赵朔妻晋公主"置儿于裤中,祝曰:'赵宗灭乎,若号;即不灭,若无声。'及索,儿竟无声。已脱……"可谓奇巧之极。但是,纪君祥却勇于打破前人唯奇是求的美学规范,毅然摒弃了上述情节而致力于艺术的真实性,写成晋公主危急中只得面对孤儿辗转啼嘘,只能手捧孤儿哭求于人,以这种浓于生活气息又宜于演员发挥的真切场景,使舞台弥漫着凄恻感人的悲剧氛围。这就删除了史料中迷信神秘色彩,排除了前人的封建宗法观念,也不致表演庸俗化而有损于舞台艺术美,体现出戏剧生命植根于舞台的美学规

律。

　　同时，纪君祥没有机械地按照先前史书所载，去写作为赵家门客的程婴只为报恩才救孤；而是通过赵朔妻之口，强调程婴在赵氏"家属上无他的名字。"只是一介"草泽医人"，和赵家没有主仆之分。这可谓于细微处见精神：因为，程婴既是乡野医士——民间救死扶伤的职业善人，自然就带有扶危济困、急公好义的美好秉性。这就暗喻着他的救孤活动导源于社会道义感，并从而暗蕴着全剧的审美观照重心——救孤事业的正义性和崇高感。

　　第三，剧作家没有简单地写程婴一开始就见义勇为，而是写公主求他时，他首先很感为难，说道：屠岸贾已"张挂榜文"，若抓住藏孤者，就"全家处斩，九族不留。我怎么掩藏的他出去？"接着赵朔妻既从人情世理上感化，又以跪拜哀求来打动，程婴这才答应了。这既反衬了当时藏孤、救孤的极度艰危，又显示了人物在特定情势中的真实心境，所以，程婴虽已应允，却还要向赵朔妻追问一句：假如你被逼暴露了我的救孤之事，岂不两姓都完？不仅表现出程婴的谨慎、精细，酷肖"草泽医士"这小生产者的心性,而且,使剧情又自然地推衍出晋公主以自缢灭口来安定程婴的新波澜。作品一波三跌,戏味浓酽;舞台形象也更加生活化、人情化、个性化。

韩厥因"佐于屠岸贾麾下",被逼"把守公主的府门",却正气凛然,指责"屠岸贾,你好狠也!"并唱道:"有一日怒了上苍,恼了下民,怎不怕沸腾腾万口争谈论,天也显着个青脸儿不饶人!"以拟人化手法,运用活脱的语言,将抽象的义理、内蕴的民心,转化为可视的生动形象,朴素地伸张了进步的民本思想,雄辩地颂赞了人民的伟大力量,巧妙地含蓄了这场反屠斗争在广阔背景上的正义性和必胜性,为后面赵氏孤儿的擒杀屠贼,烘托了典型环境。

正当观众对这位爱憎分明的韩将军投以敬意,并料定赵氏孤儿定能顺畅地由他放出逃生而预做庆幸时,出乎人们意外,戏剧却是另一番铺展:韩厥见程婴慌忙抱药箱出门,竟下令拿住程婴,两度盘问,两度放行,又两度叫回,并故意反复查询"可有什么夹带?"而后径直当面点破:我早知"你便藏着那未满月麒麟种(暗喻赵氏孤儿)!"把"小校"等警戒人员支使开去,他终于揭开药箱看出了孤儿。剧情为之一宕,观众不由得心弦一紧。然而,韩厥却开玩笑说道:"程婴,你道(药箱内)是桔梗、甘草、薄荷,我可搜出人参(代指孤儿)来也!"他这风趣、诙谐的戏谑语言,与程婴慌张跪求的紧迫情态,庄谐杂陈,相映成趣,在悲壮剧的舞台上,伴随着轻喜剧的特异效果,拓展了舞台意境,丰润了戏剧格调,使杂剧更有情致,更富韵味。

这时,韩厥唱道:"见孤儿额颅上汗津津,口角头乳食喷,骨碌碌睁一双小眼儿将咱认,悄促促箱儿里似把声吞。"剧作家笔蘸激情,对赵氏孤儿这个舞台冲突的聚光点,于此作了重彩描绘。纪君祥巧辟蹊径,未用"天庭饱满""粉妆玉琢"之类的熟语套词来形容,也没有径直凭自己眼光去做静态描叙;而是着意从韩厥的视角、伴带韩厥特有的思绪,去审察并展示孤儿的情态:额颅汗津津,既是婴儿锁于药箱闷热难受的必然结果,也是韩厥矛盾心情十分紧张的真实反映。口角乳食喷,进一步为婴儿传神写照,显示他那自在吮乳、稚嫩天真的面容,多么可爱;同时,他那嗷嗷待哺、滋滋贪食的样子,又多么可怜!"骨碌碌睁一双小眼儿将咱认",实在是全曲的"曲胆",这独到的神来之笔,以象形象声的描绘,惟妙惟肖地刻画出小儿活泼动人的美态,并透示出韩厥见之生爱、慈善温良的心性;不仅小儿灵秀聪颖的神态跃然纸上,也使韩厥由小儿之客体转化为自己主观意象的移情通感,栩栩如生地再现了出来,并促使观众也能如临其境,与角色一起形成紧张酸楚而又温馨柔美的意境。从而将隐显结合、虚实相生的中国戏剧美学,做了精彩的发挥,产生动人心魄的艺术震撼力。

最后,韩厥自愿"硬踩着是非门,担危困",果断地放程婴抱孤外逃,并高唱要留"香名万古闻"而自刎殉孤,在舞台上矗立起雄健豪勇的塑像,形成了全剧的第一大波澜。

《赵氏孤儿》 第二折

纪君祥

(屠岸贾领卒子上,云)事不关心,关心者乱。某屠岸贾,只为公主生下一个小的,唤做赵氏孤儿。我差下将军韩厥把住府门,搜检奸细;一面张挂榜文,若有掩藏赵氏孤儿者,全家处斩,九族不留。怕那赵氏孤儿会飞上天去?怎么这早晚还不见送到孤儿?故我放心不下。令人,与我门外觑者。(卒子报科,云)报元帅,祸事到了也!(屠岸贾云)祸从何来?(卒云)公主在府中将裙带自缢而死。把府门的韩厥将军也自刎身亡了也。(屠岸贾云)韩厥为何自刎了?必然走了赵氏孤儿。怎生是好?眉头一皱,计上心来。我如今不免诈传灵公的命,把晋国内但是半岁之下,一月之上,新添的小厮,都与我拘刷将来,见一个剁三剑,其中必然有赵氏孤儿。可不除了我这腹心之害?令人,与我张挂榜文,着晋国内但是半岁之下,一月之上,新添的小厮,都拘刷到我帅府中来听令。违者全家处斩,九族不留。(诗云)我拘刷尽晋国婴孩,料孤儿没处藏埋;一任他金枝玉叶,难逃我剑下之灾。(下)(正末扮公孙杵臼,领家童上,云)老夫公孙杵臼是也，在晋灵公位下为中大夫之职。只因年纪高大，见屠岸贾专权，老夫掌不得王事，罢职归农，苫庄三顷地，扶手一张锄，住在这吕吕太平庄上。往常我夜眠斗帐听寒角，如今斜倚柴门数雁行。倒大来悠哉也呵！（唱）

[南吕一枝花] 兀的不屈沉杀大丈夫，损坏了真梁栋。被那些腌臜屠狗辈，欺负俺慷慨钓鳌翁。正遇着不道的灵公，偏贼子加恩宠，着贤人受困穷。若不是急流中将脚步抽回，险些儿闹市里把头皮断送。

[梁州第七] 他他他，在元帅府扬威也那耀勇；我我我，在太平庄罢职归农。再休想鹓班豹尾相随从。他如今高官一品，位极三公；户封八县，禄享千钟。见不平处有眼如蒙，听咒骂处有耳如聋。他他他，只将那会迤逗的着列鼎重裀，害忠良的便加官请俸，耗国家的都叙爵论功。他他他，只贪着目前受用，全不省爬的高来可也跌的来肿，怎如俺守田园学耕种？早跳出伤人饿虎丛，倒大来从容。

（程婴上，云）程婴，你好慌也！小舍人，你好险也！屠岸贾，你好狠也！我程婴虽然担着个死，撞出城来，闻的那屠岸贾见说走了赵氏孤儿，要将晋国内半岁之下一月之上小孩儿每，都拘摄到元帅府里。不问是孤儿不是孤儿，他一个个亲手剁作三段。我将的这小舍人送到那厢去好？有了，我想吕吕太平庄上公孙杵臼，他与赵盾是一殿之臣，最相交厚。他如今罢职归农。那老宰辅是个忠直的人，那里堪可掩藏。我如今来到庄上，就在这芭棚下放下这药箱。小舍人，你且权时歇息咱，我见了公孙杵臼便来看你。家童报复去，道有程婴求见。(家童报科,云)有程婴在于门首。(正末云)道有请。(家童云)请进。(正末见科,云)程婴,你来有何事?(程婴云)在下见老宰辅在这太平庄上,特来相访。(正末云)自从我罢官之后,众宰辅每好么?(程婴云)嗨!这不比老宰辅为官时节,如今屠岸贾专权,较往常都不同了也。(正末云)也该着众宰辅每劝谏劝谏。(程婴云)老宰辅,这等赋臣自古有之,便是那唐虞之世,也还有四凶哩!(正末唱)

[隔尾]你道是古来多被奸臣弄,便是圣世何尝没四凶,谁似这万人恨千人嫌一人重。他不廉不公,不孝不忠,单只会把赵盾全家杀的个绝了种。

(程婴云)老宰辅,幸得皇天有眼,赵氏还未绝种哩!(正末云)他家满门良贱三百余口,诛尽杀绝,便是驸马也被三般朝典短刀自刎了,公主也将裙带缢死了,还有什么种在那里?(程婴云)那前项的事,老宰辅都已知道,不必说了。近日公主囚禁府中,生下一子,唤做孤儿。这不是赵家是那家的种?但恐屠岸贾得知,又要杀坏,若杀了这一个小的,可不将赵家真绝了种也!(正末云)如今这孤儿却在那里?不知可有人救的出来么?(程婴云)老宰辅既有这点见怜之意,在下敢不实说。公主临亡时,将这孤儿交付与了程婴,着好生照觑他,待到成人长大,与父母报仇雪恨。我程婴抱的这孤儿出门,被韩厥将军要拿的去报与屠岸贾。是程婴数说了一场,那韩厥将军放我出了府门,自刎而亡。如今将的这孤儿无处掩藏,我特来投奔老宰辅。我想宰辅与赵盾原是一殿之臣,必然交厚,怎生可怜见救这个孤儿咱!(正末云)那孤儿今在何处？（程婴云）现在芭棚下哩！（正末云）休惊唬着孤儿，你快抱的来。（程婴做取箱开看科，云）谢天地，小舍人还睡着哩。（正末接科）（唱）

[牧羊关]这孩儿未生时绝了亲戚，怀着时灭了祖宗，便长成人也则是少吉多凶。他父亲斩首在云阳，他娘呵因在禁中。那里是有血腥的白衣相，则是个无恩念的黑头虫。（程婴云）赵氏一家，全靠着这小舍人，要他报仇哩。（正末唱）你道他是个报父母的真男子；我道来，则是个妨爷娘的小业种。

（程婴云）老宰辅不知，那屠岸贾为走了赵氏孤儿，晋国内小的都拘刷将来，要伤害性命。老宰辅，我如今将赵氏孤儿偷藏在老宰辅跟前，一者报赵驸马平日优待之恩，二者要救晋国小儿之命。念程婴年近四旬有五，所生一子，未经满月。假妆做赵氏孤儿，等老宰辅告首与屠岸贾去，只说程婴藏着孤儿，把俺父子二人，一处身死；老宰辅慢慢的抬举的孤儿成人长大，与他父母报仇，可不好也？（正末云）程婴，你如今多大年纪了？（程婴云）在下四十五岁了。（正末云）这小的算着二十年呵，方报的父母仇恨。你再着二十年，也只是六十五岁；我再着二十年时，可不九十岁了？其时存亡未知，怎么还与赵家报的仇？程婴，你肯舍的你孩儿，倒将来交付与我，你自首告屠岸贾处，说道太平庄上公孙杵臼藏着赵氏孤儿。那屠岸贾领兵校来拿住，我和你亲儿一处而死。你将的赵氏孤儿抬举成人，与他父母报仇，方才是个长策。（程婴云）老宰辅，是则是，怎么难为的你老宰辅？你则将我的孩儿假装做赵氏孤儿，报与屠岸贾去，等

俺父子二人一处而死吧。(正末云)程婴,我一言
已定,再不必多疑了。(唱)

[红芍药]须二十年报仇的主人公,恁时节才称心胸,只
怕我迟疾死后一场空。(程婴云)老宰辅,你精神还强健哩。
(正末唱)我精神比往日难同,闪下这小孩童怎见功?你
急切里老的不形容,正好替赵家出力做先锋。(带云)程
婴,你只依着我便了。(唱)我委实的捱不彻暮鼓晨钟。

(程婴云)老宰辅,你好好的在家,我程婴不识
进退,平白地将着这愁布袋连累你老宰辅,以此放
心不下。(正末云)程婴,你说那里话?我是七十
岁的人,死是常事,也不争这早晚。(唱)

[菩萨梁州]向这傀儡棚中,鼓笛搬弄。只当做场短梦。
猛回头早老尽英雄。有恩不报怎相逢,见义不为非为
勇。(程婴云)老宰辅既应承了,休要失信。(正末唱)言而无
信言何用。(程婴云)老宰辅,你若存的赵氏孤儿,当名标青
史,万古留芳。(正末唱)也不索把咱来厮陪奉,大丈夫何
愁一命终;况兼我白发鬇鬆。

(程婴云)老宰辅,还有一件。若是屠岸贾拿
住老宰辅,你怎熬的这三推六问,少不得指攀我程
婴下来。俺父子两个死是分内,只可惜赵氏孤儿,
终归一死,可不把你老宰辅干连累了也。(正末
云)程婴,你也说的是。我想那屠岸贾与赵驸马
呵。(唱)

[三煞]这两家做下敌头重。但要访的孤儿有影踪,必
然把太平庄上兵围拥,铁桶般密不通风。(云)那屠岸贾
拿住了我,高声喝道:老匹夫岂不见三日前出下榜文,偏
是你藏下赵氏孤儿,与俺作对,请波请波!(唱)则说老匹夫请先入
瓮,也须知榜揭处天都动;偏你这罢职归田一老农,公然

敢剔蝎撩蜂。

〔二煞〕他把绷扒吊拷般般用，情节根由细细穷；那其间枯皮朽骨难禁痛，少不得从实攀供，可知道你个程婴怕恐(带云)程婴，你放心者。(唱)我从来一诺似千金重，便将我送上刀山与剑峰，断不做有始无终。

(云)程婴，你则放心前去，抬举的这孤儿成人长大，与他父母报仇雪恨。老夫一死，何足道哉。

(唱)

〔煞尾〕凭着赵家枝叶千年永，晋国山河百二雄。显耀英材统军众，威压诸邦尽伏拱；遍拜公卿诉苦衷。祸难当初起下宫，可怜三百口亲丁饮剑锋；刚留得孤苦伶仃一小童，巴到今朝袭父封。提起冤仇泪如涌，要请甚旗牌下九重，早拿出奸臣帅府中，断首分骸祭祖宗，九族全诛不宽纵。恁时节才不负你冒死存孤报主公，便是我也甘心儿葬近要离路旁冢。(下)

(程婴云)事势急了，我依旧将这孤儿抱的我家去，将我的孩儿送到太平庄上来。(诗云)甘将自己亲生子，偷换他家赵氏孤；这本程婴义分应该得，只可惜遗累公孙老大夫。(下)

【鉴赏】

就在人们刚刚为孤儿侥幸逃生而额手称庆时，岂料屠岸贾又爆出了新杀机：只因逃走孤儿，竟下令把全晋国"新添的小厮"都要捉来"见一个剁三剑，其中必然有赵氏孤儿，可不除了我这腹心之害?!"——屠贼这一毒着，前无记载，于史无征，纯然是纪君祥颖异独慧的审美创造。它通过典型人物在典型环境中本乎心、发乎情的典型语汇，深刻揭示了以屠岸贾为代表的反动统治者"宁枉无纵"，嗜杀成性的本性，并自然地引发了戏剧进展的新机缘。因为屠贼这骇人听闻的毒着，使赵氏孤儿乃至全国婴儿的命运，又尖锐地提上了人们心头。于是，热心救孤的公孙杵臼，就顺乎人心、本乎逻辑地走上剧场上了。原先史料中的公孙杵臼,本是赵朔门客:纪君祥又勇毅地对历史做了大胆的艺术反拨,把他塑改成与赵盾同为"一殿之臣"的"中大夫",并且善良刚正,亦遭屠贼排挤而罢职归农,是剧中直接与屠岸贾正面冲突的同僚对手,所以程婴特来相求共谋救孤大事。这就壮大了正义势力的阵线,丰富了戏剧冲突的形象系列,使舞台上矛盾着的双方角色,既增添了强度,更增强了质感。

程婴专为救孤而找杵臼,但因刚刚见面就只能含糊说道"特来相访"而不言具体。身为"老宰辅"的杵臼,接着自然问起朝政状况,程婴就顺理成章地叙说"屠岸贾专权"弄术、迫害贤良;双方这才说到赵盾全家被杀的惨剧,并水到渠成地引出"孤儿"问题。使戏剧在舞台上的流程,如同生活本身一样,行于所当行,止于所当止,既紧凑自然,又丰姿绰约,比普通的实际生活更精醇,更耐人咀嚼,更引人回味。

杵臼初见孤儿随即唱道:这孩儿"怀着时灭了祖宗,便长成人也则是少吉多凶",终究"是个妨爷娘的小业种"。表明他身为贵官,从宗法观念和家族利益出发,对子孙的期望就是光宗耀祖、显亲扬名,因之认为这孤儿没甚可爱,甚至也不见可怜。这就使戏剧为之一跌,促使程婴急忙申述:"我如今将赵氏孤儿偷藏在老宰辅跟前",也为的"要救晋国小儿之命!"仅此一句,就字字有千钧之力,堪称光射斗牛,响遏行云的历史强音。程婴紧接着又说:"念程婴年近四旬有五,所生一子,未经满月,待假妆做赵氏孤儿,等老宰辅告首与屠岸贾去,只说程婴藏着赵氏孤儿,把俺父子二人一处身死;老宰辅慢慢的抬举的孤儿成人长大,与他父母报仇。"这掷地作金石之声的英雄语言,自然感动了"忠直"热忱的老杵臼,想到程婴正当壮年,而自己已是七十衰翁,所以也就爽快地回应:"你自首告屠岸贾",只说"公孙杵臼藏着赵氏孤儿",让"我和你亲儿一处而死,你将的赵氏孤儿抬举成人"。从而定下了救孤"长策",老杵臼并做了"上刀山与剑峰,断不做有始无终"的精神准备。

专家们证明:纪君祥此剧的基本框架,导源于司马迁《史记》。但《史记》所载古代程婴和杵臼,是二人合谋盗劫或骗取"他人婴儿"来假充赵氏孤儿以交付屠岸贾杀害的。在创作杂剧时,纪君祥以高超的历史胆识和睿智的艺术匠心,改写成中年得子(且又是唯一之子)的程婴,毅然以自身骨肉取代赵孤而去送死,以维护正义并挽救全国婴儿。这种常人难以做到而又是人人期望、个个敬仰的壮举,不仅立即感动了老杵臼,而且,更加穿云破雾的东升旭日,以至善至美的人性光芒,荡涤了旧史原型中为感恩报义而牺牲他人、为忠奸斗争而摧残生灵的阴霾尘屑，不仅极大地完善了程婴、杵臼二人的壮美性格，使他们成为光耀舞台、彪炳艺苑的千秋典型，而且，使整个杂剧都辉映着更激励人心的美感效应。同时，纪君祥着意在境界和格调上，把程婴置于杵臼之上。并让程婴贯穿于悲剧始终，成为解决戏剧冲突的中坚人物，这一切都表明：卓越戏剧家的纪君祥，也是先进思想家。他能以高屋建瓴的气概，从时代的制高点上，俯察历史流程、体察社会真谛，开掘人生宝藏；运用迈越千古的超群构思，通过对程婴、杵臼等为正义而勇作牺牲的刻画，凝聚起并铸造出我们民族的壮丽品格和崇高精神，以感发人心的动人形象，使这救孤悲剧升华为正义与邪恶的生死拼搏，并从而焕发出爱民、忧民、为拯民济世而英勇献身的伟大光辉。中国宋朝文论家纪有功期求作家们"文不按古，匠心独造"。此作，正是对他最好的回应，也是对后人最好的启迪。纪君祥自辟畦径，巧塑形象，精编剧情，善于"将人生的有价值的东西毁灭给人看"（鲁迅），昭示出悲剧艺术的美学贡献；并以其卓越的艺术引力和艺术张力，生动地启示人们："美，就是性格和表现"（罗丹）。

《赵氏孤儿》 第三折

纪君祥

（屠岸贾领卒子上，云）兀的不走了赵氏孤儿也！某已曾张挂榜文，限三日之内，不将孤儿出首，即将晋国内小儿但是半岁以下，一月以上，都拘刷到我帅府中，尽行诛戮。令人，门首觑者，若有首告之人，报复某家知道。（程婴上，云）自家程婴是也，昨日将我的孩儿送与公孙杵臼去了；我今日到屠岸贾跟前首告去来。令人，报复去，道有了赵氏孤儿也。（卒子云）你则在这里，等我报复去。（报科，云）报的元帅得知，有人来报赵氏孤儿有了也。（屠岸贾云）在那里？（卒子云）现在门首哩。（屠岸贾云）着他过来。（卒子云）着过来。（做见科，屠岸贾云)兀那厮,你是何人?(程婴云)小人是个草泽医士程婴。(屠岸贾云)赵氏孤儿今在何处?(程婴云)在吕吕太平庄上,公孙杵臼家藏着哩。(屠贾云)你怎生知道来?(程婴云)小人与公孙杵臼曾有一面之交,我去探望他,谁想卧房中锦绷绣褥上,躺着一个小孩儿。我想公孙杵臼年纪七十,从来没儿没女,这个是那里来的?我说道:这小的莫非是赵氏孤儿么?只见他登时变色,不能答应。以此知孤儿在公孙杵臼家里。(屠岸贾云)咄!你这匹夫,你怎瞒的过我。你和公孙杵臼往日无仇,近日无冤,你因何告他藏着赵氏孤儿?你敢是知情么!说的是,万事全休;说的不是,令人,磨的剑快,先杀了这个匹夫者。(程婴云)告凶帅暂息雷霆之怒,略罢虎狼之威,听小人诉说一遍咱。我小人与公孙杵臼原无仇隙,只因元帅传下榜文,要将晋国内小儿拘刷到帅府,尽行杀坏。我一来为救晋国内小儿之命;二来小小四旬有五,近生一子,尚未满月。元帅军令,不敢不献出来,可不小人也绝后了?我想有了赵氏孤儿,便不损坏一国生灵,连小人的孩儿也得无事,所以出首。(诗云)告大人暂停嗔怒,这便是首告缘故;虽然救晋国生灵,其实怕程家绝户。(屠岸贾笑科,云)哦!是了。公孙杵臼原与赵盾一殿之臣,可知有这事来。令人,则今日点就本部下人马,同程婴到太平庄上,拿公孙杵臼走一遭去。(同下)(正末公孙杵臼上,云)老夫公孙杵臼是也。想昨日与程婴商议救赵氏孤儿一事,今日他到屠岸贾府中首告去了。这早晚屠岸贾这厮必然来也呵!(唱)

[双调新水令] 我则见荡征尘飞过小溪桥,多管是损忠

良贼徒来到。齐臻臻摆着士卒,明晃晃列着枪刀。眼见的我死在今朝,更避甚痛笞掠。

　　　　(屠岸贾同程婴领卒子上,云)来到这吕吕太平庄上也。令人,与我围了太平庄者。程婴,那里是公孙杵臼宅院?(程婴云)则这个便是。(屠岸贾云)拿过那老匹夫来。公孙杵臼,你知罪么?(正末云)我不知罪。(屠岸贾云)我知你个老匹夫和赵盾是一殿之臣。你怎敢掩藏着赵氏孤儿!(正末云)老元帅,我有熊心豹胆?怎敢掩藏着赵氏孤儿!(屠岸贾云)不打不招。令人,与我拣大棒子着实打者。(卒子做打科)(正末唱)

[驻马听]想着我罢职辞朝,曾与赵盾名为刎颈交。(云)这事是谁见来?(屠岸贾云)现有程婴首告着你哩。(正末唱)是那个埋情出告,原来这程婴舌是斩身刀。(云)你杀了赵家满门良贱三百余口,则剩下这孩儿,你又要伤他性命。(唱)你正是狂风偏纵扑天雕,严霜故打枯根草。不争把孤儿又杀坏了。可着他三百口冤仇甚人来报。

　　　　(屠岸贾云)老匹夫,你把孤儿藏在那里?快招出来,免受刑法。(正末云)我有甚么孤儿藏在那里?谁见来?(屠岸贾云)你不招?令人,与我采下去,着实打者。(做打科)(屠岸贾云)这老匹夫赖肉顽皮不肯招承,可恼,可恼。程婴,这原是你出首的,就着你替我行杖者。(程婴云)元帅,小人是个草泽医士,撮药尚然腕弱,怎生行的杖?(屠岸贾云)程婴,你不行杖,敢怕指攀出你么?(程婴云)元帅,小人行杖便了。(做拿杖子科)(屠岸贾云)程婴,我见你把棍子拣了又拣,只拣着那细棍子,敢怕打的他疼了,要指攀下你来。(程婴云)我就拿大棍子打者。(屠岸贾云)住者。你头里只拣着那细棍子打,如今你却拿起大棍子来,三两下打死了呵,你就做的个死无招对。(程婴云)着我拿细棍子又不是,拿大棍子又不是,好着我两下做人难也。(屠岸贾云)程婴,你只拿着那中等棍子打。公孙杵臼老匹夫,你可知道行杖的就是程婴么?(程婴行杖科,云)快招了者!(三科了)(正末云)哎哟!打了这一日。不似这几棍子打的我疼,是谁打我来?(屠岸贾云)是程婴打你来。(正末云)程婴,你划的打我那?(程婴云)元帅,打的这老头儿兀的不胡说哩。(正末云唱)

[雁儿落]是那一个实丕丕将着粗棍敲?打的来痛杀杀精皮掉。我和你狠程婴有甚的仇?却教我老公孙受这般虐。

　　(程婴云)快招了者。(正末云)我招,我招。

　　(唱)

[得胜令]打的我无缝可能逃,有口屈成招。莫不是那孤儿他知道,故意的把咱家指定了。(程婴做慌科)(正末唱)我委买的难熬,尚兀自强着牙根儿闹;暗地里偷瞧,只见他早唬的腿脡儿摇。

　　(程婴云)你快招罢,省得打杀你。(正末云)

　　有,有,有。(唱)

[水仙子]俺二人商议要救这小儿曹。(屠岸贾云)可知道指攀下来也。你说二人,一个是你了,那一个是谁?你实说将出来,我饶你的性命。(正末云)你要我说那一个,我说,我说。(唱)哎!一句话来到我舌尖上却咽了。(屠岸贾云)程婴,这桩事敢有么?(程婴云)兀那老头儿,你休妄指平人。(正末云)程婴,你慌怎么?(唱)我怎生把你程婴道,似这般有

上梢无下梢。(屠岸贾云)你头里说两个,你怎生这一会儿可说无了?(正末唱)只被你打的来不知一个颠倒。(屠岸贾云)你还不说,我就打死你个老匹夫。(正末唱)遮莫便打的我皮都绽,肉尽销,休想我有半字儿攀着。

　　(卒子抱俫儿上科,云)元帅爷贺喜,土洞中搜出个赵氏孤儿来了也。(屠岸贾笑科,云)将那小的拿近前来,我亲自下手,剐做三段。兀那老匹夫,你道无有赵氏孤儿,这个是谁?(正末唱)

[川拨棹]你当日演神獒,把忠臣来扑咬。逼的他走死荒郊,刎死钢刀,缢死裙腰,将三百口全家老小尽行诛剿。并没那半个儿剩落,还不厌你心苗。

　　(屠岸贾云)我见了这孤儿,就不由我不恼也。

　　(正末唱)

[七弟兄]我只见他左睢、右瞧、怒咆哮,火不腾改变了狰狞貌,按狮蛮拽札起锦征袍,把龙泉扯离出沙鱼鞘。

　　(屠岸贾怒云)我拔出这剑来。一剑,两剑,三剑。(程婴做惊疼科,屠岸贾云)把这一个小业种剐了三剑,兀的不称了我平生所愿也。(正末唱)

[梅花酒]呀!见孩儿卧血泊。那一个哭哭号号,这一个怨怨焦焦,连我也战战摇摇。直恁般歹做作,只除是没天道。呀!想孩儿离褥草,到今日恰十朝,刀下处怎耽饶,空生长枉劬劳,还说甚要防老。

[收江南]呀!兀的不是家富小儿骄。(程婴掩泪科)(正末唱)见程婴心似热油浇,泪珠儿不敢对人抛,背地里揾了。没来由割舍的亲生骨肉吃三刀

　　(云)屠岸贾那贼,你试觑者。上有天哩,怎肯饶过的你,我死打甚么不紧!(唱)

[鸳鸯煞]我七旬死后偏何老,这孩儿一岁死后偏知小。

俺两个一处身亡,落的个万代名标。我嘱咐你个后死的
程婴,休别了横亡的赵朔。畅道是光阴过去的疾,冤仇
报复的早。将那厮万剐千刀,切莫要轻轻的素放了。

　　(正末撞科,云)我撞阶基,觅个死处。(下)
(卒子报科,云)公孙杵臼撞阶基身死了也。(屠岸
贾笑科,云)那老匹夫既然撞死,可也罢了。(做笑
科,云)程婴,这一桩里多亏了你;若不是你呵,如
何杀的赵氏孤儿?(程婴云)元帅,小人原与赵氏
无仇,一来救晋国内众生;二来小人跟前也有个孩
儿,未曾满月。若不搜的那赵氏孤儿出来,我这孩
儿也无活的人也。(屠岸贾云)程婴,你是我心腹
之人,不如只在我家中做个门客,抬举你那孩儿成
人长大。在你跟前习文,送在我跟前演武。我也
年近五旬,尚无子嗣,就将你的孩儿与我做个义
儿。我偌大年纪了,后来我的官位,也等你的孩儿
讨个应袭,你意下如何?(程婴云)多谢元帅抬举。
(屠岸贾诗云)则为朝纲中独显赵盾,不由我心中
生忿;如今削除了这点萌芽,方才是永无后衅。
(同下)

【鉴赏】

　　屠岸贾叫嚷:三天内若搜不到赵氏孤儿,就把全晋国婴儿都杀死!新紧张气氛
导致戏剧的新动势。可是,程婴告发时,这个急切搜孤的屠岸贾,不仅不喜形于色,
反倒冷峻地审问:"你是何人?""孤儿今在何处?""你怎生知道?"程婴言之凿凿地
回答后,他竟大声呵斥:咄!你这匹夫,和公孙杵臼无仇无冤,因何告他?说不对就
"先杀了"你!这意外的盘查恫吓,使戏剧之弦骤然一紧,形成本折的第一回冲突。
这时程婴若稍微闪失而应付不当,不仅自己当场被杀,且使煞费苦心筹划的唯一救
孤计划,全部报废,赵氏孤儿、公孙杵臼和程婴之子都将全被处死!局势的逆转使
戏剧冲突如疾雷破山,似烈马奔崖,十分尖锐激烈。幸而程婴有板有眼地诉说了情

由：我与杵白原无仇隙，但奉你严令，若不出首，我自身小儿送命，还要"损坏一国生灵！"促使屠贼也想起"杵白原与赵盾一殿之臣，可知有这事"，于是赢得他的带笑相信。这回冲突以屠岸贾的精明狡诈、阴冷多疑，与程婴的处变不惊、有理有节，互为映衬，和谐均衡，使人既啧啧称异，又领首击赏，于紧迫的视动中，泛溢着疾徐有致的韵律美。

公孙杵白既是忠直之人，势必与屠贼对抗而横遭毒打；但是，出人意料，屠贼突然下令："程婴，这原是你出首的，就着你替我行杖者！"猝不及防地又考验着程婴。剧作家紧紧把握住人物性格的底蕴而施展笔墨，只见程婴既不立即从命，又不公然顶撞，而是不卑不亢、不即不离地答道："小人是个草泽医士，撮药尚然腕弱，怎生行的杖？"屠贼说："你不行杖，敢怕指攀出你么？"逼得程婴只好说"小人行杖便了"，同时"做拿杖子科"。到此，一般作家就会接着写程婴如何举杖而打的场景，以顺其自然地铺展。但是，深通"戏"中三昧的纪君祥，却又笔高一筹，写屠贼先是指责程婴"只拣着那细棍子，敢怕打的他疼了，要指攀下你来？！"而程婴要拿大棍子，他又不准，说是"三两下打死了呵"，你就死无对证。捉弄得程婴"两下做人难也！"逼得程婴"只拿着那中等棍子打"。横插着串演成一幕别出心裁、啼笑皆非的闹剧。在这第二回冲突中，既隐现着屠贼怪诞、诡谲的心性，又深化了程婴淳朴敦厚而又机警灵活的品貌，并缓冲了前后的紧张气氛，调节了全剧的悲慨情调，使作品在凝重严峻的总风格中，增添了活泛、诡异的韵致。

屠贼接着对杵白一再嚷道："是程婴打你来！"潜台词是"你何不指攀他呢？"又把他二人推向矛盾漩流的风口浪尖。果然，杵白作为年迈体衰的旧官僚，身受莫大的凌弱和痛苦，在昏头晕脑中，竟说出"俺二人商议要救这小儿曹"，引起屠贼的火急穷追："那一个是谁？"并立即反扑程婴："这桩事敢有你么？！"直如急流中猛投石块，立刻激起戏剧的新波澜、新悬念，形成第三回冲突。幸好老杵白马上就理智清醒地把"来到我舌尖上"的话"却咽了"，并说自己决不"有上梢无下梢"，既暗送程婴一颗定心丸，又明给屠贼一个下马威。可见他刚才说溜了嘴，是嘴打中一时慌张失智的逼真写照，是恐怖处境的形象素描，是残酷斗争的艺术体现，而不是他的脆弱动摇。这里益见纪君祥善于炼平凡为神奇，赋生活以情致的审美腕力。随后，当屠贼再加威逼时，老杵白干脆高唱出宁可粉身碎骨，决不妄攀他人的决绝誓词，从而使这场冲突处于马失前蹄，弦绷欲断似的最紧张情境。到此，恰如山横水堵前无

路,人们真不知下一步将是何等局面。

　　然而,高明艺术家自有回天妙着:出乎意外地紧接着送来了新人物和新剧情——卒子抱着婴儿来向屠贼"贺喜:土洞中搜出个赵氏孤儿来了也!"刚才还满脸杀气、几近疯狂的屠贼,马上袭嘴"笑"了。由于观众对此早有心理准备,所以,他这一"笑",舞台气氛也就由张而驰,窒息氛围随之而缓解、舒徐,似乎地平水浅又一村了。这前后跌宕的巨大反差,使戏剧的节奏感更强烈,韵律美更浓醑了。

　　"孤儿"抓获,屠贼嬉笑;可广大观众心理为这无辜小儿,又跌进了急遽的悬宕之中。果然,笑容未收的屠贼一见这"赵氏孤儿",立即恢复他"恼""怒""咆哮"的"狰狞貌",把个可爱可怜的呱呱婴儿,一连"剁了三剑",这就形成了惊心动魄的第四回冲突。由嘱孤、托孤、搜孤、藏孤和殉孤,剧情步步深化,矛盾阵阵加剧,终于发展到这里的杀孤,形成全剧高潮。

　　纪君祥自觉维护戏剧美的旨趣,遏抑生活中肉的联想,不让生活丑污染艺术美,将杀孤之戏,只借凶手的简单宾白一带而过,没有多花笔墨去做血淋淋的描摹,没有妄编感官刺激以招徕观众,呈现出高境界的美学规范。

　　杵臼在痛斥屠贼杀婴、高唱绝命之词以后,撞阶而死,以身殉孤,结束了第五回冲突。

本来，戏剧至此，替死、存孤的总体矛盾可谓圆满解决，赵氏孤儿可无后顾之忧；剧作家只要照惯例稍加个尾声，戏也就可以结束了。但是，"在真正的艺术作品中，所有的形象都是新颖的，独创的"；"独创性……是天才的必要属性"（别林斯基）。艺术家纪君祥的天才灵光，在这穷山断水之处，又照射出奇峰突起、曲水横流的新天地：屠贼认为程婴的告发，使自己解除了心头之患，于是视程婴"是我心腹之人"，欣喜之下，心血来潮，竟要留程婴做门客，并收养程的假儿为"义子"。迫使程婴在这个本就狐疑诡谲而又心狠手辣的屠岸贾面前，不得不暂且顺水行舟。这就使戏剧矛盾在无风起浪中又推向了新的高潮，在观众刚刚平静的心田上，又涌来了一股急流漩涡：这个未脱襁褓的赵氏孤儿，未出虎口又陷狼窝，落于随时暴露、随时被杀的险境。这第六回冲突，又给人们送来了无限惊讶、无穷忧虑的悬念。纪君祥这一精湛的艺术开拓，跟以往史料又形成有趣对比。《史记》写道：程婴带着"赵氏其孤""俱匿山中""居十五年"。如此记述，姑不论其是否信实可靠，却至少遗漏了生活中许多激烈急遽的丰厚意蕴。纪君祥以凌云健笔，自铸新意，改创为程婴与孤儿都朝夕坐卧于虎狼身边，这奇绝险绝而又合乎情、顺乎理的情节，既创造了更高的艺术真实性，又造成了强劲奇巧的审美张力，给人们的想象和再创造，拓展了广阔天地。从而使舞台跌宕多彩的韵律美，产生着更强的艺术引发力和回味力，不愧为做作有芒的戏剧精品。

　　综观此折，可见纪君祥构思奇拔，蹊径独辟，善于在层峦叠嶂、天骄回环的情节铺展和摇曳多姿、声容并茂的场景烘托中，将戏剧冲突张弛有致地顺势转进；既令人目不暇接、触处生怀，又通幽达显而路无凿痕；并入木三分地勾勒出各别人物的独特情貌，把几个典型人物刻画得意态鲜活，风光饱满。公孙杵臼的性格发展既有层次感，更有雕塑感；屠岸贾在阴险狠毒的心性底色上，时怒时笑，或骄横或冷峻，或精细或粗鄙，是个多层面、多棱角、多光影的有机复合体，不愧为古典戏剧中丑得很美的艺术典型。

纪君祥

（屠岸贾领卒子上，云）某，屠岸贾。自从杀了赵氏孤儿，可早二十年光景也。有程婴的孩儿，因为过继与我，唤做屠成。教的他十八般武艺，无有不拈，无有不会。这孩儿弓马倒强似我，就着我这孩儿的威力，早晚定计，弑了灵公，夺了晋国，可将我的官位都与孩儿做了，方是平生愿足。适才孩儿往教场中演习弓马去了，等他来时，再做商议。（下）（程婴拿手卷上，诗云）日月催人老，光阴趱少年；心中无限事，未敢尽明言。过日月好疾也！自到屠府中，今经二十年光景，抬举的我那孩儿二十岁，官名唤作程勃。我跟前习文，屠岸贾跟前习武，甚有机谋，熟娴弓马。那屠岸贾将我的孩儿十分见喜，他岂知就里的事。只是一件，连我这孩儿心下也还是懵懵懂懂的。老夫今年六十五岁，倘或有些好歹呵，着谁人说与孩儿知道，替他赵氏报仇。以此踌躇辗转，昼夜无眠。我如今将从前屈死的忠臣良将，画成一个手卷，倘若孩儿问老夫呵，我一桩桩剖说前事，这孩儿必然与父母报仇也。我且在书房中闷坐着，只等孩儿到来了自有个理会。（正末扮程勃上，云）某，程勃是也。这壁厢爹爹是程婴；那壁厢爹爹可是屠岸贾。我白日演武，到晚习文。如今在教场中回来，见我这壁厢爹爹走一遭去也呵。（唱）

[中吕粉蝶儿]引着些本部下军卒，提起来杀人心半星

不惧。每日家习演兵书。凭着我,快相持,能对垒,直使的诸邦降伏。俺父亲英勇谁如,我拼着个尽心儿扶助。[醉春风]我则待扶明主晋灵公,助贤臣屠岸贾。凭着我能文善武万人敌,俺父亲将我来许、许。可不道马壮人强,父慈子孝,怕甚么主忧臣辱。

（程婴云）我展开这手卷。好可怜也！单为这赵氏孤儿,送了多少贤臣烈士,连我的孩儿也在这里面身死了也。（正末云）令人,接了马者。这壁厢爹爹在那里？（卒子云）在书房中看书哩。（正末云）令人报复去。（卒子报科,云）有程勃来了也。（程婴云）着他过来。（卒子云）着过去。（正末做见科,云）这壁厢爹爹,您孩儿教场中回来了也。（程婴云）你吃饭去。（正末云）我出的这门来。想俺这壁厢爹爹,每日见我心中喜欢,今日见我来心中可甚烦恼,垂泪不止。不知主着何意？我过去问他。谁欺负着你来？对您孩儿说,我不道的饶了他哩。（程婴云）我便与你说呵,也与你父亲母亲做不的主,你只吃饭去。（程婴做掩泪科）（正末云）兀的不徯幸杀我也！（唱）

[迎仙客]因甚的掩泪珠？（程婴做吁气科）（正末唱）气长吁？我恰才叉定手向前来紧趋伏。（带云）则俺见这壁厢爹爹呵,（唱）撇支支恶心烦,勃腾腾生忿怒。（带云）是甚么人敢欺负你来？（唱）我这里低首踌躇。（带云）既然没的人欺负你呵,（唱）那里是话不投机处。

（程婴云）程勃,你在书房中看书,我往后堂中去去再来。（做遗手卷虚下）（正末云）哦,原来遗下一个手卷在此。可是甚的文书？待我展开看咱。（做看科,云）好是奇怪,那个穿红的拽着恶犬,扑着个穿紫的;又有个拿瓜锤的打死了那恶犬。这一个手扶着一辆车,又是没半边车轮的。这一个自家撞死槐树之下。可是甚么故事?又不写出个姓名,教我那里知道!(唱)

[红绣鞋]画着的是青鸦鸦几株桑树,闹炒炒一簇田夫。这一个可磕擦紧扶定一轮车。有一个将瓜锤亲手举,有一个触槐树早身殂,又一个恶犬儿只向着这穿紫的频去扑。

(云)待我再看来。这一个将军前面摆着弓弦、药酒、短刀三件,却将短刀自刎死了。怎么这一个将军也引剑自刎而死?又有个医人手扶着药箱儿跪着,这一个妇人抱着个小孩儿,却像要交付医人的意思。呀!原来这妇人也将裙带自缢死了,好可怜人也!(唱)

[石榴花]我只见这一个身着锦襜褕,手引着弓弦药酒短刀诛。怎又有个将军自刎血模糊?这一个扶着药箱儿跪伏,这一个抱着小孩儿交付。可怜穿珠带玉良家妇,他将着裙带儿缢死何辜。好着我沉吟半晌无分诉,这画的是徯幸杀我也闷葫芦。

(云)我仔细看来。那穿红的也好狠哩,又将一个白须老儿打的好苦也。(唱)

[斗鹌鹑]我则见这穿红的匹夫,将着这白须的来殴辱;兀的不恼乱我的心肠,气填我这肺腑。(带云)这一家儿若与我关亲呵,(唱)我可也不杀了贼臣不是丈夫,我可便敢与他做主。这血泊中躺的不知是那个亲丁?这市曹中杀的也不知是谁家上祖?

(云)到底只是不明白,须待俺这壁厢参参出来,问明这桩事,可也免的疑惑。(程婴上,云)程勃，我久听多时了也。（正末云）这壁厢爹爹可说与您孩儿知道。（程婴云）程勃，你要我说这桩故事，倒也和你关亲哩。（正末云）你则明明白白的说与您孩儿咱。（程婴云）程勃，你听者，这桩故事好长哩。当初那穿红的和这穿紫的，原是一殿之臣，怎奈两个文武不和，因此做下对头，已非一日。那穿红的想道：先下手为强，后下手遭殃。暗地遣一刺客，唤做鉏麑，藏着短刀，越墙而过，要刺杀这穿紫的。谁想这穿紫的老宰辅，每夜烧香，祷告天地，专一片报国之心，无半点于家之意。那人道：我若刺了这个老宰辅，我便是逆天行事，断然不可；若回去见那穿红的，少不得是死。罢，罢，罢。（诗云）他手携利刃暗藏埋，因见忠良却悔来；方知公道明如日，此夜鉏麑自触槐。（正末云）这个触槐而死的是鉏麑么？（程婴云）可知是哩。这个穿紫的为春间劝农出到郊外，可在桑树下见一壮士，仰面张口而卧。穿紫的问其缘故，那壮士言：某乃是灵辄，因每顿吃一斗米的饭，大主人家养活不过。将我赶逐出来；欲待摘他桑椹子吃，又道我偷他的。因此仰面而卧，等那桑椹子掉在口中便吃；掉不在口中，宁可饿死，不受人耻辱。穿紫的说：此烈士也。遂将酒食赐与饿夫。饱餐了一顿，不辞而去；这穿紫的并无嗔怒之心。程勃，这见得老宰辅的德量处。（诗云）为乘春令劝耕初，巡遍郊原日未哺；壶浆箪食因谁下，刚济桑间一饿夫。（正末云）哦，这桑树下饿夫唤做灵辄。（程婴云）程勃，你紧记者。又一日，西戎国贡进神獒。是一只狗，身高四尺者，其名为獒。晋灵公将神獒赐与那穿红的。正要谋害这穿紫的，即于后园中扎一草人，与穿紫的一般打扮，将草人腹中悬一付羊心肺，将神獒饿了五七日；然后剖开草人腹中，饱餐一顿。如此演成百日，去向灵公说道：如今朝中岂无不忠不孝的人，怀着欺君之意。灵公问道：其人安在？那穿红的说：前者赐与臣的神獒，便能认的。那穿红的牵上神獒去，这穿紫的正立于殿上；那神獒认着是草人，向前便扑。赶的这穿紫的绕殿而走。旁边恼了一人，乃是殿前太尉提弥明，举起金瓜，打倒神獒，用手揪住脑勺皮，则一劈劈为两半。（诗云）贼臣奸计有千条，逼的忠良没处逃；殿前自有英雄汉，早将毒手劈神獒。（正末云）这只恶犬，唤做神獒；打死这恶犬的，是提弥明。（程婴云）是那老宰辅出的殿门，正待上车，岂知被那穿红的把他那驷马车四马摘了二马，双轮摘了一轮，不能前去。旁边转过壮士，一臂扶轮，一手策马；磨衣见皮，磨皮见肉，磨肉见筋，磨筋见骨，磨骨见髓。捧毂推轮，逃往野外。你道这个是何人？可就是桑间饿夫灵辄者是也。（诗云）紫衣逃难出宫门，驷马双轮摘一轮；却是灵辄强扶归野外，报取桑间一饭恩。（正末云）您孩儿记的，原来就是仰卧于桑树下的那个灵辄。（程婴云）是。（正末云）这壁厢爹爹，这个穿红的那厮好狠也！他叫什么名氏？（程婴云）程勃，我忘了他姓名也。（正末云）这个穿紫的，可是姓甚么？（程婴云）这个穿紫的，姓赵，是赵盾丞相。他和你也关亲哩。（正末云）您孩儿听的说有个赵盾丞相，倒也不曾挂意。（程婴云）程勃，我今番说与你呵，你则紧紧记者。（正末云）那手卷上还有哩。你可再说与您孩儿听咱。（程婴云）那个穿红的，把这赵盾家三百口满门良贱诛尽杀绝了。只有一子赵朔,是个驸马。那穿红的诈传灵公的命,将三般朝典赐他,却是弓弦、药酒、短刀,要他凭着取一件自尽。其时公主腹怀有孕,赵朔遗言:我若死后,你添的个小厮儿呵,可名赵氏孤儿,与俺三百口报仇。谁想赵朔短刀刎死,那穿红的将公主囚禁府中,生下赵氏孤儿。那穿红的得知,早差下将军韩厥,把住府门,专防有人藏了孤儿出去。这公主有个门下心腹的人,唤做草泽医士程婴。(正末云)这壁厢爹爹,你敢就是他么?(程婴云)天下有多少同名同姓的人,他另是一个程婴。这公主将孤儿交付了那个程婴,就将裙带自缢而死。那程婴抱着这孤儿,来到府门上,撞见韩厥将军,搜出孤儿来;被程要说了两句,谁想韩厥将军也拔剑自刎了。(诗云)那医人全无怕惧,将孤儿私藏出去;正撞见忠义将军,甘身死不教拿住。(正末云)这将军为赵氏孤儿,自刎身亡了,是个好男子。我记着他唤傲韩厥。(程婴云)是,是,是。正是韩厥。谁想那穿红的得知,将普国内半岁之下一月之上小孩儿每,都拘刷到他府来,每人剁做三剑。必然杀了赵氏孤儿。(正末做怒科,云)那穿红的好狠也!(程婴云)可知他狠哩。谁想这程婴也生的个孩儿,尚未满月,假妆做赵氏孤儿,送到吕吕太平庄上公孙杵臼跟前。(正末云)那公孙杵臼却是何人?(程婴云)这个老宰辅,和赵盾是一殿之臣。程婴对他说道:老宰辅,你收着这赵氏孤儿,去报与穿红的,道程婴藏着孤儿,将俺父子一处身死。你抬举的孤儿成人长大,与他父母报仇,有何不可?公孙杵臼说道:我如今年迈了也。程婴,你舍的你这孩儿,假装做赵氏孤儿,藏在老夫跟前;你报与穿红的去,我与你孩儿一处身亡。你藏着孤儿,日后与他父母报仇才是。(正末云)他那个程婴肯舍他那孩儿么?(程婴云)他的性命也要舍哩,量他那孩儿打甚么不紧。他将自己的孩儿假妆做了孤儿,送与公孙杵臼处。报与那穿红的得悉,将公孙杵臼三推六问,吊拷绷扒。追出那假的赵氏孤儿来,剁做三剑;公孙杵臼自家撞阶而死。这桩事经今二十年光景了也!这赵氏孤儿现今长成二十岁,不能与父母报仇,说兀的做甚?(诗云)他一貌堂堂七尺躯,学成文武待何如;乘车祖父归何处,满门良贱尽遭诛。冷宫老母悬梁缢,法场亲父引刀俎;冤恨至今犹未报,枉做人间大丈夫。(正末云)你说了这一日,您孩儿如睡里梦里,只不省的。(程婴云)原来你还不知哩!如今那穿红的正是奸臣屠岸贾,赵盾是你公公,赵朔是你父亲,公主是你母亲。(诗云)我如今一一说到底,你划地不知头共尾;我是存孤弃子老程婴,兀的赵氏孤儿便是你。(正末云)原来赵氏孤儿正是我,兀的不气杀我也!(正末做倒,程婴扶科,云)小主人甦醒者。

(正末云)兀的不痛杀我也!(唱)

[普天乐]听的你说从初,才使我知缘故;空长了我这二十年的岁月,生了我这七尺的身躯。原来自刎的是父亲,自缢的咱老母。说到凄凉伤心处,便是那铁石人也放声啼哭。我拼着生擒那个老匹夫,只要他偿还俺一朝的臣宰,更和那合宅的家属。

(云)你不说呵,您孩儿怎生知道。爹爹请坐,受您孩儿几拜。(正末拜科,程划云)今日成就了

你赵家枝叶,送的俺一家儿剪草除根了也。(做哭科)(正末唱)

[上小楼]若不是爹爹照觑,把您孩儿抬举,可不的二十年前早撄锋刃,久丧沟渠。恨只恨屠岸贾那匹夫,寻根拔树。险送的俺一家儿灭门绝户。

[幺篇]他他他,把俺一姓戮;我我我,也还他九族屠。(程婴云)小主人,你休大惊小怪的,恐怕屠贼知道。(正末云)我和他一不做二不休。(唱)那怕他牵着神獒,拥着家兵,使着权术。你只看这一个那一个都是为谁而卒,岂可我做儿的倒安然如故。

(云)爹爹放心,到明日我先见过了主公,和那满朝的卿相,亲自杀那贼去。(唱)

[耍孩儿]到明朝若与仇人遇,我迎头儿把他当住;也不须别用军和卒,只将咱猿臂轻舒,早提翻玉勒雕鞍辔,扯下金花皂盖车,死狗似拖将去。我只问他人心安在,天理何如?

[二煞]谁着你使英雄忒使过,做冤仇能做毒,少不的一还一报无虚误。你当初屈勘公孙老,今日犹存赵氏孤。再休想咱容恕,我将他轻轻掷下,慢慢开除。

[一煞]摘了他斗来大印一颗,剥了他花来簇几套服;把麻绳背绑在将军柱,把铁钳拔出他斓斑舌;把锥子生跳他贼眼珠,把尖刀细剐他浑身肉,把钢锤敲残他骨髓,把铜铡切掉他头颅。

[煞尾]尚兀自勃腾腾怒怎消,黑沈沈怨未复。也只为二十年的逆子妄认他人父,到今日三百口的冤魂,方才家自有主。(下)

(程婴云)到明日小主人必然擒拿这老贼,我须随

后接应去来。（下）

　　纪君祥在时空上做了大跨度的飞跃，写赵氏孤儿由上一场的襁褓弱婴，到本折开始已是二十岁的精壮青年，其衣食等状况概略不提，只借屠贼之口简明交代："过继与我"后，"教的他十八般武艺"样样精熟；我要凭着"这孩儿的威力"，"弑了灵公，夺了晋国"，"方是平生愿足"！随后程婴揭开新矛盾：赵氏孤儿现名"程勃"，虽在"我跟前习文"，"甚有机谋"，但他却不知自家生平"就里的事"，迫使风烛残年的老程婴多次"昼夜无眠"地苦思冥想，遂"将从前屈死的忠臣良将，画成一个手卷"，暗留程勃观看，相机"剖说前事"。

　　本折再次显示纪君祥提炼戏剧语言的艺术匠心。二十年了，屠贼这才说出处心积虑杀孤养婴以图弑君夺政的私衷，短短几句，把他得意忘形的丑恶外表和久怀杀机的阴狠内心，都情貌无遗地亮了出来。若在前几场过早流露，则人物性格和戏剧情节就太浅太露，失去诱发人心的艺术魅力；如到此仍不让他一表心态，则观众就迷惘费解，剧作将达不到现在的艺术穿透力。程婴语言显得笃厚稳健而又练达机敏，不仅展示出他性格的深层发展和更臻成熟，而且透示出他在屠府淫威中，二十年含笑忍辱，忧恨度日的特殊情况。话虽不多，耐人体悟。

　　身为现时舞台主角的程勃唱道：[醉春风]我则待扶明主晋灵公、助贤臣屠岸贾，凭着我能文善武万人敌，俺父亲将我来许、许。可不道马壮人强，父慈子孝，怕什么主忧臣辱？！

　　晋灵公不是明主，屠岸贾更非贤臣，已毋庸赘述；剧作家着意地这样来写程勃的"心曲"，以表达他的自我意识，确是合情合理而富有生活气息的。古代，"忠君"往往是"爱国"的同义语，程勃要"扶明主"正是他爱国家的具体体现，而"助贤臣"也是他为济世民以维系朝纲、安定社会的代义词；说自己雄才大略，既是申述上文的动因和基力，又是申引下文的威力和声势。词曲高唱入云，乐观豪迈，给人以壮朗威严的视感，潜涵着勇毅雄飞的动势；跟前面悲戚压抑、愤慨低缓的唱词相并，不仅独树一帜，风貌一新，且在抒情写意的同时，兼得描形画态的强烈效果，适足以镌刻出程勃不明真伪、不谙世道的幼稚情性，凸现出他纯朴正直、心高气盛的峻拔丰姿，使这血气方刚的青年英雄浮雕般仁立于舞台。正因他尚幼稚，所以激起程婴要尽快向他挑明身世的急切感；随后程婴方能自然而顺畅地表演出对他解说、启发的戏剧。正因他虽幼稚却更有英气，所以在明白历史真相后，他才会、也才能合乎情理、本乎逻辑地一举奋起，并义无反顾地勇诛屠贼。而且，由尊屠敬"父"，到恨屠擒屠，这正反起跌的巨大变化，既鲜活了人物形象的层次感、脉动感，又促进了戏剧情致的曲折化、深蕴化。可见纪君

祥的戏剧艺术，笔致错综而又环环衔扣，善于使观众见风韵于平实，赏机巧于天然。

剧作没有粗率地表现程婴迳直告之，而是描绘他首先展开历史图卷、思念贤臣烈士、痛惜自家亡儿的悲愤心情，状写他"掩泪""吁气"、欲言吞声的矛盾情态；同时渲染程勃见父（程婴）而生疑，却又问而不答，特别是程勃观图不懂、越观越疑、越观越恨的典型场景，为后面以问答形式表演程勃的大段解说，先制造了浓郁的氤氲氛围，不仅更生动地展示出典型环境中的典型人物，更符合生活演进的真实性，而且又能借人物心路历程的曲折起伏，更好地丰富并激荡着作品的戏剧性。程婴解说时，二人语汇在迂回中步步进升，既一气舒卷，声情夺纸，又要语中的，不蔓不枝。

在听完程婴语重心长的解说后，程勃唱道：[普天乐]听的你说从初，才使我知缘故。空长了我这二十年的岁月，生了我这七尺的身躯，原来自刎的是父亲，自缢的咱老母。说到凄凉伤心处，便是那铁石人也放声啼哭。我挣着生擒那个老匹夫，只要他偿还俺一朝的臣宰、更和那合宅的家属！

前几句既精确概括了程婴的解说，又生动表述了程勃的反响，衔接得极其自然紧凑；其间直抒胸臆，激切悲慨，声口毕肖地表现了青年英雄心灵上的悔与恨，气质上的刚和柔，是血性青年的典型心声。随后，卒章显志，唱出矫健磅礴的豪雄之词："要他偿还俺一朝的臣宰"，一句话亮起一个闪光的内心世界。这就标志着他未来的擒奸屠贼，首先是为国除奸，为朝惩恶，为社稷生灵而伸张真理和正义，其次才顺及自己为"合宅家属"而极仇偿愿。不仅程勃的精神境界为之升华，而且也使全剧的悲壮美、崇高美，更添了明丽的光彩和豪宏的神韵。由于纪君祥等大师的成功实

践,所以明朝评论家们对戏剧美学作了热情而中肯的赏鉴:戏曲既要精于"模写物情,体贴入理",刻画出典型的形象;又要"'意新语俊,字响调圆'给人以艺术美的快感(王骥德);还要能"激劝人心,感移风化"(李开先)。发挥进步的美育效应。《赵氏孤儿》让人们品尝到博大宏深而又珠圆玉润的艺术美,在高格的美感享受中,潜移默化地陶冶着自己的心灵,从而赢得它在戏剧史上的不朽地位。

<h1 style="text-align:center">《赵氏孤儿》 第五折</h1>

<h2 style="text-align:center">纪君祥</h2>

(外扮魏绛,领张千上,云)小官乃晋国上卿魏绛是也。方今悼公在位,有屠岸贾专权,将赵盾满门良贱尽皆杀绝。谁想赵朔门下有个程婴,掩藏了赵氏孤儿,今经二十年光景。改名程勃。今早奏知主公,要擒拿屠岸贾,雪父之仇。奉主公的命,道屠岸贾兵权太重,诚恐一时激变,着程勃暗暗的自行捉获。仍将他阖门良贱,龆龀不留;成功之后,另加封赏。小官不敢轻泄,须亲对程勃传命去来。(诗云)忠臣受屠戮,沉冤二十年;今朝取奸贼,方知冤报冤。(下)(正末蹦马仗剑上,云)某,程勃,今早奏知主公,擒拿屠岸贾,报父祖之仇。这老贼是好无礼也呵。(唱)

[正宫端正好]也不索列兵卒,排军将,动着些阔剑长枪;我今日报仇舍命诛奸党,总是他命尽也合身丧。

[滚绣球]只在这闹街坊,弄一场。我和他决无轻放,恰便似虎扑绵羊。我可也不索慌,不索忙,早把手脚儿十分打当,看那厮怎做提防。我将这二十年积下冤仇报,三百口亡来性命偿,我便死也何妨。

(云)我只在这闹市中等候着,那老贼敢待来

也。(屠岸贾领卒子上，云)今日在元帅府回还私宅中去。令人，摆开头踏，慢慢的行者。(正末云)兀的不是那老贼来了也。(唱)

[倘秀才] 你看那雄赳赳头踏数行，闹攘攘跟随的在两厢。你看他腆着胸脯，装些儿势况。我这里骤马如流水，掣剑似秋霜，向前来赌当。

(屠岸贾云)屠成，你来做甚么？(正末云)兀那老贼，我不是屠成，则我是赵氏孤儿。二十年前你将俺三百口满门良贱，诛尽杀绝。我今日擒拿你个老匹夫，报俺家的冤仇也。(屠岸贾云)谁这般道来？(正末云)是程婴道来。(屠岸贾云)这孩子手脚来的，不中，我只是走的干净。(正末云)你这贼，走那里去？(唱)

[笑和尚] 我我我尽威风八面扬，你你你怎挣闽怎拦挡？早早早唬的他魂魄荡，休休休再口强。是是是不商量，来来来可疋塔的提离了鞍鞒上。

(正末做拿住科，程婴慌上，云)则怕小主人有失，我随后接应去。谢天地，小主人拿住屠岸贾了也。(正末云)令人，将这匹夫执缚定了，见主公去来。(同下)(魏绛同张千上，云)小官魏绛的便是。今有程勃擒拿屠岸贾去了。令人，门首觑者，若来时，报复某知道。(正末同程婴拿屠岸贾上，正末云)父亲，俺和你同见主公去来。(见科，云)老宰辅，可怜俺家三百口沉冤，今日拿住了屠岸贾也。(魏绛云)拿将过来。兀那屠岸贾，你这损害忠良的奸贼，今被程勃拿来，有何理说。(屠岸贾云)我成则为王，败则为虏。事已至此，唯求早死而已。

（正末云）老宰辅与程勃做主咱！（魏绛云）屠岸贾，你今日要早死，我偏要你慢死。令人，与我将这贼钉上木驴，细细的剐上三千刀，皮肉都尽，方才断首开膛，休着他死的早了。（正末唱）

[脱布衫]将那厮钉上木驴推上云阳，休便要断首开膛；直剁的他做一堝儿肉酱，也消不得俺满怀惆怅。

（程婴云）小主人，你今日报了冤仇，复了本姓，则可怜老汉一家儿皆无所靠也！（正末唱）

[小梁州]谁肯舍了亲儿把别姓藏？似你这恩德难忘。我待请个丹青妙手不寻常，傅着你真容相，侍奉在俺家堂。

（程婴云）我有什么恩德在那里，劳小主人这等费心？（正末唱）

[幺篇]你则那三年乳哺曾无旷，可不胜怀担十月时光；幸今朝出万死身无恙，便日夕里焚香供养，也报不的你养爷娘。

（魏绛云）程婴、程勃，你两个望阙跪者，听主公的命。（词云）则为屠岸贾损害忠良，百般地扰乱朝纲；将赵盾满门良贱，都一朝无罪遭殃。那其间颇多仗义，岂真谓天道微茫；幸孤儿能偿积怨，把奸臣身首分张。可复姓赐名赵武，袭父祖列爵卿行。韩厥后仍为上将，给程婴十顷田庄。老公孙立碑造墓，弥明辈概与褒扬。普国内从今更始，同瞻仰主德无疆。（程婴、正末谢恩科，正末唱）

[黄钟尾]谢君恩普国多沾降，把奸贼全家尽灭亡。赐孤儿改名望，袭父祖拜卿相；忠义士各褒奖，是军官还职掌，是穷民与收养；已死丧给封葬，现生存受爵赏。这恩临似天广，端为谁敢虚让。誓捐生在战场，着邻邦并归

向。落的个史册上标名,留与后人讲。

题目　　公孙杵臼耻勘问

正名　　赵氏孤儿大报仇

【鉴赏】

　　程勃将屠岸贾罪孽禀奏国君,上卿魏绛奉晋悼公之命,着程勃暗中捉拿屠贼。程勃精神抖擞,特地选择热闹街市,准备当众捉弄屠岸贾。正巧,屠氏老贼过来了。程勃见而唱道:[倘秀才]你看那雄赳赳头踏数行,闹攘攘跟随的在两厢;你看他腆着胸脯,装些儿势况。我这里骤马如流水,掣剑似秋霜,向前来堵挡!

　　前四句写屠贼正气势昂扬地摆开仪仗,一路上挺胸凸肚傲慢嚣张。“雄赳赳”“闹攘攘”,是饱蘸深墨的大笔勾勒,使人物情状跃然纸上;而腆(挺)胸脯、装势况,则是着色加彩的工笔细描,使屠氏意态生动鲜活。这些既是对屠岸贾这个反动官僚的追魂摄魄,惟妙惟肖地再现了他奸雄得意,恣肆狂妄的本性和丑态,又是程勃自己在特定情境中主观视角的艺术折射,字里行间流盼出程勃含揶揄、带指责、寓鄙薄、表愤恨的意绪情态。数句唱词,珠联璧转,情貌

无遗;皮里阳秋,辛辣渊永。后三句,通过夸张式的比喻和流水式的对偶,以急剧的节奏、明快的旋律,声威煊赫地表现了程勃奋勇拼杀的英姿和稳操胜券的豪情,并从而烘托了正邪并存、敌我共现、即将鏖战的紧张场景。这里每句唱词都场景化,每个场景都个性化;透过两峰对峙、各有亮色的描述,引领观众对舞台形象既作了横面扫视,又做了纵向审察,使观众不期而然地置身于戏剧矛盾之中,达到了戏曲语言艺术美的极致。

剧作家把程勃擒捉敌手的惊险冲突,着意编排在屠贼只带仪仗、独自慢行于闹市街口的特殊场景,让罪魁祸首当众出乖显丑,既增进了观众过丑扬美的审美意趣,又扩大了作品的喜剧效果,丰富了戏剧的生活情味,并为随后程勃顺利地捆缚住屠贼,作了可信的铺垫,更增强了舞台的跃动感和节奏美。

捕获了元凶巨恶屠岸贾,并通过魏绛之口决定"将这贼钉上木驴,细细的剐上三千刀,皮肉都尽,方才断首开膛;"晋悼公做出明察公允、大快人心的宣判之后,戏剧矛盾完全解决,剧作也就戛然收结。显得干净利落,精悍有力。

可以想象,台上帷幕虽已徐徐合拢,台下观众一定还依依留连。戏剧艺术的魅力,使人们唏嘘感喟、思考回味:啊,屠岸贾费尽心机要搜捕杀害的赵氏孤儿,到头来正是他收养教导并引以为自豪的身边骄子;屠岸贾寄予重望、倚以谋反的身边骄子,却原来正是他断首亡身、万业俱灰的铁面"钟馗"。奇巧之极,却又事出有因。人们在观奇赏异的审美快感中,不禁带着欣慰的微笑,再一次品尝到艺术的醇美:"情节,这是一种幸运的发现……,它是一把能揭示某种社会矛盾的钥匙"(阿·托尔斯泰);而这种精巧情节的生命,正在于作家将必然性高明地寓之于偶然性。"偶然性是世上最伟大的小说家,若想文思不竭,只要研究偶然就行"——巴尔扎克这段俏皮而精微的话,原来早在数百年前,就从纪君祥的笔下,得到了异域知音的巧会。本杂剧启示人们:多行不义必自毙;天网恢恢,疏而不漏。历史无情,历史多情! 纪君祥胸藏万汇,笔走龙蛇,借跷蹊演世理,寓可然于特异,通过瑰奇坎坷的戏剧情节、集中紧凑的人物场景,塑造出典型人物的风姿神韵,揭示了绵远历史和深广社会的进步内涵,展现出人性向美和邪恶必败的历史流向,不仅跳动着历史规律的脉搏,而且流溢着丰满生活的神采,让人们观赏到或悲壮或优美,或崇高或谐谑、或凄厉或嬉戏、或惊险或愉悦……多姿多彩的美学意蕴,并由此而荡涤着自己的心灵,启迪着自己的思情意念,这就是杂剧《赵氏孤儿》永葆艺术青春的生命力。

康进之 元代戏曲作家。棣州(今山东惠民)人。生卒年及生平事迹均不详。作杂剧两种:《黑旋风老收心》《梁山泊李逵负荆》,今存《李逵负荆》一剧。

《李逵负荆》第一折

康进之

（冲末扮宋江，同外扮吴学究，净扮鲁智深，领卒子上。宋江诗云）涧水潺潺绕寨门，野花斜插渗青巾。杏黄旗上七个字：替天行道救生民。某，姓宋名江，字公明，绰号顺天呼保义者是也。曾为郓州郓城县把笔司吏，因带酒杀了阎婆惜，迭配江州牢城。路经这梁山过，遇见晁盖哥哥，救某上山。后来哥哥三打祝家庄身亡，众兄弟推某为头领。某聚三十六大伙，七十二小伙，半垓来的小偻儸，威镇山东，令行河北。某喜的是两个节令：清明三月三，重阳九月九。如今遇这清明三月三，放众弟兄下山，上坟祭扫。三日已了，都要上山，若违令者，必当斩首。（诗云）俺威令谁人不怕，只放你三日严假；若违了半个时辰，上山来决无干罢。（下）（老王林上，云）曲律竿头悬草稕，绿杨影里拨琵琶。高阳公子休空过，不比寻常卖酒家。老汉姓王名林，在这杏花庄居住，开着一个小酒务儿，做些生意。嫡亲的三口儿家属：婆婆早年亡化过了，只有一个女孩儿，年长十八岁，唤做满堂娇，未曾许聘他人。俺这里靠着这梁山较近，但是山上头领，都在俺家买酒吃。今日烧的旋锅儿热着，看有甚么人来。（净扮宋刚，丑扮鲁智深上）（宋刚云）柴又不贵，米又不贵。两个油嘴，正是一对。某乃宋刚，这个兄弟叫做鲁智深。俺与这梁山泊较近，俺两个则是假名托姓，我便认做宋江，兄弟便认做鲁智深。来到这杏花庄老王林家,买一钟酒吃。(见王林科,云)老王林,有酒么?(王林云)哥哥,有酒有酒,家里请坐。(宋刚云)打五百长钱酒来。老王林,你认得我两人么?(王林云)我老汉眼花,不认得哥哥们。(宋刚云)俺便是宋江,这个兄弟便是鲁智深。俺那山上头领,多有来你这里打搅,若有欺负你的,你上梁山来告我,我与你做主。(王林云)你山上头领,都是替天行道的好汉,并没有这事。只是老汉不认的太仆,休怪休怪。早知太仆来到,只合远接;接待不及,勿令见罪。老汉在这里,多亏了头领哥哥,照顾老汉。(做递酒科,云)太仆,请满饮此杯。(宋刚饮科)(王林云)再将酒来。(鲁智深饮酒科,云)哥哥,好酒。(宋刚云)老王,你家里还有甚么人?(王林云)老汉家中并无甚么人,有个女孩儿,唤做满堂娇,年长一十八岁,未曾许聘他人。老汉别无甚么孝顺,着孩儿出来,与太仆递钟酒儿,也表老汉一点心。(宋刚云)既是闺女,不要他出来罢。(鲁智深云)哥哥怕甚么?着他出来。(王林云)满堂娇孩儿,你出来。(旦儿扮满堂娇,云)父亲唤我做甚?(王林云)孩儿,你不知道,如今有梁山上宋公明,亲身在此,你出来递他一钟儿酒。(旦儿云)父亲,则怕不中么?(王林云)不妨事。(旦儿做见科)(宋刚云)我一生怕闻脂粉气,靠后些!(王林云)孩儿,与二位太仆递一钟儿酒。(旦做递酒科)(宋刚云)我也递老王一钟酒。(做与王林酒科)(宋刚云)你这老人家,这衣服怎么破了?把我这红绢褡膊与你补这破处。(老王林接衣科)(鲁智深云)你还不知道,才此这杯酒是肯酒,这褡膊是红定,把你这女孩儿与俺宋公明哥哥做压寨夫人。只借你女孩儿去三日,第四日便送来还你。俺回山去也。(领旦下)(王林云)老汉眼睛一对,臂膊一双,只看着这个女孩儿,似这般可怎么了也!(做哭科)(正末扮李逵做带醉上,云)吃酒不醉,不如醒也。俺,梁山泊上山儿李逵的便是。人见我生得黑,起个绰号,叫俺做黑旋风,奉宋公明哥哥将令,放俺三日假限,踏青赏玩,不免下山,去老王林家,再买几壶酒,吃个烂醉也呵!(唱)

[仙吕点绛唇]饮兴难酬,醉魂依旧。寻村酒,恰问罢王留。(云)俺问王留道,那里有酒?那厮不说便走,俺喝道,走那里去?被俺赶上,一把揪住,张口毛恰待要打,那王留道,休打休打,爹爹,有。(唱)王留道,兀那里人家有。

[混江龙]可正是清明时候,却言风雨替花愁。和风渐起,暮雨初收,俺则见杨柳半藏沽酒市,桃花深映钓鱼舟。更和这碧粼粼春水波纹绉,有往来社燕,远近沙鸥。

(云)人道我梁山泊无有景致,俺打那厮的嘴!

(唱)

[醉中天]俺这里雾锁着青山秀,烟罩定绿杨洲。(云)那桃树上一个黄莺儿,将那桃花瓣儿唅阿唅阿,唅的下来,落在水中,是好看也。我曾听的谁说来,我试想咱:"哦!想起来了也,俺学究哥哥道来。(唱)他道是"轻薄桃花逐水流"。(云)俺绰起这桃花瓣儿来,我试看咱。好红红的桃花瓣儿!(做笑科,云)你看我好黑指头也!(唱)恰便是粉衬的这胭脂透。(云)可惜了你这瓣儿,俺放你趁那一般的瓣儿去。我与你赶,与你赶,贪赶桃花瓣儿。(唱)早来到这草桥店垂杨的渡口。(云)不中,则怕误了俺哥的将令,我索回去也。(唱)待不吃呵,又被这酒旗儿将我来相迤逗。他他他,舞东风在曲

（云）兀那王林，有酒么？不则这般白吃你的，
与你一抄碎金子，与你做酒钱。（王林做揣科，云）
要他那碎金子做甚么？（正末笑科，云）他口里说
不要，可揣在怀里。老王，将酒来。（王林云）有
酒，有酒。（做筛酒科）（正末云）我吃这酒在肚里，
则是翻也翻的；不吃，更待干罢。（唱）

[油葫芦]往常时酒债寻常行处有，十欠着九。（带云）老
王也，（唱）则你这杏花庄压尽他谢家楼。你与我便熟油般造下
春醅酒，你与我花羔般煮下肥羊肉。一壁厢肉又熟，一壁厢酒正
笭，抵多少锦封未拆香先透，我则待乘兴饮两三瓯。

[天下乐]可正是一盏能消万种愁。（云）老王也，咱吃了这酒
呵，（唱）把烦恼都也波丢，都丢在脑背后，这些时吃一个
没了休。（带云）我醉了呵，（唱）遮莫我倒在路边，遮莫我
卧在瓮头。（做吐科，云），老王俫，（唱）直醉的来在这搭里
呕。

（云）老王，这酒寒，快旋热酒来。（王林云）老汉
知道。（做换酒科，哭云）我那满堂娇儿也！（正末
云）快酾热酒来。（王林又哭云）我那满堂娇儿也！
（正末云）老王，我不曾与你酒钱来？你怎么这般烦
恼？（王林云）哥哥，不干你事，我自有撇不下的烦恼
哩，你则吃酒。（正末唱）

[赏花时]咱两个每日尊前语话投，今日呵，为甚将咱偬
不瞅？（王林云）你不知道，我自嫁我的女孩儿，为此着恼，（正
末唱）哎！你个呆老子，畅好是忒拘搜。（云）比似你这般
烦恼，休嫁他不的。（王林哭科，云）哎约！我那满堂娇儿也！
（正末唱）你何不养着他，到苍颜皓首？（云）你晓的世上有
三不留么？（王林云）哥，是那三不留？（正末云）蚕老不中留，

人老不中留,(唱)呆老子,常言道:女大不中留。

(云)我问你,那女孩儿嫁了个甚么人? (王林云)哥,我那女孩儿嫁人,我怎么烦恼? 则是晦气,被一个贼汉夺将去了。 (正末做打科,云)你道是贼汉,是我夺了你女孩儿来? (唱)

[金盏儿]我这里猛睁眸,他那里巧舌头,是非只为多开口。但半星儿虚谬,恼翻我,怎干休! 一把火将你那草团瓢烧成为腐炭,盛酒瓮摔做碎瓷瓯。(带云)绰起俺两把板斧来,(唱)砍折你那蟠根桑枣树,活杀你那阔角水黄牛。

(云)兀那老王,你说的是,万事皆休;说的不是,我不道的饶你哩。 (王林云)太仆停嗔息怒,听老汉漫漫的说与你听。有两个人来吃酒,他说:我一个是宋江,一个是鲁智深。老汉便道:正是梁山泊上太仆,我无甚孝顺,我只一个十八岁女孩儿,叫做满堂娇,着他出来拜见,与太仆递一杯儿酒,也表老汉的一点心。我叫出我那女孩儿来,与那宋江、鲁智深递了三杯酒,那宋江也回递了我三钟酒,他又把红裆膊揣在我怀里。那鲁智深说:这三钟酒是肯酒,这红裆膊是红定;俺宋江哥哥有一百八个头领,单只少一个人哩。你将这十八岁的满堂娇,与俺哥哥做个压寨夫人,则今日好日辰,俺两个便上梁山泊去也。许我三日之后,便送女孩儿来家。他两个说罢,就将女孩儿领去了。老汉偌大年纪,眼睛一对,臂膊一双,则觑着我那女孩儿。他平白地把我女孩儿强抢将去,哥,教我怎么不烦恼? (正末云)有甚么见证? (王林云)有红绢裆膊,便是见证。(正末云)我待不信来,那个士大夫有这东西？老王，你做下一瓮好酒，宰下一个好牛犊儿，只等三日之后，我轻轻的把着手儿，送将你那满堂娇孩儿来家，你意下如何？（王林云）哥，你若送将我那女孩儿来家，老汉莫要说一瓮酒，一个牛犊儿，便杀身也报答大恩不尽。（正末唱）

［赚煞］管着你目下见仇人，则不要口似无梁斗，一句句言如劈竹。（带云）宋江休，（唱）不争你这一度风流，倒出了一度丑。誓今番泼水难收，到那里问缘由，怎敢便信口胡诌？则要你肚囊里揣着状本熟，不要你将无来作有，则要你依前来依后。（云）我如今回去，见俺宋公明，数说他这罪过，就着他辞了三十六大伙，七十二小伙，半坳来小偻儸，同着鲁智深，一径离了山寨，到你庄上。那时节，我若叫你出来，你可休似乌龟一般缩了头，再也不肯出来。（王林云）老汉若不见他，万事休论；我若见了他，我认的他两个，恨不的咬掉他一块肉来，我怎么肯不出见他？（正末云）老王，兀的不是俺宋江哥哥？他道没也。老儿，俺斗你耍哩！（唱）你可也休翻做了镶枪头。（下）

　　（王林云）李逵哥哥去了，我也收拾过铺面，专等三日之后，送满堂娇孩儿来家。满堂娇孩儿，则被你痛杀我也！

　　（下）

【鉴赏】

　　康进之的《李逵负荆》是写得很出色的作品。它的出色之处在于，剧作家相当自觉地而又相当成功地刻画了梁山英雄李逵这一极富特征的典型性格。从这里选的第一折可以看出，剧作家是如何着意刻画人物性格的，既写出了李逵性格的主导方面，又写出了其他侧面，表现了李逵性格的鲜明性和丰富性。

　　这个戏，主要表现李逵的鲁莽；最主要的情节就是他听到宋江抢走满堂娇之后，回梁山泊砍倒杏黄旗，大闹聚义堂。这一折表现李逵鲁莽的细节也不少，如他醉揪王留；当听到王林气愤地说出满堂娇"被一个贼汉夺将去了"之时，他立刻"猛睁眸"，说他是"虚谬"，气得要烧酒店的草房，要摔酒瓮，甚至要砍树杀牛；当王林拿出了证物之后，李逵把气愤全部移到宋江身上，要立即上山数说宋江"罪过"，拿他来对质。但剧作家并没有仅仅表现李逵性格的这一个方面，而是细致地刻画了他性格的其他方面。其一，以带醉买醉的细节，描绘李逵的豪爽的英雄气概。其二，以黑指头捞桃花瓣的细节，描绘李逵的天真纯朴。其三，以放花瓣入水并帮趁流水落花的细节，描

绘李逵的心地善良。其四，以答应送回满堂娇的细节，描绘李逵的正义感。其五，以索取证据和嘱咐王林记熟"状本"的细节，描绘李逵的粗中有细。其六，通过李逵对梁山泊景致的赞美和对梁山头领名誉的维护，表现李逵鲜明的阶级感情和斗争立场，等等。李逵的豪爽任侠、天真纯朴、心地善良、正义感、粗中有细和对本阶级斗争利益的热爱和维护等性格侧面，都是同他的鲁莽相联系的。因此，剧作家通过李逵性格的多侧面刻画，真实地再现了中国当时农民起义军的典型人物，并从这一人物身上概括了当时丰富的社会内容和思想内容。

由于康进之对梁山泊和梁山英雄的熟悉和热爱，所以非常准确、生动、深刻、有力地把握并再现了李逵的性格。而确当、精练地运用富有个性特征的细节，又是再现李逵性格最重要的艺术手段。关于这一方面，上面在谈表现多侧面性格时已经涉及到。表现李逵性格的另一个重要手段，是运用个性化的宾白即台词。李逵醉揪王留讨酒时，摹拟王留的口气说出的那句"休打休打，爹爹，有"的台词，就表现了李逵虽然粗鲁，但是天真可爱。他欣赏梁山泊景致时说的台词更是精彩。"那桃树上一个黄莺儿，将那桃花瓣儿唱阿唱阿，唱的下来，落在水中，是好看也。"这也表现了李逵的天真可爱。尤其他捞起水中落花，发现自己的黑指头时笑着说的那句台词，更是让人拍案叫绝："你看我好黑指头也！"这一言一笑，李逵那副天真憨厚之态，充分表现出来了。他看到自己的手黑，想起落花的可惜，又把它放入水中，让它随着流去追赶漂走的花瓣儿，还说"我与你赶，与你赶，贪赶桃花瓣儿"。这样台词，对于表现李逵的纯朴善良，是十分传神的。再如表现李逵鲁莽的台词也很传神。王林说他的女儿被一个"贼

汉"夺去了，李逵上去就打，说"你道是贼汉，是我夺了你女孩儿来?"李逵憎恨"贼汉"，但他还没问清楚，就断定王林骂的是他，因为他也在山林。这里表现李逵莽撞、暴躁，但也表现了他疾恶如仇，表现了他对梁山名誉的维护。

表现李逵性格的第三个方面，是采用对比手法。其一，人物与环境的对比。古代戏剧，在没有布景的情况下，人物活动的环境，全靠曲词、宾白和表演动作表现出来。第一折，李逵在"静场"中出场，对于此，剧作家的目的很明确：即展开人物活动的环境，歌颂梁山泊的美好景象；在环境和人物的对比中，突出李逵的性格。在清明时节，梁山泊有杨柳、酒市、桃花、渔舟、社燕、沙鸥，雾锁青山、烟罩绿洲、桃树上的黄莺、流水中的落花……，梁山泊是一派秀丽、旖旎的风光。在这种场景，出场的如果是美人、秀士，那么景色对于人物的陪衬是和谐的，从正面衬托了人物，可以称得上"锦上添花"。然而，出场的却是一个"生得黑""张口毛"的黑大汉"黑旋风"李逵，这样，环境从反面衬托了人物，景色越是秀丽、旖旎，李逵性格的剽悍、粗犷越能突现出来。而且，剧作家出色地创造了"黑旋风惜落花"的意境，这在中国文学艺术的历史上是独具一格的。在一定意义上，处理好环境与人物的反衬关系，常常比处理好环境与人物的正衬关系还会收到良好的艺术效果。李逵出场的描写，可以说是写得非常漂亮的文字。其二，人物与人物的对比。李逵是在梁山放假的清明时节下山踏青赏玩的，他的游兴刚刚开始，他带醉买醉，也说明他的酒兴正浓，总之他是兴高采烈的。然而店主人老王林却无心旋酒，无心酾酒，只是伤心烦恼。这里是一个对比。当王林诉说了女儿满堂娇被抢的经过，吐出了胸中的闷气，并对李逵要搭救满堂娇的义举感恩戴德的时候，李逵却气愤至极，原来的游兴、酒兴抛得净尽，立意马上回梁山见宋江。这里又是一个对比。通过王林的反衬，李逵在感情的变化中，性格的主导方面鲜明地表现出来了。

《李逵负荆》成功地塑造的黑旋风李逵这个艺术典型，具有很高的美学意义。因此，这个戏自从康进之时代以来，也一直活跃在我国戏剧舞台上。剧作家如此热情地刻画李逵的性格，目的在于表现梁山义军的纪律严明、主持正义，歌颂宋江的替天行道、拯救生民。但是这种歌颂不是通过正面地直接地展开梁山义军的军事的或政治的壮举来完成的，而是通过真假宋江这个误会的造成与解决来达到的。这个误会，最能表现李逵的性格，而也只有李逵这样的性格才会促成、加剧这个误会。误会解决了，李逵的性格完成了，歌颂梁山义军、歌颂宋江的主题也实现了。戏剧矛盾的发展，完全是李逵的性格推动的。因此,《李逵负荆》不仅在塑造李逵这一艺术典型上十分出色,而且在组织戏剧矛盾上也很见特色,表现了剧作家康进之构思的巧妙与新颖。这也是《李逵负荆》长演不衰的重要原因。

尚仲贤　元代戏曲作家。真定(今河北正定县)人。生卒年、字号不详。曾任江浙行省官吏。《录鬼簿》列为"前辈已死名公才人"。著有杂剧十一种,今存《柳毅传书》《气英布》《三夺槊》三种。又,今人孙楷第考出也是园旧藏《古今杂剧》中的《十样锦诸葛论功》,即尚仲贤《玉清殿诸葛论功》。如此则今存有四种。此外,《王魁负桂英》今存曲词一折;《归去来兮》《越娘背灯》仅存第四折残曲。

《柳毅传书》第三折

尚仲贤

(洞庭君领水卒上,云)吾神乃洞庭老龙是也。有兄弟钱塘火龙与泾河小龙斗胜去了,未知胜败如何? 这早晚敢待来也。(夜叉上,报云)喏,报的上圣得知,有火龙得胜回来也。(洞庭君云)快摆队伍迎接去。(钱塘君上,见科,云)哥哥,您兄弟得胜回来也。(洞庭君云)不害生灵么? (钱塘君云)六十万。(洞庭君云)不伤禾稼么? (钱塘君云)八百里。(洞庭君云)薄情郎安在? (钱塘君云)你问他怎么? 被吾吞在腹中了也。(洞庭君云)这个也罢,他虽不仁,你也太急性子,若上帝不见谅时,怎么是好? (钱塘君云)哥哥也,与你出了这口气,您兄弟没有使性处,忍不的了也。(洞庭君云)兄弟,有句话与你商量。想当初若不是柳秀才寄书来,岂有咱女孩儿的性命,道不的个知恩报恩。左右,与我请将柳秀才来者。（夜叉云）柳秀才有请。
（柳毅上，云）小生柳毅，自从来到洞庭湖，在这海
藏里住了好几日。龙王呼唤，不知有甚事？须索
见去。（做见科）（洞庭君云）兀那秀才，多亏你捎
书来救了我的龙女三娘；如今就招你为婿，你意下
如何？（柳毅背云）想着那龙女三娘，在泾河岸上
牧羊那等模样，憔悴不堪，我要他做甚么？（回云）
尊神说的是什么话，我柳毅只为一点义气。涉险
寄书，若杀其夫而夺其妻，岂足为义士。且家母年
纪高大，无人侍奉，情愿告回。（钱塘君做怒科，
云）秀才，料想我侄女儿，尽也配得你过。你今日
允了便罢；不允，我与你俱夷粪壤，休想复还。（柳
毅笑云）钱塘君差了也。你在洪波中扬鼓鬣鬐，兴
风作浪，尽由得你；今日身披衣冠，酒筵之上，却使
不得你那虫蚁性儿。（钱塘君作揖谢云）俺一时醉
中失言，甚是得罪，只望秀才休怪。（洞庭君云）兄
弟如此才是。既然秀才坚执不肯，我岂可强他。
左右，与我请出龙女三娘，拜谢他寄书之恩；再将
些金珠财宝，相送回去者。（夜叉云）理会的。龙
女三娘有请。（正旦上，云）自从俺那叔父钱塘火
龙，救的我重到这洞庭湖里来，我这一场多亏了寄
书的柳毅秀才。今日父亲在水殿上安排筵席，管
待那秀才，唤我出来，必然是着我谢他；我想这恩
德如同再生一般，岂是一拜可能酬答也呵。（唱）

[商调集贤宾] 则俺那寄书来的秀才错立了身，怎能勾
平步上青云。则为他长安市不登虎榜，救的我泾河岸脱
离羊群。他本望至公楼独占鳌头，今日向洞庭湖跳过了
龙门。则我这重叠叠的眷姻，可也堪自哂，若不成就燕
尔新婚，我则待收拾些珍宝物，报答您大恩人。

（做行科，唱）

[金菊香]则我这凌波袜小上阶痕，手提着沥水湘裙，与你入殿门，在这浑金椅前，（做见二亲科，唱）参了二亲。那一场电走雷奔，（做见钱塘君科）（唱）驾风云的叔父，你可也索是劳神。

（钱塘君云）侄女儿不苦了，我只怕苦了你也。

（洞庭君云）你苦非柳先生，怎有今日。你过来拜谢了他者。（正旦唱）

[梧叶儿]我这里掩着袂忙趋进，改愁颜做喜欣。（做拜谢科）（唱）施礼罢叙寒温：你水路上风波恶，旱路上程限紧，似这等受辛勤，你索是远路风尘的故人。

（柳毅云）这一位女娘是谁？（洞庭君云）则这个便是我的女孩儿龙女三娘。（柳毅云）这个是龙女三娘，比那牧羊时全别了也！早知这等，我就许了那亲事也罢。（正旦做斜看，叹云）嗨！可不道悔之晚矣！

（唱）

[后庭花]俺满口儿要结姻，他舒心儿不勘婚，信口儿无回话，划的偷晴儿横觑人。我这里两眉攒，他则待暗传芳信，对面的辞了亲，就儿里相逗引。俺叔父敢则嗔，那期间怎的忍，吼一声风力紧，吐半天烟雾昏，轻喝处摄了你魂，但抹着可更分了你身。你见他狠不狠，他从来恩不恩。

（柳毅云）小生凡人，得遇天仙，岂无眷恋之意；只为母亲年老，无人侍养，因此辞了这亲事。也是出于不得已耳。（正旦唱）

[柳叶儿]秀才也敢教你有家难奔，是是是熬不出寡宿孤辰，谁着你自揽下四海三江闷。你端的心儿顺，意儿真，秀才也便休愁暮雨朝云。

（洞庭君云）秀才既要回去，寡人设有小筵，以表谢意。一壁厢奏动鼓乐，我儿，你送秀才一杯酒者。（正旦做送酒科，唱）

[醋葫芦] 既不得共欢娱，伴绣衾；还待要献殷勤，倒玉樽。只怕他阁着酒杯儿未饮早醉醺醺。（洞庭君歌云）上天配合兮生死有途，彼不当妇兮此不当夫。腹心烦苦兮泾之隔，风霜满鬓兮雨雪沾襦。赖明公兮引素书，令骨肉兮家如初，永言珍重兮无时无。（内奏乐科）（夜叉云）这是贵主还宫之乐。（正旦唱）你道是贵主还宫安乐稳，单闪的他不瞅不问。哎！这其间可不埋怨杀你个洞庭君。

（钱塘君云）侄女儿再奉一杯，一壁厢将鼓乐响动者。（歌云）大天苍苍兮大地茫茫，人各有志兮何可思量。狐神鼠圣兮薄社依墙，雷霆一发兮其孰敢当。荷真人兮信义长，令骨肉兮还故乡。愿言配德兮何时忘。（内奏乐科）（夜叉报云）这是钱塘破阵之乐。（正旦唱）

[金菊香] 这的是钱塘破阵乐纷纷，半入湖风半入云，能得筵前几度闻。（钱塘君云）秀才，你便就了这桩亲事，也不辱没了你。（正旦唱）还卖弄剑舌枪唇，兀的不羞杀你大媒人。

（云）水卒，那里将过宝物来。（夜叉捧砌末上，正旦云）秀才，我别无所赠，有这些珠宝，送与你回家去，侍奉老母，莫嫌轻微也。（柳毅云）多谢小娘子。（正旦唱）

[浪里来煞] 这薄礼呵请先生休见阻，送行者宁无赆。则为你假乖张，不就我这门亲，害的来两下里憔悴损。我则索向龙宫纳闷，怎禁他水村山馆自黄昏。（下）

（柳毅云）则今日辞别了尊神，小生回家去也。

（钱塘君云）你若是再来时，便当相看，休忘了此会者。

（柳毅诗云）感龙王许配良姻，奈因咱衰老萱亲；若非是前生缘薄，怎舍得年少佳人。（下）（洞庭君云）柳毅去了也。既然这般呵，今日虽不成这桩亲事，后日还要将机就机，报答他的大恩。（钱塘君云）哥哥说的有理，我恰才硬做媒人的不是，如今还要软软地去曲成他。正是姻缘姻缘，事非偶然；一时不就，且待三年。（同下）

【鉴赏】

尚仲贤《柳毅传书》和李好古《张生煮海》是两个优美的神话爱情剧，在元代杂剧艺苑里宛如并蒂莲花，引人注目。这两个剧本都是描写龙女与书生的爱情，表现对爱情幸福的追求和对封建压迫的反抗，具有进步思想意义和积极浪漫主义的创作特色。相比之下，《柳毅传书》的思想和艺术成就似乎更高一些。剧中的龙女三娘原是泾河小龙之妻，受丈夫虐待，被迫在泾河边牧羊，形容憔悴，衣衫褴褛，十分凄凉。落第书生柳毅出于同情，仗义为她传书，搭救她跳出苦海，重回龙宫。柳毅的善良正直和见义勇为深深打动了龙女，赢得了她的爱慕，经过一番曲折，终于结成美满的夫妻。《柳毅传书》反映了封建社会广大妇女的不幸遭遇，对封建婚姻制度和夫权主义的抨击更为深刻，这个爱情故事有较深刻的思想意义。全剧通过龙女坎坷的生活经历，展示出丰富的生活画面，戏剧情节曲折动人，人物形象和内心世界的刻画比较鲜明细致，因此更富于艺术感染力。

《柳毅传书》第三折是龙王父女答谢柳毅传书之恩的一场戏。它围绕龙女三娘和柳毅的爱情纠葛展开了引人入胜的戏剧冲突，剧中人物尤其是女主角的情态和心理活动惟妙惟肖，楚楚动人。八段龙女所唱的曲词，朴实生动，相当口语化和性格化，同时又融注古代诗词的意境和语汇，兼具委婉含蓄凝练典雅的风韵。它富有戏剧语言的动作性，又有诗歌语言的抒情性，适宜于叙事描写，推进剧情，也适宜于表情达意，创造意境。曲词再现了龙宫的环境气氛和神话人物的形象特征，既富于人情味，又充满神灵色彩，表现出浓厚的浪漫主义特色。

下面让我们对本折戏的八支曲词进行赏析。八支曲子的第一首［商调集贤宾］是龙女三娘出场时唱的。龙女三娘是在叔父钱塘君威逼柳毅允婚遭到拒绝后出场的。在这只曲子里，龙女回顾了柳毅和自己的经历，表达了对柳毅关切、感激和爱慕之意，对叔父的鲁莽行为吐露了埋怨情绪。"则俺那寄书来的秀才错立了身，怎能够平步上青云""他本望至公楼独占鳌头，今日向洞庭湖跳过了龙门"，这些唱词表达了女主人公对柳毅科举落第的深切同情；"救的我泾河岸脱离羊群""若不成就燕尔新婚，我则待收拾些宝物，报答您大恩人"，曲词倾诉出发自肺腑的感激和爱慕之情。"同是天涯沦落人，相逢何必曾相识！"况且柳毅有不辞辛劳艰险仗义传书之恩，龙女三娘对他的爱情是有坚实基础的。但是叔父钱塘君鲁莽逼婚却反把事情

弄糟，怪不得女主人公抱怨叫苦："则这重叠叠的眷姻，可也堪自咂！"这段唱勾连起前后情节，亮明了女主人公的意向，为展示这折戏的戏剧冲突，刻画人物复杂的内心活动，做好了铺垫。就全折来说，这只曲子是个总冒，也是个引子。

紧接着，[金菊香]、[梧叶儿]两支曲子，叙写女主人公参见二亲和柳毅的情景，唱词和住龙宫的环境特征和神话人物的形象特征，且富于动作性。且看龙女三娘参见二亲："凌波袜小上阶痕，手提着沥水湘裙，与你入殿门，在这浑金椅前参了二亲。"龙宫的豪华气派，水国仙子的绰约风姿，历历在目，栩栩如生。女主人公问候钱塘君："那一场电走雷奔，驾风云的叔父，你可也索是劳神。"寥寥数语，活脱脱地勾勒了一个火爆龙神的凛凛威风。而对柳毅的问候，则唱道："你水路上风波恶，旱路上程限紧，似这等辛勤，你索是远路风尘的故人。"殷勤的问候话语包含着深切的情意，字里行间展示出来的是柳毅志诚仗义的形象和品格，与刚毅暴烈的钱塘君的龙神形象判然有别。

[后庭花]这只曲子围绕爱情纠葛，刻画龙女三娘和柳毅各自的情态、心理，构成了动人的戏剧冲突。柳毅当初拒婚，一则因为钱塘君以暴力威逼，不合道义；再则以为龙女形容憔悴，不堪匹配。可是及至龙女光彩照人地上前拜见时，柳毅不禁顿生悔恨之心，油然而起爱慕之情，竟不顾钱塘君在场，以目传情，逗引龙女。龙女本来热切期待与柳毅成就燕尔新婚，虽然明知柳毅已经拒婚，但眷恋不已，仍怀希

冀之心。但此刻龙女心中忐忑不安,唯恐柳毅的轻佻举动被叔父瞧破,惹得他雷霆震怒。通过这一戏剧性场面,柳毅、龙女、钱塘君三个人物各自的情态、心理刻画得相当成功。尤其是龙女担心叔父嗔怒数句:"俺叔父敢则嗔,那其间怎的忍,吼一声风力紧,吐半天烟雾昏,轻喝处摄了你魂,但抹着可更分了你身。你见他狠不狠,他从来恩不恩。"这段唱词渲染钱塘君性格的暴烈,恰正体现出女主人公对柳毅的无比关切和爱护。有钱塘君这位火爆龙神作陪衬,柳毅与龙女的绵绵情意也就越加显得扣人心弦。丰富的戏剧冲突,浓郁的神话色彩,真切的人物情态,三者融于一体,使这只曲子成为本折最精彩的曲词之一。

当柳毅一再表明眷恋之意后,女主人公在[柳叶儿]这只曲子里倾诉了自己真挚的爱情:"你端的心儿顺,意儿真,秀才也便休愁暮雨朝云。"然而情愫始通,洞庭君却令龙女三娘为柳毅把盏送行。龙女三娘心头一波未平,一波又起,旋即展开了新的戏剧冲突。

[醋葫芦]、[金菊香]是把盏劝酒时唱的两支曲子。宴席间鼓乐喧天的喜庆气氛,洞庭君、钱塘君颂扬神明的庄重歌声,这一切衬托出男女主人公的愁苦和怨恨。有情人分手在即,"共欢娱,伴绣衾"化为泡影,"献殷勤,倒玉樽,只怕他阁着酒杯儿未饮早醉醺醺。"数句唱词,男女主人公黯然销魂的情态已呼之欲出。宴席间一派喜庆祝福的贵主还宫乐,与有情人顷刻分离时的凄苦沮丧构成强烈的对比色调,有力地烘托了人物的内心世界。

还有一点值得注意。[金菊香]这只曲子,前半部分化用杜甫的诗句,委婉含蓄地表达了女主人公的惆怅感情。杜甫《赠花卿》诗云:"锦城丝管日纷纷,半入江风半入云。此曲只应天上有,人间能得几回闻?"曲词稍加改动,变成"钱塘破阵乐纷纷,半入湖风半入云,能得筵前几度闻?"很明显,这里熔铸古典诗词的意境和词语,借以表现眼前场景和人物感情,可谓得心应手,天衣无缝。曲词后半部分,针对钱塘君再次恳求柳毅允婚的科白,女主人公唱道:"还卖弄剑舌枪唇,兀的不羞杀你大媒人!"语言极为通俗生动,是地道的埋怨失望的口吻。这只曲子前后两部分或雅或俗,却又和谐统一,兼有典雅凝练和通俗本色之美。应当说明,剧本的其他唱段也具有这种语言特色。

[浪里来煞]是一只尾曲。这段唱主要抒写女主人公离别相思之苦。"则为你假乖张,不就我这门亲,害的来两下里憔悴损。我则索向龙宫纳闷,怎禁他水村山

馆自黄昏。"有情人从此相隔天涯,天长地久,将恓恓惶惶苦度岁月。至此,戏剧冲突告一段落。女主人公的命运紧紧牵动着读者的心。这段唱词直抒胸臆,并借助"水村山馆自黄昏"的景物烘托,将女主人公惆怅凄凉的心境渲染得相当感人。

作者是一位写戏能手。他的曲词富有戏剧动作性,善于表现戏剧冲突和刻画人物的情态、心理,语言本色生动,兼有清丽典雅之美,加之浓厚的神话浪漫色彩,使人觉得恍然是洞庭水国的一朵出水芙蓉,是那般的清新幽雅,自然可爱。

郑光祖 生卒年不详,字德辉,汉族,平阳襄陵(今山西襄汾县)人。他是元代著名的杂剧家和散曲家,所做杂剧在当时"名闻天下,声振闺阁"。与关汉卿、马致远、白朴齐名,后人合称为"元曲四大家"。所做杂剧可考者十八种,现存《周公摄政》《王粲登楼》《翰林风月》《倩女离魂》《无盐破连环》《伊尹扶汤》《老君堂》《三战吕布》等八种;其中,《倩女离魂》最著名,后三种被质疑并非郑光祖作品。除杂剧外,郑光祖写散曲,有小令六首、套数二套流传。

《倩女离魂》第二折

郑光祖

(夫人慌上,云)欢喜未尽,烦恼又来。自从倩女孩儿在折柳亭与王秀才送路,辞别回家,得其疾病,一卧不起。请的医人看治,不得痊可,十分沉重,如之奈何?则怕孩儿思想汤水吃,老身亲自去绣房中探望一遭去来。(下)(正末上,云)小生王文举,自与小姐在折柳亭相别,使小生切切于怀,放心不下。今叙舟江岸,小生横琴于膝,操一曲以适闷咱。(做抚琴科)(正旦别扮离魂上,云)妾身倩女,自与王生相别,思想的无奈,不如跟他同去,背着母亲,一径的赶来。王生也,你只管去了,争知我如何过遣也呵!(唱)

[**越调斗鹌鹑**]人去阳台,云归楚峡。不争他江渚停舟,几时得门庭过马。悄悄冥冥,潇潇洒洒,我这里踏岸沙,步月华;我觑这万水千山,都只在一时半霎。

[**紫花儿序**]想倩女心间离恨,赶王生柳外兰舟,似盼张骞天上浮槎。汗溶溶琼珠莹脸,乱松松云髻堆鸦,走的我筋力疲乏。你莫不夜泊秦淮卖酒家?向断桥西下,疏剌剌秋水菰蒲,冷清清明月芦花。

　　(云)走了半日,来到江边,听的人语喧闹,我

试觑咱。(唱)

[**小桃红**]蓦听得马嘶人语闹喧哗,掩映在垂杨下。唬的我心头丕丕那惊怕,原来是响珰珰鸣榔板捕鱼虾。我这里顺西风悄悄听沉罢,趁着这厌厌露华,对着这澄澄月下,惊的那呀呀呀寒雁起平沙。

[**调笑令**]向沙堤款踏,莎草带霜滑。掠湿湘裙翡翠纱,抵多少苍苔露冷凌波袜。看江上晚来堪画,玩冰壶潋滟天上下,似一片碧玉无瑕。

[**秃厮儿**]你觑远浦孤鹜落霞,枯藤老树昏鸦。听长笛一声何处发,歌欸乃,橹咿哑。

　　(云)兀那船头上琴声响,敢是王生?我试听

咱。(唱)

[**圣药王**]近蓼洼,望苹花,有折蒲衰柳老兼葭。近水凹,傍短槎,见烟笼寒水月笼沙,茅舍两三家。

　　(正末云)这等夜深,只听得岸上女人音声,好

似我倩女小姐,我试问一声波。(做问科,云)那壁

不是倩女小姐么?这早晚来此怎的?(魂旦相见

科,云)王生也,我背着母亲,一径的赶将你来,咱

同上京去罢。(正末云)小姐,你怎生直赶到这里

来?(魂旦唱)

[麻郎儿] 你好是舒心的伯牙，我做了没路的浑家。你道我为甚么私离绣榻，——待和伊同走天涯。

（正末云）小姐，是车儿来？是马儿来？（魂旦唱）

[幺] 险把咱家走乏。比及你远赴京华，薄命妾为伊牵挂；思量心，几时撇下。

[络丝娘] 你抛闪咱；比及见咱，我不瘦杀，多应害杀。

（正末云）若老夫人知道，怎了也！（魂旦唱）他若是赶上咱，待怎么？常言道：做着不怕！

（正末做怒科，云）古人云：聘则为妻，奔则为妾。老夫人许了亲事，待小生得官，回来谐两姓之好，却不名正言顺？你今私自赶来，有玷风化，是何道理？（魂旦云）王生！（唱）

[雪里梅] 你振色怒增加，我凝睇不归家。我本真情，非为相唬，已主定心猿意马。

（正末云）小姐，你快回去罢！（魂旦唱）

[紫花儿序] 只道你急前前趱登程路，元来是闷沉沉困倚琴书，怎不教我痛煞煞泪湿琵琶。有甚心着雾鬓轻笼蝉翅，双眉淡扫宫鸦。似落絮飞花，谁待问出外争如只在家。更无多话，愿秋风驾百尺高帆，尽春光付一树铅华。

（云）王秀才，赶你不为别，我只防你一件。

（正末云）小姐，防我那一件来？（魂旦唱）

[东原乐] 你若是赴御宴琼林罢；媒人每拦住马，高挑起染渲佳人丹青画，卖弄他生长在王侯宰相家；你恋着那奢华，你敢新婚燕尔在他门下？

（正末云）小生此行，一举及第，怎敢忘了小姐！

（魂旦云）你若得登第呵，

（唱）

[绵搭絮]你做了贵门娇客，一样矜夸。那相府荣华，锦绣堆压，你还想飞入寻常百姓家？那时节似鱼跃龙门播海涯，饮御酒，插宫花，那其间占鳌头、占鳌头登上甲。

（正末云）小生倘不中呵，却是怎生？（魂旦云）你若不中呵，妾身荆钗裙布。愿同甘苦。（唱）

[拙鲁速]你若是似贾谊困在长沙，我敢似孟光般显贤达。休想我半星儿意差，一分儿抹搭。我情愿举案齐眉傍书榻，任粗粝淡薄生涯，遮莫戴荆钗，穿布麻。

（正末云）小姐既如此真诚志意，就与小生同上京去，如何？（魂旦云）秀才肯带妾身去呵，（唱）

[幺篇]把稍公快唤咱，恐家中厮捉拿。只见远树寒鸦，岸草汀沙，满目黄花，几缕残霞。快先把云帆高挂，月明直下，便东风刮，莫消停，疾进发。

（正末云）小姐，则今日同我上京应举去来。我若得了官，你便是夫人县君也。（魂旦唱）

[收尾]各刺刺向长安道上把车儿驾，但愿得文苑客当时奋发。则我这临邛市沽酒卓文君，甘伏侍你濯锦江题桥汉司马。（同下）

【鉴赏】

　　《倩女离魂》全名《迷青锁倩女离魂》，写张倩女与王文举相爱，为母阻挠，文举被迫进京赴考，倩女思念文举而魂魄离躯，赶上文举，结为夫妇。

　　《倩女离魂》取材于唐人陈玄祐的传奇小说《离魂记》。它的思想艺术成就，在元代后期杂剧作品中，确是名列前茅的。前面所选的《柳毅传书》《张生煮海》，都是以传奇故事为题材的名作，剧情故事曲折离奇，在舞台处理上都是十分大胆的。

《倩女离魂》在"传奇"这一点上,虽与前二剧有共同之处,即是"理之所无,情之所有",但它具有自己的特点:它不是在"神仙"故事中找"奇",而是在"人情"本身找"奇"。倩女爱情的强烈和深切,致使她的魂魄离开了肉体,去追随离去的爱人;躺在家中病床上的肉体,确是丧魂失魄,"我眼里只见王生在面前,原来是梅香在这里!"梅香天天在她身边,她竟然不觉。老夫人看望她,她也看不见,"我每日眼界只见王生,那曾见母亲来?"随着又不省人事。这个"奇",其实也不足为奇。倩女爱情的真挚专一、精神活动的高度集中,就使她陷于游离忘我、超脱物外的精

神境界。从正常人的眼光看来,她其实似乎患了"精神病"。这种"病态",是由于"真情"的发展逻辑导致的;"真情"变为"痴情"。因此,她眼前的一切幻觉,自己的丧魂失魄,甚至离魂出现在舞台上,与真实的人生活在一起,这些,在观众的眼里,都不以为奇怪了。

在舞台艺术处理上,最大胆的是第四折。倩女的离魂随爱人归来,被命令去辨认梅香和卧病的真倩女;倩女的肉体也被唤醒了。这时舞台上同时在场的有两个相同的倩女:一个是离魂,一个是肉体。如何使离魂附体、合二而一呢?如果在今天电影上采取"化出""化入"的摄影手法,那是好办的。但那时是在元文宗图贴睦尔至顺元年(1330)以前的戏剧舞台上,剧作家敢于使两个相同的人物,确切地说使一个人的魂魄与肉体,同时出现和活动在舞台上,的确异常大胆。"魂旦附正旦体"这个时刻,在舞台调度上需要很好的布置。根据本剧剧本所提供的场景,梅香扶着昏睡的正旦,应该在下场口,这样魂旦随附体、随下场,就不会露出痕迹。这样的舞台艺术处理确很新颖。魂魄附体后的正旦所唱的两支曲子,还是用的第三折的韵,之后才接本折魂旦曲词所用的韵。这两支前韵的曲子,其实是过渡。利用曲词转韵的手法,来表现魂、体分离向魂、体合一的过渡,是很具艺术匠心的。

这里选的第二折——离魂,对于表现倩女的真情,应该说是重点折子。这一折

是抒情戏。文情并茂,情景交融;清词丽句,脍炙人口。诚如朱权所评:"其词出语不凡,若咳睡落乎九天,临风而生珠玉,诚杰作也。"

现在我们可以具体地解说一下本折的曲词,从中欣赏一下文辞的优美、描绘的细腻以及借景抒情的特色。

[斗鹌鹑]、[紫花儿序]两支曲子,是描写倩女的离魂一路上追赶王生的情景。

[小桃红]、[调笑令]、[秃厮儿]、[圣药王]四支曲子,是描写倩女的离魂追赶到江边;江边是一片水乡的深秋黄昏景色;晚景里传出了人语和琴声。

这两个段落,描绘倩女离魂的心情、动作、神态,真是惟妙惟肖。她是个美女,又是个离魂,所以走起路来就更会蹑手蹑脚,躲躲闪闪,飘飘忽忽,悠悠荡荡;她看万水千山,只在一霎之际。但作家写魂魄又像真人,虚虚实实,真真假假。由于长途跋涉,倩女离魂也走得筋力疲乏,汗流满面,发坠如鸦。渔人敲响榔板,也吓得她心里扑扑跳动。倩女离魂满怀寂寞和焦急之情。这种心情和水乡的深秋晚景交融起来,就构成了十分协调的画面:一个美女的游魂飘忽而来,徘徊在江边,犹疑着,窥探着,倾听着,担心着;在朦胧的月色、渐褪的晚霞相映之下,江水犹如玉壶之冰、无瑕之玉,天色水光,上下相连;在寂静之中,不时传来哗啦啦的流水声、响当当的榔板声、欸乃咿呀的摇橹声,这些响动更衬托了寂静;这寂静里传出的悠悠的笛声和琴声,使画面的情趣更增添了无限的风韵。这些描写,从词采到声韵都是十分优美的。而且相当出色地突出表现了倩女离魂的寂寞和焦急之情。

以上六支曲子紧密地连在一起,它们所表现的意境是丰富和深远的,因而为历代读者所赞赏。

[麻郎儿]、[幺]、[络丝娘]、[雪里梅]、[紫花儿序]五支曲子,是写倩女离魂和王生"同走天涯"的决心,表现她"做着不怕"的大胆性格。

[东原乐]、[绵搭絮]和[拙鲁速],从两个方面写倩女对王生的"真诚志意":其一,离魂担心王生及第后另娶贵门;其二,离魂表白与王生同甘苦、矢志不移的愿望。

[幺篇]、[收尾]是写离魂的忠诚感动了王生,二人同舟赴京。

[紫花儿序]和[拙鲁速]的[幺篇],在描写倩女的离魂恨不得马上同王生同奔前程的急切心情方面,是十分精彩的,表现了郑光祖的创造精神。

倩女离魂唯恐老夫人派人追来,要求王生带她迅速启程,离开江边:"更无多话,愿秋风驾百尺高帆,尽春光付一树铅华。"

当王生同意了她的要求,她还是催促开船:"把稍公快唤咱,恐家中厮捉拿。只见远树寒鸦,岸草汀沙,满目黄花,几缕残霞。快先把云帆高挂,月明直下,便东风刮,莫消停,疾进发。"

这样的描写,把一个深闺中的少女渴望得到自由的迫切心情,异常鲜明形象地描绘出来了。

总之,这一折在描写人物和景色上,笔墨是很细腻的,但并不纤巧,文辞很精美,但不见雕琢。由于作家的感情深厚,故使全折的曲词和宾白如行云流水,一气呵成,组成一篇结构严谨、意境优美、人物鲜明、情景交融的叙事诗。说它是诗剧,也是很恰当的。

还有一点值得一提的是,本折曲词在借用前人描写秋景的名句,如王勃《滕王阁序》中的孤鹜落霞、马致远的[天净沙]中的"枯藤老树昏鸦"、杜牧的《泊秦淮》中的"烟笼寒水月笼沙,夜泊秦淮近酒家"等,都很妥帖。作家把这些名句,完全融化在自己作品中,不露一点痕迹,又丰富了自己创造的特定的意境,这些方面也见作家的功力。

孟汉卿　元代杂剧作家。安徽省亳州市人。生平不详。所作《张鼎智勘魔合罗》存有元、明刊本多种。

《魔合罗》第三折

孟汉卿

(外扮府君引张千上)(诗云)滥官肥马紫丝缰,猾吏春衫襟地长。稼墙不知谁坏却,可教风雨损农桑。老夫完颜女直人氏。完颜者姓王,普察姓李。老夫自幼读书,后来习武。为俺祖父多有功勋,因此上子孙累辈承袭,为官为将。这河南府官浊吏弊,往往陷害良民;圣人亲笔点差老夫为府君,因老夫除邪秉正，敕赐势剑金牌，先斩后奏。老夫上任三个日头，今日升厅，坐起早衙，怎生不见掌案当该司吏？（张千云）当该司吏，大人呼唤。（令史上，云）来了！来了！（见科）（府尹云）你是司吏？（令史云）小的是。（府尹云）兀那厮，你听者：圣人为你这河南府官浊吏弊，敕赐老夫势剑金牌，先斩后奏。若你那文卷有半点差错，着势剑金牌，先斩你那驴头！有合金押的文书，拿来我金押。（令史云）有有有，就把这一宗文卷大人看。（府尹看科，云）这是那一起？（令史云）这是刘玉娘药死亲夫，招状是实，则要大人判个斩字。（府尹云）刘玉娘因奸药死丈夫，这是犯十恶的罪，为何前官手里不就结绝了？（令史云）则等大人到来。（府尹云）待报的囚人在那里？（令史云）见在死囚牢中。（府尹云）取来，我再审问。（令史云）张千，去牢中提出刘玉娘来。（张千云）理会的。（旦上，云）哥哥唤我做甚么？（张千云）你见大人去。（令史云）兀那妇人，如今新官到任，问你，休说甚么；你若胡说了，我就打死你！张千，押上厅去。（张千云）犯妇当面。（旦跪科）（府尹云）则这个是那待报的女囚？（令史云）则他便是。（府尹云）兀那女囚，你是刘玉娘？你怎生因奸药死丈夫？恐怕前官枉错了，你有不尽的言词，从实说来，我与你做主咱。（旦云）小妇人无有词因。（府尹云）既他囚人口里无有词因，则管问他怎么？将笔来，我判个斩字，押出市曹，杀坏了者。（张千押旦出科）（旦云）天也！谁人与我做主也呵！（正末扮张鼎上，云）自家姓张，名鼎，字平叔，在这河南府做着个六案都孔目，掌管六房事务。奉相公台旨，教我劝农已

回。今日升厅坐衙，有几宗合金押的文书，相公行
金押去。我想这为吏的扭曲作直，舞文弄法，只这
一管笔上，送了多少人也呵！（唱）

[**商调集贤宾**]这些时，曹司里有些勾当，我这里因金押
离了司房。我如今身耽受公私利害，笔尖注生死存亡。
详察这生分女，作歹为非；更和这忤逆男，随波逐浪。我
可又奉官人委付将六案掌，有公事怎敢仓皇；则听的冬
冬传击鼓，偌偌报搠箱。

[**逍遥乐**]我则抬头观望，官长升厅，静悄悄有如听讲。
我索整顿了衣裳，正行中举目参详：见雄纠纠公人如虎
狼，推拥着个得罪的婆娘。则见他愁眉泪眼，带锁披枷：
莫不是竞土争桑？

（云）则见禀墙外，一个待报的犯妇，不知为甚
么，好是凄惨也呵！（唱）

[**金菊香**]我则见湿浸浸血污了旧衣裳，多应是碜可可
的身耽着新棒疮。更那堪死囚枷压伏的驼了脊梁。他
把这粉颈舒长，伤心处，泪汪汪。

（云）你看那受刑的妇人，必然冤枉，带着枷
锁，眼泪不住点儿流下。古人云：存乎人者莫良于
眸子，眸子不能掩其恶。又云：观其言而察其行，
审其罪而定其政。（唱）

[**醋葫芦**]我孜孜的觑了一会，明明的观了半晌。我见
他不平中把心事暗包藏。婆娘家怎生遭这般冤屈网，偏
惹得带枷吃棒。休休休，道不的自己枉着忙。

[**幺篇**]我这里慢慢的转过两廊，迟迟的行至禀堂；他那
里哭啼啼口内诉衷肠，我待两三番推阻不问当。（张千
云）刘玉娘，你告这个孔目哥哥，他与你做主。（旦扯住正末衣
科，云）哥哥，救我咱！（正末唱）他紧拽定衣服不放，不由咱不与

你做商量。

（云）张千，把那妇人唤至跟前，我问他。（张千云）刘玉娘，近前来。（旦跪科）（正末云）兀那妇人，说你那词因我听咱。（旦诉词云）哥哥停嗔息怒，听妾身从头分诉。李德昌本为躲灾，贩南昌多有钱物。他来到庙中困歇，不承望感的病促。到家中七窍内进流鲜血，知他是怎生服毒。进入门当下身亡，慌的我去叫小叔叔。他道我暗地里养着奸夫，将毒药药的亲夫身故。不明白拖到官司，吃棍棒打拷无数。我是个妇人家，怎熬这六问三推，葫芦提屈画了招伏。我须是李德昌绾角儿夫妻，怎下的胡行乱做。小叔叔李文道暗使计谋，我委实的衔冤负屈！（正末云）兀那妇人，我替你相公行说去。说准呵，你休欢喜；说不准呵，休烦恼。张千，且留人者。（张千云）理会的。（末见科，云）大人，小人是张鼎，替大人下乡劝农已回，听的大人升厅坐衙，有几宗合金押文书，请相公金押。（府尹云）这个便是六案都孔目张鼎，这人是个能吏。有甚么合禀的事，你说。（正末递文书科）（府尹云）这是甚么文书？（正末唱）

[金菊香]这的是打家劫盗勘完的脏，这个是犯界茶盐取定的详，这公事正该咱一地方。这个是新下到的符样，这个是官差纳送远仓粮。

（府尹云）这宗是甚么文卷？（正末唱）

[醋葫芦]这的是沿河道便盖桥，这的是随州城新置仓，这的是王首和那陈立赖人田庄，这的是张千殴打李万伤。（带云）怕官人不信呵，（唱）勾将来对词供状。这的是王阿张数次骂街坊。

（府尹云）再无了文卷也？（正末云）相公，再无了。（府尹云）都着有司发落去。张鼎，与你十个免贴,放你十日休假;假满之后,再来办事。(正末云)谢了相公!(做出门科)(张千云)孔目哥哥,这件事曾说来么?(正末云)我可忘了也。
(唱)

[幺篇]又不是公事忙,不由咱心绪穰。若有那大公事,失误了惹下灾殃。这些儿事务,你早不记想,早难道贵人多忘。张千啊,且教他暂时停待莫慌张。

(云)我只禀事,忘了,我再向大人行说去。(张千云)哥哥可怜见,与他说一声。(正末再见科)(府尹云)张鼎,你又来说甚么?(正末云)大人,恰才出的衙门,只见禀墙外有个受刑妇人,在那里声冤叫屈。知道的是他贪生怕死,不知道的,则道俺衙门中错断了公事。相公,试寻思波。(府尹云)这桩事是前官断定,萧令史该房。(正末云)萧令史,我须是六案都孔目;这是人命重事,怎生不教我知道?(令史云)你下乡劝农去了,难道你一年不回,我则管等着你?(正末云)将状子来我看。(令史云)你看状子。(正末看科,云)"供状人刘玉娘,见年三十五岁,系河南府在城录事司当差民户。有夫李德昌,将带资本课银一十锭,贩南昌买卖。前去一年,并无音信。至七月内,有不知姓名男子一个来寄信,说夫李德昌在五道将军庙中染病,不能动止。玉娘听言,慌速雇了头口,直至城南庙中,扶策到家,入门气绝,七窍逆流鲜血。玉娘即时报与小叔叔李文道,有小叔叔说玉娘与奸夫同谋,合毒药药杀丈夫。所供是实,并无虚捏。"相公,这状子不中使。(令史云)买不的东西,可知不中使。(正末云)四下里无墙壁。(令史云)相公在露天坐衙哩。(正末云)上面都是窟笼。

（令史云）都是老鼠咬破的。（正末云）相公不信呵，听张鼎慢慢说一遍。（府尹云）你说我听。（正末云）"供状人刘玉娘，年三十五岁，系河南府在城录事司当差民户。有夫李德昌，将带资本课银一十锭，贩南昌买卖。"这十锭银，可是官收了？苦主收了？（令史云）不曾收。（正末云）这个也罢。"前去一年，并无音信。于七月内有不知姓名男子，前来寄信。"相公，这寄信人多大年纪？曾勾到官不曾？（令史云）不曾勾他。（正末云）这个不曾勾到官，怎么问得？又道："夫主李德昌，在五道将军庙中染病，不能动止。玉娘听说，慌速雇了头口，到于城南庙中，扶策到家，入门气绝，七窍迸流鲜血。玉娘即时报与小叔叔李文道，小叔叔说玉娘与奸夫同谋。"相公，这奸夫姓张？姓李？姓赵？姓王？曾勾到官不曾？（令史云）若无奸夫，就是我。（正末云）"合毒药药杀丈夫。"相公，这毒药在谁家合来？这服药好歹有个着落。（令史云）若无人合这药，也就是我。（正末云）相公，你想波：银子又无，寄信人又无，奸夫又无，合毒药人又无，谋合人又无：这一行人都无，可怎生便杀了这妇人？（府尹云）萧令史，张鼎说这文案不中使。（令史云）张孔目，你也多管，干你甚么事？（正末云）萧令史，我与你说，人命事关天关地，非同小可。古人云：系狱之囚，日胜三秋。外则身苦，内则心忧。或苔或杖，或徒或流。掌刑君子，当以审求。赏罚国之大柄，喜恕人之常情；勿因喜而增赏，勿以怒而加刑。喜而增赏，犹恐追悔；怒而加刑，人命何辜？这的是霜降始知节妇苦，雪飞方表窦娥冤。（唱）

[幺篇]早是这为官的性忒刚,则你这为吏的见不长,则这一桩公事总荒唐。那寄信人怎好不细访,更少这奸夫招状;(带云)相公,你想波。(唱)可怎生葫芦提推拥他上云阳?

(令史云)大人,张鼎骂你葫芦提也!(府尹云)张鼎,是谁葫芦提?(令史云)张鼎说大大葫芦提!(府尹云)张鼎,是谁葫芦提?(正末跪科)小人怎敢?(府尹云)张鼎,这刘玉娘因奸杀夫,是前官断定的文案,差错是萧令史该管,你怎生说老夫葫芦提?我理任三日,就说我葫芦提,这以前,须不是我在这里为官。兀那厮,近前来,这桩事就分付与你,三日便要问成:问不成呵,我不道的饶了你哩!哎!(词云)你个无端的贼吏奸猾,将老夫一谜里欺压。刘玉娘因奸杀夫,须则是前官问罢。你道是文卷差迟,你道是其中有诈:合毒药是李四张三?养奸夫是赵二王大?寄信人何姓何名?谋合人或多或寡?不由俺官长施行,则随你曹司掌把。你对谁行大叫高呼,公然的没些惧怕。我吩咐你这宗文卷,更限着三日严假;则要你审问推详,使不着舞文弄法。你问的成呵,我与你写表章,骑驿马,呈都省,奏圣人,重重的赐赏封官;问不成呵,将你个赛隋何,欺陆贾,挺曹司,翻旧案,赤瓦不剌海猢孙头,尝我那明晃晃势剑铜铡!(下)(令史云)左右你的头硬,便试一试铜铡,也不妨事。(诗云)得好休时不肯休,偏要立限当官决死囚。正是是非只为多开口,烦恼皆因强出头:(下)
(正末云)张鼎,这是你的不是了也!(唱)

[后庭花]揽这场不分明的腌勾当,今日将平人来无事讲。你早则得福也萧司吏,则被你送了人也刘玉娘。我这里自斟量:则俺那官人要个明降,这杀人的要见伤,做贼的要见脏,犯奸的要见双。一行人,怎问当?

[双雁儿]多则是没来由,葫芦提打关防。待推辞,早承向。眼见得三日时光如反掌,教我待不慌来怎不慌,待不忙来怎不忙?

(云)张千,将刘玉娘下在死囚牢中去。(张千云)理会的。(正末唱)

[浪里来煞]那刘玉娘罪责虚,萧令史口净强,我把那衔冤负屈是非场。离家枉死李德昌,知他来怎生身丧,我直教平人无事罪人偿。(下)

【鉴赏】

　　《魔合罗》,原名《张孔目智勘魔合罗》,写的是河南府六案都孔目张鼎勘破冤案的故事,深刻地揭露了当时社会风气的败坏,吏治的黑暗,是一出优秀的、有现实意义的公案戏。剧情梗概是:民妇刘玉娘的丈夫李德昌,本为躲灾,到南昌经商,利增百倍,多有钱物,回乡时不幸遇雨,病倒在城外庙中,就托一卖魔合罗的老汉高山,投寄家书,承望家人前来看病。不料,高山老汉进城来问到李德昌家门前,碰见了李德昌的堂弟赛卢医李文道,骗去书信。李文道早有霸占刘玉娘的歹心,趁此机会赶至城外五道庙中,将李德昌毒死,威逼刘玉娘不遂,就反诬她私养奸夫,药死了亲夫。李文道买通司吏萧令史,把刘玉娘屈打成招,判了斩字,押赴市曹。恰巧孔目张鼎下乡劝农回衙,有文书要府尹相公佥押,碰见刘玉娘带锁披枷,愁眉泪眼,血污衣裳,知道她吃棒蒙冤。问明情由后,答应替刘玉娘相公行说去。尽管他指出了案情的许多破绽,驳得萧令史哑口无言,府尹相公却叫他推详,更限三日严假。张

鼎是个比较正直能干的官吏,《元史·世祖本纪》说他是元人,曾任鄂州总管府属吏,后升任行省参知政事,次年被罢官。他接过这宗文卷,经过一番调查研究,终于将冤狱审理清楚,替刘玉娘洗清了罪名,将李文道正法严刑。第三折就是写张鼎劝

农回衙,看到刘玉娘遭冤枉,在府尹衙门,抓住刘玉娘供状中的种种漏洞,指出"银子又无,寄信人又无,奸夫又无,合毒药人又无,谋合人又无:这一行人都无,可怎生便杀了这妇人"。直驳得萧令史哑口无言,说明了这是一桩荒唐公事,初步为刘玉娘推翻了冤案。所以,府尹才限他三日假重新推详。

这里我们着重赏析张鼎在公堂上接文卷前后的一段唱词,共计四支曲子。[幺篇]是张鼎驳斥了萧令史后唱的,说明自己为官刚直,萧令史见识不广,得钱多,才不访寄信人,不用奸夫招状,就葫芦提推拥刘玉娘上云阳,真是一桩荒唐公事。这就指出刘玉娘的冤枉,揭露了李文道的谋财害命,嫁祸于人,说明了县官的糊涂,令史的贪赃枉法,府尹的无能。这段曲把张鼎推到矛盾冲突之中,完成了清廉正直的官吏形象。

[后庭花]以下三支曲子,都写张鼎接了文卷,领了期限决死囚后的心理活动:他痛斥吏治黑暗,将平人冤枉。但要自己三日内把这桩臭勾当审问明白,却是困难重重,怎问当?面对这葫芦提打关防的案情,要推辞,早已当堂承担。三日期限很快就会过去,怎么能不慌忙?但是,他明知刘玉娘无罪冤枉,萧令史又口争舌辩的强,自己就决心到这衙冤负屈是非场,弄清李德昌死因,直教平人无事罪人偿,为刘玉娘翻案。这种种心理活动,表现了张鼎敢于仗义执言,在刀口下挽救刘玉娘性命的正义行为,有力地抨击了当时吏治的腐败和社会的黑暗。当然,作者把替人民报仇雪恨的希望寄托在清官身上,却是此剧无法避免的时代与阶级的局限,是一种不切实的良好愿望。

《魔合罗》第四折

孟汉卿

(正末上,云)自家张鼎是也。奉相公台旨,与我三日假限,若问成呵,有赏;问不成呵,教我替刘玉娘偿命。张鼎,这是你的不是了也!(唱)

[中吕粉蝶儿]投至我勘问出强贼,早忧愁的寸肠粉碎。闷恹恹废寝忘食,你教我怎研究,难决断,这其间详细。

索用心机,要搜寻百谋千计。

[醉春风]我好意儿劝他家,将一个恶头儿揣与自己。原来口是祸之门,张鼎也,你今日个悔,悔!则要你那万法皆明,出脱的众人无事,全在你寸心不昧。

　　　　(云)张千,押过那刘玉娘来。(张千云)理会的。犯妇当面。(旦跪科)(正末唱)

[叫声]虎狼似恶公人,可扑鲁拥推、拥推阶前跪。我则见暗着气,吞着声,把头低。

　　　　(云)张千,且疏了他那枷者。(张千云)理会的。(做卸枷科,旦起身拜云)谢了孔目!我改日送烧饼盒儿来。(做走科)(正末云)那里去?你去了呵,我替你男儿偿命那!(旦云)我则道饶了我来。(正末云)兀那妇人,你说你那词因来。若说的是呵,万事罢论;若说的不是呵,张千,准备下大棒子者。(唱)

[喜春来]你道是衔冤负屈吃尽亏,则你这致命图财本是谁。直打的皮开肉绽悔时迟,不是我强罗织,早说了是便宜。

　　　　(旦云)孔目哥哥,打死孩儿,也则是屈招了。

　　(正末唱)

[红绣鞋]我领了严假限一朝两日;你恰才支吾到数次十回,又惹场六问共三推。听了你一篇话,全无有半星实,我跟前怎过得?

[迎仙客]比及下枓指,先浸了麻槌,行杖的腕头加气力。直打得紫连青,青间赤,枉惹得棍棒临逼,待悔如何悔!

　　　　(旦云)便打杀我,则是屈招了也。(正末唱)

[白鹤子]你道是便死呵则是屈,硬抵对不招实。(带云)

我不问你别的,(唱)则问你出城时,主何心;则他那入门死,因何意?

（云）兀那妇人,我同你:(唱)

[幺篇]莫不他同买卖是新伴当?(旦云)我不知道。(正末唱)莫不是原茶酒旧相知? 他可也怎生来寄家书,因甚上通消息?

（旦云）孔目哥哥,我忘了那个人也。(正末云)你近前来,我打与你个模样儿。(旦云)日子久了,我忘了也。(正末唱)

[幺篇]那厮身材是长共短? 肌肉儿瘦和肥? 他可是面皮黑,面皮黄? 他可是有髭髯、无髭髯?

（旦云）我想起些儿也。(正末云)惭愧! 圣人道:"视其所以,观其所由,察其所安,人焉瘦哉?"

（唱）

[幺篇]投至得推详出贼下落,搜寻的案完备;兀的不熬煎的我鬓斑白,烦恼的我心肠碎!

（云）兀那妇人!(唱)

[幺篇]莫不是身居在小巷东,家住在大街西? 他可是甚坊曲,甚庄村? 何姓字,何名讳?

（云）我再问你咱。(唱)

[幺篇]莫不是买油面为节食? 莫不是裁段匹作秋衣? 我问你为何事离宅院? 有甚干来城内?

（云）张千,明日是甚日?(张千云)明日是七月七。(旦云)孔目哥哥,我想起来也! 当年正是七月七,有一个卖魔合罗的寄信来;又与了我一个魔合罗儿。(正末云)兀那妇人,你那魔合罗有也无? 如今在那里?(旦云)如今在俺家堂阁板儿上放着哩。(正末云)张千,与我取将来。(张千云)

理会得。(做行科,云)我出的这门来,到这醋务巷问人来,这是刘玉娘家里,我开开这门,家堂阁板上有个魔合罗,我拿着去。出的这门,来到衙门也。孔目哥哥,兀的不是个魔合罗儿!(正末云)是好一个魔合罗儿也!张千,装香来。魔合罗,是谁图财致命?李德昌怎生入门就死了?你对我说咱。(唱)

[叫声]你曾把愚痴的小孩提教诲,教诲的心聪慧,若把这冤屈事,说与勘官知。

[醉春风]不强似你教幼女演裁缝,劝佳人学绣刺。要分别那不明白的重刑名,魔合罗,全在你。你若出脱了这妇衔冤,我教人将你享祭,煞强如小儿博戏。

(云)魔合罗,你说波,可怎不言语?想当日狗有展草之恩,马有垂缰之报:禽兽尚然如此,何况你乎?你既教人拨火烧香,你何不通灵显圣?可怜负屈衔冤鬼,你指出图财致命人。(唱)

[滚绣球]我与你曲湾湾画翠眉,宽绰绰穿绛衣,明晃晃凤冠霞帔,妆严的你这样何为?你若是到七月七,那其间乞巧的,将你做一家儿燕喜;你可便显神通,百事依随。比及你露十指玉笋穿针线,你怎不启一点朱唇说是非,教万代人知。

(云)魔合罗,是谁杀了李德昌来?你对我说咱!(唱)

[倘秀才]枉塑你似观音像仪,怎无那半点儿慈悲面皮?空着我盘问你,你将我不应对,我彻上下、细观窥,到底。

(正末做见字科,云)有了也!(唱)

[蛮姑儿]我则道在那壁,原来在这里。谁想这底座儿下包藏着杀人贼。呼左右,上阶基,谁把高山认的?

（云）张千，你认的高山么？（张千云）我认的。（正末云）你与我一步一棍打将来。（张千云）理会的。我出的衙门来，试看咱。（高山上，云）我去城里讨魔合罗钱去咱。（张千做拿科，云）快走，衙门里等你哩。（高山云）哎呀！打杀我也！（做见跪科）（正末云）你便是那高山？（高山云）是便是，不知犯甚罪，被这厮流水似打将来？（正末云）兀那老子，你曾与人寄信来么？（高山云）老汉自小有三戒：一不做媒，二不做保，三不寄信。我不曾与人寄信。（正末云）着这老子画了字者。（高山云）我不曾寄信，教我画什么字？（正末云）兀那老子，这魔合罗是谁塑的？（高山云）是我塑的。（正末云）着那妇人出来。（旦见高云）老的，你认的我么？（高山云）姐姐，你敢是刘玉娘？你那李德昌好么？（旦云）李德昌死了也！（高山云）死了也？倒是一个好人来。（正末云）可不道你不曾寄信？（高山云）我则寄了这一遭儿。（正末云）兀那老子，你怎生图财致命了李德昌？你从实招来！（高山诉词云）听我老汉一一说真实，孔目哥哥自思忆。去年时遇七月七，来到城里觅衣食。行到城南五道庙，慌忙合掌去参谒。忽然有个李德昌，正在庙中染病疾。哭哭啼啼相烦我，因此替他传信息。一生破戒只这遭，谁想回家救不得。老汉担里无过魔合罗，并没一点砒霜一寸铁；怎把走村串疃货郎儿，屈勘做了图财致命杀人贼！（正末云）兀那老子，你与我实诉者。（高山云）正面儿的头戴凤翅盔，身穿锁子甲，手里仗着剑。左壁厢一个戴黑楼兜子，身穿着绿襕，手拿着一管笔，挟着个纸簿子。右壁厢一个青脸獠牙，朱红头发，手拿着

狼牙棒。(正末云)那个不是泥的?(高山云)你叫
我实塑。(正末云)张千,与我打这老子。(张千做
打科)(正末唱)

[快活三]魔合罗是你塑的,这高山是你名讳;今日个并
赃拿贼更推谁?你划地硬抵着头皮儿对。

[鲍老儿]须是你药杀他男儿,又带累他妻。呀!你畅
好会使拖刀计。漾一个瓦块儿在虚空里,怎生住的?
呀!到了呵须按实田地。不要你狂言诈语,花唇巧舌,
信口支持;则要你依头缕当,分星劈两,责状招实。

（高山云）孔目哥哥,休道招状;我等身图也敢
画与你。(做画字科)(正末云)兀那老子,你近前
来,我问你波。(唱)

[鬼三台]你和他从头里传消息,沿路上曾撞着谁?(高
山云)我不曾撞着人。(正末云)兀那老子,比及你见刘玉娘呵,
城中先见谁来?(高山云)我想起来也!我入的城来,撒了一泡
尿。(正末云)谁问你这个来?(高山云)我入城时,曾问人来,
那人家门首吊着个龟盖。(正末云)敢是鳖壳?(高山云)直这
等鳖杀我也!他那门前,又有个石船。(正末云)敢是石碾子?
(高山云)若是碾着,骨头都粉碎了。我见里面坐着个人,那厮是
个兽医。(正末云)敢是个太医?(高山云)是个兽医。(正末
云)怎生认的他是兽医?(高山云)既不是兽医,怎生做出这驴
马的勾当?他叫做甚么赛卢医。(正末云)刘玉娘,你认的赛卢
医么?(旦云)他就是我小叔叔。(正末云)你叔嫂可和睦么?
(旦云)俺不和睦。(正末唱)听言罢,闷渐消,添欢喜。这
官司才是实。呼左右,问端的,这医人与谁相识?

（云）张千,将这老子打上八十,为他不应塑魔
合罗,打着者!(张千打科,云)六十、七十、八十,
抢出去!(高山云)哥哥为甚么打我这八十?(张
千云)为你不应塑魔合罗。(高山云)塑魔合罗打

了八十,若塑个金刚,就割下头来?(下)(正末云)张千,将刘玉娘提在一壁,你与我唤将赛卢医来。(张千云)我出的这衙门来,这个门儿就是。赛卢医在家么!(李文道上,云)谁唤哩?我开门看咱。哥哥,叫我怎的?(张千云)我是衙门张千,孔目哥哥相请。(李文道云)咱和你去来。(张千云)到也,我先过去。(报科)赛卢医来了也。(正末云)着他进来。(见科)(李文道云)孔目哥哥,叫我有何事?(正末云)老相公夫人染病,这是五两银子,权当药资,休嫌少。(李文道云)要什么药?(正末唱)

[剔银灯]他又不是多年旧积,则是些冷物重伤了脾胃。则你那建中汤,我想也堪医治。你则是加些附子当归。(李文道云)我随身带着药,拿与老夫人吃去。(张千云)将来,我送去。(做送药回科)(正末与张千做耳暗科,云)张千,你看老夫人吃药如何?(张千云)理会的。(下)(随上,云)孔目哥哥,老夫人吃了药,七窍逬流鲜血死了也!(正末云)赛卢医,你听得吗?老夫人吃下药,七窍进流鲜血死了也。(李文道慌科,云)孔目哥哥,救我咱!(正末云)我如今出脱你,你家里有甚么人?(李文道云)我有个老子。(正末云)多大年纪了?(李文道云)俺老子八十岁了。(正末云)老不加刑,则是罚赎。赛卢医,你若舍的你老子,我便出脱的你;你若舍不的呵,出脱不的你。(李文道云)谢了哥哥!(正末云)我如今说与你:我便道:"赛卢医。"你说:"小的。"我便道:"谁合毒药来?"你便道:"是俺老子来。"我便道:"谁生情造意来?"你便道:"是俺老子来。"我便道:"谁拿银子来?"你便道:"是俺老子来。"我便道:"不是你么?"你便道:"并不干小的事。"你这般说,才出脱的你。(李文道云)谢了哥哥!(正末云)张千,你着他司房里去。你与我一步一棍,打将那老子来者。(唱)那老子我亲身的问他是实。(带云)张

千,(唱)你只道:见有人当官来告执。

[蔓青菜]你说道是新刷卷的张司吏,一径的将你紧勾追,教我火速来唤你。但若有分毫不遵依,你将他拖向囚牢内。

  (张千云)我出的这门来,老李在家么?(李彦实上,云)是谁唤我哩?(张千云)衙门里唤你哩。(李彦实云)我和你去来。(李老做见正末科,云)唤老汉有甚么事?(正末云)兀那老子,有人告着你哩。(李彦实云)是谁告我?老汉有甚罪过?(正末云)是你孩儿李文道告你,你不信,须认的他声音也。(唱)

[穷河西]谁向官中指攀着伊,是你那孝子曾参赛卢医。又不是恰才新认义,须是你亲侄。哎!老丑生,无端忒下的!

  (李彦实云)我不信,李文道在那里。(正末云)你不信,听我叫。赛卢医!(李文道云)小的有。(正末云)谁合毒药来?(李文道云)是俺父亲来。(正末云)谁主情造意来?(李文道云)是俺父亲来。(正末云)谁拿银子来?(李文道云)是俺父亲来。(正末云)都是谁来?(李文道云)并不干我事,都是俺父亲来。(正末云)兀那老子,快快从实招来。(李彦实云)哥哥,这都是他做的事,怎么推在我老子身上?(正末云)既是他,你画了字者。(李老画字科)(张千云)他画了字也,我开开这门。(李老打文道科,云)药杀哥哥也是你,谋取财物也是你,强逼嫂嫂私休也是你。都是你来!都是你来!(李文道云)不是;我招的是药杀夫人的事。(李彦实云)呀!我可将药杀哥哥的事都招了也!(李文道云)招了,咱死也!老弟子孩儿!(正末

唱)

[柳青娘] 只着这些儿见识，瞒过这老无知。却不你千悔万悔，泼水在地怎收拾。唬的个黄甘甘脸儿如地皮。可不道一言既出，便有驷马难追。已招伏，怎改易，要承抵。

[道和] 方知端的，知端的，虚事不能实。忒跷蹊。教俺教俺难根缉，教俺教俺耽干系，使心机，啜赚出是和非。难支吾，难支对，难分说，难分细。那些那些咱欢喜，咱伶俐，一行人个个服情罪。若非若非有天理，这当堂假限刚三日，可不的势剑倒是咱先吃！

（云）一行人休少了一个，跟我见相公去来。（府尹上，云）张鼎，问的事如何？（正末云）问成了也。请相公下断。（府尹云）这桩事老夫已明知了也，一行人听我下断：本处官吏不才，杖一百永不叙用。李彦实主家不正，杖八十，年老罚钞赎罪。刘玉娘屈受拷讯，请敕旌表门庭。李文道谋杀兄长，押赴市曹处斩。老夫分三个月俸钱，重赏张鼎。（词云）奉圣旨赐赏迁升，张孔目执掌刑名。刘玉娘供明无事，守家私旌表门庭。泼无徒败伦伤化，押市曹正法严刑。（旦拜谢科，云）感谢相公！（正末唱）

[煞尾] 想兄弟情亲如手足，怎下的生心将兄命亏？我将杀人贼斩首在云阳内，还报的这衔冤负屈鬼。

题目	李文道毒药摆哥哥	萧令史暗里得钱多
正名	高老儿屈下河南府	张平叔智勘魔合罗

【鉴赏】

《魔合罗》第四折，写张鼎的破案经过：张鼎接了这宗文卷，承担审问推详的任务时，府尹只给他三日破案的严限，"你问的成呵，我与你写表章，骑驿马，呈都省，奏圣人，重重的赐赏封官；问不成呵，将你个赛隋何，欺陆贾，挺曹司，翻旧案，赤瓦不剌海獭孙头，尝我那明晃晃势剑铜铡！"就是说，问不成，要张鼎替刘玉娘偿命。所以，张鼎废寝忘食，索用心机，搜寻百谋千计，要做到万法皆明，出脱的众人无事，全在寸心不昧。可是，他三推六问刘玉娘，女犯人却只是喊屈，支吾到数次十回，全无半点星实。直熬煎的鬓斑白，烦恼的心肠碎，推详不出贼人的下落。忽然间，刘玉娘说出了寄信人是个卖魔合罗的人，还给了她一个魔合罗，但却不知姓甚名谁，家住那里。魔合罗，或作磨喝乐、魔喉罗，一般是用土、木或玉石雕塑成为小孩的形状，每年七月七日供养。这种像仪，虽然不会说话，却是破案的一条关键线索。于是，张鼎抓住魔合罗审问起来，经过仔细研究，终于在底座儿下发现那塑魔合罗的人名叫高山。这样，张鼎便顺藤摸瓜，审问高山，知道了李文道，然后又用计套出李文道父子的口供，知道是李文道用毒药害死了堂兄李德昌，为刘玉娘的冤案平了反、昭了雪。张鼎这种注意调查研究，认真追查罪证的破案方法，很值得借鉴。

这里我们集中的对张鼎审问魔合罗的一组唱词进行赏析，一共五支曲子。[叫声]是张鼎问魔合罗，你能教诲愚痴的小孩聪慧，能不能把这冤屈事说与勘官知：是谁图财致命？李德昌怎生入门就死了？心平气和，就像两个知己朋友，对面谈心。[醉春风]曲中，张鼎的情绪就有点激动了。他进一步对魔合罗说：你不是能教幼女演裁缝，劝佳人学刺绣，那么要弄明白这桩冤案，也就全靠你了。你若出脱了这妇衔冤，我教人享祭你，强如现在你只是小儿博戏玩意。可是，这泥塑的魔合罗哪里能张口！张鼎心情就不平静了。[滚绣球]的曲词，张鼎就埋怨魔合罗。先说三国时李信纯养的黑龙驹，能救李信纯的命，前秦符坚骑的马能救符坚，你为什么不通灵显圣，可怜负屈衔冤鬼，指出图财致命人。再唱道：我替你魔合罗画眉、穿衣、戴帽，妆严你为什么？就是要你到七月七日乞巧时，做一家儿欢喜，你可以显神通，百事依，为何不启朱唇说是非，教万代人知。这真是把泥塑的偶像当活人审问，把破案的希望寄托在不会说话的魔合罗身上，张鼎真是心急如焚，情绪激动到迷狂的程度了。[倘秀才]的曲词，张鼎生气地责问魔合罗：你对我说！你枉似观音像仪，却无半点慈悲面皮，空着我盘问你，你不应对。眼看张鼎侦破冤案的希望落了空，他怎么能不气呢？[蛮姑儿]曲紧承前意，突然兜转，张鼎仔详察看魔合罗，竟想不到在座儿底下发现了魔合罗塑制者的姓名。于是，喜出望外，打开了冤案的侦破关

·元曲·

图文珍藏版

国学经典文库 图文珍藏版

元曲鉴赏

马 博◎主编

线装书局

戴善夫 生卒年不详。真定(今河北正定)人,元代杂剧作家,一作戴善甫。江浙行省务官,与《柳毅传书》剧作者尚仲贤同里同僚。作杂剧5种,现存《陶学士醉写风光好》,有《元曲选》等刊本。

《风光好》 第三折

戴善夫

(宋齐丘引张千上,云) 小官宋齐丘,与韩熙载定计,处置那陶谷学士,如何不见回话? 这早晚敢待来也。 (韩熙载上) (诗云) 安排打凤牢龙计,引起残云剩雨心。小官韩熙载,不想陶学士被某识破十二字隐语,用些机关,果中其计。我今来回丞相的话。左右报复去,道韩熙载来见。(报科) (宋齐兵云) 有请。 (见科) (宋齐丘云)干事如何? (韩熙载云) 此人果中其计。秦弱兰赚了他一篇乐章,亲笔落款,他自将着。今日来回丞相话哩。(宋齐丘云) 我料他怎出的咱二人之手。则今日便卧翻羊,摆下果桌,小官就对他说:“我唐主病可,今日着俺将着茶饭,来与学士释闷,明日早朝相见。”他听的必然欢喜,饮酒之间,唤秦弱兰来歌此乐章,看他怎生说话。太守,一壁厢执料茶饭,小官回了主人的话,便到馆驿中来也。(韩熙载云) 谨领钧旨。 (同下)(陶谷上,云) 小官陶学士,昨夜晚间,不意驿吏之妻,与我苟合。我看此女有沉鱼落雁之容,闭月羞花之貌,我许他娶为正室。今日等韩太守来时,我嘱他放此妇人回去,等我日后好来取他。(韩熙载上,云) 来到这驿亭中。学士恭喜。(陶谷云) 敢问何喜? (韩熙载云) 学士归有日矣。我主病体颇安，明日早朝，便请相见。（陶谷云）这也则完的一场使事，何足为喜。（宋齐丘引张千上，云）来到这馆驿门首。左右，报复去，道某家来了也。（报见科）（宋齐丘云）学士归有日矣。我主病体颇安，请学士明日相见。（韩见宋科）（宋齐丘云）学士，韩太守是当今文学之士，见任太守，即古之京兆尹，陪坐何如？（陶谷云）这也不妨。（宋齐丘云）将酒来，我奉学士一杯。太守，一面准备歌儿舞女，教他侑酒，与学士作欢如何？（韩熙载云）丞相说的是，早已备下了。即当唤来供奉学士。（陶谷云）承相差矣。我辈孔门高弟，何用此辈侑酒。休唤来。（宋齐丘云）学士宽洪大度，何所不容，便唤一个来唱与俺听，学士休听便了。（正旦上，云）今日筵间，那学士还做古懒么？（唱）

[正宫端正好] 总然你富才华，高名分，谁不爱翠袖红裙？你看这般东风桃李香成阵，犹兀自难遣东君恨。

[滚绣球] 人都道秀才每村，不会将女色亲。他每则是识廉耻，正心不肯，但出语也做的个郎君。假若是夸谈俺好妇人，则着些俗言语便不真。他每用文章也道的来淹润，则着两句诗说尽精神。裙拖六幅湘江水，髻挽巫山一段云，休道不消魂。

（做见科）（正旦云）你看他比前日又冷脸也。（唱）

[倘秀才] 昨夜个横着片风月胆，房中那亲；今日个绝着柄冰霜脸，人前又狠。空这般苦眼铺眉，那教门？我须索心恭谨，意殷勤，侑尊。

（张千云）上厅行首，秦弱兰谨参。（旦拜科）（宋齐丘云）学士，此乃金陵数一数二的歌

者，与学士递一杯。（陶谷云）丞相，小官此一
来，非为歌妓酒食而来。奉命索取图书，李主托
疾不见，不以我为朝使相待，弃礼多矣。我非比
其他学士，奉命南来，使事未完，故令歌者狐媚
小官，是何体也。（宋齐丘云）学士息怒。酒乃
天之美禄，学士不饮，小官吃几杯。（韩熙载云）
弱兰，你与学士把盏者。　（正旦云）理会的。
（唱）

[滚绣球] 这酒则是斟八分，学士索是饮一巡。则不
要滴留喷喫。（陶谷云）靠后些。（正旦唱）学士，这玳筵
间息怒停嗔，你则待点上灯，关上门，那时节举杯丰
韵。（陶谷云）小官不吃酒；但吃一口，昏睡三日，将过去。
（正旦唱）这里酒盏儿不肯沾唇，却不道相逢不饮空归
去，则这明月清风也笑人，常索教酒满金樽。

　　（陶谷接杯科）（韩熙载云）弱兰，你歌一曲
　　侑觞咱。　（正旦唱词科，云）好姻缘，恶姻缘，
　　奈何天，只得邮亭一夜眠，别神仙。琵琶拨尽相
　　思调，知音少。待得鸾胶续断弦，是何年。（陶
　　谷云）这妇人在我跟前唱这等淫词艳曲，好生不
　　敬。（宋齐丘云）这也则是风月之词，非为不敬，
　　学士休罪。（韩熙载云）谁着你唱这等词，教学
　　士怪我？酒散之后，我不道的饶了你哩。（正旦
　　唱）

[叨叨令] 学士写时节有些腔儿韵，妾身讴时节有些
词儿顺。（陶谷云）不知是何等无知之人，做下此等语句。
（正旦唱）做时节难诉千般恨，写时节则是三更尽。（旦
拜陶科，唱）学士，你记得也么哥，你记得也么哥？
（出词科，唱）兀的是亲笔写下牢收顿。

　　（陶谷怒云）这个泼烟花赃诬人，我那里与

·元曲·

图文珍藏版

你会面来？（正旦云）妾身不敢。昨夜蒙大人错
爱。（唱）

[滚绣球] 那素衣服是妾身，诈做驿吏妻把香火焚。
我诵情诗暗传芳信，向月明中独立黄昏，见学士下砌
跟，瞻北辰，转身躯猛然惊问，便和咱燕尔新婚。咱
正是武陵溪畔曾相识，今日佯推不认人。道的他满面
似烧云。

（陶谷云）这妇人好无礼也。你故写淫词，
展污小官清名。（宋齐丘云）学士，各人笔迹，
自家认得。（正旦云）学士，你要推托，听妾身
说昨夜之事。（唱）

[倘秀才] 妾身本不肯舒心就亲，学士便做不的先奸
后婚？（陶谷云）上官昨夜门也不曾出，那里会你来？（正旦
唱）学士早回过灯光掩上门。（陶谷云）小官并无此事，
你赃诬我哩。（正旦唱）妾身谋成不谋败，学士宜假不宜
真，不信不自隐。

（陶谷怒云）这妇人虚诈情由。我若是与你
相会呵，我便认了有何妨？难道小官直如此忘
魂？（正旦悲科，云）学士，你好无仁义也。
（唱）

[滚绣球] 好也罗学士，你营勾了人，却便妆忘魂。
知他是甚娘情份，你则是憎嫌俺烟月风尘。昨夜个我
虽改换的衣袂新，须是模样真。咱只得眼前厮趁，实
丕丕与你情亲。你把万般做作千般怒，兀的甚一夜夫
妻百夜恩，则是眼里无珍。

（宋齐丘云）学士，这小的最老实，不会说
谎。（韩熙载云）老丞相主婚，小官为媒，招学
士为金陵秦弱兰女婿。（陶谷云）小娘子，是谁
教你这等短道儿来？（正旦云）都是太守相公，

教妾身这般见识来。（韩熙载云）学士便娶了秦弱兰何妨？论此女聪明，不玷辱了你。（正旦云）若得与学士成其夫妇。妾之愿也。多谢二位老爷。（做叩谢科）（宋齐丘云）你与学士把一杯酒者。（正旦递酒科）（唱）

[三煞] 贱妾煞是玷污了个经天纬地真英俊，为国于民大宰臣。（陶谷云）酒后疏狂，惹此一场是非。（正旦唱）贱妾煞不识高低，不知远近，不辩贤愚，不辩清浑。这的是天注定的是非，天指引的前程，天匹配的婚姻。咱兀的教太守主婚。（陶谷云）可着谁做谋人？（正旦唱）则这《风光好》是媒人。

　　（陶谷做伏案眈睡科）（宋齐丘云）太守，陶学士见咱识破，他就里羞见咱，推醉睡了。秦弱兰，俺上马去也，你等他醒了，看他说甚么，便来回俺的话。（韩同下）（陶醒科，问正旦云）他每都去了？（正旦云）都去了。（陶谷云）则着你害了我也。（正旦云）怎生我害了你？（陶谷云）我本意来说他，反被他算了我。我如今也回不的大宋去，也见不的唐主，我且至杭州寻个前程，却便来取你。古人云：十年不识君王面，始信婵娟解误人。信斯言也。（正旦唱）

[二煞] 此别后，我专想着你玉堂金马怀离恨，谁再与野花闲草作近邻。（陶谷云）我今别处寻个前程，便来取你。（正旦唱）我等你那取我的轩车，赠咱的官品。我也待显耀乡间，改换我这家门。学士怎肯似那等穷酸饿醋，得一个及第成名，却又早负德辜恩，则要你言而有信，休担阁了少年人。

　　（陶谷云）姐姐，你既与我成其夫妇，焉肯负你。久以后夫人县君，必然你做也。（正旦唱）

[黄钟煞] 你可休一春鱼雁无音信，却教我千里关山

劳梦魂。我和你两情调两意肯，这谐合有气分，我觑了暗地哂，全不见没事狠。绸缪处直恁亲，临相别也怀恨。若还家独自身，被儿底少温存，怕不想旧日人，要圆成要寻问。则这续断鸾胶语句儿真，便是我锦片前程，敢可也盼的准。（下）

　　（陶谷云）谁想被宋齐丘、韩熙载反算了我。小官羞归大宋，耻向汴梁。我有故人钱傲，在杭州为天下兵马大元帅，镇守吴越两浙之地，便宜行事。自放两浙官选，我则索那处寻个前程，再做道理。（诗云）当年玉殿逞高强，为爱娇容悔这场。自料不能还故国，须当带月走南唐。（下）

【鉴赏】

　　《风光好》原名《陶学士醉写风光好》，是一出讽刺喜剧。本事略见《玉壶清话》《十国春秋》及《江南野史》。故事是：宋朝初年，南唐未平，赵匡胤便派翰林院学士陶谷（字秀实，宋新平人，历任礼、刑、户三部尚书。著有《清异录》）前往南唐，以索取图籍文书为名，游说劝说南唐君臣归降。但是，他到金陵以后，反被南唐丞相宋齐丘（字子嵩，南唐庐陵人，中主时为中书令，赐号九华先生，有文集《玉管照神经》）和金陵太守韩熙载（字叔言，南唐北海人，进士出身，工书画，后主时官至中书侍郎、光政殿学士）用计，叫妓女秦弱兰假扮驿吏妻张氏，与陶谷苟会，骗陶谷写了《风光好》一词。然后，在第三折中，让秦弱兰在宴席间歌唱这首词，当众揭露陶谷的伪善面孔，使他无法游说劝降，也不能回归宋朝，只好由宋齐丘为媒，韩熙载主婚，娶了秦弱兰，只身奔投杭州故人钱傲（字文德，五代时为吴越天下兵马大元帅，宋太祖时献所管十三州，封邓王）。以后，宋派曹彬平了南唐，秦弱兰也被难杭州，在钱傲主持下与陶谷团圆，改变了自己被唤官身的命运。

　　这里选酒宴开始时秦弱兰歌唱的三支曲子赏析。这时候，陶谷装模作样，冷脸古敝，说什么"我辈孔门高弟，何用此辈侑酒"。于是秦弱兰使用前后对比手法，揭露陶谷这个道貌岸然的伪君子面貌。第一支曲子[正宫端正好]，就说陶学士纵然才富名高，也难过美人关，在这般东风桃李香成阵的环境里，犹兀自难遣东君恨，春心荡浪，中了人家的美人计。第二支曲子［滚绣球］，再进一步描画陶学士的伪善面孔，他表面上是个古懒的秀才，不近女色，好像是识廉耻，正心不肯，但实际上却是出语要做秦弱兰的郎君，而且说话斯文，不着俗语，写出一首《风光好》淫词艳曲，淹润溢美秦弱兰，说尽精神，休道不消魂，原来也是个有灵肉的郎君。第三支曲子［倘秀才］，说陶学士昨晚

调戏秦弱兰，也是个有风月胆的色鬼，今日却装模作样假正经，绝着柄冰霜脸，人前又狠。好吧，你现在苦眼铺眉，装成孔门圣徒样子，那我就索心恭谨，殷勤俏尊，一步一步剥下你的伪装。所以，下面的曲子，就用诙谐的笔调，揭露得陶谷无脸见人，想游说劝降别人，反被别人用计暗算，落得个狼狈不堪的下场。正是古人云："十年不识君王面，始信婵娟解误人。"陶谷只好与秦弱兰成其夫妇，先到杭州寻个前程。总之，这折戏不但通过揭露陶谷的伪善面孔，反对宋元理学的虚伪教条，而且还通过陶谷和秦弱兰的结合，也指出了伪道学在人性面前的虚弱本质和不堪一击，很有积极的意义。

郑廷玉　元代戏曲作家。彰德（今河南安阳市）人。生卒年及生平事迹均不详。作有杂剧 23 种，今仅存 5 种：《看钱奴买冤家债主》《包待制智勘后庭花》《楚昭王疏者下船》《布袋和尚忍字记》《宋上皇御断金凤钗》。另有一种《崔府君断冤家债主》，但一说为无名氏作。

《看钱奴》 第二折

郑廷玉

（外扮陈德甫上，诗云）耕牛无宿料，仓鼠有余粮；万事分已定，浮生空自忙。小可姓陈，双名德甫，乃本处曹州曹南人氏。幼年间攻习诗书，颇亲文墨。不幸父母双亡，家道艰难，因此将儒业废弃，与人家做个门馆先生，度其日月。此处有一人是贾老员外，有万贯家财，鸦飞不过的田产物业，油磨房，解典库，金银珠翠，绫罗段匹，不知其数。他是个巨富的财主。这里可也无人，一了他一贫如洗，专与人家挑土筑墙，和泥托坯，担水运浆，做坌工生活。常是吃了早起的，无那晚夕的。人都叫他做穷贾儿。也不知他福分生在那里，这几年间暴富起来，做下泼天也似家私。只是那员外虽然做个财主，争奈一文也不使，半文也不用；别人的东西恨不得攫手夺将来，自己东西舍不的与人。若与人呵就心疼杀了也。小可今日正在他家坐馆，这馆也不是教学的馆，无过在他解典库里上些账目。那员外空有家私，寸男尺女皆无。数次家常与小可说："街市上但遇着卖的，或男或女，寻一个来与我两口儿喂眼。"小可已曾分付了店小二，着他打听着，但有呵便报我知道。今日无甚事，到解典库中看看去。（下）（净扮店小二上，诗云）酒店门前三尺布，人来人往图主顾。做下好酒一百缸，倒有九十九缸似头醋。自家店小二的便是。俺这酒店是贾员外的。他家有个门馆先生，叫作陈德甫，三五日来算一遭账。今日下着这般大雪，我做了一缸新酒，不供养过不敢卖，待我供养上三杯酒。（做供酒科，云）招财利市土地，俺这酒一缸胜是一缸。俺将这酒帘儿挂上，看有甚么人来。（正末周荣祖领旦儿俫儿上，云）小生周荣祖，嫡亲的三口儿家属，浑家张氏，孩儿长寿。自应举去后，命运未通，功名不遂。这也罢了，岂知到的家来，事事不如意，连我祖遗家财，埋在墙下的，都被人盗去。从此衣食艰难，只得领了三口儿去洛阳探亲，图他救济。偏生这等时运，不遇而回。正值暮冬天道，下着连日大雪，这途路上好苦楚也呵！（旦儿云）秀才，似这等大风大雪，俺每行动些儿。（俫儿云）爹爹，冻饿杀我也。（正末唱）

[正宫端正好] 赤紧的路难通，俺可也家何在？休道是乾坤，老山也头白。似这等冻云万里无边届，肯分的俺三口儿离乡外。

　　（云）大嫂，你看好大雪也。（唱）

[滚绣球] 是谁人碾琼瑶往下筛，是谁人翦冰花迷眼界，恰便似玉琢成六街三陌，恰便似粉妆就殿阁楼台。（带云）似这雪呵！（唱）便有那韩退之蓝关前冷怎当，便有那孟浩然驴背上也跌下来。（带云）似这雪呵！（唱）便有那剡溪中禁回他子猷访戴，则俺这三口儿兀的不冻倒尘埃。（做寒战科，带云）匆匆匆！（唱）眼见的一家受尽千般苦，可甚么十谒朱门九不开。委实难捱。

　　（旦儿云）秀才，似这般风又大，雪又紧，俺且去那里避一避，可也好也。（正末云）大嫂，俺到那酒务儿里避雪去来。（做见科，云）哥哥支揖。（店小二云）请家里坐吃酒去。秀才，你那里人氏?（正末云）哥哥，我那得那钱来买酒吃。小生是个穷秀才，三口儿探亲去来，不想遇着一天大雪，身上无衣。肚里无食。一径的来这里避一避儿。哥哥，怎生可怜见咱。（店小二云）那一个顶着房子走哩，你们且进来避一避儿。（正末做同进科，云）大嫂，你看这雪越下的紧了也。（唱）

[倘秀才] 饿的我肚里饥失魂丧魄，冻的我身上冷无颜落色。这雪呵偏向俺穷汉身边乱洒来，（带云）大嫂，（唱）你看雪深埋脚面，风紧透人怀，我忙将这孩儿的手揣。

（店小二做叹科，云）你看这三口儿身上无衣，肚里无食，偌大的风雪，到俺店肆中避避。那里不是积福处，我早晨间供养的利市酒三钟儿，我与那秀才钟吃。兀那秀才，俺与你钟酒吃。（正末云）哥哥，我那里得那钱钞来买酒吃。（店小二云）俺不要你钱钞，我见你身上单寒，与你钟酒吃。（正末云）哥哥说不要小生钱，则这等与我钟酒吃，多谢了哥哥。（做吃酒科，云）好酒也。（唱）

[滚绣球] 见哥哥酒斟着磁盏台，香浓也胜琥珀。哥哥也你莫不道小人现钱多卖，问甚么新酿茅柴。（带云）这酒呵！（唱）赛中山宿酝开，笑兰陵高价抬，不枉了唤做那凤城春色。（带云）我饮一杯呵！（唱）恰便似重添上一件绵帛。（带云）这雪呵，（唱）似千团柳絮随风舞。（带云）我恰才咽下这杯酒去呵，（唱）可又早两朵桃花上脸来，便觉的和气开怀。

（旦儿云）秀才，恰才谁与你酒吃来？（正末云）是那卖酒的哥哥，见我身上单寒，可怜见与了我钟酒吃。（旦儿云）我这一会儿身上塞冷不过，你怎生问那卖酒的讨一钟酒儿与我吃，可也好也。（正末云）大嫂，羞人答答的，教我怎生问他讨酒吃？（做对店小二揖科，云）哥哥，我那浑家问我那里吃酒来，我便道："卖酒的哥哥见我身上单寒，与了我一钟酒儿吃。"他便道："我身上冷不过，怎生再讨得半钟酒儿吃，可也好也。"（店小二云）你娘子也要钟酒吃？来来来，俺舍这钟酒儿与你娘子吃罢。（正末云）多谢了哥哥。大嫂，我讨了一盅酒来，你吃你吃。（俫儿云）爹爹，我也要吃一钟。（正末云）儿也，你着我怎生问他讨那？（又做揖科，云）哥哥，我那孩儿道："爹爹，你那里得这酒与妳妳吃来？我便道："那卖酒的哥哥又与了我一钟儿吃。"我那孩儿便道："怎生再讨的一钟儿我吃，可也好也。"（店小二云）这等，你一发搬在俺家中住罢。（正末云）哥哥，那里不是积福处。（店小二云）来来来，俺再与你这一钟儿酒。（正末云）多谢了哥哥。孩儿，你吃你吃。（店小二云）比及你这等贫呵，把这小的儿与了人家可不好？（正末云）我怕不肯？但未知我那浑家心里何如。（店小二云）你和你那娘子商量去。（正末云）大嫂，恰才那卖酒的哥哥道："似你这等饥寒，将你那孩儿与了人可不好？"（旦儿云）若与了人，倒也强似冻饿死了。只要那一分人家养的活，便与他去罢。（正末做见店小二云）哥哥，俺浑家肯把这个小的与了人家也。（店小二云）秀才，你真个要与人？（正末云）是，与了人罢。（店小二云）我这里有个财主要，我如今领你去。（正末云）他家里有儿子么？（店小二云）他家儿女并没一个儿哩。（正末唱）

国学经典文库

元曲鉴赏

·元曲·

图文珍藏版

[倘秀才] 卖与个有儿女的是孩儿命衰，卖与个无子嗣的是孩儿大采。撞着个有道理的爹娘呵，是孩儿修福来。(带云) 哥哥，(唱) 你救孩儿一身苦，强似把万僧斋。越显的你个哥哥敬客。

(店小二云) 既是这等，你两口儿则在这里，我叫那买孩儿的人来。(做向古门叫科，云) 陈先生在家么？(陈德甫上，云) 店小二，你唤我做甚么？(店小二云) 你前日分付我的事，如今有个秀才要卖他小的，你看去。(陈德甫云) 在那里？(店小二云) 则这个便是。(陈德甫做看科，云) 是一个有福的孩儿也。(正末云) 先生支揖。(陈德甫云) 君子恕罪。敢问秀才那里人氏，姓甚名谁？因何就肯卖了这孩儿？(正末云) 小生曹州人氏，姓周名荣祖，字伯成。因家业凋零，无钱使用，将自己亲儿情愿过房与人为儿，先生，你可作成小生咱。(陈德甫云) 兀那君子，我不要这孩儿。这里有个贾老员外，他寸男尺女皆无，若是要了你这孩儿，他有泼天也似家缘家计，久后都是你这孩儿的。你跟将我来。(正末云) 不知在那里住，我跟将哥哥去。(旦儿同俫儿下) (店小二云) 他三口儿跟的陈先生去了也。待我收拾了铺面，也到员外家看看去。(下) (贾仁同卜儿上，云) 兀的不富贵杀我也。常言道人有七贫八富，信有之也。自家贾老员外的便是。这里也无人，自从与那一分人家打墙，刨出一石槽金银来，那主人家也不知道，都被我悄悄的搬运家来，盖起这房廊、屋舍、解典库、粉房、磨房、油房、酒房，做的生意就如水也似长将起来。我如今旱路上有田，水路上有船，人头上有钱，那一个敢叫我做穷贾儿；皆以员外呼之。但是一件，自从有这家私，娶的个浑家也有好几年了，争奈寸男尺女皆无。空有那鸦飞不过的田产，教把那一个承领。（做叹科，云）我平昔间一文也不使，半文也不用，我可不知怎生来这么悭吝苦剋。若有人问我要一贯钞呵，哎呀！就如挑我一条筋相似。如今又有一等人叫我做悭贾儿，这也不必提起。我这解典库里有一个门馆先生，叫做陈德甫，他替我家收钱取债。我数番家分付他，或儿或女寻一个来与我两口儿喂眼。（卜儿云）员外，你既分付了他，必然访得来也。（贾仁云）今日下着偌大的雪，天气有些寒冷。下次小的每，少少的酾些热酒儿来，则撕只水鸡腿儿来，我与婆婆吃一钟波。（陈德甫同正末、旦儿、俫儿上，云）秀才，你且在门首等着，我先过去与员外说知。（做见科，贾仁云）陈德甫，我数番家分付你，教你寻一个小的，怎这般不会干事？（陈德甫云）员外，且喜有一个小的哩。（贾仁云）有在那里？（陈德甫云）现在门首。（贾仁云）他是个甚么人？（陈德甫云）他是个穷秀才。（贾仁云）秀才便罢了，甚么穷秀才！（陈德甫云）这个员外，有鄂个富的来卖儿女那！（贾仁云）你教他过来我看。（陈德甫出，云）兀那秀才，你过去把体面见员外者。（正末做揖科，云）先生，你须是多与我些钱钞。（陈德甫云）你要的他多少，这事都在我身上。（正末云）大嫂，你看着孩儿，我见员外去也。（做人见科，云）员外支揖。（贾仁云）兀那秀才，你那里人氏，姓甚名谁？（正末云）小生曹州人氏，姓周名荣祖，字伯成。（贾仁云）住了。我两个眼里偏生见不的这穷厮。陈德甫，你且着他靠后些，

国学经典文库

元曲鉴赏

·元曲·

图文珍藏版

1321

饿虱子满屋飞哩。（陈德甫云）秀才，你依着员外靠后些，他那有钱的是这等性儿。（正末做出科，云）大嫂，俺这穷的好不气长也！（贾仁云）陈德甫，咱要买他这小的，也索要立一纸文书。（陈德甫云）你打个稿儿。（贾仁云）我说与你写：立文书人周秀才，因为无钱使用，口食不敷，难以度日。情愿将自己亲儿某人，年几岁，卖与财主贾老员外为儿。（陈德甫云）谁不知你有钱，只叫员外勾了，又要那财主两字做甚么？（贾仁云）陈德甫，是你抬举我哩。我不是财主，难道叫我穷汉？（陈德甫云）是是是，财主财主！（贾仁云）那文书后头写道：当日三面言定付价多少。立约之后，两家不许反悔；若有反悔之人，罚宝钞一千贯与不悔之人使用。恐后无凭，立此文书，永远为照。（陈德甫云）是了，反悔之人罚宝钞一千贯。他这正钱可是多少？（贾仁云）这个你莫要管我。我是个财主，他要的多少，我指甲里弹出来的，他可也吃不了。（陈德甫云）是是是，我与那秀才说去。（做出科，云）秀才，员外着你立一纸文书哩。（正末云）哥哥，可怎生写那？（陈德甫云）他与你个稿儿：今有过路周秀才，因为无钱使用，将自己亲儿，年方几岁，情愿卖与财主贾老员外为儿。（正末云）先生。这财主两字也不消的上文书。（陈德甫云）他要这等写，你就写了罢。（正末云）便依着写。（陈德甫云）这文书不打紧，有一件要紧，他说后面写着：如有反悔之人，罚宝钞一千贯与不反悔之人。（正末云）先生，那反悔的罚宝钞一千贯，我这正钱可是多少？（陈德甫云）知他是多少。秀才，你则放心，恰才他也曾说来，他说：

我是个巨富的财主，要的多少。他指甲里弹出来的，着你吃不了哩。（正末云）先生说的是，将纸笔来。（旦儿云）秀才，咱这恩养钱可曾议定多少？你且慢写着。（正末云）大嫂，恰才先生不说来，他是个巨富的财主，他那指甲里弹出来的，俺每也吃不了。则管里问他多少怎的。（唱）

[滚绣球] 我这里急急的研了墨浓，便待要轻轻的下了笔划。（俫儿云）爹爹，你写甚么哩？（正末云）我儿也，我写的是借钱的文书。（俫儿云）你说借那一个的。（正末云）儿也，我写了可与你说。（俫儿云）我知道了也。你在那酒店里商量，你敢要卖了我也。（正末唱）呀！儿也，这是我不得已无如之奈。（俫儿做哭科，云）可知道无奈。则是活便一处活，死便一处死，怎下的卖了我也。（正末哭云）呀！儿也，想着俺子父的情呵，（唱）可着我斑管难抬。这孩儿情性乖，是他娘肠肚摘下来。今日将俺这子父情可都撇在九霄云外，则俺这三口儿生挖扎两处分开。（旦儿云）怎下的撇了我这亲儿，兀的不痛杀我也，（正末哭唱）做娘的伤心惨惨刀剜腹，做爹的滴血簌簌泪满腮，恰便似郭巨般活把儿埋。

（做写科，云）这文书写就了也。（陈德甫云）周秀才，你休烦恼。我将这文书与员外看去。（做人科，云）员外，他写了文书也。你看。（贾仁云）将来我看："今有立文书人周秀才，因为无钱使用，口食不敷，难以度日，情愿将自己亲儿长寿，年七岁，卖与财主贾老员外为儿。"写的好，写的好！陈德甫，你则叫那小的过来，我看看咱。（陈德甫云）我领过那孩儿来与员外看。（见正末云）秀才，员外要看你那孩儿哩。（正末云）儿也，你如今过去，他问你姓甚么，你说我姓贾。（俫儿云）我姓周。（正末云）姓贾。（俫儿云）便打杀我也则姓周。（正末哭科，云）儿也。（陈德甫云）我领这孩儿过去。员外，你看好个孩儿也。（贾仁云）这小的是好一个孩儿也。我的儿也，你今日到我家里，那街上人问你姓甚么，你便道我姓贾。（俫儿云）我姓周。（贾仁云）姓贾。（俫儿云）我姓周。（做打科，云）这弟子孩儿养杀也不坚。婆婆，你问他。（卜儿云）好儿也，明日与你做花花袄子穿。有人问你姓甚么，你道我姓贾。（俫儿云）便做大红袍与我穿，我也则是姓周。（卜儿打科，云）这弟子孩儿养杀也不坚的。（陈德甫云）他父母不曾去哩，可怎么便下的打他。（俫儿叫科，云）爹爹，他每打杀我也。（正末做听科，云）我那儿怎生这等叫，他可敢打俺孩儿也。（唱）

[倘秀才] 俺儿也差着一个字千般的见责。（云）那员外好狠也。（唱）那员外伸着五个指十分的便掴，打的他连耳通红半壁腮。说又不敢高声语，哭又不敢放声来，他则是偷将那泪揩。

（做叫科，云）陈先生，陈先生，早打发俺每去波。（陈德甫出见云）是，我着员外打发你去。（正末云）先生，天色渐晚，误了俺途程也。（陈德甫入见科。云）员外，且喜且喜，有了儿了。（贾仁云）陈德甫，那秀才去了吗？改日请你吃茶。（陈德甫云）哎呀，他怎么肯去，员外还不曾与他恩养钱哩。（贾仁云）甚么恩养钱，随他与我些便罢。（陈德甫云）这个员外，他为无钱才卖这个小的，怎么倒要他恩养钱那。（贾仁云）陈德甫，你好没分晓，他因为无饭的养活儿子，才卖与我。如今要在我家吃饭，我不问他要恩养钱，他倒问我要恩养钱？（陈德甫云）好说，他也辛辛苦苦养这小的，与了员外为儿，专等员外与他些恩养钱，做盘缠回家去也。（贾仁云）陈德甫，他若不肯，便是反悔之人，你将这小的还他去，教他罚一千贯宝钞来与我。（陈德甫云）怎么倒与你一千贯钞？员外，你则与他些恩养钱去。（贾仁云）陈德甫，那秀才敢不要。都是你捣鬼。（陈德甫云）怎么是我捣鬼。（贾仁云）陈德甫，看你的面皮，待我与他些。下次小的每开库。（陈德甫云）好了，员外开库哩。周秀才，你这一场富贵不小也。（贾仁云）拿来，你兜着，你兜着。（陈德甫云）我兜着与他多少？（贾仁云）与他一贯钞。（陈德甫云）他这等一个孩儿，怎么与他一贯钞？忒少。（贾仁云）一贯钞上面有许多的宝字，你休看的轻了。你便不打紧，我便似挑我一条筋哩。倒是挑我一条筋也熬了，要打发出这一贯钞，更觉艰难。你则与他去，他是个读书的人，他有个要不要也不见的。（陈德甫云）我便依着你，且拿与他去。（做出见科，云）秀才你休慌，安排茶饭哩。这个是员外打发你的一贯钞。（旦儿云）我几盆儿水洗的孩儿偌大，可怎生与我一贯钞？便买个泥娃娃儿，也买不得。（正末云）想我这孩儿呵。（唱）

[滚绣球] 也曾有三年乳十月胎，似珍珠掌上抬。甚工夫养得他偌大，须不是半路里拾的婴孩。（做叹科，唱）我虽是穷秀才，他觑人忒小哉。那些个公平买卖，量这一贯钞值甚钱财。（带云）员外，你的意思我也猜着你了。（陈德甫云）你猜着甚的？（正末唱）他道我贪他香饵终吞钓，我则道留下青山怕没柴。拼的个搠笔巡街。

（旦儿云）还了我孩儿，我们去罢。（陈德甫云）你且慢些，我见员外去。（正末云）天色晚也，休斗小生耍。（陈德甫入科，云）员外，还你这钞。（贾仁云）陈德甫，我说他不要么。（陈德甫云）他嫌少，他说买个泥娃娃儿也买不的。（贾仁云）那泥娃娃儿会吃饭么？（陈德甫云）员外，不是这等说。那个养儿女的算饭钱来。（贾仁云）陈德甫，也着你做人哩。常言道："有钱不买张口货。"因他养活不过，方才卖与人，我不要他还饭钱也勾了，倒要我的宝钞？我想来都是你背地里调唆他，我则问你怎么与他钞来？（陈德甫云）我说员外与你钞，（贾仁云）可知他不要哩。你轻看我这钞了。我教与你，你把这钞高高的抬着道：兀那穷秀才，贾老员外与你宝钞一贯！（陈德甫云）抬的高杀，也则是一贯钞。员外，你则快些打发他去罢。（贾仁云）罢罢罢！小的每开库，再拿一贯钞来与他。（做与钞科）（陈德甫云）员外，你问他买甚么东西哩，一贯一贯添？（贾仁云）我则是两贯，再也没的添了。（陈德甫云）我且拿与他去。秀才，你放心，员外安排茶饭哩。秀才，那头里是一贯钞，如今又添你一贯钞。（正末云）先生，可怎生只与我两贯？我几盆儿水洗的孩儿偌大，先生休斗小生耍。（陈德甫云）嗨！这都是领来的不是了。我再见员外去。（做人科，云）员外，他不肯，（贾仁云）不要闲说，白纸上写着黑字儿哩。若有反悔之人，罚宝钞一千贯与不悔之人使用。这便是他反悔，你着他拿一千贯钞来。（陈德甫云）他有一千贯时，可便不卖这小的了。（贾仁云）哦，陈德甫，你是有钱的，你买么，快领了去，着他罚一千贯钞来与我。（陈德甫云）员外，你添也

不添？（贾仁云）不添！（陈德甫云）你真个不
添？（贾仁云）真个不添！（陈德甫云）员外，你
又不肯添，那秀才又不肯去，教人中间做人也
难。便好道："君子成人之美，不成人之恶。"罢
罢罢！员外，我在你家两个月，该与我两贯饭
钱，我如今问员外支过，凑着你这两贯，共成四
贯，打发那秀才回去。（贾仁云）哦！要支你的
饭钱，凑上四贯钱，打发那穷秀才去，这小的还
是我的。陈德甫，你元来是个好人。可则一件，
你那文簿上写的明白，道：陈德甫先借过两个月
饭钱，计两贯。（陈德甫云）我写的明白了。（做
出见科，云）来来来！秀才，你可休怪，员外是
个悭吝苦尅的人，他说一贯也不添。我问他支过
两月的馆钱，凑成四贯钞，送与秀才。这的是我
替他出了两贯哩，秀才休怪。（正末云）这等，
可不难为了你。（陈德甫云）秀才，你久后则休
忘了我陈德甫。（正末云）贾员外则与我两贯钱，
这两贯是先生替他出的。这等呵，倒是先生赏发
了小生也，（唱）

[倘秀才] 如今这有钱的度量呵，做不的三江也那四
海，便受用呵多不到十年五载。我骂你个勒揩穷民狠
员外，或是有人家典段匹，或是有人家当镮钗，你则
待加一倍放解。

（贾仁做出瞧科，云）这穷厮还不去哩。（正
末唱）

[赛鸿秋] 快离了他这公孙弘东阁门楗外。（旦儿云）秀
才，俺今日撇下了孩儿，不知何日再得相见也。（正末云）大
嫂，去罢。（唱）再休想汉孔融北海开尊待。（陈德甫云）
秀才，这两贯钞是我与你的。（正末云）先生此恩，异日必当
重报。（唱）多谢你范尧夫肯付舟中麦。（带云）那员外

呵，（唱）怎不学庞居士预放来生债。（贾仁做揪住怒科，云）这厮骂我，好无礼也。（正末唱）他他他，则待掐破我三思台。（贾仁做推正末科，云）你这穷弟子孩儿还不走哩。（正末唱）他他他，可便撾破我天灵盖。（贾仁云）下次小的每，呼狗来咬这穷弟子孩儿。（正末做怕科，云）大嫂，我与你去罢。（唱）走走走！早跳出了齐孙膑这一座连环寨。

（陈德甫云）秀才休怪，你慢慢的去，休和他一般见识。（旦儿云）秀才，俺行动些儿波。

（正末唱）

[随煞] 别人家便当的一周年，下架容赎解。（带云）这员外呵！（唱）他巴到那五个月，还钱本利该，纳了利从头儿再取索，还了钱文书上厮混赖。似这等无仁义愚浊的却有财，偏着俺有德行聪明的嚼齑菜。这八个字穷通怎的排，则除非天打算日头儿轮到来。发背疔疮是你这富汉的灾，禁口伤寒着你这有钱的害。有一日贼打劫火烧了您院宅，有一日人连累抄没了旧钱债，恁时节合着锅无钱买米柴，忍饥饿街头做乞丐。这才是你家破人亡见天败。（贾仁云）你这穷弟子孩儿，还不走哩。（正末云）员外，（唱）你还这等苦剋瞒心骂我来，直待要犯了法遭了刑，你可便恁时节改。（同旦儿下）

（贾仁云）陈德甫，那厮去了也。他去则去，敢有些怪我。（陈德甫云）可知哩。（贾仁云）陈德甫，生受你。本待要安排一杯酒致谢，我可也忙，不得工夫，后堂中盒子里有一个烧饼，送与你吃茶罢。（同下）

【鉴赏】

郑廷玉共创作了二十二本杂剧，从现存的作品看，作者的世界观是矛盾的，他愤世嫉俗，在舞台上塑造了一些栩栩如生的艺术形象，揭露当时社会的黑暗和丑恶；但又主张对黑暗现实忍让，宣扬宿命轮回的思想。

《看钱奴》（原名《看钱奴买冤家债主》）是一出思想性比较复杂的剧作。其内容是：秀才周荣祖上京应举，将家财埋在地下。邻近的穷汉贾仁，怨恨天地对他不公平，向东岳大帝祈求富贵。神因周荣祖之父毁坏佛寺，要罚周荣祖过二十年的贫困生活，乃答应将周家财产借给贾仁二十年。不久，贾仁果然掘到周家的宝藏，立刻变为大财主。周荣祖落第后，家财又荡然无存，饥寒交迫，只得忍痛将儿子卖给贾仁，贾仁非常悭吝，一文也舍不得花，作了二十年的"看钱奴"。贾仁死后，周荣祖认回自己的儿子，看见贾家的金银刻有他祖父的题记，才知道这原来就是他家的财产。剧本借周荣祖和贾仁的荣枯转换，说明贫富皆由天定，善恶自有报应，作品所宣扬的宿命论思想是不足取的，但其中对守财奴贾仁形象的十分成功的刻画，对周荣祖卖儿凄惨情景的生动描写，对环境气氛的浓重渲染和对细节安排的精心擘画都达到了较高的艺术境界，从这幅逼真的生活图画中我们看到了元代社会具有典型意义的一角，窥见了封建社会地主阶级鄙吝、狡猾，残忍的嘴脸，和他们对贫困人民残酷盘剥的心机。我们这里选析的这第二折便集中反映了上述内容。

这折戏给人印象最深的是周荣祖卖儿的凄惨场面。作家首先以浓重的笔触渲染铺写了当时的环境气氛和自然情景。其时"正值暮冬天道，下着连日大雪"，周祖荣一家三口正饥寒交迫地流落于远离家乡的路途之中；"赤紧的路难通，俺可也家何在？休道是乾坤，老山也头白……"从"赤紧"二字我们看到了这可怜的一家三口人在雪地上跋涉的艰难，他们的脚踝在尺把深的积雪中迈一步都那样吃力。而"老山也头白"表面看似形容山顶覆盖了白雪，实则是主人公心境的一种外射，由于自身痛苦的沉重，觉得荡荡乾坤也变得哀愁，连老山都愁白了头。为了渲染这大雪纷飞的氛围，作者不惜使用大量唱词来加深它的浓重感。如"饿的我肚里饥失魂丧魄，冻得我身上冷无颜落色，这雪呵偏向俺穷汉身边乱洒来"，写得十分真切动人，简直像把我们带入风雪茫茫的旷野，我们如同身临其境似的亲眼目击"雪深埋脚面，风紧透人怀，我忙将孩儿的手揣"——这一家三口在冰天雪地中相依为命的战栗和颤抖。

环境氛围渲染的作用是一箭双雕的，它既刻画出人物在规定情境中的具体形象，又为情节的发展即由人物心理机制的变化而引起的某种事态的发展做了铺垫，如果不是这般风雪交加饥寒交迫，周荣祖夫妇是断不会将自己的亲骨肉卖与他人的。在这里店小二的三杯酒也起了烘托气氛和发展情节的作用，当然它也表现了普通人的善良厚道和冷酷社会中人与人之间的温馨，与尔后描写贾仁的冷酷无情、狡猾耍赖，是一个鲜明对比。

剧作家对周荣祖夫妇卖儿时复杂心情的描写也是力透纸背的，由于环境的逼迫，这对可怜夫妻决定将亲骨肉割舍与人："若与了人，倒也强似冻饿死了"。当听说这要买孩儿的财主家"儿女并没有一个"时心中似乎还有一分松快："卖与个有儿女的是孩儿命衰，卖与个无子嗣的是孩儿大采（大幸运）"；然而当孩儿猜见父母是要将自己卖与他人而哭着央求爷娘"活便一处活，死便一处死"时，周荣祖又痛不欲生："这孩儿情性乖，是她娘肚肠摘下来，今日将俺这父子情可都抛在九霄云外，则俺这三口儿生挖扎两处分开，做娘的伤心惨惨刀剜腹，做爹的滴血簌簌泪满腮，恰便是郭巨般活把儿埋"。特别是当贾仁夫妇为逼迫孩儿姓贾，而孩子执意不改周姓而将他一再痛打时，周荣祖亲眼看见对自己亲骨肉的折磨："那员外伸着五个指十分的便捆，打的他连耳通红半壁腮，说又不敢高声语，哭又不敢放声来，他则是偷将那泪揩"，更是心痛欲裂。封建时代是一个人吃人的时代，多少被压迫的贫苦之家迫于饥饿冻馁把亲生儿女卖与他人，作家如此逼真地细腻地描写出周荣祖夫妻卖儿的悲惨情景和悲惨心境具有十分典型的社会意义，它毋宁是千万被压迫者对剥削阶级的控诉！由于这种题材的描写在历代文学作品中甚为鲜见，因而其认识价值与审美价值就显得更加珍贵。

为富不仁是古今中外剥削阶级的共性。莎士比亚笔下的夏洛克，莫里哀笔下的阿巴贡是西方文学中人所共知的悭吝人的典型。比莎士比亚、莫里哀早三四百年，我国元代剧作家郑廷玉笔下的贾仁也是一个堪与其媲美的东方悭吝者的典型形象，剧中对这个人物的鄙吝、狡诈、狠毒、残忍、虚伪的揭露真可谓入木三分：他的万贯家私是偷来的，这正是封建社会一切剥削阶级敲诈劳动人民以自肥的象征；他为自己有"鸦飞不过的田产"沾沾自喜却一毛不拔，这正是中国式的土财主的基本属性。他无比狡狯：在买儿的文书上只写"罚宝钞一千贯与不悔之人使用"，却故意不明言他买儿的"正钱"（正式交易的付款是多少）。这便为他后来反向周荣祖要"恩养钱"和反悔钱设下了埋伏；他无比残忍：当骗得周荣祖卖儿契约后，他不但不付钱给卖主，反而向对方要"恩养钱"，理由上："如今孩儿要在我家吃饭"；当周荣祖被捉弄、折磨得走投无路时，他反诬周毁约、反悔而倒问他要一千贯钱。他无比吝啬，在中人陈德甫的说合下，他只给周一贯卖儿钱，说什么"一贯钞上面有许多宝字，你休看轻了"，还要教陈给周时把这"一贯钞高高抬起来"。后来好不容易加到两贯，最后还是由陈贴了两月的饭钱（两贯）才达成了交易……贾仁的贪婪、狠毒活生生地画出封建地主阶级乃至一切剥削阶级的拜金主义本质，"愈不放松愈有钱，愈有钱愈不放松"，巧取豪夺，敲骨吸髓，这便是不劳而获的寄生虫的财富的来源！

这出戏结构相当严谨，一个高潮接一个高潮，波澜起伏，扣人心弦。细节描写也十分成功，如前面提到的贾仁当着小孩的父母硬要小孩改姓而一再痛打的细节描写，不仅增加了卖儿的悲剧气氛，而且也集中地表现了贾仁的冷酷，陈德甫的忠厚和孩子的可爱。又如最后贾仁买得儿子对陈德甫的感谢："陈德甫，生受你！本待要安排一杯酒致谢，我可也忙，不得功夫，后堂中盒子里有一个烧饼，送与你吃茶罢！"这个十分富有喜剧性的结尾，把东方阿巴贡的悭客之心活现于观众眼前，作家的幽默、讽刺才能，实在高超、犀利！另外这出剧唱词写得都极朴素通俗，极符合人物性格的声口。周荣祖最后痛骂贾仁的愤慨之词："似这等无仁义愚浊的却有财，偏着俺有德行聪明的嚼虀菜，这八个字穷通怎的排……"客观上表达了当时人民对地主阶级的痛恨，对不平社会的诅咒，对剥削他人的吸血鬼、暴发户喊出了反抗的强音！

李直夫 元代戏曲作家。本姓蒲察，世称蒲察李五，女真族人。寄居德兴府（今河北涿鹿县）。生卒年不详，仅知为至元、延祐间人。曾任湖南肃政廉访使，与当时著名文学家元明善有交往。著有杂剧12种，今存《便宜行事虎头牌》1种，又《邓伯道弃子留侄》一剧，仅存第2折曲词两段。

《虎头牌》第三折

李直夫

（老千户同老旦上，云）欢来不似今朝，喜来那逢今日。自从到的这夹山口子呵，无甚事，正好吃酒。我着人去请金住马哥哥到来，谁想他已亡化过了也。今日八月十五日，是中秋节令。夫人，着下次孩儿每安排酒来，我和夫人玩月，畅饮几杯。（动乐科）（杂当报云）老相公，祸事也！失了夹山口子也！（老千户慌科）（老旦云）老相公，我说道你少吃几盏酒，如今怎么好？（老千户云）既然这般，如今怎了？左右，将披挂来，我赶贼兵去。（下）（外扮经历上，云）小官完颜女直人氏，自祖父以来，世握军权，镇守边境。争奈辽兵不时侵扰，俺祖父累累与他厮杀，结成大怨。他倒骂俺女直人野奴无姓，祖父因此遂改其名，分为七姓：乾、坤、宫、商、角、徵、羽。乾道那驴姓刘，坤道稳的军姓张，宫音傲国氏姓周，商音完颜氏姓王，角音扑父氏姓李，徵音夹谷氏姓佟，羽音失米氏姓肖。除此七姓之外，有扒包、包五、骨伦等，各以小名为姓。自前祖父本名竹里真，是女真回回禄真。后来收其小界，总成大功，迁此中都，改为七处。想俺祖父舍死忘生，赤心报国，今日子孙承袭，也非是容易得来的！（诗云）祖父艰辛立业成，子孙世世袭簪缨。一心只愿烽尘息，保佐皇朝享太平。某乃元帅府经历是也。如今有这把守夹山口子老完颜，每日恋酒贪杯，透漏贼兵，失误军期，非是小目罪犯；三遍将文书勾去，倒将去的人累次殴打，他倚仗是元帅的叔父。相公甚是烦恼，今番又着人勾去，不来时，直着几个关西曳剌将元帅府印信文书勾去也，不怕他不来。左右，你可说与勾事的人，小心在意，疾去早回。待老完颜到时，报复某家知道。（下）（老千户领左右上，云）只因八月十五夜，失了夹山口子，第二日我马上亲率许多头目，复杀了一阵，将掳去的人口牛羊马匹，都夺回来了。那头目每与我贺喜，再吃酒。（又吃科）（老旦云）小的每，安排酒来，与老相公把个劳困盏儿。（净扮勾事人上）（见科，云）元帅有勾（老千户喝云）兀那厮！你是什么人？（勾事人云）元帅将令，差我勾你来。（老千户云）我是元帅的叔父，你怎么敢来勾我？左右，拿下去打着者！（左右打科）（勾事人诗云）老完颜见事不深，元帅令敢不遵饮。我来勾你你倒打我，我入你老婆的心。（下）（净扮勾事人上，云）老千户有勾。（老千户喝云）兀那厮！是什么人？（勾事人云）元帅将令，差我勾你来。（老千户云）咥！只我是元帅的叔父，你怎么敢来勾我？左右，与我抢出去！（左右打科）（勾事人诗云）老完颜做事忒不才，倒着我湿肉伴干柴，我今来勾你你不去，看后头自有狠的来。（下）（外扮曳剌上，云）洒家是个关西曳剌，奉元帅的将令，有老完颜失误了夹山口子，差人勾去勾不来，差我勾去，可早来到也。（做见科，云）老千户，元帅将令，差人来勾你，你怎么不去？（做拿铁索套上科，诗云）老完颜心粗胆大，元帅令公然不怕。我这里不和你折证，到元帅府慢慢的说话。（老千户云）老夫人，这事不中了也！如今元帅府里勾将我去，我偌大年纪，那里受的这般苦楚！老夫人，与我烫一壶热酒，赶的来。（下）（老旦云）似这般怎生是好？我直到元帅府里，望老相公走一遭去。（下）

（正末引经历祗候排衙上，正末唱）

[**双调新水令**] 贺平安报偌可便似春雷。你把那明丢丢剑锋与我准备。他误了限次，失了军期，差几个曳

刺勾追。（云）经历，你去问镇守夹山口子的，（唱）兀那老提控到来也未？

（曳刺锁老千户上，云）行动些。（老千户云）有甚么事，我是元帅的叔父，怕怎么？（曳刺见经历云）把夹山口子的老完颜勾将来了也。（正末云）勾到了么？拿过来。（经历云）拿过来者。（正末云）开了他的铁锁，摘了他那牌子。（老千户做不跪科）（正末云）好无礼也呵！（唱）

[沉醉东风] 只见他气丕丕的庭阶下立地，不由我不恶噷噷心下猜疑。（带云）我歹杀者波。（唱）我是奉着帝主宣，掌着元戎职，可怎生全没些大小尊卑！（带云）你是我所属的官呵，（唱）还待要诈耳佯聋做不知，到跟前不下个跪膝。

（云）你今日犯下正条划的罪来，兀自这般偃强哩。经历，你问他为甚么不跪？他若是不跪呵，安排下大棒子，先摧折他两臁骨者。（经历云）理会的。（老千户云）经历，我是他的叔父，那里取这个道理来，要我跪着他？（经历云）相公的言语，道你不跪着呵，大棒子先敲折你两臁骨哩。（老千户云）我跪着便了，则着你折杀他也！（正末云）经历，着他点纸画字者。（经历云）老完颜，着你点纸画字哩？（老千户云）经历，我那里省得点纸画字？（经历云）这纸上点一点，着你吃一盅酒。（老千户云）我点一点儿呵，吃一盅酒，将来，将来，我直点到晚。（经历云）你画一个字者。（老千户云）画字了。（经历云）老完颜点了纸，画了字也。（正末云）经历，你高高的读那状子着他听。（经历读云）责状人完颜阿可，见年六十岁，无病疾，系京都路忽里打海世袭民安下女直人氏。承应劳校,见统领征南行枢密院先锋都统领勾当。近蒙行院相公差遣,统领本官军马,把守夹山口子,防御贼兵。自合常常整搠戈甲,提备战敌,却不合八月十五晚,以带酒致彼有失,透漏贼兵过界,打破夹山口子,掳掠人民妇女、牛羊马匹。今蒙行院相公勾追,自合依准前来,却不合抗拒,不行赴院,故违将令,又将差去公人,数次拷打。今具阿可合得罪犯,随供招状,如蒙依军令施行,执结是实,伏取钧旨。一主把边将闻将令而不赴者,处死;一主把边将带酒,不时操练三军者,处死;一主把边将透漏贼兵,不迎敌者,处死。秋八月某日,完颜阿可状。(老千户云)这等,我该死了!(做哭科)(正末唱)

[搅筝琶] 咱须是关亲意,也索要顾兵机。官里着你户列簪缨,着你门排画戟;可怎生不交战,不迎敌,吃的个醉如泥?情知你便是快行兵的姜太公、齐管仲、越范蠡、汉张良,可也管着些甚的?枉了你哭哭啼啼。

(云)经历,将他那状子来。(经历云)有。(正末云)判个"斩"字,推出去斩讫报来。(经历云)理会的。左右,那里?推出老完颜斩了者。(做绑出科)(老千户云)天那!如今要杀坏了我哩!怎的老夫人来与我告一告儿。(老旦慌上,云)哥哥每,且住一住!我是元帅的亲婶子,待我过去告一告儿。(做见正末跪叫科)(正末云)婶子请起。(老旦云)元帅,国家正厅上,不是老身来处。想你叔叔带了素金牌子,因贪酒失了夹山口子,透漏贼兵,掳掠人民;元帅见罪,待要杀坏了。想着元帅自小里父母双亡,俺两口儿抬举的你长立成人,做偌大官位。俺两口儿虽不曾十月怀耽，也曾三年乳哺，也曾煨干就湿，咽苦吐甘，可怎生免他项上一刀；看老身面皮，只用杖子里戒饬他后来，可不好也？（正末云）你那知道那男子汉在外所行的勾当？（唱）

[胡十八] 他则待殢酒食，可便恋声妓；他那里肯道把隘口退强贼；每日则是吹笛擂鼓做筵席。（老旦云）你叔叔老了也。（正末云）你道叔叔老了，他多大年纪也？（老旦云）他六十岁了。（正末唱）他恰才便六十。（云）姜太公八十岁遇文王，戊午日兵临盟水，甲子日血浸朝歌，扶立周朝八百年天下。（唱）他比那伐纣的姜太公，尚兀自还少他二十岁。

（云）婶子请起。这个是军情事，饶不的。（老旦出门科，云）老相公，他断然不肯饶，怎生好那？（老千户云）老夫人，请将茶茶小姐来，着他去劝一劝，可不好？（旦上，云）叔叔婶子，怎生这般烦恼呀？（老旦云）茶茶，为你叔叔带酒，失了夹山口子，元帅待要杀坏了你叔叔。你怎生过去劝一劝儿可也好？（旦云）叔叔婶子，我过去说的呵，你休欢喜；说不的呵，你休烦恼。（旦见正末科）（正末怒云）茶茶！你来这里有什么勾当那？（旦云）这是讼厅上，不是茶茶来处。只想你幼年间，父母双亡，多亏了叔叔婶子，抬举你长成，做着偌大的官位。你待要杀坏了叔叔，你好下的！怎生看着茶茶的面。饶了叔叔，可也好！（正末云）茶茶，这三重门里，是你妇人家管的？谁惯的你这般粗心大胆哩！（唱）

[庆宣和] 则这断事处，谁教你可便来这里？这讼厅上，可便使不着你那家有贤妻。（云）着他那属官每便道，叔叔犯下罪过来，可着媳妇儿来说。（唱）你这个关节儿，常好道来的疾。（云）茶茶，你若不回去呵，（唱）可都枉

擘破咱这面皮、面皮。

（云）快出去！（旦云）我回去则便了也。
（做出门见老千户云）元帅断然不肯饶你。可不
道法正天须顺，你甚的官清民自安；我可什么妻
贤夫祸少，呸！也做不得子孝父心宽。（下）（老
旦云）似这般，如之奈何！（老千户云）经历相
公，你众官人每告一告儿可不好？（经历云）且
留人者。（众官跪科）（正末云）你这众属官每做
甚么？（经历云）相公罚不择骨肉，赏不避仇雠，
小官每怎敢唐突；但老完颜倚恃年高，耽酒误
事，透漏贼兵，打破夹山口子，其罪非轻。相公
幼亡父母，叔父抚育成人，此恩亦重。据小官每
愚见，以为老完颜若遂明正典刑，虽足见相公执
法无私；然而于国尽忠，于家不能尽孝，贤者或
不然矣。（诗云）告相公心中暗约，将法度也须
斟酌。小官每岂敢自专，望从容尊鉴不错。（正
末唱）

[步步娇] 则你这大小属官都在这厅阶下跪，畅好是
一个个无廉耻。他是叔父我是侄，道底来火须不热如
灰，你是必再休提。（云）他是我的亲人，犯下这般正条款
的罪过来，我尚然杀坏了；你每若有些儿差错呵，（唱）你可
便先看取他这个傍州例。

（云）你每起去，饶不的！（经历出门科，
云）相公不肯饶哩。（老千户云）似这般，怎了
也！（经历云）老完颜，你既八月十五日失了夹
山口子，怎生不追他去？（老千户云）我十六日
上马赶杀了一阵，人口、牛羊马匹，我都夺将回
来了。（经历云）既是这等，何不早说？（见正
末科云）相公，老完颜才说，他十六日上马，复
杀了一阵，将人口、牛羊马匹都夺将回来了。做

的个将功折罪。（正末云）既然他复杀了一阵，夺的人口、牛羊马匹回来了，这等呵，将功折过，饶了他项上一刀，改过状子，杖一百者。（经历云）理会的。（读状云）责状人完颜阿可，见年六十岁，无疾病，系京都路忽里打海世袭民安下女直人氏。见统征南行枢密院事先锋都统领勾当。近蒙差遣，把守夹山口子，自合谨守，整搠军士，却不合八月十五日晚，失于提备，透漏贼兵过界，侵掳人口、牛羊马匹若干。就于本月十六日，阿可亲率军士，挺身赴敌，效力建功，复夺人口、牛羊马匹。于所侵之地，杀退贼兵，得胜回还。本合将功折过，但阿可不合带酒拒院，不依前来。应得罪犯，随状招伏，如蒙准乞执结是实，伏取钧旨。完颜阿可状。（正末云）准状，杖一百者。（经历云）老完颜，元帅将令，免了你死罪，则杖一百。（老千户云）虽免了我死罪，打了一百，我也是个死的。相公且住一住儿，着谁救我这性命也。老夫人，咱家里有个都管，唤做狗儿，如今他在这里，央及他劝一劝儿。（做叫科）（净扮狗儿上，云）自家狗儿的便是。伏侍着这行院相公，好生的爱我，若没我呵，他也不吃茶饭；若见了我呵，他便欢喜了；不问什么勾当，但凭狗儿说的便罢了。正在灶窝里烧火，不知是谁唤我？（老千户云）狗儿，我唤你来。（做跪科，云）我央及你咱。（狗儿云）我道是谁，元来是叔叔。休拜，请起。（做跌倒科，云）直当扑了脸，叔叔，你有什么勾当？（老千户云）狗儿，元帅要打我一百哩。可怜见替我过去说一声儿。（狗儿云）叔叔，你放心，投到你说呵，我昨日晚夕话头儿去了也。（老千户云）如今你过去告一告儿。（狗儿云）叔叔放心，都在我身上。（见正末科）（正末云）你来做什么？（狗儿云）我无事可也不来。想着叔叔他一时带酒，失误了军情，你要打他一百，他不疼便好。可不道大能掩小，海纳百川，看着狗儿面皮休打他。若打了他呵，我就恼也。饶了他罢！

（正末唱）

[沽美酒] 则见他怊撇撇的做样势，笑吟吟的强支对。他那里口口声声道是饶过，只我这里寻思了一会，这公事岂容易。

[太平令] 我将他几番家叱退，他苦央及两次三回。则管里指官画吏，不住的叫天吖地。（带云）狗儿，（唱）你可向这里问，你莫不待替吃？（狗儿云）我替吃，我替吃。（正末云）你替吃；令人，你安排下大棒子者。（唱）我先拷的你、拷的你腰截粉碎。

（云）令人，拿下去打四十！（做打科）（正末云）打了，抢出去。（狗儿跌出科）（老千户云）狗儿，说的如何？（狗儿云）我的话头儿过去了也。（老千户云）你再过去劝一劝。（狗儿云）他叫我明日来。（老千户推科，云）你再过去走一遭。（见科）（正末云）你又来做什么？（狗儿云）我来吃第二顿。相公，叔叔老人家了也，看着你小时节，他怎么抬举你来？叔叔便罢了，那婶子抱着你睡，你从小里快尿，常是浇他一肚子，看着婶子的面皮，饶了他罢。（正末云）你待替吃么？（狗儿云）我替吃，我替吃。（正末云）再打二十。（做打科）（正末云）抢出去。（狗儿跌出科）（老千户云）狗儿，你说的如何？（狗儿捧屁股科，云）我这遭过去不得了也。（老千户再推科）（狗儿云）相公。（正末云）拿下去！（狗儿慌科，云）可怜见我狗儿再吃不得了也！（正末云）将铜铡来，切了你那驴头！（狗儿跌出科）（老千户云）你再过去劝一劝。（狗儿云）老弟子孩儿，你自挣揣去！（下）（正末云）拿过来者，替吃了多少也？（经历云）替吃了六十也。（正末云）打四十者！（做打科，正末唱）

[雁儿落] 你畅好是腕头有气力，我身上无些意。可不道厨中有热人，我共他心下无仇气。

[得胜令] 打的来一棍子，一刀锥，一下起，一层皮。他去那血泊里难禁忍，则着俺校椅上怎坐实。他失误丁军期，难道他没罪谁担罪？（云）打了多少也？（经历云）打了三十也。（正末唱）才打到三十，赤瓦不剌海，你也忒官不威牙爪威。

　　（云）再打者！（经历云）断讫也，扶出去。（老千户云）老夫人，打杀我也！谁想他不可怜见我，打了这一顿，我也无那活的人也！（老旦哭云）老相公，我说什么来？我着你少吃一钟儿酒。（老千户云）老夫人，打了我这一顿，我也无那活的人了也。老夫人，有热酒筛一钟儿我吃。（下）（正末云）经历，到来日牵羊担酒，与叔父暖痛去。（唱）

[鸳鸯煞] 你则合眼霜卧雪驱兵队，披星戴月排戈戟。你也曾对咱盟咒，再不贪杯。唱道索记前言，休贻后悔。谁着你旦暮朝夕，尝吃的来醺醺醉，到今日待怨他谁？这都是你那恋酒迷歌上落得的。（众随下）

【鉴赏】

　　《虎头牌》全名《便宜行事虎头牌》，写金元帅山寿马掌有虎符金牌，叔父违反军令，依法予以惩处的故事。这里选第三折赏析。

这折戏主要是表现和颂扬女真族兵马大元帅山寿马执法严明、不以私废公的优良品德。

山寿马的理智清醒、冷静沉着的性格，是通过严厉的军法和深厚的私情这种尖锐的矛盾中表现出来的。银住马玩忽职守，贪酒失地；透漏敌兵，失误军机；不听将令，拒捕打人。用军法治罪，只要有其中一条，就该处死。然而这个违犯军法、必得死罪的，是抚养他成长的亲人。对山寿马来说，执法与徇情，二者唯居其一，不可能两全，于是法与情就产生了不可调和的冲突。山寿马是兵马大元帅，是行枢密院的最高长官，他要

对违犯军法的叔父减轻罪名，或根本不治罪，是完全可以办到的，但这就会失掉他作为大元帅的职能——对别的将领就指挥不灵了。皇帝委以重任，民族利益与尊严，都使他必须对严重违犯军法的人严加处分，不能动摇。但是，这折戏的妙处，就在于剧作家没有写上边的压力，而是用非同寻常的抚孤成人的亲人之情，去动摇他执掌的军法，这就突出了他严持军法的自觉性。为此，以下展开的一系列戏剧情节，都是用私情向山寿马进攻。在这种超过刀枪的进攻面前，看山寿马能不能经得起考验。考验的结果，山寿马胜利了。银住马自恃是元帅的叔父，就有恃无恐，不服罪，不下跪，山寿马就用大棒子对付他。当银住马被判处死刑、推出斩首的时候，接二连三的说情人来了，先是对元帅三年哺乳的亲姊；其次是元帅的爱妻茶茶小姐；最后是全体大小属官跪于阶下，用"于国尽忠，于家不能尽孝，贤者不然"的道理求情。对于这些，山寿马用不同态度和方式，一一驳回，认为"正条款的罪过""饶不的"。当根据实情，改判银住马免去死罪，"杖一百"的时候，求情的又来了。即使他最喜欢的"都管"狗儿也不容许；求之过切，反遭杖击。最后，属官叔叔银住马还是挨了元帅侄儿山寿马的四十大板。求情的这些人物，很有层次地从侧面衬托了山寿马那种理智清醒、冷静沉着的性格和严谨的元戎风度。但是，剧作家并没有因为突出山寿马的严持军法而把他写成毫无感情的概念化的人物，而是写出了山寿马理智与感情的矛盾。一曲

［得胜令］，写得实在感人：

打的来一棍子，一刀锥，一下起，一层皮。他去那血泊里难禁忍，则着俺校椅上怎坐实？他失误了军期，难道他没罪谁担罪？（云）打了多少也？（经历云）打了三十也。（正末唱）才打到三十，赤瓦不剌海，你也忒官不威牙爪威。

打在叔叔的身上，痛在侄子的心上；银住马血里难忍，山寿马在椅子上坐不稳；他知道叔叔应该担罪挨打，然而又恨行刑的官之爪牙们的棍子太狠；老是问打了几下，担心把老人打坏。这样写，山寿马才不是平面的人，才是个既有灵魂又有血肉、既有理智又有感情的人，是个真实的人，是个活生生的严谨的统帅。

但是，这折戏里的人物性格写得最好的，还是老千户银住马。此人真是嗜酒如命。他已经声明，做了千户，带了兵，"我一滴酒也不吃了"。可是一上任，就又喝起酒来。这是因为，他总以为天下太平，四海安定，喝几杯酒有啥关系？即使有些疏漏，侄子是元帅，还怕怎的？他中秋贪酒，失了关口；他夺回失地失物，又庆功吃酒；将令传他，他打"勾人"；铁索套走，他还让老婆带一壶热酒；他有恃无恐，倚老卖老，可是官牌子一摘，他又软下来；判他重罪，他也不辩解。他是个既骄且憨、马虎得可笑的人物。在这个人物身上，有一股"马大哈"的气息扑面而来。他是个滑稽的喜剧性的人物，虽然和狗儿那种滑稽人物不同。由于他性格中的这些因素，他给观众的印象，就不是个面目可憎的角色。因而他没有损害侄子对他的感情。

银住马和狗儿的性格，造成这折戏的较浓郁的喜剧气氛。而这种喜剧气氛并没有妨害庄严的主题。元杂剧中，很多是喜剧和正剧、甚至喜剧和悲剧，巧妙地结合在一起的。可以说这是中国古曲戏曲艺术的一个特色。

这折戏，很重视用巧妙的细节，合情合理地解决戏剧矛盾，推动剧情的发展。山寿马判处银住马死刑，推出要斩，任何人求情不下，矛盾双方近于僵持局面，看来非斩不可了，然而这时"经历"官得到一个机会，出门问起银住马为什么不去追敌，这才引出银住马追敌复杀、夺回失地失物的话。这一问一答的细节，使处斩变为杖击。"杖一百"，又出现一个新的小高潮，矛盾又近于僵局。然而，狗儿替打的细节，又把矛盾巧妙地而又不露痕迹地解决了。因求情而被打，自然不能挨打一百棍。所以银住马最后还是没逃脱应得的行刑，而又打得不太重，不至于致命。于是有下一折的山寿马牵羊担酒为叔叔"暖痛"谢罪，既坚持了军法又保持了叔侄感情的喜剧。这些方面，剧作家的笔触相当的工细，宾白的作用发挥得很有特效。

　　这折戏的宾白，十分完整而细腻。大小人物，一问一答；大小过场，一进一出，都是一丝不苟。宾白语言，非常流畅；声调口吻，也很本色。由此可见，元代杂剧作家的原作，它的宾白肯定都是完整细腻的。当时与后来的演出本与传抄本忽略了宾白，致使现存杂剧不少剧本的宾白太简疏、不连贯，甚至失掉了原作的宾白，实在是遗憾的事。

秦简夫　　元代戏曲作家。大都（今北京）人，生卒年与生平事迹均不详。成书于元至顺年间的《录鬼簿》说他："见在都下擅名，近岁来杭。"可知他先在北方成名，后移居杭州。著有杂剧 5 种，现仅存《东堂老劝破家子弟》《孝义士赵礼让肥》《晋陶母剪发待宾》3 种，均以表现家庭伦理为主题。另有《天寿太子邢台记》和《玉溪馆》两种已佚。其作品风格淳朴自然，与郑廷玉相近。朱权评其词曲如"峭壁孤松"（《太和正音谱》）。

《东堂老》第三折

秦简夫

　　（扬州奴同旦儿携薄篮上）（扬州奴云）不成器的看样也，自家扬州奴的便是。不信好人言，果有恓惶事。我信着柳隆卿、胡子传，把那房廊屋舍、家缘过活都弄得无了，如今可在城南破瓦窑中居住。吃了早起的，无那晚夕的。每日家烧地眠、炙地卧，怎么过那日月。我苦呵理当，我这浑家他不曾受用一日。罢罢罢，大嫂，我也活不成了，我解下这绳子来搭在这树枝上，你在那边，我在这边，俺两个都吊杀了罢。（旦儿云）扬州奴，当日有钱时都是你受用，我不曾受用了一些。你吊杀便理当，我着甚么来由！（扬州奴云）大嫂，你也说的是，我受用，你不曾受用。你在窑中等着，我如今寻那两个狗材去！你便扫下些干驴粪，烧的罐儿滚滚的，等我寻些米来，和你熬粥汤吃。天也，兀的不穷杀我也！　（扬州奴、旦儿下）（卖茶的上，云）小可是个卖茶的。今日早晨起来，我光梳了头，净洗了脸，开了这茶房，看有甚么人来。（柳隆卿、胡子传上，云）柴又不贵，米又不贵；两个傻厮，正是一对。自家柳隆卿，兄弟胡子传。俺两个是至交至厚，寸步儿不厮离的兄弟。自从丢了这赵小哥，再没兴头。今日且到茶房里去闲坐一坐，有造化再寻的一个主儿也好。卖茶的，有茶拿来，俺两个吃。（卖茶的云）有茶，请里面坐。（扬州奴上，云）自家扬州奴。我往常但出门，磕头撞脑的都是我那朋友兄弟。今日见我穷了，见了我的都躲去了。我如今茶房里问一声咱。（做见卖茶的科，云）卖茶的，支揖哩。（卖茶的云）那里来这叫化的。哎！叫化的也来唱喏。（扬州奴云）好了好了，我正寻那两个兄弟，恰好的在这里。这一头赏发可不喜也。（做见二净唱喏科，云）哥，唱喏来。（柳隆卿云）赶出这叫化子去！（扬州奴云）我不是叫化的，我是赵小哥。（胡子传云）谁是赵小哥？（扬州奴云）则我便是。（胡子传云）你是赵小哥！我问你咱，你怎么这般穷了？（扬州奴云）都是你这两个歹弟子孩儿弄穷了我哩！（柳隆卿云）小哥。你肚里饥么？（扬州奴云）可知我肚里饥，有甚么东西与我吃些儿。（柳隆卿云），小哥，你少待片时，我买些来与你吃。好烧鹅，好膀蹄，我便去买将来。（柳隆卿下）（扬州奴云）哥，他那里买东西去了，这早晚还不见来。（胡子传云）小哥，还得我去。（扬州奴云）哥，你不去也罢。（胡子传云）小哥，你等不得他，我先买些肉鲊酒来与你吃。哥少坐，我便来。　（胡子传出门科）

（卖茶的云）你少我许多钱钞，往那里去？（胡子传云）你不要大呼小叫的，你出来，我和你说。（卖茶的云）你有甚么说？（胡子传云），你认得他么？则他是扬州奴。（卖茶的云）他就是扬州奴？怎么做出这等的模样？（胡子传云）他是有钱的财主，他怕当差，假妆穷哩。我两个少你的钱钞，都对付在他身上。你则问他要，不干我两个事，我家去也。（扬州奴做捉虱子科）（卖茶的云）我算一算账，少下我茶钱五钱，酒钱三两，饭钱一两二钱，打发唱的耿妙莲五两，打双陆输的银八钱，共该十两五钱。（扬州奴云）哥，你算甚么帐？（卖茶的云）你推不知道，恰才柳隆卿、胡子传把那远年近日欠下我的银子，都对付在你身上，你还我银子来，帐在这里。（扬州奴云）哥阿，我扬州奴有钱呵，肯妆做叫化的？（卖茶的云）你说你穷，他说你怕当差假妆着哩。（扬州奴云）原来他两个把远年近日少欠人家钱钞的帐，都对付在我身上，着我赔还。哥阿，且休看我吃的，你则看我穿的，我那得一个钱来！我宁可与你家担水运浆，扫田刮地，做个佣工，准还你罢。（卖茶的云）苦恼苦恼！你当初也是做人的来，你也曾照顾我来。我便下的要你做佣工，还旧帐。我如今把那项银子都不问你要，饶了你可何如？（扬州奴云）哥阿，你若饶了我呵，我可做驴做马报答你！（卖茶的云）罢罢罢！我饶了你，你去罢。（扬州奴云）谢了哥哥。我出的这门来，他两个把我稳在这里，推买东西去了。他两个少下的钱钞，都对在我身上，早则这哥哥饶了我，不然，我怎了也！柳隆卿、胡子传，我一世里不曾见你两个歹弟子孩儿！（同下）（旦儿上，云）自家翠哥。扬州奴到街市上投托相识去了，这早晚不见来。我在此且烧汤罐儿等着。（扬州奴上，云）这两个好无礼也，把我稳在茶房里，他两个都走了，干饿了我一日，我且回那破窑中去。（做见科）（旦儿云）扬州奴，你来了也。（扬州奴云）大嫂，你烧得锅儿里水滚了么？（旦儿云）我烧得热热的了，将米来我煮。（扬州奴云）你煮我两只腿！我出门去，不曾撞一个好朋友。罢罢罢！我只是死了罢！（旦儿云）你动不动则要寻死！想你伴着那柳隆卿、胡子传，百般的受用快活。我可着甚么来由。你如今走投无路，我和你去李家叔叔讨口饭儿吃咱。（扬州奴云）大嫂，你说那里话，正是上门儿讨打吃。叔叔见了我，轻呵便是骂，重呵便是打，你要去你自家去，我是不敢去。（旦儿云）扬州奴，不妨事。俺两个到叔叔门首，先打听着，若叔叔在家呵，我便自家过去；若叔叔不在呵，我和你同进去。见了婶子，必然与俺些盘缠也。（扬州奴云）大嫂，你也说得是。到那里，叔叔若在家时，你便自家过去，见叔叔讨碗饭吃。你吃饱了，就把剩下的包些儿出来我吃。若无叔叔在家，我便同你进去，见了婶子，休说那盘缠，便是饱饭也吃他一顿。天也，兀的不穷杀我也！（同旦儿下）（卜儿上，云）老身李氏。今日老的大清早出去，看看日中了，怎么还不回来？下次孩儿每安排下茶饭，这早晚敢待来也。（扬州奴同旦儿上）（扬州奴云）大嫂，到门首了。你先过去，若有叔叔在家，休说我在这里；若无呵，你出来叫我一声。（旦儿云）我知道了，我先过去。（做见卜儿科）（卜儿云）下次小的每，可怎么放进这个叫化子来？（旦儿云）婶子，我不是叫化的，我是翠哥。（卜儿云）呀，你是翠哥儿也！你怎么这等模样？（旦儿云）婶子，我如今和扬州奴在城南破瓦窑中居住。婶子，痛杀我也！（卜儿云）扬州奴在那里？（旦云）扬州奴在门首哩。（卜儿云）着他过来。（旦

云）我唤他去。（扬州奴做睡科）（旦儿叫科，云）
他睡着了，我唤他咱。扬州奴，扬州奴。（扬州奴做
醒科，云）我打你这丑弟子！天那，搅了我一个好
梦！正好意思了呢。（旦儿云）你梦见甚么来？（扬
州奴云）我梦见月明楼上，和那撇之秀两个唱那（阿
孤令），从头儿唱起。（旦儿云）你还记着这样儿哩！
你过去见婶子去。（扬州奴见卜儿哭云）婶子，穷杀
我也！叔叔在家么？他来时要打我，婶子劝一劝儿。
（卜儿云）孩儿，你敢不曾吃饭哩。（扬州奴云）我
那得那饭来吃。（卜儿云）下次小的每，先收拾面来
与孩儿吃，孩儿，我着你饱吃一顿。你叔叔不在家，
你吃，你吃。（扬州奴吃面科）（正末上，云）谁家
子弟？骏马雕鞍，马上人半醉，坐下马如飞。拂两袖
春风，荡满街尘土。你看罗，呸！兀的不眯了老夫的
眼也。（唱）

[中吕粉蝶儿] 谁家个年小无徒，他生在无忧愁太平
时务，空生得貌堂堂仪表非俗。出来的拨琵琶、打双
陆，把家缘不顾。那里肯寻个大老名儒，去学习些儿
圣贤章句。

[醉春风] 全不想日月两跳丸，则这乾坤一夜雨。我
如今年老也逼桑榆，端的是朽木材何足数，数。则理
会的诗书是觉世之师，忠孝是立身之本，这钱财是倘
来之物。

（云）早来到家也。（唱）

[叫声] 恰才个手扶拄杖走街衢，一步一步，蓦入门
楗去。（做见扬州奴怒科，云）谁吃面哩！（扬州奴惊科，
云）我死也！（正末唱）我这里猛抬头，刚窥觑，他可也
为甚么立钦钦恁的胆儿虚。

（旦儿云）叔叔，媳妇儿拜哩。（正末云）靠

后。（唱）

[剔银灯] 我其实可便消不得你这娇儿和幼女，我其实可便顾不得你这穷亲泼故。这厮有那一千桩儿情难容处，这厮若论着五刑发落，可便罪不容诛。（带云）扬州奴，你不说来。（唱）我教你成个人物，做个财主，你却怎生背地里闲言落可便长语。

（云）你不道来我姓李你姓赵，俺两家是甚么亲那。（唱）

[蔓青菜] 你今日有甚脸落可便踏着我的门户，怎不守着那两个泼无徒？（扬州奴怕走科）（正末云）那里走！（唱）唬得他手儿脚儿战笃速，特古里我根前你有甚么怕怖，则俺这小乞儿家羹汤少些姜醋。

（云）还不放下！则吃你那大食里烧羊去。（扬州奴做怕科，将箸敲碗科）（正末打科）（卜儿云）老的也，休打他。（扬州奴做出门科，云）婶子，打杀我也！如今我要做买卖，无本钱，我各扎邦便觅合子钱。（卜儿云）孩儿也，我与你这一贯钱做本钱。（扬州奴云）婶子，你放心，我便做买卖去也，（虚下，再上云）婶子，我拿这一贯钱去买了包儿炭来。（卜儿云）孩儿，你做甚么买卖哩？（扬州奴云）我卖炭哩。（卜儿云）你卖炭可是何如？（扬州奴云）我一贯本钱，卖了一贯，又赚了一贯，还剩下两包儿炭，送与婶子烘脚做上利哩。（卜儿云）我家有，你自拿回去受用罢。（扬州奴云）婶子，我再别做买卖去也。（虚下再上，叫云）卖菜也，青菜、白菜、赤根菜、芫荽、葫萝卜、葱儿呵。（卜儿云）孩儿也，你又做甚么买卖哩？（扬州奴云）婶子，你和叔叔说一声，道我卖菜哩。（卜儿云）孩儿也，你则在这里，我和叔叔说去。（卜儿做见正末科，云）老的，你欢喜咱，扬州奴做买卖，也赚得钱哩。（正末云）我不信，扬州奴，做甚么买卖来。（扬州奴云）您孩儿头里卖炭，如今卖菜。（正末云）你卖炭呵，人说你甚么来？（扬州奴云）有人说来：扬州奴卖炭苦恼也。他有钱时火焰也似起，如今无钱弄塌了也。（正末云）甚么塌了？（扬州奴云）炭塌了。（正末云）你看这厮！（扬州奴云）扬州奴卖菜，也有人说来：有钱时伴着柳隆卿，今日无钱担着那胡子传。（正末云）你这菜担儿，是人担自担？（扬州奴云）叔叔，你怎么说这等话？有偌大本钱，敢托别人担？倘或他担别处去了，我那里寻他去？（正末云）你往前街去也，往那后巷去？（扬州奴云）我前街后巷都走。（正末云）你担着担，口里可叫么？（扬州奴云）若不叫呵，人家怎么知道有卖菜的。（正末云）可是你叫，是那个叫？（扬州奴云）我自叫。（正末云）下次小的们，都来听扬州奴哥哥怎么叫哩！（扬州奴云）叔叔，你要听呵，我前面走，叔叔后面听，我便叫。叔叔你把下次小的每赶了去，这小厮每都是我手里卖了的。（正末云）你若不叫，我就打死了你个无徒！（扬州奴云）他那里是着我叫，明白是羞我。我不叫，他又打我，不免将就的叫一声：青菜、白菜、赤根菜，葫萝卜、芫荽、葱儿阿！（做打悲科，云）天那，羞杀我也！（正末云）好可怜人也呵！（唱）

[红绣鞋] 你往常时在那鸳鸯帐底，那般儿携云握雨。哎，儿也，你往常时在那玳瑁筵前，可便噀玉喷珠，你直吃得满身花影情人扶。今日呵，便担着亨篮，拽

着衣服，不害羞当街里叫将过去。

（扬州奴云）叔叔，您孩儿往常不听叔叔的教训，今日受穷，才知道这钱中使，我省的了也。（正末云）这话是谁说来？（扬州奴云）您孩儿说来。（正末云）哎哟，儿也，兀的不痛杀我也！（唱）

[满庭芳] 你醒也波高阳哎酒徒，担着这两篮儿白菜，你可觅了他这几贯的青蚨？（带云）扬州奴，你今日觅了多少钱？（扬州奴云）是一贯本钱，卖了一日，又觅了一贯。（正末唱）你就着这五百钱买些杂面，你便还窑去，那油盐酱旋买也可是零沽？（扬州奴云）甚么肚肠，又敢吃油盐酱哩！（正末唱）哎，儿也，就着这卖不了残剩的菜蔬。（扬州奴云）吃了就伤本钱，着些凉水儿洒洒，还要卖哩。（正末唱）则你那五脏神，也不到今日开屠。（云）扬州奴，你只买些烧羊吃波。（扬州奴云）我不敢吃。（正末云）你买些鱼吃。（扬州奴云）叔叔，有多少本钱，又敢买鱼吃？（正末云）你买些肉吃。（扬州奴云）也都不敢买吃。（正末云）你都不敢买吃，你可吃些甚么？（扬州奴云）叔叔，我买将那仓小米儿来，又不敢舂，恐怕折耗了。只拣那卖不去的菜叶儿，将来煨熟了，又不要蘸盐搁酱，只吃一碗淡粥。（正末云）婆婆，我问扬州奴买些鱼吃，他道我不敢吃。我道你买些肉吃，他道我不敢吃。我道你都不敢吃，你吃些甚么？他道我吃淡粥。我道你吃得淡粥么？他道我吃得。（唱）婆婆呵，这厮便早识的些前路，想着他那破瓦窑中受苦。（带云）正是不受苦中苦，难为人上人。（唱）哎，儿也，这的是你须下死工夫。

（扬州奴云）叔叔，恁孩儿正是执迷人难劝，今日临危可自省也。（正末云）这厮一世儿则说了这一句话。孩儿，你且回去，你若依着我呵，

不到三五日，我着你做一个大大的财主。(唱)

[尾煞] 这业海是无边无岸的愁。那穷坑是不存不济的苦，这业海打一千个家阿扑逃不去，那穷坑你便旋十万个翻身，急切里也跳不出。(同卜儿下)

（扬州奴云）大嫂，俺回去来。天那，兀的不穷杀我也！(同旦下) (小末上，云) 自家李小哥，父亲着我去请赵小哥坐席。可早来到城南破窑，不免叫他一声赵小哥！(扬州奴同旦儿上，见科，云) 小大哥，你来怎么？(小末云) 小哥，父亲的言语，着我来，明日请坐席哩。(扬州奴云) 既然叔叔请吃酒，俺两口儿便来也。(小末云) 小哥，是必早些儿来波。(下) (扬州奴云) 大嫂，他那里请俺吃酒，明白羞我哩。却是叔叔请，不好不去。到得那里，不要闲了，你便与他扫田刮地，我便担水运浆。天那，兀的不穷杀我也！(同下)

【鉴赏】

秦简夫的《东堂老劝破家子弟》（简称《东堂老》），是元人杂剧中唯一的一部描写"败子回头"的作品。剧中的主人公扬州奴从小娇生惯养，游手好闲，在成人娶妻以后，不务正业，"只伴着那一伙狂朋怪友，饮酒胡为"，不到十年时间，把他父亲留下的一份家业倾荡了个精光。在他饱尝了贫困饥饿生活的苦味以后，才幡然悔悟，在受他父亲托孤之负的邻人东堂老的扶助下，开始走上了正路。

《东堂老》杂剧第三折，主要表现了扬州奴在严酷的生活面前受到教育、幡然悔悟的过程。全折戏只有八支曲子，其余的篇幅全是以对白的形式，来表现扬州奴的悔悟过程。作者先以扬州奴独白的形式，介绍出他已经沦落为乞丐，在"城南破瓦窑"中栖身，"每日家烧地眠、炙地卧"，"吃了早起的，无那晚夕的"，用"干驴粪烧火"，无米下锅的情景，由于贫穷，使他陷入了绝望的境地，使他连连发出"兀的不穷杀我也！""兀的不穷杀我也！"的呼叫。这种情景，与扬州奴昔日有钱时的情况形成了反差强烈的对照。扬州奴虽然沦落到如此赤贫的境地，但他幡然悔悟的条件尚未完全成熟。因为他对他旧日的狂朋怪友抱有一线希望。所以作者又接着写扬州奴在茶馆里遇到柳隆卿、胡子传的一幕。柳、胡这两个全凭一张油嘴混日子的泼皮无赖之徒，在扬州奴拥有家产钱财时，就对他趋奉逢迎、笑脸相待，在扬州奴荡尽家产、不名一文时，就反目无情、冷若冰霜。他二人见到沦为乞丐的扬州奴，先是叫店主把他当"叫化子"赶走；继而又假哄给他买吃食，自己却偷偷溜走，并且"远年近日"拖欠茶馆的债务都"对付"在扬州奴身上。这些情节都深刻地揭示了这两个小人"反目无情"和

"落井下石"的丑恶灵魂。而扬州奴也就在这一当头棒喝中清醒、悔悟过来。以后，舞台上出现了扬州奴沿街卖炭、卖菜的情景。扬州奴几次虚上、虚下，再上、再下，就把他脚踏实地地在生活中磨炼自己，开始重新做人的经过，非常简洁、巧妙、生动、形象地展现出来，把他"临危自省""绝处逢生"的过程概括得有声有色。这一切，都说明作者在通过故事情节表现人物性格方面，有非常深厚独到的功力。

在极平常的、人们所熟知习见的生活现象描写中，作者能非常自然地表露出发人深思的道理，给人以启迪性的思考和联想，这正是《东堂老》的最大成功之处。这一点从东堂老对扬州奴教育转化的态度和方法上的转化中也反映了出来。扬州奴从小对东堂老深怀敬畏之情，这主要是由于东堂老对他要求严格、态度严肃。但在扬州奴的败家行为面前，东堂老的严词训斥却没有奏效。反而使扬州奴处处对东堂老躲躲闪闪，事事隐瞒东堂老。这使东堂老不得不改变原先那种板起面孔正面教育的手段，而采取因势利导，使其历尽痛苦后再行挽救教育的方法。这种"欲擒故纵"的策略蕴藏着丰富深刻的哲理，可以使古今的家长和教师深受启迪。当他看到扬州奴确实已经真正悔悟，从他口中说出"叔叔，你孩儿正是执迷人难劝，今日临危可自省也"的由衷之言后，马上抓住火候，采取有力的措施，帮助扬州奴跳出"穷坑"。这些描写，说明了东堂老见识的深刻和处事的英决果断。作者也就在这一系列事件过程的描写中，出色地完成了扬州奴、东堂老的人物形象的塑造。

在第三折戏中，人物的对白和独白几乎占了全折篇幅的三分之二。这些对白语言，文字通俗凝练、诙谐生动，比如东堂老问扬州奴："你卖炭呵，人说你什么来？"扬州奴回答说："有人说来，扬州奴卖炭苦恼也，他有钱时火焰也似起，如今无钱，弄塌了也。""甚么塌了？""炭塌了。"等等，都是家常俗语，显得生动活泼，却喻庄于谐，含有丰富的哲理。明代孟称舜说："曲不难作情语致语，难在作家常语。"明人徐渭也说："语入要紧处，不可着一毫脂粉，越俗，越家常，越警醒。"《东堂老》杂剧正是以其平凡题材所揭示的深刻思想内容和通俗语言所蕴含的丰富生活哲理，成为元代杂剧曲苑中的一枝奇葩。

李文蔚 元代戏曲作家。生卒年、字号不详。真定（今河北正定）人。曾任江州路瑞昌县尹。与白朴相友善。白朴有题为"得友人王仲常、李文蔚书"的〔夺锦标〕词，其中写"谁念江州司马沦落天涯，青衫未免沾湿"，可知李在官场曾受挫折。李文蔚著有12种杂剧，现存3种：《同乐院燕青博鱼》《破苻坚蒋神灵应》和《张子房圯桥进履》。

《燕青博鱼》第一折

李文蔚

（冲末扮燕大、搭旦扮王腊梅、外扮燕二同上）

（燕大诗云）耕牛无宿料，仓鼠有余粮；万事分已定，停生空自忙。小可汴梁人氏，唤做燕和。嫡亲的三口儿家属：浑家王腊梅，元不是我自小里的儿女夫妻，他是我后娶的；兄弟是燕顺，生的须发蓬松，只因性子粗糙，众人起他一个混名，叫做卷毛虎。不知我这兄弟为着那一件来，遍生两个眼里见不的我那嫂嫂。（燕二云）怎么我见不的那？（搭旦云）燕大，你这兄弟见我便是骂。我便歹杀者波,也是你哥哥的浑家,怎么这等轻薄!(燕二云)哥哥,俺是甚等样人家,着他辱门败户?顶着屎头巾走,你还不知道。(燕大云)兄弟也,我怎生顶着屎头巾走?(搽旦云)你哥哥更是鏖糟头。(燕二云)你道我打不的你么?(搽旦云)燕大,你看你兄弟打我哩!(燕大云)兄弟也,你休打你嫂嫂,你打我波。(燕二云)罢罢罢,俺一搭里也难住,则今日辞别了哥哥,我离了家中,冻死饿死,再也不上你门来了。嫂嫂,好生侍奉哥哥,俺哥哥若有些好歹,我不道的轻饶素放了你也。(搽旦云)你要去自去,你哥哥才三岁儿哩!(燕二云)我出的这门来,燕顺也离了家中,可也耳根清净。则今日街市上投托几个相识朋友,走一遭去来。(下)(燕大云)我兄弟搬出去了,大嫂,你心中可快活了也?(搽旦云)燕大,你如今却要怎的?(燕大云)大嫂,明日是三月三清明节令,多将着些钱钞,咱要同乐院吃酒去来。(诗云)春天日正长,烂熳百花香;同乐院里吃酒去也,等人称赞我家里有这好娇娘。(搽旦云)燕大去了也。我虽然嫁了这燕大,私下里和这杨衙内有些不伶俐的勾当。我着人寻他去了,这早晚怎生还不见来?且磕些瓜子儿,等着他者。(净扮杨衙内上,诗云)花花太岁我为最,浪子丧门世无对;满城百姓尽闻名,唤做有权有势杨衙内。自家杨衙内的便是。我和这燕大的浑家王腊梅,有些不伶俐的勾当,争奈俺两个则是不能勾称心。如今他使人来寻我,不知有甚的说话,须索走一遭去。此间正是,不好便过去,我则在门首么喝,他里头自有人出来。下次小的每,将那马与我拴的远着。（搭旦见科，云）这是衙内的声气，他来了也，待我唤他。衙内，你进屋里来！（杨衙内云）家里没人么？（搭旦云）没人在家，你进来。（杨衙内入门科，云）姐姐，想杀我也，你唤我来，有甚么勾当？（搭旦云）我虽然嫁了燕大，我真心儿只在你身上。明日是清明三月三，俺两口儿烧香去，在同乐院里吃酒。我在那里等，你疾些儿去，早些儿来。（杨衙内云）你明日和燕大在同乐院吃酒去，你先去便等我，我先去便等你，只不要哄我。（同下）（丑扮店小二上，诗云）百般买卖都会做，及至做酒做了醋；算来福气不如人，只是守着本分做豆腐。自家店小二的便是。俺这店里下着个瞎大汉，欠下房宿饭钱，一些没有，被大主人家怪我。今日唤他出来，我自有个处置。兀那没眼的大汉，店门首有你个乡亲唤你哩。（正末上云）哥哥，你唤我做甚么那？（店小二云）门口有你个亲眷寻哩。（正末云）哥也，我那里得那亲眷来？你休斗我耍。（店小二云）兀的不在店门首？（做推科，云）你出去，我关上这门，冻杀饿杀，不干我事。（下）（正末云）好大雪也！哥哥开门波，再住一夜儿去。真个不开门那？这里也无人。自家燕青的便是。自从坏了我这双眼，下的山来到这店肆里安下，房宿饭钱都少下他的，那小二哥被大主人家埋怨，今日把我赶将出来。便好道：男儿不得便，刺头泥里陷。挤的长街市上盘街儿叫化去咱。（唱）

[大石调六国朝] 我揣巴些残汤剩，打叠起浪酒闲茶；我着些气呵暖我这冻拳头，再着些唾揩光我这冷鼻凹。瘦的来我这身子儿没个麻秸大，兀的不消磨了我刺绣的青黛和这朱砂。眼见得穷活路觅不出衣和饭，怕不

道酷寒亭把我来冻饿杀。全不见那昏惨惨云遮了银汉，则听的淅零零雪糁琼沙，我我我待踮着个鞋底儿去拣那浅中行，先绰的这棒头来向深处插。

（带云）前街上讨不得一些儿，再往后巷里去。（唱）

[喜秋风] 我与你便吖吖叫，我与你便磨磨擦。我为甚将这脚尖儿细细踏？我怕只怕这路儿有些步步滑，（带云）似我这模样，像个甚的！（唱）将那前街后巷我便如盘卦。刚才个渐渐里呵的我这手温和，可又早切切里冻的我这脚麻辣。

[归塞北] 天那，您不肯道是相赍发，专与俺这穷汉做冤家。这雪呵，他如柳絮不添我身上絮，似梨花却变做了眼前花，则我这拄杖冻难拿。

（带云）有那等人道："兀的君子，那东京城里有的是买卖营生，你寻些做可不好那？"我道哥也，你岂知我无眼那！他便道："寻你那无眼营生做去。"哥也，您那里知道咱！（唱）

[雁过南楼] 我是一个混海龙摧鳞去甲，我是一只爬山虎也啰奈削爪敲牙。往常时我习武艺学兵法，到如今半筹也不纳，则我这拿云手怕不待寻觅那等瞎生涯。我能舞剑偏不能疙蹅蹅敲象板，会轮枪偏不会支楞楞拨琵琶，着甚度年华？

（杨衙内鞁马领随从上，云）好大雪也！寻那王腊梅大姐去来。（做撞倒正末科）（正末做起、笼住马科，云）爷须瞎，儿须不瞎，（杨衙内云）这厮无礼，他撞着我马头，倒把说话伤着我哩。（正末唱）

[六国朝] 我不向梁山泊里东路，我则拖的你去开封府的南衙，你做甚么眼睁睁当翻了人？（带云）儿，我与

你去来！（唱）我把手摩挲揪住马。（杨衙内云）放手！这厮好大胆也，敢如此无礼！（正末唱）又不是官街窄，怎故意的把人欺压？你有甚娘忙公事？莫不去云阳将赴法？我一只手把铜环来紧搭，那厮多应是两只脚把宝镫来牢踏；（杨衙内云）我打这厮。（做打科）（正末唱）哎哟！那厮雨点也似马鞭子丢，不俫偏不的我风团般着这挂杖打？

（杨衙内云）这厮手脚倒也来的。我与他缠什么，我自寻那王腊梅姐姐去。走走走！（下）（燕二冲上云）弟兄每少罪，改日还席也。（正末揪住燕二科云）好呵！清平世界，浪荡乾坤，你怎么当街里打人？（燕二云）呸！你看我那命波！兀那君子，我是个步行的人，打你的是个骑马的。（正末云）哥也，我须无眼那。（燕二云）住住住！君子，你这眼是从小里坏了的，可是半路里坏了的？（正末云）哥也，我这眼是半路里气坏了的。（燕二云）君子也，你倒有缘，我善会神针法灸，我医好你这眼，你意下如何？（正末云）若得如此，我感恩非浅。（燕二云）你跟的我铺儿里来。（做行科云）这里便是。我开开这门，君子请稳便。等你这血气定了时，我与你下针咱。（正末唱）

[憨货郎] 莫不是千化身观音菩萨，救了我这双无目沿街的叫化。他道是妙手通灵，圣心无假，哥也，多谢你个良医肯把金针下，我又没甚的米麦丝麻，哥也，你则可怜见我这穷汉瞎。

（燕二云）待我取出这金针来。君子坐正着，我下针也。我这针上至泥丸宫，下至涌泉穴，太阳穴不敢下针，少阳穴下两针。咳嗽三里下两针。我取出这药来，是圣饼子用菩萨水调的。君子，张开了口吃药。这一会儿针药相投了也，我起针波。吸气、吸气！君子将你那手摩的热着揉你那眼，我着你复旧如初也。（正末唱）

[归塞北] 他把我眼角儿才针罢，则我这疮口儿未结痂。早将我两只手揉开了这一对眼，（带云）是好手段也！（唱）则当一枚针挑去了一重沙，恰便似日月退残霞。

（云）是谁医好我这眼来？（燕二云）是我医好了你的。（正末云）哥也，你请坐。你是我重生的父母，再养的爷娘，请受你兄弟八拜咱。（正末做拜科）（燕二做扯科，云）且住！我才医好了的眼，不争你拜下去。这血脉望上行，就也无效了。（正末云）恁的呵，等我跪一跪，权当做八拜。（燕二云）君子，你那里乡贯？姓甚名谁？（正末云）哥，您兄弟不是歹人。（燕二云）谁道你是歹人哩？（正末云）哥也，则我是宋江手下第十五个头领：浪子燕青。哥也，您兄弟不是歹人。（燕二云）你不是歹人，是贼的阿公哩？君子，你多大年纪也？（正末云）您兄弟二十五岁了。（燕二云）我痴长你两岁。我认义你做个兄弟，你意下如何？（正末云）哥哥不弃嫌呵，情愿与哥哥做个兄弟。（燕二云）我听的说，宋江哥哥手下三十六个头领，多有本事，你试说一遍咱。（正末云）我在梁山上，多曾与宋头领出气力来。（唱）

[初问口] 俺也曾那草坡前把滥官拿，则俺那梁山泊上宋江，须不比那帮源洞里的方腊。你将我这蝼蚁残生厮救拔，我把哥哥那山海也似恩临厮报答，从今日拜辞了主人家，绰着这过眼齐眉的枣子棍，依旧到杀

人放火蓼儿洼，须认的俺狠那吒。

（云）哥也，您兄弟有句话，可是敢问哥哥么？适才那大雪里打我的那厮，是什么人？（燕二云）兄弟，休要大惊小怪的，则他便是杨衙内，是个有权有势的人，打死人如同那房檐上揭一块瓦相似。你和他打了这一操，他如今不来寻你，就是你的造化了。（正末云）哥也，你说那里话！（唱）

[尾声] 你道是他打了我呵似房檐上揭瓦，不信道我打了他呵就着我这脖项上披枷。调动我这莽拳头，搦动我这长梢靶，我向那前街后巷便去爪寻他。（带云）若见了他呵，（唱）我一只手揪住那厮黄头发，一只手把腰胯牢掐，我可敢滴溜扑活揎那厮在马直下。（下）

（燕二云）兄弟去了也，我也收拾些盘缠，上梁山见宋江哥哥走一遭去来。（下）

【鉴赏】

李文蔚的《燕青博鱼》和康进之的《李逵负荆》一样，都是描写梁山好汉的名剧，歌颂梁山好汉"一个个正直公平""与民除害"的英雄行为。《燕青博鱼》全名《同乐院燕青博鱼》，亦作《报冤台燕青博鱼》。写梁山头领燕青、燕顺救护燕和，杀死与燕和妻王蜡梅私通的杨衙内的故事。《燕青博鱼》是从社会生活的另一个侧面，即从好汉燕青在双目失明后所受的压迫、屈辱方面，真实地揭示了"逼上梁山"——农民起义的历史必然性。

为了突出本剧主题思想的这一方面，剧作家在《燕青博鱼》第一折的几场戏中，着力刻画燕青"英雄途穷"的愤懑、忍而又忍以至忍无可忍的正直性格。一个满身武艺、年轻有为的英雄好汉，竟因双目失明而沦落到走投无路、沿街乞讨的境地。剧作家用十分同情的笔调，描绘燕青在风雪严寒之中呵手、揩鼻的穷愁情态和行状，写得实在凄凉而可怜。然而这种凄凉可怜，只能激起读者压抑的愤懑。各种戏曲中历来有一种"穷生戏"。《燕青博鱼》第一折可以称得上写得很好的"穷生戏"。好就好在它不同于"秀才落难"的酸腐，而是压抑着"拿云手"的愤懑。燕青强忍着愤懑，希望在这个不平的世界生活下去。但是有权有势的官僚子弟杨衙内，却欺压到这个瞎叫花子头上来，他骑着马故意把燕青撞倒，却反咬一口说燕青撞着他的马头。在这种恶霸面前，哪里有理可讲？燕青被马撞倒，要拉住"故意把人欺压"的坏蛋去官府，却被杨衙内打了一顿马鞭。他在忍无可忍的情况下，不得不盲着双目风团般地抢起他的拄杖。剧作家写燕青的忍耐（尤其第二折更为充分），一方面表现世道的不平，一方面表现燕青的正直——坏人当道，好人受气。燕青的正直还表现在燕二给他治好眼病后，再

三表白自己不是"歹人"，他是把"拿滥官"的梁山英雄同抢民财的盗贼严加区别开来的。剧作家在描写燕青的穷愁与愤懑、强忍与难忍的性格中，处处又是在歌颂梁山聚义的正义性。不平于坏人坏事、主动救人急难，纯厚粗直的燕二，在直接感到燕青的正直性格和敢于寻打"打死人如同那房檐上揭一块瓦相似"的"花花太岁"杨衙内的英雄气概之后，也投奔梁山去了。这个人物和情节，对于歌颂梁山聚义的正义性，表现梁山好汉"一个个正直公平"，也是很重要的一笔。燕青的唱词中也提到"杀人放火"，但从全剧的描写来看，这种"杀人放火"是对付"滥官"的，是在"为民除害"的行动中不得已而为之的。但也要指出，燕青把宋江和方腊划清界限，也说明剧作家的思想局限，尽管这种局限是属于时代的。

这折戏在艺术上的另一个特色就是，利用一个小小的误会和巧合，十分巧妙地联结了两个比较重大的戏剧矛盾。杨衙内撞倒并鞭打燕青后，为寻情妇王蜡梅而从燕青跟前溜走了，燕青由于眼瞎，要揪杨衙内没有揪住，却揪住过路的燕二。这是个小误会。被揪的是燕二，他正好会"神针法灸，能医眼病"。这是个小巧合。这个细节用得非常漂亮，节省了很多文字，而使冲突转换了，情节推移了。而且，燕青这一揪，没"揪"到坏人，却"揪"出了好人，"因祸得福"，

国学经典文库

元曲鉴赏

·元曲·

图文珍藏版

前后一"冷"一"暖"，这种世态炎凉，对比强烈而又衔接自然。"戏"出奇峰，"文"起波澜，确是妙笔。

生活气息浓厚，是本剧的又一个特色。它描写市井人情、炎凉世态，处处洋溢着生活气息。比如写燕大、燕二和王蜡梅一家的矛盾，写燕二为燕青针治眼病等，真写得活灵活现，细致入微，充满着生活情趣。

从生活中提炼曲词语言，而且在通俗中见文采，也是本剧的一个特色。这里选的第一折就足以说明。如写燕青的饥寒交迫的情状："我揣巴些残汤剩水，打叠起浪酒闲茶；我着些气呵暖我这冻拳头，再着些唾揩光我这冷鼻凹。"写阴云风雪："全不见那昏惨惨云遮了银汉，则听得渐零零雪糁琼沙。""雪糁"的设喻很好，它用碎米比喻霰——细小坚硬的雪粒子，十分贴切，缺乏生活的人是写不出的。雪粒子变成了雪花，这团团雪花在一个又饿又冷的穷汉眼里，给予他是怎样的感受呢？请看李文蔚的文笔："这雪呵，他如柳絮不添我身上絮，似梨花却变做了眼前花。"作家把雪和人物的命运结合在一起来写，既赞成"柳絮""梨花"这两个典故的比喻，又巧妙地否定了欣赏者的旁观态度。雪花像柳絮，但它不能添身上棉絮，不能使燕青温暖，反而更冷。雪花确如梨花，但它更增加了燕青的饥寒，使他头晕眼花。这样来描写雪景，既符合环境与人物的实际，又创造了独特的富有感染力的美的意境。这是写得很有思想内涵、很有文采诗意的曲子。元杂剧中写雪景与人物关系的曲词很多，如《酷寒亭》《追韩信》等，但不能与此相比。"身上絮""眼前花"，这些从生活中提炼出来的句子，尤其用得好。写燕青对燕二针治眼病的感激之情："我又没甚的米麦丝麻，哥也，你则可怜见我这穷汉瞎。"没有米麦丝麻，无以报答，这也是从农民生活里汲取的。写燕青重见光明时的高兴之情："则当一枚针挑去了一重沙，恰便似日月退残霞。"从音调到词采，都表现了明朗、欢快的色彩和节奏。总之，从生活中提炼曲词语言而又本色当行，乃是元曲的上乘，这早已为前代卓有艺术见地的戏曲评论家肯定的。朱权说李文蔚之词"如雪压苍松"，这只说明它清峻的方面，但李文蔚之词还有明快、隽永等方面。而后者，正是从生活中提炼曲词语言的结果。

罗贯中

（约1330~约1400），汉族，山西太原人（另有山西祁县、清源人、山东东原人说）。名本，字贯中，号湖海散人。他是元末明初著名小说家、戏曲家，是中国章回小说的鼻祖。罗贯中的一生著作颇丰，主要作品有：剧本《赵太祖龙虎风云会》《忠正孝子连环谏》《三平章死哭蜚虎子》；小说《隋唐两朝志传》《残唐五代史演义》《三遂平妖传》《粉妆楼》、代表作《三国演义》等。

《风云会》第二折

（苗光裔儒扮上，楚昭辅戎装随上，苗云）某，苗光裔是也。自从前者相得赵大公子有天子之分，不想被朝廷礼聘，见授都点检之职，某一向就在军门听用。近日闻得北汉兵入寇，朝廷命点检出师北伐，某等亦须收拾军装则个。呀呀，好怪也！你看日下复有一日，黑光相荡，此天命也。咱弟兄每急急回家，准备出征则个。（下）（太后宫妆法服引幼主黄袍及石守信戎装、陶毅文扮上，云）我乃周家太后是也。自从先帝世宗晏驾，立此幼子宗训为君，四方扰攘不宁。近闻汉、辽兵自土门东下入寇，我朝有殿前都点检赵匡胤文武全才，乃先帝简用之臣，又兼他手下将校精强，可着他去征伐一遭。石守信即便传旨：着赵匡胤挂印总兵官，率领本部人马，北征辽、汉，早建大功者。（石云）领圣旨。（并下）（正末戎装引赵普、曹彬、苗训、楚昭辅、李处耘、郑恩上，云）某，赵匡胤是也。自从元帅石守信举荐，蒙世宗皇帝委任，直做到殿前都点检之职，多亏众兄弟扶持。今日蒙幼主圣旨，着我统兵北伐，我引本部下人马及众将校赵普、曹彬、苗训、李处耘、楚昭辅、郑恩，一同征进。这一去犬羊巢穴一时平，锦绣江山三箭定。（唱）

[南吕一枝花] 漫漫杀气飞，滚滚征尘罩；恹恹红日

国学经典文库

元曲鉴赏

·元曲·

图文珍藏版

惨，隐隐阵云高。军布满荒郊，我命将凭三略，行兵按六韬。右白虎左按青龙，后玄武前依朱雀。

[梁州第七] 护中军七层剑戟，守先锋万队枪刀，五方旗四面相围绕。朱幡皂盖，黄钺白旄；箭攒雕羽，弓挂龙鞘。滴溜溜号带齐飘，威凛凛挂甲披袍；扑咚咚鼓擂春雷，雄纠纠人披绣袄；不剌剌马顿绒绦，咆哮，战讨。马和人飞上红尘道，金镫稳、玉鞭袅，催动龙驹把辔摇，转过山腰。

（云）行不几里，又早天晚也。（唱）

[牧羊关] 见几点寒星现，一钩新月皎，看看的兵至陈桥。教前队休行，催后军赶着，屯车仗离官道，就馆驿度今宵。急忙教各部下关粮米，对名儿支料草。

（正末云）左右，军行到何处了？（众云）前到陈桥驿了。（正末云）接了马者。郑恩那里？（郑云）有。（正末云）传下将令去者：大小三军，诸名将校，各依队伍安歇，勿得喧哗，违令者斩！（唱）

[贺新郎] 诸军众将一周遭，小心的下寨安营，在意的提铃喝号。七禁令五十四斩从公道，丁宁休犯法违条。卷旌旗停斧钺，卧鞭链竖枪刀。悄悄的各依队伍休喧闹，解鞍松战马，卸甲脱征袍。

[隔尾] 五更筹更听金鸡报，一部从休辞永夜劳。画角齐吹玉梅调。人休贪睡着，马须要喂饱。我且半倚帏屏盼天晓。（众下）

（正末睡科）（郑同李处耘上云）某，都押衙李处耘是也。今同郑将军等跟随赵点检征进，军次陈桥驿。某等想来，主上幼弱，我辈出死力破贼，谁则知之？今太尉掌军政六年，士卒服其恩威，数从征伐，建立大功，人望已归，不如先立点检为天子，然后北征未晚也。（郑云）李将军说的是。（李云）咱与赵书记计议则个。（郑云）赵大人有请。（赵普上云）某，赵普是也。见充点检帐下掌书记官，今日从征，军次陈桥。这早晚只听有人呼唤，未免出见咱。（做见科，李云）诸将无主，愿册太尉为天子。（普云）太尉忠心，必不汝从。（李云）军中偶语则族。今已议定，太尉若不从，则我辈安敢退而受祸！（普叱云）策立大事，固宜审图，尔等何得便肆狂悖！诸将各宜严束部伍听命。（郑云）若依你等议论，何时是了？
（扯黄旗盖末身，众呼噪科）（正末惊醒科，唱）

[哭皇天] 把好梦来惊觉，听军中不定交。那里也兵严刑法重，则末早人怨语声高。（众军一拥向前，齐呼万岁）（正末唱）险将咱唬倒，庙廊召会，台省所关，君王振怒，太后生嗔，不剌则俺这歹名儿怎地了？惊急列心如刀锯，颤笃速身如火燎。

（苗云）主公上应天心，下合人望，乃真命帝王也。（正末云）喋声！（唱）

[乌夜啼] 都是你谎阴阳惹得诸军闹，一个个该剐该敲。（郑云）哥哥，你先身上穿了黄袍，如何倒说俺不是？（正末唱）呀！原来这犯由牌先把我浑身罩。（普云）天命已定，天数难逃。主公亦应天顺人。（正末唱）你道是天数难逃，可甚么情理难饶。不争这杏黄旗权当滚龙袍，可将这出师表扭作交天诏。我想受禅台，争似凌烟阁，汝贪富贵，吾岂英豪！

（正末云）此事决不可行。（众将喧呼科，正末云）汝等自贪富贵，立我为主，能从我命则可，不从我命，决不可行。（众皆跪云）唯命是听。（正末云）太后幼主，我北面事之；公卿大臣，皆我比肩。汝等勿得凌暴及动扰黎民，劫掠府库，违令者满门皆斩！（众云）一听禁令。（太后、幼主、石守信、陶毂上，云）昨因北汉入寇，遣赵点检出征，今早闻众军士立赵点检为帝。我想来，四方不宁，必得真主抚驭，今赵点检威望素著，人心推戴久矣，何不就同往陈桥，效尧、舜故事，禅位一遭，有何不可？（做行科、到科，云）来到这军门前，石守信人报去。（石云）报总兵得知，太后到来。（末下迎见科，太后云）五代乱离，人民涂炭。将军功盖天下，堪居大宝。老身母子情愿禅位则个。（正末云）臣名微德薄，岂堪居此大位！（太后云）幼子孤弱，不能抚驭四方，将军德过尧禹，正宜受禅。（正末唱）

[红芍药] 娘娘德行胜唐尧，微臣比虞舜难学，不争让位在荒郊，枉惹得百姓每评诮。（幼主云）将军，听太后旨者，我愿受藩服足矣。（正末唱）臣怎敢等闲将天下交，您君臣再索量度。（郑恩仗剑作怒科）（正末唱）你摩拳擦掌枉心焦，休得要乱下风雹。

[菩萨梁州] 你可也畅好是干乔，休施凶暴。休胡为乱作，（郑云）哥哥，我一发都杀了，恰不伶俐！（正末唱）则一句唬得我颤钦钦魄散魂消。不争这老鸦占了凤凰巢，却不道君子不夺人之好，把柴家今日都属赵，惹万代史官笑，笑俺欺负他寡妇孤儿老共小，强要了他周朝。

（石云）今日就此受禅，必须有策诏方可行礼。（陶云）有有。（自袖中出诏科，石云）既有了诏书，众官跪者。（陶念科云）"大周皇帝诏旨：天生蒸民，树之司牧；二帝推公而受禅，三主乘时而革命，其极一也。予末小子，遭家不造，人心已去，天命有归。咨尔归德军节度使、殿前都点检赵匡胤，禀上圣之资，有神武之略，佐我高祖，格于皇天；逮事世宗，功存纳麓。东征西怨，厥功懋焉；天地鬼神，享于有德；讴歌狱讼，归于至仁。应天顺人，法尧舜如释重负，予其作宾。呜乎钦哉！祗畏天命。显德七年正月初五日。"（众将呼万岁起科，正末云）众将校听我戒饬。（唱）

[二煞] 尊太后如母呵，您百官顿首听教道，待幼主如弟呵，教经典留心谨向学。朝廷内外旧官僚，勿得欺凌，尽皆荣耀。则今日军马回莫惊扰，把龙袖娇民休唬着，勿犯秋毫。

[尾]（指赵）你坐都堂，朝廷政事休差错，（指石）你掌枢密，天下兵机勿惮劳。（指苗）你掌司天，算星曜；（指李、楚）你做元戎，司斩斫；（指曹、潘）你统雄兵，做招讨；（指郑）你管亲军，守城廓；（指王）你统貔貅，驱将校；（指幼主）兄弟诵诗书，习礼乐；（指太后）娘娘居龙楼，住凤阁；不是我依势夺权，使强欺弱。既然立草为标，必须坐朝问道：赏不间亲疏，罚须分善恶；有罪的加刑，有功的赠爵。不是我挟天子令诸侯、篡宗庙，恐民心变了把山河弃却，因此上权受取这一颗交天传国宝。（众并下）

（吴越王引相国吴程冠服上，诗云）百万精兵听指呼，衣冠四世守全吴；我生直欲全忠节，不愧人间大丈夫。某，姓钱名俶，字文德，本贯杭州人氏。自祖公公钱镠在唐昭宗时平黄巢有功，封有吴越，更五朝世守此邦。今闻中原赵点检登基，治同尧舜，声教万里，比五代之君，判然不同。正四方混一之时，倘或出师，自当入贡咱。（吴云）等王师出来，决一死战，纳土未为迟也。（共下）（南唐李主引丞相徐铉上，诗云）雄踞江东二百州，六朝基业喜兼收；中原将士休窥伺，百万精兵在石头。某，姓李名煜，字重光，江东人也。自我祖父建国江东，传国三世。近闻中原大宋皇帝即位，操练兵马，有下江南之志。况我贡献不缺，必欲见伐，如何是好也！不免练兵防守则个。（下）（蜀主孟昶引相国王昭远上，诗云）几年辛苦下西川，东视中原各一天；秣马练兵常预备，先人世业肯轻捐？某，蜀王孟昶是也。自先君王于全蜀，某承其基业，众官僚立我为大蜀皇帝。中原连岁多故，不暇外攘，今周朝革命，宋皇践祚，志在吞并。难同五代之君。诚恐兵临剑阁，将如之何？须索守备咱。（下）（南汉主刘铱引相国龚澄枢上，诗云）久镇潮阳众日强，幅员千里尽炎方；外夷多少皆朝贡，南国人称广汉王。某，姓刘名铱，南汉王是也。自先祖领节旄于潮广，奄有南海，后值五代扰乱，遂独霸一方。今中原有宋皇帝登基，四方混一，唐、吴已称朝贡，某偏居琼海，王师一出，将如之何？须扼把险要以御之，斯为得策。（下）

【鉴赏】

　　在元代后期的剧坛上，出现了很多历史剧。《风云会》是其中较有特色的作品。从中可见，罗贯中不仅是写历史小说的名家，而且也是写历史剧的大手笔。

　　在取材上《风云会》所写的是赵匡胤由青年时的漫游、应募，发动陈桥兵变取得政权，到削平后蜀、南汉、南唐、吴越等割据势力，统一中国的史实。几乎概括了宋太祖赵匡胤的一生，但重点在建立北宋政权。《宋史》成书于元末至正五年（1345），罗贯中写《风云会》，很可能直接取材于《宋史》的《太祖本纪》及有关列传。他取材于此，以赵匡胤建立北宋政权为中心，以"龙虎风云会"标题，极意赞美太祖君臣削平割据势力，显然寄托着他的政治抱负："图王"之志。

在剪裁上，主要截取这样几个片段：第一折写赵匡胤的天赋，以苗训卜相为情节；第二折写赵匡胤的威望和忠信，以陈桥兵变为情节；第三折写赵匡胤的勤政和才略，以雪夜访赵普，召群臣聚议，部署出击后蜀、南汉、南唐、吴越为情节；第四折是第三折的结局，也是侧写赵匡胤的威力（他虽然没有出场），以主将战胜诸王为情节。这样剪裁，确是把赵匡胤最主要的业绩摄取了。

这里选取的第二折，取材于历史上有名的陈桥兵变，即是赵匡胤巧妙地取得政权的规模很大的政变行动。这样的政变，在五代十国时期的割据混战局面之下，是屡见不鲜的，不过有的是豪夺，有的是巧取，美其名曰"禅让"。赵匡胤属于后者。把这样一次规模很大的政变行动搬上舞台，这要靠剧作家的组织戏剧矛盾、集中概括史料的本领。罗贯中在历史剧《风云会》里对《宋史·太祖本纪》中的史料进行了较为成功的处理。

将《太祖本纪》和本剧第二折的剧情相比较，最明显的差别是：一、史料是赵匡胤回京后受禅即位、封赠官爵，而剧情是在陈桥完成的，环境没有改变；二、史料是范质、陶毅被逼迫才拉出周恭帝禅让，而剧情是让太后、幼主、石守信、陶毅主动出京，赶到陈桥禅让帝位的。罗贯中这样写，主要是为了使剧情更集中，便于组织戏剧矛盾。如果按照史实去写，使赵匡胤在陈桥兵变后，回到汴京受禅、封爵，则必须增加场次。不增加场次而又不能丢掉重大历史关节，完成受禅、封爵的过程，于是剧作家就让太后引幼主、石守信、陶毅等人，走出京城，向陈桥集中。这样的集中，固然是为了不增加场次而又比较集中，但和剧作家歌颂赵匡胤的威望、谦恭和忠信也是大有关系的。剧作家要力图表现：陈桥兵变、太祖受禅是合于"天意人愿"的，竟使太后、幼主也受到了感召，来到赵匡胤面前，交出天下。然而，就是在这种"天命已定"、"人望已归"、太后皇帝"情愿禅位"的情况下，赵匡胤还再三不肯受禅，这是何等的谦恭、忠信啊！

罗贯中生活在元、明交替的时期。元末，义军四起，他参加过义军军事。那时确是"四方不宁，必得真主抚驭"。他希望有个好皇帝，来统一中国。《风云会》就突出表现了这种思想。第三折雪夜访赵普，罗贯中把宋太祖理想化到超过了汉高祖和唐太宗。罗贯中歌颂好皇帝，恐怕也与明太祖有关。明人王圻在《稗史汇编》中，似乎对罗贯中有些惋惜，说他本来"有志图王"，可是遇到了圣主明君，却退而写起"稗史"来了，实在"输扶馀一着"。"扶馀"事出唐传奇《虬髯客传》：虬髯客也有王志，后见明君（唐太宗），于是跑到扶馀国做了国王。罗贯中写小说，还比不上虬髯客到扶馀国称王。"扶馀国"当然属于子虚乌有。不过这里透露了，罗贯中认为明太祖是个好皇帝。因而，他如此美化、歌颂宋太祖，或许与明太祖不无关系。总之，不论是在四方不宁的元末希望出现好皇帝，还是认为明太祖就是个好皇帝，这种思想都是那个时代的产物。

把陈桥兵变这样大的军事政治行动搬上舞台，而又写得有条不紊，的确表现了罗贯中是善于描写军事政治行动的大手笔。他的历史演义小说《三国演义》说明了这一点，《风云会》也说明了这一点。

历来的戏剧家，大都很欣赏本剧第三折"访普"的曲词。这里选的第二折。其中的曲词也写得很好。尤其是描写兵将出征、行军、宿营的场面和情景，没有实际军事生活是写不出来的，没有笔力也是写不出来的。

[南吕一枝花] 写出征前的气氛：漫漫的杀气，滚滚的征尘，惨淡的红日，隐约的阵云。这些描写，对于赵军的威风作了很好的烘托。

[梁州第七] 写赵军的盛大阵容：号角的彩带，滴溜溜齐飘；威风凛凛的将领，挂甲披袍；战鼓咚咚，声如春雷；雄纠纠的军士，身穿绣袄；战马扑啦啦地抖动辔头；将士马匹飞也似地走上长征道。此曲从前曲的虚笔转入了实写，把军队写活了。场面写得也很壮阔。

[牧羊关] 一曲描写夜行军的情景，真实而有韵致，简洁而又形象。"几点寒星现，一钩新月皎"，把夜景勾勒得如此清新、寂静，这就反衬了赵军部伍的遵守军纪。

[贺新郎] 一曲写宿营时的纪律，也是从"静态"中着笔的：卷起旌旗，停下斧钺，放倒鞭链，竖起枪刀；"悄悄的各依队伍休喧闹"，是行军、宿营的点睛之笔。

[隔尾] 一曲写巡营警戒，气氛更加寂静；"画角齐吹玉梅调"，以哀厉之声

以上五首曲词，可以组成一卷完整的画面，不论是渲染，还是勾勒，都是很出色的。这样有声色、有层次地勾画大队伍的行军图，在元杂剧描写军事生活的作品中还是少见的，因此罗贯中的《风云会》曲词，堪称此类曲词的上品。

如此写出这些曲词，作者的意图是在于表现赵匡胤的军事才能和在军中的威望，为陈桥兵变被部从拥戴为皇帝做好了铺垫。以下的曲词却从相对的角度插笔，写他才高而不骄，威大而有信，表现他的忠孝之德、谦恭之品。这些方面，为作者表现理想的好皇帝——仁义礼让之君，确也起到了作用。[红芍药]、[二煞] 二曲极力写赵匡胤对太后、幼主的忠心；[菩萨梁州]、[尾] 二曲，又极力写赵匡胤对劝其受禅的部从的严厉态度，都是为了表现他的仁义礼让。

总之，不论是曲词，还是宾白，都表现了罗贯中笔力雄健的风格。

张国宾　元代戏曲作家。名一作张国宝，艺名喜时营（营一作"丰"）。大都（今北京市）人。生平不详。钟嗣成《录鬼簿》载张国宾曾任教坊勾管（据《元史·百官志》，教坊司所属有"管勾"官，"勾管"或误）。所做杂剧今知有四种：《高祖还乡》已佚，《薛仁贵荣归故里》《相国寺公孙合□衫》及《罗李郎大闹相国寺》三种皆存。

《薛仁贵》第三折

张国宾

（丑扮禾旦上，唱）

[双调豆叶黄] 那里那里，酸枣儿林子儿西里。俺娘着你早来也早来家，恐怕狼虫咬你。摘枣儿，摘枣儿，摘您娘那脑儿；你道不曾摘枣儿，口里胡儿那里来？张罗张罗，见一个狼窝。跳过墙罗，唬您娘呵。

（云）伴哥，咱上坟去来，你也行动些儿波。

（正末扮伴哥上，云）你也等我一等儿波。今日

正是寒食，好个节令也呵！（唱）

[中吕粉蝶儿] 正值着日暖风微，一家家上坟准备，准备些节下茶食：菜馒头，瓢漏粉，鸡豚狗彘。这的是甚所乔为，直吃的恁般沙势。

[醉春风] 可不的失掉了镊钗鎞，歪斜着油鬏髻。上坟的须有许多人，也不似你，你，吃的个行不是行，立不是立，醉了还醉。

　　（禾旦云）伴哥，俺看田苗去来，行动些儿。

　　（正末云）你见么？远远的不知甚么人来了。（禾旦慌科云）伴哥，兀的不一簇人来了，唬杀我也！（正末唱）

[十二月] 敢则是一簇簇踏青拾翠，一攒攒傍陇寻畦。俺只见一道儿红尘荡起，（薛仁贵蹦马儿、领卒子上，云）某乃薛仁贵是也。摆开头踏慢慢的行。（正末唱）元来的一骑马闪电奔驰。一从使都是浑身绣织，一将军怎倒着缟素裳衣？

[尧民歌] 呀！莫不是半空中降下雪神祇？（薛仁贵云）兀那庄家，你住者！（正末唱）他叫一声雄吼若春雷。（薛仁贵云）你休慌，我要问你句话哩。（正末唱）唬的我心儿、胆儿急獐拘猪的自昏迷，手儿、脚儿滴羞笃速的似呆痴。禁也波持，身躯怎动移，我可便不待酒伴装醉。

　　（薛仁贵云）兀那厮，我问你咱。（正末唱）

[上小楼] 蓦听的人言马嘶，威风也那猛势，唬的我战战兢兢，慌慌张张，只待要哭哭啼啼。这一壁那一壁，怎生逃避，好着我磕扑的在马前跪膝。

　　（薛仁贵云）兀那厮，我问着你。您休推东主西的。（正末云）小人也怎敢。（唱）

[满庭芳] 怎敢道是推东主西，我则怕言无关典，话不投机。（薛仁贵云）你可是土居也。可是寄居？当着甚么

差徭？（正末唱）孩儿每在龙门镇民户当夫役。（薛仁贵云）您成群打伙，在这里做什么哩？（正末唱）今日正百五寒食，上坟的都是同乡共里，吃酒用瓦钵和这磁杯，怕官人待要来敛科税。我去村头行报知，官人也你但道的我便依随。

（薛仁贵云）我问你，东庄里薛大伯家，有个孩儿是薛驴哥，你认得他么？（正末云）孩儿每认得他，认得他。（唱）

[快活三] 俺两个也曾麦场上拾谷穗，也曾树梢上摘青梨，也曾倒骑牛背品腔笛，也曾偷的那生瓜来连皮吃。

（薛仁贵云）既然你和薛驴哥是相识朋友，他从小里习学甚么艺业来？（正末唱）

[迓鼓儿] 他他他从小里，他他他不务老实，便把那枪儿、棒儿强温习，偏不肯拽耙扶犁，常只是抛了农器演武艺。就压着那一班一辈，与他副弓箭能射，与他匹劣马能骑，更使着一条方天画戟。

（薛仁贵云）他那一双父母，如今有什么人侍养他？你说一遍，我是听咱。（正末云）他那老两口儿年纪高大，则有的这个孩儿，可又投军去了，十年光景，音信皆无。做父母的在家少米无柴，眼巴巴不见回来，好不苦也！（唱）

[鲍老儿] 不甫能待的孩儿成立起，把爹娘不同个天和地。也不知他在楚馆秦楼贪恋着谁，全不想养育的深恩义。可怜见一双父母，年高力弱，无靠无依。那厮也少不的亡身短命，投坑落堑，是个不长进的东西！

（薛仁贵云）兀那厮，你也还认的那薛驴哥么？（正末云）孩儿每怎么不认的他？我若见了他呵，去他那鼻凹里，直打上五十拳。（薛仁贵云）兀那厮，抬起你那头来，睁开你那眼，则我不就是薛驴哥那！（正末云）早是你，孩儿每也不曾说甚么哩。（薛仁贵云）你也骂的我勾了也。您不知我如今做了天下兵马大元帅，奉圣人的命，着我衣锦还乡，家中见父母去也。（正末唱）

[耍孩儿] 则你那老爹娘受苦你身荣贵，全改换了个雄躯壮体，比那时将息的可便越丰肥，长出些苫唇的髭髯。我才咒骂了你几句你权休怪，也是我间别来的多年把你不认的。（薛仁贵云）我不怪你，恕下官不下马也。（正末唱）哎！你看他马儿上簪簪的势，早忘和俺掏鹏鸠争攀古树，摸虾蟆混入淤泥。

（薛仁贵云）自我投义军之后，我一双父母怎生般过活，你再说一遍，与我听咱。（正末唱）

[一煞] 你娘可也过七旬，你爹整八十，又无个哥哥妹妹和兄弟。你爹也曾苦禁破屋三冬冷，您娘也曾拨尽寒垆一夜灰。饿的他身躯软，肝肠碎，甚的是肥羊也那白面，只揎的个淡饭黄齑。

（薛仁贵云）俺父亲母亲，也曾思想我么？

（正末唱）

[煞尾] 他从黄昏哭到明，早辰间哭到黑，哭你个离乡背井薛仁贵。（云）则你那一双父母，朝暮倚着柴门，望那驴儿，知道几时回来？兀的不艰难杀了也！（唱）可怜见你那年老的爹娘盼望杀你。（禾旦同下）

（薛仁贵云）原来我一双父母，受如此般苦楚，我不敢久停久住，只索赶回家中，见父亲母亲去者。（诗云）辽左回来荷主恩，黄金百两酒千尊；归家手奉双亲寿，可比庄农胜几分。（下）

【鉴赏】

《薛仁贵》全名《薛仁贵衣锦还乡》，写唐代薛仁贵因功被封为天下兵马大该剧共写了四折和一个楔子。楔子写投军，第一折写争功，第二折写思亲，第三折写荣归，第四折写团聚。团聚也应该属于荣归。但从衣锦还乡、夸耀乡里的角度看，第三折逢伴哥这场戏才是荣归的本义，应该是重点戏。

第三折——荣归，好像是场"过场戏"，其实这场戏相当重要，不论在思想还是在艺术上都很有特色。这部杂剧本来是颂扬薛仁贵"白袍将世上无双"，"改门闾荣耀非常"，以及颂扬徐茂公的正直和为国家任用贤材的，但在颂扬之中却透露出重大的历史性问题：农民追求改变自己地位的最终结局，只能是出人头地、高居人民之上，或做封建官吏，或做封建皇帝。一个农民不管出身如何微贱，吃过多少苦头，一旦做了官吏或皇帝，他就不再是农民了，而是农民的老爷。这种历史性的悲剧，完全是由封建时代的生产力和生产关系造成的。

薛仁贵在农村时，即使喜欢使枪弄棒，不乐意做农活儿，但他总是个道地的农民。他和农民少年朋友，一起拾谷穗，放牛，掏鹌鹑，摸蛤蟆，摘青梨，甚至偷生瓜连皮吃。可是他凭着战功做了兵马大元帅之后，回到故乡却是耀武扬威，貌似雪神，吼若春雷，面对少年时的农民朋友，一口一个"兀那厮"，"抬起你那头来，睁开你那眼，则我不就是薛驴哥那？"一副洋洋得意、自我炫耀的样子！他除了向农民夸耀之外，再没有什么农民的气味了。他在乡亲面前，连马也不下；而他的少年朋友却跪在他的马前。一个骑在马上，一个跪在马前，这个画面，鲜明、形象地表现了那个时代农民当官之后和普通农民的阶级关系。本来是歌颂的，却暴露了历史性的问题. 这就是现实主义文学艺术的伟大之处。张国宾自然是羡慕一个原来的穷汉做了将军回乡夸耀的，但他毕竟"酷贫"，没有违背生活真实及其固有的逻辑，因而也就真实地反映了农民的阶级的、历史的局限性。

《薛仁贵荣归故里》或叫《薛仁贵衣锦还乡》，按理说，应该由薛仁贵做主角，并由他主唱全本。但这个"末本"戏的"正末"，却由薛仁贵的父亲薛大伯、军师徐茂公和一个同村农民伴哥轮流充当的。这种从侧面描写薛仁贵的方法，比直接描写他更为有力。尤其这里选的第三折，从一个同村的农民的眼里，去表现薛仁贵荣归时的显赫、威风和他对农民的态度，就会形成强烈的对比，更加突出了薛仁贵的荣贵。同时，作家在官民对立中，更易于抒发对薛仁贵阶级转化的感慨和不满之情。

曲词［十二月］、［尧民歌］、［上小楼］、［满庭芳］和［耍孩儿］，就是从伴哥眼里来描写薛仁贵的："俺只见一道儿红尘荡起"，薛仁贵跃马扬鞭带领兵卒上场了。这是一片何等显赫、威风的势派啊！一骑骏马奔驰而来，所有的随从人员都穿着锦衣绣袄；骑马的将军衣着缟素，好像雪神一般自天而降，他的一声吼叫，就把伴哥吓呆了，心胆昏迷，手脚哆嗦；"蓦听的人言马嘶"，伴哥被吓得战战兢兢，慌慌张张，甚至要哭出声来，他无法逃避，只好跪在马前；伴哥向这位"老爷"求情，清明扫墓的乡里乡亲们用的瓦钵磁杯，怕官人收科税。在这里，剧作家在写薛仁贵的显赫、威风的同时，又写了伴哥的极度恐惧的心理和呆痴、慌张的神态，十分形象而深刻地揭示了封建时代官民之间的对立关系，薛仁贵的"衣锦还乡"，对于农民意味着什么。

这折戏的曲词也很有特色。它是从生活中提炼出来的口语化的艺术语言，质朴、流利、形象、生动。尤其形象性方面，很富有表现力。比如写"禾旦"在清明节吃酒、吃菜及酒后的憨态："……直吃的恁般沙势。……可不的失掉了镶钗锃，歪斜着油鬏髻。上坟的须有许多人，也不似你，你，吃的个行不是行，立不是立，醉了还醉。"写伴哥见到将军兵卒后的惊慌神态："唬的我心儿、胆儿急獐拘猪的自昏迷，手儿、脚儿滴羞笃速的似呆痴。禁也波持，身躯怎动移，我可便不待酒伴装醉。"伴哥是个农民，他即使叙说薛仁贵的飞黄腾达，以及表达自己的感慨，也是用他自己的生活语言："哎！你看他马儿上簪簪的势，早忘和俺掏鹁鸠争攀古树，摸虾蟆混入淤泥。"在叙述薛仁贵少年时生活时所用的语言更为出色："俺两个也曾麦场上拾谷穗，也曾树梢上摘青梨，也曾倒骑牛背品腔笛，也曾偷的那生瓜来连皮吃。"这样的语言，简直是一句话就是一幅图画，形象、生动、精练、恰当。这样的曲词语言，确是很好的，不熟悉农民孩子生活的作家，是无论如何创造不出来的。

金仁杰　（？～329年）字志甫，杭州人。生年不详，卒于元文宗天历二年。小试钱毂，给由江浙，与钟嗣成交往，二十年如一日。天历元年冬，授建康崇甯务官。二年正月到任，三月，其二子即护柩归。仁杰工作曲，太和正音谱主为"如西山爽风。"所作杂剧凡七种，为西湖梦、追韩信、蔡琰还汉、东窗事犯、（非孔文卿作）韩太师、鼎锅谏、抱子设朝，《录鬼簿》今全佚。

《追韩信》第二折

金仁杰

（等霸王上开一折下）（等驾提一折）（等萧何云了）（正末背剑踏竹马儿上开）想自家离了淮阴，投于楚国不用。今投沛公，亦不能用。人闷闷而不已，而成短歌之曰：背楚投汉，气吞山河；知音未遇，弹琴空歌。弃执戟离霸主，谋大将投萧何；治粟以叹何补，乘骏骑而知他。（诗曰）泪洒西风怨恨多，淮阴壮士被穷磨；鲁麟周凤皆为瑞，时与不时争奈何！

[双调新水令] 恨天涯流落客孤寒，叹英雄半世虚幻。坐下马空踏遍山水雄，背上剑枉射得斗牛寒；恨塞于天地之间，云遮断玉砌雕栏，按不住浩然气透霄汉。

[驻马听] 回首青山，拍拍离愁满战鞍；举头新雁，呀呀哀怨伴天寒。止望学龙投大海驾天关，划地似军骑赢马连云栈。且相逢觑英雄如匹似闲，堪恨无端四海苍生眼。

[沉醉东风] 干功名千难万难，求身仕两次三番。前番离了楚国，今次又别炎汉，不觉的皓首苍颜。就月朗回头把剑看，忽然伤感默上心来，百忙里揾不干我英雄泪眼。

　　（诗曰）身似青山气似云，也曾富贵也曾贫；
　　时运未来君休笑，太公也作钓鱼人。

[水仙子] 想当日子牙守定钓鱼滩，遇文王亲诣磻溪登将台，如今一等盗糠杀狗为官宦，天那！偏我干功名的难上难。想岩前傅说贫寒，平粪土把生涯干，遇高宗一梦间，他须不曾板筑在长安。

（萧何踏竹马儿上了）

[雁儿落] 丞相道将咱来不住的赶，韩信则索把程途盼。（萧何云了）为甚却相逢便嗔声？非是我不言语相轻慢。

[得胜令] 我又怕叉手告人难，因此上懒下宝雕鞍。（萧何云了）说着汉天子由心困，量着楚重瞳怎挂眼？（萧何云了）弃骏马雕鞍，向落日夕阳岸，办蓑笠纶竿，钓西风渭水寒。

（萧何云了）

[夜行船] 看承的自家如等闲，我早则没福见刘亭长龙颜。（萧何云了）谁受你那小觑我的官职？（萧何云了）谁吃你那淹留咱的茶饭？（萧何云了）划地说功名半年期限。

[挂玉钩] 我怎肯一事无成两鬓斑！（萧何云了）既然你不用我这英雄汉，因此上铁甲将军夜度关。你端的为马来将人盼？既不为马公干，却有甚别公干？我汉室江山，可知可知保奏得我甚挂印登坛？

（萧何云了）（渔公上云了）（萧何并未上船科）丞相道渔公说得是，官人每不在家里快活，也这般戴月披星生受。则么将谓韩信功名如此艰辛，元来这打鱼的觅衣饭吃，更是生受！

[川拨棹] 半夜里恰回还，抵多少夕阳归去晚；烟烟湾湾，珂佩珊珊，冷清清夜静水寒，可正是渔人江上晚。

[七弟兄] 脚踏着跳板，手执定竹竿，不住的把船攀，兀良！我则见沙鸥惊起芦花岸。忒楞楞飞过蓼花滩，可便似禹门浪急桃花泛。

[梅花酒] 虽然是暮景残，恰夜静更阑。对绿水青

山，正天淡云闲。明滴溜银蟾似海山，光灿烂玉兔照天关。撑开船挂起帆，俺红尘中受涂炭，恁绿波中觅衣饭；俺乘骏骑惧登山，你驾孤舟怕逢滩；俺锦征袍怯衣单，你绿蓑衣不曾干；俺干熬得鬓斑斑，你枉守定水潺潺，俺不能勾紫罗襕，你空执着钓鱼竿，咱都不到这其间。

[收江南] 怎知烟波名利大家难，（做上岸科）（渔父先下）抵多少五更朝外马嘶寒，对一天星斗跨雕鞍。不由我倦惮，也是算来名利不如闲。

[尾] 我想这男儿受困遭磨难，恰便似蛟龙未济逢干旱。怎蒙了战策兵书，消磨了顿剑摇环。唱道惆怅功名，因何太晚？似这般涉水登山，休休休，空长叹！（萧何带住）谢丞相执手相看，不由我半挽着丝缰意去的懒。（下）

【鉴赏】

　　《追韩信》全名《萧何月夜追韩信》，一作《萧何月下追韩信》，是一部历史剧，全剧的内容，大体根据《史记》《汉书》中萧、韩本传的记载。写楚汉战争时，韩信未被汉王刘邦重用，愤而出走，萧何连夜将他追回，再三推荐，刘邦始拜韩信为大将，垓下之战，韩信率军大败楚兵，项羽在乌江自尽。但是关于萧何追赶韩信的一节，他们的本传中却写得极其简略，追赶的情景更没有一点描写。从他们的本传中可以看出，史传作家的目的在于表扬萧何爱惜人才的美德和忠于皇帝事业的责任心，同时歌颂刘邦的豁达大度。现代改编演出的《萧何月下追韩信》，它的重点也是赞美萧何爱贤的品德的。而金仁杰的《追韩信》，它的重点却是表现韩信，用萧何陪衬韩信。这样描写，自然是受到剧作家自己坎坷身世影响的结果，因而在反映元代政治生活的黑暗和知识分子的不满情绪等方面，就具有了一定的现实意义。第二折更是这样。

　　这一折，写的是韩信在项羽、刘邦两处得不到重用之后而愤然离开，决定去过渔隐生活。哪知萧何独具慧眼，发现了韩信的大将之才，从后星夜追来，决定

挽留韩信，并向
刘邦保举。这一
折的戏剧情节和
细节，完全是剧
作家自己创造的，
而且写得很好。
可惜本剧的科白

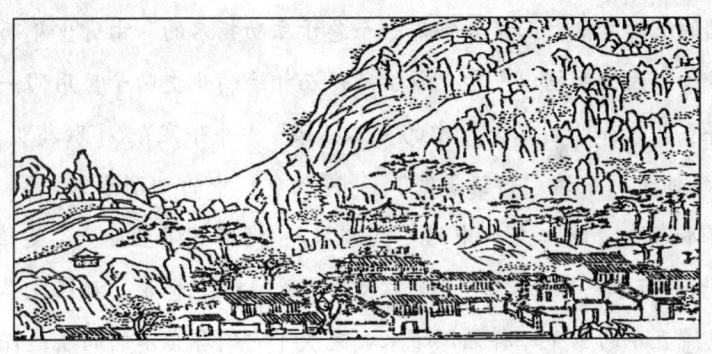

大都省略了。不过，我们单从曲词就不难看出，剧作家十分着意刻画韩信的形象
——统帅之才和大将风度，着意刻画韩信孤傲不群、不屈从人下的性格，使韩信
充分抒发出抱负难展、壮志未酬的悲愤之情。从韩信这个人物身上，剧作家寄托
着自己怀才不遇的无限感慨和对当时黑暗政治的无比愤懑。

写韩信的大将风度：韩信不被人赏识，不被人重用，在政治生活的道路上可
以说是穷困的。但这种穷困也是大将的穷困，而不是奴才的穷困。曲词中抓住这
个特点，来写韩信的大将风度："坐下马空踏遍山水雄，背上剑枉射得斗牛寒"；
一个"雄"字，一个"寒"字，把韩信的非凡的才干和胸襟突现出来了。两字
用得很好。他有恨，这恨也是雄壮的："恨塞于天地之间"。他有正气，这正气也
是有力的，即使云遮住了天宫，也能穿透而超过天河。"就月朗回头把剑看"一
句，在描写一个不得志的大将风度上，可以称得上是警策，是传神之笔。

写韩信的孤傲不群、不屈从人下的性格：韩信作为封建时代的人，他追求立
功扬名，施展政治抱负，当然不值得赞扬。但剧作家强调的是，韩信不是乞求功
名，不是不择手段地钻营上爬。这一点，在那个时代还是难得的。不屈从人下，
是封建时代一个正直士人的可贵的性格。丞相追赶挽留，韩信却说："我又怕叉
手告人难，因此上懒下宝雕鞍。"他对项羽、刘邦这样的帝王也是大不敬的，这
是因为他们不识贤愚，不分良莠，所以："说着汉天子由心困，量着楚重瞳怎挂
眼？""看承的自家如等闲，我早则没福见刘亭长龙颜！""谁受你那小觑我的官
职？谁吃你那淹留咱的茶饭？"这些曲词对于表现韩信刚直不阿、贫贱不移的性
格，也是十分得力的笔墨。

这一折的曲词，因为是一个不得志而又独具将才的人唱的，是韩信"这一
个"人唱的，因此表现了悲壮而豪放的风格。它既不同于《燕青博鱼》中的燕
青唱词的寒酸凄凉，也不同于《单刀会》中的久经沙场、饱尝风霜的老将关羽唱

词的沉郁凄怆，而是奔腾着一个急于立功扬名的、由青少年而到壮年的人的英雄音响。因为曲词以气势见长，所以在相连的几支曲子里用同一个字押韵，也不显得重复。如 [新水令] 中的"客孤寒""斗牛寒"，[驻马听] 中的"伴天寒"，[水仙子] 中的"傅说贫寒"，[得胜令] 中的"渭水寒"，[川拨棹] 中的"夜静水寒"，[收江南] 中的"马嘶寒"；还有"苍生眼""英雄泪眼""怎挂眼""千难万难""告人难""大家难""遭磨难"等等，都在气吞山河的气势中，像飞流直下的瀑布一样倾泻下来，完成了它们各自不同的表达任务。

这一折的曲词，不仅在抒发豪情方面以气势见长，而且随着人物的行动和感情的变化，在写景状物方面也流畅明快，清新可喜。韩信、萧何及渔公乘船渡河一节，就写得很好。这三首曲词，第一首、第二首随着人物的行动展开景色画面，第三首主要随着人物的感情起伏来摄取景物。总之，因为景色是随着人物的行动和感情的起伏展开的，所以景物也活动起来了。我们好像在观赏抒情性十分浓厚的电影镜头一样，似乎走进了剧作家所描绘的环境里。

朱凯 字士凯。生卒年、籍贯均不详。曾任江浙行省掾史，较长时间在杭州生活。自幼孑立不俗，与人寡合，后与钟嗣成相友善，曾为钟所作《录鬼簿》写序。序中盛赞该书"文以纪传，曲以吊古，使往者复生，来者力学"。他又与另一戏曲作家王晔交往，合作散曲《双渐小卿问答》，是元代散曲中独特的形式，人多称赏。他多制小曲，声振江淮、杭州。曾编《□平乐府》，又曾类集当时名公隐语，编为《包罗天地》，并著有《谜韵》1集。这些著作都由钟嗣成作序。各书俱佚，今仅存杂剧2种。

《昊天塔》第四折

朱　凯

（外扮长老上，诗云）积水养鱼终不钓，深山放鹿愿长生。扫地恐伤蝼蚁命，为惜飞蛾纱罩灯。贫僧乃五台山兴国寺长老是也。我这寺里，有五百众上堂僧，内有一个和尚姓杨，此人十八般武艺无有不拈，无有不会，每日在后山打大虫耍子。今日无甚事，天色将晚也，且掩上三门者。（杨景上，云）某，杨景，直到幽州，盗了父亲的骨殖，留兄弟孟良在后，当住追兵去了。我一人一骑，往五台山经过。天色已晚，难以前去，只得在寺中觅一宵宿。来到这三门首，我下的马来，推开三门。兀那和尚，有甚么干净的僧房，收拾一间与我宿一夜，天明要早行也。（长老云）客官，这一间僧房可干净？（杨景云）我放下这骨殖咱。（长老云）敢问客官从那里来？（杨景云）我来处来。（长老云）你如今那里去？（杨景云）我去处去。（长老云）那里是你家乡？（杨景云）我没家乡。（长老云）你姓甚名谁？（杨景云）我没名姓。（长老云）兀那客官，怎这等硬头硬脑的。老僧不打紧，我有一个徒弟，他若来时，怎肯和你干罢也。（杨景云）他来时便敢怎的我！你自回避。父亲也！兀的不痛杀我也。

（正末扮杨和尚上，云）洒家醉了也。（唱）

[双调新水令] 归来余醉未曾醒，但触着我这秃爷爷没些干净。（做听科，云）哦，恰像似有人哭哩。（唱）那哭的莫不是山中老树怪，潭底毒龙精？敢便待显圣通灵，只俺个道高的鬼神敬。

（杨景作哭科，云）父亲也！兀的不痛杀我也。（正末云）兀的不在那里哭哩。（唱）

[驻马听] 那里每噎噎哽哽，搅乱俺这无是无非窗下僧。（杨景云）父亲也！痛杀我也。（正末唱）越哭的孤孤另另，莫不是着枪着箭的败残兵！我靠三门倚定壁儿听，耸双肩手抵着牙儿定。似这等沸腾腾，可甚

么绿阴满地禅房静。

（正末见长老科）（长老云）徒弟，你来了也。适才靠晚间，有个客官，一人一骑，来到俺寺中借宿。我问他，他不肯说实话。他如今在这房里，你去问他咱。（正末云）师父，你回方丈中歇息，我自问他去。（长老云）正是："闭门不管窗前月，一任梅花自主张"。（下）（正末见科，云）客官问讯。（杨景云）好一个莽和尚也！（正末云）客官，恰才烦恼的是你来？（杨景云）是我来。（正末云）你为甚么这等烦恼？（杨景云）和尚，我心中有事。（正末云）我试猜你这烦恼咱。（杨景云）和尚，你是猜我这烦恼咱。（正末唱）

[步步娇] 只你个负屈含冤的也合通名姓，莫不是远探你那爹娘的病？（杨景云）不是。（正末唱）莫不是你犯下些违条罪不轻？（杨景云）我有甚么罪犯。（正末唱）莫不是打担推车撞着贼兵？（杨景云）便有贼兵呵，量他到的那里？（正末唱）我连问道你两三声，怎没半句儿将咱来答应？

（云）兀那客官，我问着你，不肯说老实话，俺这里人利害也。（杨景云）你这里人利害便怎么？（正末唱）

[雁儿落] 俺这里便骂了人也谁敢应！（杨景云）敢打人么？（正末唱）俺这里便打了人也无争竞！（杨景云）敢劫人么？（正末唱）俺这里便劫了人也没罪名！（杨景云）敢杀人么？（正末唱）俺这里便杀了人也不偿命！

（杨景云）你说便这等说，我是不信。（正末云）你不信时试闻咱。（唱）

[水仙子] 现如今火烧人肉喷鼻腥。（杨景云）哎，好和

尚，可不道"为惜飞蛾纱罩灯"哩。（正末唱）俺几曾道"为惜飞蛾纱罩灯"？（做合手科，云）阿弥陀佛，世间万物，不死不生。（唱）若不杀生呵，有甚么轮回证？这便是咱念阿弥超度的经。（杨景云）想你也不是个从幼儿出家的。（正末唱）对客官细说分明：我也曾杀的番军怕，几曾有个信士请，直到中年才落发为僧。

（杨景云）兀那和尚，我也不瞒你，我是大宋国的人。（正末云）客官，你既是大宋国人，曾认的那一家人家么？（杨景云）是谁家？（正末云）他家里有个使金刀的。（唱）

[雁儿落] 他叫做杨令公，手段能。（杨景惊科，云）他怎么知道俺父亲哩。兀那和尚，那杨令公有几个孩儿？（正末唱）他有那七个孩儿都也心肠硬。（杨景云）他母亲是谁？（正末唱）他母亲是佘太君，敕赐的清风楼无邪佞。

（杨景云），他弟兄每可都有哩？（正末唱）

[得胜令] 呀，他兄弟每多死少波生！（杨景云）你敢是他家里人么？（正末唱）只我在这五台呵又为僧。（杨景云）哦，你元来是杨五郎。你兄弟还有那个在么？（正末唱）有杨六使在三关上。（杨景云）你可认的他哩？（正末云）他是我的兄弟，怎不认的。（唱）和俺一爷娘亲弟兄。（杨景云）哥哥，你今日怎就不认得我杨景也。（正末作认科，唱）休惊，这会合真侥幸。（云）兄弟，闻的你镇守瓦桥关上，怎到得这里？（杨景云）哥哥，您兄弟到幽州昊天寺，取俺父亲的骨殖来了也。（正末作悲科，唱）伤也么情，枉把这幽魂陷虏城。

（净扮韩延寿上，诗云）我做将军快敌斗，不吃干粮则吃肉。你道是敢战官军沙塞子，怎知我是畏刀避箭韩延寿。某韩延寿是也。时奈杨六儿无礼，将他那令公骨殖偷盗去了。我领着番兵，连夜追赶。原来杨六儿将着骨殖，前面先去，留下孟良，在后当住。我如今别着大兵，与孟良厮杀，自己挑选了这五千精兵，抄上前来。明明望见杨六儿走到五台山下，怎么就不见了？一定躲在这寺里。大小番兵，围了这寺者。兀那寺里和尚，快献出杨六儿来；若不献出来，休想满寺和尚一个得活。（做呐喊打门科）（杨景云）哥哥，兀的不是番兵来了也。（正末云）兄弟不要慌，我出去与他打话。我开了这三门。（做见科）（韩延寿云）兀那和尚，您这寺里有杨六儿么？献将出来便罢，若不献出来呵，将你满寺和尚的头，都似西瓜切将下来，一个也不留还你。（正末云）兀那将军，果然有个杨六儿，被我先拿住了，绑缚在这寺里，俺出家的人，是慈悲为本，方便为门，休把这许多枪刀，吓杀了俺老师父。您去了兵器，下了马，我拿杨六儿与你去请功受赏，好不自在哩。（韩延寿云）我依着你，就去了这刀枪，脱了这铠甲，我下了这马。和尚，杨六儿在那里，快献出来。（正末云）将军，你忙怎的，且跟将我入这三门来。且关上这门。（韩延寿云）你为甚么关上门？（正末云）我是小心的，还怕走了杨六儿。（韩延寿云）杨六儿走不出，我也走不去。关的是，关的是。（正末做打净科，云）量你这厮走到那里去！（韩延寿云）呀！这和尚不老实，你只好关门杀屎棋。怎么也要打我？（正末唱）

[川拨棹] 这厮待放蒙挣，早拔起咱无明火不邓邓。损坏众生，扑杀苍蝇，谁待要鹊巢灌顶？来来来！俺与你打几合，斗输赢。

（韩延寿云）这和尚倒来撒的。那三门又关

了，我可往那里出去。（正末唱）

[七弟兄] 把这厮带鞓，可搭的揝定，先摔你个满天星。休怪俺出家人没的这慈悲性，怒轰轰恶向胆边生，兀良，只要你偿还那令公爹爹命。

（正末做跌打科，云）打死这厮，才雪的我恨也。（唱）

[梅花酒] 呀，打的他就地挺。谁着你恼了天丁。也不用天兵，就待劈碎你这天灵，磕擦的怪眼睁，搭双拳打不停，飕飕的雨点倾，直打的应心疼。非是咱不修行，见仇人分外明。若不打死您泼残生，这冤恨几时平！（韩延寿云）好打！好打！你且说个名姓与我知道，敢这等无礼。（正末唱）哎，你个韩延寿早喋声，还问甚姓和名。

（正末做拿韩延寿科）（唱）

[喜江南] 呀，则我这杀人和尚灭门僧，便铁金刚也劝不的肯容情。俺兄弟正六郎杨景镇边庭。（带云）韩延寿！（唱）也不则你兵临在颈，再休想五千人放半个得回营。

（云）兄弟，我打死了番将韩延寿也。（杨景云）哥哥，将韩延寿枭下首级，剜出心肝，在父亲骨殖前先祭献了，就在这五台山寺里，做七昼夜好事，超度俺父亲和兄弟，早升天界也。（外扮寇莱公冲上，云）老夫莱国公寇准是也。奉圣人的命，并八大王令旨，直至瓦桥关，迎取已故护国大将军杨继业并杨延嗣的骨殖，归葬祖茔。有孟良杀退番兵，报说杨景还在五台山上兴国寺，做七昼夜的大道场，超度亡魂。老夫就带着孟良，不辞星夜来。可早到五台山也。（做见科，云）兀那杨景，老夫奉圣人的命，特来到此，问你取的杨令公并七郎骨殖安在？（杨景云）大人，我父亲并七郎骨殖都有了，现在此处追荐哩。

（寇莱公云）既然有了，杨景同杨郎望阙跪者，听圣人的命。（词云）大宋朝篡承鸿业，选良将镇守边疆，杨令公功劳最大，父与子保驾勤王。潘仁美贼臣奸计，陷忠良不得还乡。李陵碑汝父撞死，连七郎并命身亡。百箭会幽魂托梦，盗骨殖多亏孟良。杨延景全忠全孝，舍性命苦战沙场。遣敕使远来迎接，赐黄金高筑坟堂。还盖庙千秋祭享，保山河万代隆昌（众谢恩科）

题目　　瓦桥关令公显神

正名　　昊天塔孟良盗骨

【鉴赏】

　　北宋至元初三百年间，各民族政权宋（汉族）、辽（契丹族）、西夏（党项羌族）、金（女真族）、元（蒙古族）长期纷争，许多民族英雄的故事广泛流传，《昊天塔》就是这类题材的元杂剧中较好的一部。

　　《昊天塔》演北宋杨家将故事。写六朗杨景镇守三关，梦见父亲令公来见，诉说和七郎与辽将韩延寿交战，寡不敌众被围，七郎突围求救，被贼臣潘仁美攒箭射死，令公自己撞死李陵碑下。辽兵将其尸首焚化，骨殖吊在幽州昊天寺塔尖上，每日让一百个小卒各射三箭，名曰百箭会。令公嘱咐六郎赶快亲率孟良盗回骨殖，向朝廷诉冤，为父报仇（第一折托梦）。六郎遂用计激怒大将孟良，一起暗下三关，潜往幽州（第二折激良）。二人到昊天寺，佯言布施、赚开寺门，杀掉看守和尚，盗得令公骨匣而走。辽兵发觉追赶，孟良自请断后抵敌（第三折盗骨）。六郎背负骨殖逃至五台山兴国寺，巧遇在此出家的杨五郎，兄弟相认。适逢韩延寿追至，五郎将他骗进寺内打死，报了家国之仇。最后寇准来到宣旨，褒祭忠良（第四折会兄）。全剧热情歌颂了杨家将前仆后继，卫国杀敌的英雄气概，谴责了奸臣弄权叛国、残害忠良的罪行，抒发了对外敌侵扰的切齿痛恨，表现了强烈的爱国主义的主题。

　　第四折"会兄"是故事的高潮，也是全剧最有特色的一折。本折最突出的成功之处，是它运用各种艺术手法，多侧面地刻画人物，出色地塑造了杨五郎的英雄形象，性格丰满，个性鲜明，给人以深刻的印象。

全折按剧情发展，可分为四场：一、六郎投宿；二、弟兄相会；三、五郎杀敌；四、寇准宣敕。

在第一场，首先通过长老的道白，侧面介绍了杨五郎不但"十八般武艺""无有不会"，而且"每日在后山打大虫耍子"——其非凡的武功、超人的胆量达到了神奇的程度，由此也不难想见其身躯之魁梧彪悍，所以见面之初，六郎便惊叹地赞曰："好一个莽和尚也！"这些就使第三场他赤手空拳轻而易举打死敌首，显得真实可信。接着，

长老警告六郎，自己徒弟若来了，"怎肯和你干罢！"暗示了五郎性情之急躁暴烈，为后面二人的冲突做了铺垫。这样，五郎虽尚未露面，却已通过侧面介绍，造成一种先声夺人之势和引人入胜的悬念。

第二场，五郎出场。"洒家醉了也！"一声叫板，引出了首曲〔新水令〕。自称"但触着我这秃爷爷没些干净"，闻哭声而疑惑"莫不是山中老树怪，潭底毒龙精？"简练形象地表现了五郎那粗豪爽直的脾气和余醉未醒的神态，使人不禁会想起那不守寺院清规，醉后大闹五台山的花和尚鲁智深来。

接着写弟兄相认的过程，具体细致，合乎情理。弟兄阔别多年后意外相遇，五郎落了发，六郎也应是乔装的，又是晚上，在半暗不明的禅房中，互不相识是完全可信的。起初，五郎还耐心地反复盘诘，但六郎却仍支吾其词，不正面回答。引得五郎气恼起来，发出恐吓："俺这里人利害也"，"便杀了人也不偿命！"几乎引起冲突。后来，反而是五郎先说出"俺也曾杀的番军怕"，六郎才消除了戒备，表示"我也不瞒你"，承认"我是大宋国的人"，双方以诚相见，最终导致弟兄相认。这一过程具体细致地表现了五郎的急躁爽直、胸无城府和六郎谨慎持重，也符合六郎身为边帅深入虎穴，五台山地处辽宋边境的特定环境。

在第二、三两场中，各有侧重地表现了杨五郎性格中最具特色、也最可贵之

点：一是对佛教教义的叛逆，二是对敌斗争的坚决英勇，这两方面又是互为因果，互相生发的。

他虽然出家多年，却没有意志消磨，忘却世事，变成一个"无是无非窗下僧"，而是依然牢记国恨家仇，关心世事，疾恶如仇。第二场写他蔑视佛门清规戒律，不但无视戒酒的律条好饮常醉，而且对戒杀的律条，对"为惜飞蛾纱罩灯"之类的菩萨心肠、慈悲之举也不以为然，甚至说："若不杀生呵，有什么轮回证？这便是俺念阿弥超度的经！"佛教教义宣扬，人死后还会转生，前生做好事向好处转生，否则转生为牛马去受罪，这叫轮回，即所谓善恶报应。又认为有罪恶之人，死后请和尚念经，就可消去罪过，也能向好处转生，这叫作超度。而五郎这里却说：如果不杀生，那还有什么轮回报应可言？这杀生之举，就像我念经超度人一样，是一件好事！显然，这铿锵有力的语言，是对佛门不分善恶是非的戒杀教条的大胆怀疑和有力否定，表现了可贵的叛逆精神。

五郎否定佛门教义，当然并非主张不分皂白、排头砍去。其矛头明确地指向国家、民族的敌人，指向杀父的仇敌。第三场他痛殴韩延寿时更明确地喊出："休怪俺出家人没的这慈悲性"，"损坏众生，扑杀苍蝇，谁待要鹊巢灌顶！"（杀死敌人就像打死苍蝇一样正当和痛快，谁稀罕做鹊巢灌顶，去修行成佛！）"则我这杀人和尚灭门僧，便铁金刚也劝不的肯容情！""非是咱不修行，见仇人分外明，若不打死您泼残生，这冤恨几时平！"对佛门教义的批判和叛逆，对佛门教徒理想的蔑视和否定，是何等理直气壮，何等明确坚决！这位"杀人和尚灭门僧"，比起那些"无是无非窗下僧"来，要可爱可敬百倍。

第三场充分表现了杨五郎对敌人的刻骨仇恨和斗争的英勇。他从容镇定地面对气势汹汹、威胁要屠寺的韩延寿，机智地诳骗他去了兵器下了马，只身入寺，然后关门打狗，痛殴敌酋。他满腹仇恨，"怒轰轰恶向胆边生"，"只要你偿还那令公爹爹命！"他拳脚齐下，终于置仇敌于死地，报了深仇，出了冤气，真是痛快淋漓，大快人心。这一场作为高潮折中的高潮，最后完成了杨五郎这一佛门叛逆、爱国英雄的形象塑造，他那粗豪勇猛、机智果敢、疾恶如仇的性格，深深地印入人们心中。

本折其他配角形象虽着墨不多，但也刻画得比较鲜明，对主角起到很好的映衬作用。如长老恪守教义清规，不问世事的人生态度，与五郎离经叛道、疾恶如仇的言行性格，韩延寿的凶狂愚蠢与五郎的镇定机智，都形成鲜明对照。

本折四场，由六郎投宿开始，各场关目紧凑，情节发展自然，冲突环环相扣，逐步推上高潮。高潮安排在这最后一折后部，主要矛盾冲突解决后，很快结束，避免了某些杂剧结尾时拖沓、平板的缺点、没有"强弩之末"的感觉。

全剧语言具有本色派风格，本折豪迈激越的特征更为鲜明。道白朴实简练，曲词通俗流畅，发挥了叙事、抒情、问答、描摹的多种功能。如［新水令］一曲，刻画余醉未醒情态，形象传神；［步步娇］以下三曲，写弟兄问答，曲白配合，口吻真切。"杀敌"一场数曲，描绘则形象生动，抒情则慷慨激昂，愤怒仇恨之情倾泻而出，使人如见如闻。其中［七弟兄］、［梅花酒］二曲更是极富于动作性："把这厮带鞯，可搭的撺定，先摔你个满天星"，"呀，打的他就地挺……磕擦的怪眼睁，搭双拳打不停，嗖嗖的雨点倾，直打的应心疼"，这些和前文所引曲文，无异于舞台动作表情的提示，极适宜于优人排演，充分显示了本色行当的特色。

高明 生卒年不详。字则诚，自号菜根道人。元代戏曲作家。浙江瑞安人。瑞安属古永嘉郡，永嘉亦称东嘉，故后人称他为高东嘉。他的长辈、兄弟均能诗擅文。他曾从名儒黄□游，黄为官清廉，并以至孝见称。高明的思想、品格受家庭、老师影响颇深。

《琵琶记》第二十出

高 明

糟糠自厌

（旦上，唱）

［山坡羊］乱荒荒不丰稔的年岁，远迢迢不回来的夫婿。急煎煎不耐烦的二亲，软怯怯不济事的孤身己。衣尽典，寸丝不挂体。几番要卖了奴身已，争奈没主公婆教谁看取？（合）思之，虚飘飘命怎期？难

捱，实丕丕灾共危。

[前腔] 滴溜溜难穷尽的珠泪，乱纷纷难宽解的愁绪。骨崖崖难扶持的病体，战钦钦难捱过的时和岁。这糠呵，我待不吃你，教奴怎忍饥？我待吃呵，怎吃得？（介）苦！思量起来不如奴先死，图得不知他亲死时。（合前）

（白）奴家早上安排些饭与公婆，非不欲买些鲑菜，争奈无钱可买。不想婆婆抵死埋冤，只道奴家背地吃了甚么。不知奴家吃的却是细米皮糠，吃时不敢教他知道，只得回避。便埋怨杀了，也不敢分说。苦！真实这糠怎的吃得。（吃介）（唱）

[孝顺歌] 呕得我肝肠痛，珠泪垂，喉咙尚兀自牢嘎住。糠！遭砻被舂杵，筛你簸扬你，吃尽控持。悄似奴家身狼狈，千辛万苦皆经历。苦人吃着苦味，两苦相逢，可知道欲吞不去。（吃吐介）（唱）

[前腔] 糠和米本是两倚依，谁人簸扬你作两处飞？一贱与一贵，好似奴家共夫婿，终于见期。丈夫，你便是米么，米在他方没寻处。奴便是糠么，怎的把糠救得人饥饿？好似儿夫出去，怎的叫奴，供给得公婆甘旨？（不吃放碗介）（唱）

[前腔] 思量我生无益，死又值甚的！不如忍饥为怨鬼。公婆年纪老，靠着奴家相依倚，只得苟活片时。片时苟活虽容易，到底日久也难相聚。谩把糠米来相比，这糠尚兀自有人吃，奴家骨头，知他埋在何处？

（外净上，探白）媳妇，你在这里说甚么？

（旦遮糠介）（净搜出打旦介）（白）公公，你看么？真个背后自逼逻东西吃，这贱人好打！（外白）你把他吃了，看是什么物事？（净荒吃介）

（吐介）（外白）媳妇，你逼逻的是甚么东西？

（旦介）（唱）

[前腔] 这是谷中膜，米上皮，将来逼逻堪疗饥。（外净白）这是糠，你却怎的吃得？（旦唱）尝闻古贤书，狗彘食人食，公公，婆婆，须强如草根树皮。（外净白）这的不嗄杀了你？（旦唱）嚼雪餐毡苏卿犹健，餐松食柏到做得神仙侣，纵然吃些何虑？（白）公公，婆婆，别人吃不得，奴家须是吃得。（外净白）胡说！偏你如何吃得？（旦唱）爹妈休疑，奴须是你孩儿的糟糠妻室！

　　　　（外、净哭介，白）原来错埋怨了人，兀的
　　不痛杀了我！（倒介）（旦叫介，唱）

[雁过沙] 他沉沉向迷途，空教我耳边呼。公公，婆婆，我不能尽心相待奉，番教你为我归黄土。公公，婆婆，人道你死缘何故？公公，婆婆，你怎生割舍抛弃了奴？

　　　　（白）公公，婆婆。（外醒介，唱）

[前腔] 媳妇，你耽饥事公姑。媳妇，你耽饥怎生度？错埋冤你也不肯辞，我如今始信有糟糠妇。媳妇，我料应不久归阴府。媳妇，你休便为我死的把生的受苦。（旦叫婆婆介，唱）

[前腔] 婆婆，你还死教奴家怎支吾，你若死教我怎生度？我千辛万苦回护丈夫，如今到此难回护。我只愁母死难留父，况衣衫尽解，囊箧又无。（外叫净介，唱）

[前腔] 婆婆，我当初不寻思，教孩儿往皇都。把媳妇闪得苦又孤，把婆婆送入黄泉路，只怨是我相耽误。我骨头未知埋在何处所？

　　　　（旦白）婆婆都不省人事了，且扶入里面去。
　　正是：青龙共白虎同行，吉凶事全然未保。（并
　下）

　　　　（末上，白）福无双至犹难信，祸不单行却

是真。自家为甚说这两句？为邻家蔡伯喈妻房，名唤做赵氏五娘子，嫁得伯喈秀才，方才两月，丈夫便出去赴选。自去之后，连年饥荒，家里只有公婆两口，年纪八十之上，甘旨之奉，亏杀这赵五娘子，把些衣服首饰之类尽皆典卖，籴些粮米做饭与公婆吃，她却背地里把些细米皮糠逼逻充饥。唧唧，这般荒年饥岁，少什么有三五个孩儿的人家，供膳不得爹娘。这个小娘子，真个今人中少有，古人中难得。那公婆不知道，颠到把她埋冤；今来听得她公婆知道，却又痛心都害了病。俺如今去她家里探取消息则个。（看介）这个来的却是蔡小娘子，怎生恁地走得慌？（旦慌走上介，白）天有不测风云，人有旦夕祸福。（见末介）公公，我的婆婆死了。（末介）我却要来。（旦白）公公，我衣衫首饰尽行典卖，今日婆婆又死，教我如何区处？公公可怜见，相济则个。（末白）不妨，婆婆衣衾棺椁之费皆出于我，你但尽心承值公公便了。（旦哭介，唱）

[玉包肚] 千般生受，教奴家如何措手？终不然把他骸骨，没棺椁送在荒丘？（合）相看到此，不由人不珠泪流，正是不是冤家不聚头。（末唱）

[前腔] 不须多忧，送婆婆是我身上有。你但小心承直公公，莫教又成不救。（合前）（旦白）如此，谢得公公！只为无钱送老娘。（末白）娘子放心，须知此事有商量。（合）正是：归家不敢高声哭，只恐人闻也断肠。（并下）

【鉴赏】

　　《琵琶记》的作者高明在副末开场中说："今来古往，其间故事几多般。少甚佳人才子，也有神仙幽怪，琐碎不堪观。正是：不关风化体，纵好也徒然。

……休论插科打诨，也不寻宫数调，只看子孝与妻贤。"看来，他创作《琵琶记》的目的，是要塑造出孝子贤妻的形象来施行教化，感动世道人心的。由于这样的创作动机，一方面使他的作品有着明显的宣扬忠孝节义的内容；但同时也确实成功地塑造了蔡伯喈、赵五娘孝子贤妻的形象。剧作家用"三不从"（即辞试不从、辞官不从、辞婚不从）为蔡伯喈的种种行为进行辩护，使他由民间传说中"背亲弃妇"的负心人形象变成了孝子，这固然是丧失了批判热衷功名富贵的封建知识分子的思想意义，然而，却把批判的矛头指向了迫使他"背亲弃妇"的最高封建统治者——皇帝和牛丞相。比起民间传说来，有着更为积极的意义。尤其是赵五

娘的形象，更是感动着从古至今无数的观众和读者。明人冯梦龙甚至说："读高东嘉《琵琶记》而不下泪者，必非孝子。"的确，《琵琶记》里所描写的赵五娘侍奉公婆的种种事件，体现了劳动人民家庭关系中的传统美德，是十分感人的。而通常被人们称为"糟糠自厌"的第二十出，又是其中最精彩、最感人的片段。

这出戏，从始至终是在表现赵五娘那种坚韧不拔的生活意志和勇于自我牺牲的高贵品质，但在具体内容上，分为前后两场。以赵五娘的上下场为界，前一场戏主要写五娘吃糠引起的风波。

戏要感动人，就必须传达出人物的心声，表现出人物最真实的思想感情。而要表现这样的思想感情，又离不开典型环境的创造。戏曲不同于小说，它不能由作家直接出面叙述和描写环境，剧中环境的创造，完全是由剧中人的唱词和道白来完成的。因此，优秀的戏曲作家，总是巧妙地把写心与写境结合起来，使代言法的戏曲，同时具备叙事体文学的功能。戏一开始的两支［山坡羊］曲子，体现戏曲的这种特点最为明显。

南戏一般是以先唱后白为通例。剧作家首先利用这样两支曲子来刻画赵五娘当时的艰难处境和她的悲惨遭遇。

第一支［山坡羊］侧重写赵五娘艰难困苦的生活环境。戏曲是舞台艺术，是

演给人看的，转瞬即逝，它不像案头文学那样，可以反复展玩，讲究含蓄、精练。戏曲首要的一条是要清晰明白，使人看得懂、记得住。因此，一些重要关目就需要反复提及，特为强调，以给观众一个深刻的印象。赵五娘一出场的四句唱词，从大的方面，概括地介绍她所处的环境："乱荒荒不丰稔的年岁，远迢迢不回来的夫婿。急煎煎不耐烦的二亲，软怯怯不济事的孤身己。"从灾荒的岁月、远离的夫婿，一直说到家中的公婆，最后说到自己。由远及近。这四句唱词，每一句各表现一个方面的内容，好像是并列在一起，实际却是共同构成一个典型环境，这就是赵五娘生活于其间的环境。各种条件摆得明明白白，一目了然。这些内容，本来在前面已经详细交代过了。比如，乱岁荒年，第十六出就有详细的描写；伯喈赴试不归，从第四出开始，已经有好多出戏重复这种内容；公婆双亲的不耐烦，第十九出也有具体叙述。因此，这里只是顺便一提。这一提，不仅是为本出戏交代环境，也可以使没有看到前面戏的观众，了解已经发生的情况。可见，剧作家是处处从舞台演出的角度着想的。

前四句唱词是写大的环境，写得概括，下面写到自己贫苦的生活状况，文笔就细腻多了："衣尽典，寸丝不挂体。几番要卖了奴身己，争奈没主公婆教谁看取？"这出戏本是要写没东西吃才吃糠的，但作者很巧妙，他先写赵五娘没有衣服穿，把衣服都典卖光了，为的是渲染蔡家生活的困苦。典卖衣服为的是买粮糊口，衣服都典卖到了"寸丝不挂体"的程度，再写吃糠，才更可信，更有感染力。当然，所谓"寸丝不挂体"，只是文学上的一种夸张说法，说明身无长物，再无可卖，并不是真的到了寸丝不挂的程度。既然再无东西可卖，再卖只有卖自身了。所以她才说："几番要卖了奴身己"。而自己又是不能卖的，因为还有年老的公婆需要自己来管顾。赵五娘的生活处境确实艰难得很，在封建社会里，对于一个被剥夺了独立谋生能力的妇女来说，她怎么能承担得了呢？

第二支 [山坡羊] 侧重写赵五娘孤苦无告的心境。写得很细腻："滴溜溜难穷尽的珠泪，乱纷纷难宽解的愁绪。"既点出了愁绪的纷乱，又写出了这种愁绪的外在表现——无穷无尽的眼泪。两句唱词，可以说是形神兼备。"骨崖崖难扶持的病体，战钦钦难捱过的时和岁。"这就更进一步写出了愁烦心绪的具体内容——岁月难捱。岁月，不说"度"，却说"捱"，凄苦的心情从中可见，再加一个"难"字，连"捱"都"难"，其苦更是可想而知了。这就是她所以心绪纷乱、珠泪不断的原因。这支曲子里所写的吃糠，还只是一种心理活动，并不是具体描写吃糠的情景。不吃吧，"教奴怎忍饥?"吃吧，糠不是粮，怎吃得？万般无奈，她才想到了死。这仍是在渲染"难挨过的时和岁"一句，把"难捱"的情景推上极点，让他的女主人公在"难捱"的逆境中去"捱"，在"死"可以解脱痛苦的情况下不去死。这样，才能更好地表现女主人公那种含辛茹苦、忍辱负重的生活毅力和坚韧不拔、顽强不屈的人生态度。

这两支〔山坡羊〕曲子，在揭示赵五娘心理的时候，大量使用了叠字，渲染了悲苦的心境，形象地表现了女主人公动荡不安的心绪。

在〔山坡羊〕之后的一段道白里，剧作家先虚写一笔蔡婆婆，照应前一出蔡婆婆埋怨赵五娘的内容，为赵五娘暗地里吃糠创造环境，交代了她背地里吃糠的原因。然后，剧作家一连用了三支〔孝顺歌〕曲子，淋漓尽致地描写赵五娘吃糠的情景。这三支曲子很有名，表现赵五娘的心理活动非常生动逼真。

第一支〔孝顺歌〕以糠自喻，表现赵五娘经历的千辛万苦，是从糠的遭遇与自己的身世遭遇相同这一点着眼的。作者首先写她吃糠的艰难："呕得我肝肠痛，珠泪垂，喉咙尚兀自牢嗄住。"这是她后面产生种种联想的基础。由糠的难以下咽，使她想到了糠本身的不幸遭遇。它"遭砻被舂杵，筛你簸扬你，吃尽控持。"由糠的不幸，又想到了自己的命苦："悄似奴家身狼狈，千辛万苦皆经历。"最后，她唱出了糠难以吞咽的原因："苦人吃着苦味，两苦相逢，可知道欲吞不去。"作者通过这样的反复渲染，把赵五娘的悲惨遭遇充分地揭示了出来。

第二支〔孝顺歌〕是以糠和米设喻，表现赵五娘夫贵妻贱、两处分离之苦。在前一曲，赵五娘由糠想到了自己；在这一曲，她又由米想到了丈夫，她唱道：

糠和米，本是两倚依，谁人簸扬你作两处飞？一贱与一贵，好似奴家共夫婿，终无见期。丈夫，你便是米么，米在他方没寻处。奴便是糠么，怎的把糠救得人饥饿！好似儿夫出去，怎的叫奴，供给得公婆甘旨？

这一支曲子之所以被人们称道，有三个原因。一是设喻的巧妙。它不是取喻体和本体之间的某一点相似，而是取其多点相似：在谷被舂碾成糠和米之前，紧相倚依，如同赵五娘与蔡伯喈这对新婚夫妇一样亲密，一样相似；谷被分成糠和米是由于遭受到砻、舂杵、簸扬等外力折磨的结果，而五娘夫妇分离则是由于"三不从"，也是受外力压迫所致，二相似；糠与米分离之后，米贵糠贱，再也不能会合到一起了，有如蔡伯喈的荣华富贵和赵五娘的饥寒劳碌，三相似；封建社会，妇女生活在最底层，支撑门户的是男子，而在饥荒年月，赡养父母的不是蔡伯喈，却是赵五娘，这又如同是以糠救饥，四相似。被人称道的第二个原因，是通过这种比喻，寄托了赵五娘对身世遭遇的感慨，是她对造成他们夫妻分离的"三不从"的血泪控诉。第三个值得称道的原因，是这些比喻并不是游离在剧情之外，而是见景生情，即事设喻，不见斧凿的痕迹。

第三支［孝顺歌］表现赵五娘知其不可而勉力为之的精神。她由前面以糠自比，想到了自己的无能为力。尽管如此，她仍然为了年老的公婆能够"苟活片时"，而顽强地生活下去。上面写了她与糠那么多的相似，接着又说她与糠的不同："谩把糠来相比，这糠尚兀自有人吃，奴家骨头，知他埋在何处？"转而感叹自己身不如糠。作者采用这种回环反复，起伏跌宕的笔法，把赵五娘的形象鲜明生动地展示在观众和读者面前。

糠和米的一段唱词历来脍炙人口，真可以说是"志在笔先，片言宛然代舌；情从境转，一段真堪肠断"（吕天成《曲品》）。因为这一场戏，甚至还引出了一些传说。明人王世贞《汇苑详注》云：

高明撰《琵琶记》，填至吃糠一折，有糠和米一处飞之句，案上两烛光合而为一，交辉久之乃解。好事者以为文字之祥，为作"瑞光楼"以旌之。

这当然只是一种附会，一种传说，并不是事实。但由此可以看出人们对这几支曲子喜爱的程度。这确实是刻画人物性格鞭辟入里的神来之笔。

这出戏的后半场，写蔡公蔡婆上场之后风波顿起，把戏剧冲突推向了新的高潮。

高明笔下的女主人公赵五娘，不是温室中经不起风雨的花草，而是霜雪严寒下青翠不凋的松柏。为了更充分地表现女主人公的性格，剧作家把她放到了矛盾冲突最激烈、最尖锐的激流漩涡之中来进行描写。刀光剑影、生死攸关，固然可以考验人；但生而无计，死又不能，只有无止无休地去承受着苦难的熬煎，却需要更大的毅力和勇气，从而更能看出一个人的心灵和品格。

前面两段描写，充分表现了赵五娘既吃得苦，又耐得劳的优秀品质，但剧作家犹嫌不足。他还通过描写蔡公蔡婆的一场大闹，更进一层表现了赵五娘不但能吃苦、耐劳，而且也能任怨的美德。

赵五娘吃糠，是为了省下细米来孝敬公婆；五娘背地里吃糠，是怕公婆发现于心不忍，也是出于一片孝心。但这一片至诚至敬之心，却引起了公婆的怀疑。他们以为五娘在背地里弄什么好东西吃，不仅抢白数落她，甚而动手打她。但五娘却没有任何怨言。她何以能够如此呢？正如她自己所说："奴须是你孩儿的糟糠妻室"。一种做儿媳的责任感，使她能为人所不能为，能忍人所不能忍。简简单单、普普通通的一句话，却闪烁着这位纯朴妇女心灵的光辉，读后令人潸然泪下。难怪蔡公蔡婆听后，老泪纵横地说："原来错埋冤了人，兀的不痛杀了我！"至痛至惨，心摧肠断，双双倒地昏迷。二老的昏迷，本不是五娘的过错，但她还是感到内疚，发出自责："公公，婆婆，我不能尽心相奉事，番教你为我归黄土。"情真意挚，十分感人。

现实生活的惨痛教训，使蔡公明白了事亲、事君、立身的所谓"大孝"的害人，他苏醒后唱道："婆婆，我当初不寻思，教孩儿往皇都。把媳妇闪得苦又孤，把婆婆送入黄泉路，只怨是我相耽误。"蔡伯喈的赴试，虽然是蔡公相逼的结果，但剧作家却并没有把造成家庭悲剧的责任归罪于他。通过蔡公的省悟，客观上，是批判和否定了统治阶级所宣扬的功名富贵思想。但这时儿子已去、蔡婆已死，大祸已经酿成，后悔已经晚了。而蔡公信奉封建道德所造成的严重后果，却要由一个弱小的妇女承担，这对赵五娘不能不说是一个新的考验。她将怎样来对待这场天大的祸事呢？

后一场戏，描写赵五娘设法埋葬婆婆。戏并不多，只表现了两个内容：一是通过张广才的口，赞扬赵五娘的贤惠；二是表现张广才的急人之难和好义乐施。这一场戏，只是一个过场，不是剧作家描写的重点。写它的目的，是为后面"祝发买葬"的一出戏做铺垫，从而把剧情步步引向深入。

在这出戏里，蔡婆形象的质朴急躁、蔡公的深沉稳重、张广才的古道侠肠，都刻画得颇为生动。但剧作家呕心沥血、惨淡经营的人物还是赵五娘。她不仅在戏曲史上，甚至在文学史上，都可算得上是一个光彩照人的形象。她之所以能够经得起时间的考验，并不是因为她的貌如何美，也不是因为她的才如何高，而是因为在她身上，集中了中国妇女的传统美德。虽然，她没有什么大胆地反抗封建礼教、反抗黑暗社会的行动。相反，她是在默默地承担着黑暗社会所加给她的巨大压力，在尽着自己侍奉公婆、维护丈夫的职责。她是一个普普通通的人，是现实生活中一个活生生的平凡的人，她就生活在人们的左右，带着满身的人间烟火气味，带着风尘仆仆的泥土气息，似乎人们常常看到她，非常熟悉她，然而却又很难找到她。体现在她身上的美德有很多方面，但最主要、最根本、也是最感人肺腑的一点，是她的舍己为人。她生活的目的，不是为自己贪求享受，而是为他人承担痛苦，所以张广才说她："真个今人中少有，古人中难得。"赵五娘这个人物形象所具有的劳动人民家庭内部相依为命、尊老敬长的"孝道"，这种思想品格，即使在今天也有它的价值。

剧作家对这个人物的刻画，不是靠华丽的辞藻，也不是靠离奇的情节，而是采用适合人物身份的通俗、质朴的语言，深入细致地传达出人物的心声，做到以情动人。高明说："论传奇，乐人易，动人难。"他从难处入手，"体贴人情，委屈必尽；描写物态，仿佛如生；问答之际，了不见扭造"（王世贞《曲藻》）。这大概就是《琵琶记》取得成功的根本所在。

《渔樵记》第二折

无名氏

（外扮刘二公同旦儿扮刘家女上，诗云）段段田苗接远村，太公庄上戏儿孙。庄农只得出刨力，答贺天公雨露恩。老汉姓刘，排行第二，人口顺都唤我做刘二公。嫡亲的三口儿家属，一个婆婆，一个女孩儿。婆婆早年亡逝已过，我这女孩儿生的有几分颜色，人都唤他做玉天仙。昔年与他招了个女婿，是朱买臣。这厮有满腹文章，只恨他偎妻靠妇，不肯进取功名，似这般可怎生是好。（做沉吟科，云）哦，只除非这般。孩儿也，你去问朱买臣讨一纸儿休书来。（旦儿云）这个父亲越老越不晓事了。想着我与他二十年的夫妻，怎生下的问他要索休书。（刘二公云）孩儿也，你若讨了休书，我拣着那官员士户财主人家，我别替你招了一个。你若是不讨休书呵，五十黄桑棍，决水饶你。快些去讨来。（下）（旦儿做叹科，云）待讨休书来，我和朱买臣是二十年的夫妻。待不讨来，父亲的言语又不敢不依。罢

罢罢，我且关上这门．朱买臣敢待来也。（正末拿钓绳扁担上，云）这风雪越下的大了也。天啊，你也有那住的时节也呵（唱）

[正宫端正好] 我则见舞飘飘的六花飞，更那堪这昏惨惨的兀那彤云霭。恰便似粉妆成殿阁楼台，有如那持绵扯絮随风洒。既不沙却怎生白茫茫的无个边界。

[滚绣球] 头直上乱纷纷雪似筛，耳边厢飒剌剌风又摆。（带云）可端的便这场冷也呵。（唱）哎哟，勿勿勿！畅好是冷的来奇怪。（带云）天那，天那！（唱）也则是单注着这穷汉每月值年灾。（带云）似这雪呵，（唱）则俺那樵夫每怎打柴，便有那渔翁也索罢了钓台。（带云）似这雪呵，（唱）则问那映雪的书生安在，便是冻苏秦也怎生去搠笔巡街。则他这一方市户有那千家闭，抵多少十谒朱门九不开。（带云）似这雪呵，（唱）教我委实难捱。

（云）来到门首也。刘家女，开门来，开门来。（旦儿云）这唤门的正是俺那穷厮。我不听的他唤门，万事罢论；才听的他唤门，我这恼就不知那里来！我开开这门。（做见便打科，云）穷短命，穷弟子孩儿，你去了一日光景，打的柴在那里？（正末云）这妇人好无礼也。我是谁，你敢打我？（唱）

[倘秀才] 我才入门来，你也不分一个皂白。（旦儿云）我不敢打你那！（正末唱）你向我这冻脸上，不俫，你怎么左掴来右掴。（旦儿云）我打你这一下，有甚么不紧。（正末唱）哎，你个好歹斗的婆娘！（云）我不敢打你那？（旦儿云）你要打我那，你要打，这边打，那边打，我舒与你个脸，你打你打。我的儿，只怕你有心没胆敢打我也！（正末唱）你个好歹斗的婆娘，可便忒利害！也只为那雪压着我脖项，着这头难举；冰结住我髭髯，着这口难开。

国学经典文库

元曲鉴赏

·元曲·

图文珍藏版

（旦儿云）谁和你料嘴里。（正末唱）刘家女俫，你与我讨一把儿家火来。

（旦儿云）哎呀！连儿，盼儿，憨头，哈叭，刺梅，鸟嘴，相公来家也，接待相公。打上炭火，酾上那热酒，着相公荡寒。问我要火，休道无那火，便有那火，我一瓢水泼杀了！便无那水呵，一个屁也迸杀了！可那里有火来，与你这穷弟子孩儿。（正末云）兀那泼妇，你休不知福。

（旦儿云）甚么福？是是是，前一幅，后一幅。五军都督府，你老子卖豆腐，你妳妳当轿夫，可是甚么福！（正末唱）

[滚绣球] 你每日家横不拈，竖不抬。（旦儿云）你将来波，有甚么大绫大罗、洗白复生、高丽毯丝布、大红通袖膝襕，仙鹤狮子的胸背？你将来，我可不会裁，不会剪，我可是不会做？（正末云）我虽无那大绫大罗与你。我呵！（唱）惯的你千自由百自在。（旦儿云）你这般穷，再不着我自在些儿，我少时跟的人走了也。穷短命，穷弟子孩儿，穷丑生。（正末唱）我虽受穷呵，我又不曾少人甚么钱债。（旦儿云）你穷，再少下人钱债，割了你穷耳朵，剜了你穷眼睛，把你皮也剥了。我儿也，休响嘴，晚些下锅的米也没有哩！（正末云）刘家女俫，咱家里虽无那细米呵，你觑去者波。（唱）我比别人家长趱下些干柴。（旦儿云）你看么，我问他要米，他则把柴来对我。可着我吃那柴，穿那柴，咽那柴？只不过要烧的一把儿柴也那。（正末唱）你是个坏人伦的死像胎。（旦儿云）穷短命，穷剥皮，穷割肉，穷断脊梁筋的！（正末唱）你这般毁夫主畅不该。（旦儿云）我儿也，鼓楼房上琉璃瓦，每日风吹日晒雹子打。见过多少振冬振，倒怕你清风细雨洒。我和你顶砖头对口词，我也不怕你！（正末云）止不过无钱也罗，你理会的好人家好家法，

你这等恶人家恶家法。（唱）哎！刘家女俫，你怎生只学的这般恶叉白赖。（旦儿云）穷弟子，穷短命，一世儿不能勾发迹。（正末云）由你骂，由你骂，除了我这个穷字儿。（唱）你可便再有甚么将我来栽排。（旦儿云）可也勾了你的了。（正末云）留着些热气，我且温肚咱。（唱）则不如我侧坐着土坑这般额揆着膝。（旦儿云）似这般穷活路，几时捱的彻也。（正末云）这个歹婆娘，害杀人也波。天那，天那！（唱）他那里斜倚定门儿手托着腮，则管哩放你那狂乖。

（旦儿云）朱买臣，巧言不如直道：买马也索伞料，耳檐儿当不的胡帽，墙底下不是那避雨处，你也养活不过我来。你与我一纸休书，我拣那高门楼大粪堆，不索买卦有饭吃，一年出一个叫化的。我别嫁人去也。（正末云）刘家女，你这等言语，再也休说。有人算我明年得官也。我若得了官，你便是夫人县君娘子，可不好那！（旦儿云）娘子娘子，倒做着屁眼底下穰子。夫人夫人，在磨眼儿里。你砂子地里放屁，不害你那口碜。动不动便说做官，投到你做官，你做那桑木官、柳木官，这头踹着那头掀；吊在河里水判官，丢在房上晒不干。投到你做官，直等的那日头不红，月明带黑，星宿眨眼，北斗打呵欠；直等的蛇叫三声狗拽车，蚊子穿着兀剌靴，蚁子戴着烟毡帽，王母娘娘卖饼料。投到你做官，直等的炕点头，人摆尾，老鼠跌脚笑，骆驼上架儿，麻雀抱鹅蛋，木伴哥生姓姓。那其间你还不得做官哩。看了你这嘴脸，口角头饿纹，驴也跳不过去，你一世儿不能勾发迹。将休书来，将休书来！（正末云）刘家女那，先贤的女人你也学取一个波。（旦儿云）这厮穷则穷，攀今览古的。

你着我学那一个古人，你说，你嫩嫩试听咱。

（正末唱）

[快活三] 你怎不学贾氏妻，只为射雉如皋笑靥开。（旦儿云）我有什么欢喜在那里，你着我笑。（正末云）你不笑，敢要哭。我就说一个哭的。（唱）你怎不学孟姜女，把长城哭倒也则一声哀。（旦儿云）朱买臣，穷叫化头。我也没工夫听这闲话，将休书来，休书来。（正末唱）你则管哩便胡言乱语将我厮花白。你那些个将我似举案齐眉待。

（旦儿云）快将休书来。（正末唱）

[朝天子] 哎哟，我骂你个叵耐！（旦儿云）你叵耐我甚么？（正末唱）叵耐你个贱才。（旦儿云）将休书来，休书来。（正末云）这个歹婆娘害杀人也波。天那，天那！（唱）可则谁似你那索休离舌头儿快。（旦儿云）四村上下老的每，都说刘家女有三从四德哩。（正末云）谁那般道来？（旦儿云）是我这般道来。（正末唱）你道你便三从四德。（旦儿云）你说去，是我道来，我道来！（正末唱）你敢少他一画。（云）刘家女，你有一件儿好处，四村上下别的妇人都学不的你。（旦儿云）可又来，我也有那一桩儿好处？你说我听。（正末唱）刘家女俫，你比别人家爱富贵，你也敢嫌俺这贫的忒煞。（旦儿云）你这破房子东边刮过风来，西边刮过雪来，恰似漏星堂也似的，亏你怎么住。（正末云）刘家女，这破房子里你便住不的，俺这穷秀才正好住。（唱）岂不闻自古寒儒在这冰雪堂何碍。（旦儿云）你也不怕人嗔怪。（正末云）哎，天那，天那！（唱）我本是个栋梁材，怎怕的人嗔怪。（旦儿云）你是一个男子汉家，顶天立地，带眼安眉，连皮带骨，带骨连筋，你也挣闉些儿波！（正末云）我和他唱叫了一日，则这两句话伤着我的心。兀那刘家女，这都是我的时也，运也，命也。岂不闻不知命无以为君子，则这天不随人呵！（唱）你可怎生着我挣闉？（旦儿云）你也布摆

些儿波。（正末唱）你怎生着我布摆？（旦儿做拿扁担钩绳放前科，云）则这的便是你营生买卖！（正末云）天那，天那！（唱）我须是不得已仍旧的担柴卖。

　　（旦儿云）我恰才不说来，你与我一纸休书，我别嫁个人。我可恋你些甚么？我恋你南庄北园，东阁西轩，旱地上田，水路上船，人头上钱？凭着我好描条，好眉面，善裁剪，善针线，我又无儿女厮牵连，那里不嫁个大官员。对着天曾罚愿，做的鬼到黄泉，我和你麻线道儿上不相见。则为你冻妻饿妇二十年，须是你妳妳心坚石也穿。穷弟子孩儿，你听者，我只管恋你那布袄荆钗做甚么！（正末唱）

[脱布衫] 哦，既是你不恋我这布袄荆钗。（旦儿云）街坊邻里听着，朱买臣养活不过媳妇儿，来厮打哩！（正末云）你这般叫怎么，我写与你则便了也。（旦儿云）这等，快写快写。（正末唱）又何须去拽巷也波罗街。（旦儿云）你洗手也不曾？（正末唱）我只不过画与你个手摸。（云）兀那刘家女，你要休书，则道我这般写与你便干罢了那。（旦儿云）由你写，或是跳墙蓦圈，剪柳搠包儿，做上马强盗，白昼抢夺；或是认道士，认和尚，养汉子。你则管写不妨事。（正末云）刘家女，我则在这张纸上，将你那一世儿的行止都教废尽了也。（唱）我去那休书上朗然该载。

　　（云）刘家女，那纸墨笔砚俱无，着我将甚么写？（旦儿云）有有有！我三日前预准备下了落鞋样儿的纸，描花儿的笔，都在此。你快写，你快写。（正末云）刘家女也，须的要个桌儿来。（旦儿云）兀的不是桌儿。（正末云）刘家女，你掇过桌儿来，你便似个古人，我也似个古人。（旦儿云）只管有这许多古人，你也少说些罢。（正末唱）

[醉太平] 卓文君你将那书桌儿便快抬。（旦儿云）

你可似谁？（正末唱）马相知，我看你怎的把他去支划。（旦儿云）纸笔在此，快写了罢。（正末唱）你你你，把文房四宝快安排。（云）刘家女，我写则写，只是一件，人都算我明年得官。我若得了官呵，把个夫人的名号与了别人，你不干受了二十年的辛苦！（旦儿云）我辛苦也受的勾了，委实的捱不过。是我问你要来，不干你事。（正末云）请波，请波。（唱）你也索回头儿自揣。（旦儿云）我揣个甚么？是我问你要休书来，不干你事。（正末唱）非是我朱买臣不把你糟糠待，赤紧的玉天仙忍下的心肠歹。（带云）罢罢罢。（唱）这梁山伯也不恋你祝英台。（云）任从改嫁，并不争论。左手一个手模将去。（唱）我早则写与你个贱才！

（旦儿云）贱才，贱才，一二日一双绣鞋。我是你家妳妳。将来我看这休书咱。写着道：任从改嫁，并不争论。左手一个手模，正是休书。（正末云）刘家女，休书上的字样，你怎生都认的？（旦儿云）这休书我家里七八板箱哩。（正末云）刘家女，风雪越大了。天色已晚，这些时再无去处，借一领席荐儿来外间里宿，到天明我便去也。（旦儿云）朱买臣，想俺是二十年的儿女夫妻，便怎生下的赶你出去。投到你来呵，我称下一斤儿肉，装下一壶儿酒，我去取来。（做出门科，云）我出的这门来。且住者，这厮倒乖也。他既与了我休书，还要他在我家宿，则除是恁的。呀！我道是谁，元来是安道伯伯。你家里来，朱买臣在家里。伯伯你到里面坐，我唤朱买臣出来。（再入门科，云）朱买臣，王安道伯伯在门首，你出去请他进来坐。（正末云）哥哥在那里，请家里来。（旦儿推末出门科，云）出去，我关上这门。朱买臣，你在门首听者。你当初不与我休书，我和你是夫妻；

你既与了我休书，我和你便是各别世人。你知道么？疾风暴雨，不入寡妇之门。你再若上我门来，我挞了你这厮脸。（正末云）他赚我出门来，关上这门，则是不要我在他家中。刘家女，你既不开门，将我这钩绳扁担来还我去。（旦儿云）我开。咦，这等道儿，沙地里井都是俺淘过的。你赚的我开开门，他是个男子汉家，他便往里挤，我便往外推，他又气力大，便有十八个水牛拽也拽不出去。你要钩绳扁担，你看着，我打这猫道里撺出来。（正末云）兀那妇人，你在门里面听者，你恰才索休的言语，在我这心上，恰便似印板儿一般记着。异日得官时，刘家女，你不要后悔也。（旦儿云）既讨了休书，我悔做甚么！（正末云）刘家女，咱两个唱叫，有个比喻。（旦儿云）喻将何比？（正末唱）

[三煞] 你似那碔砆石比玉何惊骇，鱼目如珠不拣择。我是上插翅的金雕，你是个没眼的燕雀，本合两处分飞，焉能勾百岁和谐。你则待折灵芝喂牛草，打麒麟当羊卖，摔瑶琴做烧柴，你把那沉香木来毁坏，偏把那臭榆栽。

[二煞] 那知道岁寒然后知松柏，你看我似粪土之墙朽木材。断然是捱不彻饥寒，禁不过气恼，怎知我守定心肠，留下形骸。但有日官居八座，位列三台，日转千阶，头直上打一轮皂盖，那其间谁敢道我负薪来

[随煞尾] 我直到九龙殿里题长策，五凤楼前骋壮怀。我若是不得官和姓改，将我这领白襕衫脱在玉阶，金榜亲将姓氏开。敕赐宫花满头戴，宴罢琼林微醉色，狼虎也似弓兵两下排，水罐银盆一字儿摆。恁时节方知这个朱秀才，不要你插插花花认我来，哭哭啼啼泪满腮，你这般怨怨哀哀磕着头拜。（云）兀那马头前跪着

的是刘家女么？祗候人与我打的去。（唱）那其间我在马儿上，醉眼蒙眬将你来并不睬。（下）

（旦儿云）朱买臣，你去了罢，你则管在门首唧唧哝哝怎的？（做听科，云）呀，这一会儿不听的言语侏。（做开门科，云）开开这门，朱买臣你回来，我斗你耍。嗨，他真个去了，他这一去心里敢有些怪我哩。我既讨了休书，也不敢久停久住。回俺父亲的话，走一遭去。（下）

【鉴赏】

无名氏的《渔樵记》（原名《朱太守风雪渔樵记》）借写汉代朱买臣先穷而后达的遭遇，反映了元代广大知识分子沉沦底层、饱受欺凌的悲痛，表达了他们要求有朝一日扬眉吐气的愿望。

第二折叙写刘二公用计谋逼招赘的女婿离家赴考之事。作者把朱买臣和其妻玉天仙两个主要人物刻画得生动逼真、入木三分。

刘二公因为女婿"偎妻靠妇，不肯进取功名"，便想出妙计：一方面要女儿向女婿索取休书，同时又暗中以银两衣物资助他，供他上京应试。索休书与写休书，造成了朱买臣和玉天仙的戏剧冲突。玉天仙觉得二十年夫妻感情，有些难割难舍，但又不大愿意跟上这"穷厮"长期受苦，加上父命难违，便决计寻衅闹事，与朱买臣分手。

朱买臣是一个胸藏丘壑、诚笃方正的读书人。他不得志时能够刻苦自励、忍辱负屈，但自信有一天会"官居八座，位列三台"。由于风雪交加，无法打柴，他只好空担而回。一进门妻子便顿反常态劈头盖脸打来。朱买臣向妻子解释，说是"只为那雪压着我脖项，着这头难举；冰结住我髭髯，着这口难开"，才不得已返家，并非有意偷懒。玉天仙冷嘲热讽地"裁排"他，他宁肯"留着些热气……温肚"，不与她争论。当妻子"巧言不如直道"，提出要休书时，他仍然劝慰她忍受暂时寒苦，等待时来运转，说："有人算我明年得官也。我若得了官，你便是夫人县君娘子，可不好那！"刘氏女反唇相讥，说他是痴心妄想。朱买臣"满腹文章"，他信口举出古代贤淑女子贾氏妻、孟姜女以及孟光、梁鸿，卓文君、司马相如等再三开导，指望她心回意转。只是在玉天仙如刀似的话语，深深地刺伤了丈夫，并且态度毫无松动的情况下，朱买臣才不得已写了休书。为了做到仁至义尽，在玉天仙断情绝义大雪天将他推出门外时，他仍然唧唧哝哝地打比喻劝说刘家女当心"鱼目混珠"后悔莫及。朱买臣憨直厚道，颇有几分书生气。他"攀今览古"，对刘家女无异于对牛弹琴，而玉天仙的尖嘴利舌、巧言狡辩，他却难以应付。他男子汉大丈夫的架子不倒，妻子决心与他离异，他还要她搬桌子安排文房四宝，只能遭到冷落。真是"君子可欺，以其有方！"他满怀热望报效朝廷，惜未遇时。本折最后的〔三煞〕、〔二煞〕、〔随尾煞〕几支曲词，充分抒写了朱买臣"若是不得官和姓改"的雄心大志，为他后来一举及第、官居会稽太守作了预示。

　　元人杂剧以唱为主，白为宾。多数作品说白远不如曲词动人，而本折中玉天仙的说白却写得异常成功。作者大量提炼民间俗语、成语、充分运用谐音、双关、夸张、排喻等修辞手法，将玉天仙这个伶嘴俐舌、尖刻泼辣的底层妇女描绘得惟妙惟肖，活灵活现，读后如见其人，如闻其声。朱买臣在大雪天归家，冷冻难耐，要妻子讨一把火取暖。刘家女先不说不讨，而是随口虚叫了好些丫鬟使女的名字，要她们"接待相公"，"打上炭火，酾上那热酒，着相公荡寒"。然后才说：别说无火，有火也要用水泼灭；无水，也要用屁逆灭，不让这"穷弟子孩儿"烤。翻脸无情，是嫌丈夫穷。当丈夫怪怨她"横不拈，竖不抬"还"不知福"时，她借了"福"字大做文章，"是是是，前一幅，后一幅。五军都督府，你老子卖豆腐，你当妳妳夫，可是甚么福。"她故意为难丈夫，要他拿好东西供她剪、裁、做。真是：得理不让人，无理辩三分。朱买臣说："我虽受穷呵，我又不曾少人什么钱债"，"比别人家长趱下些干柴。"玉天仙便说他的柴不能吃，不能穿，问他要米下锅。朱买臣不愿她咒穷，她偏要穷弟子、穷丑生、穷耳朵、穷眼睛、穷短命、穷剥皮、穷割肉、穷断脊梁骨，罗了一串子穷。这个泼妇有的是"恶叉白赖"和粗言俗语，而且成龙配套，合辙押韵。朱买臣只说了她不该"这般毁夫主"，她竟以不逊之言回对，什么"我儿也，鼓楼房上琉璃瓦，每日风吹日晒雹子打。见过多少振冬振，倒怕你清风细雨洒。"提到做夫人娘子，她说是"磨眼儿里"的麸仁，"屁眼底下穰子"。说到朱买臣做官，她说"你做那桑木官、柳木官，这头端着那头掀；吊在河里水判官，丢在房上晒不干。"并且说即使这样的官，也要等"日头不红、月明带黑"，"蛇叫三声狗拽车，蚊子穿着兀剌靴"，"炕点头，人摆尾，老鼠跌脚，骆驼上架儿，麻雀抱鹅蛋，木伴哥生姓姓"这些绝难办到的事全办到，才能做成。她明知朱买臣一无所有，硬要讽刺说："我恋你南庄北园，东阁西轩，旱地上田，水路上船，人头上钱。"她夸自己说："我好描条，好眉目，善剪裁，善针线，我又无儿女厮牵连，那里不嫁个大官员。"朱买臣不给她写休书，她要上街撒泼，说"朱买臣养活不过媳妇儿，来厮打哩!"朱买臣被逼无奈，说"我早则写与你个贱才"! 玉天仙毫不相让，马上回敬道："贱才，贱才，一二日一双绣鞋。我是你家妳妳"一个快嘴村妇的形象跃然纸上。

作者写玉天仙，并没有将她简单化。既写她恶叉白赖、绝情绝义的一面，又写她对朱买臣并非全无爱恋之情。戏一开始，当父亲要她问朱买臣讨休书时，她说："这个父亲越老越不晓事了。想着我与他二十年的夫妻，怎生下的问他要索休书"。在丈夫给她写了休书，要求借席宿一晚时，她仍然应允，说"想俺是二十年的儿女夫妻，便生下的赶你出去。"并且"称下了一斤儿肉，装下一壶儿酒"与他饯别。只是在出门之后，想到"他既与了我休书，还要他在我家宿，则除是恁的"才变了主意。朱买臣离开后，她开开门，喊叫"朱买臣你回来，我斗你耍"，并叹息道："嗨，他真个去了，他这一去心里敢有些怪我哩。"这又为朱买臣成名后，终于弄清原委，与妻子岳父团圆埋下了伏线。

《货郎旦》 第四折

无名氏

(净扮馆驿子上，诗云) 驿宰官衔也自荣，单被承差打灭我威风；如今不贪这等衙门坐，不如依还着我做差公。自家是个馆驿子，一应官员人等打差的，都到我这驿里安下。我在这馆驿门首等候，看有什么人来? (小末扮春郎冠带引祇从上，云) 小官李春郎的便是。自从阿妈亡逝以后，埋殡了也；小官随处催趱窝脱银两，早来到这河南府地面。左右，接了马者。馆驿子，有甚么干净的房子，我歇宿一夜。(驿子云) 有、有、有，

头一间打扫得干干净净，请大人安歇。（小末云）
你这里有甚么乐人耍笑的，唤几个来服侍我，我
多有赏赐与他。（驿子云）我这里无乐人，只有
一个男子，一个女人，他两个会说唱货郎儿，唤
将来服侍大人。（小末云）便是唱货郎儿的也罢。
与我唤将来。（驿子云）理会的。我出的这门来。
则这里便是。唱货郎儿的在家么？（副旦同李彦
和上，云）哥哥，你叫我做甚么？（驿子云）有
个大人在馆驿里，唤你去说唱，多有赏钱与你
哩。（李彦和云）三姑，咱和你走一遭去来。（副
旦唱）

[南吕一枝花] 虽则是打牌儿出野村，不比那吊名儿
临拘肆；与别人无伙伴，单看俺当家儿。哥哥你索寻
思，锦片也排着席次，都只待奏新声舞柘枝。挥霍的
是一锭锭响钞精银，摆列的是一行行朱唇傸皓齿。

[梁州第七] 正遇着美遨游，融和的天气，更兼着没
烦恼，丰稔的年时。有谁人不想快平生志，都只待高
张绣幙，都只待烂醉金厄。我本是穷乡寡妇，没甚的
艳色娇姿，又不会卖风流，弄粉调脂；又不会按官商，
品竹弹丝；无过是赶几处沸腾腾热闹场儿，摇几下桑
琅琅蛇皮鼓儿，唱几句韵悠悠信口腔儿。一诗一词，
都是些人间新近希奇事，扭捏来无诠次，倒也会动的
人心谐的耳，都一般喜笑孜孜。

（驿子报云）禀大人，说唱的来了也。（小末
云）着他过来。（驿子云）快过去。（做见科）
（小末云）你两个敢是子妹么？且在门首等着，
唤着你便过来。（副旦云）理会的。（出科）（小
末云）驿子，有甚么茶饭看些来，我食用咱。
（驿子云）有、有、有。（做托肉上科，云）大

人，一签烧肉，请大人食用。（小末做割肉科，云）我割着这肉吃，怕不在这里快活受用！想起我那父亲和奶母张三姑来，不由我心中不烦恼，我怎生吃的下？（李彦和做打噎科，云）那个说我？（小末云）兀那驿子，你唤将那子妹两个来。（唤科）（小末云）兀那两个，将这一签儿肉出去，你两个吃了时，可来服侍我。（副旦接科，云）谢了相公。（李彦和云）妹子也，咱不要吃，包到家里去吃。（小末云）嗨！玷污了我这手也。（做拿纸揩手科，云）兀那说唱的，将这油纸拿出去丢了者。（李彦和做拾纸科，云）理会的。我出的这门来。这张纸上，怎么写的有字？妹子，咱试看咱。（念科，云）长安人氏，省衙西住坐。父亲李彦和，奶母张三姑；孩儿春郎，年方七岁，胸前一点朱砂记。情愿卖与拈各千户为儿，恐后无凭，立此文书为照。立文书人张三姑，写文书人张懒古。妹子也，这文书说着俺一家儿，敢是你卖孩儿的文书么？（副旦云）正是。（李彦和做悲科，云）妹子也，你见这官人么？他那模样动静，好似俺孩儿春郎。争奈俺不敢去认他，可怎了也！（副旦云）哥哥你放心，张懒古那老的，为俺这一家儿这一桩事，编成二十四回说唱。他若果是春郎孩儿呵，他听了必然认我。（李彦和云）这个也好。（小末唤科，云）兀那两个，你来说唱与我听者。（副旦做排场，敲醒睡科，诗云）烈火西烧魏帝时，周郎战斗苦相持；交兵不用挥长剑，一扫英雄百万师。这话单题着诸葛亮长江举火，烧曹军八十三万，片甲不回。我如今的说唱，是单题着河南府一桩奇事。（唱）

[**转调货郎儿**] 也不唱韩元帅偷营劫寨，也不唱汉司马陈言献策，也不唱巫娥云雨楚阳台；也不唱梁山伯，也不唱祝英台。（小末云）你可唱甚么那？（副旦唱）只唱那娶小妇的长安李秀才。

（云）怎见的好长安？（诗云）水秀山明景色幽，地灵人杰出公侯；华夷图上分明看，绝胜寰中四百州。（小末云）这也好，你慢慢的唱来。

（副旦唱）

[**二转**] 我只见密臻臻的朱楼高厦，碧耸耸青檐细瓦；四季里常开不断花，铜驼陌纷纷斗奢华。那王孙士女乘车马，一望绣帘高挂，都则是公侯宰相家。

（云）话说长安有一秀才，姓李名英，字彦和。嫡亲的三口儿家属，浑家刘氏，孩儿春郎，奶母张三姑。那李彦和共一娼妓，叫做张玉娥，作伴情熟，次后娶结成亲。（叹科，云）嗨！他怎知才子有心联翡翠，佳人无意结婚姻。（小末云）是唱的好，你慢慢的唱咱。（副旦唱）

[**三转**] 那李秀才不离了花街柳陌，占场儿贪杯好色，看上那柳眉星眼杏花腮。对面儿相挑泛，背地里暗差排，抛着他浑家不睬，只教那媒人往来。闲家擘划，诸般绰开，花红布摆，早将一个泼贱的烟花娶过来。

（云）那婆娘娶到家时，未经三五日，唱叫九千场。（小末云）他娶了这小妇，怎生和他唱叫？你慢慢的唱者，我试听咱。（副旦唱）

[**四转**] 那婆娘舌剌剌挑茶斡刺，百枝枝花儿叶子，望空里揣与他个罪名儿，寻这等闲公事。他正是节外生枝，调三斡四。只教你大浑家吐不的咽不的这一个心头刺，减了神思，瘦了容姿，病恹恹睡损了裙儿衩。难扶策，怎动止，忽的呵冷了四肢，将一个贤慧的浑

家生气死。

（云）三寸气在千般用，一旦无常万事休。
当日无常，埋葬了毕。果然道福无双至日，祸有
并来时。只见这正堂上火起，刮刮啊啊，烧的好
怕人也。怎见的好大火？（小末云）他将大浑家
气死了，这正堂上的火从何而起？这火可也还救
的么？兀那妇人，你慢慢的唱来，我试听咱。
（副旦唱）

[五转] 火逼的好人家人离物散，更那堪更深夜阑。
是谁将火焰山移向到长安，烧地户，燎天关，单则把
凌烟阁留他世上看。恰便似九转飞芒，老君炼丹，恰
便似介子推在绵山，恰便似子房烧了连云栈，恰便似
赤壁下曹兵涂炭，恰便似布牛阵举火田单，恰便似火
龙鏖战锦斑斓。将那房檐扯，脊梁扳，急救呵可又早
连累了官房五六间。

（云）早是焚烧了家缘家计，都也罢了，怎
当的连累官房，可不要去抵罪？正在怆惶之际，
那妇人言道：咱与你他府他县，隐姓埋名，逃难
去来。四口儿出的城门，望着东南上，慌忙而
走。早是意急心慌情冗冗，又值天昏地暗雨涟
涟。（小末云）火烧了房廊屋舍，家缘家计，都
烧的无有了，这四口儿可往那里去？你再细细的
说唱者，我多有赏钱与你。（副旦唱）

[六转] 我只见黑黯黯天涯云布，更那堪湿淋淋倾盆
骤雨，早是那窄窄狭狭沟沟堑堑路崎岖，知奔向何方
所？犹喜的消消洒洒断断续续，出出律律忽忽噜噜阴
云开处，我只见霍霍闪闪电光星炷。怎禁那萧萧瑟瑟
风，点点滴滴雨，送的来高高下下凹凹凸凸一搭模糊，
早做了扑扑簌簌湿湿渌渌疏林人物。倒与他妆就了一

幅昏昏惨惨潇湘水墨图。

（云）须臾之间，云开雨住。只见那晴光万里云西去，洛河一派水东流。行至洛河岸侧，又元摆渡船只；四口儿愁做一团，苦做一块。果然道天无绝人之路，只见那东北上摇下一只船来，岂知这船不是收命的船，倒是纳命的船。原来正是奸夫与他淫妇相约，一壁附耳低言：你若算了我的男儿，我便跟随你去。（小末云）那四口儿来到洛河岸边，既是有了渡船，这命就该活了。怎么又是淫妇奸夫预先约下，要算计这个人来？

（副旦唱）

[七转] 河岸上和谁讲话，向前去亲身问他；他说道奸夫是船家，猛将咱家长喉咙掐，磕搭地揪住头发，我是个婆娘怎生救拔？也是他合亡化，扑冬的命掩黄泉下。将李春郎的父亲，只向那翻滚滚波心水淹杀。

（云）李彦和河内身亡，张三姑争忍不过，比时向前，将贼汉扯住丝绦，连叫道："地方，有杀人贼！杀人贼！"倒被那奸夫把咱勒死。不想岸上闪过一队人马来，为头的官人怎么打扮？

（小末云）那奸夫把李彦和推在河里，那三姑和那小的可怎么了也？（副旦唱）

[八转] 据一表仪容非俗，打扮的诸余里俏簇，绣云肩，胸背是雁衔芦。他系一条兔鹘，兔鹘，海斜皮偏宜衬连珠，都是那无瑕的荆山玉。整身躯也么哥，缯髭须也么哥，打着鬖胡，走犬飞鹰驾着鸦鹘。恰围场过去，过去，折跑盘旋骤着龙驹，端的个疾似流星度，那风流也么哥，恰浑如也么哥，恰浑如和番的昭君出塞图。

（云）比时小孩儿高叫道救人咱。那官人是

个行军千户，他下马询问所以，我三姑诉说前事，那官人说：既然他父母亡化了，留下这小的，不如卖与我做个义子，恩养的长立成人，与他父母报恨雪冤。他随身有文房四宝，我便写与他年月日时。（小末云）那官人救活了你的性命，你怎么就将孩儿卖与那官人去了？你可慢慢的说者。（副旦唱）

[九转] 便写与生时年纪，不曾道差了半米；未落笔花笺上泪珠垂，长吁气呵软了毛锥，恓惶泪滴满了端溪。（小末云）他去了多少时也？（副旦唱）十三年不知个信息。（小末云）那时这小的几岁了？（副旦唱）相别时恰才七岁。（小末云）如今该多少年纪也？（副旦唱）他如今刚二十。（小末云）你可晓的他在那里？（副旦唱）恰便似大海内沉石。（小末云）你记的在那里与他分别来？（副旦唱）俺在那洛河岸上两分离，知他在江南也塞北？（小末云）你那小的有甚么记认处？（副旦唱）俺孩儿福相貌双耳过肩坠。（小末云）更有甚么记认？（副旦云）有，有，有。（唱）胸前一点朱砂记。（小末云）他祖居在何处？（副旦唱）他祖居在长安解库省衙西。（小末云）他小名唤做甚么？（副旦唱）那孩儿小名唤做春郎身姓李。

（小末云）住，住，住，你莫非是奶母张三姑么？（副旦云）则我便是张三姑。官人怎么认的老身？（小末云）你不认的我了？则我便是李春郎。（副旦云）官人莫作笑，休斗老身耍。（小末云）三姑，我非作笑，我乃李彦和之子李春郎是也。（做解胸前与看科）（副旦云）果然是春郎了也。则这个便是你父亲李彦和。（李彦和做打悲认科，云）孩儿，则被你想杀我也！不知你在那里得这发达峥嵘来？（小末云）父亲，孩儿这官就是承袭拈各千户的。谁知有此一端异事，如今拼的弃了官职，普天下寻去，定要拿的那奸夫淫妇，报了冤仇，方称你孩儿心愿。（祗从拿净、外旦上科，云）禀爷，这两个名下，欺侵窝脱银一百多两，带累小的们比较，不知替他打了多少！如今拿他来见爷，依律处治，也与小的们销了一件未完。（小末云）律上：凡欺侵官银五十两以上者，即行处斩，这罪是决不待时的。（李彦和做认科，云）兀的不是洛河边假妆船家，推我在水里的？（副旦云）这不是张玉娥泼妇那？（净做画符科，云）有鬼！有鬼！太上老君，急急如律令，敕！（祗从喝科）（外旦云）敢是拿我们到东岳庙里来？一划是鬼那！（小末云）元来正是那奸夫淫妇，今日都拿着了。左右，快将他绑起来，待我亲自斩他，也与我亡过母亲出这口怨气。（副旦唱）

［煞尾］我只道他州他府潜逃匿，今世今生没见期，又谁知冤家偏撞着冤家对。（净云）元来这就是李春郎，这就是张三姑，当日勒他不死，就该有今日的晦气了。（做叩头科，云）大人可怜见，饶了我老头儿罢，这都是我少年间不晓事，做这等勾当；如今老了，一口长斋，只是念佛；不要说杀人，便是苍蝇也不敢拍杀一个。况是你一家老小现在，我当真谋杀了那一个来？可怜见放赦了老头儿罢！（外旦云）你这叫化头，讨饶怎的？我和你开着眼做，合着眼受，不如早早死了，生则同衾，死则共穴，在黄泉底下，做一对永远夫妻，有甚么不快活？（副旦唱）你也再没的怨谁，我也断没的饶伊。（小末斩净、外旦科，下）（副旦唱）要与那亡过的娘亲现报在我眼儿里。

（李彦和云）今日个天赐俺父子重完，合当杀羊造酒，做个庆喜的筵席。孩儿，你听者：

（词云）这都是我少年间误作差为，娶匪妓当局者迷；一碗饭二匙难并，气死我儿女夫妻。泼烟花盗财放火，与奸夫背地偷期；扮船家阴图害命，整十载财散人离。又谁知苍天有眼，偏争他来早来迟；到今日冤冤相报，解愁眉顿作欢眉。喜骨肉团圆聚会，理当做庆贺筵席。

题目　　抛家失业李彦和

正名　　风雨像生货郎旦

【鉴赏】

《货郎旦》，原名《风雨像生货郎旦》，是元代无名氏的杂剧，写李彦和因娶妓女为妾，被害得家破人亡，反映了秦楼楚馆阴暗的一面，有劝喻世人谨身律己的意义。

李彦和名英，长安秀才，一家四口：浑家刘氏，孩儿春郎，奶母张三姑。后娶娼妓张玉娥为小妇，而张氏又与魏邦彦勾搭。张、魏二人，贪图李家钱财，气死了刘氏，烧了李家房子，因连烧官房，李彦和便携带家眷，逃难他乡，又逢大雨。走至洛河，又无渡船。恰好奸夫与淫妇相约，从上游摇船而来。于是，二人趁李彦和一家上船，行至河水中流，便推李彦和坠水，并勒死张三姑。正在此时，岸上有一队人马过来，乃是行军千户围场过此，救了张三姑，收李春郎为义子。其后，李彦和因坠水未死，替人放牛；张三姑则以唱货郎儿为生。经过十三年，李、张二人偶然相遇，便一起前往河南，行至馆驿，恰遇李春郎已承袭了千户之职，也来到此住宿。一家三口相识后，那张玉娥、魏邦彦因欺侵窝脱银，撞到千户李春郎手上。李春郎便杀了奸夫淫妇，报仇雪恨。这里集中赏析一下张三姑给李春郎唱的［转调货郎儿］三转至六转的四段曲词。这四段曲子描写张玉娥到李彦和家，气死刘氏，以及李家房子被烧，出逃遇雨等片段，写得活灵活现，有声有色，把这一件家庭罪案，表现得极为生动，是这个戏中最精彩的一套唱词。

［三转］的唱词，先批评李彦和贪杯好色，看上妓女张玉娥那柳眉杏眼杏花腮。后写张玉娥贪图李家钱财，挑撩安排，使李彦和抛着浑家刘氏不睬。最后，经过闲汉们的帮闲，安排摆弄，把张玉娥这个泼贱烟花娶过来。曲词虽是叙事，

但爱憎分明，把张三姑对李彦和的批评和对张玉娥的咒骂声口，准确生动地描画了出来，分寸掌握得很好。

[四转] 的唱词，先写张玉娥喋喋不休的言语伤人，百般地花言巧语挑毛病，找岔子，凭空里搬弄是非，揣给刘氏一些莫须有的罪名儿，叫大浑家吐不的咽不的，就像心头戳了刺。后写刘氏被气得减了神思，瘦了容姿，病得消瘦，竟至活活气死。一段唱词，分写两人，一个是泼辣的娼妇，一个是善良的刘氏，用生动的词句，描绘得神情姿态，活灵活现，分清了是非。

[五转] 的唱词，写李家被烧。先用两句话，简练地交代了更深夜阑之时，火逼得好人家人离物散。然后，便集中笔力，铺叙火势：就像谁将火焰出移向长安，烧地户，燎天关，连烧到皇宫官房。接着就连用了六个比喻，把火势写得有声有色，好像亲眼看见那火焰腾天，扯房檐，扳屋脊，急救不下，早连累了官房五六间，真是一场灾难。

[六转] 的唱词，写李彦和一家出逃遇雨。先写布云，后写暴雨，再写一家人的奔走。作者把这三者交叉起来描写，又不时地使用叠字，不仅形容得生动逼真，而且层次分明，疏密相间，活画出一幅雨中夜行的水墨图。

总之，这四支曲子，本色自然，叙事写景，都有特色，保持了民间说唱曲调的风格。《转调货郎儿》本是民间流传的曲调，元蒙统治集团，害怕民间文学的战斗力量，曾明令禁唱《货郎儿》，可是剧作者却让演员唱了一大段《货郎儿》，并以此作为全剧的关键，这本身就是一种敢于触犯法令的表现。而且结合剧情，把唱词写得如此精彩，充分显示了民间文学的艺术成就，所以是元杂剧中最佳唱词之一，值得借鉴。

《陈州粜米》第三折

无名氏

（小衙内同杨金吾上）（小衙内诗云）日间不做亏心事，半夜敲门不吃惊。自家刘衙内孩儿。俺二人自从到陈州开仓粜米，依着父亲改了价钱，插上糠土，克落了许多钱钞，到家怎用得了？这几日只是吃酒耍子。听知圣人差包待制来了，兄弟，这老儿不好惹，动不动先斩后闻。这一来，则怕我们露出马脚来了。我们如今去十里长亭接老包走一遭去。(诗云) 老包姓儿仙，荡他活的少；若是不容咱，我每则一跑。(同下) (张千背剑上) (正末骑马做听科) (张千云) 自家张千

的便是。我跟着这包待制大人，上五南路采访回来，如今又与了势剑金牌，往陈州粜米去。他在这后面，我可在前面，离的较远。你不知这个大人清廉正直，不爱民财。虽然钱物不要，你可吃些东西也好；他但是到的府州县道，下马升厅，那官人里老安排的东西，他看也不看。一日三顿，则吃那落解粥。你便老了吃不得，我是个后生家。我两只脚伴着四个马蹄子走，马走五十里，我也跟着走五十里；马走一百里，我也走一百里。我这一顿落解粥，走不到五里地面，早肚里饥了。我如今先在前面，到的那人家里，我则说："我是跟包待制大人的，如今往陈州粜米去，我背着的是势剑金牌，先斩后闻，你快些安排下马饭我吃。"肥草鸡儿，茶浑酒儿；我吃了那酒，吃了那肉，饱饱儿的了，休说五十里，我咬着牙直走二百里则有多哩。嗨！我也是个傻弟子孩儿！又不曾吃个，怎么两片口里劈溜扑刺的；猛

可里包待制大人后面听见，可怎了也！（正末云）张千，你说甚么哩？（张千做怕科，云）孩儿每不曾说甚么。（正末云）是甚么"肥草鸡儿"？（张千云）爷，孩儿每不曾说甚么"肥草鸡儿"。我才则走哩，遇着个人，我问他："陈州有多少路？"他说道："还早哩。"几曾说甚么"肥草鸡儿"？（正末云）是甚么"茶浑酒儿？"（张千云）爷，孩儿每不曾说甚么"茶浑酒儿"。我走着哩，见一个人，问他："陈州那里去？"他说道："线也似一条直路，你则故走。"孩儿每不曾说甚么"茶浑酒儿"。（正末云）张千，是我老了，都差听了也。我老人家也吃不的茶饭，则吃些稀粥汤儿。如今在前头有的尽你吃。尽你用，我与你那一件厌饫的东西。（张千云）爷，可是甚么厌饫的东西？（正末云）你试猜咱。（张千云）爷说道："前头有的尽你吃，尽你用。"又与我一件儿厌饫的东西，敢是苦茶儿？（正末云）不是。（张千云）萝卜筒子儿？（正末云）不是。（张千云）哦！敢是落解粥儿？（正末云）也不是。（张千云）爷，都不是，可是甚么？（正末云）你脊梁上背着的是甚么？（张千云）背着的是剑。（正末云）我着你吃那一口剑。（张千怕科，云）爷，孩儿则吃些落解粥儿倒好。（正末云）张千，如今那普天下有司官吏，军民百姓，听的老夫私行，也有那欢喜的，也有那烦恼的，（张千云）爷不问，孩儿也不敢说；如今百姓每听的包待制大人到陈州粜米去，那个不顶礼，都说："俺有做主的来了！这般欢喜可是为何？（正末云）张千也，你那里知道，听我说与你咱。"（唱）

[南吕一枝花] 如今那当差的民户喜，也有那干请俸

的官人每怨。急切里称不了包某的心，百般的纳不下帝王宣；我如今暮景衰年，鞍马上实劳倦。如今那普天下人尽言道"一个包龙图暗暗的私行，唬得些官吏每兢兢打战。"

[梁州第七] 请俸禄五六的这万贯，杀人到三二十年，随京随府随州县。自从俺仁君治世，老汉当权，经了这几番刷卷，备细的究出根原。都只是庄农每争竞桑田，弟兄每分另家缘。俺俺俺，宋朝中大小官员；他他他，剩与你财主每追征了些利钱；您您您，怎知道穷百姓苦恹恹叫屈声冤！如今的离陈州不远，便有人将咱相凌贱，你也则诈眼儿不看见；骑着马，揣着牌，自向前，休得要捋袖揎拳。

（云）张千，离陈州近也，你骑着马，揣着牌，先进城去，不要作践人家。（张千云）理会的。爷，我骑着马去也。（正末云）张千，你转来，我再分付你。我在后面，如有人欺负我打我，你也不要来劝，紧记者。（张千云）理会的。（张千做去科）（正末云）张千，你转来。（张千云）爷，有的说，就马上说了罢。（正末云）我吩咐的紧记者。（张千云）爷，我先进城去也。（下）（搽旦王粉莲赶驴上，云）自家王粉莲的便是。在这南关里狗腿湾儿住，不会别的营生买卖，全凭着卖笑求食。俺这此处有上司差两个开仓粜米官人来，一个是杨金吾，一个是刘小衙内。他两个在俺家里使钱，我要一奉十，好生撒镘。他是权豪势要，一应闲杂人等，再也不敢上门来。俺家尽意的奉承他，他的金银钱钞可也都使尽俺家里。数日前，将一个紫金锤当在俺家，若是他没钱取赎，等我打些钗儿戒指儿，可不受用。恰才几个姊妹请我吃了几杯酒，他两个差人牵着个驴子来取我。三不知我骑上那驴子，忽然的叫了一声，丢了个撅子，把我直跌下来，伤了我这杨柳细，好不疼哩。又没个人扶我，自家挣得起来，驴子又走了。我赶不上，怎么得人来替我拿一拿住也好那？（正末云）这个妇人，不象个良人家的妇女；我如今且替他笼住那头口儿，问他个详细，看是怎么？（旦儿做见正末科，云）兀那个老儿，你与我拿住那驴儿者。（正末做拿住驴子科）（旦儿做谢科，云）多生受你老人家也。（正末云）姐姐，你是那里人家？（旦儿云）正是个庄家老儿，他还不认的我哩。我在狗腿湾儿里住。（正末云）你家里做甚么买卖？（旦儿云）老儿，你试猜咱。（正末云）我是猜咱。（旦儿云）你猜。（正末云）莫不是油磨房？（旦儿云）不是。（正末云）解典库？（旦儿云）不是。（正末云）卖布绢段匹？（旦儿云）也不是。（正末云）都不是，可是甚么买卖？（旦儿云）俺家里卖皮鹌鹑儿。老儿，你在那里住？（正末云）姐姐，老汉只有一个婆婆，早已亡过，孩儿又没，随处讨些饭儿吃。（旦儿云）老儿，你跟我去，我也用的你着。你只在我家里，有的好酒好肉，尽你吃哩。（正末云）好波，好波！我跟将姐姐去，那里使唤老汉？（旦儿云）好老儿，你跟我家去，我打扮你起来：与你做一领硬挣挣的上盖，再与你做一顶新帽儿，一条茶褐绦儿，一对干净凉皮靴儿。一张凳儿，你坐着在门首，与我家照管门户，好不自在哩。（正末云）姐姐，如今你根前可有什么人走动？姐姐，你是说与老汉听咱。（旦儿云）老儿，别的郎君子弟，经商客旅，都不打紧。我有两个人，都是仓官，又有权势，又有钱钞，他老子在京师现做着大大的官。他在这里籴米，是十两一石的好价钱，斗又是八升的小斗，秤是加三大秤，尽有东西，我并不曾要他的。（正末云）姐姐不曾要他钱，也曾要他些东西么？（旦儿云）老儿，他不曾与我甚么钱，他则与了我个紫金锤，你若见了就唬杀你。（正末云）老汉活偌大年纪，几曾看见什么紫金锤。姐姐，若与我见一见儿，消灾灭罪，可也好么？（旦儿云）老儿，你若见了，好消灾灭罪，你跟我家去来，我与你看。（正末云）我跟姐姐去。（旦儿云）老儿，你吃饭也不曾？（正末云）我不曾吃饭哩。（旦儿云）老儿，你跟将我去来，只在那前面，他两个安排酒席等我哩。到的那里，酒肉尽你吃。扶我上驴儿去。（正末做扶旦儿上驴子科）（正末背云）普天下谁不知个包待制正授南衙开封府尹之职；今日到这陈州，倒与这妇人笼驴，也可笑哩。（唱）

[牧羊关] 当日离豹尾班多时分；今日在狗腿湾行近远，避甚的马后驴前？我则怕按察司迎着，御史台撞见。本是个显要龙图职，怎伴着烟月鬼狐缠；可不先犯了个风流罪，落的价葫芦提罢俸钱。

  （旦儿云）老儿，你跟将我去来，我把那紫金锤与你看者。（正末云）好好，我跟将姐姐去，则与老汉紫金锤看一看，消灾灭罪咱。（唱）

[隔尾] 听说罢，气的我心头颤，好着我半晌家气堵住口内言。直将那仓库里皇粮痛作践，他便也不怜，我须为百姓每可怜。似肥汉相博，我着他只落的一声儿喘。（同旦儿下）

（小衙内、杨金吾领斗子上）（小衙内诗云）两眼梭梭跳，必定晦气到；若有清官来，一准屋梁吊。俺两个在此接待老包，不知怎么，则是眼跳。才则喝了几碗投脑酒，压一压胆，慢慢的等他。（正末同旦儿上，正末云）姐姐，兀的不是接官厅？我这里等着姐姐。（旦儿云）来到这接官厅，老儿，你扶下我这驴儿来。你则在这里等着我，我如今到了里面，我将些酒肉来与你吃；你则与我带着这驴儿者。（做见小衙内、杨金吾科）（小衙内笑科，云）姐姐，你来了也。（杨金吾云）我的乖，你偌远的到这里来。（旦儿云）该杀的短命！你怎么不来接我？一路上把我掉下驴来，险不跌杀了我。那驴子又走了，早是撞见个老儿，与我笼着驴子。嗨！我争些儿可忘了那老儿；他还不曾吃饭，先与他些酒肉吃咱。（杨金吾云）兀那斗子，与我拿些酒肉与那牵驴的老儿吃。（大斗子做拿酒肉与正末科，云）兀那牵驴的老儿，你来，与你些酒肉吃。（正末云）说与你那仓官去，这酒肉我不吃，都与这驴子吃了。（大斗子做怒科，云）嗯！这个村老子好无礼！（做见小衙内科，云）官人，恰才拿将酒肉，赏那牵驴的老儿，那老儿一些不吃，都请了这驴儿也。（小衙内云）斗子，你与我将那老儿吊在那槐树上，等我接了老包，慢慢的打他。（大斗子云）理会的。（做吊起正末科）（正末唱）

[哭皇天] 那刘衙内把孩儿荐，范学士怎也就将敕命宣？只今个贼仓官享富贵，全不管穷百姓受熬煎，一划的在青楼缠恋。那厮每不依钦定，私自加添，盗粜了仓米，干没了官钱，都送与泼烟花、泼烟花王粉莲。早被俺亲身儿撞见，可便肯将他来轻轻的放免。

[乌夜啼] 为头儿先吃俺开荒剑，则他那性命不在皇天。刘衙内也，可怎生着我行方便？这公事体察完全，

不是流传；那怕你天章学士有夤缘，就待乞天恩走上金銮殿；只我个包龙图元铁面，也少不得着您名登紫禁，身丧黄泉。

（张千云）受人之托，必当终人之事。大人的吩咐，着我先进城去，寻那杨金吾刘衙内。直到仓里寻他，寻不着一个。如今大人也不知在那里？我且到这接官厅试看咱。（做看见小衙内、杨金吾科，云）我正要寻他两个，原来都在这里吃酒。我过去唬他一唬，吃他几盅酒，讨些草鞋钱儿。（见科，云）好也！你还在这里吃酒哩！如今包待制爷要来拿你两个，有的话都在我肚里。（小衙内云）哥，你怎生方便，救我一救，我打酒请你。（张千云）你两个真傻厮，岂不晓得求灶头不如求灶尾？（小衙内云）哥说的是。（张千云）你家的事，我满耳朵儿都打听着，你则放心，我与你周旋便了。包待制是坐的包待制，我是立的包待制；都在我身上。（正末云）你好个"立的包待制"，张千也！（唱）

[牧羊关] 这厮马头前无多说，今日在驿亭中夸文言。信人生不可无权！哎！则你个祇候王乔诈仙也那得仙？

（张千奠酒科，云）我若不救你两个呵，这酒就是我的命。（做见正末怕科，云）兀的不唬杀我也！（正末唱）唬的来面色如金纸，手脚似风颠。老鼠终无胆，猕猴怎坐禅。

（张千云）您两个傻厮，到陈州来粜米，本是钦定的五两官价，怎么改做十两？那张憨古道了几句，怎么就将他打死了？又要买酒请张千吃，又擅吊了牵驴子的老儿。如今包待制私行，从东门进城也，你还不去迎接哩。（小衙内云）怎了，怎了！既是包待制进了城，咱两个便迎接去来。（同杨金吾、斗子下）（张千做解正末科）

（旦儿云）他两个都走了也，我也家去。兀那老
儿，你将我那驴儿来。（张千骂旦儿科，云）贼
弟子，你死也！还要老爷替你牵驴儿哩。（正末
云）喤！休言语。姐姐，我扶上你驴儿去。（正
末做扶旦儿上驴科）（旦儿云）老儿，生受你。
你若忙便罢，你若得那闲时，到我家来看紫金锤
咱。（下）（正末云）这害民贼好大胆也呵。
（唱）

[黄钟煞尾] 不忧君怨和民怨，只爱花钱共酒钱。今
日个家破人亡立时见，我将你这害民的贼鹰鹯，一个
个拿到前，势剑上性命捐。莫怪咱不矜怜，你只问王
家的那泼贱，也不该着我笼驴儿步行了偌地远。（同张
千下）

【鉴赏】

《陈州粜米》全名《包待制陈州 粜米》，写宋代陈州荒旱，刘衙内的儿子
和女婿趁开仓粜米机会，大事搜刮，农民张㒖古与之辩理，竟被打死。张子小㒖
古上告，经包拯到陈州私访，探明真相，处决了贪官。这里选第三折赏析。

戏到第三折，我们看到的是一出饶有趣味的喜剧。前一折戏的悲剧气氛不复
存在了。而充当喜剧主角的，却是我们想象中认为不配当喜剧角色的那位包公。
这位包公来到陈州，不是摆出钦差大臣的架势，鸣锣开道，威风凛凛地入城，而
是打发唯一的随从张千骑着自己的马，带着势剑金牌先进城了，并且嘱咐张千不
管出现什么岔子，也别轻易暴露了他的身份。他自己呢，却像个不起眼的土老头
儿，缓步入城。快到接官亭时，只见一个女人从驴上摔下来，喊人帮她笼驴，包
大人赶过来正好揽上了这份差事。连扶上扶下也在所不辞。巧就巧在这个女人正
是同两个赃官相好的本城的名妓王粉莲。——赃官在接官亭迎候包大人，不甘寂
寞，要她来陪伴作乐。一路上，她和包拯絮絮叨叨，说起了两个赃官同她的交情
如何深厚；赃官们如何盘剥残害饥民；如何荒淫无耻，追欢买笑，连皇帝赐给的
紫金锤也留在她家做了当头。她还得意扬扬地邀请老头儿去她家看紫金锤哩！她
错把包拯当成庄家老儿看待，包拯也出色地扮演着庄家老儿的角色，两个人一路

聊来，言者无心，听者有意——就这样，包大人在一种喜剧气氛中，轻松愉快地通过"知情人"的口掌握了赃官的罪证。到了接官亭，妓女出于好心，叫送些酒肉给老头儿充饥，两个赃官吩咐送去，不料这老头儿全不识抬举，竟把官家恩赏的吃食，一股脑儿喂了妓女的驴。赃官发了怒，叫人把这老头儿吊到亭外的槐树上，等接过钦差，再作发落。而胸有成竹的包公，竟一声不吭地任其摆布，宁叫自己吃苦头，也要让赃官们作充分的表演。这些出人意料的喜剧处理，既符合戏中"这一个"包公的性格特点，也符合情节发展的必然逻辑，于是，妙趣横生的幽默感、喜剧性便自然地洋溢于舞台之上。

有了这第三折，戏活了，包公活了，包拯的形象完全不同于后来一般威仪万千、始终铁青着面孔的包公了。如今戏曲舞台上的包公，一出场总离不了跟班王朝、马汉、张龙、赵虎之流，还得外加个书僮包兴；赃官们一看见他那无情的铜铡就胆战心惊；他的神通是如此广大，以至能夜断阴来日断阳，带着神化、迷信的味道。这种神化、迷信色彩，还在他的脸上留下了一个鲜明的标志——漆黑的脸膛上画着一个月牙。其实，长得黑，有可能，可是脸上有月亮，这分明是后人将他形象化地神化的表现。元曲中的包公戏，例如关汉卿的《包待制智斩鲁斋郎》和曾瑞卿的《王月英元夜留鞋记》都不见提及王朝、马汉一群跟班。而且，包青天铲除贪官污吏，总离不了一个"智"字。并非一味地硬干。在《陈州粜米》这出戏里，包公对贪官小衙内、杨金吾的处决，同样是智慧的巧妙运用。他虽然有势剑金牌在手，但凭多年的官场经验，深知在官官相卫的强梁世界里，势剑金牌并不能完全代表法律的尊严。何况，对方的手里还有个御赐的紫金锤呢！有鉴于此，他先从妓女的手里，把紫金锤追回，抓住了对方作践皇权的一个有力证据，然后以快刀斩乱麻的方式，立即斩决了杨金吾，并让苦主小憨古用紫金锤把小衙内打死。待到皇上的"赦活的不赦死的"赦书一到，这纸赦书不仅没有救了赃官的命，倒保全了无权无势的受害者小憨古。在这里，包公巧妙地钻了一下皇权的空子，严肃地开了一下皇权的玩笑。这个玩笑，是对生活本身的辛辣讽嘲，是喜剧气氛赖以形成的客观基础。这一切，说明在元曲作者的笔下，并没有把包公这样的清官当作神来处理。土老头儿的形象和普通正派官吏的复杂心理以及富有人情味的言谈举止，构成了一个有血有肉，有情有趣，可敬可亲的包大人形象。这个形象，同豫剧《七品芝麻官》中的唐知县身上的那种拙劲儿、土味道是颇为近似的。

我们所爱于《陈州粜米》这出杂剧的，正是这种拙劲儿、土味道。这都是后来龙图公案剧目难得看见的。后来的古典戏曲，戏复杂了，排场大了，词曲典雅了，但是生活气息和古拙意味都少了。如今有些写喜剧的，也多忽略生活本身是它的泉源，生拼硬凑，制造笑料，给人以弄巧成拙的不自然之感。对这样的作者来说，《陈州粜米》是颇值一读的。

《玉清庵错送鸳鸯被》第一折

无名氏

[油葫芦] 甚风儿吹你个姑姑来到此，慌忙将礼数施。自从我绣鸳鸯儿曾离了绣床时。我着这金线儿妆出鸳鸯字，我着这绿绒儿分作鸳鸯翅。你看那枝缠着花，花缠着枝。直等的俺成就了百岁姻缘事，恁时节才添上两个眼睛儿。

【鉴赏】

这支曲子乍读之，也许都会以为是平民少女的口吻，如此率直，如此坦诚，又如此情深意挚。然而它却偏偏出自一位官家小姐之口。赤裸裸地表达少女的心声，揭示少女心灵深处的隐秘，这正是元曲的品格。

《鸳鸯被》的故事在才子佳人恋爱故事中是别具一格的。李玉英的父亲李彦实任洛阳府尹，被弹劾递解赴京。因无盘缠，向员外刘彦明借了十个银子，玉英也在文书上画了字。时隔一年，彦实杳无音信，刘员外逼勒玉英还债，玉英无法偿还，只好答应以身相许。他们约好在刘道姑的玉清庵中相会，碰巧刘员外被巡更卒抓走，书生张瑞卿上京赶考，借宿庵中，暗中和玉英成了好事，玉英即以身相托。第二天，刘员外强娶玉英到家中，玉英至死不随顺他，沦为奴婢。瑞卿状元及第，到洛阳做官，微服访玉英，假称兄妹。直到见到了鸳鸯被，玉英才认出瑞卿来。正好李彦实复任府尹，重责刘员外，玉英、瑞卿遂得团圆。

李玉英与刘员外约会是被迫的，并非反封建礼教，她和王瑞卿的结合也带有很大的偶然性，那么李玉英这个形象为什么动人呢？这主要因为作家准确而细致地把握了李玉英思想的脉搏、情爱的律动，揭示了人物行动的内心动机。在孤寂的长日永夜里，作为情窦初开的少女，她由衷地感到岁月不饶人："耽搁了二十一二，好前程不见俺称心时。"因此"每日家重念想，再寻思，情脉脉，意孜孜，几时得效琴瑟，配雄雌，成比翼，接连枝。但得个俊男儿，恁时节才遂了我平生志。"这青春的苏醒、情爱的潮汐，时时在她心中鼓动澎湃。她正是把她全身心的理想、企冀和憧憬，绣进了鸳鸯被里。

[油葫芦]这支曲子是玉英和刘道姑对话时所唱。首二句是客套的问答。第三句立刻转入正题：玉英每天的"功课"，无非是"熬永夜闲描那花样子，捱长日频拈我这绣针儿"。四五句描绘了所绣鸳鸯的色彩之美。"枝缠着花，花缠着枝"，既说的是绣被的图案，更隐隐逗出情爱的企慕。末二句是回答道姑提问而唱。道姑问为什么鸳鸯不绣眼睛，玉英答道：要等成就了终身大事再添上。这两句真是妙极！人们每每将一首诗的灵魂所在称作"诗眼"，一本戏的重要关目称作"戏眼"。没有眼睛的鸳鸯还只是图案，有了眼睛，鸳鸯就活了，成为有生命的爱情的象征。传统画论说，人的神情、灵魂全在阿堵之中。中国古代也有"画龙点睛"的传说。这《鸳鸯被》的点睛和那个传说可以说颇有异曲同工的妙趣。

全曲即物感兴，托物言情，第三句以下，句句说的是鸳鸯被，字里行间却流荡着少女的一脉春情。人们常用鸳鸯来比喻恩爱夫妻，有民歌这样唱道："二绣鸳鸯鸟，栖息在河边，你依依，我靠靠，永远不分离。"人们还常用它来比喻死生不渝的爱情，《孔雀东南飞》写刘兰芝与焦仲卿双双殉情后，化身为鸳鸯，"仰头相向鸣，夜夜达五更。"而绣有鸳鸯的被子也就成为夫妇合欢的象征物，《古诗十九首》道："文采双鸳鸯，裁为合欢被；著以长相思，缘以结不解。"李玉英绣鸳鸯被，不正是倾注了她那纯真少女的满腔情思吗？而且，这支曲子以明快的格调抒发了李玉英对幸福的憧憬和真挚的情感，这就使后文她被迫许身的悲惨遭遇更让人同情，让人愤慨。

《随何赚风魔蒯通》第二折

无名氏

[耍孩儿] 今日个萧何反间施谋智，黑洞洞不知一个的实。若将军一脚到京畿，但踏着消息儿①你可也便身亏。他安排着香饵把鳌鱼钓，准备着窝弓将虎豹射。咱人泰极多生否②。再休想吉祥如意，多管是你恶限临逼。

【注释】

①消息儿：暗藏的武器机关。

②泰极多生否（匹）：泰、否是《周易》中相反的卦名，泰卦为顺，否卦为逆。

【鉴赏】

《随何赚风魔蒯通》，是元杂剧中比较成功的历史剧。它取材于汉高祖刘邦开国后杀戮功臣的史实。剧中由丞相萧何出面，诬杀了开国功臣韩信。韩信谋士蒯通避害装疯，却被辩士随何识破，赚到京中欲处死。蒯通则视死如归，仗义执言，为韩信的冤狱声辩，终于赢得了道义上的胜利。此剧深刻揭露了封建统治集团见利忘义，虚伪残酷的本质。

历史上诱杀韩信的主谋是吕后，杂剧中改为萧何，具有更大的讽刺意义。因为正是萧何当初把韩信推荐给刘邦，拜为元帅，从而使刘邦取得了平定天下的胜利。现在到了权利和财产再分配的时候，韩信反倒成为最高统治者的一种威胁，再由萧何设计把他除掉。所以历史上留下了"成也萧何，败也萧何"的成语。这本身就充分暴露了封建政治的残酷性。而作为韩信的悲剧是，危机在前却全然不党，仍对朝廷忠心耿耿。这就构成了《赚蒯通》头两折的主要矛盾。蒯通是跟随韩信多年的谋士，他从韩信功高却一再被贬中，已预感到最终危险。所以当萧何借口皇帝外出，召韩信进京为留守时，蒯通一眼就看穿了这个骗局。因此他劝韩信："只不如学那范蠡、张良早弃官而去，倒落的个远害全身也。"可是韩信仍执迷不悟，于是蒯通唱出这段 [耍孩儿]，给他以最后的忠告。曲中所言，处处符合蒯通作为韩信谋士的身份。蒯通虽对局势的分析胸有成竹，但剧作家并未把他写成神秘的先知，也没有让他居高临下地教训韩信，而是让他首先明确指出萧何在施反间计，而韩信对朝中情况是两眼漆黑，不知"底实"（底细），在这种情况下盲目进京，其危险可知。接着蒯通又用多种譬喻来说明京中形势的险恶。香饵钓鳌鱼，窝弓射虎豹，把最高封建统治者为诛戮功臣而潜藏的腾腾杀机，策划的阴谋手段，描绘得非常形象而真实，并针对韩信对最高统治者不切实际的幻想，郑重地提醒他，切勿忘记"泰极生否"的规律。警告他如果在这种复杂形势下缺乏清醒的头脑，掉以轻心，必然会由"吉祥如意"转到"恶限临逼"。到那时候，就悔之晚矣。这一切都表现出蒯通的深谋远虑。

[耍孩儿] 曲本是由七字四拍一句衍化而来，适宜于情节的铺叙。每句加了不少衬字，演唱起来有急迫紧促之感，恰好用来表达蒯通此刻的急切心情。

《随何赚风魔蒯通》 第四折

无名氏

[沽美酒] 兀的不是狡兔死，走狗僵；高鸟尽，劲弓藏。也枉了你荐举他来这一场。把当日个筑台拜将，到今日又待要筑坟堂。

[太平令] 便做有春秋祭飨，也济不得他九泉下魂魄凄凉。倒不如早将我油烹火葬，好和他死生厮傍。我可也不慌不忙，还含笑的就亡。呀！这便算做你加官赐赏。

【鉴赏】

[沽美酒] 和 [太平令] 是《赚蒯通》杂剧第四折中相连的两支曲子，是剧中主角蒯通在斥责萧何（其实是指汉高祖和吕后）的阴谋伎俩时所唱。萧何诱杀韩信后，为绝后患，又将谋士蒯通赚来，备下油锅欲将其烹死。然而，蒯通竟谈笑自如，主动请死，并且在与萧何辩论中彻底揭露其"杀功臣"的卑劣用心。最后使萧何也自觉理亏，反过来要与韩信修坟堂，请敕封赏，对蒯通也要加官赐赏。蒯通却毫不退让，进一步揭露最高统治者的虚伪面目，一面不择手段地杀人害命，一面又假作姿态，以显示皇恩浩荡，收买人心。剧中有一长段痛快淋漓的说白，连着一个主动跳油锅的动作，把萧何等驳斥得哑口无言。然后用这两支曲子进一步表明态度，抒发感情。《史记·越王勾践世家》引古语说："飞鸟尽，良弓藏；狡兔死，走狗烹。"《赚蒯通》的作者总结千百年的血腥历史，通过剧中人物蒯通之口，再次强调了"狡兔死，走狗僵；高鸟尽，劲弓藏"的残酷规律。[沽美酒] 后半段则把矛头指向了萧何。这里萧何只是最高统治者的代表。他们对待功臣的态度，曲中只用两句话就形象地概括出来了：当日要利用他，则被之以荣宠，"筑台拜将"，今日要防范他，则加之以斧钺，为之"筑坟堂"。仅此尚不足说明其三反四复的态度，最虚伪的是人死之后又要假惺惺地搞什么"春秋祭飨"的把戏，一句"济不得他九泉下魂魄凄凉"，就将其中的奸诈揭露无遗。

《赚蒯通》杂剧在艺术上最大的成就，是成功地塑造了一位古代雄辩家的形象。这种形象的现实根据，是战国以后的养士之风。由于当时君主的绝对权威尚未确立，"士为知己者死"是士这个阶层普遍奉行的道德信条。蒯通作为韩信的谋士，忠实于他的事业，忠实于他的主人，这在当时看来，是无可非议的。《赚蒯通》歌颂的，就是这种具体历史条件下的道德理想。这一曲 [太平令] 对完成蒯通形象的塑造是有很大作用的。蒯通与萧何的辩论并不是剑拔弩张的对骂，而是柔中带刚，以柔克刚。他立下了必死的决心，于是才能表现为"不慌不忙，还含笑的就亡"，并且不无讽刺地把萧何为他预备下的"油烹火葬"，当作他忠于朝廷应得的"加官赐赏"。蒯通这不仅含有强烈的讽刺意味，而且也是一种以退为攻的战术，蒯通就是这样把对手置于无可奈何之地，最后终于赢得了道义上的胜利。

[太平令] 为了突出内容上柔中有刚的特点，在语言上也采用了相应的手法。每句中都有一个实词词组：如：春秋祭飨、魂魄凄凉、油烹火葬、死生厮傍、不慌不忙、含笑就亡、加官赐赏。在这实词词组之前，加一些虚词衬字，如：便做有、济不得、倒不如、我可也、这便算作。虚实结合，组成了一系列复句，包含着无可辩驳的逻辑力量，酷似辩士声口。从音律上说，这些衬字多为三字双音节，与实词四字双音节刚好合拍，加强了艺术感染力。另外，两支曲子都用"江阳"韵，唱起来宽宏响亮，感情便于宣泄，与内容也相得益彰。试想，如果这里用闭口韵，何以能表达那种镗鞳之声、激越之响？

《杨氏女杀狗劝夫》 第二折

无名氏

[**太平令**] 吃的是亲嫂嫂的酒食，更过如吕太后的筵席。嫂嫂，俺哥哥觉来你支持，"我也不是个善的"。誵的我一个脸描不的画不的，一双箸拿不的放不的，一口面吐不的咽不的。我便有万口舌头教我说个甚的。

[**叨叨令**] 则被这吸里忽剌的朔风儿那里好笃簌簌避，又被这失留屑历的雪片儿偏向我密蒙蒙坠。将这领希留合剌的布衫儿扯得来乱纷纷碎，将这双乞量曲律的肐膝儿罚他去直僵僵跪。兀的不冻杀人也么哥，兀的不冻杀人也么哥，越惹他必丢匹搭的响骂几这一场扑腾腾气。

【鉴赏】

王国维在《宋元戏曲考》里论及元曲语言的特色时说："古代文学之形容事物也，率用古语，其用俗语者绝无。又所用之字数亦不甚多。独元曲以许用衬字故，辄以许多俗语，或以自然之声音形容之。此自古文学上所未有也。"《杀狗劝夫》中的这两支曲子，抒情写景，全用白描，[太平令] 以俗语胜，[叨叨令]

以"自然之声音"胜，自然质朴，如臻化工。

《杀狗劝夫》描写了一场家庭内部兄弟之间争夺财产的冲突。孙荣和孙华的父母死后，孙荣作为长子，成为财产的合法继承人。他在泼皮光棍柳隆卿和胡子转的撺掇下，将孙华驱逐出家，使之流落街头，见面时则百般凌辱。孙荣的妻子杨氏为劝说孙荣，将杀死的狗装入布袋，放在自家后角门头，冒充死人。孙荣去央求柳、胡二人帮忙搬走，被拒之门外，孙华闻讯，见义勇为，搬走了死狗。柳、胡怀恨在心，告到官府，孙华挺身招承杀人公事。这时杨氏登堂说明缘由，于是判柳、胡罪，兄弟和好。

在封建社会里，为了争夺财产，"兄弟阋墙""同室操戈"是普遍存在的社会问题。所以自孔夫子起，就提出了诸如"兄友""弟悌"之类的道德规范，以维持兄弟之间的和谐。此剧所宣扬的正是这种道德。

在第二折里，孙荣偕柳隆卿、胡子转饮酒谢家楼，大醉而归，卧倒雪地，柳、胡二人不仅不扶他回家，还捞走了他靴筒里的五锭钞。孙华偶然撞见，把哥哥背回家中。嫂嫂杨氏热情地留他吃些酒饭，孙华受惯了欺侮打骂，软弱胆怯，再三推阻，生怕哥哥醒来没好气受。善良的杨氏说："他觉来我自支持他，包你没事。""我也不是个善的，怕他怎么？"孙华有嫂嫂撑腰，才敢战战兢兢地吃酒饭。突然孙荣醒来了，这时，孙华唱了［太平令］这支曲子，充分表露了自己心寒胆怯的心理状态。首二句用比喻，说这酒食可不是好吃的，吃着是要担风险的。吕太后是汉高祖刘邦之妻，惠帝之母，曾大宴群臣，命朱虚侯刘章以军法监酒，不饮者则斩首，故有"吕太后的宴席——不是好吃的"之歇后语。三四句孙华引用杨氏的话，提醒她，求得援助。四五六句排比铺叙，以孙华被救的动作表情，写他丧魂落魄的心理，生动传神，细腻入微。末句万口难辩的夸张说法，更突出了孙华的软弱。怕哥哥冻死把他背回家，吃些酒食暖暖身子，本来是理直气壮的事，为什么孙华如此心虚胆怯呢？可见他平日里是如何饱尝了哥哥的淫威了。全曲皆用俗语，由于用了多种修辞手法（比喻、歇后、引语、排比、夸张），从而刻画了特定情境中特定人物的心理性格。

紧接着，孙荣诬赖孙华偷了他的五锭钞，不容分说，罚他到檐下大雪里跪着，孙华唱了［叨叨令］一曲。孙华老实懦弱到了极点，哥哥让跪就跪，毫不反抗，但却仍然无法掩抑内心中的一腔怨气，因而发为絮絮叨叨的话语。作者运用了一连串的象声词和形容词，模拟这种种情态。"吸里忽喇""失留屑历"形容朔风劲吹、雪片纷坠的声音；"笃簌簌"描写孙华冻得发抖的模样；"密蒙蒙"描写大雪铺天盖地的样子；"希留合刺"形容布衫稀疏，在风中扯拉的样子；"乞量曲律"形容胈膝（膝盖）发抖，哆哆嗦嗦的情状；"必丢匹搭"形容孙荣严厉粗暴的骂声；"扑腾腾"形容孙荣怒气冲冲的样子。这一连串象声词和形容词在曲中都是衬字（［叨叨令］曲正格除五、六句为六字句外，其余都是七字句），却具有极强的表现力，既增强了曲子的音律美和节奏感，也揭示了孙华此时此地悲苦难抑、怨天尤人而又忍气吞声的独特心境。

总之，这两支曲子"模写物情，体贴人理"（王骥德《曲律·论家数》），"话则本之街谈巷议，事则取其直说明言"（李渔《闲情偶寄·词曲部·词采》），充分代表了元曲的本色。

《庞居士误放来生债》第一折

无名氏

［寄生草］富极是招灾本，财多是惹祸因。如今人恨不的那银窟笼里守定银堆儿吨，恨不的那钱眼孔里铸造下行钱印。（做合掌科云）南无阿弥陀佛。（唱）争如我向禅榻上便参破禅机闷。近新来打拆了郭况铸钱鑪，这些时斯掯碎了鲁褒的这《钱神论》。

［六幺序］这钱呵无过是乾坤象，熔铸的字体匀。这钱呵何足云云。这钱呵，使作的仁者无仁，恩者无恩。

费千百才买的居邻。这钱呵，动佳人有意郎君俊，糊
突尽九烈三真①。这钱呵将嫡亲的昆仲绝了情分。这钱
呵，也买不的山丘零落，养不的画屋生春。

【注释】

① "九烈三真"：九烈，待查。三真：据宋代朱弁《曲洧旧闻》记载，宋时
有人称富弼、韩琦为真宰相，欧阳修为真内翰，张康节为真御史，合称三真。

【鉴赏】

此剧的故事情节是这样的：襄阳人庞蕴，字道玄，好参佛法，家有万贯，行
善好施，人称庞居士。好友李孝先曾借他两锭银子，因本利双折，无力偿还，怕
告到官府拷逼，因此忧患成疾。庞居士见况，想到自己本意做善事，不想反害了
人，他不仅没有逼债，反而赠李银子二两，并当面烧毁了借据。庞又联想到远年
近岁，借他钱物的人不少，如都如此，不是造孽！
于是令行钱（伙计）烧毁全部借据。恰被上界增福
神看见，化作秀士点化他。庞见磨工辛苦，又下令
解散了磨坊、油坊、粉坊，并给磨工一锭银子，令
其自谋生路。后又听见家里的牛马驴说话，都是因
前生借了庞家的债无力偿还而托生牛马来还债的，
庞大为警悟，认识到自己放债本为做善事，结果竟
放了造孽的"来生债"。于是，他把家中的奴仆牲
畜尽皆释放，金银财宝俱沉于大海，全家靠编卖筲
箕为生。后圣帝派增福神、注禄神迎其一家升入天
堂，功成行满，终成正果。

从剧情来看，其主旨无非是劝人莫恋浮财，积德行善，必能得道成仙。并无
积极意义。但在剧情发展中，却比较生动而真实的写出了金钱的罪恶，高利贷的
残酷，劳动人民的苦难等，有一定的认识价值。

〔寄生草〕〔六幺序〕二曲，选自剧本第一折，是增福神（曾信实）点化庞
居士时庞所唱的，表现了他对金钱的蔑视与谴责。

〔寄生草〕前二句说明"财""富"是"招灾本""惹祸因"，表示他认识上

的清醒；第三四句是说社会上却有一些人还认识不到这一点，他们对金钱财富孜孜以求，整日钻进"银窟笼""钱眼里"。而只有他参透了禅机，把金钱富贵都不放在眼里。最后又用两个生动的比喻来说明他对金钱的蔑视。郭况是汉光武郭皇后的弟弟，曾任大鸿胪（主掌朝祭礼仪的官），光武帝经常赏赐他金钱财宝，因此京师称况家为"金穴"，喻其富贵。本曲则改用"铸钱镬"这一比喻，并加以"打拆了"三字，说明他不要郭况那样的富贵。鲁褒是西晋人，好学多闻，甘于贫素。元康后纲纪大坏，唯钱是崇。鲁褒隐名著《钱神论》以刺之，论曰："钱之为体，具有阴阳。亲之如兄，字曰孔方。无德而尊，无势而热。排金门，入紫闼，危可使安，死可使活，贵可使贱，生可使杀。是故，忿争非钱而不胜，幽滞非钱而不拔，冤仇非钱而不解，令闻非钱而不发。洛中贵游，世间名士，爱我家兄，皆无穷止。执我之手，抱我终始。凡今之人，惟钱而已。"这是世界上最早的一篇对金钱罪恶进行深刻剖析的著名论著，揭露了当时社会金钱万能和人们对金钱的崇拜。这里用"厮拆碎"三字，表现了庞居士对金钱的蔑视。

[六幺序] 一曲则着重谴责金钱的罪恶："这钱呵，使作的仁者无仁，恩者无恩。"金钱可以使纯洁的灵魂染上铜臭，可以使人与人之间反亲为仇。"这钱呵，动佳人有意郎君俊，糊突尽九烈之真。"是说金钱可以使无情人变成有情人，刚烈正直的贤人也会糊突起来。"这钱呵，将嫡亲的昆仲绝了情分。"金钱可以使亲兄弟绝了手足之情。因此，他把金钱看成了"魔君"。最后两句是说，在他看来钱如粪土，是没有什么用的。于是，他在下一支曲子 [幺篇] 中，表示要学习汉宣帝时的疏广散金，把万贯家业都施舍给人。

金钱（货币）是随着商品生产的发展而在社会生活中起着越来越大的作用。欧洲的一些进步思想家和文学家，都曾揭露过金钱的罪恶。而在莎士比亚前三百余年的中国元代，能出现像《来生债》这样的作品，确是难能可贵的。当时由于元代统治者重商轻农的政策，商品经济在元代日益繁荣，因此金钱在社会生活中的作用也日益明显。《来生债》的作者，敏感地发现了这种社会现象，利用宣扬宗教的题材，对金钱的罪恶进行了无情的揭露与批判，不能不说具有一定的积极意义。

《来生债》的作者已不可考，由本曲可以看出，他对当时高利贷的残酷，下层人民的苦难深有体会，并对下层人民寄予深切的同情。其曲白的语言，也是极为质朴通俗的。作者在曲词中运用了大量的衬字，因此使曲词通俗晓畅，很适合当时下层市民的艺术趣味。

《冻苏秦衣锦还乡》 第四折

无名氏

[鸳鸯煞] 想当初风尘落落谁怜悯，到今日衣冠楚楚
争亲近。畅道威震诸侯，腰悬六印，也索把世态炎凉，
心中暗忖：假使一朝马死黄金尽，可不的依旧苏秦，
做陌路看承被人哂。

【鉴赏】

　　这支 [鸳鸯煞] 是《冻苏秦》杂剧的最后一曲，它是全剧的一个总结和概
括，尽管文字浅显平朴，却很警拔，它突出的只有这八个字：世态炎凉，人情冷
暖。从某种意义上看，这实际上是封建时代知识分子共同的感慨，特别是抒发了
失意文人的愤懑和牢骚。

　　《冻苏秦》杂剧取材于《史记·苏秦张仪列传》，又杂以民间传说。作者甚
至改变了历史记载，以突出指摘世态炎凉的主题。如按历史记载，是苏秦先为赵
相，张仪去求苏秦，苏秦故意窘辱张仪，同时暗地使人资助张仪入秦求官。后来
张仪成为秦惠王的相国，才明白了苏秦当日轻漫自己，原在于激励失意者发愤。
那么，杂剧为什么将二人的关系颠倒了呢？说来这种"张冠苏戴"完全是作者表
达思想的需要。杂剧的第二折，写的是苏秦求官途中病倒，钱财用尽，只得冒着

·元曲·

图文珍藏版

大风雪回家。他的父母兄嫂以及妻子，对他十分鄙视。他忍饥受冻归家时，父亲冷言冷语，嫂不为炊，妻不下机；更有哥哥苏大，冷嘲热讽，语语相逼。苏秦一气之下，离家而去。这时苏秦唱了一支［煞尾］，正与第四折的［鸳鸯煞］形成前后呼应，为了更好地赏析［鸳鸯煞］曲，不妨先来看第二折结尾处的［煞尾］："盼的是冬残晓日三阳气，不信我拨尽寒炉一夜灰。我则今番到朝内，脱白襕换紫衣。两行公人左右随，一部笙歌出入围，马儿上簪簪稳坐的。当街里劬劬恁炒戚，亲爷亲娘我也不认得。那其问我直着你手拍着胸脯恁时节悔！"

不必解释，《冻苏秦》的曲词写得爽快透亮，通俗自然。家中人的态度使苏秦发誓要出去做官。他心里想着：一朝脱白挂紫，定叫家人后悔，他要出一口气。苏秦于是去找张仪，不料张仪对苏秦更是冷淡，竟在冬天里大开门窗，又在"冰雪堂"中给苏秦吃冷酒、冷馒头，还有冷汤。原来张仪故意激怒苏秦，待苏秦一怒而去时，则暗遣仆人陈用，以陈的名义资助苏秦去秦国求官。作者把家人的冷淡和朋友的轻漫，集中在苏秦身上，突出了"逼"字和"冻"字，以利于人物塑造和思想表达。后来明人苏复之的《金印记》传奇承袭了此剧，索性只写苏秦，而无张仪出场了。

"想当初"二句，苏秦将为官前后人们对他的态度做了对比，"谁怜悯"和"争相亲"造成强烈对比，很富于戏剧性，说的是人情冷暖。畅道，即正是，如今苏秦声名大振，富贵之极，与被家人和朋友冷淡之时相比，已是天壤之别了。腰悬六印，指苏秦做了六国都元帅。衣锦还乡，苏秦并没有忘记当年的受窘辱，受冷落，他牢记当年自己所发的誓言，也就是"也索把世态炎凉，心中暗衬"。"假使"，句是说苏秦离家求官途中，曾因病困卧于客店中，弘农王长者看苏秦非寻常之辈，曾赠苏秦金银衣马，以资助苏秦作为求官去的路费。苏秦想起往日的困窘，看看眼前的峥嵘，不禁感慨万端。途穷末路之时，也受了些窝囊气，若马死财尽，不得腰悬六印，苏秦仍是老样子，世人对他也依旧是冷眼相待，甚至还会取笑和嘲讽他。哂，这里是取笑和冷淡之意。总之，苏秦通过自己境况的改变，洞察到了人情世态的反复无常，因而抒发了一腔愤懑。

此曲不用典故，不施藻绘，平直道来，收到了水到渠成、自然洒脱的艺术效果，可视为元曲中本色派作品的一个较突出的例子。此外，曲词注意到了前后剧情的照应，紧紧扣住了主题，十分注重人物感情的宣泄，同时又起到了临末了再点染一笔的作用，临去秋波，令人余思不绝，咀嚼不尽。

《神奴儿大闹开封府》第二折

无名氏

[隔尾] 我将你怀儿中撮哺似心肝儿般敬，眼前觑当似在手掌儿上擎。（带云）神奴儿哥哥，（唱）我叫道有二千声神奴儿将你来叫不应。为你呵走折我这腿脡，俺嫂嫂哭破那双眼睛，我这里静坐到天明将一个业冤来等。

[牧羊关] 我则怕走的你身子困，又嫌这铺卧冷，我与你种着火停着残灯。怕你害渴时有柿子和梨儿，害饥时有软肉也那薄饼。我将你寻到有三千遍，叫道有两千声，怎这般死堆在灯前立？（带云）小爹爹，家里来波！（唱）你可怎生悄声儿在门外听？

【鉴赏】

《神奴儿》杂剧写的是神奴儿为婶母所杀害，其冤魂闯入开封府申诉，包拯复勘冤案事。汴梁李德仁、李德义兄弟同居，德仁妻生子神奴儿，德义无子，于是德义妻逼丈夫与兄嫂吵闹分家，致使德仁气病而死。两家分开后，神奴儿与自家院公出门玩耍，院公去买傀儡儿，嘱神奴儿站在桥边等候。适逢李德义乘醉走过桥边，便将侄儿抱回自己家中，结果神奴儿惨遭德义妻杀害。院公回来寻不到小主人，焦急万分，无奈只好回到家中，向神奴儿母亲说明经过。二人一时惊慌失措。院公坐在门口，等候小主人归来。以上二曲便是由正末扮院公在焦急等待时所唱。

[隔尾] 曲是院公的一番剖白，主要是讲主人死后，他与女主人眼珠也似的看护宝贝疙瘩神奴儿，不料竟因自己一时疏忽，丢失了小主人。院公愧悔交加，痛恨不已。院公对神奴儿感情深厚，大凡因为孩子一直由他带着，他几乎是老泪纵横，声声呼唤着小主人。"我将你"二句，言老院公十分疼爱神奴儿，常常搂

揣在怀中，看作是心肝宝贝，他把眼珠瞅着孩子长，常擎在手中哄逗。足见院公与神奴儿是朝夕相伴的。"我叫道"句极写院公的急切不安心情，任你声声叫着神奴儿的名字，却无人应答，老院公一阵阵失魂落魄。"为你呵"以下三句，写老院公奔东奔西地寻找，不知跑了多少路。艇，指小腿。神奴儿母亲哭得是那样伤心痛楚。院公发誓在门首坐到天明也得等到小主人归来。"业冤"，是爱极之反语，元剧中多用之。"业"是佛家语，即梵语之"羯磨"。佛教谓六道中生死轮回，皆是由业决定的。"冤"即冤家。此处用作亲昵爱极之谓，犹言"小冤家""小祖宗"等。

这一曲感情真挚，如泣如诉，神情毕肖，相当感人。最突出的特点是声情并茂，一如老人迭掌扣膝、肠热情急的神态、声吻，把人物写活了。

[牧羊关]曲，写神奴儿的冤魂归家敲门，托梦于老院公，进一步塑造了院公慈祥忠厚、淳朴善良的性格。听到小主人的敲门声，院公一阵狂喜，忙不迭准备这安排那。曲词写得十分细腻，也非常真实。"我则怕"三句，表现了老年人的心细和有经验。怕孩子困乏，又怕铺盖冷，他笼着火，守着灯。至此，残灯下老人的形象更清晰了。他怀着孩子能回来的希望，苦苦地守着、等着。残灯如豆，微光中老人凄凄然的神色被刻画得何其逼真！种，是将火维持着，使它不灭。老人还准备了柿子和梨儿，以防小主人回来时口渴；还有软肉薄馅饼，以备小主人回来时肚子饿。你看他想得该有多周到呀！然而他却不知归来的是小主人的魂儿。曲词通过院公的自言自语，巧妙地写出了魂儿的特点，似恍恍惚惚，若即若离。院公再三喊，神奴儿魂儿只是不应声。"三千遍""两千声"，极言院公对孩子的反复招呼，可神奴儿仍然无精打采地在灯前站立。"死没堆"，亦作"死没腾"，就是没精神，呆呆的样子；或释作死僵僵。结句前的[带云]穿插得很有趣，显得十分亲切。"你可怎生悄声儿在门外听"一句，简直是老人哄孩子时的絮絮叨叨口吻，既迷惑又含无尽温存，韵味完全从平自如话、朴素自然中流出，是值得再三玩味的。

此二曲全用家常语，不施藻绘，不用典实，以自然亲切见长。同时，浅中有深，平中出奇，处处展现人物性格，是颇有独到之处的。《神奴儿》杂剧在元人包拯戏中算不得上乘之作，但此二曲的确是写得极为生动的，是地道的元人风致，所谓"直必有至味，俚必有实情，显必有深义"（《乐府传声·元曲家门》）是也。

附带说到，院公与神奴儿感情深厚，丢失了孩子至为痛心，女主人虽然痛哭流涕，却不曾埋怨和怪罪老人。况且李家分家后，德仁妻孤儿寡母，家境并不好。因此，院公形象不应视为"义仆"形象。将他当作一位善良慈祥的老人来看似更贴近剧情。

《庞涓夜走马陵道》第二折

无名氏

[滚绣球] 你休那里信口诌，则管里无了收。这言语你也合三思然后，俺兄弟怎肯道东涧东流！他亏我似猪狗，我亏他似马牛，俺两个曾对天说咒，俺兄弟他怎肯火上浇油！俺两个胜如管鲍分金义，休猜做孙庞刖足仇，枉惹得万代名留！

[二煞] 我饮过这香喷喷三盏儿安魂酒，则被你闪杀我也血渌渌一双脚指头。刀落处鼻痛心酸，皮开肉绽，筋骨相离，鲜血浇流。哎，可怎生神嚎鬼哭，雾惨云昏，白日为幽。耳边厢只听得半空中风吼，莫不是和天地替人愁！

[煞尾] 兄弟，则这功名成就合成就，我得好休时便好休。养可疮海上游，洗了耳觅许由，学大公把钓钩，逐范蠡一叶舟。想荣华风内烛，富贵如水上沤。将利名一笔勾，再不向杀人场揽祸尤，白白的将性命丢。攒住眉头懒转眸，咬定牙儿且忍羞，打熬着足上浸浸血水流——哎，你个行刃的哥哥你畅好是下的手！

【鉴赏】

    嫉贤妒能，这是知识分子圈子中常见现象，我国古代许多小说家、戏剧家似

乎对此有切身感受，故据此谱写出无数令人扼腕、令人叹息的悲剧，及由此生发

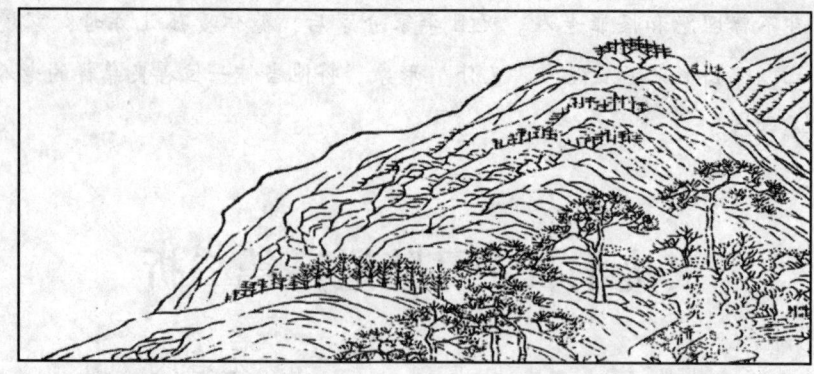

出的喜剧。《马陵道》只不过是其中之一而已。《马陵道》作者失考，传世本有脉望馆抄本、《元曲选》本，曲文略有出入，情节则不殊。大略云，有孙膑、庞涓者，均鬼谷子门徒也。学成，庞涓先下山，官拜魏国元帅之职。如约荐举孙膑，又忌孙膑之能，初拟置之死地，因孙膑声称腹中有卷六甲天书，未曾传授于人，庞涓为得天书，改孙膑死刑为刖刑。此后孙膑装疯逃往齐国，借齐国之力，于马陵道夜斩庞涓，报了刖足的冤仇。

孙膑、庞涓均史有其人。据《史记·孙膑传》："孙膑尝与庞涓俱学兵法。庞涓既事魏，得为惠王将军，而自以为能不及孙膑，乃阴使召孙膑。膑至，庞涓恐其贤于己，疾之，则以法，刑断其两足而黥之，欲隐勿见。齐使者如梁，孙膑以刑徒阴见，说齐使，齐使以为奇，窃载与之齐。齐将田忌善而客待之……"孙膑在齐所献诸计，均堪称战术之经典。尤以与庞涓决战时，以减灶法骄敌、诱敌，大获全胜，历来屡为兵家所称道。但杂剧《马陵道》，对这场惨烈的决战，却以调侃与幽默的笔调谱写之。剧中极写庞涓之无能，面对孙膑之才，亦不过略示其意而已，不刻意追求情节的真实性、合理性，而嬉笑怒骂皆成文章，作家之辛酸之泪，点点滴滴显露于字里行间。此处所选三支曲文，一壁厢庞涓指挥刽子手用刑，一壁厢则写孙膑全然不信刽子手之实言相告，句句为庞涓辩解，是孙膑直至此仍不知庞涓之奸毒耶？还是故意作反面文章耶？既耐人寻味又令人不能不掩卷太息！场景严酷，而曲文则纡徐跌宕，几放几收。明明是孙庞刖足仇，孙膑却唱道："休猜做孙庞刖足仇"；明明是庞涓为了功名施毒手，孙膑却唱道："兄弟，则这功名成就合成就，我得好休时便好休"！悲剧，如果停留在冲突层次，难免有浅尝即止之感，如果向人性深处开挖，就有可能刻画出一种貌似平淡却能令人久久不能自已的深刻的悲哀！这也是这三支曲文的高明之处。正因为这几支

曲文,第三折的［离亭宴带鸳鸯煞］"……一声喊将征尘荡起,急飚飚搠征旗,扑鼕鼕画鼓,磕擦擦驱征骑。剑推翻嵩岳山,马饮竭黄河水,看庞涓躲到哪里!我将他活剥了血淋淋的皮,生敲了支剌剌的脑,细剔了疙蹭蹭的髓……"才具有一种如箭在弦不得不发之势。

《马陵道》不像另一些元代杂剧名作,有几支千古传颂的名曲,全剧四折,曲文平易流畅,然不失大家风范。欣赏此剧可领略元杂剧之一种风格。京剧等戏曲剧种偶有改编演唱者,剧名《马陵道》或《孙庞斗智》。

《朱太守风雪渔樵记》第二折

无名氏

［三煞］你似那碔砆石比玉何惊骇,鱼目如珠不拣择。我是个插翅的金雕,你是个没眼的燕雀,本合两处分飞,焉能勾百岁和谐。你则待折灵芝喂牛草,打麒麟当羊卖,摔瑶琴做烧柴,你把那沉香木来毁坏,偏把那臭榆栽。

［二煞］那知道岁寒然后知松柏,你看我似粪土之墙朽木材。断然是捱不彻饥寒,禁不过气恼,怎知我守定心肠,留下形骸。但有日官居八座①,位列三台②,日转千阶③,头直上打一轮皂盖,那其问谁敢道我负薪来。

［随煞尾］我直到九龙殿里题长策,五凤楼前骋壮怀。我若是不得官和姓改,将我这领白襕衫脱在玉阶,金榜亲将姓氏开。敕赐宫花满头戴,宴罢琼林微醉色,狼虎也似弓兵两下排,水罐银盆一字儿摆。恁时节方知这个朱秀才,不要你插插花花认我来,哭哭啼啼泪满腮,你这般怨怨哀哀磕着头拜。那其问我在马儿上,

醉眼朦胧将你来并不睬。

【注释】

①八座：从东汉以来一般都以中书令、仆射，加六部尚书为八座。

②三台：汉代对尚书、御史、谒者的总称。尚书为中台，御史为宪台，谒者为外台。

③日转千阶：言迅速升官。阶，指官吏的级别。

【鉴赏】

这出戏写的是朱买臣发迹变泰的故事。依据《汉书·朱买臣传》和民间传说写成。剧情梗概是：朱买臣家贫，入赘刘二公家，虽才学满腹，但怀才不遇，以打柴为生。刘二公"恨他恨妻靠妇，不肯进取功名"，于是让女儿玉天仙向朱买臣索取休书，而在暗地里资助他赴京考试。朱买臣果然一举及第，授会稽太守，开始不认岳父与妻子，后弄清原委，消除前嫌，合家团圆。这里所选第二折的最后三支曲子，是朱买臣被妻子逼迫无奈写了休书，又被赶出大门之后，在风雪迷茫的夜里对玉天仙说的一番愤激之词，表现出朱买臣处于逆境而不气馁，人穷志不穷的品格。

朱买臣被赶出刘家后，身无分文，只有打柴用的钩绳扁担，但他仍孤高自许，对前途充满信心。[三煞] 用了一连串的比喻表明他自身的价值，谴责玉天仙贤愚不辨的行径。"你似那赋碔砆比玉何惊骇，鱼目如珠不拣择。"前一句是对玉天仙的讥讽，后一句是自责：你本不过是貌似美玉的碔砆石，竟把自己比作什么玉，真叫人吃惊；鱼目与珍珠混在一起，我怎么分不清呢。本来朱买臣很不情愿写休书，但妻子居然恶劣到这般地步，他便清醒了，发现他们不是一路人。于是下面他把自己比作"插翅的金雕"，把玉天仙比作"没眼的燕雀"，"本合两处分飞，焉能够百岁和谐"。想到这里，朱买臣似乎得到些宽慰。但想到玉天仙如此看轻他这位满腹经纶的才子，又禁不住怒从中来，连连抨击妻子的荒唐行为——"折灵芝喂牛草""打麒麟当羊卖""摔瑶琴做烧柴""把沉香木来毁坏"。朱买臣以珍奇自况，愈是自尊自重，愈是愤恨妻子的卑劣。紧接着在 [二煞] 中，朱买臣又以"岁寒然后知松柏之后雕"，"朽木不可雕也，粪土之墙不可圬也"（见《论语》）等语，表白自己是经得起风霜的松柏，不是玉天仙眼中不可雕的朽木、粉刷不得的粪土似的墙壁，你玉天仙断定我挨不住这饿寒、经不起这气恼，其实我志向已定，保住身体，一定会有一天"官居八座，位列三公"，高官厚禄，连连升迁，到时我坐在车子上，头上打顶黑伞，有谁敢说我曾经是背柴的穷汉呢。[二煞]表明，升官发财的欲望是朱买臣的精神支柱。当他陶醉在发迹的憧憬之中时，不但忘却满身风雪，而且禁不住洋洋自得了。[随煞尾]继续表现朱买臣对前程的乐观和自信。"我直到九龙殿里题长策，五凤楼前骋壮怀。"朱买臣想象中自己已经登上九龙殿这皇帝听政的地方，献上了万言书，在皇上居住的五凤楼前侃侃而谈，抒发雄心壮志。他对不让他进门的玉天仙发下誓言，假若得不到官职就不姓朱。他自信到极点了，也兴奋到极点了。他似乎已飘飘然地来到天子脚下，脱下这领穿了多年的穷秀才的"白襕衫"，放在玉阶之上，而领受皇上赐予的官服、宫花，带着琼林宴罢的微醉，穿过那威风凛凛的仪仗，开始那万人称羡的跨马游街。朱买臣仿佛自己正坐在高头大马上，瞥见那泪流满脸，跪拜着求他宽恕的玉天仙。而他，当初在风雪中吃闭门羹的朱买臣，压根不理睬这女人。

朱买臣和玉天仙这两位看似截然对立的人物，其实两者追求功名富贵的意识却是完全相同的。玉天仙在父亲的怂恿下把丈夫逼到绝境，是令其早日发愤求官；朱买臣穷益弥坚，也是志在富贵。这两者从不同的角度生动地反映了封建社会下层民众和知识分子希望发迹变泰的心态。和这部无名氏剧作总的特点相一致，这三支曲子的民间色彩相当强烈，所用比喻都是百姓们日常所见所闻，朱买臣想象中发迹的场面也是百姓们所理解的，尤其是那些生动的语言，几乎是剧作者从口语中信手拈来，极其形象、贴切、风趣，与那些专门从典籍中借用词汇的剧作迥然不同，给人以新鲜活泼的感受。

《孟德耀举案齐眉》第一折

无名氏

[后庭花] 他是个守青毡一腐儒，搵黄齑忍饿夫；那里取带秋色羊脂玉，赛明月照夜珠。父亲阿，你坏风俗，枉了你清廉名目。你断别人家不是处，下钱财要

等足，少分文不放出，敢如何违法度。

[赚煞] 他富则富，富不中我志诚心；这秀才穷则穷，穷不辱我姻缘簿。我若是合快乐不遭受苦，若是我合受苦强寻一个荣贵处，也只怕无福消除。教人道这乔男女，则是些牛马襟裾。父亲你原来不敬书生敬财主。我又不曾临邛县驾车，他又不曾升仙桥题柱，早学那卓文君拟定嫁相如。

【鉴赏】

读者一看剧名，就知道此剧敷演的是东汉孟光和梁鸿的婚姻故事。这故事是传统的文学题材，但在不同时代不同作家的笔下，写法却各有不同。作品描写孟光和梁鸿的父母为他们自幼订下婚事。梁鸿成人后父母双亡，一贫如洗，沿门题笔为生。孟光父亲嫌贫爱富，本欲悔亲，又怕败坏名声，于是又请来一个巨富财主，一个官宦家公子，让孟光在三者之间自行选择，而孟光却甘愿嫁给穷书生梁鸿。孟光父亲故意刁难梁鸿，提出必须有带秋色羊脂玉和赛明月照夜珠两件宝贝，女儿才能嫁给他。[后庭花] 一曲就是这种情况下孟光对父亲的回答。

开头两句直截了当地说明梁鸿不过是个贫寒穷困忍饥挨饿的儒生。"青毡"语出《晋书·王献之传》，本是故家旧物的代辞；"黄齑"本指切碎的腌菜和酱菜，常用以指粗菜。它们在这里用来形容家道的破落和生活的清苦。"青毡""黄齑"为贱物，"羊脂玉""照夜珠"是珍品，两者截然不同。一个"守青毡"的"腐儒""捱黄齑"的"饿夫"，哪里能够有"羊脂玉"和"照夜珠"呢？不可能拥有的东西而强行索要，无疑是在故意刁难。所以下面孟光便正面指责她父亲"坏风俗"，"枉了你清廉名目"。最后进一步指责她父亲嫌贫爱富悖于事理，表现了女主人公的倔强性格。

[赚煞] 一曲则更为直接地表示了孟光的志向和节操，显示了她爱才不爱财，不以贫富贵贱为转移的坚贞气节。官员财主虽然富有，却不中她的志诚心；书生虽然穷，却不辱没她的姻缘簿。若是命里注定应该快乐就不会受苦；命里注定合当受苦即使强找个荣华富贵人家，也只怕无福消受。这里虽然有宿命论的色彩，但她认为婚事既然确定，就应恪守信义而不应该以财产的多寡和地位的高低而变易，因此她才一针见血地指责父亲："你原来不敬书生敬财主。"显而易见这是对

嫌贫爱富封建家长的一种反抗。在她看来，官员财主只不过是些牛马襟裾、衣冠禽兽。最后她明确地表示：自己虽然没有像卓文君那样在临邛县驾车私奔，梁鸿也没有像司马相如那样在升仙侨题柱，但是却立志要像卓文君那样嫁给相如。孟光以卓文君和司马相如的爱情故事表示了自己贫贱不能移的坚定决心。

孟光与梁鸿举案齐眉的故事，最早见于《后汉书·梁鸿传》，在中国古代小说戏曲里一向被作为贫贱夫妻相敬如宾的事例来引用和敷演的。本剧虚构了封建家长嫌贫爱富，以财主、官员与秀才争婚的情节，将财主、官员与秀才对比，突出了孟光不以贫贱富贵为转移、爱才不爱财的坚贞品格。

《王月英元夜留鞋记》 第一折

无名氏

[混江龙] 你道我粉容憔悴，恰便似枝头杨柳恨春迟。每日家羞看燕舞，怕听莺啼。又不是侍女无情与我相懒惰，又不是老亲多事把我紧收拾。为甚么妆台不整，锦被难偎，雕阑闷倚，绣幙低垂？长则是苦恹恹不遂我相思意，到如今钏松了玉腕，衣褪了香肌。

【鉴赏】

《留鞋记》是"一本烟花粉黛性质的儿女风情戏，但因为其中有包待制的出场勘断，故也可以列为公案剧之一。"（严敦易《元剧勘疑》）剧中的矛盾冲突、包公断案、特别是女主人公王月英的形象皆别具一格。王月英不是大家闺秀，也不是小家碧玉，而是一位出生于繁华都市又亲自经商的市民姑娘。她既不深居闺阁描鸾绣凤，也不抛头露面采桑拾柴，而是坐守胭脂铺，做生意赚钱。郭华多次去买脂粉，她敏锐地感觉到郭"趋前退后，待言语却又早紧低头"，是"把这脂粉作因由"，向她表示"顾盼"之意。经过一番试探性地对话，彼此都有点心照不宣了，郭华有着直观感觉："我看那小娘子的说话，尽有些意思"；而王月英则是长吁短叹，相思成疾："自从见了那郭秀才，使妾身每日放心不下，即渐成病，况值阳春天气，好是烦恼人也呵！"这支［混江龙］曲子，正表现了女主人公王月英在大好春色之下"蹙蛾眉，减腰围"的苦苦相思之情。

作者先用"粉容憔悴"四个字勾画出了女主人公的外貌。至于为什么憔悴，曲文并没有作正面回答，而是用"枝头杨柳恨春迟"的比喻道出了事情的根由。杨柳等待着枝繁叶茂，春天却姗姗来迟；女主人公盼望着"聪俊的秀才"再现，而这位秀才却迟迟不至，这就使她"情怀欠好，饮食少进"，以至憔悴了。接着的"羞看燕舞，怕听莺啼"，仍未直接说明"羞""怕"的原因，只是从反面说"羞""怕"与"侍女"和"老亲"并无关系。梅香处处看她的眼色行事，当然不会和她相慪燥（闹别扭）；母亲毕竟是商人出身的市民，也没有像贵族家长那样狠心禁持她，但是，女主人公却还是"妆台不整，锦被难偎，雕阑闷倚，绣幌低垂"，百无聊赖，一副病恹恹的样子，这究竟是为什么呢？"长则是苦恹恹不遂我相思意"一语做了回答。这一句是全曲的中心，正面解释了她"这几日""独守香闺"烦恼异常的原因，"相思"使王月英"粉容憔悴"，"羞看燕舞，怕听莺啼"。最后两句，套用《西厢记》"听得道一声去也，松了金钗；遥望见十里长亭，减了玉肌"名句。至此，一个被相思苦苦折磨的大胆、执着、纯情的市民姑娘形象便栩栩如生，跃然纸上。

整个曲子由女主人公的外表到她的内心，由她的语言行动到她的心理变化，先用"恰便似"描写情感之复杂，又用"长则是"概括相思之情深，惟妙惟肖地写出了一个处于初恋时期的市民姑娘相思苦、苦相思的真切感受。

《王月英元夜留鞋记》第二折

无名氏

［滚绣球］且饶过王月英，待唤声郭秀才，又则怕有人在画檐之外。我靠香肩将玉体轻挨。觑着时眼不开，问着时头不抬，扶起来试看他容颜面色，哎，却原来醉醺醺东倒西歪。我这里一双柳叶眉儿皱，他那里两朵桃花上脸来。说甚乖乖。

【鉴赏】

本剧第二折有三曲 [滚绣球]，这是其中的第三支。经过一番与郭华心照不宣的对话，王月英亲笔写下一首诗，命梅香送与郭华，约他元宵夜在相国寺观音殿中相会。岂料郭华竟然在约会之夜醉倒观音殿，她一直等到四更天才留下"表记"无限惆怅而归。此曲即写王月英见郭华醉卧不醒时无可奈何、"感叹伤怀"的心情。

首句"且饶过王月英，待唤声郭秀才"，乍看似颇费解，把睡着的郭华叫醒也就罢了，为什么要先"饶过王月英"呢？王月英是怀着既兴奋又紧张的心情前去赴约的，说她兴奋，是因为她终于有机会亲自"秦楼夜访金钗客"，与如意郎君"相会在星前月底"；然而，她毕竟是封建时代的青春少女，夜间与一男子相会也终究不是堂而皇之地事情，"又则怕有人在画檐之外"正好表现了她在大胆中的担心。但她毕竟是大胆的。她告诉梅香看在她的面子上不要大声吵闹，要梅香"且饶过王月英"，她要亲自上前"唤声郭秀才"。她万万没有料到郭华会因贪杯而醉卧不醒，她靠近郭华，细语轻声，尽量不打破周围的寂静，不使她与郭华的约会暴露，所以理当要"我靠香肩将玉体轻挨"。王月英刚见到郭华时既兴奋又紧张的心理活动到这里便栩栩如生，活灵活现。挨着郭华坐下了，于是出现了这样的场景：她瞟一眼，郭华睡眼蒙眬，懒得睁开；问一声，郭华连头也没有抬起。怎么回事呢？是过于困乏？病了？还是因她来迟而生气了？那就"扶起来试看他容颜面色"。这时王月英才恍然大悟，原来他是因贪杯而"醉醺醺东倒西歪"！她有些生气："我这里一双柳叶眉儿皱"；也有些后悔："这生直恁般好酒，早知如此，我不来也罢了"。但又有什么用呢？再看一看郭华，他仍然醺醺大醉，不省人事，脸上泛起醉酒的红晕，犹如"两朵桃花上脸来"。"说甚乖乖"，还能说什么，能有什么表示呢？这时她的心里犹如打翻了五味瓶，其中有气恼，有后悔，有埋怨，有心疼，而又无可奈何！她叹息平时貌似"志诚"的"书生"于关键处把她"厮禁害"，她只好"空抱愁怀归去来"。

这支曲子描写王月英观音殿见到郭华的心理变化，同时，准确逼真地描写了她的一系列富于特色的动作，如"唤""靠""瞟""问""扶""皱"等，动作性很强，很好地表现了她乘兴而去、扫兴而归的"感叹伤怀"的心情。

《玎玎珰珰盆儿鬼》第三折

无名氏

[庆元贞] 俺出门红日乍平西，归时犹未夕阳低，怎教俺担惊受怕着昏迷？这都是、咱老背悔，门儿外不曾撒的把儿灰。

[黄蔷薇] 俺这里高声叫有贼。慌走到街里，又无一个巡军捷讯①，着谁来共咱应对。

[庆元贞] 扭回身疾便入房内，被门槛绊我一个合扑地。一只手揪住这厮泼毛衣，使拳捶、和脚踢。呸，原来是一领旧羊皮。

【注释】

①捷讯：即节级，军官名。

【鉴赏】

《盆儿鬼》的作者姓名已经佚失，可由于它的故事颇为奇诞，人物很有个性，人们对它还是一直不能忘怀，不断观看，据以改编的《乌盆记》，甚至流传到国外。

《盆儿鬼》写的是什么故事呢？有一个姓杨名叫国用的人，因为相信算卦人说的"百日内"有"血光之灾"，"只有离家千里之外，或者可躲"的话，就远出经商。投宿瓦窑村客店时，店主盆罐赵夫妇见杨包裹沉重，就谋财害命，将杨杀死、焚化；盆罐赵夫妇又是瓦窑窑主，为毁灭踪迹，夫妇俩又将杨的尸灰烧制成一只瓦盆。从此，瓦盆就成为杨国用魂儿的附着物。后来，已经退职的老差吏张懒古将瓦盆讨去，带回家中。经过一番打闹，魂儿向老差吏诉说自己的冤情，并请他带着瓦盆到开封府告状。经包拯审理，处决了罪犯。

这里选录的三支曲文都是老差吏张懒古讨得瓦盆回家以后唱的。这时，杨国用的魂儿已随着瓦盆在老差吏的身旁。在回家的路上，魂儿的哭声，魂儿"老的老的"的叫声，魂儿打他的头，和他打闹，曾使他吓得魄散魂飞，疑这疑那。他觉得今天奇怪得很，出门红日刚刚平西，归来夕阳尚未尽落，怎么似乎有鬼在他左右？第一支曲文［庆元贞］开头三句就是他在描述自己的这种惊恐的心理状态。紧接着，老差吏自责道："这都是、咱老背悔，门儿外不曾撒的把儿灰。""老背悔"就是"老糊涂"。当时有这样一种迷信传说，门前撒一把灰，邪神野鬼便不敢进门。他对自己的这种责骂，说明这个胆子挺大、口口声声说"不怕鬼的"老差吏，经魂儿一番打闹，对鬼的惧怕已到相当严重的程度了。

可是魂儿已经在他家里，并且继续和他打闹下去。魂儿先是使老差吏生火时烧着自己的胡子，——老差吏以为是猫从灶窝里撞出所致；后又拿走老差吏的旧羊皮袄——老差吏以为是贼偷走了。第二支曲文［黄蔷薇］写他一边叫"有贼"，一边慌忙跑到街上去找巡军军官。没有找到，怎么办？有谁来"共咱"对付贼啊？

他只好又急急忙忙转回，被门楻（门坎）绊了个嘴啃泥。然而，魂儿闹意未尽，又拎着羊皮袄在他头顶上旋转。老差吏见了一手揪住，以为拿住了贼，这就是第三支曲文［庆元贞］下半段描绘的："一只手揪住这厮泼毛衣，使拳捶、和脚踢。"一顿拳脚以后，又发现错了；"呸，原来是一领旧羊皮。"——他自己的旧羊皮袄。

以上我们得知，老差吏唱这三支曲文都是在杨国用魂儿跟他打闹的时候。打闹是一种喜剧性的手法。如果说这种喜剧性的打闹是老差吏和魂儿相识的媒介——所谓不打闹不相识也；那么，反映打闹的这些唱词的意蕴就要远远超出这一点。老差吏张憋古是形单影只的孤老汉。这个孤老汉的眼睛看东西有点花，手脚有点不灵便，但他还是振作精神，忙个不停；这个孤老汉虽然过去在衙门办事多年，却很穷困，穷到一领旧羊皮袄既要白天当衣服穿，又要晚上当被子盖（这又和前文讨瓦盆事起了照映作用）；这个孤老汉生性活泼，常常自解自嘲；这个孤老汉又有点迷信，相信鬼神。总之，这些唱词使一个活生生的人物展现出来了。

这三支曲文还有多方面的戏剧语言特色。性格化是已经提到的。读了它，在人们的艺术脑海里，就会刻印下张憋古这个名字；他会在储存众多艺术形象的脑海里占有一席之地。通俗性和音乐性、文学性相结合是应当提到的。它通篇部是口语，但又不是真正口语，它熔铸线条、色彩、音节、韵律于一炉，经过提炼、

图文珍藏版

锻造，因而比实际的口语更美。动作性也是必须提到的。每句唱词，都能使人物行动起来，有些话还藏着潜台词，为演员创作提供了良好条件。

《玎玎珰珰盆儿鬼》第四折

无名氏

[正宫·端正好] 抱着他冤楚楚瓦盆儿，直到这另巍巍公堂下。只待要如律令把贼汉擒拿，谁似这龙图包老声名大？俺索向屏墙侧偷窥罢。

[滚绣球] 俺则见狠公吏把荆杖挝，恶曹司将文卷押。两边厢摆列着势剑铜铡，中间里端坐个象简乌纱。盆儿也道假来你又不是假，道耍来你又不是耍，直被你諕得人心慌胆乍，没来由俺可也做这等冤家。盆儿也若是你今朝不把情由诉，平日空将正直夸，早准备带锁披枷。

[叨叨令] 俺为甚的无柴少米不纳民间价？为甚的穿衙入府不受官司骂？也则为公心直道、从没分毫诈。也不是强唇劣嘴要做乡村霸。则被你都坏了我也么哥、则被你都坏了我也么哥，倒不如吞声忍气依旧回家罢。

[醉高歌] 你背地里玎玎珰珰说话，着紧处你便装聋作哑。俺只待提起来望这街直下，捧碎你做几片零星瓦查。

[红绣鞋] 恰才那粗棍子浑如臂大，他将俺打一下直似钩搭，你是个鬼魂儿倒捉弄俺老人家。不是俺怕将他这门桯蓦，也不是俺懒将他这地皮蹋。盆儿也俺可便待今番吃了三顿打。

【鉴赏】

通过打闹这种喜剧性的手法，杨国用魂儿和老差吏张憋古开始交谈。魂儿的冤屈引起了张憋古的同情怜悯。在魂儿的请求下，他就抱着瓦盆到开封府向包拯告状去了。这五支曲文就是他在告状过程中唱的。

[端正好] 第一句用"冤楚楚"形容瓦盆的冤屈痛苦，第二句用"另巍巍"形容公堂的巍峨挺拔，其确切妥帖是不用说的，而且从中还暗示了张憋古这样的朴实见解：开封府公堂是人民诉苦申冤的地方。所以他接着说，只要按法令逮捕罪犯就可以了，谁的声名都没有"龙图包老"大（包拯授龙图阁学士，世人亦称其为"包龙图"或"龙图包老"）。这当然是他主观猜想，实际如何，他必须看一看；但他又不敢正面看，只能从侧面偷偷地看："俺索向屏墙侧偷窥罢"。

张憋古看到了什么呢？[滚绣球] 曲文前五句提到了四组形象：拿着荆杖执行挞打用刑的差吏，拿着案卷执行供词画押的官吏，排列两厢的宝剑、铡刀，以及端坐中间的"象简乌纱"。"象简"是象牙做的笏，"乌纱"是官衣官帽。这无疑都是包拯的穿戴，这也无疑是用包拯的穿戴替代包拯本人。说差吏"狠"、官吏"恶"都比较具体，对包拯只说穿戴不说其他是否就不具体？回答应该肯定。因为它至少可以说明，包拯的脸面像他的衣着一样毫无表情。公堂的这副架势是威严的。张憋古看到它不免心悸，有些懊悔，所以原剧"象简乌纱"下面有一句夹白："盆儿，这所在不来也罢了。"他又想起自己"没来由"（平白地）做了盆儿鬼"冤家"（最亲近的人）的经过，嘱咐盆儿鬼在公堂上把情由说得仔细些，否则，就是他"平日空将正直夸。"他还下了新的决心；"早准备带锁披枷"，如果告状不成的话。

可是，告状发生波折。原来约定，只要张憋古在瓦盆边沿上敲三下，盆儿就"玎玎珰珰的说起话来"，结果瓦盆在公堂上先后两次都闷声不响。包拯的责难，差吏的棒打，不由张憋古不火冒三丈。曲子 [叨叨令] 正是他发火时唱的。曲文大意是：我的好名声全被你搞坏了，还是吞声忍气回家算了。第一句"不纳民间价"，就是说他吃的米烧的柴正如那只瓦盆一样，都是讨来的，不需按市场价格付钱。为什么能有这样好待遇？都是因为他当年在衙门办事公正，不欺压百姓。①

下面的曲文 [醉高歌] 继续写张憋古发火。第一、二句"你背地里玎玎珰珰说话，着紧处你便装聋作哑"，是指责盆儿一出公堂就要求再上公堂，上公堂又

1453

不说话。这种屡违约言的行为，气得张憋古简直要把瓦盆摔碎："摔碎你做几片零星瓦查"。

然而，魂儿还是苦苦哀求张憋古带瓦盆再一次去告状。在这种情况下，他又再一次地责骂魂儿，这就是曲文［红绣鞋］的开头三句。但他毕竟心地善良，虽有疑虑，说"不是俺怕将他这门槛蓦，也不是俺懒将他这地皮踏。""蓦"，这里是"跨越"的意思。"踏"，这里是"踩、踏"的意思。言外之意是：就怕你和前两次一样，到了公堂不说话。经魂儿再三苦求，他也不管这点了，他抱着瓦盆第三次进了公堂，"俺可便待今番吃三顿打"。[②]

我国古典戏曲在情节结构方面是很讲究奇特的，所以有"非奇不传"的说法。《盆儿鬼》正是如此。就是这五支曲文，这个特点也是明显的。当然，它所写的告状一事本身并不奇特，任何时候、任何地点都会发生，但那强烈要求告状的原告到了公堂竟不发一言的反常行为却是非常奇特的；加上张憋古来往奔跑、折腾在公堂内外的构思编排，以及在公堂上瓦盆因何不说造成的悬念，这就使它既有很强戏剧性，又有不落窠臼、独树一帜的结构特色。

张憋古在公堂内外的反复折腾，和前三支曲文中的打闹一样，同是一种喜剧性的手法，也同是为了塑造张憋古这个人物服务的。读了这五支曲文，我们会感到，张憋古的性格更丰满了。除前文提到的活泼、诙谐、胆小继续有所表现外，又增添了正直、善良和坚毅。当然这些闪光的性格遇到波折时会摇晃、会减低亮度，但性格组合是复杂的，经过摇晃，其性格才会显出真实，显出可爱和可贵。

【注释】

①原剧里曾交代，包拯因张憋古在衙门办事年久，无人养济，着他柴市里讨柴，米市里讨米。

②原剧后文交代，瓦盆不说话的原因，是因公堂的大门有门神户尉当住，盆儿鬼进不了公堂。当时民俗，家家户户都有印着门神户尉的符纸贴在门上。

《冯玉兰夜月泣江舟》第三折

无名氏

[商调·集贤宾] 正沧江夜寒明月皎，觑地远叩天遥。这船呵在风中簸荡任东西，水上浮漂；又无人把舵推篷，那里也举棹撑篙。我则听的古都都泼天也似怒涛，斗合着忽剌剌风声儿厮闹。这水也流不尽俺千端愁思积，这风也抵不过俺一片哭声高。

【鉴赏】

这是一个悲剧。女主人公冯玉兰的父亲携带满门家眷去福建泉州府赴任，行至长江黄芦荡遇大风泊船。当晚遇一巡江官巡江，因同为仕官中人，便请到舟中置酒相待。巡江官见冯母有姿色，便将冯氏全家尽皆杀死，掠冯母为妻。冯玉兰急中生智，将书匣抛入江中，凶手误以为她跳江自尽，她则躲在船尾的后舵上。待强人去远，她重又回到舟中，只身一人伴着五六具死尸，随风飘荡，船无灯火，只有凄凉的月光透进舟中，景象十分凄惨。这支曲子就是这种悲惨情景的写照。

开首两句是写景。沧江、寒夜、明月构成一幅凄凉的景象。继而由浩渺的江水联想到地远，由明月皎皎联想到天遥。"觑""叩"二字互文见义，不仅是写主人公视觉中天地之遥远，而且也含有问天天不应，叩地地不答之意，以表现她孤苦无援，有冤无处申，有苦无处诉的悲苦处境。这两句曲词由景入情，景中有情。中间四句是咏物。写船在风中簸荡，水上飘摇，既无人把舵推篷，又无人举棹撑篙。暗中表明家人、艄公均已被害，自己处境险恶，命运未卜。末尾数句是抒情。先是以景物的渲染作为抒情的陪衬：古都都泼天卷云似的怒涛，纠合着呼啦啦凄厉凛凛的狂风，喧闹咆哮。然后是借景抒情：水再大也流不尽满腔积聚的千端愁思，风再响也抵不过女主人公的哭声高。曲词由物及情，由流水到愁思，由风声到哭声，以丰富的联想和巧妙的夸张，把流水作为愁思的铺垫，把风声作为哭声的衬托，使人物抽象的思想感情得到具体的表现，具有很强的艺术感染力。

本曲曲辞凄怆自然，质朴流畅，既无辞藻的堆砌，又无典故的罗列，全曲借景抒情，情景交融，淋漓尽致地抒发了女主人公内心的悲愤和哀痛，把全剧的悲剧气氛推向高潮。剧名"冯玉兰夜月泣江舟"，这首曲子描写的就是这种情景，是全剧画龙点睛之笔。

《小尉迟将斗将认父归朝》 第二折

无名氏

[柳青娘] 到来日扑冬冬的征鼙慢凯，韵悠悠的角声哀，响铛铛的铜锣款筛。忽刺刺的绣旗开，黑漫漫杀气遮了日色，恶哏哏①的人离了寨栅。扑腾腾马践尘埃，碜磕磕的镫相磨，乱纷纷的枪相截，密匝匝的甲相挨。

【注释】

①哏：通"狠"。凶恶貌。

【鉴赏】

《小尉迟》写的是唐代名将尉迟恭出征北番，阵前父子相认，同克番军，得胜归朝的故事。[柳青娘] 一曲抒发了尉迟恭年高志壮，请缨北征时的无畏胸怀。

曲分两个层次：先以设想的两军对垒为发端，但作者没有直接描写两军阵前剑拔弩张的紧张场景，而是用声觉形象来唤起这样的场景：扑冬冬的征鼓缓缓敲响，长空里传来画角声凄凉悠远，稳定阵脚的锣声轻轻地响着，战场一派肃杀冷峻。作者很懂艺术规律，他删繁就简，在最能体现临战气氛的"静"上大做文章，以一总多。用一个"征鼙慢凯"的"慢"字、"角声哀"的"哀"字、"铜锣款筛"的"款"字，一下就达到了"状难写之景如在目前"的艺术效果。同时还反衬出了尉迟恭久经沙场、成竹在胸的大将风度和心理素质。紧接着"忽剌剌的绣旗开",全曲转入了第二层次——交兵鏖战。对这一层次的描写，作者将笔触由原来的听觉转化为直观的视觉形象：但见尘烟四起，人马交错，枪鞍相接，杀气冲天。作者由背景写到人，由人写到马，由马写到鞍镫。由鞍镫写到枪，由枪写到甲，将这几点组合起来，就如同水墨画中一幅大写意的烽烟鏖战图。两个层次，静动互比，有声有色，相映生辉。

从整体来看，全曲气势雄浑，由头至尾，无一不使用排比句式，其音节，如奔腾的江河，激越，澎湃，相当生动地表现出尉迟恭昂扬的斗志。这一特色，正是元曲不输前人的绝技。与此同时，作者在语言上紧扣人物个性特点，纯用白描，以口语人曲，直抒胸臆，显示了本色语言的魅力。它不仅节奏鲜明，声调铿锵，而且还借这种动作性很强的语言，增强气势，揭示性格。通过两个层次的组合，寥寥几笔便清晰地勾勒出尉迟恭英雄暮年、壮心不已的豪爽性格。

《桃花女破法嫁周公》第二折

无名氏

[滚绣球] 我头直上发似揪，耳轮边热似火，我行行里袖传一课，急慌忙把脚步儿频挪：我这里穿大道桑柘林，穿小径荆棘科。则见乱交加不知是那个，则听的沸滚滚热闹镬铎。俺父亲揸拳椤袖因何事？他这般唱叫扬疾不俫便可也为什么？有甚的好话评跋。

[滚绣球] 则你这媒人一个个，啜人口似蜜钵，都只是随风倒舵，索媒钱嫌少争多。女亲家会放水，男亲家点着火。你将那好言语往来收摄，则办得两下里挑唆。你将那半句话搬调做十分事，一尺水翻腾做百丈波，则你那口似悬河。

【鉴赏】

《桃花女》作者失考。此剧故事大致如下：周公卖卦，推算极准，先后算定石留住与彭大公骤死之日，但届期并未亡过。周公大惊，逼问彭大公，方知是桃花女教了他们趋生避死之法，得以延长寿算。周公既嫉又恨，乃设计谋害桃花女。他让彭大公携带花红酒礼去向桃花女之父任二公致谢，就便骗娶桃花女为儿媳，企图在新人入门之际害死桃花女。岂知桃花女事先已算知周公毒计，破了周公法术；周公不得不为自己的狠毒用心粉饰，说什么"非是我选时日故生毒害心，实则要比高低试道他知未"。剧本所描写的故事离不开六壬爻卦，纯属荒诞，但从作者所表露的倾向来看，此剧仍有一定积极意义：首先是歌颂了小人物桃花女战胜了赫赫有名的大人物周公；其次是暴露了大人物嫉贤妒能以至不惜害人性命的毒辣与险恶。

这里所选的两支〔滚绣球〕都是桃花女所唱。当彭大公为骗婚与任二公争闹之际，桃花女正从东庄讨取明镜归来。在途中她忽然感到"心中有些恍惚"，就一面赶路，一面卦了一课，从卦课中已明白就里。前一支〔滚绣球〕正是在这种背景下唱出的。前四句写桃花女归家途中的自我感觉以及卦课究原。头直上，即头顶上，头发揪紧；耳轮边，即耳朵边，耳边发烧，这是形象地再现桃花女心中的"恍惚"。正是有这些生理上的异常反应，她才在行路时卦课。卦课的结果虽然没有明白写出，但显然是不吉利的，因为紧接在"行行里袖传一课"的第三句之后，第四句就写道："急慌忙把脚步儿频揶"。"急慌忙""频"等词语的运用，正表明了她心情的紧张不安。以上四句为第一节，以下四句为第二节，两节句法全然相同，盖即将前一节重做一遍，故谓之〔滚绣球〕。第二节前两句，无论是桑柘林中的"大道"，还是荆棘丛中的"小径"，连用两个"穿"字，正表现了桃花女慌不择路急于赶回家门的心情。曲词唱到此处，却插上一句道白"早来到门首也"，这是为前两句唱词做一说明，在节奏上也是一个停顿，将一路上的紧张心情稍稍缓和一下。然而这和缓的心情转瞬即逝，三四两句分别写她回到家门时的所见昕闻：见到的是乱纷纷（"乱交加"）的一些不知其为谁何的人，听到的是一片如同沸水般的喧闹（"镬铎"）之声。当她凝神细看细听，原来是彭大公与父亲在争吵，以下三句就分写任二、彭大和桃花女自己。她先看到的是自己父亲任二公挽起的衣袖中所露出的拳头（"揎拳掳袖"），接着又听到的是彭大公的大吵大闹（"唱叫扬疾"）。正当此际，彭大公见到她，招呼她前来，"我有说话，要和你讲哩"。她就势用一句唱词询问有什么话商量（"评跋"）。一般散曲用来写景抒情，而当它们被组织到杂剧中时，也常被用来叙事写人。这一支

[滚绣球] 就如此，它起着叙述情节发展、表现人物性格的作用。全支曲词从桃花女的生理感应写起，接着写她由于这种感应而产生的行动——卦课、赶路，再写她回到家门的所见所闻。而描写的人物，至此也从桃花女一人扩及彭大、任二。彭大做的事其实有些"亏心"，硬朗不起来，只是一味虚张声势的大吵大闹；任二受了老友之骗，怒火中烧，动了真气，因而要老拳相向；桃花女在卦课中已知就里，所以反诘彭大"有甚的好话评跋"。"好话"一词乃是反语正说，讥刺之意显然可见。可见这一支短短的 [滚绣球] 既交代了剧情的发展，又穿插了一定的戏剧冲突，并表现了这三个人物处在不同境遇中的性格特点。

第二支 [滚绣球] 是桃花女从彭大口中听说他前来做媒被自己父亲任二严词拒绝之后所唱。第一节四句概括了古往今来的媒人特点，嘴甜似装蜜的钵，一味拣中听的话说去，其实随风倒舵，并无定见，目的在于多捞媒钱而已。第二节四句则从男女双方具体描绘媒人"随风倒舵"的伎俩：既能"挑唆"双方，又能"收撮"双方。最后三句刻画媒人"口似悬河"的本领，能将"半句话"作弄出"十分事"，"一尺水"掀腾起"百丈波"。半句、十分、一尺、百丈，实数和概数交替使用，更加烘托出媒人的如同"蜜钵"、好似"悬河"般的伶牙俐齿。这支 [滚绣球] 曲词，着重在刻画媒人的性格特征，而在刻画中宣泄了桃花女的愤慨之情，所以说是既叙了事，又抒了情。

《苏子瞻醉写赤壁赋》第三折

无名氏

[圣乐王] 一枝的曲未终，韵更清。便似子规枝上月三更，低一声，高一声。似东风花外锦鸠鸣，恰便似斜月睡闻莺。

【鉴赏】

元代无名氏的《醉写赤壁赋》是根据苏轼散文《前赤壁赋》增饰敷演而成的一本杂剧。苏轼是一代文豪和诗豪，生逢积贫积弱、政局反复多变，党争此起彼伏的北宋末期，他身不由己地卷进斗争漩涡，曾两度入朝任职，又两次被贬，

图文珍藏版

一生几起几落，坎坷不平，造成了他错综复杂、矛盾多变、儒道杂糅的思想风貌；而贯穿他毕生的人生哲学和处世态度的基调，则是"外儒内道"，超旷放达。谪居黄州时所写的《前赤壁赋》，可以说是苏轼最为淋漓尽致的"自我"表现。此文运用优美的文笔，通过主客对话形式，抒发出作者由乐到悲，以乐（旷达）作结的人生感慨；表现了作者由积极入世、豪气未泯、怨气未消达到俯仰自由、超尘绝世、随缘自适的佛老境界之思想历程。

《醉写赤壁赋》的一折、二折和楔子，交代了东坡被贬黄州的原因及经过，第三折则根据《前赤壁赋》所提供的情节，搬演苏东坡在黄鲁直、佛印禅师陪伴下，于中秋之夜荡舟长江，醉写赤壁赋的场面。

[圣乐王] 为此戏第三折越调套曲的第七支曲子。前六支叙述苏东坡、黄鲁直、佛印禅师相约、登舟、把盏、赏月等情形，描绘了如画的赤壁夜色：月光溶溶，银波闪闪，芦花萧萧，桨声欸乃，水声潺潺，白鹭惊飞……使人如同身临其境。接下去，便演佛印品箫。箫韵悠悠，似箫韶九成，如莺声燕呢，若猿啼峻岭。苏东坡陶醉其中，突然打断佛印品箫，赞不绝口。[圣乐王] 这支曲子短小轻俏，继 [耍三台] 之后，从另一个角度描绘了佛印的品箫。"一枝的曲未终，韵更清"，"枝"，即"支"，"韵"，指声韵。这句的意思是：一支曲子尚未奏毕，声韵越发清亮悠扬，贴着水面，传得很远，四围山光水色都仿佛溶化在箫声之中。这一句直接写箫韵，其实通过箫韵暗示出月白风清、一片静谧的赤壁之夜，极有意境。如果说"韵更清"只是一个总的"乐感"，还不够具体、形象的话；那么，下面接连使用的三个比喻，则弥补了这个不足。头一个比喻是："便似子规枝上月三更，低一声，高一声。"子规，鸟名，即杜鹃，又名杜宇，相传为古蜀望帝的魂魄所化，常于夜间悲啼，最后泣血而死，鲜血化为杜鹃花。白居易《琵琶行》云："其间旦暮闻何物？杜鹃啼血猿哀鸣。"更深人静，子规鸟在枝头哀啼，时高时低，凄切动人。用子规啼叫比喻箫声，和《前赤壁赋》中的描绘是一致的，赋中写道："其声呜呜然，如怨如慕，如诉如泣，余音袅袅，不绝如缕，舞幽壑之潜龙，泣孤舟之嫠妇"。两者的意境和韵味是十分相似的。第二个比喻是："似东风花外锦鸠鸣"。东风，即春风，《礼·月令》孟春之月："东风解冻，蛰虫始振。"锦鸠，锦指羽毛斑斓，鸠即斑鸠。这句意思是，佛印的箫声使人感到，仿佛是春风吹拂、万紫千红的春日，锦鸠在花丛间鸣啼。第三个比喻是："恰便似斜月睡闻莺。"恰便似，就好像。斜月，挂在天边的月亮。睡，指睡梦

中。莺，鸟名，又名鹒鹒、黄鸟、黄鹂，因其初春始鸣，莺啼花开，故又叫告春鸟，羽毛有文采，鸣声宛转。白居易《琵琶行》曾用莺声来形容琵琶："问关莺语花底滑。"这句意思是：佛印的箫声，好像是在温馨的春夜里，梦中醒来，偶然听到的黄莺啼啭，何其赏心悦目。这三个比喻，对箫声作了生动而形象的描述，使人如闻其声；且句式同中有异，富于变化，声调有疾徐高下之别，韵味也不尽相同。

《锦云堂暗定连环计》第三折

无名氏

[滚绣球] 炉焚着宝篆香，酒斟着玉液浆。奏笙歌乐声嘹亮，今日个画堂中别是风光。虽然是锦绣乡，暗藏着战斗场。则争无虎贲郎将，玳筵前拥出红妆。我只待窝弓药箭擒狼虎，布网张罗打凤凰。不比寻常。

[鲍老儿] 你这里鼓舌摇唇说短长。则俺那新媳妇在车儿上，盼不见画戟雕鞍旧日郎，咒骂杀王丞相。枉了你扬威耀武，尽忠竭节，定国安邦。偏容他鸥鹉弄舌，乌鸦展翅，强配鸾凰。

[煞尾] 虽然是女娘家不气长，从来个做男儿当自强。若要你勃腾腾怒发三千丈，则除今夜里亲见貂蝉细细的访。

【鉴赏】

　　此剧写的是三国故事：东汉末年，董卓弄权，欲篡汉位，大司徒王允忧心如焚，以义女貂蝉为钓饵，定下连环美人计，先将貂蝉许配吕布为妻，复又欲献董卓为妾，以挑起董、吕之间的矛盾，终于借吕布之手，翦除董贼。明传奇有王济的《连环记》，亦演此事，今昆剧尚能演其中"议剑""拜月""小宴""梳妆""掷戟"等多出京剧、越剧等也有改编本。不过，某些情节已与元杂剧不同，如杂剧中之貂蝉，本是吕布之妻，因黄巾作乱，夫妻失散，并非素不相识连环计，也是事先由蔡邕所献，并非貂蝉原有为父分忧之心。可见，从元杂剧到明传奇及以后的各种地方戏，几经改编重做，多有增删，发展变化较大。貂蝉其人，史无记载，系虚构人物，但形成却相当早，金元间就已具雏形，金院本已有《刺董卓》的剧目，元南戏亦有《貂蝉女》和《王允》的名目记载。可惜，尉本均已散佚。元代无名氏之《连环计》，不知是从院本还是从南戏而来，也有可能是据元人《三国志平话》改编。就故事情节看，杂剧与平话全同，唯吕布独自刺死董卓一节，杂剧改为派蔡邕将其诱至银台而共诛之。

杂剧《连环计》由于受到一本四折、一人独唱之局限，只有正末扮王允唱，真正的戏实际上在貂蝉与吕布、董卓之间，而此三人不能唱，只是以大段对白铺叙。这里所选三曲，第一曲是王允已知貂蝉为吕布之妻，设宴使其夫妻见面，并许其团聚之后，再设计让董卓上钩之前所唱；后二曲，是吕布闻知貂蝉已被董卓接去并已成婚后，赶到王允家，王允对吕的激将之词。此三曲在剧中是颇有特色的。

[滚绣球] 是说王允摆下盛筵，设了笙歌，准备实施连环之计。正是所谓"画堂中别有风光"。尽管没有刀枪剑戟，只有一位红妆女郎，我王允却埋下了强弓毒箭，布下了天罗地网，要擒住那虎豹豺狼，射中那凤鸟鸾凤。这支曲子唱出了王允宴请董卓之前不平静的心境，比喻得当，有声有色，颇为精彩。虽然是直抒胸臆，却文采斐然，典雅而不晦涩。艺术手法上，以表面的"热""松"，掩盖内里的"冷""紧"；以此刻的"静"，衬托即将到来的"动"。虎贲，本指勇士。郎将，是中郎将之省称，为皇帝的侍卫官。西汉平帝时，已设虎贲中郎将。此处是泛指武士、猛将。窝，埋藏之意；药箭，是上了毒药之箭。值得注意的是，此处用"凤凰"二字，除为合曲韵外，仅取其"鸟中之王"一义，并非喻董卓有德。

[鲍老儿] 和 [煞尾] 是扇起吕布对董卓的一腔怒火，以便借刀除董，但仍有层次之区别。前曲是利用吕布武艺高强，威震天下，而又心胸狭窄、性情暴烈之特点，对其直接的激将；但吕布毕竟为董卓之心腹，王允尚忧其不会轻易上钩，故 [煞尾] 曲中，要吕布亲自去问貂蝉，是我不仁，还是董卓不义。此曲之前，吕布闻知貂蝉已与董卓成亲，气势汹汹地前来质问王允，为何出尔反尔？但王允没为自己做解说，[鲍老儿] 一开头，就反过来指责吕布，你还在这里鼓舌

摇唇同我辨是非、争短长，我的女儿在车子上盼不到英雄盖世的旧郎君，不住地骂我王丞相哩！平时你威风凛凛，口口声声要尽忠竭节，定国安邦，偏偏却忍得下这口窝囊气，任董卓像鸱鸮、乌鸦一样，肆无忌惮地霸占你的爱妻，你算什么英雄好汉呵？"王丞相"，是王允自指。此时，他，工大司徒之职，即丞相。鸱鸮，为凶猛之恶鸟，如猫头鹰之类。古人视鸱鸮、乌鸦为不祥之物。画戟，吕布作战时惯使方天画戟，此指其所用之武器。[煞尾] 说，貂蝉一个弱女子，身入魔窟，自然没有办法，但你这个堂堂男子汉大丈夫，应当有胆有识，赴汤蹈火，如何甘心受辱！吕布听了王允的话，便去寻找貂蝉。因为王允早已与貂蝉商量好了，她所说的话与王允一模一样，因而吕布深信不疑，决心找董卓去算账了。"勃腾腾"，即扑腾腾，与"三千丈"均指吕布怒火之盛。如果说，[滚绣球] 主要用对比的描写手法，[鲍老儿] 和 [煞尾] 则主要用欲扬先抑的艺术手法，这一方面表现了王允用计之巧妙，同时也加强了戏剧性。

此剧连环之计，虽非王允亲定，貂蝉又原是吕布失散之妻，如此情节安排，说来是不利于王允、貂蝉形象塑造的，但有些曲词颇见功力，亦较有戏剧性，王允、吕布之人物性格也较为鲜明。唯董卓过于脸谱化，不够真实，貂蝉既为吕布之妻，且已相见，尚同意养父所设之计，愿失身于董，更不合情理，故缺乏光彩。

《逞风流王焕百花亭》第二折

无名氏

[快活三] 这书词是亲手修，重新把密情兜。也不枉我虚名赢的上青楼，早展放双眉皱。

[鲍老催] 我这里展脚舒腰忙顿首，引的我口角顽涎溜。我只道姻缘簿消除一笔勾，又谁知今日还能觏？这书词则是纸摄入魂的下帖，摘人心的公案，追人命的勾头。（王小二云）官人，你愁除病减，都在这封书上，早则喜也。（正末唱）再休题愁除病减，花成

国学经典文库

元曲鉴赏

·元曲·

图文珍藏版

蜜就，叶落归秋。

[耍孩儿] 我便似被困围的败将专求教。哎，高君也，咱两个棋逢对手。也不索推轮捧毂，筑坛台专仗你那妙策神谋。则你是添兵减灶齐孙膑，唤风呼雨蜀武侯，将巧计亲传授。这一番若得贺氏逢王焕，便似织女见牵牛。

【鉴赏】

此剧当据宋人黄可道《王焕》戏文改编。元人刘一清《钱塘遗事》（卷六）记载："至戊辰、己巳间，王焕戏文盛行于都下（按：指南宋都城临安，今杭州），始自太学，有黄可道者为之。一仓官诸妾见之，至于群奔，遂以言去。"戏文《王焕》剧本虽佚，现仅存佚曲二十二支，但《永乐大典》和徐渭《南词叙录》均有著录，分别题《风流王焕贺怜怜》《贺怜怜烟花怨》。

初看，此剧不过是公子哥儿的寻花问柳，是个风流烟花案，实则歌颂忠贞不渝的爱情，故在宋末就产生了相当大的影响，以至"仓官诸妾见之，至于群奔。"从其故事情节看，也正是如此。它写汴梁（今河南开封）人王焕，因父故世，依叔父寄居洛阳。某年清明节，游陈家花园，与上厅行首贺怜怜相遇于百花亭。两人一见倾心，遂往贺家游宴，约为夫妻。半年后，钱财使尽，王焕被鸨母赶出，怜怜被卖给西延边将高邈为妾。怜怜通过卖查梨的王小二，暗约王焕前来晤面，并赠路费，劝其赴西延立功。王焕投军西延经略使种师道麾下，以军功授西凉节度使。师道得知高邈擅用公款娶妾，以致军需缺额，处斩市曹。王焕与怜怜得以重聚。此剧的主题，不同于反对父母包办的封建婚姻，而是不屈于权势，为自己所爱者做出各种努力，终于如愿以偿。故给当时的男女青年（包括姬妾）以极大的鼓舞。

以上三曲，描写了王焕被迫与贺怜怜分离以后，在万般无奈、暗自嗟叹之际，突然收到怜怜托人送来书信时的惊喜情状。它没有用生僻的典故，华丽的辞藻，而是以通俗的口语、生动的比喻，把王焕当时的精神状态刻画得惟妙惟肖，形神毕现，读来琅琅上口，情味无穷。[快活三] 头两句，是写他初见书信时，不相信这是真的，世间真有此等美事？待仔细看了笔迹，确为怜怜亲手所写，立即沉浸在无限的幸福之中，好像怜怜就在眼前，与他畅叙旧情。虽然这是两句唱词，我们似乎可以看见，王焕正捧着怜怜的书信，情不自禁地高喊起来："是真的，是真的，是怜怜亲手写的，我们终于能够重逢并互诉旧情了。"曲词明白如话，平中见奇。下面两句，续写王焕的喜悦，却又加上深深的感激。意思是说，有了你这书信，明白你那颗拳拳挚爱的心，也就不枉我与你相爱一场，再不要愁眉紧锁了。杜牧《遣怀》诗云："十年一觉扬州梦，赢得青楼薄幸名。"这里化用了杜牧的诗句而反其意。杜牧以"赢得青楼薄幸名"自诩，而王焕却要与贺怜怜做长久夫妻，不要风流的虚名。

[鲍老催]为首两句，"我这里展脚舒腰忙顿首，引的我口角顽涎溜。"叫人简直弄不清，他弯腰作揖在感谢谁？我以为，既是在感谢送书词的王小二，但更是在感谢写书词的贺怜怜。感激之外，即急于同怜怜相见。"引的我口角顽涎溜"，写得极其生动形象，令人拍案叫绝。俗话说："馋涎欲滴。"这本是个形容贪食者的贬义词，现在移用到此处，描绘王焕急不可耐的神态，却是再恰当不过了，可谓点石成金之笔。下面两句说，我以为今生姻缘簿上一笔勾销了，哪里想到还能重聚呢？这是个平平的过渡句，接着则一连用了三个生动比喻，构成三个排比句，来形容书词的勾魂摄魄。此三句节奏明快，感情热烈，如波逐浪，极富艺术感染力。"纸摄人的下帖"，是指旧时招魂用的纸旛；"摘人心的公案"，当是挖心剖肺的刽子手；而"追人命的勾头"，该是前来索命的阎王小鬼了。如此美事，却用这等令人闻之悚然的事物来形容，我们不能不佩服作者描写的大胆和奇特，从而将王焕炽烈之情引向高潮。最后三句是本曲的终结，意思是说，不要再提愁除病减了，这早已抛到九霄云外，现在，花粉酿成了蜜，到了秋天收获的季节了。所以，[要孩儿]一曲，即转为向王小二请求良策。头两句，直抒胸臆，我像被围困的败将那样，向你求救兵，靠你出奇计去战胜高邈这个不好对付的情敌。接着说，我想也不需要我特地驾车去迎接你，筑坛拜将了，你就赶快拿出克敌制胜的办法来吧！毂，是车轮中心的圆木，这里与"轮"同指车子。下面则用了两个较通俗的典故，把王小二大大夸奖了一番，说他如齐国的孙膑、蜀国的孔明那样神机妙算。蜀武侯，指诸葛亮。他佐三国蜀汉刘备定国，拜为丞相，死后，封武乡侯。"唤风呼雨"是指诸葛亮借东风，在赤壁打败八十万曹（操）兵的故事。孙膑，战国时齐国军事家。公元前353年，他协助齐将田忌，用"添兵减灶"之计，将十万魏国军队引诱到马陵地方，设下埋伏，一举将其歼灭。最后两句很明白，如果你想出了奇谋，使我见到怜怜，就如织女、牛郎相逢一样高

兴。接着，王小二果然脱下衣帽，让王焕扮成卖查梨的，前去与贺怜怜相会。

　　三支曲可分两大段：［快活三］［鲍老催］主要表现王焕接到书词后的惊喜感激的心情；［耍孩儿］则主要是王焕要王小二设法让他与怜怜相会。但是，感情前后联串，一气呵成，而且语言通俗生动，比喻恰当，故具有很强的艺术感染力。

《金水桥陈琳抱妆盒》第二折

[牧羊关]　我抱定这妆盒子，便是揣着个愁布袋。我未到宫门，早忧的我这头白。盒子里藏的是储君，我胜皮里怀的是鬼胎。虽不见公庭上遭横祸，赤紧的盒子里隐飞灾。承御也，你办着个喜溶溶笑脸儿回还去，却教我将着个碜磕磕恶头儿掇过来。

[贺新郎]　则见他恶眼眼独自撞将来。太子也，你在这七宝盒中，我陈琳早魂飞九霄云外。我嘱咐你个小储君，盒子里权宁耐。你若是分毫儿挣闼，登时间粉碎了我尸骸。则被你威逼的我身先战，死摧的我脚难抬。恰便似狗探汤不敢望前迈。才动脚如临追命府，行一步似上摄魂台。

[菩萨梁州]　石榴长在金阶。（刘皇后云）莫不是核桃？（正末唱）合逃出您宫外。（刘皇后云）莫不是梨儿？（正末唱）今宵离了后宰。（刘皇后云）莫不是李子？（正朱唱）这玉皇李子苦尽甘来。也是他天然异种出群材，开时节不许游蜂采，摘时节则愿的君王戴。（刘皇后云）李子有甚好处，万岁爷倒喜着他？待我把这树都砍坏了者。（正末唱）娘娘也偏生你意儿歹。

怎忍见片片残红点碧苔？陪伴他这古木崩崖。

【鉴赏】

　　《抱妆盒》流传较广，至今还是戏曲舞台上常演的剧目，如京剧、越剧、绍剧许多剧种常有演出。《狸猫换太子》即据此剧目改编。可见，此剧至今仍有巨大的艺术生命力。

　　这是一个太监、宫女冒死共救太子的故事：北宋真宗乏嗣，一日于御园中射金丸，妃子们谁拾得金丸，御驾便幸其宫。结果金丸为李美人拾得，真宗临幸而生太子（后为仁宗）。刘皇后心怀嫉妒，密遣宫女寇承御去将太子诓出，欲将其刺死，弃于金水桥下。寇于心不忍，却恨无良策。恰遇内监陈琳，抱着妆盒前往御园采果，二人相商，遂将婴儿藏于盒中，暗送楚王赵德芳处扶养。十年后，赵正欲报真宗，刘后觉而疑之，故命陈琳拷打寇承御，寇拒不招认，触阶而死。又过二十年，仁宗即位，密询于陈，真相大白。李、陈受封，寇亦受旌表。此剧情节与史实不符，乃属虚构。

　　此剧的特点是戏剧性很强，且有所寄托。不知剧作者为谁，有人疑为明人作，嫁名于元人者，恐怕未必。明人似没有必要歪曲史实，来虚构这样一个故事。

　　所选三曲，为正末扮陈琳所唱。前两曲写陈琳与寇承御救下太子捧起盒子，又见刘皇后迎面走来时的惊慌恐惧心情，是一篇绝好的内心独白；后一曲，则是陈琳遇到刘皇后时两人的对话，他既要应付刘后盘问，避免露出破绽，又要借果言志，批评刘后，故语带双关，富有隐喻意义。

　　［牧羊关］头两句，概括地写陈琳的忧愁，先以怀揣愁布袋喻其愁多，后以头发白言其忧重。继则以三个对比句，进一步形容其忐忑不安的心情。第一句，以盒藏储君（太子）对心怀鬼胎；第二句，以祸未临对灾已隐；第三句，以寇装着喜融融的笑脸而去，对自己捧着碜磕磕恶头而来。"碜磕磕"，原是难看丑陋之意。这里用意是婴儿会惹来祸患，拿在手里担惊受怕，与"恶头"同意互用。掇，拾也，引申为捧、递。全句意为，你自己卸了责任高兴地走了，却把这么一桩棘手的事儿交给我办。因陈琳救太子开始还是被动的，故对寇略含埋怨之意。这是一段外冷内热的戏，表面上要装得若无其事，内心上却回肠九转。即使中国戏益擅长通过唱来揭示内心矛盾，如果唱词写得平淡无奇，亦难以感人。此曲不

国学经典文库

元曲鉴赏

·元曲·

图文珍藏版

但以物类情，变无形为有形，而且以种种相反的事物做对比，造成强烈的反差，因而，把陈琳愁绪表现得淋漓尽致，手法是很高明的。接着，情况发生了变化，于是［贺新郎］一曲，一改描写手法，成为对盒中小储君的嘱咐和希冀。头一句，只平平地说刘后恶狠狠地撞将来，交代情势更加危急。然后对太子说，哎呀，太子啊，我陈琳真是吓得魂飞天外了，你一定要在盒中忍耐忍耐，千万不能动，不能哭，否则，我们两人就都要粉身碎骨了！挣闉，是挣扎之意。因为太子还是个婴儿，他根本不知陈琳身处的危境，因而嘱咐也是没有用的。这只是陈的希望，希望未必能实现，所以，还是抑制不住内心的惊慌。最后几句，进一步正面描写其惊慌之状。他身发抖，脚发软，好像要他人开水锅、临追命府、上摄魂台那样，寸步难移。

［菩萨梁州］又是另一种情境。刘后已在面前，并对妆盒产生怀疑，故紧紧追问，定要他说出是什么果子。陈的回答是很有意思的。刘先问是不是石榴？陈答"石榴长在金阶"，语含双关，犹可理解。当刘接着问是不是桃核、梨儿时，陈却答"合逃出您宫外""今宵离了后宰"，不仅是答非所问，而且也实在太露了。如果是对刘后的正面回答，必然招祸无疑。故这是内心独白，是对着观众唱的。刘问到李子时，虽然是对刘后的正面回答了，但"苦尽甘来""异种群材"等句子，亦略嫌过露，刘后不会听不出。只是中国戏曲的表演向来如此，经常是既唱给剧中人听，又唱给台下观众听，其特点是半真半假，处在真假之间。陈的这些唱词，表面上似乎是回答刘后的问话，实则是向观众表达其痛恨的情绪。最后，陈批评刘后心术不正，不该砍掉李树，让片片残红落苍苔，去与古木断崖为伴。也只有如此理解，方可明白。李子，显然是暗指李美人。

这三曲，从陈琳的内心冲突写到与刘后的思想冲突，从与刘后的间接冲突写到直接冲突，步步推进，层次分明，表现了中国戏曲独特的表现方式。最后，刘后竟要开盒验看，把矛盾推到了顶点。在此千钧一发之际，寇承御传旨驾幸东宫，要她速去，终于掩护陈琳得以脱险，剧情趋于平缓，使读者（观众）长长地吁了一口气。

图文珍藏版

《汉钟离度脱蓝采和》 第一折

无名氏

[仙吕·点绛唇] 俺将这古本相传，路歧体面，习行院，打诨通禅，穷薄艺知深浅。

[混江龙] 试看我行针步线，俺在这梁园城一交却又早二十年，常则是与人方便，会客周全。做一段有憎爱劝贤孝新院本，觅几文济饥寒得温暖养家钱，俺这里不比别州县，学这几分薄艺，胜似千顷良田。

[油胡芦] 甚杂剧请恩官望着心爱的选，俺路歧每怎敢自专，这的是才人书会划新编。我做一段于佑之金水题红怨，张忠泽玉女琵琶怨，做一段老令公刀对刀，小尉迟鞭对鞭，或是三王定政临虎殿，都不如诗酒丽春园。

[天下乐] 或是做雪拥蓝关马不前。小人，其实本事浅，感谢看官相可怜。一壁将牌额题，一壁将靠背悬，我则待天下将我的名姓显。

【鉴赏】

　　《汉钟离度脱蓝采和》是敷演传说中八仙之一蓝采和成仙得道的杂剧。据南唐沈汾《续仙传》载：蓝为唐末人。常衣破蓝衫，持三尺大板，每行歌于城市乞索。其踏歌云："踏踏歌，蓝采和，世界能几何？"后于濠间酒楼乘醉轻举，于云中冉冉而去。陆游《南唐书》谓其名陈陶，此剧则名许坚，并由其持拍板善踏歌进而衍化为戏曲艺人。仙人钟离权见他有"半仙之分"，遂下凡到洛阳梁园棚勾阑里度他出家。上面所引 [点绛唇] 等四首曲文，是蓝采和被度前往勾阑演出时所唱。文中真实地描写了元代杂剧艺人的生活，成功地塑造了一个精明强干、勤奋有为的古代戏曲演员形象。在现存的"神仙道化戏"中别具一格。

这四首曲文可分为两部分，前两曲是自述，后两曲是对话。首曲［点绛唇］起笔就以行家的口吻叙述了蓝采和对演剧的热爱，字里行间充满了自豪和自信。"俺将这古本相传，路歧体面"一句的"路歧"也叫"路歧人"，是宋元时期对各种民间艺人的俗称。"古本"指前辈艺人们演出过的脚本，用现在话说就是"传统老戏"。元人高安道在散曲《谈行院》中调侃那些演技拙劣的艺人说："做不得古本酸、孤、旦，辱没煞驰名魏、武、刘。"魏、武、刘是三个早期著名杂剧演员的姓。陶宗仪《辍耕录》载："教坊色长魏、武、刘三人鼎新编辑。魏长于念诵，武长于筋斗，刘长于科泛，至今乐人皆宗之。"这里的"古本相传，路歧体面"，是说蓝采和能继承前辈艺人优秀的表演技巧，演出他们的拿手好戏，没有给这些老先生们丢脸。"习行院，打诨通禅"的"行院"，原指艺人们的住处，也指演员，"习行院"就是从事演戏这一职业。"打诨"是指演出中穿插的滑稽诙谐表演。这种表演往往是即兴式的，要求演员口才便捷，见景生情，如僧侣谈禅，一言一行都要给人以启发，令人解颐。当然，作为一个优秀的杂剧艺人应具备的技能，绝不止"打诨"一项，这里是采用以少代多的手法，只举一端，以概其余，最后一句"穷薄艺，知深浅"，是这位"年过半百，诸事曾经"老艺人的经验之谈。其中的"穷"字和"知"字，一因一果，说明只有勤学苦练，穷源竟委，才能了解其中的奥秘。这句话雷似平淡，却包含着深刻的生活哲理。

　　［混江龙］一曲，紧接上文写蓝采和有眼前的局面，是多么来之不易。"试看我行针步线，俺在这梁园城一交却又早二十年"。"行针步线"是苦心经营、巧妙安排的意思。"梁园"为汉代梁孝王刘武昕造，故址在今河南商丘东。因刘武曾在此设宴招待过枚乘、司马相如等文人，后来便常把游乐欢宴的场所称作梁园。而此句的"梁园城"，则具体指蓝采和长期演出的洛阳。"一夏"又作"一跤"，形容时间之快像跌了一跤，一晃已过去二十年。这二十年里，由于自己兢兢业业，对待观众热情周到，方得占有一席之地，养家糊口。"做一段有憎爱劝贤孝新院本，觅几文济饥寒得温暖养家钱"的"新院本"，泛指新编演的剧目，与前面的"古本"相对，表明蓝采和能演出适合各种观众口味的新旧剧目。但生活却很清苦，收入之微，仅够一家人温饱。不过，洛阳毕竟是繁华的通都大邑，能长期在这里占据一个固定的剧场，比那些"冲州撞府"到处流浪的艺人，还是略胜一筹的。于是便引出了下面一句："俺这里不比别州县，学这几分薄艺，胜似千顷良田"。俗话说"家有良田千顷，不如一艺在身"。良田是身外之物，

能得而复失，只有技艺在身，才是最可靠的饭碗。这句采用现成的生活格言入曲的唱词，不只表现了剧中人的自慰心情，也是封建社会一切靠技艺谋生的人对自己职业的珍重。

如果说上面两曲是蓝采和艺术生活经历的"夫子自道"，那么，从〔油胡芦〕起，则具体地表现了他周旋于顾客之间的技巧。当假扮看客的钟离权问他"你做一段什么杂剧我看"时，他立即以生意人的口吻热情地回答："甚杂剧请恩官望着心爱的选，俺路歧们怎敢自专，这的是才人书会划新编。""恩官"是对顾客的尊称。"自专"作"自夸"解，"怎敢自专"就是"怎敢自夸"。"才人"就是"怎敢自夸"。"才人"指杂剧脚本的作者，"书会"则是这些作者的行业组织。特别在"新编"之上加一"划"字，更强调了这是书会先生们刚刚编写的，以便引起对方的兴趣。接着他又连续报出了六个杂剧的名字，加上〔天下乐〕一曲开头的《雪拥蓝关马不前》共七个。这些杂剧大都有案可查。据《录鬼簿》《太和正音谱》等书记载，元代早期杂剧作家李文蔚有《金水题红怨》，天锡有《玉女琵琶怨》，王实甫有《诗酒丽春园》。《雪拥蓝关马不前》取唐代韩愈"云横秦岭家何在，雪拥蓝关马不前"的诗句，可能与纪君祥的《韩湘子九度韩文公》有关。《老令公刀对刀》《小尉迟鞭对鞭》和《三王定政临虎殿》未见著录，但其中《小尉迟》现有传本，全名叫《小尉迟将计将认父归朝》。蓝采和列举了这些剧目一方面是兜揽生意，同时也表明他广记博闻，会戏较多。元人夏伯和《青楼集》曾记载一个叫小春宴的杂剧女演员："天性聪慧，记性最高，勾栏中作场，常写其名目，贴于四周遭梁上，任看官选择需索。近世广记者，少有其比。"剧中蓝采和与那位女演员相比，可算无独有偶了。

但是，封建社会戏曲艺人的地位是卑贱的。无论你如何周到，总有人百般刁难，碰上这种情况，就要有不同的对策。在最后的〔天下乐〕一曲中，当钟离权故意挑剔，表示这些戏都不看时，蓝采和意识到来者不善，马上改换口气："小人，其实本事浅，感谢看官相可怜。""可怜"有原谅、包涵之意，就是说我们本事有限，演得不好，请您多包涵吧！这里表面看似退避忍让，不敢得罪对方，实际是不肖于继续纠缠的意思。然后，他就吩咐同伴布置舞台，准备开演了。"一壁将牌额题，一壁将靠背悬"的"牌额"是旗牌、账额的合称。大约就是戏曲舞台两侧和上方悬挂的招牌和横幅。上面往往题有宣传性的文字。高安道《谈行院》云："肋额的相逦逼，写着道：'翩跹舞态，宛转歌喉。'"当即此物。其中"翩跹舞态，宛转歌喉"就是牌额上的题字。"靠背"则是隔离前后台的大型幕布，也即后来戏曲舞台上的"守旧"。"一壁"是"一边""一面"的意思，表示开演前十分忙碌，已无暇理睬钟离权了。最后一句"我则待天下将我的名姓显"。原是向其他观众说的，同时也是暗示给钟离权听的。言外之意是，你不看别人要看，只要戏演得好，自会有人传扬开去，使我扬名天下。从这句广告式的江湖套语中，可以看到蓝采和对自己的技艺信心十足，给人以坚忍不拔，奋发向上的印象。

在现存的元曲作品中，除杜善夫的散益《庄家不识勾阑》，高安道的散曲《谈行院》和南戏《宦门子弟错立身》外，其他都很少涉及戏曲演出的情况。语言通俗、质朴，具有民间文艺特色，其中一些专业行话术语也运用得纯熟、自然，毫无生硬之感。明人祁彪佳在《远山堂剧品》中评此剧文辞是"淡中着色，有不衫不履之趣"。就是说它能于平淡的叙述中表现人物的真情实感和心理神态，不用华美之词，却显示出浓厚的生活情趣。

元曲作家年表

公元	干支	帝王年号	曲 坛	史 事
1206	丙寅	太祖元	元好问在陵川郝天挺门下学习已四年。	蒙古孛儿只斤铁木真称成吉思汗，是为元太祖。蒙古国建立。
1207	丁卯	二		成吉思汗征西夏。 遣使招降吉利吉思等部。
1208	戊辰	三	元好问在郝天挺门下学业六年而成，由陵川归新兴。	成吉思汗灭蔑里乞部。 十一月，金章宗死，卫王完颜允济即位。
1209	己巳	四	商挺生（～1288）。元好问赴长安应试不遇，后回新兴（即今山西忻州），又游代州。	成吉思汗征西夏，蒙古军攻势凶猛，直抵中兴府城下。西夏主纳女请和。畏兀儿附于蒙古。
210	庚午	五		
1211	辛未	六		哈剌鲁阿力麻里归附蒙古。成吉思汗攻金，蒙古军于浍河堡歼灭金军主力，前锋直抵中都。蒙古军多次攻中都不下，退兵。
1212	壬申	七		十二月，蒙古军袭破金东京，大掠财物而去。

公元	干支	帝王年号	曲 坛	史 事
1213	癸酉	八		八月，金帝完颜允济为其下所杀，立升王完颜珣，是为金宣宗。十二月，蒙古军分三路抄掠金河北、山东、山西等地。
1214	甲戌	太祖九	元好问家乡忻州城破，蒙古军屠城，元好问避乱至阳曲。	成吉思汗集兵于金中都城北。金宣宗献公主及金帛、马匹请和，中都围解。金迁都汴京，蒙古以金迁都，复围中都。金山东红袄军大起，益都杨安儿称皇帝；潍州李全活动于安丘、临朐；泰安刘二祖、彭义斌活动于泰安、沂州一带。年底，杨安儿败死。
1215	乙亥	十		五月，蒙古取金中都，焚宫室，掠妃嫔。九月，红袄军破金深、祁等州县。十一月，金辽东将领蒲鲜万奴叛乱，自立大真国。
1216	丙子	十一	刘秉忠生（～1274）。元好问家乡忻州被蒙古军占据。诗人奉母举家流亡到河南福昌县三乡镇，严冬又逃入女儿山。	成吉思汗还蒙古，遣速不台讨蔑里乞残部。木华黎讨灭锦州张致，取辽东诸郡。

公元	干支	帝王年号	曲　坛	史　事
1217	丁丑	十二		金山东红袄军又大盛，宋招抚红袄军以困金，号为忠义。木华黎封太师国王，奉命经略中原。秃麻部起义，成吉思汗遣将镇压。
1218	戊寅	十三	元好问自三乡镇移居河南登封，后又居昆阳。	成吉思汗遣术赤征服吉利吉思等部；遣哲别征西辽，西辽王屈出律兵败被擒，西辽灭。高丽向蒙古称臣纳贡。
1219	己卯	太祖十四		成吉思汗征西域花剌子模，拔讹脱剌城。木华黎取山西诸路。
1220	庚辰	十五	关汉卿生？（～1300？）	蒙古军取西域不花剌、撒麻耳干等城，花剌子模王抵抗不利，败亡海岛，不久病死。东平严实降蒙古。
1221	辛巳	十六	元好问进士及第，不就选，后回登封，游中岳嵩山。	蒙古取西域玉龙杰赤及呼罗珊诸城，花剌子模王子扎兰丁抵抗失败，逃入印度。
1222	壬午	十七		蒙古木华黎取金陕西诸地，围凤翔。

国学经典文库

元曲鉴赏

·元曲·

图文珍藏版

1475

公元	干支	帝王年号	曲　坛	史　事
1223	癸未	十八		木华黎死，子孛鲁袭职。哲别、速不台攻入东欧斡罗思（俄罗斯）境内。歼灭南俄联军八万人于迦勒迦（喀尔喀）河畔。不久，蒙古军退。
1224	甲申	十九	元好问中宏词科，仕金，为儒林郎，充国史院编修，留汴京。杨果进士及第。	宋宁宗死，养子昀即位，是为宋理宗。 成吉思汗至印度境，大掠而还。
1225	乙酉	二十	元好问辞官，还居登封，编纂杜诗资料一卷，称《杜诗学》，今不传。	红袄军领袖彭义斌攻蒙古，兵败被俘，死。 蒙古军征西夏，连下沙、银二州，西夏主送质子求和。
1226	丙戌	太祖二十一	王恽生（～1304）。白朴生（～约1310后）。元好问为河南镇平县令。 金正大（1224～1231）年间，杜仁杰隐居内乡山中，与麻革等人以诗唱和。	成吉思汗攻西夏，下甘、凉州。又进占灵州，西夏京都中兴府将陷落，西夏主遣使请降。
1227	丁亥	二十二	祖祇遹生（～1295）。侯克中生（？～？）元好问为河南内乡县令，移家内乡。	李全降蒙古。金与蒙古议和。西夏主降于蒙古，被处死，西夏亡。成吉思汗死，第四子拖雷监国。

公元	干支	帝王年号	曲　坛	史　　事
1228	戊子	孛儿只斤拖雷元		
1229	己丑	二太宗元		成吉思汗第三子窝阔台即蒙古大汗位，是为太宗。颁大札撒，定中原、西域税法；议伐金；遣搠里蛮攻打扎兰丁。
1230	庚寅	二		置十路征收课税收，命耶律楚材主其事。 窝阔台、拖雷统兵征金，下代、石二州，攻卫州受挫，攻潼关不克。
1231	辛卯	三	元好问应金哀宗召入朝。	拖雷军入汉中，假道宋境攻金。窝阔台取金河中府。搠里蛮灭扎兰丁。蒙古军侵高丽。蒙古军破宋饶风关，趋金汴京。
1232	壬辰	太宗四	魏初生（～1292）。元好问为金尚书省掾、左司都事。	拖雷军歼金军于钧州南三峰山。蒙古军围金汴京。窝阔台、拖雷北还，拖雷死于途中。金哀宗逃往归德（今河南商丘）。蒙古灭东真国。

公元	干支	帝王年号	曲　坛	史　事
1233	癸巳	五	金元帅崔立以汴京城降蒙古，元好问携带白华幼子白朴随被俘官吏北渡黄河，羁管聊城（在今山东省）。是年，白朴年仅八岁。	金京城西面元师崔立以汴京城降蒙古。 金哀宗由归德逃往蔡州。蒙古擒蒲鲜万奴。宋应约出兵与蒙古联合围攻金蔡州。
1234	甲午	六		金哀宗传位于东面元帅宗颜承麟。金蔡州城破，哀宗自缢，承麟战死，金亡。宋出兵收复汴京，败还。蒙古诸王贵族大会。
1235	乙未	七	伯颜生（～1294）。元好问由聊城移居山东冠氏，与杜仁杰等游济南。 元好问从此隐居不仕，致力于写作。	窝阔台命建和林城。 遣拔都等诸王西侵斡罗思（俄罗斯）、钦察诸国，阔端、阔出等攻宋，唐古侵高丽。 是年，蒙古括中原民户八十七万三千七百八十一，口四百七十五万四千九百七十五。
1236	丙申	太宗八	白华找到了元好问，与在战乱中幸免于难的儿子白朴团聚。	窝阔台以中原民户分赐诸王、贵戚、勋臣，定五户丝制。重定中原赋税制度。阔端攻占宋成都、利州、潼川三路的二十余州，大掠后，还陕西。 阔出攻江陵死于军中，其部下攻占襄阳。 拔都等灭不里阿耳（保加利亚）、钦察（里海北）诸国。

公元	干支	帝王年号	曲 坛	史 事
1237	丁酉	九		拔都等攻入斡罗思。蒙古军克宋光、蕲、随州，又攻黄州，为宋将孟珙击败。
1238	戊戌	十	张弘范生（～1280）。姚燧生（～1313）。元好问客居东平万户严实家。	宋将孟珙收复了信阳、樊城、光化和襄阳。蒙古军又攻下宋寿州、泗州等地，攻庐州，不克。蒙古考试中原诸路僧、道、儒生。
1239	己亥	十一	元好问携家归故乡忻州。	蒙古征服南俄平原。
1240	庚子	十二	严忠济袭东平路行军万户、管民总管。	拔都等攻陷乞瓦等城，征服斡罗思诸国。
1241	辛丑	十三	元好问客东平严忠济居所，后由东平游黄华山。	拔都分军侵入马扎儿（匈牙利）、孛烈儿（波兰）。蒙古军击溃孛烈儿、捏迷思（德意志）联军于里格尼茨。 十一月，窝阔台死，乃马真皇后称制。
1242	壬寅	乃马真后元	卢挚生（～1315以后）。王和卿生（～1320）。刘秉忠被荐入忽必烈幕府，备受信任。	拔都等自马扎儿班师。蒙古攻宋。
1243	癸卯	二	刘敏中生（～1318）。	蒙古破宋资州。宋将余玠在四川与蒙古大小三十六战。

公元	干支	帝王年号	曲　坛	史　事
1244	甲辰	三		耶律楚材死。
1245	乙巳	四		蒙古掠宋淮西，至扬州而去。
1246	丙午	五 定宗元		窝阔台长子贵由即汗位，是为定宗。吐蕃萨斯迦派法主萨斯迦班弥怛奉召至凉州，次年见阔端，以乌思藏纳里地归附蒙古。
1247	丁未	二		蒙古扰宋泗州，攻高丽。
1248	戊申	三		定宗贵由死，皇后海迷失称制。立皇子失烈门。拔都召集诸王贵族会议，推举蒙哥为大汗，窝阔台、察合台两系诸王反对。
1249	己酉	四海迷失 后元	刘因生（~1293）。	蒙古扰宋淮西。
1250	庚戌	二	马致远生? （~1321?） 刘秉忠向忽必烈上书言策。	
1251	辛亥	海迷失后 三宪宗元		拖雷长子蒙哥即汗位，是为宪宗。捕窝阔台孙失烈门等，穷治其党。蒙哥汗命忽必烈总领漠南汉地军国重事，统军南征；命旭烈兀总领阿母河以西诸地军国重事，统军西征。

公元	干支	帝王年号	曲 坛	史 事
1252	壬子	二	史天泽经略河南，杨果为参议，王恽为史天泽客。	赐海迷失皇后死，幽禁失烈门。再括中原民户，以民户分赐诸王贵族。遣兵侵高丽。
1253	癸丑	三	商挺应忽必烈之征至陕。后两年，任职关中，升为宣抚副使兼理怀孟。刘秉忠随忽必烈出征云南。	旭烈兀西征。忽必烈分三路攻云南，入大理。
1254	甲寅	四	赵孟頫生（~1322）。	忽必烈自大理还蒙古，留兀良哈台制云南，兀良哈台入吐蕃，吐蕃首领降。
1255	乙卯	五	不忽木生（~1300）。	兴学校于京兆。蒙古自吐蕃击降西南夷。
1256	丙辰	六	鲜于枢生（~1301）。刘秉忠筹建开平城。	旭烈兀灭木剌夷国（里海南、伊朗境内）。蒙古建开平城。是年，蒙古开通云南与西川之路，会师侵宋。
1257	丁巳	宪宗七	冯子振生（~1314）。元好问卒（1194~）。石子章卒于本年以后（1190以后~）。	蒙哥亲征宋，以阿里不哥留守蒙古。蒙古兀良哈台进占宋藩属安南，次年，安南主请降。
1258	戊午	八	刘致生？（~约1335以后）	旭烈兀攻陷报达（今伊拉克巴格达），灭哈里发。蒙古兵分三路大举侵宋，蒙哥军入四川，忽必烈攻鄂州，又诏兀良哈台自安南回师北上攻潭州。

公元	干支	帝王年号	曲 坛	史 事
1259	己未	九	商挺北上开平，助忽必烈谋汉位。严忠济从忽必烈攻宋。	旭烈兀侵入叙利亚。蒙哥死于四川军中。忽必烈围鄂州，与宋议和，北还争汗位。
1260	庚申	十世祖中统元	王实甫生于本年以前（～1336？）。孔文卿生（～1341）。蒲道源生（～1336）。杨果为北京宣抚使。商挺宣抚陕蜀，官参知政事。忽必烈称帝，刘秉忠受命制定各种制度。魏初为中书省掾兼掌书记。王恽、胡祗遹、马彦良等至燕京（今北京），应中书省召。	忽必烈于开平即大汗位，是为世祖。 改元中统，立中书省、十路宣抚司。 罢侵高丽兵。 阿里不哥即大汗位于和林，遣阿蓝答儿等取关陇地。忽必烈自统兵讨阿里不哥，内战起。 发行中统元宝交钞。
1261	辛酉	中统二	曾瑞生?（一1330以后）杨果拜参知政事。中书右丞相史天泽荐白朴于朝，白朴逊谢，不愿出仕。王恽为翰林修撰。胡祗遹为员外郎。王和卿于中统初年作《咏大蝴蝶》。	七月，设翰林国史院，并修《辽史》《金史》。 十一月，忽必烈自将讨伐阿里不哥，大破之。

公元	干支	帝王年号	曲 坛	史 事
1262	壬戌	三	张弘范任行军总管，从征李璮。	蒙古益都李璮反，以海州、涟水等地降于宋；璮攻据青、淄、济南。后败死。
1263	癸亥	四	卢挚中统末年至至元末年近三十年间，为世祖侍从。	蒙古攻宋重庆。五月，初立枢密院，升开平府为上都。
1264	甲子	五 至元元	刘秉忠奉命还俗，任太保、参领中书省事、同知枢密院事等职。商挺入拜参知政事，后升任枢密副使。王恽为中书省左司都事，坐诬免归，复出为东平幕官。	七月，阿里不哥降。 八月，改燕京（今北京）为中都，正式定都于此。 十月，高丽王朝于蒙古。 宋理宗死，太子禥即位，是为宋度宗。 十二月，罢汉人诸侯世袭制，立迁转法。
1265	乙丑	二		蒙古扰宋，宋攻蒙古于潼川，败。
1266	丙寅	三	刘秉忠主持设计都城。	蒙古破宋开州。
1267	丁卯	四	仇远世祖至元中为溧阳教授，李致远客溧阳，与仇远游。	蒙古扰宋襄阳，掠生口五万。宋复开州。
1268	戊辰	至元五	王恽拜监察御史。	立御史台。忽必烈用南宋降将刘整策，发兵围襄、樊。窝阔台系后王海都与察合台系后王八刺联兵反元。

国学经典文库

元曲鉴赏

·元曲·

图文珍藏版

公元	干支	帝王年号	曲　坛	史　事
1269	己巳	六	张养浩生（～1329）。黄公望生（～约1354）。杨果出为怀孟路总管，奥敦周卿为怀孟路总管府判官，白朴与二人交游，有词唱和。张弘范任益都淄莱等路行军万户，参与了襄樊之战。	二月，立四道提刑按察司。　颁行八思巴字。是年，海都、八刺和术赤系后王忙哥帖木儿在答刺速河谷举行忽里台，划分各自势力范围。蒙古益都等地大水，黄河南北蝗。
1270	庚午	七	张可久生?（～1348以后）马彦良为御史台都事，在至元六年以后。	立尚书省。立司农司，后改为大司农司。宋襄阳军出攻蒙古，败；四川军与蒙古军战于嘉定、重庆，皆败。下令括户。申明劝课农桑赏罚之法。
1271	辛未	八	杨果卒（1197～）。商挺为枢密副使。刘秉忠建议以大元为国号。	十一月，蒙古立国号为大元。是年，命皇子北平王那木罕出镇阿力麻里。
1272	壬申	九	萨都刺生（～1345?）。虞集生（～1348）。商挺为安西王相，不久，因事获罪被拘。	并尚书省人中书省。改中都为大都。元扩充攻宋襄、樊兵力。
1273	癸酉	至元十		正月，元军破宋樊城。二月，襄阳降。修《农桑辑要》成。

公元	干支	帝王年号	曲　坛	史　事
1274	甲戌	十一	刘秉忠卒（1216～）。伯颜为左丞相，行省荆湖，总帅襄阳兵攻宋。	以伯颜为统帅，发二十万大军伐宋，自襄阳顺汉水而下，入长江，宋沿江重镇相继被占领，元军直逼宋临安。宋度宗死，子㬎即位，是为宋恭帝，太皇太后谢氏垂帘听政。
1275	乙亥	十二	姚燧始为秦王府文学。	宋文天祥率师北上抗元。元、宋在池州下游丁家洲大会战，宋军大败。元军连克建康、平江、常州等地。立阿力麻里行中书省，行枢密院。是年，全国有户籍一千三百一十九万六千二百零六户，五千八百八十三万四千七百十一口。
1276	丙子	十三	石君宝卒（1192～）。伯颜兵陷临安，俘谢太后、宋恭帝而返。	正月，宋恭帝赵㬎请降，元军取临安。五月，宋益王赵昰即帝位于福州，是为宋端宗。元军入福建、广西。是年，北平王那木罕所部宗王昔里吉叛，执那木罕送忙哥帖木儿处，以安童送海都处。
1277	丁丑	至元十四	张雨生（～1350）。关汉卿本年到过杭州。王恽为翰林待制。	伯颜率军破昔里吉于斡耳寒河。元遣兵海陆追宋帝。是年，元遣兵攻缅甸。

公元	干支	帝王年号	曲　坛	史　事
1278	戊寅	十五	王恽出为河北河南道提刑按察副使，改除燕南河北道。张弘范为蒙古汉军都元帅，进军闽广，俘文天祥于海丰五坡岭。	四月，宋端宗死，卫王赵昺立，移驻广东新会海中之厓山。　十二月，文天祥兵败被俘。
1279	己卯	十六	钟嗣成生？（～1360？）商挺获释。	正月，张弘范率兵攻厓山，宋兵大溃，宋帝溺死，宋亡。三月，忽必烈用郭守敬言，遣官四出测晷度，四海测验之所凡二十七。
1280	庚辰	十七	乔吉生（～1345）。李直夫生？（～1320？）吴镇生（～1354）。张弘范卒（1238～）。白朴徙居建康，曾游历江南杭州一带，其间，与胡祇遹、王恽、卢挚等都有唱和往来。	忽必烈遣兵与高丽征日本。江西南康都昌县民杜可用（杜万一）利用白莲教组织起义。福建漳州人陈桂龙和其侄儿陈吊眼（陈大举）起义。
1281	辛巳	十八	王恽为行台治书侍御史。	忽必烈发兵侵日本，遇台风，全军覆没。颁郭守敬等制定的《授时历》。普遍分赐诸王贵戚江南户钞。陈吊眼败死。

公元	干支	帝王年号	曲　坛	史　事
1282	壬午	至元十九	姚燧为陕西汉中道提刑按察司副使。刘因应召入朝，授承德郎、右赞善大夫。未几，以母病辞归。	遣兵攻缅甸。王著、高和尚等合谋杀平章政事阿合马，王著等被诛。阿合马奸脏事大白，戮其尸体，诛其徒党，罢其滥设官府一百七十一所。十二月，杀文天祥。是年，太平、宣城、徽州民纷起反抗。
1283	癸未	二十	杜仁杰卒？（1201？—）商挺复枢密副使，以疾辞。	江南各族人民起义凡二百余所。是年，广东欧南喜、黎德起义。广东新会林桂方等起义，不久败死。福建建宁黄华起义，有众十万，号头陀军。元发兵侵缅甸。
1284	甲申	二十一		黄华败死。海都等放回那木罕、安童。河北任邱县民李移住起义，败死。是年，元军侵占城及安南。
1285	乙酉	二十二	伯颜代诸王阿只吉总军西北。马致远本年后曾为江浙省务提举。	四川赵和尚自称宋福王，谋起义被杀。侵占城、安南元军退还。
1286	丙戌	至元二十三	贯云石生（～1324）。徐琰为岭北湖南道提刑按察使。	元军复侵安南，后又退还。六月，以《农桑辑要》颁诸路。十月，元军再次侵缅甸。黄河决开封等地十五处。

公元	干支	帝王年号	曲 坛	史 事
1287	丁亥	二十四	李齐贤生（~1367）。	三月，发行至元通行宝钞。四月，诸王乃颜反，忽必烈亲征，乃颜战败被擒，处死。是年，福建钟明亮领导闽、赣、粤边境人民起义。忽必烈发兵侵安南。詹老鹞、林雄领导浙江农民起义。后败死。
1288	戊子	二十五	商挺卒（1209~）。徐琰拜南台中丞。	攻安南军还，多被截杀。广东董贤举、福建陈机察、丘大老等起义。
1289	己丑	二十六	王恽授少中大夫，出为福建闽海道提刑按察使。卢挚为江东道按察副使，巡视郡县，曾游茅山。李寿卿为总管。	二月，籍江南户口。七月，海都军进攻漠北，忽必烈亲征，复和林，留伯颜镇守。是年，浙江杨镇龙聚众十万起义，后败死。董贤举等被俘。钟明亮复攻梅州，江罗等攻漳州，韶、雄等二十余处皆应之。陈机察等降。江南各族人民起义凡四百余处。
1290	庚寅	至元二十七		钟明亮攻赣州。
1291	辛卯	二十八	徐琰召拜翰林学士承旨。刘因以集贤学士被召，固辞不就。不忽木擢中书平章政事。	正月，权臣桑哥以罪罢。二月，改提刑按察司为肃政廉访司。五月，颁行《至元新格》。

公元	干支	帝王年号	曲　坛	史　事
1292	壬辰	二十九	魏初卒（1232～）。王恽为翰林学士。	遣兵攻爪哇。遣兵攻八百媳妇国。置乌思藏纳里速古鲁孙等三路宣慰使司都元帅府。
1293	癸巳	三十	严忠济卒（？～）。刘因卒（1249～）。	七月，开通惠河，海运漕粮可直达大都。是年，侵爪哇元军退还。
1294	甲午	三十一	伯颜卒（1235～）。卢挚为少中大夫、河南路总管。李寿卿在江浙，官提举，与侯克中游。刘唐卿为皮货所提领在本年前后。	正月，世祖忽必烈死。四月，皇孙铁木耳即位，是为成宗。
1295	乙未	成宗元贞元	胡祗遹卒（1227～）。"玉京书会"活动于元贞、大德年间（1295～1307），是大都最为活跃的戏曲团体。书会主要成员有关汉卿、王实甫、白朴、孟汉卿等，他们与杂剧艺人切磋剧本，创作出许多既适合舞台演出又具有较高艺术水平的作品。姚燧以翰林学士主修《世祖实录》。	

公元	干支	帝王年号	曲　坛	史　事
1296	丙申	元贞二	施耐庵生?（~1370?）杨维桢生（~1370）。元贞、大德年间是元代戏曲演出的鼎盛时期。元贞年间，马致远、李时中、花李郎等参加了在元大都（今北京）的"元贞书会"。	赣州民刘六十聚众万人起义，后败死。是年，大都等路水，太原等路旱。
1297	丁酉	三大德元	虞集入京为大都路儒学教授、国学助教。	是年，各路多水、旱灾。
1298	戊戌	二	卢挚入京为集贤学士。刘致为翰林学士姚燧所荐，为湖南宪府吏。	江浙、两淮、山东、河北蝗灾。
1299	己亥	三	卢挚以集贤学士出为湖南岭北道肃政廉访使。	遣僧使日本。
1300	庚子	四	关汉卿卒?（1220?~）不忽木卒（1255~）。	十二月，遣兵侵八百媳妇国。

公元	干支	帝王年号	曲　坛	史　事
1301	辛丑	五	倪瓒生（~1374）。徐琰卒（？~）。鲜于枢卒（1256~）。姚燧出任江东廉访使。吴弘道为江西省检校掾史。	五月，云南宋隆济、贵州蛇节相继起事，围攻元朝侵八百媳妇国军。是年，海都等在岭北与元军战，海都败，退出岭北，死于途中。
1302	壬寅	六		是年，上都、保定、福州、湖州、建康等路饥。
1303	癸卯	大德七	梁寅生（~1389）。吴澄自京城至扬州，湖南岭北道廉访使卢挚等率弟子至扬州，请吴澄讲学。　睢景臣至杭州，与钟嗣成相识。	三月，《大元一统志》编成。是年，蛇节、宋隆济败死。西北诸王遣使请息兵和好。
1304	甲辰	八	舒頔生（~1377）。王恽卒（1226~）。元明善在大德七、八年间有诗赠李直夫。	元朝与西北诸王约和，各遣使赴伊利汗处宣谕和好之意。
1305	乙巳	九	姚燧拜江西行省参政。刘敏中为集贤学士，商议中书省事，上疏陈十事，皆被采纳。	

公元	干支	帝王年号	曲　坛	史　事
1306	丙午	十	高明生？（～1368 以后） 卢挚大德年间由湖南入朝为翰林学士，后又迁翰林学士承旨。	
1307	丁未	十一	李直夫在大德末、至大初为肃政廉访使。	正月，成宗死，无子。三月，侄爱育黎拔力八达发动政变，夺取政权，自北方迎其兄海山。五月，海山即位，是为元武宗。爱育黎拔力八达被立为皇太子。
1308	戊申	武宗至大元	姚燧为太子宾客，不久，拜太子少傅。滕斌至大年间为翰林学士、江西儒学提举。	正月，绍兴、建康等六路饥户四十六万余。六月，江淮饥，益都大水，济宁、泰安水。
1309	己酉	至大二	姚燧授荣禄大夫、翰林学士承旨、知制诰兼修国史。张养浩于武宗至大年间拜监察御史，奏时政万言，得罪权贵，被罢官职。	八月，复置尚书省。九月，行至大银钞，铸铜钱。
1310	庚戌	三	刘时中生？ （～1354 以后） 白朴卒于本年后（1226～）。 刘敏中于武宗至大年间擢为翰林学士承旨。	

公元	干支	帝王年号	曲　坛	史　事
1311	辛亥	四	姚燧与弟子刘致到杭州，后回武昌。	武宗死，弟爱育黎拔力八达即位，是为仁宗。罢尚书省。废至大银钞，罢铸铜钱。遣兵攻八百媳妇国。
1312	壬子	仁宗皇庆兀	侯克中弟子郭郁除知浮梁州，侯克中有诗为之送行。 高丽国大臣李齐贤入元大都，为原高丽国王王璋的文学陪臣。	罢攻八百媳妇国。
1313	癸丑	二	姚燧卒（1239~）。贯云石拜为翰林侍读学士、知制诰，同修国史，不久，辞归江南。贯云石皇庆年间为杨朝英所编散曲集《阳春白雪》作序。蒲道源应征为国史院编修官，进国子博士，不久，辞归。	六月，黄河决陈、亳、睢州及陈留县。十一月，行科举。是年，王祯著《农书》成。
1314	甲寅	延祐元	冯子振卒（1257~）。张养浩延祐初以礼部侍郎知贡举，又升礼部尚书。白贲知忻州。	十月，遣张驴等经理江南田粮。
1315	乙卯	二	卢挚卒于此年以后（1242~）。	赣州蔡五九聚众起事，反对经理田粮，后败死。

公元	干支	帝王年号	曲 坛	史 事
1316	丙辰	三	赵孟頫为翰林学士承旨。	
1317	丁巳	四		
1318	戊午	五	刘敏中卒（1243~）。吴澄被召入朝，中途患病，路经扬州，客居李时中家，李时中受教益颇多。	十月，零都刘景周抗交"括田新租"聚众起义；命免征新租，招谕之。
1319	己未	六		
1320	庚申	七	王和卿卒（1242~）。李直夫卒（1280?~）	正月，仁宗死。三月，太子硕德八剌即位，是为英宗。
1321	辛酉	英宗至治元	马致远卒?（12507~）张养浩参议中书省事，因直言敢谏，得罪权贵，弃官隐居历城。	陕西僧圆明与苏子荣等起义，后败死。
1322	壬戌	二	赵孟頫卒（1254~）。阿鲁威至治间为泉州路总管。至治中，李齐贤上书中书省，申述保留高丽国体；又上书丞相拜住，请求将原高丽王王璋从流放地萨斯迦赦还。	河南、陕西旱。

公元	干支	帝王年号	曲　坛	史　事
1323	癸亥	至治三	白贲为温州路平阳州教授。	二月，《大元通志》成，颁行天下。八月，英宗硕德八剌自上都还，驻南坡，被铁失等杀。九月，晋王也孙铁木儿即位，是为泰定帝。十月，杀铁失等。
1324	甲子	泰定帝泰定元	贯云石卒（1286~）。宋褧进士及第，授秘书监校书郎。周德清著《中原音韵》一书成，此书为曲韵经典著作，时称"天下之正音"。	是年，多处水灾。
1325	乙丑	二	李泂泰定间除翰林待制。李伯瞻泰定间为翰林直学士。	广西各处徭民起义。息州郭菩萨等提出"弥勒佛当有天下"的口号，利用宗教起义，后不狱死。
1326	丙寅	三	泰定帝诏翰林侍讲学士阿鲁威等译《世祖圣训》以备经筵进讲。	是年，元多处水灾。
1327	丁卯	四	杨维桢进士及第。萨都剌进士及第，为京口录事司达鲁花赤。翰林侍讲学士阿鲁威等进讲。仍令译《资治通鉴》以进。	是年，多处水灾。

公元	干支	帝王年号	曲　坛	史　事
1328	戊辰	泰定五 致和元 天顺帝 天顺元 文宗 天历元	李洞特授奎章阁承制学士，预修《经世大典》。班惟志为绍兴路总管府推官。阿鲁威同知经筵事。金仁杰授建康崇宁务官。	七月，泰定帝死。九月，泰定皇太子阿剌吉八即位于上都，改元天顺。燕铁木儿于大都发动政变，迎元武宗之子图帖睦尔为帝，改元天历，是为文宗。上都、大都两政权并立，发生激烈战斗。十月，上都政权失败。十一月，图帖睦尔遣使往漠北迎其兄和世㻋。
1329	己巳	明宗天历 二文宗天 历二	金仁杰卒（？～）。是年，关中大旱，张养浩特拜陕西行台中丞，赈饥救灾，积劳成疾，卒于任所（1269～）。	正月，和世㻋于和林北即位，是为明宗。五月，立图帖睦尔为皇太子。八月，明宗和世㻋暴死，图帖睦尔复即位。
1330	庚午	三 至顺元	罗贯中生？（～1400?） 沈和卒（？～） 曾瑞卒于本年后（1261?～）。 李迥修纂《经世大典》成，因病告归。 钟嗣成著《灵鬼簿》成。	
1331	辛未	二	秦简夫至顺年间至杭州。	五月，《经世大典》修成。
1332	壬申	文宗至顺三 宁宗至顺三	刘致刻姚燧文集《牧庵集》并作序。班惟志为秘书监典簿。	八月，文宗死。十月，明宗和世㻋次子懿璘质班即位，是为宁宗。十二月，宁宗死，迎明宗长子妥欢贴睦尔。

公元	干支	帝王年号	曲 坛	史 事
1333	癸酉	惠宗元 统元	阿鲁威寓居江南。虞集请老，在朝寄诗给阿鲁威。不久，虞集致仕离朝。薛昂夫为衢州路总管，虞集有诗相赠。	六月，和世㻋长子妥欢贴睦尔即位。京畿、关中、河南大水，两淮旱，民大饥。
1334	甲戌	二	周文质卒（？~）。	
1335	乙亥	三 至元元	刘致辞浙江行省都事之职，放浪山水间。刘致卒于本年以后（1258?—）	十一月，罢科举。
1336	丙子	二	王实甫卒？（1260以前~） 蒲道源卒（1260~）。阿鲁威因事得罪。	是年，江浙旱，民大饥。
1337	丁丑	三	班惟志知常熟州，除阶奉议大夫。	正月，广州朱光卿等起义。二月，棒胡起义于汝宁、信阳；广西徭民再次起义。七月，朱光卿等败死。
1338	戊寅	四	顺帝至元间，梁寅为集庆路儒学训导。	四月，棒胡败死。六月，袁州周子旺起义，寻败死。漳州李志甫起义。
1339	己卯	至元五	苏天爵由礼部侍郎出为淮东道肃政廉访使，访求到数名贤士，李时中是其中之一。	是年，元多处饥。

公元	干支	帝王年号	曲 坛	史 事
1340	庚辰	六	元统元年（1333）至至元六年（1340）间，太师伯颜专权，曹德曾作［清江引］二首讽刺伯颜，贴于京城午门。被辑捕，避于僧舍，伯颜事败身死，曹德方再入京。	三月，李志甫为州人所害，其众败散。十二月，复行科举取士制。是年，邛州、福宁、京畿五州、益都、般阳、济南、东平等处先后饥。
1341	辛巳	至正元	孔文卿卒（1260~）。倪瓒至正初年散家赀给亲友，弃家泛舟五湖间，流连于山水竹石。	是年，滨州、河间、莫、沧、晋、涿等处饥，两浙水。山东、燕南饥民群起，大小三百余处。
1342	壬午	二		七月，教皇伯涅的克十二世使节来中国，抵达上都。是年，顺宁、广平、彰德、卫辉、大同、冀宁等处饥。
1343	癸未	三	张可久至正初年为昆山幕僚。	五月，黄河决口，溢入运河。
1344	甲申	四	至正初，班惟志为江浙儒学提举。秩满，在至正四、五年间。	五月，黄河决口，山东、河北皆受灾。是年，山东、河南、保定、庆元、抚州等处饥。

公元	干支	帝王年号	曲　坛	史　事
1345	乙酉	至正五	乔吉卒（1280~）。萨都剌卒？（1272~）。高明进士及第，授任处州录事，改江浙省掾。钟嗣成补写《录鬼簿》。	十月，修《辽史》《金史》《宋史》成。十一月，《至正条格》成。是年，京畿、巩昌、兴国、汴梁、济南、邠州、瑞州等处饥，徐州、东平等路尤甚。
1346	丙戌	六	至正年间，汪元亨为浙江省掾。	四月，辽阳吾者野人及水达达起义。六月，福建汀州罗天麟等起义，后为其部下所害，其众败散。十二月，河南、山东大乱。是年，武冈徭民吴天保起义。
1347	丁亥	七		吴天保起义军频繁进击，接连攻克州、县，杀元朝大臣。
1348	戊子	八	虞集卒（1272~）。张可久卒于本年后（1270？~）方国珍在浙东起义，高明为平乱统帅府都事。	台州方国珍起义，攻掠海上。是年，广西、山东、宝庆大水，四川旱。
1349	己丑	九	高明随元军讨伐方国珍，高明与平乱统帅论事不合，避不治文书，以怠工表示反对。	吴天保继续攻州、县。

公元	干支	帝王年号	曲　坛	史　事
1350	庚寅	十	张雨卒（1277～）。梁寅辞官归故里。	十一月，改更钞法，行中统交钞，铸至正通宝钱。十二月，方国珍攻温州。
1351	辛卯	至正十一	元废高丽忠定王，立王颛为王，遣归国，李齐贤授都金议政丞，后改右政丞、门下侍中。邓子晋为杨朝英所编散曲集《太平乐府》作序。	四月，修治黄河，发民工十三万，军队二万。五月，颍州刘福通等拥白莲教会首领韩山童起义，山童旋被俘死，刘福通等攻州、县，以红巾为号，是为红巾军。八月，邳州李二、赵君用、彭早住等起义，受刘福通节制，属北方红巾军。蕲州徐寿辉起义，国号天完。起义军也头裹红巾，为南系红巾军。十一月，黄河堤修成。
1352	壬辰	十二	孟昉为翰林待制。	二月，濠州郭子兴、孙德崖等起义。闰三月，朱元璋投奔郭子兴。元军攻陷徐州，李二死。是年，徐寿辉领导的天完红巾军攻克长江中下游广大地区。
1353	癸巳	十三	郝经至正间为平江路儒学录。	淮东张士诚起义，攻克高邮等地。是年，元军大举反攻，天完红巾军受挫。
1354	甲午	至正十四	吴镇卒（1280～）。黄公望卒?（1269～）刘时中卒于本年以后（1310?～）。	正月，张士诚称诚王，国号大周。九月，元丞相脱脱率大军围高邮，元顺帝突然下令罢脱脱官爵，元军溃散。是岁，京师大饥。顺帝于内苑造龙舟，恣意淫乐。

公元	干支	帝王年号	曲　坛	史　事
1355	乙未	十五	夏庭芝所著《青楼集》初稿成于本年。	二月，刘福通迎韩山童之子韩林儿为帝，号小明王，建国号宋。三月，郭子兴病卒，其部归朱元璋统辖。是年，南方天完红巾军复起，连败元军。
1356	丙申	十六	高明改调福建行省都事，路过宁波时，已被招抚为万户的方国珍欲将高明强留置幕下，高明力辞不从；方国珍又"以礼延教子弟"，高明仍不答应，即日解官，隐居于宁波栎社的沈氏楼，埋头写作《琵琶记》。张士诚遣人召杨维桢，杨维桢不赴，复书张士诚，劝其降元。	二月，张士诚部下渡江攻克平江等地。三月，朱元璋取集庆，又下镇江，六月，取广德。是年，徐寿辉、刘福通南北红巾军分头出击元兵，连获胜利。
1357	丁酉	至正十七	高丽大臣李齐贤致仕，就其家主持修撰国史。	刘福通领导的宋红巾军分三路北伐，攻入陕西、山西、山东等地。张士诚降元。朱元璋部取常州、宁国、泰兴、江阴、扬州。

公元	干支	帝王年号	曲　坛	史　事
1358	戊戌	十八		宋红巾军毛贵部由山东入河北，直抵大都，因孤军无援败退。刘福通攻占汴梁。徐寿辉部连克江西、福建广大地区。十二月，刘福通攻占上都。
1359	己亥	十九		北方元军反攻，刘福通等领导的三路北伐相继失败，九月，汴梁破，韩林儿、刘福通逃至安丰。朱元璋部取诸暨、池州、无为、衢州、处州。十二月，徐寿辉部将陈友谅自称汉王。
1360	庚子	二十	钟嗣成卒？ （1279？～）	陈友谅攻克太平，杀徐寿辉，自称皇帝，国号汉。朱元璋部复太平，取安庆，陈友谅走江州，朱元璋别部取信州。
1361	辛丑	至正二十一		三月，明玉珍在四川称帝，建国号夏。朱元璋大举攻陈友谅，复取安庆，大破之于江州，陈友谅走武昌。
1362	壬寅	二十二		五月，明玉珍部攻龙州、兴元、巩昌。刘福通领导的北方红巾军严重受挫。
1363	癸卯	二十三		朱元璋与陈友谅在鄱阳湖决战，陈友谅败死，其子陈理即位于武昌。张士诚出兵袭安丰，刘福通、韩林儿被朱元璋救出。张士诚自称吴王。

公元	干支	帝王年号	曲 坛	史 事
1364	甲辰	二十四	邾经为夏庭芝所著《青楼集》作序。	正月，朱元璋称吴王，置百官。二月，朱元璋下武昌，陈理降。朱元璋部取两湖、江西广大地区。
1365	乙巳	二十五		明玉珍与朱元璋通好。是年，朱元璋部取宝庆、襄阳等路，旁近州县多降；又取张士诚泰州等地。
1366	丙午	二十六	张鸣善为《青楼集》作序在本年。	二月，明玉珍死，子明升嗣。八月，朱元璋发《平周檄》，大举进攻张士诚。十二月，朱元璋命人迎韩林儿，中途将韩林儿沉于江，宋政权亡。
1367	丁未	至正二十七	李齐贤卒（1287～）。	三月，朱元璋设文武科取士。八月，朱元璋攻方国珍。九月，朱元璋部攻克平江，张士诚被擒处死。十二月，方国珍降于朱元璋。
1368	戊申	二十八明太祖洪武元	明太祖朱元璋欲召高明到南京修《元史》，高明以病老为由，辞职归家。高明卒于本年以后（1306? 一）。	正月，朱元璋称帝，国号大明，建元洪武。八月，明兵入大都，元顺帝北逃应昌。元亡。
1370	庚戌	三	杨维桢卒（1296～）。施耐庵卒?（12967～）。	

公元	干支	帝王年号	曲　坛	史　事
1371	辛亥	四	郏经为浙江考试官。	明王朝军队陷四川，明升降。
1374	甲寅	七	倪瓒卒（1301~）。	
1377	丁巳	十	舒頔卒 （1304~）。	
1389	己巳	二十二	梁寅卒（1303~）。	
1400	庚辰	惠帝建文元	罗贯中卒？ （1330?~）	

说明：

一、本表列有元代曲作家生卒年或大致在世年代及科举及第时间，重要曲家酌录其仕历、行迹及交游，还酌附元代政治、军事、经济、文化等方面简要史事，供参考。

二、本表所录曲作家范围，以散曲或杂剧作品收入本辞典者为限，其中诸项均无考者未予列入。

三、公元与旧历纪年对照，有十一、十二月跨年问题，本表与曲作家小传为求简明，本予折算。

四、本表与作家小传参考资料有：《录鬼簿》《录鬼簿续编》《元史》《金史》《宋史纪事本末》、隋树森《全元散曲》、孙楷第《元曲家考略》、翦伯赞等《中外历史大事年表》《中国古代文学词典》《中国历代著名文学家评传》《辞海》等。

元曲主要书目介绍

作 品

《全元散曲》

隋树森编。这是元代散曲的全集，中华书局 1964 年 2 月版。精装全二册。1981 年重印。

元代有别集流传下来的散曲作家，只有张养浩、乔吉、张可久等寥寥数人。其余大量的散曲则散见于各种曲选、曲谱、词集和笔记杂著之中，因此，检索元代散曲是一件比较困难的工作。《全元散曲》的编成，使读者得以方便地看到现存的元代散曲全貌。它共辑得元人小令三千八百五十三首，套数四百五十七套（残曲在外）。

《全元散曲》在每首曲子的末尾，不仅注明它最早见于何书，并且把其他选有这首曲子的书名也一一列出。套数里的一支或几支曲子，有被《太和正音谱》《北词广正谱》《九宫大成》等曲谱征引的，也注在该套的末尾。全书首列"引用书目"，书末有"作家姓名别号索引"和"作品曲牌索引"。

陈加有《〈全元散曲〉补遗》，隋树森有《元人散曲的几次新发现》一文，均载《文献》1980 年 2 辑。

《全元散曲简编》

由《全元散曲》编纂人隋树森选编。上海古籍出版社 1982 年 6 月出版。本书系从《全元散曲》中选录出小令 1063 首，套数 110 套。这些作品比较为人们所熟知，而且一向评价较高；文字平易好懂；各种题材和流派的代表性作品均有。其中并增补了几首未汇入《全元散曲》的新发现的作品。是供读者了解元散曲全貌的一种简编本。

《饮虹簃所刻曲》

卢前辑。1936 年金陵卢氏刊本。这是一部收辑元、明散曲较丰富的丛书，计元人十六家，明人四十二家。

《散曲丛刊》

任讷辑。1931年中华书局排印本。这是一部汇辑元、明、清散曲的丛书，并有任讷《散曲概论》等关于散曲的论著。共收书二十余种。

《元散曲选注》

今人王季思、洪柏昭等选注。北京出版社1981年出版。共收入元代曲作家七十五人及无名氏的散曲239篇。书前有前言，对元散曲的发展轮廓做了简要介绍。

《元散曲一百首》

今人肖善因选注。上海古籍出版社出版。收入元曲作家四十二人的作品一百首。

《元代散曲选》

今人张文潜、何云麟等四人选注。福建教育出版社出版。共收入元散曲作家五十三人及无名氏的作品136篇。

《元人散曲选》

今人刘逸生主编，龙潜庵选注。广东人民出版社出版。收入元人作家二十四人及无名氏的作品165篇。

《元散曲选析》

傅正谷、刘维俊选析。天津人民出版社出版。对元代作家及无名氏的60首散曲，逐一进行了赏析。

《元曲选》

明·臧懋循编。这是一部明万历年间编的杂剧剧本集，又名《元人百种曲》。编者臧懋循（字晋叔）是个收藏家，他用自己收藏的杂剧秘本和从宫廷中抄出的内府本参互校订，编集了这部包括一百种杂剧的《元曲选》（其中有几种杂剧是元末明初的作者所编）。剧本大多经过臧懋循的加工整理，并有音释。数百年来，这个剧本集相当流行，有不少人就是通过它认识了元杂剧的概貌的。有商务印书馆影印原刻本，《四部备要》本，世界书局排印本。1955年4月文学古籍刊行社用前世界书局纸型校正重印，全四册。1959年9月，转由中华书局出版，精装全二册。1979 年再次校订印行，全四册。

《元曲选外编》

隋树森编。这是《元曲选》的补遗。近几十年来，陆续发现了不少杂剧的刻本和抄本，如元刻《古今杂剧》，明刻《古名家杂剧》等，其中未被臧氏《元曲选》收录的剧本颇多。中华书局请隋树森把这些剧本搜罗在一起，略做校订，并加断句，定名为《元曲选外编》，于 1959 年 9 月出版，精装全二册，书末附有"现存全部元人杂剧目录"，是综合《元曲选》及《外编》所收剧目编成的。又有 1980 年重印本，全三册。

《元明杂剧》

明人辑，佚名。收元明两代杂剧二十七种。1929 年南京国学图书馆据明本影印。1958 年 6 月中国戏剧出版社据国学图书馆影印本重印，精装一册

《孤本元明杂剧》

涵芬楼辑。收元明杂剧一百四十四本，来源如下：1938 年，郑振铎在上海发现明人赵琦美脉望馆钞校本古今杂剧二百四十二种（清初归钱曾，收藏于也是园，故亦称《也是园藏古今杂剧》），其中半数以上是过去没有见到过的。1941 年，商务印书馆排印其中的孤本、善本一百四十四种，定名为《孤本元明杂剧》，附剧目提要（王季烈撰）。1958 年，中国戏剧出版社据商务印书馆原纸型重印，精装四册。

郑振铎撰有《跋脉望馆钞校本古今杂剧》（1940 年撰。收入《劫中得书记》，古典文学出版社 1957 年版），孙楷第撰有《也是园古今杂剧考》（1941 年排印。1953 年上杂出版社出版修订本），对脉望馆古今杂剧的收藏、版本等问题考订甚详。

《六十种曲》

明·毛晋辑。这是一部传奇剧本集，所收剧本除王实甫《西厢记》为元杂剧外，其余绝大部分是明代传奇作家写的剧本。有明毛氏汲古阁刊本，1935 年上海开明书店排印本。1955 年文学古籍刊行社用开明书店本纸型重印，重印前据汲古阁初印本和一些传奇的明刊本作了校订。1958 年转由中华书局出版，精装十二册。

《古本戏曲丛刊》

这是一套规模宏大的古典戏曲剧本丛书，由古本戏曲丛刊编辑委员会编，郑振铎先生是倡议者和主编者。原计划出版十五集，把我国历代流传下来的全部善本戏曲书籍影印出版。到目前为止，出版了初、二、三、四、九集，线装本，一式大小。初集、二集、三集先后由商务印书馆和文学古籍刊行社于 1954～1957 年出版，收元、明、清南戏和传奇，间收少量杂剧，每集包括一百种。第四集商务印书馆 1958 年出版，收元明杂剧三百七十七种。1958 年 10 月 18 日，郑振铎先生不幸因公殉职，编辑工作在党和政府的关怀下得以继续进行。1964 年，第九集由中华书局出版，集中地把清代乾嘉之际的宫廷"大戏"汇编在一起（内容主要是神话传说和历史故事），共计十种，分订一百二十四册。该集序言说："清代的宫廷'大戏'都是异常稀见的珍本书籍，在编写历史剧作方面也有一定参考价值，所以我们便把第九集提前编印出来。"

《水浒戏曲集（一）（二）》

此集专收以水浒故事为题材的戏曲。第一集由傅惜华、杜颖陶编，收元明清杂剧十五种，古典文学出版社 1957 年版。第二集由傅惜华编，收明代传奇六种，古典文学出版社 1958 年版。

《元人杂剧选》

顾肇仓选注。作家出版社 1956 年版。1957 年转由人民文学出版社出版。1958、1962 年重印。选录元代杂剧十五种，有详细注释。1978 年重印，附有补注一百条。

《元刊古今杂剧三十种》

杂剧剧本选集。有《古本戏曲丛刊》影印本。包括关汉卿《单刀会》、马致远《陈抟高卧》、王伯成《贬夜郎》等杂剧三十种。大都只载唱词，科白极不完整。为现存元杂剧最早刊本。唱词大都较明代刊本为多。

《新校元刊杂剧三十种》

徐沁君校点。中华书局 1981 年版，全二册。是现存元杂剧的最早刊本，是研究元杂剧的珍贵文献。但这部元刊本错字多，脱漏严重。徐沁君对照二十二种版本对原书进行校勘，整理加工成这部新校本，为元曲研究提供了方便。

《古名家杂剧》

杂剧剧本选集。明·陈与郊编。据《汇刻书目》，此书正集八集，收杂剧四十种；续集五集，收杂剧二十种。今存残本十三种，又《也是园古今杂剧》中有此本残本五十五种，汰去重复，实存六十五种。但此中有《汇刻书目》所未载者，亦有今存而该书目未列者，总计原刊印数字，至少有七十八种。所选剧本大多是元人著作，还有明中叶人如徐渭、程士廉等人作品。曲文科白俱全。《古本戏曲丛刊》已据现存诸本全部影印。

《息机子元人杂剧选》

也作《古今杂剧选》。杂剧选集。明·息机子选刻。共收元明杂剧三十种。现存残本二十五种和《也是园古今杂剧》中脉望馆校本十五种；汰去重复，实存二十六种。《古本戏曲丛刊》编辑委员会将已见于脉望馆校本十五种外的十一种，编成《杂剧选》辑本刊印，计元人杂剧十种：马致远《陈抟高卧》、乔梦符《两世姻缘》、高文秀《谇范雎》、罗贯中《风云会》、李寿卿《度柳翠》、武汉臣《玉壶春》，以及作者不详之《合同文字》《碧桃花》《鸳鸯被》《渔樵记》；明人杂剧一种：谷子敬《城南柳》。

《阳春奏》

杂剧选集。明·黄正位选刊。收元明杂剧三十九种。《凡例》中说明以"情思深远、词语精工"为选剧标准。选辑者认为"杂剧"之名称不文雅，故书名称《阳春奏》。此书已散佚，现仅存卷首于若瀛万历三十七年（1609）序、《凡例》，与戴善夫《风光好》、罗贯中《风云会》、马致远《陈抟高卧》等杂剧三种。《古本戏曲丛刊》第四集已影印刊行。

《古杂剧》

杂剧选集。一般称为《顾曲斋元人杂剧选》。明·玉阳仙史选刊。因序文后有王伯良之章，也有人认为即王伯良所选刊。其中包括元代关汉卿《切鲙旦》等杂剧十六种，明初贾仲明《对玉梳》等杂剧四种，共二十种。现有《古本戏曲丛刊》影印本流传。

《脉望馆古今杂剧》

明·赵琦美所藏元明杂剧剧本的总称。今存二百四十二种。包括《古今杂剧选》本十五种、《古名家杂剧》本五十四种、抄"内府本""于小谷本"等一百七十三种。大都是明代宫廷演出的抄本。保存了许多很少流传的剧本。有九十二种抄本及部分刻本，并附注剧中角色的服装。清初曾为钱曾收藏于也是园，故亦称《也是园藏书古今杂剧》。1938 年在上海发现。部分剧本后来用《孤本元明杂剧》书名出版。已收入《古本戏曲丛刊》第四集影印问世。

《柳枝集》

全名《新镌古今名剧柳枝集》。杂剧选集。明·孟称舜选刻。有明崇祯六年（1633）刊本。收郑德辉《倩女离魂》等元杂剧十六种，其中《二郎收猪八戒》一种原系杨景言《西游记》之第四本；谷子敬《城南柳》等明杂剧十种，其中有孟本人作品。所选剧本以"婉丽"者为主，风格略近柳永"杨柳岸晓风残月"诸词，故以《柳枝集》为名。《古本戏曲丛刊》第四集已全部影印刊行。此书与《酹江集》合称为《古今名剧合选》。

《酹江集》

全称《新镌古今名剧酹江集》。杂剧选集。明·孟称舜选刻。收马致远《孤雁汉宫秋》等元杂剧十八种，朱有燉《仗义疏财》等明杂剧十二种，其中有孟称舜本人作品，并附钟嗣成《录鬼簿》。所选剧本以"雄爽"为主，风格略近苏东坡"大江东去"诸词，故以《酹江集》为名。《古本戏曲丛刊》第四集已全部影印刊行。此书与《柳枝集》合称为《古今名剧合选》。

《玄雪谱》

全名《新镌绣像评点玄雪谱》。戏曲剧本集。共四卷。明末锄兰忍人选辑，媚花香史批评。收《琵琶记》中《糟糠》《再议婚》《描容》《扫松》，《西厢记》中《游佛殿》《听琴》《送别》，《望湖亭》中《丑叹》《不乱》《判归》，《东郭记》中《出哇》《窥姨》《乞墦》《登垄》等三十九部传奇、杂剧中的八十二个单出。

《盛世新声》

戏曲、散曲选集。明正德十二年刊印，编选者姓名不详，包括《九宫曲》九卷，计套数二百七十八章；《南曲》一卷，计套数四十六章；《万花集》二卷，计套数十二章，小令五百余首。所选录者为元明两代作品。此书刊印后九年，张禄根据此书加以增删刊印，改名为《词林摘艳》。后来《盛世新声》的各翻刻本中，也杂有《词林摘艳》之作品。

《词林摘艳》

戏曲、散曲选集。明·张禄根据《盛世新声》增删而成书。有明刊本及影印本。分为十集，包括《南北小令》二百八十六阕，《南九宫》套数五十三章，《北九宫》套数二百七十二章。所采用戏文有《下江南戏文》等五种，所采用杂剧有《丽堂春》等三十四种，散曲部分南曲有元·赵天锡、明·陈大声诸人作品，北曲有元·关汉卿、明·朱有墩诸人作品，其他作品为诸书中所未见者颇多。对于原作者姓氏以及所采用之戏文和杂剧名目，书中亦均注出。所作增删大抵以是否合乎曲律，是否文字典雅为标准，致《盛世新声》中较接近民间口语的作品不少被删。

《雍熙乐府》

戏曲、散曲选集。明嘉靖年间郭勋选辑。共二十卷。另本题"海四广氏编"，仅十三卷。收《词林摘艳》所收北曲三百七十五套中的三百三十一套，另收已有刊本之元明杂剧计王实甫《西厢记》、尚仲贤《气英布》、郑光祖《倩女离魂》、朱有墩《诚斋乐府》等，以及已散佚之元明杂剧计王实甫《贩茶船》、王仲文《张良辞朝》、周文质《苏武还乡》、赵明道《范蠡辞朝》、尚仲贤《负桂英》等。还收了元·王伯成《天宝遗事诸宫调》。所收散曲选自元·杨朝英《太平乐府》与《阳春白雪》。凡《词林摘艳》所删除之曲文中衬字，此书有不少恢复，但作者姓名及出处则多为忽略。又因较《元曲选》刊印早五十年，可通过对比校勘，看出臧懋循改动元杂剧情况。《天宝遗事诸宫调》也较《九宫大成》诸书所辑齐全。新中国成立前商务印书馆有《四部丛刊》本。

《六幻西厢》

戏曲剧本总集。明代崇祯年间吴兴闵齐伋（遇五）编，崇祯十三年（1640）刻书。计包括唐·元稹《会真记》、金《董解元西厢记》、元·王实甫《西厢记》四卷、元·关汉卿《续西厢记》（即《西厢记》第五本）一卷、明·李日华《南西厢记》、明·陆采《南西厢记》等六种，闵齐伋分别称之为《幻因》《挡幻》《剧幻》《赓幻》《更幻》《幻住》，故合称《六幻西厢》。此书并附闵齐伋所作考证《五剧笺疑》。清末民初刘世珩编刻《暖红室汇刻西厢记》，收入此书，另外还增加了一些注释、考证和有关小说、戏曲，作为附录。

《暖红室汇刻传奇》

杂剧、传奇剧本丛刊。近人刘世珩选辑。陆续印行。包括元杂剧《西厢记》、明传奇《玉茗堂四梦》和徐渭、李开先、洪昇、孔尚任等人所做杂剧、传奇，并兼收《录鬼簿》《曲品》等主要戏曲论著，共六十余种。1917 年合刊时为五十九种。所用版本都经审慎选择、校勘。另有《暖红室汇刻传剧》，专收有关《西厢记》剧本与评注。

《元人杂剧钩沉》

元杂剧选集。赵景深辑。1956 年上海古典文学出版社出版。全书辑录了散见于《太和正音谱》《北词广正谱》《盛世新声》《词林摘艳》《雍熙乐府》《九宫大成谱》等书里三十一个元杂剧的佚文佚曲，其中有关汉卿、白朴、高文秀、马致远、王实甫等人的作品，大部分附有作家小传、剧情说明和异文校订。

《群音类选》

戏曲选集。明·胡文焕编。有万历年间刊本，收入《格致丛书》中。分官腔、清腔、北腔、诸腔四大类，选收元明杂剧、传奇的单折，兼及散曲。原书卷数今已不详，现存残本所收单折，已在一百五十出以上，是收元明杂剧、传奇最丰富的选本，有不少已散佚的传奇借此书得窥见其内容一二。

《关汉卿戏曲集》

吴晓铃等编校。中国戏剧出版社 1958 年版。全二册。收录现存的关汉卿杂剧十八个。附《关汉卿杂剧辑佚》《关汉卿散曲辑存》《关汉卿杂剧全目》。

《大戏剧家关汉卿杰作集》

吴晓铃等注释。中国戏剧出版社 1958 年版。收剧本六个。注释方式不是随文作注，而是将这六个剧本中需要解释的词汇按汉语拼音顺序集中编排在书后，逐一解释。

《关汉卿戏曲选》

人民文学出版社编辑部编。人民文学出版社 1958 年版。选杂剧八个，小令、套数若干，加以注释。

《元杂剧选注》

王季思、苏寰中选注。北京出版社出版。收入元杂剧作家十六人的二十七篇杂剧，并做了选注。

《元代杂剧赏析》

陈俊山著。天津人民出版社出版。对十七位元杂剧作家及无名氏的二十一篇杂剧进行了赏析。

历史资料

《录鬼簿》

元·钟嗣成著于至顺年间，有至顺元年（1330）序。全书共二卷，记述了由金入元和与作者同时的杂剧、散曲作家一百五十余人的传说资料和四百五十余种杂剧剧目，并以〔凌波仙〕曲凭吊其中已卒知友。是我国第一部文学专科目录，是最早记述元代杂剧、散曲作家小传和作品名目的著作。是研究元曲的必读书目。

明永乐年间，山东人贾仲明，为《录鬼簿》中关汉卿等八十二人补撰了吊曲。

现存最早的《录鬼簿》刻本，是附录在明末清初戏曲家孟称舜刻的《酹江集》中的刻本，但该刻本仅存几页。比较通行的是清初曹楝亭（即曹寅）的刻本；比较全的是天一阁旧藏的明写本。1978 年上海古籍出版社出版的《录鬼簿》（外四种），即是根据明写本整理的。除本书外，并附录《录鬼簿续编》《太和正音谱》《曲品》《传奇品》四种。

本书是我们研究元曲作家、作品的第一手历史资料。

《录鬼簿续编》

无名氏撰（一说贾仲明撰）。辑入《录鬼簿》未收入的、元末明初的戏曲作家、作品目录。包括钟嗣成、罗贯中等七十一位作家的剧目七十八种，无名氏所做杂剧剧目七十八种。反映了元末明初杂剧的创作成就，从中我们可以了解这一时期一些作家的主要事迹。

《中国戏剧本事取材之沿袭》

周贻白编，是他的《中国戏剧史长编》（人民文学出版社 1960 年版）的附录。周贻白说："中国戏剧的取材，多数跳不出历史故事的范围，很少是专为戏剧这一体制联系到舞台表演而独出心裁来独运机构。甚至同一故事，作而又作，不惜重翻旧案，蹈袭前人。"他便以表格形式，将历代戏剧取材相同者依次排列。该表格篇幅不多（仅 15 页），却为我们查考各种历史题材的古典戏曲提供了很大方便。例如，想了解古代产生过多少种以战国孙膑、庞涓斗智为题材的剧本，查该表格，可见：

宋元南戏	元明杂剧	明清杂剧传奇	皮黄剧	备考
	庞涓夜走马陵道（元无名氏）	七国记，一名天书记（明汪廷讷）	马陵道	见内廷剧目

以上说明，在宋元南戏中，尚未发现以孙、庞斗智为题材的剧目；元无名氏有《庞涓夜走马陵道》；明代汪廷讷有《七国记》，一名《天书记》；皮黄剧有《马陵道》。编者还在"备考"中注明，内廷剧目有著录（指《前清内廷演戏回忆录》所列剧目，载于《剧学月刊》二卷五期，前南京戏曲音乐院北平分院研究所 1933 年 5 月版）。如果要进一步了解上述各剧存佚如何，有些什么版本，则要进一步查《元代杂剧全目》《明代传奇全目》等各种戏曲目录了。

《中国古典戏曲总录》

这是专门著录宋、金、元、明、清五代南北戏曲作品的目录汇编，计划出八编，《宋金元杂剧院本全目》《宋元戏文全目》《元代杂剧全目》等。

《元代杂剧全目》

中国古典戏曲总录第三编。中国戏曲研究院编。傅惜华著。1957 年作家出版社出版。录元杂剧剧目七百三十七种，其中包括元人杂剧作品五百五十种，元明间无名氏作品一百八十七种。较姚燮《今乐考证》、王国维《曲录》约增出将近一倍。分"元代初期杂剧家作品""元代中期杂剧家作品""元代末期杂剧家作品""元代姓名无考之杂剧作品""元明间无名氏作家之杂剧作品"等五部分。每种作品均列举名目、版本、存佚、收藏处及作家小传等。后附"引用书目解题""作家名号索引""杂剧名目索引"，以便查阅。著者自云此书开始写于三十年代，大多沿袭旧说。

《曲录》

王国维编辑。共六卷。录宋元明清戏曲作家二百零八人和作品二千一百九十六种的名称，以及杂剧、传奇总集、散曲集、曲谱、曲韵等书目。成书于1908年。系当时收集较完备的古曲戏曲书目。

《曲海书目举要》

日本青木正儿编，王古鲁增补重编。这是《中国近世戏曲史》的附录，分六个部分：（1）丛刊，（2）戏曲翻译及解题，（3）曲谱及曲韵，（4）曲目及解题，（5）评论及辑录，（6）演剧及俳优。《中国近世戏曲史》系青木正儿原著，王古鲁译著，作家出版社1958年修订重版。

《戏曲小说丛考》

叶德均著。中华书局1979年版，全二册。叶德均（1911～1956）是我国现代学者，擅长于古典小说戏曲和民间文学的研究。此书分三卷：卷上为戏曲论文，卷中为小说论文，卷下为其他民间文学论文，资料很是丰富。其中如"曲目钩沉录""元代曲家同姓名考""宋元明讲唱文学"（原有单行本，古典文学出版社1957年版）、"歌谣资料汇录"等，均极便参考。

《元曲纪事》

今人王文才编撰。人民文学出版社1958年1月出版。收录元曲作家83人。略仿旧例，以品文选事为主。搜辑曲话杂著，并附录古典及南词旧曲，有资料价值。

《元曲家考略》

今人孙楷第撰。上海古籍出版社1981年11月出版。收元曲作家85人，征引典籍，考证其身世、著作、评语，辑录有关资料。

《青楼集》

元·夏庭芝撰。书载杂剧艺人珠帘秀、李芝秀，南戏艺人龙楼景、丹墀秀，诸宫调艺人赵真真、杨玉娥等百余个女艺人的小传，介绍了她们的艺术特长和轶事，以及某些戏曲作家、诗人同她们的交往。间载有关男艺人的事迹。新中国成立后有《中国古典戏曲论著集本》本。

《乐郊私语》

元·姚桐寿著。元至元十六年（1279），姚旅居海盐，与杨友直等相交游，寻访古迹与传说，著成此书。所记海盐掌故以属于元代者为主。其中关于海盐杨氏家僮善唱南北歌调一则，为南戏海盐腔最早的记载。

《辍耕录》

全称《南村辍耕录》。元末明初陶宗仪作。三十卷。内容多记元代典章制度、元末东南农民起义事迹以及当时社会琐闻。所载《院本名目》列举了金院本剧目名，《杂剧曲名》列举了元杂剧所用北曲曲牌名，都是很有价值的研究资料。对元代女艺人珠帘秀、连枝秀、顺时秀三人事迹也有所介绍，与《青楼集》所载大致相同而互有详略。另有关于小说、戏曲的零星记载。有人把其中有关戏曲的记载另行选辑成《辍耕曲录》一书。

《尧山堂外记》

明·蒋一葵著。共一百卷。以历史人物为篇名，而系以有关的野史轶闻。从先秦至明，共选四、五百人之多。有关戏曲者有王和卿、关汉卿、郑德辉、王九思、康海诸篇，大抵兼引曲词。有人曾将这一部分辑录成《尧山堂曲纪》一书。其中资料大多已见载于何良俊《曲论》和王世贞《曲藻》。

《梅花草堂笔谈》

明末张元长著。记载明中叶以来苏州风土习俗为主。对于昆曲盛衰以及魏良辅、梁伯龙（辰鱼）诸人事迹记述较详尽，为研究昆曲发展历史的重要材料。关于《董西厢》之版本和唱法、俞三娘（他书均作俞二姑）评注《还魂记》之情况也有介绍。有人曾将其中这一部分与戏曲有关者辑录成书，名作《梅花草堂曲谈》。

曲　论

《中国古典戏曲论著集成》

中国戏曲研究院编校。1959 年由中国戏剧出版社出版，1980 年重印，共计十集。选辑校录了唐代至清代比较重要的戏曲论著四十八种。其内容，或论述古典戏曲的编剧、制曲、歌唱、表演，或考察戏曲源流，或记载戏曲作家、演员的生平等。编校者对每种著作都写了提要，扼要介绍其内容、版本和作者生平；若有不同版本，字句互异者，则有"校勘记"予以说明。现将各集所收书列表于下：

集次	书名	朝代	著者
第一集	教坊记	唐	崔令钦
	乐府杂录	唐	段安节
	碧鸡漫志	宋	王灼
	唱论	元	燕南芝庵
	中原音韵	元	周德清
第二集	青楼集	元	夏庭芝
	录鬼簿	元	钟嗣成
	录鬼簿续编	明	无名氏
第三集	太和正音谱	明	朱权
	南词叙录	明	徐渭
	词谑	明	李开先
第四集	曲论	明	何良俊
	曲藻	明	王世贞
	曲律	明	王骥德
	顾曲杂言	明	沈德符
	曲论	明	徐复祚
	谭曲杂劄	明	凌濛初
	衡曲尘谭	明	张琦
第五集	曲律	明	魏良辅
	弦索辨讹	明	沈庞绥
	度曲须知	明	沈庞绥
第六集	远山堂曲品	明	祁彪佳
	远山堂剧品	明	祁彪佳
	曲品	明	吕天成
	新传奇品	清	高奕
	附录：古人传奇总目	清	无名氏

集次	书名	朝代	著者
第七集	闲情偶寄	清	李渔
	制曲枝语	清	黄周星
	南曲入声客问	清	毛先舒
	看山阁集闲笔	清	黄图珌
	乐府传声	清	徐大椿
	传奇汇考标目	清	无名氏
	笠阁批评旧戏目	清	笠阁渔翁
	重订曲海总目	清	黄文旸
	也是园藏书古今杂剧目录	清	黄丕烈
第八集	雨村曲话	清	李调元
	剧话	清	李调元
	剧说	清	焦循
	花部农谭	清	焦循
	曲话	清	梁廷枏
第九集	梨园原	清	黄旛绰
	顾误录	清	王德晖 徐沅澂
	艺概	清	刘熙载
	曲目新编	清	支丰宜
	小栖霞说稗	清	平步青
	词余丛话	清	杨恩寿
	续词余丛话	清	杨恩寿
第十集	今乐考证	清	姚燮

《词曲概论》

今人龙榆生著。上海古籍出版社 1980 年 4 月出版。全书分上下两篇；上篇主要探讨词曲的起源、发展和演变；下篇着重探讨声韵对词曲的作用。对研究词曲史、声律学和词曲写作都有参考价值。本书原为著者讲稿，经富寿荪整理校勘。

《曲 苑》

陈乃乾编。古书流通所刊印。1922 年初版收唐至清代重要戏曲论著十二种。1926 年《重订曲苑》收《录鬼簿》《南词叙录》、王骥德《曲律》、魏良辅《曲律》、焦循《剧说》等二十种。1932 年六艺书局出版的《增补曲苑》在原有基础上，增收《碧鸡漫志》《乐府杂录》《羯鼓录》《曲谈》《唐宋大曲考》《古剧角色考》《优语录》《录曲余谈》《宋元戏曲考》，删去《中原音韵》《度曲须知》《曲目表》，共收二十六种。1940 年中华书局出版《新曲苑》，任中敏编辑，又增收了《增补曲苑》中所未收的元代至近人之戏曲论著《唱论》《丹丘先生曲论》《笠翁剧论》《霜厓曲跋》等三十四种。后附《曲海揭波》。

《王国维戏曲论文集》

王国维作。1957 年中国戏剧出版社编辑部编辑、出版。收有王国维戏曲专著《戏曲考原》《唐宋大曲考》《宋元戏曲考》《古剧角色考》《优语录》《录曲余谈》《录鬼簿校注》以及若干短文。对中国戏曲史和王国维思想研究均有一定参考价值。

《宋元戏曲考》

王国维著。全书分十六章节，分别论述宋、金、元杂剧的渊源、戏剧文学及其对后世的影响，兼及曲调和演出。对宋以前、元以后戏曲的概况以及元代的南戏也略做介绍。成书于 1912 年。系我国第一部戏曲发展史，引起人们对戏曲文学和戏曲史的重视。搜罗史料较完备，论证也较翔实。商务印书馆出版此书时改名为《宋元戏曲史》。新中国成立后收入《王国维戏曲论文集》。

《元人杂剧概说》

日本青木正儿著。隋树森译。抗日战争期间开明书店刊印，原名《元人杂剧序说》。后经译者修改并增附了青木正儿《北曲遗响》一文，1957 年由中国戏剧出版社重印出版，改今名。谈元人杂剧的源流与派别，浅显清楚，自成体系。全书偏重于作品的评介，并对《中国近世戏曲史》的某些错误与过于简略之处加以修正与充实。后列有经徐调孚增补的《元人杂剧现存书目》一章。

《宋元技艺杂考》

李啸仓著。1953 年上杂出版社出版。全书包括《宋金元杂剧院本体制考》《合生考》《说话名称解》《谈宋人说话的四家》《释银字儿》《辨今存裴度还带杂剧非关汉卿作》和刘保绵撰著的《关于龙图公案》《平话中的二郎神》《风吹轿儿》《提破与捏合》等十篇论文。

《宋金杂剧考》

胡忌作。1957 年上海古典文学出版社出版。收集了宋金元等时期不少我国戏剧史料。对宋杂剧和金元院本的具体演变过程，分析、介绍较详。前有序文，后附《元代演剧史料——"淡行院"散曲注笺》和《征引书目》。

《中国戏剧史长编》

周贻白著。1960 年人民文学出版社出版。全书分九章。较详地叙述了我国戏剧的起源、形成，宋元南戏、元代杂剧、明清传奇以及京腔、秦腔等所谓"花部"诸剧种的发展情况，评价了许多重要作家和作品，兼及声律文辞和各代戏剧扮演情况，提供了许多资料。本书原名《中国戏剧史》，1940 年中华书局出版，新中国成立后经作者修订，改今名。

《中国戏曲发展史纲要》

周贻白著。1979 年上海古籍出版社出版。主要章节有《中国戏曲的起源及其艺术因素》《汉代的散乐（百戏）与雅乐》《唐代的乐舞与杂戏》《北宋时期的歌舞与杂剧》《南宋时期的杂剧和戏文》《元代的杂剧》《元代的南戏》《明代的传奇》《明代的杂剧》《明代的声腔——昆山腔与梁辰鱼》《汤显祖与沈璟》《明代的戏曲批评》《弋阳腔及其剧作》《明代的戏班及其演出》《弋阳腔与昆山腔的争胜》《四大徽班与皮黄》《辛亥革命前后的各地方戏曲》等。对唐宋以来的各种戏剧演出形式（包括音乐、表演、服装、化装、道具），都有所探讨和论述。是作者生前最后一部研究中国戏曲历史的重要成果和心得的著作。前附作者像和冯其庸序。

《玉轮轩曲论》

王季思著。1980年中华书局出版。收集新中国成立后所著论文十八篇以及新中国成立前所著论文六篇，其中有《关汉卿和他的杂剧》《〈西厢记〉叙说》《关汉卿杂剧的人物塑造》《王国维戏曲理论的思想本质》《关于〈西厢记〉作者的问题》《我国戏曲的起源和发展》等。

《曲论初探》

赵景深著。1980年上海文艺出版社出版。全书分"中国古典戏曲理论"和"明代的民间戏曲"两大部分。第一部分介绍了我国宋元明清历代的戏曲理论专著和文艺理论上不同流派的论争，包括《南词叙录》《曲品》《闲情偶寄》《花部农谭》等和"临川派与吴江派戏曲理论的斗争"；第二部分有《明成化本南戏〈白兔记〉的新发现》《从〈下山〉到<僧尼会>》《〈思凡·下山〉的来历和演变》等。

《关汉卿研究》

《戏剧论丛》编辑部编。共二辑，先后于1958年和1959年由中国戏剧出版社出版。第一辑收1958年前在报刊上发表的研究关汉卿及其作品的论文与少量资料性的文章，包括郭沫若《学习关汉卿，并超过关汉卿》以及《向关汉卿学习》《关汉卿论》《关汉卿创造的理想性格》《论〈窦娥冤〉》《谈〈诈妮子调风月〉》《〈诈妮子调风月〉写定本说明》等二十四篇。前附陈毅为"关汉卿戏剧创作七百年纪念大会"的题词影印手迹。第二辑收夏衍《关汉卿不朽》、田汉《伟大的元代戏剧战士关汉卿》以及《关汉卿及其剧作》《谈〈单刀会〉》《关汉卿史料新得》《关汉卿行年考》等二十一篇文章。

《关汉卿研究论文集》

上海古典文学出版社编辑部编。1958年古典文学出版社出版。收新中国成立后在各种报刊杂志上发表的研究关汉卿及其作品的文章二十四篇，包括《关汉卿行年考》《关于关汉卿的生平》《关汉卿作品考》《关汉卿剧作中的妇女形象》《谈关汉卿及其作品〈窦娥冤〉和〈救风尘〉》等。前附李斛作关汉卿彩色画像一幅。

《宋元戏文本事》

赵景深著。1934年北新书局出版。包括《王焕和王魁》《陈巡检梅岭失妻》

《四种恋爱戏文》《王祥卧冰》《周黄两孝子》《江流和尚陈光蕊》《仅存三五曲的元代戏文》《仅存两曲的元代戏文》《仅存一曲的元代戏文》等九篇。系根据《南九宫谱》《新编南九宫词》《雍熙乐府》和《九宫大成南北词宫谱》等四书辑录。

《元剧斟疑》

严敦易撰著。中华书局上海编辑所编辑。1960 年 5 月中华书局出版。分上、下两册。从元杂剧"题目正名"的异同，情节内容的渊源，地理、历史、社会制度的说明及文字的风格、体例的演变等方面提出问题，引征历史资料与典籍著录，分析探索《圯桥进履》《东墙记》《老君堂》等八十六种作品的真伪和隶属问题。对于元杂剧的研究，有一定的参考价值。

《南词叙录》

明·徐渭作。论述宋元南戏的源流、发展，评价作家、作品，并附有宋、元、明南戏作品目录和对角色、名词、术语的解释。作者并在书中提出戏曲语言应通俗易懂的主张。是明代最早研究南戏的著作。新中国成立后，《中国古典戏曲论著集成》本流传较广。

《词 谑》

一名《一笑散》。明·李开先著。共分四部分：《词谑》选录滑稽曲文和故事多则，其中有些和王九思、李梦阳有关。对"打油诗"的来源也有所介绍。《词套》评选了张小山、贯云石诸人的散套和郑德辉、乔梦符等人的杂剧曲文。《词乐》记载了当时著名艺人周全、业余演员颜容等人的轶事。《词尾》论述"尾声"的做法，并举郑德辉、刘东生诸人作品为例说明。

《曲 论》

明·何良俊著。系后人从其所著笔记《四友斋丛说》中摘出有关戏曲部分辑录成书。以谈北曲为主，对元代诸大家均有论断，特别推崇郑德辉所写曲文，对《西厢记》则认为曲文浓艳芜杂者不少，篇幅亦嫌冗长。因北曲老曲师顿仁曾在何家教曲，故此书中亦有数条记载作者与顿仁研讨北曲之情况。曾由邓实将此书与徐复祚《三家村老委谈》谈戏曲部分合刊为《何元朗徐阳初曲论》。《中国古典戏曲论著集成》刊印时始用今名。

《曲　藻》

明·王世贞著。其后人从其所著《艺苑卮言》附录中摘出有关评论戏曲部分辑录成书。以谈元杂剧曲文为主，兼介绍戏曲家朱有燉、王九思、杨慎、陈大声诸人生平简史与轶事。对《西厢记》作者问题有所考证，并肯定为王实甫作。此书在明万历年间即有茅一相所编丛书《欣赏续编》中之单刊本，后来有其他刊本流传。新中国成立后有《中国古典戏曲论著集成》本。

《顾曲杂言》

明·沈德符著。系后人从其《万历野获编》中辑录有关戏曲部分成书。此书论述了南北曲的盛衰及其相互影响，对元明杂剧、传奇主要作品亦有所评介，兼及古剧角色和乐器考证。新中国成立后有《中国古典戏曲论著集成》本。

《雨村曲话》

清·李调元作。二卷。论述元明清杂剧、传奇作家、作品，大都自前人著作里辑录而成，主要是对文字的评论。新中国成立后有《中国古典戏曲论著集成》本。

《藤花亭曲话》

清·梁廷枏作。五卷。详列元明清剧作者所做杂剧和传奇剧目、同名剧目、用曲牌命名的剧目等。对于女作家的作品和艺术、僧道作品以及数人合写的作品亦均列出。并对辞藻、结构、音律和戏曲掌故有所论述。新中国成立后有《中国古典戏曲论著集成》本，题作《曲话》。

《曲　品》

明·吕天成作。载明天启以前传奇、散曲作家一百五十人和作品一百九十二种的名称，对嘉靖以前的作家、作品分成四个品级，隆庆以后作家、作品分成九个品级，各加短评。大抵以音律为标准。后来又有作者增补本，所载作家作品均略有增加，但流传不广。新中国成立后有《中国古典戏曲论著集成》本。

《远山堂曲品剧品》

《远山堂曲品》和《远山堂剧品》的合称。明·祁彪佳作。《剧品》分为六个品级；共收杂剧二百四十二种，《曲品》所收传奇亦分为六个品级，现残存五品，另附杂调一类，共收传奇四百六十七种。每剧各加短评。根据此书可以知道不少现已散失的戏曲作品的内容梗概。新中国成立后有《中国古典戏曲论著集成》本。

《曲海总目提要》

四十六卷。是《乐府考略》和《传奇汇考》残本的整理本。原作者系清乾隆以前人，姓名不详。叙述杂剧、传奇六百八十四个作品的简单剧情，考证故事来源，间附作者简历。所收剧目有很多今已失传的作品。清乾隆年间黄文旸曾著《曲海目》一卷，序中有"拟将古今作者各撮其关目大概，勒成一书"等语，近人发现《乐府考略》后，误认为即黄文旸所著，乃将书名改称《曲海总目提要》。

《涵虚子曲品》

原系明·朱权作《太和正音谱》中《杂剧十二科》《古今群英乐府格势》两章，臧懋循将其删改节录，改称《涵虚子曲品》，列于《元曲选》卷首附录中。

《芝庵唱论》

元·燕南芝庵作。列述唐宋以来著名曲调以及各地曲调流行情况；对曲调取材及风格有所分析，并谈及运腔、吐字、发挥各人特长等具体技术问题。文句过于简略，颇多费解之处。此书从前曾附刻于杨朝英《朝野新声太平乐府》、陶宗仪《南村辍耕录》诸书，明代朱权《太和正音谱》、臧懋循《元曲选》也曾摘引。新中国成立后有《中国古典戏曲论著集成》本。

《曲　律》

（1）见"魏良辅曲律"。（2）《方诸馆曲律》。明·王骥德作。全面论述南北曲的源流、宫调、作曲和唱曲方法，兼及剧本结构、情节、宾白、科诨等方面；对杂剧、传奇、散曲等作品也有所评论。是中国最早而又全面的戏曲理论著作。新中国成立后有《中国古典戏曲论著集成》本。

《南词引正》

明·魏良辅所作《曲律》的另一版本。曾经吴昆麓（明嘉靖时人）校改。内容较《曲律》的其他刊本、钞本略多，如对当时各种戏曲声腔流派的论述，即为他本所无。

《弦索辨讹》

明·沈宠绥著。列举元王实甫所做杂剧《西厢记》以及明代传奇《千金记》

《焚香记》《宝剑记》《红拂记》等剧中之十余套曲词，分别用符号注出其用北曲演唱时之字音和口法。最早的刊本即附刻于著者另一戏曲理论著作《度曲须知》之后。新中国成立后有《中国古典戏曲论著集成》本。

《诗词曲欣赏论稿》

今人万云骏著，中国社会科学出版社出版。内容有三：总论三篇，分论二十一篇，附录四篇，全面探讨了诗词曲之间的继承关系，并以作品为例，具体赏析了传统的多种艺术表现手法。

曲谱　韵书

《太和正音谱》

一名《北雅》。明·朱权编。北曲曲谱，二卷。选录北曲曲牌三百余个。是现存最早的北曲谱。书内并附有元明杂剧作家、作品的名称和戏曲术语，以及有关唱曲的论述。明·臧懋循曾摘取此书中论述作家、作品部分，改名《涵虚子曲品》，载在《元曲选》卷首。新中国成立后有《中国古曲戏曲论著集成》本与《录鬼簿（外四种）》本。

《南九宫谱》

一般称《旧编南九宫谱》。明·蒋孝编。南曲曲谱。此书编于嘉靖年间北曲衰亡、南曲勃兴之际，系根据陈氏、白氏《旧编南九宫谱》《十三调南曲音节谱》丰富发展而成。每一曲调各附戏曲或散曲曲词，是现存最早的南曲谱，有明万历年间刻本流传。此书后由沈璟丰富发展而成《南九宫十三调曲谱》。

《南九宫十三调曲谱》

明·沈璟编，南曲曲谱。二十二卷。根据明嘉靖时蒋孝的《南九宫谱》改编而成。选录南曲曲牌七百一十九个，每个曲牌详列不同格式，分别正字衬字，注明板眼，但取例和论断也有不够精确之处。明末沈璟之侄沈自晋又根据此书加以修订补充，编成《广辑词隐先生增定南九宫词谱》，简称《南词新谱》。

《北词广正谱》

明末清初李玉编。北曲曲谱。据徐于室（一作徐子室）所辑北曲谱加以扩充。凡十八卷，内四卷有目无曲。选录北曲曲牌四百四十七个，每个曲牌列出不同格式，举例说明，分别正字、衬字，注明板式。全书搜罗较详备，过去戏曲作家常用为填写曲词的依据。抗日战争前有北京大学影印本。

《钦定曲谱》

清·王奕清等编。南北曲曲谱，十四卷。有康熙年间刻本、石印本。北曲谱四卷、南曲谱八卷和失官犯调诸曲一卷。并以各家论曲理论和东山钓史（查伊璜）的《九宫谱定总论》为卷首。所述不如李玉《北词广正谱》、吕士雄等《南词定律》精确。

《九宫大成南北词宫谱》

简称《九宫大成谱》。南北曲曲谱。清庄亲王允禄奉乾隆帝命编纂，周祥钰、邹金生等人分任其事。成书于乾隆十一年（1746）。八十二卷。包括南曲的引、正曲、集曲，北曲的只曲共二千零九十四个曲牌，连同变体共四千四百六十六个曲调。此外，尚有北曲套曲一百八十五套，南北合套三十六套。详举各种体式，分别正字、衬字，注明工尺、板眼。其中收有唐宋诗词、诸宫调、元曲、元明散曲以及明清传奇的曲调较为详备。是研究南北曲音乐最丰富的参考资料。

《纳书楹曲谱》

清·叶堂编。戏曲曲谱，正编、续编、补遗、外集十四卷，收乾隆时舞台上盛行的二百多出单出昆曲和一小部分地方折子戏；及汤显祖所作《玉茗堂四种传奇》的全谱八卷，共二十二卷。另附《西厢记》曲谱二卷。全书只收曲词，未收科白，曲词旁注工尺、板眼，不点小眼。此书有乾隆刊本与道光年间补刻本。

《遏云阁曲谱》

清·王锡纯辑，李秀云拍正。戏曲曲谱，不分卷。选录舞台传唱的昆曲八十七出。有曲词，有科白，注明工尺、板眼，点小眼，有撒腔、豁腔标记。此书有上海箸易堂印本。

《六也曲谱》

近人张芬编。戏曲曲谱，增辑本二十四卷，选录舞台盛行的昆曲二百零四出。有曲词，有科白，注明工尺、板眼，点小眼，有撒腔、豁腔标记。此书有上海朝记书庄石印本。

《集成曲谱》

近人王季烈、刘富梁编。戏曲曲谱，三十二卷。收录传奇、杂剧约百种，共选戏曲四百十六出，为昆曲曲谱中收录数量最多的曲谱。有曲词，有科白，注明工尺、板眼，分别正衬，北曲入声字应叶某音，容易读错的冷僻字也都注明。

本书分四集，每集前附有王季烈论述昆曲的文章（后汇为单行本《蟫庐曲谈》四卷），对度曲、制谱、填词之法，都有介绍。

此书有商务印书馆石印本。

《南北词简谱》

近人吴梅编。南北曲曲谱，十卷。在李玉《北词广正谱》、沈璟《南九宫曲谱》等曲谱的基础上进行整理简化，收北曲三百三十二支，南曲八百六十七支。有曲词，无宾白，按宫调排列，每一宫调统属若干曲牌，举曲词为例，并作简要说明。注明句读、韵脚，分别正衬。南曲过曲，注明有无赠板。每一宫调后附有套数格式。

此书有北京大学出版社石印本，华东师范大学油印本。

《寒山堂曲谱》

全名《寒山堂新定宫十三调南曲谱》。明末清初张大复编。南曲曲谱。卷首有《谱选古今传奇散曲集总目》七十种，有的并加按语，内有若干未见他书著录的南戏剧本以及某些剧本的全名或出数。所选各曲以采用元代南戏和元代南散曲为主，偶尔也采用明代比较本色的作品。为便于填词者参考，此书极少采用衬字。又附《曲话》十七则，对明人传奇追求辞藻颇多评论。此书影响较广，《南词定律》《九宫大成谱》均以此为主要依据。目前仅有抄本流传。

《啸余谱》

明·程明善编。收著作十二种。和戏曲有关者计四种，即《北曲谱》（采自朱权《太和正音谱》）、《南曲谱》（采自蒋孝《南九宫曲谱》）和周德清《中原音韵》、卓从之《中州音韵》。

《九宫正始》

全名《汇纂元谱南曲九宫正始》。南曲曲谱。有原刊本与影印本流传。明末徐于室（一作徐子室）初辑，清初钮少雅完成。主要依据宋元南戏旧本，考证南曲曲牌的源流。收录了一些少见的宋元南戏的曲词。

《中原音韵》

元·周德清著。二卷。前卷为韵书；后卷为附论，列"正语作词起例"及作词诸法。有泰定元年（1324）自序。根据元代北曲用韵，分十九部。首倡"平分阴阳，入派三声"之说，每部的字均按阴平、阳平、上、去四声排列，入声分别派入阳平、上、去三声。韵部简化，变更《切韵》以来韵书的体例。后来北曲作家作曲、演员唱曲，正音咬字，多以此书为依据。此书反映了元代北方话的语言，是研究近代普通话语音的重要资料。新中国成立后有《中国古典戏曲论著集成》本。

《中州乐府音韵类编》

也叫《北腔韵类》。元·卓从之著。韵书。与元·周德清《中原音韵》体例相同，成书较晚，只将平声字分三类，又以阴阳两调可相配的字，另立"可阴可阳"类，无相配的字则仍归阴类或阳类。实际平声亦止阴阳两调。

《中州音韵》

（1）指元·周德清《中原音韵》。（2）全名《中州乐府音韵类编》。元·燕山卓从之作。大致与周德清《中原音韵》相同，亦分字为十九韵，但阳平声分为阴、阳及可阴可阳三类。所收字数较《中原音韵》为少。原书附于明刊本《太平乐府》卷首。（3）明·王文璧作。文璧，明孝宗、武宗时人。据周德清《中原音韵》"缺者补之，讹者正之"，每字加注音义、反切，但不分阴阳。有明刊本。

工 具 书

《诗词曲语辞汇释》

张相著。中华书局 1953 年初版，1958 年第 3 版，1979 年重印。

此书专门解释唐宋金元明诗词曲中习用的特殊语辞，标目五百三十七条，附目六百余条。其体例，先以简明扼要的语言解释其意义，然后排比例句引证说明。

《诗词曲语辞例释》

王锳著。中华书局 1980 年版。

此书为《诗词曲语辞汇释》拾遗补阙，相当于续编。所收词语，计标目一百八十四，附目一百二十三，举例释义的方式与《汇释》相仿。词目按汉语拼音字母顺序排列，书后附笔画索引。

《金元戏曲方言考》

徐嘉瑞著。商务印书馆 1948 年初版，1956 年修订重版。

金元戏曲中的方言俗语，有许多还在民间活着，但旧时未曾予以系统的整理和考释，致使后人读曲时很感困难。徐嘉瑞有感于此，遂从金元戏曲中摘出词目六百条左右，进行诠释，于 1948 年出版，罗常培、赵景深为之作序。新中国成立后重版时，著者又增加了"补遗"，补充了必要的例证，并新增方言 155 条。

潘庚有《读〈金元戏曲方言考〉质疑》，载《中国语文》1960 年 5 期。

《元剧俗语方言例释》

朱居易著。商务印书馆 1956 年版。

此书共收元剧俗语方言一千余则，其中已见于《金元戏曲方言考》和《诗词曲语辞汇释》者二百余则，但举例不尽相同。

《元曲释词》

顾学颉、王学奇著。中国社会科学出版社出版。本书共收入元杂剧，以及散曲词语，包括字、词和短语，共五千余条。全书共四册，已出版二册。是研究元曲的一部较全面、实用的工具书。

《全元散曲典故词典》

吕薇芬著。湖北辞书出版社出版。共收入《全元散曲》中的典故一千余条。说明出处，揭示典故的本来含义，曲作家在曲作中的具体含义，以及入曲时的用法，是明用还是暗用、是正用还是反用等。这是研究元曲的一部极有价值的工具书。

《戏曲词语汇释》

陆澹安编著。上海古籍出版社出版。共收入历代戏曲词语七千余条，加以注释，是研究戏曲包括元杂剧的工具书。

附录三：

元曲名词简释

二　画

十三调　南曲所用的宫调。据明代蒋孝、沈璟诸家曲谱，南曲曲牌分属于仙吕宫、羽调、黄钟宫、商调、正宫、大石调、中吕宫、般涉调、道宫、南吕宫、越调、小石调、双调（包括仙吕入双调）十三宫调，通称为十三调。

九　宫　南北曲所用宫调。北曲据周德清《中原音韵》等书所载，有十七宫调；南曲据蒋孝、沈璟诸家曲谱所载，有十三宫调。元曲里实际所常用的南北曲曲牌，大都属于仙吕宫、南吕宫、中吕宫、黄钟宫、正宫、大石调、双调、商调和越调等九个宫调。通称"九宫"或"南北九宫"。

三　画

才　人　宋元时编写剧曲、话本的作者。钟嗣成《录鬼簿》卷上："前辈已死名公、才人有所编传奇行于世者。"

大石调　宫调之一。元·周德清《中原音韵》："大凡声音各应于律吕，分于六宫十一调……大石风流酝藉。"《九宫大成谱》北曲有"大石角""高大石角"，共计曲牌四十八只；南曲有"大石调""高大石调"，共计曲牌（包括集曲）一百六十只。元明以来，大石调联曲成套方式，北曲如"［六国朝］—［喜秋风］—［归塞北］—［六国朝］—［雁过南楼］—［播鼓体］—［归塞北］—［好观音］—［好观音煞］"，南曲如［念奴娇序］（四曲）—［古轮台］（二曲）—［尾声］"等，均较常用。戏曲演出，大石调套曲一般谱属小工调或尺字调。

上皇院本　元·陶宗仪《辍耕录》所录院本类别之一。有《壶堂春》《金明池》《万岁山》《断上皇》等十四种。元杂剧中宋上皇者有二，一指宋徽宗，一指宋高宗。近人王国维《宋元戏曲考》云："其中《金明池》《万岁山》《错入内》《断上皇》等，皆明示宋徽宗时事，他可类推，则上皇者，谓徽宗也。"

小石调 宫调之一。周德清《中原音韵》："大凡声音各应于律吕，分于六宫十一调……小石旖旎妩媚。"小石调所属曲牌，据《九宫大成谱》所载，北曲有二十九只，南曲（包括集曲）有七十四只。小石调联曲成套方式，北曲在明清散曲、戏曲中均少用，南曲如"［渔灯儿］—［锦渔灯］—［锦上花］—［锦中拍］—［锦后拍］—［骂玉郎］—［尾声］"，较常用。戏曲演出，小石调套曲一般谱属小工调或尺字调。

小 末 元杂剧角色名。小末尼的简称。扮演青少年男子。《货郎旦》第三折："唤小末科，云：'春郎孩儿，你近前来，我有句话与你说。'"

小 旦 元杂剧角色名，扮演青年妇女。《青楼集·孙秀秀》："都下小旦色也，名公巨卿多爱重之。"

幺 末 或作早期元杂剧同义语，如高文秀所做杂剧数量较其他作家多，明代曲家贾仲明在挽词中说高"比诸公幺末极多"。或以为与"装幺"（装模作样）有关，指剧中的滑稽穿插，相当于现代的"噱头"。

幺 篇 北曲中连续使用同一曲牌时，后面各曲不再标出曲牌名，而写作"幺篇"或"幺"。《望江亭》第三折："旦唱［夜行船］：'花底双双莺燕语，……'衙内云：'酒勾了他。小娘子休唱前篇，则唱幺篇。'正旦云：'冷落江湖，团圆人月，相连着夜行船去。'"按"冷落江湖"三句为［夜行船］的后遍。《西厢记》第一本楔子："［赏花时］夫主京师禄命终……（幺篇）可正是人值残春蒲郡东，……"此幺篇的后曲，亦即［赏花时］。南戏则多作"同前"或"前腔"。

四　画

开 杂 剧演出中，人物在每剧或每折第一次上场时，不唱而先念诵诗词或说白。如元刊本《老生儿》杂剧开端"正末引一行上，坐定，开：'老夫姓刘，名禹，字天锡………。'"

元 曲 元杂剧和元散曲的合称。元代新兴的一种韵文文学。两者都使用当时的北曲，形式同宋词相近，用长短句，但格律较自由，多用口语，便于直率地表达思想感情。是在元代社会生活的基础上，融合唐宋大曲、宋词、金元音乐和各种民间曲艺发展而成。所用曲牌约四百余个，都是北方流行的"北曲"。元代北曲流行，许多人用以填写散曲或编写杂剧，有很高成就，出现了很多优秀的代表作品。在文学史上，常用唐诗、宋词并称。尤以剧曲（元杂剧）成就更高，因此，通常也以元曲为元杂剧的同义语。如《元曲选》实际上是元杂剧选集。

元曲四大家　旧时对元代四个著名杂剧作家关汉卿、马致远、郑光祖、白朴的合称。或称"关马郑白"。见元·周德清《中原音韵》、明·何良俊《四友斋丛说》。"四大家"都不求仕进，长期生活在社会底层，和人民群众联系密切，其代表作品大都真实地反映了元代社会的黑暗现实，思想内容深刻，生活气息浓烈，且与舞台演出结合紧密，人物语言生动、形象，戏剧冲突紧凑、集中。四人中关汉卿成就最高，影响最大，是我国古典戏剧的奠基人。白、马是元杂剧前期代表作家，两人又都注意文采的修饰和人物内心刻画。但剧做多写爱情生活，内容狭窄，揭露社会问题不如关汉卿深刻、尖锐。郑光祖是元杂剧后期作家，成就又在白、马之下。

元杂剧　或称"元曲"。元代用北曲演唱的戏曲形式。金末元初产生于中国北方。是在金院本和诸宫调的基础上广泛吸收了多种词曲和技艺发展而成。剧本体裁一般每本分为四折，每折用同一宫调的若干曲牌组成套曲，必要时另加"楔子"。角色有正末、正旦、净等。一剧基本上由正末或正旦一种角色唱到底；以正末主唱的称"末本"，以正旦主唱的称"旦本"。创作和演出先以大都（今北京市）为中心，元灭宋后，又以杭州为中心流传各地。今知有记载的元杂剧作家（包括金末和明初杂剧作家）在一百二十人左右，著名作家有关汉卿、王实甫等。现存作品有一百五十种左右，其中优秀作品如《窦娥冤》《西厢记》《赵氏孤儿》《李逵负荆》等，多方面反映了当时现实生活，在戏曲史和文学史上都占有很高的地位，对后来戏曲艺术和戏曲文学都有深远的影响。明中叶以后，杂剧衰落，其优秀的遗产为传奇所继承，有些剧本的零折，如《窦娥冤》的第三折，《单刀会》的第三、四折，被吸收入传奇里，现在尚能演出。

瓦　舍　也叫"瓦肆""瓦子"。宋元时大城市里娱乐场所集中的地方。有表演杂剧、曲艺、杂技等的勾栏，也有卖药、估衣、饮食等的店铺。南宋耐得翁《都城纪胜》："瓦者，野合易散之意也。"孟元老《东京梦华录》、周密《武林旧事》等书亦详细记载了宋元时的瓦舍情况。

五花爨弄　金元时流行于北方的戏剧，即院本的别称。《南村辍耕录》卷二十五："院本则五人：一曰副净，……一曰副末，……一曰引戏，一曰末泥，一曰装孤。又谓之～。"按：五花，指五个角色言。爨弄，或以为宋徽宗时爨国（云南古国名）人来朝，衣装鞋履巾裹，傅粉墨，使优人效之为戏。此说亦据《南村辍耕录》。

中吕宫　宫调之一。周德清《中原音韵》："大凡声音各应于律吕，分于六宫十一调……一中吕宫高下闪赚。"中吕宫所属曲牌，据《九宫大成谱》所载，北曲有五十六只，南曲（包括集曲）有一百四十四只。元明以来中吕宫联曲成套方式，北曲如"［粉蝶儿］—［醉春风］—［迎仙客］—［石榴花］—［上小楼］—［幺篇］—［小梁州］—［幺篇］—［朝天子］—［尾声］"，南曲如"［泣颜回］（二曲）、［千秋岁］（二曲）—［越恁好］—［红绣鞋］—［尾声］"等。

介　元　明南戏、传奇剧本中表关于动作、表情、效果等项。与北杂剧用"科"同意。《张协状元》第八出："净使棒介：这个山上棒，这个山下棒。"《琵琶记》第五出："生悲介，……生跪告介。"

勾　栏　一作"勾阑""构栏""构肆"。宋元时百戏杂剧的演出场所。勾栏内有戏台、戏房（后台）、神楼、腰棚（看席）。有的勾栏以"棚"为名。南宋孟元老《东京梦华录》卷二："其中大小勾栏五十余座。内中瓦子莲花棚、牡丹棚，里瓦子夜叉棚、象棚最大，可容数千人。"元以后亦指妓院。

书　会　宋元时各种戏曲、曲艺作者的行会组织。多设立于杭州、温州、苏州、大都（今北京）等大城市中。参加书会的作者称为书会才人。

引　戏　亦作"引"。宋杂剧、金院本角色名。南宋吴自牧《梦粱录》："杂剧中末泥为长，每一场四人或五人……末泥色主张，引戏色分付，副净色发乔，副末色打诨，或添一人，名曰装孤。"陶宗仪《辍耕录》所载院本情况与此略同。可能从唐宋乐舞中的"引舞"演变而来。见近人王国维《古剧角色考》。

双　调　宫调之一。周德清《中原音韵》："大凡声音各应于律吕，分于六宫十一调……双调健栖（捷）激袅。"双调所属曲牌，据《九宫大成谱》所载，北曲有一百十三只，南曲（包括集曲）有八十一只。元明以来，双调联曲成套方式，北曲如"［新水令］—［折桂令］—［雁儿落］—［得胜令］—［沽美酒］—［太平令］—［鸳鸯煞］"，南曲如"［锦堂月］（二曲或四曲）—［醉翁子〕（二曲）—〔侥侥令〕（二曲）—〔尾声〕"，较为常用。元杂剧末一折大都用双调套曲。戏曲演出，双调套曲一般谱属正宫调或乙字调。参见"仙吕入双调"。

正　末　元杂剧角色名。扮演剧中主要男性人物，有时称"末尼"，或简称"末"。元杂剧有末本、旦本之别。凡末本全部曲牌例由正末独唱。每剧只有一个正末，每折皆须出场，但四折中可扮演不同人物。旦本杂剧里有时也有正末出场，但只说不唱。

正　旦　元杂剧角色名。扮演剧中主要女性人物。如《窦娥冤》楔子："冲末扮窦天章引正旦扮端云上。"

正　宫　宫调之一。周德清《中原音韵》："大凡声音各应于律吕，分于六宫十一调……正宫惆怅雄壮。"正宫所属曲牌，据《九宫大成谱》所载，北曲（题作高宫）有四十三只，南曲（包括集曲）有一百二十只。元明以来，正宫联曲成套方式，北曲如"〔端正好〕—〔滚绣球〕—〔叨叨令〕—〔脱布衫〕—〔小梁州〕—〔幺篇〕—〔快活三〕—〔朝天子〕—〔煞尾〕"，南曲如"〔普天乐〕—〔倾杯序〕—〔雁过声〕—〔玉芙蓉〕—〔小桃红〕—〔尾声〕"，南北合套如"南〔普天乐〕—北〔朝天子〕—南〔普天乐〕—北〔朝天子〕—南〔普天乐〕—北〔朝天子〕—南〔普天乐〕"等，均较常用。戏曲演出，正宫调套曲一般谱属小工调或尺字调。

本　色　戏曲评论用语。指曲文质朴自然，接近生活语言，而少用典故或骈俪语词的修辞方法和风格。

末　泥　一作"末尼"。宋杂剧、金院本五个演出人员之一。南宋吴自牧《梦粱录》："杂剧中末泥为长，每一场四人或五人……末泥色主张，引戏色分付，副净色发乔，副末色打诨，或添一人，名曰装孤。"陶宗仪《辍耕录》所载院本情况与此略同。元杂剧的正末亦称为末泥，大约由此演变而来。

打略拴搐　陶宗仪《辍耕录》所录院本类别之一。分目颇杂，有星象名、果子名、州府名、列良家门、卒子家门、司吏家门等四十六种。每目下列院本名目，如"官职名"有《上官赴任》《敲待制》等；飞禽名类有《老鸦》《鹰鹞雕鹊》等；和尚家门类有《窗下僧》《唐三藏》等；列良（卜笠）家门类有《混星图》《二十八宿》等；禾下（农家）家门类有《九斗一石》《共牛》等；大夫（医生）家门类有《伤寒》等；卒子家门类有《军闹》《阵败》等；邦老（盗贼）家门类有《则是便是贼》等共八十九种。又有有目而无剧名的，如"星象名""灯火名"等二十二种。总计名目有一百十一种。

打　散　每本杂剧演完，附加一段表演，作为整个演出的结束，称"打散"。有各种形式：有用调队子者，见元代高安道散曲《淡行院》；有用歌舞者，见元代夏伯和《青楼集·魏道道》。打散亦有词，见脉望馆抄本《司马相如题桥记》杂剧。

旦　儿　亦作"小旦"。元杂剧角色名。扮演青年女性。《看钱奴》中旦儿扮周荣祖的妻子。

北　曲　宋元时北方戏曲、散曲所用各种曲调的统称。同南曲相对。大都渊源于唐宋大曲、宋词和北方民间曲调，并吸收了金元音乐。盛行于元代。用韵以《中原音韵》为准，无入声。音乐上用七声音阶，声调遒劲朴实，以弦乐器伴奏，有"弦索调"之称；一说也用笛伴奏。《九宫大成南北词宫谱》所收北曲曲牌有五百八十一个。元杂剧都用北曲，明清传奇也采用部分北曲。昆剧中的北曲唱法，一般认为尚有若干元代北曲的遗音。

仙吕入双调　南曲宫调之一，但不在九宫十三调之内。一般以为即是仙吕宫，但可与北曲双调曲牌联成南北合套。《九宫大成谱》即将这一宫调曲牌分属仙吕或双调。联曲成套方式，南曲如"［忒忒令］—［嘉庆子］—［尹令］—［品令］—［豆叶黄］—［玉交枝］—［月上海棠］—［江儿水］—［川拨棹］（二曲）—［尾声］"，南北合套如"北［新水令］—南［步步娇］—北［折桂令］—南［江儿水］—北［雁儿落］带［得胜令］—南［侥侥令］—北［收江南］—南［园林好］—北［沽美酒］带［太平令］—南［尾声］"等，均较常用。戏曲演出，仙吕入双调套曲一般谱属小工调或尺字调，与仙吕宫同。

仙吕宫　宫调之一。或称为仙吕调。周德清《中原音韵》："大凡声音各应于律吕，分于六宫十一调，……仙吕调清新绵邈。"仙吕宫所属曲牌，据《九宫大成谱》所载，北曲有八十一只，南曲（包括集曲）有二百九十四只。元明以来，仙吕宫联曲成套方式北曲如"［点绛唇］—［混江龙］—［油葫芦］—［天下乐］—［那吒令］—［鹊踏枝］—［寄生草］、［赚煞］"，南曲如"［桂枝香]—[长拍]—[短拍]—[尾声]",均较常用。元杂剧第一折大都用仙吕宫套曲。戏曲演出,仙吕宫套曲一般谱属小工调或尺字调。

外末 元杂剧角色名。正末之外的次要末脚。如元刊本《单刀会》第一折正末扮乔公,外末扮鲁肃。有些剧本里外末简称为"外"。

外净 元杂剧角色名。仅见于元刊本《薛仁贵》《公孙汗衫记》,《古名家杂剧》本《赤壁赋》,脉望馆藏明钞内府本《乐毅图齐》四剧。可能是次要的净色。净,花面,有男角,也有女角,一般扮演勇猛、刚烈的人物。明朱有燉所做杂剧中外净较常见,则是剧中第二净色。

六　画

邦老 宋元杂剧中盗匪、凶徒等的俗称。金院本里有"邦老家门"一类,见陶宗仪《辍耕录》。元杂剧中一般由净扮演。

曲韵 文文学的一种。广义的曲泛指秦汉以来各种可入乐的乐曲,如汉大曲、唐宋大曲、民间小曲等。通常则多指宋以来的南曲和北曲,同词的体式相近,但一般在字数定格外可加衬字,较为自由,并多使用口语。分为戏曲(或称剧曲,包括杂剧、传奇等)、散曲两类,元明以来甚为流行。

曲韵 戏曲剧种、曲艺曲种在唱曲和念白时使用的字音标准。在读音、咬字、归韵、四声调值方面都有一定规律。我国各地方戏曲剧种、曲艺曲种使用的曲韵,大致均以当地语音为标准,但在表演一些反映古代生活题材的剧目、曲目时,则酌用中州韵。曲韵较诗词韵宽,平上去三声通韵。多是每一句都押韵,如马致远[越调·天净沙]。全首五句,皆押"发华"韵。可用重韵,即用同字押韵。可用赘韵,即不必用韵的句子也押韵,这在套曲和杂剧里常见。可用邻韵,即邻近的韵部可见相互押韵。可以失韵,即在应该用韵的地方,偶然不用韵。因南北语音不同,分南北曲,同韵也不同。周德清的《中原音韵》,是根据元影的语音及元曲作品的用韵情况编成,把北曲的用韵分为十九个韵部。此书流传较广。南曲本无韵书,《洪武正韵》曾起过重要作用。后来,朱权的《琼林雅韵》、陈铎的《词林要韵》、菉斐轩的《词林韵释》(传为宋本,现存疑)等,成为南曲的主要韵书。

曲牌 俗称"牌子"。元明以来南北曲、小曲、时调等各种曲调名的泛称。

各有专名，如［点绛唇］、［人月圆］、［山坡羊］、［折桂令］、［转调货郎儿］、［叠落金钱］、［银纽丝］等。总数多至数千个。每一曲牌都有一定的曲调、唱法、字数、句法、平仄等基本定式，可据以填写新曲词。曲牌大都来自民间，一部分由词发展而来，故曲牌名也有与词牌名相同的。此外，亦有专供演奏的曲牌，大多只有曲调而无曲词。

曲　谱　记录曲牌体式、唱法的书。大体有三种。一种列举不同曲牌的定格并选曲词为例，注明平仄，供人依谱填写曲词，如《太和正音谱》。一种兼注工尺、板眼，供人依谱填词编曲，亦可据以歌唱，名"宫谱"，如《九宫大成南北词宫谱》。一种记录全剧，曲白齐全（少数曲谱有曲无白），曲词旁注工尺、板眼，专供依谱演唱，也叫"工尺谱"，如《纳书楹曲谱》《遏云阁曲谱》等。现在也称一般音乐乐谱和近代各戏曲剧种的乐谱为曲谱。

曳　剌　也作"拽剌"。宋元杂剧中的护卫兵士。本是契丹语。《辽史·百官志》："走卒谓之拽剌。"元杂剧如《荐福牌》《虎头碑》均有曳剌出场。

爷　老　宋元杂剧中的护卫兵士。宋杂剧有《三爷老大明乐》《病爷老剑器》，近人王国维《宋元戏曲考》认为："爷老二字，当即曳剌之同音异译。"参见"曳剌"。

乔　张　元后期散曲作家乔吉、张可久的并称。二人的作品极注重辞藻的华丽，对仗的工整及声律的谐协。一些描写自然景物的作品多熔铸前人诗词名句，创造了不少情景交融，恬静清新的意境，二人同属清丽派曲家，风格又各有特色。乔吉散曲清丽中带质朴，有元前期曲家清新、自然之风；张可久则追求文字技巧，清丽中又含有典雅、蕴藉。但二人散曲内容贫弱，虽偶有怀古伤今、托物寓志，或不满现实的篇章，多数却是啸傲湖山和嘲风弄月之作，表现出逃避现实、苦闷颓废的情绪。

传　奇　(1) 宋元时称南戏戏文。张炎《满江红》词序："韫玉传奇，惟吴中子弟为第一流。"《宦门子弟错立身》第五出："你把这时行的传奇，……，你从头与我再温习。"《琵琶记》第一出："论传奇，乐人易，动人难。"(2) 金元时对北杂剧之称。《录鬼簿》上："前辈已死名公才人，有所编传奇行世者五十六人。"又："贾仲明为王实甫写的吊词：新杂剧，旧传奇，《西厢记》天下夺魁。"唐人称小说为传奇，宋、元称戏文为传奇，金、元称杂剧为传奇，明、清戏剧亦称传奇，可参。

行　院　金元时指杂剧或院本艺人居处，亦指演杂剧或院本的艺人。元南戏《宦门子弟错立身》：“你与我去叫大行院来，做些院本解闷。”

行　家　元代称艺人所扮杂剧为“行家”。明·朱权《太和正音谱·杂剧十二科》引赵孟頫语：“良家子弟所扮杂剧，谓之行家生活，娼优所扮者，谓之戾家把戏。良人贵其耻，故扮者寡，今少矣。反以娼优扮者谓之行家，失之远矣。”

关马郑白　旧时对元代四个著名杂剧作家关汉卿、马致远、郑光祖、白朴的合称。见元·周德清《中原音韵》、明·何良俊《四友斋丛说》。

关　目　元明杂剧剧本的结构、关键情节的安排和构思。明·朱有燉《香囊怨》杂剧：“这《玉合记》正可我心，又是新近老书会先生做的，十分好关目。”元刊杂剧剧本往往冠以“新编关目”字样。

刘　卢　元初文学家刘因、卢挚的并称。二人作品常以咏物以及对宋末民族英雄的哀悼和歌颂，表达其怀念故国之情，揭露元统治者的腐朽，反映人民的痛苦，内容较为充实。刘因的诗、词、文尤为时人推重，其诗感情真挚，气势豪健。卢挚诗文已散失，只有散曲传世。

冲　末　元杂剧角色名。明·王骥德《曲律·论部色第三十七》：“冲末即副末。”正末以外的次要男角。冲末大都在杂剧开场时即上，如《窦娥冤》楔子：“冲末扮窦天章引正旦扮端云上。”或以为“冲”乃“人未上而我先上也”（清·李渔《闲情偶寄》）之意。但有些剧本写作“冲末外扮”（如《陈母教子》中的寇准）、“冲末净扮”（如《孤儿寻母》中的陈雄），则冲末非角色名。

冲撞引首　陶宗仪《辍耕录》所录院本类别之一。有《打谢乐》《说狄青》《胡椒虽小》《净瓶儿》《呆木大》《说罚钱》《刘千刘义》《扯状》《烧奏》《年纪大小》第一百一十种。“引首”，一般以为即引起开场的意思。“冲撞引首”即二人或多人以语言相争辩为开场的短剧。

杂　当　元杂剧角色名。扮演剧中不重要又不知名的角色。剧本中有时也写作“外扮杂当”“净扮杂当”。如《陈母教子》第三折：“正旦同大末、二末、王拱辰领杂当上。”杂当扮陈家仆人。《崔府君断冤家债主》第一折：“净扮杂当上”，杂当所扮是索债人；第三折“正末领杂当上”，杂当所扮是张善友家仆人。后来戏剧角色中“杂”的一名，似即从此而出。

杂剧十二科　明·朱权《太和正音谱》对元杂剧的分类。详目是：神仙道化、隐居乐道（原注：又曰林泉丘壑）、披袍秉笏（原注：即君臣杂剧）、忠臣烈士、孝义廉洁、叱奸骂谗、逐臣孤子、钹刀赶棒（原注：即脱膊杂剧）、风花雪月、悲欢离合、烟花粉黛（原注：即花旦杂剧）、神头鬼面（原注：即神佛杂剧）。

戏 房 剧场中的后台。宋元南戏《张协状元》："生在戏房里喝：'甚么妇人直入厅前！门子当头，何不止约！'"

七 画

折 元 杂剧剧本结构的一个段落。每戏大都四折。每折用同一宫调的若干曲牌联成一个整套，须一韵到底。作用相近于现代话剧的一幕，但不限于一时一地。明清传奇一般分"出（韵）"，也有写作"折"的。可单独上演的一"出"或一"折"称为"折子戏"。

花 旦 元杂剧角色名。元·夏庭芝《青楼集·李定奴》："凡妓以墨点破其面者为花旦"。书中如珠帘秀、天然秀、李娇儿、张奔儿等女艺人，均以擅长"花旦杂剧"知名。但这一名称不见于现存元杂剧各种刊本或钞本。明代朱权《太和正音谱·杂剧十二科》有"烟花粉黛"一类，注云："即花旦杂剧"，则花旦是旦脚表演艺术中的一种类型。

孛 老 元杂剧中老年男子的俗称。外、末、净各种角色均可扮演。如杂剧《潇湘夜雨》中的崔文远是"外扮孛老"。

八 画

招 子 类似后来剧团的广告（海报）。宋元南戏《宦门子弟错立身》："如今将孩儿到河南府作场多日。今早挂了招子，不免叫出孩儿来，商量明日杂剧。"

拔 和 亦作"拔禾"。宋元杂剧中对农民的称谓，如元杂剧《薛仁贵衣锦还乡》中正末扮演薛仁贵幼时的农村伴侣即写作"正末扮拔禾"。

披 秉 扮演古代官人和地位较高之神仙的服饰。如元刊本《看钱奴买冤家债主》："正末披秉扮增福神上"。脉望馆藏《元人杂剧选》本此剧后附抄录内府本穿关，增福神服饰是："展角幞头、红襕、偏带、三髭髯、笏"，可资参考。朱权《太和正音谱·杂剧十二科》有"披袍秉笏"一类，注云："即君臣杂剧"。

披秉似即披袍秉笏的简称。

和曲院本 陶宗仪《辍耕录》所录院本类别之一。有《月明法曲》《郓王法曲》《烧香法曲》《送香法曲》《上坟伊州》《熙州骆驼》《列良赢府》（"赢府"乃"瀛府"之误)、《病郑逍遥乐》《贺贴万年欢》《列女降黄龙》等共十四种。近人王国维《宋元戏曲考》云："其所著曲名，皆大曲、法曲，则和曲殆大曲、法曲之总名也。"

衬　字 在曲调规定的字数定额以外，句中增加的字叫"衬字"。一般只用于补足语气或描摹情态，在歌唱时不占"重拍子"，不能用于句末或停顿处，字数并无规定。北曲用衬字较多。

戾　家 与"行家"相对。元代称艺人所扮杂剧为"行家"，非艺人所演为"戾家"。参见"行家"。

单阕曲 单独一调的曲。如张养浩［中吕·山坡羊］《潼关怀古》。

驾　元 杂剧中对皇帝的俗称。如元刊本《薛仁贵衣锦还乡》有"驾上开一折了"，意即扮演唐太宗一段戏。"驾"可能从"驾头"而来，参见"驾头杂剧"。

驾头杂剧 元杂剧类别之一。元代夏庭芝《青楼集·南春宴》："姿容伟丽，长于驾头杂剧。"宋·沈括《梦溪笔谈》："正衙法座，香木为之，加金饰，四足、堕角，其前小偃，藤冒之。每车驾出幸，则使老内臣马上抱之。曰驾头。"明·顾起元《客座赘语·国初榜文》："但有亵渎帝王圣贤之词曲、驾头杂剧，非律所该载者，敢有收藏、传诵、印卖，一时拿送法司究治。"似是表演帝王一类题材的杂剧。

细　酸 宋元时俗语常以"酸"指读书人。细是细小之意，指年轻人。如元杂剧《倩女离魂》中的王文举、《两世姻缘》中的韦皋，均作"末扮细酸"。

九　画

荆刘拜杀 旧时对《荆钗记》《白兔记》（即《刘知远》)、《拜月亭》《杀狗记》等四个元代南戏剧本的合称。明·王骥德《曲律·杂论第三十九上》："称戏曲曰'荆刘拜杀'益不可晓，殆优人戏单语耳。"

南北合套 在一个套曲里兼用南曲和北曲的一种体式。最初南北曲的曲牌不能出现于同一套曲内。元中叶以后，成规渐被打破。在同一宫调内，可以选取若干音律相互和谐的南曲和北曲曲牌，交错使用，联成套曲。南戏如《宦门子弟错立身》，散曲如沈和的《潇湘八景》，都曾使用南北合套。明清时应用尤广。

南　曲　宋元时南方戏曲、散曲所用各种曲调的统称。与北曲相对。大都渊源于唐宋大曲、宋词和南方民间曲调。盛行于元明。用韵以南方（今江浙一带）语音为标准，有平上去入四声，明中叶以后也兼从《中原音韵》。音乐上用五声音阶，声调柔缓宛转，以箫笛伴奏。《九宫大成南北词宫谱》所收南曲曲牌有一千五百一十三个（包括集曲）。宋元南戏和明清传奇都以南曲为主。

南吕宫　宫调之一。周德清《中原音韵》："大凡声音各应于律吕，分于六宫十一调……南吕宫感叹伤悲。"南吕宫所属曲牌，据《九宫大成谱》所载，北曲有三十三只，南曲（包括集曲）有一百七十八只。元明以来，南吕宫联曲成套方式北曲如"〔一枝花〕—〔梁州第七〕—〔隔尾〕—〔九转货郎儿〕（九曲）—〔隔尾〕"，如"〔一枝花〕—〔梁州第七〕—〔牧羊关〕—〔四块玉〕—〔骂玉郎〕—〔玄鹤鸣〕—〔乌夜啼〕—〔煞尾〕"；南曲如"〔梁州新郎〕（四曲）—〔节节高〕—〔尾声〕"，如"〔绣带儿〕—〔醉太平〕—〔白练序〕—〔醉太平〕—〔白练序〕—〔尾声〕"等，均较常用。元杂剧第二折大都用南吕宫套曲。戏曲演出，南吕宫套曲一般谱属凡字调。

南　戏　亦称"戏文"。宋元时用南曲演唱的戏曲形式。由宋杂剧、唱赚、宋词以及里巷歌谣等综合发展而成。明·祝允明《猥谈》："南戏出于宣和之后，南渡之际，谓之'温州杂剧'。"徐渭《南词叙录》："南戏始于宋光宗朝，永嘉人所作《赵贞女》《王魁》二种实首之"，"号曰'永嘉杂剧'"。一般认为是中国戏曲最早的成熟形式。元代时，南戏虽不如杂剧盛行，但在南方民间仍流传广泛。明成化、弘治以后，南戏进一步发展演变为传奇。对明清两代的戏曲影响颇大。剧本今知有一百七十种左右，但全本留传者仅有《小孙屠》《张协状元》《宦门子弟错立身》（合称《永乐大典戏文三种》）、《牧羊记》《拜月亭》《荆钗记》《白兔记》《杀狗记》《琵琶记》等，且多经明人改编。残曲有近人钱南扬《宗元南戏辑佚》，颇为详备。

带过曲　把两三个宫调相同而音律恰能衔接的曲调连结在一起填写（最多只能填三调），这称作"带过曲"。作者用"带过曲"可以抒发较为复杂的内容。带过曲的组合有一定的规律，不能随便配搭。元人常用的组合有三十四种。如

[雁儿落] 带 [得胜令]，[醉高歌] 带 [红绣鞋] 等。

拴搐艳段　陶宗仪《辍耕录》所录院本类别之一。有《天地长久》《天下太平》《春夏秋冬》《日月山河》《风花雪月》《乔唱诨》《乔打圣》《破巢艳》《鞍子艳》《四王艳》《蛮子艳》《舌智》《打虎艳》《蝗虫艳》《快乐艳》等九十二种。"艳段"即简单的院本（参见"艳段"）。"拴搐"义未详，似有收束、简略之义。

科　汎　亦作"科范""科泛"，简称"科"。戏曲术语。指元杂剧剧本中关于动作、表情或其他方面的舞台指示，如笑科、打科、见科、"庙倒科"等。与南戏中的"介"相同。

穿　关　戏中人物服装和携带器物的提示。脉望馆藏钞本元明杂剧中，属于"内府本"者，剧本后各附穿关。例如《岳飞精忠》杂剧所附穿关，第一折是：金兀术（狐帽、蟒衣曳撒、毛袄、闹状茄袋、带刀、撒袋弓箭、三髭髯）。番卒子（练垂帽、虎儿班丢袖贴里、皮条茄袋、刀）。粘罕、铁罕（练垂狐帽、皮袄、战裙、皮条茄袋、刀）。李纲（兔儿角幞头、补子圆领、带、三髭髯）。卒子（红碗子盔、青布钉儿甲、褡膊、剑）。秦桧（同前李纲）。正末岳飞（渗青巾、蟒衣曳撒、袍、项帕、直缠、褡膊、带、带剑、三髭髯）。韩世忠、张浚、刘光世（凤翅盔、膝襕曳撒、袍、项帕、直缠、褡膊、带、带剑、三髭髯）。

闺怨杂剧　元杂剧类别之一。夏庭芝《青楼集·天然秀》："姓高氏……丰神艳雅（一本作"雅靓"），殊有林下风致。才艺尤度越流辈。闺怨杂剧为当时第一手。"关汉卿有《闺怨佳人拜月亭》杂剧，演王瑞兰事，现有存本。元明散曲中以"闺怨"为名的散套亦颇多。可能是表演处于深闺内未婚女子心理上的苦闷和反抗之事。

宫　调　音乐术语。中国历代称宫、商、角、变徵、徵、羽、变宫为七声，其中以任何一声为主，均可构成一种调式。凡以宫声为主的调式称"宫"（即宫调式），而以其他各声为主者则称"调"，如商调、角调等，统称"宫调"。以七声配十二律，理论上可得十二宫、七十二调，合为八十四宫调，又称"八十四调"。但在实际音乐中并不全用，如隋唐燕乐以琵琶四弦定为宫、商、角、羽四声，每弦上构成七调，共得二十八宫调；南宋词曲音乐仅用七宫十一调；元代北曲用六宫十一调；明清以来，南曲用五宫八调，合称"十三调"；而最常用者不过五宫四调，合称"九宫"。

神　楼　剧院中的观众席。元明杂剧《蓝采和》："这个先生，你去那神楼上或腰棚上看去。"近人冯沅君《古剧说汇》认为元代观众席似有三层，最高的为"神楼"，中间为"腰棚"，此下尚有一层。

　　院　幺　元·陶宗仪《辍耕录》院本类别之一。有《海棠轩》《海棠怨》《海棠园》《庆七夕》《再相逢》《风流堉》《红梨花》《王子端卷帘记》《女状元春桃记》《妮女梨花院》等二十一种。"幺"字或以为是幺末的简称。

　　院　本　金元时行院演剧所用的脚本。体裁与宋杂剧相同。元·陶宗仪《辍耕录》："院本、杂剧，其实一也。"是北方的宋杂剧向元杂剧过渡的形式。演时用五人，又称"五花爨弄"。作品都已失传，仅《辍耕录》载有院本名目七百余种。分为和曲院本、上皇院本、题目院本、霸王院本、诸杂大小院本、院幺、诸杂院爨、冲撞引首、拴搐艳段、打略拴搐、诸杂砌十一大类。元以后亦称宋杂剧为院本，以别于元杂剧；或泛指短剧、杂剧、传奇等。

　　姚　卢　元文学家姚燧、卢挚的并称。姚燧的作品以散文为主，与虞集并为元文两大领袖，但多为碑志，大都是歌颂应酬之作，虽有西汉作风，而模拟痕迹明显。卢挚诗文在当时负盛名，但已散佚。

<h1 style="text-align:center">十　画</h1>

　　换　头　曲牌的一种体式。重复同一曲调，后曲换其前曲之头，而稍增减其字，故名。或只换首句，或并换前数句。换头虽与前腔、幺篇等性质相同，但已另成一调，有时可以独用。

　　都　子　宋元戏曲里乞丐的俗称。金院本有"都子家门"一类。见元·陶宗仪《辍耕录》。

　　套　数　剧曲或散曲（小令除外）中，用多种曲调互相联贯、有首有尾，成为一套的，名套数。其组成一般有两个特点：一是必须有两支以上同一宫调的曲子相连，如宫调虽异，管色相同者也可互借入套；二是全套无论长短，必须首尾一韵。散曲的套数又称"散套"。

　　般涉调　宫调之一。周德清《中原音韵》："大凡声音各应于律吕，分于六宫十一调……般涉拾掇坑堑。"般涉调所属曲牌，北曲据《北词广正谱》所载有九只，南曲据《南词新谱》所载仅有三只。《九宫大成谱》改入黄钟宫内。般涉调套曲，使用较少，最常见者是北曲"［耍孩儿］—［煞］（多少不拘）—［尾声］"，大都在正宫或中吕宫套曲后段，作为该套曲的结束部分。

宾　白　古代戏曲剧本中的说白。明·徐渭《南词叙录》："唱为主，白为宾，故曰宾白。"一说"两人对说曰宾，一人自说曰白"。见明·单宇《菊坡丛话》。

调阵子　指舞台上的战争场面。元杂剧剧本中常见。如元刊本《气英布》、明·凌濛初刊本《西厢记》，都有骑竹马"调阵子"。

诸杂大小院本　陶宗仪《辍耕录》所录院本类别之一。有《百戏孤》《菜园孤》《货郎孤》《还魂酸》《别离酸》《谒食酸》《蔡奴儿》《师婆儿》《鸡鸭儿》《老孤遣旦》《衣锦还乡》《庄周梦》《贫富旦》《哮卖旦》《瑶池会》《蟠桃会》《蝴蝶梦》《闹浴堂》《鸳鸯简》《赤壁鏖兵》《张生煮海》《杜甫游春》《月夜闻筝》等一百八十九种。

诸杂砌　陶宗仪《辍耕录》所录院本类别之一。有《浴佛》《武则天》《救驾》《变猫》《玉环》《梅妃》《三教》《瞎脚》《拔蛇》等三十种。一般以为即以滑稽为主的短剧。另说"砌"与砌末有关。

诸杂院爨　元·陶宗仪《辍耕录》所录院本类别之一。有《望瀛法曲》（"望瀛"乃"望瀛"之误。望瀛为宋法曲，道调宫）、《闹夹棒六幺》《琴棋书画》《诗书礼乐》《讲来年好》《讲乐章序》《清朝无事》《四海民和》《人参脑子爨》《变二郎爨》《讲百花爨》《讲百果爨》《讲心字爨》《文房四宝爨》《开山五花爨》等一百零七种。

剧　曲　戏剧中使用的套曲。相对散曲而言。剧曲在格律上，如用韵、衬垫字等方面都较散曲自由。

十　一　画

副　末　元杂剧角色名。仅见于《蝴蝶梦》《竹坞听琴》《王粲登楼》《灰阑记》《碧桃花》等几个剧本。指次要的末脚。或以为是受南戏影响而产生的脚色。

副　旦　元杂剧角色名。仅见于《元曲选》本《货郎旦》一剧，由副旦扮张三姑，自第二折以下主唱全折。此剧另有明脉望馆抄本，角色安排是：正旦在第一折扮李彦和妻刘氏，第二折以下均扮张三姑。一般认为，副旦名目可能为《元曲选》编者臧懋循杜撰。

副　净　元杂剧中居次要地位的净脚。如《窦娥冤》（《元曲选》本）净扮赛卢医，副净扮张驴儿。

黄钟宫　宫调之一。周德清《中原音韵》："大凡声音各应于律吕，分于六宫十一调……黄钟宫富贵缠绵。"黄钟宫所属曲牌，据《九宫大成谱》所载，北曲有五十五只，南曲（包括集曲）有一百一十六只。元明以来，黄钟宫联曲成套方式，北曲如"［醉花阴］—［喜迁莺］—［出队子］—［刮地风］—［四门子］—［古水仙子］—［尾声］"，南曲如"［啄木儿］—［三段子］—［归朝欢］—［尾声］"，如"［狮子序］—［太平歌］—［赏宫花］—［降黄龙］—［大圣乐］—［尾声］"，南北合套如"北［醉花阴］—南［画眉序］—北［喜迁莺］—南［画眉序］—北［出队子］—南［滴溜子］—北［刮地风］—南［滴滴金］—北［四门子］—南［鲍老催］—北［水仙子］—南［双声子］—北［尾声］"等，均较常用。戏曲演出，黄钟宫套曲一般谱属六字调或凡字调。

做　场　意谓宋元戏曲演出。如新中国成立后发现的山西赵城（今洪洞）《明应王殿壁画》，即有大行散乐忠都秀在此做场横额。

脱膊杂剧　元杂剧的类别之一。明·朱权《太和正音谱·杂剧十二科》中有"钹刀赶棒"一类，注云："即脱膊杂剧"，并举《老令公刀对刀》《小尉迟鞭对鞭》《三王定政临虎殿》三剧目为例。三剧中的《小尉迟鞭对鞭》疑即《小尉迟鞭对鞭认父归朝》杂剧，现有存本。"脱剥"或"脱膊"之义，一般以为凡演使刀弄棒的武戏，常需脱去上衣，赤膊作战，因此得名。元明杂剧《蓝采和》作"脱剥杂剧"。

清丽派散曲　元散曲流派。以其具有清丽、隽美的共同曲风，故名。主要作家有关汉卿、白朴、卢挚、张可久、乔吉、徐再思，而张可久影响最大。清丽派散曲在元曲前期作家的作品中已出现，至后期张可久、乔吉臻于成熟。此派散曲大多描写山光水色、抒发个人情怀及男女爱情；又吸收唐诗、宋词的声韵、格律和辞藻加以发展，精心锤炼，风格清新、自然，对明清散曲创作影响很大。

清音社　宋元清音艺人的行会组织。南宋吴自牧《梦粱录·社会》载有"女童清音社""豪富子弟绯绿清音社"等。据南宋孟元老《东京梦华录》、周密

图文珍藏版

商　调　宫调之一。周德清《中原音韵》："大凡声音各应于律吕，分于六宫十一调……商调凄怆怨慕。"商调所属曲牌，据《九宫大成谱》所载，北曲有四十一只，南曲（包括集曲）有一百六十三只。元明以来，商调联曲成套方式，北曲如"〔集贤宾〕—〔逍遥乐〕—〔金菊香〕—〔梧叶儿〕—〔醋葫芦〕—〔幺篇〕—〔后庭花〕—〔柳叶儿〕—〔浪来里〕"，南曲如"〔二郎神〕（二曲）—〔集贤宾〕（二曲）—〔琥珀猫儿坠〕（二曲）"，又如"〔山坡羊〕（二曲）—〔黄莺儿〕（二曲）—〔琥珀猫儿坠〕（二曲）"等，均较常用。戏曲演出，商调套曲一般谐属小工调或六字调。

断　元杂剧在一剧演出结束时，多由皇帝遣大官致词，诵词基本为十字句体，押韵；内容是总结全剧，阐明赏善罚恶。因诵词首句必用"一行人听我下断"，故名。

断　送　宋代歌舞或杂剧演出时，在表演之后吹奏的乐曲。见南宋周密《武林旧事》。早期的南戏如《张协状元》中，也用这种形式。开场时先由末脚登场说唱一段张协故事的诸宫调，然后张协上场，乐队吹奏〔烛影摇红〕断送后，才是戏的正文。

绿林杂剧　元杂剧类别之一。夏庭芝《青楼集·天锡秀》："善绿林杂剧。足甚小而步武甚壮。……后有工于是者赐恩深，谓之'邦老赵家'。""邦老"是元杂剧中对盗贼的称谓。此类杂剧当系以盗贼为题材者。

绯绿社　宋元杂剧艺人的行会组织。南宋周密《武林旧事》卷三"社会"条："二月八日……百戏竞集，如绯绿社（杂剧）。"

十 二 画

散　曲　曲的一种体式。和诗词一样，用于抒情、写景、叙事，无宾白科介，便于清唱，有别于剧曲。包括散套、小令二种。散套通常用同一宫调的若干曲牌，联成一套，长短不拘，一韵到底。小令多以一支曲子为单位，但可以重复，各首用韵可以互异；有些小令可以带两三支曲子，常见的如〔骂玉郎〕带〔感皇恩〕、〔采茶歌〕，〔雁儿落〕带〔得胜令〕等。

搽　旦　元杂剧角色名。亦作"茶旦"。扮演淫邪的妇女。如《酷寒亭》中的萧娥、《灰阑记》中的马均卿的妻子等。由于这类角色面部搽抹成丑怪形状故名。在有些剧本中搽旦由净脚扮演，如《燕青博鱼》中的王蜡梅（脉望馆藏明钞内府本）、《合同文字》中的杨氏（《元人杂剧选》本），均写作"净搽旦"。

越　调　宫调之一。周德清《中原音韵》："大凡声音各应于律吕，分于六宫十一调……越调陶写冷笑。"越调所属曲牌，据《九宫大成谱》所载，北曲有四十五只，南曲（包括集曲）有一百一十一只。越调联曲成套方式，北曲如"［斗鹌鹑］—［紫花儿序］—［小桃红］—［金蕉叶］—［调笑令］—［秃厮儿］—［圣药王］—［麻郎儿］—［络丝娘］—［收尾］"，南曲如"［小桃红］—［下山虎］—［五般宜］—［五韵美］—［山麻楷］—［蛮牌令］—［江头送别］—［亭前柳］—［江神子］—［尾声］"等，均甚常用。戏曲演出，越调套曲一般属六字调或小工调。

遏云社　宋元唱赚艺人的行会组织。南宋周密《武林旧事》卷三"社会"条："二月八日……百戏竞集，如……遏云社（唱赚）。"元·陈云靓《事林广记》"文艺类"有《遏云要诀》《遏云致语》。《列子》："薛谭学讴于秦青，未穷青之技，自谓尽之，遂辞归。秦青弗止，饯于郊衢，抚节悲歌，声振林木，响遏行云。"

跐竹马　元明舞台上使用竹马，表示乘马。"跐"音"采"，即今"踩"字。又作骑竹马、踏竹马踊竹马，义同。后改用持马鞭表示骑马，竹马偶一见，多用以表示滑稽动作。

十　三　画

楔　子　元杂剧在四折以外所增加的短的独立段落。一般用在最前面，作为剧情的开端。有时用在折与折之间，衔接剧情，近似现代戏曲的过场戏。每本杂剧只用一个楔子，少数剧本也有用两个的。楔子所用曲牌以北曲仙吕宫的［赏花时］或［端正好］为多。

魂　子　传统戏曲术语。戏中的鬼魂。元杂剧已有此语。如《包待制智赚生金阁》杂剧："魂子提头冲上打科"。

路岐人　也做"路岐"。宋元时各种民间艺人的俗称，特别指经常流动演出的艺人。南宋耐得翁《都城纪胜》："如执政府墙下空地，诸色路岐人在此作场。"元南戏《宦门子弟错立身》："在家牙队子，出路路岐人。"

鲍　老　宋元戏曲、傀儡戏和舞队中经常出现的引观众笑乐的人物。

十四画以上

酸甜乐府　指元散曲家贯云石、徐再思的散曲。蒋一葵《尧山堂外记》载，贯云石"自号酸斋，时有徐甜斋失其名，并以乐府擅称，世称酸甜乐府。""酸甜乐府"大都描写逸乐生活与男女爱情，题材狭窄，却讲究雕章琢句，对仗工整。贯云石散曲以豪放飘逸见长；徐再思散曲则以清丽秀雅取胜。

摘　翠　又称"重头"。任中敏《曲谱》："摘翠意谓摘取全部之精粹，小春秋谓小西厢耳。"就是用声调格律完全相同的曲调连唱一个故事。如鲜于必仁用［中吕·普天乐］的曲调，在《潇湘八景》的总题下，连续填写《洞庭秋月》《烟寺晚钟》《江天暮雪》《潇湘夜雨》等八首曲。

豪放派散曲　元散曲流派。以其具有豪放、质朴的共同曲风，故名。主要作家有马致远、贯云石、张养浩、钟嗣成等，而以马致远为首。此派曲家取元曲中质朴、率真的长处，又继承宋豪放词派的作风，作品大多感情深沉、气势雄浑，风格洒脱豪放，曲文爽朗流畅，但缺乏广泛而重大的社会题材，所作多为宴会、伎乐和山水，或间杂厌世恬退思想。

敷　演　表演技艺。南戏《小孙屠》，末向后台问："后行子弟，不知敷演甚传奇？"众应："《遭盆吊没兴小孙屠》"。杜仁杰［般涉调·耍孩儿］《庄稼不识构阑》套数："说道前截儿院本《调风月》，背后幺末敷演《刘耍和》。"

题目正名　元杂剧在结尾处总括剧情的对句。一联或两联。对句的末句为剧名全称。如：《梧桐雨》第四折：题目："安禄山反叛兵戈举，陈玄礼拆散鸾凰侣。"正名："杨贵妃晓日荔枝香，唐明皇秋夜梧桐雨。"

题目院本　陶宗仪《辍耕录》所录院本类别之一。有《蔡消闲》《贺方回》《王安石》《呆太守》《呆秀才》《窄布衫》《柳絮风》《红索冷》《墙外道》《共粉泪》《杨柳枝》《画堂前》《三笑图》《隔年期》《竞寻芳》等二十种。"题目"即唱题目，一般认为，即唐以来合生的别称。

薄　蓝　扮演古代贫苦人的服饰。如元杂剧《争报恩》第一折："徐宁薄蓝上"，有时写作"蓝扮"，如元杂剧《看钱奴买冤家债主》（元刊本）："正末蓝扮同旦儿俫儿上。"脉望馆藏《元人杂剧选》本，此剧后附抄录内府本穿关，正末周荣祖服饰是："一字巾，补衲直身、绦儿、三髭髯"，可供参考。似与近代京剧的富贵衣性质相同。

霸王院本　陶宗仪《辍耕录》所录院本类别之一。有《范增霸王》《三官霸王》《悲怨霸王》《散楚霸王》《草马霸王》《补塑霸王》等六种。一般认为剧情都与项羽有关。另说，"霸王"系调名，因创调之人始咏霸王，即以名其调。

元曲方言俗语汇释

说　明

1. 本《汇释》共选录收入本辞典的、元曲作品中常见的特殊词汇七百余条；

2. 每个词条，除简释语意外，并录所汇词语出处原文；

3. 本《汇释》主要参考书有顾学颉、王学奇《元曲释词》（中国社会科学出版社）、龙潜安《宋元语言词典》（上海辞书出版社）、陆澹安《戏曲词语汇释》（上海古籍出版社）等。

一　画

一　发　（1）一起。（2）更加。（2）索性，一心一意。《救风尘》第三折："打一棒快毬子，——你舍的宋引章，我~嫁你。"

一　地　（1）一味，总是。刘时中［双调·新水令］《代马诉冤》套数："有一等逞雄心屠户贪微利，咽馋涎豪客思佳味，~把性命亏图，百般地把刑法凌迟。"亦作"一地里""一地的"。《张生煮海》第三折："一地里受煎熬，满海内空劳攘，兀的不慌杀了海上龙王。"（2）到处。亦作"一地的""一地里"。刘时中［双调·新水令］《代马诉冤》套数："一地里快蹄轻踏，乱走胡奔，紧先行不识尊卑。"

一　会　（1）特指某时。《汉宫秋》第三折："那~想菱花镜里妆，风流相，兜的又横心上。"亦作"一会儿"。（2）一下，指很短的时间。《汉宫秋》第二折："我且向妆台边梳妆~，收拾整齐，只怕驾来好伏侍。"

一　抄　一撮。《李逵负荆》第一折："兀那王林，有酒么？不则这般白吃你的，与你~碎金子，与你做酒钱。"

一　投　（1）一等到。亦作"一头地""一投的"。《汉宫秋》第二折：

"我虽是见宰相，似文王施礼；一头地离明妃，早宋玉悲秋。"（2）一面……一面。

一　弄　（1）一派。亦作"一弄儿"。（2）奏一次音乐，古人奏乐叫弄。《西厢记》第二本第四折："别恨离愁，变成~，张生呵！越叫人知重。"

一　划　亦作"一划的""一划地"。（1）一派。（2）一概。（3）一味。《陈州粜米》第三折："全不管穷百姓受熬煎，一划的在青楼缠恋。"

一　坨　一块，一处。亦作"一坨儿""一陀儿"。关汉卿［南吕·一枝花］《杭州景》套数："竹坞梅溪，一陀儿一句诗题。"

一　味　一向，总是。《汉宫秋》楔子："因我百般巧诈，~谄谀，哄的皇帝老头儿十分欢喜，言听计从。"

一　径　（1）一心一意。《望江亭》第三折："媳妇孝顺的心肠，将着这尾金色鲤鱼，~的来献新。"（2）一直。《看钱奴》第二折："小生是个穷秀才，……身上无衣，肚里无食，~的来这里避一避儿。"

一　陌　一沓百文的纸钱。"陌"，通"佰"，即"百"。亦作"一佰儿"。《窦娥冤》第三折："烧不了的纸钱，与窦娥烧一陌儿。"

一　架　一套。《救风尘》第一折："那周舍穿着~子衣服，可也堪爱哩！"亦作"架子"。

一　统　一座。刘时中［正宫·端正好］《上高监司》套数："立~碑碣字数行，将德政因由都载上。"亦作"一通"。

一　起　（1）案件一宗。《窦娥冤》第四折："再看几宗文卷：~犯人窦娥，药死公公。"（2）一批，一班。

一　射　一箭射程的距离（约百余步）。《望江亭》第三折："则你那金牌势剑身傍列，见官人远离~。"亦作"一箭""一射地"。

一　递　交替。亦作"一递里"。《西厢记》第四本第三折："一个这壁，一个那壁，~一声长吁气。"《救风尘》第三折："等你来时，我拿一把刀子，你拿一把刀子，和你~一刀子戳哩。"

一　捻　（1）一丝，一缕。《西厢记》第一本第三折："看他容分~，体露半襟……"亦作"一搦"。（2）形容很微细。

一　彪　一队人马，一群人。亦作"一飚""一标""一丢"。睢景臣［般涉调·哨遍］《高祖还乡》套数："见一彪人马到庄门，匹头里几面旗舒。"

一　着　原指下棋时走一步，引申为计策、方式。刘时中 [双调·殿前欢]《道情》："醉时拍手随腔和，一曲狂歌，除渔樵那两个，无灾祸，此~谁参破？"

一　答　一处，一块。亦作"一搭""一搭儿""一搭里""一答儿""一答里"。《梧桐雨》第二折："沉香亭畔晚凉多，把一搭儿亲自拣、拣。"

一　腔　犹言满胸。《窦娥冤》第三折："若果有~怨气喷如火，定要感的六出冰花滚似绵。"

一　操　即对打一回。武术行家称两人对打为"操"。《燕青博鱼》第一折："你和他打了这~，他如今不来寻你，就是你的造化了。"

一　壁　一边，一面。《薛仁贵》第三折："这~那~，怎生逃避，好着我磕扑的在马前跪膝。"亦作"一壁儿""一壁厢""一壁相"。

一字王　用一个字作为封号的王。如"齐王""吴王"等。《汉宫秋》第三折："若是他不恋恁春风画堂，我便官封你~。"

一肚皮　犹言满腹。钟嗣成 [双调·清江引]："秀才饱学~，要占登科记。"

一到处　各处，到处。关汉卿 [南吕·一枝花]《杭州景》套数："水秀山奇，~堪游戏。"

一周遭　周围。《风云会》第二折："诸军众将~，小心的下寨安营，在意的提铃喝号。"亦作"一遭""一周回"。

一哄地　一片喧闹。关汉卿 [南吕·一枝花]《杭州景》套数："满城中绣幕风帘，~人烟凑集。"

一勇性　一时冲动。亦作"一涌性"。《救风尘》第三折："那婆娘家一涌性，无思忖，我可也强打入迷魂阵。"

一谜里　一味地。《魔合罗》第三折："你个无端的贼吏奸猾，将老夫~欺压。"亦作"一迷""一谜的""一觅的""一味地"。

一丝两气　有气无力。亦作"一丝发气""一丝好气"。刘时中 [正宫·端正好]《上高监司》套数："抱子携男扶筇杖，尪羸伛偻如虾样，一丝好气沿途创，阁泪汪汪。"

一地胡拿　一味地胡作非为。《梧桐雨》第三折："总便有万千不是，看寡人也合饶过他，~。"

一房一卧　全套家具。《救风尘》第三折："俺姐姐将着锦绣衣服，~来嫁你，你倒打我！"亦作"房卧"。

一班一辈 同一班辈的。《薛仁贵》第三折："他他他从小里，……常只是抛了农器演武艺，就压着那~。"

一家一计 一夫一妻的家庭，亦以指一个家庭。《窦娥冤》第二折："说甚~，又无羊酒段匹，又无花红财礼。"

一犁两坝 各种农具。引申为"务农"。《汉宫秋》第一折："谁问你~做生涯。也是你君恩留枕簟，天教雨露润桑麻。""坝"，亦作"杷"。

一遭一运 指交好运。《曲江池》第二折："他摇铃子当世当权。……唱挽歌也是他~。"

一年春尽一年春 旧时乞丐所唱《莲花落》的第一句，有时用此暗指乞丐。《曲江池》第二折："我也则是一度愁来一度忍。……你爹打你呵！谁教你唱~。"

二　画

二　四 耍无赖。朱凯、王晔［双调·殿前欢］《再问》："休葫芦提~啦，相偊倖，端的接谁红定?"

丁丁当当 形容玉石、金属等发出的撞击声。亦作"玎珰""玎玎珰珰""当当丁丁""叮叮当当"。周文质［正宫·叨叨令］《悲秋》："叮叮当当铁马儿乞留玎琅闹，啾啾唧唧促织儿依柔依然叫。"

十米九糠 饭米中十之九是糠，形容十分穷苦。《救风尘》第三折："拚着个~，问甚么两妇三妻。"

七件事 日常生活中的七件必需品。亦作"七件儿"。周德清［双调·蟾宫曲］："倚篷窗无语嗟呀，七件儿全无，做甚么人家? 柴似灵芝，油如甘露，米若丹砂。酱瓮儿恰才梦撒，盐瓶儿又告消乏。茶也无多，醋也无多。"

七八下里 指各个方面。刘时中［正宫·端正好］《上高监司》套数："三二百锭费本钱，~去干取。"

七富七贫 指贫富变化无常。亦作"七贫八富"。《看钱奴》第二折："常言道：人有七贫八富，信有之也。"

卜　儿 (1) 老妇人；戏曲中扮演的老妇。《窦娥冤》楔子："~蔡婆上，诗云：花有重开日，人无再少年。"亦省作"卜"。(2) 妓女的假母。

儿女夫妻 指原配夫妻。《渔樵记》第二折："旦儿云：'朱买臣，想俺是二

十年的～，便怎生下的赶你出去。"'

入 秽（词），指性行为。《虎头牌》第三折："我来勾你，你倒打我，我～你老婆的心。"

入 手 下手。《赵氏孤儿》楔子："俺二人文武不和，常有伤害赵盾之心，争奈不能～。"

人 家 （1）人。家，助语。朱庭玉［南吕·一枝花］《女怨》套数："那～薄劣，故把雕鞍锁者。费千金要买闲风月，真眷爱等闲撇。"（2）妻室。

人 情 应酬。《救风尘》第一折："正旦做行科，见外旦云：'妹子，那里～去？'"（2）情面。

刁 拐 拐带妇女。亦作"刁""刁风拐月"。《墙头马上》第三折："七年前舍人哥哥买花栽子时，都是这厮搬大引小，着舍人刁将来的。"

刁 骚 形容头发短而乱。狄君厚［双调·夜行船］《扬州忆旧》套数："别来双鬓已～，绮罗丛梦中频到。"亦作"刁搔""雕疏""雕飕""雕骚""刁萧"。钱霖［般涉调·哨遍］套数："渐消磨双脸春，已雕飕两鬓秋。"

刁决古 儆 倔强，执拗。《望江亭》第三折："不是我夸贞烈，世不曾和个人儿热。我丑则丑，～。"

乜 斜 （1）眼睛眯成一条缝而下视或斜视。有朦胧意。《望江亭》第三折："那厮也忒懵懂，玉山低趄，着鬼祟醉眼～。"（2）犹言歪斜。有不正派、糊涂等义。

三　　画

工 课 日常习练的课程。亦作"功课"。张鸣善［中吕·普天乐］《嘲西席》："讲诗书，习功课。"

才 方 （1）刚才。（2）才，然后。刘时中［正宫·端正好］《上高监司》套数："即时支料还原主，本日交昏入库府，直至起解时～取。"

才 此 刚才。《李逵负荆》第一折："你还不知道，～这杯酒是肯酒，这褡膊是红定。"

才 则 刚才。《陈州粜米》第三折："～喝了几碗投脑酒，压一压胆，慢慢的等他。"

　　士　户　官宦之家。《渔樵记》第二折："孩儿也，你若讨了休书，我拣着那官员~财主人家，我别替你招了一个。"

　　兀　语气词，起加重语气作用。《窦娥冤》第三折："刽子做喝科，云：'~那婆子靠后，时辰到了也。'"

　　兀　自　尚且，还是，《汉宫秋》第二折："往常时翠轿香兜，~倦朱帘揭绣。"亦作"古自""骨自""骨子""固自"。

　　兀　良　语气词。可为衬词，略同于"啊哟"。《追韩信》第二折："脚踏着跳板，手执定竹竿，不住的把船攀，~！我则见沙鸥惊起芦花岸。"

　　兀　剌　（1）蒙古语，一种皮靴的名称。《渔樵记》第二折："直等的蛇叫三声狗拽车，蚊子穿着~靴。"（2）形容软。

　　兀的不　这岂不，怎不。《西厢记》第一本第三折。"可喜娘的脸儿百媚生，~引了人魂灵。"

　　下　得　舍得，忍心。亦作"下的"。《汉宫秋》第二折："怎下的教他环珮影摇青冢月，琵琶声断黑江秋。"

　　下　断　一本杂剧结束时对剧情的总结语或公案剧结尾时的断案语。《魔合罗》第四折："府尹云：'这桩事老夫已明知了也，一行人听我~：……'"

　　下锹撅　打主意，搞破坏。《西厢记》第四本第四折："硬围着普救寺~，强当住咽喉仗剑钺。"或作"下锹镢"。

　　干　乔　白装模作样。《风云会》第二折："你可也畅好是~，休施凶暴，休胡为乱作。"

　　干　净　（1）干脆。（2）了当，了结。《赵氏孤儿》第五折："这孩子手脚来的，不中，我只是走的~！"

　　干　涉　意谓牵连，亦指关涉、关系。《窦娥冤》第二折："我婆婆忽然呕吐，不要汤吃，让与他老子吃，才吃的几口，便死了。与小妇人并无~。"

　　干　熬　白白地捱受。《追韩信》第二折："俺锦征袍怯衣单，你绿蓑衣不曾干，俺~得鬓斑斑，你枉守定水潺潺。"

　　干支刺　（1）形容很干。亦作"干茨腊""干忽刺"。《救风尘》第三折："那好人家将粉扑儿浅淡匀，那里象咱干茨腊手抢着粉。"（2）平白地。

　　干回付　敷衍，应付。刘时中〔正宫·端正好〕《上高监司》套数："巴不得登时事了~，向库中钻刺真强盗，却不财上分明大丈夫。"

干家缘 参与家务，持家。《窦娥冤》第三折："念窦娥从前已往~，婆婆也，你只看窦娥少爷无娘面。"

干剥剥 （1）干枯的，干硬的。（2）干脆。《潇湘夜雨》第二折："今年轮着我家掌管主司考卷。我清耿耿不受民钱，~只要生钞。"

亏 图 图谋，谋害。《救风尘》第四折："现放着保亲的堪为凭据，怎当他抢亲的百计~？"

于 伏 屈招。《窦娥冤》第四折："爹爹也，把我窦娥名下，屈死的~罪名儿改。"

三不归 流落他乡不得归，引申为无着落。孙季昌［中吕·粉蝶儿］《怨别》套数："别离了数载余，淹留的我~。"

三不知 对某件事的开始、中间过程和结尾都不清楚，引申为突然，意外，冒失等意。《陈州粜米》第三折："他两个差人牵着个驴子来取我。~我骑上那驴子，忽然的叫了一声，丢了个撅子，把我直跌下来。"

三思台 （1）脑袋。（2）心窝。《看钱奴》第二折："他他他则待掐破我~，……他他他可便攥破我天灵盖。"

三重门 衙门。旧时官衙有三重门，故称衙门为"三重门"。《虎头牌》第三折："这~里，是你妇人家管的？"

三脚猫 喻徒有其表，不中用的事物。张鸣善［双调·水仙子］《讥时》："五眼鸡岐山鸣凤，两头蛇南阳卧龙，~渭水飞熊。"

三心两意 拿不定主意。亦作"三心二意""二心三意"。《救风尘》第一折："待妆个老实，学三从四德，争奈是匪妓，都三心二意。"

三贞九烈 指旧时妇女所表现出的从一而终的坚强性格。《墙头马上》第三折："随汉走怎说~，勘奸情八棒十挟。"

三推六问 推，推勘；问，审问。反复推勘审问。《窦娥冤》第二折："张驴儿云：'你要官休呵，拖你到官司，把你~，……怕你不招认药死我老子的罪犯！'"亦作"六问三推"。《魔合罗》第三折："我是个妇人家，怎熬这六问三推，葫芦提屈画了招伏。"

三梢末尾 结果。三梢，亦作'"三稍"。指头稍、手稍、脚稍，即头发、手指、脚趾。《救风尘》第一折："待妆个老实，学三从四德，争奈是匪妓，都三心二意，端的是那里是~。"亦作"末尾三梢"。

三朝五日 指很短的日子。亦作"三朝五夕""三朝两日""三日五朝"。《窦娥冤》第二折："寿数非干今世，相守三朝五夕，说甚一家一计。"

大　户 旧时称富豪之家为"大户"。睢景臣 [般涉调·哨遍]《高祖还乡》套数："新刷来的头巾，恰糨来的袖衫，畅好是妆么～。"

大　古 （1）大概。《梧桐雨》第三折："更问甚陛下，～是知重俺帝王家。"（2）总之是。《汉宫秋》第四折："又不是心中爱听，～似林风瑟瑟，岩溜泠泠。"（3）特别，十分。亦作"特古"。

大　纲 （1）大概。（2）总之。张鸣善 [双调·水仙子]《讥时》："铺眉苫眼早三公，裸袖揎拳享万钟，胡言乱语成时用，～来都是烘。"亦作"大冈""大刚来""大刚咱""待刚来"。

大会垓 比喻纷杂、矛盾的情况和环境。汪元亨 [双调·沉醉东风]："经数场～，断几状乔公案，葬送的皓首苍颜。"

大主人家 家长，主人。《赵氏孤儿》第四折："某乃是灵辄，因每顿吃一斗米的饭，～养活不过，将我逐出来。"

上　利 交利息。《东堂老》第三折："我一贯本钱卖了一贯，又赚了一贯。还剩下两包儿炭，送与婶子烘脚做～哩！"

上　盖 外衣。《陈州粜米》第三折："你跟我家去，我打扮你起来，与你做一领硬挣挣的～。"

上木驴 把凌迟处死的犯人，绑在木桩上，游街示众。《秋胡戏妻》第三折："搂我一搂，我着你十字街头便～。"

上花台 指嫖妓。《救风尘》第一折："自家郑州人氏，周同知的孩儿周舍是也。自小～做子弟。"

上朝取应 到京城应试，求取功名。《窦娥冤》楔子："况如今春榜动，选场开，正待～，又苦盘缠缺少。"

久已后 将来。《汉宫秋》第二折："若如此，～也不用文武，只凭佳人平定天下便了。"

乞　化 求乞，讨饭。也指和尚、道士化斋粮。《张生煮海》第三折："俺本是出家人，便～何妨。"

乞留玎琅 形容清脆的响声。周文质 [正宫·叨叨令]《悲秋》："叮叮当当铁马儿～闹，啾啾唧唧促织儿依柔依然叫。"

元曲鉴赏

·元曲·

图文珍藏版

亡身短命　遭横祸死亡。《薛仁贵》第三折："那厮也少不的~，投坑落堑，是个不长进的东西。"

门　军　把门的兵士。刘时中［正宫·端正好］《上高监司》套数："官攒库子均摊着要，弓手~那一个无。"

门　客　家塾的塾师。《赵氏孤儿》第三折："不如只在我家做个~，抬举你那孩儿长大成人，在你根前习文。"

门　桯　门槛。《东堂老》第三折："恰才个手扶拄杖走街衢，一步一步蓦入~去。"

门馆先生　家塾的塾师。《看钱奴》第二折："家道艰难，因此将儒业废弃，与人家做个~。"

叉　手　拱手。《追韩信》第二折："我又怕~告人难，因此上懒下宝雕鞍。"

乡　头　乡村里的头目。《秋胡戏妻》第二折："牛表牛筋是你亲戚，大户~是你相识。"亦作"乡司"。孛罗御史［南吕·一枝花］《辞官》套数："王大户相邀请，赵乡司扶下马。"

乡　故　家乡。睢景臣［般涉调·哨遍］《高祖还乡》套数："又言是车驾，都说是銮舆，今日还~。"

女　直　即女真。我国少数民族满族的祖先，曾建立金朝，因避契丹主耶律宗真讳而改为"女直"。《虎头牌》第一折："自家完颜~人氏，名茶茶者是也。"

女　婿　指夫婿、丈夫。《窦娥冤》第一折："正旦云：'婆婆，你要招你自招，我并然不要~。'卜儿云：'那个是要~的？争奈他爷儿两个自家捱过门来，教我如何是好。"

也　（1）衬词，无意义。（2）用于句中，表示"抑或"，"还是"。《东堂老》第三折："正末云：'你前街去~，往那后巷去？'扬州奴云：'我前街后巷都走。'"

也　么　衬词，无意义。《昊天塔》第四折："伤~情，枉把这幽魂陷虏城。"

也　波　衬词，无意义。《窦娥冤》第一折："莫不是前世里烧香不到头，今~生招祸尤？"

也　是　疑问词。抑或，还是。《梧桐雨》第三折："把他剥了官职，贬做穷民？~阵杀？"

也　索　须要。《柳毅传书》第三折："驾风云的叔父，你可~是劳神。"

《救风尘》第三折："第三来也是我自己贪杯惜醉人，到那里呵，~费些精神。"

也么哥 衬词，无意义。[正宫·叨叨令]定格例用。《窦娥冤》第三折："俺婆婆若见我披枷带锁赴法场餐刀去呵，枉将他气杀~，枉将他气杀~。"亦作"也么""也末哥""也么歌""也波哥"。

子 弟 风流少年，嫖客。《救风尘》第一折："做丈夫的便做不的~，……那做~的他影儿里会虚脾。"

子 剌 形容物体割裂发出的声响。钟嗣成[南吕·骂玉郎过感皇恩采茶歌]《恨别》："~地搅断离肠，扑速地淹残泪眼，吃答地锁定愁眉。"

小 可 （1）寻常（人或事）。（2）自称的谦辞。《东堂老》第三折："~是个卖茶的。"

小 目 寻常（人或事）。《虎头牌》第三折："透漏贼兵，失误军期，非是~罪犯。"

小 闲 （1）在酒楼、妓院给顾客帮办事务的闲汉。《救风尘》第三折："自家张~的便是，平生做不的买卖，止是与歌者姐姐每叫些人，两头往来，传消寄信都是我。"（2）闲汉自称之词。

小 倒 倒，倒换，转换。通过投机倒把得利。刘时中[正宫·端正好]《上高监司》套数："~的兴贩的明放着官法如炉。"

小业种 对小儿女的怨詈之词，犹言"小孽种"。《鲁斋郎》第二折："撇下了亲夫主不须提，单是这~好孤凄，从今后谁照觑他饥时饭、冷时衣？"

小厮儿 男孩子。《赵氏孤儿》楔子："若是个~呵，我就腹中与他个小名，唤做赵氏孤儿。"亦作"小厮"。

四　　画

王 条 王法，条律。《汉宫秋》第一折："大块黄金任意抟，血海~全不怕。"

王 留 元明杂剧中对乡下佬的泛称。刘时中[双调·殿前欢]："呼~，唤伴哥，无一个，空叫得喉咙破。"

云 阳 戏曲小说中常称的行刑之地，法场。《秋胡戏妻》第二折："我则骂你闹市~吃剑贼！"《魔合罗》第四折："我将杀人贼斩首在~内，还报的这衔冤负屈鬼。"

比　似　与其。《李逵负荆》第一折："~你这般烦恼，休嫁他不的。"

比　时　（1）当时。《货郎旦》第四折："~小孩儿高叫道：'救人咱！'那官人是个行军千户，他下马询问所以。"（2）等到。

比　较　官府对差役未能在限期内完成差事，加以杖责。《货郎旦》第四折："禀爷！这两个名下，欺侵窝脱银一百多两，带累小的们~，不知替他打了多少。"

瓦解星飞　分散，拆散。《鲁斋郎》第二折："平地起风波二千尺，一家人~。"

歹　斗　（1）恶斗。（2）狠毒。《渔樵记》第二折："你个好~的婆娘，可便忒利害。"

歹斗毛　面生横毛，相貌凶恶。《曲江池》第二折："脸上生那~，手内有那握刀纹。"

歹事头　（1）不好惹的人。《救风尘》第二折："传示与休莽戆收心的女，拜上你浑身疼的~。"（2）倒霉的事情。

歹做出　做坏事。亦作"歹做作"。《赵氏孤儿》第三折："见孩儿卧血泊……连我也战战摇摇，直恁般歹做作。"

木　驴　固定犯人手足的木架，是古代执行剐刑的刑具。《赵氏孤儿》第五折："将那厮钉上~推上云阳，休便要断首开膛，直剐的他做一堝儿肉酱。"亦称"驴床"。

木伴哥　木娃娃玩具。《渔樵记》第二折："投到你做官，直等的炕点头，人摆尾，老鼠跌脚笑，骆驼上架儿，麻雀抱鹅蛋，~生娃娃。"

五更头　天快亮的时候。杨朝英［双调·得胜令］："日日醉红楼，归来~。"

五眼鸡　即"乌眼鸡"，好斗的鸡。引申为坏人。张鸣善［双调·水仙子］《讥时》："~岐山鸣凤，两头蛇南阳卧龙。"

五花官诰　封建帝王给命妇的封赠。《墙头马上》第三折："妻儿真烈，合该得~七香车。"

牙　推　对医卜星算等术士的称谓。亦作"牙槌"。《秋胡戏妻》第二折："怕不待要请太医看脉息，着甚么，做药钱调治，赤紧的当村里都是些打当的牙槌。"

牙疼咒　不痛不痒的咒誓。杨朝英［双调·得胜令］："问着诸般讳，揪捽不害羞，敲头，敢设个～。"亦作"牙疼誓"。

开　沽　卖酒。刘时中［正宫·端正好］《上高监司》套数："做皮的是仲才邦辅，唤清之必定～。"

开　除　灭除、杀死。《赵氏孤儿》第四折："再休想咱容恕，我将他轻轻掷下，慢慢～。"

开荒剑　第一次使用的剑，形容极锋利的杀人武器。也以借喻高明的手段。《陈州粜米》第三折："为头儿先吃俺～，则他那性命不在皇天。"

天　道　(1) 天气，天时。《看钱奴》第二折："正值暮冬～，下着连日大雪，这途路上好苦楚也呵！"(2) 时候。

天杀的　骂人的话，犹言"该死的"。《潇湘夜雨》第二折："你这～！他倒骂我哩！"

天从人愿　天也顺从人的意志，即事态恰如人愿。严忠济［越调·天净沙］："有朝一日天遂人愿，赛田文养客三千。"

无头愿　没头没脑的心愿。《窦娥冤》第三折："不是我窦娥罚下这等～，委实的冤情不浅。"

无存济　毫无办法。《秋胡戏妻》第二折："这是明明的欺负俺高堂老母～。"

无回豁　没反应。《西厢记》第二本第四折："荆棘剌怎动那！死没腾～！"

无是处　(1) 束手无策。(2) 不知如何是好。张养浩［双调·得胜令］《四月一日喜雨》"农夫，舞破蓑衣绿，和余，欢喜的～。"亦作"没是处"。(3) 一无是处。《救风尘》第四折："你一心淫滥～，要将人白赖取！"

不　比　不同于。《汉宫秋》第四折："～那雕梁燕语，～锦树莺鸣。"

不　犯　无罪。《鲁斋郎》第二折："我着他今日～，明日送来。"

不　当　(1) 不算，不能认为。(2) 不该。《西厢记》第二本第三折："你那里休聒，～一个信口开合。"

不　则　不止。《梧桐雨》第二折："一向金盘中好看，便宜将玉手擎餐。"

不　争　(1) 假使。《汉宫秋》第四折："～你打盘旋，这搭里同声相应，可不差讹了四时节令。"(2) 只为。《西厢记》第四本第二折："～你握雨携云，常使我提心在口。"(3) 没关系。(4) 不但。

不　的　即"不得"。《秋胡戏妻》第三折："他如今将出一并黄金来，我则除是恁般：兀那厮！你早说有黄金~？"

不 顺 不称心。《曲江池》第二折："女心里憎恶娘亲近，娘爱的女~；娘爱的郎君个个村，女爱的却无银。"

不 错 （1）鉴谅。（2）定夺。《虎头牌》第三折："小官每岂敢自专，望从容尊鉴~。"

不长进 没出息。《薛仁贵》第三折："那厮也少不的亡身短命，投坑落堑，是个~的东西。"

不甫能 好不容易。不，语气助词，无意义。《薛仁贵》第三折："~待的孩儿成立起，把爹娘不同个天和地。"亦作"不付能""不付得"。

不伶俐 （1）不正当，不干净。《救风尘》第一折："但见俺有些~，便说是女娘家要哄骗东西。"亦作"不伶不俐"。（2）指男女间关系暧昧。《燕青博鱼》第一折："我虽然嫁了这燕大，私下里和这杨衙内有些~的勾当。"

不到得 不见得。亦作"不到的""不到""不道的"。《东堂老》第三折："则你那五脏神也不到今日开屠。"《燕青博鱼》第一折："俺哥哥若有些好歹，我不道的轻饶素放了你也。"

不性索 不理会，不关心。王晔、朱凯 [双调·水仙子]《苏妈妈答》："是谁俊俏谁村拗，俺老人家~。"

不定交 不安静，不停歇。《风云会》第二折："把好梦来惊觉，听军中~。那里也兵严刑法重，则末早人怨语声高。"

不待要 犹言"懒得"。不想或不情愿做某事。《西厢记》第四本第三折："眼面前茶饭怕~吃，恨塞满愁肠胃。"

不停住 不停止，不停留。张养浩 [南吕·一枝花]《咏喜雨》套数："只愿的三日霖霪~，便下当街上似五湖。"亦作"无停住"。

不得地 不得志，运气不好。亦作"不得便"。《燕青博鱼》第一折："便好道：男儿不得便，刺头泥里陷。"

不达时务 亦作"不达时"。不通达事理，不合潮流。范康 [仙吕·寄生草]《酒》："不达时皆笑屈原非，但知音尽说陶潜是。"

支 对 （1）对答。《虎头牌》第三折："笑吟吟的强~，他那里口口声声道是饶过。"（2）应付。《窦娥冤》第二折："不是妾讼庭上胡~，大人也，却教我平白地说甚的？"

支　划　安排，处置。《渔樵记》第二折："卓文君你将那书桌儿便快抬，……马相如，我看你怎的把他去～。"

支　吾　应付。《梧桐雨》第二折："端详了你上马娇，怎～蜀道难。"

支　楞　多指琴弦发出的响声、断声，亦指剑出鞘时发出的声响。亦作"支楞楞""支楞支楞""支楞楞争"。《燕青博鱼》第一折："会轮枪，偏不会支楞楞拨琵琶。"

少甚么　不缺少。《鲁斋郎》第二折："他～温香软玉，舞女歌姬。"亦作"少是末""少甚"。刘时中［正宫·端正好］《上高监司》套数："历重难博得个根基固。少甚命不快遭逢贼寇，霎时间送了身躯。"

见不长　见识不够。《魔合罗》第三折："早是这为官的性忒刚，则你这为吏的～。"

日月交蚀　日蚀和月蚀同时发生。指少见的现象。《鲁斋郎》第二折："从来有～，几曾见夫主婚、妻招婿？"

月溶溶　月亮的光辉如波荡漾。形容月光非常明亮。溶溶，水流动貌。形容月色美好。《西厢记》第一本第三折："月色溶溶夜，花阴寂寂春。"

毛　团　畜生。《汉宫秋》第四折："却原来雁叫长门两三声，……则被那泼～叫的凄楚人也。"亦借为骂人之词。

牛　腰　比喻文稿、书卷等一大捆，象牛腰那样粗壮。汪元亨［双调·沉醉东风］："酒杯倾鲸量宽，诗卷束～大。"

牛马襟裾　犹言"衣冠禽兽"。《秋胡戏妻》第三折："我骂你个沐猴冠冕，～。"

牛表牛筋　元曲中对农村少年的泛称。《秋胡戏妻》第二折："我则骂你闹市云阳吃剑贼，～是你亲戚，大户、乡头是你相识。"亦作"牛表""牛金牛表"。

勿勿勿　（1）风声。《渔樵记》第二折："耳边厢飒刺刺风又摆，……哎哟、～，畅好是冷的来奇怪。"（2）手舞足蹈时发出的和声。《望江亭》第三折："我呵，只为你这眼去眉来……。衙内做喜科，云：'～！'张千与李稍做喜科云：'～！'衙内云：'你两个怎的？'李稍云：'大家要一要。'"

勾　当　事情。《鲁斋郎》第二折："东庄里姑娘家有喜庆～，……大嫂，你先行。"

勾 追 拘捕。《虎头牌》第三折："他误了限次，失了军期，差几个曳剌~。"亦作"勾摄""勾提"。

手 卷 书画长卷。《赵氏孤儿》第四折："我如今将从前屈死的忠臣良将，画成一个~，倘若孩儿问老夫呵，我一桩桩剖说前事。"

手 脚 指武艺。《赵氏孤儿》第五折："这孩子~来的，不中，我只是走的干净。"

风 尘 指妓院，亦以指妓女。《救风尘》第三折："妹子也，你试看咱风月救~。"

风 魔 (1) 着魔。(2) 发疯，痴狂。马致远 [仙吕·赏花时]《掬水月在手》套数："喜无那，非是咱~，伸玉指盆池内蘸绿波。"亦作"风风魔魔""风痴"。

风月场 指妓院。亦作"风月所""风月馆"。王晔、朱凯 [双调·水仙子]《议拟》："风月所成文案，莺花寨拟罪名，丽春园依例施行。"

风流罪 因男女私情而产生的罪过。《陈州粜米》第三折："怎伴着烟月鬼胡缠，可不先犯了个~。"

气 命 性命，命根子。马致远 [般涉调·耍孩儿]《借马》套数："近来时买得匹蒲梢骑，~儿般看成爱惜。"

气 性 脾气。《窦娥冤》第一折："只是我那媳妇儿~最不好惹的。"

气 恼 受气，屈辱。《渔樵记》第二折："你看我似粪土之墙朽木材，断然是揾不彻饥寒，禁不过~。"

分 诉 分辨、诉说。刘时中 [正宫·端正好]《上高监司》套数："既官府甚清明，采舆论听~。"亦作"分细"。

分 张 分开。姚守中 [中吕·粉蝶儿]《牛诉冤》套数："登时间满地血模糊，碎~骨肉皮肤。"

分 例 按规定或习惯以一定数量分配的东西。刘时中 [正宫·端正好]《上高监司》套数："更把赃输钱~米多般儿区处的最优良。"

分 限 界限。刘时中 [正宫·端正好]《上高监司》套数："没高低妾与妻，无~儿共女。"

分 茶 (1) 菜肴。(2) 食品店（茶楼、酒馆、面食店）。(3) 泡茶的一种巧艺。关汉卿 [南吕·一枝花]《不伏老》套数："酒内忘忧，~擷竹。"

分　破　(1) 分开。(2) 分减。《汉宫秋》第二折："你们干请了皇家俸，着甚的~帝王忧。"

分　解　(1) 解决，了结。《墙头马上》第二折："他也有风情有手策，你也会圆成会~。"(2) 分辨。(3) 交代。

分　颜　翻脸。钱霖[般涉调·哨遍]套数："一斗粟与亲眷分了颜面，二斤麻把相知结下寇仇。"

分星劈两　分得清清楚楚。《魔合罗》第四折："则要你依头缕当，~，责状招买。"

公　人　衙役。《窦娥冤》第三折："净扮~，鼓三通、锣三下科。"

公　事　(1) 官事。(2) 案犯。(3) 指某件事。《救风尘》第二折："想当日他暗成~，只怕不相投，我当初作念你的词今日都应口。"

公　案　(1) 审理案件用的桌子。亦作"书案"。《窦娥冤》第四折："张千做幺喝科，云：'在衙人马平安，抬书案!'"(2) 官府的案牍，案件。(3) 宋人话本分类的一种，演述公案故事。

为　头　(1) 刚才。《窦娥冤》第四折："这一宗文卷，我~看过，压在文卷底下，怎生又在这上头？"(2) 从头，开始。(3) 为首的。

方何碍　方同"妨"。没有妨碍，不要紧。白朴[仙吕·寄生草]《饮》："长醉后~，不醒时有甚思。"

六案孔目　亦作"六案都孔目"。孔目，原为官名。元朝各地方官衙置"六案孔目"，成为"六房书吏"的名称。《鲁斋郎》第二折："贴旦云：'你在这郑州做个六案都孔目，谁人不让你一分？'"

六房司吏　亦作"六房吏典""六房书吏"。地方官衙的吏目。六房，指分管吏、户、礼、兵、刑、工的六个部分。《窦娥冤》第四折："窦天章云：'张千，说与那六房吏典，但有合刷照文卷，都将来，待老夫灯下看几宗波。'"

心　别　别有想法，另有打算。《单刀会》第四折："大丈夫~，我觑这单刀会似赛村社!"

心　数　心计。《西厢记》第四本第二折："老夫人~多，性情乖。"

火不腾　立时，即刻。《赵氏孤儿》第三折："我只见他左瞧右瞧怒咆哮，~改变了狰狞貌。"亦作"火不登"。

火里赤　蒙古语，厨师。曾瑞[般涉调·哨遍]《羊诉冤》套数："~磨了快刀，忙古歹烧下热水。"亦作"保兀赤"。

丑 生 骂人之词，犹言"畜生""坏蛋"。亦作"丑贼生"。《东堂老》第二折："咱领着数十条好汉，径到月明楼上，打那丑贼生去来。"

巴 劫 即"巴结"。依附，讨好。《救风尘》第二折："他每待强~深宅大院，怎知道摧折了舞榭歌楼。"亦作"巴巴劫劫"。

水 鸡 田鸡。《看钱奴》第二折："撕只~腿儿来，我与婆婆吃一锺波。"

水 性 （1）性格软弱，形容易变的性格。旧时多指女子。王晔、朱凯〔双调·水仙子〕《黄肇答》："从来道~难拿，从他赵过，由他演撒，终只是个路柳墙花。"

水罐银盆 官员出行时，洒扫道路用的仪仗。《秋胡戏妻》第二折："玉辔金鞍骏马骑，两行公人排列齐，~摆的直。"《渔樵记》第二折："宴罢琼林微醉色，狼虎也似弓兵两下排，~一字儿摆。"亦作"水罐银瓶"。

引 （1）票据，凭证。《救风尘》第一折："却则为三千张茶~，嫁了冯魁。"茶引，茶商所领经商执照，始于宋。一说，茶引之"引"为衡名，元代创制。（2）即同"引戏"。

引 控 带领。《汉宫秋》第二折："就一壁厢~甲士，随地打猎。"

五　画

扑 扑 形容心跳声。《墙头马上》第三折："氲氲的脸上羞，~的心头怯。"

扑 堆 堆满，显露。《西厢记》第一本第三折："早是那脸儿上~着可憎，那堪那心儿里埋没着聪明。"

打 当 （1）准备，安排。《赵氏孤儿》第五折："我可也不索慌，不索忙，早把手脚儿十分~，看那厮怎做堤防。"（2）指江湖医生。《秋胡戏妻》第二折："着甚么做药钱调治，赤紧的当村里都是些~的牙槌。"（3）馈送财物以求方便。

打 罗 把谷物、药材等捣碎，筛好。亦作"捣罗""登罗"。刘时中〔正宫·端正好〕《上高监司》套数："开张卖饭的呼君宝，磨面登罗底叫德夫，何足云乎！"

打 捏 钱财。《望江亭》第三折："俺则是一撒网，……先图些~。只问那肯买的哥哥，照顾俺也些些。"

打　着　（1）打，打中。（2）不停地打。《虎头牌》第三折："左右，拿下去~者。"（3）碰到。（4）标出。（5）结扎。

打　悲　戏剧表演作悲痛的表情。《汉宫秋》第三折："做下马科，与旦~科。"

打　摸　准备。曾瑞［般涉调．哨遍］《羊诉冤》套数："穷养的无巴避，待准折舞裙歌扇，要~暖帽春衣。"

打　叠　收拾、整理。《燕青博鱼》第一折："我揣巴些残汤剩水，~起浪酒闲茶。"

打牌儿　官吏出牌票传人。《货郎旦》第四折："虽则是~出野村，不比那吊名儿临拘肆。"

打凤捞龙　指圈套。亦作"打凤牢龙""搏虎擒龙"。《风光好》第三折："安排打凤牢龙计，引起尤云殢雨心。"

打一棒快毬子　说一句爽快的话。比喻做事干脆。《救风尘》第三折："~，——你舍的宋引章，我一发嫁你。"

扒　沙　即"扒"。挖，刨。《张生煮海》第三折："则见锦鳞鱼活泼剌波心跳，银脚蟹乱~在岸上藏。"

叵　奈　不可耐。亦作"叵耐""叵奈""叵耐"。《昊天塔》第四折："叵奈杨六儿无礼，将他那令公骨殖偷盗去了。"

布　摆　调度。《渔樵记》第二折："你可怎生着我挣闯。……你怎生着我~。"

东　洋　泛指大洋、大海。《张生煮海》第三折："虽然大海号~，休谦让，他则待招选你做东床。"

节　下　当时令的。《薛仁贵》第三折："一家家上坟准备，准备些~茶食。"

节　食　节日的食物。《魔合罗》第四折："莫不是买油面为~？莫不是裁段匹作秋衣？"

古门道　戏台的上场门。亦作"古门""古道"。《潇湘夜雨》第二折："做向古门问科云：'敢问哥哥！那里是崔甸士的私宅？'"

古定刀　古代名刀。亦作"古锭刀"。王晔、朱凯［双调·水仙子］《苏妈妈答》："有钱问甚纸糊锹，没钞由他古锭刀。"

古堆邦　形容孤零零。《曲江池》第二折："走到衙门前，~坐的。"

左　差错。《潇湘夜雨》第二折："这厮敢听~了，夫人，你休出去，只在这里伺候，待我看他去来。"

左右是左右　反正如此，横下一条心。《汉宫秋》第二折："~，将着这一轴美人图，献与单于王，着他按图索要。"

正本　够本。《救风尘》第三折："倒贴了奁房和你为眷姻，……我将你写了的休书正了本。"

正条划　正式的条款，刑律。《虎头牌》第三折："你今日犯下~的罪来，兀自这般倔强哩！"亦作"正条款"。

可也　（1）衬词，无意义。《薛仁贵》第三折："你娘~过七旬，你爹整八十，又无个哥哥妹妹和兄弟。"（2）却，却是。

可便　衬词，无意义。《秋胡戏妻》第二折："则俺那青春子，何年~甚日回？"亦作"可也便"。

可憎　可爱的人。《西厢记》第一本第三折："若是回廊下没揣的见俺~，将他来紧紧的搂定。"亦作"可憎才""可憎人"。

可不道　（1）岂不知。犹言常言道，多为引用成语或反诘语。《魔合罗》第四折："~一言既出，便有驷马难追？已招伏，怎改易，要承抵。"（2）岂不是。（3）可曾想到。

可扑鲁　形容推推拥拥的样子。《魔合罗》第四折："虎狼似恶公人~，拥推、拥推、阶前跪。"

可甚么　算什么，说什么。《昊天塔》第四折："似这等沸腾腾，~绿阴满地禅房静。"亦作"可什么""可是么"。

可磕擦　紧紧地靠近。《赵氏孤儿》第四折："这一个~紧扶定一轮车，有一个将瓜锤亲手举。"

世　（1）一世，一辈子。（2）既然。《西厢记》第四本第二折："~有，便休，罢手，大恩人怎做敌头。"

世不曾　一辈子不曾，从未。《潇湘夜雨》第二折："~见这等跷蹊事，哭的我气噎声丝。"

丕丕　形容心跳。《倩女离魂》第二折："唬的我心头~那惊怕，原来是响当当鸣榔板捕鱼虾。"

且 做 即使，就算。《西厢记》第二本第四折："夫人~忘恩，小姐你也说谎也呵！"

四 星 （1）指北斗七星中除去斗杓三星，剩四星。比喻凄凉零落。《西厢记》第一本第三折："伫立空庭，竹梢风摆，斗柄云横。呀！今夜凄凉有~，他不瞅人待怎生！"（2）秤杆尾端钉有四星，喻下梢，即结果。意指前程。

四邻八舍 左右邻居，街坊。《窦娥冤》第二折："~听着：窦娥药杀我家老子哩！"

只 助词，用在一句的后面，相当于"着"字。《潇湘夜雨》第二折："这幞头呵，除下来与你戴~。这罗襕呵，脱下来与你穿~。"

只 甚 做什么。《鲁斋郎》第四折："他也带着小娘子走，相公到此~？"

只 索 只好如此，只得。《汉宫秋》第二折："等不的散了，~再到西宫看一看去。"亦作"子索""则索"。《追韩信》第二折："丞相道将咱来不住的赶，韩信则索把程途盼。"

业 眼 犹言"孽眼"。可恶的眼睛。朱庭玉［南吕·一枝花］《女怨》套数："拥被和衣强睡些，~朦胧暂交睫。"

旦暮朝夕 日以继夜，整天。《虎头牌》第三折："谁着你~，尝吃的来醺醺醉，到今日待怨他谁。"

占场儿 一味地、专门。《货郎旦》第四折："那李秀才不离了花街柳陌，~贪杯好色。"亦作"占排场"。关汉卿［南吕·一枝花］《不伏老》套数："占排场风月功名首，更玲珑，又剔透。"

央 及 （1）请求。（2）累及。《汉宫秋》第二折："恐怕边关透漏，~家人奔骤。"央，或作快。亦作"央及煞""殃及"。沙正卿［越调·斗鹌鹑］《闺情》套数："休休！~眉儿八字愁，靠谁成就"

叶 和 凑合，凑在一起。亦"协和""歇和"。马致远［仙吕·赏花时］《掬水月在手》套数："伸玉指盆内蘸绿波，刚绰起半撮，小梅香也歇和，分明掌上见嫦娥。"

叹 吁 嗟叹，叹气。张养浩［南吕·一枝花］《咏喜雨》套数："青天多谢相扶助，赤子从今罢~。"亦作"叹嗟"。

叫天吁地 呼天叫地。《虎头牌》第三折："我将他几番家叱退，他苦央及两次三回，则管里指官画吏，不住的~。"亦"叫天吼地"。

出　落　（1）显出、卖弄。《西厢记》第四本第二折：“试把你裙带儿拴，纽门儿扣，比着你旧时肥瘦；~得精神，别样的风流。”　（2）弄到，只落得。（3）出挑、出众。关汉卿［南吕·一枝花］《赠珠帘秀》套数：“十里扬州风物妍，~着神仙。”

失流疏刺　多形容风声，水流声。周文质［正宫·叨叨令］《悲秋》：“滴滴点点细雨儿淅零淅留哨，潇潇洒洒梧叶儿~落。”亦作“失留疏刺”“失留屑历”“吸里忽刺”“吸溜疏刺”。

白　甚　无故地，为什么。《赵氏孤儿》第一折：“决定粉骨碎身，不留龆龀。你~替别人剪草除根？”亦作“白甚么”。睢景臣［般涉调·哨遍］《高祖还乡》套数：“~改了姓，更了名，唤作汉高祖？”

生　受　（1）辛苦。（2）为难。《汉宫秋》第二折：“今日嫁单于，宰相休~，早则俺汉明妃有国难投。”（3）麻烦。（4）吃苦。

生　忿　（1）忤逆，不孝。《秋胡戏妻》第二折：“嚷这许多做甚么？你这~忤逆的小贱人！”（2）倔强。（3）气恼。

生　放　放债。刘时中［正宫·端正好］《上高监司》套数：“有钱的贩米谷、置田庄、添~。”

生　相　生就的相貌。《窦娥冤》第四折：“小的见他~是个恶的，一定拿这药去药死了人。”亦作“生象”。

生　钞　现钞。《潇湘夜雨》第二折：“今年轮着我家掌管主司考卷，我清耿耿不受民钱，干剥剥只要~。”

生　憎　烦恼。《汉宫秋》第四折：“休道是咱家动情，你宰相每也~。”

生各支　白白地，硬是。各支，语气助词。亦作“生各扎”“生扢扎”“生吃扎”“生扢支”“生克支”。《鲁斋郎》第二折：“活支剌娘儿双拆散，生各扎夫妇两分离。”

包髻团衫　小夫人（妾侍）的服饰。《望江亭》第三折：“许他做第二个夫人，~绣手巾，都是他受用的。”

禾　旦　戏剧中扮演农妇。《薛仁贵》第三折：“丑扮~上唱。”

册　历　记账本。睢景臣［般涉调·哨遍］《高祖还乡》套数：“有甚胡突处，明标着~，现放着文书。”亦作“历册”。

犯　由　罪状。《西厢记》第四本第三折：“若问着此一节呵如何诉休？我便索与他个知情的～。"

犯由牌 揭示犯人罪状的牌子。《窦娥冤》第四折："原来是你赛卢医出卖张驴儿买，没来由填我～。"

市　学 学塾，私塾。钟嗣成〔正宫·醉太平〕："开一个教乞儿～，裹一顶半新不旧乌纱帽。"

立钦钦 形容因受惊、受冷而身体打战。《东堂老》第三折："我这里猛抬头刚窥觑，他可也为甚么～恁的胆儿虚？"

主　儿 (1) 主顾。《东堂老》第三折："自从丢了这赵小哥，再没兴头。今日且到茶坊里去闲坐一坐，有造化再寻一个～也好。" (2) 主人。 (3) 当事人，主头人。

半　米 半点儿。《货郎旦》第四折："便写与生时年纪，不曾道差了～。"

半　垓 古以万万为垓。半垓，言数目多。《李逵负荆》第一折："某聚三十六大伙，七十二小伙，～来的小偻偻。"

半筹不纳 筹，算筹，借为谋算意。一筹莫展，无计可施。《燕青博鱼》第一折："往常时我习武艺学兵法，到如今半筹也不纳。"《汉宫秋》第一折："若是越勾践姑苏台上见他，那西施半筹也不纳。"亦作"一筹不画"。

头　里 (1) 先前，刚才。(2) 前面，前头。《救风尘》第二折："如今着这妇人上了轿，我骑了马，……让他轿子在～走。"

头　面 首饰。《救风尘》第一折："提领系，整衣袂，戴插～，整梳篦。"

礼　度 礼节。《汉宫秋》第一折："闾阎百姓，不知帝王家～。"

市　曹 市区、闹市。《魔合罗》第三折："将笔来，我判个'斩'字，押出～，杀坏了者。"

圣饼子 仙丹。《燕青博鱼》第一折"我取出这药来，是～，用菩萨水调的。君子张开了口吃药。"

发　付 打发，处置。《救风尘》第一折："依着姨姨说，我且在客店中安下，看你怎么～我。"

发　科 做出某种动作。《西厢记》第二本第四折："旦云：'这甚么响？'红～。"无聊的动作，则称"发淡科"；俊雅的动作，则称"发俊科"。马致远〔南吕·四块玉〕《叹世》："共诗朋闲访相酬和，尽场儿吃闷酒，即席间发淡科。"

对 还　双倍偿还。《窦娥冤》楔子："曾借了他二十两银子，到今本利该~他四十两。"

对 嘴　面对面对证。亦作"对话""对口词"。《渔樵记》第二折："我和你顶砖头对口词，我也不怕你。"

处 分　责备，嘱咐。《窦娥冤》楔子："端云孩儿该打呵，看小生面则骂几句；当骂呵，则~几句。"

六　画

执 结　具结。《虎头牌》第三折："如蒙依军令施行，~是实，伏取钧旨：一主把边将闻将令而不赴者，处死；一主把边将带酒不时操练三军者，处死。"

执 料　料理。《救风尘》第一折："你在家~，我去请那一辈儿老姊妹去来。"

老 身　老妇人自称。《救风尘》第一折："有郑州周舍，与孩儿做伴多年，一个要娶，一个要嫁，只是~谎彻梢虚，怎么便肯？"

老 婆　称妻。杜仁杰［般涉调·耍孩儿］《庄家不识构阑》套数："见个年少的妇女向帘儿下立，那老子用意铺谋待取做~，教小二哥相说合。"

过 房　以他人的子女为自己的子女。亦作"过继"。《赵氏孤儿》第四折："有程婴的孩儿，因为过继与我，唤作屠成。"

成群打伙　犹言成群结队。《薛仁贵》第三折："您~，在这里做什么哩？"

芒 郎　元曲中对农村人的通称。亦作"忙郎"。睢景臣［般涉调·哨遍］《高祖还乡》套数："王乡老执定瓦台盘，赵忙郎抱着酒胡芦。"

丢 抹　(1) 打扮，妆扮。(2) 调戏。《秋胡戏妻》第三折："他酪子里~娘一句，怎人模人样，做出这等不君子，待何如？"亦作"抹丢""抹飚""抹抹飚飚"。

百纵千随　犹言事事顺从，百依百顺。《救风尘》第一折："临收计，怎做的~，知重咱风流婿。"

灰头土面　貌丑。不加修饰的面容。亦作"灰容土貌""灰头草面"。钟嗣成［南吕·一枝花］《自序丑斋》套数："空白胸藏锦绣，口唾珠玑，争奈灰容土貌，缺齿重颏。"

有　酒　吃醉了酒。《西厢记》第二本第四折：“你且住着，今日~也，红娘扶将哥哥去书房中歇息。”

死像胎　死人样子。骂人的话。《渔樵记》第二折：“你是个坏人伦的~，……你这般毁夫主畅不该。”

耳檐儿当不的胡帽　耳檐即冷天时所戴的耳套；胡帽即毡帽。指小东西派不了大用场。《渔樵记》第二折：“巧言不如直道，买马也索籴料，~。”

刚　强，勉强。贯云石〔正宫·塞鸿秋〕《代人作》：“今日个病恹恹~写下两个相思字。”亦作“刚刚”。

则　同“只”。《窦娥冤》楔子：“婆婆！端云孩儿该打呵，看小生面，~骂几句；当骂呵，~处分几句。”

则　个　(1) 句末语气词。《风云会》第二折：“咱弟兄每急急回家，准备出征~。”(2) 衬词，无意义。

则　例　条例，成规。刘时中〔正宫·端正好〕《上高临司》套数：“这厮每玩法欺公胆气粗，恰便似饿虎当途，二十五等~尽皆无。”

则　故　只顾，只管。《陈州粜米》第三折：“线也似一条直路，你~走。”

则　甚　做什么。亦作“则甚么”。《汉宫秋》第三折：“则甚么留下舞衣裳，被西风吹散旧时香。”

曲　律　曲折、弯曲。《李逵负荆》第一折：“待不吃呵，又被这酒旗儿将我来相迤逗，他他他舞东风在~杆头。”亦“曲吕”。

劣　错误。《汉宫秋》第三折：“且休问~了宫商，您则与我半句儿俄延着唱。”

劣　怯　不自然的一俯一仰。刘庭信〔双调·折桂令〕《忆别》：“他那里鞍马儿身子儿~，我这里眉儿眼儿脸脑儿乜斜。”

劣　懒　粗鲁、暴躁。《墙头马上》第三折：“是那些~痛伤嗟，也时乖运蹇遭磨灭。”

曳　剌　兵士。契丹语。《虎头牌》第三折：“他误了限次，失了军期，差几个~勾追”。

早　起　(1) 先前。《救风尘》第三折：“~杭州客火散了，赶到陕西客火里吃酒，我不与了大姐一分饭来？”(2) 早上。《东堂老》第三折：“如今可在城南破瓦窑中居住，吃了~的，无那晚夕的。”

早 晚 （1）时候。（2）何时，即"多早晚"。《汉宫秋》第二折："情系人心~休，则除是雨歇云收。"（3）早晚会，总有一天。

吃 （1）被，让。《秋胡戏妻》第二折："娶也不曾娶的，我倒~他抢白了这一场。"（2）推，受。王晔、朱凯［双调·庆东原］《黄肇退状》："~不过双生强嘀，当不过冯魁斗谝。"

吃 交 跌交。《潇湘夜雨》第三折："上路时又淋湿我这布裹肚，~时掉下了一个枣木梳。"

回 买，卖。姚守中［中吕·粉蝶儿］《牛诉冤》套数："好材儿卖与了靴匠，碎皮儿~与田夫。"

团 瓢 一瓢之地，小屋。《李逵负荆》第一折："一把火将你那草~烧成为腐炭，盛酒瓮摔做碎瓷瓯。"

当 村 本村。杜仁杰［般涉调·耍孩儿］《庄家不识构阑》套数："~许下还心愿，来到城中买些纸火。"

当 该 值班。《魔合罗》第三折："张千云：'~司吏，大人呼唤。'"

当 面 （1）面对面地受审或对质。《魔合罗》第三折："张千云'犯妇~。'旦跪科，府尹云：'则这个是那待报的女囚?'"（2）对面，迎面。

当真假 信以为真。《汉宫秋》第一折："休烦恼，吾当且是要斗，卿来便~。"

当家儿 一家人，一家子。《货郎旦》第四折："单看俺~，……都只待奏新声舞柘枝。"

吊 挂 镶有金银珠宝的悬挂陈设品。《虎头牌》第三折："你往常时，香球~，幔幕纱厨，那等受用!"

肉吊窗 眼皮。《救风尘》第三折："你把~儿放下来，可不嫁我，做的个尖担两头脱。"

争 些 险些。《窦娥冤》楔子："张驴儿云：'爹，是个婆婆，~勒杀了。'"

争 奈 即"怎奈"，无奈。《赵氏孤儿》楔子："俺二人文武不和，常有伤害赵盾之心，~不能入手。"

争甚的 有何区别。《鲁斋郎》第二折："梁山泊贼相似，与蓼儿洼~。"

乔 才 坏蛋，无赖。《窦娥冤》第四折："那厮乱纲常当合败，便万剐了

~，还道报冤仇不畅怀。"亦作"乔男女""乔材"。《秋胡戏妻》第三折："原来是个不晓事的乔男女。"

乔　怯　害怕，胆怯。《单刀会》第四折："你心内休~。"亦作"乔乔怯怯""怯怯乔乔"。

乔躯老　怪模怪样。当时勾栏中称身体为躯老。《救风尘》第三折："有那千般不实~，有万种虚嚣歹议论，断不了风尘。"亦作"腌躯老"。

合　无　何不。《汉宫秋》楔子："况陛下贵为天子，富有四海，~遣官遍行天下，选择室女？"

合　扑　身体向前俯扑。《救风尘》第一折："遮莫向狗溺处藏，遮莫向牛屎里堆，忽地便吃了一个~地。"亦作"可扑""阿扑""可捕捕"。《东堂老》第三折："这业海打一千个家阿扑逃不去，……急切里也跳不出。"

合　是　应当。《汉宫秋》第一折："天生下这艳姿，~我宠幸他。"

合情受　理应承受。《单刀会》第四折："俺哥哥~受汉家基业。"

多　管　大概，可能（语气较肯定）。《汉宫秋》第一折："且尽此宵情，休问明朝话。……到明日~是醉卧在昭阳御榻。"亦作"多敢""大管是""多敢是"。

多少是好　岂不正好？《救风尘》第一折："一来去望妈儿，二来就提这门亲事，~？"

行　首　官妓。《曲江池》第二折："大相公来到京师，不曾进取功名，共一个~李亚仙作伴。"

行　唐　怠慢，迟缓，搪塞。刘时中 [正宫·端正好]《上高监司》套数："借贷数补答得十分停当，都侵用过将官府~。"

行　程　（1）路程。《潇湘夜雨》第二折："拜辞他桃李门墙，趱~水远山长。"（2）指行李。《潇湘夜雨》第二折："我与你则今日收拾了~，便索赴任走一遭去。"

行动些　走快一点儿。《鲁斋郎》第二折："正末云：'东庄里姑娘家有喜庆勾当，……我和你~。'"

行监坐守　谓时刻监管防守。《西厢记》第四本第二折："我着你但去处~，谁着你迤逗的胡行乱走？"亦作"坐守行监"。

各刺刺　物体相撞击发生的声响。亦作"合刺刺""屹刺刺"。《梧桐雨》第二折："屹剌剌撒开紫檀，黄幡绰向前手拈板，低低的叫声玉环。"

各白世人 毫不相干的人。亦作"各别世人""各姓他人""世人"。《渔樵记》第二折："你当初不与我休书，我和你是夫妻，你既与了我休书，我和你便是各别世人。"

肋底下插柴自忍 隐忍。《救风尘》第三折："我为甚不敢明闻，~。"

羊羔利 高利贷的一种，象羊产羔那样，以本生利，故称。《救风尘》第一折："买虚的看取些~，嫁人的早中了拖刀计。"

妆 么 装腔作势。《秋胡戏妻》第二折："这也是你李家大户无缘法，非关是我女儿忒煞会~。"亦作"装么"。

妆 孤 嫖荡，好色。王晔、朱凯［双调·折桂令］《问黄肇》："你划地~！"

妆 哈 捧场，喝彩。杜仁杰［般涉调·耍孩儿］《庄家不识构阑》套数："高声叫：赶散易得，难得的~。"亦作"妆虾""妆喝"。

妆 儑 装乖，弄巧。《救风尘》第三折："我当初倚大呵~主婚，怎知我嫉妒呵特故里破亲？"

冰雪堂 破漏的房子。《渔樵记》第二折："岂不闻自古寒儒在这~何碍。"

次 妻 妾。《救风尘》第一折："他每有人爱为娼妓，有人爱作~。"

决 撒 败露，决裂。《曲江池》第二折："娘慈悲，女孝顺。你不仁，我生忿，到家里~喷。"

冲 动 打动，勾引。《救风尘》第三折："正旦上，云：'小闲，我这等打扮，可~得那厮么？'"

问 当 提问。问，询问。当，语气助词。引申为审讯、审问。《魔合罗》第三折："这杀人的要见伤，做贼的要见赃，犯奸的要见双，一行人，怎~。"

问 结 结案。《窦娥冤》第四折："这是~了的文书，不看他罢。"

问天买卦 求问上天以卜吉凶。《墙头马上》第三折："夫人，将你头上玉簪来，你若天赐的姻缘，~。"

交 子 宋代发行的纸币。刘时中［正宫·端正好］《上高监司》套数："蜀寇城~行。宋真宗会子举，都不如当今钞法通商贾。"

尽 分 尽量。《望江亭》第三折："您娘向急飚飚船儿上去也，到家对儿夫~说那一番周折。"

尽　世　一辈子。《救风尘》第一折："他每都拣来拣去百千回，待嫁一个老实的，又怕~儿难成对。"

红　定　宋元时订婚时的聘礼。《李逵负荆》一折："你还不知道，才此这杯酒是肯酒，这褡膊是~。"

买　休　用钱物收买对方，使中断婚姻关系。亦作"买休卖休"。《救风尘》第二折："兀那贱人，我手里有打杀的，无有买休卖休的。"亦指用钱财为妓女脱籍。《救风尘》第二折："这几年来待嫁人心事有，听的道谁揭债，谁~。"

买　放　用钱财收买发放的公物。刘时中［正宫·端正好］《上高监司》套数："那近日劝粜到江乡，按户口给月粮，富户都用钱~，无实惠尽是虚桩。"

买　虚　玩虚的，不实在。《救风尘》第一折："干家的乾落得淘闲气，~的看取些羊羔利，嫁人的早中了拖刀计。"

买马也索刍料　买了马就要刍草料喂养。喻有了老婆就要养活她。《渔樵记》第二折："巧言不如直道，~。"

那里取　怎么得到。刘时中［正宫·端正好］《上高监司》套数："去年时正插秧，天反常，~若时雨降，旱魃生四野灾伤。"

那位下　哪一处。《汉宫秋》第一折："恕无罪，吾当亲问咱，这时属~？休怪我不曾来往乍行踏。"

收　计　结局，下场。《救风尘》第一折："妓女追陪，觅钱一世。临~，怎做的百纵千随。"

收　顿　收好，放好。《风光好》第三折："学士，你记得也么哥。……兀的是亲笔写下牢~。"

收　救　设法补救。钱霖［般涉调·哨遍］套数："逼临得佳人坠玉楼，难~。"

妈　儿　指妓女的假母。《救风尘》第一折："他一心待嫁我，我一心待娶她，争奈他~不肯。"

好　生　(1) 十分，非常。《汉宫秋》第四折："今当此夜景萧索，~烦恼！"(2) 好好地，叮嘱之词。(3) 认真。

好　弱　(1) 好的或不好的。《秋胡戏妻》第二折："你妇人家穿一套新衣袂，我可也直恁般不识一个~也那高低。"(2) 意外，不幸。

好歹斗　狠毒。歹斗即"歹毒"。《渔樵记》第二折："你个~的婆娘，可便忒利害。"

好是不中 太不合理。《曲江池》第二折："想这虔婆，~，见元和无了钱物，就赶将出来。"

七　画

抢 （1）推搡，拉扯。（2）抢劫。《李逵负荆》第一折："他平白地把我女孩儿强~将去。"（3）争先。（4）同"呛"。（5）借作"闯"，撞。

抢白 奚落，指责。《西厢记》第一本第三折："被红娘~了~顿呵回来了。"

抢生吃 争先下手。《救风尘》第三折："我和你~哩。"

投至 （1）及至，等到。亦作"投到""头到""投至得""投至到"。《虎头牌》第三折："叔叔，你放心，投到你说呵，我昨日晚夕话头儿去了也。"（2）没等到之意。

抄估 没收财产。刘时中［正宫·端正好］《上高监司》套数："库官但该一贯须黥配，库子折莫三钱便断除，满百锭皆~。"

扶策 （1）即"扶"。策也是扶。《魔合罗》第三折："玉娘听言，慌速雇了头口，直至城南庙中，~到家。"（2）牵带。

抖搜 （1）振作，奋发。《渔樵记》第三折："你看我~着老精神，我与你便花白么娘那小贱人。"亦作"抖擞"。（2）甩动，震动。亦作"斗擞"。

扭捏 打扮。《救风尘》第二折："珊瑚钩、芙蓉扣，~的身子儿别样娇柔。"

把都儿 武夫，勇士。蒙古语。《汉宫秋》第三折："~，将毛延寿拿下，解送汉朝处治！"亦作"巴都儿""把阿秃儿"。

贡官 科场中的主考官。《潇湘夜雨》第二折："妾身是今场~的女孩儿，父亲呼唤，须索见去。"亦作"贡主"。《潇湘夜雨》第二折："小生崔通，揎过卷子。今场贡主呼唤，须索走一遭去。"

莩篮 盛物的圆形竹篮。《东堂老》第三折："今日呵，便担着~，拽着衣服，不害羞当街里叫将过去。"

却不道 犹言"常言道"。《赵氏孤儿》第一折："~远在儿孙近在身。"亦作“恰不道”。关汉卿［南吕·一枝花］《不伏老》套数：“恰不道人到中年万事休。”

来 衬词，无意义。《渔樵记》第二折：“你向我这冻脸上，不俫，你怎么左搊~右搊?”亦作“俫”。

来 的 好样的，有本领。《燕青博鱼》第一折：“这厮手脚倒也~。”

吾 当 我。当，语气助词。《单刀会》第四折：“鲁子敬听者：你心内休乔怯，畅好是随邪，~酒醉也。”亦作“余当”“吾家”。

赤 紧 (1) 当真，实在。《渔樵记》第二折：“非是我朱买臣不把你糟糠待，~的玉天仙忍下的心肠歹。”《看钱奴》第二折：“~的路难通，俺可也家何在?”亦作“吃紧”“尺紧”“乞紧”。《赵氏孤儿》第二折：“怎不教我气忿填胸，乞紧君王在小儿彀中。”(2) 无奈。《秋胡戏妻》第二折：“~的当村里都是些打当的牙槌。”

赤津津 血向外流的样子。《救风尘》第二折：“无情的棍棒抽，~鲜血流。”

赤资资 形容色赤。《秋胡戏妻》第三折：“今日个笑吟吟荣转家门，捧着这~赐黄金奉母。”

赤瓦不刺海 该死的家伙。女真语。《虎头牌》第三折：“才打到三十，~!你也忒官不威牙爪威。”

两头蛇 有两个头的蛇。传说见此种蛇者必死。比喻凶狠、恶毒。张鸣善［双调·水仙子］《讥时》：“五眼鸡岐山鸣凤，~南阳卧龙，三脚猫渭水飞熊。”

两妇三妻 比喻三心二意。《救风尘》第三折：“拼着个十米九糠，问甚么~。”

更 故 变更。刘时中［正宫·端正好］《上高监司》套数：“设制久无~，民如按堵，法比通衢。”

更做道 即使。《墙头马上》第三折：“~向人处无过背说，是和非须辨别。”亦作“更做到”“更则道”“更做”。《秋胡戏妻》第二折：“更则道你庄家每葫芦提没见识。”

坊 隅 街坊，坊巷。刘时中［正宫·端正好］《上高监司》套数：“从今倒钞，各分行铺，明写~。”

村 (1) 犹言“蠢”。(2) 俗，粗野。兰楚芳［南吕·四块玉］《风情》：“我事事~，他般般丑。”《救风尘》第三折：“你这厮外相儿通疏就里~。你今日结婚姻，咱就肯罢论。"

村拗 粗野，固执。王晔、朱凯［双调·水仙子］《苏妈妈答》："是谁俊俏谁~，俺老人家不性索。"

村虔 土头土脑。王晔、朱凯［双调·水仙子］《苏卿招》："书生俊俏却无钱，茶客~倒有缘，孔方兄教得俺心窑变。"

村务酒 村野酒店中淡薄质劣的酒。《救风尘》第二折："他道是残生早晚丧荒丘，做了个游街野巷~。"

花星 迷信指有关女色方面的命运。《救风尘》第一折："酒肉场中三十载，~整照二十年。"

花花太岁 恶少，花花公子。《燕青博鱼》第一折："~我为最，浪子丧门世无对。"

劳攘 奔波劳碌，纷乱。《张生煮海》第三折："一地里受煎熬，满海内空~，兀的不慌杀了海上龙王。"亦作"捞攘""劳穰穰""劳劳攘攘""劳劳穰穰"。

忒 太，过于。《救风尘》第一折："那做子弟的他影儿里会虚脾，那做丈夫的~老实。"

忒楞楞 形容鸟飞时发出的声响。《追韩信》第二折："我则见沙鸥惊起芦花岸，~飞过蓼花滩。"亦作"忒楞""忒楞楞腾"。

划地 （1）无故地，平白地。（2）怎的，怎地。《追韩信》第二折："止望学龙投大海驾天关，~似军骑赢马连云栈。"（3）依旧，还是。（4）反而。姚守中［中吕·粉蝶儿］《牛诉冤》套数："却不道闻其声不忍食其肉，~加料物宽锅中烂煮！"亦作"划的""铲地"。

迤迤 形容缓慢。《西厢记》第四本第三折："马儿~的行，车儿快快的随。"

连不连 即连连不断。不，衬词，无意义。《秋胡戏妻》第二折："我这几日身子不快，怎么~的眼跳，不知有甚事来？"

连真 行书。真，真书，即楷书。查德卿［仙吕·一半儿］《春情》："欲写写残三四遭，絮叨叨，一半儿~一半儿草。"

弄精神 费精神。《汉宫秋》第一折："和他也弄着精神射绛纱，卿家，你觑咱，则他那瘦岩岩影儿可喜杀。"

男　女　（1）元明时对地位低下的人的称呼。（2）地位低下人物的自称。（3）对别人的蔑称。《秋胡戏妻》第三折："则道是峨冠士大夫，原来是个不晓事的乔~。"

里　（1）语气助词。亦作"哩"。《单刀会》第四折："请父亲上船，孩儿每来迎接哩。"（2）语尾助词，同"来"。

里　老　乡长。《陈州粜米》第三折："那官人~安排的东西，他看也不看。"

足律律　形容疾速。《窦娥冤》第四折："慢腾腾昏地里走，~旋风中来。"亦作"足律即留"。

县　君　原是妇人的封号。元曲中常作为命妇的通称。《倩女离魂》第二折："我若得了官，你便是夫人~也。"

听　沉　静听。《倩女离魂》第二折："我这里顺西风悄悄~罢。"

围　场　围起来专供皇帝或贵族打猎的场所。《汉宫秋》第三折："马负着行装，车运着糇粮。打猎起~。"

囤　塌　积聚、囤积。亦作"顿塌""停塌"。刘时中［正宫·端正好］《上高监司》套数："殷实户欺心不良，停塌户瞒天不当。"

时　下　（1）目前。《西厢记》第二本第四折："只说道夫人~有人唧哝，好共歹不着你落空。"（2）一时之间。

时乖运蹇　宿命论的说法：时运蹇滞，运气不好。亦作"时乖命蹇""命蹇时乖""命乖运拙"。严忠济［越调·天净沙］："大丈夫时乖命蹇，有朝一日天遂人愿，赛田文养客三千。"

迎头儿　追赶、抢先。《汉宫秋》第一折："则见他瘦岩岩影儿可喜杀。……~称妾身，满口儿呼陛下。"

免　帖　犹给假单。免去当差的字据。《魔合罗》第三折："张鼎，与你十个~，放你十日休假；假满之后，再来办事。"

每　（1）人称代词的复数，同"们"。亦以借称物的复数。《赵氏孤儿》第二折："自从我罢官之后，众宰辅~好么？"（2）人称代词的语尾（非复数）。（3）那般、那样。

私科子　即私窝子，私娼。《救风尘》第三折："不问官妓~，只等有好的来你客店里，你便来叫我。"

坐　席　赴宴吃酒。《东堂老》第三折："小末云：'小哥，父亲的言语，着

我来，明日请~哩！"'

希㲠胡都 形容欢喜的样子。郑光祖［双调·蟾宫曲］《梦中作》："见~茶客微醒，细寻寻思思双生双生，你可闪下苏卿。"

伴 哥 对农村少年的通称。卢挚［双调·蟾宫曲］："沙三~来嗏，两腿青泥，只为捞虾。"

但 有 （1）所有。睢景臣［般涉调·哨遍］《高祖还乡》套数："社长排门告示：~的差使无推故。这差使不寻俗。"（2）如有。

伴 （1）漂亮。（2）乖巧。《西厢记》第四本第二折："老夫人心数多，情性~。"

忘 魂 头脑不清。忘记，没记性。亦作"忘昏""浑忘"。《救风尘》第三折："你则是忒现新，忒忘昏。"

灶 窝 厨房。《潇湘夜雨》第二折："张千，着梅香在那~里拖出小姐来。"亦作"灶火"。

评 泊 （1）评论。亦作"评跋""评跋"。《风云会》第二折："微臣比虞舜难学，不争让位在荒郊，枉惹得百姓每评。"（2）思量，思忖。

识空便 识相，知机。《西厢记》第二本第三折："我恰待目转秋波，谁想那~的灵心儿早瞧破。"

诈眼儿 假装看错，装作没看见。《陈州粜米》第三折："便有人将咱相凌贱，你也则~不看见。"

词 话 元明时的一种说唱文学。多为七字句的唱词。《救风尘》第三折："忒忘昏，更做道你眼钝，那唱~的有两句留文。"

快 （1）喝彩声，犹言"好呵！"（2）"回"的同音假借。意同"回"。《曲江池》第二折："要我直赶到这里，你这贱人还不~家去？~家去！"（3）叮嘱之词。（4）惯会。《昊天塔》第四折："我做将军~敌斗，不吃干粮则吃肉。"

快棱憎 形容锐利。宋方壶［南吕·一枝花］《蚊虫》套数："瘦伶仃腿似蛛丝，……~嘴似钢锥。"

怀 耽 怀胎。《虎头牌》第三折："俺两口儿虽不曾十月~，也曾三年哺乳。"

应 捕 捕盗的吏役。姚守中［中吕·粉蝶儿］《牛诉冤》套数："官秤称来私秤上估，~人在旁边觑，张弹压先抬了膊项，李弓兵强要了胸脯。"

库　子　（1）掌管钱粮官库的人。刘时中［正宫·端正好］《上高监司》套数：“把官库视同己物，更狠如盗跖之徒。官攒、~均摊着要，弓手、门军那一个无。”（2）掌管文案的办事员。

间　别　隔别、离别。卢挚［双调·寿阳曲］《别珠帘秀》：“才欢悦，早~，痛煞煞好难割舍。”

间　阻　隔别、离别。乔吉［双调·清江引］《有感》：“相思瘦因人~，只隔墙儿住。”

闷　倦　愁闷无聊。《墙头马上》第二折：“我回到这馆驿安下，心中~，那里有心去买花栽子？”

忘　魂　糊涂，健忘。《风光好》第三折：“你营勾了人，却便妆~。”

闲　可　轻可，无关紧要。《西厢记》第二本第三折：“而今烦恼犹~，久后思量怎奈何？”

闲淘气　犹言空烦恼，惹烦恼。《倩女离魂》第三折：“不是我~，便死呵死而无怨，待悔呵悔之何及。”

沙　三　宋、元曲中对农村少年的通称。卢挚［双调·蟾宫曲］：“~伴哥来嗏。两腿青泥，只为捞虾。”

沙　势　样子。《薛仁贵》第三折：“这的是甚所乔为，直吃的恁般~。”

沙门岛　宋元时犯人充军处（在山东蓬莱市西北海中）。《潇湘夜雨》第二折：“左右，将他脸上刺着‘逃奴’二字，解往~去者。”

没干净　不能了结。《昊天塔》第四折：“归来余醉未曾醒，但触着我这秃爷爷没些干净。”

没巴鼻　没来由。亦作“没巴臂”“没巴避”“无巴鼻”“无把臂”“无巴壁”“无巴避”“无笆壁”“没巴没鼻”。曾瑞［般涉调·哨遍］《羊诉冤》套数：“要雇与小子弟新年中扮社直，穷养的无巴避。”《秋胡戏妻》第二折：“他去了那五载十年，阻隔着那千山万水，早则俺那婆娘家无依倚，更合着这子母每无笆壁。”

没头鹅　天鹅群失去了引领的头鹅。形容无依无傍，六神无主。《西厢记》第二本第四折：“佳人自来多命薄，秀才每从来懦。闷杀~，撇下陪钱货。”

没事狠　无端凶狠。《风光好》第三折：“我觑了暗地哂，全不见~。”

没揣的　没想到。《梧桐雨》第二折：“惯纵的个无徒禄山，~撞过潼关。”

亦作"没揣地"。

没时没运 迷信说法，时运不济。《窦娥冤》第三折："这都是我做窦娥的~，不明不暗，负屈衔冤。"

这 些 （1）指示代词，指某些事物。（2）这时候，这下子。《汉宫秋》第四折："恰才见明妃回来，~儿如何就不见了？"亦作"这歇儿"。

这 的 （1）这样。（2）指示代词。指人、物或事。《魔合罗》第三折："~是打家劫盗勘完的赃，这个是犯界茶盐取定的详。"

这搭儿 这里。《汉宫秋》第四折："恰才~单于王使命，呼唤俺那昭君名姓。"亦作"这塌儿""这搭里""这坨儿"。

穷 究 商量，谈论，评论。《西厢记》第四本第二折："夜坐时停了针绣，共姐姐闲~，说张生哥哥病久。"

穷 酸 寒酸的文人，对没有功名的读书人的讥诮之称。《西厢记》第四本第二折："老夫人猜那~做了新婚，小姐做了娇妻。"亦作"穷酸饿醋""饿酸穷鬼"。《风光好》第三折："学士怎肯似那等穷酸饿醋，得一个及第成名，却又早负德辜恩。"

穷 厮 穷汉。对穷人的贱称。《渔樵记》第二折："这唤门的正是俺那~。"亦作"穷丁"。

穷身泼命 指贫贱之身，命运不济。《曲江池》第二折："若是见了元和这等~，俺那女儿也死心塌地与我觅钱。"

官料药 经官府审订的方药。《窦娥冤》第四折："小的是念佛吃斋人，不敢做昧心的事。说道铺中只有~，并无甚么毒药。"

纸 火 纸钱、纸马、香烛等冥器。杜仁杰〔般涉调·耍孩儿〕《庄家不识构阑》套数："当村许下还心愿，来到城中买些~。"

纸糊锹 纸糊成的锹，不中用的东西。喻男女争风场合缺少手段或无力。王晔、朱凯〔双调·水仙子〕《苏妈妈答》："有钱问甚~，没钞由他古锭刀。"

纳 合 闭合。《西厢记》第二本第四折："扑剌剌将比目鱼分破；急攘攘因何，扢搭地把双眉锁~。"

纳 命 犹言送死。《货郎旦》第四折："摇下一只船来。岂知这船不是收命的船，倒是~的船。"

努牙突嘴 形容相貌凶狠。《救风尘》第一折："你道这子弟情肠甜似蜜，……早~，拳椎脚踢，打的你哭哭啼啼。"

灵 圣 迷信说法。天神显灵，给人以祸福。《窦娥冤》第三折："若没些儿~与世人传，也不见得湛湛青天。"《汉宫秋》第四折："那里也爱卿爱卿，却怎生无些~。"

八　画

拦 纵 拦阻。《柳毅传书》第二折："紧~，阵面上交攻，将他来苦淹淹厮葬送。"《西厢记》第二本第四折："紧摩弄，索将他~。"

招 状 案犯画了押、记有供词的文书。亦作"伏状""招词""招伏""招伏状""招状纸"。《窦娥冤》第二折："既然招了，着他画了伏状，将枷来枷上，下在死囚里去。"

招 承 认罪。王晔、朱凯 [双调·殿前欢]《再问苏卿》："端的谁接红定？休教勘问，便索~。"亦作"招成""招认"。

拘 收 收集，收取。刘时中 [正宫·端正好]《上高监司》套数："紧~在库官，切关防起解夫。"

拘 刷　(1) 拘捕。《赵氏孤儿》第二折："把晋国内但是半岁之下，一月之上，新添的小厮，都与我~将来，见一个剁三剑。"亦作"拘摄"。《赵氏孤儿》第二折："要将晋国半岁之下一月之上小孩儿每，都拘摄到元帅府里。"(2) 征用，征选。

拘 钳 箝制，约束。白朴 [中吕·阳春曲]《题情》："奶娘催逼紧~，甚是严。"亦作"拘钤""拘箝"。

拘 肆 传唤官身的机构。《货郎旦》第四折："虽则是打牌儿出野村，不比那吊名儿临~。"

抹 搭 怠慢，懒散。《倩女离魂》第二折："我敢似孟光般显贤达，休想我半星儿意差、一分儿~，我情愿举案齐眉傍书榻。"亦作"抹刺""抹挞""没答"。

拖刀计 战场上武将刀法之一，诈败拖着刀逃走，乘人不备又砍杀过来。意为圈套，陷阱。《救风尘》第一折："干家的乾落得淘闲气，……嫁人的早中了~。"

拖狗皮 （1）指专吃白食。（2）纠缠不休，死皮赖脸。《望江亭》第三折："则你那金牌势剑身傍列，见官人远离一射。索用甚从人拦当者，俺只待～的拷断他腰截。"

拔着短筹 夭亡。糈筹，刻有数字的算筹；短筹，指数目小的算筹，故用以比喻短命。《窦娥冤》第一折："嫁的个同住人，他可又～。"

取 次 （1）顺次，陆续。邓可学〔正宫·端正好〕《乐道》套数："亭台即渐摧，花木～休，荆棘又还依旧。"（2）次一等的。

取 应 应试。《窦娥冤》楔子："况如今春榜动，选场开，正待上朝～。"

取 速 从速。《赵氏孤儿》楔子："将三般朝典是弓弦、药酒、短刀，赐与驸马赵朔，随他服那一般朝典，～而亡。"

奇 擎 托起，擎。奇，助词，无意义。奇、擎双声，奇擎为"擎"字的缓读。关汉卿〔南吕·一枝花〕《赠珠帘秀》套数："你个守户的先生肯相恋，煞是可怜，则要你手掌儿里～着耐心儿卷。"

板 障 阻碍，间隔。《救风尘》第一折："不是我百般～，只怕你久后自家受苦！"亦作"山障"。

表 子 指妇女。（1）女演员。（2）姘妇。（3）妓女。《曲江池》第二折："也则俺一时间错被鬼昏迷，是赡～平生落得的。"

表 里 送礼或赏赐的衣料。《秋胡戏妻》第二折："如今将羊酒～取梅英去。"

表 德 名、字、绰号的通称。亦作"表得"。《潇湘夜雨》第二折："小官姓赵名钱，有一班好事的就与我起个～，唤做孙李。"

花 白 同"抢白"。奚落，讥笑。《渔樵记》第二折："你则管哩便胡言乱语将我厮～，你那些个将我似举案齐眉待。"

花街柳陌 妓院聚集处。《货郎旦》第四折："那李秀才不离了～，占场儿贪杯好色。"

苦 俫 与男人勾搭。苦，勾搭。亦作"掯俫"。王晔、朱凯〔双调·折桂令〕《问黄肇》："苏氏掯俫，双生搊渰，你划地妆孤。"

苦眼铺眉 挤眉弄眼，不正派的样子。《风光好》第三折："空这般～，那教门？"亦作"铺眉苦眼"。张鸣善〔双调·水仙子〕《讥时》："铺眉苦眼早三公，裸袖揎拳享万钟。"

刺头泥里陷　比喻埋没英雄。《燕青博鱼》第一折："便好道男儿不得便，～。拚的长街市上盘街儿叫化去咱。"

直　恁　竟然如此。《汉宫秋》第四折："暗添人白发成衰病，～的吾当可也劝不省。"

卖　逞，显耀。《汉宫秋》第二折："太平时，～你宰相功劳，有事处，把俺佳人递流。"

卖查梨　查梨是一种不好吃的酸果，样子像梨。意为将好作坏，诓骗。《救风尘》第一折："俺不是～，他可也逞刀锥，一个个败坏人伦，乔做胡为。"亦作"卖楂梨""没遭罹""没查没利"。《西厢记》第二本第四折："没查没利谎偻儸，你道我宜梳妆的脸儿吹弹得破。"

卖俏行奸　买通别人，以行奸恶。亦作"卖俏迎奸""赢奸卖俏""迎奸卖俏"。《墙头马上》第二折："俺这里不是赢奸卖俏去处。"

轮　铡　使用铡刀。形容手段高强。王晔、朱凯〔双调·水仙子〕《答黄肇》："风流双渐惯～，澜浪苏卿能跳塔，小机关背地里商量下。"

软　款　柔弱，柔和。《张生煮海》第三折："秀才家能～，会安祥，怎做这般热忽喇的勾当？"

软　揣　软弱，懦弱。《墙头马上》第三折："他毒肠狠切，丈夫又～些些。"亦作"软揣揣"。

规　画　计划。亦作"规划"。《墙头马上》第二折："正旦唱：'待月帘微籁，迎风户半开，你看这场风月～。'"

势　况　(1)样子。《赵氏孤儿》第五折："你看他腆着胸脯，装些儿～，我这里骤马如流水，掣剑似秋霜。"亦作"势相"。(2)情形，势头。

势　沙　样子，模样。亦作"势霎""势杀""势煞""世杀""沙势""杀势"。《薛仁贵》第三折："这的是甚所乔为，直吃的恁般沙势。"

势剑金牌　皇帝授予的代表皇上权力的尚方宝剑和金虎符。《魔合罗》第三折："因老夫除邪秉正，敕赐～，先斩后奏。"

青鸦鸦　形容色青。《赵氏孤儿》第四折："画着的是～几株桑树，闹炒炒一簇田夫。"

顶　礼　行礼，磕头。《陈州粜米》第三折："如今百姓每听的包待制大人到陈州粜米去，那个不～，都说俺有做主的来了。"

顶砖头　比喻针锋相对的争辩。《渔樵记》第二折："我和你～，对口词，我也不怕你。"

顶针续麻　一种酒令的名词。行令时，第一人念诗的第一句，第二人把这句诗的末一个字作为第一个字，接念一句。第三个人又把第二句的末一个字作为第一个字，再接念一句。如此连续，念不出的人，罚酒一杯。"顶针"是妇女做针线活时套在手指上的铜箍。亦作"顶真续麻"。《救风尘》第一折："俺孩儿拆白道字，顶真续麻，无般不晓，无般不会。"

㖶　语气语。(1) 略同于"呵"。《窦娥冤》第四折："我那屈死的儿～！这一节是紧要公案。"(2) 表示感叹。

呼噪　欢呼。《风云会》第二折："扯黄旗盖末身，众～科。"

畅　真正，非常，极。《渔樵记》第二折："你是个坏人伦的死像胎，你这般毁夫主～不该。"

畅好　真是，正是。《魔合罗》第四折："须是你药杀他男儿，又带累他妻。呀！你～会使拖刀计。"亦作"唱好""畅是""畅好是""畅好道""常好是""常好道"。

明夜　(1) 白天和黑夜。《单刀会》第四折："正欢娱有甚进退，且谈笑不分～。"(2) 夜未明，指后半夜。

明降　清楚，明白指出。《魔合罗》第三折："我这里自斟量，则俺那官人要个～。"

明器　放在坟墓中的器物。《曲江池》第二折："今日有个大人家出殡，摆设～，好生齐整，我和你看一看波。"

明丢丢　形容明亮。《虎头牌》第三折："你把那～剑锋与我准备，他误了限次，失了军期，差几个曳剌勾追。"

虎头牌　(1) 帝皇赐给近臣、文武官员行使最高权力的虎头金牌（伏虎形的信物）。《虎头牌》第四折："呀！这的是便宜行事的那～！"亦作"虎头金牌""虎符金牌"。(2) 虎头文的盾牌。

尚古自　还自，仍然。亦作"尚古子""尚故自""尚兀自""尚兀子""故自"。《西厢记》第四本第二折："欢郎见你去来，～推哩。"

肯许　答应。《秋胡戏妻》第二折："那老子是个穷汉，必然～。"

肯酒　订婚酒。喝肯酒是宋元时订婚的一种仪式。《李逵负荆》第一折：

"鲁智恩云：‘你还不知道，才此这杯酒是～，这褡膊是红定。’"

的　的　（1）明亮，艳丽。张雨［中吕·喜春来］《除夜玉山舟中赋》："江梅～依茅舍，石濑溅溅漱玉沙，瓦瓯篷底送年华。"（2）即特特。

迭　办　办理。《梧桐雨》第二折："道与你教坊司要～，把个太真妃扶在翠盘间，快结束，宜妆扮。"

迭　配　把罪犯发往远处充军。《潇湘夜雨》第二折："你这短命贼，怎将我来胡雕剌，～去别处官司。"

迤　逗　（1）引诱。《李逵负荆》第一折："待不吃呵，又被这酒旗儿将我来相～。"（2）牵带。

狗　材　骂人是狗的话。《东堂老》第三折："我如今寻那两个～去。"

昏邓邓　形容昏暗。《柳毅传书》第二折："那小龙大开水殿饮金钟，厮琅琅几部笙歌送，不觉的天边黑云重，～敢包笼，忽剌剌半空霹雳声惊动。"亦作"昏澄澄""昏昏瞪瞪"。

忽鲁鲁　形容风声。亦作"忽忽忽""忽忽噜噜"。《梧桐雨》第二折："忽忽忽，似神仙鸣佩琚，飕飕飕，似列子登云路。"

舍　人　原是官各，宋、元时官僚子弟习惯称"舍人"，相当于"公子"。亦简称"舍"。《救风尘》第一折："自家郑州人氏，周同知的孩儿周舍是也。"

使　长　元时，奴仆称呼主人。《墙头马上》第二折："常言道：一岁～百岁奴。"亦作"使主""侍长"。

依头缕当　从头细想。《魔合罗》第四折："不要你狂言诈语，……则要你～，分星劈两，责状招实。"

依柔依然　形容连续不断。周文质［正宫·叨叨令］《悲秋》："叮叮当当铁马儿乞留玎琅闹，啾啾唧唧促织儿～叫。"

知　重　看重。《救风尘》第一折："则为他～您妹子，因此要嫁他。"

知心可腹　情投意合。王晔、朱凯［双调·折桂令］《问黄肇》："怕不你身上～，争知他根前似水如鱼。"

刮刮匝匝　烈火焚烧杂物声。亦作"刮刮哑哑""刮刮杂杂"。《货郎旦》第四折："只见这正堂上火起，刮刮哑哑，烧的好怕人也。"

怯　薛　（1）躬着身子，不太自然的样子。刘时中［正宫·端正好］《上高监司》套数："宰头羊日日羔儿会，设手盏朝朝仕女图，～回家去，一个个欺凌亲戚，眇视乡闾。"（2）元代宫廷轮番宿卫的侍卫人员。

怕不待 岂不想，难道不准备。《西厢记》第四本第三折："眼面前茶饭～要吃，恨塞满愁肠胃。"

该 （1）应当，合当。（2）欠。刘时中［正宫·端正好］《上高监司》套数："库官但～一贯须黥配，库子折莫三钱便断除。"

该拨 分派。《汉宫秋》第二折："姻缘是五百载～下的配偶。"

详情 详察真情。《窦娥冤》第二折："大人～，他自姓蔡，我自姓张。"

单眉 眉毛稀少。钟嗣成［南吕·一枝花］《自序丑斋》套数："争奈灰容土貌，缺齿重颏。更兼着细眼～。"亦作"眉单"。

房奁 嫁妆。《秋胡戏妻》第一折："虽然没甚～送，倒也落的三朝吃喜筵。"

泼烟花 贱娼。《货郎旦》第四折："～资财放火，与奸夫背地偷期。"

泼天家私 形容财产极多。泼天，即拍天，形容气势大。《看钱奴》第二折："这几年间暴富起来，做下泼天也似家私。"

波 助词，同"吧"。《曲江池》第二折："今日有个大人家出殡，摆设明器，好生齐整，我和你看一看～。"

波查 苦难，磨折。苏彦文［越调·斗鹌鹑］《冬景》套数："几时捱的鸡儿叫更儿尽点儿煞。晓钟打罢，巴到天明，划地～。"

泥鞋窄袜 指衙门中公差的打扮。泥，同涅，黑色。《曲江池》第二折："他是大相公，小的则是个～的公人，怎么敢打？"

放狂乖 狂妄，乖张。《渔樵记》第二折："他那里斜倚定门儿手托着腮，则管哩放你那狂乖。"

放蒙挣 放泼，装糊涂。《昊天塔》第四折："这厮待～，早拨起咱无明火不邓邓。"

郎君子弟 嫖客。《陈州粜米》第三折："别的～，经商客旅，都不打紧，我有两个人，都是仓官。"

闹垓垓 热闹，喧哗。卢挚［双调·蟾宫曲］《杨妃》："羯鼓声催，～士马渔阳。"亦作"闹该该""闹咳咳"。

疙踏踏 （1）形容断断续续的样子。（2）物体不断相碰发出的声响。《燕青博鱼》第一折："我能舞剑，偏不能～敲象板。会轮枪，偏不会支楞楞拨琵琶。"

审囚刷卷 审理刑狱，查卷办案。《窦娥冤》第四折："加老夫两淮提刑，肃政廉访使之职，随处~，体察滥官污吏。"

官不威牙爪威 是说衙役比官吏更可怕。牙爪，指衙役。《虎头牌》第三折："才打到三十？赤瓦不剌海，你也忒~。"

刷 （1）查，查核。（2）挑选，征选。《汉宫秋》楔子："五谷丰登没战伐，寡人待~室女选宫娃。"亦作"刷选"。《汉宫秋》楔子："赍领诏书一通，遍行天下刷选。"（3）拘捕。

刷 照 清查，查核。《窦娥冤》第四折："但有合~文卷，都将来，待老夫灯下看几宗波。"

经 纸 抄印佛经用的黄纸。也借喻黄色。刘时中［正宫·端正好］《上高监司》套数："一个个黄如~，一个个瘦似豺狼。"

承 应 侍奉、伺候。《汉宫秋》第四折："白日里无~，教寡人不曾一觉到天明，做的个团圆梦境。"

承 望 （1）料到。《魔合罗》第三折："他来到庙中困歇，不~感的病促。到家中七窍内迸流鲜血，知他是怎生服毒。"（2）指望。

参辰卯酉 参星与辰星相对，卯时与酉时相对。借指对头，敌对。《西厢记》第四本第二折："不争和张解元~，便是与崔相国出乖弄丑。"亦作"参辰日月"。《墙头马上》第三折："总是我业彻，也强如参辰日月不交接。"

九 画

挖 抓，抓住。《汉宫秋》第一折："大块黄金任意~，血海王条全不怕，生前只要有钱财，死后那管人唾骂。"

挖 挠 （1）揪，抓住。（2）抓破。《秋胡戏妻》第二折："把这厮劈头劈脸泼拳捶，向前来，我可便~了你这面皮。"亦作"挖揉"。

挣 （1）同"攒"。积聚，拥有。《汉宫秋》楔子："灭秦屠项，~下这等基业，传到朕躬，已是十代。"（2）整饰。（3）美好之词。（4）撑开，张开。

挣 扎 勉强支撑，用力争取。亦作"挣挫""挣闯""挣揣""扎挣"等。《窦娥冤》第二折："卜儿慌科云：'你老人家放精细着，你扎挣着些儿。'"《西厢记》第四本第三折："到京师休辱末了俺孩儿，挣揣一个状元回来者。"

指 攀 指证举发对某事或案件为参与者。亦作"攀指"。刘时中［正宫·端正好］《上高监司》套数："一等无辜被害这羞辱，厮攀指一地里胡突。"

挑 剔 （1）精选，挑选。《汉宫秋》第二折："体态是二十年～就的温柔，姻缘是五百载该拨下的配偶。"亦作"挑踢"。（2）阐明。

挦绵扯絮 撕扯下的棉絮，形容下着大雪。《渔樵记》第二折："有如那～随风洒。"

拽巷罗街 骂街闹巷。指到处拨弄是非。亦作"拽巷逻街""拽巷啰街""罗街拽巷"。《渔樵记》第二折："哦！既是你不恋我这布袄荆钗，……又何须去拽巷也波啰街！"

挑茶斡刺 寻是生非。《货郎旦》第四折："那婆娘舌刺刺～，百枝枝花儿叶子。"

故 自 还要。《西厢记》第四本第二折："你～口强哩。"

春榜动选场开 科举开始。从宋朝至清朝，会试都在春天举行。考试后一定发榜，所以称为"春榜"。"选场"即"试场"。《窦娥冤》楔子："况如今春榜动，选场开，正待上朝取应。"

殃人货 犹言"害人精"。指害累人的家伙。亦作"央人货"。杜仁杰［般涉调·耍孩儿］《庄家不识构阑》套数："一个女孩儿转了几遭，不多时引出一伙，中间里一个央人货。"

歪剌骨 骂女人下贱，泼辣，不正派。《救风尘》第一折："这～好歹嘴也。我已成了事，不索央你。"亦作"歪剌姑""歪剌""歪腊骨"。

带 挈 携带，也指"连带上"。《潇湘夜雨》第一折："侄儿，则愿你早早成名，～我翠鸾孩儿做个夫人县君也。"

带草连真 草，草书；真，真（楷）书。字体中兼有草、真的笔势，即指行书。钟嗣成［南吕·骂玉郎过感皇恩采茶歌］《寄别》："织锦回文，～。意诚实，心想念，话殷勤。"

带牌走马 带牌，佩带御赐的金牌；走马，使用铺马的特权。比喻拥有最高权力。《窦娥冤》第四折："老夫是朝廷钦差，～肃政廉访使。"

耍 斗 开玩笑。《汉宫秋》第一折："休烦恼，吾当且是～，卿来便当真假。"

面糊盆　比喻糊里糊涂的环境或糊涂事。《救风尘》第四折："分剖开贪夫怨女，~再休说死生交，风月所重谐燕莺侣。"亦作"面糊桶"。

研　穷　即穷究。尽力研究。《魔合罗》第四折："投至我勘问出强贼，早忧愁的寸肠粉碎。闷恹恹废寝忘食，你教我怎~，难决断。"

砂子地里放屁　比喻无声无味。《渔樵记》第二折："你~，不害你那口碜。"

茶　茶　金、元时对少女的美称，亦常以作少女的名字。马致远〔仙吕·赏花时〕《掬水月在手》套数："紧相催，闲笃磨，快道与~嬷嬷，宝鉴妆奁准备着。"

茶　食　食品，饼饵的总称。《薛仁贵》第三折："一家家上坟准备，准备些节下~：菜馒头，飘漏粉，鸡豚狗彘。"

草泽医　江湖医生。亦作"草泽医人""草泽"。《赵氏孤儿》第一折："程婴云：'我是个草泽医人，姓程，是程婴。'"

草鞋钱　酬谢别人的行脚钱，借指勒索的钱财。《陈州粜米》第三折："我过去唬他一唬，吃他几盅酒，讨些~儿。"

胡支对　随便应付，胡乱对答。《窦娥冤》第二折："他推道尝滋味，吃下去便昏迷，不是妾讼庭上~。"

胡雕刺　胡攀乱扯。《潇湘夜雨》第二折："正旦唱：'你这短命贼，怎将我来~，迭配去别处官司。'"

虼螂皮　虼螂即蜣螂，一种吃粪便或其他污秽东西的甲壳虫。借喻华丽的外衣。《救风尘》第一折："那厮虽穿着几件~，人伦事晓得甚的？"

战笃速　谓因恐惧而颤抖。笃速，即"哆嗦"。《东堂老》第三折："唬得他手儿脚儿~，特古里我根前你有甚么怕怖？"亦作"战都速""战扑速"。姚守中〔中吕·粉蝶儿〕《牛诉冤》套数："只见他手持刀器将咱觑，吓得我战扑速魂归地府，登时间满地血模糊。"

战战摇摇　因恐惧而全身颤抖。《赵氏孤儿》第三折："见孩儿卧血泊，那一个哭哭号号，这一个怨怨焦焦。连我也~，直恁般歹做作。"

咽　作　歌唱。关汉卿〔南吕·一枝花〕《不伏老》套数："会歌舞、会弹唱、会~。"

哂　微笑。《风光好》第三折："我觑了暗地~，全不见没事狠。"

咱　(1)即"我"。(2)我们。《汉宫秋》第三折："尚书云：'陛下，~

回朝去罢。'"（3）语尾助词，同"者"或"呵"。多表示商量或请求的语气。《望江亭》第三折："衙内云：'小娘子，你表白一遍~。'"《汉宫秋》第一折："当此夜深孤闷之时，我试理一曲消遣~。"李罗御史［南吕·一枝花］《辞官》套数："闲时节笑~，醉时节睡~，今日里无是无非快活煞。"亦作"则"。（4）人称语尾助词。

响钞精银　成色高的银子。《货郎旦》第四折："挥霍的是一锭锭~，摆列的是一行行朱唇俸皓齿。"

临 逼　逼迫。王晔、朱凯［双调·折桂令］《问苏妈妈》："苏婆婆常只是熬煎，~得孩儿，一味地胡扇。"

界 方　（1）界尺，用以压纸的条状文具。（2）即"醒木"。说书人拍案使听众注意的硬木。亦作"醒睡"。《货郎旦》第四折："小末唤科，云：'兀那两个，你来说唱与我听者。'副旦做排场，敲醒睡科，诗云：'烈火西烧魏帝时，周郎战斗苦相持。'"

点　（1）指使。《救风尘》第三折："周舍，你好道儿，你这里坐着，~的你媳妇来骂我这一场。"（2）推，撑。

点纸画字　点纸，在纸上摁指模；画字，签字、画押。指在契约或供词上摁指模和签押。《虎头牌》第三折："老完颜，着你~哩。"

毡上拖毛　喻行动迟缓。《赵氏孤儿》第一折："叫你回来呵，便似~。"

顺水推船　顺风开船，比喻顺势随和，好做人情。《窦娥冤》第三折："天地也，做得个怕硬欺软，却原来也这般~。"

适 闷　解闷。《倩女离魂》第二折："小生横琴于膝，操一曲以~咱。"

鸨 儿　妓女的假母。亦作"保儿""老鸨""薄母""博磨"。《曲江池》第二折："可堪老鸨太无恩，撇下孤贫半死身。"

科　（1）元杂剧有关表演动作、情态之称，亦指舞台效果。宋元南戏称"介"。《汉宫秋》第一折："旦做弹~。驾云：'是那里弹的琵琶响？'"《窦娥冤》第三折："刽子做磨旗~，云：'怎么这一会儿天色阴了也，'内做风~，刽子云：'好冷风也！'"（2）举动，行为。

俫　（1）用以指元杂剧中的儿童。《西厢记》第四本第二折："~云：'奶奶知道你和姐姐去花园里去，如今要打你哩。'俫指莺莺之弟欢郎。亦作"俫儿"。（2）泛指人，有贱称意。（3）衬词，无义。见"来"。（4）如附着于其他词汇后，则只作为表示男性的语尾（蔑称）。

俏簇 同"俏倬"，漂亮。《货郎旦》第四折："据一表仪容非俗，打扮的诸余里~。"

俄延 慢慢地。《汉宫秋》第三折："且休问劣了宫商，您则与我半句儿~着唱。"

便索 索性，就。《西厢记》第四本第二折："若问着此一节呵，如何诉休？你~与他个知情的犯由。"

便做道 即使是，即使。亦作"便做""便做到""更做""更则道""更做到"。《秋胡戏妻》第二折："我今日有丈夫呵，你怎么又招与我个女婿？更则道你庄家每葫芦提没见识！"

保亲 做媒。《救风尘》第一折："正旦云：'我正来与你~。'"

待报 准备处决。《魔合罗》第三折："张千云：'犯妇当面！'旦跪科。府尹云：'则这个是那~的女囚？'"

待诏 原是官名，宋、元时对各种手艺人的尊称。《汉宫秋》第一折："我则问那~别无话，却怎么这颜色不加搽。"

看觑 （1）照料。《窦娥冤》楔子："留下女孩儿在此，只望婆婆~则个。"（2）观看

看钱奴 元人称守财奴。钱霖［般涉调·哨遍］套数："试把贤愚穷究，~自古呼铜臭。"

看街楼 可以观看街景的楼房。《曲江池》第二折："我如今叫女儿出来，在~上看出殡去。"

看生见长 从小看着长大，亦指抚养。高克礼［越调·黄蔷薇过庆元贞］："又不曾~，便这般割肚牵肠。"

香水行 宋元以来指澡堂、浴室。亦作"混堂""香水混堂"。《张生煮海》第三折："这秀才不能勾花烛洞房，却生扭做香水混堂，大海将来升斗量。"

须 （1）同"自"。本来。睢景臣［般涉调·哨遍］《高祖还乡》套数："你~身姓刘，你妻~姓吕，把你两家儿根脚从头数。"（2）却。

急切里 慌张，急忙。《单刀会》第四折："百忙里趁不了老兄心，~倒不了俺汉家节。"

急张拘诸 形容慌张、惊恐。亦作"急章拘诸""急獐拘猪"。《薛仁贵》第

·元曲·

图文珍藏版

差　发　征调赋税。睢景臣〔般涉调·哨遍〕《高祖还乡》套数：＂少我的钱，～内旋拨还，欠我的粟，税粮中私准除。＂

差　迟　即＂差池＂。错误。《秋胡戏妻》第二折：＂肚皮里凄凉，是我旧忍过的饥，休想道半点儿～。＂

差　排　（1）安排，处置。（2）支配。《汉宫秋》第二折：＂当日未央宫里，女主垂旒，文武每，我不信你敢～吕太后。＂（3）主张，出主意。（4）谋算。（5）排遣。

养　汉　女子与异性发生不正当的男女关系。亦作＂养汉子＂。《渔樵记》第二折：＂白昼抢夺，或是认道士，认和尚，养汉子。你则管写，不防事。＂

施　呈　（1）施展。（2）表演。《单刀会》第四折：＂今朝席上倘有争锋，恐君不信，拔剑～，吾当摄剑，鲁肃休惊。＂

姿姿媚媚　形容女子温柔娇媚的样子。亦作＂媚孜孜＂。关汉卿〔双调·碧玉箫〕：＂院后那娇娃，媚孜孜整绛纱，颤巍巍插翠花。＂

客　火　即客伙，客店。《救风尘》第三折：＂早起杭州～散了，赶到陕西～里吃酒。我不与了大姐一分饭来？＂

将军柱　大堂前两侧的大柱子，因形似把门将军，故名。《赵氏孤儿》第四折：＂摘了他斗来大印一伙，剥了他花来簇儿套服，把麻绳背绑在～。＂

洒　家　（1）和尚自称，同＂咱家＂。《昊天塔》第四折：＂正末扮杨和尚上，云：＇～醉了也！＇＂（2）宋元时关西一带人的自称。《虎头牌》第三折：＂外扮曳剌上云：＇～是关西曳剌……。＇＂

浑　家　指妻。《看钱奴》第二折：＂小生周祖荣，嫡亲的三口儿家属，～张氏，孩儿长寿。＂

洗　剥　剥光衣服《潇湘夜雨》第二折：＂左右，拿将下去，～了与我打着者！＂

活　路　可以变通的门路。《救风尘》第四折：＂俺须是卖空虚，凭着那说来的言咒誓为～。＂

活支沙　犹言＂活生生＂。支沙，语气助词。亦作＂活支刺＂。《鲁斋郎》第二折：＂活支刺娘儿双拆散，生各扎夫妻两分离。＂

洁　郎　元代民间对和尚的称谓。亦简称＂洁＂。《西厢记》第四本第三折：

"洁云：'夫人主张不差，张生不是落后的人。'"

涎邓邓 形容眼睛呆呆地、贪婪地看。亦作"涎瞪瞪""涎涎邓邓""涎涎瞪瞪""涎涎澄澄"。《秋胡戏妻》第三折："眼脑儿涎涎邓邓，手脚儿扯扯也那摔摔。"

总 然 即使。《风光好》第三折："~你富才华，高名分，谁不爱翠袖红裙。"

前 程 （1）指婚姻。《西厢记》第一本第三折："夜阑人静，海誓山盟，怎时节风流嘉庆，锦片也似~。"（2）出息。

前婚后嫁 指再嫁。《窦娥冤》第二折："劝普天下~婆娘每，都看取我这般傍州例。"

说家克计 谈主持家计的事。《窦娥冤》第二折："有一等妇女每相随，并不~，则打听些闲是非。"

恼 懆 烦恼不安。《窦娥冤》第一折："你老人家不要~，难道你有活命之恩，我岂不思量报你？"

飒剌剌 形容风声。《渔樵记》第二折："头直上乱纷纷雪似筛，耳边厢~风又摆。"

迷飚没腾 迷迷糊糊。亦作"迷丢没邓""迷飚模登""迷丢答都"。周文质[正宫·叨叨令]《悲秋》："睡不着也末哥，孤孤另另单枕上迷飚模登靠。"

姻 娇 娇娃，指美女。《汉宫秋》第一折："便宜的八百~比并他，也未必强如俺娘娘，带破赚丹青画。"亦作"烟娇"。

姻缘簿 迷信说法，指注定男女婚姻关系的簿籍。查德卿[仙吕·寄生草]《间别》："~剪做鞋样。比翼鸟搏了翅翰。火烧残连理枝成炭。针签瞎比目鱼儿眼。"

姨 夫 谓两男共狎一妓。贯云石[正宫·寒鸿秋]《代人作》："这些时陡怎的恩情俭，推道是板障柳青严，统镘~欠，只被这俏苏卿抛闪煞穷双渐。"

娇 客 对女婿的爱称。《倩女离魂》第二折："你若得登第呵，你做了贵门~。"

眉头一纵 指眉头一皱，集中精神思索一下。《汉宫秋》第一折："~，计上心来，只把美人图点上些破绽，到京师，必定发入冷宫。"

统 镘 广有钱财。镘，钱的市语。贯云石[正宫·塞鸿秋]《代人作》：

·元曲·

图文珍藏版

"这些时陡恁的恩情俭，推道是板障柳青严，~姨夫欠，只被这俏苏卿抛闪煞穷双渐。"

退佃 舍弃，摒弃。王晔、朱凯〔双调·水仙子〕《驳苏卿》："明明~丽春园，暗暗的开除了双解元，惨可可说下神仙愿。却原来都是谝。"

屎头巾 犹言绿头巾。称妻子有外遇者。《燕青博鱼》第一折："燕大云：'兄弟也，我怎生顶着~走。'"

既不沙 不然。沙，语气助词。《渔樵记》第二折："有如那拑绵扯絮随风洒，~，却怎生白茫茫的无个边界。"亦作"既不索"。

十　画

捏合 编造伪证。亦作"扭捏"。《货郎旦》第四折："一诗一词，都是些人间新近希奇事，扭捏来无诠次。"此指编造说唱故事。

捏胎鬼 迷信说法，指给人在成胎时捏好相貌、性格、福禄、寿命等的鬼神。亦用作骂詈之词。钟嗣成〔南吕·一枝花〕《自序丑斋》："记得他是谁？原来是不做美当年的~！"

桬子 一种刑具。用绳子穿着五条小木棍，施刑时，套在指上收紧。亦作"桬指""撒子""撒子角"。《魔合罗》第四折："比及下桬指，先浸了麻槌，行杖的腕头加气力。"

根苗 根由，缘由。张养浩〔中吕·朱履曲〕："才上马齐声儿喝道，只这的便是送了人的~。直引到深坑里恰心焦。"

索 (1) 须。《汉宫秋》第二折："我~折一枝断肠柳，饯一杯送路酒。"(2) 得，要。(3) 应，应该。

索合 须当。《救风尘》第二折："我~再做个机谋，把这云鬟蝉鬓妆梳就。"

索强如 胜过。亦作"煞强似""赛强如""须强如"等。《琵琶记》第二十出："这是谷中膜，米上皮，将来逼逻堪疗饥。……须强如草根树皮。"

趆过 走。王晔、朱凯〔双调·水仙子〕《黄肇答》："从来道水性难拿，从他~，由他演撒，终只是个路柳墙花。"

热忽剌 形容热（热气，热情，热烈）。"忽剌"，语气助词，亦作"热忽喇""热兀罗""热刺刺""热拖拖"。《张生煮海》第三折:"秀才家能软款会安详,怎做这般热忽喇的勾当。"

恶头儿 罪名。《魔合罗》第四折:"我好意儿劝他家,将一个~揣与自己。"

起 头 开头,起初。贯云石〔双调·寿阳曲〕:"新秋至,人乍别,顺长江水流残月。悠悠画船东去也,这思量~儿一夜。"亦作"起首"。

莫 得 休得,不要。《梧桐雨》第二折:"寡人亲捧杯玉露甘寒,你可也~留残,拼着个醉醺醺直吃到夜静更阑。"

莺 花 妓女。《曲江池》第二折:"谁着你恋~,轻性命,丧风尘。"

莺花寨 风月场所,妓院。王晔、朱凯〔双调·水仙子〕《议拟》:"风月所成文案,~拟罪名,丽春园依例施行。"

套 头 套在驴、马颈子上的笼头。比喻受到束缚。关汉卿〔南吕·一枝花〕《不伏老》套数:"恁子弟每谁教你钻入他锄不断斫不下解不开顿不脱慢腾腾千层锦~。"

埋 情 犹言昧着良心。《赵氏孤儿》第三折:"是那个~出告,原来这程婴舌是斩身刀。"

班 头 (1) 同辈人的头领。关汉卿〔南吕·一枝花〕《不伏老》套数:"我是个普天下郎君领袖,盖世界浪子~。" (2) 朝班。《汉宫秋》第二折:"文臣安社稷,武将定戈矛,你只会文武~,山呼万岁。"

辱 抹 即"辱没"。亦作"辱末"。《西厢记》第四本第三折:"夫人云:'俺今日将莺莺与你,到京师休辱末了俺孩儿,挣揣一个状元回来者。'"

素 放 白白放走,轻易放过。《燕青博鱼》第一折:"俺哥哥若有些好歹,我不道的轻饶~了你也。"

顿不脱 甩不脱,无法解脱。关汉卿〔南吕·一枝花〕《不伏老》套数:"恁子弟每谁教你钻入他锄不断斫不下解不开~慢腾腾千层锦套头。"

顿剑摇环 顿剑,按剑;摇环,摇动刀环。形容军容的英勇气概。《追韩信》第二折:"怎蒙了战策兵书,消磨了~。"

破 亲 破坏他人的婚姻。《救风尘》第三折:"我当初倚大呵妆幌主婚,怎知我嫉妒呵特故里~。"

破 赚 即"破绽"。破败、缺点。《汉宫秋》第一折:"便宣的八百姻娇比并他,也未必强如俺娘娘带~丹青画。"

破设设 破破烂烂的。杨果［仙吕·赏花时］套数："竹篱折补苔墙，~柴门上张着破网。"亦作"破杀杀"。

恩 临 恩情。《燕青博鱼》第一折："我把哥哥那山海也似~厮报答。"

晏 驾 专指皇帝死亡。《风云会》第二折："自从先帝世宗~，立此幼子宗训为君。"

紧 （1）密切。《救风尘》第三折："则这~的到头终是~，亲的原来只是亲。"

罢 收 收场，了结。沙正卿［越调·斗鹌鹑］《闺情》套数："实丕丕罪犯先招受，直到折倒了庞儿~。"

贼丑生 贼畜生，骂人的话。《墙头马上》第三折："着这~与你一纸休书，便着你归家去。"

监 系 监禁。曾瑞［般涉调·哨遍］《羊诉冤》套数："便似养虎豹牢~，从朝至暮，坐守行随。"

剔团圞 形容圆圆的。《窦娥冤》第一折："催人泪的是锦烂熳花枝横绣闼，断人肠的是~月色挂妆楼。"《西厢记》第一本第三折："~明月如悬镜。"亦作"剔团圆"，"剔秃圞""剔留团圞。"郑光祖［双调·蟾宫曲］《梦中作》："皎皎洁洁照橹篷剔留团圞月明，正潇潇飒飒和银筝失留疏刺秋声。"

傥来之物 即傥来之物。无意中得到的东西。《东堂老》第三折："忠孝是立身之本，这钱财是~。"

特 故 特地，特别。《救风尘》第四折："我~抄与你个休书题目，我跟前现放着这亲模。"亦作"特故里""特古里""特故的"。《东堂老》第三折："唬得他手儿脚儿战笃速，特古里我根前你有甚么怕怖?"

透 漏 疏忽、失漏。《汉宫秋》第二折："恐怕边关~，殃及家人奔骤。"

爱 女 好色。亦作"爱女娘"。《救风尘》第二折："普天下爱女娘的子弟口，那一个不指皇天各般说咒?"

恁 般 这般。《西厢记》第一本第三折："我这里甫能，见娉婷，比着那月殿嫦娥也不~撑。"亦作"恁的般"。

钱 龙 犹言"财神"。钱霖［般涉调·哨遍］套数："待垒做钱山儿倩军士喝号提铃守，怕化做~儿请法官行罡布气留。"亦作"钱驴"。

钻 刺 钻营谋求，刺探消息。刘时中［正宫·端正好］《上高监司》套

图文珍藏版

数："向库中~真强盗，却不财上分明大丈夫。"

铁衣郎 将士，兵士。《汉宫秋》第三折："枉养着那边庭上~，你也要左右人扶持。"

饿 纹 鼻翼两侧的面纹。亦称"螣蛇"。相术称：如此纹贯入口角，主饿死，故名。《渔樵记》第二折："看了你这嘴脸，口角头~，驴也跳不过去，你一世儿不能勾发迹。"

诸 余 一切。《汉宫秋》第二折："他~可爱，所事儿相投。"

调嚚虚 弄虚作假，哄骗人。《窦娥冤》第二折："说一会不明白打凤的机关，使了些~捞龙的见识。"

调三斡四 拨弄是非。《货郎旦》第四折："他正是节外生枝，~。"

请 俸 （1）支取俸禄。《汉宫秋》第二折："你们干请了皇家俸，着甚的分破帝王忧？"

课 银 银锭。《魔合罗》第三折："有夫李德昌，将带资本~十一锭，贩南昌买卖。"

谈天口 说话的嘴，即指"嘴"。不忽木［仙吕·点绛唇］《辞朝》套数："布袍宽褪拿云手，玉箫占断~。"

袖 即 "衫"。袖为衫的一部分，此以部分代整体，故称。睢景臣［般涉调·哨遍］《高祖还乡》套数："新刷来的头巾，恰糨来的~衫。"袖衫，即衫。

粉 房 妓院。《救风尘》第三折：你来~里寻我。"

料 物 调味品。姚守中［中吕·粉蝶儿］《牛诉冤》套数："却不道闻其声不忍食其肉。划地加~宽锅中烂煮，煮得美甘甘、香喷喷软如酥。"

料 钞 元初发行的纸币，以丝料作合价标准，故称。后泛称纸币。刘时中［正宫·端正好］《上高监司》套数："一日日物价高涨。十分~加三倒，一斗粗粮折四量。"

离 缺 离别。不能团圆。朱庭玉［南吕·一枝花］《女怨》套数："枕衾寒难捱如年夜。可惯~。受恁磨灭。"

离 摘 分离。《张生煮海》第二折："猛地里难回避，可教人怎~？"

案 板 猪。《救风尘》第四折："笑吟吟~似写着休书，则俺这脱空的故人何处。"

害口碜 因害怕讲不出话来。《渔樵记》第二折："你砂子地里放屁，不害你那口磣。"

害天灾 比喻伤天害理。《救风尘》第四折:"你这负心汉，~的! 你要去，我偏不去。"

家 私 (1) 财产。(2) 家庭。《潇湘夜雨》第二折:"我为你撇吊了~，远远的寻途次。"

家缘家计 财产。《货郎旦》第四折:"早是焚烧了~，都也罢了，怎当的连累官房，可不要去抵罪?"亦作"家缘"。

部 署 (1) 管束，处分。《西厢记》第四本第二折:"我弃了~不收，你原来苗而不秀。"(2) 教头。

烟 花 指妓女。《陈州粜米》第三折:"盗粜了仓米，乾没了官钱，都送与泼~。"

烟月牌 指妓女。亦作"烟月"。《陈州粜米》第三折:"本是个显要龙图职，怎伴着烟月鬼狐缠?"

消 受 (1) 享受。《汉宫秋》第一折:"量妾身怎生~的陛下恩宠。"(2) 忍受。《汉宫秋》第三折:"这一去，胡地风霜，怎生~也。"

消不得 少不得。《潇湘夜雨》第二折:"你为官~人伏侍，你忙杀呵写不得那半张纸。"亦作"消不的"。

准 抵偿。《窦娥冤》楔子:"我有心看上他，与我家做个媳妇，就~了这四十两银子，岂不两得其便。"

准 拟 (1) 准备，计划。(2) 一定能（表示估量）。钟嗣成〔南吕·一枝花〕《自序丑斋》套数:"有一日……~夺魁。"(3) 设想。

浪荡乾坤 指广阔的天地，喻光天化日。《燕青博鱼》第一折:"清平世界，~，你怎么当街里打人?"

悄悄冥冥 静寂，静静地。《倩女离魂》第二折:"不挣他江渚停舟，几时得门庭过马。~，潇潇洒洒。"

悭悭苦尅 刻克，省吃俭用。《看钱奴》第二折:"我平昔间一文也不使，半文也不用，我可不知怎生这么~。"

剥 地 形容爆发的声响。《汉宫秋》第一折:"今宵画烛银台下，~管喜信爆灯花。"

剥 落 谓科举功名未就，犹言落第。亦作"驳落""薄落"。《西厢记》第四本第二折："我与你养着媳妇，得官呵，来见我；驳落呵，休来见我。"

能　可　宁可。《潇湘夜雨》第二折："~瞒昧神祇，不可坐失良机。"

难　拿　摸不准，难对付。王晔、朱凯［双调·水仙子］《黄肇答》："从来道水性~，从他赸过，由他演撒，终只是个路柳墙花。"

通　疏　通情达理，爽快。《救风尘》第三折："你这厮外相儿~就里村，你今日结婚姻，咱就肯罢论？"钟嗣成［南吕·一枝花］《自序丑斋》套数："既通儒，又通吏。既~，又精细。"

通天彻地　无所不知。《曲江池》第二折："总饶你便~的郎君，也不够三朝五日遭瘟。"

逡　巡　顷刻。《曲江池》第二折："我怕你死在~，抛在荆榛。"

展　污　即"玷污"。污辱。《风光好》第三折："贱妾煞是~了个经天纬地真英俊，为国于民大宰臣。"

展脚舒腰　伸脚弯腰行礼。睢景臣［般涉调·哨遍］《高祖还乡》套数："众乡老~拜，那大汉挪身着手扶。"

十一画

捻　揸　窈窕，纤美。吕天用［南吕·一枝花］《秋蝶》套数："喜孜孜翠袖兜笼，娇滴滴玉纤~。"

推东主西　主，借作"阻"。指多方推托，推阻。《薛仁贵》第三折："怎敢道是~，我则怕言无关典，话不投机。"

排　备办。元好问［中吕·喜春来］《春宴》："春宴~，齐唱喜春来。"

排　门　挨家挨户。睢景臣［般涉调·哨遍］《高祖还乡》套数："社长~告示，但有的差使无推故。"

掂　详　审查，揣度。《墙头马上》第三折："相公把拄杖~，院公把扫帚支吾。"亦作"咭详"。

推　称　推辞。《西厢记》第二本第三折："夫人遣妾莫消停，请先生勿得~。"

措支刺　形容慌张的样子。支刺，语气助词。《西厢记》第二本第四折："~不对答，软兀刺难存坐。"

捆　手　拍手掌，表示高兴。《秋胡戏妻》第二折："接红科。罗做~笑云：'了了了！'"

描　条　即"苗条"。身材好。《渔樵记》第二折："凭着我好~，好眉面。善裁剪，善针线，我又无儿女厮牵连，那里不嫁个大官员。"

据　的确。《货郎旦》第四折："~一表仪容非俗，打扮得诸余里俏簇。"

插插花花　花言巧语，言语不实。《渔樵记》第二折："不要你~认我来，哭哭啼啼泪满腮。"

控　持　难为，折磨。《琵琶记》第二十出："糠！遭砻被舂杵，筛你簸扬你，吃尽~。"

接　脚　指后夫。《窦娥冤》第二折："老汉自到蔡婆婆家来，本望做个~，却被他媳妇坚执不从。"亦作"接脚夫"。

梢　靶　借指臂膀。《燕青博鱼》第一折："调动我这莽拳头，扇动我这长~。"

勘　婚　订婚。《柳毅传书》第三折："俺满口儿要结姻，他舒心儿不~。"

黄　门　太临。《汉宫秋》第一折："驾云：'小~！你看是那一宫的宫女弹琵琶，传旨去教他来接驾。'"

黄花女儿　未出嫁的闺女，处女。《窦娥冤》第一折："这歪刺骨！便是~，刚刚扯的一把，也不消这等使性！"

营　勾　(1)勾引，骗取。《墙头马上》第二折："兀的是不出嫁的闺女，教人~了身躯，可又随着他去。"(2)牵引，招惹。

梦　撒　无，没有。周德清［双调·蟾宫曲］："酱瓮儿恰才~。盐瓶儿又告消乏。"

梦撒撩丁　没钱。梦撒，无；撩丁，钱。《曲江池》第二折："我直着你梦撒了撩丁，倒折了本。"

勒　掯　克扣，敲诈。《看钱奴》第二折："我骂你个~穷民狠员外！"

常例钱　按惯例收取或公开收取的小费。亦作"常例""事例钱"。刘时中［正宫·端正好］《上高监司》套数："且说一年中事例钱，开作时各自与。"

唱叫扬疾　大声叫喊，吵闹。《窦娥冤》第二折："呀！是谁人~，不由我不魄散魂飞。"亦作"唱叫"。《货郎旦》第四折："那婆娘娶到家时，未经三五日，唱叫九千场。"

唱喏　作揖。《东堂老》第三折："卖茶的云：'那里来这叫化的？哎叫化的也来~！'"

嗟赚　哄骗。《魔合罗》第四折："使心机，~出是和非。"

堂子　澡堂，浴室。《潇湘夜雨》第二折："弄的来身儿上精赤条条的。……我去那~里把个澡洗。"

虚下　戏剧用语。演员暂时离场，后重又出场表演。《窦娥冤》第四折："魂旦~。窦天章做醒科。……魂旦上做弄灯科。"

虚科　假话。《救风尘》第三折："我假意儿瞒，~儿喷，着这厮有家难奔。"

虚脾　虚情假意。《救风尘》第一折："那做子弟的他影儿里会~，那做丈夫的忒老实。"

虚嚣　（1）虚伪。《救风尘》第三折："有那千般不实乔躯老，有万种~歹议论。"（2）诈伪，使机谋。

虚飘飘　轻轻地，形容虚浮。王晔、朱凯〔双调·折桂令〕《问双渐》："实丕丕兜笼富商，~蹬脱了才郎。"

眼角　犹"目眦"。眼梢。景元启〔双调·得胜令〕："~传心事，眉尖锁旧愁。"

猛可里　突然。睢景臣〔般涉调·哨遍〕《高祖还乡》套数："~抬头觑，觑多时认得，险气破我胸脯。"

停分　平分。《秋胡戏妻》第二折："则待要~了两下的财礼。"

停妻再娶　指已有妻室而再娶，即重婚。"停妻"亦作"停婚"。《潇湘夜雨》第二折："我则待妇随夫唱和你调琴瑟，谁知你再娶停婚先有个泼贱儿。"

做人　出众，有面子。《东堂老》第三折："你当初也是~的来，你也曾照顾我来。"

做作　（1）行为，所作所为。（2）装模作样。《风光好》第三折："实丕丕与你情亲，你把万般~千般怒，兀的甚一夜夫妻百夜恩。"

做的个　落得个，弄得。《救风尘》第三折："则为他满怀愁，心间闷，~进退无门。"

做下来　出了事，出问题。《西厢记》第四本第二折："这几日窃见莺莺语言恍惚，神思加倍，腰肢体态，比向日不同；莫不是~了么？"

偏不的 怪不得。《燕青博鱼》第一折："哎哟！那厮雨点也似马鞭子丢，不俅~我风团般着这拄杖打。"

偷寒送暖 （1）巴结奉迎，拨弄是非。（2）指男女间传递消息。《救风尘》第三折："钉靴雨伞为活计，~作营生。"《墙头马上》第二折："枉骂他~小奴才，要这般当面抢白。"

假　饶 即使。钟嗣成［双调·清江引］"秀才饱学一肚皮，要占登科记。~七步才，未到三公位。"

盘　街 （1）在街上盘走，指走街串巷。《燕青博鱼》第一折："今日把我赶将出来。……拼的长街市上~儿叫化去咱！"（2）星命、占卜等术士沿街售术。

兜　的 "兜"同"陡"。突然。《汉宫秋》第三折："那一会想菱花镜里妆，风流相，~又横心上。"

兜　笼 （1）收揽，引申为收拾。吕天用［南吕·一枝花］《秋蝶》套数："喜孜孜翠袖~，娇滴滴玉纤捻搭。"亦作"兜罗"。（2）笼络，巴结。王晔、朱凯［双调·折桂令］《问双渐》："实丕丕~富商，虚飘飘蹬脱了才郎。"

脚头乱 行踪不定。《救风尘》第三折："店小二云：'我知道，只是你~，一时间那里寻你去？'"

脚打着脑杓子 形容飞奔。亦作"脚搭着脑杓""脚踏着脑杓子走"。《救风尘》第一折："怕不便脚搭着脑杓成事早，怎知他手拍着胸脯悔后迟。"

铜豌豆 比喻饱经风霜的硬骨头。一说比喻风月场中的硬汉老手。关汉卿［南吕·一枝花］《不伏老》套数："我是个蒸不烂煮不熟捶不匾炒不爆响珰珰一粒~。"

领　抹 指领巾一类东西。亦作"领系""领戏"。《救风尘》第一折："替你妹子提领系、整钗环。"

祭　丁 丁，上丁（每月上旬的丁日）。古以仲春（二月）、仲秋（八月）上丁日祭祀孔子，故称。《潇湘夜雨》第二折："那个秀才~处不会抢馒头吃！"

麻　辣 麻木。《燕青博鱼》第一折："刚才个渐渐里呵的我这手温和，可又早切切里冻的我这脚~。"

麻　槌 一种刑具，套头的脑箍。《魔合罗》第四折："比及下拶指，先浸了~，行杖的腕头加气力。"

麻线道 比喻路窄。《渔樵记》第二折："做的鬼到黄泉，我和你~儿上不相见。”

宿　头　旅途中的投宿处。《汉宫秋》第二折：“眼见得赶程途，趁~；痛伤心，重回首。”

宿　料　隔夜的草料。《燕青博鱼》第一折：“耕牛无~，仓鼠有余粮。”

粗　糙　粗鲁。《燕青博鱼》第一折：“只因性子~。众人起他一个混名，叫作卷毛虎。”

婆　娘　女人。多有贱称意。《曲江池》第二折：“这亡化的，不知是~？是汉子？”

婆　婆　（1）泛指老妇人。（2）称老妻。《渔樵记》第二折：“老汉姓刘，排行第二，人口顺都唤我做刘二公。嫡亲的三口儿家属：一个~，一个女孩儿。”（3）称丈夫的母亲。《窦娥冤》第一折：“~索钱去了，怎生这早晚不见回来？”

商　量　（1）酝酿。冯子振［正宫·鹦鹉曲］《市朝归兴》：“利名场反覆如云，又是~阴雨。”（2）讨价还价。周德清［中吕·红绣鞋］《郊行》：“雪意~酒价，风光投奔诗家。”（3）料想。

着　莫　（1）捉摸。《西厢记》第二本第四折：“他不想结姻缘想甚么？到如今难~。”亦作“着摸”“着末”。（2）约莫，依稀。（3）引惹。（4）牵缠，纠缠。陈草庵［中吕·山坡羊］：“伏低伏弱，装呆装落，是非犹自来~。”《汉宫秋》第二折：“怎禁他带天香，~定龙衣袖。”亦作“着么”“着末”“着抹”。

渔鼓简子　道家唱道情用的竹鼓和简板。亦作“愚鼓简子”“愚鼓简板”。邓学可［正宫·端正好］《乐道》套数：“闲遥遥唱些道情，……咱这愚鼓简子便是行头。”

清耿耿　（1）形容耿直廉明。《潇湘夜雨》第二折：“我~不受民钱，干剥剥只要生钞。”

淘　气　烦恼。《赵氏孤儿》楔子：“人无害虎心，虎有伤人意；当时不尽情，过后空~。”

淅零零　“淅沥沥”的衍音。形容雨、雪、风等的飘打声。杨讷［商调·二郎神］《怨别》套数：“败叶儿~乱飘。”亦作“淅冽冽”“昔零零”“淅留淅零”“淅溜淅冽”“淅零淅留”。周文质［正宫·叨叨令］《悲秋》：“滴滴点点细雨儿淅零淅留哨。”郑光祖［双调·蟾宫曲］《梦中作》：“冷冷清清潇湘景晚风生，淅留淅零暮雨初晴。”

惯　纵　纵容，娇纵。《梧桐雨》第二折："～的个无徒禄山。没揣的撞过潼关。"

情　取　管教。《汉宫秋》第一折："你便晨挑菜，夜看瓜；春种谷，夏浇麻。～棘针门粉壁上除了差法，你向正阳门改嫁的倒荣华。"

情　杂　爱情不专一。亦作"杂情"。王晔、朱凯［双调·折桂令］《问苏卿》："那一个坚心志诚，那一个薄幸杂情？则问苏卿，是爱冯魁，是爱双生？"

惊急力　形容惊慌。亦作"惊急里""惊急列""惊急烈""急惊列""荆棘列""荆棘律""荆棘刺""慌急列"。《风云会》第二折："惊急列心如刀锯，颤笃速身如火燎。"《西厢记》第二本第四折："荆棘刺怎动挪！死没腾无回豁！"

谎彻梢虚　虚言假语，敷衍应付。《救风尘》第一折："有郑州周舍，与孩儿做伴多年，一个要娶，一个要嫁。只是老身～，怎么便肯？"

断　除　尽除，开除。刘时中［正宫·端正好］《上高监司》套数："库官但该一贯须黥配，库子折莫三分便～。"

绰　起　（1）举起，抓起。《李逵负荆》第一折："他道是轻薄桃花逐水流，俺～这桃花瓣儿来，我试看咱。"

绵里针　（1）藏在绵絮里的针。比喻不易察觉的阴谋。《曲江池》第二折："笑里刀剐皮割肉，～剔髓挑筋。"（2）喻小心，细心。

绾角儿夫妻　从小许配的夫妻，比喻原配夫妻。《魔合罗》第三折："我须是李德昌～，怎下的胡行乱做？"《望江亭》第二折："弃旧的委实难，迎新的终容易。新的是半路里姻眷，旧的是～。"

敢　是　大概是。《汉宫秋》第二折："远远的望见人马浩大，～穹庐也。"

欸　乃　舟人所唱的歌。《倩女离魂》第二折："听长笛一声何处发，歌～，橹咿哑。"

随　斜　胡闹。亦作"随邪"。《墙头马上》第三折："也时乖运蹇遭磨灭，冰清玉洁肯随邪。"

十　二　画

揾　（1）揩拭。《赵氏孤儿》第三折："泪珠儿不敢对人抛，背地里～了。"

揣　巴　巴望得到。《燕青博鱼》第一折："我～些残汤剩水，打叠起浪酒闲茶。"

揪捽 用力揪住，抓住。睢景臣［般涉调·哨遍］《高祖还乡》套数："只道刘三，谁肯把你~住，白甚么改了姓、更了名唤做汉高祖。"

提控 对管事吏役的称呼。《虎头牌》第三折："他误了限次，失了军期，差几个曳剌勾追。……兀那老~到来也未？"

提心在口 比喻提心吊胆。《西厢记》第四本第二折："只着你夜去明来，倒有个天长地久；不争你握雨携云，常使我~。"

搭负 负担，累赘。刘时中［正宫·端正好］《上高监司》套数："受了五十四站风波苦，亏杀数百千程递运夫，哏生受，哏~。"

搭剌 耷垃，下垂。亦作"剌搭""答剌"。曾瑞［般涉调·哨遍］《羊诉冤》套数："我如今剌搭着两个蔫耳朵，滴溜着一条粗硬腿。"

揭债 还清债务。《救风尘》第二折："咱这几年来待嫁人心事有。听的道谁~？谁买休？"

握刀纹 掌纹的一种。迷信谓主凶恶，好杀。《曲江池》第二折："脸上生那歹斗毛，手内有那~，狠的来世上绝伦。"

揎拳㨤袖 卷起袖子，露出拳臂。形容粗野。亦作"裸袖揎拳""揎拳㧡袖"等。张鸣善［双调·水仙子］《讥时》："铺眉苦眼早三公，裸袖揎拳享万钟。"

裁划 (1) 筹划。(2) 忖度，思量。《赵氏孤儿》第一折："程婴心下自~，赵家门户实堪哀。只要你出的九重帅府连环寨，便是脱却天罗地网灾。"

酥软 发软。亦作"酥"。《救风尘》第三折："休道冲动那厮，这一会儿连小闲也酥倒了。"

逼临 强迫，逼迫。钱霖［般涉调·哨遍］套数："恰待调和新曲歌金帐，~得佳人坠玉楼。"

散堂鼓 官吏审案完毕后所打的退堂鼓。《窦娥冤》第二折："左右，打~。将马来，回私宅去也。"

棘针门 官衙。旧时官衙墙头上多以棘针围绕，以防匪人，故名。《汉宫秋》第一折："情取~粉壁上除了差法。"

落解粥 极稀的粥。《陈州粜米》第三折："一日三顿，则吃那~。……我这一顿~，走不到五里地面，早肚里饥了。"

落花媒人 现成的媒人。《望江亭》第三折："衙内云：'李稍，我央及你，你替我做个~。'"

葫芦提 意谓糊里糊涂。《魔合罗》第三折："我是个妇人家，怎熬这六问三推，~屈画了招伏。"亦作"葫芦蹄""葫芦题""胡卢提""胡卢蹄"。

款 （1）缓慢。《倩女离魂》第二折："向沙堤~踏，莎草带霜滑。"（2）通问。《汉宫秋》第二折："昨遣使臣~汉，请嫁公主与俺。"

跌窨 顿足忍气，表示愤懑、怅惘。亦作"擤窨"等。《西厢记》第二本第四折："星眼朦胧，檀口嗟咨，擤窨不过。"

黑头虫 比喻忘恩负义的人。《赵氏孤儿》第二折："那里是有血腥的白衣相，则是个无恩念的~。"

喷 信口胡说。《救风尘》第三折："我假意儿瞒，虚科儿~，着这厮有家难奔。"

啾啾唧唧 虫、鸟的鸣叫声。周文质 [正宫·叨叨令] 《悲秋》："叮叮当当铁马儿乞留玎琅闹，~促织儿依柔依然叫。"

猱儿 指妓女。亦作"媱儿"。王晔、朱凯 [双调·折桂令] 《问冯魁》："量你呵，有甚风流浪子，怎消得多情俊美的媱儿。"

偃幸 （1）希望，引申为"觊觎"。《西厢记》第一本第三折："月朗风清恰二更，厮一：他无缘，小生薄命。"（2）迷惑。

傍州例 例子，榜样。《虎头牌》第三折："你可便先看取他这个~。"亦作"傍州"。

短道儿 阴谋诡计。《风光好》第三折："小娘子，是谁教你这等~来?"

谢承 （1）多谢，感谢。亦作"承谢""谢荷"。《单刀会》第四折："承管待承管待，多承谢多承谢。"（2）答谢。

道儿 圈套，诡计。《救风尘》第三折："周舍，你好~! 你这里坐着，点的你媳妇来骂我这一场。"

道理 办法，打算。《汉宫秋》第二折："且看事势如何，别做~。"

道不得 （1）常言道。马致远 [般涉调·耍孩儿] 《借马》套数："他又不是不精细，~'他人弓莫挽，他人马休骑。'"

渲 洗。马致远 [般涉调·耍孩儿] 《借马》套数："有汗时休去檐下拴，~时休教侵着颏。"

惺　惺　（1）美好貌。（2）形容虚情假意。（3）聪明。《西厢记》第一本第三折：“方信道：‘~的自古惜~’。”

痛　决　严厉的处分。《墙头马上》第三折：“便待要兴词讼，发文牒，送到官司遭~。”

窝脱银两　元朝官府放给农民的贷款。《货郎旦》第四折：“小末云：‘小官随处催趱~，早来到这河南府地面。’”

缕　当　详细分辨，办好。《魔合罗》第四折：“则要你依头~分星劈两，责状招实。”

搠　（1）提，举。《汉宫秋》第三折：“人~起缨枪，马负着行装，车运着糇粮。”（2）点，戳。《东堂老》第三折：“只拣那卖不去的菜叶儿，将来煨熟了，又不要蘸盐~酱，只吃一碗淡粥。”（3）巡，串。

搠　淽　装痴装呆。王晔、朱凯〔双调·折桂令〕《问黄肇》：“苏氏掂俫，双生~，你划地妆孤？”

搠包儿　即掉包儿，以劣次之物暗中掉换，诈取钱财。《渔樵记》第二折：“或是跳墙蓦圈，剪柳~，做上马强盗，白昼抢夺。”亦作“戳包儿”。

搠笔巡街　贫穷的文人，以沿街卖诗文为生。《渔樵记》第二折：“则问那映雪的书生安在，便是冻苏秦也怎生去~。”《看钱奴》第二折：“我则道留下青山怕没柴，拣的个~。”

摇　装　即“遥装”，饯行。《汉宫秋》第三折：“早是俺夫妻悒怏，小家儿出外也~。”

禁　回　阻挡。《看钱奴》第二折：“便有那剡溪中~他子猷访戴，则俺这三口儿兀的不冻倒尘埃。”

禁　受　忍受。《窦娥冤》第一折：“满腹闲愁，数年~，天知否？”

磣可可　凄惨，悲惨。《魔合罗》第三折：“我则见湿浸浸血污了旧衣裳，多应是~的身耽着新棒疮。”亦作“参可可”“磣磕磕”。

暖　痛　用酒食慰问受伤痛疼的亲友。《虎头牌》第三折：“经历，到来日牵羊担酒，与叔父~去。”

跳天撅地 形容顽皮窜跳的样子。《墙头马上》第三折："小业种把拢门掩上些！道不的~十分劣。"

跳塔轮铡 比喻手段高明，本领高强，又敢于冒险。王晔、朱凯［双调·水仙子］《黄肇答》"风流双渐惯轮铡，澜浪苏卿能跳塔，小机关背地里商量下。"

跳墙蓦圈 指偷盗行为。《渔樵记》第二折："或是~，剪柳搠包儿，做上马强盗，白昼抢夺。"

歇 （1）露出。邓学可［正宫·端正好］《乐道》套数："百结衣不害羞，问甚么破设设~着皮肉。"

煞 （1）很、甚。《汉宫秋》第一折："驾云：'这个~容易。'"（2）虽。《汉宫秋》第三折："我~大臣行说一个推辞谎，又则怕笔尖儿那火编修讲。"

獐 狂 即"张皇"，慌慌张张。《墙头马上》第三折："魄散魂消，肠荒腹热，手脚~。"

错立身 打错了主意。《柳毅传书》第三折："则俺那寄书来的秀才错立了身，怎能勾平步上青云。"

签 同"扦"，插。《西厢记》第四本第三折："酒席上斜~着坐的，蹙愁眉死临侵地。"

锦套头 谓有诱惑力的圈套。多指妓女迷惑嫖客的手段。关汉卿［南吕·一枝花］《不伏老》套数："恁子弟每谁教你钻入他锄不断斫不下解不开顿不脱慢腾腾千层~。"

傻 角 呆子，痴呆。《西厢记》第一本第三折："红娘云：'姐姐，我不知他想甚么哩，世上有这等~。'"

衙 内 原是官名。唐朝警卫官称"衙内"。五代及宋初，藩镇亲卫之官，多以子弟任之，有"衙内都指挥""衙内都监使"等名目，简称"衙内"。世俗相沿，称呼长官子弟为"衙内"。《燕青博鱼》第一折"满城百姓尽闻名，唤做有权有势杨~。"

稔 色 （1）指人貌美。《墙头马上》第二折："则为画眉的张敞风流，掷果的潘郎~。"（2）犹言慕色，爱色。

颓 （1）雄性生殖器官。亦常以为秽词。杜仁杰［般涉调·耍孩儿］《庄家不识构阑》套数："刚捱刚忍更待看些儿个，枉被这驴~笑杀我。"（2）借为怨詈之词。亦作"魋"。王氏［中吕·粉蝶儿］《寄情人》套数："伴着这魋人物，便似冤魂般相缠，日影般相逐。"

颓　人　骂人之语。脓包，孬货。马致远［般涉调·耍孩儿］《借马》套数："我沉吟了半晌语不语，不晓事~知不知？"

愁布袋　比喻使人苦恼，招惹麻烦的东西。《赵氏孤儿》第二折："我程婴不识进退，平白地将着这~连累你老宰辅，以此放心不下。"

数　说　（1）逐一地说。《赵氏孤儿》第二折："我程婴抱的这孤儿出门，被韩厥将军要拿的去报与屠岸贾，是程婴~了一场，那韩厥将军放我出了府门。"（2）责备别人的罪过。

窥　图　窥伺图谋。姚守中［中吕·粉蝶儿］《牛诉冤》套数："圈门前见两个人来觑，多应是将我~。"

窟　笼　漏洞，破绽。《魔合罗》第三折："这状子不中使，……上面都是~。"

痴　长　年长者谦称自己的年岁。《燕青博鱼》第一折："正末云：'您兄弟二十五岁了。'燕二云：'我~你两岁。'"

禀　堂　公堂。《魔合罗》第三折："我这里慢慢的转过两廊，迟迟的行至~。"

禀　墙　公堂外的照墙。《魔合罗》第三折："正末云：'则见~外，一个待报的犯妇，不知为甚么，好是凄惨也呵！'"

媳　妇　（1）儿媳妇。（2）妻子。（3）妇人自称的谦辞。《望江亭》第三折："~孝顺的心肠，将着一尾金色鲤鱼特来献新。"

十 四 画

撇　撒　撇开，抛弃。亦作"撒撒""撇吊"。《潇湘夜雨》第二折："我为你撇吊了家私，远远的寻途次。"吊，同"丢"。

厮　趁　（1）陪伴。《风光好》第三折："咱只得眼前~，实丕丕与你情亲。"（2）同"赶趁"。奔走谋生。

厮　遘　相逢。《汉宫秋》第二折："有一朝身到黄泉后，若和他留侯，留侯~，你可也羞那不羞？"

厮　耨　相昵，交欢。《西厢记》第四本第二折："一个恣情的不休，一个哑声儿~。"

静 办 清静。《窦娥冤》第一折："我一向搬在山阳县居住，尽也~。"

墙花路柳 指妓女。亦作"路柳墙花"。王晔、朱凯 [双调·水仙子]《黄肇答》："从来道水性难拿，从他赵过，由他演撒，终只是个路柳墙花。"

墙上泥皮 比喻容易剥离或补上的东西，借以贱称妻子。亦作"壁上泥皮"。《秋胡戏妻》第二折："常言道：媳妇是壁上泥皮。"

瞅 看。引申为理睬、理会。《西厢记》第一本第三折："今夜凄凉有四星，他不~人待怎生！"

僝 僽 （1）忧愁。《汉宫愁》第二折："吾当~，他也，他也红妆年幼，无人搭救。"（2）烦恼。

箭穿雁口 比喻不开口说话。《汉宫秋》第二折："似箭穿着雁口，没个人敢咳嗽。"

管 情 包管。亦作"管请""管情取"。《墙头马上》第二折："他凭着满腹文章七步才，管情取日转千阶。"

鼻 凹 指面部。《薛仁贵》第三折；"我若见了他呵，去他那~里，直打上五十拳。"

鼻凹儿抹上砂糖 使人垂涎而不能到手，即"可望而不可即"。《救风尘》第二折："将他鼻凹儿上抹一块砂糖，着那厮舔又舔不着，吃又吃不着。"

雕心雁爪 比喻心狠手辣。《汉宫秋》楔子："为人~，做事欺大压小。"亦作"雕心鹰爪"。

稳 秀 隐秘，不显露。《西厢记》第四本第二折："娘呵！你做的~者，我道你做下来也！"

疑 怪 （1）难怪，怪不得。《梧桐雨》第二折："惯纵的个无徒禄山，没揣的撞过潼关，先败了哥舒翰。~昨宵向晚，不见烽火报平安。"（2）怀疑。

演 撒 "有"的市语。特指男女情爱，即爱恋的上手勾搭意。王晔、朱凯 [双调·水仙子]《黄肇答》："从来道水性难拿，从他赵过，由他~，终只是个路柳墙花。"

潇 洒 凄凉，凄楚。亦作"潇潇洒洒"。《倩女离魂》第二折："不争他江渚停舟，几时得门庭过马，悄悄冥冥，潇潇洒洒。"

漏面贼 蒙面贼。骂人为贼汉的话。《窦娥冤》第二折："我做了个衔冤负屈没头鬼，怎肯便放了你好色荒淫~！"

漏星堂 星，指星月天空。形容破烂的屋子。《渔樵记》第二折："旦儿云：'你这破房子东边刮过风来，西边刮过雪来，恰似~也似的，亏你怎么住！'"

滴羞笃速 形容战栗，发抖。《薛仁贵》第三折："唬的我心儿胆儿急獐拘猪的自昏迷，手儿脚儿~的似呆痴。"亦作"滴羞跌屑""滴羞都苏""滴羞蹀躞"等。《秋胡戏妻》第三折："桑园内只待强逼做戏娱。唬的我手儿脚儿滴羞蹀躞战笃速。"

懒支支 硬生生。《赵氏孤儿》第四折："~恶心烦，勃腾腾生忿怒。"

瘦岩岩 形容瘦削。岩岩，陷入意。《汉宫秋》第一折："卿家你觑咱，则他那~影儿可喜杀。"

精赤条条 衣服脱得精光，赤裸裸。《潇湘夜雨》第二折："弄的来身儿上~的，我去那堂子里把个澡洗。"《救风尘》第二折："我揭起轿帘一看，则见他~的在里面打筋斗。"

精驴禽兽 骂人为禽兽的话。《潇湘夜雨》第二折："我则骂你~！兀的不气杀我也！"

敲镘儿 即"敲竹杠"。镘儿，即钱。《救风尘》第一折："不问那厮要钱，他便道这弟子~哩。"

端 的 真的，果真。《追韩信》第三折："你~为马来将人盼？即不为马共人，却有甚别公干？"

十五画以上

撺 掷，投。《潇湘夜雨》第二折："小生崔通，~过卷子。今场贡主呼唤，须索走一遭去。"

撺掇 (1)怂恿。《秋胡戏妻》第三折："他那里口口声声，~先生不如归去。"(2)衬托。指歌唱时音乐的伴奏。《梧桐雨》第二折："众乐~科。"

撩丁 钱。《曲江池》第二折："我直着你梦撒了~，倒折了本。"亦作"寮丁""镣丁""辽丁"。钟嗣成〔南吕·一枝花〕《自序丑斋》套数："宋玉重生，设答了镘的，梦撒了寮丁，他采你也不见得！"

撮盐入水 盐入水中，很快溶解。借喻立即消解、消灭。《窦娥冤》第四折：

"张驴儿做怕科，云：'有鬼有鬼，~！'"

撒的 凶猛，厉害。《昊天塔》第四折："正末唱：'来，来，来！俺与你打几合斗输赢！'韩延寿云：'这和尚倒来~，那三门又关了，我可往那里出去？'"

撒喷 相骂，埋怨。《曲江池》第二折："你不仁，我生忿，到家里决~。"亦作"喷撒"。

撒滞殢 （1）放肆，撒赖。（2）撒娇。《墙头马上》第二折："是他~，把香罗带儿解。"

攒典 吏役的通称。刘时中〔正宫·端正好〕《上高监司》套数："~俸多的路吏差着做，廉能州吏从新点，贪滥军官合减除。"

撑 漂亮。《西厢记》第一本第三折："我这里甫能见娉婷，比着那月殿嫦娥也不恁般~。"

髭髯 胡子。《魔合罗》第四折："他可是面皮黑？面皮黄？他可是有~？无~？"

擎拳合掌 拱手作礼，表示恭敬礼貌。刘时中〔正宫·端正好〕《上高监司》套数："或是捶麻柘稠调豆浆，或是煮麦麸稀和细糠，他每早合掌擎拳谢上苍。"

靥儿 唐代妇女头上的饰物。《西厢记》第四本第三折："有甚么心情花儿~，打扮得娇娇滴滴的媚。"

薄劣 （1）劣性，鲁莽。宋方壶〔南吕·一枝花〕《蚊虫》套数："妖娆体态轻，~腰肢细。"亦作"劣憿""驳驳劣劣"。（2）薄情、薄幸。朱庭玉〔南吕·一枝花〕《女怨》套数："那人家~，故把雕鞍锁者，费千金要买闲风月，真眷爱等闲撇。"

薄篮 乞丐用的讨饭篮子。《东堂老》第三折："正末同卜儿~上。"

横亡 遭横祸或自杀而死。《赵氏孤儿》第三折："我嘱咐你个后死的程婴，休别了~的赵朔。"

磕 上下牙相合把食物咬开。《燕青博鱼》第一折："这早晚怎生还不见来？且一些瓜子儿，等着他者。"

磕头撞脑 到处都能遇到。《东堂老》第三折："我往常但出门，~的，都是我那朋友兄弟，今日见我穷了，见了我的，都躲去了。"

影　神　遗像。《曲江池》第二折："他与人家唱挽歌儿哩！……他举着~楼儿哩！"

影　像　画像。亦作"影图"。《汉宫秋》第一折："不想使臣毛延寿，问妾身索要金银，不曾与他，将妾影图点破，不曾见得君王。"

影儿里　暗中。《救风尘》第一折："做丈夫的便做不的子弟，那做子弟的他~会虚脾。"

觑个意顺　指旧时代妻子对丈夫懂得顺从的道理。《救风尘》第三折："您心中~。"亦作"觑个向顺"。《救风尘》第三折："你人家知个远近，觑个向顺。"

踢　蹬　行踏，走动。睢景臣〔般涉调·哨遍〕《高祖还乡》套数："瞎王留引定火乔男女，胡~吹笛擂鼓。"

踏　踏。《追韩信》第二折："正末背剑~竹马儿上。"

蹬　脱　用脚踢开。甩脱，抛开。《西厢记》第二本第四折："白头娘不负荷，青春女成担阁，将俺那锦片也似前程一~。"

镘　钱的背面。亦以指钱钞。钟嗣成〔南吕·一枝花〕《自序丑斋》套数："设答了~的，梦撒了寮丁，他采你也不见得！"

衜一味　纯是如此，只是这样。《救风尘》第一折："~是虚脾，女娘每不省越着迷。"亦作"醇一味"。

簪　簪　形容岿然不动的威势。《薛仁贵》第三折："哎！你看他马儿上~的势。"

熟　滑　熟习，习惯。《汉宫秋》第一折："恰才家辇路儿~，怎下的真个长门再不踏。"

潦浆泡　皮肤被沸水或火烫伤形成的水泡。亦作"燎浆"。《张生煮海》第三折："烧的来焰腾腾滚波翻浪，……但着一点儿，就是一个燎浆。"

磨　灭　折磨，磨难。朱庭玉〔南吕·一枝花〕《女怨》套数："枕衾寒难捱如年夜，可惯离缺，受恁~。"亦作"磨勒"。《潇湘夜雨》第二折："天那！但不知那塌儿里把我来磨勒死！"

磨　旗　挥旗。《窦娥冤》第三折："刽子做~科，云：'怎么这一会儿天色阴了也？'"

魔合罗　(1)用泥、木、象牙或蜡等制成的小偶人。多于七月七日供养，或盛饰作为珍玩。《魔合罗》第一折："每年家赶这七月七入城，卖一担～。"亦作"摩侯罗""摩喉罗""摩孩罗""磨喝乐"。(2) 比喻所喜爱的人物。

麘糟 肮脏，不干净。亦比喻令人讨厌的人，无用的蠢材。《燕青博鱼》第一折："燕大云：'兄弟也，我怎生顶着屎头巾走？'搽旦云：'你哥哥更是～头！'"

劈头 (1) 开头，开始。(2) 当头，迎面。亦作"匹头""匹头里""匹先里"。睢景臣［般涉调·哨遍］《高祖还乡》套数："见一彪人马到庄门。匹头里几面旗舒。"

劈面 当面，对着面，迎面。亦作"劈脸""僻面""匹面""劈头劈脸"。《秋胡戏妻》第二折："做嘴脸被正旦打科。(旦) 唱：'把这厮劈头劈脸泼拳捶。'"

元杂剧主要剧目介绍

窦娥冤 全名《感天动地窦娥冤》。元杂剧中的著名悲剧。关汉卿作。明清以来有多种刊本，其中以《元曲选》本和新中国成立新中国成立后出版的《关汉卿戏曲集》本较流行。写楚州贫儒窦天章之女窦娥，幼年被卖给蔡婆家为童养媳，婚后丈夫去世，婆媳相依为命。蔡婆婆受张驴儿父子救命之恩，被迫改嫁张驴儿之父。张驴儿图占窦娥，为窦娥所拒，乃拟毒死蔡婆以胁窦娥，不料误毙己父。张诬告为窦娥所杀，官府严刑逼讯蔡婆婆媳，窦娥为救护婆母，自认杀人，被判斩刑。临刑时窦娥指天为誓，死后将血溅白练，六月降雪，大旱三年，以明己冤，后果皆应验。三年后窦天章任廉访使至楚州，重审此案，为窦娥申雪。剧本深刻地反映了元代社会的黑暗现实、官吏的昏聩及中下层妇女所受的欺凌和苦难，塑造了窦娥这一善良、正直，敢于同封建恶势力斗争的形象，表现了积极的浪漫主义精神。结构精练，曲词朴实、生动、有力。是关汉卿的杰出作品之一。明传奇《金锁记》据杂剧改编，其《法场》一出前半全用杂剧的第三折，但结尾改为窦娥临刑时天降大雪，因而不死。京剧、秦腔等剧种的《六月雪》，情节与《金锁记》相同。

救风尘 全名《赵盼儿风月救风尘》。关汉卿作。明清以来有多种刊本，其中以《元曲选》本和《关汉卿戏曲集》本较流行。写恶棍周舍骗娶妓女宋引章后加以凌辱与摧残，宋结义姐妹赵盼儿凭机智将宋救出，并使其与安秀才结为夫妇。剧本歌颂赵盼儿的见义勇为和患难相助，性格刻画颇为生动。

单刀会 全名《关大王单刀会》。一作《关大王独赴单刀会》。关汉卿作。有元刊本、明抄本，前者仅存曲词和简单科白，后者是明代演出本，已有删改。《关汉卿戏曲集》所载系两者的会校本，较流行。写三国时鲁肃为了索还荆州，请关羽过江赴宴，关羽明知是计，但仍单刀赴会，凭借智勇，安全返回。剧本以尊蜀抑吴、歌颂关羽为主。曲文雄浑豪放。昆剧《训子》和《刀会》，即由此剧后两折改编而成。

望江亭 一名《切鲙旦》。全名《望江亭中秋切鲙旦》。关汉卿所做的著名喜剧。明清以来有各种刊本，以《元曲选》本和新中国成立后出版的《关汉卿戏剧集》本较流行。写白士中到清安观探望姑母，遇见寡妇谭记儿，姑母强劝谭嫁给白士中。权贵杨衙内谋夺年轻貌美的谭记儿，便在皇帝面前妄奏白士中"贪花恋酒"，并请得势剑金牌，前来拿办白士中。谭记儿得讯，装扮成渔妇，在望江亭上智赚势剑金牌，和逮人文书。第二天杨前来捕人，却找不到文书，只找到他和谭记儿调笑时胡诌的小词，终于在公堂上当众出丑，最后被治以"夺人妻妾"之罪。剧本塑造了谭记儿机智而勇敢的妇女形象。京剧、川剧等不少地方戏曲剧种均有改编演出。

金线池 全名《杜蕊娘智赏金线池》。关汉卿作。明清以来有各种刊本，《元曲选》本和解放后出版的《关汉卿戏曲集》本较流行。写秀才韩辅臣和妓女杜蕊娘相爱，由于鸨母的挑拨，两人发生误会而反目，但彼此都不能忘情。后经韩友石好问设计调解，两人结为夫妇。

鲁斋郎 全名《包待制智斩鲁斋郎》。关汉卿所做的著名公案戏。一说作者不详。有明刊本，其中以《元曲选》本较流行。写花花太岁、皇亲国戚鲁斋郎强夺银匠李四、郑州六案都孔目张硅之妻，迫使两家妻离子散，后包拯设计斩鲁，复使两家团圆。

梧桐雨 全名《唐明皇秋夜梧桐雨》。白朴作。明清以来有各种刊本，以《元曲选》本较流行。写唐玄宗宠爱杨贵妃，歌舞享乐，不理朝政。安禄山从渔阳发兵，很快攻陷潼关，逼近长安。玄宗与杨贵妃仓皇出走，行至马嵬坡，将士哗变，先杀了杨国忠，又逼玄宗令杨妃缢死，死后马践尸首。平乱后，玄宗回长安，退为太上皇，每日哭祭杨妃画像，某日玄宗思念成梦，醒来正听见秋雨打梧桐，更添愁闷。该剧本结构紧凑，曲词优美。清·洪昇《长生殿》传奇，有些曲词袭用此剧。

墙头马上 全名《裴少俊墙头马上》。白朴作。明清以来有各种刊本，以《元曲选》本较流行。写裴行俭之子裴少俊，骑马出行，与李千金隔墙相遇，一见钟情。经过传书递简，李千金竟勇敢地与少俊私逃。李千金在裴家花园匿居七年，并生下一男一女。终被裴父发现赶出，后裴少俊赴考得官认亲，李千金不肯相认，又经裴父到李处赔礼，及子女的哀求，才与裴家和好，一家团圆。剧本塑造了一个敢于反抗封建礼教的妇女形象。昆剧等不少戏曲剧种均有改编演出。

潇湘夜雨 一名《潇湘雨》。全名《临江驿潇湘夜雨》。杨显之作。有明刊本，其中以《元曲选》本较流行。写翠鸾随父亲张天觉往江州贬所，中途船覆落水，与父失散，嫁给了救她上岸的渔夫崔文远之侄崔通。崔通赴考，中了状元，娶试官之女为妻，到秦川县为官；翠鸾寻至崔通任所，被崔诬为逃婢，发配沙门岛，并嘱解差中途将她害死。翠鸾沿途受尽苦楚，在临江驿同失散多年、已做高官的父亲相逢，得到解救。但最后以翠鸾同崔通重归于好，试官女被罚作奴婢结束。严重破坏了全剧的悲剧性，大大削弱了剧本的社会意义。剧本通过翠鸾的不幸遭遇，比较深刻地写出了封建社会知识分子一旦爬上高位就停妻再娶的婚姻悲剧，有力地鞭挞了崔通这个自私、狠毒、嫌贫爱富的负心汉，相当深入地揭示了封建等级制度给妇女带来的灾难和痛苦。许多剧种的《临江驿》，故事都与此相同。

汉宫秋 全名《破幽梦孤雁汉宫秋》。马致远作。明清以来有多种刊本，以《元曲选》本较流行。写西汉元帝受匈奴威胁，被迫送爱妃王昭君出塞和亲。剧本着意刻画将相的怯懦自私，对元帝则予以同情，描写他同昭君分离时的痛苦，最后以元帝思念昭君入梦，醒后听到孤雁哀鸣为结。该剧着眼于歌颂王昭君对汉王朝的忠贞，虚构了昭君在界河上投江殉国的情节，突出了她宁死不屈的爱国主义精神。剧本后半部描写汉元帝悲哀苦闷心境的曲词，历来为文学评论家所称颂。

荐福碑 全名《半夜雷轰荐福碑》。马致远作。有明刊本，其中以《元曲选》本较流行。写穷秀才张镐屡次向人求助而难脱困境，有人想拓几份碑文出售，资助他赴考，碑又被雷神轰碎。他历经颠沛，最后中了状元。剧本反映元代封建统治下文人学士的贫寒生活和追求功名的欲望。

西厢记 全名《崔莺莺待月西厢记》。王实甫作（一说第五本系关汉卿续）。写书生张珙在蒲东普救寺与崔相国之女莺莺邂逅相遇，一见钟情，知莺莺住在寺中，也寄居寺内，与她隔墙唱诗吟和。孙飞虎兵围普救寺，指名索要莺莺，崔母向寺中人宣布，谁能退贼兵，就把莺莺嫁给他。张生写信给友人杜确求救，僧人惠明冲出重围送信。杜确兵到解了围，可崔母却变卦赖婚。张生十分苦闷，莺莺侍女红娘教张生夜间弹琴诉说心境，莺莺听了甚为感动。遂差红娘问候张生，张生写短信并附诗一首让红娘带回。莺莺看了，也写诗作复，张生以为是约他夜间相会，跳墙去见莺莺，不想被莺莺斥责。张生因而生病，莺莺得知，又写柬帖给他，告诉张生，她夜间一定赴会。张生与莺莺夜夜相会，崔母得知虽怒而无奈，又被红娘讥讽了一顿，于是应允了二人的婚事，但以张生得官为条件。张生与莺莺被迫分离，赴京应试。后张中了状元，与莺莺结为夫妇。张崔故事，最早见于唐·元稹所作传奇小说《莺莺传》，北宋赵令畤改编为《商调蝶恋花》鼓子词，至金·董解元编的《西厢记诸宫调》（通称《董西厢》）而渐完整，王实甫即在此基础上编写成杂剧剧本。他打破了元杂剧每剧四折的体例，大部分刊本分五本二十折或二十一折。每折不限一人主唱。该剧充分表达反对封建礼教的主题思想，情节也有所丰富。把张、崔追求爱情的复杂经过描写得细致入微。几个主要人物，如大胆热情的莺莺、诚挚潇洒的张珙、聪明活泼的红娘和古板顽固的老夫人，都塑造得十分成功，具有高度典型意义。曲文优美生动，情景交融，在戏剧文学上影响极大。历代评注校刊极多，元刊本未见，现存大都是明人校订本，新中国成立前后又有多种注释本出版。清代最流行的是金圣叹批注的《第六才子书》。《西厢记》在明清两代有较多传奇、杂剧的改编本和续编本，以李日华和陆采的改编本（世称"南西厢"）流传较广。近代戏曲、曲艺均有改编演出。

张生煮海 全名《沙门岛张生煮海》。李好古作。一说尚仲贤作。有《元曲选》本。写书生张羽在石佛寺弹琴，恰遇龙女琼莲出游，二人一见倾心，约定在八月十五相会。张羽届时到了海边，却不见琼莲。正在彷徨间，遇上了东华仙姑，告诉他琼莲乃是龙女，并给了他银锅一只、铁勺一把、金钱一文，教他用勺盛海水，舀在锅内，把金钱放于水中，加火煎煮，便可逼使龙王招婿。张生大喜，即在沙门岛海边架锅煮海。虾兵蟹将都成了热锅上的蚂蚁。龙王无奈，只好请石佛寺长老做媒，带张生到龙宫，张羽与琼莲成婚。地方戏曲改编演出甚多。

秋胡戏妻 全名《鲁大夫秋胡戏妻》。石君宝作。有《元曲选》本。故事发生在春秋时鲁国，罗大户把女儿梅英嫁给秋胡为妻，婚后三天，秋胡就被征入伍。梅英在家辛勤劳动，奉养婆婆。秋胡一去十年，同村财主李大户想霸占梅英，被梅英坚决拒绝。胡秋在军中立功，做了中大夫，回家时在桑园巧遇梅英，彼此已不相识。秋胡调戏梅英，遭到梅英痛骂，回家后，梅英发现调戏自己的正是一别十年的丈夫。坚决要与秋胡断绝夫妻关系。最后，因婆婆以死劝解，梅英才认了秋胡。剧本成功地塑造了勤劳、善良、具有反抗精神的劳动妇女梅英的形象。故事最早见于汉·刘向《列女传》，唐五代时有《秋胡》变文。近代京剧等剧种有《桑园会》剧目，也叫《秋胡戏妻》，仅演戏妻一节，以秋胡向妻赔罪结束。

曲江池　全名《李亚仙花酒曲江池》。石君宝作。有明刊本，其中以《元曲选》本较流行。取材唐·白行简传奇小说《李娃传》。写世家子郑元和上京应考，于曲江池遇见妓女李亚仙，二人一见钟情，郑即寄居李家不返。二年后郑元和囊金丧尽，沦为歌郎。郑父前来追寻，认为有辱家门，杖之至死。亚仙闻讯赶往看视。一天大雪，李亚仙找元和至家，并罄所有赎身，与元和另住，助其攻读。元和中举得官，不肯认父，经亚仙调和，父子和好如初。同一题材的杂剧，高文秀有《郑元和风雪打瓦罐》，今不传；明·朱有墩有《曲江池》，今存，剧情与石作相同。明传奇《绣襦记》题材也与此相同，情节有所发展。

赵氏孤儿　①全名《冤报冤赵氏孤儿》。一作《赵氏孤儿大报仇》。纪君祥作。有元刊本。又有《元曲选》本，较流行。写春秋时晋国权臣屠岸贾残杀赵盾全家，并搜捕孤儿赵武。赵家门客程婴与公孙杵臼定计救出赵武，由程婴抚养成人，报了冤仇。该剧文词豪放，戏剧性很强。成功地塑造了韩厥、公孙杵臼、程婴等几个舍己为人、见义勇为的英雄形象，揭露了封建统治阶级一些人颠倒黑白、凶残无耻的嘴脸；也说明了为非作歹陷害别人的权奸，可以得逞于一时，但最终无法逃脱历史惩罚这一颠扑不破的真理。②全名《赵氏孤儿报冤记》。南戏剧本。宋、元人作，姓名不详。剧情大致与杂剧相同，但较复杂，迷信成分也较多。剧本今有明刊本（《古本戏曲丛刊》本），明人又改编为传奇剧本，名《八义记》。近代京剧等剧种的《八义图》（一名《搜孤救孤》）源出于此。

李逵负荆　一名《黑旋风负荆》。全名《梁山泊李逵负荆》。一作《梁山泊黑旋风负荆》。康进之作。有《元曲选》本。写两个坏人冒梁山头领宋江、鲁智深之名，抢去王林之女，李逵信以为真，回山与宋江大闹。后真相辨明，李逵乃向宋江负荆请罪，并下山捉住两个坏人。剧本刻画了李逵爽直、天真、疾恶如仇的性格，也批判了他的鲁莽。京剧传统剧目《丁甲山》即出于此，新中国成立后又改编为《黑旋风李逵》。

双献功　一作《双献头》。全名《黑旋风双献功》。高文秀作。有明抄本、《元曲选》本，后者较流行。写权贵白衙内同孔目孙荣的妻子私通，诬陷孙荣下狱。梁山头领李逵用计救出孙荣，并杀死白衙内。剧情不见于小说《水浒传》。剧本描写李逵扮作农民，冒险探监，颇为生动。

柳毅传书　全名《洞庭湖柳毅传书》。尚仲贤作。有明刊本，其中以《元曲选》本较流行。取材于唐·李朝威传奇小说《柳毅传》。写洞庭龙王之女受丈夫

·元曲·

泾河小龙虐待，在河岸上牧羊，秀才柳毅替她送信向龙王求救。龙女得救后感激柳毅，和他结为夫妇。剧中"牧羊""龙斗"等折，对原著有所丰富，增强了神话色彩。近代戏曲剧种多有改编演出。

倩女离魂 全名《迷青琐倩女离魂》。郑光祖作。有明刊本，其中以《元曲选》本较流行。取材于唐代陈玄祐传奇小说《离魂记》。张倩女自幼配婚王文举，王上京赴考，住在张家。王文举赴京后，倩女思念成病，魂离身体去追赶王文举。王文举中了状元，寄信到张家，说他将和妻子一同回来；倩女正卧床不起，闻讯几死。王文举与妻子（即倩女魂）同到张家，张家大以为怪，教倩女往见卧床的倩女，两者突然合而为一，于是真相大白，倩女的病也痊愈了。剧本情节新奇，曲词优美，富有浪漫主义气息，为历来戏曲评论家所称道。

魔合罗 全名《张鼎智勘魔合罗》。孟汉卿作。有元刊本，仅载曲词和简略科白。又有明刊本，其中以《元曲选》本较流行。写李文道害死堂兄谋占堂嫂刘玉娘不成，反而诬告她杀害亲夫，后经孔目张鼎仔细研究案情，从玩偶魔合罗得到线索，查出真凶。

风光好 全名《陶学士醉写风光好》。"学士"一作"秀实"。戴善夫作。有明刊本，《元曲选》本较流行。写北宋时陶毂（字秀实）奉命出使南唐，伪装道学，南唐丞相宋齐丘派妓女秦弱兰去诱惑他，陶中计并赋《风光好》词赠给弱兰。次日宋齐丘请陶赴筵时令弱兰唱《风光好》词，揭穿了陶的假道学面目，陶愧而逃去。最后以陶、秦经吴越王钱俶撮合成婚为结。剧本具有喜剧气氛。

看钱奴 全名《看钱奴买冤家债主》。郑廷玉作。有元刊本，仅存曲词和简略科白；又有明刊本，其中以《元曲选》本较流行。写贫民贾仁掘得宝藏致富后，十分悭吝贪财。贾又以廉价买到周荣祖之子为义子。二十年后，贾死，周父子重聚，发现财物上有周家祖先印记，始知原是周家祖产，至此时物归原主。剧本第二折写周荣祖风雪天卖子的场面，过去为人所称赞。元刊本曲词较多，感情也更丰富强烈。明人小说《诉穷汉暂掌别人钱，看财奴刁买冤家主》（载初刻《拍案惊奇》）情节本此。

虎头牌 全名《便宜行事虎头牌》。李直夫作。有《元曲选》本。剧本情节是：金牌上千户山寿马镇守夹山口子，因累建奇功，朝廷升他为大元帅，赐双虎符金牌，并令他拣手下得用人，代替自己的职务。他的叔父银住马托人说情，并答应戒酒。山寿马考虑他从小勇敢善战，就让他带了金牌，代替自己原来的职务。银住马上任后，中秋节饮酒误事而失了夹山口子，又率兵夺回来，众人与他贺喜，吃醉了酒。山寿马派人传他，他不伏传调，还打了勾差，被锁到山寿马处，按律失地者当斩，众人求情不准。后查出银住马已夺回夹山口子，才允许将功折罪，但因不伏勾追，仍判杖一百。作者是女真族人，剧本第二折用了许多源出于女真音乐的北曲。元、明间这一折颇为流行，由于用十七个曲牌组成套曲，通名《十七换头》。

东堂老 也叫《破家子弟》。全名《东堂老劝破家子弟》。秦简夫作。有明刊本，其中以《元曲选》本较流行。写扬州李实，人称东堂老子，受友人赵国器临终嘱托，照管赵子扬州奴。扬州奴受坏人引诱，嫖妓败家，及贫困时始省悟勤俭持家之道。李实在扬州奴挥霍家财时，暗中将赵国器生前所寄放的银子买下他低价出售的田地房产，待扬州奴醒悟后，将所买产业尽行归还，使之恢复家业。

燕青博鱼 全名《同乐院燕青博鱼》，一作《报冤台燕青扑鱼》。李文蔚作。有明抄本、《元曲选》本，后者较为流行。剧情是：梁山将领燕青因违误期限被宋江严刑责打并赶出，一怒而气坏了双眼，宋江也因而后悔，令他下山医治；燕青因欠了店饭钱，在街上乞讨，受到杨衙内的欺辱，幸得燕二救护，为燕青治好了眼，又结拜为兄弟。燕二之兄燕大与其妻王蜡梅清明时到同乐院游玩，燕青在那里以"博鱼"为生，王蜡梅的奸夫杨衙内强行夺鱼，被燕青痛打了一顿，燕大因此看中燕青，结为兄弟。中秋节杨衙内与王蜡梅私会，燕青与燕大同来捉奸，杨逃走，他们正要杀王蜡梅，杨衙内带人捉住了他们。燕青、燕大逃出监狱，正遇着已做了头领的燕二，三人协力捉了杨衙内和王蜡梅，共上梁山。剧情不见于小说《水浒》。

风云会 全名《宋太祖龙虎风云会》。一作《赵太祖龙虎风云会》。罗贯中作。有多种明刊本，《元曲选外编》据《古名家杂剧》本排印。写五代时后周石守信奉旨招募智勇之士。王全斌荐举了赵匡胤。赵匡胤与赵普、曹彬、郑恩等在外闲行，遇上了算卦先生苗训，苗断言赵日后必为皇帝。经石守信推荐，周世宗任命赵匡胤为殿前都点检。世宗死后，幼子立。北汉、辽兵齐来进犯。赵匡胤统兵北征，到了陈桥，兵士拥赵为皇帝。赵即帝位，建立了宋朝。为筹划统一全国，赵风雪夜到赵普家商议国家大计，确定先平定南方，派遣石守信、曹彬、潘美、王全斌分四路讨伐，后蜀、南唐、南汉、吴越四国皆降。最后以四国国君入朝觐见，赵匡胤排筵为结。剧本第二折写赵匡胤至赵普家一折，通名《访普》或

薛仁贵 全名《薛仁贵衣锦还乡》。元张国宾作。有元刊本，仅载曲词和简略科白，又有《元曲选》本，较流行。写农民薛仁贵闻知唐太宗募兵，辞别了父母妻子前去从军。张士贵与高丽兵交战，大败，幸有部下薛仁贵出战，三箭定了天山，杀退敌兵。张士贵冒赖薛仁贵功劳，太宗命张薛二人比试箭法，证明了张士贵的冒功，薛仁贵因功被封为天下兵马大元帅，张士贵被贬为民。薛仁贵思念父母成梦，梦中回家探亲，见父母都已年老，正当全家团聚之时，忽然张士贵出现，惊醒了薛的幻梦，于是他决心上本请假回家。薛仁贵娶徐茂公（元刊本做皇帝）之女，衣锦还乡，和父母及发妻柳氏相会。剧本刻画薛父的淳朴性格较成功。

追韩信 全名《萧何月夜追韩信》，一作《萧何月下追韩信》。杂剧剧本，金仁杰作。有元刊本，仅载曲词和部分科白，并有缺页。《元曲选外编》据以排印。韩信未得志时，家贫穷，受人鄙视，恶少也常欺凌他，只有漂母哀怜他，资助他衣食。后来韩信投项羽，不被重用，投刘邦也不被重用，一怒而出走。萧何闻知，连夜将他追回，再三推荐，刘邦始拜韩信为大将，筑台封拜，垓下之战，韩信率军大败楚兵，项羽在乌江自尽。剧本第三折曾由明沈采用为传奇《千金记》中的一出。

昊天塔 一作《孟良盗骨殖》。全名《昊天塔孟良盗骨》，一作《放火孟良盗骨殖》。杂剧剧本。朱凯作。有《元曲选》本。写北宋杨家将的故事。杨景（杨六郎）在三关任镇守使，一夜梦到父亲杨令公和弟弟七郎来见。杨令公说他与辽兵作战，寡不敌众，撞死于李陵碑下。辽兵把他的骨殖吊在幽州昊天塔上，每日派一百名小兵，每人射他三箭，他让六郎设法将他的骸骨盗回。六郎便与部将孟良同去幽州昊天塔盗骨殖。得手后，追兵赶至，留下孟良断后，六郎背着骨殖经过五台山，会见了出家的哥哥五郎。兄弟会面后，正好敌将韩延寿领兵赶到，五郎将他骗入寺内打死，救出了六郎，也为杨令公报了仇。六郎同分别多年的杨朗（杨五朗）会面的一折，通名《五台会兄》，昆剧常单独演出。又关汉卿也有《孟良盗骨》杂剧，仅存残曲。

琵琶记 南戏剧本。高明作。有影印元刊本、《六十种曲》本、新中国成立后排注本。清毛宗岗评本改名《第七才子书》。取材民间传说"赵贞女蔡二郎"故事。写蔡伯喈赴京应试，妻赵五娘在家奉侍翁姑。蔡在京得中状元，招赘于牛相府。原籍受饥荒，蔡父母都饿死，五娘求乞进京寻夫，最后得牛女之助，与蔡伯喈团聚。剧中塑造了赵五娘等人物形象，写情写景都有独到之处，但把传说中蔡的弃亲背妇改为被迫，把"不忠不孝"改为"全忠全孝"，变谴责为同情。对明清传奇和近代许多戏曲剧种都起过很大的影响。不少剧种有改编演出，京剧等剧种的《赵五娘》即出于此。

渔樵记 全名《朱太守风雪渔樵记》。元或明初人作，姓名不详。有明刊本，其中以《元曲选》本较流行。写民间传说的朱买臣休妻的故事。剧本将民间传说中朱妻嫌朱贫寒而离去，朱得官后其妻又求复合，朱令人在马前泼水，示意覆水难收的情节，改为朱妻求去并索休书，是出于朱岳父的计谋，以激励朱辞家求官，朱得官后始得详情，于是夫妻和好。明初文字忌讳颇重，此剧一度改名《王鼎臣风雪渔樵记》。清传奇《烂柯山》曾摘选此剧另折，见《缀白裘》等书。

货郎旦 全名《风雨像生货郎旦》。元或明初人作，姓名不详。有明抄本、《元曲选》本，后者较流行。写富户李彦和娶妓女张玉娥为妾，致使李妻刘氏气愤而亡。张与人私奔，又与奸夫暗害李彦和父子，以致全家散失，李彦和之子春郎为拈各千户收养，奶娘张三姑沦为说唱货郎儿艺人。十三年后，三姑与李相逢，又在馆驿中遇到已承袭千户之职的春郎，父子团圆，并惩办了张玉娥及其奸夫。剧本第四折以说唱形式，用［九转货郎儿］曲调叙述李家历史，颇为别致。后来明·朱有燉杂剧《义勇辞金》、清·洪昇传奇《长生殿·弹词》，都仿此形式。

陈州粜米 全名《包待制陈州粜米》。元杂剧中的著名公案戏。著者失考。有《元曲选》本。写宋代陈州大旱三年，六料不收，朝廷派刘得中、杨金吾前往陈州开仓粜米救灾。刘、杨二人到陈州后，借开仓的机会盘剥饥民，打死百姓张憋古。张子小憋古上告，经包拯到陈州私访，探明真相，处决了贪官。剧本揭露了封建社会的黑暗，张憋古父子和包拯的形象塑造得都很生动。

赚蒯通 一作《智赚蒯文通》。全名《随何赚风魔蒯通》。元或明初人作。姓名不详。有明抄本、《元曲选》本，后者较流行。写刘邦击败项羽建立了汉朝，韩信立了十大功劳，封为齐王。丞相萧何怕韩信兵权太重，劝刘邦杀掉了韩信。韩信手下谋士蒯通曾劝韩信背汉自立，韩信被杀后，蒯通怕受株连而诈疯。但萧何仍不放过，要用油锅把他烹了。蒯通在刘邦与众大臣面前列举韩信十大功劳，证明他死得冤枉，使萧何折服，刘邦乃追封韩信，并赐蒯通官职。

曲学知识

一　曲的特点

元曲，是继唐诗、宋词之后，在我国古代文学的历史发展过程中，出现的一种新的文学形式。它的出现，给百花争艳的中国文学园圃增添了一朵奇葩，带来新的繁荣时期，出现了新的高峰。

清·李调元在《雨村曲话》中，引《弦索辨讹》称："三百篇后变而为诗，诗变而为词，词变而为曲。诗盛于唐，词盛于宋，曲盛于元之北。北曲不谐于南而始有南曲。"明·王世贞《曲藻》则称："曲者，词之变。""词不快北而后有北曲，北曲不谐南而后有南曲。"这些都说明曲与词有渊源关系。曲是由词演变而成的。事实也正是如此，曲的宫调、调名和体制，有不少来源于词。一些词调直接变成了曲调；曲的小令，源于寻常的词；曲的联套源于联章词；北曲的带过曲，源于词的犯调等。

为什么词会变而为曲？这是由于时代和地域的关系。还是王世贞说的："自金、元入主中国，所用胡乐，嘈杂凄紧。急缓之间，词不能按，乃更为新声以眉之。"到了南宋，尤其是到了元代，一种与燕乐不同的胡乐在北方兴起，并逐步代替燕乐。因而，为胡乐配词的曲，便逐渐代替了为燕乐配词的词。至于杂剧，则是我国戏曲艺术，在经过相当一段时间的形成和发展之后，用北曲谱写而成的。

元曲，包括无科白串连的清唱曲和有科白串连的戏曲两种。散曲，有三种体裁：一是小令，与词的小令基本相同，不过几乎全是单调的；二是套数，它是根据不同调的性质，如"黄钟""南吕""双调"等组织起来的；三是带过曲，是从套数里摘出来两支或三支连唱的曲调，如中吕调的［十二月带尧民歌］、双调的［雁儿落带清江引碧玉箫］，是间于小令、套数之间的体裁，跟双叠或三叠的词调相似。

戏曲，即金元时期流行于我国北方的杂剧。它的构成，有动作、有说白、有歌唱。表示动作的术语叫作"科"，两人对话叫作"宾"，一人自说叫作"白"。整个剧本的重点是歌唱，每折戏都由主角一人（生或旦角）担任，一唱到底，其他角色都有说无唱。戏中主角的唱词，就是各种曲调组成的散曲。

散曲的兴起，在元杂剧之先。小令与词调同源，套数源自宋金时期的说唱诸宫调。后来，散曲与杂剧平行发展，杂剧的成就，远远超过了散曲。

刚一接触曲的人，往往会产生这样的疑问：曲和诗、词有什么区别？它的特点是什么呢？

曲，包括散曲和戏曲。散曲和诗、词性质相近。戏曲中的套曲，大体同于散曲中的套数，它的曲词，也可以说就是剧诗。所以，如果能分辨散曲和诗、词的区别，也就能够分辨曲和诗、词的区别了。

下面，试从衬字、声韵、语言、题材四个方面谈一谈曲与词的区别，即曲的特点。

（一）可有衬字

曲中的小令或套曲，都属于一定的宫调。每支曲子都有一个曲调，也就是曲牌。每个曲牌的字数、句式、平仄、押韵，都有规定。因此，写曲要根据曲牌的规定填写，这同写词要根据词牌的规定填写一样。但是，曲和词有一个明显的区别，就是词一般不能随意增加衬字，曲可以有衬字。比如：

[越调] 天净沙

马致远

枯藤老树昏鸦，小桥流水人家，古道西风瘦马，夕阳西下，断肠人在天涯。

[越调] 天净沙

严忠济

宁可少活十年，休得一日无权。大丈夫时乖命蹇，有朝一日天随人愿，赛田文养客三千。

第一首没有衬字，第二首有三句加了衬字。这种情况，在词中是不会有的。

衬字大都用在句首，不用在句末。哪些句子可用衬字，没有一定。每句衬字多少，也不一定，衬一个字至十几个字甚至二十个字的都有。衬字还有比曲牌多至五倍以上的。一般说来，小令衬字少，套曲衬字多；南曲衬字少，北曲衬字多。在小令中，文字典雅的小令中衬字少，运用俗言俚语入曲的衬字多。通常是一句中衬一个字、三个字。

（二）声韵较密

曲韵和词韵不同。词韵比较宽，韵部相近的可以通用，又可以平、上、去三声通叶。而曲的韵脚、声调常是固定的。曲的韵字，有的该用上声的地方不能用去声；该用去声的地方，不能用上声。曲中北曲曲韵以元人周德清的《中原音韵》为依据，分为十九个韵部，凡入声字都归入平、上、去三声字之中，这是和词韵不同的地方。曲的用韵比较密，有的曲子甚至句句叶韵。诗词是忌重韵的，曲不忌重韵，每首曲中，可以有两个以上相同的韵脚。小令一般不随便重韵；在一首散曲套数中，各曲之间可以重韵。

（三）语言通俗

词与曲在语言方面各有不同的特色，曲的语言比较通俗、浅显、自然、接近口语，不避俗语方言，尤其是在衬字、衬句上。到明、清两代，传奇的曲文和一部分散曲，偏重辞藻的典雅华丽，已经失去了宋元曲文的语言本色。

（四）题材宽广

词、曲和其他文学作品一样，题材来源于社会生活，是作者对生活素材经过选择提炼加工的结果。由于词和曲是两种不同形式的文体，加之历史的和社会的原因等等，曲的题材和词的题材也各有不同特色。词比较窄，曲却十分宽。词所反映的社会生活面受到一定的局限，而曲却可以铺写广阔的社会生活，不受任何限制。

二　南曲和北曲的区别

南曲和北曲是两种不同的曲调，所以又称南调北调。南曲是宋元时期南方散曲、戏曲所用各种曲调的统称；北曲是宋元时期北方散曲、戏曲所用各种曲调的统称。南北曲各有不同的特色。

（一）声调不同

南北曲在声调上的不同特色，就是南曲声调以婉转为主，北曲声调以遒劲为主。这是因为南曲为五音（也称五声）调，就是我国古代五声音阶的宫、商、角、徵、羽五个音阶，由于行腔迂缓，所以声调比较婉转。而北曲为七音（也称七声）调，就是我国古代七声音阶中的七个音级，即宫、商、角、变徵（徵的低半音）、徵、羽、变宫（宫的低半音）。由于多两个半音，又没有入声字，所以，发音较高；再加上节奏较紧促，所以，声调比较遒劲。

（二）板眼、衬字有别

在唱曲时，常用鼓板按节拍，凡是强拍都击板，所以这拍为"板"；次强拍和弱拍用鼓签敲鼓或者用手指按拍，分别称为"中眼""小眼"。在四拍子中前一弱拍称"头眼"，后一弱拍称"末眼"，总称"板眼"。北曲的板，可以根据需要增加，是活板。南曲除散板曲牌外，其余曲牌，每句板有定数，有定所，某板在何字，不能随意增减移动，是死板。

（三）伴奏器乐不同

北曲的伴奏器乐以弦索为主，基本上是弹乐器，鼓板是依弦索所发出的旋律来按拍，在节拍上要求严格，鼓板只不过和它交相为用。南曲的伴奏器乐有鼓板，有箫管，基本上是吹乐器。箫管随腔伴调，在节拍上靠鼓板来点明。这是就它们的主导部分而言，并不是绝对的。

三 散曲的种类

散曲只有曲子，没有宾白，没有科介，不用来在舞台上表演故事，只用来清唱，所以又叫清曲。散曲又可以分为小令和散套两种。小令还可以分为寻常小令、重头、带过曲、集曲四种。戏曲的曲子，是由散曲的套曲扩充而成的。因此，介绍元曲的种类，只要介绍散曲就可以了。

小令

小令的体制比较短小，一般以一支曲子（也就是一个曲牌）为独立单位，重头和带过曲虽然是两支以上的曲子，但也不是成套的曲子，所以称小令。

（一）寻常小令

寻常小令，就是通常的小令，是指单支的曲子，大都一韵到底。它是小令中最简单的形式，其体制相当于诗的一首，词的一阕。如：

[中吕] 山坡羊

潼关怀古

张养浩

峰峦如聚，波涛如怒，山河表里潼关路。望西都，意踌躇，伤心秦汉经行处，宫阙万间都做了土。兴，百姓苦；亡，百姓苦。

1. 小令的特点

小令很像一首单调的词，也有点像一首句式参差不齐的小诗。主要特点是：

（1）用韵更密：几乎每句都要押韵，而且平、上、去三声可以互押（诗和词平仄韵都不能通押）；

（2）平仄更严：诗词用字只限平仄，而小令仄声字还得区分上、去；

（3）通首只有一段；而词则除少数令词外，还有双调、三叠、四叠；

（4）可以另加衬字：这是小令与诗词最显著的不同之处。

小令由于体制短小精悍，便于运用，所以在元代散曲中，无论数量还是质量都占据主要地位，与诗、词并称，鼎足而三。

2. 小令的曲牌

小令跟词一样，每首都有一个曲调（也叫曲牌）。《中原音韵》，共收曲调三百一十五调；《太和正音谱》《北词广正谱》所收曲调稍多；清代王弈清等人编定的《钦定曲谱》，收曲调三百三十四调（南曲除外）。按宫调划分：

黄钟宫　二十四调

正宫　二十五调

大石调　二十一调

小石调　五调

仙吕宫　四十一调

中吕宫　三十二调

南吕宫　二十一调

双调　一百调

越调　三十五调

商调　十六调

商角调　六调

般涉调　八调

在这些曲调中，常用于小令的曲牌有：

正宫：塞鸿秋、醉太平、小梁州、六么遍、叨叨令、鹦鹉曲；

仙吕：寄生草、醉中天、一半儿、游四门、后庭花、青哥儿、四季花、锦橙梅、太常引；

中吕：朝天子（谒金门）、红绣鞋、山坡羊、迎仙客、喜春来（阳春曲）、上小楼、满庭芳、乔捉蛇、鹊打兔、醉春风、快活三、尧民歌、摊破喜春来、卖花声（升平乐）、齐天乐带过红衫儿；

南吕：四块玉、阅金经（金字经）、干荷叶、玉娇枝、骂玉郎带过感皇恩、采茶歌；

双调：大德歌、大德乐、沉醉东风、碧玉箫、庆东原、驻马听、拨不断、寿阳曲（落梅风）、折桂令（蟾宫曲）、百字折桂令、清江引、殿前欢、水仙子、雁儿落带得胜令、新时令、秋江送、十棒鼓、祆神急、楚天遥、播海令、青玉案、殿前喜、华严赞、山丹花、鱼游春水、骤雨打新荷、步步娇、太平令、梅花酒、小将军、捣练子、春闺怨、快活年、皂旗儿、庆宣和、风入松；

越调：天净沙、小桃红、凭阑人、寨儿令（柳营曲）、黄蔷薇带庆元贞、糖多令；

商调：梧叶儿（知秋令）、百字知秋令、望远行、玉抱肚、秦楼月（忆秦娥）、满堂红、商调水仙子、芭蕉延寿、蝶恋花；

黄钟：人月圆、刮地风、昼夜乐。

其中最常见的曲牌是：叨叨令；寄生草、一半儿、太常引；红绣鞋、山坡羊、迎仙客、喜春来；四块玉、阅金经、干荷叶、采茶歌；沉醉东风、庆东原、拨不断、寿阳曲、折桂令、清江引、殿前欢、水仙子；天净沙、小桃红、凭阑人、寨儿令；人月圆。

3. 小令同一调名词与曲的不同：

小令名称与词调名称完全相同的为数很多，常见的有下面十多种：

太常引　满庭芳　卖花声　齐天乐　青玉案　捣练子

风入松　糖多令　秦楼月（忆秦娥）　蝶恋花　人月圆

昼夜乐　谒金门　感皇恩　驻马听　望远行

（1）基本相同的，如［风入松］：

曲（马致远）　　　　　　词（张炎）

眼前红日又西斜，　　　　晴岚暖翠护烟霞，

疾似下坡车。　　　　　　乔木晋人家。

晓来清镜添白雪，　　　　幽居只恐归图画。

上床与鞋履相别。　　　　唤樵青、多种桑麻。

休笑鸠巢计拙，　　　　　门掩推敲古意，

葫芦提且自装呆。　　　　泉分冷淡生涯。

同名［风入松］的曲和词，句式基本相同，平仄押韵也基本一样，仅末句有一字之差。

（2）大同小异的，如［青玉案］：

曲（无名氏）　　　　　　词（贺铸）

插宫花饮御酒同欢乐，　　凌波不过横塘路，

功劳簿上写上也么哥。　　但目送，芳尘去。

万载标名麒麟阁。　　　　锦瑟华年谁与度？

封妻荫子，　　　　　　　月台花榭，

进禄加官，　　　　　　　琐窗朱户，

想人生一世了。　　　　　知有春知处。

（3）完全不同的，［捣练子］：

曲（杨景辉）　　　　　　词（李煜）

岚光湿布袍，　　　　　　深院静，

竹杖挂椰瓢。　　　　　　小庭空。

行过小溪桥，　　　　　　断续寒砧断续风。

谁家青布摇？　　　　　　无奈夜长人不寐，

　　　　　　　　　　　　数声和月到帘栊。

这两调词、曲，句式、平仄截然两样。

此外，也有调名不同而句式、平仄完全一致的（除去衬字以外），如［一半

儿]（曲）之与［忆王孙］（词）。

（二）重头小令

曲中上下两片声调格律完全相同的，就是把声调格律完全相同的曲调，重复填写，叫重头。至于填写多少，没有限定，有的仅有两首，有的多至百首。重头的用韵、题目可以每首不同。

如张养浩用［中吕·朝天子］的曲调，在《咏四景》的总题下，连续填写《春》《夏》《秋》《冬》四首；鲜于必仁用［中吕·普天乐］的曲调，在《潇湘八景》的总题下，连续填写《洞庭秋月》《烟寺晚钟》《江天暮雪》《潇湘夜雨》等八首，都是重头。重头多至百首的有《雍熙乐府》中所录的咏《西厢》故事的［小桃红］。这叫同调重头。

在散曲中有一种用不同的几个曲调相间而列，采用问答形式重复填写的作品，如王晔、朱凯合写的《双渐小卿问答》十六首，用［庆东原］、［折桂令］、［殿前欢］、［水仙子］四个曲调错综排列，叫异调重头。

（三）带过曲

带过曲也是小令的一种体式。用二支或三支不同曲调的曲子组成一曲，这两支或三支曲子之间的音律必须衔接。带过曲一般填写到三支为止，如果还要继续填写，就不如改作套曲。带过曲可以用"带过"两字，如［雁儿落带过得胜令］；也可以用一个"带"字或者"过"字或者"兼"字，如［雁儿落带得胜令］、［雁儿落过得胜令］、［雁儿落兼得胜令］；但也有的只把几个曲牌连写在一起，如［骂玉郎感皇恩采茶歌］。带过曲有"北带过曲"（北带北）、"南带过曲"（南带南）以及"南北兼带"三种。

据《全元散曲》，元人小令中"带过曲"共有二十六种形式，即：［一锭银过大德乐］、［十二月过尧民歌］、［山坡羊过青哥儿］、［玉娇枝过四块玉］、［叨叨令过折桂令］、［快活三过朝天子］、［快活三过朝天子四换头］、［快活三过朝天子四边静］、［那吒令过鹊踏枝寄生草］、［沽美酒过太平令］、［沽美酒过快活年］、［脱布衫过小梁州］、［水仙子过折桂令］（一名［湘妃游月宫］）、［雁儿落过得胜令］、（一名［鸿门凯歌］）、［雁儿落过清江引］、［雁儿落过清江引碧玉箫］、［喜春来过普天乐］、［黄蔷薇过庆元贞］、［楚天遥过清江引］、［殿前喜过播海令大喜人心］、［齐天乐过红衫儿］、［对玉环过清江引］、［醉高歌过红绣等。

带过曲限制较严，最常见的有以下四种：

1. 正宫：〔脱布衫〕带过〔小梁州〕；

2. 南吕：〔骂玉郎〕带过〔感皇恩〕、〔采茶歌〕，〔哭皇天〕带过〔乌夜啼〕；

3. 双调：〔雁儿落〕带过〔得胜令〕，〔水仙子〕带过〔折桂令〕；

4. 中吕：〔齐天乐〕带过〔红衫儿〕等等。

带过曲要求一韵到底，书写时曲牌一起写在前面，曲中两调中间空一个字的位置隔开。

怎样区别带过曲中的北带过曲、南带过曲，南北兼带呢？这就要查一下带过曲所用的曲牌。如果曲牌属北曲，就是北带过曲；如果曲牌属南曲，就是南带过曲；如果曲牌有北曲有南曲，就是南北兼带。有少数曲牌，南曲有，北曲也有，如〔红绣鞋〕等，就需要查对《曲谱》，才能分辨清楚。

套数

（一）套数的特点

套数又叫作散套或套曲。它是由两支以上的宫调相同的只曲联缀而成的组曲。

因为套数有长短伸缩的自由，所以比小令更便于表现纷繁复杂的内容。同套的套曲原则上必须用同一个宫调的曲牌，而且必须一韵到底。例如：

〔双调〕夜行船

秋　思

马致远

百岁光阴如梦蝶，重回首往事堪嗟。今日春来，明朝花谢。急罚盏夜阑灯灭。

〔乔木查〕想秦宫汉阙，都做了衰草牛羊野。不恁么渔樵无话说。纵荒坟断碑，不辨龙蛇。

〔庆宣和〕投至狐踪与鼠穴，多少豪杰。鼎足三分半腰折。知他是魏耶？知他是晋耶？

［落梅风］天教你富，莫太奢。无多时好天良夜。看钱奴硬将心似铁，空辜负锦常风月。

［风入松］眼前红日又西斜，疾似下坡车。晓来清镜添白雪，上床与鞋履相别。莫笑鸠巢计拙，葫芦提一向装呆。

［拨不断］利民竭，是非绝。红尘不向门前惹，绿树偏宜屋角遮。青山正补墙头缺，竹篱茅舍。

［离亭燕煞］蛩吟一觉才宁贴，鸡鸣万事无休歇。争名利，何时是彻。

密匝匝蚁排兵，乱纷纷蜂酿蜜，闹攘攘蝇争血。斐公绿野堂，陶令白莲社。爱秋来那些：和露摘黄花，带霜烹紫蟹，煮酒浇红叶。人生有限杯，几个登高节。嘱咐俺顽童记者：便北海探吾来，道东篱醉了也。

这首《秋思》，是完全符合套数的要求的。曲中所用的［夜行船］、［乔木查］、［庆宣和］、［落梅风］、［风入松］、［拨不断］、［离亭燕煞］等七个曲牌，都属于"双调"这个宫调。全调所用的韵字是蝶、嗟、谢、灭、阙、野、说、蛇、穴、杰、折、耶、耶、奢、夜、铁、月、斜、车、雪、别、呆、竭、绝、惹、遮、缺、舍、贴、歇、彻、血、社、些、叶、节、者、也，押的是"车遮"韵。

由于某种需要，杂剧可以"借宫"，即宫调相近的曲牌可以相互借用；套数却不允许借宫。

（二）套数的组成

套数的联缀有一定的要求：

1. 每套至少要有一个正曲和一个尾声。这是最简单的；繁复的可以多达几十个曲子，如元人刘时中的套曲［正宫·端正好］《上高监司》，就多达三十四调。

2. 调与调之间的联缀次序有一定限制，不能颠倒。用哪个曲牌做引子（开头），用哪些曲牌做过曲（中间部分），用哪个曲牌做煞尾，都有大致的规律。周志辅的《元明乐府套数举略》（自印本），它从《太平乐府》《阳春白雪》等十二种元明乐府中，用表格形式，将其"套数中宫调相同者"加以类聚，在该书"北曲·正宫"一表中，共列套数109，其中第一首曲为［端正好］的计98，可见［正宫］套数的首曲为［端正好］几乎是定型的；［端正好］之后，紧接着用［滚绣球］的又占92，可见［端正好］之后联［滚绣球］，也同样几乎是定型的。其他还有，如：

（1）［正宫］套数在［滚绣球］之后常联［倘秀才］；［小梁州］之后必联［么篇］（只偶有例外）；［脱布衫］又常带［小梁州］。

（2）［仙吕宫］套数的首曲多用［点绛唇］（或［八声甘州］），接着例用［混江龙］；［混江龙］后常用［油葫芦］、［天下乐］；［天下乐］后又多续用［那吒令］、［鹊踏枝］、［寄生草］；［六么序］必联［么篇］；［后庭花］多带［青哥儿］。

（3）［南吕宫］套数首曲例用［一枝花］，其后率用［梁州第七］；［骂玉郎］之后常联［感皇恩］、［采茶歌］；［哭皇天］必带［乌夜啼］。

（4）［中吕宫］套数首曲例用［粉蝶儿］，接着多用［醉春风］；［上小楼］之后多联［么篇］；［十二月］必带［尧民歌］；［快活三］必带［朝天子］；借［般涉］［煞］，其前必先用［耍孩儿］。

（5）［双调］套数首曲多用［新水令］或［五供养］；［新水令］后，大多用［驻马听］、［沉醉东风］、［步步娇］；［雁儿落］常带［得胜令］；［沽美酒］常带［太平令］；［侧砖儿］常带［竹枝歌］；［甜水令］常带［折桂令］；［川拨棹］常与［七弟兄］、［梅花酒］、［收江南］连用。

（6）［黄钟宫］套数首曲例用［醉花阴］，接着例用［喜迁莺］、［出队子］；［出队子］之后多用［刮地风］。

（7）［越调］套数首曲例用［斗鹌鹑］，其后例用［紫花儿序］；［紫花儿序］后多用［小桃红］；［麻郎儿］必联［么篇］；［秃厮儿］多带［圣药王］。

（8）［商调］套数首曲率用［集贤宾］，其后率用［逍遥乐］。

（9）［大石调］套数首曲多用［念奴娇］或［六国朝］等等。

此外，曲还有"么篇"的做法，即一个曲子完了，如果意犹未尽，可按原调重复一遍。么篇有时也用"前腔"二字表示。大概后首开始时换头的，统称为"么篇"；后首与前首完全相同的，叫作"前腔"。

"么篇"只能出现一次，"前腔"可以出现两次以上。

据席金友《诗词基本知识》介绍，散曲作为一种诗体，大有用武之地；它在很多方面比旧体诗词更接近新体诗，对于今天新诗的发展，有很大的借鉴作用。

这是因为：

第一，散曲句式比词更为复杂多样，有少到一字二字成句的，也有长达二三十字一句的（这在词中颇为罕见）。这样，就可以使诗歌的语言更加接近口语化，既能唱，又易懂。

其次，散曲用词造语不避俚俗，而以逼真和尽情为贵，一般句子都比较口语化。这就可以大大增加诗歌语言的形象性和生动性，引人入胜。

第三，散曲可以任意加入衬字，有很大的灵活性和伸缩性；而且这些衬字往往多用形容性质的俗语口语。这样就可以增强诗歌的表现力和清新活泼的性质，能够绘声绘形、淋漓酣畅地表达作者的思想感情。

最后，在音韵上，散曲格律虽然比诗词更为严密，但是押韵却可以平上去三声互押。这就给作者提供了运用语言的自由（尽管这种自由仍在格律限度以内）。

总之，散曲这些特点，可以使诗歌进一步口语化，平仄、用韵，既有规范，又有伸缩余地。如果驱遣得当，用来抒情叙事，可以收到亦庄亦谐、曲尽其妙的艺术效果。

四　曲的体制

关于曲的体制，分宫调、曲牌、曲韵、平仄、对仗、衬字等六个问题来谈。

（一）宫调

我国古代音乐，把调式叫作宫调。我国古代乐律有十二律吕，就是十二个半音阶的名称，这十二个半音阶，六个单数的叫"律"，六个双数的叫"吕"。"六律""六吕"，合起来统称"律吕"，也叫"十二律"。十二律的音名，从低到高依次为：

六律：黄钟、太族、姑洗、蕤宾、夷则、无射；

六吕：大吕、夹钟、仲吕、林钟、南吕、应钟。

这十二律吕，黄钟声最低，黄钟以上，递高半音阶，至应钟为止，相当于西洋音乐的十二调。

古代的五音，或称五声，按照音乐从低到高排列，形成一个五声音阶。五音加上二变，成为七音，或称七声，按照乐音从低到高排列，七声音阶的音名是：宫、商、角、变徵、徵、羽、变宫，相当于现在音乐简谱上的 1、2、3#、4、5、在十二律中，任何一个音都可以作宫。例如黄钟宫，就是以黄钟作为宫音，大吕宫，就是以大吕作为宫音。用十二律和宫相乘的叫作"宫"，用十二律和商、角、徵、羽等相乘的叫作"调"，统称"宫调"。以宫声为主的调式称"宫"，而以商、角、徵、羽等其他各声为主的调式称"调"，如商调、角调、徵调、羽调等。"宫"和"调"自宋元以来已不太区别，所以统称"宫调"。曲的宫调出于隋唐燕乐，以琵琶四弦定为宫、商、角、羽四声，每弦上构成七调，共得二十八宫调。元曲用六宫十一调，统称十七调，南曲用五宫八调，统称十三调。而在实际运用上，南北曲常用的只有五宫四调，统称九宫，或南北九宫。这些宫调是：

北曲有六宫十一调：

六宫：黄钟宫　正宫　仙吕宫　南吕宫　中吕宫　道宫

十一调：大石调　小石调　般涉调　商角调　角调　高平调　歇指调　宫调　商调　越调　双调

南曲有六宫七调：

六宫：黄钟宫　正宫　仙吕宫　中吕宫　南吕宫　道宫

七调：大石调　商调　越调　双调　羽调　般涉调　小石调

九宫或南北九宫：

五宫：正宫　中吕宫　南吕宫　仙吕宫　黄钟宫

四调：大石调　双调　商调　越调

曲的每一个宫调，都有它的音律风格，周德清在《中原音韵》中曾对北曲十七宫调的音律风格做过分析。现录如下：

六宫：

仙吕调清新绵邈　　　　　南吕宫感叹伤悲

中吕宫高下闪赚　　　　　黄钟宫富贵缠绵

正宫惆怅雄壮　　　　　　道宫飘逸清幽

十一调：

大石风流酝藉　　　　　　小石旖旎妩媚

高平条扬滉漾　　　　　　般涉拾掇坑堑

歇指急并虚歇　　　　　　商角悲伤宛转

双调健栖激袅　　　　　　商调凄怆怨慕

角调呜咽悠扬　　　　宫调典雅沉重

越调陶写冷笑

简言之，黄钟、双调多用于喜剧，仙吕也近于喜剧，南吕、商调多用于悲剧，中吕、正宫、大石、越调既用于喜剧也用于悲剧，但这只是大体而言，不是绝对的。

曲中的套曲，包括戏曲套数和散曲套数，是由两支以上同一宫调的不同曲牌相连而成。但是，宫调不同的曲牌，如果笛色相同，一般也可互借入套，即借用属于其他宫调的曲牌入套。这就是"借宫"。戏曲套数中，常有借宫的情况，如王实甫的《西厢记》杂剧第一本第二折的联套是：

［中吕·粉蝶儿］—［醉春风］—［迎仙客］—［石榴花］—［斗鹌鹑］—［上小楼］—［幺］—［脱布衫］—［小梁州］—［幺］—［快活三］—［朝天子］—［四边静］—［哨遍］—［耍孩儿］—［五煞］—［四煞］—［三煞］—［二煞］—［尾声］

这套套曲中，［脱布衫］、［小梁州］属［正宫］，［哨遍］、［耍孩儿］属［般涉调］，是［中吕宫］借［正宫］的［脱布衫］、［小梁州］，借［般涉调］的［哨遍］、［耍孩儿］。

和戏曲套数一样，散曲套数也有借宫的情况。但是，套曲中不是所有宫调不同笛色相同的曲子都可以互借入套，有些是不可以互借的。据王力《汉语诗律学》，一般借宫的情况是：

1. ［正宫］可借：［中吕宫］的［叫声］、［鲍老儿］、［十二月］、［尧民歌］、［快活三］、［朝天子］、［喜春来］、［醉高歌］；［仙吕宫］的［村里迓鼓］、［元和令］、［胜葫芦］、［上马娇］、［高过金盏儿］；［双调］的［牡丹春］。

2. ［仙吕宫］可借：［双调］的［得胜乐］。

3. ［南吕宫］可借：［黄钟宫］的［神仗儿］；［双调］的［水仙子］、［荆山玉］、［竹枝歌］。

4. ［中吕宫］可借：［正宫］的［滚绣球］、［倘秀才］、［脱布衫］、［小梁州］、［伴读书］、［笑和尚］、［白鹤子］、［双鸳鸯］、［蛮姑儿］、［穷西河］、［六么遍］、［呆骨朵］；［仙吕宫］的［六么序］、［后庭花］；［般涉调］的［哨遍］、［耍孩儿］、［墙头花］。

5. ［双调］可借：［南昌宫］的［干荷叶］、［梧桐树］、［金字经］；［仙吕宫］的［金盏儿］；［中吕宫］的［卖花声煞］。

6. ［越调］可借：［仙吕宫］的［醉中天］、［醉扶归］。

7. ［商调］可借：［仙吕宫］的［后庭花］、［柳叶儿］、［青哥儿］、［双雁儿］、［上京马］、［四季花］、［元和令］、［上马娇］、［游四门］、［胜葫芦］；［双调］的［雁儿落］、［春闺怨］、［牡丹春］、［秋江送］；［正宫］的［小梁州］；［中吕宫］的［山坡羊］；［黄钟宫］的［节节高］、［四门子］。

（二）曲牌

据《中原音韵》统计，北曲共十二宫调335个曲调。十二个宫调是：

（1）黄钟 （2）正宫 （3）大石调 （4）小石调

（5）仙吕 （6）中吕 （7）南吕 （8）双调

（9）越调 （10）商调 （11）商角调 （12）般涉调

元曲最常用的是正宫、仙吕、中吕、南昌和双调；其次是越调和商调，再次是大石和黄钟。小石、商角和般涉三调最罕见。七种常用宫调的曲牌是：

1. 正宫：端正好、滚绣球、叨叨令、塞鸿秋、倘秀才、脱布衫、小梁州、醉太平、芙蓉花、菩萨蛮、月照庭、六么遍（柳梢青）、甘草子、三煞、煞尾；

2. 仙吕：端正好、赏花时、八声甘州、点绛唇、混江龙、油葫芦、天下乐、后庭花、寄生草、那吒令、鹊踏枝、醉中天、忆王孙、一半儿、瑞鹤仙、六么令、四季花、双雁子、太常引、柳外楼、赚煞尾；

3. 中吕：粉蝶儿、醉春风、石榴花、斗鹌鹑、上小楼、迎仙客、普天乐、喜春来（阳春曲）、满庭芳、快活三、尧民歌、朝天子（谒金门）、四边静、齐天乐、苏武持节（山坡羊）、卖花声（升平乐）、摊破喜春来、煞尾；

4. 南吕：一枝花、梁州第七、牧羊关、玄鹤鸣（哭皇天）、乌夜啼、骂玉郎、感皇恩、采茶歌（楚江秋）、贺新郎、梧桐树、红芍药、四块玉、草池春、鹌鹑儿、玉交枝、黄钟尾；

5. 双调：新水令、驻马听、沉醉东风、夜行船、银汉浮槎（乔木查）、庆宣和、庆东原、风入松、雁儿落（平沙落雁）、得胜令（阵阵赢、凯歌回）、水仙子（凌波仙、湘妃怨）、滴滴金（甜水令）、折桂令（秋风第一枝、天香引、蟾宫引、步蟾宫）、乔牌儿、步步娇、沽美酒、梅花酒、收江南、清江引、牡丹春、汉江秋、庆丰年、小阳关、捣练子（胡捣练）、太平令、快活年、行香子、锦上花、碧玉箫、楚天遥、天仙令、大喜人心、醉东风、减字木兰花、青玉案、鱼游春水、离亭燕带歇指煞、离亭燕煞；

6. 越调：斗鹌鹑、紫花儿序、金蕉叶、小桃红、天净沙、调笑令（含笑花）、秃厮儿（小沙门）、圣药王、麻郎儿、络丝娘、东原乐、绵搭絮、拙鲁速、雪里梅、古竹马、寨儿令（柳营曲）、三台印（鬼三台）、梅花引、南乡子、唐多令、雪中梅、煞、尾声；

7. 商调：集贤宾、逍遥乐、挂金索、上京马、梧叶儿（知秋令）、醋胡芦、浪里来、金菊香、双雁儿、望远行、玉抱肚、秦楼月、高平煞、尾声。

这里，有两种情况需要说明：第一，从上列曲牌可以发现，有同一曲牌分别列入两种（或更多）宫调而名称略有不同的，如仙吕［双雁子］（双燕子）即商调［双雁儿］。第二，有些曲牌相同而字、句完全不同的，如［端正好］（正宫与仙吕不同）、［上京马］（仙吕与商调不同）、［红芍药］（中吕与南吕不同）等等。

根据任中敏《散曲概论》一书统计，北曲曲牌中，小令专用的曲牌有五十多个，这就是：

［正宫］：［醉太平］、［叨叨令］、［塞鸿秋］、［鹦鹉曲］、［小梁州］；［仙吕］：［寄生草］、［醉中天］、［一半儿］、［游四门］、［太常引］、［后庭花］、［青哥儿］、［四季花］；［中吕］：［山坡羊］、［红绣鞋］、［阳春曲］、［迎仙客］、［卖花声］、［醉春风］、［朝天子］、［快活三］、［尧民歌］、［上小楼］、［满庭芳］、［乔捉蛇］、［鹘打兔］、［齐天乐带过红衫儿］；［南吕］：［四块玉］、［阅金经］、［干荷叶］、［骂玉郎带过感皇恩采茶歌］；［双调］：［清江引］、［殿前欢］、［水仙子］、［折桂令］、［落梅风］、［庆东原］、［拨不断］、［沉醉东风］、［雁儿落带得胜令］、［驻马听］、［庆宣和］、［风入松］；［越调］：［天净沙］、［小桃红］、［寨儿令］、［糖多令］、［凭阑人］；［商调］：［知秋令］、［玉抱肚］、［秦楼月］、［商调水仙子］、［蝶恋花］；［黄钟］：［人月圆］、［刮地风］、［昼夜乐］等。

其中常用曲牌，只有［山坡羊］等几个（其中标"△"号的为最常用的）：

［黄钟宫］：［昼夜乐］、［人月圆］、［红衲袄］、［贺圣朝］；

［正宫］：［黑漆弩］、［甘草子］、［汉东山］；

［仙吕宫］［锦橙梅］、［太常引］、［三番玉楼人］；

［南吕宫］：［干荷叶］；

［中吕宫］：△［山坡羊］、［乔捉蛇］、［鹘打兔］、［摊破喜春来］；

［大石调］：［百字令］、［喜梧桐］、［初生月儿］、［阳关三叠］；

［小石调］：［青杏儿］、［天上谣］；

［高平调］：［木兰花］、［于飞乐］、［青玉案］；

［商调］：［秦楼月］、［桃花浪］、［满堂红］、［芭蕉延寿］；

［越调］：△［凭阑人］、［糖多令］；

［双调］：［新时令］、［十棒鼓］、［秋江送］、［大德乐］、△［大德歌］、［祆神急］、［楚天遥］、［青玉案］（与词同）、［殿前喜］、［皂旗儿］、［枳郎儿］、［华严赞］、［得胜乐］、［山丹花］、［扫睛娘］、［鱼游春水］、［骤雨打新荷］、［河西水仙子］、［河西六娘子］、［百字折桂令］。

北曲曲牌中，小令和套曲兼用的曲牌，有六十多个，其中常用的有三十几个：

［黄钟宫］：［刮地风］、［出队子］；

［正宫］：△［塞鸿秋］、△［叨叨令］、△［醉太平］、［小梁州］、［六么遍］、［白鹤子］；

［仙吕宫］：［后庭花］、［醉扶归］、［游四门］、△［寄生草］、△［醉中天］、［节节高］，［金盏儿］、△［一半儿］、［忆王孙］、［赏花时］；

［南吕宫］：△［金字经］、△［四块玉］、［玉交枝］、［梁州］；

［中吕宫］：△［满庭芳］、△［喜春来］、△［醉高歌］、△［红绣鞋］、△［普天乐］、△［朝天子］、［上小楼］、△［迎仙客］、［四边静］、［四换头］、△［挂枝儿］；

［般涉调］：［耍孩儿］；

［商调］：△［梧叶儿］、［凉亭乐］、［醋葫芦］；

［越调］：△［天净沙］、△［小桃红］、△［寨儿令］、［黄蔷薇］、［雪里梅］；

［双调］：△［折桂令］、△［水仙子］、△［庆东原］、△［驻马听］、△［拨不断］、△［清江引］、△［落梅风］、△［沉醉东风］、△［步步娇］、［碧玉箫］、［沽美酒］、△［殿前欢］、［阿纳忽］、△［庆宣和］、［卖花声］、

△ [得胜令]、[春闺怨]、[风入松]、△ [胡十八]、[月上海棠]、[快活年]、[牡丹春]。

北曲带过曲，有三十几种，其中常用的，约七种：

[正宫]：△ [脱布衫带小梁州]、[小梁州带风入松]；

[仙吕宫]：[后庭花带青歌儿]、[那吒令带鹊踏枝寄生草]；

[南吕宫]：[骂玉郎带采茶歌]、△ [骂玉郎带感皇恩采茶歌]；

[中吕宫]：[十二月带尧民歌]、[醉高歌带喜春来]、[醉高歌带摊破喜春来]、[醉高歌带红绣鞋]、[快活三带朝天子]、[快活三带朝天子四换头]、[快活三带朝天子四边静]、[齐天乐带红衫儿]；

[越调]：△ [水仙子带折桂令]、△ [雁儿落带得胜令]、[雁儿落带清江引]、[雁儿落带清江引碧玉箫]、[一锭银带大德乐]、△ [沽美酒带太平令]、[沽美酒带快活年]、△ [对玉环带清江引]、[楚天遥带清江引]、[梅花酒带七弟兄]、[竹枝歌带侧砖儿]、[江儿水带碧玉箫]、[锦上花带清江引碧玉箫]；

[中吕带双调]：[醉高歌带殿前欢]、[满庭芳带清江引]；

[正宫带双调]：[叨叨令带折桂令]。

南曲曲牌中，小令用的曲牌，也只有几个：

[仙吕宫]

原调：△ [皂罗袍]、[桂枝香]、[排歌]、[浪淘沙]、[月儿高]、△ [傍妆台]、[月中花]、△ [解三酲]、[河西柳]、[春从天上来]；

集曲：△ [醉罗歌]、[月云高]、[甘州歌]、[解袍歌]、[一封书]、[解酲歌]、[醉花云]、[香转南枝]、[月照山]、[闹十八]、[九回肠]、[十二红]、[醉归花月渡]、[二犯桂枝香]、[二犯月儿高]、[二犯傍妆台]；

[正宫]

原调：[玉芙蓉]、[锦缠道]；

集曲：[锦亭乐]；

[大石调]

原调：[催拍]、[两头南]、[两头蛮]、[红叶儿]；

[中吕宫]

原调：[泣颜回]、△ [驻云飞]、[普天乐]、△ [驻马听]、[石榴花]、[永团圆]、[番马舞秋风]；

集曲：［榴花泣］、［倚马待风云］；

［南吕宫］

原调：［一江风］、△［懒画眉］、［梁州序］、［大胜乐］、［贺新郎］、［宣春令］、［销金帐］、［香罗带］；

集曲：△［罗江怨］、［三学士］、［七犯玲珑］、［六犯清音］、［梁州新郎］、［梁溪刘大香］、［浣纱刘月莲］、［六犯碧桃花］、［七贤过关］、［巫山十二峰］、［九疑山］、［八室妆］、［仙桂引］、［仙子步蟾宫］；

［黄钟宫］

原调：［侍香金童］、［传言玉女］、［啄木儿］、［画眉序］；

［越调］

原调：［绵搭絮］；

［商调］

原调：△［黄莺儿］、△［集贤宾］、△［山坡羊］、［高阳台］、［水红花］；

集曲：△［金络索］、［黄罗歌］、［莺花皂］、［山羊五更转］、［梧蓼金罗］、［黄莺学画眉］；

［小石调］

原调：［骤雨打新荷］、［象牙床］；

［羽调］

原调：［马鞍儿］

集曲：［胜如花］、［四季盆花灯］；

［双调］

原调：△［玉抱肚］、△［锁南枝］、［风入松］、［四块金］、［玉交枝］、［柳摇金］、［朝天歌］、［江儿水］、［孝顺歌］、［步步娇］、［淘金令］、［转调淘金令］、［锦法经］、［西朝元］；

集曲：△［二犯江儿水］、［娇莺儿］、［江头金桂］、［孝南歌］、［二犯柳摇金］、［孝南枝］、［六么令犯］、［玉枝供］、［落韵琐南枝］、［摊破金字令］、［折桂朝天令］、［锦堂月］、［玉江引］；

此外，南曲带过曲有［仙吕入双调·朝天歌带朝元令］、［双调·锁南枝带罗江怨］等，南北兼带有［中吕·南红绣鞋带北红绣鞋］、［南吕·南楚江情带北金字经］等。

曲牌和词牌就有很多名称相同，但是内容并不完全一致，细别之，有以下三种情况：

（1）名称和字、句全同的，有：

点绛唇　太常引　忆王孙　风入松（同词的第一体）　糖多令　秦楼月（同上片或同下片）　南乡子　念奴娇　鹊踏枝（双调）　青杏儿　鹧鸪天

（2）名称相同而字、句大致相同的，有：

青玉案　忆帝京　粉蝶儿　昼夜乐　喜迁莺　女冠子　归塞北（望江南）醉春风　夜行船　梅花引　集贤宾　瑞鹤仙

（3）名称相同而字、句不同的，有：

捣练子　调笑令　醉太平　贺圣朝　鹊踏枝（仙吕）　感皇恩　离亭宴（燕）　六么令　八声甘州　哨遍　踏莎行　应天长　后庭花　望远行　乌夜啼　贺新郎　满庭芳　最高楼（醉高歌）　女冠子　滚绣球　天下乐　朝天子　齐天乐　卖花声　玉交枝　驻马听　滴滴金　减字木兰花　金蕉叶　逍遥乐　黄莺儿　玉抱肚　垂丝钓

有些曲调，虽然名称与词牌不同，但是平仄、句式却非常近似。这可以看作是词的变相。最突出的例子是〔一半儿〕（曲）和〔忆王孙〕（词）。试比较下列两例：

一半儿

野桥　　　　　　　　　　　　　张可久

海棠香雨污吟袍，薜荔空墙闲酒瓢，杨柳晓风凉野桥。放诗豪，一半儿行书，一半儿草。

忆王孙

香闺　　　　　　　　　　　　　秦观

萋萋芳草忆王孙，柳外高楼空断魂，杜宇声声不忍闻。欲黄昏，雨打梨花深闭门。

这一曲一词，如果去掉曲的末行衬字"儿"，那么，二者的平仄、句式、用韵几乎完全相同。所不同的仅仅在于末句用韵的平仄。但实际上，曲的末句也有用平韵的，而词的末句也有用仄韵的。不过，词、曲这种句式几乎全同的情况，毕竟只占极少数。

（三）曲韵

元代周德清参照大量元曲作品的押韵情况，写成《中原音韵》一书，把北曲的韵部分为十九部，即：

第一部：东钟　　　第二部：江阳

第三部：支思　　　第四部：齐微

第五部：鱼模　　　第六部：皆来

第七部：真文　　　第八部：寒山

第九部：桓欢　　　第十部：先无

第十一部：萧豪　　第十二部：歌戈

第十三部：家麻　　第十四部：车遮

第十五部：庚青　　第十六部：尤侯

第十七部：侵寻　　第十八部：监咸

第十九部：廉纤

因元代北方官话已无入声，而曲韵普遍是平上去三声通押，如张养浩［山坡羊］《潼关怀古》，所用韵字有去声"聚、怒、路、处"、上声"土、苦"和平声"都、蹰"，即平上去三声通押，故曲韵不另立上去两声的韵目。

曲韵与词韵相比，虽然"若专就舒声（平上去三声）而论，曲韵却比词韵分得更细。曲韵的舒声共有十九部，而词韵的舒声只有十四部"（《汉语诗律学》），但不能因此就认为曲韵比词韵要求严，这是因为：

1. 曲韵把词韵的第三部"支""脂""之""微""齐""灰"分为"支思"（第三部）和"齐微"（第四部）两部；把词韵的第七部"元""寒""桓""删""山""先""仙"分为"寒山"（第八部）、"桓欢"（第九部）和"先天"（第十部）三部；把词韵的第八部"麻"（加上"佳"韵合口字）分为"家麻"（第十三部）和"车遮"（第十四部）两部；把词韵的第十四部"覃""谈""盐""添""严""咸""衔""凡"分为"监咸"（第十八部）和"廉纤"（第十九部）两部，这确是曲韵比词韵分得细的地方，但这么分的结果，在曲韵里仍然是邻韵，而在元人的作品里，邻韵通押的现象并不少见，不能认为这是偶然的。

2. 词只是在某些曲调里才能同部平仄韵通押，而元曲的平上去三声通押现象，却很普遍。

3. 在一首词中，一般要忌重韵（不能绝对化），而在元曲中却不忌重韵。

平上去三声通押，但并不是说每个曲调都可以自由通押，而且某些曲调的韵脚却是有严格规定的。周德清在《中原音韵·作词十法》中，列举了一些曲调的末句押韵字要严分平、上、去的规定，如：

（1）［庆宣和］为去上（去平属第二着）。《北词广正谱》载［庆宣和］曲文末句为"只道功名掌中物，笑取，笑取"；

（2）［雁儿落］、［汉东山］为仄平平。

（3）［山坡羊］、［四块玉］为平去平（"愁，休上楼""碧草春，红杏村"）；

（4）［折桂令］、［水仙子］、［乔木查］等为仄仄平平；

（5）［醉太平］为平平去上（"教人瘦损"）；

（6）［金盏儿］、［小梁州］、［赏花时］为仄仄仄平平（"一枕五更风""推整素罗衣""风暖兽烟喷"）；

（7）［呆骨朵］、［牧羊关］、［得胜令］为平平上去平（仄平平去平亦可）（"高歌不问腔""山中犹避秦""今宵只四更"）；

（8）［乔牌儿］为仄平平去平（"断肠和泪封"）；

（9）［凭阑人］为上平平去平（"粉郎来未来"）；

（10）［红绣鞋］为仄平平去上（"六宫谁第一"）；

（11）［醉扶归］、［迎仙客］、［朝天子］为仄仄平平去（"怎上连云栈""常把英贤探""且向西湖醉"）；

（12）［新水令］为仄仄仄平平（"楼上晚妆罢"）；

（13）［越调尾］为平平去平上（"采药天台遇仙种"）；

（14）［天净沙］、［调笑令］为平平仄仄平平（"水村山郭人家""请先生史笔休援"）；

（15）［落梅风］、［上小楼］、［夜行船］为仄平平仄平平去（"不平他锦鸳成对""众和尚死生难忘""病恹恹粉憔胭淡"）；

（16）［太平令］为平仄仄平平平去（"欢喜煞唐朝皇帝"）；

（17）［村里迓鼓］、［醉高歌］为平仄仄平平去上（去平属第二着）（"刮马似光阴过了""那里也吹箫伴侣"）；

（18）［采茶歌］为平平仄仄仄平平（"安排锦字寄新愁"）；

（19）［搅筝琶］为平平仄平平去平（《北词广正谱》注称，此调末句只四字，曲文作"莫得疑猜"）；

（20）［江儿水］为平去仄平平去上（"篱外玉梅三四朵"）；

（21）［寄生草］、［驻马听］为平平仄仄平平去（上声属第二着）（"何时重解香罗带""何时枕匾黄金钏"）；

（22）［正宫］、［中吕］、［双调］的［尾声］为仄仄平平去平上（"量这些大小车儿如何载得起""稳坐蟠龙亢金椅""杀羊儿般吊着宰"）等等句末押韵形式。凡曲谱上末句注明"平煞"，即规定末句要用平声韵，"上煞"则用上声韵，"去煞"则用去声韵。

总的说来，曲的用韵有以下几个特点：

第一、曲韵以平、仄通押为常规，平仄不通押的反而颇为罕见。

第二、近体诗和词都避忌重韵，而曲则不避重韵。

第三、不论小令还是套数，都是一韵到底，中间不能换韵；即使是篇幅较长的杂剧，一折也只能押一个韵部的字。

第四、每一曲调，何处用韵，某处韵字应为平、上、去，在曲谱中都有规定。曲的韵脚，有一句一韵，如"唱歌、唱歌，似风魔"（［双调·七弟兄］。见《北词广正谱》，下同）；二句一韵，如"若朝金殿，时人轻马周"（［黄钟宫·出队子］）；三句一韵，如"银杯绿蚁，琼枝清唱，金胜醉鳌峰"（［越调·小桃红］）等常见形式。至于四句一韵，如"携美醞，步绿苔，穿红杏，握翠柳"（［仙吕·村里迓鼓］第二格），以及五句一韵，如"玉簪初绽，金菊才开，碧梧恰落，翠柳微凋，都做了野草闲花满地愁"（［越调·绵搭絮］第二格），则少见。一般地讲，曲的用韵比诗词都密，接连几句用韵和两句一韵的现象很普遍，甚至逐句用韵的也不少。

第五、借韵，即邻韵通押。如第八部"寒山"的字与第九部"桓欢"的字通押，把韵部扩大，这就是借韵。在元曲作品中，不但存在邻韵通押现象，而且在少数作品中，还存在不是邻韵也可通押的现象，如第七部"真文"与第十七部"侵寻"通押，第十部"先天"与第十九部"廉纤"通押等。

第六、暗韵，即句中韵。如《西厢记》第一本第三折第九曲首句"我忽听一声猛惊"与第二本第四折第九曲首句"这一篇与本宫始终不同",其中听、声、惊三韵;宫、终、同三韵。这就是暗韵或句中韵。

第七、赘韵。即在本来可以不用韵的地方用韵。如〔正宫·端正好〕的第一句,曲谱规定不押韵,在第二句开始才押韵。《窦娥冤》第三折第一支曲子〔正宫·端正好〕:"没来由犯王法,不提防遭刑宪。叫声屈动地惊天……",第一句即不押韵;而《冻苏秦》杂剧第二折首曲〔正宫·端正好〕却作:"叹书生我这里,便叹书生可兀的身无济。那里也荫子封妻……",第一句便押韵。这第一句本可不押韵而押了"里"字韵,就是赘韵。

第八、失韵。即在该用韵的地方偶不用韵,正好和赘韵相反。北曲中失韵的情况很少见。如商政叔〔商调·玉抱肚〕(套数):"渭城客舍,微雨过,陌尘轻浥"。《北词广正谱》在"浥"字旁注"应韵",即是说在"浥"字处本该用韵,这里却未用韵,这就是失韵。当然,失韵现象仍然以避免为好。

(四)平仄

曲字的平仄比诗、词的平仄都要严。周德清在《中原音韵·作词十法》中曾经提到,在某些情况下,曲字平声要分阴平、阳平,仄声要分上声、去声。不过,从曲谱来看,阴平、阳平差别不大,没有必要严格区分。但是上声、去声的区分,有时却是非常严格的。特别是韵脚,上声和去声的对立是很明显的。上声和去声虽然同属于仄声,但是在元曲里,上声韵比较接近于平声韵,所以在该用上声韵的地方,偶尔也可以改用平声;该用平声韵的地方,偶尔也可以改用上声。但是去声韵的独立性却很强:该用去声韵的地方,不但不允许用平声,甚至也不允许用上声。试比较下列两首〔山坡羊〕的用韵:

山坡羊(张养浩)	山坡羊(张可久)
峰峦如聚(去)	刘伶不戒(去)
波涛如怒(去)	灵均休怪(去)
山河表里潼关路(去)	沿村沽酒寻常债(去)
望西都(平)	看梅开(平)
意踟蹰(平)	过桥来(平)
伤心秦汉经行处(去)	青旗正在疏篱外(去)

宫阙万间都做了土（上）　　　　醉和古人安在哉（平）
△

兴（平）　　　　　　　　　　　窄（入声作上声）
△　　　　　　　　　　　　　　　△

百姓苦（上）　　　　　　　　　不勾筛（平）
△　　　　　　　　　　　　　　　△

亡（平）　　　　　　　　　　　哎（平）
△　　　　　　　　　　　　　　△

百姓苦（上）　　　　　　　　　我再买（上）
△

从以上两首曲子可以看出，在该用去声韵的地方都用了去声韵，而不用上声韵；在该用上声韵的地方有时却可以改用平声韵；在该用平声韵的地方有时也可以改用上声韵（以张养浩的一首为正例，对照比较第七、八、九句，韵符加括号的）。可见曲韵用字上声和去声的限制是很严格的。

以上仍然是就用韵的平仄而言。至于某字某句的平仄，曲跟词比较也有一些独特之处。最明显的就是曲字不仅规定平声仄声，而且有些地方还要限定仄声中的"上""去"。例如：

[越调·天净沙]

曲谱　　　　　　　　　　马致远曲《秋思》

㊉平㊅仄平平　　　　　　枯藤老树昏鸦

㊉平㊅仄平平　　　　　　小桥流水人家

仄仄平平去上　　　　　　古道西风瘦马
　　　　·

仄平平去　　　　　　　　夕阳西下
　　　△

㊉平㊅仄平平　　　　　　断肠人在天涯

这首曲，按曲谱规定，第三句末二字必须用"去上"，不能改易；第四句必须押去声韵，否则只能算"次好"。
　　　·

曲字的平仄，特别注重每首的末句。周德清《中原音韵·作词十法》指出，有些曲调，最后一句不但平仄是固定的，甚至其中某字该用上声，某字该用去声，也都有特殊规定。例如［落梅风］、［上小楼］、［夜行船］、［卖花声］等曲调，末句必须作"仄平平、仄平平去"，末一句必须用去声字押韵。正宫等调的尾声末句必须作"仄仄平平去平上"，第五字必须用去声，末一字必须用上声，
　　　　　　　　　　　　　·　　　　·
如此等等。有些曲调，个别字的平仄有时也可以通融；但一经改变，就只能算作"次好"。比如［端正好］、［朝天子］、［快活三］等曲调，末句应是"仄仄平平去"，如果最后一个字改用上声，就属于第二着了；［庆宣和］的末句应是"去
·

上"，如果改用"去平"，就只能算作"次好"；但是绝不能改作"上平"，这样有害于声律。这些规定，都是比词的平仄更严的地方。

以上只是就一部分曲调来说的。另一些曲句仍只分平仄，仄声之中不再细分上、去。例如［水仙子］、［乔木查］等曲的末句是"仄仄平平"，［喜春来］、［满庭芳］、［小梁州］等曲的末句是"仄仄仄平平"、［天净沙］的末句是"平平仄仄平平"，［采茶歌］的末句是"平平仄仄仄平平"等等。这些，基本上和词的句式一致。

与词的句式迥然不同的，主要表现在曲句的七字句的句式上。词的七字句多为律句，而曲的七字句很多是上三下四。常见的句式有：

1. 仄平平、⊕仄平平。例如：

下西风、黄叶纷飞。（王实甫《西厢记》长亭折［脱布衫］）

染寒烟、衰草萋迷。（同上）

2. 仄平平、仄平平去。例如：

急罚盏、夜阑灯灭。（马致远［夜行船］）

无多时、好天良夜。（马致远［落梅风］）

3. ⊕平仄平平去上。（末字或作平）。例如：

古来丈夫天下多。（马谦斋［寨儿令］）

看钱奴硬将心似铁。（马致远［落梅风］）

（五）对仗

曲的对仗，可平仄相对；也可同声相对，即平声对平声，仄声对仄声；对仗的主要形式，据周德清《中原音韵·作词十法·对偶》、朱权《太和正音谱·对式》、王骥德《曲律·论对偶》等书的记载，综合起来，可分为如下几种形式：

1. 两句对。亦称"合璧对"。如［满庭芳］第二、三句和第六、七句："衾闲半幅，鼓转三更。……金琐碎、前帘月影，玉丁当、楼外秋声"（张可久）

2. 三句对。亦称"鼎足对"或"三枪"。"救尾对"也用三句对。三句对，就是一、二、三句都可以互为对偶，第一句可跟第二句对，第二句可跟第三句对，第一句也可越过第二句跟第三句对，所谓"燕逐飞花对"。如"涨一竿春水，带一抹寒烟，棹一只渔舡"（［正宫·三煞］）；"一帘风，三月雨，五更寒"（［南吕·感皇恩］），都是"三句对"。

3. 扇面对。如［驻马听］开头四句："黄道烟迷，瑞霭盘旋下风椅；紫垣风细，御香缭绕衮龙衣"（罗贯中）。

4. 重叠对。如［山坡羊］："峰峦如聚，波涛如怒。……兴，百姓苦。亡，百姓苦"（张养浩）。开头两句是一般对仗，结尾四句属于重叠对。

5. 四句对。亦称"连璧对"。如《太和正音谱》所引［大石调·玉翼蝉煞］，其中第十七、十八、十九、二十等四句作"云黯黯，水迢迢，风凛凛，雪飘飘"，即四句对。

6. 长短句相对。亦称"隔句对"。若不除去衬字，曲中长短句相对的现象很普遍；若除去衬字，在曲文中作长短句相对，这种现象则少见。但上句加上领字，比下句多一至三字而形成对仗的，在曲中也偶有所见，如《太和正音谱》所引［大石调·百字令］第二、三句"正山河一统，皇家全盛"，即五字句与四字句相对，因"正"为领字，统摄此两句，除去领字，正好两个四字句成对。

7. 同韵对。如［油葫芦］第四、五句："翠盘香冷霓裳罢，红牙声歇梧桐下"（乔吉）。

8. 联珠对。即在一首曲中，作对仗的句子占压倒多数，只少数句不对。对仗句之多如联珠。如《太和正音谱》所引［大石调·玉翼蝉煞］，共29句，不作对仗的只5句，其余24句都是分别作对仗的。这就是"联珠对"。

9. 两韵对。即出句末字和对句末字同一韵部。《曲律》举例称："如'春花明彩袖，春酒满金瓯'"。两个"春"字相对，"袖"与"瓯"又同属曲韵第十六部"尤侯"，也为"两韵对"。又，两句韵脚同为平声或仄声，只要同一韵部而又两句相对，也属"两韵对"，如［越调·寨儿令］："啼鸟关关，流水潺潺"，"关""潺"均为平声同韵，又相对。

10. 首尾对。亦称"鸾凤和鸣对"。《太和正音谱》注称："如叨叨令所对者是也"。如杨朝英［正宫·叨叨令］《叹世》首句作"想他腰金衣紫青云路"，末句作"那里也龙韬虎略擎天柱"，即"首尾对"。

11. 救尾对。如［中吕·红绣鞋］末三句："青猿藏火枣，黑虎听黄庭，山人参幽景"（徐再思），连续三句互为对仗。

12. 律句对。元曲中还有一种律句对，这是从律诗中移植过来的，律诗中的所有对偶格，都可以在元曲的律句对中运用上。

知荣知辱牢缄口，谁是谁非暗点头。（白朴［中吕·阳春曲］《知几》四首

之一）

不因酒困因诗困，常被吟魂恼醉魂。（白朴［中吕·阳春曲］《知几》四首之三）

元杂剧在第四折末尾还有"题目"和"正名"，都是对偶句。题目是概括剧情，正名在于揭示戏剧的主题，是最主要的，所以通例用正名的末句作为剧名。例如《梧桐雨》的题目、正名是：

题目　安禄山反叛兵戈举　陈玄礼拆散鸾凤侣

正名　杨贵妃晓日荔枝香　唐明皇秋夜梧桐雨

这个题目正是介绍这出杂剧故事情节的，它概括地点出剧情的起因、发展、结局。杨贵妃在兵变中被杀，唐明皇怎样于秋夜雨打梧桐的凄凉氛围中，无可奈何地忆念他的宠妃，是这出杂剧所要表现的主题，所以剧目就叫《梧桐雨》。

杂剧的题目和正名的对偶，跟章回小说的对偶回目的作用是相同的，不过形式上有所不同，前者是放在剧本的末尾，后者是排在章回的前头；前者有四句的对偶，后者只有两句的对偶。杂剧的题目和正名的对偶，如果是七字的，大都是依照律句的平仄；如果是八字以上的对偶，那么平仄的要求就不严格，只要在字面上对得过去就行了。杂剧的题目和正名的对偶，其艺术性不在于运用什么样的对偶格，而在于对剧情和主题做出恰切的概括，并具有较强的吸引力。

13. 衬字对

衬字是元曲中的语言特色之一，元曲对偶衬字，犹如宋词的带豆字对偶，不计在正字之内。例如：

我如今身耽受公私利害，笔尖注生死存亡。（孟汉卿《魔合罗·第三折·商调集贤宾》）

你则合眠霜卧雪驱兵队，披星戴月排戈戟。（《虎头牌·第三折·鸳鸯煞》）

则理会的诗书是觉世之师，忠孝是立身之本，这钱财是傥来之物。（秦简夫《东堂老·第三折·醉春风》）

你道鸾凰则许鸾凰配，鸳鸯则许鸳鸯对，庄家做尽庄家势。（石君宝《秋胡戏妻·第二折·叨叨令》）

曲的对仗方式，在语言的运用和词序的组合上有许多特点，主要表现在：

第一、有工对也有宽对，但宽对的现象更普遍。在宽对中，还出现了似对非对即在"对与不对之间"的句子，有时甚至分不出它是"不对"还是在"对与不对之间"。如"我不让齐孙膑捉庞涓则去马陵道上施埋伏，我不让韩元帅困霸王在九里山前大会垓"（《王粲登楼》第二折第七曲），认为"不对"也可，认为在"对与不对之间"也可。

第二、句中自为对。如"你嫁个知心可意新家长，那里发付那有母无爷小业冤"（《铁拐李》第二折第六曲），第一句中"知心"与"可意"为对，第二句中"有母"与"无爷"为对，"新家长"与"小业冤"为对。若从宽要求，则"知心可意"与"有母无爷"也形成对仗。这在元人作品中较常见。

第三、错综成对或倒字（词）为对。如"我当初成人不自在，我若是自在不成人"（《虎头牌》第一折第六曲）；"可不道忠臣不怕死，怕死不忠臣"（《赵氏孤儿》第一折第八曲）等，在元曲中并不罕见。

第四、以俗语入对的现象很普遍。如"一会儿甜言热趱，一会儿恶叉白赖"（《望江亭》第一折第七曲）。在元曲中以俗语入对的现象是很普遍的。

第五、区分正文和衬字后，判断是否作对仗。旧体格律诗无衬字，是否对仗一目了然；词衬字很少，一般不超过三字，是否对仗也容易判明；唯独元曲衬字多，若不正确地把正文和衬字区分出来，就很难判断是否为对仗。

（六）衬字

曲和词，从表现形式看，二者近似到几乎难以分辨的程度。但是最显著的区别就是有无衬字：有衬字的是曲，没有衬字的是词。

所谓"衬字"，指的是在曲律规定必需的字数之外所增加的字。具体说来，凡是格律规定的字，其平仄、句式须受格律严格控制，而衬字则不受此限制，即不讲平仄，不拘字数。它的作用，或者是补足语义，或者是加强声情，或者二者兼而有之。一般说来，小令衬字少，套数衬字多；散曲衬字少，剧曲衬字多。曲牌和词牌名称与表现形式全同的，如〔鹧鸪天〕、〔秦楼月〕、〔太常引〕等，衬字也往往较少，或者完全不用衬字。

衬字既可以用虚字，也可以用实字。就意义而言，衬字往往是一些不十分紧要的字；就音韵而言，衬字不能用于重音，因此它不能用于句末，尤其不能用作韵脚。

衬字最常见的是用于句首。用在句首的既可以是虚字，也可以是实字。

衬字的多少，当视实际情况而定：有少到一句只用一个衬字的，也有多到一句加衬二十字的。就一般情况而言，以一句衬六、七字的较为常见。

在个别情况下，衬字也有用在句末的。这种衬字有时是用来凑足字数，有时用来表达一种特殊的情趣。因为这种衬字一般没有什么实际意义，所以我们把它叫作语法上的衬字。这种衬字多用于剧曲。

主要参考书目：

(1) 周德清《中原音韵》；

(2) 任中敏《散曲概论》；

(3) 王力《汉语诗律学》；

(4) 席金友《诗词基本知识》；

(5) 刘致中、侯镜昶《读曲赏识》。

常见曲谱介绍

一 说 明

1. 本篇共收常见 82 个曲调调谱（包括"附录"2 调），其中可作小令用者 41 调。曲谱排列次序，依《北词广正谱》例，按 [黄钟]、[正宫]、[仙吕]、[南吕]、[中吕]、[商调]、[越调]、[双调] 先后次序排列。[大石] 因很少用；[般涉]、[小石]、[商角]，在元杂剧中已完全不用，故均不录。82 调中，除只限用于小令或套数的曲调在调名后予以注明外，凡未加说明者，即可用于小令，又可用于套数。

2. 由于曲的同一曲调，往往出现句数、字数与平仄、韵式不同的曲文，旧曲谱把这些不同的曲文，归纳为二至十个以上不同的格式。在本篇的谱式中，均尽可能综合进去，而且据元曲作品的实际，对旧曲谱中未有的格式，也作适当补充或订正。

3. 在列出每调调谱之后，一般都举一首元人作品为例，分出正衬，以便印正。所列元人作品，只代表该曲调主要的常见的一格，若有"增句格""减句格""叠字格""么篇（换头）""增损格"等情况，才增引元人作品为例，别的次要格式从略。

二 调名

[黄钟]

1. 人月圆（小令）

2. 醉花阴（套数）

3. 喜迁莺（套数）

4. 出队子

5. 刮地风

6. 四门子（套数）

7. 古水仙子（套数。与商调、双调［水仙子］各不同）

8. 尾声（套数。又名［尾］、［随煞］、［随尾］、［煞尾］。即大石［随煞］。亦入双调）

［正宫］

9. 鹦鹉曲（小令。又名［黑漆弩］、［学士吟］）

10. 端正好（套数）

11. 滚绣球（套数。亦入中吕）

12. 倘秀才（套数。亦入中吕）

13. 叨叨令

14. 脱布衫带小梁州（亦入中吕。［小梁州］亦入中吕、商调）

15. 呆骨朵（套数。又名［灵寿杖］、［灵寿歌］。亦入中吕）

16. 塞鸿秋（亦入仙吕、中吕）

17. 醉太平（又名［凌波曲］。亦入仙吕、中吕）

18. 煞（套数。又名［黄钟煞］）

19. 煞尾（套数。又名［尾煞］、［随煞尾］、［尾声］。亦入中吕、南吕、大石）

［仙吕］

20. 点绛唇（套数）

21. 赏花时（楔子。亦入套数。亦入商调）

22. 混江龙（套数）

23. 油葫芦（套数）

24. 天下乐（套数）

25. 寄生草（亦入双调）

26. 青哥（歌）儿（亦入商调、双调）

27. 鹊踏枝

28. 那吒令（可带［鹊踏枝］、［寄生草］）

29. 后庭花（亦入中吕、商调）

30. 金盏儿（又名［碎金盏］，与双调［金盏子］不同）

31. 醉中天（亦入越调、双调）

32. 一半儿（又名［忆王孙］）

33. 赚煞（套数。又名［赚煞尾］）

附：尾声（套数）

［南吕］

34. 一枝花（套数。又名［占春魁］）

35. 梁州第七（套数。或简称［梁州］）

36. 骂玉郎带感皇恩带采茶歌（［骂玉郎］又名［瑶华令］。［采茶歌］又名［楚江秋］）

37. 玉娇枝（又作［玉交枝］，亦入双调）

38. 隔尾（套数）

［中吕］

39. 粉蝶儿（套数）

40. 醉春风（亦入正宫、双调）

41. 喜春来（又名［阳春曲］。亦入正宫）

42. 迎仙客（亦入正宫）

43. 红绣鞋（又名［朱履曲］。亦入正宫）

44. 普天乐（即正宫［黄梅雨］）

45. 十二月带尧民歌（［十二月］、［尧民歌］亦入正宫）

46. 醉高歌（又名［最高楼］、［醉高楼］）

47. 耍孩儿（套数。又名［魔合罗］，原属般涉。亦入正宫、中吕、双调）

48. 上小楼（亦入正宫）

49. 满庭芳（又名［满庭霜］）

50. 山坡羊（小令。又名［山坡里羊］、［苏武持节］。亦入黄钟）

51. 尾声（套数。又名［煞尾］。亦入正宫、南吕、般涉、越调）

［商调］

52. 集贤宾（套数）

53. 逍遥乐（套数）

54. 醋葫芦（套数）

55. 梧叶儿（又名［知秋令］、［碧梧秋］。亦入仙吕）

56. 金菊香（套数。或作［金菊花］）

57. 双雁儿（套数。即仙吕［双雁子］）

58. 浪来里（套数。又名［浪里来］、［浪来里煞］）

［越调］

59. 斗鹌鹑（套数。与中吕不同）

60. 紫花儿序（套数。或简称［紫花儿］）

61. 凭阑人（小令。与道宫［凭阑人］不同）

62. 小桃红（又名［武陵春］、［采莲曲］、［绛桃春］、［平湖乐］）

63. 金蕉叶（套数）

64. 调笑令（套数。又名［含笑花）

65. 秃厮儿（套数。又名［要厮儿］、［小沙门］）

66. 圣药王（套数）

67. 天净沙（又名［塞上秋］）

68. 收尾（套数。又名［尾］、［尾声］。亦入双调，与正宫、南吕不同）

［双调］

69. 新水令（套数）

70. 驻马听

附：驻马听近（套数）

71. 雁儿落带得胜令（又名［鸿门凯歌］。［雁儿落］又名［平沙落雁］。［得胜令］又名［凯歌回］、［阵阵赢］。亦入商调）

72. 沉醉东风

73. 折桂令（又名［折桂回］、［蟾宫曲］、［蟾宫引］、［步蟾宫］、［广寒秋］、［天香引］、［秋风第一枝］）

74. 乔牌儿（套数）

75. 滴滴金（套数。又名［甜水令］）

76. 落梅风（又名［寿阳曲］）

77. 步步娇（又名［潘妃曲］）

78. 水仙子（又名［凌波曲］、［湘妃怨］、［冯夷曲］，与黄钟［古水仙子］

79. 夜行船（套数）

80. 风入松

三 联套举例

［黄钟］

1. 醉花阴（A）　喜迁莺（B）　出队子（C）　刮地风（D）　四门子（E）　古水仙子（F）　尾声（G）　（据《元明乐府套数举略》第 1 页，以下简称《举略》。又见《元剧联套述例》第 41 页，以下简称《述例》）。

2. ABDEFG（《举略》第 1 页。字母分别为 1 式调名后括号内的代号，如"A"代表［醉花阴］，余类推。下同）。

3. ABCDEF（《举略》第 1 页。按：少数联套可以无"尾"。以后凡无"尾"者，不再注明）。

4. ABCC′（即"么篇"。以下凡在字母上标"′"号者，即前调之"么篇"）DEF（《举略》第 2 页）。

5. A　C　C′G（《全元散曲》第 1143 页。陈子厚"套数"）。

［正宫］

1. 端正好（A）　滚绣球（B）　倘秀才（C）　滚绣球（B）　塞鸿秋（D）　脱布衫（E）　小梁州（F）　醉太平（G）　煞尾（H）　（《举略》第 8 页）。

2. ABCBC 呆骨朵（I）H（《举略》第 6 页）。

3. ABCBC 叨叨令（J）EFH（《举略》第 6 页）。

4. ABCBCBEFF′二煞（K）一 K　H（《举略》第 5 页。"K"代表［煞］）。

5. ABCBCD 耍孩儿（借［般涉］。见［中吕］谱式）四 K　三 K　二 K　一 K　H（《举略》第 7 页）。

6. ABCBICGEEF′二 K　H（《举略》第 8 页）。

7. ABC 耍孩儿（见前）四 K　三 K　二 K　一 K　H（《举略》第 12 页）。

8. ABCEFF′GJ 一 K　二 K　三 K　H（《举略》第 9 页）。

9. ABCBEFF′H（《举略》第 7 页）。

10. ABCGH（《举略》第 9 页）。

11. ABCGEFF′H（《举略》第 9 页）。

12. ABCEFH（《举略》第 9 页）。

13. ABCJEGH（《举略》第 11 页）。

14. ABEGH（《举略》第 12 页）。

15. ABEFF′H（《举略》第 12 页）。

16. ABH（《述例》第 20 页）。

17. ABCBCBH（《述例》第 20 页）。

18. ABICBCBCH（《述例》第 20 页）。

19. ABCBJBIH（《述例》第 20 页）。

20. ABCEGH（《全元散曲》第 289 页：吴昌龄《美妓》。又，第 986：张可久《渔乐》）。

［仙吕］

1. 点绛唇（A）　混江龙（B）　油葫芦（C）　天下乐（D）　那吒令（E）　鹊踏枝（F）　寄生草（G）　金盏儿（H）　后庭花（I）　青哥儿（J）　尾声（K）　（《举略》第 20 页）。

2. ABCD 醉中天（L）HK（《举略》第 26 页）。

3. ABCDG 赚煞（M）（《举略》第 19 页）。

4. ABCDHK（《举略》第 25 页）。

5. ABCDLIJK（《举略》第 26 页）。

6. ABGHI（《举略》第 27 页）。

7. ABCDFEGG′（《举略》第 25 页）。

8. ABCDEFGG′G′K（《举略》第 24 页）。

9. ABCDK（《举略》第 19 页）。

10. ABCDGK（《举略》第 19 页）。

11. 赏花时（N）K（《举略》第 31 页）。

12. NN′LHK（《举略》第 31 页）。

13. NN′K（《举略》第 31 页）。

14. NM（《举略》第 31 页）。

15. NN′M（《举略》第 31 页）。

16. NN′HLM（《举略》第 31 页）。

17. ABCDFM（《举略》第 19 页）。

18. ABCDEGM（《举略》第 19 页）。

19. ABCDEFGG′IJM（《举略》第 23 页）。

20. ABLCDNHM（《述例》第 6 页）。

[南吕]

1. 一枝花（A）　梁州第七（B）　骂玉郎（C）　感皇恩（D）　采茶歌（E）　尾声（同［正宫·煞尾］）（F）（《举略》第 49 页）。

2. ABF（《举略》第 47 页）。

3. ABCDE（《举略》第 49 页）。按：后三曲实为 C+D+E 式的"带过曲"，故可不用［尾声］）。

4. ACDEE′隔尾（G）（《举略》第 50 页）。

5. BAF（《举略》第 51 页）。

6. ACDE（《举略》第 50 页）。

7. ABGCDEF（《举略》第 48 页）。

8. ABGF（《举略》第 47 页）。

9. ABGCDD′EF（《举略》第 48 页）。

10. ABCF（《举略》第 49 页）。

[中吕]

1. 粉蝶儿（A）　醉春风（B）　迎仙客（C）　红绣鞋（D）　十二月（E）　尧民歌（F）　耍孩儿（G）　上小楼（H）　么篇　耍孩儿（G）　尾声（I）（与［正宫·煞尾］同）（《举略》第 33 页）。

2. A′BCDE+F（带过曲）　I（《举略》第 33 页）。

3. ABCDEFGI（《举略》第 33 页）。

4. ABCD 满庭芳（J）　GI（《举略》34 页）。

5. ABD 普天乐（K）HH′EF（E+F 为带过曲，故无"尾"）（《举略》第 39 页）。

6. ABDHGI（《举略》第 40 页）。

7. ABDJHI（《举略》第 40 页）。

8. ABDGI（《举略》第41页）。

9. ABKEFGI（《举略》第42页）。

10. ABEFI（《举略》第43页）。

11. ABK（《举略》第42页）。

12. ABDKEFI（《述例》第25–26页）。

13. ABCHH′JEFI（《述例》第26页）。

14. ABHH′小梁州　么篇（借［正宫］）JEFI（《举略》第26页）。

15. ABCJ（《全元散曲》第1140页。王仲诚"套数"）。

［商调］

1. 集贤宾（A）　逍遥乐（B）　金菊香（C）　醋葫芦（D）　么　么
梧叶儿（E）　浪来里煞（F）（《举略》第85页）。

2. AA′C 浪来里（G。即［浪来里煞］）F（《举略》第89页）。

3. ABE 后庭花（借［仙吕］）　双雁儿（H）DD′D′D′F（《举略》第83
页）。

4. ABCDF（《举略》第84页）。

5. ABCD 后庭花青歌儿（借［仙吕］）F（《举略》第84页）。

6. ABCE 后庭花青歌儿（借［仙吕］）F（《举略》第86页）。

7. ABCED 后庭花青歌儿（借［仙吕］）F（《举略》第86页）。

8. ABCDD′F（《举略》第85页）。

9. ABB′B′B′F（《举略》第82页）。

10. ABDDDDF（《举略》第82页）。

11. ABCDEDDD 后庭花（借［仙吕］）HF（《举略》第85页）。

12. ABDF（《举略》第82页）。

13. ABDE 后庭花（借［仙吕］）HDF（《举略》第82页）。

14. ABDD′E 后庭花青歌儿（借［仙吕］）　F（《举略》第82页）。

15. ABECDF（《举略》第83页）。

16. ABCDDF（《举略》第85页）。

17. ABCDD′D′D′E 后庭花青歌儿（借［仙吕］）　F（《举略》第85页）。

18. AA′CFF（《举略》第89页）。

19. ABDD′D′E 后庭花青歌儿（借［仙吕］）　F（《举略》第82页）。

20. ABCDD′D′D′D′D′E（《举略》第 86 页）。

[越调]

1. 斗鹌鹑（A）　　紫花儿序（B）　　小桃红（C）　　调笑令（D）　　秃厮儿（E）　　圣药王（F）　　尾声（G）（《举略》第 74 页）。

2. ABC 金蕉叶（H）　　G（《举略》第 74 页）。

3. ABC 天净沙（I）　　G（《举略》第 76 页）。

4. ABCIDG（《举略》第 76 页）。

5. ABDEFG（《举略》第 77 页）。

6. ABDCIG（《举略》第 77 页）。

7. ABHDEFG（《举略》第 77 页）。

8. ABHDECFG（《举略》第 78 页）。

9. ABHCG（《举略》第 78 页）。

10. ABEG（《举略》第 79 页）。

11. ABEFG（《举略》第 79 页）。

12. ABECIG（《举略》第 79 页）。

13. ABIG（《举略》第 80 页）。

14. ABB′G（《举略》第 80 页）。

15. AHICG（《举略》第 81 页）。

16. AHDEFG（《举略》第 81 页）。

17. ADEF（《举略》第 81 页）。

18. AC 醉中天（借［仙吕］　　IG（《举略》第 81 页）。

19. ABDCHIEFG（《述例》第 43 页）。

20. ABCG（《全元散曲》第 1141 页：王仲诚《避纷》）。

[双调]

1. 新水令（A）　　驻马听（B）　　雁儿落（C）　　得胜令（D）　　甜水令（E）　　折桂令（F）　　水仙子（G）　　余音（H）（同［越调·收尾］或［黄钟·尾声］。有时不标［余音］，径标［尾］、［尾声］）（《举略》第 52 页）。

2. AB 乔牌儿（I）　　CDGH（《举略》第 55 页）。

3. ABI 沉醉东风（J）　　EF 随煞（同［黄钟·尾声］）（《举略》第 57 页）。

4. ABI 落梅风（K）　CDH（《举略》第 58 页）。

5. 夜行船（L）　JJ'H（《举略》第 68 页）。

6. L 步步娇（M）风入松（N）　JH（《举略》第 68 页）。

7. ABCDEFH（《举略》第 52 页）。

8. ABCDFH（《举略》第 52 页）。

9. ABICDEFH（《举略》第 55 页）。

10. ABIJEFH（《举略》第 57 页）。

11. ABIKCDH（《举略》第 58 页）。

12. ABKME（《举略》第 60 页）。

13. AICDE 青歌儿（借［仙吕］）FGH（《举略》第 62 页）。

14. LICDJH（《举略》第 67 页）。

15. ALCDKEFG（《述例》第 35 页）。（以上共计套数 125 套）。

四　谱　式

说　明

①符号用法。"－"表示平声，"｜"表示仄声，"＋"表示平仄不拘，"∨"表示上声，"□"表示去声，"△"表示平声韵，"▲"表示仄声韵。

②谱式的根据。本"谱式"系综合比较《中原音韵·小令定格》《北词广正谱》《南北词简谱》《太和正音谱》《曲谱》《元词斠律》《汉语诗律学·曲谱举例》等书对该曲调的不同谱法，并参验部分元曲作品，择善而从，归纳成为"定格"。凡在"定格"中列于每句前面的平仄、句式，是元曲中常用的；若某句的平仄、句式有出入，则按一定的取舍标准（后详），在括弧内标出"或作"字样。

③"定格"中所列"或作"的取舍标准。本"谱式"所列各调"定格"，对所参验的元曲作品，只有当某句出现某种不同的平仄、句式达三次以上，才在括弧内以"或作××"的形式标出。

④关于"入派三声"。在验证元曲作品时，凡遇到入声字，其被派到平上去的哪一声，悉以《中原音韵》为准；个别入声字不见于《中原音韵》而见于卓从之《中州乐府音韵类编》者，则依后书读法，若以上二书均不收的个别字，则

姑从今天的普通话读音。

［黄钟］

1.［人月圆］　小令。与词调［人月圆］完全相同。

定格

+－+丨 －－丨。+丨丨 －－。+－+丨 。－－+丨 。+丨 －－。+－+丨 。+－+丨。+丨 －－。
+－+丨 。－－+丨 。+丨 －－。

中秋书事　　　　　　　　　　　张可久

西风吹得闲云去，飞出烂银盘。桐阴淡淡，荷香冉冉，桂影团团。鸿都人远，霓裳露冷，鹤羽天宽。文生何处，琼台夜永，谁驾青鸾（《全元散曲》第852页）。

2.［醉花阴］　套数。有"七句格"和"五句格"，以"七句格"为常用。其第一句七字，第二句六字，第三句五字，第四句四字，第五句三字，第六句四字，第七句七字。除第四句可押韵也可不押韵之外，其余句子均须押韵。"七句格"减末二句即成"五句格"。

定格

+丨 －－□－∨。+丨 －－□∨。+丨丨 －－（律句）。+丨 －－（也可用韵）。+丨 －－
丨（律句）。+丨丨 －－（律句）。+丨 －－－□∨（韵脚限用去上之律句，忌'三、五同仄'）。

走苏卿　　　　　　　　　　　宋方壶

雪浪银涛大江迥，举目玻璃万顷。天际水云平。浩浩澄澄。越感的人孤另。一叶片帆轻，直赶到金山不见影（《全元散曲》第1303页）。

［黄钟·醉花阴］（套数）　　　　　　侯克中

凉夜厌厌露华冷，天淡淡银河耿耿。秋月浸闲亭。雨过新凉，梧叶凋金井（《全元散曲》第279页）。

3.［喜迁莺］　套数。有"古体"和"近体"。元人多用"近体"，共八句，作"四七二四七三四四"。"古体"共十一句，即将［醉花阴］的末二句移到本调之前作开头，并叠一句，故比"近体"多三句。

定格

+－－□（偶用上声韵。或作－－丨丨）。丨 +－（+丨丨）、+丨 －－（上三下四）。

──（或作│─）。│──│（或作──│─。也可不韵）。+│──+│─（律句。或作+
│──+││）。+││（或作+│─）。+─+│（也可不韵）。+│──（或作+───
△　　　　　　　　　　　　　　　　　　　△
[│]。末二句作对仗）。
▲

[黄钟·喜迁莺]（套数）　　　　　　侯克中

更阑人静，强披衣出户闲行。伤情。故人别后，黯黯的愁云锁凤城。心绪
哽，新愁易积，旧约难凭（转引自《北词广正谱》）。

4. [出队子]　有"正格"与"么篇换头"两式。"正格"共五句，作"四
五七七七"。"么篇"多数为"换头"，也有少数和本调完全相同者。
△△

定格

+──│（或作──││，││─│）。──+│─（律句。或作│─+│─，+│─│
▲　　　　　　　　　　　　　　　　△
─。+─+│││──（律句。或作大拗句）。+│──││─（│）（律句。或作+│──
△　　　　　　　　　　　　　△　　　　　　　　　　　　△
││[─]。抑或作大拗句。第三四句对仗）。+│+──││（律句。忌'三、五
▲　　　　　　　　　　　　　　　　　　　　　▲
同仄'。下同。或作+│──+│─，+───+││[─]，+││─+│─）。
　　　　　　　　　　　△　　　　　　　　　　▲　　　　　　　　△

思　忆　　　　　　　无名氏

记当初相见，见俺那风流的小业冤。两心中便结死生缘。一载间浑如胶漆
坚。谁承望半路里翻腾做离恨天（平煞。《全元散曲》第1782页）。

秋　怀　　　　　　　无名氏

记柳边朱户，乍相逢春正初。看一帘花雾暗香浮，爱满地凉蟾素练铺，听四
座笙歌红袖舞（仄煞。《全元散曲》第1778页）。

[么篇]圣贤尚不脱阴阳彀，都输与范蠡舟。周生丹凤道祥禽（失韵），鲁
长麒麟言怪兽（应平），时与不时都总休（《全元散曲》第273页。马致远《残
曲》）。《北词广正谱》注：本调"当名换头。凡字句同者名[么篇]。谱中录换
头十有七八，[么篇]十无一二。此首句自异"。

[按]：本曲首句为律句，其平仄为+─+│──，与本调首句不同，故当名为
▲
[么篇]（换头），其余各句的句式、平仄、韵式，均同本调。

《元词斠律》注称：第四句第一二字和五六字，须上去声；结句末二字须去
上声；首句宜仄韵，二三四句宜平韵。但这只是理想的形式，并不符合元人多数
作品的实际，仅作参考。又，汤式《酒色财气四首》（《全元散曲》第1605-
1606页）于末句之前增一个一字句，共六句，可看作变例。

5. [刮地风]　本调"句字不拘，可以增损"。有"正格"与"增句格"。"正格"共十一句，作"七四七四四四三，三四五四"。"正格"第四句后可增四字句若干，即成"增句格"。

定格

+｜--+｜-（律句。或作+｜--+｜｜）。+｜--。+-+｜--｜（律句。或作+-+｜｜--）。+｜--（不添句，则第二、四句间作对仗）。+--｜（亦可不韵。或作｜｜--，｜-｜｜）。+-+｜（或作｜｜--，+---）。+｜-（也可用韵。或作｜--，+-｜，+｜｜）。｜｜-（也可不韵。或作+-｜，+｜｜）。+｜--（或作+-｜｜，+--｜，--｜-）。+｜--｜（律句。或作--｜-，+-+｜｜）。｜｜--（或作--｜-［｜］。或作五言律句--｜｜-）。

　　　　　　　[黄钟·刮地风]（套数）　　　　　　　　　　侯克中

短叹长吁千万声，几时到得天明。被宾鸿唤回（醒）离愁兴，两泪盈盈。天如悬磬，月如明镜；桂影浮，素魄辉，玉盘光静。澄澄万里晴，一缕云生。（《全元散曲》第279页）。

　　　　　　　《魔合罗》第二折第四曲　　　　　　　　　　孟汉卿

悬望妻儿音信杳，急煎煎心痒难揉。我这里慢腾腾行出灵神庙，举目偷瞧。我与你恰下溢道（增一句），立在檐稍，觉昏沉刚挣揣把门倚靠。我则道，十分紧闭着，原来是不插拴牢。靠着时呀的门开了，滴留扑抑刺叉吃一交（本曲属"增句格"。区分正衬依《元词斠律》。增句的平仄较自由）。

[按]：《元词斠律》称："此章于第四语下，即可增四字句，其格为'平平仄仄'或'仄仄平平'"。《北词广正谱》于"第二格"（即"正格"）下注称"第四与第二句对"，今查《元曲选》《全元散曲》共载[刮地风]"正格"15首，其第二、四句对仗者仅4首；另有增句格7首，从增句开始有一至二联作对仗者也是7首，可见《北词广正谱》主张"正格"的"第四与第二句对"，只是理想形式，而"增句格"从增句开始做对仗的现象才是普遍的。

6. [四门子]　套数。有"正格""减句格""叠字格"三式。只录"正格"，共十句，作"七六七六三，三七三，三七（六）"。"减句格"即将"正格"首二句减去。"叠字格"即在"正格"第一句后叠三字，元人很少用。

定格

+-+丨 --丨（律句）。丨 --、丨丨 -（上三下三）。+-+丨 --丨（律句）。丨
丨 -（丨 --）、+丨 -（上三下三）。+丨 -（或作丨 --）。+丨 -（或作+-丨。第五
六句对仗）。七言'自由句'。+丨 -。+丨 -（第八九句仗）。丨 +丨、--丨丨
（上三下四。本句也可作上三下三式六字句丨 --、丨丨 -，丨 --、-丨丨或丨丨 -
-丨丨）。

[按]：《元曲选》《全元散曲》共载本调全部作品 17 道，其中"正格"7
首，"减句格"10 首。除"正格"4 首的第七句和"减句格"6 首的第五句其末
三字作"平（上）、去、上（平）"为有则可寻之外，按"平上互代"原则，
其中"正格"第七句（"减句格"第五句（作"--丨丨 -丨 -"者 6 首，"--丨 -
-丨丨"者 2 首，"丨 -丨 --丨 -"者 2 首；作"+丨 +-+丨丨（-）"者各 1 首，
其余均为各不相同的大拗句。总之，本句以作无规律可循的大拗句占压倒多数，
没有任何一种形式达到半数。这种现象，在别的曲调中也偶然出现过。

《萧淑兰》第四折第五曲　　　　　　　　　　贾仲明

香馥馥合卺杯交换，正良宵胜事攒。碧天边灿灿寒星换，碾冻轮皓月团团。
乐意的酬，尽兴的拚，贪欢娱自然嫌漏短。乐意的酬，尽兴的拚，索强似风亭月
馆（《元曲选》。区分正衬依《元词斠律》。《萧淑兰》系明初作品，作者为元末
明初人。又，首句为典型律句，'馥'系'以入作平'）。

秋　怀　　　　　　　　　　　　无名氏

自别来几见垂杨绿，悄然的音信疏。瘦影儿单，好梦儿孤。忆分携恁时风景
殊。树影儿沉，日色儿晡，摆列下凄凉队伍（《全元散曲》第 1778 页。此为
"减句格"，第三四句和第六七句分别作对仗。第二句"的"，系"以上代平"）。

[按]：谱式参验了《元曲选》《全元散曲》所载全部同调作品，计"正格"
7 首，"减句格"10 首，共 17 首。

7. [古水仙子]　套数。或称 [水仙子]，与"商调""双调" [水仙子]
各不同。有"正格"与"叠字格"二式。"正格"共九句，作"六七四，四五七
七七五"。"叠字格"形式有：叠三字于每句之上，如"他他他""敢敢敢"之
类；在大部分句子上用同音字相叠，如"疏剌剌沙""厮琅琅汤"之类；半曲用
叠字半曲不用叠字。元代作者大都用"叠字格"。叠字可平仄不拘。

定格

——— （｜｜｜）———｜｜ － （｜｜｜）（此六字句多作两个三字句。上三字多用叠字，或作｜－－）。＋｜－－＋｜ － （律句。或作大拗句）。＋｜ －－。＋－＋｜ （三四句对仗）。－－＋｜ － （律句）。｜－－ （＋｜｜）、＋｜ －－ （上三下四）。＋－｜ －－｜ ｜ （多作大拗句，亦可用平韵。本句当属于"自由句"）。＋－＋｜ －－｜ （律句。或作－｜｜｜ －－｜和别种形式大拗句）。＋｜｜ －－ （律句）。

闺　情（套数）　　　　　　　　　　　　　　荆干臣

我我我自忖量，他他他仪表非俗真栋梁。傅粉胜何郎，画眉欺张敞，他他他风流处有万桩。端的是世上无双。论聪明俊俏人赞扬，更温柔典雅多谦让。他他他衔一片俏心肠（《全元散曲》第141页）。

思　忆（套数）　　　　　　　　　　　　　　无名氏

非干是我自专。直觅得鸾胶续断弦。记枕上盟言，念神前心愿。我心坚石也坚。暗暗地祷告苍天。若咱家少他前世冤，俏冤家不称（读去声）今生愿，俺俺俺俺那世里再团圆（《全元散曲》第1783页）。

［按］：本调首句偶有作三字｜｜－者，如侯克中［黄钟·水仙子］首句作"甚识曾"（《全元散曲》第280页）；第五句偶有作上三下三式六字句者，如谷子敬《豪侠》第五句作"我我我嫌天宽恨地窄"（《全元散曲》第1640页），可看作特例。

8.［尾声］　套数。又名［尾］、［随煞］、［随尾］、［煞尾］。即"大石调"［随煞］，亦入"双调"。共三句，作"七七七"。

定格

＋｜－－｜－□ （∨）（多用去声押韵的特拗句。或作大拗句。｜－－ （＋｜｜）、＋｜ －－ （上三下四）。或作＋－｜ 、＋｜ －－）。＋｜ ＋－－□∨ （句末限用去上声的律句。或作｜－｜ －＋□∨ ［－］）。

［黄钟·尾］　　　　　　　　　　　　　　侯克中

痛恨西风大薄倖，透窗纱吹灭残灯。倒少了个伴人清瘦影（《全元散曲》第281页）。

［按］：《元词斠律》称："此章首语末三字，须仄平上；结句末五字，须去平平去上"，但以元人作品检验，首句末三字以作仄平去为常见；末句的第三字，并不多作去声，故未尽从其说。

［正宫］

9. ［鹦鹉曲］　小令。又名［黑漆弩］、［学士吟］。共四句，作"七七（六）七，六"。［幺篇］同为四句，作"七，六七，七"。本调必带［幺篇］。

定格

+-+｜--｜（律句）。｜｜｜、｜｜-Ｖ（上三下四。或作）｜+｜、-+｜Ｖ。也可作六字句｜｜｜｜-Ｖ。+--、｜｜--（上三下四）。｜｜+--Ｖ（偶用去声韵）。

［幺篇］+--（｜｜-）、+｜--（也可用韵。上三下四。本句可作六字+-+｜--）。｜｜+--□（或作-｜｜--□，+｜+--Ｖ）。+--、+｜--（上三下四）。□Ｖ｜+-Ｖ□（末二字或作"上上""平上"）。（首二字或作"上去""去去""上上"）。（卢冀野《广中原音韵小令定格》（中华书局1937年版）于此调后注称：［幺篇］末句的首二字和末二字，作"去上妙"，但以元人作品验证，其末二字多作"上去"，只能说以"去上"收尾为理想形式而已）。

寄故人（和韵）　　　　　　　　　　吕济民

心猿意马羁难住。举酒处记送别那梁父。想人生碌碌纷纷，几度落红飞雨。［幺］瞬息间地北天南，又是便鸿书去。问多娇芳信何期，笑指到玉梅吐处。（《全元散曲》第1154页）。

晚泊采石，醉歌田不伐［黑漆弩］，
因次其韵寄蒋长卿金司、刘芜湖巨川　　　　　卢　挚

湘南长忆崧南住。只怕失约了巢父。舣归舟唤醒湖光，听我篷窗春雨。

故人倾倒襟期，我亦载愁东去。记朝来黯别江滨，又弭棹蛾眉晚处。

10. ［端正好］　套数。此调例作首曲，其句法、平仄、韵式与［仙吕·端正好］相同，但［仙吕·端正好］专作杂剧的楔子用，且在第四句后可以增句，而［正宫·端正好］不能增句。共五句，作"三，三七七五"。

定格

｜--（本句也可用韵）。--｜（偶有叠用第一二句者。首二句作对仗）。+-｜（+｜｜）、+｜--（上三下四。上三字或作｜｜-，+--）。+-+｜+-｜（律句或拗句）。+｜--□。

闺　怨　　　　　　　　　　薛昂夫

小庭幽，重门静。东风软膏雨初晴。猛听的买花声过天街应，惊谢芙蓉兴（《全元散曲》第 722 页）。

《东坡梦》第三折首曲　　　　　　　　吴昌龄

晚风轻，霜华重。云淡晚风轻，露冷露华重。转瑶阶月色朦胧。你看那花间四友相搬弄，斗起他那春心动（《元曲选》。叠第一二句。区分正衬依《元词斟律》）。

［么篇］（换头）　　　　　　　　　　薛昂夫

残红妆点青苔径，又一番春色飘零。游丝心绪柳花情，还似郎无定（《全元散曲》第 722 页。第一句律句，作 +-+｜ --｜。第二句上三下四，作 ｜ +-、+｜ --。第三句作平起七律句，句脚作 ｜ --，--｜ 均可。末句与前调末句同）。

11. ［滚绣球］　套数。共十一句，作"三，三四七；三，三四七；七，七四"。第一至四句为一叠，第五至八句为第二叠，两叠句式平仄大致相同。第二叠即将第一叠重复作之，故名滚绣球。元人大多限用两叠，偶有用三叠者，但非常罕见。

定格

+｜-（也可用韵。或作-｜｜）。+｜-（或作+｜｜，+-｜）。+--｜（或作+-｜｜）。+｜-（｜--）、+｜--（上三下四。上三字或作+｜｜，+-｜）。+｜-（也可用韵）。+｜-（或作+｜｜。第五六句对仗）。+--｜（或作+-｜｜，-｜-∨）。｜--（--｜）、+｜--（上三下四。上三字或作+｜-，+｜｜）。+-+｜--｜（律句。也可用韵。或作大拗句）。+｜--+｜-（律句。第九十句对仗）。+｜--。

集杂剧名咏情　　　　　　　　　　孙季昌

付能的潇湘夜雨晴，早闪出乌林皓月明。正孤雁汉宫秋静。知他是甚情怀月夜闻筝。那时节理残妆对玉镜台，推烧香到拜月亭。则被这伛梅香紧将咱随定，不能够写相思红叶题情。指望似多情双渐怜苏小，到做了薄倖王魁负桂英。撇得我冷冷清清。

［按］：《汉语诗律学》将第三句规定为七字句（｜--、+-+｜）或六字句（｜--、+｜-，也可采用。本调偶有将第八句减去者，如曾瑞的《自序》和刘庭

信的《金钱问卜》。

12. ［倘秀才］　套数。共六句，作"七七七三，三四"，也可作"六六七三，三二"。

定格

＋－｜（＋｜－）、－－｜｜（－）（上三下四。上三字或作＋｜｜，｜－－。下四字或作＋｜｜－）。｜－｜（＋｜｜）、－－｜｜（上三下四。或作｜｜＋［｜－－］、－－｜－，｜－－［－｜－］、－－｜｜，｜｜－［｜－－］、＋｜｜｜。第一二句对仗）。＋｜－－＋｜－（律句。或作＋｜－－＋｜｜或特拗句）。－－｜，或作－｜｜。本句也可用韵。｜－－（第四五句对仗）。＋－＋｜（或作－｜＋｜。末句以用仄韵为常例。或作平煞－－｜－）。

又一式：第一二句作"＋｜－－｜｜（或＋｜－－｜－）"，末句作"＋｜"。其余同前式。

《归去来兮》杂剧　　　　　　　　　尚仲贤

面对着青山故友，眼不见白衣送酒。我则怕明日黄花蝶也愁。好教我情绪懒，意难酬，无言低首（转引自《北词广正谱》载［正宫·倘秀才］）。

《陈抟高卧》第三折第三曲　　　　　　马致远

俺那里草舍花栏药畦，石洞松窗竹几。您这里玉殿朱楼未为贵。您那人间千古事，俺只松下一盘棋。把富贵做浮云可比（《元曲选》。区分正衬依《元词斟律》）。

［按］：［滚绣球］与［倘秀才］称为"子母调"，可互相循环使用。

13. ［叨叨令］　共七句，作"七七七七五，五，七"或"八八八八七，七，七"。规定第五六句末三字必作"也么哥"或"也波哥"。从第一至第四句，其句式平仄完全相同。

定格

＋－＋｜－－□（限用去声韵的律句。或作八字句｜－－［－－｜］、＋｜－－□）。＋－＋｜－－□（限用去声韵的律句）。＋－＋｜－－□（限用去声韵的律句）。＋－＋｜－－□（限用去声韵的律句。若第一句作八字，以下三句也应作八字，平仄同第一句）。｜｜｜（｜－或－｜）也么哥。｜｜｜（｜－或－｜）也么哥。＋－＋｜－－□（限用去声韵的律句。第五六句"也么哥"之前，也可作四字+－－丨或+－丨丨，因而变为七字句）。

道　情　　　　　　　　　邓玉宾

白云深处青山下。茅庵草舍无冬夏。闲来几句渔樵话。困来一枕葫芦架。您省的也么哥！您省的也么哥！煞强如风波千丈担惊怕（《全元散曲》第304页）。

[正宫·叨叨令]　　　　　　　　　无名氏

不思量尤（犹）在心头记，越思量越恁地添憔悴。香罗帕揾不住腮边泪，几时节笑吟吟成了鸳鸯配。兀的不盼杀人也么哥！兀的不盼杀人也么哥！咱两个武陵溪畔曾相识（《全元散曲》第1660页）。

　　［按］：通观本调，第一至第四句和末句的句式完全相同，只中间插入两个以"也么哥"收尾的五字句，正如《汉语诗律学》所说："真有叨叨的意味"。《南北词简谱》称："也么哥句可不管文理为之。通体皆叶去声，切勿用上声韵"。又，"也么哥"前可用叠字，叠字宜用平声。

　　14. [脱布衫带小梁州]　将［脱布衫］与［小梁州］分别谱出。［脱布衫］共四句，作"七七七七"。［小梁州］共五句，作"七四七三五"。［小梁州］的［么篇］共六句，作"七七三三四五"。［脱布衫带小梁州］，是否也带［小梁州］的［么篇］，听便。

　　定格

　　［脱布衫］丨－－、+丨－－（上三下四。上三字或作+－丨，丨丨－，－丨丨）。+－丨、+丨－－（上三下四。上三字或作+－－，丨丨－，－丨丨。首二句作对仗）。丨丨－、－－丨∨（－）（上三下四。上三字或作丨+丨，丨－－，－丨丨，－－丨）。+－－、丨－丨□（上三下四。上三字或作+－丨，－丨丨，丨丨－，丨丨丨。下四字或作丨－－□）（末二句亦有作对仗者）。

《西厢记》第四本第三折第四曲　　　　　　　　　王实甫

下西风黄叶纷飞，染寒烟衰草萋迷。酒席上斜签着坐的，蹙愁眉死临侵地（《西厢记》。人民文学出版社1963年版。下同）。

　　［小梁州］+丨－－+丨－（律句）。+丨－。+－+丨丨－（律句）。－－□。+丨丨－－（律句。《北词广正谱》注称：'末句必要平仄仄平平'）。

《西厢记》第四本第三折第五曲　　　　　　　　　王实甫

我见他阁泪汪汪不敢垂，恐怕人知。猛然见了把头低。长吁气，推整素罗衣。

[幺篇]（换头）+—+|　——□（限用去声韵的律句）。|——、+|——（上三下
四。上三字或作|—|，——|，|||）。+|—（或作—||，——|）。——□。—
—□（或作|——□，—||□，——||）。+||——（律句）（本调第三、五句
也可不韵）。

《西厢记》第四本第三折第六曲　　　　王实甫

虽然久后成佳配，奈时间怎不悲啼。意似痴，心如醉。昨宵今日，清减了小
腰围。

[正宫·脱布衫带小梁州]《秋》　　　　汤式

问秋来何处盘游？醉乡中罗列珍馐：巨口鲈红姜素藕，团脐蟹锦橙黄柚。丹
桂开花满树头。金粟娇柔。玎珰帘幕不垂钩。天香透，无地不风流。[幺]亭台
净扫无纤垢，胜当年庾亮南楼。传画烛，焚金兽。碧天如昼，今夜赏中秋（《全
元散曲》第1576页。本调不用[幺]亦可）。

[按]：《汉语诗律学》注称：[小梁州]第二句可作七字句|——、||——；
[幺篇]（换头）第三句可作六字句—|—、||—（也可不韵）。又，联套中，
[脱布衫]之后，多联[小梁州]，只偶有联[醉太平]或[太平令]者。

15. [呆骨朵]　套数。又名[灵寿杖]、[灵寿歌]。共八句，作"七四
（六）四，四五，五五（六），五（六）"。第三、五、七句亦可用韵。

定格

+—+|　——□（限用去声韵的律句。或作+—+|　—∨□）。+|——（或作|—|
—，—|—。也可作六字句||—、|——，——||—，+——、|——）。+|——（或
作|——|，—||—，————）。+—|—（∨）或作|——□，|—||，——||，
|||—|）。+|——□（句脚为去声的律句。或作|——|—，|||—||，+———
|）。+|——□（句脚为去声的律句。或作|—|—|，|—||—，—|||——）。+
——||（—）（律句。或作||—|—，—|||—。也可作上三下三式六字句：+—
|[+||]、||—或|——、+|—）。——||—（律句。或作——∨□—，|——□
—，——||∨，|—||—，+——||。若上句作六字，本句也应作上三下三式六

字句：--丨、丨--或+--、丨□∨ [-]）。

[正宫·呆骨朵]　　　　　　　　　　邓玉宾

常随着莺儿燕子闲游荡，春风柳絮颠狂。问甚木碗椰瓢，村醪桂香。乘兴随缘化，好酒无深巷。醉归天地窄，高歌不问腔（《全元散曲》第 304 页）。

[正宫·呆骨朵]　　　　　　　　　　无名氏

休言道尧舜和桀纣，都不如郝孙谭马丘刘。他每是文中子门徒，亢仓子志友。休言为吏道张平叔，烟月的刘行首；则不如阐全真王祖师，道不如打回头马半州（《全元散曲》第 1658 页）。

[按]：《南北词简谱》注称："此调唱法之难固矣。而做法亦有困难处。如'村醪桂香'（第四句）之平平仄平，'乘兴'（第五六句）二句之仄仄平平仄，且末句必须平韵，作者须谨守之也。魏良辅云：北曲而能精于呆骨朵，则难关已过。此语洵然"。

16．[塞鸿秋]　共七句，作"七七七七五五七"。本调与 [叨叨令] 相比，除不用"也么哥"三字之外，其余的句式，平仄均与 [叨叨令] 同。

定格

+-+丨--□（限用去声韵的律句。偶用平韵。第二、三、四句与第一句同，但在元人作品中也有变化）。+-+丨--□。+-+丨--□。+-+丨--□。--丨丨-（律句。亦可不韵。或作丨--丨-，+丨+--，--丨-丨）。+丨--□（限用去声韵的律句）。+-+丨--□（限用去声韵的律句）（本调通体宜用去声韵）。

道　情（小令）　　　　　　　　　张可久

直钩曾下严滩钓。清风自学（仍读入声，作仄）苏门啸。蜜蜂飞绕簪花帽。野猿坐（夜）守烧丹灶。扁舟范蠡高，五柳陶潜傲。南华梦里先惊觉（《全元散曲》第 922 页）。

[按]：《南北词简谱》注称：第四、五、七句的第三四字宜作去上，"夜守、梦里、范蠡，俱去上声，宜从"。《汉语诗律学》注称：末句有人作两句，为"+-+丨丨--，+-+丨--□"或"+丨丨--，+-+丨--□"。但查《全元散曲》小令，末二句无作此种形式者，特附志之。

17．[醉太平]　又名 [凌波曲]。共八句，作"四（五）四（五）七四（五）七七七四（五）"

定格

——｜－（或作——□∨，———□，——｜｜，－｜｜－。也可作五字句———｜∨［－］，＋——｜｜）。＋｜——（或作｜———。若上句作五字，本句也应作五字句＋｜｜——）。｜——｜｜——（律句。多作此种形式。或作＋－＋｜｜——）。——｜－［｜｜］（或作｜－｜－，－｜｜－。也可作五字句＋——｜｜［∨］，｜－｜｜－）。＋－＋｜——□（限用去声韵的律句。偶用上声韵）。＋－＋｜——□（限用去声韵的律句。偶用上声韵）。＋－＋｜｜——（律句。偶用仄韵。第五、六、七句作'鼎足对'）。——□∨（－）（或作——｜｜，｜－□－，——｜－。也可作五字句：＋——□∨［－］，——｜｜－，｜——｜－）（本调［么篇］与本调全同）。

席上有赠 　　　　张可久

风流地仙，体态天然。画图谁敢斗婵娟？相逢酒边。当楼皓月姮娥面，倚栏翠袖琵琶怨，满林红叶鹧鸪天。惜花人未眠（《全元散曲》第809页）。

无 题 　　　　张可久

人皆嫌命窘，谁不见钱亲。水晶环入面糊盆，才沾粘便滚。文章糊了盛钱囤，门庭改做迷魂阵，清廉贬入睡馄饨。胡芦提倒稳（《全元散曲》第843页）。

18.［煞］ 套数。又名［黄钟煞］。据《元词斠律》解释，北曲煞格，共有四种，即南吕煞、越调煞、般涉煞、黄钟煞。正宫和南吕二煞可以独用；越调煞用代收尾；般涉煞必附［要孩儿］后。其用在套中，多至八煞，少至二煞。至于煞之次序排列，曲家往往倒书，按八煞、七煞……二煞次序，但偶也有顺书一煞、二煞者。［黄钟煞］共十一句，作"七七；四、四、四；四、四、四；四五"，可分为四节。

定格

＋－＋｜——□（律句。限用去声韵。偶用上声韵）。＋｜——＋｜－（律句。或作＋｜＋－｜｜）。＋｜——（或作————）。＋－｜－（或作－｜｜——，＋－｜｜）。＋－｜｜（或作＋｜——，｜｜｜－｜，｜｜｜－）。＋－＋｜（｜｜）。＋－＋｜（或作－｜＋－，——｜－，｜｜｜－｜）。＋｜——（或作————）。＋｜－－（或作————）。＋－－｜（或作＋－｜｜［｜｜］，－｜｜－，｜｜｜－。本句偶可不韵）。＋｜｜——（律句）（本调对仗方式有：第一二句对；第三四五六句或依次两句为对，或第三、五句与第四、六句

分别为对；第七八九句对）。

《贬黄州》第二折第十二曲　　　　　　　　　费唐臣

紫袍金带无心恋，雨笠烟蓑有意穿。或向新妇矶头，鸥鹭乡中，女儿浦口，鹦鹉洲边，涨一竿春水，带一抹寒烟，棹一只渔舡（船），黑甜一枕睡，灯火对愁眠（《元曲选外编》第二册）。

19. [煞尾]　套数。又名 [尾煞]、[随煞尾]、[尾声]、[收尾]。本调有"正格"和"增句格"。"正格"共六句，作"七七四四四七"，其前五句取自[黄钟煞]的前五句，后一句是尾声，故名 [煞尾]。"增句格"又有三种形式：A. 将"正格"的首二句（基本上是第二句）反复作之，句数不拘（其中也可用大拗句）。末接尾声一句，作"七七七……七"；B. 将"正格"首二句（基本上是第二句）反复作之，句数不拘（其中也可用大拗句），再接四字句数句，末接尾声一句，作"七七七……四四……七"；C. "正格"第二句后，接三字句若干，每两句一韵，再接七字一句至若干句，末接尾声一句。

定格

＋－＋｜ ＋－｜（律句。或作大拗句）。＋｜ －－＋｜｜ －（律句。或作特拗句＋｜ －－｜－｜。或作大拗句。第一二句常作对仗）。＋－＋｜ 。＋｜ ＋－。＋｜ ＋－。＋｜ －－｜－｜（或作律句＋｜ ＋－＋｜｜，忌'三、五同仄'。或作大拗句）。

《贬黄州》第二折末曲　　　　　　　　　费唐臣

从教臣子一身贬，留得高名万古传。但使歌低酒浅，卧雨眠烟，席地幕天。一任长安路儿远（《元曲选外编》第二册）。

《合同文字》　　　　　　　　第二折末曲

披星戴月心肠紧，过水登山脚步勤（[煞] 首二句）。意急不将昼夜分，心愁岂觉途路稳（大拗句）。痛泪零零雨洒尘，怨气腾腾风送云。客舍青青柳色新。千里关山劳梦魂，归到梁园认老亲（以上增句）。怎时节才把我这十五载流离证了本（尾声一句）（《元曲选》。区分正衬依《元词斠律》）。

《张生煮海》第三折末曲　　　　　　　　　李好古

则为你佳人才子多情况。唬得他椿室萱堂着意忙（[煞] 首二句）。貌又轩昂才又良。他玉有温柔花有香。意相投姻缘可配当。心厮爱夫妻谁比方（以上增句）。似他这百媚韦娘，共你个风流张敞（[煞] 之四字句）。撮合山的媒人重重赏（尾声一句）（《元曲选》。区分正衬依《元词斠律》）。

［正宫·收尾］   邓玉宾

九天帝敕从中降，云冕齐低玉简长（［煞］首二句）。铭心听，敢窥仰。转诏罢，复两相。有刑罚，有恩赏。承天符，散四方。与仙班，怎比量。戴金冠，衣鹤氅。宴佳宾，饮玉浆。造化论，劫运讲。归来时袖满天香（以上增句）。又把这西王母蟠桃会上访（尾声一句）（《全元散曲》第306页。以上三首为"增句格"的三种形式）。

［按］：本调"正格"的前五句既取自［黄钟煞］，其平仄变通，可参阅前［煞］。本调"增句格"的三种形式，应注意：a. 据《元曲选》，凡增七字句，绝大多数作+丨+——丨丨或+丨——丨丨，其次是大拗句，作+—+丨+—丨者只两句；b. 凡增四字句，其平仄取［煞］中四字句的任何一句均可，而［煞］中四字句的平仄本来就比较灵活，故所增四字句的平仄也是比较自由的；c. 凡增三字句，多两句一韵，与逐句押韵的七、四字增句不同，但其平仄也是比较自由的；d. 增句之间多作对仗，是一特点。

［仙吕］

20. ［点绛唇］套数。多用为杂剧第一折首曲，其后紧接［混江龙］。共五句，作"四四三四五"。

定格

+丨——（或作+丨—∨）。丨——丨（或作丨—丨丨）。——丨。+丨——。+丨——丨（律句。或作+———丨，本调［么篇］与本调全同）。

《留鞋记》第一折第一曲   曾瑞卿

独守香闺，懒临阶砌。慵梳洗。湿透罗衣，总是愁人泪（《元曲选》）。

［按］：谱式参验了《元曲选》所载全部同调作品，共计97首。从这97首元人作品说明，本调每句平仄要求严格，很少例外，其例外的最大限量，未超过百分之六点二。如第三句，除一首作"—∨丨"系"以上代平"之外，全部作"——丨"。又，本调应每句押韵，但《北词广正谱》所列韵式，有：只第四五句押韵者；只第二五句押韵者；只第三四五句押韵者；只第一句不韵、其余四句押韵者，等等，可看作变例。《北词广正谱》还规定，本调第二句可作五字句+丨——丨，也可看作变例。

21. [赏花时]　套数。通常用作杂剧的楔子，为全剧的第一支曲子；偶然也有用作二三四折首曲的。共五句，作"七七五四五"。

定格

+｜--+｜-（律句。或作+｜--+｜｜。或作大拗句）。+｜--+｜-（律句。或作+｜--+｜｜。或作大拗句。第一二句对仗）。+｜｜--（律句）。+-｜｜（或作I--｜）。+｜｜--（律句。也可分作两个三字句+｜｜，｜--。前三字句也可用韵）（本调[么篇]与本调全同）。

[仙吕·赏花时]（套数）　　　　　　　　　杨　果

花点苍苔绣不匀，莺唤垂杨语未真。帘幕絮纷纷。日长人困。风暖兽烟喷。

[么篇]一自檀郎共锦衾，再不曾暗掷金钱卜远人。香脸笑生春。旧时衣褃，宽放出二三分（《全元散曲》第9页。第二句中"掷"，仍读入声，作仄）。

[按]：本调末句作六字，如无名氏的同调作品，末句作"这证候儿，敢跷蹊"（《全元散曲》第1795页）。

22. [混江龙]　套数。有"正格"和"增句格"。《北词广正谱》称："此章句字不拘，可以增损"。"正格"共九句，作"四七四，四七，七三四，四"。其中第七句的变化颇多（后详）。"增句格"均在第六句后增句，通常多增四字句若干，即将"正格"的第三四句反复作之，最后以"正格"的末三（或二）句作结；也有先增四字句数联，再接七字句一联，最后以"正格"末二（或三）句作结者。增句多作对仗，韵式以两句协一韵为通则。

定格

+--□（或作+-∨□）。+-+｜｜--（律句）。+-+｜。+｜--（第三四句对仗）。+｜+--｜｜（律句。或作大拗句）。+-+｜｜--（律句。或作大拗句----｜--，｜｜-｜｜--以及别的形式。第五六句对仗）。--□（此句变化，主要有：a变为两个三字句"｜--，--□"；b变为一个七字句"+-+｜--□"；c变为两句七言律句，且多作对仗，平仄为"+-+｜｜--，+-+｜--□"；d变为"三，三，七"三句，作"+--，+｜-，+-+｜--□"。但不管怎么变化，其押韵句的末三字须作"--□"，作"--∨"者当属例外）。+-｜｜（或作｜--｜）。+｜--（末二句作对仗）。

《碧桃花》第一折第二曲

消不的一天愁闷，清明时节雨纷纷。慵施粉黛，倦点朱唇。恰便似薄命昭君青冢恨，少年倩女绿窗魂。这其间可正是我愁时分，则见那巢空翡翠，冢卧麒麟（《元曲选》。区分正衬依《元词斟律》）。

《叹骷髅》杂剧　　　　　　　　　　　　　　　　李寿卿

从吾所好，水边林下恣游遨。有道童随后，无俗客相邀。六甲风雷袖里藏，一壶春酒杖头挑。不忧贫，唯忧道。甘心受袁安瓮牖，颜子箪瓢（转引自《北词广正谱》[仙吕·混江龙] 第二格）。

《天宝遗事》（套数）　　　　　　　　　　　　　　王伯成

月窥人面，玉人明月斗婵娟。月当良夜，人正芳年。华表月移无柄扇，锦宫人列并头莲。喜今宵人月皆酬愿，月轮满足，人物十全（转引自《北词广正谱》[仙吕·混江龙] 第三格）。

《西厢记》第一本第一折第二曲　　　　　　　　　　王实甫

向诗书经传，蠹鱼似不出费钻研。将棘围守暖，把铁砚磨穿。投至得云路鹏程九万里，先受了雪窗萤火二十年。才高难入俗人机，时乖不遂男儿愿。空雕虫篆刻，缀断简残编（区分正衬依《北词广正谱》）。

《救风尘》第一折第二曲　　　　　　　　　　　　　关汉卿

我想这姻缘匹配，少一时一刻强难为。如何可意，怎的相知。怕不便脚搭着脑杓成事早，怎知他手拍着胸脯悔后迟。寻前程，觅下梢，恰便似黑海也似难寻觅。料的来人心不问，天理难欺（《元曲选》。区分正衬依《北词广正谱》。本曲第九句的"海"系"以上代平"。又，《元词斟律》对"寻前程"以下三句作"寻前程觅下梢（以上增句）。恰便是黑海也似难寻觅"，录之以做参考。

《盆儿鬼》第一折第二曲

做买卖的担惊忍怕，眼见得疏林老树噪昏鸦。不见了半竿残日，只剩的一缕红霞。行过这野水溪桥数十里，遥望见竹篱茅舍两三家（以上本调前六句）。赤紧的人依古道，雁落平沙。过一搭荒村小径，转几曲远浦浮槎（以上增句）。咱则去那汪汪的犬吠处寻安札。世不曾闲闲暇暇，常则是结结的这巴巴（《元曲选》）。区分正衬依《元词斟律》。

[按]：此为"增句格"，所增四字句句数不拘，平仄作"+丨--或+-+丨，或丨---"均可。既可两句一韵，也可逐句用韵，多作对仗。

《玉镜台》第一折第二曲　　　　　　　　　　关汉卿

也只为平生名望，博得个望尘遮拜路途傍。出则高牙大纛，入则峻宇雕墙。万里雷霆驱号令，一天星斗焕文章（以上本调前六句）。威仪赫奕，徒御轩昂。喜时节鸳鸾并箸，怒时节虎豹潜藏（以上增句）。生前不惧獬豸冠，死来图画麒麟像（按：以上二句为"正格"第七句三字句化来）。何止是析圭儋爵，都只得拜将封王（《元曲选》。区分正衬依《元词斠律》。"生前不惧獬豸冠"为大拗句）。

[按]：本调有于第六句后增二字句数句，再接七字句一联，末以"正格"尾二句收者，如《争报恩》第一折第二曲即如此。

23. [油葫芦]　　套数。各家曲谱"正格"均为九句，但某些句的字数不同。一为《北词广正谱》《南北词简谱》《元词斠律》《汉语诗律学》作"七三七七（或不韵）七三，三七五"。《太和正音谱》《曲谱》作"七六七七七七六，六八六"。

定格

+｜--+｜-（Ｖ）（律句。或作大拗句）。+｜-（或作+｜｜。也可作上三下三式六字句｜--、-｜｜）。+-+｜｜--（律句。或作大拗句）。+-+｜--｜（律句。也可不韵。或作大拗句）。+-+｜--｜（律句。或作大拗句+｜｜--｜以及别的形式。第四五句对仗）。+｜-（偶可用韵。或作+｜｜，+--。也可作六字句）。+｜-（或作+｜｜。也可作六字句）。+-+｜--｜（律句。或作大拗句。也可作上三下五式八字句）。+｜｜--（律句。或作+-｜--。也可作六字句）。

《丽春堂》第一折第三曲　　　　　　　　　　王实甫

则见贝阙蓬壶一望中。从地涌。看了这五云楼阁日华东。恰似那访天台误入桃源洞，端的便往扬州移得琼花种。胜太平独秀岩，冠神龙万寿峰。则他这云间一派箫韶动，不弱似天上蕊珠宫（《元曲选》。区分正衬依《元词斠律》）。

《金钱记》第一折第三曲　　　　　　　　　　乔梦符

我则见翠拥红遮似锦绣榻，六宫人忙并杀。谁不知开元宫里好奢华。眼见的翠盘香冷霓裳罢，可又早红牙声歇在梧桐下。投至得华清宫初出池，花萼楼扶上马。则他那殢风流天宝君王驾，簇拥着个娇滴滴海棠花（《元曲选》。区分正衬依《太和正音谱》）。

[按]：本曲谱式，据《元曲选》所载［仙吕·油葫芦］96 首统计，情况是：第二句作三字句者 8 首；作四、五字句者各 3 首；作六字句者 49 首；作七字句者 11 首。因此，第二句若硬性规定作六字，虽符合元杂剧多数作品所做的字数，其中并包括有必作六字为合理的曲文，但却不能包括三、四、五、七字句，而且，将六字句中显然的衬字也当曲文，亦不妥当。反之，若硬性规定作三字，也会产生强分正衬的现象，如《救风尘》第一折第三曲，《元词斠律》作"姻缘簿全凭我共你，谁不待拣个称意的。他每都拣来拣去百千回……"，从上下句联系来看，第二句曲文应作"谁不待拣个称意的"五字句，比作三字句强。同曲的六七句，《元词斠律》作"遮莫向狗溺处藏，遮莫向牛屎里堆"，同样，曲文应作"遮莫向狗溺处藏，遮莫向牛屎里堆"，曲文方顾。区分正衬总得有个标准，不然，对某个曲调的每句字数，只拣出元人作品中字数最少的句子，定为曲文，并作为"定格"，然后再用这样的"定格"去衡量别的同调作品，把凡超出"定格"字数的字全作为衬字，恐未必当吧！我仍主张，某些曲句的字数应有个伸缩的幅度，以本调第二句来说，不妨定为可作"三至七字"这样的幅度；同样，第六七八九句的字数，也不妨定为"三——六""三——六""七——八""五——六"字这样的幅度。

24. ［天下乐］　套数。共七句，作"七二三七三，三五"。亦有主张将第二三句合为一个五字句者。

定格

+｜--+｜-（律句。或作大拗句。或作+｜+-+｜｜）。--（也可不韵）。+｜-（或作+｜｜）。七言"自由句"（用平韵或仄韵均可）。+｜-（也可用韵。或作+｜｜，｜--）。+｜-（或作+｜｜。第五六句对仗）。--+｜-（｜）（律句。或作+--｜｜，+--□-，+｜-｜-）。

[按]：本调第四句从《元曲选》的同调 40 首作品来验证（后详），情况是：作律句+｜+-+｜-者 5 首，+++｜--｜者 1 首，+-｜｜｜--者 1 首，+｜+-+｜｜者 3 首，其余均作大拗句。大拗句的不同形式有：作+-+-｜｜者 5 首，+-+｜-｜-者 5 首，--｜--｜｜者 5 首，--｜｜｜-者 4 首；作-｜｜｜-｜-或+-+-｜｜-者各 3 首；其余 5 首的平仄组合各不相同。在这 40 首作品中，第四句用平韵者 22 首，用仄韵者 18 首。从以上情况可以看出：本句的平仄组合应该做什

么，根本无规律可言，故只能称之为"七言自由句"。不少事实说明，在元曲中是存在不讲平仄的"自由句"的。

《黄粱梦》第一折第四曲　　　　　　　马致远

他每得到清平有几人，何不早抽身，出世尘。尽白云满溪锁洞门。将一函经手自缮，一炉香手自焚，这的是清闲真道本（《元曲选》。区分正衬依《元词斟律》）。

[按]：本调第二句二字句，也可加"也不""也波""也么"等衬字，不论文义，如"我这里寻也波思"（《隔江斗智》第一折第四曲）。《汉语诗律学》将第二三句规定作"－－｜｜－或＋－－｜－"五字一句，因在元人作品中不常见，故未从。

25. [寄生草]　共七句，作"三，三七七七七，七"。

定格

－－□（∨）（也可用韵）。＋｜－（或作＋｜｜。第一二句可对可不对）。＋－＋｜－－□（限用去声韵的律句。或用上声韵）。＋－＋｜－－□（限用去声韵的律句）。＋－＋｜－－□（与前句同。或作大拗句＋－｜－－－□。以上三句应作"鼎足对"）。＋－＋｜｜－－（律句）。－－｜｜－－□（限用去声韵的律句。或作普通律句＋－＋｜－－｜。末二句对仗）。

饮　　　　　　　　　　白　朴

长醉后方何碍，不醒时有甚思。糟腌两个功名字，醅渰千古兴亡事，曲埋万丈虹霓志。不达时皆笑屈原非，但知音尽说陶潜是（《全元散曲》第193页）。

[按]：《中原音韵·小令定格》注称"……最是'陶'字属阳，协音；若以'渊明'字，则'渊'字唱作'元'字；盖'渊'字属阴。'有甚'二字上、去声，'尽说'二字去、上声，更妙。'虹霓志'、'陶潜'是务头也"。录之以供参考。

26. [青歌儿]　有"正格"和"增句格"二式。"正格"共五句，作"六六七七三"。"增句格"即在"正格"的第三句后增｜｜－－或－－｜｜四字句若干，再接"正格"末二句。

定格

＋－＋－－□（或作－－－－＋□[∨]）。＋－＋－－□（或作＋－＋｜－－，｜｜｜｜－

−，+−丨 −−− ［∨］）。+丨 −−+丨 − ［∨］（律句，或作大拗句）。+−+丨丨 −−
△　　　　△　　　▲　　　　　　　　　　　　　　　　　　　　　　　　　　　　　　　△
（律句。本句也常作‘准律句’+丨 −−丨 −−。或作+丨丨丨丨 −−）。−−□（或作−
　　　　　　　　　　　　　　　　　△　　　　　　　　　　　　　　　　　　　▲
−∨）（第一二句的第三四字，往往将第一二字作叠）。
　▲

十二月·正月　　　　　　　　　　　马致远

春城春宵无价，照星桥火树银花。妙舞清歌最是他。翡翠坡前那人家。鳌山
下（《全元散曲》第 230 页）。

《鸳鸯被》第一折第七曲

非是我推三推三阻四，这事情应难应难造次。虽然道男女婚姻贵及时（以上
本调首三句）。我虽是娇滴滴美玉无疵，又不比败草残枝。怎好的害杀相思，只
待要寻个人儿（以上增句）。便逾墙钻穴也无辞。这等胡行事（《元曲选》。区分
正衬依《元词斠律》。第二句作+−−−丨 □非常例。又，本调"正格"第三、四
　　　　　　　　　　　　　　　　　　　　△
句为律句，故"婚姻贵及时"的"及"和"逾墙钻穴"的"穴"，虽《中原音
韵》归入平声，但按律句规定，此处仍作入声用，归入仄声。因元人作品，有的
作者在实际语音中还保留了入声，故仍将"入"归为仄声，不读作平。至于在元
曲中哪些入声字仍保留入声读法，这要做具体分析，希读者注意）。

［按］：邓玉宾《仕女圆社气球双关》（《全元散曲》第 306 页）套数中的
［青歌儿］，在末句三字句之后再叠三句，可看作特例。

27.［鹊踏枝］共六句。作"三三四，四七七"。其中第五句有几种变化。
　　　　　　　　　　　　　　　△△△　△△△

定格

丨 −−（可不韵。或作+丨 −）。丨 −−（或作丨 −丨）。+丨 −−（也司用韵）。+
　　△　　　　　　　　　　　　　△　　　　　　　　　△
丨 −−（或作丨 −−−。第三四句对仗）。+丨丨（+丨 −）、+−+丨（上三下四。上三
　△　　　　　　　　　　　　　　　　　　　　　　　　▲
字或作+−丨 ，−−−，−−丨。又或作丨丨丨丨 ［+丨 −］、−−丨 −或−丨 −，+丨丨
丨。本句偶有化七字句为两个四字句者，作丨丨丨丨 ▲，−−丨 −或丨 −丨 −，−−丨
▲
−）。丨 +−，+丨 −−（上三下四。或作+丨丨 ［+−丨］、+丨 −−）。
△　　　　　　　△

《扬州梦》第一折第六曲　　　　　　　　　乔梦符

花比他不风流，玉比他不温柔。端的是莺也销魂，燕也含羞。蜂与蝶花间四
友，呆打颏都歇在豆蔻梢头（《元曲选》。区分正衬依《元词斠律》）。

《看钱奴》第一折第六曲

亏心也尽由他，造化也怎瞒咱。上面有湛湛青天，下面有漫漫黄沙。请上圣

鉴察。枉将他救拔。俺可便管他甚贫富穷达（《元曲选》。区分正衬依《元词斟律》）。

28．[那吒令]　可带[鹊踏枝][寄生草]。共九句。作"二四二四二四三，三四。"第一、三、五句亦可不用韵。本调几种韵式，见后引曲文。

定格

｜－（或作｜｜。第三、五句与此相同）。＋－｜－（或作＋－｜｜，＋｜｜－，＋｜｜｜）。｜－（或作｜｜）。＋－｜－（或作＋－｜｜，＋｜｜－）。｜－（或作＋｜）。＋－｜－（或作＋－｜｜，＋｜｜－）。（第一二句、第三四句、第五六句形成三联对仗；或者第二、四、六句相对）。＋｜－（也可用韵。或作＋｜｜）。－－□（或作＋－｜。第七八句作对仗）。＋｜－－（或作＋－－－）。（《汉语诗律学》指出：A、第一式的第一至第六句可作＋｜｜－，第七八句合为｜｜－、－－□六字一句，末句仍作｜｜－－。全调变为八句。B、第二式（即"定格"）在第六句之后，再增｜｜。－－｜－两句，全调变为＋－句。C、第二、四、六等四字句，其第三字必仄，其余三字平仄不甚拘）。

《岳阳楼》第一折第五曲　　　　　　　　　　马致远

我待和你唤上，那登真的伯阳。你觑当，更悬壶的长（上声）房。不强似你供养，那招财的杜康。更休说钓锦鳞，笞新酿。待邀留他过往经商（《元曲选》。区分正衬依《元词斟律》）。

《老生儿》第一折第五曲　　　　　　　　　　武汉臣

哎你是个主家的，你兴心儿妒色。你是个做女的，你纵心儿的放乖。更着你个为婿的，你贪心儿爱财。怎着我空指望，空宁耐。落得这苦尽甘来（《元曲选》。区分正衬依《元词斟律》。此曲一、三、五句不用韵，并在各句末复加一衬字，确是"别开生面"）。

《扬州梦》第一折第五曲　　　　　　　　　　乔梦符

倒金瓶凤头，捧琼浆玉瓯。蹴金莲凤头，并凌波玉钩。整金钗凤头，露春纤玉手。天有情天亦老，春有意春须瘦，云无心云也生愁（《元曲选》。区分正衬依《元词斟律》。此曲第一、三、五句押重韵）。

《柳毅传书》第一折第五曲　　　　　　　　　　尚仲贤

为一言半语，受下辛万苦。受千辛万苦，想十亲九故。想十亲九故，在三江五湖。可怜我差迟了这夫姐情，错配了这姻缘簿。都则为俺那水性的儿夫（《元曲选》。区分正衬依《元词斠律》。此曲第一、三、五句与第二、四、六句押连环韵）。

《梧桐叶》第一折第五曲

琼梳插绿云，显青天月痕。湘裙荡晓云，污春衫酒痕。鲛绡剪素云，揾啼妆旧痕。打叠起心上愁，拽扎起眉尖恨，虽则是强点朱唇（《元曲选》。区分正衬依《元词斠律》。此曲第一、三、五句同押"云"字重韵；第二、四、六句同押"痕"字重韵；亦有第一、三、五句不用重韵，而第二、四、六句押重韵者）。

《留鞋记》第一折第五曲　　　　　　　　　曾瑞卿

这事，天知地知。这事，你知我知。这事，心知腹知。这事，神知鬼知。口里言，心中意，且休泄漏了天机（转引自《北词广正谱》[仙吕·那吒令]第四格。此曲共十一句，《元曲选》将"这事，你知我知"删去，并将"这事，神知鬼知"提前为第三、四句，"这事"也改为"这件事"。由此也可看出，臧晋叔的《元曲选》是对元人的作品作过增删的）。

[按]：《汉语诗律学》所列的第一式，正如吴梅所说："此章旧谱前六句，概作四字，其实非也"（《南北词简谱》[仙吕·那吒令]注），因而未从。

29. [后庭花]　　有"正格"与"增句格"二式。"正格"共七句，作"五五五三四五"。"增句格"即在"正格"的末句之后，增五或六字句若干。通常增句为五字句。

定格

－－＋｜－（律句。或作｜－｜｜－，＋－－｜｜，＋｜－｜－，＋－｜｜｜）。－－＋｜－（律句。或作｜－＋｜－，－－＋｜｜，｜＋｜｜｜第一二句对仗）。＋｜－－｜（律句。偶可用韵。或作＋－－－｜）。－－＋｜－（律句。或作｜－＋｜－，＋－＋｜｜。第三四句对仗）。｜－－（或作＋｜｜）。＋－－（也常作＋－｜□。本句亦偶可不韵）。－－＋｜－（｜）（律句。或作｜－＋｜－，＋｜｜｜－，｜＋｜｜｜）。

[按]："增句格"多在"正格"末句之后，增五字句若干。若增单句，多作－－＋｜－；若增偶句，多作＋－＋｜｜或－－＋｜－（也偶有作大拗句者）。增句作六字句，除少数情况外，其实都是带一个衬字的五字句。

又一式：＋｜－－｜（律句）。＋｜｜－－（律句）。＋｜－－｜（律句）。＋｜｜－－

（律句）。－－｜。｜｜－。－－｜。｜｜－。＋－｜ □。｜｜｜、－－｜（上三下三）。

冷泉亭（小令）　　　　　　　　吕止庵

湖山曲（汲）水重，楼台烟树中。人醉苏堤月，风传贾寺钟。冷泉东。行人频问："飞来何处峰?!"（《全元散曲》第1124页）。

《后庭花》第一折第八曲　　　　　　　郑庭玉

俺浑家心意真，您母子性命存，那壁厢欢喜杀三贞妇，这壁厢镬铎（二字作平）杀五脏神。你可也莫因循，天色儿初更时分，你今宵怎睡稳。（以下增十四句:）俺夫妻同议论，敢教你免祸崄。等来朝到早晨，快离了此郡门。向他州寻远亲，往乡中投近邻，向山中影占身。但有日逢帝恩，却离了一庶民。小娘子为县君，老婆婆做太郡，食珍羞卧锦裀，列金钗使数人。似这般有福运（《元曲选》。区分正衬依《元词斠律》。曲文第二句的第二字"子"，系"以上代平"。此曲是《元曲选》中同调增句最多者，这十四句增句的平仄 [包括平上互代]，可归纳为四类：作"－－＋｜－"者6句；作"＋－＋｜｜"者4句；作"｜－｜｜－"者2句；作"＋｜－｜－"大拗句者2句。这四类句子自由使用，彼此之间无必然可遵的规律）。

[仙吕·后庭花]（"丫髻环绦"套数）　　　　邓玉宾

闲吟笑嫌喧闹，曾不挂许由瓢。存机要闲玄妙，调二气走三焦。天星曜，地海潮，人山岳，对银蟾彻绛霄。则这的便是玄关一窍，了性命的修真道。（《全元散曲》第311页。区分正衬依《北词广正谱》。此曲有三点须注意：一是第一、二、四句的平仄与"定格"不同；二是将第五句三字句化为四个三字句，若硬将另外三个三字句看作衬字，太勉强，不当；三是末句作六字，上三下三，若硬划出一字为衬字，也很勉强，同样不当，因此，此曲应作为 [后庭花] 的另一式。）

[按]：《北词广正谱》将本调分为七格，其实，除上引"丫髻环绦"一式之外，其余的均为"增句格"，所增的六字句均可划出一衬字，实为五字句；第四格的首二句作六字，也可划出一衬字而为五字句，故未从其说。

30. [金盏儿]　又名 [醉金盏]，与 [双调·金盏子] 不同。共八句，作"三三七七（六）五，五五，五"。

定格

｜－－。｜－－。＋－＋｜ ＋－｜ ▲（律句。或作＋－＋｜｜ －－）。＋－＋｜｜ －－（律句。
△ △ △
或作上三下三式六字句＋－｜、｜－－，＋｜｜、｜－－）。＋－－｜｜（律句。偶可用
△
韵。或作＋｜－｜｜，＋－｜｜｜）。＋｜｜ －－（律句。或作＋－｜ －－。第五六句多
△
作对仗，亦可不对）。＋－－｜｜（律句。偶可用韵。或作－－｜｜｜）。＋｜｜ －－
（律句。末二句多作对仗，亦可不对）。

《岳阳楼》第一折第十曲　　　　　　　　　马致远

据胡床，对潇湘。黄鹤送酒仙人唱，主人无量醉何妨。若卷帘邀素月，胜开
宴出红妆。但一樽留墨客，是两处梦黄粱（据《中原音韵·小令定格》。此曲与
《元曲选》相校，文字颇有出入，因《中原音韵》在前，故从之）。

《曲江池》第一折第九曲　　　　　　　　　石君宝

他见兔儿飓鹰鹘，咽羊骨不嫌膻。常则是肉吊窗放下遮他面，动不动便抓
钱。只怕你脑门边着痛箭，肐膊上惹空拳。那其间羞归明月渡，懒上载花船
（《元曲选》。区分正衬依《元词斠律》）。

31. ［醉中天］　共七句，作"五五七五六四四"。
　　　　　　　　　　　　 △△△△△△△

定格

＋｜ －－｜（律句）。＋｜｜ －－（律句。第一二句对仗）。＋｜ －－＋｜ －（律句。
△
可作"孤平拗救句"或"特拗句"。或作大拗句）。＋｜ －－｜（律句。或作｜ －－－
△
｜）。＋｜ －－｜｜（－）（或作｜ －－－｜｜。偶有减去此句者。本句平仄运用较灵
活。＋－－｜（也常作＋－｜｜）。＋｜ －－
　　▲　　　　　　▲　　　　　▲

［仙吕·醉中天］（小令）　　　　　　　　　无名氏

泪溅端溪砚，情写锦花笺。日暮帘栊生暖烟。睡煞梁间燕。人比青山更远。
梨花庭院，月明闲却秋千。

32. ［一半儿］　又名［忆王孙］。共五句，作"七七七三七"。
　　　　　　　　　　　　　　　　　　　　△△△△△

定格

＋－＋｜｜ －－（律句）。＋｜ －－＋□ －（∨）（末二字限用去平或去上之律句。
△　　　　　　　　　　　　▲
或作＋｜ ＋－｜ －）。＋｜ ＋－－□ －（或作＋｜ ＋－＋□ ∨，＋｜ ＋－＋｜ －，＋－｜ －｜ ∨
　　　　　　　　　　　　　　　　△　　　　　　　　　　　　　　　　　　　　　　▲
［－］，＋－＋｜ －｜｜ ［－］，＋－＋｜｜ －－）。｜ －－。＋｜ －－＋｜ ∨ ［－］（律句。多作
　　　　　　▲　　　　　　　　△　　　　　△　　　　　▲
上煞）。
▲

落　花　　　　　　　　　　　张可久

　　酒边红树碎珊瑚，楼下名姬坠绿珠。枝上翠阴啼鹧鸪。谩嗟吁，一半儿因风一半儿雨（《全元散曲》第 815 页）。

　　[按]：本调与 [忆王孙] 同，但多"一半儿"三字，末句必作"一半儿××一半儿×"句式。《北词广正谱》将"儿"划为衬字，亦可将两个"一半儿"看为衬字，如此，则末句变为三字句。本调末句多用上煞，亦间用平煞。

　　33. [赚煞]　　套数。又名 [赚煞尾]，用作结曲。共十一句。作"三，三六（七）七六（七）三（二）四七四四七"。

　　定格

　　｜——（也可用韵）。——｜（或作｜—｜，＋｜｜。第一二句对仗）。＋｜——｜｜（-）[也可作上三下四式七字句＋｜｜ [＋-｜] 、——｜｜ [-] ，＋｜-（｜--]、——｜｜ [-] ，＋｜｜ [＋-｜] 、——｜｜。此七字句的平仄变化相当灵活）。＋｜——＋｜-（律句。或作＋｜＋--｜｜。也可作特拗句＋｜--｜-｜。或作｜---｜｜与别的形式的大拗句）。＋-＋｜｜--（或作＋｜＋｜｜--。也可作七字句｜＋-、｜｜--）。｜--（或作｜-｜）。｜｜--。＋｜--｜-（律句。或作大拗句）。＋-｜｜（或作＋-｜-，＋｜＋-）。＋--｜（或作＋-｜｜）。＋-＋｜｜--（律句）。

　　[附]：[尾声]（套数）。共七句，乃取 [赚煞] 的前四句和后三句而组成，作"三，三七（六）七四四七"，其句式、平仄、韵式，均与 [赚煞] 相当的句子全同。

《黄粱梦》第一折结曲　　　　　　马致远

　　羽衣轻，霓旌迅。有十二金童接引。万里天风归路稳，向蓬莱顶上朝真。笑欣欣。袖拂白云，宴罢瑶池酒半醺。争奈你个唐吕岩性蠢，偏不肯受汉钟离教训，又则索跨苍鸾飞上九天门（《元曲选》。区分正衬依《元词斠律》。《太和正音谱》所引本调曲文，与《元曲选》颇有出入，但句式平仄相同）。

[尾声]（《春衫记》杂剧）　　　　　关汉卿

　　咱两个赤金鱼，将养在银盆内。我则要你成双到底。我与你为妻却不道你真实。大古来也真实。一家一计，咱两个到黄泉做鬼永不分离（《春衫记》已佚。转引自《北词广正谱》[仙吕·尾声]。此曲即减去 [赚煞] 中间的第五、六、七、八句而成。又，第四句为"准律句"）。

[南吕]

34. [一枝花] 套数。又名 [占春魁]。本调例用为首曲。共九句，作"五，五五，五四五五七，七"。
　　　　　　△　△△　　△△△△△　△

定格

——＋｜— （律句。或作｜—＋｜—）。＋｜——｜ （律句。第一二句对仗）。＋——｜
　　　　△　　　　　　　△　　　　　　▲
｜ （律句。或作＋——｜—）。＋｜｜—— （律句。第三四句对仗）。＋｜——。＋｜——｜
　　　　　　　　　　　△　　　　　　　△　　　　　　　　△　　　　　▲
（律句。可不韵）。——＋｜— （律句。或作｜——｜—，＋——｜｜）。＋— （＋—｜）、＋
　　　　　　　　　△　　　　　　　　　　　　　　　　　　▲
｜—— （上三下四。或作＋｜｜ [＋｜—]、＋｜——）。＋｜｜ （＋—｜）、——｜｜ （—）
　　　△　　　　　　　　　　　　　　　　　　　　　　　▲　　　　　　　　△
（上三下四。或作＋｜｜ [＋—｜]、＋—□∨，｜＋—、＋—□∨。末二句作对仗）。
　　　　　　　　　　　　　　　　　▲　　　　　　　　　▲

送车文卿归隐　　　　　　　　汤　式

　　轻帆滟滪堆，瘦马峨嵋栈；颠风洋（扬）子浪，落日太行山。地窄天悭。长恨归田晚，徒悲行路难。平地间宠辱关心，故纸上兴亡在眼（《全元散曲》第1535页。此曲无一衬字）。

遗张伯元　　　　　　　　周德清

　　正伯牙志未谐，遇钟子心能解。使高山群虎啸，要流水老龙哀。洒落襟怀。一笑乾坤大，高谈云雾开。几行北雁吞声，一片西山失色（《全元散曲》第1342页。区分正衬依《北词广正谱》。末二句为六字，平仄为＋—｜｜——，｜｜——｜
｜）。
▲

　　[按]：《汉语诗律学》注称：第三四两句可并为一个六字句，作"＋—｜（＋｜｜）、｜——"；第六句可变为六字句，作"＋——、＋—或＋——、＋｜—"；第七句可变为七字句，作"＋—｜（＋｜｜）、＋—｜"；末二句可变为"｜｜——"，"＋｜
｜——∨"。但这种情况在元人作品中并不多见，附志之以备考。

　　35. [梁州第七] 套数。联在 [一枝花] 后又简称 [梁州]。本调字句不拘，可以增损，只录常见者一格，共十八句，作"七，七七四，四四，四七七
　　　　　　　　　　　　　　　　　　　　　△　　△△　△△△△△
七，七七二二七五七，四"。
　　△△△△△△△△△

定格

＋｜｜ （＋—｜）、＋—｜｜ （上三下四。或作＋｜— [＋——]、＋—｜｜。亦可作
律句＋—＋—｜）。＋—— （＋｜｜）、＋｜—— （上三下四。或作＋—｜、＋｜——。亦
　　　　　　　　　　　　　　△　　　　　　　△

可作律句+丨--+丨-。第一二句对仗)。+-+丨--▲(律句)。+-丨丨(也可用
韵。或作+--丨)。+丨--(第四五句对仗)。+--丨(或作+-丨丨)。+丨--
(或作丨---。第六七句对仗)。+--(+丨-)、+丨--(上三下四)。丨--(-丨
丨)、+丨--(上三下四。或作+丨-[+-丨]、+丨--。亦可作律句+丨--+丨-。
第八九句对仗)。+--(+-丨)、+丨--(上三下四)。+丨丨(丨--)、+-丨-
(丨)(上三下四。或作+丨-[+-丨]、+-丨-[丨],-丨丨[丨-+]、+--丨▲
本句也可不韵)。+--(+丨-)、+丨--(上三下四。或作-丨丨[+-丨]、+丨-
-第十、十一、十二句作'鼎足对')。丨-(也可不用韵。或作--,丨丨丨)。丨
-(或作丨丨,-丨▲。亦有化此两个二字句为一个四字句者,作+-丨-)。+-+丨-
-丨(律句。或作+-+丨+--[丨])。+丨丨-丨(或作+-丨-丨)。+丨--+丨-
(律句)。+丨--(本调[么篇]与本调相同或减去本调第八九句)。

离 闷　　　　　　　　　　　贯云石

卜龟卦铜腥玉笋,。盼鸿书目断云山。别离情绪谁曾惯!这些时银筝懒按,
锦瑟慵弹;玉箫倦品,宝鉴羞观。病恹恹瘦损容颜,闷昏昏多少愁烦。花钿坠懒
贴香腮,衫袖湿镇淹泪眼,玉簪斜倦整云鬟。近间,坐间。用工夫修下封鸳鸯
缄。无处倩鱼雁。有万种凄凉不可堪。何日回还(《全元散曲》第377页。区分
正衬依《北词广正谱》)。

[按]:《太和正音谱》于倒数第三句作"--丨丨-丨"六字句,其余均同本
谱式"定格"。《北词广正谱》对第十三、十四两个二字句,指出还有如下变化:
前句不用韵,作"丨-。丨丨▲";前句不用韵并作二叠字句,如"对对。付付";
将两句并为一个四字句,作"--丨-"。

36.[骂玉郎带感皇恩带采茶歌]　将[骂玉郎]、[感皇恩]、[采茶歌]分
别谱出。这三调不管用为小令或套数,必须连用,从《元明乐府套数举略》《元
剧联套述例》的统计,元明人作品中不连用者,只有三首,当是特殊例外。[骂
玉郎]共六句,作"七五七三,三,三"。[感皇恩]共十句,作"四四三,三,
三四,四三,三,三"。[采茶歌]共五句,作"三三七七七"。

定格

[骂玉郎](又名[瑶华令])+-+丨--□(限用去声韵的律句。偶用上声

韵）。＋｜｜－－（律句。或将此五字句化作两个三字句，作－｜□。｜－－者）。＋－
＋｜－－□（限用去声韵的律句）。＋｜－（或作－｜｜）。＋｜－（或作＋｜｜）。－－
□（偶用上声韵。末三句多作'鼎足对'）。

　　［感皇恩］＋｜－－。＋｜－－（或作＋－－｜，＋｜－｜）。｜－－（也可用韵）。－
｜｜（或作－－｜）。｜－－（第三四五句作'鼎足对'）。－－｜（或作－－｜－）。＋
｜－－（第六七句对仗）。－＋｜（或作＋＋－，｜－｜。本句也可用韵）。＋｜｜（或
作＋｜－）。｜－－（末三句或八九句或九十句作对仗，或作'鼎足对'）（本调
［么篇］与本调全同）。

　　［采茶歌］（又名［楚江秋］）｜－－。｜－－。＋－＋｜｜－－（律句）。＋｜－＋－
｜｜（律句。或作特拗句＋｜－－｜－｜和准律句＋｜－－｜－－）。＋－＋｜｜－－（律
句）（本调［么篇］与本调全同）。

为酸斋解嘲　　　　　　　　　　张可久

　　君王曾赐琼林宴，三斗始朝天。文章懒入编修院。红锦笺，白苎篇，黄柑
传。

　　学会神仙，参透诗禅。厌尘嚣，绝名利，近林泉。天台洞口，地肺山前。学
炼丹，同货墨，共谈玄。兴飘然，酒家眠。洞花溪鸟结姻缘。被我瞒他四十年。
海天秋月一般圆（《全元散曲》第830页）。

　　37. ［玉娇枝］　又作［玉交枝］，亦入双调。共八句，作"四四七六七七
四七（六）"。

　　定格

　　＋－＋□。＋－＋｜（－）。＋－＋｜－－□（限用去声韵之律句）。＋－－、＋｜－（上
三下三）。＋－＋｜＋｜－。＋－＋｜－－□（限用去声韵之律句。五六句对仗）。＋－＋
｜。＋－｜、－－｜｜（上三下四。亦可作六字句＋｜－－｜｜）。

闲适二曲（录一）　　　　　　　　乔吉

　　无灾无难。受用会桑榆日晚。英雄事业何时办。空熬煎两鬓斑。陈抟睡足西
华（去声）山，文王不到磻溪岸。不是我心灰意懒，怎陪伴愚眉肉眼（《全元散
曲》第576页）。

溪山一派。接松径寒云绿苔。萧萧五柳疏篱寨。撒金钱菊正开。先生拂袖归去来，将军战马今何在？急跳出风波大海，作个烟霞逸客（《全元散曲》第577页）。

［按］：《太和正音谱》《钦定曲谱》于本调第八句后多收七句，乃带［四块玉］。《全元散曲》所载本调第八句后亦多七或六句，亦带［四块玉］，特此注明。

38.［隔尾］　套数。《南北词简谱》称："此实南吕尾正格，所以云隔尾者，盖用此尾后，尚连接他曲，故云隔；若此后别无他曲，便直书［尾声］矣"。又称："若用［一枝花］、［梁州］二曲，即用尾者，可据此作尾"。本调共六句，作"七七七二二七"。本调偶有书作［余音］、［随煞］者，要具体分析判断。

定格

+－+｜｜－｜（律句）。+｜－－+｜－（律句。也可作特拗句+｜－－｜－｜和孤平拗救句+｜｜－－｜－。第一二句对仗）。+｜－－｜｜（特拗句。或作律句+－+｜+－｜，+｜+－－｜｜）。｜－（或作+｜）。｜－（或作｜｜，－－。上二字句，或作叠句，或作重韵，或合作四字一句，作｜｜｜－，+－｜｜）。+｜－－□－∨（或作+｜+－+｜｜与大拗句）。

［隔尾］《夏景》　　　　　　　　　无名氏

一弯新月添诗卷，十里香风助酒筵。向晚归来小庭院。簟纹铺水渊。纱幮挂雾烟。一枕珊瑚梦魂远（《全元散曲》第1807页）。

［尾］《赠珠帘秀》　　　　　　　　关汉卿

恰便似一池秋水通宵展，一片朝云尽日悬。你个守户的先生肯相恋，煞是可怜。则要你手掌儿里奇擎着耐心儿卷（《全元散曲》第171页）。

［中吕］

39.［粉蝶儿］　套数。例用为首曲。共八句，作"四七七三，三，四四七"。

定格

+｜－－。+－－、｜－－□（上三下四。或作｜｜｜+［－－｜］、｜－－□）。｜－－、

+| --（上三下四。或作 | | +［-| -］、+| --）。| --。--|（偶可用韵。或
作-| |。第四五句对仗）。+--□（或作--| □）。+| --。| --、| --□（上
三下四。或作 | +-、+-| □）。

美　色　　　　　　　　　　刘庭信

笑脸含春。粉脂融淡霞红晕。立东风无限精神。宝钗横，金凤小，绿铺云
鬓，眉月斜痕。眼横波不禁春困（《全元散曲》第 1443 页）。

［按］：本调对声韵要求较严，七字句须作上三下四，用仄韵处一律去声，检
元人作品，很少有例外。

40.［醉春风］有七句、八句、九句三式。常见为八句。"定格"列九句
式，作"五七七，——一四，四，四"。

定格

+| | --（律句。或作+| --|，+| +--。本句也可不韵）。+--| |（-）
（律句。或作--| | -，+| | --，+| --|。第一二句多作对仗）。+-+| | --
（|）（律句。多不用韵。若用韵，则第四句［或加上第五句］的末字，偶有与
上句末字相叠者）。|（或将此一字句变为--| |，+| | |；+| --|，+--|
|，+| | | |；+| +--| |，--| | -| |，等四、五、七字仄收押韵句）。
|（叠上句末字或删去此句）。|（叠上句或删去）。+| --。+-+|（或要求末
字作上）。| --□（或作| -∨□，--| □。末三句可作"鼎足对"，亦可不对）
（本调［么篇］与本调全同）。

［中吕·醉春风］　　　　　　　　　邓玉宾

直睡到日斋高，白云无意扫。一盂白粥半瓢虀，饱，饱，饱。检个仙方，弄
般仙草，试些丹灶（《全元散曲》第 309 页）。

［双调·醉春风］　　　　　　　　　贯云石

羞画远山眉，不忺宫样妆。平白地招揽这场愁，枉了想，那日恩情（上二句
据《北词广正谱》校改），旧时风韵，直怎么改模夺样（《全元散曲》第 385 页。
本调亦人［双调］）。

怨　别　　　　　　　　　　王廷秀

珠帘上玉玎珰，金炉中香缥缈。彩云声断紫鸾箫。那其间恼，恼。万种凄
凉，几番愁闷，一齐都到（《全元散曲》第 317 页。第三句用韵，但下两句并不

叠本句末字)。

题金陵景 　　　　　　　　胡用和

宫殿紫云浮，江上清气爽（偶作大拗句）。把京都佳致略而间讲。讲。景物稀奇，凤城围绕，士民高尚（《全元散曲》第1636页。第三句用韵，下句叠第三句末一字）。

题　情 　　　　　　　　季子安

他生的粉脸似秋莲，春纤如玉葱。鞋弓袜小步轻盈。能歌善咏。咏。雁柱轻移，冰弦款拨，便是那铁石人也情动（《全元散曲》第1458页。第四句不能将"能歌善"划作衬字，是一完整四字句，不然，只作"咏。咏"，曲文不顺）。

思　情 　　　　　　　　兰楚芳

香细袅紫金炉，酒频斟白玉斝。银缸影里殢人娇。他生的可喜杀。杀。他生的宜喜宜嗔，便有那闲愁闲闷，见了他且休且罢（《全元散曲》第1625页。第四句应作五字，不能将"他生的可喜"划作衬字，只剩"杀。杀"，那曲文就不知所云了）。

寄情人 　　　　　　　　王　氏

寂寞日偏长，别离人最苦。把一封正家书改做诈休书。冯魁不睹是将我来娶。娶。知他是身跳龙门，首登虎榜，想这故人何处（《全元散曲》第1274页。王氏，大都歌妓。此曲第四句疑有讹文，曲文权作七字句，也可作"冯魁不睹叶，是将我来娶叶，娶叶"。总之，此曲第四句应作四字或七字句）。

［按］：本调各旧谱所载，前三句和末三句无大出入，唯中间三个一字句变化较多。经初步考察，发现关键在第四句。它既可是一个字，或再叠一二字，紧接末三句作结；也可作平仄较自由的四、五、七字句，下面的一句或二句（均为一字句）再叠上句末字。叠字不过三，少则一。

41.［喜春来］ 又名［阳春曲］。亦入"正宫"。共五句，作"七七七三五"。

定格

+－+｜ －－｜（律句）。+｜ －－+｜ －（律句。一二句多作对仗）。+－+｜｜ －－（律句）。－｜｜（或作－｜ －，｜｜ －，｜ －－，｜｜｜）。+｜｜ －－（律句）。

知　几　　　　　　　　　　　白　朴

知荣知辱牢缄口，谁是谁非暗点头。诗书丛里且淹留。闲袖手，贫煞也风流（《全元散曲》第 194 页）。

[按]：《北词广正谱》注称"末句必要仄仄仄平平"，但验之元人作品，多作"－｜｜－－"，故未从其说。

42. [迎仙客]　共七句，作"三三七三，三四五"。

定格

＋｜－（或作－｜｜。末字用上煞，可不叶韵）。｜－－（第一二句对仗）。＋－｜－＋｜－（或作孤平拗救句＋｜｜－－｜－。本句偶可用上声韵）。｜－－。｜｜－（或作＋｜｜。第四五句对仗）。＋｜－－。＋｜－－□（限用去声韵的律句）。

湖上送别　　　　　　　　　　张可久

钓锦鳞，棹红云。西湖画船三月春。正思家，还送人。绿满前村。烟雨江南恨（《全元散曲》第 810 页）。

[按]：无名氏《六月》的首句作"庭院雅"（上煞），第三句作"开尽海榴无数花"，为"孤平拗救"句（见《全元散曲》第 1683 页）。

43. [红绣鞋]　又名 [朱履曲]。共六句，作"六（七）六（七）七三（五），三（五）五"。

定格

＋｜－－＋□（也可作上三下四式七字句＋｜｜ [＋－｜]、＋－＋□）。＋－＋｜－－（也可作上三下四式七字句＋－－ [＋｜｜]、＋｜－－。或作＋｜－ [－－｜]、＋｜－－。第一二句多作对仗）。＋｜－－｜－－（准律句。或作律句＋－＋｜｜－－，＋｜－－｜｜－）。＋｜｜（也可用韵。或作＋－｜。也可作五字句＋－－＋｜）。｜－－（若上句为五字，本句也应作五字句＋｜｜－－。第四五句多作对仗）。＋－－□Ｖ（或作＋－－□－，＋－｜□Ｖ，－｜｜□Ｖ，｜｜＋｜｜）。

访立轩上人于广教精舍，作此命佐樽者歌之，

阿娇杨氏也（录一）　　　　　　卢　挚

恰数点空林雨后，笑多情逸叟风流。俊语歌声互相酬。且不如携翠袖，撞烟楼。都是些醉乡中方外友（《全元散曲》第 105 页）。

［中吕·红绣鞋］　　　　　　　　贯云石

返旧约十年心事，动春愁半夜相思。常记得小窗人静夜深时。正西风闲时水，秋兴浅不禁诗。凋零了红叶儿（《全元散曲》第 363 页。第三句作律句，末句平煞。第四五句虽可勉强作三字句，但不如作五字句好）。

春日湖上　　　　　　　　张可久

百五日清明节假，两三攒绿暗人家。客子飘零尚天涯。春风轻柳絮，夜雨瘦梨花。绿杨阴谁系马（《全元散曲》第 797 页。第一二句若作六字句，太勉强，应作七字句）。

44.［普天乐］　即［黄钟·黄梅雨］。共十一句，作“三，三四，四三，三七七四四四”。

定格

丨+-。--□（第一二句多作对仗）。+-丨丨（或作+--丨）。+丨--（第三四句多作对仗）。+丨-。--□（第五六句也多作对仗）。+丨----□（∨）（或作别的形式的大拗句）。+--（+丨丨）、+丨--（上三下四。或作+丨-［+-丨］、+丨--，丨--、丨--丨［-］）。+-丨丨（-）。+-丨丨（或作+--丨，+-丨-。上二句也可不韵）。+丨--（或作+丨-∨。末三句常作对仗，或其中二句相对，或作‘鼎足对’）。

暮春即景　　　　　　　　张可久

老梅边，孤山下：晴桥螮蝀，小舫琵琶。春残杜宇声，香冷荼蘼架。淡抹浓妆山如画，酒旗儿三两人家。斜阳落霞，娇云嫩水，剩柳残花（《全元散曲》第 835 页。区分正衬依《北词广正谱》）。

［按］:《南北词简谱》注称：“通首对偶颇多，句法须依定此格”。吴梅所谓“此格”，即以前引张可久《暮春即景》为典型。

45.［十二月带尧民歌］　［十二月］与［尧民歌］，不管在小令中还是套数中，必须连用。据《元明乐府套数举略》与《元剧联套述例》记载，单用［十二月］的只有两套，单用［尧民歌］的只有一套，当是特殊例外。［十二月］共六句，作“四四四，四四（七）四（七）”。［尧民歌］共七句，作“七七七七二五五”。

定格

［十二月］ーー丨∨（ー）（偶用去声韵）。＋丨ーー（第一二句也可作对仗）。ーー丨∨（ー）。＋丨ーー（第三四句常作对仗）。ーー丨∨（ー）（或作ーー丨□。也可在ーー丨∨［ー］和ーー丨□之前加三字：＋ー丨，＋丨丨，丨ーー，丨丨ー，变为上三下四式七字句）。＋丨ーー（若上句为七字，本句也应作七字，即在＋丨ーー之前，加三字：＋ー丨，＋丨丨，丨ーー，丨丨ー，变为上三下四式七字句。末二句也可作对仗）。

［尧民歌］ ＋ー＋丨丨ーー（律句）。＋丨ーー丨ーー（准律句。也可作律句＋ー＋丨丨ー）。＋ー＋丨丨ーー（律句）。＋丨ーー丨ーー（准律句。也可作律句＋ー＋丨丨ーー）。ーー（可再叠一句，作ーー，ーー。也可在二字之间加'也波'、'也么'等字）。＋ー丨丨ー（律句）。＋丨ーー□（限用去声韵的律句）。

　　　　［十二月带尧民歌］《寒食道中》　　　张养浩

清明禁烟。雨过郊原。三四株溪边杏桃，一两处墙里秋千。隐隐的如闻管弦，却原来是流水潺潺。人家浑似武陵源。烟霭蒙蒙淡春天。游人马上袅金鞭。野老田间话丰年。山川，都来杖履边。早子称（去声）了闲居愿（《全元散曲》第419页）。

　　　　　　［尧民歌］（《寄情人》套数）　　　王　氏

闪得人凤凰台上月儿孤，趁帆风势下东吴。我这里安桅举棹泛江湖。倒不如沉醉罗帏倩人扶。踌躇，踌躇。天边雁儿（影）孤，枉把佳期误（《全元散曲》第1275页。倒数第二句"雁儿"，《词林摘艳》《词谑》均作"雁影"，良是）。

　　　　　　［十二月过尧民歌］（录前曲）　　　无名氏

静惨惨烟霞岭外，响潺潺涧水桥西。光灿灿银河倒泻，高耸耸碧玉盘堆。满山满树幽微景致，锦模糊一带屏围（《全元散曲》第1711页）。

　　　　　　［尧民歌］（《墙头马上》第四折第十一曲）　　　白仁甫

呀！只怕簪折（作平）瓶坠写休书，他那里做小伏（作平）低劝芳醑。将一杯满饮醉模糊，有甚心情笑欢娱。踌也波躇。贼儿胆底虚，又怕是赶我归家去（《元曲选》。本调前面也可加一感叹词"呀！"）。

［按］：上引无名氏曲作首句不韵。

46.［醉高歌］　又名［最高楼］。共四句，作"六六七六"。

定格

+－+｜ --。+｜ --｜｜。+－+｜ --｜（律句）。+｜ --□∨。

感　怀　　　　　　　　　　姚　燧

十年燕市歌声。几点吴霜鬓影。西风吹老鲈鱼兴。晚节桑榆暮景（《全元散曲》第 209 页）。

47. ［耍孩儿］　套数。原属"般涉调"，亦入"正宫""中吕""双调"。本调又名［魔合罗］。共九句，作"七六（七）七，六（七）七，七三，四，四"。本调［么篇］与本调同。

定格

+－+｜ --｜（律句）。+｜ --｜∨（-）（偶用去声韵。也可作上三下四式七字句+｜ -［+｜｜］、+-｜｜，+｜｜［｜-｜］、--｜ -［｜］。或作拗律句+｜ +--｜ -）。+－+｜｜ --（律句。也可用韵）。+－+｜ --（也可作上三下四式七字句｜ --［+｜ -］、｜｜ --，+-｜［+｜｜］、｜｜ --）。+－+｜ --｜（律句。也可用韵）。+｜ --+｜ -（∨）（律句。第五六句作对仗）。--｜。+-｜｜（或作+-｜｜）。+｜ --（或作+---。末二句作对仗）。

赠长春宫雪庵学士　　　　　王伯成

牵衣妻子情伤感，一任红愁绿惨。顿然摘脱便奔腾。不居土洞石龛。四时风月双邻友，万里乾坤一草庵。髷松鬓，不分髻角，焉用冠簪（《全元散曲》第 328 页。此曲一字未衬）。

［般涉·耍孩儿］　　　　　钱　霖

安贫知足神明佑，好聚敛多招悔尤。王戎遗下旧牙筹，夜连明计算无休。不思日月搬乌兔，只与儿孙作马牛。添消瘦，不调裀鼎，恣逞戈矛（《全元散曲》第 1030 页。本曲第二、四句，作六字句太勉强，应作七字）。

48. ［上小楼］　共九句，作"四四四，四，四三，三，四七（六）。"

定格

++｜ -（∨）。+--□（或作--｜｜）。+｜ --。+｜ --（也可用韵。或作--｜｜）。+｜ --（第三、四、五句，或两句为对，或作'鼎足对'）。+｜ -（也可用韵。或作｜ --，+｜｜）。+｜ -（也可用韵。或作+｜｜，｜ -｜）。+--□（或作+-｜□）：+--（+-｜）、+--□（上三下四。或作+｜｜、+--□，+-

－ [－｜ －]、、｜ －－｜）（本调 [幺篇]'换头'，除第一二句作三字句－｜ －，－｜ －
之外，其余与本调全同）。

春残离思　　　　　　　　　吴弘道

春光正浓。莺声相送。人去兰堂，尘锁妆台，画甍帘栊。锦帐中，翠被空，
无人相共。央及煞绿窗春梦（《全元散曲》第 730 页）。

[按]：末句作六字，如景元启《客情》末句"想他绣帏中和我一般孤另"
（《全元散曲》第 1147 页）。

49.［满庭芳］　又名［满庭霜］。共十句，作"四四，四七四七七三四
五"。

定格

－－｜Ｖ（－）。＋－＋｜。＋｜－－（第二三句多作对仗）。＋－＋｜－－□（限用去
声韵的律句）。＋｜－－。＋－｜（＋｜｜）、－－｜－（｜）（上三下四。或作＋｜－
[＋｜｜]、＋－｜｜，－｜｜、－－｜Ｖ）。＋－－（＋－｜）、＋｜－－（上三下四。或作
｜｜－[＋｜｜]、＋｜－－。第六七句对仗）。－－□。＋－｜｜（或作＋－□－）。＋｜
｜－－（律句）。

渔父词（录一）　　　　　　　乔　吉

疏狂逸客。一樽酒尽，百尺帆开。划然长啸西风快，海上潮来。入万顷玻璃
世界，望三山翡翠楼台。纶竿外，江湖水窄，回首是蓬莱（《全元散曲》第 580
页）。

[按]：《全元散曲》共载［中吕·满庭芳］小令作品 103 首，其中第六七句
作对仗者有 95 首。

50.［山坡羊］　小令。又名［山坡里羊］、［苏武持节］。共十一句，作
"四四七三三七七一，三一，三"。本调平仄要求较严，检《全元散曲》所载本
调作品，句式平仄方面的出入很少。

定格

－－＋□。－－＋□（第一二句多作对仗）。＋－＋｜－－□（律句，限用去声韵）。
＋－－。｜－－（第四五句多作对仗）。＋－＋｜－－□（律句，限用去声韵）。＋｜＋－
□Ｖ（－）（末二字限用去上或去平的律句。或作＋－｜－－□Ｖ[－]。或作孤平拗

救句+丨丨 --□ -）。 -（或∨）。+丨∨（-）。 -（或∨）。+丨∨（-）。（末句押平韵或上韵均可。第八、十两个一字句也可押韵。最后四句共八字，可用重叠语，也可用对仗语。详见后引元人曲作）。

西湖杂咏·夏   薛昂夫

晴云轻漾，薰风无浪，开樽避暑争相向。映湖光，逞新妆。笙歌鼎沸南湖荡，今夜且休回画舫。风，满座凉；莲，入梦香（《全元散曲》第 710 页）。

忆 旧   薛昂夫

西山东畔，西湖南畔。醉归款段松阴惯。帽檐偏，氅衣宽，佳人争卷朱帘看。回首少年如梦残。莺，曾过眼；花，曾过眼（《全元散曲》第 711 页。末四句用重叠语）。

书怀示友人（录一）   汤 式

长江东注，夕阳西没。流光容易抛人去。莫嗟吁，任揶揄，老天还有安排处。踽踽客窗无伴侣。酒，花外沽；琴，灯下抚（《全元散曲》第 1603 页。末四句作对仗语）。

51. [尾声] 套数。又名[煞尾]。亦入"正宫""南吕""般涉""越调"。共四句，作"五五七七"。

定格

--+丨-（律句。亦可不韵。或作孤平拗救句丨--丨-）。--+丨-（律句。或作--+丨∨。也可作孤平拗救句丨--丨-）。+-+丨--□（限用去声韵的律句，偶用上声韵）。+丨--□丨∨（或作+丨--□-∨）。

题金陵景   胡用和

歌楼对酒楼。山光映水光。倩良工写在帏屏上。留与诗人慢慢赏（《全元散曲》第 1638 页）。

[按]：《北词广正谱》于本调末句下注："末句必要仄仄平平去平上"，但在元人同调作品中，并不符合大多数作品的实际，故未从李玄玉之说。

[商调]

52. [集贤宾] 套数。本调多用为首曲。共十句，作"七五六，四（六）七七七七五，五"。

定格

+－｜ －－□∨（也可不韵）。+｜｜ －－（律句。偶可不韵）。+｜ －－+｜（也可
用韵）。+｜ －－（或作六字句+－+｜ －－）。+－－（－｜｜）、+｜ －－（上三下四。也
可不韵）。+－－（－｜）、+｜ －－（上三下四。偶用仄韵。第五六句对仗）。+－｜
－□∨（或作++｜ －－□。也可作上三下四式七字句｜ －－［+－｜］、+－｜｜）。+
－－（+｜ －）、+｜ －－（上三下四。或作｜ －+［+｜｜］、+－－｜）。+－－｜（律
句）。+｜｜ －－（律句。末二句作对仗）（本调［么篇］与本调全同）。

秋　怀　　　　　　　　　　　　　　　无名氏

战芭蕉数声秋夜雨，正珊枕梦初回。盼望杀多情宋玉，打熬成渴病相如。恰
伤春媚杏繁桃，早悲秋败柳凋梧。一灯儿强将花穗吐，似笑人形影孤独。又被这
露凉蛩韵巧，云冷雁声疏（《全元散曲》第1827页）。

53.［逍遥乐］　套数。共十句，有减句作八或九句者，也偶有增句者。十
句作"四四，四四七七七四，四，四"。

定格

"+－－｜（亦常作－－｜□）。+｜ －－。+－｜｜（或作+－｜ －。前三句中或两句
为对，或作'鼎足对'）。+｜ －－。+－－、+｜ －－（上三下四）。+｜ －－+｜ －（律
句。或作+｜ －－｜｜与孤平拗救句+｜｜ －－｜ －）。+－－（－+｜）、+｜ －－（上三
下四。作+｜｜［｜｜ －］、+－+｜）。+－｜｜（或作+－－｜）。+｜ －－。+｜ －－
（末三句作'鼎足对'）（本调［么篇］与本调全同）。

叹　世　　　　　　　　　　　　　　　吕止庵

有何拘系？则不如一枕安然，直睡到红日三竿未起。乐吾心诗酒琴棋。守团
圆稚子山妻。富贵功名身外礼，懒营求免受驱驰。则不如放怀遣兴，悦性怡情，
展眼舒眉（《全元散曲》第1130页。《北词广正谱》所引曲文，与本曲文字出入
较大，只前三句相同，其第七句作"没多时相会"，为五字句，特附志之）。

54.［醋葫芦］　套数。共六句，作"三三七七四七"。本调［么篇］与本
调全同。

定格

+｜ －（或作+－｜，+｜｜。本句也可不韵）。+｜ －（或作｜ －－，+｜｜。第
一二句对仗。在第一二句之前，偶可加一二个字的感叹句，如"喜呵""惊呵"

之类）。+-+丨丨--（律句）。--丨+-丨丨（通常作大拗句：或作丨--丨+丨丨，
------丨。有时也作律句+丨+--丨或拗律句-丨丨--丨-，+丨--丨-丨）。+
--丨（或作+-丨丨）。+-+丨丨--（律句）。

宫词（套数）　　　　　　　　　曾瑞卿

睡不着，坐不宁。又不疼不痛病紫紫。待不思量霎儿心未肯。没乱到更阑人
静，照愁人残蜡碧荧荧（《全元散曲》第 523 页。末句据《北词广正谱》补。区
分正衬依《南北词简谱》）。

闺　情　　　　　　　　　谷子敬

诗吟出锦绣文，字装成古样体。衣冠楚楚俊容仪。酒席间唱和音韵美，一团
儿和气。论聪明俊俏有谁及（《全元散曲》第 1641 页。此曲第四句作"--丨+-
丨丨"大拗句，反映了元人多数作品的实际。据《全元散曲》所载 [醋葫芦]
15 首全部作品来看，有半数以上的第四句都作大拗句，可见曲在某处对句式平
仄的要求，宁作拗句而不作律句，很可能是当时的乐谱所要求的）。

55. [梧叶儿]　又名 [知秋令]、[碧梧秋]。共七句，作"三（五），三
（五）五三，三三七（六）"。

定格

--丨（或作五字句+丨--丨）。+丨-（或作-丨丨。若上句作五字，本句也
应作五字--丨丨-，+--丨-。第一二句作对仗）。+丨丨--（律句）。+-丨（或
作+丨丨）。+丨-（Ｖ）（或作-+丨）。丨--（第四五六句可作'鼎足对'，通常
是其中两句相对）。+-丨（+丨丨）、--□Ｖ（上三下四。或作+丨-［+丨丨］、
--丨-，丨丨+［丨-丨］、+-丨。亦可作六字句+丨--□Ｖ，+丨--丨-）。

春　思（录一）　　　　　　　　徐再思

风初定，月正明。人静露初零。粉暖蜂蝶翅，春深鸾凤情，香收燕莺声。都
不管梨花梦冷（《全元散曲》第 1043 页）。

夜坐即事　　　　　　　　　张可久

余韵悠扬唱，哀弦取次弹。灯上酒将残。花暗珠璎珞，风清玉佩环，月冷翠
琅玕。谁倚西楼画栏（《全元散曲》第 818 页。此曲第一二句，虽可勉强将前二
字划作衬字，但仍以作五字句为好。末句作六字，在元人作品中不亚于作七字
句）。

［按］：本调第三句偶作四字，如宫大用《范张鸡黍》第三折第四曲［梧叶儿］第三句作"我道你不拜相决封侯"，即为四字。

56. ［金菊香］　套数。或作［金菊花］。共五句，实与［商调·上京马］相同。作"七七七四五（三，三）"。

定格

+－+｜｜－－（律句）。+｜－－+｜－（律句：或作+｜－－+｜｜）。七言"自由句"（以《全元散曲》所载全部同调作品15首验证：作+｜－－－｜｜者4首；+－｜｜－－□∨者3首；－－｜｜－｜－者2首；作－－｜－｜｜｜，｜－｜－｜－，｜－－－－｜｜，－｜－、－－｜｜，－－｜｜－｜｜者各1首；作六字－－｜｜｜－者1首。

无论何种形式，均未达到半数，故定为'自由句'）。（第一二三句可作"鼎足对"，通常是第一二句为对）。+｜－－（本句偶可不韵）。+｜｜－－（律句。以平煞为宜。本句也可化作两个三字句－｜｜，｜－－）。（本调［么篇］与本调全同）。

《西厢记》第五本第一折第十一曲　　　　　　　王实甫

书封雁足此时修，情系人心早晚休？长安望来天际头，倚遍西楼，人不见水空流（区分正衬依《南北词简谱》。又，末句可作"人不见，水空流"两个三字句）。

思情（套数）　　　　　　　　马致远

敢投了招婿相公宅，多就了除名烟月牌。迷留没乱处猜。柳叶眉儿好，等你过章台（《全元散曲》第265页。第三句作六字，也可能有脱字，特录之以备考）。

［按］：《南北词简谱》，注称：此与［上京马］同，唯［上京马］第四句作六字"－｜｜｜－－"，末句作七字"+－+｜｜－－"，而［金菊香］则分别作四、五字，"此分别之要点也"。但"由余观之，正不必强为分析，即将此曲（按：指［上京马］）'半掩'（按：即第四句'门半掩悄悄冥冥'）'断肠'（按：即末句'这的是断肠人和泪梦初醒'）四字，作为衬贴字，亦无不可，盖与格式腔格，毫无彼此之分也"。

57. ［双雁儿］　套数。即［仙吕·双雁子］。共五句。作"七六七六（五）六（五）"。

定格

+-+｜｜--（律句。也可作准律句+｜ +-｜ --）。+--、+｜∨（上三下三。本句除要求作上三下三句式和用上声韵之外，平仄很灵活，或者把它看为'自由句'也可。因在《元曲选》《全元散曲》所载全部同调 11 首作品中，无任何一种形式超过半数）。+｜--｜-□（准律句，要求用去声韵。或作去声煞的律句+-+1+-□）。六言'自由句'（上三下三。在《元曲选》《全元散曲》所载全部同调 11 首作品中，作+｜｜、｜｜-［∨］，｜+-、｜｜｜，｜-+、-｜-［∨］各 3 首，均未达到半数。本句也可作五字句-｜｜｜，---｜｜，-｜-｜｜）。+--、+｜∨（上三下三。或作｜｜｜、-+∨。若上句作五字，本句也应作五字句-｜｜｜｜，---｜-）。

叹　世　　　　　　　　　　　　　　　吕止庵

不如闻早去来兮，乐清闲穷究理。无辱无荣不萦系。守清贫绝是非，远红尘参道德（《全元散曲》第 1131 页。一字未衬）。

《李逵负荆》第三折第七曲　　　　　康进之

就恨不一把火刮刮拶拶烧了你这草团瓢，将人来险中倒。气得咱一似那鲫鱼跳，可不道家有老敬老，家有小敬小（《元曲选》。区分正衬依《北词广正谱》）。

［按］：检《元曲选》《全元散曲》，在［仙吕］中并无［双燕（雁）子］作品。

58.［浪来里］　套数。又名［浪里来］、［浪来里煞］、［浪里来煞］。有时"商调"套数末曲标［尾］，实即［浪来里］。故本调既可置于套数的首曲与末曲之间，又可用为末曲收尾。共六句，作"三，三七七四七"。

定格

+｜-（也可用韵）。+-｜（或作+｜-，+｜｜）。+-+｜｜--（律句）。七言'自由句'（据《全元散曲》所载［浪来里］［浪来里煞］全部作品 17 首统计，作-+｜--｜｜者 4 首；作--｜+-｜-者 3 首，其余形式均在 2 首以下）。+--□（偶用上声韵）。+-+｜｜--（律句）。

［商调·浪里来煞］　　　　　　　　　无名氏

他存心意最真，我留情非虚谬。休教那燕莺参透两心头。凤鸾交美甘甘共厮守，常祷告神天加佑，子愿的襄王云雨万年稠（《全元散曲》第1826页。《北词广正谱》规定本调首句作"－｜｜"［"更漏永"］，但在元人作品中很少见，故未从。本曲第四句作拗律句"｜－－｜｜－｜"，也是个别现象）。

［商调·集贤宾］套数 ［尾］《宫词》　　　　　曾　瑞

睡魔盼不来，丫鬟叫不应。香消烛灭冷清清。唯嫦娥与人无世情。可怜咱孤另，透疏帘斜照月偏明（《全元散曲》第523页）。此曲标名［尾］，实则为［浪里来煞］，也即把［浪来里］用为末曲收尾。《南北词简谱》在［商调·尾声］之后注称："商调尾声，实即用浪来里作收，故句法大抵相同"。当然，不是说［商调］的［尾］都是［浪来里］，只是说其中包括了［浪来里］。又，《汉语诗律学》指出《北词广正谱》所载的［浪来里煞］，实为［高过随调煞］，这是对的）。

［按］：查《全元散曲》所载全部［浪里来煞］，除杨讷［商调·二郎神］套数末曲作十句之外（第1612页），其余的句式平仄均与上列谱式相同，这更加证明吴梅在《南北词简谱》注中所说［浪来里］"此又作浪里来，又作浪里来煞"是可信的。

［越调］

59．［斗鹌鹑］　套数。例作首曲。共十句，作"四，四四，四四，四三，三四，四"。

定格

＋｜－－（或作＋－－－。本句偶可用韵）。＋－□∨（本调例用上韵，但亦可用平韵。或作－－｜｜，－－｜－）。＋｜－－。＋－□∨、（也常作＋－｜｜）。＋｜－－（或作－－－－）。＋－□∨（或作＋－｜｜，－－｜－）。＋｜－（或作＋｜｜，＋－－，＋－｜）。＋｜－（或作｜｜｜，＋－∨）。＋｜－－。＋－□∨（或作＋－｜｜，－－｜－）（本调偶数句与奇数句多分别作对仗，通常是一至四联不等，全对仗者少，全不对仗者也少。又，关汉卿《女校尉》于末句后增三句，作－－－□，｜｜－－，｜｜－－，使本调变为十三句，当是特例，很罕见）。

咏　雪　　　　　　王仲元

云幕重封，风刀劲刮。玉絮轻挦，琼苞碎打，粉叶飘扬，盐花乱撒。一色白，六出花。密密疏疏，潇潇洒洒（《全元散曲》第1104页）。

60. ［紫花儿序］　套数。简称［紫花儿］。共十句，作"四，四，四四，四二七四四，四"。

定格

+－－｜（也常作+－｜｜。本句也可用韵）。+｜－－（也可用韵）。+｜－－（或作｜－－－［｜］。前三句多作'鼎足对'或其中两句相对）。+－｜｜（或作+－－｜）。+｜－－。－－（有时删去此句，全首变为九句；有时又可再叠一句，全首变为十一句）。+｜－－+｜－（律句。或作+｜－－+｜｜，+｜－－｜－｜）。+－－｜（或作+－｜｜，+｜－－）。+｜－－。+｜－－（或作｜－－－。末二句作对仗）（本调［么篇］与本调全同）。

踏　青　　　　　　　　　　　　宋方壶

娇滴滴三春佳景，翠巍巍一带青山，锦重重满目芳菲。端的是宜晴宜雨，堪咏堪题。畅好是幽微。嫩柳天桃傍小溪。时遇着春光明媚，人贺丰年，民乐雍熙（《全元散曲》第1309页）。

［越调·紫花儿序］（套数）　　　　　王伯成

香馥馥花开满路，碧粼粼水绕孤村，绿茸茸芳草烟迷。扬鞭指处，堪画堪题。更那堪竹坞人家傍小溪。彩绳高系，春色飘零，花事狼籍（《全元散曲》第330页。此曲省去第六句二字句，共九句。末句偶作+｜－｜）。

［按］：本调第六句二字可叠用，如曾瑞《风情》第六七句作"如缣，如缣"即叠用，使全首变为十一句。

61. ［凭阑人］　小令。与［道宫·凭阑人］不同。共四句，作"七七五五"。

定格

+｜－－+｜－（律句）。+｜－－+｜－（律句）。+－－｜－（或作+－｜｜－）。+－－□－（或作+－－｜－，｜－｜□－）。

江楼即事　　　　　　　　　　张可久

一曲琵琶江上舟，十二栏干天外楼。粉香蝶也愁。玉容花见羞（《全元散曲》第904页）。

［按］：《北词广正谱》注称："末句必要平平去平上"，但验之元人作品，上

煞只个别现象，多作"+--□-"，故未从。
<u>△</u>

62. ［小桃红］　又名［武陵春］、［采莲曲］、［绛桃春］、［平湖乐］。共八句，作"七五七三七四，四五"。
<u>△</u> <u>△</u><u>△</u><u>△</u><u>△</u> <u>△</u> <u>△</u>

定格

+-+丨丨--（律句）。+丨--□（限用去声韵的律句）。+丨--丨-□（必作
▲
特拗句，且须用去声韵）。丨-–。+-+丨--□（限用去声韵的律句）。+-+丨
△ ▲
（也可用韵。本句平仄变化较多，或作-+丨-，丨丨丨丨-，丨-丨-，丨丨-丨）。+
--□（也可不韵。或作丨-丨□，--丨丨，丨--丨，----）。+丨丨--（律句）。
▲

秋宵有怀（小令）　　　　　　　　张可久

满庭落叶响哀蝉，秋入生绡扇。池上芙蓉锦成片。雨余天。倚阑只欠如花面。诗题翠笺。香销金串。罗帐又孤眠（《全元散曲》第 886 页）。

63.　［金蕉叶］　套数。共四句，作"七（六）七（六）七（六）七
（六）"。
△

定格

+-丨（+丨丨）、--丨-（∨）（上三下四。本句也可作六字+丨--丨，丨
△ ▲ ▲
---丨丨）。+-丨（+丨丨）、--丨-（∨）（本句与上句全同。也可作六字句+丨
▲ △ ▲
--丨-［丨］，-丨-丨丨）。+-丨（+丨丨）、--丨-（上三下四。也可用仄韵。
△ ▲ △
下四字可作--丨丨。也可作六字句丨丨--丨丨［-］，丨丨丨丨--）。+-丨（+
▲ ▲
丨丨）、--丨-（上三下四。与上句全同。上三字或作丨丨-。下四字或作--丨
△
丨。也可作六字句丨丨--丨丨［-］，丨丨---丨）。
▲ ▲

［按］：本调共四句，可通体作六字句；偶有前两句作六字，后二句作七字者；也有前两句作七字，后二句作六字者；更有前三句作七字，只末句作六字者。本调多用两平韵、两仄韵。

双　陆　　　　　　　　　　　周德清

撤底似孙膑伏兵未起。外划似孙武挑兵教习。五梁似吕望兵临孟水。六梁似吕布遭围下邳（《全元散曲》第 1344 页）。

忆　别　　　　　　　　　　　贯云石

一曲阳关未已，两字功名去急。四海离愁去国，半霎儿难忘恩德（《全元散

元　宵　　　　　　　　　无名氏

抧沉醉频斟绿蚁，恣赏玩朱帘挂起。歌舞动欢声笑喜，一任铜壶漏滴（《全元散曲》第 1834 页）。

［按］：《北词广正谱》于本调末句注称："末句必要平仄仄平平去上，去平属第二着"，但那只是理想形式，不可拘泥，故未在谱式中标出。

64.［调笑令］　套数。又名［含笑花］。共七句，作"二三七七七七七"。

定格

丨丨（或作丨－）。＋－－。＋丨－－＋丨－（律句）。＋－＋丨－－丨（律句。或作大拗句）。丨－－（丨丨＋）、＋－－丨［上三下四。或作丨＋－（＋－丨］、丨丨－－［丨］。本句平仄变化颇多）。七言'自由句'（据《全元散曲》所载全部同调作品 13 首统计：作－＋丨－－丨丨［－］者 4 首；作－－丨丨－丨－［丨］者 3 首；作丨－－、丨－丨－和－－丨丨丨丨［－］者各 2 首；作－－－－丨丨－和－－丨、丨－丨丨者各 1 首。无论何种形式，均未达到半数）。丨－－（＋－丨）、丨丨－－（上三下四。或作＋丨丨、丨丨－－。《北词广正谱》注称：第四、六句和第五、七句应分别作对仗，即'扇面对是也'。但在元人作品中多不遵守这一规定）。

寄　别　　　　　　　　　李邦基

渐久。过清秋。今古盟山惜未休。琴樽相对消闲昼。尽乌丝醉围红袖。阳关一声人去后。消疏了月枕双讴（《全元散曲》第 1145 页。此曲一字未衬）。

65.［秃厮儿］　套数。又名［耍厮儿］、［小沙门］。共六句，作"七七七三，三二"

定格

＋丨丨（＋－丨）、－－丨丨（上三下四。本句平仄较灵活）。＋－－（＋－丨）、＋丨－－（上三下四。或作－丨丨［丨丨－］、＋丨－－。本句宜用平韵。第一二句作对仗）。－－丨丨－丨丨（－）（或作＋－丨－－丨丨［－］）。＋丨丨（或作＋－丨）。丨－－（或作丨－丨。本句也可不韵）。－－。

［越调·秃厮儿］　　　　　　　吴弘道

光禄寺琼浆玉液，尚食局御膳堂食。朝臣一发呼万岁。祝圣寿，庆官里，进金杯。(《全元散曲》第 736 页。本曲内容不足取，但其格律较典型，故录之)。

66. ［圣药王］　套数。共七句，作"三三七三三七五"。
△ △ △ △ △ △ △

定格

+｜－（也可不韵。或作+｜｜）。+｜－（或作+｜｜）。+－+｜｜－－（律句）。
△　　　　　　　　　　　　　　　　▲

+｜－（或作+｜｜）。+｜－（或作+｜｜）。+－+｜｜－－（律句。《南北词简谱》
△　　　　　　　　　　　　　▲

注称：'此章首三句与次三句扇面对，而以末句五字结之，此定格也'。但元人作

品多不作扇面对，而是第一二句和第四五句常分别作对仗）。+｜｜－－（律句）
△

（本调［么篇］与本调全同）。

自　悟　　　　　　　　　　　周文质

赤紧的乌紧飞，兔紧催。暂时相赏莫相违。菊满篱，酒满杯，当吃得席前花

影坐间移。白发故人稀（《全元散曲》第 563 页）。

67. ［天净沙］　又名［塞上秋］。共五句。作"六六六四六"。
△ △ △ △ △

定格

+－+｜－－。+－+｜－－（多用对仗）。+｜+－□∨（本句韵脚或作□－）。+－－
　　　　△　　　　　　　　　△　　　　　　　　　▲

□（或用上声韵）。+－+｜－－（偶用去声韵）。
▲　　　　　　　　　　△

闲　题　　　　　　　　　　　吴西逸

江亭远树残霞。淡烟芳草平沙。绿柳阴中系马。夕阳西下，水村山郭人家

（《全元散曲》第 1166 页）。

68. ［收尾］　套数。又名［尾］、［尾声］。共四句。作"七七（六）五，
△ △ △

五"。
△

定格

+－+｜－－□（限用去声韵的律句）。+｜｜（+－｜）、－－｜∨（上三下四。
　　　　　▲　　　　　　　　　　　　　　　　　　▲

也常作+｜｜［+－｜］、－－｜－［｜］。也可作六字句+｜－－｜｜［－］）。+｜｜
　　　　　　　　△　　▲　　　　　　　　　　　　　　　　　△

－－（律句。或作+－｜－－）。－－｜－∨（限用上声韵的特拗句。或作+－｜｜∨。
　　　　　　　　　　　　▲　　　　　　　　　　　　　　　　　　▲

末二句多作对仗）。

［越调·尾］《双陆》　　　　　　周德清

翻云覆雨无碑记，则袖手旁观笑你。休把色儿嗔，宜将世情比（《全元散

曲》第 1345 页）。

四围锦绣繁华地，车马喧天闹起。看了这红紫翠乡中，堪写在丹青画图里（《全元散曲》第331页。本曲第二句作六字）。

[双调]

69.[新水令]　　套数。本调多用为首曲。"句字不拘，可以增损"，有"正格"和"增损格"。　　"正格"共六句，作"七七三（五），三（五）四五（六）"。"增损格"计有：A. 将第五句扩充为几个+丨--式每句押韵的句子；B. 第一句后增两个三字句丨--丨--；C. 第二句后增四字句数句，然后减去第三、四两个三字句。另外，偶有将第五句减去者，使全曲变为五句。

定格

+-+丨丨--（律句）。+--、+-+□（∨）（上三下四。上三字或作+丨-，--丨，+丨丨）。+丨丨（或作丨--，-丨-，--丨。本句也可作五字句+--丨丨[-]，--丨-丨）。丨--（若上句作五字，本句也应作五字句+丨丨--）。+丨--（也可不韵）。+丨丨-□（本句也可作上三下三式六字句+-丨、丨-□。其上三字或作-丨丨，丨--）（本调[么篇]与本调全同）。

题西湖　　　　　　　　　　　　　　　　　　马致远

四时湖水镜无瑕，布江山自然如画。雄宴赏，聚奢华。人不奢华。山景本无价（《全元散曲》第266页。本曲一字未衬）。

闺丽　　　　　　　　　　　　　　　　　　乔吉

绣闺深培养出牡丹芽，控银钩绣帘不挂。莺声闻上苑，蝶梦绕东华。富贵人家。花阴内柳阴下（《全元散曲》第644页。第三、四句也可将"莺声""蝶梦"划为衬字，但不如作五字句好。末句亦以作六字句好）。

[双调·新水令]　　　　　　　　　　　　无名氏

大明开放九重天。拜紫宸玉楼金殿。红摇银烛影，香袅御炉烟。奏凤管冰弦，唱大曲梨园，列文武官员，降玉府神仙。齐贺太平年（《全元散曲》第1846页。"凤管冰弦"至"文武官员"为增句。末句偶作+丨丨--）。

[双调·新水令]　　　　　　　　　　　　无名氏

闲争夺鼎沸了丽春园，欠排场不堪久恋。时间相敬爱，端的怎团圆。白没事教人笑惹人怨（《全元散曲》第1847页。本曲减去"正格"第五句）。

［双调·新水令］　　　　　（［么篇］）

没查没利谎偻偞。你道我宜梳妆的脸儿吹弹得破。你那里休聒（作上），不当一个，信口开合（作平），知他命里福如何。道我做一个夫人也做得过（转引自《北词广正谱》。从"那里休聒"至"信口开合"为第二句后增句，其平仄较灵活，作"+｜+－"或"+－+｜"均可。增句后并将"正格"的第三、四句减去。又，末句偶作－－｜｜｜）。

［按］：本调第一句后可增两个三字句（其余不变），如《北词广正谱》所载无名氏《浮沤记》杂剧中本曲的第一句后作"哭啼啼，泪双垂"，即为增句。

70.［驻马听］共八句，作"四七四七七七三七"。本调与［驻马听近］，在句式平仄上只小有出入，基本相同。

定格

+｜－－（亦可不韵）。+｜+－－｜Ｖ（限用上声韵的律句。或作+｜－－+｜－）。+－－□（Ｖ）（亦可不韵。或作+－｜□［Ｖ］）。+－+｜｜－－（律句。第一二句与第三四句多作'扇面对'）。+－+｜｜－－（律句）。+－+｜－－□（限用去声韵的律句。偶用上声韵。第五六句多对仗）。｜－－（或作+｜－，－｜｜，+－｜。《南北词简谱》注：本句'应用仄韵'）。+－+｜－－□（限用去声韵的律句。偶用上声韵）（本调［么篇］与本调全同）。

［附］［驻马听近］（套数）。据《北词广正谱》，将［驻马听］的第一、三句改为不叶韵，第一、二、三、四句不作"扇面对"，和把末句七字化为"－+｜。｜－－"两个三字句，即为［驻马听近］。当时此两调在乐谱上可能差异较大，故不把它列入［驻马听］的又一格，而别为两调。又，将［驻马听近］的前三句变作"+｜+－－｜□"七字一句，其余句子不变，即成［驻马听近］的［么篇］（换头）。

春　情　　　　　　　　　　程景初

小小庭轩，燕子来时帘未卷；深深庭院（据《北宫词纪》校改），杜鹃啼处月空圆。金钗拨尽玉炉烟，香尘渍满琵琶面。谁共言？何时枕匾黄金钏（《全元散曲》第1227页。《北词广正谱》注称："末句必要平平仄仄平平去，上声属第二着"）。

[附]：[双调·驻马听近]《秋闺》　　　　　郑光祖

败叶将残，雨霁风高摧木杪；江乡潇洒，数株衰柳罩平桥。露寒波冷翠荷凋，雾浓霜重丹枫老。暮云收，晴虹散，落霞飘（《全元散曲》第465页。第七句"暮云收"不押韵，而[驻马听]的第七句却是押韵的，这也是两调的区别之一）。

[么篇]（换头）雨过池塘肥水面，云归岩谷瘦山腰。横空几行（去声）塞鸿高，茂林千点昏鸦噪。日衔山，船舣岸，鸟寻巢（《全元散曲》第465页）。

[按]：《全元散曲》所载24首同调作品中，其第一、二、三、四句形成"扇面对"者有13首；第五六句对仗者有18首。

71. [雁儿落带得胜令]　　又名[鸿门凯歌]。[雁儿落]、[得胜令]亦入"商调"。[雁儿落]又名[平沙落雁]。[得胜令]又名[凯歌回]、[阵阵赢]。在联套中，[雁儿落]之后常联[得胜令]，只间或与[水仙子]、[挂玉钩]、[搅筝琶]相联。[得胜令]除在小令中可独用外，在联套中无独用者。[雁儿落]共四句，作"五五五，五"。[得胜令]共八句，作"五五五，五二五二五"。

定格

[雁儿落]--+|-（律句，也可作"孤平拗救"句|--|-。元人作品中亦有作|-||-者，犯孤平，不可从）。+|--□（限用去声韵的律句。第一二句对仗）。--||-（律句，也可作"孤平拗救"句+--|-）。+|--□（限用去声韵的律句。第三四句对仗）。

送　别　　　　　　　　刘时中

和风闹燕莺。丽日明桃杏。长江一线平，暮雨千山静（《全元散曲》第668页）。

[得胜令]+||--（律句）。+||--（律句。第一二句常作对仗）。+|--□（限用去声韵的律句。或作+|--∨。本句亦可用韵）。--+|-。（律句，也可作"孤平拗救"句|--|-。第三四句常作对仗）。--。+|--□（限用去声韵的律句）。--。--∨□-（也可作+--□-。或作--||-）。

[双调·得胜令]　　　　　张养浩

倚杖立云沙，回首见山家。野鹿眠山草，山猿戏野花。云霞，我爱山无价；

看时行踏，云山也爱咱（《全元散曲》第 407 页）。

[双调·雁儿落过得胜令]《闲适》　　　　邓玉宾子

乾坤一转丸，日月双飞箭。浮生梦一场。世事云千变。　万里玉门关，七里钓鱼滩。晓日长安近，秋风蜀道难。休干，误杀英雄汉；看看，星星两鬓斑（《全元散曲》第 399 页）。

72．［沉醉东风］　共七句，作"六（七）六（七）三，三七七七（六）"。

定格

+｜--｜∨（-）（也可作七字句，为上三下四句型：-｜｜、--｜-［∨］，+-｜、--｜∨［-］，｜｜｜、--｜｜、-｜-、--｜-）。+-+｜--（上句作七字，本句也应作三下四式七字句+--［+｜-］、+｜--。第一二句对仗）。+｜-（或作｜--）。--｜（第三四句对仗）。｜--、+｜--（上三下四。或作+-｜［+｜｜］、+｜--，｜+-［-｜-］、｜--｜，+｜｜［+-｜］、｜--｜）。+｜--｜-（律句。或作+｜--+｜∨）。+-｜（+｜｜）、--□∨（-）（上三下四。末尾以去上收为正格。或作+｜-、--□∨。也可作六字句+｜--□∨）（本调［么篇］与本调全同）。

琼　花　　　　　　　张可久

蝶粉霜匀玉蕊，鹅黄雪点冰肌。衣冠后土祠，璎珞神仙佩。倚阑人且赏芳菲。炀帝骄奢自丧了国，休对我花前叹息（《全元散曲》第 897 页）。

渔　夫　　　　　　　白　朴

黄芦岸白蘋渡口，绿杨堤红蓼滩头。虽无刎颈交，却有忘机友。点秋江白鹭沙鸥。傲杀人间万户侯。不识字烟波钓叟（《全元散曲》第 200 页）。

隐　居　　　　　　　任　昱

叹朝暮青霄用舍，尽头颅白发添些。伴渔樵，苦茅舍，醉西风满川红叶。近日邻家酒易赊。三径黄花放也（《全元散曲》第 1013 页）。

73．［折桂令］　又名［折桂回］、［蟾宫曲］、［蟾宫引］、［步蟾宫］、［广寒秋］、［天香引］、［秋风第一枝］。此调"句字不拘，可以增损"。《南北词简谱》注称："按此调或十句、十一句、十二句、十三句，或多至十七句，句法皆大同小异。首句必六字，以下四字句，或四句或五句，再用六字二句，以下直至末句，俱四字语也"。检元人作品，以作十一句或十二句为常见。增句多在末句增仄仄平平四字句数句。十一句的句式为"六（七）四，四四，四，四六（七）六（七）四四，四"。末句增四字一句即十二句；增二句即十三句。

定格

+-+｜--（亦可作上三下四式七字句+--、+｜--）。+｜--（也可用韵）。+｜--。+｜--（也可用韵）。--｜｜（也可用韵。或作---｜，｜--｜，+｜---）。+｜--（或作--｜-[∨]）。+｜--｜｜（-）（或作+-+｜--。也可作上三下四式七字句+-｜[+｜｜]，--｜-[｜]）、+-+｜--（｜）（若上句作七字，本句也作上三下四式七字句+--、+｜--。第七八句多作对仗）。+｜--。+｜--。+｜--（本调四字句也易形成对仗）。

[按]：《汉语诗律学》注称：第二句偶可用平平仄上。第四五六句可变为：仄仄平，仄平平，仄仄平平；或减为两句㊞仄平平，㊞平㊞仄平平；或作㊞仄平平，㊞仄平平；或作㊞仄平平，仄平平（也可用韵），㊞仄平平。第七句可变为㊞仄平平仄上。第八句可变为上三下五式八字句仄平平、㊞仄仄平平，或减为六字句㊞平仄仄平平。末句后可增仄仄平平四字句三四句。特录之以备考（字外加圈为可平可仄）。

次白真人韵　　　　　　　　　　张可久

葛花袍纸扇芭蕉。两袖仙风，万古诗豪。富贵劳劳，功名小小，车马朝朝。算只有青山不老，是谁教白发相饶。休负良宵，百斛金波，一曲琼箫（《全元散曲》第865页。区分正衬依《南北词简谱》）。

闲居自适　　　　　　　　　　　刘时中

饷春晴小小篮舆。聊唤茅柴，试买溪鱼。村北村南，山花山鸟，尽意相娱。与农父忘形尔汝，醉归来不记谁扶。早赋归欤，却恨红尘，不到吾庐（《全元散曲》第663页。本曲第一、七、八句，虽可勉强分别将首字划作衬字，变为六字句，但不如作七字句曲文更顺）。

[双调·折桂令]　　　　　　　　张养浩

功名事一笔都勾。千里归来，两鬓惊秋。我自无能，谁言有道，勇退中流。柴门外春风五柳，竹篱边野水孤舟。绿蚁新笞，瓦钵磁瓯；直共青山，醉倒方休

（《全元散曲》第 424 页。本曲末句增一句，为十二句）。

74. ［乔牌儿］　套数。共四句，作"五五七五"。

定格

+--｜□（限用去声韵的律句，或作+--□∨，+-｜｜-）+｜｜-□（或作+-｜-□，+｜--□。第一二句常作对仗）。+-+｜--□（限用去声韵的律句。或作+-+｜+-∨）。+--□-（∨）（或作+-｜□-［∨］）。

［双调·乔牌儿］　　　　　　　　　　杜仁杰

世途人易老，幻化自空闹。蜂衙蚁阵黄粱觉，人间归去好（《全元散曲》第 37 页）。

［双调·乔牌儿］《春情》　　　　　　　　程景初

日高犹自眠，病体尚嫌倦。细将往事思量遍，越无心整翠钿（《全元散曲》第 1227 页）。

75. ［滴滴金］　套数。又名［甜水令］。共八句，作"四，四，四五四，四，四七"。

定格

+｜--。--+□（∨）。+-+□。+｜｜--（律句）。+｜--。--｜｜（或作｜｜--，+--｜）。+--□（或作+-｜｜）。+--、+｜--（上三下四。或作+-｜［｜｜-］、+｜--）。

闺　情（套数）　　　　　　　　　无名氏

常记的白雪轻讴，金杯满泛，红牙低按，私语烛花残。到如今好梦全无，佳期易阻，相思成患，平白的废寝忘餐（《全元散曲》第 1854 页。末句也可作六字"平白的废寝忘餐"）。

［按］：《南北词简谱》注称：首四字三句须一气作，第四句五字承之；以下四字三句，亦须一气，末以六字语作收。

76.［落梅风］　又名［寿阳曲］、［落梅引］。共五句，作"三三七七七"。

定格

+-□（也可用韵。或用上声煞）。+｜-（或作+｜｜。第一二句常作对仗）。+--（+-｜）、+--□（上三下四。或作+｜｜［｜-+］、+--｜，+｜｜［｜-

-]、|-||）。+-|--□∨（-）。（本句平仄与句式较灵活，多作大拗句，句式也可作上三下四。以《全元散曲》所载马致远、贯云石、张养浩的同调小令作品42首来统计：作+-|--□∨[-]者16首；作|--、|-□-者3首；作--|-|□∨和+||--□∨与||||-+||者各2首，其余各种形式无相同者）。|--（+|||）、|--□（上三下四。或作+||[|+-]、|-∨□，--|、|--□）。

潇湘夜雨   马致远

渔灯暗，客梦回。一声声滴人心碎。孤舟五更家万里。是离人几行情泪（《全元散曲》第245页）。

77. [步步娇]　又名[潘妃曲]。本调既可用为首曲，亦可用在套数中间。共六句，作"七五三七三五"。

定格

+|----□（也可看作上四下三式句型，即+|--、--□）。+|--□（限用去声韵的律句。偶用上声韵）。+|∨（-）。+|--|--（准律句。也可看作上四下三式句型，即+|--、|--。或作+|-|、|--、-+--|-□）。+--。+|--□（限用去声韵的律句。偶用上声韵）。

[双调·潘妃曲]   商　挺

小小鞋儿连根绣。缠得帮儿瘦。腰似柳，款撒金莲懒抬头。那孩儿见人羞，推把裙儿扣（《全元散曲》第63页）。

78. [水仙子]　又名[凌波曲]、[湘妃怨]、[冯夷曲]，与[黄钟·古水仙子]不同。亦入"中吕""南吕"。共八句，作"七七七五（六）六（七）三（四，五，六）三（四五六）四（五）"。

定格

+-+||--（律句）。+|--+|-（律句。第一二句对仗）。+-+|--□（限用去声韵的律句）。--||-（律句。也可作'孤平拗救句'|--|-。也可作上三下三式六字句|--、+|-，+--、-|-[--|]、+|-）。+-+|--（或作上三下四式七字句+--[||-]、+|--，--、||--）。--|（可不韵。或作四字句+-+|；或五字句+|--|；或上三下三式六字句-|+、+

－｜，＋－｜［｜｜－］、－－▲。－－－、－｜｜），＋｜－（或作－｜▲。本句字数应与上句相对应，或作四字句＋－｜｜［－］；或作五字句－－｜｜－，｜－－｜－［∨］，－－＋｜｜；或作上三下三式六字句｜－－、＋｜－［∨］，｜｜－［｜－｜］、＋｜－。第六七句常作对仗）。＋｜－－（或作五字句＋｜｜－－）。

和卢疏斋西湖（录一）　　　　　马致远

人家篱落酒旗儿，雪压寒梅老树枝。吟诗未稳推敲字。为西湖捻断髭。恨东坡对雪无诗。休道是苏学士，韩退之，难妆煞傅粉的西施（《全元散曲》第250页）。

重观瀑布　　　　　乔　吉

天机织罢月梭闲，石壁高垂雪练寒，冰丝带雨悬霄汉。几千年晒未干。露华凉人怯衣单。似白虹饮涧，玉龙下山，晴雪飞滩（《全元散曲》第626页。本曲第六句用韵）。

赠顾观音　　　　　乔　吉

盈盈罗袜藕初簪，楚楚宫腰柳半金，小名儿且是妖娆甚。落迦山何处寻。紫旆檀风月丛林。说缘法三生梦，舍慈悲一片心，不枉了唤做个观音（《全元散曲》第625页）。

习　隐　　　　　乔　吉

拖条藜杖裹枚巾，盖座团标容个身，五行不带功名分。卧芙蓉顶上云。濯清泉两足游尘。生不愿黄金印，死不离老瓦盆，俯仰乾坤（《全元散曲》第618页）。

［按］：第六句不管作几字，押韵与否均可。

79．［夜行船］　套数。本调既可用为首曲，亦可用在套数中间。有两体，常见格式共五句，作"七七（六）四，四七（六）"。另一体为十二句，很少见，不录。

定格

＋｜－－＋｜∨（－）（律句。以用上声韵为正格，亦可用平声韵，偶用去声韵）。｜－－（＋－｜）、｜｜－－（上三下四。或作＋｜｜［－－｜］、｜－－∨［□］。本句也可作六字句＋－＋｜－－）。＋｜－－。＋－－□（∨）（或作－－｜｜。第三四句对仗）。｜－－（＋－｜）、｜－－□（上三下四。本句也可作六字句＋｜｜－－

□〔∨〕）。
▲

　　〔附〕：本调〔么篇〕（换头）+｜--+｜∨（或作六字-｜--｜-）。-｜｜
　　　　　　　　　　　　　　　　　▲
（｜--）、+｜--（上三下四。或作六字句--｜｜--，｜｜｜｜--）。+｜--
　　　　　　　△　　　　　　　　　　　　　　　　△　　　　　　　　△
（或作｜---）。+--｜（或作---｜，｜--）。｜｜-（+-｜）、｜--□（∨）
　　　　　　　▲　　　　　　　　　　　　▲　　　　　　　　　　　　　▲　　　▲
（上三下四。或作六字句-｜｜--∨）。

　　又，本调另一体作十二句，见杨维桢《吊古》，载《全元散曲》第1415页。

　　　　　　　　　　　　　〔双调·夜行船〕　　　　　　　　马致远
　　百岁光阴一梦蝶。重回首往事堪嗟。今日春来，明朝花谢。急罚盏夜阑灯灭
（《全元散曲》第269页）。

　　　　　　　　　　　　　　扬州忆旧　　　　　　　　　　狄君厚
　　忆昔扬州廿四桥。玉人何处也吹箫。绛烛烧春，金船吞月，良夜几番欢笑
（《全元散曲》第459页）。

　　　　　　　　　　〔双调·夜行船〕〔么〕　　　　　　　无名氏
　　一夜先争十岁老。闷厌厌情绪无聊。都为些子欢娱，霎时恩爱，惹一场梦魂
颠倒（《全元散曲》第1855页）。

　　80.〔风入松〕　与词调〔风入松〕相同，可作双调十二句，也可作单调六
句。本调以作六句为常见，与词调颇有出入，作"七五七，七（六）六（七），
　　　　　　　　　　　　　　　　　　　　　△　△　　△　　（六）　　△
六（七）"。本调既可用为首曲，亦可放在套数中间。
△　　△

　　定格

　　+-+｜｜--（律句）。+｜｜--（律句）。+-+｜--｜（律句）。+-｜（｜-
　　　　　　△　　　　　　　　△　　　　　　　　　　　　△
-）、+｜--（上三下四。或作-｜｜、+｜--。或作六字句+-+｜--）。+｜+-+
　　　　　　△　　　　　　　　　　　　　△　　　　　　　　　△
｜（或作上三下四式七字句｜--〔--｜〕、--｜｜，｜-｜〔-｜｜〕、--｜-）。
+-+｜--（本句字数应与上句相对应。或作上三下四式七字句-｜｜〔｜--〕、
　　　△
｜｜--，｜--〔+｜｜〕、｜--｜。末二句多作对仗）（本调〔么篇〕与本调全
　△　　　　　　　　　　　　　▲
同）。

　　　　　　　　　　　　九　日（录一）　　　　　　　　张可久
　　哀筝一抹十三弦。飞雁隔秋烟。携壶莫道登临晚，双双燕为我留连。仙客玲
珑玉树，佳人窄索金莲（《全元散曲》第847页）。

寓　言　　　　　　　　　　汤　式

杜鹃啼过落花多。天气近清和。道人不管公家事，一樽酒抚掌而歌。吞海壮怀寂寞，看山老眼摩挲。　　六龙飞去迅如梭，谁挽鲁阳戈。百年半逐云飞尽，青山旧白发婆娑。但得石田茅屋，休言金谷铜驼（《全元散曲》第 1598 页。上下片字数句数与声韵平仄完全相同，和词调一样。又，下片第三句"逐"字，仍读入声，作仄）。

题马氏吴山景卷　　　　　　　　　　汤　式

十年踪迹走尘霾，踏破几青鞋。自怜未了看山债。先赢得两鬓斑白。登山屐时时旋整，买山钱日日牢揣（《全元散曲》第 1483 页）。

送友归吴　　　　　　　　　　李溉之

丈夫双泪不轻弹，都付酒杯间。苏台景物非虚诞，年前倚棹曾看。野水鸥边萧寺，乱云马首吴山（《全元散曲》第 701 页）。

曲韵简编

说　明

一、本简编根据元人周德清《中原音韵》删去冷僻字，简化而成；《中原音韵》未收入的一些常用字，则据《中州音韵》等韵书酌情增补。增补的字排列在每组同音字之后。

二、各韵部所收的字，按照《中原音韵》的顺序排列。同音字排列在一起，不同音字之间用"○"号隔开。

三、同一字收入两个韵部或同一字读两种声调的，在不同韵部或不同声调中注明它的不同意义；如意义相同，则注明"某韵同"或"某声同"。

一　东　钟

平　声

[阴] 东冬○钟中忠衷终○通○松嵩○冲充春仲艟种○邕雍○空悾○宗棕○风枫丰封峰锋烽蜂○鬆○匆葱聪骢囱○踪纵（纵横）○穹芎倾○工功攻公蚣弓躬恭宫龚供（供给）肱觥○烘轰薨○凶胸汹（上声同）兄○翁痈壅泓○崩绷○烹

[阳] 同筒铜桐峒童僮瞳瞳曈潼鼙○戎绒茸○龙隆窿○穷蚊邛筇○笼咙胧栊珑砻（去声同）聋咙○脓农侬○浓秾醲○重（重复）虫艟崇○冯逢缝○丛琮○熊雄○容溶蓉珞熔庸佣融荣○蒙濛朦蕻盲蕾萌○红虹（江阳韵同）洪鸿宏横嵘弘○蓬篷芃彭棚鹏○从

上　声

董懂○肿踵种（种子）冢○孔恐○桶统○汞○陇垄○篓拢○汹（阴平声同）

○耸竦○拱珙巩○勇拥涌踊永俑○蠓懵猛艋蜢○总○捧○宠○冗

去　声

洞动栋冻蝀○凤奉讽缝（缝隙）○贡共供（供设）○宋送○弄砻（阳平声同）○控空（空缺）○輷○讼诵颂○瓮○痛恸○众中（射中）　仲重种（种植）○纵（放纵）　从（仆从）棕○梦孟○用咏莹○哄閧横（横逆）○综○进○铳

二　江　阳

平　声

[阴] 姜江杠钉薑疆缰僵○邦梆帮○桑丧○双霜孀鹴○章漳獐樟璋彰麞张○商伤殇觞汤（汤汤，水流貌）○浆将○庄桩装椿○冈刚钢纲釭扛亢○康糠○光胱○当珰裆○荒肓○香乡○镑滂雾○腔蜣羌○鸯央殃秧泱○方芳枋妨坊肪○昌猖娼菖阊○汤镗○湘厢相箱襄骧○抢（突也、拒也）锵○匡筐眶○汪○仓苍○膻疮○赃臧

[阳] 阳扬杨旸飏羊徉洋徉○忙茫邙芒庞○粮良凉梁粱量○穰瓤○忘（去声同）亡○郎榔廊螂稂浪（沧浪）琅狼○杭行（行列）颃航○昂卬○床幢撞（去声同）○傍（侧也）旁房庞逢○房防○长苌肠场常裳尝偿○唐搪塘糖堂棠○详祥翔○墙樯嫱戕○黄潢簧蝗皇篁凰惶艎遑隍○藏○强○娘○降（降服）○王○狂○囊

上　声

讲港镪○养痒鞅○蒋奖桨○两魉○想○蟒莽○爽○响享饷夯○敞氅昶○壤穰○舫仿放（同仿）访昉○罔网辋○枉往○颡嗓○榜绑○倘帑○党谠○掌长（长幼）朗○谎恍○仰○广○沆○脏○强（勉强）○抢○赏晌

去　声

绛降洚虹（东钟韵同）○象像相○亮谅量（度量、数量）辆○炀养（供养）样快漾恙○状壮撞（阳平声同）○上尚饷○让○帐胀涨丈仗障瘴○巷向项○匠将

（将帅）酱〇唱倡畅怅凼〇创〇望忘（阳平声同）妄〇旺王（王天下）〇放访〇荡宕当档〇浪阆〇葬藏（库藏）戆〇谤傍（依傍）蚌棒〇亢亢抗〇旷圹矿〇晃幌〇况贶〇酿〇仰（仰恃）〇丧（丧失）〇胖〇行（品行）〇怆〇诳〇盎〇烫饯〇钢〇荡〇汤

三 支 思

平 声

[阴] 支枝肢厄氏栀之芝脂〇髭赀兹孳孜滋资咨淄谘姿〇差（参差）〇施诗师狮尸著〇斯厮鸶思司私丝〇雌

[阳] 儿而〇慈鹚磁兹（龟兹）茨疵〇时埘匙〇词祠辞

上 声

纸砥底旨指止沚芷趾祉址徵（角徵）咫〇尔迩耳饵珥駬〇此泚〇史驶使弛豕矢始屎〇子紫姊梓〇死〇齿〇侈

入声作上声

涩瑟〇塞

去 声

[去声] 是氏市柿侍士仕使（使者）示谥莳恃事施（惠也）嗜豉试轼弑箑视噬〇似兕赐姒巳氾祀嗣饲笥耜涘俟寺食思（名词）四肆泗驷〇次刺〇字渍柠自恣〇志至誌〇二贰饵〇翅〇厕

四 齐 微

平 声

[阴] 机几矶玑讥饥肌牸綦箕基鸡稽姬奇（奇偶）羁〇归圭邦龟闺规〇斋挤（上声同）跻〇虽荽绥睢尿〇低堤氐羝〇妻凄萋悽〇西犀嘶〇灰挥晖辉翠麾徽陒

○杯悲卑碑陂○追骓锥○威偎隈煨○非扉绯霏非菲妃飞○溪欺欹○希稀豨羲曦牺醯熹嘻僖熙○衣依伊医猗漪噫○吹炊推○醨披邳丕呸胚○魁盔亏窥瑰奎○答痴郗蚩螭鸱絺○崔催衰○批○堆○篦○知蜘○梯

[阳] 微薇维惟○黎黧犁梨藜离璃罹鹂丽狸厘漓骊狸鳌○泥尼○梅莓枚媒煤眉湄楣嵋麋糜靡○雷檑累罍羸○隋随○齐脐○回徊○围闱韦帏违嵬巍危桅为○肥淝○奇骑琦其期旗棋祈祁其畿祇耆鳍芪歧麒琪蕲○奚兮畦携蹊○移鲵霓倪猊锐姨夷痍疑嶷沂宜仪彝贻怡饴坯颐遗迤○啼蹄提题醍绨絺○锤垂陲○裴陪培皮○葵馗夔逵○池驰迟墀篪持○颓尵○脾疲比（皋比）毗黑○迷弥○谁○摧○蕤

入声作平声

实十什石射食蚀拾○直值侄秩掷○疾嫉葺集寂籍○夕习席袭○获狄敌逖笛籴○及极○惑或○逼○劾○贼

去声作平声

鼻

上　声

迤○尾○倚椅戺蚁矣以苡拟○浼美○虮几己麂纪○耻侈○捶箠○痞否（否泰）嚭圯秕○鬼癸轨诡暑宄○悔贿毁卉燬虺○姒比匕○礼醴里理鲤娌李蠡履○济（水名）挤○底邸诋柢觚○洗玺徙屣○起棨启綮绮杞岂○米弭眯○你旎祢○彼鄙○喜蟢○委猥唯隗苇伟○垒磊傫蕾○体○腿○蕊○髓○水○馁

入声作上声

质炙只织陟汁执陟○七戚漆刺○匹辟僻劈○吉击激棘戟急汲给呃○笔北○失室识适拭轼饰释湿奭○唧积稷绩迹脊鲫即○必毕踔笔碧壁璧甓辟○昔惜息锡淅○尺赤吃敕叱○的嫡滴○德得○涤荻踢○吸隙翕歙○乞泣讫○国○黑○一壹○克

去　声

未味○胃蝟渭谓尉慰纬秽卫魏畏倭位饫为（因为）伪○贵柜愧傀桂桧脍鲙脆绘会（会计）○吠沸费肺废芾○会晦诲讳蕙蕙慧溃○翠脆悴瘁萃淬○异裔义议谊

毅艺易翳瘗挫曳诣刈意劓懿○气器弃憩契楔○霁济祭际剂○替剃涕嚏○帝谛缔弟娣第悌地递棣○背贝狈焙倍婢备避辈被弊币臂○利痢莉俐例唳戾诊隶疠砺厉苈荔罶丽吏○砌妻（以女妻人）○细壻○罪醉最○对队碓兑○计记寄系继妓忮技髻偈忌季缢骑（车骑）○既骥冀蓟鱖○闭蔽界箅毙襞庇比（近也）秘陛贲○谜余○睡税说（游说）瑞○退蜕○岁碎粹祟邃穗燧隧遂彗○坠赘缀缒怼○制置滞雉稚致彘治智帜炽质（抵押）○世势逝誓○泪累醉擂类诔未○配佩碾辔霈沛悖諀○妹昧媚魅袂瑁寐○戏系○簧揆匮○腻泥（拘泥）○蚋芮锐○吹（鼓吹）○喙○内

入声作去声

日入○蜜○墨密○立粒笠历枥沥雳砾力栗○逸易译驿益溢镒鹢液腋疫役一（上声同）佾逆乙邑忆揖射（无射）翊翼○勒肋○剧○匿

五 鱼 模

平 声

[阴] 居裾琚车（车遮韵同）驹拘俱○诸猪朱姝株蛛诛珠邾侏○苏酥甦○逋铺晡○枢樗摅○粗刍○梳疏蔬疏○虚墟歔吁○蛆趋○疽沮趄苴狙睢○孤姑辜鸪沽蛄菰觚○枯刳○迂纡于○鸣污乌○书舒输纾○区躯驱岖貙○须胥需缩○肤夫鈇○趺跌敷麸孚郛莩枹桴郭○呼○初○都○租○铺

[阳] 庐闾驴○如茹儒襦濡○无芜巫诬○模谟摸谋○徒图菟屠茶途涂○奴孥驽○卢芦颅鲈轳舻泸炉○鱼渔虞余竽畲雩钬舆旟好誉（动词）愚盂隅臾愉俞觎瑜窬逾腴萸瑜○吾蜈吴梧娱鼯○雏锄○殊茱铢洙○渠蕖劬瞿衢臞○除滁厨幬躇储○扶夫（句首）蚨符芙凫浮○蒲脯酺○胡糊湖醐瑚壶狐弧乎○殂徂○徐

入声作平声

独读牍渎毒突纛○复佛○（歌戈咏同）伏鹏袱服○鹘鹘斛槲○赎属述秫术○俗赎○逐（尤侯韵同）轴（尤侯韵同）○族镞○仆○局○淑蜀孰熟（尤侯韵同）塾

上　声

语雨与圄圉齬御愈羽宇禹庾○吕侣旅膂缕偻○主煮拄渚墅翥○汝乳○鼠黍暑○阻俎○杵楮褚处杼○数（动词）所○祖组○武舞鹉侮㿞○土吐○鲁橹虏齿澛○睹堵赌○古罟诂沽牯蛊估盐瞽股羖贾（商贾）○五伍午仵忤坞邬○虎浒○补浦圃○普溥谱○甫斧抚黼脯府俯腑父（男子美称）否（尤侯韵同）○母某牡姥亩○楚础○举莒矩○弩努○许诩○取○苦○咀○女○屿○伛去

入声作上声

谷毂骨○薂缩谡速○复福幅蝠腹覆拂○卜不○菊局○笏忽○筑烛○（尤侯韵同）粥（尤侯韵同）竹（尤侯韵同）○粟宿（住宿，尤侯韵同）卹○曲麯屈○哭窟酷○出黜畜叔菽○督○暴（暴露）扑○触束○簇○足○促○秃○卒○蹙○屋沃兀

去　声

御驭遇妪裕谕芋誉（名词）预豫喻○虑滤屡○锯惧句据讵巨拒距炬踞屦具○恕庶树戍竖署曙○觑趣娶○注澍住著柱注铸炷驻絟苎贮伫○数（数量）疏（书疏）○絮序叙绪○孺茹（食也）○杜妒肚渡镀度蠹○赴父釜辅付赋傅富鮒赙讣柎妇附阜负○户扈护瓠互戽岵怙○务雾鹜戊○素诉塑溯泝○暮慕墓募○路潞鹭辂露赂○故锢顾雇○误悟悟寤恶（憎恶）○布怖部簿捕步○醋措错○做祚胙诅○兔吐（呕吐）○怒○铺（店铺）○聚○助

入声作去声

禄鹿漉麓○木沐穆睦没牧目○录箓绿醁陆戮律○物勿○辱褥（尤侯韵同）入○玉狱欲浴郁育鬻○讷

六 皆 来

平 声

[阴] 皆阶喈街偕稽楷○该垓荄陔○哉栽灾○钗差（差使）台胎骀哈○哀埃唉○猜○挨○衰腮○歪○开○揩○斋○乖○筛○揣

[阳] 来莱○鞋谐骸○排牌俳○怀淮槐○埋霾○骏皑○孩颏○柴豺侪○崖厓捱○才材财裁○抬苔

入声作平声

白帛舶○宅泽择○画划

（上声）海醢○踹诒绐○骇蟹○宰载○采彩綵○霭蔼○奶乃○捌拐○凯铠○揣（阴平声同）○摆○矮○解○楷（楷模）○买○改

入声作上声

拍珀魄○策册栅测○伯百栢迫擘○骼革隔格○客（车遮韵同）刻○责帻摘谪侧窄仄昃○色稿索○掴○摔○吓○则

去 声

懈械薤獬○寨豸债虿眦○态泰太汰○盖丐○艾爱○隘阨搤○柰奈耐鼐○害亥○带戴怠迨待代袋大（歌戈韵同）黛岱逮殆○戒诫廨解（发道）界介芥疥届○外○快哙块○在再载○卖迈○赖籁濑赉癞○拜湃败稗○菜蔡○晒洒煞铩○赛塞○坏○慨○派○帅率（同帅）○瀣

入声作去声

麦貃陌蓦脉○额○厄○搦

七 真 文

平 声

[阴] 分纷芬氛汾○昏婚荤○因姻茵洇殷○申绅伸身○嗔瞋○春椿○询荀○吞○暾○谆○逡○根跟○欣昕○氤煴○真珍振甄（先天韵同）○新薪辛○宾滨彬○坤髡○君军均钧○榛臻○莘诜○薰勋曛熏○鲲鹍昆○温瘟○孙飧荪○尊樽○敦墩燉○奔（去声同）贲（虎贲）○巾斤筋○村○亲○遵○恩○喷（去声同）○津

[阳] 邻燐鳞磷麟粼辚○贫濒频苹颦○民珉缗旻○人仁○伦纶抡轮沦○裙群○勤芹○门扪○论（动词）岷○文纹闻蚊○银龈垠寅禽罂○盆○陈臣尘娠辰晨宸○秦○唇纯莼淳醇鹑○巡旬驯循○云芸纭耘匀员（伍员，人员）筠○坟焚棼○魂浑○豚屯饨臀○神○存蹲○痕○纫

上 声

轸疹诊稹○肯恳垦○紧谨槿堇瑾○隐引蚓尹○闵悯泯愍敏○准○刌吻○笋隼○允损陨狁○本畚○阃壶悃○窘困○哂矧○牝品○狠○忍○盾○损○蠢○忖○粉○稳○衮○瞬○尽

去 声

震阵振赈镇○信讯迅赈烬○刃切仞认○吝蔺○鬓殡膑○肾慎○愠酝运蕴恽晕韵○尽晋进○忿分（名分）粪奋愤○近觐○衬龀○印孕○峻浚殉○逊巽○俊骏○舜顺○闰润○顿囤钝遁盾沌○闷懑○奔（阴平声同）○郡○困○喷（阴平声同）○峋○论（名词）○混○寸○恨○嫩○褪○愠诨○趁

八 寒 山

平 声

[阴] 山删潸○丹单殚郸箪○干竿肝玕○安鞍○奸间艰菅○刊看（去声同）

○关纶（纶巾）鳏撄（去声同）○拴○斑班般扳颁○弯湾○滩摊○番蕃翻旖藩反（通翻）○珊跚○攀○悭○餐○殷

[阳] 寒邯韩汗（可汗，汗漫）翰（羽翮）○阑兰栏斓拦○还环鬟寰圜○残戈○闲痫○坛檀弹○烦繁膰矾帆樊凡○难○蛮○颜○潺○顽

上　声

反返坂○散伞繖○晚挽○板钣○简拣○产铲划○瘅亶○赶秆○坦袒○罕○侃○懒○趱○绾○赧○盏琖○眼

去　声

旱悍汉翰（翰墨）瀚汗骭○旦诞弹惮但○万蔓曼○叹炭○案按岸犴○干○幹○粲灿璨○栈绽○盼○误馔○渲○慢嫚漫○惯掼○赞瓒○患幻宦擐（阴平声同）豢○间（间隔）涧谏○讪汕疝○办瓣扮拌（桓欢韵同）○饭贩畈范泛犯○限苋○雁赝晏○看（阴平声同）○烂○篡○散○难（灾难）○腕（桓欢韵同）

九　桓　欢

平　声

[阴] 官冠棺观○搬般○欢驩獾○潘○端耑○剜豌婉○酸狻○宽○钻○湍○搏

[阳] 鸾銮峦栾滦团○瞒缦漫馒○桓○丸刓统纨完○团抟○盘槃瘢爿蟠胖（安舒也）弁（乐也）○攒

上　声

馆管琯○纂缵○软○盥澣○满○暖○碗○卵○短

去　声

唤换焕涣缓奂○玩悗。幔墁○窜蹿○断锻段○算蒜○判拚○贯冠（冠军）观（楼观）灌鹳○半伴泮畔绊（寒山韵同）○钻○乱

十　先　天

平　声

[阴] 先仙跹鲜○煎湔笺鞯溅○坚肩○颠瘨巅○鹃涓娟蠲○边笾编鞭鳊○喧暄萱○甄鹯旃○氈扇（动词）煽（去声同）○专砖○千阡迁○轩掀○烟燕（国名）胭咽嫣○牵愆搴○篇扁（扁舟）蹁偏翩○渊鸢宛鹓鸳蜿○痊诠筌铨悛荃○宣揎○川穿○圈○天○镌

[阳] 连莲怜○眠绵○然燃○廛缠禅蝉○前钱○田畋阗填钿○贤弦悬○玄○延筵蜒缘妍言研焉沿○乾虔○无鼋圆员园圜袁猿辕原嫄源垣铅鸢援○全泉○旋璇○船椽○拳颧权○胼骈便（安也）○联○年○涎

上　声

远阮苑畹○兖偃演堰衍䲡○卷○鲜（少也）跣洗（洗马，官名）铣狝藓癣○腆殄诊○搴茧笕枧○剪○捻辇碾鳙○辇琏○脔娈○啭转○贬扁匾缏○沔湎黾免冕勉俛眄○喘舛○阐○典○显○犬○浅○展○遣○吮○软○选

去　声

院愿怨○劝券○见建健件○献现宪县○绚○电殿甸佃靛奠○砚燕谚宴彦○眷倦圈绻绢狷罥○面○片骗○变便遍辨卞汴弁○线羡霰○钏串○扇善煽鳝傒擅单（姓）○箭荐贱溅钱践○镟漩○传篆○战颤○谴○练炼○恋

十一　萧　豪

平　声

[阴] 萧箫潇绡消销宵霄硝蛸魈翛○刁貂凋彫雕鵰凋○枭鸮嚣枵骁○梢捎弰筲○娇骄○蕉焦椒憔○标膘镖杓飙○交蛟郊茭鲛胶教○包胞苞○嘲抓啁○高篙膏羔糕槔○刀舠忉○骚搔艘艘缫○遭糟○鏖○昭招朝○邀夭幺嘤腰妖要○飘漂○抛脬

○掏饕叨滔韬○橇○哮○敲硗○抄○坳凹○蒿薅○烧○褒○挑○超○锹○操

[阳] 豪毫号濠嗥○寮辽僚鹩聊○饶桡荛○苗描○毛芼旄茅蟊猫髦○猱呶○牢芳涝醪捞○迢髫蜩调条佻跳○潮朝韶晁○遥摇谣瑶窑尧陶（皋陶）姚峣○樵瞧谯○鳌嗷敖墩葵骜遨○乔荞桥侨翘○爻肴淆殽○袍跑匏咆庖○桃逃咷陶萄绹淘涛○曹漕槽嘈○瓢○巢

入声作平声

浊（歌戈韵同）濯镯擢○铎度踱○薄箔泊博○学○缚○鹤涸○凿咋酢○镬○著○芍杓

上　声

小筱○皎缴矫○袅鸟嬲○了瞭憭蓼○杳夭窅○绕娆扰○眇渺杪藐森○悄○宝保堡褓葆○卯昴○狡搅铰姣绞荽○老獠潦○脑恼○扫嫂○桫剿○早枣澡藻蚤○倒岛祷○呆蔼缟稿○祅懊媪○考栲○窈○沼○少○表○巧○晓○饱○爪○炒○讨○草○好○稍○剿○缶

入声作上声

角觉脚桷○捉卓琢○斫酌灼○烁铄○鹊雀却○托拓橐魄（落魄）柝○索○郭○廓○溯○剥驳○爵○削○柞作○错○阁各○壑○绰○谑○戳

去　声

笑啸肖鞘○祟眺跳○钓吊调掉○豹爆瀑○抱报暴鲍○灶皂造躁○料镣廖疗○傲○赵兆照诏召肇○少绍邵烧（野火）○号皓好昊皞耗浩颢灏○道纛焘盗导蹈稻到倒○曜耀要鹞○叫轿峤○醮噍○糙操造○俏峭诮○僄鳔○孝效劲校○窖校（计较）教觉较酵徼○罩棹○拗乐（喜好）○貌冒帽髦茂○砲泡○告诰郜○涝劳（慰劳）嫪○噪燥扫○妙庙○闹淖○奥懊澳○钞○窍○溺○哨

入声作上声

岳乐药约跃钥诺○末幕漠寞沫○落络恪洛酪乐珞○萼鹗鳄恶愕○弱箬○略掠○虐疟

十二 歌 戈

平 声

[阴] 歌哥柯○科蝌窠○轲珂○戈过锅○莎蓑唆睃梭娑挲○磋蹉瘥搓○他拖佗○阿疴○窝涡倭○坡颇○波玻嶓番○呵诃○多○么（去声同）

[阳] 罗萝箩锣锣螺骡○摩磨魔○挪那接傩○禾和○何河荷苛○驼陀跎酡沱鼍驮○矬○哦俄蛾娥峨鹅○婆皤鄱膰○讹

入声作平声

合盒鹤（萧豪韵同）盍褐○跋魃○缚佛（鱼模韵同）○活镬获○薄箔勃渤○度○浊镯○夺○着○杓

上 声

锁琐○果裹螺○裸夥○舸哿○朵嚲○娜那（哪）○荷（去声同）○可坷轲（撼轲）○叵○跛簸（去声同）○我○左○妥○火○颗○吙○脞

入声作上声

葛割鸽阁○哈○钵拨○泼粕○括○渴○阔○撮○掇○脱○抹

去 声

贺荷（上声同）○佐坐座○舵堕惰剁垛大（皆来韵同）○锉挫剉○祸货和○逻摞○播○磨（名词）○卧○糯懦○个○饿○些（语气词）○过（阴平声同）○课○唾○破

入声作去声

岳乐（萧豪韵同）约跃○幕末沫莫寞（此五字萧豪韵全同）○诺搦○若弱○落洛络酪乐烙○萼鹗鳄恶（此十字萧豪韵均同）亚鄂○略掠○虐疟（此四字萧豪韵均同）

十三 家 麻

平 声

[阴] 家加珈枷笳袈迦葭貑佳嘉○巴疤犯芭○蛙洼窪哇娲蜗○沙砂纱鲨娑○查楂吒○挝抓○鸦丫呀○叉权差○夸○虾○葩○花○瓜

[阳] 麻蟆麻○哗划华骅○牙芽涯衙○霞遐瑕○琶杷爬○茶槎搽○拏○咱

入声作平声

达挞踏沓○滑猾○狎辖侠（车遮韵同）洽匣袷○乏伐筏罚○拔○杂○闸

上 声

马○雅○傻○贾假○寡剐○奼侘○把○瓦○打○耍

入声作上声

塔獭榻塌○杀霎○塌扎○呷匣○察插锸○法发○甲胛夹○答○飒撒萨○筏○刮○瞎○八○恰

上 声

驾嫁稼价假（借、休假）○跨胯○亚迓讶○咤姹○帕怕○诈乍榨○下夏吓○暇厦○化画华（姓）桦话○那○罢霸靶坝钯○卦挂○大（皆来韵同）○骂

入声作去声

腊蜡拉辣○纳衲○压押鸭○抹○袜○刷

十四 车 遮

平 声

[阴] 嗟赍○奢赊○车（鱼模韵同）○遮○爹○靴○些（少）

[阳] 爷耶琊呆○斜邪○蛇余○瘸

入声作平声

协穴侠（家麻韵同）挟○杰竭碣○叠迭牒喋谍垤绖凸蝶趺○镢撅○折舌涉○捷截睫○别○绝

上 声

野也冶○者赭○写泻（去声同）○捨舍○惹若（般若）○撦哆○姐○且

入声作上声

屑薛缬泄喋亵燮屧○切窃妾沏○结洁劫铗颊荚○怯挈箧客（皆来韵同）○节接楫疖○血歇蝎○阙缺阕○玦决诀谲蕨鴂○铁餮帖贴○瞥撇○鳖别○拙辍○辙撤澈掣○哲摺褶折浙○设摄○啜○雪○说

去 声

舍社射麝赦○谢卸榭泻（上声同）○夜射（仆射，官名）○柘鹧炙○借藉

入声作去声

捏聂蹑镊啮臬蘖○灭篾蔑○拽噎谒叶烨○业邺额（皆来韵同）○裂冽猎鬣列烈○月悦阅辄越钺刖○热○劣

十五　庚　青

平 声

[阴] 京庚鹒赓更（改）粳羹耕惊荆经兢矜泾○精睛晶旌菁○生甥笙牲猩○筝争○丁钉仃○扃坰○征正（正月）贞祯征（求）蒸丞○冰兵并（交并）○登灯○轰薨○憎曾缯矰增○铿铮狰峥撑膛○称秤（动词）赪柽蛏○英瑛鹰应樱婴嘤膺鹦缨璎萦○轻坑卿倾铿○馨兴○青清○声升胜（胜任）陞○汀厅听（去声同）○星醒（上声同）惺（上声同）腥驿○崩绷○觥肱○僧○亨○兄○泓○烹 [阳]

平评萍枰凭冯屏瓶俜娉○明盟名铭鸣冥溟瞑螟蓂○灵棂令零苓伶聆铃龄蛉泠瓴翎鸰陵凌菱绫凌○鹏朋棚○楞稜○层曾（曾经）○能狞○藤滕腾誊疼○茎桓○盈赢瀛茎萤营迎蝇凝赢○擎檠鲸黥勍○行刑形邢桁衡铡硎○情晴缯○亭停婷廷庭蜓霆○琼茕惸○澄呈程醒成城威诚盛承丞惩乘塍○荧甘○盲氓甍萌○横宏纮闳嵘弘○橙○荣○宁○仍○绳○饧

上　　声

景儆璟鲠绠梗警境颈耿哽○顷○丙炳秉饼屏（屏弃）○惺（阴平声同）醒（阴平声同）省（反省）○影郢颖○省（行政区域）○矿钅广忄广○艋猛○整拯○茗皿酩○骋逞○领岭○鼎酊顶○艇挺铤町○冷○井○请○等○永

去　　声

敬径镜獍竟竞劲更○应（答应）硬○庆磬馨○命○邓凳镫磴○迥复○倩○净挣○正政郑证○咏莹○病并柄○令凌（阴平声同）○圣剩胜乘（车乘，名词）剩盛○性姓○聘○佞泞○净静阱甑靖清○杏幸胫兴（兴趣）行（品行）○称（相称）秤（名词）○定锭钉（动词）订钉○赠○听（阴平声同）○进○孟○横（横逆）○亘

十六　尤　侯

平　　声

[阴] 啾湫○鸠阄○搜飕○邹诹鲰陬驺○休咻貅庥○呕鸥沤瓯欧区○钩勾篝沟兜篼○秋鳅楸○忧幽优耰麀○脩修羞馐○抽瘳○周赒啁洲州舟辀○丘坵○偷○溲馊○彪○收○驹○抠

[阳] 尤蚰疣游蝣由油邮牛犹繇悠攸○侯猴喉馊篌○刘留遛瘤（去声同）榴骝流旒○柔揉蹂○抔哀○缪矛眸鍪蟊牟侔○楼娄艘数搂髅偻○囚泅○绸稠绸仇酬筹俦踌畴惆○求球逑裘虬○酋遒○头投骰○愁

入声作平声

轴逐○熟（此三字鱼模韵同）

上 声

有酉牖羑友诱莠黝○柳○狃纽钮忸○丑○九韭久玖纠灸疚○首手守○叟嗖薮○斗蚪陡抖○狗垢苟耇枸○藕偶呕殴○篓○肘帚○朽○酒○剖（萧豪韵同）○吼○走○否（是否，鱼模韵同）○揉（阳平声同）○口

入声作上声

竹烛粥○宿（此四字鱼模韵同）

去 声

又右佑祐宥柚幼囿侑○昼咒胄纣宙籀○臼舅旧咎救柩厩究○受授绶寿兽首（有咎自陈）售狩○秀岫袖绣宿（星宿）○嗽漱○绉骤○溜霤馏瘤（阳平声同）○扣寇蔻○后逅候堠厚○就鹫○豆脰窦斗逗○构媾购姤够诟勾（勾当）○凑辏辁○漏陋镂瘘○谬缪（谬误）○臭○嗅○瘦○奏○透○贸懋

入声作去声

肉褥（鱼模韵同）○六

十七 侵 寻

平 声

[阴] 针斟箴砧椹○金今衿襟禁（力能胜任）矜○骎浸（去声同）○深○簪○森参（星名，又参茸）○琛郴○音瘖阴暗○心○钦衾嵚○侵○歆

[阳] 林淋琳霖临○壬任○寻浔鲟镡○吟淫岑霪○琴芩禽擒噙○岑涔○沉湛○忱

上 声

凛懔凛○稔荏荏○审婶沈○锦噤（去声同）○枕○饮○恁○怎○寝

去　声

朕鸩○甚○任○衽（上声同）妊○禁噤（上声同）○荫廕窨饮（使饮）○恁○沁○浸（阴平声同）○渗○谶○谮○赁

十八　监　咸

平　声

［阴］巷庵鹌唵谙○担（动词）聃儋耽○监缄○堪龛戡○三○甘柑疳泔○杉衫○贪探（去声同）○参骖○憨酣○搀

［阳］南喃楠男○咸函衔○婪蓝篮岚○覃谭谈潭昙痰○蚕渐○含涵邯○谗馋巉○岩○咱

上　声

感敢○览揽榄○胆○惨○喊○毯菼○减○坎○砍○俺○糁○黯○斩○腩

去　声

勘○赣淦绀○憾撼颔○淡啖担（名词）○槛舰馅陷○滥缆○嵌阚○蘸站赚湛○鉴监○暂錾○暗阎○探（阴平声同）○忏○讪

十九　廉　纤

平　声

［阴］瞻詹占粘沾○兼缣鹣○淹腌阉○纤铦暹○佥槧竿○觇○尖渐歼○掂○苫（去声同）○谦○添

［阳］廉帘奁○鲇拈○挦焊○钤钳黔○蟾○盐炎阎檐严○甜恬○髯○潜○嫌

上　声

掩崦魇琰剡○捡脸检○敛睑○染苒冉○闪陕○乔舔○险○点○诂

去　声

艳焰厌餍验滟酽○赡苫（阴平声同）○欠茨歉○玷店垫○潋砭○念○剑俭○僭渐○堑茜○占

元曲名句集萃

一　画

一自多才间阔，几时盼得成合？今日个猛见他，门前过。待唤着怕人瞧科。我这里高唱当时《水调歌》，要识得声音是我。（徐再思《双调·沉醉东风·春情》）

一江秋水澹寒烟，水影明如练，眼底离愁数行雁。（倪瓒《越调·小桃红》）

一江烟水照晴岚，两岸人家接画檐，芰荷丛一段秋光淡。（张养浩《双调·水仙子·咏江南》）

一阵风，一阵雨，满城中落花飞絮。纱窗外蓦然闻杜宇，一声声唤回春去。（马致远《双调·寿阳曲》）

一声画角谯门，半亭新月黄昏，雪里山前水滨，竹篱茅舍，淡烟衰草孤村。（白朴《越调·天净沙》）

一声梧叶一声秋，一点芭蕉一点愁，三更归梦三更后。（徐再思《双调·水仙子》）

一春鱼雁无消息，则见双燕斗衔泥。（关汉卿《双调·大德歌》）

二　画

人皆嫌命窘，谁不见钱亲？（张可久《正宫·醉太平》）

人海阔，无日不风波。（姚燧《中吕·阳春曲》）

人静也，一声吹落江楼月。（白朴《双调·驻马听》）

九里松，二高峰，破白云一声烟寺钟。（张可久《越调·寨儿令》）

几枝红雪墙头杏，数点青山屋上屏。（胡祇遹《中吕·阳春》）

三　画

上有天堂，下有苏杭。（奥敦周卿《双调·蟾宫曲》）

万里夕阳锦背高，翻身犹恨东洋小。（王和卿《双调·拨不断》）

万顷沧波浮天地，烂银盘寒褪云衣。（曾瑞《南吕·骂玉郎过感皇恩采茶歌》）

万顷波光天图画，水晶宫冷浸红霞。（钱霖《般涉调·哨遍·看钱奴》）

三千尺侵云粪土，十万家泣血膏腴。（徐再思《双调·蟾宫曲》）

才欢悦，早间别，痛煞煞好难割舍。（卢挚《双调·阳春曲·珠帘秀》）

才社日停针线，又寒食戏秋千。一春幽恨远。（李致远《中吕·红绣鞋·晚春》）

夕阳下，酒旆闲，两三航未曾着岸。落花水香茅舍晚，断桥头卖鱼人散。（马玖远《双调·阳春曲·平沙落雁》）

飞来千丈玉蜈蚣，横驾三天白蟒蛛，凿开万窈黄云洞。（乔吉《双调·水仙子·吴江垂虹桥》）

四　画

不达时皆笑屈原非，但知音尽说陶潜是。（范康《仙吕·寄生草·酒》）

不因酒困因诗困，常被吟魂恼醉魂。（白朴《中吕·阳春曲》）

不是不修书，不是无才思，绕清江买不得天样纸。（贯云石《双调·清江引·惜别》）

不读书有权，不识字有钱，不晓事倒有人夸荐。老天只恁忒心偏，贤和愚无分辨。（无名氏《中吕·朝天子·志感》）

不读书最高，不识字最好，不晓事倒有人夸俏。老天不肯辨清浊，好和歹没条道。（无名氏《中吕·朝天子·志感》）

长江万里白如练，淮山数点青如淀。江帆几片疾如箭，山泉千尺飞如电。（周德清《中吕·寒鸿秋》）

长江万里归帆，西风几度阳关，依旧红尘满眼。夕阳新雁，此情时拍阑干。（吴西逸《越调·天净沙》）

长江浩浩西来，水面云山，山上楼台。山水相连，楼台相对，天与安排。（张养浩《双调·折桂令·过金山寺》）

五眼鸡岐山鸣凤，两头蛇南阳卧龙，三脚猫渭水飞熊。（张鸣善《双调·水仙子·讥时》）

无官何患？无钱何惮？休教无德、人轻慢！（张养浩《中吕·山坡羊》）

天公尚有妨农过，蚕怕雨寒苗怕火。阴，也是错；晴，也是错。（陈草庵《中吕·山坡羊·叹世》）

云来山更佳，云去山如画；山因云晦明，云共山高下。（张养浩《双调·雁儿落兼得胜令》）

瓦垄上宜栽树，阳沟里好驾舟。瓮来大肉馒头，俺家的茄子大如斗。（无名氏《商调·梧叶儿·嘲谎人》）

日月闲中过，风波梦里惊，造物无情。（钟嗣成《双调·凌波仙》）

月缺终须有再圆。圆，月圆人未圆。朱颜变，几时得重少年？（吴弘道《南吕·金字经》）

手执著饯杯，眼阁着别离泪。刚得声"保重将息"，痛煞煞教人舍不得。（关汉卿《双调·沉醉东风》）

凤凰台上暮云遮，梅花惊作黄昏雪。（白朴《双调·驻马听》）

今朝有酒今朝醉，且尽樽前有限杯。（白朴《中吕·阳春曲》）

从来好事天生俭，自古瓜儿苦后甜。（白朴《中吕·阳春曲》）

文章糊了盛钱囤，门庭改做迷魂阵。（张可久《正宫·醉太平》）

忆疏狂阻隔天涯，怎知人埋怨他？吟鞭醉袅青骢马，莫吃秦楼酒、谢家茶，不思量执手临歧话。（白朴《仙吕·点绛唇》）

为善的受贫穷更命短，造恶的享富贵又寿延。（关汉卿《窦娥冤》）

五　画

平生不会相思，才会相思，便害相思。身似浮云，心如飞絮，气若游丝。（徐再思《双调·蟾宫曲·春情》）

东边路西边路南边路，五里铺七里铺十里铺。行一步盼一步懒一步，霎时间天也暮日也暮云也暮。斜阳满地铺，回首生烟雾。兀的不山无数水无数情无数！（无名氏《正宫·塞鸿秋·山行警》）

石壁高垂雪练寒，冰丝带雨悬霄汉。几千年晒未干。（蒲道源《黄钟·人月圆》）

叹乌衣一旦非王谢，怕青山两岸分吴越，厌红尘万丈混龙蛇。（汪元亨《正宫·醉太平》）

四十年绕湖赊看山，买山钱更教谁办？（张可久《双调·落梅风》）

四周山一竿残照里，锦屏风又添铺翠。（马致远《双调·寿阳曲·山市晴岚》）

宁可少活十年，休得一日无权。（严忠济《越调·天净沙》）

六　　画

地也，你不分好歹何为地？天也，你错勘贤愚枉做天！（关汉卿《窦娥冤》）

夺泥燕口，削铁针头，刮金佛面细搜求，无中觅有。（无名氏《正宫·醉太平》）

有声名谁识廉颇，广才学不用萧何。（无名氏《正宫·醉太平》）

有钱的纳宠妾买人口偏兴旺，无钱的受饥饿填沟壑遭灾障。（马谦斋《越调·细柳营》）

有意送春归，无计留春住。明年又着来，何似休归去！（薛昂夫《双调·楚天遥过清江引》）

伤心秦汉经行处，宫阙万间都做了土。兴，百姓苦；亡，百姓苦。（张养浩《中吕·山坡羊·潼关怀古》）

伤心莫唱，南朝旧曲，司马泪痕多。（杨果《越调·小桃红》）

先下手为强，后下手遭殃。（纪君祥《赵氏孤儿》）

自天飞下九龙涎，走地流为一股泉，带风吹作千寻练。（徐再思《双调·水仙子》）

江山信美，终非吾土，问何日是归年？（王恽《越调·平湖乐》）

江水澄澄江月明，江上何人搊玉筝？隔江和泪听，满江长叹声。（张可久《南吕·一枝花》）

论，半生名利奔；窥吟鬓，江清月近人。（任昱《南吕·金字经》）

红叶落火龙褪甲，青松枯怪蟒张牙。（一分儿《双调·沉醉东风》）

如今凌烟阁一层一个鬼门关，长安道一步一个连云栈。（查德卿《仙吕·寄生草》）

七　　画

两叶兰桡斗来去，万人呼，红衣出没波深处。（王恽《越调·平湖乐》）

两处相思无计留，君上孤舟妾倚楼。这些兰叶舟，怎装如许愁？（姚燧《越调·凭栏人》）

更蛾眉强学时妆，是老子平生懒处。（冯子振《正宫·鹦鹉曲》）

杨柳深深小院，夕阳淡淡啼鹃。巷陌东风卖饧天。（马致远《中吕·红绣鞋》）

投至两处凝眸，盼得一雁横秋。（马致远《汉宫秋》）

苍波万顷孤岑矗，是一片水上天竺。金鳌头满咽三杯，吸尽江山浓绿。（王实甫《西厢记》）

听得道一声"去也"，松了金钏；遥望见十里长亭，减了玉肌。此恨谁知！（王实甫《西厢记》）

吴山越山山下水，总是凄凉意。江流今古愁，山雨兴亡泪。沙鸥笑人闲未得。（任昱《双调·清江引·钱塘怀古》）

别时只说到东吴，三载余，却得广州书。（徐再思《越调·天净沙》）

我是个蒸不烂煮不熟捶不匾炒不爆响珰珰一粒铜豌豆。（关汉卿《南吕·一枝花·不伏老》）

乱云不收，残霞妆就，一片洞庭秋。（盍西村《越调·小桃红》）

伸玉指盆池内蘸绿波，刚绰起半撮，小梅香也歇和，分明掌上见嫦娥。（马致远《仙吕·赏花时》）

八　画

画船儿天边至，酒旗儿风外飐，爱煞江南。（张养浩《双调·水仙子·咏江南》）

画船儿载不起离愁，人到西陵，恨满东州。（张可久《双调·折桂令》）

画船儿载将春去也，空留下半江明月。（卢挚《双调·寿阳曲·别珠帘秀》）

到如今，西风吹断回文锦。羡他一对，鸳鸯飞去，残梦蓼花深。（杨果《越调·小桃红》）

枫林霜叶舞，荞麦雪花飘，又一年秋事了。（周德清《中吕·红绣鞋》）

枕上十年事，江南二老忧，都到心头。（徐再思《双调·水仙子·夜雨》）

若得来心肝儿敬重，眼皮儿上供养，手掌儿里高擎。（关汉卿《中吕·普天乐·崔张十六事·酬和情诗》）

取富贵青蝇竞血，进功名白蚁争穴。（马谦斋《双调·沉醉东风》）

岸边烟柳苍苍，江上寒波漾漾。阳关旧曲低低唱，只恐行人断肠。（姚燧《中吕·醉高歌》）

和露摘黄花，带霜烹紫蟹，煮酒烧红叶。（马致远《双调·夜行船·秋思》）

凭阑袖拂杨花雪；溪又斜，山又遮，人去也。（关汉卿《南吕·四块玉》）

忽闻疏雨打新荷，有梦都惊破。（盍西村《越调·小桃红》）

夜来西风里，九天雕鹗飞，困煞中原一布衣。（马致远《南吕·金字经》）

夜静云帆月影低，载我在潇湘画里。（卢挚《双调·沉醉东风·秋景》）

怕黄昏忽地又黄昏，不销魂怎地不销魂。新啼痕压旧啼痕，断肠人忆断肠人。（王实甫《中吕·十二月过尧民歌·别情》）

孤村落日残霞，轻烟老树寒鸦，一点飞鸿影下。（白朴《越调·天净沙·秋》）

驿路西风冷绣鞍，离情秋色相关。鸿雁啼寒，枫林染泪，揾断旅情无限。（李泂《双调·夜行船》）

九　画

画瓮儿里袁安舍，盐堆儿里党尉宅，粉缸儿里舞榭歌台。（乔吉《双调·水仙子·咏雪》）

春来南国花如绣，雨过西湖水似油。（卢挚《中吕·喜春来》）

挂绝壁松枯倒倚，落残霞孤鹜齐飞。（卢挚《双调·沉醉东风·秋景》）

挣破庄周梦，两翅架东风。三百座名园，一采一个空。难道风流种？唬杀寻芳的蜜蜂。轻轻的飞动，把卖花人扇过桥东。（王和卿《仙吕·醉中天·咏大蝴蝶》）

残花酝酿蜂儿蜜，细雨调和燕子泥。（胡祗遹《中吕·阳春曲》）

城头鼓声，江心浪声，山顶钟声。一夜梦难成。（汤式《双调·庆东原·京口夜泊》）

相思有如少债的，每日相催逼。常挑着一担愁，准不了三分利，这本钱见他时才算得。（徐再思《双调·清江引·相思》）

相思瘦因人间阻，只隔墙儿住。笔尖和露珠，花瓣题诗句，倩衔泥燕儿将过去。（乔吉《双调·折桂令》）

枯藤老树昏鸦，小桥流水人家，古道西风瘦马。夕阳西下，断肠人在天涯。（马致远《越调·天净沙·秋思》）

点破潇湘万顷秋，是几叶儿传黄败柳。（赵庆善《双调·沉醉东风》）

胜神鳌，卷风涛，脊梁上轻负着蓬莱岛。　（王和卿《双调·拨不断·大鱼》）

香烟乱飘，笙歌喧闹，飞上玉楼腰。（盍西村《越调·小桃红》）

看江潮鼓声千万家，卷朱帘玉人如画。（贯云石《双调·寿阳曲》）

看星低落镜中，月华明秋影玲珑。（乔吉《双调·水仙子》）

看密匝匝蚁排兵，乱纷纷蜂酿蜜，急攘攘蝇争血。（马致远《双调·夜行船·秋思》）

便是牡丹花下死，做鬼也风流。（珠帘秀《正宫·醉西施》）

秋深最好是枫树叶，染透猩猩红。（杨朝英《双调·清江引》）

恨相见得迟，怨归去得疾。柳丝长玉骢难系，恨不得倩疏林挂住斜晖。（王

实甫《西厢记》）

　　恨残霞不近人情，截断玉虹南去。望人间三尺甘霖，看一片闲云起处。恰不道人到中年万事休，我怎肯虚度了春秋。（关汉卿《南吕·一枝花·不伏老》）

　　将花枝笑捻，斜插在鬓边，手执著菱花镜儿里显。（高文秀《南吕·一枝花》）

　　哀告花笺纸，嘱咐笔尖儿，笔落花笺写就词。（无名氏《仙吕·醉中天》）

　　咫尺的天南地北，霎时间月缺花飞。（王实甫《西厢记》）

<h2 style="text-align:center">十　　画</h2>

　　都来一段，红幢翠盖，香尽满城风。（杨果《越调·小桃红》）

　　起宿霭千寻卧龙，掣流云万丈垂虹。（鲜于必仁《双调·折桂令·芦沟晓月》）

　　莲花相似，情短藕丝长。（杨果《越调·小桃红》）

　　晓来清镜添白雪，上床与鞋履相别。（马致远《双调·夜行船》）

　　柴似灵芝，油如甘露，米若丹砂；酱瓮儿恰才梦撒，盐瓶儿又告消乏。茶也无多，醋也无多。（周德清《双调·蟾宫曲》）

　　剔银灯欲将心事写，长叹气把灯吹灭。（卢挚《双调·寿阳曲》）

　　倚篷窗一身儿活受苦，恨不得随大江东去。（珠帘秀《双调·寿阳曲·答卢疏斋》）

　　谁教你钻入他锄不断斫不下解不开顿不脱慢腾腾千层锦套头。（关汉卿《南吕·一枝花·不伏老》）

　　高官鼎内鱼，小吏置中兔。（任昱《双调·清江引》）

<h2 style="text-align:center">十 一 画</h2>

　　黄昏后，长笛在手，吹破楚天秋。（赵显宏《中吕·满庭芳·牧》）

　　黄昏近，愁生砧杵，怨人琵琶。（白朴《仙吕·点绛唇》）

　　雪纷纷，掩重门，不由人不断魂。瘦损江梅韵。（关汉卿《双调·大德歌·冬》）

梅花笑人休弄影，月沉时一般孤另。（马致远《双调·寿阳曲》）

野水明于月，沙鸥闲似云，喜村深地偏人静，带烟霞半山斜照影，都变做满川诗兴。（张养浩《双调·落梅引》）

眼前红日又西斜，疾似下坡车。（马致远《双调·夜行船·秋思》）

堂堂大元，奸佞专权。开河变钞祸根源，惹红巾万千。官法滥刑法重黎民怨。人吃人钞买钞何曾见。贼做官官做贼混愚贤。哀哉可怜！（无名氏《正宫·醉太平》）

船到江心补漏迟。（关汉卿《救风尘》）

欲寄君衣君不还，不寄君衣君又寒。寄与不寄间，妾身千万难。（姚燧《越调·凭栏人·寄征衣》）

欲赋生来惊人语，必须苦下死工夫。（顾德润《南吕·骂玉郎过感皇恩采茶歌》）

淡月梨花曲槛旁，清露苍苔罗袜凉，恨他愁断肠，为他烧夜香。（乔吉《越调·凭栏人·秋思》）

渔灯暗，客梦回。一声声滴人心碎。孤舟五更家万里，是离人几行情泪。（马致远《双调·寿阳曲·潇湘夜雨》）

清味远嫌蝶妒蜂，老枝寒舞凤蟠龙。（周文质《双调·折桂令·咏蟠梅》）

清溪一叶舟，芙蓉两岸秋。采菱谁家女，歌声起暮鸥。（赵孟頫《仙吕·后庭花》）

情儿分儿你心里记者，病儿痛儿我身上添些，家儿活儿既是抛撇，书儿信儿是必休绝，花儿草儿打听的风声，车儿马儿我亲自来也。（刘庭信《双调·折桂令》）

绿树偏宜屋角遮，青山正补墙头缺。（马致远《双调·夜行船·秋思》）

断人肠处，天边残照水边霞。枯荷宿鹭，远树栖鸦。败叶纷纷拥砌石，修竹珊珊扫窗纱。（白朴《仙吕·点绛唇》）

越王百计吞吴地，归去层台高起，只今亦是鹧鸪飞处。（杨维桢《双调·夜行船》）

雁阵惊寒埋云岫，下长空飞满沧州。（鲜于必仁《中吕·普天乐·平沙落雁》）

雁啼红叶天，人醉黄花地，芭蕉雨声秋梦里。（张可久《双调·清江引·秋怀》）

琴调冷声闲虎丘，剑光寒影动龙湫。（乔吉《双调·折桂令·风雨登虎丘》）

啼莺舞燕，小桥流水飞红。（白朴《越调·天净沙·春》）

遇急思亲戚，临危托故人。（纪君祥《赵氏孤儿》）

蛟龙虑恐下燃犀，风起浪翻如屋。（王恽《正宫·黑漆奴·游金山寺》）

傲杀人间万户侯，不识字烟波钓叟。（白朴《双调·沉醉东风·渔夫》）

傲霜橘柚青，濯雨蒹葭秀。（赵善庆《双调·沉醉东风》）

铺眉苫眼早三公，裸袖揎拳享万钟，胡言乱语成时用。大纲来都是烘！（张鸣善《双调·水仙子·讥时》）

游鱼儿见食不见钩，都只为半纸功名一笔勾，急回头两鬓秋。（不忽木《仙吕·点绛唇》）

遍人间烦恼填胸臆，量这些大小车儿如何载得起？（王实甫《西厢记》）

富贵三更枕上蝶，功名两字酒中蛇。（乔吉《双调·卖花声·悟世》）

登楼意，恨无上天梯。（马致远《南吕·金字经》）

十 三 画

想人生最苦离别，唱到阳关，休唱三叠。（刘庭信《双调·折桂令》）

想秦宫汉阙，都做了衰草牛羊野，不恁么渔樵没话说。（马致远《双调·夜行船·秋思》）

鹌鹑嗉里寻豌豆，鹭鸶腿上劈精肉，蚊子腹内刳脂油。（无名氏《正宫·醉

雾花吹鬓海风寒，浩歌惊得浮云散。（乔吉《双调·殿前欢·登天下第一楼》）

路逢饿殍须亲问，道遇流民必细询。（张养浩《中吕·喜春来》）

频祝愿，普天下心斯爱早团圆。（商挺《双调·潘妃曲》）

微风不定，幽香成径，红云十里波千顷。（刘致《中吕·山坡羊》）

愁共海潮来，潮去愁难退。（薛昂夫《双调·楚天遥过清江引》）

愁柯霜叶，飞来就我题红。（朱庭玉《越调·天净沙·秋》）

新秋至，人乍别，顺长江水流残月，悠悠画船东去也。这思量起头儿一夜。（贯云石《双调·寿阳曲》）

十　四　画

酿秋光，一半儿西风一半儿霜。（胡祗遹《仙吕·一半儿》）

碧天夜凉秋月冷。天，湖外影；湖，天上景。（刘致《中吕·山坡羊》）

碧云天，黄花地，西风紧，北雁南飞。晓来谁染霜林醉？总是离人泪。（王实甫《西厢记》）

算从前错怨天公，甚也有安排我处。（白贲《正宫·鹦鹉曲·渔父》）

管甚有监州，不可无螃蟹。（薛昂夫《双调·庆东原》）

漫天坠，扑地飞。白占许多田地。冻杀吴民都是你！难道是国家祥瑞？（张鸣善《失宫调牌名·咏雪》）

瘦马驮诗天一涯，倦鸟呼愁村数家。扑头飞柳花，与人添鬓华。（乔吉《越调·凭栏人·金陵道中》）

十五画以上

醉袍袖舞嫌天地窄。（贯云石《双调·清江引》）

醉眼睁开，遥望蓬莱，一半儿云遮，一半儿烟霾。（张养浩《双调·折桂令·过金山寺》）

霎时间杯盘狼藉，车儿投东，马儿向西。两意徘徊，落日出横翠。（王实甫《西厢记》）

霞缕烂谁家昼锦？月钩横故国丹心。（乔吉《双调·折桂令》）

糠和米本是两倚依，谁人簸扬你作两处飞！（高明《琵琶记》）

糟腌两个功名字，醅渰千古兴亡事，曲埋万丈虹霓志。（范康《仙吕·寄生草·酒》）

国学经典文库

元曲鉴赏

·元曲·

图文珍藏版